D1766772

La Bible
Ancien Testament 1

La Bible

Ancien
Testament
1

Traduction œcuménique
de la Bible

Le Livre de Poche

La photocomposition de cette édition a été réalisée par l'Imprimerie Nationale de Paris.

grecque, groupés habituellement sous le nom de *livres deutérocanoniques*. Ceux-ci figurèrent d'ailleurs dans les éditions protestantes de la Bible jusqu'au dix-neuvième siècle, sous l'appellation d'*apocryphes*, bien que les Eglises issues de la Réforme ne leur aient pas reconnu de valeur normative. A leur sujet la confession de foi dite de La Rochelle déclare en effet : « ... encore qu'ils soient utiles, on ne peut fonder (sur eux) aucun article de foi. » Les Eglises orthodoxes, quant à elles, n'ont jamais pris de décision officielle à leur sujet.

Conformément à l'accord établi en 1968 entre l'*Alliance Biblique Universelle* et *le Secrétariat romain pour l'Unité des chrétiens*, les livres deutérocanoniques ont été compris dans l'Ancien Testament de la TOB, mais regroupés après les Autres Ecrits. Le cas du livre d'Esther soulevait une difficulté particulière : les parties deutérocanoniques, propres à la forme grecque de ce livre, étaient trop entremêlées au texte d'origine hébraïque pour avoir un sens en elles-mêmes. Les éditeurs ont été donc amenés à proposer une double traduction du livre d'Esther, l'une selon l'hébreu, l'autre selon le grec, la seconde étant classée parmi les livres deutérocanoniques.

Pour les livres de l'Ancien Testament considérés comme canoniques par toutes les Eglises chrétiennes, l'ordre suivi par la Traduction Oecuménique est celui des Bibles hébraïques actuelles : Pentateuque, Livres Prophétiques, Autres Ecrits. Cette disposition risque de déconcerter les lecteurs familiers des éditions traditionnelles de la Bible, habitués à une classification empruntée aux anciennes versions grecque et latine : Pentateuque, Livres historiques, Livres poétiques, Livres prophétiques. Outre que l'on a ainsi l'avantage de conserver l'ordre du texte en langue originale, on bénéficie aussi d'une classification qui, à certains égards, respecte mieux le genre des divers livres bibliques[1].

Il nous reste à présenter les 26 premiers livres de l'Ancien Testament, publiés dans ce *volume I*.

Les cinq premiers livres de la Bible forment un tout, que la tradition juive nomme LA LOI, et que l'on désigne aussi parfois d'un terme savant, le *PENTATEUQUE* (c'est-à-dire les *cinq étuis*, qui renfermaient les rouleaux correspondants). Les noms de ces livres, empruntés pour certains d'entre eux au grec, signalent un des thèmes dominants de chacun d'eux : *LA GENÈSE* (commencement) s'intéresse aux *origines* du monde et de l'humanité, puis à celles du peuple d'Israël en la personne de ses ancêtres Abraham, Isaac, Jacob et Joseph. — *L'EXODE* (sortie) est consacrée à la sortie d'Israël hors d'Egypte sous la direction de Moïse. — *LE LÉVITIQUE* détaille les lois reli-

---

1. Par exemple : dans la Bible classée dans l'ordre hébraïque, le lecteur est invité à lire des livres comme ceux de Josué, des Juges ou des Rois non plus dans une perspective « historique », au sens moderne du mot (bien que ces livres soient remplis de précisions historiques fort précieuses), mais comme un message « prophétique », qui dévoile le *sens* de l'histoire du peuple de Dieu. Des remarques du même genre pourraient être faites pour des livres comme Ruth, Esther ou Daniel, que la tradition hébraïque a classés non pas comme livres « historiques » ou « prophétiques » mais parmi les « Autres Ecrits », marquant ainsi qu'ils sont d'un autre genre que les livres de la Loi ou les Prophètes.

gieuses (rituel des sacrifices, règles de pureté, célébration des fêtes, etc.)
et sociales, dont les prêtres, descendants de *Lévi*, étaient les gardiens.
— Le livre des *NOMBRES* tire son nom de deux *dénombrements* des
tribus d'Israël effectués lors de leur séjour au désert. — Enfin *LE
DEUTÉRONOME (deuxième loi* ou *copie de la Loi)* se présente comme
une série d'exhortations adressées au peuple d'Israël pour lui rappeler
le sens des expériences qu'il a vécues au désert et la Loi de Dieu qu'il
devra observer une fois installé en Palestine. A partir de l'Exode les
livres du Pentateuque permettent de suivre la marche du peuple
d'Israël depuis la sortie d'Egypte jusqu'aux portes de la « Terre Promise. »

Les LIVRES PROPHÉTIQUES constituent le deuxième grand ensemble composant l'Ancien Testament. Ils sont répartis en deux sé-
ries : les *prophètes antérieurs* (Josué, Juges, Samuel et les Rois) et les
prophètes postérieurs (Esaïe, Jérémie, Ezéchiel et le recueil des douze
« petits » prophètes[1]).

Le livre de *JOSUÉ* présente la conquête de la Palestine sous la
direction de Josué, successeur de Moïse, et la répartition du territoire
entre les douze tribus d'Israël. — Cette installation fut suivie d'une
période difficile pour Israël : tentation d'idolâtrie, oppression de la
part des populations locales ou voisines. Au cours de cette période
Dieu délivra maintes fois son peuple en suscitant des libérateurs, les
JUGES. D'où le titre du livre qui relate ces alternances de malheur et
de délivrance. — Les deux livres de *SAMUEL* formaient à l'origine un
seul ouvrage, divisé ultérieurement pour la commodité. Ils racontent
les débuts de la royauté israélite, d'abord avec Saül puis surtout avec
David. — Comme les livres de Samuel, les deux livres des *ROIS*
forment un tout. Jugeant les rois à la mesure de leur fidélité à la loi de
Dieu, ils analysent le règne de Salomon, fils et successeur de David,
puis, après le schisme qui suivit la mort de Salomon, ceux des rois
d'Israël au nord (jusqu'à la ruine de Samarie en 722-721 avant J. C.),
et de Juda au sud (jusqu'à la ruine de Jérusalem en 587 avant J. C.).
Au passage ils introduisent les récits qu'ils ont pu recueillir concernant
le ministère de prophètes comme Elie ou Elisée.

Les livres des *prophètes postérieurs* sont d'un genre différent : ils
rapportent le message des hommes qui sont intervenus en Israël
comme porte-parole de Dieu. — Le prophète *ÉSAIE* fut messager de
Dieu à Jérusalem à l'époque de la suprématie assyrienne (deuxième
moitié du huitième siècle avant J. C.). Il fut un champion intransigeant
du Dieu saint et souverain, invitant le roi et la population de Jérusalem à faire confiance à Dieu et à lui rester soumis en toute circonstance. La deuxième partie du livre (ch. 40-55) est parfois appelée « le
livre de la consolation d'Israël »; les messages qu'il contient concernent
les Israélites déportés à Babylone. — *JÉRÉMIE* fut aussi prophète à
Jérusalem, mais à la fin du septième siècle et au début du sixième.

1. Ceux-ci sont déclarés *petits* pour la seule raison que les livres portant leur nom sont relativement courts.

Animé d'un profond amour pour son peuple, il resta un homme solitaire, mal aimé et persécuté. C'est contre son gré qu'il dut être messager d'une Parole de Dieu annonçant la catastrophe à un peuple profondément rebelle. Il fut témoin de la chute de Jérusalem et de la fin du royaume de Juda. — *ÉZÉCHIEL* était un prêtre du temple de Jérusalem. Il exerça son ministère prophétique au début du sixième siècle en Babylonie auprès des déportés israélites. Son message, d'abord sévère pour ceux-ci, jugés responsables des malheurs de Jérusalem, change brusquement à la nouvelle de la ruine de la ville et devient un message de résurrection et de salut.

AMOS, un Judéen, fut prophète dans le royaume du Nord vers le milieu du huitième siècle avant J. C. Intervenant de la part de Dieu dans une période de grande prospérité, il dénonce le culte formaliste et l'injustice subie par les pauvres. — *OSÉE* suit Amos de peu. Au coeur d'une situation intérieure et extérieure profondément dégradée, il est le prophète de l'amour déçu et blessé de Dieu pour son peuple. — Il est difficile de situer dans le temps le livre de *JOËL,* qui annonce l'arrivée du Jour du Seigneur et appelle ses auditeurs au *jeûne et à la repentance. — Le livre d'*ABDIAS* annonce le châtiment des Edomites après leur intervention contre Jérusalem en 587 avant J. C. — Le livre de *JONAS* est d'un genre tout différent : il raconte les mésaventures d'un prophète récalcitrant, que Dieu chargeait d'aller à Ninive, capitale du royaume assyrien, pour y appeler la population à la repentance. — *MICHÉE* est un prophète contemporain d'Esaïe. Comme lui il s'adresse aux Judéens, plaidant le procès que Dieu intente à son peuple, et annonçant le règne d'un nouveau David. — Le livre de *NAHOUM* contient plusieurs poèmes qui applaudissent par avance à la fin de l'oppression assyrienne et à la chute de Ninive. — Le difficile livre d'*HABAQUQ* se présente comme un dialogue tendu entre le prophète et Dieu, au sujet de l'oppression exercée par les Chaldéens. On peut le situer à la fin du septième siècle ou au début du sixième siècle avant J. C. *SOPHONIE* fut prophète en Juda peu avant Jérémie (et peut-être aussi en même temps que lui), en une époque particulièrement dramatique. Il répond à ceux qui se demandent si, dans ces conditions, Dieu s'intéresse vraiment encore aux hommes et s'il mène l'Histoire. — *AGGÉE* et *ZACHARIE* sont des prophètes contemporains d'après l'exil. Le premier encouragea la reconstruction du Temple à Jérusalem. Le second, davantage tourné vers l'avenir, appela le peuple de Dieu à la fidélité. — Quant à *MALACHIE,* également prophète d'après l'exil, il intervint vers le milieu du cinquième siècle avant J. C., peu avant le retour de Néhémie, pour lutter contre le découragement et l'indifférence qui avaient gagné les Juifs rentrés d'exil.

On trouvera dans le *volume II,* les autres livres de l'Ancien Testament, ainsi qu'une présentation de l'*histoire du texte* de l'A. T. Le *troisième volume* contient le *Nouveau Testament.*

ABRÉVIATIONS ET SIGLES UTILISÉS

DANS LE TEXTE

Sous-titres	Ils n'appartiennent pas au texte biblique, mais sont proposés par la rédaction. On y a parfois ajouté une ou plusieurs références à des passages parallèles.
Appels de notes	*Exemple :* J'avais consacré mon premier livre [1]... Le chiffre [1] renvoie à une *note en bas de page,* qu'on trouvera en face du chiffre 1.
Renvois au glossaire	*Exemple :* ... et non pas comme leurs *scribes... Un astérisque* devant un mot renvoie au *glossaire en fin de volume.* Les mots expliqués dans le glossaire sont classés par ordre alphabétique.
Citations d'un texte biblique	Il arrive qu'un livre biblique cite tel ou tel passage d'un autre livre biblique. Le cas est surtout fréquent dans le Nouveau Testament, qui cite l'Ancien. Dans tous les cas le passage cité est noté en *caractères italiques.* La référence exacte du texte cité est indiquée, à la fin du Nouveau Testament, dans la Table des textes de l'Ancien Testament cités dans le Nouveau Testament.

RÉFÉRENCE A UN PASSAGE BIBLIQUE

Lc 5.12	renvoie à l'Évangile selon Luc, chapitre 5, verset 12.
Jr 1.4-10	renvoie au livre de Jérémie, chapitre 1, du verset 4 au verset 10 inclus.
Es 36−39	renvoie aux chapitres 36 ; 37 ; 38 ; 39 du livre d'Esaïe.
Jn 18.28−19.16	renvoie, dans l'Évangile selon Jean, au passage qui commence au chapitre 18, verset 28, et s'achève au chapitre 19, verset 16.

Divers passages bibliques cités successivement sont séparés par un *point-virgule.*
Ainsi Rm 6.15-20 ; 15.18
 Ph 2.9 ; 1 P 1.21

DANS LES NOTES

A.T.	Ancien Testament
ap. J.C.	après Jésus-Christ
av. J.C.	avant Jésus-Christ
chap.	chapitre
litt.	littéralement
N.T.	Nouveau Testament
v.	verset. Exemple : v. 13 signifie *verset 13*

ABRÉVIATIONS POUR LES LIVRES BIBLIQUES

ANCIEN TESTAMENT

Ab	Abdias		Jos	Josué
Ag	Aggée		Jr	Jérémie
Am	Amos		Lm	Lamentations
1 Ch	Premier livre des Chroniques		Lv	Lévitique
			Mi	Michée
2 Ch	Deuxième livre des Chroniques		Ml	Malachie
			Na	Nahoum
Ct	Cantique des Cantiques		Nb	Nombres
Dn	Daniel		Ne	Néhémie
Dt	Deutéronome		Os	Osée
Es	Ésaïe		Pr	Proverbes
Esd	Esdras		Ps	Psaumes
Est	Esther		Qo	Qohéleth (Ecclésiaste)
Ex	Exode		1 R	Premier livre des Rois
Ez	Ezéchiel		2 R	Deuxième livre des Rois
Gn	Genèse		Rt	Ruth
Ha	Habaquq		1 S	Premier livre de Samuel
Jb	Job		2 S	Deuxième livre de Samuel
Jg	Juges		So	Sophonie
Jl	Joël		Za	Zacharie
Jon	Jonas			

Livres deutérocanoniques ou apocryphes

Ba	Baruch		1 M	Premier livre des Maccabées
Dn grec	Daniel grec		2 M	Deuxième livre des Maccabées
Est grec	Esther grec		Sg	Sagesse
Jdt	Judith		Si	Siracide (Ecclésiastique)
Lt-Jr	Lettre de Jérémie		Tb	Tobit

Ac   Actes des Apôtres
Ap   Apocalypse
1 Co Première épître aux Corinthiens
2 Co Deuxième épître aux Corinthiens
Col   Épître aux Colossiens
Ep   Épître aux Éphésiens
Ga   Épître aux Galates
He   Épître aux Hébreux
Jc   Épître de Jacques
Jn   Évangile selon Jean
1 Jn Première épître de Jean
2 Jn Deuxième épître de Jean
3 Jn Troisième épître de Jean
Jude Épître de Jude

Lc   Évangile selon Luc
Mc   Évangile selon Marc
Mt   Évangile selon Matthieu
1 P   Première épître de Pierre
2 P   Deuxième épître de Pierre
Ph   Épître aux Philippiens
Phm Épître à Philémon
Rm   Épître aux Romains
1 Th Première épître aux Thessaloniciens
2 Th Deuxième épître aux Thessaloniciens
1 Tm Première épître à Timothée
2 Tm Deuxième épître à Timothée
Tt   Épître à Tite

LE PENTATEUQUE

LA GENÈSE

Dieu crée l'univers et l'humanité

1 1 Lorsque Dieu commença la création du ciel et de la terre[1], 2 la terre était déserte et vide, et la ténèbre à la surface de l'*abîme; le souffle[2] de Dieu planait à la surface des eaux,

3 et Dieu dit : « Que la lumière soit ! » Et la lumière fut. 4 Dieu vit que la lumière était bonne. Dieu sépara la lumière de la ténèbre. 5 Dieu appela la lumière « jour » et la ténèbre il l'appela « nuit ». Il y eut un soir[3], il y eut un matin : premier jour.

6 Dieu dit : « Qu'il y ait un firmament[4] au milieu des eaux et qu'il sépare les eaux d'avec les eaux ! » 7 Dieu fit le firmament et il sépara les eaux inférieures au firmament d'avec les eaux supérieures. Il en fut ainsi. 8 Dieu appela le firmament « ciel ». Il y eut un soir, il y eut un matin : deuxième jour.

9 Dieu dit : « Que les eaux inférieures au ciel s'amassent en un seul lieu et que le continent paraisse ! » Il en fut ainsi. 10 Dieu appela « terre » le continent : il appela « mer » l'amas des eaux. Dieu vit que cela était bon.

11 Dieu dit : « Que la terre se couvre de verdure, d'herbe qui rend féconde sa semence, d'arbres fruitiers qui, selon leur espèce, portent sur terre des fruits ayant en eux-mêmes leur semence ! » Il en fut ainsi. 12 La terre produisit de la verdure, de l'herbe qui rend féconde sa semence selon son espèce, des arbres qui portent des fruits ayant en eux-mêmes leur semence selon leur espèce. Dieu vit que cela était bon. 13 Il y eut un soir, il y eut un matin : troisième jour.

14 Dieu dit : « Qu'il y ait des luminaires[1] au firmament du ciel pour séparer le jour de la nuit, qu'ils servent de signes tant pour les fêtes que pour les jours et les années, 15 et qu'ils servent de luminaires au firmament du ciel pour illuminer la terre. » Il en fut ainsi. 16 Dieu fit les deux grands luminaires, le grand luminaire pour présider au jour, le petit pour présider à la nuit, et les étoiles.

17 Dieu les établit dans le firmament du ciel pour illuminer la terre, 18 pour présider au jour et à la nuit et séparer la lumière de la ténèbre. Dieu vit que cela était

---

1. Autre traduction *Au commencement, Dieu créa le ciel et la terre.* — Le mot hébreu traduit par *créer* se réfère toujours à une action de Dieu. Il est parfois appliqué à l'intervention de Dieu dans l'histoire de son peuple (voir Es 43.1, 7, 15).
2. *le souffle de Dieu* ou *l'Esprit de Dieu,* ou encore *un vent violent.*
3. Pour les Israélites, la journée commence au coucher du soleil.
4. Voûte solide qui, selon une conception ancienne, séparait les eaux supérieures des eaux inférieures (v. 7).

1. En donnant aux astres le nom de *luminaires,* le texte biblique indique leur fonction essentielle qui est d'éclairer la terre. Il s'oppose ainsi aux religions qui divinisaient les astres.

bon. 19 Il y eut un soir, il y eut un matin : quatrième jour.

20 Dieu dit : « Que les eaux grouillent de bestioles vivantes et que l'oiseau vole au-dessus de la terre face au firmament du ciel. » 21 Dieu créa les grands monstres marins, tous les êtres vivants et remuants selon leur espèce, dont grouillèrent les eaux, et tout oiseau ailé selon son espèce. Dieu vit que cela était bon. 22 Dieu les bénit[1] en disant : « Soyez féconds et prolifiques, remplissez les eaux dans les mers, et que l'oiseau prolifère sur la terre ! » 23 Il y eut un soir, il y eut un matin : cinquième jour.

24 Dieu dit : « Que la terre produise des êtres vivants selon leur espèce : bestiaux, petites bêtes, et bêtes sauvages selon leur espèce ! » Il en fut ainsi. 25 Dieu fit les bêtes sauvages selon leur espèce, les bestiaux selon leur espèce et toutes les petites bêtes du sol selon leur espèce. Dieu vit que cela était bon.

26 Dieu dit : « Faisons l'homme à notre image, selon notre ressemblance et qu'il soumette les poissons de la mer, les oiseaux du ciel, les bestiaux, toute la terre et toutes les petites bêtes qui remuent sur la terre ! »

27 Dieu créa l'homme à son image,
à l'image de Dieu il le créa;
mâle et femelle il les créa.

28 Dieu les bénit et Dieu leur dit : « Soyez féconds et prolifiques, remplissez la terre et domi-

nez-la. Soumettez les poissons de la mer, les oiseaux du ciel et toute bête qui remue sur la terre ! »

29 Dieu dit : « Voici, je vous donne toute herbe qui porte sa semence sur toute la surface de la terre et tout arbre dont le fruit porte sa semence; ce sera votre nourriture[1]. 30 À toute bête de la terre, à tout oiseau du ciel, à tout ce qui remue sur la terre et qui a souffle de vie, je donne pour nourriture toute herbe mûrissante. » Il en fut ainsi. 31 Dieu vit tout ce qu'il avait fait. Voilà, c'était très bon. Il y eut un soir, il y eut un matin : sixième jour.

2 1 Le ciel, la terre et tous leurs éléments[2] furent achevés.

2 Dieu acheva au septième jour l'oeuvre qu'il avait faite,
il arrêta au septième jour toute l'oeuvre[3] qu'il faisait.

3 Dieu bénit le septième jour et le consacra car il avait alors arrêté toute l'oeuvre que lui-même avait créée par son action. 4 Telle est la naissance du ciel et de la terre lors de leur création.

Le jardin d'Eden

Le jour où le Seigneur Dieu fit la terre et le ciel, 5 il n'y avait

---

1. La bénédiction de Dieu est comprise comme une puissance qui donne la vie (30.27, 30; Jb 1.10; 42.12).

1. La *nourriture* donnée à l'homme est présentée ici comme d'origine exclusivement végétale. Après le déluge, elle comportera aussi la viande (9.3).
2. Le mot *éléments* doit être compris ici en un sens très large et désigne tout ce que le ciel et la terre contiennent.
3. Autre traduction *il se reposa au septième jour de toute l'oeuvre.* — Le repos de Dieu *au septième jour* fonde le repos hebdomadaire de l'homme (Ex 20.8-11; 23.12; Dt 5.12-15). Le *sabbat rappelle l'achèvement de la création (Ex 20.11); il est aussi le signe de l'alliance entre Dieu et son peuple (Ex 31.12-17).

encore sur la terre aucun arbuste des champs et aucune herbe des champs n'avait encore germé, car le Seigneur Dieu n'avait pas fait pleuvoir sur la terre et il n'y avait pas d'homme pour cultiver le sol; 6 mais un flux[1] montait de la terre et irriguait toute la surface du sol. 7 Le Seigneur Dieu modela l'homme avec de la poussière prise du sol. Il insuffla dans ses narines l'haleine de vie[2], et l'homme devint un être vivant. 8 Le Seigneur Dieu planta un jardin en Eden[3], à l'orient, et il y plaça l'homme qu'il avait formé. 9 Le Seigneur Dieu fit germer du sol tout arbre d'aspect attrayant et bon à manger, l'arbre de vie au milieu du jardin et l'arbre de la connaissance du bonheur et du malheur.

10 Un fleuve sortait d'Eden pour irriguer le jardin; de là il se partageait pour former quatre bras. 11 L'un d'eux s'appelait Pishôn; c'est lui qui entoure tout le pays de Hawila[4] où se trouve l'or 12 — et l'or de ce pays est bon — ainsi que le bdellium et la pierre d'onyx[5]. 13 Le deuxième fleuve s'appelait Guihôn; c'est lui qui entoure tout le pays de Koush[1]. 14 Le troisième fleuve s'appelait Tigre; il coule à l'orient d'Assour. Le quatrième fleuve, c'était l'Euphrate[2].

15 Le Seigneur Dieu prit l'homme et l'établit dans le jardin d'Eden pour cultiver le sol et le garder. 16 Le Seigneur Dieu prescrivit à l'homme : «Tu pourras manger de tout arbre du jardin, 17 mais tu ne mangeras pas de l'arbre de la connaissance du bonheur et du malheur car, du jour où tu en mangeras, tu devras mourir.»

18 Le Seigneur Dieu dit : «Il n'est pas bon pour l'homme d'être seul. Je veux lui faire une aide qui lui soit accordée[3].» 19 Le Seigneur Dieu modela du sol toute bête des champs et tout oiseau du ciel qu'il amena à l'homme pour voir comment il les désignerait. Tout ce que désigna l'homme avait pour nom «être vivant»; 20 l'homme désigna par leur nom[4] tout bétail, tout oiseau du ciel et toute bête des champs, mais pour lui-même, l'homme ne trouva pas l'aide qui lui soit accordée. 21 Le Seigneur Dieu fit tomber dans une torpeur[5] l'homme qui s'endormit; il prit l'une de ses côtes et referma les chairs à sa place. 22 Le Seigneur Dieu transforma

---

1. Il s'agit probablement de l'eau que Dieu fait jaillir sur la terre sèche et non cultivée, pour rendre la vie possible.

2. L'*homme* (en hébreu *âdâm*) est tiré du *sol* (en hébreu *adâmâ*). L'*haleine de vie* anime la vie naturelle de l'homme (Jb 27.3; Pr 20.27).

3. Ce mot hébreu, qui désigne une région ou un pays non identifié, a un homonyme signifiant «jouissance», d'où l'idée que le *jardin en Eden* était le «paradis.»

4. *Pishôn* : fleuve inconnu; *Hawila* : d'après 10.29, il s'agirait d'une région d'Arabie; d'après 25.18, d'une région proche de l'Egypte, au sud de la Palestine.

5. *bdellium* : résine odoriférante de couleur jaune; *onyx* : pierre précieuse (voir Ex 28.20; Jb 28.16).

1. *Guihôn* : fleuve inconnu, à distinguer de la source de *Guihôn*, proche de Jérusalem (1 R 1.33, 38); *Koush* désigne d'ordinaire la Nubie ou l'Ethiopie, mais il y avait peut-être aussi une région portant ce nom en Madiân, au sud-est de la Palestine (voir Nb 12.1; Ha 3.7 et les notes).

2. le *Tigre* et l'*Euphrate* sont les deux grands fleuves entre lesquels s'étend la Mésopotamie. — La région d'*Assour* (l'Assyrie) est située en Haute-Mésopotamie.

3. *accordée* ou *assortie, semblable*.

4. En donnant un *nom* aux animaux, l'homme manifeste sa supériorité et sa domination sur eux (voir 1.26, 28).

5. *une torpeur* ou *un profond sommeil*.

la côte qu'il avait prise à l'homme
en une femme qu'il lui amena.
23 L'homme s'écria :

« Voici cette fois l'os de mes os
et la chair de ma chair,
celle-ci, on l'appellera femme
car c'est de l'homme qu'elle a
été prise[1]. »

24 Aussi l'homme laisse-t-il son
père et sa mère pour s'attacher à
sa femme, et ils deviennent une
seule chair.

Adam et Eve chassés du jardin d'Eden

25 Tous deux étaient nus,
l'homme et sa femme, sans se
faire mutuellement honte.

3 1 Or le serpent était la plus
astucieuse de toutes les
bêtes des champs que le Seigneur
Dieu avait faites. Il dit à la
femme : « Vraiment ! Dieu vous a
dit : Vous ne mangerez pas de
tout arbre du jardin[2] ... » 2 La
femme répondit au serpent :
« Nous pouvons manger du fruit
des arbres du jardin, 3 mais du
fruit de l'arbre qui est au milieu
du jardin, Dieu a dit : Vous n'en
mangerez pas et vous n'y touche-
rez pas afin de ne pas mourir. »
4 Le serpent dit à la femme :
« Non, vous ne mourrez pas,
5 mais Dieu sait que le jour où
vous en mangerez, vos yeux s'ou-
vriront et vous serez comme des

dieux possédant la connaissance
du bonheur et du malheur. »

6 La femme vit que l'arbre était
bon à manger, séduisant à regarder, précieux pour agir avec clair-
voyance. Elle en prit un fruit
dont elle mangea, elle en donna
aussi à son mari qui était avec
elle et il en mangea. 7 Leurs yeux
à tous deux s'ouvrirent et ils sur-
ent qu'ils étaient nus. Ayant
cousu des feuilles de figuier, ils
s'en firent des pagnes.

8 Or ils entendirent la voix du
Seigneur Dieu qui se promenait
dans le jardin au souffle du jour[1].
L'homme et la femme se caché-
rent devant le Seigneur Dieu au
milieu des arbres du jardin. 9 Le
Seigneur Dieu appela l'homme et
lui dit : « Où es-tu ? » 10 Il répondit : « J'ai entendu ta voix dans le
jardin, j'ai pris peur car j'étais nu,
et je me suis caché. » 11 — « Qui
t'a révélé, dit-il, que tu étais nu ?
Est-ce que tu as mangé de l'arbre
dont je t'avais prescrit de ne pas
manger ? » 12 L'homme répondit :
« La femme que tu as mise auprès
de moi, c'est elle qui m'a donné
du fruit de l'arbre, et j'en ai
mangé. » 13 Le Seigneur Dieu dit
à la femme : « Qu'as-tu fait là ! »
La femme répondit : « Le serpent
m'a trompée et j'ai mangé. »

14 Le Seigneur Dieu dit au serpent : « Parce que tu as fait cela,
tu seras maudit entre tous les bestiaux et toutes les bêtes des
champs; tu marcheras sur ton
ventre[2] et tu mangeras de la
poussière tous les jours de ta vie.

---

1. Ce bref poème exprime de deux manières
différentes la parenté fondamentale existant entre
l'*homme* et la *femme :* premièrement par la formule *os de mes os, chair de ma chair* (comparer 2
S 5.1); deuxièmement par l'emploi du vocabulaire,
car en hébreu *homme* se dit *ish* et *femme, isha.*
2. On peut aussi comprendre *vous ne mangerez
(les fruits) d'aucun arbre du jardin.* C'est de cette
seconde manière que la femme comprend la parole, volontairement ambiguë, du serpent.

1. *la voix* ou *le bruit (des pas,* comparer 2 S
5.24; 1 R 14.6) — *au souffle du jour* ou *au vent du
jour :* il s'agit de la brise qui souffle au moment du
coucher du soleil.
2. *tu marcheras sur ton ventre :* le fait de ramper, qui est naturel pour le serpent, est présenté
comme un signe de malédiction.

15 Je mettrai l'hostilité entre toi et la femme, entre ta descendance et sa descendance. Celle-ci te meurtrira à la tête et toi, tu la meurtriras au talon. »

16 Il dit à la femme : « Je ferai qu'enceinte, tu sois dans de grandes souffrances; c'est péniblement que tu enfanteras des fils. Tu seras avide de ton homme et lui te dominera. »

17 Il dit à Adam[1] : « Parce que tu as écouté la voix de ta femme et que tu as mangé de l'arbre dont je t'avais formellement prescrit de ne pas manger, le sol sera maudit à cause de toi. C'est dans la peine que tu t'en nourriras tous les jours de ta vie, 18 il fera germer pour toi l'épine et le chardon et tu mangeras l'herbe des champs[2]. 19 À la sueur de ton visage tu mangeras du pain jusqu'à ce que tu retournes au sol car c'est de lui que tu as été pris. Oui, tu es poussière et à la poussière tu retourneras. »

20 L'homme appela sa femme du nom d'Eve — c'est-à-dire La Vivante —, car c'est elle qui a été la mère de tout vivant. 21 Le Seigneur Dieu fit pour Adam et sa femme des tuniques de peau dont il les revêtit. 22 Le Seigneur Dieu dit : « Voici que l'homme est devenu comme l'un de nous[3] par la connaissance du bonheur et du malheur. Maintenant qu'il ne tende pas la main pour prendre aussi de l'arbre de vie, en manger et vivre à jamais ! » 23 Le Seigneur Dieu l'expulsa du jardin d'Eden pour cultiver le sol d'où il avait été pris. 24 Ayant chassé l'homme, il posta les *Chérubins à l'orient du jardin d'Eden avec la flamme de l'épée foudroyante pour garder le chemin de l'arbre de vie.

Caïn et Abel

4 1 L'homme connut Eve sa femme. Elle devint enceinte, enfanta Caïn et dit : « J'ai procréé un homme, avec le Seigneur[1]. » 2 Elle enfanta encore son frère Abel.

Abel faisait paître les moutons, Caïn cultivait le sol. 3 À la fin de la saison, Caïn apporta au Seigneur une offrande de fruits de la terre; 4 Abel apporta lui aussi des *prémices de ses bêtes et leur graisse. Le Seigneur tourna son regard vers Abel et son offrande, 5 mais il détourna son regard de Caïn et de son offrande.

Caïn en fut très irrité et son visage fut abattu. 6 Le Seigneur dit à Caïn : « Pourquoi t'irrites-tu ? Et pourquoi ton visage est-il abattu ? 7 Si tu agis bien, ne le relèveras-tu pas ? Si tu n'agis pas bien, le péché, tapi à ta porte,

---

1. *à Adam* : autre traduction *à l'homme*; mais l'absence d'article devant le mot hébreu semble montrer qu'il s'agit ici d'un nom propre.

2. *l'herbe des champs* ou *ce qui pousse dans les champs* (y compris les moissons) par opposition aux fruits des arbres (2.16). Les versets 17-19 décrivent la condition pénible du paysan palestinien.

3. *l'un de nous*, c'est-à-dire Dieu lui-même et sa cour céleste (1 R 22.19; Jb 1.6).

1. *connut* : tournure hébraïque signifiant *eut des relations sexuelles avec*. — *J'ai procréé un homme, avec le Seigneur* : autre traduction *j'ai acquis un homme, avec l'aide du Seigneur*; en hébreu, il y a jeu de mots entre le nom de *Caïn* et le verbe signifiant soit *procréer*, soit *acquérir*.

est avide de toi. Mais toi, domine-le[1]. »

8 Caïn parla à son frère Abel[2] et, lorsqu'ils furent aux champs, Caïn attaqua son frère Abel et le tua. 9 Le Seigneur dit à Caïn : « Où est ton frère ? » — « Je ne sais, répondit-il. Suis-je le gardien de mon frère ? » — 10 « Qu'as-tu fait ? reprit-il. La voix du sang[3] de ton frère crie du sol vers moi. 11 Tu es maintenant maudit du sol qui a ouvert la bouche pour recueillir de ta main le sang[4] de ton frère. 12 Quand tu cultiveras le sol, il ne te donnera plus sa force[5]. Tu seras errant et vagabond sur la terre. »

13 Caïn dit au Seigneur : « Ma faute est trop lourde à porter. 14 Si tu me chasses aujourd'hui de l'étendue de ce sol, je serai caché à ta face, je serai errant et vagabond sur la terre, et quiconque me trouvera me tuera. » 15 Le Seigneur lui dit : « Eh bien ! Si l'on tue Caïn, il sera vengé sept fois[6]. » Le Seigneur mit un signe sur Caïn pour que personne en le rencontrant ne le frappe. 16 Caïn s'éloigna de la présence du Seigneur et habita dans le pays de Nod[7] à l'orient d'Eden.

Les descendants de Caïn

17 Caïn connut sa femme, elle devint enceinte et enfanta Hénok. Caïn se mit à construire une ville et appela la ville du nom de son fils Hénok[1]. 18 Irad naquit à Hénok et Irad engendra Mehouyaël; Mehiyyaël[2] engendra Metoushaël et Metoushaël engendra Lamek.

19 Lamek prit deux femmes; l'une s'appelait Ada et l'autre Cilla. 20 Ada enfanta Yabal; ce fut lui le père de ceux qui habitent des tentes avec des troupeaux. 21 Son frère s'appelait Youbal; ce fut lui le père de tous ceux qui jouent de la cithare et du chalumeau. 22 Cilla, quant à elle, enfanta Toubal-Caïn qui aiguisait tout soc de bronze et de fer[3]; la sœur de Toubal-Caïn était Naama.

23 Lamek dit à ses femmes :

« Ada et Cilla, écoutez ma voix !
Femmes de Lamek, tendez l'oreille à mon dire !
Oui, j'ai tué un homme pour une blessure
un enfant pour une meurtrissure.
24 Oui, Caïn sera vengé sept fois mais Lamek 77 fois. »

25 Adam connut encore sa femme, elle enfanta un fils et le nomma Seth, « car Dieu m'a suscité[4] une autre descendance à la place d'Abel, puisque Caïn l'a tué. » 26 À Seth, lui aussi, naquit

---

1. Le texte hébreu du v. 7 est obscur et la traduction incertaine.
2. Les versions anciennes ont un texte plus développé : Caïn dit à son frère Abel : « Allons aux champs », et, lorsqu'ils ...
3. La voix du sang : autre traduction Écoute ! Le sang.
4. qui a ouvert la bouche ... le sang, c'est-à-dire qui a bu le sang ou qui est imprégné du sang.
5. sa force ou ses produits.
6. C'est la loi antique de la vengeance qui est formulée ainsi (comparer v. 24); par la suite, la loi du talion (voir Ex 21.23-25) a considérablement limité l'étendue de la vengeance.
7. Nod : pays inconnu; en hébreu, il y a jeu de mots entre ce nom et l'adjectif traduit par vagabond dans les v. 12 et 14.

1. connut : voir 1 et la note. — Hénok : ville inconnue.
2. Mehouyaël et Mehiyyaël sont deux variantes orthographiques du même nom.
3. Toubal-Caïn ... de fer : autre traduction Toubal-Caïn. Il fut l'ancêtre de tous les forgerons en bronze ou en fer.
4. En hébreu, il y a jeu de mots entre le nom de Seth et le verbe traduit par a suscité.

un fils qu'il appela du nom d'E-
nosh. On commença dès lors à
invoquer le nom du Seigneur.

Liste des patriarches d'Adam à Noé

5 1 Voici le livret de famille[1]
d'Adam :

Le jour où Dieu créa l'homme,
il le fit à la ressemblance de Dieu,
2 mâle et femelle il les créa, il les
bénit et les appela du nom
d'homme au jour de leur création.

3 Adam vécut 130 ans, à sa ressemblance et selon son image il
engendra un fils qu'il appela du
nom de Seth. 4 Après qu'Adam
eut engendré Seth, ses jours durè-
rent 800 ans et il engendra des
fils et des filles. 5 Adam vécut en
tout 930 ans et mourut.

6 Seth vécut 105 ans et engendra Enosh. 7 Après avoir engendré Enosh, Seth vécut 807 ans et
engendra des fils et des filles.
8 Seth vécut en tout 912 ans et
mourut.

9 Enosh vécut 90 ans et engendra Qénân. 10 Après avoir engendré Qénân, Enosh vécut 815 ans
et engendra des fils et des filles.
11 Enosh vécut en tout 905 ans et
mourut.

12 Qénân vécut 70 ans et engendra Mahalalel. 13 Après avoir
engendré Mahalalel, Qénân vécut
840 ans et engendra des fils et
des filles. 14 Qénân vécut en tout
910 ans et mourut.

15 Mahalalel vécut 65 ans et
engendra Yèred. 16 Après avoir
engendré Yèred, Mahalalel vécut
830 ans et engendra des fils et
des filles. 17 Mahalalel vécut en
tout 895 ans et mourut.

18 Yèred vécut 162 ans et engendra Hénok. 19 Après avoir engendré Hénok, Yèred vécut 800
ans et engendra des fils et des
filles. 20 Yèred vécut en tout 962
ans et mourut.

21 Hénok vécut 65 ans et engendra Metoushèlah. 22 Après
avoir engendré Metoushèlah, Hénok suivit les voies de Dieu pendant 300 ans et engendra des fils
et des filles. 23 Hénok vécut en
tout 365 ans. 24 Ayant suivi les
voies de Dieu, il disparut car Dieu
l'avait enlevé.

25 Metoushèlah vécut 187 ans
et engendra Lamek. 26 Après
avoir engendré Lamek, Metoushèlah vécut 782 ans et engendra
des fils et des filles. 27 Metoushèlah vécut en tout 969 ans et mourut.

28 Lamek vécut 182 ans et engendra un fils. 29 Il l'appela du
nom de Noé en disant : « Celui-ci
nous réconfortera de nos labeurs
et de la peine qu'impose à nos
mains un sol maudit[1] par le Seigneur. » 30 Après avoir engendré
Noé, Lamek vécut 595 ans et engendra des fils et des filles. 31 Lamek vécut en tout 777 ans et
mourut.

32 Noé était âgé de 500 ans
quand il engendra Sem, Cham et
Japhet ...

---

1. *le livret de famille,* c'est-à-dire une liste de
descendants. Cette liste établit le lien entre l'histoire d'Adam et celle de Noé.

1. *réconfortera :* en hébreu, il y a jeu de mots
entre le nom de *Noé* et le verbe ainsi traduit — *un
sol maudit :* voir 3.17.

Dieu décide d'anéantir l'humanité

6 1 alors que les hommes avaient commencé à se multiplier sur la surface du sol et que des filles leur étaient nées, 2 les fils de Dieu[1] virent que les filles d'homme étaient belles et ils prirent pour femmes celles de leur choix. 3 Le SEIGNEUR dit : « Mon Esprit ne dirigera pas toujours l'homme, étant donné ses erreurs : il n'est que chair[2] et ses jours seront de 120 ans. »

4 En ces jours, les géants étaient sur la terre et ils y étaient encore lorsque les fils de Dieu vinrent trouver des filles d'homme et eurent d'elles des enfants. Ce sont les héros d'autrefois ces hommes de renom.

5 Le SEIGNEUR vit que la méchanceté de l'homme se multipliait sur la terre : à longueur de journée, son coeur n'était porté qu'à concevoir le mal 6 et le SEIGNEUR se repentit d'avoir fait l'homme sur la terre. Il s'en affligea 7 et dit : « J'effacerai[3] de la surface du sol l'homme que j'ai créé, homme, bestiaux, petites bêtes et même les oiseaux du ciel, car je me repens de les avoir faits. » 8 Mais Noé trouva grâce aux yeux du SEIGNEUR.

Dieu décide d'épargner Noé

9 Voici la famille de Noé :

Noé, homme juste, fut intègre au milieu des générations de son temps. Il suivit les voies de Dieu, 10 il engendra trois fils : Sem, Cham et Japhet. 11 La terre s'était corrompue devant Dieu et s'était remplie de violence.

12 Dieu regarda la terre et la vit corrompue, car toute chair[1] avait perverti sa conduite sur la terre. 13 Dieu dit à Noé :

« Pour moi la fin de toute chair est arrivée !

Car à cause des hommes la terre est remplie de violence et je vais les détruire avec la terre. »

14 « Fais-toi une arche[2] de bois résineux. Tu feras l'arche avec des cases. Tu l'enduiras de bitume à l'intérieur et à l'extérieur. 15 Cette arche, tu la feras longue de 300 coudées[3], large de 50 et haute de 30. 16 Tu feras à l'arche un toit à pignon que tu fixeras à une coudée au-dessus d'elle. Tu mettras l'entrée de l'arche sur le côté, puis tu lui feras un étage inférieur, un second et un troisième.

17 « Moi, je vais faire venir le Déluge — c'est-à-dire les eaux — sur la terre, pour détruire sous les cieux toute créature animée de vie; tout ce qui est sur terre expirera. 18 J'établirai mon *alliance avec toi.

---

1. Les *fils de Dieu* sont probablement des êtres supérieurs aux hommes, dont les païens faisaient des dieux, mais que l'auteur biblique subordonne au Dieu unique. — A plusieurs reprises, le texte hébreu de 6.1-4 est obscur.
2. *étant donné ses erreurs : il n'est que chair :* autre traduction *puisqu'il n'est que chair* — *il n'est que chair,* c'est-à-dire il n'est qu'un être humain, faible, face au Dieu puissant.
3. Ou *j'exterminerai.*

1. *toute chair,* c'est-à-dire tous les êtres humains.
2. La traduction traditionnelle *arche* rend un mot hébreu qui désigne une sorte de caisse capable de flotter sur l'eau; le même terme hébreu désigne aussi l'objet dans lequel Moïse fut déposé avant d'être placé au bord du Nil (voir Ex 2.3). Par contre, c'est un autre mot hébreu qui est traditionnellement rendu par *arche* (de l'alliance), objet sacré décrit en Ex 25.10-16. — La description de *l'arche* de Noé (v. 14-16) contient plusieurs termes techniques dont le sens précis n'est plus connu.
3. *coudées :* voir au glossaire POIDS ET MESURES.

« Entre dans l'arche, toi, et avec toi, tes fils, ta femme, et les femmes de tes fils. 19 De tout être vivant, de toute chair, tu introduiras un couple dans l'arche pour les faire survivre avec toi; qu'il y ait un mâle et une femelle ! 20 De chaque espèce d'oiseaux, de chaque espèce de bestiaux, de chaque espèce de petites bêtes du sol, un couple de chaque espèce viendra à toi pour survivre. 21 Et toi, prends de tout ce qui se mange et fais-en pour toi une réserve; ce sera ta nourriture et la leur. »

22 C'est ce que fit Noé; il fit exactement ce que Dieu lui avait prescrit.

Noé entre dans l'arche

7 1 Le Seigneur dit à Noé : « Entre dans l'arche, toi et toute ta maison, car tu es le seul juste que je vois en cette génération. 2 Tu prendras sept couples de tout animal *pur, un mâle et sa femelle — et d'un animal impur un couple, un mâle et sa femelle — 3 ainsi que des oiseaux du ciel, sept couples, mâle et femelle, pour en perpétuer la race sur toute la surface de la terre. 4 Car dans sept jours, je vais faire pleuvoir sur la terre pendant 40 jours et 40 nuits, j'effacerai[1] de la surface du sol tous les êtres que j'ai faits. »

5 Noé se conforma à tout ce que le Seigneur lui avait prescrit.

6 Noé était âgé de 600 ans quand eut lieu le Déluge — c'est-à-dire les eaux — sur la terre.

Le déluge

7 À cause des eaux du Déluge, Noé entra dans l'arche et avec lui ses fils, sa femme et les femmes de ses fils. 8 Des animaux *purs et des animaux impurs, des oiseaux et de tout ce qui remue sur le sol, 9 couple par couple, mâle et femelle vinrent à Noé dans l'arche comme Dieu l'avait prescrit à Noé. 10 Sept jours passèrent et les eaux du Déluge submergèrent la terre.

11 En l'an 600 de la vie de Noé, au deuxième mois, au dix-septième jour du mois, ce jour-là tous les réservoirs du grand *Abîme furent rompus et les ouvertures[1] du ciel furent béantes.

12 La pluie se déversa sur la terre pendant 40 jours et 40 nuits.

13 En ce même jour, Noé entra dans l'arche avec ses fils, Sem, Cham et Japhet, et avec eux, la femme de Noé et les trois femmes de ses fils 14 ainsi que toutes les espèces de bêtes, toutes les espèces de bestiaux, toutes les espèces de petites bêtes qui remuent sur la terre, toutes les espèces d'oiseaux, tout volatile, toute bête ailée. 15 Ils vinrent à Noé dans l'arche, couple par couple, de toute créature animée de vie. 16 C'étaient un mâle et une femelle de toute chair[2] qui entraient. Ils entrèrent comme Dieu l'avait prescrit à Noé.

Le Seigneur ferma la porte sur lui.

1. Ces *ouvertures* permettent à l'eau retenue par le firmament (voir 1.6-7 et la note) de se déverser sur la terre.
2. *toute chair*, c'est-à-dire toute espèce animale vivante (comparer 6.19).

1. Ou *j'exterminerai*.

17 Le Déluge eut lieu sur la terre pendant 40 jours.

Les eaux grossirent et soulevèrent l'arche qui s'éleva au-dessus de la terre. 18 Les eaux furent en crue, formèrent une masse énorme sur la terre, et l'arche dériva à la surface des eaux. 19 La crue des eaux devint de plus en plus forte sur la terre et, sous toute l'étendue des cieux, toutes les montagnes les plus élevées furent recouvertes 20 par une hauteur de quinze coudées[1]. Avec la crue des eaux qui recouvrirent les montagnes, 21 expira toute chair qui remuait sur la terre, oiseaux, bestiaux, bêtes sauvages, toutes les bestioles qui grouillaient sur la terre, et tout homme.

22 Tous ceux qui respiraient l'air par une haleine de vie[2], tous ceux qui vivaient sur la terre ferme moururent. 23 Ainsi le Seigneur effaça[3] tous les êtres de la surface du sol, hommes, bestiaux, petites bêtes, et même les oiseaux du ciel. Ils furent effacés, il ne resta que Noé et ceux qui étaient avec lui dans l'arche.

24 La crue des eaux dura 150 jours sur la terre.

Noé sort de l'arche

8 1 Dieu se souvint de Noé, de toutes les bêtes et de tous les bestiaux qui étaient avec lui dans l'arche; il fit alors passer un souffle sur la terre et les eaux se calmèrent. 2 Les réservoirs de l'*Abîme se fermèrent ainsi que les ouvertures[1] du ciel.

La pluie fut retenue au ciel 3 et les eaux se retirèrent de la terre par un flux et un reflux.

Au bout de 150 jours les eaux diminuèrent 4 et, au septième mois le dix-septième jour du mois, l'arche reposa sur le mont Ararat[2]. 5 Les eaux continuèrent à diminuer jusqu'au onzième jour du dixième mois et les cimes des montagnes apparurent.

6 Or au bout de 40 jours, Noé ouvrit la fenêtre de l'arche qu'il avait faite. 7 Il lâcha le corbeau qui s'envola, allant et revenant, jusqu'à ce que les eaux découvrirent la terre ferme. 8 Puis il lâcha la colombe pour voir si les eaux avaient baissé sur la surface du sol. 9 Mais la colombe ne trouva pas où poser la patte; elle revint à lui vers l'arche car les eaux couvraient toute la surface de la terre. Il tendit la main et la prit pour la faire rentrer dans l'arche. 10 Il attendit encore sept autres jours et lâcha à nouveau la colombe hors de l'arche. 11 Sur le soir elle revint à lui, et voilà qu'elle avait au bec un frais rameau d'olivier ! Noé sut ainsi que les eaux avaient baissé sur la terre. 12 Il attendit encore sept autres jours et lâcha la colombe qui ne revint plus vers lui.

13 Or, en l'an 601, au premier jour du premier mois, les eaux découvrirent la terre ferme.

Noé retira le toit de l'arche et vit alors que la surface du sol était ferme.

---

1. *coudées :* voir au glossaire POIDS ET MESURES.
2. *Tous ceux … de vie* ou *Tous ceux qui étaient animés d'un souffle de vie.*
3. Ou *extermina.*

1. *ouvertures :* voir 7.11 et la note.
2. *le mont Ararat* ou *les monts d'Ararat :* région montagneuse du nord de l'Assyrie, au sud-ouest de l'actuel Caucase.

14 Au deuxième mois, le vingt-septième jour du mois, la terre était sèche. 15 Dieu dit à Noé : 16 « Sors de l'arche, toi, ta femme, tes fils et les femmes de tes fils avec toi. 17 Toutes les bêtes qui sont avec toi, de tout ce qui est chair en fait d'oiseaux, bestiaux, toutes les petites bêtes qui remuent sur la terre, fais-les sortir avec toi et qu'ils grouillent sur la terre, qu'ils soient féconds et prolifiques sur la terre. » 18 Noé sortit, et avec lui ses fils, sa femme et les femmes de ses fils ; 19 toutes les bêtes, toutes les petites bêtes, tous les oiseaux et tout ce qui remue sur la terre sortirent de l'arche par familles.

20 Noé éleva un *autel pour le Seigneur. Il prit de tout bétail *pur, de tout oiseau pur et il offrit des holocaustes[1] sur l'autel. 21 Le Seigneur respira le parfum apaisant et se dit en lui-même : « Je ne maudirai plus jamais le sol à cause de l'homme. Certes, le cœur de l'homme est porté au mal dès sa jeunesse, mais plus jamais je ne frapperai tous les vivants comme je l'ai fait.

22 « Tant que la terre durera,
semailles et moissons,
froid et chaleur,
été et hiver,
jour et nuit
jamais ne cesseront. »

Dieu fait alliance avec Noé

9 1 Dieu bénit[2] Noé et ses fils, il leur dit :
« Soyez féconds et prolifiques, remplissez la terre. 2 Vous serez craints et redoutés de toutes les bêtes de la terre et de tous les oiseaux du ciel. Tout ce qui remue sur le sol et tous les poissons de la mer sont livrés entre vos mains. 3 Tout ce qui remue et qui vit vous servira de nourriture comme déjà l'herbe mûrissante[1], je vous donne tout. 4 Toutefois vous ne mangerez pas la chair avec sa vie, c'est-à-dire son sang[2]. 5 Et même, de votre sang, qui est votre propre vie, je demanderai compte à toute bête et j'en demanderai compte à l'homme : à chacun je demanderai compte de la vie de son frère.

6 « Qui verse le sang de l'homme,
par l'homme verra son sang versé ;
car à l'image de Dieu,
Dieu a fait l'homme.

7 « Quant à vous, soyez féconds et prolifiques, pullulez sur la terre, et multipliez-vous sur elle. »

8 Dieu dit à Noé accompagné de ses fils :
9 « Je vais établir mon *alliance avec vous, avec votre descendance après vous 10 et avec tous les êtres vivants qui sont avec vous : oiseaux, bestiaux, toutes les bêtes sauvages qui sont avec vous, bref tout ce qui est sorti de l'arche avec vous, même les bêtes sauvages. 11 J'établirai mon alliance avec vous : aucune chair[3] ne sera plus exterminée par les eaux du Déluge, il n'y aura plus de Déluge pour ravager la terre. »

12 Dieu dit : « Voici le signe de l'alliance que je mets entre moi, vous et tout être vivant avec vous,

---

1. *holocaustes* : voir au glossaire SACRIFICES.
2. Voir 1.22 et la note.

1. *l'herbe mûrissante* ou *les végétaux.* Comparer 1.29, 30 et la note.
2. Lv 17.11, 14 assimile aussi *le sang à la vie.* Mais ici comme là, le texte hébreu n'est pas absolument clair.
3. *aucune chair,* c'est-à-dire aucun être vivant.

pour toutes les générations futures.

13 « J'ai mis mon arc[1] dans la
nuée pour qu'il devienne un signe
d'alliance entre moi et la terre.
14 Quand je ferai apparaître des
nuages sur la terre et qu'on verra
l'arc dans la nuée, 15 je me souviendrai de mon alliance entre
moi, vous et tout être vivant quel
qu'il soit; les eaux ne deviendront
plus jamais un Déluge qui détrui-
rait toute chair. 16 L'arc sera dans
la nuée et je le regarderai pour
me souvenir de l'alliance perpétuelle entre Dieu et tout être vivant, toute chair qui est sur la
terre. »

17 Dieu dit à Noé : « C'est le
signe de l'alliance que j'ai établie
entre moi et toute chair qui est
sur la terre. »

Les trois fils de Noé

18 Sem, Cham et Japhet étaient
les fils de Noé qui sortirent de
l'arche; Cham, c'est le père de
Canaan.

19 Ce furent les trois fils de
Noé, c'est à partir d'eux que toute
la terre fut peuplée.

20 Noé fut le premier agricul-
teur. Il planta une vigne 21 et il en
but le vin, s'enivra et se trouva nu
à l'intérieur de sa tente. 22 Cham,
père de Canaan, vit la nudité de
son père et il en informa ses deux
frères au-dehors. 23 Sem et Japhet
prirent le manteau de Noé qu'ils
placèrent sur leurs épaules à tous
deux et, marchant à reculons, ils
couvrirent la nudité de leur père.
Tournés de l'autre côté, ils ne virent pas la nudité de leur père.

24 Lorsque Noé, ayant cuvé son
vin, sut ce qu'avait fait son plus
jeune fils, 25 il s'écria :
« Maudit soit Canaan,
qu'il soit le dernier des serviteurs de ses frères ! »
26 Puis il dit :
« Béni soit le Seigneur, le Dieu
de Sem,
que Canaan en soit le serviteur !
27 Que Dieu fasse sa part à Japhet[1], mais qu'il demeure dans
les tentes de Sem
et que Canaan en soit le serviteur ! »

28 Noé vécut 350 ans après le
Déluge. 29 Il vécut en tout 950
ans et mourut.

Les peuples de la terre

10 1 Voici la famille[2] des fils
de Noé, Sem, Cham et Ja-
phet. Il leur naquit des fils après
le Déluge :
2 Fils de Japhet[3] : Gomer, Magog, Madaï, Yavân, Toubal, Mèshek et Tirâs. 3 — Fils de Gomer :
Ashkénaz, Rifath et Togarma.
4 — Fils de Yavân : Elisha, Tarsis,
Kittim et Rodanim. 5 C'est à partir d'eux que se fit la répartition
des nations dans les îles. Chacun
eut son pays suivant sa langue et
sa nation selon son clan.

---

1. En hébreu, il y a jeu de mots entre le nom de
Japhet et le verbe traduit par *fasse sa part.*
2. Cette liste de descendants de Noé (comparer
5.1 et la note) présente une répartition en groupe-
ments ethniques et géographiques des peuples
connus autrefois.
3. Dans la mesure où l'on peut identifier les
noms propres qui suivent, les *fils de Japhet* sont
des peuples habitant surtout au nord de la
Méditerranée.

---

1. Il s'agit de *l'arc-en-ciel.*

6 Fils de Cham[1] : Koush, Miçraïm, Pouth et Canaan. 7 — Fils de Koush : Séva, Hawila, Savta, Raéma, Savteka. — Fils de Raéma : Saba et Dedân.

8 Koush engendra Nemrod. Il fut le premier héros sur la terre, 9 lui qui fut un chasseur héroïque devant le SEIGNEUR. D'où le dicton : « Tel Nemrod, être un chasseur héroïque devant le SEIGNEUR. » 10 Les capitales de son royaume furent Babel, Erek, Akkad, toutes villes[2] du pays de Shinéar. 11 Il sortit de ce pays pour Assour et bâtit Ninive, la ville aux larges places, Kalah[3] 12 la grande ville, et Rèsèn entre Ninive et Kalah.

13 Miçraïm engendra les gens de Loud, de Einâm, de Lehav et de Naftouah, 14 les gens du pays du Sud, ceux de Kaslouah d'où sortirent les Philistins et ceux de Kaftor.

15 Canaan engendra Sidon son premier-né et Heth, 16 le Jébusite, l'Amorite, le Guirgashite, 17 le Hivvite, le Arqite, le Sinite, 18 l'Arvadite, le Cemarite, le Hamatite. Les clans des Cananéens se disséminèrent ensuite 19 et le territoire cananéen s'étendit de Sidon vers Guérar jusqu'à Gaza, vers Sodome et Gomorrhe, Adma et Cevoïm jusqu'à Lèsha.

20 Tels furent les fils de Cham selon leurs clans et leurs langues, groupés en pays et nations.

21 De Sem, le frère aîné de Japhet, naquit aussi le père de tous les fils de Eber[1].

22 Fils de Sem[2] : Elam, Assour, Arpakshad, Loud et Aram. 23 — Fils d'Aram : Ouç, Houl, Guètèr et Mash.

24 Arpakshad engendra Shèlah et Shèlah engendra Eber. 25 À Eber naquirent deux fils. Le premier s'appelait Pèleg, car en son temps la terre fut divisée[3] et son frère s'appelait Yoqtân. 26 Yoqtân engendra Almodad, Shèlef, Haçarmaweth, Yèrah, 27 Hadorâm, Ouzal, Diqla, 28 Oval, Avimaël, Saba, 29 Ofir, Hawila, Yovav. Ce sont là tous les fils de Yoqtân ; 30 leur habitat s'étendait de Mésha vers Sefar, la montagne de l'orient.

31 Tels furent les fils de Sem selon leurs clans et leurs langues, groupés en pays selon leurs nations. 32 Tels furent les clans des fils de Noé selon leurs familles groupées en nations. C'est à partir d'eux que se fit la répartition des nations sur la terre après le Déluge.

La tour de Babel

11 1 La terre entière se servait de la même langue et des mêmes mots. 2 Or en se déplaçant vers l'orient, les hommes découvrirent une plaine dans le pays de Shinéar[4] et y habitèrent. 3 Ils se dirent l'un à l'autre : « Allons !

---

1. D'après le passage qui suit, les *fils de Cham* sont des peuples habitant au sud et à l'est de la Méditerranée, et jusque dans la plaine mésopotamienne.

2. *toutes villes* : autre traduction *Kalné*, nom d'une ville inconnue en Mésopotamie.

3. *Ninive* : ville proche de l'emplacement actuel de Mossoul (Iraq) ; *Kalah* : ville située au sud-est de Ninive.

1. *Eber* (qui réapparaît au v. 24) est l'ancêtre des Hébreux.

2. Les *fils de Sem* sont des peuples habitant à l'est de la Méditerranée (Syrie, Jordanie, Arabie Saoudite actuelles).

3. En hébreu, il y a jeu de mots entre le nom de *Pèleg* et le verbe traduit par *fut divisée*.

4. *pays de Shinéar* : désignation ancienne de la Mésopotamie.

Moulons des briques et cuisons-les au four. » Les briques leur servirent de pierre et le bitume leur servit de mortier. 4 « Allons ! dirent-ils, bâtissons-nous une ville et une tour dont le sommet touche le ciel. Faisons-nous un nom afin de ne pas être dispersés sur toute la surface de la terre. »

5 Le Seigneur descendit pour voir la ville et la tour que bâtissaient les fils d'Adam[1]. 6 « Eh, dit le Seigneur, ils ne sont tous qu'un peuple et qu'une langue et c'est là leur première oeuvre ! Maintenant, rien de ce qu'ils projetteront de faire ne leur sera inaccessible ! 7 Allons, descendons et brouillons ici leur langue, qu'ils ne s'entendent plus les uns les autres ! » 8 De là, le Seigneur les dispersa sur toute la surface de la terre et ils cessèrent de bâtir la ville. 9 Aussi lui donna-t-on le nom de Babel car c'est là que le Seigneur brouilla[2] la langue de toute la terre, et c'est de là que le Seigneur dispersa les hommes sur toute la surface de la terre.

Liste des patriarches de Sem à Abram

10 Voici la famille[3] de Sem :
Sem était âgé de cent ans quand il engendra Arpakshad deux ans après le Déluge. 11 Après avoir engendré Arpakshad, Sem vécu 500 ans, il engendra des fils et des filles.

12 Arpakshad avait vécu 35 ans quand il engendra Shèlah. 13 Après avoir engendré Shèlah, Arpakshad vécut 403 ans, il engendra des fils et des filles.

14 Shèlah avait vécu 30 ans quand il engendra Eber. 15 Après avoir engendré Eber, Shèlah vécut 403 ans, il engendra des fils et des filles.

16 Eber vécut 34 ans et engendra Pèleg. 17 Après avoir engendré Pèleg, Eber vécut 430 ans, il engendra des fils et des filles.

18 Pèleg vécut 30 ans et engendra Réou. 19 Après avoir engendré Réou, Pèleg vécut 209 ans, il engendra des fils et des filles.

20 Réou vécut 32 ans et engendra Seroug. 21 Après avoir engendré Seroug, Réou vécut 207 ans, il engendra des fils et des filles.

22 Seroug vécut 30 ans et engendra Nahor. 23 Après avoir engendré Nahor, Seroug vécut 200 ans, il engendra des fils et des filles.

24 Nahor vécut 29 ans et engendra Tèrah. 25 Après avoir engendré Tèrah, Nahor vécut 119 ans, il engendra des fils et des filles.

26 Tèrah vécut 70 ans et engendra Abram, Nahor et Harân. 27 Voici la famille de Tèrah : »
Tèrah engendra Abram, Nahor et Harân. 28 Harân engendra Loth. Harân mourut avant son père Tèrah dans le pays de sa famille, à Our des Chaldéens[1]. 29 Abram et Nahor prirent femme ; l'épouse d'Abram s'appelait Saraï et celle de Nahor Milka, fille de Harân, père de Milka et

---

1. *les fils d'Adam*, c'est-à-dire *les hommes*.
2. En hébreu, il y a jeu de mots entre le nom de *Babel* (Babylone) et le verbe traduit par *brouilla*.
3. *la famille*, c'est-à-dire *les descendants*. Cette liste, dans le même style que celle du chap. 5, établit le lien entre l'histoire de Noé et celle d'Abraham.

1. *Our des Chaldéens (des Babyloniens)* : ville de Basse-Mésopotamie, à 230 km environ au sud-est de Babylone.

de Yiska. 30 Saraï était stérile, elle n'avait pas d'enfant.

31 Tèrah prit son fils Abram, son petit-fils Loth, fils de Harân, et sa bru Saraï, femme de son fils Abram, qui sortirent avec eux d'Our des Chaldéens pour aller au pays de Canaan. Ils gagnèrent Harrân[1] où ils habitèrent. 32 Tèrah vécut 205 ans et il mourut à Harrân.

1. *Harrân* : ville de Haute-Mésopotamie, à 180 km environ au nord-est de l'actuelle Alep (Syrie). Des relations économiques et religieuses existaient entre *Our* et *Harrân*.

ABRAHAM

Dieu appelle Abram à quitter son pays

12 1 Le Seigneur dit à Abram :

« Pars de ton pays, de ta famille et de la maison de ton père vers le pays que je te ferai voir.
2 Je ferai de toi une grande nation et je te bénirai.
Je rendrai grand ton nom.
Sois en bénédiction.
3 Je bénirai ceux qui te béniront, qui te bafouera je le maudirai; en toi seront bénies toutes les familles de la terre. »
4 Abram partit comme le Seigneur le lui avait dit, et Loth[1] partit avec lui.

Abram avait 75 ans quand il quitta Harrân. 5 Il prit sa femme Saraï, son neveu Loth, tous les biens qu'ils avaient acquis et les êtres[2] qu'ils entretenaient à Harrân. Ils partirent pour le pays de Canaan.

Abram en Canaan et en Egypte

Ils arrivèrent au pays de Canaan. 6 Abram traversa le pays jusqu'au lieu dit Sichem[1], jusqu'au chêne de Moré. Les Cananéens étaient alors dans le pays, 7 le Seigneur apparut à Abram et dit : « C'est à ta descendance que je donnerai ce pays »; là, celui-ci éleva un *autel pour le Seigneur qui lui était apparu. 8 De là il gagna la montagne à l'est de Béthel. Il dressa sa tente entre Béthel à l'ouest et Aï à l'est, il y éleva un autel pour le Seigneur et fit une invocation en Son nom[2]. 9 Puis, d'étape en étape, Abram se déplaça vers le Néguev[3].

10 Il y eut une famine dans le pays et Abram descendit en Egypte pour y séjourner car la famine sévissait sur le pays. 11 Or, au moment d'atteindre l'Egypte,

1. *Sichem* : localité située à 50 km environ au nord de Jérusalem.
2. *Béthel, Aï* : localités situées à 15 km environ au nord de Jérusalem. — *Fit une invocation en Son nom* : autre traduction *invoqua Son nom*.
3. Le *Néguev* est la région semi-désertique du sud de la Palestine, approximativement entre Hébron et Qadesh.

1. *Loth* : neveu d'Abram (v. 5; voir aussi 11.27-32).
2. *les êtres* : les serviteurs, les esclaves et les troupeaux.

il dit à sa femme Saraï : « Vois, je sais bien que tu es une femme belle à voir. 12 Alors, quand les Egyptiens te verront et diront : C'est sa femme, ils me tueront et te laisseront en vie. 13 Dis, je te prie, que tu es ma sœur[1] pour que l'on me traite bien à cause de toi et que je reste en vie grâce à toi. » 14 De fait, quand Abram atteignit l'Egypte, les Egyptiens virent que cette femme était fort belle. 15 Des officiers de *Pharaon la regardèrent, chantèrent ses louanges à Pharaon, et cette femme fut prise pour sa maison. 16 À cause d'elle, on traita bien Abram qui reçut petit et gros bétail, ânes, esclaves et servantes, ânesses et chameaux. 17 Mais le Seigneur infligea de grands maux à Pharaon et à sa maison à cause de Saraï, la femme d'Abram; 18 Pharaon convoqua Abram pour lui dire : « Que m'as-tu fait là ! Pourquoi ne m'as-tu pas déclaré qu'elle était ta femme ? 19 Pourquoi m'as-tu dit : C'est ma sœur ? Et je me la suis attribuée pour femme. Maintenant, voici ta femme, reprends-la et va-t'en ! » 20 Pharaon ordonna à ses gens de le renvoyer, lui, sa femme, et tout ce qu'il possédait.

13 1 et Abram monta d'Egypte au Néguev, lui, sa femme et tout ce qu'il possédait — Loth était avec lui.

Abram et Loth se séparent

2 Abram était très riche en troupeaux, en argent et en or. 3 Il alla par étapes du Néguev jusqu'à Béthel, jusqu'au lieu où il avait d'abord campé entre Béthel et Aï[1]. 4 À l'endroit où il avait précédemment élevé un *autel, Abram fit une invocation[2] au nom du Seigneur.

5 Loth, qui accompagnait Abram, possédait lui aussi du petit et du gros bétail, ainsi que des tentes. 6 Le pays n'assura pas les besoins de leur vie commune, car leurs biens étaient trop considérables pour qu'ils puissent vivre ensemble. 7 Une querelle éclata entre les bergers des troupeaux d'Abram et les bergers des troupeaux de Loth — Cananéens et Perizzites[3] habitaient alors le pays — 8 et Abram dit à Loth : « Qu'il n'y ait pas de querelle entre moi et toi, mes bergers et les tiens : nous sommes frères[4]. 9 Tout le pays n'est-il pas devant toi ? Sépare-toi donc de moi. Si tu prends le nord, j'irai au sud; si c'est le sud, j'irai au nord. » 10 Loth leva les yeux et regarda tout le district du Jourdain : il était tout entier irrigué. Avant que le Seigneur n'eût détruit Sodome et Gomorrhe, il était jusqu'à Çoar[5] comme le jardin du Seigneur, comme le pays d'Egypte. 11 Loth choisit pour lui tout le district du Jourdain et se déplaça vers l'orient. Ils se sépa-

---

1. D'après 20.12, Saraï était une demi-sœur d'Abram.

1. *Néguev* : voir 12.9 et la note; *Béthel, Aï* : voir 12.8 et la note.
2. Voir 12.8 et la note.
3. Voir au glossaire AMORITES.
4. Par le mot *frères*, Abram souligne la proche parenté qui les unit, puisqu'ils sont oncle et neveu (voir 12.5).
5. *Sodome et Gomorrhe* : deux villes situées probablement au sud de la mer Morte, et dont la destruction est racontée aux chap. 18-19; *Çoar* : petite ville moabite à proximité des deux précédentes.

rèrent l'un de l'autre, 12 Abram habita dans le pays de Canaan et Loth dans les villes du District[1]. Celui-ci vint camper jusqu'à Sodome 13 dont les gens étaient des scélérats qui péchaient gravement contre le Seigneur.

14 Le Seigneur dit à Abram après que Loth se fut séparé de lui : « Lève donc les yeux et, du lieu où tu es, regarde au nord, au sud, à l'est et à l'ouest. 15 Oui, tout le pays que tu vois, je te le donne ainsi qu'à ta descendance, pour toujours. 16 Je multiplierai ta descendance comme la poussière de la terre au point que, si l'on pouvait compter la poussière de la terre, on pourrait aussi compter ta descendance. 17 Lève-toi, parcours le pays en long et en large, car je te le donne. » 18 Abram vint avec ses tentes habiter aux chênes de Mambré qui sont à Hébron[2]; il y éleva un autel pour le Seigneur.

Abram, les rois et Melkisédeq

14 1 Or, aux jours d'Amraphel roi de Shinéar, Aryok roi d'Ellasar, Kedorlaomer roi d'Elam et Tidéal roi de Goïm[3] 2 firent la guerre à Bèra roi de Sodome, à Birsha roi de Gomorrhe, à Shinéav roi d'Adma, à Shêmévèr roi de Cevoïm et au roi de Bèla, c'est-à-dire Çoar[1].

3 Ces derniers devaient tous faire leur jonction vers la vallée de Siddim, c'est-à-dire la mer Salée[2]. 4 Pendant douze ans, ils avaient servi Kedorlaomer, mais ils s'étaient révoltés la treizième année. 5 La quatorzième année, Kedorlaomer vint avec les rois qui l'accompagnaient. Ils battirent les Refaïtes[3] à Ashtaroth-Qarnaïm, les Zouzites à Hâm, les Emites à Shawé-Qiryataïm, 6 les Horites dans leur montagne en Séir jusqu'à Eil-Parân qui est près du désert. 7 Puis ils revinrent vers Ein-Mishpath, c'est-à-dire Qadesh, ils ravagèrent toute la campagne amalécite · et même les Amorites habitant Haçaçôn-Tamar.

8 Alors le roi de Sodome s'avança, et les rois de Gomorrhe, d'Adma, de Cevoïm et de Bèla, c'est-à-dire Çoar; ils se disposèrent à combattre contre eux dans la vallée de Siddim, 9 contre Kedorlaomer roi d'Elam, Tidéal roi de Goïm, Amraphel roi de Shinéar, Aryok roi d'Ellasar : quatre rois contre cinq. 10 La vallée de Siddim était creusée de puits de bitume; dans leur fuite, les rois de Sodome et de Gomorrhe y tombèrent, ceux qui restèrent s'enfuirent dans la montagne. 11 On prit tous les biens de Sodome et de

---

1. *du District* (du Jourdain, voir v. 11) : il semble que ce nom commun soit employé ici comme nom propre géographique; comparer 19.17.
2. *Hébron* : localité située à 30 km environ au sud-ouest de Jérusalem. Le sanctuaire de *Mambré*, à 3 km au nord, joua un rôle important dans la vie d'Abram.
3. Seuls quelques-uns de ces noms de personnes et de lieux sont identifiés : *Shinéar* : Mésopotamie; *Ellasar* : peut-être *Larsa*, ville de Basse-Mésopotamie; *Elam* : royaume situé à l'est de la Babylonie; *Tidéal* : probablement *Toudhaliya*, roi hittite.

1. *Bèra, Birsha* : ces deux noms propres ont probablement une valeur symbolique, puisqu'ils pourraient signifier respectivement «dans le mal» et «dans la méchanceté.» — *Sodome, Gomorrhe, Çoar* : voir 13.10 et la note; *Adma, Cevoïm* : localités non identifiées, mais associées par Dt 29.22 à Sodome et Gomorrhe.
2. *la mer Salée* : la mer Morte.
3. Dans les v. 5-8, les localités identifiées se situent entre Damas et le sud du Néguev, en passant par Moab. Les peuples mentionnés sont d'anciennes populations de ces régions; voir aussi au glossaire AMORITES.

Gomorrhe, tous leurs vivres, et on partit. 12 On prit Loth, le neveu d'Abram, avec ses biens, et on partit.

Loth habitait à Sodome, 13 et un fuyard s'en vint porter la nouvelle à Abram l'Hébreu, qui demeurait aux chênes de Mambré[1] l'Amorite, frère d'Eshkol et de Aner; ils étaient les alliés d'Abram. 14 Dès que celui-ci apprit la capture de son frère, il mit sur pieds 318 de ses vassaux, liés de naissance à sa maison. Il mena la poursuite jusqu'à Dan[2]. 15 Il répartit ses hommes pour assaillir de nuit les ennemis. Il les battit et les poursuivit jusqu'à Hova qui est au nord de Damas. 16 Il ramena tous les biens, il ramena aussi son frère Loth et ses biens, ainsi que les femmes et les parents.

17 Le roi de Sodome s'avança vers la vallée de Shawé, c'est-à-dire la vallée du roi, à la rencontre d'Abram qui revenait victorieux de Kedorlaomer et des rois qui l'accompagnaient. 18 C'est Melkisédeq, roi de Salem[3], qui fournit du pain et du vin. Il était prêtre de Dieu, le Très-Haut, 19 et il bénit Abram en disant :

« Béni soit Abram par le Dieu Très-Haut

qui crée ciel et terre !

20 Béni soit le Dieu Très-Haut qui a livré tes adversaires entre tes mains ! »

Abram lui donna la dîme[1] de tout.

21 Le roi de Sodome dit à Abram : « Donne-moi les personnes, et reprends tes biens. » 22 Abram lui répondit : « Je lève la main vers le SEIGNEUR, Dieu Très-Haut qui crée ciel et terre : 23 pas un fil, pas même une courroie de sandale ! Je jure de ne rien prendre de ce qui est à toi. Tu ne pourras pas dire : C'est moi qui ai enrichi Abram. 24 Cela ne me concerne en rien, sauf la nourriture de mes jeunes; quant à la part des hommes qui m'ont accompagné, Aner, Eshkol et Mambré, ils la prendront eux-mêmes. »

Dieu fait alliance avec Abram

15 1 Après ces événements, la parole du SEIGNEUR fut adressée à Abram dans une vision. Il dit : « Ne crains pas, Abram, c'est moi ton bouclier; ta solde[2] sera considérablement accrue. » 2 Abram répondit : « Seigneur DIEU, que me donneras-tu ? Je m'en vais sans enfant, et l'héritier de ma maison, c'est Eliézer de Damas[3]. »

3 Abram dit : « Voici que tu ne m'as pas donné de descendance et c'est un membre de ma maison qui doit hériter de moi. » 4 Alors le SEIGNEUR lui parla en ces termes : « Ce n'est pas lui qui héritera de toi, mais celui qui sortira

---

1. Voir 13.18 et la note.
2. *son frère* : voir 13.8 et la note. — *Vassaux* : autre traduction *serviteurs*. — *Dan* : ville située tout au nord de la Palestine.
3. *Melkisédeq* était à la fois roi et prêtre, comme de nombreux souverains de l'ancien Orient. — *Salem* est généralement identifié à Jérusalem.

1. Dans l'AT, la *dîme* (dixième) était l'offrande de la dixième partie des produits de l'agriculture (à l'origine) et de l'élevage (par la suite). Cette offrande était présentée à Dieu, par l'intermédiaire des prêtres et des *lévites. Ici, Abram donne la dîme de tout ce qu'il a.
2. *ta solde* : autre traduction *ta récompense*.
3. *et l'héritier ... Damas* : texte hébreu obscur; il est probable que le v. 3 en donne le sens général.

de tes entrailles[1] héritera de toi. » 5 Il le mena dehors et lui dit : « Contemple donc le ciel, compte les étoiles si tu peux les compter. » Puis il lui dit : « Telle sera ta descendance. » 6 Abram eut foi dans le Seigneur, et pour cela le Seigneur le considéra comme juste[2].

7 Il lui dit : « C'est moi le Seigneur qui t'ai fait sortir d'Our des Chaldéens[3] pour te donner ce pays en possession. » 8 — « Seigneur Dieu, répondit-il, comment saurai-je que je le posséderai ? » 9 Il lui dit : « Procure-moi une génisse de trois ans, une chèvre de trois ans, un bélier de trois ans, une tourterelle et un pigeonneau. » 10 Abram lui procura tous ces animaux, les partagea par le milieu et plaça chaque partie en face de l'autre[4]; il ne partagea pas les oiseaux. 11 Des rapaces fondirent sur les cadavres, mais Abram les chassa.

12 Au coucher du soleil, une torpeur saisit Abram. Voici qu'une terreur et une épaisse ténèbre tombèrent sur lui. 13 Il dit à Abram : « Sache bien que ta descendance résidera dans un pays qu'elle ne possédera pas. On en fera des esclaves, qu'on opprimera pendant 400 ans[5]. 14 Je serai juge aussi de la nation qu'ils serviront, ils sortiront[6] alors avec de grands biens. 15 Toi, en paix,

tu rejoindras tes pères[1] et tu seras enseveli après une heureuse vieillesse. 16 À la quatrième génération, ta descendance reviendra ici car l'iniquité de l'*Amorite n'a pas atteint son comble. » 17 Le soleil se coucha, et dans l'obscurité voici qu'un four fumant et une torche de feu passèrent entre les morceaux[2]. 18 En ce jour, le Seigneur conclut une *alliance avec Abram en ces termes :

« C'est à ta descendance que je donne ce pays,
du fleuve d'Egypte au grand fleuve, le fleuve Euphrate
19 — les Qénites, les Qenizzites, les Qadmonites, 20 les Hittites, les Perizzites, les Refaïtes, 21 les Amorites, les Cananéens, les Guirgashites et les Jébusites. »

Naissance d'Ismaël

16 1 Saraï, femme d'Abram, ne lui avait pas donné d'enfant. Elle avait une servante égyptienne du nom de Hagar, 2 et Saraï dit à Abram : « Voici que le Seigneur m'a empêchée d'enfanter. Va donc vers ma servante, peut-être que par elle j'aurai un fils[3]. » Abram écouta la proposition de Saraï. 3 Dix ans après qu'Abram se fut établi dans le pays de Canaan, Saraï sa femme prit Hagar, sa servante égyptienne, pour la donner comme femme à Abram son mari. 4 Il alla vers Hagar qui devint enceinte. Quand elle se vit enceinte,

---

1. *celui qui sortira de tes entrailles :* tournure hébraïque pour désigner un enfant à naître.
2. Le terme hébreu traduit par *juste* désigne un accord complet avec la volonté de Dieu plutôt que la rectitude morale.
3. *Our des Chaldéens :* voir 11.28 et la note.
4. Sur ce cérémonial, voir Jr 34.18 et la note.
5. *esclaves ... pendant 400 ans :* allusion aux événements racontés en Ex 1-12; Ex 12.40 parle plus précisément de 430 ans.
6. *ils sortiront :* voir Ex 12.37-15.21.

---

1. *tu rejoindras tes pères* (ou *tes ancêtres) :* euphémisme pour *tu mourras* (comparer Nb 20.24; 1 R 1.21 et les notes).
2. Le *four* et la *torche* symbolisent la présence de Dieu. — Les *morceaux* désignent les animaux partagés (v. 10).
3. Comparer 30.1-13. Cette coutume est aussi attestée dans le droit mésopotamien.

sa maîtresse ne compta plus à ses yeux. 5 Saraï dit à Abram : «Tu es responsable de l'injure qui m'est faite. C'est moi qui ai mis sur ton sein ma servante. Dès qu'elle s'est vue enceinte, je n'ai plus compté à ses yeux. Que le Seigneur décide entre toi et moi!» 6 Abram répondit à Saraï : «Voici ta servante en ton pouvoir, fais-lui ce qui est bon à tes yeux.» Saraï la maltraita et celle-ci prit la fuite.

7 L'*ange du Seigneur la trouva près d'une source dans le désert, celle qui est sur la route de Shour[1], 8 et il dit : «Hagar, servante de Saraï, d'où viens-tu et où vas-tu?» Elle répondit : «Je fuis devant Saraï ma maîtresse.» 9 L'ange du Seigneur lui dit : «Retourne vers ta maîtresse et plie-toi à ses ordres.»

10 L'ange du Seigneur lui dit : «Je multiplierai tellement ta descendance qu'on ne pourra la compter.»

11 L'ange du Seigneur lui dit : «Voici que tu es enceinte et tu vas enfanter un fils, tu lui donneras le nom d'Ismaël car le Seigneur a perçu[2] ta détresse.

12 Véritable âne sauvage, cet homme! Sa main contre tous, la main de tous contre lui, à la face de tous ses frères, il demeure.»

13 Hagar invoqua le nom du Seigneur qui lui avait parlé : «Tu es Dieu qui me vois.» Elle avait en effet dit : «Est-ce bien ici que j'ai vu après qu'il m'a vue?»

14 C'est pourquoi on appela le puits : «Le puits de Lahaï qui me voit»; on le trouve entre Qadesh et Bèred[1].

15 Hagar enfanta un fils à Abram; il appela Ismaël le fils que Hagar lui avait donné.

Abram devient Abraham

16 Abram avait 86 ans quand Hagar lui donna Ismaël.

17 1 Il avait 99 ans quand le Seigneur lui apparut et lui dit : «C'est moi le Dieu Puissant[2]. Marche en ma présence et sois intègre. 2 Je veux te faire don de mon *alliance entre toi et moi, je te ferai proliférer à l'extrême.»

3 Abram tomba sur sa face, Dieu parla avec lui et dit : 4 «Pour moi, voici mon alliance avec toi : tu deviendras le père d'une multitude de nations. 5 On ne t'appellera plus du nom d'Abram, mais ton nom sera Abraham car je te donnerai de devenir le père d'une multitude[3] de nations 6 et je te rendrai fécond à l'extrême : je ferai que tu donnes naissance à des nations, et des rois sortiront de toi. 7 J'établirai mon alliance entre moi, toi, et après toi les générations qui descendront de toi; cette alliance perpétuelle fera de moi ton Dieu et Celui de ta descendance après

1. *Lahaï qui me voit* (en hébreu *Lahaï Roï*) : c'est probablement un ancien nom de ce puits, que l'auteur biblique explique par un jeu de mots sur le verbe hébreu signifiant *voir* (v. 13). *Qadesh* : localité située à 150 km environ au sud-ouest de Jérusalem; *Bèred* : localité non identifiée, probablement à proximité de Qadesh.
2. Le sens du mot hébreu traduit par *Puissant* est discuté; la traduction suit ici l'interprétation donnée par les anciennes versions grecque et latine.
3. En hébreu, il y a jeu de mots entre le nom d'*Abraham* et l'expression signifiant *père d'une multitude.*

---

1. *Shour :* voir Ex 15.22 et la note.
2. En hébreu, il y a jeu de mots entre le nom d'*Ismaël* (signifiant «Dieu entend») et le verbe traduit par *a perçu* (ou *a entendu*).

toi. 8 Je donnerai en propriété perpétuelle à toi et à ta descendance après toi le pays de tes migrations[1], tout le pays de Canaan. Je serai leur Dieu. »

La circoncision, signe de l'alliance

9 Dieu dit à Abraham : « Toi, tu garderas mon *alliance, et après toi, les générations qui descendront de toi. 10 Voici mon alliance que vous garderez entre moi et vous, c'est-à-dire ta descendance après toi : tous vos mâles seront *circoncis : 11 vous aurez la chair de votre prépuce circoncise, ce qui deviendra le signe de l'alliance entre moi et vous. 12 Seront circoncis à l'âge de huit jours tous vos mâles de chaque génération ainsi que les esclaves nés dans la maison ou acquis à prix d'argent d'origine étrangère quelle qu'elle soit, qui ne sont pas de ta descendance. 13 L'esclave né dans la maison ou acquis à prix d'argent devra être circoncis. Mon alliance deviendra dans votre chair une alliance perpétuelle, 14 mais l'incirconcis, le mâle qui n'aura pas été circoncis de la chair de son prépuce, celui-ci sera retranché d'entre les siens[2]. Il a rompu mon alliance. »

15 Dieu dit à Abraham : « Tu n'appelleras plus ta femme Saraï du nom de Saraï, car elle aura pour nom Sara. 16 Je la bénirai et même je te donnerai par elle un fils. Je la bénirai, elle donnera

naissance à des nations; des rois de peuples sortiront d'elle. » 17 Abraham tomba sur sa face et il rit; il se dit en lui-même : « Un enfant naîtrait-il à un homme de cent ans ? Ou Sara avec ses 90 ans pourrait-elle enfanter ? » 18 Abraham dit à Dieu : « Puisse Ismaël vivre en ta présence ! » 19 Dieu dit : « Mais non ! Ta femme Sara va t'enfanter un fils et tu lui donneras le nom d'Isaac[1]. J'établirai mon alliance avec lui comme une alliance perpétuelle pour sa descendance après lui. 20 Pour Ismaël, je t'exauce[2]. Vois, je le bénis, je le rends fécond, prolifique à l'extrême; il engendrera douze princes et je ferai sortir de lui une grande nation. 21 Mais j'établirai mon alliance avec Isaac que Sara te donnera l'année prochaine à cette date. » 22 Quand Dieu eut achevé de parler avec Abraham, il s'éleva loin de lui.

23 Abraham prit son fils Ismaël, tous les esclaves nés dans sa maison ou acquis à prix d'argent, tous les mâles de sa maisonnée; il circoncit la chair de leur prépuce le jour même où Dieu avait parlé avec lui. 24 Abraham avait 99 ans quand fut circoncise la chair de son prépuce, 25 et Ismaël avait treize ans quand fut circoncise la chair de son prépuce. 26 C'est le même jour qu'Abraham et son fils Ismaël furent circoncis; 27 toute sa maisonnée, les esclaves nés dans la maison ou acquis à

---

1. *le pays de tes migrations* ou *le pays où tu séjournes.*

2. *retranché d'entre les siens* : cette expression semble désigner l'exclusion de la communauté tribale et religieuse. Il en va de même pour les expressions voisines : *retranché d'Israël* (Ex 12.15), *retranché de sa parenté* (Ex 30.33).

1. En hébreu, il y a jeu de mots entre le nom d'*Isaac* et le verbe traduit par *il rit* au v. 17 (comparer 18.12-15).

2. *Pour Ismaël, je t'exauce* : même jeu de mots qu'en 16.11 (le même verbe hébreu peut se traduire par *percevoir, entendre, exaucer*).

prix d'argent d'origine étrangère furent circoncis avec lui.

Dieu annonce que Sara aura un fils

18 1 Le Seigneur apparut à Abraham aux chênes de Mambré[1] alors qu'il était assis à l'entrée de la tente dans la pleine chaleur du jour. 2 Il leva les yeux et aperçut trois hommes[2] debout près de lui. À une vue il courut de l'entrée de la tente à leur rencontre, se prosterna à terre 3 et dit : «Mon Seigneur, si j'ai pu trouver grâce à tes yeux, veuille ne pas passer loin de ton serviteur[3]. 4 Qu'on apporte un peu d'eau pour vous laver les pieds, et reposez-vous sous cet arbre. 5 Je vais apporter un morceau de pain pour vous réconforter avant que vous alliez plus loin, puisque vous êtes passés près de votre serviteur.» Ils répondirent : «Fais comme tu l'as dit.»

6 Abraham se hâta vers la tente pour dire à Sara : «Vite ! Pétris trois mesures de fleur de farine et fais des galettes !» 7 et il court au troupeau en prendre un veau bien tendre. Il le donna au garçon qui se hâta de l'apprêter. 8 Il prit du caillé, du lait et le veau préparé qu'il plaça devant eux; il se tenait sous l'arbre, debout près d'eux. Ils mangèrent 9 et lui dirent : «Où est Sara ta femme ?» Il répondit : «Là, dans la tente.»

10 Le Seigneur reprit : «Je dois revenir au temps du renouveau[1] et voici que Sara ta femme aura un fils.» Or Sara écoutait à l'entrée de la tente, derrière lui. 11 Abraham et Sara étaient vieux, avancés en âge, et Sara avait cessé d'avoir ce qu'ont les femmes. 12 Sara se mit à rire[2] en elle-même et dit : «Toute usée comme je suis, pourrais-je encore jouir ? Et mon maître est si vieux !» 13 Le Seigneur dit à Abraham : «Pourquoi ce rire de Sara ? Et cette question : Pourrais-je vraiment enfanter, moi qui suis si vieille ? 14 Y a-t-il une chose trop prodigieuse pour le Seigneur ? À la date où je reviendrai vers toi, au temps du renouveau, Sara aura un fils.» 15 Sara nia[3] en disant : «Je n'ai pas ri», car elle avait peur. «Si ! reprit-il, tu as bel et bien ri.»

Abraham intercède pour Sodome

16 Les hommes se levèrent de là et portèrent leur regard sur Sodome[4]; Abraham marchait avec eux pour prendre congé. 17 Le Seigneur dit : «Vais-je cacher à Abraham ce que je fais ? 18 Abraham doit devenir une nation grande et puissante en qui seront bénies toutes les nations de la terre, 19 car j'ai voulu le connaître[5] afin qu'il prescrive à

1. Voir 13.18 et la note.
2. *trois hommes :* dans la suite du récit, il est tantôt question des *hommes* (v. 16, 22), tantôt *du Seigneur* (v. 10, 20, 33), tantôt de *deux anges* (19.1). Il s'agit donc du Seigneur accompagné de deux anges, qu'Abraham croit être de simples voyageurs et qu'il reçoit avec la proverbiale hospitalité des nomades.
3. *ton serviteur,* c'est-à-dire *moi.*

1. *au temps du renouveau,* c'est-à-dire *au printemps,* ou peut-être *à l'automne,* époque des pluies permettant un *renouveau* de la nature; autres traductions *l'an prochain,* ou *à la même époque* (de l'année prochaine).
2. *se mit à rire :* voir 17.19 et la note.
3. *nia* ou *mentit.*
4. *Sodome :* voir 13.10 et la note.
5. *j'ai voulu le connaître :* autres traductions *je l'ai distingué* ou *je l'ai choisi.*

ses fils et à sa maison après lui d'observer la voie du Seigneur en pratiquant la justice et le droit; ainsi le Seigneur réalisera pour Abraham ce qu'il a prédit de lui. »

20 Le Seigneur dit : « La plainte contre Sodome et Gomorrhe est si forte, leur péché est si lourd 21 que je dois descendre pour voir s'ils ont agi en tout comme la plainte en est venue jusqu'à moi. Oui ou non, je le saurai. »

22 Les hommes se dirigèrent de là vers Sodome. Abraham se tenait encore devant le Seigneur, 23 il s'approcha et dit : « Vas-tu vraiment supprimer le juste[1] avec le coupable ? 24 Peut-être y a-t-il 50 justes dans la ville ! Vas-tu vraiment supprimer cette cité ? Ou lui pardonner à cause des 50 justes qui s'y trouvent ? 25 Loin de toi une telle conduite ! Faire mourir le juste avec le coupable ? Il en serait du juste comme du coupable ? Loin de toi ! Le juge de toute la terre n'appliquerait-il pas le droit ? » 26 Le Seigneur dit : « Si je trouve à Sodome 50 justes au sein de la ville, à cause d'eux je pardonnerai à toute la cité. »

27 Abraham reprit et dit : « Je vais me décider à parler à mon Seigneur, moi qui ne suis que poussière et cendre. 28 Peut-être sur 50 justes en manquera-t-il cinq ! Pour cinq, détruiras-tu toute la ville ? » Il dit : « Je ne la détruirai pas si j'y trouve 45 justes. »

29 Abraham reprit encore la parole et lui dit : « Peut-être là s'en trouvera-t-il 40 ! » Il dit : « Je ne le ferai pas à cause de ces 40. »

30 Il reprit : « Que mon Seigneur ne s'irrite pas si je parle; peut-être là s'en trouvera-t-il 30 ! » Il dit : « Je ne le ferai pas si j'y trouve ces 30. »

31 Il reprit : « Je vais me décider à parler à mon Seigneur : peut-être là s'en trouvera-t-il vingt ! » Il dit : « Je ne détruirai pas à cause de ces vingt. »

32 Il reprit : « Que mon Seigneur ne s'irrite pas si je parle une dernière fois : peut-être là s'en trouvera-t-il dix ! » — « Je ne détruirai pas à cause de ces dix. »

33 Le Seigneur partit lorsqu'il eut achevé de parler à Abraham et Abraham retourna chez lui.

Loth échappe à la destruction de Sodome

19 1 Les deux *anges arrivèrent le soir à Sodome alors que Loth était assis à la porte de Sodome[1]. Il les vit, se leva pour aller à leur rencontre et se prosterna face contre terre. 2 Il dit : « De grâce, mes seigneurs, faites un détour par la maison de votre serviteur[2], passez-y la nuit, lavez-vous les pieds et de bon matin vous irez votre chemin. » Mais ils lui répondirent : « Non ! Nous passerons la nuit sur la place. » 3 Il les pressa tant qu'ils firent un détour chez lui et arrivèrent à sa maison. Il leur prépara un repas, fit cuire des pains sans *levain et ils mangèrent.

4 Ils n'étaient pas encore couchés que la maison fut cernée par les gens de la ville, les gens de Sodome, du plus jeune au plus

---

1. *le juste* : voir 15.6 et la note.

1. *Les deux anges* : voir 18.2 et la note. — *Loth à la porte de Sodome* : voir 13.12-13.
2. *la maison de votre serviteur*, c'est-à-dire *ma maison*.

vieux, le peuple entier sans exception. 5 Ils appelèrent Loth et lui dirent : «Où sont les hommes qui sont venus chez toi cette nuit ? Fais-les sortir vers nous pour que nous les connaissions[1]. » 6 Loth sortit vers eux sur le pas de sa porte, il la ferma derrière lui 7 et dit : «De grâce, mes frères, ne faites pas de malheur. 8 J'ai à votre disposition deux filles qui n'ont pas connu d'homme, je puis les faire sortir vers vous et vous en ferez ce que bon vous semblera. Mais ne faites rien à ces hommes puisqu'ils sont venus à l'ombre de mon toit[2]. » 9 Ils répondirent : «Tire-toi de là ! » Et ils dirent : «Cet individu est venu en émigré et il fait le redresseur de torts ! Nous allons lui faire plus de mal qu'à eux. » Ils poussèrent Loth avec violence et s'approchèrent pour enfoncer la porte. 10 Mais les deux hommes tendirent la main pour faire rentrer Loth à la maison, près d'eux. Ils fermèrent la porte, 11 et frappèrent de cécité les gens qui étaient devant l'entrée de la maison, depuis le plus petit jusqu'au plus grand; ils ne purent trouver l'entrée.

12 Les deux hommes dirent à Loth : «Qui as-tu encore ici ? Un gendre ? Tes fils ? Tes filles ? Tout ce que tu as dans la ville, fais-le sortir de cette cité. 13 Nous allons en effet la détruire car elle est grande devant le Seigneur, la plainte qu'elle provoque. Il nous a envoyés pour la détruire. » 14 Loth sortit pour parler à ses gendres, ceux qui allaient épouser ses filles, et il leur dit : «Debout ! Sortez de cette cité car le Seigneur va détruire la ville. » Mais aux yeux de ses gendres, il parut plaisanter. ◂

15 Lorsque pointa l'aurore, les anges insistèrent auprès de Loth en disant : «Debout ! Prends ta femme et tes deux filles qui se trouvent ici de peur que tu ne périsses par la faute de cette ville. » 16 Comme il s'attardait, les deux hommes le tirèrent par la main, lui, sa femme et ses deux filles car le Seigneur avait pitié de lui ; ils le firent sortir pour le mettre hors de la ville. 17 Comme ils le menaient dehors, ils dirent à Loth : «Sauve-toi, il y va de ta vie. Ne regarde pas derrière toi, ne t'arrête nulle part dans le District[1] ! Fuis vers la montagne de peur de périr. » 18 Loth leur dit : «À Dieu ne plaise[2] ! 19 Voici, ton serviteur a trouvé grâce à tes yeux et tu as usé envers moi d'une grande amitié en me conservant la vie. Mais moi, je ne pourrai pas fuir à la montagne sans être atteint par le fléau et mourir. 20 Voici cette ville, assez proche pour y fuir, et insignifiante. Je voudrais m'y réfugier. N'est-ce pas demander peu de chose pour rester en vie ? » 21 Il lui répondit : «Vois ! Je te fais encore cette faveur et je ne bouleverserai pas la ville dont tu me parles. 22 Réfugie-toi là-bas au plus vite, car je ne peux rien faire jusqu'à ce que

---

1. *pour que nous les connaissions* : tournure hébraïque signifiant *pour que nous ayons des relations sexuelles avec eux*.
2. La loi sacrée de l'hospitalité l'emportait pour Loth sur toute autre considération.

1. *le District* : voir 13.12 et la note.
2. *A Dieu ne plaise !* : Autre traduction *oh ! non, Seigneur !*

tu y sois arrivé. » C'est pourquoi on appelle cette ville Çoar[1].

23 Le soleil se levait sur la terre et Loth entrait à Çoar 24 quand le Seigneur fit pleuvoir sur Sodome et Gomorrhe du soufre et du feu. Cela venait du ciel et du Seigneur. 25 Il bouleversa ces villes, tout le District, tous les habitants des villes et la végétation du sol. 26 La femme de Loth regarda en arrière et elle devint une colonne de sel[2]. 27 Abraham se rendit de bon matin au lieu où il s'était tenu devant le Seigneur, 28 il porta son regard sur Sodome, Gomorrhe et tout le territoire du District; il regarda et vit qu'une fumée montait de la terre comme la fumée d'une fournaise.

29 Or, quand Dieu détruisit les villes du District, il se souvint d'Abraham, et il retira Loth au coeur du fléau quand il bouleversa les villes où Loth habitait.

Loth et ses filles

30 Loth monta de Çoar pour loger à la montagne et ses deux filles l'accompagnaient. Il craignait en effet d'habiter Çoar et il logea dans une caverne, lui et ses deux filles. 31 L'aînée dit à la cadette : « Notre père est vieux et il n'y a pas d'homme dans le pays pour venir à nous suivant la coutume de tout le pays. 32 Allons ! Faisons boire du vin à notre père et nous coucherons avec lui pour donner vie à une descendance issue de notre père. » 33 Elles firent

boire du vin à leur père cette nuit-là, et l'aînée vint coucher avec son père qui n'eut conscience ni de son coucher ni de son lever.

34 Or, le lendemain, l'aînée dit à la cadette : « Vois ! J'ai couché la nuit dernière avec mon père. Faisons-lui boire du vin cette nuit encore, et tu iras coucher avec lui. Nous aurons donné vie à une descendance issue de lui. » 35 Cette nuit encore, elles firent boire du vin à leur père. La cadette alla coucher avec lui; il n'eut conscience ni de son coucher ni de son lever.

36 Les deux filles de Loth devinrent enceintes de leur père. 37 L'aînée donna naissance à un fils qu'elle appela Moab; c'est le père des Moabites[1] d'aujourd'hui. 38 La cadette, elle aussi, donna naissance à un fils qu'elle appela Ben-Ammi; c'est le père des fils d'Ammon[2] d'aujourd'hui.

Abraham et Abimélek

20 1 De là Abraham partit pour la région du Néguev, il habita entre Qadesh et Shour puis vint séjourner à Guérar[3]. 2 Abraham dit de sa femme Sara : « C'est ma soeur », et Abimélek, roi de Guérar, la fit enlever. 3 Mais Dieu vint trouver Abimélek en songe pendant la nuit et lui dit : « Tu vas mourir à cause de la femme que tu as enlevée,

---

1. *Çoar* : voir 13.10 et la note. — En hébreu, il y a jeu de mots entre le nom de *Çoar* et l'adjectif traduit par *insignifiante* au v. 20.
2. *une colonne de sel* : au sud de la mer Morte, certaines formations géologiques font penser à des statues.

1. *le père* ou *l'ancêtre*. — Les *Moabites* occupaient la région située à l'est de la mer Morte.
2. Les *fils d'Ammon* ou *Ammonites* occupaient une région située à l'est du Jourdain, sur le plateau transjordanien.
3. *Néguev* : voir 12.9 et la note; *Qadesh* : voir 16.14 et la note; *Shour* : voir Ex 15.22 et la note; *Guérar* : localité située à 80 km environ au sud-ouest de Jérusalem.

car elle appartient à son mari. » 4 Abimélek, qui ne s'était pas encore approché d'elle, s'écria : « Mon Seigneur ! Ferais-tu périr une nation, même si elle est juste ? 5 N'est-ce pas lui qui m'a dit : C'est ma sœur ? Elle disait elle-même : C'est mon frère. J'ai agi avec un cœur intègre et des mains innocentes. » 6 Dieu lui répondit en songe : « Moi aussi, je sais que tu as agi avec un cœur intègre, et c'est encore moi qui t'ai retenu de pécher contre moi ; c'est pourquoi je ne t'ai pas laissé la toucher. 7 Rends maintenant à cet homme sa femme, car c'est un *prophète[1] qui intercédera en ta faveur pour que tu vives. Si tu ne la rends pas, sache qu'il te faudra mourir, toi et tous les tiens. »

8 Abimélek se leva de bon matin, convoqua tous ses serviteurs et les mit au courant de toute cette affaire ; ces gens eurent grand-peur. 9 Puis Abimélek convoqua Abraham et lui dit : « Que nous as-tu fait ! En quoi ai-je péché contre toi pour que tu nous aies exposés, moi et mon royaume, à un si grave péché ? Tu as agi avec moi comme on n'agit pas. » 10 Abimélek reprit : « Qu'avais-tu en vue en faisant cela ? » 11 Abraham répondit : « Je m'étais dit : Il n'y a pas la moindre crainte de Dieu dans ce lieu, ils me tueront à cause de ma femme. 12 D'ailleurs elle est vraiment ma sœur, fille de mon père sans être fille de ma mère, et elle est devenue ma femme. 13 Lorsque la divinité[2] me fit errer loin de la maison de mon père, je dis à Sara : Fais-moi l'amitié de dire partout où nous irons : C'est mon frère. » 14 Abimélek prit du petit et du gros bétail, des serviteurs et des servantes ; il les donna à Abraham, lui rendit sa femme Sara 15 et dit : « Voici devant toi mon pays, habite où bon te semble. » 16 Puis il dit à Sara : « Voici que je donne mille sicles[1] d'argent à ton frère ; ce sera pour toi comme un voile aux yeux de tous tes compagnons et, vis-à-vis de tous, tu seras réhabilitée. »

17 Abraham intercéda auprès de Dieu, et Dieu guérit Abimélek, sa femme et ses servantes, qui eurent des enfants. 18 En effet, Dieu avait rendu stériles toutes les femmes de la maison d'Abimélek à cause de Sara, la femme d'Abraham.

Naissance d'Isaac

21 1 Le Seigneur intervint en faveur de Sara comme il l'avait dit, il agit envers elle selon sa parole. 2 Elle devint enceinte et donna un fils à Abraham en sa vieillesse à la date que Dieu lui avait dite[2]. 3 Abraham appela Isaac le fils qui lui était né, celui que Sara lui avait enfanté. 4 Il *circoncit son fils Isaac à l'âge de huit jours comme Dieu le lui avait prescrit. 5 Abraham avait cent ans quand lui naquit son fils Isaac. 6 Sara s'écria :

« Dieu m'a donné sujet de rire !
Quiconque l'apprendra rira[3] à
mon sujet. »

---

1. Ici c'est Abraham lui-même qui est appelé *prophète*.
2. *la divinité* : autre traduction *Dieu*.

1. *sicles* : voir au glossaire POIDS ET MESURES.
2. Voir 18.10 et la note ; 18.14.
3. Voir 17.19 et la note.

7 Elle reprit : « Qui aurait dit à Abraham que Sara allaiterait des fils ? Et j'ai donné un fils à sa vieillesse ! »

Hagar et Ismaël sont chassés

8 L'enfant grandit et fut sevré. Abraham fit un grand festin le jour où Isaac fut sevré. 9 Sara vit s'amuser le fils que Hagar l'Egyptienne avait donné à Abraham. 10 Elle dit à ce dernier : « Chasse la servante et son fils, car le fils de cette servante ne doit pas hériter avec mon fils Isaac. » 11 Cette parole fâcha beaucoup Abraham parce que c'était son fils. 12 Mais Dieu lui dit : « Ne te fâche pas à propos du garçon et de ta servante. Ecoute tout ce que te dit Sara, car c'est par Isaac qu'une descendance portera ton nom. 13 Mais du fils de la servante, je ferai aussi une nation, car il est de ta descendance. » 14 Abraham se leva de bon matin, prit du pain et une outre d'eau qu'il donna à Hagar. Il mit l'enfant sur son épaule et la renvoya. Elle s'en alla errer dans le désert de Béer-Shéva[1]. 15 Quand l'eau de l'outre fut épuisée, elle jeta l'enfant sous l'un des arbustes. 16 Puis elle alla s'asseoir à l'écart, à la distance d'une portée d'arc. Elle disait en effet : « Que je n'assiste pas à la mort de l'enfant ! » Assise à l'écart, elle éleva la voix et pleura. 17 Dieu entendit la voix du garçon et, du ciel, l'*ange de Dieu appela Hagar. Il lui dit :

« Qu'as-tu, Hagar ? Ne crains pas, car Dieu a entendu la voix du garçon, là où il est. 18 Lève-toi ! Relève l'enfant et tiens-le par la main, car de lui je ferai une grande nation. » 19 Dieu lui ouvrit les yeux et elle aperçut un puits avec de l'eau. Elle alla remplir l'outre et elle fit boire le garçon. 20 Dieu fut avec le garçon qui grandit et habita au désert. C'était un tireur d'arc; 21 il habita dans le désert de Parân[1], et sa mère lui fit épouser une femme du pays d'Egypte.

Abraham fait alliance avec Abimélek

22 Or, en ce temps-là, Abimélek[2] avec Pikol, le chef de son armée, dit à Abraham : « Dieu est avec toi en tout ce que tu fais. 23 Jure-moi par Dieu, ici et maintenant, de ne trahir ni moi, ni ma lignée, ni ma postérité : tu agiras envers moi et le pays où tu séjournes avec la même amitié dont j'ai usé envers toi. » 24 Abraham répondit : « Je le jure. » 25 Abraham porta plainte devant Abimélek au sujet du puits que les serviteurs de ce dernier avaient accaparé. 26 Abimélek s'écria : « Je ne sais qui a fait cette chose; tu ne m'en avais pas même informé et moi-même je n'en ai entendu parler qu'aujourd'hui. » 27 Abraham prit du petit et du gros bétail qu'il donna à Abimélek et tous deux conclurent une alliance. 28 Abraham mit à part sept agnelles du troupeau. 29 Abimélek dit à Abraham : « Que font ici les

---

1. *du pain ... la renvoya* : autre traduction *du pain et une outre d'eau qu'il confia à Hagar, en les lui mettant sur l'épaule. Il lui confia aussi l'enfant et la renvoya.* — *Béer-Shéva* : une des localités les plus méridionales de la Palestine, située à 70 km environ au sud-ouest de Jérusalem.

1. *désert de Parân* : désert de la péninsule du Sinaï, au sud de Qadesh (voir 16.14 et la note).
2. Sur *Abimélek*, voir le chap. 20.

sept agnelles que tu as mises à part ? » 30 Il répondit : « Pour que tu reçoives de ma main sept agnelles. Elles me serviront de témoignage que j'ai creusé ce puits. »

31 C'est pourquoi on appela ce lieu Béer-Shéva[1] car c'est là que tous deux avaient prêté serment.

32 Ils conclurent une alliance à Béer-Shéva.

Abimélek se leva et, avec Pikol le chef de son armée, il retourna au pays des Philistins[2].

33 Il planta un tamaris à Béer-Shéva où il fit une invocation au nom du Seigneur[3], le Dieu éternel. 34 Abraham résida longtemps au pays des Philistins.

Abraham est prêt à sacrifier Isaac

22 1 Or, après ces événements, Dieu mit Abraham à l'épreuve et lui dit : « Abraham » ; il répondit : « Me voici. » 2 Il reprit : « Prends ton fils, ton unique, Isaac, que tu aimes. Pars pour le pays de Moriyya et là, tu l'offriras en holocauste sur celle des montagnes que je t'indiquerai[4]. » 3 Abraham se leva de bon matin, sangla son âne, prit avec lui deux de ses jeunes gens et son fils Isaac. Il fendit les bûches pour l'holocauste. Il partit pour le lieu que Dieu lui avait indiqué. 4 Le troisième jour, il leva les yeux et vit de loin ce lieu. 5 Abraham dit aux jeunes gens : « Demeurez ici, vous, avec l'âne ; moi et le jeune homme, nous irons là-bas pour nous prosterner ; puis nous reviendrons vers vous. »

6 Abraham prit les bûches pour l'holocauste et en chargea son fils Isaac ; il prit en main la pierre à feu[1] et le couteau, et tous deux s'en allèrent ensemble. 7 Isaac parla à son père Abraham : « Mon père » dit-il, et Abraham répondit : « Me voici, mon fils. » Il reprit : « Voici le feu et les bûches ; où est l'agneau pour l'holocauste ? » 8 Abraham répondit : « Dieu saura voir l'agneau[2] pour l'holocauste, mon fils. » Tous deux continuèrent à aller ensemble.

9 Lorsqu'ils furent arrivés au lieu que Dieu lui avait indiqué, Abraham y éleva un *autel et disposa les bûches. Il lia son fils Isaac et le mit sur l'autel au-dessus des bûches. 10 Abraham tendit la main pour prendre le couteau et immoler son fils. 11 Alors l'*ange du Seigneur l'appela du ciel et cria : « Abraham ! Abraham ! » Il répondit : « Me voici. » 12 Il reprit : « N'étends pas la main sur le jeune homme. Ne lui fais rien, car maintenant je sais que tu crains Dieu, toi qui n'as pas épargné ton fils unique pour moi. » 13 Abraham leva les yeux, il regarda, et voici qu'un

---

1. Sur cette localité, voir le v. 14 et la note. — En hébreu, il y a un double jeu de mots dans les v. 28-31, et le nom de *Béer-Shéva* peut se traduire par *Puits-des-Sept* ou par *Puits-du-Serment*.
2. *pays des Philistins*, c'est-à-dire le pays où les Philistins devaient s'établir plus tard ; voir 26.1 et la note.
3. *il fit une invocation ...* : autre traduction *il invoqua le nom du Seigneur.*
4. On ignore où se trouvait exactement le *pays de Moriyya* ; l'ancienne version syriaque parle du *pays des *Amorites,* tandis qu'une vieille tradition juive déjà représentée en 2 Ch 3.1 l'identifie à la région de Jérusalem, la montagne indiquée étant la colline de *Sion. — *Holocauste* : voir au glossaire SACRIFICES.

1. *il prit ...* : autre traduction *il emporta le feu* (c'est-à-dire des braises contenues dans un récipient).
2. *Dieu saura voir l'agneau* : autre traduction *Dieu se pourvoira lui-même de l'agneau. Voir v. 14 et la note.*

bélier était pris par les cornes dans un fourré. Il alla le prendre pour l'offrir en holocauste à la place de son fils. 14 Abraham nomma ce lieu « le Seigneur voit »; aussi dit-on aujourd'hui : « C'est sur la montagne que le Seigneur est vu[1]. »

15 L'ange du Seigneur appela Abraham du ciel une seconde fois 16 et dit : « Je le jure par moi-même, oracle du Seigneur. Parce que tu as fait cela et n'as pas épargné ton fils unique, 17 je m'engage à te bénir, et à faire proliférer ta descendance autant que les étoiles du ciel et le sable au bord de la mer. Ta descendance occupera la Porte de ses ennemis[2]; 18 c'est en elle que se béniront toutes les nations de la terre parce que tu as écouté ma voix. »

19 Abraham revint vers les jeunes gens; ils se levèrent et partirent ensemble pour Béer-Shéva[3]. Abraham habita à Béer-Shéva.

Les descendants de Nahor

20 Or, après ces événements, on annonça à Abraham : « Voilà que Milka, elle aussi, a donné des fils à ton frère Nahor : 21 Ouç son premier-né, Bouz son frère, Qemouël père d'Aram, 22 Kèsed, Hazo, Pildash, Yidlaf et Betouël. » 23 Betouël engendra Rébecca. Ce sont les huit que Milka donna à

Nahor, le frère d'Abraham. 24 Sa concubine, nommée Réouma, eut aussi des enfants : Tèvah, Gaham, Tahash et Maaka[1].

Mort de Sara.
Abraham achète un tombeau

23 1 La vie de Sara dura 127 ans. 2 Sara mourut dans le pays de Canaan, à Qiryath-Arba, c'est-à-dire Hébron[2]. Abraham vint célébrer les funérailles de Sara et la pleurer. 3 Puis il se releva et s'éloigna de la morte pour parler aux fils de Heth. 4 « Je vis avec vous, dit-il, comme un émigré et un hôte. Cédez-moi une propriété funéraire parmi vous pour que j'enterre la morte qui m'a quitté. » 5 Les fils de Heth répondirent à Abraham en ces termes : 6 « Ecoute-nous, mon seigneur. Dieu a fait de toi un chef au milieu de nous, enterre ta morte dans le meilleur de nos tombeaux. Aucun de nous ne t'interdira son tombeau pour la sépulture de ta morte. » 7 Abraham se leva pour se prosterner devant le peuple du pays, les fils de Heth. 8 Il leur parla en ces termes : « Si réellement la morte qui m'a quitté doit être avec vous dans un tombeau, écoutez-moi et intercédez pour moi auprès d'Ephrôn fils de Çohar 9 pour qu'il me cède la caverne de Makpéla qui lui appartient à l'extrémité de son champ. Qu'il me la cède pour sa pleine valeur à titre de propriété funéraire parmi vous. » 10 Ephrôn était assis parmi les fils de Heth; Ephrôn le Hittite

---

1. *le Seigneur voit* … *C'est sur la montagne que le Seigneur est vu* : autre traduction *le Seigneur pourvoira* … *Sur la montagne du Seigneur il sera pourvu* (voir v. 8).
2. *la Porte de ses ennemis*, c'est-à-dire l'autorité gouvernementale chez ses ennemis. On pourrait aussi traduire *tes descendants occuperont les portes* (des villes, donc *les villes elles-mêmes*) *de leurs ennemis*.
3. *Béer-Shéva* : voir 21.14 et la note.

1. L'intérêt principal des v. 20-24 semble résider dans la mention de *Rébecca* (v. 23), qui jouera un rôle important à partir du chap. 24.
2. *Hébron* : voir 13.18 et la note.

répondit à Abraham au su des fils de Heth, à savoir de tous ceux qui venaient à la porte de sa ville[1], et il dit : 11 « Non, mon seigneur, écoute-moi : le champ, je te le donne ! La caverne qui s'y trouve, je te la donne ! Au su des fils de mon peuple je te la donne, enterre ta morte. » 12 Abraham se prosterna devant le peuple du pays 13 et dit à Ephrôn au su du peuple du pays : « O toi, si seulement tu voulais m'écouter ! Je te donnerai le prix du champ ! Reçois-le de moi, et c'est là que j'enterrerai la morte. » 14 Ephrôn répondit à Abraham et lui dit : 15 « Mon seigneur, écoute-moi. Une terre de 400 sicles[2] d'argent, qu'est-ce entre toi et moi ? Ta morte, enterre-la ! » 16 Abraham s'entendit avec Ephrôn. Il lui pesa le prix que les fils de Heth l'avaient entendu déclarer, 400 sicles d'argent, au taux du marché. 17 Le champ d'Ephrôn à Makpéla devant Mambré[3],

le champ et la caverne incluse,

y compris tous les arbres dans le champ,

dans tout son périmètre,

on en garantit 18 l'acquisition à Abraham, au vu des fils de Heth, de tous ceux qui venaient à la porte de sa ville.

19 Après quoi, Abraham enterra sa femme Sara dans la caverne du champ de Makpéla devant Mambré; c'est Hébron au pays de Canaan. 20 Les fils de Heth garantirent à Abraham la propriété funéraire du champ et de la caverne qui s'y trouvait.

Le mariage d'Isaac et de Rébecca

24 1 Abraham était vieux, avancé en âge, et le Seigneur l'avait béni en tout. 2 Abraham dit au plus ancien serviteur de sa maison, qui régissait tous ses biens : « Mets ta main sous ma cuisse[1] 3 et jure-moi par le Seigneur, Dieu du ciel et Dieu de la terre, que tu ne feras pas épouser à mon fils une fille des Cananéens[2] parmi lesquels j'habite. 4 Mais tu iras dans mon pays et dans ma famille prendre une femme pour mon fils Isaac. » 5 Le serviteur lui répondit : « - Peut-être cette femme ne consentira-t-elle pas à me suivre dans ce pays-ci; devrai-je ramener ton fils au pays d'où tu es sorti ? » 6 Abraham lui dit : « Garde-toi d'y ramener mon fils. 7 Le Seigneur, Dieu du ciel, m'a pris de la maison de mon père et du pays de ma famille, il m'a parlé et m'a fait ce serment : Je donnerai ce pays à ta descendance; et c'est lui qui enverra son *ange devant toi; là-bas, tu prendras une femme pour mon fils. 8 Si la femme ne consent pas à te suivre, tu seras quitte de ce que tu m'as juré, mais ne ramène pas mon fils là-bas. » 9 Le serviteur mit la main sous la cuisse de son maître Abraham et lui prêta serment pour cette affaire.

---

1. *Hittite* : voir au glossaire AMORITES. — *À la porte de sa ville* : la place située près de la *porte de la ville* était un lieu de réunion publique, où l'on traitait les affaires et rendait la justice.

2. *sicles* : voir au glossaire POIDS ET MESURES.

3. *Mambré* : voir 13.18 et la note.

1. *mets ta main sous ma cuisse* : geste pouvant accompagner un serment solennel; comparer 47.29.

2. *Cananéens* : voir au glossaire AMORITES.

10 Le serviteur prit dix des chameaux de son maître et il partit. Ayant en mains tout ce que son maître avait de meilleur, il se leva pour aller dans l'Aram-des-deux-Fleuves à la ville de Nahor[1]. 11 Il fit s'accroupir les chameaux à l'extérieur de la ville près du puits, à l'heure du soir, l'heure où les femmes sortent pour puiser. 12 Il dit : « SEIGNEUR, Dieu de mon maître Abraham, permets que je fasse aujourd'hui une heureuse rencontre et montre ton amitié envers mon maître Abraham. 13 Me voici debout près de la source et les filles des gens de la ville sortent pour puiser l'eau. 14 Eh bien ! La jeune fille à qui je dirai : Penche ta cruche que je boive et qui répondra : Bois, et j'abreuverai aussi tes chameaux, c'est elle que tu auras destinée à ton serviteur Isaac ; par là je saurai que tu as montré de l'amitié envers mon maître. »

15 Or, il n'avait pas fini de parler que Rébecca[2] — elle était la fille de Betouël fils de Milka, elle-même femme de Nahor, le frère d'Abraham — sortit avec une cruche sur l'épaule. 16 La jeune fille était très charmante à voir ; elle était vierge et nul homme ne l'avait connue[3]. Elle descendit vers la source, remplit sa cruche et remonta. 17 Le serviteur courut à sa rencontre et dit : « De grâce, donne-moi à boire une gorgée d'eau de ta cruche. »

18 — « Bois, mon seigneur », répondit-elle et, de la main, elle abaissa la cruche au plus vite pour le désaltérer. 19 Quand elle eut fini de le faire boire, elle dit : « Pour tes chameaux aussi, j'irai puiser jusqu'à ce qu'ils aient bu à leur soif. » 20 Elle s'empressa de vider la cruche dans l'abreuvoir et courut de nouveau chercher de l'eau au puits ; elle puisa pour tous les chameaux. 21 Cet homme la suivait des yeux, silencieux, pour savoir si oui ou non le SEIGNEUR avait fait réussir son voyage.

22 Dès que les chameaux eurent fini de boire, l'homme prit un anneau d'or pesant un demi-sicle[1] et deux bracelets d'or pesant dix sicles pour ses poignets 23 et lui dit : « De qui es-tu la fille ? De grâce, fais-moi savoir si la maison de ton père serait pour nous un lieu d'hébergement. » 24 Elle lui répondit : « Je suis fille de Betouël, le fils que Milka donna à Nahor. » 25 Puis elle lui dit : « La paille autant que le fourrage abondent chez nous, et même la place pour loger. » 26 L'homme s'agenouilla et se prosterna devant le SEIGNEUR 27 en disant : « Béni soit le SEIGNEUR, Dieu de mon maître Abraham, dont l'amitié et la fidélité n'ont pas quitté mon maître tandis que je voyageais, conduit par le SEIGNEUR à la maison des frères de mon maître. »

28 La jeune fille court annoncer à la maison de sa mère ce qui venait d'arriver. 29 Rébecca avait un frère du nom de Laban. Il courut vers l'homme, dehors, à la

---

1. *Aram-des-deux-Fleuves* : désignation fréquente de la région de Haute-Mésopotamie, située entre le Tigre et l'Euphrate. On l'appelle aussi *plaine d'Aram* (25.20 ; 28.2). Nahor : il peut s'agir ici soit d'un nom de ville (mentionnée dans des documents assyriens), soit du nom du frère d'Abraham (v. 15 ; 11.27 ; 22.20). Dans ce dernier cas, la *ville de Nahor* serait *Harrân* (voir 11.31 et la note).
2. Voir 22.43.
3. *connue* : voir 4.1 et la note.

1. *sicle* : voir au glossaire POIDS ET MESURES.

source. 30 Dès qu'il eut vu l'anneau et les bracelets aux bras de sa sœur, et entendu sa sœur Rébecca lui dire : « C'est ainsi qu'il m'a parlé », il s'en alla vers l'homme qui se tenait avec les chameaux près de la source. 31 « Viens, dit-il, béni du SEIGNEUR. Pourquoi te tiendrais-tu dehors alors que dans la maison j'ai fait place nette pour les chameaux. » 32 L'homme entra dans la maison et débâta les chameaux. On leur donna de la paille et du fourrage et, pour lui et ses compagnons, de l'eau pour se laver les pieds. 33 On lui présenta de quoi manger, mais il s'écria : « Je ne mangerai pas avant d'avoir dit ce que j'ai à dire. » — « Parle », répondit-on.

34 Il reprit : « Je suis serviteur d'Abraham. 35 Le SEIGNEUR a comblé de bénédictions mon maître qui est devenu un grand personnage. Il lui a donné petit et gros bétail, argent et or, serviteurs et servantes, chameaux et ânes. 36 Sara, la femme de mon maître, lui a enfin donné un fils en ses vieux jours. Mon maître lui a transmis tous ses biens 37 et m'a fait prêter serment en ces termes : Tu ne feras pas épouser à mon fils une fille des Cananéens dont j'habite le pays. 38 Jure d'aller vers ma famille, vers la maison de mon père, prendre une femme pour mon fils. 39 Je dis alors à mon maître : Peut-être cette femme ne me suivra-t-elle pas ? 40 Il me répondit : Le SEIGNEUR en présence duquel j'ai marché enverra son ange avec toi et fera réussir ton voyage : tu prendras pour mon fils une femme de ma famille et de la maison de mon père. 41 Tu ne seras quitte de mon adjuration que si tu vas chez les miens ; de même, si on ne te la donne pas, tu en seras quitte. 42 Aujourd'hui, je suis arrivé près de cette source et j'ai dit : SEIGNEUR, Dieu d'Abraham mon maître, si vraiment tu daignes faire réussir le voyage que je poursuis, 43 me voici près de la source : eh bien ! La jeune fille qui sortira pour puiser et à qui je dirai : Donne-moi à boire un peu d'eau de ta cruche, 44 si elle me répond : Bois toi-même, et je puiserai aussi pour tes chameaux, ce sera la femme que le SEIGNEUR a destinée au fils de mon maître. 45 Je n'avais pas fini de parler en moi-même que Rébecca est sortie la cruche sur l'épaule ; elle est descendue à la source pour puiser. Je lui ai dit : De grâce, donne-moi à boire. 46 Elle s'est empressée d'abaisser la cruche et a dit : Bois, et j'abreuverai aussi tes chameaux. J'ai bu et elle a abreuvé les chameaux. 47 Je l'ai interrogée : De qui es-tu la fille ? Elle a répondu : Je suis la fille de Betouël, le fils que Milka donna à Nahor. J'ai mis alors l'anneau à ses narines et les bracelets à ses poignets. 48 Je me suis agenouillé et prosterné devant le SEIGNEUR ; j'ai béni le SEIGNEUR, Dieu d'Abraham mon maître, qui avait fidèlement conduit mon voyage afin que je prenne la nièce de mon maître pour son fils. 49 Et maintenant, si vous voulez montrer de l'amitié et de la fidélité envers mon maître, déclarez-le-moi. Sinon, faites-le-moi savoir et je me dirigerai soit à droite, soit à gauche. »

50 Laban prit la parole. Lui et Betouël s'écrièrent : « C'est du SEIGNEUR qu'est venue cette affaire et

nous n'avons rien à t'en dire, ni
en bien, ni en mal. 51 Rébecca est
là devant toi : prends-la et va.
Qu'elle soit la femme du fils de
ton maître comme le Seigneur l'a
dit. » 52 Lorsque le serviteur d'Abraham entendit ces paroles, il se
prosterna à terre devant le Seigneur. 53 Le serviteur sortit des
objets d'argent, des objets d'or et
des vêtements qu'il donna à Rébecca, ainsi que de riches présents
qu'il offrit à son frère et à sa
mère. 54 Ils mangèrent et burent,
lui et ses compagnons, et passèrent la nuit.

Le matin quand ils furent levés, il dit : « Laissez-moi aller vers
mon maître. » 55 Le frère et la
mère de la jeune fille répondirent : « Qu'elle demeure avec nous
quelque temps, une dizaine de
jours, ensuite elle partira. »
56 — « Ne me retardez pas ! Leur
dit-il. Le Seigneur a fait réussir
mon voyage, laissez-moi donc
partir chez mon maître. » 57 Ils
reprirent : « Appelons la jeune
fille et demandons-lui son avis. »
58 Ils appelèrent Rébecca : « -
Veux-tu   partir   avec   cet
homme ? » Elle répondit : « Oui. »
59 Ils laissèrent partir leur sœur
Rébecca et sa nourrice, le serviteur d'Abraham et ses gens.

60 Ils la bénirent alors en lui
disant :

   « Toi, notre sœur, deviens des
      milliers de myriades,
   que ta descendance occupe la
      Porte de ses adversaires[1] ! »

61 Rébecca se leva avec ses servantes. Elles montèrent sur les
chameaux et suivirent l'homme.

Le serviteur prit Rébecca et partit.

62 Au coucher du soleil, Isaac
s'en revenait au puits de Lahaï-Roï. Il habitait alors dans la
région du Néguev[1] 63 et était sorti
se promener[2] dans la campagne à
la tombée du soir. Il leva les yeux
et vit les chameaux qui arrivaient.
64 Rébecca leva les yeux, vit Isaac,
sauta de chameau 65 et dit au serviteur : « Quel est cet homme qui
marche dans la campagne à notre
rencontre ? »   —   « C'est   mon
maître », répondit-il. Elle prit son
voile et s'en couvrit. 66 Le serviteur raconta à Isaac tout ce qu'il
avait fait. 67 Isaac la fit entrer
dans sa tente. Il avait eu Sara
pour mère ; il prit Rébecca et elle
devint sa femme. Isaac l'aima et
fut réconforté après la disparition
de sa mère.

La mort d'Abraham. Ses autres descendants

25 1 Abraham prit encore une
femme ; elle s'appelait Qetoura. 2 Elle lui donna Zimrân,
Yoqshân, Medân, Madiân, Yishbaq et Shouah. 3 Yoqshân engendra Saba et Dedân. Dedân eut
pour fils les Ashourites, les Letoushites   et   les   Léoummites.
4 Madiân eut pour fils Eifa, Efèr,
Hanok, Avida et Eldaa. Ce sont
là tous les fils de Qetoura[3].

5 Abraham   donna   tous   ses
biens à Isaac. 6 Aux fils de ses
concubines, Abraham fit des do-

---

1. *la Porte de ses adversaires* : voir 22.17 et la note.

1. *Lahaï-Roï* : voir 16.14 et la note. — *Néguev* : voir 12.9 et la note.
2. *se promener* : traduction incertaine d'un verbe hébreu qui n'apparaît qu'ici. L'ancienne version latine a compris *méditer*.
3. Des noms mentionnés dans les v. 1-4, seul celui *Madiân* est bien connu ; voir Ex 2.15 et la note.

nations. Mais, de son vivant, il les éloigna de son fils Isaac, vers le pays de Qèdèm[1].

7 Voici le nombre des années de la vie d'Abraham : 175 ans. 8 Puis Abraham expira; il mourut dans une heureuse vieillesse, âgé et comblé. Il fut réuni aux siens[2]. 9 Ses fils Isaac et Ismaël l'enterrèrent dans la caverne de Makpéla[3], au champ d'Ephrôn fils de Çohar, le Hittite, en face de Mambré, 10 au champ qu'Abraham avait acquis des fils de Heth. C'est là qu'on enterra Abraham et sa femme Sara. 11 Après la mort d'Abraham, Dieu bénit son fils Isaac. Il habitait à côté du puits de Lahaï-Roï[4].

1. *le pays de Qèdèm* désigne peut-être une région au sud de Damas. Autre traduction *le* (ou *les*) *pays d'Orient.*
2. *réuni aux siens* : l'expression tire son origine du fait que la mort était habituellement enseveli dans la sépulture familiale.
3. *Makpéla* : voir chap. 23.
4. Voir 16.14 et la note.

12 Voici la famille d'Ismaël fils d'Abraham, celui que donna à Abraham Hagar, l'Egyptienne servante de Sara. 13 Voici les noms des fils d'Ismaël, leurs noms selon leurs familles : Nebayoth l'aîné d'Ismaël, Qédar, Adbéel, Mivsâm, 14 Mishma, Douma et Massa, 15 Hadad, Téma, Yetour, Nafish et Qédma. 16 Ce sont eux les fils d'Ismaël, et tels sont leurs noms; établis en douars[1] et campements, ils avaient douze chefs pour autant de groupes. 17 Voici les années de la vie d'Ismaël : 137 ans; puis il expira. Il mourut et fut réuni aux siens. 18 Les Ismaélites demeurèrent de Hawila à Shour, aux confins de l'Egypte, jusqu'à Ashour[2], chacun face à tous ses frères prêt à leur tomber dessus.

1. *douars* : villages de tentes chez les nomades.
2. *Hawila* : voir 2.11 et la note; *Shour* : voir Ex 15.22 et la note; *Ashour* : région non identifiée, mentionnée également en Nb 24.22.

JACOB

Esaü et Jacob

19 Voici la famille d'Isaac, fils d'Abraham.

Après qu'Abraham eut engendré Isaac, 20 celui-ci, à 40 ans, prit pour femme Rébecca, fille de Betouël, l'Araméen de la plaine d'Aram[1], et soeur de Laban l'Araméen. 21 Isaac implora le SEIGNEUR pour sa femme, car elle était stérile. Le SEIGNEUR eut pitié

1. *plaine d'Aram* : voir 24.10 et la note.

de lui, sa femme Rébecca devint enceinte, 22 mais ses fils se heurtaient en son sein et elle s'écria : « S'il en est ainsi, à quoi suis-je bonne[1] ? » Elle alla consulter le SEIGNEUR 23 qui lui répondit :

« Deux nations sont dans ton sein,
    deux peuples se détacheront de tes entrailles.

1. *à quoi suis-je bonne ?* : Le sens de l'expression hébraïque n'est pas clair; autres traductions *à quoi*

L'un sera plus fort que l'autre et le grand servira le petit. »

24 Quand furent accomplis les temps où elle devait enfanter, des jumeaux se trouvaient en son sein. 25 Le premier qui sortit était roux, tout velu comme une fourrure de bête : on l'appela Esaü[1]. 26 Son frère sortit ensuite, la main agrippée au talon d'Esaü : on l'appela Jacob[2]. Isaac avait 60 ans à leur naissance. 27 Les garçons grandirent. Esaü était un chasseur expérimenté qui courait la campagne ; Jacob était un enfant raisonnable qui habitait sous les tentes. 28 Isaac préférait Esaü, car il appréciait le gibier : Rébecca préférait Jacob.

29 Un jour que Jacob préparait un brouet, Esaü revint des champs. Il était épuisé 30 et dit à Jacob : « Laisse-moi avaler de ce roux, de ce roux-là, car je suis épuisé. » C'est pourquoi on l'appela Edom — c'est-à-dire le Roux[3]. 31 Jacob répondit : « - Vends-moi aujourd'hui même ton droit d'aînesse[4]. » 32 Esaü reprit : « Voici que je vais mourir, à quoi bon mon droit d'aînesse ? » 33 Jacob dit : « Aujourd'hui même, jure-le-moi. » Esaü le lui jura, il vendit son droit d'aînesse à Jacob, 34 qui lui donna du pain et du brouet de lentilles. Il mangea et but, il se leva et partit. Esaü méprisa son droit d'aînesse.

Isaac et Abimélek

26 1 Il y eut une famine dans le pays, distincte de la première qui avait eu lieu au temps d'Abraham. Isaac partit pour Guérar chez Abimélek, roi des Philistins[1]. 2 Le SEIGNEUR lui apparut et dit : « Ne descends pas en Egypte, mais demeure dans le pays que je t'indiquerai. 3 Séjourne dans ce pays, je serai avec toi et je te bénirai. A toi et à ta descendance, en effet, je donnerai ces terres et je tiendrai le serment que j'ai prêté à ton père Abraham. 4 Je ferai proliférer ta descendance autant que les étoiles du ciel, je lui donnerai toutes ces terres et, en elle, se béniront toutes les nations de la terre, 5 parce qu'Abraham a écouté ma voix et qu'il a gardé mon observance, mes commandements, mes décrets et mes lois. »

6 Isaac habita à Guérar. 7 Les gens du lieu l'interrogèrent sur sa femme. « C'est ma soeur », répondit-il. Il craignait de dire qu'elle était sa femme par peur d'être tué par les gens du lieu à cause de Rébecca qui était charmante à voir. 8 Il avait passé là de longs jours lorsqu'Abimélek, roi des Philistins, regarda par la fenêtre et vit qu'Isaac s'amusait avec Rébecca sa femme. 9 Abimélek

---

1. En hébreu, il y a jeu de mots entre le nom d'*Esaü* et l'adjectif traduit par *velu*.
2. En hébreu, il y a jeu de mots entre le nom de *Jacob* et le mot traduit par *talon*. Voir aussi 27.36 et la note.
3. *de ce roux* : du brouet (v. 29) de couleur rousse (des lentilles, v. 34) préparé par Jacob. En hébreu, il y a jeu de mots entre le nom d'*Edom* (*roux*, adjectif) et le nom traduit par *ce roux*.
4. Le *droit d'aînesse* impliquait un droit à une part privilégiée de l'héritage familial (Dt 21.17) et à une bénédiction paternelle particulière (voir chap. 27).

1. la première : voir 12.10. — *Guérar, Abimélek* : voir chap. 20, en particulier 20.1 et la note. *Abimélek* était également *roi de Guérar* (20.2), dans les pays où les *Philistins* devaient venir plus tard s'implanter (comparer 21.32). En effet, les Philistins, originaires de Crète ou d'Asie mineure, sont venus vers le douzième siècle av. J. C. s'installer sur la côte est de la Méditerranée, dans la région s'étendant actuellement de Jaffa à Gaza.

convoqua Isaac et lui dit : « C'est sûrement ta femme ! Pourquoi as-tu dit : C'est ma sœur ? » Isaac lui répondit : « Je l'ai dit par peur de mourir à cause d'elle. » 10 Abimélek reprit : « Que nous as-tu fait là ! Peu s'en est fallu qu'un homme de ce peuple ne couche avec ta femme et tu nous aurais rendus coupables. » 11 Abimélek donna cet ordre à tout le peuple : « Quiconque touchera à cet homme et à sa femme sera puni de mort. » 12 Isaac fit des semailles dans ce pays et moissonna au centuple cette année-là. Le Seigneur le bénit 13 et il devint un grand personnage; il continua à s'élever jusqu'à atteindre une position éminente. 14 Il devint propriétaire d'un cheptel de petit et de gros bétail, et d'une nombreuse domesticité.

Isaac fait alliance avec Abimélek

Les Philistins[1] en furent jaloux, 15 ils comblèrent tous les puits qu'avaient creusés les serviteurs de son père, au temps de son père Abraham, et les remplirent de terre. 16 Abimélek dit à Isaac : « Va-t-en loin de nous car tu es devenu beaucoup plus puissant que nous. » 17 Isaac partit de là et campa dans l'oued de Guérar et y habita. 18 Isaac creusa de nouveau les puits qu'on avait creusés au temps d'Abraham son père et que les Philistins avaient comblés après la mort d'Abraham. Il leur donna les mêmes noms que son père leur avait donnés.

19 Les serviteurs d'Isaac creusèrent dans l'oued et trouvèrent là un puits d'eaux vives. 20 Les bergers de Guérar entrèrent en contestation avec les bergers d'Isaac en leur disant : « Ces eaux sont à nous. » Il appela ce puits Eseq parce qu'ils lui avaient fait échec[1]. 21 Ils creusèrent un autre puits qui fut aussi contesté; il l'appela Sitna. 22 De là il se déplaça pour creuser un autre puits qui ne fut pas contesté et qu'il appela Rehovoth en disant : « Maintenant en effet, le Seigneur nous a laissé le champ libre et nous avons eu des fruits du pays[2]. »

23 De là, il monta à Béer-Shéva[3]. 24 Le Seigneur lui apparut cette nuit-là et dit :
« Je suis le Dieu d'Abraham
ton père;
ne crains pas, car je suis avec
toi.
Je te bénirai et rendrai prolifique ta descendance
à cause de mon serviteur Abraham. »
25 Là, Isaac éleva un *autel et y fit une invocation au nom du Seigneur[4]. Il y dressa sa tente et les serviteurs d'Isaac forèrent un puits.

26 Abimélek partit de Guérar pour le rencontrer avec Ahouzzath son conseiller et Pikol le chef de son armée. 27 Isaac leur dit : « Pourquoi êtes-vous venus à

---

1. Voir v. 1 et la note. Le texte appelle déjà *Philistins* les habitants de cette région.

1. Dans le texte hébreu des v. 20-22, il y a des jeux de mots entre les noms des divers puits et les verbes employés : *Eseq* — faire échec; *Sitna* — contester (v. 21); *Rehovoth* — laisser le champ libre (v. 22).
2. *et nous avons eu des fruits du pays* : autre traduction *pour que nous prospérions dans le pays.*
3. Voir 21.14 et la note.
4. *y fit une invocation ...* : autre traduction *y invoqua le nom du Seigneur.*

moi? Vous me détestez et vous m'avez renvoyé de chez vous.» 28 Ils répondirent : « Nous sommes bien obligés de constater que le Seigneur est avec toi et nous nous sommes dit : Qu'il y ait un serment de part et d'autre, entre nous et toi; concluons une alliance avec toi ! 29 Jure de ne pas mal agir envers nous, de même que nous ne te maltraiterons pas, comme nous ne t'avons fait que du bien et t'avons renvoyé sain et sauf, toi qui es maintenant le béni du Seigneur. » 30 Il leur servit un festin; ils mangèrent et burent, 31 ils se levèrent de bon matin, et chacun prêta serment à l'autre. Isaac les congédia et ils le quittèrent en paix.

32 Or, ce jour même, les serviteurs d'Isaac vinrent lui apporter des nouvelles du puits qu'ils creusaient. Ils lui dirent : « Nous avons trouvé de l'eau. » 33 Il appela ce puits Shivéa; c'est pourquoi, aujourd'hui encore, la ville a pour nom Béer-Shéva — c'est-à-dire le Puits-du-Serment[1].

Mariage d'Esaü

34 Esaü avait 40 ans quand il épousa Yehoudith, fille de Bééri le Hittite[2], et Basmath, fille d'Elôn le Hittite. 35 Elles rendirent l'ambiance pénible à Isaac et à Rébecca.

Jacob usurpe la bénédiction promise à Esaü

27 1 Isaac était devenu vieux, ses yeux s'éteignaient et il n'y voyait plus. Il appela Esaü son fils aîné et lui dit : « Mon fils ! » — « Me voici », répondit-il. 2 Il reprit : « Tu vois que je suis devenu vieux et j'ignore le jour de ma mort. 3 Il est temps, emporte donc tes armes, ton carquois et ton arc; cours la campagne et chasse du gibier pour moi. 4 Prépare-moi un mets comme je l'aime, apporte-le-moi et je le mangerai pour te bénir moi-même avant de mourir. »

5 Rébecca écoutait pendant qu'Isaac parlait à son fils Esaü. Celui-ci partit dans la campagne pour chasser et rapporter du gibier. 6 Rébecca dit à Jacob son fils : « Voici que j'ai entendu ton père parler à Esaü ton frère; il lui disait : 7 Apporte-moi du gibier et prépare-moi un mets pour que j'en mange. Je te bénirai en présence du Seigneur avant de mourir. 8 Maintenant, mon fils, écoute-moi et fais ce que je t'ordonne : 9 va donc au troupeau, prends-y pour moi deux beaux chevreaux, et j'en préparerai pour ton père un mets comme il l'aime. 10 Tu l'apporteras à ton père, et il mangera pour te bénir avant sa mort. »

11 Jacob répondit à Rébecca sa mère : « Si mon frère Esaü est un homme velu[1], moi je n'ai pas de poil. 12 Il est possible que mon père me palpe et me considère comme un imposteur. J'attirerais sur moi une malédiction et non une bénédiction. » 13 — « Vienne sur moi ta malédiction, mon fils, lui dit sa mère. Ecoute-moi seulement, va me prendre ce que je t'ai dit. » 14 Il alla le prendre et revint à sa mère qui prépara un mets comme son père l'aimait. 15 Ré-

---

1. *Shivéa, Béer-Shéva :* voir 21.31 et la note.
2. *Hittite :* voir au glossaire AMORITES.

1. *Esaü, velu :* voir 25.25 et la note.

becca prit ensuite les vêtements d'Esaü son fils aîné, les plus précieux qu'elle avait avec elle à la maison, et elle en revêtit Jacob son fils cadet. 16 Elle recouvrit de peau de chevreau ses mains et la partie lisse de son cou. 17 Dans les mains de son fils Jacob, elle déposa le mets et le pain qu'elle avait préparés.

18 Il entra chez son père et dit : « Mon père ! » — « Me voici, répondit-il; qui es-tu, mon fils ? » 19 Jacob dit à son père : « Je suis Esaü ton aîné. J'ai fait ce que tu m'as dit. Lève-toi, je t'en prie, assieds-toi et mange de mon gibier pour me bénir toi-même. » 20 Isaac répondit à son fils : « Comme tu as vite trouvé, mon fils ! » — « C'est que le Seigneur ton Dieu m'a porté chance. » 21 Isaac dit alors à Jacob : « Viens plus près, mon fils, que je te palpe. Es-tu bien mon fils Esaü ou non ? » 22 Jacob s'approcha de son père Isaac qui le palpa et dit : « La voix est celle de Jacob, mais les mains sont celles d'Esaü. » 23 Il ne le reconnut pas car ses mains étaient velues comme celles d'Esaü son frère; il le bénit.

24 Il lui dit : « C'est bien toi, mon fils Esaü ? » — « C'est moi », répondit-il. 25 Il reprit : « Sers-moi, mon fils, que je mange du gibier et que je te bénisse moi-même. » Jacob le servit et il mangea; il lui apporta du vin et il but. 26 C'est alors que son père Isaac lui dit : « Viens donc plus près et embrasse-moi, mon fils. » 27 Il s'approcha et l'embrassa. Isaac huma l'odeur de ses vêtements et le bénit en disant :

« Oh ! L'odeur de mon fils est comme l'odeur d'un champ que le Seigneur a béni.

28 Que Dieu te donne de la rosée du ciel et de gras terroirs, du froment et du vin nouveau en abondance !

29 Que des peuples te servent et que des populations se prosternent devant toi !
Sois chef pour tes frères et que les fils de ta mère se prosternent devant toi !
Maudit soit qui te maudira, béni soit qui te bénira ! »

30 À peine Isaac avait-il achevé de bénir Jacob, et à peine Jacob avait-il quitté son père, que son frère Esaü revint de la chasse. 31 Lui aussi prépara un mets qu'il apporta à son père. Puis il lui dit : « Que mon père se lève et mange du gibier de son fils; ainsi pourras-tu me bénir toi-même. » 32 Son père Isaac répondit : « Qui es-tu ? » — « Je suis Esaü, ton fils aîné », dit-il. 33 Isaac fut saisi d'un tremblement extrêmement violent et dit : « Quel est donc celui qui a été à la chasse et m'a rapporté du gibier ? J'ai mangé de tout avant que tu n'entres. Je l'ai béni et béni il sera[1]. »

34 Lorsqu'Esaü entendit les paroles de son père, il poussa un grand cri, au comble de l'amertume, et il dit à son père : « O mon père, bénis-moi, moi aussi ! » 35 Il répondit : « Ton frère est venu en fraude et il a capté ta bénédiction[2]. » 36 Esaü reprit : « Est-ce parce qu'il s'appelle Jacob que, par deux fois, il m'a sup-

---

1. *béni il sera* : la bénédiction paternelle était considérée comme efficace par elle-même et irrévocable.
2. *ta bénédiction*, c'est-à-dire la bénédiction qui devait te revenir.

planté[1] ? Il a capté mon droit d'aînesse et voici que maintenant il a capté ma bénédiction. Ne m'as-tu pas réservé une bénédiction ? » 37 Isaac prit la parole et dit à Esaü : « Vois ! J'ai fait de lui ton chef, je lui ai donné tous ses frères pour serviteurs. Je l'ai pourvu de froment et de de vin nouveau. Que puis-je faire pour toi mon fils ? » 38 Esaü répondit à son père : « N'as-tu qu'une seule bénédiction, mon père ? Bénis-moi, moi aussi ! » Esaü éleva la voix et pleura. 39 Alors Isaac prit la parole et dit :

« Vois, hors du gras terroir sera ton habitat
et loin de la rosée qui est au ciel.
40 De ton épée tu vivras,
mais tu serviras ton frère
et, au cours de tes randonnées,
tu briseras son *joug de dessus ton cou. »

Jacob s'enfuit chez son oncle Laban

41 Esaü traita Jacob en ennemi à cause de la bénédiction qu'il avait obtenue de son père. Il se dit en lui-même : « L'époque du deuil de mon père s'approche et je pourrai tuer mon frère Jacob. » 42 On informa Rébecca des propos d'Esaü, son fils aîné. Elle fit appeler Jacob, son fils cadet, et lui dit : « Voici que ton frère Esaü veut se venger de toi en te tuant. 43 Maintenant, mon fils, écoute-moi; debout ! Fuis chez mon frère Laban à Harrân[2]. 44 Tu habiteras avec lui quelque temps jusqu'à ce

que ton frère revienne de sa colère. 45 Quand la fureur de ton frère se sera détournée de toi et qu'il aura oublié ce que tu lui as fait, je t'enverrai chercher là-bas. Pourquoi serais-je privée de mes deux fils en un seul jour[1] ? »

46 Rébecca dit à Isaac : « Je suis dégoûtée de la vie à cause de ces filles de Heth[2]. Si Jacob en épouse une comme celles-ci parmi les filles du pays, à quoi bon vivre ? »

28 1 Isaac appela Jacob et le bénit. Il lui donna cet ordre : « Tu n'épouseras pas une fille de Canaan[3], lui dit-il. 2 Debout ! Va en plaine d'Aram à la maison de Betouël, le père de ta mère. Prends là-bas pour femme une des filles de Laban[4], le frère de ta mère.
3 Que le Dieu Puissant[5] te bénisse, te rende fécond et prolifique
pour que tu deviennes une communauté de peuples !
4 Qu'il te donne la bénédiction d'Abraham,
à toi et à ta descendance,
pour que tu possèdes le pays de tes migrations,
le pays que Dieu a donné à Abraham. »
5 Isaac fit partir Jacob pour la plaine d'Aram auprès de Laban, fils de Betouël l'Araméen, frère de Rébecca, la mère de Jacob et d'Esaü.

---

1. En hébreu, il y a jeu de mots entre le nom de *Jacob* et le verbe traduit par *a supplanté*. Voir aussi 25.26 et la note.
2. Voir 11.31 et la note.

1. Après avoir tué son frère, le meurtrier devrait quitter son clan et donc sa mère.
2. *ces filles de Heth* : Rébecca fait allusion aux femmes d'Esaü, voir 26.34-35.
3. *une fille de Canaan* ou *une Cananéenne*.
4. *plaine d'Aram* : voir 24.10 et la note — *Betouël, Laban* : voir 24.15, 29.
5. *Puissant* : voir 17.1 et la note.

6 Esaü vit qu'Isaac avait béni Jacob et l'avait envoyé en plaine d'Aram pour y prendre femme et qu'en le bénissant il lui avait donné cet ordre : « Tu n'épouseras pas une fille de Canaan. » 7 Or Jacob avait obéi à son père et à sa mère et il était parti en plaine d'Aram. 8 Esaü comprit que les filles de Canaan déplaisaient à son père Isaac, 9 il alla trouver Ismaël et, en plus de ses femmes, il épousa Mahalath fille d'Ismaël fils d'Abraham, la soeur de Nebayoth.

Le songe de Jacob

10 Jacob sortit de Béer-Shéva et partit pour Harrân[1]. 11 Il fut surpris par le coucher du soleil en un lieu où il passa la nuit. Il prit une des pierres de l'endroit, en fit son chevet et coucha en ce lieu. 12 Il eut un songe : voici qu'était dressée sur terre une échelle[2] dont le sommet touchait le ciel; des *anges de Dieu y montaient et y descendaient. 13 Voici que le Seigneur se tenait près de lui et dit : « Je suis le Seigneur, Dieu d'Abraham ton père et Dieu d'Isaac. La terre sur laquelle tu couches, je la donnerai à toi et à ta descendance. 14 Ta descendance sera pareille à la poussière de la terre. Tu te répandras à l'ouest, à l'est, au nord et au sud; en toi et en ta descendance seront bénies toutes les familles de la terre. 15 Vois ! Je suis avec toi et je te garderai partout où tu iras et je te ferai revenir vers cette terre car je ne t'abandonnerai pas jusqu'à ce que j'aie accompli tout ce que je t'ai dit. »

16 Jacob se réveilla de son sommeil et s'écria : « Vraiment, c'est le Seigneur qui est ici et je ne le savais pas ! » 17 Il eut peur et s'écria : « Que ce lieu est redoutable ! Il n'est autre que la maison de Dieu, c'est la porte du ciel. » 18 Jacob se leva de bon matin, il prit la pierre[1] dont il avait fait son chevet, l'érigea en stèle et versa de l'huile au sommet[1]. 19 Il appela ce lieu Béthel[2] — c'est-à-dire Maison de Dieu — mais auparavant le nom de la ville était Louz.

20 Puis Jacob fit ce voeu : « Si Dieu est avec moi et me garde dans le voyage que je poursuis, s'il me donne du pain à manger et des habits à revêtir, 21 si je reviens sain et sauf à la maison de mon père — le Seigneur deviendra mon Dieu — 22 cette pierre que j'ai érigée en stèle sera une maison de Dieu et, de tout ce que tu me donneras, je compterai la dîme[3]. »

Jacob rencontre Rachel

29 1 Jacob se mit en marche et partit pour le pays des fils de Qèdèm[4]. 2 Il regarda, et voici qu'il y avait un puits dans la campagne. Il y avait là trois troupeaux de moutons, couchés près du puits car les troupeaux s'y abreuvaient. Une grande pierre fermait l'orifice du puits. 3 Quand

---

1. *Béer-Shéva* : voir 21.14 et la note; *Harrân* : voir 11.31 et la note.
2. *une échelle* : c'est la traduction traditionnelle d'un terme hébreu qui semble désigner plutôt une sorte d'escalier monumental.

1. Une *stèle* était en général une simple pierre dressée, symbolisant la présence d'une divinité. En *versant de l'huile* dessus, Jacob consacre et fait de cet endroit un lieu de culte.
2. Voir 12.8 et la note.
3. Sur la *dîme*, voir 14.20 et la note.
4. *Qèdèm* : voir 25.6 et la note. Les *fils de Qèdèm* sont les habitants de cette région.

tous les troupeaux y étaient rassemblés, on roulait la pierre de dessus l'orifice du puits, on faisait boire le petit bétail et l'on remettait la pierre en place sur l'orifice du puits.

4 Jacob dit aux gens. « Mes frères, d'où êtes-vous ? » — « Nous sommes de Harrân[1] », répondirent-ils. 5 Il leur dit : « Connaissez-vous Laban, fils de Nahor[2] ? » — « Nous le connaissons », répondirent-ils. 6 Il leur dit : « Va-t-il bien ? » — « Il va bien, répondirent-ils, voici sa fille Rachel qui arrive avec les moutons. » 7 Il reprit : « Voyez ! Il fait encore grand jour ; ce n'est pas le moment de rassembler le bétail. Faites boire les moutons et allez les faire paître. » 8 Ils répondirent : « Nous ne le pouvons pas tant que les troupeaux ne sont pas tous rassemblés ; alors on roule la pierre de dessus l'orifice du puits et nous abreuvons les moutons. »

9 Il parlait encore avec eux lorsque Rachel arriva avec les moutons qui appartenaient à son père, car elle était bergère. 10 Dès que Jacob vit Rachel, la fille de Laban frère de sa mère, et les moutons de Laban frère de sa mère, il s'avança, roula la pierre de dessus l'orifice du puits et fit boire les moutons de Laban, frère de sa mère. 11 Jacob embrassa Rachel, il éleva la voix et pleura. 12 Jacob apprit à Rachel qu'il était le parent de son père et le fils de Rébecca. Elle courut en informer son père. 13 Dès que Laban entendit parler de Jacob, fils de sa sœur, il courut à sa rencontre. Il l'étreignit, l'embrassa, l'amena chez lui ; Jacob lui raconta toute l'affaire. 14 Laban lui dit : « Tu es sûrement mes os et ma chair[1] », et Jacob habita pendant un mois avec lui.

Le double mariage de Jacob

15 Laban dit à Jacob : « Me serviras-tu gratuitement parce que tu es mon frère[2] ? Indique-moi quels seront tes gages. » 16 Or Laban avait deux filles, l'aînée s'appelait Léa et la cadette Rachel. 17 Léa avait le regard tendre[3] et Rachel était belle à voir et à regarder. 18 Jacob aimait Rachel, il dit : « Je te servirai sept ans pour Rachel, ta fille cadette. » 19 Laban reprit : « Pour moi, il vaut mieux te la donner que la donner à un autre ; reste avec moi. » 20 Jacob servit sept ans pour Rachel, et ils lui parurent quelques jours tant il l'aimait. 21 Jacob dit alors à Laban : « Donne-moi ma femme. Mon temps est accompli et je veux aller vers elle. »

22 Laban rassembla tous les gens du lieu et fit un banquet. 23 Le soir venu, Laban prit sa fille Léa et l'amena à Jacob pour qu'il allât vers elle. 24 Laban donna à sa fille sa servante Zilpa qui devint la servante de sa fille Léa. 25 Et au matin ... surprise, c'était Léa ! Et Jacob dit à Laban : « Que m'as-tu fait là ? Ne t'ai-je pas servi pour Rachel ? Pourquoi m'as-tu trompé ? » 26 Laban répondit : « Ce n'est pas la coutume chez nous de donner la cadette avant l'aînée. 27 Achève la se-

---

1. Voir 11.31 et la note.
2. *fils* ou *descendant ; Laban* était un petit-fils de *Nahor*.

1. *mes os et ma chair :* voir 2.23 et la note.
2. *mon frère* ou *mon parent*.
3. *le regard tendre :* autre traduction *les yeux faibles* ou *délicats*.

maine de noces de celle-ci et l'autre te sera aussi donnée pour le service que tu feras encore chez moi pendant sept autres années. » 28 C'est ce que fit Jacob. Il termina la semaine de noces de Léa, et Laban lui donna sa fille Rachel pour femme. 29 Laban donna pour servante à sa fille Rachel sa servante Bilha. 30 Jacob vint aussi vers Rachel et il aimait Rachel bien plus que Léa : il servit encore Laban pendant sept autres années.

Les enfants de Jacob

31 Quand le Seigneur vit que Léa n'était pas aimée, il la rendit féconde alors que Rachel restait stérile. 32 Léa devint enceinte et enfanta un fils qu'elle appela Ruben car, dit-elle, « le Seigneur a regardé[1] mon humiliation et maintenant mon époux m'aimera. » 33 Elle devint à nouveau enceinte, enfanta un fils et s'écria : « Oui, le Seigneur a perçu que je n'étais pas aimée et il m'a aussi donné celui-ci », et elle l'appela Siméon[2]. 34 Elle devint à nouveau enceinte, enfanta un fils et dit : « Cette fois-ci, mon époux s'attachera désormais à moi puisque je lui ai donné trois fils »; c'est pourquoi il l'appela Lévi[3]. 35 Elle devint à nouveau enceinte, enfanta un fils et s'écria : « Cette fois je louerai le Seigneur ! » C'est pourquoi elle l'appela Juda[4]. Elle s'arrêta d'enfanter.

30 1 Voyant qu'elle ne donnait pas d'enfants à Jacob, Rachel devint jalouse de sa soeur. Elle dit à Jacob : « Donne-moi des fils ou je meurs ! » 2 Jacob s'irrita contre Rachel et s'écria : « Suis-je, moi, à la place de Dieu ? Lui qui n'a pas permis à ton sein de porter son fruit ! » 3 Elle reprit : « Voici ma servante Bilha, va vers elle, et qu'elle enfante sur mes genoux; d'elle j'aurai, moi aussi, un fils[1]. » 4 Elle lui donna pour femme Bilha sa servante et Jacob vint à elle. 5 Bilha devint enceinte et donna un fils à Jacob. 6 Rachel s'écria : « Dieu m'a fait justice ! Il m'a aussi exaucée et m'a donné un fils. » C'est pourquoi elle l'appela Dan[2]. 7 Bilha, servante de Rachel, devint à nouveau enceinte et donna un second fils à Jacob. 8 Rachel s'écria : « J'ai été liée à ma soeur dans les ligues de Dieu; j'ai même vaincu », et elle l'appela Nephtali[3].

9 Lorsque Léa vit qu'elle s'était arrêtée d'enfanter, elle prit sa servante Zilpa qu'elle donna pour femme à Jacob. 10 Zilpa, servante de Léa, donna un fils à Jacob. 11 Léa s'écria : « Quelle chance ! » Elle l'appela Gad[4]. 12 Puis Zilpa, servante de Léa, donna un second fils à Jacob 13 et Léa s'écria : « Quel bonheur pour moi ! Car les filles m'ont proclamée heureuse », et elle l'appela Asher[5].

---

1. Dans ce récit (29.31-30.24) à la naissance de chaque garçon, il y a un jeu de mots en hébreu sur le nom de l'enfant. Ici le jeu de mots porte sur *Ruben* et le verbe traduit par *a regardé*.
2. Jeu de mots entre *Siméon* et *a perçu* (comparer 16.11 et la note).
3. Jeu de mots entre *Lévi* et *s'attachera*.
4. Jeu de mots entre *Juda* et *je louerai*.

1. Prendre un enfant sur ses *genoux* était un rite d'adoption (voir 48.12); *d'elle j'aurai un fils* : voir 16.2 et la note.
2. Jeu de mots entre *Dan* et *a fait justice*.
3. Jeu de mots entre *Nephtali* et *j'ai été liée* dans *les ligues*.
4. Jeu de mots entre *Gad* et *Quelle chance !*
5. Jeu de mots entre *Asher* et *Quel bonheur, heureuse*.

14 Au temps de la moisson des blés, Ruben partit dans les champs en quête de pommes d'amour[1]. Il en rapporta à sa mère Léa. Rachel dit à Léa : « - Donne-moi des pommes d'amour de ton fils. » 15 Léa répondit : « Ne te suffit-il pas de m'avoir pris mon époux que tu me prennes aussi les pommes d'amour de mon fils ? » Rachel reprit : « Eh bien ! Que Jacob couche avec toi cette nuit en échange des pommes d'amour de ton fils. » 16 Le soir, Jacob revint des champs, Léa sortit à sa rencontre et dit : « Tu viendras à moi, car je t'ai pris à gages contre les pommes d'amour de mon fils. » Il coucha avec elle cette nuit-là.

17 Dieu exauça Léa, elle devint enceinte et donna un cinquième fils à Jacob. 18 Léa s'écria : « Dieu m'a donné mes gages parce que j'ai donné ma servante à mon époux. » Elle l'appela Issakar[2]. 19 Léa devint à nouveau enceinte et donna un sixième fils à Jacob. 20 Elle s'écria : « Dieu m'a fait un beau cadeau ! Cette fois-ci, mon époux reconnaîtra mon rang car je lui ai donné six fils », et elle l'appela Zabulon[3]. 21 Puis elle enfanta une fille qu'elle appela Dina.

22 Dieu se souvint de Rachel, Dieu l'exauça et la rendit féconde. 23 Elle devint enceinte, enfanta un fils et s'écria : « Dieu a enfin enlevé : mon opprobre ! » 24 Elle l'appela Joseph[1] en disant : « Que le SEIGNEUR m'ajoute un autre fils ! »

Jacob s'enrichit

25 Dès que Rachel eut enfanté Joseph, Jacob dit à Laban : « - Laisse-moi partir pour aller chez moi, en mon pays. 26 Donne-moi mes enfants et mes femmes, celles pour lesquelles je t'ai servi, et je m'en irai. Tu sais bien quel travail j'ai fait à ton service. » 27 Laban lui dit : « Si j'ai donc trouvé grâce à tes yeux ... j'ai appris par divination[2] que le SEIGNEUR m'a béni à cause de toi. » 28 Laban reprit : « Fixe-moi ton salaire et je te le donnerai. » 29 Il lui répondit : « Tu sais toi-même comme je t'ai servi et ce qu'est devenu ton cheptel avec moi. 30 Ton bien n'était que peu de chose avant moi, il s'est étonnamment accru sous ma direction et le SEIGNEUR t'en a béni. Et maintenant, quand travaillerai-je, moi aussi, pour ma maison ? » 31 Laban dit : « Que te donnerai-je ? » — « Tu ne me donneras rien, répondit Jacob. Si tu m'accordes ce que je vais dire, je reviendrai paître et garder tes moutons. 32 Je passerai aujourd'hui à travers tout le petit bétail et j'en retirerai tout agneau moucheté ou tacheté — toute brebis

---

1. Dans l'antiquité on pensait que les *pommes d'amour* (ou *mandragores*) favorisaient la fécondité.
2. Jeu de mots entre *Issakar* et *mes gages* (et *je t'ai pris à gages*, v. 16).
3. Jeu de mots entre *Zabulon* et *reconnaîtra mon rang*.

1. Jeu de mots entre *Joseph* et *ajoute* (et *a enlevé*, v. 23).
2. *si j'ai donc trouvé grâce à tes yeux ...* : la phrase n'est pas terminée ; on peut sous-entendre quelque chose comme *écoute-moi !* ou *ne pars pas !* — *J'ai appris par divination* (que) : autre traduction *Je me suis enrichi* (parce que).

féconde[1] parmi les moutons — toute chèvre tachetée ou mouchetée, et ce sera mon salaire. 33 Demain, lorsque tu viendras vérifier mon salaire, tout ce qui ne sera pas moucheté ou tacheté parmi les chèvres et — fécond — parmi les moutons me convaincra d'injustice; ce sera .chez moi du vol. » 34 Laban dit : « C'est bien, qu'il en soit comme tu l'as dit. »

35 Ce même jour, Laban retira les boucs rayés et mouchetés, toutes les chèvres tachetées et mouchetées; tout ce que Laban eut saisi — et les bêtes fécondes parmi les moutons — il le confia à ses fils 36 et il mit trois jours de marche entre lui et Jacob.

Jacob faisait paître le reste du troupeau de Laban. 37 Il se procura de fraîches baguettes de peuplier, d'amandier et de platane. Il y fit des raies blanches en mettant à nu la couche d'aubier des baguettes. 38 Il exposa les baguettes rayées en face des bêtes dans les auges des abreuvoirs où les brebis venaient boire; elles entraient en chaleur quand elles venaient boire. 39 Les bêtes s'accouplaient devant les baguettes; les femelles mettaient bas des petits rayés, mouchetés ou tachetés.

40 Quant aux moutons que Jacob mit de côté, il les orienta vers ce qui était rayé — tout ce qui était fécond dans le troupeau de Laban — et il se constitua des troupeaux séparés qu'il ne mit pas au compte des bêtes de La-

ban. 41 Chaque fois que les bêtes robustes du troupeau s'accouplaient, Jacob mettait les baguettes sous leurs yeux, dans les auges, pour qu'elles s'accouplent devant les baguettes; 42 il ne les mettait pas quand il s'agissait de bêtes chétives. Les bêtes chétives étaient pour Laban et les robustes pour Jacob.

Jacob s'enfuit de chez Laban

43 Cet homme regorgea de biens, il posséda de nombreux troupeaux, des servantes et des serviteurs, des chameaux et des ânes.

31 1 Il apprit que les fils de Laban disaient : « Jacob s'est emparé de tout ce qui appartenait à notre père, et c'est aux dépens de notre père qu'il s'est donné toute cette opulence. » 2 Jacob observa le visage de Laban et vit que leurs relations n'étaient plus celles des jours précédents. 3 Le Seigneur dit à Jacob : « Retourne au pays de tes pères et ta famille : je serai avec toi. » 4 Jacob fit appeler Rachel et Léa aux champs où il était avec le bétail. 5 Il leur dit : « Je vois que le visage de votre père n'est plus envers moi comme précédemment; mais le Dieu de mon père a été avec moi. 6 Vous savez, vous, que j'ai servi votre père de toutes mes forces. 7 Votre père s'est joué de moi, il a changé dix fois mes gages, mais Dieu ne l'a pas laissé me nuire. 8 Quand il déclarait : Tu auras pour salaire les bêtes mouchetées, tout le bétail produisait des mouchetées; et quand il déclarait : Tu auras pour salaire les rayées, tout le bétail produi-

---

1. *féconde* : autre traduction *noire* (de même aux v. 33, 35, 40). Dans les v. 32-42, les détails concernant le pelage des animaux et les procédés auxquels Jacob a recours ne sont pas toujours très clairs, mais le sens général est sans équivoque : par ses astuces, Jacob se montre plus rusé que son beau-père qui « a changé dix fois mes gages » (31.7, 41).

sait des rayées. 9 Dieu a enlevé à votre père son troupeau et me l'a donné. 10 Or, au temps où les bêtes s'accouplent, je levai les yeux et je vis en songe les boucs rayés, mouchetés et bigarrés qui couvraient les bêtes. 11 L'*ange de Dieu me dit en songe : Jacob — me voici, ai-je répondu. 12 Il reprit : Lève les yeux et regarde tous ces boucs rayés, mouchetés et bigarrés qui couvrent les bêtes, car j'ai vu ce que Laban te fait. 13 Je suis le Dieu pour lequel, à Béthel, tu as oint une stèle[1] et tu m'y as fait un vœu. Maintenant, lève-toi, quitte ce pays et retourne au pays de ta famille. »

14 Rachel et Léa lui firent cette réponse : « Avons-nous encore une part et un héritage dans la maison de notre père ? 15 Ne nous a-t-il pas considérées comme des étrangères, puisqu'il nous a vendues et qu'il a même mangé notre argent[2] ? 16 Aussi toute la fortune que Dieu a enlevée à notre père est-elle à nous et à nos fils. Fais maintenant tout ce que Dieu t'a dit. »

17 Jacob se leva et emmena ses fils et ses femmes sur les chameaux. 18 Il emmena tout son cheptel — et tous les biens qu'il avait acquis, le cheptel étant l'acquisition qu'il avait faite en plaine d'Aram[3] — pour revenir chez son père Isaac au pays de Canaan. 19 Laban était allé tondre son bétail quand Rachel déroba les idoles[4] qui étaient à son père.

20 Jacob trompa la vigilance de Laban l'*Araméen en se gardant de le prévenir de sa fuite. 21 Il s'enfuit avec ce qui lui appartenait, il se leva, il passa le Fleuve et se dirigea vers les monts de Galaad[1]. 22 Le troisième jour on informa Laban que Jacob s'était enfui. 23 Il prit avec lui ses frères[2], il le poursuivit pendant sept jours de marche et le rejoignit aux monts de Galaad.

Laban rattrape Jacob

24 Dieu vint trouver de nuit, en songe, Laban l'*Araméen, il lui dit : « Garde-toi de ne rien dire à Jacob en bien ou en mal. »

25 Laban rattrapa Jacob qui avait planté sa tente dans la montagne ; Laban fit de même avec ses frères dans les monts de Galaad[3]. 26 Laban dit à Jacob : « Qu'as-tu fait ! Tu as trompé ma vigilance et tu as emmené mes filles comme des captives de guerre. 27 Pourquoi as-tu caché ta fuite et m'as-tu leurré au lieu de me prévenir ? Je t'aurais laissé partir dans la joie et les chants, le tambourin et la lyre ! 28 Tu ne m'as pas laissé embrasser mes fils et mes filles[4]. Là, tu as agi sottement 29 et il est en mon pouvoir de vous faire du mal. Mais le Dieu de vos pères m'a dit la nuit dernière : Garde-toi de ne rien dire à Jacob en bien ou en mal ! 30 Maintenant que tu t'en es allé parce que tu soupirais après la

---

1. *stèle* : voir 28.18 et la note.
2. *mangé mon argent* : il semble que Laban n'avait pas donné à ses filles la dot habituelle.
3. *plaine d'Aram* : voir 24.10 et la note.
4. Les *idoles* mentionnées ici sont de petites figurines représentant les dieux protecteurs de la maison familiale.

1. *le Fleuve*, c'est-à-dire l'Euphrate ; *les monts de Galaad* : région montagneuse à l'est du Jourdain.
2. *ses frères*, c'est-à-dire probablement *les gens de sa parenté* (comparer 13.8 et la note).
3. *ses frères* : voir v. 23 et la note. — *Monts de Galaad* : voir v. 21 et la note.
4. *mes fils et mes filles*, c'est-à-dire *mes descendants*.

maison de ton père, pourquoi m'as-tu dérobé mes dieux[1] ? » 31 Jacob répondit à Laban[2] : « Parce que j'ai eu peur et que je me suis dit que tu m'enlèverais tes filles. 32 Celui chez qui tu trouveras tes dieux perdra la vie. En présence de nos frères, reconnais chez moi ce qui est à toi et reprends-le. » Jacob ignorait que Rachel les avait dérobés.

33 Laban entra dans la tente de Jacob, puis dans celle de Léa, puis dans celle des deux servantes, et il ne trouva rien. Il sortit de la tente de Léa pour entrer dans celle de Rachel. 34 Rachel avait pris les idoles et les avait mises dans le bât du chameau. Elle s'était assise dessus et Laban fouilla toute la tente sans rien trouver. 35 Elle dit alors à son père : « Que mon seigneur ne m'en veuille pas si je ne puis me lever devant toi, car j'ai ce qui arrive aux femmes. » Il fouilla sans trouver les idoles.

36 Jacob s'échauffa et prit Laban à partie ; il s'écria : « Quelle est ma faute ? Quel est mon délit, que tu fulmines contre moi ? 37 En fouillant toutes mes affaires, as-tu trouvé une seule des affaires de ta maison ? Produis-la en présence de mes frères et de tes frères[3], et qu'ils décident entre nous deux ! 38 Cela fait vingt ans que je suis avec toi, et jamais tes brebis ni tes chèvres n'ont avorté ! Je n'ai pas mangé les béliers de ton bétail. 39 La bête lacérée, je ne te la rapportais pas, j'en sup-

portais la perte[1] ! La bête qu'on avait volée, de jour comme de nuit, tu me la réclamais ! 40 J'ai été dévoré le jour par la chaleur, la nuit par le froid, et le sommeil a fui mes yeux ! 41 Cela fait vingt ans que je suis dans ta maison, je t'ai servi quatorze ans pour tes deux filles et six ans pour ton bétail ! Dix fois tu as changé mes gages ! 42 Si le Dieu de mon père, le Dieu d'Abraham et la Terreur d'Isaac[2], n'avait été avec moi, tu m'aurais laissé partir les mains vides. Mais Dieu a regardé mon humiliation et la lassitude de mes mains ; la nuit dernière il a décidé. »

Laban et Jacob concluent une alliance

43 Laban répondit à Jacob et dit : « Ces filles sont mes filles, ces fils sont mes fils, ces moutons sont mes moutons, tout ce que tu vois est à moi. Que vais-je faire pour mes filles ? Pour elles aujourd'hui ou pour les fils qu'elles ont enfantés ? 44 Allons, il est temps de conclure une alliance, moi et toi, et qu'il y ait un témoin entre moi et toi. »

45 Jacob prit une pierre et l'érigea en stèle[3].

46 Jacob dit à ses frères : « Ramassez des pierres », et ils prirent des pierres dont ils firent un tas. Ils mangèrent là sur ce tas. 47 La-

---

1. *mes dieux* : voir v. 19 et la note.
2. Au v. 31, Jacob répond à la question du v. 27 ; au v. 32, à celle du v. 30.
3. *a mes frères et tes frères* : voir v. 23 et la note ; il doit s'agir d'ailleurs des mêmes personnes, vu la parenté de Jacob avec Laban.

1. Comparer Ex 22.12 ; Am 3.12 : le berger qui *rapportait* les restes d'une *bête lacérée* n'avait pas à en *supporter la perte*.
2. *Terreur d'Isaac* : autre traduction *Parent d'Isaac* ; il s'agit d'un titre donné à Dieu.
3. *stèle* : voir 28.18 et la note.

ban l'appela Yegar Sahadouta, et Jacob l'appela Galéed[1].

48 Laban dit : « Ce tas est aujourd'hui témoin entre moi et toi » ; c'est pourquoi on l'appela Galéed — c'est-à-dire le Tas-du-témoin — 49 et le Miçpa[2] — c'est-à-dire le Lieu-du-guet — dont il avait dit : « Que le Seigneur fasse le guet entre moi et toi quand nous serons hors de vue l'un de l'autre. 50 Si tu humilies mes filles, et si tu prends des femmes en plus de mes filles, vois que, même si personne n'est avec nous, Dieu est témoin entre nous. »

51 Laban dit à Jacob : « Voici ce tas de pierres que j'ai jetées entre moi et toi, voici cette stèle. 52 Ce tas de pierres est témoin, cette stèle est témoin. Moi, je jure de ne pas dépasser ce tas dans ta direction et toi, tu jures de ne pas dépasser ce tas dans ma direction — et cette stèle — sous peine de malheur[3]. 53 Que le Dieu d'Abraham et le Dieu de Nahor protègent le droit entre nous. » — C'était le Dieu de leur père — Jacob jura par la Terreur d'Isaac[4], son père. 54 Jacob offrit un *sacrifice dans la montagne. Il invita ses frères[5] au repas ; ils mangèrent le repas et passèrent la nuit dans la montagne.

32 1 Laban se leva de bon matin, il embrassa ses fils et ses filles[1], il les bénit et retourna chez lui.

Jacob se prépare à rencontrer Esaü

2 Jacob allait son chemin quand des messagers[2] de Dieu survinrent. 3 Dès qu'il les vit, il s'écria : « C'est un camp de Dieu », et il appela ce lieu Mahanaïm[3]. 4 Jacob envoya devant lui des messagers vers son frère Esaü au pays de Séir dans la campagne d'Edom[4]. 5 Il leur donna des ordres et dit : « Vous parlerez ainsi à mon seigneur Esaü : Ainsi parle ton serviteur Jacob : J'ai séjourné chez Laban et m'y suis attardé jusqu'à présent. 6 Je possède taureaux et ânes, petit bétail, serviteurs et servantes, et j'ai tenu à envoyer des messagers pour informer mon seigneur Esaü afin de trouver grâce à ses yeux. » 7 Les messagers revinrent vers Jacob et dirent : « Nous sommes allés chez ton frère Esaü. Lui aussi marche à ta rencontre, il a 400 hommes avec lui. » 8 Jacob eut très peur et l'angoisse le saisit[5]. Il répartit en deux camps les gens qui étaient avec lui, le petit et le gros bétail, et les chameaux, 9 en

---

1. Jeu de mots entre le nom de *Galaad* (v. 25) et
2. En hébreu, il y a jeu de mots entre le nom de *Miçpa* et le verbe traduit par *fasse le guet* d'une part, et d'autre part entre *Miçpa* et le mot traduit par *stèle* aux v. 45, 51, 52.
3. *sous peine de malheur* : autre traduction *pour faire le mal*.
4. *Terreur d'Isaac* : voir v. 42 et la note.
5. *ses frères* : voir v. 23 et la note.

1. *ses fils et ses filles*, c'est-à-dire *ses descendants*.
2. *messagers* ou **anges*.
3. Le nom de *Mahanaïm* signifie *deux camps* ; l'auteur biblique le rapproche de l'exclamation qui précède, ainsi que des v. 8-9. La localité de Mahanaïm, située en Transjordanie, n'est pas identifiée avec certitude ; on la place soit au nord, soit au sud du torrent du Yabboq (v. 23).
4. *pays de Séir* et *campagne d'Edom* sont des désignations équivalentes de la région située au sud et sud-est de la mer Morte.
5. Jacob craint les représailles d'Esaü, après ce qu'il lui a fait vingt ans plus tôt (voir 25.29-34 ; 27.1-45).

disant : « Si Esaü parvient à l'un des camps et le saccage, le camp restant pourra s'échapper. »

10 Puis Jacob s'écria : « Dieu de mon père Abraham, Dieu de mon père Isaac, toi le SEIGNEUR qui m'as dit : Retourne vers ton pays et ta famille et je te ferai du bien, 11 je suis trop petit pour toutes les faveurs et toute la fidélité dont tu as usé envers ton serviteur ! Car je n'avais passé le Jourdain qu'avec mon seul bâton et maintenant je forme deux camps. 12 De grâce, sauve-moi de la main de mon frère, de la main d'Esaü car j'ai peur de lui, j'ai peur qu'il ne vienne et ne nous frappe, moi, la mère avec les enfants. 13 Toi, tu m'as dit : Je veux te faire du bien et je multiplierai ta descendance comme le sable de la mer qu'on ne peut compter tant il y en a ! » 14 Il demeura cette nuit-là en ce lieu.

Des bêtes dont il disposait, Jacob préleva un présent pour son frère Esaü : 15 200 chèvres, vingt boucs, 200 brebis et vingt béliers, 16 30 chamelles laitières avec leurs petits, 40 vaches et dix taureaux, vingt ânesses et dix ânes. 17 Il remit aux mains de ses serviteurs chaque troupeau séparément et leur dit : « Passez devant moi et laissez un espace entre chaque troupeau. » 18 Puis il donna cet ordre au premier serviteur : « Lorsque mon frère Esaü te rencontrera et t'interrogera en disant : À qui es-tu ? Où vas-tu ? À qui est ce troupeau qui te précède ? 19 Tu répondras : À ton serviteur Jacob. C'est un présent qu'il envoie à mon seigneur Esaü et lui-même vient derrière nous. » 20 Il donna le même ordre au se-

cond serviteur, puis au troisième, puis à tous ceux qui marchaient derrière les troupeaux : « C'est de la même manière, dit-il, que vous parlerez à Esaü quand vous le trouverez 21 et vous lui direz : Ton serviteur Jacob vient lui aussi derrière nous. » Il se disait en effet : « J'adoucirai son humeur en me faisant précéder de ce présent; après quoi je le verrai en face et peut-être me fera-t-il bon accueil. » 22 Le présent passa en avant, lui-même demeura cette nuit-là au camp.

Jacob lutte avec Dieu

23 Cette même nuit, il se leva, prit ses deux femmes, ses deux servantes, ses onze enfants, et il passa le gué du Yabboq[1].

24 Il les prit et leur fit passer le torrent, puis il fit passer ce qui lui appartenait, 25 et Jacob resta seul. Un homme[2] se roula avec lui dans la poussière jusqu'au lever de l'aurore. 26 Il vit qu'il ne pouvait l'emporter sur lui, il heurta Jacob à la courbe du fémur[3] qui se déboîta alors qu'il roulait avec lui dans la poussière. 27 Il lui dit : « Laisse-moi car l'aurore s'est levée. » — « Je ne te laisserai pas, répondit-il, que tu ne m'aies béni. »

28 Il lui dit : « Quel est ton nom ? » — « Jacob », répondit-il. 29 Il reprit : « On ne t'appellera

---

1. *Yabboq* : affluent de la rive orientale du Jourdain.

2. *un homme* : selon Os 12.5, il s'agit d'un *ange; le présent texte (v. 31) laisse entendre qu'il s'agit de Dieu lui-même.

3. *à la courbe du fémur* : autre traduction *à l'articulation de la hanche.*

plus Jacob, mais Israël[1], car tu as lutté avec Dieu et avec les hommes et tu l'as emporté. » 30 Jacob lui demanda : « De grâce, indique-moi ton nom. » — « Et pourquoi, dit-il, me demandes-tu mon nom ? » Là-même, il le bénit. 31 Jacob appela ce lieu Peniël — c'est-à-dire Face-de-Dieu — car « j'ai vu Dieu face à face et ma vie a été sauve. »

32 Le soleil se levait quand il passa Penouël[2]. Il boitait de la hanche. 33 C'est pourquoi les fils d'Israël ne mangent pas le muscle de la cuisse qui est à la courbe du fémur, aujourd'hui encore. Il avait en effet heurté Jacob à la courbe du fémur, au muscle de la cuisse.

Jacob rencontre Esaü

33 1 Jacob leva les yeux et vit qu'Esaü arrivait, ayant avec lui 400 hommes. Il répartit les enfants entre Léa, Rachel et les deux servantes. 2 Il mit en tête les servantes et leurs enfants, puis Léa et ses enfants, puis Rachel et Joseph. 3 Lui-même passa devant eux et se prosterna sept fois à terre jusqu'à ce qu'il se fût approché de son frère. 4 Esaü courut à sa rencontre, l'étreignit, se jeta à son cou et l'embrassa ; ils pleurèrent. 5 Puis Esaü leva les yeux et vit les femmes et les enfants. Il dit : « Qui as-tu là ? » — « Les enfants que Dieu a accordés à ton serviteur[3] », répondit Jacob. 6 Les servantes s'approchèrent, elles et leurs enfants, puis se prosternè-

rent. 7 Léa s'approcha aussi avec ses enfants, ils se prosternèrent. Puis Joseph s'approcha avec Rachel et ils se prosternèrent aussi.

8 Esaü dit : « Qu'as-tu à faire avec tout ce camp que j'ai croisé ? » — « Je voulais trouver grâce aux yeux de mon seigneur[1] », répondit Jacob. 9 Esaü reprit : « J'ai amplement pour moi, mon frère ; que ce qui est à toi reste à toi ! » 10 Jacob s'écria : « Non, je t'en prie ! Si j'ai pu trouver grâce à tes yeux, tu accepteras de ma main mon présent. En effet, puisque j'ai vu ta face comme on voit la face de Dieu et que tu m'as agréé, 11 reçois donc de moi le bienfait qui t'a été apporté, car c'est Dieu qui m'en a gratifié ; j'ai tout à moi. » Il le pressa et l'autre accepta.

12 Esaü dit : « Levons le camp et partons. Je marcherai à tes côtés. » 13 Jacob lui répondit : « Mon seigneur sait que les enfants sont délicats et que j'ai à ma charge des brebis et des vaches qui allaitent ; si on les bousculait, ne fût-ce qu'un seul jour, tout le petit bétail mourrait. 14 Que mon seigneur veuille passer devant son serviteur. Moi, je cheminerai doucement au pas du convoi qui me précède et au pas des enfants jusqu'à ce que j'arrive près de mon seigneur en Séïr[2]. » 15 Esaü dit : « Je désire laisser avec toi quelques-uns de ceux qui m'accompagnent. » — « À quoi bon ? Répondit-il. Il me suffit de trouver grâce aux yeux de mon seigneur ! »

---

1. En hébreu, il y a jeu de mots entre le nom d'*Israël* et l'expression traduite par *tu as lutté avec Dieu*. — Le nouveau nom donné à Jacob marque un changement profond dans son existence.
2. *Penouël* : variante orthographique de *Peniël* (v. 31).
3. C'est-à-dire *m'a accordé*.

1. C'est-à-dire *à tes yeux*.
2. *Séïr* : voir 32.4 et la note.

16 Ce jour même, Esaü reprit sa route vers Séïr 17 tandis que Jacob gagnait Soukkoth[1] où il se bâtit une maison et où il fit des huttes pour son troupeau; c'est pourquoi il appela ce lieu Soukkoth — c'est-à-dire les Huttes.

Jacob s'installe près de Sichem

18 Jacob, revenant de la plaine d'Aram, arriva sain et sauf à la ville de Sichem[2] qui est au pays de Canaan et il campa devant la ville. 19 Pour cent pièces d'argent, il acquit de la main des fils de Hamor, père de Sichem, une parcelle du champ où il avait planté sa tente. 20 Il érigea là un *autel qu'il appela « El, Dieu d'Israël. »

Siméon et Lévi vengent leur soeur déshonorée

34 1 Dina, la fille que Léa avait donnée à Jacob, sortait pour retrouver les filles du pays. 2 Sichem, fils de Hamor le Hivvite[3], chef du pays, la vit, l'enleva, coucha avec elle et la viola. 3 Il s'attacha de tout son être à Dina, la fille de Jacob, il se prit d'amour pour la jeune fille et lui parla coeur à coeur. 4 Sichem s'adressa à son père Hamor et lui dit : « Prends-moi cette enfant pour femme. »

5 Jacob avait appris qu'il avait souillé sa fille Dina; mais comme ses fils étaient à la campagne avec le troupeau, il se tut jusqu'à leur retour. 6 Hamor, père de Sichem, sortit pour parler à Jacob. 7 Les fils de Jacob revinrent de la campagne. Dès qu'ils l'apprirent, ces hommes se sentirent outragés et s'en irritèrent violemment, car Sichem avait commis une infamie en Israël en couchant avec la fille de Jacob; on ne doit pas agir ainsi. 8 Hamor parla avec eux en ces termes : « Sichem, mon fils, est épris de votre fille de tout son être, donnez-la-lui pour femme. 9 Alliez-vous par mariage avec nous : vous nous donnerez vos filles et vous prendrez pour vous les nôtres. 10 Vous habiterez avec nous, le pays vous sera ouvert : habitez-y, faites-y vos affaires et devenez-y propriétaires. »

11 Sichem s'adressa au père de la jeune fille et à ses frères : « Que je trouve grâce à vos yeux et je vous donnerai ce que vous me direz. 12 Imposez-moi lourdement pour la dot et la donation[1], je paierai exactement ce que vous me direz, mais donnez-moi la jeune fille pour femme. » 13 Les fils de Jacob répondirent à Sichem et à Hamor son père. Non sans fraude, ils parlèrent à celui qui avait souillé leur soeur Dina. 14 Ils leur dirent : « Nous ne pouvons faire ce que tu dis et donner notre soeur à un homme incirconcis car ce serait pour nous un opprobre. 15 Nous ne vous donnerons notre consentement que si vous devenez pareils à nous en faisant circoncire tous vos mâles. 16 Nous vous donnerons nos filles, nous prendrons pour nous les vôtres, nous habiterons avec vous et nous formerons un seul peuple. 17 Si vous n'acceptez pas de nous

---

1. Localité située à l'est du Jourdain (55 km environ au nord-est de Jérusalem). Le mot désigne des *huttes* faites avec des branchages.

2. *plaine d'Aram* : voir 24.10 et la note. — *Sichem* : voir 12.6 et la note.

3. *Hivvite* : voir au glossaire AMORITES.

---

1. La *dot* était versée par le fiancé aux parents de la jeune fille; la *donation* constituait le bien propre de celle-ci.

la circoncision, nous reprendrons notre fille et nous partirons. » 18 Leurs propos plurent à Hamor et à son fils Sichem. 19 Le jeune homme ne tarda pas à exécuter ce qui avait été dit, car il voulait la fille de Jacob. Il était des plus influents dans la maison de son père.

20 Hamor et son fils Sichem s'en vinrent à la porte de leur ville[1] et parlèrent en ces termes à leurs concitoyens : 21 « Ces gens sont en paix avec nous, qu'ils habitent dans notre pays et qu'ils y fassent des affaires et que ce pays leur soit largement ouvert; épousons leurs filles et donnons-leur les nôtres. 22 Toutefois ces gens ne consentiront à habiter avec nous pour former un seul peuple que si tous nos mâles sont circoncis comme les leurs. 23 Leur cheptel, leurs biens et tout leur bétail ne seront-ils pas à nous si seulement nous leur donnons ce consentement pour qu'ils puissent habiter avec nous ? » 24 Tous ceux qui sortaient à la porte de la ville écoutèrent Hamor et son fils Sichem; tous les mâles furent circoncis, tous ceux qui sortaient à la porte de la ville.

25 Or, le troisième jour, alors que les hommes étaient souffrants, les deux fils de Jacob, Siméon et Lévi, frères de Dina, entrèrent l'épée à la main dans la ville à coup sûr et tuèrent tous les mâles. 26 Ils passèrent au tranchant de l'épée Hamor et son fils Sichem, ils reprirent Dina dans la maison de Sichem et en ressortirent.

27 Les fils de Jacob s'en prirent aux blessés et pillèrent la ville parce qu'on avait souillé leur soeur. 28 Ils s'emparèrent de leur petit et de leur gros bétail, de leurs ânes, de ce qui était dans la ville et dans la campagne; 29 ils capturèrent toutes leurs richesses, tous leurs enfants, leurs femmes, et ils pillèrent tout ce qui était à la maison.

30 Jacob dit à Siméon et à Lévi : « Vous m'avez porté malheur en me rendant odieux aux habitants du pays, Cananéens et Perizzites. Nous ne sommes qu'un petit nombre, ils vont s'unir contre moi et m'abattre, je serai exterminé, moi et ma maison[1]. » 31 Ils répondirent : « Devait-on traiter notre soeur en prostituée ? »

Jacob quitte Sichem pour Béthel

35 1 Dieu dit à Jacob : « Debout, monte à Béthel[2] et arrête-toi là. Élève-y un *autel pour le Dieu qui t'est apparu lorsque tu fuyais devant ton frère Esaü. » 2 Jacob dit à sa maison et à tous ceux qui l'accompagnaient : « Enlevez les dieux de l'étranger[3] qui sont au milieu de vous. *Purifiez-vous et changez vos vêtements. 3 Debout ! Montons à Béthel et j'y élèverai un autel pour le Dieu qui m'a répondu au jour de ma détresse. Il a été avec moi sur la route où j'ai marché. » 4 Ils livrèrent à Jacob les dieux de l'étranger qu'ils

---

1. *à la porte de leur ville :* voir 23.10 et la note.

1. *Cananéens, Perizzites :* voir au glossaire AMORITES — *ma maison* ou *ma famille.*
2. *Béthel :* voir 12.8 et la note; 28.10-22.
3. *Sa maison* ou *sa famille.* — *Les dieux de l'étranger* ou *les dieux étrangers;* il s'agissait par exemple des idoles volées par Rachel, voir 31.19.

avaient en mains et les anneaux qu'ils portaient aux oreilles; Jacob les enfouit sous le térébinthe près de Sichem[1]. 5 Ils quittèrent la place et Dieu sema la terreur dans les villes des environs : nul ne poursuivit les fils de Jacob.

6 Jacob arriva à Louz qui est au pays de Canaan — c'est-à-dire Béthel — lui et tous les gens qui l'accompagnaient. 7 Il éleva là un autel et appela ce lieu « El-Béthel » car c'est là que la divinité[2] s'était révélée à lui quand il fuyait devant son frère.

8 Débora, la nourrice de Rébecca, mourut et fut enterrée au-dessous de Béthel, au pied du chêne que Jacob appela « le Chêne des Pleurs. »

9 Dieu apparut encore à Jacob quand il revint de la plaine d'Aram[3] et il le bénit. 10 Dieu lui dit :

« Ton nom est Jacob.
On ne t'appellera plus du nom de Jacob,
mais Israël sera ton nom. »
Et il l'appela du nom d'Israël.
11 Dieu lui dit :
« Je suis le Dieu Puissant[4].
Sois fécond et prolifique :
une nation et une assemblée de nations viendront de toi
et des rois sortiront de tes reins.
12 Le pays que j'ai donné à Abraham et à Isaac, je te le donne;
à ta descendance après toi je donnerai ce pays. »
13 Dieu s'éleva loin de lui, du lieu où il lui avait parlé.

14 Jacob érigea une stèle dans le lieu où Dieu avait parlé avec lui, une stèle de pierre sur laquelle il fit une libation et versa de l'huile[1]. 15 Jacob appela Béthel le lieu où Dieu avait parlé avec lui[2].

Naissance de Benjamin et mort de Rachel

16 Ils quittèrent Béthel. Il y avait encore une certaine distance avant d'arriver à Ephrata[3] quand Rachel enfanta; et ses couches furent pénibles. 17 Or, comme elle accouchait difficilement, la sage-femme lui dit : « Ne crains pas, car tu as un fils de plus. » 18 Dans son dernier souffle, au moment de mourir, elle l'appela Ben-Oni — c'est-à-dire Fils-du-deuil — mais son père l'appela Benjamin — c'est-à-dire Fils-de-la-droite[4]. 19 Rachel mourut et fut enterrée sur la route d'Ephrata, c'est-à-dire Bethléem. 20 Jacob érigea une stèle[5] sur sa tombe : c'est la stèle de la tombe de Rachel, aujourd'hui encore.

21 Israël quitta la place et dressa sa tente au-delà de Migdal-Eder[6]. 22 Or, tandis qu'Israël demeurait dans cette région, Ruben alla coucher avec Bilha, concubine de son père, et Israël l'apprit.

---

1. Les *anneaux* ou *pendants d'oreille* pouvaient être des symboles divins. — *Sichem* : voir 12.6 et la note.
2. *la divinité* ou *Dieu*.
3. *plaine d'Aram* : voir 24.10 et la note.
4. *Puissant* voir 17.1 et la note.

1. *stèle, huile* : voir 28.18 et la note. — *Libation* : voir au glossaire SACRIFICES.
2. Voir 28.19.
3. *Béthel* : voir v. 1. — *Ephrata* : autre nom de *Bethléem*, à 8 km au sud de Jérusalem (voir v. 19; Mi 5.1).
4. Jacob change un nom de mauvais augure (*Ben-Oni*) en un nom de bon augure : *la droite* est le côté favorable.
5. *une stèle* ou *une pierre dressée*.
6. *Migdal-Eder* se trouvait, d'après Mi 4.8, tout près de la colline de *Sion, à Jérusalem. Le nom signifie « Tour du troupeau ».

Les fils de Jacob étaient au nombre de douze :

23 Fils de Léa : Ruben, le premier-né de Jacob, Siméon, Lévi, Juda, Issakar, Zabulon.

24 Fils de Rachel : Joseph et Benjamin.

25 Fils de Bilha, servante de Rachel : Dan et Nephtali.

26 Fils de Zilpa, servante de Léa : Gad et Asher.

Ce sont les fils de Jacob qui lui naquirent en plaine d'Aram[1].

27 Jacob arriva chez son père Isaac, à Mambré de Qiryath-Arba, c'est-à-dire Hébron[2], où avaient séjourné Abraham et Isaac. 28 Les jours d'Isaac furent de 180 ans; 29 Isaac expira, il mourut et fut réuni aux siens[3], âgé et comblé de jours. Ses fils Esaü et Jacob l'enterrèrent.

Esaü s'installe au pays d'Edom

36 1 Voici la famille d'Esaü qui est Edom.

2 Esaü épousa des filles de Canaan : Ada fille d'Elôn le Hittite, Oholivama fille de Ana, fille de Civéôn le Hivvite[4], 3 et Basmath fille d'Ismaël et soeur de Nebayoth. 4 Ada donna à Esaü Elifaz et Basmath lui donna Réouël. 5 Oholivama lui donna Yéoush, Yaélâm, Qorah. Ce sont les fils d'Esaü qui lui naquirent au pays de Canaan.

6 Esaü prit ses femmes, ses fils, ses filles, toutes les personnes de sa maison, son cheptel, tout son bétail et toutes les acquisitions qu'il avait faites au pays de Ca-

naan, puis il partit pour un pays hors de la présence de son frère. 7 Leurs biens étaient en effet trop considérables pour qu'ils puissent habiter ensemble et le pays où ils émigraient ne pouvait subvenir à leurs besoins à cause de leurs troupeaux. 8 Esaü habita dans la montagne de Séir : Esaü, c'est Edom[1].

Les descendants d'Esaü

9 Voici la famille d'Esaü père d'Edom dans la montagne de Séir :

10 Voici les noms des fils d'Esaü : Elifaz, fils de Ada, femme d'Esaü et Réouël, fils de Basmath, femme d'Esaü. 11 Les fils d'Elifaz furent Témân, Omar, Cefo, Gaétâm et Qenaz. 12 Timna fut la concubine d'Elifaz, fils d'Esaü, et lui donna un fils Amaleq. Ce sont les fils de Ada, femme d'Esaü.

13 Voici les fils de Réouël : Nahath, Zérah, Shamma et Mizza. Ce sont les fils de Basmath, femme d'Esaü. 14 Voici quels furent les fils d'Oholivama, fille de Ana, fille de Civéôn et femme d'Esaü; elle lui donna Yéoush, Yaélâm et Qorah.

15 Voici les chefs des fils d'Esaü[2] : Fils d'Elifaz, premier-né d'Esaü : chef Témân, chef Omar, chef Cefo, chef Qenaz, 16 chef Qorah, chef Gaétâm, chef Amaleq. Ce sont les chefs d'Elifaz dans le pays d'Edom, ce sont les fils de Ada.

17 Voici les fils de Réouël, fils d'Esaü : chef Nahath, chef Zérah, chef Shamma, chef Mizza. Ce

---

1. *plaine d'Aram* : voir 24.10 et la note.
2. *Mambré, Hébron* : voir 13.18 et la note.
3. *réuni aux siens* : voir 25.8 et la note.
4. *fille de Canaan* ou *Cananéenne*. — *Hittite, Hivvite* : voir au glossaire AMORITES.

1. *Séir, Edom* : voir 32.4 et la note.
2. Il s'agit des chefs de tribus édomites.

sont les chefs de Réouël dans le pays d'Edom; ce sont les fils de Basmath, femme d'Esaü.

18 Voici les fils d'Oholivama, femme d'Esaü : chef Yéoush, chef Yaêlâm, chef Qorah. Ce sont les chefs d'Oholivama, fille de Ana, femme d'Esaü.

19 Ce sont les fils d'Esaü et ce sont leurs chefs. C'est Edom.

20 Voici les fils de Séïr le Horite[1], habitants du pays : Lotân, Shoval, Civéôn, Ana, 21 Dishôn, Ecèr et Dishân. Ce sont les chefs horites, fils de Séïr, dans le pays d'Edom. 22 Les fils de Lotân furent Hori et Hémâm, la soeur de Lotân fut Timna. 23 Voici les fils de Shoval : Alwân, Manahath, Eval, Shefo et Onâm. 24 Voici les fils de Civéôn : Ayya et Ana. Ce fut Ana qui trouva les eaux[2] dans le désert en faisant paître les ânes pour Civéôn son père. 25 Voici les enfants de Ana : Dishôn et Oholivama, fille de Ana. 26 Voici les fils de Dishân : Hèmdân, Eshbân, Yitrân et Kerân. 27 Voici les fils d'Ecèr : Bilhân, Zaawân, Aqân. 28 Voici les fils de Dishân : Ouç et Arân.

29 Voici les chefs horites : chef Lotân, chef Shoval, chef Civéôn, chef Ana, 30 chef Dishôn, chef Ecèr, chef Dishân. Ce sont les chefs horites selon leurs clans dans le pays de Séïr.

31 Voici les rois qui ont régné au pays d'Edom avant que ne règne un roi israélite : 32 Bèla, fils de Béor, régna sur Edom et le nom de sa ville était Dinhava. 33 Bèla mourut et Yovav, fils de Zérah de Boçra, régna à sa place. 34 Yovav mourut et Houshâm, du pays des Témanites, régna à sa place. 35 Houshâm mourut et Hadad, fils de Bedad, régna à sa place. Il battit Madiân dans la campagne de Moab; le nom de sa ville était Awith. 36 Hadad mourut et Samla de Masréqa régna à sa place. 37 Samla mourut et Shaoul de Rehovoth sur l'Euphrate régna à sa place. 38 Shaoul mourut et Baal-Hanân, fils de Akbor, régna à sa place. 39 - Baal-Hanân, fils de Akbor, mourut et Hadar régna à sa place; le nom de sa ville était Paou. Le nom de sa femme était Mehétavéel, fille de Matred, fille de Mê-Zahav.

40 Voici les noms des chefs d'Esaü selon leurs clans et leurs localités, à savoir : chef Timna, chef Alwa, chef Yeteth, 41 chef Oholivama, chef Ela, chef Pinôn, 42 chef Qenaz, chef Témân, chef Mivçar, 43 chef Magdiël, chef Irâm. Ce sont les chefs d'Edom selon leurs habitats au pays dont ils avaient la propriété. C'est Esaü le père d'Edom[1].

---

1. *Horite* : descendant d'un peuple qui avait précédemment dominé le pays de Canaan. Comparer au glossaire AMORITES.

2. *les eaux* : d'après l'ancienne version syriaque; ancienne version latine : *eaux chaudes;* le sens du mot hébreu correspondant est inconnu.

1. *C'est Esaü le père d'Edom,* c'est-à-dire Esaü est l'ancêtre des Edomites.

JOSEPH

Les songes de Joseph

37 1 Jacob habita au pays où son père avait émigré, le pays de Canaan. 2 Voici la famille de Jacob[1].

Joseph, âgé de dix-sept ans, faisait paître les moutons avec ses frères.

Joseph était un enfant qui accompagnait les fils de Bilha et les fils de Zilpa, femmes de son père. Il rapporta à leur père leurs dénigrements[2].

3 Israël préférait Joseph à tous ses frères car il l'avait eu dans sa vieillesse. Il lui fit une tunique princière[3] 4 et ses frères virent qu'il le préférait à eux tous; ils le prirent en haine et ne pouvaient plus lui parler amicalement.

5 Joseph eut un songe qu'il fit connaître à ses frères et ils le haïrent encore davantage.

6 « Écoutez donc, leur dit-il, le songe que j'ai eu. 7 Nous étions en train de lier des gerbes en plein champ quand ma gerbe se dressa et resta debout. Vos gerbes l'entourèrent et se prosternèrent devant elle. » 8 Ses frères lui répondirent : « Voudrais-tu régner sur nous en roi ou nous dominer en maître ? » Ils le haïrent encore davantage pour ses songes et pour ses propos.

9 Joseph eut encore un autre songe qu'il raconta à ses frères : « Voici, dit-il, j'ai eu encore un songe : le soleil, la lune et onze étoiles se prosternaient devant moi. » 10 Il le raconta à son père comme à ses frères; son père le gronda et lui dit : « Quel songe as-tu eu là ! Aurons-nous, moi, ta mère et tes frères, à venir nous prosterner à terre devant toi ? »

11 Ses frères le jalousèrent, mais son père retint la chose.

Joseph est vendu par ses frères

12 Ses frères s'en allèrent à Sichem[1] paître le troupeau de leur père. 13 Celui-ci dit alors à Joseph : « Tes frères ne sont-ils pas au pâturage à Sichem ? Va, je t'envoie avec eux. » — « Me voici », répondit-il — 14 « va voir, lui dit-il, comment se portent tes frères, comment va le troupeau, et rapporte-moi des nouvelles. » C'est de la vallée d'Hébron[2] qu'il l'envoya et Joseph s'en vint à Sichem.

---

1. *Voici la famille de Jacob* : ces mots, qui introduisent l'ensemble des chap. 37-50, sont l'équivalent de *Voici l'histoire des fils de Jacob.*

2. *leurs dénigrements* : soit « la façon dont ils dénigraient les autres », soit « la façon dont on les dénigrait ».

3. *princière* : traduction incertaine d'un mot qui n'apparaît que dans ce chapitre et en 2 S 13.18 où il est traduit par *à longues manches.*

1. Voir 12.6 et la note.
2. Voir 13.18 et la note.

15 Un homme le trouva en train d'errer dans la campagne et cet homme lui demanda : « Que cherches-tu ? 16 — « Je cherche mes frères, répondit-il. Indique-moi donc où ils font paître. » 17 L'homme lui répondit : « Ils sont partis d'ici car je les ai entendu dire : Allons à Dotân[1]. »

Joseph suivit ses frères qu'il trouva à Dotân. 18 Ils le virent de loin. Avant qu'il ne fût près d'eux, ils complotèrent de le faire mourir. 19 Ils se dirent l'un à l'autre : « Voici venir l'homme aux songes. 20 C'est le moment ! Allez ! Tuons-le et jetons-le dans des fosses[2]. Nous dirons qu'une bête féroce l'a dévoré et nous verrons ce qu'il advient de ses songes ! »

21 Ruben entendit et voulut le délivrer de leurs mains : « Ne touchons pas à sa vie », dit-il.

22 Pour le délivrer de leurs mains et le rendre à son père, Ruben leur dit : « Ne répandez pas le sang, jetez-le dans cette fosse au désert, et ne portez pas la main sur lui. »

23 Or, au moment où Joseph arriva près de ses frères, ils lui ôtèrent sa tunique, la tunique princière qu'il avait sur lui. 24 Ils se saisirent de lui et le jetèrent dans la fosse ; cette fosse était vide, elle ne contenait pas d'eau. 25 Puis ils s'assirent pour manger.

Levant les yeux, ils virent une caravane d'Ismaélites qui arrivaient de Galaad et dont les chameaux transportaient de la gomme adragante, de la résine et du ladanum pour les importer en Egypte[1]. 26 Juda dit à ses frères : « Quel profit y aurait-il à tuer notre frère et à cacher son sang[2] ? 27 Allons le vendre aux Ismaélites et ne portons pas la main sur lui, car notre frère, c'est notre chair. » Ses frères l'écoutèrent.

28 Des marchands madianites qui passèrent hissèrent Joseph hors de la fosse et le vendirent pour vingt sicles[3] d'argent aux Ismaélites, qui le menèrent en Egypte. 29 Quand Ruben revint à la fosse, Joseph n'y était plus. Il *déchira ses vêtements, 30 et retourna vers ses frères en disant : « L'enfant n'est plus là ! Et moi, où vais-je aller ? »

31 Ils prirent la tunique de Joseph et, ayant égorgé un bouc, ils la trempèrent dans le sang. 32 Ils envoyèrent porter la tunique princière à leur père et lui dirent : « Nous avons trouvé cela. Reconnais si c'est la tunique de ton fils ou non. » 33 Il la reconnut et s'écria : « La tunique de mon fils ! Une bête féroce l'a dévoré, Joseph a été mis en pièces ! » 34 Jacob déchira ses vêtements, mit un *sac à ses reins et prit le deuil de son fils pendant de longs jours. 35 Quand tous ses fils et ses filles vinrent pour le consoler, il refusa de se consoler car, disait-il « c'est en deuil que je descendrai vers mon fils au *séjour des morts ».

---

1. Localité située à 25 km environ au nord de Sichem.
2. *dans des fosses* ou *dans une de ces fosses*.

1. *gomme adragante, résine, ladanum :* traduction de trois termes techniques hébreux dont le sens précis n'est plus connu. Il s'agit en tout cas de produits végétaux odoriférants, qu'on utilisait en Egypte pour des soins médicaux et pour l'embaumement des momies.
2. *à cacher son sang :* pour qu'il ne « crie pas vers Dieu » (voir 4.10), c'est-à-dire qu'il ne réclame pas justice.
3. *sicles :* voir au glossaire MONNAIES.

Son père le pleura 36 et les Madianites le vendirent en Egypte à Potiphar, *eunuque de *Pharaon, grand sommelier[1].

Juda et Tamar

38 1 Or, en ce temps-là, Juda descendit de chez ses frères et se rendit chez un homme d'Adoullam[2] du nom de Hira. 2 Là, Juda vit la fille d'un Cananéen nommé Shoua. Il la prit et vint à elle, 3 elle devint enceinte et enfanta un fils qu'il appela Er. 4 Elle devint à nouveau enceinte et enfanta un fils qu'elle appela Onân. 5 Puis, une fois encore, elle enfanta un fils qu'elle appela Shéla.

Juda était à Keziv[3] quand elle enfanta Shéla 6 et il prit pour Er, son premier-né, une femme du nom de Tamar. 7 Er, premier-né de Juda, déplut au Seigneur qui le fit mourir. 8 Juda dit alors à Onân : « Va vers la femme de ton frère. Agis envers elle comme le proche parent du mort et suscite une descendance à ton frère[4]. » 9 Mais Onân savait que la descendance ne serait pas sienne ; quand il allait vers la femme de son frère, il laissait la semence se perdre à terre pour ne pas donner de descendance à son frère. 10 Ce qu'il faisait déplut au Seigneur qui le fit mourir, lui aussi. 11 Juda dit alors à Tamar sa bru : « Reste veuve dans la maison de ton père

jusqu'à ce que mon fils Shéla ait grandi. » Il disait en effet : « Il ne faudrait pas que celui-ci meure aussi comme ses frères ! » Tamar s'en alla demeurer dans la maison de son père.

12 Bien des jours passèrent et la fille de Shoua, la femme de Juda, mourut. Quand il fut consolé, Juda monta à Timna[1] avec son ami Hira l'Adoullamite chez les tondeurs de son troupeau. 13 On informa Tamar en ces termes : « Voici que ton beau-père monte à Timna pour la tonte de son troupeau. » 14 Elle retira ses habits de veuve, se couvrit d'un voile et, s'étant rendue méconnaissable, elle s'assit à l'entrée d'Einaïm[2] qui est sur le chemin de Timna. Elle voyait bien en effet que Shéla avait grandi sans qu'elle lui soit donnée pour femme.

15 Juda la vit et la prit pour une prostituée puisqu'elle avait couvert son visage. 16 Il obliqua vers elle sur le chemin et dit : « Eh ! Je viens à toi ! » Car il n'avait pas reconnu en elle sa bru. Elle répondit : « Que me donnes-tu pour venir à moi ? » 17 — « Je vais t'envoyer un chevreau du troupeau », dit-il. Elle reprit : « D'accord, si tu me donnes un gage jusqu'à cet envoi. » 18 — « Quel gage te donnerai-je ? » Dit-il. — « Ton sceau, ton cordon[3] et le bâton que tu as à la main », répondit-elle. Il les lui donna, vint à elle, et elle devint

---

1. *grand sommelier* : titre d'un haut fonctionnaire égyptien.
2. Localité située à 25 km environ au sud-ouest de Jérusalem.
3. *Keziv* : il s'agit probablement de la même localité qu'*Akziv* citée en Mi 1:14, et située dans les environs d'Adoullam.
4. Application de la loi du « lévirat », formulée en Dt 25.5-6.

1. *Timna* : localité située à 20 km au sud-ouest de Jérusalem.
2. *s'étant rendue méconnaissable* ou *s'étant fardée*. — *Einaïm* : probablement la même localité que celle nommée *Einâm* en Jos 15.34, et située dans les environs d'Adoullam.
3. Le *sceau* (voir Ex 28.11 et la note) était souvent porté autour du cou au moyen d'un *cordon*.

enceinte de lui. 19 Elle se leva, s'en alla, retira son voile et reprit ses habits de veuve.

20 Juda envoya le chevreau par l'intermédiaire de son ami d'Adoullam pour reprendre le gage des mains de la femme. Celui-ci ne la trouva pas 21 et interrogea les indigènes : « Où est la courtisane qui était sur le chemin à Einaïm ? » — « Il n'y a jamais eu là de courtisane », répondirent-ils. 22 Il revint à Juda et lui dit : « Je ne l'ai pas trouvée et les indigènes ont même déclaré qu'il n'y avait pas là de courtisane. » 23 Juda reprit : « Elle sait s'y prendre[1] ! Ne nous rendons pas ridicules, moi qui lui ai envoyé un chevreau et toi qui ne l'as pas trouvée ! »

24 Or, trois mois après, on informa Juda : « Ta bru Tamar s'est prostituée. Bien plus, la voilà enceinte de sa prostitution ! » — « Qu'on la mette dehors et qu'on la brûle ! » repartit Juda. 25 Tandis qu'on la mettait dehors, elle envoya dire à son beau-père : « C'est de l'homme à qui ceci appartient que je suis enceinte. » Puis elle dit : « Reconnais donc à qui appartiennent ce sceau, ces cordons, ce bâton ! » 26 Juda les reconnut et dit : « Elle a été plus juste que moi, car, de fait, je ne l'avais pas donnée à mon fils Shéla. » Mais il ne la connut[2] plus.

27 Or, au temps de ses couches, il y avait des jumeaux dans son sein. 28 Pendant l'accouchement, l'un d'eux présenta une main que prit la sage-femme; elle y attacha un fil écarlate en disant : « Celui-ci est sorti le premier. » 29 Puis il rentra sa main et c'est son frère qui sortit. « Qu'est-ce qui t'arrivera pour la brèche que tu as faite ! » Dit-elle. On l'appela du nom de Pèrèç — c'est-à-dire la Brèche. 30 Son frère sortit ensuite, lui qui avait à la main le fil écarlate; on l'appela du nom de Zérah.

Joseph chez l'Egyptien Potiphar

39 1 Joseph étant descendu en Egypte, Potiphar, *eunuque de *Pharaon, le grand sommelier, un Egyptien, l'acquit des mains des Ismaélites qui l'y avaient amené[1]. 2 Le SEIGNEUR fut avec Joseph qui s'avéra un homme efficace.

Il fut à demeure chez son maître l'Egyptien. 3 Celui-ci vit que le SEIGNEUR était avec lui et qu'il faisait réussir entre ses mains tout ce qu'il entreprenait. 4 Joseph trouva grâce aux yeux de son maître qui l'attacha à son service. Il le prit pour majordome et lui mit tous ses biens entre les mains.

5 Or, dès qu'il l'eut préposé à sa maison et à tous ses biens, le SEIGNEUR bénit la maison de l'Egyptien à cause de Joseph; la bénédiction du SEIGNEUR s'étendit à tous ses biens, dans sa maison comme dans ses champs. 6 Il laissa alors tous ses biens entre les mains de Joseph et, l'ayant près de lui, il ne s'occupait plus

---

1. *Elle sait s'y prendre !* : autre traduction *Qu'elle garde ce qu'elle a !*
2. *Plus juste* : Tamar a eu plus de souci que Juda de respecter la loi du « lévirat » (voir v. 8 et la note). *Connut* : voir 4.1 et la note.

1. Voir 37.36 et la note.

de rien sinon de la nourriture qu'il mangeait[1].

Joseph et la femme de son maître

Or Joseph était beau à voir et à regarder 7 et, après ces événements, la femme de son maître leva les yeux sur lui et lui dit : « Couche avec moi. » 8 Mais il refusa et dit à la femme de son maître : « Voici que mon maître m'a près de lui et ne s'occupe plus de rien dans la maison. Il a remis tous ses biens entre mes mains. 9 Dans cette maison même, il ne m'est pas supérieur et ne m'a privé de rien sinon de toi qui es sa femme. Comment pourrais-je commettre un si grand mal et pécher contre Dieu ? » 10 Chaque jour, elle parlait à Joseph de se coucher à côté d'elle et de s'unir à elle mais il ne l'écoutait pas. 11 Or, le jour où il vint à la maison pour remplir son office sans qu'il s'y trouve aucun domestique, 12 elle le saisit par son vêtement en disant : « Couche avec moi ! » Il lui laissa son vêtement dans la main, prit la fuite et sortit de la maison.

13 Quand elle vit entre ses mains le vêtement qu'il lui avait laissé en s'enfuyant au-dehors, 14 elle appela ses domestiques et leur dit : « Ça ! On nous a amené un Hébreu pour s'amuser de nous ! Il est venu à moi pour coucher avec moi et j'ai appelé à grands cris. 15 Alors, dès qu'il m'a entendu élever la voix et appeler, il a laissé son vêtement à côté de moi, s'est enfui et est sorti de la maison. » 16 Elle déposa le vêtement de Joseph à côté d'elle jusqu'à ce que son mari revienne chez lui. 17 Elle lui tint le même langage en disant : « Il est venu à moi pour s'amuser de moi, cet esclave hébreu que tu nous as amené. 18 Dès que j'ai élevé la voix et appelé, il a laissé son vêtement à côté de moi et s'est enfui au-dehors. » 19 Quand le maître entendit ce que lui disait sa femme — « voilà de quelle manière ton esclave a agi envers moi — », il s'enflamma de colère. 20 Il fit saisir Joseph pour le mettre en forteresse[1], lieu de détention pour les prisonniers du roi.

Joseph en prison

Tandis qu'il était là, en forteresse, 21 le Seigneur fut avec lui. Il se pencha amicalement vers lui et lui accorda la faveur du commandant de la forteresse. 22 Ce commandant remit aux mains de Joseph tous les prisonniers de la forteresse ; tout ce qu'on y faisait, c'était lui qui le faisait faire. 23 Le commandant de la forteresse ne regardait rien de ce qui était confié à Joseph car le Seigneur était avec lui ; ce qu'il entreprenait, le Seigneur le faisait réussir.

40 1 Or, après ces événements, l'échanson et le panetier du roi d'Egypte commirent une faute à l'égard de leur maître, le roi d'Egypte.

2 *Pharaon s'irrita contre deux de ses *eunuques, le grand échanson et le grand panetier, 3 et il les mit aux arrêts dans la maison du

---

1. Sur les préoccupations alimentaires des Egyptiens, voir 43.32.

1. *forteresse* : le sens du terme hébreu correspondant est mal connu, mais éclairé par les mots suivants.

grand sommelier, dans la forteresse, le lieu même où Joseph était détenu. 4 Le grand sommelier leur proposa Joseph qui fut attaché à leur service.

Joseph interprète les songes de deux prisonniers

Ils étaient depuis un certain temps aux arrêts 5 quand tous deux, l'échanson et le panetier du roi d'Egypte, détenus dans la forteresse, eurent la même nuit un songe. Chacun eut son propre songe avec sa propre signification. 6 Au matin, Joseph vint à eux et les trouva tout moroses. 7 Il interrogea donc les *eunuques de *Pharaon qui étaient avec lui aux arrêts dans la maison de son maître : « Pourquoi avez-vous triste   mine   aujourd'hui ? » 8 — « Nous avons eu un songe, répondirent-ils, et personne ne peut l'interpréter. » Alors Joseph leur dit : « N'est-ce pas à Dieu d'interpréter ? Faites-m'en le récit. »

9 Le grand échanson raconta à Joseph le songe qu'il avait eu : « Je rêvais, une vigne était devant moi 10 avec trois sarments sur le cep. Elle bourgeonna, sa fleur s'ouvrit et ses grappes donnèrent des raisins mûrs. 11 J'avais en main la coupe de Pharaon. Je saisis les grappes, les pressai au-dessus de la coupe de Pharaon que je remis entre ses mains. »

12 Joseph lui dit : « En voici l'interprétation. Les trois sarments font trois jours. 13 Encore trois jours et Pharaon te relèvera

la tête[1]. Il te rétablira dans ta charge et tu mettras la coupe aux mains de Pharaon selon le statut d'échanson que tu avais auparavant. 14 Mais si tu te souviens que j'ai été avec toi, lorsque tu seras bien traité, fais-moi l'amitié de parler de moi à Pharaon et de me faire sortir de cette maison. 15 On m'a en effet enlevé du pays des Hébreux et, même ici, je n'ai rien fait pour qu'on me mette en geôle. »

16 Voyant que Joseph avait donné une interprétation favorable, le grand panetier lui dit : « Moi aussi, je rêvais, trois corbeilles de gâteaux étaient sur ma tête. 17 Dans la corbeille supérieure, il y avait de toutes les pâtisseries que mange Pharaon, et les oiseaux becquetaient dans la corbeille posée sur ma tête. » 18 Joseph prit la parole et dit : « En voici l'interprétation. Les trois corbeilles font trois jours. 19 Encore trois jours et Pharaon t'enlèvera la tête du corps. Il te suspendra à un arbre et les oiseaux becquetteront ta chair. »

20 Or, le troisième jour, qui se trouvait être l'anniversaire[2] de Pharaon, celui-ci offrit un festin à tous ses serviteurs, et parmi eux mit en évidence le grand échanson et le grand panetier. 21 Il rétablit dans sa charge le grand échanson qui lui mettait la coupe en mains 22 et il pendit le grand panetier. Ainsi l'avait interprété Joseph; 23 mais le grand échan-

1. *te relèvera la tête* : c'était le geste par lequel un supérieur exprimait qu'il accordait son pardon à un subordonné prosterné devant lui.
2. *anniversaire* :   probablement   de   son couronnement.

son ne parla pas de Joseph et
l'oublia.

Les songes de Pharaon

41 ¹ Or, au bout de deux ans,
*Pharaon eut un songe. Il
se tenait au bord du Nil ² et voici
que du Nil montaient sept vaches
belles d'aspect et bien en chair.
Elles se mirent à paître dans les
fourrés. ³ Puis sept autres vaches
montèrent du Nil après elles, vilaines d'aspect et efflanquées.
Elles se tinrent à côté des premières sur la rive du Nil, ⁴ et les
sept vaches vilaines d'aspect et
efflanquées dévorèrent les sept
vaches belles d'aspect et grasses.
Alors Pharaon s'éveilla.

⁵ Il se rendormit et rêva une
seconde fois. Voici que sept épis
montaient d'une seule tige, gras et
appétissants¹. ⁶ Puis sept épis
grêles et brûlés par le vent d'est²
germèrent après eux, ⁷ et les épis
grêles absorbèrent les sept épis
gras et gonflés. Alors Pharaon
s'éveilla : c'était un songe.

⁸ Au matin, Pharaon, l'esprit
troublé, fit appeler tous les prêtres et tous les sages d'Egypte. Il
leur raconta ses songes, mais personne ne put les interpréter à
Pharaon. ⁹ C'est alors que le
grand échanson s'adressa à Pharaon : « Je dois aujourd'hui
avouer ma faute. ¹⁰ Pharaon s'é-
tait irrité contre ses serviteurs et
m'avait mis aux arrêts dans la
maison du grand sommelier, moi
ainsi que le grand panetier.
¹¹ Nous avons eu un songe la
même nuit, moi et lui, et chaque
songe avait sa propre significa-

tion. ¹² Il y avait là avec nous un
jeune Hébreu, esclave du grand
sommelier. Nous lui avons fait le
récit de nos songes. Il les inter-
préta et donna à chacun son
interprétation. ¹³ Or il en advint
précisément comme il nous les
avait interprétés : moi, on me rétablit dans ma charge, et l'autre,
on le pendit. »

Joseph interprète les songes de Pharaon

¹⁴ *Pharaon fit appeler Joseph
qu'on tira précipitamment de
geôle. On le rasa, il changea de
vêtement et se rendit chez Pharaon. ¹⁵ Celui-ci dit à Joseph :
« J'ai eu un songe et personne n'a
pu l'interpréter. Mais j'ai entendu
dire de toi qu'en entendant le récit des songes, tu étais à même de
les interpréter. » ¹⁶ Joseph répondit ainsi à Pharaon : « Même sans
moi, Dieu saurait¹ donner une réponse salutaire à Pharaon. »

¹⁷ Pharaon dit alors à Joseph :
« Je rêvais et je me voyais debout
sur la rive du Nil. ¹⁸ Voici que du
Nil montaient sept vaches bien en
chair et belles de forme. Elles se
sont mises à paître dans les fourrés. ¹⁹ Puis sept autres vaches
montèrent après elles, maigres,
très vilaines de forme et malingres, comme je n'en ai jamais vu
d'aussi vilaines dans tout le pays
d'Egypte. ²⁰ Les vaches malingres
et vilaines dévorèrent les sept vaches grasses du début. ²¹ Une fois
entrées dans leurs panses, on ne
se doutait pas qu'elles y fussent,
tant leur aspect restait aussi vilain
qu'avant. Alors je me suis

---

1. *gras et appétissants* ou *gros et beaux.*
2. *vent d'est* : vent très sec, soufflant du désert.

1. *Même sans moi, Dieu saurait* : autre traduction *Ce n'est pas moi, mais Dieu qui saura.*

éveillé, 22 mais pour voir encore en songe sept épis qui montaient d'une seule tige, gonflés et appétissants. 23 Puis sept épis durcis, grêles et brûlés par le vent d'est, germèrent après eux. 24 Les épis grêles absorbèrent les sept bons épis ! J'en ai parlé aux prêtres et personne n'a pu m'éclairer. »

25 Joseph répondit à Pharaon : « Pour Pharaon, il n'y a là qu'un seul songe. Dieu vient d'informer Pharaon de ce qu'il va faire. 26 Les sept bonnes vaches font sept années, les sept bons épis font sept années : il n'y a là qu'un songe. 27 Les sept vaches malingres et vilaines qui montèrent après font sept années, ainsi que les sept épis malingres et brûlés par le vent d'est[1] ; ce seront sept années de famine. 28 Voilà la parole que j'avais à dire à Pharaon, Dieu a révélé à Pharaon ce qu'il va faire. 29 Sept années de grande abondance vont venir dans tout le pays d'Egypte. 30 Puis surviendront après elles sept années de famine et l'on perdra le souvenir de toute cette abondance au pays d'Egypte. La famine épuisera le pays 31 et on ne saura plus ce qu'est l'abondance dans le pays à cause de la famine qui suivra, tant elle sévira durement. 32 Si le songe a été répété par deux fois à Pharaon, c'est que la chose a été décidée par Dieu et que Dieu va se hâter de l'accomplir.

33 « Et maintenant, que Pharaon découvre un homme intelligent et sage pour le préposer au pays d'Egypte. 34 Que Pharaon mette en place des commissaires sur le pays pour taxer au cinquième le pays d'Egypte pendant les sept années d'abondance ! 35 Ils collecteront tous les vivres de ces sept bonnes années à venir et entreposeront du froment sous l'autorité de Pharaon comme réserves de vivres dans les villes. 36 Ce sera une réserve pour le pays en vue des sept années de famine qui surviendront au pays d'Egypte : ainsi la famine ne dépeuplera pas le pays. »

Joseph devient ministre de Pharaon

37 Cette proposition plut à *Pharaon et à tous ses serviteurs. 38 Pharaon leur dit : « Trouverons-nous un homme en qui soit comme en celui-ci l'Esprit de Dieu ? » 39 Et Pharaon dit à Joseph : « Puisque Dieu t'a instruit de tout cela, il n'y a personne qui puisse être aussi intelligent et aussi sage que toi. 40 C'est toi qui seras mon majordome. Tout mon peuple se soumettra à tes ordres et par le trône seulement je te serai supérieur. » 41 Pharaon dit à Joseph : « Vois : je t'établis sur tout le pays d'Egypte. » 42 Il retira de sa main l'anneau[1] qu'il passa à la main de Joseph, il le revêtit d'habits de lin fin et lui mit au cou le collier d'or. 43 Puis il le fit monter sur son deuxième char et on criait devant lui : « Attention[2] ! »

Pharaon l'établit donc sur tout le pays d'Egypte 44 et il dit à Joseph : « Je suis Pharaon. Mais sans toi, personne ne lèvera le petit doigt dans tout le pays d'Egypte. » 45 Puis Pharaon donna à

---

1. *vent d'est* : voir v. 6 et la note.

1. *L'anneau* est probablement le sceau du roi, lequel pouvait avoir la forme d'une bague (voir Ex 28.11 et la note).

2. *Attention !* : Autre traduction *A genoux !*

Joseph le nom de Çafnath-Panéah et lui donna pour femme Asenath fille de Poti-Phéra prêtre de One[1]. Joseph partit inspecter le pays d'Egypte.

46 Joseph avait 30 ans quand il se tint en présence de Pharaon, roi d'Egypte. Il prit congé de lui pour parcourir tout le pays d'Egypte.

47 Pendant les sept années d'abondance, le pays produisit à plein. 48 Joseph collecta tous les vivres pendant les sept années qui se succédèrent au pays d'Egypte et les entreposa dans les villes; il entreposa dans les centres urbains les vivres produits dans la campagne environnante. 49 Puis Joseph accumula du froment en quantités énormes, tel le sable de la mer, au point qu'il cessa d'en faire le compte, car ce n'était plus mesurable.

50 Avant l'année où survint la famine, deux fils naquirent à Joseph, que lui enfanta Asenath, fille de Poti-Phéra, prêtre de One. 51 Il appela l'aîné Manassé car, dit-il, « Dieu m'a crédité de toutes mes peines[2] et de toute la maison de mon père. » 52 Le cadet, il l'appela Ephraïm car, dit-il, « Dieu m'a rendu fécond[3] dans le pays de ma misère. »

53 Les sept années d'abondance au pays d'Egypte prirent fin 54 et les sept années de famine commencèrent à venir comme Joseph l'avait prédit. La famine sévissait dans tous les pays mais dans l'Egypte tout entière il y avait du pain.

55 Tout le pays d'Egypte fut affamé et le peuple réclama à grands cris du pain à Pharaon. À tous les Egyptiens, il répondit : « Allez trouver Joseph, faites ce qu'il vous dira. » 56 La famine sévissait sur toute la surface du pays.

Joseph ouvrit tous les dépôts stockés dans les villes pour vendre du grain aux Egyptiens. La famine se fit rigoureuse dans le pays d'Egypte.

57 Tout le monde venait en Egypte pour acheter du grain à Joseph car la famine était rigoureuse sur la terre entière.

Jacob envoie ses fils en Egypte

42 1 Voyant qu'il y avait du grain en Egypte, Jacob dit à ses fils : « Qu'avez-vous à vous regarder ? » 2 Il s'écria : « J'ai entendu dire qu'il y avait du grain en Egypte. Descendez-y; et là, achetez-nous du grain pour notre subsistance et pour nous éviter de mourir. » 3 Dix des frères de Joseph descendirent acheter du grain d'Egypte, 4 mais Jacob n'envoya pas avec ses frères Benjamin, le frère de Joseph, car, disait-il, « il ne faut pas qu'il lui arrive malheur. »

5 Comme faisaient d'autres, les fils d'Israël vinrent acheter du grain car la famine sévissait au pays de Canaan.

---

1. *Çafnath-Panéah* : on ignore le sens précis de ce nom, dans lequel entre un élément signifiant *vie.* — *One* est le nom égyptien de la ville d'*Héliopolis,* proche du Caire, et célèbre par le culte du Soleil.
2. En hébreu, il y a jeu de mots entre le nom de *Manassé* et le verbe traduit par *m'a crédité de* (ou, autre traduction *m'a fait oublier*).
3. Jeu de mots entre *Ephraïm* et *m'a rendu fécond.*

Joseph traite durement ses frères

6 Joseph était le potentat du pays et vendait du grain à toute sa population. Les frères de Joseph arrivèrent et se prosternèrent devant lui[1], face contre terre. 7 Joseph vit ses frères et les reconnut, mais il leur cacha son identité et parla durement avec eux : « D'où venez-vous ? » Leur dit-il. « Du pays de Canaan, répondirent-ils, pour acheter des vivres. »

8 Joseph reconnut ses frères, mais eux ne le reconnurent pas. 9 Alors Joseph se rappela les songes[2] qu'il avait eus à leur sujet et leur dit : « Vous êtes des espions et vous êtes venus pour repérer les points faibles du pays. » 10 — « Non, mon seigneur, répondirent-ils, tes serviteurs sont venus pour acheter des vivres. 11 Nous sommes tous les fils du même homme, nous sommes dignes de foi, tes serviteurs ne sont pas des espions. » 12 — « Non ! Leur répliqua-t-il ; vous êtes venus pour repérer les points faibles du pays. »

13 Ils reprirent : « Nous, tes serviteurs, nous étions douze frères, fils d'un même homme au pays de Canaan. Le plus jeune est aujourd'hui avec notre père et l'un de nous n'est plus. » 14 — « Je vous ai bien dit que vous étiez des espions, s'écria Joseph. 15 Voici l'épreuve que vous allez subir : aussi vrai que *Pharaon est vi-

vant[1], vous ne sortirez pas d'ici que votre plus jeune frère n'y vienne. 16 Envoyez l'un d'entre vous prendre votre frère. Pour vous, restez prisonniers, et vos dires seront éprouvés : la vérité serait-elle avec vous ? Sinon, aussi vrai que Pharaon est vivant, vous êtes vraiment des espions ! »

17 Il les mit ensemble aux arrêts pendant trois jours. 18 Le troisième jour, Joseph leur dit : « Voici ce que vous allez faire pour rester en vie. Je crains Dieu, moi. 19 Seriez-vous dignes de foi ? Qu'un de vos frères reste prisonnier dans la maison où vous êtes aux arrêts. Vous autres, allez porter du grain à vos maisons affamées. 20 Puis, amenez-moi votre plus jeune frère. Vos dires seront vérifiés et vous ne mourrez pas. » C'est ce qu'ils firent.

21 Ils se dirent entre eux : « Hélas ! Nous nous sommes rendus coupables envers notre frère quand nous avons vu sa propre détresse. Il nous demandait grâce et nous ne l'avons pas écouté. Voilà pourquoi cette détresse nous atteint. »

22 Ruben s'adressa à eux : « Ne vous avais-je pas dit : Ne faites aucun tort à cet enfant ! Et vous ne m'avez pas écouté. Il est maintenant demandé compte de son sang[2]. »

23 Ils ne savaient pas que Joseph comprenait, car l'interprète servait d'intermédiaire. 24 Alors Joseph s'écarta d'eux pour pleu-

---

1. *se prosternèrent devant lui* : voir 37.7.9.
2. *les songes* : voir 37.5-9.

1. *aussi vrai que Pharaon est vivant* est une formule égyptienne introduisant un serment; elle rappelle la formule fréquente chez les prophètes israélites *aussi vrai que le Seigneur est vivant* (ou *par la vie du Seigneur*) : 1 R 17.1; Jr 4.2; Os 4.15.
2. *Il est maintenant ...* : les frères croient que Joseph est mort et que « son sang a crié vers Dieu » (voir 37.26 et la note).

rer, puis il revint à eux et leur parla.

les fils de Jacob retournent en Canaan

Il prit parmi eux Siméon et le fit lier sous leurs yeux. 25 Puis Joseph ordonna de mettre plein de blé dans leurs bagages, de remettre l'argent de chacun dans son sac et de leur donner des provisions de route. C'est ainsi qu'il agit envers eux.

26 Ils chargèrent leur grain sur leurs ânes et partirent. 27 À la halte, l'un deux ouvrit son sac pour donner du fourrage à son âne et il vit son argent ! Voilà qu'il était à l'ouverture du sac à blé ! 28 « On m'a rendu mon argent, dit-il à ses frères. Le voilà dans mon sac à blé ! » Le coeur leur manqua et, terrifiés, ils se dirent entre eux : « Qu'est-ce que Dieu nous a fait là ? »

29 Ils arrivèrent auprès de leur père Jacob au pays de Canaan et l'informèrent de tout ce qui leur était arrivé. 30 « L'homme qui est le maître du pays, dirent-ils, nous a parlé durement. Il nous a traités comme si nous espionnions le pays. 31 Nous lui avons répondu : Nous sommes des gens dignes de foi et non des espions. 32 Nous étions douze frères fils de notre père ; l'un de nous n'est plus et le plus jeune est aujourd'hui avec notre père en pays de Canaan. 33 Cet homme, le maître du pays, nous a dit alors : Voici comment je saurai que vous êtes dignes de foi : laissez avec moi l'un de vos frères, prenez ce qu'il faut pour vos maisons affamées et partez. 34 Amenez-moi alors votre plus jeune frère, ainsi je saurai que vous n'êtes pas des espions, mais des gens dignes de foi. Je vous rendrai votre autre frère et vous pourrez faire vos affaires dans le pays. »

35 Ils se mirent à vider leurs sacs ; dans chaque sac, il se trouvait une bourse avec l'argent de chacun. Quand ils virent, eux et leur père, les bourses avec leur argent, ils eurent peur.

36 Leur père Jacob leur dit : « Vous voulez me priver d'enfant ! Joseph n'est plus, Siméon n'est plus, et Benjamin vous me le prenez ! Tout est contre moi. » 37 Ruben dit alors à son père : « Tu pourras faire mourir mes deux fils si je ne te le ramène pas. Tiens-m'en pour responsable, et moi, je te le ramènerai. » 38 — « Mon fils ne descendra pas avec vous, répliqua-t-il. Son frère est mort, il est resté seul. S'il lui arrivait malheur sur la route par où vous allez partir, vous feriez descendre dans l'affliction ma tête chenue au *séjour des morts. »

Benjamin part en Egypte avec ses frères

43 1 La famine s'appesantissait sur le pays. 2 Quand ils eurent achevé de manger le grain qu'ils avaient rapporté d'Egypte, leur père leur dit : « Retournez nous acheter quelques vivres. » 3 Juda lui répondit : « L'homme nous a expressément stipulé : Vous ne serez pas admis en ma présence si votre frère n'est pas avec vous. 4 Si tu décides d'envoyer avec nous notre frère, nous descendrons t'acheter des vivres ;

5 mais si tu ne l'envoie pas, nous ne descendrons pas puisque l'homme nous a dit : Vous ne serez pas admis en ma présence si votre frère n'est pas avec vous. »

6 Israël reprit : « Pourquoi m'avoir fait du tort en informant cet homme que vous aviez encore un frère ? » 7 Ils répondirent : « L'homme nous a pressés de questions sur nous et sur notre famille : Votre père est-il encore en vie ? Disait-il. Avez-vous un frère ? Nous devions le renseigner sur ces points. Pouvions-nous savoir qu'il nous dirait : Faites descendre ici votre frère ? » 8 Juda dit alors à son père Israël : « Laisse aller le garçon avec moi. Debout ! Partons si nous voulons survivre et non mourir, nous-mêmes, toi-même et même nos enfants. 9 Je m'en porte garant, moi, et tu pourras m'en demander compte si je ne te le ramène pas; si je ne le remets pas en ta présence, j'en porterai tous les jours la faute envers toi. 10 Si nous n'avions pas tant tardé, nous serions déjà de retour pour la seconde fois. »

11 Leur père Israël s'écria : « S'il en est ainsi, faites ceci. Prenez pour les descendre dans vos bagages des cueillettes du pays pour les offrir à cet homme : un peu de résine, un peu de miel, de la gomme adragante et du ladanum[1], des pistaches et des amandes. 12 Prenez avec vous une seconde somme d'argent tout en rapportant avec vous l'argent déposé à l'ouverture de vos sacs à blé; c'était peut-être une erreur. 13 Prenez votre frère et partez, retournez chez cet homme. 14 Que le Dieu Puissant[1] émeuve cet homme en votre faveur, qu'il laisse aller votre autre frère, et Benjamin ! Moi, je vais rester privé d'enfant comme si je n'en avais jamais eu. »

Joseph offre un banquet à ses frères

15 Ces hommes emportèrent le présent, ils prirent avec eux la seconde somme d'argent et Benjamin. Ils partirent, descendirent en Egypte et se présentèrent à Joseph. 16 Voyant Benjamin avec eux, Joseph dit à son major-dome : « Amène ces hommes à la maison, tue une bête et apprête-la, car ces hommes mangeront avec moi à midi. » 17 L'homme exécuta ce qu'avait dit Joseph et introduisit les hommes dans la maison de Joseph.

18 Ils furent effrayés d'être introduits dans la maison de Joseph. « C'est à cause de l'argent remis dans nos sacs à blé lors du précédent voyage, s'écrièrent-ils. On nous emmène avec nos ânes pour nous malmener, pour nous tomber dessus et nous traiter en esclaves. » 19 Ils s'approchèrent du majordome de Joseph et s'adressèrent à lui à l'entrée de la maison : 20 « Pardon, mon seigneur, dirent-ils. Nous sommes descendus lors d'un précédent voyage pour acheter des vivres. 21 Or, quand nous sommes arrivés à la halte et que nous avons ouvert nos sacs à blé, l'argent de chacun se trouvait près de l'ouverture de son sac. C'est notre argent à chacun, bien pesé, que nous rappor-

---

1. *résine, gomme adragante, ladanum :* voir 37.25 et la note.

1. *Puissant :* voir 17.1 et la note.

tons avec nous 22 et nous sommes descendus en ayant avec nous une autre somme pour l'achat des vivres. Nous ne savons pas qui avait remis notre argent dans nos sacs à blé. » 23 — « Soyez tranquilles et ne craignez rien, répondit-il. C'est votre Dieu, le Dieu de votre père, qui vous a mis un trésor dans vos sacs. J'avais reçu votre argent. » Puis il leur relâcha Siméon.

24 L'homme introduisit nos gens dans la maison de Joseph. Il leur apporta de l'eau pour se laver les pieds et donna du fourrage à leurs ânes. 25 Ils préparèrent le présent en attendant pour midi l'arrivée de Joseph; ils avaient en effet compris qu'ils prendraient là leur repas.

26 Quand Joseph rentra chez lui, ils lui présentèrent le don qu'ils avaient avec eux dans cette maison et ils se prosternèrent devant lui[1] jusqu'à terre. 27 Il leur demanda comment ils allaient, puis il dit : « Comment va votre vieux père dont vous m'aviez parlé ? Est-il encore en vie ? » 28 — « Ton serviteur, notre père, va bien, répondirent-ils; il est encore en vie. »

Ils s'inclinèrent et se prosternèrent. 29 Levant les yeux, Joseph vit Benjamin son frère, le fils de sa mère. « Est-ce là, dit-il, votre plus jeune frère dont vous m'avez parlé ? » Puis il dit : « Dieu te fasse grâce, mon fils. » 30 Ému jusqu'aux entrailles à la vue de son frère, il se hâta de chercher un endroit pour pleurer. Il gagna la chambre privée. Là, il pleura.

31 Il se lava le visage et ressortit. S'étant dominé, il dit alors : « Servez le repas. » 32 Lui, on le servit à part, et eux de leur côté. Les Egyptiens mangeaient avec lui, à part, car les Egyptiens n'ont pas le droit de manger avec les Hébreux. Ce serait pour eux une abomination. 33 Ces Hébreux s'assirent devant lui, l'aîné selon son droit d'aînesse et le plus jeune d'après son jeune âge, en se regardant les uns les autres avec stupeur. 34 Il leur fit porter des plats qu'il avait devant lui, mais le plat de Benjamin fut cinq fois plus copieux que celui de tous les autres.

Avec lui ils burent tout leur soûl.

Benjamin est accusé de vol

44 1 Joseph donna ses ordres à son majordome : « Remplis de vivres les sacs à blé de ces gens, dit-il, autant qu'ils peuvent en porter, et mets l'argent de chacun près de l'ouverture du sac. 2 Près de l'ouverture du sac à blé du plus jeune, tu mettras mon bol[1], le bol d'argent, ainsi que le prix de son grain. » Il exécuta ce que Joseph lui avait dit.

3 Dès que brilla le matin, on laissa partir ces gens, eux et leurs ânes. 4 Ils avaient quitté la ville sans en être encore très loin quand Joseph dit à son majordome : « Debout ! Cours après ces gens, rattrape-les et dis-leur : Pourquoi avez-vous rendu le mal pour le bien ? 5 N'y a-t-il pas ici ce qui sert à mon seigneur pour boire et pour pratiquer la divina-

1. *se prosternèrent devant lui* : voir 37.7, 9; 42.6.

1. *mon bol* ou *ma coupe*.

tion[1] ? Ce que vous avez fait est mal. ».

6 Le majordome les rattrapa et leur redit ces paroles. 7 Ils lui répondirent : « Comment mon seigneur peut-il dire pareille chose ? Tes serviteurs sont[2] loin de commettre de telles actions ! 8 L'argent que nous avons trouvé près de l'ouverture de nos sacs à blé, ne te l'avons-nous pas rapporté du pays de Canaan ? Comment pourrions-nous voler argent ou or de la maison de ton maître ? 9 Celui de tes serviteurs chez lequel on trouverait l'objet, qu'il meure ! Et nous serons les esclaves de mon seigneur. »

10 — « Eh bien, dit-il, qu'il en soit comme vous dites. Celui chez lequel on fera la trouvaille deviendra mon esclave et vous serez quittes. » 11 Vite, ils posèrent leurs sacs à terre, chacun le sien, et ils l'ouvrirent. 12 Le majordome commença la fouille par le plus grand, l'acheva par le plus petit et on trouva le bol dans le sac de Benjamin. 13 Ils *déchirèrent leurs vêtements, chacun rechargea son âne et ils retournèrent dans la ville.

Juda intervient en faveur de Benjamin

14 Juda et ses frères arrivèrent à la maison de Joseph, Joseph était encore là, ils tombèrent à terre devant lui. 15 « Quel acte avez-vous commis là ! Leur dit-il. Ne savez-vous pas qu'un homme tel que moi pratique la divination[1] ? » 16 Juda répondit : « Que pourrions-nous dire à mon seigneur ? Quelles paroles prononcer ? Quelles justifications présenter ? C'est Dieu qui a mis à nu la faute de tes serviteurs[2]. Nous voici les esclaves de mon seigneur, nous-mêmes et celui chez lequel on a trouvé le bol. » 17 — « Loin de moi d'agir ainsi, répondit-il. L'homme chez qui on a trouvé le bol sera mon esclave ; vous, remontez sains et saufs chez votre père. »

18 Juda s'approcha de lui et s'écria : « Pardon, mon seigneur ! Laisse ton serviteur faire entendre une parole à mon seigneur sans qu'il s'irrite contre lui ! Tel est *Pharaon, tel tu es. 19 C'est mon seigneur qui a interrogé tes serviteurs et leur a dit : Avez-vous un père et un frère ? 20 Nous avons répondu à mon seigneur : Nous avons un vieux père et l'enfant qu'il a eu dans sa vieillesse est tout jeune. Son frère est mort, il est resté le seul de sa mère et son père le chérit. 21 Alors tu as dit à tes serviteurs : Amenez-le-moi, je veux veiller sur lui. 22 Nous avons répondu à mon seigneur : Ce garçon ne peut quitter son père, car celui-ci mourra s'il le quitte. 23 Alors tu as dit à tes serviteurs : Si votre plus jeune frère ne descend pas avec vous, vous ne serez plus jamais admis en ma présence.

24 « Or, lorsque nous sommes remontés vers mon père, ton serviteur, nous l'avons informé des paroles de mon seigneur. 25 Notre père a dit : Retournez nous ache-

---

1. Le *bol d'argent* de Joseph servait à une forme de *divination*, appelée « lécanomancie », qui consistait à interpréter la forme prise par une goutte d'huile lâchée dans un récipient contenant de l'eau.

2. *mon seigneur peut-il dire* ou *peux-tu dire; Tes serviteurs sont* ou *Nous sommes.*

1. voir v. 5 et la note.

2. *Dire à mon seigneur* ou *te dire; la faute de tes serviteurs* ou *notre faute.*

ter des vivres. 26 — Nous ne pouvons descendre, lui avons-nous
répondu; si notre plus jeune frère
est avec nous, nous descendrons;
car nous ne serons pas admis en
présence de cet homme, si notre
plus jeune frère n'est pas avec
nous. 27 Mon père, ton serviteur,
nous a dit alors : Vous savez que
ma femme[1] ne m'a donné que
deux fils. 28 L'un m'a quitté, et j'ai
dit : Il a sûrement été mis en
pièces. Et je ne l'ai jamais revu.
29 Vous voulez encore m'enlever
celui-ci ! S'il lui arrivait malheur,
vous feriez descendre misérable-
ment ma tête chenue au *séjour
des morts. »

30 « Si j'arrive maintenant chez
mon père, ton serviteur, sans que
ce garçon soit avec nous, sa vie
est tellement liée à la sienne
31 qu'il mourra, à peine aura-t-il
constaté son absence. Tes serviteurs auront fait descendre au séjour des morts, dans l'affliction,
la tête chenue de notre père, ton
serviteur. 32 Sache que ton serviteur s'est porté garant du garçon
devant son père : « Si je ne le
ramène pas, ai-je dit, j'en porterai
tous les jours la faute envers mon
père. 33 Laisse maintenant ton
serviteur demeurer l'esclave de
mon seigneur[2] à la place du garçon ! Qu'il remonte avec ses
frères ! 34 Comment, en effet,
pourrais-je remonter vers mon
père si ce garçon n'est pas avec
moi ? Que je ne voie pas le malheur qui atteindrait mon père ! »

Joseph se fait reconnaître

45 1 Joseph ne put se dominer
devant tous ceux qui se tenaient près de lui. « Faites sortir
tous mes gens », s'écria-t-il. Nul
d'entre eux n'était présent quand
il se fit reconnaître de ses frères.
2 Il sanglota si fort que les Egyptiens l'entendirent, même la maison de *Pharaon.

3 « Je suis Joseph, dit-il à ses
frères. Mon père est-il encore en
vie ? » Mais ses frères ne purent
lui répondre, tant ils tremblaient
devant lui.

4 Joseph dit à ses frères : « Venez près de moi. » Ils s'approchèrent. « Je suis Joseph votre frère,
dit-il, moi que vous avez vendu en
Egypte. 5 Mais ne vous affligez
pas maintenant et ne soyez pas
tourmentés de m'avoir vendu ici,
car c'est Dieu qui m'y a envoyé
avant vous pour vous conserver la
vie. 6 C'est en effet la seconde année que la famine sévit au coeur
du pays et, pendant cinq ans encore, il n'y aura ni labours ni
moissons. 7 Dieu m'a envoyé devant vous pour vous constituer
des réserves de nourriture dans le
pays, vous permettre de vivre et à
beaucoup d'entre vous d'en ré-
chapper. 8 Ce n'est donc pas vous
qui m'avez envoyé ici, mais Dieu.
Il m'a promu Père de Pharaon,
maître de toute sa maison et régent de tout le pays d'Egypte[1].

9 « Dépêchez-vous de remonter
vers mon père pour lui dire :
Ainsi parle Joseph ton fils : Dieu
m'a promu seigneur de toute l'E-
gypte, descends vers moi sans
t'arrêter. 10 Tu demeureras dans

---

1. *ma femme* : Rachel, la femme préférée de
Jacob.
2. C'est-à-dire *laisse-moi maintenant demeurer
ton esclave*.

1. Les trois titres dont Joseph s'honore sont
connus par des textes égyptiens. Ils correspondent
à des fonctions très élevées dans la cour royale.

le pays de Goshèn[1] et tu seras près de moi, toi, tes enfants et tes petits-enfants, ton petit et ton gros bétail et tout ce qui est à toi. 11 C'est là que je pourvoirai à ta subsistance pour que tu ne sois pas privé de ressources, toi, ta maison et tous les tiens, car il y aura encore cinq années de famine.

12 « Vous le voyez de vos propres yeux, et mon frère Benjamin le voit des siens, que je vous parle de ma propre bouche. 13 Faites savoir à mon père toute l'importance que j'ai en Egypte et tout ce que vous avez pu y voir; dépêchez-vous de faire descendre ici mon père. »

Jacob est invité à venir en Egypte

14 Il se jeta au cou de son frère Benjamin en pleurant et Benjamin pleura à son cou. 15 Il embrassa tous ses frères et les couvrit de larmes, puis ses frères s'entretinrent avec lui. 16 La rumeur s'en fit entendre dans la maison de *Pharaon : « Les frères de Joseph sont arrivés ! » Dit-on. Or Pharaon et ses serviteurs virent cela d'un bon oeil 17 et Pharaon dit à Joseph : « Dis à tes frères : Faites ceci : aiguillonnez vos bêtes, allez, gagnez le pays de Canaan 18 et prenez votre père et les vôtres, puis revenez vers moi pour que je vous offre les délices du pays d'Egypte et pour que vous mangiez le suc du pays[2].

19 « Quant à toi, transmets cet ordre : faites ceci : prenez des chariots en terre d'Egypte pour vos enfants et vos femmes, transportez votre père et revenez; 20 ne jetez pas de regard attristé sur vos affaires[1], car les délices de tout le pays d'Egypte seront à vous. »

21 C'est ce que firent les fils d'Israël. Sur l'ordre de Pharaon, Joseph leur donna des chariots et des provisions de route. 22 À chacun il donna des vêtements de rechange, mais à Benjamin il donna 300 sicles[2] d'argent et cinq vêtements de rechange. 23 Il envoya également à son père dix ânes chargés des délices d'Egypte et dix ânesses chargées de froment, de nourriture et de victuailles pour le voyage de son père. 24 Il laissa alors partir ses frères et leur dit au départ : « Ne vous laissez pas ébranler sur la route[3]. »

25 Remontant d'Egypte, ils arrivèrent au pays de Canaan chez Jacob leur père 26 et lui annoncèrent : « Joseph est encore en vie et voilà qu'il est régent sur tout le pays d'Egypte ! » Mais le coeur de Jacob demeura insensible, car il ne les croyait pas. 27 Ils lui répétèrent alors toutes les paroles que Joseph leur avait dites. Puis il vit les chariots que Joseph avait envoyés pour le transporter, et l'esprit de leur père Jacob se ranima. 28 « Il suffit, s'écria Israël, mon fils Joseph est encore en vie; je

---

1. On situe traditionnellement *Goshèn* dans la région orientale du delta du Nil, bien que le nom n'ait pas été retrouvé de manière certaine dans les textes égyptiens.
2. les *délices d'Egypte, le suc du pays* : Pharaon promet à Jacob de l'installer dans une région riche et favorable.

1. *vos affaires*, c'est-à-dire ce que vous ne pourrez pas emporter.
2. *sicles* : voir au glossaire POIDS ET MESURES.
3. Le sens de cette recommandation n'est pas clair; on a aussi traduit *Ne vous querellez* (ou *excitez*) *pas en chemin.*

veux partir et le voir avant de mourir. »

Jacob retrouve son fils Joseph

46 1 Israël se mit en route avec tout ce qui lui appartenait.

Il arriva à Béer-Shéva[1] et offrit des *sacrifices au Dieu de son père Isaac. 2 Dans une vision nocturne, Dieu s'adressa à Israël : « Jacob, Jacob. » — « Me voici », répondit-il. 3 Il dit alors : « Je suis El, le Dieu de ton père. Ne crains pas de descendre en Egypte, car je ferai là-bas de toi une grande nation. 4 Moi, je descendrai avec toi en Egypte et c'est moi aussi qui t'en ferai remonter[2]. Joseph te fermera les yeux. » 5 Jacob quitta Béer-Shéva.

Les fils d'Israël transportèrent leur père Jacob, leurs enfants et leurs femmes dans les chariots que Pharaon avait envoyés pour les transporter. 6 Ils prirent leur cheptel et les biens qu'ils avaient acquis dans le pays de Canaan. Jacob se rendit en Egypte avec tous ses descendants, 7 ses fils et les fils de ses fils avec lui, ses filles et les filles de ses fils. Il fit venir avec lui toute sa descendance en Egypte.

8 Voici les noms des fils[3] d'Israël qui vinrent en Egypte :

Jacob et ses fils :

premier-né de Jacob : Ruben. 9 Fils de Ruben : Hanok, Pallou, Hèçrôn, Karmi.

10 Fils de Siméon : Yemouël, Yamîn, Ohad, Yakîn, Çohar, Shaoul, le fils de la Cananéenne.

11 Fils de Lévi : Guershôn, Qehath et Merari.

12 Fils de Juda : Er, Onân, Shéla, Pèrèç, Zérah. Er et Onân moururent au pays de Canaan. Les fils de Pèrèç furent Hèçrôn et Hamoul.

13 Fils d'Issakar : Tola, Pouwa, Yov, Shimrôn.

14 Fils de Zabulon : Sèred, Elôn, Yahléel.

15 Ce furent les fils que Léa donna à Jacob dans la plaine d'Aram[1], ainsi que sa fille Dina. Ses fils et ses filles comptaient au total 33 personnes.

16 Fils de Gad : Cifiôn et Haggui, Shouni et Eçbôn, Eri, Arodi et Aréli.

17 Fils d'Asher : Yimna, Yishwa, Yishwi, Beria et leur soeur Sèrah. Fils de Beria : Héber et Malkiël.

18 Ce furent les fils de Zilpa que Laban avait cédée à sa fille Léa pour qu'elle les donne à Jacob : seize personnes.

19 Fils de Rachel, femme de Jacob : Joseph et Benjamin.

20 Il naquit à Joseph au pays d'Egypte Manassé et Ephraïm que lui avait donnés Asenath, fille de Poti-Phéra, prêtre de One[2].

21 Fils de Benjamin : Bèla, Bèker et Ashbel, Guéra et Naamân, Ehi et Rosh, Mouppîm, Houppîm et Ard.

22 Ce furent les fils de Rachel qui furent donnés à Jacob, au total quatorze personnes.

23 Fils de Dan : Houshîm.

24 Fils de Nephtali : Yahcéel, Gouni, Yécèr, Shillem.

---

1. Voir 21.14 et la note.
2. *ferai remonter :* allusion au récit de 50.5-7; mais on pressent aussi déjà le récit de la sortie d'Egypte (Ex 3.8).
3. *fils* ou *descendants.*

1. *plaine d'Aram :* voir 24.10 la note.
2. *One :* voir 41.45 et la note.

25 Ce furent les fils de Bilha que Laban avait cédée à sa fille Rachel pour qu'elle les donne à Jacob. Au total : sept personnes.

26 Total des personnes appartenant à Jacob et issues de lui, qui vinrent en Egypte, sans compter les femmes de ses fils : 70 en tout. 27 Fils de Joseph qui lui furent donnés en Egypte : deux personnes. Le total des personnes de la maison de Jacob qui vinrent en Egypte fut de 70[1].

28 Jacob envoya devant lui Juda vers Joseph pour le précéder à Goshèn[2].

Quand ils arrivèrent en terre de Goshèn, 29 Joseph attela son char et monta à Goshèn à la rencontre de son père Israël. À peine celui-ci l'eut-il vu que Joseph se jeta à son cou et, à son cou encore, il pleura. 30 Israël lui dit alors : « Cette fois-ci, après avoir revu ton visage, j'accepte de mourir puisque es est encore en vie. »

Jacob s'installe en Egypte

31 Joseph dit à ses frères et à la maison de son père : « Je vais monter prévenir *Pharaon et lui dire : Mes frères et la maison de mon père qui étaient au pays de Canaan sont venus à moi. 32 Ces hommes sont des *bergers et ils étaient éleveurs de troupeaux. Ils ont amené leur petit et leur gros bétail, et tout ce qui était à eux. 33 Aussi, lorsque Pharaon vous convoquera et vous demandera quel métier est le vôtre, 34 vous répondrez : Tes serviteurs ont été éleveurs de troupeaux depuis leur jeunesse jusqu'à maintenant ; nous le sommes comme nos pères l'ont été. Vous pourrez ainsi habiter au pays de Goshèn[1], car l'Egyptien abomine tout berger. »

47 1 Joseph vint donc prévenir Pharaon et lui dire : « Mon père et mes frères sont venus du pays de Canaan avec leur petit et leur gros bétail et tout ce qui était à eux ; ils se trouvent en terre de Goshèn. » 2 Puis, dans le groupe de ses frères, il prit cinq hommes qu'il présenta à Pharaon. 3 Celui-ci dit aux frères de Joseph : « Quel est votre métier ? » — « Tes serviteurs sont des bergers, répondirent-ils, nous le sommes comme nos pères l'ont été. »

4 Ils dirent à Pharaon : « Nous sommes venus pour séjourner dans le pays, car il n'y avait plus de pâture pour les moutons de tes serviteurs et la famine pesait sur le pays de Canaan. Permets que tes serviteurs habitent maintenant dans la terre de Goshèn. »

5 Pharaon dit à Joseph : « Ton père et tes frères sont venus à toi. 6 Le pays d'Egypte est devant toi, installe ton père et tes frères dans le meilleur endroit. Qu'ils habitent dans la terre de Goshèn. Si tu connais parmi eux des hommes capables, fais-en des métayers pour mes propres troupeaux. »

---

1. *soixante-dix* : au v. 26, on trouve un total de *soixante-six* personnes, qui peut s'expliquer par le fait que ce chiffre ne comprend ni Er et Onân, morts en Canaan (v. 12), ni Manassé et Ephraïm, nés en Egypte (v. 20). Par ailleurs, l'ancienne version grecque donne au v. 27 un total de *soixante-quinze* ; cela vient de ce qu'au v. 20 elle ajoute les noms de cinq descendants de Manassé et Ephraïm. Ce dernier chiffre de *soixante-quinze* se retrouve dans une partie de la tradition d'Ex 1.5 (voir la note) et en Ac 7.14.

2. *le précéder* : autre traduction *le prévenir qu'il arrivait*. — *Goshèn* : voir 45.10 et la note.

1. *Goshèn* : voir 45.10 et la note.

7 Joseph amena son père Jacob et le présenta à Pharaon. Jacob bénit Pharaon 8 qui lui dit : « Combien d'années a duré ta vie ? » 9 — « La durée de mes migrations a été de 130 ans ! répondit Jacob. Ce fut un temps bref et mauvais que les années de ma vie, elles n'ont pas atteint la durée des années qu'ont vécues mes pères au temps de leurs migrations. » 10 Ayant béni Pharaon, Jacob prit congé de lui.

11 Joseph installa son père et ses frères et leur donna une propriété dans le meilleur endroit du pays d'Egypte, au pays de Ramsès[1], comme l'avait prescrit Pharaon. 12 Joseph pourvut à la subsistance de son père, de ses frères et de toute la maison de son père, selon le nombre des enfants à nourrir.

La politique de Joseph pendant la famine

13 Il n'y eut plus de nourriture dans tout le pays car la famine y avait lourdement pesé. Le pays d'Egypte et le pays de Canaan ne savaient plus que faire devant cette famine. 14 Joseph ramassa tout l'argent qui se trouvait aux pays d'Egypte et de Canaan en leur vendant[2] du grain et il draina cet argent dans le palais de *Pharaon. 15 L'argent disparut des pays d'Egypte et de Canaan. Tous les Egyptiens vinrent trouver Joseph et dirent : « Donne-nous de quoi manger. Pourquoi devrions-nous mourir devant toi, faute d'argent ? »

16 — « Donnez-moi vos troupeaux, répondit Joseph, et si l'argent manque, c'est au prix de vos troupeaux que je vous livre de quoi manger. » 17 Ils amenèrent leurs troupeaux à Joseph qui leur livra de quoi manger en échange des chevaux, des troupeaux de petit et de gros bétail et des ânes. Au prix de tous leurs troupeaux, il leur assura de quoi manger cette année-là.

18 Cette année écoulée, ils vinrent le trouver l'année suivante et lui dirent : « Nous ne cacherons pas à mon seigneur que l'argent a disparu et que les troupeaux de bestiaux appartiennent à mon seigneur. Il ne reste devant mon seigneur que nos corps et notre sol. 19 Pourquoi devrions-nous mourir sous tes yeux ? Notre sol n'est rien sans nous. Achète-nous, nous et notre sol, contre de la nourriture; nous et notre sol nous serons au service de Pharaon. Donne de la semence, nous vivrons et ne mourrons pas, le sol ne sera pas désolé. » 20 Et Joseph acheta au profit de Pharaon toute la terre d'Egypte, car chaque Egyptien vendit son champ, si rigoureuse était pour eux la famine. Le pays appartint à Pharaon.

21 Quant au peuple, il le fit émigrer vers les villes[1] d'un bout à l'autre du territoire.

22 Toutefois Joseph n'acheta pas la terre des prêtres car il y avait en leur faveur un décret de Pharaon. Ils se nourrissaient des rations que leur donnait Pharaon

---

1. *Ramsès* : voir Ex 1.11 et la note.
2. *en leur vendant* : aux habitants de ces deux pays.

1. *il le fit émigrer vers les villes* : texte hébreu peu clair et construction de phrase inhabituelle; le texte samaritain et l'ancienne version grecque disent *il en fit des esclaves*.

et ils n'eurent pas à vendre leur terre.

23 Joseph dit au peuple : « Aujourd'hui donc, je vous ai acquis au profit de Pharaon, vous et votre terre. Vous aurez de la semence et vous pourrez ensemencer la terre. 24 Sur les récoltes, vous donnerez un cinquième à Pharaon et vous aurez les quatre autres pour ensemencer les champs et pour vous nourrir ainsi que ceux qui vivent chez vous, et vos enfants. » 25 — « Tu nous as sauvé la vie, répondirent-ils. Puissions-nous trouver grâce aux yeux de mon seigneur et être les esclaves de Pharaon. » 26 Joseph fit un décret, en vigueur encore aujourd'hui, imposant au cinquième la terre d'Egypte au profit de Pharaon. Seule la terre des prêtres n'appartient pas à Pharaon.

Les dernières volontés de Jacob

27 Israël habita au pays d'Egypte en terre de Goshèn[1], les Israélites y devinrent propriétaires, ils y furent féconds et très prolifiques. 28 Jacob vécut dix-sept ans au pays d'Egypte, et la durée de la vie de Jacob fut de 147 ans.
29 Quand les jours de la mort d'Israël s'approchèrent, il appela son fils Joseph et lui dit : « Si j'ai trouvé grâce à tes yeux, mets ta main sous ma cuisse[2], fais preuve d'amitié et de fidélité envers moi en ne m'enterrant pas en Egypte. 30 Je me coucherai avec mes

pères[1], tu m'emporteras hors d'Egypte et tu m'enterreras dans leur tombeau. » — « Je ferai comme tu l'as dit », répondit-il. 31 Jacob reprit : « Jure-le-moi. » Joseph le lui jura et Israël se prosterna au chevet de son lit[2].

Jacob bénit les fils de Joseph

48 1 Or, après ces événements, on dit à Joseph : « Voici que ton père est malade. » Il prit ses deux fils avec lui, Manassé et Ephraïm. 2 On informa Jacob en disant : « Voici que ton fils Joseph vient à toi. » Israël fit un effort et s'assit sur le lit.

3 Jacob dit à Joseph : « Le Dieu Puissant m'est apparu à Louz[3] dans le pays de Canaan. Il m'a béni 4 et m'a dit : Je vais te rendre fécond et prolifique pour faire de toi une communauté de peuples. Je donnerai ce pays à ta descendance après toi en propriété perpétuelle. 5 Et maintenant, ces deux fils qui te sont nés au pays d'Egypte avant que je ne sois venu à toi en Egypte, ils sont miens. Ephraïm et Manassé seront miens comme Ruben et Siméon[4]. 6 Mais les enfants que tu as engendrés après eux[5] seront tiens et c'est au nom de leurs

---

1. *Goshèn* : voir 45.10 et la note.
2. *d'Israël* ou *de Jacob*. — *Mets ta main sous ma cuisse* : voir 24.2 et la note.

1. *Je me coucherai avec mes pères* : voir 1 R 1.21 et la note.
2. *au chevet de son lit* : l'ancienne version grecque présente un texte légèrement différent *appuyé sur l'extrémité de son bâton*; c'est ce texte-là qui est cité en He 11.21.
3. *Puissant* : voir 17.1 et la note. — *Louz* : ancien nom de Béthel, voir 28.19; 12.8 et la note.
4. Allusion au fait qu'*Ephraïm* et *Manassé* seront les ancêtres de deux tribus israélites au même titre que *Ruben* et *Siméon*, tandis qu'il n'y aura jamais de tribu de Joseph.
5. La Bible ne mentionne nulle part ailleurs ces autres fils de Joseph.

frères qu'on les convoquera pour leur part d'héritage. 7 Quant à moi, à mon retour de la plaine, la mort de Rachel me frappa au pays de Canaan sur la route, à quelque distance de l'entrée d'Ephrata. C'est là que je l'ai enterrée sur la route d'Ephrata, qui est à Bethléem[1]. »

8 Israël vit les fils de Joseph et s'écria : « Qui est-ce ? » 9 Joseph répondit à son père : « Ce sont les enfants que Dieu m'a donnés ici. » — « Tiens-les donc près de moi que je les bénisse », reprit-il.

10 L'âge avait alourdi le regard d'Israël, il ne pouvait plus voir. Quand Joseph les fit approcher, Israël les embrassa et les étreignit, 11 puis il dit à Joseph : « J'avais jugé impossible de revoir ton visage, et voici que Dieu m'a fait voir même ta descendance ! » 12 Joseph les retira des genoux[2] de son père et se prosterna face contre terre.

13 Joseph prit ses deux fils, Ephraïm à sa droite, donc à la gauche d'Israël, et Manassé à sa gauche, donc à la droite d'Israël. Il les approcha de lui. 14 Israël tendit sa main droite et la posa sur la tête d'Ephraïm qui était le cadet, et sa main gauche sur la tête de Manassé. Il avait interverti ses mains[3], puisque Manassé était l'aîné. 15 Il bénit Joseph en disant :

« Le Dieu en présence de qui ont marché mes pères Abraham et Isaac,
le Dieu qui fut mon *berger depuis que j'existe jusqu'à ce jour,
16 l'*ange qui m'a délivré de tout mal,
qu'il bénisse ces garçons,
que grâce à eux mon nom soit invoqué ainsi que ceux de mes pères, Abraham et Isaac,
et qu'ils foisonnent en multitudes au milieu du pays. »

17 Joseph vit que son père avait posé la main droite sur la tête d'Ephraïm et cela lui déplut. Il saisit la main de son père pour la détourner de la tête d'Ephraïm vers celle de Manassé. 18 « Pas ainsi, mon père, lui dit-il, car c'est celui-ci l'aîné. Pose ta main droite sur sa tête. » 19 Mais son père refusa en disant : « Je sais, mon fils. Je sais que lui aussi deviendra un peuple, lui aussi sera grand. Pourtant son petit frère sera plus grand que lui, et sa descendance sera plénitude de nations. »

20 Il les bénit ce jour-là en disant :

« Par toi Israël prononcera cette bénédiction :
Que Dieu te rende comme Ephraïm et comme Manassé ! »
Il plaça Ephraïm avant Manassé.

21 Israël dit à Joseph : « Je vais mourir, mais Dieu sera avec vous et vous fera revenir au pays de vos pères. 22 Moi, je te donne Si-

---

1. *de la plaine* c'est-à-dire *de la plaine d'Aram*, voir 24.10 et la note. — *Ephrata … Bethléem* : voir 35.16 et la note.
2. *Jacob*, en prenant Ephraïm et Manassé sur ses *genoux*, a accompli à leur égard le rite d'adoption; comparer 30.3; 48.5 et les notes.
3. *Joseph* avait placé *Manassé*, son fils aîné, du côté droit par rapport à *Jacob* (v. 13), parce que l'aîné recevait normalement la meilleure part de la bénédiction, donnée avec *la main* droite (comparer 35.18 et la note). Le mouvement de *Jacob* n'est donc pas naturel (comparer v. 17).

chem[1], une part de plus qu'à tes frères, que j'ai enlevée au pouvoir des *Amorites par l'épée et par l'arc. »

Jacob bénit ses douze fils

49 1 Jacob convoqua ses fils et leur dit : « Rassemblez-vous pour que je vous annonce ce qui vous arrivera dans l'avenir.

2 Réunissez-vous et écoutez, fils de Jacob,
écoutez Israël votre père.

3 Ruben, tu es mon premier-né, ma vigueur et les prémices de ma virilité,
débordant d'énergie, débordant de puissance.

4 Ne déborde pas comme des eaux qui bouillonnent !
Puisque tu es monté sur la couche de ton père[2],
tu as alors profané le lit sur lequel je suis.

5 Siméon et Lévi sont frères, leurs accords[3] ne sont qu'instruments de violence. 6 Je ne veux pas venir à leur conseil, je ne veux pas me réjouir à leur rassemblement ;
car dans leur colère ils ont tué des hommes,
et dans leur frénésie mutilé des taureaux[4].

7 Maudite soit leur colère, si violente !

Et leur emportement, si brutal !
Je les répartirai en Jacob,
je les disperserai en Israël[1].

8 Juda, c'est toi que tes frères célébreront[2].
Ta main pèsera sur la nuque de tes ennemis,
les fils de ton père se prosterneront devant toi.

9 Tu es un lionceau, ô Juda,
ô mon fils, tu es revenu du carnage !
Il a fléchi le genou et s'est couché tel un lion
et telle une lionne, qui le fera lever ?

10 Le sceptre ne s'écartera pas de Juda,
ni le bâton de commandement d'entre ses pieds
jusqu'à ce que vienne celui auquel il appartient[3]
et à qui les peuples doivent obéissance.

11 Lui qui attache son âne à la vigne et au cep le petit de son ânesse,
il a foulé son vêtement dans le vin
et sa tunique dans le sang des grappes.

12 Ses yeux sont plus sombres que le vin et ses dents plus blanches que le lait[4].

---

1. *Sichem* : voir 12.6 et la note; c'est la ville, au cœur des futurs territoires d'Ephraïm et Manassé, où Joseph sera enterré (Jos 24.32); mais l'auteur joue aussi sur le sens du mot (Sichem : épaule), car l'épaule (ou le gigot) d'un animal était un morceau de choix (1 S 9.24). L'idée est donc que Jacob donne à Joseph une part privilégiée parmi ses frères.

2. Voir 35.22.

3. *accords* : autre traduction *épées*.

4. *tué des hommes* : voir 34.25-31; *mutilé des taureaux* : allusion à un événement inconnu; sur ce type de mutilation, voir Jos 11.6, 9; 2 S 8.4.

1. *je les disperserai en Israël* : la tribu de Siméon, installée dans le sud de la Palestine, a très tôt disparu de la scène politique, assimilée par sa puissante voisine Juda; la tribu de Lévi n'a jamais eu de territoire propre, mais son rôle sacerdotal, non mentionné ici, sera capital pour l'ensemble du peuple, voir Dt 33.8-11.

2. En hébreu, il y a jeu de mots entre le nom de *Juda* et le verbe traduit par *te célébreront* (comparer 29.35 et la note).

3. *Le sceptre ne s'écartera pas de Juda* : allusion au fait que David et ses successeurs sont issus de la tribu de Juda. — *Celui auquel il appartient* : texte hébreu obscur et traduction incertaine; on ignore à qui il est fait allusion.

4. *vin et lait*, c'est-à-dire vignobles et bétail, sont les richesses de la tribu de Juda.

13 Zabulon aura sa demeure au
   bord des mers.
   Il a, lui, des bateaux au rivage,
   et ses confins dominent Sidon[1].

14 Issakar est un âne osseux
   qui se couche dans un parc à
   double mur.

15 Il a vu que le repos était bon
   et le pays agréable.
   Il tend l'échine sous le bât,
   il est bon pour la corvée d'esclave.

16 Dan jugera[2] son peuple
   comme l'une des tribus d'Israël.

17 Dan sera un serpent sur le chemin,
   un aspic sur le sentier,
   qui mord les jarrets du cheval
   et son cavalier tombe à la renverse[3].

18 En ton salut, j'espère ô Seigneur[4]

19 Gad, une troupe l'assaille
   et lui, il assaille l'arrière-garde[5].

20 D'Asher vient la graisse, sa
   nourriture,
   et il en fait des gâteaux de
   rois[6].

21 Nephtali est une biche en liberté qui donne de beaux
   faons[7].

22 Joseph est un jeune taureau,

un jeune taureau près d'une
source.
Aux pâturages, il franchit le
mur[1]

23 ils l'ont provoqué, ils l'ont que-
   rellé, les archers lui firent la
   guerre,

24 mais son arc demeura ferme
   alors qu'il jouait des bras et
   des mains.
   Par la force de l'Indomptable
   de Jacob,
   par le nom du Pasteur, la
   Pierre d'Israël,

25 par El, ton père qu'Il te vienne
   en aide,
   par le Dieu Puissant[2], qu'Il te
   bénisse !
   Les bénédictions des cieux d'en
   haut,
   les bénédictions de l'*abîme
   étendu sous terre,
   les bénédictions des mamelles
   et du sein,

26 les bénédictions de ton père
   l'ont emporté
   sur les bénédictions des montagnes antiques,
   sur les convoitises des collines
   d'antan.
   Qu'elles viennent sur la tête de
   Joseph,
   sur la chevelure du consacré[3]
   parmi ses frères.

27 Benjamin est un loup, il déchire,
   le matin il mange encore,

---

1. Ville importante de Phénicie, sur la côte
méditerranéenne.
2. En hébreu, il y a jeu de mots entre le nom de
Dan et le verbe traduit par *jugera* (comparer 30.6
et la note).
3. Le v. 17 fait peut-être allusion au rôle de
gardien de frontière joué par la tribu la plus
septentrionale d'Israël.
4. Sorte d'exclamation liturgique, au milieu du
poème.
5. En hébreu, il y a jeu de mots entre le nom de
Gad et les mots traduits par *troupe* et *assaille*.
6. *Asher* (signifiant *heureux*, voir 30.13 et la
note) évoque le bien-être d'une tribu installée dans
la plantureuse région côtière au nord du Carmel.
7. La tribu de *Nephtali* était installée dans la
région boisée située au pied du Liban, ce qui a pu
amener la comparaison avec *une biche*.

1. Autre traduction *Joseph est le rameau d'un
arbre fertile, le rameau d'un arbre fertile près
d'une source; ses branches s'élèvent par-dessus la
muraille.*
2. Les v. 24-25 donnent à Dieu divers titres
soulignant sa puissance (*Indomptable, Puissant*),
son autorité (*Pasteur*, ou *Berger*, titre royal) ou
encore sa proximité (*El, ton père*).
3. *du consacré* ou *du nazir*, voir Nb 6.1-5 et les
notes.

et le soir il partage les dépouilles[1]. »

Mort de Jacob

28 Il y avait en tout douze tribus d'Israël. Voilà ce que leur dit leur père quand il les bénit en donnant à chacune sa bénédiction. 29 Il leur donna ensuite ses ordres et leur dit : « Je vais être réuni à mon peuple. Enterrez-moi auprès de mes pères, dans la caverne au champ d'Ephrôn le Hittite[2], 30 dans la caverne du champ de Makpéla, face à Mambré au pays de Canaan, le champ acquis par Abraham d'Ephrôn le Hittite à titre de propriété funéraire. 31 C'est là qu'on a enterré Abraham et sa femme Sara, c'est là qu'on a enterré Isaac et sa femme Rébecca, c'est là que j'ai enterré Léa. 32 Le champ et la caverne qui s'y trouvent ont été acquis des fils de Heth. »

33 Quand Jacob eut achevé de donner ses ordres à ses fils, il ramena ses pieds dans le lit, il expira et fut réuni aux siens.

Funérailles de Jacob

50 1 Joseph se jeta sur le visage de son père, il le couvrit de larmes et l'embrassa. 2 Puis il ordonna aux médecins à son service d'embaumer son père. Les médecins embaumèrent Israël, 3 ce qui dura 40 jours pleins, le temps requis pour l'embaumement. Les Egyptiens le

pleurèrent, 70 jours. 4 Quand fut passé le temps des pleurs, Joseph dit à la maison de *Pharaon : « Si j'ai trouvé grâce à vos yeux, veuillez parler ainsi aux oreilles de Pharaon : 5 Mon père m'a fait jurer en disant : Voici que je vais mourir. Dans le tombeau que je me suis creusé au pays de Canaan, c'est là que tu m'enterreras. Je voudrais maintenant monter enterrer mon père et après je reviendrai. » 6 Pharaon donna sa réponse : « Monte enterrer ton père comme il te l'a fait jurer. » 7 Et Joseph monta enterrer son père. Tous les serviteurs de Pharaon, les anciens de sa maison et tous les anciens du pays d'Egypte montèrent avec lui, 8 ainsi que toute la maison de Joseph, ses frères et la maison de son père. Ils ne laissèrent au pays de Goshèn[1] que leurs enfants, leur petit et leur gros bétail.

9 Même des chars et des attelages montèrent avec lui. Le camp était très impressionnant. 10 Ils arrivèrent à l'Aire-de-l'Epine[2] au-delà du Jourdain. Là, ils célébrèrent de solennelles et très impressionnantes funérailles. Joseph observa pour son père un deuil de sept jours. 11 Les Cananéens qui habitaient le pays virent ce deuil à l'Aire-de-l'Epine et s'écrièrent : « C'est un deuil cruel pour l'Egypte ! » Aussi nomma-t-on ce lieu qui est au-delà du Jourdain « Deuil-de-l'Egypte. » 12 Les fils de Jacob agirent à son égard selon ses ordres. 13 Ils le transportèrent au pays de Canaan et l'enterrèrent

---

1. Allusions probables au caractère guerrier et féroce de la tribu de *Benjamin*, voir Jg 3.15-23; 19-20.
2. *être réuni à mon peuple* (ou *aux siens*, v. 33); voir 25.8 et la note. — *Mes pères* ou *mes ancêtres*. — *Ephrôn le Hittite* : voir 23.17-20.

1. *la maison* ou *la famille*. — *Goshèn* : voir 45.10 et la note.
2. Endroit non identifié, en Transjordanie (au-delà du Jourdain).

dans la caverne du champ de Makpéla, le champ acquis par Abraham d'Ephrôn le Hittite, à titre de propriété funéraire, en face de Mambré

14 Après l'enterrement de son père, Joseph revint en Egypte, lui, ses frères et tous ceux qui étaient montés avec lui pour l'enterrement.

Fin de la vie de Joseph

15 Voyant que leur père était mort, les frères de Joseph se dirent : « Si Joseph allait nous traiter en ennemis et nous rendre tout le mal que nous lui avons causé ! » 16 Ils mandèrent à Joseph : « Ton père a donné cet ordre avant sa mort : 17 Vous parlerez ainsi à Joseph : De grâce, pardonne le forfait et la faute de tes frères. Certes, ils t'ont causé bien du mal mais, de grâce, pardonne maintenant le forfait des serviteurs du Dieu de ton père. » Quand ils lui parlèrent ainsi, Joseph pleura.

18 Ses frères allèrent d'eux-mêmes se jeter devant lui et dirent : « Nous voici tes esclaves ! » 19 Joseph leur répondit : « Ne craignez point. Suis-je en effet à la place de Dieu ? 20 Vous avez voulu me faire du mal, Dieu a voulu en faire du bien : conserver la vie à un peuple nombreux comme cela se réalise aujourd'hui. 21 Désormais, ne craignez pas, je pourvoirai à votre subsistance et à celle de vos enfants. » Il les réconforta et leur parla coeur à coeur.

22 Joseph habita en Egypte, lui et la maison[1] de son père. Joseph vécut 110 ans 23 et vit la troisième génération des fils d'Ephraïm. De plus les fils de Makir, fils de Manassé, naquirent sur les genoux de Joseph[2]. 24 Joseph dit à ses frères : « Je vais mourir. Dieu interviendra en votre faveur et vous fera remonter de ce pays vers le pays qu'il a promis par serment à Abraham, Isaac et Jacob[3]. » 25 Puis Joseph fit prêter serment aux fils d'Israël : « Lorsque Dieu interviendra en votre faveur, vous ferez remonter mes ossements d'ici[4]. »

26 Joseph mourut à l'âge de 110 ans. On l'embauma et on le déposa dans un cercueil en Egypte.

1. *la maison* ou *la famille.*
2. *naître sur les genoux de quelqu'un :* voir 30.3; 48.12 et les notes.
3. Voir 12.7; 26.3; 28.13.
4. Voir Ex 13.19; Jos 24.32.

L'EXODE

DIEU FAIT SORTIR ISRAËL
DU PAYS D'ÉGYPTE

Les Israélites esclaves en Egypte

1 ¹ Et voici les noms des fils d'Israël venus en Egypte — ils étaient venus avec Jacob, chacun et sa famille :

² Ruben, Siméon, Lévi et Juda,
³ Issakar, Zabulon et Benjamin,
⁴ Dan et Nephtali,
Gad et Asher.

⁵ Les descendants de Jacob étaient, en tout, 70 personnes¹ : Joseph, lui, était déjà en Egypte. ⁶ Puis Joseph mourut, ainsi que tous ses frères et toute cette génération-là. ⁷ Les fils d'Israël fructifièrent, pullulèrent, se multiplièrent et devinrent de plus en plus forts : le pays en était rempli.

⁸ Alors un nouveau roi², qui n'avait pas connu Joseph, se leva sur l'Egypte. ⁹ Il dit à son peuple :

« Voici que le peuple des fils d'Israël est trop nombreux et trop fort pour nous. ¹⁰ Prenons donc de sages mesures contre lui, pour qu'il cesse de se multiplier. En cas de guerre, il se joindrait lui aussi à nos ennemis, il se battrait contre nous et il sortirait du pays. » ¹¹ On lui imposa donc des chefs de corvée, pour le réduire par des travaux forcés, et il bâtit pour *Pharaon des villes-entrepôts, Pitôm et Ramsès¹. ¹² Mais plus on voulait le réduire, plus il se multipliait et plus il éclatait : on vivait dans la hantise des fils d'Israël. ¹³ Alors les Egyptiens asservirent les fils d'Israël avec brutalité ¹⁴ et leur rendirent la vie amère par une dure servitude : mortier, briques, tous travaux des champs, bref toutes les servitudes qu'ils leur imposèrent avec brutalité.

---

1. Un manuscrit hébreu trouvé à Qoumran et l'ancienne version grecque portent *75 personnes*, chiffre que l'on retrouve en Ac 7.14 (voir aussi Gn 46.27 et la note).
2. Ce *nouveau roi* est peut-être Ramsès II, *Pharaon de la dix-neuvième dynastie égyptienne (1304-1235 av. J. C.), connu comme un grand constructeur.

1. Les deux villes de *Pitôm* et *Ramsès* n'ont pas été identifiées avec certitude, mais se trouvaient probablement dans la partie nord-est du delta du Nil.

Pharaon persécute les Israélites

15 Le roi d'Egypte dit aux sages-femmes des Hébreux dont l'une s'appelait Shifra et l'autre Poua : 16 « Quand vous accouchez les femmes des Hébreux, regardez le sexe de l'enfant[1]. Si c'est un garçon, faites-le mourir. Si c'est une fille, qu'elle vive. » 17 Mais les sages-femmes craignirent Dieu; elles ne firent pas comme leur avait dit le roi d'Egypte et laissèrent vivre les garçons. 18 Le roi d'Egypte, alors, les appela et leur dit : « Pourquoi avez-vous fait cela et laissé vivre les garçons ? » 19 Les sages-femmes dirent à *Pharaon : « Les femmes des Hébreux ne sont pas comme les Egyptiennes; elles sont pleines de vie; avant que la sage-femme n'arrive auprès d'elles, elles ont accouché. » 20 Dieu rendit les sages-femmes efficaces, et le peuple se multiplia et devint très fort. 21 Or, comme les sages-femmes avaient craint Dieu et que Dieu leur[2] avait accordé une descendance, 22 Pharaon ordonna à tout son peuple : « Tout garçon nouveau-né, jetez-le au Fleuve[3] ! Toute fille, laissez-la vivre ! »

Naissance et enfance de Moïse

2 1 Un homme de la famille de Lévi s'en alla prendre une fille de Lévi. 2 La femme conçut, enfanta un fils, vit qu'il était beau et le cacha pendant trois mois. 3 Ne pouvant le cacher plus longtemps, elle lui trouva une caisse en papyrus, l'enduisit de bitume et de poix, y mit l'enfant et la déposa dans les joncs sur le bord du Fleuve[1]. 4 La sœur de l'enfant se posta à distance pour savoir ce qui lui adviendrait.

5 Or, la fille de *Pharaon descendit se laver au Fleuve, tandis que ses suivantes marchaient le long du Fleuve. Elle vit la caisse parmi les joncs et envoya sa servante la prendre. 6 Elle ouvrit et regarda l'enfant : c'était un garçon qui pleurait. Elle eut pitié de lui : « C'est un enfant des Hébreux », dit-elle. 7 Sa sœur dit à la fille de Pharaon : « Veux-tu que j'aille appeler une nourrice chez les femmes des Hébreux ? Elle pourrait allaiter l'enfant pour toi. »

8 — « Va », lui dit la fille de Pharaon. Et la jeune fille appela la mère de l'enfant. 9 « Emmène cet enfant et allaite-le-moi, lui dit la fille de Pharaon, et c'est moi qui te donnerai un salaire. » La femme prit l'enfant et l'allaita.

10 L'enfant grandit, elle l'amena à la fille de Pharaon. Il devint pour elle un fils et elle lui donna le nom de « Moïse », car, dit-elle, « je l'ai tiré des eaux[2]. »

---

1. *le sexe de l'enfant* : autre traduction *le siège d'accouchement.*

2. *leur* : le texte hébreu ne permet pas de préciser s'il s'agit ici des *sages-femmes,* récompensées pour ce qu'elles ont fait, ou des Israélites (*le peuple,* v. 20), qui échappent à l'anéantissement.

3. *au fleuve* ou *au Nil.*

1. *caisse* : autre traduction *corbeille* — *papyrus* : plante aquatique (sorte de jonc), dont la tige était très employée dans les travaux de vannerie et dans la fabrication de feuilles pour écrire. — *du Fleuve* ou *du Nil.*

2. *« je l'ai tiré des eaux »* : en hébreu, jeu de mots sur *Moïse* et un verbe signifiant *retirer de.* Le nom de Moïse est probablement d'origine égyptienne.

Moïse doit fuir au pays de Madiân

11 Or, en ces jours-là[1], Moïse, qui avait grandi, sortit vers ses frères et vit ce qu'étaient leurs corvées. Il vit un Egyptien frapper un Hébreu, un de ses frères. 12 S'étant tourné de tous côtés et voyant qu'il n'y avait personne, il frappa l'Egyptien et le dissimula dans le sable. 13 Le lendemain, il sortit de nouveau : voici que deux Hébreux s'empoignaient. Il dit au coupable : « Pourquoi frappes-tu ton prochain ? » 14 — « Qui t'a établi chef et juge sur nous ? dit l'homme. Penses-tu me tuer comme tu as tué l'Egyptien ? » Et Moïse prit peur et se dit : « L'affaire est donc connue ! » 15 *Pharaon entendit parler de cette affaire et chercha à tuer Moïse. Mais Moïse s'enfuit de chez Pharaon ; il s'établit en terre de Madiân et s'assit près du puits[2]. 16 Le prêtre de Madiân avait sept filles. Elles vinrent puiser et remplir les auges pour abreuver le troupeau de leur père. 17 Les *bergers vinrent les chasser. Alors Moïse se leva pour les secourir et il abreuva leur troupeau. 18 Elles revinrent près de Réouël, leur père, qui leur dit : « Pourquoi êtes-vous revenues si tôt, aujourd'hui ? » 19 Elles dirent : « Un Egyptien nous a délivrées de la main des bergers ; c'est même lui qui a puisé pour nous et qui a abreuvé le troupeau ! » 20 Il dit à ses filles : « Mais, où est-il ? Pourquoi avez-vous laissé là cet homme ? Appelez-le ! Qu'il mange ! » 21 Et Moïse accepta de s'établir près de cet homme, qui lui donna Cippora, sa fille. 22 Elle enfanta un fils ; il lui donna le nom de Guershôm — émigré-là —, car, dit-il : « Je suis devenu un émigré en terre étrangère ! »

Dieu choisit Moïse pour libérer Israël

23 Au cours de cette longue période, le roi d'Egypte mourut. Les fils d'Israël gémirent du fond de la servitude et crièrent. Leur appel monta vers Dieu du fond de la servitude. 24 Dieu entendit leur plainte ; Dieu se souvint de son *alliance avec Abraham, Isaac et Jacob. 25 Dieu vit les fils d'Israël ; Dieu se rendit compte …

3 1 Moïse faisait paître le troupeau de son beau-père Jéthro, prêtre de Madiân. Il mena le troupeau au-delà du désert et parvint à la montagne de Dieu, à l'Horeb[1]. 2 L'*ange du Seigneur lui apparut dans une flamme de feu, du milieu du buisson. Il regarda : le buisson était en feu et le buisson n'était pas dévoré. 3 Moïse dit : « Je vais faire un détour pour voir cette grande vision : pourquoi le buisson ne brûle-t-il pas ? » 4 Le Seigneur vit qu'il avait fait un détour pour voir, et Dieu l'appela du milieu du buisson : « Moïse ! Moïse ! » Il dit : « Me voici ! » 5 Il dit : « N'ap-

---

1. L'expression hébraïque traduite par *en ces jours-là* est habituellement une indication chronologique très vague ; ici elle ne prétend pas situer le récit des versets 11-15 précisément à la même époque que le v. 10. Il est probable que Moïse a d'abord séjourné à la cour égyptienne pour y recevoir une éducation complète (voir Ac 7.22).
2. *Madiân* est le nom collectif de tribus nomades, vivant semble-t-il au sud et au sud-est de la Palestine ; selon Gn 25.2, *Madiân* est un fils d'Abraham. — *près du puits* : c'est l'endroit où un étranger avait le plus de chance de rencontrer des gens du pays.

1. L'*Horeb* (autre nom du mont *Sinaï*) est appelé *montagne de Dieu* parce que Dieu va s'y révéler ; voir chap. 19.

proche pas d'ici ! Retire tes sandales de tes pieds, car le lieu où tu te tiens est une terre *sainte. » 6 Il dit : « Je suis le Dieu de ton père, Dieu d'Abraham, Dieu d'Isaac, Dieu de Jacob. » Moïse se voila la face, car il craignait de regarder Dieu. 7 Le Seigneur dit : « J'ai vu la misère de mon peuple en Egypte et je l'ai entendu crier sous les coups de ses gardes-chiourme. Oui, je connais ses souffrances. 8 Je suis descendu pour le délivrer de la main des Egyptiens et le faire monter de ce pays vers un bon et vaste pays, vers un pays ruisselant de lait et de miel[1], vers le lieu du Cananéen, du Hittite, de l'*Amorite, du Perizzite, du Hivvite et du Jébusite. 9 Et maintenant, puisque le cri des fils d'Israël est venu jusqu'à moi, puisque j'ai vu le poids que les Egyptiens font peser sur eux, 10 va, maintenant; je t'envoie vers *Pharaon, fais sortir d'Egypte mon peuple, les fils d'Israël. »

11 Moïse dit à Dieu : « Qui suis-je pour aller vers Pharaon et faire sortir d'Egypte les fils d'Israël ? » 12 — « Je suis avec toi, dit-il. Et voici le signe que c'est moi qui t'ai envoyé : quand tu auras fait sortir le peuple d'Egypte, vous servirez Dieu sur cette montagne. »

Dieu révèle son nom à Moïse

13 Moïse dit à Dieu : « Voici ! Je vais aller vers les fils d'Israël et leur dirai : Le Dieu de vos pères m'a envoyé vers vous. S'ils me disent : Quel est son *nom ? — que leur dirai-je ? » 14 Dieu dit à Moïse : « Je Suis Qui Je Serai[1] ». Il dit : « Tu parleras ainsi aux fils d'Israël : Je Suis m'a envoyé vers vous. » 15 Dieu dit encore à Moïse : « Tu parleras ainsi aux fils d'Israël : Le Seigneur[2], Dieu de vos pères, Dieu d'Abraham, Dieu d'Isaac, Dieu de Jacob, m'a envoyé vers vous. C'est là mon nom à jamais, c'est ainsi qu'on m'invoquera d'âge en âge. 16 Va, réunis les *anciens d'Israël et dis-leur : Le Seigneur, Dieu de vos pères, Dieu d'Abraham, d'Isaac et de Jacob, m'est apparu en disant : J'ai décidé d'intervenir en votre faveur, à cause de ce qu'on vous fait en Egypte 17 et j'ai dit : Je vous ferai monter de la misère d'Egypte vers le pays du Cananéen, du Hittite, de l'*Amorite, du Perizzite, du Hivvite et du Jébusite, vers le pays ruisselant de lait et de miel[3]. 18 — Ils entendront ta voix[4] et tu entreras, toi et les anciens d'Israël, chez le roi d'Egypte; vous lui direz : Le Seigneur, Dieu des Hébreux, s'est

---

1. Un *pays ruisselant de lait et de miel* est un pays propice à l'élevage du bétail (*lait*) et aux cultures (*miel*, qui désigne probablement ici un sirop concentré de fruit, plutôt que du miel d'abeille). L'expression est devenue proverbiale pour désigner la Terre Promise.

1. *« Je Suis Qui Je Serai »*, c'est-à-dire « je suis là, avec vous, de la manière que vous verrez »; autres traductions possibles *« Je Suis Qui Je Suis »* (refus de faire connaître son nom personnel; comparer Jg 13.18); *« Je Suis Celui Qui Est »* (par opposition aux autres dieux, qui « ne sont pas »; comparer Es 43.10).
2. Le SEIGNEUR : le nom personnel du Dieu d'Israël était Yahweh ou Yahwoh (on en ignore la prononciation exacte). Vers le quatrième siècle av. J. C., les Juifs prirent l'habitude de ne plus prononcer ce nom (pour ne pas risquer de le *prononcer à tort*, voir 20.7), mais de dire *Le Seigneur* (le plus souvent) ou de le remplacer par d'autres expressions, telles que *Je suis* (v. 14), *le Nom* (Lv 24.11). Lorsque le texte hébreu donne le nom personnel Yahweh ou l'un des noms de remplacement, ceux-ci sont traduits par le SEIGNEUR, JE SUIS, le NOM, en lettres majuscules.
3. Voir v. 8 et la note.
4. *Ils entendront ta voix*, c'est-à-dire *ils t'écouteront* ou *t'obéiront*. Il s'agit des *anciens* (v. 16).

présenté à nous; et maintenant, il nous faut aller à trois jours de marche dans le désert pour *sacrifier au Seigneur, notre Dieu. 19 — Mais je sais que le roi d'Egypte ne vous permettra pas de partir, sauf s'il est contraint par une main forte[1]. 20 J'étendrai donc ma main et je frapperai l'Egypte avec tous les miracles[2] que je ferai au milieu d'elle. Après quoi, il vous laissera partir. 21 J'accorderai à ce peuple la faveur des Egyptiens; et alors, quand vous partirez, vous n'aurez pas les mains vides : 22 chaque femme demandera à sa voisine et à l'hôtesse de sa maison, des objets d'argent, des objets d'or et des manteaux; vous les mettrez sur vos fils et sur vos filles. Ainsi, vous dépouillerez les Egyptiens. »

Dieu révèle sa puissance à Moïse

4 1 Moïse répondit : « Mais voilà ! Ils ne me croiront pas, ils n'entendront pas ma voix. Ils diront : Le Seigneur ne t'est pas apparu ! » 2 Le Seigneur lui dit : « Qu'as-tu à la main ? » — « Un bâton, dit-il. 3 « Jette-le à terre. » Il le jeta à terre : le bâton devint serpent et Moïse s'enfuit devant lui. 4 Le Seigneur dit à Moïse : « Etends la main et prends-le par la queue. » Il étendit la main et le saisit : le serpent redevint bâton dans sa main. 5 — « C'est afin qu'ils croient que le Seigneur t'est apparu, le Dieu de leurs pères, Dieu d'Abraham,

Dieu d'Isaac, Dieu de Jacob. » 6 Le Seigneur lui dit encore : « Mets donc la main dans ton sein. » Il mit la main dans son sein et la retira : sa main était *lépreuse, couleur de neige. 7 Le Seigneur dit : « Remets la main dans ton sein. » Il remit la main dans son sein et la retira de son sein : elle était redevenue normale. 8 — « Alors, s'ils ne te croient pas et n'entendent pas la voix du premier signe[1], ils croiront à la voix du signe suivant. 9 Alors, s'ils ne croient pas plus à ces deux signes et n'entendent pas ta voix, tu prendras de l'eau du Fleuve[2] et la répandras à terre; l'eau que tu auras prise au Fleuve, sur la terre deviendra du sang. »

Dieu désigne Aaron comme adjoint à Moïse

10 Moïse dit au Seigneur : « Je t'en prie, Seigneur, je ne suis pas doué pour la parole, ni d'hier, ni d'avant-hier, ni depuis que tu parles à ton serviteur. J'ai la bouche lourde et la langue lourde[3]. » 11 Le Seigneur lui dit : « Qui a donné une bouche à l'homme ? Qui rend muet ou sourd, voyant ou aveugle ? N'est-ce pas moi, le Seigneur ? 12 Et maintenant, va, je suis avec ta bouche et je t'enseignerai ce que tu devras dire. »

13 Il dit : « Je t'en prie, Seigneur, envoie-le dire par qui tu voudras ! » 14 La colère du Seigneur s'enflamma contre Moïse

---

1. *sauf s'il est contraint :* d'après les anciennes versions grecque et latine; hébreu : *même pas.* — La *main forte* est celle de Dieu lui-même, voir v. 20.

2. *miracles :* autre traduction *prodiges.*

1. *n'entendent pas la voix du premier signe :* autre traduction *ne sont pas convaincus par le premier signe.*

2. *du Fleuve* ou *du Nil.*

3. *ni d'hier, ni d'avant-hier,* c'est-à-dire *je ne l'ai jamais été.* — J'ai *la bouche lourde et la langue lourde* ou *j'ai de la peine à m'exprimer.*

et il dit : « N'y a-t-il pas ton frère Aaron, le *lévite ? Je sais qu'il a la parole facile, lui. Le voici même qui sort à ta rencontre; quand il te verra, il se réjouira en son coeur. 15 Tu lui parleras et mettras les paroles en sa bouche. Et moi, je suis avec ta bouche et avec sa bouche et je vous enseignerai ce que vous ferez. 16 Lui parlera pour toi au peuple, il sera ta bouche et tu seras son dieu.[1] 17 Quant à ce bâton, prends-le en main ! Avec lui, tu feras les signes[2]. »

Moïse retourne auprès de son peuple

18 Moïse s'en alla, retourna vers son beau-père Jéthro et lui dit : « Je dois m'en aller et retourner vers mes frères en Egypte pour voir s'ils vivent encore. » 19 Jéthro dit à Moïse : « Va en paix ! » Le SEIGNEUR dit à Moïse en Madiân[3] : « Va, retourne en Egypte, car tous ceux qui en voulaient à ta vie sont morts. »

20 Moïse prit sa femme et ses fils, les installa sur l'âne et retourna au pays d'Egypte. Moïse prit en main le bâton de Dieu. 21 Le SEIGNEUR dit à Moïse : « Sur la route du retour, vois ! Tous les prodiges dont je t'ai donné le pouvoir, tu les feras devant *Pharaon. Mais moi, j'endurcirai son *coeur et il ne laissera pas partir le peuple. 22 Tu diras à Pharaon : Ainsi parle le SEIGNEUR : Mon fils premier-né, c'est Israël; 23 je te dis : Laisse partir mon fils pour qu'il me serve, et tu refuses de le laisser partir ! Eh bien, je vais tuer ton fils premier-né. »

24 Or, en chemin, à la halte, le SEIGNEUR l'aborda et chercha à le faire mourir. 25 Cippora prit un silex, coupa le prépuce de son fils et lui en toucha les pieds en disant : « Tu es pour moi un époux de sang. » 26 Et il le laissa. Elle disait alors « époux de sang » à propos de la *circoncision[1].

27 Le SEIGNEUR dit à Aaron : « Va à la rencontre de Moïse au désert. » Il alla, l'aborda à la montagne de Dieu et l'embrassa. 28 Moïse mit Aaron au courant de toutes les paroles que le SEIGNEUR l'avait envoyé dire et de tous les signes qu'il lui avait ordonné de faire.

29 Moïse et Aaron allèrent réunir tous les *anciens des fils d'Israël. 30 Et Aaron redit toutes les paroles que le SEIGNEUR avait adressées à Moïse et il réalisa les signes sous les yeux du peuple. 31 Et le peuple crut. Ayant compris que le SEIGNEUR était intervenu en faveur des fils d'Israël et qu'il avait vu leur misère, ils s'agenouillèrent et se prosternèrent.

Moïse et Aaron chez Pharaon

5 1 Ensuite, Moïse et Aaron vinrent dire à *Pharaon : « Ainsi parle le SEIGNEUR, Dieu

---

1. *il sera ta bouche et tu seras son dieu*, c'est-à-dire « il sera ton porte-parole », comme un *prophète est le porte-parole de Dieu (comparer Jr 1.9).

2. *tu feras les signes* ou *tu réaliseras les prodiges* (dont je t'ai parlé).

3. *Madiân* : voir 2.15 et la note.

1. Le bref récit des versets 24-26 est particulièrement énigmatique : on ne sait pas à qui se rapportent les pronoms personnels (Moïse n'est pas cité par son nom) et on ignore le sens de l'expression *époux de sang*.

d'Israël : Laisse partir mon peuple et qu'il fasse au désert un pèlerinage[1] en mon honneur. 2 Pharaon dit : « Qui est le Seigneur pour que j'écoute sa voix en laissant partir Israël ? J'ignore le Seigneur et je ne veux pas laisser partir Israël. » 3 Ils dirent : « Le Dieu des Hébreux s'est présenté à nous; il nous faut aller à trois jours de marche dans le désert pour *sacrifier au Seigneur, notre Dieu, de peur qu'il ne se précipite sur nous avec la peste ou l'épée[2]. » 4 Le roi d'Egypte leur dit : « Moïse et Aaron, pourquoi voulez-vous débaucher le peuple de ses travaux ? Allez à vos corvées ! » 5 Pharaon dit : « Maintenant que la population du pays[3] est nombreuse, vous voudriez qu'ils se reposent de leurs corvées ! »

Pharaon augmente le travail des Israélites

6 En ce jour-là, *Pharaon ordonna aux gardes-chiourme et aux contremaîtres du peuple[4] : 7 « Vous ne fournirez plus au peuple comme auparavant la paille pour fabriquer les briques. Ils iront eux-mêmes ramasser la paille[1]. 8 Imposez-leur de faire autant de briques que jusqu'ici, n'en réduisez rien. Ce sont des paresseux, c'est pourquoi ils crient : Allons *sacrifier à notre Dieu ! 9 Que la servitude pèse sur ces gens et qu'ils travaillent, sans rêvasser à des paroles mensongères ! » 10 Les gardes-chiourme et les contremaîtres du peuple sortirent et dirent au peuple : « Ainsi parle Pharaon : Je ne vous fournis point de paille ! 11 Allez vous-mêmes prendre de la paille là où vous en trouverez ! Mais votre tâche n'est réduite en rien. »

12 Le peuple se dispersa dans tout le pays d'Egypte pour ramasser de la paille à torchis. 13 Les gardes-chiourme les pressaient : « Achevez vos travaux ! Chaque jour, la quantité exigée ! Comme lorsqu'il y avait de la paille ! » 14 On frappa les contremaîtres des fils d'Israël, ceux que leur avaient imposés les gardes-chiourme de Pharaon : « Pourquoi n'avez-vous pas achevé, hier et aujourd'hui, votre commande de briques, comme auparavant ? »

15 Les contremaîtres des fils d'Israël vinrent crier vers Pharaon : « Pourquoi fais-tu cela à tes serviteurs ? 16 La paille, on ne la fournit plus à tes serviteurs — et les briques, on nous dit : faites-en ! Voici qu'on frappe tes serviteurs. Ton peuple a tort[2] ! » 17 Il dit : « Vous êtes des pares-

---

1. Le *pèlerinage* consistait à se rendre en un lieu sacré (dans le cas présent, situé de manière très vague *au désert;* voir aussi 3.18) pour y célébrer une fête et y offrir des sacrifices en l'honneur du Seigneur.
2. *de peur qu'il ... l'épée,* c'est-à-dire de peur qu'il ne déchaîne contre nous une épidémie ou une guerre.
3. *la population du pays* désigne ici les Hébreux installés en Egypte.
4. Les *gardes-chiourme* sont des surveillants égyptiens; les *contremaîtres* sont probablement des Israélites.

1. On mélangeait de la *paille* hachée à l'argile pour rendre plus résistantes les *briques* (qui n'étaient pas cuites, mais séchées au soleil). *Ramasser la paille :* quand les Egyptiens faisaient la moisson, ils ne coupaient que les épis et laissaient *la paille* sur pied.
2. *Ton peuple a tort !* : Texte obscur et traduction incertaine.

seux, des paresseux ! C'est pourquoi vous dites : Allons sacrifier
au Seigneur. 18 Et maintenant, allez travailler. La paille ne vous
sera pas fournie, mais vous fournirez autant de briques. » 19 Les
contremaîtres des fils d'Israël se
virent dans un mauvais cas :
« Vous ne réduirez pas le nombre
de vos briques. Chaque jour, la
quantité exigée » … 20 sortant de
chez Pharaon, ils se précipitèrent
sur Moïse et Aaron qui les atten-
daient. 21 Ils leur dirent : « Que le
Seigneur constate et qu'il juge : à
cause de vous, Pharaon et ses serviteurs ne peuvent plus nous sentir ; c'est leur mettre en main l'é-
pée pour nous tuer. »

22 Moïse retourna vers le Seigneur et dit : « Seigneur, pourquoi
as-tu maltraité ce peuple ? Pourquoi donc m'as-tu envoyé ? 23 Depuis que je suis venu vers Pharaon pour parler en ton nom, il a
maltraité ce peuple et tu n'as absolument pas délivré ton peuple. »

6 1 Le Seigneur dit à Moïse :
« Maintenant, tu vas voir
ce que je vais faire à Pharaon :
Par main forte[1], ils les laissera
    partir,
par main forte, il les chassera
    de son pays ! »

Dieu promet à Moïse de délivrer Israël

2 Dieu adressa la parole à
Moïse. Il lui dit :
« C'est moi le Seigneur.

3 Je suis apparu à Abraham, à
Isaac et à Jacob comme Dieu
Puissant[2], mais sous mon nom, le

Seigneur, je ne me suis pas fait
connaître d'eux. 4 Puis j'ai établi
mon *alliance avec eux, pour leur
donner le pays de Canaan, pays
de leurs migrations, où ils étaient
des émigrés. 5 Enfin, j'ai entendu
la plainte des fils d'Israël, asservis
par les Egyptiens, et je me suis
souvenu de mon alliance.

6 C'est pourquoi, dis aux fils
d'Israël :

C'est moi le Seigneur.
Je vous ferai sortir des corvées
    d'Egypte,
je vous délivrerai de leur servi-
    tude,
je vous revendiquerai[1] avec
    puissance et autorité,

7 je vous prendrai comme mon
    peuple à moi, et pour vous, je
    serai Dieu.
Vous connaîtrez que c'est moi,
    le Seigneur, qui suis votre
    Dieu : celui qui vous fait sortir
    des corvées d'Egypte.

8 Je vous ferai entrer dans le
    pays que, la main levée[2], j'ai
    donné à Abraham, à Isaac et à
    Jacob.
Je vous le donnerai en posses-
    sion.
C'est moi le Seigneur. »

9 Moïse parla ainsi aux fils
d'Israël, mais ils n'écoutèrent pas
Moïse, tant leur dure servitude les
décourageait.

10 Le Seigneur dit à Moïse :
11 « Va ! Parle à Pharaon, roi d'E-
gypte. Qu'il laisse partir les fils
d'Israël de son pays ! » 12 Mais
Moïse parla ainsi devant le Seigneur : « Voici que les fils d'Israël
ne m'ont pas écouté. Comment

---

1. La *main forte* est celle de Dieu, voir 3.19 et la note.
2. *Dieu Puissant* : voir Gn 17.1 et la note.

1. *Je vous revendiquerai* ou *je vous délivrerai.*
2. *la main levée* : geste accompagnant un serment ; on peut aussi traduire *je vous ferai entrer dans le pays que j'ai juré de donner à* …

Pharaon m'écouterait-il, moi qui suis incirconcis des lèvres[1] ? »

13 Le Seigneur parla à Moïse et à Aaron et leur communiqua ses ordres pour les fils d'Israël et pour Pharaon, roi d'Egypte, en vue de faire sortir les fils d'Israël du pays d'Egypte.

Liste des ancêtres de Moïse et Aaron

14 Voici les chefs[2] de leurs familles patriarcales :

fils de Ruben, premier-né d'Israël : Hanok et Pallou, Hèçrôn et Karmi — tels sont les clans de Ruben.

15 Et fils de Siméon; Yemouël, Yamîn, Ohad, Yakîn, Çohar et Shaoul, le fils de la Cananéenne — tels sont les clans de Siméon.

16 Et voici les noms des fils de Lévi, selon leur descendance : Guershôn, Qehath et Merari. La durée de la vie de Lévi fut de 137 ans.

17 Fils de Guershôn : Livni et Shiméï, selon leurs clans.

18 Et fils de Qehath : Amrâm, Yicehar, Hébron et Ouzziël. La durée de la vie de Qehath fut de 133 ans.

19 Et fils de Merari : Mahli et Moushi. Tels sont les clans de Lévi selon leur descendance.

20 Amrâm prit pour femme sa tante Yokèvèd; elle lui enfanta Aaron et Moïse. La durée de la vie d'Amrâm fut de 137 ans.

21 Et fils de Yicehar : Coré, Nèfèg et Zikri.

22 Et fils d'Ouzziël : Mishaël, Elçafân et Sitri.

23 Aaron prit pour femme Elisabeth, fille d'Amminadav, soeur de Nahshôn; elle lui enfanta Nadav, Avihou, Eléazar et Itamar.

24 Et fils de Coré : Assir, Elqana et Aviasaf. Tels sont les clans des Coréites.

25 Eléazar, fils d'Aaron, avait pris pour femme une fille de Poutiël; elle lui enfanta Pinhas.

Tels sont les chefs de famille des Lévites selon leurs clans.

26 Voilà donc Aaron et Moïse, à qui le Seigneur avait dit : « Faites sortir les fils d'Israël du pays d'Egypte, rangés en armées[1] »; 27 ce sont eux qui parlèrent à Pharaon, roi d'Egypte, pour faire sortir d'Egypte les fils d'Israël. Voilà donc Moïse et Aaron.

Dieu renouvelle sa promesse à Moïse

28 Et le jour où le Seigneur parla à Moïse au pays d'Egypte, 29 le jour où il parla ainsi à Moïse : « C'est moi le Seigneur, redis à Pharaon, roi d'Egypte, tout ce que je te dis », 30 Moïse dit devant le Seigneur : « Me voici incirconcis des lèvres[2]. Comment Pharaon m'écouterait-il ? »

7 1 Mais le Seigneur dit à Moïse : « Vois, je t'établis comme dieu pour Pharaon et ton frère Aaron sera ton prophète[3]. 2 C'est toi qui diras tout ce que je t'ordonnerai et ton frère Aaron

---

1. *moi qui suis incirconcis des lèvres* : expression imagée signifiant *moi qui n'ai pas la parole facile.*
2. La liste généalogique des versets 14-25 reprend le début de la liste de Gn 46.8-27, jusqu'à 46.11, puis s'en écarte pour donner la généalogie détaillée des descendants de Lévi, qui forment la classe sacerdotale.

1. *rangés en armées* : il ne s'agit pas exactement de troupes militaires; Moïse doit veiller à l'organisation du départ, pour éviter une débandade.
2. *incirconcis des lèvres* : voir v. 12 et la note.
3. *dieu pour Pharaon ... prophète* : comparer 4.16 et la note.

parlera à Pharaon pour qu'il laisse partir de son pays les fils d'Israël; 3 mais moi, je rendrai inflexible le *coeur de Pharaon. Je multiplierai mes signes et mes prodiges au pays d'Egypte, 4 mais Pharaon ne vous écoutera pas. Je poserai ma main sur l'Egypte et d'autorité je ferai sortir mes armées[1], mon peuple, les fils d'Israël, hors du pays d'Egypte. 5 Alors les Egyptiens connaîtront que c'est moi le Seigneur, quand j'étendrai la main contre l'Egypte; et je ferai sortir du milieu d'eux les fils d'Israël. » 6 Moïse et Aaron firent ainsi; ils firent exactement ce que le Seigneur leur avait ordonné. 7 Moïse avait 80 ans et Aaron 83 quand ils parlèrent à Pharaon.

Pharaon refuse d'écouter Moïse et Aaron

8 Le Seigneur dit à Moïse et à Aaron : 9 « Si *Pharaon vous parle ainsi : Faites donc un prodige, — tu diras à Aaron : Prends ton bâton, jette-le devant Pharaon, et qu'il devienne un dragon[2] ! » 10 Moïse et Aaron vinrent chez Pharaon et firent comme le Seigneur l'avait ordonné. Aaron jeta son bâton devant Pharaon et devant ses serviteurs, et le bâton devint un dragon. 11 Mais de son côté, Pharaon appela les sages et les enchanteurs; et ces magiciens d'Egypte firent la même chose avec leurs sortilèges : 12 chacun jeta son bâton, qui devint un dragon. Mais le bâton d'Aaron engloutit leurs bâtons. 13 Cepen-

dant, le *coeur de Pharaon resta endurci; il n'écouta pas Moïse et Aaron, comme l'avait dit le Seigneur.

Premier fléau : l'eau changée en sang

14 Le Seigneur dit à Moïse : *« Pharaon s'obstine; il refuse de laisser partir le peuple. 15 Va vers Pharaon dès le matin, quand il sortira pour se rendre près de l'eau. Attends-le au bord du Fleuve[1]. Et le bâton qui s'est changé en serpent, prends-le en main. 16 Dis à Pharaon : Le Seigneur, le Dieu des Hébreux, m'avait envoyé te dire : Laisse partir mon peuple pour qu'il me serve au désert; mais jusqu'ici tu n'as pas écouté. 17 Ainsi parle le Seigneur : À ceci tu connaîtras que c'est moi le Seigneur : je vais frapper les eaux du Fleuve avec le bâton que j'ai en main elles se changeront en sang. 18 Les poissons du Fleuve mourront, le Fleuve deviendra puant et les Egyptiens seront incapables de boire les eaux du Fleuve. » 19 Le Seigneur dit à Moïse : « Dis à Aaron : Prends ton bâton, étends la main sur les eaux d'Egypte — sur ses rivières, ses canaux, ses étangs, partout où il y a de l'eau —; qu'elles soient du sang ! Qu'il y ait du sang dans tout le pays d'Egypte, dans les récipients de bois comme dans le récipient de pierre ! » 20 Moïse et Aaron firent comme le Seigneur l'avait ordonné.

Il leva le bâton et frappa les eaux du Fleuve sous les yeux de Pharaon et de ses serviteurs.

---

1. *mes armées* : voir 6.26 et la note.
2. *dragon* ou *serpent;* le terme hébreu n'est pas le même qu'en 4.3 et en 7.15.

1. *du Fleuve* ou *du Nil.*

Toutes les eaux du Fleuve se changèrent en sang. 21 Les poissons du Fleuve moururent, le Fleuve devint puant et les Egyptiens ne purent boire les eaux du Fleuve. Il y eut du sang dans tout le pays d'Egypte. 22 Mais les magiciens d'Egypte firent la même chose avec leurs sortilèges. Le *coeur de Pharaon resta endurci, il n'écouta pas Moïse et Aaron, comme l'avait dit le Seigneur.

23 Pharaon s'en retourna et rentra chez lui sans même prendre cela au sérieux. 24 Tous les Egyptiens creusèrent aux abords du Fleuve pour boire de l'eau, car ils ne pouvaient boire les eaux du Fleuve. 25 Sept jours s'accomplirent après que le Seigneur eut frappé le Fleuve.

Deuxième fléau : les grenouilles

26 Le Seigneur dit à Moïse : « Entre chez *Pharaon et dis-lui : Ainsi parle le Seigneur : Laisse partir mon peuple pour qu'il me serve. 27 Si tu refuses toujours de le laisser partir, je vais frapper tout ton territoire du fléau des grenouilles. 28 Le Fleuve[1] pullulera de grenouilles, elles monteront et entreront dans ta maison, dans ta chambre à coucher, sur ton lit, dans la maison de tes serviteurs, chez ton peuple, dans tes fours, dans tes pétrins. 29 Sur toi, sur ton peuple, sur tous tes serviteurs, grimperont les grenouilles. »

8 1 Le Seigneur dit à Moïse : « Dis à Aaron : Etends la main, avec ton bâton, sur les rivières, les canaux, les étangs, et fais monter les grenouilles sur le pays d'Egypte. » 2 Aaron étendit la main sur les eaux d'Egypte; les grenouilles montèrent et couvrirent le pays d'Egypte. 3 Mais les magiciens avec leurs sortilèges firent de même : ils firent monter les grenouilles sur le pays d'Egypte.

4 Pharaon appela Moïse et Aaron et dit : « Priez le Seigneur d'éloigner les grenouilles de moi et de mon peuple, et je laisserai partir le peuple pour qu'il *sacrifie au Seigneur. » 5 Moïse dit à Pharaon : « Daigne me fixer le moment auquel je dois prier pour toi, tes serviteurs et ton peuple, afin de faire disparaître les grenouilles de chez toi et de tes maisons, en sorte qu'il n'en reste que dans le Fleuve. » 6 Il dit : « Demain. » Moïse dit : « Comme tu l'as dit et pour que tu connaisses que nul n'est comme le Seigneur, notre Dieu, 7 les grenouilles s'éloigneront de toi, de tes maisons, de tes serviteurs et de ton peuple, en sorte qu'il n'en reste que dans le Fleuve. » 8 Moïse et Aaron sortirent de chez Pharaon. Moïse cria vers le Seigneur au sujet des grenouilles dont il avait accablé Pharaon. 9 Le Seigneur agit selon la parole de Moïse. Les grenouilles moururent, disparaissant des maisons, des cours et des champs. 10 On en ramassa des tas et des tas et le pays en devint puant. 11 Voyant qu'il y avait un répit, Pharaon s'obstina. Il n'écouta pas Moïse et Aaron, comme l'avait dit le Seigneur.

Troisième fléau : les moustiques

12 Le Seigneur dit à Moïse : « Dis à Aaron : Etends ton Bâton et frappe la poussière de la terre;

---

1. *Le Fleuve* ou *Le Nil.*

elle deviendra moustiques[1] dans
tout le pays d'Egypte. » 13 Ils firent ainsi. Aaron étendit la main
avec son bâton et frappa la poussière de la terre. Et il y eut des
moustiques sur les hommes et sur
les bêtes. Toute la poussière de la
terre devint moustiques dans tout
le pays d'Egypte. 14 Les magiciens avec leurs sortilèges essayè-
rent aussi de produire des moustiques, mais ils ne réussirent pas. Et
il y eut des moustiques sur les
hommes et sur les bêtes. 15 Les
magiciens dirent à *Pharaon :
« C'est le doigt de Dieu[2]. » Mais le
*coeur de Pharaon resta endurci.
Il n'écouta pas Moïse et Aaron,
comme l'avait dit le Seigneur.

Quatrième fléau : la vermine

16 Le Seigneur dit à Moïse :
« Lève-toi de bon matin et présente-toi devant *Pharaon, quand
il sortira pour se rendre près de
l'eau. Dis-lui : Ainsi parle le Seigneur : Laisse partir mon peuple
pour qu'il me serve. 17 Si tu ne
laisses pas partir mon peuple, je
vais envoyer la vermine[3] sur toi,
tes serviteurs, ton peuple, tes maisons. Les maisons des Egyptiens
seront pleines de vermine et
même le sol où ils se tiennent.
18 Ce jour-là, je ferai une distinction pour le pays de Goshèn[4], où
mon peuple se tient; là il n'y aura
pas de vermine, pour que tu
connaisses que moi, le Seigneur,
je suis au milieu du pays. 19 Je

ferai un geste libérateur pour séparer mon peuple de ton peuple.
Ce signe aura lieu demain. » 20 Le
Seigneur fit ainsi. La vermine entra en masse dans la maison de
Pharaon, dans la maison de ses
serviteurs et dans tout le pays; le
pays était infesté de vermine.

21 Pharaon appela Moïse et
Aaron et dit : « Allez, *sacrifiez à
votre Dieu dans ce pays ! »
22 Moïse dit : « Il ne convient pas
de faire ainsi, car ce que nous
sacrifions au Seigneur, notre
Dieu, est abominable pour les
Egyptiens[1]. Pourrions-nous faire
sous leurs yeux un sacrifice qui
leur est abominable sans qu'ils
nous lapident ? 23 C'est à trois
jours de marche dans le désert
que nous voulons aller pour sacrifier au Seigneur, notre Dieu, de la
manière qu'il nous dira. » 24 Pharaon dit : « Je vous laisserai partir
et vous sacrifierez au Seigneur,
votre Dieu, dans le désert. Seulement n'allez pas trop loin ! Priez
pour moi. » 25 Moïse dit : « Eh
bien, je vais sortir de chez toi
pour prier le Seigneur et la vermine s'éloignera de Pharaon, de
ses serviteurs et de son peuple dès
demain. Seulement, que Pharaon
cesse de se moquer, en ne laissant
pas le peuple aller sacrifier au
Seigneur ! » 26 Moïse sortit de
chez Pharaon et pria le Seigneur.
27 Le Seigneur agit selon la parole de Moïse. La vermine s'éloigna de Pharaon, de ses serviteurs
et de son peuple. Il n'en resta pas
du tout.

---

1. *moustiques* ou *moucherons, poux.*
2. *C'est le doigt de Dieu* ou *C'est le doigt d'un dieu,* autrement dit, c'est Dieu (ou un dieu) qui a réalisé cela. L'expression se rencontre plusieurs fois dans des textes magico-religieux égyptiens.
3. *la vermine* ou *les mouches venimeuses.*
4. *le pays de Goshèn* : voir Gn 45.10 et la note.

1. *abominable pour les Egyptiens* : les Egyptiens considéraient comme sacrées plusieurs espèces d'a-nimaux que les Israélites offraient en sacrifice.

28 Même cette fois-là, Pharaon s'obstina et il ne laissa pas partir le peuple.

Cinquième fléau : la peste du bétail

9 1 Le Seigneur dit à Moïse : « Entre chez *Pharaon et dis-lui : Ainsi parle le Seigneur, le Dieu des Hébreux : Laisse partir mon peuple pour qu'il me serve. 2 Si tu refuses toujours de le laisser partir, si tu persistes à le retenir, 3 la main du Seigneur sera sur les troupeaux qui sont dans tes champs, sur les chevaux, les ânes, les chameaux, les boeufs et les moutons : ce sera une peste très grave ! 4 Le Seigneur fera une distinction entre les troupeaux d'Israël et les troupeaux des Egyptiens. Rien ne mourra de ce qui appartient aux fils d'Israël. » 5 Et le Seigneur fixa un terme en disant : « Demain, le Seigneur fera cela dans le pays. » 6 Et le Seigneur fit cela le lendemain : tous les troupeaux des Egyptiens moururent, mais dans les troupeaux des fils d'Israël, pas une bête ne mourut. 7 Pharaon envoya constater : pas un seul mort dans les troupeaux d'Israël ! Mais le *coeur de Pharaon resta obstiné; il ne laissa pas partir le peuple.

Sixième fléau : les furoncles

8 Le Seigneur dit à Moïse et à Aaron : « Prenez deux pleines poignées de suie de fournaise et Moïse la lancera en l'air devant *Pharaon. 9 Se répandant en poussière sur tout le pays d'Egypte, elle provoquera des furon-cles bourgeonnant en pustules[1] chez les hommes et les bêtes de tout le pays d'Egypte. » 10 Ils prirent de la suie de fournaise et se tinrent devant Pharaon; Moïse la lança en l'air, et elle provoqua des furoncles bourgeonnant en pustules chez les hommes et les bêtes. 11 Et les magiciens ne purent se tenir devant Moïse à cause des furoncles, car les furoncles couvraient les magiciens et tous les Egyptiens. 12 Mais le Seigneur endurcit le *coeur de Pharaon, qui n'écouta pas Moïse et Aaron, comme l'avait dit le Seigneur à Moïse.

Septième fléau : la grêle

13 Le Seigneur dit à Moïse : « Lève-toi de bon matin et présente-toi devant *Pharaon. Dis-lui : Ainsi parle le Seigneur, le Dieu des Hébreux : Laisse partir mon peuple pour qu'il me serve. 14 Car cette fois-ci, j'enverrai tous mes fléaux contre toi-même, contre tes serviteurs et ton peuple, afin que tu connaisses que nul n'est comme moi sur la terre. 15 Si j'avais laissé aller ma main, je t'aurais frappé de la peste, toi et ton peuple, et tu aurais disparu de la terre. 16 Mais voici pourquoi je t'ai maintenu : pour te faire voir ma force, afin qu'on publie mon *nom par toute la terre. 17 Tu persistes à faire obstacle au départ de mon peuple. 18 Demain à la même heure, je vais faire pleuvoir une grêle très violente, telle qu'il n'y en a jamais eu en Egypte depuis

---

1. *pustules* : maladie de la peau, indéterminée.

le jour de sa fondation[1] jusqu'à maintenant. 19 Et maintenant, envoie mettre à l'abri tes troupeaux et tout ce qui t'appartient dans les champs. Tout homme et toute bête qui seront trouvés aux champs et n'auront pas été ramenés à la maison, la grêle leur tombera dessus et ils mourront. » 20 Parmi les serviteurs de Pharaon, celui qui craignit la parole du SEIGNEUR abrita ses serviteurs et ses troupeaux dans les maisons, 21 celui qui ne prit pas au sérieux la parole du SEIGNEUR laissa aux champs ses serviteurs et ses troupeaux.

22 Le SEIGNEUR dit à Moïse : « Etends la main vers le ciel et qu'il grêle sur tout le pays d'Egypte, sur les hommes et les bêtes, et sur toute l'herbe des champs dans le pays d'Egypte. » 23 Moïse étendit son bâton vers le ciel et le SEIGNEUR déchaîna le tonnerre et la grêle; la foudre s'abattit sur la terre et le SEIGNEUR fit tomber la grêle sur le pays d'Egypte. 24 Grêle, foudre mêlée à la grêle : ce fut si violent que tout le pays d'Egypte n'avait rien vu de semblable depuis qu'il était une nation. 25 Dans tout le pays d'Egypte, la grêle frappa tout ce qui était aux champs, hommes et bêtes; la grêle frappa toute l'herbe des champs et brisa tous les arbres des champs. 26 La grêle n'épargna que le pays de Goshèn[2], où se trouvaient les fils d'Israël.

27 Pharaon fit appeler Moïse et Aaron et leur dit : « Cette fois-ci, j'ai péché; c'est le SEIGNEUR qui est le juste; moi et mon peuple, nous sommes les coupables. 28 Priez le SEIGNEUR ! Assez de tonnerre et de grêle ! Je vous laisserai partir, vous ne resterez pas plus longtemps. » 29 Moïse lui dit : « Au sortir de la ville, je tendrai les mains vers le SEIGNEUR; le tonnerre cessera, il n'y aura plus de grêle, pour que tu connaisses que la terre appartient au SEIGNEUR. 30 Mais toi et tes serviteurs, je sais que vous ne craignez pas encore le SEIGNEUR Dieu. »

31 Le lin et l'orge furent frappés, car l'orge était en épis et le lin en fleurs. 32 Le froment et l'épeautre[1] ne furent pas frappés, car ils sont plus tardifs. 33 Moïse sortit de chez Pharaon et de la ville, et il tendit les mains vers le SEIGNEUR; le tonnerre et la grêle cessèrent, la pluie ne se déversa plus sur la terre. 34 Pharaon vit que pluie, grêle et tonnerre avaient cessé, mais il pécha encore. Lui et ses serviteurs s'obstinèrent. 35 Le *coeur de Pharaon resta endurci : il ne laissa pas partir les fils d'Israël, comme l'avait dit le SEIGNEUR par Moïse.

Huitième fléau : les sauterelles

10 1 Le SEIGNEUR dit à Moïse : « Entre chez *Pharaon, car c'est moi qui ai voulu son obstination et celle de ses serviteurs, afin de mettre au milieu d'eux les signes de ma présence[2] 2 et afin

---

1. *depuis le jour de sa fondation* : cette expression, fréquente dans les textes égyptiens, désigne le moment où l'Egypte a reçu son organisation politique (voir v. 24). Le fléau mentionné ici apparaît comme particulièrement grave, quand on sait que les orages sont rares en Egypte.
2. *le pays de Goshèn* : voir Gn 45.10 et la note.

---

1. *épeautre* : variété de blé.
2. *afin de mettre au milieu d'eux les signes de ma présence* : autre traduction *afin d'opérer mes prodiges au milieu d'eux.*

que tu racontes à ton fils et au fils de ton fils comment je me suis joué des Egyptiens et comment j'ai mis chez eux mes signes. Et vous connaîtrez que c'est moi le Seigneur. » 3 Moïse et Aaron entrèrent chez Pharaon et lui dirent : « Ainsi parle le Seigneur, le Dieu des Hébreux : Jusques à quand refuseras-tu de t'humilier devant moi ? Laisse partir mon peuple pour qu'il me serve. 4 Si tu refuses toujours de laisser partir mon peuple, je ferai venir dès demain les sauterelles sur ton territoire. 5 Elles recouvriront le pays si bien qu'on ne pourra plus le voir. Elles mangeront le reste de ce qui a échappé, ce que la grêle vous a laissé[1], elles mangeront tous vos arbres qui poussent dans les champs. 6 Elles rempliront tes maisons, les maisons de tous tes serviteurs et les maisons de tous les Egyptiens — ce que n'ont pas vu tes pères[2] ni les pères de tes pères depuis que ils furent sur terre jusqu'à ce jour. » Moïse s'en retourna et sortit de chez Pharaon.

7 Les serviteurs de Pharaon lui dirent : « Jusques à quand cet individu sera-t-il pour nous un piège ? Laisse partir les hommes pour qu'ils servent le Seigneur, leur Dieu. Ne sais-tu pas encore que l'Egypte dépérit ? » 8 On fit revenir Moïse et Aaron auprès de Pharaon et il leur dit : « Allez ! Servez le Seigneur, votre Dieu. Mais qui va partir ? » 9 Moïse dit : « Nous irons avec nos enfants et nos vieillards, nous irons avec nos fils et nos filles, notre petit et notre gros bétail. Car c'est pour nous un pèlerinage[3] en l'honneur

du Seigneur. » 10 Il leur dit : « Que le Seigneur soit avec vous si je vous laisse partir avec vos enfants[1] ! Voyez comme vous cherchez le mal ! 11 Ça ne se passera pas ainsi ! Allez donc, vous les hommes, et servez le Seigneur puisque c'est ce que vous cherchez. » Et on les chassa de chez Pharaon.

12 Le Seigneur dit à Moïse : « Etends la main sur le pays d'Egypte pour appeler les sauterelles : qu'elles s'élèvent au-dessus du pays d'Egypte ! Qu'elles mangent toute l'herbe du pays, tout ce qu'a laissé la grêle. » 13 Moïse étendit son bâton sur le pays d'Egypte et le Seigneur dirigea un vent d'est sur le pays, tout ce jour-là et toute la nuit. Vint le matin : le vent d'est avait apporté les sauterelles. 14 Les sauterelles s'élevèrent au-dessus de tout le pays d'Egypte et se posèrent sur tout son territoire : une telle masse de sauterelles qu'il n'y en eut jamais autant, avant comme après. 15 Elles recouvrirent tout le pays qui en fut obscurci[2]. Elles mangèrent toute l'herbe du pays et tous les fruits des arbres restés après la grêle. Il ne resta rien de vert sur les arbres et dans les prairies de tout le pays d'Egypte.

16 Pharaon se hâta d'appeler Moïse et Aaron et dit : « J'ai péché contre le Seigneur, votre Dieu, et contre vous. 17 Et maintenant, daigne pardonner ma faute encore une fois. Priez le

---

1. *ce que la grêle vous a laissé* : voir 9.32.
2. *tes pères* ou *tes ancêtres*.
3. *un pèlerinage* : voir 5.1 et la note.

1. *Que le Seigneur … vos enfants !* : bénédiction ironique de Pharaon, qui n'a nullement l'intention de les laisser partir ; on peut aussi traduire *Que le Seigneur soit avec vous, tout comme je vais vous laisser partir …*

2. Un nuage de sauterelles, comprenant des millions d'insectes, peut intercepter partiellement la clarté du soleil.

Seigneur, votre Dieu, pour qu'il veuille seulement éloigner de moi cette mort. » 18 Moïse sortit de chez Pharaon et pria le Seigneur. 19 Le Seigneur changea le vent en un très fort vent d'ouest qui emporta les sauterelles et les repoussa vers la *mer des Joncs. Il ne resta pas une sauterelle sur tout le territoire de l'Egypte.

20 Mais le Seigneur endurcit le *coeur de Pharaon qui ne laissa pas partir les fils d'Israël.

Neuvième fléau : les ténèbres

21 Le Seigneur dit à Moïse : « Etends ta main vers le ciel. Qu'il y ait des ténèbres sur le pays d'Egypte, des ténèbres où l'on tâtonne[1] ! » 22 Moïse étendit sa main vers le ciel et, pendant trois jours, il y eut des ténèbres opaques sur tout le pays d'Egypte. 23 Pendant trois jours, personne ne vit son frère ni ne bougea de sa place. Mais tous les fils d'Israël avaient de la lumière là où ils habitaient.

24 *Pharaon appela Moïse et dit : « Allez ! Servez le Seigneur. Seul votre bétail, petit et gros, doit rester. Mais vos enfants peuvent aller avec vous. » 25 Moïse dit : « Est-ce toi qui nous fourniras les sacrifices et les holocaustes[2] que nous ferons au Seigneur, notre Dieu ? 26 Nos troupeaux iront avec nous et pas une bête ne restera. Car c'est parmi eux que nous prendrons de quoi servir le Seigneur, notre Dieu. Nous-mêmes ne saurons pas,

avant d'arriver là-bas, ce que nous devrons offrir au Seigneur. »

27 Mais le Seigneur endurcit le *coeur de Pharaon, qui ne voulut pas les laisser partir.

28 Pharaon lui dit : « Va-t'en ! Garde-toi de revoir ma face. Le jour où tu reverras ma face, tu mourras ! » 29 Moïse dit : « Comme tu l'as dit ! Je ne reverrai plus ta face ! »

Annonce du dixième fléau

11 1 Le Seigneur dit à Moïse : « Je vais amener une dernière plaie sur *Pharaon et sur l'Egypte. Après cela, il vous laissera partir d'ici et même, au lieu de vous laisser partir, il vous chassera définitivement d'ici. 2 Dis donc au peuple de demander chacun à son voisin, chacune à sa voisine, des objets d'argent et des objets d'or. » 3 Et le Seigneur accorda au peuple la faveur des Egyptiens. De plus, Moïse lui-même était très grand dans le pays d'Egypte, aux yeux des serviteurs de Pharaon et aux yeux du peuple.

4 Moïse dit : « Ainsi parle le Seigneur : Vers minuit, je sortirai au milieu de l'Egypte. 5 Tout premier-né mourra dans le pays d'Egypte, du premier-né de Pharaon qui doit s'asseoir sur son trône au premier-né de la servante qui est à la meule et à tout premier-né du bétail. 6 Il y aura un grand cri dans tout le pays d'Egypte, tel qu'il n'y en eut jamais et qu'il n'y en aura jamais plus. 7 Mais chez tous les fils d'Israël, pas un chien

---

1. *des ténèbres où l'on tâtonne* ou *des ténèbres qu'on puisse palper.*
2. *holocaustes* : voir au glossaire SACRIFICES.

ne grognera[1] contre homme ou
bête, afin que vous connaissiez
que le Seigneur fait une distinction entre l'Egypte et Israël.
8 Alors tous tes serviteurs que
voici descendront vers moi et se
prosterneront devant moi en disant : Sors, toi et tout le peuple
qui te suit. Et après cela, je sortirai. » Et Moïse, enflammé de colère, sortit de chez Pharaon.

9 Le Seigneur dit à Moïse :
« Pharaon ne veut pas vous écouter, si bien que mes prodiges se
multiplient dans le pays d'E-
gypte. » 10 Moïse et Aaron avaient
accompli tous ces prodiges devant Pharaon, mais le Seigneur
avait endurci le *coeur de Pharaon qui ne laissa pas partir les
fils d'Israël hors de son pays.

La fête de la Pâque

12 1 Le Seigneur dit à Moïse
et à Aaron dans le pays
d'Egypte : 2 « Ce mois sera pour
vous le premier des mois[2]; c'est
lui que vous mettrez au commencement de l'année. 3 Parlez ainsi à
toute la communauté d'Israël :

Le dix de ce mois, que l'on
prenne une bête[3] par famille, une
bête par maison. 4 Si la maison
est trop peu nombreuse pour une
bête, on la prendra avec le voisin
le plus proche de la maison, selon
le nombre des personnes. Vous
choisirez la bête d'après ce que

chacun peut manger. 5 Vous aurez une bête sans défaut, mâle,
âgée d'un an[1]. Vous la prendrez
parmi les agneaux ou les chevreaux. 6 Vous la garderez jusqu'au quatorzième jour de ce
mois.

Toute l'assemblée de la communauté d'Israël l'égorgera au
crépuscule[2]. 7 On prendra du
sang; on en mettra sur les deux
montants et sur le linteau des
maisons où on la mangera.

8 On mangera la chair cette
nuit-là. On la mangera rôtie au
feu, avec des *pains sans levain et
des herbes amères. 9 N'en mangez
rien cru ou cuit à l'eau, mais seulement rôti au feu, avec la tête,
les pattes et les abats. 10 Vous
n'en aurez rien laissé le matin; ce
qui resterait le matin, brûlez-le.
11 Mangez-la ainsi : la ceinture
aux reins, les sandales aux pieds,
le bâton à la main. Vous la mangerez à la hâte.

C'est la Pâque[3] du Seigneur.
12 Je traverserai le pays d'E-
gypte cette nuit-là. Je frapperai
tout premier-né au pays d'E-
gypte, de l'homme au bétail. Et je
ferai justice de tous les dieux d'E-
gypte. C'est moi le Seigneur.

13 Le sang vous servira de
signe, sur les maisons où vous serez. Je verrai le sang. Je passerai
par-dessus vous et le fléau destructeur ne vous atteindra pas
quand je frapperai le pays d'E-

---

1. *pas un chien ne grognera* (ou *ne grondera*) :
image de la tranquillité totale qui régnera dans la
région où sont installés les Israélites.

2. *le premier des mois* : il s'agit du *mois des Epis*
(voir 13.4), en hébreu *mois d'Abib*, mars-avril; voir
au glossaire CALENDRIER.

3. *une bête* : agneau ou chevreau, comme le précise le v. 5.

---

1. *âgée d'un an* ou *née dans l'année.*

2. *au crépuscule* : autre traduction *entre les deux
soirs*, ce qui peut signifier « entre le déclin du soleil
et son coucher » ou « entre le coucher du soleil et la
nuit ».

3. *la Pâque* : voir au glossaire CALENDRIER.

14 Ce jour-là vous servira de mémorial[1]. Vous ferez ce pèlerinage pour fêter le Seigneur. D'âge en âge — loi immuable — vous le fêterez.

La fête des pains sans levain

15 Pendant sept jours, vous mangerez des *pains sans levain.

Dès le premier jour, vous ferez disparaître le levain de vos maisons. Et quiconque mangera du pain fermenté du premier jour au septième jour, celui-là sera retranché d'Israël[2].

16 Au premier jour, vous aurez une réunion sacrée.

Au septième jour, il en sera de même.

Ces jours-là, on ne fera aucun travail, mais on pourra seulement faire le repas de chacun de vous.

17 Vous observerez la fête des pains sans levain car, en ce jour précis, j'ai fait sortir vos armées[3] du pays d'Egypte. Vous observerez ce jour d'âge en âge, — loi immuable.

18 Au premier mois, le quatorzième jour du mois, au soir, vous mangerez des pains sans levain jusqu'au vingt et unième jour du mois, au soir.

19 Pendant sept jours, on ne trouvera pas de levain dans vos maisons. Et quiconque mangera du pain fermenté — émigré ou indigène du pays — celui-là sera retranché de la communauté d'Israël.

20 Vous ne mangerez aucune pâte fermentée. Où que vous habitiez, vous mangerez des pains sans levain. »

Préparation du repas de la Pâque

21 Moïse appela tous les *anciens d'Israël et leur dit :

« Allez vous procurer du bétail pour vos clans et égorgez la Pâque[1]. 22 Vous prendrez une touffe d'hysope[2], vous la tremperez dans le sang du bassin, vous appliquerez au linteau et aux deux montants le sang du bassin et personne d'entre vous ne franchira la porte de sa maison jusqu'au matin. 23 Le Seigneur traversera l'Egypte pour la frapper et il verra le sang sur le linteau et les deux montants. Alors le Seigneur passera devant la porte et ne laissera pas le Destructeur[3] entrer dans vos maisons pour frapper. 24 Vous observerez tout cela ; c'est un décret pour toi et pour tes fils à jamais.

25 Quand vous serez entrés dans le pays que le Seigneur vous donnera comme il l'a dit, vous observerez ce rite.

26 Quand vos fils vous diront : Qu'est-ce que ce rite que vous faites ?, 27 vous direz : C'est le *sacrifice de la Pâque[4] pour le Seigneur, lui qui passa devant les maisons des fils d'Israël en Egypte, quand il frappa l'Egypte et délivra nos maisons. »

---

1. La fête (*pèlerinage*, voir 5.1 et la note) est l'occasion de « se souvenir » des événements du passé pour les revivre (voir la note sur 13.8) et en remercier Dieu.
2. *retranché d'Israël* : voir Gn 17.14 et la note.
3. *vos armées* : voir 6.26 et la note.

1. *égorgez la Pâque* : la Pâque désigne ici la victime choisie pour le sacrifice de la fête.
2. *hysope* : voir Lv 14.4 et la note.
3. *le Destructeur* (ou *la destruction*) : il s'agit probablement d'un être céleste chargé d'exécuter la volonté divine (comparer Gn 19.13 ; 2 S 24.16).
4. *la Pâque* : voir au glossaire CALENDRIER.

Le peuple s'agenouilla et se prosterna. 28 Les fils d'Israël s'en allèrent et se mirent à l'œuvre; ils firent exactement ce que le Seigneur avait ordonné à Moïse et à Aaron.

Dixième fléau : mort des premiers-nés égyptiens

29 À minuit, le Seigneur frappa tout premier-né au pays d'Egypte, du premier-né de *Pharaon qui devait s'asseoir sur son trône au premier-né du captif dans la prison et à tout premier-né du bétail. 30 Pharaon se leva cette nuit-là, et tous ses serviteurs et tous les Egyptiens et il y eut un grand cri en Egypte car il ne se trouvait pas une maison sans un mort. 31 Il appela de nuit Moïse et Aaron et dit : « Levez-vous ! Sortez du milieu de mon peuple, vous et les fils d'Israël. Allez et servez le Seigneur comme vous l'avez dit. 32 Et votre bétail, le petit comme le gros, prenez-le comme vous l'avez dit et allez ! Et puis, faites-moi vos adieux[1] ! » 33 Les Egyptiens pressèrent le peuple et le laissèrent bien vite partir du pays, car ils disaient : « Nous allons tous mourir ! » 34 Le peuple dut emporter sa pâte avant qu'elle n'eût levé; ils serrèrent les pétrins dans leurs manteaux et les mirent sur l'épaule. 35 Les fils d'Israël avaient agi selon la parole de Moïse; ils avaient demandé aux Egyptiens des objets d'argent, des objets d'or et des manteaux. 36 Le Seigneur avait accordé au peuple la faveur des Egyptiens qui avaient cédé à leur demande. Ainsi dépouillèrent-ils les Egyptiens !

37 Les fils d'Israël partirent de Ramsès pour Soukkoth, environ 600 milliers[1] de fantassins, les hommes sans compter les enfants. 38 Tout un ramassis de gens monta avec eux, avec du petit et du gros bétail en lourds troupeaux. 39 Ils firent cuire la pâte qu'ils avaient fait sortir d'Egypte; elle donna des galettes sans *levain, car elle n'avait pas levé. Chassés d'Egypte sans pouvoir prendre leur temps, ils ne s'étaient même pas fait de provisions.

40 La durée du séjour des fils d'Israël en Egypte fut de 430 ans. 41 Et au bout de 430 ans, en ce jour précis, toutes les armées[2] du Seigneur sortirent du pays d'Egypte. 42 Ce fut là une nuit de veille pour le Seigneur quand il les fit sortir du pays d'Egypte. Cette nuit-là appartient au Seigneur, c'est une veille pour tout les fils d'Israël, d'âge en âge.

Règles pour célébrer la Pâque

43 Le Seigneur dit à Moïse et à Aaron : « Voici le rituel de la Pâque[3] :

— Aucun étranger n'en mangera.

44 — Tout serviteur acquis à prix d'argent, tu le *circonciras et alors il en mangera.

---

1. *faites-moi vos adieux :* autre traduction *bénissez-moi.*

1. *Soukkoth :* localité située, comme *Ramsès* (voir 1.11 et la note), dans le delta du Nil, mais non identifiée. — *Milliers :* voir Nb 1.16 et la note.
2. *en ce jour précis :* le quatorzième jour du mois des Epis, voir v. 6. — *Les armées :* voir 6.26 et la note.
3. *la Pâque :* voir au glossaire CALENDRIER.

45 — Ni l'hôte ni le mercenaire n'en mangeront.

46 — C'est dans une seule maison qu'on la mangera.

— Tu n'en feras pas sortir la chair hors de la maison.

— Ses os, vous ne les briserez pas.

47 — La communauté d'Israël tout entière la célébrera.

48 — Si un émigré installé chez toi veut célébrer la Pâque pour le Seigneur, que tout homme de chez lui soit circoncis. Alors il pourra s'approcher pour la célébrer, il sera comme un indigène du pays. Mais qu'aucun incirconcis n'en mange.

49 — La loi sera la même pour l'indigène et pour l'émigré installé parmi vous. »

50 Tous les fils d'Israël firent ainsi. Ils firent exactement ce que le Seigneur avait ordonné à Moïse et à Aaron.

51 En ce jour précis, le Seigneur fit sortir les fils d'Israël du pays d'Egypte selon leurs armées[1].

Ordre concernant les premiers-nés d'Israël

13 [1] Le Seigneur adressa la parole à Moïse : 2 « Consacre-moi tout premier-né, ouvrant le sein maternel, parmi les fils d'Israël, parmi les hommes comme parmi le bétail. C'est à moi. »

3 Moïse dit au peuple : « Qu'on se souvienne de ce jour où vous êtes sortis d'Egypte, de la maison de servitude, car c'est à main forte que le Seigneur vous a fait sortir de là. On ne mangera pas de pain fermenté. 4 C'est aujourd'hui que vous sortez, au mois des Epis[1]. 5 Alors, quand le Seigneur t'aura fait entrer dans le pays du Cananéen, du Hittite, de l'*Amorite, du Hivvite et du Jébusite — celui qu'il a juré à tes pères de te donner — pays ruisselant de lait et de miel[2],

— tu pratiqueras ce rite en ce mois :

6 Sept jours, tu mangeras des *pains sans levain.

Le septième jour, ce sera fête pour le Seigneur.

7 On mangera des pains sans levain les sept jours.

On ne verra pas de pain fermenté,

on ne verra pas de levain dans tout ton territoire.

8 — Tu transmettras cet enseignement à ton fils en ce jour-là : C'est pour cela que le Seigneur a agi en ma faveur à ma sortie d'Egypte[3].

9 — C'est d'une main forte que le Seigneur t'a fait sortir d'Egypte : voilà qui te tiendra lieu de

---

1. *en ce jour précis* : voir v. 41 et la note. — *Leurs armées* : voir 6.26 et la note.

1. *mois des Epis* : voir au glossaire CALENDRIER.
2. Voir 3.8 et la note.
3. *C'est pour cela*, c'est-à-dire « pour que je célèbre la fête de la délivrance »; ou, autre traduction *c'est à cause de ce que le Seigneur a fait pour moi ... — ma sortie d'Egypte* : en tous les temps et en tous les lieux, le croyant juif se considère comme ayant été personnellement libéré de l'esclavage en Egypte.

signe sur la main, de mémorial[1] entre les yeux, afin qu'en ta bouche soit la loi du Seigneur.

10 — Tu observeras ce décret à sa date, d'année en année.

11 Alors, quand le Seigneur t'aura fait entrer dans le pays du Cananéen — comme il l'a juré à toi et à tes pères — et qu'il te l'aura donné, 12 tu feras passer au Seigneur tout ce qui ouvre le sein maternel et tout ce qui ouvre la matrice du bétail qui t'appartient : les mâles sont au Seigneur ! 13 Tout premier-né des ânes[2], tu le rachèteras par un mouton. Si tu ne le rachètes pas, tu lui rompras la nuque. Tout premier-né d'homme parmi tes fils, tu le rachèteras.

14 Alors, quand ton fils te demandera demain : Pourquoi cela ?, Tu lui diras : C'est à main forte que le Seigneur nous a fait sortir d'Egypte, de la maison de servitude. 15 En effet, comme *Pharaon faisait des difficultés pour nous laisser partir, le Seigneur tua tout premier-né au pays d'Egypte, du premier-né de l'homme au premier-né du bétail. C'est pourquoi je *sacrifie au Seigneur tout mâle qui ouvre le sein maternel, mais tout premier-né de mes fils, je le rachète.

16 C'est à main forte que le Seigneur nous a fait sortir d'Egypte : voilà qui te tiendra lieu de signe sur la main et de marque entre les yeux. »

Dieu conduit la marche de son peuple

17 Quand *Pharaon laissa partir le peuple, Dieu ne le conduisit pas par la route du pays des Philistins, bien qu'elle fût la plus directe[1]. Dieu s'était dit : « Il ne faudrait pas que, à la vue des combats, le peuple renonce et qu'il revienne en Egypte ! » 18 Dieu détourna le peuple vers le désert de la *mer des Joncs. C'est en ordre de bataille[2] que les fils d'Israël étaient montés du pays d'Egypte.

19 Moïse prit avec lui les ossements de Joseph, car celui-ci avait exigé des fils d'Israël un serment[3] en leur disant : « Dieu ne manquera pas d'intervenir en votre faveur; alors vous ferez monter d'ici mes ossements avec vous. »

20 Ils partirent de Soukkoth et campèrent à Etâm[4], en bordure du désert. 21 Le Seigneur lui-même marchait à leur tête : colonne de nuée[5] le jour, pour leur ouvrir la route — colonne de feu la nuit, pour les éclairer; ils pouvaient ainsi marcher jour et

---

1. *signe, mémorial* : dans certaines communautés religieuses, on marquait son appartenance au groupe par des *signes* extérieurs tels que des tatouages ou des objets de piété. Pour l'Israélite, la parole rappelant la délivrance d'Egypte devrait être aussi présente et concrète que ces signes matériels dans l'existence. A une époque plus tardive, sur la base de ce texte parmi d'autres, on a introduit dans la piété juive l'usage des « phylactères », petites boîtes contenant des versets bibliques, que l'on portait au poignet ou sur le front (voir Mt 23.5 et la note).
2. L'*âne* est un animal impur, c'est-à-dire qui ne peut pas être offert en sacrifice à Dieu.

1. Cette *route*, qui longeait la Méditerranée, était surveillée militairement par les Egyptiens. — Sur les *Philistins*, voir Gn 26.1 et la note.
2. *en ordre de bataille* ou *en bon ordre*, ou encore *bien équipés*.
3. *un serment* : voir Gn 50.24-25.
4. *Etâm* : localité non identifiée.
5. La *nuée* signale la présence du Seigneur auprès de son peuple; c'est une présence tout à la fois proche et cachée (voir 19.9). Dans le culte ultérieur, on a symbolisé cette nuée par les nuages d'encens brûlé sur l'autel des parfums (voir Lv 16.2, 13).

nuit. 22 Le jour, la colonne de nuée ne quittait pas la tête du peuple; ni, la nuit, la colonne de feu.

Pharaon poursuit les Israélites

14 1 Le Seigneur adressa la parole à Moïse : 2 « Dis aux fils d'Israël de revenir camper devant Pi-Hahiroth, entre Migdol et la mer — c'est devant Baal-Cefôn[1], juste en face, que vous camperez, au bord de la mer — ; 3 alors, *Pharaon dira des fils d'Israël : Les voilà qui errent affolés dans le pays ! Le désert s'est refermé sur eux ! 4 J'endurcirai le *coeur de Pharaon et il les poursuivra. Mais je me glorifierai aux dépens de Pharaon et de toutes ses forces, et les Egyptiens connaîtront que c'est moi le Seigneur. » Ils firent ainsi.

5 On annonça au roi d'Egypte que le peuple avait pris la fuite. Pharaon et ses serviteurs changèrent d'idée au sujet du peuple et ils dirent : « Qu'avons-nous fait là ? Nous avons laissé Israël quitter notre service ! » 6 Il attela son char et prit son peuple avec lui. 7 Il prit 600 chars d'élite, et tous les chars d'Egypte, chacun avec des écuyers. 8 Le Seigneur endurcit le coeur de Pharaon, roi d'Egypte, qui poursuivit les fils d'Israël, ces fils d'Israël qui sortaient la main haute[2]. 9 Les Egyptiens les poursuivirent et les rattrapèrent comme ils campaient au bord de la mer — tous les attelages de Pharaon, ses cavaliers et ses forces — près de Pi-Hahiroth, devant Baal-Cefôn.

10 Pharaon s'était approché. Les fils d'Israël levèrent les yeux : voici que l'Egypte s'était mise en route derrière eux ! Les fils d'Israël eurent grand-peur et crièrent vers le Seigneur. 11 Ils dirent à Moïse : « L'Egypte manquait-elle de tombeaux que tu nous aies emmenés mourir au désert ? Que nous as-tu fait là, en nous faisant sortir d'Egypte ? 12 Ne te l'avions-nous pas dit en Egypte : Laisse-nous servir les Egyptiens ! Mieux vaut pour nous servir les Egyptiens que mourir au désert. » 13 Moïse dit au peuple : « N'ayez pas peur ! Tenez bon ! Et voyez le salut que le Seigneur réalisera pour vous aujourd'hui. Vous qui avez vu les Egyptiens aujourd'hui, vous ne les reverrez plus jamais. 14 C'est le Seigneur qui combattra pour vous. Et vous, vous resterez cois ! »

Dieu ouvre un passage à travers la mer

15 Le Seigneur dit à Moïse : « Qu'as-tu à crier vers moi ? Parle aux fils d'Israël : qu'on se mette en route ! 16 Et toi, lève ton bâton, étends la main sur la mer, fends-la : et que les fils d'Israël pénètrent au milieu de la mer à pied sec. 17 Et moi, je vais endurcir le *coeur des Egyptiens pour qu'ils y pénètrent derrière eux et que je me glorifie aux dépens de *Pharaon et de toutes ses forces, de ses chars et de ses cavaliers. 18 Ainsi les Egyptiens connaîtront que c'est moi le Seigneur, quand je me serai glorifié aux dépens de

---

1. *Pi-Hahiroth, Migdol, Baal-Cefôn* : aucun de ces trois endroits n'est identifié; *Pi-Hahiroth* pourrait signifier « embouchure des canaux », *Migdol*, « fortin » et *Baal-Cefôn*, « Baal du nord ».
2. *la main haute* : expression signifiant la liberté retrouvée.

Pharaon, de ses chars et de ses cavaliers. »

19 L'*ange de Dieu qui marchait en avant du camp d'Israël partit et passa sur leurs arrières. La colonne de nuée[1] partit de devant eux et se tint sur leurs arrières. 20 Elle s'inséra entre le camp des Egyptiens et le camp d'Israël. Il y eut la nuée, mais aussi les ténèbres; alors elle éclaira la nuit. Et l'on ne s'approcha pas l'un de l'autre de toute la nuit.

21 Moïse étendit la main sur la mer. Le Seigneur refoula la mer toute la nuit par un vent d'est puissant et il mit la mer à sec. Les eaux se fendirent 22 et les fils d'Israël pénétrèrent au milieu de la mer à pied sec, les eaux formant une muraille à leur droite et à leur gauche. 23 Les Egyptiens les poursuivirent et pénétrèrent derrière eux — tous les chevaux de Pharaon, ses chars et ses cavaliers — jusqu'au milieu de la mer.

24 Or, au cours de la veille du matin[2], depuis la colonne de feu et de nuée, le Seigneur observa le camp des Egyptiens et il mit le désordre dans le camp des Egyptiens. 25 Il bloqua[3] les roues de leurs chars et en rendit la conduite pénible. L'Egypte dit : « Fuyons loin d'Israël, car c'est le Seigneur qui combat pour eux contre l'Egypte ! » 26 Le Seigneur dit à Moïse : « Etends la main sur la mer : que les eaux reviennent sur l'Egypte, sur ses chars et ses cavaliers ! » 27 Moïse étendit la main sur la mer. À l'approche du matin, la mer revint à sa place habituelle, tandis que les Egyptiens fuyaient à sa rencontre. Et le Seigneur se débarrassa des Egyptiens au milieu de la mer. 28 Les eaux revinrent et recouvrirent les chars et les cavaliers; de toutes les forces de Pharaon qui avaient pénétré dans la mer derrière Israël, il ne resta personne. 29 Mais les fils d'Israël avaient marché à pied sec au milieu de la mer, les eaux formant une muraille à leur droite et à leur gauche.

30 Le Seigneur, en ce jour-là, sauva Israël de la main de l'Egypte et Israël vit l'Egypte morte sur le rivage de la mer. 31 Israël vit avec quelle main puissante le Seigneur avait agi contre l'Egypte. Le peuple craignit le Seigneur, il mit sa foi dans le Seigneur et en Moïse son serviteur.

Le Cantique de Moïse et des Israélites

15 1 Alors, avec les fils d'Israël, Moïse chanta ce cantique au Seigneur. Ils dirent :
Je veux chanter le Seigneur,
il a fait un coup d'éclat.
Cheval et cavalier,
en mer il les jeta.

2 Ma force et mon chant, c'est le Seigneur.
Il a été pour moi le salut.
C'est lui mon Dieu, je le louerai;
le Dieu de mon père, je l'exalterai.

3 Le Seigneur est un guerrier.
Le Seigneur, c'est son nom.

---

1. Voir 13.21 et la note.
2. La *veille du matin* désigne la dernière période de la nuit, entre 2 et 6 h du matin environ (la nuit était subdivisée en trois veilles).
3. *Il bloqua* : d'après les anciennes versions grecque et syriaque, et le texte samaritain; hébreu : *il détacha*.

4 Chars et forces de *Pharaon,
  à la mer il les lança.
  La fleur de ses écuyers
  sombra dans la *mer des
  Joncs.

5 Les abîmes les recouvrent,
  ils descendirent au gouffre
  comme une pierre.

6 Ta droite, SEIGNEUR,
  éclatante de puissance,
  ta droite, SEIGNEUR,
  fracasse l'ennemi.

7 Superbe de grandeur,
  tu abats tes adversaires.
  Tu brûles d'une fureur
  qui les dévore comme le
  chaume.

8 Au souffle de tes narines[1],
  les eaux s'amoncelèrent,
  les flots se dressèrent comme
  une digue,
  les abîmes se figèrent au coeur
  de la mer.

9 L'ennemi se disait :
  Je poursuis, je rattrape,
  je partage le butin,
  ma gorge s'en gave.
  Je dégaine mon épée,
  ma main les dépossède !

10 Tu fis souffler ton vent,
   la mer les recouvrit.
   Ils s'engouffrèrent comme du
   plomb
   dans les eaux formidables.

11 Qui est comme toi parmi les
   dieux, SEIGNEUR ?
   Qui est comme toi, éclatant de
   *sainteté ?
   Redoutable en ses exploits ?
   Opérant des merveilles ?

12 Tu étendis ta droite,
   la terre les avale[1].

13 Tu conduisis par ta fidélité
   le peuple que tu as revendiqué
   tu le guidas par ta force
   vers ta sainte demeure[2].

14 Les peuples ont entendu : ils
   frémissent.
   Un frisson a saisi
   les habitants de Philistie.

15 Alors furent effrayés
   les chefs d'Edom.
   Un tremblement saisit
   les princes de Moab.
   Tous les habitants de Canaan
   sont ébranlés[3].

16 Tombent sur eux
   la terreur et l'effroi.
   Sous la grandeur de ton bras[4]
   ils se taisent, pétrifiés,
   tant que passe ton peuple, SEI-
   GNEUR,
   tant que passe le peuple que tu
   as acquis.

17 Tu les fais entrer et tu les
   plantes
   sur la montagne[5], ton héritage.
   Tu as préparé, SEIGNEUR,
   un lieu pour y habiter.
   Tes mains ont fondé,
   ô Seigneur, un *sanctuaire.

18 Le SEIGNEUR règne à tout jamais !

19 Le cheval de Pharaon avait
   pénétré dans la mer, avec ses
   chars et ses cavaliers, et le SEI-
   GNEUR avait fait revenir sur eux
   les eaux de la mer : mais les fils

1. *Au souffle de tes narines* ou *Sous l'effet de ta
colère.*

1. *la terre les avale :* le pronom *les* désigne *les
ennemis,* comme aux versets 9-10.
2. *revendiqué* ou *délivré.* — La *sainte demeure*
du Seigneur désigne ici le pays promis.
3. *Canaan* est le pays promis; la *Philistie* (v. 14),
Edom et *Moab* sont des régions voisines.
4. *la grandeur de ton bras* ou *la puissance de
ton bras.*
5. Le pays de Canaan est en partie montagneux;
et c'est au sommet d'une *montagne* que sera construit le temple de Jérusalem, *sanctuaire* du
Seigneur.

d'Israël, eux, avaient marché à pied sec au milieu de la mer.

20 La *prophétesse Miryam, soeur d'Aaron, prit en main le tambourin; toutes les femmes sortirent à sa suite, dansant et jouant du tambourin. 21 Et Miryam leur entonna :

« Chantez le Seigneur,
il a fait un coup d'éclat.
Cheval et cavalier,
en mer il les jeta ! »

LA MARCHE DES ISRAÉLITES
DANS LE DÉSERT

L'eau de Mara

22 Moïse fit partir Israël de la *mer des Joncs et ils sortirent vers le désert de Shour[1]. Ils marchèrent trois jours au désert sans trouver d'eau. 23 Ils arrivèrent à Mara, mais ne purent boire l'eau de Mara, car elle était amère — d'où son nom « Mara[2]. » 24 Le peuple murmura contre Moïse en disant : « Que boirons-nous ? » 25 Celui-ci cria vers le Seigneur et le Seigneur lui indiqua un arbre d'une certaine espèce. Il en jeta un morceau dans l'eau et l'eau devint douce.

C'est là qu'il leur fixa des lois et coutumes.

C'est là qu'il les mit à l'épreuve.

26 Il dit : « Si tu entends bien la voix du Seigneur, ton Dieu, si tu fais ce qui est droit à ses yeux, si tu prêtes l'oreille à ses commandements, si tu gardes tous ses décrets, je ne t'infligerai aucune des maladies que j'ai infligées à l'E-gypte, car c'est moi le Seigneur qui te guéris. »

27 Ils arrivèrent à Elîm[1] : il y a là douze sources d'eau et 70 palmiers. Ils campèrent là, près de l'eau.

La manne et les cailles

16 1 Ils partirent d'Elîm et toute la communauté des fils d'Israël arriva au désert de Sîn[2], entre Elîm et le Sinaï, le quinzième jour du deuxième mois après leur sortie du pays d'E-gypte. 2 Dans le désert, toute la communauté des fils d'Israël murmura contre Moïse et Aaron. 3 Les fils d'Israël leur dirent : « Ah ! si nous étions morts de la main du Seigneur au pays d'E-gypte, quand nous étions assis près du chaudron de viande, quand nous mangions du pain[3] à satiété ! Vous nous avez fait sortir dans ce désert pour laisser mourir de faim toute cette assemblée ! »

---

1. Le *désert de Shour* est la partie nord de la péninsule du Sinaï, située entre le *torrent d'Egypte* (voir Nb 34.5 et la note) et l'actuel canal de Suez.
2. L'hébreu *mara* signifie *amère;* la localité de *Mara* se trouvait probablement sur la rive est du golfe de Suez.

1. *Elim :* localité située vraisemblablement un peu au sud de Mara.
2. *désert de Sîn :* étendue de sable située au sud-est d'Elîm, appelée aujourd'hui Debbet Er-Ramlé. (Ne pas confondre avec le *désert de Cîn,* voir Nb 13.21 et la note).
3. *du pain* ou *de la nourriture.*

4 Le S**EIGNEUR** dit à Moïse : « Du haut du ciel, je vais faire pleuvoir du pain pour vous. Le peuple sortira pour recueillir chaque jour la ration quotidienne, afin que je le mette à l'épreuve : marchera-t-il ou non selon ma loi ? 5 Le sixième jour, quand ils prépareront ce qu'ils auront rapporté, ils en auront deux fois plus que la récolte de chaque jour[1].

6 Moïse et Aaron dirent à tous les fils d'Israël : « Ce soir, vous connaîtrez que c'est le S**EIGNEUR** qui vous a fait sortir du pays d'Egypte ; 7 le matin, vous verrez la gloire du S**EIGNEUR**, parce qu'il a entendu vos murmures contre le S**EIGNEUR**. Nous, que sommes-nous, que vous murmuriez contre nous ? » 8 — Moïse voulait dire : « Vous la verrez quand le S**EIGNEUR** vous donnera le soir de la viande à manger, le matin du pain à satiété, parce que le S**EIGNEUR** a entendu les murmures que vous murmurez contre lui. Nous, que sommes-nous ? Ce n'est pas contre nous que vous murmurez, mais bien contre le S**EIGNEUR**.

9 Moïse dit à Aaron : « Dis à toute la communauté des fils d'Israël : Approchez-vous du S**EIGNEUR**, car il a entendu vos murmures. » 10 Et comme Aaron parlait à toute la communauté des fils d'Israël, ils se tournèrent vers le désert : alors, la gloire du S**EIGNEUR** apparut dans la nuée[2].

11 Le S**EIGNEUR** adressa la parole à Moïse : 12 « J'ai entendu les murmures des fils d'Israël. Parle-leur ainsi : Au crépuscule,

vous mangerez de la viande ; le matin, vous vous rassasierez de pain et vous connaîtrez que c'est moi le S**EIGNEUR**, votre Dieu. » 13 Le soir même, les cailles montèrent[1] et elles recouvrirent le camp ; et le matin, une couche de rosée entourait le camp. 14 La couche de rosée se leva ; alors, sur la surface du désert, il y avait quelque chose de fin, de crissant, quelque chose de fin tel du givre, sur la terre. 15 Les fils d'Israël regardèrent et se dirent l'un à l'autre : « Mân hou ? » (« Qu'est-ce que c'est[2] » ?) car ils ne savaient pas ce que c'était. Moïse leur dit : « C'est le pain que le S**EIGNEUR** vous donne à manger. 16 Voici que le S**EIGNEUR** a ordonné : Recueillez-en autant que chacun peut manger. Vous en prendrez un omer[3] par tête, d'après le nombre de vos gens, chacun pour ceux de sa tente. » 17 Les fils d'Israël firent ainsi ; ils en recueillirent, qui plus, qui moins. 18 Ils mesurèrent à l'omer : rien de trop à qui avait plus et qui avait moins n'avait pas trop peu. Chacun avait recueilli autant qu'il pouvait en manger.

Règles diverses concernant la manne

19 Moïse leur dit : « Que personne n'en garde jusqu'au matin ! » 20 Certains n'écoutèrent pas Moïse et en gardèrent jusqu'au

---

1. deux *fois plus* ... : pour ne pas avoir besoin d'en ramasser le septième jour, jour du *sabbat (voir versets 22-30).
2. *la nuée* : voir 13.21 et la note.

1. *les cailles montèrent* : un grand vol de cailles monte de l'horizon jusqu'au moment où les oiseaux, épuisés par le voyage, s'abattent sur le sol.
2. Il y a jeu de mots en hébreu : *mân hou* peut être une question : « Qu'est-ce que (*mân*) c'est ? » ou une affirmation : « C'est de la manne ! » (*Mân*) ; voir v. 31 et la note.
3. *omer* : voir au glossaire POIDS ET MESURES.

matin; mais cela fut infesté de vers et devint puant. Alors Moïse s'irrita contre eux.

21 Ils en recueillaient matin après matin, autant que chacun pouvait en manger. Quand le soleil chauffait, cela fondait.

22 Le sixième jour, ils recueillirent le double de pain, deux homers[1] pour chacun. Tous les responsables de la communauté vinrent l'annoncer à Moïse. 23 Il leur dit : «C'est là ce que le Seigneur avait dit : Demain, c'est *sabbat, jour de repos consacré au Seigneur. Cuisez ce qui est à cuire, faites bouillir ce qui est à bouillir. Ce qui est en trop déposez-le en réserve jusqu'au matin. 24 Ils le déposèrent jusqu'au matin, comme l'avait ordonné Moïse. Il n'y eut ni puanteur, ni vermine. 25 Moïse dit : «Mangez-le aujourd'hui. Aujourd'hui, c'est le sabbat du Seigneur. Aujourd'hui, vous n'en trouverez pas dehors. 26 Vous en recueillerez pendant six jours, mais le septième jour, c'est le sabbat : il n'y en aura pas.» 27 Or le septième jour, il y eut dans le peuple des gens qui sortirent pour en recueillir et ils ne trouvèrent rien. 28 Le Seigneur dit à Moïse : «Jusques à quand refuserez-vous de garder mes commandements et mes lois ? 29 Considérez que, si le Seigneur vous a donné le sabbat, il vous donne aussi, le sixième jour, le pain de deux jours. Demeurez chacun à votre place. Que personne ne sorte de chez soi le sep-

tième jour.» 30 Le peuple se reposa donc le septième jour.

31 La maison d'Israël donna à cela le nom de manne. C'était comme de la graine de coriandre[1], c'était blanc, avec un goût de beignets au miel.

32 Moïse dit : «Voici ce que le Seigneur a ordonné : qu'on en remplisse un omer en réserve pour vos descendants, afin qu'ils voient le pain dont je vous ai nourris au désert, en vous faisant sortir du pays d'Egypte.» 33 Moïse dit à Aaron : «Prends un vase, mets-y un plein omer de manne et dépose-le devant le Seigneur, en réserve pour vos descendants.» 34 Comme le Seigneur l'avait ordonné à Moïse, Aaron le déposa devant la *charte en réserve[2].

35 Les fils d'Israël mangèrent de la manne pendant 40 ans jusqu'à leur arrivée en pays habité; c'est de la manne qu'ils mangèrent jusqu'à leur arrivée aux confins du pays de Canaan.

36 L'omer est un dixième d'épha[3].

L'eau de Massa et Mériba

17 1 Toute la communauté des fils d'Israël partit du désert de Sîn, poursuivant ses étapes sur

---

1. *omers :* voir au glossaire POIDS ET MESURES.

1. *le nom de manne :* voir v. 15 et la note. — Il s'agit vraisemblablement de gouttelettes solidifiées de la sève d'un arbuste, le tamaris; en juin-juillet, de nuit, des pucerons piquent l'écorce de l'arbuste pour sucer la sève; des piqûres s'échappent alors ces gouttelettes qui peuvent servir de nourriture. — La *coriandre* est une plante ombellifère dont les graines, aromatiques, ressemblent à de grosses têtes d'épingles gris clair.
2. *en réserve,* c'est-à-dire pour la conserver.
3. *épha :* voir au glossaire POIDS ET MESURES.

ordre du Seigneur. Ils campèrent à Refidîm[1] mais il n'y avait pas d'eau à boire pour le peuple. 2 Le peuple querella Moïse : « Donnez-nous de l'eau à boire », dirent-ils. Moïse leur dit : « Pourquoi me querellez-vous ? Pourquoi mettez-vous le Seigneur à l'épreuve[2] ? »

3 Là-bas, le peuple eut soif; le peuple murmura contre Moïse : « Pourquoi donc, dit-il, nous as-tu fait monter d'Egypte ? Pour me laisser mourir de soif, moi, mes fils et mes troupeaux ? » 4 Moïse cria au Seigneur : « Que dois-je faire pour ce peuple ? Encore un peu, ils vont me lapider. » 5 Le Seigneur dit à Moïse : « Passe devant le peuple, prends avec toi quelques *anciens d'Israël; le bâton dont tu as frappé le Fleuve[3], prends-le en main et va. 6 Je vais me tenir devant toi, là, sur le rocher — en Horeb[4] —. Tu frapperas le rocher, il en sortira de l'eau et le peuple boira. » Moïse fit ainsi, aux yeux des anciens d'Israël.

7 Il appela ce lieu du nom de Massa et Mériba — Epreuve et Querelle[5] à cause de la querelle des fils d'Israël et parce qu'ils mirent le Seigneur à l'épreuve en disant : « Le Seigneur est-il au milieu de nous, oui ou non ? »

Les Amalécites attaquent les Israélites

8 Alors, Amaleq[1] vint se battre avec Israël à Refidîm. 9 Moïse dit à Josué : « Choisis-nous des hommes et sors te battre contre Amaleq; demain[2], je serai debout au sommet de la colline, le bâton de Dieu en main. » 10 Comme Moïse le lui avait dit, Josué engagea le combat contre Amaleq, tandis que Moïse, Aaron et Hour étaient montés au sommet de la colline. 11 Alors, quand Moïse élevait la main, Israël était le plus fort; quand il reposait la main, Amaleq était le plus fort. 12 Les mains de Moïse se faisant lourdes[3], ils prirent une pierre, la placèrent sous lui et il s'assit dessus. Aaron et Hour, un de chaque côté, lui soutenaient les mains. Ainsi, ses mains tinrent fermes jusqu'au coucher du soleil 13 et Josué fit céder Amaleq et son peuple au tranchant de l'épée.

14 Le Seigneur dit à Moïse : « Écris cela en mémorial sur le livre[4] et transmets-le aux oreilles de Josué :

J'effacerai la mémoire d'Amaleq,

je l'effacerai de sous le ciel ! »

15 Moïse bâtit un *autel, lui donna le nom de « le Seigneur, mon étendard », 16 et dit :

---

1. *Refidîm* : endroit non identifié, qui devait se trouver dans les environs du mont Sinaï.
2. *Donnez-nous* : le pluriel (donnez) s'adresse à Moïse et Aaron. — *Mettre à l'épreuve* ou *tenter, défier.*
3. *le Fleuve* ou *le Nil.*
4. *Horeb* : voir 3.1 et la note.
5. *Epreuve et Querelle* : en hébreu, les deux noms *Massa* (epreuve) et *Mériba* (*Querelle*) sont dérivés des deux verbes traduits par *mettre à l'épreuve* et *quereller* au v. 2.

1. *Amaleq* est un nom collectif désignant des tribus (Amalécites) habitant dans les régions sises au sud de la Palestine, mais qui pouvaient fort bien se déplacer occasionnellement dans toute la péninsule du Sinaï. Ils furent des ennemis acharnés d'Israël, voir v. 16.
2. *Autre traduction* ... *sors demain te battre contre Amaleq; je serai* ...
3. *Les mains de Moïse se faisant lourdes* ou *quand les bras de Moïse furent fatigués.*
4. *Ecris cela en mémorial sur le livre* ou *ecris cela dans un livre pour en conserver le souvenir.* On ignore de quel livre il s'agit.

« Puisqu'une main s'est levée[1] contre le trône du Seigneur, c'est la guerre entre le Seigneur et Amaleq d'âge en âge ! »

Moïse et son beau-père Jéthro

18 1 Jéthro[2] prêtre de Madiân, beau-père de Moïse, entendit parler de tout ce que Dieu avait fait pour Moïse et pour Israël son peuple : le Seigneur avait fait sortir Israël d'Egypte ! 2 Jéthro, beau-père de Moïse, prit Cippora, femme de Moïse — c'était après qu'elle eut été renvoyée[3] — 3 et ses deux fils : l'un avait pour nom Guershôm[4] — Emigré-là — car, avait-il dit : « Je suis devenu un émigré en terre étrangère » 4 et l'autre Eliézer[5] — mon Dieu est secours — car : « C'est le Dieu de mon père qui est venu à mon secours et m'a délivré de l'épée de *Pharaon. 5 Jéthro, beau-père de Moïse, ses fils et sa femme s'en allèrent vers Moïse, au désert où il campait, à la montagne de Dieu[6]. 6 Il fit dire à Moïse : « C'est moi Jéthro, ton beau-père, qui viens vers toi ainsi que ta femme et ses deux fils avec elle. » 7 Moïse sortit à la rencontre de son beau-père, se prosterna et l'embrassa; ils échangèrent les salutations et entrèrent sous la tente.

8 Moïse raconta à son beau-père tout ce que le Seigneur avait fait à Pharaon et à l'Egypte à cause d'Israël, toutes les difficultés survenues en chemin, dont le Seigneur les avait délivrés. 9 Jéthro se réjouit de tout le bien que le Seigneur avait fait à Israël, en le délivrant de la main des Egyptiens. 10 Et Jéthro dit : « Béni soit le Seigneur qui vous a délivrés de la main des Egyptiens et de la main de Pharaon, qui a délivré le peuple de la main des Egyptiens ! 11 Je reconnais maintenant que le Seigneur fut plus grand que tous les dieux, même dans leur rage contre les siens[1]. » 12 Jéthro, beau-père de Moïse, participa à un holocauste[2] et à des sacrifices offerts à Dieu. Aaron et tous les *anciens d'Israël vinrent manger le repas devant Dieu avec le beau-père de Moïse.

Moïse nomme des chefs pour rendre la justice

13 Or, le lendemain Moïse siégeait pour juger le peuple et le peuple restait devant Moïse du matin au soir. 14 Le beau-père de Moïse vit tout ce que celui-ci faisait pour le peuple : « Que fais-tu là pour le peuple ? dit-il. Pourquoi sièges-tu seul tandis que tout le peuple est debout devant toi du matin au soir ? » 15 Moïse dit à son beau-père : « C'est que le peuple vient à moi pour consulter Dieu. 16 S'ils ont une affaire, ils viennent à moi; je règle le litige qu'ils ont entre eux et je fais connaître les décrets de Dieu et

---

1. Sur l'expression *lever la main contre,* voir 1 R 11.26 et la note.
2. Voir 3.1.
3. *Cippora* : voir 2.21. — On ignore quand et pourquoi Moïse avait *renvoyé* sa femme.
4. *Guershôm* : voir 2.22.
5. *Eliézer* : première mention de ce second fils de Moïse dans le texte hébreu; une ancienne version latine en parle déjà en 2.22.
6. *montagne de Dieu* : voir 3.1 et la note.

---

1. *même dans leur rage contre les siens* : texte obscur et traduction incertaine.
2. *holocauste* : voir au glossaire SACRIFICES.

ses lois. » 17 Le beau-père de Moïse lui dit : « Ta façon de faire n'est pas bonne. 18 Tu vas t'épuiser, ainsi que ce peuple qui est avec toi. La tâche est trop lourde pour toi. Tu ne peux l'accomplir seul. 19 Maintenant, écoute ma voix ! Je te donne un conseil et que Dieu soit avec toi ! Sois donc le représentant du peuple en face de Dieu : c'est toi qui porteras les affaires devant Dieu, 20 qui aviseras les gens des décrets et lois, qui leur feras connaître le chemin à suivre et la conduite à tenir. 21 Et puis, tu discerneras, dans tout le peuple, des hommes de valeur, craignant Dieu, dignes de confiance, incorruptibles et tu les établiras sur eux comme chefs de milliers, chefs de centaines, chefs des cinquantaines et chefs de dizaines. 22 Ils jugeront le peuple en permanence. Tout ce qui a de l'importance, ils te le présenteront, mais ce qui en a moins, ils le jugeront eux-mêmes. Allège ainsi ta charge. Qu'ils la portent avec toi ! 23 Si tu fais cela, Dieu te donneras ses ordres, tu pourras tenir et, de plus, tout ce peuple rentrera chez lui en paix. » 24 Moïse écouta la voix de son beau-père et fit tout ce qu'il avait dit. 25 Dans tout Israël, Moïse choisit des hommes de valeur et les plaça à la tête du peuple : chefs de milliers, chefs de centaines, chefs de cinquantaines et chefs de dizaines. 26 Ils jugeaient le peuple en permanence. Ce qui était difficile, ils le présentaient à Moïse, en tout ce qui l'était moins, ils le jugeaient eux-mêmes.

27 Et Moïse laissa partir son beau-père, qui s'en alla dans son pays.

DIEU FAIT ALLIANCE AVEC ISRAËL

Dieu propose une alliance à Israël

19 1 Le troisième mois après leur sortie du pays d'Egypte, aujourd'hui même[1], les fils d'Israël arrivèrent au désert de Sinaï. 2 Ils partirent de Refidîm[2], arrivèrent au désert de Sinaï et campèrent dans le désert. — Israël campa ici, face à la montagne, 3 mais Moïse monta vers Dieu.

Le Seigneur l'appela de la montagne en disant : « Tu diras ceci à la maison de Jacob et tu transmettras cet enseignement aux fils d'Israël[1] : 4 Vous avez vu vous-mêmes ce que j'ai fait à l'egypte, comment je vous ai portés sur des ailes d'aigles et vous ai fait arriver jusqu'à moi. 5 Et maintenant, si vous entendez ma voix et gardez mon *alliance,

---

1. *aujourd'hui même* : autre traduction *en ce jour-là*, mais le jour n'est pas précisé.
2. *Refidîm* : voir 17.1 et la note.

1. Les expressions *maison de Jacob* (ou *famille de Jacob*) et *fils d'Israël* (ou *descendants d'Israël*) sont équivalentes.

vous serez ma part personnelle[1] parmi tous les peuples — puisque c'est à moi qu'appartient toute la terre — 6 et vous serez pour moi un royaume de prêtres[2] et une nation *sainte. Telles sont les paroles que tu diras aux fils d'Israël. » 7 Moïse vint; il appela les *anciens du peuple et leur exposa toutes ces paroles, ce que le Seigneur lui avait ordonné. 8 Tout le peuple répondit, unanime : « Tout ce que le Seigneur a dit, nous le mettrons en pratique. » Et Moïse rapporta au Seigneur les paroles du peuple.

9 Le Seigneur dit à Moïse : « Voici, je vais arriver jusqu'à toi dans l'épaisseur de la nuée[3], afin que le peuple entende quand je parlerai avec toi et qu'en toi aussi, il mette sa foi à jamais. » Et Moïse transmit au Seigneur les paroles du peuple.

Dieu rencontre Moïse sur le mont Sinaï

10 Le Seigneur dit à Moïse : « Va vers le peuple et *sanctifie-le aujourd'hui et demain; qu'ils lavent leurs manteaux, 11 qu'ils soient prêts pour le troisième jour, car c'est au troisième jour que le Seigneur descendra sur la montagne de Sinaï aux yeux de tout le peuple. 12 Fixe des limites pour le peuple en disant : Gardez-vous de monter sur la montagne et d'en toucher les abords.

Quiconque touchera la montagne sera mis à mort ! 13 Nulle main ne touchera le coupable, mais il sera lapidé ou percé de traits. Bête ni homme ne survivra. Quand la trompe retentira, quelques-uns[1] monteront sur la montagne. » 14 Moïse descendit de la montagne vers le peuple, il sanctifia le peuple, ils lavèrent leurs manteaux 15 et il dit au peuple : « Soyez prêts dans trois jours. N'approchez pas vos femmes. »

16 Or, le troisième jour, quand vint le matin, il y eut des voix, des éclairs, une nuée[2] pesant sur la montagne et la voix d'un cor très puissant; dans le camp, tout le peuple trembla. 17 Moïse fit sortir le peuple à la rencontre de Dieu hors du camp, et ils se tinrent tout en bas de la montagne. 18 La montagne de Sinaï n'était que fumée, parce que le Seigneur y était descendu dans le feu; sa fumée monta, comme la fumée d'une fournaise, et toute la montagne trembla violemment. 19 La voix du cor s'amplifia : Moïse parlait et Dieu lui répondait par la voix du tonnerre.

20 Le Seigneur descendit sur la montagne de Sinaï, au sommet de la montagne, et le Seigneur appela Moïse au sommet de la montagne. Moïse monta. 21 Le Seigneur dit à Moïse : « Descends et avertis le peuple de ne pas se précipiter vers le Seigneur pour voir; il en tomberait beaucoup. 22 Et que même les prêtres qui s'approchent du Seigneur se sanctifient de peur que le Seigneur ne s'emporte contre eux. » 23 Moïse dit au Seigneur : « Le

---

1. *ma part personnelle* ou *mon trésor le plus précieux.*
2. L'expression *royaume de prêtres* désigne soit un peuple chargé d'un rôle sacerdotal, c'est-à-dire d'un rôle d'intermédiaire entre Dieu et les autres nations, soit un peuple gouverné par des prêtres au lieu de rois, ce qui fut réalisé après le retour de l'exil babylonien.
3. *la nuée :* voir 13.21 et la note.

1. *quelques-uns :* voir 24.1, 9-11.
2. *des voix* ou *des coups de tonnerre :* voir v. 19.
— *une nuée :* voir 13.21 et la note.

peuple ne peut pas monter sur la montagne de Sinaï, puisque toi, tu nous as avertis en disant : Délimite la montagne et tiens-la pour sacrée ! » 24 Le SEIGNEUR lui dit : « Redescends, puis tu monteras avec Aaron. Quant aux prêtres et au peuple, qu'ils ne se précipitent pas pour monter vers le SEIGNEUR, de peur qu'il ne s'emporte contre eux ! » 25 Moïse descendit vers le peuple et leur dit[1] ...

Le contrat d'alliance : Les Dix Commandements

20 1 Et Dieu prononça toutes ces paroles[2].

2 « C'est moi le SEIGNEUR, ton Dieu, qui t'ai fait sortir du pays d'Egypte, de la maison de servitude :

3 Tu n'auras pas d'autres dieux face à moi[3].

4 Tu ne te feras pas d'idole, ni rien qui ait la forme de ce qui se trouve au ciel là-haut, sur terre ici-bas ou dans les eaux sous la terre. 5 Tu ne te prosterneras pas devant ces dieux et tu ne les serviras pas, car c'est moi le SEIGNEUR, ton Dieu, un Dieu jaloux[4], poursuivant la faute des pères chez les fils sur trois et quatre générations — s'ils me haïssent — 6 mais prouvant sa fidélité à des milliers de générations — si elles m'aiment et gardent mes commandements.

7 Tu ne prononceras pas à tort le nom du SEIGNEUR, ton Dieu, car le SEIGNEUR n'acquitte pas celui qui prononce son nom à tort.

8 Que du jour du *sabbat on fasse un mémorial[1] en le tenant pour sacré. 9 Tu travailleras six jours, faisant tout ton ouvrage, 10 mais le septième jour, c'est le sabbat du SEIGNEUR, ton Dieu. Tu ne feras aucun ouvrage, ni toi, ni ton fils, ni ta fille, pas plus que ton serviteur, ta servante, tes bêtes ou l'émigré que tu as dans tes villes. 11 Car en six jours, le SEIGNEUR a fait le ciel et la terre, la mer et tout ce qu'ils contiennent, mais il s'est reposé le septième jour. C'est pourquoi le SEIGNEUR a béni le jour du sabbat et l'a consacré.

12 Honore ton père et ta mère, afin que tes jours se prolongent sur la terre que te donne le SEIGNEUR, ton Dieu.

13 Tu ne commettras pas de meurtre.

14 Tu ne commettras pas d'adultère.

15 Tu ne commettras pas de rapt[2].

16 Tu ne témoigneras pas faussement contre ton prochain.

17 Tu n'auras pas de visées sur la maison de ton prochain. Tu n'auras de visées ni sur la femme de ton prochain, ni sur son serviteur, sa servante, son bœuf ou son âne, ni sur rien qui appartienne à ton prochain. »

---

1. *leur dit* ... : la phrase reste inachevée.
2. *ces paroles* : le « Décalogue » (ou les « Dix Commandements ») est conservé aussi en Dt 5.6-21, sous une forme légèrement différente.
3. *face à moi* ou *devant ma face* ou *que moi.*
4. *un Dieu jaloux* : parler de la « jalousie » de Dieu, c'est affirmer que Dieu ne supporte pas que les hommes adorent ou simplement reconnaissent d'autres dieux que lui.

1. *Que du jour ... un mémorial :* autre traduction *Souviens-toi du jour du sabbat.*
2. *Tu ne commettras pas de rapt :* ce commandement viserait les atteintes à la liberté d'autrui, c'est-à-dire le *rapt* de personnes pour en faire des esclaves (voir 21.16) ; les atteintes aux biens d'autrui sont en tout cas interdites par le v. 17. — Autre traduction *Tu ne déroberas pas.*

18 Tout le peuple percevait les voix, les flamboiements, la voix du cor et la montagne fumante; le peuple vit, il frémit et se tint à distance. 19 Ils dirent à Moïse : «Parle-nous toi-même et nous entendrons; mais que Dieu ne nous parle pas, ce serait notre mort!» 20 Moïse dit au peuple : «Ne craignez pas! Car c'est pour vous éprouver que Dieu est venu, pour que sa crainte soit sur vous et que vous ne péchiez pas.» 21 Et le peuple se tint à distance, mais Moïse approcha de la nuit épaisse[1] où Dieu était.

Loi concernant l'autel des sacrifices

22 Le SEIGNEUR dit à Moïse : «Ainsi parleras-tu aux fils d'Israël : Vous avez vu vous-mêmes que c'est du haut des *cieux que je vous ai parlé. 23 Vous ne me traiterez pas comme un dieu en argent ni comme un dieu en or — vous ne vous en fabriquerez pas.

24 Tu me feras un *autel de terre pour y sacrifier tes holocaustes[2] et tes sacrifices de paix, ton petit et ton gros bétail; en tout lieu où je ferai rappeler mon *nom, je viendrai vers toi et je te bénirai. 25 Mais si tu me fais un autel de pierres, tu ne bâtiras pas en pierres de taille, car en y passant ton ciseau, tu les profanerais[3]. 26 Tu ne monteras pas par des marches à mon autel, pour que ta nudité n'y soit pas découverte[1].

Loi sur les serviteurs hébreux

21 1 Voici les règles que tu leur exposeras : 2 Quand tu achèteras un serviteur hébreu, il servira six années; la septième, il pourra sortir libre, gratuitement. 3 S'il était entré seul, il sortira seul. S'il possédait une femme, sa femme sortira avec lui. 4 Si c'est son maître qui lui a donné une femme et qu'elle lui a enfanté des fils ou des filles, la femme et ses enfants seront à leur maître, et lui, il sortira seul. 5 Mais si le serviteur déclare : «J'aime mon maître, ma femme et mes fils, je ne veux pas sortir libre», 6 son maître le fera approcher de Dieu[2], il le fera approcher de la porte ou du montant et son maître lui percera l'oreille au poinçon : il le servira à jamais.

7 Et quand un homme vendra sa fille comme servante[3], elle ne sortira pas comme sortent les serviteurs. 8 Si elle déplaît à son maître au point qu'il ne se l'attribue pas, il la fera racheter. Il n'aura pas le droit de la vendre à un peuple étranger, ce serait la trahir. 9 Et s'il l'attribue à son fils, il agira pour elle selon la coutume concernant les filles. 10 S'il en prend une autre pour lui, il ne lui réduira pas la nourriture, le vêtement, la cohabitation. 11 Et

---

1. *nuit épaisse* : autre expression pour désigner la *nuée* (voir 13.21 et la note).
2. *holocaustes* : voir au glossaire SACRIFICES.
3. L'homme, en intervenant avec ses outils, imprime sur les objets sa marque personnelle; seuls les objets tels que Dieu les a créés, c'est-à-dire à l'état brut, naturel, pouvaient être mis au service de Dieu (comparer Dt 2.3-4).

1. a l'origine, le prêtre israélite ne portait qu'un simple pagne autour des reins pendant son service à l'autel.
2. *Le fera approcher de Dieu* : on ne voit pas très bien ce que signifie concrètement cette expression; l'interprétation généralement admise est que Dieu est témoin de cet accord.
3. une *servante* était souvent en même temps une épouse de rang inférieur.

s'il ne lui procure pas ces trois choses, elle pourra sortir gratuitement, sans verser d'argent.

Fautes méritant la peine de mort

12 Qui frappe un homme à mort sera mis à mort. 13 Cependant, celui qui n'a pas guetté sa victime — puisque c'est Dieu qui l'aurait mise sous sa main — je te fixerai un lieu où il pourra fuir[1]. 14 Mais quand un homme est enragé contre son prochain au point de le tuer par ruse, tu l'arracheras même de mon *autel[2] pour qu'il meure.

15 Et qui frappe son père ou sa mère sera mis à mort.

16 Et qui commet un rapt — qu'il ait vendu l'homme ou qu'on le trouve entre ses mains — sera mis à mort.

17 Et qui insulte son père ou sa mère sera mis à mort.

Les coups et blessures

18 Et quand des hommes se querelleront, que l'un frappera l'autre d'une pierre ou du poing et que celui-ci, sans mourir, tombera alité, 19 s'il peut se lever et aller au-dehors avec sa canne, celui qui aura frappé sera acquitté. Il devra seulement lui payer son chômage[3] et le faire soigner jusqu'à sa guérison.

20 Et quand un homme frappera avec un gourdin son serviteur ou sa servante et qu'ils mourront sous sa main, il devra subir vengeance. 21 Mais s'ils se maintiennent un jour ou deux, ils ne seront pas vengés, car ils étaient son argent.

22 Et quand des hommes s'empoigneront et heurteront une femme enceinte, et que l'enfant naîtra sans que malheur arrive, il faudra indemniser comme l'imposera le mari de la femme et payer par arbitrage. 23 Mais si malheur arrive, tu paieras vie pour vie, 24 oeil pour oeil, dent pour dent, main pour main, pied pour pied, 25 brûlure pour brûlure, blessure pour blessure, meurtrissure pour meurtrissure.

26 Et quand un homme frappera l'oeil de son serviteur ou l'oeil de sa servante et l'abîmera, il les laissera aller libres, en compensation de leur oeil. 27 Et si c'est une dent de son serviteur ou une dent de sa servante qu'il fait tomber, il les laissera aller libres, en compensation de leur dent.

28 Et quand un boeuf frappera mortellement de la corne un homme ou une femme, le boeuf sera lapidé et on n'en mangera pas la chair, mais le propriétaire du boeuf sera quitte. 29 Par contre, si le boeuf avait déjà auparavant l'habitude de frapper, que son propriétaire, après avertissement, ne l'ait pas surveillé et qu'il ait causé la mort d'un homme ou d'une femme, le boeuf sera lapidé, mais son propriétaire, lui aussi, sera mis à mort. 30 Si on lui impose une rançon, il donnera en rachat de sa vie tout ce qu'on lui imposera. 31 Qu'il frappe un fils ou qu'il frappe une fille, c'est selon cette règle qu'on le traitera. 32 Si le boeuf frappe un serviteur

---

1. Sur les villes de refuge évoquées dans ce verset, voir Nb 35.9-34.
2. Les *autels* (et les *sanctuaires) ont souvent été reconnus comme lieux de refuge pour les meurtriers (voir 1 R 1.50-53; 2.28-34).
3. *son chômage* ou *son immobilisation*.

ou une servante, on donnera 30 sicles[1] d'argent à leur maître, et le boeuf sera lapidé.

33 Et quand un homme laissera une citerne ouverte, ou qu'il creusera une citerne sans la recouvrir, si un boeuf ou un âne y tombe, 34 le propriétaire de la citerne donnera compensation; il remboursera en argent le propriétaire de la bête morte qui, elle, sera pour lui.

35 Et quand le boeuf d'un homme frappera mortellement le boeuf d'un autre, ils vendront le boeuf vivant et se partageront l'argent; et la bête morte, ils la partageront aussi. 36 S'il était notoire que ce boeuf avait déjà auparavant l'habitude de frapper et que son propriétaire ne l'ait pas surveillé, il donnera un boeuf en compensation du boeuf, et la bête morte sera pour lui.

Les vols d'animaux

37 Quand un homme volera un boeuf ou un mouton et qu'il l'aura abattu ou vendu, il donnera cinq boeufs en compensation du boeuf et quatre moutons en compensation du mouton.

22 1 Si le voleur, surpris à percer un mur, est frappé à mort, pas de vengeance du sang[2] à son sujet. 2 Si le soleil brillait[3] au-dessus de lui, il y aura vengeance du sang à son sujet. — Un voleur devra donner compensation : s'il n'a rien, il sera vendu pour payer son vol. 3 Si la bête

volée — boeuf, âne ou mouton — est retrouvée vivante entre ses mains, c'est au double qu'il donnera compensation.

Les atteintes à la propriété

4 Quand un homme fera pâturer un champ ou une vigne et qu'il laissera son bétail pâturer dans un autre champ, il donnera compensation à partir de son meilleur champ ou de sa meilleure vigne.

5 Quand un feu se propagera pour avoir rencontré des épines et que seront dévorés gerbiers, moissons ou champs[1], l'incendiaire devra donner compensation pour l'incendie.

6 Quand un homme donnera en garde à son prochain de l'argent ou des objets et qu'on les volera de la maison de celui-ci, si le voleur est retrouvé, il donnera compensation au double. 7 Si le voleur n'est pas retrouvé, le propriétaire de la maison s'approchera de Dieu[2], pour qu'on sache s'il n'a pas mis la main sur le bien d'autrui. 8 Pour toute affaire frauduleuse concernant un boeuf, un âne, un mouton, un manteau ou tout objet perdu dont on dira : C'est bien lui, l'affaire des deux parties viendra jusqu'à Dieu; celui que Dieu déclarera coupable donnera à son prochain compensation au double.

9 Quand un homme donnera en garde à son prochain un âne, un boeuf, un mouton ou tout autre animal, et que celui-ci mourra, se

---

1. *sicles* : voir au glossaire MONNAIES.
2. Sur la *vengeance du sang*, voir Nb 35.12 et la note.
3. *Si le soleil brillait*, c'est-à-dire en plein jour; en de telles circonstances, on doit pouvoir se débarrasser du voleur sans le tuer; si on le tue, c'est un meurtre qui appelle vengeance.

---

1. *gerbiers, moissons, champs* désignent, en ordre inversé, les trois états successifs de la culture céréalière : le blé en herbe (*champs*), le blé mûr sur pied (*moissons*) et le blé en gerbes (*gerbiers*).
2. *s'approchera de Dieu* : voir 21.6 et la note.

blessera ou sera razzié sans qu'on l'ait vu, 10 un serment au nom du SEIGNEUR interviendra entre les deux adversaires, comme quoi l'un n'a pas mis la main sur le bien d'autrui; le propriétaire de l'animal acceptera[1] et l'autre ne donnera pas compensation. 11 Mais si l'animal a été volé près de lui, il donnera compensation au propriétaire. 12 Si l'animal a été déchiqueté[2], il le rapportera en témoignage; il ne donnera pas compensation pour l'animal déchiqueté.

13 Et quand un homme empruntera à son prochain un animal qui se blessera ou mourra en l'absence de son propriétaire, il devra donner compensation. 14 Si cela se passe en présence du propriétaire, il ne donnera pas compensation. S'il avait loué, il apportera le prix de sa location[3].

15 Et quand un homme séduira une vierge non fiancée et couchera avec elle, il devra verser la dot[4] pour en faire sa femme. 16 Si le père refuse de la lui donner, l'homme payera en argent comme pour la dot des vierges.

Lois morales et religieuses diverses

17 Une magicienne, tu ne la laisseras pas vivre.

18 Qui couche avec une bête sera mis à mort.

19 Qui *sacrifie aux dieux sera voué à l'interdit[1], sauf si c'est au SEIGNEUR et à lui seul.

20 Tu n'exploiteras ni n'opprimeras l'émigré, car vous avez été des émigrés au pays d'Egypte.

21 Vous ne maltraiterez aucune veuve ni aucun orphelin. 22 Si tu le maltraites et s'il crie vers moi, j'entendrai son cri, 23 ma colère s'enflammera, je vous tuerai par l'épée, vos femmes seront veuves et vos fils orphelins. 24 Si tu prêtes de l'argent à mon peuple, au malheureux qui est avec toi, tu n'agiras pas avec lui comme un usurier; vous ne lui imposerez pas d'intérêt. 25 Si tu prends en gage le manteau de ton prochain, tu le lui rendras pour le coucher du soleil, 26 car c'est là sa seule couverture, le manteau qui protège sa peau. Dans quoi se coucherait-il ? Et s'il arrivait qu'il crie vers moi, je l'entendrais, car je suis compatissant, moi.

27 Dieu, tu ne l'insulteras pas; et tu ne maudiras pas celui qui a une responsabilité dans ton peuple.

28 Tu ne livreras pas à d'autres[2] tes fruits mûrs et la coulée de ton pressoir. Tu me donneras le premier-né de tes fils. 29 Tu feras de même pour ton bœuf et pour tes moutons : il restera sept jours avec sa mère; le huitième jour, tu me le donneras.

30 Vous serez pour moi des hommes *saints. Vous ne mangerez pas la viande déchiquetée[3]

---

1. *acceptera* ou *reprendra (l'animal tel quel).*
2. *déchiqueté* : par une bête sauvage.
3. *S'il avait loué, ... sa location* : autre traduction si *c'est un salarié, il reçoit quand même son salaire.*
4. *la dot* : le mot doit être compris ici dans un sens large, puisqu'il s'agit en fait d'un don (en nature ou en espèces) correspondant à celui que versait normalement un fiancé à la famille de sa fiancée.

1. *l'interdit* : voir Dt 2.34 et la note.
2. *Tu ne livreras pas à d'autres* : sous-entendu *dieux*; autre traduction *tu ne tarderas pas à m'offrir.*
3. *déchiquetée* : voir v. 12 et la note; cette viande ne doit pas être consommée, car l'animal n'a pas été abattu selon les règles.

dans la campagne. Vous la jetterez au chien.

Le respect des faibles

23 [1] Tu ne rapporteras pas de rumeur sans fondement. Ne prends pas le parti d'un coupable par un faux témoignage. [2] Tu ne suivras pas une majorité qui veut le mal et tu n'interviendras pas dans un procès en t'inclinant devant une majorité partiale. [3] Tu ne favoriseras pas un faible dans son procès. [4] Quand tu tomberas sur le boeuf de ton ennemi, ou sur son âne, égarés, tu les lui ramèneras. [5] Quand tu verras l'âne de celui qui t'en veut gisant sous son fardeau, loin de l'abandonner, tu l'aideras à ordonner la charge[1]. [6] Tu ne fausseras pas le droit de ton pauvre[2] dans son procès. [7] Tu te tiendras éloigné d'une cause mensongère. Ne tue pas un innocent ni un juste, car je ne justifie pas un coupable. [8] Tu n'accepteras pas de cadeau, car le cadeau aveugle les clairvoyants et compromet la cause des justes.

L'année sabbatique et le sabbat

[9] Tu n'opprimeras pas l'émigré; vous connaissez vous-mêmes la vie de l'émigré, car vous avez été émigrés au pays d'Egypte. [10] Six années durant, tu ensemenceras ta terre et tu récolteras son produit. [11] Mais, la septième, tu le faucheras et le laisseras sur place; les pauvres de ton peuple en

mangeront et ce qu'ils laisseront, c'est l'animal sauvage qui le mangera. Ainsi feras-tu pour ta vigne, pour ton olivier. [12] Six jours, tu feras ce que tu as à faire, mais le septième jour, tu chômeras[1], afin que ton boeuf et ton âne se reposent et que le fils de ta servante et l'émigré reprennent leur souffle.

Les fêtes à observer en Israël

[13] Et vous veillerez à tout ce que je vous ai dit : vous n'invoquerez pas le nom d'autres dieux, on ne l'entendra pas dans ta bouche. [14] Tu me fêteras chaque année par trois pèlerinages[2] : [15] tu observeras la fête des *pains sans levain[3]. Pendant sept jours, tu mangeras des pains sans levain, comme je te l'ai ordonné, au temps fixé du mois des Epis, car c'est alors que tu es sorti d'Egypte. Et on ne viendra pas me voir en ayant les mains vides. [16] Tu observeras la fête de la Moisson, des premiers fruits de ton travail, de ce que tu auras semé dans les champs, ainsi que la fête de la Récolte, au sortir de l'année[4], quand tu récolteras des champs les fruits de ton travail. [17] Trois fois par an, tous les hommes viendront voir la face du Maître[5] le SEIGNEUR. [18] Tu ne fe-

---

1. *tu l'aideras à ordonner la charge* : texte incertain, traduction d'après le sens général du contexte.
2. *ton pauvre* : celui dont tu t'occupes spécialement.

1. *tu chômeras* ou *tu te reposeras*, ou *tu feras le *sabbat*.
2. *pèlerinages* : voir 5.1 et la note.
3. Sur la *fête des pains sans levain* et les deux autres fêtes du v. 16, ainsi que sur le *mois des Epis*, voir au glossaire CALENDRIER.
4. *au sortir de l'année* : cette expression signifie *au commencement de l'année* (à l'époque ancienne, l'année commençait en automne).
5. L'expression *venir voir la face du Maître* signifie se présenter au *sanctuaire.

ras pas pour moi de *sacrifice
sanglant en l'accompagnant de
pain fermenté; la graisse offerte
pour me fêter[1] ne passera pas la
nuit jusqu'au matin. 19 Tu apporteras tes tout premiers fruits de
ton sol à la Maison du Seigneur,
ton Dieu. Tu ne feras pas cuire
un chevreau dans le lait de sa
mère[2].

Promesses et instructions avant
le départ

20 « Je vais envoyer un *ange
devant toi pour te garder en chemin et te faire entrer dans le lieu
que j'ai préparé. 21 Prends garde
à lui et entends sa voix, ne le
contrarie pas, il ne supporterait
pas votre révolte, car mon nom
est en lui[3]. 22 Si tu entends sa voix
et fais tout ce que je dis, je serai
l'ennemi de tes ennemis et l'adversaire de tes adversaires.
23 Quand mon ange aura marché devant toi, qu'il t'aura fait
entrer chez l'*Amorite, le Hittite,
le Perizzite et le Cananéen, chez
le Hivvite et le Jébusite, et que je
les aurai anéantis, 24 tu ne te
prosterneras pas devant leurs
dieux ni ne les serviras, tu ne
feras pas comme on fait chez eux,
mais tu devras abattre ces dieux

et briser leurs stèles[1]. 25 Si vous
servez le Seigneur, votre Dieu,
alors il bénira ton pain et tes
eaux et j'écarterai[2] de toi la maladie; 26 il n'y aura pas dans ton
pays de femme qui avorte ou qui
soit stérile; je te donnerai tout
ton compte de jours[3]. 27 J'enverrai
devant toi ma terreur, je boscu-
lerai tout peuple chez qui tu entreras, je te ferai voir tous tes
ennemis de dos. 28 J'enverrai le
frelon[4] devant toi, qui chassera
devant toi le Hivvite, le Cananéen
et le Hittite. 29 Je ne les chasserai
pas devant toi en une seule année,
de peur que le pays ne devienne
une terre désolée et que les animaux sauvages ne se multiplient
à tes dépens. 30 C'est peu à peu
que je les chasserai devant toi,
jusqu'à ce que, ayant fructifié, tu
puisses hériter du pays. 31 J'établirai ton territoire de la mer des
Joncs à la mer des Philistins et du
désert au fleuve[5].

Quand j'aurai livré entre vos
mains les habitants du pays et
que tu les auras chassés de devant
toi, 32 tu ne concluras pas d'alliance avec eux et leurs dieux,
33 ils n'habiteront pas dans ton
pays, de peur qu'ils ne te fassent
pécher contre moi : tu servirais
leurs dieux et cela deviendrait
pour toi un piège. »

---

1. Un *sacrifice sanglant* est le sacrifice d'un
animal (ce sacrifice est souvent accompagné d'une
offrande végétale, voir Lv 2. — Le *pain fermenté*
est le pain fabriqué avec du *levain (voir Lv 2.11
et la note) — La *graisse offerte pour me fêter*,
c'est-à-dire la graisse des sacrifices offerts lors des
fêtes du Seigneur; elle doit être brûlée le jour
même du sacrifice.
2. *Tu ne feras pas cuire ...* : cette coutume était
pratiquée dans la religion cananéenne.
3. *mon nom est en lui*, c'est-à-dire il possède
toute mon autorité.

1. *stèles* : voir 1 R 14.23 et la note.
2. *il bénira ... j'écarterai* : Dieu parle de lui-même
tantôt à la troisième, tantôt à la première personne; de même il parle de son peuple tantôt au
pluriel (vous), tantôt au singulier (toi).
3. *tout ton compte de jours*, c'est-à-dire une
longue vie.
4. *le frelon* : autre traduction *le découragement*.
5. *de la mer des Joncs ... au fleuve* : de la mer
Rouge à la Méditerranée et du Sinaï à l'Euphrate;
comparer 1 R 5.1.

Dieu conclut l'alliance avec Israël

24 1 Il avait dit à Moïse : « Monte vers le Seigneur, toi, Aaron, Nadav et Avihou[1], ainsi que 70 des *anciens d'Israël, et vous vous prosternerez de loin. 2 Mais Moïse seul approchera du Seigneur ; eux n'approcheront pas, et le peuple ne montera pas avec lui. »

3 Moïse vint raconter au peuple toutes les paroles du Seigneur et toutes les règles. Tout le peuple répondit d'une seule voix : « Toutes les paroles que le Seigneur a dites, nous les mettrons en pratique. » 4 Moïse écrivit toutes les paroles du Seigneur ; il se leva de bon matin et bâtit un *autel au bas de la montagne, avec douze stèles[2] pour les douze tribus d'Israël. 5 Puis il envoya les jeunes gens d'Israël ; ceux-ci offrirent des holocaustes[3] et sacrifièrent au Seigneur des taurillons comme sacrifices de paix. 6 Moïse prit la moitié du sang et la mit dans les coupes ; avec le reste du sang, il aspergea l'autel. 7 Il prit le livre de l'*alliance[4] et en fit lecture au peuple. Celui-ci dit : « Tout ce que le Seigneur a dit, nous le mettrons en pratique, nous l'entendrons. » 8 Moïse prit le sang, en aspergea le peuple et dit : « Voici le sang de l'alliance que le Seigneur a conclue avec vous, sur la base de toutes ces paroles. »

9 Et Moïse monta, ainsi qu'Aaron, Nadav et Avihou, et 70 des anciens d'Israël. 10 Ils virent le Dieu d'Israël et sous ses pieds, c'était comme une sorte de pavement de lazulite[1], d'une limpidité semblable au fond du ciel. 11 Sur ces privilégiés des fils d'Israël, il ne porta pas la main ; ils contemplèrent Dieu, ils mangèrent et ils burent[2].

Moïse rencontre Dieu sur la montagne

12 Le Seigneur dit à Moïse : « Monte vers moi sur la montagne et reste là, pour que je te donne les tables de pierre : la Loi et le commandement que j'ai écrits pour les enseigner. » 13 Moïse se leva, avec Josué son auxiliaire, et Moïse monta vers la montagne de Dieu, 14 après avoir dit aux *anciens : « Attendez-nous ici, jusqu'à ce que nous revenions à vous. Mais voici Aaron et Hour qui sont avec vous ; celui qui a une affaire, qu'il s'adresse à eux. » 15 Moïse monta sur la montagne ; alors, la nuée[3] couvrit la montagne, 16 la gloire du Seigneur demeura sur la montagne de Sinaï et la nuée la couvrit pendant six jours. Il appela Moïse le septième jour, du milieu de la nuée. 17 La gloire du Seigneur apparaissait aux fils d'Israël sous l'aspect d'un feu dévorant, au sommet de la montagne. 18 Moïse pénétra dans la nuée et il monta sur la montagne. Moïse resta sur la montagne 40 jours et 40 nuits.

---

1. *Il avait dit* : voir 19.10-25. — *Nadav et Avihou* : deux fils d'Aaron, voir 6.23.
2. *Les stèles* (ou *pierres dressées*) symbolisent ici les tribus d'Israël.
3. *holocaustes* : voir au glossaire SACRIFICES.
4. *Le livre de l'alliance* est celui que Moïse vient d'écrire, voir v. 4.

1. *lazulite* : pierre précieuse, de couleur bleue.
2. Un repas sacrificiel conclut la cérémonie d'alliance.
3. Voir 13.21 et la note.

LE PLAN DU SANCTUAIRE

Contribution des Israélites

25 [1] Le Seigneur adressa la parole à Moïse : 2 « Dis aux fils d'Israël de lever pour moi une contribution; sur tous les hommes au cœur généreux, vous lèverez cette contribution. 3 Et telle est la contribution que vous lèverez sur eux : or, argent, bronze, 4 pourpre violette et pourpre rouge, cramoisi éclatant[1], lin, poil de chèvre, 5 peaux de béliers teintes en rouge, peaux de dauphins, bois d'acacia, 6 huile pour le luminaire[2], aromates pour l'huile d'*onction et le parfum à brûler, 7 pierres de béryl et pierres de garniture pour l'éphod et le pectoral[3]. 8 Ils me feront un *sanctuaire et je demeurerai parmi eux. 9 Je vais te montrer le plan de la demeure et le plan de tous ses objets : c'est exactement comme cela que vous ferez.

L'arche de l'alliance

10 « Ils feront donc une *arche en bois d'acacia, longue de deux coudées[1] et demie, large d'une coudée et demie, haute d'une coudée et demie. 11 Tu la plaqueras d'or pur; tu la plaqueras au-dedans et au-dehors et tu l'entoureras d'une moulure en or. 12 Tu couleras pour elle quatre anneaux d'or et tu les placeras à ses quatre pieds : deux anneaux d'un côté et deux anneaux de l'autre. 13 Tu feras des barres en bois d'acacia, tu les plaqueras d'or 14 et tu introduiras dans les anneaux des côtés de l'arche les barres qui serviront à la porter. 15 Les barres resteront dans les anneaux de l'arche, elles n'en seront pas retirées. 16 Tu placeras dans l'arche la *charte que je te donnerai.

17 Puis tu feras un propitiatoire[2] en or pur, long de deux coudées et demie, large d'une coudée et demie. 18 Et tu feras deux *chérubins en or; tu les forgeras aux deux extrémités du propitiatoire. 19 Fais un chérubin à une extrémité, et l'autre chérubin à l'autre extrémité; vous ferez les chérubins en saillie sur le propitiatoire, à ses deux extrémités.

20 Les chérubins déploieront leurs ailes vers le haut pour protéger le propitiatoire de leurs ailes; ils seront face à face et ils regarderont

---

1. *pourpre violette, pourpre rouge* : étoffes teintes au moyen de matières colorantes sécrétées par deux mollusques marins. — *Cramoisi éclatant* : autre étoffe teinte au moyen d'une matière colorante obtenue en écrasant une très petite cochenille parasite du chêne.
2. *pour le luminaire*, c'est-à-dire *pour le chandelier*, voir versets 31-40.
3. *éphod* : vêtement liturgique du grand prêtre, décrit en 28.6-14. — *Pectoral* : sorte de poche d'étoffe fixée sur la poitrine du grand prêtre (voir 28.15-29) et destinée à contenir le Ourim et le Toummim (voir 28.30 et la note).

1. *coudées* : voir au glossaire POIDS ET MESURES.
2. Le *propitiatoire* semble être le couvercle de l'*arche*. Son nom hébreu évoque le rite d'*absolution* accompli par le grand prêtre (voir Lv 16.11-16).

vers le propitiatoire. 21 Tu placeras le propitiatoire au-dessus de l'arche et, dans l'arche, tu placeras la charte que je te donnerai. 22 Là, je te rencontrerai et, du haut du propitiatoire, d'entre les deux chérubins situés sur l'arche de la charte, je te dirai tous les ordres que j'ai à te donner pour les fils d'Israël.

La table du pain d'offrande

23 Puis tu feras une table en bois d'acacia, longue de deux coudées, large d'une coudée, haute d'une coudée et demie. 24 Tu la plaqueras d'or pur et tu l'entoureras d'une moulure en or. 25 Tu l'encadreras avec des entretoises d'un palme[1] et tu mettras une moulure en or autour des entretoises. 26 Tu lui feras quatre anneaux d'or et tu placeras les anneaux aux quatre coins de ses quatre pieds. 27 Tout près des entretoises seront fixés les anneaux, pour loger les barres servant à lever la table. 28 Tu feras les barres en bois d'acacia, tu les plaqueras d'or et elles serviront à lever la table. 29 Tu lui feras des plats, des gobelets, des timbales et des bols, avec lesquels on versera les libations[2]. C'est en or pur que tu les feras. 30 Et tu placeras perpétuellement du pain d'offrande[3] sur la table, devant moi.

Le chandelier à sept branches

31 Puis tu feras un chandelier[1] en or pur. Le chandelier sera forgé; sa base et sa tige, ses coupes, ses boutons et ses fleurs feront corps avec lui. 32 Six branches sortiront de ses côtés, trois branches du chandelier sur un côté, trois branches du chandelier sur l'autre côté. 33 Sur une branche, trois coupes en forme d'amande avec bouton et fleur, et sur une autre branche, trois coupes en forme d'amande avec bouton et fleur : de même pour les six branches sortant du chandelier. 34 Pour le chandelier lui-même, quatre coupes en forme d'amande, avec boutons et fleurs : 35 un bouton sous les deux premières branches issues du chandelier, un bouton sous les deux branches suivantes issues du chandelier, un bouton sous les deux dernières branches issues du chandelier; ainsi donc, aux six branches qui sortent du chandelier. 36 Boutons et branches feront corps avec lui, qui sera tout entier forgé d'une seule pièce, en or pur. 37 Tu lui feras des lampes, au nombre de sept; on allumera les lampes de manière à éclairer l'espace qui est devant lui. 38 Ses pincettes et ses bobèches[2] seront en or pur. 39 On le fera avec un talent[3] d'or pur, lui et tous ces accessoires. 40 Vois donc et fais se-

---

1. *entretoises* : pièces de bois destinées à maintenir un écartement régulier entre les pieds de la table. — *palme* : voir au glossaire POIDS ET MESURES.
2. *libations* : voir au glossaire SACRIFICES.
3. *pain d'offrande* : voir Lv 24.5-9.

1. Le *chandelier* se compose d'une tige centrale à laquelle sont fixées six branches latérales (voir v. 32). Malgré ce nom traditionnel, il ne portait pas des chandelles, mais des lampes à huile, au nombre de sept (v. 37).
2. *pincettes* et *bobèches* sont la traduction possible de deux termes désignant des ustensiles pour l'entretien des lampes à huile.
3. *talent* : voir au glossaire POIDS ET MESURES.

lon le plan qui t'a été montré sur la montagne.

La demeure sainte

26 1 « La *demeure, tu la feras avec dix tapisseries de lin retors, pourpre violette, pourpre rouge et cramoisi éclatant[1]; tu y feras des *chérubins artistement travaillés. 2 Longueur d'une tapisserie : 28 coudées[2]. Largeur d'une tapisserie : quatre coudées. Mêmes dimensions pour toutes les tapisseries. 3 Cinq tapisseries seront assemblées l'une à l'autre; et les cinq autres, également assemblées l'une à l'autre. 4 Tu feras des lacets de pourpre violette au bord de la première tapisserie, à l'extrémité de l'assemblage, et tu feras de même au bord de la dernière tapisserie du deuxième assemblage. 5 Tu mettras 50 lacets à la première tapisserie et 50 lacets à l'extrémité de la tapisserie du deuxième assemblage, les lacets se correspondant l'un à l'autre. 6 Tu feras 50 agrafes en or, tu assembleras les tapisseries l'une à l'autre par les agrafes et ainsi la demeure sera d'un seul tenant.

7 Puis tu feras des tapisseries en poil de chèvre pour former une tente par-dessus la demeure. Tu en feras onze. 8 Longueur d'une tapisserie : 30 coudées. Largeur d'une tapisserie : quatre coudées. Mêmes dimensions pour les onze tapisseries. 9 Tu assembleras cinq tapisseries à part, puis six tapisseries à part, et tu replieras la sixième tapisserie sur le devant

de la tente. 10 Tu feras 50 lacets au bord d'une première tapisserie, la dernière de l'assemblage, et 50 lacets au bord de la même tapisserie du deuxième assemblage. 11 Tu feras 50 agrafes de bronze, tu introduiras les agrafes dans les lacets pour assembler la tente d'un seul tenant. 12 Les tapisseries de la tente auront un excédent qui retombera librement : une moitié de tapisserie en excédent retombera librement sur l'arrière de la demeure 13 et, dans le sens de la longueur des tapisseries de la tente, une coudée en excédent de chaque côté retombera librement sur les côtés de la demeure, de part et d'autre, pour la recouvrir. 14 Et tu feras pour la tente une couverture en peaux de béliers teintes en rouge et une couverture en peaux de dauphins par-dessus.

15 Puis tu feras les cadres pour la demeure, en bois d'acacia, posés debout. 16 Dix coudées de longueur par cadre et une coudée et demie de largeur pour chaque cadre. 17 Deux tenons à chaque cadre, juxtaposés l'un à l'autre : ainsi feras-tu pour tous les cadres de la demeure. 18 De ces cadres pour la demeure, tu en feras vingt en direction du Néguev, au sud. 19 Et tu feras 40 socles en argent sous les vingt cadres : deux socles sous un cadre pour ses deux tenons, puis deux socles sous un autre cadre pour ses deux tenons. 20 Pour l'autre côté de la demeure, en direction du nord, vingt cadres 21 avec leurs 40 socles en argent : deux socles sous un cadre et deux socles sous un autre cadre. 22 Et pour le fond de la demeure, vers

---

1. Sur la *pourpre violette*, la *pourpre rouge* et le *cramoisi éclatant*, voir 25.4 et la note.
2. *coudées* : voir au glossaire POIDS ET MESURES.

la mer[1], tu feras six cadres; 23 tu feras aussi deux cadres comme contreforts de la demeure, au fond; 24 ils seront en écartement à la base mais se termineront en jointure au sommet, dans le premier anneau : ainsi en sera-t-il pour eux deux, ils seront comme deux contreforts. 25 Il y aura donc huit cadres, avec leurs socles en argent : seize socles, deux socles sous un cadre et deux socles sous un autre cadre.

26 Puis tu feras des traverses en bois d'acacia : cinq pour les cadres du premier côté de la demeure, 27 cinq pour les cadres du deuxième côté de la demeure, cinq pour les cadres du côté de la demeure qui est au fond, vers la mer, 28 la traverse médiane, à mi-hauteur des cadres, traversant d'un bout à l'autre. 29 Tu plaqueras les cadres d'or, tu feras en or leurs anneaux pour loger les traverses et tu plaqueras les traverses d'or. 30 Tu dresseras la demeure d'après la règle qui t'a été montrée sur la montagne.

31 Puis tu feras un voile de pourpre violette, pourpre rouge, cramoisi éclatant et lin retors; on y fera des *chérubins artistement travaillés. 32 Tu le fixeras à quatre colonnes en acacia, plaquées d'or, munies de crochets en or et posées sur quatre socles en argent. 33 Tu fixeras le voile sous les agrafes et, là, derrière le voile, tu introduiras l'*arche de la charte. Et le voile marquera pour vous la séparation entre le lieu *saint et le lieu très saint. 34 Tu placeras le propitiatoire[2] sur l'arche de la charte dans le lieu très saint 35 et tu poseras la table devant le voile et le chandelier en face de la table, sur le côté sud de la demeure; la table, tu l'auras placée sur le côté nord.

36 Puis tu feras un rideau pour l'entrée de la *tente, en pourpre violette, pourpre rouge, cramoisi éclatant et lin retors : travail de brocheur. 37 Tu feras pour le rideau cinq colonnes en acacia, tu les plaqueras d'or, leurs crochets seront en or et tu couleras pour elles cinq socles en bronze.

L'autel des sacrifices

27 1 « Puis tu feras l'*autel en bois d'acacia : cinq coudées[1] de long, cinq coudées de large — l'autel sera carré — et trois coudées de haut. 2 Tu feras à ses quatre angles des cornes[2] qui feront corps avec lui et tu le plaqueras de bronze. 3 Tu feras des bassins pour les cendres de l'autel, des pelles, des bassines, des crochets et des cassolettes[3]; tu utiliseras le bronze pour tous ces accessoires. 4 Tu lui feras une grille, à la façon d'un filet de bronze, et tu feras quatre anneaux de bronze aux quatre extrémités du filet. 5 Tu placeras le filet sous la bordure[4] de l'autel, à la base, et il arrivera à mi-hauteur de l'autel. 6 Tu feras des barres pour l'autel, des barres en bois d'acacia et tu les plaqueras de bronze. 7 On in-

---

1. *vers la mer*, c'est-à-dire *vers l'ouest*, direction de la mer Méditerranée.

2. *propitiatoire* : voir 25.17 et la note.

1. *coudées* : voir au glossaire POIDS ET MESURES.

2. On appelait *cornes* les angles relevés d'un autel.

3. Les *cendres* imprégnées de la graisse des victimes étaient recueillies et transportées dans un lieu réservé à cet usage, hors du camp (voir Lv 4.12). *Cassolette* : objet liturgique, sorte d'encensoir (voir Lv 10.1).

4. Traduction incertaine; le mot hébreu désigne peut-être une *marche* entourant la base de l'autel.

troduira ses barres dans les anneaux et les barres seront sur les deux côtés de l'autel quand on le portera. 8 Tu le feras creux, en planches. Il faudra le faire comme on t'a montré sur la montagne.

Les tentures du parvis

9 Puis tu feras le parvis[1] de la *demeure. Du côté du Néguev, au sud, le parvis aura des tentures en lin retors, sur une longueur de cent coudées pour un seul côté. 10 Ses vingt colonnes et leurs vingt socles seront en bronze; les crochets des colonnes et leurs tringles, en argent. 11 De même, du côté du nord, sur la longueur : des tentures pour une longueur de cent coudées, ses vingt colonnes et leurs vingt socles en bronze, les crochets des colonnes et leurs tringles en argent. 12 Pour la largeur du parvis, du côté de la mer[2] : des tentures sur 50 coudées, leurs dix colonnes et leurs dix socles. 13 Pour la largeur du parvis du côté de l'est, vers le levant : 50 coudées; 14 quinze coudées de tentures sur une aile[3] avec leurs trois colonnes et leurs trois socles 15 et, sur l'autre aile, quinze coudées de tentures avec leurs trois colonnes et leurs trois socles. 16 Pour la porte du parvis, un rideau de vingt coudées, en pourpre violette, pourpre rouge, cramoisi éclatant[4] et lin retors — travail de brocheur — quatre

colonnes et leurs quatre socles. 17 Toutes les colonnes du parvis seront réunies par des tringles en argent, leurs crochets seront en argent et leurs socles en bronze. 18 Longueur du parvis : cent coudées. Largeur : 50 à chaque extrémité. Hauteur : cinq coudées de lin retors — les socles étant en bronze. 19 Pour tous les accessoires de la demeure, utilisés pour tout son service, tous ses piquets et tous les piquets du parvis : du bronze.

L'huile pour le chandelier

20 « Tu ordonneras aussi aux fils d'Israël de te procurer pour le luminaire de l'huile d'olive, limpide et vierge[1], afin qu'une lampe soit allumée à perpétuité, 21 dans la *tente de la rencontre, devant le voile qui abrite la *charte. Aaron et ses fils la disposeront de manière qu'elle brûle du soir au matin devant le SEIGNEUR : c'est une loi immuable pour les fils d'Israël d'âge en âge.

Les vêtements et insignes des prêtres

28 1 « Prends aussi près de toi ton frère Aaron et ses fils avec lui, du milieu des fils d'Israël, pour qu'il exerce mon sacerdoce — Aaron, Nadav et Avihou, Eléazar et Itamar, fils d'Aaron. 2 Tu feras pour ton frère Aaron des vêtements sacrés, en signe de gloire et de majesté. 3 Et toi, tu parleras à tous les sages que j'ai remplis d'un esprit de sagesse et

---

1. Le *parvis* est l'espace sacré entourant la tente, et délimité par la « barrière » des *tentures;* c'est l'équivalent de la cour du temple de Jérusalem (voir 1 R 6.36).
2. *du côté de la mer :* voir 26.22 et la note.
3. *sur une aile,* c'est-à-dire d'un côté de l'entrée.
4. Sur la *pourpre violette,* la *pourpre rouge* et le *cramoisi éclatant,* voir 25.4 et la note.

1. *le luminaire :* voir 25.6 et la note. — L'huile *vierge* est celle que l'on obtient par simple broyage et égouttage des olives, avant le pressurage.

tu leur diras de faire les vêtements d'Aaron pour qu'il soit consacré et qu'il exerce mon sacerdoce. 4 Voici les vêtements qu'ils feront : pectoral, éphod[1], robe, tunique brodée, turban, ceinture. Ils feront donc des vêtements sacrés pour ton frère Aaron — et pour ses fils — pour qu'il exerce mon sacerdoce. 5 Ils utiliseront l'or, la pourpre violette, la pourpre rouge, le cramoisi[2] et le lin.

6 Ils feront l'éphod en or, pourpre violette et pourpre rouge, cramoisi éclatant et lin retors — travail d'artiste. 7 Il y aura pour le fixer deux bretelles de fixation à ses deux extrémités. 8 L'écharpe de l'éphod, celle qui est dessus, sera de travail identique : en or, pourpre violette, pourpre rouge, cramoisi éclatant et lin retors. 9 Tu prendras deux pierres de béryl et tu graveras sur elles les noms des fils d'Israël : 10 six de leurs noms sur la première pierre et les six noms qui restent sur la deuxième pierre, selon l'ordre de leur naissance. 11 Tu graveras les deux pierres aux noms des fils d'Israël à la façon du ciseleur de pierres, comme la gravure d'un sceau[3] ; tu les sertiras et les enchâsseras dans l'or. 12 Tu mettras les deux pierres aux bretelles de l'éphod, ces pierres qui sont un mémorial[4] en faveur des fils d'Israël, et Aaron portera leurs noms devant le Sei-

gneur, sur ses deux bretelles, en mémorial. 13 Tu feras des chatons[1] en or 14 et deux chaînettes d'or pur ; et tu feras comme des tresses torsadées ; tu placeras les chaînettes torsadées sur les chatons.

15 Puis tu feras un pectoral du jugement — travail d'artiste ; tu le feras à la façon d'un éphod, tu le feras en or, pourpre violette, pourpre rouge, cramoisi éclatant et lin retors. 16 Une fois plié, il sera carré, long d'un empan[2] et large d'un empan. 17 Tu le garniras d'une garniture de pierres[3] ; il y aura quatre rangées de pierres : — l'une : sardoine, topaze et émeraude. Ce sera la première rangée ; 18 — la deuxième rangée : escarboucle, lazulite et jaspe ; 19 — la troisième rangée : agate, cornaline et améthyste ; 20 — et la quatrième rangée : chrysolithe, béryl et onyx. Elles auront des chatons d'or pour garniture. 21 Les pierres correspondront aux noms des fils d'Israël, elles seront douze comme leurs noms ; elles seront gravées comme un sceau, chacune à son nom puisqu'il y a douze tribus. 22 Tu feras au pectoral des chaînettes tressées et torsadées, en or pur. 23 Tu feras au pectoral deux anneaux d'or et tu fixeras les deux anneaux à deux extrémités du pectoral. 24 Tu fixeras les deux torsades d'or aux deux anneaux, aux extrémités du pectoral, 25 tandis que tu fixeras les deux extrémités des

---

1. *pectoral, éphod* : voir 25.7 et la note.
2. Sur la *pourpre violette,* la *pourpre rouge* et le *cramoisi (éclatant),* voir 25.4 et la note.
3. *sceau* : petit instrument, bague ou cylindre, gravé en creux, et servant à marquer les objets personnels ou les lettres qu'on envoyait.
4. Les deux pierres gravées sont placées là pour inviter Dieu à « se souvenir » *(mémorial)* du peuple d'Israël. Voir aussi v. 29.

---

1. *chatons* : montures, généralement en or, dans lesquelles on fixe des pierres précieuses ; traduction incertaine.
2. *empan* : voir au glossaire POIDS ET MESURES.
3. Les versets 17-20 énumèrent douze variétés de *pierres* précieuses dont l'identification n'est pas toujours certaine.

deux torsades aux deux chatons; tu les fixeras aux bretelles de l'éphod par-devant. 26 Tu feras deux anneaux d'or et tu les mettras à deux extrémités du pectoral, du côté tourné vers l'éphod, en dedans. 27 Tu feras deux anneaux d'or et tu les fixeras aux deux bretelles de l'éphod, à leur base, par-devant, près de leur point d'attache, au-dessus de l'écharpe de l'éphod. 28 On reliera le pectoral par ses anneaux aux anneaux de l'éphod avec un ruban de pourpre violette de manière que le pectoral soit sur l'écharpe de l'éphod et qu'il ne se déplace pas sur l'éphod. 29 Et quand il entrera dans le *sanctuaire, Aaron portera sur son coeur, sur le pectoral du jugement, les noms des fils d'Israël, en mémorial perpétuel devant le SEIGNEUR. 30 Tu placeras dans le pectoral du jugement le Ourim et le Toummim[1]; ils seront sur le coeur d'Aaron quand il entrera devant le SEIGNEUR : Aaron portera donc perpétuellement le jugement des fils d'Israël sur son coeur, en présence du SEIGNEUR.

31 Puis tu feras la robe de l'éphod, toute de pourpre violette. 32 Elle aura au milieu une ouverture pour la tête; autour de l'ouverture, il y aura une bordure — travail de tisserand; son ouverture sera comme celle d'une cuirasse, indéchirable. 33 Sur ses pans, tu feras des grenades de pourpre violette, pourpre rouge et cramoisi éclatant — sur ses pans tout autour — et parmi elles, des

clochettes[1] d'or tout autour : 34 une clochette d'or, une grenade, une clochette d'or, une grenade, sur les pans de la robe tout autour. 35 Elle sera sur Aaron quand il officiera; le son des clochettes se fera entendre quand il entrera devant le SEIGNEUR dans le sanctuaire et quand il en sortira; ainsi, il ne mourra pas.

36 Puis tu feras un fleuron[2] d'or pur, tu y graveras comme on grave un sceau : « consacré au SEIGNEUR », 37 tu le mettras sur un ruban de pourpre violette et il sera sur le turban. Il devra être sur le devant du turban. 38 Il sera sur le front d'Aaron afin qu'il puisse porter les fautes commises envers les choses *saintes, toutes celles qui sont offertes et sanctifiées par les fils d'Israël : il sera perpétuellement sur son front pour que ces offrandes trouvent faveur devant le SEIGNEUR.

39 Puis tu broderas la tunique de lin, tu feras un turban de lin; et tu feras une ceinture — travail de brocheur. 40 Pour les fils d'Aaron, tu feras des tuniques; tu leur feras des ceintures, et puis tu leur feras des tiares[3], en signe de gloire et de majesté. 41 Tu en revêtiras ton frère Aaron et ses fils avec lui, tu les *oindras, tu leur conféreras l'investiture[4], tu les consacreras et ils exerceront mon sacerdoce. 42 Fais-leur des caleçons de lin pour couvrir leur nu-

---

1. Le *Ourim* et le *Toummim* sont des objets sacrés (bâtonnets ? Dés ?) utilisés pour connaître, par tirage au sort, la volonté de Dieu; voir 1 s 28.6.

1. *grenades :* motifs (brodés ?) Représentant le fruit du grenadier. — *clochettes :* dans les civilisations anciennes, on pensait que le bruit des *clochettes* éloignait les démons.
2. *fleuron :* bijou d'or, en forme de fleur, signe de *consécration,* qui fut aussi un symbole de l'autorité royale (voir Ps 132.18).
3. Le mot traduit par *tiares* désigne des coiffures, probablement en étoffe, dont on ignore la forme précise.
4. *investiture :* voir Lv 8.33 et la note.

dité; ils iront des reins aux cuisses. 43 Aaron et ses fils les prendront quand ils entreront dans la *tente de la rencontre ou quand ils approcheront de l'*autel pour officier dans le sanctuaire, afin de ne pas se charger d'une faute et mourir. Loi immuable pour lui et sa descendance après lui.

La consécration des prêtres

29 1 « Voici comment tu feras pour les consacrer à mon sacerdoce : prends un taurillon et deux béliers sans défaut, 2 puis du pain sans *levain, des gâteaux sans levain pétris à l'huile et des crêpes sans levain frottées à l'huile; tu les feras avec de la farine de froment. 3 Tu les mettras dans une corbeille et tu présenteras la corbeille, en même temps que le taurillon et les deux béliers.

4 Tu présenteras Aaron et ses fils à l'entrée de la *tente de la rencontre et tu les laveras dans l'eau. 5 Tu prendras les vêtements, tu revêtiras Aaron de la tunique, de la robe de l'éphod, de l'éphod et du pectoral, tu le draperas dans l'écharpe de l'éphod, 6 tu poseras le turban sur sa tête, tu mettras l'insigne de consécration sur le turban; 7 puis tu prendras l'huile d'*onction, tu la lui verseras sur la tête et tu l'oindras. 8 Ayant présenté ses fils, tu les revêtiras de tuniques, 9 tu les ceindras d'une ceinture — Aaron et ses fils — tu les coifferas de tiares et le sacerdoce leur appartiendra en vertu d'une loi immuable. Tu conféreras l'investiture[1] à Aaron et à ses fils.

10 Tu présenteras le taurillon devant la tente de la rencontre; Aaron et ses fils *imposeront la main sur la tête du taurillon. 11 Tu égorgeras le taurillon devant le Seigneur, à l'entrée de la tente de la rencontre. 12 Tu prendras du sang du taurillon et tu en mettras avec ton doigt aux cornes[2] de l'*autel. Puis, tu répandras tout le reste du sang à la base de l'autel. 13 Tu prendras toute la graisse qui enveloppe les entrailles, le lobe du foie, les deux rognons avec la graisse qui y adhère, et tu les feras fumer à l'autel. 14 Mais la chair du taurillon, sa peau, sa fiente, tu les brûleras en dehors du camp. C'est un *sacrifice pour le péché.

15 Puis tu prendras le premier bélier; Aaron et ses fils imposeront la main sur la tête du bélier. 16 Tu égorgeras le bélier, tu prendras son sang et tu aspergeras le pourtour de l'autel, 17 tu dépèceras le bélier en quartiers, tu laveras ses entrailles et ses pattes et tu les mettras sur les quartiers et la tête. 18 Tu feras fumer tout le bélier à l'autel. C'est un holocauste pour le Seigneur, c'est le parfum apaisant d'un mets[3] consumé pour le Seigneur.

19 Puis tu prendras le second bélier : Aaron et ses fils imposeront la main sur la tête du bélier. 20 Tu égorgeras le bélier, tu prendras de son sang et tu en mettras sur le lobe de l'oreille droite d'Aaron, sur le lobe de l'oreille de ses

---

1. *investiture* : voir Lv 8.33 et la note.
2. *cornes* : voir 27.2 et la note.
3. *holocauste*, *mets* : voir au glossaire SACRIFICES.

fils, sur le pouce de leur main droite et sur le pouce de leur pied droit; et tu aspergeras de sang le pourtour de l'autel. 21 Tu prendras du sang qui est sur l'autel et de l'huile d'onction, et tu feras l'aspersion d'Aaron et de ses vêtements et, avec lui, de ses fils et de leurs vêtements; ainsi seront-ils *saints, Aaron et ses vêtements ainsi que ses fils et leurs vêtements. 22 Tu prendras les parties grasses du bélier — la queue[1], la graisse qui enveloppe les entrailles, le lobe du foie, les deux rognons et la graisse qui y adhère — et aussi le gigot droit, car c'est un bélier d'investiture; 23 et puis une couronne de pain, un gâteau à l'huile et une crêpe, dans la corbeille des pains sans levain qui est devant le SEIGNEUR. 24 Tu placeras le tout sur les mains d'Aaron et sur les mains de ses fils, tu le feras offrir avec le geste de présentation devant le SEIGNEUR, 25 tu le reprendras de leurs mains et tu le feras fumer à l'autel, avec l'holocauste, en parfum apaisant devant le SEIGNEUR. C'est un mets consumé pour le SEIGNEUR. 26 Tu prendras la poitrine du bélier d'investiture, celui qui est pour Aaron, et tu l'offriras avec le geste de présentation devant le SEIGNEUR : cela te reviendra en partage. 27 Tu consacreras la poitrine présentée et le gigot prélevé — ce qu'on a présenté et ce qu'on a prélevé du bélier d'investiture, celui qui est pour Aaron et pour ses fils. 28 Ce sera, pour Aaron et pour ses fils, un droit immuable

sur les fils d'Israël, car c'est une contribution et cela restera une contribution de la part des fils d'Israël, prise sur leurs sacrifices de paix; ce sera une contribution pour le SEIGNEUR.

29 Les vêtements sacrés d'Aaron passeront après lui à ses fils, qui les porteront pour leur onction et leur investiture. 30 Pendant sept jours, ils seront portés par le prêtre qui lui succédera, un de ses fils, celui qui entrera dans la tente de la rencontre pour officier dans le *sanctuaire.

31 Tu prendras le bélier d'investiture et tu feras cuire sa chair dans un endroit saint. 32 Aaron et ses fils mangeront, à l'entrée de la tente de la rencontre, la chair du bélier et le pain qui est dans la corbeille. 33 Ils mangeront ce qui a servi au rite de l'absolution, pour leur investiture et pour leur consécration. Nul profane n'en mangera, car c'est sacré. 34 S'il reste au matin quelque chose de la viande d'investiture et du pain, tu brûleras les restes. On n'en mangera pas, car c'est sacré. 35 Ainsi feras-tu pour Aaron et ses fils, selon tout ce que je t'ai ordonné. Pendant sept jours, tu leur conféreras l'investiture. 36 Chaque jour, tu apprêteras pour le rite d'absolution un taurillon en sacrifice pour le péché; tu offriras sur l'autel le sacrifice pour le péché en y faisant le rite d'absolution et tu l'oindras pour le consacrer. 37 Pendant sept jours, tu feras le rite d'absolution sur l'autel et tu le consacreras; ainsi, l'autel sera très saint, tout ce qui touche à l'autel sera saint.

1. *la queue* : voir Lv 3.9 et la note.

L'holocauste quotidien

38 « Voici également ce que tu apprêteras sur l'*autel : des agneaux âgés d'un an, deux par jour, perpétuellement. 39 Le premier agneau, tu l'apprêteras au matin et le second agneau, tu l'apprêteras au crépuscule. 40 En plus, avec le premier agneau : un dixième d'épha de farine, pétrie dans un hîn d'huile vierge et une libation[1] d'un quart de hîn de vin. 41 Quant au second agneau, tu l'apprêteras au crépuscule ; tu feras pour lui la même offrande que le matin et la même libation : parfum apaisant, mets[2] consumé pour le Seigneur. 42 Tel sera l'holocauste[3] perpétuel que vous ferez d'âge en âge, à l'entrée de la *tente de la rencontre devant le Seigneur, là où je vous rencontrerai pour te parler. 43 Je rencontrerai les fils d'Israël en ce lieu qui sera consacré par ma gloire. 44 Je consacrerai la tente de la rencontre et l'autel ; Aaron et ses fils, je les consacrerai afin qu'ils exercent mon sacerdoce. 45 Je demeurerai parmi les fils d'Israël et, pour eux, je serai Dieu. 46 Ils reconnaîtront que c'est moi, le Seigneur, qui suis leur Dieu, moi qui les ai fait sortir du pays d'Egypte pour demeurer parmi eux. C'est moi, le Seigneur, qui suis leur Dieu.

L'autel du parfum

30 1 « Puis tu feras un *autel où faire fumer le parfum ; tu le feras en bois d'acacia. 2 Une coudée pour sa longueur — une coudée pour sa largeur — il sera carré — deux coudées pour sa hauteur. Ses cornes[1] feront corps avec lui. 3 Tu le plaqueras d'or pur — le dessus, les parois tout autour et les cornes — et tu l'entoureras d'une moulure en or. 4 Tu lui feras des anneaux d'or, au-dessous de la moulure, sur ses deux côtés — tu en feras sur ses deux flancs — pour loger les barres servant à le lever. 5 Tu feras les barres en bois d'acacia et tu les plaqueras d'or. 6 Tu le placeras devant le voile qui abrite l'*arche de la charte — devant le propitiatoire[2] qui est sur la charte — là où je te rencontrerai. 7 Aaron y fera fumer le parfum à brûler ; matin après matin, quand il arrangera les lampes, il le fera fumer ; 8 et quand Aaron allumera les lampes au crépuscule, il le fera fumer. C'est un parfum perpétuel devant le Seigneur, d'âge en âge. 9 Vous n'y offrirez pas de parfum profane ni d'holocauste ni d'offrande, vous n'y verserez pas de libation[3]. 10 Et Aaron fera une fois par an le rite d'absolution sur les cornes de l'autel ; avec le sang du *sacrifice du Grand Pardon, une fois par an, il fera sur lui le rite d'absolution, d'âge en âge. Cet autel sera très *saint pour le Seigneur. »

L'impôt pour le sanctuaire

11 Le Seigneur adressa la parole à Moïse : 12 « Quand tu enre-

---

1. *épha, hîn* : voir au glossaire POIDS ET MESURES. — *huile vierge* : voir 27.20 et la note. — *Libation* : voir au glossaire SACRIFICES.
2. *offrande, mets* : voir au glossaire SACRIFICES.
3. *holocauste* : voir au glossaire SACRIFICES.

1. *coudées* : voir au glossaire POIDS ET MESURES. — *cornes* : voir 27.2 et la note.
2. *propitiatoire* : voir 25.17 et la note.
3. *holocauste, offrande, libation* : voir au glossaire SACRIFICES.

gistreras l'ensemble des fils d'Israël soumis au recensement, chacun donnera au SEIGNEUR la rançon de sa vie[1] lors de son recensement; ainsi nul fléau ne les atteindra lors du recensement. 13 Un demi-sicle, selon le sicle du *sanctuaire à vingt guéras[2] par sicle : voilà ce que donnera tout homme qui passera au recensement. Un demi-sicle, comme contribution pour le SEIGNEUR. 14 Tout homme qui passera au recensement depuis vingt ans et au-dessus, paiera la contribution du SEIGNEUR. 15 Pour payer la contribution du SEIGNEUR en rançon de vos vies, les riches ne paieront pas plus et les petites gens pas moins d'un demi-sicle. 16 Tu recevras des fils d'Israël l'argent de la rançon et tu le donneras pour le service de la *tente de la rencontre. Pour les fils d'Israël, ce sera, devant le SEIGNEUR, un mémorial[3] de la rançon de vos vies. »

La cuve pour les purifications

17 Le SEIGNEUR adressa la parole à Moïse : 18 « Tu feras une cuve en bronze avec son support en bronze, pour les ablutions; tu la placeras entre la *tente de la rencontre et l'*autel et tu y mettras de l'eau. 19 Aaron et ses fils s'y laveront les mains et les pieds. 20 Quand ils entreront dans la tente de la rencontre, ils se laveront à l'eau pour ne point mourir; ou bien quand ils approcheront de l'autel pour officier, pour faire fumer un mets[1] consumé pour le SEIGNEUR, 21 ils se laveront les mains et les pieds pour ne point mourir. Ce sera pour eux une loi immuable, pour lui et sa descendance, d'âge en âge. »

L'huile sainte

22 Le SEIGNEUR adressa la parole à Moïse : 23 « Procure-toi aussi des aromates de première qualité :

— de la myrrhe fluide : 500 sicles;

— du cinnamome aromatique : la moitié, soit 250;

— du roseau aromatique : 250;

24 — de la casse : 500, en sicles du sanctuaire, avec un hîn[2] d'huile d'olive.

25 Tu en feras l'huile d'*onction sainte, mélange parfumé, travail de parfumeur; ce sera l'huile d'onction sainte. 26 Tu en oindras la *tente de la rencontre, l'*arche de la charte, 27 la table et tous ses accessoires, le chandelier et ses accessoires, l'*autel du parfum, 28 l'autel de l'holocauste[3] et tous ses accessoires, la cuve et son support. 29 Tu les consacreras et ils seront très saints; tout ce qui y touchera sera saint. 30 Aaron et ses fils, tu les oindras aussi et tu les consacreras pour qu'ils exercent mon sacerdoce. 31 Tu parleras ainsi aux fils d'Israël : Ceci est l'huile d'onction sainte; d'âge en âge, elle est pour moi. 32 On n'en mettra sur le corps de personne;

---

1. *la rançon de sa vie* : il s'agit d'un impôt personnel pour les besoins du *sanctuaire; comparer Ne 10.33-34.
2. *sicle, guéras* : voir au glossaire POIDS ET MESURES.
3. *mémorial* : voir 28.12 et la note.

1. *mets* : voir au glossaire SACRIFICES.
2. La *myrrhe*, le *cinnamome*, le *roseau aromatique* (v. 23) et la *casse* sont des parfums d'origine végétale. — *Sicles*, *hîn* : voir au glossaire POIDS ET MESURES.
3. *holocauste* : voir au glossaire SACRIFICES.

vous n'imiterez pas sa recette, car
elle est sacrée et elle restera sacrée pour vous. 33 Celui qui imi-
tera ce mélange et en mettra sur
un profane sera retranché de sa
parenté[1]. »

La fabrication du parfum

34 Le Seigneur dit à Moïse :
« Procure-toi des essences parfu-
mées : storax, ambre, galbanum
parfumé, encens[2] pur, en parties
égales. 35 Tu en feras un parfum
mélangé — travail de parfumeur
— salé[3], pur, sacré. 36 Tu en ré-
duiras un morceau en poudre
pour en mettre un peu devant la
*charte dans la *tente de la ren-
contre, là où je te rencontrerai.
Pour vous, il sera très saint. 37 Et
ce parfum que tu feras, vous n'u-
tiliserez pas sa recette à votre
usage; tu le tiendras pour consacré au Seigneur. 38 Celui qui en
fera une imitation pour jouir de
son odeur sera retranché de sa
parenté[4]. »

Les ouvriers du sanctuaire

31 1 Le Seigneur adressa la
parole à Moïse : 2 « Vois :
j'ai appelé par son nom Beçalel,
fils d'Ouri, fils de Hour, de la
tribu de Juda. 3 Je l'ai rempli de
l'esprit de Dieu pour qu'il ait sagesse, intelligence, connaissance
et savoir-faire universel : 4 créa-

tion artistique, travail de l'or, de
l'argent, du bronze, 5 ciselure des
pierres de garniture, sculpture sur
bois et toutes sortes de travaux.
6 De plus, j'ai mis près de lui
Oholiav, fils d'Ahisamak, de la
tribu de Dan, et j'ai mis la sagesse
dans le *coeur de chaque sage
pour qu'ils fassent tout ce que je
t'ai ordonné : 7 la *tente de la rencontre, l'*arche pour la charte, le
propitiatoire[1] qui est au-dessus,
tous les accessoires de la tente,
8 la table et ses accessoires, le
chandelier pur[2] et tous ses accessoires, l'*autel du parfum, 9 l'autel
de l'holocauste[3] et tous ses accessoires, la cuve et son support,
10 les vêtements liturgiques[4], les
vêtements sacrés pour le prêtre
Aaron, les vêtements que porteront ses fils pour exercer le sacerdoce, 11 l'huile d'*onction, le parfum à brûler pour le *sanctuaire.
Ils feront exactement comme je
te l'ai ordonné. »

Le respect du sabbat

12 Le Seigneur dit à Moïse :
13 « Dis aux fils d'Israël : Vous
observerez cependant mes *sabbats, car c'est un signe entre vous
et moi d'âge en âge, pour qu'on
reconnaisse que c'est moi, le Seigneur, qui vous *sanctifie. 14 Vous
observerez le sabbat, car pour
vous il est sacré. Qui le profanera
sera mis à mort. Oui, quiconque y
fera de l'ouvrage, celui-là sera retranché du sein de sa parenté[5].
15 Pendant six jours, on fera son

---

1. *retranché de sa parenté* : voir Gn 17.14 et la
note.
2. *Le storax, l'ambre, le galbanum* et l'*encens*
sont également des parfums d'origine végétale,
voir 30.24 et la note.
3. Il semble que le *sel* facilitait la combustion de
l'encens. Les versions anciennes ont traduit *bien
mélangé*.
4. *retranché de sa parenté* : voir Gn 17.14 et la
note.

---

1. *propitiatoire* : voir 25.17 et la note.
2. *le chandelier pur* ou *le chandelier d'or pur*.
3. *holocauste* : voir au glossaire SACRIFICES.
4. *liturgiques* : traduction incertaine d'un mot
obscur.
5. *retranché du sein de sa parenté*; voir Gn
17.14 et la note.

ouvrage, mais le septième jour, c'est le sabbat, le jour de repos consacré au SEIGNEUR. Quiconque fera de l'ouvrage le jour du sabbat sera mis à mort. 16 Les fils d'Israël garderont le sabbat pour faire du sabbat, d'âge en âge, une *alliance perpétuelle. 17 Pour toujours, entre les fils d'Israël et moi, il est le signe qu'en six jours le SEIGNEUR a fait le ciel et la terre mais que le septième jour, il a chômé et repris son souffle. »

18 Puis, ayant achevé de parler avec Moïse sur la montagne de Sinaï, il lui donna les deux tables de la *charte, tables de pierres, écrites du doigt de Dieu.

LE VEAU D'OR

La faute du peuple

32 1 Le peuple vit que Moïse tardait à descendre de la montagne; le peuple s'assembla près d'Aaron et lui dit : « Debout ! Fais-nous des dieux qui marchent[1] à notre tête, car ce Moïse, l'homme qui nous a fait monter du pays d'Egypte, nous ne savons pas ce qui lui est arrivé. » 2 Aaron leur dit : « Arrachez les boucles d'or qui sont aux oreilles de vos femmes, de vos fils et de vos filles, et apportez-les-moi. »

3 Tout le peuple arracha les boucles d'or qu'ils avaient aux oreilles et on les apporta à Aaron.

4 Ayant pris l'or de leurs mains, il le façonna au burin pour en faire une statue de veau[1]. Ils dirent alors : « Voici tes dieux, Israël, ceux qui t'ont fait monter du pays d'Egypte ! » 5 Aaron le vit, et il bâtit un *autel en face de la statue; puis Aaron proclama ceci : « Demain, fête pour le SEIGNEUR ! » 6 Le lendemain, dès leur lever, ils offrirent des holocaustes[2] et amenèrent des sacrifices de paix; le peuple s'assit pour manger et boire, il se leva pour se divertir.

7 Le SEIGNEUR adressa la parole à Moïse : « Descends donc, car ton peuple s'est corrompu, ce peuple que tu as fait monter du pays d'Egypte. 8 Ils n'ont pas tardé à s'écarter du chemin que je leur avais prescrit; ils se sont fait une statue de veau, ils se sont

---

1. *des dieux qui marchent* : autre traduction *un dieu qui marche*; de même aux versets 4, 8 et 23.

1. *au burin* : on recouvrait de plaques d'or gravées la carcasse en bois de la statue. Mais on pourrait aussi comprendre *il le fit fondre dans un moule. une statue de veau* : dans l'ancien Orient, de telles statues ne représentaient pas la divinité, mais constituaient le support pour une statue de la divinité. Le taureau y était généralement le symbole de la puissance et de la fécondité; c'est par dérision que la statue est appelée ici un *veau*.
2. *holocaustes* : voir au glossaire SACRIFICES.

prosternés devant elle, ils lui ont sacrifié et ils ont dit : Voici tes dieux, Israël, ceux qui t'ont fait monter du pays d'Egypte. » 9 Et le Seigneur dit à Moïse : « Je vois ce peuple : eh bien ! C'est un peuple à la nuque raide[1] ! 10 Et maintenant, laisse-moi faire : que ma colère s'enflamme contre eux, je vais les supprimer et je ferai de toi une grande nation. »

11 Mais Moïse apaisa la face du Seigneur, son Dieu, en disant : « Pourquoi, Seigneur, ta colère veut-elle s'enflammer contre ton peuple que tu as fait sortir du pays d'Egypte, à grande puissance et à main forte ? 12 Pourquoi les Egyptiens diraient-ils : C'est par méchanceté qu'il les a fait sortir ! Pour les tuer dans les montagnes ! Pour les supprimer de la surface de la terre ! Reviens de l'ardeur de ta colère et renonce à faire du mal à ton peuple. 13 Souviens-toi d'Abraham, d'Isaac et d'Israël, tes serviteurs, auxquels tu as juré par toi-même, auxquels tu as adressé cette parole : Je multiplierai votre descendance comme les étoiles du ciel et, tout ce pays que j'ai dit, je le donnerai à votre descendance et ils en hériteront à jamais. » 14 Et le Seigneur renonça au mal qu'il avait dit vouloir faire à son peuple.

15 Moïse s'en retourna et descendit de la montagne, les deux tables de la *charte en main, tables écrites des deux côtés, écrites de part et d'autre; 16 les tables, c'était l'oeuvre de Dieu, l'écriture, c'était l'écriture de Dieu, gravée sur les tables. 17 Josué entendit le bruit des acclamations du peuple et il dit à Moïse : « Bruit de guerre dans le camp ! » 18 Mais celui-ci dit :

« Ni le bruit des chants de victoire,
ni le le bruit des chants de défaite,
ce que j'entends, c'est un bruit de cantiques ! »

19 Or, comme il s'approchait du camp, il vit le veau et des danses; Moïse s'enflamma de colère : de ses mains, il jeta les tables et les brisa au bas de la montagne. 20 Il prit le veau qu'ils avaient fait, le brûla, l'écrasa tout fin, le répandit à la surface de l'eau et il fit boire les fils d'Israël.

21 Moïse dit à Aaron : « Que t'a fait ce peuple pour que tu amènes sur lui un grand péché ? » 22 Aaron dit : « Que la colère de mon seigneur ne s'enflamme pas ! Tu sais toi-même que le peuple est dans le malheur. 23 Ils m'ont dit : Fais-nous des dieux qui marchent à notre tête, car ce Moïse, l'homme qui nous a fait monter du pays d'Egypte, nous ne savons pas ce qui lui est arrivé. 24 Je leur ai donc dit : Qui a de l'or ? Ils l'ont arraché de leurs oreilles et ils me l'ont donné. Je l'ai jeté au feu et il en est sorti ce veau. »

Le châtiment

25 Moïse vit que le peuple était à l'abandon, qu'Aaron l'avait abandonné, l'exposant à la dérision de ses adversaires. 26 Alors Moïse se tint à la porte du camp et il dit : « Les partisans du Seigneur, à moi ! » Tous les fils de Lévi s'assemblèrent autour de lui. 27 Il leur dit : « Ainsi parle le Seigneur, Dieu d'Israël : Mettez cha-

---

1. Un *peuple à la nuque raide* est un peuple qui ne plie pas, ne cède pas devant Dieu, donc qui lui désobéit avec orgueil et insolence.

cun l'épée au côté, passez et re-
passez de porte en porte dans le
camp et tuez qui son frère, qui
son ami, qui son proche ! » 28 Les
fils de Lévi exécutèrent la parole
de Moïse et, dans le peuple, il
tomba environ 3.000 hommes.
29 Moïse dit : « Recevez aujourd'-
hui l'investiture[1] de par le Seigneur, chacun au prix même de
son fils et de son frère, et qu'il
vous accorde aujourd'hui bénédiction. »

Moïse supplie Dieu de pardonner à Israël

30 Or, le lendemain, Moïse dit
au peuple : « Vous avez commis
un grand péché, mais maintenant,
je vais monter vers le Seigneur ;
peut-être obtiendrai-je l'absolution de votre péché. » 31 Moïse revint vers le Seigneur et dit : « Hélas ! Ce peuple a commis un
grand péché ; ils se sont fait des
dieux d'or. 32 Mais maintenant, si
tu voulais enlever leur péché ...
Sinon, efface-moi donc du livre[2]
que tu as écrit. » 33 Le Seigneur
dit à Moïse : « C'est celui qui a
péché contre moi que j'effacerai
de mon livre. 34 Et maintenant,
va ! Conduis le peuple où je t'ai
dit, et c'est mon *ange qui marchera devant toi. Mais le jour où,
moi, j'interviendrai, je les punirai
pour leur péché. » 35 Et le Seigneur frappa le peuple pour
avoir fabriqué le veau, celui
qu'Aaron avait fait.

1. *investiture* : voir Lv 8.33 et la note. — Le
texte de ce verset est peu clair et la traduction
incertaine.
2. D'après Ps 69.29, Dieu détient *un livre de vie*
où sont inscrits les noms des justes. Cette façon de
parler s'inspire peut-être des listes établies lors des
recensements ; être rayé d'une telle liste, c'est ne
plus faire partie du peuple.

Dieu donne l'ordre de partir

33 1 Le Seigneur adressa la
parole à Moïse : « Quitte ce
lieu, toi et le peuple que tu as fait
monter du pays d'Egypte, et
monte vers la terre que j'ai promise par serment à Abraham, à
Isaac et à Jacob en leur disant :
C'est à ta descendance que je la
donne. 2 — J'enverrai devant toi
un *ange et je chasserai le Cananéen, l'*Amorite et le Hittite, le
Perizzite, le Hivvite et le Jébusite
—. 3 Monte vers le pays ruisselant de lait et de miel. Je ne peux
pas y monter au milieu de toi, car
tu es un peuple à la nuque raide[1]
et je t'exterminerais en chemin. »
4 Le peuple entendit cette parole
de malheur et prit le deuil ;
personne ne mit ses habits de
fête.

5 Le Seigneur dit à Moïse :
« Dis aux fils d'Israël : Vous êtes
un peuple à la nuque raide. Qu'un
seul instant je monte au milieu de
vous, et je vous exterminerais. Et
maintenant, déposez vos habits
de fête et je saurai ce que je dois
vous faire. » 6 Et les fils d'Israël
défirent de leurs habits de fête, à
partir de la montagne de l'Horeb.

La tente de la rencontre

7 Moïse prenait la *tente, la dé-
ployait[2] à bonne distance en dehors du camp et l'appelait :
« Tente de la rencontre. » Et alors
quiconque voulait rechercher le
Seigneur sortait vers la tente de

1. *pays ruisselant de lait et de miel* : voir 3.8 et
la note — *nuque raide* : voir 32.9 et la note.
2. L'hébreu ajoute ici un pronom personnel
(*pour lui*), qui peut se rapporter soit à *Dieu*, soit à
Moïse lui-même, soit encore à *l'arche* (nom masculin en hébreu).

la rencontre qui était en dehors du camp. 8 Et quand Moïse sortait vers la tente, tout le peuple se levait, chacun se tenait à l'entrée de sa tente et suivait Moïse des yeux jusqu'à son entrée dans la tente. 9 Et, quand Moïse était entré dans la tente, la colonne de nuée[1] descendait, se tenait à l'entrée de la tente et parlait avec Moïse. 10 Tout le peuple voyait la colonne de nuée dressée à l'entrée de la tente; tout le peuple se levait et chacun se prosternait à l'entrée de sa tente. 11 Le Seigneur parlait à Moïse, face à face, comme on se parle d'homme à homme. Puis Moïse revenait vers le camp tandis que son auxiliaire, le jeune Josué, fils de Noun, ne quittait pas l'intérieur de la tente.

Dieu s'entretient avec Moïse

12 Moïse dit au Seigneur : « Vois ! Tu me dis toi-même : Fais monter ce peuple, mais tu ne m'as pas fait connaître celui que tu enverras avec moi. Pourtant, c'est toi qui avais dit : Je te connais par ton *nom, et aussi : Tu as trouvé grâce à mes yeux. 13 Et maintenant, si vraiment j'ai trouvé grâce à tes yeux, fais-moi connaître ton chemin[2] et je te connaîtrai; ainsi, de fait, j'aurai trouvé grâce à tes yeux. Et puis, considère que cette nation, c'est ton peuple ! » 14 Il dit : « Irai-je en personne te donner le repos ? » 15 Il lui dit : « Si tu ne viens pas en personne, ne nous fais pas monter d'ici. 16 Et à quoi donc reconnaîtra-t-on que, moi et ton peuple, nous avons trouvé grâce à tes yeux ? N'est-ce pas quand tu marcheras avec nous et que nous serons différents, moi et ton peuple, de tout peuple qui est sur la surface de la terre ? » 17 Le Seigneur dit à Moïse : « Ce que tu viens de dire, je le ferai aussi, car tu as trouvé grâce à mes yeux et je te connais par ton nom. »

18 Il dit : « Fais-moi donc voir ta gloire[1] ! » 19 Il dit : « Je ferai passer sur toi tous mes bienfaits et je proclamerai devant toi le nom de Seigneur; j'accorde ma bienveillance à qui je l'accorde, je fais miséricorde à qui je fais miséricorde[2]. » 20 Il dit : « Tu ne peux pas voir ma face, car l'homme ne saurait me voir et vivre. » 21 Le Seigneur dit : « Voici un lieu près de moi. Tu te tiendras sur le rocher. 22 Alors, quand passera ma gloire, je te mettrai dans le creux du rocher et, de ma main, je t'abriterai tant que je passerai. 23 Puis, j'écarterai ma main et tu me verras de dos; mais ma face, on ne peut la voir. »

Les nouvelles tables de la loi

34 1 Le Seigneur dit à Moïse : « Taille-toi deux tables de pierre, comme les premières; j'écrirai sur ces tables les mêmes paroles que sur les premières tables que tu as brisées. 2 Soit prêt pour demain matin; tu monteras dès le matin sur la montagne de Sinaï et tu te tiendras devant moi, là, au sommet de la montagne.

---

1. *colonne de nuée* : voir 13.21 et la note.
2. *ton chemin* ou *ta volonté*.

1. *Fais-moi voir ta gloire* : cette demande équivaut à *montre-toi à moi* (voir v. 20).
2. Cette tournure de phrase signifie vraisemblablement une affirmation renforcée : *quand j'accorde ma bienveillance et quand je fais miséricorde, il s'agit vraiment de bienveillance et de miséricorde*.

3 Personne ne montera avec toi; et même, qu'on ne voie personne sur toute la montagne; même le petit et le gros bétail, qu'ils ne paissent pas devant cette montagne. » 4 Moïse tailla des tables de pierre comme les premières, se leva de bon matin et, comme le SEIGNEUR le lui avait ordonné, monta sur la montagne de Sinaï, ayant pris à la main les deux tables de pierre. 5 Le SEIGNEUR descendit dans la nuée, se tint là avec lui, et Moïse proclama le nom de « SEIGNEUR[1]. » 6 Le SEIGNEUR passa devant lui et proclama : « Le SEIGNEUR, le SEIGNEUR, Dieu miséricordieux et bienveillant, lent à la colère, plein de fidélité et de loyauté, 7 qui reste fidèle à des milliers de générations, qui supporte la faute, la révolte et le péché, mais sans rien laisser passer, qui poursuit la faute des pères chez les fils et les petits-fils sur trois et quatre générations. » 8 Aussitôt, Moïse s'agenouilla à terre et se prosterna. 9 Et il dit : « Si vraiment j'ai trouvé grâce à tes yeux, ô Seigneur, que le Seigneur marche au milieu de nous; c'est un peuple à la nuque raide[2] que celui-ci, mais tu pardonneras notre faute et notre péché, et tu feras de nous ton héritage. »

Le renouvellement de l'alliance

10 Il dit : « Je vais conclure une *alliance. Devant tout ton peuple, je vais réaliser des merveilles, telles qu'il n'en fut créé nulle part sur la terre, ni dans aucune nation; et tout le peuple qui t'entoure verra qu'elle est terrible, l'oeuvre du SEIGNEUR, celle que je vais réaliser avec toi. 11 Observe bien ce que je t'ordonne aujourd'hui. Je vais chasser devant toi l'*Amorite, le Cananéen, le Hittite, le Perizzite, le Hivvite et le Jébusite; 12 garde-toi de conclure une alliance avec les habitants du pays où tu vas monter, cela deviendrait un piège au milieu de toi; 13 mais leurs *autels, vous les démolirez; leurs stèles, vous les briserez; les poteaux sacrés[1], vous les couperez. 14 Ainsi donc :

Tu ne te prosterneras pas devant un autre dieu, car le nom du SEIGNEUR est Jaloux[2], il est un Dieu jaloux. 15 Ne va pas conclure une alliance avec les habitants du pays : quand ils se prostituent[3] avec leurs dieux et *sacrifient à leurs dieux, ils t'appelleraient et tu mangerais de leurs sacrifices. 16 Si tu prenais de leurs filles pour tes fils, leurs filles se prostitueraient avec leurs dieux et amèneraient tes fils à se prostituer avec leurs dieux.

17 Tu ne te feras pas de dieux en forme de statue.

18 Tu observeras la fête des pains sans levain. Pendant sept jours tu mangeras des *pains sans levain — ce que je t'ai ordonné — au temps fixé du mois des Epis[4], car c'est au mois des Epis que tu es sorti d'Egypte.

---

1. *la nuée* : voir 13.21 et la note. — *Et Moïse proclama le nom de « Seigneur »* : autres traductions *et Moïse invoqua le nom du Seigneur*, ou *(le Seigneur) proclama son nom de « Seigneur »*.
2. *nuque raide* : voir 32.9 et la note.

1. Les *stèles* et *poteaux sacrés* sont des objets de culte importants des sanctuaires païens (voir 1 R 14.15, 23 et les notes).
2. *Jaloux* : voir 20.5 et la note.
3. *ils se prostituent* : voir Os 2.4 et la note.
4. *fête des pains sans levain, mois des Epis* : voir au glossaire CALENDRIER.

19 Tout ce qui ouvre le sein maternel est à moi. Ainsi, de tout ton troupeau, tu feras l'occasion d'un mémorial[1], que ce premier-né soit du gros ou du petit bétail. 20 Mais, un premier-né d'âne[2], tu le rachèteras par un mouton; si tu ne le rachètes pas, tu lui rompras la nuque. Tout premier-né de tes fils, tu le rachèteras. Et on ne viendra pas me voir en ayant les mains vides.

21 Tu travailleras six jours, mais le septième jour, tu chômeras[3]; même en période de labours ou de moissons, tu chômeras.

22 Tu célébreras une fête des Semaines pour les prémices de la moisson du froment, — et la fête de la Récolte[4], à la fin de l'année.

23 Trois fois par an, tous tes hommes viendront voir la face du Maître[5], le Seigneur, Dieu d'Israël. 24 En effet, quand j'aurai dépossédé les nations devant toi et que j'aurai élargi ton territoire, personne n'aura de visées sur la terre au moment où tu monteras pour voir la face du Seigneur, ton Dieu, trois fois par an.

25 Tu n'égorgeras pas pour moi de *sacrifice sanglant en l'accompagnant de pain fermenté; la victime sacrifiée pour la fête de *Pâque ne passera pas la nuit[6] jusqu'au matin.

26 Tu apporteras les tout premiers fruits de ton sol à la Maison du Seigneur, ton Dieu.

Tu ne feras pas cuire un chevreau dans le lait de sa mère[1]. »

27 Le Seigneur dit à Moïse : « Inscris ces paroles car c'est sur la base de ces paroles que je conclus avec toi une alliance, ainsi qu'avec Israël. » 28 Il fut donc là avec le Seigneur, 40 jours et 40 nuits. Il ne mangea pas de pain; il ne but pas d'eau. Et il écrivit sur les tables les paroles de l'alliance, les dix paroles.

Retour de Moïse au camp

29 Or, quand Moïse descendit de la montagne de Sinaï, ayant à la main les deux tables de la *charte, quand il descendit de la montagne, il ne savait pas, lui Moïse, que la peau de son visage était devenue rayonnante en parlant avec le Seigneur. 30 Aaron et tous les fils d'Israël virent Moïse : la peau de son visage rayonnait ! Ils craignirent de s'approcher de lui. 31 Moïse les appela : alors, Aaron et tous les responsables de la communauté revinrent vers lui et Moïse leur adressa la parole. 32 Ensuite, tous les fils d'Israël s'approchèrent et il leur communiqua tous les ordres que le Seigneur lui avait donnés sur la montagne de Sinaï. 33 Moïse acheva de parler avec eux et il plaça un voile sur son visage. 34 Et quand il entrait devant le Seigneur pour parler avec lui, il

1. *ce qui ouvre le sein maternel; c'est-à-dire le premier-né* (voir la fin du verset); voir aussi 13.12-13. — *Mémorial* : voir 28.12 et la note.
2. *âne* : voir 13.13 et la note.
3. *tu chômeras* : voir 23.12 et la note.
4. *fête des Semaines, fête de la Récolte* : voir au glossaire CALENDRIER.
5. *voir la face du Maître* : voir 23.17 et la note.
6. *pain fermenté* : pain contenant du *levain, voir Lv 2.11 et la note. — *Ne passera pas la nuit* : la victime sera entièrement consommée avant le matin, voir Ex 12.8-10.

1. *Tu ne feras pas cuire ...* : voir 23.19 et la note.

retirait le voile jusqu'à sa sortie. Etant sorti, il disait aux fils d'Israël les ordres reçus. 35 Les fils d'Israël voyaient que le peau du visage de Moïse rayonnait. Alors Moïse replaçait le voile sur son visage, jusqu'à ce qu'il retournât parler avec le Seigneur.

LA CONSTRUCTION DU SANCTUAIRE

Le sabbat est un jour de repos

35 1 Moïse[1] assembla toute la communauté des fils d'Israël et leur dit : « Telles sont les paroles que le Seigneur a ordonnées pour qu'on les mette en pratique : 2 six jours, on fera son ouvrage mais, le septième jour, il y aura pour vous quelque chose de sacré, le *sabbat, repos du Seigneur. Quiconque y fera de l'ouvrage sera mis à mort. 3 Où que vous habitiez, vous n'allumerez pas de feu le jour du sabbat. »

Les Israélites apportent leur contribution

4 Moïse[2] dit à toute la communauté des fils d'Israël : « Telle est la parole que le Seigneur a ordonnée : 5 Levez parmi vous une contribution pour le Seigneur; tout coeur généreux apportera la contribution du Seigneur : or, argent, bronze, 6 pourpre violette et pourpre rouge, cramoisi éclatant, lin, poil de chèvre, 7 peaux de béliers teintes en rouge, peaux de dauphins, bois d'acacia, 8 huile pour le luminaire, aromates pour l'huile d'*onction et le parfum à brûler, 9 pierres de béryl et pierres de garniture pour l'éphod et le pectoral. 10 Et que tous les sages parmi vous viennent et exécutent tout ce que le Seigneur a ordonné : 11 la *demeure avec sa tente, sa couverture, ses agrafes, ses cadres, ses traverses, ces colonnes et ses socles; 12 l'*arche avec ses barres, le propitiatoire, le voile de séparation; 13 la table avec ses barres, tous ses accessoires et le pain d'offrande; 14 le chandelier du luminaire avec ses accessoires, ses lampes et l'huile du luminaire; 15 l'*autel du parfum avec ses barres, l'huile d'onction, le parfum à brûler et le rideau d'entrée, à l'entrée de la demeure; 16 l'autel de l'holocauste avec sa grille de bronze, ses barres et tous ses accessoires; la cuve avec son support; 17 les tentures du *parvis avec ses colonnes, ses socles et le rideau de la porte du parvis; 18 les piquets de la demeure, les piquets du parvis et leurs cordes; 19 les vêtements liturgiques pour officier dans le *sanctuaire, les vêtements sacrés pour le prêtre Aaron et les vêtements que porteront ses fils pour exercer le sacerdoce. »

---

1. Les chapitres 35-40 décrivent l'exécution des ordres donnés dans les chapitres 25-31. On peut donc se reporter aux notes de ces chapitres. — Comparer les versets 1-3 avec 31.12-17.
2. Comparer les versets 4-29 avec 25.1-7.

20 Toute la communauté des fils d'Israël se retira de devant Moïse. 21 Alors vinrent tous les volontaires et quiconque avait l'esprit généreux apporta la contribution du Seigneur, pour les travaux de la *tente de la rencontre, pour tout son service et pour les vêtements sacrés. 22 Alors, vinrent les hommes aussi bien que les femmes. Chaque coeur généreux apporta broches, boucles, anneaux, boules — tous objets d'or que chacun offrait au Seigneur avec le geste de présentation de l'or. 23 Tout homme chez qui se trouvait de la pourpre violette, de la pourpre rouge, du cramoisi éclatant, du lin, du poil de chèvre, des peaux de béliers teintes en rouge ou des peaux de dauphins, l'apporta. 24 Quiconque avait levé une contribution d'argent ou de bronze apporta cette contribution au Seigneur. Tout homme chez qui se trouvait du bois d'acacia l'apporta pour tous les travaux du service. 25 Toutes les femmes douées de sagesse filèrent de leurs mains et apportèrent, déjà filés, la pourpre violette et la pourpre rouge, le cramoisi éclatant et le lin; 26 toutes les femmes douées de sagesse filèrent le poil de chèvre. 27 Les responsables apportèrent les pierres de béryl et les pierres de garniture pour l'éphod et le pectoral, 28 ainsi que les aromates et l'huile pour le luminaire, l'huile d'onction et le parfum à brûler. 29 Hommes ou femmes, ceux que leur coeur généreux poussait à apporter ce qui était nécessaire au travail que le Seigneur avait ordonné par l'intermédiaire de Moïse, ceux-là, en fils d'Israël, l'apportèrent généreusement au Seigneur.

Beçalel et Oholiav se mettent au travail

30 Moïse[1] dit aux fils d'Israël : « Voyez ! Le Seigneur a appelé par son nom Beçalel, fils d'Ouri, fils de Hour, de la tribu de Juda. 31 Il l'a rempli de l'esprit de Dieu pour qu'il ait sagesse, intelligence, connaissance et savoir-faire universel : 32 création artistique, travail de l'or, de l'argent, du bronze, 33 ciselure des pierres de garniture, sculpture sur bois et toutes sortes de travaux artistiques. 34 Il a mis en son *coeur le don d'enseigner, en lui comme en Oholiav, fils d'Ahisamak, de la tribu de Dan. 35 Il les a remplis de sagesse, pour exécuter tout le travail du ciseleur, de l'artiste, du brocheur sur pourpre violette et pourpre rouge, cramoisi éclatant et lin, du tisserand — ouvriers de tout métier et artistes.

36 1 Beçalel, Oholiav et chaque sage en qui le Seigneur a mis sagesse et intelligence pour savoir exécuter tous les travaux du service du *sanctuaire, ceux-là exécuteront tout ce que le Seigneur a ordonné. »

2 Moïse fit appel à Beçalel, à Oholiav et à tout homme dont le Seigneur avait rempli le coeur de sagesse, tous étant volontaires pour s'engager aux travaux et les exécuter. 3 Ils retirèrent d'auprès de Moïse toute la contribution que les fils d'Israël avaient apportée en vue des travaux du service du sanctuaire et de leur exécution. Mais, comme on lui appor-

---

1. Comparer 35.30-36.7 avec 31.1-11.

tait encore généreusement matin après matin, 4 tous les sages qui exécutaient les divers travaux du sanctuaire quittèrent un à un le travail où ils s'affairaient 5 et ils dirent à Moïse : « Le peuple en apporte trop pour que cela serve aux travaux dont le Seigneur a ordonné l'exécution ! » 6 Moïse donna un ordre qu'on fit passer dans le camp : « Que les hommes et les femmes ne travaillent plus à la contribution pour le sanctuaire ! » Le peuple cessa d'apporter ; 7 son travail avait été suffisant pour les travaux à exécuter, il y eut même des restes.

La demeure sainte

8 Les ouvriers[1] les plus sages firent la demeure avec dix tapisseries de lin retors, pourpre violette, pourpre rouge et cramoisi éclatant et on fit des *chérubins artistement travaillés. 9 Longueur d'une tapisserie : 28 coudées. Largeur d'une tapisserie : quatre coudées. Mêmes dimensions pour toutes les tapisseries. 10 Il assembla cinq tapisseries l'une à l'autre, et les cinq autres, il les assembla également l'une à l'autre. 11 Il fit des lacets de pourpre violette au bord de la première tapisserie, à l'extrémité de l'assemblage, et il fit de même au bord de la dernière tapisserie du deuxième assemblage. 12 Il mit 50 lacets à la première tapisserie et 50 lacets à l'extrémité de la tapisserie du deuxième assemblage, les lacets se correspondant l'un à l'autre. 13 Il fit 50 agrafes en or, il assembla les tapisseries l'une à l'autre

par les agrafes et ainsi la demeure fut d'un seul tenant.

14 Puis il fit des tapisseries en poil de chèvre pour former une tente par-dessus la demeure. Il en fit onze. 15 Longueur d'une tapisserie : 30 coudées. Puis quatre coudées pour la largeur d'une tapisserie. Mêmes dimensions pour les onze tapisseries. 16 Il assembla cinq tapisseries à part, puis six tapisseries à part. 17 Il fit 50 lacets au bord de la dernière tapisserie de l'assemblage et 50 lacets au bord de la même tapisserie du deuxième assemblage. 18 Il fit 50 agrafes de bronze pour assembler la tente d'un seul tenant. 19 Et il fit pour la tente une couverture en peaux de béliers teintes en rouge et une couverture en peaux de dauphins par-dessus.

20 Puis, il fit les cadres pour la demeure, en bois d'acacia, posés debout. 21 Dix coudées de longueur par cadre et une coudée et demie de largeur pour chaque cadre ; 22 deux tenons à chaque cadre, juxtaposés l'un à l'autre. Ainsi fit-il tous les cadres de la demeure. 23 De ces cadres pour la demeure, il en fit vingt en direction du Néguev, au sud : 24 et il fit 40 socles en argent sous les vingt cadres — deux socles sous un cadre pour ses deux tenons, puis deux socles sous un autre cadre pour ses deux tenons. 25 Pour le deuxième côté de la demeure, en direction du nord, vingt cadres 26 avec leurs 40 socles en argent — deux socles sous un cadre et deux socles sous un autre cadre. 27 Et pour le fond de la demeure, vers la mer, il fit six cadres ; 28 il fit aussi deux cadres comme contreforts de la demeure au

1. Comparer les versets 8-38 avec 26.1-37.

fond ; 29 ils étaient en écartement à la base mais se terminaient en jointure au sommet dans le premier anneau : ainsi fit-il pour eux deux, pour les deux contreforts. 30 Il y eut donc huit cadres avec leurs socles en argent : seize socles, deux par deux sous chaque cadre.

31 Puis il fit les traverses en bois d'acacia : cinq pour les cadres du premier côté de la demeure, 32 cinq pour les cadres du deuxième côté de la demeure, cinq pour les cadres du côté de la demeure qui est au fond vers la mer. 33 Il disposa la traverse médiane pour qu'elle traversât à mi-hauteur des cadres, d'un bout à l'autre. 34 Il plaqua les cadres d'or, il fit en or leurs anneaux pour loger les traverses et il plaqua les traverses d'or.

35 Puis il fit un voile de pourpre violette, pourpre rouge, cramoisi éclatant et lin retors ; il y fit des chérubins artistement travaillés. 36 Il fit pour lui quatre colonnes en acacia, qu'il plaqua d'or, et leurs crochets en or. Il coula pour elles quatre socles en argent.

37 Puis il fit un rideau pour l'entrée de la tente, en pourpre violette, pourpre rouge, cramoisi éclatant et lin retors — travail de brocheur — 38 avec ses cinq colonnes, leurs crochets, leurs chapiteaux et tringles qu'il plaqua d'or et leurs cinq socles en bronze.

L'arche de l'alliance

37 1 Puis Beçalel[1] fit l'*arche en bois d'acacia, longue de deux coudées et demie, large

d'une coudée et demie, haute d'une coudée et demie. 2 Il la plaqua d'or pur au-dedans et audehors et l'entoura d'une moulure en or. 3 Il coula pour elle quatre anneaux d'or à ses quatre pieds : deux anneaux d'un côté, deux anneaux de l'autre. 4 Il fit des barres en bois d'acacia, il les plaqua d'or, 5 et il introduisit les barres dans les anneaux des côtés de l'arche, pour lever l'arche.

6 Puis il fit un propitiatoire en or pur, long de deux coudées et demie, large d'une coudée et demie. 7 Et il fit deux *chérubins en or ; il les forgea aux deux extrémités du propitiatoire, 8 un chérubin à une extrémité, l'autre chérubin à l'autre extrémité ; il fit les chérubins en saillie sur le propitiatoire, à partir de ses deux extrémités. 9 Les chérubins déployaient leurs ailes vers le haut pour protéger le propitiatoire de leurs ailes ; ils étaient face à face et ils regardaient vers le propitiatoire.

La table du pain d'offrande

10 Puis il fit la table[1] en bois d'acacia, longue de deux coudées, large d'une coudée, haute d'une coudée et demie. 11 Il la plaqua d'or pur et l'entoura d'une moulure en or. 12 Il l'encadra avec des entretoises d'un palme et il mit une moulure en or autour des entretoises. 13 Il coula pour elle quatre anneaux d'or et il plaça les anneaux aux quatre coins de ses quatre pieds. 14 Tout près des entretoises furent fixés les anneaux pour loger les barres servant à lever la table. 15 Il fit les barres

1. Comparer les versets 1-9 avec 25.10-22.

1. Comparer les versets 10-16 avec 25.23-30.

en bois d'acacia et les plaqua
d'or, pour servir à lever la table.
16 Il fit en or pur les accessoires
de la table — plats, gobelets, bols
et timbales — avec lesquels on
devait verser les libations.

Le chandelier à sept branches

17 Puis il fit le chandelier[1] en
or pur; il forgea le chandelier; sa
base et sa tige, ses coupes, ses
boutons et ses fleurs faisaient
corps avec lui. 18 Six branches
sortaient de ses côtés, trois branches du chandelier sur un côté,
trois branches du chandelier sur
l'autre côté. 19 Sur une branche,
trois coupes en forme d'amande
avec bouton et fleur et, sur une
autre branche, trois coupes en
forme d'amande avec bouton et
fleur : ainsi pour les six branches
sortant du chandelier. 20 Sur le
chandelier lui-même, quatre
coupes en forme d'amande avec
boutons et fleurs : 21 un bouton
sous les deux premières branches
issues du chandelier, un bouton
sous les deux branches suivantes
issues du chandelier, un bouton
sous les deux dernières branches
issues du chandelier : ainsi donc
aux six branches qui en sortaient.
22 Boutons et branches faisaient
corps avec lui qui était tout entier
forgé d'une seule pièce en or pur.
23 Il lui fit des lampes au nombre
de sept, et des pincettes et des
bobèches en or pur. 24 Il le fit
avec un talent d'or pur, lui et tous
ses accessoires.

L'autel du parfum

25 Puis il fit l'*autel du parfum[1]
en bois d'acacia : une coudée
pour sa longueur, une coudée
pour sa largeur — il était carré
— deux coudées pour sa hauteur.
Ses cornes faisaient corps avec
lui. 26 Il le plaqua d'or pur — le
dessus, les parois tout autour et
les cornes — et il l'entoura d'une
moulure en or. 27 Il lui fit des
anneaux d'or au-dessous de la
moulure, sur ses deux côtés, sur
ses deux flancs, pour loger les
barres servant à le lever. 28 Il fit
les barres en bois d'acacia et il les
plaqua d'or. 29 Il fit l'huile[2]
d'*onction sainte et le parfum pur
à brûler — travail de parfumeur.

L'autel des sacrifices et la cuve

38 1 Puis il fit l'*autel de l'holocauste[3] en bois d'acacia :
cinq coudées pour sa longueur,
cinq coudées pour sa largeur — il
était carré — et trois coudées
pour sa hauteur. 2 Il fit à ses
quatre angles des cornes qui faisaient corps avec lui. Il le plaqua
de bronze. 3 Il fit tous les accessoires de l'autel : les bassins, les
pelles, les bassines, les crochets et
les cassolettes, tous accessoires
qu'il fit en bronze. 4 Il fit pour
l'autel une grille à la façon d'un
filet de bronze, sous la bordure de
l'autel, depuis la base jusqu'à
mi-hauteur. 5 Il coula quatre anneaux aux quatre extrémités de la
grille de bronze, pour loger les
barres. 6 Il fit les barres en bois
d'acacia et les plaqua de bronze.
7 Il introduisit les barres dans les

1. Comparer les versets 17-24 avec 25.31-40.
1. Comparer les versets 25-28 avec 30.1-10.
2. Comparer le v. 29 avec 30.22-38.
3. Comparer les versets 1-7 avec 27.1-8.

anneaux sur les côtés de l'autel, pour servir à le porter. Il le fit creux, en planches.

8 Puis il fit la cuve[1] en bronze et son support en bronze, avec les miroirs des femmes groupées à l'entrée de la *tente de la rencontre.

Les tentures du parvis

9 Puis il fit le *parvis[2]. Du côté du Néguev, au sud, les tentures du parvis étaient en lin retors et faisaient cent coudées. 10 Leurs vingt colonnes et leurs vingt socles étaient en bronze, les crochets des colonnes et leurs tringles, en argent. 11 Du côté du nord, cent coudées, avec leurs vingt colonnes et leurs vingt socles en bronze, les crochets des colonnes et leurs tringles, en argent. 12 Du côté de la mer : des tentures sur 50 coudées, leurs dix colonnes et leurs dix socles, les crochets des colonnes et leurs tringles, en argent. 13 Et du côté de l'est, vers le levant : 50 coudées ; 14 quinze coudées de tentures sur une aile avec leurs trois colonnes et leurs trois socles 15 et, sur l'autre aile, de part et d'autre de la porte du parvis, quinze coudées de tentures avec leurs trois colonnes et leurs trois socles. 16 Toutes les tentures de l'enceinte étaient en lin retors. 17 Les socles des colonnes étaient en bronze ; les crochets des colonnes et leurs tringles, en argent ; leurs chapiteaux étaient plaqués argent et, quant à elles, toutes les colonnes du parvis étaient réunies par des tringles en argent. 18 Le rideau de la porte du parvis était un travail de brocheur : en pourpre violette, pourpre rouge, cramoisi éclatant et lin retors ; il avait une longueur de vingt coudées et une hauteur de cinq coudées, — c'était sa largeur — atteignant ainsi le niveau des tentures du parvis. 19 Ses quatre colonnes et leurs quatre socles étaient en bronze, leurs crochets étaient en argent, leurs chapiteaux et leurs tringles étaient plaqués argent. 20 Tous les piquets pour la *demeure et l'enceinte du parvis étaient en bronze.

Les quantités de métaux utilisés

21 Voici la liste des dépenses de la *demeure — demeure de la *charte ; on en fit le compte sur l'ordre de Moïse ; c'était le service des *lévites accompli par l'intermédiaire d'Itamar, fils du prêtre Aaron. 22 Beçalel, fils d'Ouri, fils de Hour de la tribu de Juda, avait exécuté tout ce que le Seigneur avait ordonné à Moïse. 23 Avec lui s'était trouvé Oholiav fils d'Ahisamak, de la tribu de Dan : ciseleur et artiste, brocheur sur pourpre violette, pourpre rouge, cramoisi éclatant et lin.

24 Total de l'or utilisé pour les travaux, tous les travaux du *sanctuaire — et c'était l'or provenant de l'offrande — : 29 talents et 730 sicles[1], en sicles du sanctuaire.

25 Argent[2] des gens recensés de la communauté : cent talents et 1775 sicles, en sicles du sanctuaire, 26 soit un béqua[3] par tête

---

1. Comparer le v. 8 avec 30.17-21.
2. Comparer les versets 9-20 avec 27.9-19.

1. *talents, sicles* : voir au glossaire POIDS ET MESURES.
2. Comparer les versets 25-26 avec 30.11-16.
3. *béqua* : voir au glossaire POIDS ET MESURES.

ou un demi-sicle, en sicles du sanctuaire, pour tout homme passant au recensement depuis vingt ans et au-dessus, pour les 603 550. 27 Cent talents d'argent furent utilisés pour couler les socles du sanctuaire et les socles du voile : cent socles avec les cent talents, un talent par socle. 28 Avec les 1.775 sicles, il avait fait les crochets des colonnes, il avait plaqué leurs chapiteaux et les avait réunies par des tringles. 29 Bronze provenant de l'offrande : 70 talents et 2.400 sicles. 30 Il en avait fait les socles de l'entrée de la *tente de la rencontre, l'*autel de bronze et sa grille de bronze, tous les accessoires de l'autel, 31 les socles de l'enceinte du parvis, les socles de la porte du parvis, tous les piquets de la demeure et tous les piquets de l'enceinte du parvis.

Les vêtements et insignes des prêtres

39 1 Avec la pourpre violette[1], la pourpre rouge et le cramoisi éclatant, on fit les vêtements liturgiques pour officier dans le *sanctuaire et on fit les vêtements sacrés d'Aaron, comme le Seigneur l'avait ordonné à Moïse.

2 Il fit l'éphod en or, pourpre violette, pourpre rouge, cramoisi éclatant et lin retors. 3 Dans les plaques d'or laminées, on découpait des rubans pour les entrelacer avec la pourpre violette, la pourpre rouge, le cramoisi éclatant et le lin — travail d'artiste. 4 Il fit, pour le fixer, des bretelles de fixation à ses deux extrémités.

1. Comparer les versets 1-32 avec 28.1-43.

5 L'écharpe de l'éphod, celle qui est dessus, était de travail identique : en or, pourpre violette, pourpre rouge, cramoisi éclatant et lin retors, comme le Seigneur l'avait ordonné à Moïse. 6 On apprêta les pierres de béryl : serties, enchâssées dans l'or, gravées comme la gravure d'un sceau aux noms des fils d'Israël. 7 Il les mit aux bretelles de l'éphod — ces pierres qui sont un mémorial en faveur des fils d'Israël — comme le Seigneur l'avait ordonné à Moïse.

8 Puis il fit le pectoral — travail d'artiste — à la façon d'un éphod : en or, pourpre violette, pourpre rouge, cramoisi éclatant et lin retors. 9 Le pectoral était carré, mais on l'avait plié ; une fois plié, il était long d'un empan et large d'un empan. 10 On le garnit de quatre rangées de pierres :

— l'une : sardoine, topaze et émeraude. C'était la première rangée ;

11 — la deuxième rangée : escarboucle, lazulite et jaspe ;

12 — la troisième rangée : agate, cornaline et améthyste ;

13 — et la quatrième rangée : chrysolithe, béryl et onyx.

Elles étaient serties et avaient des chatons d'or pour garniture. 14 Les pierres correspondaient aux noms des fils d'Israël, elles étaient douze comme leurs noms ; elles étaient gravées comme un sceau, chacune à son nom puisqu'il y a douze tribus. 15 On fit au pectoral des chaînettes tressées et torsadées, en or pur. 16 On fit deux chatons d'or et deux anneaux d'or et on fixa les deux anneaux à deux extrémités du pectoral. 17 On fixa les deux torsades d'or aux deux anneaux, aux extrémités du pectoral, 18 tandis qu'on fixait les deux extrémités des deux torsades aux deux chatons et qu'on les fixait aux bretelles de l'éphod par-dedans. 19 On fit deux anneaux d'or et on les mit à deux extrémités du pectoral, du côté tourné vers l'éphod, en dedans. 20 On fit deux anneaux d'or et on les fixa aux deux bretelles de l'éphod, à leur base, par-devant, près de leur point d'attache, au-dessus de l'écharpe de l'éphod. 21 On relia le pectoral par ses anneaux aux anneaux de l'éphod avec un ruban de pourpre violette, de manière que le pectoral fût sur l'écharpe de l'éphod; ainsi, il ne se déplaçait pas sur l'éphod, comme le SEIGNEUR l'avait ordonné à Moïse.

22 Puis il fit la robe de l'éphod — travail de tisserand — toute de pourpre violette. 23 L'ouverture, au milieu de la robe, était comme celle d'une cuirasse, avec, autour de l'ouverture, une bordure indéchirable. 24 Sur les pans de la robe, on fit des grenades de pourpre violette, pourpre rouge, cramoisi éclatant et lin retors. 25 On fit des clochettes d'or pur et on plaça les clochettes parmi les grenades, sur les pans de la robe tout autour, parmi les grenades : 26 une clochette, une grenade, une clochette, une grenade, sur les pans de la robe tout autour, pour officier, comme le SEIGNEUR l'avait ordonné à Moïse.

27 Puis on fit les tuniques de lin — travail de tisserand — pour Aaron et pour ses fils, 28 ainsi que le turban de lin, les parures des tiares de lin, les caleçons de lin, en lin retors; 29 et les ceintures en lin retors, pourpre violette, pourpre rouge et cramoisi éclatant — travail de brocheur — comme le SEIGNEUR l'avait ordonné à Moïse.

30 Puis on fit le fleuron, insigne de la consécration, en or pur; on écrivit dessus une inscription comme on grave un sceau : « Consacré au SEIGNEUR », 31 et on y fixa un ruban de pourpre violette pour le fixer par-dessus le turban, comme le SEIGNEUR l'avait ordonné à Moïse.

32 Ainsi fut achevé tout le service de la demeure de la *tente de la rencontre. Les fils d'Israël s'étaient mis à l'oeuvre, ils avaient fait exactement ce que le SEIGNEUR avait ordonné à Moïse.

On amène à Moïse le travail terminé

33 On conduisit vers Moïse la *demeure :

— la tente, ses accessoires, ses agrafes, ses cadres, ses traverses, ses colonnes et ses socles, 34 la couverture en peaux de béliers teintes en rouge et la couverture en peaux de dauphins, le voile de séparation;

35 — l'*arche de la charte, ses barres et le propitiatoire;

36 — la table, tous ses accessoires et le pain d'offrande;

37 — le chandelier pur[1], ses lampes (une rangée de lampes), tous ses accessoires, l'huile du luminaire;

38 — l'*autel d'or, l'huile d'*onction, le parfum à brûler et le rideau de l'entrée de la tente;

1. *le chandelier pur* ou *le chandelier d'or pur*.

39 — l'autel de bronze, sa grille de bronze, ses barres et tous ses accessoires;

— la cuve et son support;

40 — les tentures du *parvis, ses colonnes, ses socles, le rideau de la porte du parvis, ses cordes, ses piquets et tous les accessoires du service de la demeure, pour la tente de la rencontre;

41 — les vêtements liturgiques pour officier dans le *sanctuaire, les vêtements sacrés pour le prêtre Aaron et les vêtements que portent ses fils pour exercer le sacerdoce.

42 Se conformant à tout ce que le SEIGNEUR avait ordonné à Moïse, les fils d'Israël avaient exécuté tout le service. 43 Moïse vit tout le travail qu'ils avaient fait; ils avaient fait exactement ce que le SEIGNEUR avait ordonné. Alors, Moïse les bénit.

Ordre de dresser la tente et de la consacrer

40 1 Le SEIGNEUR adressa la parole à Moïse : 2 « Au premier mois, le premier jour du mois, tu dresseras la demeure de la *tente de la rencontre. 3 Tu y mettras l'*arche de la charte et tu masqueras l'arche derrière le voile. 4 Tu apporteras la table et tu en arrangeras la disposition. Tu apporteras le chandelier et tu allumeras ses lampes. 5 Tu placeras l'*autel d'or pour le parfum devant l'arche de la charte et tu mettras le rideau à l'entrée de la demeure. 6 Tu placeras l'autel de l'holocauste devant l'entrée de la demeure de la tente de la rencontre. 7 Tu placeras la cuve entre la tente de la rencontre et l'autel

et tu y mettras de l'eau. 8 Tu poseras l'enceinte du *parvis et tu placeras le rideau de la porte du parvis. 9 Tu prendras l'huile d'*onction et tu oindras la demeure et tout ce qu'elle contient, tu la consacreras, elle et tous ses accessoires, et ce sera *saint. 10 Tu oindras l'autel de l'holocauste et tous ses accessoires, tu le consacreras et l'autel sera très saint. 11 Tu oindras la cuve et son support et tu la consacreras. 12 Tu présenteras Aaron et ses fils à l'entrée de la tente de la rencontre, tu les laveras dans l'eau, 13 tu revêtiras Aaron des vêtements sacrés, tu l'oindras et tu le consacreras pour qu'il exerce mon sacerdoce. 14 Ayant présenté ses fils, tu les revêtiras de tuniques, 15 tu les oindras comme leur père pour qu'ils exercent mon sacerdoce. Ainsi leur onction leur conférera un sacerdoce perpétuel, d'âge en âge. »

Moïse installe le sanctuaire

16 Moïse se mit à l'oeuvre; il fit exactement ce que le SEIGNEUR lui avait ordonné. 17 Or donc, le premier mois de la deuxième année, le premier jour du mois, la *demeure fut dressée. 18 Moïse dressa la demeure : il plaça ses socles, posa ses cadres, plaça ses traverses et dressa ses colonnes. 19 Il déploya la tente sur la demeure, mit par-dessus la couverture de la tente, comme le SEIGNEUR l'avait ordonné à Moïse. 20 Il prit la *charte et la plaça dans l'*arche, mit les barres sur l'arche et plaça le propitiatoire par-dessus. 21 Il

apporta l'arche dans la demeure, mit le voile de séparation pour masquer l'arche de la charte, comme le Seigneur l'avait ordonné à Moïse. 22 Il plaça la table dans la *tente de la rencontre, sur le côté nord de la demeure, à l'extérieur du voile; 23 il y disposa une rangée de pains devant le Seigneur, comme le Seigneur l'avait ordonné à Moïse. 24 Il mit le chandelier dans la tente de la rencontre, en face de la table, sur le côté opposé de la demeure; 25 il alluma les lampes devant le Seigneur, comme le Seigneur l'avait ordonné à Moïse. 26 Il mit l'*autel d'or dans la tente de la rencontre, en face du voile, 27 et il y fit fumer le parfum à brûler, comme le Seigneur l'avait ordonné à Moïse. 28 Il mit le rideau à l'entrée de la demeure. 29 Ayant mis l'autel de l'holocauste à l'entrée de la demeure de la tente de la rencontre, il y offrit l'holocauste et l'offrande[1], comme le Seigneur l'avait ordonné à Moïse. 30 Il posa la cuve entre la tente de la rencontre et l'autel et y mit de l'eau pour les ablutions. 31 Moïse, Aaron et ses fils s'y lavaient les mains et les pieds; 32 quand ils

entraient dans la tente de la rencontre et quand ils se présentaient à l'autel, ils se lavaient, comme le Seigneur l'avait ordonné à Moïse. 33 Il dressa le *parvis autour de la demeure et de l'autel et il plaça le rideau de la porte du parvis. Moïse acheva ainsi tous les travaux.

La gloire de Dieu remplit la Demeure

34 La nuée[1] couvrit la *tente de la rencontre et la gloire du Seigneur remplit la demeure. 35 Moïse ne pouvait pas entrer dans la tente de la rencontre, car la nuée y demeurait et la gloire du Seigneur remplissait la demeure. 36 Quand la nuée s'élevait au-dessus de la demeure, les fils d'Israël prenaient le départ pour chacune de leurs étapes. 37 Mais si la nuée ne s'élevait pas, ils ne partaient pas avant le jour où elle s'élevait de nouveau. 38 Car la nuée du Seigneur était sur la demeure pendant le jour mais, pendant la nuit, il y avait en elle du feu, aux yeux de toute la maison d'Israël, à toutes leurs étapes.

1. *holocauste, offrande* : voir au glossaire SACRIFICES.

1. *La nuée* : voir 13.21 et la note.

LE LÉVITIQUE

Règles pour les sacrifices : l'holocauste

1 ¹ Le SEIGNEUR appela Moïse et, de la *tente de la rencontre, lui adressa la parole : ² « Parle aux fils d'Israël; tu leur diras : Quand l'un d'entre vous apporte un présent au SEIGNEUR, vous devez apporter en présent du gros bétail ou du petit bétail.

³ Si c'est un holocauste¹ de gros bétail qu'on veut présenter, on présente un mâle sans défaut; on le présente à l'entrée de la tente de la rencontre, pour être agréé par le SEIGNEUR; ⁴ on *impose la main sur la tête de la victime, laquelle est agréée en faveur de l'offrant — pour faire sur lui le rite d'absolution —; ⁵ on égorge cet animal devant le SEIGNEUR; alors les prêtres, fils d'Aaron, présentent le sang, puis aspergent de ce sang le pourtour de l'*autel qui se trouve à l'entrée de la tente de la rencontre; ⁶ on dépouille la victime, et on la dépèce par quartiers; ⁷ alors les fils du prêtre Aaron mettent du feu sur l'autel et disposent des bûches sur ce feu; ⁸ les prêtres, fils d'Aaron, disposent les quartiers — la tête et la graisse y compris — sur les bûches placées sur le feu de l'autel; ⁹ on lave avec de l'eau les entrailles et les pattes, puis le prêtre fait fumer le tout à l'autel.

C'est un holocauste, un mets consumé, un parfum apaisant pour le SEIGNEUR.

¹⁰ S'il s'agit de présenter en holocauste du petit bétail, pris parmi les agneaux ou les chevreaux, on présente un mâle sans défaut; ¹¹ on l'égorge du côté nord de l'autel, devant le SEIGNEUR; alors les prêtres, fils d'Aaron, aspergent de son sang le pourtour de l'autel; ¹² on le dépèce par quartiers — la tête et la graisse y compris — et le prêtre les dispose sur les bûches placées sur le feu de l'autel; ¹³ on lave avec de l'eau les entrailles et les pattes, puis le prêtre présente et fait fumer le tout à l'autel. C'est un holocauste, un mets consumé, un parfum apaisant pour le SEIGNEUR.

¹⁴ Si c'est un holocauste d'oiseau qu'on veut présenter au SEIGNEUR, on apporte un présent pris parmi les tourterelles ou les pigeons; ¹⁵ le prêtre le présente à l'autel; il en arrache la tête et la fait fumer à l'autel; puis il fait gicler le sang sur la paroi de l'autel; ¹⁶ on en détache le jabot avec son contenu et on le jette à côté de l'autel, à l'est, à l'endroit où l'on dépose les cendres grasses; ¹⁷ on fend l'oiseau entre les ailes — on ne les sépare pas — puis le prêtre le fait fumer à l'autel sur les bûches placées sur le feu. C'est un holocauste, un mets consumé,

---

1. Voir au glossaire SACRIFICES.

un parfum apaisant pour le Seigneur.

L'offrande végétale

2 1 « Quand on apporte en
présent au Seigneur une
offrande[1], le présent doit consister en farine sur laquelle on verse
de l'huile et on met de l'*encens;
2 on l'amène aux prêtres, fils
d'Aaron, et on en prend une
pleine poignée — de la farine, de
l'huile, avec tout l'encens — puis
le prêtre fait fumer à l'*autel ce
mémorial[2]. C'est un mets
consumé, un parfum apaisant
pour le Seigneur. 3 Le reste de
l'offrande est pour Aaron et ses
fils; c'est une part très *sainte
parce qu'elle provient des mets
consumés du Seigneur.

4 Quand tu apportes en présent
une offrande, s'il s'agit d'une pâte
cuite au four, elle doit consister
en farine, en forme de gâteaux
sans *levain pétris à l'huile ou de
crêpes sans levain frottées d'huile;
5 si c'est une offrande cuite sur la
plaque que tu présentes, elle est
de farine pétrie à l'huile et sans
levain; 6 l'ayant rompue en morceaux, tu y verses de l'huile
— c'est une offrande —; 7 si c'est
une offrande cuite à la poêle que
tu présentes, la farine doit être
préparée dans l'huile; 8 tu amènes
l'offrande qui a été ainsi préparée
pour le Seigneur; on la présente
au prêtre qui l'approche de l'autel; 9 de cette offrande, le prêtre

prélève le mémorial, qu'il fait fumer à l'autel. C'est un mets
consumé, un parfum apaisant
pour le Seigneur. 10 Le reste de
l'offrande est pour Aaron et ses
fils; c'est une part très sainte
parce qu'elle provient des mets
consumés du Seigneur.

11 Nulle offrande que vous présenterez au Seigneur ne sera préparée en pâte levée; en effet, vous
ne ferez jamais fumer de levain
ni de miel[1] à titre de mets
consumé pour le Seigneur. 12 À
titre de *prémices, vous en apporterez en présent au Seigneur,
mais ils ne monteront pas[2] sur
l'autel en parfum apaisant.

13 Sur toute offrande que tu
présenteras, tu mettras du sel[3]; tu
n'omettras jamais le sel de l'*alliance de ton Dieu sur ton offrande; avec chacun de tes présents, tu présenteras du sel.

14 Si tu présentes au Seigneur
une offrande de prémices, c'est
sous forme d'épis grillés au feu,
de gruau de grain nouveau, que
tu dois apporter l'offrande de tes
prémices; 15 tu y mets de l'huile et
tu y déposes de l'encens — c'est
une offrande —; 16 puis le prêtre
en fait fumer le mémorial — un
peu du gruau, un peu de l'huile,
avec tout l'encens. C'est un mets
consumé pour le Seigneur.

---

1. Voir au glossaire SACRIFICES.
2. Seule une partie de l'offrande (le *mémorial*,
qui *rappelle* l'offrant au *souvenir* de Dieu) est
brûlée sur l'autel. Le reste, *part très sainte* (v. 3),
revient aux prêtres, voir 6.18, 22.

1. Le *levain* et le *miel* (de fruits), par la fermen-
tation qu'ils produisent, sont contraires à la pureté
de l'offrande. De plus ils évoquent des offrandes
du culte païen.
2. *ils ne monteront pas* ou *ils ne seront pas
présentés*.
3. Au contraire du levain, le *sel* conserve (*Tb*
6.5) et purifie (*2 R* 2.19-22). Le sel souligne ici le
fait que *l'alliance* est perpétuelle.

Le sacrifice de paix

3 1 « Si quelqu'un présente un *sacrifice de paix :

Si on présente du gros bétail, que ce soit un mâle ou une femelle, on présente devant le Seigneur un animal sans défaut; 2 on *impose la main sur la tête de la victime présentée qu'on égorge à l'entrée de la *tente de la rencontre; alors les prêtres, fils d'Aaron, aspergent de son sang le pourtour de l'*autel; 3 de ce sacrifice de paix, on présente, en mets consumé pour le Seigneur, la graisse[1] qui enveloppe les entrailles, toute celle qui est au-dessus des entrailles 4 et les deux rognons avec la graisse qui y adhère ainsi qu'aux lombes — quant au lobe du foie, on le détache en plus des rognons —; 5 puis les fils d'Aaron font fumer cela à l'autel, en plus de l'holocauste qui est sur les bûches placées sur le feu; c'est un mets consumé, un parfum apaisant pour le Seigneur.

6 Si on présente du petit bétail au Seigneur comme sacrifice de paix, on présente un animal sans défaut, mâle ou femelle. 7 Si c'est un agneau qu'on apporte en présent, on le présente devant le Seigneur; 8 on impose la main sur la tête de la victime présentée qu'on égorge devant la tente de la rencontre; alors les fils d'Aaron aspergent de son sang le pourtour de l'autel; 9 de ce sacrifice de paix, on présente, en mets consumé pour le Seigneur, les parties grasses : la queue[2] tout en-

tière — qu'on détache au niveau du sacrum — la graisse qui enveloppe les entrailles, toute celle qui est au-dessus des entrailles 10 et les deux rognons avec la graisse qui y adhère ainsi qu'aux lombes — quant au lobe du foie, on le détache en plus des rognons —; 11 puis le prêtre fait fumer cela à l'autel; c'est un aliment consumé pour le Seigneur. 12 Si c'est une chèvre qu'on présente, on la présente devant le Seigneur, 13 on impose la main sur sa tête et on l'égorge devant la tente de la rencontre; alors les fils d'Aaron aspergent de son sang le pourtour de l'autel; 14 on en apporte en présent, en mets consumé pour le Seigneur, la graisse qui enveloppe les entrailles, toute celle qui est au-dessus des entrailles 15 et les deux rognons avec la graisse qui y adhère ainsi qu'aux lombes — quant au lobe du foie, on le détache en plus des rognons —; 16 puis le prêtre fait fumer ces morceaux à l'autel; c'est un aliment consumé, un parfum apaisant.

Toute graisse revient au Seigneur. 17 C'est une loi immuable pour vous d'âge en âge, où que vous habitiez : tout ce qui est graisse et tout ce qui est sang, vous n'en mangerez pas. »

Le sacrifice pour le péché du grand prêtre

4 1 Le Seigneur adressa la parole à Moïse : 2 « Parle ainsi aux fils d'Israël : Quand on pèche par mégarde contre l'un de tous les commandements néga-

---

1. Les *parties grasses* passent pour être les meilleurs morceaux, voir Es 25.6.
2. La *queue* est particulièrement grasse chez certaines espèces de moutons.

tifs[1] du SEIGNEUR, et qu'on viole un seul d'entre eux :

3 Si c'est le prêtre consacré par l'*onction qui pèche et qui par là même rend le peuple coupable, il présente au SEIGNEUR, en raison du péché qu'il a commis, un taurillon sans défaut, en *sacrifice pour le péché; 4 il amène le taurillon à l'entrée de la *tente de la rencontre, devant le SEIGNEUR; il *impose la main sur la tête du taurillon, et il égorge le taurillon devant le SEIGNEUR; 5 le prêtre consacré par l'onction prend du sang du taurillon et l'amène à la tente de la rencontre; 6 le prêtre trempe son doigt dans le sang et, de ce sang, devant le SEIGNEUR, il asperge sept fois le côté visible du voile du lieu saint; 7 puis le prêtre met de ce sang sur les cornes[2] de l'*autel du parfum aromatique, qui se trouve dans la tente de la rencontre devant le SEIGNEUR, et il déverse tout le reste du sang du taurillon à la base de l'autel de l'holocauste qui est à l'entrée de la tente de la rencontre. 8 Toutes les parties grasses du taurillon sacrifié pour le péché, il les prélève : la graisse qui enveloppe les entrailles, toute celle qui est au-dessus des entrailles 9 et les deux rognons avec la graisse qui y adhère ainsi qu'aux lombes — quant au lobe du foie, il le détache en plus des rognons — 10 tout comme ces mêmes parties sont prélevées du taureau du sacrifice de paix; puis le prêtre les fait fumer sur l'autel de l'holocauste. 11 La peau du taurillon, toute sa chair, y compris la tête et les pattes, les entrailles et la fiente, 12 en un mot, tout le reste du taurillon, il le fait porter hors du camp, dans un endroit *pur, là où l'on déverse les cendres grasses, et il le brûle sur un feu de bûches; c'est à l'endroit où l'on déverse les cendres grasses qu'il est brûlé.

Pour le péché de toute la communauté

13 « Si c'est toute la communauté d'Israël qui par mégarde commet une faute et que l'affaire reste ignorée de l'assemblée, s'ils violent un seul de tous les commandements négatifs du SEIGNEUR et se rendent ainsi coupables, 14 lorsqu'un tel péché vient à être connu, l'assemblée présente un taurillon, en sacrifice pour le péché, qu'on amène devant la tente de la rencontre; 15 les *anciens de la communauté imposent la main sur la tête du taurillon, devant le SEIGNEUR, et on égorge le taurillon devant le SEIGNEUR; 16 le prêtre consacré par l'onction amène une partie du sang du taurillon à la tente de la rencontre; 17 le prêtre trempe son doigt dans ce qu'il a pris de sang et, devant le SEIGNEUR, il asperge sept fois le côté visible du voile; 18 puis il met de ce sang sur les cornes de l'autel qui se trouve devant le SEIGNEUR, dans la tente de la rencontre, et il déverse tout le reste du sang à la base de l'autel de l'holocauste, qui est à l'entrée de la tente de la rencontre. 19 Toutes les parties grasses, il les prélève et les fait fumer à l'autel. 20 Il traite ce taurillon comme il a traité le taurillon sacrifié pour le péché

---

1. Les *commandements négatifs* sont ceux qui sont exprimés sous forme d'interdiction : *tu ne feras pas* ...

2. *cornes* : voir Ex 27.2 et la note.

— c'est ainsi qu'il le traite. Quand le prêtre a fait sur l'assemblée le rite d'absolution, il lui est pardonné. 21 Il fait porter le taurillon hors du camp et le brûle comme il a brûlé le taurillon précédent. Tel est le sacrifice pour le péché de l'assemblée.

Pour le péché d'un prince

22 « Si c'est un prince[1] qui pèche, qui viole par mégarde un seul de tous les commandements négatifs du Seigneur son Dieu, et se rend ainsi coupable, 23 si on lui fait connaître le péché qu'il a commis sur ce point, il amène en présent un bouc, un mâle sans défaut; 24 il impose la main sur la tête du bouc et l'égorge à l'endroit où l'on égorge l'holocauste, devant le Seigneur. C'est un sacrifice pour le péché. 25 De son doigt, le prêtre prend du sang de la victime sacrifiée pour le péché et le met sur les cornes de l'autel de l'holocauste; puis il déverse le reste du sang à la base de l'autel de l'holocauste. 26 Toutes les parties grasses, il les fait fumer à l'autel, comme celles du sacrifice de paix. Quand le prêtre a fait sur le prince le rite d'absolution de son péché, il lui est pardonné.

Pour le péché d'un particulier

27 « Si c'est un homme du peuple[2] qui pèche par mégarde, qui viole un seul des commandements négatifs du Seigneur et se rend ainsi coupable, 28 si on lui

fait connaître le péché qu'il a commis, il amène en présent une chèvre, une femelle sans défaut, pour le péché qu'il a commis; 29 il impose la main sur la tête de la victime sacrifiée pour le péché et il égorge ladite victime au même endroit que l'holocauste; 30 de son doigt, le prêtre prend du sang et le met sur les cornes de l'autel de l'holocauste; puis il déverse tout le reste du sang à la base de l'autel. 31 Toutes les parties grasses, il les détache, comme on les détache lors du sacrifice de paix, et le prêtre les fait fumer à l'autel en parfum apaisant pour le Seigneur. Quand le prêtre a fait sur le coupable le rite d'absolution, il lui est pardonné. 32 Si c'est un agneau qu'il amène en présent comme sacrifice pour le péché, il amène une femelle sans défaut; 33 il impose la main sur la tête de la victime sacrifiée pour le péché, à l'endroit où l'on égorge l'holocauste; 34 de son doigt, le prêtre prend du sang de la victime et le met sur les cornes de l'autel de l'holocauste; puis il déverse tout le reste du sang à la base de l'autel. 35 Toutes les parties grasses, il les détache, comme on les détache de l'agneau du sacrifice de paix, et le prêtre les fait fumer à l'autel, en plus des mets consumés du Seigneur. Quand le prêtre a fait sur le coupable le rite d'absolution du péché qu'il a commis, il lui est pardonné.

Quelques exemples

5 1 « Quand un individu pèche en ce que, ayant entendu la formule d'adjuration et étant témoin pour avoir vu ou

---

1. Le terme hébreu traduit ici par *prince* désignait un chef de tribu ou de famille.
2. *un homme du peuple* : autre traduction *quelqu'un du peuple du pays*, c'est-à-dire *un simple particulier*; voir 2 R 11.14; Dn 9.6.

avoir appris quelque chose, il n'annonce pas ce qu'il sait, alors il porte le poids de sa faute;

2 ou bien quand un individu, sans s'en rendre compte, touche n'importe quoi d'*impur — cadavre d'animal sauvage impur, cadavre de bête domestique impure, cadavre de bestiole impure —, alors il devient impur et coupable;

3 ou bien quand, sans s'en rendre compte, il touche une impureté humaine — toute impureté qui rend impur —, alors, dès qu'il l'apprend, il devient coupable;

4 ou bien quand un individu, sans s'en rendre compte, laisse ses lèvres prononcer un serment irréfléchi, qui lui fait tort ou qui lui profite — en toute question où un homme peut faire un serment irréfléchi —, alors, dès qu'il l'apprend, il devient coupable[1].

5 Quand un individu est coupable en l'un de ces cas, il doit confesser en quoi il a péché, 6 puis amener, à titre de réparation pour le SEIGNEUR, à cause du péché qu'il a commis, une femelle de petit bétail, agnelle ou chèvre, comme *sacrifice pour le péché; alors le prêtre fera sur lui le rite d'absolution de son péché.

Le sacrifice des pauvres

7 « Si quelqu'un n'a pas les moyens de se procurer une pièce de petit bétail, il peut amener au SEIGNEUR, à titre de réparation pour le péché commis, deux tourterelles ou deux pigeons, l'un servant à un sacrifice pour le péché

et l'autre à un holocauste. 8 Il les amène au prêtre qui présente en premier celui du sacrifice pour le péché; il en arrache la tête en avant de la nuque — mais il ne la sépare pas —; 9 du sang de la victime, il asperge la paroi de l'*autel; puis il fait gicler le reste du sang à la base de l'autel : c'est un sacrifice pour le péché. 10 Du second, il fait un holocauste selon la règle. Quand le prêtre a fait sur lui le rite d'absolution du péché qu'il a commis, il lui est pardonné.

11 Si quelqu'un n'a pas sous la main deux tourterelles ou deux pigeons, il peut même amener en présent pour le péché commis un dixième d'épha[1] de farine en sacrifice pour le péché. Il n'y dépose pas d'huile et n'y met pas d'*encens, car c'est un sacrifice pour le péché. 12 Il l'apporte au prêtre; le prêtre en prend une pleine poignée à titre de mémorial[2] et le fait fumer à l'autel en plus des mets consumés du SEIGNEUR; c'est un sacrifice pour le péché. 13 Quand le prêtre a fait sur lui le rite d'absolution du péché commis en l'un de ces cas, il lui est pardonné. Le prêtre accomplit le rituel[3] comme dans le cas de l'offrande. »

Règles pour le sacrifice de réparation

14 Le SEIGNEUR adressa la parole à Moïse : 15 « Quand un individu commet un sacrilège en péchant par mégarde contre les

---

1. L'hébreu ajoute *en l'un de ces cas*, mots qui semblent avoir été repris du début du v. 5.

1. *épha :* voir au glossaire POIDS ET MESURES.
2. *mémorial :* voir 2.2 et la note.
3. *Le prêtre accomplit le rituel :* autre traduction *le reste revient au prêtre* (comparer 2.3, 10).

droits sacrés du Seigneur, il doit amener, à titre de réparation pour le Seigneur, un bélier sans défaut, pris dans le petit bétail, et valant un certain nombre de sicles[1] d'argent — d'après le sicle du *sanctuaire — Pour l'offrir en *sacrifice de réparation. 16 Ce dont il a frustré le sanctuaire, il le rembourse en y ajoutant le cinquième, et il le remet au prêtre. Quand le prêtre a fait sur lui le rite d'absolution au moyen du bélier du sacrifice de réparation, il lui est pardonné.

17 Si l'individu a péché en violant par ignorance un seul de tous les commandements négatifs du Seigneur, s'il est ainsi coupable et porte le poids de sa faute, 18 il doit amener au prêtre un bélier sans défaut, pris dans le petit bétail, selon la valeur indiquée pour un sacrifice de réparation. Quand le prêtre a fait sur lui le rite d'absolution du péché commis par mégarde et par ignorance, il lui est pardonné. 19 C'est un sacrifice de réparation; l'individu était effectivement coupable envers le Seigneur. »

20 Le Seigneur adressa la parole à Moïse : 21 « Quand un individu pèche et commet un sacrilège envers le Seigneur, soit en mentant à son compatriote à propos d'un objet reçu en dépôt, d'un objet emprunté ou d'un objet volé, soit en exploitant son compatriote, 22 soit en mentant à propos d'un objet perdu qu'il a trouvé, si de plus il prononce un faux serment au sujet de l'une de ces actions qui sont des péchés, 23 celui qui a ainsi péché et s'est rendu coupable doit rendre ce qu'il a volé, ou ce qu'il a extorqué à son compatriote, ou ce qu'il a reçu en dépôt, ou l'objet perdu qu'il a trouvé, 24 ou tout objet à propos duquel il a prononcé un faux serment; il le rembourse en entier en y ajoutant le cinquième du prix et il le remet à son légitime propriétaire au jour où il se découvre coupable[1]. 25 À titre de réparation pour le Seigneur, il amène au à prêtre un bélier sans défaut, pris dans le petit bétail, selon la valeur indiquée pour un sacrifice de réparation. 26 Quand le prêtre a fait sur lui devant le Seigneur le rite d'absolution, il lui est pardonné, quoi qu'il ait fait pour se rendre coupable. »

Prescriptions pour les prêtres : l'holocauste

6 1 Le Seigneur adressa la parole à Moïse : 2 « Donne à Aaron et à ses fils les prescriptions suivantes :

Voici le rituel de l'holocauste[2] : Cet holocauste reste sur le brasier de l'*autel toute la nuit jusqu'au matin, et le feu de l'autel y brûle. 3 Le prêtre revêt sa tunique de lin et revêt des caleçons de lin sur son corps; il enlève les cendres grasses qui proviennent de la combustion de l'holocauste sur l'autel, et les place à côté de l'autel; 4 il ôte alors ses vêtements et revêt d'autres vêtements; il emporte les cendres grasses hors du camp, dans un endroit *pur.

---

1. Les *droits sacrés du Seigneur* sont les offrandes dues au Seigneur (dîmes, prémices) ou encore les choses promises par vœu ou frappées d'interdit; voir chap. 27. — *Sicles* : voir au glossaire POIDS ET MESURES et MONNAIES.

1. *au jour où il se découvre coupable* ou *au jour où il offre le sacrifice de réparation.*
2. Voir au glossaire SACRIFICES.

5 Quant au feu sur l'autel, il y brûlera sans jamais s'éteindre; chaque matin, le prêtre y allume des bûches, y dispose l'holocauste, et y fait fumer les parties grasses des sacrifices de paix. 6 Un feu perpétuel brûlera sur l'autel sans jamais s'éteindre.

L'offrande végétale

7 « Et voici le rituel de l'offrande[1] : Aux fils d'Aaron de la présenter devant le Seigneur, face à l'autel. 8 On en prélève une poignée — de la farine de l'offrande, de l'huile, avec tout l'*encens qui se trouve sur l'offrande — et on la fait fumer à l'autel : parfum apaisant, mémorial[2] pour le Seigneur. 9 Ce qu'il en reste, Aaron et ses fils le mangent; cela se mange sans *levain dans un endroit *saint; ils le mangent dans le *parvis de la *tente de la rencontre; 10 cela ne se cuit pas en pâte levée. C'est la part que je leur donne sur les mets consumés qui me sont offerts; cela est très saint, comme ce qui reste du sacrifice pour le péché ou du sacrifice de réparation. 11 Tout homme qui fait partie des fils d'Aaron peut en manger; c'est, d'âge en âge, une redevance qui vous est accordée pour toujours, sur les mets consumés du Seigneur; tout ce qui y touche se trouve sanctifié. »

12 Le Seigneur adressa la parole à Moïse : 13 « Voici le présent que, le jour de son *onction, Aaron, ainsi que ses fils, apportent au Seigneur : un dixième d'épha[1] de farine comme offrande perpétuelle, moitié le matin, moitié le soir; 14 elle se prépare sur une plaque avec de l'huile, et tu l'amènes bien mélangée; tu présentes les morceaux de cette offrande de pâtisseries[2] en parfum apaisant pour le Seigneur. 15 Celui d'entre ses fils qui lui succède comme prêtre consacré par l'onction fait de même : c'est une redevance pour toujours; on la fait fumer totalement pour le Seigneur. 16 Toute offrande d'un prêtre est totale : on n'en mange rien. »

Le sacrifice pour le péché

17 Le Seigneur adressa la parole à Moïse : 18 « Parle à Aaron et à ses fils : Voici le rituel du sacrifice pour le péché : La victime du sacrifice pour le péché s'égorge à l'endroit où s'égorge l'holocauste, devant le Seigneur; c'est une chose très sainte. 19 C'est le prêtre qui préside à ce sacrifice qui peut la manger, et c'est dans un endroit saint qu'elle se mange, dans le parvis de la tente de la rencontre. 20 Tout ce qui en touche la chair se trouve sanctifié; s'il en gicle du sang sur le vêtement, tu laves dans un endroit saint la place où il a giclé; 21 un récipient d'argile où la victime a été cuite doit être brisé, mais si elle a été cuite dans un récipient de bronze, celui-ci est récuré et rincé à l'eau. 22 Tout homme qui fait partie des prêtres

---

1. Voir au glossaire SACRIFICES.
2. Voir 2.2 et la note.

1. *le jour de son onction* ou *dès le jour de son onction.* — *Épha :* voir au glossaire POIDS ET MESURES.
2. *les morceaux de cette offrande de pâtisseries :* texte peu clair et traduction incertaine.

peut la manger : c'est une chose très sainte. 23 Mais aucune victime d'un sacrifice pour le péché, dont on aurait amené du sang dans la tente de la rencontre pour faire le rite d'absolution dans le lieu saint, ne doit être mangée. Elle doit être brûlée.

Le sacrifice de réparation

7 1 « Et voici le rituel du *sacrifice de réparation : c'est une chose très *sainte. 2 À l'endroit où l'on égorge l'holocauste, on a égorge la victime du sacrifice de réparation, puis de son sang le prêtre asperge le pourtour de l'*autel ; 3 il en présente toutes les parties grasses : la queue[1], la graisse qui enveloppe les entrailles, 4 les deux rognons avec la graisse qui y adhère ainsi qu'aux lombes — quant au lobe du foie, on le détache en plus des rognons — ; 5 alors le prêtre fait fumer ces morceaux à l'autel : c'est un mets consumé pour le Seigneur. Tel est le sacrifice de réparation. 6 Tout homme qui fait partie des prêtres peut en manger, et c'est dans un endroit saint que cela se mange : c'est une chose très sainte. 7 Tel le sacrifice pour le péché, tel le sacrifice de réparation : un seul rituel pour les deux. La victime revient au prêtre qui a fait le rite d'absolution.

Ce qui revient aux prêtres

8 « Quant au prêtre qui présente l'holocauste de quelqu'un, la peau de l'holocauste qu'il a présenté lui revient. 9 Toute offrande[1] qui a été cuite au four ainsi que toute offrande préparée à la poêle ou sur la plaque revient au prêtre qui l'a présentée. 10 Toute offrande, tant pétrie à l'huile que sèche, revient à l'ensemble des fils d'Aaron, chacun à égalité.

Le sacrifice de paix

11 « Et voici le rituel du sacrifice de paix qu'on présente au Seigneur. 12 Si on le présente pour accompagner la louange[2], on présente pour le sacrifice de louange des gâteaux sans *levain pétris à l'huile, des crêpes sans levain frottées d'huile et des gâteaux faits de farine bien mélangée et pétris à l'huile ; 13 en plus des gâteaux, on apporte en présent du pain levé pour accompagner le sacrifice de paix offert en louange ; 14 on en présente un gâteau de chaque espèce ; c'est un prélèvement pour le Seigneur et cela revient au prêtre qui a fait l'aspersion du sang du sacrifice de paix. 15 Quant à la chair du sacrifice de paix offert en louange, elle se mange le jour même où elle est présentée, sans rien en mettre de côté pour le lendemain.

16 Si le sacrifice présenté est votif ou spontané[3], on le mange le jour même où l'on présente le sacrifice ; le lendemain on peut

---

1. Voir 3.9 et la note.

1. *holocauste* (v. 8), *offrande* : voir au glossaire SACRIFICES.
2. Il s'agit de la liturgie de *louange* (ou *action de grâces*). Elle a fini par donner son nom à la variété de *sacrifice de paix* qui l'accompagnait ; voir Ps 105-107, surtout 107.21-22.
3. Le sacrifice « votif » et le sacrifice « spontané » sont d'autres variétés du sacrifice de paix. Le premier est l'accomplissement d'un vœu ; le second est indépendant de toute prescription et de toute promesse.

manger ce qu'il en reste; 17 mais ce qui resterait de la chair du sacrifice serait brûlé le troisième jour. 18 Si l'on mangeait quand même, le troisième jour, de la chair du sacrifice de paix, celui qui l'a présenté ne saurait être agréé; il ne lui en serait pas tenu compte : c'est devenu de la viande avariée; quiconque en mangerait porterait le poids de sa faute. 19 De plus, la chair qui aurait touché quoi que ce soit d'*impur ne se mange pas, elle se brûle.

En ce qui concerne la chair[1] : Quiconque est pur peut manger de la chair; 20 mais celui qui, se trouvant en état d'impureté, mangerait de la chair du sacrifice de paix offert au Seigneur, celui-là serait retranché de sa parenté[2]; 21 et celui qui aurait touché quoi que ce soit d'impur, impureté humaine, animal impur ou toute bête interdite et impure, puis mangerait de la chair du sacrifice de paix offert au Seigneur, celui-là serait retranché de sa parenté. »

Prescriptions à l'usage du peuple

22 Le Seigneur adressa la parole à Moïse : 23 « Parle aux fils d'Israël : Tout ce qui est graisse, de bœuf, d'agneau ou de chèvre, vous n'en mangerez pas; 24 la graisse d'une bête crevée et la graisse d'une bête déchiquetée peut servir à tout usage, mais vous ne devez pas la manger.

25 Assurément, quiconque mangerait la graisse d'une bête dont il aurait présenté quelque chose en mets consumé pour le Seigneur, celui-là, pour en avoir mangé, serait retranché de sa parenté.

26 Tout ce qui est sang, d'oiseau ou de bête, vous n'en mangerez pas, où que vous habitiez; 27 quiconque mangerait de n'importe quel sang, celui-là serait retranché de sa parenté. »

28 Le Seigneur adressa la parole à Moïse : 29 « Parle aux fils d'Israël : Celui qui présente son *sacrifice de paix au Seigneur lui amène la part qu'il doit lui offrir; 30 de ses propres mains il amène les mets consumés du Seigneur, c'est-à-dire les parties grasses; et il les amène en plus de la poitrine qu'il faut offrir avec le geste de présentation devant le Seigneur; 31 alors le prêtre fait fumer ces parties grasses à l'*autel, tandis que la poitrine revient à Aaron et à ses fils 32 et que vous donnez au prêtre le gigot droit à titre de prélèvement sur vos sacrifices de paix; 33 ce gigot droit revient en partage à celui des fils d'Aaron qui présente le sang et la graisse du sacrifice de paix. 34 En effet, la poitrine du rite de présentation et le gigot du rite de prélèvement, je les ai pris aux fils d'Israël, sur leurs sacrifices de paix, et je les ai donnés au prêtre Aaron et à ses fils, à titre de redevance pour toujours, de la part des fils d'Israël. 35 Telle est la part d'Aaron et la part de ses fils sur les mets consumés du Seigneur, dès le jour où on les aura présentés pour exercer le sacerdoce au service du Seigneur, 36 part que le Seigneur a prescrit aux fils d'Israël de leur

---

1. Les versets 17-19a (la chair impropre à la consommation) constituent une sorte de parenthèse. Le v. 19b reprend le cas abordé dans les versets 15-16, où il est question de la viande propre à la consommation.
2. *retranché de sa parenté* : voir Gn 17.14 et la note.

donner, dès le jour où il les aura
*oints; c'est une loi immuable
pour eux, d'âge en âge. »

37 Tel est le rituel de l'holocauste et de l'offrande, du sacrifice pour le péché et du sacrifice
de réparation, de l'investiture[1]
et du sacrifice de paix, 38 que le Seigneur a prescrit à Moïse sur la
montagne de Sinaï, le jour où il
ordonna aux fils d'Israël d'apporter leurs présents au Seigneur
dans le désert de Sinaï.

Consécration d'Aaron et de ses fils

8 1 Le Seigneur adressa la
parole à Moïse : 2 « Prends
Aaron avec ses fils, les vêtements
et l'huile d'*onction, le taurillon
du *sacrifice pour le péché et les
deux béliers, et la corbeille des
pains sans *levain. 3 Puis rassemble toute la communauté à
l'entrée de la *tente de la rencontre. 4 Moïse fit ce que lui avait ordonné le Seigneur, et la communauté s'assembla à l'entrée de la
tente de la rencontre. 5 Alors
Moïse dit à la communauté :
« Voici ce que le Seigneur a ordonné de faire. » 6 Et Moïse présenta Aaron et ses fils, et les lava
dans l'eau; 7 il mit la tunique à
Aaron, le ceignit de la ceinture, le
revêtit de la robe et lui mit l'é-
phod[2]; il le ceignit de l'écharpe de
l'éphod et l'en drapa; 8 il plaça
sur lui le pectoral et mit dedans

le Ourim et le Toummim[1]; 9 il
plaça le turban sur sa tête, et
plaça sur le devant du turban le
fleuron d'or, insigne de la consécration, comme le Seigneur l'a-
vait ordonné à Moïse.

10 Moïse prit l'huile d'onction.
Il en oignit et consacra la *demeure et tout ce qu'elle contenait;
11 il en aspergea l'*autel par sept
fois, puis il oignit l'autel et tous
ses accessoires, ainsi que la cuve
et son support, pour les consacrer; 12 il versa de cette huile
d'onction sur la tête d'Aaron et il
l'oignit pour le consacrer.

13 Moïse présenta les fils d'Aaron, les revêtit de tuniques, les
ceignit d'une ceinture et les coiffa
de tiares, comme le Seigneur l'a-
vait ordonné à Moïse.

14 Il fit approcher le taurillon
du sacrifice pour le péché; Aaron
et ses fils *imposèrent la main sur
la tête de ce taurillon; 15 Moïse
l'égorgea et prit le sang; de son
doigt il en mit sur les cornes du
pourtour de l'autel, qu'il *purifia
de son péché[2]; il versa le sang à
la base de l'autel et il le consacra
en faisant sur lui le rite d'absolution; 16 Moïse prit toute la graisse
qui est au-dessus des entrailles, le
lobe du foie, les deux rognons
avec leur graisse, et il les fit fumer à l'autel; 17 le taurillon
lui-même, peau, chair et fiente, on
le brûla hors du camp, comme le
Seigneur l'avait ordonné à Moïse.

18 Il présenta le bélier de l'holocauste; Aaron et ses fils imposèrent la main sur la tête du bé-

---

1. L'*investiture* est la cérémonie au cours de
laquelle un nouveau prêtre revêt pour la première
fois ses vêtements liturgiques et reçoit la consécration, voir Jg 17.5-12. Elle était marquée par un
sacrifice spécial dit *sacrifice d'investiture;* voir
8.22-30.
2. *éphod :* voir Ex 25.7 et la note.

1. *pectoral :* voir Ex 25.7 et la note. — *Ourim et
Toummim :* voir Ex 28.30 et la note.
2. *cornes :* voir Ex 27.2 et la note. — *Qu'il purifia de son péché :* pour être digne de porter le feu
et les offrandes sacrées, l'autel (sur lequel aucun
sacrifice n'a encore été offert) doit d'abord être
dégagé de son caractère profane (*son péché*).

lier; 19 Moïse l'égorgea et asperges le pourtour de l'autel avec le sang; 20 Moïse dépeça par quartiers le bélier, dont il fit fumer la tête, les quartiers et la graisse; 21 Moïse lava à l'eau les entrailles et les pattes, et il fit fumer à l'autel tout le bélier; ce fut un holocauste, un parfum apaisant, ce fut un mets consumé pour le SEIGNEUR, comme le SEIGNEUR l'avait ordonné à Moïse.

22 Il présenta le second bélier comme bélier d'investiture[1]; Aaron et ses fils imposèrent la main sur la tête du bélier; 23 Moïse l'égorgea et prit du sang; il en mit sur le lobe de l'oreille droite d'Aaron, sur le pouce de sa main droite et sur le pouce de son pied droit; 24 Moïse présenta les fils d'Aaron, et mit du sang sur le lobe de leur oreille droite, sur le pouce de leur main droite et sur le pouce de leur pied droit; puis Moïse aspergea le pourtour de l'autel avec le sang; 25 il prit les parties grasses — la queue[2], toute la graisse qui est au-dessus des entrailles, le lobe du foie et les deux rognons avec leur graisse — ainsi que le gigot droit; 26 dans la corbeille des pains sans levain qui se trouve devant le SEIGNEUR, il prit un gâteau sans levain, un gâteau à l'huile et une crêpe, qu'il plaça par-dessus les graisses et le gigot droit; 27 il mit le tout sur les mains d'Aaron et sur les mains de ses fils, et il le fit offrir avec le geste de présentation, devant le SEIGNEUR. 28 Moïse le reprit de leurs mains et le fit fumer à l'autel avec l'holocauste; ce fut un

sacrifice d'investiture, un parfum apaisant, ce fut un mets consumé pour le SEIGNEUR. 29 Moïse prit la poitrine et l'offrit avec le geste de présentation devant le SEIGNEUR; du bélier d'investiture, c'est ce qui revint à Moïse en partage, comme le SEIGNEUR l'avait ordonné à Moïse. 30 Moïse prit de l'huile d'onction et du sang qui était sur l'autel, et il en aspergea Aaron et ses vêtements, de même que ses fils et les vêtements de ses fils; c'est ainsi qu'il consacra Aaron et ses vêtements, de même que ses fils et les vêtements de ses fils.

31 Moïse dit à Aaron et à ses fils : « Faites cuire la chair à l'entrée de la tente de la rencontre; c'est là que vous la mangerez, avec le pain qui se trouve dans la corbeille de l'investiture, comme je l'ai ordonné en disant : C'est Aaron et ses fils qui la mangeront. 32 Le reste de chair et de pain, vous le brûlerez. 33 Et pendant sept jours vous ne quitterez pas l'entrée de la tente de la rencontre, jusqu'au moment où s'achèvera le temps de votre investiture; car pendant sept jours on vous conférera l'investiture[1], 34 comme on l'a fait aujourd'hui. Le SEIGNEUR a ordonné de procéder ainsi, pour faire sur vous le rite d'absolution. 35 Vous demeurerez à l'entrée de la tente de la rencontre jour et nuit durant sept jours; ensuite vous pourrez assurer le service du SEIGNEUR sans mourir. C'est ce qui m'a été ordonné. »

---

1. *investiture* : voir 7.37 et la note.
2. Voir 3.9 et la note.

1. Pour désigner cette *investiture*, l'hébreu emploie une expression imagée : *on remplira vos mains*, geste liturgique auquel il est fait allusion au v. 27.

36 Aaron et ses fils exécutèrent tous les ordres que le Seigneur avait donnés par l'intermédiaire de Moïse.

Entrée en fonction d'Aaron et de ses fils

9 1 Or, au huitième jour[1], Moïse appela Aaron et ses fils, ainsi que les *anciens d'Israël. 2 Il dit à Aaron : « Procure-toi un veau en *sacrifice pour le péché et un bélier pour un holocauste, tous deux sans défaut, et présente-les devant le Seigneur. 3 Puis tu adresseras cette parole aux fils d'Israël : Prenez un bouc en sacrifice pour le péché, ainsi qu'un veau et un agneau âgés d'un an[2], tous deux sans défaut, pour un holocauste, 4 un taureau et un bélier pour un sacrifice de paix à offrir devant le Seigneur, et une offrande pétrie à l'huile ; car c'est aujourd'hui que le Seigneur va vous apparaître. »

5 Ils menèrent devant la *tente de la rencontre ce que Moïse avait ordonné, puis toute la communauté s'approcha et se tint debout devant le Seigneur. 6 Moïse dit : « Voici ce que le Seigneur vous a ordonné de faire, afin que vous apparaisse la gloire du Seigneur[3]. » 7 Puis Moïse dit à Aaron : « Approche-toi de l'*autel, offre ton sacrifice pour le péché et ton holocauste, pour faire la rite d'absolution en ta faveur et en faveur du peuple, puis offre le présent du peuple, pour faire le rite d'absolution en sa faveur, comme le Seigneur l'a ordonné. »

8 Aaron s'approcha de l'autel et égorgea le veau du sacrifice pour son propre péché ; 9 les fils d'Aaron lui présentèrent le sang ; il trempa son doigt dans le sang et en mit sur les cornes[1] de l'autel ; il versa le sang à la base de l'autel ; 10 il fit fumer à l'autel la graisse, les rognons et le lobe du foie de la victime, comme le Seigneur l'avait ordonné à Moïse ; 11 chair et peau, il les brûla hors du camp. 12 Il égorgea l'holocauste, les fils d'Aaron lui remirent le sang dont il aspergea le pourtour de l'autel ; 13 ils lui remirent l'holocauste en quartiers — y compris la tête — et il les fit fumer sur l'autel ; 14 il lava les entrailles et les pattes et les fit fumer à l'autel avec l'holocauste.

15 Il présenta les dons du peuple ; il prit le bouc du sacrifice pour le péché du peuple, l'égorgea et l'offrit comme la première victime ; 16 il présenta l'holocauste, et l'offrit selon la règle ; 17 il présenta l'offrande : il en prit une pleine poignée qu'il fit fumer sur l'autel, en plus de l'holocauste du matin ; 18 il égorgea le taureau et le bélier offerts par le peuple en sacrifice de paix ; les fils d'Aaron lui remirent le sang dont il aspergea le pourtour de l'autel ; 19 les parties grasses du taureau et celles du bélier, à savoir la queue[2] la graisse qui enveloppe les entrailles, les rognons et le lobe du foie, 20 ils les placèrent sur les poitrines et il les fit fumer à l'autel ; 21 Aaron offrit les poitrines et le gigot droit avec le

---

1. L'investiture (chap. 8) et l'entrée en fonction (9) forment une seule cérémonie qui culmine au *huitième jour.*
2. *âgés d'un an :* voir Ex 12.5 et la note.
3. La *gloire du Seigneur* est le signe visible de la présence de Dieu, qu'on ne peut pas voir directement sans mourir ; voir Jg 13.22.

1. *cornes :* voir Ex 27.2 et la note.
2. Voir 3.9 et la note.

geste de présentation devant le SEIGNEUR, comme Moïse l'avait ordonné. 22 Elevant alors les mains au-dessus du peuple, Aaron le bénit[1]; élevant puis il redescendit, ayant terminé d'offrir le sacrifice pour le péché, l'holocauste et les sacrifices de paix.

23 Moïse et Aaron entrèrent dans la tente de la rencontre, puis ressortirent pour bénir le peuple. Alors la gloire du SEIGNEUR apparut à tout le peuple; 24 un feu sortit de devant le SEIGNEUR, et dévora sur l'autel l'holocauste et les graisses. Tout le peuple vit cela; ils crièrent de joie[2] et ils se prosternèrent.

Règles relatives au deuil

10 1 Or Nadav et Avihou, fils d'Aaron, prenant chacun sa cassolette[3], y mirent du feu sur lequel ils déposèrent du parfum; ils présentèrent ainsi devant le SEIGNEUR un feu profane, qu'il ne leur avait pas ordonné. 2 Alors un feu sortit de devant le SEIGNEUR et les dévora; et ils moururent devant le SEIGNEUR. 3 Moïse dit à Aaron : « Le SEIGNEUR l'avait bien dit :

Par ceux qui m'approchent,
je veux être *sanctifié,
et à la face de tout le peuple,
je veux être glorifié. »

Aaron entonna une lamentation[4]. 4 Mais Moïse appela Mishaël et Elçafân, fils de Ouzziël,

l'oncle d'Aaron, et leur dit : « Approchez ! Emportez vos frères de devant le lieu saint, hors du camp. » 5 S'étant approchés, ils les emportèrent dans leur tunique hors du camp, comme l'avait dit Moïse. 6 Moïse dit alors à Aaron, ainsi qu'à ses fils Eléazar et Itamar : « Ne défaites pas vos cheveux, ne *déchirez pas vos vêtements, de peur de mourir et d'attirer la colère contre toute la communauté. Ce sont tous vos frères de la maison d'Israël qui pleureront[1] ceux que le SEIGNEUR a détruits par le feu. 7 Vous, vous ne devez pas quitter l'entrée de la *tente de la rencontre, de peur de mourir, car vous êtes marqués par l'huile d'*onction du SEIGNEUR. » Ils agirent conformément à la parole de Moïse.

Règles relatives aux boissons alcooliques

8 Le Seigneur adressa la parole à Aaron : 9 « Toi et tes fils, ne buvez ni vin ni alcool, quand vous devez aller à la *tente de la rencontre; ainsi vous ne mourrez pas. C'est une loi immuable pour vous, d'âge en âge. 10 C'est pour être à même de distinguer le sacré du profane, ce qui est *impur de ce qui est pur, 11 et d'enseigner aux fils d'Israël tous les décrets que le SEIGNEUR a édictés pour eux par l'intermédiaire de Moïse. »

---

1. *le bénit* : on trouve dans l'AT diverses formules de *bénédiction;* voir Nb 6.24-26; 1 R 8.56-58.
2. Les *cris de joie* sont des acclamations rituelles; voir Ps 95.1.
3. *cassolettes* : objets liturgiques, sorte d'encensoirs.
4. *entonna une lamentation* : autres traductions *resta muet* ou *garda le silence.*

---

1. Les lamentations, les cheveux dénoués (ou coupés) et les habits *déchirés, qui sont des manifestations traditionnelles légitimes du deuil, sont interdites aux prêtres à cause de leur consécration (v. 7).

Règles relatives aux viandes des sacrifices

12 Moïse adressa la parole à Aaron, et à Eléazar et Itamar, les fils qui lui restaient : « Prenez l'offrande, après en avoir retiré ce qui est mets consumés du Seigneur, et mangez-la sans *levain, à côté de l'*autel, car c'est une part très sainte[1]. 13 Vous la mangerez dans un endroit *saint, car c'est la redevance pour toi et tes fils sur les mets consumés du Seigneur. C'est l'ordre que j'ai reçu. 14 Quant à la poitrine du rite de présentation et au gigot du rite de prélèvement, vous les mangerez dans un endroit *pur, toi de même que tes fils et tes filles, car ils sont la redevance accordée à toi et à tes fils sur les *sacrifices de paix des fils d'Israël. 15 — Ce gigot du rite de prélèvement et cette poitrine du rite de présentation, les offrants les amènent avec les parties grasses à consumer, pour les offrir avec le geste de présentation devant le Seigneur ; ensuite ils te reviennent de même qu'à tes fils, à titre de redevance pour toujours, comme le Seigneur l'a ordonné. »

16 Quand Moïse s'enquit du bouc[2] du sacrifice pour le péché, il découvrit qu'on l'avait brûlé. Il se mit en colère contre Eléazar et Itamar, les fils qui restaient à Aaron : 17 « Pourquoi n'avez-vous pas mangé la victime dans le lieu saint, puisque c'est une part très sainte ? Le Seigneur vous l'a accordée pour ôter le péché de la communauté et pour que soit fait sur celle-ci le rite d'absolution devant le Seigneur. 18 Puisque son sang n'a pas été amené à l'intérieur du lieu saint, vous deviez manger la victime dans le lieu saint, comme je l'avais ordonné. » 19 Aaron adressa la parole à Moïse : « Ecoute, en ce jour où ils ont présenté devant le Seigneur leur sacrifice pour le péché et leur holocauste, voilà ce qui m'est arrivé. Le Seigneur approuverait-il que je mange d'une victime pour le péché en un tel jour[1] ? » 20 Moïse approuva ce qu'il venait d'entendre.

Animaux purs et impurs

11 1 Le Seigneur adressa la parole à Moïse et à Aaron et leur dit : 2 « Parlez aux fils d'Israël :

Parmi tous les animaux[2] terrestres, voici ceux que vous pouvez manger : 3 ceux qui ont le sabot fendu et qui ruminent, ceux-là, vous pouvez les manger. 4 Ainsi, parmi les ruminants et parmi les animaux ayant des sabots, vous ne devez pas manger ceux-ci :

le chameau, car il rumine, mais n'a pas de sabots : pour vous il est *impur;

5 le daman[3], car il rumine, mais n'a pas de sabots : pour vous il est impur;

6 le lièvre, car il rumine, mais n'a pas de sabots : pour vous il est impur;

7 le porc, car il a le sabot fendu, mais ne rumine pas : pour vous il est impur. 8 Vous ne devez ni manger de leur chair, ni tou-

---

1. *offrande* : voir au glossaire SACRIFICES. — *Part très sainte* : voir 2.2 et la note.
2. *du bouc* : voir 9.3, 15.

1. Le texte de ce verset est peu clair et la traduction incertaine.
2. On trouve une liste semblable en Dt 14.3-20. L'identification de certains animaux est incertaine.
3. Petit mammifère de la taille d'un lapin.

cher leur cadavre; pour vous ils sont impurs.

9 Parmi tous les animaux aquatiques, voici ceux que vous pouvez manger : tout animal aquatique, de mer ou de rivière, qui a nageoires et écailles, vous pouvez le manger; 10 mais tous ceux qui n'ont pas de nageoires ni d'écailles — bestioles aquatiques ou êtres vivant dans l'eau, en mer ou en rivière — vous sont interdits 11 et vous resterez interdits; vous ne devez pas manger de leur chair, et vous mettez l'interdit[1] sur leur cadavre; 12 tout animal aquatique sans nageoires ni écailles vous est interdit.

13 Parmi les oiseaux, voici ceux sur lesquels vous devez mettre l'interdit; on ne les mange pas, ils sont interdits : l'aigle, le gypaète, l'aigle marin, 14 le milan, les différentes espèces de vautours, 15 toutes les espèces de corbeaux, 16 l'autruche, la chouette, la mouette, les différentes espèces d'éperviers, 17 le hibou, le cormoran, le chat-huant, 18 l'effraie, la corneille[2], le charognard, 19 la cigogne, les différentes espèces de hérons, la huppe et la chauve-souris.

20 Toute bestiole ailée qui marche sur quatre pattes vous est interdite. 21 Toutefois, de toutes les bestioles ailées marchant sur quatre pattes, voici celles que vous pouvez manger : celles qui, en plus des pattes, ont des jambes[1] leur permettant de sauter sur la terre ferme. 22 Voici donc celles que vous pouvez manger : les différentes espèces de sauterelles, criquets, grillons et locustes[2]. 23 Mais toute bestiole ailée qui a simplement quatre pattes vous est interdite.

Les contacts qui rendent impurs

24 De plus, ces animaux vous rendent *impurs — quiconque touche leur cadavre est impur jusqu'au soir, 25 et quiconque porte leur cadavre doit laver ses vêtements et il est impur jusqu'au soir — : 26 toutes les bêtes qui ont le sabot non fendu ou qui ne ruminent pas — pour vous elles sont impures : quiconque les touche est impur. 27 De même tous les quadrupèdes qui marchent sur la plante des pieds[3] sont impurs pour vous; quiconque touche leur cadavre est impur jusqu'au soir, 28 et quiconque porte leur cadavre doit laver ses vêtements et il est impur jusqu'au soir, car pour vous ils sont impurs.

29 Des bestioles qui pullulent sur la terre ferme, voici celles qui, pour vous, sont impures : la taupe[4], la souris, les différentes espèces de grands lézards, 30 le

---

1. *Mettre l'interdit* sur signifie *interdire tout contact avec quelqu'un ou quelque chose;* voir 11.43; 20.25.

2. *l'effraie :* l'ancienne version grecque a traduit *la poule sultane;* l'ancienne version latine *le cygne* — *la corneille :* autre traduction *le pélican.*

1. *celles qui ont des jambes :* d'après une ancienne tradition juive, les versions anciennes et le contexte; texte hébreu traditionnel : *celles qui n'ont pas de jambes* (avec une négation inhabituelle).

2. *sauterelles, criquets, grillons et locustes :* l'hébreu emploie ici quatre mots très mal connus, désignant soit quatre espèces différentes de sauterelles, soit quatre stades d'évolution de l'insecte.

3. *ceux qui marchent sur la plante des pieds :* par exemple les ours.

4. *taupe :* deux anciennes versions ont traduit *belette.*

gecko, le lézard ocellé, le lézard vert, le lézard des sables et le caméléon. 31 Telles sont parmi toutes les bestioles celles que vous tiendrez pour impures. Quiconque les touche quand elles sont crevées est impur jusqu'au soir. 32 Qu'une telle bestiole tombe, en crevant, sur n'importe quel objet, celui-ci devient impur, que ce soit un ustensile de bois, un vêtement, une peau ou un sac, bref un ustensile servant à n'importe quel usage; on le passe à l'eau, il est impur jusqu'au soir, puis il est pur. 33 Si la bestiole tombe dans un quelconque récipient d'argile, tout le contenu devient impur et vous brisez le récipient; 34 si l'on répand de cette eau sur n'importe quel aliment comestible, il devient impur; et de même une boisson potable devient impure, quel que soit le récipient qui la contient. 35 Si le cadavre d'une de ces bestioles tombe sur quelque objet, celui-ci devient impur; un four ou un réchaud, vous les démolissez, car ils sont impurs et vous les tiendrez donc pour impurs; 36 pourtant en ce qui concerne source et citerne, la masse d'eau reste pure, mais celui qui touche le cadavre[1] devient impur; 37 s'il tombe un de leurs cadavres sur du grain destiné aux semailles, le grain reste pur; 38 mais si l'on a déjà mis de l'eau sur du grain[2] et qu'il y tombe un de ces cadavres, vous tiendrez le grain pour impur.

39 Si une bête qui sert à votre nourriture vient à crever, celui qui touche son cadavre est impur jusqu'au soir; 40 celui qui mange de ce cadavre doit laver ses vêtements et il est impur jusqu'au soir; celui qui transporte ce cadavre doit laver ses vêtements et il est impur jusqu'au soir.

41 Toutes les bestioles qui pullulent sur la terre ferme sont interdites : on ne les mange pas. 42 Toutes ces bestioles qui pullulent sur la terre ferme, qu'elles se déplacent sur le ventre, ou qu'elles se déplacent sur quatre pattes ou davantage, vous ne les mangez pas, car elles sont interdites. 43 Ne mettez donc pas l'interdit[1] sur vous-mêmes, avec toutes ces bestioles qui pullulent, vous ne vous rendrez pas impurs avec elles et ne serez jamais impurs à cause d'elles. 44 Car c'est moi le Seigneur votre Dieu; vous vous *sanctifierez donc pour être saints, car je suis saint; vous ne vous rendrez pas vous-mêmes impurs avec toutes ces bestioles qui remuent sur la terre ferme. 45 Car c'est moi le Seigneur qui vous ai fait monter du pays d'Egypte, afin que, pour vous, je sois Dieu; vous devez donc être saints, puisque je suis saint. »

46 Telles sont les instructions concernant les animaux, les oiseaux et tous les êtres vivants qui remuent dans les eaux ou qui pullulent sur la terre ferme. 47 Elles servent à distinguer ce qui est impur de ce qui est pur, et les animaux qui se mangent de ceux qui ne se mangent pas.

---

1. *celui qui touche le cadavre* : pour le tirer hors de l'eau.
2. *Mettre de l'eau sur du grain* : en vue de la cuisson et de la consommation.

1. *Mettre l'interdit* : voir 11.11 et la note.

Purification de la femme accouchée

12 1 Le Seigneur adressa la parole à Moïse : 2 « Parle aux fils d'Israël : Si une femme enceinte accouche d'un garçon, elle est *impure pendant sept jours, aussi longtemps que lors de son indisposition menstruelle. 3 Le huitième jour, on *circoncit le prépuce de l'enfant ; 4 ensuite, pendant 33 jours, elle attend la purification de son sang ; elle ne touche aucune chose sainte et ne se rend pas au *sanctuaire jusqu'à ce que s'achève son temps de purification. 5 Si elle accouche d'une fille, pendant deux semaines elle est impure comme dans le cas de l'indisposition ; ensuite pendant 66 jours, elle attend la purification de son sang. 6 Lorsque s'achève son temps de purification, pour un fils ou pour une fille, elle amène au prêtre, à l'entrée de la *tente de la rencontre, un agneau âgé d'un an[1], pour un holocauste, et un pigeon ou une tourterelle, servant à un *sacrifice pour le péché ; 7 le prêtre les présente devant le Seigneur, et quand il a fait sur elle le rite d'absolution, elle est purifiée de sa perte de sang. »

Telles sont les instructions concernant la femme qui accouche d'un garçon ou d'une fille.

8 « Si elle n'arrive pas à se procurer un agneau, elle prend deux tourterelles ou deux pigeons, l'un servant à un holocauste et l'autre à un sacrifice pour le péché ; quand le prêtre a fait sur elle le rite d'absolution, elle est purifiée. »

Maladies de peau chez l'homme

13 1 Le Seigneur adressa la parole à Moïse et à Aaron : 2 « S'il se forme sur la peau d'un homme une boursouflure, une dartre ou une tache luisante, et que cela devienne une maladie de peau du genre lèpre[1], on l'amène au prêtre Aaron ou à l'un des prêtres ses fils ; 3 le prêtre procède à l'examen du mal de la peau : si dans la partie malade le poil a viré au blanc, et que cela paraisse former une dépression dans la peau, c'est une maladie du genre lèpre ; après l'examen, le prêtre déclare *impur. 4 S'il s'agit d'une tache luisante blanche sur la peau, qu'elle ne paraisse pas former une dépression dans la peau, et que le poil n'y ait pas viré au blanc, le prêtre met le malade à l'isolement pour sept jours ; 5 le septième jour, le prêtre procède à l'examen : si le mal est visiblement resté stationnaire, sans prendre d'extension sur la peau, le prêtre le met à l'isolement pour une seconde période de sept jours ; 6 le septième jour, le prêtre procède à un second examen : si la partie malade s'est ternie et que le mal n'a pas pris d'extension sur la peau, le prêtre le déclare pur : c'est une dartre ; le sujet lave ses vêtements, puis il est

---

1. *âgé d'un an* : voir Ex 12.5 et la note.

1. Le mot hébreu ne désigne pas seulement la *lèpre* proprement dite, mais diverses affections de la peau, dont le prêtre doit juger le degré de gravité. Bien que le mot n'y apparaisse pas, c'est d'affections semblables que sont frappés Job (Jb 2.7) et l'auteur du Ps 38. Le même mot désigne aussi des moisissures apparaissant sur les vêtements (13.47-59) ou sur les murs d'une maison (14.33-53).

pur; 7 mais si la dartre prend de l'extension sur la peau après l'examen par le prêtre en vue d'une déclaration de pureté, le sujet fait procéder à un nouvel examen par le prêtre; 8 le prêtre procède à l'examen : puisque la dartre a pris de l'extension sur la peau, le prêtre le déclare impur : c'est la lèpre.

9 Si un homme est atteint d'une maladie du genre lèpre, on l'amène au prêtre; 10 le prêtre procède à un examen : s'il y a une boursouflure blanche sur la peau, qu'elle ait fait virer le poil au blanc et que de la chair à vif y apparaisse, 11 c'est une lèpre invétérée dans sa peau; le prêtre le déclare impur; il ne prend pas la peine de le mettre à l'isolement, car il est manifestement impur. 12 Mais si cette lèpre se met à bourgeonner sur la peau, au point de recouvrir toute la peau du malade, de la tête aux pieds, d'après ce que peut en voir le prêtre, 13 ce dernier procède à un examen : puisque la lèpre recouvre tout son corps, il déclare pur le malade; tout ayant viré au blanc, il est pur. 14 Mais du jour où on voit sur lui de la chair à vif, il devient impur; 15 le prêtre procède à l'examen de la chair à vif, et le déclare impur : la chair à vif est impure, c'est de la lèpre; 16 ou bien alors si la chair à vif a de nouveau viré au blanc, le sujet va trouver le prêtre; 17 le prêtre procède à l'examen : puisque la partie malade a viré au blanc, le prêtre déclare pure cette maladie : le sujet est pur.

18 S'il y a eu sur la peau de quelqu'un un furoncle qui a guéri, 19 mais qu'à l'endroit du furoncle se forme une boursouflure blanche, ou une tache luisante d'un blanc rougeâtre, le sujet fait procéder à un examen par le prêtre; 20 le prêtre procède à l'examen : si la tache paraît faire un creux dans la peau et que le poil y ait viré au blanc, le prêtre le déclare impur : c'est une maladie du genre lèpre, qui est en train de bourgeonner dans le furoncle; 21 si par contre, lorsque le prêtre procède à l'examen, il ne s'y trouve aucun poil blanc, qu'elle ne fasse pas un creux dans la peau et qu'elle soit terne, le prêtre met le sujet à l'isolement pour sept jours; 22 si elle a réellement pris de l'extension sur la peau, le prêtre le déclare impur : c'est une maladie; 23 mais si la tache luisante est restée stationnaire, sans prendre d'extension, c'est la cicatrice du furoncle; le prêtre le déclare pur.

24 Autre cas : Si quelqu'un est atteint d'une brûlure de la peau, causée par le feu, et qu'apparaisse dans la brûlure une tache luisante d'un blanc rougeâtre ou blanche, 25 le prêtre procède à l'examen : si le poil a viré au blanc dans la tache luisante et que celle-ci paraisse former une dépression dans la peau, c'est de la lèpre qui est en train de bourgeonner dans la brûlure; le prêtre le déclare impur : c'est une maladie du genre lèpre; 26 si par contre, lorsque le prêtre procède à l'examen, il n'y a pas de poil blanc dans la tache, que celle-ci ne fasse pas un creux dans la peau et qu'elle soit terne, le prêtre met le sujet à l'isolement pour sept jours; 27 le septième jour, le prêtre procède à l'examen : si elle a réellement pris de

l'extension dans la peau, le prêtre le déclare impur : c'est une maladie du genre lèpre; 28 mais si la tache luisante est restée stationnaire, sans prendre d'extension sur la peau, si elle est terne, c'est une boursouflure due à la brûlure; le prêtre le déclare pur : c'est la cicatrice de la brûlure.

29 Si un homme ou une femme est atteint de quelque mal sur la tête ou au menton, 30 le prêtre procède à l'examen du mal : s'il paraît former une dépression dans la peau et qu'il s'y trouve du poil roussâtre et clairsemé, le prêtre le déclare impur : c'est la teigne, c'est-à-dire la lèpre de la tête ou du menton; 31 si par contre, lorsque le prêtre procède à l'examen de ce mal de teigne, il ne paraît pas former une dépression dans la peau, bien qu'il ne s'y trouve pas de poil noir, le prêtre met pour sept jours le malade atteint de teigne à l'isolement; 32 le septième jour, le prêtre procède à l'examen du mal : si la teigne n'a pas pris d'extension et qu'il ne s'y trouve pas de poil roussâtre, si la teigne ne paraît pas former une dépression dans la peau, 33 le sujet se rase, mais sans raser l'endroit teigneux; puis le prêtre met pour une seconde période de sept jours le teigneux à l'isolement; 34 le septième jour, le prêtre procède à l'examen de la teigne : si la teigne n'a pas pris d'extension sur la peau et qu'elle ne paraisse pas former une dépression dans la peau, le prêtre le déclare pur; après qu'il a lavé ses vêtements, il est pur; 35 mais si la teigne prend de l'extension sur la peau après la déclaration de pureté, 36 le prêtre procède à l'exa-

men : puisque la teigne a pris de l'extension sur la peau, le prêtre ne recherche même pas s'il y a du poil roussâtre; il est impur; 37 mais si la teigne est visiblement restée stationnaire et que du poil noir y a poussé, c'est que la teigne est guérie et qu'il est pur; aussi le prêtre le déclare-t-il pur.

38 S'il se forme sur la peau d'un homme ou d'une femme des taches luisantes, blanches, 39 le prêtre procède à un examen : si ces taches sur leur peau sont d'un blanc terne, c'est un vitiligo[1], qui a bourgeonné sur la peau; le sujet est pur.

40 Si un homme perd ses cheveux, il a la tête chauve; il est pur; 41 s'il perd ses cheveux sur le devant, il a le front dégarni; il est pur; 42 mais s'il se forme dans sa calvitie, au sommet de la tête ou sur le front, un mal d'un blanc rougeâtre, c'est une lèpre qui est en train de bourgeonner, au sommet de la tête ou sur le front; 43 le prêtre procède à l'examen : si la boursouflure dans la partie malade est d'un blanc rougeâtre, au sommet de la tête ou sur le front, et qu'elle paraisse semblable à une lèpre de la peau, 44 c'est un lépreux, il est impur; le prêtre le déclare impur; le mal l'a frappé à la tête.

45 Le lépreux ainsi malade doit avoir ses vêtements *déchirés, ses cheveux défaits, sa moustache recouverte[2], et il doit crier : Impur ! Impur !; 46 Il est impur aussi longtemps que le mal qui l'a

---

1. La traduction du nom de cette maladie de peau est seulement probable.
2. *ses vêtements déchirés ... :* manifestations traditionnelles du deuil, voir Ez 24.17; comparer Lv 10.6. En effet le « lépreux », coupé du monde des vivants (v. 46), est une sorte de mort en sursis.

frappé est impur; il habite à part
et établit sa demeure hors du
camp.

Moisissures sur les vêtements

47 « Si un vêtement est taché de
lèpre[1], vêtement de laine ou vêtement de lin, 48 tissu ou tricot de
lin ou de laine, cuir ou tout objet
confectionné en cuir, 49 si la tache
devient verdâtre ou rougeâtre sur
le vêtement ou le cuir, sur le tissu
ou le tricot, ou sur tout objet de
cuir, c'est une tache de lèpre : on
fait procéder à un examen par le
prêtre; 50 le prêtre procède à
l'examen de la tache, puis met
l'objet taché pour sept jours sous
séquestre; 51 le septième jour, il
procède à l'examen de la tache :
si la tache a pris de l'extension
sur le vêtement, sur le tissu ou le
tricot, ou sur le cuir — quel que
soit l'objet en cuir — c'est une
tache de lèpre maligne; l'objet est
*impur; 52 on brûle le vêtement, le
tissu ou le tricot de laine ou de
lin, ou tout objet de cuir qui a
cette tache; puisque c'est une
lèpre maligne, l'objet doit être
brûlé; 53 si par contre, lorsque le
prêtre procède à l'examen, la
tache n'a pas pris d'extension, sur
le vêtement, sur le tissu ou le tricot, ou sur tout objet de cuir, 54 le
prêtre ordonne de laver l'objet taché, puis le met pour une seconde
période de sept jours sous séquestre; 55 le prêtre procède à un
examen, après lavage de la tache :
si la tache n'a pas changé d'as-

pect, même si elle n'a pas pris
d'extension, l'objet est impur; tu
le brûles; c'est un vêtement rongé,
à l'envers ou à l'endroit; 56 si par
contre, lorsque le prêtre procède
à l'examen, la tache s'est ternie
après lavage, il l'arrache du vêtement ou du cuir, du tissu ou du
tricot; 57 mais si quelque chose
réapparaît sur le vêtement, sur le
tissu ou sur le tricot, ou sur tout
objet de cuir, c'est une lèpre en
train de bourgeonner : tu brûles
l'objet taché. 58 Le vêtement, le
tissu ou le tricot, ou tout objet de
cuir, que tu laves et d'où disparaît
la tache, se lave une seconde fois
et devient pur.» 59 Telles sont,
concernant la tache de lèpre sur
un vêtement de laine ou de lin,
sur un tissu ou un tricot, ou sur
tout objet de cuir, telles sont les
instructions qui permettent de le
déclarer pur ou impur.

Purification du lépreux

14 1 Le Seigneur adressa la
parole à Moïse : 2 « Voici le
rituel relatif au *lépreux, à observer le jour de sa *purification :
— on l'amène au prêtre;
3 — le prêtre sort à l'extérieur
du camp;
— le prêtre procède à un examen.
Si le lépreux est guéri de la
maladie du genre lèpre;
4 — le prêtre ordonne de
prendre pour celui qui se purifie :
deux oiseaux vivants, purs, du
bois de cèdre, du cramoisi éclatant et de l'hysope[1];

---

1. *taché de lèpre* : voir 13.2 et la note.

1. Le *cramoisi éclatant* est une matière colorante, rouge, fabriquée à partir d'une cochenille,
parasite du chêne. — L'*hysope* est une plante vi-
vace aromatique, souvent mentionnée dans les li-
turgies de purification; voir Ps 51.9.

5 — le prêtre ordonne d'égorger le premier oiseau au-dessus d'un récipient d'argile contenant de l'eau vive[1];

6 — il prend l'oiseau vivant avec le bois de cèdre, le cramoisi éclatant et l'hysope;

— il les trempe, y compris l'oiseau vivant, dans le sang de l'oiseau qu'on a égorgé sur l'eau vive;

7 — il effectue sept aspersions sur celui qui se purifie de la lèpre;

— il le déclare pur;

— il fait s'envoler l'oiseau vivant vers la pleine campagne;

8 — celui qui se purifie lave ses vêtements, rase tout son poil, se lave dans l'eau et alors il est pur;

— ensuite il se rend au camp, mais demeure sept jours hors de sa tente;

9 — le septième jour, il rase tout son poil, tête, menton et arcade sourcilière; il rase tout son poil;

— il lave ses vêtements, lave son corps dans l'eau, et alors il est pur;

10 — le huitième jour, il prend deux agneaux sans défaut, une agnelle sans défaut, âgée d'un an, trois dixièmes d'épha de farine, en offrande pétrie à l'huile, et un log[2] d'huile;

11 — le prêtre qui préside à la purification place l'homme qui se purifie, ainsi que ses présents, devant le Seigneur, à l'entrée de la *tente de la rencontre;

12 — le prêtre prend le premier agneau et le présente en *sacrifice de réparation, avec le log d'huile;

— il les offre avec le geste de présentation devant le Seigneur;

13 — il égorge l'agneau à l'endroit où l'on égorge la victime du sacrifice pour le péché et l'holocauste, dans le lieu *saint; — en effet, il en va du sacrifice de réparation comme du sacrifice pour le péché : il revient au prêtre;

c'est une chose très sainte;

14 — le prêtre prend du sang de la victime de réparation;

— le prêtre le met sur le lobe de l'oreille droite de celui qui se purifie, sur le pouce de sa main droite et sur le pouce de son pied droit;

15 — le prêtre prend le log d'huile;

— il s'en verse un peu dans la main gauche;

16 — le prêtre trempe son index droit dans l'huile qui se trouve dans sa main gauche;

— de son doigt il effectue sept aspersions d'huile devant le Seigneur;

17 — de ce qui reste d'huile dans sa main, le prêtre en met sur le lobe de l'oreille droite de celui qui se purifie, sur le pouce de sa main droite et sur le pouce de son pied droit, par-dessus le sang de la victime de réparation;

18 — le reste d'huile qui est dans sa main, le prêtre le met sur la tête de celui qui se purifie;

— le prêtre fait sur lui le rite d'absolution devant le Seigneur;

19 — le prêtre procède au sacrifice pour le péché;

— il fait le rite d'absolution sur celui qui se purifie de son *impureté;

— ensuite il égorge l'holocauste;

---

1. *contenant de l'eau vive* ou *au-dessus d'une eau courante*.
2. *âgée d'un an* : voir Ex 12.5 et la note. — *épha, log* : voir au glossaire POIDS ET MESURES. — *offrande* : voir au glossaire SACRIFICES.

20 — le prêtre fait monter[1] à l'*autel l'holocauste et l'offrande;
— le prêtre fait sur lui le rite d'absolution.

Alors il est purifié.

Purification d'un lépreux pauvre

21 « Si le sujet est trop pauvre pour se procurer tout cela, il prend un seul agneau, pour le *sacrifice de réparation avec geste de présentation, afin que l'on fasse sur lui le rite d'absolution, un seul dixième d'épha de farine pétrie dans l'huile, pour l'offrande, un log[2] d'huile 22 et deux tourterelles ou deux pigeons — ce qu'il peut se procurer —; l'un est destiné au sacrifice pour le péché, l'autre à l'holocauste.

23 — Le huitième jour, il les amène pour sa *purification au prêtre, à l'entrée de la *tente de la rencontre, devant le Seigneur.

24 — le prêtre prend l'agneau de réparation et le log d'huile;
— le prêtre les offre avec le geste de présentation devant le Seigneur;

25 — il égorge l'agneau de réparation;
— le prêtre prend du sang de la victime de réparation;
— il le met sur le lobe de l'oreille droite de celui qui se purifie, sur le pouce de sa main droite et sur le pouce de son pied droit;

26 — le prêtre se verse un peu d'huile dans la main gauche;

27 — de son index droit, le prêtre effectue devant le Seigneur sept aspersions avec l'huile qui est dans sa main gauche;

28 — le prêtre met de l'huile qui est dans sa main sur le lobe de l'oreille droite de celui qui se purifie, sur le pouce de sa main droite et sur le pouce de son pied droit, aux endroits où il a mis du sang de la victime de réparation;

29 — le reste d'huile qui est dans sa main, le prêtre le met sur la tête de celui qui se purifie, pour faire sur lui le rite d'absolution devant le Seigneur;

30 — de l'une des tourterelles ou de l'un des pigeons — peu importe ce que le sujet a pu se procurer —, 31 de l'un des oiseaux qu'il a pu se procurer, il fait un sacrifice pour le péché, et de l'autre un holocauste accompagnant l'offrande;
— le prêtre fait le rite d'absolution sur celui qui se purifie, devant le Seigneur. »

32 Telles sont les instructions concernant un malade de la *lèpre qui ne peut se procurer le nécessaire pour sa purification.

Moisissures sur les murs des maisons

33 Le Seigneur adressa la parole à Moïse et à Aaron : 34 « Quand vous serez entrés dans le pays de Canaan que je vous donne en propriété, si je mets une tache de lèpre[1] dans une maison de ce pays qui sera le vôtre, 35 le maître de la maison ira annoncer au prêtre : Il me semble qu'il y a comme une tache dans ma maison. 36 Le prêtre ordonnera de vi-

---

1. fait monter ou *présente*.
2. *épha, log* : voir au glossaire POIDS ET MESURES.

1. *tache de lèpre* : voir 13.2 et la note.

der la maison avant que lui, le prêtre, y entre, pour procéder à l'examen de la tache; ainsi, rien de ce qui se trouvait dans la maison ne sera tenu pour *impur; cela fait, le prêtre entrera pour procéder à l'examen de cette maison; 37 il procédera à l'examen de la tache : si la tache, sur les parois de la maison, se présente sous forme de cavités verdâtres ou rougeâtres, si elle paraît faire un creux dans la paroi, 38 le prêtre sortira de la maison, jusque sur le pas de la porte, et mettra pour sept jours la maison sous séquestre. 39 Le septième jour, le prêtre reviendra et procédera à l'examen : si la tache a pris de l'extension dans les parois de la maison, 40 le prêtre ordonnera d'arracher les pierres qui sont tachées et de les jeter hors de la ville dans un endroit impur; 41 il fera gratter tout l'intérieur de la maison et déverser hors de la ville dans un endroit impur la terre qu'on aura grattée; 42 on prendra d'autres pierres pour remplacer les premières, et l'on prendra une autre terre pour recrépir la maison.

43 Si la tache se remet à bourgeonner dans la maison après qu'on en aura arraché les pierres, après grattage de la maison et recrépissage, 44 le prêtre ira et procédera à un examen : si la tache a pris de l'extension dans la maison, c'est une lèpre maligne dans la maison; celle-ci est impure; 45 on démolira la maison, tout ce qui est pierres, bois et crépi de la maison, et on l'évacuera hors de la ville dans un endroit impur. 46 Celui qui entrerait dans la maison durant toute

la période du séquestre deviendrait impur jusqu'au soir; 47 celui qui coucherait dans la maison devrait laver ses vêtements; celui qui mangerait dans la maison devrait laver ses vêtements. 48 Si par contre, lorsque le prêtre entrera et procédera à l'examen, la tache n'a pas pris d'extension dans la maison après le recrépissage de la maison, le prêtre déclarera la maison pure, puisque le mal a été guéri.

49 Pour purifier la maison de son péché,

— il prendra deux oiseaux, du bois de cèdre, du cramoisi éclatant et de l'hysope[1];

50 — il égorgera le premier oiseau au-dessus d'un récipient d'argile contenant de l'eau vive;

51 — il prendra le bois de cèdre, l'hysope, le cramoisi éclatant et l'oiseau vivant;

— il les trempera dans le sang de l'oiseau égorgé et dans l'eau vive;

— il effectuera sept aspersions sur la maison; 52 — c'est ainsi qu'il purifiera la maison de son péché, au moyen du sang de l'oiseau, de l'eau vive, de l'oiseau vivant, du bois de cèdre, de l'hysope et du cramoisi éclatant;

53 — il fera s'envoler l'oiseau vivant hors de la ville, vers la pleine campagne;

— il fera le rite d'absolution sur la maison.

Alors elle est purifiée. »

54 Telles sont les instructions concernant toute maladie du genre lèpre, la teigne, 55 la lèpre d'un vêtement ou d'une maison, 56 la boursouflure, la dartre et la

---

1. *de son péché* ou *de son impureté* (de même au v. 52); comparer 8.15 et la note. — *cramoisi éclatant, hysope* : voir v. 4 et la note.

tache luisante; 57 elles donnent les directives en cas d'impureté comme de pureté.

Telles sont les instructions concernant la lèpre.

Impuretés sexuelles de l'homme

15 1 Le Seigneur adressa la parole à Moïse et à Aaron : 2 « Parlez aux fils d'Israël; vous leur direz :

« Quand un homme est atteint d'un écoulement dans ses organes[1], cet écoulement le rend *impur. 3 Voici en quoi consiste l'impureté due à son écoulement; — que ses organes laissent échapper l'écoulement ou qu'ils s'engorgent, son impureté est la suivante — :

4 Tout lit où s'est couché l'homme atteint d'écoulement est impur; tout objet où il s'est assis est impur.

5 Celui qui touche ce lit doit laver ses vêtements, se laver à l'eau, et il est impur jusqu'au soir.

6 Celui qui s'assied sur l'objet où s'est assis l'homme atteint d'écoulement, doit laver ses vêtements, se laver à l'eau, et il est impur jusqu'au soir.

7 Celui qui touche le corps de l'homme atteint d'écoulement doit laver ses vêtements, se laver à l'eau, et il est impur jusqu'au soir.

8 Si l'homme atteint d'écoulement crache sur quelqu'un qui est pur, celui-ci doit laver ses vêtements, se laver à l'eau, et il est impur jusqu'au soir.

9 Toute selle sur laquelle a voyagé l'homme atteint d'écoulement est impure.

10 Quiconque touche un objet qui s'est trouvé sous cet homme est impur jusqu'au soir; celui qui transporte un tel objet doit laver ses vêtements, se laver à l'eau, et il est impur jusqu'au soir.

11 Toute personne que l'homme atteint d'écoulement a touchée, sans s'être rincé les mains à l'eau, doit laver ses vêtements, se laver à l'eau, et elle est impure jusqu'au soir.

12 Un récipient d'argile qu'aura touché l'homme atteint d'écoulement doit être brisé, et tout récipient de bois doit être rincé à l'eau.

13 Pour être purifié de son écoulement, l'homme compte sept jours jusqu'à sa purification et lave ses vêtements; il lave son corps dans de l'eau vive, et alors il est purifié. 14 Le huitième jour, il se procure deux tourterelles ou deux pigeons et se rend devant le Seigneur, à l'entrée de la *tente de la rencontre, pour les remettre au prêtre. 15 De l'un, le prêtre fait un *sacrifice pour le péché, et de l'autre un holocauste; le prêtre fait sur lui, devant le Seigneur, le rite d'absolution de son écoulement.

16 Quand un homme a eu des pertes séminales, il doit se laver tout le corps à l'eau et il est impur jusqu'au soir; 17 tout vêtement et tout cuir atteint par la perte séminale doivent être lavés à l'eau, et ils sont impurs jusqu'au soir.

18 Quand une femme a eu des relations sexuelles avec un homme, ils doivent se laver à

---

1. *dans ses organes*; autre traduction *dans sa chair*, euphémisme pour les organes sexuels. — Il s'agit ici d'un *écoulement* consécutif à une maladie vénérienne.

l'eau et ils sont impurs jusqu'au
soir.

Impuretés sexuelles de la femme

19 « Quand une femme est atteinte d'un écoulement, que du
sang s'écoule de ses organes, elle
est pour sept jours dans son indisposition, et quiconque la
touche est *impur jusqu'au soir.
20 Tout ce sur quoi elle s'est
couchée en étant indisposée est
impur, et tout ce sur quoi elle
s'est assise est impur.
21 Quiconque touche son lit
doit laver ses vêtements, se laver
à l'eau, et il est impur jusqu'au
soir. 22 Quiconque touche un objet où elle s'est assise, doit laver
ses vêtements, se laver à l'eau, et
il est impur jusqu'au soir.
23 Si quelque chose se trouve
sur son lit ou sur l'objet où elle
s'est assise, en y touchant on est
impur jusqu'au soir.
24 Si un homme va jusqu'à coucher avec elle, elle lui transmet
son indisposition : il est impur
pour sept jours; tout lit où il
couche est impur.
25 Quand une femme est atteinte d'un écoulement de sang
pendant plusieurs jours en dehors
de sa période d'indisposition ou
que l'écoulement se prolonge
au-delà de son temps d'indisposition, son impureté dure aussi
longtemps que dure l'écoulement;
elle est impure, tout comme pendant ses jours d'indisposition.
26 Tant que dure cet écoulement, tout lit où elle se couche est
comme le lit de son temps d'indisposition; et tout objet où elle
s'assied est impur comme il est
impur lors de son indisposition.

27 Quiconque les touche se
rend impur; il doit laver ses vêtements, se laver à l'eau, et il est
impur jusqu'au soir.
28 Si son écoulement a pris fin
elle compte sept jours, et ensuite
elle est purifiée. 29 Le huitième
jour, elle se procure deux tourterelles ou deux pigeons et les
amène au prêtre, à l'entrée de la
*tente de la rencontre. 30 Le
prêtre fait de l'un un *sacrifice
pour le péché et de l'autre un
holocauste; le prêtre fait sur elle,
devant le Seigneur, le rite d'absolution de l'écoulement qui la rendait impure.
31 Vous demanderez aux fils
d'Israël de se tenir à l'écart,
quand ils sont en état d'impureté[1]; ainsi ils ne mourront pas à
cause de leur impureté, c'est-à-
dire pour avoir rendu impure ma
*demeure qui est au milieu
d'eux. »
32 Telles sont les instructions
concernant celui qui est atteint
d'un écoulement, celui qui a des
pertes séminales qui le rendent
impur, 33 celle qui a son indisposition menstruelle, bref, celui ou
celle qui est atteint d'écoulement,
ainsi que l'homme qui couche
avec une femme impure.

Le Jour du Grand Pardon[2]

16 1 Le Seigneur adressa la
parole à Moïse après la
mort des deux fils d'Aaron
— ceux qui étaient morts en s'a-
vançant devant le Seigneur[3]. 2 Le
Seigneur dit à Moïse : « Dis à ton

---

1. *Vous demanderez ...* : autre traduction *vous*
éloignerez les Israélites de l'impureté de ces gens.
2. Appelé aussi *Jour des Expiations, Yom Kip-*
pour, dans la liturgie juive.
3. Voir 10.1-2.

frère Aaron de ne pas entrer n'importe quand dans le *sanctuaire, au-delà du voile, face au propitiatoire qui se trouve sur l'*arche, et ainsi il ne mourra pas quand j'apparaîtrai dans la nuée[1], au-dessus du propitiatoire.

3 Voici ce que doit avoir Aaron pour entrer dans le sanctuaire : un taurillon destiné à un *sacrifice pour le péché et un bélier pour un holocauste ; 4 il revêt une tunique sacrée, en lin, il met des caleçons de lin sur son corps, il se ceint d'une ceinture de lin, et il se coiffe d'un turban de lin ; — ce sont des vêtements sacrés ; il les revêt donc après s'être lavé le corps à l'eau — ; 5 et de la part de la communauté des fils d'Israël, il reçoit deux boucs destinés à un sacrifice pour le péché et un bélier pour un holocauste.

6 Aaron présente le taurillon du sacrifice pour son propre péché et il fait le rite d'absolution en sa faveur et en faveur de sa maison. 7 Il prend les deux boucs et les place devant le Seigneur, à l'entrée de la *tente de la rencontre. 8 Aaron tire des sorts sur les deux boucs : un sort Pour le Seigneur, un sort Pour Azazel[2]. 9 Aaron présente le bouc sur lequel est tombé le sort Pour le Seigneur, et il en fait un sacrifice pour le péché. 10 Quant au bouc sur lequel est tombé le sort Pour Azazel, on le place vivant devant le Seigneur, pour faire sur lui le rite

d'absolution en l'envoyant à Azazel au désert.

11 Aaron présente le taurillon du sacrifice pour son propre péché, et il fait le rite d'absolution en sa faveur et en faveur de sa maison ; puis il égorge ce taurillon du sacrifice pour son propre péché. 12 Il prend une pleine cassolette[1] de charbons ardents sur l'*autel qui est devant le Seigneur, et deux pleines poignées de parfum à brûler, en poudre, et il les amène au-delà du voile. 13 Il met le parfum sur le feu devant le Seigneur et la nuée de parfum[2] recouvre le propitiatoire qui est sur la *charte. Ainsi il ne mourra pas. 14 Il prend du sang du taurillon et, de son doigt, il fait aspersion sur le côté oriental du propitiatoire ; puis devant le propitiatoire, il fait de son doigt sept aspersions de sang. 15 Il égorge le bouc du sacrifice pour le péché du peuple, et il en amène le sang au-delà du voile ; il procède avec ce sang comme il a procédé avec celui du taurillon : il en fait aspersion sur le propitiatoire et devant le propitiatoire. 16 Il fait sur le sanctuaire le rite d'absolution des *impuretés des fils d'Israël et de leurs révoltes, c'est-à-dire de tous leurs péchés ; il fait de même pour la tente de la rencontre qui demeure avec eux au milieu de leurs impuretés. 17 — Il ne doit y avoir personne dans la tente de la rencontre quand il y entre pour faire le rite d'absolution dans le sanctuaire, jusqu'à ce qu'il en sorte : il fait le rite d'absolution

---

1. *n'importe quand* : le Jour du Grand Pardon était le seul jour de l'année où le grand prêtre pénétrait derrière le voile qui cachait le Lieu très saint ; voir Si 50.5 ; He 9.7 — *propitiatoire* : voir Ex 25.17 et la note — *la nuée* : voir Ex 13.21 et la note.

2. *Azazel* est probablement le nom d'un démon hantant les lieux désertiques, voir v. 10. Des traducteurs et commentateurs anciens y ont vu au contraire un nom de lieu.

1. *cassolette* : voir 10.1 et la note.

2. La *nuée de parfum* évoque la nuée de l'Exode (voir Ex 19.9) où Dieu est à la fois présent (Lv 16.2) et caché.

en sa propre faveur, en faveur de sa maison et en faveur de toute l'assemblée d'Israël —. 18 Il sort vers l'autel qui est devant le Seigneur et il fait sur lui le rite d'absolution; il prend du sang du taurillon et du sang du bouc, et il en met sur les cornes[1] du pourtour de l'autel. 19 De son doigt, il fait sept aspersions de sang sur l'autel; il le purifie des impuretés des fils d'Israël et le *sanctifie.

20 Quand il a fini de faire le rite d'absolution pour le sanctuaire, pour la tente de la rencontre et pour l'autel, il présente le bouc vivant. 21 Aaron *impose les deux mains[2] sur la tête du bouc vivant: il confesse sur lui toutes les fautes des fils d'Israël et toutes leurs révoltes, c'est-à-dire tous leurs péchés, et il les met sur la tête du bouc; puis il l'envoie au désert sous la conduite d'un homme tout prêt. 22 Le bouc emporte sur lui toutes leurs fautes vers une terre stérile.

Quand il a envoyé le bouc dans le désert, 23 Aaron se rend à la tente de la rencontre, il ôte les vêtements de lin qu'il a revêtus pour entrer dans le sanctuaire et les dépose là. 24 Il se lave le corps à l'eau dans un endroit saint, puis revêt ses vêtements; il sort et offre son holocauste et celui du peuple; il fait le rite d'absolution en sa faveur et en faveur du peuple; 25 il fait fumer à l'autel la graisse des victimes pour le péché.

26 Celui qui a conduit le bouc Pour Azazel lave ses vêtements et se lave le corps à l'eau; après quoi il rentre au camp. 27 Le taurillon pour le péché et le bouc pour le péché, dont le sang a été amené dans le sanctuaire pour le rite d'absolution, on les fait porter hors du camp et on les brûle, peaux, chair et fiente. 28 Celui qui les a brûlés doit laver ses vêtements et se laver le corps à l'eau; après quoi il rentre au camp.

29 C'est pour vous une loi immuable: au septième mois, le dix du mois, vous *jeûnez[1] et vous ne faites aucun ouvrage, tant l'indigène que l'émigré installé parmi vous. 30 En effet c'est ce jour-là qu'on fait sur vous le rite d'absolution qui vous purifie. Devant le Seigneur vous serez purs de tous vos péchés. 31 C'est pour vous un *sabbat, un jour de repos, où vous jeûnez. Loi immuable.

32 Celui qui accomplit le rite d'absolution, c'est le prêtre qui a reçu l'*onction et l'investiture pour exercer le sacerdoce à la place de son père. Il revêt les vêtements de lin, vêtements sacrés; 33 il fait le rite d'absolution pour le sanctuaire consacré; il le fait pour la tente de la rencontre et pour l'autel; il le fait sur les prêtres et sur tout le peuple rassemblé.

34 C'est pour vous une loi immuable concernant la cérémonie d'absolution, une fois l'an, de tous les péchés des fils d'Israël. »

On fit ce que le Seigneur avait ordonné à Moïse.

---

1. *cornes*: voir Ex 27.2 et la note.
2. En imposant *les deux mains* sur la tête du bouc et en prononçant une prière de confession, Aaron fait du bouc le porteur des péchés d'Israël, afin qu'il l'emporte au loin dans le désert.

1. *vous jeûnez*: autre traduction *vous humiliez vos âmes;* voir Ac 27.9 et la note.

Prescriptions relatives au sang

17 1 Le Seigneur adressa la parole à Moïse : 2 « Parle à Aaron, à ses fils et à tous les fils d'Israël; tu leur diras : Voici l'ordre que le Seigneur a donné : 3 Si un homme de la maison d'Israël égorge un boeuf, un agneau ou une chèvre dans le camp — ou même l'égorge hors du camp — 4 sans l'amener à l'entrée de la *tente de la rencontre pour l'apporter en présent au Seigneur, devant la *demeure du Seigneur, il répondra du sang qu'il a versé : cet homme-là sera retranché du sein de son peuple[1]. 5 Ainsi les fils d'Israël amèneront les animaux qu'ils voudraient *sacrifier en pleine campagne; ils les amèneront au prêtre, à l'entrée de la tente de la rencontre, pour le Seigneur; ils les sacrifieront au Seigneur à titre de sacrifice de paix; 6 le prêtre aspergera de ce sang l'*autel du Seigneur à l'entrée de la tente de la rencontre, et il fera fumer la graisse en parfum apaisant pour le Seigneur; 7 ainsi ils n'immoleront plus leurs sacrifices à ces espèces de boucs[2] auxquels on rend un culte débauché. C'est pour eux, d'âge en âge, une loi immuable.

8 Tu leur diras aussi : Si un homme, faisant partie de la maison[3] d'Israël ou des émigrés venus s'y installer, offre un holocauste ou un sacrifice 9 sans l'amener à l'entrée de la tente de la rencontre pour en faire un sacrifice pour le Seigneur, cet homme-là sera retranché de sa parenté.

10 Si un homme, faisant partie de la maison d'Israël ou des émigrés venus s'y installer, consomme du sang, je me retournerai contre celui-là qui aura consommé le sang, pour le retrancher du sein de son peuple; 11 car la vie d'une créature est dans le sang; et moi, je vous l'ai donné, sur l'autel, pour l'absolution de votre vie. En effet, le sang procure l'absolution parce qu'il est la vie[1]. 12 Voilà pourquoi j'ai dit aux fils d'Israël : Nul d'entre vous ne doit consommer de sang, et nul émigré installé parmi vous ne doit consommer de sang.

13 Si un homme, faisant partie des fils d'Israël ou des émigrés installés parmi eux, prend à la chasse un animal ou un oiseau qui se mange, il en versera le sang et le recouvrira de terre; 14 car la vie de toute créature, c'est son sang, tant qu'elle est en vie; aussi ai-je dit aux fils d'Israël : Vous ne consommerez le sang d'aucune créature, car la vie de toute créature, c'est son sang; celui qui en consomme doit être retranché[2].

15 Quiconque, indigène ou émigré, mange d'une bête crevée ou déchiquetée doit laver ses vêtements, se laver à l'eau et il est *impur jusqu'au soir; alors il est purifié. 16 S'il ne lave ni ses vêtements ni son corps, il portera le poids de sa faute. »

---

1. *retranché du sein de son peuple* : voir Gn 17.14 et la note.
2. Le mot hébreu traduit par *(espèces de) boucs* désigne non seulement le bouc au sens propre (16) mais aussi une sorte de *démon* des lieux arides, auquel à certaines époques on offrait des sacrifices, voir 2 Ch 11.15.
3. *de la maison* ou *du peuple*.

---

1. Le texte hébreu de ce verset est obscur et la traduction incertaine.
2. Voir note précédente.

Respect de l'union conjugale

18 [1] Le Seigneur adressa la parole à Moïse : [2] « Parle aux fils d'Israël; tu leur diras : C'est moi, le Seigneur, votre Dieu. [3] Ne faites pas ce qui se fait au pays d'Egypte, où vous avez habité; ne faites pas ce qui se fait au pays de Canaan[1], où je vais vous faire entrer; ne suivez pas leurs lois; [4] mettez en pratique mes coutumes et veillez à suivre mes lois. C'est moi, le Seigneur, votre Dieu.

[5] Gardez mes lois et mes coutumes : c'est en les mettant en pratique que l'homme a la vie. C'est moi, le Seigneur.

[6] Nul d'entre vous ne s'approchera de quelqu'un de sa parenté, pour en découvrir la nudité[2]. C'est moi, le Seigneur.

[7] Tu ne découvriras pas la nudité de ton père, ni celle de ta mère; puisqu'elle est ta mère, tu ne découvriras pas sa nudité.

[8] Tu ne découvriras pas la nudité d'une femme de ton père; c'est la propre nudité de ton père.

[9] Tu ne découvriras pas la nudité de ta soeur, qu'elle soit fille de ton père ou fille de ta mère, qu'elle soit née à la maison ou au-dehors.

[10] Tu ne découvriras pas la nudité de la fille de ton fils ou de la fille de ta fille; c'est ta propre nudité.

[11] Tu ne découvriras pas la nudité de la fille d'une femme de ton père; étant née de ton père, elle est ta soeur.

[12] Tu ne découvriras pas la nudité de la soeur de ton père; elle est de la même chair que ton père.

[13] Tu ne découvriras pas la nudité de la soeur de ta mère; car elle est de la même chair que ta mère.

[14] Tu ne découvriras pas la nudité du frère de ton père, en t'approchant de sa femme; elle est ta tante.

[15] Tu ne découvriras pas la nudité de ta belle-fille; puisqu'elle est la femme de ton fils, tu ne découvriras pas sa nudité.

[16] Tu ne découvriras pas la nudité de la femme de ton frère; c'est la propre nudité de ton frère.

[17] Tu ne découvriras pas la nudité d'une femme et de sa fille; tu ne prendras, pour en découvrir la nudité, ni la fille de son fils ni la fille de sa fille; elles sont de la même chair qu'elle; ce serait une impudicité.

[18] Tu ne prendras pas pour épouse la soeur de ta femme, au risque de provoquer des rivalités[1] en découvrant sa nudité tant que ta femme est en vie.

[19] Tu ne t'approcheras pas, pour en découvrir la nudité, d'une femme que son indisposition rend *impure.

[20] Tu n'auras pas de relations sexuelles avec la femme de ton compatriote, ce qui te rendrait impur.

[21] Tu ne livreras pas l'un de tes enfants pour le faire passer au Molek[2] et tu ne profaneras pas le

---

1. *L'Egypte* admettait le mariage entre proches parents (18.6); *Canaan* symbolise dans tout l'AT la sexualité pervertie (18.27; Gn 19.4-9).

2. *pour en découvrir la nudité* : autre traduction *pour avoir des relations sexuelles avec elle.* De même dans tout le chapitre.

1. *au risque de provoquer des rivalités* : autre traduction *comme seconde épouse.*

2. *Molek* : peut-être le nom d'une ancienne divinité païenne (comparer *Milkôm,* dieu des Ammonites, 1 R 11.5, 7). En hébreu, ce nom évoque le titre *roi* et le mot *honte*; Molek est donc le *Roi de la Honte.*

nom de ton Dieu. C'est moi, le
Seigneur.

22 Tu ne coucheras pas avec un
homme comme on couche avec
une femme; ce serait une abomination.

23 Tu n'auras pas de relations
avec une bête, ce qui te rendrait
impur; et aucune femme ne s'offrira à une bête pour s'y accoupler; ce serait de la dépravation.

24 Ne vous rendez impurs par
aucune de ces pratiques; car c'est
à cause d'elles que sont devenues
impures les nations que je chasse
devant vous. 25 Le pays est devenu impur, et je l'ai châtié de sa
faute; aussi le pays a-t-il vomi ses
habitants.

26 Pour vous, gardez mes lois et
mes coutumes, et ne pratiquez aucune de ces abominations, ni l'indigène, ni l'émigré installé parmi
vous; 27 — toutes ces abominations, les hommes qui habitaient
le pays avant vous les ont prati-
quées, et le pays est devenu impur. — 28 Ainsi le pays ne vous
vomira pas, parce que vous l'auriez rendu impur, comme il a
vomi la nation qui vous a précé-
dait; 29 mais quiconque prati-
quera l'une ou l'autre de ces abominations sera retranché du sein
de son peuple[1].

30 Gardez mes observances,
sans pratiquer ces lois abominables qui se pratiquaient avant
vous, et ne vous rendez pas impurs par de telles actions. C'est
moi, le Seigneur, votre Dieu. »

Comment Dieu veut être servi

19 1 Le Seigneur adressa la
parole à Moïse : 2 « Parle à
toute la communauté des fils d'Is-

raël; tu leur diras: Soyez *saints,
car je suis saint, moi, le Seigneur,
votre Dieu.

3 Chacun de vous doit craindre
sa mère et son père, et observer
mes *sabbats. C'est moi, le Seigneur, votre Dieu.

4 Ne vous tournez pas vers les
faux dieux[1], ne vous fabriquez
pas des dieux en forme de statue.
C'est moi, le Seigneur, votre Dieu.

5 Quand vous immolez au Seigneur un *sacrifice de paix, faites-le de manière à être agréés :
6 On le mange le jour du sacrifice
et le lendemain; ce qu'il en resterait le troisième jour serait brûlé;
7 si l'on en mangeait quand même
le troisième jour, ce serait de la
viande avariée, on ne saurait être
agréé; 8 celui qui en mangerait
porterait le poids d'une faute
pour avoir profané ce qui est
consacré au Seigneur; et celui-là
serait retranché de sa parenté[2].

9 Quand vous moissonnerez vos
terres, tu ne moissonneras pas ton
champ jusqu'au bord; et tu ne
ramasseras pas la glanure de ta
moisson; 10 tu ne grappilleras pas
non plus ta vigne et tu n'y ramasseras pas les fruits tombés; tu les
abandonneras au pauvre et à l'é-
migré. C'est moi, le Seigneur,
votre Dieu.

11 Ne commettez pas de rapt,
ne mentez pas, n'agissez pas avec
fausseté, au détriment d'un compatriote. 12 Ne prononcez pas de
faux serment sous le couvert de
mon *nom : tu profanerais le nom
de ton Dieu. C'est moi, le Seigneur.

---

1. *retranché du sein de son peuple* : voir Gn
17.14 et la note.

1. *vers les faux dieux* : autre traduction *vers les
riens*, mot méprisant pour désigner les idoles.
2. *retranché de sa parenté* : voir Gn 17.14 et la
note.

13 N'exploite pas ton prochain et ne le vole pas; la paye d'un salarié ne doit pas rester entre tes mains jusqu'au lendemain; 14 n'insulte pas un sourd, et ne mets pas d'obstacle devant un aveugle; c'est ainsi que tu auras la crainte de ton Dieu. C'est moi, le Seigneur.

15 Ne commettez pas d'injustice dans les jugements : n'avantage pas le faible, et ne favorise pas le grand, mais juge avec justice ton compatriote; 16 ne te montre pas calomniateur de ta parenté, et ne porte pas une accusation qui fasse verser le sang de ton prochain. C'est moi, le Seigneur.

17 N'aie aucune pensée de haine contre ton frère, mais n'hésite pas à réprimander ton compatriote pour ne pas te charger d'un péché à son égard; 18 ne te venge pas, et ne sois pas rancunier à l'égard des fils de ton peuple[1]; c'est ainsi que tu aimeras ton prochain comme toi-même. C'est moi, le Seigneur.

19 Gardez mes lois : n'accouple pas deux espèces différentes de ton bétail; ne sème pas dans ton champ deux semences différentes; ne porte pas de vêtement en étoffe hybride, tissée de deux fibres différentes.

20 Si un homme a des relations sexuelles avec une femme et qu'il s'agisse d'une servante réservée à quelqu'un, mais ni rachetée ni affranchie, cela donne lieu à une indemnisation[2]; ils ne sont pas mis à mort, car elle n'était pas affranchie; 21 l'homme amène un bélier à l'entrée de la *tente de la rencontre, en sacrifice de réparation pour le Seigneur; 22 quand, au moyen du bélier de réparation, le prêtre a fait sur lui devant le Seigneur le rite d'absolution du péché qu'il a commis, ce péché lui est pardonné.

23 Quand vous serez entrés dans le Pays et que vous aurez planté n'importe quel arbre fruitier, vous tiendrez son fruit pour quelque chose d'incirconcis[1]; pendant trois ans il sera incirconcis pour vous, on n'en mangera pas; 24 la quatrième année, tout son fruit sera consacré au Seigneur dans une fête de louanges[2]; 25 la cinquième année, vous en mangerez; c'est ainsi que votre récolte ira en augmentant. C'est moi, le Seigneur, votre Dieu.

26 Ne mangez rien au-dessus du sang[3]; ne pratiquez ni divination, ni incantation; 27 ne taillez pas en rond le bord de votre chevelure, et ne supprime pas ta barbe sur les côtés; 28 ne vous faites pas d'incisions sur le corps à cause d'un défunt, et ne vous faites pas dessiner de tatouage. C'est moi, le Seigneur.

29 Ne déshonore pas ta fille en la prostituant, de peur que le pays ne se prostitue et qu'il ne se remplisse d'impudicité; 30 observez mes sabbats, et révérez mon *sanctuaire. C'est moi, le Seigneur.

---

1. *des fils de ton peuple* ou *des membres de ton peuple, c'est-à-dire de tes compatriotes.*

2. *à une indemnisation : autres traductions à une enquête* ou *à un châtiment.*

1. De même que l'homme *incirconcis* est impur et ne doit pas être touché, de même le fruit dit « *incirconcis* » ne doit pas être touché.

2. En Jg 9.27 est mentionnée aussi une *fête de louanges,* à l'occasion des vendanges.

3. *au-dessus du sang :* voir 1 S 14.32 et la note.

31 Ne vous tournez pas vers les revenants ni vers les esprits; ne les recherchez pas pour vous rendre *impurs en leur compagnie. C'est moi, le SEIGNEUR, votre Dieu.

32 Lève-toi devant des cheveux blancs, et sois plein de respect pour un vieillard; c'est ainsi que tu auras la crainte de ton Dieu. C'est moi, le SEIGNEUR.

33 Quand un émigré viendra s'installer chez toi, dans votre pays, vous ne l'exploiterez pas; 34 cet émigré installé chez vous, vous le traiterez comme un indigène, comme l'un de vous; tu l'aimeras comme toi-même; car vous-mêmes avez été des émigrés dans le pays d'Egypte. C'est moi, le SEIGNEUR, votre Dieu.

35 Ne commettez pas d'injustice dans ce qui est réglementé : dans les mesures de longueur, de poids et de capacité; 36 ayez des balances justes, des poids justes, un épha juste et un hîn[1] juste. C'est moi, le SEIGNEUR, votre Dieu, qui vous ai fait sortir du pays d'Egypte.

37 Gardez toutes mes lois et toutes mes coutumes, et mettez-les en pratique. C'est moi, le SEIGNEUR. »

Les cultes dénaturés

20 1 Le SEIGNEUR adressa la parole à Moïse : 2 « Tu diras aux fils d'Israël :

Quiconque, fils d'Israël ou émigré installé en Israël, livre un de ses enfants au Molek[2] sera mis à mort : le peuple du pays le lapi-

dera; 3 pour ma part, je me retournerai contre cet homme-là et je le retrancherai du sein de son peuple[1] pour avoir livré un de ses enfants au Molek et avoir ainsi rendu *impur mon *sanctuaire et profané mon saint *nom. 4 Si, pour éviter de le mettre à mort, le peuple du pays voulait se boucher les yeux quand cet homme livre un de ses enfants au Molek, 5 je me retournerais moi-même contre cet homme-là et contre son clan et je les retrancherais du sein de leur peuple, lui et tous ceux qui, à sa suite, se prostitueraient[2] avec le Molek.

6 Celui qui se tourne vers les revenants et vers les esprits pour se prostituer avec eux, je me retournerai contre celui-là et je le retrancherai du sein de son peuple. 7 *Sanctifiez-vous donc pour être saints, car c'est moi, le SEIGNEUR, votre Dieu.

Relations sexuelles interdites

8 « Gardez mes lois et mettez-les en pratique. C'est moi, le Seigneur, qui vous *sanctifie. 9 Ainsi :

Quand un homme insulte son père ou sa mère, il sera mis à mort; il a insulté père et mère, son sang retombe sur lui.

10 Quand un homme commet l'adultère avec la femme de son prochain[3], ils seront mis à mort, l'homme adultère aussi bien que la femme adultère.

---

1. *épha, hîn* : voir au glossaire POIDS ET MESURES.
2. *Molek* : voir 18.21 et la note.

1. *je le retrancherai du sein de son peuple* : voir Gn 17.14 et la note.
2. *se prostitueraient* : voir Os 2.4 et la note.
3. L'hébreu répète quelques mots : *Quand un homme commet l'adultère avec la femme d'un homme qui commet l'adultère avec la femme de son prochain.*

11 Quand un homme couche avec une femme de son père, il découvre la nudité de son père; ils seront mis à mort tous les deux, leur sang retombe sur eux[1].

12 Quand un homme couche avec sa belle-fille, ils seront mis à mort tous les deux; ce qu'ils ont fait est de la dépravation, leur sang retombe sur eux.

13 Quand un homme couche avec un homme comme on couche avec une femme, ce qu'ils ont fait tous les deux est une abomination; ils seront mis à mort, leur sang retombe sur eux.

14 Quand un homme prend pour épouses une femme et sa mère, c'est une impudicité; on les brûle, lui et elles; ainsi il n'y aura pas d'impudicité au milieu de vous.

15 Quand un homme a des relations avec une bête, il sera mis à mort, et vous tuerez la bête.

16 Quand une femme s'approche de quelque bête pour s'y accoupler, tu devras tuer la femme et la bête; elles seront mises à mort, leur sang retombe sur elles.

17 Quand un homme prend pour épouse sa sœur, fille de son père ou fille de sa mère, et qu'il voit sa nudité, et qu'elle voit sa nudité à lui, c'est une turpitude; ils seront retranchés[2], sous les yeux des fils de leur peuple; pour avoir découvert la nudité de sa sœur, il porte le poids de sa faute.

18 Quand un homme couche avec une femme qui a ses règles et qu'il découvre sa nudité, puisqu'il a mis à nu la source du sang qu'elle perd, et qu'elle-même a découvert cette source, ils seront tous les deux retranchés du sein de leur peuple.

19 Tu ne découvriras pas la nudité de la sœur de ta mère ou de la sœur de ton père; puisqu'il a mis à nu celle qui est de la même chair que lui, ils portent tous deux le poids de leur faute.

20 Quand un homme couche avec sa tante, il découvre la nudité de son oncle; ils portent tous deux le poids de leur péché, ils mourront sans enfants.

21 Quand un homme prend pour épouse la femme de son frère, c'est une souillure; il a découvert la nudité de son frère, ils seront privés d'enfants.

22 Gardez toutes mes lois et toutes mes coutumes, et mettez-les en pratique, afin qu'il ne vous vomisse pas, ce pays où je vais vous faire entrer pour vous y installer. 23 Ne suivez pas les lois de la nation que je vais chasser devant vous; c'est parce qu'ils ont pratiqué tout cela que je les ai pris en dégoût 24 et que je vous ai dit :

C'est vous qui posséderez leur sol,

Et c'est moi qui vous le donne en possession,

Pays ruisselant de lait et de miel[1] ! C'est moi, le Seigneur, votre Dieu, qui vous ai distingués du milieu des peuples. 25 Aussi faites la distinction entre bêtes *pures et impures, et entre oiseaux impurs et purs, afin de ne

---

1. *leur sang retombe sur eux* : tournure sémitique signifiant que l'homme et la femme en question sont pleinement responsables et doivent en supporter les conséquences.

2. *retranchés* (de leur parenté) : voir Gn 17.14 et la note.

1. *Pays ruisselant ...* : voir Ex 3.8 et la note.

pas mettre l'interdit[1] sur vous-mêmes avec ces bêtes, ces oiseaux et tout ce qui grouille sur le sol — ceux que j'ai distingués, afin que vous les teniez pour impurs.

26 — Soyez à moi, *saints car je suis saint, moi, le Seigneur; et je vous ai distingués du milieu des peuples pour que vous soyez à moi.

27 — Quand un homme ou une femme sont habités par un revenant ou un esprit, ils seront mis à mort; on les lapidera, leur sang retombe sur eux. »

Règles pour la vie privée des prêtres

21 1 Le Seigneur dit à Moïse : «Adresse-toi aux prêtres, fils d'Aaron; tu leur diras :

Qu'un prêtre ne se rende pas *impur pour un défunt dans sa parenté, 2 sauf pour un proche, de la même chair que lui : sa mère, son père, son fils, sa fille, son frère; 3 pour sa sœur, si elle est vierge — puisqu'alors, n'appartenant pas à un autre homme, elle est encore de ses proches[2] — pour elle il peut se rendre impur. 4 Lui qui est un chef[3] parmi sa parenté, qu'il ne se rende pas impur au risque de se profaner.

5 Les prêtres ne se feront pas de tonsure à la tête, ni ne se raseront la barbe sur les côtés, ni ne se feront d'incisions sur le corps; 6 ils seront consacrés à leur Dieu et ils ne profaneront pas le *nom

de leur Dieu; puisque ce sont eux qui présentent les mets du Seigneur, la nourriture de leur Dieu, ils seront en état de *sainteté; 7 ils ne prendront pas pour épouse une femme prostituée ou déshonorée; ils ne prendront pas une femme répudiée par son mari; car le prêtre est consacré à son Dieu; 8 tu le tiendras pour saint, car c'est lui qui présente la nourriture de ton Dieu; il sera saint pour toi, car je suis saint, moi, le Seigneur, qui vous sanctifie.

9 Si la fille d'un prêtre se déshonore en se prostituant, c'est son père qu'elle déshonore, elle sera brûlée.

10 Quant au grand prêtre, celui qui a la primauté parmi ses frères, celui sur la tête duquel a été versée l'huile d'*onction et qui a reçu l'investiture pour revêtir les vêtements, qu'il ne défasse pas ses cheveux ni ne *déchire ses vêtements[1]; 11 qu'il n'aille vers aucun défunt et ne se rende impur ni pour son père ni pour sa mère; 12 qu'il ne sorte pas du *sanctuaire de peur de profaner le sanctuaire de son Dieu, car il a été marqué par l'onction d'huile de son Dieu. C'est moi, le Seigneur. 13 Qu'il prenne pour épouse une femme encore vierge; 14 qu'il ne prenne ni une veuve ni une femme répudiée, ni une femme qui s'est déshonorée en se prostituant; au contraire, qu'il prenne pour épouse une jeune fille de sa parenté; 15 qu'ainsi il n'introduise pas une descendance profane dans sa parenté, car c'est moi, le Seigneur, qui le sanctifie. »

---

1. *mettre l'interdit* : voir 11.11 et la note.
2. *elle est encore de ses proches* : par son mariage, une femme devenait membre du clan de son mari et perdait ses attaches légales avec la famille de son père; comparer 22.12-13.
3. *lui qui est un chef* : traduction incertaine d'une expression peu claire.

1. Voir 10.6 et la note.

Cas d'empêchement au sacerdoce

16 Le SEIGNEUR adressa la parole à Moïse : 17 « Parle à Aaron : D'âge en âge, qu'aucun de tes descendants, s'il est infirme, ne s'approche pour présenter la nourriture de son Dieu; 18 en effet, quiconque a une infirmité ne doit pas s'approcher, que ce soit un aveugle ou un boiteux, un homme au nez aplati ou aux membres difformes[1], 19 un homme atteint d'une fracture à la jambe ou au bras, 20 un bossu ou un gringalet, un homme affligé d'une tache à l'oeil, un galeux ou un dartreux, ou un homme aux testicules écrasés. 21 Aucun descendant du prêtre Aaron, s'il est infirme, ne doit s'avancer pour présenter les mets du SEIGNEUR; puisqu'il est infirme, qu'il ne s'avance pas pour présenter la nourriture de son Dieu; 22 il peut manger de la nourriture de son Dieu, offrandes très *saintes et offrandes saintes; 23 mais il ne doit pas aller jusqu'au voile, ni s'avancer jusqu'à l'*autel, puisqu'il est infirme, afin de ne pas profaner mon *sanctuaire et son contenu[2], car c'est moi, le SEIGNEUR, qui les sanctifie. »

24 Ainsi parla Moïse à Aaron, à ses fils et à tous les fils d'Israël.

La consommation des viandes sacrifiées

22 1 Le SEIGNEUR adressa la parole à Moïse : 2 « Parle à Aaron et à ses fils des cas où, pour ne pas profaner mon saint *nom, ils doivent se tenir à l'écart des saintes offrandes[1] que les fils d'Israël me consacrent; c'est moi, le SEIGNEUR. 3 Dis-leur :

D'âge en âge, tout homme de votre descendance qui, en état d'*impureté, s'approche des saintes offrandes que les fils d'Israël consacrent au SEIGNEUR, celui-là sera retranché de devant moi[2]. C'est moi, le SEIGNEUR.

4 Aucun descendant d'Aaron, atteint de *lèpre ou d'un écoulement, ne doit manger des saintes offrandes avant d'être *purifié; il en va de même pour celui qui a touché tout être rendu impur par le contact d'un cadavre, pour celui qui a eu des pertes séminales, 5 pour celui qui a touché n'importe quelle bestiole qui rend impur ou un homme qui rend impur, quelle que soit cette impureté. 6 Celui qui a eu de tels contacts est impur jusqu'au soir et ne peut manger des saintes offrandes qu'après s'être lavé le corps à l'eau; 7 dès le coucher du soleil, il est pur : alors il peut manger des saintes offrandes, car c'est sa nourriture. 8 — Il ne doit pas manger de bête crevée ou déchiquetée, ce qui le rendrait impur; c'est moi, le SEIGNEUR.

9 Qu'ils gardent mes observances et qu'ils ne se chargent pas d'un péché à propos de leur nourriture; s'ils la profanaient, ils en mourraient; c'est moi, le SEIGNEUR, qui les *sanctifie.

10 Aucun laïc ne doit manger de ce qui est saint; ni l'hôte ni le salarié d'un prêtre ne doivent manger de ce qui est saint;

---

1. nez aplati, membres difformes : traduction incertaine.
2. mon sanctuaire et son contenu : autres traductions mes sanctuaires ou mes choses saintes.

1. offrandes : voir au glossaire SACRIFICES.
2. retranché de devant moi : comparer Gn 17.14 et la note.

11 mais si un prêtre a acquis une personne à prix d'argent, celle-ci peut en manger, tout comme le serviteur né dans la maison; eux peuvent manger de sa nourriture. 12 Une fille de prêtre, qui a épousé un laïc, ne doit pas manger de ce qui est prélevé sur les saintes offrandes; 13 mais si une fille de prêtre est devenue veuve ou a été répudiée, si elle n'a pas d'enfants et qu'elle soit retournée chez son père comme au temps de sa jeunesse, alors elle peut manger de la nourriture de son père, bien qu'aucun laïc n'en puisse manger. 14 Si quelqu'un, par mégarde, mange de ce qui est saint, il doit en rendre l'équivalent au prêtre avec une majoration d'un cinquième.

15 Qu'ils ne profanent pas les saintes offrandes des fils d'Israël, celles qu'ils prélèvent pour le Seigneur; 16 ils porteraient le poids d'une faute exigeant réparation, s'ils mangeaient de ces saintes offrandes, car c'est moi, le Seigneur, qui les sanctifie. »

Règles pour choisir les victimes

17 Le Seigneur adressa la parole à Moïse : 18 « Parle à Aaron, à ses fils et à tous les fils d'Israël; tu leur diras :

Quand un homme, faisant partie de la maison d'Israël ou des émigrés installés en Israël, veut apporter un présent en holocauste[1] comme ceux qu'on apporte au Seigneur à la suite de vœux ou spontanément, 19 si vous voulez être agréés, ayez un mâle sans défaut, tiré des troupeaux de bœufs, de moutons ou de chèvres; 20 ne présentez aucune bête ayant une tare, vous ne seriez pas agréés.

21 Quand un homme, en accomplissement d'un vœu ou spontanément, présente au Seigneur un *sacrifice de paix tiré du gros ou du petit bétail, s'il veut être agréé, l'animal doit être sans défaut; qu'il ne s'y trouve aucune tare : 22 ni cécité, ni fracture, ni amputation, ni verrue[1], ni gale, ni dartre. Ne présentez rien de tel au Seigneur, et n'en placez rien sur l'autel à titre de mets consumé pour le Seigneur. 23 Si une pièce de gros ou de petit bétail est difforme ou atrophiée, tu peux en faire un sacrifice spontané, mais pour un sacrifice votif, elle ne serait pas agréée. 24 Ne présentez pas au Seigneur un animal aux testicules écrasés, broyés, arrachés ou coupés; ne faites pas cela dans votre pays. 25 De la main d'un étranger, ne recevez pas de tels animaux pour les présenter en nourriture à votre Dieu : la mutilation qu'on leur a infligée constitue une tare en eux, ils ne seraient pas agréés de votre part. »

26 Le Seigneur adressa la parole à Moïse : 27 « Après leur naissance, un veau, un agneau ou un chevreau resteront sept jours avec leur mère; à partir du huitième jour, ils seront agréés si on les présente comme mets consumé pour le Seigneur. 28 Mais n'égorgez pas le même jour une bête,

1. *de la maison* ou *du peuple* — *holocauste :* voir au glossaire SACRIFICES.

1. *verrue :* autre traduction *suppuration.*

vache, brebis ou chèvre, et son petit[1].

29 Quand vous immolez au Seigneur un sacrifice de louange, faites-le de manière à être agréés : 30 on le mange le jour même, sans rien en laisser pour le lendemain. C'est moi, le Seigneur.

31 Vous garderez mes commandements et les mettrez en pratique. C'est moi, le Seigneur. 32 Vous ne profanerez pas mon saint *nom, afin que je sois *sanctifié au milieu des fils d'Israël; c'est moi, le Seigneur, qui vous sanctifie. 33 — Celui qui vous a fait sortir du pays d'Egypte afin que, pour vous, il soit Dieu, c'est moi, le Seigneur. »

Calendrier des fêtes d'Israël : le Sabbat

23 1 Le Seigneur adressa la parole à Moïse : 2 « Parle aux fils d'Israël; tu leur diras : Les fêtes solennelles du Seigneur sont celles où vous devez convoquer des réunions sacrées. Voici quelles sont ces rencontres solennelles avec moi :

3 six jours on fera son travail, mais le septième jour est le *Sabbat, un jour de repos, avec réunion sacrée, un jour où vous ne faites aucun travail : c'est le sabbat du Seigneur, où que vous habitiez.

4 Voici les fêtes solennelles du Seigneur, les réunions sacrées que vous devez convoquer aux dates fixées :

La Pâque et la Fête des Pains-sans-levain

5 « le premier mois, le quatorze du mois, au crépuscule[1], c'est la *Pâque du Seigneur.

6 Le quinze de ce même mois, c'est la Fête des *Pains-sans-levain pour le Seigneur. Pendant sept jours vous mangerez des pains sans *levain; 7 le premier jour vous aurez une réunion sacrée : vous ne ferez aucun travail pénible; 8 chacun des sept jours, vous présenterez au Seigneur un mets consumé; le septième jour il y aura une réunion sacrée; vous ne ferez aucun travail pénible. »

La Fête de la Première Gerbe

9 Le Seigneur adressa la parole à Moïse : 10 « Parle aux fils d'Israël; tu leur diras : Quand vous serez entrés dans le pays que je vous donne, et que vous y ferez la moisson, vous amènerez au prêtre la Première Gerbe[2], *prémices de votre moisson; 11 le prêtre offrira la gerbe devant le Seigneur pour que vous soyez agréés; il l'offrira le lendemain du sabbat[3]. 12 Le jour où vous offrirez la gerbe, vous ferez pour le Seigneur l'holocauste d'un agneau sans défaut, âgé d'un an[4], 13 avec comme offrande : deux dixièmes d'épha de

---

1. Les pratiques interdites dans les versets 27-28 étaient probablement courantes dans la religion cananéenne.

1. Le *premier mois* de l'année commençant au printemps s'appelle Nisan; voir au glossaire CALENDRIER — *au crépuscule* : voir Ex 12.6 et la note.
2. La fête de la *Première Gerbe* correspond probablement à ce qui est mentionné en Ex 23.19; 34.26 : *Tu apporteras les tout premiers fruits de ton sol à la Maison du Seigneur, ton Dieu.*
3. Ce *sabbat* est soit celui qui tombe dans la semaine des Pains-sans-levain, soit le jour même de la Pâque (appelé exceptionnellement *sabbat*) qui peut être n'importe quel jour de la semaine.
4. *holocauste* : voir au glossaire SACRIFICES. — *Âgé d'un an* : voir Ex 12.5 et la note.

farine pétrie à l'huile — c'est un mets consommé pour le Seigneur, un parfum apaisant — et comme libation de vin : un quart de hîn[1]. 14 Vous ne mangerez ni pain, ni épis grillés, ni grain nouveau avant ce jour précis où vous amènerez le présent de votre Dieu. C'est là une loi immuable pour vous d'âge en âge, où que vous habitiez.

La Fête des Prémices

15 « Vous compterez sept semaines à partir du lendemain du sabbat, c'est-à-dire à partir du jour où vous aurez amené la gerbe du rite de présentation; les sept semaines seront complètes; 16 jusqu'au lendemain du septième sabbat, vous compterez donc 50 jours[2], et vous présenterez au Seigneur une offrande de la nouvelle récolte : 17 où que vous habitiez, vous amènerez de chez vous pour le rite de présentation deux pains faits de deux dixièmes d'épha de farine et cuits en pâte levée : c'est Les Prémices pour le Seigneur. 18 En plus du pain, vous présenterez sept agneaux sans défaut, âgés d'un an, un taurillon et deux béliers, et ils seront *sacrifiés en holocauste pour le Seigneur; avec leur offrande et leurs libations, c'est un mets consommé, un parfum apaisant pour le Seigneur. 19 Avec un bouc, vous ferez un sacrifice pour le péché; et avec deux agneaux

âgés d'un an, un sacrifice de paix; 20 le prêtre les offrira devant le Seigneur avec le geste de présentation, les deux agneaux en même temps que le pain de prémices. Ce sont des choses *saintes pour le Seigneur, qui reviendront au prêtre. 21 Pour ce jour précis, vous ferez une convocation et vous tiendrez une réunion sacrée; vous ne ferez aucun travail pénible. C'est une loi immuable pour vous d'âge en âge, où que vous habitiez.

22 Quand vous moissonnerez vos terres, tu ne moissonneras pas ton champ jusqu'au bord, et tu ne ramasseras pas la glanure de ta moisson; tu les abandonneras au pauvre et à l'émigré; c'est moi, le Seigneur, votre Dieu. »

Le Jour de souvenir et d'acclamation

23 Le Seigneur adressa la parole à Moïse : 24 « Parle aux fils d'Israël : Le septième mois, le premier du mois, c'est pour vous un jour de repos, un Jour de souvenir et d'acclamation[1], avec réunion sacrée. 25 Vous ne ferez aucun travail pénible, et vous présenterez un mets consommé au Seigneur. »

Le Jour du Grand Pardon

26 Le Seigneur adressa la parole à Moïse : 27 « En outre, le dix de ce septième mois, qui est le

---

1. *offrande, libation* : voir au glossaire SACRIFICES. — *Épha, hîn* : voir au glossaire POIDS ET MESURES.
2. *cinquante jours* : cette indication numérique est à l'origine d'un des noms de cette fête : Pentecôte (*cinquantième*, en grec). Autres noms : *Fête de la Moisson* (Ex 23.16), *Fête des Semaines* (Ex 34.22).

1. Dans le calendrier israélite en vigueur à une époque plus ancienne, l'année commençait en automne (comme c'est de nouveau le cas dans le calendrier juif actuel). Dans le calendrier où l'année commençait au printemps, *le premier jour du septième mois* avait conservé une certaine importance parce qu'il correspondait à l'ancien Nouvel An.

Jour du Grand Pardon[1], vous tiendrez une réunion sacrée, vous *jeûnerez, et vous présenterez un mets consumé au Seigneur; 28 vous ne ferez aucun travail en ce jour précis, car c'est un jour de Grand Pardon, où se fait sur vous le rite d'absolution devant le Seigneur votre Dieu. 29 Ainsi, quiconque ne jeûnerait pas en un tel jour serait retranché de sa parenté[2]; 30 et quiconque ferait quelque travail en un tel jour, je le ferais disparaître du sein de son peuple. 31 Vous ne ferez aucun travail : c'est une loi immuable pour vous d'âge en âge, où que vous habitiez. 32 C'est pour vous un sabbat, un jour de repos, au cours duquel vous jeûnerez. Depuis le neuf du mois au soir jusqu'au lendemain soir, vous observerez ce repos sabbatique. »

La Fête des Tentes

33 Le Seigneur adressa la parole à Moïse : 34 « Parle aux fils d'Israël : Le quinze de ce septième mois, c'est la Fête des Tentes[3], qui dure sept jours, en l'honneur du Seigneur; 35 le premier jour on tiendra une réunion sacrée; vous ne ferez aucun travail pénible. 36 Chacun des sept jours, vous présenterez un mets consumé au Seigneur. Le huitième jour vous tiendrez une réunion sacrée et vous présenterez un mets consumé au Seigneur : c'est la clôture de la fête; vous ne ferez aucun travail pénible.

37 Voilà les fêtes solennelles du Seigneur, où vous devez convoquer des réunions sacrées, pour présenter au Seigneur, en mets consumé, un holocauste ou une offrande, un sacrifice de paix ou des libations, selon le rituel propre à chaque jour, 38 en plus des sabbats[1] du Seigneur, et en plus des dons et de tous les sacrifices votifs ou spontanés que vous offrez au Seigneur.

39 En outre, le quinze du septième mois, après avoir récolté les produits de la terre, vous irez en pèlerinage fêter le Seigneur pendant sept jours; le premier jour sera jour de repos, le huitième jour sera jour de repos; 40 le premier jour vous vous munirez de beaux fruits, de feuilles de palmiers, de rameaux d'arbres touffus ou de saules des torrents, et vous serez dans la joie pendant sept jours devant le Seigneur votre Dieu. 41 Vous ferez ce pèlerinage pour fêter le Seigneur, sept jours par an; c'est une loi immuable pour vous d'âge en âge : le septième mois vous ferez ce pèlerinage; 42 vous habiterez sous la tente pendant sept jours; tout indigène en Israël doit habiter sous la tente, 43 pour que d'âge en âge vous sachiez que j'ai fait habiter sous la tente les fils d'Israël, lorsque je les ai fait sortir du pays d'Egypte; c'est moi, le Seigneur, votre Dieu. »

44 Alors Moïse dit aux fils d'Israël comment rencontrer le Seigneur lors des fêtes solennelles.

---

1. *Jour du Grand Pardon* : voir au glossaire CALENDRIER.
2. *retranché de sa parenté* : voir Gn 17.14 et la note.
3. *Fête des Tentes* appelée aussi Fête des Tabernacles; voir au glossaire CALENDRIER.

1. *en plus des sabbats* : c'est-à-dire en plus des offrandes faites les jours de sabbat (voir Nb 28.9-10).

Le chandelier du sanctuaire

24 1 Le Seigneur adressa la
parole à Moïse : 2 « Ordonne aux fils d'Israël de te procurer pour le luminaire de l'huile
d'olive, limpide et vierge, afin
qu'une lampe soit allumée à perpétuité, 3 devant le voile de la
*charte, dans la *tente de la rencontre. Aaron la disposera de manière qu'elle brûle du soir au matin devant le Seigneur, à perpétuité. C'est une loi immuable pour
vous d'âge en âge. 4 Sur le chandelier pur[1], il disposera les lampes
qui brûleront devant le Seigneur,
à perpétuité.

Le pain d'offrande

5 « Tu prendras de la farine ; tu
feras cuire douze gâteaux, chaque
gâteau étant fait avec deux
dixièmes d'épha[2] de farine ; 6 tu
les placeras en deux piles de six
sur la table pure[3], devant le Seigneur ; 7 tu mettras sur chaque
pile de l'*encens pur ; il servira de
mémorial[4] à la place du pain ; ce
sera un mets consumé pour le
Seigneur ; 8 chaque jour de *sabbat, on les disposera devant le
Seigneur, à perpétuité, de la part
des fils d'Israël ; c'est une *alliance
éternelle. 9 Cela reviendra à Aaron et à ses fils ; ils mangeront ce
pain dans un endroit *saint, car
c'est pour eux une chose très
sainte prise sur les mets consumés

du Seigneur ; c'est une redevance
pour toujours. »

Punition du blasphème

10 Le fils d'une Israélite, mais
qui était fils d'un Egyptien, s'avança au milieu des fils d'Israël
et, en plein camp, ils s'empoignèrent, lui, ce fils de la femme israélite, et un autre homme, qui était
israélite ; 11 le fils de la femme
israélite *blasphéma le Nom[1] et
l'insulta ; aussi l'amena-t-on vers
Moïse. — Sa mère se nommait
Shelomith, fille de Divri, de la
tribu de Dan — 12 on le plaça
sous bonne garde en attendant un
ordre précis de la part du Seigneur.

13 Alors le Seigneur adressa la
parole à Moïse : 14 « Fais sortir du
camp celui qui a insulté ; que tous
ceux qui l'ont entendu *imposent
leurs mains[2] sur sa tête, et que
toute la communauté le lapide.
15 Et tu parleras ainsi aux fils
d'Israël :
Si un homme insulte son Dieu,
il doit porter le poids de son péché ; 16 ainsi celui qui blasphème
le nom du Seigneur sera mis à
mort : toute la communauté le lapidera ; émigré ou indigène, il sera
mis à mort pour avoir blasphémé
le Nom.

17 Si un homme frappe à mort
un être humain quel qu'il soit, il
sera mis à mort. 18 S'il frappe à
mort un animal, il remboursera
— vie pour vie.

---

1. *le chandelier pur* ou *le chandelier d'or pur.*
2. *épha* : voir au glossaire POIDS ET
MESURES.
3. *table pure* : c'est-à-dire probablement plaquée
d'or pur ; voir Ex 25.24.
4. *mémorial* : voir 2.2 et la note.

1. *le Nom* : Tournure permettant d'éviter que le
nom du Seigneur soit écrit ou prononcé à côté du
verbe *blasphémer* : voir v. 16, et Ex 3.15 et la note.
2. *imposent leurs mains* : voir Dn grec 13.34 ;
comparer aussi Lv 16.21 et la note.

19 Si un homme provoque une infirmité chez un compatriote, on lui fera ce qu'il a fait : 20 fracture pour fracture, oeil pour oeil, dent pour dent; on provoquera chez lui la même infirmité qu'il a provoquée chez l'autre.

21 Qui frappe un animal doit rembourser;

qui frappe un homme est mis à mort.

22 Vous aurez une seule législation : la même pour l'émigré et pour l'indigène; car c'est moi, le SEIGNEUR, qui suis votre Dieu. »

23 Ainsi parla Moïse aux fils d'Israël. On fit alors sortir du camp celui qui avait insulté et on le lapida. Les fils d'Israël exécutèrent ainsi ce que le SEIGNEUR avait ordonné à Moïse.

L'année sabbatique[1]

25 1 Sur la montagne de Sinaï, le SEIGNEUR adressa la parole à Moïse : 2 « Parle aux fils d'Israël; tu leur diras : Quand vous serez entrés dans le pays que je vous donne, la terre observera un repos sabbatique pour le SEIGNEUR : 3 pendant six ans, tu sèmeras ton champ; pendant six ans, tu tailleras ta vigne; et tu en ramasseras la récolte; 4 la septième année sera un *sabbat, une année de repos pour la terre, un sabbat pour le SEIGNEUR; tu ne sèmeras pas ton champ; tu ne tailleras pas ta vigne; 5 tu ne moissonneras pas ce qui aura poussé tout seul depuis la dernière moisson; tu ne vendangeras pas les grappes de ta vigne en broussaille[1]; ce sera une année sabbatique pour la terre. 6 Vous vous nourrirez de ce que la terre aura fait pousser pendant ce sabbat, toi, ton serviteur, ta servante, le salarié ou l'hôte que tu héberges, bref, ceux qui sont installés chez toi. 7 Quant à ton bétail et aux animaux sauvages de ton pays, ils se nourriront de tout ce que la terre produira.

L'année du jubilé

8 « Tu compteras sept semaines d'années, c'est-à-dire sept fois sept ans; cette période de sept semaines d'années représentera donc 49 ans. 9 Le septième mois, le dix du mois, tu feras retentir le cor pour une acclamation; au jour du Grand Pardon[2] vous ferez retentir le cor dans tout votre pays; 10 vous déclarerez *sainte la cinquantième année et vous proclamerez dans le pays la libération pour tous les habitants; ce sera pour vous un jubilé; chacun de vous retournera dans sa propriété, et chacun de vous retournera dans son clan. 11 Ce sera un jubilé pour vous que la cinquantième année : vous ne sèmerez pas, vous ne moissonnerez pas ce qui aura poussé tout seul, vous ne vendangerez pas la vigne en broussaille, 12 car ce sera un jubilé, ce sera pour vous une chose sainte. Vous mangerez ce qui pousse dans les champs.

---

1. *L'année sabbatique* est la dernière année d'un cycle de sept ans.

1. *en broussaille* (ou *non taillée*) : en hébreu la même expression désigne le *nazir* qui se laisse pousser les cheveux sans les tailler (Nb 6.5).

2. *jour du Grand Pardon* : voir au glossaire CALENDRIER.

13 En cette année du jubilé, chacun de vous retournera dans sa propriété. 14 Si vous faites du commerce — que tu vendes quelque chose à ton compatriote, ou que tu achètes quelque chose de lui —, que nul d'entre vous n'exploite son frère : 15 tu achèteras à ton compatriote en tenant compte des années écoulées depuis le jubilé, et lui te vendra en tenant compte des années de récoltes. 16 Plus il restera d'années, plus ton prix d'achat sera grand ; moins il restera d'années, plus ton prix d'achat sera réduit ; car c'est un certain nombre de récoltes qu'il te vend. 17 Que nul d'entre vous n'exploite son compatriote ; c'est ainsi que tu auras la crainte de ton Dieu. Car c'est moi, le Seigneur, votre Dieu. 18 Mettez mes lois en pratique ; gardez mes coutumes et mettez-les en pratique : et vous habiterez en sûreté dans le pays. 19 Le pays donnera son fruit, vous mangerez à satiété, et vous y habiterez en sûreté.

20 Vous allez peut-être dire : Que mangerons-nous la septième année, puisque nous ne sèmerons pas, et que nous ne ramasserons pas notre récolte ? 21 Eh bien ! j'ordonnerai à ma bénédiction d'aller sur vous en la sixième année, et elle produira la récolte nécessaire pour trois ans. 22 La huitième année[1], vous sèmerez, mais vous mangerez de l'ancienne récolte ; jusqu'à la neuvième année, jusqu'à ce que sa récolte soit faite, vous pourrez manger de l'ancienne.

Le droit de rachat

23 « La terre du Pays ne sera pas vendue sans retour, car le pays est à moi ; vous n'êtes chez moi que des émigrés et des hôtes ; 24 aussi, dans tout ce pays qui sera le vôtre, vous accorderez le droit de rachat sur les terres. 25 Si ton frère a des dettes et doit vendre une part de sa propriété, celui qui a droit de rachat, c'est-à-dire son plus proche parent, viendra racheter ce que son frère a vendu ; 26 si un homme n'a personne qui ait le droit de rachat, mais que de lui-même il trouve les moyens d'opérer le rachat, 27 il comptera les années écoulées depuis la vente, restituera la différence à son acheteur, puis retournera dans sa propriété. 28 Mais s'il ne trouve pas lui-même les moyens de faire cette restitution, l'objet de la vente restera aux mains de l'acquéreur jusqu'à l'année du jubilé ; il sera libéré au jubilé, et l'homme retournera dans sa propriété.

29 Si quelqu'un vend une maison d'habitation dans une ville fortifiée, le droit de rachat s'étend jusqu'à l'achèvement de l'année de la vente ; le droit de rachat est temporaire[1]. 30 Si elle n'a pas été rachetée dans le délai d'une année entière, la maison qui se trouve dans une ville fortifiée appartiendra sans retour à l'acquéreur, puis à ses descendants ; elle ne sortira pas de ses mains au jubilé. 31 Les maisons des villages non fortifiés seront considérées comme les champs du pays ; il y aura droit de rachat, et au jubilé la maison sera libérée.

---

1. *la huitième année,* c'est-à-dire celle qui suit une année sabbatique.

1. *est temporaire :* autre traduction *dure un an.*

32 Les *lévites auront toujours un droit de rachat sur les villes lévitiques[1], sur les maisons de ces villes dont ils sont propriétaires. 33 Même si c'est un autre lévite qui a acheté, la vente d'une maison — d'une ville qui est propriété lévitique — sera résiliée lors du jubilé; car ce sont des maisons de villes lévitiques, c'est leur propriété au milieu des fils d'Israël. 34 Quant à un champ des environs de leurs villes, il ne peut être vendu, car c'est leur propriété perpétuelle.

35 Si ton frère a des dettes et s'avère défaillant à ton égard, tu le soutiendras, qu'il soit un émigré ou un hôte, afin qu'il puisse survivre à tes côtés. 36 Ne retire de lui ni intérêt ni profit; c'est ainsi que tu auras la crainte de ton Dieu, et que ton frère pourra survivre à tes côtés. 37 Tu ne lui donneras pas ton argent pour en toucher un intérêt, tu ne lui donneras pas de ta nourriture pour en toucher un profit. 38 C'est moi, le Seigneur, votre Dieu, qui vous ai fait sortir du pays d'Egypte pour vous donner le pays de Canaan, afin que, pour vous, je sois Dieu.

39 Si ton frère a des dettes à ton égard et qu'il se vende à toi, tu ne l'asserviras pas à une tâche d'esclave; 40 tu le traiteras comme un salarié ou comme un hôte; il sera ton serviteur jusqu'à l'année du jubilé; 41 alors il sortira de chez toi avec ses enfants et il retournera à son clan; il retournera dans la propriété de ses pères. 42 En effet, ceux que j'ai fait sortir du pays d'Egypte sont mes serviteurs; ils ne doivent pas être vendus comme on vend des esclaves. 43 Tu ne domineras pas sur lui avec brutalité; c'est ainsi que tu auras la crainte de ton Dieu.

44 Quant aux serviteurs et servantes que tu devrais avoir, vous les achèterez chez les nations qui vous entourent; 45 vous pourrez aussi en acheter parmi les enfants des hôtes venus s'installer chez vous, ou dans un de leurs clans, habitant chez vous après qu'ils ont fait souche dans votre pays. Ils seront votre propriété 46 que vous laisserez en héritage à vos fils afin qu'après vous ils les possèdent en toute propriété. Eux, vous pourrez les asservir à tout jamais, mais vos frères, les fils d'Israël[1] ..., personne chez toi ne dominera son frère avec brutalité.

47 Si un émigré ou un hôte de chez toi a des moyens financiers, que ton frère ait des dettes à son égard, et qu'il se vende à cet émigré qui est ton hôte, ou à un descendant d'un clan d'émigré, 48 il y aura pour ton frère, même après la vente, un droit de rachat : un de ses frères peut le racheter; 49 un oncle ou un cousin germain peut le racheter, quelqu'un qui est de la même chair que lui, de son propre clan, peut le racheter; ou alors, s'il en a les moyens, il peut se racheter lui-même. 50 En ce cas, d'entente avec l'acquéreur, il comptera le nombre d'années entre celle où il s'est vendu et celle du jubilé, de sorte que le prix de vente soit proportionnel au nombre d'an-

---

1. Contrairement aux autres Israélites, les membres de la tribu de Lévi ne possédaient pas de territoire; voir Jos 14.4. — Le texte des versets 32-33 est obscur et la traduction incertaine.

1. Le texte hébreu présente ici un brusque changement de construction.

nées, au tarif d'un salarié à la journée. 51 S'il reste encore beaucoup d'années, il restituera, comme prix de rachat, une part proportionnelle du prix d'acquisition. 52 S'il ne reste que peu d'années jusqu'au jubilé, il fera son compte, et il restituera un prix de rachat proportionnel au nombre d'années. 53 D'année en année, l'homme pourra rester comme salarié chez son acquéreur, mais tu ne laisseras pas ce dernier dominer sur lui avec brutalité. 54 S'il n'est pas racheté de l'une de ces manières, il sortira libre avec ses enfants en l'année du jubilé.

C'est moi, le Seigneur votre Dieu

55 « Car c'est pour moi que les fils d'Israël sont des serviteurs; ils sont mes serviteurs, eux que j'ai fait sortir du pays d'Egypte. C'est moi, le SEIGNEUR, votre Dieu.

26 1 Ne vous fabriquez pas de faux dieux, n'érigez à votre usage ni idole ni stèle, et dans votre pays ne placez pas de pierre sculptée[1] pour vous prosterner devant elle; car c'est moi, le SEIGNEUR, votre Dieu.

2 Observez mes *sabbats, et révérez mon *sanctuaire. C'est moi, le SEIGNEUR.

Bénédictions

3 « Si vous suivez mes lois, si vous gardez mes commandements et les mettez en pratique, 4 je vous donnerai les pluies en leur saison; la terre donnera ses produits et les arbres des champs donneront leurs fruits; 5 chez vous, le battage durera jusqu'à la vendange,

et la vendange durera jusqu'aux semailles; vous mangerez de votre pain à satiété, et vous habiterez en sûreté dans votre pays; 6 je mettrai la paix dans le pays; vous vous coucherez sans que rien vienne vous troubler; je ferai disparaître du pays les animaux malfaisants; l'épée[1] ne passera plus dans votre pays; 7 vous poursuivrez vos ennemis, qui tomberont sous votre épée; 8 cinq d'entre vous en poursuivront cent, et cent en poursuivront 10.000, et vos ennemis tomberont sous votre épée; 9 je me tournerai vers vous; je vous ferai fructifier et je vous multiplierai; je maintiendrai mon *alliance avec vous; 10 vous mangerez des plus anciennes récoltes, vous sortirez une ancienne récolte pour faire place à une nouvelle; 11 je mettrai ma *demeure au milieu de vous; je ne vous prendrai pas en aversion; 12 je marcherai au milieu de vous; pour vous, je serai Dieu, et pour moi, vous serez le peuple. 13 C'est moi, le SEIGNEUR, votre Dieu, qui vous ai fait sortir du pays des Egyptiens, afin que vous ne soyez plus leurs serviteurs; c'est moi qui ai brisé les barres de votre joug[2] et qui vous ai fait marcher la tête haute.

Malédictions

14 « Si vous ne m'écoutez pas et ne mettez pas tous ces commandements en pratique, 15 si vous rejetez mes lois, si vous prenez mes coutumes en aversion au point de ne pas mettre tous mes commandements en pratique,

---

1. *sculptée* ou *peinte*.

1. *l'épée*, c'est-à-dire *la guerre*.
2. Les *barres du joug* sont des chevilles fichées dans la pièce principale du *joug et enserrant l'encolure de l'animal.

rompant ainsi mon *alliance, 16 eh bien ! Voici ce que moi je vous ferai :

Je mobiliserai contre vous, pour vous épouvanter, la consomption et la fièvre, qui épuisent les regards et grignotent la vie. Vous ferez en vain vos semailles, ce sont vos ennemis qui s'en nourriront. 17 Je tournerai ma face contre vous et vous serez battus par vos ennemis; ceux qui vous haïssent domineront sur vous, et vous fuirez sans même qu'on vous poursuive.

18 Si vous ne m'écoutez pas davantage, je vous infligerai pour vos péchés une correction sept fois plus forte. 19 Je briserai votre orgueilleuse puissance, je rendrai votre ciel dur comme fer et votre terre dure comme bronze; 20 vous épuiserez vos forces en vain, la terre ne donnera plus ses produits et les arbres du pays ne donneront plus leurs fruits.

21 Si vous vous opposez à moi et que vous ne vouliez pas m'écouter, je vous infligerai des coups sept fois plus forts, à la mesure de vos péchés : 22 j'enverrai contre vous les animaux sauvages, qui vous raviront les enfants, qui anéantiront votre bétail et qui vous décimeront au point de rendre vos chemins déserts.

23 Si vous n'acceptez toujours pas ma correction, mais qu'au contraire vous vous opposiez à moi, 24 moi aussi, je m'opposerai à vous, moi aussi, je vous frapperai sept fois pour vos péchés. 25 Je ferai venir sur vous l'épée chargée de venger l'Alliance, et vous vous rassemblerez dans vos villes. J'enverrai la peste[1] au milieu de vous, et vous serez livrés aux mains de l'ennemi. 26 Quand je vous priverai de pain, dix femmes pourront cuire votre pain dans un seul four; ce pain qu'elles vous rapporteront sera rationné, et vous mangerez sans être rassasiés.

27 Si malgré cela vous ne m'écoutez pas et que vous vous opposiez à moi, 28 je m'opposerai à vous, plein de fureur; je vous corrigerai moi-même sept fois pour vos péchés. 29 Vous mangerez la chair de vos fils, vous mangerez la chair de vos filles. 30 Je supprimerai vos *hauts lieux, je ferai disparaître vos *autels à parfum[2]; j'entasserai vos cadavres sur les cadavres de vos idoles et je vous prendrai en aversion. 31 Je réduirai vos villes en ruine, je mettrai la désolation dans vos *sanctuaires; je ne respirerai plus vos parfums apaisants; 32 je mettrai moi-même la désolation dans le pays, et vos ennemis venus l'habiter en seront stupéfaits. 33 Quant à vous, je vous disperserai parmi les nations, et je dégainerai l'épée contre vous; votre pays deviendra une terre désolée et vos villes des monceaux de ruines.

34 Alors le pays accomplira ses *sabbats, pendant tous ces jours de désolation où vous-mêmes serez dans le pays de vos ennemis; alors le pays se reposera et accomplira ses sabbats; 35 pendant tous ces jours de désolation, il se reposera, pour compenser les sab-

---

1. L'*épée* (la guerre, 26.6) et la *peste*, ainsi que la *famine* (v. 26) sont les trois fléaux qui résument les malheurs d'une ville assiégée; voir Jr 21.7; Ez 7.15.
2. *autels à parfum* : autre traduction *monuments consacrés au culte du soleil.*

bats[1] où il n'aura pas pu se reposer, lorsque vous y habitiez.

36 Quant à ceux d'entre vous qui subsisteront, je les amènerai à se décourager dans les pays de vos ennemis. Le simple bruit d'une feuille qui tombe[2] les poursuivra; ils fuiront comme on fuit devant l'épée, et ils tomberont sans même qu'on les poursuive; 37 ils trébucheront l'un sur l'autre comme devant l'épée, et pourtant personne ne les poursuivra. Vous ne pourrez tenir droit devant vos ennemis; 38 vous périrez chez les nations, et le pays de vos ennemis vous dévorera. 39 Ceux d'entre vous qui subsisteront dépériront à cause de leur faute, dans les pays de vos ennemis; mais également, c'est à cause des fautes de leurs pères, en plus des leurs, qu'ils dépériront.

Dieu se souviendra de son alliance

40 « Mais ils confesseront leur faute et celle de leurs pères, en disant qu'ils ont commis un sacrilège envers moi, qu'ils se sont même opposés à moi, 41 que je me suis alors opposé à eux et les ai amenés dans le pays de leurs ennemis; ou bien, un jour, leur coeur *incirconcis s'humiliera et leur châtiment s'accomplira. 42 Je me souviendrai de mon *alliance avec Jacob; je me souviendrai aussi de mon alliance avec Isaac, et aussi de mon alliance avec Abraham; je me souviendrai du

pays. 43 Ainsi, quand le pays sera abandonné par eux, quand il accomplira ses sabbats pendant le temps où ils le laisseront dans la désolation, quand leur châtiment s'accomplira parce qu'ils auront rejeté mes coutumes et pris mes lois en aversion, 44 même alors, quand ils seront dans le pays de leurs ennemis, je ne les aurai pas rejetés ni pris en aversion au point de les exterminer et de rompre mon alliance avec eux, car c'est moi, le SEIGNEUR, leur Dieu. 45 Je me souviendrai, en leur faveur, de l'alliance conclue avec leurs aïeux que j'ai fait sortir du pays d'Egypte sous les yeux des nations, afin que pour eux je sois Dieu, moi, le SEIGNEUR. »

46 Tels sont les décrets, les coutumes et les lois que le SEIGNEUR a établis entre lui-même et les fils d'Israël, sur la montagne de Sinaï, par l'intermédiaire de Moïse.

Complément: Tarif pour les voeux[1]

27 1 Le SEIGNEUR adressa la parole à Moïse : 2 « Parle aux fils d'Israël; tu leur diras : Quand on accomplit un voeu qu'on a fait au SEIGNEUR en se basant sur la valeur d'une personne, 3 voici les valeurs :

Pour un homme, entre vingt et 60 ans, la valeur est de 50 sicles[2] d'argent — en monnaie du *sanctuaire —;

4 pour une femme, la valeur est de 30 sicles;

---

1. Si les Israélites ne respectent pas les *sabbats*, c'est-à-dire le repos de la terre pendant les années sabbatiques, Dieu chassera son peuple du pays promis pour de nombreuses années et accordera ainsi à la terre un repos compensatoire.

2. *une feuille qui tombe* : autre traduction *une feuille emportée* (par le vent).

1. Des fragments de tarifs du même genre, gravés sur pierre vers 200 av. J. C., ont été retrouvés à Marseille et à Carthage.

2. *Sicles* : voir au glossaire MONNAIES.

5 pour quelqu'un entre cinq et vingt ans, la valeur d'un garçon est de vingt sicles, celle d'une fille, de dix sicles;

6 pour quelqu'un entre un mois et cinq ans, la valeur d'un garçon est de cinq sicles d'argent, celle d'une fille, de trois sicles d'argent;

7 pour quelqu'un de 60 ans ou plus, la valeur d'un homme est de quinze sicles, celle d'une femme, de dix sicles.

8 Si quelqu'un est trop pauvre pour s'en tenir à la valeur fixée, il place devant le prêtre la personne vouée, pour que le prêtre en fasse l'évaluation; le prêtre l'évalue en fonction des moyens de celui qui a fait le voeu.

9 S'il s'agit d'une bête prise parmi celles qu'on peut apporter en présent au Seigneur, toute bête qu'on aura donnée au Seigneur est chose *sainte; 10 on ne la remplace ni ne l'échange, pas plus une bonne à la place d'une mauvaise, qu'une mauvaise à la place d'une bonne. Si l'on en vient quand même à échanger une bête contre une autre, la bête échangée et l'autre sont choses saintes.

11 S'il s'agit d'une bête *impure, de celles qu'on ne peut apporter en présent au Seigneur, on place la bête devant le prêtre; 12 le prêtre l'évalue bonne ou mauvaise et l'on en reste à l'évaluation du prêtre; 13 si l'on veut la racheter, on ajoute un cinquième à l'évaluation.

14 Si l'on consacre sa maison comme chose sainte pour le Seigneur, le prêtre l'évalue bonne ou mauvaise et l'on s'en tient à la valeur fixée par le prêtre. 15 Si celui qui a consacré sa maison

veut la racheter, il ajoute un cinquième au prix d'évaluation, et elle est à lui.

16 Si quelqu'un consacre au Seigneur quelque champ de sa propriété, la valeur est fonction de ce qu'on peut y semer : 50 sicles d'argent par homer[1] de semence d'orge; 17 si l'on consacre son champ dès l'année du jubilé, on s'en tient à cette valeur; 18 si l'on consacre son champ après le jubilé, le prêtre calcule la somme en fonction des années qui restent jusqu'à l'année du jubilé, et il y a réduction de la valeur fixée. 19 Si celui qui a consacré son champ tient à le racheter, il ajoute un cinquième au prix d'évaluation, et le champ lui revient. 20 Si, sans racheter le champ, il le vend à quelqu'un d'autre, il n'y a plus droit de rachat, 21 et le champ, au moment de sa libération au jubilé, sera chose sainte pour le Seigneur, comme un champ voué par l'interdit[2]; il deviendra propriété du prêtre. 22 Si l'on consacre au Seigneur un champ acheté, qui ne fait pas partie de la propriété héréditaire, 23 le prêtre calcule le montant de sa valeur jusqu'à l'année du jubilé, et l'on donne ce montant le jour même; c'est une chose sainte pour le Seigneur. 24 Lors de l'année du jubilé, le champ retournera à celui de qui on l'avait acheté, à celui dont c'est la propriété foncière.

25 Toute évaluation sera faite en sicles du sanctuaire. — Le sicle vaut vingt guéras[3].

---

1. *homer* : voir au glossaire POIDS ET MESURES.
2. *l'interdit* : voir Dt 2.34 et la note.
3. *guéras* : voir au glossaire POIDS ET MESURES.

26 Évidemment, un homme ne peut pas consacrer un premier-né de évidemment son bétail, qui, comme premier-né, appartient déjà au Seigneur; gros ou petit bétail, il appartient au Seigneur. 27 S'il s'agit d'une bête impure, on peut la racheter, en ajoutant un cinquième à l'évaluation; si elle n'est pas rachetée, on la vend selon l'évaluation.

28 De plus, de tout ce qu'on possède — homme, bête ou champ de sa propriété — ce qu'on a voué au Seigneur par l'interdit ne peut être vendu ni racheté : tout ce qui est voué par l'interdit est chose très sainte pour le Seigneur; 29 et tout homme voué par l'interdit ne peut être racheté : il sera mis à mort.

30 Toute dîme[1] du pays prélevée sur les produits de la terre ou sur les fruits des arbres, appartient au Seigneur : c'est chose sainte pour le Seigneur. 31 Si quelqu'un tient à racheter quelque chose de sa dîme, il y ajoute un cinquième. 32 Toute dîme de gros ou petit bétail, c'est-à-dire chaque dixième bête qui passe sous la houlette[1], est chose sainte pour le Seigneur;

33 on ne recherche pas les bonnes ou les mauvaises, et on ne fait pas d'échange; si l'on en vient quand même à faire un échange, la bête échangée et l'autre sont choses saintes : on ne peut les racheter. »

34 Tels sont les commandements que le Seigneur donna à Moïse pour les fils d'Israël, sur la montagne de Sinaï.

---

1. *dîme* : voir Gn 14.20 et la note.

1. Lorsque le berger doit livrer la dîme de son troupeau, il fait défiler les bêtes devant lui et marque chaque dixième bête au moyen de sa *houlette* (bâton de berger) colorée en rouge.

LES NOMBRES

Premier recensement des tribus d'Israël

1 1 Dans le désert du Sinaï, le Seigneur parla à Moïse dans la *tente de la rencontre; c'était le premier jour du deuxième mois, la deuxième année après leur sortie du pays d'Egypte. Il dit : 2 « Dressez l'état de toute la communauté des fils d'Israël par clans et par familles, en relevant les noms de tous les hommes, un par un[1]. 3 Les hommes de vingt ans et plus, tous ceux qui servent dans l'armée d'Israël, recensez-les par armées[2], toi et Aaron. 4 Qu'il y ait avec vous un homme de chaque tribu, un homme qui soit chef de famille. 5 Voici les noms des hommes qui vous assisteront : pour Ruben, Eliçour fils de Shedéour; 6 pour Siméon, Sheloumiël fils de Çourishaddaï; 7 pour Juda, Nahshôn fils de Amminadav; 8 pour Issakar, Netanel fils de Çouar; 9 pour Zabulon, Eliav fils de Hélôn; 10 quant aux fils de Joseph : pour Ephraïm, Elishama fils de Ammihoud — pour Manassé, Gameliël fils de Pedahçour; 11 pour Benjamin, Avidân fils de Guidéoni; 12 pour Dan, Ahiézer fils de Ammishaddaï; 13 pour Asher, Paguiël fils de Okrân; 14 pour Gad, El-yasaf fils de Déouël; 15 pour Nephtali, Ahira fils de Einân. » 16 C'étaient là les délégués de la communauté, les responsables de leurs tribus paternelles respectives; ils étaient les chefs des milliers d'Israël[1]. 17 Moïse et Aaron prirent comme adjoints ces hommes qui avaient été désignés. 18 Ils rassemblèrent toute la communauté, le premier jour du deuxième mois, et les fils d'Israël établirent leurs généalogies[2] par clans et par familles en relevant les noms des hommes de vingt ans et plus, un par un. 19 Comme le Seigneur le lui avait ordonné, Moïse les recensa dans le désert du Sinaï.

20 Ce qui donna pour les fils de Ruben, premier-né d'Israël : en relevant un par un les noms de tous les hommes de vingt ans et plus qui servaient dans l'armée, leurs listes généalogiques par clans et par familles 21 donnaient pour la tribu de Ruben un effectif de 46.500.

---

1. Ici comme au chap. 26, c'est Dieu qui donne l'ordre de recenser les troupes combattantes d'Israël; en 2 S 24, David sera puni pour avoir ordonné le recensement de sa propre famille.

2. Dans chaque tribu, les hommes aptes au service militaire formaient une *armée* ou (autre traduction) une *division*.

1. Les *milliers d'Israël* désignent ici les corps de troupes fournies par les clans et tribus d'Israël, sans qu'il faille trouver dans ce terme une valeur numérique précise.

2. Celui qui figurait sur une *liste généalogique* détenait ainsi la preuve qu'il appartenait au peuple d'Israël (comparer Esd 2.59-63).

22 Pour les fils de Siméon : en relevant un par un les noms des hommes recensés, de tous les hommes de vingt ans et plus qui servaient dans l'armée, leurs listes généalogiques par clans et par familles 23 donnaient pour la tribu de Siméon un effectif de 59.300.

24 Pour les fils de Gad : en relevant les noms de tous ceux de vingt ans et plus qui servaient dans l'armée, leurs listes généalogiques par clans et par familles 25 donnaient pour la tribu de Gad un effectif de 45.650.

26 Pour les fils de Juda : en relevant les noms de tous ceux de vingt ans et plus qui servaient dans l'armée, leurs listes généalogiques par clans et par familles 27 donnaient pour la tribu de Juda un effectif de 74.600.

28 Pour les fils d'Issakar : en relevant les noms de tous ceux de vingt ans et plus qui servaient dans l'armée, leurs listes généalogiques par clans et par familles 29 donnaient pour la tribu d'Issakar un effectif de 54.400.

30 Pour les fils de Zabulon : en relevant les noms de tous ceux de vingt ans et plus qui servaient dans l'armée, leurs listes généalogiques par clans et par familles 31 donnaient pour la tribu de Zabulon un effectif de 57.400.

32 Quant aux fils de Joseph : pour les fils d'Ephraïm : en relevant les noms de tous ceux de vingt ans et plus qui servaient dans l'armée, leurs listes généalogiques par clans et par familles 33 donnaient pour la tribu d'Ephraïm un effectif de 40.500.

34 Pour les fils de Manassé : en relevant les noms de tous ceux de vingt ans et plus qui servaient dans l'armée, leurs listes généalogiques par clans et par familles 35 donnaient pour la tribu de Manassé un effectif de 32.200.

36 Pour les fils de Benjamin : en relevant les noms de tous ceux de vingt ans et plus qui servaient dans l'armée, leurs listes généalogiques par clans et par familles 37 donnaient pour la tribu de Benjamin un effectif de 35.400.

38 Pour les fils de Dan : en relevant les noms de tous ceux de vingt ans et plus qui servaient dans l'armée, leurs listes généalogiques par clans et par familles 39 donnaient pour la tribu de Dan un effectif de 62.700.

40 Pour les fils d'Asher : en relevant les noms de tous ceux de vingt ans et plus qui servaient dans l'armée, leurs listes généalogiques par clans et par familles 41 donnaient pour la tribu d'Asher un effectif de 41.500.

42 Pour les fils de Nephtali : en relevant les noms de tous ceux de vingt ans et plus qui servaient dans l'armée, leurs listes généalogiques par clans et par familles 43 donnaient pour la tribu de Nephtali un effectif de 53.400.

44 Voici donc les effectifs que recensèrent Moïse, Aaron et les douze responsables d'Israël — ils étaient un homme par tribu. 45 Tous les fils d'Israël recensés par familles, ceux de vingt ans et plus qui servaient dans l'armée d'Israël, 46 donnaient un effectif total de 603.550. 47 Les *lévites, en tant que tribu patriarcale, ne

participèrent pas au recensement[1].

Le rôle particulier de la tribu de Lévi

48 Le Seigneur parla à Moïse : 49 « Il n'y a que la tribu de Lévi dont tu ne feras pas le recensement et dont tu ne dresseras pas l'état parmi les fils d'Israël. 50 Tu chargeras les *lévites de la *demeure de la *charte, de tous ses accessoires et de tout son matériel. Ils la porteront avec tous ses accessoires, ils en assureront le service et ils camperont tout autour. 51 Quand la demeure partira, les lévites la démonteront; quand la demeure s'arrêtera, les lévites la monteront. Le profane[2] qui s'approcherait sera mis à mort.

52 Les fils d'Israël camperont chacun dans son camp, chacun dans son groupe d'armée. 53 Quant aux lévites, ils camperont autour de la demeure de la charte, ce qui évitera un déchaînement de colère[3] contre la communauté des fils d'Israël. Les lévites feront le service de la demeure de la charte. »

54 C'est ce que firent les fils d'Israël; ils firent exactement ce que le Seigneur avait ordonné à Moïse.

La disposition des tribus dans le camp

2 1 Le Seigneur parla à Moïse et Aaron : 2 « Les fils d'Israël camperont chacun dans son groupe d'armées, sous les enseignes[1] de sa tribu; ils camperont autour de la *tente de la rencontre, à une certaine distance.

3 En avant, à l'est, camperont les armées[2] qui forment le groupe du camp de Juda. Le chef des fils de Juda étant Nahshôn, fils de Amminadav : 4 son armée ayant un effectif de 74.600 hommes. 5 Camperont avec lui : la tribu d'Issakar (7) et la tribu de Zabulon (7). Le chef des fils d'Issakar étant Netanel, fils de Çouar : 6 son armée ayant un effectif de 54.400 hommes. 7 Et le chef des fils de Zabulon, Eliav, fils de Hélôn; 8 son armée ayant un effectif de 57.400 hommes. 9 Total des effectifs du camp de Juda : 186.400 pour les trois armées. Ils partiront en premier.

10 Au sud, les armées qui forment le groupe du camp de Ruben. Le chef des fils de Ruben étant Eliçour, fils de Shedéour; 11 son armée ayant un effectif de 46.500 hommes. 12 Camperont avec lui : la tribu de Siméon (14) et la tribu de Gad (12). Le chef des fils de Siméon étant Shéloumiël, fils de Çourishaddaï; 13 son armée ayant un effectif de 59.300 hommes; 14 et le chef des fils de Gad, Elyasaf, fils de Réouël; 15 son armée ayant un effectif de 45.650 hommes. 16 Total des effectifs du camp de Ruben :

---

1. Les lévites, qui n'ont pas d'obligations militaires, seront recensés dans d'autres circonstances, voir chap. 3 et 4.
2. *Le profane* : autre traduction *L'étranger*, dans le sens d'« étranger à la tribu (consacrée) de Lévi. » Voir 17.5.
3. Dieu pourrait se mettre en *colère*, si un *profane* (v. 51) s'approchait du *sanctuaire; les lévites jouent ici un rôle d'« écran protecteur » entre le Dieu saint et le peuple profane.

---

1. L'*enseigne* était un emblème servant, comme un drapeau aujourd'hui, de signe de ralliement.
2. *armées* : voir 1.3 et la note.

151.450 pour les trois armées. Ils partiront les seconds.

17 Ensuite partira la tente de la rencontre — le camp des *lévites — au centre des camps. On part dans l'ordre où l'on campe, chacun à son rang, un groupe après l'autre.

18 À l'ouest, les armées qui forment le groupe du camp d'Ephraïm. Le chef des fils d'Ephraïm étant Elishama, fils de Ammihoud; 19 son armée ayant un effectif de 40.500 hommes. 20 Avec lui, la tribu de Manassé (22) et la tribu de Benjamin (20). Le chef des fils de Manassé étant Gameliël, fils de Pedahçour; 21 son armée ayant un effectif de 32.200 hommes. 22 Et le chef des fils de Benjamin, Avidân, fils de Guidéoni; 23 son armée ayant un effectif de 35.400 hommes. 24 Total des effectifs du camp d'Ephraïm : 108.100 pour les trois armées. Ils partiront les troisièmes.

25 Au nord, les armées qui forment le groupe du camp de Dan. Le chef des fils de Dan étant Ahiézer, fils de Ammishaddaï; 26 son armée ayant un effectif de 62.700 hommes. 27 Camperont avec lui : la tribu d'Asher (29) et la tribu de Nephtali (27). Le chef des fils d'Asher étant Paguiël, fils de Okrân; 28 son armée ayant un effectif de 41.500 hommes. 29 Et le chef des fils de Nephtali, Ahira, fils de Einân; 30 son armée ayant un effectif de 53.400 hommes. 31 Total des effectifs du camp de Dan : 157.600. Ils partiront en dernier, un groupe après l'autre. »

32 Voici l'effectif des fils d'Israël comptés par tribus, le total des effectifs des camps comptés par armées : 603.550. 33 Les lévites ne participèrent pas au recensement des fils d'Israël; tel était l'ordre donné par le Seigneur à Moïse[1]. 34 C'est ce que firent les fils d'Israël. C'est en se conformant à l'ordre donné par le Seigneur à Moïse qu'ils campaient par groupes d'armées et qu'ils partaient par clans et par familles.

Les tâches de la tribu de Lévi

3 1 Voici quels étaient les descendants d'Aaron et de Moïse à l'époque où le Seigneur parla à Moïse sur le mont Sinaï. 2 Voici les noms des fils d'Aaron : Nadav le premier-né, Avihou, Eléazar et Itamar. 3 Tels sont les noms des fils d'Aaron, prêtres consacrés par l'onction et investis de la fonction sacerdotale. 4 Nadav et Avihou moururent devant le Seigneur, pour avoir présenté lui un feu profane[2]. Ils moururent dans le désert du Sinaï sans avoir eu de fils. Ce sont Eléazar et Itamar qui exercèrent le sacerdoce en présence de leur père Aaron. 5 Le Seigneur dit à Moïse : 6 « Fais approcher la tribu de Lévi et mets-la à la disposition du prêtre Aaron : les *lévites le seconderont[3]. 7 Ils seront à son service et au service de toute la commu-

---

1. Voir 1.47 et la note; 1.49.
2. Voir Lv 10.1-7.
3. *les lévites le seconderont* : les descendants d'Aaron (lui-même membre de la tribu de Lévi) constituent la classe des *prêtres*. Les autres descendants de Lévi constituent la classe subordonnée des *lévites*.

nauté[1] devant la *tente de la rencontre pour assurer les travaux de la *demeure. 8 Ils prendront soin de tous les accessoires de la tente de la rencontre et ils seront au service des fils d'Israël pour assurer les travaux de la demeure. 9 Ainsi, tu donneras les lévites à Aaron et à ses fils; ils leur seront donnés, vraiment donnés[2], de la part des fils d'Israël. 10 Tu établiras Aaron et ses fils dans leur charge pour qu'ils exercent leur sacerdoce; le profane[3] qui s'approcherait sera mis à mort. »

11 Le Seigneur dit à Moïse : 12 « Voici : je prends moi-même parmi les fils d'Israël les lévites en échange de tous les premiers-nés, de tous les fils d'Israël nés d'un premier enfantement. Les lévites m'appartiennent. 13 Car tout premier-né m'appartient : le jour où j'ai frappé tous les premiers-nés dans le pays d'Egypte, je me suis consacré tous les premiers-nés en Israël, tant ceux de l'homme que ceux du bétail : ils m'appartiennent[4]. Je suis le Seigneur ! »

Premier recensement de la tribu de Lévi

14 Le Seigneur dit à Moïse dans le désert du Sinaï : 15 « Fais le recensement des fils de Lévi par familles et par clans : tu recenseras tous les *lévites de sexe masculin à partir de l'âge d'un

mois. » 16 Moïse les recensa d'après le commandement du Seigneur, comme il en avait reçu l'ordre.

17 Voici quels étaient les fils de Lévi : ils se nommaient Guershôn, Qehath et Merari. 18 Voici, par clans, les noms des fils de Guershôn : Livni et Shiméï. 19 Les fils de Qehath, par clans : Amrâm, Yicehar, Hébron et Ouzziël. 20 Les fils de Merari, par clans : Mahli et Moushi. Tels étaient les clans des lévites recensés par familles.

21 Descendants de Guershôn : le clan des Livnites et le clan des Shiméïtes; tels étaient les clans des Guershonites. 22 Leur effectif, — en comptant tous les Guershonites de sexe masculin à partir de l'âge d'un mois — leur chiffre se montait à 7.500. 23 Les clans des Guershonites campaient derrière la *demeure, à l'ouest. 24 Le chef de famille des Guershonites était Elyasaf, fils de Laël. 25 Le service des fils de Guershôn dans la *tente de la rencontre avait pour objet la demeure et la tente, sa couverture, le rideau d'entrée de la tente de la rencontre, 26 les tentures et le rideau d'entrée du *parvis entourant la demeure et l'*autel, ainsi que les cordes nécessaires à tous les travaux de montage.

27 Descendants de Qehath : le clan des Amramites, le clan des Yiceharites, le clan des Hébronites et le clan des Ouzziélites; tels étaient les clans des Qehatites. 28 En comptant tous les Qehatites de sexe masculin à partir de l'âge d'un mois, ils étaient

---

1. *et au service de toute la communauté* : autre traduction *et ils assureront le service dû par toute la communauté.*

2. *donnés* (ou *servants,* voir Esd 8.20 et la note) est probablement un terme technique désignant des serviteurs de rang inférieur, travaillant au *sanctuaire.

3. Voir 1.51 et la note.

4. Voir 3.40-51; Ex 13.1-16.

8.600[1] affectés au service du *sanctuaire. 29 Les clans des fils de Qehath campaient sur le côté de la demeure, au sud. 30 Le chef de famille des clans des Qehatites était Eliçafân, fils de Ouzziël. 31 Leur service avait pour objet : l'*arche, la table, le chandelier, les autels et les accessoires du sanctuaire dont on se sert pour officier, ainsi que le rideau et tous les travaux de montage. 32 Le chef suprême des lévites étant Eléazar, fils du prêtre Aaron; il avait la charge des hommes affectés au service du sanctuaire.

33 Descendants de Merari : le clan des Mahlites et le clan des Moushites; tels étaient les clans de Merari. 34 Leur chiffre, en comptant tous les Merarites de sexe masculin à partir de l'âge d'un mois, se montait à 6.200. 35 Le chef de famille des clans de Merari était Çouriël, fils d'Avihaïl; ils campaient sur le côté de la demeure, au nord. 36 Le service assigné aux fils de Merari avait pour objet les cadres de la demeure, ses traverses, ses colonnes et ses socles, ainsi que tous ses accessoires et tous les travaux de montage; 37 de plus, les colonnes qui entourent le parvis avec leurs socles, leurs piquets et leurs cordes. 38 Ceux qui campaient devant la demeure, à l'est — c'est-à-dire devant la tente de la rencontre, au levant — étaient Moïse, Aaron et ses fils : ils faisaient le service du sanctuaire à l'intention des fils d'Israël. Le profane[2] qui se serait approché aurait été mis à mort.

39 L'effectif total des lévites que Moïse et Aaron dénombrèrent par clans d'après le commandement du Seigneur — tous les lévites de sexe masculin à partir de l'âge d'un mois — était de 22.000.

Le rachat des premiers-nés

40 Le Seigneur dit à Moïse : « Dénombre tous les premiers-nés de sexe masculin des fils d'Israël à partir de l'âge d'un mois et fais le compte de leurs noms. 41 Tu me réserveras les *lévites — Je suis le Seigneur — en échange de tous les premiers-nés des fils d'Israël. De même, tu me réserveras le bétail des lévites en échange de tous les premiers-nés du bétail des fils d'Israël. » 42 Moïse dénombra tous les premiers-nés des fils d'Israël comme le Seigneur le lui avait ordonné. 43 Le total des premiers-nés de sexe masculin dont on releva les noms, recensés à partir de l'âge d'un mois, se montait à 22.273. 44 Le Seigneur dit à Moïse : 45 « Prends les lévites en échange de tous les premiers-nés des fils d'Israël et le bétail des lévites en échange du bétail d'Israël : les lévites m'appartiennent. Je suis le Seigneur. 46 Pour prix du rachat des 273 premiers-nés des fils d'Israël qui sont en excédent sur le nombre des lévites, 47 tu prendras cinq sicles par tête — tu les prendras en sicles du *sanctuaire, à vingt guéras[1] le sicle. 48 Tu donneras l'argent à Aaron et à ses fils pour prix du rachat des premiers-nés en surnombre. » 49 Moïse reçut

---

1. *8600* : l'ancienne version grecque a lu *8300*, ce qui s'accorde avec le total donné au v. 39.
2. Voir 1.51 et la note.

1. *sicles, guéras* : voir au glossaire POIDS ET MESURES.

l'argent du rachat de la part de ceux qui étaient en excédent sur le nombre des premiers-nés rachetés par les lévites. 50 Il reçut cet argent de la part des premiers-nés des fils d'Israël : 1.365 sicles du sanctuaire. 51 Et Moïse donna l'argent du rachat à Aaron et à ses fils, d'après le commandement du Seigneur, comme le Seigneur l'avait ordonné à Moïse.

Tâches des clans lévitiques : Les fils de Qehath

4 1 Le Seigneur dit à Moïse et Aaron : 2 « Parmi les fils de Lévi, dressez l'état des fils de Qehath par clans et par familles, 3 de tous ceux de 30 à 50 ans qui sont tenus de faire leur service en travaillant dans la *tente de la rencontre. 4 Voici quelle est la tâche des fils de Qehath dans la tente de la rencontre : se charger des objets très saints. 5 Quand on lève le camp, Aaron et ses fils viennent décrocher le voile de séparation et ils en recouvrent l'*arche de la charte; 6 ils mettent dessus une housse en peau de dauphin, ils étendent sur l'ensemble une étoffe toute de pourpre violette et ils fixent les barres de l'arche. 7 Sur la table d'offrande ils étendent une étoffe de pourpre violette et ils y mettent les plats, les gobelets, les bols et les timbales de libation; le pain perpétuel[1] sera sur cette table. 8 Sur tout cela, ils étendent une étoffe de cramoisi éclatant et la recouvrent d'une housse en peau de dauphin; puis ils fixent les barres de la table. 9 Ils prennent

ensuite une étoffe de pourpre violette pour recouvrir le chandelier servant de luminaire, avec ses lampes, ses pincettes et ses bobèches[1], ainsi que tous les vases à huile dont on se sert pour son entretien. 10 Ils le mettent avec tous ses accessoires dans une housse en peau de dauphin et le placent sur son brancard. 11 Sur l'*autel d'or[2] ils étendent une étoffe de pourpre violette; ils le recouvrent d'une housse en peau de dauphin et fixent ses barres. 12 Puis ils prennent tous les objets liturgiques dont on se sert pour officier dans le *sanctuaire, ils les mettent dans une étoffe de pourpre violette, les recouvrent d'une housse en peau de dauphin et les placent sur leur brancard. 13 Ils enlèvent les cendres de l'autel[3] sur lequel ils étendent une étoffe de pourpre rouge; 14 ils mettent dessus tous les objets dont on se sert pour y officier : les pelles à braise, les tisonniers, les pelles à cendres, les bacs à cendres, tous les accessoires de l'autel. Ils étendent là-dessus une housse en peau de dauphin et fixent les barres de l'autel. 15 Pendant qu'on lève le camp, Aaron et ses fils achèvent d'envelopper le sanctuaire et tous ses accessoires; après quoi les fils de Qehath viennent l'emporter. Ils ne toucheront pas au sanctuaire, ce serait leur mort. C'est là ce que, dans la tente de la rencontre, les fils de Qehath ont à porter. 16 Eléazar, le fils du prêtre Aaron, a la charge de l'huile du luminaire, du

---

1. *libation* : voir au glossaire SACRIFICES. — *Pain perpétuel* : voir Lv 24.5-9.

1. *pincettes, bobèches* : voir Ex 25.38 et la note.
2. *l'autel d'or*, c'est-à-dire *l'autel du parfum*, voir Ex 37.25-28.
3. *l'autel*, c'est-à-dire *l'autel de l'holocauste*, voir Ex 38.1-7.

parfum à brûler, de l'offrande perpétuelle[1], de l'huile d'*onction; il a la charge de toute la *demeure et de tout ce qui s'y trouve, tant du sanctuaire que de ses accessoires. »

17 Le Seigneur dit à Moïse et Aaron : 18 « N'exposez pas le groupe des clans de Qehath à être retranché du milieu des *lévites. 19 Faites donc ceci pour eux, afin qu'ils vivent et ne soient pas frappés de mort en s'approchant du lieu très saint : Aaron et ses fils viendront les placer chacun devant sa tâche, devant ce qu'il doit porter. 20 Ainsi ils ne viendront pas regarder le sanctuaire, ne fût-ce qu'un instant : ce serait leur mort ! »

Les fils de Guershôn

21 Le Seigneur dit à Moïse : 22 « Dresse également l'état des fils de Guershôn par familles et par clans. 23 Tu recenseras tous ceux de 30 à 50 ans qui sont tenus d'accomplir leur service, c'est-à-dire de remplir une tâche dans la *tente de la rencontre. 24 Voici la tâche des clans des Guershonites, ce qu'ils ont à faire et ce qu'ils ont à porter : 25 ils portent les tapisseries de la *demeure ainsi que la tente de la rencontre avec sa couverture — la couverture en peau de dauphin qui la recouvre — le rideau d'entrée de la tente de la rencontre, 26 les tentures du *parvis et le rideau d'entrée de la porte du parvis, entourant la demeure et l'*autel, ainsi que leurs cordes et tous leurs outils : tout ce qu'on a donné aux Guershonites pour faire leur travail. 27 C'est sous le commandement d'Aaron et de ses fils que se feront tous les travaux des fils des Guershonites, tant pour leurs fardeaux que pour leurs travaux : vous leur assignerez, en fait de service, tout ce qu'ils ont à porter. 28 Telle est la tâche des clans des fils des Guershonites dans la tente de la rencontre, tel est leur service sous la direction du prêtre Itamar, fils d'Aaron.

Les fils de Merari

29 Quant aux fils de Merari, tu les recenseras par clans et par familles. 30 Tu recenseras tous ceux de 30 à 50 ans qui sont tenus de faire leur service en assurant les travaux de la *tente de la rencontre. 31 Voici ce qu'il leur incombe de porter — c'est là toute la tâche qui leur revient dans la tente de la rencontre : les cadres de la *demeure, ses traverses, ses colonnes, ses socles, 32 les colonnes qui entourent le *parvis avec leurs socles, leurs piquets, et leurs cordes, ainsi que tous les outils. Vous désignerez à chacun les objets qu'il lui incombe de porter. 33 Telle est la tâche des clans des fils de Merari — c'est là toute la tâche qui leur revient dans la tente de la rencontre, sous la direction du prêtre Itamar, fils d'Aaron. »

1. L'*offrande perpétuelle* est l'offrande de farine accompagnant les holocaustes quotidiens, voir 28.3-8; Ex 29.38-42.

Recensement des lévites en activité

34 Moïse, Aaron et les responsables de la communauté recensèrent les fils de Qehath par clans et par familles, 35 tous ceux de 30 à 50 ans qui étaient tenus de faire leur service en travaillant dans la *tente de la rencontre. 36 L'effectif de leurs clans était de 2.750 hommes. 37 Tel était l'effectif des clans qehatites, de tous ceux qui travaillaient dans la tente de la rencontre — ceux que Moïse et Aaron recensèrent, sur l'ordre que le Seigneur avait donné par l'intermédiaire de Moïse. 38 Voici l'effectif des fils de Guershôn — en comptant par clans et par familles 39 tous ceux de 30 à 50 ans qui sont tenus de faire leur service en travaillant dans la tente de la rencontre : 40 l'effectif de leurs clans et de leurs familles était de 2.630 hommes. 41 Tel était l'effectif des clans des fils de Guershôn — de tous ceux qui travaillaient dans la tente de la rencontre — dans le recensement que firent Moïse et Aaron, sur l'ordre du Seigneur.

42 Voici l'effectif des clans de Merari — en comptant par clans et par familles 43 tous ceux de 30 à 50 ans qui sont tenus de faire leur service en travaillant dans la tente de la rencontre : 44 l'effectif de leurs clans était de 3.200 hommes. 45 Tel était l'effectif des clans des fils de Merari dans le recensement que firent Moïse et Aaron sur l'ordre que le Seigneur avait donné par l'intermédiaire de Moïse.

46 Voici le total des effectifs des *lévites que Moïse, Aaron et les responsables d'Israël recensèrent — en comptant par clans et par familles 47 tous ceux de 30 à 50 ans qui étaient tenus d'accomplir dans la tente de la rencontre un service de montage et un service de portage : 48 leur effectif était de 8.580 hommes. 49 Par ordre du Seigneur et sous la direction de Moïse, on assigna à chacun ce qu'il devait faire et ce qu'il devait porter[1]; chacun avait la charge que le Seigneur avait prescrite à Moïse.

Les gens en état d'impureté exclus du camp

5 1 Le Seigneur dit à Moïse : 2 « Ordonne aux fils d'Israël de renvoyer du camp tout *lépreux ainsi que toute personne affectée d'un écoulement ou souillée par un mort. 3 Vous les renverrez, tant hommes que femmes, vous les renverrez hors du camp[2]. Qu'ils ne souillent pas le camp des fils d'Israël au milieu desquels je demeure. » 4 C'est ce que firent les fils d'Israël; ils les renvoyèrent hors du camp. Les fils d'Israël firent comme le Seigneur l'avait dit à Moïse.

Réparation pour les délits commis

5 Le Seigneur dit à Moïse : 6 « Dis aux fils d'Israël : Lorsqu'un homme ou une femme se rend infidèle au Seigneur en commettant l'un des péchés qui

---

1. *Par ordre du Seigneur ...* : autre traduction possible *Par ordre du Seigneur, on les recensa par l'intermédiaire de Moïse, chacun en vue de son travail et de sa charge.*

2. *hors du camp* : voir Lv 13.46.

sont le fait de tout être humain[1], cette personne est coupable. 7 Ils confesseront le péché qu'ils ont commis; le coupable restituera à celui auquel il a fait tort l'objet en entier, plus le cinquième de sa valeur. 8 Si la victime n'a pas de parent à qui l'on puisse restituer l'objet du délit, cet objet devra être restitué au SEIGNEUR, c'est-à-dire au prêtre, sans compter le bélier expiatoire au moyen duquel on fera le rite d'absolution pour le coupable.

9 Tous les prélèvements que font les fils d'Israël, toutes les choses saintes qu'ils présentent au prêtre, lui appartiennent. 10 Les choses saintes de chacun lui appartiennent; ce que chacun donne au prêtre lui appartient. »

Loi pour une femme soupçonnée d'adultère

11 Le SEIGNEUR dit à Moïse : 12 « Parle aux fils d'Israël et dis-leur : Il peut arriver à un homme que sa femme se conduise mal et lui soit infidèle, 13 qu'un autre ait à l'insu de cet homme des rapports avec elle, qu'elle se soit souillée en secret, sans qu'il y ait de témoin contre elle, sans qu'elle ait été prise sur le fait; 14 si alors un esprit de jalousie s'empare de cet homme et qu'il soupçonne sa femme, alors qu'elle s'est effectivement déshonorée, ou si un esprit de jalousie s'empare de cet homme et qu'il soupçonne sa femme, sans qu'elle se soit déshonorée, 15 cet homme amènera sa femme au prêtre. Il apportera pour elle le présent requis : un

dixième d'épha de farine d'orge. Il n'y versera pas d'huile et n'y mettra pas d'encens, car c'est une offrande[1] de jalousie, une offrande de dénonciation, qui dénonce une faute. 16 Le prêtre fera approcher la femme et la fera comparaître devant le SEIGNEUR. 17 Le prêtre prendra de l'eau sainte[2] dans un vase de terre, il prendra de la poussière du sol de la demeure et la mettra dans l'eau. 18 Le prêtre fera comparaître la femme devant le SEIGNEUR et la décoiffera; il mettra sur ses mains ouvertes l'offrande de dénonciation, c'est-à-dire l'offrande de jalousie, tandis que lui-même aura à la main l'eau d'amertume[3] qui porte la malédiction. 19 Le prêtre fera prêter serment à la femme en lui disant : S'il n'est pas vrai qu'un homme ait couché avec toi, que tu te sois mal conduite, que tu te sois déshonorée en trompant ton mari, sois préservée de la malédiction que porte cette eau d'amertume. 20 Mais si au contraire tu t'es livrée à l'inconduite avec un autre que ton mari, si tu t'es déshonorée et qu'un homme qui n'est pas ton mari a eu des rapports avec toi ... 21 le prêtre lui fera prêter le serment d'imprécation en lui disant : Que le SEIGNEUR fasse de toi, au milieu de ton peuple, l'exemple qu'on cite dans les imprécations et les serments. Qu'il fasse dépérir ton sein et enfler ton ventre. 22 Cette eau qui porte

---

1. *l'un des péchés qui ... :* autre traduction *un péché contre autrui.*

1. *épha :* voir au glossaire POIDS ET MESURES. — *Offrande :* voir au glossaire SACRIFICES.

2. *eau sainte :* sens incertain : *eau conservée au* *sanctuaire ? Eau d'une source sacrée ?*

3. *La décoiffera :* probablement un signe de pénitence, dérivé d'un geste de deuil (comparer Lv 10.6 et la note). *Eau d'amertume* ou *eau amère.*

la malédiction va pénétrer dans tes entrailles pour faire enfler ton ventre et dépérir ton sein. Et la femme répondra : Amen, amen[1] ! 23 Puis le prêtre mettra par écrit ces imprécations et les dissoudra dans l'eau d'amertume. 24 Il fera boire à la femme l'eau d'amertume qui porte la malédiction; cette eau qui porte la malédiction pénétrera en elle en devenant amère. 25 Le prêtre prendra de la main de la femme l'offrande de jalousie, il la présentera au Seigneur et l'apportera sur l'*autel. 26 Le prêtre prélèvera sur la farine de l'offrande une poignée comme mémorial[2] et la fera fumer sur l'autel; après quoi il fera boire l'eau à la femme. 27 Il lui fera boire l'eau et il arrivera ceci : si elle s'est souillée et qu'elle a été infidèle à son mari, l'eau qui porte la malédiction pénétrera en elle en devenant amère; son ventre enflera et son sein dépérira. Et cette femme deviendra pour son peuple l'exemple qu'on cite dans les imprécations. 28 Si au contraire cette femme ne s'est pas déshonorée mais qu'elle est pure, elle sera innocentée et elle sera féconde. »

29 Telle est la loi sur la jalousie pour une femme qui se livre à l'inconduite en trompant son mari et se déshonore, 30 ou pour un homme qui est saisi d'un esprit de jalousie et soupçonne sa femme : il la fera comparaître devant le Seigneur et le prêtre lui appliquera toutes les prescriptions de cette loi. 31 Le mari sera

exempt de faute et la femme, quant à elle, répondra de sa faute.

Loi sur le voeu de naziréat

6 1 Le Seigneur dit à Moïse : 2 « Parle aux fils d'Israël et dis-leur : Lorsqu'un homme ou une femme s'engage par voeu de naziréat[1] à se consacrer au Seigneur, 3 ce nazir s'abstiendra de vin et de boissons alcoolisées : il ne boira ni vinaigre de vin ni vinaigre d'alcool; il ne boira aucune sorte de jus de raisin et ne mangera ni raisins frais ni raisins secs. 4 Pendant tout le temps de son naziréat, il ne mangera d'aucun produit fait avec le fruit de la vigne, ni avec les pépins ni avec la peau. 5 Pendant tout le temps de son voeu de naziréat, le rasoir ne passera pas sur sa tête; jusqu'à l'achèvement du temps pour lequel il s'est consacré au Seigneur, il sera saint, il laissera croître librement les cheveux de sa tête.

6 Pendant tout le temps de sa consécration au Seigneur, il ne se rendra pas auprès d'un mort. 7 Que ce soit pour son père ou sa mère, pour son frère ou sa soeur, il ne se profanera pas à leur contact s'ils viennent à mourir, car il porte sur sa tête la consécration[3] de son Dieu. 8 Pendant tout le temps de son naziréat, il sera saint pour le Seigneur. 9 Si,

---

1. Par cette réponse liturgique, signifiant : *C'est vrai !* ou *C'est bien cela !*, la femme souscrit aux paroles prononcées par le prêtre; comparer Dt 27.15-26.

2. *mémorial* : voir Lv 2.2 et la note.

1. *naziréat* : ce mot, transcrit de l'hébreu, désigne une *consécration* (temporaire ou définitive) à Dieu. Cette consécration implique divers renoncements énumérés dans les v. 3-8. Celui qui prononce ce voeu porte le nom de *nazir* (v. 3).

2. Le *vinaigre* additionné d'eau était une boisson courante dans la région méditerranéenne, voir Mt 27.48 par..

3. Les cheveux longs (v. 5) sont le signe de cette *consécration*.

inopinément, quelqu'un vient à mourir auprès de lui de mort subite, profanant sa tête consacrée, il se rasera la tête le jour de sa *purification; il se la rasera le septième jour, 10 et le huitième il apportera au prêtre, à l'entrée de la *tente de la rencontre, deux tourterelles ou deux jeunes pigeons; 11 le prêtre offrira l'un en sacrifice pour le péché, l'autre en holocauste et il fera pour le nazir le rite d'absolution du péché[1] qu'il aura commis à cause de ce mort. Ce même jour, le nazir *sanctifiera sa tête, 12 il se consacrera de nouveau au Seigneur pour le temps de naziréat qu'il s'était fixé et il apportera un agneau d'un an en sacrifice de réparation. Les jours précédents ne compteront pas, du fait que son naziréat a été profané. »

13 Voici la loi concernant le nazir : le jour où s'achève le temps de son naziréat, on le fait venir à l'entrée de la tente de la rencontre 14 et il apporte son présent au Seigneur : un agneau d'un an sans défaut en holocauste, une agnelle d'un an sans défaut en sacrifice pour le péché, et un bélier sans défaut en sacrifice de paix; 15 une corbeille de pain sans *levain fait de fleur de farine, des gâteaux pétris à l'huile et des crêpes sans levain enduites d'huile, avec l'offrande et les libations[2] requises. 16 Le prêtre les apporte devant le Seigneur et il offre son sacrifice[3] pour le péché et son holocauste. 17 Quant au bé-

lier, il l'offre[1] au Seigneur en sacrifice de paix avec la corbeille de pain sans levain; de plus le prêtre fait l'offrande et la libation requises. 18 Le nazir rase alors sa tête consacrée à l'entrée de la tente de la rencontre, il prend les cheveux de sa tête consacrée et les jette dans le feu qui brûle sous le sacrifice de paix. 19 Le prêtre prend l'épaule du bélier lorsqu'elle est cuite, avec un gâteau sans levain de la corbeille et une crêpe sans levain; il les met dans les mains du nazir après qu'il a rasé le signe de son naziréat. 20 Le prêtre les présente au Seigneur avec le geste de présentation; c'est une chose sainte qui revient au prêtre, en plus de la poitrine qu'il présente et de la cuisse qu'il prélève. Après quoi, le nazir pourra boire du vin. 21 Telle est la loi concernant le nazir qui fait un vœu; tel est le présent qu'il doit au Seigneur pour son naziréat, sans compter ce dont il pourrait disposer en plus. Il se conformera au vœu qu'il aura prononcé suivant la loi du naziréat auquel il s'est engagé.

La formule de bénédiction

22 Le Seigneur dit à Moïse : 23 « Parle à Aaron et à ses fils et dis-leur : voici en quels termes vous bénirez les fils d'Israël :

24 Que le Seigneur te bénisse et te garde !

25 Que le Seigneur fasse rayonner sur toi son regard et t'accorde sa grâce !

26 Que le Seigneur porte sur toi son regard et te donne la paix !

---

1. *péché;* en hébreu, l'impureté due à la proximité d'un cadavre peut être désignée par le terme traduit ici par *péché.*
2. *offrande, libations :* voir au glossaire SACRIFICES.
3. C'est probablement *le prêtre* lui-même qui offre le *sacrifice du nazir.*

1. Le sujet du verbe *offrir* peut être soit le nazir, soit le prêtre.

27 Ils apposeront ainsi mon nom[1] sur les fils d'Israël, et moi, je les bénirai. »

Les chariots offerts pour le sanctuaire

7 1 Le jour où Moïse acheva de dresser la *demeure, il en fit l'*onction et il la consacra avec tous ses accessoires, ainsi que l'*autel et tous ses accessoires; il en fit l'onction et la consécration[2]. 2 Les responsables d'Israël, chefs de leurs tribus respectives, apportèrent leur présent. C'étaient les responsables des tribus, ceux qui avaient dirigé le recensement. 3 Ils amenèrent leur présent devant le Seigneur : six chariots couverts[3] et douze boeufs; un chariot pour deux chefs et un boeuf pour chacun; ils les firent avancer devant la demeure. 4 Le Seigneur dit à Moïse : 5 « Reçois les présents qu'ils t'amènent; ils seront utilisés pour les travaux de la *tente de la rencontre. Tu les remettras aux *lévites, à chacun selon les besoins de sa tâche. » 6 Moïse reçut les chariots et les boeufs et les remit aux lévites. 7 Il donna deux chariots et quatre boeufs aux fils de Guershôn selon les besoins de leur tâche. 8 Et les quatre autres chariots, avec les huit boeufs, il les donna, par l'entremise du prêtre Itamar, fils d'Aaron, aux fils de Merari selon les besoins de leur tâche. 9 Il n'en donna pas aux fils de Qehath car la tâche qui leur incombait était de porter les objets sacrés sur leurs épaules.

Les présents pour la dédicace de l'autel

10 Les chefs apportèrent l'offrande pour la dédicace de l'*autel le jour où l'on en fit l'*onction. Les chefs apportèrent leurs présents devant l'autel. 11 Le Seigneur dit à Moïse : « Que les chefs, à raison d'un par jour, apportent leur présent en offrande pour la dédicace de l'autel. »

12 C'est Nahshôn, fils de Amminadav de la tribu de Juda, qui apporta son présent le premier jour. 13 Son présent consistait en : un plat d'argent d'un poids de 130 sicles, un bassin d'argent de 70 sicles — en sicles du *sanctuaire — tous deux remplis de farine pétrie à l'huile pour l'offrande[1]; 14 un gobelet d'or de dix sicles, rempli de parfum; 15 un taureau, un bélier, un agneau d'un an pour l'holocauste[2]; 16 un bouc pour le sacrifice pour le péché; 17 et, pour le sacrifice de paix, deux boeufs, cinq béliers, cinq boucs et cinq agneaux d'un an. Tel fut le présent de Nahshôn, fils de Amminadav.

18 Le deuxième jour, Netanel, fils de Çouar, chef d'Issakar, apporta son offrande. 19 Il apporta son présent qui consistait en : un plat d'argent d'un poids de 130 sicles, un bassin d'argent de 70 sicles — en sicles du sanctuaire — tous deux remplis de farine pétrie à l'huile pour l'offrande; 20 un gobelet d'or de dix sicles,

---

1. Comme quelqu'un appose sa signature ou son cachet sur un objet qui lui appartient.
2. Voir Ex 40.33.
3. *chariots couverts* : le sens du mot hébreu est incertain.

1. *sicles* : voir au glossaire POIDS ET MESURES. — *Offrande* : voir au glossaire SACRIFICES.
2. *holocauste* : voir au glossaire SACRIFICES.

rempli de parfum; 21 un taureau, un bélier, un agneau d'un an pour l'holocauste; 22 un bouc pour le sacrifice pour le péché; 23 et, pour le sacrifice de paix, deux boeufs, cinq béliers, cinq boucs et cinq agneaux d'un an. Tel fut le présent de Netanel, fils de Çouar.

24 Le troisième jour, ce fut le chef des fils de Zabulon, Eliav, fils de Hélôn. 25 Son présent consistait en : un plat d'argent d'un poids de 130 sicles, un bassin d'argent de 70 sicles — en sicles du sanctuaire — tous deux remplis de farine pétrie à l'huile pour l'offrande; 26 un gobelet d'or de dix sicles, rempli de parfum; 27 un taureau, un bélier, un agneau d'un an pour l'holocauste; 28 un bouc pour le sacrifice pour le péché; 29 et, pour le sacrifice de paix, deux boeufs, cinq béliers, cinq boucs et cinq agneaux d'un an. Tel fut le présent d'Eliav, fils de Hélôn.

30 Le quatrième jour, ce fut le chef des fils de Ruben, Eliçour, fils de Shedéour. 31 Son présent consistait en : un plat d'argent d'un poids de 130 sicles, un bassin d'argent de 70 sicles — en sicles du sanctuaire — tous deux remplis de farine pétrie à l'huile pour l'offrande; 32 un gobelet d'or de dix sicles rempli de parfum; 33 un taureau, un bélier, un agneau d'un an pour l'holocauste; 34 un bouc pour le sacrifice pour le péché; 35 et, pour le sacrifice de paix, deux boeufs, cinq béliers, cinq boucs et cinq agneaux d'un an. Tel fut le présent d'Eliçour, fils de Shedéour.

36 Le cinquième jour, ce fut le chef des fils de Siméon, Sheloumiël, fils de Çourishaddaï. 37 Son présent consistait en : un plat d'argent d'un poids de 130 sicles, un bassin d'argent de 70 sicles — en sicles du sanctuaire — tous deux remplis de farine pétrie à l'huile pour l'offrande; 38 un gobelet d'or de dix sicles, rempli de parfum; 39 un taureau, un bélier, un agneau d'un an pour l'holocauste; 40 un bouc pour le sacrifice pour le péché; 41 et, pour le sacrifice de paix, deux boeufs, cinq béliers, cinq boucs et cinq agneaux d'un an. Tel fut le présent de Sheloumiël, fils de Çourishaddaï.

42 Le sixième jour, ce fut le chef des fils de Gad, Elyasaf, fils de Déouël. 43 Son présent consistait en : un plat d'argent d'un poids de 130 sicles, un bassin d'argent de 70 sicles — en sicles du sanctuaire — tous deux remplis de farine pétrie à l'huile pour l'offrande; 44 un gobelet d'or de dix sicles, rempli de parfum; 45 un taureau, un bélier, un agneau d'un an pour l'holocauste; 46 un bouc pour le sacrifice pour le péché; 47 et, pour le sacrifice de paix, deux boeufs, cinq béliers, cinq boucs et cinq agneaux d'un an. Tel fut le présent d'Elyasaf, fils de Déouël.

48 Le septième jour, ce fut le chef des fils d'Ephraïm, Elishama, fils de Ammihoud. 49 Son présent consistait en : un plat d'argent d'un poids de 130 sicles, un bassin d'argent de 70 sicles — en sicles du sanctuaire — tous deux remplis de farine pétrie à

l'huile pour l'offrande; 50 un gobelet d'or de dix sicles, rempli de parfum; 51 un taureau, un bélier, un agneau d'un an pour l'holocauste; 52 un bouc pour le sacrifice pour le péché; 53 et, pour le sacrifice de paix, deux boeufs, cinq béliers, cinq boucs et cinq agneaux d'un an. Tel fut le présent d'Elishama, fils de Ammihoud.

54 Le huitième jour, ce fut le chef des fils de Manassé, Gamliël, fils de Pedahçour. 55 Son présent consistait en : un plat d'argent d'un poids de 130 sicles, un bassin d'argent de 70 sicles — en sicles du sanctuaire — tous deux remplis de farine pétrie à l'huile pour l'offrande; 56 un gobelet d'or de dix sicles, rempli de parfum; 57 un taureau, un bélier, un agneau d'un an pour l'holocauste; 58 un bouc pour le sacrifice pour le péché; 59 et, pour le sacrifice de paix, deux boeufs, cinq béliers, cinq boucs et cinq agneaux d'un an. Tel fut le présent de Gamliël, fils de Pedahçour.

60 Le neuvième jour, ce fut le chef des fils de Benjamin, Avidân, fils de Guidéoni. 61 Son présent consistait en : un plat d'argent d'un poids de 130 sicles, un bassin d'argent de 70 sicles — en sicles du sanctuaire — tous deux remplis de farine pétrie à l'huile pour l'offrande; 62 un gobelet d'or de dix sicles, rempli de parfum; 63 un taureau, un bélier, un agneau d'un an pour l'holocauste; 64 un bouc pour le sacrifice pour le péché; 65 et, pour le sacrifice de paix, deux boeufs, cinq béliers, cinq boucs et cinq agneaux. Tel

fut le présent d'Avidân, fils de Guidéoni.

66 Le dixième jour, ce fut le chef des fils de Dan, Ahiézer, fils de Ammishaddaï. 67 Son présent consistait en : un plat d'argent d'un poids de 130 sicles, un bassin d'argent de 70 sicles — en sicles du sanctuaire — tous deux remplis de farine pétrie à l'huile pour l'offrande; 68 un gobelet d'or de dix sicles, rempli de parfum; 69 un taureau, un bélier, un agneau d'un an pour l'holocauste; 70 un bouc pour le sacrifice pour le péché; 71 et, pour le sacrifice de paix, deux boeufs, cinq béliers, cinq boucs et cinq agneaux d'un an. Tel fut le présent d'Ahiézer, fils de Ammishaddaï.

72 Le onzième jour, ce fut le chef des fils d'Asher, Paguiël, fils de Okrân. 73 Son présent consistait en : un plat d'argent d'un poids de 130 sicles, un bassin d'argent de 70 sicles — en sicles du sanctuaire — tous deux remplis de farine pétrie à l'huile pour l'offrande; 74 un gobelet d'or de dix sicles, rempli de parfum; 75 un taureau, un bélier, un agneau d'un an pour l'holocauste; 76 un bouc pour le sacrifice pour le péché; 77 et, pour le sacrifice de paix, deux boeufs, cinq béliers, cinq boucs et cinq agneaux d'un an. Tel fut le présent de Paguiël, fils de Okrân.

78 Le douzième jour, ce fut le chef des fils de Nephtali, Ahira, fils de Einân. 79 Son présent consistait en : un plat d'argent d'un poids de 130 sicles, un bassin d'argent de 70 sicles — en

sicles du sanctuaire — tous deux remplis de farine pétrie à l'huile pour l'offrande; 80 un gobelet d'or de dix sicles, rempli de parfum; 81 un taureau, un bélier, un agneau d'un an pour l'holocauste; 82 un bouc pour le sacrifice pour le péché; 83 et, pour le sacrifice de paix, deux boeufs, cinq béliers, cinq boucs et cinq agneaux d'un an. Tel fut le présent d'Ahira, fils de Einân.

84 Telle fut l'offrande des chefs d'Israël pour la dédicace de l'autel le jour où l'on en fit l'onction : douze plats d'argent, douze bassins d'argent, douze gobelets d'or. 85 Chaque plat d'argent pesait 130 sicles et chaque bassin 70 sicles. Ces objets faisaient au total 2.400 sicles d'argent, en sicles du sanctuaire, 86 douze gobelets d'or remplis de parfum pesant dix sicles chacun — en sicles du sanctuaire. Les gobelets faisaient au total 120 sicles d'or. 87 Le gros bétail destiné à l'holocauste comprenait au total douze taureaux, douze béliers et douze agneaux d'un an, avec les offrandes requises; et douze boucs pour le sacrifice pour le péché. 88 Le gros bétail destiné au sacrifice de paix comprenait au total 24 boeufs, 60 béliers, 60 boucs et 60 agneaux d'un an. Telle fut l'offrande pour la dédicace de l'autel après qu'on en eut fait l'onction.

89 Quand Moïse entrait dans la *tente de la rencontre pour parler avec le Seigneur, il entendait la voix lui parler du haut du propitiatoire, d'entre les deux *chérubins — le propitiatoire était sur l'*arche de la charte. Et il lui parlait[1].

Les lampes du chandelier

8 1 Le Seigneur dit à Moïse : 2 « Parle à Aaron et dis-lui : Quand tu allumeras les lampes, les sept lampes devront éclairer le devant du chandelier[2]. » 3 C'est ce que fit Aaron : sur le devant du chandelier, il alluma les lampes comme le Seigneur l'avait ordonné à Moïse. 4 Voici comment était fait le chandelier : il était en or forgé, forgé de la base à la fleur. On avait fait ce chandelier selon le modèle que le Seigneur avait montré à Moïse.

La consécration des lévites

5 Le Seigneur dit à Moïse : 6 « Prends les *lévites parmi les fils d'Israël et *purifie-les. 7 Voici comment tu agiras à leur égard pour les purifier : fais sur eux une aspersion d'eau lustrale[3]; qu'ils se passent un rasoir sur tout le corps, qu'ils lavent leurs vêtements et qu'ils se purifient. 8 Ils prendront un taureau avec l'offrande[4] requise de farine pétrie à l'huile. Et tu prendras un deuxième taureau pour le sacrifice pour le péché. 9 Tu feras avancer les lévites devant la *tente de la rencontre et tu ras-

---

1. *propitiatoire* : voir Ex 25.17 et la note. — *Et il lui parlait* : le sujet est probablement Moïse, qui parle au Seigneur; mais ce pourrait aussi être le Seigneur, parlant à Moïse.
2. Voir Ex 25.31 et la note. Les lampes à huile doivent être placées de telle manière que la mèche soit tournée vers l'avant.
3. *eau lustrale* : autre traduction *eau qui purifie du péché*; il s'agit peut-être de l'eau décrite au chap. 19 (malgré un nom hébreu différent), ou encore de celle mentionnée en Lv 14.
4. *offrande* : voir au glossaire SACRIFICES.

sembleras toute la communauté d'Israël. 10 Tu feras avancer les lévites devant le Seigneur et les fils d'Israël leur imposeront les mains[1]. 11 Puis Aaron présentera les lévites comme une offrande présentée au Seigneur par les fils d'Israël et ils seront destinés à assurer le culte du Seigneur. 12 Les lévites poseront leurs mains sur la tête des taureaux. Offre les taureaux au Seigneur, l'un en sacrifice pour le péché et l'autre en holocauste[2], pour faire sur les lévites le rite d'absolution. 13 Tu placeras les lévites devant Aaron et devant ses fils, et tu les présenteras comme une offrande présentée au Seigneur. 14 Parmi les fils d'Israël, tu mettras à part les lévites et ils m'appartiendront. 15 Après quoi les lévites viendront servir la tente[3] de la rencontre. Tu les purifieras donc et tu les présenteras comme une offrande présentée. 16 Car ils me sont donnés, vraiment donnés, parmi les fils d'Israël : je me les réserve en échange de tous ceux qui sont nés d'un premier enfantement, c'est-à-dire de tous les premiers-nés des fils d'Israël. 17 Car tout premier-né chez les fils d'Israël m'appartient, tant chez les hommes que chez les bêtes. Le jour où j'ai frappé tous les premiers-nés dans le pays d'Egypte, je me les suis consacrés. 18 Mais je prends les lévites en échange

de tous les premiers-nés des fils d'Israël 19 et je les donne à Aaron et à ses fils; parmi les fils d'Israël, les lévites leur sont donnés pour assurer le culte des fils d'Israël dans la tente de la rencontre et pour faire sur eux le rite d'absolution. Ainsi les fils d'Israël ne seront plus frappés par un fléau pour s'être approchés du lieu saint[1]. »

20 C'est ce que firent Moïse, Aaron et toute la communauté des fils d'Israël à l'égard des lévites. Les fils d'Israël firent à leur égard exactement ce que le Seigneur avait ordonné à Moïse au sujet des lévites. 21 Les lévites firent leur purification et lavèrent leurs vêtements. Aaron les présenta comme une offrande présentée au Seigneur et fit sur eux le rite d'absolution pour les purifier. 22 Après quoi, les lévites allèrent prendre leur service dans la tente de la rencontre, sous les yeux d'Aaron et de ses fils. On fit à l'égard des lévites ce que le Seigneur avait ordonné à Moïse à leur sujet.

23 Le Seigneur dit à Moïse : 24 « Voici les dispositions concernant les lévites : à partir de l'âge de 25 ans, le lévite est tenu d'accomplir son service en assurant les travaux de la tente de la rencontre. 25 À l'âge de 50 ans, il quittera le service actif : il ne travaillera plus. 26 Il assistera ses frères pour faire le service dans la tente de la rencontre, mais il ne fera pas de travaux. Telles sont les dispositions que tu prendras pour le service des lévites. »

---

1. La signification de ce geste était probablement la suivante : en *imposant les mains* sur les lévites, les autres Israélites s'identifient à eux et montrent qu'ils s'offrent eux-mêmes à Dieu en la personne des lévites. Comparer le v. 12, et voir au glossaire IMPOSER LES MAINS.
2. *holocauste* : voir au glossaire SACRIFICES.
3. *servir la tente* : quelques manuscrits hébreux, le texte samaritain et l'ancienne version grecque emploient la formule habituelle *assurer le service de la tente*.

1. Comparer 1.53 et la note.

La date de la célébration de la Pâque

9 1 Le SEIGNEUR parla à Moïse dans le désert du Sinaï; c'était la deuxième année après leur sortie du pays d'Egypte, le premier mois. Il dit : 2 « Que les fils d'Israël célèbrent la *Pâque à la date fixée. 3 C'est à la date du quatorze de ce mois, au crépuscule[1], que vous la célébrerez. Vous la célébrerez en suivant exactement le rituel de la Pâque et ses coutumes. » 4 Moïse dit aux fils d'Israël de célébrer la Pâque. 5 Ils la célébrèrent, dans le désert du Sinaï, le quatorze du premier mois au crépuscule. Les fils d'Israël firent exactement ce que le SEIGNEUR avait ordonné à Moïse.

6 Or quelques hommes se trouvaient en état d'*impureté pour avoir touché un mort; ne pouvant célébrer la Pâque ce jour-là, ils s'adressèrent le jour même à Moïse et Aaron. 7 « Nous sommes en état d'impureté, lui dirent-ils, pour avoir touché un mort; pourquoi nous est-il interdit d'apporter notre présent au SEIGNEUR à la date fixée comme tous les fils d'Israël ? » 8 — « Attendez, leur dit Moïse, que j'apprenne ce que le SEIGNEUR ordonne dans votre cas. » 9 Le SEIGNEUR dit à Moïse : 10 « Parle en ces termes aux fils d'Israël : Lorsqu'un homme sera en état d'impureté pour avoir touché un mort ou qu'il sera en voyage au loin — ceci vaut pour vous comme pour vos descendants — il célébrera la Pâque en l'honneur du SEIGNEUR. 11 Mais c'est le quatorze du second mois, au crépuscule, que ces hommes la célébreront; ils mangeront l'agneau avec des pains sans *levain et des herbes amères. 12 Ils n'en garderont rien pour le matin. Ils n'en briseront pas les os; ils célébreront la Pâque en se conformant exactement à son rituel. 13 Mais si un homme qui se trouve en état de pureté et qui n'est pas en voyage néglige de célébrer la Pâque, celui-là sera retranché de sa parenté[1]; pour n'avoir pas apporté son présent au SEIGNEUR à la date fixée, cet homme supportera les conséquences de son péché. 14 Si un émigré qui séjourne chez vous célèbre la Pâque en l'honneur du SEIGNEUR, il suivra le rituel de la Pâque et ses coutumes; vous aurez un seul rituel, pour l'émigré comme pour l'indigène du pays. »

La nuée couvre la demeure sainte

15 Le jour où l'on dressa la *demeure, la nuée[2] couvrit la demeure, c'est-à-dire la *tente de la *charte. Le soir, elle était sur la demeure avec l'apparence d'un feu, et ainsi jusqu'au matin. 16 Ainsi en était-il constamment; la nuée couvrait la demeure et, pendant la nuit, elle avait l'apparence d'un feu. 17 Chaque fois que la nuée s'élevait au-dessus de la tente, aussitôt les fils d'Israël partaient; et à l'endroit où la nuée se posait, c'est là que les fils d'Israël campaient. 18 Sur l'ordre du SEIGNEUR, les fils d'Israël partaient;

---

1. *retranché de sa parenté* : voir Gn 17.14 et la note.
2. *la nuée* : voir Ex 13.21 et la note : 40.34.

sur l'ordre du Seigneur, ils campaient. Aussi longtemps que la nuée demeurait sur la demeure, ils campaient. 19 Lorsque la nuée restait longuement sur la demeure, les fils d'Israël assuraient le service du Seigneur et ne partaient pas. 20 Parfois, la nuée ne restait que peu de jours sur la demeure. — Sur l'ordre du Seigneur, ils campaient; sur l'ordre du Seigneur, ils partaient. — 21 D'autres fois, la nuée ne restait que du soir au matin; quand elle s'élevait le matin, ils partaient. Ou encore, elle restait un jour et une nuit; quand elle s'élevait, ils partaient. 22 Tant que la nuée s'attardait sur la demeure, que ce fût deux jours, un mois ou plus longtemps, les fils d'Israël campaient et ne partaient pas; quand elle s'élevait, ils partaient. 23 Sur l'ordre du Seigneur, ils campaient; sur l'ordre du Seigneur, ils partaient. Ils assuraient le service du Seigneur conformément aux instructions que le Seigneur avait données par l'intermédiaire de Moïse.

Les trompettes d'argent

10 1 Le Seigneur dit à Moïse : 2 « Fais faire deux trompettes d'argent — tu les feras en métal forgé —; elles te serviront à convoquer la communauté et à faire partir les camps. 3 Quand on jouera de ces trompettes, c'est toute la communauté qui se rassemblera auprès de toi à l'entrée de la *tente de la rencontre. 4 Si on ne joue que d'une trompette, ce sont les responsables, les chefs des milliers d'Israël[1], qui se rassembleront auprès de toi. 5 Quand vous donnerez un signal modulé[1], les camps stationnés à l'est partiront. 6 Quand vous donnerez un deuxième signal modulé, les camps stationnés au sud partiront[2]. On donnera un signal modulé pour les départs. 7 Tandis que pour convoquer l'assemblée, vous donnerez un signal continu et non pas modulé. 8 Ce sont les fils d'Aaron, les prêtres, qui joueront de ces trompettes; elles vous serviront pour un rituel immuable pour toutes les générations. 9 Quand, dans votre pays, vous partirez en guerre contre l'ennemi qui vous harcèle, vous ferez donner par ces trompettes un signal modulé. De la sorte, vous vous rappellerez à l'attention du Seigneur votre Dieu, et vous serez délivrés de vos ennemis. 10 Quand vous aurez un jour de réjouissance, des solennités, des *néoménies, vous jouerez de ces trompettes pour accompagner vos holocaustes[3] et vos sacrifices de paix; elles serviront à vous rappeler à l'attention de votre Dieu. Je suis le Seigneur votre Dieu. »

L'ordre des tribus dans les déplacements

11 La deuxième année, le vingt du deuxième mois, la nuée s'éleva au-dessus de la *demeure de la *charte. 12 Les fils d'Israël partirent du désert du Sinaï chacun à

---

1. *milliers d'Israël* : voir 1.16 et la note.

1. *signal modulé* : la signification de l'expression hébraïque est discutée; autres traductions *sonnerie éclatante* ou *sonnerie accompagnée d'acclamations.*
2. Les versions anciennes poursuivent ici l'énumération et parlent des troisième et quatrième sonneries, donnant le départ aux camps situés à l'ouest et au nord.
3. *holocaustes* : voir au glossaire SACRIFICES.

son tour et la nuée séjourna dans le désert de Parân. 13 C'était la première fois qu'ils partaient sur l'ordre du Seigneur transmis par Moïse. 14 En premier lieu partit le groupe du camp des fils de Juda avec ses armées. L'armée des fils de Juda était sous les ordres de Nahshôn, fils de Amminadav, 15 l'armée de la tribu des fils d'Issakar, sous les ordres de Netanel, fils de Çouar, 16 l'armée de la tribu des fils de Zabulon, sous les ordres d'Eliav, fils de Hélôn. 17 La demeure fut démontée; les fils de Guershôn et les fils de Merari partirent en portant la demeure.

18 Le groupe du camp de Ruben partit avec ses armées; l'armée de Ruben était sous les ordres d'Eliçur, fils de Shedéour, 19 l'armée de la tribu des fils de Siméon, sous les ordres de Sheloumiël, fils de Çourishaddaï, 20 l'armée de la tribu des fils de Gad, sous les ordres d'Elyasaf, fils de Déouël. 21 Ensuite partirent les Qehatites portant le *sanctuaire; les autres dressaient la demeure avant qu'ils arrivent. 22 Ensuite partit le groupe du camp des fils d'Ephraïm avec ses armées. L'armée des fils d'Ephraïm était sous les ordres d'Elishama, fils de Ammihoud, 23 l'armée de la tribu des fils de Manassé, sous les ordres de Gameliël, fils de Pedahçour, 24 l'armée de la tribu des fils de Benjamin, sous les ordres d'Avidân, fils de Guidéoni. 25 Enfin, partit en arrière-garde de tous les camps, le groupe du camp des fils de Dan, avec ses armées. L'armée des fils de Dan était sous les ordres d'Ahiézer, fils de Ammishaddaï, 26 l'armée de la tribu des fils d'Asher, sous les ordres de Paguiël, fils de Okrân, 27 l'armée de la tribu des fils de Nephtali, sous les ordres d'Ahira, fils de Einân. 28 C'est dans cet ordre que partirent les fils d'Israël avec leurs armées. Ils partirent ...

Moïse cherche un guide pour le voyage

29 Moïse dit à Hobab, fils de Réouël le Madianite, son beau-père[1] : « Nous partons pour la contrée dont le Seigneur a dit : Je vous la donne. Viens avec nous. Nous te ferons profiter du bonheur que le Seigneur a promis à Israël. » 30 Hobab lui répondit : « Je n'irai pas; c'est dans mon pays que je veux aller, dans ma parenté. » 31 Moïse reprit : « Ne nous abandonne pas ! Etant donné que tu connais les endroits où nous pouvons camper dans le désert, tu nous serviras de guide. 32 Et si tu viens avec nous, lorsque nous arrivera ce bonheur que le Seigneur veut nous accorder, nous t'en ferons profiter. »

33 Ils partirent de la montagne du Seigneur pour une marche de trois jours. L'*arche de l'alliance du Seigneur était partie devant eux pour cette marche de trois jours afin de reconnaître l'endroit où ils pourraient camper. 34 La nuée du Seigneur les couvrait pendant le jour, au moment où ils quittaient le campement.

35 Quand l'arche partait, Moïse disait : « Lève-toi, Seigneur ! Tes ennemis se disperseront, tes adversaires s'enfuiront devant toi ! »

---

1. D'après Ex 2.18-21, c'est *Réouël* qui est le *beau-père* de Moïse; d'après Jg 1.16; 4.11, c'est *Hobab*. Comparer encore Ex 3.1.

36 Et quand elle faisait halte, il disait : « Reviens, Seigneur … ! Innombrables sont les milliers d'Israël ! »

Les Israélites à Tavééra

11 1 Un jour le peuple se livra à des lamentations, ce que le Seigneur entendit avec déplaisir. En les entendant le Seigneur s'enflamma de colère. Le feu du Seigneur ravagea le peuple et dévora un bout du camp. 2 Le peuple lança des cris vers Moïse qui intercéda auprès du Seigneur; et le feu se calma. 3 On donna à cet endroit le nom de Tavééra[1] parce que le feu du Seigneur avait ravagé les fils d'Israël.

Le peuple réclame de la viande

4 Il y avait parmi eux un ramassis de gens qui furent saisis de convoitise; et les fils d'Israël eux-mêmes recommencèrent à pleurer : « Qui nous donnera de la viande à manger ? 5 Nous nous rappelons le poisson que nous mangions pour rien en Egypte, les concombres, les pastèques, les poireaux, les oignons, l'ail ! 6 Tandis que maintenant notre vie s'étiole; plus rien de tout cela ! Nous ne voyons plus que la manne. » 7 La manne ressemblait à la graine de coriandre; son aspect était celui de bdellium[2]. 8 Le peuple se dispersait pour la ramasser; ensuite on l'écrasait à la meule ou on la pilait dans un mortier; on la faisait cuire dans des marmites et on en faisait des galettes. Elle avait le goût de gâteau à l'huile. 9 Lorsque la rosée se déposait sur le camp pendant la nuit, la manne s'y déposait aussi. 10 Moïse entendit le peuple qui pleurait, groupé par clans, chacun à l'entrée de sa tente. Le Seigneur s'enflamma d'une vive colère et Moïse prit mal la chose. 11 « Pourquoi, dit-il au Seigneur, veux-tu du mal à ton serviteur ? Pourquoi suis-je en disgrâce devant toi au point que tu m'imposes le fardeau de tout ce peuple ? 12 Est-ce moi qui ai conçu tout ce peuple ? Moi qui l'ai mis au monde ? Pour que tu me dises : Porte-le sur ton coeur comme une nourrice porte un petit enfant, et cela jusqu'au pays que tu as promis à ses pères ? 13 Où trouverais-je de la viande pour en donner à tout ce peuple qui me poursuit de ses pleurs et me dit : Donne-nous de la viande à manger ? 14 Je ne puis plus, à moi seul, porter tout ce peuple; il est trop lourd pour moi. 15 Si c'est ainsi que tu me traites, fais-moi plutôt mourir — si du moins j'ai trouvé grâce à tes yeux ! Que je n'aie plus à subir mon triste sort ! » 16 Le Seigneur dit à Moïse : « Rassemble-moi 70 des *anciens d'Israël, les hommes dont tu sais qu'ils sont des anciens et des magistrats du peuple, tu les amèneras à la *tente de la rencontre; ils s'y présenteront avec toi. 17 J'y descendrai et je te parlerai; je prélèverai un peu de l'esprit qui est en toi pour le mettre en eux; ils porteront alors avec toi le fardeau du peuple et tu ne seras plus seul à le porter. 18 Et au peuple tu diras : *Sancti-

---

1. Ce nom est dérivé du verbe hébreu traduit ici par *ravager* (par le feu).
2. Sur la *manne*, voir Ex 16; sur la *coriandre*, voir Ex 16.31 et la note; sur le *bdellium*, voir Gn 2.12 et la note.

fiez-vous pour demain et soyez en état de manger de la viande. Car vous avez fait entendre cette plainte au Seigneur : Qui nous donnera de la viande à manger ? Nous étions si bien en Egypte ! Le Seigneur va donc vous donner de la viande, vous allez en manger; 19 et vous n'en mangerez pas seulement un jour ou deux, ni même cinq, dix ou vingt, 20 mais tout un mois, jusqu'à ce qu'elle vous sorte par les narines, jusqu'à ce que vous en ayez la nausée. Tout cela parce que vous avez rejeté le Seigneur qui est au milieu de vous et parce que vous avez présenté cette plainte : Pourquoi donc sommes-nous sortis d'Egypte ? »

21 Moïse reprit : « Il compte 600 milliers de fantassins, ce peuple au milieu duquel je me trouve; et tu dis : Je vais leur donner de la viande et ils auront à manger pendant tout un mois ! 22 Quand même on abattrait pour eux petit et gros bétail, cela leur suffirait-il ? Tous les poissons de la mer, si on pouvait les pêcher pour eux, leur suffiraient-ils ? » 23 Le Seigneur dit à Moïse : « Le bras[1] du Seigneur serait-il si court ? Tu vas voir maintenant si ma parole se réalise ou non pour toi. »

Dieu donne de son Esprit aux 70 anciens

24 Moïse sortit de la *tente et rapporta au peuple les paroles du Seigneur; il rassembla 70 des *anciens du peuple qu'il plaça autour de la tente. 25 Le Seigneur descendit dans la nuée et lui parla; il préleva un peu de l'esprit qui était en Moïse pour le donner aux 70 anciens. Dès que l'esprit se posa sur eux, ils se mirent à *prophétiser, mais ils ne continuèrent pas. 26 Deux hommes étaient restés dans le camp; ils s'appelaient l'un Eldad, l'autre Médad; l'esprit se posa sur eux — ils étaient en effet sur la liste, mais ils n'étaient pas sortis pour aller à la tente — et ils prophétisèrent dans le camp. 27 Un garçon courut avertir Moïse : « Eldad et Médad sont en train de prophétiser dans le camp ! » 28 Josué fils de Noun, qui était au service de Moïse depuis sa jeunesse, intervint : « Moïse, mon seigneur, arrête-les ! » 29 Moïse répliqua : « Serais-tu jaloux pour moi ? Si seulement tout le peuple du Seigneur devenait un peuple de prophètes sur qui le Seigneur aurait mis son esprit ! » 30 Moïse se retira dans le camp ainsi que les anciens d'Israël.

Qivroth-Taawa : les cailles

31 Un vent envoyé par le Seigneur se leva; de la mer, il amena des cailles qu'il abattit sur le camp et tout autour, sur une distance d'un jour de marche de chaque côté du camp; elles couvraient le sol sur deux coudées[1] d'épaisseur. 32 Le peuple fut debout tout ce jour-là, toute la nuit et tout le lendemain pour ramasser les cailles. Celui qui en ramassa le moins en eut dix homers, ils les étalèrent[2] partout autour du camp. 33 La viande était

---

1. *Le bras*, ou *la main*, symbolisant la puissance.

1. *coudées* : voir au glossaire POIDS ET MESURES.
2. *homers* : voir au glossaire POIDS ET MESURES. — *Ils les étalèrent* : pour les faire sécher et les conserver.

encore entre leurs dents, ils n'avaient pas fini de la mâcher, que le Seigneur s'enflamma de colère contre le peuple et lui porta un coup très fort[1]. 34 On donna à cet endroit le nom de Qivroth-Taawa — Tombes de la Convoitise; car c'est là qu'on enterra la foule de ceux qui avaient été saisis de convoitise.

Miryam frappée de la lèpre

35 De Qivroth-Taawa, le peuple partit pour Hacéroth. Ils étaient à Hacéroth

12 1 quand Miryam — et de même Aaron — critiqua Moïse à cause de la femme koushite qu'il avait épousée; car il avait épousé une Koushite[2]. 2 Ils dirent : « Est-ce donc à Moïse seul que le Seigneur a parlé ? Ne nous a-t-il pas parlé à nous aussi ? » Et le Seigneur l'entendit. 3 Moïse était un homme très humble, plus qu'aucun homme sur terre. 4 Soudain, le Seigneur dit à Moïse, Aaron et Miryam : « Allez tous les trois à la *tente de la rencontre. » Ils y allèrent tous les trois. 5 Le Seigneur descendit dans une colonne de nuée[3] et se tint à l'entrée de la tente; il appela Aaron et Miryam et tous deux s'avancèrent. 6 Il dit : « Ecoutez donc mes paroles : S'il y a parmi vous un prophète, c'est par une vision que moi, le Seigneur, je me fais connaître à lui, c'est dans un songe que je lui parle. 7 Il n'en va pas de même pour mon serviteur Moïse, lui qui est mon homme de confiance pour toute ma maison : 8 je lui parle de vive voix — en me faisant voir — et non en langage caché; il voit la forme du Seigneur. Comment donc osez-vous critiquer mon serviteur Moïse ? »

9 Le Seigneur s'enflamma de colère contre eux et s'en alla. 10 La nuée se retira de dessus la tente et voilà que Miryam avait la *lèpre : elle était blanche comme la neige. Aaron se tourna vers elle et vit qu'elle avait la lèpre. 11 Il dit à Moïse : « Oh ! mon seigneur, je t'en prie, ne fais pas retomber sur nous le péché que nous avons commis, insensés et pécheurs que nous sommes ! 12 Oh ! que Miryam ne devienne pas comme l'enfant mort-né dont la chair est à moitié rongée lorsqu'il sort du sein de sa mère ! » 13 Moïse cria vers le Seigneur : « O Dieu, daigne la guérir ! » 14 Et le Seigneur dit à Moïse : « Si son père lui avait craché au visage, ne serait-elle pas couverte de honte pendant sept jours ? Qu'elle soit donc exclue du camp pendant sept jours; après quoi elle reprendra sa place. » 15 On exclut donc Miryam du camp pendant sept jours et le peuple ne partit pas avant qu'elle eût repris sa place. 16 Après quoi, le peuple partit de Hacéroth; et ils campèrent dans le désert de Parân.

---

1. *lui porta un coup très fort* : autres traductions *le frappa d'une plaie* ou *d'un fléau*; il pourrait s'agir d'une épidémie.
2. *Koushite* pourrait désigner une femme appartenant à la tribu madianite de *Koushân*. On ne sait pas s'il s'agit de Cippora, épouse madianite de Moïse (Ex 2.21), ou d'une autre femme que celui-ci aurait épousée.
3. *nuée* : voir Ex 13.21 et la note.

Moïse envoie des espions en Canaan

13 1 Le SEIGNEUR parla à Moïse : 2 « Envoie des hommes pour explorer le pays de Canaan que je donne aux fils d'Israël; vous enverrez un homme par tribu, chacun pour la tribu de ses pères; ils seront tous pris parmi les responsables des fils d'Israël. » 3 Depuis le désert de Parân, Moïse les envoya donc sur l'ordre du SEIGNEUR; tous ces hommes étaient des chefs des fils d'Israël. 4 Voici leurs noms : pour la tribu de Ruben, Shammoua, fils de Zakkour : 5 pour la tribu de Siméon, Shafath, fils de Hori, 6 pour la tribu de Juda, Caleb, fils de Yefounnè; 7 pour la tribu d'Issakar, Yiguéal, fils de Joseph; 8 pour la tribu d'Ephraïm, Hoshéa, fils de Noun; 9 pour la tribu de Benjamin, Palti, fils de Rafou; 10 pour la tribu de Zabulon, Gaddiël, fils de Sodi; 11 pour la tribu de Joseph — tribu de Manassé — Gaddi, fils de Soussi; 12 pour la tribu de Dan, Ammiël, fils de Guemalli; 13 pour la tribu d'Asher, Setour, fils de Mikaël; 14 pour la tribu de Nephtali, Nahbi, fils de Wofsi; 15 pour la tribu de Gad, Guéouël, fils de Maki. 16 Tels étaient les noms des hommes que Moïse envoya pour explorer le pays; à Hoshéa, fils de Noun, Moïse donna le nom de Josué[1].

17 Moïse les envoya explorer le pays de Canaan. « Montez-y par le Néguev, leur dit-il; vous gravirez la montagne[1] 18 et vous verrez comment est le pays et si le peuple qui l'habite est fort ou faible, si la population est rare ou nombreuse. 19 Vous verrez si le pays habité par ce peuple est bon ou mauvais et si les villes qu'il habite sont des camps ou des forteresses. 20 Vous verrez si le pays est fertile ou pauvre, boisé ou non. Soyez assez hardis pour prendre des fruits du pays. » — C'était en effet la saison des premiers raisins. 21 Ils montèrent et explorèrent le pays depuis le désert de Cîn jusqu'à Rehov près de Lebo-Hamath[2]. 22 Ils montèrent par le Néguev et arrivèrent jusqu'à Hébron où vivaient Ahimân, Shéshaï et Talmaï, descendants des Anaqites — Hébron avait été bâtie sept ans avant Tanis en Egypte[3]. 23 Ils arrivèrent jusqu'à la vallée d'Eshkol[4] où ils coupèrent une branche de vigne avec une grappe de raisin qu'ils portèrent à deux au moyen d'une perche. Ils prirent aussi des grenades et des figues. 24 On appela cet endroit vallée d'Eshkol — vallée de la Grappe — à cause de la grappe que les fils d'Israël y cueillirent.

---

1. Les deux noms *Hoshéa* et *Josué* proviennent de la même racine hébraïque et signifient tous ces deux *le Seigneur sauve*. — Josué apparaît déjà dans le récit d'Ex 17.8-16.

1. Sur *le Néguev*, voir Gn 12.9 et la note. — La *montagne* désigne ici les monts de Judée, qui constituent le sud de la Palestine.
2. *désert de Cîn* : région située au sud des monts de Judée (voir note précédente). *Rehov, Lebo-Hamath* : localités situées dans le nord du pays de Canaan.
3. Les *Anaqites* étaient d'anciens habitants de Canaan, qui passaient pour être des géants, voir v. 33. — La ville égyptienne de *Tanis* a été reconstruite durant la seconde moitié du dix huitième siècle av. J. C. (voir Es 19.11 et la note).
4. Voir v. 24; vallée située au nord d'Hébron.

Les espions font leur rapport

25 Ils revinrent de leur exploration du pays au bout de 40 jours. 26 Ils vinrent trouver Moïse, Aaron et toute la communauté des fils d'Israël dans le désert de Parân, à Qadesh[1]. Ils leur rendirent compte ainsi qu'à toute la communauté et leur montrèrent les fruits du pays. 27 Ils firent ce récit à Moïse : « Nous sommes allés dans le pays où tu nous as envoyés et vraiment c'est un pays ruisselant de lait et de miel[2] ; en voici les fruits ! 28 Cependant le peuple qui l'habite est puissant, les villes sont d'immenses forteresses et nous y avons même vu les descendants des Anaqites. 29 Amaleq habite la région du Néguev ; les Hittites, les Jébusites et les *Amorites habitent la montagne et les Cananéens habitent près de la mer[3] et le long du Jourdain. » 30 Caleb fit taire le peuple qui s'opposait à Moïse : « Allons-y ! dit-il, montons et emparons-nous du pays ; nous arriverons certainement à le soumettre. » 31 Mais les hommes qui étaient montés avec lui dirent : « Nous ne pouvons attaquer ce peuple, car il est plus fort que nous. » 32 Et ils se mirent à décrier devant les fils d'Israël le pays qu'ils avaient exploré : « Le pays que nous avons parcouru pour l'explorer, disaient-ils, est un pays qui dévore ses habitants[4] et tous les gens que nous y avons vus étaient des hommes de grande taille. 33 Et nous y avons vu ces géants, les fils de Anaq, de la race des géants ; nous nous voyions comme des sauterelles et c'est bien ainsi qu'eux-mêmes nous voyaient. »

Le peuple refuse d'entrer en Canaan

14 1 Toute la communauté fit chorus et poussa des cris ; et le peuple passa la nuit à pleurer. 2 Tous les fils d'Israël protestèrent contre Moïse et Aaron ; la communauté tout entière leur dit : « Ah ! Si nous étions morts dans le pays d'Egypte ! Ou si du moins nous étions morts dans ce désert ! 3 Pourquoi le Seigneur nous mène-t-il dans ce pays où nous tomberons sous l'épée ? Nos femmes et nos enfants seront capturés. Ne ferions-nous pas mieux de retourner en Egypte ! » 4 Ils se dirent l'un à l'autre : « Nommons un chef et retournons en Egypte ! » 5 Moïse et Aaron se jetèrent face contre terre devant toute la communauté des fils d'Israël assemblés. 6 Josué, fils de Noun, et Caleb, fils de Yefounnè, qui avaient prit part à l'exploration du pays, *déchirèrent leurs vêtements. 7 Ils dirent à toute la communauté des fils d'Israël : « Ce pays que nous avons parcouru pour l'explorer, est un très, très beau pays ! 8 Si le Seigneur nous favorise, il nous mènera dans ce pays et nous le donnera, ce pays ruisselant de lait et de miel. 9 Ne vous révoltez donc pas contre le Seigneur ; ne craignez pas les gens de ce pays ; nous en

---

1. *Qadesh* (ou *Qadesh-Barnéa*, Dt 1.2 ; aujourd'hui Ayn Qédeis) est une oasis située à la limite du *désert de Parân* et du *désert de Çîn* (v. 21).
2. *pays ruisselant de lait et de miel* : voir Ex 3.8 et la note.
3. Il s'agit ici de la *mer Méditerranée*.
4. *un pays qui dévore ses habitants* (voir Lv 26.38 ; Ez 36.13-16) : la formule désigne soit un pays malsain, soit un pays où règne continuellement la guerre.

ferons qu'une bouchée ! L'ombre de leurs dieux[1] s'est éloignée d'eux alors que le Seigneur est avec nous. Ne les craignez pas !»

Moïse demande pardon pour le peuple

10 Toute la communauté parlait de les lapider, quand la gloire du Seigneur apparut à tous les fils d'Israël sur la *tente de la rencontre. 11 Le Seigneur parla à Moïse : «Jusqu'à quand ce peuple me méprisera-t-il ? Jusqu'à quand refusera-t-il de croire en moi, en dépit de tous les signes que j'ai opérés au milieu d'eux ? 12 Je vais le frapper de la peste et le priver de son héritage; et de toi je ferai un peuple plus grand et plus puissant que lui.» 13 Moïse dit au Seigneur : «Les Egyptiens ont appris que c'est ta puissance qui a fait monter ce peuple de chez eux, 14 et ils l'ont dit aux habitants de ce pays; ceux-ci ont appris que toi, le Seigneur, tu es au milieu de ce peuple; que c'est toi, le Seigneur, qui te montres à eux les yeux dans les yeux; ta nuée se tient au-dessus d'eux; toi-même, tu les précèdes le jour dans une colonne de nuée, la nuit dans une colonne de feu. 15 Et tu ferais mourir ce peuple comme un seul homme ! Alors les peuples qui ont appris ta renommée diraient : 16 Le Seigneur n'était pas capable de faire entrer ce peuple dans le pays qu'il leur avait promis; voilà pourquoi il les a massacrés dans le désert. 17 Dès lors, que la puissance de mon Seigneur se déploie ! Puisque tu as parlé en ces

termes : 18 Je suis le Seigneur, lent à la colère et plein de fidélité, qui supporte la faute et la révolte, mais sans rien laisser passer, et qui poursuit la faute des pères chez les fils sur trois et quatre générations, 19 pardonne donc la faute de ce peuple autant que le commande la grandeur de ton amour et comme tu as supporté ce peuple depuis l'Egypte jusqu'ici[1].»

Le peuple devra passer quarante ans au désert

20 Le Seigneur répondit : «Je pardonne comme tu le demandes. 21 Cependant, aussi vrai que je suis vivant, aussi vrai que la gloire du Seigneur remplit toute la terre, 22 aucun de ces hommes qui ont vu ma gloire et les signes que j'ai opérés en Egypte et dans le désert et qui m'ont mis à l'épreuve dix fois déjà, en ne m'écoutant pas, 23 aucun d'eux, je le jure, ne verra le pays que j'ai promis à leurs pères; aucun de ceux qui m'ont méprisé ne le verra. 24 Mais mon serviteur Caleb, parce qu'un autre esprit l'anime et qu'il m'a suivi sans hésitation, je le mènerai dans le pays où il est allé : ses descendants en prendront possession, 25 tandis que les Amalécites et les Cananéens demeureront dans la plaine. Dès demain, faites demi-tour et partez pour le désert, en direction de la *mer des Joncs.»

26 Le Seigneur parla à Moïse et Aaron : 27 «Jusqu'à quand aurai-je affaire à cette détestable communauté qui ne cesse de pro-

---

1. Comme en Ps 91.1; 121.5, l'*ombre* symbolise ici la protection divine.

1. Comparer la prière de Moïse dans les v. 13-19, à celles d'Ex 32.11-14; Dt 9.25-29.

tester contre moi ? J'ai bien entendu les protestations que les fils d'Israël ne cessent de proférer contre moi. 28 Dis-leur donc : Je le jure, aussi vrai que je suis vivant — oracle du Seigneur — je vais vous traiter d'après ce que je vous ai entendu dire[1]. 29 C'est dans ce désert que tomberont vos cadavres, vous tous qui avez été recensés à partir de l'âge de vingt ans, vous tous tant que vous êtes, vous qui avez protesté contre moi ! 30 Je le jure, vous n'entrerez pas dans le pays où j'avais fait le serment de vous installer ! excepté Caleb, fils de Yefounnè, et Josué, fils de Noun. 31 Quant à vos enfants dont vous disiez qu'ils seraient capturés, je les y mènerai; ils connaîtront le pays dont vous n'avez pas voulu. 32 Mais pour vous, vos cadavres tomberont dans ce désert. 33 Vos fils seront bergers[2] dans le désert pendant 40 ans; ils porteront la peine de vos infidélités jusqu'à ce que vos cadavres soient tous étendus dans ce désert. 34 Comme votre exploration du pays a duré 40 jours, ainsi, à raison d'une année pour un jour, vous porterez pendant 40 ans la peine de vos fautes et vous saurez ce qu'il en coûte d'encourir ma réprobation. 35 Moi, le Seigneur, j'ai parlé, je le jure, c'est ainsi que j'agirai envers toute cette détestable communauté qui s'est liguée contre moi : ils finiront tous dans ce désert; c'est là qu'ils mourront. » 36 Quant aux hommes que Moïse avait envoyés explorer le pays et qui à leur retour, en décriant le pays, avaient excité contre lui toute la communauté, 37 ceux donc qui avaient eu la méchanceté de décrier le pays, ils moururent de mort brutale devant le Seigneur. 38 Josué, fils de Noun, et Caleb, fils de Yefounnè, furent les seuls survivants de ceux qui étaient allés explorer le pays.

Le peuple désobéit de nouveau

39 Moïse rapporta ces paroles à tous les fils d'Israël et le peuple mena grand deuil. 40 Le lendemain, de bon matin, ils montèrent vers les hauteurs des montagnes : « Nous voici, dirent-ils, nous allons monter vers le lieu que le Seigneur a désigné; c'est vrai, nous avons péché. » 41 — « Que faites-vous là ? dit Moïse. Vous enfreignez l'ordre du Seigneur ! Cela ne réussira pas. 42 Ne montez pas, car le Seigneur n'est pas au milieu de vous; n'allez pas vous faire battre par vos ennemis. 43 Les Amalécites et les Cananéens sont là devant vous, et vous tomberez sous leurs épées; puisque vous avez cessé de le suivre, le Seigneur ne sera pas avec vous. »

44 Mais ils se firent fort de monter vers les hauteurs des montagnes, alors que ni l'arche de l'alliance du Seigneur ni Moïse ne bougeaient du camp. 45 Les Amalécites et les Cananéens qui habitaient ces montagnes descendirent, les battirent et les écrasèrent jusqu'à Horma[1].

---

1. *ce que je vous ai entendu dire* : voir v. 2.
2. *bergers* : ce terme évoque ici la vie instable et errante des nomades vivant de l'élevage.

1. *Horma* : localité non identifiée avec certitude, mais située probablement à quelques kilomètres à l'est de Béer-Shéva (voir Gn 21.14 et la note).

L'offrande de farine, d'huile et de vin

15 1 Le Seigneur dit à Moïse : 2 « Parle aux fils d'Israël, dis-leur : Quand vous serez entrés dans le pays où vous aurez vos demeures, le pays que je vais vous donner, 3 lorsque vous offrirez des mets au Seigneur, un holocauste[1] ou un sacrifice de gros ou de petit bétail — soit pour accomplir un vœu, soit comme sacrifice spontané, soit à l'occasion de vos solennités — lors donc que vous offrirez au Seigneur des mets à l'odeur apaisante, 4 celui qui apporte ce présent au Seigneur présentera une offrande d'un dixième de farine pétrie avec un quart de hîn[2] d'huile; 5 et comme vin pour la libation[3], tu offriras un quart de hîn avec l'holocauste ou le sacrifice s'il s'agit d'un agneau. 6 S'il s'agit d'un bélier, tu feras une offrande de deux dixièmes de farine pétrie avec un tiers de hîn d'huile, 7 et un tiers de hîn de vin pour la libation; tu présenteras au Seigneur ces mets à l'odeur apaisante. 8 Si tu offres au Seigneur un taureau en holocauste ou en sacrifice — pour accomplir un vœu ou comme sacrifice de paix — 9 on présentera avec le taureau une offrande de trois dixièmes de farine pétrie avec un demi-hîn d'huile; 10 et comme vin pour la libation, tu présenteras un demi-hîn. Ce seront pour le Seigneur des mets à l'odeur apaisante. 11 Ainsi fera-t-on pour un taureau, pour un bélier, pour un agneau ou une chèvre. 12 Quel que soit le nombre de bêtes que vous offrirez, vous ferez ainsi pour chacune, quel que soit leur nombre. 13 C'est ainsi que tout indigène offrira ses sacrifices, quand il présentera au Seigneur des mets à l'odeur apaisante. 14 Quand un émigré résidera chez vous ou sera au milieu de vous depuis plusieurs générations, s'il offre au Seigneur des mets à l'odeur apaisante, il fera comme vous faites. 15 En tant qu'assemblée, vous aurez un seul rituel pour vous et pour l'émigré qui réside chez vous; ce sera un rituel immuable devant le Seigneur, pour vous comme pour l'émigré, dans tous les âges. 16 Il y aura une seule loi, une seule règle pour vous et pour l'émigré qui réside chez vous. »

L'offrande des premiers pains

17 Le Seigneur dit à Moïse : 18 « Parle aux fils d'Israël et dis-leur : Une fois entrés dans le pays où je vais vous mener, 19 quand vous mangerez du pain du pays, vous prélèverez une redevance pour le Seigneur. 20 Comme *prémices de vos fournées[1], vous prélèverez un gâteau à titre de redevance; vous ferez ce prélèvement comme on fait le prélèvement sur la récolte. 21 Des prémices de vos fournées, vous donnerez une redevance au Seigneur; et ainsi dans tous les âges. »

---

1. *mets, holocauste :* voir au glossaire SACRIFICES.
2. *un dixième :* il s'agit ici d'*un dixième d'épha.* — *Épha, hîn :* voir au glossaire POIDS ET MESURES.
3. *libation :* voir au glossaire SACRIFICES.

1. *fournées :* traduction incertaine; on a aussi traduit *pâte, farine, pétrin.*

Les sacrifices pour un péché involontaire

22 Quand, par mégarde, vous aurez manqué à l'un de ces commandements que le Seigneur a dictés à Moïse 23 — tous ceux que le Seigneur vous a prescrits par l'intermédiaire de Moïse — depuis le jour où le Seigneur les a prescrits et par la suite, de génération en génération, 24 et si cette faute involontaire a été commise à l'insu de la communauté, la communauté entière offrira au Seigneur un taureau en holocauste à l'odeur apaisante, avec l'offrande et la libation[1] requises selon la coutume, ainsi qu'un bouc en sacrifice pour le péché. 25 Le prêtre fera le rite d'absolution pour toute la communauté des fils d'Israël et le pardon leur sera accordé, car c'est une faute involontaire et ils ont apporté leur présent, des mets[2] pour le Seigneur, ainsi que leur sacrifice pour leur faute involontaire. 26 Le pardon sera accordé à toute la communauté des fils d'Israël ainsi qu'à l'émigré qui réside chez eux; car c'est tout le peuple qui est impliqué dans cette faute involontaire. 27 Si c'est une seule personne qui commet une faute involontaire, elle présentera en sacrifice pour le péché une chèvre d'un an. 28 Le prêtre fera devant le Seigneur le rite d'absolution de la faute involontaire pour cette personne qui l'a commise par mégarde; il fera pour elle le rite d'absolution et le pardon lui sera accordé, 29 que ce soit un fils d'Israël, un indigène ou un émigré qui réside chez eux; vous aurez une loi unique pour celui qui commet une faute par mégarde.

30 Mais la personne qui agit délibérément, indigène ou émigrée, celle-là fait injure au Seigneur; cette personne sera retranchée de son peuple[1]. 31 Puisqu'elle a méprisé la parole du Seigneur et violé ses commandements, il faut que cette personne soit retranchée : sa faute lui reste imputée.

Un cas de violation du sabbat

32 Tandis que les fils d'Israël étaient dans le désert, on surprit un homme à ramasser du bois le jour du *sabbat. 33 Ceux qui l'avaient surpris à ramasser du bois l'amenèrent devant Moïse, Aaron et toute la communauté. 34 On le laissa sous bonne garde car on n'avait pas encore statué sur la peine qui lui serait infligée. 35 Alors le Seigneur dit à Moïse : « Cet homme sera mis à mort; toute la communauté le lapidera, en dehors du camp. » 36 Toute la communauté l'emmena hors du camp; on le lapida et il mourut. C'est ce que le Seigneur avait ordonné à Moïse.

La frange des vêtements

37 Le Seigneur dit à Moïse[2] : 38 « Parle aux fils d'Israël, dis-leur de se faire une frange sur les bords de leurs vêtements — ceci pour les générations à venir — et de mettre un fil pourpre dans la frange qui borde le vêtement. 39 Il

---

1. *holocauste, offrande, libation :* voir au glossaire SACRIFICES.
2. *mets :* voir au glossaire SACRIFICES.

1. *retranchée de son peuple :* voir Gn 17.14 et la note.
2. Les v. 37-41, précédés de Dt 6.4-9; 11.13-21, constituent le *Shema,* profession de foi et prière quotidienne des croyants juifs.

vous servira à former la frange;
en le voyant vous vous souviendrez de tous les commandements
du SEIGNEUR, vous les accomplirez
et vous ne vous laisserez pas entraîner par vos coeurs et par vos
yeux qui vous mèneraient à l'infidélité. 40 Ainsi vous penserez à
accomplir tous mes commandements et vous serez saints pour
votre Dieu. 41 Je suis le SEIGNEUR
votre Dieu qui vous ai fait sortir
du pays d'Egypte pour être votre
Dieu. Je suis le SEIGNEUR votre
Dieu. »

La révolte de Coré, Datân et Abirâm

16 1 Coré, fils de Yicehar, fils
de Qehath, fils de Lévi, entraîna Datân et Abirâm, fils
d'Eliav, et One[1], fils de Pèlèth,
descendants de Ruben. 2 Ils s'élevèrent contre Moïse avec 250 des
fils d'Israël; c'étaient des responsables de la communauté, des délégués de l'assemblée, des gens de
renom. 3 Ils s'ameutèrent contre
Moïse et Aaron : « En voilà assez !
leur dirent-ils. Tous les membres
de la communauté sont saints et
le SEIGNEUR est au milieu d'eux;
de quel droit vous élevez-vous
au-dessus de l'assemblée du SEIGNEUR ? »

4 Moïse, en entendant ces propos, se jeta face contre terre.
5 Puis il dit à Coré et à toute la
bande : « Demain matin, le SEIGNEUR fera connaître qui est à lui,
qui est saint et qui est admis à

l'approcher[1]; et celui qu'il aura
choisi, il l'admettra à l'approcher.
6 Faites donc ceci : procurez-vous
des cassolettes, vous, Coré et
toute sa bande, 7 et demain vous
y mettrez du feu; vous mettrez
l'*encens par-dessus en présence
du SEIGNEUR[2]. Et l'homme que
choisira le SEIGNEUR, c'est celui-là
qui est saint. En voilà assez, fils
de Lévi ! »

8 Moïse dit encore à Coré :
« Ecoutez donc, fils de Lévi ! 9 –
Est-ce trop peu pour vous que le
Dieu d'Israël vous ait mis à part
de la communauté d'Israël pour
vous admettre à l'approcher, pour
assurer les travaux de la demeure
du SEIGNEUR et pour représenter
la communauté quand vous officiez pour tous ? 10 Il vous a admis
à l'approcher, toi et tous tes
frères *lévites. Et vous réclamez
encore le sacerdoce ! 11 C'est pour
cela que toi et toute ta bande
vous vous liguez contre le SEIGNEUR ! Et Aaron qu'est-il donc
pour que vous protestiez contre
lui ? »

12 Moïse fit appeler Datân et
Abirâm, les fils d'Eliav, qui déclarèrent : « Nous ne monterons pas
dans le pays. 13 Cela ne te suffit-il
pas de nous avoir fait monter
d'un pays ruisselant de lait et de
miel[3] pour nous faire mourir dans
le désert ? Il faut encore que tu
prétendes   nous   commander

---

1. *One*, personnage dont on ne parle nulle part
ailleurs. Il s'agit peut-être d'une erreur de copiste.

1. *S'approcher du Seigneur* signifie concrètement *s'approcher du *sanctuaire* pour y exercer
ses fonctions. — *Etre saint* et *s'approcher du Seigneur* sont des caractéristiques du prêtre. Les lévites sont admis à *s'approcher du Seigneur* (v. 10),
mais ne sont pas *saints* au même titre que les
prêtres (v. 7).
2. Présenter *l'encens au Seigneur* est une tâche
réservée aux prêtres.
3. *pays ruisselant de lait et de miel* : voir Ex 3.8
et la note. — Ici les adversaires de Moïse utilisent
cette expression pour désigner l'Egypte, alors
qu'elle désigne normalement le pays promis.

14 Non vraiment, tu ne nous as pas menés dans un pays ruisselant de lait et de miel ! Tu ne nous as donné en héritage ni champs ni vignes ! Prends-tu ces gens pour des aveugles[1] ? Nous ne monterons pas ! » 15 Moïse fut pris d'une violente colère. Il dit au Seigneur : « N'aie pas égard à leur offrande[2]. Je ne leur ai pas même pris un âne, je n'ai fait de tort à aucun d'entre eux.

Le châtiment de Coré, Datân et Abirâm

16 Moïse dit à Coré : « Toi et toute ta bande, soyez là demain devant le Seigneur, toi, eux et Aaron. 17 Prenez chacun votre cassolette ; vous y mettrez de l'*encens et chacun de vous présentera devant le Seigneur sa cassolette, en tout 250 cassolettes ; de même Aaron et toi, chacun la sienne. » 18 Prenant chacun sa cassolette, ils y mirent du feu, mirent de l'encens par-dessus et se tinrent à l'entrée de la *tente de la rencontre avec Moïse et Aaron. 19 Coré rassembla auprès d'eux toute sa bande[3] à l'entrée de la tente de la rencontre. Alors la gloire du Seigneur apparut à toute la communauté 20 et le Seigneur dit à Moïse et Aaron : 21 « Séparez-vous des gens de cette bande ; je vais les dévorer sur-le-champ. » 22 Ils se jetèrent face contre terre et dirent : « O Dieu, Dieu qui disposes du souffle de toute créature, un seul homme pèche et tu t'emportes contre la communauté tout entière ! »

23 Le Seigneur parla à Moïse : 24 « Dis à la communauté de s'éloigner des abords de la demeure de Coré, Datân et Abirâm. » 25 Moïse se leva pour aller trouver Datân et Abirâm ; les *anciens d'Israël le suivirent. 26 Il adressa la parole à la communauté : « Ecartez-vous donc des tentes de ces méchants, ne touchez à rien de ce qui leur appartient, de peur de périr vous aussi à cause de tous leurs péchés ! » 27 Ils s'éloignèrent donc des abords de la demeure de Coré, Datân et Abirâm ; Datân et Abirâm étaient sortis et se tenaient à l'entrée de leurs tentes avec leurs femmes, leurs fils et leurs petits-enfants. 28 Moïse déclara : « À ceci vous reconnaîtrez que c'est le Seigneur qui m'a envoyé accomplir tous ces actes et que je n'ai pas agi de mon propre chef : 29 si ces gens-là meurent de la mort de tout le monde, s'ils subissent le sort de tout le monde, ce n'est pas le Seigneur qui m'a envoyé. 30 Mais si le Seigneur crée de l'extraordinaire, si la terre, ouvrant sa gueule, les engloutit avec tout ce qui leur appartient, s'ils descendent vivants au *séjour de la mort, vous saurez que ces gens avaient méprisé le Seigneur. » 31 Comme il achevait de prononcer toutes ces paroles, la terre se fendit sous leurs pieds. 32 Ouvrant sa gueule, elle les engloutit avec leurs familles — ainsi que tous les gens de Coré et tous leurs biens. 33 Avec tout ce qui leur appartenait, ils descendirent vivants au séjour de la mort et la terre les

1. *Prends-tu ces gens pour des aveugles ?* : autres traductions *penses-tu crever les yeux de ces gens ?* ou *penses-tu rendre ces gens aveugles ?*
2. *Offrande* : voir au glossaire SACRIFICES.
3. *toute sa bande* : d'après l'ancienne version grecque ; hébreu : *toute la communauté.*

recouvrit. Ils disparurent ainsi du sein de l'assemblée. 34 Tous les gens d'Israël, autour d'eux, s'enfuirent à leurs cris, car ils se disaient : « Fuyons ! ou bien la terre va nous engloutir ! »

35 Un feu que le Seigneur fit jaillir consuma les 250 hommes qui présentaient l'encens.

Les cassolettes des partisans de Coré

17 1 Le Seigneur parla à Moïse[1] : 2 « Dis au prêtre Eléazar, fils d'Aaron, d'enlever les cassolettes du milieu des flammes car elles sont sacrées, et de disperser au loin le feu. 3 Les cassolettes de ces hommes qui ont payé de leur vie leur péché, qu'on en fasse des plaques martelées pour le revêtement de l'*autel[2], car on les a présentées devant le Seigneur et elles sont sacrées. Elles serviront de signe aux fils d'Israël. » 4 Le prêtre Eléazar prit les cassolettes de bronze qu'avaient présentées ceux qui furent brûlés et on les martela pour en faire le revêtement de l'autel. 5 C'est un rappel pour les fils d'Israël afin que le profane[3] — c'est-à-dire l'homme qui n'appartient pas à la descendance d'Aaron — ne s'approche pas pour faire fumer l'encens devant le Seigneur : cela, pour qu'il n'ait pas à subir le sort de Coré et de sa bande, sort que le Seigneur lui

avait prédit par l'intermédiaire de Moïse.

Le peuple proteste contre Moïse et Aaron

6 Le lendemain, toute la communauté des fils d'Israël protesta contre Moïse et Aaron : « Vous avez fait mourir le peuple du Seigneur ! » 7 Or, tandis que la communauté s'ameutait contre eux, Moïse et Aaron se tournèrent vers la *tente de la rencontre. Et voici que la nuée la couvrait : la gloire du Seigneur apparut. 8 Moïse et Aaron se rendirent devant la tente de la rencontre. 9 Le Seigneur parla à Moïse : 10 « Retirez-vous du milieu de cette communauté, je vais les anéantir en un instant ! » Ils se jetèrent face contre terre 11 et Moïse dit à Aaron : « Prends ta cassolette, mets-y du feu de l'*autel, mets-y de l'*encens et va vite vers la communauté ; fais pour elle le rite d'absolution car le Seigneur a déchaîné sa colère : le fléau a déjà commencé. » 12 Aaron prit la cassolette comme Moïse l'avait dit, il courut au milieu de l'assemblée et, en effet, le fléau avait déjà commencé au sein du peuple. Il mit l'encens et fit le rite d'absolution pour le peuple. 13 Il se tint entre les morts et les vivants, et le fléau cessa. 14 Les victimes du fléau furent au nombre de 14.700, sans compter ceux qui étaient morts lors de l'affaire de Coré. 15 Aaron retourna auprès de Moïse à l'entrée de la tente de la rencontre ; le fléau avait cessé.

---

1. Dans certaines traductions, les v. 1-15 du chap. 17 sont numérotés 16.36-50.
2. *le revêtement de l'autel* : comparer Ex 27.2.
3. *profane* : voir 1.51 et la note.

Le bâton d'Aaron

16 Le Seigneur dit à Moïse[1] :
17 « Parle aux fils d'Israël et fais-toi remettre par eux un bâton par tribu, soit douze bâtons, remis par tous leurs responsables de tribus. Tu écriras le nom de chacun d'eux sur son bâton. 18 Sur le bâton de Lévi, tu écriras le nom d'Aaron car il y aura un seul bâton par chef de tribu. 19 Tu déposeras les bâtons dans la *tente de la rencontre — devant la *charte — là où je vous rencontre. 20 L'homme dont le bâton bourgeonnera, c'est lui que j'ai choisi : ainsi j'éloignerai de moi les protestations que les fils d'Israël profèrent contre vous. » 21 Moïse parla aux fils d'Israël et leurs chefs lui remirent chacun un bâton, un bâton par chef de tribu, soit douze bâtons ; le bâton d'Aaron était au milieu des autres. 22 Moïse déposa les bâtons devant le Seigneur dans la tente de la charte. 23 Le lendemain, Moïse entra dans la tente de la charte et vit que le bâton d'Aaron, de la maison de Lévi, avait bourgeonné : il avait fait surgir un bourgeon, éclore une fleur et mûrir des amandes. 24 Moïse sortit tous les bâtons de devant le Seigneur pour les montrer à tous les fils d'Israël ; ils les virent et chacun reprit son bâton. 25 Le Seigneur dit à Moïse : « Remets le bâton d'Aaron devant la charte et garde-le comme signe pour les insoumis. Tu éloigneras ainsi de moi leurs protestations et ils ne seront pas frappés de mort. » 26 Ainsi fit Moïse ; il fit ce que le Seigneur lui avait ordonné.

27 Les fils d'Israël dirent à Moïse : « Vois ! Nous expirons, nous périssons, nous périssons tous ! 28 Quiconque s'approche — quiconque s'approche de la *demeure du Seigneur — est frappé de mort ; allons-nous donc expirer jusqu'au dernier ? »

Les prêtres et les lévites

18 1 Le Seigneur dit à Aaron : « C'est toi, tes fils et ta famille[1] qui répondrez des fautes commises à l'égard du *sanctuaire, et c'est toi et tes fils qui répondrez des fautes commises dans l'exercice de votre sacerdoce. 2 Tu laisseras aussi tes frères de la tribu de Lévi, la tribu de ton père, s'approcher avec toi du sanctuaire ; ils seront tes adjoints, ils te seconderont ; mais c'est toi et tes fils qui vous tiendrez devant la *tente de la charte. 3 Ils seront à ton service et au service de la tente tout entière, sans toutefois s'approcher des accessoires du sanctuaire, ni de l'*autel pour n'exposer personne à la mort, ni eux ni vous. 4 Ils seront tes adjoints, ils feront le service de la tente de la rencontre, tous les travaux de la tente ; aucun profane[2] ne se joindra à vous. 5 C'est vous qui ferez le service du sanctuaire et celui de l'autel ; ainsi les fils d'Israël ne seront plus exposés à un déchaînement de colère[3]. 6 Tu le vois, je prends moi-même parmi les fils d'Israël vos frères les *lévites, je vous en fais don :

1. *ta famille* désigne ici l'ensemble des descendants de Lévi, distingués de *toi et tes fils*, qui désigne les prêtres.
2. *profane* : voir 1.51 et la note.
3. *colère* : voir 1.53 et la note.

1. Dans certaines traductions les v. 16-28 sont numérotés 17.1-13. Voir 17.1 et la note.

ils sont donnés[1] au Seigneur pour assurer les services de la tente de la rencontre. 7 Toi et tes fils, vous exercerez le sacerdoce pour tout ce qui concerne l'autel et ce qui est derrière le voile[2]; vous vous acquitterez de vos fonctions. Je vous donne le sacerdoce, c'est la fonction que je vous attribue. Le profane qui s'approcherait sera mis à mort. »

Les revenus des prêtres

8 Le Seigneur dit à Aaron : « Tu le vois, je te confie moi-même le service des redevances qui me sont dues, de tout ce qui est consacré par les fils d'Israël. Je t'en accorde le privilège ainsi qu'à tes fils, en vertu d'une loi immuable. 9 Voici ce qui te revient des offrandes[3] très saintes qui ne sont pas brûlées : tous les présents, c'est-à-dire toutes les offrandes de farine, tous les sacrifices pour le péché et tous les sacrifices de réparation dont ils s'acquittent envers moi; ces offrandes très saintes vous reviennent, à toi et à tes fils. 10 Vous les mangerez dans le lieu très saint[4]. Tous les hommes pourront en manger. Tu les tiendras pour sacrées. 11 Et ceci encore te revient : les prélèvements faits sur les dons des fils d'Israël, sur tout ce qu'ils présentent; je te les donne ainsi qu'à tes fils et à tes filles, en vertu d'une loi immuable. Tous ceux qui, dans ta maison, seront en état de *pureté en mangeront. 12 Le meilleur de l'huile fraîche, le meilleur du vin nouveau et du blé, les *prémices qu'on offre au Seigneur, je te les donne. 13 A toi aussi les primeurs qu'on apporte au Seigneur de tous les produits de leur pays. Tous ceux qui, dans ta maison, seront en état de pureté en mangeront. 14 À toi encore, tout ce qui en Israël est voué à l'interdit[1]. 15 A toi enfin, tous les premiers-nés qu'on apporte au Seigneur, les premiers-nés de toute créature, de l'homme et des animaux. Toutefois tu feras racheter le premier-né de l'homme et tu feras racheter les premiers-nés des animaux impurs. 16 Tu feras racheter à l'âge d'un mois ce qui doit être racheté, au prix que tu indiqueras, soit cinq sicles d'argent — en sicles du *sanctuaire, à vingt guéras[2] le sicle. 17 Mais tu ne feras pas racheter le premier-né de la vache ni celui de la brebis, ni celui de la chèvre : ils sont sacrés. Tu répandras leur sang sur l'*autel et tu feras fumer leur graisse comme mets[3] à l'odeur apaisante pour le Seigneur. 18 La viande te reviendra de même que te reviennent la poitrine offerte par présentation et la cuisse droite. 19 Je vous donne, en vertu d'une loi perpétuelle, à toi, à tes fils et à tes filles, toutes les redevances prélevées pour le Seigneur par les fils d'Israël sur les choses saintes. C'est là — pour toi et tes descendants — une alliance

---

1. *donnés* : voir 3.9 et la note.
2. *derrière le voile*, c'est-à-dire dans le lieu très saint, voir Ex 26.31-34.
3. *offrandes* : voir au glossaire SACRIFICES.
4. *dans le lieu très saint* : autre traduction *comme des choses très saintes.*

1. *l'interdit* : voir Dt 2.34 et la note.
2. *sicles, guéras* : voir au glossaire POIDS ET MESURES.
3. *ils sont sacrés,* c'est-à-dire réservés à Dieu et donc destinés à un sacrifice. — *Mets* : voir au glossaire SACRIFICES.

consacrée par le sel[1] et immuable aux yeux du SEIGNEUR. » 20 Le SEIGNEUR dit à Aaron : « Tu n'auras pas d'héritage dans leur pays et tu n'auras pas ta part au milieu d'eux. C'est moi qui serai ta part et ton héritage au milieu des fils d'Israël.

Les revenus des lévites

21 « Et voici pour les fils de Lévi : Je leur donne en partage toutes les dîmes qui seront perçues en Israël en échange des services qu'ils assurent, les services de la *tente de la rencontre. 22 Ainsi les fils d'Israël ne s'approcheront plus de la tente de la rencontre au risque de se charger d'un péché qui causerait leur mort. 23 Ce sont les *lévites qui assureront les services de la tente de la rencontre; ils répondront de leurs fautes — ce sera pour vos descendants une loi immuable. Ils ne recevront pas d'héritage[2] au milieu des fils d'Israël; 24 mais je donne en partage aux lévites les dîmes que les fils d'Israël prélèveront en redevance pour le SEIGNEUR. C'est pourquoi je leur ai dit qu'ils ne recevront pas d'héritage parmi les fils d'Israël. »

25 Le SEIGNEUR dit à Moïse : 26 « Tu diras aux lévites : Lorsque vous percevrez de la part des fils d'Israël les dîmes que je vous donne en guise d'héritage, vous prélèverez là-dessus, en redevance pour le SEIGNEUR, une dîme sur les dîmes. 27 Ce sera pour vous matière à redevance au même titre que, pour les autres, le froment ramassé sur l'aire[1] et la coulée du pressoir. 28 Ainsi vous prélèverez, vous aussi, la redevance du SEIGNEUR sur toutes les dîmes que vous percevrez de la part des fils d'Israël. Là-dessus, vous donnerez au prêtre Aaron la redevance du SEIGNEUR. 29 Sur tout ce qui vous sera donné, vous prélèverez sans restriction la redevance du SEIGNEUR; sur les meilleures de toutes ces choses, vous prélèverez l'offrande[2] sainte. 30 — Tu leur diras encore : Lorsque vous prélèverez le meilleur de tout cela, cela équivaudra pour vous, lévites, au produit de l'aire et du pressoir. 31 Vous les mangerez avec vos familles en n'importe quel lieu, car c'est là votre salaire en échange de vos services dans la tente de la rencontre. 32 En tout cela, vous ne vous chargerez pas d'un péché dans la mesure où vous prélèverez le meilleur de ces choses; vous ne profanerez pas les offrandes saintes des fils d'Israël et vous ne serez pas frappés de mort. »

Les cendres de la vache rousse

19 1 Le SEIGNEUR dit à Moïse et Aaron : 2 « Voici les dispositions de la loi que le SEIGNEUR a prescrites : Dis aux fils d'Israël de t'amener une vache rousse, sans tare ni défaut, une bête qui n'ait pas porté le *joug. 3 Vous la remettrez au prêtre Eléazar; on la fera sortir hors du camp et on l'égorgera en sa présence. 4 Le prêtre Eléazar prendra avec son doigt du sang de la vache et il en fera sept fois l'aspersion en direc-

---

1. *une alliance consacrée par le sel* : voir Lv 2.13 et la note.
2. *pas d'héritage* : voir pourtant 35.1-8.

1. *L'aire* est l'endroit où l'on procède au battage, au vannage et au criblage des céréales.
2. *offrande* : voir au glossaire SACRIFICES.

tion de la façade de la *tente de la rencontre. 5 Puis on brûlera la vache sous ses yeux; on en brûlera la peau, la chair et le sang, ainsi que la bouse. 6 Le prêtre prendra du bois de cèdre, de l'hysope et du cramoisi éclatant[1] et les jettera au milieu du brasier où se consume la vache. 7 Ensuite, le prêtre lavera ses vêtements et baignera son corps dans l'eau; après quoi, il rentrera au camp mais il restera en état d'*impureté jusqu'au soir. 8 Celui qui aura brûlé la vache lavera aussi ses vêtements dans l'eau, baignera son corps dans l'eau et restera en état d'impureté jusqu'au soir. 9 Et c'est un homme en état de *pureté qui recueillera les cendres de la vache et les déposera en dehors du camp dans un lieu pur. Elles serviront à la communauté des fils d'Israël de réserve pour l'eau lustrale[2]. C'est un *sacrifice pour le péché. 10 Celui qui aura recueilli les cendres de la vache lavera aussi ses vêtements et restera en état d'impureté jusqu'au soir. Ce sera une loi immuable pour les fils d'Israël comme pour l'émigré qui réside chez eux.

Loi sur la purification

11 « Celui qui touche un mort — n'importe quelle dépouille mortelle — est *impur pour sept jours. 12 Il fera sa purification avec cette eau[3] le troisième jour, et le septième jour il sera pur. Mais s'il ne fait pas sa purification le troisième jour, il ne sera pas pur le septième jour. 13 Quiconque toucherait un mort — la dépouille d'un être humain qui vient de mourir — et ne ferait pas sa purification souillerait la *demeure du Seigneur : cette personne sera retranchée d'Israël[1]. Puisqu'elle n'a pas été aspergée d'eau lustrale, elle est impure : elle conserve son état d'impureté.

14 Voici la loi : lorsqu'un homme meurt dans une tente, quiconque entre dans la tente et quiconque se trouvait dans la tente est impur pour sept jours. 15 Et tout récipient ouvert — dépourvu de fil d'attache[2] — est impur. 16 Quiconque, dans les champs, butte sur un homme tué par l'épée ou sur un mort ou sur des ossements humains ou sur une tombe, est impur pour sept jours. 17 Pour cet homme impur, on prendra de la cendre du brasier du *sacrifice pour le péché et on la mettra dans un vase en y ajoutant de l'eau vive[3]. 18 Un homme en état de pureté prendra une branche d'hysope[4] qu'il trempera dans cette eau et il fera l'aspersion de la tente et de tous les récipients, ainsi que des personnes qui s'y trouveront ou de l'homme qui aura touché les ossements, le tué, le mort ou la tombe. 19 L'homme pur fera l'aspersion de l'homme impur le troisième et le septième jour; le septième jour, il l'aura purifié de son péché.

---

1. *hysope, cramoisi éclatant* : voir Lv 14.4 et la note.

2. *eau lustrale* : autres traductions *eau d'impureté, eau de purification, eau d'aspersion.* Voir au v. 17 comment on préparait cette eau. Voir aussi 8.7 et la note.

3. *cette eau* : voir v. 9.

1. *retranchée d'Israël* : voir Gn 17.14 et la note.

2. *fil d'attache* : un récipient pouvait être fermé par un morceau de peau fixé au moyen d'une ficelle. On estimait qu'ainsi le contenu du récipient n'était pas atteint d'impureté.

3. *cendre* : voir v. 9. — *Eau vive* ou *eau courante, eau de source.*

4. *hysope* : voir Lv 14.4 et la note.

L'autre lavera alors ses vêtements, se baignera dans l'eau et, le soir, il sera pur. 20 Mais l'homme qui s'est rendu impur et ne fait pas sa purification, un tel homme sera retranché du milieu de l'assemblée, car il souillerait le *sanctuaire du SEIGNEUR; il n'a pas été aspergé d'eau lustrale, il est impur. 21 Ce sera pour eux une loi immuable. Quant à celui qui fait l'aspersion d'eau lustrale, il lavera ses vêtements. Et celui qui aura touché l'eau lustrale sera impur jusqu'au soir. 22 Tout ce que touchera l'homme impur sera impur et la personne qui y touchera sera impure jusqu'au soir. »

Les eaux de Mériba

20 1 Toute la communauté des fils d'Israël arriva au désert de Cîn le premier mois et le peuple s'établit à Qadesh[1]. C'est là que mourut Miryam et qu'elle fut enterrée. 2 Il n'y avait pas d'eau pour la communauté, qui s'ameuta contre Moïse et Aaron. 3 Le peuple chercha querelle à Moïse; ils disaient : « Ah! si seulement nous avions expiré quand nos frères ont expiré devant le SEIGNEUR! 4 Pourquoi avez-vous mené l'assemblée du SEIGNEUR dans ce désert? Pour que nous y mourions, nous et nos troupeaux! 5 Pourquoi nous avez-vous fait monter d'Egypte et nous avez-vous amenés en ce triste lieu? Ce n'est pas un lieu pour les semailles ni pour le figuier, la vigne ou le grenadier; il n'y a même pas d'eau à boire. » 6 Moïse et Aaron, laissant l'assemblée,

vinrent à l'entrée de la *tente de la rencontre; ils se jetèrent face contre terre et la gloire du SEIGNEUR leur apparut. 7 Le SEIGNEUR dit à Moïse : 8 « Prends ton bâton, et, avec ton frère Aaron, rassemble la communauté; devant eux, vous parlerez au rocher et il donnera son eau. Tu feras jaillir pour eux l'eau du rocher et tu donneras à boire à la communauté et à ses troupeaux. » 9 Comme il en avait reçu l'ordre, Moïse prit le bâton qui se trouvait devant le SEIGNEUR. 10 Moïse et Aaron réunirent l'assemblée devant le rocher et leur dirent : « Ecoutez donc, rebelles! Pourrons-nous de ce rocher vous faire jaillir de l'eau? » 11 Moïse leva la main; de son bâton, il frappa le rocher par deux fois. L'eau jaillit en abondance et la communauté eut à boire ainsi que ses troupeaux. 12 Le SEIGNEUR dit à Moïse et Aaron; « puisque, en ne croyant pas en moi, vous n'avez pas manifesté ma *sainteté devant les fils d'Israël, à cause de cela[1], vous ne mènerez pas cette assemblée dans le pays que je lui donne. » 13 Ce sont là les eaux de Mériba — Querelle — où les fils d'Israël cherchèrent querelle au SEIGNEUR; il y manifesta sa sainteté.

Le roi d'Edom refuse de laisser passer Israël

14 De Qadesh, Moïse envoya des messagers au roi d'Edom pour lui dire : « Ainsi parle ton frère Israël : Tu sais toutes les difficultés que nous avons ren-

---

1. *désert de Cîn, Qadesh :* voir 13.21, 26 et les notes.

1. La faute de Moïse et Aaron n'apparaît pas de manière évidente; ce que Dieu leur reproche peut-être, c'est d'avoir *frappé le rocher* (v. 11) au lieu de se contenter de *lui parler* (v. 8).

contrées. 15 Nos pères sont descendus en Egypte où nous avons séjourné de longs jours, mais les Egyptiens nous ont maltraités, nous et nos pères. 16 Nous avons crié vers le Seigneur et il a entendu nos cris : il a envoyé un *ange pour nous faire sortir d'Egypte. Nous voici maintenant à Qadesh, ville située à la limite de ton territoire. 17 Laisse-nous donc passer par ton pays ! Nous ne passerons ni dans les champs ni dans les vignes; nous ne boirons pas l'eau des puits; nous irons par la route royale sans nous en écarter ni à droite ni à gauche jusqu'à ce que nous ayons traversé ton territoire. » 18 Mais Edom lui répondit : « Tu ne passeras pas chez moi, sinon je sortirai en armes à ta rencontre. » 19 Les fils d'Israël lui dirent : « Nous monterons par la route; et si nous buvons de ton eau, moi et mes troupeaux, je t'en paierai le prix. Je ne demande qu'une chose : passer à pied. » 20 Mais Edom répondit : « Tu ne passeras pas ! » Et il sortit à sa rencontre avec une masse de gens et un grand déploiement de forces. 21 Ainsi Edom refusa de laisser passer Israël sur son territoire, et Israël s'éloigna de lui.

La mort d'Aaron

22 Ils partirent de Qadesh, et toute la communauté des fils d'Israël arriva à Hor-la-Montagne[1]. 23 À Hor-la-Montagne, sur la frontière du pays d'Edom, le Seigneur dit à Moïse et Aaron : 24 « Aaron va être enlevé pour re-

joindre sa parenté[1], car il ne doit pas entrer dans le pays que je donne aux fils d'Israël, puisque vous avez été rebelles à ma voix, aux eaux de Mériba. 25 Emmène donc Aaron et son fils Eléazar et fais-les monter à Hor-la-Montagne. 26 Tu prendras ses vêtements à Aaron et tu en revêtiras son fils Eléazar[2]; puis Aaron sera enlevé, il mourra là. » 27 Moïse fit comme le Seigneur l'ordonnait et, sous les yeux de toute la communauté, ils montèrent à Hor-la-Montagne. 28 Moïse prit ses vêtements à Aaron et il en revêtit son fils Eléazar; et Aaron mourut là, au sommet de la montagne. Puis Moïse et Eléazar redescendirent de la montagne. 29 Toute la communauté vit qu'Aaron avait expiré et toute la maison d'Israël le pleura pendant 30 jours.

Victoire des Israélites sur les Cananéens

21 1 Les Cananéens — le roi d'Arad[3] habitait le Néguev — apprirent qu'Israël arrivait par le chemin des Atarim; ils combattirent Israël et lui firent des prisonniers. 2 Alors Israël fit ce vœu au Seigneur : « Si tu consens à livrer ce peuple entre mes mains, je vouerai ses villes à l'interdit[4]. » 3 Le Seigneur écouta la voix d'Israël et lui livra les Cananéens. Israël les voua à l'interdit, eux et

1. Endroit non identifié; comparer Dt 10.6.

1. *rejoindre sa parenté* (autre traduction *être recueilli auprès de son peuple*) est en hébreu un euphémisme pour *mourir*. Comparer 1 R 1.21 et la note.
2. Sur cette transmission des *vêtements*, voir Ex 29.29-30; Lv 8.7-9.
3. Localité située à 30 km environ à l'est de Béer-Shéva.
4. *l'interdit* : voir Dt 2.34 et la note.

leurs villes. On donna à ce lieu le nom de Horma[1].

Les serpents brûlants

4 Ils partirent de Hor-la-Montagne par la route de la *mer des Joncs, en contournant le pays d'Edom, mais le peuple perdit courage en chemin. 5 Le peuple se mit à critiquer Dieu et Moïse : « Pourquoi nous avez-vous fait monter d'Egypte ? Pour que nous mourions dans le désert ! Car il n'y a ici ni pain ni eau et nous sommes dégoûtés de ce pain de misère[2] ! » 6 Alors le Seigneur envoya contre le peuple des serpents brûlants[3] qui le mordirent, et il mourut un grand nombre de gens en Israël.

7 Le peuple vint trouver Moïse en disant : « Nous avons péché en critiquant le Seigneur et en te critiquant ; intercède auprès du Seigneur pour qu'il éloigne de nous les serpents ! » Moïse intercéda pour le peuple, 8 et le Seigneur lui dit : « Fais faire un serpent brûlant et fixe-le à une hampe : quiconque aura été mordu et le regardera aura la vie sauve. » 9 Moïse fit un serpent d'airain et le fixa à une hampe ; et lorsqu'un serpent mordait un homme, celui-ci regardait le serpent d'airain et il avait la vie sauve.

Victoire sur les rois Sihôn et Og

10 Les fils d'Israël partirent et campèrent à Ovoth ; 11 puis ils partirent d'Ovoth et campèrent à Iyyé-Avarim, dans le désert qui est en face de Moab du côté du soleil levant. 12 Partis de là, ils campèrent au bord du torrent du Zéred. 13 Partis de là, ils campèrent de l'autre côté de l'Arnôn qui passe par le désert en descendant du territoire des *Amorites ; l'Arnôn, en effet, marque la frontière de Moab, entre Moab et les Amorites. 14 C'est pourquoi il est dit dans le livre des Guerres du Seigneur[1] :

« Waheb en Soufa et ses torrents ;
L'Arnôn 15 et ses gorges
Qui descendent vers le site de Ar
Et longent la frontière de Moab. »

16 De là ils gagnèrent Béer — le Puits. C'est ce Béer où le Seigneur avait dit à Moïse : « Rassemble le peuple et je leur donnerai de l'eau[2]. » 17 Alors Israël avait entonné ce chant[3] :

« Monte, puits ! Acclamez-le !
18 Puits creusé par des chefs, foré par les nobles du peuple,
avec leurs sceptres, avec leurs bâtons »

— ... du désert, ils allèrent à Mattana ; 19 de Mattana à Nahaliël, de Nahaliël à Bamoth, 20 et

---

1. Voir 14.45 et la note. En hébreu, *Horma* fait jeu de mots avec le terme traduit par *l'interdit* (v. 2).

2. *ce pain de misère* : la manne ; comparer 11.4-6.

3. Les *serpents brûlants* sont des serpents dont le venin, mortel, provoque une sensation de brûlure.

1. *le livre des Guerres du Seigneur* : recueil de poèmes, inconnu par ailleurs ; les vers cités ici, passablement obscurs, constituent le seul fragment qui en reste.

2. *je leur donnerai de l'eau* : peut-être allusion à l'épisode de 20.1-11.

3. *ce chant* : autre fragment de poème, d'origine inconnue et de signification peu claire.

de Bamoth à la vallée qui s'ouvre sur la montagne de Moab; le sommet de la Pisga domine le désert[1].

21 Israël envoya des messagers dire à Sihôn, roi des Amorites : 22 « Laisse-moi passer par ton pays; nous ne nous écarterons ni dans les champs ni dans les vignes et nous ne boirons pas l'eau des puits; nous suivrons la route royale pour toute la traversée de ton territoire. » 23 Mais Sihôn ne permit pas à Israël de traverser son territoire; il rassembla tout son peuple et sortit à la rencontre d'Israël dans le désert. Il vint à Yahaç où il livra la bataille à Israël. 24 Israël le frappa du tranchant de l'épée et s'empara de son pays, de l'Arnôn jusqu'au Yabboq et jusqu'à la limite des fils d'Ammon dont la frontière était fortifiée. 25 Israël prit toutes les villes; il s'établit dans toutes les villes des Amorites, à Heshbôn[2] et dans toutes ses dépendances. 26 Car Heshbôn était la ville de Sihôn, roi des Amorites qui avait fait la guerre au précédent roi de Moab et lui avait enlevé tout son pays jusqu'à l'Arnôn. 27 C'est pourquoi les poètes disent[3] :

« Venez à Heshbôn! Qu'elle soit rebâtie
et restaurée, la ville de Sihôn!
28 De Heshbôn est sorti un feu,
de la cité de Sihôn,
une flamme qui a dévoré Ar en Moab,
les seigneurs des hauteurs de l'Arnôn.

29 Malheur à toi, Moab!
Tu es perdu, peuple de Kemosh[1]!

De ses fils on a fait des fuyards
et de ses filles les captives du roi amorite Sihôn!

30 Nous les avons percées de flèches;

de Heshbôn jusqu'à Divôn tout a péri;

nous avons ravagé, jusqu'à Nofah,

tout ce qui s'étend jusqu'à Madaba[2]. »

31 Israël s'établit dans le pays des Amorites. 32 Moïse envoya reconnaître Yazér; ils s'emparèrent de ses dépendances et Moïse chassa les Amorites qui s'y trouvaient. 33 Puis, prenant une nouvelle direction, ils montèrent par la route du Bashân[3]; Og, roi du Bashân, sortit à leur rencontre, lui et tout son peuple, pour leur livrer bataille à Edréï. 34 Le Seigneur dit à Moïse : « Ne le crains pas! Je le livre entre tes mains lui, tout son peuple et son pays; tu le traiteras comme tu as traité Sihôn, le roi des Amorites qui régnait[4] à Heshbôn. » 35 Ils le battirent, lui et ses fils et tout son peuple, au point qu'il n'en resta pas un seul survivant; et ils s'emparèrent de son pays.

---

1. *le sommet de la Pisga domine le désert :* texte I017A22006   S   17A22006079046
2. *Heshbôn :* voir Es 15.4 et la note.
3. Voir les v. 14 et 17 et les notes.

1. *Kemosh* est le dieu de Moab, voir 1 R 11.7; *ses fils* et *ses filles* (fin du verset) sont les Moabites.
2. L'ensemble du verset est très obscur et la traduction incertaine. — Sur *Divôn* et *Madaba,* voir Es 15.2 et la note.
3. *Le Bashân :* région de Transjordanie, à l'est du lac de Génésareth (voir 34.11 et la note).
4. *qui régnait à Heshbôn* ou *qui habitait Heshbôn.*

Histoire de Balaam :
L'appel du roi Balaq

22 [1] Les fils d'Israël repartirent; ils campèrent dans les plaines de Moab, au-delà du Jourdain, à la hauteur de Jéricho.

[2] Balaq[1], fils de Cippor, vit tout ce qu'Israël avait fait aux *Amorites. [3] Moab fut très inquiet en voyant ce peuple si nombreux; Moab fut pris de panique à la vue des fils d'Israël [4] et il dit aux *anciens de Madiân : « Cette multitude va maintenant tout brouter autour de nous, comme un bœuf broute l'herbe des champs. » Balaq, fils de Cippor, était roi de Moab en ce temps-là. [5] Il envoya des messagers auprès de Balaam, fils de Béor, à Petor sur le fleuve, son pays d'origine[2], pour lui porter cet appel : « Nous avons là un peuple sorti d'Egypte qui couvre la surface de la terre : le voilà établi en face de moi ! [6] Viens donc, je t'en prie et maudis-moi ce peuple, car il est plus puissant que moi; peut-être arriverai-je alors à le battre et à le chasser du pays. Car je le sais, celui que tu bénis est béni, et celui que tu maudis est maudit. »

[7] Les anciens de Moab et les anciens de Madiân s'en allèrent donc en emportant de quoi rétribuer le devin. Arrivés chez Balaam, ils lui rapportèrent les paroles de Balaq. [8] Balaam leur dit : « Passez ici la nuit; je vous rendrai réponse suivant ce que me dira le Seigneur. » Les dignitaires de Moab demeurèrent donc chez Balaam. [9] Dieu vint auprès de Balaam et lui dit : « Qui sont ces hommes qui se trouvent chez toi ? » [10] Balaam dit à Dieu : « Balaq, fils de Cippor, le roi de Moab, m'a envoyé dire : [11] Voilà que le peuple sorti d'Egypte couvre la surface de la terre. Viens donc et maudis-le pour moi; peut-être arriverai-je alors à le combattre et à le chasser. » [12] Dieu dit à Balaam : « Tu n'iras pas avec eux et tu ne maudiras pas ce peuple, car il est béni. » [13] Le lendemain matin, Balaam se leva et dit aux dignitaires de Balaq : « Repartez pour votre pays, car le Seigneur refuse de me laisser partir avec vous. » [14] Les dignitaires de Moab se levèrent et revinrent auprès de Balaq; ils lui dirent : « Balaam n'a pas voulu venir avec nous. »

[15] Mais Balaq envoya encore d'autres dignitaires, cette fois plus nombreux et plus importants que les premiers. [16] Arrivés auprès de Balaam, ils lui dirent : « Ainsi parle Balaq, fils de Cippor : De grâce, ne refuse pas de venir chez moi ! [17] Car je te comblerai d'honneurs[1] et je ferai tout ce que tu me diras. Viens donc et maudis-moi ce peuple. » [18] Balaam répondit aux serviteurs de Balaq : « Quand Balaq me donnerait tout l'argent et tout l'or que peut contenir sa maison, je ne pourrais pas faire une chose, petite ou grande, qui soit contraire à l'ordre du Seigneur, mon Dieu. [19] Demeurez donc ici, vous aussi, cette nuit, en attendant que je sache ce que le Seigneur a encore à me dire. » [20] Dieu vint auprès de

---

1. *Balaq* est roi de Moab, voir v. 4.
2. *le fleuve* désigne probablement *l'Euphrate* en Mésopotamie. — *Son pays d'origine* : autres traductions *le pays des fils de son peuple* ou *le pays des Ammavites*.

1. Les *honneurs* promis comprennent la rétribution du devin, comme le montre le v. 18.

Balaam pendant la nuit et lui dit :
« Si c'est pour t'appeler que ces
hommes sont venus, vas-y, pars
avec eux. Mais tu feras seulement
ce que je te dirai. »

L'ânesse de Balaam

21 Le lendemain matin, Balaam
se leva, sella son ânesse et partit
avec les dignitaires de Moab.
22 Mais Dieu se mit en colère en
le voyant partir, et l'*ange du Seigneur se posta sur le chemin pour
lui barrer la route tandis qu'il
cheminait, monté sur son ânesse,
accompagné de ses deux serviteurs. 23 L'ânesse vit l'ange du
Seigneur posté sur le chemin, l'é-
pée nue à la main; quittant le
chemin, elle prit par les champs.
Balaam battit l'ânesse pour la ramener sur le chemin. 24 L'ange du
Seigneur se plaça alors dans un
chemin creux qui passait dans les
vignes entre deux murettes.
25 L'ânesse vit l'ange du Seigneur : elle se serra contre le mur.
Comme elle serrait le pied de Balaam contre le mur, il se remit à
la battre. 26 L'ange du Seigneur
les dépassa encore une fois pour
se placer dans un passage étroit
où il n'y avait pas la place d'obli-
quer ni à droite, ni à gauche.
27 L'ânesse vit l'ange du Seigneur;
elle s'affaissa sous Balaam qui se
mit en colère et la battit à coups
de bâton. 28 Le Seigneur fit
parler l'ânesse et elle dit à Balaam : « Que t'ai-je fait pour que
tu me battes par trois fois ? »
29 — « C'est, lui dit Balaam, que
tu en prends à ton aise avec moi !
Si j'avais une épée en main, je te
tuerais sur-le-champ ! » 30 L'â-
nesse dit à Balaam : « Ne suis-je

pas ton ânesse, celle que tu
montes depuis toujours ? Est-ce
mon habitude d'agir ainsi avec
toi ? » — « Non » dit-il. 31 Le Seigneur dessilla[1] les yeux de Balaam, qui vit l'ange du Seigneur
posté sur le chemin, l'épée nue à
la main; il s'inclina et se prosterna face contre terre. 32 Alors
l'ange du Seigneur lui dit :
« Pourquoi as-tu battu ton ânesse
par trois fois ? Tu le vois, c'est
moi qui suis venu te barrer la
route car, pour moi, c'est un
voyage entrepris à la légère.
33 L'ânesse m'a vu, elle, et par
trois fois s'est écartée de moi. Si
elle ne s'était pas écartée[2] devant
moi, je t'aurais tué sur-le-champ,
tandis qu'à elle j'aurais laissé la
vie sauve. » 34 Balaam dit à l'ange
du Seigneur : « J'ai péché, car je
n'ai pas reconnu que c'était toi
qui étais posté là, devant moi, sur
le chemin. Maintenant si ce
voyage te déplaît, je m'en retournerai. » 35 Mais l'ange du Seigneur lui dit : « Va avec ces
hommes, mais tu diras seulement
la parole que je te dirai. » Balaam
s'en alla donc avec les dignitaires
de Balaq.

Rencontre de Balaam et Balaq

36 Apprenant que Balaam venait, Balaq vint à sa rencontre à
Ir-Moab, sur la frontière marquée
par l'Arnôn, à la limite de son
territoire. 37 Balaq lui dit : « -
N'ai-je pas envoyé assez de

---

1. *dessilla* ou *ouvrit* : Dieu permet à Balaam de
discerner ce qu'il ne pouvait pas voir jusqu'alors.
2. *Si elle ne s'était pas écartée* : d'après les versions anciennes; hébreu : *Peut-être s'est-elle
écartée.*

monde pour t'appeler ? Pourquoi n'es-tu pas venu ? Ne suis-je donc pas en mesure de te traiter avec honneur ? » 38 Balaam répondit à Balaq : « Eh bien, je suis venu jusqu'à toi ; maintenant, me sera-t-il possible de dire quoi que ce soit ? Je dirai la parole que Dieu mettra dans ma bouche. » 39 Balaam partit avec Balaq et ils arrivèrent à Qiryath-Houçoth. 40 Balaq offrit un *sacrifice de gros et de petit bétail dont il envoya des parts à Balaam et aux dignitaires qui l'accompagnaient.

41 Le lendemain matin, Balaq emmena Balaam et le fit monter à Bamoth-Baal d'où on voyait une partie du peuple[1].

23 1 Balaam dit à Balaq : « Bâtis-moi ici sept *autels et apprête-moi ici même sept taureaux et sept béliers. » 2 Balaq fit comme l'avait dit Balaam ; et tous deux offrirent un taureau et un bélier sur chaque autel. 3 Balaam dit à Balaq : « Tiens-toi auprès de ton holocauste, tandis que je m'éloignerai. Peut-être le SEIGNEUR viendra-t-il à ma rencontre ; la parole qu'il me fera connaître, quelle qu'elle soit, je te la communiquerai. » Et il s'en alla sur le chemin[2]. 4 Dieu vint au-devant de Balaam qui lui dit : « J'ai fait dresser les sept autels et offrir un taureau et un bélier sur chacun d'eux. »

Balaam bénit le peuple d'Israël

5 Alors le SEIGNEUR mit une parole dans la bouche de Balaam et lui dit : « Retourne auprès de Balaq ; c'est ainsi que tu parleras. » 6 Balaam retourna auprès de Balaq et le trouva debout près de son holocauste[1], ainsi que tous les dignitaires de Moab. 7 Alors il prononça son incantation en ces termes :

« Balaq m'a fait venir d'*Aram ;
des monts d'Orient le roi de Moab m'a appelé :
Viens ! Lance-moi des imprécations contre Jacob !
Viens ! Voue Israël[2] à la réprobation !

8 Comment maudirais-je celui que Dieu n'a pas maudit ?
Comment vouerais-je à la réprobation
celui que le SEIGNEUR n'a pas réprouvé ?

9 Quand du sommet des rochers je le regarde,
quand du haut des collines je l'observe,
je vois un peuple qui demeure à l'écart
et ne se range pas au nombre des nations.

10 Qui pourrait compter la poussière de Jacob ?
Et le nombre des multitudes d'Israël ?
Que je meure moi-même de la mort des justes

---

1. Bamoth-Baal : peut-être le même endroit que Bamoth de 21.19. — Une partie du peuple : sous-entendu d'Israël.
2. holocauste : voir au glossaire SACRIFICES. — Sur le chemin : autres traductions sur un lieu élevé, dans un endroit découvert, sur une colline dénudée. Le sens du mot hébreu est très incertain.

1. holocauste : voir au glossaire SACRIFICES.
2. incantation ou oracle, poème. — Aram désigne ici la région nord de la Mésopotamie (voir 22.5 et la note). — Monts d'Orient : désignation géographique imprécise. — Jacob et Israël désignent tous deux le peuple d'Israël, voir 23.10, 21, 23 ; 24.5, 17, 18-19.

et que ma fin soit semblable à la sienne[1] ! »

11 Balaq dit à Balaam : « Que m'as-tu fait ? Je t'ai amené pour maudire mes ennemis et voilà que tu les couvres de bénédictions ! » 12 Balaam répondit : « Ne dois-je pas, quand je parle, m'en tenir à ce que le Seigneur met dans ma bouche ? »

Deuxième bénédiction de Balaam

13 Balaq reprit : « Viens donc avec moi à un autre endroit d'où tu verras ce peuple — tu n'en voyais qu'une partie[2], tu ne le voyais pas tout entier — et de cet endroit, maudis-le pour moi ! » 14 Il l'emmena à un poste d'observation au sommet de la Pisga[3], bâtit sept *autels et offrit un taureau et un bélier sur chaque autel. 15 Balaam lui dit : « Tiens-toi là près de ton holocauste[4], tandis que moi j'irai là-bas attendre » ... 16 le Seigneur vint au-devant de Balaam et lui mit une parole dans la bouche; puis il dit : « Retourne auprès de Balaq; c'est ainsi que tu parleras. » 17 Balaam revint auprès de Balaq et le trouva debout près de son holocauste avec les dignitaires de Moab. Balaq lui demanda : « Que dit le Seigneur ? » 18 Alors, Balaam prononça son incantation[5] en ces termes :

« Lève-toi, Balaq, écoute !

Prête-moi l'oreille, fils de Cippor !

19 Dieu n'est pas un homme pour mentir
ni un fils d'Adam pour se rétracter.
Parle-t-il pour ne pas agir ?
Dit-il une parole pour ne pas l'exécuter ?

20 J'ai assumé la charge de bénir, car il a béni; je ne me reprendrai pas.

21 On n'observe pas de calamité en Jacob,
on ne voit pas de souffrance en Israël[1].
Le Seigneur, son Dieu, est avec lui;
chez lui résonne l'acclamation royale.

22 Dieu l'a fait sortir d'Egypte;
il possède la force du buffle[2].

23 Il n'y a pas d'augure en Jacob,
ni de divination[3] en Israël :
en temps voulu il est dit à Jacob,
à Israël, ce que Dieu fait.

24 Voici un peuple qui se lève comme un fauve,
qui se dresse comme un lion.
Il ne se couche pas avant d'avoir dévoré sa proie
et bu le sang de ses victimes. »

25 Balaq dit à Balaam : « Si tu ne le maudis pas, du moins ne le bénis pas. » 26 Et Balaam lui répondit : « Ne t'avais-je pas dit : Je

1. *compter ... le nombre des multitudes d'Israël* : autres traductions *dénombrer ... le quart* (ou *la nuée*) *d'Israël*. — *Semblable à la sienne* ou *comme la leur* : c'est-à-dire celle *d'Israël* ou celle *des justes*.
2. Voir 22.41.
3. *la Pisga* : voir 21.20 et la note.
4. *holocauste* : voir au glossaire SACRIFICES.
5. *incantation* : voir 23.7 et la note.

1. *On n'observe pas ...* : autre traduction *Il (Dieu) n'observe pas d'iniquité en Jacob, il ne voit pas d'injustice en Israël.* — *Jacob* et *Israël* : voir 23.7 et la note.
2. *il possède la force du buffle* : texte difficile et traduction incertaine; le sujet *de possède* peut être *Dieu* ou *Israël.*
3. L'*augure* (prédiction ou présage) et la *divination* sont condamnés par l'AT, voir Lv 19.26; Dt 18.10-12.

ferai tout ce que dira le SEI-
GNEUR ? »

Troisième bénédiction de Ba-
laam

27 Balaq dit à Balaam : « Viens
donc ! Je t'emmène à un autre
endroit[1]; peut-être Dieu admet-
tra-t-il que de là tu maudisses
pour moi ce peuple. » 28 Balaq
emmena donc Balaam au sommet
du Péor[2] qui se dresse face au
désert. 29 Balaam lui dit : « Bâtis-
moi ici sept *autels et apprête-moi, ici même, sept taureaux et sept béliers. » 30 Balaq fit
comme avait dit Balaam; puis il
offrit un taureau et un bélier sur
chaque autel.

24 1 Balaam vit qu'il plaisait
au SEIGNEUR de bénir Is-
raël; il n'alla donc pas comme les
autres fois à la recherche de présages[3], mais il se tourna face au
désert. 2 Levant les yeux, Balaam
vit Israël qui campait par tribus.
L'esprit de Dieu vint sur lui, 3 et il
prononça son incantation en ces
termes :

«Oracle de Balaam, fils de
   Béor,
oracle de l'homme au regard
   pénétrant[4],
4 oracle de celui qui entend les
   paroles de Dieu,
qui voit ce que lui montre le
   Puissant[5],

quand il tombe en extase et
   que ses yeux s'ouvrent :
5 qu'elles sont belles tes tentes,
   Jacob,
tes demeures, Israël[1] !
6 Elles se répandent comme des
   torrents;
pareilles à des jardins au bord
   d'un fleuve,
à des aloès plantés par le SEI-
   GNEUR,
à des cèdres au bord de l'eau.
7 L'eau déborde de ses seaux,
ses semailles sont copieuse-
   ment arrosées,
son roi l'emporte sur Agag[2],
sa royauté s'élève ...
8 Dieu l'a fait sortir d'Egypte;
il possède la force du buffle[3].
Il dévore les nations adverses,
leur brise les os,
les atteint de ses flèches.
9 Il s'accroupit, il se couche
   comme un lion,
tel un fauve; qui le ferait lever ?
Béni soit qui te bénira
et maudit qui te maudira ! »

10 Balaq se mit en colère contre
Balaam; il frappa des mains et
lui dit : « Je t'ai appelé pour maudire mes ennemis et voici la troisième fois que tu les couvres de
bénédictions ! 11 Puisqu'il en est
ainsi, va-t'en dans ton pays ! J'a-
vais dit que je te comblerais
d'honneurs; mais voilà, le SEI-
GNEUR te prive de ces honneurs[4]. »

---

1. *à un autre endroit :* comparer les v. 13-14.
2. *le Péor :* sommet situé dans le pays de Moab,
mais pas exactement localisé; voir 25.3 et la note.
3. Balaam ne s'éloigne pas comme en 23.3, 15 à
la recherche d'une révélation de la volonté de
Dieu.
4. *incantation :* voir 23.7 et la note — *au regard
pénétrant :* texte peu clair; autres traductions *qui a
l'oeil ouvert* ou *qui a l'oeil fermé.*
5. *le Puissant :* voir Gn 17.1 et la note.

1. *Jacob* et *Israël :* voir 23.7 et la note.
2. *ses seaux :* d'après le contexte, il doit s'agir
des seaux employés pour puiser l'eau dans les puits
en vue de l'irrigation des cultures. — *Agag :* 1 S 15
mentionne un *Agag,* roi des Amalécites, vaincu par
Saül.
3. Voir 23.22 et la note.
4. *ces honneurs :* voir 22.17 et la note.

Balaam annonce l'avenir glorieux d'Israël

12 Balaam lui répondit : «N'avais-je pas expressément dit aux messagers que tu m'as envoyés : 13 Quand Balaq me donnerait tout l'argent et tout l'or que peut contenir sa maison, je ne pourrais transgresser l'ordre du Seigneur en amenant bonheur ou malheur de ma propre initiative. Je dirai ce que dira le Seigneur ? 14 Eh bien ! Maintenant, je m'en vais chez les miens; mais viens, je veux t'aviser de ce que fera ce peuple au tien dans la suite des temps.»
15 Alors il prononça son incantation en ces termes :

«Oracle de Balaam, fils de Béor,
oracle de l'homme au regard pénétrant[1],
16 oracle de celui qui entend les paroles de Dieu,
qui possède la science du Très-Haut,
qui voit ce que lui montre le Puissant
quand il tombe en extase
et que ses yeux s'ouvrent.
17 Je le vois, mais ce n'est pas pour maintenant;
je l'observe, mais non de près :
de Jacob monte une étoile,
d'Israël surgit un sceptre
qui brise les tempes de Moab
et décime tous les fils de Seth[2].
18 Edom sera pays conquis;
pour ses ennemis Séïr[3] sera pays conquis

---

1. *incantation* : voir 23.7 et la note — *au regard pénétrant* : voir 24.3 et la note.
2. *Jacob* et *Israël* : voir 23.7 et la note — *sceptre* : bâton, insigne du pouvoir royal. — *Seth* désigne ici une tribu nomade du pays de Moab.
3. *Edom* et *Séïr* sont deux noms du même pays, situé au sud de Moab. — Le texte des v. 18-24 est souvent obscur et la traduction incertaine.

— Israël déploie sa force.
19 De Jacob surgit un dominateur;
il fait périr ce qui reste de la ville[1].»

Balaam annonce la ruine des ennemis d'Israël

20 Balaam vit encore Amaleq et prononça son incantation[2] en ces termes :

«Amaleq, première des nations !
Mais son avenir, c'est la ruine.»

21 Puis il vit les Qénites et prononça son incantation en ces termes :

«Ta demeure est solide
et ton nid[3] posé sur la roche.
22 Pourtant Caïn sera la proie des flammes,
et finalement Ashour[4] te fera prisonnier.»

23 Enfin, il prononça son incantation[5] en ces termes :

«Malheur ! Qui survivra à l'action de Dieu !
24 De Kittim, voici des navires ...
ils opprimeront Ashour, opprimeront Eber[6];
lui aussi court à sa perte.»

---

1. *de la ville* : signification incertaine; il pourrait s'agir de la localité nommée *Ir-Moab* (22.36) ou de la capitale de Moab (en hébreu, *Ir* : ville).
2. *incantation* : voir 23.7 et la note.
3. Les *Qénites* (appelés aussi *Caïn*, nom collectif, au v. 22) sont une tribu nomade voisine de Moab. — *Ton nid* : en hébreu, il y a jeu de mots entre *qéni* (Qénites) et *qèn* (nid).
4. *Ashour* désigne ici une tribu mal connue mentionnée également en Gn 25.3.
5. *incantation* : voir 23.7 et la note.
6. *Kittim* : l'île de Chypre — *Eber* : probablement les divers peuples mentionnés depuis le v. 18, y compris Israël.

25 Balaam s'en alla et retourna dans son pays; et Balaq s'en alla de son côté.

Les Israélites se livrent à l'idolâtrie

25 1 Israël s'établit à Shittim et le peuple commença à se livrer à la débauche avec les filles de Moab. 2 Elles invitèrent le peuple aux *sacrifices de leurs dieux; le peuple y mangea et se prosterna devant leurs dieux. 3 Israël se mit sous le *joug du *Baal de Péor[1] et le SEIGNEUR s'enflamma de colère contre lui. 4 Le SEIGNEUR dit à Moïse : « Saisis tous les chefs du peuple et fais-les pendre[2] devant le SEIGNEUR, face au soleil, afin que l'ardente colère du SEIGNEUR se détourne d'Israël. » 5 Moïse dit aux juges d'Israël : « Que chacun de vous tue ceux de ses hommes qui se sont mis sous le joug du Baal de Péor ! »

6 Et voici que l'un des fils d'Israël, amenant une Madianite, arriva au milieu de ses frères; et cela sous les yeux de Moïse et de toute la communauté des fils d'Israël, alors qu'ils pleuraient à l'entrée de la *tente de la rencontre. 7 À cette vue, le prêtre Pinhas, fils d'Eléazar, fils d'Aaron, se leva au milieu de la communauté; prenant en main une lance, 8 il suivit l'Israélite dans l'alcôve et les transperça tous les deux, l'Israélite et la femme, dans l'alcôve de cette femme[1]. Alors s'arrêta le fléau qui frappait les fils d'Israël. 9 Les victimes de ce fléau furent au nombre de 24.000.

10 Le SEIGNEUR parla à Moïse : 11 « Le prêtre Pinhas, fils d'Eléazar, fils d'Aaron, a détourné ma fureur des fils d'Israël en se montrant jaloux à ma place au milieu d'eux. C'est pourquoi je n'ai pas, sous le coup de ma jalousie[2], exterminé les fils d'Israël. 12 En conséquence, dis-le : Voici que je lui fais don de mon *alliance en vue de la paix. 13 Elle sera pour lui et pour ses descendants. Cette alliance leur assurera le sacerdoce à perpétuité, puisqu'il s'est montré jaloux pour son Dieu et qu'il a fait le rite d'absolution pour les fils d'Israël. »

14 L'Israélite qui fut tué — celui qui fut tué avec la Madianite — s'appelait Zimri, fils de Salou, responsable d'une famille de Siméon. 15 Et la femme qui fut tuée, la Madianite, s'appelait Kozbi, fille de Çour; celui-ci était chef d'un clan, c'est-à-dire d'une famille de Madiân.

16 Alors le SEIGNEUR parla à Moïse : 17 « Attaquez les Madianites et battez-les. 18 Car ils vous ont provoqués par la perfidie dont ils ont usé envers vous dans l'affaire de Péor et dans celle de Kozbi, fille d'un responsable de Madiân, leur soeur, qui fut tuée le jour du fléau dû à l'affaire de Péor. »

---

1. *Péor* : un sommet du pays de Moab (voir 23.28 et la note), où devait se trouver un *sanctuaire dédié à *Baal*.
2. *fais-les pendre* : traduction incertaine; autre traduction *fais-les empaler* (voir 2 S 12.6 et la note).

1. *l'alcôve* désigne ici le sanctuaire transportable d'un campement, chez les nomades païens; on pouvait y pratiquer la prostitution sacrée — *dans l'alcôve de cette femme* : autre traduction *en plein ventre*.
2. Sur la *jalousie* de Dieu, voir Ex 20.5 et la note.

Second recensement des tribus d'Israël

19 Après ce fléau,

26 1 le Seigneur dit à Moïse et au prêtre Eléazar, fils d'Aaron : 2 « Dressez l'état[1] par famille, de toute la communauté des fils d'Israël, de tous ceux de vingt ans et plus qui servent dans l'armée d'Israël. » 3 Moïse[2] et le prêtre Eléazar leur parlèrent dans les plaines de Moab, au bord du Jourdain, à la hauteur de Jéricho. Ils dirent : 4 « On va recenser les hommes de vingt ans et plus, comme le Seigneur l'a ordonné à Moïse. »

Voici les fils d'Israël qui étaient sortis du pays d'Egypte : 5 Ruben, premier-né d'Israël. Fils de Ruben : de Hanok est issu le clan des Hanokites; de Pallou, le clan des Pallouites; 6 de Hèçrôn, le clan des Hèçronites; de Karmi, le clan des Karmites. 7 Tels étaient les clans des Rubénites. Leur effectif se montait à 43.730 hommes. 8 Fils de Pallou : Eliav 9 et les fils d'Eliav : Nemouël, Datân et Abirâm. — C'est ce Datân et cet Abirâm, délégués de la communauté, qui s'étaient insurgés contre Moïse et Aaron; ils étaient avec la bande de Coré quand ils s'insurgèrent contre le Seigneur. 10 La terre, ouvrant sa gueule, les engloutit ainsi que Coré, lorsque mourut sa bande et que le feu dévora 250 hommes; ils servirent d'exemple. 11 Les fils de Coré, eux, n'étaient pas morts.

12 Fils de Siméon, par clans : de Nemouël est issu le clan des Nemouélites; de Yamîn, le clan des Yaminites; de Yakîn, le clan des Yakinites; 13 de Zérah, le clan des Zarhites; de Shaoul, le clan des Shaoulites. 14 Tels étaient les clans des Siméonites, ils étaient 22.200 hommes.

15 Fils de Gad, par clans : de Cefôn est issu le clan des Cefonites; de Haggui, le clan des Hagguites; de Shouni, le clan des Shounites. 16 d'Ozni, le clan des Oznites; de Eri, le clan des Erites; 17 d'Arod, le clan des Arodites; d'Aréli, le clan des Arélites. 18 Tels étaient les clans des fils de Gad, d'un effectif de 40.500 hommes.

19 Fils de Juda : Er et Onân — Er et Onân moururent dans le pays de Canaan. 20 Voici donc les fils de Juda par clans : de Shéla est issu le clan des Shélanites; de Pèrèç, le clan des Parçites; de Zérah, le clan des Zarhites. 21 Voici les fils de Pèrèç; de Hèçrôn est issu le clan des Hèçronites; de Hamoul, le clan des Hamoulites. 22 Tels étaient les clans de Juda, d'un effectif de 76.500 hommes.

23 Fils d'Issakar, par clans : de Tola est issu le clan des Tolaïtes; de Pouwa, le clan des Pounites; 24 de Yashouv, le clan des Yashouvites; de Shimrôn, le clan des Shimronites. 25 Tels étaient les clans d'Issakar, d'un effectif de 64.300 hommes.

26 Fils de Zabulon, par clans : de Sèred est issu le clan des Sardites; d'Elôn, le clan des Elonites; de Yahléel, le clan des Yahléelites. 27 Tels étaient les clans des Zabulonites, d'un effectif de 60.500 hommes.

---

1. *Dressez l'état* : tous les recensés du chap. 1 sont morts (voir 26.64-65).

2. Le texte hébreu des v. 3-4 est peu clair et la traduction incertaine.

28 Fils de Joseph, par clans : Manassé et Ephraïm. 29 Fils de Manassé : de Makir est issu le clan des Makirites — Makir engendra Galaad —; de Galaad est issu le clan des Galaadites. 30 Voici les fils de Galaad : de Iézer est issu le clan des Iézérites; de Héleq, le clan des Helqites; 31 de Asriël, le clan des Asriélites; de Shèkem, le clan des Shikemites; 32 de Shemida, le clan des Shemidaïtes; de Héfer, le clan des Héférites. 33 Celofehad, fils de Héfer, n'eut pas de fils mais seulement des filles. Les filles de Celofehad se nommaient Mahla, Noa, Hogla, Milka et Tirça. 34 Tels étaient les clans de Manassé; leur effectif se montait à 52.700 hommes.

35 Voici les fils d'Ephraïm, par clans : de Shoutèlah est issu le clan des Shoutalhites; de Bèker, le clan des Bakrites; de Tahân, le clan des Tahanites. 36 Et voici les fils de Shoutèlah : de Erân est issu le clan des Eranites. 37 Tels étaient les clans des fils d'Ephraïm, d'un effectif de 32.500 hommes. Tels étaient les fils de Joseph dans le recensement par clans.

38 Fils de Benjamin, par clans : de bèla est issu le clan des Baléites; d'Ashbel, le clan des Ashbélites; d'Ahirâm, le clan des Ahiramites; 39 de Shefoufâm, le clan des Shoufamites; de Houfâm, le clan des Houfamites. 40 Les fils de Bèla furent : Ard et Naamân, le clan des Ardites et, issu de Naamân, le clan des Naamites. 41 Tels étaient les fils de Benjamin dans le recensement par clans; leur effectif se montait à 45.600 hommes.

42 Voici les fils de Dan, par clans : de Shouhâm est issu le clan des Shouhamites; tels étaient les clans de Dan, dans le recensement par clans. 43 Les clans des Shouhamites faisaient au total un effectif de 64.400 hommes.

44 Fils d'Asher, par clans : de Yimna est issu le clan de Yimna; de Yishwi, le clan des Yishwites; de Beria, le clan des Beriites. 45 Issus des fils de Beria : de Héber, le clan des Hébrites : de Malkiël, le clan des Malkiélites. 46 La fille d'Asher se nommait Sèrah. 47 Tels étaient les clans des fils d'Asher, d'un effectif de 53.400 hommes.

48 Fils de Nephtali, par clans : de Yahcéel est issu le clan des Yahcéélites; de Gouni, le clan des Gounites; 49 de Yécèr, le clan des Yiçrites; de Shillem, le clan des Shillémites. 50 Tels étaient les clans de Nephtali dans le recensement par clans; leur effectif se montait à 45400 hommes.

51 Tel était l'effectif des fils d'Israël : 601.730.

Indications pour le partage du pays promis

52 Le Seigneur dit à Moïse : 53 C'est entre ces clans que le pays sera partagé : les parts seront en proportion du nombre de personnes. 54 Pour un clan plus important, tu feras une part plus grande, et pour un clan plus restreint, tu feras une part plus petite. À chacun, on donnera une part correspondant à son effectif. 55 C'est seulement par tirage au sort que se fera le partage du pays. Ils recevront leurs parts d'après le nombre de personnes de

leurs tribus paternelles. 56 C'est le tirage au sort qui décidera de la part de chacun, en partageant entre le plus important et le plus restreint. »

Second recensement de la tribu de Lévi

57 Voici les effectifs des *lévites dans le recensement par clans : de Guershôn est issu le clan des Guershonites; de Qehath, le clan des Qehatites; de Merari, le clan des Merarites. 58 Voici les clans de Lévi : le clan des Livnites, le clan des Hébronites, le clan des Mahlites, le clan des Moushites, le clan des Coréites. — Qehath engendra Amrâm. 59 La femme d'Amrâm se nommait Yokèvèd, fille de Lévi, que Lévi eut de sa femme en Egypte. Elle donna à Amrâm : Aaron, Moïse et Miryam, leur soeur. — 60 D'Aaron naquirent Nadav, Avihou, Eléazar et Itamar. 61 Nadav et Avihou moururent pour avoir présenté au Seigneur un feu profane. 62 L'effectif des lévites se montait à 23.000 en comptant tous les lévites de sexe masculin à partir de l'âge d'un mois. En effet ils n'avaient pas été recensés avec les fils d'Israël car il ne leur était pas attribué de part au milieu des fils d'Israël.

Conclusion du recensement

63 Tels sont ceux que Moïse et le prêtre Eléazar recensèrent lorsqu'ils firent le recensement des fils d'Israël dans les plaines de Moab, au bord du Jourdain à la hauteur de Jéricho. 64 Parmi eux, il ne restait plus un seul homme de ceux qu'avaient recensés Moïse et le prêtre Aaron, lorsqu'ils firent le recensement des fils d'Israël dans le désert du Sinaï. 65 Car le Seigneur leur avait dit qu'ils devaient mourir dans le désert; et, en effet, il n'en restait pas un, excepté Caleb, fils de Yefounnè, et Josué, fils de Noun.

Le droit d'héritage des femmes

27 1 Alors se présentèrent les filles de Celofehad, fils de Héfer, fils de Galaad, fils de Makir, fils de Manassé; elles étaient d'un des clans de Manassé; fils de Joseph. Elles s'appelaient Mahla, Noa, Hogla, Milka et Tirça. 2 Elles se présentèrent devant Moïse, devant le prêtre Eléazar, devant les responsables et toute la communauté, à l'entrée de la tente de la rencontre. 3 « Notre père est mort dans le désert, dirent-elles; il ne faisait pas partie de la bande, il n'était pas de ceux qui se liguèrent contre le Seigneur dans la bande de Coré; c'est uniquement pour son péché qu'il est mort. Or il n'avait pas de fils. 4 Faut-il que le nom de notre père disparaisse de son clan, du fait qu'il n'a pas eu de fils ? Donne-nous donc à nous-mêmes une propriété comme aux frères de notre père. »

5 Moïse porta leur cause devant le Seigneur. 6 Et le Seigneur dit à Moïse : 7 « Les filles de Celofehad ont raison; tu leur donneras une propriété en héritage comme aux frères de leur père et tu leur transmettras l'héritage de leur père. 8 Et tu diras aux fils d'Israël :   Lorsqu'un homme mourra sans laisser de fils, vous

transmettrez son héritage à sa fille. 9 S'il n'a pas de fille, vous donnerez son héritage à ses frères. 10 S'il n'a pas de frères, vous le donnerez aux frères de son père. 11 Et si son père n'avait pas de frères, vous le donnerez au plus proche parent qu'il aura dans son clan : c'est celui-là qui en aura la possession. Ce sera pour les fils d'Israël une règle de droit, conforme aux ordres que le Seigneur a donnés à Moïse. »

Josué désigné pour succéder à Moïse

12 Le Seigneur dit à Moïse : « Monte sur cette montagne de la chaîne des Avarim[1] et regarde le pays, que je donne aux fils d'Israël. 13 Tu le verras, puis tu seras enlevé, toi aussi, pour rejoindre ta parenté[2] comme l'a été ton frère Aaron. 14 Ceci parce que dans le désert de Cîn[3], lors de la querelle que me chercha la communauté, vous avez été rebelles à ma voix quand je vous commandais de manifester ma *sainteté à leurs yeux en faisant jaillir de l'eau. » Il s'agit des eaux de Mériba de Qadesh dans le désert de Cîn.

15 Moïse dit alors au Seigneur : 16 « Que le Seigneur, le Dieu qui dispose du souffle de toute créature, désigne un homme qui sera à la tête de la communauté, 17 qui sortira et rentrera devant eux, qui les fera sortir et les fera rentrer[4]; ainsi la communauté du Seigneur

ne sera pas comme des moutons sans berger. » 18 Le Seigneur répondit à Moïse : « Prends Josué, fils de Noun; c'est un homme qui est inspiré. Tu lui imposeras la main[1], 19 tu le présenteras au prêtre Eléazar ainsi qu'à toute la communauté et tu l'établiras dans sa charge sous leurs yeux. 20 Tu lui donneras une part de ta puissance[2] afin que toute la communauté des fils d'Israël lui obéisse. 21 Il se présentera devant le prêtre Eléazar qui demandera pour lui, devant le Seigneur, la décision du Ourim. C'est d'après cette décision[3] qu'ils sortiront et qu'ils rentreront, lui et tous les fils d'Israël — toute la communauté. »

22 Moïse fit comme le Seigneur le lui avait ordonné; il prit Josué et le présenta au prêtre Eléazar ainsi qu'à toute la communauté. 23 Il lui imposa les mains et l'établit dans sa charge, comme le Seigneur l'avait dit par l'intermédiaire de Moïse.

Règles pour les sacrifices : Pour chaque jour

28 1 Le Seigneur parla à Moïse : 2 « Donne aux fils d'Israël les ordres suivants : Veillez à m'apporter au temps fixé les présents qui me reviennent, ma nourriture, sous forme de mets[4] à

---

1. *La chaîne des Avarim* domine la rive est du Jourdain et de la mer Morte.
2. *rejoindre ta parenté* : voir 20.24 et la note.
3. *désert de Cîn* : voir 13.21 et la note.
4. *sortir et rentrer devant quelqu'un; faire sortir et faire rentrer quelqu'un* : ces expressions évoquent l'activité soit d'un chef militaire (voir Jos 14.11), soit d'un chef politique (voir 1 R 3.7).

1. *Tu lui imposeras la main* : on attendrait ici *les mains* comme au v. 23. L'imposition des mains est un geste de transmission de pouvoir; comparer Lv 16.21 et la note, pour un geste apparenté.
2. *ta puissance* : autres traductions *ta dignité, ton autorité*.
3. *Ourim* : voir Ex 28.30 et la note — *d'après cette décision* : autre traduction *sur son ordre*; qu'il s'agisse de l'ordre du prêtre ou de la décision du Ourim, c'est de toute façon le Seigneur qui s'exprime au travers d'eux.
4. Pour les termes *mets, holocauste, libation, offrande*, apparaissant dans les chap. 28-29, voir au glossaire SACRIFICES.

l'odeur apaisante. 3 Tu leur diras :
Voici les mets que vous présenterez au Seigneur : deux agneaux
d'un an sans défaut, chaque jour,
à titre d'holocauste perpétuel.
4 On offrira le premier agneau le
matin et le second au crépuscule[1],
5 avec une offrande d'un dixième
d'épha de farine pétrie dans un
quart de hîn d'huile d'olives cassées[2]. 6 — C'est l'holocauste perpétuel tel qu'il était pratiqué sur
le mont Sinaï, un mets à l'odeur
apaisante pour le Seigneur.
7 — La libation requise est d'un
quart de hîn pour le premier
agneau — libation de vin fort à
offrir au Seigneur dans le *sanctuaire. 8 Le second agneau, on
l'offrira au crépuscule; on l'offrira avec la même offrande et la
même libation que le matin. C'est
pour le Seigneur un aliment à
l'odeur apaisante.

Pour le jour du sabbat

9 Le jour du *sabbat, on offrira
deux agneaux d'un an sans défaut, avec une offrande de deux
dixièmes de farine pétrie à l'huile
et la libation requise. 10 C'est l'holocauste du sabbat qui, chaque
sabbat, s'ajoute à l'holocauste
perpétuel et à sa libation.

Pour le premier jour du mois

11 Au début de chaque mois[3],
vous présenterez au Seigneur
l'holocauste de deux taureaux,
d'un bélier et de sept agneaux

d'un an — des bêtes sans défaut
— 12 avec, pour chaque taureau,
une offrande de trois dixièmes de
farine pétrie à l'huile; pour le bélier, une offrande de deux
dixièmes de farine pétrie à l'huile;
13 et pour chaque agneau, une offrande de farine pétrie à l'huile,
d'un dixième chaque fois. C'est
un holocauste à l'odeur apaisante,
un mets pour le Seigneur. 14 Les
libations requises sont : un
demi-hîn[1] de vin par taureau, un
tiers de hîn par bélier et un quart
de hîn par agneau. Tel est l'holocauste de néoménie, qu'on offrira
à chaque néoménie de l'année.
15 De plus, un bouc offert au Seigneur en sacrifice pour le péché;
on l'offrira en plus de l'holocauste perpétuel et de sa libation.

Pour la fête de la Pâque

16 Le premier mois, le quatorzième jour du mois, c'est *Pâque
en l'honneur du Seigneur. 17 Le
quinzième jour de ce mois, c'est
jour de fête : pendant sept jours,
on mangera des pains sans *levain. 18 Le premier jour, il y aura
une réunion sacrée; vous ne ferez
aucun travail pénible. 19 Vous
présenterez au Seigneur des mets
en holocauste : deux taureaux, un
bélier et sept agneaux d'un an
— vous prendrez des bêtes sans
défaut — 20 avec l'offrande requise de farine pétrie à l'huile :
trois dixièmes pour un taureau et
deux dixièmes pour un bélier.
21 Pour chacun des sept agneaux,
on ajoutera un dixième chaque
fois. 22 De plus, un bouc en sacrifice pour le péché, pour faire le
rite d'absolution en votre faveur.

---

1. *au crépuscule* : voir Ex 12.6 et la note.
2. *épha, hîn* : voir au glossaire POIDS ET ME-
SURES. — *Huile d'olives cassées* ou huile vierge :
voir Ex 27.20 et la note.
3. La fête célébrée *au début de chaque mois*
s'appelait *néoménie*, voir v. 14.

1. *hîn* : voir au glossaire POIDS ET MESURES.

23 Vous ferez tout cela en plus de l'holocauste du matin qui est l'holocauste perpétuel. 24 Vous offrirez de même chaque jour, pendant les sept jours, de la nourriture au SEIGNEUR, des mets à l'odeur apaisante; on les offrira en plus de l'holocauste perpétuel et de sa libation. 25 Le septième jour, vous aurez une réunion sacrée; vous ne ferez ce jour-là aucun travail pénible.

Pour la fête des semaines

26 Le jour des *prémices, quand vous présenterez au SEIGNEUR, pour la fête des semaines[1], l'offrande de la nouvelle récolte, vous aurez un rassemblement sacré; vous ne ferez aucun travail pénible. 27 Vous présenterez au SEIGNEUR un holocauste à l'odeur apaisante : deux taureaux, un bélier et sept agneaux d'un an, 28 avec l'offrande requise de farine pétrie à l'huile : trois dixièmes pour chaque taureau, deux dixièmes pour le bélier 29 et, pour chacun des sept agneaux, un dixième chaque fois. 30 De plus, un bouc pour faire le rite d'absolution en votre faveur. 31 Vous les offrirez avec leurs libations en plus de l'holocauste perpétuel et de l'offrande qui l'accompagne — vous prendrez des bêtes sans défaut.

Pour la fête de l'acclamation

29 1 Le septième mois, le premier du mois, vous aurez une réunion sacrée. Vous ne ferez aucun travail pénible. Ce sera pour vous un jour d'acclamation[1]. 2 Vous offrirez au SEIGNEUR un holocauste à l'odeur apaisante : un taureau, un bélier, sept agneaux d'un an — des bêtes sans défaut — 3 avec l'offrande requise de farine pétrie à l'huile : trois dixièmes pour le taureau, deux dixièmes pour le bélier 4 et, pour les sept agneaux, un dixième par agneau. 5 De plus, un bouc en sacrifice pour le péché, pour faire le rite d'absolution en votre faveur. 6 Sans compter l'holocauste de *néoménie avec son offrande et l'holocauste perpétuel avec son offrande, ainsi que leurs libations — selon les coutumes qui les concernent — : c'est un mets à l'odeur apaisante pour le SEIGNEUR.

Pour le jour du Grand Pardon

7 Le dix de ce septième mois, vous aurez une réunion sacrée. Vous jeûnerez, vous ne ferez aucun travail pénible. 8 Vous présenterez au SEIGNEUR un holocauste à l'odeur apaisante : un taureau, un bélier, sept agneaux d'un an — vous prendrez des bêtes sans défaut — 9 avec l'offrande requise de farine pétrie à l'huile : trois dixièmes pour le taureau, deux dixièmes pour le bélier 10 et, pour chacun des sept agneaux, un dixième chaque fois. 11 De plus, un bouc en sacrifice pour le péché, sans compter le sacrifice pour le péché du jour du Grand Pardon[2] et l'holocauste perpétuel avec son offrande, ainsi

---

1. *fête des semaines :* voir au glossaire CALENDRIER.

1. *jour d'acclamation :* voir Lv 23.24 et la note.
2. *jour du Grand Pardon :* voir au glossaire CALENDRIER.

que les libations qui les accompagnent.

Pour la fête des Tentes

12 Le quinzième jour du septième mois, vous aurez une réunion sacrée. Vous ne ferez aucun travail pénible. Vous fêterez le Seigneur en un pèlerinage de sept jours[1]. 13 Vous présenterez en holocauste au Seigneur un mets à l'odeur apaisante : treize taureaux, deux béliers, quatorze agneaux d'un an — ce seront des bêtes sans défaut — 14 avec l'offrande requise de farine pétrie à l'huile : trois dixièmes pour chacun des treize taureaux, deux dixièmes pour chacun des deux béliers 15 et, pour chacun des quatorze agneaux, un dixième chaque fois. 16 De plus, un bouc en sacrifice pour le péché, sans compter l'holocauste perpétuel, son offrande et sa libation. 17 Le deuxième jour : douze taureaux, deux béliers, quatorze agneaux d'un an — des bêtes sans défaut — 18 avec l'offrande et les libations requises pour les taureaux, les béliers et les agneaux, autant qu'il y en aura, selon les coutumes. 19 De plus, un bouc en sacrifice pour le péché, sans compter l'holocauste perpétuel et son offrande et les libations qui les accompagnent. 20 Le troisième jour : onze taureaux, deux béliers, quatorze agneaux d'un an — des bêtes sans défaut — 21 avec l'offrande et les libations requises pour les taureaux, les béliers et les agneaux, autant qu'il y en aura, selon les coutumes. 22 De plus un bouc en sacrifice pour le péché, sans compter l'holocauste perpétuel et son offrande et la libation qui l'accompagne. 23 Le quatrième jour : dix taureaux, deux béliers, quatorze agneaux d'un an — des bêtes sans défaut — 24 avec l'offrande et les libations requises pour les taureaux, les béliers et les agneaux, autant qu'il y en aura, selon les coutumes. 25 De plus, un bouc en sacrifice pour le péché, sans compter l'holocauste perpétuel et son offrande et la libation qui l'accompagne. 26 Le cinquième jour : neuf taureaux, deux béliers, quatorze agneaux d'un an — des bêtes sans défaut — 27 avec l'offrande et les libations requises pour les taureaux, les béliers et les agneaux, autant qu'il y en aura, selon les coutumes. 28 De plus, un bouc en sacrifice pour le péché, sans compter l'holocauste perpétuel et son offrande et la libation qui l'accompagne. 29 Le sixième jour : huit taureaux, deux béliers, quatorze agneaux d'un an — des bêtes sans défaut — 30 avec l'offrande et les libations requises pour les taureaux, les béliers et les agneaux, autant qu'il y en aura, selon les coutumes. 31 De plus, un bouc en sacrifice pour le péché, sans compter l'holocauste perpétuel et son offrande et la libation qui l'accompagne. 32 Le septième jour : sept taureaux, deux béliers, quatorze agneaux d'un an — des bêtes sans défaut — 33 avec l'offrande et les libations requises pour les taureaux, les béliers et les agneaux, autant qu'il y en a, selon les coutumes qui les concernent. 34 De plus, un bouc en sacrifice pour le péché,

---

1. *un pèlerinage de sept jours* : il s'agit de la *fête des Tentes;* voir au glossaire CALENDRIER.

sans compter l'holocauste perpétuel et son offrande et la libation qui l'accompagne. 35 Le huitième jour, ce sera la clôture de votre fête[1] : vous ne ferez aucun travail pénible. 36 Vous présenterez en holocauste au Seigneur un mets à l'odeur apaisante : un taureau, un bélier, sept agneaux d'un an — des bêtes sans défaut — 37 avec l'offrande et les libations requises pour le taureau, le bélier et les agneaux, autant qu'il y en a, selon les coutumes. 38 De plus, un bouc en sacrifice pour le péché, sans compter l'holocauste perpétuel et son offrande, et la libation qui l'accompagne.

39 « Voilà ce que vous offrirez au Seigneur aux dates qui vous sont fixées sans parler de vos sacrifices votifs, de vos sacrifices spontanés, holocaustes, offrandes de farine, libations et sacrifices de paix. »

30 1 Moïse dit aux fils d'Israël tout ce que le Seigneur lui avait ordonné.

Loi sur les voeux

2 Moïse parla aux chefs de tribus des fils d'Israël : Voici l'ordre que le Seigneur a donné : 3 lorsqu'un homme aura fait un voeu au Seigneur ou aura pris sous serment un engagement pour lui-même, il ne violera pas sa parole : il se conformera exactement à la promesse sortie de sa bouche. 4 Lorsqu'une femme, jeune encore, demeurant chez son père, aura fait un voeu au Seigneur ou pris un engagement pour elle-même, 5 si son père apprend

qu'elle a fait ce voeu ou pris cet engagement pour elle-même, s'il ne lui dit rien, tous ses voeux seront valides, tout engagement qu'elle aura pris pour elle-même sera valide. 6 Mais si son père la désavoue le jour même où il l'apprend, tous ses voeux, tous les engagements qu'elle aura pris pour elle-même, seront nuls. Le Seigneur la tiendra quitte, puisque son père l'a désavouée. 7 Et si elle vient à se marier, étant tenue par ses voeux ou par un engagement échappé de ses lèvres, 8 et que son mari, en l'apprenant, ne lui dise rien le jour même, ses voeux resteront valides, les engagements qu'elle aura pris pour elle-même resteront valides. 9 Mais si son mari, le jour où il l'apprend, la désavoue, il annule le voeu qui la tenait et l'engagement échappé de ses lèvres qu'elle avait pris pour elle-même; et le Seigneur la tiendra quitte.

10 Par contre, le voeu d'une veuve ou d'une femme répudiée sera valide quel que soit l'engagement qu'elle ait pris. 11 Mais si c'est dans la maison de son mari qu'elle a fait un voeu ou pris sous serment un engagement pour elle-même 12 et que son mari, en l'apprenant, ne lui dise rien, il ne la désavoue pas : tous ses voeux restent valides, tout engagement qu'elle aura pris pour elle-même, reste valide. 13 Mais si son mari décide de les annuler, le jour même où il l'apprend, tout ce qu'elle aura formulé en fait de voeux et d'engagements sera nul. Son mari les ayant annulés, le Seigneur la tiendra quitte. 14 Quel que soit le voeu ou le serment par lequel elle s'est engagée à *jeû-

---

1. *la clôture de votre fête* : autre traduction *une assemblée solennelle.*

ner[1], c'est son mari qui le valide
ou qui l'annule. 15 Et si son mari
ne lui dit rien jusqu'au lendemain,
il valide tous les voeux ou engagements qui la tenaient : il les
valide du fait qu'il ne lui a rien
dit le jour où il l'a appris. 16 Mais
s'il décide de les annuler après le
jour où il l'a appris, c'est lui qui
répondra de la faute de sa
femme. »

17 Telles sont les lois que le
Seigneur a prescrites à Moïse
concernant un homme et sa
femme ou un père et sa fille
lorsque, jeune encore, elle demeure chez lui.

La guerre sainte contre les Madianites

31 1 Le Seigneur dit à Moïse :
2 « Venge les fils d'Israël du
mal que leur ont fait les Madianites; après quoi, tu rejoindras ta
parenté[2]. » 3 Moïse dit au peuple :
« Que des hommes parmi vous
s'équipent pour partir en campagne. Ils marcheront contre Madiân pour exercer la vengeance
du Seigneur sur Madiân. 4 Vous
mettrez en campagne mille
hommes par tribu, dans toutes les
tribus d'Israël. » 5 On leva donc
parmi les milliers d'Israël[3] un millier par tribu, soit 12.000 hommes
équipés pour partir en campagne.
6 Ils les envoya en campagne,
à raison de mille par tribu; il les
envoya en campagne, eux et le
prêtre Pinhas, fils d'Eléazar, qui
avait en mains les accessoires du
*sanctuaire et les trompettes pour

les signaux. 7 Ils partirent en
campagne contre Madiân comme
le Seigneur l'avait ordonné à
Moïse et ils tuèrent tous les
hommes. 8 En plus de ces victimes, ils tuèrent aussi les rois de
Madiân : Ewi, Rèquem, Çour,
Hour et Rèva, les cinq rois de
Madiân. Ils tuèrent encore par
l'épée Balaam, fils de Béor[1]. 9 Les
fils d'Israël firent prisonnières les
femmes de Madiân avec leurs enfants; ils enlevèrent toutes leurs
bêtes, tous leurs troupeaux, tous
leurs biens. 10 Ils incendièrent
toutes les villes qu'habitaient les
Madianites et tous leurs campements. 11 Puis ils emmenèrent
tout le butin et tout ce qu'ils
avaient capturé en fait d'hommes
et de bêtes. 12 Ils amenèrent les
prisonniers, les prises de guerre et
le butin à Moïse, au prêtre Eléazar et à la communauté des fils
d'Israël; ils les ramenèrent au
camp dans les plaines de Moab
qui bordent le Jourdain à la hauteur de Jéricho.

13 Moïse, le prêtre Eléazar et
tous les responsables de la communauté sortirent pour les rencontrer en dehors du camp.
14 Moïse se fâcha contre les chefs
désignés pour mener les troupes,
chefs de milliers et chefs de centaines, qui revenaient de cette expédition. 15 « Quoi ! Leur dit-il,
vous avez laissé la vie à toutes les
femmes ! 16 Pourtant ce sont bien
elles qui — lors de l'affaire de
Balaam[2] — ont incité les fils d'Israël à être infidèles au Seigneur,
à l'occasion de l'affaire de Péor, si

---

1. *à jeûner* ou *s'abstenir de quelque chose.*
2. *Sur le mal fait par les Madianites*, voir chap.
25 — *tu rejoindras ta parenté* : voir 20.24 et la note.
3. *milliers d'Israël* : voir 1.16 et la note.

1. *Balaam, fils de Béor* : voir chap. 22-24.
2. *lors de l'affaire de Balaam* : autres traductions *sur la parole* (ou *sur les conseils) de Balaam.* Ce rôle de Balaam n'apparaissait pas dans le chap. 25.

bien qu'un fléau s'abattit sur la communauté du Seigneur. 17 Eh bien, maintenant, tuez tous les garçons et tuez toutes les femmes qui ont connu un homme dans l'étreinte conjugale. 18 Mais toutes les fillettes qui n'ont pas connu l'étreinte conjugale, gardez-les en vie pour vous. 19 Quant à vous, campez en dehors du camp pendant sept jours. Vous tous qui avez tué quelqu'un ou qui avez touché un mort, vous ferez votre *purification le troisième et le septième jour, aussi bien vous-mêmes que vos prisonnières. 20 De même toutes les étoffes, tous les objets en cuir, tous les ouvrages en poil de chèvre et tous les objets en bois, vous en ferez la purification. »

21 Le prêtre Eléazar dit aux soldats qui étaient allés au combat : « Voici les dispositions de la loi que le Seigneur a prescrite à Moïse : 22 il n'y a que l'or, l'argent, le bronze, le fer, l'étain, le plomb, 23 toutes choses qui supportent le feu, que vous passerez au feu pour qu'elles soient purifiées; on fera aussi la purification par l'eau lustrale[1]. Et vous passerez à l'eau tout ce qui ne supporte pas le feu. 24 Vous laverez vos vêtements le septième jour et vous serez purs; après quoi, vous rentrerez au camp. »

Le partage du butin

25 Le Seigneur dit à Moïse : 26 - « Toi-même, avec le prêtre Eléazar et les chefs de famille de la communauté, faites le compte de ce qu'on a capturé en fait d'hommes et de bêtes. 27 Tu par-

tageras ce qu'on a capturé entre les combattants qui ont fait la campagne et toute la communauté. 28 Tu prélèveras une taxe pour le Seigneur sur les combattants qui ont fait la campagne, en prélevant un homme sur 500 et une bête sur 500 pour les boeufs, les ânes et le petit bétail. 29 Vous prendrez cela sur leur part et tu le donneras au prêtre Eléazar comme redevance due au Seigneur. 30 Et sur la part des fils d'Israël, tu prendras un cinquantième des hommes, des boeufs, des ânes, du petit bétail et de toutes les bêtes; et tu les donneras aux *lévites qui font le service de la *demeure du Seigneur. » 31 Moïse et le prêtre Eléazar firent ce que le Seigneur avait ordonné à Moïse. 32 Ce qui avait été capturé, ce qui restait du butin qu'avaient enlevé les troupes en campagne, consistait en : 675.000 têtes de petit bétail, 33 72.000 de gros bétail, 34 et 61.000 ânes; 35 quant aux personnes humaines, c'est-à-dire les femmes qui n'avaient pas connu l'étreinte conjugale, il y en avait en tout 32.000. 36 La moitié attribuée à ceux qui avaient fait la campagne se montait à : — 337.500 têtes de petit bétail; 37 la taxe pour le Seigneur prélevée sur le petit bétail étant de 675 têtes; 38 — boeufs : 36.000 têtes sur lesquelles la taxe pour le Seigneur était de 72 têtes; 39 — ânes : 30.500 sur lesquels la taxe pour le Seigneur était de 61 têtes; 40 — personnes humaines, 16.000 sur lesquelles la taxe pour le Seigneur était de 32 personnes. 41 Moïse donna la taxe prélevée pour le Seigneur au prêtre Eléazar, comme le Seigneur le lui

---

1. *eau lustrale* : voir 19.9 et la note.

avait ordonné. 42 Quant à la moitié attribuée aux fils d'Israël, celle que Moïse avait soustraite aux hommes qui avaient fait la campagne, 43 cette moitié attribuée à la communauté consistait en : 337.500 têtes de petit bétail, 44 36.000 boeufs, 45 30.500 ânes 46 et 16.000 personnes humaines. 47 Moïse préleva sur la part des fils d'Israël un cinquantième des hommes et des bêtes et il les donna aux lévites qui font le service de la demeure du Seigneur, comme le Seigneur le lui avait ordonné.

L'offrande volontaire pour Dieu

48 Ceux qui avaient commandé les unités en campagne, chefs de milliers et chefs de centaines, s'approchèrent de Moïse 49 et lui dirent : « Tes serviteurs ont fait le compte des combattants qui étaient sous nos ordres ; il ne nous manque pas un homme. 50 En conséquence nous apportons en présent au Seigneur, pour faire le rite d'absolution sur nos personnes devant le Seigneur, les objets d'or, bracelets, anneaux, bagues, boucles d'oreilles et pendentifs que chacun a trouvés. » 51 Moïse et le prêtre Eléazar reçurent d'eux cet or : ce n'était qu'objets ouvragés. 52 Tout l'or qu'ils prélevèrent en redevance pour le Seigneur faisait 16.750 sicles[1], offert par les chefs de milliers et les chefs de centaines. 53 Les soldats avaient pillé chacun pour soi. 54 Moïse et le prêtre Eléazar reçurent donc l'or des chefs de milliers et de centaines ;

ils l'apportèrent dans la *tente de la rencontre pour servir aux fils d'Israël de mémorial[1] devant le Seigneur.

Trois tribus s'installent à l'est du Jourdain

32 1 Les fils de Ruben et les fils de Gad avaient des troupeaux nombreux, considérables. En regardant le pays de Yazér et le pays de Galaad[2], ils virent que la région convenait aux troupeaux. 2 Les fils de Gad et les fils de Ruben vinrent donc dire à Moïse, au prêtre Eléazar et aux responsables de la communauté : 3 « Ataroth, Divon, Yazér, Nimra, Heshbôn, Eléalé, Sevâm, Nébo, Béôn, 4 ce pays que le Seigneur a frappé devant la communauté d'Israël est un pays qui convient aux troupeaux ; or tes serviteurs ont des troupeaux. 5 Si nous avons trouvé grâce à tes yeux, dirent-ils, que ce pays soit attribué comme patrimoine à tes serviteurs ; ne nous fais pas passer le Jourdain. »

6 Mais Moïse dit aux fils de Gad et aux fils de Ruben : « Quoi ! Vos frères vont partir au combat et vous, vous resteriez ici ? 7 Pourquoi découragez-vous les fils d'Israël de passer dans le pays que le Seigneur leur donne ? 8 C'est bien ce qu'ont fait vos pères quand je les ai envoyés de Qadesh-Barnéa reconnaître le pays[3] ! 9 Ils sont montés jusqu'à la vallée d'Eshkol et, après avoir reconnu le pays, ils ont découragé

1. *sicles* : voir au glossaire POIDS ET MESURES.

1. *mémorial* : voir Ex 28.12 et la note.
2. *Yazér* et *Galaad* constituent, à l'est du Jourdain, deux régions séparées par le torrent du Yabboq.
3. *reconnaître le pays* : voir chap. 13.

les fils d'Israël en les dissuadant d'entrer dans le pays que le Seigneur leur donnait. 10 Le Seigneur s'est enflammé de colère ce jour-là et il a juré : 11 Jamais ces hommes qui sont montés d'Egypte — ceux de vingt ans et plus — ne verront la terre que j'ai promise à Abraham, à Isaac et à Jacob, puisqu'ils ont hésité à me suivre ! 12 Seuls furent exceptés Caleb, fils de Yefounnè, le Qénizzite, et Josué, fils de Noun, parce qu'ils avaient suivi le Seigneur sans hésitation. 13 Le Seigneur s'est enflammé de colère contre Israël et il les a fait errer dans le désert pendant 40 ans jusqu'à la disparition de toute la génération qui avait fait ce qui déplaît au Seigneur. 14 Et vous, race de pécheurs, voilà que vous prenez le relais de vos pères pour attiser la colère du Seigneur à l'égard d'Israël ! 15 Car si vous cessez de le suivre, il prolongera encore le séjour d'Israël au désert et vous aurez causé la perte de tout ce peuple. »

16 S'approchant de lui, ils dirent : « Nous allons construire ici des parcs à moutons pour nos troupeaux et des villes pour nos enfants. 17 Et nous-mêmes, nous nous empresserons de prendre les armes pour marcher devant les fils d'Israël, jusqu'à ce que nous les ayons fait entrer chez eux. Nos enfants resteront ici dans les villes fortes où ils seront protégés contre les habitants du pays. 18 Nous ne retournerons pas dans nos maisons avant que chacun des fils d'Israël soit en possession de son héritage. 19 Mais nous ne participerons pas avec eux au partage, de l'autre côté du Jour-

dain, car l'héritage qui nous revient se trouve de ce côté-ci, à l'est du Jourdain. »

20 Moïse leur dit : « Si vous faites cela, si vous prenez les armes devant le Seigneur pour monter au combat, 21 si tous vos hommes de guerre passent le Jourdain devant le Seigneur jusqu'à ce qu'il ait chassé devant lui tous ses ennemis, 22 si vous ne repartez qu'une fois le pays soumis devant le Seigneur, vous serez quittes envers le Seigneur et envers Israël, et ce pays-ci sera votre patrimoine devant le Seigneur. 23 Mais si vous n'agissez pas ainsi, vous péchez contre le Seigneur. Et sachez que votre péché vous poursuivrait. 24 Construisez des villes pour vos enfants et des parcs pour vos moutons. Mais la promesse sortie de votre bouche, tenez-la. »

25 Les fils de Gad, et les fils de Ruben dirent à Moïse : « Tes serviteurs se conformeront aux ordres de mon seigneur. 26 Nos femmes et nos enfants, nos troupeaux et toutes nos bêtes resteront ici, dans les villes de Galaad. 27 Et tes serviteurs, tous équipés pour partir en campagne, passeront devant le Seigneur pour monter au combat, comme mon seigneur le dit. »

28 Moïse donna des ordres à leur sujet au prêtre Eléazar, à Josué, fils de Noun, et aux chefs de famille des tribus des fils d'Israël. 29 Il leur dit : « Si les fils de Gad et les fils de Ruben passent le Jourdain avec vous, tous armés pour monter au combat devant le Seigneur, vous, quand le pays vous sera soumis, vous leur donnerez le pays de Galaad pour pa-

trimoine. 30 Mais s'ils ne passent pas avec vous en armes, ils auront leur patrimoine au milieu de vous dans le pays de Canaan. » 31 Les fils de Gad et les fils de Ruben répliquèrent : « Nous ferons ce que le Seigneur a dit à tes serviteurs. 32 Nous-mêmes, en armes, nous passerons dans le pays de Canaan devant le Seigneur ; mais pour nous, le patrimoine dont nous hériterons se trouve de ce côté-ci du Jourdain. »

33 Moïse donna aux fils de Gad, aux fils de Ruben et à la moitié de la tribu de Manassé, fils de Joseph, le royaume de Sihôn, roi des *Amorites, et le royaume de Og, roi du Bashân ; le pays avec ses villes et leur territoire, les villes du pays environnant. 34 Les fils de Gad reconstruisirent Divôn, Ataroth, Aroër, 35 Atroth-Shofân, Yazér, Yogboha, 36 Beth-Nimra et Beth-Harân ; ils construisirent ces villes fortes et des parcs à moutons. 37 Les fils de Ruben reconstruisirent Heshbôn, Eléalé, Qiryataïm, 38 Nébo, Baal-Méôn — dont les noms furent changés — et Sivma. Ils donnèrent d'autres noms aux villes qu'ils avaient reconstruites.

39 Les fils de Makir, fils de Manassé, allèrent en Galaad, s'emparèrent du pays et chassèrent les Amorites qui s'y trouvaient. 40 Alors Moïse donna Galaad à Makir, fils de Manassé, qui s'y installa. 41 Yaïr, fils de Manassé, alla s'emparer de leurs campements qu'il appela campements de Yaïr. 42 Novah alla s'emparer de Qenath et de ses dépendances ; il l'appela Novah, de son propre nom.

Les étapes depuis la sortie d'Egypte

33 1 Voici les étapes[1] que parcoururent les fils d'Israël lorsqu'ils sortirent du pays d'Egypte avec leurs armées sous la conduite de Moïse et Aaron. 2 Moïse nota les stations d'où ils partaient sur l'ordre du Seigneur. Voici donc leurs étapes ou leurs stations.

3 Ils partirent de Ramsès le premier mois, le quinzième jour de ce mois. C'est le lendemain de la *Pâque que les fils d'Israël sortirent librement sous les yeux de tous les Egyptiens, 4 tandis que ceux-ci enterraient ceux des leurs que le Seigneur avait frappés pour faire justice de leurs dieux, c'est-à-dire tous les premiers-nés. 5 Partis de Ramsès, les fils d'Israël campèrent à Soukkoth. 6 Partis de Soukkoth, ils campèrent à Etâm, aux confins du désert. 7 Partis d'Etâm, ils revinrent sur Pi-Hahiroth, en face de Baal-Cefôn, et campèrent devant Migdol. 8 Partis de devant Hahiroth[2], ils gagnèrent le désert en traversant la mer et, après trois jours de marche dans le désert d'Etâm, ils campèrent à Mara. 9 Partis de Mara, ils arrivèrent à Elîm où se trouvent douze sources et 70 palmiers ; c'est là qu'ils campèrent. 10 Partis d'Elîm, ils campèrent près de la *mer des Joncs. 11 Partis de la mer des Joncs, ils campèrent dans le désert de Sîn. 12 Partis du désert de Sîn, ils campèrent à Dofqa. 13 Partis de Dofqa, ils

---

1. Certains noms de lieux donnés dans ce chapitre figurent ailleurs dans les Nombres ou dans l'Exode ; d'autres ne se trouvent qu'ici. Beaucoup sont difficiles à localiser.
2. *Hahiroth* ou *Pi-Hahiroth* (v. 7).

campèrent à Aloush. 14 Partis
d'Aloush, ils campèrent à Refidîm
où le peuple n'eut pas d'eau à
boire. 15 Partis de Refidîm, ils
campèrent dans le désert de Sinaï. 16 Partis du désert de Sinaï,
ils campèrent à Qivroth-Taawa.
17 Partis de Qivroth-Taawa, ils
campèrent à Hacéroth. 18 Partis
de Hacéroth, ils campèrent à
Ritma. 19 Partis de Ritma, ils
campèrent à Rimmôn-Pèrèç.
20 Partis de Rimmôn-Pèrèç, ils
campèrent à Livna. 21 Partis de
Livna, ils campèrent à Rissa.
22 Partis de Rissa, ils campèrent à
Qehélata. 23 Partis de Qehélata,
ils campèrent au mont Shèfer.
24 Partis du mont Shèfer, ils campèrent à Harada. 25 Partis de Harada, ils campèrent à Maqehéloth. 26 Partis de Maqehéloth, ils
campèrent à Tahath. 27 Partis de
Tahath, ils campèrent à Tèrah.
28 Partis de Tèrah, ils campèrent
à Mitqa. 29 Partis de Mitqa, ils
campèrent à Hashmona. 30 Partis
de Hashmona, ils campèrent à
Mosséroth. 31 Partis de Mosséroth, ils campèrent à Bené-Yaaqân. 32 Partis de Bené-Yaaqân,
ils campèrent à Hor-Guidgad.
33 Partis de Hor-Guidgad, ils
campèrent à Yotvata. 34 Partis de
Yotvata, ils campèrent à Avrona.
35 Partis de Avrona, ils campèrent
à Eciôn-Guèvèr. 36 Partis de
Eciôn-Guèvèr, ils campèrent dans
le désert de Cîn, c'est-à-dire à
Qadesh. 37 Partis de Qadesh, ils
campèrent à Hor-la-Montagne,
aux confins du pays d'Edom.
38 Sur l'ordre du SEIGNEUR, le
prêtre Aaron monta à Hor-la-
Montagne et c'est là qu'il mourut,
40 ans après la sortie des fils
d'Israël du pays d'Egypte, au cinquième mois, le premier du mois.
39 Aaron avait 123 ans lorsqu'il
mourut à Hor-la-Montagne.
40 Les Cananéens — le roi d'Arad
habitait le Néguev, dans le pays
de Canaan — apprirent l'arrivée
des fils d'Israël. 41 Partis de
Hor-la-Montagne, ils campèrent
à Çalmona. 42 Partis de Çalmona,
ils campèrent à Pounôn. 43 Partis
de Pounôn, ils campèrent à
Ovoth. 44 Partis d'Ovoth, ils campèrent à Iyyé-Avarim, à la frontière de Moab. 45 Partis de
Iyyim[1], ils campèrent à Divôn-Gad. 46 Partis de Divôn-Gad,
ils campèrent à Almôn-Divla-
taïma. 47 Partis d'Almôn-Divla-
taïma, ils campèrent dans les
monts Avarim, en face de Nébo.
48 Partis des monts Avarim, ils
campèrent dans les plaines de
Moab, au bord du Jourdain, à la
hauteur de Jéricho. 49 Ils campèrent au bord du Jourdain depuis
Beth-Yeshimoth jusqu'à Avel-
Shittîm, dans les plaines de
Moab.

Ordres de Dieu pour le partage de Canaan

50 Le SEIGNEUR dit à Moïse
dans les plaines de Moab, au
bord du Jourdain à la hauteur de
Jéricho : 51 « Parle aux fils d'Israël
et dis-leur : quand vous aurez
passé le Jourdain pour entrer
dans le pays de Canaan, 52 vous
chasserez devant vous tous les habitants du pays, vous ferez disparaître toutes leurs idoles de pierre,
vous ferez disparaître toutes leurs
statues de métal fondu et vous
supprimerez tous leurs *hauts
lieux. 53 Vous prendrez possession

---

1. *Iyyim* ou *Iyyé-Avarim* (v. 44).

du pays et vous y habiterez; car c'est à vous que je donne ce pays pour que vous le possédiez. 54 Vous vous partagerez le pays entre vos clans par tirage au sort. Pour un clan plus important, vous ferez une part plus grande et, pour un clan plus restreint, une part plus petite. Chacun aura sa part à l'endroit qui lui sera dévolu par le sort; vous ferez le partage entre vos tribus paternelles. 55 Mais si vous ne chassez pas devant vous les habitants du pays, ceux d'entre eux que vous aurez laissés seront comme des piquants dans vos yeux et des épines dans vos flancs. Ils vous harcèleront dans le pays même où vous habiterez, 56 et ce que j'avais pensé leur faire, c'est à vous que je le ferai. »

Les frontières de Canaan

34 1 Le Seigneur parla à Moïse : 2 « Donne aux fils d'Israël les ordres suivants : Lorsque vous entrerez dans le pays de Canaan, voici quel sera le pays qui vous reviendra en héritage : le pays de Canaan avec les frontières suivantes. 3 Votre limite sud commencera au désert de Cîn et longera Edom. À l'est, votre frontière sud partira de l'extrémité de la mer du Sel[1]. 4 Puis votre frontière obliquera au sud de la montée des Aqrabbîm et passera à Cîn pour aboutir au sud de Qadesh-Barnéa, repartir vers Haçar-Addar et passer à Açmôn. 5 D'Açmôn, la frontière obliquera vers le torrent d'E-

gypte[1] pour aboutir à la mer. 6 Pour la frontière ouest, la grande mer vous servira de frontière[2]; telle sera votre frontière ouest. 7 Et voici quelle sera votre frontière nord : vous la marquerez depuis la grande mer jusqu'à Hor-la-Montagne[3]. 8 De Hor-la-Montagne, vous la marquerez jusqu'à Lebo-Hamath. La frontière aboutira à Cedâd, 9 puis repartira vers Zifrôn pour aboutir à Haçar-Einân. Telle sera votre frontière nord. 10 Pour votre frontière est, vous marquerez une ligne de Haçar-Einân à Shefâm. 11 De Shefâm, la frontière descendra sur Rivla, à l'est de Aïn, puis elle descendra jusqu'à buter contre les coteaux à l'est de la mer de Kinnéreth[4]. 12 Enfin elle descendra jusqu'au Jourdain pour aboutir à la mer du Sel. Tel sera votre pays, avec les frontières qui l'entourent. »

13 Moïse donna aux fils d'Israël les instructions suivantes : « Tel est le pays que vous vous partagerez par tirage au sort, le pays que le Seigneur a prescrit de donner aux neuf tribus et à la demi-tribu[5]. 14 En effet la tribu des fils de Gad avec ses familles ainsi que la moitié de la tribu de Manassé ont déjà reçu leur héritage[6]. 15 Ces deux tribus et la demi-tribu ont reçu leur héritage

1. *désert de Cîn* : voir 13.21 et la note — *la mer de Sel* : la mer Morte.

1. Le *torrent d'Egypte* est probablement le *Wadi Arish* qui se jette dans la Méditerranée à environ 80 km au sud-ouest de Gaza.

2. *la grande mer* : un des noms de la Méditerranée dans l'AT — *vous servira de frontière* : texte peu clair et traduction incertaine.

3. Montagne non identifiée, mais en tout cas différente de celle mentionnée en 20.22-29 et 33.37-41.

4. *mer de Kinnéreth* : appelée plus tard *lac de Génésareth*, *mer de Tibériade* ou *mer de Galilée*.

5. *la demi-tribu* : de Manassé; l'autre demi-tribu est mentionnée au v. 14.

6. *déjà reçu leur héritage* : voir 32.33.

au-delà du Jourdain, à la hauteur de Jéricho, à l'est, au levant. »

Liste des responsables du partage

16 Le Seigneur parla à Moïse. 17 « Voici les noms des hommes qui feront le partage du pays entre vous : le prêtre Eléazar et Josué, fils de Noun. 18 Vous prendrez en outre un responsable par tribu pour faire le partage du pays. 19 Et voici les noms de ces hommes : pour la tribu de Juda, Caleb, fils de Yefounnè. 20 Pour la tribu des fils de Siméon, Shemouël, fils de Ammihoud. 21 Pour la tribu de Benjamin, Elidad, fils de Kislôn. 22 Pour la tribu des fils de Dan, responsable : Bouqqi, fils de Yogli. 23 Pour les fils de Joseph, pour la tribu des fils de Manassé, responsable : Hanniël, fils d'Efod ; 24 pour la tribu des fils d'Ephraïm, responsable : Qemouël, fils de Shiftân. 25 Pour la tribu des fils de Zabulon, responsable : Eliçafân, fils de Parnak. 26 Pour la tribu des fils d'Issakar, responsable : Paltiël, fils de Azzân. 27 Pour la tribu des fils d'Asher, responsable : Ahihoud, fils de Shelomi. 28 Pour la tribu des fils de Nephtali, responsable : Pedahel, fils de Ammihoud. » 29 Tels sont les hommes auxquels le Seigneur ordonna de faire le partage entre les fils d'Israël dans le pays de Canaan.

Les villes attribuées aux lévites

35 1 Le Seigneur parla à Moïse dans les plaines de Moab près du Jourdain à la hauteur de Jéricho. Il lui dit : 2 « Or-

donne aux fils d'Israël de céder une part de leur patrimoine aux *lévites, des villes où ils pourront s'établir. Vous leur donnerez aussi des terres autour de ces villes. 3 Les villes seront pour eux, pour qu'ils y habitent, et les terres seront pour leur bétail, pour leur matériel et pour tous leurs animaux. 4 Les terres de ces villes que vous donnerez aux lévites, s'étendront à partir du mur de la ville sur mille coudées[1] à la ronde. 5 Vous mesurerez à l'extérieur de la ville du côté est 2.000 coudées, du côté sud 2.000 coudées, du côté ouest 2.000 coudées, et du côté nord 2.000 coudées, la ville étant au centre. Voilà les terres qu'ils auront autour de leurs villes. 6 Les villes que vous céderez aux lévites sont les six villes de refuge que vous instituerez pour que les meurtriers y trouvent refuge[2] ; vous y ajouterez 42 autres villes. 7 Les villes que vous céderez aux lévites seront 48 en tout, chacune avec ses terres. 8 Pour ces villes que vous prendrez sur le domaine des fils d'Israël, vous en prendrez plus à ceux qui ont plus et moins à ceux qui ont moins. Chaque tribu cédera de ses villes aux lévites en proportion du patrimoine qui lui est échu. »

Les villes de refuge pour les meurtriers

9 Le Seigneur dit à Moïse : 10 « Dis aux fils d'Israël : Quand vous passerez le Jourdain pour entrer dans le pays de Canaan,

---

1. *coudées* : voir au glossaire POIDS ET MESURES.
2. *y trouvent refuge* : voir les v. 9-34.

11 vous vous choisirez[1] des villes qui vous serviront de villes de refuge. Un meurtrier qui aura tué involontairement y trouvera refuge. 12 Ces villes vous serviront de refuge pour vous permettre d'échapper au vengeur[2]. Le meurtrier ne sera pas mis à mort avant d'avoir comparu devant la communauté pour être jugé. 13 Parmi les villes que vous réserverez, vous aurez six villes de refuge; 14 vous en réserverez trois de l'autre côté du Jourdain et trois dans le pays de Canaan. Ce seront des villes de refuge.

15 Ces six villes serviront de refuge aussi bien aux fils d'Israël qu'à l'émigré et à l'hôte de passage au milieu d'eux; quiconque aura tué involontairement y trouvera refuge. 16 Si c'est avec un objet en fer qu'il a frappé sa victime et causé sa mort, c'est un meurtrier; et le meurtrier sera mis à mort. 17 S'il l'a frappée et a causé la mort en lançant[3] une pierre qui peut tuer, c'est un meurtrier; et le meurtrier sera mis à mort. 18 Ou s'il l'a frappée et a causé sa mort en lançant un objet de bois qui peut tuer, c'est un meurtrier; et le meurtrier sera mis à mort. 19 C'est le vengeur qui mettra à mort le meurtrier; dès qu'il le rencontrera, c'est lui qui le mettra à mort.

20 Si quelqu'un a heurté sa victime avec haine ou s'il lui a lancé quelque chose avec méchanceté et qu'il ait causé sa mort, 21 s'il l'a

frappée du poing avec hostilité et qu'il ait causé sa mort, celui qui a frappé sera mis à mort : c'est un meurtrier. C'est le vengeur qui mettra le meurtrier à mort dès qu'il le rencontrera. 22 Mais si c'est par hasard et sans hostilité qu'il l'a heurtée, ou s'il lui a lancé un objet quelconque sans méchanceté, 23 ou si, sans la voir, il l'a atteinte avec une pierre quelconque qui pouvait tuer — en faisant tomber cette pierre sur elle, il a causé sa mort — si donc il l'a fait sans lui être hostile et sans lui vouloir du mal, 24 la communauté[1] prononcera d'après ces règles entre celui qui a frappé et le vengeur. 25 La communauté sauvera le meurtrier de la main du vengeur et le ramènera à la ville de refuge où il s'était réfugié. Il y demeurera jusqu'à la mort du grand prêtre consacré par l'huile sainte. 26 Mais si le meurtrier s'avise de sortir du territoire de la ville de refuge où il s'est réfugié 27 et que le vengeur le trouve en dehors du territoire de sa ville de refuge et qu'il le tue, le vengeur ne commet pas de crime. 28 Le meurtrier restera donc dans sa ville de refuge jusqu'à la mort du grand prêtre. Après la mort de celui-ci, il retournera dans son coin de terre. 29 Ce sera pour vous d'âge en âge une règle de droit, partout où vous habiterez.

30 Dans tous les cas de meurtre, on ne tuera le meurtrier que sur la déposition de plusieurs témoins. On ne condamnera pas quelqu'un à mort sur la déposition d'un seul témoin. 31 Vous n'accepterez pas d'indemnité pour

---

1. *vous vous choisirez* ou *vous trouverez.*
2. D'après la *loi du talion* (Ex 21.23-25; Lv 24.19-21; Dt 19.21), le meurtre appelait le meurtre; en fait un *proche* parent de la victime avait le devoir de *venger* le défunt en faisant *mourir* le meurtrier.
3. *en lançant* : autre traduction *en tenant dans la main.* Même expression au verset suivant.

1. Le texte ne permet pas de savoir de quelle *communauté* il s'agit. D'après le v. 25, il ne peut s'agir de la communauté de la ville de refuge.

la vie d'un meurtrier qui mérite la mort; mais il sera mis à mort. 32 Vous n'accepterez pas non plus d'indemnité pour le laisser chercher refuge dans une ville de refuge ou retourner habiter dans le pays avant la mort du grand prêtre. 33 Vous ne profanerez[1] pas le pays où vous vous trouvez; en effet le sang est une chose qui profane le pays. Et on ne peut laver le pays du sang qui y a été versé que par le sang de celui qui l'a versé. 34 Tu ne souilleras pas le pays où vous habitez, au milieu duquel je demeure, car je suis le Seigneur et je demeure au milieu des fils d'Israël. »

Règle pour le mariage des femmes qui héritent

36 1 Alors se présentèrent les chefs de famille du clan des fils de Galaad, fils de Makir, fils de Manassé, l'un des clan des fils de Joseph. Ils prirent la parole devant Moïse et devant les responsables, chefs de tribus des fils d'Israël. 2 « Le Seigneur, dirent-ils, a ordonné à mon seigneur de donner le pays aux fils d'Israël en le partageant par tirage au sort. Et mon seigneur a reçu du Seigneur l'ordre de donner l'héritage de notre frère Celofehad à ses filles[2]. 3 Or, si elles épousent un homme d'une autre tribu des fils d'Israël, leur héritage sera retranché de l'héritage

de nos pères et s'ajoutera à celui de la tribu dans laquelle elles entreront; il sera retranché de la part d'héritage qui nous est échue. 4 Quand viendra pour les fils d'Israël l'année du jubilé[1], leur héritage sera ajouté à celui de la tribu dans laquelle elles entreront et sera retranché de l'héritage de la tribu de nos pères. »

5 Et Moïse, sur l'ordre du Seigneur, donna aux fils d'Israël les instructions suivantes : « Les fils de la tribu de Joseph ont raison. 6 Voici donc l'ordre que donne le Seigneur au sujet des filles de Celofehad : elles épouseront qui leur plaira pourvu que ce soit un homme d'un clan de la tribu de leur père. 7 Ainsi parmi les fils d'Israël un héritage ne passera pas d'une tribu à l'autre; les fils d'Israël resteront attachés chacun à l'héritage de la tribu de ses pères. 8 Toute fille qui héritera d'une part dans l'une des tribus des fils d'Israël ne pourra épouser qu'un homme d'un clan de la tribu de son père. Ainsi chacun des fils d'Israël possédera l'héritage de ses pères. 9 Un héritage ne passera pas d'une tribu à l'autre, mais les tribus des fils d'Israël resteront attachées chacune à son héritage. »

10 Les filles de Celofehad firent comme le Seigneur l'avait ordonné à Moïse. 11 Mahla, Tirça, Hogla, Milka et Noa, filles de Celofehad, épousèrent des fils de

---

1. *profanerez* ou *souillerez* (il s'agit pourtant en hébreu d'un autre verbe qu'au v. 34).
2. Voir 27.1-11.

1. *année du jubilé* : voir Lv 25.8-54.

leurs oncles. 12 Elles épousèrent donc des hommes appartenant aux familles des fils de Manassé, fils de Joseph. Et leur héritage resta dans la tribu à laquelle appartenait le clan de leur père.

13 Tels sont les ordres et les règles que le SEIGNEUR prescrivit aux fils d'Israël par l'intermédiaire de Moïse, dans les plaines de Moab, au bord du Jourdain, à la hauteur de Jéricho.

LE DEUTÉRONOME

PREMIER DISCOURS DE MOÏSE

1 1 Voici les paroles que Moïse adressa à tout Israël, au-delà du Jourdain, au désert, dans la Araba, en face de Souf, entre Parân, Tofel, Lavân, Hacéroth et Di-Zahav[1]. 2 Il y a onze jours de marche de l'Horeb à Qadesh-Barnéa sur le chemin de la montagne de Séïr[2].

3 Or l'an 40[3], le onzième mois, le premier du mois, Moïse parla aux fils d'Israël, suivant tout ce que le Seigneur lui avait ordonné pour eux. 4 Après avoir battu Sihôn, roi des *Amorites, qui résidait à Heshbôn, après avoir battu à Edrëï Og, roi du Bashân[4], qui résidait à Ashtaroth, 5 au-delà du Jourdain, dans le pays de Moab, Moïse se mit à leur exposer la Loi que voici :

Dieu donne à Israël l'ordre du départ

6 À l'Horeb, le Seigneur notre Dieu nous a parlé ainsi : « Il y a bien longtemps que vous restez dans cette montagne; 7 tournez-vous pour partir, entrez dans la montagne des *Amorites et chez tous leurs voisins, dans la Araba, la Montagne, le *Bas-Pays, le Néguev et sur la Côte, dans le pays des Cananéens et au Liban, jusqu'au grand fleuve, l'Euphrate[1]. 8 Voyez : je vous remets le pays : entrez et prenez possession du pays que le Seigneur a juré de donner à vos pères Abraham, Isaac et Jacob, et à leur descendance après eux. »

---

1. *Araba* : autres traductions *vallée, plaine.* Comme nom propre, ce mot désigne le fond de la vallée qui s'étend au nord et au sud de la mer Morte. — *Souf … Di-Zahav* : endroits non identifiés.
2. *Horeb* : voir Ex 3.1 et la note. — *Qadesh-Barnéa* : voir Gn 16.14 et la note. — *Séïr* : voir Gn 32.4 et la note.
3. *an quarante* : du séjour dans le désert.
4. *Bashân* : région à l'Est de la mer de Kinnéreth.

1. Enumération des diverses régions de la Terre Promise étendue à des limites idéales. — *Euphrate* : voir Gn 2.14 et la note.

Moïse institue des juges

9 Alors je vous ai dit : « Je ne peux pas vous porter à moi tout seul : 10 le Seigneur votre Dieu vous a rendus nombreux, et voici que vous êtes aujourd'hui aussi nombreux que les étoiles du ciel. 11 Que le Seigneur, le Dieu de vos pères, vous multiplie encore mille fois plus, et qu'il vous bénisse comme il vous l'a promis : 12 comment, à moi tout seul, porterais-je vos rancoeurs, vos réclamations et vos contestations ? 13 Amenez ici, pour vos tribus, des hommes sages, intelligents et éprouvés; je les mettrai à votre tête. » 14 Et vous m'avez répondu : « Ce que tu nous dis de faire est bon. » 15 J'ai donc pris vos chefs de tribus, des hommes sages et éprouvés, et j'en ai fait vos chefs : des chefs de milliers, de cinquantaines, de dizaines, et des commissaires, pour vos tribus.

16 Alors j'ai donné des ordres à vos juges : « Vous entendrez les causes de vos frères, et vous trancherez avec justice les affaires de chacun avec son frère, ou avec l'émigré qu'il a chez lui. 17 Vous n'aurez pas de partialité dans le jugement : entendez donc le petit comme le grand, n'ayez peur de personne, car le jugement appartient à Dieu. Si une affaire vous paraît trop difficile, soumettez-la-moi, et je l'entendrai. » 18 Et alors, je vous ai donné des ordres sur tout ce que vous aviez à faire.

Rébellion d'Israël au seuil du pays promis

19 Puis nous sommes partis de l'Horeb; nous avons traversé ce désert grand et terrible que vous avez vu, sur le chemin de la montagne des *Amorites, comme le Seigneur notre Dieu nous l'avait ordonné, et nous sommes arrivés à Qadesh-Barnéa[1]. 20 Je vous ai dit : « Vous êtes arrivés à la montagne des Amorites que le Seigneur notre Dieu nous donne.

21 Vois : le Seigneur ton Dieu t'a remis le pays. Monte, prends-en possession comme le Seigneur, le Dieu de tes pères, te l'a promis. Ne crains pas ! Ne te laisse pas abattre ! » 22 Alors, vous êtes tous venus à moi, et vous m'avez dit : « Envoyons donc des hommes devant nous : ils feront pour nous une reconnaissance du pays, ainsi qu'un rapport sur le chemin où nous devrons monter, et sur les villes où nous arriverons. » 23 Cela m'a paru bon, et j'ai pris parmi vous douze hommes, un par tribu. 24 Ils se sont tournés pour monter vers la montagne. Arrivés aux gorges d'Eshkol[2], ils les ont explorées. 25 Ils ont pris des fruits du pays qu'ils nous ont rapportés dans leurs mains en descendant, et ils nous ont fait leur rapport. Ils disaient : « Le pays que le Seigneur notre Dieu nous donne, c'est un bon pays ! » 26 Mais vous avez refusé d'y monter; vous avez été rebelles à la voix du Seigneur votre Dieu, 27 et vous avez déblatéré sous vos tentes en disant : « C'est par haine contre nous que le Seigneur nous a fait sortir du pays d'Egypte ! C'est pour nous livrer entre les mains des *Amorites ! C'est pour nous exterminer ! 28 Où donc montons-nous ?

1. Voir Gn 16.14 et la note.
2. Voir Nb 13.23 et la note.

Nos frères ont fait fondre notre courage en disant : C'est un peuple plus grand et plus fort que nous, avec des villes grandes, fortifiées, perchées dans le ciel; nous y avons même vu des Anaqites[1] ! » 29 Je vous ai dit : « Ne tremblez pas, ne les craignez pas ! 30 Le SEIGNEUR votre Dieu qui marche devant vous combattra lui-même pour vous, exactement comme il a fait pour vous en Egypte sous vos yeux, 31 et dans le désert où tu as vu le SEIGNEUR ton Dieu te porter comme un homme porte son fils, tout au long de la route que vous avez parcourue pour arriver jusqu'en ce lieu. » 32 Et dans cette affaire, vous n'avez pas mis votre foi dans le SEIGNEUR votre Dieu, 33 lui qui marchait devant vous sur la route pour vous chercher un lieu de camp, dans le feu pendant la nuit pour vous éclairer sur la route où vous marchiez, et dans la nuée pendant le jour.

34 Le SEIGNEUR a entendu les paroles que vous disiez. Il s'est irrité et il a fait ce serment : 35 « Pas un de ces hommes, personne de cette génération mauvaise, ne verra le bon pays que j'ai juré de donner à vos pères, 36 sauf Caleb, fils de Yefounnè : lui, il le verra, et à lui je donnerai, ainsi qu'à ses fils, la terre qu'il a foulée, parce qu'il a suivi sans réserve le SEIGNEUR. » 37 Même contre moi, le SEIGNEUR s'est mis en colère à cause de vous. Il a dit : « Même toi, tu n'y entreras

pas ! 38 Josué, fils de Noun, qui est à ton service, y entrera, lui; affermis son courage, car c'est lui qui fera hériter Israël du pays. 39 Et vos enfants, dont vous disiez qu'ils seraient capturés, vos fils qui ne savent pas encore distinguer le bien du mal, eux ils y entreront. C'est à eux que je le donnerai, c'est eux qui en prendront possession. 40 Mais vous, tournez-vous pour repartir au désert, sur le chemin de la mer des *Joncs. »

41 Vous m'avez répondu : « Nous avons péché contre le SEIGNEUR ! Nous allons monter et combattre, suivant tout ce que le SEIGNEUR notre Dieu nous a ordonné. » Chacun de vous a pris son équipement de combat, et vous avez cru monter facilement dans la montagne. 42 Alors le SEIGNEUR m'a dit : « Dis-leur : Vous ne monterez pas ! Vous ne combattrez pas, car je ne suis pas au milieu de vous ! Ne vous faites pas vaincre par vos ennemis ! » 43 Je vous ai parlé, mais vous n'avez pas écouté; vous avez été rebelles à la voix du SEIGNEUR, et, dans votre présomption, vous êtes montés dans la montagne. 44 Alors les Amorites qui habitent cette montagne sont sortis à votre rencontre et, comme un essaim d'abeilles, ils vous ont poursuivis; ils vous ont mis en pièces de Séïr jusqu'à Horma.

45 En revenant, vous avez pleuré devant le SEIGNEUR; mais le SEIGNEUR n'a pas écouté votre voix, il ne vous a pas prêté l'oreille. 46 Et vous êtes restés long-

1. perchées dans le ciel : allusion soit à la hauteur des murailles, soit aux escarpements sur lesquels les villes sont bâties. — Anaqites : voir Nb 13.22 et la note.

temps à Qadesh, aussi longtemps que vous y étiez restés[1].

2 1 Puis nous nous sommes tournés pour partir vers le désert, sur le chemin de la *mer des Joncs, comme le SEIGNEUR me l'avait dit, et nous avons contourné longtemps la montagne de Séïr[2].

Traversée des pays d'Edom, Moab et Ammon

2 Puis le SEIGNEUR m'a dit : 3 « Il y a bien longtemps que vous contournez cette montagne : tournez-vous vers le nord ! 4 Donne au peuple cet ordre : Vous allez passer sur le territoire de vos frères, les fils d'Esaü qui habitent en Séïr. Ils auront peur de vous, mais prenez bien garde : 5 ne vous engagez pas contre eux[3], je ne vous donnerai rien dans leur pays, pas même de quoi poser la plante du pied, car c'est à Esaü que j'ai donné en possession la montagne de Séïr. 6 La nourriture que vous mangerez, vous la leur achèterez à prix d'argent; et même l'eau que vous boirez, vous vous la procurerez chez eux à prix d'argent. 7 Car le SEIGNEUR ton Dieu t'a béni dans toutes tes actions, il a connu ta marche dans ce grand désert; voilà 40 ans que le SEIGNEUR ton Dieu est avec toi, et tu n'as manqué de rien. » 8 Puis, en partant de chez nos frères, les fils d'Esaü qui habitent en Séïr, nous sommes passés par la route de la Araba qui vient d'Eilath et de Eciôn-Guèvèr. Nous nous sommes tournés pour passer dans la direction du désert de Moab[1].

9 Et le SEIGNEUR m'a dit : « N'attaque pas Moab, n'engage pas le combat contre lui; je ne donnerai rien en possession dans son pays, car c'est aux fils de Loth que j'ai donné Ar[2] en possession. 10 — Les Emites y habitaient auparavant, un peuple grand, nombreux et de haute taille comme les Anaqites[3]; 11 ils étaient considérés aussi comme des Refaïtes[4], à la manière des Anaqites, mais les Moabites les appelaient Emites; 12 de même en Séïr avaient habité autrefois les Horites; les fils d'Esaü les avaient dépossédés et exterminés de devant eux, et ils ont habité à leur place, comme Israël l'a fait pour le pays qui est en sa possession, celui que le SEIGNEUR lui a donné. — 13 Maintenant, en route, passez les gorges du Zéred[5]. » Et nous avons passé les gorges du Zéred. 14 La durée de notre marche depuis Qadesh-Barnéa jusqu'au passage des gorges du Zéred avait été de 38 ans — jusqu'à ce que toute la génération des combattants ait entièrement disparu du camp, comme le SEIGNEUR le leur avait juré; 15 et même la main du SEIGNEUR avait été sur eux pour les chasser du

---

1. *aussi longtemps que vous y étiez restés* : l'infidélité d'Israël l'a condamné à rester à Qadesh pour un second séjour aussi long que le premier. On traduit parfois *aussi longtemps que vous deviez y rester.*

2. Voir Gn 32.4 et la note.

3. *ne vous engagez pas contre eux* ou *ne les attaquez pas.*

1. *Araba* : voir 1.1 et la note. — *Eilath* et *Eciôn-Guèvèr* sont à l'extrémité sud de la *Araba. Moab* est à l'est de la mer Morte.

2. Les *fils de Loth* désignent ici *Moab* et *Ammon* (v. 19). Ar : capitale du pays de *Moab.*

3. Voir Nb 13.22 et la note.

4. Ancienne population du pays de Canaan (voir v. 20-21).

5. rivière de Transjordanie, à l'extrémité sud de la mer Morte.

camp, jusqu'à ce qu'ils disparaissent entièrement.

16 Et lorsque la mort eut fait disparaître entièrement du milieu du peuple tous ces combattants, 17 le Seigneur m'a parlé ainsi : 18 « Tu vas passer aujourd'hui par le territoire de Moab, par Ar. 19 Tu arriveras en face de chez les fils d'Ammon ; n'attaque pas, ne t'engage pas contre eux ; je ne te donnerai rien en possession dans le pays des fils d'Ammon, car c'est aux fils de Loth que je l'ai donné en possession. 20 — C'était considéré aussi comme un pays de Refaïtes ; des Refaïtes y avaient habité auparavant, les Ammonites les appelaient Zamzoummites ; 21 ils avaient été un peuple grand, nombreux et de haute taille comme les Anaqites, mais le Seigneur les avait exterminés de devant les Ammonites ; ceux-ci les avaient dépossédés et ils ont habité à leur place. 22 Le Seigneur en avait fait autant pour les fils d'Esaü qui habitent en Séïr, en exterminant de devant eux les Horites, qu'ils avaient dépossédés, et ils ont habité à leur place jusqu'à ce jour ; 23 et les Avvites qui habitaient dans les villages jusqu'à Gaza, les Kaftorites[1] qui viennent de Kaftor les avaient exterminés et ils ont habité à leur place —.

Occupation du royaume de Sihôn

24 « En route, partez, passez les gorges de l'Arnôn[2] ! Vois, j'ai livré entre tes mains Sihôn l'*Amorite, roi de Heshbôn, et son pays. Commence à en prendre possession, engage contre lui le combat. 25 En ce jour, je commence à mettre la terreur et la peur de toi sur le visage des peuples qui habitent sous tous les cieux ; quand ils entendront parler de toi, ils trembleront et frémiront devant toi. »

26 Alors, du désert de Qedémoth[1], j'ai envoyé des messagers à Sihôn, roi de Heshbôn, avec des paroles de paix : 27 « Laisse-moi passer à travers ton pays par la route ! J'irai par la route, sans dévier ni à droite ni à gauche ; 28 la nourriture que je mangerai, tu me la fourniras à prix d'argent, et l'eau que je boirai, tu me la donneras à prix d'argent. Laisse-moi simplement passer à pied, 29 comme me l'ont permis les fils d'Esaü qui habitent en Séïr, et les Moabites qui habitent à Ar, jusqu'à ce que je passe le Jourdain, pour arriver au pays que le Seigneur notre Dieu nous donne. » 30 Mais Sihôn, roi de Heshbôn, n'a pas voulu nous laisser passer par chez lui, car le Seigneur ton Dieu avait rendu son esprit inflexible et son *coeur résistant, pour le livrer entre tes mains ce jour-là. 31 Et le Seigneur m'a dit : « Vois, j'ai commencé à te livrer Sihôn et son pays ; commence à entrer en possession de son pays. » 32 Sihôn sortit à notre rencontre, lui et tout son peuple, pour combattre à Yahaç. 33 Et le Seigneur notre Dieu nous le livra ; nous l'avons battu, ainsi que ses fils et tout son peuple.

1. *Gaza* : ville proche de la côte, au sud-ouest de la Palestine. — *Kaftorites* : autre nom des Philistins (voir Gn 26.1 et la note).
2. Rivière qui se jette dans la mer Morte, à l'est.

1. *désert de Qedémoth* : au nord de l'Arnôn.

34 Alors, nous avons occupé toutes ses villes, et nous avons voué à l'interdit[1] chaque ville : les hommes, les femmes et les enfants; nous n'avons laissé survivre aucun reste. 35 Nous avons seulement gardé le bétail comme butin, ainsi que les dépouilles des villes que nous avions occupées. 36 Depuis Aroër qui est sur le rebord des gorges de l'Arnôn et depuis la ville qui est au fond des gorges jusqu'au Galaad, il n'y a pas eu pour nous de cité imprenable : le Seigneur notre Dieu nous avait tout remis. 37 Il n'y a que le pays des fils d'Ammon dont tu ne t'es pas approché : tout le bord des gorges du Yabboq, les villes de la montagne et tous les lieux que le Seigneur notre Dieu nous avait défendus.

Occupation du royaume de Og

3 1 Nous nous sommes tournés pour monter dans la direction du Bashân[2], mais Og, roi du Bashân, est sorti à notre rencontre, lui et tout son peuple, pour combattre à Edrèï.

2 Le Seigneur m'a dit : « N'aie pas peur de lui, car je l'ai livré entre tes mains, avec tout son peuple et son pays; tu le traiteras comme tu as traité Sihôn, le roi des *Amorites, qui résidait à Heshbôn. » 3 Et le Seigneur notre Dieu a encore livré entre nos

mains Og, roi du Bashân, et tout son peuple, que nous avons battu sans y laisser survivre aucun reste. 4 Alors nous avons occupé toutes ses villes, et il n'y a pas eu chez eux de cité que nous n'ayons prise. Cela faisait 60 villes, toute la région d'Argov dans le Bashân où régnait Og, 5 rien que des villes fortifiées avec une haute muraille et une porte à deux battants verrouillée, sans compter un très grand nombre de villages. 6 Et nous les avons voués à l'interdit[1] comme nous l'avions fait pour Sihôn, roi de Heshbôn; nous avons voué à l'interdit chaque ville : les hommes, les femmes et les enfants. 7 Et nous avons gardé comme butin tout le bétail et les dépouilles des villes.

Partage du pays de Galaad

8 Nous avions alors pris leur pays aux deux rois *amorites d'au-delà du Jourdain, depuis les gorges de l'Arnôn jusqu'au mont Hermon[2] 9 — les gens de Sidon appellent l'Hermon Siryôn, les *Amorites l'appellent Senir —. 10 Nous avions pris toutes les villes du Plateau, tout le Galaad et tout le Bashân[3] jusqu'à Salka et Edrèï, les villes du Bashân où régnait Og 11 — Or Og, roi du Bashân, était le seul qui restait des derniers Refaïtes; et son lit, un lit de fer, n'est-ce pas celui qu'on voit à Rabba des Ammonites ? Il a neuf coudées[4] de long

---

1. *voué à l'interdit* : à l'origine, cette coutume des peuples sémitiques réservait au chef une part de ce qui était pris à l'ennemi. En Israël, qui mène la guerre sainte avec Dieu pour chef (Dt 20.4), la part consacrée à Dieu doit être détruite. L'*interdit* peut concerner les êtres vivants (2.34) aussi bien que les objets matériels (Jos 6.17-19). Le but religieux de l'*interdit* est défini en Dt 7.4-6 et 20.16-18. En dehors de la guerre l'interdit est une simple consécration à Dieu sans destruction (Nb 18.14).
2. Voir 1.4 et la note.

1. *Voués à l'interdit* : voir 2.34 et la note.
2. Montagne où le Jourdain prend sa source.
3. *Plateau* : il s'agit du *Plateau* de Moab. — *Monts du Galaad* : voir Gn 31.21 et la note. — *Bashân* : voir 1.4 et la note.
4. *Refaïtes* : voir 2.11 et la note. — *Rabba* : capitale du pays d'Ammon (aujourd'hui *Amman*) coudées : voir au glossaire POIDS ET MESURES.

et quatre de large, en coudées ordinaires —. 12 Ce pays, nous en avions alors pris possession.

La moitié des monts du Galaad et ses villes, depuis Aroër sur les gorges de l'Arnôn, je l'ai donnée aux gens de Ruben et de Gad. 13 Le reste du Galaad et tout le Bashân, le royaume de Og, je l'ai donné à la moitié de la tribu de Manassé; toute la région de l'Argov[1] avec tout le Bashân, on l'appelle pays des Refaïtes. 14 Yaïr, fils de Manassé, a pris toute la région d'Argov jusqu'au territoire des Gueshourites et des Maakatites[2]. Il a appelé de son nom ces contrées du Bashân, qu'on nomme aujourd'hui encore «campements de Yaïr». 15 C'est à Makir[3] que j'ai donné le Galaad. 16 Aux gens de Ruben et de Gad j'ai donné ce qui va du Galaad jusqu'à l'Arnôn — le fond des gorges servant de frontière[4] — et jusqu'au Yabboq, frontière des fils d'Ammon, 17 avec la Araba — le Jourdain servant de frontière — de Kinnéreth à la mer de la Araba, la mer Salée sous les pentes de la Pisga[5] vers l'est.

18 Alors je vous ai donné mes ordres : «C'est le Seigneur votre Dieu qui vous a donné ce pays en possession. Vous tous, les guerriers, vous passerez le Jourdain en tenue de combat devant vos frères, les fils d'Israël; 19 seuls vos femmes, vos enfants et vos troupeaux — je sais que vous avez beaucoup de troupeaux — habiteront dans les villes que je vous ai données, 20 jusqu'à ce que le Seigneur donne le repos à vos frères comme à vous, et qu'ils possèdent eux aussi le pays que le Seigneur votre Dieu leur donne au-delà du Jourdain[1], et que vous reveniez chacun sa possession, celle que je vous ai donnée.»

21 Alors, à Josué, j'ai donné mes ordres : «Tu as vu de tes propres yeux tout ce que le Seigneur votre Dieu a fait à ces deux rois; le Seigneur en fera autant à tous les royaumes que tu vas trouver de l'autre côté. 22 N'ayez pas peur d'eux, car le Seigneur votre Dieu combat lui-même pour vous.»

Moïse ne pourra pas entrer en Canaan

23 Alors j'ai imploré la faveur du Seigneur : 24 «Seigneur Dieu, tu as commencé à faire voir à ton serviteur ta grandeur et la force de ta main. Y a-t-il un dieu au ciel et sur la terre qui égale tes actions et ta puissance ? 25 Permets que je passe de l'autre côté, et que je voie le bon pays qui est au-delà du Jourdain, cette bonne montagne et le Liban !»

26 Mais le Seigneur s'est mis en fureur contre moi à cause de vous, et il ne m'a pas écouté; le Seigneur m'a dit : «Assez ! Cesse de me parler de cette affaire !

---

1. *Argov* : nom du district fortifié des villes du *Bashân* (voir 3.4-5).
2. *Gueshourites, Maakatites* : peuples qui habitaient aux limites d'Israël sur la rive orientale de la mer de Kinnéreth et du cours supérieur du Jourdain.
3. Fils de Manassé (Gn 50.23), père de Galaad (Nb 26.29) et ancêtre du clan qui porte son nom.
4. *servant de frontière* : le sens de l'expression hébraïque correspondante reste incertain.
5. *Kinnéreth* : localité non identifiée, à ne pas confondre avec celle du même nom située à l'ouest de la mer de Kinnéreth — *mer de la Araba, mer Salée* : anciens noms de la *mer Morte*. — *Pisga* : montagne qui domine la *mer Morte* au nord-est.

1. *le pays au-delà du Jourdain* désigne ici la Palestine.

27 Monte au sommet de la Pisga[1], lève les yeux vers l'ouest et vers le nord, vers le sud et vers l'est ; regarde de tous tes yeux : tu ne passeras pas le Jourdain que voici ! 28 Donne tes ordres à Josué, rends-le courageux et résistant, car c'est lui qui passera le Jourdain devant ce peuple, c'est lui qui le fera hériter du pays que tu vois. »

29 Et nous sommes restés dans la vallée en face de Beth-Péor[2].

Mettre en pratique la loi de Dieu

4 1 Et maintenant, Israël, écoute les lois et les coutumes que je vous apprends moi-même à mettre en pratique : ainsi vous vivrez et vous entrerez prendre possession du pays que vous donne le Seigneur, le Dieu de vos pères. 2 Vous n'ajouterez rien aux paroles des commandements que je vous donne, et vous n'y enlèverez rien, afin de garder les commandements du Seigneur votre Dieu que je vous donne.

3 Vous avez vu de vos yeux ce que le Seigneur a fait à Baal-Péor[3] ; tous ceux qui avaient suivi le *Baal de Péor, le Seigneur ton Dieu a exterminés du milieu de toi, 4 tandis que vous, les partisans du Seigneur votre Dieu, vous êtes tous en vie aujourd'hui.

5 Voyez, je vous apprends les lois et les coutumes, comme le Seigneur mon Dieu me l'a ordonné, pour que vous les mettiez en pratique quand vous serez dans le pays où vous allez entrer

pour en prendre possession ; 6 vous les garderez, vous les mettrez en pratique : c'est ce qui vous rendra sages et intelligents aux yeux des peuples qui entendront toutes ces lois ; ils diront : « Cette grande nation ne peut être qu'un peuple sage et intelligent ! » 7 En effet, quelle grande nation a des dieux qui s'approchent d'elle comme le Seigneur notre Dieu le fait chaque fois que nous l'appelons ? 8 Et quelle grande nation a des lois et des coutumes aussi justes que toute cette Loi que je mets devant vous aujourd'hui ? 9 Mais prends garde à toi, garde-toi bien d'oublier les choses que tu as vues de tes yeux ; durant toute ta vie, qu'elles ne sortent pas de ton *coeur. Tu les feras connaître à tes fils et à tes petits-fils.

La révélation au mont Horeb

10 Tu étais debout en présence du Seigneur ton Dieu à l'Horeb, le jour où le Seigneur m'a dit : « Rassemble le peuple auprès de moi ; je leur ferai entendre mes paroles pour qu'ils apprennent à me craindre[1] tant qu'ils seront en vie sur la terre, et pour qu'ils l'apprennent à leurs fils. » 11 Et ce jour-là, vous vous êtes approchés, vous vous êtes tenus debout au pied de la montagne : elle était en feu, embrasée jusqu'en plein ciel, dans les ténèbres des nuages et de la nuit épaisse. 12 Et le Seigneur vous a parlé du milieu du feu : une voix parlait, et vous l'entendiez, mais vous n'aperceviez aucune forme, il n'y avait rien

---

1. Voir la note sur 3.17.
2. Localité au pied du mont Pisga.
3. *Baal-Péor* : autre nom de *Beth-Péor* (3.29). Rappel de l'épisode raconté en Nb 25.1-9.

1. *l'Horeb* : voir Ex 3.1 et la note — *me craindre* ou *me respecter*.

d'autre que la voix. 13 Il vous a communiqué son *alliance, les dix paroles[1] qu'il vous a ordonné de mettre en pratique, et il les a écrites sur deux tables de pierre. 14 Et à moi, le SEIGNEUR m'a ordonné alors de vous apprendre les lois et les coutumes pour que vous les mettiez en pratique dans le pays où vous allez passer pour en prendre possession.

Mise en garde contre les idoles

15 Prenez bien garde à vous-mêmes : vous n'avez vu aucune forme le jour où le SEIGNEUR vous a parlé à l'Horeb[2], du milieu du feu. 16 N'allez pas vous corrompre en vous fabriquant une idole, une forme quelconque de divinité[3], l'image d'un homme ou d'une femme, 17 l'image de n'importe quelle bête de la terre ou de n'importe quel oiseau qui vole dans le ciel, 18 l'image de n'importe quelle bestiole qui rampe sur le sol, ou de n'importe quel poisson qui vit dans les eaux sous la terre.

19 Ne va pas lever les yeux vers le ciel, regarder le soleil, la lune et les étoiles, toute l'armée des cieux, et te laisser entraîner à te prosterner devant eux et à les servir. Car ils sont la part que le SEIGNEUR ton Dieu a donnée à tous les peuples qui sont partout sous le ciel; 20 mais vous, le SEIGNEUR vous a pris et il vous a fait sortir de l'Egypte, cette fournaise[4] à

fondre le fer, pour que vous deveniez son peuple, son héritage, comme vous l'êtes aujourd'hui.

21 Le SEIGNEUR s'est mis en colère contre moi à cause de vous, et il a juré que je ne passerai pas le Jourdain, et que je n'entrerai pas dans le bon pays que le SEIGNEUR ton Dieu te donne en héritage. 22 Je vais donc mourir dans ce pays-ci, sans avoir passé le Jourdain; mais vous, vous allez le passer et prendre possession de ce bon pays. 23 Gardez-vous bien d'oublier l'*alliance que le SEIGNEUR votre Dieu a conclue avec vous, et de vous faire une idole, une forme de tout ce que le SEIGNEUR ton Dieu t'a défendu de représenter. 24 Car le SEIGNEUR ton Dieu est un feu dévorant, il est un Dieu jaloux[1].

25 Lorsque tu auras des fils et des petits-fils et que vous serez une vieille population dans le pays, si vous vous corrompez en vous fabriquant une idole, une forme de quoi que ce soit, si vous faites ce qui est mal aux yeux du SEIGNEUR ton Dieu au point de l'offenser, 26 alors, j'en prends à témoin aujourd'hui contre vous le ciel et la terre : vous disparaîtrez aussitôt du pays dont vous allez prendre possession en passant le Jourdain, vous n'y prolongerez pas vos jours : vous serez totalement exterminés. 27 Le SEIGNEUR vous dispersera parmi les peuples, et il ne restera de vous qu'un petit nombre parmi les nations, là où le SEIGNEUR vous aura emmenés[2].

---

1. *les dix paroles* : nom biblique des « dix commandements » (Ex 20.1-17 et Dt 5.6-21).

2. *forme* ou *figure* ou *image* de Dieu. — *Horeb* : voir Ex 3.1 et la note.

3. *divinité* : le sens du mot hébreu correspondant est incertain.

4. L'image de la *fournaise* désigne ici la situation insupportable des Hébreux opprimés en *Egypte*.

1. *feu dévorant* : Dieu est comparé à un *feu* qui *dévore* ses ennemis (voir 9.3). Dieu *jaloux* : voir Ex 20.5 et la note.

2. *emmenés* : allusion aux déportations qui ont frappé Samarie en 722-721 et Jérusalem en 597, 587 et 582-581 av. J. C.

28 Là-bas, vous servirez des dieux qui sont l'ouvrage de la main des hommes : du bois, de la pierre, incapables de voir et d'entendre, de manger et de sentir.

29 Alors, de là-bas, vous rechercherez le Seigneur ton Dieu; tu le trouveras si tu le cherches de tout ton cœur, de tout ton être. 30 Quand tu seras dans la détresse, quand tout cela t'arrivera, dans les jours à venir, tu reviendras jusqu'au Seigneur ton Dieu, et tu écouteras sa voix. 31 Car le Seigneur ton Dieu est un Dieu miséricordieux : il ne te délaissera pas, il ne te détruira pas, il n'oubliera pas l'*alliance jurée à tes pères[1].

Le privilège d'Israël

32 Interroge donc les jours du début, ceux d'avant toi, depuis le jour où Dieu créa l'humanité sur la terre, interroge d'un bout à l'autre du monde : Est-il rien arrivé d'aussi grand[2] ? A-t-on rien entendu de pareil ? 33 Est-il arrivé à un peuple d'entendre comme toi la voix d'un dieu parlant du milieu du feu, et de rester en vie ? 34 Ou bien est-ce qu'un dieu a tenté de venir prendre pour lui une nation au milieu d'une autre par des épreuves, des *signes et des prodiges, par des combats, par sa main forte et son bras étendu, par de grandes terreurs[3], à la manière de tout ce que le Seigneur votre Dieu a fait pour vous en Egypte sous tes yeux ?

35 À toi, il t'a été donné de voir, pour que tu saches que c'est le Seigneur qui est Dieu : il n'y en a pas d'autre que lui. 36 Du ciel, il t'a fait entendre sa voix pour faire ton éducation; sur la terre, il t'a fait voir son grand feu, et du milieu du feu tu as entendu ses paroles[1]. 37 Parce qu'il aimait tes pères, il a choisi leur descendance après eux et il t'a fait sortir d'Egypte devant lui[2] par sa grande force, 38 pour déposséder devant toi des nations plus grandes et plus fortes que toi, pour te faire entrer dans leur pays et te le donner en héritage, ce qui arrive aujourd'hui.

39 Reconnais-le aujourd'hui, et médite-le dans ton *cœur : c'est le Seigneur qui est Dieu, en haut dans le ciel et en bas sur la terre; il n'y en a pas d'autre. 40 Garde ses lois et ses commandements que je te donne aujourd'hui pour ton bonheur et celui de tes fils après toi, afin que tu prolonges tes jours sur la terre que le Seigneur ton Dieu te donne, tous les jours.

Trois villes de refuge en Transjordanie

41 C'est alors que Moïse mit à part trois villes au-delà du Jourdain, au soleil levant[3], 42 comme

---

1. *tes pères* ou *tes ancêtres.*
2. *Est-il rien arrivé d'aussi grand ?* : les questions posées aux versets 32-34 supposent toutes une réponse négative et obligent à conclure qu'il n'y a pas d'autre Dieu que le Seigneur.
3. Allusion aux fléaux qui ont frappé l'Egypte et forcé le pharaon à céder (Ex 7.14-12.36).

1. *grand feu* : allusion à la nuée de feu et de fumée qui accompagnait les manifestations de la présence de Dieu sur le mont Horeb. La *voix* de Dieu est le tonnerre (voir Ps 29.3-9); ses *paroles* sont les commandements (voir 4.13 et la note).
2. *après eux* : d'après les versions anciennes; hébreu *après lui* qui renvoie peut-être à Jacob — *devant lui* : autres traductions *lui-même en personne* ou *en manifestant sa présence.*
3. *au soleil levant* ou *à l'est.*

lieux de refuge pour le meurtrier qui a tué involontairement son prochain, un homme qu'il ne haïssait pas auparavant. En se réfugiant dans l'une de ces villes, le meurtrier aura la vie sauve[1]. 43 Ce

sont Bècèr[1] au désert, dans le pays du Plateau, pour les gens de Ruben, Ramoth-de-Galaad pour ceux de Gad, et Golân en Bashân pour ceux de Manassé.

44 Telle est la Loi que Moïse transmit aux fils d'Israël.

---

1. *vie sauve* : le meurtrier devait normalement être mis à mort (Gn 9.5-6 ; Ex 21.12).

1. *Bècèr* : localisation incertaine. — *Plateau* : voir 3.10 et la note. — *Galaad* : voir Gn 31.21 et la note. — *Bashân* : voir 1.4 et la note.

SECOND DISCOURS DE MOÏSE

45 Voici les édits, les lois et les coutumes que Moïse proclama pour les fils d'Israël à leur sortie d'Egypte, 46 quand ils étaient au-delà du Jourdain, dans la vallée en face de Beth-Péor. C'était au pays de Sihôn[1], le roi des *Amorites, qui résidait à Heshbôn : Moïse et les fils d'Israël l'avaient battu à leur sortie d'Egypte, 47 et ils avaient pris possession de son pays et du pays de Og, le roi du Bashân — c'étaient les deux rois des *Amorites, au-delà du Jourdain, au soleil levant[2] — 48 depuis Aroër, qui est au bord des gorges de l'Arnôn, jusqu'au mont Sion[3], c'est-à-dire l'Hermon, 49 avec toute la Araba, au-delà du Jourdain vers l'est, et jusqu'à la mer de la Araba[4] sous les pentes de la Pisga.

---

1. *pays de Sihôn* : au nord-est de la mer Morte (2.24-37).

2. *Bashân* : voir 1.4 et la note. — *Au soleil levant* ou *à l'est*.

3. *mont Sion* : ce nom de l'*Hermon* ne doit pas être confondu avec le mont Sion à Jérusalem.

4. *Araba* : voir 1.1 et la note — *mer de la Araba* : la mer Morte.

Les Dix Commandements

5 1 Moïse convoqua tout Israël et il leur dit :

Ecoute, Israël, les lois et les coutumes que je fais entendre aujourd'hui à vos oreilles ; vous les apprendrez et vous veillerez à les mettre en pratique.

2 Le Seigneur notre Dieu a conclu une *alliance avec nous à l'Horeb[1]. 3 Ce n'est pas avec nos pères que le Seigneur a conclu cette alliance, c'est avec nous, nous qui sommes là aujourd'hui, tous vivants. 4 Le Seigneur a parlé avec vous face à face sur la montagne, du milieu du feu ; 5 et moi, je me tenais alors entre le Seigneur et vous, pour vous communiquer la parole du Seigneur, car vous aviez peur devant le feu et vous n'étiez pas montés sur la montagne.

Il a dit :

6 « C'est moi le Seigneur ton Dieu, qui t'ai fait sortir du pays d'Egypte, de la maison de servitude.

---

1. Voir Ex 3.1 et la note.

7 Tu n'auras pas d'autres dieux face à moi.

8 Tu ne te feras pas d'idole, rien qui ait la forme de ce qui se trouve au ciel là-haut, sur terre ici-bas ou dans les eaux sous la terre.

9 Tu ne te prosterneras pas devant ces dieux et tu ne les serviras pas, car c'est moi le Seigneur ton Dieu, un Dieu jaloux[1], poursuivant la faute des pères chez les fils et sur trois et quatre générations — s'ils me haïssent — 10 mais prouvant sa fidélité à des milliers de générations — si elles m'aiment et gardent mes commandements.

11 Tu ne prononceras pas à tort[2] le nom du Seigneur ton Dieu, car le Seigneur n'acquitte pas celui qui prononce son nom à tort.

12 Qu'on garde le jour du *sabbat en le tenant pour sacré comme le Seigneur ton Dieu te l'a ordonné. 13 Tu travailleras six jours, faisant tout ton ouvrage, 14 mais le septième jour, c'est le *sabbat[3] du Seigneur ton Dieu, tu ne feras aucun ouvrage, ni toi, ni ton fils, ni ta fille, ni ton serviteur, ni ta servante, ni ton boeuf, ni ton âne, ni aucune de tes bêtes, ni l'émigré que tu as dans tes villes, afin que ton serviteur et ta servante se reposent comme toi. 15 Tu te souviendras qu'au pays d'Egypte tu étais esclave, et que le Seigneur ton Dieu t'a fait sortir de là d'une main forte et le bras étendu; c'est pourquoi le Sei-

gneur ton Dieu t'a ordonné de pratiquer le jour du *sabbat.

16 Honore ton père et ta mère, comme le Seigneur ton Dieu te l'a ordonné, afin que tes jours se prolongent et que tu sois heureux sur la terre que te donne le Seigneur ton Dieu.

17 Tu ne commettras pas de meurtre.

18 Tu ne commettras pas d'adultère.

19 Tu ne commettras pas de rapt[1].

20 Tu ne témoigneras pas à tort[2] contre ton prochain.

21 Tu n'auras pas de visées sur la femme de ton prochain. Tu ne convoiteras ni la maison de ton prochain, ni ses champs, son serviteur, sa servante, son boeuf ou son âne, ni rien qui appartienne à ton prochain. »

22 Ces paroles, le Seigneur les a dites à toute votre assemblée sur la montagne, du milieu du feu, des nuages et de la nuit épaisse, avec une voix puissante, et il n'a rien ajouté; il les a écrites sur deux tables de pierre, qu'il m'a données.

Moïse, porte-parole de Dieu

23 Lorsque vous avez entendu la voix qui venait du milieu des ténèbres, dans l'embrasement de la montagne en feu, tous vos chefs de tribus et vos *anciens se sont approchés de moi 24 et ils ont dit de votre part : « Voici que le Seigneur notre Dieu nous a fait voir sa gloire et sa grandeur, et nous avons entendu sa voix du milieu du feu; aujourd'hui nous avons vu que Dieu peut parler à

---

1. *Dieu jaloux* : voir Ex 20.5 et la note.
2. *à tort* : ou *à la légère; autre traduction* pour *mentir*.
3. *le sabbat du Seigneur* : voir Gn 2.2 et la note.

1. Voir Ex 20.15 et la note.
2. *à tort*, ou *faussement* ou *pour mentir*.

l'homme et lui laisser la vie ! 25 Et maintenant, pourquoi mourir dévorés par ce grand feu ? Si nous continuons à entendre la voix du Seigneur notre Dieu, nous mourrons. 26 Est-il jamais arrivé à un homme d'entendre comme nous la voix du Dieu vivant parler du milieu du feu, et de rester en vie[1] ? 27 C'est donc à toi de t'approcher pour écouter toutes les paroles du Seigneur notre Dieu : toi, tu nous rediras tout ce que le Seigneur notre Dieu t'aura dit, et nous l'écouterons, nous le mettrons en pratique. »

28 Le Seigneur a entendu toutes les paroles que vous m'adressiez ; le Seigneur m'a dit : « J'ai entendu toutes les paroles que ce peuple t'adressait : ils ont bien fait de dire tout cela. 29 Si seulement ils restaient décidés à me craindre et à observer tous les jours tous mes commandements, pour leur bonheur et celui de leurs fils, à jamais ! 30 Va leur dire : Retournez à vos tentes ! 31 Et toi, tiens-toi ici avec moi ; je vais te dire tout le commandement, les lois et les coutumes que tu leur apprendras pour qu'ils les mettent en pratique dans le pays que je leur donne afin qu'ils en prennent possession. »

32 Vous veillerez à agir comme vous l'a ordonné le Seigneur votre Dieu, sans dévier ni à droite ni à gauche. 33 Vous marcherez toujours sur le chemin que le Seigneur votre Dieu vous a prescrit, afin que vous restiez en vie, que vous soyez heureux et que vous prolongiez vos jours dans le pays dont vous allez prendre possession.

« Tu aimeras le Seigneur ton Dieu »

6 1 Voici le commandement, les lois et les coutumes que le Seigneur votre Dieu a ordonné de vous apprendre à mettre en pratique dans le pays où vous allez passer pour en prendre possession, 2 afin que tu craignes le Seigneur ton Dieu toi, ton fils et ton petit-fils, en gardant tous les jours de ta vie toutes ses lois et ses commandements que je te donne, pour que tes jours se prolongent. 3 Tu écouteras, Israël, et tu veilleras à les mettre en pratique : ainsi tu seras très heureux, et vous deviendrez très nombreux, comme te l'a promis le Seigneur, le Dieu de tes pères, dans un pays ruisselant de lait et de miel[1].

4 Ecoute, Israël ! Le Seigneur notre Dieu est le Seigneur Un[2]. 5 Tu aimeras le Seigneur ton Dieu de tout ton coeur, de tout ton être, de toute ta force. 6 Les paroles des commandements que je te donne aujourd'hui seront présentes à ton *coeur ; 7 tu les répéteras[3] à tes fils ; tu les leur diras quand tu resteras chez toi et quand tu marcheras sur la route, quand tu seras couché et quand tu seras debout ; 8 tu en feras un signe attaché à ta main, une marque placée entre tes yeux[4] ;

---

1. Les Israélites étaient convaincus qu'il est impossible de voir Dieu, ou même d'entrer en relation directe avec lui sans mourir (voir aussi 4.33).

1. un pays ruisselant de lait et de miel : voir Ex 3.8 et la note.
2. Les versets 4-9 forment le début de la profession de foi que les Juifs pratiquants récitent encore chaque jour. Les manuscrits insistent sur le verset 4 en écrivant son début et sa fin en caractères plus gros dans cette traduction par des majuscules — le Seigneur UN : ou le SEUL Seigneur.
3. Le sens du verbe hébreu correspondant est incertain.
4. Voir la note sur Ex 13.9.

9 tu les inscriras sur les montants de porte de ta maison et à l'entrée de ta ville.

Israël ne doit pas oublier son Dieu

10 Quand le Seigneur ton Dieu t'aura fait entrer dans le pays qu'il a juré à tes pères, Abraham, Isaac et Jacob, de te donner — pays de villes grandes et bonnes que tu n'as pas bâties, 11 de maisons remplies de toute sorte de bonnes choses que tu n'y as pas mises, de citernes toutes prêtes que tu n'as pas creusées, de vignes et d'oliviers que tu n'as pas plantés — alors, quand tu auras mangé à satiété, 12 garde-toi bien d'oublier le Seigneur qui t'a fait sortir du pays d'Egypte, de la maison de servitude. 13 C'est le Seigneur ton Dieu que tu craindras, c'est lui que tu serviras, c'est par son nom que tu prêteras serment. 14 Vous ne suivrez pas d'autres dieux parmi ceux des peuples qui vous entourent, 15 car le Seigneur ton Dieu est un Dieu jaloux[1] au milieu de toi. Prends garde que la colère du Seigneur ton Dieu ne s'enflamme contre toi, et qu'il ne t'extermine de la surface de la terre. 16 Vous ne mettrez pas à l'épreuve[2] le Seigneur votre Dieu comme vous l'avez fait à Massa.

17 Vous garderez attentivement les commandements, les édits et les lois du Seigneur votre Dieu, ce qu'il t'a prescrit. 18 Tu feras ce qui est droit et bien aux yeux du Seigneur, pour être heureux et entrer prendre possession du bon pays que le Seigneur a promis par serment à tes pères, 19 en repoussant loin de toi tous tes ennemis comme le Seigneur l'a promis.

20 Et demain, quand ton fils te demandera : « Pourquoi ces édits, ces lois et ces coutumes que le Seigneur notre Dieu vous a prescrits ? » 21 alors, tu diras à ton fils : « Nous étions esclaves de *Pharaon en Egypte, mais, d'une main forte, le Seigneur nous a fait sortir d'Egypte; 22 le Seigneur a fait sous nos yeux de grands signes et de grands prodiges pour le malheur de l'Egypte, de Pharaon et de toute sa maison. 23 Et nous, il nous a fait sortir de là-bas pour nous faire entrer dans le pays qu'il a promis par serment à nos pères, et pour nous le donner. 24 Le Seigneur nous a ordonné de mettre en pratique toutes ces lois et de craindre[1] le Seigneur notre Dieu, pour que nous soyons heureux tous les jours, et qu'il nous garde vivants comme nous le sommes aujourd'hui. 25 Et nous serons justes si nous veillons à mettre en pratique tout ce commandement devant le Seigneur notre Dieu comme il nous l'a ordonné. »

Israël, peuple consacré au Seigneur

7 1 Lorsque le Seigneur ton Dieu t'aura fait entrer dans le pays dont tu viens prendre possession, et qu'il aura chassé devant toi des nations nombreuses, le Hittite, le Guirgashite, l'*Amorite, le Cananéen, le Perizzite, le Hivvite et le Jébusite, sept nations plus nombreuses et plus

---

1. *Dieu jaloux* : voir Ex 20.5 et la note.
2. *mettre à l'épreuve* : ou *tenter, défier.*

1. *craindre* ou *respecter.*

fortes que toi, 2 lorsque le SEI-
GNEUR ton Dieu te les aura livrées
et que tu les auras battues, tu les
voueras totalement à l'interdit[1].
Tu ne concluras pas d'alliance
avec elles, tu ne leur feras pas
grâce. 3 Tu ne contracteras pas de
mariage avec elles, tu ne donneras pas ta fille à leur fils, tu ne
prendras pas leur fille pour ton
fils, 4 car cela détournerait ton
fils de me suivre[2] et il servirait
d'autres dieux; la colère du SEI-
GNEUR s'enflammerait contre vous
et il t'exterminerait aussitôt.
5 Mais voici ce que vous ferez à
ces nations : leurs *autels, vous les
démolirez; leurs stèles, vous les
briserez; leurs poteaux sacrés[3],
vous les casserez; leurs idoles,
vous les brûlerez. 6 Car tu es un
peuple consacré au SEIGNEUR ton
Dieu; c'est toi que le SEIGNEUR ton
Dieu a choisi pour devenir le
peuple qui est sa part personnelle
parmi tous les peuples qui sont
sur la surface de la terre.

Fidélité du Seigneur à son al-
liance

7 Si le SEIGNEUR s'est attaché à
vous et s'il vous a choisis, ce n'est
pas que vous soyez le plus nombreux de tous les peuples, car
vous êtes le moindre de tous les
peuples. 8 Mais si le SEIGNEUR,
d'une main forte, vous a fait sortir et vous a rachetés de la maison de servitude, de la main de
*Pharaon, roi d'Egypte, c'est que
le SEIGNEUR vous aime et tient le
serment fait à vos pères.

9 Tu reconnaîtras que c'est le
SEIGNEUR ton Dieu qui est Dieu, le
Dieu vrai; il garde son *alliance
et sa fidélité durant mille générations à ceux qui l'aiment et gardent ses commandements, 10 mais
il paie de retour directement celui
qui le hait, il le fait disparaître; il
ne fait pas attendre celui qui le
hait, il le paie de retour directement.

11 Tu garderas le commandement, les lois et les coutumes que
je t'ordonne aujourd'hui de
mettre en pratique. 12 Et parce
que vous aurez écouté ces coutumes, que vous les aurez gardées
et mises en pratique, le SEIGNEUR
ton Dieu te gardera l'*alliance et
la fidélité qu'il a jurées à tes
pères. 13 Il t'aimera, te bénira, te
rendra nombreux et il bénira le
fruit de ton sein et le fruit de ton
sol, ton blé, ton vin nouveau et
ton huile, tes vaches pleines et tes
brebis mères[1], sur la terre qu'il a
juré à tes pères de te donner.
14 Tu seras béni plus que tous les
peuples, il n'y aura de stérilité
chez toi ni pour les hommes ni
pour les femmes, ni non plus
pour ton bétail. 15 Le SEIGNEUR
éloignera de toi toutes les maladies et toutes les funestes épidémies d'Egypte, que tu connais
bien; il ne te les infligera pas et il
les enverra chez tous ceux qui te
haïssent. 16 Tu supprimeras tous
les peuples que le SEIGNEUR ton
Dieu te livrera sans t'attendrir sur
eux; tu ne serviras pas leurs
dieux : ce serait un piège pour toi.

---

1. *vouer à l'interdit* : voir 2.34 et la note.
2. *me suivre* : il s'agit peut-être de suivre Moïse,
mais plus probablement de suivre Dieu lui-même.
3. *stèles* : voir Gn 28.18 et la note — *poteaux
sacrés* : voir la note sur Jg 3.7.

1. *le fruit de ton sein* ou *tes enfants* — *tes
vaches pleines et tes brebis mères* : autre traduction *les petits de tes vaches et de tes brebis*.

Le Seigneur, protecteur de son peuple

17 Si tu te dis : « Ces nations sont plus nombreuses que moi, comment pourrais-je les déposséder ? », 18 Ne les crains pas ! Tu évoqueras le souvenir de ce que le Seigneur ton Dieu a fait à *Pharaon et à toute l'Egypte, 19 de ces grandes épreuves que tu as vues de tes yeux, de ces *signes et de ces prodiges, le souvenir de la main forte et du bras étendu du Seigneur ton Dieu quand il t'a fait sortir; eh bien ! Le Seigneur ton Dieu en fera autant à tous les peuples que tu pourrais craindre. 20 Et même le Seigneur ton Dieu leur enverra le frelon[1] jusqu'à la disparition de ceux qui resteraient et se cacheraient devant toi. 21 Ne tremble pas devant eux, car il est au milieu de toi, le Seigneur ton Dieu, un Dieu grand et terrible. 22 Le Seigneur ton Dieu chassera ces nations devant toi peu à peu : tu ne pourras pas les supprimer aussitôt, car autrement les animaux sauvages deviendraient trop nombreux contre toi. 23 Pourtant le Seigneur ton Dieu te livrera ces nations et jettera sur elles une grande panique jusqu'à ce qu'elles soient exterminées. 24 Il livrera leurs rois entre tes mains, tu feras disparaître leur nom de sous le ciel; aucun ne tiendra devant toi, jusqu'à ce que tu les aies exterminés. 25 Les idoles de leurs dieux, tu les brûleras. Tu ne te laisseras pas prendre au piège par l'envie de garder pour toi leur revêtement d'argent et d'or[2], car c'est une abomination

pour le Seigneur ton Dieu. 26 Tu ne feras pas entrer un objet abominable dans ta maison, car tu serais voué à l'interdit[1] comme lui. Tu le réprouveras totalement et tu l'auras en abomination, car il est voué à l'interdit.

Le Seigneur a éduqué Israël au désert

8 1 Tout le commandement que je te donne aujourd'hui, vous veillerez à le pratiquer afin que vous viviez, que vous deveniez nombreux et que vous entriez en possession du pays que le Seigneur a promis par serment à vos pères. 2 Tu te souviendras de toute la route que le Seigneur ton Dieu t'a fait parcourir depuis 40 ans dans le désert, afin de te mettre dans la pauvreté; ainsi il t'éprouvait pour connaître ce qu'il y avait dans ton *coeur[2] et savoir si tu allais, oui ou non, observer ses commandements. 3 Il t'a mis dans la pauvreté, il t'a fait avoir faim et il t'a donné à manger la manne que ni toi ni tes pères ne connaissiez, pour te faire reconnaître que l'homme ne vit pas de pain seulement, mais qu'il vit de tout ce qui sort de la bouche du Seigneur[3]. 4 Ton manteau ne s'est pas usé sur toi, ton pied ne s'est enflé depuis 40 ans 5 et tu reconnais, à la réflexion, que le Seigneur ton Dieu faisait ton éduca-

---

1. *voué à l'interdit* : voir 2.34 et la note.
2. *pour connaître ce qu'il y a avait* : autre interprétation *pour que tu saches ce qu'il y a.*
3. *manne* : voir Ex 16.31 et la note — *ce qui sort de la bouche du Seigneur,* c'est sa parole. La manne, annoncée par la parole, prouve que celle-ci est efficace et que Dieu est fidèle.

---

1. *le frelon* : autre traduction *le découragement.*
2. *Les idoles* étaient souvent des statues de bois plaquées d'argent ou d'or.

tion comme un homme fait celle de son fils.

Les tentations dans le pays promis

6 Tu garderas les commandements du Seigneur ton Dieu en suivant ses chemins et en le craignant.

7 Le Seigneur ton Dieu te fait entrer dans un bon pays, un pays de torrents, de sources, d'eaux souterraines jaillissant dans la plaine et la *montagne, 8 un pays de blé et d'orge, de vignes, de figuiers et de grenadiers, un pays d'huile d'olive et de miel, 9 un pays où tu mangeras du pain sans être rationné, où rien ne te manquera, un pays dont les pierres contiennent du fer et dont les montagnes sont des mines de cuivre. 10 Tu mangeras à satiété et tu béniras le Seigneur ton Dieu pour le bon pays qu'il t'aura donné.

11 Garde-toi bien d'oublier le Seigneur ton Dieu en ne gardant pas ses commandements, ses coutumes et ses lois que je te donne aujourd'hui. 12 Si tu manges à satiété, si tu te construis de belles maisons pour y habiter, 13 si tu as beaucoup de gros et de petit bétail, beaucoup d'argent et d'or, beaucoup de biens de toute sorte, 14 ne va pas devenir orgueilleux et oublier le Seigneur ton Dieu. C'est lui qui t'a fait sortir du pays d'Egypte, de la maison de servitude; 15 c'est lui qui t'a fait marcher dans ce désert grand et terrible peuplé de serpents brûlants[1] et de scorpions, terre de soif où l'on ne trouve pas d'eau; c'est lui

qui pour toi a fait jaillir l'eau du rocher de granit, 16 c'est lui qui, dans le désert, t'a donné à manger la manne[1] que tes pères ne connaissaient pas, afin de te mettre dans la pauvreté et de t'éprouver pour rendre heureux ton avenir. 17 Ne va pas te dire : « C'est à la force du poignet que je suis arrivé à cette prospérité », 18 mais souviens-toi que c'est le Seigneur ton Dieu qui t'aura donné la force d'arriver à la prospérité, pour confirmer son *alliance jurée à tes pères, comme il le fait aujourd'hui.

19 Et si jamais tu en viens à oublier le Seigneur ton Dieu, si tu suis d'autres dieux, si tu les sers et te prosternes devant eux, je l'atteste contre vous aujourd'hui : vous disparaîtrez totalement; 20 comme les nations que le Seigneur a fait disparaître devant vous, ainsi vous disparaîtrez, pour n'avoir pas écouté la voix du Seigneur votre Dieu.

Israël n'a aucun mérite

9 1 Ecoute, Israël ! Tu vas aujourd'hui passer le Jourdain pour déposséder des nations plus grandes et plus puissantes que toi, avec leurs villes grandes, fortifiées, perchées dans le ciel[2], 2 et un grand peuple, de haute taille, les Anaqites[3]. Tu le sais, tu l'as entendu dire : qui peut tenir devant les fils d'Anaq ? 3 Tu vas reconnaître aujourd'hui que c'est le Seigneur ton Dieu qui passe le Jourdain devant toi comme un feu dévorant; c'est lui qui les ex-

---

1. *serpents brûlants :* voir Nb 21.6 et la note.

1. *manne :* voir Ex 16.31 et la note.
2. *perchées dans le ciel :* voir 1.28 et la note.
3. Voir Nb 13.22 et la note.

terminera, c'est lui qui les abattra devant toi. Tu les déposséderas et tu les feras disparaître aussitôt comme le Seigneur te l'a promis.

4 Quand le Seigneur ton Dieu les aura repoussés devant toi, ne te dis pas : «C'est parce que je suis juste que le Seigneur m'a fait entrer prendre possession de ce pays.» C'est parce que ces nations sont coupables que le Seigneur les a dépossédées devant toi. 5 Ce n'est pas parce que tu es juste ou que tu as le *cœur droit que tu vas entrer prendre possession de leur pays; en vérité, c'est parce que ces nations sont coupables que le Seigneur ton Dieu les a dépossédées devant toi. Il l'a fait aussi pour confirmer le serment du Seigneur à tes pères, Abraham, Isaac et Jacob. 6 Reconnais que ce n'est pas parce que tu es juste que le Seigneur ton Dieu te donne ce bon pays en possession, car tu es un peuple à la nuque raide[1].

Le veau d'or : la faute du peuple

7 Souviens-toi, n'oublie pas que tu as irrité le Seigneur ton Dieu dans le désert. Depuis le jour où tu es sorti du pays d'Egypte jusqu'à votre arrivée ici, vous avez été en révolte contre le Seigneur. 8 À l'Horeb[2], vous avez irrité le Seigneur, et le Seigneur s'est mis en colère contre vous jusqu'à vouloir vous exterminer. 9 Quand je suis monté sur la montagne pour recevoir les tables de pierre, les tables de l'*alliance que le Seigneur avait conclue avec vous, je

suis resté sur la montagne 40 jours et 40 nuits, sans manger de pain ni boire d'eau. 10 Le Seigneur m'a donné les deux tables de pierre, écrites du doigt de Dieu, où étaient reproduites toutes les paroles que le Seigneur avait prononcées pour vous sur la montagne, du milieu du feu, au jour de l'assemblée. 11 C'est au bout de 40 jours et de 40 nuits que le Seigneur m'a donné les deux tables de pierre, les tables de l'alliance. 12 Alors le Seigneur m'a dit : «Lève-toi, descends tout de suite d'ici, car ton peuple s'est corrompu, ce peuple que tu as fait sortir d'Egypte; ils n'ont pas tardé à s'écarter du chemin que je leur avais prescrit : ils se sont fabriqué une statue de métal fondu!» 13 Et le Seigneur m'a dit : «Je vois ce peuple : eh bien! C'est un peuple à la nuque raide[1]! 14 Laisse-moi faire, je vais les exterminer, je vais effacer leur nom de sous le ciel; mais je ferai de toi une nation plus puissante et plus nombreuse qu'eux.» 15 Je me suis tourné pour descendre de la montagne, cette montagne toute embrasée, en tenant de mes deux mains les deux tables de l'alliance. 16 Et j'ai vu : vous aviez péché contre le Seigneur votre Dieu en vous fabriquant un veau de métal fondu; vous n'aviez pas tardé à vous écarter du chemin que le Seigneur vous avait prescrit. 17 Alors, j'ai saisi les deux tables, je les ai jetées de mes deux mains, et je les ai brisées sous vos yeux.

---

1. *nuque raide* : voir Ex 32.9 et la note.
2. *Horeb* : autre nom du Sinaï.

1. *nuque raide* : voir Ex 32.9 et la note.

Le veau d'or : Moïse intercède

18 Je suis tombé à terre devant le Seigneur; comme la première fois, pendant 40 jours et 40 nuits je n'ai pas mangé de pain, je n'ai pas bu d'eau, à cause de tous les péchés que vous aviez commis en faisant ce qui est mal aux yeux du Seigneur, au point de l'offenser. 19 Je redoutais la colère et la fureur du Seigneur, irrité contre vous jusqu'à vouloir vous exterminer; mais le Seigneur, cette fois encore, m'a écouté. 20 Contre Aaron aussi, le Seigneur s'est mis dans une grande colère jusqu'à vouloir l'exterminer, alors j'ai prié aussi pour Aaron. 21 Et le péché que vous aviez fait, le veau, je l'ai pris, je l'ai brûlé, mis en morceaux, écrasé tout fin, réduit en poussière, et j'en ai jeté la poussière dans le torrent qui descend de la montagne.

22 À Taveéra, à Massa, à Qivroth-Taawa[1], vous avez irrité le Seigneur. 23 Et quand le Seigneur, à Qadesh-Barnéa[2], vous a envoyés en disant : « Montez prendre possession du pays que je vous donne », vous avez été rebelles à la voix du Seigneur votre Dieu, vous n'avez pas mis votre foi en lui, vous n'avez pas écouté sa voix. 24 Vous avez été en révolte contre le Seigneur depuis le jour où je vous ai connus.

25 Je suis donc tombé à terre devant le Seigneur, durant ces 40 jours et ces 40 nuits où je tombai à terre devant lui, car le Seigneur avait parlé de vous exterminer.

26 J'ai prié le Seigneur et j'ai dit : « Seigneur Dieu, ne détruis pas ton peuple, ton héritage, que tu as racheté dans ta grandeur, et que tu as fait sortir d'Egypte par la force de ta main. 27 Souviens-toi de tes serviteurs Abraham, Isaac et Jacob; ne fais pas attention à l'obstination de ce peuple, à son impiété, à son péché. 28 Qu'on ne dise pas dans le pays d'où tu nous as fait sortir : Le Seigneur n'était pas capable de les faire entrer dans le pays qu'il leur avait promis, et il les haïssait : c'est pourquoi il les a fait sortir pour les faire mourir au désert. 29 C'est pourtant ton peuple, ton héritage, que tu as fait sortir par ta grande force et ton bras étendu ! »

Le veau d'or : le pardon du Seigneur

10 1 Alors, le Seigneur m'a dit : « Taille deux tables de pierre comme les premières et monte vers moi sur la montagne. Tu te feras aussi une *arche de bois. 2 Sur les tables, j'écrirai les paroles qui étaient sur les premières, que tu as brisées; puis tu mettras les tables dans l'arche. »

3 J'ai fait une *arche en bois d'acacia, j'ai taillé deux tables de pierre comme les premières, et je suis monté sur la montagne, les deux tables à la main. 4 Et il a écrit sur les tables, de la même écriture que le première fois, les dix paroles que le Seigneur avait proclamées pour vous sur la montagne, du milieu du feu, au jour de l'assemblée. Et le Seigneur m'a remis les tables. 5 Puis je me suis tourné pour descendre de la mon-

---

1. *Taveéra :* voir Nb 11.3 et la note. — *Massa :* voir Ex 17.7 et la note. — *Qivroth-Taawa :* voir Nb 11.34.

2. *Qadesh-Barnéa :* voir Nb 13.26 et la note; Dt 1.19-46.

tagne; je les ai mises dans l'arche que j'avais faite, et elles y sont restées, comme le Seigneur me l'avait ordonné.

6 Les fils d'Israël sont partis des puits de Bené-Yaaqân vers Mosséra — c'est là qu'Aaron est mort et a été enseveli; son fils Eléazar est devenu prêtre à sa place. 7 — De là, ils sont partis vers la Goudgoda, et de la Goudgoda vers Yotvata, qui est un pays de torrents.

8 Alors, le Seigneur a mis à part la tribu de Lévi pour porter l'arche de l'alliance du Seigneur, se tenir devant le Seigneur, officier pour lui et bénir en son nom, comme elle le fait encore aujourd'hui. 9 C'est pourquoi Lévi ne possède pas d'héritage ni de part comme ses frères; c'est le Seigneur qui est son héritage, comme le Seigneur ton Dieu le lui a promis.

10 Ainsi, je m'étais tenu sur la montagne comme auparavant pendant 40 jours et 40 nuits, et le Seigneur m'avait encore écouté cette fois-là : le Seigneur n'a pas voulu te détruire[1], 11 et le Seigneur m'a dit : « Lève-toi ! Va devant le peuple donner le signe du départ; ils entreront prendre possession de la terre que j'ai juré à leurs pères de leur donner. »

La loi d'amour et d'obéissance

12 Et maintenant, Israël, qu'est-ce que le Seigneur ton Dieu attend de toi ? Il attend seulement que tu craignes le Seigneur ton Dieu en suivant tous ses chemins, en aimant et en ser-

vant le Seigneur ton Dieu de tout ton *coeur, de tout ton être, 13 en gardant les commandements du Seigneur et les lois que je te donne aujourd'hui, pour ton bonheur.

14 Oui, au Seigneur ton Dieu appartiennent les cieux et les cieux des cieux[1], la terre et tout ce qui s'y trouve. 15 Or c'est à tes pères seulement que le Seigneur s'est attaché pour les aimer; et après eux, c'est leur descendance, c'est-à-dire vous, qu'il a choisis entre tous les peuples comme on le constate aujourd'hui. 16 Vous *circoncirez donc votre coeur, vous ne raidirez plus votre nuque[2], 17 car c'est le Seigneur votre Dieu qui est le Dieu des dieux[3] et le Seigneur des seigneurs, le Dieu grand, puissant et redoutable, l'impartial et l'incorruptible, 18 qui rend justice à l'orphelin et à la veuve, et qui aime l'émigré en lui donnant du pain et un manteau. 19 Vous aimerez l'émigré, car au pays d'Egypte vous étiez des émigrés.

20 C'est le Seigneur ton Dieu que tu craindras et que tu serviras, c'est à lui que tu t'attacheras, c'est par son nom que tu prêteras serment. 21 Il est ta louange, il est ton Dieu, lui qui a fait pour toi ces choses grandes et terribles[4] que tu as vues de tes yeux. 22 Tes pères n'étaient que 70 quand ils sont descendus en Egypte, et maintenant le Seigneur ton Dieu

---

1. Moïse s'adresse au peuple d'Israël dans son ensemble.

1. *cieux des cieux* : formule qui désigne le ciel envisagé dans toute sa grandeur et sa splendeur.
2. *vous ne raidirez plus votre nuque* : comparer Ex 32.9 et la note.
3. *Dieu des dieux* : sorte de superlatif pour exprimer que Dieu est au dessus de tout.
4. *ces choses grandes et terribles* : les événements de la sortie d'Egypte et tout ce qu'Israël a vécu dans le désert.

t'a rendu aussi nombreux que les étoiles du ciel.

11 1 Tu aimeras le Seigneur ton Dieu et tu garderas ce qu'il t'ordonne de garder, ses lois, ses coutumes et ses commandements, tous les jours.

Comprendre ce que Dieu a fait pour Israël

2 Vous connaissez aujourd'hui — ce n'est pas le cas de vos fils, qui n'ont pas connu et qui n'ont pas vu — vous connaissez la leçon du Seigneur votre Dieu, sa grandeur, sa main forte et son bras étendu

3 — ses signes et ses actions, ce qu'en plein milieu de l'Egypte il a fait à *Pharaon, roi d'Egypte, et à tout son pays

4 — ce qu'il a fait à l'armée égyptienne, à ses chevaux et à ses chars, en faisant déferler sur eux l'eau de la *mer des Joncs, quand ils vous poursuivaient : — et le Seigneur les a supprimés jusqu'à aujourd'hui

5 — ce qu'il vous a fait au désert jusqu'à votre arrivée en ce lieu

6 — ce qu'il a fait à Datân et Abirâm, les fils d'Eliav fils de Ruben, que la terre, ouvrant sa gueule, a engloutis au milieu de tout Israël avec leur famille, leurs tentes et tous les gens qui marchaient sur leurs traces.

7 C'est de vos propres yeux que vous avez vu toute l'action grandiose du Seigneur ! 8 Vous garderez donc tout le commandement que je te donne aujourd'hui, afin que vous soyez courageux, et que vous entriez en possession du pays où vous allez passer pour en

prendre possession, 9 afin que vos jours se prolongent sur la terre que le Seigneur a juré à vos pères de leur donner, ainsi qu'à leur descendance — un pays ruisselant de lait et de miel.

Le pays dont le Seigneur prend soin

10 Certes, le pays où tu entres pour en prendre possession n'est pas comme le pays d'Egypte d'où vous êtes sortis : tu y faisais tes semailles, et tu l'arrosais avec ton pied[1] comme un jardin potager ; 11 le pays où vous passez pour en prendre possession est un pays de montagnes et de vallées, qui s'abreuve de la pluie du ciel, 12 un pays dont le Seigneur ton Dieu prend soin : sans cesse les yeux du Seigneur ton Dieu sont sur lui, du début à la fin de l'année. 13 Et si vous écoutez vraiment mes commandements, ceux que je vous donne[2] aujourd'hui, en aimant le Seigneur votre Dieu et en le servant de tout votre coeur, de tout votre être, 14 je donnerai en son temps la pluie qu'il faut à votre terre, celle de l'automne et celle du printemps ; tu récolteras ton blé, ton vin nouveau et ton huile; 15 je donnerai de l'herbe à tes bêtes dans tes prés, et tu mangeras à satiété.

16 Gardez-vous bien de vous laisser séduire dans votre *coeur, de vous dévoyer, de servir d'autres dieux et de vous prosterner devant eux : 17 car alors la colère du Seigneur s'enflammerait

---

1. *tu l'arrosais avec ton pied* : pour arroser les terrains cultivés, on ouvrait et on bouchait avec le pied les rigoles d'irrigation.
2. Aux versets 13-15, ce n'est plus Moïse, c'est le Seigneur lui-même qui parle.

contre vous, il fermerait le ciel et il n'y aurait plus de pluie, la terre ne donnerait plus ses produits, et vous disparaîtriez rapidement du bon pays que le Seigneur vous donne.

18 Mes paroles que voici, vous les mettrez en vous, dans votre cœur, vous en ferez un signe attaché à votre main, une marque placée entre vos yeux[1]. 19 Vous les apprendrez à vos fils en les leur disant quand tu resteras chez toi et quand tu marcheras sur la route, quand tu seras couché et quand tu seras debout; 20 tu les inscriras sur les montants de porte de ta maison et à l'entrée de tes villes, 21 pour que vos jours et ceux de vos fils, sur la terre que le Seigneur a juré à vos pères de leur donner, durent aussi longtemps que le ciel sera au-dessus de la terre.

22 Car si vous gardez vraiment tout ce commandement que je vous ordonne de mettre en pratique, en aimant le Seigneur votre Dieu, en suivant tous ses chemins et en vous attachant à lui, 23 le Seigneur dépossédera toutes ces nations devant vous, si bien que vous déposséderez des nations plus grandes et plus puissantes que vous. 24 Tous les lieux que foulera la plante de vos pieds seront à vous; depuis le désert et le Liban, depuis le fleuve Euphrate jusqu'à la mer Occidentale, sera votre territoire[2]. 25 Personne ne tiendra devant vous, le Sei-

gneur répandra la terreur et la crainte de vous sur tout le pays que vous foulerez, comme il vous l'a promis.

Bénédiction ou malédiction

26 Vois : je mets aujourd'hui devant vous bénédiction et malédiction : 27 la bénédiction si vous écoutez les commandements du Seigneur votre Dieu, que je vous donne aujourd'hui, 28 là malédiction si vous n'écoutez pas les commandements du Seigneur votre Dieu, et si vous vous détournez du chemin que je vous prescris aujourd'hui pour suivre d'autres dieux que vous ne connaissez pas.

29 Quand le Seigneur ton Dieu t'aura fait entrer dans le pays où tu entres pour en prendre possession, alors tu placeras la bénédiction sur le mont Garizim et la malédiction sur le mont Ebal[1] 30 — c'est au-delà du Jourdain, au bout de la route du couchant dans le pays du Cananéen qui habite dans l'Araba, en face du Guilgal, à côté des chênes de Moré[2].

31 Car vous allez passer le Jourdain pour aller prendre possession du pays que le Seigneur

---

1. Voir la note sur Ex 13.9.
2. *le désert* : le texte sous-entend *de Syrie.* — *Euphrate* : voir Gn 2.14 et la note — *mer Occidentale* : la mer Méditerranée. — *Territoire* : voir Jos 1.4 et la note.

1. Les monts *Ebal* et *Garizim* dominent la ville de Sichem à l'ouest. Un sanctuaire israélite ancien semble avoir existé sur le mont *Ebal* (Dt 27.4; Jos 8.30-32).
2. *au-delà du Jourdain* désigne ici la Palestine. — *Araba* : voir 1.1 et la note. — *Guilgal* : peut-être le lieu qui portait ce nom près de Jéricho (voir Jos 4.19), peut-être un autre (2 R 2.1; 4.38). *Chênes de Moré* : voir Gn 12.6. — Les indications géographiques de ce verset visent à situer le sanctuaire de Sichem où on célébrait périodiquement l'*alliance (voir 27.1-13).

votre Dieu vous donne : vous en prendrez possession et vous y habiterez. 32 Et vous veillerez à mettre en pratique toutes les lois et les coutumes que je mets devant vous aujourd'hui.

LES LOIS DU SEIGNEUR

12 1 Voici les lois et les coutumes que vous veillerez à mettre en pratique, dans le pays que le Seigneur, le Dieu de tes pères, t'a donné en possession, durant tous les jours que vous vivrez sur la terre.

Un seul lieu de culte

2 Vous supprimerez entièrement tous les lieux où les nations que vous dépossédez ont servi leurs dieux, sur les montagnes élevées, sur les collines et sous tous les arbres verdoyants. 3 Vous démolirez leurs *autels et vous briserez leurs stèles; leurs poteaux sacrés, vous les brûlerez; les idoles de leurs dieux, vous les casserez; vous supprimerez leur nom[1] de ce lieu. 4 Pour le Seigneur votre Dieu, vous n'agirez pas à leur manière, 5 car vous le chercherez seulement dans le lieu que le Seigneur votre Dieu aura choisi parmi toutes vos tribus pour y mettre son *nom, pour y demeurer; c'est là que tu viendras.

6 Vous y apporterez vos holocaustes, vos *sacrifices, vos dîmes[1], vos contributions volontaires, vos offrandes votives, vos dons spontanés, les premiers-nés de votre gros et de votre petit bétail. 7 Vous mangerez[2] là devant le Seigneur votre Dieu, et vous serez dans la joie, avec votre maisonnée, pour toutes les entreprises où le Seigneur ton Dieu t'aura béni.

8 Vous n'agirez pas comme nous le faisons ici aujourd'hui, où chacun fait tout ce qui est droit à ses propres yeux. 9 Car vous n'êtes pas encore entrés dans le lieu du repos[3], dans l'héritage que le Seigneur ton Dieu te donne, 10 mais vous allez passer le Jourdain et vous habiterez dans le pays que le Seigneur votre Dieu vous accorde en héritage : il vous donnera le repos en vous dégageant de l'étreinte de tous vos ennemis et vous y habiterez en sécurité. 11 C'est dans le lieu choisi par le Seigneur votre Dieu pour y faire demeurer son *nom que vous apporterez tout ce que je vous ordonne : vos holocaustes, vos sacrifices, vos contributions volontaires et tout ce que vous

---

1. Les versets 2-3 décrivent les éléments du culte cananéen combattu par Dt : le sanctuaire est situé sur une hauteur; les *arbres verts* symbolisent la vie; l'autel est entouré de pierres dressées (*stèles* : voir Gn 28.18 et la note) ou de *poteaux sacrés* (voir la note sur Jg 3.7); l'idole signale la présence de la divinité locale. — *Leur nom* : il s'agit probablement du nom des faux *dieux*, plutôt que du nom des nations qui leur rendent un culte.

1. Voir Gn 14.20 et la note.
2. Certains sacrifices étaient suivis d'un repas, de même l'offrande de la dîme (v. 17-18).
3. Le *repos* évoque la fin de la longue marche dans le désert et des luttes pour la conquête (voir v. 10).

aurez choisi pour faire des offrandes votives au Seigneur. 12 Vous serez dans la joie devant le Seigneur votre Dieu, vous, vos fils, vos filles, vos serviteurs et vos servantes, ainsi que le *lévite qui est dans vos villes car il n'a ni part ni héritage avec vous[1].

13 Garde-toi bien d'offrir tes holocaustes dans n'importe lequel des lieux que tu verras ; 14 c'est seulement au lieu choisi par le Seigneur chez l'une de tes tribus que tu offriras tes holocaustes ; c'est là que tu feras tout ce que je t'ordonne. 15 Cependant, tu pourras, comme tu le voudras, abattre des bêtes et manger de la viande dans toutes tes villes, selon la bénédiction que le Seigneur ton Dieu t'aura donnée. Celui qui est impur et celui qui est pur en mangeront comme si c'était de la gazelle ou du cerf[2]. 16 Cependant, vous ne mangerez pas le *sang : tu le verseras sur la terre comme de l'eau. 17 Tu ne pourras pas manger dans tes villes la dîme de ton blé, de ton vin nouveau et de ton huile, ni les premiers-nés de ton gros et de ton petit bétail, ni toutes les offrandes votives que tu feras, les dons spontanés et les contributions volontaires ; 18 c'est seulement devant le Seigneur ton Dieu que tu en mangeras, au lieu que le Seigneur ton Dieu aura choisi ; tu en mangeras, avec ton fils, ta fille, ton serviteur, ta servante et le *lévite qui est dans tes villes ; tu seras dans la joie devant le Seigneur ton Dieu pour toutes

tes entreprises. 19 Garde-toi bien de négliger le lévite, durant tous les jours où tu seras sur ta terre.

20 Quand le Seigneur ton Dieu aura agrandi ton territoire comme il te l'a promis, et que tu diras : « Je vais manger de la viande », parce que tu en voudras, tu mangeras de la viande autant que tu en voudras. 21 Si le lieu que le Seigneur ton Dieu aura choisi pour y mettre son *nom est loin de chez toi, tu abattras de ton gros et de ton petit bétail, celui que le Seigneur ton Dieu t'aura donné, en faisant comme je te l'ai ordonné, et tu en mangeras dans tes villes autant que tu en voudras. 22 Oui, tu pourras en manger comme on mange de la gazelle ou du cerf ; l'homme qui est impur et celui qui est pur en mangeront ensemble. 23 Seulement, tiens ferme à ne pas manger le *sang, car le sang c'est la vie, et tu ne mangeras pas la vie avec la viande ; 24 tu n'en mangeras pas : tu le verseras sur la terre comme de l'eau. 25 Tu n'en mangeras pas ; ainsi tu seras heureux, toi et tes fils après toi, puisque tu auras fait ce qui est droit aux yeux du Seigneur.

26 Les seules choses que tu viendras porter au lieu que le Seigneur aura choisi, ce sont celles que tu auras consacrées et tes offrandes votives. 27 Tu feras tes holocaustes, viande et sang, sur l'*autel du Seigneur ton Dieu ; le sang de tes sacrifices[1] sera versé sur l'autel du Seigneur ton Dieu, et la viande, tu la mangeras.

---

1. La tribu de Lévi n'avait pas de territoire propre qui aurait pu être considéré comme sa *part* ou son *héritage* (voir 10.8-9).
2. *abattre des bêtes* : il s'agit de l'abattage des animaux de boucherie quand il n'était pas possible de l'effectuer au sanctuaire unique (v. 21). *Gazelle, cerf* : voir 14.4-5.

1. Le mot *sacrifices* est pris ici au sens restreint de *sacrifices de paix*, dont on mange la viande (voir Lv 3).

28 Observe et écoute toutes les paroles des commandements que je te donne; ainsi tu seras heureux, toi et tes fils après toi pour toujours, puisque tu auras fait ce qui est bien et droit aux yeux du Seigneur ton Dieu.

Contre les dieux cananéens

29 Lorsque le Seigneur ton Dieu aura détruit devant toi les nations chez qui tu vas entrer pour les déposséder, quand tu les auras dépossédées et que tu habiteras dans leur pays, 30 garde-toi bien de te laisser prendre au piège en les imitant, après qu'elles auront été exterminées devant toi; garde-toi de chercher leurs dieux en disant : « Comment ces nations servaient-elles leurs dieux, que j'agisse à leur manière, moi aussi ? » 31 À cause du Seigneur ton Dieu, tu n'agiras pas à leur manière, car tout ce qui est une abomination pour le Seigneur, tout ce qu'il déteste, elles l'ont fait pour leurs dieux : même leurs fils et leurs filles, ils les brûlaient pour leurs dieux !

Contre les adorateurs de faux dieux

13 1 Toutes les paroles des commandements que je vous donne, vous veillerez à les pratiquer; tu n'y ajouteras rien et tu n'y enlèveras rien.

2 S'il surgit au milieu de toi un *prophète ou un visionnaire[1] — même s'il t'annonce un *signe ou un prodige, 3 et que le signe ou le prodige qu'il t'avait promis se

réalise, s'il dit : « Suivons et servons d'autres dieux », des dieux que tu ne connais pas, 4 tu n'écouteras pas les paroles de ce *prophète ou les visions de ce visionnaire; car c'est le Seigneur votre Dieu qui vous éprouvera de cette manière pour savoir si vous êtes des gens qui aiment le Seigneur votre Dieu de tout votre coeur, de tout votre être. 5 C'est le Seigneur votre Dieu que vous suivrez; c'est lui que vous craindrez; ce sont ses commandements que vous garderez; c'est sa voix que vous écouterez; c'est lui que vous servirez; c'est à lui que vous vous attacherez. 6 Quant à ce prophète ou visionnaire, il sera mis à mort pour avoir prêché la révolte contre le Seigneur votre Dieu qui vous a fait sortir du pays d'Egypte, et t'a racheté de la maison de servitude; cet homme voulait t'entraîner hors du chemin que le Seigneur ton Dieu t'a prescrit de suivre. Tu ôteras le mal du milieu de toi.

7 Si ton frère, fils de ta mère, ou ton fils ou ta fille ou la femme que tu serres contre ton *coeur, ou ton prochain qui est comme toi-même, viennent en cachette te faire cette proposition : Allons servir d'autres dieux » — ces dieux que ni toi ni ton père vous ne connaissez, 8 parmi les dieux des peuples proches ou lointains qui vous entourent d'un bout à l'autre du pays — 9 tu n'accepteras pas, tu ne l'écouteras pas, tu ne t'attendriras pas sur lui, tu n'auras pas pitié, tu ne le défendras pas; 10 au contraire, tu dois absolument le tuer. Ta main sera la première pour le mettre à mort, et la main de tout le peuple suivra; 11 tu le lapideras, et il

---

1. Il s'agit de celui qui a des songes (voir Jr 23.25).

mourra pour avoir cherché à t'entraîner loin du Seigneur ton Dieu qui t'a fait sortir du pays d'Egypte, de la maison de servitude. 12 Tout Israël en entendra parler et sera dans la crainte, et on cessera de commettre le mal de cette façon au milieu de toi.

13 Si, dans une des villes que le Seigneur ton Dieu te donne pour y habiter, tu entends dire 14 que des gens de rien[1] sont sortis du milieu de toi et ont entraîné les habitants de leur ville en disant : « Allons servir d'autres dieux », des dieux que vous ne connaissez pas, 15 alors tu feras des recherches, tu t'informeras, tu mèneras une enquête approfondie; et une fois établi le fait que cette abomination a été commise au milieu de toi, 16 tu frapperas au tranchant de l'épée tous les habitants de cette ville : tu les voueras à l'interdit[2] avec tout ce qui s'y trouve et tu frapperas son bétail au tranchant de l'épée. 17 Tout le butin, tu le rassembleras au milieu de la place, et tu brûleras totalement la ville avec tout son butin pour le Seigneur ton Dieu. Ce sera une ruine pour toujours; elle ne sera plus jamais reconstruite. 18 Tu ne mettras la main sur rien de ce qui est voué à l'interdit. Ainsi le Seigneur reviendra de l'ardeur de sa colère, te donnera et te montrera sa tendresse, et te rendra nombreux, comme il l'a promis à tes pères, 19 car tu auras écouté la voix du Seigneur ton Dieu en gardant tous ses commandements que je te donne aujourd'hui, et en faisant ce qui

est droit aux yeux du Seigneur ton Dieu.

Coutumes mortuaires interdites

14 1 Vous êtes des fils pour le Seigneur votre Dieu. Vous ne vous tailladerez pas le corps et vous ne porterez pas la tonsure[1] sur le devant de la tête pour un mort. 2 Car tu es un peuple consacré au Seigneur ton Dieu; c'est toi que le Seigneur a choisi pour devenir le peuple qui est sa part personnelle entre tous les peuples qui sont sur la surface de la terre.

Viandes autorisées et interdites

3 Tu ne mangeras rien d'abominable.

4 Voici les bêtes que vous pouvez manger : le bœuf, l'agneau ou le chevreau, 5 le cerf, la gazelle, le daim, le bouquetin, l'antilope, l'oryx, la chèvre sauvage[2]. 6 Toute bête qui a le pied fendu en deux sabots et qui rumine, vous pouvez la manger.

7 Ainsi, parmi les ruminants et parmi les animaux ayant des sabots fendus, vous ne mangerez pas ceux-ci : le chameau, le lièvre, le daman[3], car ils ruminent, mais n'ont pas de sabots; pour vous, ils sont *impurs. 8 Et le porc, puisqu'il a des sabots, mais ne rumine pas, pour vous il est impur : vous ne devez ni manger de leur chair ni toucher leur cadavre.

---

1. *gens de rien* ou *vauriens*.
2. *voueras à l'interdit* : voir 2.34 et la note.

1. *taillader, tonsure* : marques de deuil. En interdisant à Israël ces pratiques courantes chez les Cananéens, Dt veut lui éviter la tentation d'adopter aussi la religion cananéenne (voir v. 2).
2. A part les deux premiers, on n'est pas sûr de la traduction des noms d'animaux énumérés dans ce verset.
3. Voir Lv 11.5, Ps 104.18 et les notes.

9 Parmi tous les animaux aquatiques, voici ce que vous pouvez manger : tout animal qui a nageoires et écailles, vous pouvez en manger; 10 mais tout ce qui n'a pas nageoires et écailles, vous n'en mangerez pas; pour vous, c'est *impur.

11 Tout oiseau pur, vous pouvez le manger. 12 Mais voici les oiseaux que vous ne mangerez pas : l'aigle, le gypaète, l'aigle marin, 13 le busard, le vautour et les différentes espèces de milans, 14 toutes les espèces de corbeaux, 15 l'autruche, la chouette, la mouette, les différentes espèces d'éperviers, 16 le hibou, le chat-huant, l'effraie, 17 la corneille, le charognard, le cormoran, 18 la cigogne, les différentes espèces de hérons, la huppe et la chauve-souris. 19 Toute bestiole ailée est *impure pour vous, on ne la mangera pas. 20 Tout animal qui a des ailes et qui est pur, vous pouvez le manger.

21 Vous ne mangerez aucune bête crevée : c'est à l'émigré qui est dans tes villes que tu la donneras, et il pourra la manger; ou bien vends-la à l'étranger. Car tu es un peuple consacré au Seigneur ton Dieu.

Tu ne feras pas cuire un chevreau dans le lait de sa mère[1].

Dîme annuelle et dîme triennale

22 Tu prélèveras chaque année la dîme[2] sur tout le produit de ce que tu auras semé et qui aura poussé dans tes champs. 23 Devant le Seigneur ton Dieu, au lieu qu'il aura choisi pour y faire demeurer son *nom, tu mangeras la dîme de ton blé, de ton vin nouveau et de ton huile, et les premiers-nés de ton gros et de ton petit bétail; ainsi, tu apprendras à craindre[1] le Seigneur ton Dieu tous les jours. 24 Et quand la route sera trop longue pour que tu puisses apporter ta dîme, si le lieu que le Seigneur ton Dieu aura choisi pour y placer son *nom est loin de chez toi, et si le Seigneur ton Dieu t'a comblé de bénédictions, 25 alors tu échangeras ta dîme contre de l'argent, tu serreras l'argent dans ta main, et tu iras au lieu que le Seigneur ton Dieu aura choisi. 26 Là, tu échangeras l'argent contre tout ce que tu voudras : du gros et du petit bétail, du vin, des boissons fermentées, et tout ce qui te fera envie : et tu mangeras là devant le Seigneur ton Dieu, et tu seras dans la joie avec ta maisonnée. 27 Quant au *lévite qui est dans tes villes, lui qui n'a ni part ni héritage avec toi, tu ne le négligeras pas.

28 Au bout de trois ans, tu prélèveras toute la dîme de tes produits de cette année-là, mais tu les déposeras dans ta ville; 29 alors viendront le *lévite — lui qui n'a ni part ni héritage avec toi — l'émigré, l'orphelin et la veuve qui sont dans tes villes, et ils mangeront à satiété, pour que le Seigneur ton Dieu te bénisse dans toutes tes actions.

---

1. Voir Ex 23.19 et la note.
2. Voir Gn 14.20 et la note.

1. *craindre* ou *respecter.*

Remise des dettes tous les sept ans

15 1 Au bout de sept ans, tu feras la remise des dettes[1].

2 Et voici ce qu'est cette remise : tout homme qui a fait un prêt à son prochain fera remise de ses droits : il n'exercera pas de contrainte[2] contre son prochain ou son frère, puisqu'on a proclamé la remise pour le SEIGNEUR. 3 L'étranger, tu pourras le contraindre ; mais ce que tu possèdes chez ton frère, tu lui en feras remise.

4 Toutefois, il n'y aura pas de pauvre chez toi, tellement le SEIGNEUR t'aura comblé de bénédiction dans le pays que le SEIGNEUR ton Dieu te donne en héritage pour en prendre possession, 5 pourvu que tu écoutes attentivement la voix du SEIGNEUR ton Dieu en veillant à mettre en pratique tout ce commandement que je te donne aujourd'hui. 6 Car le SEIGNEUR ton Dieu t'aura béni comme il te l'a promis ; alors tu prêteras sur gages à des nations nombreuses, et toi-même tu n'auras pas à donner de gages ; tu domineras des nations nombreuses, mais toi, elles ne te domineront pas.

7 S'il y a chez toi un pauvre, l'un de tes frères, dans l'une de tes villes, dans le pays que le SEI-GNEUR ton Dieu te donne, tu n'endurciras pas ton coeur et tu ne fermeras pas ta main à ton frère pauvre, 8 mais tu lui ouvriras ta main toute grande et tu lui consentiras tous les prêts sur gages dont il pourra avoir besoin. 9 Garde-toi bien d'avoir dans ton *coeur une pensée déraisonnable en te disant : «C'est bientôt la septième année, celle de la remise», et en regardant durement ton frère pauvre, sans rien lui donner. Car alors, il appellerait le SEIGNEUR contre toi, et ce serait un péché pour toi. 10 Tu lui donneras généreusement, au lieu de lui donner à contre-coeur ; ainsi le SEIGNEUR ton Dieu te bénira dans toutes tes actions et toutes tes entreprises.

11 Et puisqu'il ne cessera pas d'y avoir des pauvres au milieu du pays, je te donne ce commandement : tu ouvriras ta main toute grande à ton frère, au malheureux et au pauvre que tu as dans ton pays.

Libérer les esclaves hébreux

12 Si, parmi tes frères hébreux, un homme ou une femme s'est vendu à toi[1], et s'il t'a servi comme esclave pendant six ans, à la septième année tu le laisseras partir libre de chez toi. 13 Et quand tu le laisseras partir libre de chez toi, tu ne le laisseras pas partir les mains vides ; 14 tu le couvriras de cadeaux[2] avec le produit de ton petit bétail, de ton aire et de ton pressoir : ce que tu lui donneras te vient de la béné-

---

1. *la remise des dettes* devait être soit un délai d'un an accordé pour le paiement, soit plus probablement la suppression complète de toutes les dettes contractées les six années précédentes.
2. *fera remise* : texte hébreu peu clair ; ou bien le créancier doit rendre au débiteur le gage que celui-ci a remis en reconnaissance de sa dette, ou bien le prêteur doit renoncer à réclamer la somme qu'il a prêtée. — *Contrainte* : le créancier n'a pas le droit de traîner son débiteur israélite devant le tribunal pour le forcer à payer ou pour faire de lui son esclave s'il est incapable de payer.

1. *s'est vendu à toi* ou *t'a été vendu.*
2. *couvrir de cadeaux* : le sens de l'expression hébraïque correspondante est incertain.

diction du Seigneur ton Dieu.
15 Tu te souviendras qu'au pays
d'Egypte tu étais esclave et que le
Seigneur ton Dieu t'a racheté.
C'est pourquoi je te donne ce
commandement aujourd'hui.

16 Mais si cet esclave te dit :
« Je ne désire pas sortir de chez
toi », parce qu'il t'aime, toi et ta
maisonnée, et qu'il est heureux
chez toi, 17 alors, en prenant le
poinçon, tu lui fixeras[1] l'oreille
contre le battant de ta porte, et il
sera pour toi un esclave perpétuel. Pour ta servante, tu agiras
de la même manière.

18 Ne trouve pas trop dur de le
laisser partir libre de chez toi, car
en te servant pendant six ans il
t'a rapporté deux fois plus que ce
que gagne un salarié ; et le Seigneur ton Dieu te bénira dans
tout ce que tu feras.

Les premiers-nés seront consa-
crés à Dieu

19 Tout premier-né mâle qui
naîtra dans ton gros et ton petit
bétail, tu le consacreras au Seigneur ton Dieu ; tu ne feras pas
tes travaux avec un premier-né de
ton gros bétail, tu ne tondras pas
un premier-né de ton petit bétail ;
20 c'est devant le Seigneur ton
Dieu que tu le mangeras chaque
année[2] avec ta maisonnée au lieu
que le Seigneur ton Dieu aura
choisi.

21 Mais si l'animal a une tare,
s'il est boiteux ou aveugle, ou s'il
a n'importe quelle autre tare, tu
ne le sacrifieras pas au Seigneur
ton Dieu : 22 c'est dans tes villes
que tu le mangeras. L'homme qui
est *impur et celui qui est *pur en
mangeront ensemble, comme si
c'était de la gazelle ou du cerf.
23 Cependant, tu n'en mangeras
pas le *sang : tu le verseras sur la
terre comme de l'eau.

Les trois pèlerinages annuels

16 1 Observe le mois des
Epis[1], et célèbre la *Pâque
pour le Seigneur ton Dieu, car
c'est au mois des Epis que le Seigneur ton Dieu t'a fait sortir d'E-
gypte, la nuit. 2 Tu feras le *sacrifice de la Pâque pour le Seigneur
ton Dieu, avec du petit et du gros
bétail, au lieu que le Seigneur
aura choisi pour y faire demeurer
son *nom. 3 Tu ne mangeras pas
à ce repas du pain levé ; pendant
sept jours, tu mangeras des
*pains sans levain – du pain de
misère, car c'est en hâte que tu es
sorti du pays d'Egypte – pour te
souvenir, tous les jours de ta vie,
du jour où tu es sorti du pays
d'Egypte. 4 On ne verra pas de
levain chez toi, dans tout ton territoire, pendant sept jours ; et de
la viande que tu auras abattue[2] le
soir du premier jour, rien ne passera la nuit jusqu'au matin. 5 Tu
ne pourras pas faire le sacrifice
de la Pâque dans l'une des villes
que le Seigneur ton Dieu te
donne : 6 c'est seulement au lieu
choisi par le Seigneur ton Dieu

---

1. *fixeras* ou *perceras* : coutume ancienne qui
symbolise le lien définitif de l'esclave avec la maison de son maître.
2. *chaque année* : au repas sacrificiel annuel,
célébré au sanctuaire central, d'après 14.23 (voir 1
S 1.3-4).

1. *mois des Epis* ou *mois d'Abib* : voir au glossaire CALENDRIER.
2. *abattue* : autre traduction *sacrifiée*.

pour y faire demeurer son nom que tu feras le sacrifice de la Pâque, le soir, au coucher du soleil, au temps précis[1] où tu es sorti d'Egypte. 7 Tu feras cuire la bête, tu la mangeras au lieu que le Seigneur ton Dieu aura choisi, et le matin tu t'en retourneras pour aller vers tes tentes. 8 Pendant six jours, tu mangeras des pains sans levain; le septième jour, ce sera la clôture de la fête pour le Seigneur ton Dieu. Tu ne feras aucun ouvrage.

9 Tu compteras sept semaines; c'est à partir du jour où on se met à faucher la moisson que tu compteras les sept semaines. 10 Puis tu célébreras la fête des Semaines[2] pour le Seigneur ton Dieu, en apportant des dons spontanés à la mesure des bénédictions dont le Seigneur ton Dieu t'aura comblé. 11 Au lieu que le Seigneur ton Dieu aura choisi pour y faire demeurer son *nom, tu seras dans la joie devant le Seigneur ton Dieu, avec ton fils, ta fille, ton serviteur, ta servante, le *lévite qui est dans tes villes, l'émigré, l'orphelin et la veuve qui sont au milieu de toi. 12 Tu te souviendras qu'en Egypte tu étais esclave, tu garderas ces lois et tu les mettras en pratique.

13 Quant à la fête des Tentes[3], tu la célébreras pendant sept jours lorsque tu auras rentré tout ce qui vient de ton aire et de ton pressoir. 14 Tu seras dans la joie de ta fête avec ton fils, ta fille,

ton serviteur, ta servante, le *lévite, l'émigré, l'orphelin et la veuve qui sont dans tes villes. 15 7 jours durant, tu feras un pèlerinage[1] pour le Seigneur ton Dieu au lieu que le Seigneur aura choisi, car le Seigneur ton Dieu t'aura béni dans tous les produits de ton sol et dans toutes tes actions; et tu ne seras que joie,

16 trois fois par an, tous les hommes iront voir la face du Seigneur[2] ton Dieu au lieu qu'il aura choisi : pour le pèlerinage des *Pains sans levain, celui des Semaines et celui des Tentes. On n'ira pas voir la face du Seigneur les mains vides : 17 chacun fera une offrande de ses mains suivant la bénédiction que t'a donnée le Seigneur ton Dieu.

Règles pour les juges

18 Tu te donneras pour tes tribus des juges et des commissaires dans toutes les villes que le Seigneur ton Dieu te donne; et ils exerceront avec justice leur juridiction sur le peuple.

19 Tu ne biaiseras pas avec le droit, tu n'auras pas de partialité, tu n'accepteras pas de cadeaux, car le cadeau aveugle les yeux des sages et compromet la cause des justes. 20 Tu rechercheras la justice, rien que la justice, afin de vivre et de prendre possession du pays que le Seigneur ton Dieu te donne.

---

1. *au temps précis* ou *à la date.*
2. *fête des Semaines :* voir au glossaire CALENDRIER.
3. *fête des Tentes :* voir au glossaire CALENDRIER.

1. *tu feras un pèlerinage* ou *tu célébreras une fête.*
2. *aller voir la face du Seigneur :* se présenter au *sanctuaire (voir Ex 23.17 et la note).

Pratiques religieuses interdites

21 Tu ne planteras pour toi aucun poteau de bois[1] à côté de l'*autel que tu construiras pour le Seigneur ton Dieu. 22 Tu ne dresseras pour toi aucune de ces stèles[2] que le Seigneur ton Dieu déteste.

17 1 Tu ne sacrifieras pas au Seigneur ton Dieu un boeuf ou un mouton ayant une tare quelconque, car c'est une abomination pour le Seigneur ton Dieu.

2 S'il se trouve au milieu de toi, dans l'une des villes que le Seigneur ton Dieu te donne, un homme ou une femme qui fait ce qui est mal aux yeux du Seigneur ton Dieu en transgressant son *alliance, 3 et qui s'en va servir d'autres dieux et se prosterner devant eux, devant le soleil, la lune ou toute l'armée des cieux, ce que je n'ai pas ordonné[3] : 4 si l'on te communique cette information ou si tu l'entends dire, tu feras des recherches approfondies; une fois établi le fait que cette abomination a été commise en Israël, 5 tu amèneras aux portes de ta ville[4] l'homme ou la femme qui ont commis ce méfait; l'homme ou la femme, tu les lapideras et ils mourront. 6 C'est sur les déclarations de deux ou de trois témoins que celui qui doit mourir sera mis à mort; il ne sera pas mis à mort sur les déclarations d'un seul témoin. 7 La main des témoins sera la première pour le mettre à mort, puis la main de tout le peuple en fera autant. Tu ôteras le mal du milieu de toi.

Cas difficiles jugés au sanctuaire

8 S'il est trop difficile pour toi de juger de la nature d'un cas de sang versé, de litige ou de blessures — affaires contestées au tribunal de ta ville —, tu te mettras en route pour monter au lieu que le Seigneur ton Dieu aura choisi. 9 Tu iras trouver les prêtres *lévites et le juge qui sera en fonction en ces jours-là; tu les consulteras[1], et ils te communiqueront la sentence. 10 Tu agiras selon la sentence qu'ils t'auront communiquée dans ce lieu que le Seigneur aura choisi, et tu veilleras à mettre en pratique toutes leurs instructions. 11 Selon les instructions qu'ils t'auront données, et selon la sentence qu'ils auront prononcée, tu agiras sans dévier ni à droite ni à gauche de la parole qu'ils t'auront communiquée.

12 Mais l'homme qui aura agi avec présomption, sans écouter le prêtre qui se tient là, officiant pour le Seigneur ton Dieu, sans écouter le juge, cet homme-là mourra. Tu ôteras le mal d'Israël. 13 Tout le peuple en entendra

---

1. *aucun poteau de bois* : hébreu peu clair; autre traduction *aucun poteau sacré ni aucun arbre* (voir la note sur Jg 3.7).
2. Voir Gn 28.18 et la note.
3. *je n'ai pas ordonné* : c'est Moïse qui parle, ou peut-être Dieu lui-même.
4. *aux portes de la ville* : là où siège le tribunal (voir Gn 23.10 et la note); mais c'est aussi devant la porte, hors de la ville qu'on exécute les condamnés (voir 22.24; Ac 7.58).

1. *prêtres lévites* : cette appellation caractérise le clergé en service au *sanctuaire central (voir 17.18; 27.9) et le distingue des autres lévites dispersés dans le pays (voir 12.12; 18.6). Le *juge* est ou bien l'un de ces *prêtres*, ou bien un magistrat laïc (voir 16.18-20). *Tu les consulteras* : autre traduction *tu consulteras le Seigneur*.

parler et sera dans la crainte, et on ne sera plus présomptueux.

Règles concernant le roi

14 Quand tu seras entré dans le pays que le Seigneur ton Dieu te donne, que tu en auras pris possession et que tu y habiteras, et quand tu diras : « Je voudrais établir à ma tête un roi, comme toutes les nations qui m'entourent », 15 celui que tu établiras à ta tête devra absolument être un roi choisi par le Seigneur ton Dieu : c'est au milieu de tes frères[1] que tu prendras un roi pour l'établir à ta tête ; tu ne pourras pas mettre à ta tête un étranger, qui ne serait pas ton frère.

16 Seulement, il ne devra pas posséder un grand nombre de chevaux, ou faire retourner le peuple en Egypte pour avoir un grand nombre de chevaux, puisque le Seigneur vous a dit : « Non, vous ne retournerez plus par cette route ! » 17 Il ne devra pas non plus avoir un grand nombre de femmes et dévoyer son coeur. Quant à l'argent et à l'or, il ne devra pas en avoir trop.

18 Et quand il sera monté sur son trône royal, il écrira pour lui-même dans un livre une copie de cette Loi, que lui transmettront les prêtres *lévites[2]. 19 Elle restera auprès de lui, et il la lira tous les jours de sa vie, pour apprendre à craindre le Seigneur son Dieu en gardant, pour les mettre en pratique, toutes les paroles de cette Loi, et toutes ses prescriptions, 20 sans devenir orgueilleux devant ses frères ni dévier à gauche ou à droite du commandement, afin de prolonger, pour lui et ses fils, les jours de sa royauté au milieu d'Israël.

Les droits des lévites

18 1 Les prêtres *lévites, toute la tribu de Lévi, n'auront ni part ni héritage avec Israël : pour se nourrir, ils auront les mets[1] du Seigneur et son héritage. 2 Le *lévite n'a pas d'héritage au milieu de ses frères[2] : c'est le Seigneur qui est son héritage, comme il le lui a promis.

3 Voici quels seront les droits des prêtres sur le peuple et sur ceux qui immolent en sacrifice un boeuf ou un mouton : on donnera au prêtre l'épaule, les joues et la panse. 4 Les *prémices de ton blé, de ton vin nouveau et de ton huile, ainsi que celles de la toison de ton petit bétail, tu les lui donneras. 5 Car c'est lui que le Seigneur ton Dieu a choisi avec ses fils parmi toutes les tribus pour se tenir là tous les jours, officiant au nom du Seigneur.

6 Si un *lévite arrive d'une de tes villes où il réside, n'importe où en Israël, qu'il vienne comme il voudra au lieu que le Seigneur aura choisi : 7 il officiera au nom du Seigneur son Dieu comme tous ses frères *lévites qui se tiennent là devant le Seigneur. 8 Pour se nourrir, ils auront tous une

---

1. *tes frères* ou *tes compatriotes.*
2. *une copie de cette Loi :* l'ancienne version grecque a traduit *seconde Loi (deuteronomion),* traduction qui prête à malentendu, mais qui est devenue le titre de ce livre que nous appelons *Deutéronome. — Prêtres lévites :* voir 17.9 et la note.

1. *prêtres lévites :* voir 17.9 et la note. — *Mets :* tribu sans territoire, *la tribu de Lévi* reçoit pour sa subsistance la viande des *sacrifices et le revenu des offrandes.
2. *ses frères* ou *ses compatriotes.*

part égale, outre ce que chacun pourra tirer de la vente des biens paternels[1].

Faux prophètes et vrai prophète

9 Quand tu seras arrivé dans le pays que le SEIGNEUR ton Dieu te donne, tu n'apprendras pas à agir à la manière abominable de ces nations-là : 10 il ne se trouvera chez toi personne pour faire passer par le feu[2] son fils ou sa fille, consulter les oracles, pratiquer l'incantation, la divination, les enchantements 11 et les charmes, interroger les revenants et les esprits ou consulter les morts. 12 Car tout homme qui fait cela est une abomination pour le SEIGNEUR, et c'est à cause de telles abominations que le SEIGNEUR ton Dieu dépossède les nations devant toi. 13 Tu seras entièrement attaché au SEIGNEUR ton Dieu.

14 Ces nations que tu déposséderas écoutent ceux qui pratiquent l'incantation et consultent les oracles. Mais pour toi, le SEIGNEUR ton Dieu n'a rien voulu de pareil : 15 c'est un *prophète comme moi que le SEIGNEUR ton Dieu te suscitera du milieu de toi, d'entre tes frères; c'est lui que vous écouterez. 16 C'est bien là ce que tu avais demandé au SEIGNEUR ton Dieu à l'Horeb, le jour de l'assemblée, quand tu disais : « Je ne veux pas recommencer à entendre la voix du SEIGNEUR mon Dieu, je ne veux plus regarder ce grand feu : je ne veux pas

mourir[1] ! » 17 Alors le SEIGNEUR me dit : « Ils ont bien fait de dire cela. 18 C'est un *prophète comme toi que je leur susciterai du milieu de leurs frères; je mettrai mes paroles dans sa bouche, et il leur dira tout ce que je lui ordonnerai. 19 Et si quelqu'un n'écoute pas mes paroles, celles que le prophète aura dites en mon nom, alors moi-même je lui en demanderai compte. 20 Mais si le prophète, lui, a la présomption de dire en mon nom une parole que je ne lui aurai pas ordonné de dire, ou s'il parle au nom d'autres dieux, alors c'est le prophète qui mourra. »

21 Peut-être te demanderas-tu : « Comment reconnaîtrons-nous que ce n'est pas une parole dite par le SEIGNEUR ? » 22 Si ce que le prophète a dit au nom du SEIGNEUR ne se produit pas, si cela n'arrive pas, alors ce n'est pas une parole dite par le SEIGNEUR, c'est par présomption que le prophète l'a dite. Tu ne dois pas en avoir peur !

Les villes de refuge

19 1 Lorsque le SEIGNEUR ton Dieu aura détruit devant toi les nations dont il te donne le pays, que tu les auras dépossédées et que tu habiteras dans leurs villes et leurs maisons, 2 tu mettras trois villes à part au milieu de ton pays, celui que le SEIGNEUR ton Dieu te donne en possession; 3 tu établiras un plan des routes[2] et tu partageras en trois le terri-

---

1. Texte difficile, dont le sens est incertain. Le lévite ne possède pas de terres (voir v. 2). Ses biens paternels sont peut-être des maisons ou des biens mobiliers.
2. *faire passer par le feu* : il s'agit d'un sacrifice d'enfant (voir 12.31; 2 R 16.3 et la note).

1. *Horeb* : autre nom du Sinaï. — *Mourir* : voir 5.24 et la note.
2. *tu établiras un plan des routes* : le sens du texte hébreu est incertain. Autre traduction *tu tiendras leur accès en bon état*.

toire de ton pays, celui que le Seigneur ton Dieu te donne en héritage; ainsi il y aura un lieu de refuge pour tout meurtrier.

4 Et voici dans quel cas le meurtrier pourra s'y réfugier pour avoir la vie sauve[1] : c'est lorsqu'il aura frappé involontairement son prochain, un homme qu'il ne haïssait pas auparavant. 5 Ainsi l'homme qui va dans la forêt avec un autre pour abattre des arbres; sa main se laisse entraîner par la hache au moment de frapper l'arbre, le fer tombe du manche et atteint l'autre, qui en meurt; cet homme-là pourra se réfugier dans l'une de ces villes, et il aura la vie sauve. 6 Que le vengeur n'aille pas, dans sa fureur, se mettre à la poursuite du meurtrier, le rejoindre en profitant de la longueur de la route[2] et le frapper à mort. En effet, le meurtrier n'encourt pas la peine de mort, puisqu'il ne haïssait pas la victime auparavant. 7 C'est pourquoi je te donne cet ordre : « Tu mettras trois villes à part. »

8 Et si le Seigneur ton Dieu agrandit ton territoire comme il l'a juré à tes pères et te donne tout le pays qu'il a promis de leur donner 9 — parce que tu auras gardé et mis en pratique tout ce commandement que je te donne aujourd'hui, en aimant le Seigneur ton Dieu et en suivant tous les jours ses chemins —, alors tu ajouteras encore trois villes aux trois premières. 10 Ainsi, le *sang d'un innocent ne sera pas versé

au milieu de ton pays, celui que le Seigneur ton Dieu te donne en héritage : ce *sang retomberait sur toi.

11 Mais lorsqu'un homme a de la haine pour son prochain, le guette, se jette sur lui et le frappe à mort au point qu'il succombe : si cet homme-là se réfugie dans l'une de ces villes, 12 les *anciens de sa ville y enverront quelqu'un pour l'arrêter, et ils le livreront entre les mains du vengeur pour qu'il meure. 13 Tu ne t'attendriras pas sur lui. Tu ôteras d'Israël l'effusion du sang de l'innocent, et tu seras heureux.

Les limites des terrains

14 Tu ne déplaceras pas les limites du terrain de ton voisin, tel que l'auront délimité les premiers arrivés, dans l'héritage que tu auras reçu au pays que le Seigneur ton Dieu te donne en possession.

Les témoins

15 Un témoin ne se présentera pas seul contre un homme qui aura commis un crime, un péché ou une faute quels qu'ils soient; c'est sur les déclarations de deux ou trois témoins qu'on pourra instruire l'affaire.

16 S'il se présente contre un homme un faux témoin pour l'accuser de révolte[1], 17 les deux hommes qui auront ainsi une contestation devant le Seigneur se tiendront devant les prêtres et les juges qui seront en fonction en ces jours-là. 18 Les juges feront

---

1. Voir 4.42 et la note.
2. *vengeur* : voir Nb 35.12 et la note — *profitant de la longueur de la route* : si cette route est trop longue, le meurtrier involontaire est davantage exposé au risque d'être rattrapé et mis à mort; la répartition des villes de refuge doit les rendre faciles à atteindre.

1. *accuser de révolte* : le texte vise probablement toute désobéissance à Dieu, toute infraction à sa Loi.

des recherches approfondies; ils découvriront que le témoin est un témoin menteur : il a accusé son frère de façon mensongère. 19 Vous le traiterez comme il avait l'intention de traiter son frère. Tu ôteras le mal du milieu de toi. 20 Le reste des gens en entendra parler et sera dans la crainte, et on cessera de commettre le mal de cette façon au milieu de toi. 21 Tu ne t'attendriras pas : vie pour vie, oeil pour oeil, dent pour dent, main pour main, pied pour pied.

Règles pour la guerre

20 1 Lorsque tu sors pour combattre tes ennemis, si tu vois des chevaux ou des chars, un peuple plus nombreux que toi, tu ne dois pas les craindre, car le Seigneur ton Dieu est avec toi, lui qui t'a fait monter du pays d'Egypte.

2 Quand vous serez sur le point de combattre, le prêtre s'avancera et parlera au peuple. 3 Il lui dira : Ecoute, Israël ! Vous vous avancez aujourd'hui pour combattre vos ennemis : Que votre courage ne faiblisse pas; ne craignez pas, ne vous affolez pas, ne tremblez pas devant eux. 4 Car c'est le Seigneur votre Dieu qui marche avec vous, afin de combattre pour vous contre vos ennemis, pour venir à votre secours. »

5 Et les commissaires parleront ainsi au peuple : Y a-t-il ici un homme qui a construit une maison neuve et ne l'a pas encore inaugurée ? qu'il s'en aille et retourne chez lui, de peur qu'il ne meure au combat et qu'un autre n'inaugure la maison. 6 Y a-t-il un homme qui a planté une vigne et n'en a pas encore cueilli les premiers fruits ? qu'il s'en aille et retourne chez lui, de peur qu'il ne meure au combat et qu'un autre homme n'en cueille les premiers fruits. 7 Y a-t-il un homme qui a choisi une fiancée et ne l'a pas encore épousée ? qu'il s'en aille et retourne chez lui, de peur qu'il ne meure au combat et qu'un autre homme n'épouse la fiancée. » 8 Les commissaires parleront encore au peuple en ajoutant ceci : « Y a-t-il un homme qui a peur et dont le courage faiblit ? qu'il s'en aille et retourne chez lui, qu'il ne fasse pas fondre le courage de ses frères comme le sien. » 9 Et quand les commissaires auront fini de parler au peuple, ils établiront les chefs militaires à la tête du peuple. »

10 Quand tu t'approcheras d'une ville pour la combattre, tu lui feras des propositions de paix. 11 Si elle te répond : « Faisons la paix », et si elle t'ouvre ses portes, tout le peuple qui s'y trouve sera astreint à la corvée[1] pour toi et te servira. 12 Mais si elle ne fait pas la paix avec toi, et qu'elle engage le combat, tu l'assiégeras; 13 le Seigneur ton Dieu la livrera entre tes mains, et tu frapperas tous ses hommes au tranchant de l'épée. 14 Tu garderas seulement comme butin les femmes, les enfants, le bétail et tout ce qu'il y a dans la ville, toutes ses dépouilles; tu te nourriras des dépouilles de tes ennemis, de ce que le Seigneur ton Dieu t'a donné. 15 C'est ainsi que tu agiras à l'égard de toutes les villes qui sont très éloignées de

---

1. Voir Jos 16.10 et la note.

toi, celles qui ne sont pas parmi les villes de ces nations-ci.

16 Mais les villes de ces peuples-ci, que le Seigneur ton Dieu te donne en héritage, sont les seules où tu ne laisseras subsister aucun être vivant. 17 En effet, tu voueras totalement à l'interdit[1] le Hittite, l'*Amorite, le Cananéen, le Perizzite, le Hivvite et le Jébusite, comme le Seigneur ton Dieu te l'a ordonné, 18 afin qu'ils ne vous apprennent pas à agir suivant leur manière abominable d'agir pour leurs dieux : vous commettriez un péché contre le Seigneur votre Dieu.

19 Quand tu soumettras une ville à un long siège en la combattant pour t'en emparer, tu ne brandiras pas la hache contre détruire ses arbres, car c'est de leurs fruits que tu te nourriras ; tu ne les abattras pas. L'arbre des champs est-il un être humain, pour se faire assiéger par toi ? 20 Seul l'arbre que tu reconnaîtras comme n'étant pas un arbre fruitier, tu le détruiras et tu l'abattras, et tu en feras des ouvrages de siège contre la ville qui te combat, jusqu'à ce qu'elle tombe.

Meurtre dont l'auteur reste inconnu

21 1 Si, sur la terre que le Seigneur ton Dieu te donne en possession, on trouve un homme victime d'un meurtre, gisant dans les champs, sans qu'on sache qui l'a frappé, 2 tes *anciens et tes juges sortiront pour mesurer la distance jusqu'aux villes situées autour de la victime ; 3 on verra quelle est la ville la plus

proche de la victime : les anciens de cette ville prendront une génisse qu'on n'aura jamais fait travailler, ni attelée sous le joug ; 4 les anciens de la ville feront descendre la génisse vers un torrent permanent, à un endroit ni cultivé ni ensemencé ; là, dans le torrent, ils briseront la nuque de la génisse.

5 Alors, les prêtres fils de Lévi[1] s'avanceront, car c'est eux que le Seigneur ton Dieu a choisis pour officier et bénir au nom du Seigneur, et ce sont leurs déclarations qui tranchent toute contestation et tout cas de blessure.

6 Et tous les anciens de la ville qui se sont approchés de la victime du meurtre se laveront les mains dans le torrent au-dessus de la génisse dont on aura brisé la nuque, 7 et ils déclareront : Ce ne sont pas nos mains qui ont versé ce *sang, ni nos yeux qui l'ont vu. 8 Absous Israël, ton peuple que tu as racheté, Seigneur, et ne laisse pas l'effusion du sang innocent au milieu d'Israël, ton peuple. » Et ils seront absous de l'effusion de sang. 9 Et toi, tu auras ôté du milieu de toi l'effusion de sang innocent, en faisant ce qui est droit aux yeux du Seigneur.

Le mariage avec une prisonnière

10 Lorsque tu sors pour combattre ton ennemi, que le Seigneur ton Dieu le livre entre tes mains, et que tu fais des prisonniers, 11 si tu vois parmi les prisonniers une jolie fille, que tu t'attaches à elle et la prennes

---

1. Voir 2.34 et la note.

1. *prêtres, fils de Lévi :* voir au glossaire LÉVITES.

pour en faire ta femme, 12 tu la feras entrer à l'intérieur de ta maison; elle se rasera la tête, se coupera les ongles, 13 retirera le manteau qu'elle avait quand on l'a faite prisonnière[1], et elle habitera dans ta maison. Elle pleurera son père et sa mère le temps d'une lunaison, et ensuite tu viendras vers elle, tu l'épouseras, et elle sera ta femme.

14 Mais s'il arrive qu'elle ne te plaise plus, tu la laisseras partir à son gré; tu ne devras pas la vendre pour de l'argent ni la maltraiter[2], puisque tu l'as possédée.

Le droit du fils aîné

15 Lorsqu'un homme a deux femmes, l'une qu'il aime et l'autre qu'il n'aime pas, si l'une comme l'autre lui donnent des fils, et si l'aîné est le fils de la femme qu'il n'aime pas, 16 alors, au jour où il donnera ses biens en héritage à ses fils, il ne pourra pas donner le droit d'aînesse[3] au fils de la femme qu'il aime, au détriment de l'aîné, qui est le fils de la femme qu'il n'aime pas. 17 Au contraire il doit reconnaître l'aîné, le fils de la femme qu'il n'aime pas et lui donner double part de tout ce qui lui appartient : ce fils, prémices de la virilité du père, a droit aux privilèges de l'aîné.

Le fils révolté

18 Lorsqu'un homme a un fils rebelle et révolté, qui n'écoute ni son père ni sa mère, s'ils lui font la leçon et qu'il ne les écoute pas, 19 alors son père et sa mère s'empareront de lui et l'amèneront aux *anciens de sa ville, à la porte[1] de sa localité. 20 Ils diront aux anciens : « Voici notre fils, un rebelle et un révolté, qui ne nous écoute pas; il s'empiffre et il boit !» 21 Tous les hommes de sa ville le lapideront, et il mourra. Tu ôteras le mal du milieu de toi; tout Israël en entendra parler et sera dans la crainte.

Le cadavre d'un pendu

22 Si un homme, pour son péché, a encouru la peine de mort, et que tu l'aies mis à mort et pendu à un arbre, 23 son cadavre ne passera pas la nuit sur l'arbre; tu dois l'enterrer le jour même; car le pendu est une malédiction de Dieu. Tu ne rendras pas *impure ta terre, celle que le Seigneur ton Dieu te donne en héritage.

Respecter les biens du prochain

22 1 Tu ne t'esquiveras pas, si tu vois errer le boeuf ou le mouton de ton frère[2] : tu ne manqueras pas de le ramener à ton frère. 2 Si ce frère n'est pas près de chez toi, ou si tu ne le connais pas, tu recueilleras sa bête à l'intérieur de ta maison, et elle restera chez toi jusqu'à ce que ton frère vienne la réclamer; alors, tu

---

1. *se raser la tête, se couper les ongles* (v. 12), *retirer son manteau* (v. 13) : ces trois actes de la prisonnière soulignent qu'elle rompt avec sa vie passée et commence une vie nouvelle en s'intégrant au peuple d'Israël.
2. *maltraiter* : le sens du terme hébreu est incertain.
3. Voir Gn 25.31 et la note.

1. Voir la note sur 17.5.
2. *ton frère* ou *ton prochain*.

la lui rendras. 3 Tu agiras de même pour son âne; tu agiras de même pour son manteau; tu agiras de même pour tout objet que ton frère aura perdu et que tu auras trouvé : tu ne pourras pas t'esquiver.

4 Tu ne t'esquiveras pas, si tu vois l'âne ou le boeuf de ton frère tomber en chemin : tu ne manqueras pas d'aider ton frère à le relever.

Prescriptions diverses

5 Une femme ne portera pas des vêtements d'homme; un homme ne s'habillera pas avec un manteau de femme, car quiconque agit ainsi est une abomination pour le Seigneur ton Dieu.

6 S'il se trouve devant toi sur ton chemin, n'importe où sur un arbre ou par terre, un nid avec des oisillons ou des oeufs, et la mère couchée sur les oisillons ou sur les oeufs, tu ne prendras pas la mère avec ses petits : 7 tu devras laisser aller la mère, et ce sont les petits que tu prendras pour toi. Ainsi, tu seras heureux et tu prolongeras tes jours.

8 Si tu construis une maison neuve, tu feras un parapet au bord du toit : tu ne rendras pas ta maison responsable d'une effusion de sang, parce que quelqu'un serait tombé du toit.

9 Tu ne sèmeras pas dans ta vigne une deuxième sorte de plante; sinon tout deviendrait sacré[1] à la fois, ce que tu aurais semé et le produit de ta vigne. 10 Tu ne laboureras pas avec un boeuf et un âne ensemble. 11 Tu ne t'habilleras pas avec une étoffe hybride de laine et de lin.

12 Tu te feras des glands aux quatre bords de la couverture dont tu te couvriras.

Cas litigieux au sujet d'une femme

13 Lorsqu'un homme a pris une femme, est allé vers elle, puis a cessé de l'aimer, 14 s'il lui reproche sa conduite et lui fait une mauvaise réputation en disant : « Cette femme, je l'ai prise, je me suis approché d'elle et je ne l'ai pas trouvée vierge », 15 alors le père et la mère de la jeune femme prendront la preuve de sa virginité et la présenteront aux *anciens à la porte de la ville[1]. 16 Le père de la jeune femme dira aux anciens : « C'est ma fille, je l'ai donnée à cet homme pour être sa femme, et il a cessé de l'aimer. 17 Et voici qu'il lui reproche sa conduite en me disant : Ta fille, je ne l'ai pas trouvée vierge. Eh bien, voilà la preuve de la virginité de ma fille ! » Et ils déploieront le manteau devant les anciens de la ville. 18 Les anciens de cette ville arrêteront l'homme pour le punir : 19 ils lui imposeront une amende de cent sicles[2] d'argent, qu'ils donneront au père de la jeune femme car cet homme a fait une mauvaise réputation à une vierge d'Israël. Elle sera sa femme, et il ne pourra pas la renvoyer tant qu'il sera en vie.

---

1. *tout deviendrait sacré* : c'est-à-dire que tout usage en serait interdit.

1. *la preuve de sa virginité* : il s'agit du manteau sur lequel ont couché les nouveaux mariés (voir v. 17) et qui porte des traces de sang — *porte de la ville* : voir 17.5 et la note.
2. Voir au glossaire POIDS ET MESURES.

20 Mais si la chose s'avère exacte, et que la jeune femme n'ait pas été trouvée vierge, 21 on l'amènera à la porte de la maison de son père; les hommes de sa ville la lapideront, et elle mourra, car elle a commis une infamie en Israël en se prostituant dans la maison de son père. Tu ôteras le mal du milieu de toi.

22 Si l'on prend sur le fait un homme couchant avec une femme mariée, ils mourront tous les deux, l'homme qui a couché avec la femme, et la femme elle-même. Tu ôteras le mal d'Israël.

23 Si une jeune fille vierge est fiancée à un homme, et qu'un autre homme la rencontre dans la ville et couche avec elle, 24 vous les amènerez tous les deux à la porte de cette ville, vous les lapiderez et ils mourront : la jeune fille, du fait qu'étant dans la ville, elle n'a pas crié au secours; et l'homme, du fait qu'il a possédé la femme de son prochain. Tu ôteras le mal du milieu de toi.

25 Si c'est dans les champs que l'homme rencontre la jeune fiancée, la saisit et couche avec elle, l'homme qui a couché avec elle sera le seul à mourir; 26 la jeune fille, tu ne lui feras rien, elle n'a pas commis de péché qui mérite la mort. Le cas est le même que si un homme se jette sur son prochain et l'assassine : 27 c'est dans les champs qu'il l'a rencontrée; la jeune fiancée a crié, et personne n'est venu à son secours.

28 Si un homme rencontre une jeune fille vierge qui n'est pas fiancée, s'en empare et couche avec elle, et qu'on les prend sur le fait, 29 alors l'homme qui a couché avec la jeune fille donnera au père de celle-ci 50 sicles d'argent; puisqu'il l'a possédée, elle sera sa femme, et il ne pourra pas la renvoyer tant qu'il sera en vie.

23 ¹ Un homme ne prendra pas une femme de son père; il ne portera pas atteinte aux droits de son père[1].

Les personnes exclues de l'assemblée

2 L'homme mutilé par écrasement[2] et l'homme à la verge coupée n'entreront pas dans l'assemblée du SEIGNEUR.

3 Le bâtard[3] n'entrera pas dans l'assemblée du SEIGNEUR : même la dixième génération des siens n'entrera pas dans l'assemblée du SEIGNEUR.

4 Jamais l'Ammonite et le Moabite[4] n'entreront dans l'assemblée du SEIGNEUR; même la dixième génération des leurs n'entrera pas dans l'assemblée du SEIGNEUR, 5 du fait qu'ils ne sont pas venus au-devant de vous avec du pain et de l'eau sur votre route à la sortie d'Egypte, et que Moab a soudoyé contre toi, pour te maudire, Balaam, fils de Béor, de Pe-

---

1. Il s'agit d'*une femme de son père*, autre que sa propre mère (comparer 21.15) *ne portera pas atteinte aux droits de son père* : litt. *ne relèvera pas le pan du manteau de son père*. L'époux s'engageait envers sa femme en étendant sur elle le *pan de son manteau* (voir Ez 16.8). Relever le *pan du manteau*, c'est réclamer des droits sur l'épouse et contester en fait les droits du mari.
2. *mutilé par écrasement* ou *aux testicules écrasés*.
3. Le terme hébreu désigne probablement l'enfant né d'une union interdite par la Loi (voir Lv 18.6-18). La tradition juive l'a appliqué plus tard aux enfants dont un parent est juif et l'autre païen.
4. *Ammonite, Moabite* : voir Gn 19.37-38 et les notes.

tor en Aram-des-deux-Fleuves[1]. 6 Mais le Seigneur ton Dieu a refusé d'écouter Balaam, le Seigneur ton Dieu a changé pour toi la malédiction en bénédiction, car le Seigneur ton Dieu t'aime. 7 Jamais tu ne rechercheras leur prospérité ni leur bonheur, tant que tu seras en vie.

8 Tu ne considéreras pas l'Edomite[2] comme abominable, car c'est ton frère; tu ne considéreras pas l'Egyptien comme abominable, car tu as été un émigré dans son pays. 9 Les fils qu'ils auront à la troisième génération entreront dans l'assemblée du Seigneur.

La pureté du camp

10 Quand tu dresseras le camp face à tes ennemis, tu te garderas de tout ce qui est mal.

11 S'il y a chez toi un homme qui n'est pas *pur, à cause d'un accident nocturne[3], il sortira hors du camp, et ne rentrera pas à l'intérieur : 12 à l'approche du soir, il se lavera dans l'eau, et au coucher du soleil il rentrera à l'intérieur du camp.

13 Tu auras un certain endroit hors du camp, et c'est là que tu iras. 14 Tu auras un piquet avec tes affaires, et quand tu iras t'accroupir dehors, tu creuseras avec, et tu recouvriras tes excréments.

15 Car le Seigneur ton Dieu lui-même va et vient au milieu de ton camp pour te sauver en te livrant tes ennemis : aussi ton

camp est-il *saint, et il ne faut pas que le Seigneur voie quelque chose qui lui ferait honte : il cesserait de te suivre.

L'esclave en fuite

16 Tu ne livreras pas un esclave à son maître s'il s'est sauvé de chez son maître auprès de toi; 17 c'est avec toi qu'il habitera, au milieu de toi, dans le lieu qu'il aura choisi dans l'une de tes villes, pour son bonheur. Tu ne l'exploiteras pas.

La prostitution sacrée

18 Il n'y aura pas de courtisane sacrée parmi les filles d'Israël; il n'y aura pas de prostitué sacré[1] parmi les fils d'Israël. 19 Tu n'apporteras jamais dans la maison du Seigneur ton Dieu, pour une offrande votive, le gain d'une prostituée ou le salaire d'un « chien[2] », car, aussi bien l'un que l'autre, ils sont une abomination pour le Seigneur ton Dieu.

Le prêt à intérêt

20 Tu ne feras à ton frère[3] aucun prêt à intérêt : ni prêt d'argent, ni prêt de nourriture, ni prêt de quoi que ce soit qui puisse rapporter des intérêts. 21 À un étranger, tu feras des prêts à intérêt, mais à ton frère tu n'en feras pas, pour que le Seigneur ton Dieu te bénisse dans toutes tes

---

1. *ne sont pas venus ... route* : Moab et Ammon sont accusés ici d'avoir manqué aux lois de l'hospitalité. — *Aram-des-deux-Fleuves* : voir Gn 24.10 et la note.

2. Descendant d'Edom, qui est l'autre nom d'Esaü, frère de Jacob (voir Gn 36).

3. *accident nocturne* ou *pollution nocturne*.

1. *courtisane sacrée* : voir la note sur Os 1.2 — *prostitué sacré* : voir 1 R 14.24 et la note.

2. *offrande votive* : voir Lv 7.16 et la note — *chien* : nom méprisant donné aux prostitués sacrés (v. 18).

3. *ton frère* ou *ton compatriote*.

entreprises au pays où tu vas entrer pour en prendre possession.

Les voeux

22 Si tu fais un voeu au Seigneur ton Dieu, tu ne tarderas pas à l'accomplir, car autrement le Seigneur ton Dieu ne manquerait pas de te le réclamer, ce serait un péché pour toi. 23 Mais si tu renonces à faire des voeux, ce ne sera pas un péché pour toi. 24 Ce qui sort de tes lèvres, veille à le mettre en pratique, suivant le voeu spontané au Seigneur ton Dieu que tu as formulé de ta propre bouche.

La vigne et le champ du prochain

25 Si tu entres dans la vigne de ton prochain, tu mangeras du raisin autant que tu veux, à satiété; mais tu ne dois pas en emporter. 26 Si tu entres dans les moissons de ton prochain, tu pourras arracher des épis à la main, mais tu ne feras pas passer la faucille dans les moissons de ton prochain.

La femme répudiée

24 1 Lorsqu'un homme prend une femme et l'épouse, puis, trouvant en elle quelque chose qui lui fait honte, cesse de la regarder avec faveur, rédige pour elle un acte de répudiation et le lui remet en la renvoyant de chez lui, 2 lorsque la femme est donc sortie de chez lui, s'en est allée, puis est devenue la femme d'un autre, 3 si l'autre homme cesse de l'aimer, rédige pour elle

un acte de répudiation et le lui remet en la renvoyant de chez lui, ou bien si l'autre homme qui l'avait prise pour femme meurt, 4 alors, son premier mari, qui l'avait renvoyée, ne pourra pas la reprendre pour en faire sa femme, après qu'elle aura été rendue *impure[1]. C'est une abomination devant le Seigneur; tu ne jetteras pas dans le péché le pays que le Seigneur ton Dieu te donne en héritage.

Le jeune marié

5 Si un homme est nouvellement marié, il ne partira pas à l'armée, on ne viendra chez lui pour aucune affaire, il sera exempté de tout pour être à la maison pendant un an, et il fera la joie de la femme qu'il a épousée.

Les gages, le rapt, la lèpre

6 On ne prendra pas en gage le moulin ni la meule, car ce serait prendre en gage la vie elle-même.

7 S'il se trouve un homme qui commet un rapt sur la personne d'un de ses frères parmi les fils d'Israël, qui maltraite sa victime et qui le vend, l'auteur du rapt mourra. Tu ôteras le mal du milieu de toi.

8 Prends garde aux maladies du genre de la *lèpre, en observant parfaitement et en mettant en pratique tout ce que vous enseigneront les prêtres *lévites[2]; veillez à agir suivant les ordres que je leur ai donnés. 9 Sou-

---

1. Dans le cas présent, la femme n'est pas impure en elle-même, mais seulement par rapport à *son premier mari*.
2. Voir 17.9 et la note.

viens-toi de ce que le Seigneur ton Dieu a fait à Myriam sur votre chemin, à la sortie d'Egypte.

10 Si tu fais à ton prochain un prêt quelconque, tu n'entreras pas dans sa maison pour lui prendre un gage. 11 C'est dehors que tu te tiendras, et l'homme à qui tu fais le prêt t'apportera le gage dehors.

12 Si c'est un malheureux, tu ne te coucheras pas en gardant son gage. 13 Tu devras lui rapporter son gage au coucher du soleil; il se couchera dans son manteau et te bénira; et devant le Seigneur ton Dieu tu seras juste.

Respecter le salarié

14 Tu n'exploiteras pas un salarié malheureux et pauvre, que ce soit l'un de tes frères ou l'un des émigrés que tu as dans ton pays, dans tes villes. 15 Le jour même, tu lui donneras son salaire; le soleil ne se couchera pas sans que tu l'aies fait; car c'est un malheureux, et il l'attend impatiemment; qu'il ne crie pas contre toi vers le Seigneur : ce serait un péché pour toi.

Responsabilité personnelle

16 Les pères ne seront pas mis à mort pour leurs fils; les fils ne seront pas mis à mort pour leurs pères; c'est à cause de son propre péché que chacun sera mis à mort.

Mesures en faveur des pauvres

17 Tu ne biaiseras pas avec le droit d'un émigré ou d'un orphelin. Tu ne prendras pas en gage le vêtement d'une veuve. 18 Tu te souviendras qu'en Egypte tu étais esclave, et que le Seigneur ton Dieu t'a racheté de là, c'est pourquoi je t'ordonne de mettre en pratique cette parole.

19 Si tu fais la moisson dans ton champ, et que tu oublies des épis dans le champ, tu ne reviendras pas les prendre. Ce sera pour l'émigré, l'orphelin et la veuve, afin que le Seigneur ton Dieu te bénisse dans toutes tes actions. 20 Si tu gaules tes oliviers, tu n'y reviendras pas faire la cueillette; ce qui restera sera pour l'émigré, l'orphelin et la veuve. 21 Si tu vendanges ta vigne, tu n'y reviendras pas grappiller; ce qui restera sera pour l'émigré, l'orphelin et la veuve. 22 Tu te souviendras qu'au pays d'Egypte tu étais esclave; c'est pourquoi je t'ordonne de mettre en pratique cette parole.

Equité dans les jugements

25 1 Lorsque des hommes ont une contestation entre eux, ils s'avanceront pour le jugement et seront jugés, on déclarera l'innocent innocent et le coupable coupable.

2 Si le coupable mérite des coups, le juge le fera mettre à terre, et lui fera donner en sa présence un nombre de coups proportionné à sa culpabilité. 3 On lui donnera 40 coups, pas plus, de peur qu'en lui donnant davantage on ne provoque une blessure grave, et que ton frère ne soit avili à tes yeux.

Le boeuf

4 Tu ne muselleras pas le boeuf quand il foule le blé[1].

La loi du lévirat

5 Si des frères habitent ensemble et que l'un d'eux meure sans avoir de fils, la femme du défunt n'appartiendra pas à un étranger, en dehors de la famille; son beau-frère ira vers elle, la prendra pour femme et fera à son égard son devoir de beau-frère. 6 Le premier fils qu'elle mettra au monde perpétuera le nom du frère qui est mort; ainsi son nom ne sera pas effacé d'Israël.

7 Et si l'homme n'a pas envie d'épouser sa belle-soeur, celle-ci montera à la porte[2] vers les *anciens et leur dira : « Mon beau-frère a refusé de perpétuer pour son frère un nom en Israël, il a refusé d'accomplir à mon égard son devoir de beau-frère. » 8 Les anciens de la ville le convoqueront et lui parleront. Il se tiendra là et dira : « Je n'ai pas envie de l'épouser. » 9 Sa belle-soeur s'avancera vers lui, en présence des anciens; elle lui retirera la sandale[3] du pied et elle lui crachera au visage; puis elle prendra la parole et dira : « Voilà ce qu'on fait à l'homme qui ne reconstruit pas la maison de son frère ! » 10 Et en Israël, on l'appellera « maison du déchaussé. »

Coup interdit dans une rixe

11 Lorsqu'un homme et son frère[1] s'empoignent, et que la femme de l'un d'eux s'approche pour sauver son mari de la main de son adversaire, si elle avance la main et saisit les parties honteuses de celui-ci, 12 tu couperas la main[2] à cette femme. Tu ne t'attendriras pas.

L'honnêteté dans le commerce

13 Tu n'auras pas dans ton sac deux poids différents, un grand et un petit; 14 tu n'auras pas dans ta maison deux boisseaux[3] différents, un grand et un petit; 15 c'est un poids intact et juste, un boisseau intact et juste que tu auras, pour que tes jours se prolongent sur la terre que le Seigneur ton Dieu te donne. 16 Car tout homme qui fait cela, tout homme qui commet l'injustice, est une abomination pour le Seigneur ton Dieu.

Amaleq, l'ennemi héréditaire

17 Souviens-toi de ce qu'Amaleq t'a fait sur votre route, à la sortie d'Egypte[4], 18 lui qui est venu à ta rencontre sur la route et a détruit, à l'arrière de ta colonne, tous ceux qui traînaient, alors que tu étais épuisé et fourbu; il n'a pas craint Dieu. 19 Alors, quand le Seigneur ton Dieu te donnera le repos en te dégageant de l'étreinte de tous tes

---

1. On ne doit pas empêcher l'animal de manger pendant son travail.
2. *à la porte* : de la ville; voir Gn 23.10 et la note.
3. *retirer la sandale* est dans un cas analogue le symbole de la perte des droits (Rt 4.7). Ici on ne retient que l'aspect offensant.

1. Soit le propre frère, soit n'importe quel Israélite.
2. C'est le seul cas où l'Ancien Testament prévoit une mutilation pour sanctionner un délit.
3. Voir au glossaire POIDS ET MESURES, *épha*.
4. Voir Ex 17.8 et la note.

ennemis, dans le pays que le SEIGNEUR ton Dieu te donne en héritage pour en prendre possession, tu effaceras de sous le ciel la mémoire d'Amaleq. Tu n'oublieras pas !

Les prémices et la confession de foi

26 [1] Quand tu seras arrivé dans le pays que le SEIGNEUR ton Dieu te donne en héritage, quand tu en auras pris possession et que tu y habiteras, [2] tu prendras une part des *prémices de tous les fruits de ton sol, les fruits que tu auras tirés de ton pays, celui que le SEIGNEUR ton Dieu te donne. Tu les mettras dans un panier, et tu te rendras au lieu que le SEIGNEUR ton Dieu aura choisi pour y faire demeurer son *nom. [3] Tu iras trouver le prêtre qui sera en fonction ce jour-là et tu lui diras :

« Je déclare aujourd'hui au SEIGNEUR ton Dieu que je suis arrivé dans le pays que le SEIGNEUR a juré à nos pères de nous donner. »

[4] Le prêtre recevra de ta main le panier et le déposera devant l'*autel du SEIGNEUR ton Dieu.

[5] Alors, devant le SEIGNEUR ton Dieu tu prendras la parole :

« Mon père était un *Araméen errant[1]. Il est descendu en Egypte, où il a vécu en émigré avec le petit nombre de gens qui l'accompagnaient.

Là, il était devenu une nation grande, puissante et nombreuse. [6] Mais les Egyptiens nous ont maltraités, ils nous ont mis dans la pauvreté, ils nous ont imposé une dure servitude.

[7] Alors, nous avons crié vers le SEIGNEUR, le Dieu de nos pères, et le SEIGNEUR a entendu notre voix; il a vu que nous étions pauvres, malheureux, opprimés.

[8] Le SEIGNEUR nous a fait sortir d'Egypte par sa main forte et son bras étendu, par une grande terreur, par des *signes et des prodiges; [9] il nous a fait arriver en ce lieu, et il nous a donné ce pays, un pays ruisselant de lait et de miel[1].

[10] Et maintenant, voici que j'apporte les prémices des fruits du sol que tu m'as donné, SEIGNEUR. »

Tu les déposeras devant le SEIGNEUR[2] ton Dieu, tu te prosterneras devant le SEIGNEUR ton Dieu, [11] et, pour tout le bonheur que le SEIGNEUR ton Dieu t'a donné, à toi et à ta maison, tu seras dans la joie avec le *lévite et l'émigré qui sont au milieu de toi.

La dîme de la troisième année

[12] La troisième année, l'année de la dîme[3], quand tu auras prélevé toute la dîme sur la totalité de ta récolte, quand tu l'auras donnée au *lévite, à l'émigré, à l'orphelin et à la veuve, et qu'ils auront mangé à satiété dans ta ville, [13] alors, devant le SEIGNEUR[4] ton Dieu, tu diras :

« J'ai ôté de la maison la part sacrée, et je l'ai bien donnée au *lévite, à l'émigré, à l'orphelin et à la veuve, suivant tout le commandement que tu m'as donné, sans

1. *Araméen errant :* allusion à Jacob (voir Gn 25.20).

2. *devant le Seigneur :* c'est-à-dire au sanctuaire.

3. Voir Gn 14.20 et la note.

4. Voir 26.10 et la note.

transgresser ni oublier tes commandements, 14 je n'en ai rien mangé quand j'étais en deuil, je n'en ai rien ôté quand j'étais *impur, je n'en ai rien donné à un mort[1].

J'ai écouté la voix du Seigneur mon Dieu, j'ai agi suivant tout ce que tu m'as ordonné.

15 Regarde du haut de ta demeure sainte, du haut du ciel, bénis Israël ton peuple et la terre que tu nous as donnée comme tu l'as juré à nos pères, ce pays ruisselant de lait et de miel[2]. »

Israël, peuple du Seigneur

16 Aujourd'hui[3], le Seigneur ton

1. Par les trois formules de ce verset, le fidèle affirme qu'il a intégralement donné la dîme et qu'elle n'était pas entachée d'impureté.
2. Voir Ex 3.8 et la note.
3. C'est-à-dire aux temps et lieu précisés par 1.1-5 et 4.45-49.

Dieu t'ordonne de mettre en pratique ces lois et ces coutumes : tu les observeras et les mettras en pratique de tout ton *coeur, de tout ton être.

17 C'est le Seigneur que tu as amené aujourd'hui à déclarer qu'il devient ton Dieu, et que tu suivras ses chemins, que tu garderas ses lois, ses commandements et ses coutumes, que tu écouteras sa voix.

18 Et le Seigneur t'a amené aujourd'hui à déclarer que tu deviens le peuple qui est sa part personnelle, comme il te l'a promis, et que tu garderas tous ses commandements, 19 qu'il te rendra supérieur, en honneur, en renommée et en splendeur, à toutes les nations qu'il a faites, que tu deviens ainsi un peuple *saint pour le Seigneur ton Dieu, comme il te l'a promis.

ISRAËL CÉLÈBRE L'ALLIANCE

Comment célébrer l'Alliance

27 1 Moïse, avec les *anciens d'Israël, donna au peuple cet ordre : « Gardez tout le commandement que je vous donne aujourd'hui. 2 Le jour où vous passerez le Jourdain vers le pays que le Seigneur ton Dieu te donne, tu prendras de grandes pierres que tu dresseras, et que tu enduiras de chaux. 3 Tu écriras dessus toutes les paroles de cette Loi, quand tu auras passé le Jourdain. Ainsi tu pourras entrer dans

le pays que le Seigneur ton Dieu te donne, un pays ruisselant de lait et de miel[1], comme te l'a promis le Seigneur, le Dieu de tes pères. 4 Quand vous aurez passé le Jourdain, vous dresserez ces pierres, suivant l'ordre que je vous donne aujourd'hui, sur le mont Ebal[2], et tu les enduiras de chaux. 5 Tu bâtiras là un *autel au Seigneur ton Dieu, un autel fait de pierres sur lesquelles le fer n'aura

1. Voir Ex 3.8 et la note.
2. Voir 11.29 et la note.

pas passé; 6 c'est avec des pierres intactes que tu bâtiras l'autel du Seigneur ton Dieu; c'est là que tu feras monter des holocaustes[1] vers le Seigneur ton Dieu. 7 Tu offriras des sacrifices de paix, tu mangeras là et tu seras dans la joie devant le Seigneur ton Dieu. 8 Tu écriras sur les pierres toutes les paroles de cette Loi; expose-les bien. »

9 Et Moïse, avec les prêtres *lévites[2], dit à tout Israël : « Fais silence, écoute, Israël ! Aujourd'hui le Seigneur ton Dieu t'a fait devenir un peuple pour lui. 10 Tu écouteras la voix du Seigneur ton Dieu; tu mettras en pratique ses commandements et ses lois, que je te donne aujourd'hui. »

11 Ce jour-là, Moïse donna au peuple cet ordre : 12 « Voici ceux qui se tiendront sur le mont Garizim[3] pour bénir le peuple quand vous aurez passé le Jourdain : Siméon, Lévi, Juda, Issakar, Joseph et Benjamin. 13 Et voici ceux qui se tiendront sur le mont Ebal pour la malédiction : Ruben, Gad, Asher, Zabulon, Dan et Nephtali.

Les douze malédictions

14 « Les *lévites, d'une voix puissante, feront cette proclamation à tous les hommes d'Israël :

15 Maudit, l'homme qui fabriquera une idole ou une statue — abomination pour le Seigneur, oeuvre de mains d'artisan — et l'installera en cachette ! Et tout le peuple répondra et dira : Amen.

16 Maudit, celui qui méprise son père et sa mère ! Et tout le peuple dira : Amen.

17 Maudit, celui qui déplace les limites du terrain de son voisin ! Et tout le peuple dira : Amen.

18 Maudit, celui qui fait perdre sa route à l'aveugle ! Et tout le peuple dira : Amen.

19 Maudit, celui qui biaise avec le droit de l'émigré, de l'orphelin et de la veuve ! Et tout le peuple dira : Amen.

20 Maudit, celui qui couche avec une femme de son père, car il porte atteinte aux droits de son père[1] ! Et tout le peuple dira : Amen.

21 Maudit, celui qui couche avec une bête ! Et tout le peuple dira : Amen.

22 Maudit, celui qui couche avec sa soeur[2], qu'elle soit fille de son père ou fille de sa mère ! Et tout le peuple dira : Amen.

23 Maudit, celui qui couche avec la mère de sa femme ! Et tout le peuple dira : Amen.

24 Maudit, celui qui frappe son prochain en cachette ! Et tout le peuple dira : Amen.

25 Maudit, celui qui se laisse corrompre pour frapper à mort un innocent ! Et tout le peuple dira : Amen.

26 Maudit, celui qui ne respectera pas les paroles de cette Loi et ne les mettra pas en pratique ! Et tout le peuple dira : Amen.

Promesses de bonheur

28 1 « Si tu écoutes vraiment la voix du Seigneur ton Dieu en veillant à mettre en pra-

---

1. Voir au glossaire SACRIFICES.
2. Voir 17.9 et la note.
3. Voir 11.29 et la note.

1. Voir 23.1 et la note.
2. Il s'agit de la demi-soeur.

tique tous ses commandements que je te donne aujourd'hui, alors le Seigneur ton Dieu te rendra supérieur à toutes les nations du pays[1]; 2 et voici toutes les bénédictions qui viendront sur toi et qui t'atteindront, puisque tu auras écouté la voix du Seigneur ton Dieu :

3 Béni seras-tu dans la ville, béni seras-tu dans les champs.

4 Béni sera le fruit de ton sein, de ton sol et de tes bêtes ainsi que tes vaches pleines et tes brebis mères[2].

5 Bénis seront ton panier et ta huche[3].

6 Béni seras-tu dans tes allées et venues.

7 Lorsque tes ennemis se dresseront contre toi, le Seigneur en fera des vaincus devant toi; sortis contre toi par un même chemin, ils fuiront devant toi par sept chemins différents.

8 Le Seigneur ordonnera que la bénédiction soit avec toi dans tes greniers et dans toutes tes entreprises, et il te bénira dans le pays que le Seigneur ton Dieu te donne. 9 Le Seigneur te constituera pour lui en peuple consacré, comme il l'a juré, puisque tu auras gardé les commandements du Seigneur ton Dieu et que tu auras suivi ses chemins; 10 tous les peuples du pays[4] verront que le *nom du Seigneur a été prononcé sur toi, et ils te craindront. 11 Le Seigneur te donnera le bonheur en faisant surabonder le fruit de ton sein, de tes bêtes et de ton sol, sur la terre que le Seigneur a juré à tes pères de te donner. 12 Le Seigneur ouvrira pour toi le réservoir merveilleux de son ciel, pour faire tomber en son temps la pluie sur ton pays, et bénir ainsi toutes tes actions.

Tu prêteras à des nations nombreuses, et toi-même tu n'auras pas à emprunter. 13 Le Seigneur te mettra au premier rang et non au dernier. Tu iras toujours vers le haut et non vers le bas, puisque tu auras écouté les commandements du Seigneur ton Dieu que je t'ordonne aujourd'hui de garder et de mettre en pratique, 14 puisque tu ne te seras écarté ni à droite ni à gauche de tous les chemins que je vous prescris aujourd'hui, et que tu n'auras pas suivi d'autres dieux pour les servir.

Menaces de malheur

15 « Mais si tu n'écoutes pas la voix du Seigneur ton Dieu en veillant à mettre en pratique tous ses commandements et ses lois que je te donne aujourd'hui, voici les malédictions qui viendront sur toi et qui t'atteindront :

16 Maudit seras-tu dans la ville, maudit seras-tu dans les champs.

17 Maudits seront ton panier et ta huche[1].

18 Maudit sera le fruit de ton sein et de ton sol, ainsi que tes vaches pleines et tes brebis mères[2].

19 Maudit seras-tu dans tes allées et venues.

---

1. *nations du pays* : c'est-à-dire les populations de Canaan (voir 11.22-25); autre traduction *nations de la terre*.
2. Voir 7.13 et la note.
3. Le contenu du *panier* et de la *huche* : les produits du sol et le pain.
4. *du pays* : autre traduction *de la terre*.

1. Voir v. 5 et la note.
2. Voir 7.13 et la note.

20 Le Seigneur t'enverra disgrâce, panique et menaces dans tout ce que tu entreprendras de faire, jusqu'à ce que tu sois exterminé, et jusqu'à ce que tu disparaisses promptement, à cause du mal que tu auras fait en m'abandonnant.

21 Le Seigneur te fera attraper une peste qui finira par t'éliminer de la terre où tu entres pour en prendre possession. 22 Le Seigneur te frappera de consomption, de fièvre, d'inflammation, de brûlures, de sécheresse[1], de rouille et de nielle, qui te poursuivront jusqu'à ce que tu disparaisses.

23 Ton ciel, au-dessus de ta tête, sera de bronze; et la terre, sous tes pieds, sera de fer. 24 Au lieu de pluie pour ton pays, le Seigneur fera tomber de la cendre et de la poussière; du ciel, elles descendront sur toi jusqu'à ce que tu sois exterminé.

25 Le Seigneur fera de toi un vaincu devant tes ennemis : sorti contre eux par un seul chemin, tu fuiras devant eux par sept chemins différents. Tu feras horreur à tous les royaumes du pays[2]. 26 Ton cadavre servira de proie à tous les oiseaux du ciel et aux bêtes de ton pays, sans personne pour venir les chasser.

27 Le Seigneur te frappera de furoncles d'Égypte et d'abcès, de gale et de démangeaisons dont tu ne pourras pas guérir. 28 Le Seigneur te frappera de folie, de cécité et d'égarement d'esprit. 29 En plein midi, tu iras tâtonnant comme un aveugle dans les ténèbres, et tu ne réussiras pas à trouver ta route; tu ne seras jamais qu'un homme exploité et dépouillé, sans personne pour venir au secours.

30 La fiancée que tu auras choisie, un autre couchera avec elle; la maison que tu auras construite, tu n'y habiteras pas; la vigne que tu auras plantée, tu n'en cueilleras même pas les premiers fruits. 31 Ton boeuf sera abattu sous tes yeux et tu n'en mangeras pas; on t'enlèvera ton âne et il ne reviendra pas chez toi; tes brebis seront livrées à tes ennemis, sans personne pour venir à ton secours. 32 Tes fils et tes filles seront livrés à un autre peuple; et tes yeux s'épuiseront à force de les guetter tout le jour, mais tu n'y pourras rien. 33 Le fruit de ton sol et tout le produit de ton travail seront mangés par un peuple que tu ne connais pas, et tu ne seras jamais qu'un homme exploité et broyé. 34 Tu sombreras dans la folie à force de regarder ce que tu auras sous les yeux.

35 Le Seigneur te frappera aux genoux et aux cuisses de mauvais furoncles dont tu ne pourras pas guérir; tu en auras de la plante des pieds au sommet de la tête.

36 Le Seigneur t'enverra, toi et le roi que tu auras mis à la tête, vers une nation que ni toi ni tes pères vous ne connaissez, et là tu serviras d'autres dieux : du bois et de la pierre ! 37 Tu deviendras l'épouvante, la fable et la risée de tous les peuples chez qui le Seigneur ton Dieu t'aura emmené.

---

1. *sécheresse* : d'après l'ancienne version latine; hébreu *épée;* en hébreu les deux mots correspondant à sécheresse et épée se ressemblent beaucoup. — Le verset énumère les maladies (des hommes, des bêtes et des plantes (voir aussi 1 R 8.37 et la note).

2. *du pays* : autre traduction *de la terre* (voir Jr 15.4; 24.9).

38 Tu sèmeras dans les champs beaucoup de grain, mais tu ne récolteras pas grand-chose, car la sauterelle aura tout dévasté. 39 Tu planteras et tu soigneras des vignes, mais tu ne boiras pas de vin, tu ne feras même pas la vendange, car le ver aura tout mangé. 40 Tu auras des oliviers dans tout ton territoire, mais tu n'auras pas d'huile pour enduire ton corps, car tes olives tomberont. 41 Tu mettras au monde des fils et des filles, mais tu ne les garderas pas avec toi, car ils s'en iront en captivité. 42 Tous tes arbres et le fruit de ton sol, les criquets en prendront possession.

43 L'émigré qui est au milieu de toi s'élèvera plus haut que toi, mais toi, tu tomberas de plus en plus bas. 44 C'est lui qui te fera des prêts, et toi tu n'auras rien à lui prêter. Il sera au premier rang, et toi au dernier.

45 Toutes ces malédictions viendront sur toi, te poursuivront et t'atteindront jusqu'à ce que tu sois exterminé, puisque tu n'auras pas écouté la voix du Seigneur ton Dieu en gardant ses commandements et ses lois, qu'il t'a donnés. 46 Cela t'arrivera comme *signe et comme prodige, à toi et à ta descendance pour toujours.

47 Parce que tu n'auras pas servi le Seigneur ton Dieu dans la joie et l'allégresse de ton coeur quand tu avais de tout en abondance, 48 tu serviras les ennemis que le Seigneur t'enverra, dans la faim, la soif, la nudité et la privation de toute chose. Il te mettra un *joug de fer sur le cou, jusqu'à ce qu'il t'extermine. 49 Le Seigneur lancera contre toi une nation venue de loin, du bout du monde, volant comme un aigle, une nation dont tu n'entendras pas le langage, 50 une nation au visage dur, qui ne respecte pas le vieillard et qui n'a pas de pitié pour l'enfant. 51 Elle mangera du fruit de tes bêtes et de ton sol jusqu'à ce que tu sois exterminé; elle ne te laissera rien de ton blé, de ton vin nouveau et de ton huile, de tes vaches pleines et de tes brebis mères[1], jusqu'à ce qu'elle te fasse disparaître. 52 Elle t'assiégera dans toutes tes villes jusqu'à ce que s'écroulent dans tout ton pays tes hauts remparts fortifiés, dans lesquels tu mets ta confiance; elle t'assiégera dans toutes tes villes, dans tout ton pays, celui que le Seigneur ton Dieu te donne.

53 Et tu mangeras le fruit de ton sein, la chair de tes fils et de tes filles, que le Seigneur ton Dieu t'a donnés — pendant le siège, dans la misère où t'auront mis tes ennemis. 54 L'homme le plus délicat et le plus raffiné de chez toi jettera un regard mauvais sur ses frères, sur la femme qu'il a serrée contre son coeur, et sur ceux de ses fils qu'il aura conservés, 55 de peur d'avoir à donner à l'un d'eux une part de la chair de ses fils qu'il mangera sans en laisser rien du tout — pendant le siège, dans la misère où t'auront mis tes ennemis, dans toutes tes villes. 56 La femme la plus délicate et la plus raffinée de chez toi, celle qui ne songe même pas à poser par terre la plante du pied tant elle est raffinée et délicate, jettera un regard mauvais sur l'homme qu'elle a serré contre son coeur, sur son

---

1. Voir 7.13 et la note.

fils et sa fille, 57 sur son rejeton qui est sorti d'entre ses jambes, sur les enfants qu'elle a mis au monde; car, dans la privation de toute chose, elle les mangera en cachette — pendant le siège, dans la misère où t'auront mis tes ennemis, dans tes villes.

58 Si tu ne veilles pas à mettre en pratique toutes les paroles de cette Loi, celles qui sont écrites dans ce livre, en craignant ce *nom glorieux et redoutable, le SEIGNEUR ton Dieu, 59 alors le SEIGNEUR te frappera, toi et ta descendance, de blessures prodigieuses, de blessures graves et tenaces, de maladies mauvaises et tenaces. 60 Il fera revenir sur toi toutes les épidémies que tu as redoutées en Egypte, et elles s'attacheront à toi. 61 Et même toutes les maladies et toutes les blessures qui ne sont pas mentionnées dans ce livre de la Loi, le SEIGNEUR les déchaînera contre toi jusqu'à ce que tu sois exterminé. 62 Il ne restera de vous qu'un petit nombre de gens, vous qui avez été aussi nombreux que les étoiles du ciel, puisque tu n'auras pas écouté la voix du SEIGNEUR ton Dieu. 63 Et de même que le SEIGNEUR se plaisait à s'occuper de vous pour vous rendre heureux et nombreux, de même le SEIGNEUR se plaira à

s'occuper de vous pour vous faire disparaître et vous exterminer, et vous serez arrachés de la terre où tu entres pour en prendre possession.

64 Le SEIGNEUR te dispersera parmi tous les peuples, d'un bout à l'autre de la terre, et là tu serviras d'autres dieux que ni toi ni tes pères vous ne connaissez : du bois et de la pierre ! 65 Et chez ces nations, tu n'auras pas de tranquillité, tu n'auras même pas de place pour poser la plante de ton pied; et là le SEIGNEUR te donnera un coeur inquiet, un regard qui s'éteint, une existence qui s'épuise. 66 Ta vie sera en suspens devant toi, tu trembleras nuit et jour, tu n'auras plus confiance en ta vie. 67 Le matin, tu diras : Quand donc viendra le soir ?, Et le soir, tu diras : Quand donc viendra le matin ?, tellement ton coeur tremblera à force de regarder ce que tu auras sous les yeux.

68 Et le SEIGNEUR te fera retourner sur des bateaux en Egypte, vers ce pays dont je t'avais dit : Tu ne le reverras plus jamais ! Et là, vous vous mettrez vous-mêmes en vente pour être les serviteurs et les servantes de tes ennemis, mais il n'y aura pas d'acheteur ! »

DERNIER DISCOURS DE MOÏSE

69 Voilà les paroles de l'*alliance que le SEIGNEUR ordonna à Moïse de conclure avec les fils d'Israël au pays de Moab, en plus de l'alliance qu'il avait conclue avec eux à l'Horeb.

Ce que Dieu a fait pour Israël

29 1 Moïse convoqua tout Israël, et il leur dit :

Vous avez vu vous-mêmes tout ce que le SEIGNEUR a fait sous vos yeux, dans le pays d'Egypte, à *Pharaon, à tous ses serviteurs et à tout son pays : 2 les grandes épreuves que vous avez vues de vos yeux, ces *signes et ces grands prodiges. 3 Pourtant, jusqu'à aujourd'hui, le SEIGNEUR ne vous avait pas donné un *coeur pour reconnaître, ni des yeux pour voir, ni des oreilles pour entendre. 4 Je[1] vous ai fait marcher 40 ans au désert : vos manteaux ne se sont pas usés sur vous, et ta sandale ne s'est pas usée à ton pied. 5 Ce n'est pas du pain que vous avez mangé, ce n'est pas du vin ni des boissons fermentées que vous avez bus[2] : il fallait que vous reconnaissiez que c'est moi le SEIGNEUR votre Dieu. 6 Puis vous êtes arrivés en ce lieu ; Sihôn, roi de Heshbôn, et Og, roi du Bashân, sont sortis à notre rencontre pour combattre, et nous les avons battus. 7 Nous avons pris leur pays, et nous l'avons donné en héritage aux gens de Ruben et de Gad, et à la moitié de la tribu de Manassé.

8 Vous garderez les paroles de cette *alliance, et vous les mettrez en pratique, pour réussir tout ce que vous ferez.

Prendre au sérieux l'alliance avec Dieu

9 Vous vous tenez tous debout aujourd'hui devant le SEIGNEUR votre Dieu : vos chefs, vos tribus, vos *anciens, vos commissaires, tous les hommes d'Israël, 10 vos enfants, vos femmes, et l'émigré que tu as chez toi au milieu de ton camp pour t'abattre des arbres ou pour te puiser de l'eau ; 11 tu es là pour passer dans l'*alliance du SEIGNEUR ton Dieu, proclamée avec imprécations[1], cette *alliance que le SEIGNEUR ton Dieu conclut aujourd'hui avec toi 12 afin de te constituer aujourd'hui comme son peuple et d'être lui-même ton Dieu, comme il te l'a promis et comme il l'a juré à tes pères Abraham, Isaac et Jacob. 13 Cette *alliance proclamée avec imprécations, je ne la conclus pas seulement avec vous, 14 mais avec celui qui se tient là

---

1. C'est Dieu lui-même qui parle.
2. Au lieu de pain et de vin, les Israélites au désert ont mangé la manne (voir Ex 16) et bu l'eau du rocher (Ex 17.1-7) que leur donnait le Seigneur.

1. L'engagement dans l'alliance est accompagné d'un serment qui reconnaît au Seigneur le droit de punir celui qui serait infidèle à cette alliance (voir v. 19-20).

avec nous aujourd'hui[1] devant le Seigneur notre Dieu aussi bien qu'avec celui qui n'est pas là avec nous aujourd'hui.

15 Vous savez, vous, comment nous avons séjourné au pays d'Egypte, et comment nous avons passé au milieu des nations où vous avez passé. 16 Vous avez vu les·horreurs et les idoles qu'elles ont chez elles : du bois, de la pierre, de l'argent et de l'or! 17 Qu'il n'y ait donc pas chez vous un homme, ou une femme, une famille ou une tribu dont le *coeur se détourne aujourd'hui du Seigneur notre Dieu pour aller servir les dieux de ces nations; qu'il n'y ait pas chez vous la racine d'une plante produisant du poison ou de l'absinthe[2]. 18 Et s'il arrive qu'après avoir entendu ces paroles d'imprécations, quelqu'un se croie béni et se dise : « Je suis comblé, parce que je me suis obstiné à suivre mes idées, puisqu'il est vrai que terre arrosée n'a plus soif[3] », 19 le Seigneur ne voudra pas lui pardonner; la colère du Seigneur et sa jalousie[4] fumeront contre cet homme, toutes les imprécations écrites dans ce livre seront tapies autour de lui, et le Seigneur effacera son nom de sous le ciel. 20 Le Seigneur le mettra à part de toutes les tribus d'Israël, pour son malheur, conformément à toutes les imprécations de l'alliance écrite dans ce livre de la Loi[1].

Le Seigneur réalisera ses menaces

21 Et voilà ce que dira la génération suivante, vos fils qui se lèveront après vous, et l'étranger qui viendra d'un pays lointain, quand ils verront les blessures de ce pays, et les maladies dont l'aura frappé le Seigneur : 22 « Tout son pays n'est que soufre, sel et feu[2] : pas de semailles, pas de végétation, aucune plante ne pousse, comme à Sodome et à Gomorrhe, à Adma et à Cevoïm, que le Seigneur a bouleversées dans sa colère et sa fureur. » 23 Et toutes les nations s'écrieront : « Pourquoi le Seigneur a-t-il ainsi traité ce pays ? Pourquoi cette grande colère s'est-elle enflammée ? » 24 Et on répondra : « C'est parce qu'ils ont abandonné l'*alliance du Seigneur, le Dieu de leurs pères, qu'il avait conclue avec eux en les faisant sortir du pays d'Egypte. 25 Ils sont allés servir d'autres dieux et se sont prosternés devant eux — des dieux qu'ils ne connaissaient pas, et que le Seigneur ne leur avait pas donnés en partage —, 26 aussi la colère du Seigneur s'est-elle enflammée contre ce pays, et il a fait venir sur lui toute la malédiction écrite dans ce livre. 27 Le Seigneur les a arrachés de leur terre[3] dans sa colère, sa fureur et son grand courroux pour

---

1. *celui qui n'est pas là avec nous aujourd'hui* : allusion aux générations futures d'Israël.

2. *poison* et *absinthe* sont ici l'image des effets néfastes que l'idolâtrie produirait en Israël.

3. *terre arrosée n'a plus soif* : phrase difficile, de sens incertain. Il semble que ce soit une sorte de proverbe pour exprimer que tous les désirs de quelqu'un sont satisfaits.

4. Voir Ex 20.5 et la note.

---

1. *ce livre de la Loi* : le Deutéronome.

2. *Le soufre, le sel* et *le feu* : les fléaux qui ont détruit la région de Sodome et l'ont rendue stérile (voir Gn 19.24-28).

3. *arrachés de leur terre* : voir 4.27 et la note.

les rejeter vers un autre pays, comme il arrive aujourd'hui. »

28 Au Seigneur notre Dieu sont les choses cachées, et les choses révélées sont pour nous et nos fils à jamais, pour que soient mises en pratique toutes les paroles de cette Loi.

Israël reviendra au Seigneur

30 1 Et quand arriveront sur toi toutes ces choses, la bénédiction et la malédiction que j'avais mises devant toi, alors tu les méditeras dans ton *coeur parmi toutes les nations où le Seigneur ton Dieu t'aura emmené; 2 tu reviendras jusqu'au Seigneur ton Dieu, et tu écouteras sa voix, toi et tes fils, de tout ton *coeur, de tout ton être, suivant tout ce que je t'ordonne aujourd'hui. 3 Le Seigneur ton Dieu changera ta destinée, il te montrera sa tendresse, il te rassemblera de nouveau de chez tous les peuples où le Seigneur ton Dieu t'aura dispersé. 4 Même si tu as été emmené jusqu'au bout du monde, c'est de là-bas que le Seigneur ton Dieu te rassemblera, c'est là-bas qu'il ira te prendre. 5 Le Seigneur ton Dieu te fera rentrer dans le pays qu'ont possédé tes pères, et tu le posséderas; il te rendra heureux et nombreux, plus que tes pères.

6 Le Seigneur ton Dieu te *circoncira le *coeur, à toi et à ta descendance, pour que tu aimes le Seigneur ton Dieu de tout ton coeur, de tout ton être, afin que tu vives; 7 et le Seigneur ton Dieu réalisera toutes ces imprécations contre les ennemis pleins de haine qui t'auront poursuivi. 8 Alors toi,

tu écouteras de nouveau la voix du Seigneur, tu mettras en pratique tous ses commandements que je te donne aujourd'hui. 9 Le Seigneur ton Dieu te donnera le bonheur dans toutes tes actions, en faisant surabonder le fruit de ton sein[1], de tes bêtes et de ton sol, car le Seigneur se plaira de nouveau à ton bonheur comme il l'a fait pour tes pères, 10 puisque tu écouteras la voix du Seigneur ton Dieu en gardant ses commandements et ses lois, écrits dans ce livre de la Loi, et que tu seras revenu au Seigneur ton Dieu de tout ton coeur, de tout ton être.

La parole de Dieu est toute proche

11 Oui, ce commandement que je te donne aujourd'hui n'est pas trop difficile pour toi, il n'est pas hors d'atteinte. 12 Il n'est pas au ciel; on dirait alors : « Qui va, pour nous, monter au ciel nous le chercher, et nous le faire entendre pour que nous le mettions en pratique ? » 13 Il n'est pas non plus au-delà des mers; on dirait alors : « Qui va, pour nous, passer outre-mer nous le chercher, et nous le faire entendre pour que nous le mettions en pratique ? » 14 Oui, la parole est toute proche de toi, elle est dans ta bouche et dans ton *coeur, pour que tu la mettes en pratique.

Choisir la vie

15 Vois : je mets aujourd'hui devant toi la vie et le bonheur, la mort et le malheur, 16 moi qui te commande aujourd'hui d'aimer le

---

1. *le fruit de ton sein* : tes enfants.

Seigneur ton Dieu, de suivre ses chemins, de garder ses commandements, ses lois et ses coutumes. Alors tu vivras, tu deviendras nombreux, et le Seigneur ton Dieu te bénira dans le pays où tu entres pour en prendre possession. 17 Mais si ton *coeur se détourne, si tu n'écoutes pas, si tu laisses entraîner à te prosterner devant d'autres dieux et à les servir, 18 je vous le déclare aujourd'hui : vous disparaîtrez totalement, vous ne prolongerez pas vos jours sur la terre où tu vas entrer pour en prendre possession en passant le Jourdain.

19 J'en prends à témoin aujourd'hui contre vous le ciel et la terre : c'est la vie et la mort que j'ai mises devant vous, c'est la bénédiction et la malédiction. Tu choisiras la vie pour que tu vives, toi et ta descendance, 20 en aimant le Seigneur ton Dieu, en écoutant sa voix et en t'attachant à lui. C'est ainsi que tu vivras et que tu prolongeras tes jours, en habitant sur la terre que le Seigneur a juré de donner à tes pères Abraham, Isaac et Jacob.

ADIEUX ET MORT DE MOÏSE

Josué désigné comme successeur de Moïse

31 1 Puis Moïse vint adresser ces paroles à tout Israël. 2 Il leur dit : « J'ai aujourd'hui 120 ans : je ne suis plus capable de tenir ma place, et le Seigneur m'a dit : Tu ne passeras pas ce Jourdain que voici ! 3 C'est le Seigneur ton Dieu qui va passer devant toi, c'est lui qui exterminera ces nations de devant toi et les dépossédera. Et c'est Josué qui va passer devant toi comme le Seigneur l'a dit. 4 Le Seigneur agira envers ces nations comme il a agi envers Sihôn et Og, les rois des *Amorites et envers leurs pays : il les a exterminés. 5 Le Seigneur vous les livrera, et vous agirez envers elles selon tout ce que je vous ai commandé. 6 Soyez courageux et résistants, ne craignez pas, ne tremblez pas devant elles, car c'est le Seigneur ton Dieu qui marche avec toi : il ne te délaissera pas, il ne t'abandonnera pas. »

7 Puis Moïse appela Josué, et, devant tout Israël, il lui dit : « Sois courageux et résistant, car c'est toi qui entreras avec ce peuple dans le pays que le Seigneur a juré à leurs pères de leur donner; c'est toi qui les feras hériter de ce pays. 8 C'est le Seigneur qui marche devant toi, c'est lui qui sera avec toi, il ne te délaissera pas, il ne t'abandonnera pas; ne crains pas, ne te laisse pas abattre. »

Moïse confie la loi aux prêtres

9 Moïse écrivit cette Loi et la donna aux prêtres fils de Lévi[1] qui portent l'*arche de l'alliance du SEIGNEUR, et à tous les *anciens d'Israël. 10 Et Moïse leur donna cet ordre : « À la fin des sept ans, au moment de l'année de la remise, à la fête des Tentes[2], 11 quand tout Israël viendra voir la face du SEIGNEUR[3] ton Dieu au lieu qu'il aura choisi, tu liras cette Loi en face de tout Israël, qui l'écoutera. 12 Tu rassembleras le peuple, les hommes, les femmes, les enfants, et l'émigré que tu as dans tes villes, pour qu'ils entendent et pour qu'ils apprennent, pour qu'ils craignent[4] le SEIGNEUR votre Dieu et veillent à observer toutes les paroles de cette Loi. 13 Et leurs fils, qui ne savent pas, entendront; et ils apprendront à craindre le SEIGNEUR votre Dieu tous les jours où vous serez en vie sur la terre dont vous allez prendre possession en passant le Jourdain. »

Israël sera infidèle à Dieu

14 Et le SEIGNEUR dit à Moïse : « Voici qu'approchent les jours où tu vas mourir. Appelle Josué; vous vous présenterez dans la *tente de la rencontre, et je lui donnerai mes ordres. » Moïse et Josué allèrent donc se présenter dans la tente de la rencontre. 15 Le SEIGNEUR se fit voir dans la tente, dans la colonne de nuée[5]; la colonne de nuée se dressait à l'entrée de la tente.

16 Le SEIGNEUR dit à Moïse : « Voici que tu vas te coucher avec tes pères; et ce peuple se mettra à se prostituer[1] en suivant les dieux des étrangers qui sont dans le pays au milieu duquel il entre; il m'abandonnera, et il brisera mon *alliance, celle que j'ai conclue avec lui. 17 Ma colère s'enflammera contre lui ce jour-là. Je les abandonnerai, je leur cacherai ma face[2]. Alors, il se fera dévorer, de grands malheurs et de grandes détresses l'atteindront. Et il dira ce jour-là : Si ces malheurs m'ont atteint, n'est-ce pas parce que mon Dieu n'est plus au milieu de moi ? 18 Mais moi, ce jour-là je continuerai à cacher ma face, à cause de tout le mal qu'il aura fait en se tournant vers d'autres dieux. 19 Et maintenant, écrivez pour vous ce cantique; enseigne-le aux fils d'Israël, mets-le dans leur bouche, afin que ce cantique me serve de témoin contre les fils d'Israël. 20 En effet, je ferai entrer ce peuple dans la terre ruisselante de lait et de miel[3] que j'ai promise par serment à ses pères; il mangera à satiété et s'engraissera, puis se tournera vers d'autres dieux; il les servira, il me méprisera, il brisera mon *alliance; 21 et quand de grands malheurs et de grandes détresses l'auront atteint, ce cantique déposera contre lui, comme un témoin, car sa descendance n'oubliera jamais de le répéter.

---

1. prêtres fils de Lévi : voir au glossaire LÉVITES.
2. année de la remise : voir 15.1-11 — fête des Tentes : voir au glossaire CALENDRIER.
3. voir la face du Seigneur : voir 16.16 et la note.
4. craignent ou respectent.
5. Voir Ex 13.21 et la note.

1. te coucher avec tes pères : voir la note sur 1 R 1.21 — se prostituer : voir Os 2.4 et la note.
2. je leur cacherai ma face ou je ne leur manifesterai plus ma présence.
3. Voir Ex 3.8 et la note.

En effet, je connais bien le projet qu'il est en train de faire aujourd'hui, avant même que je le fasse entrer dans le pays que j'ai promis par serment. » 22 Et ce jour-là, Moïse écrivit ce cantique, et il l'apprit aux fils d'Israël.

23 Le Seigneur donna ses ordres à Josué, fils de Noun, et il lui dit : « Sois courageux et résistant, car c'est toi qui feras entrer les fils d'Israël dans le pays que je leur ai promis par serment; et moi je serai avec toi. »

24 Et quand Moïse eut fini d'écrire entièrement les paroles de cette Loi dans un livre, 25 il donna cet ordre aux *lévites qui portent l'*arche de l'alliance du Seigneur : 26 « Prenez ce livre de la Loi et mettez-le auprès de l'arche de l'alliance du Seigneur votre Dieu; il sera là comme un témoin contre toi. 27 Car moi, je connais tes révoltes et la raideur de ta nuque[1] : si aujourd'hui, alors que je suis encore vivant au milieu de vous, vous avez été en révolte contre le Seigneur, qu'arrivera-t-il après ma mort ? 28 Rassemblez auprès de moi tous les *anciens de vos tribus et vos commissaires; je vais prononcer ces paroles à leurs oreilles, je vais prendre à témoin contre eux le ciel et la terre. 29 Car je le sais : après ma mort, vous allez vous corrompre totalement et vous écarter du chemin que je vous ai prescrit; et dans les jours à venir, le malheur viendra à votre rencontre, parce que vous aurez fait ce qui est mal aux yeux du Seigneur, au point de l'offenser par vos actions. »

Cantique de Moïse

30 Et Moïse prononça entièrement les paroles de ce cantique aux oreilles de toute l'assemblée d'Israël :

32 1 Ciel, prête l'oreille, et je parlerai;
terre, écoute les mots que je vais prononcer.
2 Que mes instructions se répandent comme la pluie;
que ma parole tombe comme la rosée, comme une averse sur le gazon,
comme une ondée sur l'herbe.
3 Je proclamerai le nom du Seigneur;
reconnaissez la grandeur de notre Dieu.

4 Lui, le Rocher, son action est parfaite,
tous ses cheminements sont judicieux;
c'est le Dieu fidèle, il n'y a pas en lui d'injustice,
il est juste et droit.
5 Pour lui, ils ne sont que corruption,
à cause de leur tare, ils ne sont plus ses fils[1],
c'est une génération pervertie et dévoyée.
6 Est-ce là une façon de traiter le Seigneur,
peuple fou et sans sagesse ?
N'est-ce pas lui ton père, qui t'a donné la vie ?
c'est lui qui t'a fait et qui t'a établi.
7 Rappelle-toi les jours d'autrefois,
remonte le cours des années,
de génération en génération,

---

1. *la raideur de ta nuque* : voir la note sur Ex 32.9.

1. Verset obscur, de sens incertain.

demande à ton père, et il te
l'apprendra,
à tes *anciens, et ils te le diront :

8 Quand le Très-Haut donna
aux nations leur héritage,
quand il sépara les humains,
il fixa le territoire des peuples
suivant le nombre des fils d'Israël[1].

9 Car l'apanage du SEIGNEUR,
c'est son peuple;
et Jacob est sa part d'héritage.

10 Il rencontre son peuple au
pays du désert,
dans les solitudes remplies de
hurlements sauvages :
il l'entoure, il l'instruit,
il veille sur lui comme sur la
prunelle de son oeil.

11 Il est comme l'aigle qui encourage sa nichée :
il plane au-dessus de ses petits,
il déploie toute son envergure,
il les prend et les porte sur ses
ailes.

12 Le SEIGNEUR est seul à conduire
son peuple,
sans aucun dieu étranger auprès de lui.

13 Il lui fait enfourcher[2] les hauteurs du pays
pour qu'il se nourrisse des produits des champs :
il lui fait sucer le miel dans le
creux des pierres,
il lui donne l'huile mûrie sur le
granit des rochers,

14 le beurre des vaches et le lait
des brebis,
avec la graisse des agneaux,
des béliers de Bashân[1] et des
boucs,
ainsi que la fleur du froment;
le *sang du raisin, tu le bois
fermenté.

15 Ainsi Yeshouroun[2] s'est engraissé,
mais il a rué
— tu t'es engraissé, tu as
grossi, tu t'es épaissi —
il a délaissé Dieu qui l'avait
fait,
il a déshonoré son Rocher, son
salut.

16 Ils lui donnent pour rivaux des
étrangers[3],
par des abominations ils l'offensent,

17 ils offrent des *sacrifices aux
*démons
qui ne sont pas Dieu,
à des dieux qu'ils ne connaissaient pas, des nouveau-venus
d'hier
que vos pères ne redoutaient
pas.

18 Le Rocher qui t'a engendré, tu
l'as négligé;
tu as oublié le Dieu qui t'a mis
au monde.

19 Ce que le SEIGNEUR a vu a excité son mépris :
ses fils et ses filles l'ont offensé.

20 Il a dit : « Je vais leur cacher
ma face[4],
je verrai quel sera leur avenir.
Car c'est une génération pervertie,
des fils en qui on ne peut avoir
confiance.

---

1. *suivant le nombre ... :* autre traduction *suivant
les limites des fils d'Israël;* certains manuscrits
hébreux et des versions anciennes ont *suivant le
nombre des fils de Dieu.*
2. *enfourcher :* Israël est installé sur ses collines
comme il serait assis sur un cheval.

1. Région d'élevage, à l'est de la mer de
Kinnéreth.
2. Surnom d'Israël, diminutif d'un adjectif signifiant « droit ».
3. *des étrangers :* les dieux des autres peuples
(voir v. 21; Es 43.12; Jr 2.25).
4. Voir 31.17 et la note.

21 Ils m'ont donné pour rival ce
   qui n'est pas Dieu,
   ils m'ont offensé par leurs
   vaines idoles.
   Eh bien ! moi, je leur donnerai
   pour rival ce qui n'est pas un
   peuple,
   par une nation folle je les of-
   fenserai. 22 Oui, un feu s'est enflammé dans mes narines ;
   il a brûlé jusqu'au fond du *séjour des morts,
   il a dévoré la terre et ses produits,
   il a embrasé les fondements
   des montagnes.
23 J'entasserai sur eux des malheurs ;
   je lancerai contre eux mes flèches.
24 Quand ils seront épuisés par la
   faim,
   dévorés par la foudre et par
   mon dard amer[1],
   je lâcherai contre eux la dent
   des animaux,
   ainsi que le venin des bêtes qui
   rampent dans la poussière.
25 Au-dehors, l'épée leur enlèvera
   leurs enfants,
   et au-dedans régnera la
   frayeur ;
   le jeune homme aura le même
   sort que la vierge,
   le nourrisson tombera avec
   l'homme aux cheveux blancs.
26 J'ai dit : je les briserais en morceaux[2],
   je ferais disparaître leur souvenir chez les hommes,
27 si je n'avais peur d'être offensé
   par l'ennemi.
   Que leurs adversaires n'aillent
   pas s'y tromper,

en disant : c'est nous qui avons
eu la haute main sur tout cela,
ce n'est pas le Seigneur qui l'a
fait !
28 Car c'est une nation[1] dont les
   projets s'écroulent,
   ils sont sans intelligence.
29 S'ils étaient des sages, ils com-
   prendraient cela,
   ils seraient intelligents pour
   leur avenir :
30 Comment un seul homme
   pourrait-il en poursuivre mille,
   et deux seulement en mettre
   10.000 en fuite,
   sans que ceux-ci aient été vendus par leur Rocher,
   livrés par le Seigneur ?
31 Car le Rocher de nos ennemis
   n'est pas comme notre Rocher,
   eux-mêmes ils en sont juges[2].

32 Leur vigne sort des vignes de
   Sodome,
   des plantations de Gomorrhe[3] ;
   leurs raisins sont des raisins
   vénéneux,
   leurs grappes sont amères.
33 Leur vin, c'est du venin de dragon,
   un cruel venin de cobra.
34 N'est-ce pas là ce que je retiens,
   ce qui est scellé dans mes réserves ?
35 À moi la vengeance et la rétribution,
   pour le moment où bronchera
   leur pied,
   car le jour de leur malheur est
   proche,

---

1. *foudre* : autre traduction *fièvre* — *dard amer* :
ou *peste meurtrière.*

2. Le sens de l'expression hébraïque correspondante est incertain.

1. *c'est une nation* : il est difficile de savoir qu'il
s'agit des Israélites ou de leurs ennemis.

2. Texte difficile. Autre traduction *et nos ennemis ne sont pas des juges.*

3. Allusion à la corruption des gens de *Sodome*
et de *Gomorrhe.*

ce qui est préparé pour eux ne tardera pas. »

36 Le Seigneur va rendre justice à son peuple,

il se ravisera en faveur de ses serviteurs,

quand il verra que leurs mains faiblissent,

qu'il n'y a plus ni esclave ni homme libre[1].

37 Alors, il dira : « Où sont leurs dieux,

et le rocher où ils se réfugiaient ?

38 Où sont ceux qui mangeaient la graisse[2] de leurs *sacrifices et buvaient le vin de leurs libations ?

Qu'ils se lèvent et viennent à votre aide, qu'il y ait un lieu pour vous cacher !

39 Eh bien ! maintenant, voyez : c'est moi, rien que moi,

sans aucun dieu auprès de moi,

c'est moi qui fais mourir et qui fais vivre,

quand j'ai brisé, c'est moi qui guéris,

personne ne sauve de ma main.

40 Oui, je lève la main[3] vers le ciel,

et je déclare : Je suis vivant pour toujours !

41 Si j'aiguise mon épée fulgurante,

si ma main brandit le jugement,

je ferai retomber ma vengeance sur

mes adversaires,

je paierai de retour ceux qui me haïssent.

42 Tandis que mon épée se repaîtra de chair,

j'enivrerai mes flèches avec le *sang,

le sang des tués et des prisonniers,

avec les têtes chevelues de l'ennemi. »

43 Nations, acclamez son peuple, car il va venger le *sang de ses serviteurs,

il fera retomber la vengeance sur ses adversaires;

il absoudra ainsi sa terre et son peuple[1].

44 Moïse, accompagné de Hoshéa[2], fils de Noun, était donc venu prononcer toutes les paroles de ce cantique aux oreilles du peuple.

45 Et quand Moïse eut achevé de dire toutes ces paroles à tout Israël, 46 il leur dit : « Prenez à cœur toutes les paroles par lesquelles je témoigne aujourd'hui contre vous, et ordonnez à vos fils de veiller à mettre en pratique toutes les paroles de cette Loi. 47 Car il ne s'agit pas d'une parole sans importance pour vous; cette parole, c'est votre vie, et c'est par elle que vous prolongerez vos jours sur la terre dont

---

1. *ni esclave ni homme libre* : traduction incertaine d'une expression hébraïque dont le sens n'est pas clair.

2. Les parties grasses des animaux étaient considérées comme une part de choix (Es 25.6), réservée à Dieu (Lv 4.35).

3. *lever la main* : geste du serment.

1. Ce verset existe sous une forme plus longue dans les manuscrits hébreux trouvés à Qumrân et dans l'ancienne version grecque qui est seule à proposer les mots mis entre parenthèses : *Cieux, réjouissez-vous avec lui ! que tous les fils de Dieu se prosternent devant lui. (Nations, réjouissez-vous avec son peuple, et que tous les anges de Dieu soient forts pour lui.) Car le sang de ses fils est vengé; il vengera et fera retomber la vengeance sur ses ennemis. Il rétribuera ceux qui le haïssent; le Seigneur purifiera la terre de son peuple.* Deux passages de la forme longue de ce verset sont cités par Rm 15.10 et He 1.6.

2. Ou *Osée*, ancien nom de Josué, changé par Moïse (voir Nb 13.16 et la note).

vous allez prendre possession en passant le Jourdain. »

Annonce de la mort de Moïse

48 Le jour même, le Seigneur dit à Moïse : 49 « Monte sur cette montagne de la chaîne des Avarim, au mont Nébo qui est au pays de Moab, en face de Jéricho, et regarde le pays de Canaan que je donne en propriété aux fils d'Israël. 50 Puis meurs sur la montagne où tu seras monté, sois réuni à ta parenté[1] — comme ton frère Aaron est mort à Hor-la-Montagne et a été réuni à sa parenté — 51 puisque vous avez commis une infidélité contre moi au milieu des fils d'Israël, aux eaux de Mériba de Qadesh dans le désert de Cîn, lorsque vous n'avez pas reconnu ma *sainteté au milieu des fils d'Israël. 52 D'en face, tu verras le pays, mais tu n'y entreras pas, dans ce pays que je donne aux fils d'Israël. »

Moïse bénit les douze tribus d'Israël

33 1 Voici la bénédiction que Moïse, l'homme de Dieu, prononça sur les fils d'Israël avant de mourir. 2 Il dit :
Le Seigneur est venu du Sinaï,
pour eux il s'est levé à l'horizon du côté de Séïr,
il a resplendi depuis le mont de Parân;
il est arrivé à Mériba de Qadesh;

de son midi vers les Pentes[1],
pour eux.
3 Oui, toi qui aimes des peuples,
tous les *saints[2] sont dans ta main.
Eux, ils étaient prostrés à tes pieds,
ils recueillent ce qui vient de ta parole.
4 Moïse nous a prescrit une Loi,
donnée en possession à l'assemblée de Jacob[3],
5 et Yeshouroun a eu un roi[4],
lorsque se sont rassemblés les chefs du peuple,
et en même temps les tribus d'Israël.

6 Que vive Ruben, qu'il ne meure pas,
et que subsistent ses gens peu nombreux.

7 Et pour Juda, voici ce qu'il dit :
Ecoute, Seigneur, la voix de Juda,
ramène-le vers son peuple[5];
que ses mains prennent sa propre défense,
sois son aide contre ses adversaires.

8 Et pour Lévi, il dit :
Ton Toummim et ton Ourim appartiennent à l'homme qui t'est fidèle,

---

1. Voir Nb 20.24 et la note.

1. *Séïr* : voir Gn 32.4 et la note — *mont de Parân* : localisation incertaine; on peut le mettre en rapport avec le désert de *Parân* (voir Gn 21.21 et la note) — *à Mériba de Qadesh* : conjecture d'après 32.51; hébreu obscur. — *vers les Pentes* : conjecture d'après 3.17; hébreu obscur.
2. *des peuples, les saints* : probablement les tribus d'Israël.
3. *l'assemblée de Jacob* : le peuple d'Israël.
4. *Yeshouroun* : voir 32.15 et la note. — *Un roi* : soit le Seigneur lui-même, soit peut-être le roi d'Israël établi par le Seigneur.
5. *ramène-le vers son peuple* : c'est-à-dire ramène Juda vers les tribus du nord et du centre de la Terre Promise.

que tu as fait passer par l'é-
preuve à Massa,
par la querelle aux eaux de
Mériba[1],

9 lui qui a dit de son père et de
sa mère :
Je ne les ai pas vus !
Qui a refusé de reconnaître ses
frères
et qui a ignoré ses fils.
Ils ont gardé ta parole,
ils veillent sur ton *alliance,

10 ils enseignent tes coutumes à
Jacob,
ta Loi à Israël;
ils présentent le parfum à tes
narines,
l'offrande[2] totale sur ton *autel.

11 Bénis, Seigneur, sa vaillance,
et agrée l'oeuvre de ses mains;
brise les reins à ceux qui se
dressent contre lui,
et que ceux qui le haïssent ne
se redressent plus.

12 Pour Benjamin, il dit :
Bien-aimé du Seigneur,
il se repose, confiant,
sur celui qui le protège tous les
jours
et qui se repose entre ses collines[3].

13 Pour Joseph, il dit :
Son pays soit béni du Seigneur !
Que le meilleur don du ciel, la
rosée,

et l'*abîme qui gît en bas,

14 le meilleur de ce que produit le
soleil
et le meilleur de ce qui pousse
à chaque lune,

15 les dons excellents des montagnes antiques
et le meilleur des collines de
toujours,

16 la meilleure part de tout ce qui
remplit le pays
et la faveur de Celui qui demeure dans le buisson :
que tout cela couronne la tête
de Joseph,
le front de celui qui est consacré parmi ses frères.

17 Il est son taureau premier-né,
honneur à lui !
Ses cornes sont des cornes de
buffle,
il en frappe les peuples,
toutes les extrémités de la terre
à la fois.
Voilà les myriades d'Ephraïm,
voilà les milliers de Manassé[1].

18 Pour Zabulon, il dit :
Réjouis-toi, Zabulon, dans tes
expéditions,
et toi, Issakar, sous tes tentes.

19 Ils convoquent des peuples sur
la montagne,
où ils offrent les *sacrifices
prescrits;
ils drainent l'abondance des
mers,
les réserves cachées dans le
sable[2].

---

1. *Toummim* et *Ourim* : voir Ex 28.30 et la note
— *épreuve, querelle* : voir Ex 17.7 et la note.
2. *parfum* et *offrande* : voir au glossaire
SACRIFICES.
3. Le Seigneur *se repose*, c'est-à-dire possède
son sanctuaire, dans une région de collines : allusion soit au sanctuaire de Silo (voir 1 S 1-3), soit
au temple de Jérusalem, car cette ville est parfois
considérée comme située en Benjamin.

1. *Ses cornes* : dans l'A. T. la corne est souvent
symbole de force. — Les deux tribus d'Ephraïm et
Manassé forment ensemble la maison de Joseph
(v. 13; voir Gn 50.8 et la note) qui a dominé les
tribus du nord et du centre d'Israël.
2. *montagne* : c'est probablement le Tabor, à la
frontière commune de Zabulon et d'Issakar.
— L'*abondance des mers* désigne ici les profits du
commerce maritime, et les *réserves cachées dans le
sable* probablement la fabrication du verre à partir du sable de la mer.

20 Pour Gad, il dit :
   Béni soit celui qui met Gad au
   large !
   Comme un lion, il s'est installé,
   déchiquetant l'épaule ou même
   la tête de sa proie.
21 Il a jeté ses regards sur les
   *prémices,
   là où est la part réservée pour
   le sceptre[1];
   il a rejoint les chefs du peuple,
   il a mis en oeuvre la justice du
   Seigneur
   et ses décisions en faveur d'Israël.

22 Pour Dan, il dit :
   Dan est le petit d'un lion,
   il bondit du Bashân[2].
23 Pour Nephtali, il dit :
   Nephtali est rassasié de faveur,
   il est comblé de la bénédiction
   du Seigneur,
   qu'il prenne possession de
   l'ouest et du midi.

24 Pour Asher, il dit :
   Asher soit le fils béni entre
   tous,
   qu'il soit favorisé parmi ses
   frères,
   qu'il trempe son pied dans
   l'huile[3];
25 que tes verrous soient de fer et
   de bronze,
   que ta force[4] dure autant que
   tes jours.

26 Nul n'est semblable à Dieu,
   lui qui vient à ton aide, Yes-
   hourroun,
   en chevauchant les cieux,

et les nuages dans sa puissance.
27 Le Dieu des temps antiques est
   un refuge;
   c'est un bras depuis toujours à
   l'oeuvre ici-bas;
   devant toi, il a chassé l'ennemi,
   et il a dit : Extermine !
28 Confiant, Israël se repose;
   elle coule à l'écart, la source de
   Jacob[1],
   vers un pays de blé et de vin
   nouveau,
   et le ciel même y répand la
   rosée.

29 Heureux es-tu Israël !
   Qui est semblable à toi, peuple
   secouru par le Seigneur ?
   Il est le bouclier qui te vient en
   aide,
   il est aussi l'épée qui fait ta
   puissance.
   Tes ennemis auront beau être
   fourbes envers toi,
   tu fouleras aux pieds les hauteurs de leur pays.

Mort de Moïse

34 1 Moïse monta des steppes
de Moab vers le mont
Nébo, au sommet de la Pisga, qui
est en face de Jéricho, et le Sei-
gneur lui fit voir tout le pays : le
Galaad jusqu'à Dan[2], 2 tout
Nephtali, le pays d'Ephraïm et de
Manassé, et tout le pays de Juda
jusqu'à la mer Occidentale, 3 le
Néguev et le District[3], la vallée de
Jéricho, ville des palmiers, jusqu'à
Çoar. 4 Et le Seigneur lui dit :
« C'est là le pays que j'ai promis

---

1. *pour le sceptre* ou *pour le chef.*
2. Voir 1.4 et la note.
3. *l'huile* est ici le symbole de l'abondance et de la prospérité.
4. *force* : le mot hébreu correspondant est in-connu par ailleurs. On traduit d'après le contexte.

1. Image énigmatique : la *source* désigne peut-être ici le peuple *issu de Jacob.*
2. *Dan* : à l'extrémité nord d'Israël.
3. *Néguev* : voir Gn 12.9 et la note; le *District* désigne la région de la mer Morte (voir Gn 13.10).

par serment à Abraham, Isaac et Jacob en leur disant : C'est à ta descendance que je le donne. Je te l'ai fait voir de tes propres yeux, mais tu n'y passeras pas. »

5 Et Moïse, le serviteur du Seigneur, mourut là, au pays de Moab, selon la déclaration du Seigneur. 6 Il l'enterra dans la vallée, au pays de Moab, en face de Beth-Péor[1], et personne n'a jamais connu son tombeau jusqu'à ce jour. 7 Moïse avait 120 ans quand il mourut; sa vue n'avait pas baissé, sa vitalité ne l'avait pas quitté.

8 Les fils d'Israël pleurèrent Moïse dans les steppes de Moab

pendant 30 jours. Puis les jours de pleurs pour le deuil de Moïse s'achevèrent; 9 Josué, fils de Noun, était rempli d'un esprit de sagesse, car Moïse lui avait *imposé les mains; et les fils d'Israël l'écoutèrent, pour agir suivant les ordres que le Seigneur avait donnés à Moïse.

10 Plus jamais en Israël ne s'est levé un *prophète comme Moïse, lui que le Seigneur connaissait face à face, 11 lui que le Seigneur avait envoyé accomplir tous ces *signes et tous ces prodiges dans le pays d'Egypte devant le *Pharaon, tous ses serviteurs et tout son pays, 12 ce Moïse qui avait agi avec toute la puissance de sa main, en suscitant toute cette grande terreur, sous les yeux de tout Israël.

---

1. *il l'enterra* : le sujet est sans doute le Seigneur; autre traduction *on l'enterra*. — *Beth-Péor* : voir 3.29 et la note.

LES LIVRES PROPHÉTIQUES

JOSUÉ

Josué succède à Moïse

1 1 Il arriva qu'après la mort de Moïse, le serviteur du SEIGNEUR, le SEIGNEUR dit à l'auxiliaire de Moïse, Josué, fils de Noun : 2 « Moïse, mon serviteur, est mort ; maintenant donc, lève-toi, traverse le Jourdain que voici, toi et tout ce peuple, vers le pays que je leur donne — aux fils d'Israël. 3 Tout lieu que foulera la plante de vos pieds, je vous l'ai donné comme je l'ai dit à Moïse ; 4 depuis le désert et le Liban que voici jusqu'au grand Fleuve, l'Euphrate, tout le pays des Hittites, et jusqu'à la Grande Mer, au soleil couchant, tel sera votre territoire[1]. 5 Personne ne pourra te résister tout au long de ta vie. Comme j'étais avec Moïse, je serai avec toi ; je ne te ferai pas défaut, je ne t'abandonnerai pas. 6 Sois fort et courageux, car c'est toi qui donneras en héritage à ce peuple le pays que j'ai juré à leurs pères de leur donner. 7 Oui, sois fort et très courageux ; veille à agir selon toute la Loi que t'a prescrite Moïse, mon serviteur. Ne t'en écarte ni à droite ni à gauche afin de réussir partout où tu iras. 8 Ce livre de la Loi ne s'éloignera pas de ta bouche ; tu le murmureras[1] jour et nuit afin de veiller à agir selon tout ce qui s'y trouve écrit, car alors tu rendras tes voies prospères, alors tu réussiras. 9 Ne te l'ai-je pas prescrit : sois fort et courageux ? Ne tremble pas, ne t'effraie pas, car le SEIGNEUR, ton Dieu, sera avec toi partout où tu iras. »

Josué prépare la traversée du Jourdain

10 Alors Josué donna cet ordre aux fonctionnaires du peuple : 11 « Passez dans le camp et donnez cet ordre au peuple : préparez des provisions, car d'ici trois jours vous traverserez le Jourdain que voici pour entrer en possession du pays dont le SEIGNEUR, votre Dieu, vous donne la possession. » 12 Puis aux Rubénites, aux Gadites et à la demi-tribu de Manassé, Josué parla ainsi : 13 « Souvenez-vous de l'ordre que vous a donné Moïse, le serviteur du SEIGNEUR : le SEIGNEUR, votre Dieu, vous accorde le repos ; il vous a donné ce pays. 14 Vos femmes, vos jeunes enfants et vos troupeaux resteront dans le pays que vous a donné Moïse au-delà du Jourdain. Mais vous, tous les vaillants guerriers, en ordre de bataille, vous passerez devant vos frères et vous les aiderez, 15 jusqu'à ce que le SEIGNEUR accorde le repos à vos frères

---

1. Ce verset indique l'étendue idéale de la terre promise. Au nord, le *Liban*, massif montagneux ; au nord-est l'*Euphrate* ; à l'ouest la *Grande Mer*, c'est-à-dire la *Méditerranée* — Le *pays des Hittites* désigne la Syrie-Palestine.

1. *murmureras* ou *réciteras* (voir note sur Ps 1.2).

comme à vous et qu'ils possèdent, eux aussi, le pays que leur donne le Seigneur, votre Dieu. Puis vous retournerez au pays qui est votre possession et vous posséderez ce pays que Moïse, le serviteur du Seigneur, vous a donné au-delà du Jourdain, au soleil levant. » 16 Ils répondirent à Josué : « Tout ce que tu nous as prescrit, nous le ferons, et partout où tu nous enverras, nous irons. 17 Comme nous avons obéi en tout à Moïse, nous t'obéirons. Oui, le Seigneur, ton Dieu, sera avec toi comme il était avec Moïse. 18 Quiconque sera rebelle à ta voix et n'obéira pas à tes paroles en tout ce que tu nous auras commandé sera mis à mort. Oui, sois fort et courageux ! »

Josué envoie deux espions à Jéricho

2 1 De Shittim, Josué, fils de Noun, envoya deux hommes espionner discrètement : « Allez voir, leur dit-il, le pays et Jéricho[1]. » Ils y allèrent, entrèrent dans la maison d'une prostituée nommée Rahab et y couchèrent. 2 On le dit au roi de Jéricho : « Voici que des hommes sont entrés ici cette nuit, des fils d'Israël, pour explorer le pays. » 3 Alors le roi de Jéricho envoya dire à Rahab : « Fais sortir les hommes qui sont venus vers toi — ceux qui sont entrés dans ta maison — car c'est pour explorer le pays qu'ils sont venus. » 4 Mais la femme emmena les deux hommes et les mit

à l'abri. Puis elle dit : « Oui, ces hommes sont venus vers moi, mais je ne savais pas d'où ils étaient. 5 Comme dans l'obscurité on fermait la porte[1] de la ville, les hommes sont sortis. Je ne sais pas où sont allés ces hommes. Poursuivez-les vite, vous les rattraperez. » 6 Or elle les avait fait monter sur la terrasse[2] et les avait dissimulés dans les tiges de lin rangées pour elle sur la terrasse. 7 Les hommes les poursuivirent en direction du Jourdain, vers les gués, et l'on ferma la porte dès que les poursuivants furent sortis. 8 Quant à eux, ils n'étaient pas encore couchés lorsqu'elle monta auprès d'eux sur la terrasse 9 et elle dit à ces hommes : « Je sais que le Seigneur vous a donné le pays, que l'épouvante s'est abattue sur nous et que tous les habitants du pays ont tremblé devant vous, 10 car nous avons entendu dire que le Seigneur a séché devant vous les eaux de la *mer des Joncs lors de votre sortie d'Egypte et ce que vous avez fait aux deux rois des *Amorites, au-delà du Jourdain, Sihôn et Og, que vous avez voués à l'interdit[3]. 11 Nous l'avons entendu et notre courage a fondu ; chacun a le souffle coupé devant vous, car le Seigneur, votre Dieu, est Dieu là-haut dans les cieux et ici-bas sur la terre. 12 Et maintenant jurez-moi donc par le Seigneur, puisque j'ai agi loyalement envers vous, que vous agirez, vous aussi, loyalement envers ma famille.

---

1. *Shittim*, c'est-à-dire les *Acacias* (Nb 25.1; Jos 3.1). C'est peut-être le même lieu que *Avel-Shittim* (Nb 33.49) à quelques km au nord-est de la mer Morte — *Jéricho*, ville proche du Jourdain, dans le fond de la vallée, sur la rive ouest.

1. Pour empêcher des ennemis d'entrer dans une ville, la porte restait fermée pendant la nuit.
2. Le toit de la maison était une *terrasse*; on y faisait sécher les récoltes, ici celle du *lin* destiné à fournir des fibres textiles.
3. *voués à l'interdit* : voir Dt 2.34 et la note.

Donnez-moi un signe certain 13 que vous laisserez vivre mon père, ma mère, mes frères, mes soeurs, tout ce qui est à eux et que vous nous arracherez à la mort. » 14 Les hommes lui dirent : « Pourvu que vous ne divulguiez pas notre entreprise, notre vie répondra de la vôtre. Quand le Seigneur nous aura donné le pays, alors nous agirons envers toi avec bienveillance et loyauté. » 15 Puis elle les fit descendre avec une corde par la fenêtre, car sa maison était sur le mur du rempart ; elle habitait sur le rempart. 16 Elle leur dit : « Allez vers la montagne de peur que vos poursuivants ne tombent sur vous ; vous vous y cacherez pendant trois jours jusqu'au retour de ceux qui vous poursuivent ; après cela vous pourrez aller votre chemin. » 17 Ces hommes lui dirent : « Voici comment nous nous acquitterons de ce serment que tu nous as fait jurer : 18 quand nous entrerons dans le pays, tu attacheras ce cordon de fil écarlate à la fenêtre par laquelle tu nous as fait descendre ; tu rassembleras auprès de toi dans la maison ton père, ta mère, tes frères et toute ta famille. 19 Si l'un d'entre vous franchit les portes de ta maison et en sort, son sang retombera sur sa tête[1] et nous serons quittes, mais quiconque sera avec toi dans ta maison, son sang retombera sur nos têtes si on porte la main sur lui. 20 Mais si tu divulgues notre entreprise, alors nous serons quittes du serment que tu nous as fait prêter. » 21 Elle dit : « Qu'il en soit selon vos paroles ! » Puis elle les renvoya et ils s'en allèrent. Alors elle attacha le cordon écarlate à la fenêtre. 22 Ils s'en allèrent et se dirigèrent vers la montagne où ils demeurèrent trois jours jusqu'au retour de ceux qui les poursuivaient. Or ceux qui les poursuivaient les avaient recherchés tout au long de la route et n'avaient pas trouvé. 23 Alors les deux hommes redescendirent de la montagne ; ils traversèrent et vinrent auprès de Josué, fils de Noun, et ils lui rapportèrent tout ce qu'ils avaient trouvé. 24 Ils dirent à Josué : « Vraiment le Seigneur a livré tout le pays entre nos mains et même tous les habitants du pays ont tremblé devant nous. »

La traversée du Jourdain

3 1 Josué se leva de bon matin ; ils partirent de Shittim, lui et tous les fils d'Israël, et arrivèrent au Jourdain ; là ils passèrent la nuit avant de traverser. 2 Or, au bout de trois jours, les fonctionnaires passèrent à travers le camp 3 et ils donnèrent cet ordre au peuple : « Lorsque vous verrez l'*arche de l'alliance du Seigneur, votre Dieu, et les prêtres *lévites qui la portent, alors vous quitterez le lieu où vous êtes et vous la suivrez 4 — toutefois qu'il y ait entre vous et elle une distance d'environ 2.000 coudées[1] ; ne l'approchez pas —, ainsi vous saurez quel chemin vous devez suivre, car vous n'êtes jamais passés par ce chemin auparavant. »

---

1. *sur sa tête* : formule juridique qui exprime habituellement la culpabilité de celui qui encourt la peine de mort (voir Lv 20.9 ; 2 S 1.16).

1. Voir au glossaire POIDS ET MESURES.

5 Puis Josué dit au peuple : *« Sanctifiez-vous, car demain le Seigneur fera des merveilles au milieu de vous. » 6 Josué dit aux prêtres : « Portez l'arche de l'alliance et passez devant le peuple. » Ils portèrent l'arche de l'alliance et marchèrent devant le peuple.

7 Le Seigneur dit à Josué : « Aujourd'hui je vais commencer à te grandir aux yeux de tout Israël pour qu'on sache que je serai avec toi comme j'étais avec Moïse. 8 Et toi, tu donneras cet ordre aux prêtres qui portent l'arche de l'alliance : Lorsque vous arriverez au bord des eaux du Jourdain, vous vous arrêterez dans le Jourdain. » 9 Josué dit aux fils d'Israël : « Avancez ici et écoutez les paroles du Seigneur, votre Dieu. » 10 Puis Josué dit : « A ceci vous saurez que le Dieu vivant est au milieu de vous et qu'il dépossédera vraiment devant vous le Cananéen, le Hittite, le Hivvite, le Perizzite, le Guirgashite, l'*Amorite et le Jébusite : 11 voici que l'arche de l'alliance du Seigneur de toute la terre[1] va passer devant vous dans le Jourdain. 12 Et maintenant prenez douze hommes parmi les tribus d'Israël, un homme par tribu. 13 Dès que la plante des pieds des prêtres qui portent l'arche du Seigneur, le Seigneur de toute la terre, se posera dans les eaux du Jourdain, alors les eaux du Jourdain, les eaux qui descendent d'amont, seront coupées et elles s'arrêteront en une seule masse. »

14 Lorsque le peuple quitta ses tentes pour traverser le Jourdain, les prêtres qui portaient l'arche de l'alliance étaient devant le peuple. 15 Quand ceux qui portaient l'arche furent arrivés au Jourdain et que les pieds des prêtres qui portaient l'arche eurent trempé dans l'eau de la berge — en effet le Jourdain déborde sur toutes ses rives durant tout le temps de la moisson[1] —, 16 alors, les eaux qui descendent d'amont s'arrêtèrent, elles se dressèrent en une seule masse, très loin, à Adam, la ville qui est à côté de Çartân, et celles qui descendent vers la mer de la Araba, la mer du Sel[2], furent complètement coupées, et le peuple traversa en face de Jéricho.

17 Et les prêtres qui portaient l'arche de l'alliance du Seigneur s'arrêtèrent sur la terre sèche, au milieu du Jourdain, immobiles, tandis que tout Israël traversait à pied sec jusqu'à ce que toute la nation eût achevé de traverser le Jourdain.

Les douze pierres commémoratives

4 1 Or, dès que toute la nation eut achevé de traverser le Jourdain, le Seigneur dit à Josué : 2 Prenez douze hommes dans le peuple, un homme pour chaque tribu 3 et comman-

---

1. *toute la terre :* autre traduction *tout le pays,* qui est peut-être le sens originel (voir 3.13; Mi 4.13; Ps 97.5) étendu ensuite à tout l'univers (Za 4.14; 6.5; Jdt 2.5; Ap 11.4).

1. Il s'agit de la *moisson* des orges, après la récolte du lin (Jos 2.6), au moment de la crue du Jourdain provoquée par la fonte des neiges sur les montagnes du Liban (avril).
2. *Adam … Çartân :* texte difficile. *Adam,* peut-être nommé en Os 6.7, est une ville de Transjordanie, proche du confluent du Yabboq. *Çartân,* ville voisine, en Palestine, dont le site est incertain (voir 1 R 4.12) — *mer de la Araba* et *mer du Sel :* deux noms anciens de la mer Morte.

dez-leur : Emportez d'ici, du milieu du Jourdain, de l'endroit où les pieds des prêtres se sont immobilisés, douze pierres; vous les ferez passer avec vous et vous les déposerez à la halte où vous passerez la nuit. » 4 Puis Josué appela les douze hommes qu'il avait désignés parmi les fils d'Israël, un homme pour chaque tribu 5 et Josué leur dit : « Passez devant l'*arche du Seigneur, votre Dieu, vers le milieu du Jourdain et que chacun charge une pierre sur son épaule selon le nombre des tribus des fils d'Israël 6 afin que cela soit un signe au milieu de vous. Lorsque demain vos fils vous demanderont : Que signifient pour vous ces pierres ?, 7 Vous leur direz : C'est que les eaux du Jourdain ont été coupées devant l'arche de l'alliance du Seigneur quand elle passa dans le Jourdain ! Les eaux du Jourdain ont été coupées et ces pierres tiendront lieu de mémorial aux fils d'Israël à jamais. » 8 C'est ainsi que les fils d'Israël firent ce que Josué leur avait commandé : ils emportèrent douze pierres du milieu du Jourdain, comme le Seigneur l'avait dit à Josué, selon le nombre des tribus des fils d'Israël et ils les firent passer avec eux jusqu'à la halte où ils les déposèrent.

9 Josué fit dresser douze pierres au milieu du Jourdain à l'endroit où les prêtres qui portaient l'arche de l'alliance avaient mis les pieds, et elles y sont jusqu'à ce jour.

10 Les prêtres qui portaient l'arche s'arrêtèrent au milieu du Jourdain jusqu'à ce que fût totalement accomplie la parole que le Seigneur avait prescrite à Josué de dire au peuple, selon tout ce que Moïse avait prescrit à Josué, et le peuple se hâta de traverser.

11 Or, quand tout le peuple eut achevé de traverser, l'arche du Seigneur passa, ainsi que les prêtres, devant le peuple. 12 Passèrent en avant des fils d'Israël les fils de Ruben, les fils de Gad et la demi-tribu de Manassé, en ordre de bataille, selon ce que leur avait dit Moïse : 13 environ 40.000 hommes d'infanterie légère passèrent devant le Seigneur pour le combat, vers les steppes[1] de Jéricho. 14 En ce jour-là le Seigneur grandit Josué aux yeux de tout Israël et on le craignit[2] comme on avait craint Moïse tous les jours de sa vie.

15 Alors le Seigneur dit à Josué : 16 « Commande aux prêtres qui portent l'arche de la *charte de remonter du Jourdain. » 17 Et Josué commanda aux prêtres : « Remontez du Jourdain. » 18 Or, quand les prêtres qui portaient l'arche de l'alliance du Seigneur remontèrent du milieu du Jourdain — dès que la plante des pieds des prêtres se fut détachée pour gagner la terre sèche —, les eaux du Jourdain revinrent à leur place et coulèrent, comme auparavant, tout au long de ses rives. 19 Le peuple remonta du Jourdain le dix du premier mois et il campa à Guilgal[3], à l'extrémité est de Jéricho.

---

1. *les steppes* ou *la plaine* de Jéricho.
2. *on le craignit* ou *on respecta son autorité.*
3. *Le dix du premier mois* est la date de préparation de la *Pâque, d'après Ex 12.3 — *Guilgal* (cercle — de pierres dressées) n'a pas été identifié; ce lieu devait être proche du *Jourdain*, probablement au nord-est de *Jéricho*.

20 Quant à ces douze pierres qu'ils avaient prises du Jourdain, Josué les fit dresser à Guilgal.

21 Puis il dit aux fils d'Israël : « Lorsque demain vos fils demanderont à leurs pères : que signifie ces pierres ?, 22 Vous le ferez savoir à vos fils en disant : Israël a traversé ici le Jourdain à sec ; 23 le Seigneur, votre Dieu, a asséché devant vous les eaux du Jourdain jusqu'à ce que vous ayez traversé, comme le Seigneur, votre Dieu, l'avait fait pour la *mer des Joncs qu'il asséchât devant nous jusqu'à ce que nous ayons traversé, 24 afin que tous les peuples de la terre sachent comme est forte la main du Seigneur, afin que vous craigniez le Seigneur, votre Dieu, tous les jours. »

Circoncision des Israélites à Guilgal

5 1 Or tous les rois des *Amorites qui se trouvaient au-delà du Jourdain, à l'ouest, et tous les rois des Cananéens qui se trouvaient face à la mer apprirent que le Seigneur avait asséché les eaux du Jourdain devant les fils d'Israël jusqu'à ce que nous ayons traversé[1] ; leur courage fondit et ils eurent le souffle coupé devant les fils d'Israël.

2 En ce temps-là, le Seigneur dit à Josué : « Fais-toi des couteaux de silex et remets-toi une nouvelle fois à *circoncire[1] les fils d'Israël. » 3 Josué se fit des couteaux de silex et circoncit les fils d'Israël sur la colline des Prépuces. 4 Voici la raison pour laquelle Josué les circoncit[2]. Tout le peuple qui était sorti d'Egypte, les mâles, tous les hommes de guerre, étaient morts dans le désert, en chemin, à leur sortie d'Egypte. 5 Alors que tout le peuple qui était sorti d'Egypte était circoncis, tous ceux du peuple qui étaient nés dans le désert, en chemin, à leur sortie d'Egypte, n'avaient pas été circoncis. 6 En effet les fils d'Israël avaient marché 40 ans dans le désert jusqu'à la disparition de toute la nation des hommes de guerre sortis d'Egypte, ils n'avaient pas écouté la voix du Seigneur qui avait alors juré de ne pas leur faire voir le pays qu'il avait juré à leurs pères de nous donner, pays ruisselant de lait et de miel[3]. 7 Ce sont leurs fils qu'il établit à leur place ; ce sont eux que Josué circoncit, car ils étaient incirconcis puisqu'on ne les avait pas circoncis en chemin. 8 Or, lorsqu'on eut achevé de circoncire toute la nation, ils demeurèrent sur place dans le camp jusqu'à leur guérison. 9 Et le Seigneur dit à Josué : « Aujourd'hui j'ai roulé loin de vous l'opprobre d'Egypte. » Et l'on appela ce lieu

---

1. *face à la mer* ou *dans la région de la mer, auprès de la mer* (Méditerranée) — *nous ayons traversé* : l'auteur du récit s'exprime au nom de tout Israël et souligne ainsi que la traversée du Jourdain concerne encore ses contemporains.

1. *silex* : l'usage d'un *couteau de silex* (voir Ex 4.25) permet de faire remonter l'origine de la circoncision à une époque très ancienne où l'on ne connaissait pas le métal — *une nouvelle fois* : par rapport à la circoncision des Israélites sortis d'Egypte (v. 4-5), qui constitue la première fois.
2. La circoncision est nécessaire pour participer à la Pâque qui va être célébrée (v. 10).
3. *ruisselant de lait et de miel* : voir Ex 3.8 et la note.

du nom de Guilgal[1] jusqu'à ce jour.

Première Pâque en Canaan

10 Les fils d'Israël campèrent à Guilgal et firent la *Pâque au quatorzième jour du mois, le soir, dans les steppes[2] de Jéricho. 11 Et ils mangèrent du produit du pays, le lendemain de la Pâque, des *pains sans levain et des épis grillés[3] en ce jour même. 12 Et la manne cessa le lendemain quand ils eurent mangé des produits du pays[4]. Il n'y eut plus de manne pour les fils d'Israël qui mangèrent de la production du pays de Canaan cette année-là.

Le chef de l'armée du Seigneur

13 Or, tandis que Josué était près de Jéricho, il leva les yeux et regarda : voici qu'un homme se tenait en face de lui, son épée dégainée à la main. Josué alla vers lui et lui dit : « Es-tu pour nous ou pour nos adversaires ? » 14 — « Non, dit-il, car je suis le chef de l'armée du Seigneur[5]. Maintenant je viens. » Alors Josué tomba face contre terre, se prosterna et lui dit : « Que dit mon seigneur à son serviteur ? » 15 Le

chef de l'armée du Seigneur dit à Josué : « Retire tes sandales de tes pieds, car le lieu où tu te tiens est *saint[1]. » Ainsi fit Josué.

Les Israélites s'emparent de Jéricho

6 1 Jéricho était fermée et enfermée à cause des fils d'Israël : nul ne sortait et nul n'entrait. 2 Le Seigneur dit à Josué : « Vois, je t'ai livré Jéricho et son roi, ses hommes valides. 3 Et vous, tous les hommes de guerre, vous tournerez autour de la ville, faisant le tour de la ville une fois; ainsi feras-tu six jours durant. 4 Sept prêtres porteront les sept cors[2] de bélier devant l'*arche. Le septième jour, vous tournerez autour de la ville sept fois et les prêtres sonneront du cor. 5 Quand retentira la corne de bélier — quand vous entendrez le son du cor —, tout le peuple poussera une grande clameur; le rempart de la ville tombera sur place et le peuple montera, chacun droit devant soi. » 6 Josué, fils de Noun, appela les prêtres et leur dit : « Portez l'arche de l'alliance et que sept prêtres portent sept cors de bélier devant l'arche du Seigneur. » 7 Il dit au peuple : « Passez et faites le tour de la ville, mais que l'avant-garde passe devant l'arche du Seigneur. » 8 Tout se passa comme Josué l'avait dit au peuple : les sept prêtres qui portaient les sept cors de bélier devant le Seigneur passèrent et

1. *l'opprobre d'Egypte :* la honte subie par les Israélites en Egypte parce qu'ils n'étaient pas encore circoncis — *Guilgal :* (voir 4.19 et la note); en hébreu ce nom permet un jeu de mots avec le verbe traduit par *j'ai roulé.*
2. *Pâque :* voir au glossaire CALENDRIER; voir aussi 4.19 et la note — *quatorzième jour du mois :* date où l'on célébrait la Pâque (voir Ex 12.6) — *steppes* ou *plaine.*
3. *les épis grillés* ne sont habituellement mentionnés que pour les offrandes de *prémices (Lv 2.14).
4. *La manne :* voir Ex 16.13-35 — *Canaan :* nom que le pays promis portait avant l'arrivée des Israélites.
5. Voir au glossaire ANGE (du Seigneur).

1. Oter ses *sandales* est une marque de respect pour un *lieu saint* (voir Ex 3.5).
2. La répétition du nombre *sept* montre qu'il s'agit d'une liturgie — *cors :* sortes de trompes faites de cornes de bélier (v. 5); ils produisent un son qui ressemble au mugissement d'un bœuf.

sonnèrent du cor. L'arche de l'alliance du SEIGNEUR les suivait. 9 L'avant-garde marchait devant les prêtres qui sonnaient du cor et l'arrière-garde suivait l'arche; on marchait et on sonnait du cor.

10 Josué donna cet ordre au peuple : « Vous ne pousserez pas de clameur[1], vous ne ferez pas entendre votre voix et aucune parole ne sortira de votre bouche jusqu'au jour où je vous dirai : Poussez la clameur; alors, vous pousserez la clameur. »

11 L'arche du SEIGNEUR tourna autour de la ville pour en faire le tour une fois, puis ils rentrèrent au camp et y passèrent la nuit. 12 Josué se leva de bon matin[2] et les prêtres portèrent l'arche du SEIGNEUR; 13 les sept prêtres qui portaient les sept cors de bélier devant l'arche du SEIGNEUR se remirent en marche en sonnant du cor. L'avant-garde marchait devant eux et l'arrière-garde suivait l'arche du SEIGNEUR : on marchait en sonnant du cor. 14 Ils tournèrent une fois autour de la ville le second jour, puis ils revinrent au camp. Ainsi firent-ils pendant six jours. 15 Or, le septième jour, ils se levèrent lorsque apparut l'aurore et ils tournèrent sept fois autour de la ville selon ce même rite; c'est ce jour-là seulement qu'ils tournèrent sept fois autour de la ville. 16 La septième fois, les prêtres sonnèrent du cor et Josué dit au peuple : « Poussez la clameur, car le SEIGNEUR vous a livré la ville. 17 La ville sera vouée à l'interdit[3] pour le SEIGNEUR, elle et

tout ce qui s'y trouve. Seule Rahab, la prostituée, vivra, elle et tous ceux qui seront avec elle dans la maison, car elle a caché les messagers que nous avions envoyés. 18 Quant à vous, prenez bien garde à l'interdit de peur que, ayant voué la ville à l'interdit, vous ne preniez de ce qui est interdit, que vous ne rendiez interdit le camp d'Israël et que vous ne lui portiez malheur[1]. 19 Tout l'argent, l'or et les objets de bronze et de fer, tout cela sera consacré au SEIGNEUR et entrera dans le trésor du SEIGNEUR. »

20 Le peuple poussa la clameur et on sonna du cor. Lorsque le peuple entendit le son du cor, il poussa une grande clameur et le rempart s'écroula sur place; le peuple monta vers la ville, chacun droit devant soi, et ils s'emparèrent de la ville. 21 Ils vouèrent à l'interdit tout ce qui se trouvait dans la ville, aussi bien l'homme que la femme, le jeune homme que le vieillard, le taureau, le mouton et l'âne, les passant tous au tranchant de l'épée.

Josué laisse la vie à Rahab

22 Aux deux hommes qui avaient espionné le pays, Josué dit : « Entrez dans la maison de la prostituée et faites-en sortir cette femme et tout ce qui est à elle, ainsi que vous le lui avez juré. » 23 Les jeunes gens qui avaient espionné y entrèrent et firent sortir Rahab, son père, sa mère, ses frères et tout ce qui était à elle; ils firent sortir tous ceux de son

---

1. *clameur* ou *cri de guerre.*
2. Dans Josué l'expression *se lever de bon matin* est utilisée pour le matin des grands jours (voir 7.16; 8.10).
3. *vouée à l'interdit :* voir Dt 2.34 et la note.

1. Si un Israélite prend pour lui ce qui a par avance été consacré au Seigneur par *interdit,* il provoquera la colère de Dieu contre l'ensemble du peuple (comparer 7.1).

clan et ils les installèrent en dehors du camp d'Israël[1]. 24 Quant à la ville, ils l'incendièrent ainsi que tout ce qui s'y trouvait, sauf l'argent, l'or et les objets de bronze et de fer qu'ils livrèrent au trésor de la Maison du SEIGNEUR[2]. 25 Josué laissa la vie à Rahab, la prostituée, à sa famille et à tout ce qui était à elle; elle a habité au milieu d'Israël jusqu'à ce jour, car elle avait caché les messagers que Josué avait envoyés pour espionner Jéricho.

26 En ce temps-là, Josué fit prononcer ce serment : « Maudit soit devant le SEIGNEUR l'homme qui se lèvera pour rebâtir cette ville, Jéricho. C'est au prix de son aîné qu'il l'établira, au prix de son cadet qu'il en fixera les portes[3]. »

27 Le SEIGNEUR fut avec Josué dont la renommée s'étendit à tout le pays.

Faute et châtiment d'Akân

7 1 Les fils d'Israël commirent un acte d'infidélité à l'égard de l'interdit[4] : Akân, fils de Karmi, fils de Zavdi, fils de Zérah, de la tribu de Juda, prit de ce qui était interdit et la colère du SEIGNEUR s'enflamma contre les fils d'Israël.

2 De Jéricho, Josué envoya des hommes à Aï qui est près de Beth-Awèn[1], à l'est de Béthel, et il leur dit : « Montez espionner le pays. » Ces hommes montèrent espionner Aï, 3 revinrent auprès de Josué et lui dirent : « Que tout le peuple ne monte pas ! Que deux ou 3.000 hommes environ montent frapper Aï ! N'impose pas cette peine au peuple tout entier, car ces gens-là sont peu nombreux. » 4 Environ 3.000 hommes du peuple y montèrent, mais ils s'enfuirent devant les hommes de Aï. 5 Les hommes de Aï leur tuèrent environ 36 hommes et les poursuivirent au-delà de la porte de la ville jusqu'à Shevarîm[2]; ils les tuèrent dans la descente. Le courage du peuple fondit et il coula comme de l'eau.

6 Josué *déchira ses vêtements, tomba face contre terre devant l'*arche du SEIGNEUR jusqu'au soir, lui et les anciens d'Israël et ils se jetèrent de la poussière sur la tête. 7 Josué dit : « Ah ! Seigneur DIEU, pourquoi as-tu poussé ce peuple à traverser le Jourdain ? Est-ce pour nous livrer à la main de l'*Amorite et nous faire périr ? Si encore nous avions décidé de nous établir au-delà du Jourdain ? 8 Je t'en prie, Seigneur, que dirai-je maintenant qu'Israël a tourné le dos devant ses ennemis ? 9 Les Cananéens et tous les habitants du pays l'apprendront, ils se tourneront contre nous et ils retrancheront notre nom du pays.

1. Le *camp d'Israël*, d'après Dt 23.15, est un endroit saint et la présence du *clan de Rahab*, composé d'étrangers, le rendrait *impur.
2. *trésor de la Maison du SEIGNEUR* : autre appellation du *trésor du SEIGNEUR* (v. 19).
3. Josué annonce les deux fils mourront lors de la reconstruction de Jéricho, ou bien d'une mort naturelle considérée comme punition de Dieu, ou bien en étant les victimes d'un *sacrifice offert au moment de poser les fondations. La malédiction s'accomplira sur Hiel de Béthel (1 R 16.34).
4. Voir Dt 2.34 et la note.

1. Nom méprisant qui signifie *maison de néant*. Le texte distingue *Beth-Awèn* de Béthel, mais Osée (4.15; 5.8; 10.5) et Amos (5.5) utilisent *Beth-Awèn* pour désigner *Béthel*.
2. Localité inconnue.

Que pourras-tu faire alors pour ton grand nom[1] ? »

10 Le Seigneur dit à Josué : «Lève-toi ! Pourquoi tombes-tu sur ta face ? 11 Israël a péché ; oui, ils ont transgressé mon *alliance, celle que je leur avais prescrite ; oui, ils ont pris de ce qui était interdit, ils en ont même volé, camouflé, mis dans leurs affaires ; 12 les fils d'Israël ne pourront pas faire face à leurs ennemis, ils tourneront le dos devant leurs ennemis, car ils sont frappés d'interdit ; je cesserai d'être avec vous si vous ne supprimez pas l'interdit qui est au milieu de vous. 13 - Lève-toi, *sanctifie le peuple. Tu diras : Sanctifiez-vous pour demain, car ainsi parle le Seigneur, Dieu d'Israël : Un interdit est au milieu de toi, Israël ; tu ne pourras faire face à tes ennemis jusqu'à ce que vous ayez écarté l'interdit qui est au milieu de vous. 14 Vous vous approcherez au matin, par tribus, et la tribu que le Seigneur aura marquée[2] s'approchera par clans, et le clan que le Seigneur aura marqué s'approchera par maisons, et la maison que le Seigneur aura marquée s'approchera homme par homme. 15 Celui qui aura été marqué comme responsable de l'interdit sera brûlé par le feu, lui et tout ce qui est à lui, car il a transgressé l'alliance du Seigneur et commis une infamie en Israël. »

16 Josué se leva de bon matin et il fit approcher Israël par tribus ; la tribu de Juda fut marquée ; 17 il fit approcher les clans de Juda et on marqua le clan des Zarhites ; il fit approcher le clan des Zarhites maison par maison et la maison de Zavdi fut marquée. 18 Puis il fit approcher sa maison homme par homme et Akân, fils de Karmi, fils de Zavdi, fils de Zérah, de la tribu de Juda, fut marqué. 19 Josué dit à Akân : « Mon fils, rends gloire au Seigneur[1], Dieu d'Israël, et accorde-lui louange ; expose-moi ce que tu as fait ; ne me cache rien. » 20 Akân répondit à Josué et lui dit : « En vérité, c'est moi qui ai péché contre le Seigneur, Dieu d'Israël, et voici de quelle manière j'ai agi. 21 J'avais vu dans le butin une cape de Shinéar[2] d'une beauté unique, 200 sicles[2] d'argent et un lingot d'or d'un poids de 50 sicles ; je les ai convoités et je les ai pris ; les voici dissimulés dans la terre au milieu de ma tente et l'argent est dessous. » 22 Josué envoya des messagers qui coururent à la tente : c'était effectivement dissimulé dans sa tente et l'argent était dessous. 23 Ils enlèvent les objets du milieu de la tente et ils les apportèrent à Josué et à tous les fils d'Israël : on les versa devant le Seigneur[3].

24 Josué emmena Akân, fils de Zérah, ainsi que l'argent, la cape et le lingot d'or, ses fils et ses filles, son taureau, son âne, son petit bétail, sa tente et tout ce qui était à lui. Tout Israël était avec lui et on les fit monter à la vallée

---

1. *ton grand nom* : ou *Comment te feras-tu reconnaître comme le grand Dieu ?*
2. *Marquée*, c'est-à-dire *désignée* par tirage au sort.

1. *rends gloire au SEIGNEUR* : expression stéréotypée pour adjurer le coupable d'avouer sa faute. La même expression est traduite par *confessez-vous au SEIGNEUR* en Esd 10.11.
2. *Shinéar* : nom ancien de la région de Babylone (voir Gn 10.10 ; 11.2) — *sicles* : voir au glossaire POIDS ET MESURES.
3. *versa* ou *déposa* — *devant le SEIGNEUR* : c'est-à-dire devant l'arche (considérée comme le trône du SEIGNEUR).

de Akor[1]. 25 Et Josué dit : « Pourquoi nous as-tu porté malheur ? Que le Seigneur te porte malheur en ce jour ! » Tout Israël le lapida ; et ils les brûlèrent et on leur jeta des pierres[2]. 26 Ils élevèrent sur lui un grand monceau de pierres qui existe jusqu'à ce jour. Alors le Seigneur revint de son ardente colère. C'est pourquoi ce lieu-là reçut le nom de « vallée de Akor » jusqu'à ce jour.

Conquête de Aï

8 1 Le Seigneur dit à Josué : « Ne crains pas et ne t'effraie pas. Prends avec toi tout le peuple sur pied de guerre ; lève-toi, monte contre Aï. Vois, je t'ai livré le roi de Aï, son peuple, sa ville et son pays. 2 Tu traiteras Aï et son roi comme tu as traité Jéricho et son roi ; cependant vous pourrez prendre pour vous comme butin ses dépouilles et son bétail. Mets en place une embuscade contre la ville, sur ses arrières. »

3 Josué se leva avec tout le peuple sur pied de guerre afin de monter contre Aï. Josué choisit 30.000 hommes, de vaillants guerriers et les envoya de nuit. 4 Il leur avait donné cet ordre : « Voyez ! Vous serez en embuscade contre cette ville, sur ses arrières[1] ; ne vous éloignez pas trop de la ville et soyez tous prêts. 5 Moi et tout le peuple qui est avec moi, nous nous approcherons de la ville. Lorsqu'ils sortiront à notre rencontre comme la première fois, nous fuirons devant eux 6 et ils sortiront derrière nous jusqu'à ce que nous les ayons attirés loin de la ville, car ils se diront : Ils fuient devant nous comme la première fois et nous fuirons devant eux. 7 Alors vous, vous surgirez de l'embuscade et vous occuperez la ville ; le Seigneur, votre Dieu, la livre entre vos mains. 8 Quand vous tiendrez la ville, vous y mettrez le feu ; vous agirez selon la parole du Seigneur. Voilà l'ordre que je vous donne. » 9 Josué les envoya et ils allèrent au lieu de l'embuscade ; ils s'établirent entre Béthel et Aï, à l'ouest de Aï. Josué passa cette nuit-là au milieu du peuple.

10 Josué se leva de bon matin, inspecta le peuple, puis monta contre Aï avec les *anciens d'Israël à la tête du peuple. 11 Tout le peuple sur pied de guerre qui était avec lui monta, s'avança, arriva face à la ville et campa au nord de Aï, le ravin se trouvant entre eux et Aï. 12 Josué prit environ 5.000 hommes et les plaça en embuscade entre Béthel et Aï, à l'ouest de la ville. 13 Le peuple établit son camp au nord de la ville et son arrière-garde à l'ouest de la ville ; cette nuit-là Josué se rendit au milieu de la plaine. 14 Or, quand le roi de Aï vit cela, lui et tout son peuple, les hommes de la ville se levèrent en hâte et sortirent pour combattre Israël en

1. *la vallée de Akor* n'a pas été localisée de façon certaine. Elle permettait de passer de la vallée du Jourdain à la région montagneuse du centre de la Palestine.
2. *porté malheur* : assonance entre la *vallée de Akor* et le verbe hébreu *akar* qui signifie *porter malheur* — ou *leur jeta des pierres* : toute la famille du coupable est exécutée. C'est une ancienne coutume (Nb 16.32) contre laquelle s'élèvent les auteurs du Deutéronome (24.16) ainsi que Jérémie (31.20) et Ezéchiel (18.4).

1. *sur ses arrières* : c'est-à-dire du côté opposé à l'unique porte de la ville, où se portait normalement toute l'attention des défenseurs.

un lieu fixé face à la Araba[1], mais il ne savait pas qu'il y avait une embuscade contre lui sur les arrières de la ville. 15 Josué et tout Israël se firent battre devant eux et s'enfuirent en direction du désert[2]. 16 On ameuta toute la population de la ville afin de les poursuivre. Ils poursuivirent donc Josué et furent attirés loin de la ville. 17 Dans Aï et Béthel[3], il ne resta pas un homme qui ne fût sorti derrière Israël; ils avaient laissé la ville ouverte tandis qu'ils poursuivaient Israël. 18 Le Seigneur dit à Josué : « Tends vers Aï le javelot que tu as en main, car je vais te la livrer. » Josué tendit vers la ville le javelot qu'il avait en main. 19 Dès qu'il eut tendu la main, ceux de l'embuscade surgirent en hâte de leur position, coururent, entrèrent dans la ville et s'en emparèrent; puis ils se hâtèrent d'y mettre le feu.

20 Les hommes de Aï se retournèrent et regardèrent : voici que la fumée de la ville montait vers le ciel; personne ne trouva la force de fuir d'un côté ou de l'autre; le peuple qui fuyait vers le désert fit volte-face vers celui qui le poursuivait. 21 Josué et tout Israël virent que ceux de l'embuscade s'étaient emparés de la ville et que montait la fumée de la ville; ils revinrent et frappèrent les hommes de Aï. 22 Les autres sortirent de la ville à leur rencontre; les hommes de Aï, ayant ceux-ci d'un côté et ceux-là de l'autre, se trouvèrent au centre par rapport à Israël qui les frappa jusqu'à ne plus leur laisser ni survivant, ni rescapé. 23 Quant au roi de Aï, ils le saisirent vivant et l'amenèrent à Josué.

24 Or, quand Israël eut achevé de tuer tous les habitants de Aï dans la campagne, dans le désert où ils les avaient poursuivis, et que tous furent tombés sous le tranchant de l'épée jusqu'à leur extermination, tout Israël revint vers Aï et la passa au tranchant de l'épée. 25 Le total de ceux qui tombèrent ce jour-là, hommes et femmes, fut de 12.000, tous gens de Aï. 26 Josué ne ramena pas la main qui tendait le javelot jusqu'à ce qu'il eût voué à l'interdit tous les habitants de Aï. 27 Cependant Israël prit comme butin pour lui le bétail et les dépouilles de cette ville selon la parole que le Seigneur avait prescrite à Josué. 28 Josué brûla Aï et la transforma pour toujours en une ruine[1], en un lieu désert qui existe encore aujourd'hui. 29 Quant au roi de Aï, il le pendit à un arbre jusqu'au soir et, lorsque le soleil se coucha, Josué commanda de descendre le cadavre de l'arbre : on le jeta à l'entrée de la porte de la ville[2] et on éleva au-dessus de lui un grand monceau de pierres qui existe encore aujourd'hui.

---

1. Plaine formée par le fond de la vallée du Jourdain.

2. *en direction du désert* : c'est-à-dire vers les espaces inhabités qui bordent la vallée du Jourdain.

3. Cette ville, qui n'apparaît pas ailleurs dans le récit, n'est pas nommée ici dans la traduction grecque.

1. Le nom de *Aï* signifie en hébreu *tas de pierres*.

2. *jusqu'au soir* : les cadavres des suppliciés ne devaient pas rester suspendus pendant la nuit (Dt 21.22-23) — *la porte de la ville* était le passage obligé pour entrer ou sortir, ainsi qu'un lieu de réunion où se traitaient beaucoup d'affaires publiques.

Lecture de la loi sur le mont Ebal

30 Josué bâtit un *autel pour le SEIGNEUR, Dieu d'Israël, sur le mont Ebal[1], 31 selon ce que Moïse, le serviteur du SEIGNEUR, avait commandé aux fils d'Israël comme cela est écrit dans le livre de la Loi de Moïse : autel de pierres brutes sur lesquelles aucun outil de fer n'était passé. On y fit monter des holocaustes[2] pour le SEIGNEUR et on y offrit des sacrifices de paix. 32 Et là, Josué inscrivit sur les pierres une copie de la Loi que Moïse avait écrite devant les fils d'Israël. 33 Tout Israël, avec ses *anciens, ses fonctionnaires et ses juges, était debout de chaque côté de l'*arche devant les prêtres-*lévites qui portent l'arche de l'alliance du SEIGNEUR, l'émigré aussi bien que l'indigène, moitié devant le mont Garizim[3], moitié devant le mont Ebal selon l'ordre qu'avait donné Moïse, le serviteur du SEIGNEUR, de bénir d'abord le peuple d'Israël. 34 Après cela, Josué lut toutes les paroles de la Loi — bénédiction et malédiction — selon tout ce qui est écrit dans le livre de la Loi. 35 Il n'y eut pas une parole de toutes celles que Moïse avait prescrites que Josué ne lût face à toute l'assemblée d'Israël, y compris les femmes, les enfants ainsi que les émigrés qui vivent au milieu d'eux.

L'alliance avec les gens de Gabaon

9 1 Or, en apprenant cela, tous les rois qui se trouvaient au-delà du Jourdain dans la Montagne, dans le Bas-Pays et sur tout le littoral de la Grande Mer[1], à proximité du Liban — Hittites, *Amorites, Cananéens, Perizzites, Hivvites, Jébusites — 2 se coalisèrent pour combattre d'un commun accord contre Josué et contre Israël.

3 Les habitants de Gabaon[2] apprirent ce que Josué avait fait à Jéricho et à Aï, 4 eux aussi agirent par ruse : ils se mirent à se déguiser[3], prirent des sacs usés pour leurs ânes, des outres à vin usées, déchirées et rapetassées; 5 ils mirent à leurs pieds des sandales usées et rapiécées et sur eux des vêtements usés; tout le pain de leurs provisions était sec et en miettes[4]. 6 Ils allèrent trouver Josué au camp de Guilgal et lui dirent ainsi qu'aux hommes d'Israël : «Nous venons d'un pays lointain. Maintenant, concluez donc une alliance avec nous. »

7 Les hommes d'Israël dirent aux Hivvites : «Peut-être habitez-vous au milieu de nous ? Comment pourrions-nous conclure une alliance avec vous ? » 8 Mais ils dirent à Josué : «Nous sommes tes serviteurs[5]. » Et Josué leur dit : «Qui êtes-vous et d'où venez-vous ? » 9 Ils lui dirent : «Tes serviteurs viennent d'un pays très

---

1. voir Dt 11.29 et la note.
2. Voir au glossaire SACRIFICES.
3. Voir Dt 11.29 et la note.

1. *Grande Mer* : la *Méditerranée.*
2. Voir 9.17 et la note.
3. *se déguiser* : autre texte *se fournir en provisions* (quelques manuscrits hébreux et certaines versions anciennes).
4. La ruse des habitants de Gabaon consiste à faire croire qu'ils ont marché longtemps et viennent de très loin (v. 12-13). Si les Israélites savaient qu'ils sont leurs voisins, ils devraient leur appliquer la loi de l'interdit (Dt 20.16-18).
5. Les Gabaonites acceptent d'avance une situation sociale inférieure (v. 11 et 23).

lointain à cause du Seigneur ton Dieu, car nous avons appris sa renommée, tout ce qu'il a fait en Égypte 10 et tout ce qu'il a fait aux deux rois des Amorites qui se trouvaient au-delà du Jourdain, Sihôn, roi de Heshbôn, et Og, roi du Bashân, qui habitait à Ashtaroth. 11 Nos *anciens et tous les habitants de notre pays nous ont dit : Prenez avec vous des provisions pour la route; allez à leur rencontre et vous leur direz : Nous sommes vos serviteurs. Maintenant, concluez donc une alliance avec nous. 12 Voici notre pain : il était chaud quand nous en avons fait provision dans nos maisons le jour où nous sommes partis pour venir vers vous; maintenant, le voilà sec et en miettes. 13 Ces outres à vin que nous avions remplies alors qu'elles étaient neuves, voilà qu'elles sont déchirées; nos vêtements et nos sandales, les voici usés à la suite d'une très longue route. »

14 Les Israélites prirent de leurs provisions, mais ils ne consultèrent pas le Seigneur. 15 Josué fit la paix avec eux et conclut avec eux une alliance qui leur laissait la vie; les responsables de la communauté leur en firent le serment.

16 Or, au bout de trois jours, après avoir conclu avec eux une alliance, les fils d'Israël apprirent que ces gens étaient leurs voisins et habitaient au milieu d'eux. 17 Les fils d'Israël partirent et entrèrent le troisième jour dans leurs villes[1] qui étaient Gabaon, Kefira, Bééroth, et Qiryath-Yéarim. 18 Les fils d'Israël ne les frappèrent pas, car les responsa-

bles de la communauté leur en avaient fait le serment par le Seigneur, Dieu d'Israël, mais toute la communauté murmura contre les responsables.

19 Tous les responsables dirent à toute la communauté : « Nous leur avons prêté serment par le Seigneur, Dieu d'Israël; désormais, nous ne pouvons plus leur faire de mal. 20 Voici ce que nous leur ferons : nous leur laisserons la vie pour que le courroux[1] ne nous atteigne pas à cause du serment que nous leur avons prêté. » 21 Les responsables ayant dit à leur sujet : « Qu'ils vivent ! », Ils devinrent fendeurs de bois et puiseurs d'eau[2] pour toute la communauté, selon ce que les responsables leur avaient dit. 22 Josué les appela et leur parla : « Pourquoi nous avez-vous trompés en disant : Nous habitons très loin, alors que vous habitez au milieu de nous ? 23 Désormais vous êtes maudits et aucun d'entre vous ne cessera d'être serviteur — fendeur de bois et puiseur d'eau — pour la maison de mon Dieu[3]. » 24 En réponse à Josué, ils dirent : « On avait en effet souvent rapporté à tes serviteurs ce que le Seigneur, ton Dieu, avait prescrit à son serviteur Moïse : vous donner tout le pays et exterminer tous les habitants du pays devant vous. Nous avons eu très peur de vous; c'est pourquoi nous avons agi de la sorte. 25 Maintenant, nous voici en ton pouvoir; traite-nous comme il te semblera bon et juste. » 26 Josué les traita ainsi et

---

1. Ces quatre *villes* sont situées à quelques kilomètres au nord-ouest de Jérusalem.

1. *courroux* : sous-entendu *de Dieu*.
2. Ces travaux étaient considérés comme inférieurs.
3. *pour la maison de mon Dieu* ou *pour le Temple* ou encore *pour le culte* (v. 27).

les arracha au pouvoir des fils d'Israël qui ne les tuèrent pas. 27 Ce jour-là, Josué les établit comme fendeurs de bois et puiseurs d'eau pour la communauté et pour l'*autel du Seigneur jusqu'à ce jour, au lieu que Dieu choisirait.

Victoire sur les rois amorites

10 1 Or, Adoni-Sédeq, roi de Jérusalem apprit que Josué s'était emparé de Aï et l'avait vouée à l'interdit[1], qu'il avait traité Aï et son roi comme il avait traité Jéricho et son roi, et que les habitants de Gabaon avaient fait la paix avec Israël et habitaient au milieu d'eux. 2 On en conçut une grande crainte parce que Gabaon était une grande ville, l'égale des villes royales, plus grande que Aï, et que tous ses hommes étaient vaillants. 3 Adoni-Sédeq, roi de Jérusalem, envoya dire à Hohâm, roi d'Hébron, à Piréâm, roi de Yarmouth, à Yafia, roi de Lakish, et à Devir, roi de Eglôn[2] : 4 « Montez vers moi, secourez-moi et battons Gabaon puisqu'elle a fait la paix avec Josué et les fils d'Israël. » 5 S'étant unis, les cinq rois *amorites — le roi de Jérusalem, le roi d'Hébron, le roi de Yarmouth, le roi de Lakish et le roi de Eglôn — montèrent, eux et toutes leurs troupes, assiéger Gabaon et lui faire la guerre.

6 Les hommes de Gabaon envoyèrent dire à Josué, au camp de Guilgal : « Ne retire pas ton aide à tes serviteurs; montez vers nous

rapidement pour nous sauver et nous secourir, car tous les rois amorites qui habitent la Montagne se sont coalisés contre nous. » 7 Josué monta depuis Guilgal et avec lui tout le peuple sur pied de guerre et tous les vaillants guerriers.

8 Le Seigneur dit à Josué : « Ne crains pas, car je te les ai livrés; aucun d'entre eux ne tiendra devant toi. » 9 Josué arriva sur eux à l'improviste : il était monté depuis Guilgal durant toute la nuit. 10 Le Seigneur les mit en déroute devant Israël et leur infligea une grande défaite à Gabaon; il les poursuivit vers la montée de Beth-Horôn et les battit jusqu'à Azéqa et jusqu'à Maqqéda.

11 Or, tandis qu'ils fuyaient devant Israël et qu'ils se trouvaient dans la descente de Beth-Horôn, le Seigneur lança des cieux contre eux de grosses pierres[1] jusqu'à Azéqa et ils moururent. Plus nombreux furent ceux qui moururent par les pierres de grêle que ceux que les fils d'Israël tuèrent par l'épée. 12 Alors Josué parla au Seigneur en ce jour où le Seigneur avait livré les Amorites aux fils d'Israël et dit en présence d'Israël :

« Soleil, arrête-toi sur Gabaon,
lune, sur la vallée d'Ayyalôn ! »

13 Et le soleil s'arrêta et la lune s'immobilisa jusqu'à ce que la nation se fût vengée de ses ennemis. Cela n'est-il pas écrit dans le livre du Juste ? Le soleil s'immobilisa au milieu des cieux et il ne se hâta pas de se coucher pendant

---

1. *vouée à l'interdit* : voir Dt 2.34 et la note.
2. Les quatre villes qui vont s'unir à *Jérusalem* pour combattre Gabaon se trouvent au sud-ouest de *Jérusalem*.

1. Ces *grosses pierres* sont des grêlons, comme le montre la suite du verset.

près d'un jour entier[1]. 14 Ni avant ni après, il n'y eut de jour comparable à ce jour où le SEIGNEUR obéit à un homme, car le SEIGNEUR combattait pour Israël. 15 Josué et tout Israël avec lui revinrent au camp, à Guilgal.

Josué exécute les cinq rois vaincus

16 Or les cinq rois avaient fui et s'étaient cachés dans la grotte, à Maqqéda[2]. 17 On rapporta à Josué : « Les cinq rois ont été retrouvés, cachés dans la grotte, à Maqqéda. » 18 Josué dit : « Roulez de grosses pierres à l'entrée de la grotte et postez près d'elle des hommes pour les garder. 19 Quant à vous, ne vous arrêtez pas, poursuivez vos ennemis et coupez leurs arrières; ne leur permettez pas d'entrer dans leurs villes, car le SEIGNEUR, votre Dieu, vous les a livrés. » 20 Or, quand Josué et les fils d'Israël eurent achevé de leur infliger cette grande défaite jusqu'à leur extermination, des réchappés échappèrent et entrèrent dans les villes fortes. 21 Tout le peuple revint en paix au camp auprès de Josué à Maqqéda; personne ne grogna contre les fils d'Israël.

22 Puis Josué dit : « Ouvrez l'entrée de la grotte et faites-moi sortir de la grotte ces cinq rois. » 23 On agit ainsi, et de la grotte on fit sortir vers Josué ces cinq rois :

le roi de Jérusalem, le roi d'Hébron, le roi de Yarmouth, le roi de Lakish et le roi de Eglôn. 24 Or, quand on eut fait sortir ces cinq rois vers Josué, celui-ci appela tous les hommes d'Israël et dit aux commandants des hommes de guerre qui l'accompagnaient : « Approchez, posez votre pied sur le cou[1] de ces rois. » Ils s'approchèrent et posèrent leurs pieds sur le cou des rois. 25 Josué leur dit : « Ne craignez pas et ne vous effrayez pas. Soyez forts et courageux, car c'est ainsi que le SEIGNEUR traitera tous les ennemis que vous aurez à combattre. » 26 Après quoi, Josué frappa les rois, les mit à mort et les fit pendre à cinq arbres; ils restèrent pendus aux arbres jusqu'au soir. 27 Au coucher du soleil, Josué commanda de les descendre des arbres[2] et de les jeter dans la grotte où ils s'étaient cachés. On plaça de grosses pierres à l'entrée de la grotte et elles y sont encore jusqu'à ce jour.

Josué conquiert les villes du sud

28 En ce jour-là, Josué s'empara de Maqqéda et la passa, ainsi que son roi, au tranchant de l'épée; il les voua à l'interdit[3], eux et toutes les personnes qui s'y trouvaient; il ne laissa pas un survivant et il traita le roi de Maqqéda comme il avait traité le roi de Jéricho.

29 Josué, et tout Israël avec lui, passa de Maqqéda à Livna et il engagea le combat avec Livna. 30 Le SEIGNEUR la livra aussi, avec

---

1. *le livre du Juste* est un ancien recueil de poèmes, aujourd'hui perdu; il a été utilisé par le livre de Josué, mais aussi par 2 S 1.18 et probablement par 1 R 8.53, d'après l'ancienne version grecque. — Il est difficile de préciser le sens exact du fragment poétique cité par Josué. Le rédacteur du livre l'a compris et expliqué comme un miracle. Même interprétation dans *Si* 46.4.

2. Voir v. 10.

1. *pied sur le cou* : geste marquant que l'ennemi est complètement vaincu (voir Ps 110.1).

2. Voir 8.29 et la note.

3. *voua à l'interdit* : voir Dt 2.34 et la note.

son roi, aux mains d'Israël qui la passa au tranchant de l'épée avec toutes les personnes qui s'y trouvaient; il ne lui laissa pas de survivant et il traita son roi comme il avait traité le roi de Jéricho.

31 Josué, et tout Israël avec lui, passa de Livna à Lakish; il l'assiégea et lui fit la guerre. 32 Le Seigneur livra Lakish aux mains d'Israël qui s'en empara le second jour, la passa au tranchant de l'épée avec toutes les personnes qui s'y trouvaient, tout comme il avait traité Livna. 33 Alors Horâm, roi de Guèzèr, monta secourir Lakish, mais Josué le frappa ainsi que son peuple au point de ne lui laisser aucun survivant.

34 Josué, et tout Israël avec lui, passa de Lakish à Eglôn; ils l'assiégèrent et lui firent la guerre. 35 Ils s'en emparèrent ce jour-là et la passèrent au tranchant de l'épée. Toutes les personnes qui s'y trouvaient, il les voua à l'interdit en ce jour-là, tout comme il avait traité Lakish.

36 Josué, et tout Israël avec lui, monta de Eglôn à Hébron et il lui fit la guerre. 37 Ils s'en emparèrent et la passèrent au tranchant de l'épée ainsi que son roi, toutes ses villes et toutes les personnes qui s'y trouvaient. Il ne lui laissa aucun survivant, tout comme il avait traité Eglôn. Il la voua à l'interdit ainsi que toutes les personnes qui s'y trouvaient.

38 Josué, et tout Israël avec lui, se tourna vers Devir et lui fit la guerre. 39 Il s'en empara ainsi que de son roi et de toutes ses villes; on les passa au tranchant de l'épée et on voua à l'interdit toutes les personnes qui s'y trouvaient. Josué ne laissa pas de survivant.

Il traita Devir et son roi comme il avait traité Hébron et comme il avait traité Livna et son roi.

40 Josué battit tout le pays : la Montagne, le Néguev[1], le *Bas-Pays, les Pentes, ainsi que tous leurs rois. Il ne laissa pas de survivant et il voua à l'interdit tout être animé comme l'avait prescrit le Seigneur, Dieu d'Israël.

41 Josué les battit depuis Qadesh-Barnéa jusqu'à Gaza et tout le pays de Goshèn[2] jusqu'à Gabaon. 42 Josué s'empara de tous ces rois et de leurs pays en une seule fois, car le Seigneur, Dieu d'Israël, combattait pour Israël. 43 Puis Josué, et tout Israël avec lui, retourna au camp, à Guilgal.

Bataille de Mérôm

11 1 Or, quand Yavîn, roi de Haçor, apprit cela, il envoya des messagers à Yovav, roi de Madôn, au roi de Shimrôn et au roi d'Akshaf[3] 2 ainsi qu'aux rois qui étaient dans la Montagne du nord, dans la Araba[4] au sud de Kinaroth, dans le *Bas-Pays et sur les crêtes de Dor à l'ouest. 3 Les Cananéens étaient à l'est et à l'ouest; les *Amorites, les Hittites, les Perizzites et les Jébusites dans la Montagne, les Hivvites au-dessous de l'Hermon, au pays de Miçpa. 4 Ils sortirent donc, eux et toutes leurs troupes avec eux, peuple aussi nombreux que les grains de sable sur le bord de la

---

1. Voir Gn 12.9 et la note.
2. *Goshèn*, ville de la montagne, dans le pays de Juda (Jos 15.51), marque avec *Gabaon* la limite nord des conquêtes de Josué. *Qadesh-Barnéa* et *Gaza* constituent la limite sud.
3. Ces quatre villes sont situées au nord de la plaine d'Izréel, en Galilée.
4. Ici la Araba désigne la vallée du Jourdain au sud de la mer de Kinnéreth.

mer, avec un très grand nombre de chevaux et de chars. 5 Tous ces rois se donnèrent rendez-vous et vinrent camper ensemble aux eaux de Mérôm[1] pour engager le combat avec Israël.

6 Le Seigneur dit à Josué : « Ne les crains pas, car demain, à cette heure même, je les livre tous, tués, à Israël; tu couperas les jarrets de leurs chevaux et tu brûleras leurs chars. » 7 Josué et tout le peuple sur pied de guerre arrivèrent sur eux, à l'improviste, aux eaux de Mérôm, et ils tombèrent sur eux. 8 Le Seigneur les livra aux mains d'Israël qui les battit et les poursuivit jusqu'à Sidon-la-Grande et jusqu'à Misrefoth-Maïm et jusqu'à la vallée de Miçpè à l'est. Il les battit au point de ne leur laisser aucun survivant. 9 Josué leur fit ce que lui avait dit le Seigneur : il coupa les jarrets de leurs chevaux et il brûla leurs chars.

Prise de Haçor

10 En ce temps-là, Josué revint et s'empara de Haçor[2]; il frappa son roi de l'épée. En effet Haçor était autrefois la capitale de tous ces royaumes. 11 On passa au tranchant de l'épée toutes les personnes qui s'y trouvaient en les vouant à l'interdit[3]; il ne resta plus aucun être animé et on brûla Haçor. 12 Josué s'empara de toutes les villes de ces rois et de tous leurs rois et les passa au tranchant de l'épée; il les voua à

l'interdit comme l'avait prescrit Moïse, le serviteur du Seigneur. 13 Cependant, de toutes les villes qui se dressaient sur leurs collines, Israël n'en brûla aucune, à l'exception de la seule Haçor que Josué brûla. 14 Toutes les dépouilles de ces villes et le bétail, les fils d'Israël les prirent pour eux comme butin; toutefois ils passèrent tous les êtres humains au tranchant de l'épée jusqu'à leur destruction; ils ne laissèrent aucun être animé. 15 Comme l'avait prescrit le Seigneur à Moïse, son serviteur, ainsi Moïse l'avait prescrit à Josué et ainsi fit Josué : il ne rejeta rien de tout ce que le Seigneur avait prescrit à Moïse.

Josué achève de conquérir le pays

16 Ainsi Josué prit tout ce pays : la Montagne, tout le Néguev, tout le pays du Goshèn[1], le *Bas-Pays, la Araba, la montagne d'Israël et son bas-pays. 17 Depuis le mont Halaq qui se dresse vers Séïr jusqu'à Baal-Gad dans la vallée du Liban sous le mont Hermon[2], il s'empara de tous leurs rois, les frappa et les mit à mort. 18 Pendant de nombreux jours Josué fit la guerre à tous ces rois. 19 Pas une seule ville ne fit la paix avec les fils d'Israël, à l'exception des Hivvites[3] qui habitent Gabaon; toutes les autres furent prises par les armes. 20 En effet le Seigneur avait décidé d'endurcir leur coeur à engager la guerre avec Israël afin de les

---

1. Les *eaux de Mérôm* sont probablement des sources au pied du mont Djermaq, le plus haut sommet de la Palestine, en Haute-Galilée.
2. Ville importante de Galilée au nord de la mer de Kinnéreth.
3. Voir Dt 2.34 et la note.

1. Voir 10.41 et la note.
2. Les différentes parties du pays sont énumérées (v. 16-17) dans un ordre qui va du sud au nord.
3. Voir au glossaire AMORITES.

vouer à l'interdit[1] en sorte qu'il ne leur soit pas fait grâce et qu'on puisse les exterminer comme l'avait prescrit le SEIGNEUR à Moïse.

21 En ce temps-là, Josué vint abattre les Anaqites de la Montagne, d'Hébron, de Devir, de Anav, de toute la montagne de Juda et de toute la montagne d'Israël. Josué les voua à l'interdit avec leurs villes. 22 Il ne resta pas d'Anaqites dans le pays des fils d'Israël. Cependant il en subsista à Gaza, Gath et Ashdod[2]. 23 Josué prit tout le pays selon tout ce que le SEIGNEUR avait dit à Moïse et il le donna en héritage à Israël en le répartissant selon les tribus. Et le pays fut en repos, sans guerre.

Liste des conquêtes d'Israël

12 1 Voici[3] les rois du pays que les fils d'Israël battirent et dont ils possédèrent le pays au-delà du Jourdain, au soleil levant, depuis les gorges de l'Arnôn jusqu'au mont Hermon, ainsi que toute la Araba vers l'est : 2 Sihôn, roi des *Amorites, qui habitait à Heshbôn; il dominait depuis Aroër qui est sur le rebord des gorges de l'Arnôn, le fond des gorges ainsi que la moitié de Galaad jusqu'aux gorges du Yabboq, frontière des fils d'Ammon; 3 ensuite la Araba jusqu'à la mer de Kineroth[4] à l'est et jusqu'à la mer de la Araba, la mer du Sel,

à l'est, en direction de Beth-Yeshimoth, et au sud sous les pentes de la Pisga. 4 Puis le territoire de Og, roi de Bashân, l'un des derniers Refaïtes[1], qui habitait à Ashtaroth et à Edrëi. 5 Il dominait sur le mont Hermon, sur Salka et sur tout le Bashân jusqu'aux limites des Gueshourites et des Maakatites[2] ainsi que sur la moitié de Galaad, frontière de Sihôn, roi de Heshbôn. 6 Moïse, le serviteur du SEIGNEUR, et les fils d'Israël les battirent; et Moïse, le serviteur du SEIGNEUR, donna tout cela en possession aux Rubénites, aux Gadites et à la demi-tribu de Manassé.

7 Voici les rois du pays que Josué et les fils d'Israël battirent au-delà du Jourdain, à l'ouest, depuis Baal-Gad dans la vallée du Liban jusqu'au mont Halaq qui s'élève vers Séïr. Josué donna tout cela en possession aux tribus d'Israël selon leur répartition 8 dans la Montagne, dans le *Bas-Pays, dans la Araba et sur les Pentes, dans le désert et le Néguev : le Hittite, l'Amorite, le Cananéen, le Perizzite, le Hivvite et le Jébusite.

9 Le roi de Jéricho, un.

Le roi de Aï qui est à côté de Béthel, un.

10 Le roi de Jérusalem, un.

Le roi d'Hébron, un.

11 Le roi de Yarmouth, un.

Le roi de Lakish, un. 12 Le roi de Eglôn, un.

Le roi de Guèzèr, un. 13 Le roi de Devir, un.

Le roi de Guèdèr, un. 14 Le roi de Horma, un.

Le roi de Arad, un. 15 Le roi de Livna, un.

---

1. Voir Dt 2.34 et la note.
2. Ces trois villes n'avaient pas été conquises par les Israélites. Elles furent occupées par les Philistins (voir 13.3).
3. Ce chapitre récapitule les possessions israélites d'une part en Transjordanie (v. 1-6), d'autre part en Cisjordanie (v. 7-24).
4. *la mer de Kineroth* est appelée ailleurs *mer de Kinnéreth* (13.27; Nb 34.11).

1. Voir Dt 2.11 et la note.
2. Voir Dt 3.14 et la note.

Le roi de Adoullam, un. 16 Le roi de Maqqéda, un.

Le roi de Béthel, un. 17 Le roi de Tappouah, un.

Le roi de Héfèr, un. 18 Le roi de Afeq, un.

Le roi de Lasharôn, un. 19 Le roi de Madôn, un.

Le roi de Haçor, un. 20 Le roi de Shimrôn-Meroôn, un.

Le roi de Akshaf, un. 21 Le roi de Taanak, un.

Le roi de Meguiddo, un. 22 Le roi de Qèdesh, un.

Le roi de Yoqnéâm, au Carmel, un. 23 Le roi de Dor, sur la crête de Dor, un.

Le roi de goïm, près de Guil-gal, un. 24 Le roi de Tirça, un. Total des rois : 31.

Territoires qui restent à conquérir

13 1 Josué était vieux et avancé en âge lorsque le SEIGNEUR lui dit : «Tu es devenu vieux et avancé en âge, or le reste du pays dont il faut encore prendre possession est considérable. 2 Voici le pays qui reste : tous les districts des Philistins et tous ceux des Gueshourites[1], 3 depuis le Shihor qui est en face de l'Egypte jusqu'au territoire de Eqrôn au nord qui doit être considéré comme cananéen; il y a les cinq tyrans des Philistins : celui de Gaza, celui d'Ashdod, celui d'Ashqelôn, celui de Gath et celui de Eqrôn et il y a les Avvites[1]; 4 depuis le sud, tout le pays des Cananéens et Méara qui est aux Sidoniens jusqu'à Aféqa, jusqu'à la frontière des Amorites[2], 5 le pays des Guiblites et tout le Liban au soleil levant, depuis Baal-Gad au pied du Mont Hermon jusqu'à Lebo-Hamath; 6 tous les habitants de la montagne, depuis le Liban jusqu'à Misrefoth-Maïm, tous les Sidoniens. Je les déposséderai moi-même devant les fils d'Israël. Tu dois seulement assigner cela en héritage[3] à Israël comme je te l'ai prescrit.

Le partage de la Transjordanie

7 Maintenant donc, partage ce pays pour qu'il soit l'héritage des neuf tribus et de la demi-tribu de Manassé.» 8 Avec cette dernière, les Rubénites et les Gadites ont reçu l'héritage que Moïse leur a donné au-delà du Jourdain, à l'est, comme le leur avait donné Moïse, le serviteur du SEIGNEUR : 9 depuis Aroër qui est au bord de la gorge de l'Arnôn et depuis la ville qui est au fond de la gorge, tout le plateau de Madaba jusqu'à Divôn, 10 toutes les villes de Sihôn, roi des Amorites, qui régnait à Heshbôn, jusqu'à la frontière des fils d'Ammon; 11 le Galaad et le territoire des Gueshourites et des Maakatites ainsi que tout le mont Hermon et tout le

---

1. Population du sud de la Palestine, à ne pas confondre avec les Gueshourites du v. 11 dont le territoire bordait la rive orientale de la mer de Kinnéreth.

1. *Shihor* : torrent qui marque la frontière avec l'Egypte — *Philistins* : voir Gn 26.1 et la note. Le texte énumère leurs cinq villes principales — *Avvites* : population cananéenne habitant la région de Gaza (Dt 2.23).
2. Il s'agit ici de l'ancien royaume d'Amurru, situé au nord de Canaan.
3. Ces territoires appartiennent donc en droit aux tribus israélites, mais non encore en fait. C'est David qui les conquerra pour Israël environ 200 ans plus tard.

Bashân[1] jusqu'à Salka; 12 dans le
Bashân, tout le royaume de Og
qui régnait à Ashtaroth et à
Edrèï et qui restait l'un des derniers Refaïtes[2]. Moïse les avait
battus et dépossédés. 13 Mais les
fils d'Israël ne dépossédèrent pas
les Gueshourites ni les Maakatites; Gueshour et Maakath ont
donc habité au milieu d'Israël jusqu'à ce jour.

14 A la tribu de Lévi seule, il ne
donna pas d'héritage : les offrandes faites[3] au Seigneur, Dieu
d'Israël, tel est son héritage
comme il le lui avait dit.

15 Moïse donna à la tribu des
fils de Ruben une part selon leurs
clans. 16 Ils eurent le territoire qui
va depuis Aroër qui est au bord
de la gorge d'Arnôn et la ville qui
est au fond de la gorge, tout le
plateau près de Madaba, 17 Heshbôn et toutes ses villes qui
sont sur le plateau : Divôn,
Bamoth-Baal, Beth-Baal-Méôn,
18 Yahaç, Qedémoth, Méfaath,
19 Qiryataïm, Sivma, Cèreth-Sha-
har sur les contreforts de la
plaine, 20 Beth-Péor, les pentes de
la Pisga et Beth-Yeshimoth,
21 toutes les villes du plateau, tout
le royaume de Sihôn, roi des
Amorites, qui régnait à Heshbôn.
Moïse l'avait frappé ainsi que les
responsables de Madiân : Ewi,
Rèqem, Çour, Hour et Rèva, vassaux de Sihôn qui habitaient le
pays. 22 Parmi leurs victimes il y
avait Balaam, fils de Béor, le devin, que les fils d'Israël avaient

tué par l'épée. 23 La frontière des
fils de Ruben était le Jourdain et
ses environs. Tel fut l'héritage des
fils de Ruben selon leurs clans, les
villes et leurs villages.

24 Moïse donna à la tribu de
Gad, aux fils de Gad, une part
selon leurs clans. 25 Ils eurent
pour territoire Yazér, toutes les
villes du Galaad et la moitié du
pays des fils d'Ammon jusqu'à
Aroër qui est en face de Rabba;
26 ensuite depuis Heshbôn jusqu'à
Ramath-Miçpè et Betonîm et depuis Mahanaïm jusqu'à la limite
de Devir; 27 et dans la plaine,
Beth-Haram, Beth-Nimra, Soukkoth, Çafôn, reste du royaume de
Sihôn, roi de Heshbôn, avec le
Jourdain et ses environs jusqu'à
l'extrémité de la mer de Kinnéreth, au-delà du Jourdain, à l'est.
28 Tel est l'héritage des fils de
Gad selon leurs clans, les villes et
leurs villages.

29 Moïse donna à la demi-tribu
de Manassé, à la demi-tribu des
fils de Manassé, une part selon
leurs clans. 30 Ils eurent pour territoire depuis Mahanaïm tout le
Bashân, tout le royaume de Og,
roi du Bashân, et tous les campements de Yaïr qui sont dans le
Bashân, 60 villes. 31 La moitié du
Galaad, Ashtaroth et Edrèï, villes
du royaume de Og dans le Bashân, furent pour les fils de Makir,
fils de Manassé, c'est-à-dire pour
la moitié des fils de Makir selon
leurs clans.

32 C'est là ce que Moïse donna
en héritage dans les steppes de
Moab au-delà du Jourdain, à l'est
de Jéricho. 33 Mais à la tribu de
Lévi Moïse ne donna pas d'héritage; le Seigneur, Dieu d'Israël,

---

1. *Gueshourites* et *Maakatites* : voir Dt 3.14 et
la note — *Bashân* : voir Dt 1.4 et la note.
2. Voir Dt 2.11 et la note.
3. *héritage* : la tribu de Lévi ne reçut pas de
territoire (13.33; 14.3-4). Elle tirait ses moyens de
vivre de la part qui lui revenait sur les sacrifices
(Dt 18.1-8) — *offrandes faites* ou *mets consumés* :
voir au glossaire SACRIFICES, A. T. 6.

c'est lui leur héritage comme il le leur avait dit.

Le partage du pays de Canaan

14 1 Voici ce que les fils d'Israël héritèrent dans le pays de Canaan, ce que leur donnèrent en héritage le prêtre Eléazar[1], Josué, fils de Noun, et les chefs de familles des tribus des fils d'Israël : 2 leur héritage se fit par tirage au sort comme le Seigneur l'avait prescrit par l'intermédiaire de Moïse pour les neuf tribus et la demi-tribu. 3 Car Moïse avait donné un héritage aux deux tribus et à la demi-tribu, de l'autre côté du Jourdain, mais aux Lévites il n'avait pas donné d'héritage au milieu des autres. 4 En effet les fils de Joseph formaient deux tribus, Manassé et Ephraïm, et on ne donna aucune part aux Lévites dans le pays, sinon des villes de résidence ainsi que leurs communaux[2] pour leurs troupeaux et pour leurs biens. 5 Les fils d'Israël agirent comme le Seigneur l'avait prescrit à Moïse et ils partagèrent le pays. 6 Les fils de Juda vinrent trouver Josué à Guilgal et Caleb, fils de Yefounnè, le Qenizzite[3], lui dit : « Tu sais bien ce que le Seigneur a dit à Moïse, l'homme de Dieu, à mon sujet et à ton sujet à Qadesh-Barnéa. 7 J'avais 40 ans lorsque Moïse, le serviteur du Seigneur, m'envoya de Qadesh-Barnéa pour espionner le pays et je lui fis rapport selon ma conscience. 8 Mes frères qui étaient montés avec moi ont fait fondre le courage du peuple, tandis que moi je suivais sans réserve le Seigneur, mon Dieu. 9 Ce jour-là, Moïse fit ce serment : Je jure que le pays que ton pied a foulé sera pour toujours ton héritage et celui de tes fils, car tu as suivi sans réserve le Seigneur, mon Dieu. 10 Maintenant, voici que le Seigneur m'a fait vivre selon sa parole, soit 45 ans depuis que le Seigneur a dit cette parole à Moïse lorsque Israël marchait dans le désert; et maintenant me voici aujourd'hui âgé de 85 ans. 11 Aujourd'hui j'ai autant de force que j'en avais lorsque Moïse m'envoya en mission; ma force actuelle vaut celle que j'avais alors pour combattre et pour tenir ma place[1]. 12 - Donne-moi donc cette montagne dont le Seigneur a parlé en ce jour-là, car tu as appris, en ce jour-là, qu'il s'y trouvait des Anaqites[2] et de grandes villes fortifiées. Peut-être le Seigneur sera-t-il avec moi et j'en prendrai possession comme le Seigneur l'a dit. » 13 Josué bénit Caleb, fils de Yefounnè, et lui donna Hébron pour héritage. 14 C'est pourquoi Caleb, fils de Yefounnè, le Qenizzite, a eu Hébron pour héritage jusqu'à ce jour parce qu'il avait suivi sans réserve le Seigneur, Dieu d'Israël. 15 Le nom d'Hébron était auparavant Qiryath-Arba[3] : Arba avait été l'homme le plus

---

1. Fils d'Aaron, il lui succéda comme chef des prêtres (Nb 20.26-28).
2. c'est-à-dire les terrains qui sont propriété commune des habitants de la ville.
3. Membre du clan de Qenaz (voir Nb 32.12).

1. *tenir ma place* : l'hébreu exprime cette idée par la tournure *sortir et entrer* (voir Nb 27.17 et la note).
2. Voir Nb 13.22 et la note.
3. *Qiryath-Arba* ou *ville d'Arba*.

grand parmi les Anaqites, le pays
fut en repos, sans guerre.

Le territoire attribué à Juda

15 1 Voici le lot de la tribu des
fils de Juda selon leurs
clans : il s'étendait vers la frontière d'Edom au désert de Cîn
dans le Néguev, à l'extrême-sud.
2 Leur frontière sud allait de l'extrémité de la mer du Sel depuis la
Langue[1] qui fait face au Néguev,
3 se prolongeait vers le sud par la
montée des Aqrabbîm et passait
par Cîn, puis elle montait au sud
de Qadesh-Barnéa et passait à
Héçrôn, montait vers Addar et
tournait vers Qarqaa, 4 passait à
Açmôn, se prolongeait jusqu'au
torrent d'Egypte et aboutissait à
la mer[2]. « Telle sera pour vous la
frontière sud. » 5 À l'est, la limite
était la mer du Sel jusqu'à l'extrémité du Jourdain. Du côté du
nord, elle partait de la lagune[3] à
l'extrémité du Jourdain. 6 La
frontière montait à Beth-Hogla,
passait au nord de Beth-Araba et
elle montait jusqu'à la pierre de
Bohân, fils de Ruben; 7 la frontière montait vers Devir par la
vallée de Akor et au nord tournait vers Guilgal qui est en face
de la montée d'Adoummîm, au
sud du torrent. Elle passait près
des eaux de Ein-Shèmesh et

aboutissait à Ein-Roguel[1]. 8 La
frontière montait le ravin de
Ben-Hinnôm[2] au flanc sud des
Jébusites — c'est-à-dire Jérusalem — puis la limite montait jusqu'au sommet de la montagne qui
est devant le ravin de Hinnôm à
l'ouest, à l'extrémité de la plaine
des Refaïtes au nord. 9 La frontière s'infléchissait depuis le sommet de la montagne jusqu'à la
source des eaux de Neftoah, se
prolongeait jusqu'aux villes de la
montagne d'Efrôn et s'infléchissait vers Baala — c'est-à-dire Qiryath-Yéarim. 10 De Baala la
frontière tournait à l'ouest vers le
mont Séïr[3], passait au flanc de la
montagne des Forêts au nord
— c'est-à-dire Kesalôn —, descendait à Beth-Shèmesh et passait à Timna. 11 La frontière se
prolongeait au flanc de Eqrôn au
nord, s'infléchissait à Shikkarôn,
passait la montagne de Baala, se
prolongeait jusqu'à Yavnéel et
aboutissait à la mer. 12 La limite
ouest était la Grande Mer et ses
environs. Tel est, de tous côtés, le
territoire des fils de Juda selon
leurs clans.

13 À Caleb, fils de Yefounnè,
on donna une part parmi les fils
de Juda selon l'ordre du SEIGNEUR
à Josué, à savoir Qiryath-Arba
qui est Hébron — Arba était père

---

1. *la Langue* est la bande de terre qui s'avance
dans la *mer Morte* (*mer du Sel*), au sud-est. Autre
traduction, comme au v. 5, *la lagune* (ou *la baie*).
2. *Le torrent d'Egypte* qui se jette dans la Méditerranée est la frontière traditionnelle entre Canaan et l'Egypte — *la mer* : ici la Méditerranée,
appelée aussi *Grande Mer* au v. 12.
3. *la lagune* (ou *la langue de mer*) : extrémité
nord de la mer Morte.

1. *Devir* : à ne pas confondre avec la ville
proche d'Hébron mentionnée en 10.38-39; 11.21;
12.13 — *Guilgal* : lieu non identifié, différent de
celui du même nom mentionné en 4.19-20; 5.9-10
— *Ein-Roguel*, *la Source du Foulon*, est l'un des
deux points d'eau de Jérusalem, au sud-est de la
ville, au confluent du Cédron et du ravin de
Ben-Hinnôm (voir note suivante).
2. *Le ravin de Ben-Hinnôm*, ou *val des fils de
Hinnôm*, porte le nom d'un ancien clan.
3. *Ce mont Séïr* est différent de celui qui se
trouve en Edom.

de Anaq. 14 Caleb en déposséda les trois fils de Anaq, Shéshaï, Ahimân et Talmaï, descendants de Anaq. 15 De là, il monta contre les habitants de Devir; auparavant le nom de Devir était Qiryath-Séfèr. 16 Caleb dit : « Celui qui frappera Qiryath-Séfèr et s'en emparera, je lui donne pour femme ma fille Aksa. » 17 Otniel, fils de Qenaz et frère de Caleb, s'empara de la ville et Caleb lui donna pour femme sa fille Aksa. 18 Or, dès son arrivée, elle l'incita à demander à son père un champ. Elle descendit donc de son âne et Caleb lui dit : « Que veux-tu ? » 19 elle répondit : « Accorde-moi une faveur. Puisque tu m'as donné une terre du Néguev, donne-moi aussi des étangs[1]. » Il lui donna les étangs d'en haut et les étangs d'en bas.

20 Tel fut l'héritage de la tribu des fils de Juda selon leurs clans. 21 Les villes à l'extrémité de la tribu des fils de Juda vers la frontière d'Edom, dans le Néguev, étaient : Qavcéel, Eder, Yagour, 22 Qina, Dimona, Adéada, 23 Qèdesh, Haçor, Yitnân, 24 Zif, Tèlem, Béaloth, 25 Haçor-Hadatta, Qeriyoth-Hèçrôn — c'est-à-dire Haçor —, 26 Amâm, Shema, Molada, 27 Haçar-Gadda, Heshmôn, Beth-Pèleth, 28 Haçar-Shoual, Béer-Shéva, Bizyoteya[2], 29 Baala, Iyyim, Ecem, 30 Eltolad, Kesil, Horma, 31 Ciqlag, Madmanna, Sansanna, 32 Levaoth, Shilehîm,

Aïn, Rimmôn : au total, 29 villes[1], avec les villages qui en dépendent.

33 Dans le *Bas-Pays :

Eshtaol, Çoréa, Ashna, 34 Zanoah, Ein-Gannîm, Tappouah, Einâm, 35 Yarmouth, Adoullam, Soko, Azéqa, 36 Shaaraïm, Aditaïm, Guedéra, Guedérotaïm : quatorze villes avec leurs villages.

37 Cenân, Hadasha, Migdal-Gad, 38 Diléân, Miçpè, Yoqtéel, 39 Lakish, Boçqath, Eglôn, 40 Kabbôn, Lahmas, Kitlish, 41 Guedéroth, Beth-Dagôn, Naama, Maqqéda : seize villes avec leurs villages.

42 Livna, Etèr, Ashân, 43 Yiftah, Ashna, Neciv, 44 Qéïla, Akziv, Marésha : neuf villes et leurs villages.

45 Eqrôn, ses dépendances et ses villages; 46 depuis Eqrôn et vers l'ouest, tout ce qui est près d'Ashdod et ses villages; 47 Ashdod, ses dépendances et ses villages, Gaza, ses dépendances et ses villages jusqu'au torrent d'Egypte, la Grande Mer et ses environs.

48 Dans la Montagne :

Shamir, Yattir, Soko, 49 Danna, Qiryath-Sanna — c'est-à-dire Devir —, 50 Anav, Eshtemo, Anim, 51 Goshèn, Holôn, Guilo; onze villes avec leurs villages.

52 Arav, Douma, Eshéân, 53 Yanoum, Beth-Tappouah, Aféqa, 54 Houmeta, Qiryath-Arba — -

---

1. Aksa réclame des réserves d'eau, car le Néguev est une région particulièrement sèche.
2. Au lieu de *Bizyoteya*, l'ancienne version grecque ainsi que le texte de Ne 11.27 invitent à lire *ses dépendances*.

1. L'énumération comporte trente-cinq *villes* et non pas *vingt-neuf*. Cette différence s'explique peut-être parce qu'on a compté les villes de la tribu de Siméon avec celles de Juda (voir 19.9).

c'est-à-dire Hébron —, Cior; neuf villes et leurs villages.

55 Maôn, Karmel[1], Zif, Youtta, 56 Izréel[2], Yoqdéâm, Zanoah, 57 Qaïn, Guivéa, Timna; dix villes avec leurs villages.

58 Halhoul, Beth-Çour, Guedor, 59 Maarath, Beth-Anoth, Elteqôn; six villes avec leurs villages.

60 Qiryath-Baal — c'est-à-dire Qiryath-Yéarim —, Rabba; deux villes et leurs villages.

61 Dans le Désert :

Beth-Araba, Middîn, Sekaka, 62 Nivshân, Ir-Mèlah, Ein-Guèdi; six villes avec leurs villages.

63 Quant aux Jébusites qui habitent à Jérusalem, les fils de Juda ne purent les déposséder. Les Jébusites habitent donc avec les fils de Juda à Jérusalem jusqu'à ce jour.

Le territoire d'Ephraïm et Manassé

16 1 Le lot des fils de Joseph partait du Jourdain près de Jéricho, à l'est des eaux de Jéricho[3]; c'était le désert qui monte de Jéricho à la montagne de Béthel. 2 Il se prolongeait de Béthel à Louz[4], passait vers la frontière des Arkites à Ataroth, 3 descendait à l'ouest vers la frontière des Yaflétites jusqu'au territoire de Beth-Horôn-le-Bas et jusqu'à

Guèzèr pour aboutir à la mer[1]. 4 Les fils de Joseph, Manassé et Ephraïm, eurent ainsi leur héritage. 5 Voici la frontière des fils d'Ephraïm selon leurs clans : la limite de leur héritage à l'est était Atroth-Addar jusqu'à Beth-Horôn-le-Haut. 6 A l'ouest la frontière se prolongeait vers Mikmetath au nord et tournait à l'est à Taanath-Silo qu'elle dépassait à l'est vers Yanoha. 7 Puis elle descendait de Yanoha à Ataroth et Naarata, atteignait Jéricho et se prolongeait jusqu'au Jourdain. 8 De Tappouah, la frontière allait vers l'ouest au torrent de Qana pour aboutir à la mer. Tel fut l'héritage de la tribu des fils d'Ephraïm selon leurs clans, 9 sans compter les villes réservées aux fils d'Ephraïm au milieu de l'héritage des fils de Manassé, toutes ces villes avec leurs villages. 10 Mais ils ne dépossédèrent pas les Cananéens habitant Guèzèr; aussi les Cananéens ont-ils habité au milieu d'Ephraïm jusqu'à ce jour, mais ils furent réduits à la corvée servile[2].

17 1 Voici le lot de la tribu de Manassé, car il était le premier-né de Joseph. Makir, premier-né de Manassé, père de Galaad, eut le Galaad et le Bashân[3], car c'était un homme de guerre. 2 Voici le lot des autres fils de Manassé selon leurs clans; les fils d'Aviézer, les fils de Héleq, les fils d'Asriël, les fils de Shèkem, les fils de Héfèr et les fils de Shemida,

---

1. Ette ville *dans la Montagne* (v. 48) n'a rien de commun avec le mont Carmel.
2. A ne pas confondre avec Izréel mentionné en 19.18.
3. *Les eaux de Jéricho* désignent la source dite fontaine d'Elisée (voir 2 R 2.19-21).
4. Ce texte distingue *Béthel* et *Louz*, sans doute avec raison. L'ancien sanctuaire cananéen de *Béthel* a fini par donner son nom à la ville voisine, *Louz* (voir Gn 28.19; Jos 18.13; Jg 1.22-26).

1. *Arkites* (v. 2), *Yaflétites* : sans doute des groupes cananéens — *la mer*: la Méditerranée.
2. *corvée servile*: travaux d'intérêt général imposés à des gens qui ne sont pas des esclaves (voir 9.21).
3. Les territoires de *Galaad* et du *Bashân* sont situés au centre et au nord de la Transjordanie.

c'est-à-dire les enfants mâles de Manassé, fils de Joseph, selon leurs clans.

3 Celofehad, fils de Héfèr, fils de Galaad, fils de Makir, fils de Manassé, n'eut pas de fils, mais seulement des filles dont voici les noms : Mahla, Noa, Hogla, Milka et Tirça. 4 Elles se présentèrent au prêtre Eléazar, à Josué, fils de Noun, et aux responsables et elles dirent : « Le Seigneur a prescrit à Moïse de nous donner un héritage au milieu de nos frères[1] ! » On leur donna, selon l'ordre du Seigneur, un héritage au milieu des frères de leur père. 5 Il échut donc dix portions à Manassé sans compter le pays du Galaad et le Bashân qui se trouvent de l'autre côté du Jourdain. 6 En effet, les filles de Manassé reçurent un héritage au milieu des fils de celui-ci, mais le pays du Galaad appartint aux autres fils de Manassé.

7 La frontière de Manassé partait d'Asher à Mikmetath, en face de Sichem ; elle allait vers Yamîn chez les habitants de Ein-Tappouah. 8 Manassé avait le pays de Tappouah, mais Tappouah, à la limite de Manassé, était aux fils d'Ephraïm. 9 La frontière descendait au torrent de Qana, au sud du torrent. Ces villes étaient à Ephraïm au milieu des villes de Manassé. La limite de Manassé était au nord du torrent et aboutissait à la mer[2]. 10 Au sud, c'était à Ephraïm, au nord à Manassé ; la mer était leur limite. Ils étaient en contact avec Asher au nord et Issakar à l'est. 11 En Issakar et en Asher, Manassé eut Beth-Shéân et ses dépendances, Yivléâm et

ses dépendances, les habitants de Dor et ses dépendances, les habitants de Ein-Dor et ses dépendances, les habitants de Taanak et ses dépendances, les habitants de Meguiddo et ses dépendances, les trois crêtes[1]. 12 Mais les fils de Manassé ne purent prendre possession de ces villes et les Cananéens s'obstinèrent à habiter dans ce pays. 13 Lorsque les fils d'Israël furent assez forts, ils soumirent les cananéens à la corvée mais ils ne purent les déposséder.

14 Les fils de Joseph parlèrent ainsi à Josué : « Pourquoi m'as-tu donné comme héritage un seul lot, alors que je suis un peuple nombreux, tant le Seigneur m'a béni jusqu'ici ? » 15 Josué leur dit : « Si tu es un peuple nombreux, monte donc vers la forêt et tu te tailleras une place au pays des Perizzites et des Refaïtes[2], puisque la montagne d'Ephraïm est trop exiguë pour toi. » 16 Les fils de Joseph lui dirent : « La montagne ne nous suffira pas, d'autant plus qu'il y a des chars de fer chez tous les Cananéens qui habitent le pays de la plaine, aussi bien chez ceux qui sont à Beth-Shéân et ses dépendances que chez ceux de la plaine d'Izréel[3] » 17 Josué dit alors à la maison de Joseph — à Ephraïm et

---

1. *au milieu de nos frères* : c'est-à-dire *au milieu des membres de notre tribu.*
2. *la mer* : la Méditerranée.

1. *les trois crêtes* : texte hébreu obscur ; la traduction suit l'ancienne version syriaque. Autres textes : version araméenne *les trois contrées* ; version grecque *le tiers de Maphetha* ; version latine *le tiers de la ville de Nepheth.*
2. Les descendants de Joseph sont invités à agrandir leur territoire en s'installant dans la région montagneuse occupée par les *Perizzites* et les *Refaïtes,* probablement à l'est du Jourdain, et en défrichant la forêt.
3. *chars de fer* : chars de guerre (à deux roues) recouverts de plaques de fer. Ils donnaient la supériorité aux cananéens dans les combats en pays de plaine. C'est pourquoi Israël a d'abord occupé la *montagne — Izréel* : voir 19.18 et la note.

Manassé — : «Tu es un peuple nombreux et ta force est grande; tu n'auras pas un lot unique. 18 Mais tu auras la montagne, bien qu'elle soit une forêt; tu la tailleras et tu en tiendras les issues. Tu déposséderas les Cananéens, bien qu'ils aient des chars de fer et qu'ils soient forts.»

Tirage au sort pour les tribus restantes

18 1 Toute la communauté des fils d'Israël s'assembla à Silo[1] et on y installa la *tente de la rencontre. Le pays leur était soumis. 2 Il restait parmi les fils d'Israël sept tribus auxquelles on n'avait pas assigné d'héritage. 3 Josué dit aux fils d'Israël : «Jusqu'à quand attendrez-vous avant d'aller prendre possession du pays que vous a donné le Seigneur, le Dieu de vos pères? 4 Désignez trois hommes par tribu et je les enverrai. Ils se lèveront et parcourront le pays, en feront une description correspondant à leur héritage et reviendront vers moi. 5 Ils se le partageront en sept parts : Juda se tiendra sur son territoire au sud et la maison de Joseph sur le sien au nord. 6 Vous donc, faites la description du pays correspondant aux sept parts et vous me l'apporterez ici. Je jetterai pour vous le sort[2] ici, devant le Seigneur notre Dieu. 7 Mais il n'y aura pas de part parmi vous pour les *Lévites, car leur héritage est le sa-

cerdoce du Seigneur. Quant à Gad, Ruben et la demi-tribu de Manassé, ils ont reçu à l'est, au-delà du Jourdain, l'héritage que leur donna Moïse, le serviteur du Seigneur.»

8 Ces hommes se levèrent et partirent. Josué donna cet ordre à ceux qui allaient faire la description du pays : «Allez, parcourez le pays, faites-en la description et revenez vers moi et, ici, je lancerai pour vous le sort devant le Seigneur, à Silo.» 9 Ces hommes allèrent, traversèrent le pays et en firent la description par écrit, selon les villes, en sept parts. Ils allèrent ensuite auprès de Josué, au camp, à Silo. 10 Josué lança pour eux le sort devant le Seigneur à Silo, et Josué y fit le partage du pays pour les fils d'Israël, d'après leurs répartitions.

Le territoire de Benjamin

11 Le sort désigna la tribu des fils de Benjamin selon leurs clans. Le territoire[1] qui leur échut par le sort se trouvait entre celui des fils de Juda et celui des fils de Joseph. 12 Du côté du nord, leur frontière partait du Jourdain, montait au flanc de Jéricho au nord, montait dans la montagne vers l'ouest et aboutissait au désert, à Beth-Awèn. 13 La frontière passait de là à Louz, sur le flanc sud de Louz — c'est-à-dire Béthel —; la frontière descendait à Atroth-Addar, sur la montagne qui est au sud de Beth-Horôn-le-Bas. 14 La frontière s'infléchissait et tournait du côté de l'ouest vers le sud depuis la montagne qui est en

---

1. Quand la tente de la rencontre y fut installée, *Silo*, dans le territoire d'Ephraïm, devint un centre religieux. Ce fut aussi un des lieux de rassemblement de tout Israël.
2. Les parts destinées aux tribus sont tirées au sort.

1. Le *territoire* de *Benjamin* est situé au nord de Jérusalem.

face de Beth-Horôn au sud et aboutissait à Qiryath-Baal, qui est Qiryath-Yéarim, ville des fils de Juda. Tel est le côté occidental. 15 Le côté méridional commençait à Qiryath-Yéarim. La frontière se prolongeait vers l'ouest vers la source des eaux de Neftoah. 16 Elle descendait vers l'extrémité de la montagne qui est en face du ravin de Ben-Hinnôm, qui se trouve dans la plaine des Refaïtes au nord. Elle descendait le ravin de Hinnôm au flanc sud des Jébusites et descendait à Ein-Roguel. 17 Elle s'infléchissait au nord et aboutissait à Ein-Shè-mesh et à Gueliloth[1] qui est en face de la montée d'Adoummîn, puis elle descendait à la Pierre de Bohân, fils de Ruben. 18 Elle passait sur le flanc nord, face à la Araba[2], et descendait vers la Araba. 19 La frontière passait sur le flanc de Beth-Hogla au nord et aboutissait à la lagune de la mer du Sel[3] au nord, à l'extrémité sud du Jourdain. Telle est la limite sud. 20 La limite du côté de l'est était le Jourdain. Tel est l'héritage des fils de Benjamin, selon leurs clans, avec ses limites de tous les côtés. 21 Les villes de la tribu des fils de Benjamin selon leurs clans étaient : Jéricho, Beth-Hogla, Emeq-Qeciç, 22 Beth-Araba, Cemaraïm, Béthel, 23 Av-vîm, Para, Ofra, 24 Kefar-Ammona, Ofni, Guèva : douze villes et leurs villages 25 — Gabaon, Rama, Bééroth, 26 Miçpè, Kefira, Moça, 27 Règem, Yirpéel, Taréala, 28 Céla, Elèf, le Jébusite, c'est-à-

dire Jérusalem, Guivéath-Qiryath : quatorze villes et leurs villages. Tel fut l'héritage des fils de Benjamin selon leurs clans.

Le territoire de Siméon

19 1 La seconde fois, le sort échut à Siméon, à la tribu des fils de Siméon selon leurs clans. Leur héritage se trouvait au milieu de l'héritage des fils de Juda. 2 Dans leur héritage ils reçurent : Béer-Shéva, Shèva, Molada, 3 Haçar-Shoual, Bala, Ecem, 4 Eltolad, Betoul, Horma, 5 Ciqlag, Beth-Markavoth, Haçar-Sousa, 6 Beth-Levaoth, Sharouhèn : treize villes et leurs villages; 7 Aïn, Rimmôn, Etèr et Ashân : quatre villes et leurs villages; 8 tous les villages autour de ces villes jusqu'à Baalath-Béer qui est Ramath au sud. Tel fut l'héritage des fils de Siméon selon leurs clans. 9 L'héritage des fils de Siméon fut pris sur la portion des fils de Juda, car la part des fils de Juda était trop grande pour eux et c'est ainsi que les fils de Siméon reçurent leur héritage au milieu de celui des fils de Juda.

Le territoire de Zabulon

10 La troisième fois, le sort désigna les fils de Zabulon[1] selon leurs clans. La frontière de leur héritage s'étendait jusqu'à Sarid; 11 elle montait vers l'ouest et Maréala, touchait Dabbèsheth, puis le torrent qui est en face de Yoqnéâm. 12 De Sarid, elle tournait

---

1. *Gueliloth* : autre nom du *Guilgal* mentionné en 15.7 (voir 15.7 et la note).
2. Voir 8.14 et la note.
3. *la lagune de la mer du Sel* : voir 15.5 et la note.

1. *Zabulon* est situé au centre de la Basse Galilée, entre les tribus de Nephtali (voir v. 32 et la note) et d'Asher (voir v. 24 et la note).

vers l'est, au soleil levant, sur la limite de Kisloth-Tabor, se prolongeait vers Daverath et montait à Yafia. 13 De là, elle passait à l'est à Gath-Héfèr, Itta-Qaçîn, continuait à Rimmôn et s'infléchissait vers Néa. 14 La frontière contournait au nord Hannatôn et aboutissait au ravin de Yiftah-El; 15 avec Qattath, Nahalal, Shimrôn, Yidéala, Bethléem[1] : douze villes et leurs villages. 16 Tel fut l'héritage des fils de Zabulon selon leurs clans, ces villes-là et leurs villages.

Le territoire d'Issakar

17 La quatrième fois, le sort échut à Issakar, aux fils d'Issakar[2], selon leurs clans. 18 Leur frontière allait vers Izréel[3], Kesouloth, Shounem, 19 Hafaraïm, Shiôn, Anaharath, 20 Rabbith, Qishyôn, Evèç, 21 Rèmeth, Ein-Gannîm, Ein-Hadda, Beth-Pacéç. 22 La frontière touchait Tabor, Shahacima, Beth-Shèmesh[4] et aboutissait au Jourdain : seize villes et leurs villages. 23 Tel fut l'héritage des fils d'Issakar selon leurs clans, ces villes-là et leurs villages.

Le territoire d'Asher

24 La cinquième fois, le sort échut à la tribu des fils d'Asher[1] selon leurs clans. 25 Leur frontière était Hèlqath, Hali, Bètèn, Akshaf, 26 Alammèlek, Améad, Mishéal; elle touchait le Carmel[2] à l'ouest et Shihor-Livnath; 27 elle tournait, au soleil levant, à Beth-Dagôn, touchait Zabulon et le ravin de Yiftah-El, au nord de Beth-Emeq et de Néïel; elle se prolongeait vers Kavoul à gauche, 28 et vers Evrôn[3], Rehov, Hammôn et Qana jusqu'à Sidon-la-Grande. 29 La frontière tournait vers Rama jusqu'au Fort-de-Tyr[4], et la frontière tournait vers Hosa et aboutissait à la mer dans la contrée d'Akziv; 30 avec Ouma[5], Afeq, Rehov : 22 villes et leurs villages. 31 Tel fut l'héritage de la tribu des fils d'Asher selon leurs clans, ces villes-là et leurs villages.

Le territoire de Nephtali

32 La sixième fois, le sort échut aux fils de Nephtali[6], aux fils de Nephtali selon leurs clans. 33 Leur frontière allait depuis Hélef, depuis Elôn par Çaanannîm, Adami-Nèqev, Yavnéel, jusqu'à Laqqoum, et aboutissait au Jourdain. 34 La frontière tournait vers l'ouest à Aznoth-Tabor et de là se

---

1. *Bethléem* dans le territoire de Zabulon est distincte de Bethléem de Juda nommée en 1 S 17.12; Rt 1.1, etc.
2. Le territoire d'*Issakar* est situé au sud de la mer de Kinnéreth, à l'ouest du Jourdain.
3. La ville d'*Izréel* a donné son nom à la vallée fertile qui traverse la Galilée d'est en ouest (Jos 17.16).
4. *Tabor* : cette ville a donné son nom au Mont Tabor, à la frontière entre Zabulon, Issakar et Nephtali; voir carte physique de la Palestine — *Beth-Shèmesh (Maison du Soleil)*, différente des villes du même nom mentionnées en 15.10 et 19.38.

1. *Asher* occupe la région côtière de la Galilée.
2. Le mont *Carmel* est une ligne de hauteurs qui s'avance dans la Méditerranée où elle forme un cap.
3. La ville nommée *Evrôn* est sans doute identique à *Avdôn* mentionnée en 21.30. L'orthographe des deux mots est très voisine en hébreu.
4. Le *Fort-de-Tyr* est l'île fortifiée en face de la ville de Tyr, port du littoral phénicien.
5. L'ancienne version grecque lit *Acre* avec Jg 1.31.
6. *Nephtali* occupe la Galilée le long du cours supérieur du Jourdain et de la mer de Kinnéreth.

prolongeait vers Houqoq. Elle touchait Zabulon par le sud et Asher par l'ouest, ensuite Juda[1], le Jourdain étant du côté du soleil levant. 35 Les villes fortes étaient : Ciddîm, Cér, Hammath, Raqqath, Kinnéreth, 36 Adama, Rama[2], Haçor, 37 Qèdesh, Edreï[3], Ein-Haçor, 38 Yireôn, Migdal-El, Horem, Beth-Anath, Beth-Shèmesh; dix-neuf villes et leurs villages. 39 Tel fut l'héritage de la tribu des fils de Nephtali selon leurs clans, ces villes-là et leurs villages.

Le territoire de Dan

40 La septième fois, le sort échut à la tribu des fils de Dan[4], selon leurs clans. 41 La frontière de leur héritage était Çoréa, Eshtaol, Ir-Shèmesh, 42 Shaalabbîn, Ayyalôn, Yitla, 43 Elôn, Timnata, Eqrôn, 44 Elteqé, Guibbetôn, Baalath, 45 Yehoud, Bené-Beraq, Gath-Rimmôn, 46 les eaux du Yarqôn[5], Raqqôn, avec le territoire face à Jaffa. 47 Mais le territoire des fils de Dan leur échappa; alors les fils de Dan montèrent, firent la guerre contre Lèshem et s'en emparèrent. Ils la passèrent au tranchant de l'épée et en prirent possession. Ils s'y établirent et donnèrent à Lèshem le nom de Dan qui était celui de leur ancêtre Dan[1]. 48 Tel fut l'héritage de la tribu des fils de Dan selon leurs clans, ces villes-là et leurs villages.

49 Lorsqu'ils eurent achevé de prendre en héritage le pays selon ses limites, les fils d'Israël donnèrent un héritage à Josué, fils de Noun, au milieu d'eux. 50 Selon l'ordre du SEIGNEUR, ils lui donnèrent la ville qu'il avait demandée, Timnath-Sèrah dans la montagne d'Ephraïm. Il rebâtit la ville et s'y établit.

51 Tels sont les héritages que le prêtre Eléazar[2], Josué, fils de Noun, et les chefs de famille des tribus des fils d'Israël attribuèrent par tirage au sort à Silo devant le SEIGNEUR à la porte de la *tente de la rencontre. Ils achevèrent ainsi le partage du pays.

Les villes de refuge

20 1 Le SEIGNEUR dit à Josué : 2 « Parle aux fils d'Israël : Donnez-vous des villes de refuge[3] dont je vous ai parlé par l'intermédiaire de Moïse. 3 Là pourra s'enfuir le meurtrier qui a tué quelqu'un involontairement, sans le vouloir, et elles vous seront un refuge contre le vengeur du sang[4]. 4 Le meurtrier s'enfuira vers l'une de ces villes, s'arrêtera à l'entrée de la porte[5] de la ville et exposera

---

1. La mention de *Juda* étonne ici; le mot ne figure pas dans le texte de l'ancienne version grecque.
2. *Rama* (hauteur) : il existe plusieurs villes de ce nom (voir par exemple au v. 29).
3. Il existe plusieurs villes nommées *Edreï.*
4. *Dan* fut d'abord installé au bord de la Méditerranée, à l'ouest de Benjamin, dans la région de Jaffa.
5. La rivière *Yarqôn* arrose *Jaffa.*

1. Les Danites abandonnèrent leur premier territoire pour s'installer tout au nord, autour de *Lèshem* (Laïsh, Jg 18.7), près des sources du Jourdain. Le nom de *Dan* donné à cette ville servit à former l'expression « de Dan à Béer-Shéva » qui désigne la totalité du territoire israélite (Jg 20.1; 1 S 3.20).
2. Voir 14.1 et la note.
3. Sur les *villes de refuge,* voir Nb 35.9-34. Le nombre traditionnel est de 6 villes, voir v. 7-8 et Nb 35.6.
4. *vengeur du sang* : voir Nb 35.12 et la note.
5. C'est là que le peuple se réunissait et que siégeait le tribunal.

son cas aux *anciens de cette ville; ceux-ci recueilleront cet homme dans la ville auprès d'eux et lui donneront un endroit pour habiter avec eux. 5 Si le vengeur du sang le poursuit, ils ne pourront pas lui livrer le meurtrier, car c'est sans le vouloir qu'il a frappé son prochain et non parce qu'il le haïssait auparavant. 6 Il s'établira dans cette ville jusqu'à ce qu'il comparaisse en jugement devant la communauté, jusqu'à la mort du grand prêtre[1] alors en fonction, ensuite le meurtrier retournera et rentrera dans sa ville, dans sa maison, dans la ville d'où il s'était enfui. »

7 Ils consacrèrent donc Qèdesh en Galilée dans la montagne de Nephtali, Sichem dans la montagne d'Ephraïm et Qiryath-Arba, qui est Hébron[2], dans la montagne de Juda. 8 Au-delà du Jourdain, à l'est de Jéricho, ils établirent Bècèr dans le désert, sur le plateau de la tribu de Ruben, Ramoth-de-Galaad de la tribu de Gad et Golân dans le Bashân de la tribu de Manassé.

9 Telles furent, pour tous les fils d'Israël et pour l'émigré séjournant au milieu d'eux, les villes désignées afin que puisse s'y réfugier tout homme qui a tué involontairement : ainsi il ne mourrait pas de la main du vengeur du sang avant d'avoir comparu devant la communauté.

Les villes des Lévites

21 1 Les chefs de famille des *lévites se présentèrent au prêtre Eléazar[1], à Josué, fils de Noun, et aux chefs de famille des tribus des fils d'Israël, 2 et ils leur parlèrent à Silo, au pays de Canaan, disant : « Le Seigneur a prescrit par l'intermédiaire de Moïse de nous donner des villes de résidence avec leurs communaux[2] pour notre bétail. » 3 Sur leur héritage, les fils d'Israël donnèrent aux lévites les villes suivantes avec leurs communaux selon l'ordre du Seigneur.

4 Le sort désigna les clans des Qehatites; ainsi, une partie de ces lévites, fils du prêtre Aaron, reçurent par le sort treize villes de la tribu de Juda, de la tribu de Siméon et de la tribu de Benjamin. 5 Les autres fils de Qehath reçurent par le sort dix villes des clans de la tribu d'Ephraïm, de la tribu de Dan et de la demi-tribu de Manassé. 6 Les fils de Guershôn reçurent par le sort treize villes en Bashân des clans de la tribu d'Issakar, de la tribu d'Asher, de la tribu de Nephtali et la demi-tribu de Manassé. 7 Les fils de Merari, selon leurs clans, reçurent douze villes de la tribu de Ruben, de la tribu de Gad et de la tribu de Zabulon. 8 Les fils d'Israël donnèrent aux lévites ces villes-là et leurs communaux en les tirant au sort comme l'avait prescrit le Seigneur par l'intermédiaire de Moïse.

9 De la tribu des fils de Juda et de la tribu des fils de Siméon, ils donnèrent les villes suivantes qui vont être désignées par leurs

---

1. Quand un nouveau *grand-prêtre* entrait en fonction, il offrait un sacrifice exceptionnel pour les péchés involontaires du peuple (Lv 9.15; Nb 35.25). Ce sacrifice assurait l'amnistie au *meurtrier involontaire.*
2. *Qèdesh* de *Nephtali, Sichem* et *Hébron* possédaient chacune un sanctuaire qui est probablement à l'origine du droit de refuge dans ces villes.

1. Voir 14.1 et la note.
2. Voir 14.4 et la note.

noms : 10 pour les fils d'Aaron, appartenant aux clans des Qeha-tites parmi les fils de Lévi — car le sort leur échut en premier lieu —, 11 ils donnèrent Qiryath-Arba, qui est Hébron dans la montagne de Juda, avec les communaux qui l'entourent — Arba était le père de Anoq[1] —. 12 Mais les champs de la ville et ses villages, ils les donnèrent en propriété à Caleb, fils de Yefounnè. 13 Ils donnèrent aux fils du prêtre Aaron comme villes de refuge[2] pour le meurtrier : Hébron et ses communaux, Livna et ses communaux, 14 Yattir et ses communaux, Eshtemoa et ses communaux, 15 Holôn et ses communaux, Devir et ses communaux, 16 Aïn[3] et ses communaux, Youtta et ses communaux, Beth-Shèmesh et ses communaux : soit neuf villes prises sur ces tribus.

17 Sur la tribu de Benjamin : Gabaon et ses communaux, Guèva et ses communaux, 18 Ana-toth et ses communaux, Almôn et ses communaux : quatre villes. 19 Total des villes des prêtres, fils d'Aaron : treize villes et leurs communaux.

20 Les clans lévitiques des au-tres fils de Qehath reçurent par le sort des villes de la tribu d'E-phraïm. 21 On leur donna comme villes de refuge pour le meurtrier : Sichem et ses communaux dans la montagne d'Ephraïm, Guèzèr et ses communaux, 22 Qivçaïm et ses communaux, Beth-Horôn et

ses communaux : soit quatre villes.

23 Sur la tribu de Dan : Elteqé et ses communaux, Guibbetôn et ses communaux, 24 Ayyalôn et ses communaux, Gath-Rimmôn et ses communaux : soit quatre villes.

25 Sur la demi-tribu de Ma-nassé : Taanak et ses commu-naux, Gath-Rimmôn[1] et ses com-munaux : soit deux villes. 26 Total des villes pour les clans des autres fils de Qehath : dix avec leurs communaux.

27 Aux fils de Guershôn des clans lévitiques, on donna comme villes de refuge pour le meurtrier dans la demi-tribu de Manassé : Golân en Bashân avec ses com-munaux, Béeshtera et ses commu-naux : soit deux villes. 28 Dans la tribu d'Issakar : Qishyôn et ses communaux, Daverath et ses communaux, 29 Yarmouth et ses communaux, Ein-Gannîm et ses communaux : soit quatre villes. 30 Dans la tribu d'Asher : Mishéal et ses communaux, Avdôn et ses communaux, 31 Hèlqath et ses communaux, Rehov et ses com-munaux : soit quatre villes. 32 Dans la tribu de Nephtali, on donna comme villes de refuge pour le meurtrier : Qèdesh en Ga-lilée et ses communaux, Ham-moth-Dor et ses communaux, Qartân et ses communaux : soit trois villes, 33 total des villes des Guershonites selon leurs clans : treize villes et leurs communaux.

34 Aux autres lévites des clans des fils de Merari, on donna sur la part de la tribu de Zabulon : Yoqnéâm et ses communaux,

---

1. *Anoq* ou *Anaq* (15.13).
2. D'après ce texte ce sont les 48 villes lévitiques qui servent de *villes de refuge* (voir v. 41) et non plus 6 villes comme en 20.7-8.
3. Autre texte (ancienne version grecque :: *As-hân* (voir 15.42; 19.7; 1 Ch 6.44).

---

1. Au lieu de *Gath-Rimmôn*, déjà mentionnée au v. 24, l'ancienne version grecque et le texte paral-lèle de 1 Ch 6.55 nomment *Yivléâm* (Biléâm); voir Jos 17.11.

Qarta et ses communaux, 35 Dimna[1] et ses communaux, Nahalal et ses communaux : soit quatre villes. 36 Sur la tribu de Ruben[2] : Bèçèr et ses communaux, Yahaç et ses communaux, 37 Qedémoth et ses communaux, Méfaath et ses communaux : soit quatre villes. 38 Sur la tribu de Gad, on donna comme villes de refuge pour le meurtrier : Ramoth-de-Galaad et ses communaux, Mahanaïm et ses communaux, 39 Heshbôn et ses communaux, Yazér et ses communaux; total de ces villes : quatre. 40 Total des villes échues par le sort aux autres fils de Merari selon leurs clans, appartenant aux clans des lévites : douze villes.

41 Total des villes lévitiques au milieu de la propriété des fils d'Israël : 48 villes et leurs communaux. 42 Chacune de ces villes était entourée de ses communaux; il en était ainsi pour toutes ces villes.

43 Le SEIGNEUR donna à Israël tout le pays qu'il avait juré de donner à leurs pères; ils en prirent possession et s'y établirent. 44 Le SEIGNEUR leur accorda le repos de tous côtés, selon tout ce qu'il avait promis à leurs pères; aucun de tous leurs ennemis ne put tenir devant eux; le SEIGNEUR leur livra tous leurs ennemis. 45 De toutes les excellentes paroles qu'avait dites le SEIGNEUR à la maison d'Israël, pas une seule ne faillit; toutes s'accomplirent.

Les tribus de Transjordanie

22 1 Alors Josué appela les Rubénites, les Gadites et la demi-tribu de Manassé. 2 Il leur dit : « Vous avez observé tout ce que vous avait prescrit Moïse, le serviteur du SEIGNEUR, et vous avez obéi à ma voix en tout ce que je vous ai prescrit. 3 Durant de longues années et jusqu'à ce jour, vous n'avez pas abandonné vos frères; vous avez veillé à garder les commandements du SEIGNEUR, votre Dieu. 4 Maintenant, puisque le SEIGNEUR, votre Dieu, a accordé le repos à vos frères comme il le leur avait dit, vous pouvez maintenant vous en aller vers vos tentes[1], au pays qui vous appartient et que vous a donné Moïse, le serviteur du SEIGNEUR, au-delà du Jourdain. 5 Seulement, veillez bien à mettre en pratique le commandement et la Loi[2] que vous a prescrits Moïse, le serviteur du SEIGNEUR, votre Dieu; aimez le SEIGNEUR, votre Dieu; marchez dans toutes ses voies, gardez ses commandements, attachez-vous à lui, servez-le de tout votre cœur et de tout votre être. » 6 Josué les bénit et les renvoya; et ils s'en allèrent à leurs tentes.

7 À une demi-tribu de Manassé, Moïse avait donné une part en Bashân; à l'autre demi-tribu, Josué donna une part avec leurs frères en deçà du Jourdain, à

---

1. Au lieu de *Dimna*, la liste parallèle de 1 Ch 6.62 lit *Rimmono*.
2. Les v. 36-37 manquent dans les plus vieux manuscrits hébreux. On les trouve dans le grec, le latin et dans la liste parallèle de 1 Ch 6.63-64. Ils sont nécessaires pour obtenir le total de 12 villes indiqué au v. 40.

1. L'expression « aller vers vos tentes » est un souvenir de l'époque où les Israélites étaient des nomades, vivant sous la tente. Elle signifie *retourner chez soi.*
2. *Le commandement et la Loi* désignent l'ensemble des prescriptions de la *Loi* de Moïse.

l'ouest. Lorsque Josué les renvoya à leurs tentes, il les bénit également. 8 Il leur dit : « Retournez à vos tentes avec de grandes richesses et de très nombreux troupeaux, avec de l'argent, de l'or, du bronze, du fer, des vêtements, en grande quantité. Partagez avec vos frères le butin de vos ennemis. »

L'autel bâti près du Jourdain

9 Ainsi s'en retournèrent les fils de Ruben, les fils de Gad et la demi-tribu de Manassé ; ils quittèrent les fils d'Israël à Silo en terre de Canaan pour aller au pays de Galaad, terre de leur propriété dont ils reçurent la possession sur l'ordre du SEIGNEUR par l'intermédiaire de Moïse. 10 Ils arrivèrent ainsi à Gueliloth du Jourdain qui est en terre de Canaan et les fils de Ruben, les fils de Gad et la demi-tribu de Manassé y bâtirent un *autel près du Jourdain, un autel de grandiose apparence[1]. 11 Les fils d'Israël apprirent qu'on disait : « Les fils de Ruben, les fils de Gad et la demi-tribu de Manassé ont bâti un autel face à la terre de Canaan[2], à Gueliloth du Jourdain, du côté des fils d'Israël. » 12 Dès que les fils d'Israël l'apprirent, ils assemblèrent toute la communauté des fils d'Israël à Silo afin de lancer contre eux une attaque. 13 Les fils d'Israël en-

voyèrent auprès des fils de Ruben, des fils de Gad et de la demi-tribu de Manassé, en pays de Galaad, Pinhas, fils du prêtre Eléazar, 14 ainsi que dix responsables avec lui, un responsable par famille pour toutes les tribus d'Israël, chacun d'eux étant chef de sa famille patriarcale, selon les milliers[1] d'Israël. 15 Ils vinrent auprès des fils de Ruben, des fils de Gad et de la demi-tribu de Manassé en terre de Galaad et leur parlèrent en ces termes : 16 « Ainsi parle toute la communauté du SEIGNEUR : Qu'est-ce que cette infidélité que vous commettez envers le Dieu d'Israël, que vous écartiez aujourd'hui du SEIGNEUR en vous bâtissant un autel et que vous vous révoltiez aujourd'hui contre le SEIGNEUR ? 17 La faute de Péor[2] ne nous suffit-elle pas ? Nous n'en sommes pas encore *purifiés aujourd'hui, malgré le fléau qui tomba sur la communauté du SEIGNEUR ! 18 Et vous, vous vous écartez aujourd'hui du SEIGNEUR ! Vous vous révoltez aujourd'hui contre le SEIGNEUR, demain c'est lui qui s'irritera contre toute la communauté d'Israël. 19 Or donc, si le pays en votre propriété est impur[3], passez alors dans le pays de la propriété du SEIGNEUR où se trouve la *demeure du SEIGNEUR ; soyez propriétaires au milieu de nous, mais ne vous révoltez pas contre le SEIGNEUR, ne vous révoltez pas contre nous en bâtissant un autre autel, à côté de celui du SEIGNEUR,

1. *Gueliloth* : nom propre que plusieurs versions ont lu *Guilgal* (voir 18.17 et la note). Autres traductions *cercles de pierre*, ou *districts* — Les tribus de Transjordanie veulent avoir un *autel* sur la *terre de Canaan* où elles n'habitent pas.

2. Dans ce verset et les suivants, *fils d'Israël* désigne les tribus qui habitent à l'ouest du Jourdain — L'*autel* bâti *face à la terre de Canaan* est considéré comme un concurrent du sanctuaire de Silo et comme un signe de révolte contre Dieu (v. 16).

1. *milliers* : voir Nb 1.16 et la note.

2. Sur l'épisode de *Baal-Péor* voir Nb 25.1-9.

3. Comme Péor se trouve en Transjordanie, celle-ci demeure impure et donc inapte au culte, par opposition à Canaan où se trouve le sanctuaire du Seigneur.

notre Dieu. 20 Lorsque Akân, fils de Zérah, commit une infidélité envers l'interdit[1], n'est-ce pas sur toute la communauté d'Israël que vint le courroux ? Or il ne fut pas le seul qui périt à cause de sa faute. »

21 Les fils de Ruben, les fils de Gad et la demi-tribu de Manassé répondirent aux chefs des milliers d'Israël et leur dirent : 22 « Dieu, Dieu, le SEIGNEUR, Dieu, Dieu, le SEIGNEUR le sait et Israël le saura ! Si c'est par révolte, si c'est par infidélité contre le SEIGNEUR, ne nous sauve pas en ce jour ! 23 Si nous nous sommes bâti un autel pour nous détourner du SEIGNEUR et si c'est pour y offrir holocaustes et offrandes, si c'est pour y faire des sacrifices de paix[2], que le SEIGNEUR nous en demande compte ! 24 Mais non, c'est par inquiétude que nous avons fait cela, en pensant à l'éventualité que demain vos fils pourraient dire à nos fils : Qu'y a-t-il de commun entre vous et le SEIGNEUR, Dieu d'Israël ? 25 Entre nous et vous, fils de Ruben et fils de Gad, le SEIGNEUR a établi une frontière, le Jourdain. Vous n'avez aucune part sur le SEIGNEUR ! Vos fils pousseraient nos fils à cesser de craindre le SEIGNEUR[3]. 26 Nous nous sommes dit alors : Il nous faut bâtir cet autel, non pour des holocaustes ni pour des sacrifices,

27 mais comme témoin entre nous et vous, et entre nos descendants, que c'est bien le service du SEIGNEUR que nous accomplissons devant Sa face, par nos holocaustes, par nos sacrifices de paix, afin que vos fils demain ne disent pas à nos fils : Vous n'avez pas de part sur le SEIGNEUR. 28 Nous nous sommes dit : Si demain on nous tient ce langage à nous et à nos descendants, nous dirons : Voyez la forme même de l'autel du SEIGNEUR que nos pères ont établi non pas pour des holocaustes ou des sacrifices, mais comme témoin entre nous et vous ... 29 loin de nous la pensée de nous révolter contre le SEIGNEUR et de nous détourner aujourd'hui du SEIGNEUR en bâtissant un autel pour des holocaustes, des offrandes et des sacrifices, en dehors de l'autel du SEIGNEUR, notre Dieu, qui se trouve devant sa demeure ! » 30 Lorsque le prêtre Pinhas, les responsables de la communauté et les chefs des milliers d'Israël qui étaient avec lui entendirent ces paroles que prononçaient les fils de Ruben, les fils de Gad et les fils de Manassé, ils se tinrent pour satisfaits. 31 Pinhas, fils du prêtre Eléazar, dit aux fils de Ruben, aux fils de Gad et aux fils de Manassé : « Nous savons aujourd'hui que le SEIGNEUR est au milieu de nous puisque vous n'avez pas commis cette infidélité envers le SEIGNEUR. Vous avez ainsi délivré les fils d'Israël de la main du SEIGNEUR[1]. » 32 Pinhas, fils du prêtre Eléazar, et les responsables quittèrent les fils de

---

1. Sur l'infidélité d'*Akân*, voir Jos 7 — *interdit* : voir Dt 2.34 et la note.

2. *holocaustes, offrandes, sacrifices de paix* : voir au glossaire SACRIFICES. Les sacrifices peuvent être offerts seulement sur l'autel du sanctuaire d'Israël, à l'entrée de la tente de rencontre (Lv 1 ; 2 ; 3).

3. *Vous n'avez aucune part sur le SEIGNEUR*, c'est-à-dire *Vous n'avez aucun droit de participer au culte et d'en bénéficier — craindre le SEIGNEUR ou honorer le SEIGNEUR* (par le culte et une conduite conforme à ses commandements).

1. Les Israélites de Transjordanie font allusion au châtiment que Dieu aurait infligé à Israël si les tribus de Transjordanie avaient commis l'infidélité de fonder un culte séparé.

Ruben et les fils de Gad et revinrent du pays de Galaad au pays de Canaan auprès des fils d'Israël, auxquels ils firent rapport. 33 Les fils d'Israël se tinrent pour satisfaits et ils bénirent Dieu, ils renoncèrent à lancer contre eux une attaque et à ravager le pays qu'habitaient les fils de Ruben et les fils de Gad. 34 Les fils de Ruben et les fils de Gad appelèrent l'autel : « Il est témoin entre nous que le Seigneur est Dieu. »

Le testament de Josué

23 1 Longtemps après que le Seigneur eut accordé le repos à Israël face à tous ses ennemis d'alentour, Josué, devenu vieux et avancé en âge, 2 convoqua tout Israël, ses *anciens, ses chefs, ses juges et ses fonctionnaires et leur dit : « Je suis vieux et avancé en âge. 3 Vous-mêmes, vous avez vu tout ce que le Seigneur, votre Dieu, a fait contre toutes ces nations à cause de vous, car c'est le Seigneur, votre Dieu, qui a combattu pour vous. 4 Voyez, j'ai fait échoir en héritage pour vos tribus ces nations qui subsistent, ainsi que toutes les nations que j'ai abattues depuis le Jourdain jusqu'à la Grande Mer[1], au soleil couchant. 5 Le Seigneur, votre Dieu, lui-même les repousse à cause de vous et les dépossède devant vous, de sorte que vous prendrez possession de leur pays, comme le Seigneur, votre Dieu, vous l'a dit. 6 Soyez donc très forts et veillez à agir selon tout ce qui est écrit dans la Loi de Moïse, sans vous en écarter ni à droite ni à gauche. 7 N'entrez pas chez ces nations[1] qui subsistent auprès de vous, ne faites pas mémoire du nom de leurs dieux, ne jurez pas par eux, ne les servez pas et ne vous prosternez pas devant eux. 8 Mais si vous vous attachez au Seigneur, votre Dieu, comme vous l'avez fait jusqu'à ce jour, 9 alors, le Seigneur dépossédera devant vous des nations grandes et puissantes; or personne n'a pu tenir devant vous jusqu'à ce jour. 10 Un seul d'entre vous en poursuit mille, car c'est le Seigneur, votre Dieu, qui combat pour vous comme il vous l'a dit. 11 Prenez donc bien garde à vous-mêmes : aimez le Seigneur, votre Dieu. 12 Mais si vous vous détournez et vous vous attachez au reste de ces nations qui subsistent auprès de vous, si vous contractez des mariages avec elles, si vous allez chez elles et qu'elles viennent chez vous, 13 sachez bien que le Seigneur, votre Dieu, ne continuera pas de déposséder ces nations devant vous; elles seront pour vous un filet et un piège, un fouet contre vos flancs et des épines dans vos yeux, jusqu'à ce que vous disparaissiez de cette bonne terre que vous a donnée le Seigneur, votre Dieu. 14 Voici que je m'en vais[2] aujourd'hui comme s'en va toute chose terrestre; mais vous, reconnaissez de tout votre coeur et de tout votre être que pas une parole n'a failli de toutes les excellentes paroles qu'avait dites le Seigneur, votre Dieu, à votre sujet. Tout vous est arrivé, il n'est pas une seule de ces paroles qui ait failli.

---

1. *la Grande Mer* : la Méditerranée.

1. *ces nations* : les peuplades cananéennes que Dieu a dépossédées en faveur d'Israël.
2. *je m'en vais* : c'est-à-dire *je vais mourir* (cf. 1 R 2.2).

15 Eh bien ! De même que se sont réalisées les excellentes paroles que le Seigneur, votre Dieu, vous avait dites, de même le Seigneur réalisera contre vous toutes les mauvaises paroles jusqu'à ce qu'il vous ait supprimés de cette bonne terre que le Seigneur, votre Dieu, vous a donnée. 16 Si vous transgressez l'*alliance du Seigneur, votre Dieu, alliance qu'il vous a prescrite, et si vous allez servir d'autres dieux et vous prosterner devant eux, la colère du Seigneur s'enflammera contre vous et vous disparaîtrez rapidement du bon pays qu'il vous a donné. »

L'alliance de Sichem

24 1 Josué réunit toutes les tribus d'Israël à Sichem et il convoqua les *anciens d'Israël, ses chefs, ses juges et ses fonctionnaires : ils se présentèrent devant Dieu[1]. 2 Josué dit à tout le peuple : « Ainsi parle le Seigneur, Dieu d'Israël : C'est de l'autre côté du Fleuve qu'ont habité autrefois vos pères[2], Tèrah père d'Abraham et père de Nahor, et ils servaient d'autres dieux. 3 Je pris votre père Abraham de l'autre côté du Fleuve et je le conduisis à travers tout le pays de Canaan, je multipliai sa postérité et je lui donnai Isaac. 4 Je donnai à Isaac Jacob et Esaü et je donnai en possession à Esaü la montagne de Séïr. Mais Jacob et ses fils descendirent en Egypte. 5 Puis j'envoyai Moïse et Aaron et je frappai l'Egypte par mes actions au milieu d'elle, ensuite je vous fis sortir. 6 J'ai fait sortir vos pères d'Egypte et vous êtes arrivés jusqu'à la mer. Les Egyptiens ont poursuivi vos pères jusqu'à la *mer des Joncs avec des chars et des cavaliers. 7 Vos pères crièrent vers le Seigneur qui plaça des ténèbres entre vous et les Egyptiens, il fit venir sur eux la mer qui les recouvrit. Vos yeux ont vu ce que j'ai fait à l'Egypte. Vous avez habité dans le désert pendant de longs jours. 8 Je vous ai amenés au pays des *Amorites qui habitent au-delà du Jourdain, mais ils vous firent la guerre. Je vous les livrai et vous avez pris possession de leur pays, je les ai supprimés devant vous. 9 Balaq, fils de Cippor, roi de Moab, surgit pour faire la guerre à Israël. Il envoya chercher Balaam, fils de Béor, afin de vous maudire. 10 Mais je ne voulus pas écouter Balaam : il dut vous bénir et je vous délivrai de sa main. 11 Vous avez traversé le Jourdain et vous êtes arrivés à Jéricho. Les maîtres de Jéricho vous firent la guerre — l'Amorite, le Perizzite, le Cananéen, le Hittite, le Guirgashite, le Hivvite et le Jébusite, mais je vous les livrai. 12 J'envoyai devant vous les frelons qui les chassèrent[1] loin de vous, les deux rois des Amorites; ce ne fut ni par ton épée ni par ton arc. 13 Je vous ai donné un pays où tu n'avais pas peiné, des villes que vous n'aviez pas bâties et dans lesquelles vous habitez, des vignes et des oliviers que vous n'aviez pas plantés et vous en mangez les fruits !

---

1. La ville de *Sichem* était un lieu saint de la ligue des douze tribus (voir Gn 12.6 et la note) — *se présentèrent devant Dieu* : expression technique qui désigne le rassemblement solennel, probablement là où se trouvait l'*arche de l'alliance.
2. *Fleuve* : l'Euphrate — *vos pères* ou *vos ancêtres*.

1. *les frelons qui les chassèrent* : autre traduction *le découragement qui les chassa.*

14 « Maintenant donc, craignez le Seigneur et servez-le avec intégrité et fidélité. Ecartez les dieux qu'ont servis vos pères de l'autre côté du Fleuve et en Egypte, et servez le Seigneur. 15 Mais s'il ne vous plaît pas de servir le Seigneur, choisissez aujourd'hui qui vous voulez servir, soit les dieux qu'ont servis vos pères lorsqu'ils étaient au-delà du Fleuve, soit les dieux des Amorites dans le pays desquels vous habitez. Moi et ma maison[1], nous servirons le Seigneur. » 16 Le peuple répondit : « Loin de nous la pensée d'abandonner le Seigneur pour servir d'autres dieux ! 17 Car c'est le Seigneur qui est notre Dieu, lui qui nous a fait monter, nous et nos pères, du pays d'Egypte, de la maison de servitude. Il a opéré sous nos yeux les grands signes que voici : il nous a gardés tout au long du chemin que nous avons parcouru et parmi tous les peuples au milieu desquels nous sommes passés. 18 Le Seigneur a chassé devant nous tous les peuples, en particulier les Amorites qui habitent le pays. Nous aussi, nous servirons le Seigneur car c'est lui qui est notre Dieu. » 19 Josué dit au peuple : « Vous ne pourrez pas servir le Seigneur car c'est un Dieu *saint, c'est un Dieu jaloux[2] qui ne supportera pas vos révoltes et vos péchés. 20 Lorsque vous abandonnerez le Seigneur et servirez les dieux étrangers, il se tournera contre vous pour vous faire du mal, il vous consumera après vous avoir fait du bien. » 21 Le peuple dit à Josué : « Non, car nous servirons le Seigneur. »

22 Josué dit au peuple : « Vous êtes témoins contre vous-mêmes que c'est vous qui avez choisi le Seigneur pour le servir. » Ils répondirent : « Nous en sommes témoins. » 23 — « Maintenant donc, écartez les dieux étrangers qui sont au milieu de vous et inclinez votre *coeur vers le Seigneur, Dieu d'Israël. » 24 Le peuple répondit à Josué : « Nous servirons le Seigneur, notre Dieu, et nous obéirons à sa voix. » 25 Josué conclut une *alliance avec le peuple en ce jour-là ; il lui imposa des lois et des coutumes à Sichem. 26 Josué écrivit ces paroles dans le livre de la Loi de Dieu. Il prit une grande pierre qu'il fit dresser là, sous le chêne[1] dans le *sanctuaire du Seigneur. 27 Josué dit à tout le peuple : « Voici, cette pierre servira de témoignage contre nous, car elle a entendu tous les propos du Seigneur lorsqu'il a parlé avec nous ; elle servira de témoignage contre vous, de peur que vous ne déceviez votre Dieu. »

28 Josué renvoya le peuple, chacun à son héritage[2].

Mort de Josué

29 Après ces événements, Josué, fils de Noun, le serviteur du Seigneur, mourut à l'âge de 110 ans. 30 On l'ensevelit dans le territoire de son héritage, à Timnath-Sèrah dans la montagne d'Ephraïm, au nord du mont Gaash. 31 Israël servit le Seigneur durant toute la vie de Josué et toute la vie des *anciens qui vécurent encore

---

1. *maison* ou *famille.*
2. Voir Ex 20.5 et la note.

1. Le *chêne* de Sichem est célèbre dans la tradition israélite (voir Gn 12.6 ; 35.4 ; Jg 9.6, 37).
2. *chacun à son héritage* : c'est-à-dire chacun dans la propriété qui lui avait été attribuée.

après Josué et qui connaissaient toute l'oeuvre que le SEIGNEUR avait faite pour Israël. 32 Quant aux ossements de Joseph, que les fils d'Israël avaient emportés d'Egypte, on les ensevelit à Sichem, dans la portion de champ que Jacob avait achetée pour cent pièces d'argent aux fils de Hamor, père de Sichem; ces ossements entrèrent dans l'héritage des fils de Joseph.

33 Eléazar[1], fils d'Aaron, mourut et on l'ensevelit sur la colline de son fils Pinhas; celle-ci lui avait été donnée dans la montagne d'Ephraïm.

1. Voir 14.1 et la note.

LES JUGES

Israël s'installe en Canaan

1 1 Il arriva qu'après la mort de Josué les fils d'Israël consultèrent le Seigneur en disant : « Qui de nous montera en premier contre les Cananéens[1] pour les combattre ? » 2 Le Seigneur dit : « C'est Juda[2] qui montera. Voici que j'ai livré le pays entre ses mains. » 3 Juda dit à Siméon son frère : « Monte avec moi dans mon lot[3] et combattons les Cananéens. Puis, moi aussi, j'irai avec toi dans ton lot. » Et Siméon alla avec lui. 4 Juda monta et le Seigneur livra entre leurs mains les Cananéens et les Perizzites. À Bèzeq[4] ils battirent 10.000 d'entre eux. 5 Ils trouvèrent Adoni-Bèzeq[5] à Bèzeq et lui livrèrent combat; ils battirent les Cananéens et les Perizzites.

6 Adoni-Bèzeq s'enfuit, mais ils le poursuivirent, le saisirent et lui coupèrent les pouces des mains et des pieds[6]. 7 Adoni-Bèzeq dit :

« 70 rois dont on avait coupé les pouces des mains et des pieds ramassaient les restes sous ma table. Ce que j'ai fait, Dieu me l'a rendu. » On l'amena à Jérusalem et c'est là qu'il mourut.

8 Les fils de Juda[1] attaquèrent Jérusalem et s'en emparèrent; ils la passèrent au tranchant de l'épée et livrèrent la ville au feu. 9 Après cela les fils de Juda descendirent pour combattre les Cananéens qui habitaient la Montagne, le Néguev et le *Bas-Pays[2].

10 Puis Juda marcha contre les Cananéens qui habitaient à Hébron — le nom d'Hébron[3] était auparavant Qiryath-Arba — et ils frappèrent Shéshaï, Ahimân et Talmaï. 11 De là Juda marcha contre les habitants de Devir — le nom de Devir était auparavant Qiryath-Séfèr —. 12 Caleb dit : « Celui qui frappera Qiryath-Séfèr et s'en emparera, je lui donnerai pour femme ma fille Aksa. » 13 Otniel, fils de Qenaz, le frère cadet de Caleb, s'empara de la ville, et Caleb lui donna pour femme sa fille Aksa. 14 Or, dès son arrivée, elle l'incita à demander à son père un champ. Elle descendit de son âne, et Caleb lui

---

1. *fils d'Israël* ou *Israélites* — *consultèrent* : la consultation se faisait dans un sanctuaire, probablement au moyen du Ourim et du Toummim (voir Ex 28.30 et la note) — *Cananéens* : voir au glossaire AMORITES.
2. *Juda* (v. 2) et *Siméon* (v. 3) désignent ici deux des tribus d'Israël.
3. *dans mon lot* ou *dans le territoire qui m'a été attribué* (voir Jos 15; 19.1-9).
4. Localité difficile à situer. Elle devait être proche de Jérusalem.
5. On ne sait rien de lui en dehors de son nom.
6. Les hommes ainsi mutilés ne pouvaient plus se servir d'un arc.

1. *fils de Juda* ou *membres de la tribu de Juda*.
2. De l'est à l'ouest, le pays promis comporte la plaine du Jourdain ou Araba, une région montagneuse dite *la Montagne, le Bas-Pays*, les Pentes, la plaine côtière (voir Dt 1.7; Jos 10.40; 12.8) — le *Néguev* se trouve au sud (voir Gn 12.9 et la note).
3. Voir Gn 13.18 et la note.

dit : « Que veux-tu ? » 15 Elle lui dit : « Fais-moi une faveur. Puisque tu m'as donné une terre du Néguev, donne-moi aussi des vasques d'eau », et Caleb lui donna les vasques d'en haut et les vasques d'en bas.

16 Les fils du Qénite, beau-père de Moïse, montèrent de la ville des Palmiers avec les fils de Juda au désert de Juda qui est au sud de Arad[1]. Ils vinrent habiter avec le peuple.

17 Juda marcha avec Siméon, son frère. Ils battirent les Cananéens qui habitaient Cefath et vouèrent celle-ci à l'interdit. On appela la ville du nom de Horma[2]. 18 Juda s'empara de Gaza et de son territoire, d'Ashqelôn et de son territoire, de Eqrôn[3] et de son territoire. 19 Le Seigneur fut avec Juda qui prit possession de la Montagne, mais il n'était pas possible de déposséder les habitants de la plaine parce qu'ils avaient des chars de fer[4].

20 Selon la parole de Moïse, on donna Hébron à Caleb qui en déposséda les trois fils de Anaq. 21 Quant aux Jébusites qui habitaient Jérusalem, les fils de Benjamin ne les dépossédèrent pas et les Jébusites ont habité à Jérusalem avec les fils de Benjamin jusqu'à ce jour.

22 La maison de Joseph, elle aussi, monta, mais à Béthel[1], et le Seigneur fut avec elle. 23 La maison de Joseph fit faire une reconnaissance de Béthel; le nom de la ville était auparavant Louz. 24 Les guetteurs virent un homme sortir de la ville et ils lui dirent : « Fais-nous donc voir par où entrer dans la ville et nous ferons preuve de loyauté envers toi. » 25 Il leur fit voir par où entrer dans la ville et ils passèrent la ville au tranchant de l'épée, mais ils laissèrent aller l'homme et tout son clan. 26 Cet homme s'en alla au pays des Hittites et bâtit une ville qu'il nomma Louz[2]; c'est encore son nom aujourd'hui.

27 Manassé ne conquit ni Beth-Shéân et ses dépendances, ni Taanak et ses dépendances, ni les habitants de Dor et ses dépendances, ni les habitants de Yivléâm et ses dépendances, ni les habitants de Meguiddo et ses dépendances, et les Cananéens continuèrent à habiter dans ce pays. 28 Mais lorsque Israël fut devenu fort il imposa aux Cananéens la corvée[3], mais en fait il ne les déposséda pas.

29 Ephraïm ne déposséda pas les Cananéens qui habitaient à Guèzèr, et les Cananéens habitèrent à Guèzèr au milieu d'Ephraïm.

30 Zabulon ne déposséda pas les habitants de Qitrôn ni ceux de Nahalol; les Cananéens habitè-

---

1. *les fils* ou *descendants du Qénite – ville des Palmiers* : nom parfois donné à Jéricho (Dt 34.3; Jg 3.13); l'expression pourrait cependant désigner ici Tamar (Palmier), localité au sud de la mer Morte – *Arad* : à 30 km au sud d'Hébron.
2. *Cefath* : localisation incertaine – *Horma* : ce nom reprend les consonnes du verbe hébreu qui signifie *vouer à l'interdit*. Sur cette expression, voir Dt 2.34 et la note.
3. *Gaza, Ashqelôn, Eqrôn* : trois villes du territoire des Philistins.
4. *chars de fer* : voir Jos 17.16 et la note.

1. *La maison de Joseph* désigne les tribus d'Ephraïm et Manassé ! *Béthel* : voir Gn 12.8 et la note.
2. *le pays des Hittites* désigne la Syrie-Palestine dans des documents néo-babyloniens — la nouvelle *Louz* est inconnue.
3. Travaux imposés aux peuples vaincus (1 R 9.20-22).

rent au milieu de Zabulon, mais furent astreints à la corvée.

31 Asher ne déposséda pas les habitants de Akko, ni ceux de Sidon, Ahlav, Akziv, Helba, Afiq et Rehov. 32 Les Ashérites habitèrent au milieu des Cananéens qui habitaient le pays puisqu'ils ne les avaient pas dépossédés.

33 Nephtali ne déposséda pas les habitants de Beth-Shèmèsh, ni ceux de Beth-Anath, et il habita au milieu des Cananéens qui habitaient le pays, mais les habitants de Beth-Shèmèsh et de Beth-Anath furent astreints à la corvée.

34 Les *Amorites acculèrent les fils de Dan à la montagne, car ils ne les laissèrent pas descendre dans la plaine. 35 Les *Amorites continuèrent à habiter à Har-Hèrès, Ayyalôn et Shaalvîm, mais quand la main de la maison de Joseph se fit plus lourde, ils furent astreints à la corvée. 36 Le territoire des Amorites va depuis la montée des Aqrabbim, depuis la Roche et en remontant.

Reproches du Seigneur à son peuple

2 1 L'*ange du Seigneur monta de Guilgal à Bokim[1] et dit : « Je vous ai fait monter d'Egypte et je vous ai fait entrer dans le pays que j'avais promis par serment à vos pères. J'avais dit : Jamais je ne romprai mon *alliance avec vous, 2 et vous, vous ne conclurez pas d'alliance avec les habitants de ce pays; vous renverserez leurs *autels.

Mais vous n'avez pas écouté ma voix. Qu'avez-vous fait là ! 3 Alors je dis : Je ne les chasserai pas devant vous; ils seront pour vous un traquenard et leurs dieux seront pour vous un piège. 4 Or, dès que l'ange du Seigneur eut adressé ces paroles à tous les fils d'Israël, le peuple poussa des cris et ils pleurèrent. 5 Ils nommèrent ce lieu Bokim et là ils offrirent des *sacrifices au Seigneur.

Mort de Josué

6 Josué renvoya le peuple et les fils d'Israël allèrent chacun à son héritage pour prendre possession du pays. 7 Le peuple servit le Seigneur durant toute la vie de Josué et toute la vie des *anciens qui prolongèrent leurs jours après Josué et qui avaient vu toute la grande oeuvre que le Seigneur avait faite pour Israël. 8 Josué, fils de Noun, serviteur du Seigneur, mourut à l'âge de 110 ans. 9 On l'ensevelit dans le territoire de son héritage à Timnath-Hèrès[1], dans la montagne d'Ephraïm, au nord du mont Gaash. 10 Et puis toute cette génération fut réunie à ses pères; après elle ce fut une autre génération qui se leva, mais elle n'avait connu[2] ni le Seigneur, ni l'oeuvre qu'il avait faite pour Israël.

Infidélité, détresse, délivrance

11 Les fils d'Israël firent ce qui est mal aux yeux du Seigneur et ils servirent les *Baals. 12 Ils

---

1. *Guilgal* : voir Jos 4.19 et la note — *Bokim* localisation inconnue. Ce nom signifie les *Pleureurs* (v. 4-5) et on peut le rapprocher du « chêne des Pleurs » situé près de Béthel (Gn 35.8).

1. Localité appelée aussi Timnath-Sérah (Jos 19.10; 24.30).
2. *fut réunie à ses pères* ou *mourut* (voir Gn 25.8 et la note) — *connu* : le texte sous-entend *personnellement*.

abandonnèrent le Seigneur, le Dieu de leurs pères[1], qui les avait fait sortir du pays d'Egypte, et ils suivirent d'autres dieux parmi ceux des peuples qui les entouraient; ils se prosternèrent devant eux et ils offensèrent le Seigneur. 13 Ils abandonnèrent le Seigneur et ils servirent Baal et les Astartés[2]. 14 La colère du Seigneur s'enflamma contre Israël : il les livra aux mains des pillards qui les pillèrent et il les vendit à leurs ennemis d'alentour. Ils ne furent plus capables de tenir devant leurs ennemis. 15 Dans toutes leurs sorties la main du Seigneur était sur eux pour leur malheur, comme le Seigneur l'avait dit et le leur avait juré; leur détresse devint extrême. 16 Alors le Seigneur suscita des juges[3] qui les délivrèrent de ceux qui les pillaient. 17 Mais, même leurs juges, ils ne les écoutèrent pas, car ils se prostituèrent[4] à d'autres dieux et se prosternèrent devant eux; ils s'écartèrent très vite du chemin où avaient marché leurs pères qui avaient écouté les commandements du Seigneur; ils n'agirent pas ainsi. 18 Quand le Seigneur leur suscitait des juges, le Seigneur était avec le juge et il délivrait de leurs ennemis durant toute la vie du juge, car le Seigneur se laissait émouvoir par leur plainte devant ceux qui les opprimaient et les maltraitaient. 19 Mais, à la mort du juge, ils

recommençaient à se pervertir, plus encore que leurs pères, suivant d'autres dieux, les servant et se prosternant devant eux; ils ne renonçaient en rien à leurs pratiques et à leur conduite endurcie.

Dieu met Israël à l'épreuve

20 La colère du Seigneur s'enflamma contre Israël. Il dit : « Puisque cette nation a transgressé mon *alliance, celle que j'avais prescrite à leurs pères, et qu'elle n'a pas écouté ma voix, 21 moi non plus, je ne continuerai plus à déposséder devant elle aucune de ces nations que Josué a laissées en place avant de mourir. » 22 C'était pour mettre par elles Israël à l'épreuve et savoir s'il garderait ou non le chemin du Seigneur en y marchant comme l'avaient fait leurs pères[1]. 23 Aussi le Seigneur laissa subsister ces nations sans les déposséder trop vite et il ne les livra pas à Josué.

3 1 Voici les nations que le Seigneur laissa subsister pour mettre par elles Israël à l'épreuve, tous ceux qui n'avaient pas connu toutes les guerres de Canaan; 2 — ce fut seulement pour instruire les générations des fils d'Israël, pour leur apprendre la guerre, seulement parce que auparavant ils ne l'avaient pas connue — : 3 cinq tyrans philistins, tous les Cananéens, les Sidoniens et les Hivvites[2] qui habitaient la montagne du Liban, de-

---

1. *leurs pères* ou *leurs ancêtres*.
2. Associée à *Baal*, *Astarté* était la déesse de l'amour et de la fécondité. Son culte était très répandu dans tout le Proche-Orient, d'où l'utilisation du pluriel.
3. Les *juges* dont il est question dans ce livre sont avant tout des hommes que Dieu charge soit de commander et de gouverner, soit de sauver une ou plusieurs tribus en difficulté.
4. Voir Os 2.4 et la note.

1. *s'il garderait ou non le chemin du Seigneur en y marchant comme* ou *s'il serait ou non fidèle au Seigneur comme*.
2. *Cananéens, Hivvites* : voir au glossaire AMORITES — les *Sidoniens* : habitants de Sidon, port de la côte phénicienne, au nord de la Palestine.

puis la montagne de Baal-Hermon jusqu'à Lebo-Hamath.

4 Ce fut pour mettre par elles Israël à l'épreuve, pour savoir s'ils écouteraient les commandements que le Seigneur avait prescrits à leurs pères par l'intermédiaire de Moïse. 5 Les fils d'Israël habitèrent au milieu des Cananéens, des Hittites, des *Amorites, des Perizzites, des Hivvites et des Jébusites; 6 ils prirent leurs filles pour femmes et ils donnèrent leurs filles à leurs fils; ils servirent leurs dieux.

Les Juges : Otniel

7 Les fils d'Israël firent ce qui est mal aux yeux du Seigneur : ils oublièrent le Seigneur, leur Dieu, et ils servirent les *Baals et les Ashéras[1]. 8 La colère du Seigneur s'enflamma contre Israël et il les vendit à Koushân-Rishéataïm, roi d'Aram-des-deux-Fleuves[2]; les fils d'Israël servirent Koushân-Rishéataïm pendant huit ans. 9 Les fils d'Israël crièrent vers le Seigneur et le Seigneur suscita pour eux un sauveur qui les sauva : Otniel, fils de Qenaz, frère cadet de Caleb. 10 L'esprit du Seigneur fut sur lui et il jugea[3] Israël. Il partit en guerre et le Seigneur lui livra Koushân-Rishéataïm, roi d'Aram, et sa main fut puissante contre Koushân-Rishéataïm. 11 Le pays fut en repos pendant 40 ans, puis Otniel, fils de Qenaz, mourut.

Ehoud

12 Les fils d'Israël recommencèrent à faire ce qui est mal aux yeux du Seigneur et le Seigneur encouragea Eglôn, roi de Moab[1], contre Israël puisqu'ils faisaient ce qui est mal aux yeux du Seigneur. 13 Eglôn s'adjoignit les fils d'Ammon et Amaleq, puis il se mit en marche et battit Israël; ils prirent possession de la ville des Palmiers[2]. 14 Les fils d'Israël servirent Eglôn, roi de Moab, pendant dix-huit ans. 15 Les fils d'Israël crièrent vers le Seigneur et le Seigneur leur suscita un sauveur, Ehoud fils de Guéra, benjaminite, qui était gaucher. Par son intermédiaire les fils d'Israël envoyèrent un tribut à Eglôn, roi de Moab.

16 Ehoud se fit un poignard à deux tranchants, long d'un gomed[3], et il l'attacha sous son vêtement contre sa cuisse droite. 17 Il présenta donc le tribut à Eglôn, roi de Moab; or Eglôn était un homme très gros. 18 Dès qu'il eut fini de présenter le tribut, Ehoud raccompagna les gens qui avaient porté le tribut, 19 mais lui, arrivé aux Idoles qui sont près de Guilgal[4], rebroussa chemin et dit :

---

1. *Ashéra* est une divinité cananéenne que la Bible associe souvent à *Baal. Dans chaque *haut-lieu elle était représentée par un poteau sacré, symbole de la fécondité (voir Dt 16.21).
2. *Koushân-Rishéataïm* : surnom signifiant le *Koushite à la double méchanceté* — *Aram-des-deux-Fleuves* : voir Gn 24.10 et la note.
3. *il jugea Israël* ou *il fut le chef d'Israël* (voir la note sur 2.16).

1. *Moab* : voir Gn 19.37 et la note. Le royaume
2. *Ammon* : voir Gn 19.38 et la note — *Amaleq* : voir Ex 17.8 et la note. A l'époque des Juges les Amalécites sont l'ennemi principal des tribus d'Israël (voir 6.3, 33; 7.12; 10.12) — *la ville des Palmiers* désigne Jéricho (Dt 34.3).
3. Voir au glossaire POIDS ET MESURES.
4. Les *Idoles* sont probablement des pieux ou des pierres taillées — *Guilgal* : voir Jos 4.19 et la note.

« J'ai pour toi une parole confidentielle, ô roi ! » Celui-ci dit : « Ecartez-vous ! » Et, tous ceux qui se tenaient debout auprès de lui se retirèrent. 20 Ehoud vint vers Eglôn alors qu'il était assis dans la chambre haute[1] bien fraîche qui lui était réservée. Ehoud dit : « J'ai une parole de Dieu pour toi », et le roi se leva de son siège. 21 Ehoud étendit la main gauche, prit le poignard sur sa cuisse droite et l'enfonça dans le ventre du roi. 22 Même la poignée entra après la lame et la graisse se referma sur la lame, car Ehoud n'avait pas retiré le poignard du ventre du roi ; alors Ehoud sortit par la fenêtre[2] 23 après avoir fermé les portes de la chambre haute derrière lui et mis le verrou. 24 Lui sorti, les serviteurs du roi vinrent et regardèrent : voici que les portes de la chambre haute étaient verrouillées, et ils dirent : « Sans doute se couvre-t-il les pieds[3] dans la pièce bien fraîche. » 25 Ils attendirent jusqu'à en être troublés : voilà qu'il n'ouvrait toujours pas les portes de la chambre haute. Alors ils prirent la clé, ouvrirent et voici que leur maître gisait à terre, mort. 26 Quant à Ehoud il s'était échappé pendant qu'ils s'attardaient ; en effet il avait dépassé les Idoles et s'échappait vers la Séïra[4].

27 Or, dès qu'il arriva, il sonna du cor dans la montagne d'Ephraïm[5] ; les fils d'Israël descendirent avec lui de la montagne, lui à leur tête. 28 Il leur dit : « Suivez-moi, car le Seigneur a livré vos ennemis, les Moabites, entre vos mains. » Ils descendirent derrière lui, occupèrent les gués du Jourdain qui étaient à Moab et ne laissèrent personne traverser. 29 En ce temps-là ils battirent Moab, environ 10.000 hommes, tous corpulents et vaillants, et personne ne s'échappa. 30 En ce jour-là Moab fut abaissé sous la main d'Israël et le pays fut en repos pendant 80 ans.

Shamgar

31 Après Ehoud il y eut Shamgar, fils de Anath. Il battit les Philistins, au nombre de 600 hommes, avec un aiguillon[1] à boeufs ; lui aussi sauva Israël.

Débora et Baraq

4 1 Ehoud mort, les fils d'Israël recommencèrent à faire ce qui est mal aux yeux du Seigneur. 2 Le Seigneur les vendit à Yavîn, roi de Canaan, qui régnait à Haçor. Le chef de son armée était Sisera, mais celui-ci habitait à Harosheth-Goïm[2]. 3 Les fils d'Israël crièrent vers le Seigneur, car Sisera avait 900 chars de fer[3] et il avait opprimé durement les fils d'Israël pendant vingt ans.

---

1. Il s'agit d'une chambre située sur la terrasse de la maison.
2. Autre traduction : *par le vestibule*.
3. *se couvrir les pieds* ou *s'accroupir* : expression figurée signifiant « satisfaire un besoin naturel. »
4. Région qu'on peut situer au nord de Jéricho.
5. *la montagne d'Ephraïm* est au nord de Jérusalem (Jos 20.7 ; 21.21).

1. *Anath* désigne peut-être la localité de Beth-Anath (voir 1.33) — *aiguillon* : bâton terminé par une pointe de fer et utilisé pour faire avancer les *boeufs.*
2. *Harosheth-Goïm* : localisation incertaine, peut-être à 15 km au sud-est de Haïfa, entre le pied du mont Carmel et le torrent du Qishôn (voir 4.7 et la note).
3. *chars de fer* : voir Jos 17.16 et la note.

4 Or Débora, une *prophétesse, femme de Lappidoth, jugeait Israël en ce temps-là. 5 Elle siégeait sous le Palmier de Débora, entre Rama[1] et Béthel, dans la montagne d'Ephraïm, et les fils d'Israël montaient vers elle pour des questions d'arbitrage. 6 Elle fit appeler Baraq, fils d'Avinoam, de Qèdesh de Nephtali et elle lui dit : « Le Seigneur, Dieu d'Israël, a vraiment donné un ordre. Va, rassemble au mont Tabor[2] et prends avec toi 10.000 hommes parmi les fils de Nephtali et les fils de Zabulon. 7 J'attirerai vers toi au torrent du Qishôn[3] Sisera, chef de l'armée de Yavîn, ainsi que ses chars et ses troupes, et je le livrerai entre tes mains. » 8 Baraq lui dit : « Si tu marches avec moi, je marcherai, mais si tu ne marches pas avec moi, je ne marcherai pas. » 9 Elle dit : « Je marcherai donc avec toi; toutefois sur le chemin où tu marches, la gloire ne sera pas pour toi, car c'est à une femme que le Seigneur vendra Sisera. » Débora se leva et elle alla vers Baraq à Qèdesh. 10 Baraq convoqua Zabulon et Nephtali à Qèdesh. 10.000 hommes montèrent sur ses pas et avec lui monta Débora.

11 Héber le Qénite s'était séparé de Caïn, des fils de Hobab, beau-père de Moïse, et il avait dressé sa tente aussi loin que le chêne de Çaannaïm[4], près de Qèdesh.

12 On annonça à Sisera que Baraq, fils d'Avinoam, était monté au mont Tabor. 13 Alors Sisera convoqua tous ses chars, 900 chars de fer, ainsi que tout le peuple qui était avec lui, depuis Harosheth-Goïm au torrent du Qishôn. 14 Débora dit à Baraq : « Lève-toi, car voici le jour où le Seigneur a livré Sisera entre tes mains. Oui, le Seigneur est sorti devant toi. » Baraq descendit du mont Tabor, ayant 10.000 hommes derrière lui. 15 Alors, devant Baraq, le Seigneur mit en déroute Sisera, tous ses chars et toute son armée — au tranchant de l'épée —. Sisera descendit de son char et s'enfuit à pied. 16 Baraq poursuivit les chars et l'armée jusqu'à Harosheth-Goïm; toute l'armée de Sisera tomba sous le tranchant de l'épée; il n'en resta pas un seul.

17 Or Sisera s'enfuyait à pied vers la tente de Yaël, femme de Héber le Qénite, car il y avait la paix entre Yavîn, roi de Haçor, et la maison de Héber le Qénite. 18 Yaël sortit à la rencontre de Sisera et lui dit : « Arrête-toi, mon seigneur, arrête-toi chez moi; ne crains rien. » Il s'arrêta chez elle, dans sa tente, et elle le recouvrit d'une couverture. 19 Il lui dit : « Peux-tu me donner à boire un peu d'eau, car j'ai soif. » Elle ouvrit l'outre de lait, le fit boire et le recouvrit. 20 Il lui dit : « Tiens-toi à l'entrée de la tente et si quelqu'un vient, t'interroge et dit : y a-t-il quelqu'un ici ?, Tu diras : non. » 21 Mais Yaël, femme de Héber, prit un piquet de la tente, saisit dans sa main le marteau,

---

1. *Rama* : à quelques km au nord de Jérusalem.
2. Le *mont Tabor* : voir Jos 19.22 et la note.
3. Le *torrent du Qishôn* longe le versant nord du mont Carmel et se jette dans la mer près de Haïfa.
4. *Caïn* : nom de l'ancêtre des Qénites d'après Nb 24.21-22 — *Çaannaïm* en Nephtali; même localité que Çaanannim en Jos 19.33.

entra auprès de lui doucement et lui enfonça dans la tempe le piquet qui alla se planter dans la terre; Sisera qui, épuisé, était profondément endormi, mourut.

22 Or, voici Baraq à la poursuite de Sisera ! Yaël sortit à sa rencontre et lui dit : « Viens, et je te ferai voir l'homme que tu cherches. » Il entra chez elle et voilà que Sisera gisait, mort, le piquet dans la tempe.

23 En ce jour-là Dieu abaissa Yavîn, roi de Canaan, devant les fils d'Israël. 24 La main des fils d'Israël se fit de plus en plus lourde contre Yavîn, roi de Canaan, jusqu'à ce qu'ils eussent abattu Yavîn, roi de Canaan.

Le cantique de Débora

5 1 Ce jour-là Débora[1] et Baraq, fils d'Avinoam, chantèrent en disant :

2 « Lorsqu'en Israël on se consacre totalement[2],
lorsque le peuple s'offre librement,
bénissez le SEIGNEUR.

3 Ecoutez, rois ! Prêtez l'oreille, souverains !
Pour le SEIGNEUR, moi, je veux chanter,
je veux célébrer le SEIGNEUR, Dieu d'Israël.

4 SEIGNEUR, quand tu sortis de Séïr,
quand tu partis de la steppe d'Edom,
la terre trembla, les cieux chancelèrent[1],
les nuées déversèrent de l'eau,

5 les montagnes s'affaissèrent[2] devant le SEIGNEUR (celui du Sinaï),
devant le SEIGNEUR, le Dieu d'Israël.

6 Aux jours de Shamgar, fils de Anath,
aux jours de Yaël, avaient cessé les caravanes
et ceux qui voyageaient allaient par des chemins détournés[3].

7 Des chefs[4] manquaient, ils manquaient en Israël
jusqu'à ce que tu te sois levée, Débora,
jusqu'à ce que tu te sois levée, mère en Israël.

8 On choisissait des dieux nouveaux;
alors pour cinq villes[5] c'est à peine si on voyait un bouclier et une lance
pour 40.000 hommes en Israël.

9 Mon cœur va aux commandants d'Israël,
à ceux qui, dans le peuple, s'offrent librement.

---

1. Ce poème est un des plus anciens textes de la Bible et, pour cette raison, il est souvent difficile à traduire.

2. *on se consacre totalement* : littéralement *on dénoue les chevelures*, rite par lequel on montrait qu'on se consacrait à Dieu en vue de la guerre sainte. Autre traduction *les chefs commandent*.

1. *Séïr* : voir Gn 32.4 et la note — *chancelèrent* : d'après des manuscrits de l'ancienne version grecque; hébreu *déversèrent*.

2. *s'affaissèrent* : autre traduction *ruisselèrent*.

3. *caravanes ou voyages* — *détournés* : la présence des Cananéens dans la plaine empêchait la circulation des caravanes et des voyageurs entre les tribus du nord et celles de la montagne d'Ephraïm.

4. *chefs* : le sens du mot hébreu correspondant est incertain; autres traductions *les habitants des campagnes manquaient* ou, avec quelques manuscrits hébreux, *les villes ouvertes avaient cessé d'exister*.

5. Texte difficile; traduction conjecturale — *pour cinq villes* : autre traduction *la guerre était aux portes*.

Bénissez le Seigneur !

10 Vous qui montez des ânesses[1]
blanches,
vous qui siégez sur des tapis
et vous qui marchez sur la
route, méditez.

11 Par la voix de ceux qui font le
partage, entre les abreuvoirs,
là, on raconte les victoires du
Seigneur,
les victoires de sa force en Israël.
Alors le peuple du Seigneur est
descendu aux portes[2].

12 Eveille-toi, éveille-toi, Débora !
Eveille-toi, éveille-toi, lance un
chant.
Lève-toi, Baraq, et ramène tes
captifs[3], fils d'Avinoam.

13 Alors les survivants sont descendus parmi des nobles,
le peuple du Seigneur est descendu pour moi parmi des héros.

14 D'Ephraïm les princes sont à
Amaleq ;
derrière toi Benjamin est
parmi tes troupes.
De Makir[4] descendent des
commandants
et de Zabulon ceux qui tiennent le bâton de commandement.

15 Les chefs en Issakar sont avec
Débora
et Baraq dans la plaine s'est
lancé sur ses pas.

Dans les clans de Ruben[1],
grandes sont les résolutions !

16 Pourquoi demeures-tu entre les
enclos
à écouter les sifflements pour
les troupeaux ?
Dans les clans de Ruben,
grandes sont les interrogations[2] !

17 Galaad habite au-delà du
Jourdain.
Et Dan, pourquoi séjourne-t-il
sur des vaisseaux ?
Asher[3] demeure au bord des
mers
et habite près de ses ports.

18 Zabulon est un peuple qui a
risqué sa vie au mépris de la
mort,
ainsi que Nephtali, sur les hauteurs de la campagne.

19 Survinrent des rois, ils ont
combattu,
alors les rois de Canaan ont
combattu
à Taanak, près des eaux de
Meguiddo[4] ;
un butin d'argent ils n'ont pas
obtenu.

---

1. A cette époque l'*ânesse* était la monture des
chefs et des personnages de marque (Jg 10.4 ; Nb
22.21).
2. *ceux qui font le partage* : traduction incertaine d'un texte peu clair. Il s'agit, semble-t-il, du
partage du butin après la victoire — *portes* : lieu
de rassemblement des habitants d'une ville.
3. *ramène tes captifs* : texte de sens incertain.
4. *Amaleq* : voir 12.15 — *Makir* : clan de la
tribu de Manassé.

1. Dans la deuxième partie du verset la traduction laisse de côté une répétition du nom d'Issakar,
qui semble avoir été empruntée au début du verset.
Certains traduisent *et Issakar est comme Baraq*
— Quatre tribus qui n'ont pas participé au combat vont recevoir des reproches : *Ruben* (v. 15),
Galaad, Dan, Asher (v. 17).
2. Les *sifflements* sont peut-être ceux des bergers ; certains pensent qu'il s'agit du *son des flûtes*
— *interrogations* : les *clans de Ruben* ne se décident pas à participer au combat avec les autres
tribus.
3. *Galaad,* nom habituel de la Transjordanie
centrale, désigne ici les tribus qui y étaient installées, Gad et une partie de Manassé — *vaisseaux* :
les Danites servaient peut-être comme marins *sur
des vaisseaux* phéniciens. A cette époque la tribu
de *Dan* était encore installée à l'ouest du territoire
de Benjamin (voir 18.1-2) — *Asher* occupait la
plaine littorale au nord du mont Carmel.
4. *Taanak* et *Meguiddo* sont deux villes cananéennes importantes, situées à la bordure méridionale de la plaine d'Izréel.

20 Du haut des cieux les étoiles
   ont combattu,
   de leurs orbites elles ont combattu contre Sisera.
21 Le torrent du Qishôn les a balayés,
   le torrent antique, le torrent du
   Qishôn !
   Marche, mon âme, avec hardi-
   esse !
22 Alors les sabots des chevaux
   ont martelé le sol,
   du galop, du galop des coursiers.
23 Maudissez Méroz[1], dit l'*ange
   du Seigneur.
   Maudissez de malédiction ses
   habitants,
   car ils ne sont pas venus au
   secours du Seigneur,
   au secours du Seigneur avec
   les héros.
24 Bénie soit parmi les femmes
   Yaël, femme de Héber le Qénite,
   parmi les femmes qui vivent
   sous la tente, qu'elle soit bénie !
25 Il demandait de l'eau, elle
   donna du lait ;
   dans la coupe des nobles elle
   présenta de la crème.
26 Elle étendit sa main vers le
   piquet
   et sa droite vers le marteau des
   travailleurs ;
   elle martela Sisera et lui broya
   la tête ;
   elle lui écrasa et transperça la
   tempe.
27 À ses pieds il s'affaisse, il
   tombe, il est couché ;
   à ses pieds, il s'affaisse, il
   tombe.

Là où il s'est affaissé, il est
tombé, anéanti.
28 Par la fenêtre elle se penche et
   se lamente,
   la mère de Sisera, à travers le
   grillage :
   Pourquoi son char tarde-t-il à
   venir ?
   Pourquoi la marche de ses
   chars est-elle si lente ?
29 La plus sage de ses princesses
   lui répond,
   elle lui réplique en disant :
30 N'est-ce pas parce qu'ils trouvent et partagent le butin :
   une captive, deux captives par
   tête de guerrier,
   un butin d'étoffes de couleur
   pour Sisera, un butin d'étoffes,
   une broderie, deux broderies
   pour son cou[1].
31 Qu'ainsi périssent tous tes ennemis, Seigneur,
   et que tes amis[2] soient comme
   le soleil quand il se lève dans
   sa force. »

Et le pays fut en repos pendant 40 ans.

Madiân opprime Israël

6 1 Les fils d'Israël firent ce
qui est mal aux yeux du
Seigneur ; et le Seigneur les livra
à Madiân[3] pendant sept ans. 2 La
main de Madiân fut puissante
contre Israël. À cause de Madiân,
les fils d'Israël aménagèrent dans
les montagnes les failles, les

---

1. Ville située à 12 km au sud-est de Qédesh de
Nephtali.

1. *une broderie ... pour son cou* : traduction
conjecturale d'un texte peu clair.
2. *tes amis* : d'après plusieurs versions anciennes ;
hébreu *ses amis*.
3. Voir Ex 2.15 et la note.

grottes et les points escarpés. 3 Or, chaque fois qu'Israël avait semé, Madiân montait, ainsi qu'Amaleq et les fils de l'Orient[1]; ils montaient l'envahir. 4 Ils campaient auprès des Israélites, ravageaient les produits du pays jusqu'à proximité de Gaza[2] et ils ne laissaient pas de vivres en Israël, ni de moutons, ni de boeufs, ni d'ânes. 5 En effet, ils montaient, eux et leurs troupeaux, avec leurs tentes, arrivaient aussi nombreux que des sauterelles[3] — eux et leurs chameaux étaient innombrables — et ils entraient dans le pays pour le ravager. 6 Ainsi, Israël fut très affaibli à cause de Madiân; et les fils d'Israël crièrent vers le Seigneur.

7 Or, comme les fils d'Israël criaient vers le Seigneur à cause de Madiân, 8 le Seigneur envoya aux fils d'Israël un *prophète qui leur dit : «Ainsi parle le Seigneur, Dieu d'Israël : C'est moi qui vous ai fait monter d'Egypte et qui vous ai fait sortir de la maison de servitude. 9 Je vous ai délivrés des Egyptiens et de tous ceux qui vous opprimaient; je les ai chassés devant vous et je vous ai donné leur pays. 10 Je vous ai dit : Je suis le Seigneur, votre Dieu. Vous ne craindrez pas les dieux des *Amorites dont vous habitez le pays! Mais vous n'avez pas écouté ma voix!»

Dieu charge Gédéon de sauver Israël

11 L'*ange du Seigneur vint s'asseoir sous le térébinthe d'Ofra qui appartenait à Yoash, du clan d'Avièzer. Gédéon, son fils, était en train de battre le blé dans le pressoir[1] pour le soustraire à Madiân. 12 L'ange du Seigneur lui apparut et lui dit : «Le Seigneur est avec toi, vaillant guerrier!» 13 Gédéon lui dit : «Pardon, mon seigneur! Si le Seigneur est avec nous, pourquoi tout cela nous est-il arrivé? Où sont donc toutes les merveilles que nous racontaient nos pères en concluant : N'est-il pas vrai que le Seigneur nous a fait monter d'Egypte? Or maintenant, le Seigneur nous a délaissés en nous livrant à Madiân.»

14 Le Seigneur se tourna vers lui et dit : «Va avec cette force que tu as et sauve Israël de Madiân. Oui, c'est moi qui t'envoie!» 15 Mais Gédéon lui dit : «Pardon, mon seigneur, comment sauverai-je Israël? Mon clan est le plus faible en Manassé, et moi, je suis le plus jeune dans la maison de mon père!» 16 Le Seigneur lui répondit : «Je serai avec toi, et ainsi tu battras les Madianites tous ensemble.» 17 Gédéon lui dit : «Si vraiment j'ai trouvé grâce à tes yeux, manifeste-moi par un signe que c'est toi qui me parles. 18 Je t'en prie, ne t'éloigne pas d'ici jusqu'à ce que je revienne vers toi, le temps d'apporter mon offrande et de la déposer devant toi.» Le

---

1. *Amaleq* : voir Ex 17.8 et la note — *fils de l'Orient* : désignation générale de groupes nomades vivant dans le nord de la Transjordanie et dans le désert syrien.
2. Une des cinq villes des Philistins, la plus au sud, non loin de la mer.
3. Ces insectes arrivent parfois en troupes innombrables (Jr 46.23) qui dévorent toute la verdure et laissent le pays ravagé (Jl 1.4-12).

---

1. *Ofra* : localisation incertaine, sur le territoire de Manassé — le *Térébinthe* est ici un arbre sacré — *Avièzer* : clan de la tribu de Manassé — Habituellement on *bat le blé* au grand air, mais *Gédéon s'est caché dans le pressoir*, c'est-à-dire le creux où l'on écrasait le raisin.

SEIGNEUR dit : « Je resterai jusqu'à ton retour. »

19 Gédéon vint préparer un chevreau et, avec un épha[1] de farine il fit des pains sans *levain. Il mit la viande dans un panier et le jus dans un pot, puis il apporta le tout sous le térébinthe et le lui présenta. 20 L'ange de Dieu lui dit : « Prends la viande et les pains sans levain, pose-les sur cette roche et répands le jus ! » Ainsi fit Gédéon. 21 L'ange du SEIGNEUR étendit l'extrémité du bâton qu'il avait à la main et toucha la viande et les pains sans levain. Le feu jaillit du rocher et consuma la viande et les pains sans levain. Puis l'ange du SEIGNEUR disparut à ses yeux. 22 Alors Gédéon vit que c'était l'ange du SEIGNEUR, et il dit : « Ah ! Seigneur DIEU, j'ai donc vu l'ange du SEIGNEUR face à face ! » 23 Le SEIGNEUR lui dit : « La paix est avec toi ! Ne crains rien; tu ne mourras pas. » 24 A cet endroit, Gédéon bâtit un *autel au SEIGNEUR et il l'appela « Le SEIGNEUR est paix. » Jusqu'à ce jour, cet autel est encore à Ofra d'Avièzer.

Gédéon démolit l'autel du Baal

25 Or, cette nuit-là, le SEIGNEUR dit à Gédéon : « Prends le jeune taureau que possède ton père et un second taureau de sept ans. Puis tu démoliras l'*autel du *Baal que possède ton père et tu couperas le poteau sacré[2] qui est à côté. 26 Tu bâtiras ensuite un autel bien appareillé au SEIGNEUR, ton Dieu, au sommet de cette hauteur; tu prendras alors le second taureau et tu l'offriras en holocauste[1] sur le bois du poteau sacré que tu auras coupé. » 27 Gédéon prit dix hommes parmi ses serviteurs, et il agit comme le lui avait dit le SEIGNEUR. Mais, parce qu'il craignait les gens de la maison de son père et ceux de la ville, plutôt que de le faire de jour, il le fit de nuit. 28 S'étant levés de bon matin, les gens de la ville virent que l'autel du Baal était renversé, le poteau sacré qui était à côté coupé, et qu'on avait offert en holocauste le second taureau sur l'autel qui venait d'être bâti. 29 Ils se dirent l'un à l'autre : « Qui a fait cela ? » S'étant renseignés et ayant fait des recherches, ils dirent : « C'est Gédéon, fils de Yoash, qui a fait cela ! » 30 Les gens de la ville dirent à Yoash : « Fais sortir ton fils et qu'il meure, car il a renversé l'autel du Baal et coupé le poteau sacré qui était à côté. » 31 Yoash dit à tous ceux qui se tenaient près de lui : « Est-ce à vous de plaider pour Baal ? Est-ce à vous de venir à son secours ? — Quiconque plaide pour Baal doit être mis à mort avant le matin ! — Si Baal est Dieu, qu'il plaide lui-même sa cause, puisque Gédéon a renversé son autel. » 32 Ce jour-là, on appela Gédéon Yeroubbaal[2], en disant : « Que Baal plaide sa cause contre lui », puisqu'il a renversé son autel.

---

1. Voir au glossaire POIDS ET MESURES.
2. *poteau sacré* : symbole de la déesse Ashéra (voir 3.7 et la note).

1. *bien appareillé* : traduction incertaine; certains comprennent *comme à l'ordinaire* — *holocauste* : voir au glossaire SACRIFICES.
2. *Yeroubbaal* signifie *Que Baal plaide*.

Gédéon demande à Dieu une garantie

33 Tout Madiân ainsi que Amaleq et les fils de l'Orient se réunirent d'un commun accord, traversèrent le Jourdain et campèrent dans la plaine d'Izréel[1]. 34 L'esprit du SEIGNEUR revêtit Gédéon, qui sonna du cor, et le clan d'Avièzer fut convoqué à le suivre. 35 Il envoya des messagers dans tout Manassé qui, lui aussi, fut convoqué à le suivre. Puis il envoya des messagers dans les tribus d'Asher, de Zabulon et de Nephtali, qui montèrent à leur rencontre.

36 Gédéon dit à Dieu : « Si tu veux sauver Israël par ma main, comme tu l'as dit, 37 voici je vais étendre sur l'aire une toison[2] de laine : s'il n'y a de la rosée que sur la toison et si tout le terrain reste sec, je saurai que tu veux sauver Israël par ma main, comme tu l'as dit. » 38 Et il en fut ainsi. Lorsque le lendemain Gédéon se leva, il pressa la toison et il en exprima la rosée, une pleine coupe d'eau. 39 Gédéon dit à Dieu : « Que ta colère ne s'enflamme pas contre moi si je parle encore une fois. Permets que je fasse une dernière fois l'épreuve de la toison : Que la toison seule reste sèche et qu'il y ait de la rosée sur tout le terrain. » 40 Cette nuit-là, Dieu fit ainsi : seule la toison resta sèche et il y eut de la rosée sur tout le terrain.

Trois cents hommes pour Gédéon

7 1 Yeroubbaal — c'est Gédéon — se leva de bon matin, lui et tout le peuple qui était avec lui, et ils campèrent près de Ein Harod, tandis que le camp de Madiân se trouvait plus au nord, du côté de la colline de Moré[1], dans la plaine.

2 Le SEIGNEUR dit à Gédéon : « Trop nombreux est le peuple qui est avec toi pour que je livre Madiân entre ses mains : Israël pourrait s'en glorifier à mes dépens et dire : C'est ma main qui m'a sauvé ! 3 En conséquence, proclame donc ceci au peuple : Quiconque a peur et tremble, qu'il rentre chez lui ! » Et Gédéon les mit à l'épreuve[2]. 22.000 hommes parmi le peuple rentrèrent chez eux et il resta 10.000 hommes.

4 Le SEIGNEUR dit à Gédéon : « Ce peuple est encore trop nombreux ! Fais-le descendre au bord de l'eau, et là je le mettrai à l'épreuve pour toi. Ainsi, celui dont je te dirai : Qu'il aille avec toi, celui-là ira avec toi, et tout homme dont je te dirai : Qu'il n'aille pas avec toi, celui-là n'ira pas ! » 5 Alors, Gédéon fit descendre le peuple au bord de l'eau, et le SEIGNEUR dit à Gédéon : « Quiconque lapera l'eau, comme un chien le fait avec la langue, tu le mettras à part, et de même quiconque se mettra à genoux

---

1. *Madiân, Amaleq, fils de l'Orient* : voir 6.1-3 et les notes. — *Izréel* : voir Jos 19.18 et la note.
2. *toison* : peau de mouton encore garnie de sa laine.

1. *Yeroubbaal* : voir 6.32 et la note — *Ein Harod* (la source du tremblement); à l'est de la plaine d'Izréel, au pied du mont Guilboa — *colline de Moré*, c'est-à-dire *du devin*, haute de 515 m., au sud du mont Tabor.
2. *tremble* : allusion à *Ein Harod* (voir la note sur le v. 1) — *et Gédéon les mit à l'épreuve* : traduction conjecturale; hébreu peu clair.

pour boire. » 6 Or, le nombre de ceux qui lapèrent en portant la main à la bouche fut de 300 hommes, alors que tout le reste du peuple s'était mis à genoux pour boire de l'eau. 7 Le Seigneur dit à Gédéon : « C'est avec les 300 hommes qui ont lapé que je vous sauverai et que je livrerai Madiân entre tes mains. Que le gros du peuple rentre chacun chez soi. » 8 Les 300 prirent dans leurs mains les cruches[1] du peuple ainsi que leurs cors, puis Gédéon renvoya le gros des hommes d'Israël chacun sous sa tente, mais il retint les 300 hommes, le camp de Madiân était au-dessous du sien dans la plaine.

Présage de victoire

9 Or, cette nuit-là, le Seigneur dit à Gédéon : « Lève-toi, descends au camp, car je l'ai livré entre tes mains. 10 Mais si tu as peur de descendre, descends vers le camp avec Poura, ton serviteur. 11 Tu entendras ce qu'on y dit. Ton courage en sera fortifié, et tu pourras faire une descente sur le camp. » Il descendit donc avec Poura, son serviteur, jusqu'aux avant-postes du camp. 12 Madiân, Amaleq et tous les fils de l'Orient s'étalaient dans la plaine aussi nombreux que des sauterelles; on ne pouvait compter leurs chameaux, aussi nombreux que les grains de sable sur le bord de la mer. 13 Au moment où Gédéon arrivait, voilà qu'un homme racontait un songe à son camarade : « Tiens, lui disait-il, je viens d'avoir un songe : Voici qu'une

miche de pain d'orge tournoyait dans le camp de Madiân, arrivait jusqu'à la tente, la heurtait, provoquant sa chute et la mettant sens dessus dessous, si bien que la tente était effondrée[1] ! » 14 Son camarade lui répondit et dit : « Ce ne peut être que l'épée de Gédéon, fils de Yoash, l'Israélite. Dieu a livré entre ses mains Madiân et tout le camp. » 15 Dès que Gédéon eut entendu le récit de ce songe et son interprétation, il se prosterna, puis il revint au camp d'Israël et dit : « Levez-vous, car le Seigneur a livré entre vos mains le camp de Madiân. »

Déroute des Madianites

16 Gédéon divisa les 300 hommes en trois bandes. À tous il remit des cors et des cruches vides avec des torches dans les cruches. 17 Il leur dit : « Vous regarderez de mon côté et vous ferez comme moi ! Quand je serai arrivé aux abords du camp, ce que je ferai, vous le ferez aussi. 18 Je sonnerai du cor, moi et tous ceux qui seront avec moi, alors vous sonnerez du cor, vous aussi, tout autour du camp et vous crierez : Pour le Seigneur et pour Gédéon ! »

19 Gédéon et les cent hommes qui étaient avec lui arrivèrent aux abords du camp au début de la veille de la minuit[2]; on venait de relever les sentinelles. Ils sonnèrent du cor et brisèrent les cruches qu'ils avaient à la main.

---

1. *cruches* : traduction conjecturale, d'après le v. 16; hébreu *provisions*.

1. Le *pain d'orge* symbolise les Israélites cultivateurs; la *tente* représente les Madianites nomades.
2. *au début de la veille de la minuit* : vers 11 heures du soir.

20 Alors, les trois bandes sonnèrent du cor et brisèrent les cruches; de la main gauche ils saisirent les torches et de la main droite les cors pour en sonner, et ils crièrent : «Épée pour le Seigneur et pour Gédéon!» 21 Pendant qu'ils se tenaient debout autour du camp, chacun à sa place, le camp tout entier se mit à courir, à pousser des cris et à prendre la fuite. 22 Et tandis que retentissaient les 300 cors, le Seigneur fit que dans tout le camp chacun dirigeait son épée contre son camarade, et tous s'enfuirent jusqu'à Beth-Shitta, du côté de Ceréra, et jusqu'à la rive d'Avel-Mehola, près de Tabbath[1].

23 Alors les hommes d'Israël furent convoqués de Nephtali, d'Asher et de tout Manassé, et ils poursuivirent Madiân. 24 Gédéon envoya des messagers dans toute la montagne d'Éphraïm pour dire : «Descendez à la rencontre de Madiân et occupez avant eux les points d'eau jusqu'à Beth-Bara ainsi que le Jourdain.» Tous les hommes d'Éphraïm furent convoqués et ils occupèrent les points d'eau jusqu'à Beth-Bara ainsi que le Jourdain. 25 Ils s'emparèrent de deux chefs de Madiân, Orev et Zéev. Ils tuèrent Orev au rocher de Orev et Zéev au Pressoir de Zéev. Puis ils menèrent leur poursuite jusque vers Madiân et rapportèrent à Gédéon les têtes de Orev et de Zéev d'au-delà du Jourdain.

Mécontentement des Éphraïmites

8 1 Les hommes d'Éphraïm dirent à Gédéon : «Que signifie cette manière d'agir envers nous en ne nous appelant pas lorsque tu partais combattre Madiân?» Et ils le prirent violemment à partie. 2 Gédéon leur dit : «Qu'ai-je donc fait de comparable à vous? Le grappillage[1] d'Éphraïm ne vaut-il pas mieux que la vendange d'Aviézer? 3 C'est entre vos mains que Dieu a livré les chefs de Madiân, Orev et Zéev. Qu'ai-je donc pu faire de comparable à vous?» Dès qu'il eut prononcé cette parole, leur animosité contre lui s'apaisa.

Gédéon à l'est du Jourdain

4 Gédéon arriva au Jourdain et le traversa, lui et les 300 hommes qui étaient avec lui. Bien qu'épuisés, ils continuaient leur poursuite. 5 Il dit aux gens de Soukkoth : «Donnez, je vous prie, des galettes de pain à la troupe qui me suit, car ils sont épuisés, et je poursuis Zèvah et Çalmounna[2], rois de Madiân.» 6 Mais les chefs de Soukkoth répondirent : «Tiens-tu déjà en ton pouvoir Zèvah et Çalmounna pour que nous donnions du pain à ton armée?» 7 — «Eh bien! Répliqua Gédéon, quand le Seigneur aura livré entre mes mains Zèvah et Çalmounna, je vous fouetterai[3] avec les

---

1. *Ceréra* : localité inconnue. *Avel-Mehola* à l'ouest du Jourdain et *Tabbath* à l'est, ainsi peut-être que *Beth-Shitta*. Les Madianites fuient vers le sud pour franchir les gués du Jourdain.

1. Le *grappillage* est la cueillette des grappes de raisin qui restent après la vendange.
2. *Soukkoth* : voir Gn 33.17 et la note — *Zévah* (victime) et *Çalmounna* (ombre retranchée) sont probablement des surnoms ironiques donnés par le narrateur aux deux rois madianites.
3. *je vous fouetterai avec* : autre traduction *je vous foulerai sous* (ou *comme*).

épines du désert et les chardons. »
8 De là il monta à Penouël[1] et il
parla aux habitants de la même
manière, et les gens de Penouël
lui répondirent comme avaient
répondu les gens de Soukkoth. 9 Il
dit aussi aux gens de Penouël :
« Si je reviens sain et sauf, je ren-
verserai cette tour ! »

10 Zèvah et Çalmounna se
trouvaient dans le Qarqor avec
leur armée, environ 15.000
hommes, tous ceux qui restaient
de toute l'armée des fils de l'O-
rient[2]. En effet, il était tombé
120.000 hommes sachant tirer l'é-
pée. 11 Gédéon monta par la
route des nomades à l'est de Novah et de Yogboha[3], et il battit
l'armée, alors que celle-ci se
croyait en sûreté. 12 Zèvah et
Çalmounna prirent la fuite, mais
Gédéon les poursuivit, s'empara
des deux rois de Madiân, Zèvah
et Çalmounna, et il sema la panique dans toute l'armée.

13 Gédéon, fils de Yoash, revint
du combat par la montée de Hè-
rès[4]. 14 Il saisit un jeune homme
de Soukkoth, qu'il interrogea et
qui lui désigna par écrit le chefs
de Soukkoth et ses anciens, 77
hommes. 15 Il se rendit alors auprès des gens de Soukkoth et leur
dit : « Voici Zèvah et Çalmounna
à propos desquels vous m'avez
mis au défi, en disant : Tiens-tu
déjà en ton pouvoir Zèvah et
Çalmounna pour que nous donnions du pain à tes hommes épui-

sés ? » 16 Il prit les anciens de la
ville, ainsi que des épines du désert et des chardons, et il en fit
faire connaissance aux hommes
de Soukkoth[1]. 17 Il renversa aussi
la tour de Penouël et massacra les
hommes de la ville.

18 Puis il dit à Zèvah et à
Çalmounna : « Où sont les
hommes que vous avez tués au
Tabor ? » Ils répondirent : « Ils
étaient comme toi. Ils avaient
chacun l'air d'un fils de roi[2]. » 19 Il
leur dit : « C'étaient mes frères, les
fils de ma mère ! Par la vie du
SEIGNEUR, si vous les aviez laissé
vivre, je ne vous tuerais pas. »
20 Puis il dit à Yètèr, son fils
aîné : « Lève-toi et tue-les[3] ! »
Mais le jeune homme ne tira pas
son épée, car il avait peur, n'étant
encore qu'un jeune homme. 21 Zèvah et Çalmounna dirent alors :
« Lève-toi toi-même et frappe-
nous, car à chacun sa bravoure. » Alors Gédéon se leva et
tua Zèvah et Çalmounna, puis il
prit les croissants[4] qui étaient au
cou de leurs chameaux.

Fin de la vie de Gédéon

22 Les hommes d'Israël dirent à
Gédéon : « Sois notre souverain,
toi-même, puis ton fils, puis le fils
de ton fils, car tu nous as sauvés

---

1. Ville de Transjordanie, proche de *Soukkoth*
(voir Gn 32.31-32).
2. *Qarqor* : lieu inconnu — *fils de l'Orient* : voir
6.3 et la note.
3. *Novah* : nom d'un clan de Manassé en Transjordanie (voir Nb 32.42). Yogboha : ville de Gad,
en Transjordanie, à 13 km au nord-ouest
d'Amman.
4. Localisation inconnue.

1. Texte hébreu incertain. Les versions anciennes lisent ... *chardons avec, lesquels il piétina
les hommes de Soukkoth.*
2. *Tabor* : voir Jos 19.22 et la note. Gédéon fait
allusion à une bataille inconnue, sans doute différente de celle du ch. 7 — *fils de roi* : les frères de
Gédéon ont été exécutés parce qu'on les a considérés comme des chefs.
3. Le proche parent d'un homme tué par un
autre avait le devoir de faire périr le meurtrier.
C'est ce qu'on appelait la « vengeance du sang ».
4. *à chacun sa bravoure* : les rois trouvent plus
glorieux de mourir de la main d'un guerrier brave
que de celle d'un adolescent peureux — *croissants* :
sortes de bijoux en forme de quartier de lune.

de la main de Madiân. » 23 Gédéon leur dit : « Ce n'est pas moi qui serai votre souverain, ni mon fils. Que le Seigneur soit votre souverain ! »

24 Puis Gédéon leur dit : « Je voudrais vous faire une demande : donnez-moi chacun un anneau de votre butin ! » En effet, les vaincus avaient des anneaux d'or puisque c'étaient des Ismaélites[1]. 25 Ils répondirent : « Oui, nous allons te les donner ! » Ils étendirent un manteau et y jetèrent chacun un anneau de son butin. 26 Le poids des anneaux d'or qu'il avait demandés s'éleva à 1.700 sicles d'or, sans compter les croissants, les pendants d'oreilles et les vêtements de pourpre[2] que portaient les rois de Madiân, sans compter non plus les colliers qui étaient au cou de leurs chameaux. 27 Gédéon en fit un éphod qu'il installa dans sa ville, à Ofra. Tout Israël vint se prostituer[3] là, devant cet éphod, qui devint un piège pour Gédéon et pour sa maison.

28 Ainsi Madiân fut abaissé devant les fils d'Israël et il ne releva plus la tête. Le pays fut en repos pendant 40 ans durant la vie de Gédéon.

29 Yeroubbaal, fils de Yoash, s'en alla et demeura dans sa maison. 30 Gédéon eut 70 fils, issus de son sang, car il avait beaucoup de femmes. 31 Quant à sa concubine, qui se trouvait à Sichem, elle lui enfanta, elle aussi, un fils, à qui il imposa le nom d'Abimélek. 32 Gédéon, fils de Yoash, mourut après une heureuse vieillesse et il fut enseveli dans le tombeau de Yoash, à Ofra d'Avièzer.

33 Mais après la mort de Gédéon, les fils d'Israël recommencèrent à se prostituer aux *Baals, et ils adoptèrent Baal-Berith pour dieu[1]. 34 Les fils d'Israël ne se souvinrent plus du Seigneur, leur Dieu, qui les avait délivrés de la main de tous leurs ennemis d'alentour, 35 et ils ne firent preuve d'aucune loyauté envers la maison de Yeroubbaal-Gédéon, après tout le bien qu'il avait fait à Israël.

Abimélek devient roi à Sichem

9 1 Abimélek, fils de Yeroubbaal, alla à Sichem trouver les frères de sa mère pour leur parler, ainsi qu'à tout le clan de la maison paternelle de sa mère, et il leur dit : 2 « Parlez donc ainsi à tous les propriétaires de Sichem : que vaut-il mieux pour vous ? Être dominés par 70 hommes, tous fils de Yeroubbaal, ou être dominés par un seul homme ? Souvenez-vous que je suis, moi, de vos os et de votre chair[2]. » 3 Les frères de sa mère répétèrent toutes ces paroles d'Abimélek à tous les propriétaires de Sichem et leur cœur

---

1. *Ismaélites* possède apparemment ici le sens général de nomades ou de caravaniers (voir Gn 37.25-28; 39.1).

2. *sicles* : voir au glossaire POIDS ET MESURES — *pourpre* : étoffe précieuse, de couleur rouge.

3. L'*éphod* peut désigner ici soit un étui où l'on met des objets sacrés utilisés pour la divination, soit plus probablement une statue divine (voir 17.5; 18.14-20). Il est différent de l'éphod d'Ex 25.7 (voir la note) — *se prostituer* : voir Os 2.4 et la note.

1. *Baal-Berith* (comme en 9.4) ou *El-Berith* (9.46) : *dieu de l'alliance* ou *des serments*. Il s'agit probablement du dieu adoré à Sichem (voir 9.4).

2. Ces *propriétaires* forment un groupe qui dispose d'une influence politique — *Yeroubbaal* : voir 6.32 et la note — *vos os et votre chair* : cette expression marque une étroite parenté (voir Gn 2.23; 29.14).

opta pour Abimélek, car ils se dirent : « C'est notre frère. » 4 Ils lui donnèrent donc 70 sicles d'argent du temple de Baal-Berith[1] avec lesquels Abimélek prit à sa solde des hommes de rien et des aventuriers qui marchèrent à sa suite. 5 Puis il entra dans la maison de son père à Ofra et il tua ses frères, les fils de Yeroubbaal, 70 hommes à la fois. Il ne subsista que Yotam, le plus jeune fils de Yeroubbaal, car il s'était caché. 6 Tous les propriétaires de Sichem et tout le Beth-Millo se rassemblèrent et allèrent proclamer roi Abimélek près du térébinthe de la stèle[2] qui est à Sichem.

La fable de Yotam

7 On l'annonça à Yotam. Celui-ci alla se placer au sommet du mont Garizim[3]; il éleva la voix et cria, puis leur dit : « Ecoutez-moi, propriétaires de Sichem, et que Dieu vous écoute. 8 Les arbres s'étaient mis en route pour aller *oindre celui qui serait leur roi. Ils dirent à l'olivier : Règne donc sur nous. 9 L'olivier leur dit : Vais-je renoncer à mon huile par laquelle on honore les dieux et les hommes pour aller m'agiter au-dessus des arbres ? 10 Les arbres dirent au figuier : Viens donc, toi, régner sur nous. 11 Le figuier leur dit : Vais-je renoncer à ma douceur et à mon bon fruit pour aller

m'agiter au-dessus des arbres ? 12 Les arbres dirent alors à la vigne : Viens donc, toi, régner sur nous. 13 La vigne leur dit : Vais-je renoncer à mon vin qui réjouit les dieux et les hommes pour aller m'agiter au-dessus des arbres ? 14 Alors tous les arbres dirent au buisson d'épines : Viens donc, toi, régner sur nous. 15 Mais le buisson d'épines dit aux arbres : Si c'est loyalement que vous me donnez l'onction pour que je sois votre roi, alors venez vous abriter sous mon ombre. Mais s'il n'en est pas ainsi, un feu sortira du buisson d'épines et il dévorera les cèdres du Liban[1]. 16 Maintenant donc, si vous avez agi avec loyauté et intégrité en proclamant Abimélek comme roi, si vous avez agi correctement à l'égard de Yeroubbaal et de sa maison, si vous avez agi envers lui selon le mérite de ses actions[2] 17 — alors que mon père a combattu pour vous, qu'il a exposé sa vie, qu'il vous a délivrés de la main de Madiân, 18 vous, aujourd'hui, vous vous êtes levés contre la maison de mon père; vous avez tué ses fils, 70 hommes à la fois, et vous avez proclamé roi Abimélek, le fils de sa servante, sur les propriétaires de Sichem parce qu'il est votre frère —, 19 si donc vous avez agi ce jour avec loyauté et intégrité à l'égard de Yeroubbaal et de sa maison, trouvez votre joie en Abimélek et que lui trouve sa joie en vous ! 20 S'il n'en est pas ainsi, un feu sortira d'Abimélek et il dévorera les propriétaires de Sichem et le Beth-Millo; un feu sortira

---

1. *sicles* : voir au glossaire POIDS ET MESURES — *Baal-Berith;* voir 8.33 et la note.
2. *Beth-Millo (maison du Terre-plein)* : l'expression doit désigner la partie haute de la ville, probablement fortifiée, nommée aux v. 46-49 *Migdal-Sichem* (tour de Sichem) — *térébinthe* : ici arbre sacré — *stèle* ou *pierre dressée*, considérée comme sacrée elle aussi.
3. Voir Dt 11.29 et la note.

1: *cèdres du Liban* : voir Es 10.34 et la note.
2. *Maison* ou *famille* — *actions* : la phrase, interrompue après ce mot, reprend au v. 19.

des propriétaires de Sichem et du Beth-Millo et il dévorera Abimélek. »

La révolte de Sichem contre Abimélek

21 Yotam disparut en prenant la fuite et il s'en alla à Béér[1]; il y habita loin de la présence d'Abimélek son frère. 22 Abimélek gouverna sur Israël pendant trois ans, 23 puis Dieu envoya un esprit mauvais entre Abimélek et les propriétaires de Sichem et les propriétaires de Sichem devinrent infidèles à Abimélek. 24 En effet il fallait que le forfait commis contre les 70 fils de Yeroubbaal soit imputé et que leur *sang retombe sur Abimélek, leur frère, qui les avait tués, et sur les propriétaires de Sichem qui l'avaient poussé à tuer ses frères. 25 Les propriétaires de Sichem postèrent contre lui des embuscades au sommet des montagnes et ils dépouillaient tous ceux qui passaient près d'eux sur la route[2]; et on en informa Abimélek.

26 Or Gaal, fils de Eved, vint à passer par Sichem avec ses frères[3] et les propriétaires de Sichem mirent leur confiance en lui. 27 Ceux-ci sortirent dans les champs pour vendanger leurs vignes; ils foulèrent le raisin, puis organisèrent des réjouissances. Ils vinrent au temple de leur dieu, mangèrent et burent, puis ils maudirent Abimélek. 28 Gaal, fils de Eved, dit : « Qu'est-ce qu'un Abimélek

par rapport à Sichem pour que nous lui soyons asservis[1] ? Le fils de Yeroubbaal et Zevoul, son lieutenant, n'étaient-ils pas asservis aux hommes de Hamor, père de Sichem ? Pourquoi, nous, devrions-nous lui être asservis ? 29 Ah ! Si seulement on me confiait ce peuple, comme j'écarterais Abimélek ! Je lui dirais : Augmente ton armée et viens au combat. »

30 Zevoul, gouverneur de la ville, apprit les paroles de Gaal, fils de Eved, et il se mit en colère. 31 Il envoya perfidement[2] des messagers à Abimélek pour lui dire : « Voici que Gaal, fils de Eved, est arrivé à Sichem avec ses frères, et les voilà qui soulèvent la ville contre toi. 32 Maintenant donc, lève-toi de nuit, toi et la troupe qui est avec toi, et mets-toi en embuscade dans la campagne. 33 Puis, le matin, dès le lever du soleil, tu partiras et tu lanceras un raid contre la ville. Quand Gaal, lui et tout le peuple qui est avec lui, sortira à ta rencontre, tu le traiteras selon les circonstances. »

34 Abimélek, ainsi que toute la troupe qui était avec lui, se leva de nuit et ils se mirent en embuscade près de Sichem, en quatre bandes. 35 Gaal fils de Eved sortit, et se tint à l'entrée de la porte de la ville. Alors surgirent de l'embuscade Abimélek et la troupe qui était avec lui. 36 À la vue de cette troupe Gaal dit à

---

1. Localité située à 15 km au sud-est du mont Tabor.
2. Ces *embuscades* privaient *Abimélek* des droits qu'il percevait sur les marchandises qui passaient par *Sichem*.
3. *ses frères* ou *les gens de sa parenté.*

1. Allusion à Gn 34 : *Gaal* estime que, en vertu du pacte conclu jadis avec *Hamor*, prince hivvite de *Sichem*, les Israélites doivent se considérer comme soumis aux propriétaires de *Sichem*, et non l'inverse.
2. *perfidement* : traduction conjecturale; autres traductions *en secret* ou *à Torma* (localité inconnue).

Zevoul : « Voici une troupe qui descend du sommet des montagnes. » Mais Zevoul lui dit : « C'est l'ombre des montagnes que tu prends pour des hommes. » 37 Gaal reprit encore la parole et dit : « Voici des gens qui descendent du côté du Nombril de la terre et une autre bande qui vient par le chemin du Chêne des Devins[1]. » 38 Zevoul lui dit : « Où est ta langue, toi qui disais : Qu'est-ce qu'un Abimélek pour que nous lui soyons asservis ? N'est-ce pas là cette troupe que tu méprisais ? Sors donc maintenant et livre-lui combat. » 39 Gaal sortit à la tête des propriétaires de Sichem et il livra combat à Abimélek. 40 Mais Abimélek poursuivit Gaal qui s'était enfui devant lui. De nombreuses victimes tombèrent jusqu'à l'entrée de la porte. 41 Puis Abimélek résida à Arouma[2] et Zevoul chassa Gaal et ses frères pour qu'ils ne puissent résider à Sichem.

42 Or, le lendemain, la population sortit dans la campagne et on l'annonça à Abimélek. 43 Celui-ci prit sa troupe et la divisa en trois bandes, puis il se mit en embuscade dans la campagne. Lorsqu'il vit la population sortir de la ville, il surgit sur elle et la battit. 44 Abimélek et la bande qui était avec lui s'élancèrent et prirent position à l'entrée de la porte de la ville tandis que les deux autres bandes s'élançaient sur tous ceux qui étaient dans la campagne et les battaient. 45 Abi-mélek combattit toute la journée contre la ville, puis il s'en empara et massacra toute la population qui s'y trouvait; il démolit la ville et y sema du sel[1]. 46 Lorsque tous les propriétaires de Migdal-Sichem apprirent cela, ils vinrent dans la grotte du temple d'El-Berith[2]. 47 On annonça à Abimélek que tous les propriétaires de Migdal-Sichem s'étaient rassemblés. 48 Alors Abimélek monta sur le mont Çalmôn[3], lui et toute la troupe qui était avec lui; prenant en main une hache, il coupa une branche d'arbre qu'il souleva et mit sur son épaule et il dit à la troupe qui était avec lui : « Ce que vous m'avez vu faire, hâtez-vous de le faire comme moi. » 49 Tous les hommes de la troupe coupèrent chacun une branche et suivirent Abimélek. Puis ils entassèrent les branches contre la grotte et ils mirent le feu[4] à la grotte sur ceux qui s'y trouvaient. Ainsi moururent également tous les habitants de Migdal-Sichem, environ mille hommes et femmes.

Mort d'Abimélek

50 Puis Abimélek se mit en route vers Tévéç[5]; il l'assiégea et s'en empara. 51 Il y avait, au milieu de la ville, une tour fortifiée où s'étaient réfugiés tous les hommes et toutes les femmes

1. *Nombril de la terre* : nom d'une bosse de terrain sur une des montagnes qui entourent Sichem (voir aussi Ez 38.12 où la même expression est appliquée à Jérusalem) — *Chêne des Devins* : c'est probablement un autre nom du chêne de Moré (Gn 12.6; Dt 11.30).
2. Localité située à 14 km au sud-est de Sichem.

1. Le *sel* est ici le symbole de la stérilité (voir Dt 29.22) à laquelle Abimélek voue Sichem.
2. *Migdal-Sichem* : voir 9.6 et la note. La *grotte* doit se trouver hors de la ville. — *El-Berith* : voir la note sur 8.33.
3. *le mont Çalmôn* : peut-être le mont Ebal (voir Dt 11.29 et la note).
4. En *mettant le feu*, Abimélek évite de violer ouvertement le droit d'asile du temple d'El-Berith (v. 46).
5. Localité à quelques km au nord-est de Sichem.

ainsi que tous les propriétaires de la ville. Après avoir fermé la porte sur eux, ils étaient montés sur la terrasse de la tour. 52 Abimélek arriva jusqu'à la tour, l'attaqua et s'approcha jusqu'à la porte de la tour pour y mettre le feu. 53 Alors une femme lança une meule[1] sur la tête d'Abimélek et lui fracassa le crâne. 54 Abimélek appela aussitôt son écuyer[2] et lui dit : «Tire ton épée et fais-moi mourir, de peur qu'on ne dise de moi : C'est une femme qui l'a tué. » Alors son écuyer le transperça et il mourut. 55 Quand les hommes d'Israël virent qu'Abimélek était mort, ils s'en allèrent chacun chez soi.

56 Dieu fit retomber sur Abimélek le mal qu'il avait fait à son père en tuant ses 70 frères. 57 Dieu fit aussi retomber sur la tête des hommes de Sichem toute leur méchanceté. C'est ainsi que s'accomplit sur eux la malédiction de Yotam, fils de Yeroubbaal.

Autres Juges : Tola, Yaïr

10 1 Après Abimélek ce fut Tola, fils de Pouah, fils de Dodo, homme d'Issakar, qui se leva pour sauver Israël; il habitait Shamir[3] dans la montagne d'Ephraïm. 2 Il jugea[4] Israël pendant 23 ans; il mourut et il fut enseveli à Shamir.

3 Après lui ce fut Yaïr, le Galaadite[5], qui se leva; il jugea Israël pendant 22 ans. 4 Il avait 30 fils qui montaient 30 ânons et qui possédaient 30 villes[1] appelées jusqu'à ce jour les Campements de Yaïr au pays de Galaad. 5 Yaïr mourut, et il fut enseveli à Qâmon[2].

Les Ammonites attaquent Israël

6 Les fils d'Israël recommencèrent à faire ce qui est mal aux yeux du Seigneur. Ils servirent les *Baals et les Astartés[3], les dieux d'*Aram, les dieux de Sidon, les dieux de Moab, les dieux des fils d'Ammon, et les dieux des Philistins. Ils abandonnèrent le Seigneur et ne le servirent plus. 7 La colère du Seigneur s'enflamma contre Israël et il le vendit aux Philistins et aux fils d'Ammon. 8 Ceux-ci mirent en pièces les fils d'Israël cette année-là et ils écrasèrent pendant dix-huit ans tous les fils d'Israël qui étaient au-delà du Jourdain, dans le pays des *Amorites, en Galaad. 9 Les fils d'Ammon traversèrent le Jourdain pour faire également la guerre à Juda, Benjamin et la maison d'Ephraïm, et la détresse d'Israël fut extrême. 10 Alors les fils d'Israël crièrent vers le Seigneur en disant : «Nous avons péché contre toi, car nous avons abandonné notre Dieu pour servir les Baals. » 11 Le Seigneur dit aux fils d'Israël : « Lorsque les Egyptiens, les Amorites, les fils d'Ammon, les Philistins, 12 les Sidoniens, Amaleq et Madiân[4] vous ont opprimés et que vous avez

1. Il s'agit de la *meule* d'un petit moulin domestique.

2. *son écuyer* ou *le jeune homme qui portait ses armes.*

3. *Shamir* n'a pas été localisé.

4. Voir la note sur 2.16.

5. Voir la note sur 5.17.

1. *ânons* : voir 5.10 et la note; voir aussi 12.14 — *villes* : d'après les versions anciennes; hébreu *ânons.*

2. Ville à l'est du Jourdain, à mi-chemin entre la mer de Kinnéreth et Ramoth-de-Galaad.

3. Voir 3.7 et la note.

4. *Madiân* : d'après l'ancienne version grecque; hébreu *Maôn.*

crié vers moi, ne vous ai-je pas sauvés de leurs mains ? 13 Mais vous, vous m'avez abandonné et vous avez servi d'autres dieux. C'est pourquoi je ne recommencerai pas à vous sauver. 14 Allez ! Criez vers les dieux que vous avez choisis. Qu'ils viennent, eux, à votre secours au temps de votre détresse ! » 15 Les fils d'Israël dirent au SEIGNEUR : « Nous avons péché. Traite-nous en tout comme il le semblera bon à tes yeux ; mais délivre-nous aujourd'hui ! » 16 Ils écartèrent les dieux de l'étranger du milieu d'eux et ils servirent le SEIGNEUR qui ne put supporter la souffrance d'Israël.

17 Les fils d'Ammon furent convoqués et campèrent à Galaad. Les fils d'Israël se rassemblèrent et campèrent à Miçpa[1]. 18 Le peuple, les chefs de Galaad, se dirent l'un à l'autre : « Quel est l'homme qui entreprendra de combattre les fils d'Ammon ? Celui-là sera le chef de tous les habitants de Galaad. »

Jephté devient le chef d'Israël

11 1 Jephté, le Galaadite, un vaillant guerrier, était le fils d'une prostituée, et Galaad[2] l'avait engendré. 2 L'épouse de Galaad lui enfanta aussi des fils, et lorsque les fils de cette femme eurent grandi, ils chassèrent Jephté en lui disant : « Tu n'auras aucune part d'héritage dans la maison de notre père, car tu es le fils d'une autre femme. » 3 Jephté s'enfuit loin de ses frères et il demeura au pays de Tov. Des hommes de rien s'associèrent à Jephté et firent des coups de main[1] avec lui.

4 Or, au bout d'un certain temps, les fils d'Ammon firent la guerre à Israël. 5 Comme les fils d'Ammon faisaient la guerre à Israël, les *anciens de Galaad allèrent chercher Jephté au pays de Tov. 6 Ils lui dirent : « Viens, sois notre commandant et nous pourrons combattre les fils d'Ammon. » 7 Jephté dit aux anciens de Galaad : « N'est-ce pas vous qui m'avez haï et chassé de la maison de mon père ? Pourquoi venez-vous à moi, maintenant que vous êtes dans la détresse ? » 8 Les anciens de Galaad dirent à Jephté : « Si maintenant nous sommes revenus vers toi, c'est pour que tu viennes avec nous, que tu combattes les fils d'Ammon et que tu sois notre chef, celui de tous les habitants de Galaad. » 9 Jephté dit aux anciens de Galaad : « Si vous me faites revenir pour combattre les fils d'Ammon et que le SEIGNEUR les livre devant moi, alors c'est moi qui serai votre chef. » 10 Les anciens de Galaad dirent à Jephté : « Le SEIGNEUR sera témoin entre nous si nous n'agissons pas comme tu l'as dit. » 11 Jephté partit avec les anciens de Galaad, et le peuple le plaça au-dessus de lui comme chef et comme commandant. Jephté répéta toutes ses paroles devant le SEIGNEUR à Miçpa[2].

---

1. Localité située au sud du Yabboq et appelée aussi Miçpé-de-Galaad (11.29) ; voir aussi Gn 31.49.
2. Considéré ici comme l'ancêtre d'une tribu. En général c'est un nom géographique.

1. *Tov* : à l'extrémité nord de Galaad, à 60 km à l'est de la mer de Kinnéreth — *firent des coups de main* ou *des raids*.
2. Voir 10.17 et la note.

Messages de Jephté aux Ammonites

12 Jephté envoya des messagers au roi des fils d'Ammon pour lui dire : « Qu'y a-t-il entre toi et moi[1] pour que tu sois venu vers moi faire la guerre à mon pays ? » 13 Le roi des fils d'Ammon dit aux messagers de Jephté : « C'est parce qu'Israël, lorsqu'il montait d'Egypte, a pris mon pays depuis l'Arnôn jusqu'au Yabboq et jusqu'au Jourdain. Maintenant donc, rends-le pacifiquement. »

14 Jephté recommença à envoyer des messagers au roi des fils d'Ammon 15 et lui dit : « Ainsi parle Jephté : Israël n'a pas pris le pays de Moab, ni le pays des fils d'Ammon. 16 En effet, lorsqu'il montait d'Egypte, Israël marcha dans le désert jusqu'à la *mer des Joncs et arriva à Qadesh : 17 Israël envoya des messagers au roi d'Edom en disant : Permets que je traverse ton pays. Mais le roi d'Edom ne l'écouta pas. Il en envoya aussi au roi de Moab qui ne consentit pas, et Israël demeura à Qadesh. 18 Puis il marcha dans le désert, contourna le pays d'Edom et le pays de Moab et arriva à l'orient du pays de Moab. Ils campèrent au-delà de l'Arnôn et n'entrèrent pas dans le territoire de Moab, car l'Arnôn est la frontière de Moab, 19 Israël envoya des messagers à Sihôn, roi des *Amorites, roi de Heshbôn, et Israël lui dit : Permets que je traverse ton pays jusqu'à ma destination. 20 Mais Sihôn n'eut pas confiance en Israël et refusa la traversée de son territoire; il rassembla tout son peuple qui campa à Yahça et il livra combat à Israël. 21 Le Seigneur, Dieu d'Israël, livra Sihôn et tout son peuple à Israël qui les battit. Israël prit possession de tout le pays des Amorites qui habitaient ce pays. 22 Ils possédèrent tout le territoire des Amorites, depuis l'Arnôn jusqu'au Yabboq, depuis le désert jusqu'au Jourdain. 23 Et maintenant que le Seigneur, Dieu d'Israël, a dépossédé les Amorites devant son peuple Israël, toi, tu voudrais le déposséder ? 24 Ne possèdes-tu pas ce que Kemosh, ton Dieu, te fait posséder ? Et tout ce que le Seigneur, notre Dieu, a mis en notre possession, ne le posséderions-nous pas ?

25 Et maintenant, vaux-tu vraiment mieux que Balaq fils de Çippor, roi de Moab ? A-t-il cherché querelle à Israël au point de lui faire la guerre ? 26 Lorsqu'Israël s'est établi à Heshbôn et dans ses filiales[1], à Aroër et dans ses filiales, dans toutes les villes qui sont sur les bords de l'Arnôn, il y a 300 ans, pourquoi ne les avez-vous pas reprises en ce temps-là ? 27 Quant à moi, je n'ai pas péché contre toi, mais c'est toi qui agis mal envers moi en me faisant la guerre. Que le Seigneur, le Juge, juge aujourd'hui entre les fils d'Israël et les fils d'Ammon. » 28 Mais le roi des fils d'Ammon n'écouta pas les paroles que Jephté lui avait fait transmettre.

---

1. *Qu'y a-t-il entre toi et moi ?* Expression hébraïque qui traduit un désaccord ou même une hostilité entre deux personnes.

1. *ses filiales* ou *les villes qui en dépendent*.

Le voeu de Jephté

29 L'esprit du Seigneur fut sur Jephté. Jephté passa par Galaad et Manassé, puis par Miçpé-de-Galaad, et de Miçpé-de-Galaad il franchit la frontière des fils d'Ammon. 30 Jephté fit un voeu au Seigneur et dit : « Si vraiment tu me livres les fils d'Ammon, 31 quiconque sortira des portes de ma maison à ma rencontre quand je reviendrai sain et sauf de chez les fils d'Ammon, celui-là appartiendra au Seigneur et je l'offrirai en holocauste[1]. » 32 Jephté franchit la frontière des fils d'Ammon pour leur faire la guerre et le Seigneur les lui livra. 33 Il les battit depuis Aroër jusqu'à proximité de Minnith, soit vingt villes, et jusqu'à Avel-Keramim[2]. Ce fut une très grande défaite; ainsi les fils d'Ammon furent abaissés devant les fils d'Israël.

34 Tandis que Jephté revenait vers sa maison à Miçpa, voici que sa fille sortit à sa rencontre, dansant et jouant du tambourin. Elle était son unique enfant : il n'avait en dehors d'elle ni fils, ni fille. 35 Dès qu'il la vit, il *déchira ses vêtements et dit : « Ah ! ma fille, tu me plonges dans le désespoir; tu es de ceux qui m'apportent le malheur; et moi j'ai trop parlé[3] devant le Seigneur et je ne puis revenir en arrière. » 36 Mais elle lui dit : « Mon père, tu as trop parlé devant le Seigneur; traite-moi selon la parole sortie de ta bouche puisque le Seigneur a tiré vengeance de tes ennemis,

les fils d'Ammon. » 37 Puis elle dit à son père : « Que ceci me soit accordé : laisse-moi seule pendant deux mois pour que j'aille errer dans les montagnes et pleurer sur ma virginité[1], moi et mes compagnes. » 38 Il lui dit : « Va » et il la laissa partir pour deux mois; elle s'en alla, elle et ses compagnes, et elle pleura sur sa virginité dans les montagnes. 39 À la fin des deux mois elle revint chez son père et il accomplit sur elle le voeu qu'il avait prononcé. Or elle n'avait pas connu d'homme[2] et cela devint une coutume en Israël 40 que d'année en année les filles d'Israël aillent célébrer[3] la fille de Jephté, le Galaadite, quatre jours par an.

Conflit des Ephraïmites avec Jephté

12 1 Les hommes d'Ephraïm furent convoqués et ils passèrent vers Çafôn[4]. Ils dirent à Jephté : « Pourquoi as-tu franchi la frontière des fils d'Ammon pour leur faire la guerre sans nous avoir appelés à marcher avec toi ? Ta maison, nous allons la brûler sur toi. » 2 Jephté leur répliqua : « J'étais en grand conflit, moi et mon peuple, avec les fils d'Ammon. Lorsque j'ai fait appel à vous, vous ne m'avez pas sauvé de leurs mains. 3 Quand j'ai vu que tu ne viendrais pas comme sauveur, j'ai risqué ma vie et j'ai franchi la frontière des fils d'Ammon; le Seigneur me les a livrés.

---

1. Voir au glossaire SACRIFICES.
2. Jephté traverse tout le pays d'Ammon, du nord au sud.
3. *j'ai trop parlé* : autre traduction *je me suis engagé*.

1. C'était un déshonneur pour une femme de ne pas se marier et de n'avoir pas d'enfants.
2. *elle n'avait pas connu d'homme* ou *elle était vierge*.
3. *célébrer* : autre traduction *se lamenter sur*.
4. Ville de la tribu de Gad (Jos 13.27), près du confluent du Yabboq et du Jourdain.

Pourquoi êtes-vous montés aujourd'hui chez moi pour me faire la guerre?» 4 Puis Jephté regroupa tous les hommes de Galaad et il livra combat à Ephraïm; les hommes de Galaad battirent les Ephraïmites parce qu'ils avaient dit : «Vous êtes des rescapés d'Ephraïm, gens de Galaad, au milieu d'Ephraïm, au milieu de Manassé.» 5 Galaad s'empara des gués du Jourdain, vers Ephraïm. Or, lorsqu'un des rescapés d'Ephraïm disait : «Laisse-moi traverser», les hommes de Galaad lui disaient : «Es-tu éphraïmite?» S'il répondait : «Non», 6 alors ils lui disaient : «Eh bien! Dis Shibboleth.» Il disait : «Sibboleth[1]», car il n'arrivait pas à prononcer comme il faut. Alors on le saisissait et on l'égorgeait près des gués du Jourdain. Il tomba en ce temps-là 42.000 hommes d'Ephraïm.

7 Jephté jugea Israël pendant six ans, puis jephté, le Galaadite, mourut et il fut enseveli dans sa ville en Galaad[2].

Ibçân, Elôn, Avdôn

8 Après lui, ce fut Ibçân de Bethléem qui jugea[3] Israël. 9 Il avait 30 fils et 30 filles. Celles-ci, il les maria au-dehors et il fit venir du dehors 30 filles pour ses fils. Il jugea Israël pendant sept ans. 10 Ibçân mourut et il fut enseveli à Bethléem.

11 Après lui ce fut Elôn de Zabulon qui jugea Israël. Il jugea Israël pendant dix ans. 12 Elôn de Zabulon mourut et il fut enseveli à Elôn au pays de Zabulon.

13 Après lui ce fut Avdôn, fils de Hillel, de Piréatôn[1] qui jugea Israël. 14 Il avait 40 fils et 30 petits-fils qui montaient 70 ânons[2]. Il jugea Israël pendant huit ans. 15 Avdôn, fils de Hillel, de Piréatôn, mourut et il fut enseveli à Piréatôn au pays d'Ephraïm, dans la montagne d'Amaleq.

Naissance de Samson

13 1 Les fils d'Israël recommencèrent à faire ce qui est mal aux yeux du Seigneur et le Seigneur les livra aux Philistins pendant 40 ans.

2 Il y avait un homme de Çoréa[3], du clan des Danites, qui se nommait Manoah. Sa femme était stérile et n'avait pas d'enfant. 3 L'*ange du Seigneur apparut à cette femme et lui dit : «Je sais que tu es stérile et que tu n'as pas d'enfant, mais tu vas concevoir et enfanter un fils. 4 Désormais, abstiens-toi de boire du vin ou une boisson alcoolisée, ne mange rien d'*impur, 5 car voici que tu vas concevoir et enfanter un fils. Le rasoir ne passera pas sur sa tête, car ce garçon sera consacré à Dieu dès le sein ma-

---

1. Ce mot, qui signifie *épi*, n'avait pas la même prononciation dans toutes les tribus.
2. *jugea* : voir la note sur 2.16 — *dans sa ville en Galaad* : d'après l'ancienne version grecque; l'hébreu *dans les villes de Galaad* ne convient pas.
3. *Bethléem* : voir Jos 19.15 et la note — *jugea* : voir la note sur 2.16.

1. Ville à 12 km au sud-ouest de Sichem.
2. Voir 5.10 et la note; voir aussi 10.4.
3. A 22 km à l'ouest de Jérusalem; localité attribuée à la tribu de Dan d'après Jos 19.41. Après la migration des *Danites* vers le nord (Jg 17-18) elle appartint à la tribu de Juda (Jos 15.33).

ternel[1] et c'est lui qui commencera à sauver Israël de la main des Philistins. » 6 Puis la femme rentra chez elle et dit à son mari : « Un homme de Dieu est venu vers moi; son aspect était semblable à celui de l'ange de Dieu, tant il était redoutable. Je ne lui ai pas demandé d'où il était et il ne m'a pas révélé son nom. 7 Il m'a dit : Voici que tu vas concevoir et enfanter un fils. Désormais, ne bois ni vin, ni boisson alcoolisée; ne mange rien d'impur, car le garçon sera consacré à Dieu depuis le sein maternel jusqu'au jour de sa mort. »

8 Alors Manoah implora le Seigneur et dit : « De grâce, seigneur, que l'homme de Dieu que tu as envoyé vienne encore vers nous et qu'il nous enseigne ce que nous devons faire pour le garçon lorsqu'il sera né. » 9 Dieu écouta la voix de Manoah et l'ange de Dieu vint encore vers la femme; elle était assise dans le champ et Manoah, son mari, n'était pas avec elle. 10 Aussitôt la femme accourut l'annoncer à son mari et lui dit : « Voilà, l'homme qui, l'autre jour, est venu vers moi m'est apparu. » 11 Manoah se leva, suivit sa femme, vint vers l'homme et lui dit : « Es-tu l'homme qui a parlé à cette femme ? » Et celui-ci répondit : « C'est bien moi. » 12 Manoah lui dit : « Maintenant, puisque ta parole va se réaliser, quelle sera la règle pour le garçon ? Quelle sera la conduite à tenir à son égard ? » 13 L'ange du Seigneur dit à Manoah : « Tout ce que j'ai mentionné à cette femme, qu'elle s'en abstienne : 14 elle ne doit rien manger de ce qui provient du fruit de la vigne; elle ne boira ni vin, ni boisson alcoolisée; elle ne mangera rien d'impur et elle doit observer tout ce que je lui ai prescrit. » 15 Manoah dit à l'ange du Seigneur : « Permets que nous te retenions et que nous t'apprêtions un chevreau. » 16 L'ange du Seigneur dit à Manoah : « Même si tu me retenais, je ne mangerais pas de ton pain, mais si tu veux faire un holocauste[1], offre-le au Seigneur. » — En effet Manoah ne savait pas que c'était l'ange du Seigneur —. 17 Manoah dit à l'ange du Seigneur : « Quel est ton nom afin que nous puissions t'honorer lorsque tes paroles se seront réalisées ? » 18 L'ange du Seigneur lui dit : « Pourquoi me demandes-tu mon nom ? Il est mystérieux. » 19 Manoah prit un chevreau ainsi que l'offrande[2] et il l'offrit sur le rocher au Seigneur, à celui dont l'action est mystérieuse. Manoah et sa femme regardaient. 20 Or, tandis que la flamme montait de l'*autel vers le ciel, l'ange du Seigneur monta dans la flamme de l'autel. Voyant cela, Manoah et sa femme tombèrent face contre terre. 21 L'ange du Seigneur n'apparut plus à Manoah et à sa femme. Alors Manoah sut que c'était l'ange du Seigneur. 22 Manoah dit à sa femme : « Nous allons sûrement mourir, car nous avons vu Dieu. » 23 Mais sa femme lui dit : « Si le Seigneur désirait nous faire mou-

---

1. Les obligations imposées ici (v. 4-5) concernent ordinairement celui qui est *consacré à Dieu* par un vœu de naziréat (Nb 6.1-8). Si la mère elle-même est tenue de *s'abstenir de boissons alcoolisées* (v. 4), c'est sans doute pour marquer que son enfant est *consacré dès avant sa naissance.*

1. Voir au glossaire SACRIFICES.
2. Voir au glossaire SACRIFICES; voir aussi 6.19-21.

rir, il n'aurait accepté de notre main ni holocauste ni offrande; il ne nous aurait pas fait voir tout cela et il ne nous aurait pas, à l'instant, communiqué pareilles instructions. » 24 La femme enfanta un fils et elle le nomma Samson. Le garçon grandit et le Seigneur le bénit. 25 C'est à Mahané-Dan entre Çoréa et Eshtaol, que l'esprit du Seigneur commença à agiter Samson.

Mariage de Samson

14 1 Samson descendit à Timna[1] et y remarqua une femme parmi les filles des Philistins. 2 Il monta l'annoncer à son père et à sa mère et leur dit : « À Timna j'ai remarqué une femme parmi les filles des Philistins. Et maintenant, allez me la prendre pour femme. » 3 Son père et sa mère lui dirent : « N'y a-t-il pas de femme parmi les filles de tes frères[2] et dans mon peuple pour que tu ailles prendre femme chez les Philistins, ces incirconcis ? » Mais Samson dit à son père : « - Prends-la-moi, car c'est celle-là qui me plaît. » 4 Son père et sa mère ne savaient pas que cela venait du Seigneur, car celui-ci cherchait une occasion de s'en prendre aux Philistins; en ce temps-là, les Philistins dominaient sur Israël.

5 Samson descendit donc vers Timna, avec son père et sa mère. Alors qu'ils arrivaient aux vignes de Timna, voilà qu'un jeune lion vint en rugissant à sa rencontre. 6 L'esprit du Seigneur pénétra en lui et Samson, sans avoir rien en main, déchira le lion en deux comme on déchire un chevreau, mais il ne raconta pas à son père et à sa mère ce qu'il avait fait. 7 Puis il descendit à Timna, parla à cette femme et elle lui plut.

8 Quelques jours après, il revint pour l'épouser, mais il fit un détour pour voir le cadavre du lion : voici qu'il y avait dans la carcasse du lion un essaim d'abeilles et du miel. 9 Il en recueillit dans le creux de la main et, tout en marchant, il en mangea. Lorsqu'il se rendit chez son père et sa mère, il leur en donna; ils en mangèrent, mais il ne raconta pas qu'il avait recueilli le miel dans la carcasse du lion.

Samson propose une énigme aux Philistins

10 Puis son père descendit chez la femme, et Samson y donna un festin[1], car c'est ainsi que font les jeunes gens. 11 Or, dès qu'on le vit, on prit 30 compagnons[2] pour rester avec lui. 12 Samson leur dit : « Je vais vous proposer une énigme. Si vous m'en révélez le sens au cours des sept jours du festin, si vous la trouvez, alors je vous donnerai 30 tuniques et 30 vêtements de rechange. 13 Mais si vous ne pouvez me la révéler, c'est vous qui me donnerez 30 tuniques et 30 vêtements de rechange. » Ils lui dirent alors : « Propose ton énigme; nous écoutons. » 14 Samson leur dit :

« De celui qui mange est sorti
ce qui se mange
et du fort est sorti le doux. »

---

1. Proche de Çoréa (13.2), c'est une ville danite (Jos 19.43), alors occupée par les Philistins.
2. *frères* ou *compatriotes*.

1. *festin* de mariage.
2. Ces *compagnons* sont tous Philistins.

Au bout de trois jours, les jeunes gens n'avaient pas encore pu révéler le sens de l'énigme. 15 Or, le septième jour, ils dirent à la femme de Samson : « Séduis ton mari pour qu'il nous révèle le sens de l'énigme ; sinon, nous te brûlerons, toi et la maison de ton père. Est-ce pour nous déposséder que vous nous avez invités ? » 16 La femme de Samson le poursuivit de ses pleurs. Elle lui disait : « Tu n'as pour moi que de la haine ; tu ne m'aimes pas. Cette énigme que tu as proposée aux fils de mon peuple, tu ne m'en as pas révélé le sens. » Il lui dit : « Je ne l'ai même pas révélé à mon père et à ma mère, et à toi je le révélerais ! » 17 Elle le poursuivit de ses pleurs pendant les sept jours que dura le festin. Le septième jour, il lui révéla le sens, car elle l'avait harcelé ; et elle révéla le sens de l'énigme aux fils de son peuple. 18 Au septième jour, avant le coucher du soleil, les gens de la ville dirent à Samson :

« Quoi de plus doux que le miel,

quoi de plus fort que le lion ? »

Il leur répondit :

« Si vous n'aviez pas labouré avec ma génisse[1],

vous n'auriez pas trouvé mon énigme. »

19 Alors l'esprit du Seigneur pénétra en lui. Samson descendit à Ashqelôn[2], tua 30 de ses habitants, prit leurs dépouilles et les donna à ceux qui avaient révélé le sens de l'énigme. Bouillant de colère, il remonta à la maison de son père. 20 Quant à la femme de Samson, elle fut donnée au compagnon qui lui avait servi de garçon d'honneur[1].

Vengeance de Samson

15 [1] Or, quelque temps après, à l'époque de la moisson des blés, Samson rendit visite à sa femme[2] en apportant un chevreau et déclara : « Je veux entrer chez ma femme, dans la chambre à coucher. » Mais le père de sa femme ne lui permit pas d'entrer 2 et dit à Samson : « Vraiment je me suis dit que tu devais avoir bien de la haine[3] pour elle et je l'ai donnée à ton garçon d'honneur. Mais sa sœur cadette ne vaut-elle pas mieux qu'elle ? Prends-la donc à la place de l'autre ! » 3 Samson leur dit : « Cette fois, je suis quitte envers les Philistins et je vais leur faire du mal. »

4 Samson s'en alla, s'empara de 300 renards, prit des torches et, tournant les renards queue contre queue, il plaça une torche entre deux queues, au milieu. 5 Puis, il mit le feu aux torches et, lâchant les renards dans les moissons des Philistins, il incendia aussi bien les gerbiers que le blé sur pied, et même des vignes et des oliviers. 6 Les Philistins dirent : « Qui a fait cela ? » On leur répondit : « C'est Samson, le gendre du Timnite, car celui-ci a pris sa femme et l'a donnée à son garçon d'hon-

---

1. *Si vous n'aviez pas labouré avec ma génisse* : expression en forme de proverbe, équivalant à *Si ma femme ne vous avait pas aidés.*

2. Voir Jos 13.3 et la note.

1. *garçon d'honneur* : celui des *compagnons* de l'époux qui était spécialement responsable du bon déroulement de la fête.

2. *Samson* a fait un mariage où la *femme* continue d'habiter chez son *père.* L'époux ne paie pas de dot, mais quand il *rend visite* à sa femme, il lui apporte des cadeaux.

3. La femme de Samson mérite sa haine parce qu'elle l'a trahi en révélant son énigme (14.17).

neur. » Les Philistins montèrent et ils brûlèrent cette femme ainsi que son père. 7 Samson leur dit : « Puisque vous agissez de la sorte, je n'aurai de cesse qu'après m'être vengé de vous. » 8 Il les battit à plate couture, leur infligeant une grande défaite. Puis il descendit demeurer dans une faille du rocher de Etâm[1].

Samson et la mâchoire d'âne

9 Les Philistins montèrent camper en Juda et se déployèrent contre Lèhi[2] : 10 Les hommes de Juda leur dirent : « Pourquoi êtes-vous montés contre nous ? » Les Philistins répondirent : « C'est pour lier Samson que nous sommes montés, pour le traiter comme il nous a traités. » 11 3.000 hommes de Juda descendirent vers la faille du rocher de Etâm et dirent à Samson : « Ne sais-tu pas que les Philistins dominent sur nous ? Que nous as-tu fait là ? » Il leur dit : « Comme ils m'ont traité, je les ai traités. » 12 Ils lui dirent : « C'est pour te lier que nous sommes descendus, pour te livrer aux Philistins. » Samson leur dit : « Jurez-moi que vous ne m'abattrez pas vous-mêmes. » 13 Ils lui dirent : « Non, nous voulons seulement te lier et te livrer en leurs mains; nous ne voulons pas te mettre à mort. » Ils le lièrent avec deux cordes neuves et ils le firent remonter du rocher. 14 Lorsqu'il arriva près de Lèhi, les Philistins vinrent à sa rencontre en poussant des cris, mais l'esprit du SEI-GNEUR pénétra en lui : les cordes qui étaient sur ses bras devinrent comme des fils de lin consumés par le feu et ses liens se décomposèrent autour de ses mains. 15 Puis trouvant une mâchoire d'âne toute fraîche, il étendit la main, la ramassa et en frappa mille hommes. 16 Samson dit :

« Avec une mâchoire d'âne je les ai entassés[1],
avec une mâchoire d'âne j'ai frappé mille hommes. »

17 Or, dès qu'il eut achevé de parler, il jeta loin de lui la mâchoire; aussi appela-t-on ce lieu Ramath-Lèhi[2]. 18 Comme il avait très soif, il invoqua le SEIGNEUR en disant : « C'est toi qui as accordé par ton serviteur cette grande victoire. Et maintenant, vais-je mourir de soif et tomber aux mains des incirconcis ? » 19 Alors Dieu fendit la cavité qui est à Lèhi et de l'eau en sortit. Samson but, reprit ses esprits et se ranima. C'est pourquoi on donna le nom de Ein-Qoré[3] à la source qui se trouve encore aujourd'hui à Lèhi. 20 Samson jugea[4] Israël à l'époque des Philistins pendant vingt ans.

Samson et les portes de Gaza

16 1 Samson alla à Gaza[5]. Il y vit une prostituée et entra chez elle. 2 On annonça aux gens de Gaza : « Samson est venu ici. » Ils firent des rondes et le guettè-

---

1. Endroit escarpé dans le territoire de Juda.
2. Le nom de cette localité proche du territoire philistin signifie *mâchoire*.

1. *je les ai entassés* : autre traduction *je les ai anéantis*, d'après l'ancienne version grecque.
2. Ce nom signifie *Colline de la mâchoire* (voir 15.9 et la note).
3. Ce nom signifie *Source de celui qui invoque* (voir v. 18).
4. Voir la note sur 2.16.
5. Voir Dt 2.23 et la note.

rent toute la nuit à la porte de la ville. Toute la nuit ils se tinrent tranquilles en se disant : « Attendons la lumière du matin et alors nous le tuerons. » 3 Mais Samson ne resta couché que jusqu'au milieu de la nuit et, au milieu de la nuit, il se leva, saisit les battants de la porte de la ville ainsi que les deux montants, les arracha avec la barre, les plaça sur ses épaules et les transporta jusque sur le sommet de la montagne qui fait face à Hébron[1].

Dalila trahit Samson

4 Or, après cela, Samson aima une femme, du côté des gorges du Soreq[2], qui se nommait Dalila. 5 Les tyrans des Philistins montèrent la trouver et lui dirent : « Séduis-le et vois pourquoi sa force est si grande et comment nous pourrions l'emporter sur lui et le lier pour le réduire à l'impuissance ; et nous, nous te donnerons chacun 1.100 sicles[3] d'argent. » 6 Dalila dit à Samson : « Révèle-moi donc pourquoi ta force est si grande et comment tu devrais être lié pour te réduire à l'impuissance. » 7 Samson lui dit : « Si on me liait avec sept cordes d'arc fraîches qui n'ont pas été séchées, je deviendrais faible et je serais pareil à n'importe quel homme. » 8 Les tyrans des Philistins lui firent apporter sept cordes d'arc fraîches qui n'avaient pas été séchées et Dalila le lia avec ces cordes. 9 L'embuscade était en place dans sa chambre et elle lui lança : « Les Philistins sur toi, Samson. » Celui-ci rompit les cordes d'arc comme se rompt le cordon d'étoupe lorsqu'il sent le feu. Mais on ne découvrit pas le secret de sa force.

10 Dalila dit alors à Samson : « Tu t'es joué de moi et m'as dit des mensonges. Maintenant révèle-moi donc comment tu devrais être lié. » 11 Il lui dit : « Si on me liait fortement avec des cordes neuves avec lesquelles n'a été fait aucun travail, je deviendrais faible et je serais pareil à n'importe quel homme. » 12 Dalila prit des cordes neuves dont elle le lia, puis elle lui lança : « Les Philistins sur toi, Samson. » L'embuscade était en place dans la chambre, mais il rompit les cordes qu'il avait aux bras comme si c'était du fil.

13 Dalila dit à Samson : « Jusqu'ici tu t'es joué de moi et tu m'as dit des mensonges. Révèle-moi donc comment tu devrais être lié. » Samson lui dit : « Si tu tissais sept tresses de ma chevelure avec la chaîne d'un tissu[1] et si tu les comprimais avec le peigne de tisserand, alors je deviendrais faible et je serais pareil à n'importe quel homme. » 14 Elle l'endormit, tissa sept tresses de sa chevelure avec la chaîne, les comprima avec le peigne[2], puis elle lança : « Les Philistins sur toi, Samson. » Il s'éveilla de son sommeil et il arra-

---

1. La _barre_ de bois servait à bloquer la porte pendant la nuit — _Hébron_ : à 70 km de Gaza.
2. Petite vallée à l'ouest de Çoréa, la ville de Samson (13.2).
3. _tyrans_ ou _princes_ — _sicles_ : voir au glossaire POIDS ET MESURES.

1. A partir de _et si tu les comprimais_ et jusqu'à _avec la chaîne_ (v. 14), le texte a été complété d'après les versions anciennes ; car une phrase semble avoir disparu du texte hébreu.
2. _peigne_ : d'après l'ancienne version grecque ; hébreu _piquet_. En hébreu les noms du peigne et du piquet se ressemblent beaucoup.

cha le peigne, le métier et la chaîne.

15 Dalila lui dit : « Comment peux-tu dire : Je t'aime, alors que ton coeur n'est pas avec moi. Voilà trois fois que tu te joues de moi et tu ne m'as pas révélé pourquoi ta force est si grande. » 16 Or, comme tous les jours elle le harcelait par ses paroles et l'importunait, Samson, excédé à en mourir, 17 lui ouvrit tout son coeur et lui dit : « Le rasoir n'a jamais passé sur ma tête[1], car je suis consacré à Dieu depuis le sein de ma mère. Si j'étais rasé, alors ma force se retirerait loin de moi, je deviendrais faible et je serais pareil aux autres hommes. » 18 Dalila vit qu'il lui avait ouvert tout son coeur et elle envoya appeler les tyrans des Philistins en leur disant : « Montez, cette fois, car il m'a ouvert tout son coeur. » Les tyrans des Philistins montèrent chez elle et ils avaient l'argent en main. 19 Elle endormit Samson sur ses genoux et elle appela un homme qui rasa les sept tresses de sa chevelure; alors il commença à faiblir[2] et sa force se retira loin de lui. 20 Dalila lui dit : « Les Philistins sur toi, Samson. » Il s'éveilla de son sommeil et dit : « J'en sortirai comme les autres fois et je me dégagerai », mais il ne savait pas que le Seigneur s'était retiré loin de lui. 21 Les Philistins le saisirent et lui crevèrent les yeux; ils le firent descendre à Gaza et le lièrent avec une double chaîne de bronze. Samson tour-

nait la meule[1] dans la prison. 22 Mais, après qu'il eut été rasé, les cheveux de sa tête commencèrent à repousser.

Dernier exploit et mort de Samson

23 Or les tyrans des Philistins se réunirent pour offrir un grand sacrifice à Dagôn, leur dieu, et pour se livrer à des réjouissances. Ils disaient : « Notre dieu a livré entre nos mains Samson, notre ennemi. » 24 Le peuple vit Samson[2] et ils louèrent leur dieu en disant :

« Notre dieu a livré entre nos mains notre ennemi,
celui qui dévastait notre pays et qui multipliait nos morts. »

25 Or, comme leur coeur était en joie, ils dirent : « Appelez Samson et qu'il nous divertisse. » On envoya chercher Samson à la prison et il se livra à des bouffonneries devant eux, puis on le plaça entre les colonnes. 26 Samson dit au garçon qui le tenait par la main : « Guide-moi et fais-moi toucher les colonnes sur lesquelles repose le temple afin que je m'y appuie. » 27 Le temple était rempli d'hommes et de femmes; il y avait là tous les tyrans des Philistins et sur la terrasse environ 3.000 hommes et femmes qui avaient regardé les divertissements de Samson. 28 Samson invoqua le Seigneur et dit : « Je t'en prie, Seigneur Dieu, souviens-toi de moi et rends-moi fort, ne serait-ce que cette fois, ô Dieu,

---

1. Voir 13.4-5 et la note.
2. *qui rasa : il commença à faiblir* : d'après les anciennes versions; hébreu *et elle rasa; elle commença à l'affaiblir.*

1. *tournait la meule* : travail d'esclave (Ex 11.5) ou de femmes (Mt 24.41).
2. *Le peuple vit Samson* : littéralement *Le peuple le vit.* Certains traduisent *Le peuple vit son dieu et il le loua.*

pour que j'exerce contre les Philistins une unique vengeance pour
mes deux yeux. » 29 Puis Samson
palpa les deux colonnes du milieu
sur lesquelles reposait le temple
et il prit appui contre elles, contre
l'une avec son bras droit et contre
l'autre avec son bras gauche.
30 Samson dit : « Que je meure
avec les Philistins », puis il
s'arc-bouta avec force et le
temple s'écroula sur les tyrans et
sur tout le peuple qui s'y trouvait.
Les morts qu'il fit mourir par sa
mort furent plus nombreux que
ceux qu'il avait fait mourir durant sa vie. 31 Ses frères et toute
la maison de son père descendirent et l'emportèrent; ils remontèrent et l'ensevelirent, entre Çoréa
et Eshtaol, dans le tombeau de
Manoah, son père.

Samson avait jugé[1] Israël pendant vingt ans.

Le sanctuaire de Mika

17 1 Il y avait un homme de la
montagne d'Ephraïm qui
s'appelait Mikayehou. 2 Il dit à sa
mère : « Les 1.100 sicles d'argent
qu'on t'a pris et à propos desquels tu as proféré une malédiction que tu m'as même répétée, eh
bien ! cet argent, je l'ai; c'est moi
qui l'avais pris ! » Sa mère dit :
« Sois béni[2] du Seigneur, mon
fils ! » 3 Il rend donc les 1.100
sicles d'argent à sa mère, mais
elle lui dit : « En fait, j'ai consacré
de moi-même cet argent au Seigneur à l'intention de mon fils,
pour faire une idole et une image

en métal[1]. Aussi vais-je maintenant te le rendre. » 4 Ainsi, lorsqu'il eut rendu l'argent à sa mère,
elle prit 200 sicles d'argent qu'elle
remit au fondeur. Celui-ci en fit
une idole et une image en métal
qui fut placée dans la maison de
Mikayehou. 5 Or, cet homme,
Mika, avait une stèle divine. Il fit
donc faire un éphod et des téraphim, puis il donna l'investiture[2]
à l'un de ses fils, qui devint son
prêtre. 6 En ces jours-là il n'y
avait pas de roi en Israël; chacun
faisait ce qui lui plaisait.

7 Or, il y avait un jeune homme
de Bethléem de Juda, du clan de
Juda, qui était *lévite et résidait
là comme étranger. 8 Cet homme
s'en alla de la ville de Bethléem
de Juda pour trouver un lieu où
résider comme étranger. Il arriva
dans la montagne d'Ephraïm et,
chemin faisant, il aboutit à la
maison de Mika. 9 Mika lui dit :
« D'où viens-tu ? » — « Je suis un
lévite de Bethléem de Juda, lui
répondit-il, et je suis en route
pour trouver un lieu où résider
comme étranger. » 10 Alors Mika
lui dit : « Reste donc chez moi et
sois pour moi un père et un
prêtre. Pour ma part, je te donnerai dix sicles d'argent par an, un
assortiment de vêtements et ta

---

1. Voir la note sur 2.16.
2. *sicles* : voir au glossaire POIDS ET ME-
SURES — *béni* : la *mère bénit* son *fils* pour le
protéger contre les effets de la *malédiction* précédemment prononcée contre le voleur.

1. *une idole et une image en métal* : le texte
hébreu ne permet pas de savoir s'il s'agit d'un seul
objet ou de deux objets distincts — *en métal* : soit
du métal massif, soit du bois plaqué de métal.
2. *Mika* : forme abrégée de Mikayehou — *stèle
divine* (voir Gn 28.18 et la note) : l'hébreu a *maison de Dieu* (ou *de dieux*) qui désigne probablement ici une *stèle* de pierre (voir Gn 28.22) plutôt
qu'un sanctuaire privé — *éphod* : voir Jg 8.27 et la
note — *téraphim* : voir Gn 31.19 et la note. De
même que l'*éphod* et la *stèle*, les *téraphim* étaient
parfois utilisés pour la divination (1 S 15.23; Os
3.4; Ez 21.26) — *investiture* : voir Lv 7.37 et la
note.

nourriture[1]. » 11 Le lévite consentit à rester chez cet homme qui considéra le jeune homme comme l'un de ses fils. 12 Mika donna l'investiture au lévite ; le jeune homme devint son prêtre et demeura dans la maison de Mika. 13 Mika dit : « Maintenant je sais que le Seigneur agira pour mon bien puisque ce lévite est devenu mon prêtre. »

Les Danites changent de territoire

18 1 En ces jours-là il n'y avait pas de roi en Israël. Or, en ces jours-là, la tribu des Danites se cherchait un territoire[2] pour y habiter, car jusqu'à ce jour-là il ne lui était pas échu de territoire au milieu des tribus d'Israël. 2 Les fils de Dan envoyèrent donc cinq hommes de leur clan, des guerriers de chez eux, depuis Çoréa et Eshtaol pour explorer le pays et le reconnaître. Ils leur dirent : « Allez reconnaître le pays ! » Les cinq hommes arrivèrent dans la montagne d'Ephraïm[3] et aboutirent à la maison de Mika où ils passèrent la nuit. 3 Alors qu'ils étaient près de la maison de Mika, ils reconnurent la voix du jeune *lévite et, s'étant dirigés de son côté, ils lui dirent : « Qui t'a fait venir ici ? Que fais-tu en cet endroit ? Qu'est-ce qui te retient

ici ? » 4 Il leur répondit : « Mika a fait pour moi telle et telle chose : il m'a engagé, et je suis devenu son prêtre. » 5 Ils lui dirent : « Consulte donc Dieu[1] afin que nous sachions si le voyage que nous entreprenons réussira. » 6 Le prêtre leur dit : « Allez en paix ! Le voyage que vous entreprenez est sous le regard du Seigneur ! »

7 Les cinq hommes s'en allèrent et arrivèrent à Laïsh. Ils virent que la population qui s'y trouvait demeurait en sécurité, à la manière des Sidoniens, tranquille et confiante. De plus, aucun roi ne sévissait dans le pays et personne ne s'en approchait pour y exercer une autorité. Les habitants de Laïsh étaient loin des Sidoniens et ils ne dépendaient de personne[2]. 8 Les cinq hommes revinrent auprès de leurs frères à Çoréa et Eshtaol, et leurs frères leur dirent : « Qu'en pensez-vous ? » 9 Ils répondirent : « Levons-nous ! Montons contre eux, car nous avons vu le pays, et c'est un excellent pays. Mais vous, vous restez sans rien dire ! Que votre inertie ne vous empêche pas de partir, d'entrer dans ce pays et d'en prendre possession. 10 Lorsque vous y entrerez, vous arriverez chez un peuple confiant. Le pays est largement ouvert, car Dieu l'a livré là entre vos mains. C'est un lieu où il ne manque aucun des biens de la terre. »

---

1. *père* : ce titre s'explique par le fait que le sacerdoce fut d'abord exercé par le *père* de famille (11.31-39 ; 13.19) — *nourriture* : la traduction omet *et le lévite s'en alla* qui s'accorde difficilement au contexte.

2. Ce changement de *territoire* est indiqué aussi par Jos 19.40-48 et sa cause par Jg 1.34. La tribu de *Dan* était si petite qu'on la considérait parfois comme un simple *clan* (v. 2 ; voir 13.2).

3. *Çoréa* : voir 13.2 et la note ; *Eshtaol* : ville proche de *Çoréa* — *montagne d'Ephraïm* : voir 3.27 et la note.

1. *consulte donc Dieu* : c'est une des fonctions de la tribu de Lévi. Le lévite possède les instruments nécessaires (voir 17.5 et la note).

2. *Laïsh* : voir Jos 19.47 et la note — *Sidoniens* : voir 3.3 et la note. Pacifiques, ils s'occupaient surtout de commerce — *De plus jusqu'à une autorité* : texte hébreu obscur, traduction en partie incertaine — *ils ne dépendaient de personne* : autre traduction *ils n'avaient de relations avec personne*.

11 Alors partirent de là, du clan des Danites, de Çoréa et d'Eshtaol, 600 hommes équipés d'armes de guerre. 12 Ils montèrent camper à Qiryath-Yéarim en Juda. C'est pourquoi on appelle cet endroit Mahané-Dan[1] jusqu'à ce jour. Il se trouve à l'ouest de Qiryath-Yéarim. 13 De là, ils passèrent dans la montagne d'Ephraïm et aboutirent à la maison de Mika. 14 Les cinq hommes qui étaient allés explorer le pays — c'est-à-dire Laïsh — prirent la parole et dirent à leurs frères : « Savez-vous qu'il y a dans ces maisons un éphod, des téraphim, une idole et une image en métal fondu[2] ? Et maintenant, sachez ce que vous avez à faire. » 15 Ils se dirigèrent de ce côté-là, entrèrent dans la maison du jeune lévite, la maison de Mika, et lui demandèrent comment il allait, 16 tandis que les 600 Danites, équipés de leurs armes de guerre, prenaient position à l'entrée de la porte. 17 Les cinq hommes qui étaient allés explorer le pays montèrent à l'étage, y pénétrèrent et prirent l'idole, l'éphod, les téraphim et l'image en métal fondu, alors que le prêtre se tenait à l'entrée de la porte ainsi que les 600 hommes équipés d'armes de guerre. 18 Comme ceux qui étaient entrés dans la maison de Mika avaient pris l'idole, l'éphod, les téraphim et l'image en métal fondu, le prêtre leur dit : « Que faites-vous là ? » 19 — « Tais-toi, lui dirent-ils, mets ta main sur ta bouche et viens avec nous ! Sois pour nous

un père[1] et un prêtre. Vaut-il mieux que tu sois le prêtre de la maison d'un seul homme ou celui d'une tribu et d'un clan en Israël ? » 20 Le prêtre en eut le cœur joyeux, il prit l'éphod, les téraphim ainsi que l'idole et il entra au milieu de la troupe.

21 Reprenant leur direction, ils s'en allèrent, ayant placé en tête les enfants, le bétail et les bagages. 22 Ils s'étaient déjà éloignés de la maison de Mika lorsque les hommes qui habitaient les maisons proches de celle de Mika s'ameutèrent et se mirent à la poursuite des fils de Dan. 23 Ils poussèrent des cris à l'adresse des fils de Dan et ceux-ci, faisant volte-face, dirent à Mika : « Qu'as-tu à ameuter ces gens ? » 24 Il répondit : « Les dieux que je m'étais faits, vous les avez pris[2] ainsi que le prêtre, et vous vous en allez. Que me reste-t-il ? Et comment pouvez-vous me dire : Qu'as-tu donc ? » 25 Les fils de Dan lui répliquèrent : « Qu'on ne t'entende plus ! Sinon des hommes exaspérés pourraient bien tomber sur vous, et tu y perdrais la vie, toi et ta maison. » 26 Les fils de Dan allèrent leur chemin, et Mika, voyant qu'ils étaient plus forts que lui, fit demi-tour et revint chez lui.

La ville de Dan et son sanctuaire

27 Quant à eux, ayant pris ce qu'avait fait Mika et le prêtre qu'il avait à son service, ils arrivèrent sur Laïsh[3], sur sa population

---

1. *Qiryath-Yéarim* (cité des forêts) : localité située à 13 km à l'ouest de Jérusalem — *Mahané-Dan* (camp de Dan) : voir 13.25.
2. Voir 17.5 et la note.

1. *père* : voir 17.10 et la note.
2. Ou *Le dieu que je m'étais fait, vous l'avez pris.*
3. Voir Jos 19.47 et la note.

tranquille et confiante qu'ils passèrent au tranchant de l'épée.
Quant à la ville, ils l'incendièrent.
28 Et il n'y eut personne pour venir la délivrer, car elle était loin
de Sidon et ne dépendait de personne[1]. Elle se trouve en effet
dans la plaine qui s'étend vers
Beth-Rehov. Ils rebâtirent la ville
et s'y établirent. 29 Ils appelèrent
la ville du nom de Dan, d'après le
nom de Dan leur père, qui était
né d'Israël[2], mais à l'origine le
nom de cette ville était Laïsh.
30 Les fils de Dan dressèrent l'i-
dole. Yehonatân, fils de Guershôm, fils de Moïse, puis ses fils
furent prêtres de la tribu des Danites jusqu'à l'époque de la déportation du pays[3]. 31 Ils installèrent l'idole que Mika avait faite
et elle y demeura aussi longtemps
que subsista la maison de Dieu à
Silo[4].

Le crime des Benjaminites de Guivéa

19 1 Or, en ces jours-là — il
n'y avait pas alors de roi
en Israël —, un *lévite qui résidait dans l'arrière-pays de la
montagne d'Ephraïm[5], prit une
concubine de Bethléem de Juda.
2 Sa concubine lui fut infidèle,
puis elle le quitta pour la maison
de son père, à Bethléem de Juda,

où elle resta un certain temps,
quatre mois. 3 Son mari partit la
retrouver pour parler à son coeur
et la ramener. Il avait avec lui son
serviteur et deux ânes. Sa concubine le fit entrer dans la maison
de son père. Le père de la jeune
femme le vit et, tout joyeux, vint
à sa rencontre. 4 Son beau-père, le
père de la jeune femme, le retint,
et il resta chez lui pendant trois
jours; ils mangèrent, burent, et y
passèrent la nuit. 5 Or, le quatrième jour, ils se levèrent de bon
matin, et le lévite se préparait à
partir lorsque le père de la jeune
femme dit à son gendre : «Restaure-toi en mangeant un morceau de pain, vous partirez
après ! » 6 S'étant assis, ils mangèrent et ils burent tous deux ensemble. Le père de la jeune
femme dit à cet homme :
«Consens donc à passer la nuit et
que ton coeur se réjouisse ! »
7 Comme l'homme se préparait à
partir, son beau-père insista auprès de lui, si bien qu'il se ravisa
et passa la nuit en cet endroit.
8 Le cinquième jour, il se leva de
bon matin pour partir, mais le
père de la jeune femme lui dit :
«Restaure-toi, je t'en prie, et at-
tardez-vous jusqu'au déclin du
jour », et ils mangèrent tous deux.
9 L'homme se préparait à partir,
lui, sa concubine et son serviteur,
mais son beau-père, le père de la
jeune femme, lui dit : «Voici que
le jour baisse, c'est presque le
soir; passez donc la nuit ! Voici
que le jour décline, passe la nuit
ici et que ton coeur se réjouisse !
Demain matin, vous vous mettrez
en route et tu regagneras ta

---

1. Voir 18.7 et la note.
2. *père* ou *ancêtre* — *Israël*, c'est-à-dire Jacob.
3. *Yehonatân* est le lévite des ch. 17-18
— *Moïse* : d'après les anciennes versions; hébreu
Manassé, mais les manuscrits placent la lettre *n*
au-dessus de la ligne pour montrer que le nom
originel a été corrigé — *la déportation du pays* :
probablement celle qui eut lieu sous Tiglath-Piléser III en 734 av. J. C. (voir 2 R 15.29).
4. Voir Jos 18.1 et la note. Le sanctuaire de *Silo*
fut probablement détruit par les Philistins après la
bataille d'Evèn-Ezèr (1 S 4.1-11).
5. *montagne d'Ephraïm* : voir 3.27 et là note.

tente[1]. » 10 Mais l'homme ne voulut pas passer la nuit. Il se leva, partit, et arriva en vue de Jébus — c'est Jérusalem —, ayant avec lui ses deux ânes bâtés et sa concubine.

11 Lorsqu'ils furent arrivés près de Jébus, le jour avait beaucoup baissé, et le serviteur dit à son maître : « Allons, arrêtons-nous à la ville des Jébusites que voici, et passons-y la nuit ! » 12 Son maître lui dit : « Nous ne nous arrêterons pas à cette ville d'étrangers qui, eux, ne font pas partie des fils d'Israël. Nous pousserons jusqu'à Guivéa[2]. 13 Allons, dit-il à son serviteur, dirigeons-nous vers l'une de ces localités, et nous passerons la nuit à Guivéa ou à Rama[3]. » 14 Poussant plus loin, ils s'en allèrent, et le soleil se couchait lorsqu'ils étaient près de Guivéa en Benjamin. 15 Ils se tournèrent alors de ce côté pour passer la nuit à Guivéa. Le lévite entra et s'assit sur la place de la ville, mais personne ne les accueillit dans sa maison pour passer la nuit[4].

16 Et voici qu'un vieillard rentrait le soir de son travail des champs. C'était un homme de la montagne d'Ephraïm, mais il résidait à Guivéa alors que les hommes de la localité étaient benjaminites. 17 Levant les yeux, il vit le voyageur sur la place de la ville : « Où vas-tu, dit le vieillard, et d'où viens-tu ? » 18 Il lui répondit : « Partis de Bethléem de Juda, nous faisons route vers l'arrière-pays de la montagne d'Ephraïm. C'est de là que je suis. J'étais allé jusqu'à Bethléem de Juda et je retourne chez moi[1] et il n'y a personne qui m'accueille dans sa maison. 19 Pourtant, nous avons de la paille et du fourrage pour nos ânes ; j'ai aussi du pain et du vin pour moi, pour ta servante et pour le jeune homme qui accompagne ton serviteur ; nous ne manquons de rien. » 20 Le vieillard répondit : « Que la paix soit avec toi ! Bien sûr, tous tes besoins seront à ma charge, mais ne passe pas la nuit sur la place ! » 21 Il les fit entrer dans sa maison et donna du fourrage aux ânes. Les voyageurs se lavèrent les pieds, ils mangèrent et ils burent.

22 Pendant qu'ils se réconfortaient, voici que les hommes de la ville, des vauriens, cernèrent la maison, frappèrent violemment contre la porte et dirent au vieillard, propriétaire de la maison : « Fais sortir cet homme qui est entré chez toi afin que nous le connaissions[2]. » 23 Le propriétaire de la maison sortit et leur dit : « Non, mes frères, je vous prie, ne commettez pas le mal. Maintenant que cet homme est entré chez moi, ne commettez pas cette infamie[3] ! 24 Voici ma fille qui est vierge, je vais donc la faire sortir. Abusez d'elle et faites-lui ce que

---

1. *tu regagneras ta tente* : voir Jos 22.4 et la note.
2. *ville d'étrangers* : Jérusalem sera conquise seulement par David sur les Jébusites (voir 2 S 5.6-7) — *Guivéa* : appelée *Guivéa en Benjamin* (19.14) ou *du Benjamin* (1 S 13.2), à 6 km au nord de Jérusalem.
3. Localité située à 3 km au nord de *Guivéa*.
4. *la place de la ville* où se déroulait la vie publique se trouvait toujours à l'entrée de la ville, près de la porte principale — *nuit* : c'était un devoir sacré d'*accueillir dans sa maison* les étrangers de passage.

1. *chez moi* ou *à ma maison* : d'après l'ancienne version grecque ; hébreu *à la maison du Seigneur*, qui semble ne pas convenir ici.
2. Voir Gn 19.5 et la note.
3. *mal, infamie* : ces deux mots visent à la fois le délit sexuel et la violation des lois de l'hospitalité.

bon vous semblera[1]. Mais envers cet homme vous ne commettrez pas une infamie de cette sorte !» 25 Les hommes ne voulurent pas l'écouter. Alors le lévite saisit sa concubine et la leur amena dehors. Ils la connurent et la malmenèrent toute la nuit jusqu'au matin, et au lever de l'aurore ils l'abandonnèrent.

26 À l'approche du matin, la femme vint tomber à l'entrée de la maison de l'homme chez qui était son mari, gisant là jusqu'à ce qu'il fît jour. 27 Son mari se leva de bon matin, ouvrit la porte de la maison et sortit pour reprendre sa route, et voilà que sa concubine gisait à l'entrée de la maison, les mains sur le seuil. 28 «Lève-toi, lui dit-il, et partons !» Pas de réponse. Alors il la chargea sur son âne, et l'homme partit et gagna sa localité. 29 Arrivé chez lui, il prit un couteau et, saisissant sa concubine, la découpa, membre après membre, en douze morceaux qu'il envoya dans tout le territoire d'Israël. 30 Or, quiconque voyait cela disait : «Jamais n'est arrivée ni ne s'est vue pareille chose depuis le jour où les fils d'Israël sont montés du pays d'Egypte jusqu'à ce jour !» Le lévite avait donné cet ordre aux hommes qu'il avait envoyés : «Ainsi parlerez-vous à tous les hommes d'Israël : Pareille chose est-elle arrivée depuis le jour où les fils d'Israël sont montés du pays d'Egypte jusqu'à ce jour[2] ?

Réfléchissez-y, consultez-vous et prononcez-vous !»

Guerre punitive contre Benjamin

20 1 Tous les fils d'Israël sortirent et, comme un seul homme, la communauté s'assembla depuis Dan jusqu'à Béer-Shéva ainsi que le pays de Galaad, auprès du Seigneur à Miçpa[1]. 2 Les chefs de tout le peuple, toutes les tribus d'Israël se présentèrent à l'assemblée du peuple de Dieu, 400.000 fantassins, sachant tirer l'épée. 3 Les fils de Benjamin apprirent que les fils d'Israël étaient montés à Miçpa.

Les fils d'Israël dirent : «Rapportez nous comment est arrivé ce crime.» 4 Le *lévite, le mari de la femme qui avait été assassinée, répondit : «C'est à Guivéa[2] en Benjamin que j'étais arrivé, moi et ma concubine pour y passer la nuit. 5 Les propriétaires de Guivéa se dressèrent contre moi, et, pendant la nuit, cernèrent la maison où j'étais ; ils voulaient me tuer et ils ont abusé de ma concubine au point qu'elle en est morte. 6 Je pris ma concubine, la découpai et l'envoyai dans tout le territoire de l'héritage d'Israël, car ils ont commis une impudicité et une infamie[3] en Israël. 7 Vous tous, fils d'Israël, donnez-vous la parole et consultez-vous ici-même !»

---

1. Après *vierge* la traduction omet *et sa concubine* que l'hébreu a ajouté en anticipant le v. 25 — *faites-lui ce que bon vous semblera* : voir la note sur Gn 19.8.

2. *Le lévite avait donné cet ordre … jusqu'à ce jour* : ce passage manque dans le texte hébreu ; il est traduit d'après l'ancienne version grecque où il a été conservé.

1. *depuis Dan jusqu'à Béer-Shéva* : voir les notes sur Jos 19.47 et Jos 21.14 — *Galaad* : voir Gn 31.21 et la note — *auprès du Seigneur* : c'est-à-dire *au sanctuaire du Seigneur* — *Miçpa* : localité de Benjamin à 13 km au nord de Jérusalem ; à ne pas confondre avec Miçpa de Galaad (10.17 et la note).

2. Voir 19.12 et la note.

3. Voir 19.23 et la note.

8 Tout le peuple se leva comme un seul homme en disant : « Aucun d'entre nous ne regagnera sa tente, et aucun ne retournera dans sa maison. 9 Et maintenant, voici ce que nous allons faire à l'égard de Guivéa : nous monterons contre elle en tirant au sort; 10 et nous prendrons, dans toutes les tribus d'Israël, dix hommes sur cent, cent sur mille et mille sur 10.000 pour procurer des provisions au peuple, à ceux qui iront traiter Guivéa de Benjamin selon toute l'infamie qu'elle a commise en Israël. » 11 Tous les hommes d'Israël s'unirent contre la ville, associés comme un seul homme.

12 Les tribus d'Israël envoyèrent des hommes dans toute la tribu de Benjamin pour lui dire : « Quel est ce crime qui s'est produit parmi vous ? 13 Et maintenant, livrez ces hommes, ces vauriens qui sont à Guivéa, afin que nous les mettions à mort et que nous enlevions le mal d'Israël. » Les fils de Benjamin ne voulurent pas écouter la voix de leurs frères, les fils d'Israël.

14 Venant de leurs villes, les fils de Benjamin se réunirent à Guivéa pour partir en guerre contre les fils d'Israël. 15 Ce jour-là, les fils de Benjamin venus des villes, se présentèrent au recensement : ils étaient 26.000 hommes sachant tirer l'épée, sans compter les habitants de Guivéa dont le recensement dénombre 700 hommes d'élite. 16 Dans tout ce peuple il y avait 700 hommes d'élite gauchers. Chacun d'eux pouvait, avec la pierre de sa fronde, tirer sur un cheveu sans le man-

quer. 17 Les hommes d'Israël se présentèrent aussi au recensement; sans compter Benjamin, ils étaient 400.000 sachant tirer l'épée, tous hommes de guerre. 18 Ils partirent et montèrent à Béthel[1] pour consulter Dieu, et les fils d'Israël dirent : « Qui de nous montera en premier pour combattre les fils de Benjamin ? », Et le Seigneur dit : « C'est Juda qui montera en premier ! »

19 Les fils d'Israël se levèrent de bon matin et ils campèrent près de Guivéa. 20 Sortis pour combattre contre Benjamin, les hommes d'Israël se rangèrent en bataille face à Guivéa. 21 Les fils de Benjamin sortirent de Guivéa et, ce jour-là, ils terrassèrent 22.000 hommes d'Israël. 22 Le peuple des hommes d'Israël se ressaisit et de nouveau ils se rangèrent en bataille à l'endroit où ils s'étaient rangés le premier jour. 23 Les fils d'Israël montèrent pleurer contre le Seigneur[2] jusqu'au soir, et ils consultèrent le Seigneur : « Dois-je encore engager le combat contre les fils de Benjamin mon frère ? » Le Seigneur répondit : « Montez contre lui ! » 24 Le second jour, les fils d'Israël s'approchèrent des fils de Benjamin. 25 Ce second jour Benjamin sortit de Guivéa à leur rencontre et il terrassèrent encore 18.000 hommes parmi les fils d'Israël, tous sachant tirer l'épée. 26 Tous les fils d'Israël et tout le peuple montèrent et vinrent à Béthel; là ils pleurèrent assis devant le Seigneur, et ils jeûnèrent ce jour-là jusqu'au soir, et ils firent monter des holocaustes et des

1. Voir Gn 12.8 et la note.
2. *devant le Seigneur* : c'est-à-dire *au sanctuaire du Seigneur*, à Béthel.

*sacrifices de paix devant le Sei-
gneur. 27 Les fils d'Israël consultèrent le Seigneur — en effet,
l'*arche de l'alliance de Dieu se
trouvait à cet endroit en ces
jours-là. 28 Pinhas, fils d'Eléazar,
fils d'Aaron, se tenait devant elle[1]
en ces jours-là : « Dois-je encore,
dirent-ils, sortir pour combattre
contre les fils de Benjamin mon
frère, ou bien dois-je renoncer ? »
Le Seigneur répondit : « Montez,
car demain je le livrerai entre vos
mains. »

29 Israël plaça des hommes en
embuscade tout autour de Guivéa. 30 Le troisième jour, les fils
d'Israël montèrent contre les fils
de Benjamin et se rangèrent
contre Guivéa comme les autres
fois. 31 Les fils de Benjamin sortirent à la rencontre du peuple, ils
se laissèrent attirer loin de la ville
et commencèrent, comme les autres fois, à faire des victimes
parmi le peuple, environ 30
hommes d'Israël, sur les routes
qui montent l'une à Béthel, l'autre
à Guivéa en rase campagne.
32 Les fils de Benjamin dirent :
« Les voilà battus devant nous
comme précédemment. » Mais les
Israélites s'étaient dit : « Nous allons fuir et nous les attirerons
loin de la ville sur les routes. »
33 Tous les hommes d'Israël,
ayant surgi de leur position, se
rangèrent en bataille à Baal-Tamar tandis que l'embuscade d'Israël s'élançait de sa position à
l'ouest de Guèva[2]. 34 10.000
hommes d'élite pris dans tout Is-

raël arrivèrent en face de Guivéa;
la bataille fut acharnée, mais les
Benjaminites ne savaient pas que
le malheur fondait sur eux. 35 Le
Seigneur battit Benjamin devant
Israël, et, ce jour-là, les fils d'Israël firent périr en Benjamin
25.000 hommes, tous sachant tirer l'épée. 36 Les fils de Benjamin
virent qu'ils étaient battus.

Les hommes d'Israël cédèrent
du terrain à Benjamin parce
qu'ils comptaient sur l'embuscade
qu'ils avaient placée contre Guivéa. 37 L'embuscade s'élança vers
Guivéa en toute hâte, se déploya
et frappa toute la ville au tranchant de l'épée. 38 Or, il y avait
cette convention entre les
hommes d'Israël et ceux de l'embuscade : ces derniers devaient
faire monter de la ville un signal
de fumée. 39 Les hommes d'Israël
firent volte-face dans la bataille,
et Benjamin commença à faire
des victimes parmi les hommes
d'Israël, environ 30 hommes.
« Vraiment, se disaient-ils, les
voilà complètement battus devant
nous comme lors de la première
bataille ! » 40 Mais le signal, une
colonne de fumée, avait commencé à monter de la ville, et,
lorsque Benjamin se retourna,
voici que la ville tout entière
montait en flammes vers le ciel.
41 Les hommes d'Israël avaient
donc fait volte-face, et les
hommes de benjamin furent terrifiés car ils voyaient que le malheur avait fondu sur eux. 42 Ils
tournèrent le dos devant les
hommes d'Israël en direction du
désert, mais la bataille les talon-
nait et ils se faisaient massacrer à
mi-chemin par ceux qui venaient

1. *se tenait devant elle* ou *exerçait les fonctions
sacerdotales dans le sanctuaire.*
2. *Baal-Tamar* : endroit inconnu, proche de Guivéa — *Guèva* : ville de Benjamin, à 4 km au nord-
ouest de Guivéa — *à l'ouest de Guèva* : d'après les
versions anciennes; hébreu peu clair.

de la ville[1]. 43 On cerna Benjamin, on le poursuivit sans répit, on le piétina jusqu'en face de Guèva[2] du côté du soleil levant. 44 De Benjamin 18.000 hommes tombèrent, tous hommes vaillants. 45 Tournant le dos, ils s'enfuirent vers le désert, vers le rocher de Rimmôn. On en ramassa 5.000 sur les routes, on en poursuivit jusqu'à Guidéôm[3] et on en tua encore 2.000.

46 Le total des Benjaminites qui tombèrent ce jour-là fut de 25.000 hommes sachant tirer l'épée, tous hommes vaillants. 47 600 hommes tournèrent le dos et s'enfuirent dans le désert, vers le rocher de Rimmôn et ils demeurèrent au rocher de Rimmôn pendant quatre mois. 48 Les hommes d'Israël revinrent vers les fils de Benjamin et les passèrent au tranchant de l'épée, de ville en ville, les hommes aussi bien que le bétail[4] et tout ce qu'ils trouvaient. De plus, ils mirent le feu à toutes les villes qu'ils rencontraient.

Renaissance de la tribu de Benjamin

21 1 Les hommes d'Israël avaient fait ce serment à Miçpa[5] : « Aucun d'entre nous ne donnera sa fille en mariage à un Benjaminite. » 2 Le peuple vint à Béthel et, là, ils restèrent assis jusqu'au soir, devant Dieu[1]. Ils poussèrent des cris et versèrent d'abondantes larmes. 3 « Seigneur, Dieu d'Israël, disaient-ils, pourquoi se fait-il qu'aujourd'hui il manque à Israël une de ses tribus ? » 4 Le lendemain, le peuple se leva de bon matin, et ayant bâti un *autel à cet endroit, ils firent monter des holocaustes et des *sacrifices de paix. 5 Les fils d'Israël dirent : « Quelle est celle parmi toutes les tribus d'Israël qui n'est pas montée à l'assemblée auprès du Seigneur ? » En effet, il y avait eu ce grand serment contre quiconque ne serait pas monté auprès du Seigneur à Miçpa : « Il sera mis à mort ! » 6 Les fils d'Israël furent pris de pitié pour Benjamin, leur frère. « Aujourd'hui, disaient-ils, une tribu a été retranchée d'Israël. 7 Que ferons-nous pour procurer des femmes à ceux qui restent, alors que nous avons juré par le Seigneur de ne pas leur donner nos filles en mariage ? »

8 Ils dirent alors : « Y a-t-il quelqu'un parmi les tribus d'Israël qui ne soit pas monté auprès du Seigneur à Miçpa ? » Et voici que de Yavesh-de-Galaad[2] personne n'était venu au camp, à l'assemblée. 9 Lorsque le peuple se présenta au recensement, on vit qu'il n'y avait là aucun des habitants de Yavesh-de-Galaad. 10 La communauté envoya là-bas 12.000 hommes parmi les guerriers et leur donna cet ordre : « Allez et passez les habitants de Yavesh-de-Galaad au tranchant de

---

1. A la fin du verset, traduction incertaine d'un texte peu clair.

2. *on le poursuivit sans répit* : traduction conjecturale d'un texte peu clair — *Guèva* : conjecture; hébreu *Guivéa* qui ne convient pas au contexte.

3. *Rimmôn* : à 9 km au nord-est de Guivéa — *ramassa* : autre traduction *exécuta* — *Guidéôm* : localité inconnue.

4. *de ville en ville, les hommes aussi bien que le bétail* : d'après l'ancienne version latine; hébreu obscur.

5. Voir 20.1 et la note.

---

1. *Béthel* : voir Gn 12.8 et la note — *devant Dieu* : voir 20.23 et la note.

2. *Yavesh-de-Galaad* : localité située à peu près à mi-chemin entre le Yabboq et le Yarmouk, les deux grands affluents orientaux du Jourdain.

l'épée, y compris femmes et enfants ! 11 Voici ce que vous ferez : vous vouerez à l'interdit tout mâle et toute femme ayant connu la couche d'un homme, mais vous laisserez vivre les vierges. » Et c'est ce qu'ils firent[1]. 12 Parmi les habitants de Yavesh-de-Galaad ils trouvèrent 400 jeunes filles vierges qui n'avaient pas connu la couche d'un homme et ils les amenèrent au camp, à Silo[2], qui est au pays de Canaan.

13 Toute la communauté envoya des porte-parole aux fils de Benjamin qui étaient au rocher de Rimmôn et ils leur annoncèrent la paix. 14 Les Benjaminites revinrent à ce moment-là, et on leur donna les femmes laissées en vie parmi celles de Yavesh-de-Galaad, mais ils n'en trouvèrent pas assez pour eux.

15 Le peuple fut pris de pitié pour Benjamin, car le Seigneur avait fait une brèche dans les tribus d'Israël. 16 Les *anciens de la communauté dirent alors : « Que ferons-nous pour que ceux qui restent aient des femmes, puisque les femmes de Benjamin ont été exterminées ? 17 Benjamin peut-il avoir un reste[3], dirent-ils, pour qu'une tribu ne soit pas effacée d'Israël ? 18 Nous-mêmes ne pouvons pas leur donner de nos filles en mariage. » En effet, les fils d'Israël avaient fait ce serment : « Maudit soit celui qui donnera une femme à Benjamin. » 19 Mais

ils dirent : « Il y a chaque année la fête du Seigneur[1] à Silo, qui est au nord de Béthel, à l'est de la route qui monte de Béthel à Sichem, et au sud de Levona. »

20 Puis ils donnèrent cet ordre aux fils de Benjamin : « Allez vous embusquer dans les vignes !

21 Vous regarderez, et dès que les filles de Silo sortiront pour danser en chœurs, vous sortirez des vignes et vous vous emparerez chacun d'une femme parmi les filles de Silo, puis vous vous en irez au pays de Benjamin. 22 Si par hasard leurs pères ou leurs frères viennent nous chercher querelle, nous leur dirons : Soyez généreux envers eux, car ils n'ont pas pu prendre de femme pour chacun d'eux pendant la guerre[2]; de plus, vous-mêmes, vous ne pouviez pas leur en donner; autrement, vous auriez été coupables. »

23 Les fils de Benjamin agirent ainsi. Parmi les danseuses qu'ils avaient enlevées, ils emportèrent des femmes en nombre égal au leur. Ils partirent, retournèrent dans leur héritage[3], reconstruisirent leurs villes et y habitèrent.

24 À ce moment-là, les fils d'Israël se dispersèrent chacun dans sa tribu et dans son clan et, de là, ils repartirent chacun dans son héritage. 25 En ces jours-là, il n'y avait pas de roi en Israël. Chacun faisait ce qui lui plaisait.

---

1. *vouerez à l'interdit* : voir Dt 2.34 et la note — la fin du verset depuis *mais vous laisserez* est absente du texte hébreu. Elle a été conservée dans les versions anciennes.

2. Voir Jos 18.1 et la note.

3. *Benjamin peut-il avoir un reste*[3] ou *Benjamin possédera-t-il des survivants* ?

1. *fête du Seigneur* : il s'agit probablement ici d'une fête locale à l'occasion des vendanges (v. 21).

2. *ils n'ont pas pu prendre* : d'après une partie des manuscrits de l'ancienne version grecque; hébreu *nous n'avons pas pris* — *pendant la guerre* : il s'agit de *la guerre* contre Yavesh-de-Galaad (voir 21.10-14).

3. *leur héritage* ou *leur territoire*.

PREMIER LIVRE DE SAMUEL

Anne au Temple de Silo

1 1 Il y avait un homme de Ramataïm-Çofim, de la montagne d'Ephraïm. Il s'appelait Elqana, fils de Yeroham, fils d'Elihou, fils de Tohou, fils de Çouf, un Ephratéen[1]. 2 Il avait deux femmes; l'une s'appelait Anne et la seconde Peninna. Peninna avait des enfants, Anne n'en avait pas. 3 Tous les ans, cet homme montait de sa ville pour se prosterner devant le SEIGNEUR, le tout-puissant, et pour lui *sacrifier à Silo[2]. Il y avait là, comme prêtres du SEIGNEUR, les deux fils de Eli, Hofni et Pinhas.

4 Vint le jour où Elqana offrait le sacrifice. Il avait coutume d'en donner des parts à sa femme Peninna et à tous les fils et filles de Peninna. 5 Mais à Anne, il donnait une part d'honneur[3] car c'est Anne qu'il aimait, bien que le SEIGNEUR l'eût rendue stérile. 6 En outre, sa rivale ne cessait de lui faire des affronts pour l'humilier, parce que le SEIGNEUR l'avait rendue stérile. 7 Ainsi agissait Elqana tous les ans, chaque fois qu'elle montait à la Maison du SEIGNEUR; ainsi Peninna lui faisait-elle affront. Anne se mit à pleurer et refusa de manger. 8 Son mari Elqana lui dit : «Anne, pourquoi pleures-tu ? Pourquoi as-tu le coeur triste ? Est-ce que je ne vaux pas mieux pour toi que dix fils ?»

9 Anne se leva après qu'on eut mangé et bu à Silo. Le prêtre Eli était assis sur son siège à l'entrée du Temple du SEIGNEUR. 10 Pleine d'amertume, elle adressa une prière au SEIGNEUR en pleurant à chaudes larmes. 11 Elle fit le voeu que voici : «SEIGNEUR tout-puissant, si tu daignes regarder la misère de ta servante, te souvenir de moi, ne pas oublier ta servante et donner à ta servante un garçon, je le donnerai au SEIGNEUR pour tous les jours de sa vie et le rasoir ne passera pas sur sa tête[1].

12 Comme elle prolongeait sa prière devant le SEIGNEUR, Eli observait sa bouche. 13 Anne parlait en elle-même. Seules ses lèvres remuaient. On n'entendait pas sa voix. Eli la prit pour une femme ivre. 14 Eli lui dit : «Seras-tu longtemps ivre ? Va cuver ton vin !» 15 Anne lui répondit : «Je ne suis pas, mon seigneur, une femme entêtée[2], mais je n'ai bu ni vin ni rien d'enivrant. Je m'épanchais seulement devant le SEIGNEUR.

---

1. *Ramataïm-Çofim* : la même localité est appelée *Rama* au v. 19; elle est située à 35 km environ au nord-ouest de Jérusalem — *Ephratéen* : soit du clan judéen d'Ephrata, soit de la tribu d'Ephraïm.
2. *Silo* : localité située à 30 km environ au nord de Jérusalem (voir Jos 18.1-10).
3. *une part d'honneur* : l'expression hébraïque est obscure; autre traduction *une double portion*.

1. *la misère de ta servante*, c'est-à-dire *ma misère* — *le rasoir ne passera pas sur sa tête*, c'est-à-dire il sera consacré au service du Seigneur, voir Nb 6.5.
2. *Je ne suis pas ... une femme entêtée* : autre traduction *Non ... je ne suis qu'une femme affligée*.

16 Ne traite pas ta servante comme une fille de rien, car c'est l'excès de mes soucis et de mon chagrin qui m'a fait parler jusqu'ici. » 17 Eli lui répondit : « Va en paix, et que le Dieu d'Israël t'accorde ce que tu lui as demandé ! » 18 Elle dit : « Que ta servante trouve grâce à tes yeux ! » La femme s'en alla, elle mangea et n'eut plus le même visage.

19 Ils se levèrent de bon matin et se prosternèrent devant le Seigneur; puis ils rentrèrent chez eux à Rama. Elqana connut[1] sa femme Anne et le Seigneur se souvint d'elle.

Naissance et enfance de Samuel

20 Or donc, aux jours révolus, Anne, qui était enceinte, enfanta un fils. Elle l'appela Samuel car, dit-elle, « c'est au Seigneur que je l'ai demandé[2] ». 21 Le mari Elqana monta avec toute sa famille pour offrir au Seigneur le *sacrifice annuel et s'acquitter de son vœu[3]. 22 Mais Anne ne monta pas, car, dit-elle à son mari, « attendons que l'enfant soit sevré : alors je l'emmènerai, il se présentera devant le Seigneur et il restera là-bas pour toujours. » 23 Son mari Elqana lui dit : « Fais ce que bon te semble. Reste ici jusqu'à ce que tu l'aies sevré. Que seulement le Seigneur accomplisse sa parole[4]. » La femme resta donc et elle allaita son fils jusqu'à ce

qu'elle l'eût sevré. 24 Lorsqu'elle l'eut sevré, elle le fit monter avec elle, avec trois taureaux, une mesure de farine et une outre de vin; elle le fit entrer dans la Maison du Seigneur à Silo, et l'enfant devint servant[1]. 25 Ils immolèrent[2] le taureau et amenèrent l'enfant à Eli. 26 Elle dit : « Pardon, mon seigneur ! aussi vrai que tu es vivant, mon seigneur, je suis la femme qui se tenait près de toi, ici même, et adressait une prière au Seigneur. 27 C'est pour cet enfant que j'ai prié, et le Seigneur m'a concédé ce que je lui demandais. 28 À mon tour, je le cède au Seigneur. Pour toute sa vie, il est cédé au Seigneur. » Il se prosterna[3] là devant le Seigneur.

Anne remercie le Seigneur

2 1 Anne pria et dit :
« J'ai le cœur joyeux grâce au Seigneur
et le front haut grâce au Seigneur,
la bouche grande ouverte contre mes ennemis :
je me réjouis de ta victoire[4]
2 il n'est pas de *saint pareil au Seigneur.
Il n'est personne d'autre que toi.
Il n'est pas de Rocher pareil à notre Dieu.

---

1. *connut :* tournure hébraïque signifiant *eut des relations sexuelles avec.*
2. En hébreu, il y a une certaine ressemblance entre le nom de *Samuel* et le verbe signifiant *demander.*
3. *s'acquitter de son vœu* ou *un sacrifice votif* (voir Lv 7.16 et la note).
4. On ignore à quelle *parole* du *Seigneur* Elqana fait ici allusion.

1. *trois taureaux :* autre traduction *un taureau de trois ans* (d'après un manuscrit hébreu trouvé à Qoumrân, et les anciennes versions grecque et syriaque; comparer aussi v. 25 *le taureau*) — *devint servant :* traduction incertaine d'une expression obscure; autre traduction *était tout jeune.*
2. ou *égorgèrent.*
3. *Il se prosterna :* le sujet peut être *Elqana* ou *Samuel;* autre texte (manuscrit hébreu trouvé à Qoumrân) *elle se prosterna.*
4. *ta victoire :* Anne s'adresse à Dieu tantôt à la troisième personne *(au Seigneur),* tantôt à la deuxième personne *(ta victoire).*

3 Ne répétez pas tant de paroles
   hautaines,
   que l'insolence ne sorte pas de
   votre bouche :
   le Seigneur est un Dieu qui
   sait
   et c'est lui qui pèse les actions[1].
4 L'arc des preux est brisé,
   ceux qui chancellent ont la
   force pour ceinture.
5 Les repus s'embauchent pour
   du pain,
   et les affamés se reposent.
   Même la stérile enfante sept
   fois,
   et la mère féconde se flétrit.
6 Le Seigneur fait mourir et fait
   vivre,
   descendre aux enfers et remonter.
7 Le Seigneur appauvrit et enri-
   chit,
   il abaisse, il élève aussi.
8 Il relève le faible de la poussière
   et tire le pauvre du tas d'ordures,
   pour les faire asseoir avec les
   princes
   et leur attribuer la place d'honneur.
   Car au Seigneur sont les colonnes de la terre[2],
   sur elles il a posé le monde.
9 Il gardera les pas de son fidèle[3],
   mais les méchants périront
   dans les ténèbres,
   car ce n'est point par la force
   qu'on triomphe.
10 Le Seigneur, ses adversaires
   seront brisés,

contre eux, dans le ciel, il ton-
nera.
Le Seigneur jugera la terre entière.
Il donnera la puissance à son
roi,
il élèvera le front de son messie[1]. »
11 Elqana s'en alla chez lui à
Rama. Quant à l'enfant, il servait
le Seigneur, en présence du prêtre
Eli.

Abus commis par les fils du prêtre Eli

12 Les fils de Eli étaient des
vauriens, qui ne connaissaient pas
le Seigneur[2]. 13 À l'égard du
peuple, ces prêtres agissaient de
la manière suivante : lorsque
quelqu'un offrait un sacrifice, le
servant du prêtre arrivait, dès
qu'on faisait cuire la viande. Il
tenait en main la fourchette à
trois dents. 14 Il piquait dans la
bassine, le chaudron, la marmite
ou le pot. Tout ce que ramenait
la fourchette, le prêtre le prenait
pour lui-même. C'est ainsi qu'ils
procédaient avec tous les Israélites qui venaient là-bas à Silo.
15 Bien plus, avant qu'on eût fait
brûler la graisse[3], le servant du
prêtre venait dire à l'homme qui
offrait le *sacrifice : « Donne de
la viande à rôtir pour le prêtre. Il
n'acceptera pas de toi de la
viande cuite, mais seulement de la
viande crue. » 16 Si l'homme lui
disait : « Qu'on fasse d'abord
brûler la graisse, et ensuite prends

---

1. *qui pèse les actions* ou *qui juge les actions (des hommes)*.
2. *les colonnes de la terre* : voir Jb 9.6 et la note.
3. *son fidèle* désigne peut-être *le roi* (v. 10); une ancienne tradition juive a lu *ses fidèles*.

1. *son messie* ou *celui qu'il a oint*, c'est-à-dire *le roi*.
2. *qui ne connaissaient pas le Seigneur* ou *qui ne se souciaient pas du Seigneur*.
3. La législation de Lv 3 prescrit que les parties grasses du sacrifice de paix soient brûlées dès qu'on a égorgé la victime.

tout ce que tu désires », il disait :
« Non, c'est maintenant que tu
dois me le donner, sinon j'en
prends de force. » 17 Le péché des
jeunes gens était très grand devant le Seigneur, car ces hommes
faisaient outrage à l'offrande du
Seigneur[1].

Samuel sert le Seigneur à Silo

18 Samuel, lui, faisait le service
en présence du Seigneur. C'était
un enfant vêtu de l'éphod de lin[2].
19 Sa mère lui faisait un petit
manteau et le lui montait chaque
année, quand elle montait avec
son mari offrir le *sacrifice annuel. 20 Eli bénissait Elqana et sa
femme. Il disait : « Que le Seigneur t'accorde une descendance
de cette femme en échange de
celui qui fut cédé au Seigneur ! »
Et ils regagnaient le domicile
d'Elqana. 21 Comme le Seigneur
était intervenu en faveur d'Anne,
elle devint enceinte et enfanta
trois fils et deux filles, tandis que
le petit Samuel grandissait devant
le Seigneur.

22 Eli était devenu très vieux. Il
entendait raconter comment ses
fils se conduisaient envers tous les
Israélites et aussi qu'ils couchaient avec les femmes groupées
à l'entrée de la *tente de la rencontre. 23 Il leur dit : « Pourquoi
faites-vous de pareilles choses ?
Ce que j'entends dire de mal à
votre sujet, tout le peuple le dit.
24 Cessez, mes fils, car elle n'est
pas belle la rumeur que j'entends

le peuple du Seigneur colporter !
25 Si un homme pèche contre un
autre, Dieu arbitrera. Mais si un
homme pèche contre le Seigneur,
qui aura-t-il pour arbitre ? » Ils
n'écoutèrent pas la voix de leur
père. C'est que le Seigneur voulait les faire mourir. 26 Quant au
petit Samuel, il grandissait en
taille et en beauté devant le Seigneur et devant les hommes.

Le châtiment annoncé à Eli et sa famille

27 Un homme de Dieu[1] vint
trouver Eli et lui dit : « Ainsi
parle le Seigneur : Quoi ! Je me
suis révélé à la maison de ton
père, quand elle était en Egypte
au pouvoir de la maison de *Pharaon. 28 Ton père, je l'ai choisi
parmi toutes les tribus d'Israël
pour en faire mon prêtre, qui
monterait à mon *autel, ferait fumer l'*encens et porterait l'éphod[2]
en ma présence. J'ai donné à la
maison de ton père tout ce qu'offrent les fils d'Israël. 29 Pourquoi
piétinez-vous mon *sacrifice et
mon offrande que j'ai prescrits
dans ma *Demeure ? Et pourquoi
honores-tu tes fils plus que moi,
car vous vous engraissez du meilleur de toutes les offrandes d'Israël, de mon peuple ? 30 C'est
pourquoi — oracle du Seigneur,
le Dieu d'Israël — oui, j'avais dit :
Ta maison et la maison de ton
père marcheront en ma présence
à jamais. Mais maintenant
— oracle du Seigneur — abomination ! Car j'honore ceux qui

---

1. *faisaient outrage* ... ou *traitaient avec mépris
l'offrande faite au Seigneur.*
2. *L'éphod de lin* doit être distingué de l'*éphod
du prêtre, voir 2.28 ; c'était un vêtement liturgique
dont la forme précise ne nous est plus connue
(bande d'étoffe autour des reins ?).

1. *Un homme de Dieu* ou *Un *prophète de
Dieu.*
2. *Ton père* ou *Ton ancêtre ; il s'agit probablement d'Aaron, ancêtre des prêtres israélites (voir
Ex 28.1-4) — *éphod* : voir Ex 25.7 et la note.

m'honorent, mais ceux qui me dédaignent tombent dans le mépris. 31 Voici venir des jours où je briserai ton bras et le bras de la maison de ton père[1] : il n'y aura plus de vieillard dans ta maison. 32 Tu verras un rival dans la *Demeure, et tout le bien qu'il fera à Israël; mais, dans ta maison, il n'y aura plus jamais de vieillard. 33 Cependant, je maintiendrai l'un des tiens près de mon autel, pour épuiser tes yeux et grignoter ta vie, mais tous les rejetons de ta maison mourront dans la force de l'âge. 34 Tu en auras pour signe ce qui arrivera à tes deux fils Hofni et Pinhas : le même jour, ils mourront tous les deux. 35 Puis, je me susciterai un prêtre sûr. Il agira selon mon coeur et mon désir. Je lui bâtirai une maison stable. Il marchera toujours en présence de mon messie[2]. 36 Et tout ce qui subsistera de ta maison[3] viendra se prosterner devant lui, pour une piécette d'argent et un pain, et il lui dira : Attache-moi, je te prie, à quelque fonction sacerdotale pour que j'aie un morceau de pain à manger. »

Dieu choisit Samuel comme prophète

3 1 Le petit Samuel servait le Seigneur en présence de Eli. La parole du Seigneur était rare en ces jours-là, la vision n'était pas chose courante.

2 Ce jour-là, Eli était couché à sa place habituelle. Ses yeux commençaient à faiblir. Il ne pouvait plus voir. 3 La lampe de Dieu n'était pas encore éteinte et Samuel était couché dans le Temple du Seigneur, où se trouvait l'*arche de Dieu[1]. 4 Le Seigneur appela Samuel. Il répondit : « Me voici ! » 5 Il se rendit en courant près de Eli et lui dit : « Me voici, puisque tu m'as appelé. » Celui-ci répondit : « Je ne t'ai pas appelé. Retourne te coucher. » Il alla se coucher. 6 Le Seigneur appela Samuel encore une fois. Samuel se leva, alla trouver Eli et lui dit : « Me voici, puisque tu m'as appelé. » Il répondit : « Je ne t'ai pas appelé, mon fils. Retourne te coucher. » 7 Samuel ne connaissait pas encore le Seigneur. La parole du Seigneur ne s'était pas encore révélée à lui.

8 Le Seigneur appela encore Samuel pour la troisième fois. Il se leva et alla trouver Eli. Il lui dit : « Me voici, puisque tu m'as appelé. » Eli comprit alors que le Seigneur appelait l'enfant. 9 Eli dit à Samuel : « Retourne te coucher. Et s'il t'appelle, tu lui diras : Parle, Seigneur, ton serviteur écoute. » Et Samuel alla se coucher à sa place habituelle.

10 Le Seigneur vint et se tint présent. Il appela comme les autres fois : « Samuel, Samuel ! » Samuel dit : « Parle, ton serviteur écoute. » 11 Le Seigneur dit à Samuel : « Voici que je vais accomplir une chose en Israël, à faire tinter les oreilles de quiconque en entendra parler. 12 Ce jour-là, je

---

1. *je briserai ton bras* ... ou *je détruirai ta vigueur et celle de ta famille.*

2. *Je lui bâtirai une maison stable,* c'est-à-dire qu'il aura toujours des descendants qui exerceront le ministère de prêtres — *messie :* voir 2.10 et la note.

3. *ta maison* ou *ta famille.*

1. Sur la *lampe de Dieu,* voir Ex 27.20-21 — *l'arche de Dieu :* d'après Ex 25.22, c'est du haut de *l'arche* que Dieu s'adresse à ceux qui sont dans le Temple.

réaliserai contre Eli tout ce que j'ai dit au sujet de sa maison[1], de bout en bout. 13 Je lui annonce que je fais justice de sa maison pour toujours à cause de sa faute : il savait que ses fils insultaient Dieu et néanmoins, il ne les a pas repris. 14 Voilà pourquoi je le jure à la maison de Eli : Rien n'effacera jamais la faute de la maison de Eli, ni *sacrifice, ni offrande. »

15 Samuel resta couché jusqu'au matin, puis il ouvrit les portes de la Maison du Seigneur. Samuel craignait de rapporter la vision à Eli. 16 Eli appela Samuel et lui dit : « Samuel, mon fils. » Il dit : « Me voici. » 17 Il dit : « Quelle est la parole qu'Il t'a adressée ? Ne me le cache pas, je t'en prie. Que Dieu te fasse ceci et encore cela[2] si tu me caches un mot de toute la parole qu'Il t'a adressée. »

18 Alors Samuel lui rapporta toutes les paroles, sans rien lui cacher. Il dit : « Il est le Seigneur. Qu'il fasse ce que bon lui semble. »

19 Samuel grandit. Le Seigneur était avec lui et ne laissa tomber à terre aucune de ses paroles[3]. 20 Tout Israël, de Dan à Béer-Shéva[4], sut que Samuel était accrédité comme *prophète du Seigneur.

21 Le Seigneur continua d'apparaître à Silo[1]. Le Seigneur, en effet, se révélait à Samuel, à Silo, par la parole du Seigneur,

4 1 et la parole de Samuel s'adressait à tout Israël.

Israël vaincu par les Philistins

Israël partit en guerre contre les Philistins. Il campa près d'Evèn-Ezèr, et les Philistins à Afeq[2]. 2 Les Philistins prirent position devant Israël, le combat prit de l'ampleur et Israël fut battu par les Philistins : sur le front, en rase campagne, ils frappèrent environ 4.000 hommes. 3 Le peuple rentra au camp et les *anciens d'Israël dirent : « Pourquoi le Seigneur nous a-t-il fait battre aujourd'hui par les Philistins ? Allons chercher à Silo l'*arche de l'alliance du Seigneur : qu'elle vienne au milieu de nous et qu'elle nous sauve de la main de nos ennemis ! » 4 Le peuple envoya des gens à Silo. Ils en rapportèrent l'arche de l'alliance du Seigneur, le tout-puissant, siégeant sur les *chérubins. Il y avait là, près de l'arche de l'alliance de Dieu, les deux fils de Eli, Hofni et Pinhas. 5 Or, dès que l'arche de l'alliance du Seigneur arriva au camp, tous les Israélites firent une bruyante ovation et la terre trembla. 6 Les Philistins entendirent la clameur de l'ovation et ils dirent : « Que signifie cette bruyante clameur d'ovation dans le camp des Hébreux ? » Ils comprirent que l'arche du Seigneur était arrivée au camp. 7 Les Philistins eurent

---

1. *sa maison* ou *sa famille.*

2. *Que Dieu te fasse ceci et encore cela :* formule traditionnelle par laquelle Eli demande à Dieu de punir Samuel, si celui-ci refuse de répondre. Comparer une formule presque semblable en 14.44. L'expression vague « faire ceci ou cela » était peut-être en fait remplacée par l'énoncé d'un châtiment précis.

3. *ne laissa tomber à terre aucune de ses paroles,* c'est-à-dire *accomplissait tout ce qu'il annonçait.*

4. *de Dan à Béer-Shéva :* voir la note sur Jos 19.47.

1. Voir 1.3 la note.

2. *Evèn-Ezèr, Afeq :* deux endroits distants de quelques km seulement, et situés à 40 km environ au nord-ouest de Jérusalem.

peur « car, disaient-ils, un dieu est arrivé au camp ». Et ils dirent : « Malheur à nous ! Car il n'en était pas ainsi ces derniers temps. 8 Malheur à nous ! Qui nous arrachera de la main de ce puissant dieu ? C'est le dieu qui a porté aux Egyptiens toutes sortes de coups[1] dans le désert. 9 Courage ! Soyez des hommes, Philistins, de peur d'être à votre tour asservis aux Hébreux comme eux-mêmes ont été vos esclaves. Soyez des hommes et combattez ! » 10 Les Philistins engagèrent le combat. Israël fut battu et chacun s'enfuit à ses tentes[2]. La défaite fut très dure : il tomba parmi les Israélites 30.000 fantassins. 11 L'arche de Dieu fut prise et les deux fils de Eli, Hofni et Pinhas, moururent.

Mort du prêtre Eli

12 Un homme de Benjamin partit du front en courant et parvint à Silo le jour même, les vêtements *déchirés et la tête couverte de terre. 13 Lorsqu'il arriva, Eli était assis sur son siège au bord de la route, aux aguets, car son cœur tremblait pour l'*arche de Dieu. L'homme vint donc annoncer la nouvelle en ville, et toute la ville poussa des cris. 14 Eli entendit les cris et se dit : « Que signifie le bruit que fait cette foule ? » L'homme vint en hâte annoncer la nouvelle à Eli. 15 Eli avait 98 ans. Il avait le regard fixe et ne pouvait plus voir. 16 L'homme dit à Eli : « C'est moi qui viens du front. Je me suis enfui du front aujourd'hui même. » Il dit : « Que s'est-il passé, mon fils ? » 17 Le messager répondit : « Israël a fui devant les Philistins; et puis, le peuple a subi de lourdes pertes; et puis, tes deux fils sont morts. Hofni et Pinhas; et l'arche de Dieu a été prise. » 18 Dès qu'il fit mention de l'arche de Dieu, Eli tomba de son siège à la renverse sur le côté de la porte; il se brisa la nuque et mourut. C'est que l'homme était âgé et lourd. Il avait jugé[1] Israël pendant 40 ans.

19 Sa bru, la femme de Pinhas, était enceinte et sur le point d'accoucher. Lorsqu'elle apprit la nouvelle de la prise de l'arche de Dieu et de la mort de son beau-père et de son mari, elle s'affaissa et accoucha, car les douleurs l'avaient saisie. 20 Comme elle était à la mort, celles qui l'assistaient lui dirent : « Rassure-toi : c'est un fils que tu as mis au monde. » Elle ne répondit pas et n'y prêta pas attention. 21 Elle appela l'enfant Ikavod, c'est-à-dire : il n'y a plus de gloire : « La gloire[2], dit-elle, est bannie d'Israël » — allusion à la prise de l'arche de Dieu, à son beau-père et à son mari. 22 Elle avait dit : « La gloire est bannie d'Israël », parce que l'arche de Dieu avait été prise.

L'arche de Dieu chez les Philistins

5 1 Les Philistins avaient donc pris l'*arche de Dieu. Ils la transportèrent d'Evèn-Ezèr

---

1. *toutes sortes de coups* : allusion en termes très généraux aux fléaux d'Egypte (Ex 7-11) et à l'anéantissement de l'armée égyptienne (Ex 14).
2. *à ses tentes* : voir Jos 22.4 et la note.

1. *jugé* ou *dirigé*.
2. Le terme *gloire* exprime la présence du Seigneur (voir Ex 24.16-17).

à Ashdod[1]. 2 Les Philistins prirent l'arche de Dieu, la transportèrent dans la maison de Dagôn[2] et l'exposèrent à côté de Dagôn. 3 Les Ashdodites se levèrent de bon matin le lendemain et voici que Dagôn était tombé à terre devant elle, devant l'arche du Seigneur. Ils prirent Dagôn et le remirent à sa place. 4 Ils se levèrent de bon matin le lendemain et voici que Dagôn était tombé à terre devant elle, devant l'arche du Seigneur. La tête de Dagôn et ses deux mains, coupées, se trouvaient sur le seuil. Au moins, était-il resté là quelque chose de Dagôn[3]. 5 Voilà pourquoi, aujourd'hui encore, à Ashdod, les prêtres de Dagôn et tous ceux qui entrent dans la maison de Dagôn ne foulent pas le seuil de Dagôn.

6 La main du Seigneur s'appesantit sur les Ashdodites, et il fit chez eux des ravages. Il les frappa de tumeurs[4], Ashdod et son territoire. 7 Quand les gens d'Ashdod virent ce qu'il en était, ils dirent : « Que l'arche du Dieu d'Israël ne reste pas chez nous, car il nous fait sentir trop durement sa main, à nous-mêmes et à Dagôn, notre dieu ! » 8 Ils invitèrent tous les princes des Philistins à se réunir chez eux et ils leur dirent : « Que pouvons-nous faire à l'arche du Dieu d'Israël ? » Ils

répondirent : « C'est à Gath[1] que doit être transférée l'arche du Dieu d'Israël. » Et l'on transféra l'arche du Dieu d'Israël.

9 Or, après ce transfert, la main du Seigneur fut sur la ville. Il y eut une très grande panique. Le Seigneur frappa les gens de la ville, petits et grands : il leur sortit des tumeurs. 10 Ils envoyèrent l'arche de Dieu à Eqrôn. Mais, dès que l'arche de Dieu arriva à Eqrôn, les Eqronites s'écrièrent : « Ils ont transféré chez moi l'arche du Dieu d'Israël pour me faire périr, moi et mon peuple[2]. » 11 Ils invitèrent tous les princes des Philistins à se réunir. Ils dirent : « Renvoyez l'arche du Dieu d'Israël et qu'elle retourne à l'endroit où elle était et qu'elle ne me fasse pas périr, moi et mon peuple. » Il y avait en effet une panique mortelle dans toute la ville, où la main de Dieu s'était lourdement abattue. 12 Les gens qui n'étaient pas morts avaient été frappés de tumeurs et le cri de détresse de la ville monta jusqu'au ciel.

Les Philistins renvoient l'arche en Israël

6 1 L'*arche du Seigneur demeura sept mois dans le territoire des Philistins. 2 Les Philistins firent appel aux prêtres et aux devins, en disant : « Que pouvons-nous faire à l'arche du Seigneur ? Indiquez-nous comment nous devons la renvoyer là où elle

---

1. *Evèn-Ezèr :* voir 4.1 et la note — *Ashdod :* une des cinq villes principales des Philistins, située à l'ouest de Jérusalem, près de la côte méditerranéenne. Voir Jos 13.3 et la note.
2. *la maison* ou *le temple* — *Dagôn :* dieu des Philistins, voir v. 7 et Jg 16.23.
3. *Au moins, était-il resté là :* texte hébreu peu clair, traduction incertaine. Les anciennes versions ont traduit *Il ne restait que le tronc* (ou *le corps*) *de Dagôn.*
4. *tumeurs* ou *boursouflures*, ou encore *hémorroïdes*.

1. *Gath :* une autre des cinq villes principales des Philistins, située à 45 km environ au sud-ouest de Jérusalem.
2. *Eqrôn :* encore une des villes principales des Philistins, située à 45 km environ à l'ouest de Jérusalem — *chez moi ... moi et mon peuple :* c'est le prince qui s'exprime au nom des *Eqronites.*

était. » 3 Ils dirent : « Si vous renvoyez l'arche du Dieu d'Israël, ne la renvoyez pas sans rien. Au contraire, ayez soin de lui fournir une réparation. Alors, vous serez guéris et vous saurez pourquoi sa main ne s'écartait pas de vous. » 4 Ils dirent : « Quelle réparation devons-nous lui fournir ? » Ils dirent : « D'après le nombre des princes des Philistins : cinq tumeurs d'or et cinq rats[1] en or, car c'est un même fléau qui les a tous atteints, ainsi que vos princes. 5 Vous ferez donc des images de vos tumeurs et des rats qui dévastaient votre pays et vous rendrez gloire au Dieu d'Israël, peut-être sa main se fera-t-elle plus légère sur vous, sur vos dieux et sur votre pays. 6 À quoi bon épaissir votre cœur[2], comme l'ont fait les Égyptiens et *Pharaon ? Quand Il se fut joué d'eux, ne les ont-ils pas laissés partir ? 7 Fabriquez donc un chariot neuf et prenez deux vaches qui allaitent et n'ont pas encore porté le joug. Vous attellerez les vaches au chariot et vous les séparerez de leurs petits, que vous ramènerez à l'étable. 8 Vous prendrez l'arche du Seigneur et vous la poserez sur le chariot. Quant aux objets d'or que vous lui fournissez en réparation, vous les mettrez dans un coffre à côté d'elle, et vous la laisserez partir. 9 Vous verrez alors : si elle prend la route de son pays en montant vers Beth-Shèmesh[3], c'est Lui-même qui nous a fait ce si grand mal. Sinon, nous saurons que ce n'est

pas sa main qui nous a atteints, ce n'était qu'un accident. » 10 Les gens firent ainsi. Ils prirent deux vaches qui allaitaient, les attelèrent au chariot et retinrent leurs petits à l'étable. 11 Ils mirent l'arche du Seigneur sur le chariot, ainsi que le coffre, les rats en or et les images de leurs tumeurs. 12 Les vaches allèrent droit leur chemin sur la route de Beth-Shèmesh. Elles suivirent en meuglant le même sentier[1], sans se détourner ni à droite ni à gauche, les princes des Philistins marchant derrière elles jusqu'à la limite de Beth-Shèmesh. 13 Les gens de Beth-Shèmesh faisaient la moisson des blés dans la vallée. Levant les yeux, ils aperçurent l'arche et se réjouirent de la voir. 14 Arrivé au champ de Josué de Beth-Shèmesh, le chariot s'y arrêta. Il y avait là une grosse pierre. On fendit le bois du chariot et on offrit les vaches en holocauste[2] au Seigneur. 15 Les *lévites avaient descendu l'arche du Seigneur et le coffre où se trouvaient les objets d'or et qui était avec elle. Ils les mirent sur la grosse pierre. Les gens de Beth-Shèmesh offrirent des holocaustes et immolèrent des *sacrifices au Seigneur, ce jour-là. 16 Les cinq princes des Philistins, ayant vu cela, s'en retournèrent à Eqrôn[3], ce jour-là.

17 Voici les tumeurs d'or que les Philistins fournirent en réparation au Seigneur : pour Ashdod, une; pour Gaza, une; pour Ashqe-

---

1. Première allusion, dans ce récit, à des *rats* dont le rôle est précisé au verset suivant.
2. *épaissir votre cœur* ou *vous obstiner*.
3. Localité située à 25 km environ à l'ouest de Jérusalem.

1. *le même sentier* ou *la même route*.
2. *holocauste* : voir au glossaire SACRIFICES.
3. Voir 5.10 et la note.

lôn, une; pour Gath, une; pour Eqrôn[1], une. 18 Et les rats en or : selon le nombre de toutes les villes des Philistins relevant des cinq princes, de la ville fortifiée au village sans murailles ... et à la prairie de la grosse pierre[2] où ils déposèrent l'arche du Seigneur. Aujourd'hui encore, cette pierre se trouve dans le champ de Josué de Beth-Shèmesh.

19 Le Seigneur frappa les gens de Beth-Shèmesh, parce qu'ils avaient regardé l'arche du Seigneur. Parmi le peuple, il frappa 70 hommes — 50.000 hommes[3]. Le peuple fut dans le deuil, parce que le Seigneur l'avait durement frappé. 20 Les gens de Beth-Shèmesh dirent : « Qui pourra se tenir en présence du Seigneur, ce Dieu saint ? » Et : « Chez qui montera-t-il en nous quittant ? » 21 Ils envoyèrent des messagers aux habitants de Qiryath-Yéarim[4], pour leur dire : « Les Philistins ont rendu l'arche du Seigneur. Descendez et faites-la monter chez vous. »

7 1 Les gens de Qiryath-Yéarim vinrent donc et firent monter l'arche du Seigneur. Ils la conduisirent dans la maison d'Avinadav, sur la colline, et ils consacrèrent son fils Eléazar pour garder l'arche du Seigneur.

Les Philistins vaincus par Israël

2 Depuis le jour de l'installation de l'*arche à Qiryath-Yéarim, il s'était écoulé bien des jours, vingt ans déjà, lorsque toute la maison[1] d'Israël se mit à soupirer après le Seigneur. 3 Samuel dit alors à toute la maison d'Israël : « Si c'est de tout votre coeur que vous revenez au Seigneur, écartez de chez vous les dieux de l'étranger et les Astartés[2]; dirigez votre coeur vers le Seigneur, ne servez que lui seul, et il vous arrachera de la main des Philistins. » 4 Les fils d'Israël écartèrent les *Baals et les Astartés et ils ne servirent plus que le Seigneur.

5 Samuel dit : « Rassemblez tout Israël à Miçpa[3] : j'intercéderai en votre faveur auprès du Seigneur. » 6 Ils se rassemblèrent à Miçpa. Ils puisèrent de l'eau et la répandirent devant le Seigneur. Ils *jeûnèrent, ce jour-là, et déclarèrent en ce lieu : « Nous avons péché contre le Seigneur. » Et Samuel jugea les fils d'Israël à Miçpa[4].

7 Les Philistins apprirent que les fils d'Israël s'étaient rassemblés à Miçpa et les princes des Philistins montèrent contre Israël. Les fils d'Israël l'apprirent et ils eurent peur des Philistins. 8 Les fils d'Israël dirent à Samuel : « Ne reste pas muet ! Ne nous abandonne pas ! Crie vers le Seigneur, notre Dieu, pour qu'il nous sauve de la main des Philistins ! » 9 Samuel prit un agneau de lait et

---

1. Sur ces cinq villes des Philistins, voir 5.1, 8, 10 et les notes.
2. *et à la prairie de la grosse pierre :* texte obscur; autre traduction (conjecturale) *Témoin, la grosse pierre,* c'est-à-dire *la grosse pierre* rappelle cet événement.
3. *cinquante mille hommes :* ces mots manquent dans plusieurs manuscrits hébreux; dans les autres manuscrits, ils semblent être une adjonction, car ils sont mal rattachés au contexte.
4. Localité située à 13 km environ au nord-ouest de Jérusalem.

---

1. *la maison* ou *le peuple.*
2. *les Astartés :* voir Jg 2.13 et la note.
3. Localité située à 12 km environ au nord de Jérusalem.
4. *Et Samuel jugea les fils d'Israël à Miçpa* ou *Et Samuel, installé à Miçpa, devint le chef des Israélites.*

l'offrit tout entier en holocauste[1] au SEIGNEUR. Samuel cria vers le SEIGNEUR en faveur d'Israël et le SEIGNEUR lui répondit.

10 Or, tandis que Samuel offrait l'holocauste, les Philistins s'avancèrent pour combattre Israël. Mais le SEIGNEUR, ce jour-là, tonna à grand fracas contre les Philistins. Il les frappa de panique et ils furent défaits devant Israël. 11 Les gens d'Israël sortirent de Miçpa et poursuivirent les Philistins de leurs coups jusqu'en dessous de Beth-Kar[2]. 12 Samuel prit une pierre et la plaça entre Miçpa et La Dent. Il l'appela Evèn-Ezèr, c'est-à-dire : Pierre du Secours, «car, dit-il, c'est jusqu'ici[3] que le SEIGNEUR nous a secourus ».

13 Les Philistins furent abaissés et ils ne recommencèrent plus à pénétrer dans le territoire d'Israël. Et la main du SEIGNEUR fut sur les Philistins durant tous les jours de Samuel. 14 Les villes que les Philistins avaient prises à Israël revinrent à Israël, d'Eqrôn à Gath[4]. Israël arracha également leur territoire aux Philistins. Et il y eut la paix entre Israël et les *Amorites. 15 Samuel jugea Israël tous les jours de sa vie. 16 Il partait chaque année faire le tour de Béthel, de Guilgal[5] et de Miçpa et il jugeait Israël en tous ces lieux. 17 Il rentrait ensuite à Rama[6], car c'est là qu'il avait sa maison. C'est là qu'il jugea Israël et là qu'il construisit un *autel au SEIGNEUR.

Le peuple d'Israël réclame un roi

8 1 Devenu vieux, Samuel donna ses fils pour juges[1] à Israël. 2 Son fils aîné s'appelait Yoël, le second Aviya. Ils étaient juges à Béer-Shéva[2]. 3 Mais ses fils ne marchèrent pas sur ses traces. Dévoyés par le lucre, acceptant des cadeaux, ils firent dévier le droit.

4 Tous les *anciens d'Israël se rassemblèrent et vinrent trouver Samuel à Rama[3]. 5 Ils lui dirent : « Te voilà devenu vieux et tes fils ne marchent pas sur tes traces. Maintenant donc, donne-nous un roi pour nous juger[4] comme toutes les nations. » 6 Il déplut à Samuel qu'ils aient dit : «- Donne-nous un roi pour nous juger. » Et Samuel intercéda auprès du SEIGNEUR. 7 Le SEIGNEUR dit à Samuel : « Ecoute la voix du peuple en tout ce qu'ils te diront. Ce n'est pas toi qu'ils rejettent, c'est moi. Ils ne veulent plus que je règne sur eux. 8 Comme ils ont agi depuis le jour où je les ai fait monter d'Egypte jusqu'aujourd'hui, m'abandonnant pour servir d'autres dieux, ainsi agissent-ils aussi envers toi. 9 Maintenant donc écoute leur voix. Mais ne manque pas de les avertir : apprends-leur comment gouvernera le roi qui régnera sur eux. »

---

1. *holocauste* : voir au glossaire SACRIFICES.
2. Endroit inconnu.
3. *La Dent* : lieu inconnu — *Evèn-Ezèr* : ce lieu ne doit sans doute pas être confondu avec *Evèn-Ezèr* de 4.1 — *jusqu'ici* ou *jusqu'à maintenant*.
4. *Eqrôn, Gath* : voir 5.8, 10 et les notes.
5. *Béthel* : voir Gn 12.8 et la note — *Guilgal* : nom de plusieurs endroits dans le pays d'Israël ; il s'agit probablement ici du *Guilgal* situé près de Jéricho (Jos 4.19-20; 5.9-10).
6. Voir 1.1 et la note.

1. *juges* ou *chefs*.
2. Localité située à 70 km environ au sud-ouest de Jérusalem.
3. Voir 1.1 et la note.
4. *juger* ou *diriger*.

10 Samuel redit toutes les paroles du Seigneur au peuple qui lui demandait un roi. 11 Il dit : « Voici comment gouvernera le roi qui régnera sur vous : il prendra vos fils pour les affecter à ses chars et à sa cavalerie et ils courront devant son char. 12 Il les prendra pour s'en faire des chefs de millier[1] et des chefs de cinquantaine, pour labourer son labour, pour moissonner sa moisson, pour fabriquer ses armes et ses harnais. 13 Il prendra vos filles comme parfumeuses, cuisinières et boulangères. 14 Il prendra vos champs, vos vignes et vos oliviers les meilleurs. Il les prendra et les donnera à ses serviteurs. 15 Il lèvera la dîme[2] sur vos grains et sur vos vignes et la donnera à ses *eunuques et à ses serviteurs. 16 Il prendra vos serviteurs et vos servantes, les meilleurs de vos jeunes gens et vos ânes pour les mettre à son service. 17 Il lèvera la dîme sur vos troupeaux. Vous-mêmes enfin, vous deviendrez ses esclaves. 18 Ce jour-là, vous crierez à cause de ce roi que vous vous serez choisi, mais, ce jour-là, le Seigneur ne vous répondra point. »

19 Mais le peuple refusa d'écouter la voix de Samuel. « Non, dirent-ils. C'est un roi que nous aurons. 20 Et nous serons, nous aussi, comme toutes les nations. Notre roi nous jugera, il sortira à notre tête et combattra nos combats. » 21 Samuel écouta toutes les paroles du peuple et les répéta aux oreilles du Seigneur. 22 Le Seigneur dit alors à Samuel :

« Ecoute leur voix et donne-leur un roi. » Samuel dit aux gens d'Israël : « Allez-vous-en, chacun dans sa ville. »

Saül et les ânesses perdues

9 1 Il y avait en Benjamin un homme appelé Qish, fils d'Aviël, fils de Ceror, fils de Bekorath, fils d'Afiah, fils d'un Benjaminite. C'était un vaillant homme. 2 Il avait un fils appelé Saül, un beau garçon. Aucun des fils d'Israël ne le valait. Il dépassait tout le peuple de la tête et des épaules. 3 Les ânesses de Qish, le père de Saül, s'étant égarées, Qish dit à son fils Saül : « Prends donc avec toi l'un des domestiques et pars à la recherche des ânesses. » 4 Il parcourut la montagne d'Ephraïm, il parcourut le pays de Shalisha, sans trouver. Ils parcoururent le pays de Shaalîm[1] : toujours rien. Il parcourut le pays de Benjamin, sans trouver.

5 Quand ils arrivèrent au pays de Çouf[2], Saül dit au domestique qui l'accompagnait : « Allons, rentrons. Je crains que mon père ne pense plus aux ânesses et s'inquiète à notre sujet. » 6 Le serviteur lui dit : « Mais il y a dans cette ville un homme de Dieu ! C'est un homme réputé. Tout ce qu'il dit arrive sûrement. Allons-y donc. Peut-être nous renseignera-t-il sur le voyage que nous avons entrepris. » 7 Saül dit à son serviteur : « Eh bien, nous y al-

---

1. *millier* : voir Nb 1.16 et la note.
2. *la dîme* : voir Gn 14.20 et la note.

1. *montagne d'Ephraïm* : région montagneuse de la Palestine centrale — *pays de Shalisha, pays de Shaalîm* : régions non identifiées; comparer 2 R 4.42.
2. *pays de Çouf* : région inconnue, située probablement aux abords de *Rama*, où résidait Samuel (voir 7.17; 9.6 et suivants).

lons. Mais qu'apporterons-nous à cet homme ? Il n'y a plus de pain dans nos sacs et il ne convient pas d'offrir à l'homme de Dieu des provisions de route[1]. Qu'avons-nous ? » 8 Le domestique reprit la parole pour répondre à Saül : « J'ai justement sur moi un quart de sicle[2] d'argent. Je le donnerai à l'homme de Dieu, et il nous renseignera sur notre voyage. » 9 — Autrefois, en Israël, on avait coutume de dire quand on allait consulter Dieu : « Venez, allons trouver le voyant. » Car, le *« prophète » d'aujourd'hui, on l'appelait autrefois le « voyant. » 10 — Saül dit à son serviteur : « Bien parlé. Viens, allons-y. » Et ils allèrent à la ville où se trouvait l'homme de Dieu.

11 Ils gravissaient la montée de la ville, quand ils trouvèrent des jeunes filles qui sortaient puiser de l'eau. Ils leur dirent : « Le voyant est-il ici ? » 12 Elles leur répondirent : « Oui. Droit devant toi ! Maintenant fais vite, car il est venu en ville aujourd'hui, car il y a aujourd'hui un *sacrifice public sur le *haut lieu. 13 Sitôt arrivés en ville, aussitôt vous le trouverez, avant qu'il ne monte manger au haut lieu, car le peuple ne doit pas manger avant son arrivée, car c'est lui qui doit bénir le sacrifice ; après quoi, les invités pourront manger. Maintenant donc, montez, car lui, aujourd'hui, vous le trouverez. » 14 Ils montèrent donc à la ville.

Saül rencontre Samuel

Ils entraient dans la ville et voici que Samuel sortait au-devant d'eux pour monter au *haut-lieu. 15 Or le Seigneur avait averti Samuel un jour avant l'arrivée de Saül. Il lui avait dit : 16 « Demain, à la même heure, je t'enverrai un homme du pays de Benjamin et tu l'*oindras comme chef de mon peuple Israël et il sauvera mon peuple de la main des Philistins. C'est que j'ai vu mon peuple et que son cri est arrivé jusqu'à moi. » 17 Samuel aperçut Saül. Aussitôt le Seigneur lui souffla : « Voici l'homme dont je t'ai dit : C'est lui qui tiendra mon peuple en main. »

18 Saül s'approcha de Samuel au milieu de la porte et il dit : « S'il te plaît, indique-moi où est la maison du voyant. » 19 Samuel répondit à Saül : « C'est moi le voyant. Monte devant moi au haut lieu. Vous mangerez avec moi aujourd'hui. Demain matin, je te laisserai partir et je t'indiquerai tout ce qui te préoccupe. 20 Pour ce qui est de tes ânesses égarées il y a trois jours, n'y pense plus : elles sont retrouvées. Et à qui donc appartient tout ce qu'il y a de précieux en Israël ? N'est-ce pas à toi et à toute la maison de ton père ? » 21 Saül répondit : « Ne suis-je pas benjaminite, d'une des plus petites tribus d'Israël et ma famille n'est-elle pas la dernière de toutes les familles de la tribu de Benjamin ? Pourquoi donc me parles-tu de cette façon ? »

22 Samuel prit Saül et son domestique, les fit entrer dans la salle et leur donna une place en tête des invités — ils étaient une

---

1. *provisions de route* : d'après l'ancienne version syriaque ; le mot hébreu est obscur.
2. *sicle* : voir au glossaire POIDS ET MESURES.

trentaine. 23 Samuel dit au cuisinier : « Sers la portion que je t'ai donnée, celle dont je t'ai dit : Mets-la de côté. » 24 Le cuisinier apporta le gigot et la queue[1]. Il les mit devant Saül et dit : « Voici ce qui reste. Tu es servi : mange ! Car c'est pour la circonstance qu'on te l'a gardé, quand on a dit : J'invite le peuple. » Saül mangea donc avec Samuel ce jour-là. 25 Ils descendirent ensuite du haut lieu à la ville, et il s'entretint avec Saül sur la terrasse. 26 Ils se levèrent tôt.

Samuel oint Saül comme roi d'Israël

Et, dès que monta l'aurore, Samuel appela Saül sur la terrasse. Il lui dit : « En route ! Je vais te reconduire. » Saül se mit en route et tous les deux, lui et Samuel, sortirent au-dehors.

27 Ils descendaient à la limite de la ville quand Samuel dit à Saül : « Dis au serviteur de passer devant nous. » Il passa devant. « Et toi, arrête-toi maintenant, que je te fasse entendre la parole de Dieu. »

10 1 Samuel prit la fiole d'huile, la versa sur la tête de Saül et l'embrassa. Il dit : « Est-ce que ce n'est pas le SEIGNEUR qui t'a *oint comme chef de son héritage[2] ? 2 Aujourd'hui, après m'avoir quitté, tu rencontreras deux hommes près de la tombe de Rachel à la frontière de Benjamin à Celçah[1]. Ils te diront : Les ânesses que tu es allé rechercher, elles sont retrouvées, et maintenant ton père a oublié l'histoire des ânesses et s'inquiète à votre sujet. Il se dit : Que puis-je faire pour mon fils ? 3 De là, poussant plus loin, tu arriveras au chêne de Tabor. Là viendront te trouver trois hommes montant vers Dieu à Béthel[2], l'un portant trois chevreaux, l'autre portant trois pains, le troisième portant une outre de vin. 4 Ils te salueront et te donneront deux pains : tu les recevras de leur main. 5 Ensuite tu arriveras à Guivéa de Dieu, où résident les préfets philistins[3]. Là, quand tu entreras dans la ville, tu tomberas sur une bande de *prophètes descendant du *haut lieu, précédés de harpes, de tambourins, de flûtes et de cithares. Ils seront en proie à une transe prophétique. 6 Alors fondra sur toi l'esprit du SEIGNEUR, tu entreras en transe avec eux et tu seras changé en un autre homme. 7 Quand tu verras se produire ces signes, fais tout ce que tu trouveras à faire, car Dieu est avec toi. 8 Tu descendras avant moi à Guilgal[4]. Quant à moi, je descendrai te rejoindre, pour offrir des holocaustes et des *sacrifices de

---

1. *la queue :* d'après l'ancienne version araméenne *(la queue passait pour être un morceau de choix)* ; le mot hébreu est obscur.
2. *L'héritage* du Seigneur est une expression souvent employée dans l'A. T. pour désigner le peuple d'Israël, voir Dt 4.20 ; Jr 12.7-9.

1. Localité inconnue.
2. *chêne de Tabor :* lieu inconnu *(Tabor* ne désigne pas ici la montagne du même nom, voir Jg 4.6)* — Béthel :* voir Gn 12.8 et la note.
3. *Guivéa de Dieu* ou simplement *Guivéa* (v. 10), ou encore *Guivéa de Saül* (11.4), *Guivéa de Benjamin* (13.2), était la patrie de Saül, située à 6 km au nord de Jérusalem — où résident les préfets philistins :* autres traductions où *se trouve la stèle* (ou *la garnison) des Philistins.*
4. Voir 7.16 et la note.

paix. Tu m'attendras sept jours jusqu'à ce que je vienne te rejoindre. Alors je te ferai savoir ce que tu dois faire. »

9 Dès que Saül se fut retourné en quittant Samuel, Dieu lui changea le *cœur et tous ces signes arrivèrent ce jour-là.

10 Quand ils arrivèrent à Guivéa, une bande de prophètes venait à sa rencontre. Alors l'esprit de Dieu fondit sur lui, et il entra en transe avec eux. 11 Toutes ses anciennes connaissances le virent : il faisait le prophète, avec des prophètes ! On se dit dans le peuple : « Qu'est-il donc arrivé au fils de Qish ? Saül est-il aussi parmi les prophètes ? » 12 Un homme de l'endroit intervint pour dire : « Mais qui donc est leur père[1] ? » Voilà pourquoi le mot est passé en proverbe : « Saül est-il aussi parmi les prophètes ? »

13 Sorti de transe, Saül arriva au haut lieu. 14 Son oncle lui dit, à lui et à son serviteur : « Où êtes-vous allés ? » Il répondit : « À la recherche des ânesses. Mais nous n'avons rien vu et nous sommes allés chez Samuel. » 15 L'oncle de Saül dit : « S'il te plaît, raconte-moi ce que vous a dit Samuel. » 16 Saül dit à son oncle : « Il nous a bien raconté que les ânesses étaient retrouvées. » Mais au sujet de la royauté, il ne lui raconta pas ce qu'avait dit Samuel.

Saül désigné roi par le tirage au sort

17 Samuel convoqua le peuple auprès du Seigneur à Miçpa[1]. 18 Il dit aux fils d'Israël : Ainsi parle le Seigneur, le Dieu d'Israël : C'est moi qui ai fait monter Israël d'Egypte et qui vous ai arrachés aux mains de l'Egypte et de tous les royaumes qui vous opprimaient. 19 Et vous, aujourd'hui, vous avez rejeté votre Dieu[2], lui qui vous délivre de tous vos malheurs et de toutes vos détresses, et vous lui avez dit : Tu nous donneras un roi. Maintenant donc, présentez-vous devant le Seigneur, par tribus et par clans. »

20 Samuel fit approcher toutes les tribus d'Israël : la tribu de Benjamin fut désignée. 21 Il fit approcher la tribu de Benjamin par clans : le clan de Matri fut désigné. Puis Saül, fils de Qish, fut désigné. On le chercha sans le trouver. 22 On demanda encore au Seigneur : « Quelqu'un d'autre[3] est-il venu ici ? » Le Seigneur dit : « Le voici, caché près des bagages. » 23 On courut l'y chercher et il se présenta au milieu du peuple : il dépassait tout le peuple de la tête et des épaules. 24 Samuel dit à tout le peuple : « Avez-vous vu celui qu'a choisi le Seigneur ? Il n'a pas son pareil dans tout le peuple. » Tout le peuple fit une ovation en criant : « Vive le roi ! » 25 Samuel exposa au peuple le droit royal et il l'é-

---

1. Le sens de cette question n'est pas clair. Ou bien *père* est ici l'équivalent de *maître*, et l'homme s'étonne de ne pas voir un chef à la tête de cette bande, ou bien l'homme veut dire que ces prophètes sont des gens qu'on ne connaît pas sous le nom de leur père, c'est-à-dire des gens de basse condition.

1. Voir 7.5 et la note.
2. *vous avez rejeté votre Dieu* : voir 8.7.
3. *On demanda encore au Seigneur* : la consultation se fait probablement au moyen du Ourim et du Toummim, voir Ex 28.30 et la note — *quelqu'un d'autre* : autre traduction, d'après l'ancienne version grecque, *Cet homme*.

crivit dans un livre, qu'il déposa devant le Seigneur. Puis Samuel renvoya tout le peuple, chacun chez soi. 26 Saül aussi s'en alla chez lui à Guivéa[1]. Partirent avec lui les vaillants dont Dieu avait touché le *coeur. 27 Mais des vauriens dirent : « Comment celui-ci nous sauverait-il ? » Ils le méprisèrent et ne lui apportèrent pas de présent. Mais lui resta indifférent.

Saül remporte une victoire sur les Ammonites

11 1 Nahash l'Ammonite monta contre Yavesh de Galaad[2] et l'assiégea. Tous les gens de Yavesh dirent à Nahash : « Accorde-nous ton alliance et nous te servirons. » 2 Nahash l'Ammonite leur dit : « Voici comment je vous l'accorderai : en vous crevant à chacun l'oeil droit. J'infligerai cette honte à tout Israël. » 3 Les anciens de Yavesh lui dirent : « Laisse-nous sept jours. Nous enverrons des messagers dans tout le territoire d'Israël et, si personne ne vient nous sauver, nous sortirons vers toi pour nous rendre. » 4 Les messagers arrivèrent à Guivéa de Saül[3] et ils rapportèrent ces propos aux oreilles du peuple. Le peuple éclata en sanglots. 5 Juste à ce moment, Saül revenait des champs, derrière ses boeufs. Saül dit : « Qu'a donc le peuple à pleurer ? » On lui raconta ce qu'avaient dit les gens de Yavesh. 6 L'esprit de Dieu fondit sur Saül quand il entendit

ces paroles, et il entra dans une violente colère. 7 Il prit une paire de boeufs, les dépeça et, par l'entremise des messagers, en envoya les morceaux dans tout le territoire d'Israël, en faisant dire : « Celui qui ne part pas à la guerre derrière Saül et Samuel, voilà ce qu'on fera à ses boeufs ! » Le Seigneur fit tomber la terreur sur le peuple et ils partirent comme un seul homme. 8 Saül les passa en revue à Bèzeq[1] : les fils d'Israël étaient 300.000; les hommes de Juda, 30.000. 9 On dit aux messagers qui étaient venus : « Vous parlerez ainsi aux gens de Yavesh de Galaad : Demain, à l'heure la plus chaude[2], vous aurez du secours. » Les messagers vinrent en informer les gens de Yavesh. Ils furent dans la joie. 10 Les gens de Yavesh dirent : « Demain, nous sortirons vers vous, et vous nous traiterez tout à votre guise[3]. »

11 Donc, le lendemain, Saül répartit le peuple en trois sections. Ils pénétrèrent dans le camp à la veille du matin[4] et frappèrent les Ammonites jusqu'à l'heure la plus chaude du jour. Les survivants se dispersèrent, et il n'en resta pas deux ensemble. 12 Le peuple dit à Samuel : « Quels sont ceux qui disaient : Saül régnera-t-il sur nous ? Livrez-nous ces gens-là pour que nous les mettions à mort. » 13 Saül dit : « Personne ne sera mis à mort en un jour pareil, car, aujourd'hui, le Seigneur a remporté une victoire en Israël. »

---

1. Voir v. 5 et la note.
2. *l'Ammonite* : venant d'Ammon, pays situé à l'est du Jourdain — *Yavesh de Galaad* : voir Jg 21.8 et la note.
3. *Guivéa de Saül* voir 10.5 et la note.

1. Voir Jg 1.4 et la note.
2. *l'heure la plus chaude* (du jour) : midi ou le début de l'après-midi.
3. La réponse s'adresse soit à des envoyés de Saül, soit, sur un mode ironique, à Nahash.
4. *veille du matin* : voir Ex 14.24 et la note.

14 Samuel dit au peuple : « Venez, allons à Guilgal[1] : nous y renouvellerons la royauté. » 15 Tout le peuple alla donc à Guilgal. Là, on fit de Saül un roi, en présence du Seigneur, à Guilgal, on y offrit des *sacrifices de paix en présence du Seigneur, et Saül et tous les gens d'Israël s'y livrèrent à de grandes réjouissances.

Discours de Samuel au peuple

12 1 Samuel dit à tout Israël : « Voici que j'ai écouté votre voix en tout ce que vous m'avez dit : j'ai fait régner sur vous un roi. 2 Et maintenant, voici le roi qui marche devant vous. Moi, je suis vieux, j'ai blanchi et mes fils sont là avec vous. C'est moi qui ai marché devant vous depuis ma jeunesse jusqu'à ce jour. 3 Me voici. Déposez à mon sujet devant le Seigneur et devant son messie[2] : de qui ai-je pris le boeuf et de qui ai-je pris l'âne ? Qui ai-je exploité et qui ai-je opprimé ? À qui ai-je extorqué de l'argent pour fermer les yeux sur son cas ? Je vous le rendrai. » 4 Ils dirent : « Tu ne nous as pas exploités. Tu ne nous as pas opprimés. Tu n'as rien extorqué à personne. » 5 Il leur dit : « Le Seigneur est témoin contre vous et son messie est témoin, en ce jour, que vous n'avez rien trouvé en ma main. » On répondit : « Il en est témoin. » 6 Et Samuel dit au peuple : « Le Seigneur — qui agit avec Moïse et Aaron et fit monter vos pères[3] du pays d'Egypte ! »

7 « Et maintenant, tenez-vous là : devant le Seigneur, je citerai contre vous tous les actes de justice du Seigneur accomplis envers vous et envers vos pères. 8 Quand Jacob fut arrivé en Egypte, vos pères ont crié vers le Seigneur et le Seigneur envoya Moïse et Aaron qui firent sortir vos pères d'Egypte et les installèrent en ce lieu. 9 Mais ils ont oublié le Seigneur, leur Dieu, et lui les a vendus à Sisera, chef de l'armée de Haçor, aux Philistins et au roi de Moab[1], qui leur ont fait la guerre. 10 Alors, ils ont crié vers le Seigneur : nous avons péché, car nous avons abandonné le Seigneur et nous avons servi les *Baals et les Astartés[2]. Maintenant, arrache-nous des mains de nos ennemis et nous te servirons. 11 Et le Seigneur a envoyé Yeroubbaal, Bedân, Jephté[3] et Samuel, il vous a arrachés des mains de vos ennemis d'alentour, et vous avez habité le pays en sécurité. 12 Mais quand vous avez vu que Nahash[4], le roi des fils d'Ammon, venait vous attaquer, vous m'avez dit : Non, c'est un roi qui régnera sur nous. Et pourtant le Seigneur, votre Dieu, est votre roi. 13 Maintenant donc, voici le roi que vous avez choisi, que vous avez demandé, et voici que le Seigneur vous a donné un roi. 14 Si vous craignez le Seigneur, si vous le servez, si vous écoutez sa voix, sans vous révolter contre les ordres du Seigneur, alors vous-mêmes et le roi qui règne

---

1. Voir 7.16 et la note.
2. messie : voir 2.10 et la note.
3. Le Seigneur : sous-entendu en est témoin, comme le montre l'ancienne version grecque – vos pères ou vos ancêtres.

1. Sisera : voir Jg 4; les Philistins : voir Jg 14; Moab : voir Jg 3.12-14.
2. les Astartés : voir Jg 2.13 et la note.
3. Yeroubbaal (ou Gédéon) : voir Jg 6-8; Bedân : personnage inconnu; Jephté : voir Jg 11.
4. Nahash : voir c 11.

sur vous, vous continuerez à suivre le Seigneur, votre Dieu. 15 Mais, si vous n'écoutez pas la voix du Seigneur, si vous vous révoltez contre les ordres du Seigneur, la main du Seigneur vous atteindra ainsi que vos pères[1].

16 Maintenant encore, tenez-vous ici et voyez cette grande chose que le Seigneur va accomplir sous vos yeux. 17 N'est-ce pas actuellement la moisson des blés ? Je vais invoquer le Seigneur et il fera tonner et pleuvoir[2]. Comprenez donc et voyez la grandeur du mal que vous avez commis aux yeux du Seigneur en demandant pour vous-mêmes un roi. » 18 Samuel invoqua le Seigneur et le Seigneur fit tonner et pleuvoir, ce jour-là, et tout le peuple eut une grande crainte du Seigneur et de Samuel.

19 Tout le peuple dit à Samuel : « Intercède pour tes serviteurs auprès du Seigneur, ton Dieu, afin que nous ne mourions pas, car, à tous nos péchés, nous avons ajouté le tort de demander pour nous un roi. » 20 Samuel dit au peuple : « N'ayez pas de crainte. C'est bien vous qui avez fait tout ce mal. Pourtant ne vous écartez pas du Seigneur, mais servez le Seigneur de tout votre coeur. 21 Ne vous écartez pas, car ce serait pour suivre des néants[3] qui ne servent à rien et qui ne peuvent délivrer, puisqu'ils ne sont que néant. 22 En effet, le Seigneur ne délaissera pas son peuple, à cause de son grand *Nom, puisque le Seigneur a voulu faire

de vous son peuple. 23 En ce qui me concerne, il serait abominable de pécher contre le Seigneur en cessant d'intercéder en votre faveur. Je vous enseignerai le bon et droit chemin. 24 Seulement craignez le Seigneur et servez-le avec loyauté, de tout votre coeur. Voyez, en effet, comme il s'est montré grand envers vous ! 25 Mais si vous faites le mal, vous serez anéantis, vous et votre roi. »

Révolte contre les Philistins. Faute de Saül

13 1 Saül avait ... ans lorsqu'il devint roi et il régna deux ans sur Israël[1]. 2 Saül se choisit 3.000 hommes en Israël : il y en eut 2.000 avec Saül, à Mikmas et sur la montagne de Béthel, et mille avec Jonathan, à Guivéa de Benjamin. Il renvoya le reste du peuple, chacun à ses tentes[2].

3 Jonathan abattit le préfet des Philistins qui était à Guéva[3] et les Philistins l'apprirent. Alors Saül fit sonner du cor dans tout le pays en disant : « Que les Hébreux l'entendent ! » 4 Tout Israël apprit la nouvelle : Saül avait abattu le préfet des Philistins, et Israël lui-même était devenu insupportable aux Philistins. Le

---

1. *ainsi que vos pères* ou *comme (elle a atteint)* vos ancêtres.
2. L'époque de la *moisson des blés* (mai-juin) est normalement une saison sèche.
3. *des néants* ou *des faux dieux*.

1. L'âge de Saül lors de son accession à la royauté manque au texte hébreu. De plus le chiffre de *deux* années de règne est certainement trop faible (comparer Ac 13.21, qui parle de *quarante ans*).
2. *Mikmas* : localité située à 12 km au nord-est de Jérusalem — *Béthel* : voir Gn 12.8 et la note — *Guivéa de Benjamin* : voir 10.5 et la note — *à ses tentes* : voir Jos 22.4 et la note.
3. *le préfet* ou *la stèle*, ou encore *la garnison* (comparer 10.5 et la note; de même au verset suivant) — *Guéva* : localité située à 9 km au nord-est de Jérusalem; mais il vaudrait peut-être mieux lire, avec l'ancienne version grecque, *Guivéa*.

peuple se rassembla donc derrière Saül à Guilgal[1].

5 Les Philistins s'étaient mobilisés contre Israël. Ils avaient 30.000 chars, 6.000 cavaliers et une troupe aussi nombreuse que le sable des plages. Ils montèrent camper à Mikmas, à l'orient de Beth-Awên[2]. 6 Les hommes d'Israël se virent en péril, car le peuple était serré de près. Le peuple se cacha donc dans les grottes, les trous, les rochers, les souterrains et les citernes. 7 Des Hébreux passèrent même le Jourdain pour gagner le pays de Gad et de Galaad.

Saül était encore à Guilgal et derrière lui tout le peuple tremblait. 8 Saül attendit sept jours le rendez-vous de Samuel[3], mais Samuel ne vint pas à Guilgal, et le peuple abandonna Saül et se dispersa. 9 Saül dit : « Amenez-moi l'holocauste et les *sacrifices de paix. » Et il offrit l'holocauste[4]. 10 Juste comme il achevait d'offrir l'holocauste, Samuel arriva. Saül sortit à sa rencontre pour le saluer. 11 Samuel dit : « Qu'as-tu fait ? » Saül dit : « Quand j'ai vu que le peuple m'abandonnait et se dispersait, que toi-même tu ne venais pas au rendez-vous et que les Philistins s'étaient rassemblés à Mikmas, 12 je me suis dit : Maintenant, les Philistins vont descendre me rattraper à Guilgal, sans que j'aie apaisé le Seigneur[5]. Alors, j'ai pris sur moi et j'ai offert l'holocauste. » 13 Samuel dit à Saül : « Tu as agi comme un fou !

Tu n'as pas gardé le commandement du Seigneur, ton Dieu, celui qu'il t'avait prescrit. Maintenant, en effet, le Seigneur aurait établi pour toujours ta royauté sur Israël. 14 Mais maintenant, ta royauté ne tiendra pas. Le Seigneur s'est cherché un homme selon son coeur et le Seigneur l'a institué chef de son peuple[1], puisque tu n'as pas gardé ce que t'avait prescrit le Seigneur. » 15 Samuel se mit en route et monta de Guilgal à Guivéa de Benjamin.

Saül passa en revue le peuple qui se trouvait avec lui : environ 600 hommes. 16 Saül, son fils Jonathan et le peuple qui se trouvait avec eux demeuraient à Guéva de Benjamin, tandis que les Philistins campaient à Mikmas.

17 Le corps de destruction sortit du camp philistin en trois sections. La première section se dirigeait vers Ofra, au pays de Shoual[2], 18 la deuxième vers Beth-Horôn, la troisième vers la frontière qui domine le Val des Hyènes[3] vers le désert.

19 On ne trouvait plus de forgeron dans tout le pays d'Israël, car les Philistins s'étaient dit : « Il ne faut pas que les Hébreux se fabriquent des épées ou des lances. » 20 Tous les Israélites descendaient donc chez les Philistins pour affûter chacun son soc, sa houe, sa hache ou son burin[4].

---

1. Voir 7.16 et la note.
2. *Beth-Awên* : autre nom de *Béthel*.
3. *le rendez-vous de Samuel* : voir 10.8.
4. *il offrit l'holocauste* : acte cultuel faisant partie des préparatifs de combat (voir 7.9).
5. *apaisé le Seigneur* ou *demandé au Seigneur de nous être favorable*.

1. *chef de son peuple* : il s'agit de David, dont l'histoire est racontée à partir du chap. 16.
2. *Ofra* : localité située au nord de Mikmas; le *pays de Shoual* n'est pas mentionné ailleurs.
3. *Beth-Horôn* : localité située à l'ouest de Mikmas; *Val des Hyènes* : région située au sud-est de Mikmas.
4. La traduction des termes techniques mentionnés dans les v. 20-21 est incertaine.

21 L'affûtage coûtait deux tiers de sicle pour les socs, les houes, ...[1], les haches, et la remise en état des aiguillons. 22 Donc, au jour du combat, la troupe de Saül et de Jonathan se trouva dépourvue d'épées et de lances. On en trouva néanmoins pour Saül et pour son fils Jonathan. 23 Un poste de Philistins sortit vers la passe de Mikmas.

Jonathan attaque un poste de Philistins

14 1 Un jour, Jonathan, le fils de Saül, dit à son écuyer : «Viens, poussons jusqu'au poste des Philistins qui est de l'autre côté.» Mais il n'avertit pas son père. 2 Saül était assis à la limite de Guivéa, sous le grenadier qui est à Migrôn[2]. Il avait avec lui environ 600 hommes. 3 Ahiyya, fils d'Ahitouv, frère d'Ikavod, fils de Pinhas, fils de Eli, le prêtre du SEIGNEUR à Silo, portait l'éphod[3]. Le peuple ne savait pas que Jonathan était parti. 4 Dans une des passes que Jonathan cherchait à traverser pour attaquer le poste des Philistins, se trouvent de chaque côté une dent de rocher, l'une appelée Bocéç et l'autre Senné. 5 L'une des dents se dresse au nord, en face de Mikmas, l'autre au sud en face de Guéva[4].

6 Jonathan dit à son écuyer : «Viens, poussons jusqu'au poste de ces *incirconcis. Peut-être le

SEIGNEUR agira-t-il pour nous; en effet, qu'on soit nombreux ou non, rien n'empêche le SEIGNEUR de donner la victoire.» 7 Son écuyer lui dit : «Fais tout à ton idée. Avance, et je te suis, à ton idée.» 8 Jonathan dit : «Maintenant, nous poussons dans leur direction, et nous allons être repérés par leurs hommes. 9 S'ils nous disent : Halte! Attendez que nous vous ayons rejoints[!], nous resterons sur place et nous ne monterons pas vers eux. 10 Mais s'ils disent : Montez vers nous[!], nous monterons; c'est que le SEIGNEUR les aura livrés entre nos mains. Nous aurons là un signe.» 11 Ils se laissèrent donc repérer tous les deux par le poste des Philistins. Les Philistins dirent : «Voici des Hébreux qui sortent des trous où ils s'étaient cachés.» 12 Les hommes du poste, s'adressant à Jonathan et à son écuyer, leur dirent : «Montez vers nous, nous avons quelque chose à vous apprendre.» Jonathan dit à son écuyer : «Monte derrière moi; le SEIGNEUR les a livrés aux mains d'Israël.» 13 Jonathan monta, en s'aidant des mains et des pieds, suivi de son écuyer. Les Philistins tombèrent sous les coups de Jonathan et son écuyer les achevait derrière lui. 14 Ce premier coup porté par Jonathan et son écuyer frappa une vingtaine d'hommes, sur un terrain [d]à peine un demi-sillon de surface[1]. 15 Ce fut la terreur dans le camp, dans la campagne et parmi tout le peuple. Le poste et le corps de destruction furent terrifiés eux

---

1. *sicle* : voir au glossaire POIDS ET MESURES — ... : deux mots hébreux incompréhensibles.

2. *Guivéa* : voir 10.5 et la note — *Migrôn* : localité non identifiée, proche de Mikmas (voir 13.2 et la note).

3. *Eli* : voir chap. 1-4 — *Silo* : voir 1.3 et la note — *éphod* : voir Ex 25.7 et la note.

4. Voir 13.3 et la note.

---

1. *sur un terrain ...* : texte obscur et traduction incertaine.

aussi. La terre trembla et ce fut une terreur de Dieu[1].

Les Philistins en déroute

16 À Guivéa de Benjamin, les guetteurs de Saül regardaient. Ils virent la foule se répandre dans toutes les directions. 17 Saül dit au peuple qui était avec lui : « Faites donc l'appel, et voyez qui est parti de chez nous. » On fit l'appel : il manquait Jonathan et son écuyer. 18 Saül dit à Ahiyya : « Fais approcher l'*arche de Dieu. » Il y avait en effet, ce jour-là, l'arche de Dieu et les fils d'Israël[2]. 19 Or, pendant que Saül parlait au prêtre, l'agitation augmentait dans le camp des Philistins. Saül dit au prêtre : « Retire ta main. » 20 Saül et tout le peuple qui était avec lui se réunirent et arrivèrent sur le champ de bataille. Ils avaient tiré l'épée l'un contre l'autre et la confusion était totale. 21 Les Hébreux qui avaient d'abord été au service des Philistins et qui étaient montés au camp avec eux firent volte-face pour rejoindre Israël aux côtés de Saül et de Jonathan. 22 Tous les hommes d'Israël qui s'étaient cachés dans la montagne d'E- phraïm, apprenant la déroute des Philistins, se mirent, eux aussi, à les talonner en combattant. 23 Le SEIGNEUR donna la victoire à Is- raël, ce jour-là, et le combat s'é- tendit au-delà de Beth-Awèn[3]. 24 Les hommes d'Israël avaient souffert, ce jour-là, car Saül avait engagé le peuple par cette impré-

cation : « Maudit soit l'homme qui prendra de la nourriture avant le soir[1], avant que je ne me sois vengé de mes ennemis. » Dans le peuple, personne n'avait donc goûté de nourriture.

Le peuple sauve Jonathan

25 Tout le pays[2] était entré dans la forêt. Sur le sol, il y avait du miel. 26 Quand le peuple entra dans la forêt, voici qu'il y coulait du miel. Personne néanmoins ne portait la main à sa bouche, car le peuple avait peur du serment. 27 Mais Jonathan n'avait pas en- tendu son père imposer au peuple le serment. Il tendit le bâton qu'il avait en main, en trempa le bout dans le miel, puis ramena la main à sa bouche : son regard devint clair[3]. 28 Quelqu'un du peuple intervint et dit : « Ton père a im- posé au peuple un serment solen- nel, déclarant : Maudit soit l'homme qui prendra de la nour- riture aujourd'hui. Et le peuple est épuisé. » 29 Jonathan dit : « Mon père a porté malheur au pays. Voyez comme j'ai le regard clair pour avoir goûté un peu de ce miel. 30 À plus forte raison, si, aujourd'hui, le peuple s'était nourri sur le butin trouvé chez l'ennemi, le coup porté aux Phi- listins n'aurait-il pas été plus fort ? »

---

1. *une terreur de Dieu* ou *une terreur effroyable* (provoquée par Dieu).
2. *et les fils d'Israël* ou *parmi les Israélites.*
3. *Beth-Awèn* : autre nom de *Béthel.*

1. Le jeûne imposé par Saül est probablement une pratique visant à obtenir l'aide de Dieu et donc la victoire.
2. *Tout le pays* ou *Toute l'armée.*
3. *son regard devint clair* ou *ses yeux s'éclairè- rent,* c'est-à-dire *il en fut réconforté.* De même au v. 29.

31 Ce jour-là, ils battirent les Philistins, depuis Mikmas jusqu'à Ayyalôn[1]. Le peuple, complètement épuisé, 32 se jeta sur le butin. Il prit du petit bétail, des boeufs et des veaux, les égorgea sur le sol et mangea au-dessus du sang[2]. 33 On le rapporta à Saül : « Le peuple, lui dit-on, est en train de pécher contre le SEIGNEUR en mangeant au-dessus du sang ! » Saül dit : « Vous êtes les traîtres ! Roulez vers moi, à l'instant, une grosse pierre ! » 34 Saül dit : « Dispersez-vous parmi le peuple et dites : Que chacun m'amène son boeuf ou son mouton. Vous les égorgerez et les mangerez ici, sans pécher contre le SEIGNEUR en mangeant auprès du sang. » Cette nuit-là, dans tout le peuple, chacun amena le boeuf qu'il détenait, et on égorgea à cet endroit. 35 C'est ainsi que Saül bâtit un *autel au SEIGNEUR : ce fut le premier autel qu'il bâtit au SEIGNEUR.

36 Saül dit : « Descendons à la poursuite des Philistins pendant la nuit : nous les pillerons jusqu'au lever du jour et nous n'en laisserons subsister aucun. » Ils dirent : « Fais tout ce qui te plaît. » Le prêtre dit : « Approchons-nous de Dieu[3] ici même. » 37 Saül demanda à Dieu : « Dois-je descendre à la poursuite des Philistins ? Les livreras-tu aux mains d'Israël ? » Mais, ce jour-là, Dieu ne lui répondit pas. 38 Saül dit :

« Approchez ici, vous tous, les chefs du peuple. Sachez voir en quoi a consisté le péché d'aujourd'hui. 39 Oui, par la vie du SEIGNEUR, le sauveur d'Israël, même s'il s'agit d'une faute de mon fils Jonathan, eh bien, il mourra. » Dans tout le peuple, personne ne lui répondit. 40 Saül dit alors à tout Israël : « Vous, mettez-vous d'un côté; moi et mon fils Jonathan, nous serons de l'autre côté. » Le peuple dit à Saül : « Fais ce qui te semble bon. » 41 Et Saül dit au SEIGNEUR : « Dieu d'Israël, donne une réponse complète[1] ! » Jonathan et Saül furent désignés, et le peuple fut mis hors de cause. 42 Saül dit : « Jetez le sort entre moi et mon fils Jonathan. » Et Jonathan fut désigné. 43 Saül dit à Jonathan : « Raconte-moi ce que tu as fait. » Jonathan le lui raconta. Il dit : « Oui, j'ai goûté un peu de miel au bout du bâton que j'avais à la main. Me voici, prêt à mourir. » 44 Saül dit : « Que Dieu fasse ceci et encore cela[2] ! Oui, tu mourras, Jonathan ! » 45 Le peuple dit à Saül : « Est-ce que Jonathan va mourir, lui qui a remporté cette grande victoire en Israël ? Ce serait abominable, par la vie du SEIGNEUR ! Il ne tombera pas à terre un seul cheveu de sa tête

---

1. *Mikmas :* voir 13.2 et la note — *Ayyalôn :* localité située à 25 km environ à l'ouest de Mikmas.

2. *mangea au-dessus du sang :* allusion à une sorte de repas rituel auquel se mêlent des pratiques magiques contraires à la foi d'Israël. Autre traduction *en mangea avec le sang* (comparer Gn 9.4; Lv 17.10-11).

3. *Approchons-nous de Dieu,* c'est-à-dire *Consultons Dieu.*

---

1. *donne une réponse complète ;* hébreu peu clair; l'ancienne version grecque suppose un texte hébreu beaucoup plus long : *Et Saül dit : « Seigneur, Dieu d'Israël, pourquoi n'as-tu pas répondu à ton serviteur aujourd'hui ? Si la faute est sur moi ou sur Jonathan, mon fils, Seigneur, Dieu d'Israël, donne Ourim; et si la faute est sur ton peuple, donne Toummim. »* (Ourim, Toummim : voir Ex 28.30 et la note).

2. *Que Dieu fasse ... :* de nombreux manuscrits hébreux et plusieurs versions anciennes précisent *Que Dieu me fasse ...* Par cette formule traditionnelle d'imprécation, une personne demandait à Dieu d'être punie, si elle n'accomplissait pas un serment. Comparer 3.17 et la note.

car c'est avec Dieu qu'il a agi aujourd'hui même. » Ainsi le peuple libéra Jonathan, et il ne mourut pas. 46 Saül remonta de la poursuite des Philistins, et les Philistins regagnèrent leur pays.

Les victoires de Saül. Sa famille

47 Quand Saül se fut emparé de la royauté sur Israël, il fit la guerre alentour contre tous ses ennemis, contre Moab, contre les fils d'Ammon, contre Edom, contre les rois de Çova et contre les Philistins et, partout où il se tournait, il faisait du mal[1] ! 48 Il montra sa vaillance en battant Amaleq[2], arrachant ainsi Israël de la main de celui qui le pillait.

49 Les fils de Saül étaient Jonathan, Yishwi et Malki-Shoua. Les noms de ses deux filles étaient Mérav pour l'aînée, et Mikal pour la cadette. 50 La femme de Saül s'appelait Ahinoam, fille d'Ahimaaç. Le chef de son armée s'appelait Avner, fils de Ner, oncle de Saül. 51 Qish était le père de Saül, et Ner le père d'Avner. Il était fils d'Aviël. 52 La guerre fut acharnée contre les Philistins durant tous les jours de Saül. Saül remarquait-il quelque preux, quelque vaillant, il se l'attachait.

Nouvelle faute de Saül

15 1 Samuel dit à Saül : « C'est moi que le Seigneur a envoyé pour t'*oindre comme roi

sur son peuple Israël. Maintenant donc, écoute la voix, les paroles du Seigneur. 2 Ainsi parle le Seigneur, le tout-puissant : Je vais demander compte à Amaleq[1] de ce qu'il a fait à Israël, en lui barrant la route quand il montait d'Egypte. 3 Maintenant donc, va frapper Amaleq. Vous devrez vouer à l'interdit[2] tout ce qui lui appartient. Tu ne l'épargneras point. Tu mettras tout à mort, hommes et femmes, enfants et nourrissons, boeufs et moutons, chameaux et ânes. »

4 Saül mobilisa le peuple et le passa en revue à Telaïm[3]. Il y avait 200.000 fantassins et, pour Juda, 10.000 hommes. 5 Parvenu à la ville d'Amaleq[4], Saül se mit en embuscade dans le lit du torrent. 6 Saül dit aux Qénites[5] : « Partez, écartez-vous, quittez les rangs d'Amaleq, de peur que je ne te traite comme lui, alors que toi, tu as agi avec fidélité envers tous les fils d'Israël quand ils montaient d'Egypte. » Les Qénites s'écartèrent donc du milieu des Amalécites. 7 Saül frappa Amaleq, depuis Hawila jusqu'à l'entrée de Shour[6], qui est en face de l'Egypte. 8 Il prit vivant Agag, roi d'Amaleq, et il voua tout le peuple à l'interdit, au fil de l'épée. 9 Mais Saül et le peuple épargnèrent Agag et le meilleur du petit bétail et du gros bétail et des se-

---

1. *Moab, Ammon, Edom, Çova* : quatre royaumes situés à l'est du Jourdain; *les Philistins* : établis dans le sud-ouest de la Palestine, sur la côte méditerranéenne — *il faisait du mal* : plusieurs anciennes versions disent *il était victorieux*, ce qui semble mieux correspondre au contexte (v. 48).
2. *Amaleq* ou *les Amalécites* : voir Ex 17.8 et la note.

1. *à Amaleq* ou *aux Amalécites (de ce qu'ils ont fait)* : voir Ex 17.8-16.
2. *l'interdit* : voir Dt 2.34 et la note.
3. Localité située probablement à 80 km environ au sud de Jérusalem.
4. *La ville d'Amaleq* est inconnue.
5. Les *Qénites* étaient des nomades vivant dans la même région que les Amalécites.
6. *Hawila* : voir Gn 2.11 et la note; *Shour* : voir Ex 15.22 et la note.

condes portées[1], les agneaux et tout ce qu'il y avait de bon, et ils ne consentirent pas à les vouer à l'interdit. Mais toute la marchandise sans valeur et de mauvaise qualité, ils la vouèrent, elle, à l'interdit.

Dieu rejette Saül

10 La parole du Seigneur fut adressée à Samuel, en ces termes : 11 « Je me repens d'avoir fait de Saül un roi, car il s'est détourné de moi, et il n'a pas mis à exécution mes paroles. » L'émotion gagna Samuel et il cria vers le Seigneur toute la nuit. 12 Samuel se leva de bon matin pour aller à la rencontre de Saül. On vint dire à Samuel : « Sitôt arrivé à Karmel, Saül s'est érigé un monument; puis il est reparti plus loin et il est descendu à Guilgal[2]. » 13 Samuel se rendit auprès de Saül et Saül lui dit : « Sois béni du Seigneur ! J'ai mis à exécution la parole du Seigneur. » 14 Samuel dit : « Quels sont ces bêlements que j'entends et ces meuglements qui frappent mes oreilles ? » 15 Saül dit : « Ils les ont ramenés de chez les Amalécites. C'est que le peuple a épargné le meilleur des brebis et des boeufs pour sacrifier au Seigneur ton Dieu. Quant au reste, nous l'avons voué à l'interdit[3]. » 16 Samuel dit à Saül : « Assez. Je vais t'annoncer ce que m'a dit le Seigneur cette nuit. » Il lui dit : « Parle. » 17 Samuel dit : « Bien que tu sois peu de chose à tes propres yeux,

n'es-tu pas à la tête des tribus d'Israël ? Le Seigneur t'a *oint comme roi d'Israël. 18 Le Seigneur t'a envoyé en expédition et il a dit : Va. Tu voueras à l'interdit ces pécheurs d'Amalécites et tu les combattras jusqu'à leur extermination. 19 Pourquoi n'as-tu pas écouté la voix du Seigneur, pourquoi t'es-tu jeté sur le butin et as-tu fait ce qui est mal aux yeux du Seigneur ? » 20 Saül dit à Samuel : « J'ai obéi à la voix du Seigneur. Je suis parti en expédition là où le Seigneur m'avait envoyé. J'ai ramené Agag, roi d'Amaleq, et Amaleq lui-même, je l'ai voué à l'interdit. 21 Le peuple a pris sur le butin du petit et du gros bétail, le meilleur de ce que frappait l'interdit, pour sacrifier au Seigneur, ton Dieu, à Guilgal. » 22 Samuel dit alors :

« Le Seigneur aime-t-il les holocaustes et les *sacrifices
autant que l'obéissance à la parole du Seigneur ?
Non ! L'obéissance est préférable au sacrifice,
la docilité à la graisse des béliers. 23 Mais la révolte vaut le péché de divination,
et l'opiniâtreté, la sorcellerie.
Puisque tu as rejeté la parole du Seigneur,
il t'a rejeté, tu n'es plus roi. »

24 Saül dit à Samuel : « J'ai péché, j'ai transgressé l'ordre du Seigneur et tes paroles. C'est que j'ai eu peur du peuple et je lui ai obéi. 25 Maintenant, je t'en prie, pardonne mon péché et reviens avec moi, que je me prosterne devant le Seigneur. » 26 Samuel dit à Saül : « Je ne reviendrai pas avec toi, car tu as rejeté la parole

---

1. *secondes portées* : mot hébreu obscur, traduction incertaine.
2. *Karmel* : localité située à 40 km environ au sud de Jérusalem — *Guilgal* : voir 7.16 et la note.
3. *l'interdit* : voir Dt 2.34 et la note.

du Seigneur; le Seigneur t'a rejeté, et tu n'es plus roi d'Israël. »

27 Quand Samuel se retourna
pour partir, Saül attrapa le pan
de son manteau, qui fut arraché.
28 Samuel lui dit : « Le Seigneur
t'a arraché la royauté d'Israël, aujourd'hui, et il l'a donnée à un
autre[1], meilleur que toi. » 29 Et
aussi : « La Splendeur d'Israël[2] ne
se dément pas et ne se repent pas,
car Il n'est pas un homme et n'a
pas à se repentir. » 30 Saül dit :
« J'ai péché. Maintenant, je t'en
prie, rends-moi honneur devant
les *anciens de mon peuple et devant Israël. Reviens avec moi : je
me prosternerai devant le Seigneur, ton Dieu. » 31 Samuel revint à la suite de Saül et Saül se
prosterna devant le Seigneur.

32 Samuel dit : « Amenez-moi
Agag, roi d'Amaleq. » Agag vint à
lui d'un air satisfait[3]. Il se disait :
« Sûrement, l'amertume de la
mort est écartée. » 33 Samuel dit :
« Tout comme ton épée a privé
des femmes de leurs enfants, que
ta mère, entre les femmes, soit
privée de son enfant ! » Et Samuel
exécuta Agag devant le Seigneur
à Guilgal[4]. 34 Samuel s'en alla à
Rama et Saül remonta chez lui à
Guivéa de Saül[5]. 35 Samuel ne re-
vit plus Saül jusqu'au jour de sa
mort : c'est que Samuel pleurait
Saül, car le Seigneur s'était re-
penti d'avoir fait régner Saül sur
Israël.

---

1. *à un autre* : allusion à David; comparer 13.14
et la note.
2. L'expression *La Splendeur d'Israël* désigne
Dieu.
3. *d'un air satisfait* : hébreu obscur; autre traduction *en chancelant.*
4. Voir 7.16 et la note.
5. *Rama* : voir 1.1 et la note; *Guivéa de Saül* :
voir 10.5 et la note.

Samuel oint David comme roi d'Israël

16 1 Le Seigneur dit à Samuel : « Vas-tu longtemps
pleurer Saül, alors que je l'ai rejeté moi-même et qu'il n'est plus
roi d'Israël ? Emplis ta corne
d'huile[1] et pars. Je t'envoie chez
Jessé le Bethléémite, car j'ai vu
parmi ses fils le roi qu'il me
faut. » 2 Samuel dit : « Comment
puis-je y aller ? Si Saül l'apprend,
il me tuera. » Le Seigneur dit :
« Tu prendras avec toi une génisse et tu diras : Je viens pour
offrir un *sacrifice au Seigneur.
3 À l'occasion du sacrifice, tu invi-
teras Jessé. Alors je te ferai savoir
moi-même ce que tu dois faire; tu
donneras pour moi l'*onction à
celui que je t'indiquerai. »

4 Samuel fit ce que le Seigneur
avait dit, il arriva à Bethléem et
les *anciens de la ville vinrent en
tremblant à sa rencontre. On dit :
« C'est une heureuse occasion qui
t'amène ? » 5 Il répondit : « Oui.
C'est pour sacrifier au Seigneur
que je suis venu. *Sanctifiez-vous
et vous viendrez avec moi au sacrifice. » Il sanctifia Jessé et ses
fils et les invita au sacrifice.

6 Quand ils arrivèrent, Samuel
aperçut Eliav et se dit : « Certainement, le messie[2] du Seigneur
est là, devant lui. » 7 Mais le Seigneur dit à Samuel : « Ne considère pas son apparence ni sa
haute taille. Je le rejette. Il ne
s'agit pas ici de ce que voient les
hommes : les hommes voient ce
qui leur saute aux yeux, mais le
Seigneur voit le coeur. » 8 Jessé
appela Avinadav et le fit passer

---

1. *Emplis ta corne* (récipient) *d'huile* : pour
oindre un nouveau roi (voir v. 13).
2. *messie* : voir 2.10 et la note.

devant Samuel mais Samuel dit : « Celui-ci non plus, le S$_{EIGNEUR}$ ne l'a pas choisi. » 9 Jessé fit passer Shamma mais Samuel dit : « Celui-ci non plus, le S$_{EIGNEUR}$ ne l'a pas choisi. » 10 Jessé fit ainsi passer sept de ses fils devant Samuel et Samuel dit à Jessé : « Le S$_{EI-}$ $_{GNEUR}$ n'a choisi aucun de ceux-là. »

11 Samuel dit à Jessé : « Les jeunes gens sont-ils là au complet ? » Jessé répondit : « Il reste encore le plus jeune : il fait paître le troupeau. » Samuel dit à Jessé : « Envoie-le chercher. Nous ne nous mettrons pas à table avant son arrivée. » 12 Jessé le fit donc venir. Il avait le teint clair[1], une jolie figure et une mine agréable. Le S$_{EIGNEUR}$ dit : « Lève-toi, donne-lui l'onction, c'est lui. » 13 Samuel prit la corne d'huile et il lui donna l'onction au milieu de ses frères et l'esprit du S$_{EIGNEUR}$ fondit sur David à partir de ce jour. Samuel se mit en route et partit pour Rama[2].

David entre au service de Saül

14 L'esprit du S$_{EIGNEUR}$ s'était retiré de Saül et un esprit mauvais, venu du S$_{EIGNEUR}$, le tourmentait. 15 Les serviteurs de Saül lui dirent : « Voici qu'un esprit mauvais, venu de Dieu, te tourmente. 16 Que notre seigneur parle. Tes serviteurs sont à ta disposition[3] : ils chercheront un homme qui sache jouer de la cithare ; ainsi, quand un esprit mau-

vais, venu de Dieu, t'assaillira, il en jouera et cela te soulagera. » 17 Saül dit à ses serviteurs : « Trouvez-moi donc un bon musicien et amenez-le moi. » 18 Un des domestiques répondit : « J'ai vu, justement, un fils de Jessé le Bethléémite. Il sait jouer, c'est un preux[1], un bon combattant, il parle avec intelligence, il est bel homme. Et le S$_{EIGNEUR}$ est avec lui. » 19 Saül envoya des messagers à Jessé. Il lui dit : « Envoie-moi ton fils David, celui qui s'occupe du troupeau. » 20 Jessé prit un âne, du pain, une outre de vin et un chevreau et envoya son fils David les porter à Saül.

21 David arriva auprès de Saül et se mit à son service. Saül se prit d'une vive affection pour lui, et David devint son écuyer. 22 Saül envoya dire à Jessé : « Que David reste donc à mon service, car il me plaît. » 23 Ainsi, lorsque l'esprit de Dieu assaillait Saül, David prenait la cithare et il en jouait. Alors Saül se calmait, se sentait mieux et l'esprit mauvais se retirait de lui.

Le Philistin Goliath défie l'armée d'Israël

17 1 Les Philistins rassemblèrent leurs armées pour la guerre. Ils se rassemblèrent à Soko de Juda et ils campèrent entre Soko et Azéqa[2], à Efès-Dammim. 2 Saül et les hommes d'Israël se rassemblèrent et campèrent dans la vallée du Térébinthe[3], et ils se rangèrent en

---

1. *Il avait le teint clair* : autre traduction *il était roux.*
2. Voir 1.1 et la note.
3. *tes serviteurs sont …*, c'est-à-dire *nous sommes à ta disposition.*

1. *un preux* ou *un vaillant homme.*
2. *Soko, Azéqa* : deux localités situées à 30 km environ au sud-ouest de Jérusalem.
3. La *vallée du Térébinthe* se trouve au sud de Soko et Azéqa.

bataille face aux Philistins. 3 Les Philistins se tenaient sur la montagne d'un côté; les Israélites se tenaient sur la montagne de l'autre côté; la vallée était entre eux.

4 Un champion sortit du camp philistin. Il s'appelait Goliath et il était de Gath. Sa taille était de six coudées et un empan[1]. 5 Il était coiffé d'un casque de bronze et revêtu d'une cuirasse à écailles. Le poids de la cuirasse était de 5.000 sicles[2] de bronze. 6 Il avait aux jambes des jambières de bronze, et un javelot de bronze en bandoulière. 7 Le bois de sa lance était comme l'ensouple des tisserands et la pointe de sa lance pesait 600 sicles de fer. Le porte-bouclier marchait devant lui.

8 Il se campa, et il interpella les lignes d'Israël. Il leur dit : « À quoi bon sortir vous ranger en bataille ? Ne suis-je pas le Philistin et vous, des esclaves de Saül ? Choisissez-vous un homme et qu'il descende vers moi ! 9 S'il est assez fort pour lutter avec moi et qu'il me batte, nous serons vos esclaves. Si je suis plus fort que lui et que je le batte, vous serez nos esclaves et vous nous servirez. » 10 Le Philistin dit : « Moi, aujourd'hui, je lance le défi aux lignes d'Israël : donnez-moi un homme, pour que nous combattions ensemble ! » 11 Saül et tout Israël entendirent ces paroles du Philistin et furent écrasés de terreur.

David envoyé par son père au camp d'Israël

12 David était le fils de cet Ephratéen[1] de Bethléem de Juda, qui s'appelait Jessé et avait huit fils. Cet homme était âgé au temps de Saül, il avait fourni des hommes. 13 Les trois fils aînés de Jessé s'en étaient donc allés. Ils avaient suivi Saül à la guerre. Les trois fils de Jessé qui étaient allés à la guerre s'appelaient, l'aîné Eliav, le second Avinadav, et le troisième Shamma. 14 David était le plus jeune; les trois aînés avaient suivi Saül, 15 mais David allait chez Saül et en revenait pour paître le troupeau de son père à Bethléem.

16 Le Philistin s'avança matin et soir et il se présenta ainsi pendant 40 jours.

17 Jessé dit à son fils David : « Prends donc pour tes frères cette mesure de pain grillé et ces dix pains et cours les porter au camp à tes frères. 18 Et ces dix fromages, tu les porteras au chef de millier[2]. Tu prendras des nouvelles de la santé de tes frères et tu recevras d'eux un gage. 19 Saül est avec eux et avec tous les hommes d'Israël dans la vallée du Térébinthe[3], en train de se battre contre les Philistins. »

20 David se leva de bon matin, laissa le troupeau à un gardien, prit sa charge, s'en alla, suivant l'ordre de Jessé, et arriva au campement. L'armée, qui allait rejoindre le front, poussait le cri de guerre. 21 Israélites et Philistins prirent position, front contre

---

1. *Gath* : voir 5.8 et la note — *six coudées et un empan* : plus de 2.80 m; voir au glossaire POIDS ET MESURES.

2. *cinq mille sicles* : environ 60 kg; voir au glossaire POIDS ET MESURES.

1. *Ephratéen* : originaire du clan judéen d'Ephrata.

2. *millier* : voir Nb 1.16 et la note.

3. *vallée du Térébinthe* : voir v. 2 et la note.

front. 22 David laissa les bagages, dont il s'était déchargé, entre les mains du gardien des bagages, puis il courut au front et vint saluer ses frères. 23 Comme il parlait avec eux, voici que montait, des lignes philistines, le champion appelé Goliath, le Philistin de Gath. Il tint le même discours[1], et David l'entendit. 24 En voyant cet homme, tous les hommes d'Israël eurent très peur et s'enfuirent. 25 Les hommes d'Israël disaient : « Avez-vous vu cet homme qui monte ? C'est pour défier Israël qu'il monte. Qu'un homme le batte, et le roi le fera très riche. Il lui donnera sa fille et, à sa famille, des privilèges en Israël. »

David s'offre pour combattre Goliath

26 David dit aux hommes qui se tenaient près de lui : « Que fera-t-on pour l'homme qui battra ce Philistin et qui écartera la honte d'Israël ? Qui est-il, en effet, ce Philistin *incirconcis pour qu'il ait défié les lignes du Dieu vivant ? » 27 Les gens lui répondirent de la même manière : « Voilà ce qu'on fera pour l'homme qui le battra. »

28 Eliav, son frère aîné, entendit David parler aux hommes. Il se mit en colère contre lui et lui dit : « Pourquoi donc es-tu descendu ? À qui as-tu laissé ton petit troupeau dans le désert ? Je connais, moi, ta turbulence et tes mauvaises intentions : c'est pour voir la bataille que tu es descendu. » 29 David dit : « Mais qu'ai-je fait ? Je n'ai fait que par-

ler. » 30 Il le quitta et, s'adressant à un autre, il lui répéta sa question. Les gens lui firent la même réponse qu'auparavant.

31 Cependant, les paroles prononcées par David avaient été entendues, et on les avait rapportées à Saül. Celui-ci le fit venir. 32 David dit à Saül : « Que personne ne se décourage à cause de ce Philistin, ton serviteur ira le combattre. » 33 Saül dit à David : « Tu es incapable d'aller te battre contre ce Philistin, tu n'es qu'un gamin et lui est un homme de guerre depuis sa jeunesse. » 34 David dit à Saül : « Ton serviteur était berger chez son père. S'il venait un lion, et même un ours, pour enlever une brebis du troupeau, 35 je partais à sa poursuite, je le frappais et la lui arrachais de la gueule. Quand il m'attaquait, je le saisissais par les poils et je le frappais à mort. 36 Ton serviteur a frappé et le lion et l'ours. Ce Philistin incirconcis sera comme l'un d'entre eux, car il a défié les lignes du Dieu vivant. » 37 David dit : « Le Seigneur qui m'a arraché aux griffes du lion et de l'ours, c'est lui qui m'arrachera de la main de ce Philistin. » Saül dit à David : « Va, et que le Seigneur soit avec toi. »

David tue Goliath

38 Saül revêtit David de ses propres habits, lui mit sur la tête un casque de bronze et le revêtit d'une cuirasse. 39 David ceignit aussi l'épée de Saül par-dessus ses habits et essaya en vain de marcher, car il n'était pas entraîné. David dit à Saül : « Je ne pourrai pas marcher avec tout cela, car je

---

1. *Gath* : voir 5.8 et la note — *le même discours* : voir v. 8-10.

ne suis pas entraîné. » Et David s'en débarrassa. 40 Il prit en main son bâton, se choisit dans le torrent cinq pierres bien lisses, les mit dans son sac de berger, dans la sacoche, et, la fronde à la main, s'avança contre le Philistin.

41 Le Philistin, précédé de son porte-bouclier, se mit en marche, s'approchant de plus en plus de David. 42 Le Philistin regarda et, quand il aperçut David, il le méprisa : c'était un gamin, au teint clair[1] et à la jolie figure. 43 Le Philistin dit à David : « Suis-je un chien pour que tu viennes à moi armé de bâtons ? » Et le Philistin maudit David par ses dieux. 44 Le Philistin dit à David : « Viens ici, que je donne ta chair aux oiseaux du ciel et aux bêtes des champs. » 45 David dit au Philistin : « Toi, tu viens à moi armé d'une épée, d'une lance et d'un javelot; moi, je viens à toi armé du *nom du Seigneur, le tout-puissant, le Dieu des lignes d'Israël, que tu as défié. 46 Aujourd'hui même, le Seigneur te remettra entre mes mains : je te frapperai et je te décapiterai. Aujourd'hui même, je donnerai les cadavres de l'armée philistine aux oiseaux du ciel et aux animaux de la terre. Et toute la terre saura qu'il y a un Dieu pour Israël. 47 Et toute cette assemblée le saura : ce n'est ni par l'épée, ni par la lance que le Seigneur donne la victoire, mais le Seigneur est le maître de la guerre et il vous livrera entre nos mains. » 48 Tandis que le Philistin s'ébranlait pour affronter David et s'approchait de plus en plus, David courut à toute vitesse pour se placer et affronter le Philistin.

49 David mit prestement la main dans son sac, y prit une pierre, la lança avec la fronde et frappa le Philistin au front. La pierre s'enfonça dans son front et il tomba la face contre terre. 50 Ainsi David triompha du Philistin par la fronde et la pierre. Il frappa le Philistin et le tua. Il n'y avait pas d'épée dans la main de David.

51 David courut, s'arrêta près du Philistin, lui prit son épée en la tirant du fourreau et avec elle acheva le Philistin et lui trancha la tête. Voyant que leur héros était mort, les Philistins prirent la fuite. 52 Les hommes d'Israël et de Juda s'ébranlèrent en poussant le cri de guerre et poursuivirent les Philistins jusqu'à l'entrée de la vallée et jusqu'aux portes d'Eqrôn. Des cadavres de Philistins gisaient sur la route de Shaaraïm, et jusqu'à Gath et à Eqrôn[1]. 53 Après une chaude poursuite, les fils d'Israël revinrent piller le camp des Philistins. 54 David prit la tête du Philistin et l'apporta à Jérusalem et il mit ses armes dans sa propre tente.

Jonathan fait alliance avec David

55 Voyant David partir pour affronter le Philistin, Saül avait dit à Avner, le chef de l'armée : « De qui ce garçon est-il le fils, Avner ? » Et Avner avait dit : « Par ta vie, ô roi, je ne sais pas. » 56 Le roi avait dit : « Demande toi-même de qui ce jeune homme est le fils. » 57 Lorsque David revint, après avoir abattu le Philistin, Avner le prit et l'amena de-

---

1. *au teint clair* : voir 16.12 et la note.

1. *Shaaraïm* : endroit non identifié — *Gath, Eqrôn* : voir 5.8, 10 et les notes.

vant Saül. Il avait à la main la tête du Philistin. 58 Saül lui dit : « De qui es-tu le fils, mon garçon ? » David dit : « Je suis le fils de ton serviteur, Jessé le Bethléémite. »

18 1 Or, dès que David eut fini de parler à Saül, Jonathan s'attacha à David et l'aima comme lui-même. 2 Ce jour-là, Saül retint David et ne le laissa pas retourner chez son père. 3 Alors, Jonathan fit alliance avec David, parce qu'il l'aimait comme lui-même. 4 Jonathan se dépouilla du manteau qu'il portait et le donna à David, ainsi que ses habits, et jusqu'à son épée, son arc et son ceinturon. 5 Dans ses expéditions, partout où l'envoyait Saül, David réussissait. Saül le mit à la tête des hommes de guerre. Il était bien vu de tout le peuple et aussi des serviteurs de Saül.

Saül essaie de tuer David

6 À leur arrivée, quand David revint après avoir battu le Philistin, les femmes sortirent de toutes les villes d'Israël, en chantant et en dansant, à la rencontre du roi Saül, au son des tambourins, des cris de joie et des sistres[1]. 7 Et les femmes, qui s'ébattaient, chantaient en choeur :

« Saül en a battu des mille et David, des myriades. »

8 Saül fut très irrité. Le mot lui déplut. Il dit : « On attribue les myriades à David, et à moi les mille. Il ne lui manque plus que la royauté ! » 9 Et Saül regarda David de travers à partir de ce jour-là.

10 Le lendemain, un esprit mauvais, venu de Dieu, fondit sur Saül, et il entra en transe dans sa maison. David jouait de son instrument comme les autres jours et Saül avait sa lance en main. 11 Saül brandit la lance et dit : « Je vais clouer David au mur ! » Mais David, par deux fois, l'évita. 12 Saül craignit David, car le Seigneur était avec lui et s'était retiré de Saül. 13 Saül l'écarta d'auprès de lui en le nommant chef de millier[1]. David partait et rentrait à la tête du peuple, 14 il réussissait dans toutes ses expéditions, et le Seigneur était avec lui. 15 Voyant ses grands succès, Saül eut peur de lui. 16 Mais tout Israël et Juda aimaient David, parce que c'était lui qui partait et rentrait à leur tête.

David épouse Mikal, fille de Saül

17 Saül dit à David : « Voici ma fille aînée Mérav. C'est elle que je te donnerai pour femme. Mais sois vaillant à mon service et livre les guerres du Seigneur. » Saül s'était dit : « Ne portons pas la main sur lui, que des Philistins le fassent. » 18 David dit à Saül : « Qui suis-je, qu'est mon lignage, le clan de mon père, en Israël, pour que je devienne le gendre du roi ? » 19 Et au moment où Mérav, fille de Saül, devait être donnée à David, elle fut donnée pour femme à Adriël de Mehola[2].

20 Mikal, fille de Saül, s'éprit de David. On en informa Saül, et l'affaire lui parut bonne. 21 Saül

---

1. *sistres* ou *triangles* (instruments de musique).

1. *millier* : voir Nb 1.16 et la note.
2. *de Mehola* ou *d'Avel-Mehola* : voir Jg 7.22 et la note.

se disait : « Je vais la lui donner, afin qu'elle soit un piège pour lui et que des Philistins mettent la main sur lui. » Saül a donc dit à David en deux occasions : « Tu seras mon gendre aujourd'hui. » 22 Saül donna cet ordre à ses serviteurs : « Parlez à David en secret. Dites-lui : Le roi te veut du bien et tous ses serviteurs t'aiment. Deviens donc le gendre du roi ! » 23 Les serviteurs de Saül répétèrent ces paroles aux oreilles de David. David déclara : « Tenez-vous pour négligeable d'être le gendre du roi ? Or, moi je suis un homme pauvre et négligeable. » 24 Les serviteurs de Saül lui rapportèrent ces paroles : « Voilà, dirent-ils, comment David a parlé. »

25 Saül dit : « Vous parlerez ainsi à David : Le roi ne veut pour don nuptial que cent prépuces de Philistins[1], pour tirer vengeance des ennemis du roi. » Saül comptait ainsi faire tomber David aux mains des Philistins. 26 Les serviteurs de Saül rapportèrent à David ces paroles. La proposition parut bonne à David pour devenir le gendre du roi. Le délai n'était pas écoulé 27 que David se mit en route et partit avec ses hommes. Il abattit, parmi les Philistins, 200 hommes. David apporta leurs prépuces, dont on fit le compte devant le roi, pour que David devienne le gendre du roi. Et Saül lui donna pour femme sa fille Mikal.

28 Saül vit et comprit que le Seigneur était avec David et que Mikal, fille de Saül, l'aimait. 29 Saül craignit encore plus David et Saül lui devint définitivement hostile. 30 Les chefs des Philistins firent une sortie. À chacune de leurs sorties, David remportait plus de succès que tous les serviteurs de Saül, de sorte que son nom devint illustre.

Jonathan prend la défense de David

19 1 Saül parla à son fils Jonathan et à tous ses serviteurs de son projet de faire mourir David. Or, Jonathan, fils de Saül, aimait beaucoup David. 2 Jonathan informa David : « Mon père Saül, dit-il, cherche à te faire mourir. Tiens-toi sur tes gardes demain matin, reste à l'abri et cache-toi. 3 Pour moi, je sortirai et je me tiendrai près de mon père dans le champ où tu seras. Je parlerai de toi à mon père ; je verrai ce qu'il en est et je t'en informerai. »

4 Jonathan parla à son père Saül en faveur de David. Il lui dit : « Que le roi ne pèche pas contre son serviteur David, car il n'a point péché contre toi et ses hauts faits sont pour toi une excellente chose. 5 Au péril de sa vie, il a battu le Philistin, et le Seigneur a accompli une grande victoire pour tout Israël. Tu l'as vu et tu t'es réjoui. Pourquoi donc pécherais-tu en répandant le sang d'un innocent, en faisant mourir David sans motif ? » 6 Saül écouta la voix de Jonathan et Saül fit ce serment : « Par la vie du Seigneur, il ne sera pas mis à mort ! » 7 Jo-

---

1. *don nuptial* : pour se marier, un fiancé devait offrir au père de la fiancée un cadeau, généralement sous forme d'argent (voir Gn 34.12) — *cent prépuces de Philistins* : les Philistins étaient des incirconcis ; voir au glossaire CIRCONCISION.

nathan appela David et lui rapporta toutes ces paroles. Puis Jonathan amena David à Saül et David fut à son service comme par le passé.

David sauvé par Mikal

8 Comme la guerre avait repris, David partit combattre les Philistins. Il leur porta un coup très dur et ils s'enfuirent devant lui.

9 Un esprit mauvais, venu du Seigneur, s'empara de Saül. Il était assis dans sa maison, la lance à la main, tandis que David jouait de son instrument. 10 Saül chercha à clouer David au mur avec sa lance, mais David esquiva le coup de Saül et la lance de Saül se planta dans le mur. David prit la fuite et s'échappa cette nuit-là.

11 Saül envoya des émissaires à la maison de David pour le surveiller et le mettre à mort le lendemain matin. Sa femme Mikal en informa David et lui dit : « Si tu ne sauves pas ta vie cette nuit, demain tu seras mis à mort. » 12 Mikal fit descendre David par la fenêtre. Il prit la fuite et fut sauvé. 13 Mikal prit l'idole, la plaça sur le lit, mit à son chevet le filet[1] en poil de chèvre et la couvrit d'un vêtement.

14 Saül envoya des émissaires pour s'emparer de David. Mikal dit : « Il est malade. » 15 Saül envoya les émissaires pour voir David. Il leur dit : « Apportez-le-moi dans son lit pour que je le mette à mort. » 16 Quand les émissaires entrèrent, il n'y avait dans le lit que l'idole avec le filet en poil de

chèvre à son chevet ! 17 Saül dit à Mikal : « Pourquoi m'as-tu trompé de la sorte ? Tu as laissé partir mon ennemi et il s'est sauvé ! » Mikal dit à Saül : « C'est lui qui m'a dit : Laisse-moi partir. Devrai-je te mettre à mort ? »

David et Saül à Rama

18 S'étant ainsi sauvé par la fuite, David arriva chez Samuel à Rama et il l'informa de tout ce que lui avait fait Saül. Lui et Samuel allèrent habiter aux Nayoth[1]. 19 On vint dire à Saül : « Voici que David est aux Nayoth de Rama. » 20 Saül envoya des émissaires pour s'emparer de David. Ils aperçurent la communauté[2] des *prophètes en train de prophétiser, et Samuel debout à leur tête. L'esprit de Dieu s'empara des émissaires de Saül, et ils entrèrent en transe eux aussi. 21 On le rapporta à Saül qui envoya d'autres émissaires; ils entrèrent en transe eux aussi. Saül envoya un troisième groupe d'émissaires; ils entrèrent en transe eux aussi. 22 Il partit lui-même pour Rama et parvint à la grande citerne qui se trouve à Sékou[3]. Il demanda : « Où sont Samuel et David ? » On lui dit : « Aux Nayoth de Rama ! » 23 Il se rendit là-bas, aux Nayoth de Rama. L'esprit de Dieu s'empara de lui aussi et il continua à marcher en état de transe jusqu'à son arrivée aux Nayoth de Rama. 24 Lui aussi se dépouilla de ses vêtements et il

---

1. *filet :* mot hébreu obscur, traduction incertaine.

1. *Rama :* voir 1.1 et la note — *Nayoth :* endroit inconnu; mais le mot hébreu pourrait aussi être un nom commun, signifiant *cellules.*
2. *la communauté :* le mot hébreu est obscur; autre traduction l'*assemblée.*
3. Endroit non identifié.

fut en transe, lui aussi, devant Samuel. Puis, nu, il s'écroula et resta ainsi toute la journée et toute la nuit. Voilà pourquoi on dit : « Saül est-il aussi parmi les prophètes ? »

Jonathan conclut un pacte avec David

20 ¹ David s'enfuit des Nayoth de Rama¹, et vint dire devant Jonathan : « Qu'ai-je fait, quelle est ma faute et quel est mon péché vis-à-vis de ton père pour qu'il en veuille à ma vie ? » ² Jonathan lui répondit : « Ce serait abominable ! Tu ne mourras pas. Voyons, mon père ne fait absolument rien sans m'en avertir. Pourquoi donc mon père m'aurait-il caché cette affaire ? C'est impossible. » ³ David dit encore avec serment : « Ton père sait très bien que je suis en faveur auprès de toi. Il s'est dit : Que Jonathan n'en sache rien, afin qu'il n'ait pas de peine. Mais, par la vie du SEIGNEUR et par ta propre vie, il n'y a qu'un pas entre moi et la mort ! » ⁴ Jonathan dit à David : « Ce que tu désires, je le ferai pour toi. » ⁵ David dit à Jonathan : « Voici demain la nouvelle lune², et moi, je devrais m'asseoir auprès du roi pour manger. Mais tu me laisseras partir et je me cacherai dans la campagne jusqu'au soir, après-demain. ⁶ Si ton père remarque mon absence, tu lui diras : David a insisté pour avoir la permission de faire un saut à Bethléem, sa ville, car on y célèbre le *sacrifice annuel pour tout le clan. ⁷ Si le roi dit : C'est bien !, Alors ton serviteur est tranquille. Mais s'il se met en colère, sache qu'il a décidé ma perte. ⁸ Agis avec fidélité à l'égard de ton serviteur, puisque tu lui as fait contracter une alliance avec toi au nom du SEIGNEUR. D'ailleurs, si je suis coupable en quoi que ce soit, fais-moi mourir toi-même; pourquoi me faire venir devant ton père ? » ⁹ Jonathan dit : « Ce serait abominable ! Si vraiment je sais que mon père a décidé ta perte, je t'en informerai, je te le jure. » ¹⁰ David dit à Jonathan : « Qui m'informera si ton père te répond durement ? » ¹¹ Jonathan dit à David : « Viens, sortons dans la campagne. » Ils sortirent donc tous les deux dans la campagne.

¹² Jonathan dit à David : « Par le SEIGNEUR, le Dieu d'Israël, oui, je sonderai les intentions de mon père, demain ou après-demain, à cette heure-ci. Si tout va bien pour David et qu'en ce cas je ne te fasse pas avertir, ¹³ que le SEIGNEUR fasse à Jonathan ceci et encore cela² ! S'il plaît à mon père d'amener sur toi le malheur, je t'avertirai, je te ferai partir et tu t'en iras tranquille. Et que le SEIGNEUR soit avec toi comme il fut avec mon père ! ¹⁴ N'est-ce pas ? Si je reste en vie, tu devras agir envers moi avec la fidélité qu'exige le SEIGNEUR. Et si je meurs, n'est-ce pas ? ¹⁵ tu ne devras jamais retirer à ma maison³ ta fidélité, pas même quand le SEIGNEUR retirera les ennemis de David, un par un, de la surface de

---

1. *Nayoth de Rama* : voir 19.18 et la note.
2. *nouvelle lune* ou *néoménie*.

1. *ton serviteur est tranquille*, c'est-à-dire *je suis tranquille*.
2. *que le Seigneur fasse ...* : voir 14.44 et la note.
3. *ma maison* ou *ma famille, mes descendants*

la terre. » 16 Et Jonathan conclut un pacte avec la maison de David : « ... et le Seigneur en demandera compte à David, ou plutôt à ses ennemis ! » 17 Jonathan fit encore prêter serment à David, dans son amitié pour lui, car il l'aimait comme lui-même.

18 Jonathan lui dit : « C'est demain la nouvelle lune[1]. On remarquera ton absence, car ton siège restera vide. 19 Tu recommenceras après-demain. Tu descendras beaucoup. Tu iras à l'endroit où tu étais caché le jour de l'affaire et tu t'assiéras auprès de la pierre Ezel[2]. 20 Quant à moi, je tirerai ces trois flèches sur le côté, en visant ma cible. 21 Alors j'enverrai le garçon : Va, retrouve les flèches ! Si je dis au garçon : Les flèches sont en deçà de toi, ramasse-les ! Alors, viens ; tu peux être tranquille, c'est qu'il ne se passe rien, par la vie du Seigneur ! 22 Mais si je dis au jeune homme : Les flèches sont au-delà de toi, va-t'en, car le Seigneur te fait partir. 23 Quant à la parole que nous avons échangée, toi et moi, le Seigneur est entre toi et moi à jamais. » 24 David se cacha donc dans la campagne.

La haine de Saül contre David

La nouvelle lune arriva, et le roi s'assit à table pour le repas. 25 Le roi s'assit sur son siège, comme à l'ordinaire, sur le siège placé contre le mur. Jonathan se leva. Avner s'assit à côté de Saül.

La place de David resta vide. 26 Saül ne dit rien ce jour-là, car il se disait : « C'est un accident. Il n'est pas pur[1]. C'est certain. » 27 Or, le lendemain de la nouvelle lune, le second jour, la place de David resta vide. Saül dit à son fils Jonathan : « Pourquoi le fils de Jessé n'est-il venu au repas ni hier ni aujourd'hui ? » 28 Jonathan répondit à Saül : « David a insisté pour aller jusqu'à Bethléem. 29 Il m'a dit : Laisse-moi partir, je t'en prie, car nous avons un *sacrifice de famille dans la ville ; et Mon frère lui-même me l'a ordonné. Donc, si tu m'es favorable, permets-moi de m'échapper pour aller voir mes frères. C'est pourquoi il n'est pas venu à la table du roi. » 30 Saül se mit en colère contre Jonathan et il lui dit : « Fils d'une dévoyée ! Je sais bien que tu prends parti pour le fils de Jessé, à ta honte et à la honte du sexe de ta mère ! 31 Car aussi longtemps que le fils de Jessé vivra sur la terre, tu ne pourras t'affermir et ta royauté non plus. Maintenant, fais-le saisir, et qu'on me l'amène, car il mérite la mort. » 32 Jonathan répondit à son père Saül et lui dit : « Pourquoi serait-il mis à mort ? Qu'a-t-il fait ? » 33 Saül brandit la lance contre lui pour le frapper, Jonathan sut alors que c'était chose décidée de la part de son père de mettre à mort David. 34 Jonathan, en colère, se leva de table, et il ne mangea rien en ce second jour de la nouvelle lune,

---

1. *nouvelle lune* ou **néoménie.*
2. Le texte hébreu du v. 19 est obscur ; il fait allusion à un épisode inconnu *(l'affaire),* et mentionne un endroit également inconnu *(la pierre Ezel).*

1. *Il n'est pas pur :* un homme en état d'impureté n'était pas autorisé à participer à un repas de fête religieuse (voir par exemple Lv 7.21).

car il avait de la peine au sujet de David, car son père l'avait insulté.

Jonathan avertit David

35 Or, le lendemain matin, Jonathan sortit dans la campagne au rendez-vous avec David. Il avait avec lui un petit garçon. 36 Il dit à son garçon : «Cours, retrouve-moi les flèches que je vais tirer !» Le garçon courut et Jonathan tira la flèche de manière à le dépasser. 37 Le garçon parvint à l'endroit où se trouvait la flèche que Jonathan avait tirée et Jonathan cria derrière le garçon : «Est-ce que la flèche n'est pas au-delà de toi ?» 38 Jonathan cria derrière le garçon : «Vite, dépêche-toi, ne t'arrête pas !» Le garçon de Jonathan ramassa la flèche et revint vers son maître. 39 Le garçon ne savait rien; mais Jonathan et David savaient.

40 Jonathan donna ses armes à son garçon et il lui dit : «Va les reporter à la ville !» 41 Le garçon rentra. David se leva du côté du midi. Il tomba la face contre terre et se prosterna trois fois. Puis ils s'embrassèrent et pleurèrent ensemble jusqu'à ce que David eût pris le dessus[1]. 42 Jonathan dit à David : «Va tranquille, puisque nous avons l'un et l'autre prêté ce serment au nom du SEIGNEUR : que le SEIGNEUR soit entre toi et moi, entre ta descendance et ma descendance, à jamais !»

21 1 David se mit en route et s'en alla, et Jonathan rentra en ville.

1. *eût pris le dessus* : texte obscur et traduction incertaine.

David à Nov, chez le prêtre Ahimélek

2 David arriva à Nov[1], chez le prêtre Ahimélek. Ahimélek vint en tremblant à la rencontre de David et lui dit : «Pourquoi es-tu seul et sans escorte ?» 3 David dit au prêtre Ahimélek : «Le roi m'a donné un ordre et m'a dit : Personne ne doit rien savoir de la mission que je t'ai confiée. Quant aux garçons[2], je leur ai donné rendez-vous à tel endroit. 4 Mais qu'as-tu sous la main ? Donnemoi cinq pains ou ce qui se trouvera.» 5 Le prêtre répondit à David : «Je n'ai pas sous la main de pain ordinaire, mais il y a du pain consacré[3], si toutefois les garçons se sont gardés des femmes.» 6 David répondit au prêtre : «Bien sûr, les femmes nous ont été interdites, comme précédemment, quand je partais en campagne : les affaires des garçons étaient en état de *sainteté. Ce voyage-ci est profane, mais vraiment, aujourd'hui, il est sanctifié en cette affaire[4].» 7 Le prêtre lui donna donc du pain consacré, car il n'y avait pas là d'autre pain que les pains d'oblation, ceux qu'on retire de la table du SEIGNEUR, pour y mettre du pain chaud, le jour où on le prend.

8 Or il y avait là, le même jour, retenu devant le SEIGNEUR, un des serviteurs de Saül. Il s'appelait

1. Localité proche de Jérusalem (au nord), mais non identifiée avec certitude.
2. *garçons* ou *jeunes gens*, c'est-à-dire les compagnons de David.
3. *du pain consacré* : voir Lv 24.5-9.
4. Le texte hébreu du v. 6 n'est pas très clair. De plus la réponse de David est volontairement ambiguë : il ne veut pas avouer à Ahimélek qu'il est en fuite, et non en mission officielle.

Doëg l'Edomite et il était le chef des bergers de Saül.

9 David dit à Ahimélek : « As-tu ici sous la main une lance ou une épée ? Je n'ai emporté ni mon épée ni mes armes, car la mission du roi était urgente. » 10 Le prêtre dit : « Il y a l'épée de Goliath le Philistin, que tu as abattu dans la vallée du Térébinthe : elle est là, enveloppée dans un manteau derrière l'éphod[1]. Si tu veux la prendre pour toi, prends-la, car il n'y en a pas d'autre ici. » David dit : « Elle n'a pas sa pareille. Donne-la-moi. »

David chez les Philistins de Gath

11 David se mit en route et s'enfuit ce jour-là loin de Saül. Il arriva chez Akish, le roi de Gath[2]. 12 Les serviteurs d'Akish dirent à celui-ci : « N'est-ce pas là, David, le roi du pays ? N'est-ce pas de lui qu'on chantait en dansant : Saül en a battu des mille et David, des myriades ? » 13 David fut frappé par ces mots et il eut très peur d'Akish, roi de Gath. 14 Alors, il simula la folie sous leurs yeux et se mit à divaguer entre leurs mains, à tracer des signes sur les battants de la porte et à baver dans sa barbe. 15 Akish dit alors à ses serviteurs : « Vous voyez bien que c'est un fou. Pourquoi me l'amenez-vous ? 16 Est-ce que je manque de fous, que vous ameniez celui-ci pour faire le fou au-

près de moi ? Est-ce que cet individu entrera dans ma maison ? »

David devient chef de bande

22 1 David partit de là et se sauva dans la grotte d'Adoullam[1]. Ses frères et toute la maison de son père l'apprirent et ils descendirent l'y rejoindre. 2 Alors se rassemblèrent autour de lui tous les gens en difficulté, tous les endettés et tous les mécontents, et il devint leur chef. Il y eut avec lui dans les 400 hommes.

3 David partit de là pour Miçpé de Moab[2]. Il dit au roi de Moab : « Permets à mon père et à ma mère de venir se joindre à vous jusqu'à ce que je sache ce que Dieu fera pour moi. » 4 Il les conduisit devant le roi de Moab et ils demeurèrent avec lui tout le temps que David resta dans son refuge.

5 Le *prophète Gad dit à David : « Ne reste pas dans ton refuge. Va-t'en et rentre au pays de Juda ! » David partit et se rendit à la forêt de Hèreth[3].

Saül fait massacrer les prêtres de Nov

6 Saül apprit qu'on avait repéré David et ses compagnons. Saül était assis à Guivéa[4], sous le tamaris qui est sur la hauteur, sa lance à la main, et tous ses serviteurs debout auprès de lui. 7 Saül dit à ses serviteurs debout auprès

---

1. *Goliath* : voir ch. 17 ; *vallée du Térébinthe* : voir 17.2 et la note — *éphod* : voir Ex 25.7 et la note.
2. Voir 5.8 et la note.

1. Localité du *Bas-Pays, à 25 km environ au sud-ouest de Jérusalem.
2. *Miçpé de Moab* : localité non identifiée.
3. La *forêt de Hèreth* se situe au sud d'Adoullam.
4. Voir 10.5 et la note.

de lui : «Ecoutez bien, Benjaminites ! Le fils de Jessé vous don-
nera-t-il aussi, à vous tous, des
champs et des vignes, vous nom-
mera-t-il tous chefs de millier[1] et
chefs de centaine, 8 pour que vous
ayez tous conspiré contre moi ?
Personne ne m'avertit quand mon
fils pactise avec le fils de Jessé,
aucun d'entre vous ne s'inquiète à
mon sujet, personne ne m'avertit
quand mon fils a dressé contre
moi mon serviteur pour qu'il me
tende des pièges, comme c'est le
cas aujourd'hui. » 9 Doëg l'Edomite répondit — il était debout
auprès des serviteurs de Saül — :
« J'ai vu le fils de Jessé : il arrivait
à Nov[2] chez Ahimélek, fils d'Ahitouv. 10 Ahimélek a interrogé le
Seigneur pour lui. Il l'a ravitaillé.
Il lui a donné l'épée de Goliath, le
Philistin. »

11 Alors le roi fit convoquer le
prêtre Ahimélek, fils d'Ahitouv, et
toute sa famille, les prêtres de
Nov. Ils vinrent tous chez le roi.
12 Saül dit : «Ecoute bien, fils
d'Ahitouv ! » Il dit : « Me voici,
mon seigneur. » 13 Saül lui dit :
« Pourquoi avez-vous conspiré
contre moi, toi et le fils de Jessé ?
Tu lui as donné du pain et une
épée, tu as interrogé Dieu pour
lui, afin qu'il se dresse contre moi
et me tende des pièges, comme
c'est le cas aujourd'hui. » 14 Ahimélek répondit au roi : « Y a-t-il,
parmi tous tes serviteurs, quelqu'un d'aussi sûr que David ? Il
est le gendre du roi, il est devenu
ton garde du corps, il est honoré
dans ta maison. 15 C'est ce jour-là
que j'ai commencé à interroger

Dieu pour lui ? Que l'abomination soit sur moi ! O roi, ne
charge pas ton serviteur[1] ni toute
ma famille, car ton serviteur ignorait absolument tout de cette affaire. » 16 Le roi dit : «Tu mourras, Ahimélek, toi et toute la maison[2] de ton père ! » 17 Le roi dit
aux coureurs qui étaient debout
près de lui : «Tournez-vous et
mettez à mort les prêtres du Seigneur, car, eux aussi, ils prêtent la
main à David : ils savaient en effet qu'il était en fuite et ils ne
m'ont pas averti. » Mais les serviteurs du roi refusèrent de porter
la main sur les prêtres du Seigneur.

18 Le roi dit alors à Doëg :
«Toi, tourne-toi, et frappe les
prêtres ! » Doëg l'Edomite se retourna et frappa lui-même les
prêtres. Il fit mourir, ce jour-là,
85 hommes qui portaient l'éphod
de lin[3]. 19 À Nov, la ville des prêtres, il passa au fil de l'épée les
hommes et les femmes, les enfants et les nourrissons, les
boeufs, les ânes et les moutons, au
fil de l'épée. 20 Un seul fils d'Ahimélek, fils d'Ahitouv, se sauva. Il
s'appelait Abiatar. Il prit la fuite
et rejoignit David. 21 Abiatar informa David que Saül avait tué
les prêtres du Seigneur. 22 David
dit à Abiatar : « Je savais, l'autre
jour, que Doëg l'Edomite était là
et qu'il ne manquerait pas d'informer Saül. C'est moi qui ai fait
tourner l'affaire contre toute la
maison de ton père. 23 Reste avec
moi, n'aie pas peur : qui en voudra à ta vie, en voudra à ma vie ;

---

1. *Le fils de Jessé*, c'est-à-dire *David* (voir
16.1-13) — *millier* : voir Nb 1.16 et la note.
2. *à Nov* : voir 21.2-10, en particulier 21.2 et la
note.

1. *ne charge pas ton serviteur*, c'est-à-dire *ne me
charge pas*.
2. *la maison* ou *la famille*, *les descendants*.
3. *l'éphod de lin* : voir 2.18 et la note.

près de moi, tu es sous bonne garde. »

David à Qéïla et à Horesha

23 [1] On apporta cette nouvelle à David : « Voici que les Philistins font la guerre à Qéïla et pillent les aires[1]. » 2 David demanda au SEIGNEUR : « Dois-je y aller et battrai-je ces Philistins ? » Le SEIGNEUR dit à David : « Va, tu battras les Philistins et tu sauveras Qéïla. » 3 Les hommes de David lui dirent : « Ici, en Juda, nous avons peur. Que sera-ce si nous allons à Qéïla, contre les lignes philistines ? »

4 David interrogea encore une fois le SEIGNEUR. Le SEIGNEUR lui répondit : « En route ! Descends à Qéïla, car je vais livrer les Philistins entre tes mains. » 5 David, avec ses hommes, partit pour Qéïla et attaqua les Philistins. Il emmena leurs troupeaux et leur porta un coup très dur. David sauva donc les habitants de Qéïla.

6 Or, lorsque Abiatar, fils d'Ahimélek, s'était enfui auprès de David à Qéïla, il avait emporté l'éphod[2] avec lui. 7 On informa Saül que David était entré à Qéïla et Saül avait dit : « Dieu l'a livré entre mes mains, car il s'est enfermé lui-même, en entrant dans une ville qui a porte et verrou. » 8 Saül mobilisa tout le peuple pour descendre à Qéïla assiéger David et ses hommes. 9 David apprit que c'était contre lui que Saül préparait un mauvais coup et il dit au prêtre Abiatar :

« Apporte l'éphod. » 10 David dit : « SEIGNEUR, Dieu d'Israël, ton serviteur a entendu[1] dire que Saül a l'intention de venir à Qéïla pour détruire la ville à cause de moi. 11 Les bourgeois[2] de Qéïla me remettront-ils entre ses mains ? Saül descendra-t-il comme ton serviteur l'a entendu dire ? SEIGNEUR, Dieu d'Israël, daigne en informer ton serviteur ! » Le SEIGNEUR dit : « Il descendra. » 12 David dit : « Les bourgeois de Qéïla me remettront-ils, moi et mes hommes, entre les mains de Saül ? » Le SEIGNEUR dit : « Ils vous remettront entre ses mains. » 13 David se mit donc en route avec ses hommes — environ 600 hommes — ; ils sortirent de Qéïla et s'en allèrent à l'aventure. On informa Saül que David s'était échappé de Qéïla et il abandonna l'expédition.

14 David demeura au désert dans les falaises. Il demeura dans la montagne, au désert de Zif[3]. Pendant tout ce temps, Saül le rechercha, mais Dieu ne le livra pas entre ses mains. 15 David vit que Saül s'était mis en campagne pour lui ôter la vie. David était dans le désert de Zif, à Horesha[4].

16 Jonathan, fils de Saül, se mit en route et alla trouver David à Horesha. Il encouragea David au nom de Dieu. 17 Il lui dit : « N'aie pas peur. La main de mon père Saül ne t'atteindra pas. C'est toi qui régneras sur Israël, et moi, je serai ton second; même Saül, mon père, le sait bien. » 18 Ils conclu-

---

1. *Qéïla* : localité du *Bas-Pays, à 4 ou 5 km au sud d'adoullam (voir 22.1 et la note) — *les aires*, c'est-à-dire ici les réserves de nourriture.
2. *l'éphod* : voir Ex 25.7 et la note.

1. *ton serviteur a entendu*, c'est-à-dire *j'ai entendu.*
2. *Les bourgeois* ou *Les chefs*; de même au v. 12.
3. *Zif* : localité située à 35 km environ au sud de Jérusalem.
4. *Horesha* : à 3 km au sud de Zif.

rent tous les deux une alliance devant le Seigneur. David demeura à Horesha et Jonathan revint chez lui.

Saül poursuit David

19 Des gens de Zif montèrent auprès de Saül à Guivéa. Ils lui dirent : « David ne se cache-t-il pas chez nous dans les falaises de Horesha, sur la colline de Hakila[1], qui se trouve au sud de la steppe ? 20 Donc, quand tu désireras descendre, ô roi, descends : et c'est nous qui le remettrons entre les mains du roi ! » 21 Saül dit : « Bénis soyez-vous du Seigneur, vous qui avez eu pitié de moi ! 22 Allez donc, assurez-vous encore, reconnaissez et voyez en quel endroit il a laissé des traces. Quelqu'un l'y a-t-il vu ? On me dit en effet qu'il est très rusé. 23 Voyez et reconnaissez tous les abris où il peut se cacher. Vous reviendrez me voir quand vous serez sûrs et je partirai avec vous. Alors, s'il est dans le pays, je fouillerai tous les clans de Juda pour le découvrir. »

24 Ils se mirent en route pour Zif, précédant Saül. David et ses hommes étaient au désert de Maôn[2], dans la plaine, au sud de la steppe. 25 Saül et ses hommes partirent à sa recherche. On en informa David : il descendit à la Roche et demeura dans le désert de Maôn. Saül l'apprit et poursuivit David au désert de Maôn. 26 Saül marchait d'un côté de la montagne ; David et ses hommes

étaient de l'autre côté. David précipitait sa marche afin d'échapper à Saül. Saül et ses hommes étaient sur le point d'atteindre et d'encercler David et ses hommes pour les capturer, 27 quand un messager vint dire à Saül : « Viens vite, car les Philistins ont lancé un raid contre le pays. » 28 Saül cessa donc de poursuivre David et marcha à la rencontre des Philistins. C'est pourquoi on a appelé ce lieu « Roche de l'Incertitude[1] ».

La caverne de Ein-Guèdi : David épargne Saül

24 1 David monta de là et s'établit dans les falaises de Ein-Guèdi[2]. 2 Quand Saül revint de la poursuite des Philistins, on lui fit ce rapport : « David est maintenant dans le désert de Ein-Guèdi. » 3 Saül prit 3.000 hommes d'élite de tout Israël et partit à la recherche de David et de ses hommes en face des Rochers des Bouquetins[3]. 4 Il arriva aux parcs à brebis qui sont près du chemin. Là se trouve une caverne. Saül y entra pour s'accroupir[4]. Or, David et ses hommes étaient assis au fond de la caverne. 5 Les hommes de David lui dirent : « C'est le jour dont le Seigneur t'a dit : Voici que je vais livrer ton ennemi entre tes mains et tu le traiteras comme il te plaira. » David se leva et coupa

---

1. *Zif, Horesha* : voir v. 14-15 et les notes ; *Guivéa* : voir 10.5 et la note ; *Hakila* : probablement à l'est de Zif.
2. Le *désert de Maôn* s'étend au sud du désert de Zif.

1. *Roche de l'Incertitude* (Saül ayant pu hésiter sur la décision à prendre) : autre traduction *Roche des Séparations* (Saül et David s'y étant séparés).
2. Localité située sur la rive ouest de la mer Morte.
3. *Rochers des Bouquetins* : endroit non identifié aux environs d'Ein-Guèdi.
4. *s'accroupir* (ou *se couvrir les pieds*) est, en hébreu, un euphémisme pour *satisfaire un besoin naturel*.

furtivement le pan du manteau de Saül. 6 Mais après cela, David sentit son coeur battre, parce qu'il avait coupé le pan du manteau de Saül. 7 Il dit à ses hommes : « Que le Seigneur m'ait en abomination si je fais cela à mon seigneur, le messie[1] du Seigneur. Je ne porterai pas la main sur lui, car il est le messie du Seigneur. » 8 Par ces paroles, David arrêta net l'élan de ses hommes. Il ne leur permit pas de se jeter sur Saül. Saül se redressa, quitta la caverne et alla son chemin.

9 Après quoi, David se leva, sortit de la caverne et cria derrière Saül : « Mon seigneur le roi ! » Saül regarda derrière lui. David s'inclina, la face contre terre, et se prosterna. 10 David dit à Saül : « Pourquoi écoutes-tu les gens qui racontent que David cherche ton malheur ? 11 Tu l'as vu de tes yeux aujourd'hui même : le Seigneur t'avait livré entre mes mains, aujourd'hui dans la caverne; on parlait de te tuer, mais j'ai eu pitié de toi et j'ai dit : Je ne porterai pas la main sur mon seigneur, car il est le messie du Seigneur. 12 Regarde, ô mon père[2], oui, regarde dans ma main le pan de ton manteau. Puisque j'ai coupé le pan de ton manteau et que je ne t'ai pas tué, comprends et vois qu'il n'y a en moi ni malice ni révolte, et que je n'ai pas péché contre toi. C'est toi qui me traques pour m'ôter la vie. 13 Que le Seigneur juge entre toi et moi ! Que le Seigneur me venge de toi ! Mais je ne porterai pas la main sur toi. 14 Comme dit le proverbe

du vieux temps : Que la méchanceté vienne des méchants ! Mais je ne porterai pas la main sur toi.

15 Après qui le roi d'Israël s'est-il mis en campagne ? Après qui mènes-tu la poursuite ? Après un chien crevé ! Après une puce[1] ! 16 Le Seigneur sera juge. Qu'il arbitre entre toi et moi. Qu'il examine et défende ma cause et qu'il me fasse justice en me délivrant de tes mains ! »

17 Quand David eut fini de tenir ce discours à Saül, Saül dit : « Est-ce là ta voix, mon fils David ? » Et Saül éclata en sanglots. 18 Il dit à David : « Tu es plus juste que moi, car tu m'as fait du bien, alors que je t'ai fait du mal.

19 Et toi, tu as manifesté aujourd'hui la bonté avec laquelle tu as agi envers moi : c'est que le Seigneur m'avait remis entre tes mains et tu ne m'as pas tué.

20 Quand un homme rencontre son ennemi, le laisse-t-il poursuivre tranquillement son chemin ? Que le Seigneur te récompense pour ce que tu m'as fait aujourd'hui. 21 Maintenant, je le sais : tu seras le roi et la royauté d'Israël restera entre tes mains.

22 Maintenant donc, jure-moi par le Seigneur que tu ne supprimeras pas ma descendance après moi et que tu ne rayeras pas mon *nom de la maison[2] de mon père. » 23 David le jura à Saül. Puis Saül rentra chez lui, et David et ses hommes remontèrent à leur refuge.

---

1. *messie* : voir 2.10 et la note.
2. *mon père* : voir 2 R 5.13 et la note.

1. En se comparant à *un chien crevé* ou à *une puce*, David veut montrer qu'il n'est pas digne de l'attention que le roi lui porte.
2. *de la maison* ou *de la famille*.

Naval refuse d'aider David

25 [1] Samuel mourut. Tout Israël se rassembla et célébra son deuil. On l'ensevelit chez lui à Rama. David se mit en route et descendit au désert de Parân[1].

[2] Il y avait à Maôn un homme dont l'exploitation se trouvait à Karmel. Cet homme était fort riche. Il avait 3.000 moutons et mille chèvres. Il était à Karmel pour la tonte de son troupeau[2]. [3] L'homme s'appelait Naval et sa femme, Avigaïl. La femme était intelligente et jolie, mais l'homme était dur et méchant; il était calébite[3].

[4] Apprenant au désert que Naval tondait ses moutons, [5] David envoya dix garçons[4]. David dit aux garçons : « Montez à Karmel. Vous irez trouver Naval et vous le saluerez de ma part. [6] Vous direz : Bonne année[5] ! Salut à toi, salut à ta maison, salut à tout ce qui t'appartient ! [7] J'apprends qu'on fait la tonte chez toi. Maintenant, quand tes bergers ont été avec nous, nous ne les avons pas molestés et ils n'ont rien perdu pendant tout le temps de leur séjour à Karmel. [8] Interroge tes garçons et ils t'informeront. Que mes garçons trouvent chez toi un accueil favorable, car nous sommes venus un jour de fête ! Donne, je te prie, ce que tu peux donner à tes serviteurs et à ton fils David. »

[9] Les garçons de David, étant arrivés, répétèrent toutes ces paroles à Naval au nom de David, et ils attendirent. [10] Naval répondit aux serviteurs de David : « Qui est David et qui est le fils de Jessé ? Il y a aujourd'hui beaucoup d'esclaves qui s'évadent de chez leur maître. [11] Et je prendrais de mon pain, de mon eau, de ma viande, que j'ai fait abattre pour mes tondeurs, pour les donner à des gens venus je ne sais d'où ! » [12] Les garçons de David firent demi-tour et s'en retournèrent. À leur retour, ils vinrent rapporter tout cela à David. [13] David dit à ses hommes : « Que chacun ceigne son épée ! » Chacun ceignit son épée. David, lui aussi, ceignit son épée. Environ 400 hommes montèrent à la suite de David, il en restait 200 près des bagages.

Avigaïl vient en aide à David

[14] Un des garçons avertit Avigaïl, la femme de Naval : « Voici, dit-il, que David a envoyé du désert des messagers porter ses compliments à notre maître et notre maître s'est jeté sur eux[1]. [15] Or, ces hommes ont été très bons pour nous. Nous n'avons pas été molestés et nous n'avons rien perdu tout le temps que nous avons circulé avec eux, quand nous étions à la campagne. [16] Ils ont été notre rempart la nuit et le jour, tout le temps que nous avons été avec eux à faire paître

---

1. *Rama* : voir 1.1 et la note — *désert de Parân* : voir Gn 21.21 et la note.
2. *Maôn, Karmel* : deux localités situées à 40 km environ au sud de Jérusalem — la *tonte du troupeau*, au printemps, est une occasion de fête; comparer 2 S 13.23-27.
3. Membre du clan de Caleb, de la tribu de Juda.
4. *garçons* ou *jeunes gens* : ils font partie du groupe de gens réfugiés auprès de David (22.2).
5. *Bonne année !* : traduction incertaine d'un texte obscur; autres traductions *Pour la vie !*, ou, selon l'ancienne version latine, *(vous direz) à mon frère* :

---

1. *Un des garçons* ou *Un des serviteurs* (de Naval) — *s'est jeté sur eux* ou *les a rudoyés*.

les brebis. 17 Et maintenant, reconnais et vois ce que tu dois faire, car la perte de notre maître et de toute sa maison est décidée. Quant à lui, c'est un vaurien à qui on ne peut parler. »

18 Avigaïl se hâta de prendre 200 pains, deux outres de vin, cinq brebis tout apprêtées, cinq mesures de grains grillés, cent grappes de raisin sec et 200 gâteaux de figues, et elle les chargea sur les ânes. 19 Elle dit aux garçons : « Passez devant moi. Je vous suis. » Mais elle ne prévint pas Naval, son mari.

20 Tandis que, montée sur un âne, elle descendait à l'abri de la montagne, David et ses hommes descendaient dans sa direction. Elle les rencontra. 21 David s'était dit : « C'est donc en vain que j'ai protégé au désert tous les biens de cet individu sans que rien n'en disparaisse. Il m'a rendu le mal pour le bien. 22 Que Dieu fasse ceci et encore cela à David — ou plutôt à ses ennemis — si, d'ici demain matin, de tout ce qui lui appartient, je lui laisse rien de ce qui urine contre un mur[1] ! » 23 Apercevant David, Avigaïl se hâta de descendre de l'âne. Elle tomba sur sa face devant David et se prosterna à terre. 24 Puis elle tomba à ses pieds et dit : « À moi, à moi la faute, mon seigneur ! Puisse ta servante parler à tes oreilles ! Ecoute les paroles de ta servante. 25 Que mon seigneur ne fasse pas attention à ce vaurien, à Naval, car il mérite bien son nom[2] : il s'appelle Infâme et l'in-

famie le suit. Mais moi, ta servante, je n'avais pas vu les garçons de mon seigneur, tes envoyés. 26 Cependant, mon seigneur, par la vie du Seigneur et par ta propre vie, c'est le Seigneur qui t'a empêché d'en venir au meurtre et de triompher par ta propre main. Que tes ennemis, que ceux qui veulent du mal à mon seigneur connaissent maintenant le sort de Naval[1] ! 27 Que cet hommage que ton esclave[2] apporte à mon seigneur soit donné maintenant aux garçons qui marchent sur les pas de mon seigneur. 28 Pardonne, je te prie, la faute de ta servante.

En effet, le Seigneur ne manquera point de faire à mon seigneur une maison stable[3], parce que mon seigneur livre les guerres du Seigneur et qu'on ne trouve pas de mal en toi, durant toute ta vie. 29 Des hommes se sont levés afin de poursuivre mon seigneur et d'attenter à ses jours, mais la vie de mon seigneur restera ensachée dans le sachet des vivants auprès du Seigneur, ton Dieu, tandis que celle de tes ennemis, le Seigneur la lancera au loin, du creux de sa fronde[4]. 30 Lorsque le Seigneur accomplira pour mon seigneur tout ce qu'il a dit de bien à ton sujet, il t'établira chef d'Israël. 31 Tu ne dois donc pas chanceler en versant le sang à la légère, mon seigneur ne doit pas

---

1. *Que Dieu fasse ceci et encore cela à David :* voir 14.44 et la note — *ce qui urine contre un mur :* expression dont le sens précis est discuté : probablement *un mâle* ou *un garçonnet*.
2. *Naval* signifie *fou, insensé, infâme.*

1. La fin du v. 26 anticipe sur le récit des v. 36-38.
2. *ton esclave :* par ces mots, Avigaïl se désigne elle-même; de même au v. 28 *ta servante.*
3. *une maison stable* ou *une dynastie durable;* comparer 2.35 et la note.
4. Comme un homme garde certains cailloux dans son sac, et en lance d'autres au moyen de *sa fronde,* le *Seigneur* garde auprès de lui la vie de ses fidèles (les maintient en vie) et jette au loin la vie de leurs ennemis (les fait mourir).

trébucher en voulant triompher par lui-même. Et quand le Sei-gneur aura fait du bien à mon seigneur, tu te souviendras de ta servante. »

Mort de Naval. David épouse Avigaïl

32 David dit à Avigaïl : « Béni soit le Seigneur, le Dieu d'Israël, qui t'a envoyée en ce jour à ma rencontre ! 33 Béni soit ton bon sens, bénie sois-tu toi-même, pour m'avoir aujourd'hui retenu d'en venir au meurtre et de triompher par ma propre main ! 34 Mais vraiment, par la vie du Seigneur, le Dieu d'Israël, qui m'a empêché de te faire du mal, si tu n'étais pas venue aussi vite à ma rencontre, il ne serait resté à Naval, d'ici l'aurore, rien de ce qui urine contre un mur[1] ! » 35 David prit de sa main ce qu'elle lui avait apporté. À elle-même il dit : « Remonte en paix chez toi. Vois : j'ai écouté ta voix et je t'ai fait grâce. »

36 Avigaïl revint chez Naval. Voici qu'il faisait dans sa maison un festin, un vrai festin de roi. Naval avait le coeur en joie. Il était complètement ivre. Elle ne l'informa de rien jusqu'à l'aurore. 37 Le lendemain matin, quand Naval eut cuvé son vin, sa femme lui raconta ce qui s'était passé. Alors le coeur de Naval mourut dans sa poitrine, et il fut comme pétrifié. 38 Et au bout d'une dizaine de jours, le Seigneur frappa Naval, et il mourut.

39 David apprit que Naval était mort et il dit : « Béni soit le Sei-gneur qui a défendu ma cause, dans cet affront que m'avait fait Naval, et qui a retenu son servi-teur[1] de faire le mal. Quant à la malice de Naval, le Seigneur l'a fait retomber sur sa tête. »

David envoya demander Avi-gaïl en mariage. 40 Les serviteurs de David se rendirent chez Avi-gaïl à Karmel et ils lui parlèrent en ces termes : « David nous a envoyés chez toi pour te prendre pour sa femme. » 41 Elle se leva, se prosterna la face contre terre et dit : « Ta servante est une es-clave prête à laver les pieds des serviteurs de mon seigneur[2]. » 42 Avigaïl se hâta de partir. Elle monta sur son âne et, accompa-gnée de cinq de ses servantes, elle suivit les envoyés de David. Ainsi elle devint sa femme.

43 David avait aussi épousé Ahinoam d'Izréel[3]. Elles furent toutes les deux ses femmes. 44 Saül avait donné sa fille Mikal, femme de David, à Palti, fils de Laïsh, qui était de Gallim[4].

Au désert de Zif : David épargne à nouveau Saül

26 1 Les gens de Zif vinrent trouver Saül à Guivéa. Ils lui dirent : « Est-ce que David n'est pas caché sur la colline de Hakila[5] en face de la steppe ? »

---

1. *ce qui urine contre un mur* : voir v. 22 et la note.

1. *qui a retenu son serviteur*, c'est-à-dire *qui m'a retenu*.
2. C'est-à-dire *Je suis une esclave prête à laver les pieds de tes serviteurs.*
3. *Izréel* : localité du pays de Juda, voir Jos 15.56.
4. *Gallim* : localité proche de Jérusalem, au nord-est.
5. *Zif, Hakila* : voir 24.14, 19 et les notes; *Gui-véa* : voir 10.5 et la note.

2 Saül se mit en route et descendit au désert de Zif, avec 3.000 hommes, l'élite d'Israël, pour rechercher David au désert de Zif. 3 Saül campa sur la colline de Hakila, qui est en face de la steppe, près de la route. David demeurait dans le désert. Il vit que Saül était venu le poursuivre au désert. 4 Ayant envoyé des éclaireurs, David fut certain de l'arrivée de Saül. 5 David se mit en route et parvint à l'endroit où campait Saül. David aperçut l'endroit où étaient couchés Saül et Avner, fils de Ner, le chef de son armée. Saül était couché à l'intérieur de l'enceinte et la troupe campait autour de lui.

6 David prit la parole et dit à Ahimélek, le Hittite, et à Avishaï, fils de Cerouya et frère de Joab : « Qui veut descendre avec moi jusqu'à Saül, au camp ? » Avishaï dit : « Je descendrai avec toi. » 7 David et Avishaï arrivèrent de nuit auprès de la troupe, alors que Saül était couché, endormi, dans l'enceinte, sa lance fichée en terre à son chevet. Avner et la troupe dormaient autour de lui.

8 Avishaï dit à David : « Aujourd'hui, Dieu a remis ton ennemi entre tes mains. Permets-moi donc de le clouer au sol d'un seul coup de lance. Je n'aurai pas à lui en donner un deuxième. » 9 David dit à Avishaï : « Ne le tue pas ! Qui pourrait porter la main sur le messie[1] du Seigneur et demeurer impuni ? » 10 Et David dit : « Par la vie du Seigneur ! C'est le Seigneur qui le frappera, quand viendra l'heure de sa mort ou quand il descendra au combat pour y périr. 11 Que le Seigneur m'ait en abomination si je porte la main sur le messie du Seigneur ! Prends donc la lance qui est à son chevet et la gourde d'eau, et allons-nous-en. » 12 David prit la lance et la gourde d'eau qui étaient au chevet de Saül et ils s'en allèrent. Personne n'en vit rien, personne ne le sut, personne ne s'éveilla. Ils dormaient tous : une torpeur du Seigneur était tombée sur eux[1]. 13 David passa de l'autre côté et se tint sur le sommet de la montagne, au loin. Il y avait entre eux une longue distance. 14 David cria en direction de la troupe et d'Avner, fils de Ner : « Avner, vas-tu me répondre ? » Avner répondit : « Qui es-tu, toi qui cries aux oreilles du roi ? » 15 David dit à Avner : « Tu es un homme, n'est-ce pas, et tu n'as pas ton pareil en Israël. Pourquoi donc n'as-tu pas veillé sur le roi, ton maître ? Quelqu'un du peuple est venu pour tuer le roi, ton maître. 16 Ce n'est pas bien ce que tu as fait là. Par la vie du Seigneur, vous méritez la mort pour n'avoir pas veillé sur votre maître, le messie du Seigneur. Regarde maintenant où est la lance du roi et la gourde d'eau qui étaient à son chevet. » 17 Saül reconnut la voix de David et il dit : « Est-ce là ta voix, mon fils David ? » David dit : « C'est ma voix, mon seigneur le roi. » 18 Et il dit : « Pourquoi donc mon seigneur poursuit-il son serviteur ? Qu'ai-je donc fait et quel mal y a-t-il en moi ? 19 Et maintenant, que mon seigneur le roi daigne écouter les paroles de son serviteur. Si c'est le

---

1. *messie* ; voir 2.10 et la note.

1. *une torpeur du Seigneur …* : autre traduction *le Seigneur avait fait tomber sur eux un profond sommeil.*

Seigneur qui t'a excité contre moi, qu'il respire le parfum d'une offrande ! Mais si ce sont des hommes, qu'ils soient maudits devant le Seigneur pour m'avoir chassé aujourd'hui et coupé de l'héritage du Seigneur, en me disant : Va servir d'autres dieux[1] ! 20 Et maintenant, que mon sang ne tombe pas à terre loin de la face du Seigneur, car le roi d'Israël s'est mis en campagne pour rechercher une simple puce[2], comme on pourchasse la perdrix dans les montagnes. » 21 Saül dit : « J'ai péché. Reviens, mon fils David ! Je ne te ferai plus de mal, puisque ma vie a été précieuse à tes yeux en ce jour. Oui, j'ai agi comme un fou, je me suis lourdement trompé. » 22 David répondit : « Voici la lance du roi. Que l'un des garçons traverse et qu'il la prenne. 23 Que le Seigneur rende à chacun ce qu'il a fait de juste et de sincère. C'est le Seigneur qui t'avait livré aujourd'hui entre mes mains et j'ai refusé de porter la main sur le messie du Seigneur. 24 Si ta vie, aujourd'hui, a eu tant de prix pour moi, que ma vie en ait autant pour le Seigneur et qu'il me délivre de tout péril. » 25 Saül dit à David : « Béni, sois-tu, mon fils David ! Oui, tu feras de grandes choses et tu réussiras sûrement. » David continua son chemin et Saül retourna chez lui.

David se réfugie chez les Philistins

27 1 David se dit en lui-même : « Malgré tout, un jour ou l'autre, je périrai par la main de Saül. Je n'ai rien de mieux à faire que de me sauver au pays des Philistins. Alors Saül renoncera à me chercher dans tout le territoire d'Israël et j'aurai échappé à sa main. » 2 David se mit en route avec 600 compagnons et passa chez Akish, fils de Maok, roi de Gath[1]. 3 David demeura auprès d'Akish, à Gath, lui et ses hommes, chacun avec sa famille; David, avec ses deux femmes, Ahinoam d'Izréel et Avigaïl, femme de Naval, de Karmel[2]. 4 On avertit Saül que David s'était enfui à Gath et Saül cessa de le rechercher.

5 David dit à Akish : « Si tu m'es favorable, qu'on me donne quelque bourg de la campagne et j'y résiderai. Pourquoi ton serviteur résiderait-il auprès de toi dans la ville royale ? » 6 Aussitôt, Akish lui donna Ciqlag[3]. C'est pourquoi Ciqlag a appartenu aux rois de Juda jusqu'à ce jour. 7 La durée du séjour de David dans la campagne philistine fut d'un an et quatre mois.

8 David monta avec ses hommes et ils firent des raids chez les Gueshourites, les Guirzites et les Amalécites, car ce sont les peuples qui habitent le pays depuis toujours, en direction de

---

1. *d'une offrande* ou *d'un sacrifice* — *l'héritage* : voir 10.1 et la note — *d'autres dieux* : en chassant David de son pays et de son peuple, on le condamnait en quelque sorte à ne plus pouvoir adorer convenablement *le Seigneur* et à adorer *d'autres dieux.*

2. *une puce :* voir 24.15 et la note.

---

1. Voir 5.8 et la note.

2. *Ahinoam d'Izréel* : voir 25.43; *Avigaïl de Karmel* : voir 25.14-42.

3. Localité située probablement à 50 km environ au sud-ouest de Jérusalem.

Shour[1] et jusqu'au pays d'Egypte. 9 David massacrait la population, ne laissant en vie ni homme ni femme, enlevant petit et gros bétail, ânes, chameaux et vêtements. À son retour, il se rendait chez Akish. 10 Quand Akish disait : « Où avez-vous fait un raid aujourd'hui ? » David répondait : « Contre le Néguev de Juda », ou : « Contre le Néguev des Yerahméélites », ou : « Dans le Néguev des Qénites[2]. » 11 David ne laissait ramener vivant à Gath ni homme ni femme, « de crainte, disait-il, qu'en parlant ils ne nous trahissent ». Ainsi fit David et telle fut sa conduite tout le temps qu'il résida dans la campagne philistine. 12 Akish était sûr de David. Il se disait : « David s'est rendu insupportable à Israël, son peuple, et il sera mon serviteur pour toujours. »

Saül consulte la nécromancienne d'Ein-Dor

28 1 En ces jours-là, les Philistins rassemblèrent leurs armées pour entrer en campagne et combattre Israël. Akish dit à David : « Tu dois savoir que tu partiras avec moi à l'armée, toi et tes hommes. » 2 David dit à Akish : « Eh bien, tu sauras toi-même ce que fera ton serviteur[3]. » Akish dit à David : « Eh bien, je ferai de toi

pour toujours mon garde du corps. »

3 Or Samuel était mort, tout Israël avait célébré son deuil et l'avait enseveli à Rama, sa ville. Et Saül avait aboli la nécromancie[1] dans le pays.

4 Les Philistins se rassemblèrent et vinrent camper à Shounem. Saül rassembla tout Israël et ils campèrent à Guilboa[2]. 5 Saül aperçut le camp des Philistins : il eut peur et son cœur trembla violemment. 6 Saül interrogea le SEIGNEUR, mais le SEIGNEUR ne lui répondit pas, ni par les songes, ni par l'Ourim, ni par les *prophètes[3]. 7 Saül dit à ses serviteurs : « Cherchez-moi une nécromancienne, que j'aille chez elle la consulter. » Ses serviteurs lui dirent : « Il y a une nécromancienne à Ein-Dor[4]. » 8 Saül se déguisa en changeant de vêtements et il partit, accompagné de deux hommes. Ils arrivèrent chez la femme, de nuit. Saül lui dit : « Pratique pour moi la nécromancie et évoque-moi celui que je te dirai. » 9 La femme lui dit : « Voyons, tu sais toi-même ce qu'a fait Saül : il a supprimé la nécromancie dans le pays. Pourquoi me tends-tu ce piège mortel ? » 10 Saül fit serment par le SEIGNEUR : « Par la vie du SEIGNEUR, dit-il, tu ne cours aucun risque dans cette affaire. » 11 La femme dit : « Qui dois-je

---

1. *Gueshourites :* peuple voisin des Philistins (voir Jos 13.2); *Guirzites :* peuplade inconnue; Amalécites : voir Ex 17.8 et la note — *Shour :* voir Ex 15.22 et la note.

2. *Néguev :* région semi-désertique qui s'étend au sud de la Palestine — les *Yerahméélites* et les *Qénites* sont des peuples voisins et alliés de Juda — Par cette réponse, David faisait croire aux Philistins qu'il était l'ennemi de Juda et de ses alliés (voir v. 12).

3. *ce que fera ton serviteur,* c'est-à-dire *ce que je ferai.*

---

1. Sur la *mort de Samuel,* voir 25.1 — *nécromancie :* pratique (interdite par la loi, Lv 19.31) consistant à interroger les esprits des morts.

2. *Shounem :* voir 1 R 1.3 et la note *Guilboa :* sommet situé à quelques km au sud-est de Shounem, de l'autre côté de la plaine d'Izréel.

3. *Ourim :* voir Ex 28.30 et la note — les *songes,* l'Ourim et les *prophètes* sont les trois moyens auxquels on pouvait recourir en Israël pour connaître la volonté de Dieu.

4. Localité située à 12 km environ au nord du mont Guilboa.

évoquer pour toi ? » Il dit : « Evo-
que-moi Samuel. » 12 La femme
vit Samuel et poussa un grand
cri. La femme dit à Saül : « Pourquoi m'as-tu trompée ? Tu es
Saül ! » 13 Le roi lui dit : « N'aie
pas peur. Mais qu'as-tu vu ? » La
femme dit à Saül : « J'ai vu un
dieu[1] qui montait de la terre. »
14 Il lui dit : « Quelle apparence
a-t-il ? » Elle dit : « C'est un vieillard qui monte. Il est enveloppé
d'un manteau. » Saül sut alors que
c'était Samuel. Il s'inclina, la face
contre terre, et se prosterna.

15 Samuel dit à Saül : « Pourquoi m'as-tu dérangé en me faisant monter ? » Saül dit : « Je suis
dans une grande angoisse. Les
Philistins me font la guerre, et
Dieu s'est retiré loin de moi ; il ne
me répond plus, ni par l'entremise
des prophètes, ni par les songes.
Je t'ai donc appelé pour que tu
me fasses savoir ce que je dois
faire. » 16 Samuel dit : « Et pourquoi m'interroges-tu, si le Seigneur s'est retiré loin de toi et
t'est devenu hostile ? 17 Le Seigneur a agi comme il l'avait dit
par mon entremise : le Seigneur
t'a arraché la royauté et il l'a
donnée à un autre, à David.
18 Parce que tu n'as pas obéi à la
voix du Seigneur et que tu n'as
pas assouvi sa colère contre Amaleq[2], le Seigneur, aujourd'hui, t'a
traité de la sorte. 19 Et, avec toi, le
Seigneur livrera Israël lui-même
aux mains des Philistins. Demain,
toi et tes fils, vous serez avec moi,
et l'armée d'Israël elle-même, le
Seigneur la livrera aux mains des
Philistins. »

20 Aussitôt, Saül tomba à terre
de tout son long, effrayé de ce
que Samuel avait dit. De plus, il
était sans force, car il n'avait rien
mangé de toute la journée et de
toute la nuit. 21 La femme vint
auprès de Saül et le vit tout bouleversé. Elle lui dit : « Tu vois, ton
esclave t'a écouté[1]. J'ai risqué ma
vie, mais j'ai obéi aux ordres que
tu m'as donnés. 22 Et maintenant,
daigne écouter, à ton tour, la voix
de ton esclave. Laisse-moi te servir un morceau de pain et mange,
ainsi tu auras des forces quand tu
reprendras ta route. » 23 Il refusa
et dit : « Je ne mangerai pas. »
Mais ses serviteurs insistèrent,
ainsi que la femme, et il écouta
leur voix. Il se leva de terre et
s'assit sur le divan. 24 La femme
avait chez elle un veau à l'engrais.
Elle se hâta de l'abattre. Elle prit
de la farine, la pétrit et fit cuire
des pains non levés. 25 Elle servit
Saül et ses serviteurs et ils mangèrent. Puis ils se mirent en route
et repartirent cette même nuit.

Les Philistins renvoient David

29 1 Les Philistins rassemblèrent toutes leurs armées à
Afeq. Les Israélites campèrent
près de la source qui est en Izréel[2]. 2 Les princes des Philistins
défilaient en tête des centaines et
des milliers. David et ses hommes
défilaient les derniers avec Akish.
3 Les chefs des Philistins dirent :
« Qu'est-ce que ces Hébreux ? »
Akish dit aux chefs des Philistins : « Mais c'est David, le servi-

1. un dieu ou un spectre.
2. Voir chap. 15.

1. ton esclave t'a écouté, c'est-à-dire je t'ai
écouté.
2. Afeq : voir 4.1 et la note — la source qui est
en Izréel : probablement Ein-Harod, dans la plaine
d'Izréel, au pied du mont Guilboa.

teur de Saül, roi d'Israël ! Voici un an ou deux qu'il est avec moi et je n'rien trouvé à lui reprocher depuis son ralliement jusqu'à ce jour. » 4 Les chefs des Philistins se fâchèrent contre Akish et lui dirent : « Renvoie cet homme et qu'il retourne à l'endroit que tu lui as assigné. Qu'il ne descende pas avec nous au combat, que nous ne l'ayons pas pour adversaire pendant le combat. À quel prix celui-là pourrait-il se concilier son maître, sinon avec les têtes des hommes que voici ? 5 - N'est-ce pas ce David dont on chantait en dansant : Saül en a battu des mille et David, des myriades ? »

6 Akish appela David et lui dit : « Par la vie du Seigneur, tu es un homme droit. J'ai plaisir à te voir partir et rentrer avec moi à l'armée, car je n'ai pas trouvé de mal en toi depuis le jour où tu es venu chez moi jusqu'à ce jour. Mais tu ne plais pas aux princes. 7 Retourne donc et va en paix. Ainsi tu ne feras rien qui déplaise aux princes Philistins. » 8 David dit à Akish : « Mais qu'ai-je donc fait ? Et qu'as-tu trouvé à reprocher à ton serviteur depuis le jour où je me suis mis à ton service jusqu'à ce jour, pour que je ne puisse venir combattre les ennemis de mon seigneur le roi ? » 9 Akish répondit à David : « Je sais. Oui, tu me plais comme un *ange de Dieu. Mais les chefs des Philistins ont dit : Qu'il ne monte pas avec nous au combat. 10 Donc, lève-toi de bon matin, ainsi que les serviteurs de ton maître qui t'ont accompagné. Vous vous lèverez de bon matin, et, dès qu'il fera jour, partez. » 11 David se leva tôt, lui

et ses hommes, pour partir dès le matin et retourner au pays des Philistins. Alors les Philistins montèrent à Izréel.

Ciqlag pillée.
David poursuit les Amalécites

30 1 Or, le troisième jour, lorsque David et ses hommes arrivèrent à Ciqlag, les Amalécites avaient fait un raid dans le Néguev[1] et à Ciqlag. Ils avaient ravagé Ciqlag et l'avaient incendiée. 2 Ils y avaient fait prisonniers les femmes, les petits et les grands, mais ils n'avaient tué personne. Ils les avaient emmenés et avaient repris leur chemin.

3 Quand David et ses hommes arrivèrent à la ville, ils virent qu'elle avait été incendiée et que leurs femmes, leur fils et leurs filles avaient été emmenés. 4 David et ses compagnons éclatèrent en sanglots et pleurèrent jusqu'à ce qu'ils n'eussent plus la force de pleurer. 5 Les deux femmes de David avaient été capturées, Ahinoam d'Izréel et Avigaïl, femme de Naval, de Karmel. 6 Et David était dans une grande angoisse, car les gens parlaient de le lapider : chacun était plein d'amertume en pensant à ses fils et à ses filles. Mais David reprit courage, grâce au Seigneur, son Dieu.

7 David dit au prêtre Abiatar, fils d'Ahimélek : « Apporte-moi l'éphod[2], s'il te plaît. » Abiatar apporta l'éphod à David. 8 David

---

1. *Ciqlag, Néguev* : voir 27.6, 10 et les notes.
2. *l'éphod* : voir Ex 25.7 et la note.

demanda au Seigneur : « Si je poursuis cette bande, arriverai-je à les rattraper ? » Le Seigneur lui dit : « Pars à sa poursuite. Tu les rattraperas et tu délivreras les tiens. » 9 David partit avec 600 de ses compagnons, et ils arrivèrent au torrent de Besor[1]. Les autres étaient restés. 10 David continua la poursuite avec 400 hommes. 200 hommes étaient restés sur place, trop fatigués pour franchir le torrent de Besor.

11 On rencontra un Egyptien dans la campagne. On l'arrêta et on l'amena à David. On lui donna du pain à manger et de l'eau à boire. 12 On lui donna un gâteau de figues et deux grappes de raisin sec et, après avoir mangé, l'homme retrouva ses esprits. Depuis trois jours et trois nuits, il n'avait ni mangé ni bu.

13 David lui dit : « À qui es-tu et d'où es-tu ? » Il dit : « Je suis un jeune Egyptien, esclave d'un Amalécite. Mon maître m'a abandonné parce que j'étais malade, il y a aujourd'hui trois jours. 14 C'est nous qui avons fait un raid au Néguev des Kéretiens, contre celui de Juda et contre le Néguev de Caleb[2] et nous avons incendié Ciqlag. » 15 David lui dit : « Me conduirais-tu vers cette bande ? » Il répondit : « Jure-moi par Dieu que tu ne me feras pas mourir et que tu ne me remettras pas entre les mains de mon maître, et je te conduirai vers cette bande. »

Les Amalécites battus par David

16 Il conduisit donc David. Les Amalécites étaient éparpillés sur toute l'étendue du pays, mangeant, buvant, faisant la fête avec l'énorme butin qu'ils avaient pris au pays des Philistins et au pays de Juda. 17 David les massacra depuis l'aube jusqu'au soir du lendemain. Personne n'en réchappa, sauf 400 jeunes gens qui enfourchèrent les chameaux et s'enfuirent. 18 David sauva tout ce que les Amalécites avaient pris. Il sauva en particulier ses deux femmes. 19 Il ne manquait personne parmi les petits et les grands, leurs fils et leurs filles, ni quoi que ce soit du butin et de tout ce qui avait été emporté. David ramena tout. 20 David prit tout le petit et le gros bétail. Ceux qui marchaient devant ce troupeau pour le guider disaient : « Voici le butin de David. »

21 David arriva près des 200 hommes qui avaient été trop fatigués pour suivre David et qu'on avait laissés au torrent de Besor[1]. Ils sortirent à la rencontre de David et de sa troupe. David s'avança avec la troupe et les salua. 22 Alors, parmi les hommes qui avaient accompagné David, tous les méchants et les vauriens élevèrent la voix et dirent : « Puisqu'ils ne sont pas venus avec moi[2], nous ne leur donnerons rien du butin que nous avons repris, à l'exception de leurs femmes et de leurs enfants. Qu'ils les emmènent et qu'ils s'en aillent ! » 23 Mais David dit : « Vous n'agirez pas ainsi, mes

---

1. Le *torrent de Besor* coule à 35 km environ au sud-ouest de Ciqlag et va se jeter dans la Méditerranée.
2. *Kéretiens* : voir 2 S 8.18 et la note — *Caleb* : clan de la tribu de Juda.

1. *torrent de Besor* : voir v. 9 et la note.
2. *avec moi* ou *avec nous* (d'après plusieurs versions anciennes).

frères, avec ce que le Seigneur nous a donné, lui qui nous a gardés et qui a livré entre nos mains la bande qui nous avait attaqués. 24 Et qui pourrait vous écouter dans cette affaire ? Telle la part de celui qui descend au combat, telle la part de celui qui reste auprès des bagages : ensemble, ils partageront. » 25 À partir de ce jour, il en fit une loi et une coutume pour Israël, encore valable aujourd'hui.

26 Arrivé à Ciqlag, David envoya des parts de butin aux *anciens de Juda, ses compatriotes, et leur fit dire : « Voici pour vous en hommage une part du butin pris aux ennemis du Seigneur. » 27 Il en envoya à ceux de Béthel, à ceux de Ramoth du Néguev, à ceux de Yattir, 28 à ceux de Aroër, à ceux de Sifemoth, à ceux d'Eshtemoa, 29 à ceux de Rakal, à ceux des villes des Yerahméélites, à ceux des villes des Qénites, 30 à ceux de Horma, à ceux de Bor-Ashân, à ceux de Atak, 31 à ceux d'Hébron[1], et partout où David et ses hommes avaient porté leurs pas.

Bataille de Guilboa. Mort de Saül

(1 Ch 10.1-14)

31 1 Les Philistins combattaient contre Israël. Les hommes d'Israël s'enfuirent devant les Philistins. Les victimes gisaient sur le mont Guilboa[1]. 2 Les Philistins se mirent à talonner Saül et ses fils. Ils tuèrent Jonathan, Avinadav et Malki-Shoua, les fils de Saül. 3 Le poids du combat se porta vers Saül. Les tireurs d'arc le découvrirent. À la vue des tireurs, il eut un frisson d'épouvante. 4 Saül dit à son écuyer : « Dégaine ton épée et transperce-moi, de peur que ces *incirconcis ne viennent me transpercer et ne se jouent de moi. » Mais son écuyer refusa, car il avait très peur. Alors Saül prit l'épée et se jeta sur elle. 5 Son écuyer, voyant que Saül était mort, se jeta lui aussi sur son épée et mourut avec lui. 6 Saül, ses trois fils, son écuyer, ainsi que tous ses hommes, moururent ensemble ce jour-là.

7 En voyant la déroute d'Israël et la mort de Saül et de ses fils, les Israélites d'au-delà de la vallée[2] et ceux d'au-delà du Jourdain abandonnèrent les villes et prirent la fuite. Les Philistins arrivèrent et s'y installèrent.

8 Le lendemain, les Philistins vinrent dépouiller les victimes. Ils trouvèrent Saül et ses trois fils gisant sur le mont Guilboa. 9 Ils coupèrent la tête de Saül et le dépouillèrent de ses armes. Ils firent circuler la nouvelle dans le pays des Philistins, l'annonçant dans leurs temples et au peuple. 10 Ils mirent les armes de Saül dans le temple des Astartés et clouèrent son corps sur le rempart de Beth-Shéân[3].

---

1. La plupart des localités et régions énumérées dans les v. 27-31 se situent dans le pays de Juda. La générosité de David (voir v. 26) lui assura plus tard le soutien des Judéens qui, les premiers, le choisirent pour roi, à *Hébron* précisément (2 S 2.1-4).

1. *le mont Guilboa* : voir 28.4 et la note.
2. *la vallée* : la plaine d'Izréel, où les Philistins ont installé leur camp (28.4).
3. *Astartés* : voir Jg 2.13 et la note — *Beth-Shéân* : localité située près du Jourdain, à 75 km environ de Jérusalem.

11 Là-dessus, les habitants de Yavesh de Galaad[1] apprirent ce que les Philistins avaient fait à Saül. 12 Les plus résolus se mirent en route, marchèrent toute la nuit et enlevèrent du rempart de Beth-Shéân les corps de Saül et de ses fils. Revenus à Yavesh, ils les y brûlèrent. 13 Ils recueillirent leurs ossements et les ensevelirent sous le tamaris de Yavesh, puis ils *jeûnèrent sept jours.

1. *Yavesh de Galaad :* localité située à 15 km au sud-est de Beth-Shéân, de l'autre côté du Jourdain.

DEUXIÈME LIVRE DE SAMUEL

David apprend la mort de Saül

1 1 C'est après la mort de Saül que David revint, ayant battu Amaleq. David resta deux jours à Ciqlag[1]. 2 Le troisième jour, un homme arriva du camp, d'auprès de Saül. Il avait les vêtements *déchirés et la tête couverte de terre. Or, en arrivant auprès de David, il tomba à terre et se prosterna. 3 David lui dit : « D'où viens-tu ? » Il lui dit : « Je me suis échappé du camp d'Israël. » 4 David lui dit : « Comment la chose s'est-elle passée ? Raconte-moi. » Il dit : « Le peuple a été mis en déroute; et puis, il est tombé beaucoup de morts dans le peuple; et puis, Saül et son fils Jonathan sont morts. » 5 David dit à son jeune informateur : « Comment sais-tu que Saül est mort, ainsi que son fils Jonathan ? » 6 Le jeune homme lui dit : « Je me trouvais par hasard sur le mont Guilboa[2]. Il y avait Saül, appuyé sur sa lance, et il y avait les chars et les cavaliers qui le serraient de près. 7 Il s'est retourné et il m'a vu. Il m'a appelé et j'ai dit Présent ! 8 Il m'a dit : Qui es-tu ? Et je lui ai dit : Je suis un Amalécite[3]. 9 Il m'a dit : Reste près de moi, veux-tu, et donne-moi la mort, car je suis pris d'un malaise, bien que j'aie encore tout mon souffle. 10 Je suis donc resté près de lui et je lui ai donné la mort, car je savais qu'il ne survivrait pas à sa chute. J'ai pris le diadème qu'il avait sur la tête et le bracelet qu'il avait au bras. Je les ai apportés ici à mon seigneur. »

11 David saisit ses vêtements et les déchira. Tous ses compagnons firent de même. 12 Ils célébrèrent le deuil, pleurèrent et *jeûnèrent jusqu'au soir pour Saül, pour son fils Jonathan, pour le peuple du Seigneur et pour la maison d'Israël[1], qui étaient tombés par l'épée.

13 David dit au jeune informateur : « D'où es-tu ? » Il dit : « Je suis le fils d'un émigré amalécite. » 14 David lui dit : « Comment ! Tu n'as pas craint d'étendre la main pour tuer le messie[2] du Seigneur ? » 15 David appela un des garçons et dit : « Avance et frappe-le. » Il l'abattit. 16 David lui dit : « Que ton sang soit sur ta tête[3], car tu as déposé contre toi-même en di-

---

1. *la mort de Saül* : voir 1 S 31.4-5 — *ayant battu Amaleq (ou les Amalécites)* : voir 1 S 30 — *Ciqlag* : voir 1 S 27.6 et la note.
2. *le mont Guilboa* : voir 1 S 28.4 et la note.
3. *Amalécite* : voir Ex 17.8 et la note.

1. Les deux expressions *peuple du Seigneur* et *maison d'Israël* sont ici pratiquement équivalentes.
2. *messie* : voir 1 S 2.10 et la note.
3. *Que ton sang soit sur ta tête* : tournure sémitique signifiant que quelqu'un est responsable de la mort d'un autre et doit en supporter les conséquences.

sant : C'est moi qui ai donné la
mort au messie du Seigneur. »

Complainte de David sur Saül et Jonathan

17 Alors David fit cette complainte sur Saül et sur son fils
Jonathan. 18 Il dit :
   (Pour apprendre aux fils de
Juda. Arc. C'est écrit dans le livre
du Juste[1]).
19 Honneur d'Israël, gisant sur tes
   collines !
   Ils sont tombés les héros !
20 Ne le publiez pas dans Gath,
   ne l'annoncez pas dans les rues
   d'Ashqelôn[2],
   de peur que les filles des Philistins ne se réjouissent,
   que les filles des *incirconcis
   ne sautent de joie !
21 Montagnes de Guilboa,
   ne recevez ni rosée ni pluie,
   ne vous couvrez plus de
   champs féconds !
   Car là fut maculé le bouclier
   des héros,
   le bouclier de Saül qui n'avait
   été huilé[3]
22 que du sang des victimes, de la
   graisse des héros,
   l'arc de Jonathan, qui ne recula
   point,
   et l'épée de Saül, qui ne rentrait pas sèche.
23 Saül et Jonathan, les bien-ai-
   més,

inséparables dans la vie et
   dans la mort,
   plus rapides que des aigles,
   plus vaillants que des lions !
24 Filles d'Israël, pleurez sur Saül,
   qui vous revêtait de pourpre et
   de parures,
   qui de bijoux d'or surchargeait
   vos habits.
25 Ils sont tombés en plein combat, les héros !
   Jonathan, gisant sur tes collines !
26 Que de peine j'ai pour toi, Jonathan,
   mon frère !
   Je t'aimais tant !
   Ton amitié était pour moi une
   merveille
   plus belle que l'amour des
   femmes.
27 Ils sont tombés les héros !
   Elles ont péri les armes de
   guerre !

A Hébron, David est consacré roi de Juda

2 1 Après cela, David de-
   manda au Seigneur :
« Dois-je monter dans l'une des
villes de Juda ? » Le Seigneur lui
dit : « Monte. » David dit : « Où
dois-je monter ? » Le Seigneur
dit : « À Hébron[1]. » 2 David y
monta ainsi que ses deux femmes,
Ahinoam d'Izréel et Avigaïl,
femme de Naval de Karmel. 3 David fit également monter ses
compagnons, chacun avec sa fa-
mille, et ils s'installèrent dans les
villes d'Hébron[2]. 4 Les gens de
Juda vinrent et là ils *oignirent

---

1. Le texte du v. 18 est obscur, comme beaucoup
de titres de Psaumes — *Arc* : la présence de ce mot
dans le titre s'explique probablement par le rôle
qu'il joue dans la section centrale du poème (v. 22)
— *le livre du Juste* : voir Jos 10.13 et la note.
   2. *Gath, Ashqelôn* : voir Jos 13.3 ; 1 S 5.8 et les
notes.
   3. *Montagnes de Guilboa* : voir 1 S 28.4 et la
note — *huilé* : on entretenait avec de l'huile le cuir
épais recouvrant la carcasse de bois du bouclier
(comparer Es 21.5 et la note).

---

1. Voir Gn 13.18 et la note.
   2. *les villes d'Hébron* signifie « les localités des
environs d'Hébron ».

David comme roi sur la maison de Juda.

On vint dire à David : « Ce sont les gens de Yavesh de Galaad[1] qui ont enterré Saül. » 5 David envoya des messagers aux gens de Yavesh de Galaad et il leur dit : « Soyez bénis du SEIGNEUR, vous qui avez accompli cet acte de fidélité envers votre seigneur Saül et qui l'avez enterré. 6 Maintenant, que le SEIGNEUR agisse envers vous avec fidélité et loyauté. Moi aussi, j'agirai à votre égard avec la même bonté, puisque vous avez fait cela. 7 Et maintenant, que vos mains soient fermes. Soyez des hommes vaillants. Oui, votre seigneur Saül est mort, mais sachez aussi que la maison de Juda m'a oint pour être son roi. »

Ishbosheth désigné comme roi d'Israël

8 Avner, fils de Ner, chef de l'armée de Saül, avait emmené Ishbosheth, fils de Saül, et l'avait fait passer à Mahanaïm[2]. 9 Il en fit un roi pour le Galaad, les Ashourites et Izréel, comme sur Ephraïm, Benjamin et Israël tout entier. 10 Ishbosheth, fils de Saül, avait 40 ans quand il devint roi sur Israël et il régna deux ans. Mais la maison de Juda[3] suivait David. 11 Le temps que David passa à Hébron comme roi de la maison de Juda fut de sept ans et six mois.

Bataille entre Juda et Israël à Gabaon

12 Avner, fils de Ner, et les serviteurs d'Ishbosheth, fils de Saül, sortirent de Mahanaïm en direction de Gabaon[1]. 13 Joab, fils de Cerouya, et les serviteurs de David sortirent également. S'étant rencontrés près du bassin de Gabaon, ils s'installèrent de part et d'autre du bassin. 14 Avner dit à Joab : « Que les garçons se lèvent donc, et qu'ils joutent devant nous. » Joab dit : « Qu'ils se lèvent ! » 15 Ils se levèrent et on les compta : douze pour Benjamin et pour Ishbosheth, fils de Saül, et douze des serviteurs de David. 16 Chacun saisit la tête de son adversaire et mit son épée dans le flanc de son adversaire, et ils tombèrent ensemble. On appela ce lieu le Champ des Rocs. Il se trouve à Gabaon. 17 Le combat fut très dur ce jour-là. Avner et les gens d'Israël furent battus devant les serviteurs de David. 18 Il y avait là les trois fils de Cerouya, Joab, Avishaï et Asahel. Asahel avait le pied aussi léger qu'une gazelle des champs. 19 Asahel se lança à la poursuite d'Avner, qu'il suivit sans dévier, ni à droite, ni à gauche. 20 Avner se retourna et dit : « Est-ce toi, Asahel ? » Il dit : « C'est moi. » 21 Avner lui dit : « Dévie à droite ou à gauche, attrape un des garçons et prends pour toi ses dépouilles. » Mais Asahel ne voulut pas s'écarter et cesser la poursuite. 22 De nouveau, Avner dit à Asahel : « Ecarte-toi, cesse de me poursuivre ! Ou faudra-t-il que je te

---

1. *la maison de Juda* ou *le peuple de Juda* : dans un premier temps, David n'a régné que sur le sud du pays (comparer 5.1-5) — *Yavesh de Galaad* : voir 1 S 31.11-13 et la note.
2. Voir Gn 32.3 et la note.
3. *la maison de Juda* ou *le peuple de Juda*.

1. Ville située à 10 km au nord-ouest de Jérusalem.

terrasse ? Pourrais-je alors regarder en face ton frère Joab ? » 23 Mais Asahel refusa de s'écarter. Alors Avner le frappa au ventre avec le talon de sa lance. La lance sortit par derrière. Il tomba là et mourut sur place. Or tous ceux qui arrivaient à l'endroit où Asahel était tombé mort s'arrêtaient.

24 Joab et Avishaï se lancèrent à la poursuite d'Avner. Le soleil se couchait quand ils arrivèrent à Guivéath-Amma[1], qui se trouve à l'est de Guiah, sur le chemin du désert de Gabaon. 25 Les fils de Benjamin se rassemblèrent derrière Avner, ne firent qu'un bloc et se postèrent au sommet d'une colline. 26 Avner cria en direction de Joab : « L'épée va-t-elle sans cesse dévorer ? Ne sais-tu pas que cela finira tristement ? » Quand donc enfin diras-tu à tes hommes d'arrêter cette poursuite fratricide ? » 27 Joab dit : « Par la vie de Dieu ! Si tu n'avais pas parlé, les hommes n'auraient pas suspendu cette poursuite fratricide avant demain matin. » 28 Joab sonna du cor : tout le peuple s'arrêta, cessant de poursuivre Israël, et on ne se battit plus. 29 Avner et ses hommes marchèrent dans la Araba pendant toute la nuit. Ils passèrent le Jourdain, parcoururent tout le Bitrôn et arrivèrent à Mahanaïm[2]. 30 Quand Joab eut cessé de poursuivre Avner, il rassembla tout le peuple, il manquait à l'appel, parmi les serviteurs de David, dix-neuf hommes et Asahel. 31 Les serviteurs de David eux, avaient abattu 360 hommes parmi les Benjaminites et les gens d'Avner. 32 On emporta Asahel et on l'ensevelit dans la tombe de son père, à Bethléem. Joab et ses hommes marchèrent toute la nuit et, au lever du jour, ils furent à Hébron[1].

3 1 La guerre fut longue entre la maison de Saül et la maison de David[2]. David ne cessait de se renforcer, la maison de Saül ne cessait de s'affaiblir.

Les fils de David nés à Hébron
(1 Ch 3.1-4)

2 Des fils naquirent à David, à Hébron. Son premier né fut Amnon, d'Ahinoam d'Izréel ; 3 le second, Kiléav, d'Avigaïl, femme de Naval, de Karmel ; le troisième, Absalom, fils de Maaka, fille de Talmaï, roi de Gueshour[3] ; 4 le quatrième, Adonias, fils de Hagguith ; le cinquième, Shefatya, fils d'Avital ; 5 le sixième, Yitréam, de Egla, femme de David. Ceux-là naquirent à David, à Hébron.

Avner se brouille avec Ishbosheth

6 Pendant qu'il y avait la guerre entre la maison de Saül et la maison de David[4], Avner, lui, renforçait sa position dans la maison de Saül. 7 Saül avait eu une concubine qui s'appelait Riçpa, fille d'Ayya. Ishbosheth dit

---

1. *Guivéath-Amma* ou *la colline d'Amma :* lieu non identifié.
2. *la Araba* désigne ici la vallée du Jourdain — *parcoururent tout le Bitrôn :* endroit inconnu ; autre traduction *marchèrent toute la matinée* — *Mahanaïm :* voir v. 8.
1. Voir v. 1-4.
2. *la maison de Saül* désigne ici *le royaume d'Ishbosheth* — *la maison de David* ou *le royaume de Juda.*
3. *Gueshour :* voir 13.37 et la note.
4. *maison de Saül, maison de David :* voir v. 1 et la note.

à Avner : « Pourquoi es-tu allé vers la concubine de mon père[1] ? » 8 À ces mots, Avner entra dans une grande colère et il dit : « Suis-je, moi, une tête de chien[2] judéen ? Aujourd'hui, j'agis avec fidélité envers la maison de ton père Saül, envers ses frères et ses amis. Je ne t'ai pas laissé tomber aux mains de David. Et maintenant, tu veux me faire grief d'un écart avec cette femme, aujourd'hui ! 9 Que Dieu fasse à Avner ceci et encore cela[3], si je ne fais pas pour David ce que le Seigneur lui a juré : 10 ôter la royauté à la maison de Saül et ériger le trône de David sur Israël et sur Juda de Dan *à Béer-Shéva*[4]. » 11 Ishbosheth ne put répliquer un mot à Avner, car il en avait peur.

Avner se rallie à David

12 Avner envoya des messagers à David en son propre nom. Il disait : « À qui le pays ? » Et : « Conclus une alliance avec moi et je te prête la main pour te rallier tout Israël. » 13 David répondit : « Bien. Je vais conclure une alliance avec toi. Je ne te demande qu'une chose : Ne te présente pas devant moi sans m'amener d'abord Mikal[5], la fille de Saül, quand tu viendras te présenter. » 14 David envoya des messagers à Ishbosheth, fils de Saül. Il disait : « Donne-moi ma femme Mikal, que je me suis acquise pour cent prépuces de Philistins. » 15 Ishbosheth l'envoya prendre chez son mari, Paltiël, fils de Laïsh. 16 Son mari l'accompagna. Jusqu'à Bahourim[1], il la suivit en pleurant. Mais Avner lui dit : « Va-t'en, retourne ! » Et il s'en retourna.

17 Avner engagea des pourparlers avec les *anciens d'Israël. Il leur dit : « Il y a déjà longtemps que vous désirez avoir David pour roi. 18 C'est le moment d'agir. En effet, le Seigneur a déclaré au sujet de David : Par la main de mon serviteur David, je sauverai mon peuple Israël de la main des Philistins et de la main de tous ses ennemis. » 19 Avner confia cela aux oreilles des Benjaminites. Puis Avner alla confier aux oreilles de David, à Hébron, tout ce qui avait l'agrément d'Israël et de toute la maison[2] de Benjamin.

20 Avner, accompagné de vingt hommes, vint trouver David à Hébron. David donna un banquet à Avner et à ses compagnons. 21 Avner dit à David : « Je vais me mettre à rassembler tout Israël auprès de mon seigneur le roi. Ils concluront une alliance avec toi et tu régneras partout où tu le désires. » David laissa partir Avner et celui-ci s'en alla en paix.

---

1. Cet acte pouvait exprimer une prétention au pouvoir royal (comparer 1 R 2.22 et la note). Une *concubine* était une épouse légitime, mais d'un rang inférieur.
2. *chien* : comparer 1 S 24.15 et la note.
3. *Que Dieu fasse ...* : voir 1 S 14.44 et la note.
4. *de Dan à Béer-Shéva* : voir la note sur Jos 19.47.
5. *Mikal* : voir 1 S 18.20-30 ; 25.44.

1. Localité *non identifiée avec précision, mais située à quelques km seulement à l'est de Jérusalem.
2. *confia cela aux oreilles des Benjaminites* ou *informa les Benjaminites de cela — toute la maison* ou *tout le peuple*.

Joab assassine Avner

22 Mais voici que les serviteurs de David et Joab rentraient d'expédition, ramenant un énorme butin. Avner n'était plus à Hébron, auprès de David, puisque celui-ci l'avait laissé partir en paix. 23 Quand Joab et toute son armée furent arrivés, on vint dire à Joab : « Avner, le fils de Ner, est venu chez le roi et celui-ci l'a laissé partir en paix. » 24 Joab vint trouver le roi et lui dit : « Qu'as-tu fait ? Voilà qu'Avner est venu chez toi ! Pourquoi donc l'as-tu laissé partir ainsi ? 25 Tu connais Avner, le fils de Ner : c'est pour te duper qu'il est venu, pour connaître tes allées et venues et pour savoir tout ce que tu fais. » 26 Sorti de chez David, Joab envoya des émissaires sur les pas d'Avner. Ils le firent revenir depuis la citerne de Sira[1], à l'insu de David. 27 Quand Avner fut revenu à Hébron, Joab l'attira à l'écart à l'intérieur de la porte, comme pour lui parler tranquillement. Là, il le frappa mortellement au ventre, pour venger le sang de son frère Asahel.

28 Quand David l'apprit par la suite, il déclara : « Moi et ma royauté, nous sommes à jamais innocents, devant le SEIGNEUR, du sang d'Avner, le fils de Ner.

29 Qu'il rejaillisse sur la tête de Joab et sur toute sa famille ! Qu'il ne cesse pas d'y avoir dans la maison de Joab des gens atteints d'écoulement ou de lèpre, ou qui

tiennent le fuseau[1], ou qui tombent sous l'épée, ou qui manquent de pain ! » 30 C'est parce qu'il avait fait mourir leur frère Asahel[2] à la bataille de Gabaon que Joab et son frère Avishaï avaient assassiné Avner.

31 David dit à Joab et à tout le peuple qui était avec lui : *« Déchirez vos vêtements, ceignez-vous de *sacs, et célébrez le deuil devant Avner. » Et le roi David marchait derrière la civière. 32 On ensevelit Avner à Hébron. Le roi éclata en sanglots sur la tombe d'Avner et tout le peuple versa des larmes. 33 Puis le roi fit une complainte sur Avner. Il dit :

« Fallait-il qu'Avner mourût de la mort de l'infâme ?

34 Tes mains n'étaient pas enchaînées,
on n'avait pas mis tes pieds aux fers.
Comme on tombe devant des criminels,
tu es tombé. »

Et tout le peuple se remit à pleurer sur lui.

35 Tout le peuple vint ensuite pour faire prendre quelque nourriture à David pendant qu'il faisait encore jour. Mais David fit ce serment : « Que Dieu me fasse ceci et encore cela[3] si, avant le coucher du soleil, je goûte du pain ou à quoi que ce soit ! » 36 Tout le peuple en eut connaissance et l'approuva; aussi bien, tout ce que faisait le roi avait

1. *citerne de Sira* : lieu non identifié, probablement au nord d'Hébron.

1. *Qu'il rejaillisse sur la tête de Joab* : comparer 1.16 et la note — *la maison de Joab ou la famille de Joab* — *écoulement* : voir Lv 15 — *lèpre* : voir Lv 13-14 — *qui tiennent le fuseau*, c'est-à-dire réduits à la condition des femmes.
2. Voir 2.23.
3. *Que Dieu me fasse ...* : voir 1 S 14.44 et la note.

l'approbation de tout le peuple.
37 Tout le peuple et tout Israël
comprirent, ce jour-là, que le
meurtre d'Avner, le fils de Ner,
n'était pas le fait du roi. 38 Le roi
dit à ses serviteurs : « Ne savez-vous pas qu'un chef, qu'un
grand homme est tombé au-
jourd'hui en Israël ? 39 Moi, aujourd'hui, je suis faible, malgré
l'*onction royale, et ces gens-là,
les fils de Cerouya, sont plus durs
que moi. Mais que le SEIGNEUR
rende au méchant selon sa méchanceté ! »

Baana et Rékav assassinent Ish-
bosheth

4 1 Le fils de Saül apprit
qu'Avner était mort à Hé-
bron. Les mains lui en tombèrent
et tout Israël en fut bouleversé.
2 Il y avait deux hommes, des
chefs de bandes, chez le fils de
Saül. L'un s'appelait Baana et
l'autre Rékav. Ils étaient fils de
Rimmôn, le Béérotite, des fils de
Benjamin — car Bééroth[1], elle
aussi, est considérée comme benjaminite. 3 Les gens de Bééroth se
sont enfuis à Guittaïm[2] et ils y
sont restés comme résidents jusqu'à nos jours. 4 Or Jonathan, fils
de Saül, avait un fils estropié des
deux jambes. Il avait cinq ans
lorsqu'arriva d'Izréel la nouvelle
concernant Saül et Jonathan. Sa
nourrice le prit pour s'enfuir et
elle était si pressée de fuir que

l'enfant tomba et resta boiteux. Il
s'appelait Mefibosheth[1].

5 Donc, les fils de Rimmôn de
Bééroth, Rékav et Baana, partirent et, à l'heure la plus chaude
du jour, arrivèrent à la maison
d'Ishbosheth. Il était couché pour
la sieste de midi. 6 Ils pénétrèrent
à l'intérieur de la maison, chargés
de blé, et ils le frappèrent au
ventre. Puis Rékav et son frère
Baana s'échappèrent.

7 Etant entrés dans la maison
alors qu'il était couché sur son lit
dans la chambre à coucher, ils le
frappèrent mortellement et le dé-
capitèrent. Puis ils emportèrent sa
tête et cheminèrent toute la nuit
par la Araba[2]. 8 Ils apportèrent la
tête d'Ishbosheth à David à Hébron et dirent au roi : « Voici la
tête d'Ishbosheth, le fils de Saül,
ton ennemi, qui en voulait à ta
vie. Le SEIGNEUR a donné à mon
seigneur le roi pleine vengeance,
en ce jour, sur Saül et sur sa
descendance. »

9 David répondit aux fils de
Rimmôn de Bééroth, Rékav et
Baana son frère : « Par la vie du
SEIGNEUR, qui m'a libéré de tout
péril ! 10 Celui qui m'annonçait :
Saül est mort, se prenait lui aussi
pour un porteur de bonnes nouvelles. Eh bien, je l'ai fait arrêter
et tuer à Ciqlag[3]. C'était pour le
payer de sa bonne nouvelle ! 11 À
plus forte raison quand des scélérats ont tué un juste dans sa maison, sur son lit ! Ne dois-je pas
maintenant vous réclamer son
sang, qui est sur vos mains, et
vous supprimer de la terre ? »

---

1. Localité située à une quinzaine de km au
nord de Jérusalem.
2. Localité non identifiée, située probablement
dans la région de Lod, au nord-ouest de Jérusalem
(voir Ne 11.33).

1. *Izréel* : voir 1 S 29.1, 11 — *la nouvelle* : de la
mort de Saül et de Jonathan (1 S 31.2-6) — *Mefibosheth* : appelé *Meribbaal* en 1 Ch 8.34 ; 9.40.
2. *la Araba* : voir 2.29 et la note.
3. Voir 1.15.

12 David donna un ordre aux garçons. Ils les tuèrent, leur coupèrent les mains et les pieds et les suspendirent près du bassin d'Hébron. On prit la tête d'Ishbosheth et on l'ensevelit dans la tombe d'Avner, à Hébron.

David est consacré roi d'Israël
(1 Ch 11.1-3)

5 1 Toutes les tribus d'Israël vinrent trouver David à Hébron et lui dirent : « Nous voici, nous sommes tes os et ta chair[1]. 2 Il y a longtemps déjà, quand Saül était notre roi, c'était toi qui faisais sortir et rentrer Israël. Or le Seigneur t'a dit : C'est toi qui feras paître Israël mon peuple et c'est toi qui seras le chef d'Israël[2]. »

3 Tous les *anciens d'Israël vinrent trouver le roi à Hébron, et le roi David conclut en leur faveur une alliance à Hébron, devant le Seigneur, et ils *oignirent David comme roi d'Israël.

4 David avait 30 ans quand il devint roi. Il régna 40 ans. 5 À Hébron, il régna sur Juda sept ans et six mois et, à Jérusalem, il régna 33 ans sur tout Israël et Juda.

David s'empare de Jérusalem
(1 Ch 11.4-9; 14.1-2)

6 Le roi et ses hommes marchèrent sur Jérusalem contre le Jébusite[3] qui habitait le pays. On dit à David : « Tu n'entreras ici qu'en écartant les aveugles et les boiteux. » C'était pour dire : « David n'entrera pas ici. » 7 David s'empara de la forteresse de *Sion — c'est la *Cité de David. 8 David dit ce jour-là : « Quiconque veut frapper le Jébusite doit atteindre le canal ! Quant aux boiteux et aux aveugles, ils dégoûtent David. » C'est pourquoi l'on dit : « Aveugle et boiteux n'entreront pas dans la Maison[1]. » 9 David s'installa dans la forteresse et il l'appela « Cité de David. » Puis David construisit tout autour, depuis le Millo[2], vers l'intérieur. 10 David devint de plus en plus grand et le Seigneur, le Dieu des puissances, était avec lui.

11 Hiram, roi de Tyr, envoya une ambassade à David avec du bois de cèdre, des charpentiers et des tailleurs de pierre pour les murs, et ils bâtirent une maison pour David. 12 Alors David sut que le Seigneur l'avait établi roi sur Israël et qu'il avait exalté sa royauté à cause d'Israël son peuple.

Les fils de David nés à Jérusalem
(1 Ch 3.5-9; 14.3-7)

13 David prit encore des concubines[3] et des femmes à Jérusalem après son arrivée d'Hébron, et il naquit encore à David des fils et des filles.

14 Voici les noms de ceux qui lui naquirent à Jérusalem : Shammoua, Shovav, Natân et Salomon; 15 Yivhar, Elishoua, Nèfeg

---

1. *Hébron* : voir 2.1-4 — *tes os et ta chair* : cette formule exprime une relation de parenté (comparer Gn 2.23).
2. *faisais sortir et rentrer Israël*, c'est-à-dire des expéditions militaires d'Israël (voir 1 S 18.13-16) — *chef d'Israël* : voir 1 S 28.17.
3. *le Jébusite* : voir au glossaire AMORITES.

1. *le canal* : le sens du mot hébreu est incertain — *la Maison* ou *le Temple*.
2. *le Millo* : voir 1 R 9.15 et la note.
3. Voir 3.7 et la note.

et Yafia ; 16 Elishama, Elyada et Elifèleth.

Victoires de David sur les Philistins
(1 Ch 14.8-16)

17 Les Philistins apprirent qu'on avait *oint David comme roi sur Israël. Tous les Philistins montèrent donc à la recherche de David. David l'apprit et descendit à la forteresse. 18 Les Philistins arrivèrent et se déployèrent dans la vallée des Refaïtes[1]. 19 David demanda au Seigneur : « Dois-je monter contre les Philistins ? Les livreras-tu entre mes mains ? » Le Seigneur dit à David : « Monte. Oui, je livrerai les Philistins entre tes mains. » 20 David arriva à Baal-Peracim et, là, David les battit. Il dit alors : « Le Seigneur a fait une brèche chez mes ennemis comme une brèche ouverte par les eaux ! » C'est pourquoi on a donné à ce lieu le nom de Baal-Peracim[2], c'est-à-dire : « Maître des Brèches ». 21 Ils abandonnèrent là leurs idoles, et David et ses hommes les emportèrent.

22 À nouveau, les Philistins montèrent et se déployèrent dans la vallée des Refaïtes. 23 David interrogea le Seigneur, qui déclara : « Tu n'attaqueras pas de front. Tourne-les sur leurs arrières et tu arriveras vers eux en face des micocouliers. 24 Quand tu entendras un bruit de pas à la cime des micocouliers, alors attention ! C'est qu'alors le Seigneur sera sorti devant toi pour frapper l'armée des Philistins. »

25 David agit comme le Seigneur le lui avait ordonné et il battit les Philistins depuis Guèva jusqu'à l'entrée de Guèzèr[1].

David décide d'amener l'arche à Jérusalem
(1 Ch 13.1-14)

6 1 David réunit à nouveau toute l'élite d'Israël, 30.000 hommes. 2 David se mit en route et partit, lui et tout le peuple qui était avec lui, de Baalé-Yehouda[2] pour en faire monter l'*arche de Dieu sur laquelle a été prononcé un *nom, le Nom du Seigneur le tout-puissant, siégeant sur les *chérubins. 3 On chargea l'arche de Dieu sur un chariot neuf et on l'emporta de la maison d'Avinadav, située sur la colline. Ouzza et Ahyo, les fils d'Avinadav, conduisaient le chariot neuf. 4 On l'emmena de la maison d'Avinadav, qui est sur la colline, avec l'arche de Dieu, et Ahyo marchait devant l'arche. 5 David et toute la maison d'Israël s'ébattaient devant le Seigneur au son de tous les instruments de cyprès, des cithares, des harpes, des tambourins, des sistres et des cymbales. 6 Ils arrivèrent à l'aire de Nakôn[3]. Ouzza fit un geste en direction de l'arche de Dieu et il la saisit, car les bœufs fléchissaient. 7 La colère du Seigneur s'enflamma contre Ouzza et Dieu le frappa là

---

1. La *vallée des Refaïtes* se situe au sud-ouest de Jérusalem.
2. Lieu non identifié.

1. *Guèva* : voir 1 S 13.3 et la note — *Guèzèr* : localité située à 30 km environ au nord-ouest de Jérusalem, près de la limite du territoire philistin.
2. *Baalé-Yehouda* ou, selon 1 Ch 13.6, *Baala (en Juda)*, ancien nom de *Qiryath-Yéarim* (voir Jos 15.9). C'est là que l'arche avait été déposée, voir 1 S 6.21 ; 7.1.
3. *l'aire de Nakôn* : lieu non identifié.

pour cette erreur[1]. Il mourut là, près de l'arche de Dieu. 8 David fut bouleversé, parce que le Seigneur avait ouvert une brèche en fonçant sur Ouzza. Aujourd'hui encore l'endroit s'appelle la Brèche de Ouzza.

9 David eut peur du Seigneur en ce jour-là et il dit : « Comment l'arche du Seigneur pourrait-elle venir chez moi ? » 10 David renonça donc à transférer l'arche du Seigneur chez lui, dans la Cité de David, et il la remisa dans la maison de Oved-Edom le Guittite[2]. 11 L'arche du Seigneur demeura donc dans la maison de Oved-Edom le Guittite durant trois mois et le Seigneur bénit Oved-Edom et toute sa maison.

Arrivée de l'arche à Jérusalem
(1 Ch 15.25-16.3)

12 On vint dire au roi David : « Le Seigneur a béni la maison d'Oved-Edom et tout ce qui lui appartient à cause de l'*arche de Dieu. » David partit alors et fit monter l'arche de Dieu de la maison de Oved-Edom à la Cité de David, dans la joie. 13 Or donc, lorsque les porteurs de l'arche du Seigneur eurent fait six pas, il offrit en *sacrifice un taureau et un veau gras. 14 David tournoyait de toutes ses forces devant le Seigneur — David était ceint d'un éphod de lin[3]. 15 David et toute la maison[4] d'Israël faisaient monter l'arche du Seigneur parmi les ovations et au son du cor. 16 Or, quand l'arche du Seigneur entra dans la Cité de David, Mikal, fille de Saül, se pencha à la fenêtre : elle vit le roi David qui sautait et tournoyait devant le Seigneur et elle le méprisa dans son coeur. 17 On fit entrer l'arche du Seigneur et on l'exposa à l'endroit préparé pour elle au milieu de la tente que David lui avait dressée. Et David offrit des holocaustes[1] devant le Seigneur et des sacrifices de paix. 18 Quand David eut achevé d'offrir l'holocauste et les sacrifices de paix, il bénit le peuple au nom du Seigneur, le tout-puissant. 19 Puis il fit distribuer à tout le peuple, à toute la foule d'Israël, hommes et femmes, une galette, un gâteau de dattes et un gâteau de raisins secs par personne, et tout le peuple s'en alla chacun chez soi. 20 David rentra pour bénir sa maison[2]. Mikal, la fille de Saül, sortit au-devant de David et lui dit : « Il s'est fait honneur aujourd'hui, le roi d'Israël, en se dénudant devant les servantes de ses esclaves comme le ferait un homme de rien ! » 21 David dit à Mikal : « C'est devant le Seigneur, qui m'a choisi et préféré à ton père et à toute sa maison pour m'instituer comme chef[3] sur le peuple du Seigneur, sur Israël, c'est devant le Seigneur que je m'ébattrai. 22 Je m'abaisserai encore plus et je m'humilierai à mes propres yeux, mais, près des servantes dont tu parles, auprès d'elles, je serai honoré. » 23 Et Mikal, fille

---

1. L'erreur de Ouzza consiste à avoir touché l'arche, ce que seuls les *lévites avaient le droit de faire (Dt 10.8).
2. Guittite : selon certains, originaire de Guittaïm (voir 4.3 et la note), mais plus probablement, selon d'autres, originaire de Gath (voir 15.18 et la note).
3. éphod de lin : voir 1 S 2.18 et la note.
4. la maison ou le peuple.

1. holocaustes : voir au glossaire SACRIFICES.
2. sa maison ou sa famille.
3. comme chef : voir 5.2.

de Saül, n'eut pas d'enfant jusqu'au jour de sa mort.

La prophétie de Natan
(1 Ch 17.1-15)

7 1 Or, lorsque le roi fut installé dans sa maison et que le Seigneur lui eut accordé du repos alentour en écartant tous ses ennemis, 2 le roi dit au *prophète Natan : «Tu vois, je suis installé dans une maison de cèdre, tandis que l'*arche de Dieu est installée au milieu d'une tente de toile[1].» 3 Natan dit au roi : «Tout ce que tu as l'intention de faire, va le faire, car le Seigneur est avec toi.» 4 Or, cette nuit-là, la parole du Seigneur fut adressée à Natan, en ces termes : 5 «Va dire à mon serviteur David : Ainsi parle le Seigneur : Est-ce toi qui me bâtiras une Maison[2] pour que je m'y installe ? 6 Car je ne me suis pas installé dans une maison depuis le jour où j'ai fait monter d'Egypte les fils d'Israël et jusqu'à ce jour : je cheminais sous une *tente et à l'abri d'une *demeure. 7 Pendant tout le temps où j'ai cheminé avec tous les fils d'Israël, ai-je adressé un seul mot à l'un des chefs d'Israël que j'avais établis pour paître Israël mon peuple, pour dire : Pourquoi ne m'avez-vous pas bâti une Maison de cèdre ? 8 Maintenant donc, tu parleras ainsi à mon serviteur David : Ainsi parle le Seigneur, le tout-puissant : C'est moi qui t'ai pris au pâturage, derrière le troupeau, pour que tu deviennes le chef d'Israël[1], mon peuple. 9 J'ai été avec toi partout où tu es allé : j'ai détruit tous tes ennemis devant toi. Je te ferai un nom aussi grand que le nom des grands de la terre. 10 Je fixerai un lieu à Israël mon peuple, je l'implanterai et il demeurera à sa place. Il ne tremblera plus et des criminels ne recommenceront plus à l'opprimer comme jadis, 11 et comme depuis le jour où j'ai établi des juges sur Israël mon peuple. Je t'ai donné du repos en écartant tous tes ennemis. Et le Seigneur t'annonce que le Seigneur te fera une maison[2]. 12 Lorsque tes jours seront accomplis et que tu seras couché avec tes pères, j'élèverai ta descendance après toi, celui qui sera issu de toi-même, et j'établirai fermement sa royauté[3]. 13 C'est lui qui bâtira une Maison pour mon *Nom[4] et j'établirai à jamais son trône royal. 14 Je serai pour lui un père et il sera pour moi un fils. S'il commet une faute, je le corrigerai en me servant d'hommes pour bâton et d'humains pour le frapper[5]. 15 Mais ma fidélité ne s'écartera point de lui, comme je l'ai écartée de Saül, que j'ai écarté devant toi[6]. 16 Devant toi, ta maison et ta royauté seront à jamais stables, ton trône à jamais affermi.»

1. *maison de cèdre :* voir 5.11; *tente de toile :* voir 6.17.

2. *une Maison* ou *un Temple.*

1. *pris au pâturage :* voir 1 S 16.11 — *chef d'Israël :* voir 5.2.

2. *une maison* ou, ici, *une dynastie;* Natan joue sur le double sens du mot hébreu traduit par *maison :* ce n'est pas David qui bâtira une *Maison* pour le Seigneur (v. 5), c'est le Seigneur qui fera une *maison* pour David.

3. *couché avec tes pères :* voir 1 R 1.21 et la note — la fin du verset fait allusion à Salomon ! Voir 1 R 2.12, 46).

4. *une Maison pour mon Nom :* voir 1 R 6.

5. *en me servant d'hommes ... :* voir 1 R 11.14-40; Ps 89.31-35.

6. *ma fidélité :* voir 1 R 11.13 — *que j'ai écarté devant toi :* voir 1 S 15.28.

17 C'est selon toutes ces paroles et selon toute cette vision que parla Natan à David.

Prière de David
(1 Ch 17.16-27)

18 Le roi David vint s'installer en présence du Seigneur et déclara : «Qui suis-je, Seigneur Dieu, et quelle est ma maison[1], pour que tu m'aies fait parvenir jusque là ? 19 Or c'était encore trop peu à tes yeux, Seigneur Dieu : tu as parlé aussi pour la maison de ton serviteur, longtemps à l'avance. Serait-ce là un enseignement humain[2], Seigneur Dieu ? 20 Et qu'est-ce que David pourrait te dire encore, alors que toi, tu connais ton serviteur, Seigneur Dieu ? 21 C'est à cause de ta parole et selon ton coeur que tu as accompli toute cette grande oeuvre, en la faisant connaître à ton serviteur. 22 Aussi tu es grand, Seigneur Dieu : tu es sans pareil et il n'est point de Dieu, toi excepté, selon tout ce que nous avons entendu de nos oreilles. 23 Est-il sur la terre une seule nation pareille à Israël ton peuple, ce peuple que Dieu est allé racheter pour en faire son peuple, en lui donnant un nom et en accomplissant pour vous cette grande oeuvre et pour ton pays des choses redoutables, est-il une nation comparable à ton peuple que tu as racheté de l'Egypte, de cette nation et de ses dieux ? 24 Et tu as établi Israël ton peuple pour en faire à jamais ton peuple, et toi, Seigneur, tu es devenu leur Dieu.

25 Et maintenant, Seigneur Dieu, la parole que tu as prononcée sur ton serviteur et sa maison, tiens-la à jamais et agis comme tu l'as dit. 26 Que ton *Nom soit magnifié à jamais, et qu'on dise : Le Seigneur, le tout-puissant, est Dieu sur Israël. Et que la maison de ton serviteur David reste ferme en ta présence. 27 En effet, c'est toi-même, Seigneur tout-puissant, Dieu d'Israël, qui as averti ton serviteur en disant : Je te bâtirai une maison. Voilà pourquoi ton serviteur a trouvé le courage de t'adresser cette prière. 28 Et maintenant, Seigneur Dieu, c'est toi qui es Dieu, tes paroles sont vérité et tu as parlé de ce bonheur à ton serviteur. 29 Veuille maintenant bénir la maison de ton serviteur, pour qu'elle soit à jamais en ta présence. Car c'est toi, Seigneur Dieu, qui as parlé, et par ta bénédiction la maison de ton serviteur sera bénie à jamais. »

Victoires de David sur des nations voisines
(1 Ch 18.1-13)

8 1 Après cela, David battit les Philistins et les fit fléchir. David enleva aux Philistins leur hégémonie[1]. 2 Il battit les Moabites et les mesura au cordeau, en les couchant à terre. Il en mesura deux cordeaux à tuer et un plein cordeau à laisser en vie[2]. Et les Moabites devinrent pour David des serviteurs soumis

---

1. *ma maison* ou *ma famille*.
2. *la maison de ton serviteur,* c'est-à-dire *ma dynastie* — *enseignement humain :* texte obscur et traduction incertaine.

1. Sur *les Philistins* (v. 1), *les Moabites* (v. 2), le royaume de *Çova* (v. 3), les *fils d'Ammon* (v. 12) et *Edom* (v. 14), voir 1 S 14.47 et la note — *leur hégémonie :* texte obscur et traduction incertaine.
2. C'est-à-dire que David en fait mourir les deux tiers et en laisse un tiers en vie.

au tribut. 3 David battit Hadadèzèr, fils de Rehov, roi de Çova,
quand celui-ci allait remettre la
main sur le Fleuve de l'Euphrate.
4 David lui prit 1.700 cavaliers et
20.000 fantassins. David coupa
les jarrets de tous les attelages.
Toutefois, il garda cent de ces
attelages. 5 Les *Araméens de Damas vinrent au secours de Hadadèzèr, roi de Çova. Mais David
abattit 22.000 hommes parmi les
Araméens. 6 David établit alors
des préfets[1] dans l'Aram de Damas, et les Araméens devinrent
pour David des serviteurs soumis
au tribut. Le Seigneur donna
donc la victoire à David partout
où il alla.

7 David saisit les boucliers d'or
que portaient les serviteurs de
Hadadèzèr et les apporta à Jérusalem. 8 Et dans les villes de Hadadèzèr, Bètah et Bérotaï[2], le roi
David saisit une énorme quantité
de bronze.

9 Toï, roi de Hamath[3], apprit
que David avait battu toute l'armée de Hadadèzèr. 10 Toï envoya
donc son fils Yoram au roi David
pour le saluer et pour le féliciter
d'avoir fait la guerre à Hadadèzèr
et de l'avoir battu, car Hadadèzèr
était l'adversaire de Toï. Yoram
apportait des objets d'argent, d'or
et de bronze. 11 Ceux-là aussi, le
roi David les consacra au Seigneur en plus de l'argent et de
l'or déjà consacrés et provenant
de toutes nations conquises,
12 d'Aram, de Moab, des fils
d'Ammon, des Philistins et d'A-

maleq[1], ainsi que du butin de Hadadèzèr, fils de Rehov, roi de
Çova.

13 Et David se fit un nom, lorsqu'il revint de battre les Araméens, dans la vallée du Sel[2], au
nombre de 18.000. 14 Il établit
alors en Edom des préfets, c'est
dans tout Edom qu'il établit des
préfets, et tous les Edomites devinrent pour David des serviteurs.
Le Seigneur donna donc la victoire à David partout où il alla.

Liste des fonctionnaires de David

(1 Ch 18.14-17)

15 David régna sur tout Israël.
David faisait droit et justice à
tout son peuple. 16 Joab, fils de
Cerouya, commandait l'armée;
Yehoshafath, fils d'Ahiloud, était
héraut; 17 Sadoq, fils d'Ahitouv, et
Ahimélek, fils d'Abiatar, étaient
prêtres; et Seraya était scribe;
18 Benayahou, fils de Yehoyada,
commandait les Kerétiens et les
Pelétiens[3]; et les fils de David
étaient prêtres.

David accueille Mefibosheth chez lui

9 1 David dit : « Y a-t-il encore un survivant de la
maison[4] de Saül, que j'agisse envers lui avec fidélité, à cause de
Jonathan ? » 2 La maison de Saül
avait un domestique, nommé
Civa. On l'appela chez David, et

---

1. *établit des préfets* : autres traductions *établit
des garnisons* ou *dressa des stèles* (comparer 1 S
10.5 et la note).
2. *Bètah* : localité inconnue; *Bérotaï* : localité située à 50 km environ au nord de Damas.
3. *Hamath* : royaume araméen situé au nord-est
de la Palestine.

1. *Amaleq* : voir Ex 17.8 et la note.
2. *vallée du Sel* : voir 2 R 14.7 et la note.
3. Les *Kerétiens* et les *Pelétiens* étaient des soldats étrangers formant la garde personnelle de
David. Les *Kerétiens* étaient peut-être originaires
de l'île de Crète; *Pelétiens* est peut-être une variante du nom de *Philistins*.
4. *la maison* ou *la famille*.

le roi lui dit : « Est-ce toi Civa ? » Il dit : « Ton serviteur[1]. » 3 Le roi dit : « N'y a-t-il plus un homme de la maison de Saül, que j'accomplisse pour lui un acte de cette fidélité que Dieu sanctionne ? » Civa dit au roi : « Il y a encore un fils de Jonathan, estropié des deux jambes[2]. » 4 Le roi lui dit : « Où est-il ? » Civa dit au roi : « Il est justement dans la maison de Makir, fils d'Ammiël, de Lô-Devar[3]. » 5 Le roi David l'envoya chercher dans la maison de Makir, fils d'Ammiël, à Lô-Devar. 6 Mefibosheth, fils de Jonathan, fils de Saül, arriva auprès de David. Il tomba sur sa face et se prosterna. David dit : « Mefibosheth ! » Il dit : « Voici ton serviteur. » 7 David lui déclara : « N'aie aucune crainte. Je veux agir envers toi avec fidélité, en considération de ton père Jonathan. Je te restituerai toutes les terres de ton ancêtre Saül et toi-même, tu prendras tous tes repas à ma table. » 8 Il se prosterna et dit : « Qu'est-ce que ton serviteur, pour que tu tournes ton regard vers un chien crevé[4] comme moi ! » 9 Le roi appela Civa, le domestique de Saül, et lui dit : « Tout ce qui appartenait à Saül et à toute sa maison, je le donne au fils de ton maître. 10 Tu travailleras la terre pour lui, toi, tes fils et tes serviteurs, tu apporteras ce qui servira à nourrir le fils de ton maître. Et Mefibosheth, le fils

de ton maître, prendra tous ses repas à ma table. » Or Civa avait quinze fils et vingt serviteurs. 11 Civa dit au roi : « Ton serviteur agira selon tout ce que mon seigneur le roi ordonnera à son serviteur. Mais Mefibosheth mange à ma table[1] comme l'un des fils du roi. » 12 Mefibosheth avait un jeune fils du nom de Mika. Et tous ceux qui habitaient dans la maison de Civa étaient au service de Mefibosheth. 13 Mefibosheth habitait à Jérusalem, car il prenait tous ses repas à la table du roi. Il était boiteux des deux jambes.

Les envoyés de David déshonorés
(1 Ch 19.1-5)

10 1 « Il arriva après cela que mourut le roi des fils d'Ammon[2] et que son fils Hanoun devint roi à sa place. 2 David dit alors : « J'agirai envers Hanoun, fils de Nahash, avec autant de fidélité que son père en a eu envers moi. » David lui envoya donc, par l'entremise de ses serviteurs, ses consolations au sujet de son père. Et les serviteurs de David arrivèrent au pays des fils d'Ammon. 3 Mais les princes des fils d'Ammon dirent à Hanoun, leur seigneur : « T'imagines-tu que David ait voulu honorer ton père quand il t'a envoyé des gens pour te consoler ? N'est-ce pas pour explorer la ville, pour l'espionner et pour la renverser, que David

---

1. *Ton serviteur,* c'est-à-dire c'est moi.
2. *que j'accomplisse pour lui un acte de cette fidélité que Dieu sanctionne* ou *que j'agisse envers lui avec la bonté de Dieu — estropié des deux jambes :* voir 4.4.
3. *Makir :* voir 17.27; *Lô-Devar :* localité située à une douzaine de km au sud du lac de Génésareth, à l'est du Jourdain.
4. *chien crevé :* voir 1 S 24.15 et la note.

1. *mange à ma table :* Civa semble émettre une timide protestation contre l'ordre du roi (v. 10). Mais les versions anciennes, de manières diverses, parlent de *la table de David.*
2. *fils d'Ammon* ou *Ammonites :* peuple habitant à l'est du Jourdain.

t'a envoyé ses serviteurs ? » 4 Hanoun appréhenda les serviteurs de David, leur rasa la moitié de la barbe, coupa leurs vêtements par le milieu jusqu'aux fesses et les congédia. 5 On informa David, et il envoya quelqu'un à leur rencontre, car ces hommes étaient couverts de honte. Le roi leur fit donc dire : « Restez à Jéricho jusqu'à ce que votre barbe ait repoussé. Alors seulement, vous reviendrez. »

Guerre contre les Ammonites et les Araméens
(*1 Ch* 19.6-19)

6 Les fils d'Ammon virent qu'ils s'étaient rendus insupportables à David. Ils envoyèrent prendre à leur solde les Araméens de Beth-Rehov et les Araméens de Çova, soit 20.000 fantassins, le roi de Maaka, mille hommes, et les gens de Tov[1], 12.000 hommes. 7 David l'apprit et il envoya Joab et toute l'armée des preux[2]. 8 Les fils d'Ammon firent une sortie et se rangèrent en bataille à l'entrée de la porte. Les Araméens de Çova et de Rehov et les gens de Tov et de Maaka étaient à part dans la campagne. 9 Joab vit qu'il devait faire front en avant et en arrière. Il choisit des hommes dans toute l'élite d'Israël et établit une ligne face aux Araméens. 10 Il confia le reste de la troupe à son frère Avishaï et établit une ligne face aux fils d'Ammon. 11 Et il dit : « Si les Araméens sont plus forts que moi, tu viendras à mon secours. Et si les fils d'Ammon sont plus forts que toi, j'irai à ton secours. 12 Sois fort, et montrons-nous forts, pour notre peuple et pour les villes de notre Dieu. Et que le Seigneur fasse ce qui lui plaît. » 13 Alors Joab et sa troupe s'avancèrent pour combattre les Araméens. Ceux-ci prirent la fuite devant lui. 14 Quand les fils d'Ammon virent les Araméens en fuite, ils prirent eux-mêmes la fuite devant Avishaï et rentrèrent dans la ville. Joab revint de sa campagne contre les fils d'Ammon et il rentra à Jérusalem.

15 Les Araméens virent qu'ils avaient été battus devant Israël. Ils se réunirent tous. 16 Hadadèzèr envoya des messagers et mit en campagne tous les Araméens d'au-delà du Fleuve. Ceux-ci arrivèrent à Hélam[1]. Shovak, chef de l'armée de Hadadèzèr, était à leur tête. 17 On l'annonça à David. Il rassembla tout Israël[2], passa le Jourdain et arriva à Hélam. Les Araméens se mirent en ligne face à David et lui livrèrent bataille. 18 Mais les Araméens prirent la fuite devant Israël. Et David tua aux Araméens 700 attelages et 40.000 cavaliers. Il frappa Shovak, chef de l'armée araméenne, qui mourut là. 19 Tous les rois, serviteurs de Hadadèzèr, virent qu'ils avaient été battus devant Israël. Ils firent donc la paix avec Israël et le servirent. Et les Ara-

---

1. *Beth-Rehov :* localité non identifiée ; *Çova :* voir 8.3; 1 S 14.47 et la note; *Maaka, Tov :* endroits non identifiés. Ces quatre endroits étaient probablement situés dans la même région — *les gens de Tov :* l'hébreu a litt. *l'homme de Tov,* qui est probablement un collectif, mais pourrait aussi éventuellement désigner *le roi de Tov.*
2. *L'armée des preux,* c'est-à-dire les soldats de métier (comparer v. 17 et la note; 11.1).

1. *Hadadèzèr :* voir 8.3 | — *du Fleuve* ou *de l'Euphrate* — *Hélam :* endroit non identifié.
2. *tout Israël :* David mobilise cette fois tous les citoyens aptes au service militaire (comparer v. 7 et la note).

méens eurent peur de revenir au secours des fils d'Ammon.

David et Bethsabée

11 1 Or, au retour de l'année, au temps où les rois se mettent en campagne, David envoya Joab, avec tous ses serviteurs et tout Israël. Ils massacrèrent les fils d'Ammon et mirent le siège devant Rabba[1], tandis que David demeurait à Jérusalem.

2 Sur le soir, David se leva de son lit. Il alla se promener sur la terrasse de la maison du roi. Du haut de la terrasse, il aperçut une femme qui se baignait. La femme était très belle. 3 David envoya prendre des renseignements sur cette femme et l'on dit : « Mais c'est Bethsabée, la fille d'Eliâm, la femme d'Urie le Hittite[2] ! » 4 David envoya des émissaires pour la prendre. Elle vint chez lui et il coucha avec elle. Elle venait de se purifier de son impureté[3]. Puis elle rentra chez elle.

5 La femme devint enceinte. Elle en fit informer David et déclara : « Je suis enceinte. » 6 David envoya dire à Joab : « Envoie-moi Urie le Hittite. » Joab envoya donc Urie à David. 7 Urie arriva près de lui. David demanda comment allait Joab, et le peuple, et la guerre. 8 Puis David dit à Urie : « Descends chez toi et lave-toi les pieds[4]. » Urie sortit de chez le roi,

suivi d'un présent du roi. 9 Mais Urie coucha à la porte de la maison du roi avec tous les serviteurs de son seigneur et il ne descendit pas dans sa propre maison. 10 On vint dire à David : « Urie n'est pas descendu chez lui. » David dit à Urie : « N'arrives-tu pas de voyage ? Pourquoi n'es-tu pas descendu chez toi ? » 11 Urie dit à David : « L'*arche, Israël et Juda habitent dans des huttes. Mon seigneur Joab et les serviteurs de mon seigneur campent en rase campagne. Et moi, j'irais chez moi manger, boire et coucher avec ma femme[1] ! Par ta vie, par ta propre vie, je ne ferai pas cette chose-là. » 12 David dit à Urie : « Reste ici encore aujourd'hui, et demain je te renverrai. » Urie resta donc à Jérusalem ce jour-là et le lendemain. 13 David l'invita. Il mangea et but en sa présence, et David l'enivra. Urie sortit le soir pour aller se coucher sur son lit avec les serviteurs de son seigneur, mais il ne descendit pas chez lui. 14 Le lendemain matin, David écrivit une lettre à Joab et l'envoya par l'entremise d'Urie. 15 Il avait écrit dans cette lettre : « Mettez Urie en première ligne, au plus fort de la bataille. Puis, vous reculerez derrière lui. Il sera atteint et mourra. »

Mort d'Urie, mari de Bethsabée

16 Joab, qui surveillait la ville, plaça donc Urie à l'endroit où il savait qu'il y avait des hommes valeureux. 17 Les gens de la ville firent une sortie et attaquèrent Joab. Il y eut des victimes parmi

---

1. *au retour de l'année,* c'est-à-dire *au printemps suivant* — *tout Israël* : voir 10.17 et la note — *Rabba* : capitale du royaume des Ammonites (actuellement Amman, capitale de la Jordanie).
2. *Hittite* : voir au glossaire AMORITES.
3. Voir Lv 15.19-30.
4. *lave-toi les pieds* : on se lavait les pieds après un voyage (Gn 24.32). Mais ici l'expression est probablement employée dans un sens plus général, correspondant à peu près à *mets-toi à l'aise.*

1. La continence sexuelle était une règle pour les soldats, pendant la guerre.

le peuple, parmi les serviteurs de David, et Urie le Hittite mourut lui aussi. 18 Joab envoya informer David de toutes les circonstances de ce combat. 19 Il donna au messager l'ordre suivant : « Quand tu auras fini de rapporter au roi toutes les circonstances du combat, 20 si le roi se met en colère et qu'il te dise : Pourquoi vous êtes-vous approchés de la ville pour livrer bataille ? Ne saviez-vous pas qu'on tire du haut du rempart ? 21 Qui donc a frappé Abimélek, fils de Yeroubbèsheth ? N'est-ce pas une femme qui lui a lancé une meule du haut du rempart, et c'est ainsi qu'il est mort à Tévéç[1] ? Pourquoi vous êtes-vous approchés du rempart ?, Tu lui diras : Ton serviteur Urie le Hittite est mort lui aussi. »

22 Le messager partit et vint rapporter à David tout ce dont Joab l'avait chargé. 23 Le messager dit à David : « Ces gens-là étaient plus forts que nous. Ils ont fait une sortie dans notre direction en rase campagne, mais nous avons contre-attaqué jusqu'à l'entrée de la porte. 24 Les tireurs ont alors tiré sur tes serviteurs du haut du rempart. Il y a eu des morts parmi les serviteurs du roi et ton serviteur Urie le Hittite est mort lui aussi. » 25 David dit au messager : « Tu parleras ainsi à Joab : Ne prends pas trop mal cette affaire. L'épée dévore d'une façon ou d'une autre. Renforce ton attaque contre la ville et renverse-la. Réconforte-le ainsi. »

26 La femme d'Urie apprit qu'Urie, son mari, était mort, et elle pleura son mari. 27 Le deuil

passé, David la fit chercher et la recueillit chez lui. Elle devint sa femme et elle lui enfanta un fils. Mais ce qu'avait fait David déplut au Seigneur.

Natan dénonce la faute de David

12 1 Le Seigneur envoya Natan à David. Il alla le trouver et lui dit : « Il y avait deux hommes dans une ville, l'un riche et l'autre pauvre. 2 Le riche avait force moutons et boeufs. 3 Le pauvre n'avait rien du tout, sauf une agnelle, une seule petite, qu'il avait achetée. Il la nourrissait. Elle grandissait chez lui en même temps que ses enfants. Elle mangeait de sa pitance, elle buvait à son bol, elle couchait dans ses bras. Elle était pour lui comme une fille. 4 Un hôte arriva chez le riche. Il n'eut pas le coeur de prendre de ses moutons et de ses boeufs pour apprêter le repas du voyageur venu chez lui. Il prit l'agnelle du pauvre et l'apprêta pour l'homme venu chez lui. »

5 David entra dans une violente colère contre cet homme et il dit à Natan : « Par la vie du Seigneur, il mérite la mort, l'homme qui a fait cela. 6 Et de l'agnelle il donnera compensation au quadruple, pour avoir fait cela et pour avoir manqué de coeur. » 7 Natan dit à David : « Cet homme, c'est toi ! Ainsi parle le Seigneur, le Dieu d'Israël : C'est moi qui t'ai *oint comme roi d'Israël et c'est moi qui t'ai arraché de la main de Saül. 8 Je t'ai donné la maison de ton maître et j'ai mis dans tes bras les femmes de ton maître; je t'ai donné la mai-

1. Allusion à l'épisode raconté en Jg 9.50-54.

son d'Israël et de Juda[1]; et si c'est
trop peu, je veux y ajouter autant.
9 Pourquoi donc as-tu méprisé la
parole du Seigneur en faisant ce
qui lui déplaît ? Tu as frappé de
l'épée Urie le Hittite. Tu as pris
sa femme pour en faire ta femme
et lui-même, tu l'as tué par l'épée
des fils d'Ammon. 10 Eh bien, l'é-
pée ne s'écartera jamais de ta
maison[2], puisque tu m'as méprisé
et que tu as pris la femme d'Urie
le Hittite pour en faire ta femme.
11 Ainsi parle le Seigneur : Voici
que je vais faire surgir ton malheur de ta propre maison. Je
prendrai tes femmes sous tes
yeux et je les donnerai à un autre.
Il couchera avec tes femmes sous
les yeux de ce soleil[3]. 12 Car toi,
tu as agi en secret, mais moi, je
ferai cela devant tout Israël et
devant le soleil. » 13 David dit
alors à Natan : « J'ai péché contre
le Seigneur. » Natan dit à David :
« Le Seigneur, de son côté, a
passé sur ton péché. Tu ne mourras pas. 14 Mais, puisque, dans
cette affaire, tu as gravement outragé le Seigneur — ou plutôt, ses
ennemis —, le fils qui t'est né, lui,
mourra. » 15 Et Natan s'en alla
chez lui.

Mort de l'enfant de Bethsabée

Le Seigneur frappa l'enfant
que la femme d'Urie avait enfanté à David, et il tomba malade. 16 David eut recours à Dieu
pour le petit. Il se mit à *jeûner

et, quand il rentrait chez lui pour
la nuit, il couchait par terre.

17 Les anciens[1] de sa maison insistèrent auprès de lui pour le relever, mais il refusa et ne prit avec
eux aucune nourriture. 18 Le septième jour, l'enfant mourut. Les
serviteurs de David redoutaient
de lui annoncer que l'enfant était
mort. Ils se disaient en effet :
« Lorsque l'enfant était vivant,
nous lui avons parlé et il ne nous
a pas écoutés. Maintenant comment lui dire : L'enfant est mort ?

Il ferait un malheur ! » 19 David
vit que ses serviteurs chuchotaient
entre eux et David comprit que
l'enfant était mort. David dit
alors à ses serviteurs : « L'enfant
est-il mort ? » Ils dirent : « Il est
mort. » 20 Alors, David se leva de
terre, se baigna, se parfuma et
changea de vêtements; puis il entra dans la Maison du Seigneur
et se prosterna. Rentré chez lui, il
demanda qu'on lui servît un repas
et il mangea. 21 Ses serviteurs lui
dirent : « Qu'est-ce que tu fais là ?

Quand l'enfant était en vie, tu
jeûnais et pleurais à cause de lui,
et maintenant que l'enfant est
mort, tu te relèves et tu prends un
repas ! » 22 Il dit : « Quand l'enfant était encore en vie, je jeûnais
et je pleurais, car je me disais :
Qui sait ? Peut-être que le Seigneur aura pitié de moi et que
l'enfant vivra. 23 Mais maintenant, il est mort. Pourquoi jeûne-
rais-je ? Est-ce que je puis encore
le faire revenir ? C'est moi qui
m'en vais vers lui, mais lui, il ne
reviendra pas vers moi. »

---

1. *la maison d'Israël et de Juda* ou *le peuple
d'Israël et de Juda.*
2. *ta maison* ou *ta famille.*
3. Le v. 11 fait allusion à ce qui est raconté en
16.21-22.

1. Ou *Les dignitaires.*

Naissance de Salomon

24 David consola Bethsabée, sa femme. Il alla vers elle et il coucha avec elle. Elle enfanta un fils et David lui donna le nom de Salomon. Le Seigneur l'aima 25 et l'envoya dire par l'entremise du *prophète Natan. Et il lui donna le nom de Yedidya — c'est-à-dire : Aimé du Seigneur — à cause du Seigneur.

David s'empare de la ville de Rabba

(*1 Ch 20.1-3*)

26 Joab attaqua Rabba[1] des fils d'Ammon et s'empara de la ville royale. 27 Joab envoya donc des messagers à David. Il dit : « J'ai attaqué Rabba. Je me suis même emparé de la ville des eaux[2]. 28 Maintenant donc, rassemble le reste du peuple, viens assiéger la ville et t'en emparer, sinon je m'en emparerais moi-même et elle porterait mon nom[3]. » 29 David rassembla tout le peuple, partit pour Rabba, l'attaqua et s'en empara. 30 Il enleva la couronne de leur roi de dessus sa tête; son poids était d'un talent[4] d'or, avec des pierres précieuses; elle fut placée sur la tête de David. Et il emporta le butin de la ville en énorme quantité. 31 Et sa population, il la fit partir pour la mettre à manier la scie, les pics de fer et les haches de fer. Il les affecta au moulage des briques[1]. Ainsi faisait-il pour toutes les villes des fils d'Ammon. Puis David et tout le peuple revinrent à Jérusalem.

Amnon et Tamar

13 1 Voici ce qui arriva ensuite. Absalom, fils de David, avait une soeur fort belle, appelée Tamar. Amnon, fils de David, en devint amoureux. 2 Amnon se rendit malade de chagrin à cause de sa soeur[2] Tamar, car elle était vierge, et lui faire quelque chose aurait, aux yeux d'Amnon, tenu du prodige. 3 Amnon avait un ami nommé Yonadav, fils de Shiméa, frère de David. Yonadav était un homme très avisé. 4 Il lui dit : « Pourquoi donc, fils du roi, es-tu si déprimé chaque matin ? Ne veux-tu pas m'en informer ? » Amnon lui dit : « C'est Tamar, la soeur de mon frère Absalom. J'en suis amoureux. » 5 Yonadav lui dit : « Couche-toi sur ton lit et fais le malade. Quand ton père viendra te voir, tu lui diras : Permets que ma soeur Tamar vienne me donner à manger : qu'elle apprête la nourriture sous mes yeux, de manière à ce que je la voie, qu'elle me l'apporte elle-même, et je mangerai. » 6 Amnon se coucha et fit le malade. Le roi vint le voir et Amnon dit au roi : « Permets que ma soeur Tamar vienne confectionner sous mes yeux deux gâteaux, qu'elle me les apporte, et je mangerai. » 7 David envoya dire à Ta-

---

1. *Rabba :* voir 11.1 et la note.
2. *la ville des eaux :* cette expression désigne probablement la ville basse (près de la rivière), distinguée de la ville haute, mieux fortifiée.
3. *elle porterait mon nom,* c'est-à-dire « on m'attribuerait la gloire de l'avoir conquise ».
4. *talent :* voir au glossaire POIDS ET MESURES.

1. Allusion probable aux travaux forcés imposés aux vaincus; le texte n'étant pas très clair, on a parfois compris que David avait supplicié les vaincus au moyen des instruments énumérés.
2. *sa soeur* ou *sa demi-soeur: Tamar,* vraie soeur d'Absalom (v. 4), n'était que la demi-soeur d'*Amnon* (voir 3.2-3).

mar chez elle : « Va donc chez ton frère Amnon et apprête-lui de la nourriture. » 8 Tamar s'en alla chez son frère Amnon. Il était couché. Elle prit de la pâte, la pétrit, confectionna les gâteaux sous ses yeux, et les fit cuire. 9 Puis elle prit la poêle et la vida devant lui, mais il refusa de manger. Amnon dit : « Faites sortir tout le monde d'ici. » Et tous ceux qui étaient près de lui sortirent. 10 Amnon dit à Tamar : « Apporte la nourriture dans la chambre, donne-la moi et je mangerai. » Tamar prit les gâteaux qu'elle avait faits et les apporta à son frère Amnon dans la chambre. 11 Elle lui présenta à manger. Il la saisit et lui dit : « Viens, couche avec moi, ma sœur ! » 12 Elle lui dit : « Non, mon frère, ne me violente pas, car cela ne se fait pas en Israël. Ne commets pas cette infamie. 13 Moi, où irais-je porter ma honte ? Et toi, tu serais tenu en Israël pour un infâme. Parle donc au roi. Il ne t'interdira pas de m'épouser[1]. » 14 Mais il ne voulut pas l'écouter. Il la maîtrisa, lui fit violence et coucha avec elle. 15 Amnon se mit alors à la haïr violemment. Oui, la haine qu'il lui porta fut plus violente que l'amour qu'il avait eu pour elle. Amnon lui dit : « Lève-toi. Va-t'en ! » 16 Elle lui dit : « Non, car me renvoyer serait un mal plus grand que l'autre, celui que tu m'as déjà fait. » Mais il ne voulut pas l'écouter. 17 Il appela le garçon qui le servait et lui dit : « Expulse cette fille de chez moi, et verrouille la porte derrière elle ! » 18 Elle portait une tunique à longues manches[1], car c'est ainsi que s'habillaient les filles du roi quand elles étaient vierges. Le serviteur d'Amnon la fit sortir et verrouilla la porte derrière elle. 19 Tamar prit de la cendre et s'en couvrit la tête, *déchira sa tunique à longues manches, se mit la main sur la tête et partit en criant. 20 Son frère Absalom lui dit : Est-ce que ton frère Amnon a été avec toi ? Maintenant, ma sœur, tais-toi. C'est ton frère. N'y pense plus. » Tamar demeura donc, abandonnée, dans la maison de son frère Absalom. 21 Le roi David apprit toute cette affaire et en fut très irrité. 22 Absalom ne dit plus un mot à son frère Amnon, car Absalom avait pris Amnon en haine, à cause du viol de sa sœur Tamar.

Absalom fait tuer Amnon et s'enfuit

23 Deux ans après, on fit la tonte chez Absalom, à Baal-Haçor, près d'Ephraïm[2]. Absalom invita tous les fils du roi. 24 Absalom vint chez le roi et dit : « Je t'en prie. Voici qu'on fait la tonte chez ton serviteur. Que le roi et ses serviteurs veuillent bien accompagner ton serviteur. » 25 Le roi dit à Absalom : « Non, mon fils, je t'en prie, n'y allons pas tous. Il ne faut pas que nous te soyons à charge. » Il insista, mais il ne consentit pas à y aller et il le bénit. 26 Absalom dit : « Permets du moins que mon frère Amnon nous accompagne. » Le roi lui

---

1. Selon l'ancien usage, un tel mariage était autorisé (Gn 20.12), mais la législation ultérieure (Lv 18.11 ; Dt 27.22) l'interdit.

1. à longues manches : traduction incertaine d'un terme qui ne se retrouve qu'en Gn 37 (voir Gn 37.3 et la note).
2. Baal-Haçor, Ephraïm : deux localités situées à 25 km environ au nord de Jérusalem.

dit : « Pourquoi t'accompagne-rait-il ? » 27 Absalom insista, et le roi laissa partir avec lui Amnon et tous ses autres fils.

28 Absalom ordonna à ses domestiques : « Regardez bien ! Dès qu'Amnon aura le coeur en joie sous l'effet du vin et que je vous dirai : Frappez Amnon !, Vous le mettrez à mort. N'ayez pas peur. Est-ce que ce n'est pas moi qui vous l'ordonne ? Courage et montrez-vous vaillants ! » 29 Les domestiques d'Absalom firent à Amnon ce qu'Absalom avait ordonné. Tous les fils du roi se levèrent, enfourchèrent chacun son mulet et s'enfuirent.

30 Ils étaient encore en route quand la nouvelle parvint à David : Absalom avait abattu tous les fils du roi et il n'en restait pas un seul. 31 Le roi se leva, *déchira ses vêtements et se coucha par terre. Tous ses serviteurs se tenaient là, vêtements déchirés. 32 Yonadav, fils de Shiméa, frère de David, prit la parole et dit : « Que mon seigneur ne dise pas qu'on a fait mourir tous les jeunes gens, les fils du roi. Non, Amnon seul est mort. C'était sur les lèvres d'Absalom, depuis le viol de sa soeur Tamar. 33 Que mon seigneur le roi n'aille donc pas penser que tous les fils du roi sont morts. Non, Amnon seul est mort. »

34 Absalom prit la fuite.

Le garçon chargé du guet leva les yeux et vit une troupe nombreuse qui débouchait derrière lui, au flanc de la montagne. 35 Yonadav dit au roi : « Voici les fils du roi qui arrivent. Tout s'est passé comme l'a dit ton serviteur. » 36 Or, il finissait à peine de parler que les fils du roi arrivèrent. Ils éclatèrent en sanglots. Le roi et tous ses serviteurs sanglotèrent abondamment eux aussi.

37 Absalom prit la fuite et s'en alla chez Talmaï, fils d'Ammi-hour, roi de Gueshour[1]. Et, pendant tout ce temps, David garda le deuil de son fils. 38 Quant à Absalom, il avait pris la fuite et s'en était allé à Gueshour où il demeura trois ans.

Le retour d'Absalom à Jérusalem

39 Le roi David cessa de s'emporter contre Absalom, car il s'était consolé de la mort d'Amnon.

14 1 Joab, fils de Cerouya, comprit que le coeur du roi penchait vers Absalom. 2 Il envoya donc chercher à Teqoa[2] une femme avisée et il lui dit : « Fais semblant d'être en deuil, mets des vêtements de deuil, ne te parfume pas, bref, sois comme une femme depuis longtemps en deuil d'un mort. 3 Puis, va trouver le roi et parle-lui de telle façon ... » Et Joab lui dicta ce qu'elle devait dire. 4 La femme de Teqoa parla donc au roi. Elle se jeta la face contre terre, se prosterna et dit : « Au secours, mon roi ! » 5 Le roi lui dit : « Qu'as-tu ? » Elle dit : « Hélas ! Je suis veuve. Mon mari est mort. 6 Ta servante avait[3] deux fils. Tous les deux, ils se sont querellés dans la campagne. Il n'y avait personne pour les séparer. L'un d'eux a porté un coup mortel à son frère. 7 Alors, tout le

---

1. *Gueshour* : principauté araméenne, à l'est du lac de Génésareth. D'après 3.3, *Talmaï* était le grand-père maternel d'Absalom.
2. voir Am 1.1 et la note.
3. *Ta servante avait*, c'est-à-dire *J'avais*.

clan s'est dressé contre ta servante. Ils ont dit : Livre le fratricide : nous le mettrons à mort pour prix de la vie de son frère qu'il a assassiné — et nous supprimerons du même coup l'héritier. Ils éteindront ainsi la braise[1] qui me reste, ne laissant à mon mari ni nom ni postérité sur la face de la terre. » 8 Le roi dit à la femme : « Va-t'en chez toi. Je vais donner des ordres à ton sujet. » 9 La femme de Teqoa dit au roi : « Sur moi la faute, mon seigneur le roi, et sur ma famille ! Le roi et son trône en sont innocents. » 10 Le roi dit : « Celui qui t'en parlera, tu me l'amèneras, et il ne recommencera plus à s'en prendre à toi. » 11 Elle dit : « Que le roi daigne faire mention du Seigneur, ton Dieu, pour que le vengeur du *sang n'ajoute pas encore au massacre et qu'on ne supprime pas mon fils. » Il dit : « Par la vie du Seigneur, pas un cheveu de ton fils ne tombera à terre ! » 12 La femme dit : « Permets à ta servante de dire un mot à mon seigneur le roi. » Il dit : « Parle. » 13 La femme dit : « Et pourquoi donc as-tu fait un projet de ce genre à l'encontre du peuple de Dieu ? D'après ce qu'il vient de dire, le roi se déclare lui-même coupable en ne faisant pas revenir celui qu'il a banni. 14 Oui, nous mourrons, pareils à de l'eau répandue à terre et qu'on ne peut recueillir, mais Dieu n'a pas d'animosité et il a pris ses dispositions pour que ne soit pas banni loin de lui celui qui a été banni. 15 Maintenant, si je suis venue dire à mon seigneur le roi ce que

je viens de lui dire, c'est que le peuple m'a fait peur. Ta servante s'est dit : Allons parler au roi. Peut-être le roi fera-t-il ce que lui dira son esclave[1] 16 si le roi accepte d'arracher son esclave de la main de l'homme qui voudrait me supprimer de l'héritage[2] de Dieu en même temps que mon fils. 17 Ta servante s'est dit : Puisse la parole de mon seigneur le roi contribuer à l'apaisement. Car mon seigneur le roi est comme l'ange de Dieu : il écoute le bien et le mal[3]. Que le Seigneur, ton Dieu, soit avec toi. »

18 Le roi répondit à la femme : « Ne me cache rien si je te pose une question. » La femme dit : « Que mon seigneur le roi daigne parler. » 19 Le roi dit : « Est-ce la main de Joab qui te guide dans toute cette affaire ? » La femme répondit : « Par ta vie, mon seigneur le roi, personne ne peut aller à droite ou à gauche de tout ce que dit mon seigneur le roi. Oui, c'est ton serviteur Joab qui m'a donné l'ordre et c'est lui qui a dicté à ta servante tout ce qu'elle devait dire. 20 C'est pour retourner la situation que ton serviteur Joab a fait cela, mais mon seigneur est sage, aussi sage que l'ange de Dieu : il sait tout ce qui se passe sur la terre. »

21 Le roi dit à Joab : « Soit. L'affaire est réglée. Va, ramène le jeune Absalom. » 22 Joab se jeta face contre terre, se prosterna et bénit le roi. Joab dit : « Moi, ton serviteur, je sais aujourd'hui que je suis en faveur auprès de toi, mon seigneur le roi, puisque le roi

---

1. La *braise* est ici l'image de l'existence (menacée) du fils survivant.

1. *lui dira son esclave*, c'est-à-dire *je lui dirai*
2. *héritage* : voir 1 S 10.1 et la note.
3. *il écoute le bien et le mal* ou *il connaît ce qui est bien et ce qui est mal*.

a fait ce que lui a dit ton serviteur. » 23 Joab se mit en route et partit pour Gueshour[1]. Il ramena Absalom à Jérusalem. 24 Le roi dit : « Qu'il se retire chez lui et qu'il ne paraisse pas en ma présence. » Absalom se retira chez lui et il ne parut pas en présence du roi.

David se réconcilie avec Absalom

25 Il n'y avait personne dans tout Israël d'aussi beau qu'Absalom, d'aussi vanté que lui : de la plante des pieds au sommet de la tête, il était sans défaut. 26 Il se rasait la tête à la fin de chaque année, quand sa chevelure était trop lourde. Lorsqu'il se rasait, on pesait sa chevelure : 200 sicles[2], au poids du roi. 27 Il naquit à Absalom trois fils et une fille appelée Tamar. C'était une femme d'une grande beauté.

28 Absalom resta deux ans à Jérusalem sans paraître en présence du roi. 29 Absalom envoya chercher Joab pour l'envoyer chez le roi, mais il ne voulut pas venir chez lui. Il envoya un second message, mais il ne voulut pas venir. 30 Il dit alors à ses serviteurs : « Vous voyez le champ de Joab, à côté de chez moi, où il y a de l'orge : allez y mettre le feu. » Les serviteurs d'Absalom mirent donc le feu au champ. 31 Alors Joab alla trouver Absalom chez lui et lui dit : « Pourquoi tes serviteurs ont-ils mis le feu au champ qui m'appartient ? » 32 Absalom dit à Joab : « C'est que je t'avais fait demander de venir ici pour t'envoyer dire au roi : Pourquoi suis-je revenu de Gueshour ? Il vaudrait mieux pour moi y être encore. Maintenant, je veux être admis en présence du roi, et, s'il y a en moi quelque faute, qu'il me mette à mort ! » 33 Joab se rendit auprès du roi et lui fit un rapport. Le roi fit appeler Absalom qui vint auprès de lui et se prosterna face contre terre devant le roi. Alors le roi embrassa Absalom.

Absalom intrigue pour devenir roi

15 1 Or, après cela, Absalom se procura un char et des chevaux ainsi que 50 hommes qui couraient devant lui. 2 Levé de bon matin, Absalom se tenait au bord du chemin de la porte. Chaque fois qu'un homme, ayant un procès, devait se rendre chez le roi pour demander justice, Absalom l'interpellait et lui disait : « De quelle ville es-tu ? » Il disait : « Ton serviteur est de l'une des tribus d'Israël[1]. » 3 Alors Absalom lui disait : « Vois. Ta cause est bonne et juste, mais il n'y a personne pour t'entendre de la part du roi. » 4 Absalom disait : « Ah ! si j'étais juge[2] dans ce pays, c'est à moi que viendraient tous ceux qui ont des procès à juger et je leur rendrais justice ! » 5 Et lorsque l'homme s'approchait pour se prosterner devant lui, il tendait la main, le saisissait et

---

1. Voir 13.37 et la note.
2. *sicles* : voir au glossaire POIDS ET MESURES.

1. *porte* : c'est à la porte de la ville qu'on rendait la justice (Rt 4.1) — *tribus d'Israël* désigne ici (comme au v. 10) les tribus installées dans la partie nord de la Palestine.
2. *si j'étais juge*, c'est-à-dire pratiquement *roi*, car une des tâches du roi était de rendre la justice (voir 14.1-17 ; 1 R 3.16-28).

l'embrassait. 6 Absalom agissait de la sorte à l'égard de tous les Israélites qui se rendaient chez le roi pour demander justice. Et Absalom circonvenait les gens d'Israël.

7 Or, à la fin de la quarantième année[1], Absalom dit au roi : « Permets que j'aille à Hébron acquitter le voeu que j'ai fait au Seigneur. 8 Car ton serviteur a fait un voeu pendant son séjour à Gueshour en Aram[2]. Il a dit : Si vraiment le Seigneur me ramène à Jérusalem, je servirai le Seigneur. » 9 Le roi lui dit : « Va en paix. » Il se mit donc en route et alla à Hébron.

10 Absalom envoya des agents dans toutes les tribus d'Israël pour dire : « Dès que vous entendrez le son du cor, vous pourrez dire : Absalom est devenu roi à Hébron. »

11 200 hommes de Jérusalem avaient accompagné Absalom, des invités, partis en toute innocence. Ils ne savaient rien de l'affaire.

12 Pendant qu'Absalom offrait les *sacrifices, il envoya chercher Ahitofel le Guilonite, conseiller de David, dans sa ville de Guilo[3]. La conspiration devint puissante et le parti d'Absalom de plus en plus important.

David s'enfuit de Jérusalem

13 Un informateur vint dire à David : « Le coeur des hommes d'Israël s'est tourné vers Ab-

salom. » 14 David dit à tous ses serviteurs qui étaient avec lui à Jérusalem : « En route ! Fuyons. Car Absalom ne nous fera pas de quartier. Allez-vous en vite, sinon, il aura vite fait de nous atteindre, de nous mettre à mal et de passer la ville au fil de l'épée. » 15 Les serviteurs du roi dirent au roi : « Quel que soit le choix de mon seigneur le roi, tes serviteurs sont là. » 16 Le roi sortit donc à pied avec toute sa famille, mais le roi laissa dix concubines[1] pour garder la maison. 17 Le roi sortit à pied avec tout le peuple et l'on s'arrêta à la dernière maison.

18 Tous ses serviteurs passaient auprès de lui, tous les Kerétiens, tous les Pelétiens. Tous les Guittites, 600 hommes venus de Gath[2] à sa suite, passaient devant le roi. 19 Le roi dit à Ittaï le Guittite : « Pourquoi viendrais-tu, toi aussi, avec nous ? Retourne et reste avec l'autre roi, car tu es un étranger, tu es même un exilé pour ton pays. 20 Tu es arrivé hier, et aujourd'hui je t'entraînerais avec nous, alors que moi, je vais à l'aventure ? Retourne et remmène tes frères avec toi. Fidélité et loyauté[3] ! » 21 Ittaï répondit au roi et lui dit : « Par la vie du Seigneur et par la vie de mon seigneur le roi, là où sera mon seigneur le roi, pour la mort ou pour la vie, là sera ton serviteur[4]. » 22 David dit à Ittaï : « Va. Passe. » Ittaï le

---

1. Voir 3.7 et la note.
2. *Kerétiens, Pelétiens :* voir 8.18 et la note — *Guittites :* originaires de *Gath*, voir 1 S 5.8 et la note; 1 S 27.
3. *Fidélité et loyauté !* : Expression dont le sens est peu clair dans ce contexte. L'ancienne version grecque dit : *Et que le Seigneur agisse envers toi avec fidélité et loyauté.*
4. *sera ton serviteur,* c'est-à-dire *je serai.*

---

1. *à la fin de la quarantième année :* on ne sait pas à quoi se rapporte cette notice chronologique; les anciennes versions grecque et syriaque disent *au bout de quatre ans.*
2. *Gueshour en Aram :* voir 13.37 et la note.
3. Localité située à une dizaine de km au nord-ouest d'Hébron.

Guittite passa, avec tous ses hommes et tout son petit monde.

23 Tout le pays pleurait à grands sanglots, et tout le peuple passait. Le roi passait dans le torrent du Cédron[1] et tout le peuple passait en face du chemin qui longe le désert. 24 Il y avait aussi Sadoq, et avec lui tous les *lévites portant l'*arche de l'alliance de Dieu : ils déposèrent l'arche de Dieu et Abiatar monta jusqu'à ce que tout le peuple qui sortait de la ville eût fini de passer. 25 Le roi dit à Sadoq : « Ramène l'arche de Dieu dans la ville. Si le Seigneur m'est favorable, il me ramènera et me permettra de la revoir, ainsi que sa demeure. 26 Mais s'il déclare : Je ne veux pas de toi, eh bien, qu'il me fasse ce qui lui plaît ! » 27 Le roi dit au prêtre Sadoq : « Vois-tu ? Retourne en paix à la ville. Ton fils Ahimaaç et Jonathan, fils d'Abiatar, vos deux fils sont avec vous. 28 Voyez, je vais m'attarder dans les passes du désert, jusqu'à ce qu'un mot de vous m'apporte des nouvelles. » 29 Sadoq et Abiatar ramenèrent donc l'arche de Dieu à Jérusalem et ils y restèrent.

David envoie Houshaï espionner Absalom

30 David montait par la montée des Oliviers[2], il montait en pleurant; il avait la tête voilée et il marchait nu-pieds. Tout le peuple qui l'accompagnait s'était voilé la tête. Ils montaient, montaient en pleurant. 31 On vint dire à David : « Ahitofel est parmi les conjurés, avec Absalom. » David dit : « Je t'en prie, Seigneur, rends fous les conseils d'Ahitofel ! »

32 David arrivait au sommet, là où l'on se prosterne devant Dieu, quand vint à sa rencontre Houshaï l'Arkite, la tunique *déchirée et la tête couverte de terre. 33 David lui dit : « Si tu passes avec moi, tu me seras à charge. 34 Mais si tu retournes à la ville et que tu dises à Absalom : Je serai ton serviteur, ô roi; naguère j'étais le serviteur de ton père; eh bien, maintenant, je suis ton serviteur, alors tu pourras déjouer à mon avantage les conseils d'Ahitofel. 35 Et n'auras-tu pas près de toi, là-bas, les prêtres Sadoq et Abiatar ? Tout ce que tu entendras de la maison du roi, tu le rapporteras aux prêtres Sadoq et Abiatar. 36 Ils ont près d'eux là-bas leurs deux fils : Ahimaaç pour Sadoq et Jonathan pour Abiatar. Vous me transmettrez par leur intermédiaire tout ce que vous entendrez dire. » 37 Et Houshaï, l'ami[1] de David, rentra dans la ville, au moment où Absalom entrait à Jérusalem.

David et Civa

16 1 David avait un peu dépassé le sommet[2] quand Civa, le domestique de Mefibosheth, vint à sa rencontre, avec une paire d'ânes bâtés, chargés de 200 pains, cent grappes de raisin sec, cent fruits de saison et une outre de vin. 2 Le roi dit à Civa : « Qu'as-tu là ? » Civa répondit :

---

1. Le *torrent du Cédron* coule au pied de la muraille est de Jérusalem.
2. La *montée des Oliviers* est le chemin qui conduit au mont des *Oliviers*, en face de Jérusalem, de l'autre côté du Cédron.

1. *ami* a ici un sens technique; c'est le titre donné à un confident et conseiller du roi.
2. Il s'agit du *sommet* du mont des Oliviers, voir 15.30 et la note.

« Les ânes serviront de monture à la famille du roi; le pain et les fruits, de nourriture pour les jeunes gens; et le vin, de boisson aux gens épuisés par le désert. » 3 Le roi dit : « Mais où est le fils de ton seigneur ? » Civa répondit au roi : « Eh bien, il est resté à Jérusalem, car il s'est dit : Aujourd'hui, la maison d'Israël[1] me rendra la royauté de mon père. » 4 Le roi déclara à Civa : « Tous les biens de Mefibosheth sont désormais les tiens. » Civa dit : « Me voici prosterné. Reste-moi favorable, mon seigneur le roi. »

Shiméï maudit David

5 Le roi David arrivait à Bahourim quand un homme en sortait. Il était du même clan que la maison[2] de Saül et s'appelait Shiméï, fils de Guéra. Tout en sortant, il proférait des malédictions. 6 Il jetait des pierres à David et à tous les serviteurs du roi, et pourtant, tout le peuple et tous les preux étaient à droite et à gauche de David. 7 Voici ce que disait Shiméï dans ses malédictions : « Va-t'en, va-t'en, vaurien sanguinaire ! 8 Le Seigneur a fait retomber sur toi tout le sang[3] de la maison de Saül, à la place de qui tu es devenu roi. Le Seigneur a remis la royauté entre les mains de ton fils Absalom, et te voilà, toi, dans le malheur, car tu es un homme de sang. » 9 Avishaï, fils de Cerouya, dit au roi : « Pourquoi ce chien crevé maudit-il mon seigneur le roi ? Laisse-moi passer

et lui couper la tête. » 10 Le roi dit : « Qu'y a-t-il entre moi et vous, fils de Cerouya ? S'il maudit et si le Seigneur lui a dit : Va maudire David, qui pourrait lui dire : Pourquoi as-tu fait cela ? » 11 David dit à Avishaï et à tous ses serviteurs : « Si mon fils, celui qui est issu de moi, en veut à ma vie, à plus forte raison ce Benjaminite; laissez-le maudire, si le Seigneur lui a dit. 12 Peut-être le Seigneur regardera-t-il ma misère et me rendra-t-il le bonheur, au lieu de sa malédiction d'aujourd'hui. »

13 David avança sur le chemin avec ses hommes, tandis que Shiméï avançait au flanc de la montagne, à côté de lui, continuant à maudire et à lancer des pierres, à côté de lui. Il faisait aussi voler de la poussière.

14 Le roi et toute sa troupe arrivèrent exténués. Là[1], on reprit souffle.

Houshaï rejoint Absalom

15 Absalom et toute la troupe des hommes d'Israël[2] étaient arrivés à Jérusalem. Ahitofel était avec lui. 16 Quand Houshaï l'Arkite, l'ami[3] de David, arriva auprès d'Absalom, Houshaï dit à Absalom : « Vive le roi ! Vive le roi ! » 17 Absalom dit à Houshaï : « Est-là ta fidélité à l'égard de ton ami ? Pourquoi n'es-tu pas parti avec ton ami ? » 18 Houshaï dit à Absalom : « Non. Celui qu'a choisi le Seigneur, ainsi que tout ce peuple et tous les hommes d'Israël, c'est à lui que je veux

---

1. la maison d'Israël ou le peuple d'Israël (voir 15.2 et la note).
2. Bahourim : voir 3.16 et la note — maison ou famille.
3. Comparer 1.16 et la note.

1. On ignore de quel endroit il s'agit; peut-être un nom de lieu a-t-il disparu du texte.
2. Voir 15.2 et la note.
3. Voir 15.37 et la note.

être et avec lui que je veux rester. 19 En second lieu, qui vais-je servir ? N'est-ce pas son fils ? De même que j'ai été au service de ton père, je serai à ton service. »

Absalom et les concubines de David

20 Absalom dit à Ahitofel : « Tenez conseil entre vous sur ce que nous devons faire. » 21 Ahitofel dit à Absalom : « Va vers les concubines[1] de ton père qu'il a laissées pour garder la maison. Ainsi tout Israël saura que tu t'es rendu insupportable à ton père et le bras de tous tes partisans en sera fortifié. » 22 On monta pour Absalom une tente sur la terrasse et Absalom alla vers les concubines de son père sous les yeux de tout Israël. 23 Les conseils que donnait Ahitofel en ce temps-là avaient valeur d'oracle. Il en était ainsi de tous les conseils d'Ahitofel, aussi bien pour David que pour Absalom.

Houshaï contredit le conseil d'Ahitofel

17 1 Ahitofel dit à Absalom : « Laisse-moi choisir 12.000 hommes et partir à la poursuite de David, cette nuit même. 2 J'arriverai sur lui lorsqu'il sera à bout de forces, je le terroriserai, toute sa troupe prendra la fuite, et je frapperai le roi quand il sera seul. 3 Ainsi je ferai revenir tout le peuple vers toi. Atteindre l'homme que tu recherches équivaudra au retour de tous : tout le peuple sera en paix. » 4 L'avis parut juste à Absalom et à tous les

*anciens d'Israël. 5 Absalom dit : « Appelle donc aussi Houshaï l'Arkite, pour que nous entendions ce qu'il a à dire, lui aussi. » 6 Houshaï se rendit auprès d'Absalom, et Absalom lui dit : « Voilà comment Ahitofel a parlé. Devons-nous faire ce qu'il a dit ? Sinon, parle toi-même. » 7 Houshaï répondit à Absalom : « Le conseil qu'a donné Ahitofel n'est pas bon cette fois-ci. » 8 Puis Houshaï dit : « Tu connais toi-même ton père et ses hommes : ce sont des preux et ils sont hargneux comme une ourse qui a perdu son ourson dans la campagne. Ton père est un homme de guerre, il ne passera pas la nuit avec le peuple. 9 Le voici maintenant caché dans quelque trou ou ailleurs. Or, dès qu'il commencera à y avoir des victimes parmi les nôtres. Quelqu'un l'apprendra et dira : Il y a eu des pertes dans le peuple qui suit Absalom ! 10 Alors, même un brave au cœur de lion se sentira fondre, car tout Israël sait que ton père est un preux et que ses compagnons sont des braves. 11 Voici donc ce que je conseille : que se rassemble auprès de toi tout Israël, de Dan à Béer-Shéva[1], aussi nombreux que le sable des plages, toi-même marchant au combat. 12 Nous l'atteindrons en quelque lieu qu'il se trouve. Nous nous poserons sur lui comme la rosée tombe sur le sol : de lui et de ses compagnons, il ne reste[2] plus personne. 13 S'il entre dans

---

1. Voir 3.7 et la note.

1. *tout Israël* : la mobilisation générale prendra plusieurs jours ; cela laissera du temps à Houshaï pour avertir David (v. 15-22), et à David pour se préparer au combat (chap. 18) — *de Dan à Béer-Shéva* : voir la note sur Jos 19.47.

2. *il ne reste* ou *il ne restera*.

une ville pour se regrouper, tout Israël fera apporter des cordes à cette ville et nous le traînerons[1] jusqu'au torrent, si bien qu'il ne s'y trouvera même plus un caillou. » 14 Absalom et tous les hommes d'Israël dirent : « Le conseil de Houshaï l'Arkite est meilleur que le conseil d'Ahitofel. » Le Seigneur en effet avait décrété de faire échouer le conseil d'Ahitofel qui était le meilleur, pour amener le malheur sur Absalom.

David passe le Jourdain

15 Houshaï dit aux prêtres Sadoq et Abiatar : « Voilà ce qu'Ahitofel a conseillé à Absalom et aux anciens d'Israël, et voilà ce que moi, j'ai conseillé. 16 Maintenant donc, envoyez vite informer David. Dites-lui : Ne t'arrête pas cette nuit dans les steppes du désert, et même il faut que tu passes, sinon, on ne fait qu'une bouchée du roi et de tout le peuple qui l'accompagne. » 17 Jonathan et Ahimaaç se tenaient à Ein-Roguel[2]. Une servante devait aller les informer et ils devaient aller eux-mêmes informer le roi David, car ils ne pouvaient pas se faire voir en entrant dans la ville. 18 Mais un jeune homme les vit et en informa Absalom. Ils partirent tous les deux rapidement et arrivèrent à la maison d'un homme de Bahourim[3]. Il avait un puits dans sa cour. Ils y descendirent. 19 La femme prit la bâche et l'é-

tendit par-dessus le puits. Elle étala dessus des graines. On ne remarquait rien. 20 Les serviteurs d'Absalom entrèrent chez cette femme, dans la maison, et ils dirent : « Où sont Ahimaaç et Jonathan ? » La femme leur dit : « Ils ont passé ... l'eau[1]. » Ils cherchèrent sans trouver et ils s'en retournèrent à Jérusalem.

21 Après leur départ, les autres remontèrent du puits et allèrent informer le roi David. Ils dirent à David : « En route ! Passez l'eau[2] rapidement, car voilà le conseil qu'Ahitofel a donné à votre sujet. » 22 David se mit donc en route ainsi que tout le peuple qui était avec lui et ils passèrent le Jourdain. À l'aube, il n'en restait pas un seul qui n'eût passé le Jourdain.

23 Quand Ahitofel s'aperçut qu'on ne mettait pas son conseil à exécution, il sella son âne, se mit en route et s'en alla chez lui, dans sa ville. Il donna ses ordres à sa famille et se pendit. Après sa mort, il fut enseveli dans la tombe de son père.

David à Mahanaïm

24 David arriva à Mahanaïm[3] tandis qu'Absalom passait le Jourdain, lui et tous les hommes d'Israël avec lui. 25 À la tête de l'armée, Absalom avait mis Amasa, à la place de Joab. Or Amasa était le fils d'un nommé Yitra l'Israélite, qui s'était uni à Avigal, fille de Nahash et sœur de Cerouya, la mère de Joab.

---

1. *nous le traînerons* ou, selon les versions anciennes, *nous la traînerons* (la ville avec tous ceux qui s'y trouvent). A la fin du verset, l'adverbe de lieu y désigne l'emplacement de la ville.
2. *Ein-Roguel* ou *la source du Foulon* : voir 1 R 1.9 et la note.
3. *Bahourim* : voir 3.16 et la note.

1. *Ils ont passé ... l'eau* : l'hébreu présente ici un mot inconnu ; on suppose qu'il pourrait s'agir d'un *réservoir* ou d'un *canal*.
2. *l'eau*, c'est-à-dire ici *le Jourdain* (voir v. 22).
3. *Mahanaïm* : voir Gn 32.3 et la note.

26 Israël et Absalom établirent leur camp au pays de Galaad[1].

27 Dès l'arrivée de David à Mahanaïm, Shovi, fils de Nahash, de Rabba des fils d'Ammon, Makir, fils de Ammiël, de Lô-Devar, et Barzillaï le Galaadite, de Roguelim[2], 28 apportèrent du matériel de couchage, des lainages, de la vaisselle, ainsi que du blé, de l'orge, de la farine, des épis grillés, des fèves, des lentilles, des épis grillés[3], 29 du miel, du beurre, des moutons et des morceaux de boeuf qu'ils apportaient comme nourriture à David et au peuple qui était avec lui, car ils se disaient : « Le peuple a souffert de la faim, de la fatigue et de la soif dans le désert. »

Défaite des troupes d'Absalom

18 1 David passa en revue le peuple qui était avec lui et il mit à leur tête des chefs de millier et des chefs de centaine. 2 Puis David donna au peuple le signal du départ; un tiers était confié à Joab, un tiers à Avishaï, fils de Cerouya, frère de Joab, un tiers à Ittaï le Guittite. Le roi dit au peuple : « Je tiens à sortir[4], moi aussi, avec vous. » 3 Le peuple dit : « Tu ne dois pas sortir. Si, en effet, nous prenons la fuite, on ne fera pas attention à nous; même s'il meurt la moitié d'entre nous,

on ne fera pas attention à nous; mais maintenant, il s'agit de 10.000 comme nous[1]. Donc, mieux vaut que tu puisses nous secourir depuis la ville. » 4 Le roi leur dit : « Je ferai ce qui vous plaira. » Le roi se tint près de la porte, pendant que tout le peuple sortait par centaines et par milliers. 5 Le roi donna cet ordre à Joab, à Avishaï et à Ittaï : « Par égard pour moi, doucement, avec le jeune Absalom ! » Tout le peuple entendit le roi donner cet ordre à tous les chefs au sujet d'Absalom.

6 Le peuple sortit dans la campagne à la rencontre d'Israël et la bataille eut lieu dans la forêt d'Ephraïm[2]. 7 Là, le peuple d'Israël fut battu devant les serviteurs de David. Il y eut beaucoup de pertes ce jour-là, 20.000 hommes. 8 Le combat s'éparpilla sur toute l'étendue du pays. Ce jour-là, la forêt dévora[3] plus de gens parmi le peuple que n'en dévora l'épée.

Joab tue Absalom

9 Absalom se trouva par hasard face aux serviteurs de David. Absalom montait un mulet et le mulet s'engagea sous la ramure enchevêtrée d'un grand térébinthe. La tête d'Absalom se prit dans le térébinthe et il se trouva entre ciel et terre, tandis que le mulet qui était sous lui passait outre. 10 Un homme le vit et vint dire à

---

1. Indication géographique vague : *le pays de Galaad* s'étend à l'est du Jourdain; *Mahanaïm* (v. 24) en fait partie.

2. *Rabba* : voir 11.1 et la note; *Lô-Devar* : voir 9.4 et la note; *Roguelim* : localité située probablement à 25 km environ au sud-est du lac de Génésareth.

3. L'ancienne version grecque omet la répétition de *des épis grillés*.

4. *Guittite* : voir 6.10 et la note — *au peuple* ou *aux soldats* – *à sortir*, c'est-à-dire ici *à me mettre en campagne*.

1. Les anciennes versions grecque et latine précisent le sens implicite de l'hébreu : *mais toi, tu es comme dix mille d'entre nous.*

2. La localisation de *la forêt d'Ephraïm* est incertaine; peut-être s'agit-il de la région à l'est du Jourdain, mentionnée en Jos 17.15. L'ancienne version grecque parle ici de *la forêt de Mahanaïm* (voir 17.24, 27).

3. *dévora*, c'est-à-dire *fit mourir*.

Joab : « J'ai vu Absalom suspendu à un térébinthe. » 11 Joab dit à son informateur : « Ainsi tu l'as vu ! Mais pourquoi ne l'as-tu pas frappé et abattu sur place ? Je te devrais alors dix sicles[1] d'argent et une ceinture. » 12 L'homme dit à Joab : « Et même si je soupesais maintenant dans mes mains mille sicles d'argent, je ne porterais pas la main sur le fils du roi, car c'est à nos oreilles que le roi t'a donné cet ordre, ainsi qu'à Avishaï et à Ittaï : Prenez garde que nul ne touche au jeune Absalom. 13 D'ailleurs, si j'avais commis cette forfaiture contre sa vie, rien n'échappe au roi, et toi-même, tu te serais tenu à l'écart. » 14 Joab dit : « Je ne vais pas attendre ainsi devant toi ! » Il prit donc en main trois épieux et les planta dans le cœur d'Absalom, encore vivant au milieu du térébinthe. 15 Puis dix jeunes gens, les écuyers de Joab, entourèrent Absalom et le frappèrent à mort. 16 Joab sonna du cor et le peuple cessa de poursuivre Israël, car Joab retint le peuple. 17 On prit Absalom et on le jeta dans la forêt, dans une grande fosse, et l'on érigea dessus un énorme tas de pierres. Tout Israël s'était enfui, chacun à ses tentes[2].

18 Or Absalom avait entrepris de se faire ériger, de son vivant, la stèle qui se trouve dans la vallée du Roi[3], car il s'était dit : « Je n'ai pas de fils pour perpétuer mon nom. » Il donna donc son nom à la stèle. On l'appelle encore aujourd'hui le monument d'Absalom.

David apprend la mort d'Absalom

19 Ahimaaç, fils de Sadoq, dit : « Permets-moi de courir porter au roi la bonne nouvelle que le Seigneur lui a rendu justice en le tirant des mains de ses ennemis. » 20 Joab lui dit : « Tu ne serais pas porteur d'une bonne nouvelle en ce jour-ci. Tu la porteras un autre jour, mais aujourd'hui même, tu ne porterais pas une bonne nouvelle puisqu'il s'agit de la mort du fils du roi. » 21 Et Joab dit à un Koushite[1] : « Va informer le roi de ce que tu as vu. » Le Koushite se prosterna devant Joab et partit en courant. 22 De nouveau, Ahimaaç, fils de Sadoq, dit à Joab : « Advienne que pourra ! Laisse-moi courir, moi aussi, derrière le Koushite. » Joab dit : « À quoi bon courir, toi aussi, mon fils, sans bonne nouvelle qui te vaudrait une récompense ? » 23 — « Advienne que pourra ! Je courrai. » Il lui dit : « Cours ! » Ahimaaç prit en courant le chemin de la plaine du Jourdain et il dépassa le Koushite.

24 David était assis entre les deux portes[2]. Le guetteur se rendit à la terrasse de la porte, au rempart. Il leva les yeux et vit un homme qui courait seul. 25 Le guetteur cria pour en informer le roi. Le roi dit : « S'il est seul, c'est qu'il a une bonne nouvelle à annoncer. » Tandis que l'homme se rapprochait, 26 le guetteur en vit

---

1. *sicles* : voir au glossaire POIDS ET MESURES.
2. *à ses tentes* : voir Jos 22.4 et la note.
3. *la stèle* ou *la pierre dressée* — La *vallée du Roi*, non identifiée avec certitude, se trouvait probablement aux environs de Jérusalem.

---

1. *un Koushite* : un Nubien ou un Ethiopien.
2. *entre les deux portes* : sans doute un local aménagé dans l'épaisseur du mur d'enceinte de la ville, entre la porte extérieure et la porte intérieure.

accourir un autre. Il cria au portier : «Voici un homme qui court seul.» Le roi dit : «Celui-là aussi apporte une bonne nouvelle.» 27 Le guetteur dit : «Je reconnais la façon de courir du premier : c'est celle d'Ahimaaç, fils de Sadoq.» Le roi dit : «C'est un homme de bien. Il vient pour une très bonne nouvelle.» 28 Ahimaaç cria et dit au roi : «Tout va bien.» Il se prosterna face contre terre devant le roi et dit : «Béni soit le Seigneur, ton Dieu, qui a livré les hommes qui s'étaient insurgés contre mon seigneur le roi !» 29 Le roi dit : «Tout va bien pour le jeune Absalom ?» Ahimaaç dit : «J'ai vu qu'on s'agitait beaucoup quand Joab a envoyé un serviteur du roi et ton serviteur, mais je ne sais pas pourquoi.» 30 Le roi dit : «Ecarte-toi et tiens-toi là.» Il s'écarta et resta là. 31 Alors le Koushite arriva. Le Koushite dit : «Que mon seigneur le roi apprenne la bonne nouvelle : le Seigneur t'a rendu justice aujourd'hui en te tirant des mains de tous tes adversaires.» 32 Le roi dit au Koushite : «Tout va-t-il bien pour le jeune Absalom ?» Le Koushite répondit : «Qu'ils aient le sort de ce jeune homme, les ennemis de mon seigneur le roi et tous les adversaires qui veulent ton malheur !»

David pleure son fils

19 1 Alors le roi frémit. Il monta dans la chambre au-dessus de la porte et il se mit à pleurer. Il disait en marchant : «Mon fils Absalom, mon fils, mon fils Absalom, que ne suis-je mort moi-même à ta place ! Absalom, mon fils, mon fils !» 2 On prévint Joab : «Voici, lui dit-on, que le roi pleure et se lamente sur Absalom.» 3 La victoire, ce jour-là, se changea en deuil pour tout le peuple, car le peuple avait entendu dire, en ce jour-là : «Le roi est très affecté à cause de son fils.» 4 Le peuple, ce jour-là, rentra furtivement dans la ville, comme le ferait un peuple honteux d'avoir fui au combat. 5 Le roi, lui, s'était voilé le visage. Le roi criait à pleine voix : «Mon fils Absalom, Absalom, mon fils, mon fils !»

6 Joab vint trouver le roi à l'intérieur. Il dit : «Tu couvres de honte, aujourd'hui, le visage de tous tes serviteurs qui t'ont sauvé la vie aujourd'hui, ainsi qu'à tes fils et à tes filles, à tes femmes et à tes concubines[1]. 7 Tu aimes ceux qui te détestent et tu détestes ceux qui t'aiment. Tu as proclamé aujourd'hui que chefs et serviteurs ne sont rien pour toi. Eh bien, aujourd'hui, je le sais, si Absalom était vivant et nous tous morts, aujourd'hui, eh bien, tu trouverais cela normal. 8 Maintenant, lève-toi, et va parler au *coeur de tes serviteurs, car, je te le jure par le Seigneur, si tu n'y vas pas, personne ne passera cette nuit avec toi, et ce sera pour toi un malheur pire que tous les malheurs qui te sont arrivés depuis ta jeunesse jusqu'à maintenant.» 9 Alors, le roi se leva et vint s'asseoir à la porte, et l'on proclama à tout le peuple : «Voici que le

---

1. Voir 3.7 et la note.

roi est assis à la porte !» Et tout le peuple vint en présence du roi.

David invité à rentrer à Jérusalem

Israël s'était enfui, chacun à ses tentes[1]. 10 Dans toutes les tribus d'Israël[2], tout le peuple discutait. On disait : « Le roi nous avait arrachés de la main de nos ennemis, il nous avait délivrés de la main des Philistins et, maintenant, il a dû s'enfuir du pays pour échapper à Absalom. 11 Quant à Absalom, que nous avions *oint pour être notre chef, il est mort à la guerre. Qu'attendez-vous maintenant pour faire revenir le roi ?»

12 Le roi David, de son côté, envoya dire aux prêtres Sadoq et Abiatar : « Parlez aux *anciens de Juda et dites-leur : Pourquoi seriez-vous les derniers à faire revenir le roi chez lui, alors que ce que dit tout Israël est parvenu au roi chez lui ? 13 Vous êtes mes frères. Vous êtes mes os et ma chair[3]. Pourquoi donc seriez-vous les derniers à faire revenir le roi ? 14 Et vous direz à Amasa : N'es-tu pas mes os et ma chair ? Que Dieu me fasse ceci et encore cela[4], si tu ne remplaces pas Joab comme chef permanent de mon armée !» 15 David retourna l'opinion de tous les hommes de Juda, comme d'un seul homme. Ils envoyèrent dire au roi : « Reviens, toi et tous tes serviteurs !»

David épargne Shiméï

16 Le roi revint donc et arriva au Jourdain. Juda était venu à Guilgal[1] pour aller à la rencontre du roi, pour faire passer au roi le Jourdain. 17 Shiméï[2], fils de Guéra, le Benjaminite de Bahourim, se hâta de descendre avec les hommes de Juda à la rencontre du roi David. 18 Il y avait avec lui mille hommes de Benjamin, ainsi que Civa, le domestique de la maison[3] de Saül, avec ses quinze fils et ses vingt serviteurs. Ils devaient se précipiter au Jourdain au-devant du roi, 19 tandis que le radeau traverserait, pour faire passer la maison du roi et exécuter ce qu'il jugerait bon. Shiméï, fils de Guéra, s'étant jeté aux pieds du roi pendant que celui-ci passait le Jourdain, 20 dit au roi : « Que mon seigneur ne m'impute pas de faute. Ne te souviens pas de la faute que ton serviteur a commise le jour où mon seigneur le roi quitta Jérusalem. Que le roi ne la prenne pas à coeur ! 21 Car ton serviteur le sait : j'ai péché. Mais aujourd'hui, je suis venu, précédant toute la maison de Joseph[4], pour descendre à la rencontre de mon seigneur le roi. » 22 Avishaï, fils de Cerouya, intervint et dit : « Est-ce une raison pour ne pas mettre à mort Shiméï, alors qu'il a maudit le messie[5] du SEIGNEUR ? » 23 David dit : « Qu'y a-t-il entre moi et vous, fils de Cerouya, pour que vous agis-

---

1. *à ses tentes* : voir Jos 22.4 et la note.
2. *les tribus d'Israël* : voir 15.2 et la note.
3. *mes os et ma chair* : voir 5.1 et la note.
4. *Que Dieu me fasse ...* : voir 1 S 14.44 et la note.

1. Nom de plusieurs localités en Israël; ici il s'agit probablement du *Guilgal* situé à proximité de Jéricho (voir Jos 3-4).
2. Sur *Shiméï*, voir 16.5-14.
3. *la maison* ou *la famille*.
4. *précédant* ou *le premier de* — *la maison de Joseph* désigne soit les tribus d'Ephraïm et Manassé, soit l'ensemble des tribus du nord.
5. *le messie* : voir 1 S 2.10 et la note.

siez envers moi aujourd'hui comme un accusateur ? Mettra-t-on quelqu'un à mort aujourd'hui en Israël ? Ne suis-je pas sûr d'être aujourd'hui roi d'Israël ? » 24 Le roi dit à Shiméï : « Tu ne mourras pas. » Et le roi le lui jura.

David se réconcilie avec Mefibosheth

25 Mefibosheth, fils de Saül, descendit à la rencontre du roi. Il n'avait pris soin ni de ses pieds ni de sa moustache, il n'avait pas lavé ses habits, depuis le jour où le roi était parti jusqu'à ce jour où il revenait sain et sauf. 26 Or, quand il arriva à Jérusalem à la rencontre du roi, le roi lui dit : « Pourquoi n'es-tu pas parti avec moi, Mefibosheth ? » 27 Il dit : « Mon seigneur le roi, mon serviteur m'a trompé. Car ton serviteur s'était dit[1] : Je vais seller mon ânesse pour la monter et partir avec le roi — car ton serviteur est boiteux. 28 Il a calomnié[2] ton serviteur auprès de mon seigneur le roi. Mais mon seigneur le roi est comme l'*ange de Dieu. Fais donc ce qui te semble bon. 29 En effet, pour mon seigneur le roi, toute la maison de mon père ne comptaient que des gens qui méritaient la mort, et cependant tu as admis ton serviteur parmi ceux qui mangent à ta table. Ai-je encore un droit ? Que puis-je encore réclamer au roi ? » 30 Le roi lui dit : « Pourquoi discourir encore ? Je le déclare : Toi et Civa, vous vous partagerez les terres. » 31 Mefibosheth dit au roi : « Qu'il prenne même la totalité, du moment que mon seigneur le roi est rentré chez lui sain et sauf. »

David récompense Barzillaï

32 Barzillaï[1] le Galaadite était descendu de Roguelim. Il passa le Jourdain avec le roi, prenant congé de lui près du Jourdain. 33 Barzillaï était très vieux, il avait 80 ans. C'est lui qui avait pourvu à l'entretien du roi quand il s'était retiré à Mahanaïm, car Barzillaï était un personnage important. 34 Le roi dit à Barzillaï : « Toi, continue avec moi et je subviendrai à ton entretien auprès de moi à Jérusalem. » 35 Barzillaï dit au roi : « Combien d'années me reste-t-il à vivre pour que je monte avec le roi à Jérusalem ? 36 J'ai aujourd'hui 80 ans. Puis-je distinguer ce qui est bon de ce qui est mauvais ? Ton serviteur peut-il apprécier ce qu'il mange et ce qu'il boit[2] ? Puis-je encore entendre la voix des chanteurs et des chanteuses ? Pourquoi donc ton serviteur serait-il encore une charge pour mon seigneur le roi ? 37 C'est tout juste si ton serviteur pourra passer le Jourdain avec le roi. Pourquoi donc le roi m'accorderait-il une telle récompense ? Permets que ton serviteur s'en retourne et que je meure dans ma ville auprès de la tombe de mon père et de ma mère. Mais voici ton serviteur Kimham. Qu'il continue avec mon seigneur le roi et fais pour lui ce qui te plaira. »

---

1. *ton serviteur s'était dit*, c'est-à-dire *je m'étais dit*.
2. *Il a calomnié* : voir 16.1-4.

1. Sur *Barzillaï*, voir 17.27-29.
2. *Ton serviteur ... ce qu'il boit ?*, c'est-à-dire *Puis-je apprécier ce que je mange et ce que je bois ?*

39 Le roi dit : « Que Kimham continue avec moi et je ferai pour lui ce qui lui plaira, et tout ce que tu choisiras de me demander, je le ferai pour toi. » **40** Tout le peuple passa le Jourdain, et le roi passa. Puis le roi embrassa Barzillaï et le bénit. Celui-ci s'en retourna chez lui.

Querelle entre les gens de Juda et d'Israël

41 Le roi continua vers Guilgal[1] et Kimham continua avec lui. Tout le peuple de Juda, ainsi que la moitié du peuple d'Israël, avaient fait passer le roi. **42** En arrivant auprès du roi, les hommes d'Israël déclarèrent au roi : « Pourquoi nos frères, les hommes de Juda, t'ont-ils accaparé pour faire passer le Jourdain au roi et à sa maison[2], alors que tous les hommes de David étaient près de lui ? » **43** Tous les hommes de Juda répliquèrent aux hommes d'Israël : « C'est que le roi m'est plus proche. Et pourquoi t'irriter de cela ? Avons-nous mangé quelque chose qui vienne du roi ? A-t-on prélevé quelque chose pour nous ? » **44** Les hommes d'Israël répondirent aux hommes de Juda : « J'ai dix fois plus de droits que tu n'en as sur le roi[3] et même sur David. Pourquoi donc as-tu fait de moi si peu de cas ? N'ai-je donc pas parlé le premier de faire revenir mon roi ? » Mais le langage des hommes de Juda fut

plus dur que celui des hommes d'Israël.

Shèva se révolte contre David

20 **1** Là se trouvait par hasard un vaurien appelé Shèva, fils de Bikri, un Benjaminite. Il sonna du cor et déclara :

« Nous n'avons pas de part
avec David
nous n'avons pas d'héritage
avec le fils de Jessé.
Chacun à ses tentes, Israël[1] ! »

2 Tous les hommes d'Israël remontèrent, quittant David pour suivre Shèva, fils de Bikri. Mais les hommes de Juda restèrent attachés aux pas de leur roi, depuis le Jourdain jusqu'à Jérusalem.

3 David rentra chez lui à Jérusalem. Le roi prit les dix concubines[2] qu'il avait laissées pour garder la maison et il les mit dans une maison bien gardée. Il pourvut à leur entretien, mais il n'alla plus vers elles. Elles furent séquestrées jusqu'au jour de leur mort, dans l'état de veuves d'un vivant.

Joab assassine Amasa

4 Le roi dit à Amasa : « Convoque-moi tous les hommes de Juda dans les trois jours. Puis tiens-toi ici. » **5** Amasa alla convoquer les hommes de Juda, mais il fut en retard sur le délai que lui avait fixé David. **6** David dit à Avishaï : « Maintenant, Shèva, fils de Bikri, va nous faire plus de tort qu'Absalom. Prends toi-même les servi-

---

1. voir v. 16 et la note.
2. *sa maison* ou *sa famille*.
3. *J'ai dix fois plus ...* : les tribus de l'Israël du nord sont au nombre de dix, alors que Juda est une tribu unique.

1. On trouve en 1 R 12.16 un appel presque semblable à la révolte – *à ses tentes* : voir Jos 22.4 et la note – *Israël* : voir 15.2 et la note.
2. *les dix concubines* : voir 15.16 ; 3.7 et la note.

teurs de ton maître[1] et pars à la poursuite de Shèva, de peur qu'il ne trouve pour lui des villes fortifiées et n'échappe à nos yeux. » 7 Derrière Avishaï sortirent les hommes de Joab, les Kerétiens, les Pelétiens, et tous les preux[2]. Ils sortirent de Jérusalem, à la poursuite de Shèva, fils de Bikri.

8 Ils se trouvaient près de la grosse pierre qui est à Gabaon[3] quand Amasa arriva devant eux. Joab était équipé de sa tenue, sur laquelle un ceinturon supportait une épée, fixée sur ses reins dans son fourreau. Quand il sortit, elle tomba. 9 Joab dit à Amasa : « Tu vas bien, mon frère ? » La main droite de Joab saisit la barbe d'Amasa pour l'embrasser. 10 Amasa n'avait pas pris garde à l'épée qui était dans la main de Joab. Celui-ci l'en frappa au ventre et répandit ses entrailles à terre. Il mourut sans que Joab eût à lui donner un second coup.

Fin de la révolte de Shèva

Joab, avec son frère Avishaï, se mit à la poursuite de Shèva, fils de Bikri. 11 Un des garçons[4] de Joab était resté près d'Amasa. Le garçon dit : « Quiconque est partisan de Joab, et quiconque est pour David, qu'il suive Joab ! » 12 Cependant, Amasa s'était roulé dans son sang au milieu du chemin et l'homme s'aperçut que tout se passait. Il tira donc Amasa du chemin dans le champ et jeta sur lui une couver-ture, quand il vit que tous ceux qui arrivaient près de lui s'arrêtaient. 13 Lorsqu'il l'eut écarté du chemin, tous les hommes passèrent, suivant Joab à la poursuite de Shèva, fils de Bikri. 14 Celui-ci parcourut toutes les tribus d'Israël jusqu'à Avel-Beth-Maaka, et tous les Bérites[1] se rassemblèrent, ils entrèrent même à sa suite. 15 Les autres vinrent l'assiéger dans Avel-Beth-Maaka. Ils entassèrent contre la ville un remblai, qui atteignit le niveau de l'avant-mur. Tout le peuple qui était avec Joab sapait le rempart pour le faire tomber. 16 Une femme avisée cria de la ville : « Ecoutez ! Ecoutez ! Veuillez dire à Joab : Approche-toi jusqu'ici. Je veux te parler. » 17 Joab s'approcha d'elle et la femme lui dit : « Est-ce toi Joab ? » Il répondit : « C'est moi. » Elle lui dit : « Ecoute les paroles de ta servante. » Il répondit : « J'écoute. » 18 Elle poursuivit en ces termes : « On avait coutume de dire autrefois : Qu'on procède à une consultation à Avel[2], et l'affaire est terminée. 19 Je suis ce qu'il y a de plus pacifique et de plus sûr en Israël. Et toi, tu cherches à faire périr une ville — une métropole ! — En Israël. Pourquoi veux-tu engloutir l'héritage du Seigneur[3] ? » 20 Joab répondit et dit : « Abomination, abomination sur moi si j'engloutis et si je détruis ! 21 Il ne s'agit pas de cela. Mais un homme de la montagne

---

1. *les serviteurs de ton maître,* c'est-à-dire *mes serviteurs, mes soldats.*

2. *Kerétiens, Pelétiens :* voir 8.18 et la note — *preux :* voir 10.7 et la note.

3. Voir 2.12 et la note.

4. *garçons* ou *soldats.*

1. *Avel-Beth-Maaka :* localité située à 40 km environ au nord du lac de Génésareth — On ignore qui sont et d'où viennent les *Bérites ;* ils semblent en tout cas être des partisans de Shèva.

2. *Avel* est le nom abrégé d'*Avel-Beth-Maaka* (v. 14).

3. *l'héritage du Seigneur :* voir 1 S 10.1 et la note.

d'Ephraïm[1] nommé Shèva, fils de Bikri, s'est insurgé contre le roi David. Livrez-le, lui seul, et je lèverai le siège. » La femme dit à Joab : « Eh bien, on va te jeter sa tête par-dessus le rempart. » 22 La femme fit part à tout le peuple de son avis judicieux. On coupa la tête de Shèva, fils de Bikri, et on la jeta à Joab. Joab sonna du cor, ils levèrent le siège et se dispersèrent, chacun vers ses tentes[2]. Joab, lui, revint à Jérusalem auprès du roi.

Liste des fonctionnaires de David

23 Joab commandait toute l'armée d'Israël. Benaya, fils de Yehoyada, les Kérétiens et les Pelétiens[3]. 24 Adoram était préposé à la corvée. Yehoshafath, fils d'Ahiloud, était héraut; 25 Shewa, scribe; Sadoq et Abiatar, prêtres. 26 Il y avait aussi Ira, le Yaïrite; David l'avait pour prêtre.

Les Gabaonites et les descendants de Saül

21 1 Il y eut une famine au temps de David, trois années consécutives. David sollicita le Seigneur et le Seigneur dit : « Cela vise Saül et cette maison sanguinaire, parce qu'il a mis à mort les Gabaonites[4]. » 2 Le roi convoqua les Gabaonites et leur parla. Les Gabaonites ne faisaient point partie des fils d'Israël, mais ils se rattachaient aux survivants des *Amorites. Les fils

d'Israël s'étaient engagés envers eux par serment. Néanmoins, Saül, dans son excès de zèle pour les fils d'Israël et de Juda, avait cherché à les abattre[1]. 3 David déclara donc aux Gabaonites : « Que dois-je faire pour vous et comment puis-je réparer pour que vous bénissiez l'héritage du Seigneur[2] ? » 4 Les Gabaonites lui dirent : « Nous n'avons pas avec Saül et sa maison une affaire d'argent et d'or. Nous n'avons pas à faire mourir quelqu'un en Israël[3]. » Il dit : « Quoi que vous disiez, je l'exécuterai pour vous. » 5 Ils dirent au roi : « L'homme qui a voulu nous anéantir et qui nous a cru déjà éliminés de tout le territoire d'Israël, 6 qu'on nous livre sept de ses descendants, et nous les écartèlerons devant le Seigneur à Guivéa de Saül[4], l'élu du Seigneur. » Le roi dit : « Je les livrerai. » 7 Mais le roi épargna Mefibosheth, fils de Jonathan, fils de Saül, à cause du serment par le Seigneur qui existait entre eux — entre David et Jonathan[5], fils de Saül. 8 Le roi prit donc les deux fils de Riçpa, fille d'Ayya, qu'elle avait enfantés à Saül, Armoni et Mefibosheth, et les cinq fils de Mikal, fille de Saül, qu'elle

1. *montagne d'Ephraïm* : voir 1 S 9.4 et la note.
2. *vers ses tentes* : voir Jos 22.4 et la note.
3. *Kérétiens, Pelétiens* : voir 8.18 et la note.
4. Sur Gabaon, voir 2.12 et la note.

1. On ignore à quel moment et en quelles circonstances Saül a agi ainsi à l'égard des *Gabaonites.*
2. *L'héritage du Seigneur* : voir 1 S 10.1 et la note.
3. *sa maison* ou *sa famille* — faire mourir quelqu'un *en Israël* : la réponse des Gabaonites n'est pas claire; peut-être veulent-ils simplement souligner qu'ils n'ont pas le droit de vie et de mort sur les Israélites.
4. *écartèlerons* : le sens du verbe hébreu n'est pas certain; autres traductions *pendrons, empalerons* — *Guivéa de Saül* : voir 1 S 10.5 et la note.
5. *Mefibosheth* : voir 9.1-13 — *serment entre David et Jonathan* : voir 1 S 20.14-16, 42.

avait enfantés à Adriël, fils de Barzillaï, de Mehola[1], 9 et il les livra aux mains des Gabaonites, qui les écartelèrent sur la montagne devant le SEIGNEUR. Ils succombèrent tous les sept ensemble. On les mit à mort aux premiers jours de la moisson, au commencement de la moisson des orges[2].

10 Riçpa, fille d'Ayya, prit un *sac, qu'elle étendit sur le rocher, depuis le commencement de la moisson jusqu'à ce que l'eau tombât sur eux du ciel. Elle ne laissa pas les oiseaux du ciel se poser sur eux durant le jour, non plus que les bêtes sauvages durant la nuit. 11 On informa David de ce qu'avait fait Riçpa, fille d'Ayya, la concubine[3] de Saül. 12 David alla reprendre les ossements de Saül et ceux de Jonathan, son fils, aux bourgeois de Yavesh de Galaad, qui les avaient dérobés sur l'esplanade de Beth-Shéân, où les Philistins les avaient suspendus, le jour où les Philistins avaient frappé Saül à Guilboa[4]. 13 Il emporta de là les ossements de Saül et de son fils Jonathan et l'on recueillit les ossements des suppliciés. 14 On ensevelit les ossements de Saül et de son fils Jonathan au pays de Benjamin, à Céla[5], dans la tombe de Qish, son père. On fit donc tout ce qu'avait ordonné le roi. Après quoi, Dieu se montra propice au pays.

Combats contre les Philistins

(1 Ch 20.4-8)

15 Il y eut encore un combat entre les Philistins et Israël. David et ses serviteurs avec lui descendirent combattre les Philistins. David se sentit fatigué. 16 Yish-bi-be-Nov, qui appartenait aux descendants de Harafa, qui avait un épieu pesant 300 sicles[1], poids du bronze, et qui était équipé de neuf, parlait de frapper David. 17 Mais Avishaï, fils de Cerouya, lui vint en aide et frappa le Philistin à mort. C'est alors que les hommes de David l'adjurèrent en disant : «Tu ne sortiras plus avec nous au combat, pour que tu n'éteignes pas la lampe[2] d'Israël.»

18 Après cela, il y eut encore un combat contre les Philistins à Gov[3]. C'est alors que Sibbekaï de Housha battit Saf, l'un des descendants de Harafa.
19 Il y eut encore un combat contre les Philistins à Gov. Elhanân, fils de Yaaré-Oreguim, de Bethléem, frappa Goliath de Gath[4], dont la lance avait un bois pareil à une ensouple de tisserand.

20 Il y eut encore un combat à Gath. Il y avait un champion ayant six doigts aux mains et six aux pieds, 24 au total. Lui aussi était un descendant de Harafa. 21 Il lança un défi à Israël. Et Yehonatân, fils de Shiméa, frère de David, le frappa.

---

1. *de Mehola* ou *d'Avel-Mehola* : voir Jg 7.22 et la note.
2. *La moisson des orges* a lieu généralement en avril.
3. *concubine* : voir 3.7 et la note.
4. *Yavesh de Galaad, Beth-Shéân* : voir 1 S 31.10-11 et les notes — *Guilboa* : voir 1 S 28.4 et la note; 31.1-6.
5. *Céla* : localité non identifiée.

1. *sicles* : voir au glossaire POIDS ET MESURES.
2. *la lampe* : voir 1 R 11.36 et la note.
3. *Gov* : endroit inconnu.
4. *Gath* : voir 1 S 5.8 et la note.

CANAAN
AU TEMPS DES
PATRIARCHES

0   40   Km
  20   60

MER MÉDITERRANÉE

Sidon
Damas
Tyr
Dan
Dotân
Sichem
Yabboq
Béthel
Mahanaïm
Aï
Salem
Adoullam
Bethléem
Guérar
Hébron
NÉGUEV
Béer-Shéva
Sodome
Gomorrhe

MER MÉDITERRANÉE

Laïsh-Dan
Tyr
Qèdesh
PHÉNICIENS
DAN
Aṣôr
Mérôm
NEPHTALI
Akko
ASHER
Kinnéreth
BASHAN
Mt Carmel
ZABULON
LAC DE GENNÉSARETH
Afeq
Mt Tabor
ISSAKAR
Yarmouk
Ein-Dor
Ofra
Méguiddo
Shounem
Ramoth de Galaad
Dor
Izreel
GALAAD
Sharôn
Mt Guilboa
Beth-Shéân
Yavesh
MANASSÉ
Dotân
Avel-Mehola
Plaine de
Samarie
Soukkoth
Mt Ébal
Penouël
Sichem
MANASSÉ
Mt Garizim
AMMON
Montagne
d'Ephraïm
Afeq
Yabboq
EPHRAÏM
Silo
Modin
Raba Ammon
Jaffa
Béthel
GAD
Micpa
Jéricho
Jammia
Eqrôn
Rama
Guilgal
Ayyalôn
Guéva
PHILISTINS
Qiryath-Yéarim
BEN JAMIN
Ashdod
JÉRUSALEM
Mt Nébo
DAN
Adoullam
Bethléem
RUBEN
Gath
Teqoa
MER MORTE
Lakish
Beth-Çour
Hébron
Gaza
Ein-Guèdi
Aroër
Eglôn
Maôn
Arnon
SIMÉON
Ciqlag
JUDA
Béer-Shéva
Horma
ÉDOM
MOAB
Vallée de Siddim

PALESTINE
DE
L'ANCIEN TESTAMENT

— Limite des 2 Royaumes

····· Limites
de certaines tribus

LES 12 TRIBUS D'ISRAEL
et les peuples voisins

0 10 20 30 40
        Km.

COUPE : ASHDOD-NÉBO

JÉRUSALEM + 777
Ashdod ± 43
Mt Nébo 806

ALTITUDE

900
600
300
0
392
600

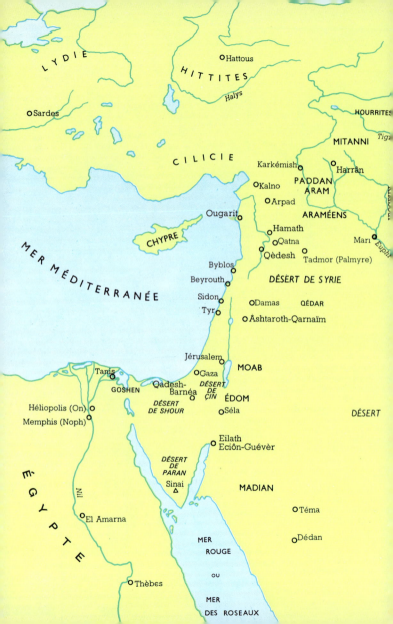

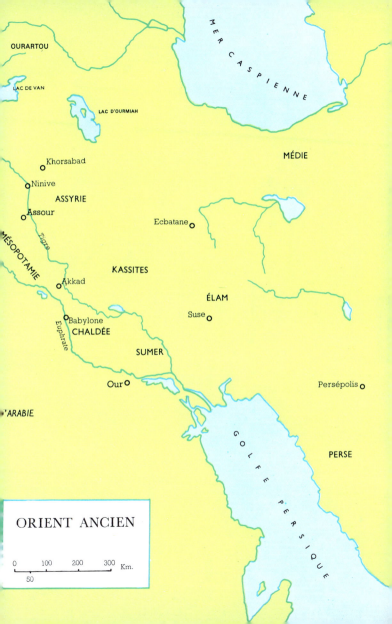

ORIENT ANCIEN

```
0        100      200      300   Km.
   50
```

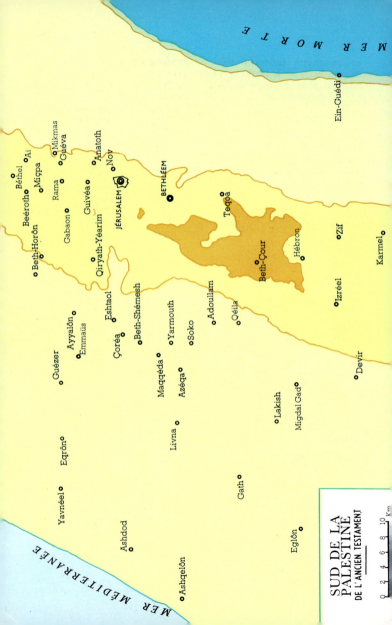

SUD DE LA
PALESTINE
DE L'ANCIEN TESTAMENT

0 2 4 6 8 10 Km

22 Ces quatre étaient descendants de Harafa, à Gath, et ils tombèrent sous les coups de David et de ses serviteurs.

Psaume de David
(Ps 18)

22 1 David[1] adressa au Seigneur les paroles de ce chant, le jour où le Seigneur l'eut délivré de la main de tous ses ennemis et de celle de Saül. 2 Il dit :
J'ai le Seigneur pour roc, pour forteresse et pour libérateur,

3 Dieu, le rocher où je me réfugie,
mon bouclier, l'arme de ma victoire, ma citadelle,
mon asile, mon sauveur, tu me sauves des violents.

4 Loué soit-il ! J'ai appelé le Seigneur,
et j'ai été vainqueur de mes ennemis.

5 Les vagues de la mort m'ont enserré,
les torrents de Bélial m'ont surpris,

6 les liens des enfers m'ont entouré,
les pièges de la mort étaient tendus devant moi.

7 Dans ma détresse, j'ai appelé le Seigneur
et j'ai appelé mon Dieu.
De son Temple, il a entendu ma voix,
mon cri est parvenu à ses oreilles.

8 Alors la terre se troubla et trembla ;

les fondations des cieux frémirent
et furent troublées quand il se mit en colère.

9 De son nez monta une fumée,
de sa bouche un feu dévorant avec des braises enflammées.

10 Il déplia les cieux et descendit,
un épais nuage sous les pieds.

11 Il chevaucha un chérubin et s'envola,
apparaissant sur les ailes du vent.

12 Il fit son abri des ténèbres l'entourant,
amoncellements liquides, nuages sur nuages !

13 Une lueur le précéda, des braises flamboyèrent.

14 Le Seigneur tonne du haut des cieux,
le Très-Haut donne de la voix.

15 Il lança les flèches et les dispersa ;
il décocha l'éclair et les éparpilla,

16 et le lit de la mer apparut.
Les fondations du monde sont dévoilées,
par le grondement du Seigneur,
par le souffle exhalé de son nez.

17 D'en haut, il m'envoie prendre,
il me retire des grandes eaux.

18 Il me délivre de mon puissant ennemi,
de ces adversaires plus forts que moi.

19 Le jour de ma défaite, ils m'affrontaient,
mais le Seigneur s'est fait mon appui.

20 Il m'a dégagé, donné du large ;
il m'a délivré, car il m'aime.

---

1. Le texte de ce chapitre se retrouve, avec beaucoup de petites variantes, au Ps 18, auquel on se reportera pour les notes.

21 Le Seigneur me traite selon
   ma justice,
   il me traite selon la pureté de
   mes mains,

22 car j'ai gardé les chemins du
   Seigneur,
   je n'ai pas été infidèle à mon
   Dieu.

23 Toutes ses lois ont été devant
   moi,
   et ses commandements, je ne
   m'en écarte pas.

24 J'ai été intègre avec lui,
   et je me suis gardé de toute
   faute.

25 Alors le Seigneur m'a rendu
   selon ma justice,
   selon ma pureté qu'il a vue de
   ses yeux.

26 Avec le fidèle, tu es fidèle;
   avec le preux intègre, tu es intègre.

27 Avec le pur, tu es pur;
   avec le pervers, tu es retors.

28 Tu rends vainqueur un peuple
   humilié,
   tu fais tomber ton regard sur
   ceux qui s'élèvent.

29 C'est toi qui es ma lampe, Seigneur.
   Le Seigneur illumine mes ténèbres.

30 C'est avec toi que je saute le
   fossé,
   avec mon Dieu que je franchis
   la muraille.

31 De ce Dieu, le chemin est parfait,
   la parole du Seigneur a fait ses
   preuves.
   Il est le bouclier de tous ceux
   qui l'ont pour refuge.

32 Qui donc est Dieu sinon le Seigneur?
   Qui donc est le Roc sinon
   notre Dieu?

33 Ce Dieu est ma place forte
   il me fait parcourir un chemin
   parfait.

34 Il rend mes pieds pareils à
   ceux des biches.
   Il me maintient sur mes hauteurs.

35 Il entraîne mes mains pour le
   combat,
   et mes bras plient l'arc de
   bronze.

36 Tu me donnes ton bouclier
   vainqueur,
   ta sollicitude me grandit.

37 Tu allonges ma foulée,
   et mes chevilles ne fléchissent
   pas.

38 Je poursuis mes ennemis, je les
   ai supprimés,
   je ne reviens pas avant de les
   avoir achevés.

39 Je les ai achevés, massacrés, ils
   ne se relèvent pas,
   ils sont tombés sous mes pieds.

40 Tu me ceins de vigueur pour le
   combat,
   tu fais plier sous moi les agresseurs.

41 De mes ennemis, tu me livres
   la nuque,
   j'ai exterminé mes adversaires :

42 ils crient, mais nul ne secourt;
   ils crient vers le Seigneur, mais
   il ne répond pas.

43 J'en fais de la poussière,
   je les écrase, je les piétine
   comme la boue des rues.

44 Tu m'as libéré des séditions de
   mon peuple.
   Tu me gardes à la tête des
   nations.
   Un peuple d'inconnus se met à
   mon service;

45 des étrangers se font mes cour-
   tisans,
   au premier mot, ils m'obéis-
   sent;

46 des étrangers s'effondrent,
   hors de leurs bastions ils sont
   ceinturés.

47 Vive le Seigneur ! Béni soit
   mon Roc !
   Que triomphe Dieu, le roc de
   ma victoire !

48 Ce Dieu m'accorde la revanche
   et abaisse des peuples sous
   moi.

49 Tu me soustrais à mes ennemis,
   tu me fais triompher de mes
   agresseurs
   et tu me délivres d'hommes
   violents.

50 Aussi je te rends grâce, Seigneur, parmi les nations !
   Et je chante en l'honneur de
   ton nom :

51 il donne de grandes victoires à
   son roi, il agit avec fidélité envers son messie, envers David
   et sa dynastie, pour toujours.

Dernières paroles de David

23 1 Et voici les dernières pa-
      roles de David :
   Oracle de David fils de Jessé,
   oracle de l'homme haut placé,
   messie du Dieu de Jacob
   et favori des chants d'Israël[1].

2 L'esprit du Seigneur parle par
   moi,
   et sa parole est sur ma langue.

3 Le Dieu d'Israël l'a dit,
   le Rocher d'Israël me l'a déclaré :
   Celui qui gouverne les hommes
   selon la justice,
   celui qui gouverne dans la
   crainte de Dieu

4 est pareil à la lumière du matin quand se lève le soleil,
   un matin sans nuages :
   de cet éclat, après la pluie, le
   gazon sort de terre.

5 N'est-ce point le cas de ma
   maison[1] auprès de Dieu,
   puisqu'il m'a accordé une alliance éternelle,
   réglée en tout et bien gardée ?
   Tous mes triomphes, toute
   chose aimable,
   ne les fait-il point germer ?

6 Mais les vauriens sont tous
   comme l'épine qu'on rejette.
   Ne les attrape-t-on pas par
   brassées ?

7 L'homme qui y touche se
   barde de fer et de bois de
   lance,
   et ils sont brûlés sur place.

Les vaillants guerriers de David
(1 Ch 11.10-47)

8 Voici les noms des preux de
   David :
   « Celui qui se tenait à sa
   place », un Tahkemonite, était
   chef des cuirassiers. C'est lui qui
   ... sur 800 victimes à la fois[2].

9 Après lui, Eléazar, fils de
   Dodo, fils d'un Ahohite. Il était
   parmi les trois preux accompagnant David quand ils défièrent
   les Philistins qui s'étaient rassemblés là pour le combat. Les
   hommes d'Israël se retirèrent,

---

1. *messie* : voir 1 S 2.10 et la note — *favori des
chants d'Israël* : 1 S 18.7 offre un exemple de
chant célébrant les exploits de David.

1. *ma maison* ou *ma dynastie.*
2. *« Celui qui se tenait à sa place »* : c'est peut-
être le surnom d'un héros. On a parfois traduit,
d'après l'ancienne version grecque, *Ishbosheth* ou
Ishbaal — *Tahkemonite* : nom d'origine, dérivé
d'un nom de lieu inconnu — *cuirassiers* : traduction conjecturale d'un terme inexpliqué — *qui ...* :
le texte hébreu présente ici deux mots incompréhensibles, parfois corrigés en *qui brandit sa lance,*
d'après le v. 18 — Dans toute cette liste de personnages et d'exploits, le texte hébreu est souvent peu
clair.

10 mais lui tint ferme et frappa parmi les Philistins jusqu'à ce que sa main, fatiguée, se fût crispée sur l'épée, et le Seigneur opéra une grande victoire ce jour-là. Le peuple revint derrière lui, mais seulement pour prendre les dépouilles.

11 Après lui, Shamma, fils d'Agué, le Hararite. Les Philistins s'étaient rassemblés en un corps. Il y avait à cet endroit un champ couvert de lentilles, et le peuple s'enfuyait devant les Philistins. 12 Il se posta au milieu du champ, le dégagea, frappa les Philistins, et le Seigneur opéra une grande victoire.

13 Trois des Trente descendirent de compagnie, au temps de la moisson, et arrivèrent auprès de David, dans la grotte d'Adoullam[1]. Un corps de Philistins campait dans la vallée des Refaïtes. 14 David était alors dans son refuge, et un poste de Philistins se trouvait alors à Bethléem. 15 David exprima ce désir : «Qui me fera boire de l'eau de la citerne qui est à la porte de Bethléem ?» 16 Les trois preux firent irruption dans le camp des Philistins, puisèrent de l'eau à la citerne près de la porte de Bethléem, l'emportèrent et la présentèrent à David. Mais il ne voulut pas en boire et il en fit une libation[2] au Seigneur. 17 Il dit : «Que le Seigneur m'ait en abomination si je fais cela ! Mais c'est le *sang des hommes qui sont allés là-bas au péril de leur vie !» Et il ne voulut pas en

boire. Voilà ce que firent ces trois preux.

18 Avishaï, frère de Joab, fils de Cerouya, était chef des cuirassiers. C'est lui qui brandit sa lance sur 300 victimes et il se fit un nom parmi les Trois[1]. 19 Certes, il eut plus d'honneurs que les Trois, et il devint leur chef, mais il n'atteignit pas les Trois.

20 Beneyahou, fils de Yehoyada, fils d'un vaillant homme, aux nombreux exploits, originaire de Qavcéel. C'est lui qui frappa les deux Ariël[2] de Moab. C'est lui qui descendit frapper le lion dans la citerne un jour de neige. 21 C'est lui aussi qui frappa un Egyptien, un homme de fière allure. L'Egyptien avait à la main une lance. Il descendit vers lui, armé d'un bâton, arracha la lance de la main de l'Egyptien et le tua de sa propre lance. 22 Voilà ce que fit Benayahou, fils de Yehoyada. Il se fit un nom parmi les Trois preux. 23 Il eut plus d'honneurs que les Trente, mais il n'atteignit pas les Trois. David l'affecta à sa garde personnelle.

24 Asahel, frère de Joab, était au nombre des Trente, ainsi qu'Elhanân, fils de Dodo, de Bethléem, 25 Shamma le Harodite, Eliqa le Harodite, 26 Hèleç le Paltite, Ira, fils de Iqqesh le Teqoïte, 27 Avièzer le Anatotite, Mevounaï le Houshatite, 28 Çalmôn l'Ahohite, Mahraï le Netofatite, 29 Hélev, fils de Baana le Netofatite, Ittaï, fils de Rivaï de Guivéa des fils de Benjamin, 30 Benayahou un Piréatonite, Hiddaï des Torrents de Gaash, 31 Avi-Alvôn

---

1. Les *Trente* : troupe d'élite de la garde personnelle de David (voir v. 24-39), composée d'une trentaine d'hommes (voir v. 39) — *Adoullam* : voir 1 S 22.1 et la note.

2. *libation* : voir au glossaire SACRIFICES.

1. Les *Trois* sont le Tahkemonite (v. 8), Eléazar (v. 9) et Shamma (v. 11).

2. *les deux Ariël* : personnages inconnus.

le Arvatite, Azmaweth le Barhou-
mite, 32 Elyahba le Shaalvonite.
Les fils de Yashén : Yehonatân,
33 Shamma le Hararite, Ahiâm,
fils de Sharar l'Ararite, 34 Elifèleth, fils d'Ahasbaï, fils du
Maakatite, Eliâm, fils d'Ahitofel
le Guilonite, 35 Hèçraï le Karmé-
lite, Paaraï l'Arbite, 36 Yiguéal,
fils de Natân de Çova, Bani le
Gadite, 37 Cèleq l'Ammonite,
Nahraï le Béérotite, écuyer de
Joab, fils de Cerouya, 38 Ira le
Yitrite, Garev le Yitrite, 39 Urie le
Hittite. Au total, 37.

David fait recenser le peuple d'Israël
(1 Ch 21.1-6)

24 1 La colère du Seigneur
s'enflamma encore contre
les Israélites et il excita David
contre eux en disant : « Va, dénombre Israël et Juda. » 2 Le roi
dit à Joab, chef de l'armée, qui
était avec lui : « Parcours toutes
les tribus d'Israël de Dan à
Béer-Shéva[1] et recensez le peuple,
que j'en sache le nombre. » 3 Joab
dit au roi : « Que le Seigneur, ton
Dieu, accroisse le peuple au centuple et que mon seigneur le roi
le voie de ses propres yeux ! Mais
pourquoi mon seigneur le roi
veut-il une chose pareille[2] ? »
4 Néanmoins l'ordre du roi s'imposa à Joab et aux chefs de l'armée et Joab se mit en route avec
les chefs de l'armée royale pour
recenser le peuple d'Israël. 5 Ils
passèrent le Jourdain et campèrent à Aroër[1], au sud de la ville
qui est dans le ravin du torrent de
Gad, puis vers Yazér. 6 Ils arrivèrent en Galaad et dans le bas
pays à Hodshi. Ils arrivèrent à
Dan-Yaân, et, en continuant le
circuit, à Sidon. 7 Ils entrèrent
dans le Fort-de-Tyr et dans
toutes les villes des Hivvites et
des Cananéens[2]. Puis ils partirent
pour le Néguev de Juda, à
Béer-Shéva. 8 Ils parcoururent
ainsi tout le pays et arrivèrent, au
bout de neuf mois et vingt jours,
à Jérusalem. 9 Joab donna au roi
les chiffres du recensement du
peuple : Israël comptait 800.000
hommes de guerre, pouvant tirer
l'épée, et Juda, 500.000 hommes.

Dieu punit la faute de David
(1 Ch 21.1-17)

10 David sentit son coeur battre
après qu'il eut ainsi dénombré le
peuple. David dit au Seigneur :
« C'est un grave péché que j'ai
commis. Et maintenant, Seigneur,
daigne passer sur la faute de ton
serviteur, car j'ai agi vraiment
comme un fou. »

11 Quand David se leva le lendemain matin, la parole du Seigneur avait été adressée au *prophète Gad, le voyant[3] de David,
en ces termes :« 12 Va dire à Da-

---

1. *de Dan à Béer-Shéva* : voir la note sur Jos 19.47.
2. *une chose pareille ?* : le recensement était un moyen de connaître, entre autres, la puissance militaire d'un royaume. Seulement le roi du peuple de Dieu ne doit pas compter sur le grand nombre de ses soldats, mais sur la puissance de son Dieu ; le recensement ordonné par David est interprété par Joab comme un manque de confiance en Dieu.

1. *Aroër* : localité située à l'est de la mer Morte, à la frontière de Moab — Selon l'itinéraire décrit jusqu'au v. 8, les envoyés de David parcourent le pays d'Israël en commençant par la région est, puis en passant au nord et à l'ouest pour finir par le sud.
2. *Hivvites, Cananéens* : voir au glossaire AMORITES.
3. *voyant* : voir 1 S 9.9.

vid : Ainsi parle le Seigneur : Je
fais peser sur toi trois menaces.
Choisis l'une d'elles et je l'exécuterai.» 13 Gad alla donc trouver
David et il l'en informa. Il lui dit :
«Subiras-tu sept années de famine dans ton pays, ou trois mois
de déroute devant ton ennemi,
lancé à ta poursuite, ou trois
jours de peste dans ton pays ?
Maintenant donc, réfléchis et vois
ce que je dois répondre à celui
qui m'a envoyé.» 14 David dit à
Gad : «Je suis dans une grande
angoisse ... Tombons plutôt entre
les mains du Seigneur, car sa miséricorde est grande, mais que je
ne tombe pas entre les mains des
hommes !» 15 Le Seigneur envoya
donc la peste en Israël, depuis ce
matin-là jusqu'au temps fixé, et il
mourut, parmi le peuple, de Dan
à Béer-Shéva[1], 70.000 hommes.

16 L'*ange étendit la main vers
Jérusalem pour la détruire, mais
le Seigneur renonça à sévir et dit
à l'ange qui exterminait le
peuple : «Assez. Maintenant, relâche ton bras.» Or l'ange du Seigneur était auprès de l'aire d'A-
rauna le Jébusite[2].

17 David parla au Seigneur,
quand il vit l'ange qui frappait
dans le peuple. Il dit : «C'est moi
qui ai péché et c'est moi qui ai
commis une faute, mais ces brebis[3], qu'ont-elles fait ? Que ta
main soit sur moi et sur ma famille !»

David construit un autel pour le Seigneur

(1 Ch 21.18-27)

18 Gad alla trouver David, en
ce jour-là, et il lui dit : «Monte
ériger un *autel au Seigneur sur
l'aire d'Arauna le Jébusite.»

19 David monta comme l'avait dit
Gad, selon l'ordre du Seigneur.

20 Arauna regarda et vit le roi et
ses serviteurs qui s'avançaient
vers lui. Arauna sortit et se prosterna devant le roi, la face contre
terre. 21 Arauna dit : «Pourquoi
mon seigneur le roi vient-il chez
son serviteur[1] ?» David répondit :
«Pour t'acheter l'aire, afin d'y bâtir un autel au Seigneur. Ainsi le
fléau sera retenu loin du peuple.»

22 Arauna dit à David : «Que
mon seigneur le roi prenne ce qui
lui plaît pour offrir l'holocauste[2].
Tu vois, les boeufs fourniront
l'holocauste, le traîneau et l'attelage des boeufs fourniront le
bois.» 23 Tout cela, le roi Arauna
le donna au roi[3]. Arauna dit au
roi : «Que le Seigneur, ton Dieu,
veuille t'agréer !» 24 Mais le roi
dit à Arauna : «Non, je tiens à te
l'acheter pour son prix, et je ne
veux pas offrir au Seigneur, mon
Dieu, des holocaustes qui ne coû-
tent rien. David acheta donc l'aire
et les boeufs pour 50 sicles[4] d'ar-

---

1. *de Dan à Béer-Shéva* : voir la note sur Jos 19.47.
2. *Jébusite* : originaire de Jébus, ancien nom de la ville de Jérusalem, avant qu'elle devînt la capitale de David.
3. *ces brebis* : David désigne ainsi le peuple dont il est le roi (Ps 78.70-72); voir aussi au glossaire BERGER.

1. *chez son serviteur*, c'est-à-dire *chez moi.*
2. *holocauste* : voir au glossaire SACRIFICES.
3. *le roi Arauna* : certains pensent qu'*Arauna* était *roi* de Jébus avant que David s'empare de sa ville. On pourrait aussi traduire comme discours direct (suite du v. 22) : «*Tout cela, ô roi, Arauna* (c'est-à-dire *je*) *le donne au roi* (David »).
4. *sicles* : voir au glossaire POIDS ET MESURES.

gent. 25 Là, David bâtit un autel au Seigneur et il offrit des holocaustes et des sacrifices de paix. Le Seigneur se montra propice au pays et le fléau fut retenu loin d'Israël.

PREMIER LIVRE DES ROIS

La vieillesse de David

1 ¹ Le roi David était vieux, et avancé en âge; on le couvrait de vêtements mais sans pouvoir le réchauffer. ² Ses serviteurs lui dirent : «On devrait chercher pour mon seigneur le roi une jeune fille vierge; elle serait au service du roi, elle lui tiendrait lieu de femme[1]; elle partagerait ton lit et mon seigneur le roi aurait chaud.» ³ On chercha une belle jeune fille dans tout le territoire d'Israël; on trouva Avishag, une Shounamite[2], et on l'amena au roi. ⁴ Cette jeune fille était extrêmement belle; elle lui tint lieu de femme et le servit; cependant le roi ne la connut pas[3].

Adonias veut devenir roi

⁵ Adonias, fils de Hagguith, jouait au prince, disant : «C'est moi qui régnerai.» Il se procura un char et des chevaux[4], ainsi que 50 hommes qui couraient devant lui. ⁶ Jamais, durant sa vie, son père ne l'avait réprimandé en di-

sant : «Pourquoi agis-tu ainsi?» En outre, lui aussi était très beau, et sa mère l'avait enfanté après Absalom. ⁷ Il se concerta avec Joab, fils de Cerouya, et avec le prêtre Abiatar[1] qui lui donnèrent leur appui. ⁸ Mais ni le prêtre Sadoq, ni Benayahou, fils de Yehoyada, ni le prophète Natan, ni Shiméï, ni Réï, ni les preux[2] de David n'étaient partisans d'Adonias. ⁹ Il offrit en *sacrifice des moutons, des boeufs, des veaux gras près de la pierre de Zohèleth qui est à côté de la source de Roguel[3], et il invita tous ses frères, les fils du roi, et tous les hommes de Juda qui étaient au service du roi. ¹⁰ Mais il n'invita pas le prophète Natan, ni Benayahou, ni les preux, ni son frère Salomon.

Natan et Bethsabée prennent parti pour Salomon

¹¹ Natan dit alors à Bethsabée, la mère de Salomon : «N'as-tu pas appris qu'Adonias, le fils de Hagguith, est devenu roi à l'insu de notre seigneur David? ¹² Maintenant, va! Je vais te don-

---

1. *elle lui tiendrait lieu de femme* : autre traduction *elle le soignerait.* De même au v. 4.

2. *Shounamite* : du village de Shounem, à 80 km environ au nord de Jérusalem; voir 2 R 4.8.

3. *ne la connut pas* : tournure hébraïque signifiant *n'eut pas de relations sexuelles avec elle.*

4. D'après 2 S 3.2-5, *Hagguith* est une des épouses de David; son fils *Adonias* est ainsi un demi-frère d'*Absalom* (1 R 1.6) et de *Salomon* (1 R 1.10) — *des chevaux* ou *des cavaliers.*

1. *Joab* : neveu (1 Ch 2.13-16) et général en chef de David (2 S 8.16) — *Abiatar* : un des deux prêtres, confidents de David, voir 2 S 8.17 (l'autre est *Sadoq*, voir v. 8).

2. Les *preux* sont les soldats de la garde personnelle de David (voir 2 S 23.8-39).

3. *la pierre de Zohèleth* ou la *Pierre-qui-glisse* — La *source de Roguel*, ou source du *Foulon*, est située dans la vallée du Cédron, au sud-est de Jérusalem; l'endroit s'appelle aujourd'hui le «Puits de Job.»

ner un conseil : sauve ta vie ainsi que la vie de ton fils Salomon. 13 Va, entre chez le roi David et dis-lui : N'est-ce pas toi, mon seigneur le roi, qui as fait ce serment à ta servante[1] : C'est ton fils Salomon qui régnera après moi et c'est lui qui s'assiéra sur mon trône ? Pourquoi donc Adonias est-il devenu roi ? 14 Et pendant que tu seras encore là à parler avec le roi, moi, j'entrerai à mon tour et je confirmerai tes paroles. »

15 Bethsabée entra chez le roi, dans sa chambre privée — le roi était très vieux et Avishag la Shounamite le servait. 16 Bethsabée s'inclina et se prosterna devant le roi; il dit : « Que veux-tu ? » 17 Elle lui répondit : « Mon seigneur, tu as fait ce serment à ta servante, par le SEIGNEUR, ton Dieu : C'est ton fils, Salomon, qui régnera après moi, et c'est lui qui s'assiéra sur mon trône. 18 Maintenant, voilà que c'est Adonias qui est roi et pourtant, mon seigneur le roi, tu n'en sais rien ! 19 Il a offert en *sacrifice des taureaux, des veaux gras, des moutons en quantité et il a invité tous les fils du roi, ainsi que le prêtre Abiatar et le chef de l'armée Joab, mais il n'a pas invité ton serviteur Salomon. 20 Quant à toi, mon seigneur le roi, tout Israël a les yeux fixés sur toi pour que tu lui annonces qui s'assiéra sur le trône après mon seigneur le roi. 21 Lorsque mon seigneur le roi se sera couché

avec ses pères[1], moi et mon fils Salomon nous serons traités comme des coupables. » 22 Elle parlait encore avec le roi quand le prophète Natan entra. 23 On annonça au roi : « Voici le prophète Natan ! » Il vint devant le roi, se prosterna devant lui, face contre terre, 24 et dit : « Mon seigneur le roi, est-ce toi qui as ordonné ceci : Adonias régnera après moi et c'est lui qui s'assiéra sur mon trône ? 25 Car il est descendu aujourd'hui à la source de Roguel, il a offert en sacrifice des taureaux, des veaux gras, des moutons en quantité et il a invité tous les fils du roi, les chefs de l'armée et le prêtre Abiatar; ils sont en train de manger et de boire en sa présence et ils disent : Vive le roi Adonias ! 26 Mais il ne m'a pas invité, moi, ton serviteur, pas plus que le prêtre Sadoq et que Benayahou, fils de Yehoyada, et que ton serviteur Salomon. 27 - Est-ce vraiment sur l'ordre de mon seigneur le roi que cela s'est fait ? Pourtant tu n'as pas fait savoir à ton serviteur qui s'assiérait sur le trône de mon seigneur le roi après toi. » 28 Le roi David répondit : « Appelez-moi Bethsabée ! » Elle vint devant le roi et se tint en sa présence. 29 Le roi fit ce serment : « Par la vie du SEIGNEUR, lui qui m'a libéré de toute détresse, 30 comme je te l'ai juré par le SEIGNEUR, le Dieu d'Israël : C'est ton fils, Salomon, qui régnera après moi, c'est lui qui s'assiéra sur mon trône à ma place. Aujourd'hui même j'agirai ainsi. » 31 Bethsabée s'inclina, la face contre terre, elle se prosterna de-

---

1. L'histoire du règne de David ne rapporte pas ce *serment* relatif à Salomon — *as fait ... à ta servante,* c'est-à-dire *m'as fait.*

1. *se coucher avec ses pères* est, en hébreu, un euphémisme pour *mourir.* Comparer Nb 20.24 et la note.

vant le roi et dit : « Vive à jamais mon seigneur le roi David. »

Salomon est consacré comme roi d'Israël

(*cf. 1 Ch 29.21-25*)

32 Le roi David dit alors : « Appelez-moi le prêtre Sadoq, le prophète Natan et Benayahou, fils de Yehoyada ! » Ils vinrent devant le roi. 33 Il leur dit : « Prenez avec vous les serviteurs de votre maître; vous mettrez mon fils Salomon sur ma propre mule et vous le ferez descendre à Guihôn[1]. 34 Là, le prêtre Sadoq et le prophète Natan lui feront l'onction qui le sacrera roi[2] sur Israël, tandis que vous sonnerez du cor et crierez : Vive le roi Salomon ! 35 Vous remonterez à sa suite, et il viendra s'asseoir sur mon trône; c'est lui qui régnera à ma place, c'est lui que j'institue comme chef sur Israël et sur Juda. » 36 Benayahou, fils de Yehoyada, répondit au roi : *« Amen ! Ainsi parle le Seigneur, le Dieu de mon seigneur le roi. 37 Comme le Seigneur a été avec mon seigneur le roi, tel il sera avec Salomon; il magnifiera son trône plus encore que celui de mon seigneur le roi David. » 38 Le prêtre Sadoq, le prophète Natan, Benayahou, fils de Yehoyada, ainsi que les Kerétiens et les Pelétiens[3] descendirent; ils firent monter Salomon sur la mule du roi David et le menèrent à Guihôn. 39 Le prêtre Sadoq prit dans la *Tente la corne d'huile et fit sur Salomon l'onction qui le sacrait roi; on sonna du cor et tout le peuple cria : « Vive le roi Salomon ! » 40 Tout le peuple remonta à sa suite; le peuple jouait de la flûte et exultait d'allégresse au point que la terre craquait sous ses clameurs.

Salomon épargne Adonias

41 Adonias ainsi que tous ses invités entendirent ces clameurs[1] alors qu'ils finissaient de manger; Joab entendit même le son du cor et dit : « Pourquoi ce tumulte dans la ville ? » 42 Il parlait encore quand arriva Yonatân, fils du prêtre Abiatar. Adonias lui dit : « Viens, tu es un homme de valeur; tu as sûrement une bonne nouvelle à annoncer. » 43 Yonatân répondit à Adonias : « Pas du tout ! Notre seigneur le roi David a fait roi Salomon ! 44 Le roi a envoyé avec lui le prêtre Sadoq, le prophète Natan, Benayahou fils de Yehoyada, ainsi que les Kerétiens et les Pelétiens; et ils l'ont fait monter sur la mule du roi. 45 Le prêtre Sadoq et le prophète Natan lui ont fait l'onction royale à Guihôn d'où ils sont remontés dans la joie; et la cité a été enthousiasmée : c'est ce bruit que vous avez entendu. 46 Et Salomon s'est même assis sur le trône royal; 47 bien plus, les serviteurs du roi sont venus féliciter[2]

---

1. *les serviteurs de votre maître*, c'est-à-dire *mes serviteurs* — cette *mule* était la monture royale de David — La *source de Guihôn* est située dans la vallée du Cédron, sur le flanc est de la colline de Jérusalem; un de ses noms actuels est « Fontaine de la Vierge ».
2. *qui le sacrera roi* ou *pour le consacrer comme roi*.
3. Sur les *Kerétiens* et les *Pelétiens*, voir 2 S 8.18 et la note.

1. *entendirent ces clameurs* : la source de Roguel, où se trouvent Adonias et ses invités (v. 9), n'est en effet qu'à 700 m environ au sud de la source de Guihôn.
2. *féliciter* : autre traduction *bénir*.

notre seigneur le roi David en disant : Que ton Dieu rende le nom de Salomon plus célèbre encore que le tien, et qu'il magnifie son trône plus que le tien. Le roi s'est prosterné sur son lit, 48 et il a même parlé ainsi : Béni soit le Seigneur, le Dieu d'Israël, de ce qu'il a donné aujourd'hui quelqu'un pour s'asseoir sur mon trône et de ce que mes yeux peuvent le voir. » 49 Tous les invités d'Adonias tremblèrent, se levèrent et se sauvèrent chacun de son côté. 50 Adonias, lui, par peur de Salomon, se leva et alla saisir les cornes de l'*autel[1]. 51 On en informa Salomon : « Voici qu'Adonias, par peur du roi Salomon, a saisi les cornes de l'autel en disant : Que le roi Salomon me jure aujourd'hui qu'il ne tuera pas son serviteur par l'épée ! » 52 Salomon dit : « S'il se conduit en honnête homme, il ne tombera pas à terre un seul de ses cheveux; mais s'il se trouve en lui le moindre mal, il mourra. » 53 Le roi Salomon envoya des gens pour le faire descendre de l'autel. Il vint se prosterner devant le roi Salomon, et Salomon lui dit : « Rentre chez toi ! »

Les dernières volontés de David

2 1 Comme le moment de sa mort approchait, David donna ses ordres à son fils Salomon : 2 « Je m'en vais par le chemin de tout le monde; sois ferme, sois un homme ! 3 Garde les observances du Seigneur, ton Dieu, marche dans ses chemins, garde ses lois, ses commandements, ses coutumes et ses exigences, comme c'est écrit dans la Loi de Moïse. Ainsi tu réussiras dans tout ce que tu feras et projetteras; 4 et le Seigneur exécutera la parole qu'il m'a dite : Si tes fils veillent sur leur conduite, marchent devant moi avec loyauté, de tout leur coeur, de tout leur être, oui, quelqu'un des tiens ne manquera jamais de siéger sur le trône d'Israël.

5 De plus, tu sais ce que m'a fait Joab, le fils de Cerouya, ce qu'il a fait aux deux chefs des armées d'Israël, à Avner, fils de Ner, et à Amasa, fils de Yètèr : il les a tués, versant en temps de paix le sang de la guerre; il a mis ainsi le sang de la guerre sur la ceinture de ses reins et la sandale de ses pieds[1]. 6 Agis selon ta sagesse, mais ne laisse pas ses cheveux blancs descendre en paix au *séjour des morts. 7 Envers les fils de Barzillaï de Galaad, par contre, tu agiras avec bonté; qu'ils soient de ceux qui mangent à ta table car ils sont venus vers moi avec la même bonté lorsque je fuyais devant ton frère Absalom[2]. 8 Mais voici, il y a près de toi Shiméï, le fils de Guéra, Benjaminite de Bahourim; il m'a maudit d'une façon atroce le jour de mon départ pour Mahanaïm; mais il est descendu à ma rencontre au Jourdain, aussi je lui ai juré par le Seigneur : Je ne te tuerai pas par l'épée[3]. 9 Maintenant, ne le tiens pas pour quitte,

---

1. Sur *les cornes de l'autel*, voir Ex 27.2 et la note; c'était la partie la plus sainte de l'autel, et celui qui saisissait ces cornes réclamait ainsi la protection de Dieu et la clémence des hommes.

1. Sur *Avner*, voir 2 S 3.26-27; sur *Amasa*, voir 2 S 20.9-10 — la dernière phrase du verset est une façon imagée de dire que Joab est coupable de ce double assassinat.

2. Sur *les fils de Barzillaï*, voir 2 S 17.27-29; 19.32-33.

3. Sur *Shiméï*, voir 2 S 16.5-13; 19.17-24.

car tu es un homme sage; tu sauras ce que tu dois lui faire : Tu
feras descendre dans le sang ses
cheveux blancs au séjour des
morts. »

David meurt. Salomon lui suc-
cède
(*1 Ch 29.26-28*)

10 David se coucha avec ses
pères[1] et fut enseveli dans la
*Cité de David. 11 La durée du
règne de David sur Israël fut de
40 ans[2] : il régna sept ans à Hébron, et 33 ans à Jérusalem.

12 Salomon s'assit sur le trône
de David son père et sa royauté
s'affermit considérablement.

Salomon se débarrasse d'Ado-
nias

13 Adonias, le fils de Hagguith,
vint trouver Bethsabée, la mère
de Salomon. Elle lui dit : « Ta visite est-elle pacifique ? » Il répondit : « Oui. » 14 Puis il dit : « J'ai un
mot à te dire. » « Parle ! » dit-elle.
— 15 « Tu sais toi-même que la
royauté m'appartenait et que tout
Israël était tourné vers moi pour
que je sois roi. Mais la royauté
s'est détournée de moi, elle est
allée à mon frère; c'est par la
volonté du SEIGNEUR qu'il l'a eue.
16 À présent, je n'ai qu'une demande à te faire; ne me repousse
pas. » Elle lui dit : « Parle ! » 17 Il
répondit : « Je te prie, dis au roi
Salomon, qui ne te repoussera

pas, de me donner pour femme
Avishag, la Shounamite. » 18 Bethsabée répondit : « Bien ! Je parlerai moi-même au roi à ton sujet. »

19 Bethsabée entra chez le roi
Salomon pour lui parler au sujet
d'Adonias. Le roi se leva à sa
rencontre et se prosterna devant
elle; puis il s'assit sur son trône et
en fit placer un pour la mère du
roi; elle s'assit à sa droite. 20 Elle
dit : « Je voudrais te faire une petite demande; ne me repousse
pas. » Le roi lui répondit : « Demande, ma mère ! Je ne te repousserai pas. » 21 Elle dit :
« Pourrait-on donner pour femme
Avishag la Shounamite à ton
frère Adonias ? » 22 Le roi Salomon répondit à sa mère : « Pourquoi donc demandes-tu Avishag
la Shounamite[1] pour Adonias ?
Demande plutôt la royauté pour
lui puisqu'il est mon frère aîné !
Pour lui, pour le prêtre Abiatar,
pour Joab, le fils de Cerouya ! »

23 Le roi Salomon jura par le SEI-
GNEUR en disant : « Que Dieu me
fasse ceci et encore cela[2] ! C'est
au prix de sa vie qu'Adonias a
prononcé cette parole ! 24 Maintenant, par la vie du SEIGNEUR, lui
qui m'a affermi en me faisant
asseoir sur le trône de David mon
père et qui m'a introduit dans une
lignée royale comme il l'avait dit,
aujourd'hui même Adonias sera
mis à mort. » 25 Le roi Salomon
envoya Benayahou, fils de Yehoyada; il se jeta sur Adonias qui
mourut.

1. *se coucha avec ses pères* : voir 1.21 et la note.
2. Le règne de David a probablement débuté
peu avant l'an 1000.

1. En ce temps-là, épouser une femme d'un roi
défunt apparaissait comme une prétention à être
le successeur légitime de ce roi; voir 2 S 16.21-22.
2. *Que Dieu me fasse ceci et encore cela !* : Voir
1 S 14.44 et la note.

Salomon chasse Abiatar de Jérusalem

26 Quant au prêtre Abiatar, le roi lui dit : « Va à Anatoth, dans ta propriété, car tu es un homme digne de mort; mais aujourd'hui je ne te tuerai pas parce que tu as porté l'*arche du Seigneur Dieu devant David mon père, et que tu as enduré avec lui tout ce qu'il a enduré[1]. » 27 Salomon démit Abiatar de sa fonction de prêtre du Seigneur, pour accomplir la parole que le Seigneur avait dite sur la maison de Eli, à Silo[2].

Salomon se débarrasse de Joab

28 La nouvelle arriva à Joab — Joab avait pris parti pour Adonias, mais non pas pour Absalom. Alors il se réfugia dans la *Tente du Seigneur et saisit les cornes de l'*autel[3]. 29 On annonça au roi Salomon : « Joab s'est réfugié dans la Tente du Seigneur; il est à côté de l'autel. » Salomon envoya Benayahou, fils de Yehoyada, en disant : « Va, jette-toi sur lui ! » 30 Benayahou entra dans la Tente du Seigneur et dit à Joab « Ainsi parle le roi : Sors ! »; mais Joab dit : « Non ! C'est ici que je mourrai. » Benayahou fit rapport au roi sur la façon dont Joab avait parlé et répondu. 31 Le roi lui dit : « Fais comme il a dit; jette-toi sur lui, puis tu l'enterreras. Tu détourneras ainsi de moi et de la maison de mon père le sang versé[1] sans cause par Joab. 32 Le Seigneur fait retomber son sang sur sa tête, à lui qui s'est jeté sur deux hommes plus justes et meilleurs que lui et qui les a tués par l'épée à l'insu de David, mon père : Avner, fils de Ner, chef de l'armée d'Israël, et Amasa, fils de Yètèr, chef de l'armée de Juda. 33 Que leur sang retombe sur la tête de Joab et sur la tête de ses descendants, à jamais ! Tandis que pour David, pour sa descendance, pour sa maison, pour son trône, il y aura le bonheur à tout jamais, de par le Seigneur. » 34 Benayahou, fils de Yehoyada, monta, se jeta sur Joab et le tua; Joab fut enseveli dans sa maison, au désert. 35 Le roi mit à sa place à la tête de l'armée Benayahou, fils de Yehoyada; et il mit le prêtre Sadoq à la place d'Abiatar.

Salomon se débarrasse de Shiméï

36 Le roi fit appeler Shiméï et lui dit : « Bâtis-toi une maison dans Jérusalem; tu habiteras la ville et tu n'en sortiras pas pour aller où que ce soit. 37 S'il t'arrive un jour d'en sortir et de franchir le ravin du Cédron, sache bien que tu mourras immanquablement; ton sang retombera sur ta tête. » 38 Shiméï dit au roi : « Cette parole est bonne. Comme l'a dit mon seigneur le roi, ainsi fera ton serviteur »; et Shiméï demeura longtemps dans Jérusalem. 39 Mais, au bout de trois ans, deux des serviteurs de Shiméï s'enfuirent chez Akish, fils de

---

1. *Anatoth* : localité située à 5 km au nord de Jérusalem; patrie du prophète Jérémie (voir Jr 1.1) — *tu as porté l'arche ...* : voir 1 S 22.20-23; 2 S 15.24-29.

2. Voir 1 S 2.30-36.

3. Voir 1.50 et la note.

---

1. *Tu détourneras ainsi de moi ... le sang versé* : expression signifiant *tu montreras ainsi que je ne suis pas responsable de la mort d'Avner et d'Amasa*.

Maaka, roi de Gath[1]; on annonça à Shiméï : « Tes serviteurs sont à Gath. » 40 Shiméï se leva, sella son âne et partit pour Gath, chez Akish, pour rechercher ses serviteurs. Shiméï ne fit qu'un aller et retour pour ramener ses serviteurs de Gath. 41 On annonça à Salomon que Shiméï était allé de Jérusalem à Gath et qu'il était revenu. 42 Le roi fit appeler Shiméï et lui dit : « Ne t'ai-je pas fait jurer par le Seigneur et ne t'ai-je pas averti : Le jour où tu sortiras de la ville pour aller où que ce soit, sache bien que tu mourras immanquablement ? Tu m'as dit : Elle est bonne, la parole que j'ai entendue ... 43 pourquoi n'as-tu pas respecté le serment prononcé devant le Seigneur et le commandement que je t'avais donné ? » 44 Puis le roi dit à Shiméï : « Tu connais et ton coeur sait tout le mal que tu as fait à David mon père; aussi le Seigneur fait-il retomber ta méchanceté sur ta tête. 45 Mais le roi Salomon sera béni et le trône de David sera affermi à tout jamais devant le Seigneur[2]. » 46 Le roi donna un ordre à Benayahou, fils de Yehoyada; il sortit, se jeta sur Shiméï qui mourut.

C'est ainsi que la royauté fut affermie dans la main de Salomon.

Salomon épouse une fille de Pharaon

3 1 Salomon devint gendre de *Pharaon, roi d'Egypte; il épousa la fille de Pharaon et l'installa dans la *Cité de David jusqu'à ce qu'il eût fini de bâtir sa propre maison, la Maison du Seigneur et la muraille autour de Jérusalem. 2 Seulement, le peuple continuait à offrir des *sacrifices sur les *hauts lieux car, jusqu'à cette époque, on n'avait pas encore bâti de Maison pour le *nom du Seigneur[1]. 3 Salomon aima le Seigneur de telle sorte qu'il marcha selon les prescriptions de David, son père; seulement, c'était sur les hauts lieux qu'il offrait des sacrifices et qu'il brûlait de l'*encens.

Salomon demande à Dieu la sagesse pour régner
(2 Ch 1.1-13)

4 Le roi se rendit à Gabaon pour y offrir un sacrifice car c'était le principal *haut lieu — Salomon offrira mille holocaustes[2] sur cet *autel —. 5 À Gabaon, le Seigneur apparut à Salomon, la nuit, dans un rêve; Dieu lui dit : « Demande ! Que puis-je te donner ? » 6 Salomon répondit : « Tu as traité ton serviteur David, mon père, avec une grande fidélité parce qu'il a marché devant toi avec loyauté, justice et droiture de coeur à ton égard, tu lui as gardé cette grande fidélité en lui donnant un fils qui siège aujourd'hui sur son trône. 7 Maintenant, Seigneur, mon Dieu, c'est toi qui fais régner ton serviteur à la place de David, mon père, moi qui ne suis qu'un tout jeune homme, et ne sais comment gou-

---

1. *Gath* : ville philistine située à une cinquantaine de km au sud-ouest de Jérusalem.
2. Voir 2 S 7.13-16.

1. La *Maison pour le nom du Seigneur*, c'est le *Temple*.
2. *Gabaon* : ville située à 10 km au nord-ouest de Jérusalem — *holocaustes* : voir au glossaire SACRIFICES.

verner[1]. 8 Ton serviteur se trouve au milieu de ton peuple, celui que tu as choisi, peuple si nombreux qu'on ne peut ni le compter ni le dénombrer à cause de sa multitude. 9 Il te faudra donner à ton serviteur un coeur qui ait de l'entendement pour gouverner ton peuple, pour discerner le bien du mal; qui, en effet, serait capable de gouverner ton peuple, ce peuple si important ? » 10 Cette demande de Salomon plut au Seigneur. 11 Dieu lui dit : « Puisque tu as demandé cela et que tu n'as pas demandé pour toi une longue vie, que tu n'as pas demandé pour toi la richesse, que tu n'as pas demandé la mort de tes ennemis, mais que tu as demandé le discernement pour gouverner avec droiture, 12 voici, j'agis selon tes paroles : je te donne un coeur sage et perspicace, de telle sorte qu'il n'y a eu personne comme toi avant toi, et qu'après toi, il n'y aura personne comme toi. 13 Et même ce que tu n'as pas demandé, je te le donne : et la richesse, et la gloire, de telle sorte que durant toute ta vie il n'y aura personne comme toi parmi les rois. 14 Si tu marches dans mes chemins, en gardant mes lois et mes commandements comme David, ton père, je prolongerai ta vie. » 15 Salomon se réveilla; tel fut son rêve. — Il rentra à Jérusalem et se tint devant l'*arche de l'alliance du Seigneur. Il offrit des holocaustes et des sacrifices de paix, et il fit un banquet pour tous ses serviteurs.

Salomon rend la justice avec sagesse

16 Alors deux prostituées vinrent se présenter devant le roi. 17 L'une dit : « Je t'en supplie, mon seigneur; moi et cette femme, nous habitons la même maison, et j'ai accouché alors qu'elle s'y trouvait. 18 Or, trois jours après mon accouchement, cette femme accoucha à son tour. Nous étions ensemble, sans personne d'autre dans la maison; il n'y avait que nous deux. 19 Le fils de cette femme mourut une nuit parce qu'elle s'était couchée sur lui. 20 Elle se leva au milieu de la nuit, prit mon fils qui était à côté de moi — ta servante dormait — et le coucha contre elle; et son fils, le mort, elle le coucha contre moi. 21 Je me levai le matin pour allaiter mon fils, mais il était mort. Le jour venu, je le regardai attentivement, mais ce n'était pas mon fils, celui dont j'avais accouché. » 22 L'autre femme dit : « Non ! Mon fils, c'est le vivant, et ton fils, c'est le mort »; mais la première continuait à dire : « Non ! Ton fils, c'est le mort, et mon fils, c'est le vivant. » Ainsi parlaient-elles devant le roi. 23 Le roi dit : « Celle-ci dit : Mon fils, c'est le vivant, et ton fils, c'est le mort; et celle-là dit : Non ! Ton fils, c'est le mort, et mon fils, c'est le vivant. » 24 Le roi dit : « Apportez-moi une épée ! » Et l'on apporta l'épée devant le roi. 25 Et le roi dit : « Coupez en deux l'enfant vivant et donnez-en une moitié à l'une et une moitié à l'autre. » 26 La femme dont le fils était le vivant dit au roi — car ses entrailles étaient émues au sujet de son fils : « Pardon, mon seigneur !

1. L'hébreu emploie ici une image (*je ne sais ni sortir ni entrer*) qui exprime le manque d'expérience de Salomon.

Donnez-lui le bébé vivant, mais ne le tuez pas!» Tandis que l'autre disait : «Il ne sera ni à moi ni à toi! Coupez!» 27 Alors le roi prit la parole et dit : «Donnez à la première le bébé vivant, ne le tuez pas; c'est elle qui est la mère.»

28 Tout Israël entendit parler du jugement qu'avait rendu le roi et l'on craignit le roi, car on avait vu qu'il y avait en lui une sagesse divine pour rendre la justice.

Salomon organise son royaume

4 1 Le roi Salomon était roi sur tout Israël. 2 Voici les chefs qui étaient à son service[1] : le prêtre Azaryahou, fils de Sadoq; 3 les secrétaires Elihoref et Ahiyya, fils de Shisha; le héraut Yehoshafath, fils d'Ahiloud; 4 le chef de l'armée Benayahou, fils de Yehoyada; les prêtres Sadoq et Abiatar; 5 le chef des préfets Azaryahou, fils de Natân; le prêtre et ami du roi Zavoud, fils de Natân; 6 le chef du palais, Ahishar, et le chef des corvées Adonirâm, fils de Avda. 7 Salomon avait douze préfets pour l'ensemble d'Israël, qui ravitaillaient le roi et sa maison; un mois par an, chacun d'eux assurait le ravitaillement. 8 Voici leurs noms[2] :

le fils de Hour, dans la montagne d'Ephraïm;

9 le fils de Dèqèr, à Maqaç, à Shaalvîm, à Beth-Shèmesh et à Elôn-Beth-Hanân;

10 le fils de Hèsed, à Aroubboth; il avait Soko et tout le pays de Héfèr;

11 le fils d'Avinadav : toute la crête de Dor; Tafath, fille de Salomon, fut sa femme;

12 Baana, fils d'Ahiloud : Taanak et Meguiddo et tout Beth-Shéân qui est à côté de Çartân, en dessous d'Izréel, depuis Beth-Shéân jusqu'à Avel-Mehola, jusqu'au-delà de Yoqmoâm;

13 le fils de Guèvèr, à Ramoth-de-Galaad; il avait les campements de Yaïr, fils de Manassé, qui sont dans le Galaad; il avait la région d'Argov qui est dans le Bashân : 60 grandes villes avec murailles et verrous de bronze;

14 Ahinadav, fils de Iddo, à Mahanaïm;

15 Ahimaaç en Nephtali. Lui aussi prit pour femme une fille de Salomon, Basmath;

16 Baana, fils de Houshaï, en Asher et à Béaloth;

17 Yehoshafath, fils de Parouah, en Issakar;

18 Shimeï, fils d'Ela, en Benjamin;

19 Guèvèr, fils d'Ouri, dans le pays de Galaad, terre de Sihôn, roi des *Amorites et de Og, roi du Bashân; et il y avait un préfet dans le Pays[1].

20 Juda et Israël étaient nombreux, autant que le sable qui est au bord de la mer. Ils avaient à manger et à boire et ils étaient heureux.

---

1. On trouve une liste semblable en 2 S 8.15-18.
2. Aux v. 8, 9, 10, 11 et 13, le texte ne donne pas le nom personnel des préfets, mais seulement celui de leur père. Cela peut signifier qu'il s'agit de fonctions héritées des pères; ou bien alors la liste aurait été copiée sur un document endommagé où manquaient les noms de plusieurs titulaires.

1. *le Pays* : il s'agit certainement ici du *pays de Juda.*

5 1 Salomon dominait sur tous les royaumes depuis le fleuve[1], sur le pays des Philistins et jusqu'à la frontière d'Egypte. Ils payèrent un tribut et servirent Salomon durant toute sa vie. 2 Les vivres de Salomon étaient, par jour, 30 kors[2] de semoule et 60 kors de farine; 3 dix boeufs gras, vingt boeufs de pâturage, cent moutons; de plus, des cerfs, des gazelles, des chevreuils et des oies grasses. 4 — Car il commandait sur toute la Transeuphratène, depuis Tifsah et jusqu'à Gaza[3], sur tous les rois de la Transeuphratène. — Il vivait en paix avec tous les pays qui l'environnaient. 5 Juda et Israël demeurèrent en sécurité, chacun sous sa vigne et sous son figuier, de Dan jusqu'à Béer-Shéva[4], durant toute la vie de Salomon. 6 Salomon avait 40.000 stalles pour le chevaux de ses chars, et 12.000 cavaliers[5].

7 Chacun son mois, les préfets ci-dessus ravitaillaient le roi Salomon et tous ceux qui s'approchaient de la table du roi Salomon; ils ne le laissaient manquer de rien. 8 Quant à l'orge et au fourrage pour les chevaux et les attelages, ils les apportaient à l'endroit où séjournait le roi, chacun selon sa consigne.

Salomon surpasse tous les hommes en sagesse

9 Dieu donna à Salomon sagesse et intelligence à profusion ainsi qu'ouverture d'esprit autant qu'il y a de sable au bord de la mer. 10 La sagesse de Salomon surpassa la sagesse de tous les fils de l'Orient et toute la sagesse de l'Egypte[1]. 11 Il fut le plus sage des hommes, plus sage qu'Etân l'Ezrahite, et que Hémân, Kalkol et Darda, les fils de Mahol; son nom était connu de toutes les nations alentour. 12 Il prononça 3.000 proverbes et ses chants sont au nombre de 1.005[2]. 13 Il parla des arbres : aussi bien du cèdre du Liban que de l'hysope[3] qui pousse sur le mur; il parla des quadrupèdes, des oiseaux, des reptiles et des poissons. 14 De tous les peuples et de la part de tous les rois de la terre qui avaient entendu parler de la sagesse du roi Salomon, des gens vinrent pour entendre sa sagesse.

Salomon prépare la construction du Temple
(2 Ch 2.2-15)

15 Hiram, roi de Tyr, envoya ses serviteurs vers Salomon car il avait entendu dire qu'on l'avait sacré roi[4] à la place de son père;

---

1. Dans certaines traductions, les v. 1-14 du ch. 5 sont numérotés 4.21-34 — *le fleuve*, c'est-à-dire *l'Euphrate*.
2. *kors* : voir au glossaire POIDS ET MESURES.
3. La *Transeuphratène* désigne la région située entre l'Euphrate et la Méditerranée — *Tifsah* était située à 80 km à l'est de l'actuelle ville d'Alep (Syrie) — *Gaza* : ville philistine au sud du royaume de Salomon.
4. *de Dan jusqu'à Béer-Shéva* : voir la note sur Jos 19.47.
5. *quarante mille stalles* : le texte parallèle de 2 Ch 9.25 parle de *quatre mille stalles* — *cavaliers u chevaux*.

1. De nombreux textes provenant de Mésopotamie (*l'Orient*) et d'*Egypte* nous renseignent sur l'importance de la sagesse dans ces pays.
2. Plusieurs écrits bibliques et extra-bibliques sont attribués à Salomon.
3. *hysope* : voir Lv 14.4 et la note.
4. Dans certaines traductions, les v. 15-32 sont numérotés 5.1-18 (voir 5.1 et la note) — *sacré roi* ou *consacré comme roi*.

or Hiram avait toujours été un ami de David. 16 Salomon envoya dire à Hiram : 17 « Tu sais que David, mon père, harcelé par les guerres dont ses ennemis l'entourèrent, n'a pu bâtir une Maison[1] pour le *nom du Seigneur, son Dieu, tant que le Seigneur ne les eut mis sous la plante de son pied. 18 Mais à présent que le Seigneur, mon Dieu, m'a donné le repos de tous côtés et qu'il n'y a plus ni adversaire, ni menace de malheur, 19 j'ai l'intention de bâtir une Maison pour le nom du Seigneur, mon Dieu, conformément à ce que le Seigneur avait dit à David, mon père : Ton fils, celui que je mettrai à ta place sur ton trône, c'est lui qui bâtira cette Maison pour mon nom. 20 Maintenant, ordonne que l'on me coupe des cèdres du Liban : mes serviteurs seront avec tes serviteurs; je te donnerai le salaire de tes serviteurs, selon tout ce que tu diras, car tu sais qu'il n'y a personne chez nous qui sache couper les arbres comme les Sidoniens[2]. » 21 Dès que Hiram entendit les paroles de Salomon, il fut très joyeux et dit : « Béni soit aujourd'hui le Seigneur qui a donné à David un fils sage pour gouverner ce peuple nombreux ! » 22 Hiram envoya dire à Salomon : « J'ai reçu ton message. Oui, je te donnerai tout le bois de cèdre et le bois de cyprès[3] que tu voudras. 23 Mes serviteurs le feront descendre du Liban[4] à la mer; moi, j'en ferai des trains de flottage sur la mer jusqu'au lieu que tu m'indiqueras et là, je les démonterai; tu les emporteras. De ton côté, je désire que tu fournisses des vivres à ma maison. » 24 Ainsi Hiram fournit à Salomon du bois de cèdre et du bois de cyprès, autant qu'il en voulut. 25 Et Salomon donna à Hiram 20.000 kors de blé comme nourriture pour sa maison, et vingt kors d'huile vierge[1]. C'est ce que Salomon fournissait à Hiram année après année. 26 Le Seigneur avait donné de la sagesse à Salomon, comme il le lui avait dit : l'harmonie fut parfaite entre Hiram et Salomon; tous deux conclurent une alliance.

Salomon organise les corvées

(2 Ch 1.18; 2.1, 16-17)

27 Le roi Salomon leva une corvée parmi tout Israël : elle fut de 30.000 hommes. 28 Il les envoya au Liban, 10.000 par mois, à tour de rôle; un mois ils étaient au Liban, deux mois chez eux. Adonirâm était chef des corvées. 29 Salomon eut 70.000 porteurs et 80.000 carriers dans la montagne, 30 sans compter les chefs que les préfets de Salomon avaient préposés au travail : 3.300 hommes qui commandaient le peuple effectuant les travaux. 31 Le roi ordonna d'extraire de grandes pierres, des pierres travaillées, destinées aux fondations de la Maison, des pierres de taille.

1. Voir 3.2 et la note.
2. *Sidoniens* s'applique ici à tous les sujets de Hiram, qui était roi de *Tyr* (v. 15) et de *Sidon* (actuellement *Sour* et *Saïda* au Liban).
3. *Cyprès* : autres traductions *pin* ou *genévrier*.
4. Le *Liban* désigne ici la chaîne de montagnes parallèle à la côte méditerranéenne, et située au nord de la Palestine.

1. *kors* : voir au glossaire POIDS ET MESURES — *huile vierge* : voir Ex 27.20 et la note.

32 Les ouvriers de Salomon, ceux de Hiram et les gens de Guebal[1] se mirent à tailler et à préparer bois et pierres pour bâtir la Maison.

La construction du Temple

(2 Ch 3.1-14)

6 1 La quatre cent quatre-vingtième année après la sortie des fils d'Israël hors du pays d'Egypte, la quatrième année du règne de Salomon sur Israël, le mois de Ziw[2], qui est le deuxième mois, il bâtit la Maison du Seigneur. 2 La Maison que le roi Salomon bâtit pour le Seigneur avait 60 coudées[3] de long, vingt de large, 30 de haut. 3 Le vestibule qui précède la grande salle de la Maison avait vingt coudées de long, mesurées sur la largeur de la Maison; dix coudées de large, mesurées dans le prolongement de la Maison. 4 Il fit à la Maison des fenêtres à cadres grillagées[4]. 5 Il bâtit contre les murs de la Maison, tout autour, contre les murs de la grande salle et ceux de la chambre sacrée, un bas-côté dont il fit des chambres annexes. 6 Le bas-côté inférieur avait cinq coudées de large, celui du milieu, six, le troisième, sept; car on avait donné du retrait à la Maison, au pourtour extérieur, pour éviter un encastrement dans

les murs mêmes de la Maison[1]. 7 La construction de la Maison se fit avec des pierres préparées en carrière, ainsi l'on n'entendit ni marteaux, ni pics, ni aucun outil de fer dans la Maison pendant sa construction. 8 L'entrée de l'annexe inférieure[2] était vers le côté droit de la Maison. Par des trappes, on pouvait accéder à l'annexe du milieu et, de celle du milieu, à la troisième. 9 Après qu'il eut bâti la Maison et qu'il l'eut achevée, Salomon y fit un plafond à caissons dont l'armature[3] était en cèdre. 10 Il construisit le bas-côté contre toute la Maison; sa hauteur était de cinq coudées[4]. Il s'encastrait dans la Maison avec des troncs de cèdre.

11 La parole du Seigneur fut adressée à Salomon : 12 « Tu bâtis cette Maison ! Mais si tu marches selon mes lois, si tu agis selon mes coutumes et si tu gardes tous mes commandements en marchant d'après eux, alors j'accomplirai ma parole à ton égard, celle que j'ai dite à David, ton père. 13 Et je demeurerai au milieu des fils d'Israël et je n'abandonnerai pas mon peuple Israël. »

14 Salomon bâtit la Maison et l'acheva. 15 Puis il bâtit les parois intérieures de la Maison en planches de cèdre, depuis le sol de la Maison jusqu'aux poutres du pla-

---

1. *Guebal :* autre nom de *Byblos*, en Phénicie; cette ville était située à 30 km au nord de l'actuelle ville de Beyrouth.
2. *Ziw :* voir au glossaire CALENDRIER.
3. *coudées :* voir au glossaire POIDS ET MESURES.
4. *grillagées :* traduction incertaine.

1. Le texte hébreu de ce verset n'est pas très clair. Il semble vouloir dire que le mur du temple n'avait pas la même épaisseur sur toute sa hauteur, la partie supérieure mesurant une coudée de moins que la partie intermédiaire et deux coudées de moins que la partie inférieure. Cela avait permis de donner aux chambres des *bas-côtés* une profondeur qui allait en augmentant avec les étages (5, 6 et 7 *coudées* respectivement).
2. *l'annexe inférieure :* d'après les anciennes versions grecque et araméenne; hébreu : *l'annexe du milieu.*
3. *armature :* traduction incertaine.
4. *cinq coudées :* par étage.

fond — il revêtit de bois l'intérieur — et il revêtit le sol de la
maison de planches de cyprès[1].
16 Il bâtit ensuite en planches de
cèdre depuis le sol jusqu'aux poutres l'espace de vingt coudées qui
formaient le fond de la Maison;
l'intérieur, il en fit une chambre
sacrée, un lieu très saint. 17 La
Maison, c'est-à-dire la grande
salle qui précède la chambre sacrée, avait 40 coudées. 18 Les boiseries de cèdre qui étaient à l'intérieur de la Maison portaient des
sculptures en forme de coloquintes et de fleurs entrouvertes[2].
Tout était en cèdre, on ne voyait
pas la pierre. 19 Dans la partie
centrale de la Maison, à l'intérieur, il aménagea une chambre
sacrée pour y mettre[3] l'*arche de
l'alliance du Seigneur. 20 Devant
la chambre sacrée aux vingt coudées de long, aux vingt coudées
de large et aux vingt coudées de
haut et que Salomon avait plaquée d'or fin, se trouvait l'*autel
qu'on lambrissa de cèdre. 21 Salomon plaqua d'or fin l'intérieur de
la Maison et fit passer des
chaînes d'or devant la chambre
sacrée qu'il plaqua d'or. 22 Il avait
plaqué d'or toute la Maison, la
Maison dans son entier; tout l'autel destiné à la chambre sacrée, il
l'avait plaqué d'or.

23 Dans la chambre sacrée, il
fit deux *chérubins en bois d'olivier; leur hauteur était de dix
coudées. 24 Une aile du premier
chérubin : cinq coudées, et l'autre
aile : cinq coudées; dix coudées
d'une extrémité à l'autre de ses
ailes. 25 Dix coudées pour le second chérubin; même dimension
et même forme pour les deux
chérubins. 26 La hauteur du premier chérubin était de dix coudées; même hauteur pour le second. 27 Il plaça les chérubins au
milieu de la Maison, à l'intérieur.
Les chérubins avaient les ailes déployées : l'aile du premier chérubin touchait le mur et l'aile du
second touchait l'autre mur; et
leurs deux ailes, celles qui étaient
vers le milieu de la Maison, se
touchaient, aile contre aile. 28 Et
il plaqua d'or les chérubins.

29 Sur tout le pourtour des
murs de la Maison, à l'intérieur et
à l'extérieur, il sculpta des chérubins, des palmes et des fleurs entrouvertes. 30 Et il plaqua d'or le
sol de la Maison, à l'intérieur et à
l'extérieur. 31 À l'entrée de la
chambre sacrée, il fit des battants
de porte en bois d'olivier; le linteau et les montants formaient un
cinquième de l'ensemble[1]. 32 Sur
les deux battants en bois d'olivier,
il sculpta des chérubins, des
palmes et des fleurs entrouvertes,
et il les plaqua d'or; il appliqua
de l'or sur les chérubins et sur les
palmes. 33 Il fit de même pour
l'entrée de la grande salle : des
montants en bois d'olivier formant un quart de l'ensemble, 34 et
deux battants en bois de cyprès;
deux panneaux mobiles[2] pour le
premier battant et deux panneaux mobiles pour le second.

---

1. *cyprès :* voir 5.22 et la note.
2. La *coloquinte* est un fruit non comestible,
mais décoratif, ayant à peu près la forme et les
dimensions d'une grosse poire — *entrouvertes :*
traduction incertaine.
3. *pour y mettre :* on trouve ce sens en interver-
tissant deux lettres d'un mot hébreu
incompréhensible.

1. *un cinquième de l'ensemble :* traduction incertaine; de même au v. 33.
2. *panneaux mobiles :* traduction incertaine.

35 Il y sculpta des chérubins, des palmes, des fleurs entrouvertes qu'il plaqua d'or ajusté sur le modelé. 36 Puis il bâtit le *parvis intérieur : trois rangées de pierres de taille et une rangée de madriers de cèdre[1].

37 La quatrième année, au mois de Ziw, on posa les fondations de la Maison du Seigneur. 38 Et la onzième année, au mois de Boul[2], qui est le huitième mois, la Maison fut achevée dans tout son ensemble et dans tous ses détails. Salomon la bâtit en sept ans.

La construction du palais royal

7 1 Salomon bâtit aussi sa propre maison; il fallut treize ans pour la terminer complètement. 2 Il bâtit la maison de la Forêt du Liban : cent coudées[3] de long, 50 coudées de large, 30 coudées de haut. Elle était construite sur quatre rangées de colonnes faites de troncs de cèdre avec des madriers de cèdre sur ces colonnes. 3 Par-dessus, un revêtement de cèdre, posé sur les traverses soutenues par les colonnes : il y avait 45 traverses, quinze par rangée, 4 il y avait trois rangées de fenêtres à cadres, chaque fenêtre de ces trois rangées faisait face à une autre fenêtre. 5 Toutes ces ouvertures, avec leurs montants, avaient une forme carrée et chaque fenêtre faisait face à une fenêtre, aux trois rangées de fenêtres. 6 Il fit la salle des colonnes : 50 coudées de long, 30 coudées de large; et par-devant, un vestibule à colonnes avec un auvent[1] sur la façade. 7 Il fit la salle du trône où il rendait la justice, la salle du jugement; elle avait un revêtement de cèdre depuis le sol jusqu'aux poutres[2]. 8 Quant à la maison où il résidait, elle se trouvait dans une autre cour que celle de la maison destinée à la salle du trône; elle avait la même salle. Pour la fille de *Pharaon qu'il avait épousée, il dut construire une maison; elle était comme cette salle.

9 Tous ces bâtiments étaient en pierres travaillées aux dimensions des pierres de taille et sciées à la scie sur leurs faces intérieures et extérieures. Il y en avait depuis les fondations jusqu'aux corniches[3] et, à l'extérieur, jusqu'à la grande cour. 10 Pour les fondations : des pierres travaillées, de grandes pierres de dix et de huit coudées. 11 Sur les fondations, il y avait des pierres travaillées aux dimensions des pierres de taille, et du bois de cèdre. 12 Autour de la grande cour, il y avait trois rangées de pierres de taille et une rangée de madriers de cèdre[4], de même pour le parvis intérieur de la Maison du Seigneur et pour son vestibule.

---

1. La technique consistant à faire alterner dans un mur des rangs de pierres et des poutres de bois est attestée par les fouilles archéologiques.
2. *Boul* ; voir au glossaire CALENDRIER.
3. La *maison de la Forêt du Liban* est ainsi nommée à cause des nombreuses colonnes en bois de cèdre, qui faisaient penser aux arbres d'une forêt — *coudées* : voir au glossaire POIDS ET MESURES.

1. *auvent* : traduction incertaine.
2. *jusqu'aux poutres* : d'après les anciennes versions syriaque et latine; hébreu : *jusqu'au sol.*
3. *corniches* : traduction incertaine.
4. Voir 6.36 et la note.

Les objets en métal destinés au Temple

(2 Ch 3.15-5.1)

13 Le roi Salomon demanda de pouvoir engager Hiram[1] de Tyr 14 qui était fils d'une veuve de la tribu de Nephtali et d'un père tyrien. Ouvrier sur bronze, Hiram était plein d'habileté, d'intelligence et de savoir-faire pour tout travail sur bronze. Il vint chez le roi Salomon et effectua tous ses travaux. 15 Il façonna les deux colonnes de bronze; la hauteur de la première colonne : dix-huit coudées, et il fallait un fil de douze coudées pour entourer la seconde[2]. 16 Il fit deux chapiteaux qu'on devait placer sur le sommet de ces colonnes; c'était du bronze coulé. La hauteur du premier était de cinq coudées, la hauteur du second, cinq coudées. 17 Il fit des entrelacs[3], une forme d'entrelacs, des festons en forme de guirlandes, pour les chapiteaux qui étaient au sommet de ces colonnes; sept pour le premier chapiteau, sept pour le second. 18 Il fit des grenades[4] : deux rangées qui entouraient l'un des entrelacs, et qui devaient couvrir les chapiteaux posés au sommet des colonnes. Il fit de même pour l'autre chapiteau. 19 Quant aux chapiteaux qui étaient au sommet des colonnes du vestibule, ils avaient la forme de lis et étaient de quatre coudées. 20 Mais aux chapiteaux posés sur les deux colonnes, également vers le haut, le long du renflement qu'il y avait au-delà des entrelacs, étaient fixées en rangées circulaires les 200 grenades; il y en avait sur le second chapiteau. 21 Il dressa ces colonnes près du vestibule du Temple; il dressa la colonne de droite et l'appela Yakîn, il dressa la colonne de gauche et l'appela Boaz[1]. 22 Le sommet des colonnes avait la forme d'un lis. Le travail des colonnes fut mené à bien.

23 Il fit, en métal fondu, la Mer[2]. Elle avait dix coudées de diamètre, et elle était de forme circulaire. Elle avait cinq coudées de haut, et un cordeau de 30 coudées en aurait fait le tour. 24 Sous le rebord de la Mer, des coloquintes[3] en faisaient tout le tour, dix par coudée; elles encerclaient complètement la Mer. Ces coloquintes, en deux rangées, avaient été fondues dans la même coulée que la Mer. 25 Celle-ci reposait sur douze bœufs : trois tournés vers le nord, trois vers l'ouest, trois vers le sud et trois vers l'est. La Mer était sur eux et leurs croupes étaient tournées vers l'intérieur. 26 Son épaisseur avait la largeur d'une main et son rebord était ouvragé comme le rebord

---

1. *Hiram* : comme le montre le v. 14, il s'agit d'un autre personnage que le roi Hiram mentionné en 5.15.

2. *coudées* : voir au glossaire POIDS ET MESURES — *pour entourer la seconde* : voir Jr 52.21 qui précise l'épaisseur de la paroi des colonnes (creuses) : *quatre doigts*, soit 7 à 8 cm.

3. *entrelacs* : traduction incertaine; il s'agit en tout cas de motifs décoratifs.

4. *des grenades* : d'après deux manuscrits hébreux; la plupart des autres manuscrits hébreux ont interverti dans ce verset les mots *grenades* et *colonnes*.

---

1. Le rôle de ces deux *colonnes* (qui ne soutenaient rien) reste mystérieux. *Yakîn* signifie « il établit fermement », et Boaz « c'est en lui qu'est la force ».

2. *la Mer* : ce vaste récipient (d'une capacité d'environ 80.000 litres, d'après le v. 26) servait de réserve d'eau pour les cérémonies de purification; il avait certainement aussi une valeur symbolique aujourd'hui inconnue.

3. *coloquintes* : voir 6.18 et la note.

a une coupe en fleur de lis. Elle pouvait contenir 2.000 baths[1].

27 Il fit ensuite les dix bases[2], en bronze. Chaque base avait quatre coudées de long, quatre coudées de large et trois coudées de haut. 28 Voici comment étaient faites ces bases : elles étaient constituées de châssis entretoisés[3] de traverses; 29 sur les châssis entretoisés de traverses, il y avait des lions, des taureaux et des *chérubins; il y en avait également sur les traverses supérieures; en dessous des lions et des taureaux, il y avait des frises mises en appliques. 30 Chacune des bases comportait quatre roues de bronze, et pour les quatre pieds, des renforts. Ces renforts étaient coulés en dessous de la cuve, en dehors des frises. 31 L'ouverture de chaque base était à l'intérieur d'un cadre qu'elle dépassait d'une coudée; elle était arrondie et avait la forme d'un socle; elle était d'une coudée et demie. Des sculptures ornaient le rebord de l'ouverture. Les châssis étaient de forme carrée et non pas arrondie. 32 Les quatre roues se trouvaient au-dessous des châssis et les clavettes des roues étaient dans l'ossature de la base. Le diamètre des roues était d'une coudée et demie. 33 Les roues étaient comme des roues de chars : clavettes, jantes, rayons, moyeux, le tout en métal coulé. 34 Les quatre renforts qui étaient à chaque angle de la base faisaient corps avec elle. 35 Au sommet de chaque base, il y avait un cercle d'une demi-coudée de haut, et à sa partie supérieure, des poignées; les châssis des bases faisaient corps avec elles. 36 Sur les surfaces planes, sur les poignées et les châssis, il grava des chérubins, des lions et des palmes dressées, avec des frises tout autour. 37 C'est ainsi qu'il fit les dix bases : chacune était du même métal, de la même dimension et de la même forme.

38 Il fit dix cuves de bronze. Chaque cuve pouvait contenir 40 baths[1]; chaque cuve mesurait quatre coudées. Il y avait une cuve sur chacune des dix bases. 39 Il disposa cinq bases sur le côté droit de la Maison et cinq sur son côté gauche; quant à la Mer, il la plaça sur le côté droit, vers le sud-est. 40 Il fit les bassins, les pelles et les bassines à aspersion[2].

Hiram acheva tout l'ouvrage qu'il devait faire pour le roi Salomon dans la Maison du Seigneur : 41 les deux colonnes, les volutes des deux chapiteaux qui sont au sommet de ces colonnes, les deux entrelacs, pour couvrir les deux volutes des chapiteaux qui sont au sommet des colonnes, 42 les 400 grenades pour les deux entrelacs — deux rangées de grenades par entrelacs — pour couvrir les deux volutes des chapiteaux qui sont sur les colonnes, 43 les dix bases et les dix cuves posées sur celles-ci, 44 la Mer — il n'y en avait qu'une — avec, sous elle les douze bœufs, 45 les bassins, les pelles, les bassines à aspersion et tous les autres accessoires. Ce que fit Hiram pour le

---

1. main, baths : voir au glossaire POIDS ET MESURES.
2. bases : sortes de chariots destinés au transport des cuves d'eau.
3. Sur les entretoises, voir Ex 25.25 et la note.

1. quarante baths : environ 1.600 litres.
2. bassins, pelles, bassines à aspersion : accessoires pour les sacrifices et les cérémonies de purification.

roi Salomon dans la Maison du
SEIGNEUR était en bronze poli.

46 C'est dans la région du Jourdain, entre Soukkoth et Çartân[1],
que le roi fit couler toutes ces
pièces dans des couches d'argile.
47 Salomon mit en place tous ces
objets dont la quantité était si
grande qu'on ne pouvait évaluer
le poids du bronze.

48 Salomon fit aussi tous les
objets destinés à la Maison du
SEIGNEUR : l'*autel d'or, la table
sur laquelle on plaçait le pain
d'offrande[2] : en or; 49 les cinq
chandeliers de droite et les cinq
de gauche, posés devant la
chambre sacrée : en or fin; les
fleurons, les lampes, les pincettes :
en or; 50 les bols, les mouchettes,
les bassines à aspersion, les
coupes, les cassolettes : en or fin;
les frontons des portes de la Maison donnant sur le lieu très saint,
ceux des portes de la Maison
donnant sur la grande salle : en
or. 51 Quand fut mené à bonne
fin tout l'ouvrage que le roi Salomon avait fait dans la Maison du
SEIGNEUR, il apporta les objets
consacrés par David, son père :
l'argent, l'or et les ustensiles pour
les déposer dans les trésors de la
Maison du SEIGNEUR.

L'arche de l'alliance déposée dans le Temple

(2 Ch 5.2-6.2)

8 1 Alors Salomon rassembla
à Jérusalem — auprès de
lui, le roi Salomon — les *anciens
d'Israël, tous les chefs des tribus,
les princes des familles des fils
d'Israël, pour faire monter de la
*cité de David, c'est-à-dire de
*Sion, l'*arche de l'alliance du
SEIGNEUR. 2 Tous les hommes d'Israël se rassemblèrent près du roi
Salomon au mois d'Etanîm, le
septième mois, pendant la fête[1].
3 Quand tous les anciens d'Israël
furent arrivés, les prêtres portèrent l'arche. 4 Ils firent monter
l'arche du SEIGNEUR, la *tente de
la rencontre et tous les objets sacrés qui étaient dans la tente
— ce sont les prêtres et les *lévites qui les firent monter —. 5 Le
roi Salomon et toute la communauté d'Israël réunie près de lui,
présente avec lui devant l'arche,
sacrifiaient tant de petit et gros
bétail qu'on ne pouvait ni le
compter, ni le dénombrer. 6 Les
prêtres amenèrent l'arche de l'alliance du SEIGNEUR à sa place,
dans la chambre sacrée de la
Maison, dans le lieu très saint,
sous les ailes des *chérubins.
7 — En effet, les chérubins déployant leurs ailes au-dessus de
l'emplacement de l'arche formaient un dais protecteur au-dessus de l'arche[2] et de ses barres.
8 À cause de la longueur de ces
barres, on voyait leurs extrémités
depuis le lieu saint qui précède la
chambre sacrée. Mais on ne les
voyait pas de l'extérieur. Elles
sont encore là aujourd'hui. 9 Il n'y
a rien dans l'arche, sinon les deux
tables de pierre déposées par
Moïse à l'Horeb[3], quand le SEI-
GNEUR conclut l'alliance avec les

---

1. *Soukkoth, Çartân* : localités situées sur la rive
orientale du Jourdain, à 60 km environ au nord-
est de Jérusalem; la région se prêtait à ce genre de
travaux.
2. *pain d'offrande* : voir Lv 24.5-9.

1. *Etanîm* : voir au glossaire CALENDRIER
— la *fête* du *septième mois* est probablement la
fête des Tentes, voir Lv 23.34-43.
2. *formaient un dais protecteur au-dessus de
l'arche* : autre traduction *couvraient l'arche*.
3. *Horeb* : autre nom du *Sinaï*; voir ex 34.28-29.

fils d'Israël à leur sortie du pays d'Egypte —. 10 Or, lorsque les prêtres furent sortis du lieu saint, la nuée[1] remplit la Maison du Seigneur 11 et les prêtres ne pouvaient pas s'y tenir pour leur service à cause de cette nuée, car la gloire du Seigneur remplissait la Maison du Seigneur. 12 Alors Salomon dit :

« Le Seigneur a dit vouloir séjourner dans l'obscurité !
13 C'est donc bien pour toi que j'ai bâti une maison princière, une demeure où tu habiteras toujours. »

Discours de consécration du Temple
(2 Ch 6.3-11)

14 Le roi se retourna et bénit toute l'assemblée d'Israël — toute l'assemblée d'Israël se tenait debout —. 15 Il dit : « Béni soit le Seigneur, le Dieu d'Israël, qui de sa bouche a parlé à David mon père et qui a de sa main accompli ce qu'il a dit : 16 Depuis le jour où j'ai fait sortir d'Egypte Israël mon peuple, je n'ai choisi aucune ville parmi toutes les tribus d'Israël pour y bâtir une Maison où serait mon *nom[2] ; mais j'ai choisi David pour qu'il soit le chef d'Israël, mon peuple. 17 David, mon père, avait eu à coeur de bâtir une Maison pour le nom du Seigneur, le Dieu d'Israël. 18 Mais le Seigneur dit à David, mon père : Tu as eu à coeur de bâtir une Maison pour mon nom et tu as

bien fait. 19 Cependant, ce n'est pas toi qui bâtiras cette Maison, mais ton fils, issu de tes reins : c'est lui qui bâtira cette Maison pour mon nom. 20 Le Seigneur a réalisé la parole qu'il avait dite : j'ai succédé à David, mon père, je me suis assis sur le trône d'Israël, comme l'avait dit le Seigneur, j'ai bâti cette Maison pour le nom du Seigneur, le Dieu d'Israël, 21 et là, j'ai assigné un emplacement pour l'*arche où se trouve l'*alliance du Seigneur, alliance qu'il a conclue avec nos pères lorsqu'il les fit sortir du pays d'Egypte. »

La prière solennelle de Salomon
(2 Ch 6.12-40)

22 Salomon se plaça devant l'*autel du Seigneur, en présence de toute l'assemblée d'Israël; il étendit les mains vers le *ciel 23 et dit : « Seigneur, Dieu d'Israël, il n'y a pas de Dieu comme toi, ni en haut dans le ciel, ni en bas sur la terre pour garder l'*alliance et la bienveillance envers tes serviteurs qui marchent devant toi de tout leur coeur. 24 Tu as tenu tes promesses envers ton serviteur David, mon père : ce que tu avais dit de ta bouche, tu l'as accompli de ta main, comme on le voit aujourd'hui. 25 À présent, Seigneur, Dieu d'Israël, garde en faveur de ton serviteur David, mon père, la parole que tu lui as dite : Quelqu'un des tiens ne manquera jamais de siéger devant moi sur le trône d'Israël, pourvu que tes fils veillent sur leur conduite en marchant devant moi, comme tu as marché devant moi. 26 À présent, Dieu d'Israël, que se vérifie donc la parole que tu as dite à ton

---

1. *la nuée* : voir Ex 13.21 et la note.
2. *aucune ville parmi toutes les tribus d'Israël* : la ville de Jérusalem appartenait aux Jébusites avant que David s'en empare et en fasse la capitale de son royaume (voir 2 S 5.6-9) – *une Maison où serait mon nom* : voir 3.2 et la note.

serviteur David, mon père ! 27 — Est-ce que vraiment Dieu pourrait habiter sur la terre ? Les cieux eux-mêmes et les cieux des cieux ne peuvent te contenir ! Combien moins cette Maison que j'ai bâtie ! — 28 Sois attentif à la prière et à la supplication de ton serviteur, ô Seigneur, mon Dieu ! Ecoute le cri et la prière que ton serviteur t'adresse aujourd'hui ! 29 Que tes yeux soient ouverts sur cette Maison jour et nuit, sur le lieu dont tu as dit : Ici sera mon nom. Ecoute la prière que ton serviteur adresse vers ce lieu ! 30 Daigne écouter la supplication que ton serviteur et Israël, ton peuple, adressent vers ce lieu ! Toi, écoute au lieu où tu habites, au ciel; écoute et pardonne.

31 Dans le cas où un homme aura péché contre un autre, et qu'on lui impose un serment avec malédiction et qu'il vienne prononcer ce serment devant ton autel, dans cette Maison, 32 toi, écoute depuis le ciel; agis, juge entre tes serviteurs, déclare coupable le coupable en faisant retomber sa conduite sur sa tête; et déclare juste le juste en le traitant selon sa justice.

33 Lorsqu'Israël, ton peuple, aura été battu par l'ennemi parce qu'il aura péché contre toi, s'il revient à toi, célèbre ton nom, prie et te supplie dans cette Maison, 34 toi, écoute depuis le ciel, pardonne le péché d'Israël, ton peuple, et ramène-les sur la terre que tu as donnée à leurs pères.

35 Lorsque le ciel sera fermé et qu'il n'y aura pas de pluie parce que le peuple aura péché contre toi, s'il prie vers ce lieu, célèbre ton nom, et se repent de son pé-

ché parce que tu l'auras affligé, 36 toi, écoute depuis le ciel, pardonne le péché de tes serviteurs et d'Israël, ton peuple — tu lui enseigneras en effet la bonne voie où il doit marcher —, donne la pluie à ton pays, le pays que tu as donné en héritage à ton peuple.

37 Qu'il y ait la famine dans le pays, qu'il y ait la peste, qu'il y ait la rouille, la nielle[1], les sauterelles, les criquets, que l'ennemi assiège les villes du pays, quel que soit le fléau, quelle que soit la maladie, 38 quel que soit le motif de la prière, quel que soit le motif de la supplication de tout homme qui appartient à Israël, ton peuple, quand celui-là prendra conscience du fléau qui le touche au coeur et étendra les mains vers cette Maison, 39 toi, écoute depuis le ciel, la demeure où tu habites, pardonne, agis, et traite-le selon toute sa conduite puisque tu connais son coeur — toi seul en effet connais le coeur de tous les humains — 40 afin que les fils d'Israël te craignent tous les jours qu'ils vivront sur la terre que tu as donnée à nos pères. 41 Même l'étranger, lui qui n'appartient pas à Israël, ton peuple, s'il vient d'un pays lointain à cause de ton nom 42 — car on entendra parler de ton grand nom, de ta main puissante et de ton bras étendu — s'il vient prier vers cette Maison, 43 toi, écoute depuis le ciel, la demeure où tu habites, agis selon tout ce que t'aura demandé l'étranger, afin que tous les peuples de la terre connaissent ton nom, et que, comme Israël, ton peuple, ils te craignent et qu'ils sachent

1. *rouille* et *nielle* sont deux maladies des plantes, spécialement des céréales.

que ton nom est invoqué sur cette Maison que j'ai bâtie.

44 Quand ton peuple partira en guerre contre son ennemi, dans la direction où tu l'auras envoyé, s'il prie vers le Seigneur en direction de la ville que tu as choisie et de la Maison que j'ai bâtie pour ton nom, 45 écoute depuis le ciel sa prière et sa supplication et fais triompher son droit.

46 Quand les fils d'Israël auront péché contre toi, car il n'y a pas d'homme qui ne pèche, que tu te seras irrité contre eux, que tu les auras livrés à l'ennemi et que leurs vainqueurs les auront emmenés captifs dans un pays ennemi, lointain ou proche, 47 si, dans le pays où ils sont captifs, ils réfléchissent, se repentent et t'adressent leur supplication dans le pays de leurs vainqueurs en disant : Nous sommes pécheurs, nous sommes fautifs, nous sommes coupables, 48 s'ils reviennent à toi de tout leur cœur, de tout leur être, dans le pays des ennemis où ils auront été emmenés et s'ils prient vers toi, en direction de leur pays, le pays que tu as donné à leurs pères, en direction de la ville que tu as choisie et de la Maison que j'ai bâtie pour ton nom, 49 écoute depuis le ciel, la demeure où tu habites, écoute leur prière et leur supplication, et fais triompher leur droit. 50 Pardonne à ton peuple qui a péché envers toi, pardonne toutes leurs révoltes contre toi, et fais-les prendre en pitié par ceux qui les retiennent captifs : qu'ils aient pitié d'eux; 51 car il s'agit de ton peuple et de ton héritage, de ceux que tu as fait sortir d'Egypte, du milieu de la fournaise à

fondre le fer[1]. 52 Que tes yeux soient ouverts à la supplication de ton serviteur et d'Israël, ton peuple, écoute-les toutes les fois qu'ils crieront vers toi. 53 Car c'est toi qui les as mis à part pour toi comme héritage, parmi tous les peuples de la terre, comme tu l'avais dit par l'intermédiaire de Moïse, ton serviteur, quand tu fis sortir nos pères hors d'Egypte, ô Seigneur Dieu. »

Salomon demande à Dieu de bénir le peuple

54 Dès que Salomon eut fini d'adresser au Seigneur toute cette prière et cette supplication, il se releva de devant l'*autel du Seigneur où il s'était agenouillé et, les mains tendues vers le ciel, 55 debout, il bénit l'assemblée d'Israël à haute voix, disant : 56 « Béni soit le Seigneur qui a donné un lieu de repos à Israël, son peuple, tout comme il l'avait dit : aucune des bonnes paroles qu'il avait dites par Moïse, son serviteur, n'est restée sans effet. 57 Que le Seigneur, notre Dieu, soit avec nous comme il a été avec nos pères; qu'il ne nous délaisse pas et ne nous abandonne pas, 58 qu'il incline nos cœurs vers lui pour que nous marchions dans tous ses chemins et gardions les commandements, les lois et les coutumes qu'il avait prescrits à nos pères. 59 Que ces supplications que je viens d'adresser au Seigneur soient jour et nuit présentes devant lui, notre Dieu, pour qu'il fasse droit à son servi-

---

1. A cette époque, on ne connaissait pas de lieu où la température soit plus élevée que dans une *fournaise à fondre le fer*. L'image évoque les conditions très pénibles de l'esclavage en *Egypte*.

teur ainsi qu'à Israël, son peuple, selon les besoins de chaque jour; 60 de telle sorte que tous les peuples de la terre sachent que c'est le Seigneur qui est Dieu, qu'il n'y en a pas d'autre. 61 Que votre coeur soit intègre à l'égard du Seigneur, notre Dieu, afin que vous marchiez selon ses lois, et gardiez ses commandements, comme vous le faites aujourd'hui. »

Les sacrifices offerts au Seigneur
(2 Ch 7.1-10)

62 Le roi et tout Israël avec lui, offrirent des *sacrifices devant le Seigneur. 63 Salomon offrit en sacrifice — c'était des sacrifices de paix qu'il offrit au Seigneur — 22.000 têtes de gros bétail, 120.000 têtes de petit bétail. C'est ainsi que le roi et tous les fils d'Israël firent la dédicace de la Maison du Seigneur. 64 Ce jour-là, le roi consacra le milieu du *parvis qui est devant la Maison du Seigneur; c'est là en effet qu'il offrit l'holocauste, l'offrande[1] et la graisse des sacrifices de paix car l'*autel de bronze qui est devant le Seigneur était trop petit pour contenir l'holocauste, l'offrande et la graisse des sacrifices de paix.

65 C'est en ce septième mois que Salomon célébra la fête, et tout Israël avec lui : c'était une grande assemblée, venue depuis Lebo-Hamath jusqu'au torrent d'Egypte; ils furent devant le Seigneur, notre Dieu, sept jours et sept jours : soit quatorze jours[1]. 66 Le huitième jour, Salomon renvoya le peuple. Ils saluèrent le roi et s'en allèrent dans leurs tentes[2], joyeux et le coeur content à cause de tout le bien que le Seigneur avait fait à David, son serviteur, et à Israël, son peuple.

Le Seigneur apparaît de nouveau à Salomon
(2 Ch 7.11-22)

9 1 Lorsque Salomon eut achevé de bâtir la Maison du Seigneur et la maison du roi, et qu'il eut fait tout ce qu'il lui plut, 2 le Seigneur lui apparut une seconde fois, comme il lui était apparu à Gabaon[3]. 3 Le Seigneur lui dit : « J'ai entendu la prière et la supplication que tu m'as adressées : cette Maison que tu as bâtie, je l'ai consacrée afin d'y mettre mon *nom[4] à jamais; mes yeux et mon coeur y seront toujours. 4 Quant à toi, si tu marches devant moi comme David, ton père, d'un coeur intègre et avec droiture, en agissant selon tout ce que je t'ai ordonné, si tu gardes mes lois et mes coutumes, 5 je maintiendrai pour toujours ton trône royal sur Israël, comme je l'ai dit à David, ton père : Il y aura toujours quelqu'un des tiens pour siéger sur le trône d'Israël. 6 Mais si vous venez, vous et vos fils, à vous détourner de moi, si

---

1. *holocauste, offrande :* voir au glossaire SACRIFICES.

1. *la fête :* voir v. 2 et la note — *Lebo-Hamath :* localité non identifiée, située dans le nord-ouest du pays; voir Nb 34.7-8 — *torrent d'Egypte :* voir Nb 34.5 — *et sept jours : soit quatorze jours :* la mention de cette deuxième semaine s'accorde difficilement avec le début du verset suivant; l'ancienne version grecque n'en parle pas.
2. *saluèrent :* autre traduction *bénirent* — *dans leurs tentes :* voir Jos 22.4 et la note.
3. Voir 3.5-15.
4. *afin d'y mettre mon nom :* voir 3.2 et la note.

vous ne gardez pas mes commandements et mes lois que j'ai placés devant vous, si vous allez servir d'autres dieux et vous prosterner devant eux, 7 alors je retrancherai Israël de la surface de la terre que je lui ai donnée; cette Maison que j'ai consacrée à mon nom, je la rejetterai loin de ma face et Israël deviendra la fable et la risée de tous les peuples. 8 Cette Maison qui est si élevée, quiconque passera près d'elle sera stupéfait et s'exclamera[1] : Pour quelle raison le SEIGNEUR a-t-il agi ainsi envers ce pays et envers cette Maison ? 9 On répondra : Parce qu'ils ont abandonné le SEIGNEUR, leur Dieu, qui avait fait sortir leurs pères du pays d'Egypte, parce qu'ils se sont liés à d'autres dieux, se sont prosternés devant eux et les ont servis : c'est pour cela que le SEIGNEUR a fait venir sur eux tout ce malheur. »

Activités diverses de Salomon
(2 Ch 8.1-18)

10 Au bout des vingt années pendant lesquelles Salomon bâtit les deux maisons, la Maison du SEIGNEUR et la maison du roi, 11 Hiram, roi de Tyr, qui avait fourni à Salomon du bois de cèdre et de cyprès[2] et de l'or à discrétion se fit donner par le roi Salomon vingt villes du pays de Galilée. 12 Hiram sortit de Tyr pour voir les villes que Salomon lui avait données, mais elles ne lui plurent pas. 13 Il dit : « Quelles villes m'as-tu données là, mon frère ! » Et on les appela Pays de Kavoul[1], nom qui est resté jusqu'à aujourd'hui. 14 Hiram envoya au roi 120 talents[2] d'or.

15 Voici ce qui en fut de la corvée que le roi Salomon leva pour bâtir la Maison du SEIGNEUR, sa propre maison, le Millo[3], la muraille de Jérusalem, Haçor, Meguiddo et Guèzèr. 16 — *Pharaon, roi d'Egypte, s'était mis en campagne et s'était emparé de Guèzèr; il y avait mis le feu après avoir massacré les Cananéens qui y résidaient, et l'avait donnée en cadeau à sa fille, la femme de Salomon, 17 et Salomon rebâtit Guèzèr — Beth-Horôn d'en-bas, 18 Baalath et Tamar du Désert, dans le pays[4], 19 ainsi que toutes les villes d'entrepôts qui lui appartenaient, les villes de garnison pour les chars et celles pour les cavaliers. Salomon bâtit aussi tout ce qu'il désira de Jérusalem, dans le Liban et dans tout le pays soumis à son autorité. 20 Il restait toute une population d'*Amorites, de Hittites, de Perizzites, de Hivvites, de Jébusites, qui n'appartenaient pas aux fils d'Israël. 21 Leurs fils qui étaient restés après eux dans le pays et que les fils d'Israël n'a-

---

1. *si élevée* ou *si grandiose* — *s'exclamera* : autre traduction *sifflera* (d'étonnement); comparer Lm 2.15.
2. *cyprès* : voir 5.22 et la note.

1. Le nom de *Kavoul* fait penser à un mot hébreu signifiant *comme rien.*
2. *talents* : voir au glossaire POIDS ET MESURES.
3. Il s'agit peut-être de la zone située entre la *Cité de David (au sud) et le Temple (au nord), et que Salomon fit combler (hébreu *millo* : remplissage).
4. *dans le Pays,* c'est-à-dire *en Juda;* comparer v.19 et la note.

vaient pu vouer à l'extermination, Salomon les recruta pour la corvée servile, jusqu'à aujourd'hui.

22 Salomon ne réduisit au servage aucun des fils d'Israël[1], car ceux-ci étaient des hommes de guerre, ses serviteurs, ses chefs, ses écuyers, les chefs de ses chars et de ses cavaliers. 23 Voici le nombre des chefs des préfets affectés aux travaux de Salomon : 550 qui commandaient au peuple qui effectuait les travaux.

24 C'est seulement lorsque la fille de Pharaon monta de la *Cité de David dans la maison que Salomon lui avait bâtie qu'il construisit le Millo.

25 Trois fois par an, Salomon offrait des holocaustes[2] et des sacrifices de paix sur l'autel qu'il avait bâti pour le SEIGNEUR et il brûlait de l'encens sur l'autel qui était devant le SEIGNEUR. Ainsi donnait-il à la Maison sa raison d'être. 26 Le roi Salomon construisit une flotte à Eçôn-Guèvèr qui est près d'Eilath[3], au bord de la *mer des Joncs, au pays d'Edom. 27 Hiram[4] envoya sur les navires ses serviteurs, des marins connaissant bien la mer; ils étaient avec les serviteurs de Salomon. 28 Ils parvinrent à Ofir et en rapportèrent de l'or, 420 talents[5] qu'ils amenèrent au roi Salomon.

---

1. *Il ne réduisit au servage aucun des fils d'Israël* : voir pourtant 5.27.
2. *Trois fois par an* : à l'occasion des grandes fêtes, Pâque, Semaines, Tentes; voir Ex 23.14-17; Dt 16.16 — *holocaustes* : voir au glossaire SACRIFICES.
3. *Eçôn-Guèvèr, Eilath* : localités situées à l'extrémité du golfe d'Aqaba.
4. Voir 5.15-26.
5. *Ofir* : pays mal localisé, peut-être au sud de la péninsule arabique, ou même plus loin sur la côte africaine ou en Inde — *talents* : voir au glossaire POIDS ET MESURES.

La reine de Saba rend visite à Salomon
(2 Ch 9.1-12)

10 1 La reine de Saba[1] avait entendu parler de la renommée que Salomon devait au nom du SEIGNEUR; elle vint le mettre à l'épreuve par des énigmes. 2 Elle arriva à Jérusalem avec une suite très imposante, avec des chameaux chargés d'aromates[2], d'or en grande quantité et de pierres précieuses. Arrivée chez Salomon, elle lui parla de tout ce qui lui tenait à cœur. 3 Salomon lui donna la réponse à toutes ses questions : aucune question ne fut si obscure que le roi ne pût donner de réponse. 4 La reine de Saba vit toute la sagesse de Salomon, la maison qu'il avait bâtie, 5 la nourriture de sa table, le logement de ses serviteurs, la qualité de ses domestiques et leurs livrées, ses échansons, les holocaustes[3] qu'il offrait dans la Maison du SEIGNEUR et elle en perdit le souffle. 6 Elle dit au roi : « C'était bien la vérité que j'avais entendu dire dans mon pays sur tes paroles et sur ta sagesse. 7 Je n'avais pas cru à ces propos tant que je n'étais pas venue et que je n'avais pas vu de mes yeux; or voilà qu'on ne m'en avait pas révélé la moitié ! Tu surpasses en sagesse et en qualité la réputation dont j'avais entendu parler. 8 Heureux tes gens, heureux tes serviteurs, eux qui peuvent en permanence rester devant toi et écouter ta sagesse. 9 Béni soit le SEIGNEUR, ton

---

1. *Saba* : région située au sud de la péninsule arabique, correspondant à peu près au Yémen du sud actuel.
2. *d'aromates* : autres traductions *de plantes odoriférantes, de parfums précieux.*
3. *holocaustes* : voir au glossaire SACRIFICES.

Dieu, qui a bien voulu te placer sur le trône d'Israël; c'est parce que le Seigneur aime Israël à jamais qu'il t'a établi roi pour exercer le droit et la justice. » 10 Elle donna au roi 120 talents[1] d'or, des aromates en très grande quantité, et des pierres précieuses. Il n'arriva plus jamais autant d'aromates qu'en donna la reine de Saba au roi Salomon.

11 Les navires de Hiram qui avaient transporté l'or d'Ofir avaient aussi rapporté du bois de santal[2] en très grande quantité et des pierres précieuses. 12 Avec ce bois de santal, le roi fit des appuis pour la Maison du Seigneur et la maison du roi, ainsi que des cithares et des harpes[3] pour les chanteurs. Il n'arriva plus jamais de bois de santal, on n'en a plus vu jusqu'à aujourd'hui.

13 Le roi Salomon accorda à la reine de Saba tout ce qu'elle eut envie de demander, sans compter les cadeaux qu'il lui fit comme seul pouvait en faire le roi Salomon. Puis elle s'en retourna et s'en alla dans son pays, elle et ses serviteurs.

Les richesses de Salomon
(2 Ch 1.14-17; 9.13-28)

14 Le poids de l'or qui parvenait à Salomon en une seule année était de 666 talents[4] d'or, 15 sans compter ce qui provenait des voyageurs, du trafic des commerçants, de tous les rois de l'Oc-

cident[1] et des gouverneurs du pays.

16 Le roi Salomon fit 200 grands boucliers en or battu pour lesquels il fallait 600 sicles[2] d'or par bouclier, 17 et 300 petits boucliers en or battu pour lesquels il fallait trois mines d'or par bouclier. Le roi les déposa dans la maison de la Forêt du Liban[3]. 18 Le roi fit un grand trône d'ivoire[4] qu'il revêtit d'or affiné. 19 Ce trône avait six degrés et un dossier arrondi; il avait des accoudoirs de chaque côté du siège. Deux lions se tenaient à côté des accoudoirs 20 et douze lions se tenaient de chaque côté, sur les six degrés. On n'a rien fait de semblable dans aucun royaume. 21 Toutes les coupes du roi Salomon étaient en or, et tous les objets de la maison de la Forêt du Liban, en or ou fin: aucun n'était en argent; on n'en tenait aucun compte au temps du roi Salomon. 22 Car le roi avait sur la mer des navires de Tarsis qui naviguaient avec ceux de Hiram et, tous les trois ans, les navires de Tarsis revenaient chargés d'or et d'argent, d'ivoire, de singes et de paons[5]. 23 Le roi Salomon devint le plus grand de tous les rois de

---

1. *talents :* voir au glossaire POIDS ET MESURES.
2. *Hiram :* voir 9.27-28 — *bois de santal :* traduction incertaine; il s'agit en tout cas d'un bois précieux.
3. *cithares, harpes :* voir Ps 92.4 et la note.
4. *talents :* voir au glossaire POIDS ET MESURES.

1. *ce qui provenait (les taxes) :* d'après les versions anciennes; hébreu : *les hommes — les rois de l'Occident :* dans le texte parallèle de 2 Ch 9.14, il est question des *rois d'Arabie.*
2. *sicles :* voir au glossaire POIDS ET MESURES.
3. *mines :* voir au glossaire POIDS ET MESURES — *la maison de la Forêt du Liban :* voir 7.2 et la note.
4. *trône d'ivoire,* c'est-à-dire *incrusté d'ivoire*; les fouilles archéologiques ont restitué des plaquettes d'ivoire gravées, qui avaient servi de décoration pour divers meubles; comparer 22.39.
5. *Tarsis :* voir Jon 1.3 et la note; les *navires de Tarsis* sont de grands navires de commerce, équipés pour de longs voyages — *paons :* le sens du mot hébreu est incertain; autres traductions *guenons* ou *volailles.*

la terre en richesse et en sagesse. 24 Toute la terre cherchait à voir Salomon afin d'écouter la sagesse que Dieu avait mise dans son coeur. 25 Chacun apportait son offrande : objets d'argent et objets d'or, vêtements, armes, aromates, chevaux et mulets; et cela chaque année.

26 Salomon rassembla des chars et des cavaliers. Il avait 1.400 chars et 12.000 cavaliers qu'il conduisit[1] dans les villes de garnison et, près de lui, à Jérusalem. 27 Le roi fit qu'à Jérusalem l'argent était aussi abondant que les pierres et les cèdres aussi nombreux que les sycomores du *Bas-Pays. 28 Les chevaux de Salomon provenaient d'Egypte et de Qewé[2]; les marchands du roi les achetaient à Qewé. 29 Un char provenant d'Egypte revenait à 600 pièces d'argent et un cheval à 150. Il en était de même pour tous les rois des Hittites et les rois d'*Aram qui en importaient par l'intermédiaire de ces marchands.

Salomon devient infidèle au Seigneur

11 1 Le roi Salomon[3] aima de nombreuses femmes étrangères : outre la fille de *Pharaon, des Moabites, des Ammonites, des Edomites, des Sidoniennes, des Hittites. 2 Elles étaient originaires des nations dont le Seigneur avait dit aux fils d'Israël : « Vous n'entrerez pas chez elles et elles n'entreront pas chez vous,

sans quoi elles détourneraient vos coeurs vers leurs dieux. » C'est justement à ces nations que Salomon s'attacha à cause de ses amours. 3 Il eut 700 femmes de rang princier et 300 concubines[1]. Ses femmes détournèrent son coeur.

4 À l'époque de la vieillesse de Salomon, ses femmes détournèrent son coeur vers d'autres dieux; et son coeur ne fut plus intègre à l'égard du Seigneur, son Dieu, contrairement à ce qu'avait été le coeur de David, son père. 5 Salomon suivit Astarté, déesse des Sidoniens, et Milkôm, l'abomination[2] des Ammonites. 6 Salomon fit ce qui est mal aux yeux du Seigneur et il ne suivit pas pleinement le Seigneur, comme David, son père. 7 C'est alors que Salomon bâtit sur la montagne qui est en face de Jérusalem un *haut lieu pour Kemosh, l'abomination de Moab, et aussi pour Molek, l'abomination des fils d'Ammon. 8 Il en fit autant pour les dieux de toutes ses femmes étrangères : elles offraient de l'*encens et des *sacrifices à leurs dieux. 9 Le Seigneur s'irrita contre Salomon parce que son coeur s'était détourné de lui, le Dieu d'Israël qui lui était apparu deux fois[3] 10 et qui lui avait ordonné précisément de ne pas suivre d'autres dieux; mais Salomon n'observa pas ce que le Seigneur avait ordonné. 11 Le Seigneur dit à Salomon : « Puisque tu te conduis ainsi et que tu n'as

---

1. *cavaliers* ou *chevaux* — *conduisit* ou *installa*.
2. *de Qewé* : le mot hébreu ainsi traduit signifie habituellement *un rassemblement;* ce sont les versions anciennes qui y ont reconnu un nom de lieu, *Qewé,* c'est-à-dire *la Cilicie,* en Asie Mineure.
3. Comparer 11.1-13 et 2 Ch 11.18-12.1.

1. *concubines* : il s'agit d'épouses légitimes, mais d'un rang inférieur.
2. *Milkôm* (probablement identique à *Molek* du v. 7) est le nom d'un dieu. L'expression *abomination* désigne souvent de faux dieux ou des idoles.
3. Voir 3.5-15; 9.2-9.

pas gardé mon *alliance ni les lois que je t'avais prescrites, je vais t'arracher la royauté et je la donnerai à l'un de tes serviteurs. 12 Cependant, ce ne sera pas de ton vivant que je le ferai, à cause de David, ton père; je l'arracherai de la main de ton fils. 13 Mais je n'arracherai pas toute la royauté; il y aura une tribu que je donnerai à ton fils à cause de David ton père et à cause de Jérusalem que j'ai choisie. »

Deux adversaires de Salomon

14 Le Seigneur suscita un adversaire à Salomon : Hadad l'Edomite, de la race royale d'Edom. 15 Cela s'était passé lorsque David avait combattu Edom. — C'était quand Joab, le chef des troupes, était monté enterrer les morts et qu'il avait frappé tous les mâles d'Edom. 16 Joab et tout Israël, en effet, étaient restés là six mois jusqu'à ce qu'ils eussent supprimé tous les mâles d'Edom. 17 Hadad s'était enfui avec des Edomites qui faisaient partie des serviteurs de son père pour aller en Egypte; Hadad était alors un tout jeune homme. 18 Ils étaient partis de Madiân et étaient arrivés à Parân[1]; ils avaient entraîné avec eux des hommes de Parân et étaient parvenus en Egypte auprès de *Pharaon, roi d'Egypte. Celui-ci donna une maison à Hadad, lui assura sa nourriture et lui donna une terre. 19 Hadad avait été très en faveur auprès de Pharaon qui lui avait donné pour femme sa belle-soeur, la soeur de Tahpenès, la Reine-Mère. 20 La

soeur de Tahpenès lui avait enfanté son fils Guenouvath et Tahpenès l'avait élevé à l'intérieur de la maison de Pharaon; Guenouvath était dans la maison de Pharaon, au milieu des fils de Pharaon. 21 Hadad, en Egypte, apprit que David s'était couché avec ses pères[1] et que Joab, le chef des troupes, était mort aussi. Hadad dit à Pharaon : « Laisse-moi partir pour mon pays. » 22 Pharaon lui dit : « Mais que te manque-t-il auprès de moi pour que, tout à coup, tu cherches à partir pour ton pays ? » — « Rien, mais laisse-moi partir quand même. »

23 Dieu suscita un autre adversaire à Salomon : Rezôn, fils d'El-yada. Il s'était enfui de chez Hadadèzèr, roi de Çova[2], son maître. 24 Il avait groupé des hommes autour de lui et il était devenu chef de bande. Comme David les tuait, ils étaient allés à Damas, s'y étaient établis et avaient régné à Damas. 25 Rezôn fut un adversaire pour Israël pendant toute la vie de Salomon. Le mal que fit Hadad : il détesta Israël, et il régna sur *Aram[3].

La révolte de Jéroboam

26 Jéroboam, fils de Nevath, était un Ephraïmite de La Ceréda; le nom de sa mère était Ceroua, elle était veuve; il était serviteur de Salomon et il leva la

---

1. *Madiân* : région située au sud du royaume d'Edom — *Parân* : voir Gn 21.21 et la note.

1. *couché avec ses pères* : voir 1.21 et la note.
2. *Çova* : royaume voisin (au nord-est) de celui de Salomon.
3. La seconde moitié du verset est peu claire en hébreu; l'ancienne version grecque la place à la suite du v. 22, et rapporte toute la phrase à Hadad en disant : *et il régna sur Edom.*

main contre le roi[1]. 27 Voici à quelle occasion il leva la main contre le roi : Salomon bâtissait le *Millo[2], il fermait la brèche de la *Cité de David son père. 28 Cet homme, Jéroboam, était vaillant et capable; Salomon avait remarqué le jeune homme pendant qu'il travaillait; aussi l'avait-il désigné pour surveiller toute la corvée de la maison de Joseph[3]. 29 À cette époque, comme Jéroboam était sorti de Jérusalem, le prophète Ahiyya de Silo le rencontra en chemin; Ahiyya était couvert d'un manteau neuf et ils étaient tous les deux seuls dans la campagne. 30 Ahiyya saisit le manteau neuf qu'il avait sur lui et le déchira en douze morceaux. 31 Puis il dit à Jéroboam : « Prends dix morceaux, car ainsi parle le Seigneur, le Dieu d'Israël : Voici, je vais arracher le royaume de la main de Salomon, et je te donnerai dix tribus. 32 Et l'unique tribu[4] qu'il aura, ce sera à cause de mon serviteur David, et à cause de la ville de Jérusalem que j'ai choisie parmi toutes les tribus d'Israël. 33 C'est parce qu'ils m'ont abandonné et qu'ils se sont prosternés[c] devant Astarté, déesse des Sidoniens, devant Kemosh, dieu de Moab et devant Milkôm, dieu des fils d'Ammon, et qu'ils n'ont pas

marché dans mes chemins, ne faisant pas ce qui est droit à mes yeux, selon mes lois et coutumes, comme David son père[1]. 34 De la main de Salomon, je ne prendrai rien du royaume car je l'ai établi chef pour tous les jours de sa vie, à cause de mon serviteur David que j'ai choisi, qui a gardé mes commandements et mes lois.

35 Mais j'enlèverai la royauté de la main de son fils et je te la donnerai : dix tribus. 36 À son fils, je donnerai une tribu afin que mon serviteur David ait toujours une lampe[2] devant moi à Jérusalem, la ville que je me suis choisie afin d'y mettre mon *nom. 37 - Toi-même, je te prendrai et tu régneras partout où tu en auras envie, et tu seras roi sur Israël.

38 Si tu écoutes tout ce que je te prescrirai, si tu marches dans mes chemins, si tu fais ce qui est droit à mes yeux, gardant mes lois et mes commandements comme l'a fait mon serviteur David, je serai avec toi et je te bâtirai une dynastie stable comme celle que j'ai bâtie à David; je te donnerai Israël. 39 J'humilierai en cela la race de David, mais pas pour toujours. »

40 Salomon chercha à faire mourir Jéroboam; Jéroboam se leva et s'enfuit en Egypte auprès de Shishaq, roi d'Egypte où il resta jusqu'à la mort de Salomon.

---

1. *La Cereda* était une localité située à 40 km environ au nord-ouest de Jérusalem — *lever la main contre* est une expression hébraïque signifiant *se révolter contre.*

2. Voir 9.15 et la note.

3. La *maison de Joseph* désigne ici les tribus d'Ephraïm et de Manassé, car d'après Gn 46.20 Ephraïm et Manassé avaient été les deux fils de *Joseph.*

4. L'*unique tribu* désigne la tribu importante de Juda (voir 12.20). Pour atteindre le chiffre *douze* (voir v. 30), l'ancienne version grecque parle ici de *deux tribus,* la deuxième pouvant être celle de Benjamin (voir 12.21).

1. L'adjectif possessif au singulier (*son père*) vise Salomon à titre personnel, bien que, dans ce verset, tous les verbes au pluriel aient pour sujet « les Israélites. » D'ailleurs plusieurs versions anciennes, en mettant tous les verbes de ce verset au singulier, font explicitement de Salomon seul l'auteur de ces désobéissances.

2. La *lampe* (allumée) est le symbole de la dynastie royale qui continue (voir Ps 132.17).

La mort de Salomon
(2 Ch 9.29-31)

41 Le reste des actes de Salomon, tout ce qu'il a fait, et sa sagesse, cela n'est-il pas écrit dans le livre des *Annales de Salomon ? 42 La durée du règne de Salomon à Jérusalem, sur tout Israël, fut de 40 ans. 43 Puis Salomon se coucha avec ses pères[1] et il fut enseveli dans la *Cité de David son père. Son fils Roboam régna à sa place.

L'assemblée de Sichem
(2 Ch 10.1-15)

12 1 Roboam se rendit à Sichem[2], car c'est à Sichem que tout Israël était venu pour le proclamer roi. 2 Mais lorsque Jéroboam, fils de Nevath, l'apprit, il était encore en Egypte parce qu'il avait fui loin de la présence de Salomon, et il résidait en Egypte. 3 On envoya appeler Jéroboam et il vint avec toute l'assemblée d'Israël; ils parlèrent à Roboam en ces termes : 4 « Ton père a rendu lourd notre *joug; toi maintenant, allège la lourde servitude de ton père et le joug pesant qu'il nous a imposé, et nous te servirons. » 5 Il leur dit : « Allez-vous-en et revenez vers moi dans trois jours. » Et le peuple s'en alla. 6 Le roi Roboam prit conseil auprès des *anciens qui avaient été au service de son père Salomon quand il était en vie : « Vous, comment conseillez-vous de répondre à ce peuple ? » 7 Ils lui dirent : « Si, aujourd'hui, tu te fais le serviteur de ce peuple, si tu le sers, et si tu lui

réponds par de bonnes paroles, ils seront toujours tes serviteurs. » 8 Mais Roboam négligea le conseil que lui avaient donné les anciens et il prit conseil auprès des jeunes gens qui avaient grandi avec lui et qui étaient à son service. 9 Il leur dit : « Et vous, que conseillez-vous ? Que devons-nous répondre à ce peuple qui m'a dit : Allège le joug que nous a imposé ton père ? » 10 Les jeunes gens qui avaient grandi avec lui répondirent : « Voici ce que tu diras à ce peuple qui t'a parlé ainsi : Ton père a rendu pesant notre joug, mais toi, allège-le-nous; voici donc ce que tu leur diras : Mon petit doigt est plus gros que les reins de mon père[1]; 11 désormais, puisque mon père vous a chargés d'un joug pesant, moi, j'augmenterai le poids de votre joug; puisque mon père vous a corrigés avec des fouets, moi, je vous corrigerai avec des lanières cloutées ! »

12 Jéroboam et tout le peuple vinrent trouver Roboam le troisième jour comme le leur avait dit le roi : « Revenez vers moi le troisième jour. » 13 Le roi répondit durement au peuple : négligeant le conseil que les anciens lui avaient donné, 14 il parla au peuple selon le conseil des jeunes gens : « Mon père a rendu pesant votre joug, moi, j'augmenterai le poids de votre joug; mon père vous a corrigés avec des fouets, moi, je vous corrigerai avec des lanières cloutées. » 15 Le roi n'écouta pas le peuple : ce fut là le moyen employé indirectement par le Seigneur pour accomplir la

---

1. se coucha avec ses pères : voir 1.21 et la note.
2. Sichem (voir Jos 24) semble avoir conservé longtemps un rôle important en Israël.

1. Mon petit doigt ... : il s'agit probablement d'une expression proverbiale, dont le sens est expliqué par la suite de la réponse, v. 11.

parole qu'il avait dite à Jéroboam, fils de Nevath, par l'intermédiaire d'Ahiyya de Silo[1].

Le royaume divisé

(2 Ch 10.16-11.4)

16 Tout Israël vit que le roi ne l'avait pas écouté; le peuple lui répliqua:

« Quelle part avons-nous avec David ?

Pas d'héritage avec le fils de Jessé !

À tes tentes[2], Israël !

Maintenant, occupe-toi de ta maison, David ! »

Et Israël s'en alla à ses tentes. 17 Mais Roboam continua de régner sur les fils d'Israël qui habitaient les villes de Juda. 18 Le roi Roboam délégua le chef des corvées, Adorâm[3], mais tout Israël le lapida et il mourut; le roi Roboam réussit de justesse à monter sur son char pour s'enfuir à Jérusalem. 19 Israël a été en révolte contre la maison de David jusqu'à aujourd'hui.

20 Dès que tout Israël apprit que Jéroboam était revenu, on l'envoya appeler au rassemblement[4] et on le fit roi sur tout Israël. Il n'y eut pour suivre la maison de David que la seule tribu de Juda. 21 Roboam arriva à Jérusalem et rassembla toute la maison de Juda et la tribu de Benjamin, soit 180.000 guerriers

d'élite, pour combattre la maison d'Israël, afin de rendre le royaume à Roboam, fils de Salomon. 22 Mais la parole de Dieu fut adressée à l'homme de Dieu Shemaya : 23 « Dis à Roboam, fils de Salomon, roi de Juda, à toute la maison de Juda et de Benjamin ainsi qu'au reste du peuple : 24 Ainsi parle le SEIGNEUR : Vous ne devez pas monter au combat contre vos frères, les fils d'Israël; que chacun retourne chez lui, car c'est moi qui ai provoqué cet événement. » Ils écoutèrent la parole du SEIGNEUR et s'en retournèrent pour marcher selon la parole du SEIGNEUR.

25 Jéroboam fortifia Sichem, dans la montagne d'Ephraïm et s'y établit. Puis il en sortit et fortifia Penouël[1].

Le péché de Jéroboam

26 Jéroboam dit en lui-même : « Telles que les choses se présentent, le royaume pourrait bien retourner à la maison de David. 27 Si ce peuple continue à monter pour offrir des *sacrifices dans la Maison du SEIGNEUR, à Jérusalem, le cœur de ce peuple reviendra à son maître, Roboam, roi de Juda : moi, on me tuera et on reviendra à Roboam, roi de Juda. » 28 Le roi Jéroboam eut l'idée de faire deux veaux d'or et dit au peuple : « Vous êtes trop souvent montés à Jérusalem; voici tes Dieux, Israël, qui t'ont fait monter du pays d'Egypte[2]. » 29 Il plaça l'un à Béthel,

---

1. Voir 11.29-39.

2. *A tes tentes* : voir Jos 22.4 et la note; ici l'expression pourrait aussi être comprise au sens littéral : les participants à l'assemblée logeaient probablement sous des *tentes*.

3. Il s'agit peut-être du même personnage que celui appelé *Adonirâm* en 4.6.

4. Il y a une différence entre ce que dit le v. 20 et ce que disent les v. 3 et 12 sur le moment de l'intervention de Jéroboam; à moins qu'il ne s'agisse au v. 20 d'un nouveau *rassemblement*.

---

1. *Penouël* : localité située à l'est du Jourdain, à 40 km environ à l'est de *Sichem*.

2. *voici tes Dieux ...* : autre traduction *voici ton Dieu, Israël, qui t'a fait monter du pays d'Egypte.* Comparer Ex 32.1-5.

et l'autre, il l'installa à Dan[1].
30 — C'est en cela que consista le
péché[2]. — Le peuple marcha en
procession devant l'un des veaux
jusqu'à Dan; 31 Jéroboam bâtit
des maisons de hauts *lieux, et il
fit prêtres des gens pris dans la
masse du peuple, sans qu'ils fussent des fils de Lévi; 32 Jéroboam
célébra une fête le huitième mois,
le quinzième jour du mois,
comme la fête qui avait lieu en
Juda[3], et il monta à l'*autel. Il
agit de même à Béthel, sacrifiant
aux veaux qu'il avait fabriqués.
Et il établit à Béthel les prêtres
des hauts lieux qu'il avait insti-
tués. 33 Il monta à l'autel qu'il
avait érigé à Béthel, le quinzième
jour du huitième mois, date qu'il
avait fixée à son idée ! Il célébra
une fête pour les fils d'Israël et il
monta à l'autel pour y brûler de
l'*encens.

Un homme de Dieu intervient à Béthel

13 1 Un homme de Dieu vint
de Juda à Béthel sur une
parole du Seigneur, alors que Jéroboam brûlait des offrandes[4] sur
l'*autel. 2 Et il cria contre l'autel,
sur une parole du Seigneur :
« Autel ! Autel ! Ainsi parle le Seigneur : Voici, un fils va naître à
la maison de David, son nom sera

Josias. Sur toi, il offrira en *sacrifice les prêtres des hauts *lieux,
qui brûlent sur toi de l'*encens; et
l'on brûlera sur toi des ossements
humains[1]. » 3 Ce jour même,
l'homme de Dieu donna un signe
en disant :
« Ceci est le signe que le Seigneur a parlé.
Voici, l'autel va se fendre.
Et la graisse qui est dessus se
répandre. »
4 Dès qu'il entendit la parole
que l'homme de Dieu avait criée
contre l'autel de Béthel, le roi Jéroboam tendit la main qu'il avait
sur l'autel en disant : « Saisis-
sez-le ! » Mais la main qu'il avait
tendue contre l'homme de Dieu se
dessécha et il ne pouvait la ramener à lui. 5 L'autel se fendit et la
graisse se répandit de l'autel, selon le signe que l'homme de Dieu
avait donné sur une parole du
Seigneur. 6 Le roi prit la parole et
dit à l'homme de Dieu : « Apaise
le Seigneur, ton Dieu, je te prie,
intercède[2] pour moi afin que ma
main revienne à moi. » L'homme
de Dieu apaisa le Seigneur et la
main du roi revint à lui; elle fut
comme elle était auparavant. 7 Le
roi parla à l'homme de Dieu :
« Entre donc chez moi pour te
restaurer, je te ferai un cadeau. »
8 L'homme de Dieu dit au roi :
« Même si tu me donnais la moitié de ta maison, je n'entrerais
pas chez toi, je ne mangerais pas
de pain et je ne boirais pas d'eau
en ce lieu. 9 Car tel est l'ordre que
j'ai reçu — parole du Seigneur
— : Tu ne mangeras pas de pain,

---

1. *Béthel, Dan* : deux localités où se trouvait
déjà un *sanctuaire local célèbre; de plus elles
étaient situées aux deux extrémités, sud et nord, du
nouveau royaume.
2. Le rédacteur des livres des Rois utilise souvent l'expression « le péché de Jéroboam » : voir
13.34; 15.26, 34, etc.
3. Il s'agit probablement de *la fête* des Tentes
(voir 8.2 et la note), célébrée en *Juda* dès le 15 du
septième mois. Mais pour marquer son indépen-
dance à l'égard de la tradition de Juda, Jéroboam
fixe *à son idée* (v. 33) la date du 15 du *huitième
mois*.
4. *offrandes* : voir au glossaire SACRIFICES.

1. *Josias* : voir 2 R 22-23, en particulier 23.15-16
— En brûlant *des ossements humains* sur l'autel,
Josias le rendra impur (2 R 23.16) et par consé-
quent inutilisable pour des sacrifices normaux.
2. *intercède* ou *prie*.

tu ne boiras pas d'eau, tu ne retourneras pas par le chemin que tu auras pris à l'aller.» 10 Et il s'en alla par un autre chemin, il ne s'en retourna pas par le chemin qu'il avait pris pour venir à Béthel.

L'homme de Dieu désobéit

11 Il y avait un vieux *prophète qui habitait Béthel; ses fils vinrent[1] lui raconter tout ce que l'homme de Dieu avait fait ce jour-là à Béthel; ils racontèrent à leur père les paroles qu'il avait dites au roi. 12 Leur père leur dit : «Par quel chemin s'en est-il allé ?» Ses fils se renseignèrent sur le chemin par lequel était parti l'homme de Dieu venu de Juda. 13 Il dit à ses fils : «Sellez-moi l'âne !» Ils lui sellèrent l'âne et il monta dessus. 14 Il poursuivit l'homme de Dieu et le rattrapa alors qu'il était assis sous un térébinthe[2]. Il lui dit : «Est-ce toi l'homme de Dieu venu de Juda ?» Il répondit : «C'est moi !» 15 Il lui dit : «Viens avec moi à la maison, et mange du pain.» 16 L'homme de Dieu lui répondit : «Je ne puis ni retourner, ni venir avec toi; je ne mangerai pas de pain et je ne boirai pas d'eau avec toi dans ce lieu 17 car j'ai reçu cette parole du Seigneur : Tu ne mangeras pas de pain et tu ne boiras pas d'eau en ce lieu, tu ne retourneras pas par le chemin que tu auras pris à l'aller.» 18 Le prophète lui dit :

«Moi aussi, je suis prophète comme toi et un ange m'a dit — parole du Seigneur — : Fais-le revenir avec toi dans ta maison; qu'il mange du pain et qu'il boive de l'eau.» Il lui mentait 19 L'homme de Dieu retourna avec lui, mangea du pain dans sa maison et but de l'eau.

Mort de l'homme de Dieu

20 Or, comme ils étaient assis à table, la parole du Seigneur fut adressée au *prophète qui l'avait fait revenir; 21 et le vieux prophète cria à l'homme de Dieu qui était venu de Juda : «Ainsi parle le Seigneur : Parce que tu as désobéi à l'ordre du Seigneur et que tu n'as pas gardé le commandement que t'avait donné le Seigneur, ton Dieu, 22 parce que tu es revenu, que tu as mangé du pain et bu de l'eau dans le lieu au sujet duquel il t'avait dit : N'y mange pas de pain et n'y bois pas d'eau, ton cadavre n'entrera pas dans la tombe de tes pères.» 23 Après que l'homme de Dieu eut mangé du pain et qu'il eut bu, le vieux prophète sella l'âne du prophète qu'il avait fait revenir 24 et celui-ci s'en alla. Un lion le rencontra en chemin et le tua. Son cadavre gisait sur le chemin, tandis que l'âne se tenait d'un côté du cadavre et le lion de l'autre. 25 Des passants virent le cadavre gisant sur le chemin et le lion à côté du cadavre. Ils vinrent en parler dans la ville où habitait le vieux prophète. 26 Le prophète qui l'avait fait revenir sur son chemin en entendit parler et il dit : «C'est l'homme de Dieu ! Celui qui a désobéi à l'ordre du Sei-

---

1. *ses fils vinrent* : d'après les versions anciennes et la suite du texte; hébreu : *son fils vint*.
2. *térébinthe* : arbre pouvant atteindre des dimensions imposantes et qui, poussant généralement de manière isolée, offre un ombrage agréable.

gneur; le Seigneur l'a livré au
lion qui lui a brisé les os et l'a tué,
selon la parole que le Seigneur
lui avait dite. » 27 Il dit à ses fils :
« Sellez-moi l'âne ! » Ils le sellèrent
28 et il partit; il trouva le cadavre
gisant sur le chemin, tandis que
l'âne et le lion se tenaient à côté
du cadavre. Le lion n'avait pas
mangé le cadavre et il n'avait pas
brisé les os de l'âne. 29 Le prophète releva le cadavre de
l'homme de Dieu, le déposa sur
l'âne et le ramena. Le vieux prophète revint à sa ville pour célébrer le deuil et l'ensevelir. 30 Il
déposa le cadavre dans son
propre tombeau et l'on célébra
son deuil : « Hélas, mon frère[1] ! »

31 Après qu'il l'eut enseveli, il dit
à ses fils : « Quand je mourrai,
vous m'ensevelirez dans le tombeau où l'homme de Dieu est enseveli. Vous placerez mes os à
côté de ses os. 32 Car elle s'accomplira la parole qu'il a criée — parole du Seigneur — contre l'*autel qui est à Béthel et contre
toutes les maisons des hauts
*lieux qui sont dans les villes de
Samarie. »

33 Malgré cela, Jéroboam ne
renonça pas à sa mauvaise
conduite. Il continua à faire
comme prêtres des hauts lieux
des gens pris dans la masse du
peuple. À qui le voulait, il confé-
rait l'investiture[2] pour être prêtre
des hauts lieux. 34 En cela
consista le péché de la maison de
Jéroboam, et c'est pour cela
qu'elle fut détruite et disparut de
la surface de la terre.

Fin du règne de Jéroboam I

14 1 En ce temps-là, Aviya,
fils de Jéroboam, tomba
malade. 2 Jéroboam dit à sa
femme : « Lève-toi, déguise-toi
afin que l'on ne puisse savoir que
tu es la femme de Jéroboam, puis
va à Silo. Il y a là-bas le prophète
Ahiyya; c'est lui qui m'a dit que
je serais roi de ce peuple[1]. 3 Tu
prendras avec toi dix pains, des
gâteaux et une cruche de miel et
tu iras le trouver; il te fera savoir
ce qui adviendra au garçon. » 4 La
femme de Jéroboam agit ainsi;
elle se leva, partit pour Silo et
arriva à la maison d'Ahiyya. Or
Ahiyya ne voyait plus, il ne bou-
geait plus les yeux à cause de sa
vieillesse. 5 Le Seigneur avait dit
à Ahiyya : « Voici que la femme
de Jéroboam est en route pour
chercher auprès de toi une parole[2] au sujet de son fils malade.
Tu lui parleras de telle et telle
façon; et quand elle arrivera, elle
se fera passer pour une autre. »
6 Dès qu'Ahiyya entendit le bruit
de ses pas au moment où elle
arrivait à la porte, il dit : « Entre,
femme de Jéroboam ! Pourquoi te
faire passer pour une autre ? Je
suis envoyé pour te parler durement. 7 Va et dis à Jéroboam :
Ainsi parle le Seigneur, le Dieu
d'Israël : Je t'ai élevé du milieu du
peuple, je t'ai établi chef sur mon
peuple Israël, 8 j'ai arraché la
royauté à la maison de David et
te l'ai donnée; mais tu n'as pas
été comme mon serviteur David
qui a gardé mes commandements
et qui m'a suivi de tout son coeur,
ne faisant que ce qui est droit à

---

1. *Hélas, mon frère !* : Probablement titre d'un
chant funèbre; voir Jr 22.18; 34.5.
2. *investiture* : voir Lv 7.37; 8.33 et les notes.

1. Voir 11.29-39.
2. *pour chercher auprès de toi une parole* : autres traductions ... *un oracle*, ou *pour te consulter*.

mes yeux; 9 tu as agi plus mal que tous ceux qui ont été avant toi : tu es allé te fabriquer d'autres dieux et des statues au point de m'offenser; et moi-même, tu m'as rejeté derrière ton dos. 10 C'est pourquoi je vais amener un malheur sur la maison de Jéroboam, je retrancherai les mâles de chez Jéroboam, esclaves ou hommes libres[1] en Israël; je balaierai les descendants de la maison de Jéroboam comme on balaie à fond le fumier. 11 Tout membre de la maison de Jéroboam qui mourra dans la ville, les chiens le mangeront; et tout membre qui mourra dans la campagne, les oiseaux du ciel le mangeront, car le Seigneur a parlé. 12 Quant à toi, lève-toi, rentre chez toi; au moment où tes pieds pénétreront dans la ville, l'enfant mourra. 13 Tout Israël célébrera le deuil pour lui et on l'ensevelira car lui seul de la maison de Jéroboam entrera dans une tombe; c'est en lui seul, de la maison de Jéroboam, que s'est trouvé quelque chose de bon pour le Seigneur, le Dieu d'Israël. 14 Le Seigneur suscitera à Israël un roi qui retranchera la maison de Jéroboam. C'est pour aujourd'hui. Comment? Pour maintenant même[2]! 15 Le Seigneur frappera Israël; il en sera de lui comme du roseau qui tremble dans les eaux. Il arrachera Israël de cette bonne terre qu'il a donnée à ses pères et il le dispersera de l'autre côté du fleuve parce qu'ils ont fabriqué

leurs poteaux sacrés[1], offensant ainsi le Seigneur. 16 Il livrera Israël à cause des péchés que Jéroboam a commis et qu'il a fait commettre à Israël. »

17 La femme de Jéroboam se leva, s'en alla et arriva à Tirça[2]. Au moment où elle arriva au seuil de la maison, le garçon mourut. 18 On l'ensevelit et tout Israël célébra le deuil pour lui, selon la parole que le Seigneur avait dite par l'intermédiaire de son serviteur Ahiyya, le prophète.

19 Le reste des actes de Jéroboam : guerres, règne, tout cela est écrit dans le livre des *Annales des rois d'Israël. 20 La durée du règne de Jéroboam fut de 22 ans; il se coucha avec ses pères[3]. Son fils Nadab régna à sa place.

Roboam, roi de Juda

(2 Ch 12.1-16)

21 Roboam, fils de Salomon, devint roi en Juda; Roboam avait 41 ans quand il devint roi, et il régna dix-sept ans à Jérusalem, la ville que le Seigneur avait choisie parmi toutes les tribus d'Israël pour y mettre son *nom. Le nom de la mère de Roboam était Naama, l'Ammonite. 22 Juda fit ce qui est mal aux yeux du Seigneur et, par les péchés qu'il commit, provoqua sa jalousie plus que n'avaient fait leurs pères. 23 Comme ceux-ci, ils bâtirent à

---

1. *esclaves ou hommes libres :* traduction incertaine.
2. Le texte de la seconde moitié du verset est obscur et la traduction incertaine. Il s'agit peut-être d'une remarque d'un copiste ancien.

1. *du fleuve,* c'est-à-dire *de l'Euphrate* — En Israël, le *poteau sacré* était le symbole traditionnel de la déesse Ashéra; voir la note sur Jg 3.7.
2. *Tirça* fut, après *Sichem* (12.25) et avant Samarie (16.24), la deuxième capitale du royaume d'Israël. On ignore où se trouvait cette ville.
3. *se coucha avec ses pères :* voir 1.21 et la note.

leur usage des hauts *lieux, des stèles et des poteaux sacrés[1] sur toutes les collines élevées et sous tout arbre verdoyant; 24 il y eut même des prostitués sacrés[2] dans le pays, ils agirent selon toutes les abominations des nations que le Seigneur avait dépossédées devant les fils d'Israël.

25 La cinquième année du règne de Roboam, Shishaq, roi d'Egypte, monta contre Jérusalem. 26 Il prit les trésors de la Maison du Seigneur et les trésors de la maison du roi. Il prit absolument tout; il prit même tous les boucliers d'or que Salomon avait faits. 27 Le roi Roboam fit à leur place des boucliers de bronze et les confia aux chefs des coureurs[3] qui gardaient l'entrée de la maison du roi. 28 Chaque fois que le roi se rendait à la Maison du Seigneur, les coureurs prenaient ces boucliers, puis les rapportaient à la salle des coureurs.

29 Le reste des actes de Roboam, tout ce qu'il a fait, cela n'est-il pas écrit dans le livre des *Annales des rois de Juda ? 30 Il y eut continuellement la guerre entre Roboam et Jéroboam. 31 Roboam se coucha avec ses pères et fut enseveli avec ses pères dans la *Cité de David. — Et le nom de sa mère était

Naama, l'Ammonite. Son fils Abiyam[1] régna à sa place.

Abiyam, roi de Juda
(2 Ch 13.1-3, 22-23)

15 1 La dix-huitième année du règne de Jéroboam, fils de Nevath, Abiyam devint roi sur Juda. 2 Il régna trois ans à Jérusalem. Le nom de sa mère était Maaka, fille d'Absalom[2]. 3 Il imita tous les péchés que son père avait commis avant lui; et son coeur ne fut pas intègre à l'égard du Seigneur, son Dieu, contrairement à ce qu'avait été le coeur de David, son père. 4 C'est bien à cause de David que le Seigneur, son Dieu, lui donna une lampe[3] à Jérusalem, lui suscitant un fils pour maintenir Jérusalem : 5 c'est parce que David avait fait ce qui est droit aux yeux du Seigneur et ne s'était écarté en rien de ce qu'il lui avait ordonné tous les jours de sa vie, excepté dans l'affaire d'Urie le Hittite[4]. 6 — Il y eut la guerre entre Roboam et Jéroboam tous les jours de sa vie[5].

7 Le reste des actes d'Abiyam, tout ce qu'il a fait, cela n'est-il pas écrit dans le livre des *Annales des rois de Juda ? Il y eut la guerre entre Abiyam et Jéroboam. 8 Abiyam se coucha avec ses pères[6] et on l'ensevelit dans la *Cité de David; son fils Asa régna à sa place.

---

1. *stèles* : autre traduction *statues*; il s'agissait le plus souvent de simples pierres dressées, symbolisant la présence d'une divinité — *poteaux sacrés* : voir v. 15 et la note.
2. Pour la *prostitution sacrée* (voir Os 1.2 et la note), les *sanctuaires employaient surtout des femmes mises à disposition des visiteurs, mais parfois aussi des hommes mis à disposition des visiteuses.
3. Les *coureurs* sont, comme les Kerétiens et les Pelétiens (voir 2 S 8.18 et la note), des soldats de la garde royale.

1. Dans le texte parallèle de 2 Ch 12.16, le même personnage est appelé *Abiya*.
2. *Absalom* ou *Abisalom*; on ne sait pas s'il s'agit du fils de David (2 S 3.3) ou d'un autre personnage.
3. Voir 11.36 et la note.
4. Voir 2 S 11.
5. Ce verset répète presque mot à mot 14.30.
6. *se coucha avec ses pères* : voir 1.21 et la note.

Asa, roi de Juda

(*2 Ch* 14.1-2; 15.16-19; 16.1-6, 11-14)

9 La vingtième année du règne de Jéroboam, roi d'Israël, Asa, roi de Juda, devint roi. 10 Il régna 41 ans à Jérusalem; le nom de sa mère était Maaka, fille d'Absalom[1]. 11 Asa fit ce qui est droit aux yeux du Seigneur, comme David son père. 12 Il élimina du pays les prostitués sacrés[2] et supprima toutes les idoles qu'avaient fabriquées ses pères. 13 Et même il priva sa mère Maaka de sa fonction de Reine Mère parce qu'elle avait fait une idole infâme pour Ashéra[3]; Asa coupa son idole infâme et la brûla dans le ravin du Cédron. 14 Mais les hauts *lieux ne disparurent pas. Pourtant le coeur d'Asa resta intègre à l'égard du Seigneur, durant toute sa vie. 15 Il apporta dans la Maison du Seigneur ce que son père et lui-même avaient consacré : de l'argent, de l'or et des ustensiles.

16 Il y eut la guerre entre Asa et Baésha, roi d'Israël, pendant toute leur vie. 17 Baésha, roi d'Israël, monta[4] contre Juda et fortifia Rama[4] pour barrer la route au roi de Juda, Asa. 18 Celui-ci prit tout l'argent et l'or qui restaient dans les trésors de la Maison du Seigneur et les trésors de la mai-

son du roi; le roi Asa les remit à ses serviteurs pour les envoyer à Ben-Hadad, fils de Tavrimmôn, fils de Hèziôn, roi d'*Aram, qui résidait à Damas, en disant : 19 « Il y a une alliance entre moi et toi, entre mon père et ton père. Je t'envoie en présent de l'argent et de l'or. Alors romps ton alliance avec Baésha, roi d'Israël, pour qu'il ne monte plus contre moi. » 20 Ben-Hadad écouta le roi Asa; il envoya contre les villes d'Israël les chefs de ses armées et il frappa Iyyôn, Dan, Avel-Beth-Maaka, toute la région de Kineroth et, de plus, tout le pays de Nephtali. 21 Dès que Baésha apprit cette nouvelle, il cessa de fortifier Rama et resta à Tirça. 22 Alors, le roi Asa convoqua tout Juda, sans exception; et l'on emporta les pierres et le bois de Rama que Baésha fortifiait. Le roi Asa s'en servit pour fortifier Guèva de Benjamin et Miçpa[1].

23 Le reste de tous les actes d'Asa, tous ses exploits, tout ce qu'il a fait, les villes qu'il a bâties, cela n'est-il pas écrit dans les *Annales des rois de Juda, sauf que sur ses vieux jours il eut une maladie des pieds? 24 Asa se coucha avec ses pères, et il fut enseveli avec ses pères dans la *Cité de David, son père. Son fils Josaphat régna à sa place.

Nadab, roi d'Israël

25 Nadab, fils de Jéroboam, devint roi sur Israël la deuxième année du règne d'Asa, roi de Juda; il régna deux ans sur Israël. 26 Il fit ce qui est mal aux yeux

---

1. *mère* : pour certains le terme hébreu aurait ici le sens de *grand-mère*, puisque Maaka est dite *mère* d'Abiyam (v. 2), lequel était père d'Asa (v. 8). Mais il est possible aussi qu'elle soit considérée comme « mère du roi » en raison du rôle prépondérant qu'elle continuait à jouer à la cour après le règne très bref de son fils Abiyam (voir v. 13 et la note) — *Absalom* : voir v. 2 et la note.

2. *prostitués sacrés* : voir 14.24 et la note.

3. La *Reine Mère* jouissait à la cour d'une autorité et d'honneurs particuliers (voir 2.13-20) — *Ashéra* : voir Jg 3.7 et la note.

4. *Rama* : localité située à 8 km au nord de Jérusalem.

1. *Guèva et Miçpa* : deux localités proches de *Rama*.

du SEIGNEUR; il marcha dans le chemin de son père et imita le péché qu'il avait fait commettre à Israël. 27 Baésha, fils d'Ahiyya, de la maison d'Issakar, conspira contre lui. Baésha le frappa à Guibbetôn qui appartenait aux Philistins, au moment où Nadab et tout Israël assiégeaient Guibbetôn. 28 Baésha tua Nadab la troisième année du règne d'Asa, roi de Juda, et régna à sa place. 29 Dès qu'il fut roi, il frappa toute la maison de Jéroboam, ne laissant à Jéroboam personne qu'il n'exterminât, selon la parole que le SEIGNEUR avait dite par l'intermédiaire de son serviteur Ahiyya de Silo[1] 30 au sujet des péchés de Jéroboam, ceux qu'il avait commis et ceux qu'il avait fait commettre à Israël, en offensant le SEIGNEUR, le Dieu d'Israël.

31 Le reste des actes de Nadab, tout ce qu'il a fait, cela n'est-il pas écrit dans le livre des *Annales des rois d'Israël ? 32 Il y eut la guerre entre Asa et Baésha, roi d'Israël, pendant toute leur vie[2].

Baésha, roi d'Israël.

33 La troisième année du règne d'Asa, roi de Juda, Baésha, fils d'Ahiyya, devint roi sur tout Israël, à Tirça, pour 24 ans. 34 Il fit ce qui est mal aux yeux du SEIGNEUR; il marcha dans le chemin de Jéroboam et imita le péché qu'il avait fait commettre à Israël.

16 1 La parole du SEIGNEUR fut adressée à Jéhu[3], fils de Hanani, au sujet de Baésha :

2 « Parce que je t'ai élevé de la poussière et établi chef sur mon peuple Israël, mais que tu as marché dans le chemin de Jéroboam et que tu as fait pécher mon peuple Israël au point de m'offenser par leurs péchés, 3 je vais balayer Baésha et sa maison et je rendrai ta maison comme la maison de Jéroboam, fils de Nevath. 4 Tout membre de la maison de Baésha qui mourra dans la ville, les chiens le mangeront, et tout membre de sa maison qui mourra dans la campagne, les oiseaux du ciel le mangeront. »

5 Le reste des actes de Baésha, ce qu'il a fait, ses exploits, cela n'est-il pas écrit dans le livre des *Annales des rois d'Israël ? 6 Baésha se coucha avec ses pères[1] et on l'ensevelit à Tirça. Son fils Ela régna à sa place. 7 — C'est également par l'intermédiaire du prophète Jéhu, fils de Hanani, que la parole du SEIGNEUR fut adressée à Baésha et à sa maison, d'une part à cause de tout le mal qu'il avait fait aux yeux du SEIGNEUR, l'offensant par l'oeuvre de ses mains au point de devenir semblable à la maison de Jéroboam, d'autre part parce qu'il avait frappé celle-ci.

Ela, roi d'Israël

8 La vingt-sixième année du règne d'Asa, roi de Juda, Ela, fils de Baésha, devint roi sur Israël à Tirça, pour deux ans. 9 Son serviteur Zimri, chef de la moitié des chars, conspira contre lui. Le roi se trouvait alors à Tirça où il s'enivrait dans la maison d'Arça, chef du palais. 10 Zimri entra,

1. Voir 10.10-14.
2. Ce verset répète textuellement 15.16.
3. Le prophète *Jéhu* mentionné ici ne doit pas être confondu avec le roi du même nom présenté en 2 R 9-10.

1. *se coucha avec ses pères :* voir 1.21 et la note.

frappa Ela et le tua, la vingt-septième année du règne d'Asa, roi
de Juda; et il régna à sa place.
11 Dès qu'il fut roi et qu'il s'assit
sur le trône, il frappa toute la
maison de Baésha, ne lui laissant
ni mâle ni garant[1], ni partisan.
12 Zimri extermina toute la maison de Baésha, selon la parole
que le Seigneur avait dite par
l'intermédiaire du prophète Jéhu
contre Baésha, 13 contre tous les
péchés de Baésha et contre les
péchés d'Ela, son fils, péchés
qu'ils avaient commis et qu'ils
avaient fait commettre à Israël,
au point d'offenser le Seigneur, le
Dieu d'Israël, par leurs vaines
idoles.

14 Le reste des actes d'Ela, tout
ce qu'il a fait, cela n'est-il pas
écrit dans le livre des *Annales
des rois d'Israël ?

Zimri, roi d'Israël

15 La vingt-septième année du
règne d'Asa, roi de Juda, Zimri
devint roi pour sept jours à Tirça;
le peuple faisait alors campagne
contre Guibbetôn qui appartenait
aux Philistins. 16 Le peuple qui
faisait campagne apprit la nouvelle : « Zimri a fait une conspiration et même il a frappé le roi. »
Alors, le jour même, dans le
camp, tout Israël établit Omri,
chef de troupe, comme roi d'Israël[2]. 17 Omri et tout Israël avec
lui montèrent de Guibbetôn et assiégèrent Tirça. 18 Lorsque Zimri
vit que la ville était prise, il entra
dans le donjon de la maison du

roi; il incendia sur lui-même la
maison du roi et mourut. 19 Ce
fut à cause des péchés qu'il avait
commis, faisant ce qui est mal
aux yeux du Seigneur, marchant
dans le chemin de Jéroboam, et
imitant le péché que celui-ci avait
commis et avait fait commettre à
Israël.

20 Le reste des actes de Zimri
et la conspiration qu'il a tramée,
cela n'est-il pas écrit dans le livre
des *Annales des rois d'Israël ?

21 Alors le peuple d'Israël se divisa en deux : une moitié du
peuple suivit Tivni, fils de Guinath, pour le faire roi; l'autre
moitié suivit Omri. 22 Les gens
qui suivaient Omri l'emportèrent
sur ceux qui suivaient Tivni, fils
de Guinath. Tivni mourut et
Omri devint roi.

Omri, roi d'Israël

23 La trente et unième année
du règne d'Asa, roi de Juda, Omri
devint roi sur Israël, pour douze
ans. Il régna six ans à Tirça,
24 puis il acheta à Shèmèr, pour
deux talents d'argent, la montagne de Samarie. Il fortifia la
montagne et appela la ville qu'il
avait bâtie Samarie[1], d'après le
nom de Shèmèr, le maître de la
montagne. 25 Omri fit ce qui est
mal aux yeux du Seigneur, et fut
pire que tous ses prédécesseurs.
26 Il suivit en tout le chemin de
Jéroboam, fils de Nevath, et imita
les péchés que celui-ci avait fait
commettre à Israël, au point d'of-

---

1. Un des rôles du *garant* était d'assumer la
« vengeance du sang »; voir Nb 35.12 et la note.
2. Cette façon de désigner un *roi* n'est pas
conforme aux règles établies. La décision devra
être confirmée officiellement, voir les v. 21-22.

1. *talents* : voir au glossaire POIDS ET ME-
SURES — *Samarie* : voir 14.17 et la note. De cette
ville, il ne reste aujourd'hui que des ruines mises au
jour par les fouilles archéologiques, à proximité du
village de Sébastiyé.

fenser le Seigneur, le Dieu d'Israël, par leurs vaines idoles.

27 Le reste des actes d'Omri, ce
qu'il a fait, les exploits qu'il a
accomplis, cela n'est-il pas écrit
dans le livre des *Annales des rois
d'Israël ? 28 Omri se coucha avec
ses pères et il fut enseveli à Samarie. Son fils Akhab régna à sa
place.

Akhab, roi d'Israël

29 Akhab, fils d'Omri, devint
roi sur Israël, la trente-huitième
année du règne d'Asa, roi de
Juda. Akhab, fils d'Omri, régna
22 ans sur Israël à Samarie.
30 Akhab, fils d'Omri, fit ce qui
est mal aux yeux du Seigneur,
plus que tous ses prédécesseurs.
31 Et comme ce n'était pas assez
pour lui d'imiter les péchés de
Jéroboam, fils de Nevath, il prit
pour femme Jézabel, fille d'Eth-
baal, roi des Sidoniens[1]; il alla
servir le *Baal, et se prosterna
devant lui. 32 Il bâtit un *autel
pour le Baal dans la maison qu'il
lui avait construite à Samarie.
33 Akhab fit le poteau sacré[2]: il
continua à agir de façon à offenser le Seigneur, le Dieu d'Israël,
plus que tous les rois d'Israël qui
l'avaient précédé. 34 — De son
temps, Hiel de Béthel fortifia Jéricho : au prix d'Aviram, son fils
premier-né, il en posa les fondations, et au prix de Segouv, son
cadet, il en fixa les portes, selon
la parole que le Seigneur avait

dite[1] par l'intermédiaire de Josué,
fils de Noun.

Elie au bord du torrent de Ke-rith

17 1 Elie, le Tishbite, de la population de Galaad, dit à
Akhab : «Par la vie du Seigneur,
le Dieu d'Israël au service duquel
je suis : il n'y aura ces années-ci
ni rosée ni pluie[2] sinon à ma parole.» 2 La parole du Seigneur fut
adressée à Elie : 3 «Va-t'en d'ici,
dirige-toi vers l'orient et cache-toi
dans le ravin de Kerith qui est à
l'est du Jourdain. 4 Ainsi tu pourras boire au torrent, et j'ai ordonné aux corbeaux de te ravitailler là-bas.» 5 Il partit et agit
selon la parole du Seigneur; il
s'en alla habiter dans le ravin de
Kerith qui est à l'est du Jourdain.
6 Les corbeaux lui apportaient du
pain et de la viande le matin, du
pain et de la viande le soir; et il
buvait au torrent. 7 Au bout d'un
certain temps, le torrent fut à sec,
car il n'y avait pas eu de pluie sur
le pays.

Elie chez la veuve de Sarepta

8 La parole du Seigneur[3] lui
fut adressée : 9 «Lève-toi, va à
Sarepta[4] qui appartient à Sidon,
tu y habiteras; j'ai ordonné là-bas
à une femme, à une veuve, de te
ravitailler.» 10 Il se leva, partit
pour Sarepta et parvint à l'entrée
de la ville. Il y avait là une

---

1. Sidoniens : voir 5.20 et la note.
2. poteau sacré : voir 14.15 et la note.

1. fortifia ou rebâtit — la parole du Seigneur :
voir Jos 6.26 et la note.
2. Le pays d'Israël étant peu arrosé naturelle-
ment par des cours d'eau, l'absence de pluie provoquait sécheresse et famine.
3. Comparer 17.8-16 et 2 R 4.1-7.
4. Sarepta (Lc 4.26), ville côtière à 15 km au sud
de Sidon (aujourd'hui Sarafand, Liban).

femme, une veuve, qui ramassait du bois. Il l'appela et dit : « Va me chercher, je t'en prie, un peu d'eau dans la cruche pour que je boive ! » 11 Elle alla en chercher. Il l'appela et dit : « Va me chercher, je t'en prie, un morceau de pain dans ta main ! » 12 Elle répondit : « Par la vie du SEIGNEUR, ton Dieu ! Je n'ai rien de prêt, j'ai tout juste une poignée de farine dans la cruche et un petit peu d'huile dans la jarre ; quand j'aurai ramassé quelques morceaux de bois, je rentrerai et je préparerai ces aliments pour moi et pour mon fils ; nous les mangerons et puis nous mourrons. » 13 Elie lui dit : « Ne crains pas ! Rentre et fais ce que tu as dit ; seulement, avec ce que tu as, fais-moi d'abord une petite galette et tu me l'apporteras ; tu en feras ensuite pour toi et pour ton fils. 14 Car ainsi parle le SEIGNEUR, le Dieu d'Israël :

cruche de farine ne se videra jarre d'huile ne se désemplira jusqu'au jour où le SEIGNEUR donnera la pluie à la surface du sol. »

15 Elle s'en alla et fit comme Elie avait dit ; elle mangea, elle, lui et sa famille pendant des jours. 16 La cruche de farine ne tarit pas et la jarre d'huile ne désemplit pas, selon la parole que le SEIGNEUR avait dite par l'intermédiaire d'Elie.

Elie rend la vie au fils de la veuve

17 Voici ce qui arriva après ces événements[1] : le fils de cette femme, la propriétaire de la mai-

son, tomba malade. Sa maladie fut si violente qu'il ne resta plus de souffle en lui. 18 La femme dit à Elie : « Qu'y a-t-il entre moi et toi[1], homme de Dieu ? Tu es venu chez moi pour rappeler ma faute et faire mourir mon fils. » 19 Il lui répondit : « Donne-moi ton fils ! » Il le prit des bras de la femme, le porta dans la chambre haute[2] où il logeait, et le coucha sur son lit. 20 Puis il invoqua le SEIGNEUR en disant : « SEIGNEUR, mon Dieu, veux-tu du mal même à cette veuve chez qui je suis venu en émigré, au point que tu fasses mourir son fils ? » 21 Elie s'étendit trois fois sur l'enfant et invoqua le SEIGNEUR en disant : « SEIGNEUR, mon Dieu, que le souffle de cet enfant revienne en lui ! » 22 Le SEIGNEUR entendit la voix d'Elie, et le souffle de l'enfant revint en lui, il fut vivant. 23 Elie prit l'enfant, le descendit de la chambre haute dans la maison, et le donna à sa mère ; Elie dit : « Regarde ! Ton fils est vivant. » 24 La femme dit à Elie : « Oui, maintenant, je sais que tu es un homme de Dieu et que la parole du SEIGNEUR est vraiment dans ta bouche. »

Elie et Ovadyahou

18 1 De nombreux jours passèrent et la parole du SEIGNEUR fut adressée à Elie, la troisième année[3] : « Va, montre-toi à Akhab ; je vais donner de la pluie

---

1. Comparer 17.17-24 et 2 R 4.18-37.

1. *Qu'y a-t-il entre moi et toi* : autre traduction *Qu'ai-je à faire avec toi.* Cette expression constitue plus un reproche qu'une question.
2. *chambre haute* : pièce supplémentaire construite sur le toit plat des maisons palestiniennes. Comparer 2 R 4.10.
3. Il s'agit de la *troisième année* après l'annonce de la sécheresse (17.1).

sur la surface du sol. » 2 Elie s'en alla pour se montrer à Akhab.

La famine sévissait alors à Samarie. 3 Akhab appela Ovadyahou qui était chef du palais — Or Ovadyahou craignait beaucoup le Seigneur; 4 ainsi, lorsque Jézabel avait fait supprimer les *prophètes du Seigneur, Ovadyahou avait pris cent prophètes, les avait cachés par 50 dans deux cavernes et les avait ravitaillés en pain et en eau —. 5 Akhab dit à Ovadyahou : « Va par le pays, vers toutes les sources d'eau, dans tous les ravins : peut-être trouverons-nous de l'herbe et pourrons-nous garder en vie chevaux et mulets et n'aurons-nous pas à abattre une partie des bêtes. » 6 Ils se répartirent le pays à parcourir. Akhab partit seul par un chemin, et Ovadyahou partit seul par un autre chemin. 7 Tandis qu'Ovadyahou était en chemin, Elie vint à sa rencontre. Ovadyahou le reconnut; il se jeta face contre terre et dit : « Est-ce bien toi, mon seigneur Elie ? » 8 Il lui répondit : « C'est moi ! Va dire à ton maître : Voici Elie ! » 9 Ovadyahou dit : « En quoi ai-je péché pour que tu livres ton serviteur aux mains d'Akhab et qu'il me fasse mourir ? 10 Par la vie du Seigneur, ton Dieu, il n'y a pas de nation ni de royaume où mon maître Akhab ne t'ait envoyé chercher; quand on lui disait : Il n'est pas ici, il faisait jurer ce royaume et cette nation qu'on ne t'avait pas trouvé. 11 Et maintenant, tu me dis : Va dire à ton maître : Voici Elie ! 12 Mais, dès que je t'aurai quitté, l'esprit du Seigneur t'emportera je ne sais où; et moi j'irai aviser Akhab qui

ne te trouvera pas et alors il me tuera. Pourtant ton serviteur craint le Seigneur depuis sa jeunesse. 13 N'a-t-on pas rapporté à mon seigneur ce que j'ai fait lorsque Jézabel tuait les prophètes du Seigneur ? J'ai caché cent des prophètes du Seigneur, par 50 dans deux cavernes et je les ai ravitaillés en pain et en eau. 14 Et maintenant tu me dis : Va dire à ton maître : Voici Elie ! ... Mais il me tuera ! » 15 Elie dit : « Par la vie du Seigneur, le tout-puissant au service duquel je suis, aujourd'hui même, je me montrerai à Akhab. »

Elie et Akhab

16 Ovadyahou s'en alla à la rencontre d'Akhab et le mit au courant; Akhab s'en alla à la rencontre d'Elie. 17 Quand Akhab vit Elie, il lui dit : « Est-ce bien toi, porte-malheur d'Israël ? » 18 Il lui dit : « Ce n'est pas moi le porte-malheur d'Israël, mais c'est toi et la maison de ton père parce que vous avez abandonné les commandements du Seigneur et que tu as suivi les *Baals. 19 Maintenant fais rassembler près de moi Israël tout entier sur le Mont Carmel, ainsi que les 450 prophètes du Baal et les 400 prophètes d'Ashéra[1] qui mangent à la table de Jézabel. »

Elie et les prophètes du Baal au Carmel

20 Akhab envoya chercher tous les fils d'Israël et rassembla les *prophètes au Mont Carmel. 21 Elie s'approcha de tout le

---

1. Voir Jg 3.7 et la note.

peuple et dit : « Jusqu'à quand danserez-vous d'un pied sur l'autre[1] ? Si c'est le Seigneur qui est Dieu, suivez-le, et si c'est le *Baal, suivez-le ! » Mais le peuple ne lui répondit pas un mot. 22 Elie dit au peuple : « Je suis resté le seul prophète du Seigneur, tandis que les prophètes du Baal sont 450. 23 Qu'on nous donne deux taurillons : qu'ils choisissent pour eux un taurillon, qu'ils le dépècent et le placent sur le bûcher, mais sans y mettre le feu, et moi, je ferai de même avec l'autre taurillon; je le placerai sur le bûcher, mais je n'y mettrai pas le feu. 24 Puis vous invoquerez le nom de votre dieu, tandis que moi, j'invoquerai le nom du Seigneur. Le Dieu qui répondra par le feu, c'est lui qui est Dieu. » Tout le peuple répondit : « Cette parole est bonne. » 25 Elie dit aux prophètes du Baal : « Choisissez-vous un taurillon et mettez-vous à l'ouvrage les premiers car vous êtes les plus nombreux; invoquez le nom de votre dieu, mais ne mettez pas le feu. » 26 Ils prirent le taurillon qu'il leur avait donné, se mirent à l'ouvrage et invoquèrent le nom du Baal, depuis le matin jusqu'à midi, en disant : « Baal, réponds-nous ! » Mais il n'y eut ni voix ni personne qui répondît. Et ils dansèrent auprès de l'*autel qu'on avait fait. 27 Alors à midi, Elie se moqua d'eux et dit : « Criez plus fort, c'est un dieu : il a des préoccupations, il a dû s'absenter, il a du chemin à faire; peut-être qu'il dort et il faut qu'il se réveille. » 28 Ils crièrent plus fort et, selon leur coutume, se tailladèrent[1] à coups d'épées et de lances, jusqu'à être tout ruisselants de sang. 29 Et quand midi fut passé, ils vaticinèrent jusqu'à l'heure de l'offrande[2]. Mais il n'y eut ni voix ni personne qui répondît, ni aucune réaction.

30 Elie dit à tout le peuple : « Approchez-vous de moi ! » Et tout le peuple s'approcha de lui. Il répara l'autel du Seigneur qui avait été démoli : 31 il prit douze pierres, d'après le nombre des tribus des fils de Jacob à qui cette parole du Seigneur avait été adressée : « Ton nom sera Israël. » 32 Avec ces pierres, Elie rebâtit un autel au nom du Seigneur; puis autour de l'autel, il fit un fossé d'une contenance de deux séas[3] à grains; 33 il disposa le bois, dépeça le taurillon et le plaça dessus. 34 Il dit :/ « Remplissez quatre jarres d'eau et versez-les sur l'holocauste[4] et sur le bois ! » Il dit : « Encore une fois ! » Et ils le firent une deuxième fois; il dit : « Une troisième fois ! » Et ils le firent une troisième fois. 35 L'eau se répandit autour de l'autel, et remplissait même le fossé. 36 À l'heure de l'offrande, le prophète Elie s'approcha et dit : « Seigneur, Dieu d'Abraham, d'Isaac et d'Israël, fais que l'on sache aujourd'hui que c'est toi qui es Dieu en Israël, que je suis ton serviteur et

---

1. *danserez-vous d'un pied sur l'autre ?* : Allusion à une danse rituelle en l'honneur du dieu Baal (voir v. 26). Elie y voit un symbole de l'hésitation d'Israël à choisir nettement le Seigneur *ou* Baal comme seul Dieu.

1. *se tailladèrent* : coutume religieuse attestée par les textes phéniciens d'Ougarit.

2. *vaticinèrent* : autres traductions *prophétisèrent* ou *furent en transes* — l'heure de l'offrande, au temple de Jérusalem, se situait vers le milieu de l'après-midi.

3. *séas* : voir au glossaire POIDS ET MESURES.

4. *holocauste* : voir au glossaire SACRIFICES.

que c'est par ta parole que j'ai fait toutes ces choses. 37 Réponds-moi, Seigneur, réponds-moi : que ce peuple sache que c'est toi, Seigneur, qui es Dieu, que c'est toi qui ramènes vers toi le cœur de ton peuple. »

38 Le feu du Seigneur tomba et dévora l'holocauste, le bois, les pierres, la poussière, et il absorba l'eau qui était dans le fossé. 39 À cette vue, tout le peuple se jeta face contre terre et dit : « C'est le Seigneur qui est Dieu ; c'est le Seigneur qui est Dieu ! » 40 Elie leur dit : « Saisissez les prophètes du Baal ! Que pas un ne s'échappe ! » Et on les saisit. Elie les fit descendre dans le ravin du Qishôn où il les égorgea[1].

Le retour de la pluie

41 Elie dit à Akhab : « Monte, mange et bois[2] ! Car le grondement de l'averse retentit. » 42 Akhab monta pour manger et boire, tandis qu'Elie montait au sommet du Carmel et se prosterna à terre, le visage entre les genoux. 43 Il dit à son serviteur : « Monte donc regarder en direction de la mer ! » Celui-ci monta, regarda et dit : « Il n'y a rien. » Sept fois, Elie lui dit : « Retourne ! » 44 La septième fois, le serviteur dit : « Voici qu'un petit nuage, gros comme le poing, s'élève de la mer. » Elie répondit : « Monte, et dis à Akhab : Attelle, et descends pour que l'averse ne te bloque pas. » 45 Le ciel s'obscurcit de plus en

plus sous l'effet des nuages et du vent et il y eut une grosse averse. Akhab monta sur son char et partit pour Izréel. 46 La main du Seigneur fut sur Elie qui se ceignit les reins[1] et courut en avant d'Akhab jusqu'à Izréel.

Elie s'enfuit

19 1 Akhab parla à Jézabel de tout ce qu'avait fait Elie, et de tous ceux qu'il avait tués par l'épée, tous les *prophètes. 2 Jézabel envoya un messager à Elie pour lui dire : « Que les dieux me fassent ceci et encore cela[2] si demain, à la même heure, je n'ai pas fait de ta vie ce que tu as fait de la leur ! » 3 Voyant cela Elie se leva et partit pour sauver sa vie ; il arriva à Béer-Shéva[3] qui appartient à Juda et y laissa son serviteur. 4 Lui-même s'en alla au désert, à une journée de marche. Y étant parvenu, il s'assit sous un genêt isolé. Il demanda la mort et dit : « Je n'en peux plus ! Maintenant, Seigneur, prends ma vie, car je ne vaux pas mieux que mes pères. » 5 Puis il se coucha et s'endormit sous un genêt isolé. Mais voici qu'un *ange le toucha et lui dit : « Lève-toi et mange ! » 6 Il regarda : à son chevet il y avait une galette cuite sur des pierres chauffées, et une cruche d'eau ; il

---

1. *se ceindre les reins* : geste par lequel on relevait les pans de la robe et on les fixait dans sa ceinture, pour être libre de ses mouvements. C'est ainsi que l'on se préparait au travail ou à un voyage.

2. *Que les dieux me fassent ceci et encore cela* : voir 1 S 14.44 et la note.

3. *Voyant cela* : la plupart des traducteurs suivent ici les anciennes versions grecque et syriaque, et plusieurs manuscrits hébreux, qui lisent *Prenant peur* (en hébreu les deux expressions ont des orthographes presque semblables) — *Béer-Shéva* : une des localités les plus méridionales du royaume de Juda.

---

1. *il les égorgea* : procédé auquel on avait facilement recours à cette époque, voir 18.13. Les prophètes d'un dieu impuissant sont traités comme des faux témoins, voir 2 R 10.18-25.

2. A cause de la sécheresse persistante, les autorités avaient probablement ordonné un *jeûne, comme dans les moments de calamité ; voir Jr 36.9.

mangea, il but, puis se recoucha. 7 L'ange du Seigneur revint, le toucha et dit : «Lève-toi et mange, car autrement le chemin serait trop long pour toi.» 8 Elie se leva, il mangea et but puis, fortifié par cette nourriture, il marcha 40 jours et 40 nuits jusqu'à la montagne de Dieu, à l'Horeb[1].

Elie sur le mont Horeb

9 Il arriva là, à la caverne[2] et y passa la nuit. — La parole du Seigneur lui fut adressée : «Pourquoi es-tu ici, Elie ?» 10 Il répondit : «Je suis passionné[3] pour le Seigneur, Dieu des puissances : les fils d'Israël ont abandonné ton *alliance, ils ont démoli tes *autels et tué tes *prophètes par l'épée; je suis resté moi seul et l'on cherche à m'enlever la vie.» 11 — Le Seigneur dit : «Sors et tiens-toi sur la montagne, devant le Seigneur; voici, le Seigneur va passer.» Il y eut devant le Seigneur un vent fort et puissant qui érodait[4] les montagnes et fracassait les rochers; le Seigneur n'était pas dans le vent. Après le vent, il y eut un tremblement de terre; le Seigneur n'était pas dans le tremblement de terre. 12 Après le tremblement de terre, il y eut un feu; le Seigneur n'était pas dans le feu. Et après le feu le bruissement d'un souffle ténu. 13 Alors, en l'entendant, Elie se voila le visage avec son manteau; il sortit et se tint à l'entrée de la

caverne. Une voix s'adressa à lui : «Pourquoi es-tu ici, Elie ?» 14 Il répondit : «Je suis passionné pour le Seigneur, Dieu des puissances : les fils d'Israël ont abandonné ton alliance, ils ont démoli tes autels et tué tes prophètes par l'épée; je suis resté moi seul et l'on cherche à m'enlever la vie.» 15 Le Seigneur lui dit : «Va, reprends ton chemin en direction du désert de Damas. Quand tu seras arrivé, tu *oindras Hazaël comme roi sur *Aram[1]. 16 Et tu oindras Jéhu, fils de Nimshi, comme roi sur Israël; et tu oindras Elisée, fils de Shafath, d'Avel-Mehola[2], comme prophète à ta place. 17 Tout homme qui échappera à l'épée de Hazaël, Jéhu le tuera, et tout homme qui échappera à l'épée de Jéhu, Elisée le tuera, 18 mais je laisserai en Israël un reste de 7.000 hommes, tous ceux dont les genoux n'ont pas plié devant le *Baal et dont la bouche ne lui a pas donné de baisers[3].»

Elie désigne Elisée pour lui succéder

19 Il partit de là et trouva Elisée, fils de Shafath, qui labourait; il avait à labourer douze arpents, et il en était au douzième. Elie passa près de lui et jeta son man-

---

1. *Horeb* : autre nom du *Sinaï.*
2. La *caverne* est peut-être celle où Moïse s'était tenu, d'après Ex 33.21-23.
3. *Je suis passionné* : autres traductions *J'ai été saisi d'une ardente jalousie* ou *Je suis rempli d'un zèle jaloux.*
4. *érodait* : autre traduction *fendait.*

1. Dieu se sert même de rois étrangers pour exercer son jugement à l'égard de son peuple infidèle, voir Jr 27.6 — Sur *Hazaël,* voir 2 R 8.7-15.
2. Sur *Jéhu,* voir 2 R 9-10 — Sur *Elisée,* voir 2 R 2-13 — *Avel-Mehola* : localité non identifiée exactement, mais située probablement à l'ouest du Jourdain, à une soixantaine de km au nord-est de Jérusalem.
3. *plier les genoux* et *donner des baisers* étaient des gestes d'adoration dans plusieurs religions de cette époque.

teau sur lui[1]. 20 Elisée abandonna les boeufs, courut après Elie et dit : « Permets que j'embrasse mon père et ma mère et je te suivrai. » Elie lui dit : « Va ! Retourne ! Que t'ai-je donc fait[2] ? » 21 Elisée s'en retourna sans le suivre, prit la paire de boeufs qu'il offrit en *sacrifice; avec l'attelage des boeufs, il fit cuire leur viande qu'il donna à manger aux siens. Puis il se leva, suivit Elie et fut à son service.

Ben-Hadad assiège Samarie

20 1 Ben-Hadad, roi d'*Aram, rassembla toute son armée : il avait avec lui 32 rois, ainsi que des chevaux et des chars. Il monta, assiégea Samarie et l'attaqua. 2 Il envoya dans la ville des messagers à Akhab, roi d'Israël, 3 pour lui dire : « Ainsi parle Ben-Hadad : Ton argent et ton or sont à moi; tes femmes et tes fils les plus beaux sont à moi. » 4 Le roi d'Israël répondit : « C'est comme tu le dis, ô mon seigneur le roi; je suis à toi ainsi que tout ce que je possède. » 5 Les messagers revinrent, et dirent : « Ainsi parle Ben-Hadad : Je t'ai bien envoyé dire : Ton argent, ton or, tes femmes et tes fils, tu me les livreras. 6 En effet, demain, à la même heure, j'enverrai vers toi mes serviteurs pour fouiller ta maison et les maisons de tes serviteurs. Et alors, tout ce que tes yeux ont pu désirer, ils mettront la main dessus et le prendront. » 7 Le roi d'Israël convoqua tous les *anciens du pays et dit : « Vous voyez bien que cet homme me veut du mal ! Quand il m'a réclamé mes femmes, mes fils, mon argent et mon or, je ne lui ai rien refusé. » 8 Tous les anciens et tout le peuple lui dirent : « N'écoute pas et surtout n'accepte pas ! » 9 Il dit aux messagers de Ben-Hadad : « Dites à monseigneur le roi : Tout ce que tu as envoyé demander à ton serviteur, la première fois, je le ferai; mais ceci, je ne puis le faire[1]. » Les messagers s'en allèrent et lui rapportèrent la réponse. 10 Ben-Hadad lui envoya dire : « Que les dieux me fassent ceci et encore cela[2] si la poussière de Samarie suffit pour que tous les gens qui m'accompagnent en aient une poignée ! » 11 Le roi d'Israël répondit : « Parlez toujours ! Mais que celui qui met sa ceinture ne se vante pas comme celui qui l'enlève[3] ! » 12 Or, en entendant cette parole, Ben-Hadad qui était en train de boire avec les rois dans les tentes dit à ses serviteurs : « À l'attaque ! » Et ils se disposèrent à attaquer la ville.

Première victoire d'Akhab

13 Mais un *prophète s'approcha d'Akhab, roi d'Israël, et dit : « Ainsi parle le SEIGNEUR : As-tu

---

1. *arpents* : voir au glossaire POIDS ET MESURES; autre traduction *il labourait avec douze paires de boeufs et il était avec la douzième* — *jeta son manteau sur lui* : geste exprimant une prise de possession et un appel. Comparer 2 R 2.13-14.

2. *Va ! retourne !* ... : autre traduction *Va, et reviens car tu sais ce que je t'ai fait.*

1. Akhab accepte donc de tout remettre à son adversaire pour éviter la guerre, mais il ne peut admettre que les ennemis viennent eux-mêmes piller sa capitale.

2. *Que les dieux me fassent ceci et encore cela* : voir 1 S 14.44 et la note.

3. L'équivalent français de ce proverbe est « il ne faut pas vendre la peau de l'ours avant de l'avoir tué. »

vu cette grande multitude ? Je vais la livrer aujourd'hui en tes mains et tu connaîtras que je suis le Seigneur. » 14 Akhab dit : « Par qui me la livreras-tu ? » Et il répondit : « Ainsi parle le Seigneur : Par l'élite[1] des chefs de districts. » Akhab dit : « Qui engagera le combat ? » Il répondit : « Toi ! »

15 Il passa en revue l'élite des chefs de districts : ils étaient 232. Après eux, il passa tout le peuple en revue, tous les fils d'Israël, soit 7.000 hommes. 16 Ils firent une sortie à midi, alors que Ben-Hadad s'enivrait dans les tentes avec les rois, les 32 rois qui l'assistaient. 17 L'élite des chefs de districts sortit d'abord ; Ben-Hadad s'informa ; on lui annonça : « Des hommes sont sortis de Samarie. »

18 Il dit : « S'ils sont sortis pour la paix, saisissez-les vivants, si c'est pour le combat, saisissez-les vivants ! » 19 Ceux qui étaient sortis de la ville, c'était l'élite des chefs de districts, et l'armée les suivit.

20 Chacun frappa son homme. Les *Araméens s'enfuirent et Israël les poursuivit. Ben-Hadad, roi d'Aram, s'échappa à cheval avec d'autres cavaliers. 21 Puis le roi d'Israël sortit et frappa la cavalerie et les chars ; il frappa Aram d'un grand coup.

22 Le prophète s'approcha du roi d'Israël et lui dit : « Va de l'avant courageusement, mais réfléchis à ce que tu dois faire, car, l'année prochaine, le roi d'Aram montera contre toi. »

Seconde victoire et faute d'Akhab

23 Les serviteurs du roi d'*Aram lui dirent : « Leur Dieu est un Dieu des montagnes : c'est pour cela qu'ils ont été plus forts que nous. Mais combattons-les dans la plaine, certainement nous serons plus forts qu'eux. 24 Fais ceci : Écarte chacun des rois de son poste et remplace-les par des gouverneurs. 25 Et toi-même, recrute une armée aussi forte que celle que tu as perdue, cheval pour cheval, char pour char, et combattons dans la plaine : certainement nous serons plus forts qu'eux. » Il les écouta et suivit leur avis. 26 Donc, l'année suivante, Ben-Hadad passa Aram en revue et il monta à Afeq[1] pour combattre Israël. 27 On passa en revue les fils d'Israël, ils reçurent leur ravitaillement et partirent à la rencontre d'Aram. Les fils d'Israël campèrent en face d'eux, semblables à deux petits troupeaux de chèvres, tandis qu'Aram remplissait le pays. 28 L'homme de Dieu[2] s'approcha et parla au roi d'Israël. Il dit : « Ainsi parle le Seigneur : Parce que les Araméens ont dit : Le Seigneur est un Dieu des montagnes, et non un Dieu de plaine, je livrerai en tes mains toute cette grande multitude, et vous connaîtrez que je suis le Seigneur. » 29 Ils campèrent face à face sept jours durant. Le septième jour, le combat s'engagea et les fils d'Israël abattirent 100.000 fantassins araméens en

---

1. Le mot *élite* est employé ici dans son sens technique militaire, désignant les soldats jeunes.

1. *l'année suivante* : voir v. 22 — *Afeq* se trouvait probablement dans la région relativement plate à l'est du lac de Génésareth.
2. *L'homme de Dieu* désigne ici le *prophète* qui est déjà intervenu aux v. 13, 22.

un seul jour. 30 Les survivants s'enfuirent dans la ville d'Afeq. Mais la muraille tomba sur ces 27.000 survivants; Ben-Hadad, lui, avait pris la fuite et était entré dans la ville où il se cachait de chambre en chambre[1]. 31 Ses serviteurs lui dirent : « Nous avons entendu dire que les rois de la maison d'Israël étaient des rois miséricordieux. Revêtons nos reins de *sacs, attachons nos coudes au-dessus de la tête[2] et sortons à la rencontre du roi d'Israël. Peut-être te laissera-t-il en vie. » 32 Ils ceignirent des sacs, attachèrent leurs coudes au-dessus de la tête, arrivèrent chez le roi d'Israël et dirent : « Ton serviteur Ben-Hadad a dit : Je demande la vie sauve ! » Akhab dit : « Il vit encore ? Il est mon frère ! » 33 Ces hommes y trouvèrent un signe favorable; ils se hâtèrent d'y voir une indication de sa part[3] et dirent à leur tour : « Ben-Hadad est ton frère. » Akhab dit : Allez le chercher. » Ben-Hadad sortit vers lui et Akhab le fit monter sur son propre char. 34 Ben-Hadad lui dit : « Les villes que mon père a prises à ton père, je les rends; tu installeras tes bazars à Damas comme mon père en a installé à Samarie. » — « Et moi[4], je te laisserai aller moyennant cette alliance. » Akhab conclut une al-liance en sa faveur et le laissa aller.

Un prophète dénonce la faute d'Akhab

35 Un homme d'entre les fils des *prophètes[1] dit à son compagnon par ordre du Seigneur : « -Frappe-moi, je te prie ! » Mais l'homme refusa de le frapper. 36 Le . prophète lui dit alors : « Parce que tu n'as pas écouté la voix du Seigneur, dès que tu m'auras quitté, un lion te frappera. » Il s'éloigna de lui; un lion rencontra l'homme et le frappa. 37 Le prophète rencontra un autre homme et lui dit : « Frappe-moi, je te prie ! » L'homme le frappa et le blessa. 38 Le prophète s'en alla attendre le roi sur le chemin; il s'était rendu méconnaissable en mettant un vêtement qui lui cachait les yeux. 39 Quand le roi passa, il lui cria : « Ton serviteur était sorti pour prendre part à la bataille lorsque quelqu'un qui se retirait du combat m'a amené un homme en disant : Surveille cet homme ! S'il vient à manquer, ta vie répondra pour la sienne, ou bien tu paieras un talent[2] d'argent. 40 Or, tandis que ton serviteur était occupé de côté et d'autre, l'homme avait disparu ! » Le roi d'Israël lui dit : « Que tel soit ton jugement, c'est toi-même qui l'as fixé. » 41 Le prophète enleva rapidement le vêtement qui lui cachait les yeux et le roi d'Israël reconnut que c'était un des

---

1. *de chambre en chambre* ou *dans une chambre bien cachée.*
2. Des bas-reliefs antiques montrent des prisonniers liés de cette manière; mais le texte hébreu (litt. *mettons-nous des cordes à la tête*) pourrait faire allusion à une autre méthode consistant à attacher plusieurs prisonniers au moyen d'une corde qui enserre le cou de chacun.
3. Cette première moitié du verset est traduite d'après les versions anciennes; le texte hébreu est peu clair.
4. *Les villes ... à ton père :* voir 15.20 — *Et moi :* c'est Akhab qui répond.

1. *fils des prophètes :* tournure hébraïque désignant les membres d'un groupe de prophètes. Voir 2 R 2.1-18.
2. *talent :* voir au glossaire POIDS ET MESURES.

prophètes[1]. 42 Celui-ci lui dit : « Ainsi parle le SEIGNEUR : Parce que tu as laissé échapper de ta main l'homme que j'avais voué à l'interdit[2], ta vie répondra pour la sienne, et ton peuple pour le sien. » 43 Le roi d'Israël rentra chez lui, à Samarie, sombre et contrarié.

La vigne de Naboth

21 1 Voici ce qui arriva après ces événements. Naboth d'Izréel avait une vigne à Izréel; elle était à côté du palais d'Akhab, roi de Samarie[3]. 2 Akhab parla à Naboth : « Cède-moi ta vigne pour qu'elle me serve de jardin potager, car elle est juste à côté de ma maison; et je te donnerai à sa place une vigne meilleure. Mais si cela te convient, je puis te donner son prix en argent. » 3 Naboth dit à Akhab : « Par le SEIGNEUR, ce serait un sacrilège de ma part de te donner l'héritage de mes pères. » 4 Akhab rentra chez lui sombre et contrarié à cause de ce que lui avait dit Naboth d'Izréel : « Je ne te donnerai pas l'héritage de mes pères. » Il se coucha sur son lit, tourna son visage contre le mur, et ne voulut pas manger. 5 Sa femme Jézabel vint le trouver et lui dit : « Pourquoi es-tu si contrarié et ne veux-tu pas manger ? » 6 Il lui répondit : « Parce que j'ai parlé à Naboth d'Izréel; je lui ai dit : Cède-moi ta vigne contre ar-

gent ou, si cela te fait plaisir, je te donnerai une autre vigne à sa place. Il m'a répondu : Je ne te donnerai pas ma vigne. » 7 Sa femme Jézabel lui dit : « Mais c'est toi qui exerces la royauté sur Israël ! Lève-toi, mange, que ton coeur soit heureux; c'est moi qui te donnerai la vigne de Naboth d'Izréel ! » 8 Elle écrivit des lettres au nom d'Akhab qu'elle scella de son sceau[1] à lui; elle envoya ces lettres aux *anciens et aux notables qui étaient dans la ville de Naboth, ceux qui habitaient avec lui. 9 Elle écrivit dans ces lettres : « Proclamez un *jeûne et faites asseoir Naboth au premier rang de l'assemblée. 10 Faites asseoir deux hommes, des vauriens, en face de lui et qu'ils témoignent contre lui en disant : Tu as maudit Dieu et le roi[2]. Faites-le sortir, lapidez-le et qu'il meure ! » 11 Les hommes de la ville d'Izréel, anciens et notables qui habitaient la ville, agirent selon l'ordre de Jézabel, tel qu'il était écrit dans les lettres qu'elle leur avait envoyées. 12 Ils proclamèrent un jeûne et firent asseoir Naboth au premier rang de l'assemblée, 13 et deux hommes, des vauriens, vinrent s'asseoir en face de lui. Les vauriens se mirent à témoigner contre Naboth, face au peuple, en disant : « Naboth a maudit Dieu et le roi. » On le fit sortir de la ville, on le lapida et il mourut. 14 On envoya dire à Jézabel : « Naboth a été lapidé et il est mort. » 15 Lorsque Jézabel apprit que Naboth avait été lapidé et qu'il était mort, elle dit à Akhab :

---

1. Les *prophètes* vivant en communauté portaient peut-être un signe sur le front, ou une tonsure. Le prophète avait caché ce signe distinctif sous un vêtement.
2. *l'interdit* : voir Dt 2.34 et la note.
3. En plus du palais royal situé à *Samarie*, capitale du royaume, Akhab possédait un autre *palais* à *Izréel*.

1. Voir Ex 28.11 et la note.
2. Celui qui est coupable d'avoir *maudit Dieu* (Lv 24.10-16) ou *le roi* (2 S 19.22) doit être mis à mort par lapidation.

« Lève-toi, prends possession de la vigne que Naboth d'Izréel refusait de te céder contre argent, car Naboth n'est plus vivant, il est mort. » 16 Quand Akhab entendit que Naboth était mort, il se leva pour descendre à la vigne de Naboth d'Izréel, afin d'en prendre possession.

Elie annonce le châtiment d'Akhab et de Jézabel

17 La parole du SEIGNEUR fut adressée à Elie, le Tishbite : 18 - « Lève-toi, descends à la rencontre d'Akhab, roi d'Israël à Samarie. Il est dans la vigne de Naboth où il est descendu pour en prendre possession. 19 Tu lui parleras en ces termes : Ainsi parle le SEIGNEUR : Après avoir commis un meurtre, prétends-tu aussi devenir propriétaire ? Tu lui diras : Ainsi parle le SEIGNEUR : À l'endroit où les chiens ont léché le sang de Naboth, les chiens lécheront aussi ton propre sang. » 20 Akhab dit à Elie : « Tu m'as donc retrouvé, ô mon ennemi ? » Il répondit : « Je t'ai retrouvé parce que tu t'es prêté à une perfidie en faisant ce qui est mal aux yeux du SEIGNEUR. 21 Je vais faire venir sur toi un malheur; je te balaierai, je retrancherai les mâles de chez Akhab, esclaves ou hommes libres[1] en Israël. 22 Je rendrai ta maison semblable à la maison de Jéroboam, fils de Nevath, et semblable à la maison de Baésha, fils d'Ahiyya, à cause de l'offense que tu as commise et parce que tu as fait pécher Israël. »

23 Le SEIGNEUR parla aussi au sujet de Jézabel : « Les chiens mangeront Jézabel dans la propriété d'Izréel. 24 Tout membre de la maison d'Akhab qui mourra dans la ville, les chiens le mangeront; et tout membre qui mourra dans la campagne, les oiseaux du ciel le mangeront. »

25 Il n'y eut vraiment personne comme Akhab pour se prêter à une perfidie en vue de faire ce qui est mal aux yeux du SEIGNEUR, car sa femme Jézabel l'avait dévoyé. 26 Il commit force abominations en suivant les idoles, exactement comme les *Amorites que le SEIGNEUR avait dépossédés devant les fils d'Israël.

27 Quand Akhab entendit ces paroles, il *déchira ses vêtements, se mit un *sac à même la peau et *jeûna; il dormait sur ce sac et marchait à pas lents. 28 La parole du SEIGNEUR fut adressée à Elie, le Tishbite, en disant : 29 « As-tu vu comme Akhab s'est humilié devant moi ? Parce qu'il s'est humilié devant moi, je ne ferai pas venir le malheur durant ses jours; c'est durant les jours de son fils que je ferai venir un malheur sur sa maison. »

Akhab veut reprendre la ville de Ramoth-de-Galaad
(2 Ch 18.1-3)

22 1 On resta[1] trois ans sans guerre entre *Aram et Israël. 2 La troisième année, Josaphat, roi de Juda, descendit vers le roi d'Israël. 3 Le roi d'Israël avait dit à ses serviteurs : « Savez-vous que Ramoth-de-

---

1. *esclaves ou hommes libres* : voir 14.10 et la note.

1. Comparer 22.1-40 et 2 R 3.4-27.

Galaad[1] nous appartient, et nous hésitons à la reprendre des mains du roi d'Aram ! » 4 Il dit à Josaphat : « Veux-tu venir avec moi faire la guerre à Ramoth-de-Galaad ? » Josaphat répondit au roi d'Israël : « Il en sera de moi comme de toi, de mon peuple comme de ton peuple, de mes chevaux comme de tes chevaux. »

Les prophètes du roi prédisent le succès
(2 Ch 18.4-11)

5 Josaphat dit encore au roi d'Israël : « Consulte d'abord la parole du SEIGNEUR[2]. » 6 Le roi d'Israël réunit les *prophètes, environ 400 hommes[3] et leur dit : « Puis-je aller faire la guerre à Ramoth-de-Galaad ou dois-je y renoncer ? » Ils répondirent : « Monte ! Le Seigneur la livre aux mains du roi. » 7 Josaphat dit : « N'y a-t-il plus ici de prophète du SEIGNEUR, par qui nous puissions le consulter ? » 8 Le roi d'Israël dit à Josaphat : « Il y a encore un homme par qui on peut consulter le SEIGNEUR, mais moi, je le déteste car il ne prophétise pas sur moi du bien, mais du mal : c'est Michée, fils de Yimla. » Josaphat dit : « Que le roi ne parle pas ainsi ! » 9 Le roi d'Israël appela un fonctionnaire et dit : « Vite, fais venir Michée, fils de Yimla ! »

10 Le roi d'Israël et Josaphat, roi de Juda, en tenue d'apparat, siégeaient, chacun sur son trône, sur l'esplanade à l'entrée de la porte de Samarie et tous les prophètes s'excitaient à prophétiser devant eux. 11 Cidqiyahou, fils de Kenaana, s'étant fait des cornes de fer, dit : « Ainsi parle le SEIGNEUR : Avec ces cornes, tu enfonceras *Aram jusqu'à l'achever ! » 12 Tous les prophètes prophétisaient de même en disant : « Monte à Ramoth-de-Galaad, tu réussiras ! Le SEIGNEUR la livrera aux mains du roi. »

Le prophète Michée prédit la défaite
(2 Ch 18.12-27)

13 Le messager qui était allé appeler Michée lui dit : « Voici les paroles des *prophètes : d'une seule voix, elles annoncent du bien pour le roi. Que ta parole soit donc conforme à la leur ! Annonce du bien ! » 14 Michée dit : « Par la vie du SEIGNEUR, ce que le SEIGNEUR me dira, c'est cela que je dirai ! » 15 Il arriva auprès du roi qui lui dit : « Michée, pouvons-nous aller faire la guerre à Ramoth-de-Galaad ou devons-nous y renoncer ? » Il répondit : « Monte ! Tu réussiras ! Le SEIGNEUR la livrera aux mains du roi ! » 16 Le roi lui dit : « Combien de fois devrai-je te faire jurer de ne me dire que la vérité au nom du SEIGNEUR ? » 17 Michée répondit :

« J'ai vu tout Israël dispersé sur les montagnes,
comme des moutons qui n'ont point de *berger ;
le SEIGNEUR a dit :

---

1. Ville frontière de Transjordanie, au sud-est du lac de Génésareth ; elle fut longtemps disputée entre Israélites et Araméens.
2. A cette époque, on *consultait la parole du Seigneur* généralement par l'intermédiaire d'un prophète, voir v. 14-20.
3. *quatre cents hommes* : ces *prophètes,* entretenus à la cour du roi, étaient plus prêts à soutenir la politique royale qu'à vraiment parler de la part de Dieu (voir v. 13).

Ces gens n'ont point de maître;
que chacun retourne chez lui en paix ! »

18 Le roi d'Israël dit à Josaphat : « Ne t'avais-je pas dit : Il ne prophétise pas du bien sur moi, mais du mal ! » 19 Michée dit : « Eh bien ! Ecoute la parole du Seigneur, j'ai vu le Seigneur[1] assis sur son trône et toute l'armée des cieux[1] debout auprès de lui, à sa droite et à sa gauche. 20 Le Seigneur a dit : Qui séduira Akhab pour qu'il monte et tombe à Ramoth-de-Galaad ? L'un parlait d'une façon et l'autre d'une autre. 21 Alors un esprit[2] s'est avancé, s'est présenté devant le Seigneur et a dit : C'est moi qui le séduirai. Et le Seigneur lui a dit : De quelle manière ? 22 Il a répondu : J'irai et je serai un esprit de mensonge dans la bouche de tous ses prophètes. Le Seigneur lui a dit : Tu le séduiras ; d'ailleurs tu en as le pouvoir. Va et fais ainsi. 23 Si donc le Seigneur a mis un esprit de mensonge dans la bouche de tous tes prophètes, c'est que lui-même a parlé de malheur contre toi. »

24 Cidqiyahou, fils de Kenaana, s'approcha, frappa Michée sur la joue et dit : « Par où l'esprit du Seigneur est-il sorti de moi pour te parler ? » 25 Michée dit : « Eh bien ! Tu le verras le jour où tu iras de chambre en chambre[3] pour te cacher. » 26 Le roi d'Israël dit : « Saisis Michée, ramène-le à Amôn, chef de la ville, et à Yoash, fils du roi, 27 et dis-leur : Ainsi parle le roi : Mettez cet individu en prison, et nourrissez-le de rations réduites de pain et d'eau jusqu'à ce que je rentre sain et sauf. » 28 Michée dit : « Si vraiment tu reviens sain et sauf, c'est que le Seigneur n'a point parlé par moi » — puis il dit : « Ecoutez, tous les peuples[1] ! »

Akhab est tué au combat
(2 Ch 18.28-34)

29 Le roi d'Israël et le roi de Juda Josaphat montèrent à Ramoth-de-Galaad. 30 Le roi d'Israël dit à Josaphat : « Je vais me déguiser et entrer dans la bataille[2]. Toi, mets ta tenue personnelle. » Le roi d'Israël se déguisa et entra dans la bataille. 31 Le roi d'*Aram avait donné cet ordre à ses 32 chefs de chars : « N'attaquez ni petit ni grand, mais seulement le roi d'Israël. » 32 Aussi, quand les chefs des chars virent Josaphat, ils dirent : « Sûrement, c'est lui le roi d'Israël », et ils se dirigèrent contre lui pour l'attaquer ; Josaphat se mit à crier. 33 Alors les chefs de chars, s'apercevant que celui-ci n'était pas le roi d'Israël[3], se détournèrent de lui. 34 Mais un homme tira de l'arc au hasard et frappa le roi d'Israël entre les pièces de la cuirasse. Le roi dit à son conducteur de char : « Tourne bride et fais-moi sortir du champ de bataille car je suis blessé. » 35 Le combat fut si violent ce

1. L'expression *l'armée des cieux* désigne ici l'ensemble des êtres célestes au service du Seigneur; comparer l'expression *Fils de Dieu*, Jb 1.6 et la note.
2. *un esprit* ou *l'esprit* (qui inspire les prophètes).
3. *de chambre en chambre* : voir 20.30 et la note.

1. *Ecoutez, tous les peuples !* : Ces mots proviennent du début du livre de Michée (1.2).
2. *Je vais me déguiser et entrer dans la bataille* : d'après les versions anciennes; hébreu : *Déguise-toi et entre dans la bataille*.
3. On a reconnu Josaphat soit à son cri de guerre particulier, soit à l'accent judéen avec lequel il s'est exprimé.

jour-là qu'on dut laisser le roi dans son char, en face d'Aram; mais le soir, il mourut. Le sang de la blessure avait coulé au fond du char. 36 Au coucher du soleil, ce cri passa dans le camp : « Chacun dans sa ville, chacun dans son pays ! » 37 Après sa mort, on ramena le roi[1] à Samarie, on l'ensevelit à Samarie. 38 Tandis qu'on lavait à grande eau le char à l'étang de Samarie et que les chiens y léchaient le sang d'Akhab, les prostituées s'y lavèrent, selon la parole que le SEIGNEUR avait dite[2].

39 Le reste des actes d'Akhab, tout ce qu'il a fait, la maison d'ivoire[3] qu'il construisit et les villes qu'il bâtit, cela n'est-il pas écrit dans le livre des *Annales des rois d'Israël ? 40 Akhab se coucha avec ses pères[4]. Son fils Akhazias régna à sa place.

sur les hauts lieux. 45 Josaphat fit la paix avec le roi d'Israël.

46 Le reste des actes de Josaphat, les exploits qu'il accomplit, ses guerres, cela n'est-il pas écrit dans le livre des *Annales des rois de Juda ? 47 Il balaya du pays les derniers prostitués sacrés qui subsistaient du temps d'Asa[1], son père. 48 Il n'y avait pas de roi établi en Edom. 49 Josaphat avait dix navires de Tarsis pour aller à Ofir chercher de l'or; il n'y alla pas car les navires se brisèrent à Eciôn-Guèvèr[2]. 50 Alors Akhazias, fils d'Akhab, dit à Josaphat : « Que mes serviteurs aillent sur les navires avec tes serviteurs ! » Mais Josaphat ne voulut pas. 51 Josaphat se coucha avec ses pères et fut enseveli avec ses pères dans la *Cité de David. Son fils Yoram régna à sa place.

Josaphat, roi de Juda
(*2 Ch* 20.31-21.1)

41 Josaphat, fils d'Asa, devint roi sur Juda la quatrième année du règne d'Akhab, roi d'Israël. 42 Josaphat avait 35 ans lorsqu'il devint roi, et il régna 25 ans à Jérusalem. Le nom de sa mère était Azouva, fille de Shilhi. 43 Il suivit en tout le chemin d'Asa, son père, et ne s'en écarta pas, faisant ce qui est droit aux yeux du SEIGNEUR. 44 Cependant les *hauts lieux ne disparurent pas : le peuple continuait à offrir des *sacrifices et à brûler de l'*encens

Akhazias, roi d'Israël

52 Akhazias, fils d'Akhab, devint roi sur Israël, à Samarie, la dix-septième année du règne de Josaphat, roi de Juda. Il régna sur Israël pendant deux ans. 53 Il fit ce qui est mal aux yeux du SEIGNEUR, il suivit le chemin de son père, celui de sa mère et le chemin de Jéroboam, fils de Nevath, qui avait fait pécher Israël. 54 Il servit le *Baal et se prosterna devant lui; et il offensa le SEIGNEUR, le Dieu d'Israël, exactement comme l'avait fait son père.

---

1. Le texte hébreu du début de ce verset est peu clair.
2. L'A. T. n'a pas conservé cette prophétie concernant *les prostituées.*
3. *maison d'ivoire* : voir 10.18 et la note.
4. *se coucha avec ses pères* : voir 1.21 et la note.

1. Voir 15.12.
2. *avait dix navires* : une ancienne tradition juive dit *construisit des navires* (voir 9.26) — *navires de Tarsis* : voir 10.22 et la note — *Ofir* : voir 9.28 et la note — *Eciôn-Guèvèr* : voir 9.26 et la note.

DEUXIÈME LIVRE DES ROIS

Elie dénonce la faute d'Akhazias

1 1 Moab[1] se révolta contre Israël après la mort d'Akhab. 2 Akhazias tomba du balcon de sa chambre haute à Samarie et se blessa grièvement. Il envoya des messagers en leur disant : « Allez consulter Baal-Zeboub, le dieu d'Eqrôn[2], pour savoir si je me remettrai de mes blessures ! »

3 Alors l'*ange du SEIGNEUR parla à Elie le Tishbite : « Lève-toi ! Monte à la rencontre des messagers du roi de Samarie et dis-leur : N'y a-t-il pas de Dieu en Israël, que vous alliez consulter Baal-Zeboub, le dieu d'Eqrôn ?

4 C'est pourquoi, ainsi parle le SEIGNEUR : Le lit sur lequel tu es monté, tu n'en descendras pas, car tu mourras certainement[3]. » Et Elie s'en alla.

5 Les messagers revinrent auprès du roi, qui leur dit : « Pourquoi êtes-vous revenus ? » 6 Ils lui répondirent : « Un homme est monté à notre rencontre et nous a dit : Allez, retournez auprès du roi qui vous a envoyés et dites-lui : Ainsi parle le SEIGNEUR : N'y a-t-il pas de Dieu en Israël que tu envoies consulter Baal-Zeboub, le dieu d'Eqrôn ? C'est pourquoi, le lit sur lequel tu es monté, tu n'en descendras pas, car tu mourras certainement. » 7 Le roi leur dit : « Comment était cet homme qui est monté à votre rencontre et qui vous a dit ces paroles ? » 8 Ils lui répondirent : « C'était un homme qui portait un vêtement de poils et un pagne de peau[1] autour des reins. » Alors il dit : « C'est Elie le Tishbite ! »

Akhazias tente de faire arrêter Elie

9 Le roi envoya vers Elie un cinquantenier avec ses 50 hommes. Ce dernier monta vers lui. En effet, Elie était assis au sommet de la montagne[2]. L'officier lui dit : « Homme de Dieu, le roi l'a dit : Descends ! » 10 Mais Elie répondit au cinquantenier : « Si je suis un homme de Dieu, que le feu descende du ciel et qu'il te dévore, toi et tes 50 hommes ! » Le feu descendit du ciel et le dévora, lui et ses 50 hommes.

---

1. Les deux livres actuels des Rois forment un seul ouvrage qui n'a été divisé, il y a très longtemps, que pour des raisons d'ordre pratique (livres plus maniables).

2. *du balcon* : autre traduction *au travers du treillis ou du grillage* ; il s'agirait d'une fenêtre grillagée — *chambre haute* : voir 1 R 17.19 et la note — *Baal-Zeboub* : ce nom signifie *le Maître des mouches* ; c'est une déformation de *Baal-Zeboul : Baal le Prince* — *Eqrôn* : ville philistine située à environ 50 km à l'ouest de Jérusalem.

3. La dernière phrase (à la deuxième personne du singulier) vise le roi Akhazias personnellement.

1. *pagne de peau* : vêtement court, peut-être caractéristique des prophètes ; autre traduction *une ceinture de cuir*.

2. *cinquantenier* : officier commandant une troupe de cinquante soldats — *la montagne* : on ne sait pas de quelle montagne il s'agit.

11 De nouveau, le roi envoya vers Elie un autre cinquantenier avec ses 50 hommes. L'officier prit la parole et lui dit : « Homme de Dieu, ainsi parle le roi : Hâte-toi de descendre ! » 12 Mais Elie leur répondit : « Si je suis un homme de Dieu, que le feu descende du ciel et qu'il te dévore, toi et tes 50 hommes ! » Le feu de Dieu descendit du ciel et le dévora, lui et ses 50 hommes.

13 Le roi envoya un troisième cinquantenier avec ses 50 hommes. Ce troisième officier monta, mais en arrivant, il fléchit les genoux devant Elie, le supplia en disant : « Homme de Dieu, que ma vie et celle de tes serviteurs, ces 50 hommes, soient précieuses à tes yeux ! 14 Voilà que le feu est descendu du ciel et il a dévoré les deux premiers cinquanteniers ainsi que leurs hommes. Mais maintenant, que ma vie soit précieuse à tes yeux ! » 15 L'*ange du Seigneur parla à Elie : « Descends avec lui ! Ne crains rien de sa part ! » Elie se leva, descendit avec lui auprès du roi 16 à qui il dit : « Ainsi parle le Seigneur : Parce que tu as envoyé des messagers pour consulter Baal-Zeboub, le dieu d'Eqrôn — n'y a-t-il pas de Dieu en Israël dont on puisse consulter la parole ? — à cause de cela, le lit sur lequel tu es monté, tu n'en descendras pas, car tu mourras certainement. »

17 Akhazias mourut selon la parole que le Seigneur avait dite par Elie. Comme il n'avait pas de fils, Yoram régna à sa place la deuxième année de Yoram, fils de Josaphat, roi de Juda.

18 Le reste des actes d'Akhazias, ce qu'il a fait, cela n'est-il pas écrit dans le livre des *Annales des rois d'Israël ?

Dieu fait monter Elie au ciel

2 1 Voici ce qui arriva quand le Seigneur fit monter Elie au ciel dans la tempête.

Elie et Elisée quittaient Guilgal[1]. 2 Elie dit à Elisée : « Reste ici, je t'en prie, car le Seigneur m'envoie jusqu'à Béthel. » Elisée répondit : « Par la vie du Seigneur et par ta propre vie, je ne te quitterai pas ! » Et ils descendirent à Béthel. 3 Les fils de *prophètes[2], qui étaient à Béthel, sortirent vers Elisée et lui dirent : « Sais-tu qu'aujourd'hui le Seigneur va enlever ton maître dans les airs au-dessus de ta tête ? » Il répondit : « Je le sais moi aussi; taisez-vous ! » 4 Elie lui dit : « Elisée, reste ici, je t'en prie, car le Seigneur m'envoie à Jéricho. » Il répondit : « Par la vie du Seigneur et par ta propre vie, je ne te quitterai pas ! » Et ils arrivèrent à Jéricho. 5 Les fils de prophètes qui étaient à Jéricho s'approchèrent d'Elisée et lui dirent : « Sais-tu qu'aujourd'hui le Seigneur va enlever ton maître dans les airs au-dessus de ta tête ? » Il répondit : « Je le sais moi aussi; taisez-vous ! » 6 Elie lui dit : « Reste ici, je t'en prie, car le Seigneur m'envoie au Jourdain. » Il répondit : « Par la vie du Seigneur et par ta propre vie, je ne

---

1. *Guilgal :* probablement une localité située à une douzaine de km au nord de Béthel, à ne pas confondre avec deux autres localités du même nom, l'une mentionnée par exemple en Jos 4.19, l'autre en Jos 12.23.
2. *fils de prophètes :* voir 1 R 20.35 et la note.

te quitterai pas ! » Et ils s'en allèrent tous deux.

7 50 d'entre les fils de prophètes allèrent se placer en face
du Jourdain, à distance d'Elie et
d'Elisée qui s'arrêtèrent tous deux
près du fleuve. 8 Alors Elie enleva
son manteau, le roula et en
frappa les eaux, qui se séparèrent.
Ils passèrent tous deux à pied sec.
9 Comme ils passaient, Elie dit à
Elisée : « Demande ce que je dois
faire pour toi avant d'être enlevé
loin de toi ! » Elisée répondit :
« Que vienne sur moi, je t'en prie,
une double part de ton esprit[1] ! »
10 Il dit : « Tu demandes une
chose difficile. Si tu me vois pendant que je serai enlevé loin de
toi, alors il en sera ainsi pour toi,
sinon cela ne sera pas. »

11 Tandis qu'ils poursuivaient
leur route tout en parlant, voici
qu'un char de feu et des chevaux
de feu les séparèrent l'un de
l'autre ; Elie monta au ciel dans la
tempête. 12 Quant à Elisée, il
voyait et criait : « Mon père !
Mon père ! Chars et cavalerie
d'Israël[2] ! » Puis il cessa de le voir.
Il saisit alors ses vêtements et les
*déchira en deux. 13 Il ramassa le
manteau qui était tombé des
épaules d'Elie[3], revint vers le
Jourdain et s'arrêta sur la rive.
14 Il enleva le manteau qui était
tombé des épaules d'Elie et en
frappa les eaux en disant : « Où
est le SEIGNEUR, le Dieu d'Elie ? »

Lui aussi[1] frappa les eaux : elles
se séparèrent et Elisée passa.

15 Les fils de prophètes, ceux
de Jéricho, qui l'avaient vu d'en
face, dirent : « L'esprit d'Elie repose sur Elisée. » Ils vinrent à sa
rencontre, se prosternèrent devant lui jusqu'à terre 16 et lui dirent : « Avec tes serviteurs il y a
50 hommes, des guerriers. Permets qu'ils aillent à la recherche
de ton maître. Peut-être que l'esprit du SEIGNEUR l'a emporté et
jeté sur quelque montagne ou
dans quelque vallée. » Il dit :
« N'envoyez personne ! » 17 Mais
ils l'importunèrent tellement qu'il
finit par dire : « Envoyez-les
donc ! » Ils envoyèrent les 50
hommes qui cherchèrent Elie durant trois jours sans le trouver.
18 Ils revinrent vers Elisée qui
était resté à Jéricho et qui leur
dit : « Ne vous avais-je pas dit :
N'y allez pas ! »

Elisée à Jéricho et à Béthel

19 Des gens de Jéricho dirent à
Elisée : « Comme le voit mon seigneur, le séjour dans la ville est
agréable ; toutefois l'eau est mauvaise et le pays stérile. » 20 Il dit :
« Procurez-moi une écuelle neuve
et mettez-y du sel ! » Ils la lui
procurèrent. 21 Il sortit vers l'endroit où jaillissait l'eau, y jeta du
sel[2] en disant : « Ainsi parle le
SEIGNEUR : J'assainis cette eau ;
elle n'apportera plus ni mort, ni
stérilité. » 22 L'eau fut assainie
jusqu'à ce jour, selon la parole
qu'avait dite Elisée.

---

1. D'après Dt 21.17, le fils aîné recevait une
double part de l'héritage paternel. Elisée souhaite
donc devenir l'héritier spirituel principal d'Elie,
son digne successeur.

2. *Mon père ! ... :* cette exclamation exprime l'i-
dée qu'un prophète vaut autant pour un royaume
que l'armée la mieux équipée. Comparer 13.14.

3. C'est le *manteau* qu'Elie avait jeté sur Elisée
pour l'inviter à le suivre (voir 1 R 19.19). Elisée en
devient maintenant le propriétaire : il est donc le
digne successeur d'Elie.

1. *Lui aussi :* comme Elie, v. 8.

2. L'*endroit,* proche de Jéricho, s'appelle aujourd'hui *Source du Sultan* ou *Fontaine d'Elisée
— du sel :* on pensait que le *sel* avait un pouvoir
de *purification.

23 Il monta de là à Béthel. Comme il montait par la route, des gamins sortirent de la ville et se moquèrent de lui en disant : « Vas-y, tondu ! Vas-y[1] ! » 24 Il se retourna, les regarda et les maudit au nom du SEIGNEUR. Alors deux ourses sortirent du bois et déchirèrent 42 de ces enfants. 25 Il se rendit de là au Mont Carmel et, de là, revint à Samarie.

Yoram, roi d'Israël

3 1 Yoram, fils d'Akhab, devint roi sur Israël à Samarie la dix-huitième année de Josaphat, roi de Juda, et il régna douze ans. 2 Il fit ce qui est mal aux yeux du SEIGNEUR, non toutefois comme son père et sa mère, car il fit disparaître la stèle[2] du *Baal que son père avait érigée. 3 Cependant il demeura attaché au péché[3] que Jéroboam, fils de Nevath, avait fait commettre à Israël; il ne s'en écarta pas.

Expédition militaire contre le pays de Moab

4 Mésha[4], roi de Moab, était éleveur de troupeaux; il payait au roi d'Israël une redevance de 100.000 agneaux et de 100.000 béliers laineux. 5 Or, à la mort d'Akhab, le roi de Moab se révolta contre le roi d'Israël. 6 Le roi Yoram sortit aussitôt de Samarie et passa en revue tout Is-

raël. 7 Puis il partit et envoya dire à Josaphat, roi de Juda : « Le roi de Moab s'est révolté contre moi. Veux-tu venir avec moi pour combattre Moab ? » Il répondit : « Je monterai; il en sera de moi comme de toi, de mon peuple comme de ton peuple, de mes chevaux comme de tes chevaux. » 8 Il ajouta : « Par quelle route monterons-nous ? » Il répondit : « Par la route du désert d'Edom[1]. »

9 Le roi d'Israël, le roi de Juda et le roi d'Edom se mirent en route. Ils firent le parcours en sept jours, puis l'eau manqua aussi bien pour la troupe que pour les bêtes de somme qui suivaient. 10 Le roi d'Israël dit : « Ah ! le SEIGNEUR a certainement convoqué ces trois rois pour les livrer aux mains de Moab. » 11 Josaphat dit : « N'y a-t-il pas ici de prophète du SEIGNEUR, par qui nous puissions consulter le SEIGNEUR ? » Un des serviteurs du roi d'Israël prit la parole et dit : « Il y a ici Elisée, fils de Shafath, qui versait l'eau sur les mains d'Elie[2]. » 12 Josaphat dit : « La parole du SEIGNEUR est avec lui. » Le roi d'Israël ainsi que Josaphat et le roi d'Edom descendirent vers lui. 13 Elisée dit au roi d'Israël : « Qu'y a-t-il entre moi et toi ? Va trouver les prophètes de ton père et les prophètes de ta mère[3]. » Le roi d'Israël lui répondit : « Non,

---

1. *Vas-y, tondu ! Vas-y !* : Ce pourrait être une allusion à une tonsure caractéristique des prophètes, voir 1 R 20.41 et la note. Autre traduction *monte, chauve ! Monte !*
2. *Stèle* : voir 1 R 14.23 et la note; comparer 1 R 16.32-33.
3. Sur le *péché de Jéroboam*, voir 1 R 12.29-30 et les notes.
4. Comparer 3.4-27 et 1 R 22.1-40.

1. *Par la route du désert d'Edom* : Josaphat propose de contourner la mer Morte pour attaquer Moab par le sud; le roi d'Edom (voir v. 9) était alors soumis au roi de Juda.
2. *Par cette tournure imagée (verser l'eau sur les mains d'Elie)* le serviteur exprime l'intimité qui régnait entre Elie et Elisée.
3. *Qu'y a-t-il entre moi et toi ?* : voir 1 R 17.18 et la note — *les prophètes de ton père et ...* : ce sont les prophètes du Baal et d'Ashéra (comparer 1 R 18.19).

car le Seigneur a certainement convoqué ces trois rois pour les livrer aux mains de Moab. »

14 Elisée dit : « Par la vie du Seigneur le tout-puissant que je sers, si je n'avais des égards pour Josaphat, roi de Juda, je ne te prêterais aucune attention, je ne te regarderais pas ! 15 À présent, amenez-moi un musicien[1] ! » Tandis que le musicien jouait, la main du Seigneur fut sur Elisée. 16 Il dit : « Ainsi parle le Seigneur : Qu'on creuse des fosses en grand nombre dans ce ravin ! 17 Ainsi parle le Seigneur : Vous ne verrez pas de vent, vous ne verrez pas de pluie, et pourtant ce ravin se remplira d'eau et vous pourrez boire, vous, vos troupeaux et vos bêtes de somme. 18 Cela sera peu de chose aux yeux du Seigneur : il livrera Moab entre vos mains.

19 Vous détruirez toutes les villes fortifiées et toutes les villes importantes ; vous abattrez tous les arbres fruitiers ; vous comblerez toutes les sources ; vous dévasterez toutes les terres cultivées, en y jetant des pierres. 20 Au matin, à l'heure de l'offrande[2], de l'eau se mit à couler venant d'Edom et le pays fut rempli d'eau.

21 Tous les Moabites avaient appris que les rois étaient montés pour combattre contre eux : on avait convoqué tous ceux qui pouvaient ceindre le baudrier[3] et tous ceux qui en avaient passé l'âge, et ils avaient pris position sur la frontière. 22 Au matin donc, quand ils se levèrent et que le soleil brillait sur les eaux, les Moabites virent devant eux les eaux rouges comme du sang.

23 Ils dirent : « C'est du sang ! Certainement les rois se sont battus à coups d'épée ; ils se sont frappés l'un l'autre. Maintenant, Moab, au pillage ! » 24 Ils s'approchèrent du camp d'Israël. Alors les Israélites surgirent et frappèrent les Moabites qui prirent la fuite devant eux ; ils pénétrèrent en Moab et le frappèrent[1]. 25 Ils démolissaient les villes, ils jetaient chacun sa pierre dans toutes les terres cultivées et les en remplissaient, ils comblaient toutes les sources, ils abattaient tous les arbres fruitiers ; il ne resta finalement que les murailles de Qir-Harèseth[2] que les porteurs de fronde encerclèrent et frappèrent.

26 Quand le roi de Moab vit que la bataille était perdue pour lui, il prit avec lui 700 hommes portant l'épée pour faire une percée vers le roi d'Edom mais ceux-ci échouèrent. 27 Il prit alors son fils premier-né, qui devait régner à sa place et l'offrit en holocauste sur la muraille. Il y eut un grand courroux contre les Israélites[3] qui décampèrent de chez lui et retournèrent dans leur pays.

---

1. La musique favorisait l'inspiration, voir 1 S 10.5-6.

2. offrande : voir au glossaire SACRIFICES. Après l'exil, au Temple de Jérusalem, l'offrande du matin se faisait à l'aube.

3. ceindre le baudrier : autre traduction porter les armes.

1. La fin du verset est traduite d'après l'ancienne version grecque ; l'hébreu est obscur.

2. Qir-Harèseth : capitale du royaume de Moab.

3. holocauste : voir au glossaire SACRIFICES — un grand courroux contre les Israélites : il s'agit de la colère du dieu Kemosh de Moab (voir 1 R 11.7) ; autre traduction un grand courroux chez les Israélites : il s'agirait alors de la colère des Israélites contre de tels procédés.

Elisée secourt une veuve

4 1 La femme d'un des fils de *prophètes[1] implora Elisée : «Ton serviteur, mon mari, est mort, et tu sais que ton serviteur craignait le SEIGNEUR. Or, le créancier est venu dans l'intention de prendre mes deux fils comme esclaves.» 2 Elisée lui dit : «Que puis-je faire pour toi ? Dis-moi, que possèdes-tu chez toi ?» Elle répondit : «Ta servante n'a rien du tout chez elle, si ce n'est un peu d'huile pour me parfumer.» 3 Il dit : «Va emprunter des vases chez tous tes voisins, des vases vides, le plus que tu pourras, 4 puis, rentre, ferme la porte sur toi et sur tes fils et verse dans ces vases; chaque vase une fois rempli, tu le mettras de côté.» 5 Elle le quitta, ferma la porte sur elle et sur ses fils. Ceux-ci lui présentaient les vases et elle versait. 6 Quand les vases furent remplis, elle dit à son fils : «Présente-moi encore un vase !» Il lui répondit : «Il n'y en a plus.» Alors l'huile cessa de couler. 7 Elle vint en informer l'homme de Dieu qui dit : «Va, vends l'huile et paie ta dette, ensuite tu vivras, toi ainsi que tes fils, avec ce qui restera.»

Elisée et la Shounamite

8 Il advint un jour qu'Elisée passa à Shounem[2]. Il y avait là une femme de condition, qui le pressa de prendre un repas chez elle. Depuis lors, chaque fois qu'il passait, il s'y rendait pour prendre un repas. 9 La femme dit à son mari : «Je sais que cet homme qui vient toujours chez nous est un saint homme de Dieu. 10 Construisons donc sur la terrasse une petite chambre[1]; nous y mettrons pour lui un lit, une table, un siège, et une lampe; quand il viendra chez nous, il pourra s'y retirer.»

11 Un jour Elisée vint chez eux; il se retira dans la chambre haute et y coucha. 12 Il dit à son serviteur Guéhazi : «Appelle cette Shounamite !» Il l'appela et elle se tint devant le serviteur. 13 Elisée dit à son serviteur : «Dis-lui : Tu nous as témoigné toutes ces marques de respect. Que faire pour toi ? Faut-il parler en ta faveur au roi ou au chef de l'armée ?» Elle répondit : «Je vis tranquille au milieu des miens.» 14 Il dit : «Mais que faire pour elle ?» Guéhazi répondit : «Hélas ! Elle n'a pas de fils et son mari est âgé.» 15 Il dit : «Appelle-la !» Il l'appela et elle se tint à l'entrée. 16 Il dit : «À la même époque, l'an prochain, tu serreras un fils dans tes bras.» Elle dit : «Non, mon seigneur, homme de Dieu, ne dis pas de mensonge à ta servante.» 17 La femme conçut et enfanta un fils à la même époque, l'année suivante, comme Elisée le lui avait dit.

Mort du fils de la Shounamite

18 L'enfant grandit. Un jour, il alla rejoindre son père auprès des moissonneurs. 19 Il lui dit : «Ma tête ! Ma tête !» Le père dit à son serviteur : «Porte-le à sa mère !» 20 Le serviteur l'emporta et le remit à sa mère. L'enfant resta jusqu'à midi sur les genoux de sa mère, puis il mourut. 21 Alors elle

---

1. Comparer 4.1-7 et 1 R 17.7-16 — *fils de prophètes* : voir 1 R 20.35 et la note.
2. Voir 1 R 1.3 et la note.

1. Voir 1 R 17.19 et la note.

monta l'étendre sur le lit de l'homme de Dieu, l'enferma et sortit. 22 Elle appela son mari et dit : « Envoie-moi, je t'en prie, un des serviteurs et une des ânesses ! Je cours jusque chez l'homme de Dieu et je reviens. » 23 Il dit : « Pourquoi veux-tu aller chez lui aujourd'hui ? Ce n'est ni une nouvelle lune[1] ni un *sabbat+. » Elle répondit : « Ne t'inquiète pas ! » 24 Elle sella l'ânesse et dit à son serviteur : « Conduis-moi, marche et ne m'arrête pas en chemin sans que je te le dise ! » 25 Elle partit et se rendit auprès de l'homme de Dieu au Mont Carmel[2].

Dès que l'homme de Dieu l'aperçut de loin, il dit à son serviteur Guéhazi : « Voici notre Shounamite ! 26 Cours à sa rencontre et demande-lui : Comment vas-tu ? Ton mari va-t-il bien ? L'enfant va-t-il bien ? » Elle répondit : « Tout va bien ! » 27 Arrivée à la montagne près de l'homme de Dieu, elle lui saisit les pieds. Guéhazi s'approcha pour la repousser, mais l'homme de Dieu dit : « Laisse-la, car elle est dans l'amertume et le SEIGNEUR me l'a caché ; il ne m'a pas informé. » 28 Elle dit : « Est-ce moi qui ai demandé un fils à mon seigneur ? N'avais-je pas dit : Ne me berce pas d'illusions ! » 29 Elisée dit à Guéhazi : « Ceins tes reins, prends mon bâton en main et va ! Si tu rencontres quelqu'un, ne le salue pas ; et si quelqu'un te salue, ne lui réponds pas[3]. Tu mettras mon bâton sur le visage du garçon. »

30 Alors la mère du garçon dit : « Par la vie du SEIGNEUR et par ta propre vie, je ne te quitterai pas ! » Elisée se leva et la suivit. 31 Guéhazi les avait précédés ; il avait mis le bâton sur le visage du garçon, mais il n'y avait eu ni voix ni signe de vie. Guéhazi revint donc à la rencontre d'Elisée et l'en informa en disant : « Le garçon ne s'est pas réveillé. »

Elisée rend la vie à l'enfant

32 Elisée[1] arriva à la maison et en effet, le garçon était mort, étendu sur son lit. 33 Elisée entra, s'enferma avec l'enfant et pria le SEIGNEUR. 34 Puis il se coucha sur l'enfant et mit sa bouche sur sa bouche, ses yeux sur ses yeux, ses mains sur ses mains ; il resta étendu sur lui : le corps de l'enfant se réchauffa. 35 Elisée descendit dans la maison, marchant de long en large, puis il remonta s'étendre sur l'enfant. Alors le garçon éternua sept fois[2] et il ouvrit les yeux. 36 Elisée appela Guéhazi et dit : « Appelle cette Shounamite ! » Il l'appela ; elle se rendit près d'Elisée, qui lui dit : « Emporte ton fils ! » 37 Elle vint tomber à ses pieds, se prosterna à terre, puis emporta son fils et sortit.

Le bouillon immangeable

38 Elisée revint à Guilgal. La famine régnait alors dans le pays[3]. Comme les fils de *pro-

---

1. *nouvelle lune* : voir au glossaire NÉOMÉNIE.
2. Voir 2.25.
3. *Ceins tes reins* : voir 1 R 18.46 et la note — *ne le salue pas, ne lui réponds pas* : voir Lc 10.4 ; on consacrait généralement beaucoup de temps aux salutations en chemin.

1. Comparer 4.32-37 et 1 R 17.17-24.
2. Les *éternuements* signalent le retour du souffle de vie dans les narines de l'enfant (comparer Gn 2.7).
3. *Guilgal* : voir 2.1 et la note — La *famine* est peut-être celle qui dura sept ans, d'après 8.1.

phètes se tenaient assis devant lui,
il dit à son serviteur : « Prépare la
grande marmite et fais cuire un
bouillon pour les fils de prophètes. » 39 L'un d'eux sortit dans
la campagne pour ramasser des
herbes. Il trouva une vigne sauvage où il ramassa des concombres sauvages plein son vêtement.
Il rentra et les coupa en morceaux dans la marmite de bouillon, car on ne savait pas ce que
c'était[1]. 40 On servit à manger aux
hommes. Mais dès qu'ils eurent
goûté de ce bouillon, ils poussèrent des cris et dirent : « La mort
est dans la marmite[2], homme de
Dieu ! » Et ils ne purent manger
41 L'homme de Dieu dit : « Apportez de la farine ! » Il en jeta
dans la marmite et dit : « Sers les
gens et qu'ils mangent ! » Il n'y
avait plus rien de mauvais dans
la marmite.

La multiplication des pains

42 Un homme vint de
Baal-Shalisha[3] et apporta à
l'homme de Dieu du pain de
*prémices : vingt pains d'orge et
de blé nouveau dans un sac. Elisée dit : « Distribue-les aux gens
et qu'ils mangent ! » 43 Son serviteur répondit : « Comment pourrais-je en distribuer à cent personnes ? » Il dit : « Distribue-les
aux gens et qu'ils mangent ! Ainsi
parle le SEIGNEUR : On mangera et
il y aura des restes. » 44 Le serviteur fit la distribution en pré-

sence des gens ; ils mangèrent et il
y eut des restes selon la parole du
SEIGNEUR.

Guérison de Naamân le lépreux

5 1 Naamân, chef de l'armée
du roi d'*Aram, était un
homme estimé de son maître, un
avori, car c'était par lui que le
SEIGNEUR avait donné la victoire à
Aram. Mais cet homme, vaillant
guerrier, était *lépreux.

2 Les Araméens étaient sortis
en razzia et avaient emmené du
pays d'Israël une fillette comme
captive ; elle était au service de la
femme de Naamân. 3 Elle dit à sa
maîtresse : « Ah, si mon maître
pouvait se trouver auprès du
*prophète qui est à Samarie ! Il le
délivrerait de sa lèpre. » 4 Naamân vint rapporter ces paroles à
son maître : « Voilà ce qu'a dit la
jeune fille qui vient du pays d'Israël. » 5 Le roi d'Aram dit :
«Mets-toi en route ! Je vais envoyer une lettre au roi d'Israël. »
Naamân partit, prenant avec lui
dix talents d'argent, 6.000 sicles[1]
d'or et dix vêtements de rechange.
6 Il présenta au roi d'Israël la
lettre qui disait : « En même
temps que te parvient cette lettre,
sache bien que je t'envoie mon
serviteur Naamân pour que tu le
délivres de sa lèpre. » 7 Après
avoir lu la lettre, le roi *déchira
ses vêtements et dit : « Suis-je
Dieu, capable de faire mourir et
de faire vivre, pour que celui-là
m'envoie quelqu'un pour le délivrer de sa lèpre ? Sachez donc et
voyez : il me cherche querelle ! »

---

1. *concombres* ou *coloquintes* ; voir 1 R 6.18 et
la note — *car on ne savait pas ce que c'était* ou
sans que personne n'en sache rien.
2. *La mort est dans la marmite,* c'est-à-dire *ce
potage est empoisonné.*
3. Comparer 4.42-44 et Mt 14.13-21 ; 15.22-38
par. — *Baal-Shalisha* : localité non identifiée ;
comparer 1 S 9.4.

1. *talents, sicles* : voir au glossaire POIDS ET
MESURES.

8 Lorsqu'Élisée, l'homme de Dieu, apprit que le roi d'Israël avait déchiré ses vêtements, il envoya dire au roi : « Pourquoi as-tu déchiré tes vêtements ? Que Naamân vienne me trouver, il saura qu'il y a un prophète en Israël ! » 9 Naamân vint avec ses chevaux et son char et s'arrêta à l'entrée de la maison d'Elisée. 10 Elisée envoya un messager pour lui dire : « Va ! Lave-toi sept fois dans le Jourdain : ta chair deviendra saine et tu seras *purifié. » 11 Naamân s'irrita et partit en disant : « Je me disais : Il va sûrement sortir de chez lui et, debout, il invoquera le nom du Seigneur son Dieu, passera la main sur l'endroit malade et délivrera le lépreux. 12 L'Abana et le Parpar, les fleuves de Damas, ne valent-ils pas mieux que toutes les eaux d'Israël ? Ne pouvais-je pas m'y laver pour être purifié ? » Il fit donc demi-tour et s'en alla furieux. 13 Ses serviteurs s'approchèrent et lui parlèrent ; ils lui dirent : « Mon père[1] ! Si le prophète t'avait dit de faire quelque chose d'extraordinaire, ne l'aurais-tu pas fait ? À plus forte raison quand il te dit : Lave-toi et tu seras purifié. » 14 Alors Naamân descendit au Jourdain et s'y plongea sept fois selon la parole de l'homme de Dieu. Sa chair devint comme la chair d'un petit garçon, il fut purifié. 15 Il retourna avec toute sa suite vers l'homme de Dieu. Il entra, se tint devant lui et dit : « Maintenant, je sais qu'il n'y a pas de Dieu sur toute la terre si ce n'est en Israël. Accepte, je t'en prie, un présent de la part de ton

serviteur. » 16 Elisée répondit : « Par la vie du Seigneur que je sers, je n'accepterai rien ! » Naamân le pressa d'accepter mais il refusa. 17 Naamân dit : « Puisque tu refuses, permets que l'on donne à ton serviteur la charge de terre de deux mulets, car ton serviteur n'offrira plus d'holocauste[1] ni de sacrifice à d'autres dieux qu'au Seigneur. 18 Mais que le Seigneur pardonne ce geste à ton serviteur : lorsque mon maître entre dans la maison de Rimmôn[2] pour s'y prosterner et qu'il s'appuie sur mon bras, je me prosterne aussi dans la maison de Rimmôn. Quand donc je me prosternerai dans la maison de Rimmôn, que le Seigneur daigne pardonner ce geste à ton serviteur. » 19 Elisée lui répondit : « Va en paix ! »

Guéhazi frappé de la lèpre

Après que Naamân se fut éloigné à une certaine distance d'Elisée, 20 Guéhazi, serviteur d'Elisée, l'homme de Dieu, se dit : « Mon maître a ménagé cet *Araméen Naamân, en refusant les présents qu'il avait apportés. Par la vie du Seigneur, je vais courir après lui, pour en tirer quelque chose ! » 21 Guéhazi s'élança à la poursuite de Naamân. Quand Naamân le vit courir après lui, il descendit en hâte de son char pour aller à sa rencontre et dit : « Comment vas-tu ? » 22 Il lui répondit : « Ça va ! Mon maître m'envoie te dire : À l'instant, il m'arrive de la montagne d'Ephraïm deux jeunes

---

1. *Mon père* : titre respectueux donné à un grand personnage, roi (Es 22.21) ministre (ici) ou prophète (2 R 6.21).

1. Avec la *terre* du « pays d'Israël », Naamân veut construire à Damas un *autel pour offrir des *sacrifices* au *Seigneur*, « Dieu d'Israël » — *holocauste* : voir au glossaire SACRIFICES.
2. *Rimmôn* : divinité adorée à Damas.

gens des fils de *prophètes; je t'en prie, donne-moi pour eux un talent[1] d'argent et deux vêtements de rechange. » 23 Naamân dit : « Prends donc deux talents. » Il insista auprès de lui, serra deux talents d'argent et deux vêtements de rechange dans deux sacs qu'il remit à deux de ses serviteurs pour les porter devant Guéhazi. 24 Arrivé à l'Ofel[2], Guéhazi prit de leurs mains les sacs, les déposa chez lui et renvoya les deux hommes, qui s'en allèrent. 25 Quant à lui, il vint se présenter à son maître. Elisée lui dit : « D'où viens-tu, Guéhazi ? » Il répondit : « Ton serviteur n'est allé nulle part. » 26 Elisée lui dit : « N'étais-je pas là en esprit quand un homme est descendu en hâte de son char pour venir à ta rencontre ? Est-ce le moment de prendre de l'argent, de prendre vêtements, oliviers, vignes, brebis et boeufs, serviteurs et servantes, 27 quand la *lèpre de Naamân va s'attacher à toi et à ta descendance pour toujours ? » Guéhazi quitta Elisée : il était lépreux et blanc comme la neige.

La hache perdue

6 1 Les fils de *prophètes[3] dirent à Elisée : « L'endroit où nous nous tenons assis devant toi est trop petit pour nous. 2 Permets que nous allions jusqu'au Jourdain pour y prendre chacun une poutre afin de construire ici un abri pour s'y asseoir. » Il répondit : « Allez ! » 3 L'un d'eux dit : « Accepte, je t'en prie, de venir avec tes serviteurs. » Il répondit : « Oui, je viens. » 4 Et il alla avec eux. Ils arrivèrent au Jourdain et coupèrent des arbres. 5 Comme l'un d'eux abattait son arbre, le fer de hache tomba à l'eau. Il s'écria : « Ah ! Mon seigneur, je l'avais emprunté ! » 6 L'homme de Dieu dit : « Où est-il tombé ? » Il lui fit voir l'endroit. Elisée tailla un morceau de bois et l'y jeta; le fer se mit à surnager. 7 Elisée dit : « Tire-le à toi ! » L'homme étendit la main et le prit.

Elisée capture des soldats araméens

8 Le roi d'*Aram était en guerre avec Israël. Quand il tenait conseil avec ses serviteurs et disait : « Mon camp sera à tel endroit », 9 l'homme de Dieu envoyait dire au roi d'Israël : « - Garde-toi de traverser cet endroit, car les Araméens y sont descendus »; 10 et le roi d'Israël envoyait des hommes vers l'endroit désigné par l'homme de Dieu. Il avertissait le roi, qui se tenait sur ses gardes : cela arriva plus d'une fois.

11 Le coeur du roi d'Aram en fut bouleversé. Il convoqua ses serviteurs et leur dit : « Ne pourriez-vous pas me faire savoir qui d'entre nous est partisan du roi d'Israël ? » 12 L'un de ses serviteurs dit : « Personne, mon seigneur le roi, mais c'est Elisée, le *prophète qui est en Israël. Il est

---

1. L'expression *montagne d'Ephraïm* désigne la région montagneuse dans laquelle la tribu d'Ephraïm et une partie de la tribu de Manassé étaient installées — *fils de prophètes* : voir 1 R 20.35 et la note — *talent* : voir au glossaire POIDS ET MESURES.
2. *Ofel* : probablement un quartier de Samarie. (Il y avait aussi un *Ofel* à Jérusalem, voir Es 32.14 et la note).
3. *Fils de prophètes* : voir 1 R 20.35 et la note.

capable de révéler au roi d'Israël les paroles que tu dis dans ta chambre à coucher.» 13 Il dit : «Allez ! Voyez où il se trouve afin que je l'envoie prendre !» On lui dit : «Il est à Dotân[1].» 14 Le roi y envoya des chevaux, des chars et une troupe importante qui arrivèrent de nuit et encerclèrent la ville. 15 Le serviteur de l'homme de Dieu se leva de bon matin et sortit : il vit qu'une troupe entourait la ville avec des chevaux et des chars. Il dit à Elisée : «Ah, mon seigneur ! Comment allons-nous faire ?» 16 Il répondit : «Ne crains pas ! Ceux qui sont avec nous sont plus nombreux que ceux qui sont avec eux.» 17 Elisée pria en ces termes : «SEIGNEUR, ouvre-lui les yeux et qu'il voie !» Le SEIGNEUR ouvrit les yeux du serviteur et il vit que la montagne était pleine de chevaux et de chars de feu qui entouraient Elisée.

18 Les Araméens descendirent vers Elisée qui pria le SEIGNEUR en ces termes : «Frappe cette nation d'aveuglement !» Et le SEIGNEUR les frappa d'aveuglement selon la parole d'Elisée. 19 Elisée leur dit : «Ce n'est pas ici le chemin, ce n'est pas ici la ville. Suivez-moi et je vous conduirai vers l'homme que vous cherchez.» Et il les conduisit à Samarie. 20 Dès qu'ils furent entrés dans Samarie, Elisée dit : «SEIGNEUR, ouvre les yeux de ces hommes et qu'ils voient !» Le SEIGNEUR leur ouvrit les yeux et ils virent qu'ils étaient au milieu de Samarie. 21 En les voyant, le roi d'Israël dit à Elisée : «Mon père ! dois-je les tuer ?» 22 Il répondit : «Ne les tue pas !

As-tu l'habitude de tuer ceux que tu fais prisonniers avec ton épée ou avec ton arc ? Sers-leur du pain et de l'eau; qu'ils mangent et boivent et qu'ils s'en aillent vers leur maître.» 23 Le roi leur fit servir un grand repas; ils mangèrent et ils burent. Puis il les congédia et ils s'en allèrent vers leur maître. Les bandes araméennes cessèrent leurs incursions en terre d'Israël.

La famine à Samarie

24 Quelque temps après, Ben-Hadad, roi d'*Aram, rassembla toutes les troupes et monta assiéger Samarie. 25 Il y eut une grande famine à Samarie. La ville fut assiégée à tel point qu'une tête d'âne coûtait 80 sicles d'argent et que le quart d'un qab de crottes de pigeon[1] coûtait cinq sicles d'argent.

26 Or, comme le roi d'Israël passait sur la muraille, une femme cria vers lui : «Au secours, mon seigneur le roi !» 27 Il dit : «Si le SEIGNEUR ne veut pas te secourir, avec quoi pourrais-je te secourir ? Avec les produits de l'aire à blé[2] ou du pressoir ?» 28 Le roi lui dit ensuite : «Que veux-tu ?» Elle répondit : «Cette femme m'a dit : Donne ton fils, nous le mangerons aujourd'hui, et demain nous mangerons le mien. 29 Nous avons fait cuire mon fils et nous l'avons mangé. Le jour suivant, je lui ai dit : Donne ton

---

1. *Dotân* : voir Gn 37.17 et la note.

1. *sicles, qab* : voir au glossaire POIDS ET MESURES — *crottes de pigeon* : si l'expression est employée au sens propre, il s'agit d'un combustible; si c'est une image, elle pourrait désigner en langage populaire une sorte de pois chiche.
2. *aire à blé* : voir Nb 18.27 et la note.

fils et nous le mangerons, mais elle avait caché son fils. » 30 Quand le roi eut entendu les paroles de cette femme, il *déchira ses vêtements et, comme il passait sur la muraille, le peuple vit que le roi portait un *sac sous ses vêtements, à même la peau. 31 Il dit : « Que Dieu me fasse ceci et encore cela[1], si aujourd'hui la tête d'Elisée, fils de Shafath, reste sur ses épaules ! »

Elisée annonce la fin de la famine

32 Elisée était assis chez lui et les *anciens étaient assis à ses côtés, quand le roi envoya vers lui l'un de ses serviteurs. Avant que le messager n'arrive jusqu'à Elisée, celui-ci dit aux anciens : « Voyez ! Ce fils d'assassin[2] envoie quelqu'un pour me couper la tête. Dès que ce messager arrivera, fermez la porte, repoussez-le avec la porte ! Mais n'est-ce pas le bruit des pas de son maître qui le suit ? » 33 Il leur parlait encore, quand précisément le messager vint vers lui et lui dit : « Ce malheur vient du Seigneur ! Que puis-je encore espérer du Seigneur ? »

7 1 Elisée répondit : « Ecoutez la parole du Seigneur : Ainsi parle le Seigneur : Demain, à la même heure, à la porte de Samarie, un séa de farine coûtera un sicle[1] et deux séas d'orge un sicle. » 2 L'écuyer sur le bras duquel s'appuyait le roi prit la parole et dit à l'homme de Dieu : « Même si le Seigneur ouvrait des fenêtres dans le ciel[2], cette parole s'accomplirait-elle ? » Elisée dit : « Eh bien ! Tu le verras de tes propres yeux, mais tu n'en mangeras pas. »

Le camp araméen abandonné

3 Il y avait à l'entrée de la ville quatre *lépreux. Ils se dirent entre eux : « Pourquoi rester ici à attendre la mort ? 4 Si nous disons : Entrons dans la ville, comme la famine y règne, nous y mourrons. Si nous restons ici, nous mourrons également. Allons et passons au camp des *Araméens; s'ils nous laissent en vie, nous vivrons; s'ils nous font mourir, nous mourrons. » 5 Ils se levèrent au crépuscule pour se rendre au camp des Araméens et parcoururent tout le camp des Araméens. Or, il n'y avait personne. 6 Le Seigneur avait fait entendre dans le camp des Araméens un bruit de chars, un bruit de chevaux, le bruit d'une troupe importante. Alors les Araméens s'étaient dit les uns aux autres : « Le roi d'Israël a pris à sa solde les rois des Hittites[3] et les rois d'Egypte pour nous attaquer. » 7 Ils s'étaient levés et s'étaient enfuis au crépuscule, abandonnant tentes, chevaux, ânes et

---

1. *Que Dieu me fasse ceci et encore cela* : voir 1 S 14.44 et la note.
2. *fils d'assassin* : il s'agit probablement d'un des fils d'Akhab (Akhazias ou Yoram, voir 1.17-18); Akhab fut responsable de la mort des prophètes du Seigneur (1 R 18.4) et de celle de Naboth (1 R 21.19). Autre traduction possible *cette espèce d'assassin* (en hébreu, l'expression *fils de* peut signifier d'une manière générale *appartenant à la catégorie de* ou *à la race de*).

1. *à la porte de Samarie* : le marché avait généralement lieu sur la place attenante à la porte des villes — *séa, sicle* : voir au glossaire POIDS ET MESURES.
2. *L'écuyer* : autre traduction *l'officier* — *des fenêtres dans le ciel* serviraient à faire pleuvoir de la nourriture sur la terre (comparer Gn 7.11; Ml 3.10).
3. *Hittites* : voir au glossaire AMORITES.

laissant le camp tel quel : ils s'é-
taient enfuis pour sauver leur vie.
8 Les lépreux, après avoir parcouru tout le camp, entrèrent
sous une tente; ils mangèrent et
burent, puis ils emportèrent de là
argent, or et vêtements qu'ils allèrent cacher. Ils revinrent, entrèrent sous une autre tente, emportèrent ce qui s'y trouvait et allèrent le cacher.

Samarie est délivrée

9 Ils se dirent entre eux : « Nous
n'agissons pas comme il faut. Ce
jour est un jour de bonne nouvelle. Si nous ne disons rien et
attendons la lumière du matin,
nous n'échapperons pas au châtiment. Allons, entrons dans la ville
et informons la maison du roi.
10 Ils vinrent appeler les portiers
de la ville qu'ils informèrent, en
disant : « Nous sommes entrés
dans le camp des *Araméens et il
n'y avait personne, aucune voix
humaine; il n'y avait que des chevaux et des ânes attelés et des
tentes abandonnées. » 11 Les portiers appelèrent à l'intérieur et informèrent la maison du roi. 12 Le
roi se leva de nuit; il dit à ses
serviteurs : « Je vais vous mettre
au courant de ce que les Araméens ont machiné contre nous :
ils savent que nous sommes affamés, ils sont donc sortis du camp
pour se cacher dans la campagne,
en se disant : Les assiégés sortiront de la ville, nous les saisirons
vivants et nous entrerons dans
leur ville. » 13 L'un de ses serviteurs prit la parole et dit : « Qu'on
prenne cinq des chevaux restants,
de ceux qui restent encore dans la
ville : il en sera d'eux comme de

toute la multitude d'Israël qui
reste dans la ville, comme de
toute la multitude d'Israël qui va
vers sa fin. Envoyons-les et nous
verrons bien ! » 14 On ·prit deux
chars avec leurs chevaux que le
roi envoya sur les traces de l'armée des Araméens, en disant :
« Allez voir ! » 15 Ils partirent sur
leurs traces jusqu'au Jourdain et
virent que toute la route était
jonchée de vêtements et d'objets
que les Araméens avaient jetés
dans leur fuite précipitée. Les
messagers revinrent en informer
le roi. 16 Alors, le peuple sortit et
pilla le camp des Araméens : on
eut un séa de farine pour un
sicle[1] et deux séas d'orge pour un
sicle selon la parole du SEIGNEUR.
17 Le roi avait confié la surveillance de la porte de la ville à
l'écuyer sur le bras duquel il s'appuyait; mais le peuple l'écrasa
contre la porte et il mourut
comme l'avait dit l'homme de
Dieu. Celui-ci l'avait dit lorsque
le roi était descendu vers lui.
18 En effet, quand l'homme de
Dieu eut parlé au roi, en disant :
« Deux séas d'orge coûteront un
sicle et un séa de farine coûtera
un sicle, demain, à la même
heure, à la porte de Samarie »,
19 l'écuyer avait pris la parole et
avait dit à l'homme de Dieu :
« Même si le SEIGNEUR ouvrait des
fenêtres dans le ciel, cette parole
s'accomplirait-elle ? » Et Elisée
avait répondu : « Eh bien ! Tu le
verras de tes propres yeux, mais
tu n'en mangeras pas. » 20 C'est ce
qui lui était arrivé : le peuple

1. séa, sicle : voir au glossaire POIDS ET
MESURES.

avait écrasé l'écuyer contre la porte et il était mort.

Fin de l'histoire de la Shounamite

8 1 Elisée parla à la femme dont il avait fait revivre le fils[1] et dit : « Lève-toi, pars, toi et ta famille, émigre où tu pourras car le Seigneur a appelé la famine, et même elle vient sur le pays pour sept ans. » 2 La femme se leva et fit ce que l'homme de Dieu lui avait dit : elle s'en alla, elle et sa famille, et émigra pour sept ans au pays des Philistins.

3 Au bout de sept ans, la femme revint du pays des Philistins. Elle alla implorer le roi au sujet de sa maison et de son champ[2]. 4 Le roi était en train de parler avec Guéhazi[3], le serviteur de l'homme de Dieu, et lui disait : « Raconte-moi donc toutes les grandes choses qu'Elisée a faites ! » 5 Guéhazi racontait au roi comment Elisée avait fait revivre le mort, quand justement la femme, dont il avait fait revivre le fils, vint implorer le roi au sujet de sa maison et de son champ. Guéhazi dit : « Mon seigneur le roi, voici la femme et voici son fils qu'Elisée a fait revivre ! » 6 Le roi interrogea la femme : elle lui fit le récit. Le roi lui assigna un officier, en disant : « Fais-lui restituer tout ce qui lui appartient ainsi que tout ce que le champ a rapporté depuis le jour où elle a laissé le pays jusqu'à maintenant. »

Elisée et Hazaël

7 Elisée se rendit à Damas alors que Ben-Hadad, roi d'*Aram, était malade. On dit au roi : « L'homme de Dieu est venu jusqu'ici. » 8 Le roi dit à Hazaël[1] : « Prends avec toi un présent et va trouver l'homme de Dieu : tu consulteras le Seigneur par son entremise, en disant : Sortirais-je vivant de cette maladie ? » 9 Hazaël alla trouver Elisée ; il avait pris avec lui un présent, tout ce qu'il y avait de meilleur à Damas, la charge de 40 chameaux. Il arriva, se tint devant Elisée et dit : « Ton fils[2] Ben-Hadad, roi d'Aram, m'envoie vers toi pour dire : Sortirais-je vivant de cette maladie ? » 10 Elisée lui répondit : « Va lui dire : Certainement tu vivras[3], mais le Seigneur m'a fait voir qu'il mourrait. » 11 Puis, il rendit son visage immobile, il le figea à l'extrême ; l'homme de Dieu pleura. 12 Hazaël dit : « Pourquoi mon seigneur pleure-t-il ? » Elisée répondit : « Parce que je sais le mal que tu feras aux fils d'Israël : tu livreras au feu leurs forteresses, tu tueras par l'épée leurs jeunes gens, tu écraseras leurs petits enfants, tu éventreras leurs femmes enceintes. » 13 Hazaël dit : « Mais qu'est-ce donc que ton serviteur, ce chien[4], pour qu'il en fasse

1. Voir 4.18-37.
2. *sa maison et son champ* : des voisins avaient pu s'en emparer pendant que la propriétaire légitime était absente.
3. *Guéhazi* : voir 4.12.

1. *Hazaël* : voir 1 R 19.15 ; il travaillait probablement au palais royal de Damas.
2. *Ton fils* : expression par laquelle Ben-Hadad se fait présenter humblement devant le prophète ; comparer 5.13 et la note.
3. *tu vivras* ou *tu guériras* : une ancienne tradition juive dit *tu ne vivras (guériras) pas*.
4. *ce chien* : voir 1 S 24.15 et la note.

tant ? » Elisée répondit : « Le SEI-
GNEUR m'a fait voir que tu seras
roi sur Aram. »

14 Hazaël quitta Elisée et revint
vers son maître, qui lui dit : « Que
t'a dit Elisée ? » Il répondit : « Il
m'a dit : Certainement tu vivras. »
15 Le lendemain, Hazaël prit une
couverture et, l'ayant plongée
dans l'eau, il l'étendit sur le visage
du roi qui mourut. Hazaël régna
à sa place.

Yoram, roi de Juda
(2 Ch 21.2-20)

16 La cinquième année du
règne de Yoram, fils d'Akhab, roi
d'Israël — Josaphat était alors
roi de Juda — Yoram, fils de
Josaphat, roi de Juda, devint roi[1].
17 Il avait 32 ans lorsqu'il devint
roi, et il régna huit ans à Jérusalem. 18 Il suivit le chemin des rois
d'Israël, comme la maison d'Akhab, car il avait pour femme une
fille d'Akhab[2]. Il fit ce qui est mal
aux yeux du SEIGNEUR. 19 Mais le
SEIGNEUR ne voulut pas détruire
Juda à cause de David, son serviteur, parce qu'il avait dit qu'il
donnerait à David ainsi qu'à ses
fils une lampe[3] pour toujours.
20 De son temps, Edom se révolta contre le pouvoir de Juda et
se donna un roi. 21 Yoram partit
pour Çaïr[4] avec tous ses chars.

S'étant levé de nuit, il battit les
Edomites, qui le cernaient, ainsi
que les chefs des chars; le peuple
s'enfuit vers ses tentes. 22 Ainsi
Edom resta en révolte contre le
pouvoir de Juda jusqu'à ce jour.
En ce temps-là, Livna[1] se révolta
aussi.

23 Le reste des actes de Yoram,
tout ce qu'il a fait, cela n'est-il
pas écrit dans le livre des *Annales des rois de Juda ? 24 Yoram
se coucha avec ses pères et fut
enseveli avec ses pères[2] dans la
*Cité de David. Son fils Akhazias
régna à sa place.

Akhazias, roi de Juda
(2 Ch 22.1-6)

25 La douzième année du règne
de Yoram, fils d'Akhab, roi d'Israël, Akhazias, fils de Yoram, roi
de Juda, devint roi. 26 Akhazias
avait 22 ans lorsqu'il devint roi et
il régna un an à Jérusalem. Le
nom de sa mère était Athalie, fille
d'Omri[3], roi d'Israël. 27 Il suivit le
chemin de la maison d'Akhab[4] et
fit ce qui est mal aux yeux du
SEIGNEUR, comme la maison d'Akhab, car il était apparenté à la
maison d'Akhab. 28 Il partit avec
Yoram, fils d'Akhab, se battre
contre Hazaël, roi d'*Aram, à Ramoth-de-Galaad[5]. Mais les Araméens blessèrent Yoram. 29 Le roi

---

1. D'après le texte hébreu ici traduit, Yoram, fils
de Josaphat, devint roi de Juda avant la mort de
son père, ce qui laisserait supposer une période de
co-régence. Mais plusieurs versions anciennes
n'ont pas la phrase *Josaphat était alors roi de
Juda*
2. — *Une fille d'Akhab* : il s'agit d'Athalie, voir
v. 26 et la note.
3. Voir 2 S 7.12-16; 1 R 11.36 et la note.
4. *Çaïr* : localité inconnue, probablement dans le
pays d'Edom ou à proximité — le texte hébreu des
versets 21-22 est peu clair et la traduction
incertaine.

1. *Livna* : localité située à 40 km environ à
l'ouest de Jérusalem; elle passa alors sous la domination des Philistins.
2. *se coucha avec ses pères* : voir 1 R 1.21 et la
note.
3. Le v. 18 présentait Athalie comme *fille d'Akhab*, donc petite-fille d'Omri. En fait, en hébreu,
l'expression *fille de* peut avoir un sens plus général, comme *descendante de*; Omri avait été le
fondateur d'une dynastie royale. (Comparer 6.32 et
la note.).
4. *La maison d'Akhab* ou *la famille d'Akhab*.
5. *Ramoth-de-Galaad* : voir 1 R 22.3 et la note.

Yoram revint se faire soigner à Izréel[1] des blessures que les Araméens lui avaient faites à Rama tandis qu'il se battait contre Hazaël, roi d'Aram. Alors Akhazias, fils de Yoram, roi de Juda, descendit à Izréel pour voir Yoram, fils d'Akhab, qui était blessé.

Jéhu est consacré comme roi d'Israël

9 1 Le prophète Elisée appela un des fils de *prophètes[2] et lui dit : «Ceins tes reins[2], prends ce flacon d'huile dans ta main et va à Ramoth-de-Galaad. 2 Arrivé là, arrange-toi pour y voir Jéhu, fils de Josaphat, fils de Nimshi. Tu entreras, tu le feras se lever au milieu de ses frères et tu l'amèneras dans la chambre la plus retirée. 3 Tu prendras le flacon d'huile, tu le lui verseras sur la tête et tu diras : Ainsi parle le SEIGNEUR : Par cette *onction je te sacre roi[3] sur Israël ! Tu ouvriras ensuite la porte et tu t'enfuiras sans attendre.» 4 Le jeune homme, le jeune prophète, partit pour Ramoth-de-Galaad. 5 Il y arriva et justement les chefs de l'armée étaient assis. Il dit : «J'ai un mot à te dire, chef !» Jéhu dit : «Auquel de nous tous ?» Il répondit : «À toi, chef !» 6 Jéhu se leva et entra dans la maison. Le jeune homme lui versa l'huile sur la tête et dit : «Ainsi parle le SEIGNEUR, le Dieu d'Israël : Par cette onction je te sacre roi sur le peuple du SEIGNEUR, sur Israël. 7 Tu frapperas la maison d'Akhab[1], ton maître, et je vengerai le sang de mes serviteurs les prophètes et le sang de tous les serviteurs du SEIGNEUR, répandu par la main de Jézabel. 8 Toute la maison d'Akhab périra et je retrancherai de chez Akhab les mâles, esclaves ou hommes libres en Israël. 9 Je rendrai la maison d'Akhab semblable à la maison de Jéroboam, fils de Nevath, et semblable à la maison de Baésha, fils d'Ahiyya. 10 Quant à Jézabel, les chiens la mangeront dans la propriété d'Izréel, sans que personne puisse l'ensevelir.» Il ouvrit la porte et s'enfuit.

11 Jéhu sortit rejoindre les serviteurs de son maître. On lui dit : «Est-ce que tout va bien ? Pourquoi cet exalté[2] est-il venu vers toi ?» Il leur répondit : «Vous-mêmes, vous connaissez l'homme et sa rengaine.» 12 Ils lui dirent : «Tu mens ! Mets-nous au courant !» Il répondit : «Voici tout ce qu'il m'a dit : Ainsi parle le SEIGNEUR : Par cette onction, je te sacre roi sur Israël.» 13 Ils se hâtèrent de prendre chacun son vêtement qu'ils mirent sous ses pieds, en haut des marches. Ils sonnèrent du cor et dirent : «Jéhu est roi !»

Jéhu tue Yoram, roi d'Israël

14 Jéhu, fils de Josaphat, fils de Nimshi, conspira contre Yoram au moment où celui-ci, avec tout Israël, défendait Ramoth-de-Galaad contre Hazaël, roi d'*Aram. 15 Le roi Yoram était revenu se faire soigner à Izréel des blessures que lui avaient

---

1. *Izréel :* voir 1 R 21.1.
2. *fils de prophètes :* voir 1 R 20.35 et la note — *Ceins tes reins :* voir 1 R 18.46 et la note.
3. *je te sacre roi* ou *je te consacre comme roi.*

1. *la maison d'Akhab* ou *la famille d'Akhab.*
2. *cet exalté :* autre traduction *ce fou.*

faites les Araméens, tandis qu'il se battait contre Hazaël, roi d'Aram. Jéhu dit : « Vous vous êtes donc ralliés à moi[1] ! Que personne alors ne sorte de la ville pour aller porter la nouvelle dans Izréel ! » 16 Jéhu monta sur son char et partit pour Izréel. Yoram y était alité et Akhazias, roi de Juda, était descendu voir Yoram. 17 Le guetteur qui se tenait sur la tour d'Izréel vit venir la troupe de Jéhu et dit : « Je vois une troupe. » Yoram dit : « Prends un cavalier et envoie-le à leur rencontre et qu'il dise : Est-ce la paix ? » 18 Le cavalier partit à leur rencontre et dit : « Ainsi parle le roi : Est-ce la paix ? » Jéhu répondit : « Que t'importe la paix ? Fais demi-tour et suis-moi ! » Le guetteur annonça : « Le messager est arrivé jusqu'à eux mais il ne revient pas. » 19 Le roi envoya un second cavalier qui arriva jusqu'à eux et dit : « Ainsi parle le roi : Est-ce la paix ? » Jéhu répondit : « Que t'importe la paix ? Fais demi-tour et suis-moi ! » 20 Le guetteur annonça : « Il est arrivé jusqu'à eux, mais il ne revient pas. L'allure ressemble à celle de Jéhu, fils de Nimshi, car il mène à une allure folle. » 21 Yoram dit : « Qu'on attelle ! », et on attela son char. Yoram, roi d'Israël, et Akhazias, roi de Juda, sortirent chacun sur son char à la rencontre de Jéhu qu'ils trouvèrent dans la propriété de Naboth d'Izréel. 22 Dès que Yoram aperçut Jéhu, il dit : « Est-ce la paix, Jéhu ? » Celui-ci répondit : « Comment ! La paix, alors

que continuent les débauches[1] et les innombrables sorcelleries de ta mère Jézabel ? » 23 Yoram tourna bride et s'enfuit ; il dit à Akhazias : « Trahison, Akhazias ! » 24 Jéhu, qui avait pris son arc, atteignit Yoram entre les épaules ; la flèche ressortit après lui avoir percé le coeur et il s'écroula dans son char. 25 Jéhu dit à son écuyer Bidqar : « Enlève-le et jette-le dans le champ qui était la propriété de Naboth d'Izréel. Souviens-toi : lorsque nous étions ensemble sur un char, toi et moi, à la suite d'Akhab, son père, le Seigneur prononça contre lui un oracle : 26 Je l'ai bien vu, et il n'y a pas longtemps, le sang de Naboth et le sang de ses fils — oracle du Seigneur. Je te le ferai payer dans cette propriété[2] — oracle du Seigneur ! Maintenant donc, enlève Yoram et jette-le dans cette propriété, selon la parole du Seigneur. »

Jéhu fait tuer Akhazias, roi de Juda
(2 Ch 22.6-9)

27 Voyant cela, Akhazias, roi de Juda, s'enfuit par le chemin de Beth-Gân. Jéhu le poursuivit et dit : « Frappez-le, lui aussi ! » Et on le frappa sur son char, à la montée de Gour, près de Yivléâm. Il s'enfuit à Meguiddo[3], où il mourut. 28 Ses serviteurs le transportèrent dans un char à Jérusalem et on l'ensevelit dans sa

1. *Izréel* : voir 8.29 — *Vous vous êtes donc ralliés à moi !* : autres traductions *Si vous le trouvez bon*, ou *Si c'est votre volonté, que* ...

1. *débauches* : allusion aux pratiques de la religion des Phéniciens ; voir Os 1.2 et la note.
2. Voir 1 R 21.19-29.
3. *Beth-Gân* et *Yivléâm* sont deux localités proches l'une de l'autre, à une douzaine de km au sud d'Izréel ; *Meguiddo* se trouve à une quinzaine de km à l'ouest d'Izréel. La route normale d'Izréel à Meguiddo passait par *Beth-Gân*.

tombe avec ses pères dans la *Cité de David. 29 C'est la onzième année du règne de Yoram, fils d'Akhab, qu'Akhazias était devenu roi sur Juda[1].

Jéhu fait tuer la reine Jézabel

30 Jéhu était sur le point d'entrer à Izréel, quand Jézabel l'apprit. Elle se farda les yeux, orna sa tête, puis se pencha à la fenêtre. 31 Au moment où Jéhu franchissait la porte de la ville, elle dit : « Est-ce la paix, Zimri[2], assassin de son maître ? » 32 Il leva les yeux vers la fenêtre et dit : « Qui est avec moi, qui ? » Alors deux ou trois *eunuques se penchèrent vers lui. 33 Il dit : « Jetez-la en bas ! » Ils la jetèrent. Une partie du sang de Jézabel gicla contre la muraille et sur les chevaux; Jéhu la piétina. 34 Il entra, mangea et but, puis il dit : « Occupez-vous donc de cette maudite et ensevelissez-la, car elle est fille de roi. » 35 Ils allèrent pour l'ensevelir mais ne retrouvèrent que le crâne, les pieds et les paumes des mains. 36 Ils revinrent l'annoncer à Jéhu, qui dit : « C'est bien là la parole que le Seigneur avait dite par l'intermédiaire de son serviteur Elie le Tishbite : Dans la propriété d'Izréel les chiens mangeront la chair de Jézabel[3], 37 et le cadavre de Jézabel deviendra du fumier en plein champ, dans la propriété d'Izréel, en sorte qu'on ne pourra dire : ceci est Jézabel. »

Jéhu fait massacrer la famille d'Akhab

10 1 Akhab avait à Samarie 70 fils[1]. Jéhu écrivit des lettres, qu'il envoya à Samarie aux *anciens, chefs d'Izréel et aux précepteurs des fils d'Akhab pour leur dire : 2 « Dès que cette lettre vous sera parvenue, puisque vous avez avec vous les fils de votre maître ainsi que les chars, les chevaux, une ville fortifiée et les armes, 3 voyez quel est le meilleur et le plus loyal parmi les fils de votre maître, placez-le sur le trône de son père, et combattez pour la maison de votre maître. » 4 Ils eurent très peur et se dirent : « Deux rois[2] n'ont pas tenu devant lui, comment pourrions-nous tenir nous-mêmes ? » 5 Le chef du palais, le chef de la ville, les anciens et les précepteurs envoyèrent dire à Jéhu : « Nous sommes tes serviteurs; nous ferons tout ce que tu nous diras. Nous n'établirons personne comme roi. Fais ce qui te semblera bon. » 6 Jéhu leur écrivit une seconde lettre pour leur dire : « Si vous êtes pour moi et si vous écoutez ma voix, prenez les têtes de tous les fils de votre maître, et venez vers moi demain, à la même heure, à Izréel. » Or, les 70 fils du roi étaient répartis chez les grands de la ville, qui les élevaient. 7 Dès que la lettre leur fut parvenue, ils s'emparèrent des fils du roi, égorgèrent tous les 70, puis ils mirent leurs têtes dans des corbeilles qu'ils envoyèrent à Jéhu, à Izréel. 8 Un messager vint l'en informer : « On a apporté les

---

1. Ce verset répète approximativement 8.25.
2. En donnant à Jéhu le nom de *Zimri*, Jézabel fait allusion à l'épisode rapporté en 1 R 16.9-13.
3. Voir 1 R 21.23.

1. *fils* ou *descendants;* comparer 8.26 et la note.
2. *Deux rois :* Yoram et Akhazias, voir 9.22-29.

têtes des fils du roi.» Jéhu dit : «Exposez-les en deux tas à l'entrée de la ville jusqu'au matin !» 9 Au matin, Jéhu sortit et, debout, dit à tout le peuple : «Vous êtes justes ! Voici, c'est moi qui ai conspiré contre mon maître et qui l'ai tué; mais qui a frappé tous ceux-ci ? 10 Sachez donc que pas une parole du SEIGNEUR, pas une de celles qu'il a dites contre la maison d'Akhab ne se perdra : le SEIGNEUR a accompli ce qu'il a dit par l'intermédiaire de son serviteur Elie[1].»

11 Jéhu frappa dans Izréel tous ceux qui restaient de la maison d'Akhab, tous ses grands, ses familiers et ses prêtres sans en laisser survivre aucun.

Jéhu fait massacrer des parents d'Akhazias

(2 Ch 22.8)

12 Il se mit en route et partit pour Samarie. Il était en chemin, à Beth-Eqed-des-bergers, 13 quand il rencontra les frères d'Akhazias, roi de Juda. Il leur dit : «Qui êtes-vous ?» Ils répondirent : «Nous sommes les frères d'Akhazias. Nous descendons pour porter les voeux aux fils du roi et aux fils de la Reine Mère[2].» 14 Il dit : «Saisissez-les vivants !» Ils les saisirent vivants et les tuèrent à la citerne de Beth-Eqed. Ils étaient 42; aucun d'entre eux n'en réchappa.

Jéhu rencontre Yonadav

15 Il partit de là et rencontra Yonadav, fils de Rékav[1], qui venait au-devant de lui. Jéhu le salua et lui dit : «Ton coeur est-il loyal avec mon coeur comme le mien l'est avec le tien ?» Yonadav répondit : «Oui !» — «S'il l'est, donne-moi la main.» Yonadav lui donna la main. Alors Jéhu le fit monter près de lui sur son char, 16 en disant : «Viens avec moi et vois mon zèle pour le SEIGNEUR !» Ils voyagèrent ensemble sur le char de Jéhu. 17 Arrivé à Samarie, Jéhu frappa tous ceux qui restaient de la famille d'Akhab et qui se trouvaient dans la ville : il les extermina tous, selon la parole que le SEIGNEUR avait dite à Elie[2].

Jéhu supprime le culte du Baal

18 Jéhu rassembla ensuite tout le peuple et lui dit : «Akhab a servi le *Baal chichement, Jéhu le servira généreusement. 19 Maintenant, convoquez près de moi tous les *prophètes du Baal, tous ceux qui le servent, tous ses prêtres; que personne ne manque, car je veux faire un grand *sacrifice au Baal. Quiconque manquera ne survivra pas.» Or, Jéhu agissait par ruse, pour faire disparaître ceux qui servaient le Baal. 20 Jéhu dit : «Qu'il y ait une sainte assemblée en l'honneur du Baal !» On fit la convocation 21 que Jéhu envoya dans tout Israël. Tous

---

1. Voir 1 R 21.21, 29.
2. *frères* est employé ici dans le sens large de *membres de la famille* — *Reine Mère :* voir 1 R 15.10, 13 et les notes.

1. Sur Yonadav et ses descendants les Rékabites, voir Jr 35.
2. Voir 1 R 21.21, 29.

ceux qui servaient le Baal vinrent; il n'y eut personne qui s'absentât. Ils entrèrent dans la maison du Baal[1] et la maison fut entièrement remplie. 22 Jéhu dit à celui qui était préposé au vestiaire : « Sors les vêtements pour tous ceux qui servent le Baal ! » Il leur sortit les vêtements[2]. 23 Jéhu et Yonadav, fils de Rékav, arrivèrent à la maison du Baal. Il dit à ceux qui servaient le Baal : « Vérifiez s'il n'y a ici avec vous aucun des serviteurs du Seigneur, et s'il y a seulement des gens qui servent le Baal. » 24 Jéhu et Yonadav entrèrent pour offrir des sacrifices et des holocaustes[3]. Or Jéhu avait placé au-dehors 80 hommes, en disant : « Si l'un de vous laisse échapper un seul des hommes que je mets entre vos mains, il paiera de sa vie pour celui qui s'est échappé. » 25 Dès qu'il eut achevé d'offrir l'holocauste, Jéhu dit aux coureurs[4] et aux écuyers : « Entrez, frappez-les et que pas un ne s'échappe ! » Ils les frappèrent du tranchant de l'épée. Après les avoir jetés hors de la ville, les coureurs et les écuyers revinrent dans la ville où se trouvait la maison du Baal; 26 ils sortirent la stèle[5] de la maison du Baal et la brûlèrent. 27 Après avoir détruit la stèle du Baal, ils démolirent la maison du Baal dont ils firent un cloaque[1] qui subsiste jusqu'à ce jour.

Jéhu, roi d'Israël

28 Jéhu supprima d'Israël le *Baal. 29 Seulement Jéhu ne s'écarta pas des péchés que Jéroboam, fils de Nevath, avait fait commettre à Israël : les veaux d'or qui étaient à Béthel et à Dan[2]. 30 Le Seigneur dit à Jéhu : « Parce que tu as bien agi, faisant ce qui est droit à mes yeux, et que tu as traité la maison d'Akhab exactement comme je le voulais, tes fils, jusqu'à la quatrième génération s'assiéront sur le trône d'Israël. » 31 Mais Jéhu n'eut pas soin de marcher de tout son cœur selon la Loi du Seigneur, le Dieu d'Israël, il ne s'écarta pas des péchés que Jéroboam avait fait commettre à Israël.

32 En ces jours-là, le Seigneur commença à tailler dans le territoire d'Israël. Hazaël les frappa sur toute la frontière d'Israël 33 depuis le Jourdain, au soleil levant, tout le pays du Galaad, pays des Gadites, des Rubénites et des Manassites, depuis Aroër, qui est sur les gorges de l'Arnôn ainsi que le Galaad et le Bashân. 34 Le reste des actes de Jéhu, tout ce qu'il a fait, tous ses exploits, cela n'est-il pas écrit dans le livre des *Annales des rois d'Israël ? 35 Jéhu se coucha avec ses pères[3] et on l'ensevelit à Samarie. Son fils Yoakhaz régna à sa place. 36 Le temps que Jéhu régna

---

1. *la maison du Baal :* voir 1 R 16.32.
2. Les participants à une cérémonie religieuse devaient revêtir des habits spéciaux réservés à cet usage. Ces habits permettront à Jéhu et à ses compagnons de reconnaître les fidèles du Baal.
3. *holocaustes :* voir au glossaire SACRIFICES.
4. *coureurs :* voir 1 R 14.27 et la note.
5. *la stèle :* d'après les versions anciennes et le v. 27; hébreux : *les stèles;* voir 1 R 14.23 et la note — Dans l'ensemble, le texte des v. 25-27 est peu clair, et la traduction parfois incertaine.

---

1. *un cloaque* ou *des latrines,* c'est-à-dire *des toilettes publiques.*
2. Voir 1 R 12.28-29.
3. *se coucha avec ses pères :* voir 1 R 1.21 et la note.

sur Israël, à Samarie, fut de 28
ans.

Athalie s'empare du pouvoir à Jérusalem
(2 Ch 22.10-12)

11 [1] Lorsque Athalie, mère
d'Akhazias, vit que son fils
était mort[1], elle entreprit de faire
périr toute la descendance royale.
2 Yehoshèva, fille du roi Yoram,
sœur d'Akhazias, prit Joas, fils
d'Akhazias, l'enleva du milieu des
fils du roi qu'on allait mettre à
mort et le plaça, lui et sa nourrice, dans la salle[2] réservée aux
lits : on le fit disparaître aux regards d'Athalie et il ne fut pas
mis à mort. 3 Il demeura caché
avec sa nourrice dans la Maison
du SEIGNEUR pendant six années,
tandis qu'Athalie régnait sur le
pays.

Joas est consacré comme roi
(2 Ch 23.1-21)

4 La septième année, Yehoyada
envoya chercher les centeniers
des Kariens et des coureurs[3] et les
fit venir près de lui dans la Maison du SEIGNEUR. Il conclut une
alliance en leur faveur et leur fit
prêter serment dans la Maison du
SEIGNEUR, puis il leur montra le
fils du roi. 5 Il leur donna cet
ordre : « Voici ce que vous allez
faire : le tiers d'entre vous qui
entre en service le jour du *sabbat

et qui garde la maison du roi, 6 le
tiers qui se tient à la porte de
Sour et le tiers qui se tient à la
porte située derrière les coureurs
monteront la garde à la Maison
pour en contrôler l'accès. 7 Les
deux sections constituées par
ceux qui quittent leur service le
jour du sabbat monteront la
garde à la Maison du SEIGNEUR,
auprès du roi[1]. 8 Vous ferez cercle
autour du roi, chacun les armes à
la main. Quiconque voudra forcer
les rangs sera mis à mort. Soyez
avec le roi où qu'il aille. »

9 Les centeniers agirent selon
tout ce qu'avait ordonné le prêtre
Yehoyada. Chacun d'eux prit ses
hommes, ceux qui entraient en
service le jour du sabbat et ceux
qui en sortaient, et se rendit auprès du prêtre Yehoyada. 10 Le
prêtre remit aux centeniers la
lance ainsi que les boucliers du
roi David[2] qui étaient dans la
Maison du SEIGNEUR. 11 Les coureurs, les armes à la main, se placèrent depuis le côté droit de la
Maison jusqu'à son côté gauche,
près de l'*autel et de la Maison,
de manière à entourer le roi.
12 Alors Yehoyada fit sortir le fils
du roi, mit sur lui le diadème et
les insignes de la royauté[3]. On
l'établit roi, on lui donna l'*onction, puis on applaudit, en criant :
« Vive le roi ! »

---

1. *Athalie* : voir 8.18, 26 et les notes — *que son fils était mort* : voir 9.27-29.
2. *Yehoshèva* était, selon 2 Ch 22.11, l'épouse du prêtre Yehoyada (v. 4) — cette *salle* se trouvait probablement dans les annexes du Temple, voir 1 R 6.5-10.
3. *Kariens* : soldats originaires d'Asie Mineure, formant une troupe de gardes du palais et du Temple — *coureurs* : voir 1 R 14.27 et la note.

1. Le texte hébreu des v. 5-7 est peu clair et la traduction incertaine.
2. *La lance* pourrait éventuellement être celle de Goliath (comparer 1 S 17.45 ; 21.10) ; les versions anciennes et le texte parallèle des Chroniques ont le pluriel : *les lances — David* avait déposé à Jérusalem diverses armes prises à ses ennemis vaincus : voir 2 S 8.7.
3. *les insignes de la royauté* : autres traductions *le témoignage, la Loi* ou *le document de l'alliance*; le terme hébreu ainsi traduit est trop vague pour que l'on puisse savoir de quoi il s'agit exactement dans ce contexte.

13 Athalie entendit le bruit que faisait le peuple qui accourait; elle se dirigea vers le peuple à la Maison du Seigneur. 14 Elle regarda : voici que le roi se tenait debout sur l'estrade[1], selon la coutume; les chefs et les joueurs de trompettes étaient près du roi, toute la population du pays était dans la joie et l'on sonnait de la trompette. Athalie *déchira ses vêtements et s'écria : « Conspiration ! conspiration ! » 15 Le prêtre Yehoyada donna des ordres aux centeniers chargés de l'armée, en leur disant : « Faites-la sortir de l'enceinte parmi les rangs ! Quiconque la suivra, mourra par l'épée ! » En effet, le prêtre avait dit : « Il ne faut pas qu'elle soit mise à mort dans la Maison du Seigneur. » 16 Ils s'emparèrent d'Athalie et, alors qu'elle arrivait à la maison du roi par l'entrée des Chevaux[2], elle fut mise à mort à cet endroit.

17 Yehoyada conclut l'*alliance entre le Seigneur, le roi et le peuple pour qu'il soit un peuple pour le Seigneur; il conclut aussi une alliance entre le roi et le peuple. 18 Toute la population du pays se rendit à la maison du *Baal, la démolit, brisa complètement ses autels et ses statues et, devant les autels, tua Mattân, le prêtre du Baal. Le prêtre Yehoyada établit une surveillance sur la Maison du Seigneur, 19 puis il prit les centeniers, les Kariens, les coureurs et toute la population du pays; ils firent descendre le roi de la Maison du Seigneur et, par la porte des coureurs, se rendirent à la maison du roi. Joas s'assit sur le trône des rois. 20 Toute la population du pays fut dans la joie et la ville resta dans le calme. Athalie, elle, on l'avait mise à mort par l'épée dans la maison du roi.

Joas, roi de Juda
(2 Ch 24.1-3)

12 1 Joas avait sept ans[1] lorsqu'il devint roi. 2 Ce fut dans la septième année du règne de Jéhu que Joas devint roi et il régna 40 ans à Jérusalem. Le nom de sa mère était Civya, de Béer-Shéva. 3 Joas fit ce qui est droit aux yeux du Seigneur pendant toute sa vie, car le prêtre Yehoyada l'avait instruit. 4 Cependant les *hauts lieux ne disparurent pas; le peuple continuait à offrir des *sacrifices et à brûler de l'*encens sur les hauts lieux.

Joas fait réparer le Temple
(2 Ch 24.4-14)

5 Joas dit aux prêtres : « Tout l'argent consacré qu'on apporte à la Maison du Seigneur, l'argent qui a cours, les taxes individuelles selon les moyens de chacun, tout l'argent que chacun, selon sa générosité, apporte à la Maison du Seigneur, 6 que les prêtres le prennent pour eux-mêmes, chacun de la part de ceux qu'il connaît, mais qu'ils réparent les dégradations de la Maison partout où il s'en trouvera[2]. »

---

1. *sur l'estrade* ou *près de la colonne.*
2. *l'entrée des Chevaux* : on ne sait pas exactement où elle se situait dans le plan de Jérusalem; il ne faut sans doute pas la confondre avec *la porte des Chevaux,* mentionnée en Jr 31.40; Ne 3.28.

1. sept *ans* : voir 11.4.
2. Dans les v. 5-6, certains éléments de détail ne sont pas très clairs, mais le sens général est évident.

7 Or, la vingt-troisième année du règne de Joas, les prêtres n'avaient pas encore réparé les dégradations de la Maison du SEIGNEUR. 8 Le roi Joas convoqua le prêtre Yehoyada ainsi que les autres prêtres et leur dit : « Pourquoi ne réparez-vous pas les dégradations de la Maison ? Désormais vous ne prendrez plus d'argent de la part de ceux que vous connaissez, car c'est pour les dégradations de la Maison que vous deviez le donner. » 9 Les prêtres consentirent à ne plus prendre l'argent qui provenait du peuple et à ne plus devoir réparer les dégradations de la Maison. 10 Le prêtre Yehoyada prit un tronc, perça un trou dans le couvercle, et le plaça à côté de l'*autel, sur la droite quand on entre dans la Maison du SEIGNEUR. Les prêtres gardiens du seuil[1] y déposaient tout l'argent qu'on apportait à la Maison du SEIGNEUR. 11 Dès qu'ils voyaient qu'il y avait beaucoup d'argent dans le tronc, le secrétaire du roi et le grand prêtre montaient ramasser et compter l'argent qui se trouvait dans la Maison du SEIGNEUR. 12 Après l'avoir compté, ils remettaient l'argent entre les mains des entrepreneurs des travaux, des responsables de la Maison du SEIGNEUR ; ceux-ci l'utilisaient pour payer les charpentiers, les constructeurs qui travaillaient à la Maison du SEIGNEUR, 13 les maçons et les tailleurs de pierre, et aussi pour acheter des poutres et des pierres

de taille en vue de réparer les dégradations de la Maison du SEIGNEUR, bref pour tout ce qui devait être dépensé pour la réparation de la Maison. 14 Toutefois, sur les sommes apportées à la Maison du SEIGNEUR on ne fit ni bols d'argent, ni mouchettes, ni bassines[1], ni trompettes, ni aucun des ustensiles d'or au d'argent pour la Maison du SEIGNEUR. 15 On donnait ces sommes aux entrepreneurs des travaux qui les utilisaient pour réparer la Maison du SEIGNEUR. 16 On ne demandait pas de comptes aux hommes auxquels on remettait cet argent pour payer les ouvriers, car ils agissaient consciencieusement. 17 L'argent des *sacrifices de réparation et l'argent des sacrifices pour le péché n'étaient pas destinés à la Maison du SEIGNEUR ; c'était pour les prêtres[2].

Fin du règne de Joas
(2 Ch 24.23-27)

18 Alors Hazaël, roi d'*Aram, monta attaquer Gath[3] et s'en empara. Hazaël se disposa à monter contre Jérusalem. 19 Joas, roi de Juda, prit tous les objets consacrés par Josaphat, Yoram et Akhazias, ses pères, les rois de Juda, ainsi que les objets qu'il avait lui-même consacrés, tout l'or qui se trouvait dans les trésors de la Maison du SEIGNEUR et de la maison du roi et les envoya à Hazaël, roi d'Aram, qui renonça à monter contre Jérusalem.

1. *tronc* : sorte de coffre ou de boîte destiné à recueillir les dons en argent ; voir Mc 12.41 par. — Les *gardiens du seuil* sont des personnages importants de la hiérarchie des prêtres (voir 23.4 ; 25.18), bien que leur fonction précise ne soit pas connue.

1. Comparer avec 2 Ch 24.14 — Sur les divers objets liturgiques mentionnés ici, voir 1 R 7.50.
2. On ne sait pas si l'*argent* ainsi réservé aux *prêtres* remplaçait dans certains cas les *sacrifices* mentionnés (comparer Lv 6.18-7.7), ou les accompagnait régulièrement.
3. *Gath* : voir 1 R 2.39 et la note.

20 Le reste des actes de Joas, tout ce qu'il a fait, cela n'est-il pas écrit dans le livre des *Annales des rois de Juda ? 21 Ses serviteurs se soulevèrent et organisèrent une conspiration. Ils frappèrent Joas à Beth-Millo tandis qu'il descendait vers Silla[1]. 22 Ce furent Yozavad, fils de Shiméath, et Yehozavad, fils de Shomér, ses serviteurs, qui le frappèrent et il mourut. On l'ensevelit avec ses pères dans la Cité de *David. Son fils Amasias régna à sa place.

Yoakhaz, roi d'Israël

13 1 La vingt-troisième année du règne de Joas, fils d'Akhazias, roi de Juda, Yoakhaz, fils de Jéhu, devint roi sur Israël à Samarie pour dix-sept ans. 2 Il fit ce qui est mal aux yeux du Seigneur; il imita les péchés que Jéroboam, fils de Nevath, avait fait commettre à Israël; il ne s'en écarta pas. 3 La colère du Seigneur s'enflamma contre Israël qu'il livra tout le temps aux mains d'Hazaël, roi d'*Aram, et aux mains de Ben-Hadad, fils d'Hazaël. 4 Mais Yoakhaz apaisa le Seigneur[2] qui l'écouta car il avait vu l'oppression qu'Israël avait à supporter et que le roi d'Aram faisait peser sur lui. 5 Le Seigneur donna à Israël un sauveur; les fils d'Israël échappèrent à la poigne d'Aram et habitèrent sous leurs tentes[3] comme auparavant. 6 Toutefois, ils ne s'écartèrent pas des péchés que la maison de Jéroboam avait fait commettre à Israël, ils y persistèrent; même le poteau sacré[1] resta debout à Samarie. 7 Il ne fut laissé à Yoakhaz, comme peuple en armes, que 50 cavaliers[2], dix chars et 10.000 fantassins, car le roi d'Aram avait fait périr les autres : il les avait traités comme de la poussière qu'on foule aux pieds.

8 Le reste des actes de Yoakhaz, tout ce qu'il a fait, ses exploits, cela n'est-il pas écrit dans le livre des *Annales des rois d'Israël ? 9 Yoakhaz se coucha avec ses pères[3] et on l'ensevelit à Samarie. Son fils Joas régna à sa place.

Joas, roi d'Israël

10 La trente-septième année du règne de Joas, roi de Juda, Joas, fils de Yoakhaz, devint roi sur Israël à Samarie pour seize ans. 11 Il fit ce qui est mal aux yeux du Seigneur; il ne s'écarta d'aucun des péchés que Jéroboam, fils de Nevath, avait fait commettre à Israël, il y persista. 12 Le reste des actes de Joas, tout ce qu'il a fait, ses exploits, ses guerres avec Amasias[4], roi de Juda, cela n'est-il pas écrit dans le livre des *Annales des rois d'Israël ? 13 Joas se coucha avec ses pères et Jéroboam s'assit sur son trône. Joas

---

1. *Beth-Millo* est peut-être identique au *Millo* de 1 R 9.15; *Silla* est un endroit non identifié — Le texte hébreu de la fin du verset est peu clair et la traduction incertaine.

2. *apaisa le Seigneur*, c'est-à-dire *demanda au Seigneur de s'apaiser*; comparer en 1 R 13.6 une formule semblable, mais plus développée.

3. *un sauveur* : voir Jg 3.9 — *sous leurs tentes* : voir Jos 22.4 et la note.

1. *poteau sacré* : voir 1 R 14.15 et la note.

2. *cavaliers* ou *chevaux*.

3. *se coucha avec ses pères* : voir 1 R 1.21 et la note.

4. *ses guerres avec Amasias* : voir 14.8-14.

fut enseveli à Samarie avec les rois d'Israël[1].

Dernière prophétie d'Elisée

14 Elisée tomba malade de la maladie dont il devait mourir. Joas, roi d'Israël, descendit vers lui, pleura contre son visage et dit : « Mon père ! Mon père ! Chars et cavalerie d'Israël[2] ! » 15 Elisée lui dit : « Prends un arc et des flèches ! » Joas prit un arc et des flèches. 16 Elisée dit au roi d'Israël : « Tends l'arc ! », et il le tendit. Elisée mit ses mains sur celles du roi 17 et dit : « Ouvre la fenêtre qui donne vers l'orient ! » Joas l'ouvrit. Elisée lui dit : « Tire ! », Et il tira. Elisée dit : « C'est la flèche de la victoire du SEIGNEUR, la flèche de la victoire sur *Aram. Tu frapperas Aram à Afeq[3] jusqu'à extermination. » 18 Elisée dit à Joas : « Prends les flèches ! » Il les prit. Elisée dit au roi d'Israël : « Frappe la terre ! » Il frappa trois fois et s'arrêta. 19 L'homme de Dieu s'irrita contre lui et dit : « Si tu avais frappé cinq ou six fois, tu aurais frappé Aram jusqu'à extermination. Maintenant, c'est trois fois seulement que tu frapperas Aram. »

20 Elisée mourut et on l'ensevelit. Or, en début d'année, des bandes[4], venant de Moab, pénétraient dans le pays. 21 Comme des gens ensevelissaient un homme, on aperçut une de ces bandes ; ils déposèrent en hâte l'homme dans la tombe d'Elisée et ils partirent. L'homme toucha les ossements d'Elisée ; il reprit vie et se dressa sur ses pieds.

Joas reprend plusieurs villes aux Araméens

22 Hazaël, roi d'*Aram, avait opprimé Israël durant toute la vie de Yoakhaz[1]. 23 Mais le SEIGNEUR fit grâce aux fils d'Israël, leur montra sa tendresse et se tourna vers eux à cause de son *alliance avec Abraham, Isaac et Jacob ; il ne voulut pas les détruire : jusqu'alors, il ne les avait pas rejetés loin de sa présence. 24 Hazaël, roi d'Aram, mourut, et son fils, Ben-Hadad régna à sa place. 25 Joas, fils de Yoakhaz, reprit des mains de Ben-Hadad, fils de Hazaël, les villes que ce dernier avait prises durant la guerre des mains de Yoakhaz, son père. Joas frappa trois fois Ben-Hadad et recouvra les villes d'Israël.

Amasias, roi de Juda
(2 Ch 25.1-4, 11-12, 17-28 ; 26.1-2)

14 1 La deuxième année du règne de Joas, fils de Yoakhaz, roi d'Israël, Amasias, fils de Joas, roi de Juda, devint roi. 2 Il avait 25 ans lorsqu'il devint roi et il régna 29 ans à Jérusalem. Le nom de sa mère était Yehoaddîn, de Jérusalem. 3 Il fit ce qui est droit aux yeux du SEIGNEUR, non pas toutefois comme David, son père ; il agit exactement comme Joas, son père. 4 Cependant les *hauts lieux ne disparurent pas ; le peuple continuait à

---

1. Les v. 12-13 sont répétés presque mot à mot en 14.15-16, car jusqu'en 14.14, il s'agit d'événements dans lesquels le roi Joas d'Israël a joué un rôle.

2. *Mon père ! ...* : voir 2.12 et la note.

3. *Afeq* : voir 1 R 20.26 et la note.

4. Il s'agit de *bandes* de pillards, comme en 5.2.

1. Voir v. 3.

offrir des *sacrifices et à brûler de l'*encens sur les hauts lieux.

5 Après que la royauté fut affermie en sa main, Amasias tua ceux de ses serviteurs qui avaient tué le roi son père[1]. 6 Mais il ne mit pas à mort les fils des meurtriers, selon ce qui est écrit dans le livre de la Loi de Moïse, où le Seigneur a donné cet ordre : *Les pères ne seront pas mis à mort pour leurs fils; les fils ne seront pas mis à mort pour leurs pères; c'est à cause de son propre péché que chacun sera mis à mort*[2].

7 C'est lui qui frappa Edom dans la vallée du Sel, soit 10.000 hommes, et qui, au cours de la guerre, s'empara de Sèla[3] qu'il appela Yoqtéel, nom qui subsiste jusqu'à ce jour.

8 Alors Amasias envoya des messagers à Joas, fils de Yoakhaz, fils de Jéhu, roi d'Israël, pour lui dire : « Viens t'affronter avec moi ! » 9 Joas, roi d'Israël, envoya dire à Amasias, roi de Juda : « Le chardon du Liban a envoyé dire au cèdre du Liban : Donne ta fille en mariage à mon fils ! Mais la bête sauvage du Liban est passée et a piétiné le chardon[4]. 10 Certes, tu as vaincu Edom et ton coeur en est fier. Glorifie-toi, mais reste chez toi ! Pourquoi t'engager dans une guerre malheureuse et succomber, toi et Juda avec toi ? » 11 Amasias ne l'écouta pas. Joas, roi d'Israël, monta et ils s'affron-

tèrent, lui et Amasias, roi de Juda, à Beth-Shèmesh[1] de Juda. 12 Juda fut battu devant Israël et chacun s'enfuit à sa tente[2]. 13 Joas, roi d'Israël, fit prisonnier à Beth-Shèmesh Amasias, roi de Juda, fils de Joas, fils d'Akhazias, puis il vint à Jérusalem et fit une brèche de 400 coudées dans la muraille de Jérusalem, depuis la porte d'Ephraïm jusqu'à la porte de l'Angle[3]. 14 Il prit tout l'or et l'argent, tous les objets qui se trouvaient dans la Maison du Seigneur et dans les trésors de la maison du roi, ainsi que des otages, et il s'en retourna à Samarie.

15 Le reste des actes de Joas, ce qu'il a fait, ses exploits, ses guerres contre Amasias, roi de Juda, cela n'est-il pas écrit dans le livre des *Annales des rois d'Israël ? 16 Joas se coucha avec ses pères et fut enseveli à Samarie avec les rois d'Israël[4]. Son fils Jéroboam régna à sa place.

17 Amasias, fils de Joas, roi de Juda, vécut quinze ans après la mort de Joas, fils de Yoakhaz, roi d'Israël. 18 Le reste des actes d'amasias, cela n'est-il pas écrit dans le livre des Annales des rois de Juda ? 19 On fit une conspiration contre lui à Jérusalem et il s'enfuit à Lakish[5]. On envoya des gens qui le poursuivirent à Lakish

---

1. Voir 12.21-22.
2. Citation de Dt 24.16.
3. *vallée du Sel* : vallée qui relie la mer Morte au golfe d'Aqaba (aujourd'hui « la Araba) » — *Sèla* : ville dont la localisation est incertaine, probablement dans la région de Pétra.
4. Petite fable, rappelant celle de Jg 9.8-15, mais dont l'explication de détail est difficile; d'après le v. 10, il semble que Joas laisse entendre à Amasias, par cette fable, que sa prétention l'expose à un écrasement subit.

1. *Beth-Shèmesh* : voir 1 S 6.9 et la note.
2. *à sa tente* : voir Jos 22.4; 1 R 12.16 et les notes.
3. *coudées* : voir au glossaire POIDS ET MESURES — La partie de *muraille* détruite se situait probablement dans le secteur nord ou nord-est de la ville.
4. *se coucha avec ses pères* : voir 1 R 1.21 et la note — Les v. 15-16 répètent presque mot à mot 13.12-13, où l'information donnée se trouve à une place plus normale.
5. *Lakish* : localité située à 45 km environ au sud-ouest de Jérusalem (aujourd'hui « Tell-ed-Duweir »).

où il fut mis à mort. 20 On le transporta sur des chevaux et il fut enseveli à Jérusalem avec ses pères dans la *Cité de David. 21 Tout le peuple de Juda prit Azarias, qui avait seize ans, et le fit roi à la place de son père Amasias. 22 C'est lui qui rebâtit Eilath[1] et la rendit à Juda, après que le roi Amasias se fut couché avec ses pères.

Jéroboam II, roi d'Israël

23 La quinzième année du règne d'Amasias, fils de Joas, roi de Juda, Jéroboam, fils de Joas, roi d'Israël, devint roi à Samarie pour 41 ans. 24 Il fit ce qui est mal aux yeux du SEIGNEUR; il ne s'écarta d'aucun des péchés que Jéroboam, fils de Nevath, avait fait commettre à Israël.

25 C'est lui qui rétablit le territoire d'Israël, depuis Lebo-Hamath jusqu'à la mer de la Araba, selon la parole que le SEIGNEUR, le Dieu d'Israël, avait dite par l'intermédiaire de son serviteur le *prophète Jonas[2], fils d'Amittaï, de Gath-Héfer. 26 Le SEIGNEUR, en effet, avait vu l'humiliation très amère[3] d'Israël; il n'y avait plus ni esclave, ni homme libre, ni personne pour secourir Israël. 27 Le SEIGNEUR n'avait pas dit qu'il effacerait le nom d'Israël de sous le ciel. Il les sauva donc par la main de Jéroboam, fils de Joas.

28 Le reste des actes de Jéroboam, tout ce qu'il a fait, ses exploits, ses guerres — il rendit à Israël Damas et Hamath qui avaient appartenu à Juda —, cela n'est-il pas écrit dans le livre des *Annales des rois d'Israël ? 29 Jéroboam se coucha avec ses pères, avec les rois d'Israël. Son fils Zacharie régna à sa place.

Azarias, roi de Juda
(2 Ch 26.3-4, 21-23)

15 1 La vingt-septième année du règne de Jéroboam, roi d'Israël, Azarias, fils d'amasias, roi de Juda, devint roi. 2 Il avait seize ans lorsqu'il devint roi, et régna 52 ans à Jérusalem. Le nom de sa mère était Yekolyahou, de Jérusalem. 3 Il fit ce qui est droit aux yeux du SEIGNEUR, exactement comme Amasias, son père. 4 Cependant les *hauts lieux ne disparurent pas; le peuple continuait à offrir des *sacrifices et à brûler de l'*encens sur les hauts lieux. 5 Le SEIGNEUR frappa le roi et il fut *lépreux jusqu'au jour de sa mort. Il dut résider à part dans une maison[1] et Yotam, le fils du roi, chef du palais, gouverna la population du pays.

6 Le reste des actes d'Azarias, tout ce qu'il a fait, cela n'est-il pas écrit dans le livre des *Annales des rois de Juda ? 7 Azarias se coucha avec ses pères[2] et on l'ensevelit avec ses pères dans la *Cité de David. Son fils Yotam régna à sa place.

---

1. *Eilath*: voir 1 R 9.26 et la note.
2. *Lebo-Hamath*: voir 1 R 8.65 et la note — *mer de la Araba*: autre nom de la *mer Morte* (comparer 14.7 et la note) — *Jonas*: l'A. T. n'a pas conservé cette prophétie de Jonas.
3. *amère*: d'après les versions anciennes; hébreu: *rebelle*.

1. *à part dans une maison*: traduction incertaine, suggérée par Lv 13.46.
2. *se coucha avec ses pères*: voir 1 R 1.21 et la note.

Zacharie, roi d'Israël

8 La trente-huitième année du règne d'Azarias, roi de Juda, Zacharie, fils de Jéroboam, devint roi sur Israël à Samarie pour six mois. 9 Il fit ce qui est mal aux yeux du Seigneur comme l'avaient fait ses pères. Il ne s'écarta pas des péchés que Jéroboam, fils de Nevath, avait fait commettre à Israël. 10 Shalloum, fils de Yavesh, conspira contre lui; il le frappa en présence du peuple, le fit mourir et régna à sa place.

11 Le reste des actes de Zacharie, cela est écrit dans le livre des *Annales des rois d'Israël. 12 Telle était la parole que le Seigneur avait dite à Jéhu : «Tes fils jusqu'à la quatrième génération s'assiéront sur le trône d'Israël[1].» Et il en fut ainsi.

Shalloum, roi d'Israël

13 Shalloum, fils de Yavesh, devint roi la trente-neuvième année du règne d'Ozias[2], roi de Juda. Il régna un mois à Samarie. 14 Menahem, fils de Gadi, monta de Tirça[3] et vint à Samarie. Il frappa Shalloum, fils de Yavesh, à Samarie, le fit mourir et régna à sa place.

15 Le reste des actes de Shalloum, la conspiration qu'il organisa, cela est écrit dans le livre des *Annales des rois d'Israël. 16 C'est alors que Menahem frappa Tifsah[4] et tous ceux qui s'y trouvaient ainsi que tout son territoire, depuis Tirça; il frappa parce qu'on ne lui avait pas ouvert les portes de la ville et il éventra toutes les femmes enceintes.

Menahem, roi d'Israël

17 La trente-neuvième année du règne d'Azarias, roi de Juda, Menahem, fils de Gadi, devint roi sur Israël à Samarie pour dix ans. 18 Il fit ce qui est mal aux yeux du Seigneur; il ne s'écarta pas, durant toute sa vie, des péchés que Jéroboam, fils de Nevath, avait fait commettre à Israël.

19 Poul, roi d'Assyrie, envahit le pays, mais Menahem donna à Poul mille talents[1] d'argent pour qu'il lui prêtât main-forte et consolidât la royauté en ses mains. 20 Menahem se procura cet argent en levant un impôt sur Israël, sur tous les gens riches, pour le donner au roi d'Assyrie, soit 50 sicles d'argent par personne. Le roi d'Assyrie s'en retourna; il ne resta pas dans le pays.

21 Le reste des actes de Menahem, tout ce qu'il a fait, cela n'est-il pas écrit dans le livre des *Annales des rois d'Israël ? 22 Menahem se coucha avec ses pères. Son fils Péqahya régna à sa place.

Péqahya, roi d'Israël

23 La cinquantième année du règne d'Azarias, roi de Juda, Péqahya, fils de Menahem, devint

---

1. Voir 10.30.
2. *Ozias* : autre nom d'*Azarias* (15.1-7); comparer 2 Ch 26.
3. *Tirça* : voir 1 R 14.17 et la note.
4. *Tifsah* : voir 1 R 5.4 et la note. Mais plusieurs traductions modernes suivent ici le texte de l'ancienne version grecque qui parle de *Tappouah*, localité du centre de la Palestine (voir Jos 17.8).

1. *Poul* : autre nom de Tiglath-Piléser III, voir v. 29 — *talents* (et *sicles*, v. 20) : voir au glossaire POIDS ET MESURES.

roi sur Israël à Samarie pour deux ans. 24 Il fit ce qui est mal aux yeux du SEIGNEUR; il ne s'écarta pas des péchés que Jéroboam, fils de Nevath, avait fait commettre à Israël. 25 Son écuyer Péqah, fils de Remalyahou, conspira contre lui; il frappa Péqahya ainsi que Argov et Arié à Samarie, dans le donjon de la maison du roi. Il avait avec lui 50 hommes d'entre les fils des Galaadites. Il fit mourir Péqahya et régna à sa place.

26 Le reste des actes de Péqahya, tout ce qu'il a fait, cela est écrit dans le livre des *Annales des rois d'Israël.

Péqah, roi d'Israël

27 La cinquante-deuxième année du règne d'Azarias, roi de Juda, Péqah, fils de Remalyahou, devint roi sur Israël à Samarie pour vingt ans. 28 Il fit ce qui est mal aux yeux du SEIGNEUR; il ne s'écarta pas des péchés que Jéroboam, fils de Nevath, avait fait commettre à Israël. 29 Au temps de Péqah, roi d'Israël, Tiglath-Piléser, roi d'Assyrie, vint prendre Iyyôn, Avel-Beth-Maaka, Yanoah, Qèdesh, Haçor, le Galaad, la Galilée et tout le pays de Nephtali[1]; il déporta leurs habitants en Assyrie. 30 Osée, fils d'Ela, organisa une conspiration contre Péqah, fils de Remalyahou, le frappa à mort et régna à sa place, la vingt année du règne de Yotam, fils d'Ozias[2].

31 Le reste des actes de Péqah, tout ce qu'il a fait, cela est écrit dans le livre des *Annales des rois d'Israël.

Yotam, roi de Juda
(2 Ch 27.1-3, 7-9)

32 La deuxième année du règne de Péqah, fils de Remalyahou, roi d'Israël, Yotam, fils d'Ozias, roi de Juda, devint roi. 33 Il avait 25 ans lorsqu'il devint roi et il régna seize ans à Jérusalem. Le nom de sa mère était Yerousha, fille de Sadoq. 34 Il fit ce qui est droit aux yeux du SEIGNEUR. Il agit exactement comme Ozias, son père. 35 Cependant les *hauts lieux ne disparurent pas; le peuple continuait à offrir des *sacrifices et à brûler de l'*encens sur les hauts lieux. C'est lui qui bâtit la porte Supérieure[1] de la Maison du SEIGNEUR.

36 Le reste des actes de Yotam, ce qu'il a fait, cela n'est-il pas écrit dans le livre des *Annales des rois de Juda ? 37 En ces jours-là, le SEIGNEUR commença d'envoyer contre Juda Recîn, roi d'*Aram, et Péqah, fils de Remalyahou. 38 Yotam se coucha avec ses pères et il fut enseveli avec ses pères dans la *Cité de David, son père. Son fils Akhaz régna à sa place.

Akhaz, roi de Juda
(2 Ch 28.1-27)

16 1 La dix-septième année du règne de Péqah, fils de Remalyahou, Akhaz, fils de Yotam, roi de Juda, devint roi. 2 Ak-

---

1. Toutes ces localités et régions se trouvaient dans la partie nord-est du royaume d'Israël.
2. *Ozias* : voir v. 13 et la note.

1. Cette *porte Supérieure* est peut-être celle qui est mentionnée en Jr 20.2 et Ez 9.2.

haz avait vingt ans lorsqu'il devint roi et il régna seize ans à Jérusalem. Il ne fit pas comme David, son père[1], ce qui est droit aux yeux du Seigneur, son Dieu. 3 Mais il suivit le chemin des rois d'Israël et même fit passer son fils par le feu[2], selon les abominations des nations que le Seigneur avait dépossédées devant les fils d'Israël. 4 Il offrit des *sacrifices et brûla de l'*encens sur les *hauts lieux, sur les collines et sous tout arbre verdoyant.

5 Alors Recîn, roi d'*Aram, et Péqah, fils de Remalyahou, roi d'Israël, montèrent pour faire la guerre à Jérusalem. Ils assiégèrent Akhaz mais ne purent engager le combat. 6 — En ce temps-là, Recîn, roi d'Aram, avait rendu Eilath[3] à Aram; il en avait expulsé les Judéens et des Edomites étaient venus s'installer à Eilath où ils sont restés jusqu'à ce jour. — 7 Akhaz envoya des messagers à Tiglath-Piléser, roi d'Assyrie, pour lui dire : « Je suis ton serviteur et ton fils; monte et délivre-moi de la poigne du roi d'Aram et de celle du roi d'Israël, qui se dressent contre moi !» 8 Akhaz prit l'argent et l'or qui se trouvaient dans la Maison du Seigneur et dans les trésors de la maison du roi et les envoya en cadeau au roi d'Assyrie. 9 Le roi d'Assyrie l'écouta et monta lui-même contre Damas dont il s'empara; il en déporta les habitants à Qir[4] et mit à mort Recîn.

10 Le roi Akhaz se rendit à Damas pour y rencontrer Tiglath-Piléser, roi d'Assyrie. Il vit l'*autel qui était à Damas. Le roi Akhaz envoya au prêtre Ouriya un modèle et un plan de l'autel, en vue d'en faire une reproduction exacte. 11 Le prêtre Ouriya construisit l'autel : c'est d'après toutes les indications envoyées de Damas par le roi Akhaz que le prêtre Ouriya agit et cela avant même que le roi Akhaz ne revienne de Damas. 12 Dès son retour de Damas, le roi vit l'autel. Le roi s'approcha de l'autel; il y monta, 13 il fit fumer son holocauste et son offrande, versa sa libation[1] sur l'autel qu'il aspergea avec le sang de ses sacrifices de paix. 14 Quant à l'autel de bronze qui était devant le Seigneur[2], il l'enleva de devant la Maison, place qu'il occupait entre le nouvel autel et la Maison du Seigneur, et l'installa sur le côté, au nord de cet autel. 15 Puis le roi Akhaz donna cet ordre au prêtre Ouriya : «Tu feras fumer l'holocauste du matin et l'offrande du soir, l'holocauste et l'offrande du roi, l'holocauste, l'offrande et les libations de toute la population du pays sur le grand autel; tu verseras sur lui le sang de tous les holocaustes et le sang de tous les sacrifices. Quant à l'autel de bronze, j'en aviserai. » 16 Le prêtre Ouriya fit tout ce que le roi Akhaz avait ordonné. 17 Le roi Akhaz découpa les châssis des bases, enleva les cuves de leurs bases, fit

---

1. *son père* ou *son ancêtre.*
2. *par le feu* : il s'agit d'un sacrifice d'enfant, formellement interdit par la législation de l'A. T. : voir Lv 18.21; Dt 12.31.
3. *Eilath* : voir 1 R 9.26 et la note.
4. *Qir* : voir Am 1.5 et la note.

1. *holocauste, offrande, libation* : voir au glossaire SACRIFICES.
2. Il s'agit de l'*autel* des holocaustes, voir 1 R 8.64.

descendre la Mer[1] de bronze qui reposait sur des boeufs et la plaça sur un pavement de pierres. 18 À cause du roi d'Assyrie, il modifia dans la Maison du SEIGNEUR la galerie du *Sabbat qu'on avait construite à l'intérieur ainsi que l'entrée du roi[2] située à l'extérieur.

19 Le reste des actes d'Akhaz, ce qu'il a fait, cela n'est-il pas écrit dans le livre des *Annales des rois de Juda ? 20 Akhaz se coucha avec ses pères[3] et il fut enseveli avec ses pères dans la *Cité de David. Son fils Ezékias régna à sa place.

Osée, roi d'Israël. Prise de Samarie

17 1 La douzième année du règne d'Akhaz, roi de Juda, Osée, fils d'Ela, devint roi de Samarie sur Israël pour neuf ans. 2 Il fit ce qui est mal aux yeux du SEIGNEUR, non toutefois comme les rois d'Israël qui l'avaient précédé.

3 Salmanasar, roi d'Assyrie, monta contre lui; Osée lui fut assujetti et lui paya un tribut. 4 Mais le roi d'Assyrie découvrit qu'Osée avait fait une conspiration; en effet il avait envoyé des messagers à Sô[4], roi d'Egypte, et n'avait pas fait parvenir au roi d'Assyrie le tribut comme chaque année. Le roi d'Assyrie arrêta Osée et l'enchaîna dans une prison. 5 Puis le roi d'Assyrie monta contre tout le pays; il monta contre Samarie qu'il assiégea pendant trois ans. 6 La neuvième année du règne d'Osée, le roi d'Assyrie s'empara de Samarie et déporta les Israélites en Assyrie. Il les fit résider à Halah ainsi que sur le Habor, fleuve de Gozân, et dans les villes de Médie[1].

Les causes de la ruine du royaume d'Israël

7 Cela est arrivé parce que les fils d'Israël[2] ont péché contre le SEIGNEUR, leur Dieu, lui qui les avait fait monter du pays d'Egypte, les soustrayant à la main de *Pharaon, roi d'Egypte, et parce qu'ils ont craint d'autres dieux. 8 Ils ont suivi les lois des nations que le SEIGNEUR avait dépossédées devant les fils d'Israël et les lois que les rois d'Israël ont établies. 9 Les fils d'Israël ont entrepris contre le SEIGNEUR, leur Dieu, des choses qu'on ne doit pas faire : ils se sont construit des *hauts lieux dans toutes leurs villes, dans les tours de garde aussi bien que dans les places fortes[3]; 10 ils ont érigé à leur usage des stèles et des poteaux sacrés[4] sur toutes les collines élevées et sous tout arbre verdoyant; 11 là, sur tous les hauts lieux, ils ont brûlé de l'*encens comme les nations que le SEIGNEUR avait dé-

---

1. *les bases* : voir 1 R 7.27-37; *les cuves* : 1 R 7.38-39; *la Mer* : 1 R 7.23-26.
2. On ne sait pas ce qu'étaient précisément ni où se trouvaient *la galerie du Sabbat* et *l'entrée du roi.*
3. *se coucha avec ses pères* : voir 1 R 1.21 et la note.
4. *Sô* : on ne connaît pas de roi d'Egypte ayant porté ce nom-là.

1. La prise de *Samarie* eut lieu en 722 ou 721 av. J. C. — *Halah* : localité de Mésopotamie du nord, non identifié; *Gozân* : autre localité de Mésopotamie du nord; *Habor* : aujourd'hui « Khabur », affluent de la rive gauche de l'Euphrate; *Médie* : pays situé à l'est de l'Assyrie et au sud de la mer Caspienne.
2. *les fils d'Israël* ou *les Israélites.*
3. *tours de garde* désigne probablement des localités de moindre importance que *places fortes.*
4. *stèles* : voir 1 R 14.23 et la note; *poteaux sacrés* : voir 1 R 14.15 et la note.

portées devant eux. Ils ont commis de mauvaises actions au point d'offenser le Seigneur. 12 Ils ont servi les idoles alors que le Seigneur leur avait dit : « Vous ne le le ferez pas ! »

13 Le Seigneur avait averti Israël et Juda par l'intermédiaire de tous ses *prophètes, de tous les voyants, en disant : « Revenez de vos voies mauvaises, gardez mes commandements, mes décrets, selon toute la Loi que j'ai prescrite à vos pères[1] et que je vous ai transmise par l'intermédiaire de mes serviteurs les prophètes. » 14 Mais ils n'ont pas écouté; ils ont raidi leur nuque[2] comme l'avaient raidie leurs pères qui n'avaient pas cru au Seigneur, leur Dieu. 15 Ils ont rejeté ses lois ainsi que l'*alliance qu'il avait conclue avec leurs pères, les exigences qu'il leur avait rappelées; ils ont couru après des riens[3] et les voilà réduits à rien. Ils ont suivi les nations qui les entouraient alors que le Seigneur leur avait prescrit de ne pas agir comme elles. 16 Ils ont abandonné tous les commandements du Seigneur, leur Dieu, et ils se sont fait 2 statues de veaux; ils ont dressé un poteau sacré, se sont prosternés devant toute l'armée des cieux[4] et ont servi le *Baal. 17 Ils ont fait passer par le feu leurs fils et leurs filles; ils ont consulté les oracles, pratiqué la divination[5]. Ils se sont prêtés à une perfidie en faisant ce qui est mal aux yeux du Seigneur au point de l'offenser. 18 Le Seigneur s'est mis dans une violente colère contre Israël; il les a écartés loin de sa présence[1]. Seule est restée la tribu de Juda.

19 Mais Juda non plus n'a pas gardé les commandements du Seigneur, son Dieu; ils ont suivi les lois qu'Israël avait établies. 20 Le Seigneur a rejeté toute la race d'Israël; il les a humiliés, il les a livrés aux mains des pillards pour les chasser finalement loin de sa présence.

21 Lorsque le Seigneur a arraché Israël à la maison de David et qu'on a établi comme roi Jéroboam, fils de Nevath, Jéroboam a fait dévier Israël loin du Seigneur et lui a fait commettre un grand péché. 22 Les fils d'Israël ont imité tous les péchés que Jéroboam avait commis; ils ne s'en écartèrent pas, 23 au point que le Seigneur les a écartés de sa présence comme il l'avait dit par l'intermédiaire de tous ses serviteurs les prophètes. Israël fut déporté loin de sa terre en Assyrie jusqu'à ce jour.

L'origine des Samaritains

24 Le roi d'Assyrie fit venir des gens de Babylone, de Kouth, de Awa, de Hamath et de Sefarwaïm[2] et les établit dans les villes de Samarie à la place des fils d'Israël. Ils prirent possession de la Samarie et en habitèrent les villes. 25 Or, au début de leur installation en ce lieu, comme ils ne

---

1. *vos pères* ou *vos ancêtres*.
2. *ils ont raidi leur nuque* : voir Ex 32.9 et la note.
3. *des riens* : voir Jr 2.5 et la note.
4. *veaux* : voir 1 R 12.28 — *poteau sacré* : voir 1 R 14.15 et la note — *armée des cieux* : les astres; dans l'ancien Orient, ils étaient considérés comme des dieux.
5. *par le feu* : voir 16.3 et la note — *divination* : voir Dt 18.10 et la note sur Ez 21.26.

1. Allusion aux déportations mentionnées en 15.29 et 17.6.
2. Tous ces gens sont également des déportés provenant de villes dont le roi d'Assyrie s'est emparé dans d'autres régions du Proche-Orient.

craignaient pas le Seigneur, le Seigneur envoya contre eux des lions qui les tuaient. 26 Ils dirent au roi d'Assyrie : « Les nations que tu as déportées et établies dans les villes de Samarie ne connaissent pas la façon d'honorer le dieu du pays. Ce dieu a envoyé contre elles des lions et voilà que ceux-ci les font mourir car elles ne connaissent pas la façon d'honorer le dieu du pays. » 27 Le roi d'Assyrie donna cet ordre : « Faites partir là-bas un des prêtres de Samarie que vous avez déportés, qu'il aille habiter là-bas et qu'il leur enseigne la façon d'honorer le dieu du pays. » 28 L'un des prêtres qu'on avait déportés de Samarie vint donc habiter Béthel ; il leur enseignait comment on devait craindre le Seigneur.

29 En fait, chaque nation se fit son dieu et le plaça dans les maisons des *hauts lieux, que les Samaritains avaient construites. Chacune des nations agit ainsi dans les villes où elle résidait : 30 les gens de Babylone firent un Soukkoth-Benoth ; ceux de Kouth, un Nergal ; ceux de Hamath, une Ashima[1] ; 31 les Awites, un Nibhaz et un Tartaq ; les Sefarwaïtes continuèrent à brûler leurs fils en l'honneur d'Adrammélek et d'Anammélek, dieux de Sefarwaïm. 32 Ils craignirent aussi le Seigneur et se firent, parmi les leurs, des prêtres de hauts lieux pour officier en leur nom dans les maisons des hauts lieux. 33 Tout en craignant le Seigneur, ils continuè-

rent à servir leurs propres dieux, selon le rite des nations d'où on les avait déportés.

34 Aujourd'hui encore, ils agissent selon les rites anciens : ils ne craignent pas le Seigneur ; ils n'agissent pas selon les commandements et les rites devenus les leurs, ni selon la Loi et l'ordre que le Seigneur a prescrits aux fils de Jacob, à qui il a donné le nom d'Israël. 35 Le Seigneur avait conclu avec eux une *alliance et leur avait donné cet ordre : « Vous ne craindrez pas d'autres dieux, vous ne vous prosternerez pas devant eux, vous ne les servirez pas, vous ne leur offrirez pas de *sacrifices. 36 C'est le Seigneur, lui qui vous a fait monter du pays d'Egypte à grande puissance et à bras étendu, que vous devez craindre ; c'est devant lui que vous devez vous prosterner ; c'est à lui que vous devez offrir des sacrifices. 37 Les commandements et les rites, la Loi et l'ordre qu'il a écrits pour vous, vous veillerez à les mettre en pratique tous les jours ; vous ne craindrez pas d'autres dieux. 38 Vous n'oublierez pas l'alliance que j'ai conclue avec vous : vous ne craindrez pas d'autres dieux. 39 C'est le Seigneur, votre Dieu, que vous devez craindre, c'est lui qui vous délivrera des mains de tous vos ennemis[1]. » 40 Mais ils n'ont pas écouté ; ils ont au contraire continué d'agir selon leur rite ancien. 41 Ainsi donc ces nations craignaient le Seigneur tout en continuant à servir leurs idoles. Tout comme leurs pères ont agi, leurs

---

1. *Soukkoth-Benoth, Nergal, Ashima*, ainsi que (au verset suivant), *Nibhaz, Tartaq, Adrammélek* et *Anammélek* sont probablement tous des noms de divinités étrangères, dont quelques-unes seulement nous sont connus par ailleurs.

1. Les v. 35-39 ne citent pas un texte précis, mais des formules fréquentes dans le Deutéronome.

fils et les fils de leurs fils agissent de même aujourd'hui encore[1].

Ezékias, roi de Juda
(2 Ch 29.1-2)

18 [1] La troisième année du règne d'Osée, fils d'Ela, roi d'Israël, Ezékias, fils d'Akhaz, roi de Juda, devint roi. [2] Il avait 25 ans lorsqu'il devint roi et il régna 29 ans à Jérusalem. Le nom de sa mère était Avi, fille de Zekarya. [3] Il fit ce qui est droit aux yeux du Seigneur, exactement comme David, son père. [4] C'est lui qui fit disparaître les *hauts lieux, brisa les stèles, coupa le poteau sacré et mit en pièces le serpent de bronze[2] que Moïse avait fait, car les fils d'Israël avaient brûlé de l'*encens devant lui jusqu'à cette époque : on l'appelait Nehoushtân. [5] Ezékias mit sa confiance dans le Seigneur, le Dieu d'Israël. Après lui, il n'y a pas eu de roi comme lui parmi tous les rois de Juda ; il n'y en avait pas eu de semblable non plus parmi ceux qui l'avaient précédé. [6] Il demeura attaché au Seigneur, sans se détourner de lui. Il garda les commandements que le Seigneur avait prescrits à Moïse. [7] Le Seigneur était avec lui ; il réussissait dans tout ce qu'il entreprenait. Il se révolta contre le roi d'Assyrie et ne lui fut plus assujetti. [8] Lui-même battit les Philistins jusqu'à Gaza et son territoire, tours

de garde aussi bien que places fortes[1].

Rappel de la prise de Samarie

[9] La quatrième année du règne d'Ezékias, la septième d'Osée, fils d'Ela, roi d'Israël, Salmanasar, roi d'Assyrie, monta contre Samarie et l'assiégea[2]. [10] Les Assyriens s'en emparèrent au bout de trois ans. La sixième année du règne d'Ezékias, la neuvième d'Osée, roi d'Israël, Samarie fut prise. [11] Le roi d'Assyrie déporta Israël en Assyrie et les conduisit à Halah ainsi que sur le Habor, fleuve de Gozân, et dans les villes de Médie, [12] parce qu'ils n'avaient pas écouté la voix du Seigneur, leur Dieu, et qu'ils avaient transgressé son *alliance : tout ce que Moïse, serviteur du Seigneur, avait prescrit, ils ne l'avaient pas écouté ni ne l'avaient pratiqué.

Sennakérib envahit le royaume de Juda
(Es 36.1 ; 2 Ch 32.1)

[13] La quatorzième année[3] du règne d'Ezékias, Sennakérib, roi d'Assyrie, monta contre toutes les villes fortifiées de Juda et s'en empara. [14] Ezékias, roi de Juda, envoya dire au roi d'Assyrie à Lakish : « J'ai commis une faute. Ne m'attaque pas ; ce que tu m'imposeras, je le supporterai. » Le roi d'Assyrie fixa à Ezékias, roi de Juda, une taxe de 300 ta-

---

1. C'est de ce mélange de populations que sont nés les Samaritains, méprisés par les Juifs et tenus à l'écart de leur communauté religieuse (voir Esd 4 ; Lc 9.51-56 ; Jn 4.9).
2. *stèles :* voir 1 R 14.23 et la note ; *poteau sacré :* voir 1 R 14.15 et la note ; *serpent de bronze :* voir Nb 21.8-9.

1. *tours de garde, places fortes :* voir 17.9 et la note.
2. Comparer les v. 9-12 et 17.3-6.
3. Es 36-39 présente un récit parallèle à celui de 2 R 18.13-20.19.

lents[1] d'argent et de 30 talents d'or. 15 Ezékias livra tout l'argent qui se trouvait dans la Maison du Seigneur et dans les trésors de la maison du roi. 16 C'est à cette époque qu'Ezékias brisa les portes du Temple du Seigneur ainsi que les montants, que lui-même, roi de Juda, avait recouverts de métal; il les livra au roi d'Assyrie.

Discours de l'aide de camp de Sennakérib
(Es 36.2-22; 2 Ch 32.9-16)

17 Le roi d'Assyrie envoya de Lakish vers le roi Ezékias à Jérusalem le généralissime, l'officier supérieur et l'aide de camp, accompagnés d'une armée importante. Ils montèrent et arrivèrent à Jérusalem. Ils montèrent, arrivèrent et se tinrent près du canal du réservoir supérieur, sur la chaussée du champ du Foulon[2]. 18 Ils réclamèrent le roi. Le chef du palais Elyaqîm, fils de Hilqiyahou, le secrétaire Shevna et le héraut Yoah, fils d'Asaf, sortirent vers eux. 19 L'aide de camp leur

dit : « Dites à Ezékias : Ainsi parle le grand roi, le roi d'Assyrie : Quelle est cette confiance sur laquelle tu té reposes ? 20 Tu as dit : Il suffit d'un mot pour trouver conseil et force dans la guerre ! En qui donc as-tu mis ta confiance pour te révolter contre moi ? 21 Voici que tu as mis ta confiance sur l'appui de ce roseau brisé, sur l'Egypte, qui pénètre et transperce la main de quiconque s'appuie sur lui : tel est *Pharaon, roi d'Egypte, pour tous ceux qui mettent leur confiance en lui ! 22 Si vous me dites : C'est dans le Seigneur, notre Dieu, que nous avons mis notre confiance !, Mais n'est-ce pas lui dont Ezékias a fait disparaître les *hauts lieux et les *autels en disant à Juda et à Jérusalem : C'est devant cet autel, à Jérusalem, que vous vous prosternerez ? 23 Lance donc un défi à mon seigneur le roi d'Assyrie et je te donnerai 2.000 chevaux si toutefois tu peux te procurer des cavaliers pour les monter ! 24 Comment pourrais-tu faire reculer un simple gouverneur, le moindre des serviteurs de mon seigneur, toi qui a mis ta confiance dans l'Egypte pour des chars et des cavaliers[1] ? 25 D'ailleurs, est-ce sans l'assentiment du Seigneur que je monte contre ce lieu pour le détruire ? C'est le Seigneur qui m'a dit : Monte contre ce pays et détruis-le[2] ! »

26 Elyaqîm, fils de Hilqiyahou, Shevna et Yoah dirent à l'aide de camp : « Veuille parler à tes serviteurs en araméen, car nous le comprenons; mais ne nous parle

---

1. *Lakish :* voir 14.19 et la note — *j'ai commis une faute :* voir v. 7 — *talents :* voir au glossaire POIDS ET MESURES.
2. *généralissime, officier supérieur, aide de camp :* on a longtemps pris pour des noms propres (*Thartan, Rab-Saris, Rab-Shaké*) trois mots qui sont en réalité la transcription en hébreu des titres assyriens portés par ces personnages — Le *réservoir supérieur,* également mentionné en Es 7.3, n'est pas sûrement identifié : certains le localisent près de la source de Guihôn (voir 1 R 1.33 et la note), au départ d'un canal conduisant l'eau dans la ville; d'autres y voient un réservoir situé dans la ville même et alimenté par le canal en question. Comparer la note sur Es 22.11 — Le *champ du Foulon* n'est pas localisé avec certitude; il pouvait se trouver dans la vallée du Cédron, à proximité peut-être de la source de Roguel (voir 1 R 1.9 et la note) — La *chaussée,* près du *canal,* désigne vraisemblablement un endroit bien connu des contemporains d'Esaïe, à l'extérieur des murailles de la ville.

1. *cavaliers* ou *chevaux.*
2. *C'est le Seigneur ... :* voir Es 7.17-25; 10.5-6.

pas en judéen[1] aux oreilles du peuple qui est sur la muraille. » 27 L'aide de camp leur répondit : « Est-ce à ton maître et à toi que mon seigneur m'a envoyé dire ces paroles ? N'est-ce pas aux hommes assis sur la muraille et et seront réduits comme vous à manger leurs excréments et à boire leur urine[2] ? » 28 L'aide de camp se tint debout et cria d'une voix forte en langue judéenne; il parla en ces termes : « Ecoutez la parole du grand roi, du roi d'Assyrie ! 29 Ainsi parle le roi : Qu'Ezékias ne vous abuse pas, car il ne peut vous délivrer de mes mains ! 30 Qu'Ezékias ne vous persuade pas de mettre votre confiance dans le Seigneur en disant : Sûrement le Seigneur nous délivrera; cette ville ne sera pas livrée aux mains du roi d'Assyrie ! 31 N'écoutez pas Ezékias, car ainsi parle le roi d'Assyrie : Liez-vous d'amitié avec moi[3], rendez-vous à moi, et chacun de vous mangera les fruits de sa vigne et de son figuier et boira l'eau de sa citerne, 32 en attendant que je vienne vous prendre pour vous mener dans un pays comme le vôtre, un pays de blé et de vin nouveau, un pays de pain et de vignobles, un pays d'oliviers à huile fraîche et de miel, et ainsi vous vivrez et vous ne mourrez pas. N'écoutez pas Ezékias car il vous trompe en disant : Le Seigneur nous délivrera ! 33 Les dieux des nations ont-ils pu délivrer leur propre pays des mains du roi d'Assyrie ? 34 Où sont les dieux de Hamath et d'Arpad ? Où sont les dieux de Sefarwaïn, de Héna et de Iwa ? Ont-ils délivré Samarie[1] de mes mains ? 35 Lequel de tous les dieux de ces pays a pu délivrer son pays de mes mains pour que le Seigneur puisse délivrer Jérusalem de mes mains ? » 36 Le peuple garda le silence et ne lui répondit pas un mot, car l'ordre du roi était : « Vous ne lui répondrez pas ! »

37 Le chef du palais Elyaqîm, fils de Hilqiyahou, le secrétaire Shevna et le héraut Yoah, fils d'Asaf, revinrent vers Ezékias, les vêtements *déchirés, et lui rapportèrent les paroles de l'aide de camp.

Ezékias consulte le prophète Esaïe
(Es 37.1-9)

19 1 Quand le roi Ezékias les eut entendus, il *déchira ses vêtements, revêtit le *sac et se rendit à la Maison du Seigneur. 2 Puis il envoya le chef du palais Elyaqîm, le secrétaire Shevna et les plus anciens des prêtres, tous revêtus du sac, vers le *prophète Esaïe, fils d'Amoç[2], 3 pour lui dire : « Ainsi parle Ezékias : Ce jour est un jour de détresse, de châtiment et de honte ! Des fils se présentent à la sortie du sein maternel mais il n'y a pas de force pour enfanter[3] ! 4 Peut-être le Seigneur, ton Dieu, entendra-t-il

---

1. *araméen* : langue internationale de l'époque, utilisée par les gens cultivés, mais non par le peuple — *judéen*, c'est-à-dire *hébreu*, la langue du pays.

2. *réduits comme vous à ...* : à cause de la famine, si la ville est assiégée.

3. *Liez-vous d'amitié avec moi* : autre traduction *Faites la paix avec moi*.

---

1. Voir en 17.24 une liste un peu différente de villes dont Sennakérib s'est emparé.

2. *Esaïe, fils d'Amoç* : voir Es 1.1 et la note.

3. *Des fils ... :* image exprimant la situation désespérée dans laquelle se trouve Jérusalem.

toutes les paroles de l'aide de camp que son maître, le roi d'Assyrie, a envoyé pour insulter le Dieu Vivant et le châtiera-t-il pour les paroles que le Seigneur, ton Dieu, aura entendues! Fais monter vers lui une prière en faveur du reste qui subsiste. »

5 Les serviteurs du roi Ezékias arrivèrent auprès d'Esaïe 6 qui leur dit : « Vous parlerez ainsi à votre maître : Ainsi parle le Seigneur : Ne crains pas les paroles que tu as entendues et par lesquelles les serviteurs du roi d'Assyrie m'ont outragé! 7 Voici que, sous mon inspiration, il retournera dans son pays[1] sur une nouvelle qu'il apprendra; je le ferai tomber par l'épée dans son propre pays. »

8 L'aide de camp, ayant appris que le roi d'Assyrie était parti de Lakish, vint trouver le roi à Livna[2] où il se battait. 9 Ce dernier avait reçu cette nouvelle au sujet de Tirhaqa, roi de Koush[3] : « Voici qu'il s'est mis en campagne pour t'attaquer! »

Lettre de Sennakérib à Ezékias
(*Es 37.9-20; 2 Ch 32.17*)

De nouveau le roi d'Assyrie envoya des messagers à Ezékias en leur disant : 10 « Vous parlerez ainsi à Ezékias, roi de Juda : Que ton Dieu en qui tu mets ta confiance ne t'abuse pas en disant : Jérusalem ne sera pas livrée aux mains du roi d'Assyrie! 11 Tu sais toi-même ce que les rois d'Assyrie ont fait à tous les les pays : ils les ont voués à l'interdit[1]; et toi tu serais délivré! 12 Les dieux des nations les ont-ils délivrés, elles que mes pères ont détruites, Gozân, Harrân, Rècef et les fils d'Eden qui étaient à Telassar[2]? 13 Où sont le roi de Hamath, le roi d'Arpad, le roi de Laïr, de Sefarwaïm, de Héna, et de Iwa? »

14 Ezékias prit la lettre des mains des messagers, la lut et monta à la Maison du Seigneur. Ezékias déroula la lettre devant le Seigneur 15 et pria devant le Seigneur en disant : « Seigneur, Dieu d'Israël, toi qui sièges sur les *Chérubins, tu es le seul Dieu de tous les royaumes de la terre, car c'est toi qui as fait le ciel et la terre. 16 Tends l'oreille, Seigneur, et écoute; ouvre les yeux, Seigneur, et regarde! Entends les paroles de Sennakérib qui a envoyé insulter le Dieu Vivant! 17 Il est vrai, Seigneur, que les rois d'Assyrie ont dévasté les nations et leurs pays. 18 Ils ont livré au feu leurs dieux, mais ces dieux n'étaient pas Dieu; ils n'étaient que l'oeuvre des mains de l'homme, du bois et de la pierre, et les rois d'Assyrie les ont détruits. 19 Mais toi, Seigneur, notre Dieu, sauve-nous des mains de Sennakérib et tous les royaumes de la terre connaîtront que seul, ô Seigneur, tu es Dieu. »

---

1. *il retournera dans son pays :* voir v. 35-36.
2. *Livna :* voir 8.22 et la note.
3. *Koush* désigne la Nubie, dont *Tirhaqa* était ressortissant; en réalité il fut *roi* d'Egypte.

1. *l'interdit :* voir Dt 2.34 et la note.
2. Comparer 17.24 et 18.34; c'est une nouvelle liste (qui se continue au v. 13) de localités prises par Sennakérib.

Esaïe transmet à Ezékias la réponse de Dieu

(*Es 37.21-35*)

20 Esaïe, fils d'Amoç, envoya dire à Ezékias : « Ainsi parle le Seigneur, le Dieu d'Israël : Oui, j'ai entendu la prière que tu m'as adressée au sujet de Sennakérib, roi d'Assyrie.

21 Voici la parole que le Seigneur prononce contre lui :
Elle te méprise, elle se moque de toi,
la vierge, fille de *Sion;
elle hoche la tête derrière ton dos,
la fille de Jérusalem[1].

22 Qui as-tu insulté et outragé ?
Contre qui as-tu élevé la voix
et jeté des regards hautains ?
Contre le *Saint d'Israël[2].

23 Par tes messagers, tu as insulté le Seigneur,
tu as dit : Avec l'élan de mes chars,
je suis monté au sommet des montagnes,
aux retraites inaccessibles du Liban
pour couper la futaie de ses cèdres,
les plus hauts de ses cyprès
et atteindre sa plus haute extrémité,
son parc forestier.

24 J'ai creusé et j'ai bu des eaux étrangères,
j'ai asséché, sous la plante de mes pieds,
tous les canaux d'Egypte.

25 Ne sais-tu pas que depuis longtemps
j'ai fait ce projet,
que depuis les temps anciens je l'ai formé ?
À présent, je le réalise :
Il t'appartient de réduire en tas de pierres
les villes fortifiées.

26 Leurs habitants ont la main courte,
ils sont effondrés, confondus;
ils sont comme l'herbe des champs et la verdure du gazon,
comme les plantes qui poussent sur les toits,
comme du blé atteint par la rouille[1] avant d'être mûr.

27 Quand tu t'assieds, quand tu sors,
quand tu entres,
je le sais,
et aussi quand tu trembles de rage contre moi

28 parce que tu as tremblé de rage contre moi
et que ton arrogance est montée à mes oreilles,
je mettrai un anneau dans ton nez[2]
et un mors à tes lèvres;
je te ramènerai par le chemin par lequel tu es venu.

29 Ceci te servira de signe[3] :
Cette année on mangera le regain,
l'année suivante, ce qui poussera tout seul,
mais la troisième année,

---

1. *fille de Sion* et *fille de Jérusalem* sont deux personnifications poétiques de la ville de Jérusalem — *elle hoche la tête* : en signe de moquerie (voir Ps 22.8).
2. *le Saint d'Israël (Dieu)* est une expression fréquente chez Esaïe (voir la note sur Es 10.17).

1. *la main courte* : expression imagée signifiant qu'on a peu de moyens d'agir — Sur la *rouille*, voir 1 R 8.37 et la note.
2. *un anneau dans ton nez* : le sens de cette expression est illustré par des bas-reliefs assyriens montrant des prisonniers munis d'un tel anneau.
3. Le prophète s'adresse maintenant à Ezékias — L'image du v. 29 semble indiquer qu'après les temps d'épreuve reviendra la prospérité.

semez, moissonnez, plantez des
vignes
et mangez-en les fruits.

30 Ce qui a échappé de la maison
de Juda[1],
ce qui a été laissé,
poussera de nouveau des racines en profondeur
et, en haut, produira des fruits,

31 car de Jérusalem sortira un
reste
et de la montagne de Sion, des
rescapés.
L'ardeur du SEIGNEUR fera cela.

32 C'est pourquoi ainsi parle le
SEIGNEUR au sujet du roi d'Assyrie :
Il n'entrera pas dans cette ville,
il n'y lancera pas de flèches,
il ne l'attaquera pas avec des
boucliers,
il n'élèvera pas contre elle des
remblais[2].

33 Le chemin qu'il a pris, il le
reprendra;
dans cette ville il n'entrera pas
— oracle du SEIGNEUR —

34 je protégerai cette ville pour la
sauver,
à cause de moi et à cause de
mon serviteur David. »

Départ et mort de Sennakérib
(Es 37.36-38; 2 Ch 32.21-22)

35 Cette nuit-là, il advint que
l'*ange du SEIGNEUR sortit et
frappa dans le camp des Assyriens 185.000 hommes. Le matin,
quand on se leva, il n'y avait en
tout que des cadavres, des morts !
36 Sennakérib, roi d'Assyrie, décampa; il s'en retourna à Ninive

où il resta. 37 Or, comme il se
prosternait dans la maison de
Nisrok, son dieu, ses fils Adrammélek et Sarècèr le frappèrent de
l'épée et s'enfuirent au pays d'A-
rarat[1]. Son fils Asarhaddon régna
à sa place.

Maladie et guérison d'Ezékias
(Es 38.1-8; 2 Ch 32.24)

20 1 En ces jours-là[2], Ezékias
fut atteint d'une maladie
mortelle. Le *prophète Esaïe, fils
d'Amoç, vint le trouver et lui dit :
« Ainsi parle le SEIGNEUR : Donne
des ordres à ta maison, car tu vas
mourir, tu ne survivras pas ! »
2 Ezékias tourna son visage
contre le mur et pria le SEIGNEUR
en disant : 3 « Ah ! SEIGNEUR,
daigne te souvenir que j'ai marché en ta présence avec loyauté et
d'un coeur intègre et que j'ai fait
ce qui est bien à tes yeux. » Ezékias versa d'abondantes larmes.
4 Esaïe n'était pas encore sorti de
la cour centrale que la parole du
SEIGNEUR lui fut adressée : 5 « Retourne et dis à Ezékias, le chef de
mon peuple : Ainsi parle le SEI-
GNEUR, le Dieu de David, ton
père[3] : J'ai entendu ta prière et
j'ai vu tes larmes. Eh bien ! Je
vais te guérir; dans trois jours tu
monteras à la Maison du SEI-
GNEUR. 6 J'ajoute quinze années à
tes jours. Je te délivrerai, ainsi
que cette ville, des mains du roi
d'Assyrie; je protégerai cette ville

---

1. *de la maison de Juda* ou *du royaume de Juda.*
2. *des remblais,* pour atteindre le sommet des
murailles.

1. Le *pays d'Ararat* (voir Gn 8.4) désigne
l'Arménie.
2. L'expression hébraïque traduite par *En ces
jours-là* est une indication chronologique très
vague, qui ne prétend pas situer la maladie d'Ezéchias (chap. 20) précisément à la même époque
que la délivrance de Jérusalem (chap. 19).
3. *ton père* ou *ton ancêtre.*

à cause de moi et à cause de mon serviteur David. »

7 Esaïe dit : « Qu'on prenne un gâteau de figues ! » On en prit un qu'on appliqua sur les tumeurs[1] du roi et il fut guéri.

8 Ezékias dit à Esaïe : « À quel signe reconnaîtrai-je que le SEIGNEUR me guérira et que, dans trois jours, je pourrai monter à la Maison du SEIGNEUR ? » 9 Esaïe répondit : « Voici par quel signe tu sauras que le SEIGNEUR accomplira la parole qu'il a dite : l'ombre doit-elle avancer de dix degrés[2] ou doit-elle reculer de dix degrés ? » 10 Ezékias répondit : « Il est facile pour l'ombre de s'allonger de dix degrés, mais non pas de reculer de dix degrés. » 11 Le prophète Esaïe invoqua le SEIGNEUR qui fit reculer l'ombre des dix degrés où elle était descendue, les degrés d'Akhaz[3].

Ezékias reçoit les ambassadeurs de Babylone

(Es 39)

12 En ce temps-là, Mérodak-Baladân, fils de Baladân, roi de Babylone, envoya des lettres et des présents à Ezékias[4], car il avait appris qu'Ezékias avait été malade. 13 Ezékias se réjouit de la venue des messagers et leur fit voir tous ses entrepôts, l'argent, l'or, les aromates[1], l'huile parfumée, son arsenal et tout ce qui se trouvait dans ses trésors; il n'y eut rien qu'Ezékias ne leur fît voir de sa maison et de tout son domaine.

14 Le *prophète Esaïe vint trouver le roi Ezékias pour lui dire : « Qu'est-ce que ces gens t'ont dit et d'où venaient-ils ? » Ezékias répondit : « Ils venaient d'un pays lointain, de Babylone. » 15 Esaïe dit : « Qu'ont-ils vu dans ta maison ? » Ezékias répondit : « Tout ce qui est dans ma maison, ils l'ont vu : il n'y a rien de mes trésors que je ne leur aie montré. » 16 Esaïe dit à Ezékias : « Ecoute la parole du SEIGNEUR : 17 Des jours viennent où tout ce qui est dans ta maison et que tes pères ont amassé jusqu'à ce jour sera emporté à Babylone; il n'en restera rien, dit le SEIGNEUR. 18 On emmènera plusieurs de tes fils, de ceux qui sont issus de toi et que tu auras engendrés : ils seront faits *eunuques dans le palais du roi de Babylone. » 19 Ezékias dit à Esaïe : « La parole du SEIGNEUR que tu as dite est bonne. » Il se disait : « N'est-ce pas la paix et la sécurité durant mes jours ? »

20 Le reste des actes d'Ezékias, tous ses exploits, ce qu'il a fait, le réservoir et le canal construits pour amener l'eau dans la ville[2], cela n'est-il pas écrit dans le livre des *Annales des rois de Juda ?

---

1. *tumeurs* : autre traduction *ulcères;* l'utilisation de *figues* comme médicament est attestée par quelques textes de l'antiquité — Ce verset semblerait mieux en place après le v. 11. Il ne figure d'ailleurs pas dans le texte parallèle de 2 Ch 32.24.
2. Le contexte est trop vague pour que l'on sache s'il s'agit des *subdivisions* d'une sorte de cadran solaire (construit par Akhaz, v. 11), ou des *marches* d'un escalier.
3. Le récit parallèle d'Esaïe insère ici (Es 38.9-20) une prière de reconnaissance prononcée par Ezékias.
4. Par cette ambassade, le *roi de Babylone* essaie probablement de faire alliance avec *Ezékias* contre l'Assyrie.

1. *se réjouit de la venue des messagers* : d'après quelques manuscrits hébreux, les anciennes versions grecque, latine et syriaque, et le texte parallèle d'Es 39.2; texte hébreu traditionnel *donna audience aux messagers* — *aromates* : voir 1 R 10.2 et la note.
2. Au cours de fouilles archéologiques, on a retrouvé le *canal* qu'Ezékias a fait creuser *pour amener en ville l'eau* de la source de Guihôn (voir 1 R 1.33 et la note).

21 Ezékias se coucha avec ses pères[1]. Son fils Manassé régna à la place.

Manassé, roi de Juda
(*2 Ch 33.1-10, 18-20*)

21 [1] Manassé avait douze ans lorsqu'il devint roi et il régna 55 ans à Jérusalem. Le nom de sa mère était Hefci-Ba. [2] Il fit ce qui est mal aux yeux du SEIGNEUR, suivant les abominations des nations que le SEIGNEUR avait dépossédées devant les fils d'Israël[2]. [3] Il rebâtit les *hauts lieux qu'avait fait disparaître son père Ezékias. Il érigea des *autels au *Baal et dressa un poteau sacré comme avait fait Akhab, roi d'Israël. Il se prosterna devant toute l'armée des cieux[3] qu'il servit. [4] Il bâtit des autels dans la Maison du SEIGNEUR au sujet de laquelle le SEIGNEUR avait dit : « À Jérusalem je mettrai mon *nom. » [5] Il bâtit des autels à toute l'armée des cieux dans les deux *parvis de la Maison du SEIGNEUR. [6] Il fit passer son fils par le feu; il pratiqua incantation et magie; il établit des nécromanciens[4] et des devins. Il offensa le SEIGNEUR à force de faire ce qui est mal à ses yeux. [7] L'idole d'Ashéra[5] qu'il avait faite, il l'installa dans la Maison dont le SEIGNEUR avait dit à David et à son fils Salomon : « Dans cette Maison ainsi que dans Jérusalem, que j'ai choisie parmi toutes les tribus d'Israël, je mettrai mon nom pour toujours. [8] Aussi je ne ferai plus errer les pas d'Israël loin de la terre que j'ai donnée à leurs pères, pourvu qu'ils veillent à agir selon tout ce que je leur ai prescrit, selon toute la Loi que leur a prescrite mon serviteur Moïse. » [9] Mais ils n'écoutèrent pas; Manassé les égara, au point qu'ils firent le mal plus que les nations exterminées par le SEIGNEUR devant les fils d'Israël.

[10] Alors le SEIGNEUR parla par l'intermédiaire de ses serviteurs les *prophètes, en disant : [11] « Parce que Manassé, roi de Juda, a commis ces abominations, qu'il a fait le mal plus que tout ce qu'avaient fait avant lui les *Amorites, et qu'il a également fait pécher Juda par ses idoles, [12] à cause de cela, ainsi parle le SEIGNEUR, le Dieu d'Israël : Je vais amener sur Jérusalem et Juda un malheur tel que les deux oreilles tinteront à quiconque l'apprendra. [13] Je vais tendre sur Jérusalem le cordeau de Samarie et le niveau de la maison d'Akhab[1]. Je nettoierai Jérusalem comme on nettoie une écuelle : on la nettoie et on la retourne à l'envers. [14] Je délaisserai le reste de mon héritage : je les livrerai aux mains de leurs ennemis, ils seront la proie et le butin de tous leurs ennemis, [15] parce qu'ils ont fait ce qui est mal à mes yeux et qu'ils n'ont cessé de m'offenser depuis le jour où leurs pères sont sortis d'Egypte jusqu'à ce jour. »

---

1. *se coucha avec ses pères* : voir 1 R 1.21 et la note.

2. *les fils d'Israël* ou *les Israélites*.

3. *poteau sacré* : voir 1 R 14.15 et la note — *armée des cieux* : voir 17.16 et la note.

4. *par le feu* : voir 16.3 et la note — les *nécromanciens* sont des gens qui évoquent les esprits des morts.

5. Voir *Jg* 3.7 et la note.

---

1. Le *cordeau* et le *niveau* (instruments du maçon) sont deux images que l'hébreu emploie pour évoquer la destruction, voir *Lm* 2.8; Jérusalem et la famille royale de Juda seront anéanties comme l'ont été *Samarie* et la famille d'*Akhab*.

16 Manassé répandit aussi le sang innocent[1] en telle quantité qu'il en remplit tout Jérusalem, sans parler du péché qu'il fit commettre à Juda, en faisant ce qui est mal aux yeux du Seigneur.

17 Le reste des actes de Manassé, tout ce qu'il a fait, le péché qu'il a commis, cela n'est-il pas écrit dans le livre des *Annales des rois de Juda ? 18 Manassé se coucha avec ses pères[2] et fut enseveli dans le jardin de sa maison, le jardin de Ouzza. Son fils Amôn régna à sa place.

Amôn, roi de Juda
(2 Ch 33.21-25)

19 Amôn avait 22 ans lorsqu'il devint roi et il régna deux ans à Jérusalem. Le nom de sa mère était Meshoullèmeth, fille de Harouç, de Yotva. 20 Il fit ce qui est mal aux yeux du Seigneur comme Manassé, son père. 21 Il suivit exactement le chemin que son père avait suivi. Il servit les idoles que son père avait servies et se prosterna devant elles. 22 Il abandonna le Seigneur, le Dieu de ses pères, et ne suivit pas le chemin du Seigneur.

23 Les serviteurs d'Amôn conspirèrent contre le roi : ils le tuèrent dans sa maison. 24 Mais la population du pays frappa tous ceux qui avaient conspiré contre le roi Amôn et elle établit roi, à sa place, son fils Josias.

25 Le reste des actes d'Amôn, ce qu'il a fait, cela n'est-il pas écrit dans le livre des *Annales des rois de Juda ? 26 On l'ensevelit dans sa tombe, dans le jardin de Ouzza. Son fils Josias régna à sa place.

Josias, roi de Juda
(2 Ch 34.1-2)

22 1 Josias avait huit ans lorsqu'il devint roi et il régna 31 ans à Jérusalem. Le nom de sa mère était Yedida, fille d'Adaya, de Boçqath. 2 Il fit ce qui est droit aux yeux du Seigneur et suivit exactement le chemin de David, son père[1], sans dévier ni à droite ni à gauche.

Le grand prêtre découvre le livre de la Loi
(2 Ch 34.8-18)

3 La dix-huitième année de son règne, le roi Josias envoya le secrétaire Shafân, fils d'Açalyahou, fils de Meshoullam, à la Maison du Seigneur, en disant : 4 « Monte vers le grand prêtre Hilqiyahou pour qu'il fasse le total de l'argent apporté à la Maison du Seigneur et que les gardiens du seuil ont recueilli auprès du peuple[2]. 5 Qu'on le remette entre les mains des entrepreneurs des travaux, aux responsables de la Maison du Seigneur, afin qu'ils payent ceux qui, dans la Maison du Seigneur, travaillent à en réparer les dégradations : 6 les charpentiers, les constructeurs, les maçons, et afin d'acheter des poutres et des pierres de taille en vue de réparer la Maison. 7 Qu'on ne leur demande pas compte de l'argent re-

---

1. *sang innocent :* allusion aux sacrifices humains (voir v. 6) ou à des condamnations à mort de gens non coupables (comparer Jr 26.15).
2. *se coucha avec ses pères :* voir 1 R 1.21 et la note.

1. *son père* ou *son ancêtre.*
2. Sur les *gardiens du seuil,* voir 12.10 et la note ; sur l'*argent recueilli* par eux, voir 12.5-16.

mis entre leurs mains, car ils agissent consciencieusement. »

8 Le grand prêtre Hilqiyahou dit au secrétaire Shafân : « J'ai trouvé le livre de la Loi[1] dans la Maison du Seigneur ! » Hilqiyahou remit le livre à Shafân, qui le lut. 9 Le secrétaire Shafân vint trouver le roi et lui rendit compte en ces termes : « Tes serviteurs ont versé l'argent trouvé dans la Maison et l'ont remis entre les mains des entrepreneurs des travaux, aux responsables de la Maison du Seigneur. » 10 Puis le secrétaire Shafân annonça au roi : « Le prêtre Hilqihayou m'a remis un livre. » Shafân en fit la lecture devant le roi.

Josias fait consulter la prophétesse Houlda

(2 Ch 34.19-28)

11 Lorsque le roi eut entendu les paroles du livre de la Loi, il *déchira ses vêtements. 12 Puis il donna cet ordre au prêtre Hilqiyahou, à Ahiqâm, fils de Shafân, à Akbor, fils de Mikaya, au secrétaire Shafân ainsi qu'à Asaya, serviteur du roi : 13 « Allez consulter le Seigneur[2] pour moi, pour le peuple, pour tout Juda au sujet des paroles de ce livre qui a été trouvé ; car elle est grande la fureur du Seigneur qui s'est enflammée contre nous parce que nos pères n'ont pas écouté les paroles de ce livre et n'ont pas agi selon tout ce qui y est écrit. »

14 Le prêtre Hilqiyahou, Ahiqâm, Akbor, Shafân et Asaya allèrent trouver la *prophétesse

Houlda, femme du gardien des vêtements[1] Shalloum, fils de Tiqwa, fils de Harhas. Elle habitait Jérusalem, dans le nouveau quartier. Quand ils eurent fini de lui parler, 15 elle leur dit : « Ainsi parle le Seigneur, le Dieu d'Israël : Dites à l'homme qui vous a envoyés vers moi : 16 Ainsi parle le Seigneur : Je vais amener un malheur sur ce lieu et sur ses habitants, accomplissant toutes les paroles du livre que le roi de Juda a lu. 17 Puisqu'ils m'ont abandonné et qu'ils ont brûlé de l'*encens à d'autres dieux au point de m'offenser par toutes les oeuvres de leurs mains[2], ma fureur s'est enflammée contre ce lieu et elle ne s'éteindra pas ! 18 Mais au roi de Juda qui vous a envoyés consulter le Seigneur, vous direz ceci : Ainsi parle le Seigneur, le Dieu d'Israël : Tu as bien entendu ces paroles, 19 puisque ton coeur s'est laissé toucher, que tu t'es humilié devant le Seigneur quand tu as entendu ce que j'ai dit contre ce lieu et ses habitants — ce lieu deviendra un endroit désolé et maudit[3] —, et puisque tu as déchiré tes vêtements et que tu as pleuré devant moi ; eh bien, moi aussi j'ai entendu — oracle du Seigneur —; 20 à cause de cela, je vais te réunir à tes pères[4]; tu leur seras réuni en paix dans la tombe et tes yeux ne verront rien du malheur que je vais amener sur ce lieu. »

---

1. Ce *livre de la Loi* comprenait probablement les éléments essentiels du Deutéronome.
2. *consulter le Seigneur* : voir 1 R 22.5 et la note.

1. *gardien des vêtements* : les participants à une cérémonie religieuse revêtaient des habits spéciaux réservés à cet usage.
2. *les oeuvres de leurs mains* : les statues des faux dieux (voir 19.18).
3. *endroit désolé et maudit* : comparer 1 R 9.8.
4. *te réunir à tes pères* : comparer 1 R 1.21 et la note.

Les envoyés rapportèrent la réponse au roi.

Josias renouvelle l'alliance avec Dieu

(2 Ch 34.29-32)

23 1 Le roi envoya dire à tous les *anciens de Juda et de Jérusalem de se réunir près de lui. 2 Puis il monta à la Maison du Seigneur ayant avec lui tous les hommes de Juda et tous les habitants de Jérusalem : les prêtres, les *prophètes et tout le peuple, petits et grands. Il leur fit la lecture de toutes les paroles du livre de l'*alliance trouvé dans la Maison du Seigneur. 3 Debout sur l'estrade[1], le roi conclut devant le Seigneur l'alliance qui oblige à suivre le Seigneur, à garder ses commandements, ses stipulations et ses décrets de tout son coeur et de tout son être en accomplissant les paroles de cette alliance qui sont écrites dans ce livre. Tout le peuple s'engagea dans l'alliance.

Réforme religieuse en Juda

(2 Ch 34.3-5)

4 Le roi ordonna au grand prêtre Hilqiyahou, aux prêtres en second et aux gardiens du seuil de faire sortir du Temple du Seigneur tous les objets qu'on avait faits en l'honneur du *Baal, d'Ashéra et de toute l'armée des cieux[2]. On les brûla hors de Jéru-

salem, dans les plantations du Cédron et on emporta leurs cendres à Béthel. 5 Il supprima la prêtraille[1] que les rois de Juda avaient établie pour brûler de l'*encens sur les *hauts lieux des villes de Juda et des environs de Jérusalem. Il supprima aussi ceux qui brûlaient de l'encens en l'honneur du Baal, du soleil, de la lune, des constellations et de toute l'armée des cieux. 6 Il transporta de la Maison du Seigneur, hors de Jérusalem, au ravin du Cédron, le poteau sacré[2] qu'on brûla dans le ravin du Cédron; il le réduisit en cendres qu'il jeta à la fosse commune. 7 Il démolit les maisons des prostitués sacrés[3] qui étaient dans la Maison du Seigneur et où les femmes tissaient des robes pour Ashéra. 8 Il fit venir des villes de Juda tous les prêtres et il souilla les hauts lieux où ces prêtres avaient brûlé de l'encens, depuis Guéva jusqu'à Béer-Shéva[4]. Il démolit les hauts lieux des portes, celui qui était à l'entrée de la porte de Josué, chef de la ville, celui qui était à gauche quand on pénétrait par n'importe quelle porte de la ville. 9 Toutefois les prêtres des hauts lieux ne pouvaient monter à l'*autel[5] du Seigneur à Jérusalem; ils ne pouvaient que manger les pains sans *levain au milieu de leurs frères. 10 Il souilla le Tofeth qui était

---

1. *sur l'estrade* ou *près de la colonne,* voir 11.14.
2. *prêtres en second* : voir 25.18 et la note; *gardiens du seuil* : voir 12.10 et la note — *Ashéra* : voir Jg 3.7 et la note — *armée des cieux* : voir 17.16 et la note — Sur les *objets* faits en l'honneur des divinités étrangères, voir 21.3-7.

1. *la prêtraille* ou *les prêtres des faux dieux;* l'hébreu utilise deux mots différents pour désigner les prêtres, selon qu'ils sont *prêtres du Seigneur,* ou *prêtres des autres divinités.*
2. *poteau sacré* : voir 1 R 14.15 et la note.
3. *prostitués sacrés* : voir 1 R 14.24.
4. C'est probablement au moyen d'ossements humains (voir v. 14 et 16) que Josias *souilla les hauts lieux,* c'est-à-dire les rendit impropres pour toutes les cérémonies religieuses — *depuis Guéva jusqu'à Béer-Shéva,* c'est-à-dire dans tout le royaume de Juda (voir 1 R 19.3).
5. *monter à l'autel* signifie *offrir des sacrifices.*

dans la vallée de Ben-Hinnôm pour que personne ne fît passer son fils et sa fille par le feu en l'honneur de Molek[1]. 11 Il supprima les chevaux que les rois de Juda avaient installés en l'honneur du soleil à l'entrée de la Maison du Seigneur, près de la chambre de l'*eunuque Netân-Mélek, située dans les annexes; il brûla les chars du soleil. 12 Le roi démolit les autels qui étaient sur la terrasse de la chambre haute d'Akhaz et que les rois de Juda avaient élevés, ainsi que les autels que Manassé avait bâtis dans les deux *parvis de la Maison du Seigneur; il les enleva de là et en jeta les cendres dans le ravin du Cédron. 13 Le roi souilla les hauts lieux qui se trouvaient en face de Jérusalem, au sud du mont de la Destruction, et que Salomon, roi d'Israël, avait construits en l'honneur d'Astarté, abomination des Sidoniens, de Kemosh, abomination de Moab, de Milkôm, horreur[2] des fils d'Ammon. 14 Il brisa les stèles, coupa les poteaux sacrés[3] et remplit leur emplacement d'ossements humains.

Réforme religieuse en Israël
(2 Ch 34.6-7)

15 Josias démolit également l'*autel qui était à Béthel, le *haut lieu que Jéroboam, fils de Nevath, avait bâti pour entraîner Israël dans le péché; il démolit cet autel et son haut lieu, il brûla le haut lieu, le réduisit en cendres et livra aux flammes le poteau sacré[1]. 16 Puis, s'étant retourné, Josias aperçut les tombes qui se trouvaient là, sur la montagne; il envoya prendre les ossements de ces tombes et les brûla sur l'autel : il le souilla selon la parole du Seigneur qu'avait criée l'homme de Dieu, l'homme qui avait crié ces choses[2]. 17 Il dit : «Quel est ce monument que je vois?» Les gens de la ville lui répondirent : «C'est la tombe de l'homme de Dieu qui est venu de Juda et qui a crié les choses que tu viens d'accomplir sur l'autel de Béthel.» 18 Il dit : «Laissez-la ! Que personne ne touche à ses ossements !» On épargna ses ossements ainsi que les ossements du prophète qui était venu de Samarie[3].

19 Josias fit disparaître également toutes les maisons des hauts lieux qui se trouvaient dans les villes de Samarie et que les rois d'Israël avaient construites pour offenser le Seigneur. Il agit à leur égard exactement comme il avait agi à Béthel. 20 Il immola sur les autels tous les prêtres des hauts lieux qui s'y trouvaient et y brûla

---

1. Le mot *Tofeth*, qui désigne un endroit précis dans le vallon au sud-ouest de Jérusalem *(vallée de Ben-Hinnôm)*, signifie probablement *brûloir* — *Molek* : sur les sacrifices d'enfants et le dieu Molek, voir 16.3; Lv 18.21 et les notes.
2. *mont de la Destruction*, c'est-à-dire d'après les versions anciennes le *mont des Oliviers*, à l'est de Jérusalem; en hébreu, il y a ressemblance (et donc jeu de mots) entre *mont de la Destruction* et *mont des Oliviers*. — Sur les lieux de culte païens construits par *Salomon*, voir 1 R 11.5-8, 33 — *abomination, horreur* : termes méprisants par lesquels l'auteur désigne les divinités païennes; voir 1 R 11.5 et la note.
3. *stèles* : voir 1 R 14.23 et la note; *poteaux sacrés* : voir 1 R 14.15 et la note.

1. *poteau sacré* : voir 1 R 14.15 et la note.
2. *il le souilla* : voir v. 8 et la note — *l'homme de Dieu* : l'ancienne version grecque ajoute ici le texte suivant *quand Jéroboam se tenait près de l'autel, durant la fête. Josias s'étant retourné leva les yeux vers la tombe de l'homme de Dieu* — *ces choses* : voir 1 R 13.1-2.
3. *Samarie* : voir 1 R 13.31.

des ossements humains. Puis il revint à Jérusalem.

Célébration de la Pâque
(2 Ch 35.1, 18-19)

21 Le roi donna cet ordre à tout le peuple : « Célébrez la *Pâque du Seigneur, votre Dieu, selon ce qui est écrit dans ce livre de l'*alliance. 22 On n'avait pas célébré une telle Pâque depuis le temps où les juges avaient gouverné Israël et durant tout le temps des rois d'Israël et des rois de Juda. 23 C'est dans la dix-huitième année du règne du roi Josias qu'on célébra une telle Pâque du Seigneur à Jérusalem.

Conclusion sur le règne de Josias
(2 Ch 35.20-27; 36.1)

24 Josias balaya également les nécromanciens, les devins, les téraphim, les idoles et toutes les ordures[1] qu'on voyait au pays de Juda et à Jérusalem, afin d'accomplir les paroles de la Loi, paroles écrites dans le livre que le prêtre Hilqiyahou avait trouvé dans la Maison du Seigneur. 25 Il n'y avait pas eu avant lui un roi qui, comme lui, revînt au Seigneur de tout son coeur, de tout son être et de toute sa force, selon toute la Loi de Moïse. Après lui, il ne s'en leva pas de semblable. 26 Toutefois le Seigneur ne revint pas de l'ardeur de la grande colère qui l'avait enflammé contre Juda, à cause de toutes les offenses que Manassé avait commises contre lui. 27 Le Seigneur dit : « Même Juda, je l'écarterai loin de ma présence comme j'ai écarté Israël, je rejetterai cette ville que j'ai choisie, Jérusalem, et la Maison dont j'ai dit : Là sera mon *nom. »

28 Le reste des actes de Josias, tout ce qu'il a fait, cela n'est-il pas écrit dans le livre des *Annales des rois de Juda ? 29 Durant ses jours, le *pharaon Néko, roi d'Egypte, monta rejoindre le roi d'Assyrie vers l'Euphrate. Le roi Josias marcha à sa rencontre mais le pharaon, dès qu'il le vit, tua Josias à Meguiddo[1]. 30 Comme il était mort, ses serviteurs le transportèrent sur un char et l'amenèrent de Meguiddo à Jérusalem. On l'ensevelit dans sa tombe. La population du pays prit Yoakhaz, fils de Josias; on lui donna l'*onction et on l'établit roi à la place de son père.

Yoakhaz, roi de Juda
(2 Ch 36.2-4)

31 Yoakhaz avait 23 ans lorsqu'il devint roi et il régna trois mois à Jérusalem. Le nom de sa mère était Hamoutal, fille de Yirmeyahou, de Livna[2]. 32 Il fit ce qui est mal aux yeux du Seigneur, exactement comme ses pères. 33 Le *pharaon Néko le mit aux chaînes à Rivla, au pays de Hamath, pour qu'il cessât de régner à Jérusalem. Le pharaon Néko imposa au pays un tribut de cent

1. *nécromanciens* : voir 21.6 et la note — *téraphim* : mot hébreu, traduit par *idoles* en Gn 31.19, 34-35 (où il désigne probablement des statuettes) et en 1 S 19.13-16 (où il pourrait s'agir d'une sorte de masque). De toute façon le mot désigne des objets utilisés dans certains cultes païens ou paganisés — *ordures* : terme méprisant, comparer *abomination* et *horreur*, v. 13 et la note.

1. *Meguiddo* : voir 9.27 et la note.
2. *Livna* : voir 8.22 et la note.

talents[1] d'argent et un talent d'or.
34 Il établit comme roi Elyaqîm,
fils de Josias, à la place de Josias,
son père, et changea son nom en
Yoyaqîm. Quant à Yoakhaz, il
l'avait fait prisonnier; celui-ci
vint en Egypte où il mourut.

35 Yoyaqîm livra l'argent et l'or
au pharaon Néko; pour donner la
somme exigée par le pharaon, il
taxa le pays; il imposa de force
une redevance d'argent et d'or à
la population du pays, selon les
moyens de chacun, pour la donner au pharaon Néko.

Yoyaqîm, roi de Juda
(2 Ch 36.5-8)

36 Yoyaqîm avait 25 ans lorsqu'il devint roi et il régna onze
ans à Jérusalem. Le nom de sa
mère était Zevidda, fille de Peda-
ya, de Rouma. 37 Il fit ce qui est
mal aux yeux du Seigneur, exactement comme ses pères[2].

24 1 Durant ses jours, Nabuchodonosor, roi de Baby-
lone, se mit en campagne; Yoyaqîm lui fut assujetti pendant trois
ans, puis, de nouveau, il se révolta
contre lui. 2 Le Seigneur envoya
contre Yoyaqîm des bandes de
Chaldéens, des bandes d'*Araméens, des bandes de Moabites et
des bandes des fils d'Ammon; il
les envoya contre Juda pour l'a-
néantir, selon la parole que le
Seigneur avait dite par l'intermédiaire de ses serviteurs les *prophètes[3]. 3 C'est uniquement sur
l'ordre du Seigneur que tout cela

arriva à Juda, pour qu'il fût
écarté loin de sa présence[1]. C'est
à cause des péchés de Manassé,
de tout ce qu'il avait fait, 4 et
aussi à cause du sang innocent[2]
qu'il avait répandu et dont il
avait rempli Jérusalem, que le
Seigneur ne voulut pas pardonner.

5 Le reste des actes de Yoyaqîm, tout ce qu'il a fait, cela
n'est-il pas écrit dans le livre des
*Annales des rois de Juda?
6 Yoyaqîm se coucha avec ses
pères[3]. Son fils Yoyakîn régna à
sa place. 7 Le roi d'Egypte ne sortit plus de son pays, car le roi de
Babylone avait pris tout ce qui
avait appartenu au roi d'Egypte,
depuis le torrent d'Egypte jusqu'au fleuve de l'Euphrate[4].

Yoyakîn, roi de Juda
Première déportation
(2 Ch 36.9-10)

8 Yoyakîn avait dix-huit ans
lorsqu'il devint roi et il régna
trois mois à Jérusalem. Le nom
de sa mère était Nehoushta, fille
d'Elnatân, de Jérusalem. 9 Il fit ce
qui est mal aux yeux du Seigneur,
exactement comme son père.

10 En ce temps-là, les serviteurs
de Nabuchodonosor, roi de Babylone, montèrent contre Jérusalem.
La ville soutint le siège. 11 Nabuchodonosor, roi de Babylone,
vint lui-même contre la ville
que ses serviteurs assiégeaient.
12 Alors Yoyakîn, roi de Juda,
sortit au-devant du roi de Baby-

---

1. *Rivla* : ville située à peu près à mi-chemin
entre Damas et Hamath; Pharaon y a installé son
quartier général — *talents* : voir au glossaire
POIDS ET MESURES.
2. *ses pères* ou *ses ancêtres*.
3. *Chaldéens* : autre nom des Babyloniens — *la
parole des prophètes* : voir en particulier 22.16-20.

1. *écarté de sa présence* : voir 17,18 et la note.
2. *sang innocent* : voir 21.16 et la note.
3. *se coucha avec ses pères* : voir 1 R 1.21 et la
note.
4. *du torrent d'Egypte à l'Euphrate* : voir Nb
34.5 et la note; comparer 1 R 5.1.

lone, lui, sa mère, ses serviteurs, ses chefs et ses officiers. La huitième année de son règne, le roi de Babylone le fit prisonnier. 13 Selon ce que le SEIGNEUR avait dit[1], il emporta tous les trésors de la Maison du SEIGNEUR et les trésors de la maison du roi; il brisa tous les objets en or que Salomon, roi d'Israël, avait faits pour le Temple du SEIGNEUR. 14 Il déporta tout Jérusalem, tous les chefs, tous les gens riches, soit 10.000 déportés, tous les artisans du métal et les serruriers; il ne resta que les petites gens du pays. 15 Il déporta Yoyakîn à Babylone ainsi que la mère du roi, les femmes du roi, ses officiers, les princes du pays, il les emmena en déportation de Jérusalem à Babylone. 16 Tous les riches, soit 7.000, les artisans du métal et les serruriers, au nombre de mille, tous les vaillants militaires, le roi de Babylone les emmena en déportation à Babylone. 17 Le roi de Babylone établit roi, à la place de Yoyakîn, son oncle Mattanya dont il changea le nom en Sédécias.

Sédécias, roi de Juda
(*Jr* 52.1-3; *2 Ch* 36.11-13)

18 Sédécias avait 21 ans lorsqu'il devint roi et il régna onze ans à Jérusalem. Le nom de sa mère était Hamoutal, fille de Yirmeyahou, de Livna[2]. 19 Il fit ce qui est mal aux yeux du SEIGNEUR, exactement comme Yoyaqîm.

20 C'est à cause de la colère du SEIGNEUR que ceci arriva à Jérusalem et à Juda au point qu'il les rejeta loin de sa présence[1].

Sédécias se révolta contre le roi de Babylone.

Nabuchodonosor assiège Jérusalem
(*Jr* 39.1-7; 52.4-11)

25 1 La neuvième année du règne de Sédécias, le dixième mois, le dix du mois, Nabuchodonosor, roi de Babylone, arriva avec toutes ses troupes devant Jérusalem. Il prit position contre elle et l'on construisit tout autour des terrassements[2]. 2 La ville soutint le siège jusqu'à la onzième année du règne de Sédécias.

3 Le neuf du mois, tandis que la famine sévissait dans la ville et que la population n'avait plus de nourriture, 4 une brèche fut ouverte dans la ville. Tous les combattants s'enfuirent de nuit par la porte entre les deux murs qui donne sur le jardin du roi, bien que les Chaldéens fussent établis autour de la ville; ils prirent le chemin de la Araba[3]. 5 Les troupes chaldéennes poursuivirent le roi qu'elles rattrapèrent dans la plaine de Jéricho; toutes ses troupes, en déroute, l'avaient abandonné. 6 Les Chaldéens saisirent le roi, le firent monter à Rivla[4] vers le roi de Babylone et lui annoncèrent sa décision. 7 Ils

---

1. *écarté de sa présence* : voir 17.18 et la note.
2. *des terrassements* ou *des remblais* : voir 19.32 et la note.
3. *Chaldéens* ou *Babyloniens* — *la Araba* désigne ici la vallée du Jourdain (voir v. 5).
4. *Rivla* : après Pharaon (voir 23.33 et la note), c'est *le roi de Babylone* qui y installe son quartier général.

---

1. Voir 20.17-18.
2. *Livna* : voir 8.22 et la note; 23.31.

égorgèrent les fils de Sédécias sous ses yeux, puis Nabuchodonosor creva les yeux de Sédécias, le lia avec une double chaîne de bronze et l'amena à Babylone.

Prise de Jérusalem
Seconde déportation
(Jr 39.8-10; 52.12-27; 2 Ch 36.17-21)

8 Le cinquième mois, le sept du mois, dans la dix-neuvième année du règne de Nabuchodonosor, roi de Babylone, Nebouzaradân, chef de la garde personnelle, serviteur du roi de Babylone, arriva à Jérusalem. 9 Il brûla la Maison du Seigneur et la maison du roi ainsi que toutes les maisons de Jérusalem : il mit le feu à toutes les maisons des hauts personnages.

10 Toutes les troupes chaldéennes qui accompagnaient le chef de la garde personnelle démolirent la muraille qui entourait Jérusalem.

11 Nebouzaradân, chef de la garde personnelle, déporta le reste du peuple qui demeurait encore dans la ville et les déserteurs qui s'étaient ralliés au roi de Babylone, ainsi que le reste de la population. 12 Le chef de la garde personnelle laissa une partie des petites gens du pays pour cultiver les vergers et les champs.

13 Les Chaldéens brisèrent les colonnes de bronze de la Maison du Seigneur ainsi que les bases et la Mer[1] de bronze qui étaient dans la Maison du Seigneur et ils en transportèrent le bronze à Babylone. 14 Ils prirent les bassins, les pelles, les mouchettes, les coupes et tous les ustensiles en bronze destinés au culte. 15 Le chef de la garde personnelle prit les cassolettes et les bassins à aspersion, tant en or qu'en argent[1]. 16 Quant aux deux colonnes, à la Mer — il n'y en avait qu'une — et aux bases que Salomon avait faites pour la Maison du Seigneur, il est impossible d'en évaluer le poids du bronze. 17 La hauteur de la première colonne était de dix-huit coudées; elle était surmontée d'un chapiteau de bronze dont la hauteur était de trois coudées et qui était entouré d'un entrelacs et de grenades; le tout en bronze. La deuxième colonne, avec son entrelacs, était semblable à la première.

18 Le chef de la garde personnelle arrêta Seraya, le prêtre en chef et Cefanyahou, le prêtre en second, ainsi que les trois gardiens du seuil[2]. 19 Il arrêta dans la ville un officier chargé des militaires et cinq hommes attachés au service du roi et qui se trouvaient dans la ville; il arrêta aussi le secrétaire, chef de l'armée chargé d'enrôler la population et, parmi elle, 60 hommes se trouvant dans la ville. 20 Nebouzaradân, chef de la garde personnelle, les fit prisonniers et les amena au roi de Babylone à Rivla. 21 Le roi de Babylone les frappa et les mit à mort à Rivla, au pays de Hamath.

---

1. *les colonnes* : voir 1 R 7.15-22; *les bases* : 1 R 7.27-37; *la Mer* : 1 R 7.23-26.

1. Sur les divers ustensiles énumérés dans les v. 14-15, voir 1 R 7.45, 48-50.
2. Le *prêtre en second* semble avoir été une sorte d'adjoint du *prêtre en chef* (grand prêtre), chargé spécialement de veiller à l'ordre et à la discipline dans le Temple; voir 23.4; Jr 29.24-29 — *gardiens du seuil* : voir 12.10 et la note.

C'est ainsi que Juda fut déporté loin de sa terre.

Guedalias, gouverneur du pays de Juda
(Jr 40.7-41.18)

22 Quant aux gens restés au pays de Juda, ceux que Nabuchodonosor, roi de Babylone, avait laissés, le roi établit sur eux comme gouverneur Guedalias, fils d'Ahiqâm, fils de Shafân. 23 Lorsque tous les chefs des troupes ainsi que leurs hommes apprirent que le roi de Babylone avait établi Guedalias comme gouverneur, ils vinrent· trouver Guedalias à Miçpa, accompagnés de leurs hommes : c'étaient Yshmaël, fils de Netanya, Yohanân, fils de Qaréah, Seraya, fils de Tanhoumeth, de Netofa, Yaazanyahou, fils du Maakatite[1]. 24 Guedalias leur fit ainsi qu'à leurs hommes cette déclaration solennelle : « Ne craignez pas d'être du nombre des serviteurs des Chaldéens ! Demeurez dans le pays, servez le roi de Babylone et vous serez heureux[2]. » 25 Mais le septième mois, Yishmaël, fils de Netanya, fils d'Elishama, de sang royal, vint avec dix hommes; ils frappèrent à mort Guedalias ainsi que les Judéens et les Chaldéens qui étaient avec lui à Miçpa[1]. 26 Tout le peuple, petits et grands, et les chefs des troupes se mirent en route et partirent pour l'Egypte par peur des Chaldéens.

Ewil-Mérodak fait grâce à Yoyakîn
(Jr 52.31-34)

27 La trente-septième année de la déportation de Yoyakîn, roi de Juda, le douzième mois, le 27 du mois, Ewil-Mérodak, roi de Babylone, l'année même où il devint roi, fit grâce à Yoyakîn[2], roi de Juda et le libéra. 28 Il lui parla en ami et lui accorda un siège plus élevé que celui des autres rois qui partageaient son sort à Babylone. 29 Il lui fit quitter ses vêtements de prisonnier et Yoyakîn prit ses repas constamment en présence du roi, tous les jours de sa vie. 30 Sa subsistance, la subsistance quotidienne, lui fut assurée par le roi chaque jour, tous les jours de sa vie.

---

1. *Miçpa* : voir 1 S 7.5 et la note — *Maakatite* : ressortissant de la région de Maaka, au nord-est de la Palestine.
2. Les v. 23-24 se retrouvent avec quelques variantes en Jr 40.7-9.

1. Le récit de cet événement se retrouve, développé, en Jr 41.1-3.
2. *l'année même* : en 562 av. J. C. — *fit grâce à Yoyakîn* : autre traduction *releva la tête de Yoyakîn;* voir Gn 40.13 et la note.

ÉSAÏE

PREMIÈRE PARTIE

1 ¹ *Vision d'Esaïe, fils d'Amoç, qu'il vit au sujet de Juda et de Jérusalem, aux jours d'Ozias, de Yotam, d'Akhaz et d'Ezékias, rois de Juda*[1].

Israël s'est révolté contre le Seigneur

2 Ecoutez, cieux ! Terre, prête l'oreille !
C'est le Seigneur qui parle :
J'ai fait grandir des fils, je les ai élevés,
eux, ils se sont révoltés contre moi.

3 Un boeuf connaît son propriétaire et
un âne la mangeoire chez son maître :

Israël ne connaît pas,
mon peuple ne comprend pas.

Plus rien d'intact au pays de Juda

4 Malheur ! Nation pécheresse,
peuple chargé de crimes,
race de malfaisants,
fils corrompus.
Ils ont abandonné le Seigneur,
ils ont méprisé le Saint d'Israël,
ils se sont dérobés.

5 Où faut-il encore vous frapper,
vous qui persistez dans la rébellion ?
Toute tête est malade, tout coeur exténué.

6 De la plante des pieds à la tête,
rien d'intact :
blessures, plaies, meurtrissures récentes,
ni nettoyées, ni bandées, ni adoucies avec de l'huile.

7 Votre pays est désolé, vos villes brûlées,
votre terre, devant vous, des étrangers la dévorent :

---

1. *Esaïe :* le nom du prophète signifie *le Seigneur sauve — Amoç :* le père du prophète Esaïe ne doit pas être confondu avec le prophète Amos; en hébreu les deux noms ont des orthographes différentes — *aux jours d'Ozias ... et d'Ezékias :* c'est-à-dire approximativement entre les années 740 et 687 av. J. C.

elle est désolée et comme bouleversée par l'envahisseur.

8 La fille de *Sion[1] va rester
comme une cabane dans une
vigne,
comme un abri dans un champ
de concombres,
comme une ville sur ses gardes.

9 Si le Seigneur, le tout-puissant,
ne nous avait laissé quelques
réchappés,
nous serions comme Sodome,
semblables à Gomorrhe.

Un culte qui fait horreur à Dieu

10 Ecoutez la parole du Seigneur,
grands de Sodome,
prêtez l'oreille à l'instruction
de notre Dieu, peuple de Gomorrhe[2].

11 Que me fait la multitude de
vos *sacrifices, dit le Seigneur ?
Les holocaustes de béliers, la
graisse des veaux,
j'en suis rassasié.
Le sang des taureaux, des
agneaux et des boucs,
je n'en veux plus.

12 Quand vous venez vous présenter devant moi,
qui vous demande de fouler
mes *parvis ?

13 Cessez d'apporter de vaines offrandes[3] :
la fumée, je l'ai en horreur !

*Néoménie, *sabbat, convoca-
tion d'assemblée ...
je n'en puis plus des forfaits et
des fêtes.

14 Vos néoménies et vos solennités,
je les déteste,
elles me sont un fardeau,
je suis las de les supporter.

15 Quand vous étendez les
mains[1], je me voile les yeux,
vous avez beau multiplier les
prières, je n'écoute pas :
vos mains sont pleines de sang.

16 Lavez-vous, purifiez-vous.
Otez de ma vue vos actions
mauvaises,
cessez de faire le mal.

17 Apprenez à faire le bien,
recherchez la justice,
mettez au pas l'exacteur[2],
faites droit à l'orphelin,
prenez la défense de la veuve.

18 Venez et discutons, dit le Seigneur.
Si vos péchés sont comme l'é-
carlate,
ils deviendront blancs comme
la neige.
S'ils sont rouges comme le vermillon,
ils deviendront comme de la
laine.

19 Si vous voulez écouter,
vous mangerez les bonnes
choses du pays.

20 Si vous refusez, si vous vous
obstinez,
c'est l'épée qui vous mangera.
La bouche du Seigneur a
parlé.

---

1. expression poétique désignant ici la ville de
Jérusalem et sa population — Ce verset fait allusion à la situation de Jérusalem après l'invasion
assyrienne de 701 av. J. C. (voir Ch 36-37) : la ville
est restée isolée au milieu d'un pays dévasté.
2. *grands de Sodome, peuple de Gomorrhe* : appellations péjoratives qui visent ici les dirigeants et
le peuple de Jérusalem. Le prophète juge leur
corruption aussi grave que celle des gens de Sodome et de Gomorrhe (Gn 19).
3. Voir au glossaire SACRIFICES.

1. *étendre les mains* : geste de la prière (voir Ps
28.2).
2. *mettez au pas l'exacteur* : autre traduction,
soutenue par l'ancienne version grecque *faites
droit à l'opprimé.*

Dieu purifiera Jérusalem

21 Comment est-elle devenue une
   prostituée[1],
   la cité fidèle, remplie de justice,
   refuge du droit ... et maintenant des assassins ?
22 Ton argent est devenu de l'é-
   cume,
   ton meilleur vin est coupé
   d'eau.
23 Tes chefs sont des rebelles,
   complices des voleurs.
   Tous, ils aiment les présents,
   ils courent après les gratifica-
   tions.
   Ils ne rendent pas justice à
   l'orphelin
   et la cause de la veuve n'arrive
   pas jusqu'à eux.
24 C'est pourquoi — oracle du
   Seigneur Dieu le tout-puissant,
   l'Indomptable d'Israël[2] —
   malheur ! J'aurai raison de mes
   adversaires,
   je me vengerai de mes ennemis.
25 Je tournerai ma main contre
   toi :
   avec un sel je refondrai ton
   écume,
   j'éliminerai tous tes déchets[3].
26 Je ferai redevenir tes juges
   comme autrefois,
   tes conseillers comme jadis,
   et ensuite, on t'appellera
   Cité-Justice,
   Ville Fidèle.
27 Sion sera sauvée par la justice

et ses habitants convertis le seront par l'équité.
28 Rebelles et pécheurs ensemble
   seront brisés,
   ceux qui abandonnent le Seigneur disparaîtront.

29 Vous serez bien déçus des térébinthes
   que vous aimiez tant,
   vous aurez honte de vos jardins d'élection[1],
30 car vous serez alors comme le
   térébinthe
   au feuillage flétri,
   comme un jardin d'où l'eau
   s'est retirée.
31 L'homme fort devenu amadou,
   son travail étant l'étincelle,
   tous deux ensemble brûleront
   et personne pour éteindre.

2 [1] *Ce que vit Esaïe, fils
   d'Amoç[2], au sujet de Juda
et de Jérusalem.*

Toutes les nations afflueront à Jérusalem

2 Il arrivera dans l'avenir que la
   montagne de la Maison du
   Seigneur
   sera établie au sommet des
   montagnes
   et dominera sur les collines.
   Toutes les nations y afflueront.
3 Des peuples nombreux se mettront en marche et diront :
   « Venez, montons à la montagne du Seigneur,
   à la Maison du Dieu de Jacob.

---

1. Voir Os 1.2; 2.4 et les notes.
2. *l'Indomptable d'Israël* : titre très ancien donné
à Israël, équivalent à *l'Indomptable de Jacob* (Gn
49.24; Es 49.26; 60.16), parfois traduit aussi *le
Taureau de Jacob.*
3. Pour obtenir de l'argent pur on chauffait le
métal non encore purifié avec un mélange de
soude et de potasse (voir Jr 6.29; Ez 22.17-22). Ce
procédé sert ici d'image pour décrire la purification
que le Seigneur va imposer à son peuple.

1. *de vos jardins d'élection* ou *des jardins qui
vous plaisaient tant.* Le prophète fait allusion à
des rites empruntés au culte cananéen de la fécondité. Ces rites se pratiquaient sous certains arbres
(*térébinthes*) ou dans des *jardins.* Voir Os 4.13;
comparer aussi avec Es 17.10.
2. Voir 1.1 et la note.

Il nous montrera ses chemins
et nous marcherons sur ses
routes. »
Oui, c'est de *Sion que vient
l'instruction
et de Jérusalem la parole du
Seigneur.

4 Il sera juge entre les nations,
l'arbitre de peuples nombreux.
Martelant leurs épées, ils en
feront des socs,
de leurs lances ils feront des
serpes.
On ne brandira plus l'épée nation contre nation,
on n'apprendra plus à se
battre.

5 Venez, maison de Jacob[1],
marchons à la lumière du Seigneur.

Le jour du Seigneur, jour de ju-
gement

6 Oui, tu as délaissé ton peuple,
la maison de Jacob[2].
Ils sont submergés par l'Orient,
autant de devins que les Philistins,
beaucoup trop d'enfants d'é-
trangers.

7 Le pays est rempli d'argent et
d'or :
pas de limite à ses trésors.
Le pays est rempli de chevaux :
pas de limite au nombre de ses
chars.

8 Le pays est rempli d'idoles :
ils se prosternent devant l'ouvrage de leurs mains,

devant ce que leurs doigts ont
fabriqué.

9 Ils devront plier, les humains,
l'homme sera abaissé
— tu ne saurais leur pardonner.

10 Va dans les rochers, cache-toi
dans la terre
devant la terreur du Seigneur
et l'éclat de sa majesté.

11 L'orgueilleux regard des humains sera abaissé,
les hommes hautains devront
plier :
et ce jour-là, le Seigneur seul
sera exalté.

12 Car il y aura un jour pour le
Seigneur, le tout-puissant,
contre tout ce qui est fier, hautain et altier
et qui sera abaissé :

13 contre tous les cèdres du Liban, hautains et altiers,
et contre tous les chênes de
Bashân[1],

14 contre toutes les montagnes
hautaines
et contre toutes les collines al-
tières,

15 contre toutes les hautes tours
et contre toutes les murailles
inaccessibles,

16 contre tous les vaisseaux de
Tarsis[2]
et contre tous les bateaux
somptueux.

17 L'orgueil des humains devra
plier,
les hommes hautains seront
abaissés :
et ce jour-là, le Seigneur seul
sera exalté

---

1. *maison de Jacob* : cette expression semble
désigner ici l'ensemble du peuple de Dieu (comparer Ps 98.3 et la note).
2. *maison de Jacob* : l'expression semble utilisée
ici en un sens plus restreint qu'au v. 5 et désigner
le royaume du nord (ou royaume d'Israël) ; voir Am
1.1 et la note.

1. *Bashân* : voir Ps 22.13 et la note.
2. Les *vaisseaux de Tarsis* désignent probablement des navires capables d'effectuer de longs
trajets. Sur *Tarsis* voir 23.7 ; Jon 1.3 ; Ps 72.10 et
les notes.

18 — et toutes ensemble, les idoles disparaîtront.

19 Entrez dans les creux des rochers et dans les antres de la terre,
devant la terreur du Seigneur et l'éclat de sa majesté
quand il se lèvera pour terrifier la terre.

20 En ce jour-là, les humains jetteront aux taupes et aux chauves-souris leurs idoles d'argent et leurs idoles d'or, qu'ils avaient fabriquées pour se prosterner devant elles.

21 Ils iront dans les trous des rochers,
dans les fissures du roc,
devant la terreur du Seigneur et l'éclat de sa majesté,
quand il se lèvera pour terrifier la terre.

22 Laissez donc l'homme, ce n'est qu'un souffle dans le nez :
que vaut-il donc ?

L'anarchie dans le royaume de Juda

3 1 Oui, le Seigneur Dieu, le tout-puissant,
retire de Jérusalem et de Juda toute espèce de soutien,
tout subside en pain et en eau,

2 le brave et l'homme de guerre,
le juge et le *prophète,
le devin et l'*ancien,

3 l'officier et le dignitaire,
le conseiller, l'expert en magie[1]
et le spécialiste des sortilèges.

4 Je leur donnerai pour chefs des gamins
et selon leurs caprices, ils les gouverneront.

5 Les gens se molesteront l'un l'autre,
chacun son prochain.
Le gamin se dressera contre le vieillard,
l'homme de rien contre le notable.

6 L'un accrochera son frère dans la maison paternelle :
« Tu as un vêtement[1], tu seras notre chef,
que ces débris soient sous ton autorité. »

7 Alors l'autre s'écriera :
« Je ne suis pas guérisseur
et, dans ma maison, il n'y a ni pain ni vêtement :
vous ne pouvez faire de moi un chef du peuple. »

8 Jérusalem trébuche et Juda s'écroule.
Leurs propos et leurs actes à l'égard du Seigneur
ne sont que révolte en face de sa gloire.

9 L'expression de leur visage témoigne contre eux,
ils proclament leur péché comme le fit Sodome[2],
ils ne le cachent pas.
Malheureux qui font leur propre malheur.

10 Dites : Le juste est heureux car il jouira du fruit de ses actions.

11 Malheureux le méchant, malheur à lui,
car il sera traité comme ses actes le méritent.

12 O mon peuple, le tyran de mon peuple, c'est un petit enfant

---

1. *l'expert en magie* : autre traduction possible *l'artisan*.

1. *vêtement* : le terme hébreu correspondant désigne une sorte de manteau ample et long. L'homme qui possède encore le sien peut remplir les fonctions de chef parmi ses compagnons complètement démunis.

2. *Sodome* (voir Gn 19.4-9) est ici l'exemple type d'une société corrompue. Voir Es 1.10 et la note.

et ce sont des femmes qui gouvernent.

O mon peuple, ceux qui te conduisent t'égarent

et ils inversent la direction de ta route.

Le Seigneur fait un procès aux dirigeants

13 Le Seigneur se dresse pour le procès,

il se tient debout pour juger les peuples

14 Le Seigneur traduit en jugement

les *anciens de son peuple et ses chefs :

C'est vous qui avez dévoré la vigne[1]

et la dépouille des pauvres est dans vos maisons.

15 Qu'avez-vous à écraser mon peuple

et à fouler au pied la dignité des pauvres ?

— Oracle du Seigneur Dieu, le tout-puissant.

Contre les belles dames de Jérusalem

16 Le Seigneur dit :

Puisque les filles de *Sion[2] sont orgueilleuses

et qu'elles vont le cou tendu en lançant des oeillades,

puisqu'elles vont à pas menus en faisant sonner les grelots de leurs pieds,

17 le Seigneur rendra galeux le crâne des filles de Sion

et il découvrira leur front.

18 Ce jour-là, le Seigneur enlèvera les parures :

grelots, soleils, lunes[1],

19 pendentifs[2], bracelets, voilettes,

20 turbans, gourmettes, cordelières, talismans, amulettes[3],

21 bagues, boucles de nez,

22 habits de fête, foulards, écharpes, sacs à main,

23 miroirs[4], chemises de lin, bandeaux, mantilles.

24 Au lieu de parfum, ce sera la pourriture,

au lieu de ceinture, une corde,

au lieu de savantes tresses, la tête rasée,

au lieu de linge fin, un pagne en toile de sac,

une marque infamante[5] au lieu de beauté.

Les veuves de Jérusalem

25 Tes hommes tomberont sous l'épée,

ton élite dans le combat.

26 Tes portes[6] gémiront et se lamenteront

---

1. Comme souvent dans la Bible la *vigne* est un symbole du peuple de Dieu ; voir 5.7.

2. *les filles de Sion* : autrement dit les femmes de Jérusalem.

1. *soleils, lunes* : sortes de bijoux en forme de soleil (ronds) ou de lune (croissants) que l'on portait autour du cou.

2. ou *perles*.

3. *gourmettes* : chaînettes, que l'on portait aux chevilles — *talismans, amulettes* : genres de porte-bonheur.

4. Selon certains le terme traduit ici par *miroirs* désignerait en réalité une pièce de vêtement plus ou moins transparente — La plupart des termes de cette énumération sont mal connus et leur traduction reste incertaine.

5. *corde, tête rasée, pagne en toile de sac, marque* au fer rouge étaient réservés aux prisonniers de guerre, comme on peut le voir sur de nombreux documents assyriens anciens.

6. Tournure fréquente pour désigner la ville elle-même, que le prophète a personnifiée (*tes hommes*, v. 25, *tu seras assise*).

et, dans le dénuement, tu seras
assise à terre.

4 [1] Ce jour-là, sept femmes
s'accrocheront à un seul
homme en lui disant :
« Nous subviendrons à notre
nourriture,
nous pourvoirons à notre ha-
billement,
pourvu que nous puissions
porter ton nom :
enlève notre déshonneur ! »

Les survivants de Jérusalem

2 En ce jour-là, ce que fera germer le SEIGNEUR
sera l'honneur et la la gloire
et ce que produira le pays
fera la fierté et le prestige
des rescapés d'Israël.
3 Alors, le reste de *Sion, les survivants de Jérusalem
seront appelés *saints :
tous seront inscrits à Jérusalem
afin de vivre.
4 Quand le Seigneur aura nettoyé les saletés des filles de
Sion[1]
et lavé Jérusalem du sang
qu'on y a répandu,
par le souffle du jugement, par
un souffle d'incendie,
5 il créera en tout lieu de la
montagne de Sion,
sur les assemblées,
une nuée le jour
et la nuit une fumée avec l'é-
clat d'un feu de flamme.
Et au-dessus de tout, la gloire
du SEIGNEUR
6 sera un dais, une hutte de
feuillage,

donnant de l'ombre les jours
de grande chaleur
et servant de refuge et d'abri
contre l'orage et la pluie.

Le chant du bien-aimé et de sa vigne

5 [1] Que je chante pour mon
ami,
le chant du bien-aimé et de sa
vigne :
Mon bien-aimé avait une vigne
sur un coteau plantureux.
2 Il y retourna la terre, enleva les
pierres,
et installa un plant de choix.
Au milieu, il bâtit une tour[1]
et il creusa aussi un pressoir.
Il en attendait de beaux raisins,
il n'en eut que de mauvais.
3 Et maintenant, habitants de
Jérusalem et gens de Juda,
soyez donc juges entre moi et
ma vigne.
4 Pouvais-je faire pour ma vigne
plus que je n'ai fait ?
J'en attendais de beaux raisins,
pourquoi en a-t-elle produit de
mauvais ?
5 Eh bien, je vais vous apprendre ce que je vais faire à
ma vigne :
enlever la haie pour qu'elle soit
dévorée,
faire une brèche dans le mur
pour qu'elle soit piétinée.
6 J'en ferai une pente désolée[2],
elle ne sera ni taillée ni sarclée,
il y poussera des épines et des
ronces
et j'interdirai aux nuages
d'y faire tomber la pluie.

---

1. Les *filles de Sion* : expression hébraïque désignant ici l'ensemble de la population de Jérusalem
(voir 1.8 et la note).

1. Pour surveiller la vigne.
2. *une pente désolée* : le sens du terme ainsi
traduit est incertain; il s'agit peut-être d'un terrain
trop mauvais pour être cultivé.

7 La vigne du Seigneur, le tout-puissant,
c'est la maison d'Israël
et les gens de Juda sont le plant qu'il chérissait.
Il en attendait le droit,
et c'est l'injustice.
Il en attendait la justice,
et il ne trouve que les cris des malheureux[1].

Ceux qui provoquent la colère du Seigneur

8 Malheur! Ceux-ci joignent maison à maison, champ à champ,
jusqu'à prendre toute la place et à demeurer seuls au milieu du pays.
9 À mes oreilles a retenti le serment du Seigneur, le tout-puissant :
De nombreuses maisons, grandes et belles,
seront vouées à la désolation faute d'habitants.
10 Dix arpents[2] de vigne ne donneront qu'une quarantaine de litres,
dix mesures de semence n'en produiront qu'une seule.
11 Malheur! Levés de bon matin, ils courent après les boissons fortes
et jusque tard dans la soirée, ils s'échauffent avec le vin.
12 La harpe et la lyre[3], le tambourin et la flûte
accompagnent leurs beuveries,

mais ils ne regardent pas ce que fait le Seigneur
et ne voient pas ce que ses mains accomplissent.
13 C'est pourquoi mon peuple sera déporté
à cause de ce qu'il a méconnu.
L'élite mourra de faim
et la masse se desséchera de soif.
14 Alors la Fosse[1] ouvrira la gueule démesurément
et enflera la gorge;
la noblesse et la masse y descendront
avec leur joyeux tapage.
15 Ils devront plier, les humains, l'homme sera abaissé,
les orgueilleux devront baisser les yeux.
16 Le Seigneur, le tout-puissant sera exalté en son jugement
et le Dieu *saint se montrera saint par sa justice.
17 Des agneaux paîtront là comme en leur pâturage
et des chevreaux à l'engrais brouteront sur les ruines.
18 Malheur! Ils traînent le péché avec les cordes de l'imposture[2]
et la faute avec des traits de chariot.
19 Et ils disent : «Qu'il se dépêche,
qu'il hâte son oeuvre pour que nous la voyions.
Que se présente et se réalise le plan du Saint d'Israël
et nous en prendrons connaissance.»
20 Malheur! Ils déclarent bien le mal et mal le bien.

1. *la maison d'Israël :* voir 2.5 (la *maison de Jacob*) et la note — L'hébreu fait jeu de mots entre les termes traduits par *droit* et *injustice*, ainsi qu'entre les termes traduits par *justice* et *cris.*
2. *dix arpents :* à peu près deux hectares et demi.
3. *la harpe et la lyre :* traduction approximative de deux termes hébreux désignant des instruments de musique à cordes.

1. ou *le* *séjour des morts* (qui est ici personnifié sous la forme d'une sorte de monstre); voir 14.9 et la note.
2. Selon certains l'expression *les cordes de l'imposture* évoquerait des pratiques magiques par lesquelles on prétendait provoquer ou hâter les événements.

Ils font de l'obscurité la lumière et de la lumière l'obscurité.
Ils font passer pour amer ce
qui est doux et pour doux ce
qui est amer.

21 Malheur ! À leurs propres
yeux, ils sont sages,
de leur point de vue, ils sont
intelligents.

22 Malheur ! Ce sont des héros de
beuveries,
des champions de cocktails[1].

23 Ils justifient le coupable pour
un présent
et refusent à l'innocent sa jus-
tification.

24 Aussi, comme la paille est dévorée par le feu
et comme le chaume disparaît
dans la flamme,
ils pourriront par la racine
et leur fleur s'en ira en poussière,
car ils ont rejeté l'instruction
du Seigneur, le tout-puissant,
ils ont méprisé la parole du
Saint d'Israël.

25 C'est pourquoi la colère du
Seigneur s'enflamme contre
son peuple,
il étend la main pour le frapper,
les montagnes tremblent
et leurs cadavres sont comme
des ordures au milieu des rues.

Mais avec tout cela, sa colère
ne s'est pas détournée
et sa main est encore étendue.

Un envahisseur irrésistible

26 Il lève un étendard pour une
nation lointaine[1],
il la siffle des extrémités de la
terre
et la voici qui se hâte et arrive
très vite.
27 Aucun de ses hommes n'est fatigué, aucun ne trébuche,
aucun n'est assoupi ni endormi.
Les ceintures ne sont pas déta-
chées
et les cordons des sandales ne
sont pas rompus.
28 Ses flèches sont aiguisées,
tous ses arcs sont tendus.
On prendrait pour de la pierre
les sabots de ses chevaux,
pour un tourbillon les roues de
ses chars.
29 Son rugissement est celui d'une
lionne,
elle rugit comme les lionceaux,
elle gronde, elle s'empare de sa
proie, elle l'emporte
et personne ne la lui arrache.
30 Mais en ce jour-là, il y aura un
grondement contre elle,
semblable au grondement de la
mer.
On regardera vers la terre
et voici : ténèbres et détresse
et la lumière sera obscurcie par
un épais brouillard.

Esaïe devient prophète du Sei-
gneur

6 1 L'année de la mort du roi
Ozias,
je vis le Seigneur assis
sur un trône très élevé.

---

1. ou *des champions pour mélanger les boissons
alcoolisées* (à base de grains).

1. Cette *nation lointaine* est fort probablement
l'Assyrie, distante d'environ 1.000 km de Jérusalem, mais qui menaçait alors d'envahir la Palestine.

Sa traîne remplissait le Temple[1].

2 Des séraphins se tenaient au-dessus de lui.
Ils avaient chacun six ailes :
deux pour se couvrir le visage,
deux pour se couvrir les pieds[2]
et deux pour voler.

3 Ils se criaient l'un à l'autre :
*« Saint, saint, saint, le Seigneur, le tout-puissant,
sa gloire remplit toute la terre ! »

4 Les pivots des portes se mirent à trembler
à la voix de celui qui criait
et le Temple se remplissait de fumée.

5 Je dis alors : « Malheur à moi !
Je suis perdu,
car je suis un homme aux lèvres *impures,
j'habite au milieu d'un peuple aux lèvres impures
et mes yeux ont vu le roi, le Seigneur, le tout-puissant. »

6 L'un des séraphins vola vers moi,
tenant dans sa main une braise qu'il avait prise avec des pinces sur l'autel.

7 Il m'en toucha la bouche et dit :
« Dès lors que ceci a touché tes lèvres,
ta faute est écartée, ton péché est effacé. »

8 J'entendis alors la voix du Seigneur qui disait :
« Qui enverrai-je ? Qui donc ira pour nous ? »

Et je dis : « Me voici, envoie-moi ! »

9 Il dit : « Va, tu diras à ce peuple :
Écoutez bien, mais sans comprendre,
regardez bien, mais sans reconnaître.

10 Engourdis le *coeur de ce peuple,
appesantis ses oreilles,
colle-lui les yeux !
Que de ses yeux il ne voie pas,
ni n'entende de ses oreilles !
Que son coeur ne comprenne pas !
Qu'il ne puisse se convertir et être guéri ! »

11 Je dis alors : « Jusques à quand, Seigneur ? »
Il dit : « Jusqu'à ce que les villes
soient dévastées, sans habitants,
les maisons sans personne,
la terre dévastée et désolée[1]. »

12 Le Seigneur enverra des gens au loin
et il y aura beaucoup de terre abandonnée
à l'intérieur du pays.

13 Et s'il y subsiste encore un dixième,
à son tour il sera livré au feu,
comme le chêne et le térébinthe abattus,
dont il ne reste que la souche
— la souche est une semence sainte.

Un message du Seigneur pour le roi Akhaz

7 1 Aux jours d'Akhaz, fils de Yotam, fils d'Ozias, roi de Juda, Recîn, roi d'*Aram, et Pé-

---

1. *la mort du roi Ozias* : vers l'année 740 av. J. C. — *le Temple* : l'expression désigne ici, au sens restreint, la grande salle du temple de Jérusalem (voir 1 R 6.17).
2. *séraphins* : êtres mystérieux que l'on considérait comme formant l'entourage de Dieu. On les imaginait mi-hommes mi-serpents, et munis d'ailes — *les pieds* : euphémisme pour désigner le sexe.

---

1. *la terre dévastée et désolée* ou *le sol dévasté et en friche*.

qah, fils de Remalyahou, roi d'Israël, montèrent contre Jérusalem
pour l'attaquer[1], mais ils ne purent lui donner l'assaut.

2 On annonça à la maison de
David : « Aram a pris position en
Ephraïm[2]. » Alors, son cœur et le
cœur de son peuple furent agités
comme les arbres de la forêt sont
agités par le vent. 3 Le Seigneur
dit à Ésaïe : « Sors à la rencontre
d'Akhaz, toi et ton fils
Shéar-Yashouv, vers l'extrémité
du canal du réservoir supérieur,
vers la chaussée du champ du
Foulon[3]. 4 Tu lui diras :
    Veille à rester calme, ne crains
       pas !
    Que ton cœur ne défaille pas
    à cause de ces deux bouts de
       tison fumants,
    sous l'effet de l'ardente colère
    de Recîn, d'Aram et du fils de
       Remalyahou.

5   Puisque   Aram   — avec
       Ephraïm et le fils de Remal-
       yahou —
    a résolu ta perte en disant :

6   Montons   contre   Juda pour
       l'effrayer,
    pénétrons chez lui pour l'ame-
       ner à nous

et installons-y comme roi le
fils de Tavéel[1],
7   ainsi parle le Seigneur Dieu :
    Cela ne tiendra pas, cela ne
       sera pas !
8   Car la tête d'Aram, c'est Da-
       mas
    et la tête de Damas, c'est Recîn
    — encore 65 ans
    et Ephraïm écrasé cessera
    d'être un peuple —
9   la tête d'Ephraïm, c'est Sama-
       rie
    et la tête de Samarie, c'est le
    fils de Remalyahou.
    Si vous ne croyez pas, vous ne
    subsisterez pas. »

Un enfant va naître qu'on nom-
mera Emmanuel

10 Le Seigneur parla encore à
Akhaz en ces termes : 11 « Demande un signe pour toi au Seigneur ton Dieu, demande-le au
plus profond[2] ou sur les sommets,
là-haut. » 12 Akhaz répondit : « Je
n'en demanderai pas et je ne mettrai pas le Seigneur à l'épreuve. »
13 Il[3] dit alors :
    Ecoutez donc, maison de Da-
       vid !
    Est-ce trop peu pour vous de
    fatiguer les hommes,
    que vous fatiguiez aussi mon
       Dieu ?
14 Aussi bien le Seigneur vous
    donnera-t-il lui-même un
    signe :
    Voici que la jeune femme est
    enceinte et enfante un fils

---

1. Les Araméens de Damas et des Israélites du
nord se sont alliés pour renverser le roi Akhaz (v.
6) et forcer le royaume de Juda à se joindre à eux
contre les Assyriens. Cette attaque contre Jérusalem se situe vers l'année 734 av. J. C.
2. *la maison de David* : expression hébraïque
pour désigner les successeurs de David ; ici elle vise
le roi Akhaz et son entourage — *Ephraïm* : principale tribu du royaume d'Israël ; son territoire était
proche de Jérusalem.
3. *Shéar-Yashouv* : ce nom symbolique signifie
un reste reviendra (ou *se convertira*) — *le canal du
réservoir supérieur* (voir la note sur 22.11), *la
chaussée du champ du Foulon* : voir 2 R 18.17 et
la note.

---

1. D'après le nom de son père, et par comparaison avec l'expression *fils de Remalyahou* (v. 1, 5 ; 2
R 15.25 ; comparer 1 R 4.8-13), on présume que le
fils de Tavéel appartenait à une famille de hauts
fonctionnaires à la cour de Damas.
2. *demande-le au plus profond* : autre traduction *demande-le au fond du* *séjour des morts.*
3. Le prophète Ésaïe.

et elle lui donnera le nom
d'Emmanuel[1].
15 De crème et de miel il se nourrira,
sachant rejeter le mal et choisir le bien.
16 Avant même que l'enfant
sache rejeter le mal et choisir
le bien,
elle sera abandonnée, la terre
dont tu crains les deux rois[2].
17 Le Seigneur fera venir sur toi,
sur ton peuple et sur la maison
de ton père,
des jours tels qu'il n'en est pas
venu
depuis qu'Ephraïm s'est déta-
ché de Juda
— le roi d'Assyrie[3].
18 Il adviendra, en ce jour-là,
que le Seigneur sifflera les
mouches
qui sont à l'extrémité des canaux d'Egypte
et les abeilles qui sont au pays
d'Assyrie.
19 Elles viendront et se poseront
toutes dans les ravins escarpés
et dans les fentes des rochers,
dans tous les fourrés et dans
tous les pâturages.
20 En ce jour-là, le Seigneur rasera

avec un rasoir loué au-delà du
Fleuve
— avec le roi d'Assyrie —
la tête et le poil des pieds.
La barbe aussi sera enlevée[1].
21 Il adviendra, en ce jour-là, que
chacun élèvera
en gros bétail une génisse, et
deux têtes de petit bétail
22 et, à cause de l'abondante production de lait,
on mangera de la crème;
oui, c'est de crème et de miel
que se nourriront
ceux qui resteront dans le
pays.
23 Il adviendra, en ce jour-là,
que tout lieu où il y avait mille
ceps de vigne,
valant mille pièces d'argent,
deviendra épines et ronces.
24 On y viendra avec des flèches
et un arc,
car tout le pays deviendra
épines et ronces.
25 Quant à toutes les montagnes
qu'on sarclait à la pioche,
la crainte des épines et des
ronces n'y viendra pas;
ce sera un pâturage de boeufs
et un pacage de moutons.

Un fils d'Esaïe au nom symbo-
lique

8 1 Le Seigneur me dit :
« Prends un grand cylin-
dre-sceau[2] et écris dessus avec un
burin ordinaire : À Maher-Shalal-
Hash-Baz   —   À   Prompt-Butin-

1. *la jeune femme* : probablement l'épouse du
roi. L'ancienne version grecque a traduit *la jeune
fille*. Mt 1.23 a appliqué cette prophétie à Marie,
mère de Jésus — *Emmanuel* : encore un nom symbolique, signifiant *Dieu est* (ou *que Dieu soit*) *avec
nous.*
2. Entre les années 734 et 732 av. J. C. les
Assyriens ont annexé le royaume araméen de Damas et une partie du royaume d'Israël.
3. *la maison de ton père* : comparer la note sur
7.2. — *Ephraïm* (voir la note sur 7.2) représente
ici, comme souvent ailleurs, l'ensemble du royaume
d'Israël (voir Os 4.17 et la note) — Sur la séparation de Juda et d'Israël voir 1 R 12.1-25 — *le roi
d'Assyrie* : ces mots forment une sorte de parenthèse interprétant le message du v. 17 à la lumière
de l'invasion assyrienne survenue plus tard, en 701
av. J. C

1. *le Fleuve* : appellation fréquente de *l'Euphrate*. Le prophète fait allusion à une invasion
assyrienne — *pieds* : euphémisme comme en 6.2
— Sur la coutume de *raser* la tête des ennemis
capturés voir 3.24 et la note.
2. Le *cylindre-sceau* servait à imprimer le nom
de son propriétaire dans l'argile encore molle
d'une tablette.

Proche-Pillage —.» 2 Et je pris
pour témoins des hommes dignes
de foi : Ouriya, le prêtre, et
Zekaryahou, fils de Yevèrèk-
yahou. 3 Je m'approchai de la
prophétesse[1], elle conçut et enfanta un fils. Le Seigneur me dit :
« Appelle-le Maher-Shalal-Hash-
Baz, 4 car avant que l'enfant
sache dire Mon père et Ma mère,
on apportera les richesses de Damas et le butin de Samarie devant le roi d'Assyrie. »

L'invasion assyrienne

5 Le Seigneur me parla encore
en ces termes :
6 Parce que ce peuple refuse
les eaux de Siloé[2] qui coulent
doucement
et se réjouit au sujet de Recîn
et du fils de Remalyahou,
7 à cause de cela, le Seigneur
fera monter contre eux
les eaux puissantes et abondantes du Fleuve[3]
— le roi d'Assyrie et toute sa
gloire.
Il s'élèvera partout au-dessus
de son lit,
il franchira toutes ses berges.
8 Il envahira Juda, il débordera,
inondera,
arrivera jusqu'au cou
et l'extension de ses rives
remplira la largeur de ton
pays, ô Emmanuel[4] !

Dieu est avec nous

9 Tremblez, peuples, et soyez
écrasés[1] !
Prêtez l'oreille, toutes les régions lointaines de la terre !
Ceignez vos armes et soyez
écrasés !
Ceignez vos armes et soyez
écrasés !
10 Formez un projet, il sera mis
en pièces.
Tenez des propos, ils seront
sans effet,
car Dieu est avec nous[2].

C'est le Seigneur que vous devez craindre

11 Oui, ainsi m'a parlé le Seigneur quand sa main m'a
saisi[3]
et qu'il m'a enjoint de ne pas
suivre le chemin que prend ce
peuple :
12 Vous n'appellerez pas « conspiration »
tout ce que ce peuple appelle
« conspiration ».
Vous ne craindrez pas ce qu'il
craint
ni ne le redouterez.
13 C'est le Seigneur, le tout-puissant, que vous tiendrez pour
*saint,
c'est lui que vous craindrez,
c'est lui que vous redouterez.
14 Il sera un *sanctuaire et une
pierre que l'on heurte
et un rocher où l'on trébuche

---

1. *la prophétesse* désigne ici la femme du prophète Ésaïe.
2. *refuse* : autre traduction *méprise* — *les eaux
de Siloé* : le canal qui amenait dans la ville de
Jérusalem l'eau de la source du Guihôn.
3. Voir 7.20 et la note; le *Fleuve* est l'image de
la puissance assyrienne.
4. Voir 7.14 et la note.

---

1. *soyez écrasés* ou *soyez consternés*.
2. Voir 7.14 et la note.
3. *sa main m'a saisi* : autre traduction *il a saisi
ma main*.

pour les deux maisons d'Israël[1],
un filet et un piège
pour l'habitant de Jérusalem.

15 Beaucoup y trébucheront, tomberont, se briseront,
seront pris au piège et capturés.

Attente et espérance du pro-
phète

16 Enferme l'attestation[2], scelle
l'instruction
parmi mes disciples.

17 J'attends le Seigneur
qui cache sa face à la maison
de Jacob[3],
j'espère en lui.

18 Moi et les enfants que m'a
donnés le Seigneur,
nous sommes des signes et des
présages en Israël,
de la part du Seigneur, le
tout-puissant,
qui demeure sur la montagne
de *Sion.

19 Et si l'on vous dit : « Consultez
les nécromanciens[4]
et les devins, ceux qui sifflo-
tent et murmurent,
un peuple ne doit-il pas
consulter ses dieux,
les morts en faveur des vivants ? »,

20 À l'instruction et à l'attestation !
S'ils ne s'expriment pas selon
cette parole,
pour eux point d'aurore[1] ...

Détresse et ténèbres sur la terre

21 on traversera le pays, accablé
et affamé.
Sous l'effet de la faim, on s'irritera
et on maudira son roi et son
Dieu.
On se tournera vers le haut,

22 puis on regardera vers la terre
et voici : détresse et ténèbres,
obscurité angoissante,
nuit dans laquelle on est
poussé.

Le Prince de la paix

23 Mais ce n'est plus l'obscurité
pour le pays qui était dans
l'angoisse.
Dans un premier temps, le Seigneur a couvert d'opprobre
le pays de Zabulon et le pays
de Nephtali,
mais ensuite il a couvert de
gloire

1. *les deux maisons d'Israël :* c'est-à-dire les royaumes d'Israël et de Juda; voir Es 2.5, 6; 5.7 et les notes.

2. *l'attestation :* il s'agit probablement d'un document écrit comprenant un ou plusieurs messages du prophète Ésaïe. Ce document devra constituer plus tard une preuve, lorsque les événements annoncés se seront produits.

3. *maison de Jacob :* voir 2.5 et la note.

4. *les nécromanciens* (ceux qui consultent les morts) : autre traduction possible *les esprits* (des morts).

1. *à l'instruction et à l'attestation ! :* Le prophète renvoie ses disciples au document dont il a été question au v. 16 — *point d'aurore :* image d'une délivrance qui ne viendra pas — Autre traduction pour la fin du verset *Malheur à celui qui ne s'exprime pas selon cette parole, contre laquelle il n'y a pas de formule magique !*

la route de la mer, l'au-delà du
Jourdain et le district des nations[1].

9 [1] Le peuple qui marchait
dans les ténèbres
a vu une grande lumière.
Sur ceux qui habitaient le pays
de l'ombre,
une lumière a resplendi.

2 Tu as fait abonder leur allégresse[2],
tu as fait grandir leur joie.
Ils se réjouissent devant toi
comme on se réjouit à la moisson,
comme on jubile au partage du
butin.

3 Car le *joug qui pesait sur lui,
le bâton à son épaule,
le gourdin de son chef de corvée,
tu les as brisés comme au jour
de Madiân.

4 Tout brodequin dont le piéti-
nement ébranle le sol
et tout manteau roulé dans le
sang
deviennent bons à brûler, proie
du feu.

5 Car un enfant nous est né,
un fils nous a été donné.
La souveraineté est sur ses
épaules.
On proclame son nom :
« Merveilleux-conseiller,
Dieu-Fort,
Père à jamais, Prince de la
paix. »

6 Il y aura une souveraineté
étendue et une paix sans fin
pour le trône de David et pour
sa royauté,
qu'il établira et affermira
sur le droit et la justice
dès maintenant et pour toujours
— l'ardeur du Seigneur, le
tout-puissant, fera cela.

La colère du Seigneur contre son peuple

7 Le Seigneur a lancé une parole
contre Jacob,
elle tombe sur Israël.

8 Le peuple tout entier en aura
connaissance,
Ephraïm[1] et l'habitant de Samarie
qui dit dans sa fierté et son
orgueil :

9 « Les briques sont tombées,
nous bâtirons en pierres de
taille,
les sycomores sont abattus,
nous mettrons des cèdres à la
place. »

10 Le Seigneur a dressé contre
lui[2] les ennemis – de Recîn –
il a excité ses adversaires,

11 *Aram à l'orient, les Philistins
par derrière
et ils ont dévoré Israël à pleine
gueule.
Mais avec tout cela, sa colère
ne s'est pas détournée
et sa main est encore étendue.

12 Et le peuple n'est pas revenu à
celui qui le frappait,
ils n'ont pas cherché le Seigneur, le tout-puissant.

13 Alors le Seigneur a coupé en Israël tête et queue,
palme et roseau[1], en un seul jour :
14 l'*ancien et le dignitaire, c'est la tête,
le prophète qui enseigne le mensonge,
c'est la queue.
15 Les guides de ce peuple l'ont égaré
et ceux qu'ils guidaient ont été engloutis.
16 C'est pourquoi le Seigneur ne sera pas favorable à ses jeunes gens,
il n'aura pas pitié de ses orphelins et de ses veuves,
car ils sont tous impies et malfaisants
et toutes les bouches répètent des propos insensés.
Mais avec tout cela sa colère ne s'est pas détournée
et sa main est encore étendue.
17 Car la méchanceté brûle comme un feu
qui dévore épines et ronces
et enflamme les taillis de la forêt,
tandis que s'élèvent des colonnes de fumée.
18 Par l'excès de la colère du Seigneur, le tout-puissant,
le pays est ébranlé[2]
et le peuple devient comme la proie du feu :
nul n'épargne son frère.
19 On taille à droite et on a encore faim,
on dévore à gauche et l'on n'est pas rassasié,
chacun dévore la chair de son bras.
20 Manassé dévore Ephraïm[1] et Ephraïm Manassé,
ils s'unissent contre Juda.
Mais avec tout cela, sa colère ne s'est pas détournée
et sa main est encore étendue.

10 1 Malheur à ceux qui prescrivent des lois malfaisantes
et, quand ils rédigent, mettent par écrit la misère : 2 ils écartent du tribunal les petites gens,
privent de leur droit les pauvres de mon peuple,
font des veuves leur proie
et dépouillent les orphelins.
3 Que ferez-vous au jour du châtiment,
quand de loin viendra la tempête ?
Chez qui fuirez-vous pour trouver du secours ?
Où déposerez-vous vos richesses ?
4 On ne pourra que se courber parmi les prisonniers
et tomber parmi les victimes.
Mais avec tout cela, sa colère ne s'est pas détournée
et sa main est encore étendue.

Malheur à l'Assyrie et à son roi

5 Malheur à Assour, gourdin de ma colère;
ce bâton dans sa main, c'est mon indignation.
6 Je l'envoie contre une nation impie,
je le dépêche contre le peuple qui m'excède
pour y faire du butin et le mettre au pillage,

---

1. *tête et queue, palme et roseau :* expression imagée suggérant l'idée de totalité.
2. *le pays est ébranlé :* d'après les anciennes versions syriaque et latine; texte hébreu traditionnel obscur.

1. *Ephraïm, Manassé :* les deux principales tribus du royaume du nord.

pour le fouler aux pieds
comme la boue des rues.
7 Mais lui[1], il ne l'entend pas
ainsi,
son *coeur n'en juge pas ainsi,
car sa pensée est d'exterminer,
de supprimer des nations en
grand nombre.
8 Il dit, en effet :
« Mes généraux ne sont-ils pas
autant de rois ?
9 Kalno n'est-elle pas devenue
comme Karkémish,
ou Hamath comme Arpad, ou
Samarie comme Damas[2] ?
10 Si ma main a atteint les
royaumes des idoles
— et leurs statues comptaient
plus
que celles de Jérusalem et de
Samarie —,
11 ne vais-je pas faire de Jérusalem et de ses images
ce que j'ai fait de Samarie et
de ses idoles ? »

12 Mais quand le Seigneur aura
achevé toute son oeuvre sur la
montagne de *Sion et à Jérusalem, « j'interviendrai, dit-il, contre
les prétentions orgueilleuses du
roi d'Assyrie et contre l'éclat de
son regard hautain,
13 car il s'est dit :
C'est par la force de ma main
que j'ai agi
et par ma sagesse, car je suis
intelligent.

J'ai supprimé les frontières des
peuples
et pillé leurs réserves.
Comme un héros, j'ai fait descendre
ceux qui siégeaient sur des
trônes.
14 Ma main a atteint comme un
nid
les richesses des peuples.
Comme on ramasse des oeufs
abandonnés,
moi, j'ai ramassé toute la terre
et il n'y a eu personne pour
battre de l'aile,
ouvrir le bec ou pépier.
15 Est-ce que le pic se vante
aux dépens de celui qui s'en
sert pour tailler[1] ?
Est-ce que la scie se grandit
aux dépens de celui qui la met
en mouvement ?
Comme si le gourdin faisait
mouvoir celui qui le brandit,
comme si le bâton soulevait
celui qui n'est pas de bois ! »
16 C'est pourquoi le Seigneur
Dieu, le tout-puissant,
enverra contre ses hommes
corpulents la maigreur
et par-dessous sa splendeur
s'embrasera un brasier
comme s'embrase un feu.
17 La lumière d'Israël deviendra
un feu
et son *Saint[2] une flamme
qui brûlera et dévorera
ses ronces et ses épines en un
seul jour.
18 La splendeur de sa forêt et de
son verger,
il la consumera, corps et âme,

---

1. Il s'agit du royaume d'Assyrie (qui est ici personnifié) ou de son roi.
2. *Kalno, Karkémish, Hamath, Arpad, Damas* : villes de Syrie. De 738 à 717 av. J. C. elles étaient toutes tombées aux mains des Assyriens — *Samarie*, capitale du royaume d'Israël, fut prise par les Assyriens en 722-721 av. J. C. — *Kalno, Hamath, Samarie* sont situées respectivement au sud de *Karkémish, Arpad* et *Damas*. La disposition de ces noms au v. 9 suggère donc le mouvement irrésistible des armées assyriennes vers Jérusalem.

1. *le pic* ou *la hache* — Au v. 15 c'est le prophète qui prend la parole, après le discours du roi d'Assyrie (v. 5-11 et 13-14).
2. *La lumière d'Israël* : désignation imagée de Dieu — *son Saint,* c'est-à-dire *le Saint d'Israël,* appellation de Dieu fréquente dans le livre d'Ésaïe (voir 1.4).

ce sera comme un malade qui
dépérit.
19 Le reste des arbres de sa forêt
sera un si petit nombre
qu'un enfant l'inscrirait.

Un reste reviendra

20 Il adviendra, en ce jour-là,
que le reste d'Israël
et les rescapés de la maison de
Jacob
cesseront de s'appuyer sur celui qui les frappe :
ils s'appuieront vraiment sur le
Seigneur,
sur le *Saint d'Israël.
21 Un reste reviendra, le reste de
Jacob vers le Dieu-Fort.
22 Même si ton peuple, ô Israël,
était comme le sable de la mer,
il n'en reviendra qu'un reste :
la destruction est décidée
qui fera déborder la justice,
23 et l'extermination ainsi décidée, le Seigneur Dieu, le
tout-puissant,   l'accomplira
dans tout le pays.

Le Seigneur se tournera contre l'Assyrie

24 C'est pourquoi ainsi parle le
Seigneur Dieu,
le tout-puissant :
O mon peuple qui habites
*Sion, ne crains pas l'Assyrie
qui te frappe du gourdin
et lève son bâton contre toi à
la manière de l'Egypte,
25 car encore un peu, très peu de
temps,
et mon indignation contre toi
cessera,

mais ma colère tournera à leur
ruine.
26 Contre lui le Seigneur, le tout-
puissant,
brandira le fouet
comme il frappa Madiân au
Rocher de Orev
et il lèvera son bâton sur la
mer comme en Egypte.
27 Il adviendra, en ce jour-là,
que son fardeau glissera de ton
épaule
et son *joug de ta nuque,
le joug cédera devant l'abondance.

Guerre éclair aux environs de Jérusalem

28 Il arrive sur Ayyath[1], il traverse Migrôn,
à Mikmas il fera garder son
équipage,
29 ils traversent le défilé : « À
Guèva nous passerons la
nuit ! »
Rama tremble, Guivéa de Saül
s'enfuit.
30 Pousse des cris, Bath-Gallim !
Ecoute, Laïsha !
31 Malheureuse Anatoth ! Ma-
dména se sauve.
Les habitants de Guévim prennent la fuite
32 et le même jour, en s'arrêtant à
Nov,

---

1. *Ayyath :* localité située probablement à quelques km au sud de Béthel — L'itinéraire décrit
dans les v. 28-32 part à une quinzaine de km au
nord de Jérusalem et se dirige vers le sud, à travers
une région très accidentée. Il ne coïncide pas avec
l'itinéraire habituel des invasions venant du nord
et évite les défenses avancées de Jérusalem. Il
pourrait correspondre au chemin suivi par les coalisés araméens et israélites en l'année 734 av. J. C.
(voir 7.1 et la note).

il menace de la main la montagne de la fille de *Sion[1],
la colline de Jérusalem.

La puissante forêt abattue

33 Voici que le Seigneur Dieu, le tout-puissant,
jette bas la ramure avec violence :
ceux qui sont de haute stature sont abattus,
les plus élevés sont mis à bas.
34 Ils tombent sous le fer, les taillis de la forêt,
et le Liban majestueux s'écroule[2].

Un nouveau David

11 1 Un rameau sortira de la souche de Jessé[3],
un rejeton jaillira de ses racines.
2 Sur lui reposera l'Esprit du Seigneur :
esprit de sagesse et de discernement,
esprit de conseil et de vaillance,
esprit de connaissance et de crainte du Seigneur
3 — et il lui inspirera la crainte du Seigneur.
Il ne jugera pas d'après ce que voient ses yeux,

il ne se prononcera pas d'après ce qu'entendent ses oreilles,
4 Il jugera les faibles avec justice,
il se prononcera dans l'équité envers les pauvres du pays.
De sa parole, comme d'un bâton, il frappera le pays,
du souffle de ses lèvres il fera mourir le méchant.
5 La justice sera la ceinture de ses hanches
et la fidélité le baudrier de ses reins.

Le loup habitera avec l'agneau

6 Le loup habitera avec l'agneau,
le léopard se couchera près du chevreau.
Le veau et le lionceau seront nourris ensemble[1],
un petit garçon les conduira.
7 La vache et l'ourse auront même pâture,
leurs petits, même gîte.
Le lion, comme le bœuf, mangera du fourrage.
8 Le nourrisson s'amusera sur le nid du cobra.
Sur le trou de la vipère, le jeune enfant étendra la main.
9 Il ne se fera ni mal, ni destruction
sur toute ma montagne *sainte,
car le pays sera rempli de la connaissance du Seigneur,
comme la mer que comblent les eaux.

Le retour des exilés d'Israël

10 Il adviendra, en ce jour-là, que la racine de Jessé[2]

1. *Nov :* village situé sur le mont Scopus, le plus au nord des trois sommets du mont des Oliviers. De là on peut apercevoir Jérusalem — *la fille de Sion :* voir 1.8 et la note.
2. Autre traduction possible *sous l'action d'un Puissant le Liban s'écroule — Le Liban :* chaîne montagneuse au nord de la Palestine et célèbre par ses forêts de cèdres (voir Es 37.14).
3. *Jessé,* père de David (1-S 16.1) est considéré ici comme l'ancêtre de la dynastie davidique et comparé à la souche d'un arbre abattu ; cette souche donnera naissance à une nouvelle pousse. C'est une manière imagée d'annoncer que Dieu suscitera un nouveau David.

1. Autre traduction *le veau, le lionceau et la bête qu'on engraisse seront ensemble.*
2. *la racine de Jessé :* voir v. 1 et la note.

sera érigée en étendard des
peuples,
les nations la chercheront
et la gloire sera son séjour.

11 Il adviendra en ce jour-là,
que le Seigneur étendra la
main une seconde fois
pour racheter le reste de son
peuple,
ceux qui resteront en Assyrie
et en Egypte,
à Patros, Koush, Elam, Shinéar
et Hamath
et dans les îles de la mer[1].

12 Il lèvera un étendard pour les
nations,
il rassemblera les exilés d'Israël,
il réunira les dispersés de Juda
des quatre coins de la terre.

13 La jalousie d'Ephraïm[2] cessera
et les adversaires de Juda seront exterminés.
Ephraïm ne jalousera plus
Juda
et Juda ne sera plus l'adversaire d'Ephraïm.

14 Ils fondront sur le dos des Philistins à l'Occident,
ensemble ils pilleront ceux de
l'Orient :
sur Edom et Moab ils étendront la main
et les fils d'Ammon[3] seront
leurs sujets.

15 Le Seigneur domptera le golfe
de la mer d'Egypte,

il agitera la main sur l'Euphrate
— dans l'ardeur de son souffle
il le brisera en sept bras,
et fera qu'on le passe avec des
sandales.

16 Il y aura une chaussée pour le
reste de son peuple,
pour ceux qui seront restés en
Assyrie,
comme il y en eut une pour
Israël
le jour où il monta du pays
d'Egypte.

Cantique au Dieu sauveur

12 [1] Tu diras, ce jour-là :
Je te rends grâces, Sei-
gneur,
car tu étais en colère contre
moi,
mais ta colère s'apaise et tu me
consoles.
2 Voici mon Dieu Sauveur,
j'ai confiance et je ne tremble
plus,
car ma force et mon chant,
c'est le Seigneur ! Il a été pour
moi le salut.
3 Vous puiserez de l'eau[1] avec
joie
aux sources du salut
4 et vous direz ce jour-là :
Rendez grâce au Seigneur,
proclamez son nom,
publiez parmi les peuples ses
oeuvres,
redites que son nom est sub-
lime.
5 Chantez le Seigneur, car il a
agi avec magnificence :
qu'on le publie par toute la
terre.

---

1. *Patros* : la Haute-Egypte — *Koush* : la Nubie
(territoire de l'actuel Soudan) — *Elam* : région située à l'est de la Basse-Mésopotamie, dans l'Iran
actuel — *Shinéar* : région de Babylone — *Hamath* : ville syrienne (voir 10.9 et la note) — *les
îles de la mer* : régions côtières et îles de la
Méditerranée.
2. *Ephraïm* : voir 7.17 et la note.
3. *Philistins,* Edomites, Moabites, Ammonites :
ces peuples voisins de Juda avaient été soumis par
David mais ils avaient reconquis leur indépen-
dance depuis lors.

1. D'après les anciens commentateurs juifs, *puiser de l'eau* était un des rites de la fête des tentes.

6 Pousse des cris de joie et d'allégresse,
toi qui habites *Sion,
car il est grand au milieu de toi,
le Saint d'Israël !

Contre Babylone

13 [1] *Proclamation sur Babylone.*
Ce que vit
Ésaïe, fils d'Amoç.

2 Sur une montagne pelée, dressez un étendard,
poussez des cris, agitez la main,
pour qu'ils viennent aux portes des seigneurs[1].

3 Moi, j'ai mandé ceux qui me sont consacrés,
j'ai convoqué les guerriers de ma colère,
ceux que réjouit mon honneur.

4 Ecoutez le grondement dans les montagnes :
c'est comme une grande foule.
Ecoutez le tumulte des royaumes,
des nations assemblées :
Le Seigneur, le tout-puissant,
passe en revue
l'armée qui va combattre.

5 Ils viennent d'un pays lointain,
des extrémités du ciel,
le Seigneur et les instruments de sa colère,
pour ravager toute la contrée.

6 Poussez des cris de deuil !
Il est proche, le *jour du Seigneur ;

comme la dévastation, il vient du Dévastateur[1].

7 C'est pourquoi tous les bras retombent
et chacun voit fondre son courage.

8 Ils sont frappés d'épouvante,
les crampes et les douleurs les saisissent,
ils se tordent comme une femme en travail.
L'un devant l'autre, ils sont atterrés,
leurs visages sont en flammes.

9 Voici que vient le jour du Seigneur, implacable,
et le débordement d'une ardente colère
qui va réduire le pays à la désolation
et en exterminer les pécheurs.

10 Les étoiles du ciel et leurs constellations
ne feront plus briller leur lumière.
Dès son lever, le soleil sera obscur
et la lune ne donnera plus sa clarté.

11 Je punirai le monde pour sa méchanceté,
les impies pour leurs crimes.
Je mettrai fin à l'orgueil des insolents,
je ferai tomber l'arrogance des tyrans.

12 Je rendrai les hommes plus rares que l'or fin,
plus rares que l'or d'Ofir[2].

13 En effet, j'ébranlerai les cieux
et la terre tremblera sur ses bases,
sous la fureur du Seigneur, du tout-puissant,

---

1. L'expression *porte des seigneurs* fait peut-être allusion au nom de Babylone (En babylonien Bab ilâni : porte des dieux).

1. Le *Dévastateur* : titre donné parfois à Dieu et traduit ailleurs par *le Puissant* (Ex 6.3 ; Ez 1.24 ; voir aussi Jl 1.15 et la note).
2. Voir 1 R 9.28 ; Ps 45.10 et les notes.

le jour de son ardente colère.

14 Alors, comme une gazelle poursuivie,

comme un troupeau que nul ne rassemble,

chacun se dirigera vers son peuple,

chacun fuira vers son pays.

15 Tous ceux qu'on trouvera seront transpercés,

tous ceux qu'on prendra tomberont sous l'épée.

16 Leurs petits enfants seront écrasés sous leurs yeux,

leurs maisons pillées, leurs femmes violées.

17 Je vais exciter contre eux les Mèdes[1]

qui n'apprécient pas l'argent

et que l'or ne peut contenter.

18 De leurs arcs[2], ils écraseront les garçons,

ils n'épargneront pas le fruit des entrailles,

pour les enfants, leurs yeux seront sans pitié.

19 Babylone, la perle des royaumes,

la fière parure des Chaldéens,

sera, comme Sodome et Gomorrhe,

renversée par Dieu.

20 Plus jamais elle ne sera peuplée,

d'âge en âge elle restera inhabitée.

Même l'homme des steppes[3] n'y dressera pas sa tente

et les *bergers ne s'y arrêteront pas.

21 Les chats sauvages s'y arrêteront,

les hiboux rempliront les maisons,

les autruches y habiteront

et les satyres[1] y danseront.

22 Les hyènes se répondront dans ses châteaux[2]

et les chacals dans ses palais d'agrément.

Son heure est près d'arriver,

ses jours ne seront pas prolongés.

Le Seigneur aura pitié de son peuple

14 1 Le SEIGNEUR aura pitié de Jacob[3],

il choisira encore Israël.

Il les installera sur leur terre.

Les étrangers se joindront à eux

et ils seront rattachés à la maison de Jacob.

2 Des peuples les recevront et les feront entrer dans leur patrie.

Sur la terre du SEIGNEUR, la maison d'Israël[4] en prendra possession,

comme serviteurs et comme servantes,

elle fera captifs ceux qui l'ont tenue captive

et subjuguera ses oppresseurs.

---

1. *les Mèdes* : population originaire de l'actuel Iran. En 612 av. J. C., c'est-à-dire un siècle après Ésaïe, les Mèdes étaient alliés aux Babyloniens contre l'Assyrie. En 539 av. J. C. ils étaient alliés aux Perses contre l'empire Babylonien.

2. Le texte hébreu n'est pas clair ; il est probable que le verset est incomplet.

3. *l'homme des steppes* ou *l'Arabe* (comparer 21.13 et la note).

1. *les satyres* : genre de démons qu'on imaginait hanter les espaces désertiques.

2. *ses châteaux* : d'après les anciennes versions syriaque, araméenne et latine ; texte hébreu traditionnel peu clair.

3. *Jacob,* ancêtre du peuple d'Israël, symbolise ici l'ensemble du peuple de Dieu — *la maison de Jacob* : même sens ; voir 2.5 et la note.

4. *la maison d'Israël* : même sens que l'expression *la maison de Jacob* au v. 1.

Comment a fini le roi de Babylone

3 Le jour où le SEIGNEUR t'aura
    donné le repos[1],
    après ta peine, ton tourment
    et la dure servitude à laquelle
    tu as été assujetti,
4 tu entonneras cette chanson
    sur le roi de Babylone :
    Comment a-t-il fini, l'oppres-
    seur ?
    Comment a fini son arro-
    gance[2] ?
5 Le SEIGNEUR a brisé le bâton
    des méchants,
    le gourdin des dominateurs,
6 qui frappait les peuples avec
    fureur,
    qui frappait sans répit,
    subjuguant les nations dans sa
    colère,
    les persécutant[3] sans ménage-
    ment.
7 Toute la terre se repose enfin
    tranquille.
    On éclate en cris de joie.
8 Même les cyprès se réjouissent
    à cause de toi
    et, depuis que tu es étendu,
    les cèdres du Liban disent :
    « Il ne montera plus, celui qui
    venait nous abattre. »
9 Le monde d'en-bas[4] s'ébranle
    pour toi
    à l'annonce de ta venue.
    Pour toi, il réveille les trépas-
    sés,
    tous les grands de la terre,

il fait lever de leurs trônes
tous les rois des nations.
10 Tous, ils se mettent à parler et
    te disent :
    « Toi aussi, te voilà désormais
    sans force, comme nous,
    tu es devenu semblable à nous.
11 Ta Majesté a dû descendre
    sous terre
    au son de tes lyres.
    Sous toi, un matelas de ver-
    mine
    et les vers sont ta couverture. »
12 Comment es-tu tombé du ciel,
    Astre brillant, Fils de l'Aurore ?
    Comment as-tu été précipité à
    terre,
    toi qui réduisais les nations,
13 toi qui disais :
    « Je monterai dans les cieux,
    je hausserai mon trône
    au-dessus des étoiles de Dieu,
    je siègerai sur la montagne de
    l'assemblée divine
    à l'extrême nord[1],
14 je monterai au sommet des
    nuages,
    je serai comme le Très-Haut. »
15 Mais tu as dû descendre sous
    terre
    au plus profond de la Fosse[2].
16 Ceux qui te voient fixent sur
    toi leur regard
    et te dévisagent attentivement :
    « Est-ce là cet homme qui fai-
    sait trembler la terre
    et qui faisait s'écrouler les
    royaumes,
17 qui transformait le monde en
    désert,
    rasant les villes
    et ne rendant pas à leur foyer
    les prisonniers ? »

---

1. Au v. 3 le prophète s'adresse au peuple d'Israël personnifié.
2. *son arrogance :* la traduction suit ici de nombreuses versions anciennes et le texte hébreu du
principal manuscrit d'Ésaïe trouvé à Qumrân;
texte hébreu traditionnel obscur.
3. *persécutant :* d'après l'ancienne version syriaque; texte hébreu traditionnel peu clair.
4. *le monde d'en-bas* (ou *le *séjour des morts)*
est ici personnifié comme souvent dans l'A. T. (voir
5.14 et la note).

1. *l'extrême nord :* voir Ps 48.3 et la note.
2. *la Fosse* ou *le *séjour des morts.*

18 Tous les rois des nations, sans
exception,
reposent avec honneur, chacun
dans son tombeau.
19 Mais toi, tu as été jeté loin de
ton sépulcre
comme un exécrable avorton[1]
— couvert d'hommes tués,
transpercés par l'épée, -
descendus sur les pierres de la
fosse —
comme un cadavre piétiné.
20 Tu ne seras pas réuni avec eux
dans une sépulture,
car tu as détruit ton pays,
car tu as tué ton peuple :
la race des méchants ne sera
plus jamais nommée.
21 Préparez le massacre des fils
pour les crimes de leurs pères[2]
de peur qu'ils ne se lèvent et ne
s'emparent de la terre,
qu'ils ne couvrent de villes la
face du monde.
22 Je me dresserai contre eux
— oracle du Seigneur, le
tout-puissant —
de Babylone je supprimerai le
nom et la trace,
la descendance et la postérité[3]
— oracle du Seigneur.
23 J'en ferai un marécage, le domaine du hérisson[4],
je balaierai Babylone avec un
balai qui fait tout disparaître
— oracle du Seigneur, le tout-
puissant.

Le Seigneur brisera l'Assyrie

24 Le Seigneur, le tout-puissant, a
fait ce serment :
« Ce que j'ai résolu arrivera,
ce que j'ai décidé s'accomplira.
25 Je briserai l'Assyrie dans mon
pays,
je la piétinerai sur mes montagnes.
À ceux qui le portaient, son
*joug sera enlevé,
son fardeau sera enlevé de
leurs épaules. »
26 Telle est la décision prise à
l'encontre de toute la terre.
Telle est la main étendue
contre toutes les nations.
27 Quand le Seigneur, le tout-
puissant, a pris une décision,
qui pourrait la casser ?
Quand il étend la main,
qui la lui ferait retirer ?

Menaces contre les Philistins

28 L'année de la mort du roi Akhaz[1], ceci fut proclamé :
29 Ne te réjouis pas, Philistie tout
entière,
de ce que le gourdin qui te
frappait a été brisé,
car de la souche du serpent
sortira une vipère
et de celle-ci un dragon volant[2].
30 Les plus misérables auront un
pâturage,
les pauvres reposeront en sécurité,
mais je ferai mourir de faim ta
racine
et ce qui restera de toi sera tué.

---

1. traduction conjecturale, d'après les versions
anciennes, d'un texte difficile.
2. Le prophète fait allusion au roi de Babylone
et à ses descendants. Comme les grands criminels
celui-ci sera non seulement privé de sépulture (v.
19-20) mais aussi de descendance.
3. *le nom et la trace* : les termes ainsi traduits
font allitération en hébreu; de même pour ceux
qui sont rendus par *descendance* et *postérité*.
4. Le *hérisson* : autre traduction possible *le
butor*.

1. *la mort du roi Akhaz* : vers l'année 716 av. J.
C. C'est *Ezékias* qui lui succéda.
2. *le gourdin qui te frappait* : allusion à l'Assyrie
(voir 10.5) — *serpent, vipère, dragon volant* :
peut-être expression proverbiale signifiant que
tout ira de mal en pis (comparer Am 5.19).

31 Porte[1],   lamente-toi,   ville,
pousse des cris !
La Philistie tout entière s'effondre :
car une fumée s'avance du
Nord,
personne ne fait bande à part
dans leurs formations.
32 Et que répondre aux envoyés
de cette nation ?
Que le Seigneur a fondé *Sion
et que les humbles de son
peuple y sont en sûreté.

Contre Moab

15 [1] *Proclamation sur Moab.*
Dans la nuit où elle a été
ravagée,
Ar-Moab a été anéantie.
Dans la nuit où elle a été ravagée,
Qir-Moab[2] a été anéantie.
2 On monte au temple, à Divôn[3],
sur les *hauts lieux pour y
pleurer.
Sur le Nébo et à Madaba,
Moab se lamente.
Toutes les têtes sont rasées,
toutes les barbes sont coupées[4].
3 Dans les rues, on revêt le *sac.
Sur les toits et sur les Places,
tout le monde se lamente
et se répand en larmes.
4 Heshbôn et Eléalé poussent
des cris,

on les entend jusqu'à Yahaç[1].
Aussi les soldats de Moab
poussent-ils des clameurs
et leur âme est sans courage.
5 Mon cœur gémit sur Moab :
Il y a des fuyards jusqu'à Çoar,
Eglath-Shelishiya.
La côte de Louhith, on la
monte en pleurant
et un cri déchirant réveille le
chemin de Horonaïm[2].
6 Les eaux de Nimrim[3] sont devenues un lieu désolé.
L'herbe a séché, elle ne pousse
plus,
il n'y a plus de verdure.
7 Et les biens dont ils disposent
encore,
ils les portent au-delà-du torrent des Saules[4].
8 Les cris ont fait tout le tour du
territoire de Moab,
les lamentations vont jusqu'à
Eglaïm,
elles parviennent jusqu'au
puits d'Elîm[5].
9 Les eaux de Divôn[6] sont
pleines de sang,
aussi ajouterai-je aux malheurs
de Divôn
le lion contre les réchappés de
Moab,

1. Voir 3.26 et la note.
2. *Qir-Moab*, au sud du torrent de l'Arnôn, était
la capitale politique du royaume de Moab; elle est
nommée aussi *Qir-Harèseth* en 16.7, et *Qir-Hérès*
en 16.11 — *Ar Moab* est à une quinzaine de km
plus au nord.
3. *Divôn* : capitale religieuse du royaume de
Moab, à 5 km au nord de l'Arnôn.
4. *le Nébo* : une montagne située à 35 km au
nord de l'Arnôn (voir Dt 34.1) — *Madaba* : ville
voisine du mont Nébo — *têtes rasées, barbes coupées* : signes de deuil.

1. *Heshbôn* : ville située à 6 km au nord-est du
mont Nébo — *Eléalé* : à 3 km plus au nord — *Yahaç* : ville frontière, à l'est du territoire de Moab.
2. *Çoar* : ville située au sud de la mer Morte
— *Eglath-Shelishiya* et *la montée de Louhith*
n'ont pas encore été identifiées — *Horonaïm* : ville
frontière située peut-être dans la région sud-est de
Moab.
3. *les eaux de Nimrim* : probablement un torrent
ou une oasis au sud-est de la mer Morte.
4. *Le torrent des Saules* n'a pas été identifié de
façon certaine.
5. *Eglaïm* : localité située à l'extrémité nord de
la mer Morte — *le puits d'Elîm* : à la frontière
nord-est de Moab.
6. *Divôn* : la traduction suit ici le principal manuscrit hébreu d'Esaïe trouvé à Qumrân, ainsi que
plusieurs versions anciennes; texte hébreu traditionnel *Dimôn*.

contre ceux qui resteront dans le pays.

attentif au droit
et prompt à faire justice.»

Les réfugiés de Moab

16 1 Envoyez l'agneau du souverain du pays
depuis Sèla par le désert
vers la montagne de la fille de
*Sion[1].
2 Aux gués de l'Arnôn[2],
les filles de Moab seront
comme des oiseaux fugitifs,
chassés de leur nid :
3 «Tenez conseil, disent-elles,
prenez une décision :
En plein midi, rends ton ombre
pareille à la nuit,
cache les expulsés,
que les fugitifs ne soient pas
découverts ;
4 Que les réfugiés de Moab puissent séjourner chez toi !
Sois pour eux un abri contre le
dévastateur[3].
Quand la contrainte aura
cessé,
que la dévastation aura pris
fin,
que l'oppresseur aura disparu
du pays,
5 le trône sera affermi par l'amour
et, dans la tente de David,
un juge y siégera avec fidélité,

Une lamentation sur la ruine de Moab

6 Nous avons appris l'orgueil extrême de Moab[1],
son arrogance, son orgueil, sa
démesure,
ses vaines prétentions.
7 Et maintenant Moab sur
Moab se lamente,
ils se lamentent tous. Sur les
gâteaux de raisin de Qir-Harèseth[2],
ils gémissent, consternés.
8 Car les campagnes de Heshbôn dépérissent
et les vignes de Sivma
dont le vin assommait les maîtres des nations :
elles s'étendaient jusqu'à Yazér,
s'égaraient dans le désert
et leurs sarments s'étendaient
au-delà de la mer[3].
9 Et maintenant je pleure avec
Yazér
sur les vignes de Sivma.
Je vous arrose de mes larmes,
Heshbôn et Eléalé,
car sur vos vendanges et vos
récoltes
les cris de joie ont cessé.
10 La joie et l'allégresse ont disparu des coteaux
et dans les vignes, plus de jubilation,
plus d'acclamation.

---

1. *l'agneau* est ici une offrande symbolique par laquelle le roi de Moab se reconnaît subordonné au roi de Juda et demande en conséquence la protection de celui-ci — *Sèla* : localité non identifiée, probablement au sud du territoire de Juda (voir Jg 1.36) — *la fille de Sion* : voir 1.8 et la note.
2. *l'Arnôn* : principal cours d'eau de Moab; il se jette dans la mer Morte. Il marqua longtemps la frontière nord de Moab.
3. Les v. 3b et 4 représentent l'appel adressé par les Moabites au roi de Juda — le *dévastateur* désigne probablement le roi d'Assyrie (voir 33.1).

1. Au v. 6 commence la réponse des Judéens aux Moabites.
2. *les gâteaux de raisin* : probablement une offrande traditionnelle destinée à obtenir l'appui du dieu de Moab (Kemosh) — *Qir-Harèseth* : autre nom de *Qir-Moab* (voir 15.1 et la note).
3. *Heshbôn, Eléalé* (v. 9) : voir 15.4 et la note — *Sivma* : localité située entre Heshbôn et le mont Nébo — *Yazér* : au nord de Heshbôn — *la mer* désigne ici la mer Morte.

On ne presse plus le vin dans
les cuves,
les cris de joie ont cessé[1].
11 Comme la harpe, mes entrailles frémissent sur Moab
et mon coeur sur Qir-Hèrès[2].
12 On verra Moab se traîner vers
les *hauts lieux,
aller supplier dans son *sanctuaire :
il n'y pourra rien.

13 Telle est la parole que le Seigneur a prononcée sur Moab depuis longtemps. 14 Et maintenant,
le Seigneur dit : « D'ici trois ans
— années de mercenaire[3] —, l'é-
lite de Moab et aussi toute sa
multitude seront sans poids. Il en
restera très peu, rien qui puisse
compter. »

Contre Damas

17 [1] *Proclamation sur Damas[4].*
Damas va cesser d'être une
ville
et devenir un amas de décombres.
2 Les villes qui en dépendent seront
abandonnées pour toujours[5].
Elles serviront aux troupeaux
qui s'y reposeront sans que
personne ne les inquiète.

3 Il n'y aura plus de fortification
en Ephraïm[1]
ni de royauté à Damas
et le reste d'*Aram ne pèsera
pas plus que le fils d'Israël
— oracle du Seigneur, le
tout-puissant.

Ce qui restera du royaume d'Is-raël

4 Ce jour-là, le poids de Jacob[2]
diminuera
et son embonpoint se changera
en maigreur.
5 Comme à la moisson on ramasse le blé
et que par brassées on recueille
les épis,
comme on rassemble les épis
dans la vallée des Refaïtes[3],
6 il n'en restera que des glanures
et comme au gaulage de l'olivier,
deux ou trois olives tout en
haut, à la cime,
quatre ou cinq dans les branches qui produisent
— oracle du Seigneur, Dieu
d'Israël.

La fin de l'idolâtrie

7 Ce jour-là, l'homme portera
ses regards sur celui qui l'a fait et
ses yeux verront le *Saint d'Israël.
8 Il ne regardera plus les *autels
qui sont l'oeuvre de ses mains, il
ne verra plus ce que ses doigts
ont fait : les poteaux sacrés et les
emblèmes du soleil.

---

1. *ont cessé* : la traduction suit ici l'ancienne
version grecque; texte hébreu traditionnel *je fais
cesser.*
2. *Qir-Hèrès* : autre nom de *Qir-Moab* (voir 15.1
et la note).
3. *D'ici trois ans — année de mercenaire* :
c'est-à-dire *dans trois ans et pas un jour de plus.*
4. *Damas* : voir 10.9 et la note.
5. *les villes qui en dépendent* : traduction d'après
l'ancienne version araméenne; texte hébreu traditionnel obscur — *pour toujours* : d'après l'ancienne
version grecque; texte hébreu traditionnel obscur.

---

1. *Ephraïm* : voir 7.17 et la note.
2. *Jacob*, ancêtre d'Israël, symbolise ici le
royaume du nord ou royaume d'Israël (voir 2.6 et
la note).
3. *la vallée des Refaïtes* est proche de Jérusalem;
sa situation exacte est discutée.

9 Ce jour-là, tes villes de refuge
seront abandonnées, comme le
furent les bois et les sommets[1]
devant les fils d'Israël, et ce sera
la désolation
10 car tu as oublié Dieu ton Sauveur,
　　tu ne t'es pas souvenu du Ro-
　　cher, ton refuge,
　　tu fais pousser des plantes de
　　délices[2]
　　et tu sèmes des graines étran-
　　gères.
11 Le jour où tu les plantes, tu les
　　vois grandir
　　et dès le matin, tu vois germer
　　ta semence,
　　mais au moment d'en profiter,
　　la récolte s'est enfuie
　　et le mal est sans remède.

Les envahisseurs chassés en une nuit

12 Malheur ! C'est le grondement
　　de peuples sans nombre,
　　un mugissement comme celui
　　des mers,
　　un tumulte des nations comme
　　celui des eaux impétueuses,
13 un tumulte des nations comme
　　celui des grandes eaux.
　　Il les menace et elles fuient au
　　loin,
　　chassés comme la bale par le
　　vent des montagnes,
　　comme les coeurs de chardons
　　par la tempête.
14 Au soir, c'est l'épouvante,
　　et avant le matin, il ne reste
　　plus rien.

Telle est la part de ceux qui
nous dépouillent,
le sort de ceux qui nous pillent.

Avertissement aux ambassa- deurs de Nubie

18 1 Malheur ! Pays où crépitent les élytres,
　　le long des fleuves de Nubie[1],
2 toi qui envoies par mer des
　　ambassades[2]
　　dans les bateaux de papyrus,
　　par-dessus les eaux.
　　Allez, messagers rapides, vers
　　la nation élancée et glabre,
　　redoutée bien au-delà de ses
　　frontières,
　　la nation qui balbutie et qui
　　piétine,
　　dont les fleuves emportent la
　　terre.
3 Vous tous, habitants du
　　monde, qui peuplez la terre,
　　quand l'étendard sera dressé
　　sur les montagnes, regardez !
　　quand retentira le cor, écou-
　　tez[3] ! 4 Car le Seigneur m'a
　　parlé ainsi :
　　Je resterai tranquille, je regar-
　　derai du lieu où je suis,
　　comme l'éblouissante chaleur
　　au-dessus de la lumière,
　　comme le nuage de rosée dans
　　la chaleur de la moisson.
5 Avant la récolte, quand la flo-
　　raison est à son terme,
　　quand la fleur devient une
　　grappe qui mûrit,

---

1. *les bois et les sommets* : autre traduction
(avec l'ancienne version grecque) les *Hivvites et les
Amorites.
2. *des plantes de délices* : allusion probable à
une pratique cananéenne du culte de la fécondité,
les « jardins d'Adonis » (petites cultures en pots,
consacrées au dieu Tammouz-Adonis). Voir 1.29 et
la note.

1. *Pays où crépitent les élytres* ou *Pays où bour-
donnent les insectes* — *Nubie* (en hébreu *Koush*) :
voir 11.11 et la note.
2. Cet envoi d'ambassadeurs égyptiens à Jérusalem peut être situé aux environs de l'année 705
avant J. C.
3. *l'étendard dressé sur les montagnes* et les
sonneries de *cor* : signaux d'alarme annonçant
l'approche des troupes ennemies (ici les armées
syriennes).

on coupe les pampres avec des serpes,
on enlève les sarments, on élague.

6 Tout cela est abandonné aux rapaces des montagnes
et aux bêtes sauvages.
Les rapaces viendront y passer l'été
et toutes les bêtes sauvages y passeront l'hiver.

7 En ce temps-là, il apportera un présent au Seigneur, le tout-puissant,
le peuple élancé et glabre,
le peuple redouté bien au-delà de ses frontières,
la nation qui balbutie et qui piétine, dont les fleuves emportent la terre,
il apportera un présent là où se trouve le *nom du Seigneur, le tout-puissant, sur la montagne de *Sion.

Contre l'Egypte

19 1 *Proclamation sur l'Egypte.*
Voici le Seigneur monté sur un nuage rapide :
il vient en Egypte.
Les idoles d'Egypte tremblent devant lui
et le courage de l'Egypte fond dans ses entrailles.

2 J'exciterai les Egyptiens les uns contre les autres
et ils combattront chacun contre son frère,
chacun contre son prochain,
ville contre ville, royaume contre royaume[1].

3 L'Egypte perdra l'esprit

et j'anéantirai sa politique.
Ils consulteront les idoles et les enchanteurs,
les nécromanciens[1] et les devins.

4 Je livrerai les Egyptiens au pouvoir de maîtres rudes,
un roi puissant dominera sur eux[2]
— oracle du Seigneur Dieu, le tout-puissant.

5 Les eaux disparaîtront de la mer,
le fleuve tarira et se desséchera,

6 les canaux deviendront infects,
les Nils[3] d'Egypte baisseront et tariront,
les roseaux et les joncs se flétriront.

7 La jonchaie le long du Nil et à son embouchure,
tout ce qui pousse au bord du fleuve,
se desséchera, sera emporté :
il n'y aura plus rien.

8 Les pêcheurs gémiront,
tous ceux qui jettent l'hameçon dans le Nil se lamenteront,
ceux qui tendent le filet sur l'eau dépériront.

9 Ils seront déçus, ceux qui cultivent le lin,
les cardeuses et les tisserands deviendront livides[4],

10 ceux qui préparent les boissons seront accablés,

---

1. Voir 8.19 et la note.
2. Le Pharaon nubien Shabaka était maître de l'Egypte en l'année 712 avant J. C.
3. Au pluriel l'expression désigne les bras du fleuve formant le delta.
4. *deviendront livides :* la traduction suit ici le principal manuscrit hébreu d'Esaïe trouvé à Qumrân ; texte hébreu traditionnel *les tisserands d'étoffes blanches.*

1. Allusion aux rivalités sanglantes qui déchirèrent l'Egypte vers l'année 716 avant J. C., c'est-à-dire au début du règne d'Ezékias.

les fabricants de bière seront
consternés[1].

11 Les chefs de Tanis[2] sont vraiment stupides,
les sages conseillers de *Pharaon forment un conseil d'a-
brutis.
Comment pouvez-vous dire au
Pharaon :
« Je suis un sage, un disciple
des rois de jadis ? »
12 Où sont-ils, tes sages ?
Qu'ils t'apprennent donc et
que l'on sache
ce que le Seigneur, le tout-
puissant, a décidé au sujet de
l'Egypte.
13 Ils sont devenus stupides, les
chefs de Tanis,
les chefs de Memphis[3] sont
dans l'illusion,
ils font vaciller l'Egypte,
eux, la pierre angulaire de ses
tribus.
14 Le Seigneur a versé en eux un
esprit de vertige
et ils font vaciller l'Egypte
dans tout ce qu'elle fait,
comme vacille un ivrogne en
vomissant.
15 Nul ne fera plus rien en
Egypte,
pas plus la tête que la queue,
pas plus la palme que le roseau[4].
16 Ce jour-là, l'Egypte sera
comme les femmes, terrifiée et
tremblante en voyant s'agiter la
main que le Seigneur, le
tout-puissant, lèvera contre elle.
17 La terre de Juda sera l'effroi de
l'Egypte, chaque fois qu'il en sera
question devant elle, elle tremblera à cause de ce que le Seigneur, le tout-puissant, a décidé
contre elle.
18 Ce jour-là, il y aura au pays
d'Egypte cinq villes qui parleront
la langue de Canaan[1] et seront
liées par serment au Seigneur, le
tout-puissant. L'une d'entre elles
s'appellera Ir-Hahèrès — Ville de
la Destruction.

Le Seigneur guérira les Egyp-
tiens

19 Ce jour-là, il y aura un *autel du Seigneur au coeur du pays
d'Egypte et une stèle du Seigneur
près de sa frontière. 20 Ce sera un
signe et un témoin pour le Seigneur, le tout-puissant, dans le
pays d'Egypte : quand ils crieront
vers le Seigneur à cause de ceux
qui les oppriment, il leur enverra
un sauveur qui les défendra et les
délivrera. 21 Le Seigneur se fera
connaître des Egyptiens et les
Egyptiens, ce jour-là, connaîtront
le Seigneur. Ils le serviront par
des *sacrifices et des offrandes, ils
feront des voeux au Seigneur et
ils les accompliront. 22 Alors, si
le Seigneur a vigoureusement
frappé les Egyptiens, il les guérira : ils reviendront au Seigneur
qui les exaucera et les guérira.
23 Ce jour-là, une chaussée ira
d'Egypte en Assyrie. Les Assyriens viendront en Egypte et les
Egyptiens en Assyrie. Les Egyptiens adoreront[2] avec les Assyriens.

---

1. Le texte hébreu du v. 10 est obscur. La traduction suit ici l'ancienne version grecque.
2. *Tanis* : ville égyptienne dans le delta du Nil.
3. *Memphis* : ancienne capitale de la Basse-
Egypte, à quelques km au sud du Caire.
4. *la tête et la queue, la palme et le roseau* : voir
9.13 et la note.

1. *la langue de Canaan* : l'hébreu.
2. *adoreront* : la phrase sous-entend *le Dieu
d'Israël.*

24 Ce jour-là, Israël viendra le troisième, avec l'Egypte et l'Assyrie. Telle sera la bénédiction que, dans le pays, 25 prononcera le Seigneur, le tout-puissant : « Bénis soient l'Egypte, mon peuple, l'Assyrie, oeuvre de mes mains, et Israël, mon héritage. »

Sans chaussures et sans vêtements

20 1 L'année où le généralissime, envoyé par Sargon, roi d'Assyrie, vint attaquer Ashdod[1] et s'en empara ... 2 en ce temps-là, le Seigneur avait parlé par le ministère d'Esaïe, fils d'Amoç : « Va, lui avait-il dit, dénoue la toile de *sac que tu as sur les reins, ôte les sandales que tu as aux pieds »; et il fit ainsi, allant nu et déchaussé[2]. 3 Le Seigneur dit : « Mon serviteur Esaïe est allé nu et déchaussé — pendant trois ans —, signe et présage contre l'Egypte et contre la Nubie[3]. 4 De même, en effet, le roi d'Assyrie emmènera les prisonniers égyptiens et les déportés nubiens, jeunes gens et vieillards, nus et déchaussés, les fesses découvertes — nudité de l'Egypte ! 5 On sera consterné et confondu à cause de la Nubie vers qui on regardait et de l'Egypte dont on se faisait gloire. » 6 Alors, les habitants de ces régions-ci[4] diront : « Les voici donc, ceux vers qui nous regardions pour nous réfugier chez eux, y trouver du secours et être délivrés du roi d'Assyrie. Et nous, comment nous échapper ? »

Elle est tombée, Babylone !

21 1 *Proclamation sur le désert maritime.*
    Pareil aux tourbillons qui traversent le Néguev[1],
    il vient du désert, du pays redoutable
2   — vision accablante qui m'a été révélée —
    le traître qui trahit, le dévastateur qui dévaste[2] :
    « Monte, Elam ! Assiège, Mède !
    Je mets un terme à toutes les plaintes. »
3   Et maintenant, mes reins ne sont plus que frisson,
    des douleurs m'ont saisi
    comme les douleurs de celle qui enfante.
    Je suis trop tourmenté pour entendre,
    trop épouvanté pour voir.
4   Ma raison s'égare, je tremble de frayeur.
    La fraîcheur du soir que j'avais désirée s'est transformée pour moi en épouvante.
5   On dresse la table, la garde veille,
    on mange, on boit ...

1. *Ashdod* : ville de philistie (voir Am 1.6 et la note). La prise d'Ashdod par les Assyriens peut être fixée à l'année 711 av J. C.
2. C'était la tenue des prisonniers de guerre.
3. Voir la note sur 11.11.
4. *ces régions-ci* : c'est-à-dire la Philistie et le royaume de Juda.

1. *le désert maritime* : expression imagée désignant le sud de la Babylonie, qui touche au golfe Persique — *le Néguev* : région à demi désertique au sud de la Judée.
2. *le traître qui trahit, le dévastateur qui dévaste* : ces deux expressions désignent probablement ici les Elamites et les Mèdes mentionnés à la ligne suivante (voir 13.17 et la note).

debout, capitaines, graissez vos
boucliers[1] !

6 Car ainsi m'a parlé le Seigneur :
« Va, place le guetteur
qu'il annonce ce qu'il verra.

7 S'il voit un char attelé de deux
chevaux,
un cavalier sur un âne, un cavalier sur un chameau,
qu'il fasse bien attention,
qu'il redouble d'attention ! »

8 Celui qui regarde[2] a crié :
« À mon poste de guet, monseigneur, je me tiens tout le jour,
à mon poste de garde, je reste
debout toute la nuit.

9 Et voici ce qui vient :
un homme sur un char attelé
de deux chevaux.
Il prend la parole et dit :
Elle est tombée, elle est tombée, Babylone,
et toutes les statues de ses
dieux sont par terre, brisées. »

10 Toi que le Seigneur a battu
comme le grain sur son aire[3],
j'ai appris cela du Seigneur, le
tout-puissant, Dieu d'Israël,
je te l'ai annoncé.

Une réponse aux Edomites

11 *Proclamation sur Douma.*
On me crie de Séïr[4] :

« Veilleur, où en est la nuit ?
Veilleur, où en est la nuit ? »

12 Le veilleur répond :
« Le matin vient et de nouveau
la nuit.
Si vous voulez encore poser la
question, revenez. »

Contre l'Arabie

13 *Proclamation sur l'Arabie.*
Vous allez passer la nuit dans
la forêt en Arabie,
caravanes de Dedân[1].

14 Allez à la rencontre de l'assoiffé,
apportez de l'eau,
habitants du pays de Téma[2];
allez au-devant du fugitif avec
son pain,

15 car ils s'enfuient devant les
épées,
devant l'épée déchaînée,
devant l'arc tendu,
sous le poids du combat.

16 Ainsi m'a parlé le Seigneur :
Encore un an — année de mercenaire — et toute la gloire de Qédar[3] sera anéantie, 17 et il en restera bien peu parmi les arcs des
guerriers de Qédar. C'est le Seigneur, Dieu d'Israël, qui l'a dit.

Il fallait pleurer plutôt que se réjouir

22 1 *Proclamation sur le ravin
de la vision.*
Qu'as-tu donc à monter tout
entière sur les toits[4],

1. *on dresse la table* : selon Dn 5.30 le roi de
Babylone était occupé à festoyer quand la ville fut
prise, en 539 av J. C. — *graissez vos boucliers* : on
enduisait les boucliers de graisse pour que les
flèches y glissent au lieu d'y pénétrer. L'ordre
donné équivaut donc à « préparez vos armes pour
la bataille ».
2. *celui qui regarde* : la traduction suit ici le
principal manuscrit hébreu d'Esaïe trouvé à Qumrân; texte hébreu traditionnel *le lion*.
3. Au v. 10 le prophète s'adresse au peuple
d'Israël — *aire* : voir Nb 18.27 et la note.
4. *Douma* : probablement une oasis située au
nord de l'Arabie (voir Gn 25.14; 1 Ch 1.30)
— *Séïr* : région montagneuse habitée par les Edomites, au sud-est de la mer Morte.

1. *sur l'Arabie* : autre traduction *dans la steppe*
— *Dedân* : peuplade de l'Arabie.
2. *Téma* : oasis au nord-ouest de l'Arabie.
3. *année de mercenaire* : voir 16.14 et la note
— *Qédar* : tribu de l'Arabie du nord.
4. *ravin de la vision* : cette vallée n'a pas été
identifiée; elle est probablement proche de Jérusalem — les *toits* des maisons de Palestine sont
plats, en forme de terrasse.

2 ville tumultueuse et pleine de
tapage,
cité en liesse ?
Tes morts ne sont pas morts
par l'épée,
ils n'ont pas été tués au combat.

3 Tes généraux se sont tous enfuis,
ils ont été faits prisonniers
sous la menace de l'arc[1].
Tous ceux qui ont été retrouvés ont été faits prisonniers,
ils avaient fui au loin.

4 Et maintenant, je dis : détournez-vous de moi,
que je pleure amèrement;
n'insistez pas pour me consoler
de la dévastation de la fille de
mon peuple[2].

5 Car c'est un jour d'effarement,
d'effondrement et d'affolement
de par le Seigneur Dieu, le
tout-puissant.
Dans le ravin de la vision, une
muraille s'écroule
et des cris s'élèvent vers la
montagne.

6 Elam porte le carquois
sur des chars attelés et montés
et Qir[3] sort le bouclier.

7 Tes plus belles plaines sont
remplies de chars,
les attelages prennent position
aux portes,

8 la couverture de Juda est enlevée.

Ce jour-là, vous avez regardé
vers l'arsenal de la Maison de
la Forêt[1]

9 et vous avez vu que les brèches
de la ville de David étaient
nombreuses.
Vous avez amassé l'eau dans le
réservoir inférieur.

10 Vous avez fait le compte des
maisons de Jérusalem,
vous avez démoli les maisons
pour rendre inaccessibles les
murailles.

11 Vous avez aménagé un bassin
entre les deux murailles
pour les eaux de l'ancien réservoir[2].
Mais vous n'avez pas regardé
vers celui qui agit en tout cela,
vous n'avez pas vu celui qui est
à l'oeuvre depuis longtemps.

12 Ce jour-là, le Seigneur Dieu, le
tout-puissant,
vous appelait à pleurer et à
vous lamenter,
à vous raser la tête et à ceindre
le *sac,

13 et c'est l'allégresse et la joie :
on tue les boeufs, on égorge les
moutons,
on mange de la viande, on boit
du vin,
on mange, on boit ... car demain nous mourrons.

14 Le Seigneur, le tout-puissant,
m'a fait entendre cette révélation :

---

1. sous la menace de l'arc : autre traduction sans
avoir tiré de l'arc.
2. la fille de mon peuple : expression hébraïque
qui désigne la population d'Israël.
3. Elam : voir 11.11 et la note — Qir est la
patrie d'origine des *Araméens d'après Am 9.7.

1. la couverture de Juda : les villes fortifiées qui
permettaient de maintenir l'ennemi aux frontières
— la Maison de la Forêt est la grande salle à
colonnes de bois construite par Salomon et nommée la Maison de la Forêt du Liban en 1 R 7.2-6.
2. Le réservoir inférieur (v. 9) fut aménagé par
le roi Akhaz pour assurer l'approvisionnement
d'eau en cas de siège -- l'ancien réservoir (v. 11)
est sans doute identique au réservoir supérieur
mentionné en 7.3 et 2 R 18.17 — le bassin entre
les deux murailles désigne probablement la piscine
de Siloé, construite par le roi Ezékias.

Jamais ce péché ne vous sera pardonné que vous ne soyez morts !
Le Seigneur Dieu, le tout-puissant, l'a juré.

Avertissement à Shevna, maître du palais

15 Ainsi a parlé le Seigneur Dieu, le tout-puissant :
Va trouver ce gouverneur, Shevna, le maître du palais :
16 Que possèdes-tu ici ? Quels parents y as-tu
pour te creuser ici un sépulcre, creuser ton tombeau en hauteur,
te tailler une demeure dans le roc ?
17 Eh bien, le Seigneur va te secouer, beau sire,
il va t'empaqueter, 18 t'envoyer rouler comme une boule
vers un pays aux vastes étendues.
C'est là-bas que tu mourras, là-bas avec les chars qui font ta gloire
et le déshonneur de la maison de ton maître.
19 Je vais te chasser de ton poste, te déloger de ta position.
20 Et ce jour-là, je ferai appel à mon serviteur,
Elyaqîm, fils de Hilqiyahou,
21 je le revêtirai de ta tunique, j'assurerai son maintien avec ta ceinture,
je remettrai ton pouvoir entre ses mains.
Il sera un père pour les habitants de Jérusalem
et pour la maison de Juda[1].

22 Je mettrai la clé de la maison de David[1] sur son épaule,
il ouvrira et nul ne fermera, il fermera et nul n'ouvrira.
23 Je l'enfoncerai comme un clou dans un endroit solide
et il sera un trône de gloire pour la maison de son père[2].
24 Toute la gloire de la maison de son père y sera suspendue,
rameaux et brindilles,
toute la menue vaisselle, depuis les bols jusqu'aux jarres de toute sorte.
25 Ce jour-là, oracle du Seigneur, le tout-puissant, le clou enfoncé dans un endroit solide cédera, cassera et tombera et la charge qu'il supportait sera détruite, car le Seigneur a parlé.

Contre Tyr

23 1 *Proclamation sur Tyr.*
Hurlez, navires de Tarsis[3], à cause de la dévastation :
plus de maison !
Ils l'ont découvert en arrivant de l'île de Chypre.
2 Restez sans un mot, habitants de la côte,
marchands de Sidon
dont les commis franchissent la mer[4].
3 À travers les grandes eaux, les semailles du Nil, la moisson du Fleuve
étaient son revenu :
elle était le marché des nations.

---

1. Habituellement le titre de *père* était attribué au roi (voir 9.5) ou à un personnage haut placé — *la maison de Juda* : le royaume de Juda (comparer avec 2.6 ; 5.7 ; 8.14 ; et les notes).

1. Les *clés* de cette époque étaient en bois et de grandes dimensions — *la maison de David* : voir 7.2 et la note.
2. *la maison de son père* : expression hébraïque équivalent à *la famille de son père*.
3. *Tyr* : ville principale de la côte phénicienne — *navires de Tarsis* : voir 2.16 et la note.
4. *Sidon* : autre ville importante de la côte phénicienne — La fin du verset est traduite d'après le principal manuscrit hébreu d'Ésaïe trouvé à Qumrân ; texte hébreu traditionnel obscur.

4 Quelle déchéance, Sidon, forteresse de la mer !
La Mer prend la parole et dit :
« Je n'ai pas été en travail, je
n'ai pas enfanté,
je n'ai pas fait grandir de
jeunes gens
ni élevé de jeunes filles. »

5 Quand l'Egypte l'apprendra,
aux nouvelles de Tyr, elle frémira.

6 Faites la traversée jusqu'à Tarsis,
hurlez, habitants des côtes !

7 Est-ce là votre cité joyeuse
dont l'antiquité remonte aux
jours anciens
et que ses pieds portaient au
loin pour s'y établir[1] ?

8 Qui donc a décidé cela contre
Tyr
qui distribuait des couronnes ?
Ses marchands étaient des
princes,
ses négociants des grands de la
terre.

9 C'est le Seigneur, le tout-puissant, qui l'a décidé,
pour flétrir l'orgueil de tout ce
qu'on honore,
pour déconsidérer tous les
grands de la terre.

10 Cultive ta terre comme le long
du Nil,
fille de Tarsis[2] :
il n'y a plus de port.

11 Le Seigneur a étendu la main
contre la mer,
il a fait trembler les royaumes.

Il a ordonné à Canaan[1]
de supprimer ses forteresses.

12 Il a dit : Tu ne pourras plus te
réjouir,
toi qu'on a violée, vierge fille
de Sidon[2].
Lève-toi, passe à Chypre,
là non plus, tu n'auras pas de
repos.

13 Regarde le pays des Chaldéens :
ce peuple n'existe plus.
L'Assyrie l'a assigné aux chats
sauvages[3],
ils avaient élevé des tours de
guet,
érigé des places fortes
et elle en a fait un champ de
ruines.

14 Hurlez, navires de Tarsis,
parce que votre forteresse est
dévastée.

15 Ce jour-là, Tyr sera oubliée
pendant 70 ans, la durée des
jours d'un seul roi. Au bout de 70
ans, il arrivera à Tyr ce que dit la
chanson de la courtisane :

16 Prends une harpe, fais le tour
de la ville,
courtisane oubliée.
Joue de ton mieux, reprends
tes chansons
afin qu'on se souvienne de toi.

17 Au bout de 70 ans, le Seigneur interviendra à Tyr et elle
retournera à ses profits, elle se
prostituera à tous les royaumes

---

1. Les Phéniciens avaient fondé des colonies
lointaines, par exemple à Carthage (près de l'actuelle Tunis) et à Tarsis (probablement en
Espagne).
2. *Cultive la terre :* la traduction suit ici le principal manuscrit hébreu d'Esaïe trouvé à Qumrân;
texte hébreu traditionnel *traverse la terre — fille
de Tarsis :* expression poétique désignant ici la
ville de Tyr et sa population, dont la prospérité
dépendait de son commerce avec Tarsis (v. 1).

1. Les Phéniciens étaient Cananéens (voir Gn
10.15). D'autre part Cananéen est parfois dans la
Bible synonyme de commerçant (voir par exemple
le v. 8 où ce terme est rendu par *négociants;* Os
12.8).
2. *Sidon :* voir 23.2 et la note — *la fille de
Sidon :* expression poétique désignant la ville de
Sidon et sa population.
3. *le pays des Chaldéens* est la région de Babylone; les Assyriens l'ont reconquis en l'année 703
av. J. C. — *aux chats sauvages* ou (peut-être) *aux
nomades.* La traduction de ce verset est incertaine.

qui sont sur la face de la terre[1],
18 mais ses gains et ses profits
seront consacrés au SEIGNEUR, ils
ne seront ni amassés, ni entassés.
Ses gains serviront à nourrir et à
rassasier ceux qui habitent devant
le SEIGNEUR et à leur assurer un
vêtement durable.

Bouleversement et deuil sur la terre

24 1 Voici que le SEIGNEUR dévaste
la terre et la ravage,
il en bouleverse la face,
il en disperse les habitants,
2 les prêtres comme le peuple,
le maître comme son serviteur,
la dame comme sa servante,
celui qui vend comme celui qui
achète,
celui qui prête comme celui qui
emprunte,
le créancier comme le débiteur.
3 La terre sera totalement dévastée,
pillée de fond en comble,
comme l'a décrété le SEIGNEUR.

4 La terre en deuil se dégrade,
le monde entier dépérit et se
dégrade,
avec la terre[2] dépérissent les
hauteurs.
5 La terre a été profanée par ses
habitants,
car ils ont transgressé les lois,
ils ont tourné les préceptes,
ils ont rompu l'*alliance éternelle.
6 C'est pourquoi la malédiction
dévore la terre,

ceux qui l'habitent en portent
la peine.
C'est pourquoi les habitants de
la terre se consument,
il n'en reste que très peu.

La cité des oppresseurs est en ruines

7 Le vin nouveau est en deuil, la
vigne dépérit,
tous les bons vivants gémissent.
8 Le son joyeux des tambourins
a cessé,
le tumulte des gens en liesse a
pris fin,
le son joyeux de la harpe a
cessé.
9 On ne boit plus de vin en
chantant,
les boissons fortes sont amères
aux buveurs.
10 La cité du néant[1] s'est effondrée,
toutes les maisons sont fermées, inaccessibles.
11 Dans les rues, on réclame du
vin,
toute allégresse a disparu,
la joie est bannie du pays.
12 Il ne reste dans la ville que
désolation
et la porte, démolie, est en
ruines.
13 Dans le pays et parmi les peuples,
c'est comme le gaulage des
olives,
comme le grappillage du raisin
quand la vendange est finie.

---

1. L'activité commerciale des Phéniciens de Tyr
est comparée à une prostitution (voir Ap 18.3).
2. traduction conjecturale; texte hébreu traditionnel obscur.

1. *La cité du néant* : on ignore à quelle ville
particulière le prophète fait ici allusion.

On acclame partout le Seigneur

14 Ceux-là[1] élèvent la voix,
   ils acclament la majesté du
   SEIGNEUR.
   Du côté de la mer, ils exultent.
15 On glorifie le SEIGNEUR à l'O-
   rient,
   le *nom du SEIGNEUR, Dieu
   d'Israël, dans les îles de la mer.
16 Des extrémités de la terre,
   nous entendons chanter :
   « Honneur au Juste ! »

Personne n'échappera au Seigneur

   Mais je dis : Je suis à bout, je
   suis à bout !
   Malheur à moi !
   Les traîtres ont trahi.
   Trahison ! Les traîtres ont
   trahi.
17 C'est la frayeur, la fosse et le
   filet[2]
   pour toi, habitant du pays.
18 Celui qui fuira le cri de frayeur
   tombera dans la fosse,
   celui qui remontera de la fosse,
   sera pris dans le filet.
   Les écluses d'en haut sont ouvertes,
   les fondements de la terre sont
   ébranlés.
19 La terre se brise,
   la terre vole en éclats,
   elle est violemment secouée.
20 La terre vacille comme un
   ivrogne,
   elle est agitée comme une cabane.
   Son péché pèse sur elle,

elle tombe et ne peut se relever.
21 Ce jour-là, le SEIGNEUR interviendra
   là-haut contre l'armée d'en-
   haut
   et sur terre contre les rois de la
   terre.
22 Ils seront entassés, captifs,
   dans la fosse,
   ils seront enfermés en prison
   et, longtemps après, ils devront
   rendre des comptes[1].
23 La lune sera humiliée,
   le soleil sera confondu.
   Oui, le SEIGNEUR, le tout-puissant, est roi
   sur la montagne de *Sion et à
   Jérusalem
   dans sa gloire, en présence des
   *anciens.

Le Seigneur, protecteur du faible

25 1 SEIGNEUR, tu es mon Dieu,
   je t'exalte et je célèbre ton
   *nom,
   car tu as réalisé des projets
   merveilleux,
   conçus depuis longtemps,
   constants et immuables.
2 Tu as fait de la ville un tas de
   pierres,
   de la cité fortifiée un champ
   de ruines.
   La forteresse des barbares[2] a
   cessé d'être une ville,
   elle ne sera plus jamais rebâtie.
3 C'est pourquoi un peuple puissant te rend gloire,

1. *ceux-là* : le prophète désigne probablement ainsi les Israélites délivrés grâce à la ruine des oppresseurs.
2. *frayeur, fosse, filet* : les trois mots hébreux ainsi traduits ont presque la même consonance.

1. *ils devront rendre des comptes* : autres traductions possibles *ils seront châtiés* ou *ils seront graciés*. Le verbe hébreu correspondant désigne une intervention du Seigneur, qui peut être favorable ou défavorable.
2. *La forteresse des barbares* : sans doute identique à *la cité du néant* mentionnée en 24.10.

la cité des tyrans des nations te révère.

4 Car tu es le rempart du faible,
le rempart du pauvre dans la détresse,
le refuge contre l'orage,
l'ombre contre la chaleur
— car le souffle des tyrans est comme l'orage contre une muraille,

5 comme la chaleur sur une terre aride —.
Tu éteins le tumulte des barbares
comme fait à la chaleur l'ombre d'un nuage,
tu étouffes la fanfare des tyrans.

Un festin pour tous les peuples

6 Le Seigneur, le tout-puissant,
va donner sur cette montagne[1]
un festin pour tous les peuples,
un festin de viandes grasses et de vins vieux,
de viandes grasses succulentes et de vins vieux décantés.

7 Il fera disparaître sur cette montagne
le voile tendu sur tous les peuples,
l'enduit plaqué sur toutes les nations.

8 Il fera disparaître la mort pour toujours.
Le Seigneur Dieu essuiera les larmes
sur tous les visages
et dans tout le pays il enlèvera la honte de son peuple.
Il l'a dit, Lui, le Seigneur.

9 On dira ce jour-là : C'est Lui notre Dieu.

Nous avons espéré en Lui et il nous délivre.
C'est le Seigneur en qui nous avons espéré.
Exultons, jubilons, puisqu'il nous sauve.

Les Moabites seront humiliés

10 La main du Seigneur va se poser sur cette montagne[1].
Mais Moab sera écrasé sur place,
comme la paille est écrasée dans la fosse à fumier.

11 Là, il étendra les mains
comme on les étend pour nager.
Son arrogance sera humiliée avec les manoeuvres de ses mains.

12 Les bastions inaccessibles de tes murailles,
le Seigneur les renverse, les abat,
les ramène à ras de terre, dans la poussière.

Cantique : Nous avons une ville forte

26 1 Ce jour-là, on chantera ce cantique au pays de Juda :
Nous avons une ville forte.
Il y a placé comme sauvegarde un mur et un avant-mur.

2 Ouvrez les portes :
qu'elle entre, la nation juste qui se garde fidèle.

3 Comme une oeuvre bien établie[2],
tu peux modeler la paix
parce qu'on a confiance en toi.

---

1. *cette montagne :* la montagne sur laquelle était bâtie Jérusalem (voir 24.23; 27.13).

1. Voir 25.6 et la note.
2. *Comme une oeuvre bien établie* ou *D'une manière ferme.*

4 Faites confiance au S<small>EIGNEUR</small>
   pour toujours,
   au S<small>EIGNEUR</small>, le rocher éternel,
5 car il a fait plier ceux qui habitaient les hauteurs
   et il abat la cité inaccessible[1],
   il l'abat jusqu'à terre
   et lui fait toucher la poussière.
6 Elle sera foulée aux pieds,
   sous les pas des humbles,
   sous les pieds des faibles.

Prière : Nous espérons en toi, Seigneur

7 Le chemin du juste va tout
   droit
   et tu aplanis la voie droite du
   juste.
8 Sur le chemin que tracent tes
   sentences,
   nous espérons en toi, S<small>EIGNEUR</small>,
   l'objet de nos désirs est de re-
   dire ton nom.
9 Pendant la nuit, vers toi mon
   âme aspire,
   mon esprit, au-dedans de moi,
   te cherche.
   Quand tes sentences s'exercent
   sur la terre,
   les habitants du monde apprennent la justice.
10 Mais si l'on fait grâce au méchant,
   il n'apprend pas la justice.
   Au pays de la rectitude[2], il fait
   le mal
   et il ne voit pas la majesté du
   S<small>EIGNEUR</small>.
11 Ta main est levée, S<small>EIGNEUR</small>, et
   ils ne la voient pas,

mais ils verront ton zèle pour
le peuple
et ils seront confondus,
dévorés par le feu destiné à tes
ennemis.
12 S<small>EIGNEUR</small>, tu nous donnes la
   paix,
   c'est toi qui accomplis pour
   nous
   tout ce que nous faisons.
13 S<small>EIGNEUR</small> notre Dieu,
   d'autres maîtres que toi ont
   dominé sur nous,
   mais c'est ton nom seul que
   nous redisons.
14 Puisque les morts ne revivent
   pas,
   puisque les trépassés ne se relèvent pas,
   tu es intervenu pour les exterminer
   et faire disparaître jusqu'à leur
   souvenir.
15 Tu as fait grandir la nation,
   S<small>EIGNEUR</small>,
   tu as fait grandir la nation,
   tu as montré ta gloire,
   tu as fait reculer toutes les
   frontières du pays.
16 S<small>EIGNEUR</small>, dans la détresse on a
   recours à toi.
   Quand tu sévis, on se répand
   en prières.
17 Nous avons été devant toi, S<small>EI-
   GNEUR</small>,
   comme une femme enceinte,
   près d'enfanter,
   qui se tord et crie dans les
   douleurs.
18 Nous avons conçu, nous avons
   été dans les douleurs,
   mais c'est comme si nous
   avions enfanté du vent :
   nous n'apportons pas le salut à
   la terre,
   ni au monde de nouveaux habitants.

---

1. *la cité inaccessible* : probablement la ville déjà évoquée en 24.10 et 25.2.
2. Le *pays de la rectitude* : probablement la Palestine — l'ensemble du v. 10 forme une sorte de parenthèse qui interrompt le développement commencé aux v. 7-9 et continué au v. 11.

19 Tes morts revivront, leurs cadavres ressusciteront.
Réveillez-vous, criez de joie,
vous qui demeurez dans la
poussière !
Car ta rosée est une rosée de
lumière et la terre aux trépassés rendra le jour.

Le Seigneur demande des comptes aux hommes

20 Va, mon peuple, rentre chez
toi
et ferme sur toi les deux battants.
Cache-toi un instant,
le temps que passe la colère,
21 car voici le SEIGNEUR qui sort
de sa demeure
pour demander compte de
leurs crimes
aux habitants de la terre.
Et la terre laissera paraître le
sang,
elle cessera de dissimuler les
victimes.

27 1 Ce jour-là, le SEIGNEUR
interviendra
avec son épée acérée, énorme,
puissante
contre Léviatan, le serpent
fuyant,
contre Léviatan, le serpent tor-
tueux,
il tuera le Dragon de la mer[1].

Le Seigneur et sa Vigne

2 Ce jour-là, chantez la vigne
délicieuse[2] :
3 Moi, le SEIGNEUR, j'en suis le
gardien,
en tout temps je l'arrose.

De peur qu'on y fasse irruption,
je la garde nuit et jour.
4 Je ne suis plus en colère :
si je trouve des épines et des
ronces,
je donnerai l'assaut
et, en même temps, j'y mettrai
le feu,
5 mais celui qui me prendra
pour rempart
avec moi fera la paix,
il fera la paix avec moi.

Le pardon pour les descendants de Jacob

6 Dans les temps à venir, Jacob[1]
poussera des racines,
Israël fleurira et donnera des
bourgeons,
il remplira le monde de ses
fruits.
7 Les a-t-il frappés comme il a
frappé
ceux qui les frappaient ?
Les a-t-il massacrés comme il
a massacré ceux qui les massa-
craient ?
8 Il a fait leur procès en les
chassant, en les expulsant.
Il les a enlevés par son souffle
violent,
en un jour de vent d'est.
9 Et c'est ainsi que sera effacé le
crime de Jacob,
et tel sera le fruit du pardon
de son péché :
il traitera toutes les pierres des
*autels
comme la pierre à chaux qu'on
pulvérise,

---

1. *Léviatan, Dragon de la mer :* voir Ps 74.13-14
et les notes.
2. *la vigne :* voir 3.14 et la note.

1. Voir 14.1 et la note.

les poteaux sacrés[1] et les emblèmes du soleil
ne se dresseront plus.

La ville abandonnée

10 La ville fortifiée restera solitaire[2],
pâture ouverte, abandonnée comme un désert.
Là, le veau viendra paître,
là, il se couchera et broutera les branchages.
11 Quand les branches seront sèches, on les cassera,
des femmes viendront y mettre le feu.
Oui, ce peuple est sans discernement :
c'est pourquoi celui qui l'a fait n'en a pas pitié,
celui qui l'a formé ne lui fait pas grâce.

Le retour des exilés

12 Ce jour-là, le Seigneur procédera au battage
depuis le cours de l'Euphrate jusqu'au torrent d'Egypte[3].
Et c'est vous qui serez glanés un par un, fils d'Israël.
13 Ce jour-là, la grande trompe sonnera[4].
Ils arriveront, ceux qui étaient perdus au pays d'Assyrie
et ceux qui avaient été chassés au pays d'Egypte

---

1. Voir Ex 34.13 et la note.
2. Le prophète semble faire allusion à la ville de Samarie, prise en 722-721 av. J. C. par les Assyriens. Comparer le v. 11 avec Os 1.6; 4.6.
3. *depuis le cours de l'Euphrate jusqu'au torrent d'Egypte* : c'est-à-dire du nord au sud de la Palestine. Ces limites évoquent les frontières du royaume de David (comparer 1 R 8.65).
4. *la grande trompe* (confectionnée dans une corne de bélier) servait à appeler au combat ou à convoquer des assemblées religieuses.

---

et ils se prosterneront devant le Seigneur,
sur la montagne sainte, à Jérusalem.

Tempête dévastatrice sur Samarie

28 1 Malheur ! Fière couronne des ivrognes d'Ephraïm[1]
et fleurs fanées qui font l'éclat de sa parure
au-dessus de la vallée plantureuse,
vous qui êtes assommés par le vin.
2 Voici un puissant guerrier du Seigneur[2],
semblable à un orage de grêle,
à une tempête dévastatrice,
à un orage qui fait déborder les eaux impétueuses :
violemment, il couchera tout à terre.
3 Elle sera foulée aux pieds,
la fière couronne des ivrognes d'Ephraïm;
4 et les fleurs fanées qui font l'éclat de sa parure
au-dessus de la vallée plantureuse
seront comme une figue précoce, mûrie avant l'été :
quelqu'un l'aperçoit et, aussitôt qu'il la tient, il l'avale.
5 Ce jour-là, le Seigneur, le tout-puissant, sera la couronne éclatante,
le diadème et la parure du reste de son peuple.
6 Il sera l'esprit de justice pour celui qui siège en justice,

---

1. *couronne des ivrognes d'Ephraïm* : description poétique de Samarie, capitale du royaume d'Israël — Sur *Ephraïm* voir 7.17 et la note.
2. Le *puissant guerrier du Seigneur* : expression imagée décrivant le roi d'Assyrie (voir 8.4).

la vaillance de ceux qui refou-
lent vers la porte la bataille.

Les ivrognes qui se moquent du prophète

7 De même, prêtres et *prophètes sont égarés par le vin,
ils titubent sous l'effet de boissons fortes,
la boisson les égare, le vin les
engloutit,
ils titubent sous l'effet des
boissons fortes,
ils s'égarent dans les visions,
ils trébuchent en rendant leurs
sentences.

8 Toutes les tables sont couvertes de vomissements infects :
pas une place nette !

9 Et ils disent : « Qui donc
veut-il enseigner[1] ?
À qui veut-il expliquer ses ré-
vélations ?
À des enfants à peine sevrés ?
À des bébés qui viennent de
quitter la mamelle ?

10 Il répète : Sawlasaw, sawlasaw,
qawlaqaw, qawlaqaw,
zeër sham, zeër sham[2]. »

11 eh bien oui, c'est un langage
haché[3],
c'est en langue étrangère
que le Seigneur va parler à ce
peuple,

12 lui qui leur avait dit :
« Voici le repos, laissez se reposer celui qui est épuisé,
voici l'apaisement »,

mais ils n'ont pas voulu écouter.

13 Aussi la parole du Seigneur
sera-t-elle pour eux :
« Sawlasaw, sawlasaw, qawlaqaw, qawlaqaw,
zeër sham, zeër sham »,
si bien qu'en marchant, ils
tomberont à la renverse,
ils se casseront les reins,
ils seront pris au piège et capturés.

La pierre angulaire

14 Ecoutez donc la parole du Seigneur,
vous, les railleurs qui gouver-
nez ce peuple à Jérusalem.

15 Vous dites : « Nous avons
conclu une alliance avec la
Mort,
nous avons fait un pacte avec
le monde d'en bas[1].
Le fléau déchaîné, quand il
passera, ne nous atteindra pas,
car nous nous sommes fait du
mensonge un refuge
et dans la duplicité nous avons
notre abri. »

16 Cependant, ainsi parle le
Seigneur Dieu :
Voici que je pose dans *Sion
une pierre à toute épreuve,
une pierre angulaire, précieuse,
établie pour servir de fondation.
Celui qui s'y appuie ne sera
pas pris de court.

17 Je prendrai le droit comme
cordeau et la justice comme
niveau[2].

Et la grêle balaiera le refuge
du mensonge

---

1. *il* désigne le prophète.
2. Phrase hébraïque incohérente, que certains
traduisent *ordre sur ordre, règle sur règle, un peu
par ci, un peu par là*. Peut-être ces mots reprodui-
sent-ils un exercice de lecture pour débutants. Les
buveurs se moqueraient alors du prophète en le
comparant à un maître de l'école élémentaire.
3. *un langage haché* ou *un langage ironique*.

---

1. *le monde d'en bas* : c'est le *séjour des morts.
2. *cordeau, niveau* : instruments du maçon.

et les eaux emporteront votre
abri.

18 Elle sera effacée, votre alliance
avec la Mort,
votre pacte avec le monde
d'en-bas ne tiendra pas.
Le fléau déchaîné, quand il
passera, vous écrasera.

19 Chaque fois qu'il passera, il
vous reprendra,
car il repassera matin après
matin,
le jour et la nuit,
et ce sera pure terreur d'en
comprendre la révélation.

20 Le lit sera trop court pour s'y
étendre,
la couverture trop étroite pour
s'y envelopper[1].

Avertissement aux railleurs

21 Oui, le Seigneur va se lever
comme à la montagne de Peracim,
il frémira comme dans la
plaine de Gabaon[2],
au moment d'accomplir son
oeuvre, oeuvre insolite,
de faire son travail, travail
étrange.

22 Et maintenant, ne jouez plus
les railleurs,
de peur que vos liens ne se
resserrent,
car j'ai appris du Seigneur
Dieu le tout-puissant

que la destruction de tout le
pays est décidée.

Deux paraboles à propos du tra-vail des champs

23 Prêtez l'oreille, écoutez-moi !
Soyez attentifs, écoutez ma parole.

24 Est-ce tout le temps que le laboureur, en vue des semailles,
laboure, creuse et herse sa
terre ?

25 N'est-il pas vrai qu'il en aplanit la surface,
puis répand la nigelle et sème
le cumin,
met le blé et l'orge
et l'épeautre en lisière[1].

26 Or, c'est son Dieu qui lui enseigne la règle à suivre
et qui l'instruit.

27 La nigelle ne doit pas être
écrasée avec le traîneau à
battre[2]
et les roues du chariot ne doivent pas passer sur le cumin,
mais c'est au bâton qu'on bat
la nigelle
et au fléau le cumin.

28 Le froment est-il broyé ?
Non, ce n'est pas indéfiniment
qu'on le bat;
on fait passer dessus les roues
du chariot et mâchoires'attelage,
mais on ne le broie pas.

29 Cela aussi vient du Seigneur le
tout-puissant,

---

1. Le prophète cite sans doute un dicton populaire.
2. la ᵐᵉ montagne de Peracim doit être probable-ment située au sud de Jérusalem — la plaine de Gabaon est à une douzaine de km au nord-ouest de Jérusalem. Le prophète fait allusion aux deux victoires remportées par David contre les Philistins (2 S 5.17-25).

1. nigelle, cumin : plantes cultivées dont les graines étaient utilisées comme épices — Après les termes traduits par blé et orge, le texte hébreu comporte encore deux termes inconnus que la traduction n'a pas retenus. Sans doute s'agit-il d'autres céréales. Pour l'un d'eux certains traduc-teurs pensent qu'il s'agit du millet — épeautre : variété de blé.
2. le traîneau à battre était garni de pointes sur sa face inférieure; traîné par un bœuf il servait à détacher les grains des épis.

qui se montre d'un merveilleux
conseil
et d'un grand savoir-faire.

Jérusalem assiégée, puis sauvée

29 1 Malheur ! Ariel, Ariel !
Ville contre laquelle campa
David.
Qu'une année s'ajoute à
celle-ci avec tout le cycle des
fêtes.

2 et je presserai Ariel :
elle ne sera plus que plainte et
gémissement,
elle sera pour moi comme un
ariel[1].

3 Comme David[2], je camperai
contre toi,
je t'entourerai de retranche-
ments
je dresserai contre toi des machines de siège.

4 Abattue, tu parleras depuis la
terre,
ta parole atténuée viendra de
la poussière,
ta voix, comme celle d'un revenant, montera de la terre
et de la poussière, ta parole
comme un sifflement.

5 La multitude de tes ennemis
sera comme une poudre fine,
la foule des tyrans comme la
bale[3] qui s'envole ...

et tout à coup, 6 le SEIGNEUR le
tout-puissant interviendra

dans le tonnerre, l'ébranlement,
un grand fracas,
le tourbillon, la tempête et la
flamme d'un feu dévorant.

7 Ce sera alors comme un songe,
une vision de la nuit,
pour la multitude des gens qui
attaquaient Ariel,
pour tous ceux qui combattaient contre elle,
l'investissaient et la pressaient.

8 Ce sera comme un affamé rêvant qu'il mange,
puis se réveillant l'estomac
creux,
ou comme un assoiffé rêvant
qu'il boit,
puis se réveillant épuisé et la
gorge sèche.
Ainsi en sera-t-il de la multitude des gens
qui combattaient contre la
montagne de *Sion.

Un peuple incapable de com-prendre

9 Soyez surpris et restez stupéfaits,
devenez aveugles et restez-le,
soyez ivres, mais non de vin,
titubez, mais non sous l'effet
de la boisson,

10 car le SEIGNEUR a versé sur
vous un esprit de torpeur,
il a fermé vos yeux — les *prophètes,
il a voilé vos têtes — les
voyants.

11 La révélation de tout cela est
pour vous comme les mots d'un
document scellé qu'on donne à
celui qui sait lire en disant : « Lis
donc ceci », il répond : « Je ne
peux pas, car le document est
scellé. » 12 On le donne alors à
celui qui ne sait pas lire en di-

---

1. *Ariel* : nom d'étymologie discutée (peut-être
montagne de Dieu). Aux v. 1 et 2a il désigne la
ville de Jérusalem; au v. 2b il désigne la partie la
plus haute de l'autel, l'endroit où sont consumées
les victimes offertes en *sacrifice (voir Ez 43.15-16
et la note).
2. *Comme David* : d'après l'ancienne version
grecque; texte hébreu traditionnel *comme un
cercle* (c'est-à-dire *tout autour ?*).
3. Voir Ps 1.4 et la note.

sant : « Lis donc ceci », il répond :
« Je ne sais pas lire. »

13 Le Seigneur dit : Ce peuple ne
s'approche de moi qu'en paroles,
ses lèvres seules me rendent
gloire,
mais son *coeur est loin de
moi.
La crainte qu'il me témoigne
n'est que précepte humain, leçon apprise.

14 C'est pourquoi je vais continuer à lui prodiguer des prodiges,
si bien que la sagesse des sages
s'y perdra
et que l'intelligence des intelligents se dérobera.

Le Seigneur retournera les situa-
tions

15 Malheur ! Ils agissent par-dessous
pour cacher au Seigneur leurs
projets.
Ils trament dans l'ombre
et ils disent : « Qui nous voit ?
qui nous remarque ? »

16 Quel renversement des rôles !
Prendra-t-on le potier pour
l'argile ?
L'oeuvre dira-t-elle de l'ou-
vrier :
« Il ne m'a pas faite ? »
Le vase dira-t-il du potier :
« Il n'y entend rien ? »

17 Dans très peu de temps,
le Liban[1] ne sera-t-il pas
changé en verger,
tandis que le verger aura la
valeur d'une forêt ?

18 En ce jour-là, les sourds entendront la lecture du livre

et, sortant de l'obscurité et des
ténèbres,
les yeux des aveugles verront.

19 De plus en plus, les humbles se
réjouiront dans le Seigneur
et les pauvres gens exulteront
à cause du Saint d'Israël,

20 car ce sera la fin des tyrans,
les railleurs seront anéantis
et tous ceux qui sont à l'affût
du mal seront exterminés :

21 ainsi, ceux qui font condamner
quelqu'un par leurs paroles,
ceux qui tendent des pièges au
cours des débats du tribunal
et attirent l'innocent dans l'a-
bîme.

Les esprits égarés
finiront par comprendre

22 C'est pourquoi, ainsi parle le
Seigneur,
le Dieu de la maison de Jacob,
lui qui a racheté Abraham :
désormais, Jacob[1] ne sera plus
déçu,
son visage ne pâlira plus,

23 car en voyant ce que j'ai fait
au milieu d'eux — ses enfants
—,
ils *sanctifieront mon nom,
ils sanctifieront le Saint de Jacob[2],
ils trembleront devant le Dieu
d'Israël.

24 Les esprits égarés découvriront
l'intelligence
et les récalcitrants accepteront
qu'on les instruise.

---

1. maison de Jacob, Jacob : voir 14.1 et la note.
2. le Saint de Jacob : comparer avec 10.17 et la
note.

1. Voir 10.34 et la note.

Des plans qui ne sont pas ceux de Dieu

30 [1] Malheur ! Ce sont des fils rebelles
— oracle du SEIGNEUR.
Ils réalisent des plans qui ne sont pas les miens,
ils concluent des traités contraires à mon esprit[1],
accumulant ainsi péché sur péché.

2 Ils descendent en Egypte sans me consulter,
ils vont se mettre en sûreté dans la forteresse de *Pharaon,
se réfugier à l'ombre de l'Egypte.

3 La forteresse de Pharaon tournera à votre honte
et le refuge à l'ombre de l'Egypte à votre confusion.

4 Déjà vos chefs sont à Tanis,
les ambassadeurs ont atteint Hanès[2].

5 Ils seront tous déçus par un peuple
qui leur sera inutile,
qui ne leur sera d'aucun secours,
d'aucune utilité,
sinon pour leur honte et même leur infamie.

6 *Proclamation : les bêtes du Néguev*[3].
Au pays de la détresse, de l'angoisse
et de l'aridité,
de la lionne et du lion,
de la vipère et du dragon volant,
sur le dos des ânes, sur la bosse des chameaux,
ils apportent leurs richesses, ils apportent leurs trésors
à un peuple qui leur sera inutile.

7 Les secours de l'Egypte, ce sera du vent et du vide,
c'est pourquoi je l'appelle Rahav[1] l'immobile.

8 Va maintenant, écris cela devant eux
sur une tablette, en deux exemplaires[2],
et que ce soit pour l'avenir un témoin perpétuel.

Un peuple qui ne veut pas écouter

9 C'est un peuple révolté,
ce sont des fils trompeurs,
qui ne veulent pas écouter l'instruction du SEIGNEUR.

10 Ils disent aux voyants : « Ne voyez pas »,
et aux prophètes[3] : « Ne nous prophétisez pas des choses justes,
dites-nous des choses agréables,
prophétisez des chimères.

11 Détournez-vous du chemin,
écartez-vous de la route,
supprimez-nous le Saint d'Israël. »

---

1. Le prophète fait allusion aux traités d'alliance conclus par le royaume de Juda et l'Egypte entre les années 713 et 702 av. J. C.
2. *Tanis :* voir 19.11 et la note — *Hanès :* ville située à une centaine de km au sud du Caire.
3. Le *Néguev :* voir 21.1 et la note; on en traverse une partie pour se rendre de Palestine en Egypte.

1. *Rahav :* parfois nom symbolique de l'Egypte (Ps 87.4). En hébreu le nom de *Rahav* évoque l'agitation. L'Egypte serait alors surnommée « l'agitée immobile ».
2. *en deux exemplaires :* probablement un exemplaire cacheté, qui servira de preuve, et un autre ouvert, facile à consulter. Voir Jr 32.11.
3. *aux prophètes* ou *aux visionnaires*.

12 Or voici ce que dit le Saint
d'Israël :
   Donc, vous rejetez cette parole,
   vous faites confiance à l'oppression
   et la fourberie est votre appui.
13 Aussi ce péché sera-t-il pour
vous
   comme une lézarde qui se
   creuse dans une haute muraille :
   il se produit un renflement et,
   tout à coup, elle s'écroule.
14 Et de même se brise la jarre du
potier
   en petits morceaux, sans rémis-
   sion,
   et on ne trouverait pas dans
   ses débris
   un tesson pour prendre du feu
   au foyer
   ou pour puiser de l'eau dans la
   mare.

Dans le calme et la confiance

15 Car ainsi parle le Seigneur
Dieu, le Saint d'Israël :
   Votre salut est dans la conver-
   sion et le repos,
   votre force est dans le calme et
   la confiance,
   mais vous ne voulez pas.
16 Vous dites : « Non, nous fuirons à cheval »,
   eh bien, vous fuirez.
   « Nous prendrons des chars rapides »,
   eh bien, vos poursuivants seront rapides.
17 Mille et un seront sous la menace d'un seul.
   Sous la menace de cinq, vous
   prendrez la fuite,

jusqu'à n'être plus qu'un signal
   au sommet d'une montagne,
   un étendard sur une colline[1].

Le moment où le Seigneur vous fera grâce

18 Cependant le Seigneur attend
   le moment de vous faire grâce,
   il va se lever pour vous manifester sa miséricorde,
   car le Seigneur est un Dieu
   juste :
   heureux tous ceux qui espèrent
   en lui.
19 Oui, peuple de *Sion, qui habites à Jérusalem,
   tu ne pleureras plus.
   Quand tu crieras, il te fera
   grâce.
   À peine aura-t-il entendu qu'il
   aura répondu.
20 Il vous donnera du pain dans
   la détresse,
   de l'eau dans l'oppression,
   celui qui doit t'instruire ne se
   dérobera plus
   et tes yeux le verront.
21 Tes oreilles entendront la voix
   qui dira derrière toi
   quand tu devras aller ou à
   droite ou à gauche[2] :
   « Voici le chemin, prenez-le. »
22 Tu tiendras pour profanes le
   placage d'argent de tes images
   taillées
   et le revêtement d'or de tes
   idoles fondues.
   Tu les jetteras comme une
   chose souillée
   et tu leur diras : Hors d'ici !

---

1. *un étendard* : comme signe de ralliement pour
les fuyards; voir aussi 18.3 et la note.
2. Autre traduction possible *quand tu dévieras à
droite ou à gauche.*

De la pluie pour la semence

23 Il te donnera la pluie pour la
semence
que tu auras semée en terre,
la nourriture que produira la
terre
sera abondante et succulente.
Ce jour-là, tes troupeaux pourront paître
dans de vastes pâturages.
24 Les boeufs et les ânes qui travaillent la terre
mangeront du fourrage salé,
étalé avec la fourche et le croc.
25 Sur toute haute montagne, sur
toute colline élevée,
il y aura des cours d'eau abon-
dants
au jour du grand massacre,
quand s'écrouleront les tours.
26 La lumière de la lune sera
comme celle du soleil
et la lumière du soleil sera
multipliée par sept
— comme la lumière de sept
jours —
lorsque le Seigneur bandera les
plaies de son peuple
et soignera les blessures qu'il a
reçues.

L'Assyrie frappée à son tour

27 Voici venir de loin le *nom du
Seigneur,
sa colère est ardente, écrasante,
ses lèvres débordent d'indignation,
sa langue est comme un feu
dévorant.
28 Son souffle est comme un torrent qui déborde
et monte jusqu'au cou.

Il va passer les nations au
crible destructeur
et mettre aux mâchoires des
peuples le mors de l'égarement.

29 Vous chanterez comme la nuit
où l'on célèbre la fête[1],
vous aurez le coeur joyeux,
comme celui qui marche au
son de la flûte,
qui va vers la montagne du
Seigneur,
vers le rocher d'Israël.

30 Le Seigneur fera entendre sa
voix majestueuse
et on verra s'abattre son bras,
dans la violence de sa colère,
dans la flamme d'un feu dévorant,
dans une tornade de pluie et
de grêle.

31 L'Assyrie sera terrifiée par la
voix du Seigneur
qui la frappera du gourdin.

32 Chaque coup de bâton que lui
donnera le Seigneur
sera accompagné par les tambourins et les harpes
et, en agitant la main, Il combattra contre lui.

33 Le bûcher est préparé à l'a-
vance
— il l'est aussi pour le roi.
Tout au fond, sur une grande
largeur,
on a entassé en rond une
grande quantité de bois pour
le feu.
Le souffle du Seigneur, comme
un torrent de soufre,
y mettra le feu.

---

1. Probablement la grande fête d'automne (ou
fête des tentes), qui comportait une célébration
nocturne. Voir au glossaire CALENDRIER.

Ceux qui cherchent du secours en Egypte

31 1 Malheur ! Ils descendent en Egypte
pour y chercher du secours.
Ils s'en remettent à des chevaux,
ils font confiance aux chars
parce qu'ils sont nombreux,
aux cavaliers parce qu'ils sont en force,
mais ils n'ont pas un regard pour le Saint d'Israël,
ils ne cherchent pas le Seigneur.

2 Lui aussi, pourtant, il est habile :
il peut faire venir le malheur.
Il ne retire pas ce qu'il a dit.
Il se dresse contre le parti des méchants
et contre les malfaisants qu'on appelle au secours.

3 L'Égyptien est un homme, et non un dieu,
ses chevaux sont chair, et non esprit.
Quand le Seigneur étendra la main,
le protecteur trébuchera et le protégé tombera[1] :
tous ensemble, ils seront anéantis.

Le Seigneur protégera Jérusalem

4 Ainsi m'a parlé le Seigneur :
Quand le lion ou le lionceau grogne sur sa proie,
malgré la foule des *bergers appelés contre lui,
il n'est pas plus effarouché par leurs cris
qu'intimidé par leur tapage.
C'est ainsi que le Seigneur, le tout-puissant,
descendra sur la montagne de *Sion, sur sa colline,
pour y faire la guerre.

5 Comme les oiseaux déploient leurs ailes,
le Seigneur, le tout-puissant,
protégera Jérusalem.
Il protégera et délivrera,
il épargnera et sauvera.

6 Revenez vers celui dont on s'est profondément détourné,
fils d'Israël[1].

7 Ce jour-là, chacun rejettera ses idoles d'argent et ses idoles d'or,
celles que vos mains coupables ont fabriquées.

8 L'Assyrie tombera sous une épée qui n'est pas celle d'un homme,
ce n'est pas une épée humaine qui la dévorera.
Elle s'enfuira devant l'épée
et ses jeunes guerriers seront soumis à la corvée.

9 Son roc s'en ira, épouvanté,
et devant l'étendard[2], ses chefs seront consternés
— oracle du Seigneur, dont le feu est à Sion
et la fournaise à Jérusalem.

La justice régnera enfin

32 1 Alors le roi régnera selon la justice,
les chefs gouverneront selon le droit.

---

1. Le prophète annonce la défaite des Egyptiens (*le protecteur*), survenue en 701 av. J. C. à Elteqé, soit à une quarantaine de km à l'ouest de Jérusalem — *le protégé :* sans doute le royaume de Juda.

1. *fils d'Israël :* expression hébraïque traditionnelle pour désigner les membres du peuple israélite.
2. *son roc :* expression imagée décrivant sans doute le roi; comparer avec 32.1-2 — *l'étendard :* voir 18.3; 30.17 et les notes.

2 Chacun d'eux sera comme un
   refuge contre le vent,
   vent, un abri contre l'orage,
   ils seront comme des cours
   d'eau dans une terre desséchée,
   comme l'ombre d'un gros rocher dans un pays aride.

3 Les yeux de ceux qui voient ne
   seront plus fermés, .
   les oreilles de ceux qui entendent seront attentives.

4 Les gens pressés réfléchiront
   pour comprendre
   et la langue de ceux qui bé-
   gayent
   parlera vite et distinctement.

5 On ne donnera plus à l'insensé
   le nom de magnanime
   et on ne dira plus au fourbe
   qu'il est généreux.

6 L'insensé, en effet, profère des
   folies
   et dans son *coeur il médite le
   mal :
   il agit en impie
   et adresse au Seigneur des
   *blasphèmes,
   il laisse l'affamé le ventre vide
   et laisse manquer de boisson
   celui qui a soif.

7 Quant au fourbe, ses manoeuvres sont criminelles :
   il met au point des machina-
   tions
   pour perdre les malheureux
   par des déclarations fausses,
   au moment où ces pauvres
   gens plaident leur cause.

8 Mais celui qui est magnanime
   a de nobles intentions
   et il n'entreprend que de nobles actions.

Avertissement aux femmes insouciantes

9 Femmes indolentes, levez-vous,
   écoutez-moi !
   Filles insouciantes, prêtez l'o-
   reille à ce que je vais dire :
10 Dans un an révolu, vous frémi-
   rez,
   vous les insouciantes,
   car la vendange sera terminée
   et il n'y aura plus de récolte.
11 Tremblez, vous les indolentes,
   frémissez, vous les insouciantes,
   quittez vos vêtements, dépouil-
   lez-vous,
   mettez un pagne sur vos reins[1].
12 On gémit en se frappant la
   poitrine
   sur les campagnes riantes
   et sur les vignes fécondes,
13 sur la terre de mon peuple
   où montent les buissons d'é-
   pines,
   sur toutes les maisons joyeuses
   de la cité en liesse.
14 Le palais est abandonné,
   la ville tumultueuse est délais-
   sée.
   L'Ofel avec la tour de guet
   serviront de cavernes pour toujours,
   pour la joie des onagres[2]
   et la provende des troupeaux ...

La justice produira la paix

15 ... jusqu'à ce que d'en haut, l'esprit soit répandu sur nous.
   Alors le désert deviendra un
   verger,
   tandis que le verger aura la
   valeur d'une forêt.

1. *un pagne sur vos reins* : en signe de deuil.
2. L'*Ofel* est le site de l'ancienne *Sion, au sud
de la colline du Temple — *des onagres* ou *des
ânes sauvages.*

16 Le droit habitera dans le désert
   et dans le verger s'établira la
   justice.
17 Le fruit de la justice sera la
   paix :
   la justice produira le calme et
   la sécurité pour toujours.
18 Mon peuple s'établira dans un
   domaine paisible,
   dans des demeures sûres, tranquilles lieux de repos
19 — mais la forêt s'écroulera
   sous la grêle
   et la ville tombera très bas —.
20 Heureux serez-vous :
   vous sèmerez partout où il y a
   de l'eau,
   vous lâcherez sans entrave le
   boeuf et l'âne.

Le dévastateur sera dévasté à son tour

33 1 Malheur ! toi qui dévastes
     et n'as pas été dévasté,
   toi qui surprends et qu'on n'a
   pas surpris.
   Quand tu auras cessé de dévaster, tu seras dévasté,
   quand tu auras fini d'agir par
   surprise,
   on te surprendra.
2 Seigneur, aie pitié de nous !
   Nous espérons en toi.
   Sois notre force chaque matin
   et notre délivrance au temps
   de la détresse.
3 Au bruit du tonnerre, les peuples s'enfuient,
   quand tu te lèves, les nations se
   dispersent.
4 Le butin s'amasse comme s'a-
   massent les sauterelles,
   on s'y précipite comme se précipitent les criquets.
5 Le Seigneur est exalté,

car il réside sur les hauteurs,
il remplit *Sion de droit et de
justice.
6 La sécurité de tes jours, ce seront les richesses du salut.
   La sagesse, la connaissance et
   la crainte du Seigneur :
   tel sera son trésor.

Le pays est en deuil

7 Voici :
   ceux d'Ariel[1] poussent des cris
   dans les rues,
   les messagers de paix pleurent
   amèrement.
8 Les chaussées sont désertes,
   plus de passants sur les chemins.
   L'alliance[2] est rompue, les
   villes rejetées,
   personne ne compte plus.
9 Le pays est en deuil, il dépérit.
   Le Liban perd la face, il se
   flétrit.
   Le Sharôn devient comme la
   Araba.
   Le Bashân et le Carmel se dé-
   garnissent[3].
10 Maintenant, dit le Seigneur, je
   vais me lever,
   maintenant, je vais me dresser,
   maintenant, je vais être exalté.
11 Vous concevez du foin, vous
   enfantez de la paille,

---

1. *ceux d'Ariel* (voir 29.1, 2, 7) : traduction
conjecturale.
2. Rien n'indique s'il s'agit de l'alliance avec
Dieu (voir au glossaire) ou d'une alliance avec un
royaume étranger.
3. *Le Liban* : voir 10.34 et la note — *Le Sharôn* : plaine fertile qui s'étend en bordure de la
Méditerranée, au sud du mont *Carmel* — *la
Araba* : profonde vallée d'effondrement, où coule
le Jourdain. Elle se prolonge jusqu'à la mer Rouge.
La partie située au sud de la mer Morte est
particulièrement aride — *le Bashân* : voir Ps 22.13
et la note; région riche par ses bois de chênes et
ses élevages de gros bétail — *le Carmel* (dont le
nom signifie *verger*) est une montagne qui s'avance
dans la Méditerranée, au sud de l'actuelle ville
d'Haïfa.

votre souffle est le feu qui vous
dévorera.

12 Les peuples seront brûlés à la
chaux[1],
ils seront comme des épines
coupées qui s'enflamment.

13 Écoutez, vous qui êtes loin, ce
que j'ai fait;
vous qui êtes proches, sachez
quelle est ma puissance.

Qui pourra tenir devant le Seigneur ?

14 Dans *Sion, les pécheurs sont
atterrés,
un tremblement saisit les im-
pies.
Qui d'entre nous pourra tenir ?
C'est un feu dévorant.
Qui d'entre nous pourra tenir ?
C'est une fournaise sans fin.

15 Celui qui se conduit selon la
justice,
qui parle sans détour,
qui refuse un profit obtenu par
la violence,
qui secoue les mains pour ne
pas accepter un présent,
qui se bouche les oreilles pour
ne pas écouter les paroles ho-
micides,
qui ferme les yeux pour ne pas
regarder ce qui est mal.

16 Celui-là résidera sur les hauteurs,
les rochers fortifiés seront son
refuge,
le pain lui sera fourni, l'eau lui
sera assurée.

Jérusalem délivrée

17 Tes yeux contempleront le roi
dans sa beauté,

ils verront le pays dans toute
son étendue.

18 Tu songeras à ce qui te terrori-
sait :
Où est-il, celui qui inspectait ?
Où est-il celui qui contrôlait ?
Où est l'inspecteur des fortifi-
cations ?

19 Tu ne verras plus le peuple
arrogant,
le peuple à la langue impénétrable,
au langage ridicule et incompréhensible.

20 Contemple *Sion, la cité de
nos solennités,
tes yeux verront Jérusalem, domaine tranquille,
tente qu'on ne démontera plus,
dont les piquets ne seront plus
jamais arrachés,
dont les cordes ne seront plus
enlevées.

21 C'est là que le SEIGNEUR sera
pour nous magnifique,
ce sera une région de larges
fleuves et de vastes canaux;
mais aucun vaisseau à rame
n'y passera,
le navire magnifique ne la traversera pas.

22 — Oui, le SEIGNEUR est notre
juge, il est notre législateur.
Le SEIGNEUR est notre roi,
c'est lui qui nous délivre.

23 Tes cordes sont relâchées,
elles ne maintiennent plus le
mât,
on ne déploie pas l'étendard[1].
Alors, on partagera le produit
du pillage, en quantité,
les boîteux eux-mêmes s'empareront du butin.

24 Aucun habitant ne dira plus :
« Je suis malade. »

---

1. Autre traduction possible *les peuples seront
comme des fours à chaux* (les uns pour les autres).

1. *l'étendard :* voir 18.3 et la note.

Le peuple qui habite Jérusalem
sera absous de son péché.

Le Seigneur va juger la terre entière

34 1 Approchez, nations, pour
écouter,
peuples, soyez attentifs.
Que la terre écoute, avec tout
ce qu'elle contient,
le monde, avec tout ce qui en
procède.

2 Le courroux du Seigneur est
dirigé contre toutes les nations,
sa fureur contre leur armée entière.
Il les voue à l'interdit[1],
il les livre au massacre.

3 Leurs morts seront jetés en
désordre,
de leurs cadavres montera la
puanteur
et les montagnes ruisselleront
de leur sang.

4 Toute l'armée des cieux se dé-
composera,
les cieux seront roulés comme
un document
et toute leur armée tombera
comme tombent les feuilles de
la vigne
et celles du figuier.

Le grand massacre au pays d'E-dom

5 Mon épée, dit le Seigneur, est
ivre dans les cieux.
Voici qu'elle s'abat sur Edom[2],

sur le peuple que j'ai voué au
châtiment.

6 L'épée du Seigneur est pleine
de sang,
rassasiée de graisse,
du sang des agneaux et des
boucs,
de la graisse des rognons de
béliers,
car il y a pour le Seigneur un
*sacrifice de Boçra[1],
un grand massacre au pays
d'Edom.

7 En même temps tomberont les
buffles,
les taurillons et les taureaux :
leur pays s'enivrera de sang,
la poussière y sera rassasiée de
graisse.

8 C'est pour le Seigneur un jour
de vengeance,
c'est l'année des comptes dans
le contentieux avec *Sion.

9 Les torrents d'Edom vont être
changés en poix
et la poussière en soufre.
Ce pays deviendra de la poix
brûlante,

10 qui ne s'éteindra ni la nuit ni le
jour,
la fumée en montera sans
cesse :
d'âge en âge, il restera désert,
jamais plus on n'y passera.

11 Ce sera le domaine du hibou et
du hérisson,
la chouette et le corbeau y habiteront.
Le Seigneur y fera passer le
cordeau du vide
avec le niveau du chaos[2].

---

1. *vouer à l'interdit* : voir Dt 2.34 et là note
2. *Edom* : voir la note sur 21.11.

1. *Boçra*, à environ 35 km au sud de la mer
Morte, fut pendant un certain temps la capitale du
royaume édomite.
2. *le cordeau, le niveau* : voir la note sur 28.17.
L'A. T. emploie parfois ces deux mots comme
images évoquant la destruction — *vide, chaos* : les
mots hébreux correspondants évoquent l'état du
monde avant la création (voir Gn 1.2).

12 Les nobles n'y proclameront
   plus de roi,
   tous les chefs auront disparu.
13 Dans ses forteresses pousseront des ronces,
   dans ses fortifications, des or-
   ties et des chardons.
   Ce sera le repaire des chacals,
   l'aire des autruches.
14 Les chats sauvages y rencon-
   treront les hyènes,
   les satyres s'y répondront.
   Et là aussi s'installera Lilith[1] :
   elle y trouvera le repos.
15 C'est là que le serpent fera son
   nid,
   pondra, couvera ses oeufs
   et les fera éclore sous sa protection.
   Là aussi se rassembleront les
   vautours,
   chacun avec son compagnon.

16 Cherchez dans le livre du SEI-
   GNEUR[2] et lisez :
   « Aucun d'entre eux ne manquera,
   aucun ne s'inquiètera de son
   compagnon,
   car c'est la bouche du Seigneur
   qui a donné l'ordre,
   c'est son esprit qui les a rassemblés.
17 Lui-même, il a jeté le sort pour
   chacun d'eux
   et sa main leur a partagé le
   pays au cordeau.
   Pour toujours, ils le posséderont,
   d'âge en âge, ils y demeureront. »

La route du Seigneur

35 [1] Qu'ils se réjouissent, le
       désert et la terre aride,
   que la steppe exulte et fleurisse,
2 qu'elle se couvre de fleurs des
   champs,
   qu'elle saute et danse et crie de
   joie !
   La gloire du Liban lui est donnée,
   la splendeur du Carmel et du
   Sharôn[1]
   et on verra la gloire du SEI-
   GNEUR,
   la splendeur de notre Dieu.
3 Rendez fortes les mains fati-
   guées,
   rendez fermes les genoux
   chancelants,
4 dites à ceux qui s'affolent :
   Soyez forts, ne craignez pas.
   Voici votre Dieu :
   c'est la vengeance qui vient,
   la rétribution de Dieu.
   Il vient lui-même vous sauver.
5 Alors, les yeux des aveugles
   verront
   et les oreilles des sourds s'ou-
   vriront.
6 Alors, le boîteux bondira
   comme un cerf
   et la bouche du muet criera de
   joie.
   Des eaux jailliront dans le désert,
   des torrents dans la steppe.
7 La terre brûlante se changera
   en lac,
   la région de la soif en sources
   jaillissantes.
   Dans le repaire où gîte le cha-
   cal,

---

1. *les satyres* : voir 13.21 et la note — *Lilith* : un
démon femelle de la mythologie babylonienne.
2. *le livre du Seigneur* : ouvrage inconnu aujourd'hui ; il contenait peut-être un certain nombre
de messages du prophète Esaïe. Le passage cité ici
(v. 16b et 17) pourrait y avoir fait suite à 13.20-22.

1. *Liban, Carmel, Sharôn* : voir 33.9 et la note.

l'herbe deviendra roseau et papyrus[1].

8 Là, on construira une route
qu'on appellera la voie sacrée.
L'*impur n'y passera pas
— car le Seigneur lui-même
ouvrira la voie[2] —
et les insensés ne viendront pas
s'y égarer.

9 On n'y rencontrera pas de lion,
aucune bête féroce n'y accédera
— on n'en trouvera pas.
Ceux qui appartiennent au
Seigneur prendront cette route.

10 Ils reviendront, ceux que le
Seigneur a rachetés,
ils arriveront à *Sion avec des
cris de joie.
Sur leurs visages, une joie sans
limite !
Allégresse et joie viendront à
leur rencontre,
tristesse et plainte s'enfuiront.

Le roi d'Assyrie menace Jérusalem

(cf. 2 R 18.13, 17-37)

36 1 La quatorzième année du
règne d'Ezéchias, Sennakérib, roi d'Assyrie, monta contre
toutes les villes fortifiées de Juda
et s'en empara[3]. 2 Le roi d'Assyrie
envoya son aide de camp de Lakish à Jérusalem vers le roi Ezékias, avec une armée importante.
Il se tint près du canal du réservoir supérieur, sur la chaussée du
champ du Foulon[1]. 3 Le chef du
palais, Elyaqîm fils de Hilqiyahou, le secrétaire Shevna et le
héraut[2] Yoah fils d'Asaf sortirent
vers lui. 4 L'aide de camp leur dit :
« Dites à Ezékias : Ainsi parle le
Grand Roi, le roi d'Assyrie :
Quelle est cette confiance sur laquelle tu te reposes ? 5 Tu as dit :
Il suffit d'un mot pour trouver
conseil et force dans la guerre !
En qui donc as-tu mis ta
confiance pour te révolter contre
moi ? 6 Voici que tu as mis ta
confiance sur l'appui de ce roseau
brisé, sur l'Egypte, qui pénètre et
transperce la main de quiconque
s'appuie sur lui : tel est le *Pharaon, roi d'Egypte, pour tous ceux
qui mettent leur confiance en lui.
7 Tu me dis : C'est dans le Seigneur notre Dieu que nous avons
mis notre confiance. Mais n'est-ce
pas lui dont Ezékias a fait disparaître les *hauts lieux et les *autels en disant à Juda et à Jérusalem : C'est devant cet autel, à Jérusalem, que vous vous prosternerez ? 8 lance donc un défi à mon
seigneur, le roi d'Assyrie, et je te
donnerai 2.000 chevaux si tu
peux te procurer des cavaliers
pour les monter ! 9 Comment
pourrais-tu faire tourner bride à
un simple gouverneur, le moindre
des serviteurs de mon seigneur,
toi qui as mis ta confiance dans
l'Egypte pour des chars et des
cavaliers ? 10 D'ailleurs, est-ce
sans l'assentiment du Seigneur
que je monte contre ce pays pour
le détruire ? C'est le Seigneur qui

---

1. roseau et papyrus : plantes nombreuses dans
les terrains très humides, en particulier le long du
Nil.

2. le Seigneur lui-même ouvrira la voie ; autre
traduction possible ce sera pour eux le chemin à
suivre.

3. Les chapitres 36-39 reproduisent avec peu de
changements 2 R 18.13-20.19. L'attaque assyrienne contre le royaume de Juda eut lieu en 701
av. J. C.

---

1. Lakish : voir 2 R 14.19 et la note — canal du
réservoir supérieur : voir la note sur 22.11
— chaussée du champ du Foulon : voir 2 R 18.17
et la note. C'est à cet endroit que le prophète Esaïe
avait rencontré le roi Akhaz d'après Es 7.3.

2. le héraut ou le porte-parole du roi.

me l'a dit : Monte contre ce pays et détruis-le. »

11 Elyaqîm, Shevna et Yoah dirent à l'aide de camp : « Veuille parler à tes serviteurs en araméen, car nous comprenons cette langue, mais ne nous parle pas en judéen[1] aux oreilles du peuple qui est sur la muraille. » 12 L'aide de camp répondit : « Est-ce à ton maître et à toi que mon maître m'a envoyé dire ces paroles ? N'est-ce pas aux hommes assis sur la muraille et qui sont réduits comme vous à manger leurs excréments et à boire leur urine ? » 13 L'aide de camp se tint debout et cria d'une voix forte en langue judéenne ; il dit : « Ecoutez les paroles du Grand Roi, du roi d'Assyrie. 14 Ainsi parle le roi : Qu'Ezékias ne vous abuse pas, car il ne peut vous délivrer. 15 Qu'Ezékias ne vous persuade pas de mettre votre confiance dans le Seigneur en disant : Sûrement le Seigneur nous délivrera, cette ville ne sera pas livrée aux mains du roi d'Assyrie. 16 N'écoutez pas Ezékias, car ainsi parle le roi d'Assyrie : Liez-vous d'amitié avec moi, rendez-vous à moi, et chacun de vous mangera des fruits de sa vigne et de son figuier et boira l'eau de sa citerne, 17 en attendant que je vienne vous prendre pour vous mener dans un pays comme le vôtre, un pays de blé et de vin nouveau, un pays de pain et de vignobles. 18 Qu'Ezékias ne vous trompe pas en disant : Le Seigneur nous délivrera. Les dieux des nations ont-ils pu délivrer leur propre pays des mains du roi d'Assyrie ? 19 Où sont-ils, les

dieux de Hamath et d'Arpad ? Où sont-ils, les dieux de Sefarwaïm[1] ? Ont-ils délivré Samarie de mes mains ? 20 Lequel de tous les dieux de ces pays a pu délivrer son pays de mes mains, pour que le Seigneur puisse délivrer Jérusalem de mes mains ? » 21 Le peuple garda le silence et ne lui répondit pas un mot, car l'ordre du roi était : « Vous ne lui répondrez pas. »

22 Le chef du palais Elyaqîm, fils de Hilqiyahou, le secrétaire Shevna et le héraut Yoah, fils d'Asaf, revinrent vers Ezékias, les vêtements *déchirés, et lui rapportèrent les paroles de l'aide de camp.

Ezékias consulte le prophète Esaïe
(cf. 2 R 19.1-9)

37 1 Quand le roi Ezékias les eut entendus, il *déchira ses vêtements, revêtit le *sac et se rendit à la Maison du Seigneur. 2 Puis il envoya le chef du palais Elyaqîm, le secrétaire Shevna et les plus anciens des prêtres, tous revêtus du sac, vers le *prophète Esaïe, fils d'Amoç 3 pour lui dire : « Ainsi parle Ezékias : Ce jour est un jour de détresse, de châtiment et de honte ! Des fils se présentent à la sortie du sein maternel, mais il n'y a pas de force pour enfanter. 4 Peut-être le Seigneur ton Dieu entendra-t-il les paroles de l'aide de camp que son maître, le roi d'Assyrie, a envoyé pour insulter le Dieu Vivant et le châtiera-t-il pour les paroles que le Seigneur ton Dieu aura enten-

---

1. *en araméen, en judéen* : voir 2 R 18.26 et la note.

1. *Hamath, Arpad* : voir 10.9 et la note — la ville de *Sefarwaïm* n'a pas été identifiée.

dues. Fais monter vers lui une prière en faveur du reste qui subsiste. »

5 Les serviteurs du roi Ezékias arrivèrent auprès d'Esaïe 6 qui leur dit : « Vous parlerez ainsi à votre maître : Ainsi parle le SEIGNEUR : Ne crains pas les paroles que tu as entendues et par lesquelles les serviteurs du roi d'Assyrie m'ont outragé. 7 Voici ce que je vais lui souffler : sur une nouvelle qu'il apprendra, il retournera dans son pays. Je le ferai tomber par l'épée dans son propre pays. »

8 L'aide de camp revint trouver le roi d'Assyrie qui se battait contre Livna[1]. Il avait appris, en effet, que le roi était parti de Lakish 9 après avoir reçu cette nouvelle au sujet de Tirhaqa, roi de Nubie[2] : « Il s'est mis en campagne pour t'attaquer. »

Nouvelles menaces du roi d'Assyrie
(cf. 2 R 19.9-13)

À cette nouvelle, le roi d'Assyrie avait envoyé des messagers à Ezékias en leur disant : 10 « Vous parlerez ainsi à Ezékias, roi de Juda : Que ton Dieu en qui tu mets ta confiance ne t'abuse pas en disant : Jérusalem ne sera pas livrée aux mains du roi d'Assyrie. 11 Toi-même, tu as appris ce que les rois d'Assyrie ont fait à tous les pays qu'ils ont voués à l'interdit[3] et toi, tu serais délivré ! 12 Les dieux des nations que mes pères ont détruites ont-ils délivré Gozân, Harrân, Rècef et les fils d'Eden qui étaient à Telassar[1] ? 13 Où sont le roi de Hamath, le roi d'Arpad, le roi de Laïr, de Sefarwaïm, de Héna et de Iwa[2] ? »

Ezékias fait appel au Seigneur
(cf. 2 R 19.14-19)

14 Ezékias prit la lettre des mains des messagers, la lut, monta à la Maison du SEIGNEUR[3] et déroula la lettre devant le SEIGNEUR. 15 Il pria le SEIGNEUR en disant : 16 « SEIGNEUR tout-puissant, Dieu d'Israël, toi qui sièges sur les *chérubins, tu es le seul Dieu de tous les royaumes de la terre. C'est toi qui as fait le ciel et la terre. 17 Tends l'oreille, SEIGNEUR et écoute ! Ouvre les yeux, SEIGNEUR, et regarde ! Entends toutes les paroles de Sennakérib qui a envoyé insulter le Dieu Vivant. 18 Il est vrai, SEIGNEUR, que les rois d'Assyrie ont dévasté toutes les nations avec leurs pays. 19 Ils ont livré au feu leurs dieux — mais ces dieux n'étaient pas Dieu ; ils n'étaient que l'oeuvre des mains de l'homme, du bois et de la pierre — et les rois d'Assyrie les ont détruits. 20 Mais toi, SEIGNEUR notre Dieu, sauve-nous de ses mains et tous les royaumes de la terre sauront que toi seul, tu es le SEIGNEUR. »

---

1. *Livna* : voir 2 R 8.22 et la note.
2. *Nubie* : voir la note sur 11.11.
3. *vouer à l'interdit* : voir Dt 2.34 et la note.

1. *Gozân, Harrân, Rècef, les fils d'Eden, Telassar* : voir 2 R 19.12 et la note.
2. *Hamath, Arpad* : voir 10.9 et la note — *Sefarwaïm* : voir 36.19 et la note — *Laïr, Héna, Iwa* : voir 2 R 19.13 et la note sur 2 R 19.12.
3. *la Maison du Seigneur* : le Temple de Jérusalem.

Esaïe transmet la réponse du Seigneur

(*cf. 2 R 19.20-34*)

21 Esaïe, fils d'Amoç, envoya dire à Ezékias : « Ainsi parle le SEIGNEUR, Dieu d'Israël auquel tu as adressé ta prière au sujet de Sennakérib, roi d'Assyrie : 22 Voici la parole que le SEIGNEUR prononce contre lui :

Elle te méprise, elle se moque de toi,
la vierge, fille de Sion.
Elle hoche la tête derrière ton dos,
la fille de Jérusalem[1].
23 Qui as-tu insulté et outragé ?
Contre qui as-tu élevé la voix
et porté si haut tes regards ?
Contre le Saint d'Israël.
24 Par tes messagers, tu as insulté le Seigneur.
Tu as dit : Avec la multitude de mes chars,
je suis monté au sommet des montagnes,
aux retraites inaccessibles du Liban[2],
pour couper la futaie de ses cèdres,
les plus beaux de ses cyprès
et atteindre son plus haut refuge,
son parc forestier.
25 J'ai creusé et j'ai bu des eaux,
j'ai asséché, sous la plante de mes pieds,
tous les canaux d'Egypte.

26 Ne sais-tu pas que depuis longtemps
j'ai fait ce projet,
que depuis les temps anciens

je l'ai formé ?
À présent, je le réalise :
Il t'appartient de réduire en tas de pierres
les villes fortifiées.
27 Leurs habitants ont la main courte[1],
ils sont consternés, confondus,
ils sont comme l'herbe des champs
et la verdure du gazon,
comme les plantes qui poussent sur les toits
et dans la campagne,
avant maturation.
28 Quand tu t'assieds, quand tu sors, quand tu entres,
je le sais
et aussi quand tu trembles de rage contre moi.
29 Parce que tu as tremblé de rage contre moi
et que ton arrogance est montée à mes oreilles,
je mettrai un anneau dans ton nez
et un mors à tes lèvres :
je te ramènerai par le chemin par lequel tu es venu.
30 Ceci te servira de signe[2] :
cette année, on mangera le regain,
l'année suivante, ce qui poussera tout seul,
mais la troisième année,
semez, moissonnez, plantez des vignes,
et mangez-en les fruits.
31 Ce qui a échappé de la maison de Juda,
ce qui a été laissé,

---

1. *fille de Sion, fille de Jérusalem* : voir 1.8 et la note.
2. *Liban* : voir 10.34 et la note.

1. *la main courte* : expression imagée signifiant qu'on a peu de moyens d'agir.
2. A partir du v. 30 le prophète s'adresse au roi Ezékias.

poussera de nouveau des racines en profondeur
et, en haut, produira des fruits,
32 car de Jérusalem sortira un
reste,
et de la montagne de Sion, des
rescapés.
L'ardeur du Seigneur, le
tout-puissant, fera cela.

33 C'est pourquoi ainsi parle le
Seigneur au sujet du roi d'Assyrie :
Il n'entrera pas dans cette ville,
il n'y lancera pas de flèches,
il ne l'attaquera pas avec des
boucliers,
il n'élèvera pas de remblais
contre elle.
34 Le chemin qu'il a pris, il le
reprendra,
dans cette ville il n'entrera pas
— oracle du Seigneur.
35 Je protégerai cette ville et je la
sauverai
à cause de moi et à cause de
mon serviteur David. »

Départ des Assyriens, mort de Sennakérib

(*cf. 2 R 19.35-37*)

36 L'*ange du Seigneur sortit et
frappa dans le camp des Assyriens 185.000 hommes. Le matin,
quand on se leva, c'étaient tous
des cadavres, des morts ! 37 Sennakérib, roi d'Assyrie, décampa :
il s'en retourna à Ninive où il
resta. 38 Or, comme il se prosternait dans le temple de Nisrok,
son dieu, ses fils Adrammélek et
Sarècèr le frappèrent de l'épée et

s'enfuirent au pays d'Ararat[1]. Son
fils Asarhaddon régna à sa place.

Maladie et guérison d'Ezékias

(*cf. 2 R 20.1-11*)

38 1 En ces jours-là, Ezékias
fut atteint d'une maladie
mortelle. Le *prophète Esaïe, fils
d'Amoç, vint le trouver et lui dit :
« Ainsi parle le Seigneur : Donne
des ordres à ta maison[2], car tu
vas mourir, tu ne survivras pas. »
2 Ezékias tourna son visage
contre le mur et pria le Seigneur.
3 Il dit : « Ah ! Seigneur daigne te
souvenir que j'ai marché en ta
présence avec loyauté et d'un
coeur intègre et que j'ai fait ce
qui est bien à tes yeux. » Ezékias
versa d'abondantes larmes. 4 La
parole du Seigneur fut adressée à
Esaïe : 5 « Va et dis à Ezékias :
Ainsi parle le Seigneur, le Dieu
de David ton père[3] : J'ai entendu
ta prière et j'ai vu tes larmes. Je
vais ajouter quinze années au
nombre de tes jours. 6 Je te délivrerai, ainsi que cette ville, des
mains du roi d'Assyrie. Je protégerai cette ville[4]. 7 Et voici pour
toi, de la part du Seigneur, le
signe que le Seigneur fera ce qu'il
a dit : 8 Voici que, sur le cadran
d'Akhaz, je vais faire revenir en
arrière l'ombre qui est déjà descendue : elle reculera de dix degrés[5]. » Et le soleil remonta sur le

---

1. *Ararat* : voir 2 R 19.37 et la note.
2. *à ta maison* : cette expression désigne la famille et l'entourage du roi.
3. *David, ton père* : expression hébraïque équivalant à *David, ton ancêtre paternel.*
4. Après le v. 6 le récit parallèle de 2 R 20 insère
deux versets qu'on retrouve, sous une forme légèrement différente, en 38.21-22.
5. *le cadran d'Akhaz* : voir 2 R 20.9 et la note.

cadran dix degrés qu'il avait déjà descendus.

Prière d'Ezékias après sa guérison

9 Poème d'Ezékias, roi de Juda, lorsqu'il fut malade et survécut à sa maladie.

10 Moi, j'ai dit : au meilleur temps de ma vie,
je dois m'en aller.
Je suis assigné aux portes du *séjour des morts,
pour le reste de mes années.

11 J'ai dit : je ne verrai plus le Seigneur
sur la terre des vivants.
Je ne pourrai plus voir un visage d'homme
parmi les habitants du pays où tout s'arrête.

12 Ma vie est arrachée et emportée loin de moi
comme une tente de *berger.
Comme un tisserand,
j'arrive au bout du rouleau de ma vie
et les fils de chaîne sont coupés.
Du jour à la nuit
tu en auras fini avec moi.

13 Avant le matin, je serai réduit à rien.
Comme le lion, il a broyé tous mes os.
Du jour à la nuit,
tu en auras fini avec moi[1].

14 Comme l'hirondelle ou le passereau,
je pépie,
je roucoule comme la colombe.
Mes yeux levés vers toi n'en peuvent plus :
Seigneur, je suis écrasé,
interviens pour moi !

15 Que dirai-je pour qu'il me réponde,
car c'est lui qui agit ?
Je dois traîner toutes mes années
avec l'amertume qui est la mienne.

16 « Le Seigneur est auprès des siens : ils vivront
et son esprit animera tout ce qui est en eux »,
aussi tu me rétabliras et me feras revivre.

17 Mon amertume s'est changée en salut.
Tu t'es attaché à ma vie pour que j'évite la fosse[1]
et tu as jeté derrière toi tous mes péchés.

18 Car le séjour des morts ne peut pas te louer
ni la Mort te célébrer.
Ceux qui sont descendus dans la tombe
n'espèrent plus en ta fidélité.

19 Le vivant, lui seul, te loue,
comme moi aujourd'hui.
Le père fera connaître à ses fils ta fidélité.

20 Seigneur, puisque tu m'as sauvé,
faisons retentir nos instruments
tous les jours de notre vie,
devant la Maison du Seigneur.

---

1. *je serai réduit à rien* : la traduction suit ici le principal manuscrit hébreu d'Esaïe trouvé à Qumrân; texte hébreu traditionnel obscur — *il a broyé* : Ezékias parle de Dieu — *tu en auras fini avec moi* : Ezékias s'adresse à Dieu. Cette alternance du *tu* et du *il* est fréquente dans les Psaumes.

1. *Tu t'es attaché à ma vie pour que j'évite la fosse* : autre texte (versions anciennes) *tu as préservé ma vie de la fosse* — la fosse ou le *séjour des morts.

21 Esaïe dit[1] : « Qu'on apporte un gâteau de figues et qu'on l'applique sur les tumeurs. » Et le roi guérit. 22 Et Ezékias dit : « Quel sera le signe que je pourrai monter à la Maison du Seigneur ? »

Les envoyés de Mérodak-Baladân

(cf. 2 R 20.12-19)

39 1 En ce temps-là, Mérodak-Baladân, fils de Baladân, roi de Babylone, envoya des lettres et des présents à Ezékias[2], car il avait appris qu'Ezékias avait été malade et qu'il était rétabli. 2 Ezékias se réjouit de la venue des messagers et leur fit voir tous ses entrepôts, l'argent, l'or, les aromates, l'huile parfumée, tout son arsenal et tout ce qui se trouvait dans ses trésors : il n'y eut rien qu'Ezékias ne leur fît voir de sa maison et de tout son domaine.

1. voir 38.6 et la note.
2. Voir 2 R 20.12 et la note.

3 Le *prophète Esaïe vint trouver le roi Ezékias pour lui dire : « Qu'est-ce que ces gens ont dit et d'où venaient-ils ? » Ezékias répondit : « Ils sont venus vers moi d'un pays lointain, de Babylone. » 4 Esaïe dit alors : « Qu'ont-ils vu dans ta maison ? » Ezékias répondit : « Ils ont vu tout ce qui est dans ma maison. Il n'y a rien dans mes trésors que je ne leur aie montré. »

5 Esaïe dit à Ezékias : « Ecoute la parole du Seigneur, le tout-puissant : 6 Des jours viennent où tout ce qui est dans ta maison et que tes pères ont amassé jusqu'à ce jour sera emporté à Babylone : il n'en restera rien, dit le Seigneur. 7 On emmènera plusieurs de tes fils, de ceux qui sont issus de toi, que tu auras engendrés : ils seront faits *eunuques dans le palais du roi de Babylone. » 8 Ezékias dit à Esaïe : « Elle est bonne, la parole du Seigneur que tu as dite. » Il se disait : « Ce sera la paix et la sécurité durant mes jours. »

DEUXIÈME PARTIE

Réconfortez mon peuple, dit votre Dieu

40 ¹ Réconfortez, réconfortez mon peuple,
dit votre Dieu,

2 parlez au *coeur de Jérusalem
et proclamez à son adresse
que sa corvée est remplie,
que son châtiment est accompli,
qu'elle a reçu de la main du Seigneur
deux fois le prix de toutes ses fautes¹.

3 Une voix proclame :
« Dans le désert dégagez
un chemin pour le Seigneur,
nivelez dans la steppe
une chaussée pour notre Dieu.

4 Que tout vallon soit relevé,
que toute montagne et toute
colline soient rabaissées,
que l'éperon devienne une plaine
et les mamelons, une trouée !

5 Alors la gloire du Seigneur
sera dévoilée
et tous les êtres de chair ensemble verront
que la bouche du Seigneur a parlé. »

6 Une voix dit : « Proclame ! »
L'autre dit¹ : « Que proclamerai-je ? »
— « Tous les êtres de chair
sont de l'herbe
et toute leur consistance est
comme la fleur des champs :

7 l'herbe sèche, la fleur se fane
quand le souffle du Seigneur
vient sur elles en rafale.
Oui, la multitude humaine,
c'est de l'herbe :

8 l'herbe sèche, la fleur se fane,
mais la parole de notre Dieu
subsistera toujours ! »

9 Quant à toi, monte sur une
haute montagne,
*Sion, joyeuse messagère,
élève avec énergie ta voix,
Jérusalem, joyeuse messagère²,
élève-la, ne crains pas,
dis aux villes de Juda :
« Voici votre Dieu,

10 voici le Seigneur Dieu !
Avec vigueur il vient,
et son bras³ lui assurera la souveraineté;
voici avec lui son salaire,
et devant lui sa récompense.

11 Comme un *berger il fait
paître son troupeau,
de son bras il rassemble;
il porte sur son sein les agnelets,

---

1. *parlez au coeur de Jérusalem* ou *faites comprendre à Jérusalem* : ici comme dans les chapitres suivants la ville de Jérusalem est personnifiée et représente l'ensemble du peuple de Dieu — *deux fois le prix* : expression juridique indiquant qu'une affaire litigieuse est complètement réglée.

1. *l'autre* ou *il* : le texte semble désigner ici celui que *la voix* interpelle au début du verset.
2. Autre traduction : *toi qui apportes une bonne nouvelle à Sion … toi qui apportes une bonne nouvelle à Jérusalem.*
3. Dans l'A. T. le *bras* est souvent symbole de force et d'efficacité.

il procure de la fraîcheur aux brebis qui allaitent. »

A qui comparer le Seigneur ?

12 Qui a jaugé dans sa paume les
eaux de la mer,
dans son empan[1] toisé les
cieux,
tassé dans un boisseau l'argile
de la terre,
pesé les montagnes sur une
bascule
et les collines sur une balance ?
13 Qui a toisé l'esprit du SEIGNEUR
et lui a indiqué l'homme de
son dessein[2] ?
14 De qui donc a-t-il pris conseil,
qui puisse l'éclairer,
lui enseigner la voie du jugement,
lui enseigner la science
et lui indiquer le chemin de
l'intelligence ?
15 Voici que les nations sont
comme une goutte tombant
d'un seau !
Elles comptent comme poussière sur la balance.
Voici les îles[3] : comme de la
poudre il les soulève.
16 Le Liban ne suffirait pas pour
la flambée
et ses bêtes ne suffiraient pas
pour l'holocauste[4].
17 Toutes les nations sont devant
lui comme rien ;

elles comptent pour lui comme
néant et nullité.

18 À qui assimilerez-vous Dieu
et quel simulacre[1] place-
rez-vous à côté de lui ?
19 L'idole ? C'est un artisan qui
l'a coulée ;
mouleur, il plaque sur elle de
l'or,
moulant aussi des bandeaux
d'argent..
20 Celui qui est plus limité pour
sa contribution au culte[2],
c'est du bois inaltérable qu'il
choisit.
Il se cherche un artisan habile
pour dresser une idole qui ne
branle pas.
21 Ne savez-vous pas, n'avez-vous
pas entendu,
ne vous a-t-il pas été annoncé
dès l'origine,
n'avez-vous pas discerné le
fondateur de la terre ?
22 Il habite, lui, sur le dôme cou-
vrant la terre
dont les habitants font figure
de sauterelles !
Il a tendu les cieux comme un
rideau,
il les a déployés comme une
tente pour y habiter.
23 Il réduit à rien les chefs d'Etat,
les juges[3] de la terre, il en fait
une nullité ;
24 oui, peu importe qu'ils soient
implantés,
oui, peu importe qu'ils se
soient disséminés ;

---

1. Voir au glossaire POIDS ET MESURES.
2. *l'homme de son dessein*, c'est-à-dire l'homme que Dieu a choisi pour exécuter son projet. D'après 46.11 c'est le roi perse Cyrus (voir 41.2 et la note) — *lui a indiqué l'homme de son dessein* : autre traduction *l'a instruit en tant que conseiller*.
3. *les îles* : expression fréquente dans les chapitres 40-66 ; elle fait allusion aux populations maritimes les plus éloignées de la Palestine. Voir 11.11 et la note.
4. *Le Liban*, c'est-à-dire ici les forêts qui recouvraient le massif montagneux du même nom ; voir 10.34 et la note — *holocauste* : voir au glossaire SACRIFICES.

1. *quel simulacre* ou *quel objet qui lui ressemble*. La traduction a voulu rendre le jeu de mots que l'on trouve en hébreu entre le terme ainsi traduit et le verbe rendu par *assimiler*.
2. La traduction du début du v. 20 est incertaine.
3. *les juges* ou *les gouvernants*.

oui, peu importe que leur
souche soit enracinée dans la
terre !
Même alors, s'il souffle sur
eux, les voilà qui sèchent
et le tourbillon les enlève
comme de la paille.

25 « À qui m'assimilerez-vous ?
À qui serai-je identique ? » Dit
le *Saint.

26 Levez bien haut vos yeux
et voyez : qui a créé ces êtres ?
— Celui qui mobilise au complet leur armée[1]
et qui les convoque tous par
leur nom.
Si amples sont ses forces, si
ferme son énergie,
que pas un n'est porté manquant !

27 Jacob, pourquoi dis-tu,
Israël, pourquoi affirmes-tu :
« Mon chemin[2] est caché au
Seigneur,
mon droit échappe à mon
Dieu. »

28 Ne sais-tu pas, n'as-tu pas entendu ?
Le Seigneur est le Dieu de toujours,
il crée les extrémités de la
terre.
Il ne faiblit pas, il ne se fatigue
pas ;
nul moyen de sonder son intelligence,

29 il donne de l'énergie au faible,
il amplifie l'endurance de qui
est sans forces.

30 Ils faiblissent, les jeunes, ils se
fatiguent,

même les hommes d'élite trébuchent bel et bien !

31 Mais ceux qui espèrent dans le
Seigneur retrempent leur énergie :
ils prennent de l'envergure
comme les aigles,
ils s'élancent et ne se fatiguent
pas,
ils avancent et ne faiblissent
pas !

Le vrai Dieu et les idoles

41 [1] Tenez-vous en silence devant moi,
vous, les îles[1],
et que les cités retrempent leur
énergie ;
qu'elles approchent et qu'alors
elles parlent !
Allons ensemble en jugement
nous affronter !

2 Qui a fait surgir du levant un
Justicier[2],
l'appelle sur ses pas,
soumet devant lui les nations,
abaisse les rois,
multiplie comme poussière ses
gens d'épée,
comme paille en ouragan ses
lanceurs de flèches,

3 si bien qu'il traque les autres et
passe outre, indemne,
sans mettre le pied à terre ?

4 Qui a réalisé et exécuté ?
— Celui qui appelle les générations depuis l'origine :
Moi, je suis le Seigneur, le premier,
et serai tel encore auprès des
derniers.

1. *les îles* : voir 40.15 et la note.
2. Nouvelle allusion à Cyrus (voir 40.13). Celui-ci fut célèbre par ses victoires contre toutes les
puissances militaires de l'époque, en particulier
contre les Babyloniens, qu'il vainquit en 539 av. J.
C. Dès l'année suivante Cyrus libéra les Judéens
déportés.

1. *ces êtres, leur armée* : allusion aux astres (désignés parfois par l'expression *l'armée des cieux* ;
voir 34.4).
2. *mon chemin* : tournure imagée équivalent ici
à *le déroulement de ma vie, mon sort.*

5 Les îles le voient : elles sont
    dans la crainte,
    les extrémités de la terre sont
    tremblantes,
    elles suivent l'affaire de près,
    elles se sont mises en mouve-
    ment.
6 Chacun aide son compagnon
    et dit à son camarade : « Tiens
    bon ! »
7 Le ciseleur tient en haleine le
    mouleur,
    le polisseur au marteau, celui
    qui bat l'enclume ;
    il dit du joint : « C'est bon »,
    et avec des pointes il le fait
    tenir
    pour qu'il ne branle pas[1].

Israël, mon serviteur

8 Mais toi, Israël, mon serviteur,
    Jacob, toi que j'ai choisi,
    descendance d'Abraham, mon
    ami,
9 toi que j'ai tenu depuis les ex-
    trémités de la terre,
    toi que depuis ses limites j'ai
    appelé,
    toi à qui j'ai dit : « Tu es mon
    serviteur,
    je t'ai choisi et non pas rejeté »,
10 ne crains pas, car je suis avec
    toi,
    n'aie pas ce regard anxieux,
    car je suis ton Dieu.
    Je te rends robuste, oui, je
    t'aide,
    oui, je te soutiens par ma
    droite qui fait justice.
11 Voici qu'ils seront honteux,
    couverts d'outrages
    tous ceux qui étaient échauffés
    contre toi :

ils seront comme rien et péri-
    ront
    les gens en querelle avec toi ;
12 tu les chercheras et tu ne les
    trouveras plus,
    les gens en lutte avec toi ;
    ils seront comme rien, comme
    néant,
    les gens en guerre avec toi.
13 Car moi, le Seigneur, je suis
    ton Dieu
    qui tiens ta main droite,
    qui te dis : « Ne crains pas,
    c'est moi qui t'aide. »
14 Ne crains pas, Jacob, à présent
    vermine,
    Israël, à présent cadavres,
    c'est moi qui t'aide — oracle
    du Seigneur —
    celui qui te rachète[1], c'est le
    *Saint d'Israël.
15 Voici : je te dispose comme un
    traîneau-herse[2]
    neuf et muni de crocs renfor-
    cés :
    tu vas triturer les montagnes et
    les déchiqueter,
    tu réduiras en bale les collines,
16 tu les vanneras et le vent les
    emportera,
    le tourbillon les dispersera.
    Et toi tu exulteras à cause du
    Seigneur,
    à cause du Saint d'Israël tu
    t'exalteras.
17 Les humiliés et les indigents
    qui cherchent de l'eau, mais
    vainement,
    et dont la langue sèche de soif,

1. *pour qu'il ne branle pas* : il s'agit du faux dieu
fabriqué par les artisans que le prophète vient de
mentionner.

1. *Israël, à présent cadavres* : la traduction suit
ici le texte hébreu d'Ésaïe trouvé à Qumrân, ainsi
que plusieurs versions anciennes — *qui te rachète* :
le verbe ainsi traduit désigne habituellement l'action d'un parent proche en faveur d'un membre de
sa famille, soit pour venger la victime d'un meurtre
(Nb 35.19-27), soit pour assurer une descendance à
un défunt mort sans enfant (Rt 3.12-4.14), soit
pour payer une dette ou racheter un homme qui a
dû être vendu comme esclave (Lv 25.23-28, 47-49).
2. *traîneau-herse* : voir la note sur 28.27.

moi, le Seigneur, je leur répondrai,
moi, le Dieu d'Israël, je ne les
abandonnerai pas.

18 Je ferai jaillir des fleuves sur
les coteaux pelés
je transformerai le désert en
étang
et des sources au milieu des
ravines,
et la terre aride en fontaines.

19 Je mettrai dans le désert le
cèdre,
l'acacia, le myrte[1] et l'olivier;
j'introduirai dans la steppe le
cyprès,
l'orme et le buis ensemble,

20 afin que les gens voient et sachent,
qu'ils s'appliquent et saisissent
ensemble
que la main du Seigneur a fait
cela,
que le Saint d'Israël l'a créé.

Un défi aux idoles

21 Présentez votre cause, dit le
Seigneur,
avancez vos arguments, dit le
Roi de Jacob[2];

22 qu'ils s'avancent et qu'ils nous
annoncent
ce qui va se déclencher !
Vos premiers augures, quels
étaient-ils ?
Rappelez-nous leur annonce :
nous y prêterons attention
et nous en reconnaîtrons l'accomplissement !
Ou bien faites-nous entendre
les événements futurs,

23 annoncez les choses à venir,
et nous reconnaîtrons que vous
êtes des dieux !
Voyons ! Provoquez bien-être
ou malheur,
alors ensemble nous nous dé-
fierons du regard, et nous verrons !

24 Mais voici ce que vous êtes :
moins que rien;
vos réalisations, moins que
néant !
C'est un être abject, celui qui
fait de vous ses élus.

25 Du nord j'ai fait surgir un
homme, et il est venu;
depuis le soleil levant il s'entend appeler par son nom[1];
il piétine les gouverneurs
comme de la boue,
comme le potier talonne la
glaise.

26 Qui donc l'avait annoncé dès
l'origine,
que nous le reconnaissions,
dès les temps passés,
que nous disions : « C'est
juste ! »
Non, personne ne l'avait annoncé;
non, personne ne l'avait laissé
entendre;
non, personne n'avait entendu
vos propos.

27 C'est pour *Sion que voici, tout
premier, celui qui parle,
c'est Jérusalem que je gratifie
d'un messager.

28 J'ai regardé : pas un seul
homme,
parmi eux pas un seul conseiller !
Je les aurais consultés et ils
m'auraient rendu réponse !

---

1. *myrte* : arbuste toujours vert des régions
méditerranéennes.
2. Ici comme souvent dans l'A. T. *Jacob* désigne
l'ensemble du peuple d'Israël (voir 41.8, 14 et la
note sur Am 1.1). Le *Roi de Jacob* : un titre donné
au Seigneur (comparer 44.6).

1. *un homme* : nouvelle allusion à Cyrus (voir
41.2 et la note) — *il s'entend appeler par son
nom* : la traduction suit ici le texte hébreu d'Esaïe
trouvé à Qumrân et s'accorde avec 45.3-4.

29 Voici ce qu'ils sont tous : une
   malfaisance !
   Leurs oeuvres ? Néant !
   Leurs statues ? Un souffle, une
   nullité !

Voici mon serviteur

42 1 Voici mon serviteur que
        je soutiens,
   mon élu que j'ai moi-même en
   faveur,
   j'ai mis mon Esprit sur lui.
   Pour les nations il fera paraître le jugement,
2 il ne criera pas, il n'élèvera pas
   le ton,
   il ne fera pas entendre dans la
   rue sa clameur;
3 il ne brisera pas le roseau
   ployé,
   il n'éteindra pas la mèche qui
   s'étiole;
   à coup sûr, il fera paraître le
   jugement.
4 Lui ne s'étiolera pas, lui ne
   ploiera pas,
   jusqu'à ce qu'il ait imposé sur
   la terre le jugement,
   et les îles[1] seront dans l'attente
   de ses lois.
5 Ainsi parle Dieu, le Seigneur,
   qui a créé les cieux et qui les a
   tendus,
   qui a étalé la terre porteuse de
   ses rejetons[2],
   donné respiration à la multitude qui la couvre
   et souffle à ceux qui la parcourent.
6 C'est moi le Seigneur,
   je t'ai appelé selon la justice,
   je t'ai tenu par la main,

je t'ai mis en réserve[1] et je t'ai
   destiné
   à être l'*alliance de la multitude, à être la lumière des nations,
7 à ouvrir les yeux aveuglés,
   à tirer du cachot le prisonnier,
   de la maison d'arrêt, les habitants des ténèbres.
8 C'est moi le Seigneur, tel est
   mon nom;
   et ma gloire, je ne la donnerai
   pas à un autre,
   ni aux idoles la louange · qui
   m'est due.
9 Les premiers événements, les
   voilà passés,
   et moi j'en annonce de nouveaux,
   avant qu'ils se produisent, je
   vous les laisse entendre.

Le Seigneur va exécuter ses pro-
jets

10 Chantez pour le Seigneur un
   chant nouveau,
   chantez sa louange, depuis
   l'extrémité de la terre,
   gens de la haute mer, et tout ce
   qui l'emplit,
   les îles[2] et leurs habitants.
11 Qu'élèvent la voix le désert et
   ses villes,
   les villages où habite Qédar;
   que les habitants du roc[3] poussent des acclamations,
   du sommet des montagnes
   qu'ils lancent des vivats;
12 qu'on rende gloire au Seigneur,

---

1. *les îles* : voir 40.15 et la note.
2. *ses rejetons*, c'est-à-dire ici tout ce que la terre
produit.

1. *je t'ai mis en réserve* : autre traduction *je t'ai
formé.*
2. Voir 40.15 et la note.
3. *Qédar* : tribu d'arabes nomades — *les habitants du roc* : l'expression peut désigner les habitants des régions montagneuses, ou plus particulièrement ceux de la forteresse édomite appelée *Sèla*
(le Roc) en 2 R 14.7.

qu'on publie dans les îles sa
louange !

13 Le Seigneur, tel un héros, va
sortir,
tel un homme de guerre, il réveille sa jalousie,
il pousse un cri d'alarme, un
grondement
et contre ses ennemis se comporte en héros :

14 Je suis depuis longtemps resté
inactif,
je ne disais rien, je me conte-
nais,
comme femme en travail, je
gémis, je suffoque,
et je suis oppressé tout à la
fois.

15 Je vais dévaster montagnes et
collines
et toute leur verdure, je la dessécherai;
je transformerai les fleuves en
îlots,
et les étangs, je les dessécherai.

16 Je ferai marcher les aveugles
sur un chemin inconnu d'eux,
sur des sentiers inconnus d'eux
je les ferai cheminer.
Je transformerai devant eux
les ténèbres en lumière,
et les détours en ligne droite.
Ces projets, je vais les exécuter
et nullement les abandonner.

17 Les voici rejetés en arrière,
tout honteux,
ceux qui mettent leur assurance dans une idole,
ceux qui disent à du métal
fondu :
« Nos dieux, c'est vous ! »

Un peuple qui n'a pas voulu en-
tendre

18 Vous, les sourds, entendez !

Vous, les aveugles, regardez et
voyez !

19 Qui était aveugle, sinon mon
Serviteur ?
Qui était sourd comme mon
Messager que je vais envoyer ?
Qui était aveugle comme le
Réhabilité[1] ?
Qui était sourd[1] comme le Ser-
viteur du Seigneur ?

20 Tu as beaucoup vu, mais tu
n'as pas retenu;
on a les oreilles ouvertes, mais
on n'entend pas !

21 Le Seigneur s'est plu, à cause
de sa justice[2],
à rendre sa *Loi grande et magnifique,

22 mais voilà un peuple pillé et
ravagé :
on les a tous séquestrés dans
des fosses[3],
dans des maisons d'arrêt ils
ont été dissimulés;
ils étaient voués au pillage et
nul ne les délivrait,
voués au ravage, et nul ne disait :
« Restitue ! »

23 Qui parmi vous va prêter l'o-
reille à ces dires,
être attentif et écouter, à l'avenir :

24 Qui a livré Jacob au ravage,
Israël aux pillards ?
N'est-ce pas le Seigneur, lui
envers qui nous avons commis
des fautes,
lui dont on n'a pas voulu
suivre les chemins

---

1. *le Réhabilité :* traduction approximative d'un
titre donné exceptionnellement ici à Israël — *Qui
était sourd ... ? :* la traduction suit ici deux manuscrits hébreux et une version grecque ancienne;
texte hébreu traditionnel *Qui était aveugle ... ?*
2. *à cause de sa justice,* c'est-à-dire parce qu'il
est fidèle à son projet de sauver Israël.
3. Autre traduction : *on a séquestré tous les
hommes d'élite.*

et dont on n'a pas écouté la
Loi ?

25 Alors il a déversé sur Israël la
fureur de sa colère,
le déferlement de la guerre;
elle l'a incendié tout autour
sans qu'il veuille rien reconnaître,
elle l'a calciné en plein milieu
sans qu'il prenne rien à coeur !

Le Saint d'Israël, sauveur de son peuple

43 1 Mais maintenant, ainsi
parle le Seigneur
qui t'a créé, Jacob,
qui t'a formé, Israël :
Ne crains pas, car je t'ai racheté,
je t'ai appelé par ton nom, tu
es à moi.

2 Si tu passes à travers les eaux,
je serai avec toi,
à travers les fleuves, ils ne te
submergeront pas.
Si tu marches au milieu du feu,
tu ne seras pas brûlé
et la flamme ne te calcinera
plus en plein milieu,

3 car moi, le Seigneur, je suis ton
Dieu,
le *Saint d'Israël, ton Sauveur.
J'ai donné l'Egypte en rançon
pour toi,
la Nubie et Séva[1] en échange
de toi

4 du fait que tu vaux cher à mes
yeux,
que tu as du poids et que moi
je t'aime;
je donne donc des hommes en
échange de toi,
des cités en échange de ta personne.

5 Ne crains pas, car je suis avec
toi,
depuis le levant je ferai revenir
ta descendance,
depuis le couchant je te rassemblerai.

6 Au nord je dirai : « Donne »,
et au midi : « Ne retiens pas !
Fais revenir mes fils du pays
lointain
et mes filles de l'extrémité de
la terre,

7 tous ceux qui sont appelés de
mon nom
et que j'ai, pour ma gloire,
créés, formés et faits !

8 Faites sortir le peuple aveugle,
mais qui a des yeux,
les sourds, qui ont cependant
des oreilles. »

En dehors du vrai Dieu, pas de sauveur

9 Que toutes les nations à la fois
se rassemblent,
que les cités se réunissent :
Qui, chez elles, avait annoncé
ces faits,
nous avait laissé entendre les
premiers événements ?
Qu'elles produisent leurs témoins et qu'elles se justifient,
qu'on entende et qu'on dise :
« C'est digne de foi. »

10 Mes témoins à moi, c'est vous
— oracle du Seigneur —
mon serviteur, c'est vous que
j'ai choisis
afin que vous puissiez comprendre, avoir foi en moi
et discerner que je suis bien
tel :
avant moi ne fut formé aucun
dieu
et après moi il n'en existera
pas.

---

1. *Séva* : région située probablement au nord de
l'actuel Soudan (voir 45.14).

11 C'est moi, c'est moi qui suis le
SEIGNEUR,
en dehors de moi, pas de Sauveur.

12 C'est moi qui ai annoncé et
donné le salut,
moi qui l'ai laissé entendre, et
non pas chez vous, un dieu
étranger.
Ainsi vous êtes mes témoins
— oracle du SEIGNEUR —
et moi, je suis Dieu.

13 Oui, désormais je suis tel :
personne ne délivre de ma
main;
ce que je réalise, qui pourrait
le renverser ?

Un nouveau chemin dans le désert

14 Ainsi parle le SEIGNEUR,
celui qui vous rachète, le *Saint
d'Israël :
À cause de vous je lance une
expédition à Babylone,
je les fais tous descendre en
fugitifs,
oui, les Chaldéens, sur ces navires où retentissaient leurs acclamations.

15 Je suis le SEIGNEUR, votre Saint,
celui qui a créé Israël, votre
Roi.

16 Ainsi parle le SEIGNEUR,
lui qui procura en pleine mer
un chemin,
un sentier au coeur des eaux
déchaînées,

17 lui qui mobilisa chars et chevaux,
troupes et corps d'assaut tout
ensemble,
sitôt couchés pour ne plus se
relever,
étouffés comme une mèche et
éteints :

18 Ne vous souvenez plus des premiers événements,
ne ressassez plus les faits d'autrefois.

19 Voici que moi je vais faire du
neuf
qui déjà bourgeonne; ne le reconnaîtrez-vous pas ?
Oui, je vais mettre en plein
désert un chemin,
dans la lande, des sentiers[1] :

20 les bêtes sauvages me rendront
gloire,
les chacals et les autruches,
car je procure en plein désert
de l'eau,
des fleuves dans la lande,
pour abreuver mon peuple,
mon élu,

21 peuple que j'ai formé pour moi
et qui redira ma louange.

Le Seigneur fait un procès à son peuple

22 Il est exclu, Jacob, que tu aies
pu faire de moi ton invité,
alors même, Israël, que pour
moi tu t'es fatigué;

23 exclu que tu m'aies approvisionné par les agneaux de tes
holocaustes,
ou que tu aies augmenté ma
gloire par tes victimes.
Il est exclu que, pour avoir des
offrandes[2], je t'aie réduit en
servitude,
ou que, pour avoir de l'*encens,
je t'aie fatigué;

24 il est exclu que tu m'aies, à tes
frais, pourvu en arôme,
ou que tu m'aies saturé avec la
graisse de tes victimes !

---

1. *des sentiers* : d'après le texte hébreu d'Esaïe
trouvé à Qumrân; texte hébreu traditionnel *des
fleuves.*
2. *holocaustes, offrandes* : voir au glossaire
SACRIFICES.

Au contraire, avec tes fautes,
c'est toi qui m'as réduit en servitude,
avec tes perversités, c'est toi
qui m'as fatigué;
25 moi, cependant, moi je suis tel
que j'efface, par égard pour
moi, tes révoltes,
que je ne garde pas tes fautes
en mémoire.
26 Présente-le-moi, ton mémoire,
et passons ensemble en jugement,
oui, toi, récapitule, pour te jus-
tifier :
27 ton premier père a failli,
tes porte-parole[1] se sont révoltés contre moi,
28 alors j'ai déshonoré les sa-
cro-saintes autorités,
j'ai voué Jacob à l'interdit[2]
et Israël aux sarcasmes.

Mais maintenant ne crains pas, Israël

44 1 Mais maintenant, écoute,
Jacob, mon serviteur,
Israël, que j'ai choisi ;
2 Ainsi parle le SEIGNEUR, qui t'a
fait,
qui t'a formé dès le sein maternel et qui t'aide :
Ne crains pas, mon serviteur
Jacob,
le Redressé[3], celui que j'ai
choisi,
3 car je répandrai des eaux sur
l'assoiffé,

des ruissellements sur la desséchée;
je répandrai mon Esprit sur ta
descendance,
ma bénédiction sur tes rejetons;
4 ils croîtront comme en plein
herbage,
tels des saules au bord des
cours d'eau.
5 L'un dira : « J'appartiens au
SEIGNEUR »,
l'autre s'appellera du nom de
Jacob,
un autre écrira sur sa main :
« Je suis au SEIGNEUR »
et se qualifiera du nom d'Israël.

Les fabricants d'idoles ne sont que nullité

6 Ainsi parle le SEIGNEUR, le Roi
d'Israël,
celui qui le rachète, le SEI-
GNEUR, le tout-puissant[1] :
C'est moi le premier, c'est moi
le dernier,
en dehors de moi, pas de dieu.
7 Qui est comme moi ? Qu'il
prenne la parole,
qu'il annonce ce qu'il en est et
me le développe,
depuis que j'ai établi la multitude
qui remonte à la nuit des
temps; qu'il dise les choses qui
arriveront,
et celles qui viendront, qu'on
nous les annonce !
8 Ne frémissez pas, ne craignez
pas !
Ne te l'ai-je pas laissé entendre
et annoncé depuis longtemps ?

---

1. *ton premier père* (c'est-à-dire ton premier ancêtre) : le prophète fait allusion à Jacob (voir Gn
25.26; 27.36; Os 12.3-4) — *tes porte-parole*,
c'est-à-dire les prêtres et les prophètes qui se sont
montrés indignes.
2. *livrer à l'interdit* : voir Dt 2.34 et la note.
3. *le Redressé* : traduction approximative de
Yeshouroun, un des noms donnés parfois au
peuple d'Israël (voir Dt 32.15).

1. *tout-puissant* titre donné fréquemment au
Dieu d'Israël dans l'A. T., et parfois traduit *le
Seigneur des armées*, c'est-à-dire le maître de
toutes les forces de l'univers.

Ne m'en êtes-vous pas té-
moins ?
Y a-t-il un dieu en dehors de
moi ?
Assurément, il n'existe aucun
Rocher,
dont je n'aurais pas connaissance !

9 Ceux qui façonnent des idoles
ne sont tous que nullité,
les figurines qu'ils recherchent
ne sont d'aucun profit,
leurs témoins, eux ne voient
rien,
et, pour leur honte, ils n'ont
connaissance de rien !

10 Qui a jamais façonné un dieu,
coulé une idole
pour une absence de profit ?

11 Voici que tous ses adeptes se
trouvent honteux,
les artisans ne sont que des
hommes !
Qu'ils se rassemblent tous,
qu'ils se présentent :
ils frémiront et seront dans la
honte tous ensemble.

12 L'artisan sur fer appointe un
burin,
le passe dans les braises, le façonne au marteau,
le travaille d'un bras énergique.
Mais reste-t-il affamé ? Plus
d'énergie !
Ne boit-il pas d'eau ? Le voilà
qui faiblit !

13 L'artisan sur bois tend le cordeau,
trace l'oeuvre à la craie, l'exécute au ciseau,
oui, la trace au compas,
lui donne la tournure d'un
homme,
la splendeur d'un être humain,
pour qu'elle habite un temple,

14 pour qu'on débite des cèdres
en son honneur.

On prend du rouvre et du
chêne,
pour soi on les veut robustes,
parmi les arbres de la forêt,
on plante un pin, mais c'est la
pluie qui le fait grandir.

15 C'est pour l'homme bois à
brûler :
il prend et se chauffe,
il l'enflamme et cuit du pain.
Avec ça il réalise aussi un dieu
et il se prosterne,
il en fait une idole et il s'incline devant elle.

16 Il en fait flamber la moitié
dans le feu
et met par-dessus la viande
qu'il va manger :
il fait rôtir son rôti et se rassasie;
il se chauffe aussi et dit : « Ah,
ah,
je me chauffe, je vois le rougeoiement ! »

17 Avec le reste, il fait un dieu,
son idole,
il s'incline et se prosterne devant elle,
il lui adresse sa prière, en disant :
« Délivre-moi, car mon dieu,
c'est toi ! »

18 Ils ne comprennent pas, ils ne
discernent pas,
car leurs yeux sont encrassés,
au point de ne plus voir,
leurs coeurs le sont aussi, au
point de ne plus saisir !

19 Nul en son coeur ne fait retour
à la compréhension et au discernement, de manière à dire :
« J'en ai fait flamber la moitié
dans le feu,
j'ai aussi cuit du pain sur les
braises,
je rôtis de la viande et je la
mange,

et du surplus, je ferais une ab-
jection,
je m'inclinerais devant un bout
de bois ! »

20 Il s'attache à de la cendre,
son coeur abusé l'égare :
il ne se verra pas délivré !
Il ne dira pas pour autant :
« N'est-ce pas tromperie, ce
que j'ai en main ? »

21 Jacob, rappelle-toi ceci,
Israël : tu es mon serviteur,
je t'ai façonné comme serviteur
pour moi ;
toi, Israël, tu ne me décevras
pas[1] :

22 j'ai effacé comme un nuage tes
révoltes,
comme une nuée, tes fautes ;
reviens à moi, car je t'ai racheté.

23 Cieux, poussez des acclamations, car le Seigneur agit,
retentissez, profondeurs de la
terre,
montagnes, explosez en acclamations,
en même temps que la forêt et
tous ses arbres,
car le Seigneur a racheté Jacob
et en Israël manifesté sa splendeur !

Cyrus, l'instrument du Seigneur

24 Ainsi parle le Seigneur qui te
rachète,
qui t'a formé dès le sein maternel :
C'est moi, le Seigneur, qui fais
tout ;
j'ai tendu les cieux, moi tout
seul,

j'ai étalé la terre, qui m'assis-
tait ?

25 Je neutralise les signes des augures[1],
les devins, je les fais divaguer,
je renverse les sages en arrière
et leur science, je la fais délirer.

26 Je donne pleine valeur à la parole de mon serviteur,
je fais réussir le dessein de mes
messagers :
je dis pour Jérusalem :
« Qu'elle soit habitée »,
pour les villes de Juda :
« Qu'elles soient rebâties »,
ce qui est dévasté, je le remettrai en valeur.

27 Je dis à la haute mer : « Sois
dévastée,
tes courants, je vais les dessécher ! »

28 Je dis de Cyrus : « C'est mon
*berger » ;
tout ce qui me plaît, il le fera
réussir,
en disant pour Jérusalem :
« Qu'elle soit rebâtie »,
et pour le Temple : « Sois à
nouveau fondé ! »

La mission confiée à Cyrus

45 1 Ainsi parle le Seigneur à
son *messie :
A Cyrus que je tiens par sa
main droite,
pour abaisser devant lui les nations,
pour déboucler la ceinture des
rois,
pour déboucler devant lui les
battants,
pour que les portails ne restent
pas fermés :

---

1. *tu ne me décevras pas* : d'après le texte hébreu d'Esaïe trouvé à Qumrân ; texte hébreu traditionnel *tu ne seras pas oublié de moi.*

1. *augures* (ou *ceux qui devinent l'avenir*) : traduction conjecturale.

2 Moi-même, devant toi je marcherai,
   les terrains bosselés, je les
   aplanirai,
   les battants de bronze, je les
   briserai,
   les verrous de fer, je les fracas-
   serai.
3 Je te donnerai les trésors déposés dans les ténèbres,
   les richesses dissimulées dans
   des cachettes :
   ainsi tu sauras que c'est moi le
   Seigneur,
   celui qui t'appelle par ton nom,
   le Dieu d'Israël.
4 C'est à cause de mon serviteur
   Jacob,
   oui, d'Israël, mon élu,
   que je t'ai appelé par ton nom;
   je t'ai qualifié, sans que tu me
   connaisses.
5 C'est moi qui suis le Seigneur,
   il n'y en a pas d'autre,
   moi excepté, nul n'est dieu !
   Je t'ai mis le ceinturon, sans
   que tu me connaisses,
6 afin qu'on reconnaisse, au levant du soleil
   comme à son couchant, qu'en
   dehors de moi : néant !
   C'est moi qui suis le Seigneur,
   il n'y en a pas d'autre;
7 je forme la lumière et je crée
   les ténèbres,
   je fais le bonheur et je crée le
   malheur :
   c'est moi, le Seigneur, qui fais
   tout cela.
8 Cieux, de là-haut répandez
   comme une rosée
   et que les nuées fassent ruisseler la justice,
   que la terre s'ouvre, que s'épa-
   nouisse le salut,

que la justice germe en même
temps !
C'est moi, le Seigneur, qui ai
créé cet homme.

9 Malheur à qui, cruchon parmi
   les cruchons de glaise,
   chicanerait celui qui l'a formé !
   L'argile dira-t-elle à celui qui
   lui donne forme :
   « Que fais-tu ? »,
   Et l'oeuvre réalisée par toi
   dira-t-elle :
   « Il n'a pas de mains ! » ?
10 Malheur à qui dit à un père :
   « Qu'as-tu engendré ? »,
   Et à une femme :
   « Qu'as-tu mis au monde ? »

11 Ainsi parle le Seigneur,
   celui qui a formé Israël et qui
   en est le *Saint :
   Exigez donc de moi les choses
   à faire
   au sujet de mes fils !
   Au sujet de l'oeuvre réalisée
   par mes mains,
   vous me donneriez des ordres ?
12 C'est moi qui ai fait la terre
   et qui ai, sur elle, créé l'humanité;
   c'est moi, ce sont mes mains
   qui ont tendu les cieux
   et à toute leur armée je donne
   des ordres.
13 C'est moi qui, selon la justice,
   ai fait surgir cet homme
   et j'aplanirai tous ses chemins.
   C'est lui qui rebâtira ma ville;
   et il renverra mes déportés,
   sans qu'il leur en coûte ni paiement,
   ni commission,
   dit le Seigneur, le tout-puissant[1].

1. Voir 44.6 et la note.

Seul Dieu a prédit ce qui va arriver

14 Ainsi parle le S<small>EIGNEUR</small> :
   La main-d'oeuvre d'Egypte, le commerce de Nubie
   et les gens de Séva[1], hommes de haute taille,
   passeront chez toi et seront pour toi,
   s'en iront après toi, passeront liés de chaînes.
   Ils se prosterneront devant toi et t'adresseront cette prière :
   « C'est seulement chez toi qu'est Dieu
   et il n'y en a pas d'autre;
   les dieux : néant ! »
15 Mais pour sûr, tu es un Dieu qui se tient caché,
   le Dieu d'Israël, celui qui sauve !
16 Les voilà tous ensemble honteux, couverts d'outrages,
   oui, sous les outrages ils s'en vont,
   les faiseurs de statues;
17 Israël est sauvé par le S<small>EIGNEUR</small> et ce salut est perpétuel;
   vous, vous serez sans honte ni outrage,
   perpétuellement, à tout jamais. »
18 Cependant ainsi parle le S<small>EIGNEUR</small>,
   le créateur des cieux,
   lui, le Dieu
   qui a formé et fait la terre,
   qui l'a rendue ferme,
   qui ne l'a pas créée vide,
   mais formée pour qu'on y habite :
   C'est moi le S<small>EIGNEUR</small>, il n'y en a pas d'autre.
19 Je n'ai pas parlé en cachette,

dans un coin ténébreux de la terre,
   je n'ai pas dit à la descendance de Jacob :
   « Cherchez-moi dans le vide ! »
   C'est moi le S<small>EIGNEUR</small> : je dis ce qui est juste,
   j'annonce ce qui est droit !

20 Rassemblez-vous et venez,
   avancez-vous ensemble, rescapés des nations :
   Ils ne savent rien, ceux qui portent haut
   leur idole de bois,
   et adressant leur prière à un dieu
   qui ne sauve pas.
21 Publiez vos annonces ! Mettez-vous en avant !
   Tenez même conseil ensemble !
   Qui a laissé entendre cela dès le passé,
   et depuis longtemps l'avait annoncé ?
   N'est-ce pas moi, le S<small>EIGNEUR</small>,
   et nul autre n'est dieu, en dehors de moi;
   un dieu juste et qui sauve
   il n'en est pas, excepté moi !
22 Tournez-vous vers moi et soyez sauvés,
   vous, tous les confins de la terre,
   car c'est moi qui suis Dieu, il n'y en a pas d'autre.
23 Sur moi-même, j'ai prêté serment
   — de ma bouche sort ce qui est juste,
   une parole irréversible — :
   « Devant moi tout genou fléchira
   et toute langue prêtera serment[1] :

---

1. Voir 43.3 et la note.

1. C'est-à-dire que tous les hommes reconnaîtront le Seigneur comme leur maître et lui promettront solennellement fidélité.

24 C'est seulement dans le Seigneur, dira-t-elle de moi,
que sont actes de justice et
puissance ! »

Ils viendront vers lui[1] et seront
dans la honte
tous ceux qui s'étaient échauffés contre lui.
25 Grâce au Seigneur toute la
descendance d'Israël
obtiendra justice et s'exaltera.

Les dieux qu'on porte, le Dieu qui vous porte

46 1 Bel a fléchi, voici Nébo
qui penche[2] :
leurs portraits sont confiés à
des animaux, à des bestiaux !
Ce que vous portiez haut, le
voici pris en charge,
fardeau pour montures épui-
sées,
2 qui penchent et fléchissent en
même temps;
à leur fardeau elles ne peuvent
assurer la liberté,
elles-mêmes s'en vont en captivité.
3 Ecoutez-moi, maison de Jacob,
tout le Reste de la maison d'Israël,
vous qui, depuis le sein maternel, êtes pris en charge
et portés haut[3] depuis les entrailles maternelles.
4 Jusqu'à votre vieillesse, moi je
resterai tel,
jusqu'à vos cheveux blancs,
c'est moi qui supporterai,

c'est moi qui suis intervenu,
c'est moi qui porterai,
c'est moi qui supporterai et qui
libérerai.
5 À qui m'assimilerez-vous, et
me ferez-vous identique ?
À qui me comparerez-vous,
que nous soyons semblables ?
6 Certains gaspillent l'or de leur
bourse,
pèsent l'argent au fléau[1],
engagent un mouleur pour
qu'il en fasse un dieu,
et ils s'inclinent et ils se prosternent !
7 Ce sont eux qui le portent sur
l'épaule, qui le supportent,
qui le mettent au repos, au lieu
que ce soit lui !
Il reste immobile : de sa place
il ne s'écarte pas.
Qu'un homme crie vers lui, il
ne répond pas,
de sa détresse il ne le sauve
pas.
8 Rappelez-vous cela, pour ranimer votre ardeur[2],
ô révoltés, revenez là-dessus au
fond de votre coeur,
9 rappelez-vous les premiers événements, ceux d'autrefois :
Oui, c'est moi qui suis Dieu, il
n'y en a pas d'autre,
Dieu, et il n'y a que du néant
en comparaison de moi.
10 Dès le début j'annonce la suite,
dès le passé, ce qui n'est pas
encore exécuté.
Je dis : « Mon dessein subsistera,
et tout ce qui me plaît, je l'exécuterai. »

---

1. *ils viendront vers lui :* d'après 21 manuscrits
hébreux, le texte hébreu d'Esaïe trouvé à Qumrân
et plusieurs versions anciennes; texte hébreu traditionnel *il vient à lui.*
2. *Bel, Nébo :* dieux de la religion babylonienne.
3. *maison de Jacob, maison d'Israël :* voir 2.5;
5.7 et les notes — *pris en charge et portés haut :*
sous-entendu *par Dieu* (voir v. 4).

1. *au fléau* ou *à la balance.*
2. *pour ranimer votre ardeur :* traduction
conjecturale.

11 J'appelle du levant un oiseau
de proie[1],
d'une terre éloignée, l'homme
du dessein que je revendique,
que j'ai formulé et que je mènerai à bien,
que j'ai formé et que j'exécuterai.

12 Ecoutez-moi, coeurs indompta-
bles,
vous qui restez éloignés de la
justice :

13 ma justice, je la rends proche,
elle n'est plus éloignée
et mon salut ne sera plus re-
tardé;
je donnerai en *Sion le salut,
à Israël je donnerai ma splendeur.

La ruine prochaine de Babylone

47 1 Tombe très bas, affale-toi
dans la poussière,
vierge, fille de Babylone,
affale-toi à même le sol, privée
de trône,
fille des Chaldéens[2],
car plus jamais tu n'obtiendras
que l'on t'appelle
« délicate et Jouisseuse. »

2 Prends le moulin,
mouds la farine,
découvre tes tresses;
retrousse ta robe,
découvre tes cuisses,
passe les fleuves :

3 que soit découverte ta nudité,
que soit vu ce qui t'expose à la
risée !
La vengeance, je la prendrai,
et je n'aurai pas recours à un
homme :

4 Celui qui nous rachète, son
nom est le SEIGNEUR, le
tout-puissant[1],
le *Saint d'Israël.

5 Affale-toi sans dire un mot,
entre dans les ténèbres,
fille des Chaldéens,
car plus jamais tu n'obtiendras
que l'on t'appelle
« Dominatrice des royaumes. »

6 J'étais irrité contre mon
peuple :
j'avais déshonoré mon lot[2],
je les avais livrés en ta main;
mais tu ne leur as montré aucune pitié,
sur le vieillard tu as fait peser
ton *joug avec excès !

7 Tu disais : « Je serai pour toujours,
perpétuellement dominatrice ! »
Tu n'as pas réfléchi dans ton
coeur au sens des événements,
ni songé à leur suite.

8 Mais maintenant, écoute ceci,
voluptueuse,
trônant avec assurance,
toi qui dans ton *coeur disais :
« C'est moi qui compte,
et le reste n'est que néant !
Non, je ne resterai jamais
veuve,
j'ignorerai la perte de mes enfants. »

9 Les deux qui font la paire vont
t'arriver,
dans l'instant, en un jour :
perte de tes enfants, veuvage
aussi
— le comble — !
arriveront sur toi,
bien que s'entassent tes recettes magiques et que foisonnent

---

1. *un oiseau de proie* : allusion à Cyrus; voir la note sur 41.2.
2. *fille de Babylone, fille des Chaldéens* : comparer avec 1.8 et la note — *les Chaldéens* : autre nom des Babyloniens.

1. Voir 44.6 et la note.
2. *mon lot* : c'est-à-dire le territoire qui m'appartient, la Palestine (voir 58.14; 63.17 et les notes).

tes enchantements, avec excès[1].

10 Tu tirais assurance de ta malice, tu disais :
« Personne ne me voit. »
C'est ta « sagesse » et c'est ta « science », ce sont elles
qui t'ont circonvenue.
Et toi, dans ton coeur, tu disais :
« C'est moi qui compte,
et le reste n'est que néant ! »

11 Voici qu'arrivera sur toi un malheur :
tu ne sauras le conjurer,
voici que tombera sur toi un désastre :
tu ne pourras t'en protéger;
oui, sur toi arrivera soudain
un saccage dont tu n'as pas idée.

12 Monte donc la garde au milieu de tes enchantements,
sur le tas de recettes magiques
pour lesquelles tu t'es fatiguée depuis ta jeunesse :
tu pourras peut-être en tirer profit,
et peut-être effaroucher !

13 Tu es importunée par des tas de conseils :
qu'ils se présentent donc,
et qu'ils te sauvent, ceux qui compartimentent les cieux,
lisent dans les étoiles
et font connaître à chaque nouvelle lune
ce qui doit t'arriver !

14 Voici qu'ils seront comme de la paille,
un feu les brûlera,
ils ne pourront pas se soustraire
à la main de la flamme :

ce ne sera plus la braise pour se chauffer,
rougeoiement pour s'asseoir devant !

15 Ainsi sont-ils pour toi, ceux pour qui tu t'es fatiguée,
qui t'exploitent depuis ta jeunesse :
chacun de son côté ils sont errants,
nul pour toi n'est sauveur !

Appel, reproches, promesses pour Israël

48 1 Écoutez ceci, maison de Jacob[1],
vous qui vous appelez du nom d'Israël,
vous qui êtes issus des sources de Juda,
vous qui prêtez serment par le nom du SEIGNEUR
et redoublez vos rappels du Dieu d'Israël,
mais sans sincérité ni droiture :

2 — ils s'appellent pourtant :
« Ceux de la Ville Sainte ! »,
Ils — revendiquent le soutien du Dieu d'Israël
dont le nom est : le SEIGNEUR, le tout-puissant[2] —

3 Les premiers événements, depuis longtemps je les ai annoncés,
ils sont sortis de ma bouche, je les ai laissé entendre :
soudain j'ai oeuvré et ils sont survenus.

4 Comme je sais que tu es endurci,
que ta nuque est un tendon de fer
et que ton front est de bronze,

---

1. Les Babyloniens étaient réputés pour leurs magiciens et leurs enchanteurs (voir Dn 2.2).

1. *maison de Jacob :* voir 2.5 et la note.
2. *Ceux de la Ville Sainte :* c'est-à-dire ceux de Jérusalem (voir 52.1) — *le tout-puissant :* voir 44.6 et la note.

5 je t'ai annoncé les faits depuis
     longtemps ;
   avant qu'ils surviennent, je te
     les ai laissé entendre,
   pour éviter que tu dises :
     « C'est ma figurine qui est ici à
     l'oeuvre,
   c'est mon idole, ma statue, qui
     a donné ces ordres. »
6 Vous avez entendu la prédic-
     tion : regardez-la accomplie.
   À votre tour ne l'annonce-
     rez-vous pas ?
   Maintenant je te fais entendre
     des nouveautés
   mises en réserve, que tu ne
     connaissais pas.
7 C'est maintenant qu'elles sont
     créées, et non pas depuis long-
     temps,
   au début de ce jour, et tu ne les
     avais jamais entendues,
   pour éviter que tu dises : « Vu !
     Je les connaissais ! »
8 Sûr ! Tu n'as pas entendu ;
   sûr ! Tu n'as pas eu connais-
     sance ;
   sûr ! Ton oreille n'a pas été
     ouverte longtemps avant,
   car je sais que tu as trahi, en-
     core trahi,
   et que l'on t'appelle « Révolté
     dès le sein maternel ! »
9 C'est par égard pour mon nom
     que je modère ma colère,
   par égard pour la louange qui
     m'est due qu'envers toi je me
     réfrène,
   afin de ne pas me retrancher.
10 Voici que je t'ai épuré — non
     pas dans l'argent en fusion —
   je t'ai affiné dans le creuset de
     l'humiliation.
11 C'est par égard pour moi, par
     égard pour moi que j'ai agi,

comment, en effet, mon *nom[1]
     serait-il déshonoré ?
   Ma gloire, je ne la donnerai
     pas à un autre.

12 Ecoute-moi, Jacob,
   Israël, toi que j'appelle,
   je suis bien tel : c'est moi le
     premier,
   c'est moi aussi le dernier.
13 Oui, c'est ma main qui a fondé
     la terre,
   ma droite qui a étendu les
     cieux ;
   si je les appelle,
   d'un coup ils se présentent.
14 Rassemblez-vous tous et écou-
     tez !
   Qui, parmi les autres, a an-
     noncé ces faits :
   celui que le SEIGNEUR aime[2]
     exécutera son bon plaisir
   contre Babylone et son en-
     geance, les Chaldéens ?
15 C'est moi, c'est moi qui ai
     parlé ; oui, je l'ai appelé,
   je l'ai fait venir et son entre-
     prise aboutira !
16 Approchez-vous de moi, écou-
     tez ceci :
   je n'ai jamais, depuis le début,
     parlé en cachette ;
   depuis l'époque où cela s'est
     produit,
   je suis là :
   finalement c'est donc que le
     Seigneur DIEU m'a envoyé,
     avec son Esprit.
17 Ainsi parle le SEIGNEUR qui te
     rachète, le *Saint d'Israël :
   C'est moi, le SEIGNEUR, ton
     Dieu,

---

1. *mon nom* : ces deux mots ne figurent que
dans l'ancienne version grecque et la vieille version
latine.
2. *celui que le Seigneur aime* : nouvelle allusion
à Cyrus, comme au v. 15 (voir la note sur 41.2).

qui t'instruis pour que tu en
tires profit,
qui te fais cheminer sur le chemin que tu parcours.
18 Ah ! Si tu avais été attentif à
mes ordres,
ta paix serait comme un
fleuve,
et ta justice comme les flots de
la mer;
19 ta descendance serait comme
le sable,
ses rejetons comme les gravil-
lons :
jamais son *nom ne serait, de
devant moi,
ni retranché, ni extirpé.
20 Sortez de Babylone ! Fuyez de
chez les Chaldéens !
D'une voix retentissante an-
noncez-le, faites-le entendre,
ébruitez-le jusqu'à l'extrémité
de la terre,
dites : « Le Seigneur a racheté
son serviteur Jacob[1] ! »
21 Ils n'ont pas eu soif sur les sols
dévastés où il les a menés.
Pour eux, c'est du rocher qu'il
fit ruisseler des eaux,
oui, il fendit le rocher et les
eaux coulèrent !
22 Mais point de paix, a dit le
Seigneur, pour les méchants.

Le Serviteur du Seigneur, lu-
mière des nations

49 [1] Ecoutez-moi, vous les
îles[2],
soyez attentives, cités du lointain :
le Seigneur m'a appelé dès le
sein maternel,
dès le ventre de ma mère, il
s'est répété mon nom.

2 Il a disposé ma bouche comme
une épée pointue,
dans l'ombre de sa main il m'a
dissimulé;
il m'a disposé comme une
flèche acérée,
dans son carquois il m'a tenu
caché.
3 Il m'a dit : « Mon serviteur,
c'est toi,
Israël, toi par qui je manifesterai ma splendeur. »
4 Mais moi je disais : « C'est en
vain que je me suis fatigué,
c'est pour du vide, pour du
vent, que j'ai épuisé mon énergie ! »
En fait, mon droit m'attendait
auprès du Seigneur,
ma récompense, auprès de
mon Dieu.
5 À présent, en effet, le Seigneur
a parlé,
lui qui m'a formé dès le sein
maternel pour être son serviteur,
afin de ramener Jacob vers lui,
afin qu'Israël pour lui soit re-
groupé :
dès lors j'ai du poids aux yeux
du Seigneur,
et ma puissance, c'est mon
Dieu.
6 Il m'a dit : « C'est trop peu
que tu sois pour moi un serviteur
en relevant les tribus de Jacob,
et en ramenant les préservés
d'Israël;
je t'ai destiné à être la lumière
des nations,
afin que mon salut soit présent
jusqu'à l'extrémité de la terre. »

La délivrance des déportés

7 Ainsi parle le Seigneur,

---

1. *Jacob* : voir la note sur 41.21.
2. *les îles* : voir 40.15 et la note.

le Rédempteur. et le *Saint
d'Israël,
à celui dont la personne est
méprisée
et que le monde regarde
comme un être abject[1],
à l'esclave des despotes :
Des rois verront et se lèveront,
des princes aussi, et ils se prosterneront,
par égard pour le SEIGNEUR,
qui est fidèle,
pour le Saint d'Israël qui t'a
choisi.

8 Ainsi parle le SEIGNEUR :
Au temps de la faveur, je t'ai
répondu,
au jour du salut, je te suis venu
en aide;
je t'ai mis en réserve et destiné
à être l'*alliance de la multitude,
en relevant le pays,
en lotissant les lots naguère
désolés,
9 en disant[2] aux prisonniers :
« Sortez ! »,
A ceux qui sont dans les ténèbres : « Montrez-vous ! »
Le long des chemins ils auront
leurs pâtures,
sur tous les coteaux pelés, leurs
pâturages.
10 Ils n'endureront ni faim ni soif,
jamais ne les abattront
ni la brûlure du sable, ni celle
du soleil;
car celui qui est plein de tendresse pour eux les conduira,

et vers les nappes d'eau les mènera se rafraîchir.
11 De toutes les montagnes je me
ferai un chemin,
et les chaussées seront pour
moi surélevées.
12 Les voici : de bien loin ils arrivent,
les uns du nord et de l'ouest,
les autres, de la terre d'Assouan[1].
13 Cieux, poussez des acclamations; terre, exulte,
montagnes, explosez en acclamations,
car le SEIGNEUR réconforte son
peuple,
et à ses humiliés il montre sa
tendresse.

Jérusalem rebâtie et repeuplée

14 *Sion disait : « Le SEIGNEUR m'a
abandonnée,
mon Seigneur m'a oubliée ! »
15 La femme oublie-t-elle son
nourrisson,
oublie-t-elle de montrer sa tendresse à l'enfant de sa chair ?
Même si celles-là oubliaient,
moi, je ne t'oublierai pas !
16 Voici que sur mes paumes je
t'ai gravée,
que tes murailles sont constamment sous ma vue.
17 Ils accourent, tes bâtisseurs[2],
et tes démolisseurs, tes dévastateurs loin de toi s'en vont.
18 Porte tes regards sur les alentours et vois :

1. le Rédempteur ou celui qui te rachète : voir la
note sur 41.14 — à celui dont la personne est
méprisée : d'après le texte hébreu d'Esaïe trouvé à
Qumrân et plusieurs versions anciennes — que le
monde regarde comme un être abject : d'après les
versions anciennes.
2. en relevant, en lotissant (v. 8), en disant (v. 9) :
ces participes font probablement allusion à l'action de Dieu lui-même.

1. de l'ouest ou de la mer — Assouan (ou
Syène) : d'après le texte hébreu d'Esaïe trouvé à
Qumrân, et comme en Ez 29.10; 30.6; texte hébreu
traditionnel Sinim (localité inconnue).
2. tes bâtisseurs : d'après plusieurs versions anciennes et le texte hébreu d'Esaïe trouvé à Qumrân; texte hébreu ... traditionnel tes fils (les deux
termes hébreux correspondants ne diffèrent que
par une voyelle).

tous, ils se rassemblent, ils
viennent vers toi.
Par ma vie, oracle du Seigneur,
oui, tu les revêtiras tous
comme une parure,
telle une promise, tu te feras
d'eux une ceinture.

19 Oui, dévastation, désolation,
terre de démolition que tu es,
oui, désormais tu seras trop
étroite pour l'habitant,
tandis que prendront le large
ceux qui t'engloutissaient.

20 De nouveau, ils diront à tes
oreilles,
les fils dont tu ressentais la
privation :
« L'espace est trop étroit pour
moi.
Place pour moi ! Tiens-toi serrée, que je puisse habiter. »

21 Tu diras alors dans ton
*coeur :
« Ceux-ci, qui me les a enfantés ?
Moi, j'étais privée d'enfants,
stérile, en déportation, éliminée ;
ceux-là, qui les a fait grandir ?
Voilà que je restais seule,
ceux-là, où donc étaient-ils ? »

22 Ainsi parle le Seigneur Dieu :
Voici que j'élèverai ma main
vers les nations,
que je dresserai mon étendard
vers les peuples :
ils ramèneront tes fils dans
leurs bras
et tes filles seront hissées sur
leurs épaules.

23 Des rois seront tes tuteurs,
et leurs princesses, tes nour-
rices.
Visage contre terre ils se prosterneront devant toi,
ils lècheront la poussière de tes
pieds.

Tu sauras alors que je suis le
Seigneur ;
ceux qui espèrent en moi n'auront point de honte.

24 La prise du héros sera-t-elle
reprise ?
La capture du tyran[1]
sera-t-elle libérée ?

25 Oui, ainsi parle le Seigneur :
Sûrement ! La capture du héros sera reprise
et la prise du tyran sera libérée !
Ton querelleur, c'est moi qui
vais le quereller ;
tes fils, c'est moi qui vais les
sauver.

26 Je ferai manger à tes oppresseurs leur propre chair,
ils s'enivreront de leur propre
sang
comme d'un vin giclant du
pressoir ;
et tous les êtres de chair sauront que
celui qui te sauve, c'est moi, le
Seigneur,
que celui qui te rachète, c'est
l'indomptable de Jacob[2] !

Dieu a les moyens de sauver son peuple

50 1 Ainsi parle le Seigneur :
Où est donc la lettre de
divorce
par laquelle j'aurais renvoyé
votre mère[3] ?
Ou bien, quel est celui de mes
créanciers

---

1. d'après les principales versions anciennes et le
texte hébreu d'Esaïe trouvé à Qumrân.
2. *l'Indomptable de Jacob* : voir 1.24 et la note.
3. *votre mère* : le prophète combine ici deux
images. D'une part Jérusalem personnifiée est
comparée à l'épouse du Seigneur (voir 49.14 ;
54.4-8) ; elle est considérée d'autre part comme la
mère de tous ceux qui l'habitent (49.20-22 ;
66.7-12).

à qui je vous aurais vendus ?
Voici : c'est à cause de vos perversités
que vous avez été vendus,
c'est à cause de vos révoltes
que votre mère a été renvoyée.

2 Comment ! Je suis venu, et personne ...
j'ai appelé, et personne n'a répondu ?
Est-ce que ma main serait
courte, trop courte pour af-
franchir[1] ?
Est-ce que je ne disposerais
d'aucune énergie pour délivrer ?
Voici que par ma menace je
dévaste la mer,
je réduis en désert ses courants ;
faute d'eau, leurs poissons em-
pestent et crèvent de soif.

3 Je revêts les cieux de noir
et je leur mets, comme couverture, un *sac.

Disciple du Seigneur et persé-cuté

4 Le Seigneur m'a donné
une langue de disciple :
pour que je sache soulager l'affaibli,
il fait surgir une parole.
Matin après matin,
il me fait dresser l'oreille,
pour que j'écoute, comme les
disciples ;

5 le Seigneur Dieu m'a ouvert
l'oreille.
Et moi, je ne me suis pas ca-
bré,
je ne me suis pas rejeté en
arrière.

6 J'ai livré mon dos à ceux qui
me frappaient,
mes joues, à ceux qui m'arra-
chaient la barbe ;
je n'ai pas caché mon visage
face aux outrages et aux cra-
chats.

7 C'est que le Seigneur Dieu me
vient en aide :
dès lors je ne cède pas aux
outrages,
dès lors j'ai rendu mon visage
dur comme un silex[1],
j'ai su que je n'éprouverais pas
de honte.

8 Il est proche, celui qui me jus-
tifie !
Qui veut me quereller ?
Comparaissons ensemble !
Qui sera mon adversaire en ju-
gement ?
Qu'il s'avance vers moi !

9 Oui, le Seigneur Dieu me vient
en aide :
qui donc me convaincrait de
culpabilité ?
Oui, tous ceux-là comme un
habit s'useront,
la teigne les mangera.

10 Y a-t-il parmi vous quelqu'un
qui craint le Seigneur ?
Qui écoute la voix de son serviteur,
et qui a marché dans les ténèbres
sans trouver aucune clarté ?
Qu'il mette son assurance dans
le *nom du Seigneur,
qu'il s'appuie sur son Dieu !

11 Quant à vous tous, qui faites
brûler un feu,
qui formez un cercle de brandons,
allez dans le rougeoiement de
votre feu,

---

1. *ma main ... trop courte* : voir la note sur 37.27.

1. *rendre son visage dur* : expression imagée de l'hébreu signifiant qu'on a pris une résolution définitive.

au milieu des brandons que
vous attisez.
C'est par ma main que cela se
produira pour vous :
dans l'accablement, vous vous
coucherez[1] !

Un réconfort pour Sion

51 [1] Ecoutez-moi, vous qui
êtes en quête de justice,
vous qui cherchez le Seigneur :
Regardez le rocher d'où vous
avez été taillés,
et le fond de tranchée d'où
vous avez été tirés;
[2] regardez Abraham, votre père[2],
et Sara qui vous a mis au
monde;
il était seul, en effet, quand je
l'ai appelé,
or je l'ai béni, je l'ai multiplié !
[3] Oui, le Seigneur réconforte
*Sion,
il réconforte toutes ses dévastations;
il rend son désert pareil à un
Eden
et sa steppe pareille à un Jardin du Seigneur;
on y retrouvera enthousiasme
et jubilation,
action de grâces et son de la
musique.
[4] Accordez-moi votre attention,
vous, mon peuple,
vous, ma Cité, tendez l'oreille
vers moi :
car de moi sortira la loi,
et mon jugement, lumière des
peuples,
je l'activerai !
[5] Elle est proche, ma justice; il
sort, mon salut,

et mes bras vont juger les peuples;
les îles[1] mettront leur espérance en moi
et seront dans l'attente de mon
bras.
[6] Levez vos yeux vers les cieux,
puis regardez en bas, vers la
terre :
oui, les cieux comme une fumée s'effilocheront,
la terre comme un habit s'u-
sera
et ses habitants mourront
comme des insectes.
Mais mon salut sera là pour
toujours
et ma justice ne sera jamais
terrassée.
[7] Ecoutez-moi, vous qui connaissez la justice,
peuple de ceux qui ont ma
*Loi dans leur coeur :
Ne craignez pas la risée des
humains,
et par leurs sarcasmes ne soyez
pas terrassés,
[8] car la teigne les mangera
comme un habit,
la mite les mangera comme de
la laine.
Mais ma justice sera là pour
toujours,
et mon salut, de génération en
génération.

Appel au Dieu qui libère

[9] Surgis, surgis, revêts-toi de
puissance,
bras du Seigneur,
surgis, comme aux jours du
temps passé,
des générations d'autrefois.

---

1. *vous vous coucherez* : image de la mort (voir
43.17).
2. *votre père* : tournure hébraïque signifiant
votre ancêtre (comparer 43.27 et la note).

1. *mes bras* : voir 40.10 et la note — *les îles* :
voir 40.15 et la note.

N'est-ce pas toi qui as taillé en pièces le Tempétueux,
transpercé le Dragon[1] ?

10 N'est-ce pas toi qui as dévasté la Mer,
les eaux de l'*Abîme gigantesque,
qui as fait du fond de la mer un chemin,
pour que passent les rachetés ?

11 Les affranchis du SEIGNEUR reviendront,
ils entreront dans *Sion au milieu des acclamations,
la jubilation d'autrefois nimbant leur tête.
Enthousiasme et Jubilation afflueront,
Tourment et Gémissement se sont enfuis.

12 C'est moi, c'est moi qui vous réconforte.
Qui es-tu pour craindre l'humain qui meurt,
le fils d'Adam[2] qui est compté comme une herbe,

13 pour oublier le SEIGNEUR qui t'a fait,
qui a tendu les cieux et fondé la terre,
pour frémir sans cesse à longueur de jour,
devant la fureur de l'oppresseur,
comme s'il était assez stable pour détruire ?
Mais où est-elle la fureur de l'oppresseur ?

14 Vite, le voilà dégagé celui qui était prostré :
il ne mourra pas, il n'est pas pour la fosse[3],

et le pain ne lui manquera jamais !

15 C'est moi qui suis le SEIGNEUR, ton Dieu.
Qui active la mer au point que ses flots grondent
et dont le nom est : le SEIGNEUR, le tout-puissant[1].

16 J'ai mis mes paroles dans ta bouche,
dans l'ombre de ma main je t'ai abrité
en plantant les cieux, en fondant la terre
et en disant à Sion : « Mon peuple, c'est toi ! »

Le Seigneur va relever Jérusalem

17 Resurgis, resurgis, mets-toi debout, Jérusalem,
toi qui as bu de la main du SEIGNEUR
le calice de sa fureur ;
la coupe du calice de vertige
tu l'as bue, tu l'as vidée.

18 De tous les fils qu'elle a enfantés,
pas un qui l'ait menée se rafraîchir ;
de tous les fils qu'elle a fait grandir,
pas un qui l'ait tenue par la main !

19 Les deux qui font la paire sont venus t'accoster :
— qui te plaindra ? —
Dégât et Brisement, Famine et Epée :
qui te réconfortera ?

20 Tes fils sont enlisés, sont gisant
à tous les coins de rue,
comme antilope prise au piège,

---

1. *le Tempétueux* (ou Rahav), *le Dragon* : monstres que la mythologie babylonienne faisait intervenir contre le dieu créateur.
2. *le fils d'Adam* : expression hébraïque désignant l'individu humain.
3. *la fosse* : voir au glossaire SÉJOUR DES MORTS.

1. Voir 44.6 et la note.

domptés par la fureur du Seigneur,
par la menace de ton Dieu.

21 Dès lors, écoute donc ceci, humiliée,
enivrée, mais non de vin :

22 Ainsi parle ton Maître, le Seigneur, ton Dieu, qui épouse la
querelle de son peuple :
Voici que j'ai retiré de ta main
le calice du vertige,
la coupe du calice de ma fureur
désormais tu n'auras plus à la
boire.

23 Je la mettrai dans la main de
tes tourmenteurs,
de ceux qui te disaient, à toi :
« Aplatis-toi, pour que nous
passions » ;
alors, tu avais mis ton dos en
guise de sol,
en guise de rue pour les passants.

Le Seigneur va revenir à Sion

52 1 Surgis, surgis, revêts-toi
de puissance, ô *Sion,
revêts tes habits de splendeur,
Jérusalem, ville de la *sainteté[1],
car désormais, l'incirconcis,
l'*impur,
n'obtiendra plus de revenir
chez toi.

2 Hors de la poussière,
ébroue-toi, mets-toi debout,
toi, la capture, Jérusalem,
fais sauter les liens de ton cou,
toi, la captive, fille de Sion[2].

3 Oui, ainsi parle le Seigneur :
C'est gratuitement que vous
avez été vendus,
c'est sans argent que vous serez
rachetés !

4 Oui, ainsi parle le Seigneur
Dieu :
Au début, c'est en Egypte que
mon peuple descendit pour y
émigrer ;
à la fin, c'est Assour qui le
soumit à l'extorsion[1] ;

5 et maintenant, ici, qu'est-ce
que je récolte ?
— Oracle du Seigneur —
car mon peuple a été enlevé
gratuitement,
ses despotes hurlent
— oracle du Seigneur —
et sans cesse, à longueur de
jour,
mon *nom est bafoué !

6 Dès lors mon peuple va savoir
quel est mon nom ;
dès lors, en ce jour, il va savoir
que je suis celui-là même
qui affirme : « Me voici ! »

7 Comme ils sont les bienvenus,
au sommet des montagnes,
les pas du messager
qui nous met à l'écoute de la
paix,
qui porte un message de bonté,
qui nous met à l'écoute du salut,
qui dit à Sion : « Ton Dieu
règne ! »

8 Voix de tes guetteurs !
Ils élèvent leur voix,
ensemble ils poussent une acclamation
car, les yeux dans les yeux, ils
voient
le Seigneur en train de rega-
gner Sion.

9 Explosez, poussez des acclamations toutes ensemble,
dévastations de Jérusalem,
car le Seigneur réconforte son
peuple,

---

1. *ville de la sainteté* ou *ville sainte.*
2. *fille de Sion* : voir 1.8 et la note.

1. *à la fin* : autre traduction *pour rien* (c'est-à-
dire sans raison ou sans dédommagement) — *Assour* : l'Assyrie.

il rachète Jérusalem.

10 Le Seigneur met à nu, sous les
   yeux de toutes les nations,
   le bras[1] déployant sa *sainteté,
   et tous les confins de la terre
   verront
   le salut de notre Dieu.

11 Partez, partez, sortez de là;
   l'impur, n'y touchez pas;
   sortez du milieu de Babylone,
   purifiez-vous,
   vous qui portez les objets du
   culte[2] du Seigneur.

12 Ce n'est pas en effet dans la
   précipitation
   que vous sortirez,
   ni dans la panique
   que vous marcherez;
   car celui qui marchera devant
   vous,
   ce sera le Seigneur,
   et votre arrière-garde,
   ce sera le Dieu d'Israël.

Le Serviteur du Seigneur souffre et triomphe

13 Voici que mon Serviteur
   triomphera,
   il sera haut placé, élevé, exalté
   à l'extrême.

14 De même que les foules ont été
   horrifiées à son sujet
   — à ce point détruite,
   son apparence n'était plus celle
   d'un homme,
   et son aspect n'était plus celui
   des fils d'Adam[3] —

15 de même à son sujet des foules
   de nations vont être émerveillées[4],

des rois vont rester bouche
close,
car ils voient ce qui ne leur
avait pas été raconté,
et ils observent ce qu'ils n'a-
vaient pas entendu dire.

53 [1] Qui donc a cru à ce que
nous avons entendu dire?
Le bras[1] du Seigneur, en faveur de qui a-t-il été dévoilé?

2 Devant Lui[2], celui-là végétait
comme un rejet,
comme une racine sortant
d'une terre aride;
il n'avait ni aspect, ni pres-
tance tels que nous le remar-
quions,
ni apparence telle que nous le
recherchions.

3 Il était méprisé, laissé de côté
par les hommes,
homme de douleurs, familier
de la souffrance,
tel celui devant qui l'on cache
son visage;
oui, méprisé, nous ne l'estimions nullement.

4 En fait, ce sont nos souffrances qu'il a portées,
ce sont nos douleurs qu'il a
supportées,
et nous, nous l'estimions touché,
frappé par Dieu et humilié.

5 Mais lui, il était déshonoré[3] à
cause de nos révoltes,
broyé à cause de nos perversités:

---

1. *le bras*: voir la note sur 40.10.
2. *les objets du culte*: ceux-là même qui avaient
été pris par les Babyloniens en 587 av. J. C. (voir 2
R 25.13-15; Esd 1.7-11).
3. *fils d'Adam*: voir 51.12 et la note.
4. *vont être émerveillées*: d'après l'ancienne version grecque et la vieille version latine.

1. *le bras*: voir la note sur 40.10.
2. *devant Lui*: c'est-à-dire devant le Seigneur.
3. *déshonoré*: d'après une ancienne version
grecque et la version araméenne. Traduction traditionnelle *transpercé*. En hébreu les deux verbes
correspondants ont des formes très voisines.

la sanction, gage de paix pour
nous, était sur lui
et dans ses plaies se trouvait
notre guérison.

6 Nous tous, comme du petit bétail, nous étions errants,
nous nous tournions chacun
vers son chemin,
et le Seigneur a fait retomber
sur lui la perversité de nous
tous.

7 Brutalisé, il s'humilie;
il n'ouvre pas la bouche,
comme un agneau traîné à l'a-
battoir,
comme une brebis devant ceux
qui la tondent :
elle est muette; lui n'ouvre pas
la bouche.

8 Sous la contrainte, sous le jugement, il a été enlevé,
les gens de sa génération, qui
se préoccupe d'eux ?
Oui, il a été retranché de la
terre des vivants,
à cause de la révolte de son
peuple[1], le coup est sur lui.

9 On a mis chez les méchants
son sépulcre,
chez les riches son tombeau[2],
bien qu'il n'ait pas commis de
violence
et qu'il n'y eût pas de fraude
dans sa bouche.

10 Mais, Seigneur, que, broyé par
la souffrance, il te plaise;
daigne faire de sa personne un
sacrifice d'expiation,
qu'il voie une descendance,
qu'il prolonge ses jours
et que le bon plaisir du Seigneur par sa main aboutisse[1].

11 Ayant payé de sa personne,
il verra une descendance, il
sera comblé de jours[2];
sitôt connu, juste, il dispensera
la justice,
lui, mon Serviteur, au profit
des foules,
du fait que lui-même supporte
leurs perversités.

12 Dès lors je lui taillerai sa part
dans les foules,
et c'est avec des myriades[3] qu'il
constituera sa part de butin,
puisqu'il s'est dépouillé lui-
même jusqu'à la mort
et qu'avec les pécheurs il s'est
laissé recenser,
puisqu'il a porté, lui, les fautes
des foules
et que, pour les pécheurs, il
vient s'interposer.

Jérusalem, l'épouse du Seigneur

54 1 Pousse des acclamations,
toi, stérile, qui n'enfantais
plus, explose en acclamations et
vibre, toi qui ne mettais plus au
monde;
car les voici en foule, les fils de
la désolée,
plus nombreux que les fils de
l'épousée, dit le Seigneur.

2 Elargis l'espace de ta tente,
les toiles de tes demeures,
qu'on les distende !
Ne ménage rien ! Allonge tes
cordages

---

1. *son peuple* : d'après le texte hébreu d'Esaïe
trouvé à Qumrân; texte hébreu traditionnel *mon
peuple.*

2. *son tombeau* : d'après le texte hébreu d'Esaïe
trouvé à Qumrân.

1. *que, broyé par la souffrance, il te plaise* :
traduction conjecturale d'un vers difficile; traduction traditionnelle *le Seigneur s'est plu à l'écraser* :
il (l')a fait souffrir. — Autre traduction de la fin
du verset *il verra une descendance, il prolongera
ses jours et le bon plaisir du Seigneur par sa main
aboutira.*

2. *il sera comblé de jours* : expression imagée
signifiant *il vivra très longtemps.*

3. *avec des myriades* : le texte sous-entend
d'hommes.

et tes piquets, fais-les tenir,

3 car à droite et à gauche tu vas
déborder :
ta descendance héritera des
nations
qui peupleront les villes désolées.

4 Ne crains pas, car tu n'éprou-
veras plus de honte,
ne te sens plus outragée, car tu
n'auras plus à rougir,
tu oublieras la honte de ton
adolescence,
la risée sur ton veuvage[1], tu ne
t'en souviendras plus.

5 Car celui qui t'a faite, c'est ton
époux :
le Seigneur, le tout-puissant[2],
c'est son nom ;
le *Saint d'Israël, c'est celui qui
te rachète,
il s'appelle le Dieu de toute la
terre.

6 Car, telle une femme abandonnée et
dont l'esprit est accablé,
le Seigneur t'a rappelée :
« La femme des jeunes années,
vraiment serait-elle rejetée ? »
a dit ton Dieu.

7 Un bref instant, je t'avais
abandonnée,
mais sans relâche, avec tendresse, je vais te rassembler.

8 Dans un débordement d'irritation, j'avais caché
mon visage, un instant, loin de
toi,
mais avec une amitié sans fin
je te manifeste ma tendresse,
dit celui qui te rachète, le Seigneur.

9 C'est pour moi comme les eaux
de Noé[1] :
à leur sujet, j'ai juré qu'elles ne
déferleraient plus
ces eaux de Noé, jusque sur la
terre ;
de même, j'ai juré de ne plus
m'irriter
contre toi et de ne plus te me-
nacer.

10 Quand les montagnes feraient
un écart
et que les collines seraient
branlantes,
mon amitié loin de toi jamais
ne s'écartera
et mon *alliance de paix jamais ne sera branlante,
dit celui qui te manifeste sa
tendresse, le Seigneur.

11 Humiliée, ballottée, privée de
réconfort,
voici que moi je mettrai un
cerne de fard[2]
autour de tes pierres,
je te fonderai sur des saphirs,

12 je ferai tes créneaux en rubis,
tes portes en pierres étince-
lantes
et tout ton pourtour en pierres
ornementales.

13 Tous tes fils seront disciples du
Seigneur,
et grande sera la paix de tes
fils.

14 Dans la justice tu seras stabili-
sée,
loin de toi l'extorsion : tu n'auras plus rien à craindre ;
loin de toi la terreur : elle ne
t'approchera plus.

---

1. *ton adolescence* : allusion possible à la période que le peuple de Dieu passa en Égypte (il
n'avait pas encore Dieu pour époux) — *ton veuvage* : allusion à la période de l'exil en Babylonie
(Israël est privé de la présence de Dieu, son
époux) ; voir la note sur 50.1.
2. Voir 44.6 et la note.

1. *comme les eaux de Noé* : autre texte *comme
les jours* (c'est-à-dire comme à l'époque) *de Noé*.
2. *un cerne de fard* : allusion au mortier sombre
qui encadrait chaque pierre de la muraille.

15 On complote, on monte un
complot ? Cela ne vient pas de
moi !
Qui complote contre toi, devant toi s'écroulera.
16 C'est moi, vois-tu, qui ai créé
l'artisan,
celui qui souffle sur un feu de
braises
et en tire une arme
destinée à ce qu'elle doit faire;
c'est aussi moi qui ai créé le
destructeur
destiné à défaire !
17 Toute arme fabriquée contre
toi
ne saurait aboutir,
toute langue levée contre toi
en jugement,
tu la convaincras de culpabilité.
Tel sera le lot des serviteurs du
Seigneur,
telle sera leur justice, qui vient
de moi
— oracle du Seigneur.

**Vous tous qui êtes assoiffés, ve-
nez !**

55 1 Ô vous tous qui êtes assoiffés,
venez vers les eaux,
même celui qui n'a pas d'argent, venez !
Demandez du grain, et mangez; venez et buvez[1]
— sans argent, sans paiement
—
du vin et du lait.
2 À quoi bon dépenser
votre argent pour ce qui ne
nourrit pas,
votre labeur pour ce qui ne
rassasie pas ?

Ecoutez donc, écoutez-moi, et
mangez ce qui est bon;
que vous trouviez votre jouissance dans des mets savou-
reux :
3 tendez l'oreille, venez vers moi,
écoutez et vous vivrez.
Je conclurai pour vous l'*alliance de toujours,
oui, je maintiendrai les bienfaits de David[1].
4 Voici : j'avais fait de lui un
témoin pour les clans,
un chef et une autorité pour
les cités.
5 Voici : une nation que tu ne
connais pas,
tu l'appelleras,
et une nation qui ne te connaît
pas
courra vers toi,
du fait que le Seigneur est ton
Dieu,
oui, à cause du *Saint d'Israël,
qui t'a donné sa splendeur.
6 Recherchez le Seigneur puisqu'il se laisse trouver[2],
appelez-le, puisqu'il est proche.
7 Que le méchant abandonne
son chemin,
et l'homme malfaisant, ses
pensées.
Qu'il retourne vers le Seigneur
qui lui manifestera sa tendresse,
vers notre Dieu
qui se surpasse pour pardonner.
8 C'est que vos pensées ne sont
pas mes pensées

---

1. *buvez* : d'après l'ancienne version grecque.

1. *les bienfaits de David* : expression condensée
pour désigner les bienfaits que Dieu a accordés à
son peuple par le moyen de David.
2. *puisqu'il se laisse trouver* : autre traduction
tant qu'il se laisse trouver.

et mes chemins ne sont pas vos chemins[1]
— oracle du SEIGNEUR.

9 C'est que les cieux sont hauts,
par rapport à la terre :
ainsi mes chemins sont hauts,
par rapport à vos chemins,
et mes pensées, par rapport à vos pensées.

10 C'est que, comme descend la pluie
ou la neige, du haut des cieux,
et comme elle ne retourne pas là-haut
sans avoir saturé la terre,
sans l'avoir fait enfanter et bourgeonner,
sans avoir donné semence au semeur
et nourriture à celui qui mange,

11 ainsi se comporte ma parole
du moment qu'elle sort de ma bouche :

1. *mes chemins ... vos chemins* : tournure imagée désignant la conduite adoptée et les moyens choisis pour agir.

elle ne retourne pas vers moi sans résultat,
sans avoir exécuté ce qui me plaît
et fait aboutir ce pour quoi je l'avais envoyée.

12 C'est en effet dans la jubilation que vous sortirez,
et dans la paix que vous serez entraînés.
Sur votre passage, montagnes et collines
exploseront en acclamations,
et tous les arbres de la campagne
battront des mains.

13 Au lieu de la ronce croîtra le cyprès,
au lieu de l'ortie croîtra le myrte[1],
cela constituera pour le SEIGNEUR une renommée,
un signe perpétuel qui ne sera jamais retranché.

1. Voir 41.19 et la note.

TROISIÈME PARTIE

Une maison de prière pour tous les peuples

56 1 Ainsi parle le SEIGNEUR :
Gardez le droit et pratiquez la justice,
car mon salut est sur le point d'arriver
et ma justice, de se dévoiler.

2 Heureux l'homme qui fait cela,
le fils d'Adam[1] qui s'y tient,

1. Voir 51.12 et la note.

gardant le *sabbat sans le déshonorer,
gardant sa main de faire aucun mal.

3 Qu'il n'aille pas dire, le fils de l'étranger
qui s'est attaché au SEIGNEUR,
qu'il n'aille pas dire :
« Le SEIGNEUR va certainement me séparer de son peuple ! »
Et que l'*eunuque n'aille pas dire :

« Voici que je suis un arbre
sec ! »
4 Car ainsi parle le Seigneur :
Aux eunuques qui gardent mes
sabbats,
qui choisissent de faire ce qui
me plaît
et qui se tiennent dans mon
*alliance,
5 à ceux-là je réserverai dans ma
Maison,
dans mes murs, une stèle porteuse du nom;
ce sera mieux que des fils et
des filles;
j'y mettrai un nom perpétuel,
qui ne sera jamais retranché.
6 Les fils de l'étranger qui s'atta-
chent au SEIGNEUR
pour assurer ses offices, pour
aimer le *nom du SEIGNEUR,
pour être à lui comme serviteurs,
tous ceux qui gardent le sabbat sans le déshonorer
et qui se tiennent dans mon
alliance,
7 je les ferai venir à ma *sainte
montagne,
je les ferai jubiler dans la Maison où l'on me prie;
leurs holocaustes et leurs sacrifices
seront en faveur sur mon *autel,
car ma Maison sera appelée :
« Maison de prière pour tous
les peuples[1]. »
8 Oracle du Seigneur DIEU
qui rassemble les expulsés d'Israël :
En plus de ceux déjà rassemblés,

autour de lui j'en rassemblerai
encore !

Des chefs indignes

9 Vous tous, animaux des
champs,
venez pour vous repaître,
vous tous, animaux des bois :
10 ce sont des aveugles qui font le
guet;
tous autant qu'ils sont, ils ne
savent rien;
ils sont des chiens muets,
ils ne parviennent pas à
aboyer,
rêvassant, allongés,
aimant à somnoler,
11 mais ils sont aussi des chiens
au gosier vorace,
ils ne savent pas dire : « Assez ! »
Et ce sont eux les *bergers !
Ils ne savent rien discerner,
chacun d'eux se tourne vers
son propre chemin,
chacun vers sa rapine, jusqu'au
bout :
12 « Venez, je prendrai du vin,
nous lamperons le nectar,
et demain sera comme au-
jourd'hui :
le surplus est en abondance ! »
57 1 Le juste périt,
sans que personne prenne
la chose à cœur,
les hommes de bien sont raflés,
sans que personne discerne
que c'est sous les coups de la
méchanceté
que le juste est raflé !
2 Mais[1] elle viendra, la paix,
et ils seront en repos sur leurs
couches,
ceux qui marchent droit.

---

1. *holocaustes* : voir au glossaire SACRIFICES
— autre traduction pour la fin du verset *appelée*
« *Maison de prière* » *par tous les peuples.*

1. *Mais* : d'après le texte hébreu d'Esaïe trouvé à
Qumrân. Les traductions traditionnelles rattachent
le début du v. 2 à ce qui précède : *il* (le juste) *entre*
(ra) *dans la paix.*

Le Seigneur avertit les idolâtres

3 Quant à vous, approchez ici,
   fils de la sorcière,
   croisement d'un adultère et
   d'une prostituée[1] :

4 De qui vous moquez-vous ?
   Contre qui ouvrez-vous largement la bouche
   et faites-vous marcher votre
   langue ?
   N'êtes-vous pas des enfants de
   révolte,
   une engeance de tromperie ?

5 Vous vous échauffez près des
   térébinthes,
   sous tout arbre touffu[2];
   vous immolez des enfants dans
   des ravins,
   dans les failles des rochers.

6 Les blocs polis du ravin, voilà
   ta part,
   la voilà, la voilà, ta portion !
   C'est à eux que tu verses des
   libations,
   que tu présentes des offrandes[3] !
   En cela puis-je trouver quelque
   réconfort ?

7 Sur une montagne qui s'élève
   haut
   tu as installé ta couche[4]
   et c'est là que tu es montée
   pour offrir le *sacrifice.

8 Derrière la porte et le montant
   tu as installé ton mémorial.

Oui, loin de moi tu t'es dévêtue,
tu es montée, tu as élargi ta
couche;
tu t'es payé une bonne tranche
grâce à ces gens
dont tu aimes la couche;
le membre[1], tu l'as contemplé !

9 Tu as dévalé vers Mélek[2] avec
   de l'huile,
   tu as prodigué tes parfums,
   tu as envoyé tes délégués jusqu'au loin,
   tu te rabaisses ainsi jusqu'au
   *séjour des morts.

10 À faire tout ce chemin, tu t'es
   fatiguée,
   mais tu ne dis pas : « C'est dés-
   espéré ! »
   Tu as retrouvé la vivacité de ta
   main,
   dès lors tu ne restes pas lan-
   guissante.

11 Qui donc as-tu redouté et
   craint, puisque tu es déloyale ?
   Moi, tu ne m'as pas gardé en
   mémoire,
   tu ne m'as pas fait place en
   ton *coeur !
   Moi, n'est-ce pas, je suis depuis
   longtemps resté inactif,
   alors tu ne me crains pas.

12 Mais moi j'annoncerai ta « justice »,
   et tes oeuvres, elles ne te seront
   d'aucun profit.

13 À ton cri, qu'elles te délivrent,
   tes collections d'idoles[3] !
   Le vent les emportera toutes,
   un souffle les enlèvera.

---

1. *adultère, prostituée* : ces deux termes sont employés ici au sens figuré (voir les notes sur Os 1.2;
2.4).

2. *térébinthes, arbre touffu* : voir la note sur
1.29.

3. *blocs polis* : sans doute de grandes pierres
lisses, dressées comme les emblèmes (sexuels) des
cultes de la fécondité; voir aussi la note sur Os 1.2
— *libations, offrandes* : voir au glossaire
SACRIFICES.

4. Voir Os 4.13 et les notes sur Os 1.2; 2.4.

1. *le membre* : hébreu *la main*; la traduction
interprète ici cette indication obscure comme un
euphémisme à signification sexuelle.

2. *Mélek* (roi) : une divinité païenne, peut-être
identique au *Molek* de 1 R 11.7.

3. *tes collections d'idoles* : traduction approximative d'un terme rare formé sur une racine signifiant *rassembler*.

Mais qui se réfugie en moi
aura pour lot la Terre
et pour héritage ma Montagne
*sainte.

Le Seigneur va guérir son peuple

14 Et l'on dira :
Remblayez la chaussée, dégagez le chemin,
faites sauter tout obstacle du
chemin de mon peuple.

15 Car ainsi parle celui qui est
haut et élevé,
qui demeure en perpétuité et
dont le *nom est *saint :
Haut-placé et saint je demeure,
tout en étant avec celui qui est
broyé
et qui en son esprit se sent
rabaissé,
pour rendre vie à l'esprit des
gens rabaissés,
pour rendre vie au *coeur des
gens broyés.

16 Ce n'est pas pour toujours que
je querellerai,
ce n'est pas en permanence
que je m'irriterai,
car devant moi dépériraient le
souffle
et les êtres animés que j'ai
faits.

17 Par la perversité de sa rapine,
j'ai été irrité,
je l'ai frappé, en me détournant; j'étais irrité :
il allait, rétif, suivant le chemin
de son coeur;

18 ses chemins[1], je les ai vus !
Cependant je le guérirai, je le
guiderai,
je lui prodiguerai réconfort, à
lui et à ses endeuillés,

19 créant le concert des lèvres[1].
Paix, paix à celui qui est éloigné
et à celui qui est proche,
a dit le Seigneur. Oui, je le
guérirai !

20 Mais les méchants sont comme
une mer agitée
qui ne peut se tenir tranquille,
ses eaux agitent de la boue et
de la vase.

21 Point de paix, a dit mon Dieu,
pour les méchants !

La manière de jeûner que le Seigneur préfère

58 1 Appelle à plein gosier, ne
te ménage pas,
comme la trompette, enfle ta
voix,
annonce à mon peuple ses révoltes,
à la maison de Jacob[2] ses
fautes.

2 C'est moi que jour après jour
ils consultent,
c'est à connaître mes chemins[3]
qu'ils mettent leur plaisir,
comme une nation qui a pratiqué la justice
et n'a pas abandonné le droit
de son Dieu.
Ils exigent de moi des jugements selon la justice,
ils mettent leur plaisir dans la
proximité de Dieu :

3 «Que nous sert de *jeûner, si
tu ne le vois pas,

1. le concert des lèvres : cette expression excep-
tionnelle est traduite par analogie avec une expression voisine rendue traditionnellement par le
fruit des lèvres ou les paroles des lèvres en Os
14.3; elle semble désigner la louange adressée à
Dieu (voir He 13.15).
2. maison de Jacob : voir 2.5 et la note.
3. mes chemins : voir 55.8 et la note; les chemins
de Dieu semblent désigner ici la conduite que Dieu
demande à ses fidèles d'adopter.

1. Voir 55.8 et la note.

de nous humilier, si tu ne le
sais pas ? »
Or, le jour de votre jeûne, vous
savez tomber dans une bonne
affaire,
et tous vos gens de peine, vous
les brutalisez !

4 Or vous jeûnez tout en cher-
chant querelle et dispute
et en frappant du poing mé-
chamment !
Vous ne jeûnez pas comme il
convient en un jour
où vous voulez faire entendre
là-haut votre voix.

5 Doit-il être comme cela, le
jeûne que je préfère,
le jour où l'homme s'humilie ?
S'agit-il de courber la tête
comme un jonc,
d'étaler en litière *sac et
cendre[1] ?
Est-ce pour cela que tu pro-
clames un jeûne,
un jour en faveur auprès du
Seigneur ?

6 Le jeûne que je préfère,
n'est-ce pas ceci :
dénouer les liens provenant de
la méchanceté,
détacher les courroies du
*joug,
renvoyer libres ceux qui
ployaient,
bref, que vous mettiez en
pièces tous les jougs !

7 N'est-ce pas partager ton pain
avec l'affamé ?
Et encore : les pauvres sans
abri, tu les hébergeras,
si tu vois quelqu'un nu, tu le
couvriras :

1. S'étendre sur le *sac* et la *cendre* : geste voulant exprimer qu'on se repent.

devant celui qui est ta propre
chair,
tu ne te déroberas pas.

8 Alors ta lumière poindra
comme l'aurore,
et ton rétablissement s'opérera
très vite.
Ta justice marchera devant toi
et la gloire du Seigneur sera
ton arrière-garde.

9 Alors tu appelleras et le Seigneur répondra,
tu héleras et il dira : « Me
voici ! »
Si tu élimines de chez toi le
joug,
le doigt accusateur, la parole
malfaisante,

10 si tu cèdes à l'affamé ta propre
bouchée
et si tu rassasies le gosier de
l'humilié,
ta lumière se lèvera dans les
ténèbres,
ton obscurité sera comme un
midi.

11 Sans cesse le Seigneur te gui-
dera,
en pleine fournaise il rassa-
siera ton gosier,
tes os, il les cuirassera.
Tu seras comme un jardin saturé,
comme une fontaine d'eau
dont les eaux ne déçoivent pas.

12 On rebâtira grâce à toi les dévastations du passé,
les fondations laissées de génération en génération,
tu les relèveras;
on t'appellera : « Réparateur
des brèches,
restaurateur des ruelles pour
qu'on y habite. »

La manière de célébrer le sabbat

13 Si tu t'abstiens de démarches
    pendant le *sabbat,
    et de traiter tes bonnes affaires
    en mon *saint jour,
    si tu appelles le sabbat « Jouis-
    sance »,
    le saint jour du SEIGNEUR
    « Glorieux »,
    si tu le glorifies, en renonçant
    à mener tes entreprises,
    à tomber sur la bonne affaire
    et à tenir des palabres sans fin,
14 alors tu trouveras ta jouissance
    dans le SEIGNEUR,
    je t'emmènerai en char sur les
    hauteurs de la Terre,
    je te ferai savourer le lot de
    Jacob, ton père[1].
    Oui, la bouche du SEIGNEUR a
    parlé.

Les fautes qui vous séparent du Seigneur

59 1 Non, la main du SEIGNEUR
       n'est pas trop courte pour
       sauver[2],
    son oreille n'est pas trop dure
    pour entendre !
2   Mais ce sont vos perversités
    qui ont mis une séparation
    entre vous et votre Dieu ;
    ce sont vos fautes qui ont tenu
    son visage[3] caché
    loin de vous, trop loin pour
    qu'il vous entende.
3   Vos paumes, en effet, sont ta-
    chées par le *sang

et vos doigts par la perversité ;
    vos lèvres profèrent la trompe-
    rie,
    votre langue roucoule la perfi-
    die.
4   Nul ne porte plainte selon la
    justice,
    nul ne plaide de bonne foi ;
    on assoit son assurance sur du
    vide,
    on parle creux,
    on conçoit le dommage et on
    enfante le méfait !
5   Ce sont des oeufs de reptile
    qu'ils font éclore
    et des toiles d'araignée qu'ils
    tissent ;
    qui mange de leurs oeufs en
    meurt ;
    éclaté, l'oeuf éclot : c'est une
    vipère !
6   Leurs toiles ne donnent aucun
    vêtement,
    on ne peut se couvrir de leurs
    produits ;
    leurs produits sont des pro-
    duits malfaisants !
    Dans leurs paumes ne sont que
    procédés violents !
7   Leurs pieds courent vers le
    mal,
    ils accourent pour verser le
    sang innocent[1] ;
    leurs pensées sont des pensées
    malfaisantes,
    sur leurs parcours, se trouvent
    dégâts et brisures.
8   Ils ne connaissent pas le che-
    min de la paix,
    sur leur passage on ne ren-
    contre pas le droit ;
    leurs sentiers, ils se les tracent
    détournés,

---

1. *le lot de Jacob :* c'est-à-dire le territoire que Dieu avait attribué au peuple d'Israël (Gn 28.13) — *ton père :* tournure hébraïque équivalent à *ton ancêtre*.
2. *la main ... trop courte :* voir la note sur 37.27.
3. *son visage :* d'après les anciennes versions grecque, syriaque et araméenne ; texte hébreu traditionnel *le visage.*

1. *verser le sang innocent :* tournure hébraïque équivalent à *faire mourir des innocents.*

quiconque y chemine ne connaît pas la paix.

Le peuple de Dieu reconnaît ses fautes

9 Dès lors le jugement demeure loin de nous
et la justice ne parvient pas jusqu'à nous.
Nous espérions la lumière et voici les ténèbres,
la clarté, et nous marchons dans l'obscurité.
10 Nous tâtonnons comme des aveugles contre un mur,
nous tâtonnons comme des gens sans yeux.
En plein midi nous trébuchons comme au crépuscule,
en pleine santé, nous sommes tels des morts.
11 Tous nous grondons comme des ours,
comme des colombes nous roucoulons plaintivement.
Nous espérions le jugement, mais rien !
Le salut, mais il demeure loin de nous !
12 C'est que nos révoltes abondent en face de toi,
et nos fautes déposent contre nous[1];
oui, nos révoltes font corps avec nous
et nos perversités, nous les connaissons bien :
13 se révolter, être fourbe à l'égard du SEIGNEUR,
se rejeter en arrière loin de notre Dieu,
projeter extorsion et détournement,

du fond du *coeur concevoir et roucouler des paroles trompeuses.
14 Ainsi le jugement a été rejeté en arrière
et la justice, au loin, reste immobile.
C'est que la vérité a trébuché sur la place
et la droiture ne peut y avoir accès;
15 la vérité a été portée manquante,
et qui se détourne du mal se fait piller !

Le Seigneur va sauver Sion

Le SEIGNEUR l'a vu, et ce fut mauvais à ses yeux,
qu'il n'y ait point de jugement.
16 Il a vu qu'il n'y avait personne,
il s'est désolé que personne n'intervienne;
alors c'est son bras[1] qui l'a mené au salut
et sa justice qui l'a soutenu.
17 Il a revêtu la justice comme une cuirasse,
mis sur sa tête le casque du salut;
il a revêtu comme tunique l'habit de la vengeance,
il s'est drapé de jalousie[2] comme d'un manteau.
18 Tels les agissements, telle sa rétribution,
fureur pour ses adversaires, représailles pour ses ennemis !
— Contre les îles[3] il exercera des représailles.
19 Alors on craindra, depuis le couchant,
le *nom du SEIGNEUR,

---

1. *nos fautes déposent contre nous* ou *nos fautes nous accusent;* l'image est celle d'un procès.

1. *son bras :* voir la note sur 40.10.
2. *il s'est drapé de jalousie* ou *il s'est drapé de son amour sans compromis.*
3. *les îles :* voir la note sur 40.15.

et, depuis le soleil levant, sa
gloire,
car il viendra comme un fleuve
resserré
que précipite le souffle du SEI-
GNEUR.

20 Il viendra en rédempteur pour
*Sion[1],
pour ceux qui, en Jacob, ré-
tractent leur révolte
— oracle du SEIGNEUR.

21 Quant à moi
— dit le SEIGNEUR —
voici quelle sera mon *alliance
avec eux :
mon Esprit qui est sur toi,
et mes paroles que j'ai mises
dans ta bouche
ne s'écarteront pas de ta
bouche,
ni de la bouche de ta descendance,
ni de la bouche de la descendance de ta descendance
— dit le SEIGNEUR —
dès maintenant et pour toujours.

La gloire du Seigneur sur Jéru-
salem

60 1 Mets-toi debout et deviens lumière[2],
car elle arrive, ta lumière :
la gloire du SEIGNEUR sur toi
s'est levée.

2 Voici qu'en effet les ténèbres
couvrent la terre
et un brouillard, les cités,
mais sur toi le SEIGNEUR va se
lever
et sa gloire, sur toi, est en vue.

3 Les nations vont marcher vers
ta lumière
et les rois vers la clarté de ton
lever.

Jérusalem attire tous les peuples
du monde

4 Porte tes regards sur les alentours et vois :
tous, ils se rassemblent, ils
viennent vers toi,
tes fils[1] vont arriver du lointain
et tes filles sont tenues solidement sur la hanche.

5 Alors tu verras, tu seras rayonnante,
ton *coeur frémira et se dila-
tera,
car vers toi sera détournée l'o-
pulence des mers[2],
la fortune des nations viendra
jusqu'à toi.

6 Un afflux de chameaux te couvrira,
de tout jeunes chameaux de
Madiân et d'Eifa;
tous les gens de Saba[3] viendront,
ils apporteront de l'or et de
l'*encens,
et se feront les messagers des
louanges du SEIGNEUR.

7 Tout le petit bétail de Qédar
sera rassemblé pour toi,
les béliers de Nebayoth seront
pour tes offices;

---

1. *en rédempteur pour Sion* ou *comme celui qui
rachète Sion;* voir 41.14 et la note.
2. *deviens lumière :* les versions anciennes les
plus importantes ajoutent *Jérusalem.* Ce discours
s'adresse, en effet, à Jérusalem, personnifiée ici
comme souvent ailleurs (40.9; 49.14-21).

1. *tes fils :* voir la note sur 50.1.
2. *l'opulence des mers :* expression condensée
désignant les richesses transportées par les navires
parcourant les mers.
3. *Madiân :* terme global désignant un ensemble
de tribus arabes vivant à l'est du golfe d'Aqaba
— D'après Gn 25.4; 1 Ch 1.33 *Eifa* est un clan
madianite — *Saba :* voir Ps 72.10 et la note.

ils monteront sur mon *autel,
ils y seront en faveur[1];
oui, je rendrai splendide la
Maison de ma splendeur.

8 Qui sont ceux-là ? Ils volent
comme un nuage,
comme des colombes vers leurs
pigeonniers;

9 oui, les îles tendent vers moi,
vaisseaux de Tarsis[2] en tête,
pour ramener les fils du lointain
et avec eux leur argent et leur
or,
en hommage au *nom du Seigneur, ton Dieu,
en hommage au *Saint d'Israël,
car il t'a donné sa splendeur.

10 Les fils de l'étranger rebâtiront
tes murailles
et leurs rois contribueront à tes
offices,
car dans mon irritation je t'a-
vais frappée,
mais dans ma faveur je te manifeste ma tendresse.

11 Tes portes, on les tiendra constamment ouvertes[3],
de jour, de nuit, jamais elles ne
seront fermées,
pour qu'on introduise chez toi
la troupe des nations
et leurs rois, mis en colonne !

12 — Nation et royaume qui ne
te serviront pas périront, les
nations seront totalement dévastées[4] —

13 La gloire du Liban[1] viendra
chez toi,
le cyprès, l'orme et le buis ensemble,
pour rendre splendide le socle
de mon sanctuaire;
oui, le socle de mes pieds, je le
rendrai glorieux.

14 Ils iront vers toi en se cour-
bant,
les fils de ceux qui t'humi-
liaient,
ils se prosterneront à tes pieds,
tous ceux qui te bafouaient.
Ils t'appelleront « Ville du Seigneur »,
*« Sion du Saint d'Israël. »

15 Au lieu que tu sois abandonnée,
haïe et sans aucun passant,
je ferai de toi la fierté des siè-
cles,
l'enthousiasme des générations
et des générations.

16 Tu suceras le lait des nations,
tu dévoreras la richesse des
rois,
et tu sauras que ton Sauveur,
c'est moi, le Seigneur,
que celui qui te rachète, c'est
l'Indomptable de Jacob[2].

17 Au lieu de bronze, je ferai venir de l'or,
au lieu de fer, je ferai venir de
l'argent,
au lieu de bois, du bronze,
et au lieu de pierre, du fer.
J'instituerai pour toi, en guise
d'inspection, la Paix,
en guise de dictature, la Justice.

1. *Qédar* : voir 42.11 et la note — D'après Gn 25.13 *Nebayoth* est un clan ismaélite apparenté à celui de Qédar — *en faveur* (c'est-à-dire que Dieu agréera ce sacrifice) : la traduction suit, ici quelques manuscrits hébreux, le texte hébreu d'Ésaïe trouvé à Qumrân et plusieurs versions anciennes; texte hébreu traditionnel obscur.
2. *les îles* : voir la note sur 40.15 — *Tarsis* : voir 2.16 et la note.
3. *Tes portes* : il s'agit des portes de la ville, ménagées dans les remparts.
4. Ce verset, en prose, représente une sorte de parenthèse.

1. *la gloire du Liban* : expression poétique pour désigner les forêts de cèdres qui rendaient célèbre la montagne du Liban (voir 10.34 et la note).
2. *l'Indomptable de Jacob* : voir la note sur 1.24.

Jérusalem illuminée par le Seigneur

18 Désormais ne se feront plus
entendre
ni la violence, dans ton pays,
ni, dans tes frontières, les dégâts et les brisements.
Tu appelleras tes murailles
« Salut »,
et tes portes « Louange. »
19 Désormais, ce n'est plus le
soleil qui sera pour toi
la lumière du jour,
ce n'est plus la lune, avec sa
clarté, qui sera pour toi
la lumière de la nuit[1].
C'est le Seigneur qui sera pour
toi la lumière de toujours,
c'est ton Dieu qui sera
ta splendeur.

20 Désormais ton soleil ne se couchera plus,
ta lune ne disparaîtra plus,
car le Seigneur sera pour toi la
lumière de toujours
et les jours de ton deuil seront
révolus.

21 Ton peuple, oui, eux tous, seront des justes,
pour toujours ils hériteront la
Terre,
eux, bouture de mes plantations,
oeuvre de mes mains, destinées
à manifester ma splendeur.

22 Le plus petit deviendra un millier,
le plus chétif, une nation
comptant des myriades.
Moi, le Seigneur, en son temps,
je hâterai l'événement.

Le joyeux message du Messie

61 1 L'Esprit du Seigneur
Dieu est sur moi :
le Seigneur, en effet, a fait de
moi un *messie,
il m'a envoyé porter joyeux
message aux humiliés,
panser ceux qui ont le coeur
brisé,
proclamer aux captifs l'éva-
sion,
aux prisonniers l'éblouissement[1],
2 proclamer l'année de la faveur
du Seigneur,
le jour de la vengeance de
notre Dieu,
réconforter tous les endeuillés ;
3 mettre aux endeuillés de *Sion
un diadème,
oui, leur donner ce diadème et
non pas de la cendre[2],
un onguent marquant l'enthousiasme, et non pas le deuil,
un costume accordé à la
louange, et non pas à la lan-
gueur.
On les appellera « Térébinthes
de la justice,
plantation du Seigneur, destinés à manifester sa splendeur. »

4 Ils rebâtiront les dévastations
du passé,
les désolations infligées aux
ancêtres, ils les relèveront,
ils rénoveront les villes dévastées,

---

1. *de la nuit :* ces mots ne figurent pas dans le
texte hébreu traditionnel, mais ont été conservés
dans le manuscrit hébreu d'Esaïe trouvé à Qumrân
et dans deux importantes versions anciennes.

1. *l'éblouissement :* pour celui qui sort à la lumière après un long séjour dans un cachot obscur ;
autre traduction *la libération.*
2. *diadème :* ornement pour la tête — se mettre
de la *cendre* sur la tête : signe de deuil ou de
tristesse (2 S 13.19) ; comparer 58.5 et voir au
glossaire DÉCHIRER SES VÊTEMENTS.

les désolations traînant de génération en génération.

5 Des gens de toute provenance
prendront la garde
et feront paître votre petit bétail,
des fils de l'étranger seront
pour vous
laboureurs et vignerons.

6 Quant à vous, vous serez appelés « Prêtres du Seigneur »,
on vous nommera « Officiants
de notre Dieu »;
vous mangerez la fortune des
nations
et vous vous féliciterez de cap-
ter leur gloire.

7 Au lieu que votre honte soit
redoublée
et que les outrages clamés par
les gens soient votre part,
vous hériterez de leur terre une
portion redoublée
et la jubilation d'autrefois sera
votre apanage.

8 Car moi, le Seigneur, j'aime le
droit,
je hais le vol enrobé de perfidie[1],
je donnerai fidèlement votre
récompense :
je conclurai en votre faveur
l'*alliance de toujours.

9 Votre descendance sera connue
parmi les nations,
vos rejetons seront connus au
milieu des peuples;
tous ceux qui les verront
reconnaîtront
comme une descendance que le
Seigneur a bénie.

---

1. *enrobé de perfidie* : la traduction suit ici plusieurs manuscrits hébreux soutenus par les anciennes versions grecque, syriaque et araméenne;
texte hébreu traditionnel obscur.

Jérusalem exprime son enthousiasme

10 Je suis enthousiaste, oui, enthousiasmée, à cause du Seigneur[1],
mon âme exulte à cause de
mon Dieu,
car il m'a revêtue de l'habit du
salut,
il m'a drapée dans le manteau
de la justice,
tel un fiancé qui, comme un
prêtre, porte diadème,
telle une promise qui se pare
de ses atours.

11 Oui, comme la terre fait sortir
ses germes
et un jardin germer ses semences,
ainsi le Seigneur fera germer
la justice
et la louange face à toutes les
nations.

Jérusalem retrouve le Seigneur, son époux

62 1 Pour la cause de *Sion je
ne resterai pas inactif,
pour la cause de Jérusalem, je
ne me tiendrai pas tranquille,
jusqu'à ce que ressorte, comme
une clarté, sa justice,
et son salut, comme un flam-
beau qui brûle.

2 Les nations verront ta justice,
et tous les rois ta gloire.

---

1. En accord avec l'ancienne version araméenne
et l'ensemble des chapitres 60-62, la traduction
interprète le v. 10 au féminin, comme une déclaration de Jérusalem personnifiée. Mais le texte hébreu permet aussi de lire ce verset au masculin; il
exprimerait alors l'enthousiasme du messie (60.1).

On t'appellera d'un nom nouveau
que la bouche du SEIGNEUR énoncera.

3 Tu seras une couronne de splendeur
dans la main du SEIGNEUR,
une tiare de royauté dans la paume de ton Dieu.

4 On ne te dira plus : « L'Abandonnée »,
on ne dira plus à ta terre : « la Désolée »,
mais on t'appellera « celle en qui je prends plaisir »,
et la terre « l'Epousée »,
car le SEIGNEUR mettra son plaisir en toi
et ta terre sera épousée.

5 En effet, comme[1] le jeune homme épouse sa fiancée,
tes enfants t'épouseront,
et de l'enthousiasme du fiancé pour sa promise,
ton Dieu sera enthousiasmé pour toi.

6 Sur tes murailles, Jérusalem,
j'ai posté des gardes ;
à longueur de jour, à longueur de nuit,
ils ne doivent jamais rester inactifs :
« Vous qui ravivez la mémoire du SEIGNEUR,
point de répit pour vous !

7 Et ne laissez non plus point de répit pour lui,
jusqu'à ce qu'il ait rendu à Jérusalem la stabilité
et qu'il ait établie louange sur la terre. »

8 Par sa droite et par son bras puissant
le SEIGNEUR a garanti ce serment :
Jamais plus je ne donnerai ton blé
en nourriture à tes ennemis,
jamais plus les fils de l'étranger
ne boiront ton vin,
celui pour lequel tu t'es fatiguée.

9 Mais ceux qui auront ramassé le blé s'en nourriront
et ils loueront le SEIGNEUR,
et ceux qui auront rassemblé la vendange en boiront
dans les *parvis de mon *sanctuaire.

10 Franchissez, franchissez les portes,
dégagez le chemin du peuple,
remblayez, remblayez la chaussée,
pavez avec de la pierre,
dressez l'étendard face aux peuples[1].

11 Voici ce que le SEIGNEUR fait entendre
jusqu'à l'extrémité de la terre :
Dites à la fille de Sion :
Voici ton Salut qui vient[2],
voici avec lui son salaire
et devant lui sa récompense.

12 On les appellera « le Peuple saint »,
« les Rachetés du SEIGNEUR »,
et l'on t'appellera « la Recherchée »,
« la Ville non abandonnée. »

---

1. *comme* : ce mot a été omis dans le texte hébreu traditionnel, mais conservé dans celui de Qumrân.

1. *pavez* : autre traduction *enlevez les pierres* (de la chaussée) — *dressez l'étendard* : comme signal pour les peuples qui doivent ramener les exilés de Juda.
2. *fille de Sion* : voir 1.8 et la note — *ton Salut* ou *ton Sauveur*.

Le Seigneur, vengeur de son peuple

63 [1] Qui est donc celui-ci qui vient d'Edom,
de Boçra, avec du cramoisi sur ses habits,
bombant le torse sous son vêtement,
arqué par l'intensité de son énergie ?
— C'est moi qui parle de justice, qui querelle pour sauver[1].

[2] — Pourquoi y a-t-il du rouge à ton vêtement,
pourquoi tes habits sont-ils comme ceux d'un fouleur au pressoir[2] ?

[3] — La cuvée, je l'ai foulée seul, parmi les peuples, personne n'était avec moi;
alors je les ai foulés, dans ma colère,
je les ai talonnés, dans ma fureur;
leur jus a giclé sur mes habits et j'ai taché tous mes vêtements.

[4] Dans mon coeur, en effet, c'était jour de vengeance,
l'année de ma rédemption[3] était venue.

[5] J'ai regardé : aucun aide !
Je me suis désolé : aucun soutien !
Alors mon bras[1] m'a sauvé et ma fureur a été mon soutien.

[6] J'ai écrasé les peuples, dans ma colère,
je les ai enivrés, dans ma fureur :
leur prestige, je l'ai fait tomber à terre !

Le Seigneur, Sauveur et Père de son peuple

[7] Je rappellerai les bienfaits du SEIGNEUR,
les louanges célébrant le SEIGNEUR,
selon tout ce que le SEIGNEUR a mis en oeuvre pour nous,
oui, sa grande bonté pour la maison d'Israël,
qu'il a mise en oeuvre pour eux selon sa tendresse,
prodigue en bienfaits.

[8] Il avait dit : « Vraiment, ils sont mon peuple,
des fils qui ne trompent pas »,
et il fut pour eux un Sauveur

[9] dans toutes leurs détresses.
Ce n'est pas un délégué[2] ni un messager,
c'est lui, en personne, qui les sauva :
dans son amour et dans sa compassion,
c'est lui-même qui les racheta.
Il les souleva, il les porta tous les jours d'autrefois.

[10] Mais eux se cabrèrent, ils accablèrent son Esprit saint.

1. Les v. 1-6 se présentent comme un dialogue du prophète et du peuple avec le Seigneur — *Edom* : région montagneuse située au sud-est de la mer Morte — *Boçra* : voir 34.6 et la note. Lors de l'attaque des Babyloniens contre Jérusalem en 587 av. J. C., les Edomites s'étaient acharnés contre les restes du royaume de Juda. Pour beaucoup d'auteurs bibliques Edom est ainsi devenu le type des ennemis du peuple de Dieu — *qui querelle* : d'après les versions anciennes; texte hébreu traditionnel *qui suis grand*.
2. Dans l'antiquité, pour faire du vin, on écrasait le raisin en le foulant aux pieds. Les taches rouges de jus sur les vêtements évoquent des taches de sang. L'intervention de Dieu contre les Edomites est comparée au travail d'un homme qui foule le raisin au pressoir.
3. *l'année de ma rédemption* ou *l'année où je rachèterais mon peuple* (voir la note sur 41.14).

1. *mon bras* : voir la note sur 40.10.
2. *un délégué* : d'après les anciennes versions grecque et latine; texte hébreu traditionnel *un adversaire*.

Alors il se retourna contre eux
en ennemi,
lui-même se mit en guerre
contre eux.

11 Son peuple alors se rappela
les jours du temps de Moïse :
« Où est Celui qui fit remonter
de la mer
le pasteur[1] de son troupeau ?
Où est Celui qui mit en lui
son Esprit *saint ?

12 Celui qui fit avancer, à la
droite de Moïse,
son bras resplendissant ?
Celui qui fendit les eaux devant eux
pour se faire un nom éternel ?

13 Celui qui les fit avancer dans
les *abîmes ?
Tel un cheval dans le désert
ils ne trébuchaient pas,

14 tel du bétail qui descend une
combe
l'Esprit du SEIGNEUR les menait
au repos. »
C'est ainsi que tu as conduit
ton peuple,
pour te faire un nom resplendissant.

15 Regarde et vois, depuis le ciel,
depuis ton palais saint et
splendide :
Où sont donc ta jalousie et ta
vaillance,
l'émoi de tes entrailles[2] ?
Tes tendresses pour moi
ont-elles été contenues ?

16 C'est que notre Père, c'est toi !
Abraham en effet ne nous
connaît pas,

Israël ne nous reconnaît pas
non plus ;
c'est toi, SEIGNEUR, qui es notre
Père,
notre Rédempteur[1] depuis toujours, c'est là ton nom.

Prière : Ah, si tu déchirais les cieux

17 Pourquoi nous fais-tu errer,
SEIGNEUR,
loin de tes chemins,
et endurcis-tu nos coeurs
qui sont loin de te craindre ?
Reviens, pour la cause de tes
serviteurs,
des tribus de ton lot[2].

18 C'est pour peu de temps
que ton peuple *saint est entré
dans son héritage ;
nos agresseurs l'ont écrasé, ton
*sanctuaire !

19 Et depuis longtemps nous
sommes
ceux sur qui tu n'exerces plus
ta souveraineté,
ceux sur qui ton nom n'est plus
appelé.
Ah, si tu déchirais les cieux et
si tu descendais,
tel que les montagnes soient
secouées devant toi,

64 1 tel un feu qui brûle des
taillis, tel un feu qui fait
bouillonner des eaux,
pour faire connaître ton *nom
à tes adversaires ;
les nations seraient commo-
tionnées devant toi,

2 si tu faisais des choses terri-
fiantes, que nous n'attendons
pas :

---

1. *le pasteur* ou *le *berger :* ce titre désigne ici
Moïse, qui fut sauvé des eaux du Nil (Ex 2.10)
— Le terme hébreu traduit par *mer* peut aussi
désigner un fleuve, le Nil par exemple (voir 19.5 ;
Na 3.8).

2. *ta jalousie :* voir 59.17 et la note — *ta vaillance :* autre traduction *tes prouesses* — *l'émoi de
tes entrailles :* les Hébreux situaient dans les entrailles le siège des sentiments et des émotions.

---

1. *Israël* désigne ici le patriarche Jacob (voir Gn
32.29) — *notre Rédempteur* (celui qui nous rachète) : voir la note sur 41.14.

2. *de ton lot* ou *qui t'appartiennent* (voir aussi
47.6 ; 58.14 et les notes).

tu descendrais, les montagnes
seraient secouées devant toi.

3 Jamais on n'a entendu,
jamais on n'a ouï dire,
jamais l'oeil n'a vu
qu'un dieu, toi excepté,
ait agi pour qui comptait sur
lui.

4 Tu surprends celui qui se réjouit de pratiquer la justice,
ceux qui sur tes chemins se
souviennent de toi,
Te voilà irrité, car nous avons
dévié;
c'est sur ces chemins d'autrefois[1] que nous serons sauvés.

5 Tous, nous avons été comme
l'*impur,
et tous nos actes de justice,
comme les linges répugnants,
tous, nous nous sommes fanés
comme la feuille,
et nos perversités, comme le
vent, nous emportent.

6 Nul n'en appelle à ton nom,
nul ne se réveille pour t'en saisir,
car tu nous as caché ton visage,
tu as laissé notre perversité
nous prendre en main
pour faire de nous des dissolus.

7 Cependant, Seigneur, notre
Père c'est toi;
c'est nous l'argile, c'est toi qui
nous façonnes,
tous nous sommes l'ouvrage de
ta main.

8 Ne t'irrite pas, Seigneur, jusqu'à l'excès,
ne te rappelle pas à jamais la
perversité.

Mais regarde donc : ton
peuple, c'est nous tous !

9 Tes villes saintes sont un dé-
sert,
*Sion est un désert,
Jérusalem, une désolation !

10 Notre Maison sainte et splendide[1],
où nos pères chantaient tes
louanges,
a été embrasée par le feu,
et tout ce qui faisait notre pas-
sion
est devenu dévastation !

11 Est-ce que, devant tout cela,
tu pourrais te contenir, Seigneur ?
Tu resterais inactif
et tu nous humilierais jusqu'à
l'excès ?

Le peuple rebelle et les servi-
teurs de Dieu

65 [1] Je me suis laissé rechercher par ceux qui ne me
consultaient pas,
je me suis laissé trouver par
ceux qui ne me cherchaient
pas,
j'ai dit : « Me voici, me voici »
à une nation qui n'invoquait
pas mon *nom[2].

2 J'ai tendu mes mains, à longueur de jour,
vers un peuple rebelle,
vers ceux qui suivent le chemin
qui n'est pas bon,
qui sont à la remorque de leurs
propres pensées.

3 C'est un peuple qui me vexe,
en face, sans arrêt :
ils font des sacrifices dans des
jardins,

---

1. *tes chemins*, c'est-à-dire *la conduite que tu nous ordonnes* (voir la note sur 58.2) — *les chemins d'autrefois*, c'est-à-dire la conduite adoptée par les ancêtres d'Israël qui furent fidèles à Dieu; voir la note sur 55.8.

1. c'est-à-dire le temple de Jérusalem.
2. *qui n'invoquait pas mon nom :* d'après les versions anciennes; texte hébreu traditionnel *qui n'était pas appelé par mon nom.*

ils font fumer des aromates[1]
sur des briques,

4 ils se tiennent dans des sépul-
cres[2],
ils passent la nuit dans des
grottes,
ils mangent de la viande de
porc,
et leurs plats ne sont qu'un
brouet d'ordures;

5 ils disent : « Prends garde à toi,
ne m'approche pas, car je te
rendrais sacro-saint[3] ! »
Ces agissements provoquent en
mes narines une fumée,
un feu incandescent, à longueur de jour;

6 attention, cela est mis par écrit,
en face de moi,
si bien que je ne resterai pas
inactif,
jusqu'à ce que j'aie payé de
retour,
et payé de retour en plein
*coeur

7 vos perversités et les perversités de vos pères,
tout à la fois, dit le SEIGNEUR.

Ceux qui sur les montagnes
faisaient fumer des aromates
et sur les collines me tour-
naient en dérision[4],
je leur rendrai en plein coeur
la mesure de leur conduite passée.

8 Ainsi parle le SEIGNEUR :
De même que l'on trouve du
suc dans une grappe
et que l'on dit : « Ne la détruis
pas,
car il y a une bénédiction dedans »,
ainsi ferai-je à cause de mes
serviteurs,
afin de ne pas détruire l'ensemble.

9 Je ferai sortir de Jacob une
descendance,
oui, de Juda, un héritier de mes
montagnes[1] :
mes élus les hériteront,
mes serviteurs y demeureront.

10 Le Sharôn deviendra parc à
petit bétail,
la vallée de Akor[2] litière pour
gros bétail,
au profit de mon peuple, qui
m'aura recherché.

11 Mais vous, qui avez abandonné le SEIGNEUR,
qui avez oublié ma *sainte
montagne,
qui apprêtez pour Gad une
table
et tenez plein pour Méni un
mélange de libations[3],

12 moi, je vous recense[4] pour l'é-
pée :
tous, vous fléchirez le genou
pour être égorgés !
J'ai appelé, en effet, et vous
n'avez pas répondu;

---

1. *jardins* : voir la note sur 1.29 — *des aromates*
ou *des parfums*.
2. Les idolâtres passaient la nuit près des
tombes dans l'espoir d'y communiquer avec les
morts.
3. *je te rendrais ... :* la traduction suit ici deux
versions grecques anciennes; texte hébreu traditionnel *je suis ... — sacro-saint*, c'est-à-dire chargé
de pouvoir divin (voir 66.17).
4. *montagnes ... et collines* : endroits où l'on pra-
tiquait de préférence les cultes de la fécondité; voir
57.7; Os 4.13.

1. *Jacob*, ancêtre du peuple d'Israël, symbolise
ici ce qui reste de ce peuple; même remarque pour
Juda, ancêtre de la tribu du même nom. A l'époque
du prophète le peuple d'Israël était réduit à la
tribu de Juda.
2. *le Sharôn* : voir la note sur 33.9 — *la vallée
de Akor* : voir Os 2.17 et la note.
3. *Gad, Méni* : deux divinités de la religion cananéenne — *libations* : voir au glossaire
SACRIFICES.
4. *je vous recense* : le terme hébreu ainsi traduit
fait jeu de mots avec *Méni*; pour rendre ce jeu de
mots on pourrait traduire : je vous *mène* à l'épée.

j'ai parlé, et vous n'avez pas
écouté.
Vous avez fait ce qui est mal à
mes yeux
et vous avez opté pour ce qui
ne me plaît pas.

13 C'est pourquoi ainsi parle le
Seigneur DIEU :
Voici que mes serviteurs mangeront,
et vous, vous endurerez la
faim;
voici que mes serviteurs boiront,
et vous, vous endurerez la soif;
voici que mes serviteurs jubile-
ront,
et vous, vous aurez honte; .

14 voici que mes serviteurs pousseront des acclamations
dans le bien-être de leur coeur,
et vous, vous pousserez des
cris,
dans le malaise de votre coeur,
oui, l'esprit brisé, vous hurle-
rez !

15 Dans leurs jurons, mes élus
mettront votre nom, en ajoutant :
« Qu'ainsi le Seigneur DIEU te
fasse mourir ! »
Mais en faveur de mes serviteurs sera évoqué un *Nom
tout différent[1];

16 quiconque voudra se bénir sur
la terre
se bénira par : « le Dieu de l'*a-
men »,
quiconque jurera sur la terre
jurera par : « le Dieu de l'a-
men. »

En effet, les détresses du passé
seront oubliées,
oui, elles seront cachées à mes
yeux.

Des cieux nouveaux et une terre nouvelle

17 En effet, voici que je vais créer
des cieux nouveaux
et une terre nouvelle;
ainsi le passé ne sera plus rappelé,
il ne remontera plus jusqu'au
secret du *coeur.

18 Au contraire, c'est un enthousiasme et une exultation perpé-
tuels
que je vais créer[1] :
en effet, l'exultation que je vais
créer,
ce sera Jérusalem,
et l'enthousiasme,
ce sera son peuple;

19 oui, j'exulterai au sujet de Jérusalem
et je serai dans l'enthousiasme
au sujet de mon peuple !
Désormais, on n'y entendra
plus retentir
ni pleurs, ni cris.

20 Il n'y aura plus là
de nourrisson emporté en quelques jours,
ni de vieillard qui n'accomplisse pas ses jours;
le plus jeune, en effet, mourra
centenaire,
et le plus malchanceux, c'est

1. *mes serviteurs* : d'après plusieurs versions anciennes; texte hébreu traditionnel *ses serviteurs*
— *un Nom tout différent*, c'est-à-dire le nom de
Dieu lui-même.

1. Le début du v. 18 est traduit d'après le texte
hébreu d'Ésaïe trouvé à Qumrân et l'ancienne version grecque; texte hébreu traditionnel *soyez dans
l'enthousiasme et exultez*.

centenaire aussi qu'il deviendra moins que rien[1].

21 Ils bâtiront des maisons et ils les habiteront,
ils planteront des vignes et ils en mangeront les fruits;

22 ils ne bâtiront plus pour qu'un autre habite,
ils ne planteront plus pour qu'un autre mange,
car, tels les jours d'un arbre, tels les jours de mon peuple,
mes élus pourront user les produits de leurs mains.

23 Ils ne se fatigueront plus en vain,
ils n'enfanteront plus pour l'hécatombe,
car ils seront la descendance des bénis du Seigneur
et leurs rejetons resteront avec eux.

24 Avant même qu'ils appellent, moi, je leur répondrai,
alors qu'ils parleront encore, moi, je les aurai écoutés!

25 Le loup et l'agneau brouteront ensemble,
le lion, comme le boeuf, mangera du fourrage;
quant au serpent, la poussière sera sa nourriture.
Il ne se fera ni mal ni destruction
sur toute ma montagne *sainte, dit le Seigneur.

Vrais et faux fidèles

66 1 Ainsi parle le Seigneur : le ciel est mon trône
et la terre l'escabeau de mes pieds.

Quelle est donc la maison que vous
bâtiriez pour moi ?
Quel serait l'emplacement de mon lieu de repos ?

2 De plus, tous ces êtres, c'est ma main qui les a faits
et ils sont à moi[1], tous ces êtres
— oracle du Seigneur —,
c'est vers celui-ci que je regarde:
vers l'humilié, celui qui a l'esprit abattu,
et qui tremble à ma parole.

3 On sacrifie le taureau, mais aussi on abat un homme !
on immole la brebis, mais aussi on assomme un chien !
on élève une offrande, mais c'est du sang ... de porc !
on fait un mémorial d'*encens, mais c'est pour bénir ... une malfaisante idole !
Ces gens-là, c'est sûr, choisissent leurs propres chemins[2]
et se complaisent dans leurs abominations.

4 Moi, c'est sûr, je choisirai des fantaisies à leurs dépens,
et je ferai venir sur eux ce qui fait leur terreur.
J'ai appelé, en effet, et nul n'a répondu,
j'ai parlé, et ils n'ont pas écouté;
ils ont fait ce qui est mal à mes yeux,

---

1. *deviendra moins que rien* : tournure indirecte pour évoquer la mort. Autres traductions possibles *si quelqu'un n'atteint pas l'âge de cent ans, c'est qu'il sera maudit*, ou encore *celui qui commettra des manquements ne sera maudit qu'à l'âge de cent ans*.

1. *ces êtres* : probablement ce qui est offert à Dieu en sacrifice — *ils sont à moi* : d'après deux versions anciennes; texte hébreu traditionnel obscur.

2. Le *chien* et le *porc* étaient considérés comme des animaux *impurs et ne pouvaient donc pas être offerts à Dieu en sacrifice — *mémorial d'encens* : offrande de parfum complétant un sacrifice, comme en Lv 2.2 ou 24.7 — *chemins* : voir la note sur 55.8.

ils ont choisi ce qui ne me plaît
pas.

Le Seigneur apporte réconfort et jugement

5 Ecoutez la parole du Seigneur,
vous qui tremblez à sa parole :
Vos frères qui vous haïssent
et qui, à cause de mon nom,
vous excluent
ont dit :
« Que le Seigneur montre donc
sa gloire
et que nous voyions votre jubilation ! »
Mais ce sont eux qui seront
dans la honte.
6 Une voix, une rumeur depuis la
Ville, une voix, depuis le
Temple !
C'est la voix du Seigneur : il
paie de retour,
à ses ennemis, leur traitement.
7 Avant d'être en travail, elle[1] a
enfanté,
avant que lui viennent les douleurs,
elle s'est libérée d'un garçon.
8 Qui a jamais entendu chose
pareille ?
Qui a jamais vu semblable
chose ?
Un pays est-il mis au monde
en un seul jour,
une nation est-elle enfantée en
une seule fois
pour qu'à peine en travail
*Sion ait enfanté ses fils ?
9 Est-ce que moi j'ouvrirais passage à la vie
pour ne pas faire enfanter ?
— Dit le Seigneur.

Est-ce que moi, qui fais enfanter,
j'imposerais à la vie une
contrainte ?
— Dit ton Dieu.
10 Jubilez avec Jérusalem,
exultez à son sujet, vous tous
qui l'aimez.
Avec elle, soyez enthousiastes,
oui, enthousiasmés,
vous tous qui aviez pris le deuil
pour elle.
11 Que vous suciez le lait et soyez
rassasiés
de son sein réconfortant !
Que vous tiriez le maximum[1]
et jouissiez
de sa mamelle glorieuse !
12 Car ainsi parle le Seigneur :
Voici que je vais faire arriver
jusqu'à elle
la paix[2] comme un fleuve,
et, comme un torrent débordant,
la gloire des nations.
Vous serez allaités, portés sur
les hanches
et cajolés sur les genoux.
13 Il en ira comme d'un homme
que sa mère réconforte :
c'est moi qui, ainsi, vous récon-
forterai,
oui, dans Jérusalem, vous serez
réconfortés.
14 Vous verrez, votre *coeur sera
enthousiasmé,
vos os[3] comme un gazon seront revigorés.
La main du Seigneur se fera
connaître à ses serviteurs,
mais il se montrera indigné envers ses ennemis :

---

1. *elle*, c'est-à-dire Jérusalem (Sion, v. 8). Sur Jérusalem, décrite comme la mère de ses habitants, voir la note sur 50.1.

1. *que vous tiriez le maximum* : traduction incertaine d'un verbe hébreu qu'on ne rencontre
nulle part ailleurs.
2. *la paix* ou *la prospérité*.
3. *vos os* : manière hébraïque de désigner le
corps tout entier, voire la personne elle-même.

15 Voici, en effet, le Seigneur :
   c'est dans du feu qu'il vient,
   ses chars pareils à un typhon,
   pour régler sa dette de colère
   par de la fureur
   et sa dette de menaces par les
   flammes du feu.

16 Oui, c'est armé de feu que le
   Seigneur entre en jugement
   avec toute chair, et aussi armé
   de son épée :
   nombreux seront les êtres
   transpercés par le Seigneur.

17 Ceux qui se veulent « sacro-saints » et *« purs »
   pour l'accès des jardins
   à la suite du numéro un, qui
   est au milieu,
   ceux qui mangent la viande du
   porc,
   des bêtes abominables et de la
   souris[1],
   tous ensemble expireront
   — oracle du Seigneur !

Israël et les nations rassemblés à Jérusalem

18 C'est moi qui motiverai leurs
   actes et leurs pensées;
   je viens pour rassembler toutes
   les nations
   de toutes les langues;
   elles viendront et verront ma
   gloire :

19 oui, je mettrai au milieu d'elles
   un *signe.
   En outre j'enverrai de chez eux
   des rescapés
   vers les nations :

Tarsis, Pouth et Loud qui bandent l'arc,
Toubal, Yavân et les îles lointaines[1],
qui n'ont jamais entendu parler de moi,
qui n'ont jamais vu ma gloire;
ils annonceront ma gloire
parmi les nations.

20 Les gens amèneront tous vos
   frères,
   de toutes les nations,
   en offrande au Seigneur,
   — à cheval, en char, en litière,
   à dos de mulet et sur des pa-
   lanquins —
   jusqu'à ma *sainte montagne,
   Jérusalem — dit le Seigneur
   tout comme les fils d'Israël
   amèneront
   l'offrande sur des plats purifiés,
   à la Maison du Seigneur.

21 Et même parmi eux je prendrai des prêtres,
   des *lévites, dit le Seigneur.

22 Oui, comme les cieux nouveaux
   et la terre nouvelle que je fais
   restent fermes devant moi
   — oracle du Seigneur —
   ainsi resteront fermes
   votre descendance et votre
   nom !

23 Et il adviendra
   que de nouvelle lune en nouvelle lune[2]

---

1. *sacro-saints :* voir 65.5 et la note — *pour l'accès des jardins :* voir 65.3 et la note sur 1.29 — *le
numéro un, qui est au milieu* désigne sans doute le
prêtre (ou la prêtresse) du culte idolâtrique — le
porc, la *souris :* animaux réputés *impurs (Lv 11.7,
29).

1. *Tarsis :* voir Jon 1.3 et la note — *Pouth* (d'a-
près les anciennes versions grecque et latine) et
Loud : sans doute des populations africaines de la
mer Rouge (Gn 10.6; Jr 46.9) — *Toubal :* population habitant les rivages de la mer Noire — *Yavân :* population des îles ioniennes ou de la Grèce
— *les îles :* voir la note sur 40.15.
2. *nouvelle lune :* voir au glossaire NÉOMÉNIE.

et de *sabbat en sabbat
toute chair viendra se prosterner
devant moi, dit le SEIGNEUR.

24 En sortant, l'on pourra voir
les dépouilles des hommes

qui se sont révoltés contre
moi :
leur vermine ne mourra pas,
leur feu ne s'éteindra pas,
ils seront une répulsion pour
toute chair[1].

1. *pour toute chair* ou *pour tout être vivant.*

JÉRÉMIE

1 ¹ *Paroles de Jérémie, fils de Hilqiyahou, l'un des prêtres résidant à Anatoth, dans le territoire de Benjamin*[1].

² Où la parole du Seigneur s'adresse à lui, au temps de Josias, fils d'Amon, roi de Juda, la treizième année de son règne[2]. ³ — Elle s'adressa encore à lui au temps de Yoyaqîm, fils de Josias, roi de Juda, jusqu'à la fin de la onzième année de Sédécias, fils de Josias, roi de Juda, jusqu'à la déportation de Jérusalem, au cinquième mois[3].

Dieu appelle Jérémie à devenir prophète

⁴ La parole du Seigneur s'adressa à moi :
⁵ « Avant de te façonner dans le sein de ta mère,
je te connaissais;
avant que tu ne sortes de son ventre,
je t'ai consacré;
je fais de toi un *prophète pour les nations. »

⁶ Je dis : « Ah ! Seigneur Dieu, je ne saurais parler, je suis trop jeune[1]. » ⁷ Le Seigneur me dit : « Ne dis pas : Je suis trop jeune.
Partout où je t'envoie[2], tu y vas;
tout ce que je te commande, tu le dis;
⁸ n'aie peur de personne :
je suis avec toi pour te libérer
— oracle du Seigneur. »

⁹ Le Seigneur, avançant la main, toucha ma bouche, et le Seigneur me dit : « Ainsi je mets mes paroles dans ta bouche.
¹⁰ Sache que je te donne aujourd'hui autorité
sur les nations et sur les royaumes,
pour déraciner et renverser,
pour ruiner et démolir,
pour bâtir et planter. »

Visions : le rameau d'amandier, le chaudron

¹¹ La parole du Seigneur s'adressa à moi : « Que vois-tu, Jérémie ? » Je dis : « Ce que je vois, c'est un rameau d'amandier[3]. » ¹² Le Seigneur me dit : « C'est

---

1. *Anatoth* : village situé à environ 5 km au nord de Jérusalem.
2. *Josias* régna de 640 à 609 av. J. C. Voir aussi la note sur 22.10 — *la treizième année de son règne* : vers 626 av. J. C.
3. *Yoyaqîm* régna de 609 à 598 av. J. C. — *onzième année de Sédécias, cinquième mois* : juillet 587 av. J. C.

1. *trop jeune* : Jérémie n'avait pas encore l'âge minimum requis pour avoir le droit de donner son avis en public.
2. *partout où je t'envoie* : autres traductions possibles *quels que soient ceux à qui je t'envoie* ou *quelle que soit la mission que je te confie.*
3. L'hébreu désigne *l'amandier* par la tournure *l'arbre qui s'éveille*; c'est en effet le premier arbre de Palestine qui fleurisse au printemps. D'où le jeu de mots, au v. 12 *je veille.*

bien vu ! Je veille à l'accomplissement de ma parole. »

13 La parole du Seigneur s'adressa à moi une seconde fois : « Que vois-tu ? » Je dis : « Ce que je vois, c'est un chaudron sur un foyer attisé grâce à une ouverture sur le nord. » 14 Le Seigneur me dit :

« C'est du nord qu'est attisé le malheur[1],
pour tous les habitants du pays.
15 Je vais convoquer tous les clans
des royaumes du nord
— oracle du Seigneur.
Ils arrivent, et chacun place son trône
à l'entrée des portes de Jérusalem,
face aux remparts qui l'entourent
et face à toutes les villes de Juda.

16 Je leur annonce mes décisions au sujet de leurs méfaits[2] : ils m'abandonnent, ils brûlent des offrandes à d'autres dieux, ils se prosternent devant l'oeuvre de leurs mains. 17 Mais toi, tu vas te ceindre les reins[3], te lever et leur annoncer tout ce que je te commande; ne te laisse pas accabler par eux, sinon c'est moi qui t'accablerai devant eux. 18 Moi, aujourd'hui, je fais de toi une place forte, un pilier de fer, un rempart de bronze, face au pays tout entier, face aux rois de Juda, à ses ministres, à ses prêtres et à sa milice[1]; 19 ils te combattront, mais ils ne pourront rien contre toi : je suis avec toi — oracle du Seigneur — pour te libérer. »

Le temps où Israël aimait le Seigneur

2 1 La parole du Seigneur s'adressa à moi :
2 « Va clamer aux oreilles de Jérusalem :
Ainsi parle le Seigneur :
Je te rappelle ton attachement,
du temps de ta jeunesse,
ton amour de jeune mariée;
tu me suivais au désert,
dans une terre inculte.
3 Israël était chose réservée au Seigneur,
*prémices qui lui reviennent;
quiconque en mangeait devait l'expier;
le malheur venait à sa rencontre
— oracle du Seigneur.

De la source d'eau vive aux citernes fissurées

4 Ecoutez la parole du Seigneur,
vous, la communauté de Jacob[2]
avec toutes les familles de la communauté d'Israël :
5 Ainsi parle le Seigneur :

---

1. *qu'est attisé :* d'après l'ancienne version grecque; hébreu *c'est du côté du nord que le malheur a une ouverture* — Les envahisseurs que le royaume de Juda pouvait redouter à cette époque devaient nécessairement arriver en Palestine par *le nord.*
2. *Je leur annonce ... :* Dieu parle ici des Judéens.
3. *te ceindre les reins :* expression hébraïque imagée, signifiant qu'un homme se met en tenue de travail ou de voyage, c'est-à-dire qu'il se tient prêt à entreprendre quelque chose.

1. L'expression hébraïque correspondante désigne l'ensemble des citoyens de plein droit. Ils peuvent être mobilisés en cas de guerre (Jr 52.25). Selon les contextes la même expression a été traduite par *la population du pays* en 2 R 21.24; 23.30; *les propriétaires terriens* en Jr 34.19; 37.2; *les bourgeois* en Jr 44.21.
2. *Jacob,* nom de l'ancêtre du peuple d'*Israël,* sert à désigner ici et souvent ailleurs l'ensemble de ce peuple. Voir les notes sur Es 2.5; 41.21. Les deux expressions *communauté de Jacob* et *communauté d'Israël* sont donc synonymes ici.

En quoi vos pères m'ont-ils
trouvé en défaut
pour qu'ils se soient éloignés
de moi ?
Ils ont couru après des riens[1]
et les voilà réduits à rien.

6 Ils n'ont pas dit : « Où est le
Seigneur
qui nous a fait monter du pays
d'Egypte,
qui fut notre guide au désert,
au pays des steppes et des
pièges,
pays de la sécheresse et de
l'ombre mortelle,
pays où nul ne passe, où personne ne réside ? »

7 Je vous ai fait entrer au pays
des vergers
pour que vous en goûtiez les
fruits et la beauté.
Mais en y pénétrant, vous avez
souillé mon pays
et vous avez fait de mon patrimoine une horreur.

8 Les prêtres ne disent pas :
« Où est le Seigneur ? »
Ceux qui détiennent les directives divines
ne me connaissent pas.
Les pasteurs se révoltent
contre moi.
Les *prophètes prophétisent
au nom de *Baal
et ils courent après ceux qui ne
servent à rien[2].

9 Aussi vais-je encore plaider
contre vous
— oracle du Seigneur —
et plaider contre les fils de vos
fils.

10 Passez donc aux rives des Kittim et regardez;
envoyez à Qédar[1] et informez-vous bien;
regardez si pareille chose est
arrivée :

11 une nation change-t-elle de
dieux ?
— et pourtant ce ne sont pas
des dieux ! —
Mon peuple, lui, échange sa
gloire[2]
contre qui ne sert à rien.

12 De cela soyez stupéfaits, vous,
les *cieux,
soyez-en horrifiés, profondément navrés
— oracle du Seigneur !

13 Oui, il est double, le méfait
commis par mon peuple :

ils m'abandonnent, moi, la
source d'eau vive,
pour se creuser des citernes,
des citernes fissurées
qui ne retiennent pas l'eau.

Un peuple qui a abandonné son Seigneur

14 Israël est-il un esclave, est-il né
dans la servitude ?
Pourquoi devient-il une proie ?

15 Contre lui rugissent les jeunes
lions;
ils donnent de la voix;
on transforme son pays en désolation;
ses villes sont incendiées,
vidées de leurs habitants.

---

1. *vos pères* ou *les générations qui vous ont précédés* — *des riens* : appellation méprisante des faux dieux et de leurs idoles.

2. *les pasteurs* ou *les *bergers* : la Bible emploie souvent ce mot pour désigner *les dirigeants* d'une nation, en particulier les rois — *ceux qui ne servent à rien* : les faux dieux.

1. les *Kittim* : habitants de l'île de Chypre et, d'une façon plus générale, toutes les populations vivant sur les rives de la Méditerranée orientale — *Qédar* : voir Esaïe 21.16 et la note.

2. *sa gloire* : manière indirecte de désigner Dieu lui-même; voir Ps 106.20 et la note.

16 Même les gens de Memphis et
de Daphné
te défoncent le crâne[1].

17 Qu'est-ce qui te vaut cela,
sinon d'avoir abandonné le
SEIGNEUR ton Dieu
au temps où il était ton guide
sur la route ?

18 Et maintenant qu'est-ce qui
t'attire sur la route de l'Egypte
pour aller t'abreuver à l'étang
d'Horus ?
Et qu'est-ce qui t'attire sur la
route de l'Assyrie
pour aller t'abreuver au
Fleuve[2] ?

19 Que ton mal te châtie !
Que ton apostasie te corrige !
Eprouve jusqu'au bout la douleur et l'amertume
d'avoir abandonné le SEIGNEUR
ton Dieu !
Oui, tu ne trembles même plus
devant moi
— oracle du Seigneur DIEU, le
tout-puissant.

Un peuple révolté, idolâtre, dé-
généré

20 Depuis toujours tu as brisé ton
*joug, rompu tes liens,
en disant : « Je ne veux plus
être esclave. »
Sur toute colline élevée, sous
tout arbre vert,
tu t'étales en prostituée[3].

21 Moi, je t'avais plantée, vignoble de choix,

tout entier en cépage franc.
Comment as-tu dégénéré en
vigne inconnue
aux fruits infects ?

22 Même si tu te laves avec de la
soude
et que tu emploies des flots de
lessive,
la crasse de ta perversion subsiste devant moi
— oracle du Seigneur DIEU.

23 Comment oses-tu dire : « Je ne
suis pas souillée,
je ne cours pas après les
*Baals ? »
Vois ta conduite dans le vallon[1];
reconnais ce que tu fais.
Une chamelle légère qui entre-
croise ses traces !

24 Une ânesse sauvage habituée à
la steppe !
En chaleur, elle renifle le vent;
son rut, qui peut le refouler ?
Tous ceux qui la cherchent
n'ont pas à se fatiguer,
ils la trouvent en son mois.

25 Halte ! Sinon tu deviens une
va-nu-pieds,
et ton gosier va se dessécher.
Mais tu dis : « Rien à faire !
Non !
Je raffole des étrangers
et je veux courir après eux. »

26 Comme est confondu un voleur pris sur le fait,
ainsi sont confondus les gens
d'Israël,
— eux, leurs rois, leurs ministres, leurs prêtres et leurs *prophètes.

27 Ils disent au bois : « Tu es mon
père »,

---

1. *Memphis* : voir Es 19.13 et la note
— *Daphné* : ville au nord-est de l'Egypte, située en
bordure du lac Menzaleh — *te défoncent* : autre
traduction *te tondent*.
2. *l'étang d'Horus* : nom que les anciens Egyptiens donnaient au bras oriental du Nil, aboutis-
sant au lac Menzaleh, près de Daphné — *le
Fleuve* : terme servant à désigner habituellement
l'Euphrate.
3. Voir Es 1.29; 65.7; Os 1.2; 2.4 et les notes.

1. Allusion probable à la vallée de Ben-Hinnôm,
au sud de Jérusalem. Sur les pratiques idolâtriques
auxquelles on s'y livrait voir Jr 7.31-32; 2 R 23.10
et la note.

À la pierre[1] : « C'est toi qui m'as enfanté. »
Oui, ils me présentent la nuque et non la face ;
mais dès qu'ils sont malheureux, ils me disent :
« Lève-toi ! Sauve-nous ! »

28 Où sont-ils les dieux de ta fabrication ?
Qu'ils se lèvent s'ils peuvent te sauver
quand tu es malheureuse,
puisque tes dieux sont devenus aussi nombreux que tes villes,
ô Juda !

29 Pourquoi plaidez-vous contre moi ?
Tous vous vous êtes révoltés contre moi
— oracle du Seigneur.

Dieu se plaint de son peuple infidèle

30 C'est en vain que je frappe vos fils ;
ils n'acceptent pas la leçon.
Votre épée dévore vos *prophètes
tel un lion ravageur.

31 — Vous, hommes de ce temps, comprenez la parole du Seigneur ! —
Suis-je devenu un désert pour Israël ?
Le pays de la nuit noire ?
Pourquoi ceux de mon peuple disent-ils :
« Nous allons où nous voulons, nous ne viendrons plus à toi ? »

32 Une jeune fille oublie-t-elle sa parure ?
Une mariée, sa robe[2] ?
Mais ceux de mon peuple m'oublient
depuis des jours et des jours.

33 Comme tu combines bien tes intrigues
pour rechercher l'amour !
Vraiment tu es allée
jusqu'à t'habituer au crime.

34 Le sang des pauvres, des innocents,
se trouve jusque sur les pans de tes vêtements.
C'est bien sur tout cela que je le trouve,
non sur un mur percé[1].

35 Tu dis : « Je suis innocente ;
sa colère va sûrement se détourner de moi. »
Or moi, je te poursuis en justice
parce que tu dis : « Je ne suis pas fautive. »

36 Comme tu t'avilis[2]
en variant tes intrigues !
Tu récolteras autant de honte de l'Egypte que de l'Assyrie.

37 De là aussi tu sortiras
les mains sur la tête[3].
Oui, le Seigneur méprise ton système de sécurité ;
ce n'est pas ainsi que tu réussiras.

Une prostituée obstinée

3 1 Si un homme répudie sa femme et qu'elle le quitte
pour appartenir à un autre homme,
reviendra-t-il encore à elle ?

---

1. *au bois … à la pierre* : c'est-à-dire aux faux dieux représentés par des statues de bois ou de pierre.

2. *sa robe* ou *sa cordelière*.

1. La loi d'Ex 22.1 considérait comme non coupable celui qui avait tué un voleur en train de *percer un mur*. Selon Jérémie la population de Jérusalem, responsable de nombreux meurtres, ne peut pas invoquer cette circonstance pour obtenir un non-lieu.

2. Autre traduction *comme tu vas à la dérive*.

3. Geste exprimant la honte que l'on ressent (voir 2 S 13.19).

N'est-elle pas irrémédiable-
ment profanée,
cette terre-là ?
Et toi, qui t'es prostituée à tant
de partenaires[1],
tu reviendrais à moi
— oracle du SEIGNEUR !

2 Lève les yeux vers les pistes et
vois :
y a-t-il un endroit où tu ne te
sois pas accouplée ?
En bordure des chemins, tu
t'asseyais
pour les attendre,
tel l'Arabe dans le désert.
Tu as profané la terre
par ton inconduite, ton immo-
ralité.

3 Les averses t'ont été refusées
et la pluie tardive n'est pas venue :
mais tu persistes dans ton ef-
fronterie de prostituée
sans admettre ton déshonneur.

4 Encore maintenant ne m'invo-
ques-tu pas : « Mon Père !
Toi, l'intime de ma jeunesse ! »

5 Tient-il donc toujours rigueur ?
Garde-t-il rancune à jamais ?
Mais, tout en parlant, tu ne
cesses de faire le mal[2]
et avec quel succès !

Israël-l'Apostasie et Juda-la-Per-
fide

6 Au temps du roi Josias, le
SEIGNEUR me dit : As-tu vu ce qu'a
fait Israël-l'Apostasie, elle qui se
rendait sur toute montagne élevée, sous tout arbre vert pour s'y
prostituer[1] ? 7 Je me suis dit :
Après avoir fait tout cela elle reviendra à moi; mais elle n'est pas
revenue. Sa sœur, Juda-la-Perfide, a vu. 8 Et moi j'ai vu. Oui,
c'est bien en raison de son adultère que j'ai répudié Israël-l'Apostasie, en lui donnant un acte de
divorce[2]. Mais sa sœur, Juda-la-
Perfide,   n'a   ressenti   aucune
crainte, elle aussi s'est mise à se
prostituer, 9 si bien que, par sa
légèreté et son inconduite, la terre
elle-même est profanée; elle commet l'adultère avec la pierre et le
bois[3]. 10 Et malgré tout cela, sa
sœur Juda-la-Perfide, ne revient
pas à moi du fond d'elle-même :
sa repentance est fausse — oracle
du SEIGNEUR.

Appel aux Israélites du nord

11 Le SEIGNEUR me dit : À côté
de Juda-la-Perfide, Israël-l'Apostasie[4] peut se déclarer juste. 12 Va
clamer les paroles que voici vers
le nord[5] :

Reviens donc, Israël-l'Apostasie — oracle du SEIGNEUR —
ma présence ne vous sera plus
accablante.
Oui, je suis fidèle — oracle du
SEIGNEUR —;
je ne tiens pas rigueur pour
toujours. 13 Mais reconnais ta
perversion :

---

1. Sur l'accusation de *prostitution* voir Os 1.2;
2.4 et les notes.
2. Autre traduction *Mais tu ne cesses de dire et
de faire le mal*.

1. *Israël l'Apostasie* ou *Israël-la-Trahison*,
c'est-à-dire la traîtresse — *Israël*, opposé ici à
Juda, désigne l'ancien royaume du nord. Comme
souvent le peuple de Dieu est personnifié sous les
traits d'une femme — *s'y prostituer* : voir Es 1.29;
65.7; Os 1.2; 2.4 et les notes.
2. allusion à la ruine de Samarie, survenue en
722-721 av. J.-C.
3. *la pierre et le bois* : voir 2.27 et la note.
4. Voir 3.6 et la note.
5. Le *nord* est la direction dans laquelle les
exilés ont été emmenés (voir 1.14 et la note).

c'est contre le Seigneur ton
Dieu
que tu t'es révoltée.
Tu t'es éparpillée en démarches auprès des étrangers
sous tout arbre vert[1].
Vous n'avez pas écouté ma
voix
— oracle du Seigneur.

14 Revenez, fils apostats — oracle
du Seigneur —
car c'est moi qui reste le
maître chez vous :
je vous prends un d'une ville,
deux d'un clan
pour vous amener à *Sion.

15 Je vous donne des pasteurs[2] à
ma convenance
qui vous paîtront avec un savoir-faire plein d'attention.

Rassemblement universel à Jé-
rusalem

16 En ce temps-là, quand vous
aurez abondamment proliféré
dans le pays — oracle du Seigneur —, on ne dira plus :
*« Arche de l'alliance du Sei-
gneur ! » Elle ne viendra à la pensée de personne; on ne l'évoquera
plus, on ne remarquera pas son
absence; elle ne sera plus refaite.
17 À ce moment-là, on appellera
Jérusalem « Trône du Seigneur »;
toutes les nations conflueront
vers elle à cause du nom du Seigneur donné à Jérusalem; elles ne
persisteront pas dans leur entêtement[3] exécrable. 18 En ce
temps-là, ceux de Juda rejoin-
dront ceux d'Israël; et, du pays du
nord, ils arriveront ensemble au

pays que j'ai donné à leurs pères[1]
en héritage.

Le retour du peuple égaré

19 Moi je m'étais dit : « Oh !
Comme je voudrais
te distinguer parmi les fils,
te donner un pays de cocagne,
un domaine qui soit, parmi les
nations,
d'une beauté féerique. »
Et je disais : « Vous m'appellerez : Mon Père !,
vous ne vous détournerez plus
de moi[2]. »

20 Mais vraiment, comme une
femme est perfide
à l'égard de son compagnon,
ainsi vous êtes perfides envers
moi,
gens d'Israël — oracle du Seigneur.

21 Une clameur monte de toutes
les pistes,
la déchirante supplication des
Israélites :
ils se sont fourvoyés
en oubliant le Seigneur leur
Dieu.

22 « Revenez, fils apostats !
Je veux guérir complètement
votre apostasie. »
— « Nous voici ! Nous sommes
à toi;
oui, c'est toi, le Seigneur notre
Dieu[3] !

23 Assurément, ce qui vient des
collines est faux,

---

1. Voir la note sur Es 1.29.
2. *des pasteurs* ou *des *bergers :* voir 2.8 et la
note.
3. Autres traductions *dans leur attirance* (pour
les faux dieux) ou *dans leurs projets*.

1. *pays du nord :* voir 3.12 et la note — *à leurs
pères* ou *à leurs ancêtres*.
2. Autre traduction *Quand je me suis demandé :
« Comment te compter parmi les fils, te donner
... ? »* alors *j'ai dit : « Tu m'appelleras, mon Père et
tu ne te détourneras plus de moi ».*
3. *apostats, apostasie* ou *traîtres, traîtrise
— Oui, c'est toi ... :* autre traduction *Car c'est toi,
Seigneur, qui es notre Dieu*.

on ne fait que du bruit sur les
montagnes[1].
Assurément, c'est dans le SEI-
GNEUR notre Dieu
qu'Israël trouve le salut.

24 Mais la Honte[2], depuis notre
jeunesse,
dévore le labeur de nos pères,
— leur petit et leur gros bétail,
leurs fils et leurs filles.

25 Soyons prostrés dans notre
honte,
que notre déshonneur nous
submerge !
Oui, nous sommes fautifs envers le SEIGNEUR notre Dieu, nous
et nos pères, depuis notre jeunesse jusqu'à ce jour ; nous n'a-
vons pas écouté la voix du SEI-
GNEUR notre Dieu. »

4 1 Si tu reviens, Israël
— oracle du SEIGNEUR —,
c'est à moi que tu dois revenir.
Si tu ôtes tes ordures[3] de devant ma face,
alors tu ne vagabonderas plus.
2 Si tu prêtes serment : « Par la
vie du SEIGNEUR ! »,
dans la vérité, dans le droit et
la justice,
alors les nations se béniront en
son nom ;
c'est de lui qu'elles se loueront.

Appel à un changement complet

3 Ainsi parle le SEIGNEUR aux
hommes de Juda et aux habitants
de Jérusalem :
Défrichez votre champ,
ne semez pas parmi les ronces !

4 Soyez *circoncis pour le SEI-
GNEUR,
ôtez le prépuce de votre
*coeur[1],
hommes de Juda et habitants
de Jérusalem !
Sinon ma fureur jaillira
comme un feu,
elle brûlera sans que personne
puisse l'éteindre,
à cause de vos agissements
pervers.

Cri d'alarme en Juda

5 Faites une proclamation en
Juda,
faites-la entendre à Jérusalem,
dites :
Sonnez du cor dans le pays !
Criez à pleine voix, dites :
Rassemblez-vous
pour entrer dans les places
fortes.
6 Levez l'étendard vers *Sion !
Allez vous mettre à l'abri !
Ne vous arrêtez pas en chemin !
C'est le malheur que je fais
venir du nord[2],
un grand désastre !
7 Le lion monte de son fourré ;
le destructeur des nations se
met en route,
il sort de chez lui
pour transformer ton pays en
désolation :
tes villes seront incendiées,
vidées de leurs habitants.
8 À cause de cela, revêtez le
*sac !
Lamentez-vous ! Hululez !

---

1. Voir Es 65.7 et la note.
2. *la Honte* : désignation indirecte d'un faux
dieu (pour n'avoir pas à prononcer son nom) ; voir
5.31 ; 11.13 ; Os 9.10.
3. Désignation méprisante des idoles.

1. Ou *acceptez de comprendre et de faire ce que
Dieu veut.*
2. Voir 1.14 et la note.

Non, elle ne se détourne pas de
nous,
l'ardente colère du Seigneur.

9 Ce jour même — oracle du
Seigneur —,
il s'évanouit, le courage du roi
et des ministres;
les prêtres sont stupéfaits,
les *prophètes, atterrés.

10 Je dis : « Ah ! Seigneur Dieu,
assurément tu as bien abusé ce
peuple et Jérusalem en disant :
Vous aurez la paix ... Et l'épée
nous enlève la vie. »

Les envahisseurs surgissent de partout

11 À ce moment-là, on dira à ce
peuple et à Jérusalem :
Un vent embrasé sur les pistes,
dans le désert,
est en route vers mon peuple,
non pour vanner, non pour
nettoyer :

12 un vent plein de force
me vient de là-bas.
Maintenant, à mon tour,
je veux prononcer mes décisions contre eux.

13 Comme des nuages, il monte à
l'assaut;
ses chars sont pareils à l'ouragan,
ses chevaux, plus lestes que les
vautours.
Pauvres de nous ! Nous
sommes dévastés.

14 Lave ton *coeur de toute méchanceté, Jérusalem,
afin d'être délivrée.
Quand délogeront-elles de
chez toi,
tes pensées maléfiques ?

15 Depuis Dan, on fait une proclamation[1];
de la montagne d'Ephraïm,
on annonce une calamité.

16 Avertissez les nations,
mobilisez contre Jérusalem !
Des assiégeants viennent d'un
pays lointain,
ils donnent de la voix contre
les villes de Juda.

17 Tels les gardiens d'un champ,
ils surgissent contre elle de
partout.
C'est à moi qu'elle est rebelle
— oracle du Seigneur.

18 Ta conduite, tes agissements
te valent cela.
C'est le fruit de ta méchanceté,
certes, c'est amer !
Cela te frappe en plein coeur.

Douleur de Jérémie devant le désastre

19 Mon ventre ! Mon ventre ! Je
me tords de douleur !
Les parois de mon coeur !
C'est le tumulte en moi,
je ne puis me taire,
car je perçois l'alerte du cor,
le hourra de guerre.

20 On crie : « Désastre sur désastre ! »
Oui, tout le pays est dévasté.
Soudain mon campement est
dévasté,
en un instant, mes tentes.

21 Jusques à quand verrai-je l'é-
tendard,
entendrai-je l'alerte du cor ?

Ce que Dieu pense de son peuple

22 Oui, mon peuple est bête;
ils ne me connaissent pas.

1. *Dan* : ville israélite la plus septentrionale.

Ce sont des enfants bornés;
ils ne peuvent rien com-
prendre.
Ils sont habiles à faire le mal;
faire le bien, ils ne le savent
pas.

La terre à nouveau déserte et vide

23 Je regarde la terre : elle est déserte et vide;
le ciel : la lumière en a disparu.
24 Je regarde les montagnes : elles
tremblent;
toutes les collines sont ballot-
tées.
25 Je regarde : il n'y a plus
d'hommes
et tous les oiseaux ont fui.
26 Je regarde : le pays des vergers
est un désert,
toutes les villes sont incendiées
par le Seigneur, par son ardente colère.
27 Ainsi parle le Seigneur :
Toute la terre devient désolation,
— pourtant je ne fais pas
table rase.
28 C'est pourquoi la terre est en
deuil,
et, là-haut, le ciel s'assombrit,
parce que je l'ai décrété,
que j'en ai conçu le projet;
je n'y renonce pas
et je ne reviens pas en arrière.

Sion face aux tueurs

29 Au bruit de la cavalerie et des
archers,
toute ville prend la fuite.
On pénètre dans les taillis,
on monte sur les rochers.
Toutes les villes sont abandonnées,

plus personne n'y habite.
30 Mais toi[1], que fais-tu ?
Tu t'habilles d'écarlate, tu te
pares de bijoux d'or,
tu allonges tes yeux avec du
noir.
C'est en vain que tu fais la
coquette,
tes amants te méprisent,
ils en veulent à ta vie.
31 J'entends comme les plaintes
d'une femme en travail,
comme les cris d'angoisse
d'une jeune maman :
les cris de la belle *Sion qui
suffoque,
qui tend les mains :
Pauvre de moi[2] ! Je suis à bout
de souffle
face aux tueurs.

Corruption générale à Jérusalem

5 1 Parcourez les rues de Jérusalem,
regardez donc et enquêtez,
cherchez sur ses places :
Y trouverez-vous un homme ?
Y a-t-il un seul qui défende
le droit,
qui cherche à être vrai ?
Alors je pardonnerai à la ville.
2 Ils ont beau dire : « Par la vie
du Seigneur ! »,
leurs serments sont faux.
3 Seigneur, tes yeux ne sont-ils
pas
dans l'attente de la vérité ?
Tu les frappes, mais ils n'en
sont pas touchés;
tu les extermines, mais ils refusent de recevoir la leçon.

---

1. Après ce mot le texte hébreu ajoute *dévasté*, absent de l'ancienne version grecque, que notre traduction suit ici.
2. Le prophète cite ici les paroles de Jérusalem personnifiée.

Ils se font un visage plus dur
que la pierre,
ils refusent de revenir.

4 Moi, je me suis dit : « Ce sont
de petites gens,
ils ne sont pas bien malins,
ils ne connaissent pas les voies
du Seigneur,
les coutumes de leur Dieu[1].

5 J'irai donc vers les grands
pour discuter avec eux;
eux, au moins, connaissent les
voies du Seigneur,
les coutumes de leur Dieu. »
Mais les uns comme les autres
ont brisé le *joug,
rompu les liens.

6 Eh bien ! ils seront victimes des
lions du maquis,
ils seront ravagés par les loups
des steppes.
Les panthères assiégeront leurs
villes;
dès qu'on en sortira, on sera
déchiré.
Car leurs révoltes se multiplient,
leur apostasie[2] ne cesse de s'affirmer.

7 Dans ces conditions comment
te pardonner ?
Tes fils m'abandonnent,
ils prêtent serment par les
non-dieux.
Je les ai comblés, et pourtant
ils commettent l'adultère,
ils se bousculent chez la prostituée[3].

8 Des étalons en rut, bien mem-
brés !
Chacun hennit après la femme
de l'autre.

9 Ne dois-je pas sévir contre eux
— oracle du Seigneur ?
Ne dois-je pas me venger
d'une nation de cette espèce ?

Un ennemi insatiable

10 Escaladez ses murailles et sac-
cagez,
mais ne faites pas table rase.
Otez ses sarments,
ils ne sont pas au Seigneur.

11 Oui, ils me trahissent avec perfidie,
ceux d'Israël comme ceux de
Juda
— oracle du Seigneur.

12 Ils renient le Seigneur
en disant : « Il est inexistant.
Le malheur ne viendra pas sur
nous;
nous ne connaîtrons ni l'épée
ni la famine.

13 Les *prophètes seront réduits à
un souffle,
ce n'est pas Dieu qui parle en
eux.
Que leurs menaces soient pour
eux ! »

14 C'est pourquoi, ainsi parle le
Seigneur, Dieu des puissances :
Parce que vous tenez ces propos,
de mes paroles qui sont dans
ta bouche
je vais faire un feu,
et de ce peuple, des fagots :
le feu les dévorera.

15 Je vais amener contre vous,
gens d'Israël,
une nation lointaine
— oracle du Seigneur —,
une nation inépuisable,
une nation de vieille souche,
une nation dont tu ignores la
langue,

---

1. *les coutumes de leur Dieu :* autre traduction
l'ordre que leur Dieu veut établir.
2. Ou *leur trahison.*
3. Voir Os 1.2; 2.4 et les notes.

dont tu ne comprends pas les propos.

16 Leur carquois est un sépulcre béant[1];
ils sont tous des héros.

17 Ils mangent ta moisson, ton pain;
ils mangent tes fils et tes filles;
ils mangent ton petit et ton gros bétail;
ils mangent ta vigne et ton figuier.
Ils démantèlent tes places fortes
dans lesquelles tu te crois en sécurité,
quand ils viennent avec l'épée.

18 Même en ce temps-là — oracle du Seigneur —, je ne ferai pas de vous table rase. 19 Et quand vous direz : « Pour quel motif le Seigneur notre Dieu nous fait-il subir tout cela ? », tu leur diras : « Comme vous m'avez abandonné pour servir les dieux de l'étranger dans votre pays, de même vous servirez des étrangers dans un pays qui n'est pas le vôtre. »

Dieu n'est plus respecté, l'injustice règne

20 Faites cette proclamation à ceux de Jacob[2],
faites-la entendre en Juda.

21 Ecoutez donc ceci,
peuple borné et sans cervelle :
— Ils ont des yeux et ne voient point,
des oreilles et n'entendent pas.

22 N'aurez-vous pas de respect pour moi
— oracle du Seigneur ?

Ne tremblerez-vous pas devant moi
qui ai mis le sable comme limite à la mer,
frontière définitive qu'elle ne passera pas ?
Elle bouillonne mais reste impuissante,
ses vagues peuvent mugir, elles ne la passeront pas.

23 Mais ce peuple a un fond indocile et rebelle :
ils s'écartent et s'en vont.

24 Ils ne disent pas en eux-mêmes :
« Ayons du respect pour le Seigneur notre Dieu,
lui qui nous donne la pluie au bon moment,
celle d'automne et celle de printemps,
et qui nous garde les semaines fixées pour la moisson. »

25 Ce sont vos crimes qui perturbent cet ordre,
vos fautes qui font obstacle à ces bienfaits.

26 Car dans mon peuple, se trouvent des coupables
aux aguets comme l'oiseleur accroupi,
ils dressent des pièges
et ils attrapent ... des hommes.

27 Tel un panier plein d'oiseaux[1],
leurs maisons sont pleines de rapines :
c'est ainsi qu'ils deviennent grands et riches,

28 gras et reluisants.
Ils battent le record du mal,
ils ne respectent plus le droit,
le droit de l'orphelin;
et ils réussissent.

---

1. Tournure poétique; les flèches contenues dans *leur carquois* sont toutes mortelles.
2. *ceux de Jacob* : voir 2.4 et la note.

1. Autre traduction (d'après l'ancienne version araméenne) *Tel un poulailler rempli de volailles.*

Ils ne prennent pas en main la
cause des pauvres.

29 Ne dois-je pas sévir contre eux
— oracle du Seigneur ?
Ne dois-je pas me venger
d'une nation de cette espèce ?

Prophètes menteurs, prêtres corrompus

30 Une chose désolante, monstrueuse,
se passe dans le pays :

31 les *prophètes prophétisent au
nom de la Fausseté,
les prêtres empochent tout ce
qu'ils peuvent[1]
et mon peuple en est satisfait.
Mais que ferez-vous après
cela ?

Un grand désastre guette Jérusalem

6 1 Quittez Jérusalem, Benjaminites,
pour chercher ailleurs un refuge.
Sonnez du cor à Teqoa;
sur Beth-Kérem, élevez un signal :
des hauteurs du Nord[2], un malheur vous guette,
un grand désastre.

2 Toi, la belle *Sion, la charmante, la coquette,
tu es réduite au silence.

3 C'est vers elle que viennent
des pasteurs[1] avec leurs troupeaux.
Contre elle, tout autour, ils
plantent leurs tentes;
chacun broute sa parcelle.

4 Proclamez contre elle la guerre
sainte !
Debout ! Montez à l'assaut en
plein midi !
Pauvres de nous ! Le jour décline,
les ombres du soir s'allongent.

5 Debout ! montons à l'assaut en
pleine nuit,
détruisons leurs belles maisons !

Avertissement solennel

6 Ainsi parle le Seigneur le
tout-puissant :
Coupez les arbres,
construisez une chaussée[2] vers
Jérusalem :
c'est la ville qui est livrée;
on n'y trouve partout que brutalité.

7 Comme la citerne conserve ses
eaux,
ainsi conserve-t-elle sa méchanceté.
Chez elle il n'est question que
de violence et de ravage,
constamment souffrances et
sévices
attristent mes regards.

8 Accepte la leçon, Jérusalem !
Sinon je me désolidarise d'avec
toi,

---

1. *la Fausseté* : comme *la Honte* en 3.24 (voir la note), ce mot remplace sans doute le nom de *Baal (comparer avec 2.8; 23.13), pour éviter d'avoir à le prononcer — *les prêtres empochent tout ce qu'ils peuvent* : autre traduction *les prêtres dominent à côté d'eux.*

2. *Teqoa* : bourgade située au sud de Jérusalem (voir Am 1.1 et la note), donc plus à l'abri que Jérusalem d'un envahisseur venant du *nord* (voir 1.14 et la note); en hébreu son nom fait allitération avec le verbe traduit par *sonnez* — On n'a pas identifié *Beth-Kèrem*, mentionné pourtant en Ne 3.14.

1. *des pasteurs* ou *des *bergers* : voir la note sur 2.8.

2. Ou *un remblai* (qui permette aux assaillants d'atteindre le haut des remparts); voir 32.24; 2 R 19.32.

et je te transforme en désolation,
en une terre inhabitée.

Un peuple qui refuse d'écouter

9 Ainsi parle le Seigneur le tout-puissant :
Qu'on grappille soigneusement, telle une vigne,
le reste d'Israël !
Que ta main, comme celle du vendangeur,
revienne sur les sarments !

10 Qui écoutera mes paroles, mes attestations ?
Hélas ! leur oreille est incirconcise[1];
ils ne peuvent pas être réceptifs.
Ils considèrent la parole du Seigneur comme une insulte,
ils n'en veulent pas.

11 « Je suis rempli de la fureur du Seigneur,
je n'en peux plus de la retenir[2]. »
Répands-la sur les enfants dans la rue
et sur tout le groupe des jeunes.
Hommes et femmes sont pris,
l'ancien et celui qui est comblé de jours.

12 Leurs maisons passent à d'autres
avec leurs champs et leurs femmes.
J'étends la main sur les habitants du pays
— oracle du Seigneur.

13 Tous, petits et grands,
sont âpres au gain.
Tous, *prophètes et prêtres,
ont une conduite fausse.

14 Ils ont bien vite fait de remédier
au désastre de mon peuple,
en disant : « Tout va bien ! tout va bien ! »
Et rien ne va.

15 Ils sont confondus parce qu'ils commettent des horreurs,
mais ils ne veulent pas en rougir;
ils n'ont pas conscience de leur déshonneur.
Eh bien ! ils s'écrouleront comme tous les autres,
ils trébucheront quand je sévirai contre eux,
dit le Seigneur.

16 Ainsi parle le Seigneur :
Arrêtez-vous sur les routes pour faire le point,
renseignez-vous sur les sentiers traditionnels[1].
Où est la route du bonheur ?
Alors suivez-la
et vous trouverez où vous refaire.
Mais ils disent : « Nous ne la suivrons pas ! »

17 J'ai posté des sentinelles pour veiller sur vous.
Attention à l'alerte du cor !
Mais ils disent : « Nous ne voulons pas faire attention. »

18 Eh bien, nations, écoutez !
Et toi, l'assemblée, sache ce qui est en elles[2] !

19 Terre, écoute :

---

1. Tournure imagée pour signifier qu'ils se montrent *incapables de comprendre* ce que Dieu leur dit par l'intermédiaire du prophète.
2. Au début du v. 11 le prophète interrompt le message du Seigneur par une réflexion personnelle.

1: *les sentiers traditionnels :* expression imagée désignant l'expérience des générations passées guidées par la parole de Dieu.
2. Le texte hébreu est peu clair; selon la traduction adoptée, l'assemblée d'Israël doit connaître les projets hostiles que font les nations à son égard.

Moi, je vais faire venir sur ce
peuple
le malheur, fruit de ses machi-
nations.
Ils ne font pas attention à mes
paroles,
et mes directives, ils les méprisent.
20 Qu'ai-je à faire de l'*encens
importé de Saba,
du roseau aromatique d'un
pays lointain ?
Vos holocaustes[1], je n'en veux
pas ;
vos sacrifices ne me sont pas
agréables.
21 Eh bien ! ainsi parle le Seigneur :
Je place devant ce peuple des
obstacles
sur lesquels ils trébucheront :
père et fils à la fois,
voisins et compagnons périront.

Le dévastateur est en route

22 Ainsi parle le Seigneur :
Un peuple vient du pays du
nord[2],
une grande nation se met en
branle
au bout du monde.
23 Ils empoignent arc et javelot,
ils sont cruels et sans pitié,
le bruit qu'ils font est comme
le mugissement de la mer,
ils montent des chevaux ;
ils sont rangés comme des
troupes pour le combat
contre toi, la belle *Sion.
24 Nous apprenons la nouvelle :
nous sommes démoralisés,
l'angoisse nous étreint,

une douleur comme celle d'une
femme en travail.
25 Ne sors pas dans la campagne,
ne va pas sur la route,
car l'épée de l'ennemi,
c'est partout l'épouvante.
26 Toi, mon peuple, revêts le *sac,
roule-toi dans la poussière !
Comme pour un fils unique,
fais tous les rites du deuil,
une amère lamentation !
Car soudain vient sur nous
le dévastateur.

Des rebelles invétérés

27 Chez mon peuple, je te nomme
essayeur de métaux[1],
tu apprécieras et examineras
leur conduite.
28 Ils sont tous des rebelles invé-
térés,
calomniateurs, bronze et fer ;
ce sont tous des destructeurs.
29 Le soufflet ronfle,
le feu fait disparaître le plomb.
Mais c'est en vain qu'on fond
et refond :
les mauvais éléments ne se dé-
tachent pas.
30 On les appelle « argent mépri-
sable »,
car le Seigneur les méprise.

Confiance illusoire à l'égard du Temple
(cf. Jr 26.1-19)

7 1 La parole qui s'adressa à
Jérémie de la part du Seigneur : 2 Tiens-toi à la porte de la
Maison du Seigneur pour y clamer cette parole : Ecoutez la parole du Seigneur, vous tous Ju-

---

1. *Saba* : voir Es 60.6 et la note sur Ps 72.10
— *holocaustes* : voir au glossaire SACRIFICES.
2. *nord* : voir 1.14 et la note.

1. *je te nomme essayeur de métaux* : texte difficile. Certains ont compris *je t'établis comme une
tour de garde.*

déens qui entrez par ces portes pour vous prosterner devant le Seigneur ... 3 Ainsi parle le Seigneur le tout-puissant, le Dieu d'Israël : Améliorez votre conduite, votre manière d'agir, pour que je puisse habiter avec vous[1] en ce lieu. 4 Ne vous bercez pas de paroles illusoires en répétant : « Palais du Seigneur ! Palais du Seigneur ! Palais du Seigneur ! Il est ici. » 5 Mais plutôt amendez sérieusement votre conduite, votre manière d'agir, en défendant activement le droit dans la vie sociale; 6 n'exploitez pas l'immigré, l'orphelin et la veuve; ne répandez pas du *sang innocent en ce lieu; ne courez pas, pour votre malheur, après d'autres dieux; 7 je pourrai alors habiter avec vous en ce lieu, dans le pays que j'ai donné à vos pères[2] depuis toujours et pour toujours. 8 Mais vous vous bercez de paroles illusoires qui ne servent à rien. 9 Pouvez-vous donc commettre le vol, le meurtre, l'adultère, prêter de faux serments, brûler des offrandes à *Baal, courir après d'autres dieux qui ne se sont pas occupés de vous, 10 puis venir vous présenter devant moi dans cette Maison sur laquelle mon *nom a été proclamé et dire : « Nous sommes sauvés ! » et puis continuer à commettre toutes ces horreurs ? 11 Cette Maison sur laquelle mon nom a été proclamé, la prenez-vous donc pour une caverne de bandits ? Moi, en tout cas, je vois qu'il en est ainsi — oracle du Seigneur. 12 Allez donc au lieu qui m'appartenait, à

Silo[1], là où j'avais tout d'abord fait habiter mon nom, et voyez comme je l'ai traité à cause de la méchanceté de mon peuple, Israël. 13 Or maintenant, vu que vous avez commis tous ces actes — oracle du Seigneur —, que je vous ai parlé inlassablement sans que vous ayez écouté, que je vous ai appelés sans que vous ayez répondu, 14 eh bien, la Maison sur laquelle mon nom a été proclamé, dans laquelle vous mettez votre confiance, et le lieu que j'ai donné à vous et à vos pères, je les traiterai comme j'ai traité Silo. 15 Je vous rejetterai loin de moi comme j'ai rejeté tous vos frères, toute la descendance d'Ephraïm[2].

Le Seigneur refuse d'écouter

16 Toi, n'intercède pas pour ce peuple, ne profère en leur faveur ni plainte ni supplication, n'insiste pas auprès de moi : je ne t'écoute pas. 17 Ne vois-tu pas ce qu'ils font dans les villes de Juda et dans les rues de Jérusalem : 18 les enfants ramassent des fagots, les pères allument le feu et les femmes pétrissent la pâte pour faire des gâteaux à la Reine du ciel. Vous répandez des libations à d'autres dieux[3], et ainsi vous m'offensez. 19 Est-ce bien moi qu'ils offensent — oracle du Seigneur ? N'est-ce pas plutôt eux-mêmes ? Et ils devraient en rougir. 20 Eh bien, ainsi parle le

---

1. *habiter avec nous* : la traduction suit ici deux versions anciennes; texte hébreu et ancienne version grecque *vous faire habiter*; de même au v. 7.
2. *à vos pères* ou *à vos ancêtres*.

1. Le temple de *Silo* fut détruit par les Philistins vers 1.050 av. J. C. (voir Ps 78.60; comparer aussi 1 S 4.10-18).
2. Sur *Ephraïm* comme désignation du royaume du nord (ou d'Israël) voir Os 4.17 et la note.
3. *la Reine du ciel* : appellation de la déesse *Ishtar* (*Astarté*), vénérée en Mésopotamie et identifiée à la planète Vénus — *libations* : voir au glossaire SACRIFICES 7).

Seigneur D<small>IEU</small> : ma colère, ma fureur se déverse sur ce lieu, sur les hommes et les bêtes, sur les arbres de la campagne et les fruits de la terre, c'est un feu qui ne s'éteint pas.

La nation qui n'écoute pas son Dieu

21 Ainsi parle le S<small>EIGNEUR</small> le tout-puissant, le Dieu d'Israël : Ajoutez vos holocaustes à vos sacrifices et mangez-en la viande[1] ! 22 Quand j'ai fait sortir vos pères[2] du pays d'Egypte, je ne leur ai rien dit, rien demandé en fait d'holocauste et de sacrifice ; 23 je ne leur ai demandé que ceci : « Ecoutez ma voix et je deviendrai Dieu pour vous, et vous, vous deviendrez un peuple pour moi, suivez bien la route que je vous trace et vous serez heureux. » 24 Mais ils n'ont pas écouté ; mais ils n'ont pas tendu l'oreille, ils ont agi à leur guise dans leur entêtement exécrable, ils m'ont tourné le dos au lieu de tourner vers moi leur visage[3].

25 Depuis que leurs pères sortirent du pays d'Egypte jusqu'à ce jour, je n'ai cessé de leur envoyer tous mes serviteurs les *prophètes, chaque jour, inlassablement. 26 Mais ils ne m'ont pas écouté ; mais ils n'ont pas tendu l'oreille :

ils ont raidi leur nuque[1], ils ont été plus méchants que leurs pères. 27 Tu leur expliques toutes ces paroles : ils ne t'écoutent pas. Tu les appelles : ils ne te répondent pas. 28 Dis-leur donc : Voilà la nation qui n'écoute pas la voix du S<small>EIGNEUR</small> son Dieu, qui n'accepte pas la leçon : la vérité a péri, elle est bannie de leur bouche.

La « vallée de la Tuerie »

29 Coupe ta chevelure de nazir[2] et jette-la,
    entonne sur les pistes une lamentation,
    car le S<small>EIGNEUR</small> méprise et délaisse
    la génération qui l'excède.

30 Les Judéens font le mal que je réprouve — oracle du S<small>EIGNEUR</small> — ; ils déposent leurs ordures[3] dans la Maison sur laquelle mon *nom a été proclamé, ainsi la rendent-ils *impure. 31 Ils érigent le tumulus du Tafeth dans la vallée de Ben-Hinnôm[4] pour que leurs fils et leurs filles y soient consumés par le feu, cela, je ne l'ai pas demandé, je n'en ai jamais eu l'idée.

32 Eh bien, des jours viennent — oracle du S<small>EIGNEUR</small> — où l'on ne dira plus : « le Tafeth » ni

---

1. *mangez-en la viande :* dans *l'holocauste* la victime était offerte tout entière à Dieu par le feu (Lv 1.8-9). En conseillant aux Israélites de consommer la viande de leurs holocaustes avec celle de leurs sacrifices, Jérémie suggère que Dieu refuse désormais les sacrifices qu'on voudrait lui offrir.
2. *vos pères* ou *vos ancêtres.*
3. Autre traduction *ils ont rétrogradé au lieu de progresser.*

1. *ils ont raidi leur nuque* (comme un boeuf rétif qui refuse de se laisser mettre le *joug) : tournure imagée pour exprimer qu'Israël a refusé de se soumettre à la loi de Dieu (voir Ex 32.9 et la note).
2. Le *nazir* était un homme consacré à Dieu pour une période déterminée ou pour toute sa vie. Il marquait cette consécration notamment en s'abstenant de se couper les cheveux (Nb 6.5-9). Dans ce verset le prophète suggère qu'Israël n'est plus un peuple consacré à Dieu.
3. *leurs ordures :* leurs idoles.
4. *le tumulus :* autre traduction *le haut lieu* (voir au glossaire) — le *Tafeth :* l'A. T. hébreu orthographie *Tofeth* (avec les voyelles du mot désignant la honte) ; ce terme signifie peut-être *foyer* ou *autel* (voir aussi la note sur 2 R 23.10) — *la vallée de Ben-Hinnôm :* voir la note sur 2.23.

« vallée de Ben-Hinnôm », mais : « vallée de la Tuerie » et, faute de place, le Tafeth lui-même deviendra un charnier[1]. 33 Il y aura dans ce peuple une grande hécatombe qui servira de pâture aux oiseaux du ciel et aux bêtes de la terre, et plus personne pour les chasser ! 34 Dans les villes de Juda, dans les rues de Jérusalem, je fais cesser cris d'allégresse et joyeux propos, chant de l'époux et jubilation de la mariée, car le pays va devenir un champ de ruines.

8 1 À ce moment-là — oracle du SEIGNEUR —, on sortira de leurs tombes les ossements des rois et des ministres de Juda, ceux des prêtres et des *prophètes et ceux des habitants de Jérusalem. 2 On les exposera au soleil, à la lune et à l'armée du ciel qu'ils avaient aimés, servis, suivis, consultés, et devant lesquels ils s'étaient prosternés; ces ossements ne seront pas recueillis pour être ensevelis, ils deviendront du fumier sur le sol[2]. 3 Tout le reste, les survivants de cette mauvaise race, préféreront la mort à la vie, ceux qui survivront dans tous les lieux où je les aurai dispersés — oracle du SEIGNEUR le tout-puissant.

Une obstination sans pareille

4 Tu leur diras : Ainsi parle le SEIGNEUR :
  Celui qui tombe, ne se redresse-t-il pas ?
  Celui qui se détourne, ne revient-il pas ?

5 Pourquoi alors ce peuple, Jérusalem, se détourne-t-il
  en prolongeant indéfiniment son apostasie[1] ?
  Ils tiennent ferme à leurs illusions,
  ils refusent de revenir.

6 J'ai écouté attentivement :
  leurs propos sont inconsistants.
  Pas un ne renonce à sa méchanceté
  en disant : « Qu'ai-je donc fait ! »
  Chacun se détourne à sa guise[2],
  tel un cheval emballé dans la bataille.

7 Même la cigogne dans les airs connaît le temps de ses migrations.
  La tourterelle, l'hirondelle et la grive
  ne manquent pas le moment du retour.
  Mais mon peuple ne tient pas compte
  de l'ordre établi par le SEIGNEUR.

Les scribes ont falsifié la loi du Seigneur

8 Comment pouvez-vous dire : « Nous avons la sagesse,
  car la loi du SEIGNEUR est à notre disposition. »
  Oui, mais elle est devenue une loi fausse

---

1. la présence de cadavres rendra ce lieu de culte inutilisable parce qu'*impur (voir la note sur 2 R 23.8).

2. l'armée du ciel : voir la note sur 2 R 17.16 — sur le sol : l'absence de sépulture était considérée comme une malédiction (voir 2 R 9.37; Jr 14.16; 22.18-19; 36.30).

1. Ou sa trahison.

2. à sa guise : d'après le texte hébreu « écrit »; texte hébreu que la tradition juive considère comme « à lire » dans sa course.

sous le burin menteur des scribes[1].

9 Les sages sont confondus,
ils s'effondrent, ils sont capturés ;
ils méprisent la parole du Seigneur :
en quoi donc peuvent-ils se dire experts ?

Ceux qui prétendent que tout va bien

10 Eh bien ! Je donne leurs femmes à d'autres,
leurs champs à ceux qui s'en empareront.
Car tous, petits et grands, sont âpres au gain ;
tous, *prophètes et prêtres, ont une conduite fausse.

11 Ils ont bien vite fait de remédier
au désastre de mon peuple
en disant : « Tout va bien ! tout va bien ! »
Et rien ne va.

12 Ils sont confondus parce qu'ils commettent des horreurs,
mais ils ne veulent pas en rougir ;
ils n'ont pas conscience de leur déshonneur.
Eh bien ! ils s'écrouleront comme tous les autres ;
quand il leur faudra rendre compte, ils perdront pied,
dit le Seigneur.

Une attente déçue

13 Je suis décidé à en finir avec eux — oracle du Seigneur —,

pas de raisins à la vigne ! Pas de figues au figuier !
Le feuillage est flétri.
Je les donne à ceux qui leur passeront dessus[1].

14 Pourquoi restons-nous immobiles ?
Rassemblez-vous !
Entrons dans les places fortes et n'en bougeons plus,
car le Seigneur notre Dieu nous empêche de bouger,
il nous fait boire de l'eau empoisonnée.
Oui, nous sommes fautifs envers le Seigneur.

15 Nous attendions la santé,
mais rien de bon,
le moment où nous serions guéris,
mais c'est la peur qui vient.

16 Depuis Dan on entend renâcler ses chevaux ;
au bruit des hennissements de ses fougueux étalons,
toute la terre tremble.
Ils viennent dévorer la terre et sa plénitude[2],
la ville et ses habitants.

17 Je lâche contre vous des serpents, des vipères
insensibles au charmeur :
ils vous mordront — oracle du Seigneur.

Le chagrin de Jérémie

18 Mon affliction est sans remède[3],
tout mon être est défaillant.

---

1. *le burin des scribes* devait servir à graver dans la pierre les décrets royaux. Ceux-ci étaient sans doute présentés comme conformes à la loi de Dieu, ce que Jérémie conteste ici.

1. Le texte hébreu de la fin du verset est obscur et la traduction s'appuie sur une conjecture.
2. *Dan* : voir 4.15 et la note — *la terre et sa plénitude* ou *le pays et ce qu'il contient.*
3. D'après l'ancienne version grecque ; texte hébreu traditionnel obscur.

19 On entend les appels désespé-
 rés de mon peuple
depuis une terre lointaine.
Dans *Sion n'y a-t-il pas le
Seigneur ?
Son roi n'est-il pas chez elle ?
« Pourquoi m'offensent-ils avec
leurs idoles,
avec ces absurdités qui viennent d'ailleurs ? »

20 La moisson est finie, l'été a
passé
et, pour nous, toujours pas de
salut !

21 À cause du désastre de mon
peuple, je suis brisé.
Je suis dans le noir; la désolation me saisit !

22 N'y a-t-il pas de baume en Galaad[1],
pas de médecin là-bas ?
Pourquoi ne voit-on pas
poindre
la convalescence de mon
peuple ?

23 Qui[2] changera ma tête en fontaine,
mes yeux en source de larmes
pour pleurer jour et nuit
les victimes de mon peuple ?

Le mensonge sévit partout

9 1 Que n'ai-je au désert un
gîte de caravaniers ?
J'abandonnerais mon peuple,
je le planterais là : .
tous sont des adultères, un ramassis de traîtres.

2 Leur langue est comme un arc
tendu.

Leur essor dans le pays sert le
mensonge, non la vérité.
Ils commettent méfait sur méfait,
et moi, ils ne me connaissent
pas
— oracle du Seigneur.

3 Soyez sur vos gardes, chacun
envers son compagnon;
ne vous fiez à aucun frère,
car tout frère s'y entend en
mauvais tours
et tout compagnon répand la
calomnie.

4 Chacun berne son compagnon,
plus de paroles vraies !
Ils entraînent leur langue aux
paroles menteuses.
Dans leur perversion, ils ne
peuvent plus revenir.

5 Brutalité sur brutalité, tromperie sur tromperie[1] !
Ils refusent de me connaître
— oracle du Seigneur

6 Eh bien ! ainsi parle le Seigneur le tout-puissant :
Je vais les fondre et les examiner.
Ah ! Comme je vais intervenir
face à la méchanceté[2] de mon
peuple !

7 Flèche meurtrière que sa
langue !
Il profère la tromperie.
Des lèvres, on offre la paix à
son compagnon,
mais dans le coeur, on lui prépare un guet-apens.

8 Ne dois-je pas sévir contre eux
— oracle du Seigneur ?

---

1. Région située à l'est du Jourdain.
2. Dans les anciennes versions grecque et syriaque, suivies par certaines traductions modernes,
le v. 8.23 est numéroté 9.1. Pour le chapitre 9 la
numérotation des versets y est donc en avance
d'une unité par rapport à la numérotation du texte
hébreu suivie ici, 9.1-25 devenant 9.2-26.

1. La fin du v. 4 et le début du v. 5 sont traduits
d'après l'ancienne version grecque. Le sens du
texte hébreu est en effet peu clair.
2. *la méchanceté* : mot manquant dans le texte
hébreu et rétabli d'après les anciennes versions
grecque et araméenne.

Ne dois-je pas me venger
d'une nation de cette espèce ?

Comprendre pourquoi le pays est ruiné

9 Sur les montagnes s'élève ma
plainte éplorée
et sur les enclos de la lande ma
lamentation,
car ils sont incendiés, plus personne n'y passe,
et les troupeaux ne s'y font
plus entendre.
Oiseaux, bétail, tout a fui ...
plus rien !
10 Je fais de Jérusalem un tas de
pierres,
un repaire de chacals,
et des villes de Juda, des lieux
désolés,
vidés de leurs habitants.
11 Si quelqu'un est sage, qu'il
comprenne et qu'il proclame
la parole que la bouche du Seigneur lui a adressée.
Pourquoi le pays est-il ruiné,
brûlé comme le désert
où personne ne passe ?

12 Le Seigneur dit : Ils délais-
sent mon enseignement que j'ai
placé devant eux; au lieu d'écouter ma voix et de la suivre, 13 ils
persistent dans leur entêtement,
s'attachant aux *Baals avec lesquels leurs pères[1] les ont familia-
risés. 14 Eh bien ! ainsi parle le
Seigneur le tout-puissant, le Dieu
d'Israël : Je vais leur faire avaler
la ciguë, leur faire boire de l'eau
empoisonnée; 15 je vais les disséminer parmi les nations que ni
eux-mêmes ni leurs pères n'ont
connues, et je mettrai l'épée à

leurs trousses jusqu'à ce que je les
aie exterminés.

Une complainte funèbre

16 Ainsi parle le Seigneur le
tout-puissant :
Informez-vous ! Faites venir les
pleureuses[1] !
Appelez les expertes ! Qu'elles
viennent !
17 Qu'elles se hâtent !
Que sur nous s'élève leur
plainte !
Que nos yeux fondent en
larmes !
Que nos paupières ruissellent !
18 De *Sion on entend une voix
plaintive :
« Ah ! Comme nous sommes
dévastés,
accablés de honte !
Nous devons abandonner le
pays :
on a jeté bas nos habita-
tions[2]. »
19 Femmes, écoutez la parole du
Seigneur !
Que vos oreilles reçoivent la
parole de sa bouche !
Apprenez la complainte à vos
filles,
la lamentation à vos compagnes !
20 Car la mort monte par nos
fenêtres,
elle pénètre dans nos belles
maisons;
elle vient faucher les enfants
dans la rue
et les jeunes sur les places.

---

1. Lors des cérémonies mortuaires on faisait appel à des *pleureuses*, en général professionnelles,
pour exprimer la tristesse de la famille et exécuter
les chants de lamentation; voir v. 19; Ez 32.16;
Am 5.16.
2. *on a jeté bas nos habitations* : autre traduction, appuyée sur les anciens commentaires juifs,
nous sommes jetés hors de nos habitations.

---

1. *leurs pères* ou *leurs ancêtres.*

21 Parle ! Voici l'oracle du Sei-
GNEUR :
les cadavres tombent
comme du fumier sur les
champs,
comme des gerbes derrière le
moissonneur
et personne ne les ramasse.

La vraie sagesse : connaître le Seigneur

22 Ainsi parle le Seigneur :
Que le sage ne se vante pas de
sa sagesse !
Que l'homme fort ne se vante
pas de sa force !
Que le riche ne se vante pas de
sa richesse !
23 Si quelqu'un veut se vanter,
qu'il se vante de ceci :
d'être assez malin pour me
connaître,
moi, le Seigneur qui mets en
oeuvre la solidarité,
le droit et la justice sur la terre.
Oui, c'est cela qui me plaît
— oracle du Seigneur.

Contre les soi-disant circoncis

24 Des jours viennent — oracle
du Seigneur — où je sévirai
contre quiconque est *circoncis
dans sa chair, 25 contre l'Egypte,
contre Juda, contre Edom, contre
les Ammonites, contre Moab,
contre tous les Tempes-rasées[1]
qui habitent le désert. Car toutes
les nations sont incirconcises et
les gens d'Israël eux-mêmes sont
incirconcis de coeur.

Les faux dieux face au vrai Dieu

10 1 Écoutez la parole que le
Seigneur
prononce sur vous, gens d'Israël ! 2 Ainsi parle le Seigneur :
Ne vous conformez pas aux
moeurs des nations !
Devant les signes du ciel, ne
vous laissez pas accabler !
Ce sont les nations qui se laissent accabler par eux;
3 mais les principes des peuples
sont absurdes.
Le bois coupé dans la forêt,
travaillé au ciseau par l'artiste,
4 enjolivé d'argent et d'or,
avec clous et marteaux, on le
fixe
pour qu'il ne soit pas branlant.

5 Ces idoles sont comme un
épouvantail dans un champ de
concombres; elles ne parlent pas;
il faut bien les porter, car elles ne
peuvent marcher. N'en ayez aucune crainte : elles ne sont pas
nuisibles, mais elles ne peuvent
pas davantage vous être utiles.

6 Comme toi, il n'y a personne,
Seigneur !
Tu es grand
et grand est ton nom par ses
prouesses.
7 Qui ne te craindrait, roi des
nations ?
À toi cela est dû.
Parmi tous les sages des nations
et dans tous les royaumes,
il n'y a personne comme toi.
8 Tous, sans exception, s'abrutis-
sent et perdent le sens.

---

1. *Tempes-rasées* : appellation israélite de certaines tribus arabes (Jr 25.23; 49.32). Leur manière
de se tailler les cheveux et la barbe est interdite
aux Israélites en Lv 19.27. Comme leur ancêtre
Ismaël ces tribus pratiquaient la circoncision (voir
Gn 17.23).

Formé par les absurdités[1], on
en arrive là.

9 Les idoles ne sont qu'argent
laminé, importé de Tarsis,
or d'Oufaz,
travaillé par l'artiste et le fondeur,
revêtu de pourpre violette et
de pourpre rouge[2].
Elles ne sont toutes que travail
de spécialistes.

10 Mais le Seigneur Dieu est vérité[3],
il est le Dieu vivant, roi à jamais.
Quand il s'irrite, la terre
tremble
et les nations ne peuvent supporter son indignation.

11 Voici ce que vous leur direz :
Les dieux qui n'ont pas fait le ciel
et la terre doivent disparaître de
la terre, de dessous le ciel[4].

12 Celui qui fait la terre par sa
puissance,
qui établit le monde par sa
sagesse,
et qui, par son intelligence, déploie les cieux,

13 du fait qu'il accumule des eaux
torrentielles dans les cieux,
qu'il fait monter de gros
nuages des confins de la terre,

qu'il déclenche la pluie par des
éclairs,
qu'il fait sortir les vents de ses
coffres;

14 tout homme demeure hébété,
interdit,
tout fondeur a honte de son
idole :
ses statues sont fausses,
il n'y a pas d'esprit en elles;

15 ce sont des absurdités, objets
de quolibets :
quand il faudra rendre
compte[1], elles périront.

16 Tel n'est pas le Lot-de-Jacob[2] :
lui, c'est le créateur de tout;
et Israël est la tribu de son
héritage;
le Seigneur tout-puissant, c'est
son nom.

Le désastre est imminent

17 Ramasse à terre tes paquets,
toi qui te trouves assiégée !

18 Car ainsi parle le Seigneur :
Cette fois-ci je vais éjecter
les habitants du pays,
tout en les serrant de près
pour qu'ils n'échappent pas[3].

19 Pauvre de moi ! Quel désastre !
Incurable est ma blessure !
Moi je dis : c'est bien là mon
mal
et je dois le porter.

20 Ma tente est dévastée,
toutes ses cordes sont arrachées.

1. *les absurdités :* ici comme souvent ailleurs
dans l'A. T. cette expression désigne *le culte idolâtrique* ou *les idoles elles-mêmes.*
2. *Tarsis :* voir les notes sur Es 23.7; Jon 1.3; Ps
72.10 — *Oufaz :* mentionné également en Dn 10.5,
ce pays est inconnu. Les anciennes versions araméenne et syriaque proposent *Ofir* (voir Ps 45.10
et la note) — au sujet de la *pourpre violette* et de
la *pourpre rouge* voir Ex 25.4; Mc 15.17 et les
notes.
3. Autre traduction *Mais le Seigneur est Dieu en
vérité.*
4. Le v. 11 est rédigé en araméen, langue internationale de l'époque. C'est une sorte de parenthèse destinée aux nations (v. 10).

1. Le texte sous-entend *(rendre compte)* à Dieu,
au jour du jugement final.
2. *le Lot-de-Jacob :* appellation imagée de Dieu;
comparer Nb 18.20; Dt 10.9; Ps 16.5.
3. Le sens de la fin du verset est incertain; la
traduction suit ici les anciennes versions grecque et
latine.

Mes enfants et mon cheptel[1],
ils ne sont plus !
Plus personne pour monter ma
tente,
pour redresser mon campe-
ment !
21 Les pasteurs[2] sont abrutis :
ils ne cherchent pas le Seigneur.
C'est pourquoi ils sont sans
compétence
et tout le troupeau est à l'a-
bandon.
22 On perçoit une rumeur qui approche,
un grand ébranlement venant
du pays du nord[3]
pour transformer les villes de
Juda en désolation,
en repaires de chacals.

Prière de Jérémie pour son peuple

23 Seigneur, je le sais, l'homme
n'est pas maître de son chemin,
le pèlerin ne fixe pas lui-même
sa démarche.
24 Corrige-moi[4], Seigneur, mais
avec mesure
et non avec colère, car tu me
réduirais à rien.
25 Répands ta fureur sur les nations qui te méconnaissent,
sur les peuples qui n'invoquent
pas ton *nom;
car on dévore Jacob[5],
on le dévore, on l'achève,
on ravage son domaine.

---

1. *mon cheptel* : d'après l'ancienne version grecque; le terme hébreu correspondant est peu clair.
2. Voir 2.8 et la note.
3. Voir 1.14 et la note.
4. Le prophète parle probablement ici au nom du peuple tout entier, ainsi que l'a compris l'ancienne version grecque *(Corrige-nous)* ...
5. Voir 2.4 et la note.

L'Alliance trahie

11 1 La parole qui s'adressa à
Jérémie de la part du Seigneur : 2 — Ecoutez les termes de
cette *alliance ! — Tu parleras[1]
aux hommes de Juda et aux habitants de Jérusalem 3 et tu leur
diras : « Ainsi parle le Seigneur, le
Dieu d'Israël : Malheureux
l'homme qui n'écoute pas les
termes de cette alliance 4 que j'ai
proposée à vos pères lorsque je
les ai fait sortir du pays d'Egypte,
de ce haut fourneau : Ecoutez ma
voix et mettez bien en pratique ce
que je vous propose; ainsi vous
deviendrez un peuple pour moi et
moi je deviendrai Dieu pour vous,
5 et alors je pourrai tenir l'engagement solennel que j'ai passé
avec vos pères de leur donner un
pays ruisselant de lait et de miel.
Et c'est bien le vôtre maintenant. » Et je répondis : « Oui[2], Seigneur ! »

6 Le Seigneur me dit : « Va clamer toutes ces paroles dans les
villes de Juda et dans les ruelles
de Jérusalem : Ecoutez les termes
de cette alliance et mettez-les en
pratique. 7 J'ai conjuré vos pères
depuis le jour où je les fis monter
du pays d'Egypte jusqu'à ce jour,
inlassablement je les ai conjurés,
répétant : Ecoutez ma voix !
8 Mais ils n'ont pas écouté, ils
n'ont pas tendu l'oreille; chacun a
persisté dans son entêtement exécrable. Aussi ai-je appliqué contre
eux tous les termes de cette alliance que je leur avais proposée
de mettre en pratique et qu'ils
n'ont pas mise en pratique. »

---

1. *tu parleras* : d'après les anciennes versions grecque, syriaque et araméenne, et comme au v. 3; hébreu *vous parlerez*.
2. Ou *Amen*.

9 Le Seigneur me dit : « Il s'est trouvé un complot parmi les hommes de Juda et les habitants de Jérusalem. 10 Ils sont retournés aux péchés de leurs ancêtres qui refusèrent d'écouter mes paroles; à leur tour ils courent après d'autres dieux pour leur rendre un culte. Les gens d'Israël et les gens de Juda ont ainsi rompu l'alliance que j'avais conclue avec leurs pères. 11 Eh bien ! — ainsi parle le Seigneur — je vais faire venir sur eux un malheur dont ils ne pourront se tirer. Ils m'appelleront à l'aide mais je ne les écouterai pas. 12 Les villes de Juda et les habitants de Jérusalem iront implorer l'aide des dieux auxquels ils ont brûlé des offrandes, mais ils ne pourront les sauver au temps de leur malheur.

13 Tes dieux sont devenus aussi nombreux que tes villes, ô Juda, et les autels que vous avez érigés à la Honte[1] — *autels pour brûler des offrandes à *Baal — sont aussi nombreux que tes ruelles, Jérusalem !

14 Toi, n'intercède pas pour ce peuple, ne profère en leur faveur ni plainte ni supplication; je n'écouterai pas quand ils m'appelleront au temps de[2] leur malheur. »

Le Seigneur fait abattre son olivier

15 Que vient faire en ma Maison ma bien-aimée ?
Sa manière d'agir est pleine de finesse.
Est-ce que les voeux et la viande sacrée

peuvent éloigner de toi ton malheur ?
Serait-ce ainsi que tu pourrais lui échapper[1] ?

16 « Olivier toujours vert, beau par ses fruits magnifiques »,
tel est le nom que le Seigneur t'avait donné.
Au bruit d'un grand fracas, par le feu il consume son feuillage,
et on casse ses branches.

17 C'est le Seigneur le tout-puissant, celui qui t'a plantée, qui décrète le malheur contre toi à cause du mal que les gens d'Israël et les gens de Juda ont commis; ils l'ont offensé en brûlant des offrandes à *Baal.

Jérémie menacé par sa propre famille

18 Quand le Seigneur m'a mis au courant et que j'ai compris, alors j'ai découvert[2] leurs manoeuvres. 19 Moi, j'étais comme un agneau docile, mené à la boucherie; j'ignorais que leurs sinistres propos me concernaient : « Détruisons l'arbre en pleine sève, supprimons-le du pays des vivants; que son nom ne soit plus mentionné ! »

20 Seigneur tout-puissant, toi qui gouvernes avec justice,
qui examines sentiments et pensées,
je verrai ta revanche sur eux, car c'est à toi que je remets ma cause.

---

1. Voir 3.24 et la note.
2. *au temps de :* quelques manuscrits hébreux proposent *à cause de.*

1. *la viande sacrée* ou *les *sacrifices* — Le texte hébreu de la fin du verset est obscur; on a essayé de le restituer d'après les indications de l'ancienne version grecque.
2. *j'ai découvert :* d'après l'ancienne version grecque; hébreu *tu m'as fait découvrir.*

21 Eh bien, ainsi parle le Seigneur contre les hommes d'Anatoth[1] qui en veulent à ta vie en
disant : « Ne *prophétise pas au
nom du Seigneur, sinon tu mourras de notre main ! », 22 eh bien,
ainsi parle le Seigneur le
tout-puissant : « Je vais sévir
contre eux : leurs jeunes gens
mourront par l'épée, leurs fils et
leurs filles mourront de faim.
23 Chez eux, plus aucun survivant : je vais faire venir le malheur sur les hommes d'Anatoth,
l'année où il leur faudra rendre
compte. »

12

1 Toi, Seigneur, tu es juste !
Mais je veux quand même
plaider contre toi.
Oui, je voudrais discuter avec
toi de quelques cas.
Pourquoi les démarches des
coupables réussissent-elles ?
Pourquoi les traîtres perfides
sont-ils tous à l'aise ?
2 Tu les plantes, ils s'enracinent
et vont jusqu'à porter du fruit.
Tu es près de leur bouche
et loin de leur coeur.
3 Toi, Seigneur, tu me connais,
tu me vois et tu examines mes
pensées :
elles sont avec toi.
Mets à part les méchants
comme des moutons pour la
boucherie !
Réserve-les pour le jour de l'a-
battage !
4 Jusques à quand la terre
sera-t-elle en deuil
et desséchée l'herbe de toute la
campagne ?
Toute la faune périt
à cause de la méchanceté de
ses habitants,

eux qui disent : « Il ne voit pas
nos chemins[1]. »
5 Si tu[2] cours avec des piétons et
qu'ils te fatiguent,
comment pourrais-tu entrer en
compétition avec des chevaux ?
S'il te faut un pays en paix
pour être rassuré,
que feras-tu dans la jungle du
Jourdain ?
6 Même tes frères, les membres
de ta famille, oui, eux-mêmes te
trahissent, oui, eux-mêmes convoquent dans ton dos un tas de
gens[3]. Ne te fie pas à eux quand
ils te parlent gentiment.

Dieu abandonne son pays et son peuple

7 J'abandonne ma maison,
je rejette mon héritage;
celle que je chérissais[4],
je la livre à la poigne de ses
ennemis.
8 Mon héritage est devenu pour
moi
comme un lion dans la forêt;
il donne de la voix contre moi,
aussi je ne l'aime plus.
9 Mon héritage est-il donc pour
moi un oiseau bigarré
sur qui les rapaces fondent de
partout ?
Allez rassembler toutes les
bêtes sauvages !
Amenez-les au festin !

1. *nos chemins* (ou *notre conduite*) : d'après l'ancienne version grecque; hébreu *notre avenir*.
2. Les v. 5-6 représentent la réponse du Seigneur à Jérémie.
3. *convoquent dans ton dos* (ou *cachette de toi*)
un tas de gens : le texte hébreu correspondant est
obscur et la traduction proposée incertaine. Elle
suit le sens suggéré par l'ancienne version grecque
et la majorité des anciens commentateurs juifs.
4. *ma maison* : voir Os 8.1; Za 9.8 et les notes
— *mon héritage* : l'ensemble d'Israël (comme en
10.16; Ps 28.9, etc.) — *celle que je chérissais* : soit
Israël, soit Jérusalem, assimilée à une jeune femme
(2.2; 3.1-2, etc.).

1. Voir 1.1 et la note.

10 La foule des pasteurs[1] a saccagé ma vigne,
piétiné mon champ,
fait de ce champ merveilleux
un désert désolé.

11 Ils l'ont transformé en désolation;
le voici devant moi, lamen-
table, désolé.
Le pays tout entier est désolé,
et personne ne s'en soucie.

12 Sur toutes les pistes du désert
s'avancent les dévastateurs.
Une épée à la solde du Seigneur dévore d'un bout à
l'autre de la terre :
il n'y a plus de paix pour personne.

13 On sème du froment, on récolte des ronces;
on s'épuise et on n'aboutit à
rien.
Rougissez donc de ce qui vous
en revient,
à cause de l'ardente colère du
Seigneur.

Comment le Seigneur veut édu-quer les nations

14 Ainsi parle le Seigneur :
Tous mes méchants voisins qui
portent atteinte à l'héritage[2] que
j'ai donné à mon peuple, à Israël,
je vais les déraciner de leur sol; je
déracinerai aussi les gens de Juda
du milieu d'eux. 15 Mais après que
je les aurai déracinés, je les prendrai de nouveau en pitié et je les
ramènerai chacun dans son héritage, chacun dans son pays. 16 Et
s'ils apprennent bien à se
conduire comme mon peuple,
prêtant serment par mon nom :

« Vivant est le Seigneur ! » comme
ils ont appris à mon peuple à
prêter serment par *Baal, alors ils
auront leur maison[1] au milieu de
mon peuple. 17 Mais s'ils n'écoutent pas, je déracinerai définitivement cette nation pour sa perte
— oracle du Seigneur.

Jérémie et la ceinture de lin

13 1 Voici ce que me dit le
Seigneur : « Va t'acheter
une ceinture de lin et mets-la sur
tes hanches, mais ne la passe pas
à l'eau[2]. » 2 J'achetai une ceinture,
selon la parole du Seigneur, et je
la mis sur mes hanches. 3 De nouveau la parole du Seigneur s'a-
dressa à moi : 4 « Avec la ceinture
que tu as achetée et que tu portes
sur les hanches, mets-toi en
marche vers le Perath[3], et là,
cache cette ceinture dans la fente
d'un rocher. » 5 Je m'en allai la
cacher au Perath comme le Seigneur me l'avait demandé.
6 Après bien des jours, le Seigneur me dit : « Mets-toi en
marche vers le Perath et reprends
la ceinture que je t'avais demandé
de cacher là-bas. » 7 Je m'en allai
alors au Perath pour fouiller et
reprendre la ceinture de l'endroit
où je l'avais cachée. La ceinture !
elle était tout abîmée, plus bonne
à rien. 8 Alors la parole du Seigneur s'adressa à moi : 9 « Ainsi
parle le Seigneur : C'est ainsi que

---

1. Voir la note sur 2.8.
2. *l'héritage que j'ai donné à mon peuple* : la Palestine.

1. *ils auront leur maison* : le sens de l'expression semble être double : *ils seront réinstallés* et *ils auront une descendance.*
2. C'est-à-dire *ne la lava pas* quand elle sera sale.
3. *Le Perath* : probablement le ruisseau appelé aujourd'hui *Fara,* qui coule au nord d'Anatoth, à une heure de marche environ. En hébreu le nom est le même que celui de l'Euphrate.

je vais abîmer la fierté de Juda, la belle fierté de Jérusalem : 10 ce peuple mauvais qui refuse d'écouter mes paroles et persiste dans son entêtement, qui court après d'autres dieux pour leur rendre un culte en se prosternant devant eux, qu'il devienne comme cette ceinture plus bonne à rien ! 11 De même qu'on attache une ceinture à ses hanches, ainsi je m'étais attaché tous les gens d'Israël et tous les gens de Juda — oracle du Seigneur — afin qu'ils deviennent pour moi un peuple, un renom, un titre de gloire et une parure; mais ils n'ont rien voulu entendre. »

Le vin de la colère de Dieu

12 Tu leur diras cette parole : « Ainsi parle le Seigneur, le Dieu d'Israël : Toute cruche, on la remplit de vin. » Et si l'on rétorque : « Mais nous savons bien que toute cruche, on la remplit de vin ! », 13 alors tu leur diras : « Ainsi parle le Seigneur : Tous les habitants de ce pays, les rois issus de David qui siègent sur son trône, les prêtres, les *prophètes et tous les habitants de Jérusalem, je vais les rendre complètement ivres[1] 14 et les fracasser l'un contre l'autre, pères et fils tous ensemble — oracle du Seigneur —; ni pitié, ni merci, ni compassion ne m'empêcheront de les abîmer. »

1. Jérémie fait allusion ici à un thème souvent repris ailleurs : la colère de Dieu est comparée à un vin qui enivre (voir Jr 25.15-16 et la note).

Ecouter avant qu'il ne soit trop tard

15 Ecoutez, soyez tout oreilles, ne le prenez pas de haut :
c'est le Seigneur qui parle.
16 Rendez gloire au Seigneur votre Dieu,
avant qu'il n'envoie les ténèbres,
avant que vos pieds ne trébuchent
dans les monts envahis par la nuit.
Vous attendez la lumière,
mais il la transforme en ombre mortelle,
il en fait un nuage noir.
17 Si vous n'écoutez pas, je vais me désoler dans mon coin
à cause d'une telle suffisance;
mes yeux vont pleurer, pleurer, fondre en pleurs :
le troupeau du Seigneur part en captivité !

Le peuple infidèle déshonoré et dispersé

18 Dis au roi et à la reine-mère :
« À terre, maintenant !
Elle est descendue de votre tête[1],
votre superbe couronne !
19 Les villes du Néguev[2] sont fermées,
plus personne ne vient ouvrir.
Tout Juda est déporté,
c'est la déportation complète. »
20 Lève les yeux et regarde :
ils arrivent du nord[3] :

1. *le roi et la reine-mère* : sans doute le roi Yoyakîn (qui ne régna que de la mi-décembre 598 à la mi-mars 597 av. J. C.) et sa mère — *de votre tête* : d'après les versions anciennes; texte hébreu peu clair.
2. *le Néguev* : voir la note sur Es 21.1.
3. Les v. 20-27 s'adressent à Jérusalem personnifiée (voir v. 27) — *le nord* : voir 1.14 et la note.

Où est-il le troupeau à toi
confié,
où sont-ils tes superbes moutons ?

21 Qu'auras-tu à redire quand sé-
viront contre toi
ceux que tu as habitués pour
ton malheur
à une familiarité qui te sera
fatale[1] ?
Oui, des douleurs vont te saisir
comme elles saisissent une
femme en couches.

22 Tu en viens à te demander :
« Pourquoi cela m'arrive-t-il ? »
C'est à cause de ta grande perversion
qu'on retrousse ta jupe
et qu'on te fait violence.

23 Un Noir peut-il changer de
peau,
une panthère de pelage ?
Et vous, les habitués du mal,
pourriez-vous faire le bien ?

24 Je vais les[2] disséminer comme
brins de paille
au vent du désert.

25 Voici ton lot, la part que je te
mesure
— oracle du Seigneur —
à toi qui m'oublies
pour te bercer d'illusions.

26 Eh bien moi, je vais retirer ta
jupe par-dessus ta figure
et on verra ton sexe.

27 Tes adultères ! Tes hennissements !
Ta prostitution éhontée !
Sur les collines, dans les
champs,
je vois tes ordures !

Hélas ! Jérusalem, tu ne veux
pas te *purifier
en me suivant[1] ...
combien de temps encore ?

Prière de Jérémie lors d'une sé-
cheresse

14 [1] *Où la parole du Seigneur
s'adresse à Jérémie au sujet
de la sécheresse*[2]

2 Juda est en deuil,
ses bourgs dépérissent,
ils sont lugubres, atterrés
et elle s'élève, la clameur de
Jérusalem.

3 Les notables envoient le petit
peuple à la corvée d'eau :
arrivé aux mares, on ne trouve
plus d'eau ;
on s'en retourne, les récipients
vides,
embarrassé, penaud, décon-
tenancé[3].

4 À cause du sol craquelé
faute de pluie,
les paysans sont embarrassés,
décontenancés ;

5 et, dans la nature, la biche met
bas et s'en va,
car il n'y a plus de verdure.

6 Les onagres s'arrêtent sur les
crêtes,
ils flairent le vent comme des
chacals ;
leurs yeux se fatiguent en
quête d'une herbe
qui n'est plus.

7 Si nos péchés témoignent
contre nous,

---

1. Autre traduction *pour ton malheur tu les as
habitués à être des amis qui prendront le pouvoir.*
2. Le prophète parle encore à la population de
Jérusalem. Il utilise indifféremment la deuxième
personne du singulier (v. 20), la deuxième du pluriel (v. 23b) et la troisième du pluriel (v. 24).

1. *adultères, prostitution :* voir Os 1.2 ; 2.4 et les
notes — *ordures :* voir 4.1 et la note — *en me
suivant :* d'après les anciennes versions grecque et
latine ; texte hébreu traditionnel obscur.
2. Le v. 1 constitue un titre pour le passage
14.1-15.4.
3. L'hébreu exprime cette idée par l'image *on se
voile la tête.*

agis, Seigneur, pour l'honneur
de ton *nom !
Oui, nous ne cessons de te re-
nier,
envers toi, nous sommes fautifs.

8 Espoir d'Israël,
toi qui sauves au temps de
l'angoisse,
pourquoi te comporter comme
un étranger au pays,
comme un voyageur qui fait
un crochet
pour y passer la nuit ?

9 Pourquoi te comporter comme
un homme ébranlé,
comme un héros qui ne peut
plus sauver ?
Pourtant, Seigneur, tu es au
milieu de nous,
ton nom a été proclamé sur
nous :
ne nous lâche pas !

Dieu refuse d'exaucer la prière de Jérémie

10 Ainsi parle le Seigneur à ce
peuple : « Oui, ils aiment vaga-
bonder, ils ne contrôlent pas leurs
démarches. » Parce qu'ils ne plai-
sent pas au Seigneur, maintenant
il rappelle leur perversion, il pu-
nit leurs fautes.

11 Le Seigneur me dit : « N'intercède pas en faveur de ce
peuple, ne souhaite pas son bonheur ! 12 S'ils *jeûnent, je n'écoute
pas leur plainte. S'ils me présentent holocaustes[1] et offrandes,
cela ne me plaît pas. C'est par
l'épée, la famine et la peste que je
vais les exterminer. » 13 Je dis :
« Ah ! Seigneur Dieu, mais les
*prophètes leur disent : Vous ne
verrez pas l'épée, et la famine ne

vous surprendra pas; je vous donnerai en ce lieu une prospérité
assurée. » 14 Le Seigneur me répondit : « C'est faux ce que les
prophètes prophétisent en mon
nom; je ne les ai pas envoyés, je
ne leur ai rien demandé, je ne leur
ai pas parlé. Fausses visions, vati-
cinations, mirages, trouvailles
fantaisistes, tel est leur message
prophétique ! » 15 C'est pourquoi,
ainsi parle le Seigneur : « Pour ce
qui est des prophètes qui prophétisent en mon nom alors que je ne
les ai pas envoyés : bien qu'ils
prétendent que l'épée et la famine
ne surprendront pas ce pays, c'est
en fait par l'épée et la famine que
ces prophètes disparaîtront. 16 Et
les gens à qui ils prophétisent
joncheront les ruelles de Jérusalem à cause de la famine et de
l'épée : ils n'auront personne pour
les ensevelir, eux, leurs femmes,
leurs fils, leurs filles. Ainsi je re-
verserai sur eux leur méchanceté. »

Jérémie confesse les fautes de son peuple

17 Tu leur diras cette parole :
Mes yeux fondent en larmes,
nuit et jour, sans trêve :
un grand désastre a brisé la
vierge, mon peuple,
un coup meurtrier.

18 Si je vais aux champs,
voilà les victimes de l'épée;
si je rentre dans la ville,
voilà ceux que torture la faim.
*Prophètes et prêtres parcou-
rent le pays
sans plus rien comprendre.

19 As-tu réprouvé Juda,
es-tu dégoûté de *Sion ?
Pourquoi nous frapper

---

1. Voir au glossaire SACRIFICES.

d'un mal incurable ?
Nous attendions la santé,
mais rien de bon,
le moment où nous serions
guéris,
mais c'est la peur qui vient !

20 SEIGNEUR, nous sommes
conscients de notre culpabilité,
et de la perversion de nos
pères[1] :
oui, nous sommes fautifs envers toi.

21 Pour l'honneur de ton *nom,
ne sois pas méprisant,
n'avilis pas le trône de ta
gloire[2] !
Évoque ton *alliance avec
nous,
ne la renie pas !

22 Parmi les absurdités[3] des nations,
y en a-t-il qui fassent pleuvoir ?
Serait-ce le ciel qui donne les
averses ?
N'est-ce pas toi qui es le SEI-
GNEUR notre Dieu ?
Nous t'attendons,
car c'est toi qui fais tout cela.

Jugement définitif du peuple de Dieu

15 1 Le SEIGNEUR me dit :
Même si Moïse et Samuel
se tenaient devant moi, je resterais insensible à l'égard de ces
gens. Renvoie-les de devant moi;
qu'ils s'en aillent ! 2 Et s'ils te demandent : « Où devons-nous aller ? », tu leur répondras : Ainsi
parle le SEIGNEUR :

À la mort, qui est pour la
mort !
À l'épée, qui est pour l'épée !
À la famine, qui est pour la
famine !
À la déportation, qui est pour
la déportation !

3 Je dépêche contre eux quatre
commandos — oracle du SEI-
GNEUR — : l'épée pour tuer, les
chiens pour traîner, les oiseaux
du ciel et les bêtes de la terre
pour dévorer et liquider. 4 Je ferai
d'eux un exemple terrifiant pour
tous les royaumes de la terre — à
cause de Manassé, fils d'Ezékias,
roi de Juda, étant donné tout ce
qu'il a fait dans Jérusalem.

Il n'y aura plus de sursis

5 Qui donc a pitié de toi, Jérusalem,
qui a pour toi un geste de sym-
pathie,
qui donc se dérange
pour prendre de tes nouvelles ?

6 C'est toi qui m'as délaissé
— oracle du SEIGNEUR — :
tu m'as tourné le dos.
J'ai dirigé la main contre toi
pour te détruire :
j'en ai assez d'accorder un sursis.

7 Dans les bourgs du pays,
j'ai pris un van[1] pour les disperser.
J'ai ruiné mon peuple en le
privant d'enfants,
mais ils n'ont pas changé de
conduite.

8 J'ai rendu ses veuves plus nombreuses

---

1. *nos pères* ou *les générations qui nous ont précédés.*
2. *le trône de ta gloire* ou *ton trône glorieux,* c'est-à-dire l'*arche de l'alliance, et par extension le Temple qui l'abrite, et même l'ensemble de la ville de Jérusalem (cf. 3.17).
3. Voir 10.8 et la note.

1. Sorte de pelle avec laquelle on jetait en l'air le grain mêlé à la bale (voir Ps 1.4 et la note). Le grain retombait sur place tandis que le vent emportait la bale.

que les grains de sable sur les
plages.
En plein midi, j'ai fait venir le
dévastateur
sur la mère du jeune guerrier;
à l'improviste, j'ai fait tomber
sur elle
une épouvantable confusion.

9 Celle qui a eu sept fils dépérit,
sa respiration est haletante;
son soleil s'en est allé au beau
milieu du jour;
couverte de honte, elle rougit.
Ce qui en reste, je vais le livrer
à l'épée
sous l'assaut de leurs ennemis
— oracle du Seigneur.

Jérémie se plaint, Dieu l'affermit

10 Quel malheur, ma mère, que tu
m'aies enfanté,
moi qui suis, pour tout le pays,
l'homme contesté et contredit.
Je n'ai ni prêté ni emprunté
et tous me maudissent.

11 Le Seigneur dit : Je le jure, ce
qui reste de toi
est pour le bonheur[1];
je le jure, je ferai que l'ennemi
te sollicite
au moment du malheur et de
l'angoisse.

12 Peut-on briser le fer,
le fer qui vient du nord[2]
et le bronze ?

13 Tes richesses, tes trésors,
je les livre au pillage.
Tel est le salaire de toutes tes
fautes
sur l'ensemble de ton territoire.

14 Je t'asservis à tes ennemis[1]
dans un pays que tu ne
connais pas.
Le feu de ma colère jaillit,
il brûle contre vous.

15 Toi, tu sais !
Seigneur, fais mention de moi,
prends soin de moi,
venge-moi de mes persécuteurs.
Que je ne sois pas victime de
ta patience !
C'est à cause de toi, sache-le,
que je supporte l'insulte.

16 Dès que je trouvais tes paroles,
je les dévorais.
Ta parole m'a réjoui,
m'a rendu profondément heureux.
Ton *nom a été proclamé sur
moi,
Seigneur, Dieu des puissances.

17 Je ne vais pas chercher ma joie
en fréquentant ceux qui s'amusent.
Contraint par ta main je reste
à l'écart,
car tu m'as rempli d'indignation.

18 Pourquoi ma douleur est-elle
devenue permanente,
ma blessure incurable, rebelle
aux soins ?
Vraiment tu es devenu pour
moi
comme une source trompeuse
au débit capricieux.

19 Eh bien, ainsi parle le Seigneur :
Si tu reviens, moi te faisant
revenir,
tu te tiendras devant moi.

---

1. *ce qui reste de toi est pour le bonheur :* autre
traduction *je te rends libre pour le bien.* L'ensemble du verset est obscur en hébreu et la traduction mal assurée.
2. Voir 1.14 et la note.

1. *Je t'asservis à tes ennemis :* d'après certains
manuscrits hébreux ainsi que les anciennes versions grecque et syriaque, et comme en 17.4; autres manuscrits hébreux *je ferai passer tes ennemis.*

Si, au lieu de paroles légères,
tu en prononces de valables,
ta bouche sera la mienne.
Ils reviendront vers toi;
et toi, tu n'auras pas
à revenir vers eux.

20 Face à ces gens, je fais de toi
un mur de bronze inébranlable.
Ils te combattront,
mais ils ne pourront rien
contre toi :
je suis avec toi
pour te sauver et te libérer
— oracle du SEIGNEUR.

21 Je te libère de la main des
méchants,
je te délivre de la poigne des
violents.

Le célibat et la solitude de Jérémie

16 1 La parole du SEIGNEUR s'adressa à moi : 2 Tu ne prendras pas femme, tu n'auras ici ni fils ni fille. 3 En effet, ainsi parle le SEIGNEUR au sujet des fils et des filles qui naissent ici, au sujet des mères qui leur donnent le jour, au sujet des pères qui les engendrent dans ce pays : 4 Ils mourront torturés par la faim, ils n'auront ni funérailles ni sépulture; ils deviendront du fumier sur le sol[1]. Ils périront par l'épée et par la famine : leurs cadavres deviendront la pâture des oiseaux du ciel et des bêtes de la terre. 5 Oui, ainsi parle le SEIGNEUR : N'entre pas dans la maison où l'on se réunit pour un deuil, ne va pas aux funérailles et n'aie pour ces gens aucun geste de sympa-

thie, car je reprends à ce peuple la prospérité donnée — oracle du SEIGNEUR — ainsi que la fidélité et la miséricorde. 6 Dans ce pays, les grands comme les petits mourront; ils ne seront pas ensevelis; pour eux on n'entonnera pas l'élégie, on ne fera ni incisions ni tonsure[1]. 7 On ne rompra pas le pain à qui est dans le deuil pour le réconforter après un décès; on ne lui[2] offrira la coupe du réconfort ni pour son père ni pour sa mère.

8 Tu n'entreras pas non plus dans une maison où l'on festoie pour t'attabler avec eux, pour manger et boire. 9 En effet ainsi parle le SEIGNEUR le tout-puissant, le Dieu d'Israël : Je vais faire cesser en ce lieu, de vos jours et sous vos yeux, cris d'allégresse et joyeux propos, chant de l'époux et jubilation de la mariée.

10 Lorsque tu auras communiqué à ces gens toutes ces paroles, s'ils te disent : « Pourquoi le SEIGNEUR a-t-il décrété contre nous un si grand malheur, quel est notre crime, quelle faute avons-nous commise envers le SEIGNEUR notre Dieu ? », 11 alors tu leur diras : « C'est parce que vos pères[3] m'ont abandonné — oracle du SEIGNEUR — pour courir après d'autres dieux, pour leur rendre un culte en se prosternant devant eux; moi, ils m'ont abandonné, et mon enseignement, ils ne l'ont pas retenu. 12 Quant à vous, vous agissez encore plus mal que vos pères : chacun de

---

1. *par la faim :* cette précision manque dans l'hébreu; la traduction s'inspire ici des anciens commentateurs juifs, qui interprètent 16.4 d'après 14.18 — *ni funérailles ni sépulture :* voir la note sur 8.2.

1. *incisions, tonsure :* marques de deuil; voir au glossaire DÉCHIRER SES VÊTEMENTS.
2. D'après l'ancienne version grecque; hébreu *leur.*
3. *vos pères* ou *les générations qui vous ont précédés.*

vous persiste dans son entêtement exécrable, sans m'écouter. 13 Je vous lance de cette terre, sur une autre, inconnue de vous et de vos pères; là, jour et nuit, vous rendrez un culte à d'autres dieux et vous ne pourrez plus compter sur ma sollicitude. »

Le grand retour
(*cf. Jr 23.7-8*)

14 Eh bien ! des jours viennent — oracle du SEIGNEUR — où il ne sera plus dit : « Vivant est le SEIGNEUR qui a fait monter les Israélites du pays d'Egypte ! », 15 mais plutôt : « Vivant est le SEIGNEUR qui a fait monter les Israélites du pays du nord[1] et de tous les pays où il les avait dispersés ! » Oui, je les ramènerai sur le sol que j'ai donné à leurs pères.

Les coupables seront tous pris

16 Je vais envoyer quantité de pêcheurs — oracle du SEIGNEUR — qui les pêcheront; et puis j'enverrai quantité de chasseurs qui les chasseront sur toute montagne, sur toute colline et jusque dans les creux des rochers. 17 Mon regard est braqué sur toutes leurs démarches, rien ne m'échappe. Leur perversion ne peut se dérober à mon regard. 18 Je commence par leur faire payer leur double crime[1] et leur faute parce qu'ils ont profané mon pays par la charogne de

leurs ordures et rempli mon héritage de leurs horreurs[1].

Le seul vrai Dieu enfin reconnu par tous

19 SEIGNEUR, ma force et mon abri,
   mon refuge au jour de l'angoisse,
   c'est vers toi que viendront les nations
   des confins de la terre en disant :
   Ce que nos pères ont reçu en partage
   n'est que fausseté,
   des absurdités toutes bonnes à rien[2].
20 Les hommes pourraient-ils se faire des dieux,
   eux qui ne sont pas des dieux[3] ?
21 Eh bien, je vais leur donner la connaissance,
   cette fois-ci je leur ferai connaître
   la vaillance de ma main
   et ils connaîtront que mon nom est « le SEIGNEUR ».

La faute ineffaçable du peuple de Juda

17 1 La faute de Juda est écrite avec un burin de fer, à la pointe de diamant;

---

1. *leur double crime* : la traduction suit ici l'interprétation des anciennes versions grecque et latine, en s'inspirant de 2.13; autre traduction (suivant l'ancienne version araméenne) *leur faire payer au double* — *horreurs* : désignation méprisante des idoles.
2. *nos pères* voir 16:11 et la note — *absurdités* : voir 10.8 et la note.
3. La traduction suit ici une partie de l'ancienne tradition juive; les anciennes versions ont compris *mais ces dieux ne sont pas des dieux*.

---

1. Voir 3.12 et la note.

elle est gravée sur la table de
leur coeur
et sur les cornes[1] de leurs *autels.

2 Comme ils parlent de leurs
enfants, ainsi parlent-ils de leurs
autels et de leurs poteaux sacrés
près des arbres toujours verts, sur
les collines élevées[2].

3 Toi, le dévot des cultes sur la
montagne, dans la nature,
tes richesses, tous tes trésors,
je les livre au pillage,
à cause de la faute des *hauts
lieux[3]
sur l'ensemble de ton territoire.

4 Tu feras la grande « remise »,
seul, éloigné de l'héritage[4]
que je t'ai donné.
Je t'asservis à tes ennemis
dans un pays que tu ne
connais pas,
car, vous avez fait jaillir le feu
de ma colère;
il brûle à jamais.

La fausse et la vraie sécurité

5 Ainsi parle le Seigneur :

Maudit l'homme qui compte
sur des mortels :
sa force vive n'est que chair[1],
son *coeur se détourne du Seigneur.

6 Pareil à un arbuste dans la
steppe,
il ne voit pas venir le bonheur;
il hante les champs de lave du
désert,
une terre salée, inhabitable.

7 Béni, l'homme qui compte sur
le Seigneur :
le Seigneur devient son assurance.

8 Pareil à un arbre planté au
bord de l'eau
qui pousse ses racines vers le
ruisseau,
il ne sent pas venir la chaleur,
son feuillage est toujours vert;
une année de sécheresse ne
l'inquiète pas,
il ne cesse de fructifier.

9 Fourbes plus que tout sont les
pensées, incorrigibles,
qui peut les connaître ?

10 Moi, le Seigneur, qui scrute les
pensées,
examine les sentiments,
et rétribue chacun d'après sa
conduite,
d'après le fruit de ses actes.

11 Une perdrix qui couve ce
qu'elle n'a pas pondu,
tel est celui qui fait fortune
malhonnêtement :
au beau milieu de ses jours, sa
fortune l'abandonne,
et sur son déclin, il devient une
vraie brute.

---

1. Voir Ex 27.2 et la note.
2. *poteaux sacrés :* voir 1 R 14.15 et la note
— *arbres verts, collines élevées :* voir les notes sur
Es 1.29; 65.7.
3. *à cause de la faute des hauts lieux :* expression condensée équivalant à *à cause de la faute
que tu as commise en pratiquant l'idolâtrie sur les
hauts lieux.* La traduction suit ici l'ancienne version araméenne et une partie de l'ancienne tradition juive. Texte hébreu *ainsi que tes hauts lieux, à
cause d'une faute qui s'étend à tout ton territoire.*
4. *la grande « remise » :* allusion, sans doute ironique, à la pratique recommandée en Dt 15.1-3;
peut-être le Seigneur annonce-t-il sous cette forme
que son peuple sera entièrement dépossédé (voir
Lv 26.34-35) — *seul, éloigné de l'héritage :* texte
hébreu obscur; la traduction suit ici l'interprétation des anciens commentateurs juifs, ainsi que
quelques versions anciennes. Certains conjecturent
tu renonceras à tes droits sur l'héritage (voir Dt
15.2) — *l'héritage* voir 12.14 et la note.

1. *n'est que chair :* c'est-à-dire *n'est qu'une force
humaine.*

Jérémie demande à Dieu de le soutenir

12 Un trône glorieux là-haut dès
   le commencement,
      tel est le lieu de notre *sanc-
      tuaire.
13 Espoir d'Israël, Seigneur,
   tous ceux qui t'abandonnent
   sont couverts de honte
      — ceux qui s'écartent de moi
      sont condamnés —,
   car ils abandonnent la source
   d'eau vive : le Seigneur.

14 Guéris-moi, Seigneur, et je serai guéri,
      sauve-moi et je serai sauvé,
   car c'est toi, mon titre de
   gloire.
15 On me dit : « Où est donc la
   parole du Seigneur ?
      Qu'elle se réalise ! »

16 Moi, je n'ai pas abondé dans
   ton sens
   en hâtant le malheur[1],
      le jour fatal, je ne l'ai pas sou-
      haité,
   toi, tu le sais :
      ce qui est sorti de ma bouche
      a été exprimé en ta présence.
17 Ne te fais pas accablant pour
   moi,
      toi, mon refuge au jour du
      malheur !

18 Qu'ils soient couverts de honte,
   mes persécuteurs,
      et non pas moi;
   qu'ils soient accablés, eux,
      et non pas moi !
   Fais venir sur eux le jour du
   malheur,
      brise-les à coups redoublés !

Appel à respecter le repos du sabbat

19 Ainsi parle le Seigneur : Va
te poster à la grande porte par
laquelle entrent et sortent les rois
de Juda, puis à toutes les portes
de Jérusalem. 20 Tu leur diras :
Ecoutez la parole du Seigneur,
rois de Juda, hommes de Juda,
habitants de Jérusalem, vous tous
qui passez par ces portes. 21 Ainsi
parle le Seigneur : Gardez-vous
bien de porter des fardeaux le
jour du *sabbat et de les faire
passer par les portes de Jérusalem. 22 Vous ne transporterez pas
non plus de fardeaux hors de vos
maisons le jour du sabbat, vous
n'accomplirez aucune besogne,
mais vous tiendrez pour sacré le
jour du sabbat comme je l'ai prescrit à vos pères[1]. 23 — eux n'ont
pas écouté, n'ont pas tendu l'o-
reille; ils ont raidi leur nuque[2] ne
voulant ni écouter ni recevoir la
leçon —. 24 Si vous, vous m'écoutez bien — oracle du Seigneur —,
si, le jour du sabbat, vous évitez
de faire passer des fardeaux par
les portes de cette ville, tenant
pour sacré le jour du sabbat, évitant de faire en ce jour une besogne quelconque, 25 alors entreront par les portes de cette ville
— avec leurs ministres — des rois
occupant le trône de David, montés sur des chars et des chevaux,
eux, leurs ministres, les hommes
de Juda, les habitants de Jérusalem; et cette ville restera habitée
à jamais. 26 Alors viendront des
villes de Juda, des alentours de
Jérusalem, du pays de Benjamin,
du *Bas-Pays, de la Montagne, du

---

1. *en hâtant le malheur* : traduction conjecturale
s'inspirant de 18.20; texte hébreu peu clair.

1. Ou *à vos ancêtres*.
2. Voir 7.26 et la note.

Néguev[1], ceux qui apportent holocaustes, *sacrifices, offrandes et *encens, avec ceux qui apportent des sacrifices de louange dans la Maison du Seigneur. 27 Si vous ne m'écoutez pas au sujet de la consécration du jour du sabbat — éviter de porter des fardeaux et de franchir les portes de Jérusalem le jour du sabbat —, alors j'allumerai à ses portes un feu qui dévorera les belles maisons de Jérusalem et ne s'éteindra pas.

Jérémie chez le potier

18 [1] La parole qui s'adressa à Jérémie de la part du Seigneur : 2 « Descends tout de suite chez le potier; c'est là que je te ferai entendre mes paroles. » 3 Je descendis chez le potier; il était en train de travailler au tour. 4 Quand, par un geste malheureux, le potier ratait l'objet qu'il confectionnait avec de l'argile, il en refaisait un autre selon la technique d'un bon potier.

5 Alors la parole du Seigneur s'adressa à moi : 6 Ne puis-je pas agir avec vous, gens d'Israël, à la manière de ce potier — oracle du Seigneur ? Vous êtes dans ma main, gens d'Israël, comme l'argile dans la main du potier. 7 Tantôt je décrète de déraciner, de renverser et de ruiner une nation ou un royaume. 8 Mais si cette nation se convertit du mal qui avait provoqué mon décret, je renonce au mal que je pensais lui faire. 9 Tantôt je décrète de bâtir et de planter une nation ou un royaume. 10 Mais si, au lieu d'écouter ma voix, ils se mettent à faire le mal que je réprouve, je renonce au bien que j'avais décidé de leur faire. 11 Maintenant tu vas dire aux hommes de Juda et aux habitants de Jérusalem : Ainsi parle le Seigneur : Pour vous, je suis en train de donner forme au malheur; contre vous, je mets au point mes projets. Convertissez-vous chacun de votre mauvaise conduite, oui, améliorez votre conduite, votre manière d'agir ! 12 Mais ils diront : « Rien à faire ! Nous poursuivrons nos projets et chacun de nous persistera dans son entêtement exécrable. »

Israël a oublié son Seigneur

13 Eh bien, ainsi parle le Seigneur :
Faites une enquête parmi les nations :
avez-vous jamais entendu rien de semblable ?
La vierge Israël a vraiment fait une chose monstrueuse.
14 Abandonne-t-on ce qui vient des neiges du Liban
et jaillit des rochers dans la campagne ?
Peut-on rejeter les eaux qui viennent de loin
et s'écoulent toutes fraîches[1] ?
15 Mon peuple, lui, m'a oublié
pour brûler des offrandes
à ceux qui ne sont rien[2],
qui le font trébucher sur ses routes,
sur les chemins traditionnels,
et il prend des sentiers,
des routes non frayées.

---

1. *la Montagne* : partie centrale de la Judée — *le Néguev* : voir Es 21.1 et la note.

1. Le texte hébreu correspondant est obscur; la traduction s'inspire des anciens commentaires juifs.

2. *ceux qui ne sont rien* : les faux dieux (voir la note sur 2.5).

16 Aussi transforme-t-il son pays
en une étendue désolée
qui toujours arrachera des cris
d'effroi[1].
Tous ceux qui passent par là
sont stupéfaits
et hochent la tête.
17 Semblable au vent d'est, je les
disperse
en face de l'ennemi;
au jour de leur défaite,
je leur montre ma nuque et
non ma face.

Complot contre Jérémie, prière du prophète

18 Ils disent : « Allons mettre au
point nos projets contre Jérémie;
on trouvera toujours des directives divines chez les prêtres, des
conseils chez les sages, la parole
chez les *prophètes. Allons donc
le démolir en le diffamant, ne
prêtons aucune attention à ses
paroles. »
19 Prête-moi, SEIGNEUR, toute ton
attention;
écoute ce que disent mes accu-
sateurs.
20 Rend-on le mal pour le bien ?
Eux, ils m'entourent de pièges
fatals.
Rappelle-toi comme je me suis
tenu devant toi
pour parler en leur faveur
et détourner d'eux ta fureur.
21 Eh bien ! livre leurs enfants à
la famine,
précipite-les sur le tranchant
de l'épée.
Que leurs femmes perdent
leurs enfants et leurs maris,

que les hommes soient tués par
la Mort
et les jeunes gens frappés par
l'épée au combat.
22 Qu'on entende chez eux des
cris de détresse
quand soudain tu feras venir la
razzia,
car ils m'entourent de pièges
pour m'attraper,
ils dissimulent des filets sous
mes pas.
23 Toi, SEIGNEUR, tu connais bien
leurs desseins funestes envers
moi.
Ne les absous pas de leur
crime,
ne laisse pas s'effacer devant
toi leur faute.
Qu'ils soient terrassés en ta
présence;
au temps de ta colère, agis
contre eux.

La cruche brisée

19 1 Ainsi parle le SEIGNEUR :
Va t'acheter une gargou-
lette[1] et fais choix de quelques
*anciens parmi le peuple et parmi
les prêtres. 2 Puis sors du côté de
la vallée de Ben-Hinnôm[2], à l'entrée de la porte des Tessons pour
y clamer les paroles que je vais te
dicter. 3 Tu diras : Écoutez la parole du SEIGNEUR, rois de Juda et
habitants de Jérusalem. Ainsi
parle le SEIGNEUR le tout-puissant,
le Dieu d'Israël : Je vais faire venir sur ce lieu un malheur tel que
quiconque l'apprendra en sera
abasourdi. 4 Vu qu'ils m'abandonnent, qu'ils aliènent ce lieu en y
brûlant des offrandes à d'autres

---

1. Les Hébreux exprimaient ce sentiment de stu-
péfaction horrifiée par un sifflement et des hochements de tête; voir Lm 2.15 et la note.

1. *une gargoulette* ou *une cruche à eau.*
2. *La vallée de Ben-Hinnôm :* voir la note sur
2.23.

dieux qui ne se sont occupés ni d'eux, ni de leurs pères[1], ni des rois de Juda, qu'ils remplissent ce lieu du sang d'enfants innocents, 5 qu'ils érigent le tumulus[2] de *Baal pour que leurs enfants y soient consumés par le feu en holocauste à Baal — cela je ne l'ai pas prescrit, je n'en ai pas parlé, je n'en ai jamais eu l'idée — : 6 Eh bien, des jours viennent — oracle du Seigneur — où l'on n'appellera plus ce lieu « le Tafeth[3] » ni « vallée de Ben-Hinnôm », mais « vallée de la Tuerie. » 7 En ce lieu, je rendrai vaine la politique de Juda et de Jérusalem, je les abattrai par l'épée devant leurs ennemis, en me servant de ceux qui en veulent à leur vie, et je donnerai cette grande hécatombe en pâture aux oiseaux du ciel et aux bêtes de la terre. 8 Je transformerai cette ville en un lieu désolé qui arrache des cris d'effroi[4]; qui passera près d'elle en sera stupéfait : à la vue de tels dégâts, il poussera un cri d'effroi. 9 Je leur ferai manger la chair de leurs fils et la chair de leurs filles[5]; ils s'entredévoreront, dans la détresse et l'angoisse que feront peser sur eux leurs ennemis, eux qui en veulent à leur vie.

10 Tu briseras la gargoulette sous les yeux des hommes qui t'accompagnent 11 et tu leur diras : Ainsi parle le Seigneur le tout-puissant : Je brise ce peuple et cette ville comme on brise l'oeuvre du potier qui ne peut plus ensuite être réparée. Faute de place pour ensevelir, on ensevelira même à Tafeth. 12 C'est ce que je fais à ce lieu — oracle du Seigneur — et à ses habitants, rendant cette ville semblable à Tafeth. 13 Les maisons *impures de Jérusalem et des rois de Juda deviennent comme le lieu du Tafeth; oui, toutes ces maisons où, sur la terrasse, on brûle des offrandes à toute l'armée du ciel[1] et on répand des libations à d'autres dieux.

14 Jérémie revint du Tafeth où le Seigneur l'avait envoyé *prophétiser et il se tint dans le *parvis de la Maison du Seigneur. Alors il dit à tout le peuple : 15 Ainsi parle le Seigneur le tout-puissant, le Dieu d'Israël : Je vais faire venir sur cette ville — et toutes celles qui en dépendent — tous les malheurs que j'ai décrétés contre elle, car ils ont raidi la nuque[2], ne voulant pas écouter mes paroles.

Jérémie attaché au pilori

20 1 Le prêtre Pashehour fils de Immer, recteur de la Maison du Seigneur, entendit Jérémie *prophétisant tout cela. 2 Alors Pashehour s'en prit au prophète Jérémie et le fit attacher au pilori de la porte supérieure de Benjamin, celle de la Maison du Seigneur. 3 Le lendemain, comme Pashehour venait le détacher du pilori, Jérémie lui dit : « Le Seigneur ne t'appelle plus Pashehour, mais Epouvante-partout. 4 En effet ainsi

1. *offrandes :* voir au glossaire SACRIFICES — *leurs pères* ou *les générations qui les ont précédés.*
2. Voir 7.31 et la note.
3. *le Tafeth :* voir 7.31 et la note.
4. *cris d'effroi :* voir 18.16 et la note.
5. A cause de la famine qui régnera dans la ville assiégée.

1. *libations :* voir au glossaire SACRIFICES — *l'armée du ciel :* voir 8.2, et la note sur 2 R 17.16.
2. Voir 7.26 et la note.

parle le SEIGNEUR : Désormais je vais faire de toi un épouvantail et pour toi-même et pour tes amis. Eux, ils tomberont sous l'épée de leurs ennemis et tu en seras témoin. Je livre les hommes de Juda au pouvoir du roi de Babylone ; il les déportera à Babylone, il les frappera par l'épée. 5 Toutes les réserves de cette ville, tout le fruit de son labeur, tout ce qu'elle a de précieux, tous les trésors des rois de Juda, je les livre à leurs ennemis ; ils les pilleront, ils les ramasseront, ils les emporteront à Babylone. 6 Et toi, Pashehour, avec tous ceux qui demeurent chez toi, tu iras en captivité ; tu arriveras à Babylone, c'est là que tu mourras, c'est là que tu seras enseveli, oui, toi avec tous tes amis à qui tu as prophétisé au nom de la Fausseté[1]. »

Jérémie avoue à Dieu qu'il n'en peut plus

7 SEIGNEUR, tu as abusé de ma naïveté,
oui, j'ai été bien naïf ;
avec moi tu as eu recours à la force
et tu es arrivé à tes fins.
À longueur de journée, on me tourne en ridicule,
tous se moquent de moi.
8 Chaque fois que j'ai à dire la parole,
je dois appeler au secours
et clamer : « Violence, répression ! »
À cause de la parole du SEIGNEUR,
je suis en butte à longueur de journée
aux outrages et aux sarcasmes.

9 Quand je dis : « Je n'en ferai plus mention,
je ne dirai plus la parole en son nom »,
alors elle devient au-dedans de moi
comme un feu dévorant,
prisonnier de mon corps ;
je m'épuise à le contenir,
mais je n'y arrive pas.
10 J'entends les propos menaçants de la foule
— c'est partout l'épouvante :
« Dénoncez-le ! » — « Oui, nous le dénoncerons ! »
Tous mes intimes guettent mes défaillances :
« Peut-être se laissera-t-il tromper dans sa naïveté
et nous arriverons à nos fins, nous prendrons notre revanche. »

Le prophète s'en remet à Dieu

11 Mais le SEIGNEUR est avec moi comme un guerrier redoutable ;
mes persécuteurs trébucheront et n'arriveront pas à leurs fins.
Ils seront couverts de honte
— ils ne réussiront pas.
Déshonneur à jamais !
On ne l'oubliera pas.
12 SEIGNEUR tout-puissant, toi qui examines le juste,
qui vois sentiments et pensées,
je verrai ta revanche sur eux,
car c'est à toi que je remets ma cause.
13 Chantez au SEIGNEUR !
Louez le SEIGNEUR !
Il arrache la vie des pauvres au pouvoir des malfaiteurs.

1. Voir 5.31 et la note.

Jérémie regrette d'être né

14 Maudit, le jour
  où je fus enfanté !
  Le jour où ma mère m'enfanta,
  qu'il ne devienne pas béni !

15 Maudit l'homme qui annonça
  à mon père :
  « Un fils t'est né ! »
  — Et il le combla de joie ! —

16 Que cet homme devienne pareil aux villes
  que, de façon irrévocable,
  le Seigneur a renversées !
  Qu'il entende au matin des appels au secours
  et à midi des cris de guerre !

17 Et Lui, que ne m'a-t-il fait
  mourir dès le sein ?
  Ma mère serait devenue ma
  tombe,
  sa grossesse n'arrivant jamais à
  terme.

18 Pourquoi donc suis-je sorti du
  sein,
  pour connaître peine et affliction,
  pour être, chaque jour, miné
  par la honte ?

Une réponse du Seigneur
au roi Sédécias

21 1 La parole qui s'adressa à Jérémie de la part du Seigneur quand le roi Sédécias[1] lui envoya Pashehour fils de Malkiya et le prêtre Cefanya fils de Maaséya pour lui dire : 2 « Consulte donc le Seigneur à notre sujet, car Nabuchodonosor, roi de Babylone, nous fait la guerre ; peut-être le Seigneur refera-t-il en notre faveur l'un de ses miracles pour le faire décamper ? » 3 Jérémie leur dit : « Voici ce que vous direz à Sédécias :

4 Ainsi parle le Seigneur, le Dieu d'Israël : Les armes que vous maniez pour faire front au roi de Babylone et aux Chaldéens[1] qui vous pressent, de l'extérieur du rempart, je vais les détourner pour les ramener vers le centre de cette ville. 5 En étendant la main, en déployant la force de mon bras, c'est moi-même qui vous ferai la guerre avec colère, fureur et grande irritation. 6 Je frapperai les habitants de cette ville, hommes et bêtes : ils mourront d'une peste violente. 7 Après cela — oracle du Seigneur — je livrerai Sédécias, roi de Juda, ses serviteurs et les gens qui, dans cette ville, auront survécu à la peste, à l'épée et à la famine, je les livrerai au pouvoir du roi de Babylone — au pouvoir de leurs ennemis, au pouvoir de ceux qui en veulent à leur vie — il les massacrera sans merci, sans pitié, sans compassion. »

8 Quant à ce peuple, tu leur diras : « Ainsi parle le Seigneur :

Je vais vous donner le choix entre la vie et la mort. 9 Celui qui restera dans cette ville mourra par l'épée, la famine et la peste ; celui qui en sortira pour passer aux Chaldéens qui vous assiègent, vivra et il s'estimera heureux d'avoir au moins la vie sauve. 10 Oui, je tourne ma face contre cette ville pour lui faire du mal et non du bien — oracle du Seigneur — ; elle sera livrée au pouvoir du roi de Babylone qui l'incendiera. »

---

1. *Sédécias* régna à Jérusalem de mars 597 à juillet 587 av. J. C.

1. *Les Chaldéens* : désignation fréquente des Babyloniens.

Message pour la famille royale de Juda

11 À la famille du roi de Juda :
   Ecoutez la parole du Seigneur !
12 Famille de David : Ainsi parle
   le Seigneur :
   Rendez la justice chaque matin,
   libérez le spolié du pouvoir de
   l'exploiteur !
   Sinon ma fureur jaillira
   comme un feu,
   elle brûlera sans que personne
   puisse l'éteindre
   à cause de leurs agissements
   pervers.
13 À nous deux maintenant, toi
   qui habites la vallée,
   rocher du plateau[1] — oracle
   du Seigneur — ;
   vous qui dites : « Qui descendra
   nous attaquer,
   qui pénétrera dans nos repaires ? »
14 Je sévis contre vous
   d'après les fruits de vos actes
   — oracle du Seigneur — ;
   j'allume un feu dans sa forêt[2],
   il dévorera tout ce qui l'entoure.

22 1 Ainsi parle le Seigneur :
   Descends[3] à la maison du
roi de Juda, et là tu prononceras
cette parole, 2 tu diras : Ecoute la
parole du Seigneur, roi de Juda
qui occupes le trône de David
— toi, tes serviteurs et ton peuple
qui passe par ces portes ! 3 Ainsi
parle le Seigneur : Défendez le
droit et la justice, libérez le spolié

du pouvoir de l'exploiteur, n'op-
primez pas, ne maltraitez pas
l'immigré, l'orphelin et la veuve,
ne répandez pas de *sang innocent en ce lieu ! 4 Si vraiment
vous agissez ainsi, alors passeront
par les portes de cette maison des
rois occupant le trône de David,
montés sur des chars et des chevaux — lui, ses serviteurs et son
peuple. 5 Mais si vous n'écoutez
pas ces paroles, je le jure par
moi-même — oracle du Seigneur
—, cette maison deviendra un
monceau de ruines.

6 Oui, ainsi parle le Seigneur
au sujet de la maison du roi de
Juda :
   Même si tu es pour moi un
   Galaad,
   un sommet du Liban[1],
   je n'hésite pas à te transformer
   en désert,
   en ville inhabitée.
7 Je consacre des hommes pour
   te détruire,
   chacun muni de ses outils,
   ils couperont tes cèdres de
   choix
   et les laisseront choir dans le
   feu.

8 Quand des gens de toutes les
nations passeront près de cette
ville, ils se diront l'un à l'autre :
« Pourquoi donc le Seigneur a-t-il
traité ainsi cette grande ville ? »
9 Et l'on répondra : « C'est parce
qu'ils ont abandonné l'*alliance
du Seigneur leur Dieu pour se

---

1. *rocher du plateau* : le prophète désigne probablement ainsi le palais royal, situé en contrebas
de la terrasse du Temple.
2. Allusion probable aux colonnades et aux boiseries du palais royal (voir 1 R 7.2 et la note).
3. Le palais royal était en contrebas du Temple.

1. La région de *Galaad*, à l'est du Jourdain, et le
Liban possédaient des forêts importantes (2 S
18.6-9; 1 R 5.22-23), symboles d'abondance et de
beauté, que rappellent les boiseries et les colonnes
du palais royal.

prosterner devant d'autres dieux et leur rendre un culte. »

Sur Shalloum, successeur de Josias

10 Ne pleurez pas celui qui est mort,
pour lui, pas de manifestations de deuil !
Mais pleurez, pleurez celui qui s'en va,
car il ne reverra plus son pays natal[1].
11 Oui, ainsi parle le SEIGNEUR au sujet de Shalloum, fils de Josias, roi de Juda, qui avait pris la succession de son père Josias et qui vient de quitter ce lieu : Il n'y retournera plus, 12 car il mourra là où on le déporte, et ce pays, il ne le verra plus. »

Contre Yoyaqîm[2], second successeur de Josias

13 Malheureux celui qui construit son palais
au mépris de la justice,
et ses étages au mépris du droit;
qui fait travailler les autres pour rien,
sans leur donner de salaire;
14 qui dit : « Je me construis une vaste maison,
de spacieux étages »;
qui y perce des fenêtres,
la revêt de cèdre
et l'enduit de vermillon.
15 Penses-tu assurer ton règne

en voulant te distinguer par le cèdre ?
Ton père[1] n'a-t-il pas mangé, bu,
défendu le droit et la justice,
et il a connu le bonheur !
16 Il a pris en main la cause de l'humilié et du pauvre,
et c'était le bonheur !
Me connaître, n'est-ce pas cela
— oracle du SEIGNEUR ?
17 Tu n'as de regards et de pensées
que pour le profit,
pour répandre le *sang de l'innocent
et agir avec brutalité et sauvagerie.
18 Eh bien ! ainsi parle le SEIGNEUR le tout-puissant à Yoyaqîm, fils de Josias, roi de Juda :
On n'entonne pas pour lui l'élégie :
« Quel malheur, mon frère !
Quel malheur, ma soeur ! »
On n'entonne pas pour lui l'élégie :
Quel malheur, mon maître !
« Quel malheur, Son Excellence ! »
19 On l'enterre comme on enterre un âne :
on le traîne, on le jette
au-delà des portes de Jérusalem.

Honte et déshonneur pour Jérusalem

20 Monte au Liban, pousse des cris,
donne de la voix en Bashân.

---

1. Jérémie fait allusion ici à deux rois de Juda : *celui qui est mort :* Josias (voir la note sur 1.2), tué en 609 av. J. C. à Méguiddo, lors d'une rencontre avec les Égyptiens; *celui s'en va, Shalloum* (v. 11), nommé ailleurs Yoakhaz; il fut emmené en Egypte par le pharaon Néko après trois mois de règne.
2. Voir la note sur 1.3.

1. *ton père,* c'est-à-dire Josias (voir les notes sur 1.2 et 22.10).

Partout pousse des cris :
  tous tes amants sont brisés[1].
21 Je t'ai parlé au temps de ton
    insouciance;
  tu as répondu : « Je ne veux
  rien entendre. »
C'est ce que tu as fait depuis
  ta jeunesse,
  jamais tu n'as écouté ma voix !
22 Tous tes pasteurs[2], le vent les
    envoie paître,
  tes amants vont en exil.
Oui, honte et déshonneur alors
  te couvriront
  à cause de toute ta méchanceté.
23 Toi qui habites le Liban,
  qui as ton nid dans les cèdres[3],
  comme tu gémis quand surviennent les douleurs,
  les spasmes d'une femme en
  couches !

Sur Konyahou, fils de Yoyaqîm

24 Par ma vie — oracle du SEI-
GNEUR —, quand bien même Konyahou, fils de Yoyaqîm, roi de
Juda, serait un sceau[4] attaché à
ma main droite, je l'en détache-
rais. 25 Oui, je te livre à ceux qui
en veulent à ta vie et que tu redoutes, à Nabuchodonosor, roi de
Babylone, et aux Chaldéens[5].
26 Je te lance, toi et ta mère qui

t'a enfantée, sur une autre terre où
vous n'êtes pas nés, et c'est là que
vous mourrez. 27 Sur la terre où
ils ont la prétention de retourner,
ils ne retourneront point.
28 Est-ce donc un récipient tout
    cassé et bon à rien
  que cet homme, Konyahou,
  un vase dont on ne veut plus ?
Pourquoi les a-t-on lancés, lui
  et ses enfants,
  jetés sur une terre inconnue
  d'eux ?
29 Ô mon pays, mon pays, écoute
  la parole du SEIGNEUR !
30 Ainsi parle le SEIGNEUR :
  Écrivez au sujet de cet
  homme : « Un raté,
  un garçon qui n'a pas réussi
  dans sa vie ! »
Parmi ses enfants, pas un seul
  ne réussira
  à s'installer sur le trône de David,
  à garder le pouvoir en Juda.

Les mauvais dirigeants et le roi sauveur

23 1 Malheur ! Des pasteurs[1]
    qui laissent dépérir à l'a-
bandon le troupeau de mon pâturage — oracle du SEIGNEUR ! 2 Eh
bien ! ainsi parle le SEIGNEUR, le
Dieu d'Israël, au sujet des pasteurs qui font paître mon peuple :
C'est vous qui avez laissé à l'a-
bandon mon troupeau, l'avez dispersé; vous ne vous en êtes pas
occupés. Or moi, je vais m'occuper de vous en punissant vos
agissements pervers — oracle du
SEIGNEUR. 3 Moi, je rassemble
ceux qui restent de mon troupeau, de tous les pays où je les ai
dispersés, et je les ramène dans

1. Le **Liban** (voir Es 10.34 et la note) et le
Bashân (voir Es 33.9 et la note) : régions caracté-
risées par leur altitude — *Partout* : le terme hébreu
correspondant est obscur; la traduction suit l'interprétation juive ancienne. Autre traduction *Depuis
la montagne des Avarim ils poussent* ... (Nb 27.12)
— *tes amants* : l'expression semble désigner ici
non pas les dieux étrangers, comme en Os 2.7,
mais les alliés du royaume de Juda dans sa lutte
contre les Babyloniens (comme en 30.14).
  2. Voir 2.8 et la note.
  3. Voir la note sur 22.6.
  4. *Konyahou* : forme abrégée de Yekonia (hou),
autre nom de Yoyakîn; voir la note sur 13.18
— *sceau* ou *anneau à cacheter* : voir Ag 2.23 et la
note.
  5. Voir 21.4 et la note.

1. Voir 2.8 et la note.

leurs enclos où ils proliféreront abondamment. 4 J'établirai sur eux des pasteurs qui les feront paître; ils n'auront plus peur, ils ne seront plus accablés, plus aucun d'eux ne manquera à l'appel — oracle du SEIGNEUR.

5 Des jours viennent — oracle du SEIGNEUR — où je susciterai pour David un rejeton légitime[1] :
Un roi règne avec compétence,
il défend le droit et la justice
dans le pays.
6 En son temps, Juda est sauvé,
Israël habite en sécurité.
Voici le nom dont on le
nomme :
« Le SEIGNEUR, c'est lui notre justice. »

7 Oui, des jours viennent — oracle du SEIGNEUR — où l'on ne dira plus : « Vivant est le SEIGNEUR qui a fait monter les Israélites du pays d'Egypte ! », 8 mais plutôt : « Vivant est le SEIGNEUR qui a fait monter, qui a amené la descendance des gens d'Israël du pays du nord[2] et de tous les pays où je l'ai dispersée, pour qu'elle s'installe sur son sol. »

Prophètes et prêtres indignes

9 *Au sujet des *prophètes*[3].

En moi, tout ressort est brisé,
je tremble de tous mes membres.
Je deviens comme un ivrogne,
un homme pris de vin,
à cause du SEIGNEUR,
à cause de ses paroles saintes.
10 Dans le pays, tous sont adultères,
le pays est en deuil, plein d'imprécations,
les enclos de la lande se dessèchent.
Ils n'ont d'empressement que pour le mal
et de courage que pour le désordre.
11 Prophètes et prêtres sont des impies :
jusque dans ma maison je découvre leur méchanceté
— oracle du SEIGNEUR.
12 Eh bien ! leur chemin devient glissant;
ils s'égarent dans l'obscurité, ils tombent.
Je fais venir sur eux le malheur,
l'année où il leur faudra rendre compte[1]
— oracle du SEIGNEUR.

Des prophètes pires que ceux de Samarie

13 Chez les *prophètes de Samarie, j'ai vu des choses dégoûtantes :
ils prophétisaient par le *Baal et ils égaraient mon peuple, Israël.
14 Mais chez les prophètes de Jérusalem
je vois des monstruosités :
ils s'adonnent à l'adultère et ils vivent dans la fausseté,
ils prêtent main forte aux malfaiteurs :
si bien que personne ne peut revenir de sa méchanceté.

---

1. *un rejeton* ou *un germe* : voir Za 3.8 et la note — *légitime* ou *juste*.
2. *du pays du nord* : voir 3.12 et la note.
3. Les premiers mots du verset 9 forment le titre d'un ensemble de messages (jusqu'au v. 40) prononcés par Jérémie à diverses époques.

1. *où il leur faudra rendre compte* : autre traduction *où je m'occuperai d'eux* (pour les châtier).

Tous sont devenus pour moi
pareils aux gens de Sodome,
ses habitants ressemblent à
ceux de Gomorrhe[1].

15 Eh bien ! ainsi parle le Seigneur le tout-puissant sur ces
prophètes :
Je vais leur faire avaler la ciguë,
leur faire boire de l'eau empoisonnée,
car c'est des prophètes de Jérusalem que sort l'impiété
pour contaminer tout le pays.

Des prophètes menteurs
(19-20 : cf. Jr 30.23-24)

16 Ainsi parle le Seigneur le
tout-puissant : Ne faites pas attention aux paroles des *prophètes qui vous prophétisent; ils
vous leurrent;
ce qu'ils prêchent n'est que vision de leur imagination,
cela ne vient pas de la bouche
du Seigneur.

17 Ils osent dire à ceux qui méprisent la parole du Seigneur[2] :
« Pour vous, tout ira bien ! »
À quiconque persiste dans son
entêtement :
« Le malheur ne viendra pas
sur vous. »

18 Qui est celui qui se tient au
conseil du Seigneur ? Qu'il regarde, qu'il écoute sa parole ! Qui
est attentif à ma parole[3] ? Qui
entend ?

19 La tempête du Seigneur, la fureur éclate,

un cyclone tourbillonne :
il tourbillonne sur la tête des
coupables.

20 La colère du Seigneur ne s'a-
paisera pas qu'il n'ait exécuté
et réalisé
son programme bien arrêté.
Plus tard, vous en aurez la
pleine intelligence.

21 Je n'envoie pas ces prophètes,
et pourtant ils courent;
je ne leur parle pas
et pourtant ils prophétisent.

22 S'ils se tenaient dans mon
conseil,
ils feraient entendre mes paroles à mon peuple;
ils les feraient revenir de leur
mauvaise conduite,
de leurs agissements pervers.

Le Seigneur présent dans tout l'univers

23 Je ne serais que le Dieu de tout
près
— oracle du Seigneur —
et je ne serais pas le Dieu des
lointains ?

24 Qu'un homme se cache dans
son coin,
moi, ne le verrais-je point
— oracle du Seigneur ?
N'est-ce pas moi qui remplis
le ciel et la terre
— oracle du Seigneur ?

Balivernes des prophètes et pa-
role de Dieu

25 J'entends ce que disent les
*prophètes qui prophétisent faus-
sement en mon nom en disant :
« J'ai eu un songe ! J'ai eu un
songe ! » 26 Jusques à quand ! Y
a-t-il quelque chose dans la tête
de ces prophètes qui prophétisent

---

1. *Sodome, Gomorrhe* : voir Es 1.10 et la note.
2. *à ceux qui méprisent la parole du Seigneur* :
d'après l'ancienne version grecque; texte hébreu
traditionnel *à ceux qui me méprisent* : « *Le Seigneur parle ! Pour vous ...* »
3. *ma parole* : texte « écrit »; texte que la tradition juive considère comme « à lire » *sa parole*.

faussement ? Ce ne sont que prophètes aux trouvailles fantaisistes ! 27 Avec leurs songes qu'ils
se racontent mutuellement, ils
pensent faire oublier mon *nom à
mon peuple, comme leurs pères
avec leur *Baal ont oublié mon
nom. 28 Que le prophète qui a un
songe raconte son songe, mais
que celui qui a ma parole proclame exactement ma parole !

Qu'y a-t-il de commun entre la
paille et le froment
— oracle du Seigneur ?

29 Ma parole ne ressemble-
t-elle pas à ceci :
à un feu
— oracle du Seigneur —,
à un marteau qui pulvérise le
roc ?

30 Eh bien ! je vais m'en
prendre aux prophètes — oracle
du Seigneur — qui se subtilisent
mutuellement mes paroles. 31 Je
vais m'en prendre aux prophètes
— oracle du Seigneur — qui ont
la langue enjôleuse et qui débi-
tent des oracles. 32 Je vais m'en
prendre aux prophètes qui ont
des songes fallacieux — oracle du
Seigneur —, qui les racontent et
qui, par leurs faussetés et leurs
balivernes, égarent mon peuple;
moi, je ne les ai pas envoyés et je
ne leur ai rien demandé; ils ne
sont d'aucune utilité pour ce
peuple — oracle du Seigneur.

La vraie « charge » du Seigneur

33 Si ces gens — ou un *prophète ou un prêtre — te demandent : « Quelle est la *charge* du
Seigneur ? », Tu leur diras : « C'est

vous la *charge*[1] ! et je vais vous
rejeter — oracle du Seigneur. »
34 Si un prophète, un prêtre, un
homme du peuple dit : « *Charge*
du Seigneur ! », je sévirai contre
cet homme et contre sa famille.
35 Voici ce que vous vous direz
mutuellement l'un à l'autre :
« Que répond le Seigneur ? Que
proclame le Seigneur ? » 36 Mais
quant à la *charge* du Seigneur,
vous ne prononcerez plus ce mot.
La *charge* sera pour chacun sa
propre parole, car vous corrompez les paroles du Dieu vivant, le
Seigneur tout-puissant, notre
Dieu. 37 Voici ce que tu diras au
prophète : « Que te répond le Seigneur ? Que proclame le Seigneur ? » 38 Mais si vous dites
« *Charge* du Seigneur ! », eh bien !
ainsi parle le Seigneur : Parce que
vous dites « *Charge* du Seigneur ! », alors que je vous ai défendu de dire « *Charge* du Seigneur ! », 39 eh bien ! je vais bel et
bien *me charger* de vous et vous
rejeter loin de ma présence, vous
et la ville que je vous ai donnée à
vous et à vos pères. 40 Je vous
couvrirai de mépris pour toujours. Déshonneur à jamais ! on
ne l'oubliera pas.

Les deux corbeilles de figues

24 1 Le Seigneur me fit voir
deux corbeilles de figues
mises côte à côte devant le palais
du Seigneur, après que Nabuchodonosor, roi de Babylone, eut déporté de Jérusalem Yekonya[2], fils
de Yoyaqîm, roi de Juda, ainsi
que les hauts fonctionnaires de

---

1. Les v. 34-40 reçoivent leur sens d'un jeu de
mots portant sur les deux significations du terme
traduit par *charge* : 1) oracle; 2) fardeau.
2. Voir la note sur 22.24.

Juda, les techniciens et les officiers du génie, et les eut emmenés à Babylone. 2 L'une des corbeilles contenait de très belles figues, de la qualité des primeurs, tandis que l'autre contenait des figues de très mauvaise qualité, si mauvaises qu'elles étaient immangeables.

3 Alors le Seigneur me dit : « Que vois-tu, Jérémie ? » Je répondis : « Des figues. Celles qui sont de bonne qualité sont très belles, et celles qui sont de mauvaise qualité sont très mauvaises, si mauvaises qu'elles sont immangeables. » 4 Alors la parole du Seigneur s'adressa à moi en ces termes : 5 Ainsi parle le Seigneur, le Dieu d'Israël : Comme on remarque les belles figues que voici, ainsi je considère avec complaisance les déportés de Juda que j'ai expulsés de ce lieu dans le pays des Chaldéens[1]. 6 Mon regard se pose sur eux avec complaisance, et je les ramènerai dans ce pays ; je les édifierai, je ne les démolirai plus ; je les planterai, je ne les déracinerai plus. 7 Je leur donnerai une intelligence qui leur permettra de me connaître ; oui, moi je suis le Seigneur, et ils deviendront un peuple pour moi, et moi, je deviendrai Dieu pour eux : ils reviendront à moi du fond d'eux-mêmes. 8 Mais ce qu'on fait de mauvaises figues, si mauvaises qu'elles sont immangeables — ainsi par le le Seigneur —, c'est ce que je fais de Sédécias, roi de Juda, de ses ministres et de tout le reste de Jérusalem, de tous ceux qui sont restés dans ce pays, et de ceux qui demeurent dans le pays d'Egypte[1] : 9 avec horreur, je fais d'eux un exemple terrifiant pour tous les royaumes de la terre ; dans tous les lieux où je les disperse, ils sont la fable et la risée des gens et ils passent au répertoire des injures et des malédictions. 10 Je lâche contre eux l'épée, la famine et la peste jusqu'à ce qu'ils disparaissent du sol que j'ai donné à eux et à leurs pères[2].

Résumé de 23 années de prédication

25 1 Parole qui s'adressa à Jérémie au sujet de tout le peuple de Juda en la quatrième année de Yoyaqîm[3], fils de Josias, roi de Juda — c'était la première année de Nabuchodonosor, roi de Babylone —, 2 parole que le *prophète Jérémie proclama à tous les gens de Juda et à tous les habitants de Jérusalem : 3 Depuis la treizième année de Josias[4], fils d'Amôn, roi de Juda, jusqu'à ce jour, c'est-à-dire pendant 23 ans, la parole du Seigneur s'est adressée à moi, et je vous ai parlé inlassablement, sans que vous m'ayez écouté. 4 Le Seigneur vous a envoyé tous ses serviteurs les prophètes, inlassablement, sans que vous ayez écouté, sans que vous ayez tendu l'oreille pour écouter. 5 Il vous disait : Convertissez-vous chacun de votre mau-

1. Voir 21.4 et la note.

1. *Sédécias* : voir la note sur 21.1 — *ceux qui sont restés dans ce pays* : ceux qui n'ont pas été déportés en 597 av. J. C. (2 R 24.10-17 ; cf. Jr 22.24-26) — *ceux qui demeurent dans le pays d'Egypte* : probablement des réfugiés, qui ont quitté le pays de Juda à l'approche de Nabuchodonosor.
2. *leurs pères* ou *leurs ancêtres.*
3. *la quatrième année de Yoyaqîm* : en 605 av. J. C.
4. *la treizième année de Josias* : 626 av. J. C.

vaise conduite, de vos agissements pervers, et vous demeurerez sur le sol que le Seigneur vous a donné, à vous et à vos pères[1], depuis toujours et pour toujours. 6 Ne courez pas après d'autres dieux pour leur rendre un culte et vous prosterner devant eux, cessez de m'offenser par vos pratiques, et je ne vous ferai aucun mal. 7 Mais vous n'avez pas écouté — oracle du Seigneur —; bien au contraire, vous m'avez offensé, pour votre malheur, par vos pratiques. 8 Eh bien! ainsi parle le Seigneur le tout-puissant : Puisque vous n'écoutez pas mes paroles, 9 je donne ordre de mobiliser tous les peuples du nord[2] — oracle du Seigneur —, en faisant appel à Nabuchodonosor, roi de Babylone, mon serviteur, et je les amène contre ce pays, contre ses habitants — et contre toutes ces nations voisines —; je me les réserve et je les transforme pour toujours en étendues désolées qui arrachent des cris d'effroi, en champs de ruines. 10 Je fais s'éteindre chez eux cris d'allégresse et joyeux propos, chant de l'époux et jubilation de la mariée, grincements de la meule et lumière de la lampe. 11 Ce pays tout entier deviendra un champ de ruines, une étendue désolée, et toutes ces nations serviront le roi de Babylone pendant 70 ans[3]. 12 Mais quand les 70 ans seront révolus, je sévirai contre le roi de Babylone et contre cette nation-là — oracle du Seigneur —, contre leurs crimes, contre le pays des Chaldéens[1] : je le transformerai pour toujours en étendue désolée. 13 Je ferai fondre sur ce pays-là toutes les paroles que je viens de prononcer à son sujet, tout ce qui est écrit dans ce livre : ce que Jérémie a prophétisé contre toutes les nations. 14 Ils seront asservis à leur tour par des nations nombreuses et des rois puissants. Je leur ferai payer leurs actes et leurs pratiques.

La coupe de vin, symbole du jugement

15 Voici ce que me dit le Seigneur, le Dieu d'Israël : « Prends de ma main cette coupe de vin, de vin capiteux[2], et offre-la à toutes les nations chez lesquelles je t'envoie. 16 Elles boiront, tituberont, déliront, à la vue de l'épée que je plonge au milieu d'elles. » 17 Je pris la coupe de la main du Seigneur et je l'offris à toutes les nations chez lesquelles le Seigneur m'avait envoyé : 18 Jérusalem, les villes de Juda — ses rois et ses ministres —, pour en faire des monceaux de ruines, des lieux désolés qui arrachent des cris d'effroi et qu'on cite dans les malédictions[3] — c'est bien la situation actuelle ! — 19 le *pharaon, roi d'Egypte, ses serviteurs, ses ministres et tout son peuple; 20 tous les métis et tous les rois du pays de Ouç; tous les rois du

---

1. *vos pères* ou *vos ancêtres*.
2. Voir 1.14 et la note.
3. *soixante-dix ans :* durée normale de la vie d'un homme.

1. Voir 21.4 et la note.
2. D'après l'ancienne version grecque; texte hébreu traditionnel *la coupe de vin, c'est-à-dire la colère* (ou *le poison*). Ici et dans de nombreux passages prophétiques cette *coupe* symbolise la condamnation que Dieu réserve à ceux qui n'ont pas respecté ses ordres.
3. *cris d'effroi :* voir 18.16 et la note — *malédictions :* on trouve en 29.22 un exemple de ce genre de malédictions.

pays des Philistins : d'Ashqelôn, de Gaza, d'Eqrôn, et de ce qui reste d'Ashdod[1]; 21 Edom, Moab, les Ammonites[2]; 22 tous les rois de Tyr, tous les rois de Sidon[3] et tous les rois du continent au-delà de la mer; 23 Dedân, Téma, Bouz; et tous les Tempes-rasées[4], 24 tous les rois des Arabes, tous les rois des métis qui habitent dans le désert; 25 tous les rois de Zimri, tous les rois d'Elam, tous les rois des mèdes[5]; 26 tous les rois du nord, proches et lointains, chacun à son tour, et tous les royaumes de la terre, qui sont sur la surface du sol; et le roi de Shéshak[6] boira après eux.

27 Tu leur diras : « Ainsi parle le SEIGNEUR le tout-puissant, le Dieu d'Israël: Buvez, enivrez-vous, vomissez, tombez sans vous relever, à la vue de l'épée que je plonge au milieu de vous. » 28 Si elles refusent de prendre la coupe de ta main, pour la boire, tu leur diras : « Ainsi parle le SEIGNEUR le tout-puissant : Vous la boirez quand même. 29 J'envoie le malheur en commençant par la ville sur laquelle mon nom a été proclamé[7] et vous, vous seriez quittes ! Non, vous ne serez pas quittes, car je fais appel à une épée contre tous les habitants de la terre — oracle du SEIGNEUR le tout-puissant. »

30 Et toi, tu prononceras contre eux toutes ces paroles prophétiques; tu leur diras :

D'en haut le SEIGNEUR rugit,
de sa sainte habitation, il donne de la voix.
Il rugit, oui il rugit contre son domaine[1]
en poussant le cri des fouleurs de raisins
contre tous les habitants de la terre.
31 Le tapage parvient aux confins de la terre :
le SEIGNEUR engage un procès contre les nations,
il ouvre une procédure contre toute chair[2].
Les coupables, il les livre à l'épée
— oracle du SEIGNEUR.

32 Ainsi parle le SEIGNEUR le tout-puissant :

Le malheur va de peuple en peuple,
une grande tempête s'élève aux limites de la terre.
33 Ce jour-là, d'un bout à l'autre de la terre, ceux que le SEIGNEUR aura blessés à mort n'auront pas de funérailles; ils ne seront pas ramassés pour être ensevelis; ils deviendront du fumier sur le sol[3].
34 Hurlez ! pasteurs[4]; criez au secours !
Roulez-vous par terre, maîtres des troupeaux.

---

1. *pays de Ouç* : voir Jb 1.1 et la note — *Ashqelôn, Gaza, ... Ashdod* : voir la note sur Am 1.6.
2. *Edom, Moab, Ammonites* : voir Am 1.11, 13; 2.1 et les notes.
3. *Tyr, Sidon* : voir Es 23.1, 2; Os 9.13 et les notes.
4. *Dedân, Téma* : voir Es 21.13-14 et les notes — *Bouz* : en Arabie du Nord, non loin de Téma — *Tempes-rasées* : voir 9.25 et la note.
5. *Zimri* : lieu inconnu; certains pensent qu'il s'agit du lieu d'origine des Cimmériens, population venue des monts d'Arménie — *Elam* : voir Es 11.11 et la note — *Mèdes* : voir Es 13.17 et la note.
6. Lieu inconnu; certains y voient une manière codée d'écrire le nom hébreu de Babylone (voir 51.41; comparer 51.1).
7. *la ville sur laquelle mon nom ...*, c'est-à-dire la ville qui m'appartient, autrement dit Jérusalem.

1. *son domaine* : la Palestine et ses habitants (voir 10.25).
2. *contre toute chair* ou *contre tous les humains*.
3. Voir 8.2 et la note.
4. Voir 2.8 et la note.

Pour vous, le temps est venu
d'être égorgés.
Vous serez dispersés et vous
tomberez
comme des récipients précieux.
35 Plus de refuge pour les pasteurs,
plus d'asile pour les maîtres du
troupeau.
36 On entend les cris des pasteurs,
les hurlements des maîtres du
troupeau :
le Seigneur dévaste leurs pacages.
37 Les enclos prospères ne sont
plus que silence
devant l'ardeur de la colère du
Seigneur.
38 On s'en va comme un lion qui
quitte son fourré[1].
Leur pays devient une étendue
désolée
devant l'épée impitoyable,
devant l'ardeur de sa colère.

Opposition violente au message de Jérémie

(cf. Jr 7.1-15)

26 1 Au début du règne de
Yoyaqîm[2], fils de Josias,
roi de Juda, la parole que voici
arriva de la part du Seigneur :
2 Ainsi parle le Seigneur :
Tiens-toi dans le *parvis de la
Maison du Seigneur et prononce
contre tous les habitants des villes
de Juda qui viennent se prosterner dans la Maison du Seigneur
toutes les paroles que je t'ordonne
de prononcer à leur sujet, sans
rien en supprimer. 3 Peut-être
écouteront-ils et se convertiront-

ils un à un de leur mauvaise
conduite, pour que je puisse renoncer au malheur que je pense
leur infliger à cause de leurs agissements pervers. 4 Tu leur diras :
Ainsi parle le Seigneur : Si vous
n'êtes pas attentifs à suivre les
directives que je vous propose, 5 si
vous n'écoutez pas les paroles de
mes serviteurs les *prophètes que
je vous envoie inlassablement
— et vous n'écoutez pas —,
6 alors je traiterai cette Maison
comme j'ai traité Silo et je ferai
de cette ville un exemple cité
dans les malédictions[1] chez toutes
les nations de la terre.

7 Les prêtres, les prophètes et
tout le peuple écoutaient Jérémie
pendant qu'il prononçait ces paroles dans la Maison du Seigneur.
8 Quand Jérémie eut achevé le
discours que le Seigneur lui avait
ordonné de prononcer à l'adresse
de tout le peuple, alors les prêtres
et les prophètes — et tout le
peuple — se saisirent de lui en
disant : « Tu as signé ton arrêt de
mort. 9 Tu oses prophétiser au
nom du Seigneur : Cette Maison
deviendra comme Silo, et cette
ville sera rasée, vidée de ses habitants ! » Tout le monde s'attroupa
autour de Jérémie dans la Maison
du Seigneur.

10 Ayant appris ces événements, les autorités de Juda montèrent du palais au Temple[2] et
prirent place à l'entrée de la
porte Neuve du Temple. 11 Les
prêtres et les prophètes dirent
aux autorités et à tout le peuple :
« Cet homme mérite la peine ca-

---

1. La phrase est obscure en hébreu. Autre traduction *il* (le Seigneur ? le roi dévastateur ?) *quitte
son fourré comme un lion.* Certains conjecturent *le
lion quitte son fourré.*
2. Voir la note sur 1.3

---

1. *Silo* : voir 7.12 et la note — *un exemple cité
dans les malédictions* : le sens de cette expression
est explicité en 29.22.
2. *montèrent du palais au Temple* : voir la note
sur 22.1.

pitale : il profère contre cette ville les oracles que vous avez vous-mêmes entendus. » 12 Jérémie dit aux autorités et à tout le peuple : «C'est le Seigneur qui m'a envoyé prophétiser contre cette Maison et contre cette ville tout cç que vous avez entendu. 13 Mais maintenant, améliorez votre conduite, votre manière d'agir, écoutez l'appel du Seigneur votre Dieu, et le Seigneur renoncera au malheur qu'il a décrété contre vous. 14 Quant à moi, je suis en votre pouvoir; faites de moi çe qui vous plaît, ce qui vous paraît juste. 15 Sachez bien cependant que si vous me tuez, vous serez coupables — vous-mêmes, cette ville et ses habitants — du meurtre d'un innocent, car c'est vraiment le Seigneur qui m'a envoyé prononcer toutes ces paroles pour que vous les entendiez. » 16 Les autorités et tout le peuple dirent aux prêtres et aux prophètes : «Cet homme ne mérite pas la peine capitale : c'est au nom du Seigneur notre Dieu qu'il nous a parlé. »

17 Quelques *anciens du pays se levèrent alors pour dire à toute la foule attroupée : 18 « Michée de Morésheth qui exerçait le ministère prophétique au temps d'Ezékias[1], roi de Juda, a dit à tout le peuple de Juda : *Ainsi parle le Seigneur le tout-puissant : Sion sera labourée comme un champ, Jérusalem deviendra un monceau de décombres, et la montagne du Temple, une hauteur broussailleuse.* 19 Le roi de Juda Ezékias et son peuple l'ont-ils mis à mort ? N'a-t-on pas plutôt montré du respect pour le Seigneur en s'appliquant à l'apaiser ? Et le Seigneur a renoncé au malheur qu'il avait décrété contre eux. Mais nous, nous allions nous mettre en très mauvaise posture. »

Exécution du prophète Ouriyahou

20 Il y eut un autre homme qui *prophétisait au nom du Seigneur : Ouriyahou, fils de Shemayahou de Qiryath-Yéarim. Il proféra contre cette ville et contre ce pays des oracles semblables à ceux de Jérémie; 21 le roi Yoyaqîm, avec ses gardes et ses ministres, les ayant entendus, chercha à le tuer. Ouriyahou, mis au courant, eut peur, il s'enfuit et se rendit en Egypte. 22 Mais le roi Yoyaqîm envoya des hommes en Egypte : Elnatân fils de Akbor et quelques autres avec lui, jusqu'en Egypte. 23 Ils firent sortir Ouriyahou d'Egypte et l'amenèrent au roi Yoyaqîm. Celui-ci l'exécuta et jeta son corps dans la fosse commune. 24 Quant à Jérémie, il jouissait de la protection d'Ahiqam, fils de Shafan, aussi ne fut-il pas livré au pouvoir des gens qui voulaient sa mort.

Le joug du roi de Babylone

27 1 Au début du règne de Sédécias[1], fils de Josias, roi de Juda, la parole que voici s'adressa à Jérémie de la part du Seigneur. 2 Ainsi parle le Seigneur : Fabrique-toi des liens et

---

1. *Michée de Morésheth* : ses messages ont été conservés dans le livre de Michée (voir Mi 1.1) — au temps d'Ezékias : voir 2 R 18.1-8.

1. *Sédécias* : d'après quelques manuscrits hébreux, les anciennes versions syriaque et arabe, ainsi que les versets 3, 12; 28.1. Tous les autres manuscrits proposent *Yoyaqîm* — sur *Sédécias* voir la note sur 21.1.

des barres de *joug. Tu en mettras sur ton cou, 3 tu en enverras au roi d'Edom, au roi de Moab, au roi des Ammonites, au roi de Tyr et au roi de Sidon par leurs ambassadeurs[1] qui sont arrivés à Jérusalem auprès de Sédécias, roi de Juda. 4 Tu 'leur confieras le message suivant à l'adresse de leurs maîtres : Ainsi parle le Seigneur le tout-puissant, le Dieu d'Israël : Voici ce que vous direz à vos maîtres : 5 C'est moi qui ai fait la terre, ainsi que les hommes et les animaux qui sont sur la terre, par ma grande force et en déployant ma puissance; je la donne à qui bon me semble. 6 Et maintenant, c'est moi qui livre tous ces pays au pouvoir de mon serviteur Nabuchodonosor, roi de Babylone; même les bêtes sauvages, je les lui livre pour qu'elles le servent. 7 Toutes les nations le serviront, lui, son fils et son petit-fils; puis viendra pour lui aussi l'heure de son pays quand des nations nombreuses et des rois puissants l'asserviront. 8 Donc la nation et le royaume qui refusent de le servir — lui, Nabuchodonosor, roi de Babylone — et de placer son cou sous le joug du roi de Babylone, c'est par l'épée, la famine et la peste que je sévirai contre cette nation-là — oracle du Seigneur — jusqu'à les faire disparaître par sa main. 9 Quant à vous, n'écoutez pas vos *prophètes, vos devins, vos oniromanciens[2], vos enchanteurs et vos magiciens qui vous assurent que vous ne serez pas assujettis au roi de Babylone. 10 C'est faux ce qu'ils vous prophétisent, aussi vous éloignent-ils de votre terre; oui, je vous disperserai et vous périrez. 11 En revanche, la nation qui accepte de placer son cou sous le joug du roi de Babylone et de le servir, je la laisse tranquille sur sa terre — oracle du Seigneur —; elle la cultivera et y habitera.

12 Quant ïa Sédécias, roi de Juda, je lui fais la déclaration suivante : Placez votre cou sous le joug du roi de Babylone; servez-le, lui et son peuple, et vous vivrez. 13 Pourquoi vouloir mourir, toi et ton peuple, par l'épée, la famine et la peste, comme le Seigneur l'a décrété pour la nation qui refuse de servir le roi de Babylone ? 14 N'écoutez pas les paroles des prophètes qui vous assurent que vous ne servirez point le roi de Babylone. C'est faux ce qu'ils vous prophétisent. 15 Je ne les ai pas envoyés — oracle du Seigneur —, et ce qu'ils prophétisent en mon nom, c'est faux, aussi vais-je vous disperser et vous périrez, vous et les prophètes qui vous prophétisent.

16 Aux prêtres et à tout ce peuple je déclare : Ainsi parle le Seigneur : N'écoutez pas les paroles des prophètes qui vous prophétisent que les ustensiles de la Maison du Seigneur vont être rapportés de Babylone[1], tout de suite, sans tarder. C'est faux ce qu'ils vous prophétisent. 17 Ne les écoutez point. Servez le roi de Babylone, et vous vivrez. Pourquoi vouloir que cette ville devienne un monceau de ruines ?

---

1. *Edom ... Sidon* : voir les renvois indiqués aux notes sur 25.21, 22 — *leurs ambassadeurs* : d'après l'ancienne version grecque; texte hébreu traditionnel *des ambassadeurs*.

2. *oniromanciens* (c'est-à-dire ceux qui font métier d'interpréter les rêves) : d'après l'ancienne version grecque; hébreu *vos songes*.

1. Lors de la première déportation, en 597 av. J. C., les Babyloniens avaient pillé le Temple (voir v. 20 et 2 R 24.13).

18 S'ils sont des prophètes et s'ils ont la parole du Seigneur, qu'ils insistent auprès du Seigneur le tout-puissant pour éviter que les ustensiles qui se trouvent encore dans le Temple et dans le palais et à Jérusalem soient emportés à Babylone.

19 En effet, ainsi parle le Seigneur le tout-puissant au sujet des colonnes, de la mer, des bases roulantes[1] et de tous les autres ustensiles qui se trouvent encore dans cette ville, 20 de tout ce que Nabuchodonosor, roi de Babylone, n'a pas pris en déportant de Jérusalem à Babylone Yekonya[2], fils de Yoyaqîm, roi de Juda — ainsi que tous les nobles de Juda et de Jérusalem —, 21 oui, voici ce que dit le Seigneur le tout-puissant, le Dieu d'Israël, au sujet des ustensiles qui se trouvent encore dans le Temple, dans le palais et à Jérusalem : 22 Ils seront emportés à Babylone et c'est là qu'ils resteront jusqu'au jour où je m'occuperai d'eux — oracle du Seigneur — : alors je les ferai remonter et revenir en ce lieu.

Jérémie et le prophète Hananya

28 1 En cette année-là, au début du règne de Sédécias, roi de Juda, en la quatrième année, au cinquième mois, le *prophète Hananya, fils de Azzour, originaire de Gabaon[1], me dit dans la Maison du Seigneur, en présence des prêtres et de tout le peuple : 2 « Ainsi parle le Seigneur le tout-puissant, le Dieu d'Israël : Je brise le *joug du roi de Babylone. 3 Dans deux ans, jour pour jour, je ferai revenir en ce lieu tous les ustensiles de la Maison du Seigneur que Nabuchodonosor, roi de Babylone, a enlevés de ce lieu pour les emporter à Babylone. 4 De même, je ramènerai en ce lieu Yekonya, fils de Yoyaqîm, roi de Juda, et tous les déportés de Juda partis à Babylone[2] — oracle du Seigneur —, car je brise le joug du roi de Babylone. » 5 Le prophète Jérémie répondit au prophète Hananya, en présence des prêtres — et de tout le peuple — qui se tenaient dans la Maison du Seigneur, 6 et le prophète Jérémie dit : *« Amen ! Que le Seigneur agisse ainsi ! Que le Seigneur réalise les paroles que tu as proférées en prophétisant, qu'il fasse revenir de Babylone en ce lieu les ustensiles du Temple, ainsi que tous les exilés ! 7 Ecoute pourtant la parole que je prononce pour toi et pour tout le peuple : 8 Les prophètes qui ont exercé leur ministère avant moi et avant toi, depuis toujours, ont proféré des oracles concernant de nombreux pays et de grands royaumes, en annonçant la guerre, le malheur[3], la peste. 9 Mais si un prophète, en

---

1. *colonnes, mer, bases roulantes* : voir 1 R 7.15-37; Jr 52.17.
2. Voir la note sur 22.24 — sur l'exil de Yekonya et la première déportation, en 597 av. J. C., voir 2 R 24.10-16; Jr 22.24-26.

---

1. *Sédécias* : voir la note sur 21.1 — *en la quatrième année* (du règne de Sédécias), *cinquième mois* : juillet-août 594 av. J. C. — *Gabaon* : 1 R 3.4 et la note.
2. Sur *Yekonya* et la première déportation voir 27.20 et la note.
3. Au lieu de *le malheur* certains manuscrits proposent *la famine*.

prophétisant, annonce la paix, c'est lorsque sa parole se réalise que ce prophète est reconnu comme vraiment envoyé par le SEIGNEUR. » 10 Alors le prophète Hananya enleva le joug du cou du prophète Jérémie et le brisa;

11 et le prophète Hananya dit en présence de tout le peuple : « Ainsi parle le SEIGNEUR : C'est ainsi que dans deux ans, jour pour jour, je briserai le joug de Nabuchodonosor, roi de Babylone, je l'enlèverai du cou de toutes les nations. » Le prophète Jérémie s'en alla.

12 Après que le prophète Hananya eut brisé le joug qui était sur le cou du prophète Jérémie, la parole du SEIGNEUR s'adressa à Jérémie : 13 « Va dire à Hananya : Ainsi parle le SEIGNEUR : Les barres de bois, tu les as brisées, à leur place tu feras des barres de fer. 14 En effet ainsi parle le SEIGNEUR le tout-puissant, le Dieu d'Israël : c'est un joug de fer que j'impose à toutes ces nations pour qu'elles servent Nabuchodonosor, roi de Babylone; elles le serviront; et même les bêtes sauvages, je les lui livre. »

15 Le prophète Jérémie dit alors au prophète Hananya : « Ecoute, Hananya : le SEIGNEUR ne t'a pas envoyé; c'est toi qui fais que ce peuple se berce d'illusions. 16 Eh bien ! ainsi parle le SEIGNEUR : Je vais te renvoyer de la surface de la terre; tu mourras cette année puisque tu as prêché la révolte contre le SEIGNEUR. » 17 Le prophète Hananya mourut cette année-là au septième mois[1].

Lettre de Jérémie aux premiers déportés

29 1 Voici les termes de la lettre que le *prophète Jérémie envoya de Jérusalem[1] à tous les *anciens parmi les exilés, aux prêtres, aux prophètes et au peuple tout entier que Nabuchodonosor avait déporté de Jérusalem à Babylone, 2 après que le roi Yekonya, la reine-mère, le personnel de la cour, les hauts fonctionnaires de Juda et de Jérusalem, les techniciens et les officiers du génie eurent quitté Jérusalem 3 — il la confia à Eléasa, fils de Shafân, et à Guemarya, fils de Hilqiya, que Sédécias, roi de Juda, envoyait à Nabuchodonosor, roi de Babylone, à Babylone — :

4 « Ainsi parle le SEIGNEUR le tout-puissant, le Dieu d'Israël, à tous les exilés que j'ai fait déporter de Jérusalem à Babylone : 5 Construisez des maisons et habitez-les, plantez des jardins et mangez-en les fruits, 6 prenez femme, ayez des garçons et des filles, occupez-vous de marier vos fils et donnez vos filles en mariage pour qu'elles aient des garçons et des filles : là-bas soyez prolifiques, ne déclinez point ! 7 Soyez soucieux de la prospérité de la ville où je vous ai déportés et intercédez pour elle auprès du SEIGNEUR : sa prospérité est la condition de la vôtre.

8 Oui, ainsi parle le SEIGNEUR le tout-puissant, le Dieu d'Israël : Ne vous laissez pas abuser par les prophètes qui sont parmi vous ni par vos devins, et ne faites pas

---

1. Voir au glossaire CALENDRIER.

1. Sur cette première déportation voir 2 R 24.10-16; voir aussi Jr 27.20 et la note.

attention aux songes que vous avez; 9 c'est faux ce qu'ils vous prophétisent en mon nom; je ne les ai pas envoyés — oracle du SEIGNEUR.

10 Ainsi parle le SEIGNEUR : Quand 70 ans seront écoulés pour Babylone, je m'occuperai de vous et j'accomplirai pour vous mes promesses concernant votre retour en ce lieu. 11 Moi, je sais les projets que j'ai formés à votre sujet — oracle du SEIGNEUR —, projets de prospérité et non de malheur : je vais vous donner un avenir et une espérance. 12 Vous m'invoquerez, vous ferez des pèlerinages[1], vous m'adresserez vos prières et moi, je vous exaucerai. 13 Vous me rechercherez et vous me trouverez : vous me chercherez du fond de vous-mêmes, 14 et je me laisserai trouver par vous — oracle du SEIGNEUR —, je vous restaurerai, je vous rassemblerai de toutes les nations et de tous les lieux où je vous ai dispersés — oracle du SEIGNEUR —, et je vous ramènerai à l'endroit d'où je vous ai déportés.

15 Si vous dites : Le SEIGNEUR nous a suscité des prophètes à Babylone[2] ...

16 oui, voici ce que dit le SEIGNEUR au roi qui siège sur le trône de David et à tous les gens qui habitent dans cette ville, vos frères qui ne sont pas partis en exil avec vous 17 — ainsi parle le SEIGNEUR le tout-puissant — : Je vais lâcher contre eux l'épée, la famine et la peste, et je les traiterai comme des figues éclatées, si mauvaises qu'elles sont immangeables. 18 Je vais les poursuivre par l'épée, la famine et la peste; je ferai d'eux pour tous les royaumes de la terre, un exemple terrifiant qu'on citera dans les imprécations, une désolation qui arrachera des cris d'effroi[1]; chez toutes les nations où je les disperserai, ils passeront au répertoire des injures, 19 parce qu'ils n'écoutent pas mes paroles — oracle du SEIGNEUR —, alors que je leur ai envoyé inlassablement mes serviteurs, les prophètes. Mais ils n'écoutent pas[2] — oracle du SEIGNEUR.

20 Vous, les exilés que j'ai expulsés de Jérusalem à Babylone, écoutez la parole du SEIGNEUR !

21 ... Voici ce que dit le SEIGNEUR le tout-puissant, le Dieu d'Israël, à Akhab, fils de Qolaya, et à Sédécias, fils de Maaséya, qui prophétisent faussement pour vous en mon nom : Je vais les livrer au pouvoir de Nabuchodonosor, roi de Babylone, et il les abattra sous vos yeux. 22 On tirera d'eux une malédiction chez tous les déportés de Juda qui se trouvent à Babylone; on dira en effet : Que le SEIGNEUR te traite comme il a traité Sédécias et Akhab que le roi de Babylone a grillés au feu. 23 Leur faute est de commettre une infamie en Israël : ils s'adonnent à l'adultère avec les femmes de leur prochain; ils par-

---

1. *vous ferez des pèlerinages* : autres traductions *vous viendrez* (m'adresser vos prières ...) ou, d'après les anciens commentateurs juifs, *vous suivrez ma voie.*

2. La phrase est interrompue jusqu'au v. 21; les v. 16-20 forment une sorte de parenthèse.

1. *un exemple ... qu'on citera dans les imprécations* : le sens de cette expression est explicité en 29.22 — *des cris d'effroi* : voir 18.16 et la note.

2. *ils n'écoutent pas* : d'après l'ancienne version syriaque et plusieurs manuscrits de l'ancienne version grecque; hébreu *mais vous n'écoutez pas.*

lent faussement en mon nom, alors que je ne leur ai rien demandé. Moi, je le sais, j'en suis témoin — oracle du Seigneur. »

Contre Shemayahou, faux prophète exilé

24 À Shemayahou, le Néhlamite, tu diras ceci :

25 Ainsi parle le Seigneur le tout-puissant, le Dieu d'Israël : Tu as envoyé — à tout le peuple qui est à Jérusalem —, au prêtre Cefanya, fils de Maaséya — et à tous les prêtres —, des lettres en ton nom ainsi rédigées : 26 « C'est le Seigneur qui t'a installé, à la place du prêtre Yehoyada, comme prêtre responsable, dans le Temple, de tout homme qui divague et qui vaticine — tu dois les attacher au pilori ou au carcan —, 27 et tu ne fulmines pas contre Jérémie d'Anatoth qui vaticine parmi vous ! 28 Il vient même de nous écrire à Babylone : Ce sera long ! Construisez des maisons et habitez-les, plantez des jardins et mangez-en les fruits ! »

29 Le prêtre Cefanya avait fait lecture de cette lettre au prophète Jérémie. 30 Alors la parole du Seigneur s'était adressée à Jérémie : 31 Envoie ce message à tous les exilés : « Ainsi parle le Seigneur à l'adresse de Shemaya, le Néhlamite : Parce que Shemaya profère pour vous des oracles alors que je ne l'ai pas envoyé, et qu'il vous berce d'illusions, 32 eh bien ! Je vais sévir contre Shemaya, le Néhlamite et contre ses descendants. Aucun d'eux n'aura sa place au milieu de ce peuple pour se réjouir des bonnes choses que

j'accorderai à mon peuple — oracle du Seigneur —; n'a-t-il pas en effet prêché la révolte contre le Seigneur ? »

Du temps de l'angoisse à la libération

30 1 La parole qui s'adressa à Jérémie de la part du Seigneur, en ces termes : 2 « Ainsi parle le Seigneur, le Dieu d'Israël : Ecris dans un livre[1] toutes les paroles que je te dicte. 3 Des jours viennent — oracle du Seigneur — où je restaurerai Israël mon peuple — et Juda —, dit le Seigneur; je les ramènerai au pays que j'ai donné à leurs pères[2], et ils en hériteront. »

4 Voici les paroles que le Seigneur prononça au sujet d'Israël — et de Juda — :

5 Ainsi parle le Seigneur :
Nous entendons des cris d'effroi;
c'est la panique, rien ne va plus.

6 Faites une enquête, regardez :
les mâles enfanteraient-ils ?
Je vois tout homme fort
les mains sur le ventre
comme une femme en couches !
Tous les visages se décomposent, blêmissent.

7 Malheur !
Oui, grand est ce jour-là,
aucun ne lui ressemble.

---

1. Les *livres* de cette époque avaient la forme d'un long rouleau de cuir ou de papyrus, dont les feuillets étaient cousus bout à bout. Le texte était reporté à la main par des spécialistes, les scribes.
2. *Israël* : voir la note sur 3.6 — *leurs pères* ou *leurs ancêtres*.

Pour Jacob[1], c'est le temps de
l'angoisse,
mais il en sera délivré.

8 Ce jour-là — oracle du Seigneur le tout-puissant —, je briserai son *joug, je l'enlèverai de
son cou, je romprai ses liens[2]; il
ne sera plus jamais asservi à des
étrangers. 9 Ils serviront le Seigneur leur Dieu et David, leur roi
que j'établirai sur eux.

Blessure et guérison

10 Toi, mon serviteur Jacob, ne
crains pas
— oracle du Seigneur —,
ne te laisse pas accabler, Israël[3]!
Je vais te délivrer des pays
lointains,
et ta descendance, de sa terre
d'exil.
Jacob revient, il est rassuré,
il est tranquille, plus personne
ne l'inquiète.

11 Je suis avec toi — oracle du
Seigneur — pour te délivrer.
Je fais table rase de toutes les
nations
où je t'ai disséminé,
mais de toi, je ne fais pas table
rase:
je t'apprends à respecter
l'ordre[4],
sans rien te laisser passer.

12 Ainsi parle le Seigneur:
Irrémédiable, ton désastre,
incurables, tes blessures!

13 Personne ne prend en main ta
cause,
pour ton ulcère, pas de soins
efficaces[1]!

14 Tous tes amants[2] t'oublient,
ils ne se soucient plus de toi.
Je t'ai frappée comme frappe-
rait un ennemi,
c'est une cruelle leçon
pour tes innombrables crimes,
pour tes fautes qui ne cessent
de s'affirmer.

15 Comme tu hurles face à ton
désastre!
Ta plaie est incurable.
C'est pour tes innombrables
crimes
et tes fautes qui ne cessent de
s'affirmer
que je t'inflige cela.

16 Eh bien! tous ceux qui te dévorent sont dévorés,
tous tes ennemis, sans exception, vont en exil,
ceux qui te saccagent sont sac-
cagés,
je livre au pillage tous ceux qui
te pillent.

17 Pour toi, je fais poindre la
convalescence,
je te guéris de tes blessures
— oracle du Seigneur —,
parce qu'on te nomme: « Re-
but,
cette *Sion dont personne ne
se soucie. »

Renouveau du peuple de Dieu

18 Ainsi parle le Seigneur:
Je vais restaurer les tentes de
Jacob,
je prends ses habitations en pitié:

---

1. Voir 2.4 et la note.
2. *son cou, ses liens*: d'après l'ancienne version
grecque; hébreu *ton cou, tes liens.*
3. *Jacob*: ici comme souvent ailleurs ce nom est
synonyme d'*Israël* — Il semble probable que le
nom d'*Israël* serve à désigner dans ce verset l'ancien royaume du nord, comme en 3.6.
4. *je t'apprends à respecter l'ordre*: autre traduction *je te corrige avec mesure.*

1. *pas de soins efficaces*: texte hébreu peu clair
et traduction incertaine.
2. Voir 22.20 et la note.

chaque ville est reconstruite
sur sa colline[1],
toute belle maison retrouve
son site.
19 Il s'en élève des actions de
grâce,
la rumeur de gens en fête.
Je les rends prolifiques, ils ne
déclineront point;
je leur donne de l'importance,
ils ne seront plus négligeables.
20 Ses enfants retrouvent leurs
privilèges d'autrefois,
son assemblée est solidement
établie devant moi,
et je sévis contre tous ses oppresseurs.
21 Son prince est l'un des siens,
son souverain naît chez lui;
je le fais s'avancer, il s'approche de moi.
Qui donc aurait l'audace
de s'approcher de moi
— oracle du Seigneur ?
22 Vous deviendrez un peuple
pour moi, et moi, je deviendrai
Dieu pour vous.

La tempête du Seigneur

(cf. Jr 23.19-20)

23 La tempête du Seigneur, la fureur éclate,
un ouragan va foncer,
il tourbillonne sur la tête des
coupables.
24 L'ardeur de la colère du Seigneur ne s'apaisera pas
qu'il n'ait exécuté et réalisé
son programme bien arrêté.
Plus tard, vous en aurez l'intelligence.

Réinstallation d'Israël dans son pays

31 1 En ce temps-là — oracle
du Seigneur —, je devien-
drai Dieu pour toutes les familles
d'Israël, et elles, elles deviendront
un peuple pour moi.
2 Ainsi parle le Seigneur :
Dans le désert, le peuple qui a
échappé au glaive
gagne ma faveur.
Israël va vers son rajeunisse-
ment. 3 De loin, le Seigneur
m'est apparu[1] :
Je t'aime d'un amour d'éter-
nité,
aussi, c'est par fidélité que je
t'attire à moi.
4 De nouveau, je veux te bâtir, et
tu seras bâtie,
vierge Israël.
De nouveau, parée de tes tambourins,
tu mèneras la ronde des gens
en fête.
5 De nouveau, tu planteras des
vergers
sur les monts de Samarie;
ceux qui auront planté feront
la récolte.
6 Il est fixé le jour où les gardiens crieront
sur la montagne d'Ephraïm[2] :
Debout ! montons à *Sion,
vers le Seigneur notre Dieu.

Le Seigneur ramène son peuple à Sion

7 Ainsi parle le Seigneur :
Acclamez Jacob, dans la joie,
réservez un accueil délirant

---

1. *Jacob :* voir 30.10 et la note — *colline :* le terme ainsi traduit désigne une hauteur artificielle, formée des couches successives des ruines de la ville au cours des âges.

1. Le v. 3 représente sans doute une remarque personnelle du prophète, qui cite une déclaration de Dieu à son peuple.
2. *la montagne d'Ephraïm :* région montagneuse située au nord de Jérusalem.

à celui qui est le chef des nations !
Clamez, jubilez, dites :
Le Seigneur délivre[1] son
peuple,
le reste d'Israël.
8 Je vais les amener du pays du
nord[2],
les rassembler du bout du
monde.
Parmi eux, des aveugles, des
impotents,
des femmes enceintes et des
femmes en couches,
ils reviennent ici, foule immense.
9 Ils arrivent tout en pleurs,
ils crient : «Grâce!» Et je les
pousse :
je les dirige vers des vallées
bien arrosées
par un chemin uni où ils ne
trébuchent pas.
Oui, je deviens un père pour
Israël,
Ephraïm[3] est mon fils aîné.

Le deuil changé en joie

10 Nations, écoutez la parole du
Seigneur,
annoncez-la aux rivages lointains, dites :
Celui qui a jeté Israël aux
quatre vents le rassemble,
il le garde comme un pasteur
son troupeau[4].
11 Le Seigneur rachète Jacob[5],

il le revendique, le délivrant de
la main d'un plus fort.
12 Ils arrivent, ils entonnent des
chants de joie
sur les hauteurs de *Sion.
Ils affluent vers les biens du
Seigneur,
vers le blé, le moût et l'huile
fraîche,
vers le petit et le gros bétail.
Ils se sentent revivre comme
un jardin bien arrosé,
ils ne seront plus languissants.
13 Alors les jeunes filles dansent
et elles s'épanouissent,
ainsi que les jeunes gens et les
vieillards.
Je change leur deuil en joie, je
les réconforte,
je fais s'épanouir les affligés.
14 Je gorge les prêtres de viandes
grasses[1];
mon peuple se rassasie de mes
biens — oracle du Seigneur.

Un avenir plein d'espérance

15 Ainsi parle le Seigneur :
Dans Rama on entend une
voix plaintive,
des pleurs amers :
Rachel pleure sur ses enfants[2],
elle refuse tout réconfort,
car ses enfants ont disparu.
16 Ainsi parle le Seigneur :
Assez ! Plus de voix plaintive,

---

1. *Jacob* : voir 2.4 et la note — *le Seigneur délivre* : d'après l'ancienne version grecque; hébreu *Seigneur, délivre-donc ...* (voir Ps 28.9).
2. Voir 3.12 et la note.
3. Voir Os 4.17 et la note.
4. *aux rivages lointains* : expression condensée pour désigner les populations habitant ces rivages lointains — *aux quatre vents* ou *aux quatre points cardinaux*, c'est-à-dire dans toutes les directions — *pasteur* ou *berger* : voir 2.8 et la note.
5. Voir 2.4 et la note.

1. Dans les sacrifices israélites la graisse était normalement réservée à Dieu, donc brûlée sur l'*autel; seule la viande ou une partie de celle-ci revenait aux prêtres. Ce verset annonce donc la multiplication des sacrifices offerts à Dieu et, par voie de conséquence, une nouvelle aisance pour Israël et ses prêtres.
2. *Rachel*, mère de Joseph et de Benjamin, était considérée comme l'ancêtre des principales tribus du royaume d'Israël. Sa tombe (1 S 10.2) était située près de *Rama*, à 8 km environ au nord de Jérusalem.

plus de larmes dans les yeux !
Ton labeur reçoit sa récompense
— oracle du Seigneur — :
ils reviennent des pays ennemis.

17 Ton avenir est plein d'espérance
— oracle du Seigneur — :
tes enfants reviennent dans
leur patrie.

18 J'entends, oui, j'entends
Ephraïm[1] qui se lamente :
«Tu me domptes et je me
laisse dompter
comme un taurillon indocile :
fais-moi revenir, que je puisse
revenir,
car toi, Seigneur, tu es mon
Dieu.

19 Dès que je commence à revenir, je suis plein de repentir;
sitôt que je me vois sous mon
vrai jour,
je me frappe la poitrine[2] :
Sur moi honte et déshonneur !
Ma jeunesse a été un scandale,
j'en supporte les consé-
quences. »

20 Ephraïm est-il pour moi un fils
chéri,
un enfant qui fait mes délices ?
Chaque fois que j'en parle,
je dois encore et encore prononcer son nom;
et en mon coeur, quel émoi
pour lui !
Je l'aime, oui, je l'aime[3]
— oracle du Seigneur.

Reviens, Israël

21 Plante des signaux sur ton sentier,
balise ton parcours,
prends garde à la route,
au chemin où tu vas :
reviens, vierge Israël,
reviens ici, vers tes villes !
22 Jusques à quand vas-tu rester
bêtement à l'écart,
fille apostate[1] ?
Le Seigneur crée du nouveau
sur la terre :
la femme fait la cour à
l'homme.

Rétablissement de Juda

23 Ainsi parle le Seigneur le
tout-puissant, le Dieu d'Israël :
Quand je les aurai restaurés, on
dira encore cette parole dans le
pays de Juda et dans ses villes :
«Que le Seigneur te bénisse,
domaine de justice, montagne
sainte ! »
24 Juda et toutes ses villes y habiteront ensemble, paysans et
nomades.
25 J'étancherai la soif des épuisés
et je remplirai de vigueur tous
les languissants.

26 Sur ce, je m'éveillai et je
compris; mon sommeil m'avait
été agréable.

Dieu vigilant pour bâtir et pour planter

27 Des jours viennent — oracle
du Seigneur — où j'ensemencerai
Israël[2] et Juda de semences
d'hommes et de semences de

---

1. Voir Os 4.17 et la note.
2. *je me frappe la poitrine* (hébreu *la hanche*) :
en signe d'humiliation.
3. ou *j'en ai pitié, oui, grand pitié.*

1. ou *traîtresse.*
2. Voir la note sur 3.6.

bêtes. 28 Et ensuite je veillerai sur eux pour bâtir et pour planter, comme j'ai veillé sur eux pour déraciner et renverser, pour démolir et ruiner, pour faire mal — oracle du SEIGNEUR.

29 En ce temps-là, on ne dira plus :

« Les pères ont mangé du raisin vert
et ce sont les enfants qui en ont les dents rongées ! »

30 Mais non ! Chacun mourra pour son propre péché, et si quelqu'un mange du raisin vert, ses propres dents en seront rongées.

La nouvelle alliance

31 Des jours viennent — oracle du SEIGNEUR — où je conclurai avec la communauté d'Israël — et la communauté de Juda — une nouvelle *alliance. 32 Elle sera différente de l'alliance que j'ai conclue avec leurs pères[1] quand je les ai pris par la main pour les faire sortir du pays d'Egypte. Eux, ils ont rompu mon alliance; mais moi, je reste le maître chez eux — oracle du SEIGNEUR. 33 Voici donc l'alliance que je conclurai avec la communauté d'Israël après ces jours-là — oracle du SEIGNEUR — : je déposerai mes directives au fond d'eux-mêmes, les inscrivant dans leur être; je deviendrai Dieu pour eux, et eux, ils deviendront un peuple pour moi. 34 Il ne s'instruiront plus entre compagnons, entre frères, répétant : « Apprenez à connaître le SEIGNEUR ! », car ils me connaîtront tous, petits et grands — oracle du SEIGNEUR. Je

pardonne leur crime; leur faute, je n'en parle plus.

Ordre de la nature et fidélité de Dieu

35 Ainsi parle le SEIGNEUR
qui établit le soleil comme lumière du jour,
la lune et les étoiles, dans leur ordre,
comme lumière de la nuit,
qui remue la mer, et c'est le tumulte des vagues
— le SEIGNEUR le tout-puissant, c'est son nom — :
36 Si je perdais le contrôle de cet ordre
— oracle du SEIGNEUR —,
alors la descendance d'Israël, elle aussi,
cesserait pour toujours d'exister comme nation devant moi.
37 Ainsi parle le SEIGNEUR :
Si l'on parvenait à mesurer les cieux en haut
et à explorer les fondements de la terre en bas,
alors, moi aussi, je pourrais rejeter la descendance d'Israël[1]
pour tout ce qu'ils ont fait
— oracle du SEIGNEUR.

La nouvelle Jérusalem

38 Des jours viennent — oracle du SEIGNEUR — où la ville sera reconstruite pour le SEIGNEUR, depuis la tour de Hananéel jusqu'à la porte de l'Angle[2]. 39 En face on tendra encore le cordeau à mesurer sur la colline de Garev, et puis

---

1. ou *avec leurs ancêtres.*

1. D'après l'ancienne version grecque; hébreu *toute la descendance d'Israël.*
2. *la tour de Hananéel :* à l'extrémité nord des fortifications de l'ancienne Jérusalem — *la porte de l'Angle* était située dans la muraille ouest de la ville.

on prendra la direction de Goa[1].
40 Toute la vallée des cadavres et
des cendres, et aussi tout le terrain le long de la vallée du Cédron jusqu'à l'angle de la porte
des Chevaux[2], à l'est, tout cela
sera domaine sacré pour le SEI-
GNEUR; il ne sera ni déraciné ni
démoli à tout jamais.

Jérémie rachète le champ de son oncle

32 1 La parole qui s'adressa à
Jérémie de la part du SEI-
GNEUR en la dixième année de Sédécias[3], roi de Juda — c'était la
dix-huitième année de Nabuchodonosor.

2 À ce moment-là, les troupes
du roi de Babylone assiégeaient
Jérusalem, alors que le *prophète
Jérémie était enfermé dans la
cour de garde, au palais du roi de
Juda. 3 Sédécias, roi de Juda, l'y
avait enfermé, lui reprochant :
« Pourquoi profères-tu ces oracles : Voici ce que dit le SEI-
GNEUR : Je vais livrer cette ville au
pouvoir du roi de Babylone; il
s'en emparera; 4 Sédécias, roi de
Juda, n'échappera pas aux forces
chaldéennes[4], mais il sera bel et
bien livré au pouvoir du roi de
Babylone à qui il parlera sans
intermédiaire et qu'il verra de ses
propres yeux; 5 le vainqueur

conduira Sédécias à Babylone;
c'est là qu'il séjournera jusqu'à ce
que je m'occupe de lui — oracle
du SEIGNEUR —; si vous essayez
de résister aux Chaldéens, vous
n'aboutirez à rien ? »

6 Voici le récit de Jérémie. La
parole du SEIGNEUR s'adressa à
moi en ces termes : 7 « Le fils de
ton oncle Shalloum, Hanaméel,
viendra te dire : Achète mon
champ qui se trouve à Anatoth,
car c'est à toi qu'il appartient de
l'acquérir en vertu du droit de
rachat[1]. » 8 Comme le SEIGNEUR
l'avait annoncé, Hanaméel, le fils
de mon oncle, vint vers moi dans
la cour de garde pour me dire :
« Achète mon champ qui se
trouve à Anatoth, dans le pays de
Benjamin, car le droit à la succession te revient, de même que le
droit de rachat; fais donc cette
acquisition. » Alors je compris
qu'il s'agissait de la parole du
SEIGNEUR. 9 J'achetai donc ce
champ à Hanaméel, fils de mon
oncle — le champ qui se trouvait
à Anatoth — et je lui pesai l'argent : dix-sept sicles[2] d'argent.
10 Je rédigeai un contrat sur lequel je mis mon sceau[3], en présence des témoins que j'avais
convoqués, et je pesai l'argent sur
une balance. 11 Je pris le contrat
de vent, l'exemplaire scellé — les
prescriptions et les règlements !
— Et l'exemplaire ouvert[4], 12 et je
remis le contrat de vente à Ba-

---

1. On tendait *le cordeau à mesurer* pour délimiter le terrain avant de construire (voir Za 1.16 et la
note) — *la colline de Garev* et le lieu nommé *Goa*
n'ont pas été identifiés; on présume qu'ils étaient
situés respectivement à l'ouest et au sud de l'ancienne Jérusalem.
2. *La vallée des cadavres et des cendres* : la
vallée de Ben-Hinnôm (voir Jr 7.31-32 et la note
sur 2.23). Les *cendres* provenaient des sacrifices
— *la porte des Chevaux* était située dans la muraille est de la ville.
3. *la dixième année de Sédécias* : en 588 av. J. C.
4. ou *babyloniennes* (voir la note sur 21.4).

1. *Anatoth* : voir 1.1 et la note — *le droit de
rachat* revenait au parent le plus proche (voir Rt
2.20 et la note).
2. *sicles d'argent* : voir au glossaire POIDS ET
MESURES.
3. *sceau* ou *anneau à cacheter* : voir Ag 2.23 et
la note.
4. Le contrat est rédigé, selon la règle, en deux
exemplaires : l'un est *scellé*, pour garantir que personne n'en modifiera les termes; l'autre est *ouvert*
pour être consulté à volonté.

ruch, fils de Neriya, fils de Mahséya, en présence de Hanaméel, fils de mon oncle, en présence des témoins qui avaient signé le contrat de vente et en présence de tous les Judéens qui étaient là dans la cour de garde, 13 En leur présence, je donnai cet ordre à Baruch : 14 — « Ainsi parle le Seigneur le tout-puissant, le Dieu d'Israël — Prends ces documents, le contrat de vente scellé que voici et le document ouvert que voilà, et place-les dans un récipient de terre cuite pour qu'ils se conservent longtemps. 15 En effet, ainsi parle le Seigneur le tout-puissant, le Dieu d'Israël : Dans ce pays, on achètera encore des maisons, des champs et des vergers. » 16 Après avoir confié le contrat de vente à Baruch, fils de Nériya, j'adressai au Seigneur cette supplication : 17 « Ah ! Seigneur Dieu, c'est toi qui as fait le ciel et la terre par ta grande force, en déployant ta puissance, rien n'est trop difficile pour toi 18 qui pratiques la solidarité envers mille générations, mais qui fais encore payer le péché des pères à leurs enfants, Dieu grand, vaillant guerrier — le Seigneur le tout-puissant, c'est son nom ! 19 Excellent conseiller et grand réalisateur, tu as les yeux sur la conduite de tout homme et tu rétribues chacun d'après sa conduite, d'après les fruits de ses actes; 20 dans le pays d'Egypte, tu t'es révélé par des prodiges dont la valeur significative demeure jusqu'à ce jour, et tu t'es fait un nom en Israël et dans l'humanité, comme on peut le constater aujourd'hui; 21 tu as fait sortir ton peuple Israël du pays d'Egypte, te révélant par des prodiges significatifs, par la force de ta main, en déployant ta puissance de façon grandement impressionnante; 22 tu leur as donné ce pays que tu avais promis par serment à leurs pères[1], un pays ruisselant de lait et de miel; 23 ils y sont entrés et ils en ont pris possession, mais ils n'ont pas écouté ta voix; et tes directives, ils ne les ont pas suivies; ils ont refusé de faire tout ce que tu leur avais demandé de faire; c'est pourquoi tu leur as fait subir tous ces malheurs : 24 les chaussées d'investissement atteignent la ville; aussi, pressée par l'épée, la famine et la peste, ne peut-elle que se rendre aux forces chaldéennes qui l'assaillent. Ce que tu as décrété arrive, et toi, tu ne fais que regarder. 25 Et c'est toi qui me dis, Seigneur Dieu : Achète le champ en pesant l'argent et en convoquant des témoins !, alors que la ville ne peut que se rendre aux forces chaldéennes. » 26 Alors la parole du Seigneur s'adressa à Jérémie : 27 « Moi, le Seigneur, je suis le Dieu de toute chair[2]. Y a-t-il une chose qui serait trop difficile pour moi ? 28 Eh bien — ainsi parle le Seigneur, je vais livrer cette ville au pouvoir des Chaldéens et de Nabuchodonosor, roi de Babylone. Il la prendra; 29 les Chaldéens qui assaillent cette ville y pénétreront; ils mettront le feu à cette ville et ils l'incendieront avec les maisons où, sur la terrasse, on a brûlé des offrandes pour *Baal et répandu des libations[3] pour d'autres dieux, en

---

1. *leurs pères* ou *leurs ancêtres.*
2. ou *de toute créature.*
3. *offrandes, libations :* voir au glossaire SACRIFICES.

m'offensant. 30 Oui, depuis leur enfance les Israélites et les Judéens n'ont fait que ce que je réprouve; les Israélites n'ont fait que m'offenser par leurs pratiques. 31 Cette ville a provoqué ma colère, ma fureur, depuis sa fondation jusqu'à ce jour : je dois l'écarter de ma présence 32 à cause de tout le mal que les Israélites et les Judéens ont commis; ils m'ont offensé, eux, leurs rois, leurs ministres, leurs prêtres, leurs *prophètes, les hommes de Juda et les habitants de Jérusalem : 33 ils me présentent la nuque non la face; bien que je les instruise inlassablement, ils n'écoutent pas et ils n'acceptent pas la leçon; 34 ils déposent leurs ordures[1] dans la Maison sur laquelle mon *nom a été proclamé, et ainsi ils la rendent *impure; 35 ils ont érigé le tumulus de Baal dans la vallée de Ben-Hinnôm afin de faire passer, pour Molek, leurs fils et leurs filles par le feu[2]; cela, je ne l'ai jamais demandé et je n'ai jamais eu l'idée de faire commettre une telle horreur pour faire dévier Juda. »

36 Eh bien maintenant, ainsi parle le Seigneur, le Dieu d'Israël, à propos de cette ville que vous dites livrée au pouvoir du roi de Babylone par l'épée, par la famine et par la peste : 37 « Je vais les rassembler de tous les pays où je les ai dispersés dans ma colère, dans ma fureur et dans ma grande irritation; je les ramène en ce lieu et je les y établis en toute sécurité. 38 Ils deviennent pour moi un peuple, et moi je deviens Dieu pour eux. 39 Je leur donne une mentalité et une orientation communes, les amenant à me respecter toujours, pour leur bonheur et pour celui de leurs enfants après eux. 40 Je conclus avec eux une *alliance éternelle : je ne cesse de les poursuivre de mes bienfaits et je fais qu'ils me respectent profondément, sans plus jamais s'écarter de moi. 41 Ma joie sera de les combler de biens; oui, vraiment je les planterai dans ce pays; je le ferai de tout mon cœur, de tout mon être. »

42 Oui, ainsi parle le Seigneur : « De même que j'ai fait venir sur ce peuple tout ce grand malheur, de même je fais venir sur eux tout le bien que je décrète en leur faveur. 43 On achètera des champs dans ce pays dont vous dites que c'est une désolation, qu'il est sans hommes ni bêtes, livré aux forces chaldéennes : 44 on achètera des champs en pesant l'argent, on rédigera le contrat, on apposera le sceau en convoquant des témoins, dans le pays de Benjamin, aux alentours de Jérusalem et dans les villes de Juda, celles de la montagne, celles du *Bas-Pays, celles du Néguev[1], car je vais les restaurer — oracle du Seigneur. »

Les villes reconstruites

33 1 La parole du Seigneur s'adressa à Jérémie une autre fois, comme il était encore enfermé dans la cour de garde.

1. Voir 4.1 et la note.
2. *le tumulus* : voir 7.31 et la note — *la vallée de Ben-Hinnôm* : voir la note sur 2.23 — *Molek* : voir Lv 18.21 et la note — *par le feu* : voir 2 R 16.3 et la note.

1. *la montagne* : région centrale de la Judée — *le Néguev* : voir la note sur Es 21.1.

2 Ainsi parle le SEIGNEUR qui fait la chose[1], le SEIGNEUR qui la façonne pour l'affermir — le SEIGNEUR, c'est son nom : 3 Invoque-moi, je te répondrai, je te révélerai de grandes Choses, des choses inaccessibles que tu ne connais pas. 4 Oui, ainsi parle le SEIGNEUR, le Dieu d'Israël, au sujet des maisons de cette ville, au sujet des maisons des rois de Juda, qui toutes sont renversées, au sujet des chaussées d'investissement, au sujet de l'épée : 5 On s'est mis à résister aux Chaldéens[2] seulement pour remplir ces maisons des cadavres des hommes que j'abattrai dans ma colère, dans ma fureur, puisque je cache ma face à cette ville à cause de toute sa méchanceté. 6 Mais je ferai poindre sa convalescence, puis sa guérison; je les guérirai, je leur dévoilerai les richesses de la paix et de la sécurité. 7 Je restaurerai Juda et Israël[3]; je les rétablirai comme ils étaient autrefois, 8 je les purifierai de tous les crimes dont ils se sont rendus coupables envers moi, je leur pardonne tous les crimes dont ils se sont rendus coupables envers moi, en se révoltant contre moi. 9 Ce sera pour moi un joyeux renom, un titre de gloire et une parure auprès de toutes les nations de la terre qui apprendront tous les bienfaits que j'accorde à Juda et à Israël; elles s'extasieront et frémiront à cause de tous les biens, de toute la prospérité que je leur accorde.

10 Ainsi parle le SEIGNEUR : En ce lieu dont vous dites que c'est un monceau de ruines sans hommes ni bêtes, dans les villes de Juda et dans les ruelles désolées de Jérusalem d'où ont disparu les hommes, les habitants et les animaux, on entendra encore 11 cris d'allégresse et joyeux propos, chant de l'époux et jubilation de la mariée, et la psalmodie de ceux qui, en apportant des *sacrifices de louange dans la Maison du SEIGNEUR, diront : « Célébrez le SEIGNEUR le tout-puissant, car il est bon et sa fidélité est pour toujours. » Oui, je restaurerai ce pays, et il redeviendra ce qu'il était autrefois, dit le SEIGNEUR.

12 Ainsi parle le SEIGNEUR le tout-puissant : En ce lieu, monceau de ruines sans hommes ni bêtes, et dans toutes ses villes, il y aura de nouveau des enclos où les *bergers feront se reposer leurs moutons. 13 Dans les villes de la montagne, dans les villes du *Bas-Pays, dans les villes du Néguev[1], dans le pays de Benjamin, aux alentours de Jérusalem et dans les villes de Juda, il y aura de nouveau des moutons qui défileront devant celui qui les compte, dit le SEIGNEUR.

Renouveau de la dynastie de David

14 Des jours viennent — oracle du SEIGNEUR — où j'accomplirai la promesse que j'ai faite à la communauté d'Israël[2] et à la communauté de Juda. 15 En ce

---

1. *la chose* : le sens du texte hébreu est imprécis; certains commentateurs juifs interprètent ici *Jérusalem* (v. 10-11). L'ancienne version grecque, mieux en accord avec le contexte immédiat, invite à lire *la terre*.

2. Voir 21.4 et la note.

3. *Israël* (mentionné à côté de *Juda*) : voir la note sur 3.6.

---

1. *la montagne* : voir 32.44 et la note — *le Néguev* : voir la note sur Es 21.1.

2. *Israël* (mentionné à côté de *Juda*) : voir la note sur 3.6.

temps-là, à ce moment même, je ferai croître pour David un rejeton légitime[1] qui défendra le droit et la justice dans le pays. 16 En ce temps-là, Juda sera sauvée et Jérusalem habitera en sécurité. Voici le nom dont on la nommera : « Le Seigneur, c'est lui notre justice. »

17 Ainsi parle le Seigneur : Il ne manquera jamais aux Davidides[2] un homme installé sur le trône de la communauté d'Israël. 18 Il ne manquera jamais aux prêtres lévitiques des hommes qui se tiendront en ma présence, faisant monter les holocaustes, brûlant des offrandes[3] et célébrant des sacrifices tous les jours.

Une alliance irrévocable

19 La parole du Seigneur s'adressa à Jérémie. 20 — Ainsi parle le Seigneur — Si vous réussissez à rompre mon alliance avec le jour, et mon alliance avec la nuit, en sorte que le jour et la nuit n'arrivent plus au moment voulu, 21 alors mon *alliance avec mon serviteur David sera également rompue; il n'aura plus de descendant régnant sur son trône. Il en sera de même pour mon alliance avec les prêtres lévitiques[4], mes ministres. 22 Comme l'armée du ciel[5] qu'on ne peut dénombrer, comme le sable de la mer qu'on ne peut mesurer, ainsi je multiplierai les descendants de mon serviteur David et les lévites qui sont mes ministres.

23 La parole du Seigneur s'adressa à Jérémie : 24 Ces gens prétendent, tu le vois bien, que le Seigneur a rejeté les deux familles qu'il a choisies. Aussi méprisent-ils mon peuple qui n'est plus une nation pour eux. 25 Or, ainsi parle le Seigneur : Moi qui ai fait alliance avec le jour et la nuit, et établi l'ordre du ciel et de la terre, 26 est-ce que je rejetterais la descendance de Jacob et de mon serviteur David ? Est-ce que je renoncerais à choisir dans sa postérité des chefs pour la race d'Abraham, d'Isaac et de Jacob ? Non ! je les restaurerai, car je les prends en pitié.

Le sort prochain du roi Sédécias

34 1 La parole qui s'adressa à Jérémie de la part du Seigneur, pendant que Nabuchodonosor, roi de Babylone, et toutes ses forces — et tous les royaumes de la terre sur lesquels s'étendait sa domination, et tous les peuples — assaillaient Jérusalem et toutes les villes qui l'environnaient.

2 Ainsi parle le Seigneur, le Dieu d'Israël : Va dire à Sédécias, roi de Juda, oui, dis-lui bien : « Ainsi parle le Seigneur : Je vais livrer cette ville au pouvoir du roi de Babylone qui l'incendiera. 3 Toi, tu ne lui échapperas pas : tu seras arrêté et livré à sa merci. Toi et le roi de Babylone, vous vous trouverez face à face, il te parlera sans intermédiaire. Et tu iras à Babylone. 4 Toutefois, Sédécias, roi de Juda, écoute la pa-

---

1. Voir 23.5 et la note.
2. C'est-à-dire les descendants de David.
3. *prêtres lévitiques* : voir au glossaire LÉVITES et la note sur Dt 17.9 — *holocaustes, offrandes* : voir au glossaire SACRIFICES.
4. Voir au glossaire LÉVITES et la note sur Dt 17.9.
5. *l'armée du ciel* : voir la note sur 2 R 17.16.

role du Seigneur. Ainsi parle le
Seigneur à ton sujet : tu ne mourras pas par l'épée. 5 Tu mourras
paisiblement; on brûlera des parfums pour toi comme on en a
brûlé pour tes pères, tes prédécesseurs sur le trône royal; on entonnera pour toi l'élégie : Quel malheur mon maître ! Oui, je fais
cette déclaration — oracle du
Seigneur. »

6 Le prophète Jérémie prononça toutes ces paroles devant
Sédécias, roi de Juda, à Jérusalem, 7 pendant que les forces du
roi de Babylone assaillaient Jérusalem et les villes de Juda qui
résistaient encore, Lakish et
Azéqa[1]; car parmi les villes de
Juda, celles-ci subsistaient encore
comme places fortes.

Les esclaves hébreux libérés
puis récupérés

8 La parole qui s'adressa à Jérémie de la part du Seigneur,
après que le roi Sédécias eut fait
prendre à tout le peuple qui se
trouvait à Jérusalem l'engagement de proclamer l'affranchissement des esclaves : 9 chacun libé-
rerait ses esclaves hébreux,
hommes et femmes, et nul d'entre
eux n'asservirait plus un Judéen,
son frère. 10 Alors toutes les autorités et tous les gens qui avaient
pris l'engagement de libérer leurs
esclaves, hommes ou femmes, et
de ne plus les asservir à nouveau,
tinrent parole; ils tinrent parole
et libérèrent leurs esclaves.
11 Mais plus tard ils firent

marche arrière : ils récupérèrent
les esclaves qu'ils avaient libérés,
hommes et femmes, et les exploi-
tèrent à nouveau comme esclaves,
hommes ou femmes.

12 La parole du Seigneur s'a-
dressa à Jérémie — de la part du
Seigneur. 13 Ainsi parle le Seigneur, le Dieu d'Israël : C'est moi
qui ai fait prendre cet engagement à vos pères, quand je les ai
fait sortir du pays d'Egypte, de la
maison des esclaves[1] : 14 « Au
bout d'une période de sept ans,
chacun d'entre vous libérera son
frère hébreu qui se sera vendu à
lui; il sera ton esclave pendant six
ans, et ensuite tu le libéreras. »
Mais vos pères ne m'ont pas
écouté, ils n'ont pas tendu l'o-
reille. 15 Ces temps-ci, vous vous
étiez convertis en faisant ce qui
me paraît juste; chacun de vous
avait proclamé l'affranchissement
de son compatriote, et vous aviez
pris des engagements en ma présence, dans la Maison[2] sur laquelle mon *nom a été proclamé.
16 Mais vous avez fait marche arrière, profanant ainsi mon nom;
chacun de vous a récupéré les esclaves, hommes et femmes, auxquels il avait rendu la liberté;
vous les exploitez à nouveau
comme vos esclaves, hommes ou
femmes.

17 Eh bien, ainsi parle le Seigneur : Puisque vous ne m'avez
pas écouté en proclamant l'affranchissement de vos frères et de
vos compatriotes, je vais, moi,
proclamer votre affranchissement
— oracle du Seigneur — en vous

---

1. *les villes* : d'après l'ancienne version grecque;
texte hébreu traditionnel *toutes les villes* — Lakish, *Azéqa* : villes de Juda, situées respectivement
à 45 et 30 km, environ au sud-ouest de Jérusalem.

1. *vos pères* ou *vos ancêtres* — *de la maison des
esclaves* ou *du pays de l'esclavage.*
2. *la Maison* (sur laquelle ...) : le Temple (qui
m'est dédié).

laissant à l'épée, à la peste et à la famine. Je fais de vous un exemple terrifiant pour tous les royaumes de la terre; 18 je livre les hommes qui ont manqué aux engagements que je leur ai fait prendre — qui n'ont pas honoré les termes de l'engagement qu'ils avaient décidé d'accepter devant moi, en coupant en deux un taurillon et en passant entre les morceaux[1] : 19 les autorités de Juda et celles de Jérusalem, le personnel de la cour, les prêtres et tous les propriétaires terriens, tous ceux qui ont passé entre les morceaux du taurillon —, 20 je les livre au pouvoir de leurs ennemis, au pouvoir de ceux qui en veulent à leur vie; leurs cadavres deviendront la pâture des oiseaux du ciel et des bêtes de la terre[2]. 21 Quant à Sédécias, roi de Juda, et à ses ministres, je les livre au pouvoir de leurs ennemis, au pouvoir de ceux qui en veulent à leur vie, au pouvoir des forces du roi de Babylone qui viennent de lever le siège. 22 Je vais donner un ordre — oracle du Seigneur — et elles vont revenir contre cette ville; elles l'assailliront, la prendront, l'incendieront; les villes de Juda, j'en fais des lieux désolés, vidés de leurs habitants.

L'exemple donné par les Rékabites

35 1 La parole qui s'adressa à Jérémie de la part du Seigneur, au temps de Yoyaqîm, fils de Josias, roi de Juda : 2 « Va trouver le clan des Rékabites, parle-leur, amène-les au Temple, dans l'une des salles et donne-leur du vin à boire. » 3 J'allai donc chercher Yaazanya, fils de Yirmeyahou, fils de Havacinya, tous ses frères et tous ses fils : tout le clan des Rékabites. 4 Je les amenai au Temple, dans la salle des fils de Hanân, fils de Yigdalyahou, l'homme de Dieu, celle qui se trouve à côté de la salle des ministres, au-dessus de la salle de Maaséyahou, fils de Shalloum, gardien du seuil[1]. 5 Je plaçai devant les membres du clan des Rékabites des bols remplis de vin et des coupes, et je leur dis : « Buvez du vin ! » 6 Ils répliquèrent : « Nous ne buvons pas de vin. Notre ancêtre, Yonadav, fils de Rékav, nous a laissé ces instructions : Vous ne boirez jamais de vin, ni vous ni vos enfants; 7 vous ne construirez pas de maison, vous ne ferez pas de semailles, vous ne planterez pas de verger et vous n'en ferez pas l'acquisition, mais vous logerez sous des tentes pendant toute votre vie, afin de vivre longtemps sur le sol où vous séjournez. 8 Nous avons obéi à toutes les instructions que notre ancêtre Yonadav, fils de Rékav, nous a laissées : nous n'avons jamais bu de vin, ni nous-mêmes, ni nos femmes, ni nos fils, ni nos filles; 9 nous n'avons pas construit de maisons pour y installer, nous n'avons acquis ni vergers, ni champs, ni semences; 10 nous logeons sous des tentes : nous obéissons scrupuleusement aux instructions que notre ancêtre Yonadav nous a laissées. 11 Ce n'est qu'au moment où Nabucho-

---

1. Cérémonial pour conclure une alliance (Gn 15.10-18), ou confirmer un engagement solennel. Les partenaires acceptaient de subir le sort de l'animal partagé s'ils rompaient leurs engagements.
2. Voir la note sur 8.2.

1. Voir 2 R 12.10 et la note.

donosor, roi de Babylone, a envahi le pays, que nous nous sommes dit : Il vaut mieux entrer dans Jérusalem face à la marée des forces chaldéennes[1] et *araméennes. Ainsi nous nous sommes installés à Jérusalem. »

12 Alors la parole du Seigneur s'adressa à Jérémie : 13 — « Ainsi parle le Seigneur le tout-puissant, le Dieu d'Israël — Va dire aux hommes de Juda et aux habitants de Jérusalem : Allez-vous enfin accepter la leçon et écouter mes paroles — oracle du Seigneur ? 14 L'interdiction de boire du vin que Yonadav, fils de Rékav, a laissée à ses enfants a été respectée : ils n'ont jamais bu de vin jusqu'à ce jour, obéissant aux instructions de leur ancêtre. Mais moi, je vous ai parlé inlassablement sans que vous m'ayez écouté. 15 Inlassablement, je vous ai envoyé mes serviteurs les *prophètes pour vous dire : Convertissez-vous chacun de votre mauvaise conduite, oui, améliorez votre manière d'agir, ne courez pas après d'autres dieux pour leur rendre un culte, et vous demeurerez sur le sol que je vous ai donné à vous et à vos pères ! Mais vous n'avez pas tendu l'oreille, vous ne m'avez pas écouté. 16 Les fils de Yonadav, eux, respectent les instructions que leur a laissées leur ancêtre, mais ce peuple ne m'écoute pas. 17 Eh bien, ainsi parle le Seigneur, Dieu des puissances, le Dieu d'Israël : Je vais faire venir sur Juda et sur tous les habitants de Jérusalem tous les malheurs que j'ai décrétés contre eux, parce que je leur ai parlé sans

qu'ils m'écoutent, et que je les ai appelés sans qu'ils me répondent. » 18 Au clan des Rékabites, Jérémie dit : « Ainsi parle le Seigneur le tout-puissant, le Dieu d'Israël : Vu que vous obéissez à l'instruction de votre ancêtre, Yonadav, que vous observez toutes ses instructions et que vous mettez bien en pratique ce qu'il vous a demandé, 19 eh bien, ainsi parle le Seigneur le tout-puissant, le Dieu d'Israël : Il ne manquera jamais à Yonadav, fils de Rékav, des hommes qui se tiennent tous les jours en ma présence. »

Le recueil des messages de Jérémie

36 1 En la quatrième année de Yoyaqîm[1], fils de Josias, roi de Juda, la parole que voici s'adressa à Jérémie de la part du Seigneur : 2 « Procure-toi un rouleau, et écris dedans toutes les paroles que je t'ai adressées au sujet d'Israël, de Juda et de toutes les nations, depuis que j'ai commencé à te parler au temps de Josias jusqu'à ce jour[2]. 3 Peut-être les gens de Juda seront-ils attentifs à tous les maux que je pense leur infliger, en sorte que, chacun se convertissant de sa mauvaise conduite, je puisse pardonner leurs crimes et leurs fautes. » 4 Jérémie fit appel à Baruch, fils de Nériya, et celui-ci écrivit dans le rouleau, sous la dictée de Jérémie, toutes les paroles que le Seigneur lui avait adressées. 5 Puis Jérémie demanda à Baruch : « J'ai un em-

1. Voir la note sur 21.4.

1. *la quatrième année de Yoyaqîm* : 605 av. J. C.
2. *un rouleau* ou *un livre* (en forme de rouleau) : voir la note sur 30.2 — *Israël* (mentionné à côté de *Juda*) : voir la note sur 3.6 — *au temps de Josias* : voir 1.2 et la note.

pêchement, je ne peux pas aller au Temple[1], 6 vas-y donc toi-même en un jour de *jeûne et, dans le Temple, face à la foule, fais lecture du rouleau où tu as écrit, sous ma dictée, les paroles du Seigneur; fais-en lecture à tous les Judéens qui seront venus de leurs différentes villes. 7 Il se pourrait alors que leur supplication jaillisse devant le Seigneur et que chacun se convertisse de sa mauvaise conduite, car terrible est la colère, la fureur que le Seigneur manifeste à l'égard de ce peuple.»

8 Baruch, fils de Nériya, accomplit fidèlement ce que le *prophète Jérémie lui avait demandé; il lut, au Temple, dans le livre, les paroles du Seigneur.

9 En la cinquième année de Yoyaqîm, fils de Josias, roi de Juda, au neuvième mois[2], on convoqua pour un jeûne devant le Seigneur tous les gens de Jérusalem et tous les gens des villes de Juda qui venaient à Jérusalem. 10 Alors Baruch lut, dans le livre, les paroles de Jérémie, au Temple, dans la salle de Guemaryahou, fils de Shafân, le chancelier, dans le *parvis supérieur, à l'entrée de la porte Neuve du Temple; il en fit lecture à toute la foule. 11 Or Mikayehou, fils de Guemaryahou, fils de Shafân, entendit toutes les paroles du Seigneur telles qu'elles étaient écrites dans le livre. 12 Il descendit au palais, entra dans la salle du chancelier; là étaient réunis en séance tous les ministres: le chancelier Elishama, Delayahou, fils de Shemayahou, Elnatân, fils de Akbor, Guemaryahou, fils de Shafân, Sédécias, fils de Hananyahou, et les autres ministres. 13 Mikayehou leur communiqua toutes les paroles qu'il avait entendues quand Baruch, fils de Nériya, faisait lecture du livre à la foule.

14 Alors le conseil des ministres envoya Yehoudi, fils de Netanyahou, fils de Shèlèmyahou, fils de Koushi, auprès de Baruch pour lui dire: «Apporte-nous le rouleau que tu as lu devant la foule.» Baruch, fils de Nériya, prit le rouleau et vint vers eux. 15 Ils lui dirent: «Assieds-toi et fais-nous la lecture de ce rouleau!» Baruch s'exécuta. 16 En entendant toutes les paroles, ils furent pris d'une panique contagieuse. Finalement ils dirent à Baruch: «Nous ne manquerons pas de communiquer au roi toutes ces paroles.» 17 Et ils lui demandèrent: «Raconte-nous comment tu as écrit toutes ces paroles sous sa dictée.» 18 Baruch leur répondit: «Il m'a dicté personnellement toutes ces paroles, tandis que moi, je les écrivais avec de l'encre dans le livre.» 19 Les ministres dirent à Baruch: «Va-t-en, cache-toi, et Jérémie aussi; que personne ne sache où vous êtes!» 20 Ayant déposé le rouleau dans la salle du chancelier Elishama, ils entrèrent chez le roi, dans ses appartements privés, et ils racontèrent au roi tout ce qui s'était passé.

21 Alors le roi envoya Yehoudi chercher le rouleau; celui-ci alla le prendre dans la salle du chancelier Elishama et en fit lecture

---

1. *J'ai un empêchement, je ne peux pas aller au Temple*: autre traduction *On m'interdit d'aller au Temple.*

2. *la cinquième année de Yoyaqîm au neuvième mois*: novembre-décembre de l'année 604 av. J. C.

au roi et à tous les ministres qui, debout, entouraient le roi. 22 Le roi, lui, était assis au salon d'hiver — c'était le neuvième mois —, et le feu[1] d'un brasero brûlait devant lui. 23 Chaque fois que Yehoudi avait lu trois ou quatre colonnes, le roi les découpait avec un canif de scribe et les jetait au feu du brasero, si bien que tout le rouleau finit par disparaître dans le feu du brasero. 24 Ils ne furent pas pris de panique, ils ne *déchirèrent pas leurs vêtements, ni le roi ni aucun de ses serviteurs qui entendaient toutes ces paroles. 25 Même quand Elnatân, Delayahou et Guemaryahou intervenaient auprès du roi pour l'empêcher de brûler le rouleau, celui-ci ne les écoutait pas, 26 et il donna l'ordre à Yerahméel, prince du sang, à Serayahou, fils de Azriël, et à Shèlèmyahou, fils de Avdéel, d'arrêter le chancelier Baruch et le prophète Jérémie; mais le Seigneur les tenait cachés.

27 Après que le roi eut brûlé le rouleau qui contenait les paroles écrites par Baruch, sous la dictée de Jérémie, la parole du Seigneur s'adressa à Jérémie : 28 « Procure-toi un autre rouleau et écris dedans toutes les paroles primitives qui se trouvaient dans le premier rouleau brûlé par Yoyaqîm, roi de Juda. 29 Et à Yoyaqîm, roi de Juda, tu diras : Ainsi parle le Seigneur : Tu as brûlé ce rouleau en me reprochant d'y avoir écrit que le roi de Babylone viendrait certainement ravager ce pays et en faire disparaître hommes et bêtes. 30 Eh bien, ainsi parle le Seigneur au sujet de Yoyaqîm, roi de

Juda : Il n'aura personne pour lui succéder sur le trône de David; son cadavre sera exposé à la chaleur du jour et au froid de la nuit[1]; 31 je sévirai contre lui, sa descendance, ses serviteurs, à cause de leurs crimes; et je ferai venir sur eux, sur les habitants de Jérusalem et les hommes de Juda, tous les grands malheurs dont je leur ai parlé sans qu'ils m'écoutent. »

32 Jérémie se procura donc un autre rouleau et le remit au chancelier Baruch fils de Nériya; celui-ci y écrivit, sous la dictée de Jérémie, toutes les paroles du livre brûlé par Yoyaqîm, roi de Juda. Et beaucoup d'autres paroles semblables y furent ajoutées.

Le roi Sédécias fait consulter Jérémie

37 1 Le roi Sédécias, fils de Josias, accéda au trône à la place de Konyahou[2], fils de Yoyaqîm, Nabuchodonosor, roi de Babylone, l'ayant intronisé au pays de Juda. 2 Personne n'écoutait les paroles que le Seigneur proclamait par l'intermédiaire du *prophète Jérémie : ni lui, ni ses serviteurs, ni les propriétaires terriens.

3 Le roi Sédécias envoya Yehoukal, fils de Shèlèmya, et le prêtre Cefanyahou, fils de Maaséya, auprès du prophète Jérémie pour lui dire : « Intercède pour nous, je te prie, auprès du Seigneur notre Dieu ! » 4 Jérémie se

---

1. *le feu* : d'après les anciennes versions grecque, araméenne et syriaque; texte hébreu traditionnel peu clair.

---

1. *personne pour lui succéder* : Yoyakîn (ou Konyahou), fils de Yoyaqîm, ne put régner, en effet, que trois mois (*voir* 22.24-30) — *son cadavre sera exposé* : voir la note sur 8.2.
2. Voir 22.24 et la note.

déplaçait librement au milieu du peuple; on ne l'avait pas mis en prison.

5 L'armée du *pharaon ayant quitté l'Egypte, les Chaldéens[1] qui assiégeaient Jérusalem, informés de la chose, s'étaient éloignés de Jérusalem en levant le siège. 6 Alors la parole du SEIGNEUR s'adressa au prophète Jérémie : 7 « Ainsi parle le SEIGNEUR, le Dieu d'Israël : Voici ce que vous direz au roi de Juda qui vous envoie vers moi pour me consulter : L'armée du pharaon, qui a quitté l'Egypte pour vous secourir, fera demi-tour et regagnera ses bases en Egypte. 8 Les Chaldéens reviendront, ils assailliront cette ville, la prendront et l'incendieront. 9 Ainsi parle le SEIGNEUR : Ne vous leurrez pas en vous imaginant que les Chaldéens sont partis définitivement de chez vous. Ils ne sont pas partis. 10 Quand bien même vous anéantiriez toute l'armée chaldéenne qui vous assaille et qu'il n'en resterait que quelques hommes criblés de flèches, ceux-ci se dresseraient dans leur tente et incendieraient cette ville. »

Jérémie accusé de trahison

11 Comme l'armée chaldéenne[2] s'était éloignée de Jérusalem, sous la pression de l'armée du *pharaon, 12 Jérémie voulut sortir de Jérusalem et se rendre au pays de Benjamin, pour une affaire de succession dans sa famille. 13 Arrivé à la porte de Benjamin, il y rencontra un factionnaire nommé

Yiriya, fils de Shèlèmya, fils de Hananya. Celui-ci arrêta le *prophète Jérémie en disant : « Tu es en train de passer aux Chaldéens. » 14 Jérémie répliqua : « C'est faux, je n'ai pas l'intention de passer aux Chaldéens. » Mais Yiriya ne voulut rien entendre; il arrêta Jérémie et l'amena devant les ministres. 15 Les ministres s'emportèrent contre Jérémie, le frappèrent et le mirent aux arrêts dans la maison du chancelier Yehonatân — on en avait fait une prison. 16 C'est à l'intérieur de la citerne qu'il aboutit, dans la chambre voûtée. Jérémie y demeura longtemps.

Sédécias consulte secrètement Jérémie

17 Puis le roi Sédécias l'envoya chercher. En secret, le roi l'interrogea dans son palais, lui demandant : « Y a-t-il un message du SEIGNEUR ? » Jérémie répondit : « Oui ! » et il ajouta : « Tu seras livré au pouvoir du roi de Babylone. » 18 Alors Jérémie dit au roi Sédécias : « Quelle faute ai-je commis envers toi, tes serviteurs et ce peuple, que vous me jetiez en prison ? 19 Et où sont les *prophètes qui vous ont prophétisé que ni vous ni ce pays n'auriez à craindre une invasion du roi de Babylone ? 20 Maintenant écoute, mon seigneur le roi, et laisse-toi toucher par ma supplication : ne me renvoie pas dans la maison du chancelier Yehonatân; là-bas, je vais mourir. » 21 Alors le roi Sédécias donna l'ordre de détenir Jérémie dans la cour de garde et de lui accorder quotidiennement une galette de pain, de la ruelle des

1. Voir 21.4 et la note.
2. Voir la note sur 21.4.

boulangers, jusqu'à ce qu'il n'y ait plus de pain dans la ville. Ainsi Jérémie resta dans la cour de garde.

Eved-Mélek retire Jérémie de la citerne

38 1 Shefatya, fils de Mattân, Guedalyahou, fils de Pashehour, Youkal, fils de Shèlèmyahou, et Pashehour, fils de Malkiya, entendirent les paroles que Jérémie répétait à tout le monde : 2 « Ainsi parle le Seigneur : Celui qui restera dans cette ville mourra par l'épée, la famine et la peste ; celui qui en sortira pour aller rejoindre les Chaldéens[1] vivra, et il s'estimera heureux d'avoir au moins la vie sauve ; oui, il restera en vie. 3 Ainsi parle le Seigneur : Cette ville sera bel et bien livrée au pouvoir des troupes du roi de Babylone ; elles s'en empareront. » 4 Les ministres dirent au roi : « Qu'on mette cet homme à mort puisqu'il démoralise les derniers défenseurs de la ville et même toute la population par ce qu'il raconte. Ce n'est pas le bien du peuple que recherche cet homme, mais son malheur. » 5 Le roi Sédécias répondit : « Il est entre vos mains ; le roi ne peut rien contre vous. » 6 Ils prirent Jérémie et le jetèrent dans la citerne de Malkiya, prince du sang, celle qui se trouve dans la cour de garde ; ils y introduisirent Jérémie à l'aide de cordes. Il n'y avait pas d'eau dans la citerne, seulement de la vase, et Jérémie s'y enfonça. 7 Eved-Mélek, le Koushite, du personnel de la cour, qui était au palais, apprit qu'on avait mis Jé-

rémie dans la citerne alors que le roi siégeait à la porte de Benjamin[1]. 8 Eved-Mélek quitta le palais pour aller parler au roi. 9 Il lui dit : « Mon seigneur le roi, c'est méchant tout ce que ces hommes ont fait au *prophète Jérémie ; ils l'ont jeté dans la citerne ; il va mourir de faim dans son trou, car il n'y a plus de pain dans la ville. » 10 Alors le roi donna cet ordre à Eved-Mélek, le Koushite : « Prends trois hommes avec toi et retire le prophète Jérémie de la citerne avant qu'il ne meure. » 11 Eved-Mélek prit les hommes avec lui, se rendit au palais, ramassa sous le trésor quelques vieux chiffons[2] et les fit parvenir à Jérémie dans la citerne au moyen de cordes. 12 Eved-Mélek, le Koushite, dit à Jérémie : « Mets-toi les vieux chiffons au-dessous des aisselles, sur les cordes. » Jérémie le fit. 13 Ils hissèrent donc Jérémie avec les cordes et le firent remonter de la citerne. Jérémie resta dans la cour de garde.

Dernière entrevue de Sédécias et de Jérémie

14 Le roi Sédécias envoya chercher le *prophète Jérémie pour qu'on le lui amène à la troisième entrée du Temple. Le roi dit à Jérémie : « Je vais te poser une question ; ne me cache rien ! » 15 Jérémie répondit à Sédécias : « Si je te dis la vérité, tu me tue-

---

1. Voir 21.4 et la note.

1. *le Koushite*, c'est-à-dire *le Nubien* (voir Es 11.11 et la note) — *la porte de Benjamin* était située dans la muraille nord de la ville.

2. *sous le trésor* : tournure abrégée pour indiquer une pièce située sous la salle où l'on entreposait le trésor royal — *quelques vieux chiffons* : la traduction rend ainsi deux mots hébreux dont la signification est mal connue.

ras; et si je te donne un conseil, tu ne le suivras pas !» 16 Alors le roi Sédécias prit en secret cet engagement solennel envers Jérémie : «Vivant est le Seigneur qui nous donne cette vie ! je ne te tuerai point et je ne te livrerai pas au pouvoir de ces hommes qui en veulent à ta vie.» 17 Jérémie dit alors à Sédécias : «Ainsi parle le Seigneur, Dieu des puissances, le Dieu d'Israël : Si tu acceptes d'aller rejoindre l'état-major du roi de Babylone, tu auras la vie sauve et cette ville ne sera pas incendiée : tu survivras ainsi que ta famille. 18 Mais si tu ne rejoins pas l'état-major du roi de Babylone, cette ville sera livrée au pouvoir des Chaldéens[1] qui l'incendieront ; et toi, tu ne leur échapperas pas.» 19 Le roi Sédécias répondit à Jérémie : «Moi, ce qui m'inquiète, ce sont les Judéens passés aux Chaldéens : il se pourrait que je leur sois livré pour qu'ils se jouent de moi.» 20 Jérémie dit : «On ne te livrera pas. Ecoute la voix du Seigneur dans ce que je te dis et tout ira bien, tu auras la vie sauve. 21 Par contre, si tu refuses de te rendre, voici la scène que le Seigneur me fait voir : 22 Toutes les femmes qui se trouvent encore dans le palais du roi de Juda sont conduites vers l'état-major du roi de Babylone, et elles disent :

Ils t'ont séduit, ils sont arrivés à leurs fins ;
tes intimes ;
tes pieds s'enfoncent dans la boue,
eux, ils s'éclipsent.

23 Toutes tes femmes et tes enfants, on les conduit aux Chaldéens. Toi-même, tu ne leur échappes pas : le roi de Babylone se saisit de toi, et la ville est incendiée.»

24 Sédécias dit à Jérémie : «Que personne n'ait connaissance des paroles que nous avons échangées ; autrement, tu es un homme mort. 25 Et si les ministres, apprenant que j'ai eu un entretien avec toi, viennent te dire : Fais-nous part de ce que tu as déclaré au roi ! Sous peine de mort, ne nous cache rien ! Qu'est-ce que le roi t'a déclaré ?, 26 tu leur répondras : Suppliant, j'ai voulu toucher le roi pour qu'il ne me renvoie pas mourir dans la maison de Yehonatân.» 27 De fait, tous les ministres vinrent interroger Jérémie, et, dans sa réponse, il s'en tint aux instructions du roi ; ils n'insistèrent pas, et l'affaire ne fut donc pas ébruitée. 28 Jérémie demeura dans la cour de garde jusqu'à la prise de Jérusalem.

La prise de Jérusalem

Et quand Jérusalem fut prise ...

39 1 en la neuvième année de Sédécias, roi de Juda, au dixième mois[1], Nabuchodonosor, roi de Babylone, arriva avec toutes ses troupes devant Jérusalem et investit la ville. 2 La onzième année de Sédécias, au quatrième mois, le neuf du mois[2], une brèche fut ouverte dans la ville. 3 ... L'état-major du roi de Babylone vint siéger sur la grand-place : Nergal-Sarèçèr, de Sîn-

---

1. Voir 21.4 et la note.

1. Fin décembre 589 av. J. C.
2. Fin juin 587 av. J. C.

Maguir[1], Nebou-Sarsekim, chef du personnel de la cour, Nergal-Sarèçèr, le généralissime, et tous les autres officiers de l'état-major.

4 Sédécias, roi de Juda, et tous les combattants, ayant constaté leur présence, s'enfuirent en quittant la ville de nuit, par le jardin du roi, près de la porte entre les deux murs, et ils s'éloignèrent en direction de la Araba[2]. 5 Mais les troupes chaldéennes les poursuivirent et rattrapèrent Sédécias dans la plaine de Jéricho. Elles le prirent et le firent monter à Rivla, dans le pays de Hamath[3], auprès de Nabuchodonosor, roi de Babylone, qui lui annonça ses décisions. 6 Le roi de Babylone fit égorger, à Rivla, les fils de Sédécias sous les yeux de celui-ci. Le roi de Babylone fit aussi égorger tous les nobles de Juda. 7 Puis il creva les yeux de Sédécias et le lia avec une double chaîne de bronze pour l'emmener à Babylone. 8 Quant au palais et aux maisons bourgeoises, les Chaldéens y mirent le feu et ils renversèrent les murs de Jérusalem. 9 Nebouzaradân, chef de la garde personnelle, déporta à Babylone les bourgeois qui restaient encore dans la ville, ainsi que les déserteurs qui s'étaient rendus à lui, bref, ce qui restait de la bourgeoisie, 10 mais il laissa dans le pays une partie du prolétariat qui ne possédait rien et c'est alors qu'il leur donna des vergers et des champs.

11 Au sujet de Jérémie, Nabuchodonosor, roi de Babylone, prit des dispositions dont il confia l'exécution à Nebouzaradân, chef de la garde personnelle, lui enjoignant : 12 « Prends-le en charge, veille sur lui, ne lui fais aucun mal; au contraire satisfais ses requêtes. » 13 Nebouzaradân, chef de la garde personnelle, Neboushazbân, chef du personnel de la cour, Nergal-Sarèçèr, le généralissime, et tout l'état-major du roi de Babylone 14 envoyèrent donc chercher Jérémie dans la cour de garde pour le confier à Guedalias, fils d'Ahiqam, fils de Shafân, qui lui permettrait de se retirer chez lui. Ainsi Jérémie resta au milieu du peuple.

Eved-Mélek aura la vie sauve

15 La parole du Seigneur s'était adressée à Jérémie quand il était enfermé dans la cour de garde : 16 « Va dire ceci à Eved-Mélek, le Koushite[1] : Ainsi parle le Seigneur le tout-puissant, le Dieu d'Israël : Je vais faire venir mes paroles contre cette ville pour lui faire du mal et non du bien; ce jour-là, elles se présenteront devant toi. 17 Ce jour-là, je te libérerai — oracle du Seigneur — et tu ne seras pas livré au pouvoir des hommes que tu redoutes. 18 Je te sauverai certainement, tu ne tomberas pas par l'épée : si tu te confies en moi, tu t'estimeras heureux d'avoir au moins la vie sauve — oracle du Seigneur. »

---

1. *sur la grand-place* ou *à la porte du Milieu — de Sîn-Maguir* : d'après les documents babyloniens; le mot hébreu correspondant est obscur.
2. *la porte entre les deux murs* permettait de sortir de la ville par le sud — *la Araba* : nom hébreu de la vallée du Jourdain.
3. *chaldéennes* : voir la note sur 21.4 — *Rivla* : ville située sur l'Oronte, fleuve de Syrie — *le pays de Hamath* : sur le territoire de l'actuelle Syrie.

1. Voir 38.7 et la note.

Jérémie s'installe auprès de Guedalias

(7-16 : cf. 2 R 25.23-24)

40 1 La parole s'adressa à Jérémie de la part du SEIGNEUR, après que Nebouzaradân, chef de la garde personnelle, l'eût renvoyé de Rama[1] — il l'avait pris en charge alors qu'il se trouvait enchaîné au milieu de tous les prisonniers de Jérusalem et de Juda qu'on déportait à Babylone. 2 Le chef de la garde personnelle l'avait donc pris en charge et lui avait dit : « C'est le SEIGNEUR ton Dieu qui a décrété un tel malheur contre ce lieu. 3 Le SEIGNEUR l'a fait venir, il a agi conformément à ce qu'il avait décrété. C'est parce que vous êtes fautifs envers le SEIGNEUR, parce que vous n'avez pas écouté sa voix, que cela est arrivé. 4 Mais maintenant, aujourd'hui même, je te libère de tes menottes. Si tu désires m'accompagner à Babylone, viens, et je veillerai sur toi; mais si tu répugnes à m'accompagner à Babylone, ne viens pas. La terre tout entière est devant toi : va où il te convient d'aller. 5 Si tu ne veux pas rester avec moi[2], retourne donc auprès de Guedalias, fils d'Ahiqam, fils de Shafân, que le roi de Babylone a nommé commissaire dans les villes de Juda, et reste avec lui au milieu du peuple, ou bien va où il te convient d'aller. » Le chef de la garde personnelle lui remit alors des vivres et un cadeau, et le congédia. 6 Ainsi Jérémie arriva à Miçpa[3] auprès de Guedalias, fils d'Ahiqam, et il resta avec lui parmi la population qui demeurait encore dans le pays.

7 Tous les commandants des troupes isolées dans la campagne — eux et leurs hommes — apprirent que le roi de Babylone avait nommé Guedalias, fils d'Ahiqam, commissaire dans le pays et qu'il lui avait confié hommes, femmes et enfants, et une partie des petites gens du pays, ceux qui n'avaient pas été déportés à Babylone. 8 Ils vinrent trouver Guedalias à Miçpa : c'étaient Yishmaël, fils de Netanyahou, Yohanân et Yonatân, les fils de Qaréah, Seraya, fils de Tanhoumeth, les fils de Ofaï de Netofa, Yezanyahou, fils du Maakatite, eux et leurs hommes. 9 Guedalias, fils d'Ahiqam, fils de Shafân, leur fit ainsi qu'à leurs hommes cette déclaration solennelle : « Acceptez sans crainte le régime des Chaldéens[1]. Restez dans le pays, soyez soumis au roi de Babylone, et tout ira bien. 10 Moi je reste à Miçpa à la disposition des Chaldéens qui viennent chez nous. Quant à vous, récoltez le vin, les fruits et l'huile, faites des provisions et restez dans les villes que vous occupez. »

11 De même tous les Judéens qui se trouvaient en Moab, parmi les Ammonites, en Edom[2] et dans tous les pays, apprirent que le roi de Babylone avait fait des concessions à Juda et qu'il avait nommé commissaire Guedalias, fils d'Ahiqam, fils de Shafân, 12 ils revinrent alors de tous les lieux où ils avaient été dispersés. Arrivés dans le pays de Juda auprès de

---

1. Voir 31.15 et la note.
2. D'après les anciennes versions grecque, araméenne, et latine; le texte hébreu traditionnel est peu clair.
3. Petite ville située à peu de distance de Rama.

1. Voir 21.4 et la note.
2. *Moab, Ammon, Edom* : trois petits royaumes voisins de Juda, à l'est.

Guedalias à Miçpa, ils firent la récolte du vin et des fruits, une récolte surabondante.

L'assassinat de Guedalias
(41.1-3 : cf. 2 R 25.25-26)

13 Arrivés auprès de Guedalias à Miçpa, Yohanân, fils de Qaréah, et tous les commandants des troupes isolées dans la campagne 14 lui dirent : « Ne sais-tu donc pas que Baalis, roi des Ammonites[1], a chargé Yishmaël, fils de Netanya, de t'abattre ? » Mais Guedalias, fils d'Ahiqam, refusa de le croire. 15 Alors Yohanân, fils de Qaréah, demanda en secret à Guedalias, à Miçpa : « Permets que j'aille abattre Yishmaël, fils de Netanya, sans que personne ne le sache. Veux-tu vraiment qu'il t'abatte ? Tous les Judéens regroupés autour de toi seraient à l'abandon et ce qui reste de Juda périrait ! » 16 Guedalias, fils d'Ahiqam, répondit à Yohanân, fils de Qaréah : « Ne le fais pas ! Ce que tu racontes au sujet de Yishmaël est faux. »

41 1 Au septième mois[2], Yishmaël, fils de Netanya, fils d'Elishama, de sang royal, l'un des hauts fonctionnaires du roi, vint trouver Guedalias, fils d'Ahiqam, à Miçpa, accompagné de dix hommes, et là, à Miçpa, ils déjeunèrent ensemble. 2 Soudain, Yishmaël, fils de Netanya, et les dix hommes qui l'accompagnaient abattirent Guedalias, fils d'Ahiqam, d'un coup d'épée. Ainsi

tua-t-il celui que le roi de Babylone avait nommé commissaire dans le pays. 3 De même, Yishmaël abattit tous les Judéens qui se trouvaient avec lui — avec Guedalias à Miçpa —, ainsi que les Chaldéens[1] qui se trouvaient à Miçpa, les militaires.

4 Le deuxième jour après l'assassinat de Guedalias — personne n'étant au courant —, 5 arrivèrent des hommes de Sichem, de Silo et de Samarie, ils étaient 80; barbe rasée, vêtements déchirés, couverts d'incisions, ils portaient des offrandes[2] et de l'*encens destinés au Temple. 6 Yishmaël, fils de Netanya, sortit de Miçpa à leur rencontre; tout en marchant, il ne cessait de pleurer; les ayant atteints, il leur dit : « Venez voir Guedalias, fils d'Ahiqam ! » 7 Comme ils arrivaient au centre de la ville, Yishmaël, fils de Netanya, les massacra et jeta leurs cadavres dans la citerne — lui et les hommes qui l'accompagnaient. 8 Il y avait parmi eux dix hommes qui dirent à Yishmaël : « Ne nous fais pas mourir : nous avons des provisions cachées dans la nature : du froment, de l'orge, de l'huile et du miel. » Yishmaël renonça à les faire mourir avec leurs frères.

9 La citerne[3] dans laquelle Yishmaël jeta tous les cadavres des hommes qu'il avait massacrés était la grande citerne que fit le roi Asa quand il fut attaqué par Baésha d'Israël. Yishmaël, fils de

---

1. Petit royaume de Transjordanie. Au moment de la prise de Jérusalem il était resté momentanément à l'abri de l'invasion babylonienne (voir la note sur 52.30).
2. Voir au glossaire CALENDRIER.

1. Voir 21.4 et la note.
2. *Sichem, Silo, Samarie* : villes de l'ancien royaume d'Israël — *barbe rasée, vêtements déchirés, couverts d'incisions* : voir au glossaire DÉCHIRER SES VÊTEMENTS — *offrandes* : voir au glossaire SACRIFICES.
3. *la grande citerne* : d'après l'ancienne version grecque; hébreu peu clair.

Netanya, la remplit de ses victimes.

10 Alors Yishmaël emmena captif tout le reste de la population de Miçpa : les princesses et tous les gens qui vivaient encore à Miçpa, ceux que Nebouzaradân, chef de la garde personnelle, avait confiés aux soins de Guedalias, fils d'Ahiqam; Yishmaël, fils de Netanya, les emmena captifs et s'en alla rejoindre les Ammonites.

11 Ayant appris quel crime avait commis Yishmaël, fils de Netanya, Yohanân fils de Qaréah, et tous les commandants des troupes qui étaient avec lui 12 rassemblèrent leurs hommes et se mirent en campagne contre Yishmaël, fils de Netanya. Ils le trouvèrent auprès du grand plan d'eau de Gabaon[1]. 13 Quand tous les gens qui étaient avec Yishmaël virent Yohanân, fils de Qaréah, et tous les commandants des troupes qui l'accompagnaient, ils se réjouirent; 14 tous les gens que Yishmaël avait emmenés captifs de Miçpa firent demi-tour et retournèrent auprès de Yohanân, fils de Qaréah. 15 Quant à Yishmaël, fils de Netanya, il se sauva avec huit hommes, à l'approche de Yohanân, fils de Qaréah, et il se rendit auprès des Ammonites.

16 Alors Yohanân, fils de Qaréah, ainsi que les commandants des troupes qui l'accompagnaient prirent en charge tout le reste de la population — ceux que Yishmaël, fils de Netanya, avait emmenés captifs de Miçpa, après l'assassinat de Guedalias, fils

d'Ahiqam : les hommes, les soldats, les femmes, les enfants et le personnel de la cour ramenés de Gabaon —; 17 ils se mirent en route et s'arrêtèrent au campement de Kimham[1] aux environs de Bethléem, prêts à partir pour l'Egypte, 18 ils fuyaient les Chaldéens qu'ils redoutaient parce que Yishmaël, fils de Netanya, avait assassiné Guedalias, fils d'Ahiqam, commissaire du pays nommé par le roi de Babylone.

Jérémie est emmené de force en Egypte

42 1 Alors tous les commandants des troupes — notamment Yohanân, fils de Qaréah, et Azarya[2] fils de Hoshaya — et tout le peuple, petits et grands, s'approchèrent 2 du *prophète Jérémie et lui dirent : «- Laisse-toi toucher par notre supplication ! Intercède auprès du Seigneur ton Dieu pour ce petit reste que nous sommes; oui, nous ne sommes plus que quelques survivants, après avoir été si nombreux ! Tu le sais bien. 3 Que le Seigneur ton Dieu nous indique quel chemin prendre, quoi faire. » 4 Le prophète Jérémie leur dit : « Entendu ! je vais intercéder auprès du Seigneur votre Dieu comme vous me le demandez, et je vous communiquerai toute parole que le Seigneur vous répondra, sans en rien garder pour moi. » 5 Eux alors affirmèrent à Jérémie : «Que le Seigneur soit contre nous un témoin véridique

1. Voir 1 R 3.4 et la note.

1. *au campement de Kimham* : d'après plusieurs anciennes versions; texte hébreu traditionnel obscur.

2. *Azarya* : avec l'ancienne version grecque et d'après 43.2; hébreu *Yezanya* (comparer 40.8).

et sûr : nous agirons exactement selon la parole que le S<small>EIGNEUR</small> ton Dieu t'adressera pour nous. 6 Que cela nous plaise ou nous répugne, nous écouterons la voix du S<small>EIGNEUR</small> notre Dieu auprès de qui nous te députons; et tout ira bien, car nous écouterons la voix du S<small>EIGNEUR</small> notre Dieu. »

7 Au bout de dix jours, la parole du S<small>EIGNEUR</small> s'adressa à Jérémie. 8 Celui-ci appela Yohanân, fils de Qaréah, ainsi que tous les commandants des troupes qui l'entouraient et tout le peuple, petits et grands, 9 et il leur dit : « Ainsi parle le S<small>EIGNEUR</small> le Dieu d'Israël, auprès duquel vous m'avez député pour que j'essaie de le toucher par votre supplication : 10 Si vous acceptez de rester dans ce pays, alors je vous bâtirai, je ne vous démolirai plus; je vous planterai, sans plus jamais vous déraciner : je réparerai le mal que je vous ai fait. 11 N'ayez plus peur du roi de Babylone que vous redoutez ! N'ayez plus peur de lui — oracle du S<small>EIGNEUR</small> —, car je suis avec vous pour vous délivrer, vous arracher à son pouvoir. 12 Je vous fais prendre en pitié : vous prenant en pitié, il vous laissera[1] sur votre terre. 13 Mais si vous dites : Nous ne voulons pas rester dans ce pays ! — Refusant ainsi d'écouter la voix du S<small>EIGNEUR</small> votre Dieu —, 14 et si vous dites : Non ! nous voulons nous rendre en Egypte où nous ne connaîtrons plus la guerre, où nous n'entendrons plus l'alerte du cor, où nous ne souffrirons plus du manque de pain; c'est là que nous voulons nous établir !, 15 eh bien,

alors, écoutez la parole du S<small>EIGNEUR</small>, vous les survivants de Juda ! Ainsi parle le S<small>EIGNEUR</small> le tout-puissant, le Dieu d'Israël : Si vraiment vous vous mettez en route pour vous rendre en Egypte, et que vous allez vous y réfugier, 16 l'épée dont vous avez peur vous atteindra là-bas, dans le pays d'Egypte; la famine qui vous inquiète, vous l'aurez à vos trousses jusqu'en Egypte, et c'est là que vous mourrez. 17 Les hommes qui se mettront en route pour aller se réfugier en Egypte mourront par l'épée, la famine et la peste; il n'y aura ni rescapé ni survivant du malheur que je fais venir contre eux. 18 Oui, ainsi parle le S<small>EIGNEUR</small> le tout-puissant, le Dieu d'Israël : Comme ma colère et ma fureur se sont déversées sur les habitants de Jérusalem, de même ma fureur se déversera sur vous quand vous arriverez en Egypte : vous deviendrez une désolation et vous passerez au répertoire des imprécations, des malédictions et des injures[1]; vous ne reverrez plus ce lieu. 19 Le S<small>EIGNEUR</small> vous déclare, à vous survivants de Juda : Ne vous rendez pas en Egypte ! Vous savez bien qu'aujourd'hui, je suis témoin contre vous ! 20 Vous avez risqué votre propre vie; vous m'avez vous-mêmes député auprès du S<small>EIGNEUR</small> votre Dieu en me demandant : Intercède pour nous auprès du S<small>EIGNEUR</small> notre Dieu; annonce-nous fidèlement ce que le S<small>EIGNEUR</small> notre Dieu dit, et nous le ferons ! — 21 Je viens de vous l'annoncer, mais vous n'écoutez pas la voix du S<small>EIGNEUR</small>

---

1. *il vous laissera* : texte reconstitué d'après trois anciennes versions; texte hébreu traditionnel *il vous fera revenir.*

1. On trouve en 29.22 un exemple de ce genre de malédictions.

votre Dieu, vous n'écoutez rien de ce qu'il m'a confié pour vous. 22 Maintenant, vous pouvez être sûrs que vous allez mourir par l'épée, la famine et la peste, à l'endroit même où vous voulez aller vous réfugier. »

43 1 Quand Jérémie eut fini de prononcer devant tout le peuple toutes les paroles du Seigneur leur Dieu, que le Seigneur leur Dieu lui avait confiées pour eux, toutes ces paroles, 2 Azarya, fils de Hoshaya, Yohanân, fils de Qaréah, et tous ces messieurs insolents prirent la parole et dirent à Jérémie : « C'est faux ce que tu dis. Le Seigneur notre Dieu ne t'a pas envoyé nous dire : N'allez pas vous réfugier en Egypte ! 3 C'est Baruch, fils de Nériya, qui t'entraîne dans l'opposition ; il veut nous livrer au pouvoir des Chaldéens[1] pour qu'ils nous mettent à mort, pour qu'ils nous déportent à Babylone. » 4 Ni Yohanân, fils de Qaréah, ni les commandants des troupes, ni personne d'autre n'écoutèrent la voix du Seigneur qui les invitait à rester dans le pays de Juda. 5 Yohanân, fils de Qaréah, et tous les commandants des troupes prirent en charge tous les survivants de Juda, ceux qui étaient revenus séjourner en Juda, après avoir été dispersés parmi les nations voisines : 6 les hommes, les femmes, les enfants, les princesses — toutes les personnes que Nebouzaradân, chef de la garde personnelle, avait confiées à Guedalias, fils d'Ahiqam, fils de Shafân — ainsi que le prophète Jérémie et Baruch, fils de Nériya ; 7 refusant d'écou-

ter la voix du Seigneur, ils se rendirent en Egypte et ils allèrent jusqu'à Daphné[1].

Jérémie annonce l'invasion de l'Egypte

8 Alors, la parole du Seigneur s'adressa à Jérémie à Daphné. 9 « Prends des grandes pierres et, sous les yeux de quelques Judéens, enfouis-les dans le sol argileux de la tuilerie[2] qui se trouve vers l'entrée du palais du *pharaon à Daphné. 10 Puis tu leur diras : Ainsi parle le Seigneur le tout-puissant, le Dieu d'Israël : Je vais envoyer chercher mon serviteur, Nabuchodonosor, roi de Babylone, je placerai son trône au-dessus des pierres que tu as enfouies ; il étendra sur elles son baldaquin. 11 Il viendra et il frappera le pays d'Egypte[3] — À la mort, qui est pour la mort ! À la déportation, qui est pour la déportation ! À l'épée, qui est pour l'épée ! — 12 Je mettrai le feu aux temples des dieux égyptiens ; il brûlera ces dieux, il les emportera, il épouillera le pays d'Egypte comme un *berger épouille son vêtement, et il repartira sain et sauf. 13 Il brisera les obélisques d'Héliopolis[4], dans le pays d'Egypte, et il incendiera les temples des dieux égyptiens. »

---

1. Voir 21.4 et la note.

1. Voir la note sur 2.16.
2. *de la tuilerie :* traduction conjecturale ; hébreu obscur.
3. Effectivement Nabuchodonosor a envahi l'Egypte vers 568-567 av. J. C., sous le règne du pharaon Amasis.
4. *Héliopolis* (ville du soleil), près du Caire, célèbre par son temple dédié au dieu-soleil Râ.

Menaces contre les réfugiés judéens

44 1 La parole qui s'adressa à Jérémie pour tous les Judéens qui s'étaient établis au pays d'Egypte : à Migdol, à Daphné, à Memphis, et dans le pays de Patros[1] : 2 «Ainsi parle le SEIGNEUR le tout-puissant, le Dieu d'Israël : Vous savez bien tous les malheurs que j'ai fait venir contre Jérusalem et contre les villes de Juda : les voilà maintenant en ruines, personne n'y habite; 3 c'est à cause des méfaits qu'ils ont commis; ils m'ont offensé en allant brûler des offrandes et rendre un culte à d'autres dieux qui ne s'étaient occupés ni d'eux, ni de vous, ni de vos pères[2]. 4 Je vous ai envoyé inlassablement tous mes serviteurs les *prophètes vous dire : Ne commettez pas les choses horribles que je déteste ! 5 Ils n'ont ni écouté ni prêté l'oreille pour se convertir de leur méchanceté et ne plus brûler des offrandes à d'autres dieux. 6 Ainsi ma fureur, ma colère s'est déversée, et tel un feu, elle a ravagé les villes de Juda et les ruelles de Jérusalem : elles sont devenues des monceaux de ruines, des lieux désolés — c'est bien la situation actuelle ! 7 Maintenant donc, ainsi parle le SEIGNEUR, Dieu des puissances, le Dieu d'Israël : Pourquoi continuez-vous à vous faire vous-mêmes tant de mal, jusqu'à vous faire exterminer de Juda, hommes et femmes, bébés et nourrissons, sans laisser subsister aucun reste ? 8 En effet vous m'offensez par vos pratiques : vous brûlez des offrandes à d'autres dieux dans le pays d'Egypte où vous êtes venus vous réfugier; vous finirez par provoquer votre extermination et vous passerez au répertoire des malédictions et des injures[1] chez toutes les nations de la terre. 9 Avez-vous oublié les méfaits de vos pères, ceux des rois de Juda et de leurs femmes, vos propres méfaits et ceux de vos femmes, méfaits commis dans le pays de Juda et dans les ruelles de Jérusalem ? 10 Jusqu'à ce jour, ils n'ont ressenti aucune contrition; ils n'ont pas de respect, et ils ne suivent pas les directives et les principes que j'ai exposés à vous et à vos pères. 11 Eh bien ! ainsi parle le SEIGNEUR le tout-puissant, le Dieu d'Israël : Je vais me tourner contre vous pour vous faire du mal et je vais exterminer tout Juda. 12 Je prends en charge les survivants de Juda qui se sont mis en route pour aller se réfugier en Egypte; ils périront tous, ils tomberont dans le pays d'Egypte, ils périront par l'épée et la famine; tous, petits et grands, ils mourront par l'épée et la famine, ils deviendront une désolation et passeront au répertoire des imprécations, des malédictions et des injures. 13 Je sévis contre ceux qui habitent dans le pays d'Egypte, comme j'ai sévi contre Jérusalem, par l'épée, la famine et la peste. 14 Il n'y aura ni rescapé ni survivant parmi ceux qui restent en Egypte; nul ne retournera dans le pays de Juda où ils ont la prétention de retourner afin d'y

---

1. *Migdol* : à l'est de Daphné — *Daphné, Memphis* : voir la note sur 2.16 — *le pays de Patros* : voir la note sur Es 11.11.
2. Ou *vos ancêtres.*

1. On trouve en 29.22 un exemple de ce genre de malédictions.

habiter; ils n'y retourneront pas — sauf quelques rescapés. »

15 Les hommes qui savaient que leurs femmes brûlaient des offrandes à d'autres dieux, ainsi que les femmes qui étaient présentes en grande assemblée, tous les gens qui s'étaient établis dans le pays d'Egypte, à Patros, répondirent à Jérémie : 16 « Bien que tu nous dises cela au nom du Seigneur, nous ne t'écoutons pas. 17 Nous allons faire tout ce que nous avons décidé : brûler des offrandes à la Reine du ciel, lui verser des libations, comme nous l'avons fait dans les villes de Juda et dans les ruelles de Jérusalem — nous-mêmes, nos pères[1], nos rois, nos ministres — ; alors nous avions du pain à satiété et nous vivions heureux sans connaître de malheur. 18 Depuis que nous avons cessé de brûler des offrandes à la Reine du ciel et de lui verser des libations, nous manquons de tout et nous périssons par l'épée et par la famine. » 19 Les femmes ajoutèrent : « Et quand nous, nous brûlons des offrandes à la Reine du ciel et que nous lui versons des libations, est-ce sans la collaboration de nos maris que nous lui préparons des gâteaux qui la représentent[2], et que nous lui versons des libations ? » 20 Alors Jérémie dit à tout le peuple — aux hommes, aux femmes, à toutes les personnes qui lui répondaient de cette manière — : 21 « Les offrandes que vous avez brûlées dans les villes de Juda et dans les ruelles de Jérusalem — vous, vos pères, vos rois, vos ministres et les bourgeois —, n'est-ce pas ce que le Seigneur rappelle, ce qui lui est revenu à la mémoire ? 22 Le Seigneur ne pouvait plus supporter vos agissements pervers et les horreurs que vous commettiez, aussi votre pays est-il devenu un champ de ruines, une étendue désolée, il est passé au répertoire des malédictions; il est vidé de ses habitants — c'est bien la situation actuelle ! 23 Parce que vous avez brûlé des offrandes, que vous êtes fautifs envers le Seigneur, n'ayant pas écouté sa voix ni suivi ses directives, ses principes et ses exigences, oui, pour cela, le malheur est venu à votre rencontre — c'est bien la situation actuelle ! »

24 Alors Jérémie dit à tout le peuple et à toutes les femmes : « Ecoutez la parole du Seigneur, vous les Judéens qui êtes dans le pays d'Egypte : 25 Ainsi parle le Seigneur tout-puissant, le Dieu d'Israël : Avec vous, les femmes[1], aussitôt dit, aussitôt fait; vous dites : Nous voulons mettre à exécution les voeux que nous avons faits — brûler des offrandes à la Reine du ciel et lui verser des libations —, accomplissez donc vos voeux, faites vos libations ! 26 Eh bien, écoutez la parole du Seigneur, Judéens qui vous êtes établis dans le pays d'Egypte ! Je jure par mon grand *nom, dit le Seigneur, que mon nom ne sera plus jamais prononcé dans tout le pays d'Egypte par la bouche d'un

---

1. *la Reine du ciel* : voir 7.18 et la note — *libations* : voir au glossaire SACRIFICES — *nos pères* ou *les générations qui nous ont précédés.*
2. *Les femmes ajoutèrent* : d'après quelques manuscrits des anciennes versions grecque et syriaque. Cette précision manque dans le texte hébreu traditionnel — *qui la représentent* : autre traduction *pour la traiter comme une divinité.*

1. *Avec vous, les femmes* : d'après l'ancienne version grecque; hébreu *vous et vos femmes.*

Judéen disant : Vivant est le Seigneur ! 27 Je veille sur eux pour leur faire du mal et non du bien : les Judéens qui sont dans le pays d'Egypte périront par l'épée et par la famine, jusqu'à extermination. 28 Quelques hommes, peu nombreux, échappant à l'épée, retourneront du pays d'Egypte dans le pays de Juda, et tous les survivants de Juda qui sont venus se réfugier en Egypte sauront qui, de moi ou d'eux, a eu raison. 29 Et voici le signe — oracle du Seigneur — qui vous manifestera que je vais sévir contre vous en ce lieu, vous faisant savoir que mes paroles vont se réaliser contre vous, pour votre malheur : 30 — Ainsi parle le Seigneur — Je livre le *pharaon Hofra[1], roi d'Egypte, au pouvoir de ses ennemis, de ceux qui en veulent à sa vie, comme j'ai livré Sédécias, roi de Juda, au pouvoir de son ennemi, Nabuchodonosor, roi de Babylone, qui en voulait à sa vie. »

Un message du Seigneur pour Baruch

45 1 La parole que le *prophète Jérémie adressa à Baruch, fils de Nériya, quand ce dernier écrivait ces paroles dans un livre, sous la dictée de Jérémie, en la quatrième année de Yoyaqîm[2], fils de Josias, roi de Juda : 2 « Ainsi parle le Seigneur, le Dieu d'Israël, pour toi, Baruch : 3 Tu dis : Pauvre de moi ! le Seigneur ajoute l'affliction aux coups que

je subis; je suis épuisé à force de gémir, je ne trouve pas de repos. 4 — Voici ce que tu lui diras — Ainsi parle le Seigneur : Ce que je bâtis, c'est moi qui le démolis; ce que je plante, c'est moi qui le déracine, et cela par toute la terre[1]. 5 Et toi, tu cherches à réaliser de grands projets ! N'y songe plus ! Je fais venir le malheur sur toute chair[2], mais à toi j'accorde le privilège d'avoir au moins la vie sauve partout où tu iras. »

46 1 Où la parole du Seigneur s'adresse au prophète Jérémie au sujet des nations.

Défaite des Egyptiens à Karkémish

2 Pour l'Egypte, au sujet de l'armée du *pharaon Néko, roi d'Egypte.

Il se trouvait au bord de l'Euphrate, à Karkémish, lorsque Nabuchodonosor, roi de Babylone, le défit, en la quatrième année de Yoyaqîm[3], fils de Josias, roi de Juda.

3 Alignez écus et boucliers; en avant pour la bataille !
4 Harnachez les chevaux ! Montez sur les attelages ! En ligne, avec vos casques ! Fourbissez les lances ! Revêtez les cuirasses[4] !
5 Mais quoi ? Que vois-je ?

---

1. *Hofra* fut détrôné par Amasis en 570 av. J. C., soit deux ans avant que Nabuchodonosor envahisse l'Egypte (voir 43.8-13 et la note sur 43.11).
2. *la quatrième année de Yoyaqîm* : en 605 av. J. C.

1. *par toute la terre* : autre traduction *dans tout le pays.*
2. *sur toute chair* ou *sur tous les humains.*
3. Ce même pharaon *Néko* était déjà à la tête de l'armée égyptienne en 609 av. J. C. à Méguiddo, quand le roi Josias fut tué (voir la note sur 22.10) — *Karkémish* : ville du nord de la Mésopotamie, à la frontière de la Syrie et de la Turquie actuelles — *la quatrième année de Yoyaqîm* : en 605 av. J. C.
4. Le terme ainsi traduit désigne des vêtements de cuir plaqués de métal.

Ils sont effondrés,
ils reculent !
Les plus vaillants sont taillés
en pièces;
ils fuient en pleine débandade,
sans se retourner !
C'est partout l'épouvante
— oracle du SEIGNEUR.

6 Le plus agile ne peut échapper,
ni le plus vaillant se sauver :
Au nord, sur les rives de l'Euphrate
ils trébuchent, ils tombent !

7 Qui donc est comme le Nil qui
monte,
comme de grands fleuves aux
eaux bouillonnantes ?

8 C'est l'Egypte qui est comme le
Nil qui monte,
comme de grands fleuves aux
eaux bouillonnantes.
Elle disait : « Je monterai, je
submergerai la terre,
je veux faire périr les villes et
leurs habitants[1].

9 Chevaux, à l'assaut !
Chars, foncez en furie !
Que les plus vaillants fassent
une sortie :
gens de Koush et de Pouth, qui
manient le bouclier rond,
gens de Loud[2] qui manient et
qui bandent l'arc. »

10 Mais ce jour-là est, pour le Seigneur DIEU le tout-puissant,
un jour de vengeance, pour se
venger de ses adversaires.
L'épée dévore, elle se rassasie,
elle s'enivre de leur sang :
quel festin pour le Seigneur
DIEU le tout-puissant,
au pays du nord[1], au bord de
l'Euphrate !

11 Monte en Galaad et cherche
du baume, vierge d'Egypte.
C'est en vain que tu multiplies
les soins,
rien ne peut te guérir.

12 Les nations apprennent ta
honte,
car ta clameur emplit la terre.
Le vaillant trébuche sur le vaillant;
ensemble, ils tombent tous les
deux.

Invasion de l'Egypte

13 Parole que le SEIGNEUR
adressa au *prophète Jérémie
pour annoncer que Nabuchodonosor, roi de Babylone, viendrait
frapper le pays d'Égypte :

14 Faites-le savoir en Egypte,
faites-le entendre à Migdol,
faites-le entendre à Memphis
et à Daphné[2],
dites :
Dresse-toi ! En garde !
L'épée dévore autour de toi.

15 Quoi ! Apis s'enfuit ! Ton Taureau[3] ne résiste pas !
Le SEIGNEUR l'a bousculé;

16 il chancelle terriblement.
Les hommes aussi tombent
l'un sur l'autre;
ils disent : « Debout ! réinté-
grons notre peuple
et notre pays natal, loin de l'é-
pée impitoyable ! »

---

1. A Karkémish l'armée égyptienne tentait de
soutenir l'armée assyrienne contre les Babyloniens
de Nabuchodonosor.
2. *Koush* : la Nubie (territoire de l'actuel Soudan) — *Pouth* et *Loud* : voir Es 66.19 et la note.
Certains pensent que *Pouth* désigne la Libye.

1. *festin* : le terme hébreu correspondant désigne
parfois le repas qui suivait certains sacrifices — *au
pays du nord* : manière indirecte de désigner Karkémish (voir la note sur 46.2).
2. *Migdol, Memphis, Daphné* : voir les notes sur
44.1; 2.16.
3. *Apis s'enfuit* : la traduction suit ici l'interprétation de l'ancienne version grecque; texte hébreu
traditionnel *Ton Taureau est emporté : il ne résiste
pas* — *Apis* : taureau sacré de Memphis, assimilé
au dieu protecteur de la ville.

17 Surnommez[1] le pharaon, roi
   d'Egypte :
   « Tapage à contretemps. »
18 Je suis vivant ! Dit le Roi
   qui a pour nom : le Seigneur le
   tout-puissant.
   Tel le Tabor parmi les montagnes,
   tel le Carmel dans la mer,
   il vient[2].

19 Fais tes baluchons pour l'exil,
   population de l'Egypte;
   Memphis deviendra une étendue désolée,
   brûlée, inhabitée.

20 Génisse ravissante que l'E-
   gypte !
   mais, du nord[3], des taons viennent sur elle.
21 Chez elle, même les merce-
   naires
   sont comme des taurillons à
   l'engrais.
   Eux aussi, ils tournent le dos;
   ils fuient tous ensemble;
   ils ne résistent pas.
   Oui, le jour de leur ruine vient
   sur eux,
   le moment où il leur faudra
   rendre compte.
22 Elle file en douce comme un
   serpent
   quand on marche lourdement.
   On vient vers elle avec des haches,
   comme des bûcherons.
23 Coupez sa forêt — oracle du
   Seigneur —

même si elle est impéné-
trable[1] !
Ils sont plus nombreux que les
sauterelles,
on ne peut les compter.
24 La belle Egypte est couverte
de honte;
elle est livrée au peuple du
nord.

L'Egypte vaincue, Israël délivré

25 Le Seigneur le tout-puissant,
le Dieu d'Israël, dit : « Je vais sévir contre Amon de Thèbes[2] — le
*pharaon, l'Egypte, ses dieux et
ses rois —, le pharaon et tous
ceux qui se blottissent contre lui;
26 je les livre au pouvoir de ceux
qui en veulent à leur vie : à Nabuchodonosor, roi de Babylone, et à
ses serviteurs. Après quoi, l'E-
gypte s'installera comme elle était
auparavant » — oracle du Seigneur.

27 Mais toi, mon serviteur Jacob[3],
ne crains pas,
ne te laisse pas accabler, Israël !
Je vais te délivrer des pays
lointains,
et ta descendance de sa terre
d'exil.
Jacob revient, il est rassuré,
il est tranquille, plus personne
ne l'inquiète.
28 Toi, mon serviteur Jacob, ne
crains pas — oracle du Seigneur — :
je suis avec toi.

---

1. D'après l'ancienne version grecque; texte hébreu traditionnel *on appelle là.*
2. *le Tabor :* voir Os 5.1 et la note — *le Carmel :*
voir la note sur Es 33.9 — *il vient :* le texte ne
permet pas de savoir s'il s'agit de l'ennemi (Nabuchodonosor) ou de Dieu.
3. Voir 1.14 et la note.

1. D'après certains manuscrits hébreux; selon
d'autres *ils coupent sa forêt ... oui, ils sont
innombrables.*
2. *Amon :* dieu de *Thèbes* (capitale de la haute
Egypte, à environ 500 km au sud du Caire).
3. Voir 2.4 et la note.

Je fais table rase de toutes les
nations
où je t'ai disséminé,
mais, de toi, je ne fais pas
table rase :
je t'apprends à respecter
l'ordre
sans rien te laisser passer !

Déclaration du Seigneur
sur les Philistins

47 ¹ Où la parole du Seigneur
s'adresse au *prophète Jérémie au sujet des Philistins,
avant que le *pharaon n'ait
frappé Gaza¹.
² Ainsi parle le Seigneur :
Au nord², des eaux grossissent,
elles deviennent un torrent tu-
multueux ;
elles submergent le pays et
tout ce qui s'y trouve :
la ville et ceux qui l'habitent.
Les gens crient au secours ;
tous les habitants du pays hurlent
³ au bruit de ses coursiers martelant la terre de leurs sabots,
au grondement de ses chars, au
fracas de ses roues.
Les pères, démoralisés, se dés-
intéressent de leurs enfants.
⁴ à cause du jour qui vient
ravager tous les Philistins,
supprimer à Tyr et à Sidon
tous les rescapés susceptibles
de les aider.
Oui, le Seigneur ravage les
Philistins,

les survivants de l'île de Kaf-
tor¹.
⁵ La tondeuse passe sur Gaza ;
Ashqelôn est réduite au silence.
Survivants de leur plaine²,
jusques à quand vous fe-
rez-vous des incisions ?
⁶ Quel malheur ! Epée du Seigneur !
Vas-tu enfin te mettre au repos ?
Rentre dans ton fourreau !
Détends-toi ! Du calme !
⁷ Comment peut-elle³ se reposer
quand c'est le Seigneur qui
l'envoie en mission
contre Ashqelôn et le rivage de
la mer ?
C'est là qu'il lui a donné rendez-vous.

Déclaration sur Moab

48 ¹ Pour Moab,
ainsi parle le Seigneur le
tout-puissant, le Dieu d'Israël :
Quel malheur pour Nébo, elle
est dévastée !
Couverte de honte, Qiryataïm⁴
est prise.

---

1. *Tyr, Sidon* : voir les notes sur Es 23.1, 2 ; Os 9.13 — *Kaftor* : probablement *la Crète*, d'où étaient originaires les Philistins d'après Am 9.7. L'expression *les survivants de l'île de Kaftor* désigne donc les Philistins.
2. *la tondeuse passe* : allusion au rite de deuil qui consiste à se raser la chevelure ; voir au glossaire DÉCHIRER SES VÊTEMENTS (de même pour les *incisions*, à la fin du verset) — *Gaza, Ashqelôn* : voir Am 1.6 et la note — Au lieu de *Survivants de leur plaine* l'ancienne version grecque propose *Survivants des Anaqites* (géants célèbres qui restèrent longtemps en Philistie ; voir Dt 2.10-11 ; Jos 11.22).
3. D'après les anciennes versions grecque, syriaque et latine ; hébreu *comment peux-tu ?*.
4. *Nébo* : ville moabite située sur les pentes du mont Nébo en Transjordanie — *Qiryataïm* : autre ville moabite nommée plusieurs fois dans l'A. T., ainsi que sur la « stèle de Mésha », mais dont la localisation est encore incertaine.

---

1. On ignore à quel événement précis le texte fait allusion ; il doit sans doute être daté après la défaite égyptienne de Karkémish (46.2).
2. Voir 1.14 et la note.

La citadelle, couverte de honte,
s'effondre;
2 finie, la renommée de Moab !
À Heshbôn, on fait des plans
funestes contre elle :
Allons, supprimons cette nation !
Toi aussi Madmén, tu es réduite au silence[1],
l'épée te poursuit.
3 Des appels au secours viennent
de Horonaïm[2],
ravage et grand désastre !
4 Moab est brisée,
ses petits font entendre de
grands cris.
5 La montée de Louhith,
on la gravit tout en pleurs.
À la descente de Horonaïm,
on entend des appels venant
du désastre[3].
6 Fuyez ! sauve qui peut !
Vous devenez comme Aroër[4]
dans le désert.
7 Parce que tu te confies en tes
efforts et tes trésors,
tu es prise.
Kemosh[5] part en exil,
ses prêtres et ses chefs tous
ensemble.
8 Le dévastateur envahit toute
ville,
aucune n'y échappe.

La vallée disparaît,
le plateau est saccagé[1].
C'est ce que dit le SEIGNEUR :
9 Érigez un monument funéraire[2] à Moab,
elle n'est plus que ruines.
Ses villes deviennent des lieux
désolés,
elles sont vidées de leurs habitants.
10 Maudit celui qui fait l'oeuvre
du SEIGNEUR
avec mollesse.
Maudit celui qui refuse le sang
à son épée.

11 Moab était tranquille depuis
son jeune âge,
il reposait sur sa lie[3],
n'ayant jamais été transvasé
— autrement dit, il n'était jamais allé en exil.
Aussi a-t-il conservé son goût,
et son bouquet est-il intact.
12 Eh bien, des jours viennent
— oracle du SEIGNEUR — où je
vais lui envoyer des transvaseurs
avec ordre de le transvaser, de
vider leurs récipients et de fracasser leurs jarres. 13 Moab rougira
de Kemosh comme les gens d'Israël ont rougi de Béthel[4], leur sécurité !
14 Comment   osez-vous   dire :
« Nous sommes des héros,
des soldats faits pour le combat ? »
15 Le   dévastateur   de   Moab[5]
monte à l'attaque de ses villes :

---

1. *Heshbôn :* à 30 km à l'est de Jéricho; en hébreu ce nom fait assonance avec le verbe traduit par *faire des plans* — *Madmén :* ville non identi-fiée; ce nom fait assonance avec le verbe traduit par *être réduit au silence.*
2. Ville non identifiée avec certitude, *Horonaïm* était située peut-être dans la région sud de Moab.
3. *Louhith :* autre ville du sud de Moab, dont la localisation est incertaine — *on la gravit tout en pleurs :* texte hébreu traditionnel peu clair; la traduction s'inspire de l'ancienne version grecque et d'Es 15.5 — *on entend des appels venant du dé-sastre :* d'après l'ancienne version grecque et Es 15.5.
4. *Aroër :* ville située au centre de Moab — *comme Aroër :* sens incertain; ou bien *impre-nable comme Aroër* (la ville dominait un ravin) ou bien *comme les ruines d'Aroër* (si cette ville était déjà détruite).
5. Dieu national des Moabites.

---

1. *Le dévastateur :* allusion à Nabuchodonosor, roi de Babylone — *le plateau :* région principale du pays de Moab, au nord du torrent de l'Arnôn.
2. D'après l'ancienne version grecque; hébreu peu clair.
3. Moab est comparé à un vin de qualité, qui a eu le temps de se décanter.
4. *Béthel* semble être ici le nom d'une divinité.
5. Le texte hébreu du début du v. 15 est obscur; la traduction l'interprète d'après le v. 18b.

sa jeunesse d'élite va descendre
à la boucherie
— oracle du Roi qui a pour
nom :
le Seigneur le tout-puissant.

16 La ruine de Moab est immi-
nente,
le malheur va fondre sur lui.

17 Exprimez-lui vos condoléances
vous tous, ses voisins, ses intimes, dites :
Comment ! Elle est brisée cette
puissance implacable !
le pouvoir magnifique !

18 descends de ta gloire, et demeure assoiffée,
population de Divôn[1];
le dévastateur de Moab monte
à l'attaque contre toi,
il détruit tes forteresses.

19 Poste-toi sur le chemin et fais
le guet,
population de Aroër.
Interroge fuyards et rescapés :
que s'est-il passé ?

20 Moab, couvert de honte, s'est
effondré.
Hurlez ! Appelez au secours !
Publiez sur l'Arnôn :
Moab est dévasté.

21 Le jugement vient sur le
pays du plateau, sur Holôn, Yahaç, Méfaath, 22 Divôn, Nébo,
Beth-Divlataïm, 23 Qiryataïm,
Beth-Gamoul, Beth-Méôn, 24 Qeriyoth, Boçra, bref : toutes les
villes du pays de Moab, lointaines
et proches.

25 Moab a perdu toute sa vigueur,
son bras est brisé
— oracle du Seigneur.

26 Enivrez-le[1], puisqu'il s'est
fait plus grand que le Seigneur ...
Le voilà qui se débat dans sa
vomissure ... À son tour d'être objet de risée ! 27 N'est-il pas vrai
qu'Israël est devenu pour toi un
objet de risée ? L'as-tu trouvé
parmi les voleurs pour que,
chaque fois que tu en parles, ce
soit avec des hochements de
tête[2] ?

28 Quittez les villes et demeurez
dans les rochers,
habitants de Moab.
Soyez comme des colombes
qui construisent leur nid
dans des endroits inaccessibles,
à l'entrée d'un gouffre.

29 L'avons-nous entendu, l'orgueil
de Moab !
Comme il était orgueilleux !
Quelle insolence ! quel orgueil !
Quelle arrogance ! quelle suffi-
sance !

30 Je connais sa présomption
— oracle du Seigneur —,
l'inconsistance de son bavar-
dage,
l'inconsistance de ce qu'ils font.

31 Aussi, je hurle à cause de
Moab.
J'appelle au secours pour
Moab tout entier.
Je gémis sur les gens de
Qir-Hèrès[3].

32 Plus que pour Yazér, je pleure
pour toi,
vigne de Sivma.
Tes pousses s'étendent au-delà
de la mer,
elles atteignent Yazér.

---

1. Voir la note sur 25.15.
2. *des hochements de tête* : en signe de mépris ;
voir Lm 2.15 et la note.
3. *je hurle* : celui qui parle ici n'est plus le Seigneur (v. 30) mais peut-être le prophète, qui s'identifie momentanément aux Moabites — *Qir-Hèrès* :
peut-être la capitale moabite; le nom signifie *Ville
des Tessons.*

---

1. Ville du centre de Moab.

Le dévastateur tombe sur ta récolte
et ta vendange.

33 Finie, la joie délirante
dans le vignoble et la campagne de Moab !
Je taris le vin dans les cuves : finis, les cris qui accompagnaient le foulage[1] !

34 Les appels au secours de Heshbôn, on les entend jusqu'à Eléalé; leur voix porte jusqu'à Yahaç de Çoar jusqu'à Horonaïm, Eglath-Shelishiya, car même les eaux de Nimrim sont réduites à rien[2]. 35 Je fais disparaître en Moab — oracle du Seigneur — ceux qui, dans les *hauts lieux, font monter des holocaustes[3] et brûlent des offrandes en l'honneur de leurs dieux. 36 Aussi mon coeur sanglote sur Moab, comme sanglotent des flûtes; mon coeur sanglote sur les gens de Qir-Hèrès, comme sanglotent des flûtes; ils périssent à cause des gains qu'ils ont réalisés. 37 Aussi toute tête est tondue et toute barbe rasée; toutes les mains sont tailladées[4] et tous les reins couverts de *sacs; 38 sur toutes les terrasses des maisons de Moab et sur les places, tout n'est que lamentations : je casse Moab comme un objet qui ne plaît pas — oracle du Seigneur. 39 Comment ! il s'est effon-

dré ! hurlez ! Comment ! de honte, Moab tourne le dos ! Moab provoque rire et stupeur chez tous ses voisins.

40 Ainsi parle le Seigneur :
C'est comme un vautour qui plane,
et qui déploie ses ailes sur Moab.

41 Qeriyoth est prise et Meçadoth[1] conquise.
Le coeur des vaillants de Moab sera,
ce jour-là,
comme le coeur d'une femme en travail.

42 Moab, saccagé, n'est plus un peuple
parce qu'il s'est fait plus grand que le Seigneur.

43 Terreur, fosse, filet, pour vous habitants de Moab
— oracle du Seigneur !

44 Celui qui fuit devant la Terreur
tombe dans la fosse.
Celui qui remonte de la fosse est pris dans le filet.
Oui, je fais venir sur elle, sur Moab,
l'année où il lui faudra rendre compte
— oracle du Seigneur.

45 À l'ombre de Heshbôn, font halte
des fuyards épuisés.
Mais un feu jaillit de Heshbôn une flamme du palais de Sihôn.
Il dévore les tempes de Moab, le crâne des tapageurs[2].

46 Quel malheur pour toi, Moab !

---

1. Le texte hébreu traditionnel contient en plus trois mots difficiles à interpréter et qui ne s'accordent guère au déroulement de la phrase; la traduction ne les a pas repris.
2. *Eléalé* : à 3 km de Heshbôn — *Yahaç* : à 25 km au sud de Hesbôn — *Çoar* : à l'extrême sud-ouest du territoire de Moab — *Eglath-Shelishiya* (nom signifiant « génisse de trois ans ») n'a pas été localisée — *les eaux de Nimrim* : oasis ou torrent au sud-est de la mer Morte.
3. Voir au glossaire SACRIFICES.
4. *tête tondue, barbe rasée, mains tailladées* : voir au glossaire DÉCHIRER SES VÊTEMENTS.

1. *Qeriyoth, Meçadoth* : cités non localisées.
2. *Sihôn* : roi de Transjordanie, au temps de la conquête israélite (Nb 21.26) — *les tempes, le crâne* : peut-être désignation imagée du versant occidental et du plateau central du pays.

Le peuple de Kemosh est
perdu.
Tes fils sont emmenés captifs,
et tes filles prisonnières.
47 Mais, dans la suite des temps,
je restaurerai Moab
— oracle du Seigneur.

Ici s'arrête le procès de Moab.

Déclaration sur les Ammonites

49 1 Pour les Ammonites,
ainsi parle le Seigneur :
Israël n'a-t-il pas de fils ?
Est-il sans héritiers ?
Alors pourquoi Milkôm hé-
rite-t-il de Gad[1]
et son peuple en habite-t-il les
villes ?
2 Eh bien ! des jours viennent
— oracle du Seigneur —
où je vais faire retentir à
Rabba-des-Ammonites
le hourra de guerre.
Elle deviendra un site désolé,
ses villes satellites seront incendiées.
Et Israël héritera de ses héritiers[2],
dit le Seigneur.
3 Hurle Heshbôn ! Aï est dévastée[3] !
Criez, villes de Rabba !

Revêtez le sac ! Lamen-
tez-vous !
Errez dans les murailles !
Milkôm va en exil,
ses prêtres et ses chefs tous
ensemble !
4 Pourquoi te vantes-tu de ta
vallée ?
Ruisselante est ta vallée,
fille perdue,
toi qui te confies en tes trésors,
disant : « Qui m'attaquera ? »
5 Eh bien ! moi je vais amener
contre
toi la Terreur par tous tes voisins
— oracle du Seigneur Dieu le
tout-puissant.
Vous serez dispersés, chacun
droit devant soi ;
et personne pour rassembler
les fuyards !
6 Après cela je restaurerai Ammon
— oracle du Seigneur.

Déclaration sur Edom

7 Pour Edom, ainsi parle le Seigneur le tout-puissant :
N'y a-t-il plus de sagesse à Témân[1] ?
Les malins sont à court d'idées,
leur sagesse a ranci !
8 Fuyez ! Tournez le dos ! Réfugiez-vous dans des trous,
habitants de Dedân !
C'est la ruine d'Esaü[2] que j'a-
mène sur lui,
c'est le moment pour lui de
rendre compte.
9 Si des vendangeurs viennent
chez toi,

---

1. *Milkôm* (d'après les anciennes versions grecque, latine et syriaque) : dieu national des Ammonites ; texte hébreu traditionnel *leur roi* (les consonnes sont les mêmes en hébreu) — *Gad* : nom d'une tribu israélite, qui était installée en Transjordanie (Nb 32.34-36) ; il sert ici à désigner le territoire situé à l'est de Jéricho. Les Ammonites s'en emparèrent au moment de la prise de Samarie par les Assyriens en 722-721 av. J. C.
2. *Rabba-des-Ammonites* (aujourd'hui Amman) : capitale des Ammonites — *héritera de ses héritiers* : c'est-à-dire qu'Israël récupérera son héritage, Gad, indûment annexé par les Ammonites.
3. *Heshbôn* : voir 48.2 et la note ; cette ville moabite avait peut-être été conquise par les Ammonites — *Aï* (la ruine) : ville ammonite à ne pas confondre avec la ville du même nom mentionnée en Jos 7.2.

1. *sagesse à Téman :* voir Ab 8-9 et les notes.
2. *Dedân :* au sud du pays d'Edom (aujourd'hui oasis d'El-Ela) — *Esaü :* ancêtre des Edomites d'après Gn 36.1 ; il personnifie ici l'ensemble de la nation édomite.

ils ne laissent rien à grappiller.
Si des voleurs viennent de nuit,
ils saccagent tout ce qu'ils peuvent.

10 C'est moi-même qui vais dépouiller Esaü,
mettre à jour ses trésors cachés.
Il ne peut se camoufler.
Sa postérité, ses frères et ses
voisins seront dévastés
et il n'y aura personne pour
dire[1] :

11 « Ne te fais pas de souci pour
tes orphelins,
c'est moi qui les élèverai.
Et tes veuves,
elles peuvent compter sur
moi. »

12 Oui, ainsi parle le Seigneur :
Voyons : ceux qui ne devraient
pas boire la coupe sont condamnés à la boire[2] et toi tu serais
quitte ? Non, tu ne seras pas
quitte : tu la boiras certainement.

13 Oui, je le jure par moi-même
— oracle du Seigneur — Boçra
deviendra un lieu désolé, un monceau de ruines et il passera au
répertoire des injures et des malédictions[3]. Toutes les villes qui en
dépendent deviendront pour toujours des monceaux de ruines.

14 Un message, je l'entends venant du Seigneur,
tandis qu'un héraut est envoyé
parmi les nations :
Rassemblez-vous ! Marchez
contre elle !
Debout ! Au combat !

15 Oui, je vais te rapetisser au
milieu des nations,
te livrer au mépris des
hommes.

16 Tu t'abuses, parce que, avec
cynisme,
tu répands la terreur,
toi qui demeures dans les creux
du rocher,
qui t'agrippes aux collines élevées.
Si, comme le vautour, tu pla-
çais ton nid dans les hauteurs,
de là je te précipiterais
— oracle du Seigneur.

17 Edom devient une étendue
désolée. Tous ceux qui passent
près d'elle sont stupéfaits : à la
vue de tels dégâts, ils poussent
des cris d'effroi[1]. 18 Comme il en
fut à la catastrophe de Sodome,
de Gomorrhe et des cités voisines
— dit le Seigneur — personne
n'y habitera plus, aucun humain
n'y séjournera.

19 Tel un lion qui monte de la
jungle du Jourdain
vers des enclos toujours animés,
ainsi, en un clin d'oeil, je les
fais déguerpir loin d'elle,
je dépêche contre elle les
jeunes guerriers.
Car qui est comme moi ?
Qui pourrait m'assigner en justice ?
Quel pasteur[2] pourrait me résister ?

20 Ecoutez encore le plan que le
Seigneur a arrêté au sujet
d'Edom,
les projets qu'il a formés

---

1. *il n'y aura personne pour dire :* d'après une
version grecque ancienne et la tradition juive;
texte hébreu traditionnel *il n'est plus.*
2. *la coupe … à boire :* voir la note sur 25.15.
3. *Boçra :* capitale d'Edom, à une trentaine de
km au sud-est de la mer Morte — *au répertoire
des malédictions :* on trouve en 29.22 un exemple
de ce genre de malédictions.

1. Voir 18.16 et la note.
2. *je les fais déguerpir :* les habitants d'Edom
— *loin d'elle :* c'est-à-dire d'Edom (personnifiée, v.
17) — *pasteur :* voir la note sur 2.8.

au sujet des habitants de Témân.
Assurément les petits du troupeau les traîneront;
assurément il ravagera leur domaine à cause d'eux.
21 Sous l'effet de leur chute la
terre tremble;
ses cris retentissent jusqu'à la
*mer des Joncs.
22 C'est comme un vautour qui
monte, qui plane,
et qui déploie ses ailes sur Boçra.
Le coeur des vaillants d'Edom
sera,
ce jour-là,
comme le coeur d'une femme
en travail.

Déclaration sur Damas

23 Pour Damas :
Hamath et Arpad sont cou-
vertes de honte :
c'est qu'elles apprennent une
mauvaise nouvelle.
Elles sont agitées comme la
mer[1] :
Quelle appréhension ! Impossible de rester tranquille !
24 Damas s'effondre. Elle se
tourne pour fuir;
elle est prise de tremblement.
Angoisse et douleurs la saisissent
comme une femme en couches.
25 Comment ! elle est abandonnée
la ville célèbre,
la cité qui faisait ma joie !

26 Oui, ce jour même, ses jeunes
guerriers tombent sur ses places,
tous ses combattants sont réduits
au silence — oracle du Seigneur
le tout-puissant. 27 Aux murailles
de Damas je mets le feu, il dévore
les palais de Ben-Hadad[1].

Déclaration sur les Arabes

28 Pour Qédar et pour les
royaumes de Haçor que Nabuchodonosor, roi de Babylone, a
défaits, ainsi parle le Seigneur :
Debout ! Montez à l'assaut de
Qédar !
Dévastez les gens de Qèdèm[2] !
29 On s'empare de leurs tentes et
de leurs troupeaux,
de leurs tentures et de toutes
leurs affaires.
On emmène leurs chameaux, et
l'on profère contre eux :
« De partout l'épouvante ! »
30 Fuyez ! Détalez au plus vite !
Réfugiez-vous dans des trous,
habitants de Haçor
— oracle du Seigneur !
Car Nabuchodonosor, roi de
Babylone,
a arrêté un plan contre vous;
il a formé un projet.
31 Debout ! Montez à l'attaque de
la nation insouciante
qui ne se doute de rien
— oracle du Seigneur.
Ils n'ont ni portes ni verrous;
ils demeurent à l'écart !
32 Leurs chameaux deviennent
une rapine

---

1. *Damas* : ville principale de Syrie; elle symbolise ici l'ensemble des royaumes *araméens. Peu
après 605 av. J. C. Nabuchodonosor commença à
occuper les villes syriennes — *Hamath* : sur l'O-
ronte, fleuve syrien — *Arpad* : à 30 km au nord
d'Alep — *comme la mer* : la traduction s'inspire
d'Es 57.20; texte hébreu traditionnel *dans la mer.*

1. Nom porté par plusieurs rois de Damas.
2. *Qédar* : voir Es 21.16 et la note — *Haçor* : ici
nom collectif désignant les tribus arabes semi-sé-
dentaires — *que Nabuchodonosor a défaits* : en
599 av. J. C. Nabuchodonosor a effectué des incursions chez les tribus arabes du désert arabique
— *les gens de Qèdèm* : les habitants du désert
arabique.

et la masse de leurs troupeaux
un butin.
Je les jette aux quatre vents,
ces Tempes-rasées[1],
et de partout j'amène la ruine
sur eux
— oracle du Seigneur.

33 Haçor devient un repaire de
chacals,
une étendue à jamais désolée.
Personne n'y habitera plus,
aucun humain n'y séjournera.

Déclaration sur Elam

34 Où la parole du Seigneur
s'adresse au *prophète Jérémie au
sujet d'Elam, au début du règne
de Sédécias[2], roi de Juda.

35 Ainsi parle le Seigneur le
tout-puissant :
Moi je vais briser l'arc
d'Elam[3],
le meilleur de sa force virile.

36 Je fais venir sur Elam quatre
vents
des quatre coins de l'horizon.
Je les jette aux quatre vents
et il n'y aura pas de nation
où ne parviennent les dispersés
d'Elam.

37 J'accable les Elamites devant
leurs ennemis,
devant ceux qui en veulent à
leur vie.
Je fais venir sur eux un malheur :
mon ardente colère
— oracle du Seigneur.
Je mets l'épée à leurs trousses
jusqu'à ce que je les aie exterminés.

38 J'érige mon trône en Elam

et j'en fais disparaître le roi et
les ministres
— oracle du Seigneur.

39 Mais dans la suite des temps je
restaurerai Elam
— oracle du Seigneur.

Ruine de Babylone, délivrance d'Israël

50 [1] Parole que le Seigneur
adressa à Babylone, au
pays des Chaldéens[1], par l'intermédiaire du *prophète Jérémie.

(Babylone)

2 Faites-le savoir parmi les nations,
faites-le entendre et signa-
lez-le,
faites-le entendre, ne le cachez
pas;
dites : Babylone est prise, Bel
perd la face,
Mardouk est effondré[2].
Ses fétiches sont démasqués,
ses idoles anéanties.

3 Oui, une nation du nord[3]
marche contre elle,
nation qui transforme son
pays en étendue désolée,
où personne ne vient habiter :
hommes et bêtes,
tout a fui ... plus rien !

(Israël)

4 Pendant ce temps, à ce moment même
— oracle du Seigneur —,

---

1. Voir 9.25 et la note.
2. *Elam* : voir Es 11.11 et la note — *au début du règne de Sédécias* : voir 21.1 et la note.
3. L'habileté des archers d'Elam était proverbiale.

1. Voir 21.4 et la note.
2. *Bel* (maître, propriétaire) : titre attribué par les Babyloniens à leur dieu national *Mardouk* en particulier.
3. Dans la pensée prophétique le *nord* est la direction d'où viennent les malheurs (voir Jl 2.20; Jr 1.14 et la note). Le terme est employé ici au sens symbolique, car l'ennemi annoncé est probablement la Perse, située au sud-est de Babylone.

Israélites et Judéens[1] viennent
ensemble.
Marchant et pleurant,
ils recherchent le Seigneur leur
Dieu.
5 Ils s'informent de la route de
*Sion
et c'est dans sa direction
que leurs visages sont tournés.
Ils viennent[2] et se joignent au
Seigneur
en une *alliance perpétuelle
qu'ils n'oublieront jamais.
6 Des brebis perdues,
c'est ce qu'était devenu mon
peuple.
Leurs pasteurs[3] les avaient égarées,
ils les avaient fait errer dans
les montagnes.
Elles allaient de montagnes en
collines,
ne se souvenant plus de leur
bercail.
7 Tous ceux qui les trouvaient
les dévoraient;
leurs adversaires disaient :
« Nous ne nous rendons pas
coupables
puisqu'elles sont fautives envers le Seigneur. »
Le domaine de la justice et
l'espoir de leurs pères,
c'est le Seigneur[4] !

(Babylone)

8 Fuyez de Babylone,
du pays des Chaldéens !
Sortez et soyez comme des
boucs
à la tête d'un troupeau.

9 Oui, je vais susciter et lancer à
l'attaque de Babylone
une ligue de grandes nations
du pays du nord.
Elles se mettront en ordre de
bataille contre elle
et c'en sera fait d'elle !
Leurs flèches sont comme un
héros victorieux
qui ne revient pas les mains
vides.
10 La Chaldée devient un butin,
tous ses pillards s'en rassasient
— oracle du Seigneur.

11 Oui, réjouissez-vous, oui, soyez
dans l'allégresse,
vous saccageurs de mon héritage[1] !
Oui, gambadez comme gé-
nisses dans les prés,
hennissez comme des étalons !
12 Votre mère[2] est toute couverte
de honte,
celle qui vous a enfantés rougit !
C'est la dernière des nations :
désert, terre aride, steppe !
13 Sous l'effet du courroux du
Seigneur,
elle n'est plus habitée,
elle devient tout entière une
étendue désolée;
tous ceux qui passent près de
Babylone sont stupéfaits :
à la vue de tels dégâts, ils
poussent des cris d'effroi[3].

14 Rangez-vous en ordre de bataille tout autour de Babylone,
vous tous qui bandez l'arc.

---

1. *Israélites* (mentionnés à côté des Judéens) :
voir la note sur 3.6.
2. *ils viennent* : d'après une ancienne version
grecque; hébreu *venez*; autre texte *venez, joignons-
nous* ...
3. Voir 2.8 et la note.
4. La dernière phrase du v. 7 est probablement
prononcée par le prophète.

1. *l'héritage du Seigneur* : voir 12.7-8 et la note
— les *saccageurs* de cet héritage sont les Babyloniens, depuis l'écrasement du royaume de Juda en
587 av. J. C.
2. *votre mère* : désignation imagée de la capitale, Babylone.
3. Voir 18.16 et la note.

Tirez sur elle, ne ménagez pas
les flèches,
car elle est fautive envers le
Seigneur.

15 Poussez un hourra tout autour
d'elle :
elle se rend !
Ses piliers s'écroulent,
ses murailles sont démolies.
C'est la vengeance du Seigneur !
Vengez-vous d'elle,
faites-lui comme elle a fait !

16 Retranchez de Babylone tout
semeur
et ceux qui manient la faucille
au temps de la moisson.
Devant l'épée impitoyable,
que chacun se dirige vers son
peuple,
que chacun fuie vers son pays.

(Israël)

17 Israël était une brebis isolée,
des lions l'ont pourchassée.
En premier le roi d'Assyrie l'a
entamée.
Ensuite Nabuchodonosor, roi
de Babylone,
l'a achevée jusqu'aux os[1].

18 Eh bien ! ainsi parle le Seigneur le tout-puissant, le Dieu
d'Israël :
Je vais sévir contre le roi de
Babylone et son pays,
comme j'ai sévi contre le roi
d'Assyrie[2].

19 Je vais ramener Israël vers ses
pâturages

et il paîtra le Carmel et le Bashân
et son appétit sera rassasié
sur les montagnes d'Ephraïm
et de Galaad[1].

20 Pendant ce temps, à ce moment même
— oracle du Seigneur —,
on cherchera la perversion
d'Israël,
mais elle aura disparu,
et les fautes de Juda,
mais on ne les trouvera plus.
En effet je pardonne à ceux
que je laisse survivre.

(Babylone)

21 Lance une attaque contre le
pays de Marratim !
Lance une attaque contre lui
et contre les habitants de Peqod !
Massacre et offre-moi[2] ceux
qui y restent
— oracle du Seigneur —
et agis selon tout ce que je
t'ordonne.

22 Bruit de guerre dans le pays
et grand fracas !

23 Comment ! le marteau de toute
la terre
est mis en pièces, fracassé !
Comment ! Babylone est devenue un lieu désolé
parmi les nations !

24 Je t'ai tendu un piège,
te voilà prise à ton insu, Babylone,
découverte, attrapée,
parce que tu t'es engagée
contre le Seigneur !

25 Le Seigneur ouvre son arsenal

---

1. *le roi d'Assyrie l'a entamée* : allusion à la prise
de Samarie en 722-721 av. J. C. par les Assyriens
(voir 2 R 17.5-6) — *Nabuchodonosor ... l'a achevée* : allusion aux attaques babyloniennes contre
Jérusalem en 597 et 587 av. J. C., et aux déportations qui s'ensuivirent.
2. L'Assyrie fut définitivement vaincue par les
Babyloniens à Karkémish en 605 av. J. C., malgré
l'aide des Egyptiens (voir 46.2, 8 et les notes).

1. Le *Carmel* et le *Bashân* : voir la note sur Es
33.9 — *Galaad* : région située à l'est du Jourdain.
2. *le pays de Marratim* : région à l'embouchure
du Tigre et de l'Euphrate — *Peqod* : une partie de
la région de Marratim — *offre-moi* ou *voue à
l'interdit* (voir Dt 2.34 et la note).

et en sort les armes de son
indignation.
Oui, c'est une oeuvre du Seigneur D**ieu** le tout-puissant,
dans le pays des Chaldéens.
26 Venez vers elle du bout du
monde,
ouvrez ses greniers.
Mettez-la en tas et offrez-la au
S**eigneur**[1] !
Qu'il n'en reste rien !
27 Massacrez tous les taurillons[2],
qu'on les mène à la boucherie !
Quel malheur pour eux ! Leur
jour est arrivé,
le moment où il leur faut
rendre compte.

(Israël)

28 Un bruit : des fuyards et des
rescapés du pays de Babylone
viennent annoncer dans *Sion
la vengeance du S**eigneur**
notre Dieu,
la vengeance du *ciel.

(Babylone)

29 Mobilisez contre Babylone des
tireurs
tous ceux qui bandent l'arc.
Dressez contre elle un camp
tout autour,
qu'il n'y ait pas de rescapés !
Payez-la pour sa conduite,
faites-lui comme elle a fait :
elle a été impudente envers le
S**eigneur**,
envers le *Saint d'Israël.
30 Oui, ce jour même, ses jeunes
guerriers tombent sur ses
places,
tous ses combattants sont réduits au silence
— oracle du S**eigneur**.

31 A nous deux, « Impudence[1] »
— oracle du S**eigneur** D**ieu** le
tout-puissant !
Ton jour est arrivé,
le moment pour toi de rendre
compte.
32 « Impudence » trébuche et
tombe,
personne pour la redresser.
J'allume un feu dans ses villes,
il dévore tous ses alentours.

Le Seigneur, sauveur d'Israël

33 Ainsi parle le S**eigneur** le
tout-puissant :
Ils sont brutalisés,
Israélites et Judéens[2], sans distinction.
Leurs ravisseurs les tiennent;
ils refusent de les lâcher.
34 Mais leur défenseur est fort,
le S**eigneur** le tout-puissant,
c'est son nom.
Il plaide vigoureusement leur
cause
afin de rendre au pays son
calme
et d'ébranler les habitants de
Babylone.

Le projet du Seigneur contre Ba-bylone

35 Epée, taille dans les Chaldéens[3]
— oracle du S**eigneur** —
et dans les habitants de Babylone,
dans ses ministres et dans ses
sages !

---

1. *offrez-la au Seigneur* ou *vouez-la par interdit*
(voir Dt 2.34 et la note).
2. Désignation imagée des chefs du peuple ou
des troupes d'élite.

1. Surnom donné par le prophète à la ville de
Babylone.
2. *Israélites* (mentionnés à côté des *Judéens*) :
voir la note sur 3.6.
3. Voir 21.4 et la note.

36 Epée, dans les devins[1], ce sont
des imbéciles !
Epée, dans ses héros, ils s'effondrent !

37 Epée, dans ses chevaux et dans
ses chars,
dans tous les métis qu'elle
abrite,
ils deviennent des femme-
lettes !
Epée, dans son arsenal, il est
pillé !

38 Epée, dans ses eaux, elles sèchent !
C'est un pays à statues,
des figures monstrueuses les
font délirer.

39 Et voilà que les démons habitent avec les chacals,
des autruches s'y établissent.
Elle ne sera plus jamais habitée,
elle restera dépeuplée jusqu'à
la fin des âges.

40 Comme il en fut quand Dieu
provoqua la catastrophe
de Sodome, de Gomorrhe et
des cités voisines
— oracle du Seigneur —,
personne n'y habitera plus,
aucun humain n'y séjournera.

41 Un peuple vient du nord[2]
une grande nation et de nombreux rois
se mettent en branle au bout
du monde.

42 Ils empoignent arc et javelot,
ils sont cruels et sans pitié.
Le bruit qu'ils font est comme
le mugissement de la mer,
ils montent des chevaux;
ils sont rangés comme des
troupes pour le combat
contre toi, la belle Babylone.

43 Le roi de Babylone apprend la
nouvelle :
il est démoralisé,
l'angoisse l'étreint,
une douleur comme celle d'une
femme en couches.

44 Tel un lion qui monte de la
jungle du Jourdain
vers des enclos toujours animés,
ainsi, en un clin d'oeil, je fais
déguerpir ses habitants,
je dépêche contre elle les
jeunes guerriers.
Car qui est comme moi ?
Qui pourrait m'assigner en justice ?
Quel pasteur[1] pourrait me résister ?

45 Ecoutez encore le plan que le
Seigneur a arrêté au sujet de
Babylone,
les projets qu'il a formés
au sujet du pays des Chaldéens.
Assurément les petits du troupeau les traîneront;
assurément il ravagera leur domaine à cause d'eux.

46 Sous l'effet de la prise de Babylone la terre tremble,
une clameur retentit parmi les
nations.

51 1 Ainsi parle le Seigneur :
Je vais susciter contre Babylone
et contre les habitants du
« coeur de mes adversaires[2] »
un vent destructeur.

2 J'envoie contre elle des étrangers qui la vannent,
qui vident son pays.

---

1. *les devins* : d'après les anciennes versions syriaque, araméenne et latine.
2. Voir 50.3 et la note.

1. *quel pasteur* : voir la note sur 2.8.
2. *coeur de mes adversaires* : en hébreu l'expression est sans doute une manière codée d'écrire le
mot Chaldée.

Ils surgissent contre elle de
partout,
au jour du malheur.

3 N'épargnez ni l'archer qui
bande son arc,
ni celui qui se pavane dans sa
cuirasse[1],
ni ses jeunes guerriers :
offrez-moi toute son armée.

4 Des blessés à mort tombent
dans le pays des Chaldéens,
des transpercés dans ses
ruelles,

5 parce que leur pays est plein
d'offenses
à l'égard du *Saint d'Israël,
tandis que ni Israël ni Juda[2] ne
sont veufs de leur Dieu,
le Seigneur le tout-puissant.

6 Fuyez de Babylone,
sauve qui peut !
Sinon vous périrez
quand elle paiera pour sa perversion.
C'est, pour le Seigneur, le moment de la vengeance :
Il lui rend son dû.

7 Une coupe d'or dans la main
du Seigneur, c'était Babylone !
Elle enivrait toute la terre.
Les nations ont bu de son vin;
elles en délirent[3].

8 Mais brusquement, Babylone
tombe et se casse.
— Lamentez-vous sur elle[4];
appliquez du baume sur ses
plaies;
peut-être guérira-t-elle !

9 — Nous avons essayé de guérir
Babylone,
mais elle est inguérissable.
— Quittez-la, que chacun de
vous rentre dans son pays.
Son cas touche le ciel, il atteint
les nues.

10 Le Seigneur fait apparaître
notre salut;
venez, racontons dans *Sion
l'œuvre du Seigneur notre
Dieu.

11 Affilez les flèches,
saisissez les boucliers.
Le Seigneur réveille
l'esprit des rois des Mèdes[1].
Oui, contre Babylone
il a formé ce projet : la détruire.
C'est la vengeance du Seigneur,
la vengeance du *ciel.

12 Contre les murailles de Babylone levez l'étendard,
renforcez la garde.
Postez des sentinelles,
mettez des hommes en embuscade.
Oui, ce que le Seigneur a déclaré au sujet des habitants de
Babylone,
il l'a médité et il le fait.

13 Toi qui demeures près des
eaux abondantes[2],
toi qui es riche en trésors,
ta fin est arrivée,
tu as touché tous tes gains.

14 Le Seigneur le tout-puissant
jure par lui-même :

---

1. Le début du v. 3, difficile à interpréter, est
traduit d'après les anciens commentateurs juifs.
2. *Israël* (mentionné à côté de *Juda*) : voir la
note sur 3.6.
3. *Babylone* est considérée ici comme l'instrument de la colère de Dieu à l'égard des nations
(voir la note sur 25.15).
4. Cet ordre et les suivants s'adressent probablement aux alliés de Babylone.

1. *saisissez les boucliers* : le sens du texte hébreu
est incertain; autre traduction *emplissez les carquois* — les *Mèdes* avaient contribué à la prise de
Ninive en 612 av. J. C. Après 585 leur puissance a
décliné. Le présent oracle peut donc dater du
début de l'exil.
2. *les eaux abondantes* : l'Euphrate et ses nombreux canaux.

« Je te remplis d'hommes
nombreux comme des saute-
relles
qui pousseront contre toi
le cri des vendangeurs. »

Le Créateur du monde et les idoles

15 Celui qui fait la terre par sa
puissance,
qui établit le monde par sa
sagesse
et qui, par son intelligence, déploie les cieux,
16 du fait qu'il accumule des eaux
torrentielles dans les cieux,
qu'il fait mónter de gros
nuages des confins de la terre,
qu'il déclenche la pluie par des
éclairs,
qu'il fait sortir les vents de ses
coffres,
17 tout homme demeure hébété,
interdit,
tout fondeur a honte de son
idole :
ses statues sont fausses,
il n'y a pas d'esprit en elles;
18 ce sont des absurdités, objets
de quolibets,
quand il faudra rendre compte,
elles périront.
19 Tel n'est pas le Lot-de-Jacob[1],
Lui, c'est le créateur de tout;
et Israël est la tribu de son
héritage,
le SEIGNEUR le tout-puissant,
c'est son nom !

La fin de Babylone

20 Tu étais pour moi un pilon,
une arme de guerre.
Avec toi j'ai pilonné des nations.

Avec toi j'ai détruit des
royaumes.
21 Avec toi j'ai pilonné des chevaux et leurs conducteurs.
Avec toi j'ai pilonné des chars
et leurs conducteurs.
22 Avec toi j'ai pilonné des
hommes et des femmes.
Avec toi j'ai pilonné des vieux
et des jeunes.
Avec toi j'ai pilonné des garçons et des filles.
23 Avec toi j'ai pilonné des *bergers et leurs troupeaux.
Avec toi j'ai pilonné des cultivateurs et leurs attelages.
Avec toi j'ai pilonné des préfets et des gouverneurs.
24 Sous vos yeux, je fais payer
à Babylone et à tous les habitants
de la Chaldée[1] toutes les atrocités
qu'ils ont commises à l'égard de
*Sion — oracle du SEIGNEUR.

25 À nous deux, Montagne-qui-
détruit[2]
— oracle du SEIGNEUR —,
toi qui détruis toute la terre !
Je pointe la main contre toi,
je te fais dégringoler du haut
des rochers
et te transforme en montagne
de braises.
26 On n'extraira plus de toi
ni pierre d'angle ni pierre de
fondation.
Tu vas devenir un lieu à jamais
désolé
— oracle du SEIGNEUR.
27 Levez l'étendard sur la terre,
sonnez du cor parmi les nations.

---

1. le *Lot-de-Jacob* : voir 10.16 et la note.

1. Nom donné à la région de Babylone.
2. L'image de la *Montagne* ne convient pas à la
situation géographique de Babylone mais elle
s'inspire de l'exemple des villes palestiniennes, situées sur des hauteurs.

Mobilisez les nations en guerre
sainte contre elle,
convoquez contre elle des
royaumes :
Ararat, Minni, Ashkenaz[1].
Chargez des officiers de recru-
ter contre elle.
Réquisitionnez des chevaux,
serrés comme un nuage de sauterelles.

28 Mobilisez les nations en guerre
sainte contre elle :
les rois des Mèdes[2], leurs préfets,
tous leurs gouverneurs, tout
leur empire.

29 La terre tremble, elle se met à
danser
quand les projets du Seigneur
contre Babylone se réalisent :
transformer le pays de Babylone en étendue désolée,
vidée de ses habitants !

30 Les héros de Babylone renoncent au combat,
ils sont tapis dans les recoins;
leur force virile est à sec :
ils sont devenus des femme-
lettes !
On incendie ses habitations,
ses verrous sont brisés.

31 Un courrier en courant rejoint
un autre courrier,
un messager rejoint un autre
messager,
pour annoncer au roi de Babylone
que sa ville est prise de bout en
bout;

32 que les passages sont occupés,

les roseaux incendiés[1]
et les militaires en déroute.

33 Ainsi parle le Seigneur le
tout-puissant, le Dieu d'Israël : La
belle Babylone ressemble à une
aire au moment où on l'aplanit;
encore un peu et la moisson viendra sur elle[2].

Dieu se charge de venger son peuple

34 Il m'a dévorée, il m'a sucée,
Nabuchodonosor, roi de Babylone,
il m'a laissée comme un plat
léché.
Comme un monstre, il m'a en-
gloutie,
il s'est rempli le ventre de ma
moelle
et m'a rejetée.

35 Que retombent sur Babylone
mes peines et mes malheurs !
— La population de *Sion
peut le dire.
Que retombe mon sang sur la
population de Chaldée[3] !
— Jérusalem peut le dire.

36 Eh bien ! ainsi parle le Seigneur :
Je vais prendre en main ta
cause
et me charger de ta vengeance.
Je vais mettre à sec sa mer
et tarir sa source[4].

---

1. *les roseaux incendiés :* texte difficile; autre
traduction *les redoutes incendiées.*
2. D'après les anciennes versions grecque, syriaque et araméenne; hébreu *le temps de la moisson viendra sur elle.*
3. *mes malheurs :* d'après les anciennes versions
grecque et araméenne — *que retombe mon sang
... :* formule stéréotypée (voir Lv 20.9) signifiant
*que la population de Chaldée soit punie d'avoir
répandu mon sang !* — *Chaldée :* voir 51.24 et la
note.
4. *sa mer, sa source :* allusion probable aux
fleuves de Babylonie, symboles de sa richesse.

1. *Ararat :* l'Arménie — *Minni :* région de l'arménie située autour du lac de Van; ses habitants
étaient alliés aux Assyriens contre Babylone en
616 av. J. C. — *Ashkenaz :* probablement les Scy-
thes, peuplade d'origine iranienne, qui effectua des
raids meurtriers à la fin du septième siècle av. J. C.
en Asie Mineure, en Syrie et jusqu'en Palestine.
2. Voir la note sur 51.11.

37 Babylone deviendra un tas de
   pierres,
   un repaire de chacals,
   un lieu désolé qui arrache des
   cris d'effroi[1];
   elle sera vidée de ses habitants.
38 Tandis qu'ensemble ils[2] rugissent comme des jeunes lions,
   qu'ils grondent comme des petits de lionnes
39 et qu'ils s'échauffent, je prépare leur festin :
   je vais les rendre ivres morts[3],
   ils s'endormiront d'un sommeil
   sans fin,
   ils ne se réveilleront plus
   — oracle du SEIGNEUR.
40 Je les conduis à l'abattoir
   comme des béliers,
   comme des moutons avec des
   boucs.

Lamentation sur Babylone

41 Comment ! Shéshak[4] est prise,
   elle est conquise la splendeur
   de toute la terre !
   Comment ! Babylone est devenue un lieu désolé,
   parmi les nations !
42 La mer envahit Babylone
   qui est submergée par ses vagues tumultueuses.
43 Ses villes deviennent des lieux
   désolés,
   un pays de sécheresse et de
   steppes,
   un pays où plus personne n'habite,
   où aucun être humain ne
   passe.

44 Je sévis contre Bel[1], à Babylone,
   je lui retire de la bouche ce
   qu'il dévore.
   Les nations n'afflueront plus
   vers lui;
   la muraille même de Babylone
   tombe.
45 Vous qui êtes mon peuple, sortez d'elle,
   sauve qui peut
   devant l'ardeur de la colère du
   SEIGNEUR.

46 Pour éviter que votre courage ne faiblisse et que vous ne
soyez effrayés par les rumeurs
qui circulent dans le pays — une
année telle rumeur, une autre telle
autre, la violence régnant dans le
pays et un tyran chassant l'autre
—, 47 eh bien ! des jours viennent
où je vais sévir contre les idoles
de Babylone; son pays tout entier
n'en sera vraiment pas fier, et
chez elle tous ses blessés à mort
tomberont. 48 Alors le ciel et la
terre et tout ce qui est en eux
entonneront sur Babylone un
chant de triomphe. En effet, c'est
du nord[2] que viennent sur elle les
dévastateurs — oracle du SEI-
GNEUR.

49 Des victimes de la terre entière sont tombées pour Babylone; à son tour Babylone doit
tomber pour les victimes d'Israël.

50 Vous, les rescapés de l'épée,
en route ! ne vous arrêtez pas. Invoquez de loin le SEIGNEUR et que
la pensée de Jérusalem vous revienne à l'esprit.

---

1. Voir 18.16 et la note.
2. Les habitants de Babylone.
3. Texte hébreu traditionnel peu clair; la traduction reprend l'interprétation des versions anciennes. Sur cette *ivresse* voir la note sur 25.15.
4. Voir 25.26 et la note.

1. Voir 50.2 et la note.
2. Voir les notes sur 1.14 et 50.3.

51 Nous ne sommes pas fiers de nous entendre insulter, la honte nous couvre le visage : des étrangers ont pénétré dans les lieux *saints de la Maison du Seigneur[1].

52 Eh bien ! des jours viennent — oracle du Seigneur — où je vais sévir contre ses idoles et, dans tout son pays, des blessés à mort vont gémir.

53 Même si Babylone montait aux cieux en rendant inaccessible sa fortification dans les hautes sphères, des dévastateurs l'atteindraient, sur mon ordre — oracle du Seigneur.

54 De Babylone, des appels au secours : grand désastre dans le pays de Chaldée[2] ! 55 C'est le Seigneur qui dévaste Babylone, faisant taire en elle ses grands cris ; même si leurs clameurs[3] étaient comme le mugissement des grandes eaux, elles seraient réduites au silence. 56 Oui, il vient contre elle, le dévastateur — contre Babylone — : ses héros sont capturés, leur arc est brisé. Le Seigneur est un Dieu de riposte, il sait faire payer.

57 J'enivre[4] ses ministres et ses sages, ses préfets, ses gouverneurs et ses héros. Ils s'endormiront d'un sommeil sans fin, ils ne se réveilleront plus — oracle du Roi qui a pour nom : le Seigneur le tout-puissant.

58 Ainsi parle le Seigneur le tout-puissant :
  Le large rempart de Babylone
  est totalement démantelé
  et ses hautes portes
  sont détruites par le feu.
  Les peuples peinent en vain,
  les nations s'éreintent pour du feu !

Le livre jeté dans l'Euphrate

59 Voici l'ordre que le *prophète Jérémie donna à Seraya, fils de Nériya, fils de Mahséya, quand celui-ci se rendit à Babylone avec Sédécias, roi de Juda, dans la quatrième année de son règne[1]. Seraya était chef du cantonnement. 60 Jérémie avait consigné dans un seul livre tous les malheurs qui adviendraient à Babylone : toutes les paroles ci-dessus, qui ont été écrites contre Babylone. 61 Jérémie dit à Seraya : « Quand tu arriveras à Babylone et que tu verras et liras toutes ces paroles, 62 tu diras : Seigneur, c'est toi qui as décrété, au sujet de ce lieu, que tu le raserais sans y laisser de vivants, ni hommes ni bêtes, qu'il deviendrait désolation à jamais ! 63 Quand tu auras terminé la lecture de ce livre, tu y attacheras une pierre et le jetteras au milieu de l'Euphrate, 64 et tu diras : C'est ainsi que Babylone sombrera et ne se redressera plus à cause des malheurs que je fais venir sur elle. »

---

1. *la Maison du Seigneur :* le temple de Jérusalem.
2. Voir 51.24 et la note.
3. *leurs clameurs :* traduction conjecturale ; hébreu *leurs vagues.*
4. Voir 25.15 et la note.

1. Par comparaison avec 32.12 on voit que *Seraya* était un frère de Baruch, ami et secrétaire de Jérémie — *avec Sédécias :* autre texte (ancienne version grecque) *de la part de Sédécias* — la quatrième année du règne de Sédécias : en 594 av. J.C., c'est-à-dire plus de cinquante ans avant la prise de Babylone.

Elles s'éreintent : jusqu'ici les paroles de Jérémie[1].

Les Babyloniens s'emparent de Jérusalem

52 [1] Sédécias avait 21 ans à son avènement et il régna onze ans à Jérusalem; le nom de sa mère était Hamoutal, fille de Yirmeyahou de Livna[2]. [2] Il fit ce qui déplaît au SEIGNEUR, exactement comme avait fait Yoyaqîm[3]. [3] Ce qui se passa à Jérusalem et en Juda provoqua la colère du SEIGNEUR à tel point qu'il les rejeta loin de lui.

Sédécias se révolta contre le roi de Babylone.

[4] En la neuvième année du règne de Sédécias, au dixième mois[4], le dix du mois, Nabuchodonosor, roi de Babylone, arriva, lui et toutes ses troupes, devant Jérusalem; ils prirent position contre elle, et construisirent tout autour des terrassements. [5] La ville soutint le siège jusqu'à la onzième année du roi Sédécias. [6] Le quatrième mois, le neuf du mois[5], tandis que la famine sévissait dans la ville et que même les bourgeois n'avaient plus de nourriture, [7] une brèche fut ouverte dans la ville. Tous les combattants s'enfuirent en quittant la ville, de nuit, par la porte entre les deux murs près du jardin du roi — bien que les Chaldéens fus-

sent établis autour de la ville —; et ils prirent le chemin de la Araba[1]. [8] Les troupes chaldéennes poursuivirent le roi et rattrapè-rent Sédécias dans la plaine de Jéricho; toutes ses troupes, en dé-route, l'avaient abandonné. [9] Les Chaldéens saisirent le roi et le firent monter à Rivla, dans le pays de Hamath[2], au roi de Baby-lone qui lui annonça ses déci-sions. [10] Le roi de Babylone fit égorger les fils de Sédécias, sous les yeux de celui-ci. Il fit, de même, égorger à Rivla tous les fonctionnaires de Juda. [11] Puis, il creva les yeux de Sédécias et le lia avec une double chaîne de bronze. Le roi de Babylone le fit emmener à Babylone et le jeta en prison jusqu'à sa mort.

[12] Le cinquième mois, le dix du mois, la dix-neuvième année du règne de Nabuchodonosor roi de Babylone[3], Nebouzaradân chef de la garde personnelle, de l'entou-rage immédiat du roi de Baby-lone, arriva à Jérusalem. [13] Il mit le feu au Temple et au palais ainsi qu'à toutes les maisons de Jérusalem, du moins à celles des personnes haut placées. [14] Quant aux murailles de Jérusalem, elles furent renversées sur tout le pour-tour, par les troupes chaldéennes, sous le commandement du chef de la garde personnelle. [15] Les bourgeois qui restaient encore dans la ville, les déserteurs qui

---

1. *Elles s'éreintent* : ces mots, omis par l'an-cienne version grecque, reprennent la fin du v. 58, sans doute pour relier les v. 59-64 à ce qui pré-cède; ce sont les derniers mots des *paroles de Jérémie* (voir 1.1).
2. *Sédécias* : voir la note sur 21.1 — *Livna* : à une quarantaine de km à l'ouest de Jérusalem.
3. Voir 1.3 et la note.
4. *neuvième année, dixième mois* : fin décembre 589 av. J. C.
5. Fin juin 587 av. J. C.

---

1. *la porte entre les deux murs* et *la Araba* : voir 39.4 et la note — *les Chaldéens* : voir 21.4 et la note.
2. Voir 39.5 et la note.
3. *dix-neuvième année de Nabuchodonosor, dix du cinquième mois* : fin juillet 587 av. J. C. — *de l'entourage immédiat du roi de Babylone* : d'après les anciennes versions grecque et latine; texte hé-breu traditionnel *se tint devant le roi de Babylone à Jérusalem*.

s'étaient rendus au roi de Babylone et le reste des artisans, Nebouzaradân, chef de la garde personnelle, les déporta[1], 16 mais il laissa une partie des petites gens du pays pour cultiver les vergers et les champs. 17 Quant aux colonnes de bronze du Temple, aux bases roulantes, ainsi qu'à la Mer de bronze de la Maison du Seigneur, les Chaldéens les mirent en morceaux et ils en transportèrent tout le bronze[2] à Babylone. 18 Ils prirent les chaudrons, les pelles, les mouchettes, les bassins à aspersion, les coupes et tous les ustensiles de bronze employés dans le culte[3]. 19 Le chef de la garde personnelle prit encore les bassins, les cassolettes, les bassins à aspersion, les chaudrons, les chandeliers, les coupes, ainsi que les bols, tant en or qu'en argent. 20 Les deux colonnes, la Mer — il n'y en avait qu'une —, les douze boeufs de bronze qui supportaient les bases roulantes que le roi Salomon avait faites pour le Temple : impossible d'évaluer le poids de leur bronze, celui de tous ces ustensiles. 21 La hauteur de la première colonne était de dix-huit coudées, sa circonférence de douze coudées, son épaisseur de quatre doigts[4] et elle était creuse. 22 Elle était surmontée d'un chapiteau de bronze dont la hauteur était de cinq coudées, et qui était entouré d'entrelacs et de grenades, le tout en bronze; la deuxième avait mêmes dimensions et mêmes grenades. 23 Il y avait 96 grenades, elles étaient en relief; il y avait cent grenades sur les entrelacs tout autour. 24 Le chef de la garde personnelle prit Seraya, le prêtre en chef, et Cefanya, le prêtre en second, ainsi que les trois huissiers. 25 Il prit dans la ville un fonctionnaire qui était responsable des combattants et sept hommes de l'entourage du roi, qui se trouvaient dans la ville, ainsi que le secrétaire du chef de l'armée chargé de mobiliser la milice et; parmi elle, 60 hommes qui se trouvaient à l'intérieur de la ville. 26 Nebouzaradân, chef de la garde personnelle, les prit et les amena au roi de Babylone, à Rivla. 27 Le roi de Babylone les condamna à mort et les fit exécuter à Rivla dans le pays de Hamath. C'est ainsi que Juda fut déporté loin de sa terre.

28 Voici le nombre des gens que Nabuchodonosor fit déporter en l'an sept[1] : 3.023 Judéens. 29 Et dans la dix-huitième année du roi Nabuchodonosor[2] : de Jérusalem, 832 personnes. 30 Enfin, en l'an 23 de Nabuchodonosor[3], Nebouzaradân le chef de la garde personnelle fit déporter 745 Judéens. Au total 4.600 personnes.

---

1. au début du verset la traduction a laissé de côté quelques mots hébreux, absents des textes parallèles de Jr 39.9 et 2 R 25.12 (*les petites gens du peuple*); ces mots semblent avoir été empruntés au début du verset suivant.

2. *colonnes, bases roulantes, mer de bronze* : voir 1 R 7.15-37.

3. *chaudrons, pelles ...* : voir 1 R 7.40 et la note.

4. *coudées, doigts* : voir au glossaire POIDS ET MESURES.

1. *en l'an sept* (probablement du règne de Nabuchodonosor) : en 597 av. J. C., lors de la première déportation; comparer la formule du v. 29.

2. *la dix-huitième année* : en 587 av. J. C. C'est la deuxième déportation.

3. *l'an vingt-trois* : en 582-581 av. J. C. On ignore les circonstances de cette troisième déportation, mais on sait que la même année Nabuchodonosor a déporté des Moabites et des Ammonites.

Le roi de Babylone gracie Yoyakîn

(cf. 2 R 25.27-30)

31 Mais la trente-septième année de la déportation de Yoyakîn, roi de Juda, le douzième mois, le 25 du mois[1], Ewil-Mérodak, roi de Babylone, l'année même de son accession au trône, gracia Yoyakîn, roi de Juda, et le fit sortir de prison. 32 Il lui parla en ami et lui donna la préséance parmi les rois qui partageaient son sort. 33 Il lui fit quitter ses vêtements de prisonnier, et Yoyakîn prit habituellement ses repas à la table du roi, tous les jours de sa vie. 34 Sa subsistance, la subsistance quotidienne, lui fut constamment assurée par le roi de Babylone, selon ses besoins de chaque jour, jusqu'à sa mort, tous les jours de sa vie.

1. *trente-septième année ..., douzième mois :* février-mars 561 av. J. C. — *Yoyakîn :* voir 2 R 24.8-16, et la note sur Jr 13.18.

ÉZÉCHIEL

Ezéchiel et les quatre êtres vivants

1 ¹ La trentième année, le quatrième mois, le cinq du mois, j'étais au milieu des déportés, près du fleuve Kebar[1]; les cieux s'ouvrirent et j'eus des visions divines. ² Le cinq du mois — cette année-là était la cinquième de la déportation du roi Yoyakîn[2] — ³ il y eut une parole du SEIGNEUR pour Ezéchiel, fils du prêtre Bouzi, au pays des Chaldéens, près du fleuve Kebar. Là-bas, la main du SEIGNEUR fut sur lui.

⁴ Je regardai : un vent de tempête venait du nord, une grande nuée et un feu fulgurant et, autour, une clarté; en son milieu, comme un étincellement de vermeil au milieu du feu. ⁵ En son milieu, la ressemblance de quatre êtres vivants; tel était leur aspect : ils ressemblaient à des hommes. ⁶ Chacun avait quatre visages et chacun d'eux quatre ailes. ⁷ Leurs jambes étaient droites; leurs pieds : comme les sabots d'un veau, scintillants comme étincelle l'airain poli. ⁸ Des mains d'homme, sous leurs ailes, étaient tournées dans les quatre directions, ainsi que leurs visages et leurs ailes, à tous les quatre; ⁹ leurs ailes se joignaient l'une à l'autre. Ils n'avançaient pas de biais, mais chacun droit devant soi. ¹⁰ Leurs visages ressemblaient à un visage d'homme; tous les quatre avaient, à droite une face de lion, à gauche une face de taureau, et tous les quatre avaient une face d'aigle : ¹¹ c'étaient leurs faces[1]. Quant à leurs ailes, déployées vers le haut, deux se rejoignaient l'une l'autre et deux couvraient leurs corps. ¹² Chacun avançait droit devant soi; ils allaient dans la direction où l'esprit le voulait. Ils n'avançaient pas de biais. ¹³ Ils ressemblaient à des êtres vivants. Leur aspect était celui de brandons enflammés; c'était comme une vision de torches; entre les vivants c'était comme un va-et-vient; et puis il y avait la clarté du feu, et sortant du feu, des éclairs. ¹⁴ Et les vivants s'élançaient en tous sens : une vision de foudre.

¹⁵ Je regardai les vivants, et je vis à terre, à côté des vivants, une roue, pour chaque face. ¹⁶ Voici quels étaient l'aspect des roues et leur structure : elles étincelaient comme de la chrysolithe[2] et elles étaient toutes les quatre sembla-

---

1. *Trentième année* : on ne sait pas exactement à partir de quel événement, mais voir v. 2 — Le *Kebar* est probablement un canal relié à l'Euphrate; le grand fleuve qui passe à Babylone.
2. C'est-à-dire en 593-592 av. J. C.

1. Ces *êtres vivants* (v. 5, appelés *Chérubins au ch. 10) sont à la fois hommes et animaux; ils ressemblent à certaines statues mésopotamiennes à quatre faces qui gardaient les palais de Babylone. Les quatre « animaux » de l'Apocalypse (4.6-8) ont les mêmes caractéristiques.
2. Pierre précieuse d'un beau jaune-vert.

bles. C'était leur aspect. Quant à leur structure, elles étaient imbriquées l'une dans l'autre. 17 Lorsqu'elles avançaient, elles allaient dans les quatre directions; elles n'obliquaient pas en avançant. 18 La hauteur de leurs jantes faisait peur; et c'était un foisonnement d'étincelles[1] sur leur pourtour à toutes quatre. 19 Quand les vivants avançaient, les roues avançaient à leurs côtés; et quand les vivants s'élevaient de dessus la terre, les roues s'élevaient. 20 Ils allaient dans la direction où l'esprit voulait aller, et les roues s'élevaient en même temps; c'est que l'esprit des vivants était dans les roues. 21 Quand ils avançaient, elles avançaient et quand ils s'arrêtaient, elles s'arrêtaient; et quand ils s'élevaient au-dessus de la terre, les roues s'élevaient en même temps, car l'esprit des vivants était dans les roues.

Première vision de la gloire du Seigneur

22 Au-dessus de la tête des vivants, la ressemblance d'un firmament, étincelant comme un cristal resplendissant; il s'étendait sur leurs têtes, bien au-dessus. 23 En dessous du firmament, leurs ailes étaient tendues l'une vers l'autre. Chacun en avait deux qui le couvraient, chacun en avait deux qui lui couvraient le corps. 24 Et j'entendis le bruit que faisaient leurs ailes quand ils avançaient : c'était le bruit des grandes eaux, la voix du puissant[2]; bruit d'une multitude, bruit d'une ar-

mée. Quand ils s'arrêtaient, ils laissaient pendre leurs ailes. 25 Il vint une voix depuis le firmament qui était au-dessus de leurs têtes. 26 Et par-dessus le firmament qui était sur leurs têtes, telle une pierre de lazulite, il y avait la ressemblance d'un trône; et au-dessus de cette ressemblance de trône, c'était la ressemblance, comme l'aspect d'un homme, au-dessus, tout en haut[1]. 27 Puis je vis comme l'étincellement du vermeil, comme l'aspect d'un feu qui l'enveloppait tout autour, à partir et au-dessus de ce qui semblait être ses reins; et à partir et au-dessous de ce qui semblait être ses reins, je vis comme l'aspect d'un feu et d'une clarté, tout autour de lui. 28 C'était comme l'aspect de l'arc qui est dans la nuée un jour de pluie : tel était l'aspect de la clarté environnante. C'était l'aspect, la ressemblance de la Gloire du Seigneur. Je regardai et je tombai sur mon visage; j'entendis une voix qui parlait.

Dieu envoie Ezéchiel vers les gens d'Israël

2 1 Elle me dit : «Fils d'homme[2], tiens-toi debout car je vais te parler.» 2 Après qu'elle m'eût parlé, un esprit[3] vint en moi; il me fit tenir debout; alors j'entendis celui qui me parlait. 3 Il me dit : «Fils d'homme, je

---

1. Autre traduction *les jantes étaient pleines d'yeux.*
2. Ezéchiel emploie ici le nom divin de Shaddaï; voir aussi Gn 17.1; 49.25; Jb 5.17, etc.

1. *lazulite* : pierre bleu azur — L'accumulation de termes comme *aspect de, ressemblance de,* montre qu'Ezéchiel ne peut pas décrire Dieu mais seulement suggérer sa présence.
2. L'expression *fils d'homme,* très fréquente dans le livre d'Ezéchiel, souligne la distance entre Dieu et son prophète.
3. *un esprit* : c'est une force divine que Dieu communique à ceux qu'il charge de guider son peuple (voir Nb 11.17, 25; Jg 3.10).

t'envoie vers les fils d'Israël, vers des gens révoltés, des gens qui se sont révoltés contre moi, eux et leurs pères, jusqu'à aujourd'hui. 4 Ces fils au visage obstiné et au coeur endurci, je t'envoie vers eux; tu leurs diras : Ainsi parle le Seigneur Dieu. 5 Alors, qu'ils t'écoutent, ou ne t'écoutent pas — car c'est une engeance de rebelles — ils sauront qu'il y a un prophète au milieu d'eux. 6 Ecoute, fils d'homme, n'aie pas peur d'eux et n'aie pas peur de leurs paroles; tu es au milieu de contradicteurs et d'épines, et tu es assis sur des scorpions; n'aie pas peur de leurs paroles et ne t'effraie pas de leurs visages, car c'est une engeance de rebelles. 7 Tu leur diras mes paroles, qu'ils t'écoutent ou qu'ils ne t'écoutent pas : ce sont des rebelles.

8 Fils d'homme, écoute ce que je te dis : ne sois pas rebelle, comme cette engeance de rebelles; ouvre la bouche et mange ce que je vais te donner. » 9 Je regardai : une main était tendue vers moi, tenant un livre enroulé[1]. 10 Elle le déploya devant moi; il était écrit des deux côtés[2]; on y avait écrit des plaintes, des gémissements, des cris.

3 1 Il me dit : « Fils d'homme, mange-le, mange ce rouleau[3]; ensuite tu iras parler à la maison d'Israël. » 2 J'ouvris la bouche et il me fit manger ce rouleau. 3 Il me dit : « Fils

d'homme, nourris ton ventre et remplis tes entrailles de ce rouleau que je te donne. » Je le mangeai : il fut dans ma bouche d'une douceur de miel.

4 Il me dit : « Fils d'homme, va; rends-toi auprès de la maison d'Israël et parle — leur avec mes paroles. 5 Car ce n'est pas vers un peuple au parler impénétrable et à la langue épaisse que tu es envoyé; c'est à la maison d'Israël. 6 Ce n'est pas à des peuples nombreux au parler impénétrable et à la langue épaisse, dont tu ne comprendrais pas les paroles — si je t'envoyais vers eux, est-ce qu'ils ne t'écouteraient pas ? — 7 Mais la maison d'Israël ne voudra pas t'écouter, car ils ne veulent pas m'écouter; c'est que toute la maison d'Israël a le front endurci et le coeur obstiné. 8 Vois : je rends ton visage aussi dur que leur visage, et ton front aussi dur que leur front. 9 Je rends ton front dur comme le diamant, plus dur que le caillou; tu ne les craindras pas et tu ne t'effrayeras pas devant eux, car ils sont une engeance de rebelles. » 10 Il me dit : « Fils d'homme, reçois dans ton coeur, écoute de tes oreilles toutes les paroles que je te dis. 11 Va, rends-toi auprès des déportés, auprès des fils de ton peuple; tu leur parleras; qu'ils écoutent ou qu'ils n'écoutent pas, tu leur diras : Ainsi parle le Seigneur Dieu. »

12 Alors l'esprit me souleva et j'entendis derrière moi le bruit d'une grande clameur : « Bénie soit en son lieu la gloire du Seigneur ! » 13 puis le bruit des ailes des vivants, se heurtant l'une l'autre, et en même temps, le bruit des roues et le bruit d'une grande

---

1. Les *livres* étaient alors faits de morceaux de peau ou de papyrus assemblés en une longue bande qu'on enroulait autour d'un ou deux bâtons.
2. On n'écrivait d'habitude que sur un seul côté, mais ici les oracles sont si nombreux qu'il a fallu écrire *des deux côtés*.
3. C'est dire, d'une façon très imagée, que Dieu donne sa parole à Ezéchiel (voir v. 4).

clameur. 14 Alors l'esprit me souleva et m'emporta; j'allai, amer et l'esprit irrité; la main du Seigneur était sur moi, très dure. 15 J'arrivai chez les déportés, à Tel-Aviv[1], chez ceux qui résident près du fleuve Kebar — car c'est là qu'ils résident — et je résidai là sept jours, hébété, au milieu d'eux.

Ezéchiel sera comme un guetteur

16 À la fin des sept jours, il y eut une parole du Seigneur pour moi. 17 « Fils d'homme, je t'établis guetteur pour la maison d'Israël; quand tu entendras une parole venant de ma bouche, tu les avertiras de ma part. 18 Si je dis au méchant : Tu vas mourir, et si tu ne l'avertis pas, si tu ne parles pas au méchant pour le mettre en garde contre sa mauvaise conduite, afin qu'il vive, il mourra de son péché mais c'est à toi que je demanderai compte de son sang. 19 Par contre, si tu avertis le méchant et qu'il ne se détourne pas de sa méchanceté et de sa mauvaise conduite, lui mourra de son péché alors que toi, tu auras la vie sauve. 20 Si un juste se détourne de sa justice et commet l'injustice, je le ferai trébucher : il mourra — car c'est parce que tu ne l'auras pas averti qu'il mourra de son péché —; on ne se souviendra plus de la justice qu'il avait pratiquée; mais c'est à toi que je demanderai compte de son sang. 21 Par contre, si tu avertis un juste pour que ce juste ne pèche pas, et qu'effectivement il ne pèche pas, il vivra car il a été averti et toi, tu auras la vie sauve. »

Un temps de silence pour le prophète

22 C'est là[1] que la main du Seigneur fut sur moi; il me dit : « Lève-toi, sors dans la vallée; et là, je te parlerai. » 23 Je me levai et sortis dans la vallée; voici que la gloire du Seigneur se trouvait là, telle la gloire que j'avais vue près du fleuve Kebar; je tombai sur mon visage. 24 Un esprit vint en moi; il me fit tenir debout. Il me parla et me dit : « Enferme-toi dans ta maison. 25 Ecoute, fils d'homme; des gens te chargeront de cordes[2], ils t'en ligoteront et tu ne sortiras plus au milieu d'eux. 26 Je collerai ta langue à ton palais; tu seras muet et tu ne seras plus pour eux l'homme du reproche; car c'est une engeance de rebelles. 27 Mais quand je te parlerai, j'ouvrirai ta bouche et tu leur diras : Ainsi parle le Seigneur Dieu : qui veut écouter, qu'il écoute; qui ne veut pas écouter, qu'il n'écoute pas; car c'est une engeance de rebelles.

Ezéchiel et le siège de Jérusalem

4 1 Ecoute, fils d'homme; prends une brique · et mets-la devant toi; dessus, fais le dessin d'une ville, « Jérusalem. 2 Mets le siège devant la ville, fais des terrassements contre elle, élève un remblai, installe des

---

1. *Tel-Aviv* : la « colline de l'épi » ou « du printemps. »

1. Toujours à Tel-Aviv (voir v. 15).
2. Manière imagée de dire qu'Ezéchiel sera contraint de rester inactif.

camps et place des béliers[1] tout autour. 3 Prends une plaque de fer et mets-la, telle une muraille de fer, entre toi et la ville; regarde-la fixement; elle sera en état de siège, parce que tu auras mis le siège devant elle : c'est un signe *hauts lieux maison d'Israël.

4 Couche-toi sur le côté gauche, où tu poseras le péché de la maison d'Israël. Tu porteras leur péché autant de jours que tu seras couché sur ce côté. 5 Je t'impose un nombre de jours équivalent aux années de leur péché : 390[2]; tu porteras le péché de la maison d'Israël. 6 Tu achèveras ces jours; puis tu te coucheras, une deuxième fois, sur le côté droit et tu porteras le péché de la maison de Juda : 40[3] jours; je te fixe un jour par année. 7 Tu fixeras ton regard sur Jérusalem assiégée, et le bras nu, tu prononceras un oracle contre elle. 8 Et voici que je te charge de cordes[4]; tu ne te retourneras pas d'un côté sur l'autre, jusqu'à ce que tu aies achevé les jours où tu fais le siège.

9 Prends du blé, de l'orge, des fèves, des lentilles, du millet et de l'épeautre; mets-les dans un récipient; tu t'en feras du pain. Pendant ces jours où tu seras couché sur le côté : 390, tu en mangeras. 10 Ce sera la nourriture que tu mangeras : une ration de vingt sicles[1] par jour; tu en mangeras jour après jour. 11 L'eau à boire te sera assurée : un sixième de hîn[2]; tu en boiras jour après jour. 12 Tu mangeras ton pain en forme de galette d'orge; tu le feras cuire sous leurs yeux sur un tas d'excréments humains[3]. » 13 Le SEIGNEUR dit : « C'est ainsi que les fils d'Israël mangeront un pain impur parmi les nations où je les disperserai. » 14 Je répondis : « Seigneur DIEU ! Je ne me suis jamais souillé; depuis mon enfance jusqu'à aujourd'hui, je n'ai jamais mangé de bête crevée ou déchiquetée[4] et il n'est jamais entré dans ma bouche de viande immonde. » 15 Il me dit : « Eh bien, je t'accorde de la bouse de vache[5], au lieu du tas d'excréments humains : tu cuiras ton pain dessus. » 16 Il me dit : « Fils d'homme, je vais supprimer dans Jérusalem les provisions de pains; ils mangeront un pain pesé dans l'anxiété, ils boiront une eau mesurée dans l'épouvante. 17 Parce que le pain et l'eau feront défaut, les uns et les autres seront épouvantés et ils pourriront à cause de leur péché.

Dieu va punir Israël

5 1 Ecoute, fils d'homme, prends une épée tranchante; tu t'en serviras comme

---

1. Le *bélier* est une machine de guerre servant à défoncer les portes ou les remparts; il était fait d'une grosse poutre de bois, terminée par une tête de bélier en métal et fixée sur une charpente roulante — *remblais* et *terrassements* permettaient d'accéder au haut des remparts pour s'emparer de la ville.

2. C'est le nombre d'années écoulées entre la division du royaume de Salomon (1 R 12.19) et le siège de Jérusalem.

3. Le chiffre *quarante* symbolise souvent des temps d'épreuve, comme par exemple les quarante jours du Déluge ou les quarante ans de l'Exode.

4. Voir 3.25 et la note.

1. *sicles :* voir au glossaire POIDS ET MESURES.

2. *hîn :* voir au glossaire POIDS ET MESURES.

3. *excréments humains :* le combustible, considéré comme impur, va rendre impurs les aliments qu'il sert à cuire (voir v. 13).

4. Manger une bête non saignée était interdit par la Loi, voir Ex 22.30; Lv 17.15.

5. La *bouse de vache* séchée était fréquemment employée pour le chauffage ou la cuisson des aliments.

d'un rasoir; tu te raseras la tête et la barbe[1]; puis tu prendras une balance et tu feras plusieurs parts. 2 Tu brûleras un tiers de tes poils au milieu de la ville, quand seront accomplis les jours du siège; tu prendras le deuxième tiers que tu frapperas par l'épée, tout autour de la ville; le dernier tiers tu le disperseras au vent — je tirerai l'épée contre eux —. 3 Mais tu en prendras une petite quantité[2] que tu enfouiras dans ton habit. 4 Tu en prendras encore que tu jetteras dans le feu et que tu brûleras; il en sortira du feu contre toute la maison d'Israël.

5 Ainsi parle le Seigneur Dieu : Voilà Jérusalem ! Je l'avais placée au milieu des nations, avec des pays autour d'elle. 6 Elle s'est rebellée contre mes décisions avec plus de perversité que les nations; et contre mes lois, plus que les pays qui l'entourent — c'est qu'ils ont rejeté mes décisions et qu'ils n'ont pas cheminé selon mes lois. 7 C'est pourquoi, ainsi parle le Seigneur Dieu : À cause de votre insolence, pire que celle des peuples qui vous entourent, vous n'avez pas marché selon mes lois et vous n'avez pas exécuté mes décisions; vous n'avez même pas agi selon les coutumes des nations qui sont autour de vous. 8 C'est pourquoi, ainsi parle le Seigneur Dieu : Je viens, moi aussi, contre toi; j'exécute la sentence au milieu de toi, sous les yeux des nations. 9 À cause de toutes tes abo-

minations[1], je fais, contre toi, ce que je n'ai jamais fait, une chose que je ne ferai jamais plus. 10 Ainsi, les pères dévoreront les fils au milieu de toi et les fils dévoreront leurs pères[2]; j'exécuterai contre toi la sentence et je disperserai à tout vent tout ce qui restera de toi.

11 C'est pourquoi, par ma vie — oracle du Seigneur Dieu — : parce que tu as souillé mon sanctuaire par toutes tes horreurs et toutes tes abominations, moi aussi, je passerai le rasoir[3]; mon oeil n'aura pas compassion et je serai sans pitié. 12 Un tiers de tes gens mourra par la peste ou sera anéanti par la famine au milieu de toi; le deuxième tiers tombera par l'épée autour de toi; et le dernier tiers, je le disperserai à tout vent et je tirerai l'épée derrière eux. 13 J'irai jusqu'au bout de ma colère, j'assouvirai ma fureur contre eux et je me vengerai; alors ils connaîtront que je suis le Seigneur, que j'ai parlé dans ma jalousie, en allant jusqu'au bout de ma fureur contre eux.

14 Je ferai de toi une ruine et un objet de honte parmi les nations qui t'entourent, aux yeux de tous les passants. 15 Tu seras pour les nations qui t'entourent un objet de honte et de sarcasmes, leçon et motif de consternation, quand j'exécuterai contre toi la sentence, avec colère, fureur et fu-

---

1. On rasait ainsi les prisonniers (voir Es 7.20); ce geste annonce donc que les habitants de Jérusalem vont être emmenés en captivité.

2. Cette *petite quantité* représente le petit reste de ceux qui seront sauvés.

1. *abomination* désigne les idoles et le culte coupable qui leur est rendu.

2. On peut prendre cette expression au sens propre : la famine sera telle qu'on en viendra à manger de la chair humaine; certains préfèrent voir ici une image frappante des conflits qui déchireront même les plus proches parents (voir Mi 7.6; Mt 10.35-36 et par.).

3. *horreurs, abomination* : voir v. 9 et la note — *rasoir* : voir v. 1 et la note.

rieux reproches. Moi, le Seigneur, j'ai parlé.

16 Quand je lancerai contre eux les flèches sinistres de la famine, les flèches de l'extermination que j'enverrai pour vous détruire, j'aggraverai pour vous la famine et je supprimerai vos provisions de pains. 17 J'enverrai contre vous la famine et les bêtes féroces qui te priveront d'enfants; la peste et le sang passeront chez toi et je ferai venir l'épée contre toi. Moi, le Seigneur, j'ai parlé!»

Contre les adorateurs d'idoles

6 1 Il y eut une parole du Seigneur pour moi : 2 « Fils d'homme, dirige ton regard vers les montagnes[1] d'Israël, et prononce un oracle contre elles. 3 Tu diras : Montagnes d'Israël, écoutez la parole du Seigneur Dieu. Ainsi parle le Seigneur Dieu aux montagnes et aux collines, aux ravins et aux vallées; Me voici, je vais faire venir sur vous l'épée et je ruinerai vos *hauts lieux. 4 Vos *autels seront dévastés, vos brûle-parfums[2] brisés et je ferai tomber vos morts devant vos idoles. 5 Je mettrai les cadavres des fils d'Israël devant leurs idoles et je disperserai vos ossements autour de vos autels[3]. 6 Partout où vous habitez, les villes seront ruinées et les hauts lieux dévastés, si bien que vos au-

tels seront ruinés et exécrés, vos idoles brisées, anéanties, vos brûle-parfums cassés et vos ouvrages détruits. 7 Les morts tomberont au milieu de vous; alors vous connaîtrez que je suis le Seigneur.

8 Mais quand vous n'aurez au milieu des nations que des rescapés de l'épée, quand vous serez dispersés parmi les pays, je maintiendrai un reste. 9 Vos rescapés se souviendront de moi, parmi les nations où ils auront été déportés, eux dont je briserai le coeur prostitué qui s'est détourné de moi, et leurs yeux prostitués aux idoles. Le dégoût leur montera au visage à cause des méfaits qu'ils ont commis, à cause de toutes leurs abominations. 10 Alors ils connaîtront que je suis le Seigneur; ce n'est pas en vain que je parle de leur faire un tel mal. »

11 Ainsi parle le Seigneur Dieu : « Bats des mains, tape du pied[1] et dis : Ça y est! pour tout le mal abominable de la maison d'Israël qui va tomber par l'épée, la famine et la peste. 12 Qui est loin, mourra par la peste; qui est près, tombera par l'épée; et le reste — les assiégés — mourra de faim; j'irai jusqu'au bout de ma fureur contre eux. 13 Alors vous connaîtrez que je suis le Seigneur, quand leurs morts seront couchés au milieu de leurs idoles, autour de leurs autels, sur toute haute colline, au sommet de toute montagne, sous tout arbre touffu, sous tout chêne luxuriant[2], là même où ils offraient un parfum apaisant

---

1. Les sanctuaires des cultes païens se trouvaient généralement sur les *montagnes*; on les appelle souvent les «hauts lieux» (voir v. 3; 1 R 3.2).
2. Vases de forme spéciale, destinés à faire brûler de l'encens et des parfums, utilisés en particulier dans les cultes païens.
3. ... *vos ossements autour de vos autels* : à la fois pour souiller les sanctuaires païens et pour punir ceux qui y rendaient un culte, en les privant de sépulture (voir 2 R 23.14-16; Jr 36.30).

1. Ces gestes expriment une émotion très forte.
2. Les arbres verts et touffus, symboles de fécondité, étaient souvent associés aux cultes idolâtriques des hauts lieux (voir Dt 12.2).

à toutes leurs idoles. 14 J'étendrai la main contre eux et je ferai de ce pays partout où ils habitent une solitude désolée, depuis le désert jusqu'à Divla[1]. Alors ils connaîtront que je suis le SEIGNEUR. »

Le Seigneur annonce la fin

7 1 Il y eut une parole du SEIGNEUR pour moi : 2 « Écoute, fils d'homme ! Ainsi parle le Seigneur DIEU à la terre d'Israël : C'est la fin ! la fin arrive aux quatre coins du pays. 3 Maintenant c'est la fin pour toi : j'enverrai ma colère contre toi, je te jugerai selon ta conduite, et je te chargerai de toutes tes abominations. 4 Mon oeil n'aura pas compassion de toi et je serai sans pitié, car je te chargerai de ta conduite, et tes abominations resteront au milieu de toi[2]; alors vous connaîtrez que je suis le SEIGNEUR. »

5 Ainsi parle le Seigneur DIEU : « Malheur jamais vu ! Malheur ! Le voici qui vient. 6 La fin arrive; elle arrive la fin; elle s'éveille pour toi; la voici qui arrive. 7 La famine arrive sur toi, habitant du pays; le temps arrive, le *jour est proche[3]; panique au lieu de joie sur les montagnes. 8 Maintenant, tout de suite, je vais déverser ma fureur contre toi; j'irai jusqu'au bout de ma colère contre toi, je te

jugerai selon ta conduite et je te chargerai de toutes tes abominations. 9 Mon oeil sera sans compassion et je serai sans pitié; je te rétribuerai selon ta conduite, et les abominations resteront au milieu de toi; alors vous connaîtrez que c'est moi, le SEIGNEUR, qui frappe.

10 Voici le jour; voici venir la famine; elle est en route. La brutalité prospère[1], l'insolence s'épanouit. 11 La violence s'est dressée, bâton de la méchanceté. Il ne reste rien d'eux, rien de leur clameur, rien de leur grondement; plus de répit pour eux. 12 Le temps vient, le jour est imminent; que l'acheteur ne se réjouisse pas, que le vendeur ne s'afflige pas, car la fureur menace toute la richesse du pays. 13 Le vendeur ne retournera pas à sa marchandise, même s'il est encore en vie; car la vision qui menace toute la richesse du pays ne sera pas révoquée. Chacun vivra dans son crime[2]; ils ne pourront reprendre force. 14 On sonnera de la trompette, on fera les préparatifs, mais personne n'ira au combat, car ma fureur menace toute la richesse du pays.

Personne n'échappera au châtiment

15 L'épée au-dehors, la peste et la famine à la maison; qui est aux champs mourra par l'épée; qui est en ville, la famine et la peste le dévoreront. 16 Les rescapés s'é-

---

1. *Divla* : sans doute identique à *Ribla*, ville de Syrie (voir 2 R 23.33; 25.6, 20). L'expression *depuis le désert jusqu'à Divla* signifie « d'un bout à l'autre du pays. »
2. C'est la persistance du péché d'Israël qui sera son châtiment en entraînant sa ruine (voir Jr 2.19; Rm 1.18-32).
3. Le *jour du Seigneur* », c'est-à-dire le jour du jugement final (voir So 1.4).

1. Ce que l'hébreu exprime ainsi : « le *bâton fleurit* » (peut-être le *bâton de la méchanceté* du v. 11) — le texte des v. 10 et 11 est obscur et la traduction incertaine.
2. Voir v. 4 et la note — la traduction de ce v. est incertaine.

chapperont; ils iront dans les montagnes, tous comme de plaintives colombes des vallées, chacun à cause de son péché.

17 Toutes les mains seront défaillantes;
tous les genoux fondront en eau.

18 Ils se ceindront de sacs,
un frisson les saisira.
Sur tous les visages, la honte
et sur toutes les têtes, cheveux tondus[1].

19 Ils jetteront leur argent dans les rues;
leur or sera une souillure.
— Leur argent et leur or ne pourront les sauver, au jour de la fureur du Seigneur. —
Leurs gosiers ne seront pas rassasiés,
et leurs entrailles ne seront pas remplies;
car l'or et l'argent sont la cause de leur péché.

20 De leur splendide parure, ils ont fait leur orgueil; ils en ont fait leurs images abominables, leurs horreurs; c'est pourquoi j'en ferai leur souillure.

21 Je la livrerai aux mains des étrangers, pour le pillage;
aux méchants du pays, pour le butin.
Ils la profaneront.

22 Je détournerai d'eux mon visage,
on profanera mon trésor.
Des brigands y viendront
et le profaneront.

23 Fabrique une chaîne,
car le pays est plein de jugements sanguinaires,
et la ville pleine de violence[2].

24 Je ferai venir les pires des nations;
elles s'empareront des maisons.
Je ferai cesser l'orgueil des forts
et ceux qui les sanctifient seront profanés[1].

25 L'angoisse vient;
ils recherchent la paix : en vain !

26 Viendront désastre sur désastre,
mauvaise nouvelle sur mauvaise nouvelle;
ils réclameront une vision au *prophète;
le prêtre ne donnera plus de directive,
ni les anciens de conseil.

27 Le roi portera le deuil,
et le prince se revêtira de désolation;
les mains des gens trembleront.
J'agirai envers eux d'après leur conduite
et je les jugerai selon leurs jugements;
alors ils connaîtront que je suis le Seigneur. »

L'idolâtrie dans le temple de Dieu

8 1 La sixième année[2], le sixième mois, le cinq de ce mois, comme j'étais assis dans ma maison et que les *anciens de Juda étaient assis devant moi, la main du Seigneur Dieu s'abattit sur moi. 2 Je regardai, et voici : une ressemblance, comme l'aspect d'un homme[3]; à partir et au-des-

---

1. En signe de deuil, on se tondait les cheveux et on se revêtait du *sac (voir Es 15.2-3; Am 8.10).
2. La *chaîne* fait peut-être allusion à la captivité des futurs déportés.

1. Autre traduction *leurs sanctuaires seront profanés.*
2. La *sixième année* de l'exil de Yoyakîn, soit 592-591 (voir 1.2).
3. *l'aspect d'un homme :* d'après l'ancienne version grecque; hébreu : *l'aspect d'un feu.* Voir 1.26 et la note.

sous de ce qui semblait être ses
reins, du feu; à partir et au-dessus
de ses reins, une sorte d'éclat,
comme l'étincellement du vermeil.
3 Il étendit une forme de main et
me saisit par une mèche de cheveux; puis l'esprit me souleva
entre ciel et terre; en visions divines, il m'emmena à Jérusalem, à
l'entrée de la porte intérieure,
celle qui est tournée vers le nord,
là où se trouve l'idole de la jalousie[1] — qui excite la jalousie. 4 Il y
avait là la gloire du Dieu d'Israël,
semblable à la vision que j'avais
vue dans la vallée[2]. 5 Il me dit :
« Fils d'homme, lève donc les yeux
vers le nord. » Je levai les yeux
vers le nord, et voici : au nord de
la porte, il y avait un autel; cette
idole de jalousie se trouvait dans
le passage. 6 Il me dit : « Fils
d'homme, vois-tu ce qu'ils font ?
Vois-tu les grandes abominations
que la maison d'Israël commet ici,
pour que je m'éloigne de mon
sanctuaire ? Tu vas voir encore
d'autres grandes abominations. »

7 Il m'emmena à la porte du
parvis; je regardai : il y avait un
trou dans le mur. 8 Il me dit :
« Fils d'homme, perce donc le
mur. » Je perçai le mur; il y eut
alors une ouverture. 9 Il me dit :
« Entre et regarde les affreuses
abominations qu'ils sont en train
de commettre ici. » 10 J'entrai et je
regardai; il y avait toutes sortes
d'images de reptiles[3] et de bêtes
— une horreur — et toutes les

idoles de la maison d'Israël dessi-
nées tout autour sur le mur. 11 70
anciens de la maison d'Israël,
avec Yaazanyahou fils de Shafân
au milieu d'eux, se tenaient devant ces images. Chacun son encensoir à la main; le parfum d'un
nuage d'*encens montait[1]. 12 Il me
dit : « As-tu vu, fils d'homme, ce
que font les anciens de la maison
d'Israël, dans l'obscurité, chacun
dans les chambres consacrées à
son idole ? C'est qu'ils disent : Le
SEIGNEUR ne peut pas nous voir;
le SEIGNEUR a abandonné le
pays. » 13 Il me dit : « Tu vas voir
encore d'autres grandes abominations qu'ils sont en train de commettre. »

14 Il m'emmena à l'entrée de la
porte de la Maison du SEIGNEUR,
celle qui regarde vers le nord; là
étaient assises les femmes qui
pleuraient Tammouz[2]. 15 Il me
dit : « As-tu vu, fils d'homme ? Tu
vas voir encore d'autres abominations plus grandes que celles-ci. »

16 Il m'emmena vers le parvis
intérieur de la Maison du SEI-
GNEUR; voici qu'à l'entrée du
Temple du SEIGNEUR, entre le vestibule et l'autel, il y avait environ
25 hommes, le dos tourné au
Temple du SEIGNEUR, et le visage
vers l'orient; ils se prosternaient
vers l'orient, devant le soleil. 17 Il
me dit : « As-tu vu, fils d'homme ?
Est-ce trop peu pour la maison
de Juda de commettre les abominations qu'ils commettent ici ? Ils
remplissent le pays de violence et

---

1. Sur l'esprit qui soulève le prophète, voir 2.2 et
la note; 3.14 — *l'idole de la jalousie* (celle qui
provoque la jalousie du Seigneur, voir 5.13) est
peut-être une statue de Tammouz (voir v. 14 et la
note).
2. *la vision que j'avais eue dans la vallée* : voir
3.22-23.
3. Les *reptiles* font partie des animaux impurs
qui souillent ceux qui les touchent (voir Lv 20.25).

1. Les *anciens commettent une double infidélité : ils adorent des images (voir Dt 4.16-18) et, en
portant l'encens, ils remplissent une fonction réservée aux prêtres (voir Nb 16).
2. *Tammouz*, appelé aussi Adonis, est la divinité
mésopotamienne de la végétation; on célébrait son
deuil chaque année au mois de Tammouz
(juin-juillet).

ils recommencent à m'offenser; les voilà qui élèvent le rameau jusqu'à leur nez[1]. 18 À mon tour d'agir, avec fureur; mon oeil n'aura pas compassion et je serai sans pitié; ils pousseront de grands cris à mes oreilles, mais je ne les écouterai pas. »

Ezéchiel voit le châtiment de Jérusalem

9 1 Il cria à mes oreilles d'une voix forte : « Le châtiment de la ville est proche; que chacun ait en main son instrument d'extermination. » 2 Voilà que six hommes venaient de la porte supérieure qui est tournée vers le nord; chacun avait en main son instrument d'extermination. Au milieu d'eux il y avait un homme vêtu de lin[2], avec une écritoire de scribe à la ceinture. Ils vinrent et se tinrent à côté de l'autel de bronze. 3 La gloire du Dieu d'Israël s'éleva au-dessus du chérubin sur lequel elles se trouvait et se dirigea vers le seuil de la Maison; alors il appela l'homme vêtu de lin et portant une écritoire à la ceinture. 4 Le Seigneur lui dit : « Passe au milieu de la ville, au milieu de Jérusalem; fais une marque sur le front des hommes qui gémissent et se plaignent à cause de toutes les abominations qui se commettent au milieu d'elle. » 5 Puis je l'entendis dire aux autres : « Passez dans la ville à sa suite et frappez; que vos yeux soient sans

compassion et vous sans pitié. 6 Vieillards, jeunes hommes et jeunes filles, enfants et femmes, vous les tuerez jusqu'à l'extermination; mais ne vous approchez de personne qui portera la marque. Vous commencerez par le sanctuaire. » Ils commencèrent alors par les anciens qui étaient devant la Maison. 7 Il leur dit : « Souillez la Maison et remplissez de morts[1] les parvis ... Allez ! » Ils sortirent et frappèrent dans la ville.

8 Or pendant qu'ils frappaient j'étais resté seul; je tombai sur mon visage et criai : « Ah, Seigneur Dieu ! Vas-tu exterminer tout le reste d'Israël en déversant ta fureur sur Jérusalem ? » 9 Il me dit : « Le péché de la maison d'Israël et de Juda est grand, immense; le pays est rempli de sang et la ville remplie de perversion; car ils ont dit : Le Seigneur a abandonné le pays; le Seigneur ne peut rien voir. 10 Ainsi mon oeil sera sans compassion, et je serai sans pitié; je les chargerai du poids de leur conduite. » 11 Et voici que l'homme vêtu de lin et portant une écritoire à la ceinture rendit compte en disant : « J'ai fait comme tu me l'avais ordonné. »

Nouvelle vision de la gloire de Dieu

10 1 Je regardai : sur le firmament qui était au-dessus de la tête des chérubins, on voyait comme une pierre de lazulite, comme l'aspect, comme la res-

---

1. Allusion à une pratique païenne qu'on ne peut définir avec certitude.
2. *vêtu de lin* : c'est-à-dire vêtu de blanc (on ne teignait que la laine); c'est le vêtement des prêtres (voir Lv 6.3; 16.4) et des anges destructeurs d'Ap 15.5.

---

1. Le contact d'un cadavre rend *impur (voir 6.5 et la note), c'est-à-dire inapte à participer au culte.

semblance d'un trône[1]. 2 Il dit à l'homme vêtu de lin : « Par les intervalles, entre dans le cercle, sous le chérubin; prends à pleines mains des braises ardentes, par les intervalles qui sont entre les *chérubins[2], et répands-les sur la ville. » L'homme y entra sous mes yeux.

3 Au moment où l'homme entra, les chérubins se tenaient à droite de la Maison et la nuée remplissait le parvis intérieur. 4 La gloire du Seigneur s'éleva au-dessus du chérubin vers le seuil de la Maison; la Maison fut remplie par la nuée tandis que le parvis était rempli par l'éclat de la gloire du Seigneur 5 et que le bruit des ailes des chérubins s'entendait jusque dans le parvis extérieur, comme la voix du Puissant quand il parle. 6 Quand il ordonna à l'homme vêtu de lin : « Prends du feu par les intervalles dans le cercle, par les intervalles qui sont entre les chérubins », l'homme vint et se tint à côté de la roue. 7 Le chérubin étendit la main par l'intervalle qui est entre les chérubins, vers le feu qui est dans l'intervalle entre les chérubins; il en préleva et en remplit les mains de l'homme vêtu de lin. Ce dernier prit et sortit. 8 Alors apparut sous les ailes des chérubins une forme de main humaine.

9 Je regardai : il y avait quatre roues à côté des chérubins; une roue à côté de chaque chérubin; l'aspect des roues était comme l'étincellement de la chrysolithe[3].

10 Leur aspect : toutes les quatre étaient semblables; elles étaient comme imbriquées l'une dans l'autre. 11 Lorsqu'elles avançaient, elles pouvaient aller dans les 4 directions; elles n'avançaient pas de biais; mais c'est dans la direction du lieu vers lequel s'orientait la tête qu'elles avançaient; elles n'avançaient pas de biais. 12 Sur tout le corps des chérubins, leur dos, leurs mains et leurs ailes, ainsi qu'autour des roues — leurs roues à tous les quatre — c'était un foisonnement d'étincelles. 13 J'entendis donner à ces roues le nom de « cercle[1] ». 14 Ils avaient chacun quatre faces; la face du premier était une face de chérubin; la face du second, une face d'homme; la troisième, une face de lion et la quatrième, une face d'aigle. 15 Les chérubins s'élevèrent — c'était le vivant que j'avais vu près du fleuve Kebar[2]. 16 Quand les chérubins avançaient, les roues avançaient à leurs côtés; quand les chérubins déployaient leurs ailes pour s'élever au-dessus de la terre, les roues ne restaient pas à l'écart mais se maintenaient à leurs côtés. 17 Quand ils s'arrêtaient elles s'arrêtaient et quand ils s'élevaient elles s'élevaient avec eux; c'est que l'esprit des vivants était en elles.

La gloire de Dieu quitte le sanctuaire

18 La gloire du Seigneur s'éleva du seuil de la Maison et se tint au-dessus des chérubins. 19 Alors

---

1. Voir 1.26 et la note.
2. *cercle* : indication assez difficile à comprendre; le plus simple est d'y voir l'espace situé sous le trône. Au v. 13, il sera assimilé aux roues qui se trouvent à côté des chérubins — *chérubin* : voir 1.11 et la note.
3. *chrysolithe* : voir 1.16 et la note.

1. *cercle* : voir 10.2 et la note.
2. *chérubins* : voir 1.11 et la note — *Kebar* : voir 10.2 et la note.

les chérubins déployèrent leurs ailes et s'élevèrent de terre; sous mes yeux, ils sortirent en même temps que les roues. La gloire s'arrêta à l'entrée de la porte orientale de la Maison du Sei-gneur; la gloire du Dieu d'Israël était sur les chérubins, tout au-dessus. 20 C'était les vivants que j'avais vus, sous le Dieu d'Is-raël, près du fleuve Kebar; et je sus que c'étaient des *chérubins[1]. 21 Les quatre chérubins avaient chacun quatre faces et quatre ailes; sous leurs ailes il y avait la ressemblance d'une main d'homme. 22 Leurs visages res-semblaient à ces mêmes visages que j'avais vus près du fleuve Ke-bar — c'était leur aspect. Chacun avançait droit devant lui.

Jérusalem va être jugée pour ses crimes

11 1 L'esprit me souleva et m'emmena vers la porte orientale de la Maison du Sei-gneur qui est tournée vers l'o-rient; il y avait dans l'entrée de la porte 25 hommes; je vis au milieu d'eux Yaazania fils de Azzour et Pelatyahou fils de Benayahou, chefs du peuple. 2 L'esprit me dit : « Fils d'homme, voilà les hommes qui projettent des crimes et qui trament le mal dans cette ville. 3 Ils disent : On n'est pas près de construire des maisons; la ville est une marmite et nous sommes la viande[2]. 4 C'est pourquoi, pro-nonce un oracle contre eux, pro-nonce un oracle, fils d'homme. »

5 L'esprit du Seigneur tomba sur moi et me dit : « Parle ! Dis : Ainsi parle le Seigneur : C'est ainsi que vous avez parlé, maison d'Israël; ce qui monte à votre es-prit, je le connais. 6 Vous avez multiplié les morts dans cette ville, vous avez rempli les rues de morts. 7 C'est pourquoi, ainsi parle le Seigneur Dieu : Les morts que vous avez mis au milieu de la ville, c'est eux, la viande, et la ville est la marmite; mais vous, je vous en ferai sortir. 8 Vous avez peur de l'épée : je ferai venir l'é-pée sur vous, — oracle du Sei-gneur Dieu. 9 Je vous ferai sortir de la ville, je vous livrerai aux mains des étrangers et j'exécute-rai contre vous mes jugements.

10 Vous tomberez par l'épée; je vous jugerai sur le territoire même d'Israël; alors vous connaî-trez que je suis le Seigneur. 11 La ville ne sera pas pour vous une marmite et vous n'y serez pas la viande; je vous jugerai sur le ter-ritoire même d'Israël. 12 Alors vous connaîtrez que je suis le Sei-gneur, moi dont vous n'avez pas suivi les lois et n'avez pas observé les coutumes; car vous avez agi selon les coutumes des nations qui vous entourent. »

13 Comme je prononçais l'o-racle, le fils de Benaya, Pelat-yahou — c'est-à-dire Rescapé-de-Dieu — mourut. Je tombai sur mon visage et criai d'une voix forte; je dis : « Ah ! Seigneur Dieu ! Tu veux faire l'extermina-tion du reste d'Israël[1] ! »

---

1. Voir 1.1; 1.11 et les notes.
2. Ce dicton un peu obscur semble être une expression d'égoïsme satisfait : il vaut mieux être à l'abri dans Jérusalem (la marmite) qu'en exil. L'i-mage sera reprise en 24.3-5.

1. *Pelatyahou mourut* : la mort de cet homme au nom si évocateur semble un présage de malheur pour tous les rescapés. Sur le *reste,* voir Es 4.3.

Dieu rassemblera le peuple dispersé

14 Il y eut une parole du Seigneur pour moi : 15 « Fils d'homme, tous tes frères, les gens de ta parenté, toute la maison d'Israël, dans sa totalité, auxquels les habitants de Jérusalem disent : Restez loin du Seigneur[1]; c'est à nous que cette terre a été donnée en possession ! 16 Dis-leur donc : Ainsi parle le Seigneur Dieu : Même si je les ai éloignés parmi les nations et les ai dispersés dans les pays, j'ai été un peu pour eux un *sanctuaire dans les pays où ils sont allés. 17 Dis-leur donc : Ainsi parle le Seigneur Dieu : Je vous rassemblerai du milieu des peuples et je vous réunirai des pays où vous avez été dispersés; puis je vous donnerai la terre d'Israël. 18 Ils y viendront et en ôteront toutes les horreurs et toutes les abominations[2].

19 Je leur donnerai un coeur loyal; je mettrai en vous un esprit neuf; je leur enlèverai du corps leur coeur de pierre et je leur donnerai un coeur de chair, 20 afin qu'ils marchent selon mes lois, qu'ils gardent mes coutumes et qu'ils les accomplissent. Ils seront mon peuple et je serai leur Dieu. 21 Mais ceux dont le coeur se plaît aux horreurs et aux abominations, je chargerai leur tête de leur conduite, oracle du Seigneur Dieu. »

La gloire de Dieu quitte Jérusalem

22 Alors les *chérubins déployè-rent leurs ailes; les roues étaient avec eux. La gloire du Dieu d'Israël était au-dessus d'eux, tout au-dessus. 23 La gloire du Seigneur s'éleva du milieu de la ville et se tint sur la montagne qui est à l'orient. 24 L'esprit me souleva et m'emmena en Chaldée[1], vers les déportés; cela se passait en vision, sous l'effet de l'esprit de Dieu. La vision que j'avais contemplée s'éleva au-dessus de moi. 25 Je parlai aux déportés de toutes les choses que le Seigneur m'avait fait voir.

Ezéchiel donne un présage de l'exil

12 1 Il y eut une parole du Seigneur pour moi : 2 « Fils d'homme, tu habites au milieu d'une engeance de rebelles; ils ont des yeux pour voir et ne voient pas, des oreilles pour entendre et ils n'entendent pas, car c'est une engeance de rebelles. 3 Écoute, fils d'homme ! Fais-toi un bagage de déporté et pars en déportation, en plein jour, sous leurs yeux; tu partiras en déportation, de ce lieu vers un autre, sous leurs yeux[2]; peut-être verront-ils qu'ils sont une engeance de rebelles. 4 Tu feras sortir tes bagages — des bagages de déporté — en plein jour, sous leurs yeux; et toi, tu sortiras le soir, sous leurs yeux, comme sortent les déportés. 5 Sous leurs yeux, tu perceras le mur et tu feras passer tes bagages par ce trou. 6 Sous leurs yeux, tu les mettras sur ton épaule; tu les feras sortir dans l'obscurité; tu couvri-

---

1. Les habitants de Jérusalem comprennent l'exil hors de la terre d'Israël comme un exil *loin du Seigneur;* comparer v. 16.
2. *horreurs, abominations* : voir 5.9 et la note.

1. *Chaldée* : autre nom de la Babylonie (voir par exemple 16.29; Gn 11.28; Jr 24.5).
2. Nouveau geste symbolique qui annonce la seconde déportation.

ras ton visage pour ne pas voir le pays : car je fais de toi un présage pour la maison d'Israël.» 7 Je fis comme il m'avait été ordonné. Je fis sortir mon bagage en plein jour, un bagage de déporté; et le soir, je perçai le mur, à la main; dans l'obscurité, je fis sortir mes bagages et je les portai seul sur l'épaule, sous leurs yeux.

8 Il y eut, au matin, une parole du SEIGNEUR pour moi : 9 «Fils d'homme, la maison d'Israël, engeance de rebelles, ne t'a-t-elle pas dit : Que fais-tu ? 10 Dis-leur : Ainsi parle le Seigneur DIEU : Cet oracle est pour le prince qui est à Jérusalem et pour toute la maison d'Israël qui s'y trouve. 11 Dis-leur : Je suis pour vous un présage; comme j'ai fait, ainsi il leur sera fait. Ils iront en déportation, en exil. 12 Le prince qui est au milieu d'eux chargera son épaule; dans l'obscurité, il sortira à travers le mur qu'on aura percé dans ce but. Il couvrira son visage, de sorte qu'il ne verra pas, de ses yeux, le pays[1]. 13 J'étendrai mon filet[2] sur lui et il sera pris dans mes rets; je l'amènerai à Babylone, au pays des Chaldéens; il mourra dans ce pays sans l'avoir vu. 14 Tout son entourage, sa garde et tous ses escadrons, je les disperserai à tous vents et je tirerai l'épée derrière eux. 15 Alors il connaîtront que je suis le SEIGNEUR, quand je les aurai dispersés parmi les nations et que je les aurai disséminés parmi les pays. 16 Je maintiendrai parmi eux un reste, quelques hommes réchappés de l'épée, de la faim, de la peste, pour raconter parmi les nations où ils seront allés, toutes leurs abominations; alors on connaîtra que je suis le SEIGNEUR.»

17 Il y eut une parole du SEIGNEUR pour moi : 18 «Fils d'homme, tu mangeras ton pain en tremblant; tu boiras ton eau dans l'agitation et dans l'appréhension. 19 Tu diras au peuple du pays : Ainsi parle le Seigneur DIEU aux habitants de Jérusalem qui sont sur le sol d'Israël : Ils mangeront leur pain dans l'inquiétude et ils boiront leur eau dans l'épouvante car la terre sera dévastée[1], privée de tout ce qui l'emplit, à cause de la violence de tous ses habitants. 20 Les villes habitées seront en ruine et le pays désert. Alors vous connaîtrez que je suis le SEIGNEUR.»

La parole du Seigneur va se réaliser

21 Il y eut une parole du SEIGNEUR pour moi : 22 «Fils d'homme, pourquoi appliquez-vous ce proverbe à la terre d'Israël : Les jours s'éternisent et aucune vision ne se réalise ? 23 Dis-leur : Ainsi parle le Seigneur DIEU : Je supprime ce proverbe, on ne le dira plus en Israël. Par contre, dis-leur : Les jours approchent, ainsi que la réalisation de chaque vision; 24 car il n'y aura plus de visions illusoires ni de prédictions trompeuses, au mi-

---

1. Le prince est Sédécias, qui s'échappa de Jérusalem par une brèche qu'on venait de faire au rempart (voir 2 R 25.4; Jr 52.7). Il fut poursuivi et fait prisonnier; puis on lui creva les yeux (voir 2 R 25.7; Jr 52.11) et on le conduisit à Babylone (v. 13).

2. *J'étendrai mon filet :* dans l'ancien Orient, il arrivait qu'on emprisonne les captifs dans un grand filet, comme le représente une stèle mésopotamienne. Mais l'expression est employée ici au sens figuré.

1. La *terre dévastée* est celle d'Israël, livrée à l'envahisseur.

lieu de la maison d'Israël. 25 Moi, le SEIGNEUR, quoi que je dise, cela se réalise sans traîner. C'est de votre vivant, engeance de rebelles, que j'exécuterai la parole que j'aurai dite, oracle du Seigneur DIEU. »

26 Il y eut une parole du SEI-GNEUR pour moi : 27 « Fils d'homme, voici que la maison d'Israël dit : Ce que voit cet homme n'est pas pour demain; il prophétise pour des temps éloignés. 28 C'est pourquoi, dis-leur : Ainsi parle le Seigneur DIEU : Aucune de mes paroles ne traînera plus; la parole que je dis s'exécutera, oracle du Seigneur DIEU. »

Contre les faux prophètes

13 1 Il y eut une parole du SEIGNEUR pour moi : 2 « Fils d'homme, prononce un oracle contre les prophètes d'Israël, ces diseurs d'oracles; dis à ceux qui tirent des oracles de leur propre coeur : Écoutez la parole du SEI-GNEUR ! 3 Ainsi parle le Seigneur DIEU : Malheureux les prophètes insensés qui suivent leur esprit sans avoir rien vu. 4 Des chacals dans les ruines, tels sont devenus tes prophètes, Israël. 5 Vous n'êtes pas montés sur les brèches et vous n'avez pas construit de mur pour la maison d'Israël, afin qu'elle puisse tenir dans le combat au jour du SEIGNEUR. 6 Ils ont des visions illusoires et des prédictions trompeuses, eux qui disent : Oracle du SEIGNEUR, sans que le SEIGNEUR les ait envoyés; alors ils attendent qu'il confirme leur parole. 7 N'avez-vous pas eu des visions illusoires ? n'avez-vous pas fait des prédictions trom-

peuses, vous qui dites : Oracle du SEIGNEUR, sans que moi j'aie parlé ? 8 C'est pourquoi, ainsi parle le Seigneur DIEU : Parce que vous avez prêché l'illusion et que vous avez eu des visions trompeuses, je viens contre vous, oracle du Seigneur DIEU. 9 Ma main sera contre les prophètes qui ont des visions illusoires et qui font des prédictions trompeuses; ils seront absents du conseil de mon peuple, ils ne seront pas inscrits dans le livre de la maison d'Israël[1] et ne pénétreront pas sur le sol d'Israël; alors vous connaîtrez que je suis le Seigneur DIEU.

10 Parce qu'ils ont égaré mon peuple en disant : Paix ! alors qu'il n'y avait point de paix, et parce qu'ils enduisaient de crépi[2] le mur que mon peuple bâtissait, 11 dis à ceux qui enduisaient de crépi — car il tombera — : Il viendra une pluie torrentielle; et vous, les grêlons, vous tomberez et le vent des tempêtes éclatera. 12 Une fois que le mur sera tombé, ne vous dira-t-on pas : « Où est le crépi dont vous l'aviez couvert ? » 13 C'est pourquoi, ainsi parle le Seigneur DIEU : Dans ma fureur je ferai éclater le vent des tempêtes; ma colère enverra une pluie torrentielle et ma fureur des grêlons destructeurs. 14 J'abattrai le mur que vous avez enduit de crépi, je le précipiterai à terre et ses fondations seront mises à nu. Il tombera et vous disparaîtrez là, au milieu. Alors vous connaîtrez

---

1. Le *livre de la maison d'Israël* est le registre des citoyens (voir Esd 2; Ne 7.5-67).
2. Comme un homme qui cacherait les lézardes de sa maison par du *crépi* (enduit de plâtre mêlé de sable) au lieu de la réparer, les prophètes ont trompé le peuple sur la gravité de sa situation (voir v. 16).

que je suis le Seigneur. 15 J'irai jusqu'au bout de ma fureur contre le mur et contre ceux qui l'ont enduit de crépi; je vous dirai : Plus de mur ! plus de gens pour le crépir ! 16 plus de ces prophètes d'Israël qui prononçaient des oracles sur Jérusalem et qui avaient pour elle des visions de paix alors qu'il n'y avait point de paix ! — oracle du Seigneur Dieu.

Contre les magiciennes

17 Écoute, fils d'homme; dirige ton regard vers les filles de ton peuple qui tirent des oracles de leur propre coeur[1]; prononce un oracle contre elles. 18 Tu diras : Ainsi parle le Seigneur Dieu : Malheureuses, celles qui cousent des bandelettes pour tous les poignets et qui confectionnent des voiles pour les gens de toute taille, afin de capturer des vies[2]. Vous voulez capturer la vie des gens de mon peuple et sauvegarder votre propre vie ! 19 Vous m'avez profané[3] devant mon peuple pour des poignées d'orge et pour des morceaux de pain; vous faites mourir ceux qui ne doivent pas mourir et vous faites vivre ceux qui ne doivent pas vivre, trompant ainsi mon peuple crédule. 20 C'est pourquoi, ainsi parle le Seigneur Dieu : J'en veux à vos bandelettes, dans lesquelles vous capturez les vies; je les déchirerai de dessus vos bras et je laisserai partir les vies que vous

avez capturées. 21 Je déchirerai vos voiles, j'arracherai mon peuple à vos mains et ils ne seront plus une proie dans vos mains; alors vous connaîtrez que je suis le Seigneur. 22 Parce qu'on trouble le coeur du juste avec des mensonges alors que moi je ne l'ai pas inquiété, parce qu'on fortifie la main du méchant de sorte qu'il ne peut revenir de sa mauvaise conduite et vivre, 23 à cause de cela, vous n'aurez plus de ces visions illusoires et vous ne ferez plus de prédictions; j'arracherai mon peuple à vos mains. Alors vous connaîtrez que je suis le Seigneur. »

Israël doit rejeter les idoles

14 1 Quelques *anciens d'Israël vinrent vers moi et s'assirent devant moi. 2 Alors il y eut une parole du Seigneur pour moi : 3 « Fils d'homme, ces hommes-là portent leurs idoles dans leur coeur; ils mettent devant eux l'obstacle qui les fera pécher. Vais-je me laisser consulter par eux ? 4 Parle donc et dis-leur : Ainsi parle le Seigneur Dieu : À tout homme de la maison d'Israël qui porte ses idoles dans son coeur, qui met devant lui l'obstacle qui le fera pécher, et qui vient ensuite vers le prophète, c'est moi, le Seigneur, qui répondrai. Quand il viendra, je lui répondrai en fonction du nombre de ses idoles, 5 afin de saisir la maison d'Israël par le coeur, eux qui se sont tous éloignés de moi, à cause de leurs idoles. 6 C'est pourquoi, dis à la maison d'Israël : Ainsi parle le Seigneur Dieu : Revenez, détournez-vous

---

1. Il s'agit ici des prophétesses et, semble-t-il, des magiciennes (voir v. 18 et la note).

2. *cousent des bandelettes ... confectionnent des voiles* : allusions à des pratiques magiques peu connues.

3. *vous m'avez profané* : la magie est considérée comme une profanation de Dieu; elle était punie de mort (voir Lv 19.26, 31; 20.27; Dt 18.10-12).

de vos idoles; détournez vos visages de toutes vos abominations.

7 Soit un homme membre de la maison d'Israël ou un émigré, résidant en Israël[1]; il s'éloigne de moi, porte ses idoles dans son coeur, met devant lui l'obstacle qui le fera pécher, puis va vers le prophète pour le consulter, eh bien, moi, le Seigneur, je lui répondrai personnellement. 8 Je tournerai mes regards contre cet homme, j'en ferai un exemple proverbial et je le retrancherai du milieu de mon peuple. Alors vous connaîtrez que je suis le Seigneur.

9 Soit un prophète; s'il se laisse séduire et prononce une parole, c'est moi, le Seigneur, qui aurai séduit ce prophète-là; j'étendrai la main contre lui et je le supprimerai du milieu de mon peuple d'Israël. 10 Ils porteront le poids de leurs fautes; il en ira de la faute du consultant comme de la faute du prophète. 11 C'est afin que la maison d'Israël ne s'égare plus loin de moi, qu'ils ne se souillent plus par leurs révoltes, qu'ils soient mon peuple et que je sois leur Dieu — oracle du Seigneur Dieu. »

Rien n'arrêtera le jugement de Dieu

12 Il y eut une parole du Seigneur pour moi: 13 « Fils d'homme : Soit un pays; il pèche contre moi et commet un sacrilège; j'étends donc la main contre lui, je supprime ses provisions de pains, j'envoie contre lui la famine, j'en retranche hommes et bêtes. 14 Même si ces trois hommes : Noé, Daniel et Job[1], se trouvent au milieu de ce pays, eux seuls sauveront leur vie, par leur justice, — oracle du Seigneur Dieu.

15 Et si j'envoie des bêtes féroces dans le pays, pour qu'il soit désert, privé de ses enfants, sans que personne ne le traverse, à cause des bêtes, 16 même si ces trois hommes se trouvent au milieu du pays, par ma vie — oracle du Seigneur Dieu — ils ne sauveront ni fils ni filles; eux seuls seront sauvés et le pays sera désert.

17 Ou bien, si je fais venir l'épée contre ce pays, si je dis : Que l'épée passe dans ce pays, qu'elle en retranche hommes et bêtes, 18 même si ces trois hommes se trouvent au milieu du pays, par ma vie — oracle du Seigneur Dieu — ils ne sauveront ni fils ni filles; eux seuls seront sauvés.

19 Ou bien si j'envoie la peste contre ce pays, si je répands ma fureur contre lui, dans le sang, pour qu'en soient retranchés hommes et bêtes, 20 même si Noé, Daniel et Job se trouvent au milieu du pays, par ma vie — oracle du Seigneur Dieu — ils ne sauveront ni fils ni filles. Eux seuls, par leur justice, sauveront leur vie.

21 Car ainsi parle le Seigneur Dieu : Même si j'ai envoyé mes quatre terribles châtiments contre Jérusalem : l'épée, la famine, les bêtes féroces et la peste, pour en retrancher hommes et bêtes, 22 pourtant un reste y subsiste.

---

1. L'*émigré résidant en Israël* est astreint aux mêmes obligations que le citoyen israélite et protégé par les mêmes lois, à condition qu'il soit circoncis (voir Lv 19.33-34).

1. *Noé, Daniel et Job* : trois justes célèbres dans la tradition du Proche-Orient. Le second n'est connu que par les textes mythologiques phéniciens et ne doit pas être confondu avec le héros du livre de Daniel.

On a fait sortir de la ville des fils et des filles; les voici qui viennent vers vous. Vous allez constater leur conduite et leurs actes; alors vous vous consolerez du malheur que j'ai fait venir sur Jérusalem, de tout ce que j'ai fait venir sur elle. 23 Ils vous consoleront car vous verrez leur conduite et leurs actes; alors vous saurez que ce n'est pas sans raison que j'ai accompli tout ce que j'ai fait dans la ville — oracle du Seigneur Dieu. »

La vigne livrée au feu

15 1 Il y eut une parole du Seigneur pour moi : 2 « Fils d'homme, en quoi le bois de la vigne serait-il meilleur que tous les autres bois, ses branches, meilleures que celles des arbres de la forêt ?

3 En tire-t-on du bois,
  pour en faire un ouvrage ?
  En tire-t-on une cheville,
  pour y suspendre quelque
  chose ?

4 Voici la vigne mise au feu :
  ses deux extrémités, le feu les a
  dévorées,
  le milieu est brûlé[1];
  conviendra-t-il à quelque
  chose ?

5 Quand il était intact,
  on n'en faisait rien;
  une fois que le feu l'a dévoré et
  brûlé,
  en fera-t-on encore quelque
  chose ?

6 C'est pourquoi, ainsi parle le
  Seigneur Dieu :

Comme je mets au feu le bois
de la vigne,
  de préférence au bois de la
  forêt,
  ainsi je brûle les habitants de
  Jérusalem.

7 Je tourne mon visage contre
  eux;
  ils sont sortis du feu, mais le
  feu les dévorera[1];
  alors vous connaîtrez que je
  suis le Seigneur,
  moi qui tourne mon visage
  contre eux.

8 Je fais de ce pays un désert
  à cause de l'infidélité qu'ils ont
  commise
  — oracle du Seigneur Dieu. »

Jérusalem était comme une enfant abandonnée

16 1 Il y eut une parole du Seigneur pour moi : 2 « Fils d'homme, fais connaître à Jérusalem ses abominations. 3 Tu diras : Ainsi parle le Seigneur Dieu à Jérusalem : Par tes origines et par ta naissance, tu es de la terre de Canaan[2]; ton père était l'Amorite et ta mère une Hittite. 4 À ta naissance, au jour où tu es née, on ne t'a pas coupé le cordon, tu n'as pas été lavée dans l'eau pour être purifiée; tu n'as pas été frottée de sel[3] ni enveloppée de langes. 5 Nul œil ne s'est apitoyé sur toi pour te faire par pitié une seule de ces choses : par le dégoût qu'on avait de toi, tu as été jetée

---

1. Image de la situation de Jérusalem, déjà éprouvée par une première déportation (voir Am 4.11; Za 3.2).

1. Les rescapés des premières razzias (avant 592) se croient en sécurité (voir 11.3, 15; 33.24), mais ils n'échapperont pas à la destruction.
2. *Canaan :* avant d'être conquise puis choisie par David comme capitale, Jérusalem était une cité cananéenne, habitée par les Jébuséens.
3. Les nouveau-nés étaient habituellement *frottés de sel;* on pensait que cela les fortifiait.

dans les champs[1], le jour où tu es née.

6 Passant près de toi, je t'ai vue te débattre dans ton sang; je t'ai dit, alors que tu étais dans ton sang : Vis ! — je t'ai dit, alors que tu étais dans ton sang : Vis ! — 7 Je t'ai rendue vigoureuse comme une herbe des champs; alors tu t'es mise à croître et à grandir et tu parvins à la beauté des beautés; tes seins se formèrent, du poil te poussa; mais tu étais sans vêtements, nue. 8 En passant près de toi je t'ai vue; or tu étais à l'âge des amours. J'ai étendu sur toi le pan de mon habit et couvert ta nudité; je t'ai fait un serment et suis entré en alliance avec toi[2] — oracle du Seigneur Dieu. Alors tu fus à moi. 9 Je t'ai lavée dans l'eau, j'ai nettoyé le sang qui te couvrait, puis je t'ai parfumée d'huile. 10 Je t'ai donné des vêtements brodés, des chaussures de cuir fin, une ceinture de lin et je t'ai couverte d'étoffes précieuses. 11 Je t'ai parée de bijoux, j'ai mis des bracelets à tes poignets et un collier à ton cou; 12 un anneau à ton nez, des boucles à tes oreilles et un diadème splendide sur ta tête. 13 Tes bijoux étaient d'or et d'argent, tes vêtements de lin fin, d'étoffes précieuses, de broderies. Tu te nourrissais de fine farine, de miel et d'huile; alors tu es devenue extrêmement belle. Tu es parvenue à la royauté. 14 Alors le renom de ta beauté s'est répandu parmi les nations : car elle était parfaite, à cause de la splendeur dont je t'avais parée — oracle du Seigneur Dieu.

Jérusalem est comme une prostituée

15 Mais tu t'es fiée à ta beauté et, à la mesure de ton renom, tu t'es prostituée; tu as prodigué tes débauches à tout passant — tu as été à lui. 16 Tu as pris de vêtements dont tu as bariolé les *hauts lieux et tu t'es prostituée dessus — que cela ne vienne ni ne se passe ! 17 Tu as pris tes splendides bijoux d'or et d'argent que je t'avais donnés; tu t'es fait des images viriles, tu t'es prostituée avec elles[1]. 18 Tu as pris tes vêtements brodés dont tu les a recouvertes[2]; mon huile et mon encens, tu les as déposés devant elles. 19 Mon pain que je t'avais donné, la fleur de farine, l'huile, le miel dont je te nourrissais, tu les as déposés devant elles, en parfum apaisant; voilà ce que tu as fait — oracle du Seigneur Dieu. 20 Tu as pris tes fils et tes filles que tu m'avais enfantés et tu les as sacrifiés à ces images[3]. Il ne te suffisait donc pas de te débaucher ? 21 Tu as égorgé mes fils et tu les as livrés en les leur sacrifiant. 22 Dans toutes tes abominations et tes débauches, tu ne t'es pas

---

1. *tu as été jetée dans les champs :* comme un nourrisson abandonné. La Bible ne cite aucun autre exemple d'abandon d'enfant.

2. *J'ai étendu le pan de mon habit :* plus qu'un simple geste de protection, l'expression signifie souvent « épouser » (voir Dt 23.1; Rt 3.9) — l'*alliance* désigne également ici le mariage (voir Ml 2.14; Pr 2.17). Depuis Osée, l'image du mariage est souvent utilisée pour désigner les relations entre Dieu et Israël (voir Es 54.4-8; Jr 2.2).

1. *Se prostituer :* langage imagé fréquent dans l'A. T., pour désigner l'adoration des idoles (voir Ex 34.15 et la note; Os 2.4 et la note). Ézéchiel pousse la comparaison plus loin que tous les autres prophètes (voir v. 23-35).

2. Les idoles étaient souvent en bois plaqué d'or et d'argent (voir Es 40.19-20; 44.9-20), et parfois habillées (Jr 10.9).

3. Même en Israël, il est arrivé qu'on sacrifie des enfants en les faisant brûler, selon un rite cananéen (voir 20.31). Cette pratique était interdite par la Loi (voir Lv 18.21).

souvenue des jours de ta jeunesse, quand tu étais nue et sans vêtements, quand tu te débattais dans ton sang.

23 Et puis après toute cette méchanceté — malheur ! malheur à toi, oracle du Seigneur DIEU ! — 24 tu t'es bâti une estrade, tu t'es fait un podium sur toutes les places. 25 À l'entrée de chaque chemin, tu t'es construit un podium, tu as fait un usage abominable de ta beauté, tu t'es offerte à tout passant; tu as multiplié tes débauches. 26 Tu t'es prostituée aux fils de l'Égypte[1], tes voisins au grand corps; ainsi tu as multiplié tes débauches, au point de m'offenser. 27 Voici donc que j'ai étendu ma main contre toi; je t'ai coupé les vivres et je t'ai livrée au bon plaisir de tes ennemies, les filles des Philistins[2], honteuses elles-mêmes de ton impudicité. 28 Insatiable, tu t'es prostituée aux fils d'Assour[3] faute d'être rassasiée; tu t'es prostituée à eux et tu ne fus pas davantage rassasiée. 29 Alors tu as multiplié tes débauches dans un pays de marchands, en Chaldée[4]; même avec ceux-là tu ne fus pas davantage rassasiée. 30 Comme il était fiévreux, ton cœur ! — Oracle du Seigneur DIEU — quand tu faisais tout cela, métier d'une prostituée despotique ! 31 Quand tu te bâtissais une estrade à l'entrée de tous les chemins, quand tu faisais un podium sur toutes les places, tu n'as pas fait comme les prostituées : tu dédaignais le salaire. 32 La femme adultère, au lieu de son mari, prend des étrangers. 33 À toutes les prostituées on fait un cadeau; mais c'est toi qui as fait ce cadeau à tous tes amants; tu les as soudoyés[1], pour qu'ils viennent vers toi de partout, se débaucher avec toi. 34 Toi, dans tes débauches, tu as fait à l'inverse des autres femmes; tu n'étais pas recherchée comme prostituée; or en donnant un salaire sans en recevoir, tu as inversé les rôles.

35 Prostituée, écoute donc la parole du SEIGNEUR : 36 Ainsi parle le Seigneur DIEU : Parce que ton sexe a été découvert et que ta nudité a été dévoilée, au cours de tes débauches avec tes amants et toutes tes idoles abominables, à cause du sang de tes fils que tu leur as livrés, 37 eh bien, je vais rassembler tous les amants auxquels tu as plu, tous ceux que tu as aimés, outre ceux que tu as haïs; je les rassemblerai contre toi de partout, je dévoilerai devant eux ta nudité; ils verront toute ta nudité[2]. 38 Je t'applique le châtiment des femmes adultères et de celles qui répandent le sang; je te mettrai en sang par ma fureur et ma jalousie. 39 Je te livre entre leurs mains; ils raseront ton estrade et démoliront tes podiums; ils te dépouilleront de tes vêtements et prendront tes splendides bijoux; ils te laisseront sans vêtements, nue. 40 Ils dresseront la

---

1. L'alliance politique avec l'Égypte est comparée ici à une prostitution. Les prophètes ont toujours condamné de telles alliances (voir Es 30-31; Os 7.11; 12.2).
2. La politique de certains rois de Juda avait eu pour résultat l'annexion d'une partie de leur territoire par les Philistins (voir 25.15-17; 2 Ch 28.18).
3. Plusieurs rois de Juda et d'Israël avaient recherché une alliance avec l'Assyrie (voir 2 R 15.19; 16.7-9; Os 5.13; 8.9).
4. *Chaldée* : voir la note sur 11.24.

1. *tu les as soudoyés* : pour obtenir une alliance, il fallait souvent verser un très lourd tribut (voir 2 R 15.19; 16.8).
2. *ils verront toute ta nudité* : langage imagé; les alliés de Jérusalem (ses *amants*), vont venir l'assiéger ou entendront parler de sa ruine.

foule contre toi; ils te lapideront, ils te lacéreront de leurs épées, 41 ils brûleront tes maisons, ils exécuteront contre toi la sentence, aux yeux d'une multitude de femmes; je mettrai fin à ta vie de prostituée; tu ne pourras plus donner de salaire. 42 J'irai jusqu'au bout de ma fureur contre toi; puis ma jalousie se détournera de toi, je m'apaiserai, je ne serai plus offensé. 43 Parce que tu ne t'es pas souvenue des jours de ta jeunesse et que tu t'es excitée contre moi en tout cela, eh bien, moi, à mon tour, je fais retomber ta conduite sur ta tête — oracle du Seigneur Dieu. Est-ce que tu n'as pas commis cette saleté par-dessus toutes tes abominations ?

Jérusalem est pire que les autres cités

44 Voici donc que tout faiseur de proverbes en dira un sur toi : Telle mère, telle fille ! 45 Tu es la fille d'une mère qui a détesté son mari et ses fils, tu es la sœur de tes sœurs qui ont détesté leurs maris et leurs fils. Votre mère était une Hittite et votre père un Amorite. 46 Ta sœur aînée, c'est Samarie qui habite à ta gauche avec ses filles[1]. Ta sœur cadette, qui habite à ta droite, c'est Sodome, avec ses filles. 47 Ce n'est pas modérément que tu as cheminé dans leurs chemins et que tu as agi selon leurs abominations; tu t'es montrée plus corrompue qu'elles sur tous les chemins. 48 Par ma vie ! — oracle du Sei-

gneur Dieu — ta sœur Sodome, avec ses filles, n'aura pas fait autant que toi et tes filles. 49 Voilà ce que fut la faute de ta sœur Sodome : orgueilleuse, repue, tranquillement insouciante, elle et ses filles; mais la main du malheureux et du pauvre, elle ne la raffermissait pas. 50 Elles sont devenues prétentieuses et ont commis ce qui m'est abominable; alors je les ai rejetées, comme tu l'as vu. 51 Alors que Samarie n'avait pas commis la moitié de tes péchés, tu as rendu tes abominations plus nombreuses que les siennes; tu as fait apparaître justes tes sœurs, par toutes les abominations que tu as commises. 52 Toi donc, porte ton déshonneur, toi qui, par tes péchés plus horribles que les leurs, as réhabilité tes sœurs. Elles paraissent justes, à côté de toi. Toi donc, sois honteuse, et porte ton déshonneur, puisque tu as fait apparaître justes tes sœurs. 53 Je changerai leur destinée, la destinée de Sodome et de ses filles, la destinée de Samarie et de ses filles, et je changerai ta propre destinée, au milieu d'elles, 54 afin que tu portes ton déshonneur et que tu sois honteuse de tout ce que tu as fait; cela les consolera. 55 Tes sœurs, Sodome et ses filles, reviendront à leur état antérieur; Samarie et ses filles reviendront à leur état antérieur; toi aussi et tes filles, vous reviendrez à votre état antérieur. 56 Ta sœur Sodome n'était-elle pas devenue un objet de racontars, dans ta bouche, au jour de ton orgueil 57 avant que soit découverte ta méchanceté ? De même, c'est le temps pour toi d'être l'objet des outrages des

---

1. *à ta gauche* : Samarie est au nord de Jérusalem; on s'orientait en regardant vers le soleil levant — les *filles* désignent les bourgades qui dépendent de la ville.

filles d'*Aram et de toutes ses
voisines, les filles des Philistins¹
qui te méprisent alentour. 58 Tu
portes le poids de tes impudicités
et de tes abominations — oracle
du Seigneur.

59 Car ainsi parle le Seigneur
Dieu : J'agirai à ton égard comme
tu as agi, toi qui as méprisé la
malédiction en rompant l'alliance.
60 Moi je me souviendrai de mon
*alliance avec toi, aux jours de ta
jeunesse : j'établirai avec toi une
alliance éternelle. 61 Tu te souviendras de ta conduite et tu seras confuse quand tu accueilleras
tes sœurs aînées auprès de tes
cadettes ; je te les donnerai pour
filles, mais sans qu'elles partici-
pent à ton alliance². 62 J'établirai
mon alliance avec toi : alors tu
connaîtras que je suis le Seigneur,
63 afin que tu te souviennes, afin
que tu sois honteuse et que, de
confusion, tu ne puisses plus ouvrir la bouche³ lorsque je t'absou-
drai de tout ce que tu as fait
— oracle du Seigneur Dieu. »

L'aigle et la vigne

17 1 Il y eut une parole du
Seigneur pour moi : 2 « Fils
d'homme, pose une énigme et
imagine une parabole, pour la
maison d'Israël. 3 Tu diras : Ainsi
parle le Seigneur Dieu :

Le grand aigle¹
aux grandes ailes,
aux longues pennes,
au plumage épais
et chamarré,
vint au Liban.
Il ôta la pointe du cèdre,
4 arracha la cime de ses branches ;
il l'emporta dans son pays de
marchands,
il le plaça dans une ville de
commerçants².
5 Puis il prit de la semence de ce
pays³
et la déposa en terrain labouré ;
il le planta comme la pousse
d'un saule auprès des grandes
eaux.
6 La semence germa,
devint une vigne florissante,
d'une espèce rampante ;
elle dirigeait vers lui son branchage,
et ses racines étaient sous lui.
Elle devint un cep,
produisit des sarments
et lança des branches.
7 Mais il y eut un grand aigle⁴,
aux grandes ailes,
au plumage abondant.
Et voici que cette vigne
dirigea avec avidité ses racines
vers lui,
pour qu'il l'arrose ;
elle tendit vers lui ses branches,
hors du terrain où elle était
plantée.
8 C'est dans un champ excellent,

---

1. Au lieu d'*Aram*, certains manuscrits parlent
d'*Edom* (voir 35.1-15) — les *Philistins*, installés sur
la côte, sont, depuis l'époque des Juges, les ennemis
d'Israël (voir Jg 15-16).
2. Pour Ézéchiel, comme pour Zacharie (voir Za
2.16), l'alliance avec Jérusalem restera privilégiée.
3. *Ouvrir la bouche* est un signe d'insolence ou
d'hostilité (voir Ps 35.21 ; Lm 2.16). Au contraire,
garder la « bouche fermée » (Es 52.15 ; Ps 107.42)
ou « mettre la main sur sa bouche » (Jb 21.5 ; 40.4),
c'est montrer son respect ou reconnaître qu'on s'est
trompé.

---

1. L'*aigle* représente Nabuchodonosor, le roi de
Babylone, vainqueur de Jérusalem (v. 12).
2. Allusion à la déportation de Yoyakîn, roi de
Juda, et des grands du royaume qui furent emmenés à Babylone (v. 12).
3. *La semence de ce pays* : image désignant
Sédécias, oncle de Yoyakîn ; c'est Nabuchodonosor
qui le plaça sur le trône de Juda (voir 2 R 24.17).
4. Le deuxième *grand aigle* : image désignant le
Pharaon dont Sédécias a essayé de se rapprocher
(voir v. 15).

près des grandes eaux,
qu'elle avait été plantée,
pour produire des rameaux,
porter du fruit,
pour être une vigne magnifique.

9 Dis : Ainsi parle le Seigneur
Dieu :
Pourra-t-elle prospérer ?
L'aigle ne va-t-il pas arracher
ses racines,
laisser son fruit se flétrir,
et sécher[1] ?
Toutes ses pousses arrachées
sécheront.
Nul besoin d'un bras puissant,
ni de beaucoup gens
pour la déraciner !
10 Une fois plantée, pourra-t-elle
prospérer ?
Dès que le vent d'orient l'atteindra,
ne va-t-elle pas se dessécher
complètement ?
Sur le terrain où elle devait
pousser,
elle séchera. »

Explication de l'allégorie

11 Il y eut une parole du Seigneur pour moi :
12 « Parle donc à cette engeance de rebelles : Ne savez-vous
pas ce que cela signifie ?
Dis : Voici que le roi de Babylone est venu à Jérusalem ; il en a
pris le roi et les chefs, il les a
emmenés avec lui, à Babylone.
13 Il a pris quelqu'un de sang
royal, a conclu une alliance avec
lui ; il lui a imposé un serment de
fidélité[1] ; il a pris les notables du
pays, 14 afin que le royaume reste
petit, incapable de s'élever, qu'il
garde son alliance dans la stabilité. 15 Mais il s'est révolté contre
lui, en envoyant des messagers en
Égypte, afin qu'elle lui donne des
chevaux et beaucoup de soldats.
Pourra-t-il prospérer ? Va-t-il
réussir, celui qui a agi ainsi ? Il a
rompu l'alliance et il s'en tirerait ?
16 Par ma vie — oracle du Seigneur Dieu — c'est dans le pays
du roi qui l'a fait régner, envers
qui il a été parjure et dont il a
rompu l'alliance, c'est chez lui, en
pleine Babylone, qu'il mourra.
17 Et ce n'est pas avec l'aide d'une
grande armée et d'un vaste rassemblement que Pharaon pourra
agir en sa faveur, au moment du
combat, au moment où on élèvera
un remblai, où on fera des terrassements pour massacrer une foule
de gens. 18 Il a été parjure en
rompant l'alliance ; il avait bien
donné sa main, mais il a commis
toutes ces fautes : il ne réussira
pas.

19 C'est pourquoi, ainsi parle le
Seigneur Dieu :
Par ma vie, le serment de fidélité qu'il a méprisé,
l'alliance qu'il a rompue,
je les fais retomber sur sa tête.
20 J'étends sur lui mon filet[2]
et il sera pris dans mes rets.
Je l'emmènerai à Babylone, je
le jugerai là-bas pour l'infidélité
qu'il a commise contre moi.
21 Quant à l'élite entière de tous
ses escadrons, ils tomberont par

---

1. Cette alliance de Sédécias avec l'Egypte est
une révolte contre Nabuchodonosor (v. 15) ; celui-ci
(le premier *aigle*) va punir son vassal (voir v. 16 : 2
R 24.20-25 ; 2 Ch 36.13, 17-20).

1. littéralement : *il l'a fait entrer dans une imprécation ;* le roi vaincu devait jurer fidélité au
vainqueur en prononçant une imprécation contre
celui qui romprait cette alliance, donc contre
lui-même s'il était tenté de se révolter.

2. *filet :* voir 12.13 et la note.

l'épée; les rescapés seront dispersés à tous vents; alors vous saurez que moi, le S<small>EIGNEUR</small>, j'ai parlé.

22 Ainsi parle le Seigneur D<small>IEU</small> :
Moi, je prends à la pointe du
cèdre altier — et je plante —,
j'arrache à la cime de ses branches un rameau tendre[1];
je le plante moi-même,
sur une montagne haute, surélevée.

23 Je le plante sur une montagne
élevée d'Israël.
Il portera des rameaux, produira du fruit,
deviendra un cèdre magnifique.
Toutes sortes d'oiseaux y demeureront,
ils demeureront à l'ombre de
ses branches.

24 Alors tous les arbres des
champs connaîtront
que je suis le S<small>EIGNEUR</small>
qui fait ramper l'arbre élevé,
élève l'arbre qui rampe;
dessèche l'arbre vert,
et fait fleurir l'arbre sec.
Moi, le S<small>EIGNEUR</small>, je parle et
j'accomplis. »

Dieu juge chacun selon sa conduite

18 1 Il y eut une parole du
S<small>EIGNEUR</small> pour moi : 2 « —
Qu'avez-vous à répéter ce dicton,
sur la terre d'Israël : Les pères ont
mangé du raisin vert et les dents
des fils ont été agacées ? 3 Par ma
vie — oracle du Seigneur D<small>IEU</small> —
vous ne redirez plus ce dicton en
Israël ! 4 Oui ! toutes les vies sont

à moi; la vie du père comme la
vie du fils, toutes deux sont à
moi; celui qui pèche, c'est lui qui
mourra.

5 Soit un homme juste; il accomplit le droit et le justice; 6 il
ne mange pas sur les montagnes[1];
il ne lève pas les yeux vers les
idoles de la maison d'Israël; il ne
déshonore pas la femme de son
prochain; il ne s'approche pas
d'une femme en état d'impureté;
7 il n'exploite personne; il rend le
gage reçu pour dette; il ne commet pas de rapines; il donne son
pain à l'affamé; il couvre d'un
vêtement celui qui est nu; 8 il ne
prête pas à intérêt; il ne prélève
pas d'usure; il détourne sa main
de l'injustice; il rend un jugement
vrai entre les hommes; 9 il chemine selon mes lois; il observe
mes coutumes, agissant d'après la
vérité : c'est un juste; certainement, il vivra — oracle du Seigneur D<small>IEU</small>.

10 Mais il a pour fils un brigand qui répand le sang et commet l'une de ces choses,
11 — alors que lui n'en avait commis aucune — et qui, de plus,
mange sur les montagnes, déshonore la femme de son prochain;
12 il exploite le malheureux et le
pauvre; il commet des rapines; il
ne rend pas un gage; il lève les
yeux vers les idoles; il commet
l'abomination; 13 il prête à intérêt
et pratique l'usure ... Lui, vivre ! Il
ne vivra pas. Il a commis toutes
ces abominations : certainement il
mourra; son sang sera sur lui.

14 Mais qu'un homme ait un
fils, qui a vu tous les péchés que
son père a commis; il les a vus

---

1. *un rameau tendre :* image désignant le futur
roi d'Israël, espoir de la dynastie de David (voir
34.23; 2 S 7.12-16).

1. *manger sur les montagnes* c'est participer aux
repas qui suivaient les sacrifices païens (voir Ez
6.2-4 et la note sur 6.2).

mais n'agit pas de même : 15 il ne mange pas sur les montagnes; il ne lève pas les yeux vers les idoles de la maison d'Israël; il ne déshonore pas la femme de son prochain; 16 il n'exploite personne; il ne garde pas de gage; il ne commet pas de rapines; il donne son pain à l'affamé et il couvre d'un vêtement celui qui est nu; 17 il détourne sa main de l'injustice; il ne prélève ni intérêt ni usure; il accomplit mes coutumes et chemine selon mes lois : il ne mourra pas à cause de la faute de son père; certainement il vivra. 18 Mais son père — parce qu'il a pratiqué l'extorsion, commis des rapines envers son frère, parce qu'il n'a pas fait le bien au milieu de son peuple — voici donc qu'il mourra par sa propre faute.

19 Or vous dites : Pourquoi ce fils ne supporte-t-il pas la faute de son père? Mais ce fils a accompli le droit et la justice, il a observé toutes mes lois et les a accomplies : certainement il vivra. 20 Celui qui pèche, c'est lui qui mourra; le fils ne portera pas la faute du père ni le père la faute du fils; la justice du juste sera sur lui et la méchanceté du méchant sera sur lui.

Persévérer dans une conduite juste

21 Quant au méchant, s'il se détourne de tous les péchés qu'il a commis, s'il garde toutes mes lois et s'il accomplit le droit et la justice, certainement il vivra, il ne mourra pas. 22 On ne se souviendra plus de toutes ses révoltes, car c'est à cause de la justice qu'il a accomplie qu'il vivra. 23 Est-ce que vraiment je prendrais plaisir à la mort du méchant — oracle du Seigneur Dieu — et non pas plutôt à ce qu'il se détourne de ses chemins et qu'il vive? 24 Quant au juste qui se détourne de sa justice et commet le crime à la mesure de toutes les abominations qu'avait commises le méchant : peut-il les commettre et vivre? De toute la justice qu'il avait pratiquée, on ne se souviendra pas. À cause de son infidélité et du péché qu'il a commis, c'est à cause d'eux qu'il mourra. 25 Mais vous dites : Le chemin du Seigneur n'est pas équitable! Écoutez, maison d'Israël : Est-ce mon chemin qui n'est pas équitable? Ce sont vos chemins qui ne sont pas équitables. 26 Quand le juste se détourne de sa justice, commet l'injustice et en meurt, c'est bien à cause de l'injustice qu'il a commise qu'il meurt. 27 Quand le méchant se détourne de la méchanceté qu'il avait commise et qu'il accomplit droit et justice, il obtiendra la vie. 28 Il s'est rendu compte de toutes ses rébellions et s'en est détourné : certainement il vivra, il ne mourra pas. 29 Mais la maison d'Israël dit : Le chemin du Seigneur n'est pas équitable. Est-ce mes chemins qui ne sont pas équitables, maison d'Israël? Ce sont vos chemins qui ne sont pas équitables. 30 C'est pourquoi je vous jugerai chacun selon ses chemins, maison d'Israël, oracle du Seigneur Dieu. Revenez, détournez-vous de toutes vos rébellions, et l'obstacle qui vous fait pécher n'existera plus. 31 Rejetez le poids de toutes vos rébellions; faites-vous un coeur neuf et un esprit neuf; pourquoi devriez-

vous mourir, maison d'Israël?
32 Je ne prends pas plaisir à la
mort de celui qui meurt — oracle
du Seigneur DIEU; revenez donc
et vivez!»

Complainte des lions

19 1 «Et toi, entonne une
complainte sur les princes
d'Israël.
2 Tu diras :
Ta mère! une lionne[1],
couchée parmi les lions.
Au milieu des lionceaux,
elle nourrissait ses petits.
3 Elle éleva un de ses petits
qui devint un jeune lion;
il apprit à déchirer sa proie,
il mangea de l'homme.
4 Des nations entendirent parler
de lui;
il fut pris dans leur fosse,
on le conduisit avec des crochets au pays de l'Egypte[2].
5 Quand la lionne vit que son
attente,
que son espoir étaient vains,
elle prit un autre de ses petits,
elle en fit un jeune lion.
6 Il rôdait parmi les lions,
devenu un jeune lion.
Il apprit à déchirer sa proie,
il mangea de l'homme.
7 Il démolit leurs palais[3],
ruina leurs villes;
le pays et ses habitants furent
terrorisés,
au bruit de son rugissement.
8 Des nations d'alentour,
venues de leurs provinces,
se dressèrent contre lui;

elles étendirent sur lui leur filet[1],
il fut pris dans leur fosse.
9 Avec des crochets on le mit
dans une cage
et on le conduisit au roi de
Babylone[2];
on le conduisit dans des cavernes,
pour que sa voix ne se fasse
plus entendre
sur les montagnes d'Israël.

Complainte de la vigne

10 Ta mère ressemblait à une
vigne[3]
plantée au bord de l'eau.
Elle était féconde et touffue,
à cause des eaux abondantes.
11 Elle eut des rameaux vigoureux,
qui devinrent des sceptres de
souverains.
Sa taille s'éleva au milieu des
branches.
Elle en imposait par sa hauteur,
par l'abondance de ses rameaux.
12 Mais elle fut arrachée avec
rage,
jetée à terre,
et le vent d'orient a desséché
ses fruits
qui sont tombés.
Ses rameaux vigoureux ont séché,
le feu les a dévorés.
13 Et maintenant, elle est plantée
dans le désert,

---

1. La *lionne* représente Jérusalem ou la tribu de
Juda (voir Gn 49.9).
2. Il s'agit sans doute du roi Joachaz (voir 2 R
23.31-34).
3. *Il démolit leurs palais :* la traduction suit ici
l'ancienne version araméenne; hébreu obscur.

1. *filet :* voir 12.13 et la note.
2. Le deuxième *lion* doit être le roi Yoyakîn
(voir 2 R 24.15).
3. *ressemblait à une vigne :* d'après l'ancienne
version araméenne; hébreu obscur — la *vigne* peut
représenter, elle aussi, Jérusalem, ou bien le peuple
d'Israël (voir 15.2), d'où sortiront les rois (v. 11).

dans un pays d'aridité et de soif[1].

14 Mais un feu est sorti du rameau,

il a dévoré sarments et fruits.

Il n'y a plus sur la vigne de rameau vigoureux,

de sceptre royal. »

C'est une complainte, chantée comme une complainte.

Dieu a conduit Israël malgré ses révoltes

20 1 La septième année, le cinquième mois[2], le dix du mois, quelques *anciens d'Israël vinrent consulter le Seigneur. Ils s'assirent devant moi. 2 Il y eut une parole du Seigneur pour moi : 3 « Fils d'homme, parle aux anciens d'Israël. Tu leur diras : Ainsi parle le Seigneur Dieu : Est-ce pour me consulter que vous venez ? Par ma vie ! Je ne me laisserai pas consulter par vous ! — oracle du Seigneur Dieu. 4 Ne dois-tu pas les juger, oui, les juger, fils d'homme ? Fais-leur connaître les abominations de leurs pères.

5 Tu leur diras : Ainsi parle le Seigneur Dieu : Le jour où j'ai choisi Israël, j'ai juré, la main levée, à la descendance de la maison de Jacob ; je me fis connaître à eux, dans le pays d'Egypte ; je leur jurai, la main levée, en disant : Je suis le Seigneur votre Dieu. 6 Ce jour-là, je leur jurai, la main levée, de les faire sortir du pays d'Egypte, en direction du pays que j'avais exploré pour eux, une terre ruisselante de lait et de miel, splendide entre tous les pays. 7 Je leur dis : Que chacun rejette les horreurs qu'il a sous les yeux ; ne vous souillez pas avec les idoles de l'Egypte[1] ; je suis le Seigneur votre Dieu. 8 Mais ils se révoltèrent contre moi et ne voulurent pas m'écouter ; personne ne rejeta les horreurs qu'il avait sous les yeux et ils n'abandonnèrent pas les idoles de l'Egypte. Je dis alors : Je déverserai ma fureur sur eux, j'irai jusqu'au bout de ma colère contre eux, en plein pays d'Egypte. 9 Cependant je me mis à l'oeuvre à cause de mon nom, pour qu'il ne fût pas profané aux yeux des nations parmi lesquelles ils habitaient. Je me fis connaître à eux, sous les yeux de ces nations, en les faisant sortir du pays d'Egypte.

10 Je les fis sortir du pays d'Egypte et je les menai au désert. 11 Je leur donnai mes lois et leur fis connaître mes coutumes, qui font vivre l'homme qui les pratique. 12 Je leur donnai aussi mes *sabbats pour être un signe entre moi et eux, pour que l'on sache que c'est moi, le Seigneur, qui les consacre. 13 Mais la maison d'Israël se révolta contre moi dans le désert ; ils ne marchèrent pas selon mes lois, ils rejetèrent mes coutumes qui font vivre l'homme qui les pratique. Ils profanèrent constamment mes sabbats. Je dis alors : Je déverserai ma fureur sur eux, dans le désert, pour les exterminer. 14 Cependant je me mis à l'oeuvre à cause de mon nom, pour qu'il ne soit pas profané aux yeux des nations à la vue desquelles je les avais fait sortir.

---

1. L'image est à la fois celle de la destruction de Jérusalem et de l'exil du peuple.

2. La *septième année* du règne de Sédécias, soit en 591 ; au *cinquième mois*, en juillet-août.

1. Seul Ezéchiel fait remonter cette idolâtrie au séjour du peuple en Egypte (cf. Ex 32-34 ; Os 9.10).

15 De nouveau, je leur jurai la main levée, dans le désert : je ne les introduirai pas dans le pays que j'avais donné, terre ruisselante de lait et de miel, splendide entre tous les pays. 16 Car ils avaient méprisé mes coutumes, ils n'avaient pas marché selon mes lois, ils avaient profané mes sabbats; c'est que leur coeur suivait leurs idoles. 17 Mais mon oeil eut compassion d'eux, je ne voulus pas les détruire; je ne les exterminai pas dans le désert.

Les fils sont idolâtres comme leurs pères

18 Je dis à leurs fils dans le désert : Ne marchez pas selon les lois de vos pères, n'observez pas leurs coutumes, n'allez pas vous souiller avec leurs idoles. 19 Je suis le Seigneur, votre Dieu : marchez selon mes lois, observez mes coutumes et pratiquez-les. 20 Tenez mes sabbats pour sacrés; ils sont un signe entre moi et vous, pour qu'on sache que je suis le Seigneur, votre Dieu. 21 Mais les fils se révoltèrent contre moi; ils ne marchèrent pas selon mes lois, ils n'observèrent pas mes coutumes, ils ne les pratiquèrent pas; c'est grâce à elles que l'homme vit en les pratiquant. Ils profanèrent mes sabbats. Je dis alors : Je déverserai ma fureur sur eux, j'irai jusqu'au bout de ma colère contre eux, dans le désert. 22 Cependant je retirai ma main et me mis à l'oeuvre à cause de mon nom, pour qu'il ne fût pas profané parmi les nations à la vue desquelles je les avais fait sortir. 23 De nouveau, je leur jurai la main levée, dans le désert : je les

dispersai parmi les nations et les disséminerai parmi les pays. 24 C'est qu'ils n'avaient pas pratiqué mes coutumes, qu'ils avaient méprisé mes lois, qu'ils avaient profané mes sabbats et avaient suivi des yeux les idoles de leurs pères. 25 En plus, je leur donnai moi-même des lois qui n'étaient pas bonnes[1] et des coutumes qui ne font pas vivre. 26 Je les souillai par leurs offrandes : les sacrifices de tous les premiers-nés; c'était pour les frapper de désolation, afin qu'ils reconnaissent que je suis le Seigneur. 27 C'est pourquoi, parle à la maison d'Israël, fils d'homme; tu leur diras : Ainsi parle le Seigneur Dieu : continuellement vos pères m'ont outragé par leurs infidélités.

28 Je les fis entrer dans le pays que j'avais juré, la main levée, de leur donner. Ils regardèrent chaque colline élevée et chaque arbre dru; là ils offrirent leurs sacrifices, là ils firent don de leurs offrandes irritantes, là ils déposèrent leurs parfums apaisants et là ils versèrent leurs libations[2]. 29 Je leur dis : Qu'est-ce que ce lieu élevé où vous allez ? Ils l'appelèrent *haut lieu jusqu'à ce jour.

30 C'est pourquoi, dis à la maison d'Israël : Ainsi parle le Seigneur Dieu : Alors ! vous vous êtes souillés en suivant la conduite de vos pères, en vous prostituant avec leurs horreurs ! 31 Quand vous apportiez vos dons, quand vous faisiez passer

---

1. Ezéchiel fait allusion ici à la loi de l'offrande des premiers nés (v. 26; voir Ex 13.1), selon une interprétation littérale qui ne tient pas compte de la règle du rachat (voir Ex 13.12-13).
2. *colline élevée, arbre dru* : voir 6.2-3, 13 et les notes — *libations* : voir au glossaire SACRIFICES.

vos fils par le feu[1], vous vous êtes souillés avec toutes vos idoles jusqu'à ce jour ! et moi, je me laisserais consulter par vous, maison d'Israël ? Par ma vie — oracle du Seigneur DIEU — je ne me laisserai pas consulter par vous.

Israël devra renoncer à l'idolâtrie

32 Ce qui envahit vos esprits n'arrivera pas; vous avez beau dire : Nous voulons être comme les nations, comme les clans des autres pays, servir le bois et la pierre. 33 Par ma vie — oracle du Seigneur DIEU — c'est d'une main forte, le bras étendu, en répandant ma fureur, que je régnerai sur vous. 34 Alors d'une main forte et le bras étendu, en répandant ma fureur, je vous ferai sortir du milieu des peuples et je vous rassemblerai hors des pays où vous avez été dispersés. 35 Je vous mènerai au désert des peuples[2] et là, face à face, j'établirai mon droit sur vous. 36 Comme j'avais établi mon droit sur vos pères, dans le désert du pays d'Egypte, ainsi je le ferai avec vous — oracle du Seigneur DIEU. 37 Je vous ferai passer sous la houlette[3] et je vous introduirai dans le lien de l'alliance. 38 J'ôterai de chez vous ceux qui se sont rebellés et révoltés contre moi; je les ferai sortir du pays où ils ont émigré,

mais ils ne pénétreront pas sur le sol d'Israël : alors vous connaîtrez que je suis le SEIGNEUR.

39 Quant à vous, maison d'Israël, ainsi parle le Seigneur DIEU : Que chacun aille servir ses idoles; mais ensuite on verra bien si vous ne m'écoutez pas. Alors vous ne profanerez plus mon saint nom par vos dons et vos idoles. 40 Car c'est sur ma sainte montagne, sur la haute montagne d'Israël — oracle du Seigneur DIEU — c'est là que me servira toute la maison d'Israël, établie toute entière dans le pays; là je les accueillerai et j'accepterai vos prélèvements, le meilleur de vos offrandes, de tout ce que vous consacrez. 41 En même temps que le parfum apaisant, je vous accueillerai, lorsque je vous ferai sortir du milieu des peuples et que je vous rassemblerai hors des pays où vous avez été dispersés. Par vous, je montrerai ma sainteté aux yeux des nations. 42 Vous connaîtrez que je suis le SEIGNEUR quand je vous mènerai sur le sol d'Israël, dans ce pays que j'avais juré, la main levée, de donner à vos pères. 43 Là-bas, vous vous souviendrez de votre conduite et de toutes les actions par lesquelles vous vous êtes souillés; le dégoût vous montera au visage, à cause de tous les méfaits que vous avez commis. 44 Vous connaîtrez que je suis le SEIGNEUR, quand j'agirai avec vous à cause de mon nom et non pas à cause de votre mauvaise conduite et de vos actions corrompues, maison d'Israël — oracle du Seigneur DIEU. »

---

1. *vous faisiez passer vos fils par le feu*: voir 16.20 et la note.

2. *au désert des peuples* : c'est-à-dire à l'écart des nations qu'Israël est tenté d'imiter (v. 32; cf. Os 2.16).

3. La *houlette* est le long bâton du berger (voir Mi 7.14; Ps 23.7); *passer sous la houlette* signifie donc faire partie du troupeau (voir Lv 27.32 et la note).

Mauvaise nouvelle pour la terre d'Israël

21 1 Il y eut une parole du Seigneur pour moi : 2 « Fils d'homme, dirige ton regard vers le midi; invective le sud, prononce un oracle contre la forêt du Néguev[1]. 3 Tu diras à la forêt du Néguev : Écoute la parole du Seigneur : Ainsi parle le Seigneur Dieu : Voici, je vais allumer un feu au milieu de toi; il dévorera tout arbre vert et tout arbre sec; la flamme ardente ne s'éteindra pas et tous les visages s'y brûleront, du Néguev jusqu'au nord. 4 Alors toute chair verra que c'est moi, le Seigneur, qui l'ai allumé et il ne s'éteindra pas. » 5 Et moi le prophète, je dis : « Ah, Seigneur Dieu ! Ils disent de moi : N'est-ce pas lui le rabâcheur de paraboles ? »

6 Il y eut une parole du Seigneur pour moi : 7 « Fils d'homme, dirige tes regards vers Jérusalem; invective les *sanctuaires; prononce un oracle contre la terre d'Israël. 8 Tu diras à la terre d'Israël : Ainsi parle le Seigneur : Je viens contre toi; je tirerai mon épée du fourreau et je retrancherai de toi le juste et le méchant[2]. 9 C'est parce que je vais retrancher de toi le juste et le méchant, c'est pour cela que mon épée va sortir du fourreau contre toute chair, du Néguev jusqu'au nord. 10 Alors toute chair connaîtra que c'est moi, le Seigneur, qui

tire mon épée du fourreau où elle ne retournera plus.

11 Fils d'homme, gémis, courbe-toi, avec amertume; tu gémiras sous leurs yeux. 12 Lorsqu'ils te diront : Pourquoi gémis-tu ?, tu leur diras : À cause d'une nouvelle qui arrive, tous les coeurs vont fondre; toutes les mains faibliront; tous les esprits défailleront et tous les genoux fondront en eau. Voici qu'elle vient, elle se réalise — oracle du Seigneur Dieu. »

Oracle de l'épée

13 Il y eut une parole du Seigneur pour moi : 14 « Fils d'homme, prononce un oracle. Tu diras : Ainsi parle le Seigneur :
L'épée ! l'épée aiguisée
et bien polie !
15 Aiguisée en vue du massacre, polie pour jeter des éclairs[1].
16 Il l'a donnée à polir,
à saisir à pleine main.
On l'a aiguisée, l'épée,
on l'a polie,
pour la mettre dans la main du bourreau.
17 Crie, hurle, fils d'homme,
l'épée sévit parmi mon peuple;
elle sévit parmi tous les princes d'Israël.
Ils ont été précipités sur l'épée avec mon peuple.
Frappe-toi donc la cuisse[2].
18 — C'est une épreuve; et qu'arriverait-il,

---

1. *forêt du Néguev* : voir Es 21.1 et la note. Au temps d'Ézéchiel, la végétation y était peut-être plus abondante qu'aujourd'hui, mais il devait s'agir de fourrés et de buissons plutôt que de grands arbres.
2. *le juste et le méchant* : c'est-à-dire l'ensemble de la population, qui va souffrir tout entière du siège de Jérusalem.

1. A la fin du v., la traduction a laissé de côté un fragment de phrase incompréhensible; littéralement : *ou bien nous nous réjouirons; le sceptre de mon fils méprise tout arbre.*
2. Se *frapper la cuisse* (avec la main) est un geste exprimant la douleur (voir Jr 31.19).

s'il n'y avait aussi de sceptre
méprisant[1] ? —
oracle du Seigneur Dieu.

19 Écoute, fils d'homme, prononce un oracle :
Frappe dans tes mains,
l'épée frappera deux fois, trois
fois.
C'est l'épée des morts,
la grande épée des morts
qu'elle a transpercés.

20 Afin de faire trembler les
cœurs,
de multiplier les chutes,
à toutes leurs portes j'ai placé
le massacre de l'épée.
Elle est faite pour jeter des
éclairs,
elle est polie[2] pour le massacre.

21 Montre-toi tranchante,
à droite, à gauche,
où que tu doives faire face[3].

22 Moi aussi je frappe dans mes
mains
et j'irai jusqu'au bout de ma
fureur.
Moi, le Seigneur, j'ai parlé. »

**D'abord l'assaut contre Jérusa-
lem**

23 Il y eut une parole du Seigneur pour moi : 24 « Écoute, fils
d'homme, trace deux chemins
pour la venue de l'épée du roi de
Babylone. Que ces deux chemins
sortent d'un même pays. À l'entrée de chaque chemin tu mettras
un signe[4] donnant la direction

d'une ville; 25 tu traceras un chemin pour que l'épée vienne contre
Rabba des fils d'Ammon[1] et
contre Juda, retranché dans Jérusalem, la ville forte. 26 C'est que le
roi de Babylone se tient à l'em-
branchement, à l'entrée des deux
chemins, pour chercher les présages. Il secoue les flèches,
consulte les idoles, examine le
foie[2]. 27 Dans sa main droite, il y
a le présage : Jérusalem. Qu'on
place des béliers[3], qu'on hurle à la
tuerie, qu'on élève la voix pour
lancer le cri de guerre, qu'on
place des béliers contre les portes,
qu'on élève un remblai, qu'on éta-
blisse des terrassements. 28 Cela
ne leur semblera qu'un vain présage : on leur a fait une promesse[4]; ce sera le rappel de leur
faute, ils seront faits captifs.
29 C'est pourquoi, ainsi parle le
Seigneur Dieu : Parce que vous
avez rappelé le souvenir de votre
crime, quand vos rébellions ont
été découvertes, quand vos péchés
sont devenus visibles en toutes
vos actions, et parce que vous
avez attiré l'attention sur vous,
vous serez capturés à pleine main.
30 Écoute, prince d'Israël, impie,
méchant : ton jour viendra[5], en

1. *Rabba des fils d'Ammon* est la capitale des
Ammonites, à l'est du Jourdain. C'est aujourd'hui
la ville d'Amman.
2. Ezéchiel énumère ici trois manières de pratiquer la divination : on secouait dans un carquois
deux flèches portant chacune une indication; celle
qui sortait la première donnait la réponse demandée. On pouvait aussi examiner, selon des règles
bien définies, le foie d'animaux sacrifiés. Sur les
idoles (en hébreu *teraphim*), voir Jg 17.5; 2 R
23.24 et la note.
3. *béliers, remblais, terrassements :* voir 4.2 et la
note.
4. *leur semblera … :* il s'agit des habitants de
Jérusalem — Cette *promesse* n'est pas précisée;
elle peut avoir été faite par les faux prophètes qui
annonçaient la paix (voir 13.10, 16).
5. *Le prince* à qui s'adresse Ezéchiel est Sédécias, et le *jour* dont il parle est celui de son
jugement (voir 2 R 25.4-7).

1. Cette mention d'un *sceptre méprisant*, qu'il
faut sans doute rapprocher de la fin du v. 15 (voir
la note), reste très obscure.
2. *elle est polie :* traduction conjecturale d'après
le v. 15 et l'araméen; le sens du terme hébreu est
inconnu.
3. Tout ce v. est très difficile et la traduction est
incertaine.
4. un *signe* ou un *poteau indicateur;* en hébreu :
une *main* (indiquant la direction).

même temps que le péché prendra fin. 31 Ainsi parle le Seigneur
Dieu : Qu'on ôte le turban, qu'on
enlève la couronne; les choses ne
seront plus ce qu'elles étaient;
qu'on élève ce qui est bas, qu'on
abaisse ce qui est élevé. 32 Ruine !
ruine ! j'en ferai une ruine — Il
n'y en a jamais eu de pareille —
jusqu'à ce que vienne celui à qui
appartient le jugement et à qui je
l'aurai confié[1].

Ensuite l'assaut contre les Am-monites

33 Ecoute, fils d'homme, prononce un oracle. Tu diras : Ainsi
parle le Seigneur Dieu au sujet
des fils d'Ammon[2] et de leurs sarcasmes. Tu diras :
Épée ! épée ! tu es dégainée,
polie pour le massacre,
    pour dévorer, pour jeter des
    éclairs,
34 pour trancher le cou des im-
    pies, des méchants dont vien-
    dra le jour en même temps que
    le péché prendra fin, tandis
    qu'à ton sujet on a des visions
    illusoires et on prédit le men-
    songe.
35 Remets l'épée au fourreau. Je
te jugerai dans le lieu où tu as été
créé, au pays de tes origines. 36 Je
déverserai sur toi mon indignation; je soufflerai contre toi le feu
de ma fureur, et je te livrerai entre
les mains de gens stupides, artisans d'extermination. 37 Tu seras
une proie pour le feu, ton sang

sera répandu au milieu du pays;
on ne se souviendra pas de toi,
car moi, le Seigneur, j'ai parlé. »

Jérusalem commet des abomina-tions

22 1 Il y eut une parole du
Seigneur pour moi :
2 « Ecoute, fils d'homme, ne
dois-tu pas juger, oui, juger la
ville sanguinaire et lui faire
connaître toutes ses abominations ? 3. Tu diras : Ainsi parle le
Seigneur Dieu : C'est une ville qui
répand le sang au milieu d'elle, si
bien qu'arrive son temps, qui fabrique des idoles chez elle, si bien
qu'elle est souillée ! 4 Par le sang
que tu as répandu, tu t'es rendue
coupable; par les idoles que tu as
fabriquées, tu t'es souillée; ainsi
tu as fait approcher ton jour[1], tu
es parvenue au terme de tes années. C'est pourquoi, je fais de toi
un objet de honte pour les nations, et de risée pour tous les
pays. 5 Proches ou éloignés, ils se
riront de toi, car ton nom est
souillé et tes désordres surabon-
dent.

6 Chez toi, les princes d'Israël
versent le sang, chacun selon la
force de son bras. 7 Chez toi, on
méprise père et mère; au milieu
de toi, on fait violence à l'émigré;
chez toi, on exploite l'orphelin et
la veuve. 8 Tu méprises mes
choses saintes, tu profanes mes
*sabbats. 9 Chez toi, il y a des
calomniateurs qui incitent à répandre le sang; chez toi, on
mange sur les montagnes; au milieu de toi, on commet des or-

---

1. Le *jugement* a été confié à Nabuchodonosor,
instrument de Dieu pour punir Israël (voir
23.23-24).
2. Les Ammonites s'étaient alliés avec les Edomites, les Moabites, les Phéniciens de Tyr et Sidon,
ainsi qu'avec Juda, pour tenter de se révolter
contre Babylone, avec l'aide de l'Egypte (voir Jr
27.2-6).

1. *ton jour;* en hébreu *tes jours,* c'est-à-dire ceux
de la mort (voir 21.30 et 34).

dures. 10 Chez toi, on découvre le nudité de son père; chez toi, on abuse de la femme en état d'*impureté. 11 L'un commet l'abomination avec la femme de son prochain; l'autre souille sa belle-fille par impudicité, et chez toi, un autre abuse de sa sœur, la fille de son père. 12 Chez toi, on accepte un présent pour répandre le sang; tu perçois des taux usuraires; tu profites de ton prochain par la violence; et moi, tu m'oublies! — Oracle du Seigneur Dieu.

13 Voici que je bats des mains[1], à cause du bénéfice que tu as fait et des crimes commis au milieu de toi. 14 Ton cœur tiendra-t-il, tes mains seront-elles fermes, les jours où j'aurai affaire à toi? Moi, le Seigneur, je parle et j'accomplis.

15 Je te disperserai parmi les nations et te disséminerai dans les pays; je mettrai fin à l'impureté qui est chez toi. 16 Tu t'es profanée toi-même aux yeux des nations, mais tu connaîtras que je suis le Seigneur. »

17 Il y eut une parole du Seigneur pour moi: 18 « Fils d'homme, la maison d'Israël est devenue pour moi comme des scories[2]. Tous, qu'ils fussent de l'argent, du bronze, de l'étain, du fer, du plomb, ils sont devenus des scories au milieu du creuset. 19 C'est pourquoi, ainsi parle le Seigneur Dieu: Puisque vous êtes tous devenus des scories, eh bien, je vais vous entasser au milieu de Jérusalem: 20 entassement d'argent, de bronze, de fer, de plomb, d'étain, au milieu du creuset, pour

qu'on y attise le feu, jusqu'au point de fusion; de même, dans ma colère et dans dans ma fureur, je vous entasserai; je vous mettrai dans le creuset et je vous ferai fondre. 21 Je vous rassemblerai et je soufflerai sur vous le feu de ma furie; je vous ferai fondre au milieu de Jérusalem. 22 Comme l'argent fond au milieu du creuset, ainsi vous fondrez au milieu de Jérusalem; alors vous connaîtrez que je suis le Seigneur qui déverse sa fureur sur vous. »

23 Il y eut une parole du Seigneur pour moi: 24 « Fils d'homme, dis à Jérusalem qu'elle est une terre qui n'a pas été purifiée, qui n'a pas reçu de pluie au jour de la colère. 25 Il y a une conjuration de ses *prophètes au milieu d'elle. Comme un lion rugissant qui déchire sa proie, on dévore les gens; on prend les trésors et les richesses; on multiplie les veuves dans la ville. 26 Ses prêtres ont violé ma loi, profané mes choses saintes; ils n'ont pas séparé le sacré du profane; ils n'ont pas fait connaître la différence entre le pur et l'impur; ils ont fermé les yeux sur mes sabbats et j'ai été profané au milieu d'eux. 27 Ses chefs sont au milieu d'elle comme des loups qui déchirent une proie, prêts à répandre le sang, à faire périr les gens pour en tirer profit. 28 Ses prophètes les enduisent de crépi[1]; ils ont des visions pour rien et des prédictions trompeuses; ils disent: Ainsi parle le Seigneur Dieu, alors que le Seigneur n'a pas parlé. 29 Les gens du pays pratiquent la violence, commettent des rapines; on exploite les malheureux et les

---

1. *battre des mains* est ici un geste de menace (voir 21.22).
2. *scories*: les Israélites sont comparés ici aux déchets laissés après le raffinage des métaux.

1. *crépi*: voir 13.10 et la note.

pauvres; on fait violence à l'émigré, contre son droit. 30 J'ai cherché parmi eux un homme qui relève la muraille, qui se tienne devant moi, sur la brèche, pour le
bien du pays, afin que je ne le
détruise pas : je ne l'ai pas trouvé.
31 Alors j'ai déversé sur eux mon
courroux; je les ai exterminés au
feu de ma fureur; j'ai chargé leur
tête du poids de leur conduite[1]
— oracle du Seigneur DIEU. »

Samarie s'est prostituée

23 1 Il y eut une parole du
SEIGNEUR pour moi : 2 « Fils
d'homme, il y avait deux femmes,
filles de la même mère; 3 elles se
prostituèrent en Egypte; elles se
prostituèrent toutes jeunes. C'est
là qu'on leur pelota les seins, là
qu'on tripota leur poitrine de
jeune fille. 4 Voici leurs noms :
Ohola, l'aînée, Oholiba[2] sa soeur.
Puis elles furent à moi et elles
enfantèrent des fils et des filles.
Voici leurs noms : pour Samarie,
Ohola, et pour Jérusalem, Oholiba. 5 Mais Ohola se prostitua au
lieu de rester mienne. Elle montra
sa sensualité avec ses amants,
avec les Assyriens : militaires[3]
6 vêtus de pourpre[4], gouverneurs,
préfets, tous hommes jeunes, séduisants, cavaliers montant des
chevaux. 7 Elle accorda ses faveurs à toute l'élite des fils d'Assour. Dans sa sensualité, elle se

souilla avec toutes leurs idoles.
8 Elles poursuivit ses débauches
commencées en Egypte, quand ils
couchaient avec elle toute jeune,
quand ils tripotaient ses seins de
jeune fille et déversaient sur elle
leur débauche. 9 C'est pourquoi je
la livrai aux mains de ses amants,
aux mains des fils d'Assour, avec
qui elle avait montré sa sensualité. 10 Eux la mirent à nu[1]; ils
prirent ses fils et ses filles; elle, ils
la tuèrent par l'épée. Elle devint
un symbole pour les femmes; on
avait porté sur elle la condamnation.

Jérusalem s'est prostituée

11 Sa soeur Oholiba vit tout
cela, mais elle fut corrompue et
plus sensuelle encore; ses débauches devinrent pires que celles de
sa soeur. 12 Elle montra sa sensualité avec les fils d'Assour :
gouverneurs, préfets, militaires
vêtus à la perfection, cavaliers
montant des chevaux, tous jeunes
hommes séduisants. 13 Et je vis
qu'elle s'était rendue *impure :
toutes deux avaient pris le même
chemin. 14 Elle ajouta encore à
ses débauches : elle vit des
hommes dessinés sur le mur, des
images de Chaldéens dessinés au
minium; 15 les reins serrés dans
une ceinture, la tête surmontée
d'un turban, tous avaient l'aspect
d'écuyers, ressemblaient aux fils
de Babylone en Chaldée — le
pays de leur naissance. 16 Rien
qu'à les voir elle montra sa sensualité avec eux. Elle leur envoya

---

1. C'est-à-dire : Dieu leur a fait subir ce qu'ils
méritaient.
2. Ces noms propres peuvent se traduire :
Ohola : « sa tente », et *Oholiba :* « ma tente (est) en
elle »; ils font probablement allusion à quelque
chose que nous ne pouvons plus comprendre.
3. *militaires :* autre traduction *ses voisins.*
4. Les vêtements teints à la pourpre (violette ou
rouge, voir la note sur 1 M 4.25) n'étaient portés
Babylonie par les grands personnages.

1. *la mirent à nu :* allusion au pillage de Samarie
en 722 avant J. C. et à l'exil de ses habitants (voir
16.37; 2 R 17.6; Os 2.5).

des messagers[1] en Chaldée. 17 Alors ils vinrent à elle, les fils de Babylone, vers la couche des amours et ils la rendirent impure par leur débauche; elle fut impure à cause d'eux, puis de tout son être elle les prit en aversion. 18 Elle dévoila son tempérament de prostituée, elle dévoila sa nudité; alors tout mon être à moi la prit en aversion, comme tout mon être avait déjà pris sa soeur en aversion. 19 Elle multiplia ses débauches, souvenir des jours de sa jeunesse quand elle se prostituait en Egypte. 20 Elle montra sa sensualité avec leurs débauchés : leur chair est une chair d'âne, leur membre un membre de cheval.

Jérusalem sera châtiée

21 Tu es revenue à l'impudicité de ta jeunesse, quand les Egyptiens tripotaient tes seins, pelotant ta poitrine de jeune fille. 22 C'est pourquoi, Oholiba, ainsi parle le Seigneur Dieu : Voici que je vais dresser tes amants contre toi; ceux que tout ton être a pris en aversion, je vais les ameuter contre toi de partout : 23 les fils de Babylone et tous les Chaldéens, Peqod, Shoa, et Qoa[2] — tous les fils d'Assour avec eux — tous jeunes gens séduisants, gouverneurs, préfets, écuyers, dignitaires, tous montant des chevaux. 24 Alors viendront contre toi, du nord, chars et véhicules : des peuples coalisés. L'écu, le bouclier, le casque, ils les place-ront tout autour contre toi; j'exposerai devant eux la cause et ils te jugeront selon leur droit[1]. 25 J'exercerai ma jalousie contre toi; ils agiront envers toi avec fureur; ils te couperont le nez, les oreilles, et ce qui subsistera de tes habitants tombera par l'épée. Ils prendront tes fils et tes filles et ce qui subsistera de toi sera dévoré par le feu. 26 Ils te dépouilleront de tes habits et prendront les objets de ta parure. 27 Alors je ferai cesser ton impudicité et la prostitution qui te vient d'Egypte; tu ne lèveras plus les yeux vers eux et tu ne te souviendras plus de l'E-gypte. 28 Car ainsi parle le Seigneur Dieu : Je vais te livrer aux mains de ceux que tu hais, aux mains de ceux que tout ton être a pris en aversion; 29 ils agiront envers toi avec haine; ils prendront tout ton profit; ils te laisseront nue et dévêtue, et ta nudité de prostituée sera dévoilée. C'est ton impudicité et tes débauches 30 qui te le vaudront, car tu t'es prostituée en suivant les nations, et puis tu t'es rendue *impure avec leurs idoles. 31 Tu as pris le chemin de ta soeur : eh bien ! je mets sa coupe dans ta main. 32 Ainsi parle le Seigneur Dieu :

La coupe de ta soeur, tu la
    boiras;
elle est profonde, elle est large.
Elle sera l'occasion de rire et
    de moquerie,
à cause de sa grande conte-
    nance :

---

1. *elle envoya des messagers* : il y a peut-être là une allusion aux relations entre Ezékias et Mérodak-Baladân (voir 2 R 20.12-19; Es 39).
2. Les *Chaldéens* sont les Babyloniens (v. 15; voir 11.24). *Peqod* est une tribu araméenne de l'est de la Babylonie (voir Jr 50.21); *Shoa* et *Qoa* peuvent être deux autres tribus de la même région.

1. *du nord* : traduit d'après le grec; le sens du mot hébreu correspondant est inconnu — l'*écu* était un grand bouclier — *selon leur droit* : Jérusalem et Samarie ne seront plus protégées par leurs lois, alors que normalement, un coupable était jugé selon le droit de son propre pays.

33 d'ivresse et d'affliction tu seras
remplie.

C'est une coupe de désolation
et de consternation
la coupe de ta sœur Samarie;
34 mais tu la boiras et tu la vide-
ras;
tu la briseras de tes dents,
et de ses tessons tu te lacéreras
les seins[1],
car moi, j'ai parlé — oracle du
Seigneur Dieu.

35 C'est pourquoi, ainsi parle le
Seigneur Dieu : Parce que tu m'as
oublié et que tu m'as rejeté derrière toi, porte toi-même le poids
de ton impudicité et de tes débauches. »

Dieu juge Samarie et Jérusalem

36 Le Seigneur me dit : « Fils
d'homme, veux-tu juger Ohola et
Oholiba ? Déclare-leur donc leurs
abominations. 37 Car elles ont
commis l'adultère, il y a du sang
sur leurs mains; elles ont commis
l'adultère[2] avec leurs idoles, et
même elles leur ont fait manger
les fils qu'elles m'avaient enfantés. 38 Elles m'ont fait encore
ceci : le même jour, elles ont
souillé mon *sanctuaire, elles ont
profané mes *sabbats. 39 Quand
elles immolaient leurs fils aux
idoles, elles sont entrées, ce
jour-là, dans mon sanctuaire en le
profanant. Voilà ce qu'elles ont
fait au milieu de ma Maison.
40 En outre, elles ont cherché des
hommes venant de loin, vers qui
un messager avait été envoyé.

Voici qu'ils sont venus[1], ceux
pour qui tu t'étais baignée, teint
les yeux, parée. 41 Puis tu t'es mise
sur un lit d'apparat; devant, une
table était préparée, où tu avais
déposé mon encens et mon huile[2].
42 On entendait le bruit d'une
foule animée, insouciante. À
ceux-là s'ajoutait une quantité
d'hommes, venant de tous les
points du désert[3]. Ils mettaient
des bracelets aux mains des
femmes et une couronne splendide sur leurs têtes. 43 Alors je dis
à celle qui était usée par les adultères : C'est elle maintenant qui se
livre à ses débauches ! 44 Et on va
vers elle comme on va vers une
prostituée ! Ainsi va-t-on vers
Ohola et vers Oholiba, ces
femmes impudiques. 45 Mais des
hommes justes les jugeront, du
jugement qui frappe les femmes
adultères et celles qui répandent
le sang, car elles sont adultères et
il y a du sang sur leurs mains. »

46 Car ainsi parle le Seigneur
Dieu : « Fais monter contre elles
une assemblée[4], qu'on les livre à
l'épouvante et au pillage; 47 que
l'assemblée lance des pierres
contre elles[5] et les abatte par l'é-
pée; qu'on tue leurs fils et leurs
filles et qu'on brûle leurs maisons.
48 Je ferai cesser l'impudicité du
pays. Toutes les femmes seront

---

1. Traduction incertaine; le texte hébreu est
difficile.
2. L'*adultère*, comme la *prostitution* (v. 2, voir
16.17), est une image fréquente de l'idolâtrie (voir
Os 3.1-5).

1. Ce passage est obscur : le texte hébreu est
difficile et il fait allusion à des événements qui
devaient être connus des contemporains d'Ezéchiel
mais que nous ignorons.
2. *mon encens et mon huile :* cadeaux du Seigneur (voir Os 2.7), mais peut-être aussi cadeaux
destinés au Seigneur (voir Ex 27.20-21; 30.7-8).
3. La traduction de ce v. est incertaine; le texte
hébreu est obscur.
4. Le terme d'*assemblée* désigne ici le rassemblement de tous les justes (v. 45) convoqués pour
juger les deux coupables (voir Ps 1.5).
5. *que … lance des pierres :* la lapidation était le
châtiment des femmes adultères (voir 16.40; Dt
22.21, 23-24; Jn 8.5).

prévenues et elles n'imiteront plus votre impudicité. 49 On fera retomber sur vous votre impudicité; les péchés de vos idoles, vous en supporterez le poids. Alors vous connaîtrez que je suis le Seigneur Dieu. »

Jérusalem est comme une marmite rouillée

24 1 La neuvième année, le dixième mois[1], le dix du mois, il y eut une parole du Seigneur pour moi : 2 « Fils d'homme, note par écrit la date de ce jour : de ce jour précis; car en ce jour précisément le roi de Babylone a attaqué Jérusalem. 3 Dis une parole à cette engeance de rebelles; tu leur diras : Ainsi parle le Seigneur Dieu :

Prépare la marmite[2], prépare-la; verses-y l'eau.
4 Rassembles-y les morceaux, tous les bons morceaux : cuisse et épaule;
remplis-la des meilleurs os.
5 Prends le meilleur mouton, entasse les os au fond.
Fais-la bouillir à gros bouillons,
même les os doivent cuire.
6 C'est pourquoi, ainsi dit le Seigneur Dieu :
Malheur à la ville sanguinaire, marmite rouillée,
dont la rouille ne s'en va pas;
morceau par morceau on l'enlèvera
ce n'est pas sur elle qu'est tombé le sort[3] ! —

7 Car le sang qu'elle a versé reste au milieu d'elle.
Elle l'a versé sur la roche nue; elle ne l'a pas répandu sur la terre,
ni recouvert de poussière[1].
8 Pour faire monter ma fureur, pour exercer ma vengeance, je laisse sans le recouvrir le sang qu'elle a versé sur la roche nue.
9 C'est pourquoi, ainsi parle le Seigneur Dieu :
Malheur à la ville sanguinaire ! Je vais faire une grande flambée.
10 Entasse du bois, allume le feu, cuis et recuis la viande, ajoute les épices, que les os soient brûlés.
11 Mets la marmite vide sur les braises,
pour qu'elle chauffe, que le bronze rougisse, que les impuretés fondent à l'intérieur
et que la rouille se consume.
12 Que d'efforts pour de la rouille[2] ! Pourtant elle ne partira pas par le feu, la masse de rouille de cette marmite. 13 L'impudicité est dans ta souillure; puisque je t'ai purifiée et que tu n'as pas été pure, tu ne seras pas *purifiée de ta souillure avant que j'aille jusqu'au bout de ma fureur contre toi. 14 Moi, le Seigneur, j'ai parlé. Tout cela vient; je le réalise; je ne négligerai rien; je serai sans pitié, sans repentir. On te jugera sur ta

---

1. *la neuvième année* : du règne de Sédécias; *le dixième mois* : décembre 589-janvier 588 avant J.-C. (voir 2 R 25.1).
2. Sur l'image de la *marmite*, voir 11.3-7 et la note sur 11.3.
3. Expression un peu obscure qui peut signifier que Jérusalem n'est plus la ville choisie par Dieu.

1. On estimait que le sang répandu criait vers Dieu et appelait la vengeance tant qu'il n'était pas absorbé par la terre ou *recouvert de poussière* (voir Gn 4.10; Jb 16.18).
2. *que d'efforts pour de la rouille* : traduction incertaine.

conduite et sur tes actions
— oracle du Seigneur Dieu. »

Le deuil d'Ezéchiel

15 Il y eut une parole du Seigneur pour moi : 16 « Fils
d'homme, je vais t'enlever bruta-
lement la joie de tes yeux. Tu ne
célébreras pas le deuil; tu ne feras
pas de lamentation et tu ne pleureras pas. 17 Soupire en silence; tu
n'accompliras pas les rites funè-
bres; noue ton turban, mets tes
sandales; ne te voile pas la moustache et n'accepte pas le pain des
voisins[1]. »

18 Je parlai au peuple le matin,
et ma femme mourut dans la soirée; le lendemain j'exécutai les ordres reçus. 19 Les gens me dirent :
« Ne nous expliqueras-tu pas ce
que signifie pour nous ce que tu
fais ? » 20 Alors je leur dis : « Il y a
eu pour moi une parole du Seigneur : 21 Parle à la maison d'Israël : Ainsi parle le Seigneur
Dieu : Je vais profaner mon
*sanctuaire, l'orgueil de votre
force, la joie de vos yeux, l'espoir
de votre vie. Vos fils et vos filles
que vous avez laissés à Jérusalem[2]
tomberont par l'épée. 22 Alors
vous ferez comme j'ai fait : vous
ne vous voilerez pas la moustache; vous n'accepterez pas le
pain des voisins. 23 Turbans en
tête et sandales aux pieds, vous
ne célébrerez pas le deuil et vous

ne ferez pas de lamentation, mais
vous pourrirez dans vos fautes et
chacun gémira sur son frère.
24 Ezéchiel aura été pour vous
un présage; tout ce qu'il a fait,
vous le ferez. Quand cela arrivera, vous connaîtrez que je suis
le Seigneur Dieu. 25 Écoute, fils
d'homme, le jour où je leur prendrai leur force, leur plaisir et leur
parure, la joie de leurs yeux, le
délice de leurs vies, leurs fils et
leurs filles, 26 ce jour-là, arrivera
vers toi un rescapé, pour faire
entendre la nouvelle; 27 ce jour-là,
ta bouche s'ouvrira avec l'arrivée
du rescapé; tu parleras, tu ne seras plus muet. Tu auras été pour
eux un présage; alors ils connaîtront que je suis le Seigneur. »

Menace contre les Ammonites

25 1 Il y eut une parole du
Seigneur pour moi : 2 « Fils
d'homme, dirige ton regard vers
les fils d'Ammon[1], et prononce un
oracle contre eux. 3 Tu diras aux
fils d'Ammon : Écoutez la parole
du Seigneur Dieu. Ainsi parle le
Seigneur Dieu : Parce que tu as
raillé mon *sanctuaire qui a été
profané, la terre d'Israël qui a été
dévastée et la maison de Juda qui
est partie en déportation, 4 je vais
te donner en possession aux fils
de l'Orient[2]; ils installeront chez
toi leurs camps fortifiés, ils établiront chez toi leurs demeures.
C'est eux qui mangeront tes
fruits, eux qui boiront tes laita-
ges. 5 Je ferai de Rabba[3] un pâ-

---

1. En cas de deuil, on se lamentait bruyamment,
on allait nu-tête et nu-pieds (voir 2 S 15.30), le
visage partiellement voilé (voir 2 S 19.5); il semble
aussi qu'on mangeait la nourriture offerte par les
parents ou les voisins (cf. Jr 16.7), peut-être pour
ne pas se souiller avec des aliments rendus impurs
par la présence du cadavre (voir Nb 19.11-13).
2. Lors de la première déportation, en 597 avant
J. C., seule une partie de la population avait dû
quitter la Judée.

1. Les *fils d'Ammon* (voir la note sur 21.33)
abandonnèrent leurs anciens alliés judéens et pro-
fitèrent de la ruine de Jérusalem (voir 2 R 24.2).
2. Les *fils de l'Orient* sont les tribus de Bédouins
qui s'installèrent à l'est du Jourdain, sur les territoires ammonites et moabites (v. 10).
3. *Rabba* : voir la note sur 21.25.

turage à chameaux et du pays des fils d'Ammon un bercail pour les troupeaux; alors vous connaîtrez que je suis le Seigneur.

6 Ainsi parle le Seigneur Dieu : A cause de tes applaudissements et de tes trépignements, parce que tu as eu une joie profonde, un mépris total pour ce qui arrivait à la terre d'Israël, 7 eh bien, je vais étendre la main contre toi, je te livrerai aux nations pour être pillée, je te retrancherai d'entre les peuples, je te ferai disparaître comme pays et je te supprimerai : alors vous connaîtrez que je suis le Seigneur.

Menace contre les Moabites

8 Ainsi parle le Seigneur Dieu : Parce que Moab et Séïr[1] ont dit : La maison de Juda est devenue comme toutes les nations, 9 je vais dégarnir de villes toutes les pentes de Moab, les dégarnir de ces splendides villes du pays : Beth-Yeshimoth, Baal-Meôn et Qiryataïm[2]. 10 C'est aux fils de l'Orient[3] qu'elles appartiendront, en plus des fils d'Ammon; je donnerai le pays en possession, au point qu'on ne se souviendra plus des fils d'Ammon parmi les nations. 11 Je ferai justice de Moab, alors ils connaîtront que je suis le Seigneur.

Menace contre les Edomites

12 « Ainsi parle le Seigneur Dieu : A cause des agissements d'Edom, lorsqu'ils ont tiré vengeance de la maison de Juda, et parce qu'ils se sont rendus coupables en se vengeant d'elle[1], 13 eh bien, ainsi parle le Seigneur Dieu : J'étends la main sur Edom; j'en retrancherai hommes et bêtes; j'en ferai des ruines depuis Témân et l'on tombera par l'épée jusqu'à Dedân[2]. 14 Je mettrai ma propre vengeance en Edom par la main d'Israël, mon peuple; ils agiront à l'égard d'Edom selon ma colère et ma fureur; alors ils connaîtront ma vengeance — oracle du Seigneur Dieu.

Menace contre les Philistins

15 « Ainsi parle le Seigneur Dieu : Parce que les Philistins ont agi par vengeance, parce qu'ils ont tiré vengeance avec un profond mépris, pour le plaisir de détruire, à cause d'une hostilité perpétuelle[3], 16 eh bien, ainsi parle le Seigneur Dieu : je vais étendre ma main contre les Philistins, je retrancherai les Kerétiens[4] et je ruinerai le reste du littoral. 17 Je tirerai d'eux une grande vengeance, je leur ferai subir un châtiment furieux; alors

---

1. *Séïr* est le nom du plateau montagneux situé au sud de la mer Morte; il est employé très souvent comme synonyme d'Edom (voir par exemple Gn 32.4; Nb 24.18).
2. Ces trois villes, qui avaient appartenu à la tribu de Ruben (voir Jos 13.17, 19, 20), étaient devenues moabites. La première se trouvait au bord de la mer Morte, au nord; les deux autres sur le plateau qui la domine, à l'est.
3. *Fils de l'Orient* : voir la note sur 25.4.

1. Les Edomites, profitant de la ruine de Juda, empiétèrent largement sur son territoire et avancèrent jusqu'à Hébron; la région prit alors le nom d'Idumée (voir 1 M 5.3; Mc 3.8).
2. *Témân* : ville ou région méridionale d'Edom. *Dedân* : l'oasis d'El Ela, au sud-est d'Edom; l'expression *depuis Témân jusqu'à Dedân* semble représenter ici l'ensemble du pays édomite, sans allusion à des localités précises.
3. *hostilité perpétuelle* : les Philistins, installés sur la côte méditerranéenne (le *littoral*, v. 16), sont les ennemis d'Israël depuis l'époque des Juges (voir Jg 15-16).
4. *Kerétiens* : autre nom des Philistins.

ils connaîtront que je suis le SEI-
GNEUR quand je me vengerai
d'eux. »

Menace contre Tyr

26 [1] La onzième année[1], le
premier du mois, il y eut
une parole du SEIGNEUR pour
moi : 2 « Fils d'homme, parce que
Tyr[2] a dit de Jérusalem :
Ah ! Ah ! Elle est brisée la
porte des peuples !
À mon tour de me remplir, elle
est ruinée !
3 Eh bien, ainsi parle le Seigneur
DIEU :
Je viens contre toi, ô Tyr.
Je soulève contre toi
des nations en masse.
comme la mer soulève ses vagues.
4 Elles détruiront les murs de
Tyr,
elles abattront ses tours;
je râclerai sa poussière,
je mettrai son rocher à nu.
5 Elle deviendra au milieu de la
mer un séchoir à filets
— car j'ai parlé, oracle du Seigneur DIEU —
elle sera pillée par les nations,
6 et ses filles[3] dans la campagne
seront tuées par l'épée.
Alors on connaîtra que je suis
le SEIGNEUR.
7 Car ainsi parle le Seigneur
DIEU : Je vais faire venir du nord
contre Tyr Nabuchodonosor, le

roi de Babylone, le roi des rois[1]; il
viendra avec des chevaux, des
chars, des cavaliers, une coalition,
des soldats en masse.
8 Il tuera par l'épée tes filles
dans la campagne;
il établira contre toi des terrassements.
Il entassera contre toi un remblai
et dressera contre toi des
pare-flèches[2].
9 De son bélier[3], il donnera des
coups contre tes murailles,
il démolira tes tours avec ses
pioches.
10 À cause de la foule de ses chevaux,
il te couvrira de poussière;
au bruit des coursiers, des
roues et des chars,
tes murailles seront secouées
lorsqu'il entrera dans tes
portes
comme on entre dans une ville
où l'on a fait une brèche.
11 Il foulera toutes tes rues du
sabot de ses chevaux,
il tuera ta population par l'é-
pée
et tes stèles[4] qui faisaient ta
force tomberont par terre.
12 Ils feront leur butin de tes richesses,
ils pilleront tes marchandises,
ils abattront tes murailles
et démoliront tes luxueuses
maisons;
ils jetteront au fond de l'eau

---

1. En 587 avant J. C.
2. *Tyr*, ville phénicienne construite sur une île
(voir v. 5; 27.4, 32), était l'une des plus puissantes
cités commerciales de l'époque (voir 27.3). D'abord
alliée de Jérusalem contre les Babyloniens (voir la
note sur 21.33), elle l'abandonna ensuite et se
réjouit de sa ruine qui facilitait son propre
commerce.
3. *ses filles* : expression hébraïque désignant ici
les villes côtières qui dépendaient de Tyr.

1. *roi des rois* : Nabuchodonosor fut le plus
grand des rois de Babylone — le siège de Tyr par
Nabuchodonosor dura treize ans.
2. *pare-flèches* : sortes de boucliers fixes qui devaient protéger les assaillants contre les flèches
lancées du haut des remparts.
3. *béliers* : voir 4.2 et la note.
4. Ces *stèles* sont peut-être les deux colonnes
qui encadraient l'entrée du temple de Melkart, la
divinité principale de Tyr (comparer 1 R 7.15, 21).

tes pierres, tes boiseries et ta poussière.

13 Je ferai cesser le tumulte de tes chants
et la voix de tes cithares[1] ne se fera plus entendre.

14 Je mettrai ton rocher à nu,
tu deviendras un séchoir à filets,
tu ne seras plus rebâtie :
car moi, le Seigneur, j'ai parlé oracle du Seigneur Dieu.

15 Ainsi parle à Tyr le Seigneur Dieu : Au bruit de ta chute, dans le gémissement des blessés, dans la tuerie qui s'accomplira au milieu de toi, les îles[2] ne trembleront-elles pas ?

16 Tous les princes de la mer descendront de leurs trônes,
ils ôteront leurs manteaux
et se dépouilleront de leurs vêtements bigarrés[3];
vêtus de frissons et assis par terre,
ils trembleront sans cesse
et se désoleront sur toi.

17 Ils entonneront une complainte et diront de toi :
« Comment a-t-elle disparu la ville dont les habitants venaient des mers,
cette ville si célèbre
dont la force et celle de ses habitants étaient sur mer,
cette ville qui provoquait partout la terreur ? »

18 Maintenant les îles tremblent au jour de ta chute,
les îles de la mer sont épouvantées par ta fin.

19 Car ainsi parle le Seigneur Dieu : Lorsque je ferai de toi une ville en ruines, semblable aux villes inhabitées, lorsque je ferai monter contre toi l'*Abîme et que les grandes eaux te recouvriront, 20 je te ferai descendre avec ceux qui sont dans la fosse, vers les gens d'autrefois et je te ferai habiter le pays des profondeurs[1]. Semblable à des ruines éternelles, tu seras avec ceux qui sont dans la fosse : tu ne seras plus habitée et je mettrai ma splendeur sur la terre des vivants. 21 Je ferai de toi un objet d'épouvante et tu ne seras plus; on te cherchera mais on ne te trouvera plus, plus jamais — oracle du Seigneur Dieu. »

Début de la complainte sur la ruine de Tyr

27 1 Il y eut une parole du Seigneur pour moi: 2 « Ecoute, fils d'homme, entonne sur Tyr une complainte; 3 tu diras à Tyr :
Toi qui habites les avenues de la mer,
toi qui fais du commerce avec les peuples,
avec les îles[2] nombreuses,
ainsi parle le Seigneur Dieu :
Ô Tyr, toi qui as dit : Je suis parfaite en beauté,
4 toi dont le territoire est au coeur des mers,

---

1. *cithares* : traduction approximative; le mot hébreu désigne un instrument de musique composé de cordes montées sur une caisse de résonance en bois.

2. *les îles* : celles de la Méditerranée, mais aussi les côtes lointaines où se rendaient les navires phéniciens.

3. Les *princes de la mer* sont les chefs des états riverains, qui étaient en relation commerciale avec Tyr — ils *descendront de leurs trônes* et *se dépouilleront de leurs vêtements* en signe de deuil (voir Jon 3.6; Mi 1.8).

1. *fosse, pays des profondeurs* : voir au glossaire SÉJOUR DES MORTS.

2. *les îles* : voir 26.15 et la note.

tes constructeurs[1] ont achevé ta beauté.

5 En cyprès de Senir[2], ils avaient construit tout ton bordage,
d'un cèdre pris au Liban ils avaient fait le mât qui te surmonte.

6 Avec les grands arbres du Bashân,
ils avaient fait les rangées de tes rames,
d'ivoire, ils avaient fait ton habitacle
incrusté dans du cyprès des îles de Kittim[3];

7 il y eut pour ta voile du lin d'Egypte bigarré;
il te servait de pavillon.
Il y eut pour ta bâche de la pourpre violette et de la pourpre rouge des îles d'Elisha[4].

8 Tu as eu pour rameurs les habitants de Sidon et d'Arvad[5],
tu avais pris à ton bord des sages, ô Tyr;
ils étaient tes matelots.

9 Les anciens de Guebal et ses sages
étaient chez toi comme calfats[6].
Tous les navires de la mer et leurs marins étaient chez toi

pour acquérir tes marchandises.

10 La Perse, Loud, Pouth[1] étaient dans ton armée,
c'étaient tes soldats;
ils suspendaient chez toi boucliers et casques,
ils faisaient ta force.

11 Les fils d'Arvad avec ton armée étaient autour de toi sur tes murs,
et les Gammadiens sur tes tours.
Ils suspendaient leurs boucliers à tes murs d'enceinte[2];
ils avaient parachevé ta beauté.

Tyr était une riche commerçante

12 Tarsis[3] échangeait avec toi toutes sortes de biens en abondance : on te donnait comme fret de l'argent, du fer, de l'étain, du plomb. 13 Même Yavân, Toubal et Mèshek faisaient du commerce avec toi; ils te fournissaient en marchandises : esclaves[4] et objets de bronze. 14 De Beth-Togarma[5], on te donnait comme fret des chevaux, de la cavalerie et des mulets. 15 Les fils de Dedân faisaient du commerce avec toi; de nombreuses îles participaient au trafic de ta main[6] : ils te payaient

---

1. Tyr (voir 26.2 et la note) est comparée à un navire.
2. *Senir* : nom de l'Hermon (voir Dt 3.9) ou, plus généralement, de la chaîne de l'Antiliban, dont l'Hermon est le sommet.
3. Le *Bashân*, à l'est du lac de Kinnéreth, est le territoire d'une partie de la tribu de Manassé (voir Jos 22.7) — *Kittim* désigne ici les habitants de Chypre, des autres îles et des rivages de la Méditerranée orientale.
4. *Elisha* est l'île de Chypre, appelée Alashia dans les textes babyloniens.
5. *Sidon* et *Arvad* : deux villes de la côte phénicienne, proches de Tyr.
6. *Guebal* : nom hébreu de Byblos, importante ville phénicienne — les *calfats* sont les ouvriers qui « calfatent » les navires c'est-à-dire qui en rendent la coque parfaitement étanche.

1. *Loud* et *Pouth* : populations de deux régions africaines voisines de l'Ethiopie. On les trouve souvent citées ensemble (voir par exemple 30.5; Es 66.19).
2. *Gammadiens* : nom d'une population inconnue — On *suspendait les boucliers* aux remparts pour les couronner, comme le montre un bas-relief assyrien (cf. Ct 4.4).
3. *Tarsis* : lieu géographique mal déterminé, voir Ps 72.10; Jn 1.3 et les notes.
4. *Yavân* désigne la Grèce. *Toubal* et *Mèshek* (voir 38.2) sont des régions d'Asie Mineure.
5. *Beth-Togarma* : probablement l'Arménie (voir 38.6).
6. *fils de Dedân* : voir 25.13 et la note — *participaient au trafic de ta main* : traduction incertaine d'une expression peu claire.

en retour un tribut, des cornes
d'ivoire, des troncs d'ébène.
16 *Aram échangeait avec toi ce
que tu fabriquais en abondance.
On te donnait comme fret escar-
boucles, étoffes de pourpre,
étoffes brochées, byssus[1], corail,
rubis. 17 Même Juda et le pays
d'Israël faisaient du commerce
avec toi; ils te fournissaient en
marchandises du blé de Minnith,
du millet[2], du miel, de l'huile et de
la résine. 18 Damas échangeait
avec toi ce que tu fabriquais en
abondance, toutes sortes de biens
surabondants. Ils te fournissaient
en vin de Helbôn et en laine de
Çahar[3]. 19 Wedân et Yavân-
Méouzzal[4] te donnaient du fret :
le fer forgé, la casse, le roseau aromatique qui font partie
de tes marchandises. 20 Dedân
faisait avec toi commerce de tissus de sellerie. 21 L'Arabie et tous
les princes de Qédar[5] faisaient
aussi des affaires avec toi; ils
échangeaient des agneaux, des béliers, des boucs. 22 Même les commerçants de Saba et de Raéma[6]
faisaient du commerce avec toi.
Ils te donnaient comme fret le
meilleur de tous les aromates,
toutes sortes de pierres précieuses
et de l'or 23 Harrân, Kanné et

Eden — les commerçants de
Saba — Assour, Kilmad[1] faisaient du commerce avec toi.
24 Eux aussi commerçaient avec
toi : vêtements d'apparat, manteaux de pourpre et de brocart,
tissus bicolores, cordes tressées et
cablées étaient sur ton marché.

Suite de la complainte sur Tyr

25 Des navires de Tarsis[2] faisaient le transport de tes marchandises.
Tu as été remplie, chargée
lourdement au coeur des mers.

26 Tes rameurs t'ont menée sur
les grandes eaux ...
le vent d'orient[3] t'a brisée au
coeur des mers. 27 Tes biens,
ton fret, tes marchandises, tes
marins, tes matelots,
tes calfats, tes marchands, tous
les hommes de guerre,
tous ceux qui s'assemblent
chez toi,
ils tombent au coeur des mers
le jour de ton écroulement.

28 Au bruit de la clameur de tes
matelots,
les rivages[4] tremblent.

29 Alors tous ceux qui manient la
rame
descendent de leurs navires,
les marins, tous les matelots de
la mer :
ils restent à terre.

---

1. *escarboucle* : traduction incertaine, mais il s'a-
git en tout cas d'une pierre précieuse (voir 28.13;
Ex 28.18) — *pourpre* : voir la note sur 23.6 — *byssus* ou *fin lin*.
2. *Minnith* était une ville du pays des Ammonites, qui a donné son nom à une 'variété de
céréales — *millet* : traduit d'après le syriaque; le
mot hébreu n'apparaît pas ailleurs.
3. *Damas* était la capitale du pays d'*Aram (v.
16). La région au nord de Damas (*Helbôn*) était
réputée pour son vin jusqu'en Assyrie — *Çahar*,
inconnue par ailleurs, doit être une ville voisine.
4. *Wedân* et *Yavân-Méouzzal* : pays inconnus;
texte hébreu obscur.
5. *Qedar* : région d'Arabie (voir Es 21.13-17).
6. *Saba* et *Raéma* : régions situées probablement
au sud de l'Arabie (voir Gn 10.7; 1 R 10.1).

1. *Harrân, Kanné* et *Eden* sont des villes de la
vallée de l'Euphrate. *Kilmad*, inconnue, pourrait
être voisine d'Assour, sur le Tigre.
2. Les *navires de Tarsis* (voir v. 12 et la note)
désignent souvent les «navires au long cours»
(voir Es 2.16; 23.1; Ps 48.8).
3. Le *vent d'orient* était particulièrement violent
(voir Ex 14.21; Ps 48.8; Jb 1.19; Jr 18.17).
4. *rivages* : traduction incertaine.

30 Ils font entendre leur voix à
   ton sujet,
   ils crient amèrement,
   ils se mettent de la poussière
   sur la tête,
   ils se roulent dans la cendre.
31 Ils se rasent le crâne à cause de
   toi,
   ils se ceignent de *sacs.
   Ils pleurent sur toi, dans leur
   amertume,
   faisant d'amères lamentations.
32 Dans leur douleur, ils entonnent une complainte sur toi
   et dans leur deuil ils chantent :
   Qui était comme Tyr,
   forteresse au milieu de la mer ?
33 En exportant ton fret sur les
   mers[1],
   tu avais rassasié de nombreux
   peuples;
   par l'abondance de tes biens et
   de tes marchandises,
   tu avais enrichi les rois de la
   terre.
34 C'est le temps du naufrage en
   mer,
   dans les profondeurs des eaux;
   tes marchandises,
   tous ceux qui s'assemblent
   chez toi ont sombré.
35 Tous les habitants des îles se
   désolent à cause de toi,
   leurs rois frissonnent d'horreur,
   ils ont le visage défait.
36 Ceux qui trafiquent parmi les
   peuples
   sifflent[2] à ton sujet :
   tu es devenue un objet d'épouvante.
   Pour toujours tu ne seras
   plus. »

Menace contre le prince de Tyr

28 1 Il y eut une parole du
Seigneur pour moi : 2 « Fils
d'homme, dis au prince de Tyr :
Ainsi parle le Seigneur Dieu :
   Parce que tu t'es enorgueilli,
   que tu as dit : Je suis un dieu,
   je siège sur un trône divin
   au coeur des mers
   alors que tu es homme et non
   Dieu,
   parce que tu t'es cru égal aux
   dieux[1] ...
3 Voici, tu es plus sage que Daniel[2],
   aucun secret ne te dépasse.
4 Par ta sagesse et ton intelligence, tu t'es fait une fortune;
   tu t'es acquis des trésors d'or et
   d'argent.
5 Par ton extrême sagesse, par
   ton commerce,
   tu as multiplié ta fortune.
   Tu t'es ainsi enorgueilli à force
   de richesses ...
6 C'est pourquoi, ainsi parle le
   Seigneur Dieu :
   Parce que tu as mis ton coeur
   au rang du coeur des dieux,
7 je vais faire venir contre toi
   des étrangers,
   la plus tyrannique des nations;
   ils tireront l'épée contre ta
   belle sagesse
   et profaneront ta majesté.
8 Ils te feront descendre dans la
   fosse,
   tu mourras de mort violente[3]
   au coeur des mers.
9 Devant celui qui va te tuer,
   oseras-tu dire : Je suis un dieu,

---

1. Autre traduction *en sortant ton fret de la mer.*
2. *sifflent* : pour exprimer l'étonnement, la crainte ou la moquerie (voir Jr 19.8; 49.17; So 2.15, etc.).

1. *au coeur des mers* : voir 26.2 et la note — *tu t'es cru égal aux dieux* : la phrase s'interrompt ici et reprend au v. 26.
2. *Daniel* : voir 14.14 et la note.
3. *fosse* : voir au glossaire SÉJOUR DES MORTS — *de mort violente* : autre traduction *la mort du transpercé* (voir v. 9).

alors que tu es homme et non
Dieu

et que tu es au pouvoir de ceux
qui vont te transpercer ?

10 Par la main d'étrangers
tu mourras de la mort des incirconcis[1].

Oui, j'ai parlé — oracle du Seigneur Dieu. »

11 Il y eut une parole du Seigneur pour moi : 12 « Fils
d'homme, entonne une com-
plainte sur le roi de Tyr. Tu lui
diras : Ainsi parle le Seigneur
Dieu :

Toi qui scelles la perfection[2],
toi qui est plein de sagesse,
parfait en beauté,

13 tu étais en Eden, dans le jardin
de Dieu,

entouré de murs en pierres
précieuses : sardoine, topaze et
jaspe,

chrysolithe, béryl et onyx,

lazulite, escarboucle et émeraude;

et l'or dont sont ouvragés les
tambourins et les flûtes[3],

fut préparé le jour de ta création.

14 Tu étais un *chérubin étincelant,

le protecteur que j'avais établi;

tu étais sur la montagne sainte
de Dieu,

tu allais et venais au milieu des
charbons ardents.

15 Ta conduite fut parfaite depuis le jour de ta création,

jusqu'à ce qu'on découvre en
toi la perversité :

1. C'est-à-dire d'une mort particulièrement
infamante.
2. *toi qui scelles la perfection* : expression obscure; la traduction est incertaine.
3. L'identification des pierres précieuses est incertaine, de même que la traduction des mots
tambourins et *flûtes*.

16 par l'ampleur de ton commerce,

tu t'es rempli de violence et tu
as péché.

Aussi, je tè mets au rang de
profane

loin de la montagne de Dieu[1];

toi le chérubin protecteur je
vais t'expulser

du milieu des charbons ardents.

17 Tu t'es enorgueilli de ta beauté,

tu as laissé ta splendeur corrompre ta sagesse.

Je te précipite à terre,

je te donne en spectacle aux
rois.

18 Par le nombre de tes péchés,

par ton commerce criminel,

tu as profané ton *sanctuaire.

Aussi je fais sortir un feu du
milieu de toi, il te dévorera,

je te réduirai en cendre sur la
terre,

sous les yeux de tous ceux qui
te regardent.

19 Tous ceux d'entre les peuples
qui te connaissent

seront dans la stupeur à cause
de toi;

tu deviendras un objet d'épouvante.

Pour toujours tu ne seras
plus ! »

Menace contre Sidon

20 Il y eut une parole du Seigneur pour moi : 21 « Fils
d'homme, dirige ton regard vers
Sidon, et prononce un oracle
contre elle. 22 Tu diras : Ainsi
parle le Seigneur Dieu :

1. La *montagne de Dieu* (voir v. 14) représente
le domaine sacré du roi de Tyr; lui-même est
comparé à un *chérubin, gardien du jardin d'Eden
(voir v. 13-14; Gn 3.24).

Je viens contre toi, Sidon, je serai glorifié au milieu de toi, alors on connaîtra que je suis le Seigneur
à cause des jugements que j'exécuterai contre elle;
alors, je manifesterai en elle ma sainteté.

23 J'y enverrai la peste[1],
il y aura du sang dans ses rues,
les morts tomberont au milieu d'elle
à cause de l'épée dressée contre elle de toutes parts.
Alors, on connaîtra que je suis le Seigneur.

Israël vivra en sécurité

24 Il n'y aura plus contre la maison d'Israël de ronces qui griffent, ou d'épines piquantes, nulle part autour d'elle de gens qui la méprisent. Alors ils connaîtront que je suis le Seigneur.

25 Ainsi parle le Seigneur Dieu : Quand je rassemblerai la maison d'Israël d'entre les peuples où elle a été dispersée, je manifesterai en elle ma *sainteté aux yeux des nations : ils habiteront sur leur sol, celui que j'avais donné à mon serviteur Jacob. 26 Ils habiteront en sécurité, ils construiront des maisons, planteront des vignes; ils habiteront en sécurité. Lorsque j'exécuterai des jugements contre tous ceux qui les méprisent aux alentours, ils connaîtront que je suis le Seigneur, leur Dieu. »

Menace contre l'Égypte

29 1 La dixième année, le dixième mois[1], le douze du mois, il y eut une parole du Seigneur pour moi : 2 « Fils d'homme, dirige ton regard vers *Pharaon, roi d'Égypte, et prononce un oracle contre lui et contre l'Égypte tout entière. 3 Parle et dis : Ainsi parle le Seigneur Dieu :
Je viens contre toi, Pharaon, roi d'Égypte,
grand dragon tapi au milieu de ses Nils;
c'est toi qui as dit : Il est à moi mon Nil, et moi, je me suis fait moi-même[2].

4 Je mettrai des crochets à tes mâchoires,
j'attacherai les poissons de tes Nils à tes écailles,
je te soulèverai du milieu de tes Nils
avec tous les poissons de tes Nils attachés à tes écailles.

5 Je te jetterai dans le désert avec tous les poissons de tes Nils;
tu retomberas sur le sol, à la surface des champs,
sans qu'on te recueille et te rassemble[3].
Je te donnerai en pâture aux bêtes de la terre et aux oiseaux du ciel.

---

1. La *peste* était l'une des maladies les plus redoutées de l'ancien Orient (voir 38.22; Ex 9.3, 15; Jr 21.6; Am 4.10, etc.). Elle frappait souvent les villes assiégées.

1. Décembre 588-janvier 587 avant J. C.
2. *dragon* : monstre de la mythologie orientale, souvent présenté comme un ennemi de Dieu (voir Ps 74.13; cf. Jb 7.12). L'image évoquée est celle du crocodile, commun en Égypte. — *ses Nils* : c'est-à-dire les nombreuses ramifications du Nil qui forment le « Delta » — *je me suis fait moi-même* : autre traduction d'après les anciennes versions grecque et syriaque : *c'est moi qui les ai faits* (les Nils); voir v. 9.
3. c'est-à-dire : sans qu'on *recueille* et *rassemble* ses restes pour les ensevelir; la privation de sépulture était considérée comme une punition extrêmement grave (voir 2 R 9.37; Jr 8.2; 22.19).

6 Alors tous les habitants de l'E-
gypte connaîtront que je suis
le Seigneur,
eux qui ont été un appui de
roseau pour la maison d'Israël,
7 Pour ceux qui te prennent en
main, tu flanches
et tu leur transperces toute l'é-
paule,
pour ceux qui s'appuient sur
toi, tu te casses
et tu paralyses leurs reins.

8 C'est pourquoi, ainsi parle le
Seigneur Dieu : Je vais faire venir
sur toi l'épée et je retrancherai de
toi hommes et bêtes. 9 Le pays
d'Egypte deviendra un désert de
ruines; alors on connaîtra que je
suis le Seigneur car il a dit : Le
Nil est à moi, c'est moi qui l'ai
fait.

10 C'est pourquoi, je viens
contre toi et contre tes Nils : je
ferai du pays d'Egypte des ruines,
des ruines désertiques, depuis Migdol jusqu'à Syène et jusqu'aux
confins de la Nubie[1]. 11 Le pied
des hommes n'y passera pas, et le
pied des bêtes n'y passera pas; il
sera inhabité pendant 40[2] ans.
12 Je ferai du pays d'Egypte un
désert au milieu de pays désertiques, ses villes seront un désert au
milieu de villes en ruines, pendant
40 ans, et je disperserai les Egyptiens parmi les nations, je les répandrai parmi les pays.

Le sort de l'Egypte

13 Mais ainsi parle le Seigneur

1. *Migdol* et *Syène* sont deux villes égyptiennes,
la première au nord, la seconde au sud du pays. La
Nubie est le territoire de l'actuel Soudan, au sud de
l'Egypte. L'expression *depuis Migdol ... jusqu'aux
confins de la Nubie* signifie donc : tout le territoire
égyptien.
2. *quarante* : voir 4.6 et la note.

Dieu : Au bout de 40 ans, je rassemblerai les Egyptiens d'entre
les peuples où ils auront été dispersés. 14 Je changerai la destinée
des Egyptiens; je les ferai revenir
au pays du Sud[1], dans leur pays
d'origine et ils y établiront un
modeste royaume. 15 Il sera plus
modeste que les autres royaumes
et il ne s'élèvera plus au-dessus
des nations. Je le diminuerai pour
qu'il ne domine plus les nations.
16 Il ne représentera plus pour la
maison d'Israël la sécurité qui la
poussait à pécher en se tournant
vers l'Egypte[2]. Alors on connaîtra
que je suis le Seigneur. »

17 La vingt-septième année, le
premier mois[3], le premier jour
du mois, il y eut une parole du
Seigneur pour moi : 18 « Fils
d'homme, Nabuchodonosor, roi
de Babylone, a soumis son armée
à un grand effort contre Tyr :
toutes les têtes sont chauves,
toutes les épaules écorchées, mais
il n'a pas trouvé à Tyr de salaire[4]
pour lui ni pour son armée, en
récompense de l'effort qu'il avait
fourni contre la ville. 19 C'est
pourquoi, ainsi parle le Seigneur
Dieu : Je vais donner le pays d'E-
gypte à Nabuchodonosor, roi de
Babylone; il enlèvera ses richesses, en prendra tout le butin
et le pillera complètement. L'E-
gypte servira de salaire à son armée. 20 En compensation de l'ef-

1. *le pays du Sud* (ou *Patrôs*) : c'est-à-dire la
Haute-Egypte.
2. Ezéchiel fait allusion aux alliances d'Israël
avec l'Egypte (voir 17.15; 29.6), déjà condamnées
par d'autres prophètes (voir Es 30.2; Jr 2.18; Os
7.11).
3. Mars-avril 571 avant J.-C.
4. *têtes chauves, épaules écorchées* : à cause des
charges transportées sur la tête ou sur les épaules
pendant les treize années de siège — *il n'a pas
trouvé de salaire* : Nabuchodonosor réussit à soumettre Tyr, mais il ne put la piller.

fort qu'il a fourni, je lui donne le pays d'Egypte parce que lui et son armée ont travaillé pour moi — oracle du Seigneur Dieu.

21 En ce jour, je ferai croître la puissance de la maison d'Israël; et à toi-même, fils d'homme, je donnerai la possibilité de parler au milieu d'eux. Alors ils connaîtront que je suis le Seigneur. »

Le jour du Seigneur et l'Egypte

30 1 Il y eut une parole du Seigneur pour moi : 2 « Fils d'homme, prononce un oracle; tu diras : Ainsi parle le Seigneur Dieu :

Hurlez à ce jour de malheur !
3 Car le jour est proche,
   proche le jour du Seigneur.
   Ce sera un jour de nuées, le
   temps des nations.
4 L'épée pénétrera en Egypte,
   il y aura des frémissements en
   Nubie
   quand les morts tomberont en
   Egypte;
   on s'emparera de ses richesses,
   on démolira ses fondations.
5 La Nubie, Pouth, Loud, tout ce mélange de peuples, Kouv[1] et les gens du pays allié tomberont avec eux sous l'épée.
6 Ainsi parle le Seigneur :
   Les soutiens de l'Egypte tomberont,
   l'orgueil de sa force s'effondrera,
   de Migdol à Syène[2] on tombera sous l'épée
   — oracle du Seigneur Dieu.

7 Ces lieux seront déserts, au milieu de pays déserts, et ses villes seront au milieu de villes en ruines. 8 Alors on connaîtra que je suis le Seigneur lorsque je mettrai le feu à l'Egypte et que tous ses aides seront brisés. 9 En ce jour-là, des messagers en bateau s'en iront d'auprès de moi pour faire trembler la Nubie qui est en sécurité; il y aura chez eux des frémissements au jour de l'Egypte. Oui, cela vient.

10 Ainsi parle le Seigneur Dieu :
    Je ferai cesser le tumulte de
    l'Egypte,
    par la main de Nabuchodonosor, roi de Babylone.
11 Lui ainsi que son peuple, la
    plus tyrannique des nations,
    ils ont été amenés pour détruire le pays.
    Ils tireront leurs épées contre
    l'Egypte
    ils rempliront de morts le pays.
12 Des Nils, je ferai une région
    desséchée,
    je vendrai le pays aux mains
    de gens méchants,
    je dévasterai le pays et ce qui
    l'emplit par la main d'étrangers.
    Moi, le Seigneur, j'ai parlé.
13 Ainsi parle le Seigneur Dieu :
    Je ferai périr les idoles,
    je supprimerai de Memphis[1]
    les faux dieux,
    et du pays d'Egypte le prince;
    il n'y en aura plus.
    Je mettrai la crainte dans le
    pays d'Egypte.
14 Je dévasterai le pays du Sud, je
    mettrai le feu à Tanis,

---

1. *Nubie* : voir 29.10 et la note. *Pouth et Loud* : voir 27.10 et la note — *tout ce mélange* : autre traduction *toute l'Arabie* — *Kouv* : pays inconnu; l'ancienne traduction grecque a lu ici *Loub*, la Libye.
2. *Migdol et Syène* : voir 29.10 et la note.

1. *Memphis* : ville située au sud du Delta du Nil.

j'exécuterai des jugements à Thèbes[1].

15 Je déverserai ma fureur sur Sîn[2], place forte de l'Egypte, j'interromprai le tumulte de Thèbes. 16 Je mettrai le feu à l'Egypte, Sîn se tordra de douleur, Thèbes sera fendue[3], Memphis sera inondée. 17 Les jeunes hommes de One et de Pi-Bèseth[4] tomberont par l'épée et les femmes iront en captivité. 18 À Daphné, le jour ne se lèvera pas lorsque je briserai les jougs[5] de l'Egypte. Je ferai cesser dans la ville l'orgueil de sa force; une nuée la recouvrira et ses filles iront en captivité. 19 J'exécuterai des jugements en Egypte, alors on connaîtra que je suis le Seigneur. »

Le roi de Babylone instrument de Dieu

20 La onzième année, le premier mois[6], le septième jour du mois, il y eut une parole du Seigneur pour moi : 21 « Fils d'homme, je brise le bras de *Pharaon, roi d'Egypte et on ne le panse pas, on n'y met pas de remède, on n'y applique pas de bandage, on n'y fait pas de pansement pour que ce bras retrouve sa force et tienne l'épée. 22 C'est pourquoi, ainsi parle le Seigneur Dieu : Je viens contre Pharaon, roi d'Egypte. Je briserai ses bras, le bras bien portant et celui qui est déjà brisé, et je ferai tomber l'épée de sa main. 23 Je disperserai les Egyptiens parmi les nations, je les répandrai dans les pays. 24 Mais je fortifierai les bras du roi de Babylone et je lui mettrai mon épée dans la main; je briserai les bras de Pharaon qui poussera les gémissements d'un homme blessé à mort. 25 Je fortifierai les bras du roi de Babylone tandis que les bras de Pharaon tomberont. Alors on connaîtra que je suis le Seigneur quand je mettrai mon épée dans la main du roi de Babylone et qu'il la brandira contre le pays d'Egypte. 26 Je disperserai les Egyptiens parmi les nations et je les répandrai dans les pays. Alors on connaîtra que je suis le Seigneur ! »

Pharaon était comme un cèdre

31 1 La onzième année, le troisième mois[1], le premier du mois, il y eut une parole du Seigneur pour moi : 2 « Fils d'homme, dis à *Pharaon roi d'Egypte, et à sa multitude :

À qui ressembles-tu, toi qui es si grand ?

3 À un cyprès, à un cèdre du Liban
qui aurait de belles branches,
formant une forêt ombreuse
et d'une taille si élevée
que son sommet serait entre les nuages ?

4 Les eaux l'ont fait grandir;
l'*abîme qui l'a fait croître
fait couler ses fleuves autour
du lieu où il est planté

---

1. *pays du Sud* : voir 29.14 et la note. *Tanis* : ville du nord-est de l'Egypte. *Thèbes* : ville de Haute-Egypte.

2. *Sîn* : ville du nord-est de l'Egypte.

3. *fendue* : l'image est celle d'une brèche dans un rempart.

4. *One* et *Pi-Bèseth* sont deux villes du Delta du Nil.

5. *Daphné* : ville frontière, à l'est du Delta — *je briserai les jougs* : autre traduction (d'après les anciennes versions grecque, latine et syriaque), *je briserai les sceptres*.

6. Mars-avril 587 avant J. C.

1. Mai-juin 587 avant J. C.

et envoie ses canaux vers tous
les arbres des champs.

5 Ainsi donc sa taille était plus
élevée
que celle de tous les arbres des
champs,
ses rameaux s'étaient multi-
pliés,
ses branches s'étaient allongées
sous l'effet des grandes eaux
lorsqu'il sortit ses pousses.

6 Tous les oiseaux du ciel ni-
chaient dans ses rameaux,
toutes les bêtes sauvages mettaient bas sous ses branches
et toute la multitude des peuples habitait à son ombre.

7 Il était beau par sa grandeur,
par l'ampleur de son branchage;
ses racines s'étendaient jusqu'aux grandes eaux.

8 Les cèdres du jardin de Dieu[1]
ne l'égalaient pas,
les cyprès n'étaient pas compa-
rables à ses rameaux
ni les platanes à ses branches;
aucun arbre du jardin de Dieu
ne lui était comparable en
beauté.

9 Je l'avais fait beau par l'abondance de sa ramure,
tous les arbres d'Eden qui
étaient dans le jardin de Dieu
le jalousaient.

Le cèdre orgueilleux est brisé

10 C'est pourquoi, ainsi parle le
Seigneur Dieu : Parce que tu[2] as
élevé ta taille, parce qu'il a élevé
son sommet entre les nuages, qu'il
s'est élevé avec orgueil, 11 je le

livre aux mains du chef des nations[1] qui le traitera selon sa méchanceté. Je l'ai chassé.

12 Des étrangers, les plus tyran-
niques des nations, l'ont abattu,
puis abandonné. Son branchage
est tombé sur les montagnes et
dans toutes les vallées, ses branches ont été brisées dans tous les
lits des ruisseaux de la terre, tous
les peuples de la terre ont quitté
son ombre, puis l'ont abandonné.

13 Tous les oiseaux du ciel se
posent sur ses dépouilles,
toutes les bêtes sauvages gîtent
dans ses branches.

14 C'est afin qu'aucun arbre
bien arrosé ne s'élève, au point
que son sommet perce les nuages,
c'est afin qu'aucun arbre bien
abreuvé ne se mette avec orgueil
au-dessus des autres. Car tous, ils
sont livrés à la mort, au pays des
profondeurs, au milieu des fils
d'hommes, auprès de ceux qui
descendent dans la fosse[2].

15 Ainsi parle le Seigneur
Dieu : Le jour où le cèdre est
descendu au *séjour des morts,
j'ai obligé l'*Abîme à prendre le
deuil pour lui : je l'ai recouvert,
j'ai arrêté ses fleuves et les
grandes eaux ont été retenues, à
cause de lui j'ai assombri le Liban
et fait dépérir tous les arbres des
champs à cause de lui. 16 J'ai fait
trembler les nations au bruit de
sa chute, lorsque je le fis descendre au séjour des morts avec
ceux qui descendent dans la fosse.
Tous les arbres d'Eden prennent
leur revanche dans le pays des

---

1. *le jardin de Dieu :* l'Eden (voir v. 9, 18; Gn 2.8-9).
2. Ici, comme au v. 2, Ezéchiel s'adresse directement à Pharaon; dans le reste du chapitre, il en
parle à la troisième personne.

1. *le chef des nations :* Nabuchodonosor (voir
26.7 et la note; 29.19; 32.11).
2. *pays des profondeurs, fosse :* expressions sensiblement synonymes de SÉJOUR DES MORTS
(voir au glossaire).

profondeurs : les arbres de choix, les meilleurs du Liban, tous ceux qui sont abreuvés d'eau. 17 - Ceux-là aussi sont descendus avec lui au séjour des morts, auprès de ceux qui ont été transpercés par l'épée. Ils étaient son bras[1] et habitaient à son ombre au milieu des nations. 18 À qui es-tu semblable, en gloire, en grandeur, parmi les arbres d'Eden ? On t'a fait Descendre avec les arbres d'Eden au pays des profondeurs, tu seras couché au milieu des incirconcis, avec ceux qui ont été mutilés par l'épée. — Tel sera *Pharaon et toute sa multitude — oracle du Seigneur Dieu. »

Complainte sur Pharaon et sur l'Egypte

32 1 La douzième année, le douzième mois[2], le premier du mois, il y eut une parole du Seigneur pour moi : 2 « Fils d'homme, entonne une complainte sur pharaon, roi d'Egypte, et dis :

Tu ressemblais au lionceau des nations,
tu étais comme un dragon[3]
dans les mers,
tu faisais jaillir tes fleuves,
tu troublais l'eau de tes pattes,
tu salissais les fleuves.

3 Ainsi parle le Seigneur Dieu :
J'étendrai mon filet sur toi lors de l'assemblée de nombreux peuples, et ils te tireront dans ma senne[4].

4   Je te jetterai à terre,

Je te lancerai à la surface des champs,
je ferai se poser sur toi tous les oiseaux du ciel
et les animaux de toute la terre se rassasieront de toi.

5   Je mettrai ta chair sur les montagnes,
je remplirai les vallées de tes rognures,

6   j'abreuverai la terre du sang qui coule de toi sur les montagnes
et les lits des ruisseaux en seront pleins.

7   Lorsque ta lumière sera éteinte, je couvrirai les cieux,
et j'obscurcirai les étoiles,
je couvrirai le soleil d'une nuée
et la lune ne laissera pas luire sa lumière.

8   Tous les luminaires des cieux, je les obscurcirai à cause de toi,
je mettrai les ténèbres sur ton pays
— oracle du Seigneur Dieu.

9 J'irriterai le coeur de nombreux peuples quand je ferai sentir aux nations, ces pays que tu ne connais pas, les conséquences de ton écroulement[1]. 10 À cause de toi, je mettrai de nombreux peuples dans la désolation et les cheveux de leurs rois se dresseront à cause de toi quand je ferai voler mon épée devant leur visage. Aucun ne cessera de trembler jusqu'au fond de lui-même le jour où tu tomberas.

---

1. *ils étaient son bras* ; traduction incertaine d'une expression obscure. Dans l'A. T., le bras symbolise souvent la force et l'efficacité (voir la note sur Es 40.10).
2. Février-mars 585 avant J. C.
3. *dragon* : voir 29.3 et la note.
4. *senne* ou *filet* : voir la note sur 12.13.

1. *quand je ferai sentir … les conséquences de ton écroulement* : autre traduction (d'après l'ancienne version grecque) : *quand j'amènerai … tes prisonniers.*

11 Car ainsi parle le Seigneur
Dieu :

L'épée du roi de Babylone pénétrera en toi.

12 Je ferai tomber ta multitude
sous l'épée des guerriers;
ils forment à eux tous la plus
tyrannique des nations,
ils ravageront ce qui fait l'arrogance de l'Egypte;
toute sa multitude sera exterminée.

13 Je ferai périr tous les animaux
qu'elle avait près des grandes
eaux[1];
le pied de l'homme ne les trou-
blera plus,
les sabots des animaux ne les
troubleront plus.

14 Je ferai baisser les eaux de l'E-
gypte et couler ses fleuves
comme de l'huile — oracle du
Seigneur Dieu.

15 Quand j'aurai fait du pays
d'Egypte un désert, quand j'aurai
vidé le pays de ce qui l'emplit, en
frappant tous ceux qui y habitent, alors on connaîtra que je
suis le Seigneur. »

16 C'est une complainte, on la
chantera; que les filles des nations la chantent, qu'elles chantent cette complainte sur l'Egypte
et sur toute sa multitude
— oracle du Seigneur Dieu.

Lamentation sur les peuples vaincus

17 La douzième année[2], le quinzième du mois, il y eut une parole
du Seigneur pour moi : 18 « Fils
d'homme, lamente-toi sur la multitude de l'Egypte; fais-la descendre dans l'*abîme, elle et les
filles des nations.

Que malgré leur splendeur,
elles tombent dans le pays des
profondeurs,
avec ceux qui sont descendus
dans la fosse[1].

19 Es-tu plus sympathique que
d'autres ? Descends dans la tombe
avec les incirconcis

20 — au milieu de ceux qui
sont tombés percés par l'épée.
Maintenant que l'épée est tombée, entraînez l'Egypte et toute sa
multitude ! 21 Du milieu du *séjour des morts, les chefs des héros
avec leurs aides lui parleront. Les
incirconcis, percés par l'épée, sont
descendus, ils sont couchés dans
la tombe.

22 Là se trouve toute l'assemblée d'Assour[2], entourée de ses
tombeaux; tous, ils ont été transpercés, ils sont tombés sous l'épée.
23 Les tombeaux d'Assour ont été
placés au tréfonds de la fosse, son
assemblée entoure sa sépulture.
Tous, ils ont été transpercés, ils
sont tombés sous l'épée, eux qui
mettaient la consternation sur la
terre des vivants.

24 Là se trouve Elam[3], et toute
sa multitude entoure sa sépulture.
Tous ont été transpercés, ils sont
tombés sous l'épée; ils sont descendus incirconcis au pays des
profondeurs, eux qui mettaient la
consternation sur la terre des vivants. Ils portent leur déshonneur
avec ceux qui sont descendus
dans la fosse. 25 Au milieu des

---

1. *les grandes eaux* : ici le Nil.
2. En 586 avant J. C., c'est-à-dire dans l'année
qui suivit la prise de Jérusalem.

1. *fille des nations* : comparer l'expression *fille
de Sion* (voir la note sur Es 1,8) — la *fosse* est ici
l'équivalent de l'*abîme* ou du *pays des profondeurs* : voir au glossaire SÉJOUR DES MORTS.
2. *Assour* (ou l'*Assyrie*) fut le premier royaume
conquis par les Babyloniens.
3. *Elam* : pays qui se trouvait à l'est de la
Babylonie.

morts, on a placé une couche pour Elam, parmi toute sa multitude qu'entourent ses tombes. Tous ces incirconcis sont percés par l'épée. Pourtant, on avait été dans la consternation à cause d'eux sur la terre des vivants ! Ils portent leur déshonneur avec ceux qui sont descendus dans la fosse placée au milieu des morts.

26 Là se trouvent Mèshek, Toubal[1], et toute sa multitude entourée de ses tombeaux ; tous incirconcis, percés par l'épée car ils mettaient la consternation sur la terre des vivants. 27 Ils ne peuvent être couchés avec les héros, eux qui sont tombés incirconcis. Ils sont descendus au séjour des morts avec leur équipement de guerre ; on a placé leurs épées sous leurs têtes et leurs péchés sont sur leurs ossements parce que, tels des héros, ils ont consterné la terre des vivants. 28 Toi-même, tu seras abattu parmi les incirconcis[2], tu te coucheras avec ceux que l'épée a percés.

29 Là se trouve Edom[3] : ses rois et tous ses princes, malgré leurs exploits, sont placés avec ceux que l'épée a percés ; eux aussi sont couchés avec des incirconcis et avec ceux qui sont descendus dans la fosse.

30 Là se trouvent les chefs du nord, tous, et tous les Sidoniens[4] qui sont descendus avec les morts ; malgré la consternation qu'ils ont provoquée, ils sont honteux de leurs exploits et, incirconcis, ils se sont couchés avec ceux que l'épée a percés ; ils portent leur déshonneur avec ceux qui sont descendus dans la fosse.

31 *Pharaon les verra et il se consolera à cause de toute cette multitude. Pharaon et toute son armée seront percés par l'épée — oracle du Seigneur DIEU. 32 Oui, je l'ai laissé provoquer la consternation sur la terre des vivants, mais on le couchera au milieu des incirconcis avec ceux que l'épée a percés : Pharaon et toute sa multitude — oracle du Seigneur DIEU. »

Dieu établit Ezéchiel comme guetteur

33 1 Il y eut une parole du SEIGNEUR pour moi : 2 « Fils d'homme, parle aux fils d'Israël et dis-leur : Soit un pays : je fais venir contre lui l'épée. Les gens de ce pays prennent parmi eux un homme et l'établissent comme guetteur. 3 Cet homme voit venir l'épée contre ce pays ; il sonne du cor et avertit le peuple. 4 Quelqu'un entend bien le son du cor, mais ne tient pas compte de l'avertissement : quand l'épée viendra et l'emportera, son *sang sera sur sa tête. 5 Il avait entendu le son du cor, mais n'avait pas tenu compte de l'avertissement. Son sang sera sur lui[1]. Par contre celui qui aura tenu compte de l'avertissement sauvera sa vie. 6 Mais le guetteur voit venir l'épée et ne sonne pas du cor : les gens ne sont pas avertis ; quand l'épée

---

1. *Mèshek* et *Toubal* : voir 27.13 et la note.
2. Dans l'antiquité, on pensait que les héros tombés à la guerre avaient une place privilégiée parmi les morts ; mais l'incirconcision rend indigne de tout honneur (voir 28.10 et la note).
3. *Edom* : voir la note sur 25.12.
4. *Sidoniens* : habitants de Sidon, ville phénicienne située au nord de Tyr. Ce terme désigne souvent l'ensemble des Phéniciens.

1. *son sang sera sur sa tête* (v. 4) ou *sur lui* (v. 5) : expression hébraïque signifiant : il subira les conséquences mortelles de sa faute.

viendra et emportera l'un d'eux, c'est par la faute du guetteur que cet homme sera emporté, et je demanderai compte de son sang au guetteur. 7 C'est donc toi, fils d'homme, que j'ai établi guetteur pour la maison d'Israël; tu écouteras la parole qui sort de ma bouche et tu les avertiras de ma part. 8 Si je dis au méchant : Méchant, tu mourras certainement, mais que toi, tu ne parles pas pour avertir le méchant de quitter sa conduite, lui, le méchant mourra de son péché, mais c'est à toi que je demanderai compte de son sang. 9 Par contre, si tu avertis le méchant pour qu'il se détourne de sa conduite, et qu'il ne veuille pas s'en détourner, il mourra de son péché, et toi, tu sauveras ta vie.

Le méchant qui revient à Dieu vivra

10 Écoute, fils d'homme, dis à la maison d'Israël : Vous parlez ainsi : 11 Nos révoltes et nos péchés sont sur nous, nous pourrissons à cause d'eux, comment pourrons-nous vivre ? Dis-leur : Par ma vie — oracle du Seigneur Dieu — est-ce que je prends plaisir à la mort du méchant ? Bien plutôt à ce que le méchant change de conduite et qu'il vive ! Revenez, revenez de votre méchante conduite : pourquoi faudrait-il que vous mouriez, maison d'Israël ?

12 Toi, fils d'homme, dis aux gens de ton peuple : La justice du juste ne le sauvera pas le jour de sa révolte et la méchanceté du méchant ne le fera pas trébucher le jour où il se détournera de sa méchanceté. Le juste ne pourra pas vivre de sa justice le jour où il péchera. 13 Si je dis au juste qu'il vivra certainement et que celui-ci, fort de sa justice, commette un méfait, aucun de ses actes justes ne sera retenu, il mourra dans le méfait qu'il aura commis. 14 Si je dis au méchant : Tu mourras certainement, et qu'il se détourne de son péché, pratique le droit et la justice, 15 s'il rend le gage, restitue ce qu'il a volé, s'il marche selon les lois de la vie[1], en évitant de faire le mal, il vivra certainement, il ne mourra pas; 16 aucun des péchés qu'il a commis ne sera retenu contre lui; il a accompli le droit et la justice; il vivra.

17 Les gens de ton peuple disent : Le chemin du Seigneur n'est pas équitable; mais n'est-ce pas leur chemin à eux qui n'est pas équitable ? 18 Quand le juste se détourne de sa justice, commet un méfait et en meurt, 19 quand le méchant se détourne de sa méchanceté, pratique droit et justice et vit à cause d'eux, 20 vous dites : Le chemin du Seigneur n'est pas équitable ! Je vous jugerai chacun selon sa conduite, maison d'Israël. »

La terre d'Israël sera dévastée

21 La douzième année de notre déportation, le cinquième jour du dixième mois[2], un rescapé arriva vers moi de Jérusalem pour dire :

1. *les lois de la vie* : c'est-à-dire les lois qui sont source de vie (voir Dt 32.47; comparer Ez 20.25).
2. Décembre 586-janvier 585 : même en tenant compte du temps pris pour le rescapé pour aller de Jérusalem à Babylone, cette date ne concorde pas avec celle de 2 R 25.8-9; Jr 39.29 (onzième année, au quatrième mois). Peut-être Ézéchiel, qui se trouve en Babylonie a-t-il une autre manière de compter le temps que les Judéens.

« La ville est tombée ! » 22 La main du Seigneur, qui avait été sur moi le soir précédant la venue du rescapé, m'ouvrit la bouche au moment où il arriva vers moi, le matin. Ma bouche s'ouvrit, je ne fus plus muet.

23 Il y eut une parole du Seigneur pour moi : 24 « Fils d'homme, les habitants de ces ruines qui se trouvent sur le sol d'Israël disent : Abraham qui était seul prit possession du pays; nous qui sommes nombreux, c'est à nous que le pays est donné en possession ! 25 C'est pourquoi, dis-leur : Ainsi parle le Seigneur Dieu : Vous mangez au-dessus du sang, vous levez les yeux vers vos idoles, vous commettez des crimes[1] et vous auriez le pays en possession ! 26 Vous vivez de l'épée; vous, les femmes, vous commettez ce qui est abominable; vous, les hommes, vous rendez *impure la femme de votre prochain. Et vous auriez le pays en possession ? 27 Tu leur diras ceci : Ainsi parle le Seigneur Dieu : Par ma vie, ceux qui sont parmi les ruines tomberont par l'épée; celui qui est dans les champs, je le donne en pâture aux bêtes sauvages; ceux qui sont dans les cavernes et dans les grottes mourront de la peste. 28 Je ferai du pays une solitude désolée; l'orgueil de sa force disparaîtra; les montagnes d'Israël seront désertes parce que personne n'y passera. 29 On connaîtra que je suis le Seigneur quand j'aurai fait du pays une solitude désertique à

cause de toutes les abominations qu'ils ont commises.

30 Écoute, fils d'homme ! Les gens de ton peuple, ceux qui bavardent sur toi le long des murs et aux portes des maisons — parlant les uns avec les autres, chacun avec son frère — ils disent : Venez écouter quelle parole vient de la part du Seigneur ! 31 Ils viendront à toi comme au rassemblement du peuple; ils s'assiéront devant toi, eux, mon peuple; ils écouteront tes paroles mais ne les mettront pas en pratique car leur bouche est pleine des passions qu'ils veulent assouvir : leur coeur suit leur profit. 32 Au fond, tu es pour eux comme un chant passionné, d'une belle sonorité, avec un bon accompagnement. Ils écoutent tes paroles mais personne ne les met en pratique. 33 Quand ce que tu as dit arrivera, et voilà que cela arrive, ils connaîtront qu'il y avait un *prophète au milieu d'eux. »

Contre les chefs d'Israël

34 1 Il y eut une parole du Seigneur pour moi : 2 « Fils d'homme prononce un oracle contre les bergers[1] d'Israël, prononce un oracle et dis-leur, à ces bergers : Ainsi parle le Seigneur Dieu : Malheur aux bergers d'Israël qui se paissent eux-mêmes ! N'est-ce pas le troupeau que les bergers doivent paître ? 3 Vous mangez la graisse, vous vous revêtez de la toison, sacrifiant les bêtes grasses; mais le troupeau,

---

1. *au-dessus du sang* : allusion possible à des pratiques magiques (voir Lv 19.26) — les *crimes* sont aussi bien des fautes rituelles que des fautes sociales (voir v. 15, 26 22.3-4).

1. Dans le language du Proche Orient ancien, les rois étaient appelés *bergers de leur peuple* (voir 34.23); ce terme s'applique aussi à des chefs moins importants (voir Es 56.11; Za 11.4-17); mais le vrai berger est Dieu (voir v. 10-16).

vous ne le paissez pas. 4 Vous n'a-
vez pas fortifié les bêtes débiles,
vous n'avez pas guéri la malade,
vous n'avez pas fait de bandage à
celle qui avait une patte cassée,
vous n'avez pas ramené celle qui
s'écartait, vous n'avez pas recherché celle qui était perdue, mais
vous avez exercé votre autorité
par la violence et l'oppression.
5 Les bêtes se sont dispersés, faute
de berger, et elles ont servi de
proie à toutes les bêtes sauvages;
elles se sont dispersées. 6 Mon
troupeau s'est éparpillé par toutes
les montagnes, sur toutes les hauteurs; mon troupeau s'est dispersé
sur toute la surface du pays sans
personne pour le chercher, personne qui aille à sa recherche.
7 C'est pourquoi, bergers, écoutez
la parole du Seigneur : 8 Par ma
vie — oracle du Seigneur Dieu —
parce que mon troupeau a été
razzié, parce qu'il a servi de proie
à toutes les bêtes sauvages, faute
de berger, parce que mes bergers
ne sont pas allés à la recherche
de mon troupeau, mais que ces
bergers se paissaient eux-mêmes
sans faire paître mon troupeau,
9 bergers, écoutez donc la parole
du Seigneur : 10 Ainsi parle le Seigneur Dieu : Je viens contre ces
bergers, je chercherai mon troupeau pour l'enlever de leurs
mains, je mettrai fin à leur rôle
de bergers, ils ne pourront plus se
paître eux-mêmes; j'arracherai
mon troupeau de leur bouche et il
ne leur servira plus de nourriture.
11 Car ainsi parle le Seigneur
Dieu : Je viens chercher moi-
même mon troupeau pour en
prendre soin. 12 De même qu'un
berger prend soin de ses bêtes le
jour où il se trouve au milieu d'un
troupeau débandé, ainsi je prendrai soin de mon troupeau; je
l'arracherai de tous les endroits
où il a été dispersé un jour de
brouillard et d'obscurité[1]. 13 Je le
ferai sortir d'entre les peuples, je
le rassemblerai des différents
pays et je l'amènerai sur sa terre[2];
je le ferai paître sur les montagnes d'Israël, dans le creux des
vallées et dans tous les lieux habi-
tables du pays. 14 Je le ferai
paître dans un bon pâturage, son
herbage sera sur les montagnes
du haut pays d'Israël. C'est là
qu'il pourra se coucher dans un
bon herbage et paître un gras
pâturage, sur les montagnes d'Israël. 15 Moi-même je ferai paître
mon troupeau, moi-même le ferai
coucher — oracle du Seigneur
Dieu. 16 La bête perdue, je la
chercherai; celle qui se sera écartée, je la ferai revenir; celle qui
aura une patte cassée, je lui ferai
un bandage; la malade, je la fortifierai. Mais la bête grasse, la
bête forte, je la supprimerai; je
ferai paître mon troupeau selon
le droit.

Dieu vient au secours de son peuple

17 « Quant à vous, mon troupeau, ainsi parle le Seigneur
Dieu : Je vais juger entre brebis
et brebis, entre les béliers et les
boucs. 18 Ne vous suffit-il pas de
paître un bon pâturage ? Faut-il
encore que vous fouliez aux pieds
le reste du pâturage ? Ne vous
suffit-il pas de boire une eau

---

1. *brouillard* et *obscurité :* allusion au châtiment
de Dieu (ici, la ruine de Jérusalem et la déportation). Ces signes marqueront le jour du Seigneur
(voir Am 5.18; 8.9; So 1.15).
2. Ezéchiel annonce la fin de l'exil.

claire ? Faut-il que vous troubliez le reste avec vos pieds ? 19 Ainsi mon troupeau doit pâturer ce que vos pieds ont foulé et boire l'eau que vous avez troublée. 20 C'est pourquoi, ainsi parle le Seigneur Dieu : Je viens juger moi-même entre la brebis grasse et la brebis maigre. 21 Parce que vous avez bousculé du flanc et de l'épaule, et parce que vous avez donné des coups de cornes à toutes celles qui étaient malades jusqu'à ce que vous les ayez dispersées hors du pâturage, 22 je viendrai au secours de mes bêtes et elles ne seront plus au pillage; je jugerai entre brebis et brebis. 23 Je susciterai à la tête de mon troupeau un *berger unique; lui le fera paître : ce sera mon serviteur David[1]. Lui le fera paître, lui sera leur berger. 24 Moi, le Seigneur, je serai leur Dieu et mon serviteur David sera prince au milieu d'eux. Moi, le Seigneur, j'ai parlé. 25 Je conclurai avec mon troupeau une *alliance de paix, je supprimerai du pays les bêtes féroces, il habitera en sécurité dans le désert et sommeillera dans les fourrés. 26 De ce pays et des alentours de ma colline[2] je ferai une bénédiction. Je ferai tomber en son temps la pluie qui sera une pluie de bénédiction. 27 L'arbre des champs donnera son fruit et la terre ses récoltes; mon peuple sera en sécurité sur son territoire; alors ils connaîtront que je suis le Seigneur quand j'aurai brisé les barres de leur *joug et que je les aurai arrachés des mains de ceux qui les asservissaient. 28 Les na-

tions ne feront plus contre eux de razzias et les bêtes sauvages ne les dévoreront plus. Ils habiteront en sécurité sans personne pour les faire trembler. 29 Je ferai croître pour eux une plantation renommée. Il n'y aura plus dans le pays des gens emportés par la faim; les nations ne leur feront plus porter de déshonneur. 30 Alors ils connaîtront que je suis le Seigneur, leur Dieu, qui suis avec eux, et qu'ils sont mon peuple, la maison d'Israël — oracle du Seigneur Dieu.

31 Vous êtes mon troupeau, le troupeau de mon pâturage, vous les hommes. Moi, je suis votre Dieu — oracle du Seigneur Dieu. »

Menace contre les Edomites

35 1 Il y eut une parole du Seigneur pour moi : 2 « Fils d'homme, dirige ton regard vers la montagne de Séïr[1] et prononce un oracle contre elle. 3 Tu lui diras : Ainsi parle le Seigneur Dieu :
Je viens contre toi, montagne de Séïr.
J'étendrai la main sur toi et je ferai de toi une solitude désolée.
4 Je mettrai tes villes en ruines;
toi-même tu deviendras un désert :
alors tu connaîtras que je suis le Seigneur.
5 Parce que tu as eu une hostilité perpétuelle[2], et que tu as fait ruisseler le *sang des fils d'Israël par la force de l'épée au temps de leur désastre, au temps où leur péché est parvenu à son terme,

---

1. Le roi *David* a parfois été considéré comme le modèle du roi à venir promis par Dieu (cf. Jr 23.5).
2. *ma colline* : *Sion.

1. *Séïr* : voir 25.8 et la note.
2. L'hostilité d'Edom (*Séïr*) remonte à l'époque de la conquête de la terre d'Israël (voir Nb 20.20; cf. Ez 25.12 et la note).

6 eh bien, par ma vie — oracle du
Seigneur Dieu — je te mettrai en
sang et le sang te poursuivra;
puisque tu n'as pas haï le sang, le
sang te poursuivra. 7 Je ferai de la
montagne de Séïr une solitude
désolée, j'en retrancherai ceux qui
la parcourent. 8 Je remplirai ses
montagnes de ses morts. Parmi
tes collines, tes vallées, le lit de tes
ruisseaux, tomberont ceux que l'é-
pée aura percés. 9 Je ferai de toi
un désert éternel et tes villes ne
seront pas habitées. Alors vous
connaîtrez que je suis le Seigneur.

10 Parce que tu as dit : Les
deux nations et les deux pays[1]
seront à moi, nous en prendrons
possession, alors que le Seigneur
est là, 11 eh bien, par ma vie
— oracle du Seigneur Dieu — je
te traiterai selon la colère et la
jalousie dont tu as fait preuve
dans ta haine contre eux; je me
ferai connaître d'eux par la manière dont je te jugerai. 12 Alors
tu connaîtras que je suis le Seigneur; j'ai entendu toutes les injures que tu as dites contre les
montagnes d'Israël : Elles sont
désertes ! Elles nous sont données
en pâture. 13 Vous avez eu à mon
égard un parler hautain, vous
avez eu pour moi des paroles ar-
rogantes : je l'ai bien entendu.

14 Ainsi parle le Seigneur
Dieu : Puisque tout ce pays est
dans la joie, je t'en ferai un désert; 15 puisque tu te réjouis de ce
que l'héritage de la maison d'Israël est un désert, je te rendrai la
pareille.

La montagne de Séïr deviendra
un désert,
tout Edom, en entier.

Alors on connaîtra que je suis
le Seigneur.

Israël reprendra possession de sa terre

36 1 « Écoute fils d'homme,
prononce un oracle contre
les montagnes d'Israël; tu diras :
Montagnes d'Israël, écoutez la
parole du Seigneur. 2 Ainsi parle
le Seigneur Dieu : L'ennemi a dit
de vous : Ah ! Ah ! Ces hauteurs
antiques sont devenues notre possession. 3 Eh bien, prononce un
oracle; tu diras : Ainsi parle le
Seigneur Dieu : Oui, parce qu'on
vous a dévastées et convoitées de
tous côtés, parce que vous êtes
devenues la possession de toutes
les autres nations, parce que lèvres et langues se sont moquées
de vous parmi les peuples, 4 eh
bien, montagnes d'Israël, écoutez
la parole du Seigneur Dieu. Ainsi
parle le Seigneur Dieu — aux
montagnes, aux collines, aux ruisseaux, aux vallées, aux ruines désertes, aux villes abandonnées,
objet des razzias et des moqueries
de toutes les autres nations d'a-
lentour — 5 ainsi parle le Seigneur Dieu : Je le jure, c'est dans
le feu de ma jalousie que je parle
contre toutes les autres nations et
contre Edom[1] tout entier parce
qu'ils se sont appropriés mon
pays. Ils avaient de la joie plein le
coeur et le mépris dans l'âme
parce que les pâturages du pays
étaient un endroit à piller. 6 C'est
pourquoi, prononce un oracle sur
le pays d'Israël, dis aux montagnes, aux collines, aux ruisseaux,

---

1. *les deux pays* sont les anciens royaumes d'Israël et de Juda.

1. *jalousie :* voir Ex 20.5 et la note — *Edom :*
voir la note sur 25.12.

aux vallées : Ainsi parle le Seigneur Dieu : Me voici ! Je parle dans ma jalousie et ma fureur à cause du déshonneur que vous ont infligé les nations. 7 C'est pourquoi, ainsi parle le Seigneur Dieu : Je le jure, la main levée : les nations qui vous entourent porteront leur propre déshonneur. 8 Vous, montagnes d'Israël, vous ferez pousser vos branches et vous porterez votre fruit pour mon peuple d'Israël, car il va bientôt revenir. 9 Oui, je viens vers vous, je me tourne vers vous : vous serez cultivées et ensemencées. 10 Je multiplierai sur vous les hommes, la maison d'Israël, tout entière; les villes seront habitées, les ruines reconstruites. 11 Je multiplierai sur vous hommes et bêtes; ils se multiplieront et fructifieront, je vous rendrai aussi peuplées qu'autrefois, je vous enverrai davantage de biens qu'au commencement; alors vous connaîtrez que je suis le Seigneur. 12 Je ferai marcher sur vous des hommes — mon peuple d'Israël — ils prendront possession de toi[1]. Tu seras leur héritage et tu ne les priveras plus de leurs enfants. 13 Ainsi parle le Seigneur Dieu : Parce que certains de vous disent : Tu es un pays qui dévore les hommes, tu as privé ta nation de ses enfants, 14 eh bien, tu ne dévoreras plus d'hommes, tu ne feras plus trébucher ton peuple[2] — oracle du Seigneur Dieu. 15 Je ne te ferai plus entendre les propos déshonorants des nations, tu n'auras plus à supporter les insultes des peuples. Tu ne feras plus trébucher ton peuple — oracle du Seigneur Dieu. »

Le Seigneur va rassembler Israël

16 Il y eut une parole du Seigneur pour moi : 17 « Écoute, fils d'homme : la maison d'Israël qui résidait sur son sol l'a souillé par sa conduite et ses actions. Sa conduite a été devant moi comme la souillure d'une femme. 18 J'ai déversé sur eux ma fureur à cause du sang qu'ils ont versé sur le pays et à cause des idoles par lesquelles ils l'ont souillé. 19 Je les ai dispersés parmi les nations, ils ont été disséminés parmi les pays, je les ai jugés selon leur conduite et selon leurs actions. 20 Mon peuple est venu chez les nations, et là, ils ont profané mon saint *nom; on disait d'eux en effet : C'est le peuple du Seigneur mais ils sont hors de son pays ! 21 Alors j'ai eu égard à mon saint nom que la maison d'Israël a profané parmi les nations où elle est venue. 22 C'est pourquoi, dis à la maison d'Israël : Ainsi parle le Seigneur Dieu : Ce n'est pas à cause de vous que j'agis, maison d'Israël, mais bien à cause de mon saint nom que vous avez profané parmi les nations où vous êtes venus. 23 Je montrerai la sainteté de mon grand nom qui a été profané parmi les nations, mon nom que vous avez profané au milieu d'elles; alors les nations connaîtront que je suis le Seigneur — oracle du Seigneur Dieu — quand j'aurai montré ma sainteté en vous sous leurs yeux : 24 je vous prendrai d'entre les nations,

1. *de toi* : Ézéchiel s'adresse maintenant à la terre d'Israël.
2. *tu ne feras plus trébucher ton peuple* : autre traduction (d'après les versions anciennes et de nombreux manuscrits) : *tu ne priveras plus ton peuple de ses enfants;* de même au v. 15.

je vous rassemblerai de tous les pays et je vous amènerai sur votre sol.

Le Seigneur va purifier Israël

25 Je ferai sur vous une aspersion d'eau pure et vous serez *purs; je vous purifierai de toutes vos impuretés et de toutes vos idoles. 26 Je vous donnerai un coeur neuf et je mettrai en vous un esprit neuf; j'enlèverai de votre corps le *coeur de pierre et je vous donnerai un coeur de chair. 27 Je mettrai en vous mon propre esprit, je vous ferai marcher selon mes lois, garder et pratiquer mes coutumes. 28 Vous habiterez le pays que j'ai donné à vos pères; vous serez mon peuple et je serai votre Dieu. 29 Je vous délivrerai de toutes vos souillures, j'appellerai le blé, je le ferai abonder, je ne vous imposerai plus la famine[1]. 30 Je ferai abonder le fruit de l'arbre, le produit des champs afin que vous n'ayez plus à supporter parmi les nations la honte d'avoir faim. 31 Vous vous souviendrez de vos mauvais chemins et de vos actions qui n'étaient pas bonnes. Le dégoût vous montera au visage à cause de vos péchés et de vos abominations. 32 Ce n'est pas à cause de vous que j'agis — oracle du Seigneur Dieu — il faut que vous le sachiez. Soyez honteux et confus de votre conduite, maison d'Israël.

33 Ainsi parle le Seigneur Dieu : Le jour où je vous purifierai de tous vos péchés, je peuplerai les villes, et les ruines seront relevées. 34 Le pays dévasté sera cultivé, au lieu d'être un désert aux yeux de tous les passants. 35 On dira : Ce pays qui était dévasté est devenu comme un jardin d'Eden[1], les villes qui étaient en ruines, dévastées, démolies, sont fortifiées et habitées. 36 Alors les nations qui subsisteront autour de vous connaîtront que je suis le Seigneur qui reconstruit ce qui a été démoli, qui replante ce qui a été dévasté. Moi, le Seigneur, je parle et j'accomplis.

37 Ainsi parle le Seigneur Dieu : Je ferai encore ceci : je me laisserai chercher par la maison d'Israël afin d'agir en sa faveur; je les multiplierai comme un troupeau humain. 38 Comme les troupeaux du *sanctuaire, comme les troupeaux à Jérusalem lors de ses fêtes, ainsi les villes en ruines seront pleines de troupeaux d'hommes. Alors on connaîtra que je suis le Seigneur. »

La vision des ossements desséchés

37 1 La main du Seigneur fut sur moi; il me fit sortir par l'esprit du Seigneur et me déposa au milieu de la vallée : elle était pleine d'ossements[2]. 2 Il me fit circuler parmi eux en tout sens; ils étaient extrêmement nombreux à la surface de la vallée, ils étaient tout à fait desséchés. 3 Il me dit : « Fils d'homme, ces osse-

---

1. La *famine* (voir 1 R 17.1; Os 2.11), comme la peste (Ex 9.15; Jr 21.6) et l'épée (Ez 11.8; cf. Jr 15.2), est souvent considérée comme la conséquence de l'infidélité à l'égard de Dieu; elle est donc source de honte (v. 30).

1. *Eden* : voir la note sur 31.8.
2. Le symbole des ossements est expliqué au v. 11 : c'est une image des Israélites.

ments peuvent-ils revivre ? » Je dis : « Seigneur Dieu, c'est toi qui le sais ! » 4 Il me dit : « Prononce un oracle contre ces ossements; dis-leur : Ossements desséchés, écoutez la parole du Seigneur. 5 Ainsi parle le Seigneur Dieu à ces ossements : Je vais faire venir en vous un souffle pour que vous viviez. 6 Je mettrai sur vous des nerfs, je ferai croître sur vous de la chair, j'étendrai sur vous de la peau, je mettrai en vous un souffle et vous vivrez; alors vous connaîtrez que je suis le Seigneur. » 7 Je prononçai l'oracle comme j'en avais reçu l'ordre; il y eut un bruit pendant que je prononçais l'oracle et un mouvement se produisit : les ossements se rapprochèrent les uns des autres. 8 Je regardai : voici qu'il y avait sur eux des nerfs, de la chair croissait et il étendit de la peau par-dessus; mais il n'y avait pas de souffle en eux. 9 Il me dit : « Prononce un oracle sur le souffle, prononce un oracle, fils d'homme; dis au souffle : Ainsi parle le Seigneur Dieu : Souffle, viens des quatre points cardinaux, souffle sur ces morts et ils vivront. » 10 Je prononçai l'oracle comme j'en avais reçu l'ordre, le souffle entra en eux et ils vécurent; ils se tinrent debout : c'était une immense armée.

11 Il me dit : « Fils d'homme, ces ossements, c'est toute la maison d'Israël. Ils disent : Nos ossements sont desséchés, notre espérance a disparu, nous sommes en pièces[1]. 12 C'est pourquoi, prononce un oracle et dis-leur : Ainsi parle le Seigneur Dieu : Je vais

ouvrir vos tombeaux; je vous ferai remonter de vos tombeaux, ô mon peuple, je vous ramènerai sur le sol d'Israël. 13 Vous connaîtrez que je suis le Seigneur quand j'ouvrirai vos tombeaux, et que je vous ferai remonter de vos tombeaux, ô mon peuple. 14 Je mettrai mon souffle en vous pour que vous viviez; je vous établirai sur votre sol; alors vous connaîtrez que c'est moi le Seigneur qui parle et accomplis — oracle du Seigneur. »

Le Seigneur va rétablir l'unité du peuple

15 Il y eut une parole du Seigneur pour moi : 16 « Toi, fils d'homme, prends un morceau de bois, écris dessus : Juda et les fils d'Israël qui lui sont associés. Puis prends un autre morceau de bois, écris dessus Joseph — ce sera le bois d'Ephraïm[1] — et toute la maison d'Israël qui lui est associée. 17 Rapproche ces morceaux l'un contre l'autre pour en former un seul; ils seront unis dans ta main. 18 Lorsque les gens de ton peuple te diront : Ne veux-tu pas nous expliquer ce que tu fais ?, 19 dis-leur : Ainsi parle le Seigneur Dieu : Je vais prendre le morceau de bois de Joseph — qui est dans la main d'Ephraïm — et des tribus d'Israël qui lui sont associées; je les placerai contre lui, c'est-à-dire contre le morceau de bois de Juda; j'en ferai un seul morceau et ils seront un dans ma main. 20 Et les morceaux de bois

---

1. Expression très forte du désespoir des Israélites exilés; ils se comparent à des morts, mais Ézéchiel leur annonce le retour à la vie (v. 12).

1. *Juda* personnifie le royaume du Sud (voir 1 R 12-13) — *Joseph*, père d'*Ephraïm*, personnifie les tribus du royaume du Nord, disparu depuis la prise de Samarie et la déportation de ses habitants, en 721 avant J. C.

sur lesquels tu auras écrit seront dans ta main, sous leurs yeux.

21 Dis-leur : Ainsi parle le Seigneur DIEU : Je vais prendre les fils d'Israël d'entre les nations où ils sont allés; je les rassemblerai de partout et je les ramènerai sur leur sol. 22 Je ferai d'eux une nation unique, dans le pays, dans les montagnes d'Israël; un roi unique sera leur roi à tous; ils ne formeront plus deux nations et ne seront plus divisés en deux royaumes. 23 Ils ne se souilleront plus avec leurs idoles et leurs horreurs[1], ni par toutes leurs révoltes; je les délivrerai de tous les lieux où ils habitent, les lieux où ils ont péché. Je les *purifierai, ils seront mon peuple et je serai leur Dieu.

24 Mon serviteur David[2] régnera sur eux, *berger unique pour eux tous; ils marcheront selon mes coutumes, ils garderont mes lois et les mettront en pratique. 25 Ils habiteront le pays que j'ai donné à mon serviteur Jacob, le pays où vos pères ont habité, ils y habiteront eux, leurs fils, les fils de leurs fils, pour toujours; mon serviteur David sera leur prince pour toujours. 26 Je conclurai avec eux une alliance de paix; ce sera une *alliance perpétuelle avec eux. Je les établirai, je les multiplierai. Je mettrai mon *sanctuaire au milieu d'eux pour toujours. 27 Ma *demeure sera auprès d'eux; je serai leur Dieu et eux seront mon peuple. 28 Alors, les nations connaîtront que je suis le SEIGNEUR qui consacre Israël, lorsque je mettrai mon sanctuaire au milieu d'eux, pour toujours. »

1. *horreurs* : voir les notes sur 5.9 et 11.
2. *David* : voir la note sur 34.23.

Menace contre Gog

38 1 Il y eut une parole du SEIGNEUR pour moi : 2 « Fils d'homme, dirige ton regard vers Gog, au pays de Magog, grand prince de Mèshek et Toubal[1]; prononce un oracle contre lui. 3 Tu diras : Ainsi parle le Seigneur DIEU : Je viens contre toi, Gog, grand prince de Mèshek et Toubal, 4 et je te disloquerai, je mettrai des crochets à tes mâchoires[2], je te ferai sortir avec toute ton armée : chevaux, cavaliers superbement vêtus, vaste troupe portant écu et bouclier, tous maniant l'épée. 5 La Perse, la Nubie, Pouth[3] seront avec eux — ayant tous bouclier et casque — 6 Gomer et tous ses escadrons, Beth-Togarma[4] à l'extrême nord, avec tous ses escadrons : de nombreux peuples seront avec toi. 7 Prépare-toi bien, toi et toute l'assemblée que tu as réunie auprès de toi; tu seras leur protection. 8 Depuis bien des jours, on aurait dû intervenir contre toi ! Cela arrivera à la fin des ans, sur une terre dont la population a été disloquée après le passage de l'épée. Venue de pays très peuplés, elle a été rassemblée sur les montagnes d'Israël qui avaient été longtemps en ruines. Cette population a été retirée des peuples et elle habitera tout entière en sécu-

1. Les noms de *Gog* et du *pays de Magog*, qui n'apparaissent qu'ici, au ch. 39 et en Gn 10.2-3 sont mystérieux. Ils sont sans doute la person ification symbolique de l'ennemi; il ne faut donc pas chercher ici à les situer géographiquement de façon précise — *Mèshek* et *Toubal* : voir 27.13 et la note.
2. On fixait des *crochets* à la mâchoire ou au nez des prisonniers de guerre pour les conduire comme du bétail (voir 19.9; comparer 29.4).
3. *Nubie, Pouth* : voir 27.10; 30.5 et les notes.
4. *Gomer* et *Beth-Togarma* représentent des peuplades d'Arménie.

rité. 9 Tu monteras, tu arriveras
en tempête, tu seras comme une
nuée recouvrant le pays, toi, tous
tes escadrons et les nombreux
peuples qui sont avec toi.

10 Ainsi parle le Seigneur
DIEU : En ce jour-là, de nombreux
projets te monteront au *coeur, tu
inventeras un plan malfaisant,
11 tu diras : Je monterai contre un
pays sans défense, j'arriverai vers
des gens tranquilles, vivant en sécurité : ils habitent tous des villes
sans murailles, ils n'ont ni verrous
ni portes. 12 Tu viendras pour entasser du butin, pour piller et
tourner ta main contre des ruines
repeuplées, contre un peuple rassemblé d'entre les nations qui
s'occupe de son bétail et de ses
biens, et habite le nombril de la
terre[1]. 13 Saba, Dedân, les trafiquants de Tarsis et tous ses lionceaux[2] te diront : Est-ce pour entasser du butin que tu es venu ?
Pour piller, que tu as réuni ton
assemblée ? Pour prélever de l'argent et de l'or, pour prendre du
bétail et des biens, pour entasser
un grand butin ?

14 C'est pourquoi, prononce un
oracle, fils d'homme, tu diras à
Gog : Ainsi parle le Seigneur
DIEU : Le jour où mon peuple
d'Israël résidera en sécurité, n'auras-tu pas la connaissance[3] ?
15 Tu viendras de ton pays, de
l'extrême nord, toi et de nom-

breux peuples avec toi; tous montés sur des chevaux, vous forme-
rez une grande assemblée, une
immense armée. 16 Tu monteras
contre mon peuple d'Israël, au
point de recouvrir le pays comme
une nuée. Cela se passera à la fin
des temps; je te ferai venir contre
mon pays, afin que les nations
me connaissent quand, sous leurs
yeux, ô Gog, j'aurai montré ma
*sainteté à tes dépens.

17 Ainsi parle le Seigneur
DIEU : C'est bien toi dont j'ai
parlé dans les temps anciens par
mes serviteurs les *prophètes d'Israël qui prononcèrent des oracles
ces jours-là — pendant des années — c'est toi que je ferai venir
contre eux. 18 Ce jour-là, le jour
où Gog arrivera sur la terre d'Israël — oracle du Seigneur DIEU
— tu me feras monter la fureur
au visage. 19 Dans ma jalousie[1],
dans le feu de ma furie, je le dis :
oui, ce jour-là, il y aura un grand
tremblement de terre sur le sol
d'Israël. 20 Les poissons de la mer,
les oiseaux du ciel, les bêtes sauvages, tout ce qui rampe sur le sol
et tous les êtres humains à la
surface du sol trembleront devant
moi; les montagnes s'abattront,
les parois rocheuses s'effondre-
ront, toutes les murailles tomberont à terre[2]. 21 Sur toutes mes
montagnes, j'appellerai l'épée
contre Gog — oracle du Seigneur
DIEU — ; chacun tournera l'épée
contre son frère. 22 J'exercerai le
jugement contre lui par la peste
et par le sang; je ferai pleuvoir
sur lui, sur ses escadrons et sur les
nombreux peuples qui seront

---

1. *le nombril de la terre* : ici Jérusalem (comparer 5.5).
2. *Saba* (ou *Sheba*) : royaume arabe (voir 1 R
10.1; Ps 72.10) — *Dedân* : voir la note sur 25.13
— *Tarsis* : voir la note sur 27.12 — les *lionceaux*
sont probablement les rois (voir 19.2-3).
3. *n'auras-tu pas la connaissance* : autre traduction (d'après l'ancienne version grecque) : *ne te
mettras-tu pas en mouvement.*

1. *jalousie* : voir la note sur Ex 20.5.
2. Ce sont les signes du jour du Seigneur (voir Jr
4.24; cf. Es 2.10; Jl 4.16).

avec lui une pluie diluvienne, du grésil, du feu et du soufre. 23 Je montrerai ma grandeur et ma sainteté, je me ferai connaître aux yeux de nombreuses nations. Alors elles connaîtront que je suis le Seigneur.

Nouvelle menace contre Gog

39 1 « Toi, fils d'homme, prononce un oracle contre Gog; tu diras : ainsi parle le Seigneur Dieu : Je viens contre toi, Gog, grand prince de Mèshek et Toubal[1]. 2 Je te disloquerai, je te conduirai, je te ferai monter de l'extrême nord, et je t'amènerai contre les montagnes d'Israël. 3 Je te frapperai pour que ta main gauche lâche ton arc, et je ferai tomber tes flèches de ta main droite. 4 Tu tomberas sur les montagnes d'Israël, toi, tous tes escadrons et les peuples qui sont avec toi. Je te donnerai en pâture aux vautours, à tout ce qui vole, et aux bêtes sauvages[2]. 5 Tu tomberas en rase campagne; car j'ai parlé — oracle du Seigneur Dieu. 6 J'enverrai un feu dans Magog et chez les habitants des îles[3] qui sont en sécurité; alors ils connaîtront que je suis le Seigneur. 7 Je ferai connaître mon saint *nom au milieu de mon peuple Israël et je ne laisserai plus profaner mon saint nom. Alors les nations connaîtront que je suis le Seigneur, saint en Israël. 8 Voici, cela vient, c'est arrivé — oracle du Seigneur Dieu — c'est le jour dont j'ai parlé. 9 Les habitants des villes d'Israël sortiront, ils allumeront un feu, ils feront un brasier avec le matériel de guerre : écus et boucliers, arcs et flèches, armes de poing[1] et lances; ils auront de quoi faire du feu pendant sept ans. 10 Ils n'auront pas à ramasser de bois dans la campagne, ni à abattre d'arbres dans les forêts car c'est avec ce matériel de guerre qu'ils feront du feu. Ils dépouilleront ceux qui les ont dépouillés, ils pilleront ceux qui les ont pillés — oracle du Seigneur Dieu.

11 Alors, en ce jour, je fixerai là-bas une sépulture pour Gog, un tombeau en Israël, la vallée des Passants, à l'est de la mer[2] — elle coupe le chemin aux passants. On y ensevelira Gog et toute sa multitude et on l'appellera la Vallée de la Multitude de Gog. 12 Il faudra sept mois à la maison d'Israël pour les ensevelir afin de *purifier le pays[3]. 13 Toute la population les enterrera, elle en sera fière le jour où je me glorifierai — oracle du Seigneur Dieu. 14 Il y aura en permanence des hommes mis à part pour parcourir le pays, pour ensevelir les morts avec l'aide des passants[4], pour purifier la terre de ceux qui sont restés dessus. Au bout de sept mois, ils se mettront

---

1. *Gog, Mèshek et Toubal* : voir la note sur 38.2.
2. *je te donnerai en pâture ...* : voir la note sur 29.5.
3. *îles* : voir la note sur Es 40.15.

1. *arme de poing* : poignard, épée ou javelot.
2. La *vallée des Passants* est peut-être la profonde vallée de l'Arnon, en Moab, dans les monts Abarim; il y aurait alors un jeu de mot entre ce nom et le mot « passants », en hébreu *oberim* — la *mer* est la mer Morte.
3. On refusait généralement toute sépulture aux ennemis (voir 2 R 9.37; Jr 8.1-13), mais la présence du cadavre de Gog souillerait les habitants du pays (voir Nb 19.11).
4. *pour ensevelir ... passants* : traduit d'après l'araméen. Autre traduction (d'après l'hébreu) : *ensevelissant les passants, ceux qui sont restés.*

en quête. 15 Chargés de parcourir le pays, ils le parcourront et s'ils voient un ossement humain, ils construiront à côté de lui un monticule[1] jusqu'à ce que les fossoyeurs les aient ensevelis dans la Vallée de la Multitude de Gog. 16 Il y aura même une ville dont le nom sera Hamona — Multitude — et ainsi ils purifieront le pays.

17 Écoute, fils d'homme; ainsi parle le Seigneur Dieu : Dis aux oiseaux, à tout ce qui vole, à toutes les bêtes sauvages : Assemblez-vous, venez, réunissez-vous de partout en vue du *sacrifice que je vais offrir pour vous, un grand sacrifice sur les montagnes d'Israël. Vous pourrez manger de la chair, boire du sang; 18 manger de la chair des héros, boire le sang des princes de la terre; ce sont des béliers, des agneaux, des boucs, des taureaux, ils sont tous des bêtes grasses du Bashân[2].

19 Vous pourrez manger de la graisse à satiété, boire du sang jusqu'à l'ivresse : c'est le sacrifice que je fais pour vous. 20 À ma table vous vous rassasierez des chevaux et des bêtes de trait, des bêtes de tous les guerriers — oracle du Seigneur Dieu.

21 Je mettrai ma gloire parmi les nations; toutes les nations verront le jugement que j'exécuterai et la main que je poserai sur elles. 22 Alors, depuis ce jour et à l'avenir, la maison d'Israël connaîtra que je suis le Seigneur son Dieu.

Résumé de la prédication d'Ezéchiel

23 « Les nations connaîtront que la maison d'Israël est partie en exil à cause de son péché, parce qu'ils m'ont été infidèles; c'est pourquoi je leur ai caché mon visage, je les ai livrés aux mains de leurs adversaires et ils sont tous tombés sous l'épée. 24 Je les ai traités d'après leur souillure et leur révolte; c'est pourquoi je leur ai caché mon visage. 25 Mais ainsi parle le Seigneur Dieu : Maintenant, je changerai la destinée de Jacob[1], j'userai de miséricorde envers toute la maison d'Israël et je me montrerai jaloux de mon saint *nom. 26 Ils oublieront leur déshonneur et toutes les infidélités qu'ils ont commises envers moi lorsqu'ils habitaient en sécurité sur leur sol, sans personne pour les faire trembler. 27 En les faisant revenir d'entre les peuples, je les rassemblerai loin des pays de leurs ennemis, je montrerai ma sainteté à travers eux, aux yeux de nombreuses nations. 28 Alors ils connaîtront que je suis le Seigneur, leur Dieu, car après les avoir déportés chez les nations, je les rassemblerai sur leur propre sol; je n'en laisserai plus là-bas. 29 Je ne leur cacherai plus mon visage puisque j'aurai répandu mon esprit sur la maison d'Israël — oracle du Seigneur Dieu. »

La vision du Temple futur

40 1 La vingt-cinquième année de notre déportation, au début de l'année, le dix du mois, quatorze ans après la chute de la

---

1. *monticule* : tas de pierres destiné à servir de point de repère.
2. *Bashân*, en Transjordanie (voir 27.6 et la note) était célèbre pour ses élevages de troupeaux (voir Am 4.1 et la note).

1. *Jacob* : voir la note sur Es 41.21.

ville[1], le même jour exactement, la main du SEIGNEUR fut sur moi. Il m'emmena là-bas. 2 Dans des visions divines, il m'emmena en terre d'Israël; il me déposa sur une très haute montagne, sur laquelle, au sud, il y avait comme des édifices d'une ville. 3 Il m'emmena là-bas; et voici : un homme; son aspect était comme l'aspect du bronze. Il avait à la main comme un cordeau[2] de lin ainsi qu'une canne à mesurer. Il se tenait à la porte. 4 L'homme me dit : « Fils d'homme, regarde de tous tes yeux; écoute de toutes tes oreilles; applique ton attention à tout ce que je vais te faire voir; car c'est pour te le faire voir qu'on t'a amené ici. Tu raconteras à la maison d'Israël tout ce que tu vas voir. »

Le parvis et les porches extérieurs

5 Et voici : le mur extérieur, tout autour du temple. Dans la main de l'homme, une canne à mesurer, de six coudées — d'une coudée et un palme[3]. Il mesura l'épaisseur de la construction : une canne; la hauteur : une canne. 6 Il vint vers la porte qui fait face à l'orient, il en monta les marches; il mesura le seuil de la porte : une canne en profondeur — pour chaque seuil, une canne

en profondeur. 7 Les loges[1] : une canne en longueur et une canne en largeur; entre les loges, cinq coudées. Le seuil de la porte, du côté du vestibule de la porte, depuis l'intérieur, une canne. 8 Il mesura le vestibule de la porte[2] : 9 huit coudées; ses piliers : deux coudées, le vestibule de la porte étant situé vers l'intérieur. 10 Les loges de la porte orientale : trois d'un côté, trois de l'autre; mêmes dimensions pour les trois, et mêmes dimensions pour les piliers, de part et d'autre. 11 Il mesura la largeur de l'ouverture de la porte : dix coudées; la profondeur de la porte : treize coudées. 12 Il y avait un intervalle devant les loges; cet intervalle était d'une coudée de part et d'autre[3] — Les loges : six coudées d'un côté et six coudées de l'autre —. 13 Il mesura la porte, d'un fond à l'autre des loges; largeur : 25 coudées, chaque entrée étant en face d'une autre entrée. 14 Il mesura le vestibule : vingt coudées; quant au vestibule de la porte, le *parvis l'entourait[4]. 15 Le passage donnait sur la façade de la porte; jusqu'à la façade du vestibule — côté intérieur de la porte — 50 coudées. 16 Des fenêtres grillagées sur les loges et sur leurs piliers, du côté

1. Donc en septembre-octobre 573 avant J. C.
2. *cordeau* : instrument de mesure.
3. Ce *mur extérieur* devait séparer le territoire sacré du territoire profane (42.20; comparer Ex 19.12); de même, dans le Temple de l'époque du Christ, une barrière interdisait l'entrée du Temple aux païens, sous peine de mort (voir Ac 21.28) — pour les termes *coudée, palme* dans les ch. 40-43, voir au glossaire POIDS ET MESURES. Ézéchiel précise qu'il s'agit ici d'une mesure plus longue que la coudée normale (52 cm au lieu de 45 cm).

1. Les portes du Temple, comme les portes fortifiées des villes de la même époque, comportaient un seuil ouvrant sur un couloir central avec, de part et d'autre, des chambres (les *loges*), ici au nombre de trois de chaque côté (v. 10, 21); ces chambres étaient séparées par des piliers (v. 9).
2. La traduction omet une phrase, probablement ajoutée par un scribe : *depuis l'intérieur, une canne; et il mesura le vestibule de la porte*; c'est une répétition de la fin du v. 7 et du v. 8.
3. *de part et d'autre* : sous-entendu, du couloir central; voir la note sur le v. 7.
4. Ce v. est traduit d'après l'ancienne version grecque; l'hébreu est très obscur.

intérieur de la porte, tout autour[1]; de même pour le vestibule des fenêtres tout autour, du côté intérieur. Et sur chaque pilier, des palmes.

17 Il me fit entrer dans le parvis extérieur; et voici : des salles avec un dallage; elles étaient aménagées, tout autour du parvis : 30 salles sur ce dallage. 18 Le dallage, sur le côté des portes, correspondait à la largeur des portes : c'était le dallage intérieur. 19 Il mesura la distance, du devant de la porte inférieure jusqu'à la façade extérieure du parvis intérieur : cent coudées. Voilà pour l'est. Quant au nord, 20 il mesura la longueur et la largeur de la porte qui fait face au nord, sur le parvis extérieur. 21 Ses loges — trois d'un côté et trois de l'autre —, ses piliers et son vestibule étaient de mêmes dimensions que ceux de la première porte; sa longueur : 50 coudées; largeur : 25 coudées. 22 Ses fenêtres, son vestibule et ses palmes étaient de mêmes dimensions que ceux de la porte qui fait face à l'orient; on y montait par sept marches; le vestibule était en face. 23 Il y avait une porte au parvis intérieur, face à la porte nord, comme à celle de l'est; l'homme mesura, d'une porte à l'autre : cent coudées. 24 Il me fit aller en direction du sud; et voici : il y avait une porte, en direction du sud. Il mesura ses piliers, son vestibule : mêmes dimensions que les autres. 25 La porte et son vestibule avaient des fenêtres tout autour, semblables aux autres fenêtres; longueur : 50

coudées; largeur : 25 coudées. 26 Sept marches y accédaient face à son vestibule. Il y avait des palmes, de part et d'autre, sur ses piliers. 27 Le parvis intérieur avait une porte en direction du sud; il mesura d'une porte à l'autre, en direction du sud : cent coudées.

Le parvis et les porches intérieurs

28 Il me fit entrer dans le *parvis intérieur par la porte du sud et il mesura cette porte : mêmes dimensions que les autres[1]. 29 Ses loges, ses piliers et son vestibule : mêmes dimensions que les autres. La porte et son vestibule avaient des fenêtres, tout autour; longueur : 50 coudées; largeur : 25 coudées 30 — Des vestibules l'entouraient; longueur : 25 coudées; largeur : cinq coudées —. 31 Son vestibule donnait sur le parvis extérieur; il y avait des palmes sur ses piliers; huit marches y accédaient. 32 Il me fit entrer par l'est dans le parvis intérieur. Il mesura la porte : mêmes dimensions que les autres. 33 Ses loges, ses piliers et son vestibule : mêmes dimensions que les autres. La porte et son vestibule avaient des fenêtres, tout autour; longueur : 50 coudées; largeur : 25 coudées. 34 Son vestibule donnait sur le parvis extérieur; il y avait des palmes sur ses piliers, de part et d'autre. Huit marches y accédaient. 35 Il me fit venir vers la porte nord; il mesura : mêmes dimensions que les autres. 36 Elle avait ses loges, ses piliers, son vestibule, ainsi que des

---

1. Ces *loges* entourant la porte et ces *fenêtres grillagées* permettent une étroite surveillance : il faut pouvoir empêcher les étrangers et les impies d'entrer dans le Temple (voir 44.7, 9, 11).

1. Les portes du *parvis intérieur* sont identiques aux portes du parvis extérieur et leur sont symétriques, le vestibule des unes et des autres s'ouvrant sur le parvis extérieur (voir v. 8 et 31).

fenêtres tout autour; longueur : 50 coudées; largeur : 25 coudées. 37 Son vestibule donnait sur le parvis extérieur; il y avait des palmes sur ses piliers, de part et d'autre; huit marches y accédaient.

38 Une salle s'ouvrait sur le vestibule de la porte; c'est là qu'on lave l'holocauste[1]. 39 Dans le vestibule de la porte, il y avait deux tables d'un côté et deux de l'autre, sur lesquelles on égorge les holocaustes ainsi que les victimes pour le péché et pour les *sacrifices de réparation. 40 De côté, à l'extérieur, pour qui montait vers l'entrée de la porte nord, il y avait deux tables et, de l'autre côté du vestibule de la porte, deux tables. 41 Quatre tables d'un côté et quatre tables de l'autre côté de la porte : huit tables sur lesquelles on égorge. 42 Quatre tables pour l'holocauste, en pierres de taille; longueur : une coudée et demie; largeur : une coudée et demie; hauteur : une coudée. Sur ces tables on dépose les instruments avec lesquels on égorge les victimes pour les holocaustes et pour les sacrifices. 43 Des rebords d'un palme de largeur étaient aménagés à l'intérieur, tout autour. Sur les tables se trouvaient les viandes offertes. 44 Hors de la porte intérieure, il y avait les salles des chanteurs dans le parvis intérieur[2] : l'une sur le côté de la porte nord, avec sa façade au sud; l'autre sur le côté de la porte sud, avec sa façade au nord. 45 Et

l'homme me dit : « Cette salle, dont la façade est en direction sud, est pour les prêtres qui assurent le service de la Maison[1]. 46 Et la salle dont la façade est en direction du nord est pour les prêtres qui assurent le service de l'*autel; ce sont les fils de Sadoq[2] qui, parmi les fils de lévi, s'approchent du SEIGNEUR pour le servir. »

Description du Temple

47 L'homme mesura le *parvis; longueur : cent coudées; largeur : cent coudées; un carré. L'*autel était devant la Maison. 48 Il me fit entrer dans le vestibule de la Maison; il mesura les piliers du vestibule : cinq coudées d'un côté et cinq coudées de l'autre; largeur de la porte : trois coudées d'un côté et trois coudées de l'autre. 49 Longueur du vestibule : vingt coudées; largeur : douze coudées; des degrés y faisaient accéder. Il y avait des colonnes[3] près des piliers; une d'un côté et une de l'autre.

41 1 Il me fit entrer dans la grande salle; il mesura les piliers : six coudées de large, d'un côté et six coudées de large, de l'autre — largeur de la tente[4] —. 2 La largeur de l'entrée : dix cou-

---

1. *holocauste :* voir au glossaire SACRIFICES. Le terme désigne ici le corps de l'animal destiné à être offert en holocauste.
2. *Hors de la porte ... parvis intérieur :* traduction incertaine; le texte est difficile à comprendre — les *chanteurs* jouaient un rôle important dans la liturgie du Temple (voir 1 Ch 25).

1. *la Maison :* le Temple proprement dit.
2. *Sadoq* était le prêtre choisi par Salomon (voir 1 R 2.35); il appartenait à la tribu de Lévi (voir 2 Ch 5.27-34) et seuls ses descendants étaient considérés comme les prêtres légitimes.
3. Ces colonnes sont probablement semblables à celles du Temple de Salomon (voir 1 R 7.15-22; 2 Ch 3.15-17).
4. La *grande salle* est la première des deux pièces qui constituaient le *sanctuaire; on l'appelle aussi le *lieu saint* (voir 1 R 8.8) — *largeur de la tente :* traduction de deux mots hébreux qui ne se rattachent à rien dans la phrase; l'ancienne version grecque les omet.

dées; les parois latérales de l'entrée : cinq coudées d'un côté et
cinq coudées de l'autre. Il mesura
la longueur de la salle : 40 coudées; la largeur : vingt coudées.
3 Pénétrant à l'intérieur[1], il mesura le pilier de l'entrée : deux
coudées; l'entrée : six coudées; les
parois latérales de l'entrée : sept
coudées. 4 Il mesura la longueur
de la pièce : vingt coudées; la largeur : vingt coudées, face à la
grande salle; puis il me dit :
« C'est le lieu très saint. »

Les bâtiments annexes

5 Il mesura le mur du Temple :
six coudées; largeur de l'annexe :
quatre coudées, tout autour de la
Maison[2]. 6 Les chambres annexes : les unes au-dessus des autres; il y en avait trois étages de
30; elles s'enfonçaient dans le
mur qui formait l'annexe de la
Maison tout autour, de manière à
s'encastrer; mais elles ne s'encas-
traient pas dans le mur de la
Maison. 7 Ces chambres allaient
en s'élargissant, étage par étage :
augmentation faite au détriment
du mur, étage par étage, tout autour de la Maison. C'est pourquoi
la Maison s'élargissait vers le
haut. De l'étage inférieur on montait à l'étage intermédiaire vers
celui d'en-haut. 8 Et je vis tout
autour de la Maison une éléva-
tion, d'une canne entière, à la
base des chambres annexes; un
soubassement de six coudées.
9 Largeur du mur formant l'annexe, à l'extérieur : six coudées;
quant à l'espace laissé entre les

annexes de la Maison 10 et les
salles, largeur : vingt coudées tout
autour de la Maison. 11 Entrées
des annexes, vers l'espace libre :
une entrée en direction du nord et
une entrée en direction du sud;
largeur de l'espace libre, cinq
coudées tout autour. 12 L'édifice
faisant face à la cour, du côté de
la mer[1], largeur : 70 coudées; le
mur de l'édifice, largeur : cinq
coudées tout autour; sa longueur :
90 coudées. 13 Il mesura la Maison; longueur : cent coudées; la
cour, l'édifice et ses murs, longueur : cent coudées. 14 Largeur
de la façade de la Maison et de la
cour, vers l'est : cent coudées. 15 Il
mesura la longueur de l'édifice,
du côté de la cour qui est derrière, ainsi que ses galeries, de
part et d'autre : cent coudées.

L'intérieur du Temple

La grande salle à l'intérieur, les
vestibules donnant sur le *parvis,
16 les seuils, les fenêtres grillagées,
les galeries, tout autour sur trois
côtés, face au seuil, étaient de
bois de sehif[2] : tout autour, du sol
jusqu'aux fenêtres; les fenêtres
aussi étaient couvertes. 17 Jusqu'au-dessus de l'entrée, jusqu'à
l'intérieur de la Maison, ainsi qu'à
l'extérieur et sur tout le mur, tout
autour, à l'intérieur et à l'extérieur, on avait ménagé un espace
18 pour y faire des *chérubins et
des palmes : une palme entre
deux chérubins; chaque chérubin
avait deux faces : 19 une face
d'homme, tournée vers la palme,
d'un côté, et une face de lion, vers

---

1. *L'intérieur* est la deuxième pièce du sanctuaire,
le *lieu très saint* (v. 4; voir 1 R 8.6). Seul l'homme y
pénètre, Ézéchiel ne l'y accompagne pas.
2. *Maison* : voir la note sur 40.45.

1. *du côté de la mer* : vers l'ouest (il s'agit de la
Méditerranée).
2. *étaient de bois de sehif* : autre traduction
étaient recouverts de bois.

la palme, de l'autre : l'ensemble effectué sur toute la Maison, tout autour. 20 Du sol jusqu'au-dessus de l'entrée, sur le mur de la grande salle, on avait fait des chérubins et des palmes. 21 La grande salle avait des montants carrés.

Devant le lieu saint, ce qu'on voyait avait l'aspect 22 d'un *autel de bois, haut de trois coudées; sa longueur[1] : deux coudées; il avait ses pièces d'angles; son socle[1] et ses parois étaient en bois. L'homme me dit : « C'est la table qui est devant le Seigneur. » 23 Il y avait une double porte à la grande salle et, au lieu saint, 24 une double porte; les portes avaient deux battants pivotants : deux pour une porte et deux battants pour l'autre. 25 On avait fait sur les portes de la grande salle des chérubins et des palmes, comme ceux qu'on avait faits sur les murs. Un auvent[2] de bois s'appuyait sur la façade du vestibule, à l'extérieur. 26 Des fenêtres grillagées et des palmes se trouvaient de part et d'autre, sur les côtés du vestibule, sur l'annexe de la Maison et sur les auvents.

Les dépendances du Temple

42 1 L'homme me fit sortir vers le *parvis extérieur, en prenant la direction du nord; il me fit entrer dans les salles qui sont face à la cour et face à l'édifice, au nord. 2 Sur la façade, longueur : cent coudées, vers l'entrée nord, et largeur : 50 coudées. 3 Devant les vingt coudées du parvis intérieur et devant le dallage du parvis extérieur, il y avait des galeries superposées sur trois étages[1]. 4 Devant les salles, une allée; largeur : dix coudées vers le parvis intérieur; longueur : cent coudées[2]; leurs entrées étaient au nord. 5 Les salles supérieures étaient plus étroites car les galeries empiétaient sur elles, plus que sur les salles inférieures et intermédiaires de l'édifice. 6 Ces salles formaient trois étages et n'avaient pas de colonnes semblables aux colonnes des parvis; aussi étaient-elles rétrécies, plus que les salles inférieures et intermédiaires, en partant du sol. 7 Le mur extérieur, correspondant aux salles, en direction du parvis extérieur, en face des salles, sa longueur : 50 coudées. 8 Car la longueur des salles du parvis extérieur est de 50 coudées; par contre, face à la grande salle; cent coudées. 9 En dessous des mêmes salles, débouchait l'entrée orientale, pour y accéder depuis le parvis extérieur. 10 Sur la largeur du mur du parvis, en direction de l'est, face à la cour et face à l'édifice, il y avait des salles, 11 avec un chemin devant elles; même aspect que les salles qui étaient en direction du nord : même longueur et même largeur, mêmes issues, mêmes dispositions et mêmes portes. 12 C'était comme les portes des salles qui sont en direction du midi : une ouverture à l'extrémité du chemin, en face du mur de protec-

---

1. *son socle* : traduit d'après le grec; l'hébreu est obscur.
2. *auvent* : voir la note sur 1 R 7.6.

1. La traduction de ce v. est incertaine. Le texte de tout le passage (v. 1-14) est difficile.
2. *longueur : cent coudées* : traduit d'après les anciennes versions grecque et syriaque; l'hébreu est obscur.

tion[1] situé en direction de l'orient, à leur entrée. 13 L'homme me dit : « Les salles du nord et les salles du midi face à la cour sont les salles du *sanctuaire; car c'est là que les prêtres qui s'approchent du Seigneur[2] doivent manger les choses très *saintes. C'est là qu'ils doivent déposer les choses très saintes, l'offrande et le *sacrifice pour le péché et le sacrifice de réparation, car ce lieu est saint. 14 Une fois entrés, les prêtres ne sortiront pas du lieu saint vers le parvis extérieur, mais ils déposeront là les vêtements avec lesquels ils officient, car ces vêtements sont sacrés. Ils mettront d'autres vêtements; et ils pourront s'approcher des lieux destinés au peuple. »

Les mesures du mur d'enceinte

15 L'homme compléta les mesures intérieures de la Maison; il me fit sortir par le chemin de la porte qui fait face à l'orient et la mesura tout autour. 16 Il mesura du côté de l'orient avec la canne à mesurer : 500 cannes, d'après la canne à mesurer, sur le pourtour. 17 Il mesura du côté du nord : 500 cannes d'après la canne à mesurer, sur le pourtour. 18 Il mesura aussi le côté du midi : 500 cannes, d'après la canne à mesurer. 19 Il finit par le côté de la mer[3] : il mesura : 500 cannes, d'après la canne à mesurer. 20 Il mesura l'ensemble sur les quatre côtés; il y avait un mur d'enceinte, tout

autour : longueur, 500; largeur, 500. Ce mur devait séparer le sacré du profane.

La gloire de Dieu revient dans le Temple

43 1 Il me conduisit vers la porte, la porte qui est tournée en direction de l'orient. 2 Et voici, la Gloire du Dieu d'Israël arrivait, depuis l'orient[1], avec un bruit, semblable au bruit des grandes eaux, et la terre resplendissait de sa Gloire. 3 C'était comme une vision — la vision que j'avais eue —, comme la vision que j'avais eue lorsqu'il vint pour détruire la ville; c'était des visions semblables à la vision que j'avais eue sur le fleuve Kebar[2]. Alors je tombai sur mon visage. 4 Et la Gloire du Seigneur entra dans la Maison[3], par la porte qui fait face à l'orient. 5 Et l'esprit m'enleva et me fit entrer dans le *parvis intérieur. Et voici que la Gloire du Seigneur remplissait la Maison. 6 Et j'entendis qu'on me parlait depuis la Maison, tandis que l'homme se tenait à côté de moi. 7 On me dit : « Fils d'homme, c'est l'emplacement de mon trône et la place de mes pieds; c'est là que j'habiterai, au milieu des fils d'Israël, pour toujours.

La maison d'Israël ne souillera plus mon saint *nom; ni elle, ni ses rois avec leurs débauches, ni les cadavres de ses rois avec leurs

---

1. *mur de protection :* traduction incertaine.
2. Les prêtres *s'approchent du Seigneur* (voir 45.4), c'est-à-dire « s'approchent de la table » (voir 44.16) et « font le service de l'autel » (voir 40.46) en « présentant la graisse et le sang » (voir 44.15).
3. *le côté de la mer :* voir la note sur 41.12.

1. la *gloire de Dieu* qu'Ezéchiel avait vue s'éloigner vers l'*orient* (voir 10.19; 11.23) fait le chemin inverse (v. 4).
2. *Kebar :* voir 1.1-3.
3. *Maison :* voir la note sur 40.45.

tombes[1]. 8 Ils ont placé leur seuil à côté de mon seuil, les montants de leurs portes à côté des miens, avec un mur mitoyen entre moi et eux. Ils ont souillé mon saint nom par les abominations qu'ils ont commises; aussi je les ai exterminés dans ma colère. 9 Maintenant ils éloigneront de moi leurs débauches ainsi que les cadavres de leurs rois et j'habiterai au milieu d'eux pour toujours.

10 Et toi, fils d'homme, décris cette Maison à la maison d'Israël; qu'ils soient honteux de leurs fautes; qu'ils mesurent le plan. 11 S'ils sont honteux de tout ce qu'ils sont commis, fais-leur connaître l'organisation de la Maison, sa disposition, ses sorties, ses entrées, toute son organisation, toutes ses prescriptions, toute son organisation, et tout son rituel. Écris-les sous leurs yeux, afin qu'ils gardent toute son organisation et toutes ses prescriptions et qu'ils les appliquent. 12 Telle est la loi de la Maison : au sommet de la montagne, tout son territoire, tout autour, est très saint. Voilà ! Telle est la loi de la Maison. »

L'autel et les sacrifices

13 Voici les dimensions de l'*autel en coudées, cette coudée valant une coudée et un palme. Le fossé, mesuré avec cette coudée : une coudée de large; il s'étend, jusqu'au rebord qui en fait le tour, sur un empan[1]. Voici la hauteur de l'autel : 14 du « sein-de-la-terre[2] », jusqu'au socle inférieur, deux coudées, sur une largeur d'une coudée; depuis le petit socle jusqu'au grand socle, quatre coudées sur une largeur d'une coudée. 15 La « Montagne-De-Dieu » : de-Dieu » quatre coudées, et par-dessus le sommet, quatre cornes[3]. 16 La « Montagne-De-Dieu » : de-Dieu » douze coudées de long sur douze de large; elle est carrée par ses quatre côtés. 17 Le socle : quatorze coudées de long sur quatorze coudées de large, pour ses quatre côtés. Le rebord qui en fait le tour, une demi-coudée; son fossé, autour de lui, une coudée. Les degrés en sont tournés vers l'orient.

18 L'homme me dit : « Fils d'homme, ainsi parle le Seigneur Dieu : Voici les prescriptions qui concernent l'autel, le jour où on le construira, pour qu'on fasse monter sur lui l'holocauste[4] et qu'on y répande le sang. 19 Aux prêtres-*lévites — ceux qui sont de la postérité de Sadoq, qui s'approchent pour me servir, oracle du Seigneur Dieu — tu donneras un taurillon pour le péché[5]. 20 Tu prendras de son sang, tu en mettras sur les quatre cornes de l'autel, sur les quatre angles du socle

---

1. *maison d'Israël* : cf. Es 2.5; 14.2 et les notes. — La nécropole royale de Jérusalem se trouvait à l'intérieur de la cité (voir 1 R 2.10; 11.43), dans les dépendances du palais royal qui était attenant au Temple (v. 8; 1 R 7.12). De plus, Manassé et Ammon avaient été enterrés dans le « jardin d'Ouzza » (voir 2 R 21.18, 26) peut-être encore plus proche du Temple.

1. *une coudée et un palme* : voir la note sur 40.5. *Coudée, palme, empan* : voir au glossaire POIDS ET MESURES — le *fossé* est la rigole qui entoure l'autel (voir 1 R 18.32).
2. *le sein de la terre* : certains pensent que cette expression désigne le fossé mentionné au v. 13, d'autres la rapprochent d'un terme babylonien et y voient la base de l'autel.
3. *montagne de Dieu* : terme d'origine babylonienne qui désigne ici le sommet de l'autel (voir 28.14-16) — sur les *cornes* de l'autel, voir Ex 27.2 et la note.
4. *holocauste* : voir au glossaire SACRIFICES.
5. *Sadoq* : voir la note sur 40.46 — *pour le péché* : c'est-à-dire en *sacrifice pour le péché.

et sur le rebord qui en fait le tour; tu feras ainsi l'expiation et la propitiation[1] pour l'autel. 21 Tu prendras le taureau qui a servi à l'expiation et on le brûlera dans un lieu déterminé de la Maison[2], à l'extérieur du *sanctuaire. 22 Le second jour, tu présenteras pour l'expiation un bouc sans défaut et on fera l'expiation pour l'autel comme on l'a faite avec le taureau. 23 Quand tu auras achevé l'expiation, tu présenteras un taurillon sans défaut et un bélier sans défaut, pris dans le petit bétail. 24 Tu les présenteras devant le Seigneur; les prêtres jetteront sur eux du sel[3] et les feront monter en holocauste pour le Seigneur. 25 Sept jours durant, tu feras le *sacrifice du bouc pour le péché, chaque jour; on fera de même pour le taurillon et le bélier sans défaut pris dans le petit bétail. 26 Sept jours durant, on fera la propitiation pour l'autel; on le purifiera et on l'inaugurera. 27 Une fois ces jours passés, les prêtres feront sur l'autel, le huitième jour et les suivants, vos holocaustes et vos sacrifices de paix; alors je vous serai favorable — oracle du Seigneur Dieu. »

La porte orientale réservée au prince

44 1 L'homme me ramena vers la porte extérieure du *sanctuaire, celle qui fait face à l'orient; elle était fermée. 2 Le Seigneur me dit : « Cette porte restera fermée; on ne l'ouvrira pas; personne n'entrera par là; car le Seigneur, le Dieu d'Israël, est entré par là; elle restera fermée. 3 Mais le prince puisqu'il est prince, s'y assiéra pour prendre le repas[1] devant le Seigneur. C'est par le vestibule de la porte qu'il entrera et il sortira par ce chemin. »

Les étrangers ne seront pas admis au Temple

4 L'homme me fit entrer par la porte du nord, jusqu'à la façade de la Maison. Je regardai et voici, la Gloire du Seigneur emplissait la Maison du Seigneur. Je tombai sur mon visage. 5 Le Seigneur me dit : « Fils d'homme, sois bien attentif; regarde de tes yeux, écoute de tes oreilles tout ce que je vais te dire au sujet de toutes les prescriptions relatives à la Maison du Seigneur et concernant tout son rituel; tu appliqueras ton coeur à la signification des entrées de la Maison et de toutes les sorties du sanctuaire.

6 Tu diras à ces rebelles, à la maison d'Israël[2] : Ainsi parle le Seigneur Dieu : C'en est trop de toutes vos abominations, maison d'Israël : 7 vous introduisez des étrangers[3], *incirconcis de coeur, incirconcis de chair, pour qu'ils soient dans mon *sanctuaire et profanent ma Maison; vous offrez ma nourriture — la graisse

---

1. *expiation; propitiation* : voir au glossaire SACRIFICES.
2. *Maison* : voir la note sur 40.45.
3. Le *sel* purifie (voir Ex 30.35; 2 R 2.20) et donne de la saveur (voir Mt 5.13); il est parfois symbole d'alliance (voir Lv 2.13; Nb 18.19).

1. *s'y assiéra* : probablement dans l'une des chambres mentionnées en 40.7, voir la note à cet endroit — le *repas* est celui qui suit certains sacrifices (voir par exemple 18.6 et la note; Lv 6.11, 22).
2. *maison d'Israël* : cf. Es 2.5; 14.2 et les notes.
3. *étrangers* : des non-Israélites étaient parfois employés dans le Temple à des fonctions subalternes (voir Jos 9.27; Esd 2.55; 8.20).

et le sang —, de sorte que mon *alliance est rompue par toutes vos abominations. 8 Vous n'avez pas gardé les observances relatives à mes choses *saintes, mais vous avez établi des étrangers, afin qu'ils gardent pour vous mes observances, dans mon sanctuaire. 9 Ainsi parle le Seigneur Dieu : Aucun étranger, incirconcis de cœur et incirconcis de chair, n'entrera dans mon sanctuaire; aucun étranger qui demeure au milieu des fils d'Israël.

Règles pour les lévites

10 Quant aux *lévites qui se sont éloignés de moi au temps où Israël errait — ils erraient loin de moi, à la poursuite de leurs idoles — ils porteront le poids de leur péché[1]. 11 Ils seront dans mon *sanctuaire, serviteurs veillant sur les portes de la Maison, et serviteurs de la Maison; c'est eux qui égorgeront les bêtes de l'holocauste[2] et du sacrifice pour le peuple; et c'est eux qui se tiendront devant le peuple pour le servir. 12 Parce qu'ils l'ont servi devant les idoles et parce qu'ils firent tomber la maison d'Israël dans le péché, pour cela, je lève la main contre eux — oracle du Seigneur Dieu — ils porteront le poids de leur péché. 13 Ils ne s'approcheront pas de moi pour exercer mon sacerdoce ni pour s'approcher de toutes mes choses saintes, choses très saintes; ils porteront le poids de leur déshonneur et des abominations qu'ils ont commises. 14 Je les établis responsables des observances de la Maison, de tout ce qui a trait à son service et de tout ce qui s'y fait.

Règles pour les prêtres

15 Quant aux prêtres-*lévites, fils de Sadoq[1], qui ont respecté les observances de mon *sanctuaire, lorsque les fils d'Israël erraient loin de moi, c'est eux qui s'approcheront de moi, pour me servir. Ils se tiendront devant moi pour me présenter la graisse et le sang — oracle du Seigneur Dieu. 16 C'est eux qui entreront dans mon sanctuaire; c'est eux qui s'approcheront de ma table, pour me servir : ils ont respecté mes observances. 17 Alors, quand ils entreront par les portes du parvis intérieur, ils revêtiront les habits de lin, ils ne porteront pas de laine[2], quand ils officieront aux portes du *parvis intérieur et dans la Maison. 18 Ils auront sur la tête des turbans de lin et aux reins des caleçons de lin. Ils n'auront pas de ceinture, à cause de la sueur. 19 Quand ils sortiront sur le parvis extérieur, vers le peuple, ils ôteront les vêtements dans lesquels ils auront officié et les déposeront dans des salles du sanctuaire. Ils prendront d'autres vê-

---

1. Le *péché* des lévites est de s'être laissé entraîner à l'idolâtrie (v. 12) dans les petits sanctuaires locaux dont ils étaient les prêtres. Dans le Temple futur, ils ne seront donc chargés que de tâches secondaires (v. 13-14).

2. *holocauste* : voir au glossaire SACRIFICES.

1. *Sadoq* : voir la note sur 40.46.

2. L'interdiction faite aux prêtres de porter de la laine, connue également chez les Cananéens et les Égyptiens, est sans doute due à un souci de propreté (voir v. 18).

tements et ne sanctifieront[1] pas le peuple par leurs vêtements. 20 Ils ne se raseront pas la tête; ils ne laisseront pas leur chevelure libre, mais ils la tailleront soigneusement. 21 Aucun prêtre ne boira de vin quand il devra entrer dans le parvis intérieur. 22 Ils n'épouseront pas de femme veuve ou répudiée, mais seulement des vierges de la race d'Israël; ils pourront épouser la veuve d'un prêtre. 23 Ils enseigneront à mon peuple la distinction du sacré et du profane et ils lui feront connaître la distinction du *pur et de l'impur. 24 En cas de procès, c'est eux qui interviendront en juges; ils jugeront le cas selon mon droit; ils observeront mes décisions et mes décrets dans toutes mes solennités et ils tiendront mes *sabbats pour sacrés. 25 Ils n'entreront pas chez un homme mort, car ils deviendraient impurs; cependant pour un père, une mère, un fils, une fille, un frère, une sœur qui n'a pas appartenu à un homme, ils pourront se rendre impurs. 26 Quand il sera purifié, on lui comptera sept jours. 27 Puis, le jour où il entrera dans le sanctuaire — dans le parvis intérieur, pour officier dans le sanctuaire —, il présentera son *sacrifice pour le péché — oracle du Seigneur Dieu. 28 Ils auront un héritage et leur héritage, c'est moi; des propriétés, vous ne leur en donnerez pas en Israël : c'est moi leur propriété. 29 C'est eux qui

mangeront l'offrande, la victime pour le péché et le sacrifice de réparation : tout ce qui est voué à l'interdit[1] en Israël sera pour eux. 30 Le meilleur des *prémices de tout, et de tous les prélèvements[2] de tout, pris sur tous vos prélèvements, sera pour les prêtres; le meilleur de vos fournées, vous le donnerez au prêtre, pour que la bénédiction repose sur ta maison. 31 Les prêtres ne mangeront d'aucune bête crevée ou déchiquetée, que ce soit d'un oiseau ou d'un animal.

Les territoires réservés

45 1 « Lorsque vous répartirez le pays en lots, vous prélèverez une part pour le Seigneur; elle sera sacrée, prise sur le pays; longueur : 25.000 coudées[3]; largeur : 10.000. Elle sera sacrée sur tout son territoire, partout. 2 Il y aura, à l'intérieur, pour le *sanctuaire, un carré de 500 coudées sur 500 et, tout autour de lui, une zone de 50 coudées. 3 Sur ce que vous aurez prélevé, tu mesureras en longueur 25.000 coudées et en largeur 10.000; là sera le sanctuaire, le lieu très saint. 4 Sacré, pris sur le pays, ce lieu appartiendra aux prêtres qui desservent le sanctuaire, à ceux qui s'approchent du Seigneur pour le servir; ils auront ainsi un emplacement pour leurs maisons et un lieu sacré pour le sanctuaire. 5 Une zone de 25.000 coudées de long et 10.000 de large appartiendra aux *lévites qui desservent la Maison;

---

1. Selon les conceptions anciennes, la sainteté était comme une force, qui se transmettait de la divinité aux objets du culte, vêtements liturgiques etc., et à ceux qui les touchaient (voir Ex 30.29). Cette force redoutable pouvait anéantir ceux qui n'avaient pas la préparation rituelle nécessaire (voir 2 S 6.6-7).

1. *interdit* : Voir Dt 2.34 et la note.
2. *prélèvement* : ce qui est pris sur les troupeaux et les récoltes pour être offert en sacrifice.
3. *coudées* : voir au glossaire POIDS ET MESURES.

ils y posséderont vingt villes[1].
6 Pour le domaine de la ville, vous donnerez 5.000 coudées en largeur et, en longueur, 25.000 correspondant à la part du sanctuaire; ce sera pour toute la maison d'Israël. 7 Il y aura pour le prince une zone de chaque côté de la part du sanctuaire et de la part de la ville, le long de la part du sanctuaire et de la part de la ville : du côté et en direction de la mer[2], et du côté et en direction de l'orient; sa longueur correspondra à chacun des lots, depuis la frontière maritime jusqu'à la frontière orientale 8 du pays; ce sera son domaine en Israël. Ainsi mes princes n'exploiteront plus mon peuple; ils donneront le pays à la maison d'Israël, à ses tribus.

Les droits et les devoirs du prince

9 « Ainsi parle le Seigneur Dieu :
C'en est trop, princes d'Israël !
rejetez la violence et la rapine;
pratiquez le droit et la justice;
cessez vos exactions contre mon peuple;
oracle du Seigneur Dieu !
10 Ayez des balances justes, un épha juste, un bath[3] juste. 11 Que l'épha et la bath soient de même capacité; que le bath contienne un dixième de homer et l'épha un dixième de homer; c'est d'après le homer que sera jaugée leur capacité. 12 Le sicle vaudra vingt gué-

ras; vingt sicles, plus 25 sicles, plus quinze sicles vous vaudront une mine[1].

13 Voici la part que vous prélèverez : un sixième d'épha par homer de blé et un sixième d'épha par homer d'orge. 14 Le décret sur l'huile — le bath d'huile — : un dixième de bath par kor, dix baths font un homer, puisque dix baths font un kor. 15 Un mouton par troupeau de 200 têtes des pâturages d'Israël servira à l'offrande, à l'holocauste, aux *sacrifices de paix, pour faire le rite d'absolution sur le peuple — oracle du Seigneur Dieu. 16 Tout le peuple du pays participera à cette contribution au profit du prince en Israël.

17 Au prince incomberont les holocaustes, l'offrande et la libation[2], lors des pèlerinages, des *néoménies, des *sabbats, lors de toutes les fêtes de la maison d'Israël; c'est lui qui fera le sacrifice pour le péché, ainsi que l'offrande, l'holocauste et les sacrifices de paix, pour faire le rite d'absolution en faveur de la maison d'Israël.

Règles pour diverses fêtes

18 Ainsi parle le Seigneur Dieu : le premier du mois, tu prendras un taurillon sans défaut et tu feras l'expiation[3] pour le *sanctuaire. 19 Le prêtre prendra du sang de la victime pour le péché et en mettra sur les montants de la Maison[4], sur les quatre

---

1. *vingt villes* : traduit d'après le grec; l'hébreu est obscur — ces villes lévitiques (voir Lv 25.33-34; Nb 35.1-8) sont énumérées en Jos 21.1-42 et 1 Ch 6.39-66, où on en compte quarante-huit.
2. *la mer* : voir la note sur 41.12.
3. *épha, bath, homer* (v. 11), *kor* (v. 14) : voir au glossaire POIDS ET MESURES.

1. *sicle, guéra, mine* : voir au glossaire MONNAIES.
2. *libation* : voir au glossaire SACRIFICES.
3. *le premier mois* : le mois de nisän; voir au glossaire CALENDRIER — *expiation* : voir au glossaire SACRIFICES.
4. *Maison* : voir la note sur 40.45.

angles du socle de l'autel et sur le montant de la porte du *parvis intérieur. 20 Tu feras de même le sept du mois, pour qui a péché par mégarde ou par distraction. Vous ferez le rite d'absolution de la Maison. 21 Le premier mois, le quatorzième jour du mois, ce sera pour vous la Pâque, une fête de sept jours; on mangera des *pains sans levain[1]. 22 Ce jour-là, le prince fera le *sacrifice pour le péché, d'un taureau, pour lui-même et pour tout le peuple. 23 Durant les sept jours de la fête, il fera l'holocauste pour le Seigneur : sept taureaux et sept béliers sans défaut, chacun des sept jours, ainsi que le sacrifice pour le péché : un bouc par jour. 24 Il fera l'offrande d'un épha[2] de farine par taureau et d'un épha par bélier; en huile, d'un hîn par épha. 25 Le septième mois, le quinzième jour du mois, lors de la Fête[3], il fera de même, durant les sept jours : même sacrifice pour le péché, même holocauste, même offrande, même présentation d'huile.

Règles particulières pour le prince

46 1 Ainsi parle le Seigneur Dieu : La porte du parvis intérieur, qui est tournée vers l'orient, sera fermée durant les six jours de travail; mais le jour du *sabbat elle sera ouverte; elle sera également ouverte au jour de la *néoménie. 2 Le prince, venant de l'extérieur, entrera par le vestibule de la porte et il se tiendra contre le montant de la porte; puis les prêtres offriront l'holocauste du prince et ses *sacrifices de paix. Le prince se prosternera sur le seuil de la porte puis sortira, mais la porte ne sera pas fermée jusqu'au soir. 3 Les laïcs se prosterneront devant le Seigneur à l'entrée de cette porte, lors des sabbats et des néoménies[1]. 4 L'holocauste que le prince offrira au Seigneur, le jour du sabbat, sera de six agneaux sans défaut et d'un bélier sans défaut. 5 L'offrande sera d'un épha de farine, pour le bélier; pour les agneaux, l'offrande sera un cadeau de sa part; en huile, un hîn par épha[2]. 6 Le jour de la néoménie, elle sera d'un taurillon sans défaut, de six agneaux et d'un bélier sans défaut. 7 Le prince fera aussi l'offrande d'un épha pour le taureau et d'un épha pour le bélier; pour les agneaux, ce sera selon ses possibilités; en huile, un hîn par épha. 8 Quand le prince entrera, il entrera par le vestibule du porche et il sortira par ce chemin. 9 Quand les laïcs viendront devant le Seigneur, lors des solennités, ceux qui entreront par la porte nord, pour se prosterner, sortiront par la porte du Néguev et ceux qui entreront par la porte du Néguev sortiront par la porte

---

1. Premier témoignage de la réunion en une seule célébration de la fête de la Pâque (voir Ex 12.1-11) et de la fête des pains sans levain (voir Ex 12.15-20; cf. Lv 23.5-6). Sur ces fêtes, voir au glossaire CALENDRIER.
2. *offrande* : voir au glossaire SACRIFICES — *hîn, épha* : voir au glossaire POIDS ET MESURES.
3. La *Fête* est celle des Tentes, célébrée au *septième mois* ou mois de tishri, voir au glossaire CALENDRIER.

1. C'est ici le seul cas où les laïcs sont admis à la porte orientale (comparer 44.1-3; 46.12).
2. *offrande* : voir au glossaire SACRIFICES — *hîn, épha* : voir au glossaire POIDS ET MESURES.

nord[1]; on ne reprendra pas la porte par laquelle on est entré; on sortira par la porte opposée. 10 Quant au prince, il entrera avec eux, au moment où ils entreront, et il sortira quand ils sortiront.

Règles pour les divers sacrifices

11 Lors des pèlerinages et des fêtes, l'offrande sera d'un épha pour le taureau et d'un épha pour le bélier; pour les agneaux, ce sera un cadeau de sa part; en huile, un hîn par épha[2].

12 Lorsque le prince fera, pour le Seigneur, un holocauste volontaire, ou un sacrifice de paix volontaire, on lui ouvrira la porte qui est tournée vers l'orient et il fera son holocauste et ses *sacrifices de paix, comme il le fait le jour du *sabbat; puis il sortira et on fermera la porte dès sa sortie.

13 Avec un agneau de l'année sans défaut, tu feras, chaque jour, un holocauste au Seigneur; tu le feras chaque matin. 14 Comme offrande, tu offriras en plus, chaque matin, un sixième d'épha et, en huile, un tiers de hîn, pour humecter la farine. C'est une offrande pour le Seigneur, loi perpétuelle, à jamais. 15 On offrira l'agneau, on fera l'offrande de l'huile chaque matin en holocauste perpétuel.

L'héritage des fils du prince

16 « Ainsi parle le Seigneur Dieu : Si le prince fait un don à l'un de ses fils, ce don deviendra la part de ce fils; elle passera à ses propres enfants dont le droit de propriété sera héréditaire. 17 Si le prince fait un don à l'un de ses serviteurs, ce don pris sur sa propre part appartiendra au serviteur jusqu'à l'année de l'affranchissement[1] puis reviendra au prince; seule la part donnée aux fils du prince restera en leur possession. 18 Le prince ne prendra rien sur la part du peuple en leur extorquant leur propriété; c'est sur sa propriété qu'il constituera les parts de ses fils, afin que personne de mon peuple ne soit dispersé loin de sa propriété. »

Les cuisines du Temple

19 Par l'entrée qui est du côté de la porte, il me fit pénétrer vers les salles *saintes, tournées vers le nord et destinées aux prêtres. Il y avait au fond un espace, vers l'ouest. 20 Il me dit : « C'est le lieu où les prêtres feront bouillir le *sacrifice pour l'offrande et pour le péché, et feront cuire l'offrande, sans qu'on en fasse sortir vers le *parvis extérieur, ce qui sanctifierait[2] le peuple. » 21 Il me fit sortir vers le parvis extérieur et me fit passer près des quatre angles du parvis : il y avait une cour à chaque angle du parvis. 22 Les cours étaient enserrées dans les quatre angles du parvis :

---

1. *porte de Néguev* : porte du sud (voir 47.19) — aux jours de fête, la foule est nombreuse; le peuple doit alors entrer dans le Temple en procession et suivre l'itinéraire établi. Le prince lui-même doit se conformer à la règle commune (voir v. 10).
2. *offrande* : voir au glossaire SACRIFICES — *hîn, épha* : voir au glossaire POIDS ET MESURES.

1. *l'année de l'affranchissement* : voir Lv 25.8-10.
2. *sanctifierait* : voir la note sur 44.19.

longueur 40 coudées[1] et largeur 30 : mêmes dimensions pour les quatre. 23 Un élément de maçonnerie les entourait toutes 4, et des fours avaient été aménagés à la base de cet élément, tout autour. 24 L'homme me dit : « Ce sont les cuisines ; c'est là que les serviteurs de la Maison feront bouillir les sacrifices du peuple[2]. »

La source du Temple

47 1 Il me fit venir vers l'entrée du temple ; or, de l'eau sortait de dessous le seuil de la Maison, vers l'orient, car la façade de la Maison était à l'orient ; et l'eau descendait au bas du côté droit de la Maison[3], au sud de l'*autel. 2 Il me fit sortir par la porte nord ; puis il me fit contourner l'extérieur, jusqu'à la porte extérieure qui est tournée à l'orient, et voici que l'eau coulait du côté droit. 3 Quand l'homme sortit vers l'orient, le cordeau à la main il mesura mille coudées[4] ; il me fit traverser l'eau : elle me venait aux chevilles. 4 Puis il mesura mille coudées et me fit traverser l'eau : elle me venait aux genoux. Puis il mesura mille coudées et me fit traverser l'eau : elle me venait aux reins. 5 Puis il mesura mille coudées : c'était un torrent que je ne pouvais traverser, car l'eau avait monté : c'était de l'eau

où il fallait nager, un torrent infranchissable. 6 Il me dit : « As-tu vu, fils d'homme ? » Il m'emmena puis me ramena au bord du torrent. 7 Quand il m'eut ramené, voici que, sur le bord du torrent, il y avait des arbres très nombreux, des deux côtés. 8 Il me dit : « Cette eau s'en va vers le district oriental et descend dans la Araba : elle pénètre dans la mer ; quand elle s'est jetée dans la mer les eaux sont assainies[1]. 9 Et alors tous les êtres vivants qui fourmillent vivront partout où pénétrera le torrent. Ainsi le poisson sera très abondant, car cette eau arrivera là et les eaux de la mer seront assainies : il y aura de la vie partout où pénétrera le torrent. 10 Alors des pêcheurs se tiendront sur la rive ; et depuis Ein-Guèdi jusqu'à Ein-Eglaïm, ce sera un séchoir à filets. Les espèces de poissons seront aussi nombreuses que celles de la grande mer[2]. 11 Mais ses lagunes et ses marais ne seront pas assainis ; on les laissera pour avoir du sel. 12 Au bord du torrent, sur les deux rives, pousseront toutes espèces d'arbres fruitiers ; leur feuillage ne se flétrira pas et leurs fruits ne s'épuiseront pas ; ils donneront chaque mois une nouvelle récolte, parce que l'eau du torrent sort du sanctuaire. Leurs fruits serviront de nourriture et leur feuillage de remède. »

---

1. *enserrées* : traduction incertaine d'un mot hébreu inconnu — *coudées* : voir au glossaire : POIDS ET MESURES.
2. Les cuisines dont se sert le peuple sont distinctes de celles réservées aux prêtres (voir v. 20).
3. *Maison* : voir la note sur 40.45 — le *côté droit* est au sud.
4. *l'homme ... le cordeau à la main* : voir 40.3 et la note — *coudées* : voir au glossaire POIDS ET MESURES.

1. *Araba* : voir la note sur Es 33.9 — *la mer* : la mer Morte ; elle est si salée qu'aucun être vivant ne peut y survivre, d'où la nécessité que ses eaux soient *assainies* (comparer Ex 15.23-25 ; 2 R 2.21-22).
2. *Ein-Guèdi* : ville située sur la rive occidentale de la mer Morte. *Ein-Eglaïm* : ville dont l'identification est incertaine — la *grande mer* est la mer Méditerranée.

Le Seigneur fixe les frontières d'Israël

13 Ainsi parle le Seigneur Dieu : «Voici les limites d'après lesquelles vous vous distribuerez le pays, entre les douze tribus d'Israël, Joseph ayant deux parts[1]. 14 Vous en hériterez, chacun autant que son frère, car j'ai juré, la main levée, de le donner à vos pères; ce pays va donc vous échoir en héritage. 15 Voici la frontière du pays : du côté nord, depuis la grande mer[2], la route de Hétlôn — qui va à Cedad —, 16 Hamath, Bérotaï, Sivraïm — qui est entre le territoire de Damas et le territoire de Hamath —, Hacér, Tikôn qui est vers le territoire de Haurân. 17 Ainsi la frontière ira de la mer jusqu'à Haçar-Einôn, le territoire de Damas étant au nord ainsi que le territoire de Hamath. C'est le côté du nord. 18 Du côté de l'orient : vous mesurerez entre le Haurân et Damas, entre le Galaad et la terre d'Israël; le Jourdain servira de frontière, jusqu'à la mer orientale[3]. C'est le côté de l'orient. 19 Du côté du Néguev[4], au midi : de Tamar jusqu'aux eaux de Mériba-de-Qadesh, à Nahala vers la grande mer. C'est le côté du midi, vers le Néguev. 20 Et du côté de la mer : la grande mer, depuis la frontière sud jusqu'en face de Lebo-Hamath. C'est le côté de la mer.

21 Vous répartirez le pays entre vous, les douze tribus d'Israël. 22 Vous le ferez en tirant au sort les parts d'héritage, pour vous et pour les émigrés[1] installés parmi vous, qui ont engendré des fils parmi vous; ils seront pour vous comme un indigène parmi les fils d'Israël; avec vous ils tireront au sort une part d'héritage, au milieu des tribus d'Israël. 23 C'est dans la tribu où l'émigré séjourne, c'est là que vous lui donnerez sa part d'héritage — oracle du Seigneur Dieu.

Les parts des tribus du Nord

48 1 «Voici les noms des tribus : depuis l'extrémité nord, le long de la route de Hétlôn, vers Hamath, Haçar-Einôn, le territoire de Damas étant au nord, à côté de Hamath, avec un bord à l'orient, et la mer : pour Dan, une part[2]. 2 Sur la frontière de Dan, du bord oriental au bord de la mer : pour Asher, une part. 3 Sur la frontière d'Asher, du bord oriental au bord de la mer : pour Nephtali, une part. 4 Sur la frontière de Nephtali, du bord oriental au bord de la mer : pour Manassé, une part. 5 Sur la frontière de Manassé, du bord oriental au bord de la mer : pour Ephraïm, une part. 6 Sur la frontière d'Ephraïm, du bord oriental au bord

---

1. Joseph reçoit *deux parts* car il est le père d'Ephraïm et de Manassé qui ont été adoptés par le patriarche Jacob (voir Gn 48) et sont désormais comptés parmi les douze tribus d'Israël (v. 21) avec les autres fils de Jacob.

2. *la grande mer :* voir la note sur 47.10.

3. Certains territoires de Transjordanie avaient été donnés à des tribus israélites, cependant ils ne font pas partie de l'héritage promis par Dieu (voir Nb 34.12; Jos 22.19, 25) — la *mer orientale* ou la mer Morte.

4. *Néguev :* nom de la région aride qui se trouve au sud de la Judée; ce terme désigne souvent simplement le sud.

1. Sur l'*émigré*, c'est-à-dire l'étranger résidant en Israël, voir 14.7 et la note.

2. Dans toute cette description, *la mer* désigne la Méditerranée — les *parts* de territoire données à chaque tribu sont des bandes parallèles, occupant chacune toute la largeur du pays; il y a en a sept au nord de la part du Seigneur, de la ville et du prince (v. 8-22), et cinq au sud.

de la mer : pour Ruben, une part. 7 Sur la frontière de Ruben, du bord oriental au bord de la mer : pour Juda, une part.

La part du Seigneur

8 « Sur la frontière de Juda, du bord oriental au bord de la mer, sera la part que vous prélèverez : 25.000 coudées[1] en largeur et, en longueur, autant que l'une des parts, soit : depuis le bord oriental au bord de la mer ; le *sanctuaire sera en son milieu. 9 La part que vous prélèverez pour le Seigneur aura, en longueur, 25.000 coudées et, en largeur, 10.000. 10 Pour les prêtres, il y aura une part *sainte ; au nord, 25.000 coudées ; vers la mer, en largeur, 10.000 ; vers l'orient, en largeur, 10.000 ; vers le Néguev[2], en longueur, 25.000. Le sanctuaire du Seigneur sera au milieu. 11 Aux prêtres, aux consacrés des fils de Sadoq[1] qui ont gardé mes observances, qui ne se sont pas égarés dans l'erreur des fils d'Israël, au contraire de ce qu'ont fait les *lévites, 12 reviendra une part de la zone prélevée sur le pays, part très sainte, proche du territoire des lévites. 13 Quant aux lévites, leur territoire sera identique à celui des prêtres : 25.000 coudées en longueur et, en largeur, 10.000. Partout la longueur sera de 25.000 coudées et la largeur, 10.000. 14 On ne pourra rien en vendre : on n'échangera pas, on n'aliénera pas les prémices[4] du

pays, car elles sont consacrées au Seigneur.

Les parts de la ville et du prince

15 Les 5.000 coudées[1] qui restent en largeur, le long des 25.000, formeront la zone profane de la ville : agglomération et pâturages, la ville étant au milieu. 16 En voici les dimensions : côté nord, 4.500 coudées ; côté du Néguev, 4.500 ; côté de l'orient, 4.500 et côté de la mer[2], 4.500. 17 Les pâturages de la ville seront : vers le nord, 250 coudées ; vers le Néguev, 250 ; vers l'orient, 250 et vers la mer 250. 18 Ce qui restera, en largeur, à l'intérieur de cette part *sainte, aura 10.000 coudées vers l'orient et 10.000 vers la mer ; son revenu nourrira les employés de la ville. 19 Le personnel de la ville qui le cultivera viendra de toutes les tribus d'Israël. 20 L'ensemble de la part aura 25.000 coudées sur 25.000. Vous prélèverez un quart de cette part sainte pour le domaine de la ville. 21 Le reste sera pour le prince, des deux côtés de la part sainte et de la propriété de la ville : le long des 25.000 coudées du prélèvement jusqu'à la frontière orientale et, vers la mer, le long des 25.000 coudées, jusqu'aux confins de la mer. Pour le prince, une part identique aux autres parts. Il y aura donc, au centre, la part sainte avec le *sanctuaire de la Maison. 22 Le domaine des *lévites et le domaine de la ville seront entre la frontière de Juda et la frontière de Benjamin, au

---

1. *coudées :* voir au glossaire POIDS ET MESURES — *la mer :* voir la note sur le v. 1.
2. *le Néguev :* voir la note sur 47.19.
3. *Sadoq :* voir la note sur 40.46.
4. Le terme de *prémices du pays* (voir glossaire) est employé ici au sens de « le meilleur du pays », « la part la plus sainte ».

1. *coudées :* voir au glossaire POIDS ET MESURES.
2. *Néguev :* voir la note sur 47.19 — *la mer :* voir la note sur 48.1.

milieu de ce qui appartiendra au prince.

Les parts des tribus du Sud

23 « Le reste des tribus : du bord oriental au bord de la mer[1] : pour Benjamin, une part. 24 Sur la frontière de Benjamin, du bord oriental au bord de la mer : pour Siméon, une part. 25 Sur la frontière de Siméon, du bord oriental au bord de la mer : pour Issakar, une part. 26 Sur la frontière d'Issakar, du bord oriental au bord de la mer : pour Zabulon, une part. 27 Sur la frontière de Zabulon, du bord oriental au bord de la mer : pour Gad, une part. 28 Sur la frontière de Gad, jusqu'au bord du Néguev[2], au midi, la frontière sera : de Tamar, les eaux de Mériba-de-Qadesh, Nahala vers la grande mer. 29 Tel est le pays que vous tirerez au sort, sur l'héritage des tribus d'Israël, et telles seront leurs parts — oracle du Seigneur Dieu.

Les douze portes de Jérusalem

30 « Voici les issues de la ville. Du côté nord — de 4.500 coudées[1] ... 31 Les portes de la ville seront nommées d'après les tribus d'Israël. Trois portes au nord : la porte de Ruben, la porte de Juda, la porte de Lévi. 32 Sur le côté oriental — de 4.500 coudées — trois portes : la porte de Joseph, la porte de Benjamin, la porte de Dan. 33 Côté du Néguev[2] — de 4.500 coudées — trois portes : la porte de Siméon, la porte d'Issakar, la porte de Zabulon. 34 Côté de la mer[3] — de 4.500 coudées — trois portes : la porte de Gad, la porte d'Asher, la porte de Nephtali. 35 Le pourtour : 18.000 coudées.

« À partir de ce jour, le nom de la ville sera : Yhwh-Shamma — le Seigneur-est-là[4]. »

---

1. *la mer :* voir la note sur 48.1.
2. *Néguev :* voir la note sur 47.19.

1. La traduction suppose que ce v. est incomplet, comparer les v. 32, 33 et 34 — *coudées :* voir au glossaire POIDS ET MESURES.
2. *Néguev :* voir la note sur 47.19.
3. *la mer :* voir la note sur 48.1.
4. Ce nom peut être rapproché de celui d'Emmanuel (voir Es 7.14 et la note).

OSÉE

1 ¹ La parole du SEIGNEUR qui fut adressée à Osée, fils de Bééri, aux jours d'Ozias, de Yotam, d'Akhaz, d'Ezékias, rois de Juda, et aux jours de Jéroboam, fils de Joas, roi d'Israël¹.

Les enfants d'Osée et de Gomer

² Début des paroles du SEIGNEUR par Osée.

Le SEIGNEUR dit à Osée :
« Va, prends-toi une femme se livrant à la prostitution
et des enfants de prostitution,
car le pays ne fait que se prostituer²
en se détournant du SEIGNEUR. »

³ Il alla prendre Gomer, fille de Divlaïm : elle conçut et lui enfanta un fils. ⁴ Et le SEIGNEUR dit à Osée :

« Donne-lui le nom d'Izréel, car encore un peu de temps et je ferai rendre compte à la maison de Jéhu du *sang d'Izréel³ et je mettrai fin à la royauté de la maison d'Israël.

⁵ Il arrivera en ce jour-là
que je briserai l'arc d'Israël
dans la vallée d'Izréel. »

⁶ Elle conçut encore et enfanta une fille, et le SEIGNEUR dit à Osée :
« Donne-lui le nom de Lo-Rouhama
— c'est-à-dire : Non-aimée —,
car je ne continuerai plus à manifester de l'amour à la maison d'Israël :
je le lui retirerai tout entier¹.

⁷ Mais la maison de Juda, je l'aimerai
et je les sauverai par le SEIGNEUR leur Dieu;
je ne les sauverai ni par l'arc ni par l'épée ni par la guerre,
ni par les chevaux ni par les cavaliers. »

⁸ Elle sevra Lo-Rouhama, puis elle conçut et enfanta un fils. ⁹ Et le SEIGNEUR dit :
« Donne-lui le nom de Lo-Ammi — c'est-à-dire : Celui qui n'est pas mon peuple —, car vous n'êtes pas mon peuple et moi je n'existe pas pour vous. »

Dieu accueillera de nouveau son peuple

2 ¹ Le nombre des fils d'Israël sera comme le sable de la mer, qu'on ne peut ni mesurer ni compter,

---

1. C'est-à-dire vers l'année 750 av. J. C.
2. Le dieu *Baal*, adoré par les Cananéens et par beaucoup d'Israélites contemporains d'Osée, était censé favoriser la fertilité des champs et la fécondité des troupeaux ou des familles humaines (2.7). Le culte qu'on lui offrait s'accompagnait d'une prostitution sacrée; voir aussi 4.12-14.
3. Allusion à l'extermination de la famille du roi Akhab par Jéhu (voir 2 R 9-10). Jéroboam II (v. 1), roi d'Israël au temps d'Osée, est un descendant de Jéhu.

1. *je le lui retirerai tout entier* : d'autres traduisent *je ne lui pardonnerai plus*.

et il arrivera qu'à l'endroit où
on leur disait :
« Vous n'êtes pas mon peuple »,
on leur dira : « Fils du Dieu
vivant »,

2 Les fils de Juda et les fils d'Israël se réuniront,
ils se donneront un chef
unique et ils submergeront le
pays :
car grand sera le jour d'Izréel[1].

3 Dites à vos frères : « Ammi,
mon peuple »,
et à vos soeurs : « Rouhama,
bien-aimée ».

Israël est comme une épouse in-
fidèle

4 Faites un procès à votre mère,
faites-lui un procès,
car elle n'est pas ma femme
et moi je ne suis pas son mari.
Qu'elle éloigne de son visage
les signes de sa prostitution[2],
et d'entre ses seins les marques
de son adultère.

5 Sinon, je la déshabillerai et la
mettrai nue,
je la mettrai comme au jour de
sa naissance,
je la rendrai semblable au désert,
j'en ferai une terre desséchée
et je la ferai mourir de soif.

6 Ses enfants, je ne les aimerai
pas,
car ce sont des enfants de
prostitution.

7 Oui, leur mère s'est prostituée,

celle qui les a conçus s'est couverte de honte
lorsqu'elle disait :
« Je veux courir après mes
amants,
ceux qui me donnent le pain et
l'eau,
la laine et le lin, l'huile et les
boissons. »

8 C'est pourquoi je vais fermer
ton chemin avec des ronces,
le barrer d'une barrière
— et elle ne trouvera plus ses
sentiers.

9 Elle poursuivra ses amants
sans les atteindre,
elle les recherchera
sans les trouver;
elle dira :
« Je vais retourner chez mon
premier mari,
car j'étais plus heureuse alors
que maintenant. »

10 Et elle n'a pas compris que
c'est moi qui lui donnais
blé, vin nouveau, huile fraîche;
je lui prodiguais de l'argent,
et l'or ils l'ont employé pour
Baal[1].

11 C'est pourquoi je viendrai
reprendre mon blé en son
temps, mon vin nouveau en sa
saison,
j'arracherai ma laine et mon
lin
qui devaient cacher sa nudité.

12 Maintenant je vais dévoiler sa
honte
aux yeux de ses amants
et personne ne l'arrachera de
ma main.

13 Je ferai cesser toute sa joie,
ses fêtes[2], ses *néoménies, ses
*sabbats,

---

1. Voir 2.24 et la note.
2. Voir 1.2 et la note. L'infidélité d'Israël à son
Dieu est comparée à une prostitution. Voir aussi
4.13.

1. Voir 1.2 et la note.
2. Voir au glossaire CALENDRIER.

et toutes ses assemblées solennelles.

14 Je dévasterai sa vigne et son figuier
dont elle disait :
« Voilà le salaire que m'ont donné mes amants. »
Je les changerai en fourré
et les bêtes sauvages en feront leur nourriture.

15 Je lui ferai rendre compte des jours des Baals
auxquels elle brûlait des offrandes :
elle se parait de ses anneaux et de ses bijoux,
elle courait après ses amants
et moi elle m'oubliait !
— oracle du SEIGNEUR.

Dieu veut reconquérir le coeur de son peuple

16 Eh bien, c'est moi qui vais la séduire,
je la conduirai au désert
et je parlerai à son coeur.

17 Et de là-bas je lui rendrai ses vignobles
et je ferai de la vallée de Akor[1]
une porte d'espérance,
et là elle répondra comme au temps de sa jeunesse,
au jour où elle monta du pays d'Egypte.

18 Et il adviendra en ce jour-là
— oracle du SEIGNEUR —
que tu m'appelleras « mon mari »,
et tu ne m'appelleras plus « mon baal[2], mon maître ».

19 J'ôterai de sa bouche les noms des *Baals
et on ne mentionnera même plus leur nom.

20 Je conclurai pour eux en ce jour-là une *alliance
avec les bêtes des champs, les oiseaux du ciel, les reptiles du sol;
l'arc, l'épée et la guerre,
je les briserai, il n'y en aura plus dans le pays,
et je permettrai aux habitants de dormir en sécurité.

21 Je te fiancerai à moi pour toujours,
je te fiancerai à moi
par la justice et le droit,
l'amour et la tendresse.

22 Je te fiancerai à moi par la fidélité
et tu connaîtras le SEIGNEUR.

23 Et il adviendra en ce jour-là que je répondrai
— oracle du SEIGNEUR —
je répondrai à l'attente des cieux
et eux répondront à l'attente de la terre.

24 Et la terre, elle, répondra
par le blé, le vin nouveau, l'huile fraîche,
et eux répondront à l'attente d'Izréel[1].

25 Je l'ensemencerai pour moi dans le pays,
et j'aimerai Lo-Rouhama,
et je dirai à Lo-Ammi : « Tu es mon peuple »,
et lui, il dira : « Mon Dieu ».

---

1. Vallée proche de Jéricho et donnant accès au centre de la Palestine. Osée fait allusion aux événements racontés en Jos 7.
2. *baal* : à la fois nom commun (*maître*, parfois *mari*) et nom propre du dieu adoré par les Cananéens (voir v. 19).

---

1. Le nom d'*Izréel* (étymologiquement *Dieu sème*) fait jeu de mots avec le début du v. 25 (*je l'ensemencerai*).

Osée épouse Gomer et la met à l'épreuve

3 1 Le Seigneur me dit : « Va encore, aime une femme aimée par un autre et se livrant à l'adultère :

Car tel est l'amour du Seigneur pour les fils d'Israël,
tandis qu'ils se tournent, eux, vers d'autres dieux
et qu'ils aiment les gâteaux de raisin[1]. »

2 J'en fis l'acquisition pour quinze sicles[2] d'argent et une mesure et demie d'orge. 3 Et je lui dis :

« Pendant de longs jours tu resteras à moi,
sans te prostituer et sans être à un homme.
J'agirai de même à ton égard. »
4 Ainsi pendant de longs jours les fils d'Israël resteront :
pas de roi, pas de chef, pas de *sacrifice,
pas de stèle, pas d'éphod ni de téraphim[3].

5 Après cela les fils d'Israël rechercheront à nouveau le Seigneur, leur Dieu, et David, leur roi, et ils se tourneront en tremblant vers le Seigneur et vers ses biens, dans l'avenir.

Dieu est en procès avec Israël

4 1 Ecoutez la parole du Seigneur fils d'Israël :
le Seigneur est en procès avec les habitants du pays,

car il n'y a ni sincérité ni amour du prochain
ni connaissance de Dieu dans le pays.

2 Imprécations, tromperies, assassinats, vols, adultères se multiplient :
le sang versé succède au sang versé.

3 Aussi le pays est-il désolé
et tous ses habitants s'étiolent,
en même temps que les bêtes des champs et les oiseaux du ciel ;
et même les poissons de la mer disparaîtront.

Dieu accuse les prêtres d'Israël

4 Attention !
que personne n'ait l'audace de se défendre, que personne ne conteste,
que ni ton peuple ni toi, prêtre, n'ose plaider !

5 Tu trébucheras le jour
et le prophète aussi trébuchera avec toi la nuit ;
je réduirai ta mère au silence,

6 mon peuple sera réduit au silence
faute de connaissance.
Puisque tu as repoussé la connaissance,
je te repousserai et tu ne seras plus mon prêtre :
tu as oublié l'instruction de ton Dieu,

7 j'oublierai tes fils, moi aussi.
Tous tant qu'ils sont ont péché contre moi
— je vais changer leur gloire en infamie.

8 Ils se repaissent du péché de mon peuple
et sont avides de ses fautes.

---

1. Offrande caractéristique du culte de Baal.
2. Voir au glossaire MONNAIES.
3. *éphod* et *téraphim* : objets servant à consulter Dieu (voir Jg 8.27 et la note ; 1 S 23.9-10 ; 30.7-8).

9 Un même sort atteindra le peuple et le prêtre.
Je leur ferai rendre compte de leur conduite
et je leur revaudrai leurs actions.

10 Ils mangeront sans se rassasier, ils se prostitueront sans se multiplier,
car ils ont cessé de respecter le SEIGNEUR.

Un esprit de prostitution égare Israël

11 La débauche et l'ivresse font perdre le sens.

12 Mon peuple consulte son arbre et c'est sa branche qui le renseigne[1],
car un esprit de prostitution l'égare
et en se prostituant ils se soustraient à leur Dieu.

13 Sur le sommet des montagnes ils ont coutume de sacrifier,
et sur les collines de brûler des offrandes,
sous le chêne, le peuplier, le térébinthe
— leur ombre est si agréable !
Aussi vos filles se prostituent-elles et vos belles-filles sont-elles adultères[2].

14 Je ne ferai pas le compte des prostitutions de vos filles,
des adultères de vos belles-filles,
puisqu'eux-mêmes — les prêtres —
s'en vont à l'écart avec les prostituées

et partagent les *sacrifices avec les courtisanes sacrées :
un peuple qui a si peu de discernement va à sa perte.

15 Si toi, Israël, tu te prostitues, que Juda du moins ne se rende pas coupable !
N'allez pas au Guilgal, ne montez pas à Beth-Awèn[1]
et ne prononcez pas le serment :
« Le SEIGNEUR est vivant ! »

16 Oui, Israël a été rétif comme une vache rétive
— et maintenant le SEIGNEUR devrait les lâcher vers les pâturages, comme des agneaux ?

17 Ephraïm[2] est l'associé des idoles :
laisse-le.

18 Leurs beuveries finies, ils poussent à la débauche;
ses chefs aiment provoquer l'infamie.

19 Un vent les enveloppera de ses ailes
et ils rougiront de leurs sacrifices.

Un avertissement aux prêtres et au roi

5 1 Écoutez ceci, les prêtres; sois attentive, maison d'Israël; maison du roi, prêtez l'oreille :

---

1. Allusion à des pratiques visant à deviner l'avenir.
2. Voir 1.2; 2.4 et les notes.

1. le Guilgal : lieu de culte de l'ancien Israël (voir Jos 4.19-20; 5.2-9) — Beth-Awèn (maison du péché) est ici une appellation ironique de Béthel (maison de Dieu), autre lieu de culte traditionnel du royaume d'Israël (Gn 28.16-19; 1 R 12.29-33).
2. Nom d'une des principales tribus du royaume du nord, ou royaume d'Israël. Dans le livre d'Osée Ephraïm désigne souvent ce royaume lui-même ou sa population (5.3; 6.10, etc.).

C'était à vous de rendre la justice, or vous avez été un piège à Miçpa et un filet tendu sur le Tabor[1];

2 des infidèles ont creusé une fosse profonde.
Et moi je prépare leur punition à eux tous.

3 Moi je connais Ephraïm[2]
et Israël ne m'est pas caché.
Ephraïm, du fait que tu as poussé à la débauche,
Israël en a été souillé.

4 Leurs actions rendent impossible leur retour à leur Dieu,
car un esprit de prostitution[3] souffle chez eux
et ils ne connaissent pas le SEIGNEUR.

5 L'orgueil d'Israël témoigne contre lui.
Israël et Ephraïm trébuchent sur leur faute
et Juda lui aussi trébuche avec eux.

6 Avec leur petit et leur gros bétail ils viennent
pour rechercher le SEIGNEUR et ne le trouveront pas :
il s'est débarrassé d'eux.

7 Ils ont trahi le SEIGNEUR, car ils ont engendré des bâtards;
à présent la *néoménie va les dévorer avec leur héritage.

La guerre entre Israël et Juda

8 Sonnez du cor à Guivéa,
de la trompette à Rama,
donnez l'alarme à Beth-Awèn[1].
On te prend à revers, Benjamin !

9 Ephraïm deviendra une ruine au jour du châtiment.
Parmi les tribus d'Israël, j'en fais l'annonce véridique.

10 Les chefs de Juda sont des gens qui déplacent les frontières;
sur eux je répandrai à flots ma fureur.

11 Ephraïm est opprimé, brisé dans le jugement,
car il a persisté à courir après le néant.

12 Et moi je serai comme la teigne pour Ephraïm
et comme la carie pour la maison de Juda.

13 Ephraïm a vu sa maladie,
et Juda son ulcère;
Ephraïm est allé vers Assour et a envoyé des messagers au grand roi[2],
mais lui il ne peut pas vous guérir
ni vous débarrasser de votre ulcère.

14 Bien plus, moi je serai comme un lion pour Ephraïm
et comme un jeune lion pour la maison de Juda.
C'est moi, moi qui vais déchirer,
puis je m'en irai avec ma proie
et personne ne me l'arrachera.

Dieu, déçu, décide de se retirer

15 Je m'en irai, je retournerai chez moi,

---

1. *C'était à vous de rendre la justice :* autre traduction parfois adoptée *le jugement s'exercera contre vous* — *Miçpa :* plusieurs localités du même nom existaient en Israël; on ignore laquelle précisément Osée mentionne ici et à quel événement il fait allusion. Le nom *Miçpa* peut faire jeu de mots avec le terme traduit ici par *justice* — *le Tabor :* montagne isolée, qui domine la plaine d'Izréel.
2. Voir 4.17 et la note.
3. Voir 1.2 et la note.

1. Voir 4.15 et la note — *Ephraïm* (v. 9) : voir 4.17 et la note.
2. C'est-à-dire au roi d'Assyrie (voir 10.6).

jusqu'à ce qu'ils s'avouent coupables et qu'ils recherchent ma face.
Dans leur détresse, ils se mettront en quête de moi.

6 1 « Venez, retournons vers le SEIGNEUR.
C'est lui qui a déchiré et c'est lui qui nous guérira,
il a frappé et il pansera nos plaies.
2 Au bout de deux jours il nous aura rendu la vie,
au troisième jour il nous aura relevés
et nous vivrons en sa présence.
3 Efforçons-nous de connaître le SEIGNEUR :
son lever est sûr comme l'aurore,
il viendra vers nous comme vient la pluie,
comme l'ondée de printemps arrose la terre. »

4 Que vais-je te faire, Ephraïm[1] ?
Que vais-je te faire, Juda ?
Votre amour est comme la nuée du matin, comme la rosée matinale qui passe.
5 C'est pourquoi j'ai frappé par les prophètes,
je les ai massacrés par les paroles de ma bouche :
et mon jugement jaillit comme la lumière.
6 Car c'est l'amour qui me plaît, non le *sacrifice;
et la connaissance de Dieu, je la préfère aux holocaustes.

Dieu se déclare trahi par Israël

7 Mais eux, comme des hommes

transgressent une *alliance,
voici où ils m'ont trahi :
8 Galaad[1] est une cité de malfaiteurs,
pleine de traces de sang;
9 comme une bande en embuscade, une troupe de prêtres assassine sur le chemin de Sichem :
voilà les horreurs qu'ils commettent !
10 Dans la maison d'Israël j'ai vu des choses horribles :
là c'est la débauche d'Ephraïm,
Israël en est souillé.
11 À toi aussi Juda, je prépare une moisson
— quand je changerai la destinée de mon peuple.

7 1 Au moment même où je veux guérir Israël,
se dévoilent la faute d'Ephraïm et les crimes de Samarie[2] :
oui, l'on pratique l'imposture;
le voleur s'introduit dans les maisons;
au-dehors, le brigand sévit.
2 Et ils ne se disent point dans leur *coeur que tout ce qu'ils font de mal
je le garde en mémoire;
à présent leurs actions les enveloppent,
elles sont là devant moi.

Des complots contre les rois

3 Dans leur méchanceté, ils amusent le roi,

---

1. Voir 4.17 et la note.

1. *Galaad* désigne ici une localité de Transjordanie (comparer Gn 31.46-48).
2. *Ephraïm* : voir 4.17 et la note — *Samarie* : capitale du royaume d'Israël.

et par leur perfidies, les chefs.

4 Tous, ils sont adultères.
Ils sont comme un four
brûlant que le boulanger cesse
d'attiser
depuis que la pâte est pétrie
jusqu'à ce qu'elle lève.

5 Au jour de notre roi,
les chefs se rendent malades
par les fumées du vin,
on tend la main aux railleurs.

6 Car ils se sont approchés
comme un feu de fournaise,
le coeur plein de fourberie :
toute la nuit leur colère[1] som-
meille,
au matin elle brûle comme un
feu violent.

7 Tous ils sont échauffés comme
un four :
ils dévorent leurs souverains,
tous leurs rois sont tombés,
et il n'y en a pas un parmi eux
pour crier vers moi.

L'ingratitude d'Israël envers Dieu

8 Ephraïm se laisse mélanger
aux autres peuples,
Ephraïm est une crêpe qu'on
n'a pas retournée.

9 Des étrangers dévorent sa vigueur,
et lui n'en sait rien;
et même, des cheveux blancs
parsèment sa tête,
et lui n'en sait rien.

10 L'orgueil d'Israël témoigne
contre lui,
mais ils ne reviennent pas au
Seigneur,
leur Dieu;
malgré tout cela ils ne le recherchent pas.

11 Ephraïm est une colombe
naïve et sans cervelle :
ils appellent l'Egypte, ils courent en Assyrie.

12 Pendant qu'ils courent, je jette
sur eux mon filet,
je les abats comme les oiseaux
du ciel,
je les capture dès que j'entends
leur rassemblement.

13 Malheur à eux car ils me
fuient !
Ruine sur eux car ils se sont
révoltés contre moi !
Et moi je devrais les racheter,
eux qui profèrent des mensonges à mon endroit ?

14 Ce n'est pas du fond du coeur
qu'ils crient vers moi :
quand ils se lamentent sur
leurs couches,
qu'ils se font des incisions[1]
pour du blé et du vin nouveau,
c'est contre moi qu'ils se montrent récalcitrants.

15 Moi, j'avais dirigé, fortifié leur
bras,
et ils machinaient le mal à
mon endroit.

16 S'ils retournent, ce n'est pas
vers en haut,
ils sont comme un arc défaillant.
Leurs chefs tomberont par l'é-
pée
pour l'insolence de leur langage :
on en rira au pays d'Egypte.

Dieu se plaint d'être traité en étranger

8 1 Embouche le cor !
Comme l'aigle, le malheur

---

1. *leur colère* : d'après deux anciennes versions;
hébreu *leur boulanger*.

1. Sans doute pour provoquer l'attention ou la
pitié de Dieu. Comparer 1 R 18.28. Voir aussi au
glossaire DÉCHIRER SES VÊTEMENTS.

fond sur la maison du Seigneur[1],

parce qu'ils ont transgressé
mon *alliance
et se sont révoltés contre mon
instruction.

2 Ils crient vers moi :
« Mon Dieu, nous te connaissons, nous, Israël ! »

3 Israël a repoussé le bien :
que l'ennemi le poursuive !

4 Ils ont créé des rois sans moi,
sans moi nommé des chefs.
De leur argent et de leur or ils
se sont fait des idoles,
pour être anéantis eux-mêmes.

5 Il est repoussant ton veau[2], Samarie !
— Ma colère s'est enflammée
contre eux. Jusqu'à quand seront-ils incapable de pureté ?

6 Il vient d'Israël, un artisan l'a
fait,
il n'est pas Dieu;
oui, le veau de Samarie s'en ira
en morceaux.

7 Ils sèment le vent, ils récolte-
ront la tempête.
Blé sans épi ne donne pas de
farine,
et s'il en donne quand même,
ce sont des étrangers qui l'en-
gloutissent.

8 Israël est englouti :
les voici parmi les nations
comme un objet sans valeur !

9 Quand il est monté vers Assour
— onagre livré à lui seul —,

Ephraïm[1] s'est acheté des
amants.

10 Même s'ils distribuent des cadeaux parmi les nations,
je les rassemblerai maintenant
et sous peu ils trembleront
sous le poids du roi des
princes.

11 Ephraïm a multiplié les *autels
pour enlever le péché,
mais voici que ces autels sont
devenus pour lui
une occasion de pécher

12 Que j'écrive pour lui mille prescriptions de ma loi,
on les considère comme venant
d'un étranger.

13 En guise de sacrifice ils sacrifient de la chair et la mangent,
mais le Seigneur n'y trouve
pas de plaisir;
à présent il fait mémoire de
leurs fautes
et il fait le compte de leurs
péchés.
Ils devront retourner en
Egypte.

14 Israël oublie son créateur,
il s'est construit des palais.
Quant à Juda, il multiplie ses
villes fortes.
Mais j'enverrai le feu dans ses
villes
et il en dévorera les citadelles.

Israël devra manger une nourri-
ture impure

9 1 Israël, ne pousse pas la
joie jusqu'au délire, comme
les peuples,
pour avoir pratiqué la prostitution[2] loin de ton Dieu.

---

1. *maison du Seigneur* : ici le territoire d'Israël,
comme en 9.15.
2. Allusion ironique à un veau d'or, honoré à
Samarie (comparer 1 R 12.28, 32).

1. *onagre* (âne sauvage) fait jeu de mots, en
hébreu, avec Ephraïm — *Ephraïm* : voir 4.17 et la
note.
2. Voir 1.2; 2.4 et les notes.

et pour en avoir aimé le salaire
sur toutes les aires à blé.

2 L'aire et le pressoir ne les sa-
tisferont pas,
le vin nouveau trompera leur
attente.

3 Ils ne pourront pas rester dans
le pays du Seigneur :
Ephraïm[1] retournera en
Egypte,
et en Assyrie ils mangeront
une nourriture *impure.

4 Ils ne verseront pas de vin en
libation[2] pour le Seigneur,
leurs sacrifices ne lui plairont
pas :
ce sera pour eux comme un
pain de deuil,
tous ceux qui en mangent deviennent impurs,
— car leur pain assurera leur
vie,
mais il n'entrera pas dans la
Maison du Seigneur.

5 Que ferez-vous au jour de la
solennité,
au jour de fête du Seigneur ?

On s'en prend au prophète

6 Voici qu'ils ont fui la destruction,
l'Egypte verra leur rassemblement,
Memphis[3] sera leur tombeau.
Leurs trésors précieux, les
chardons en hériteront,
les ronces envahiront leurs
tentes.

7 Le temps du châtiment est arrivé,
le temps des comptes est arrivé :
qu'Israël le sache !

Le *prophète devient fou,
l'homme de l'esprit délire,
à cause de la grandeur de ton
crime
et de la grandeur de l'attaque
que tu subis.

8 La sentinelle d'Ephraïm est
avec mon Dieu
— c'est le prophète —,
on lui tend un piège sur tous
ses chemins,
on l'attaque jusque dans la
maison de son Dieu.

9 Ils sont allés au fond de la
corruption, comme aux jours
de Guivéa[1].
Dieu se souviendra de leur
crime, il fera le compte de
leurs péchés.

Les conséquences d'une vieille idolâtrie

10 C'est comme des raisins au désert que j'ai trouvé Israël,
comme un fruit précoce sur un
figuier, dans sa primeur,
que j'ai vu vos pères.
Eux, dès leur arrivée à
Baal-Péor,
se sont voués à la Honte[2]
et sont devenus des abominations
comme l'objet de leur amour.

11 Ephraïm, ce qui fait sa gloire
va s'envoler comme un oiseau,
dès la naissance, dès la grossesse, dès la conception.

12 Même s'ils élèvent des fils
je les en priverai avant qu'ils
soient des hommes.

---

1. Voir 4.17 et la note.
2. Voir au glossaire SACRIFICES.
3. Ville d'Egypte proche des pyramides (déjà célèbres au temps d'Osée).

1. Allusion aux événements racontés en Jg
19-21.
2. à Baal-Péor : allusion à la scène d'idolâtrie
racontée en Nb 25 — la Honte : terme injurieux
par lequel les Israélites remplaçaient le nom de
Baal.

Oh oui, malheur à eux quand je vais me retirer d'eux !

13 Ephraïm, je le vois comme une autre Tyr[1],
plantée dans un lieu verdoyant,
et pourtant Ephraïm devra livrer ses fils à la tuerie.

14 Donne-leur, SEIGNEUR ... Que donneras-tu ?
Donne-leur ventre stérile et mamelles desséchées[2].

15 Toute leur perversité s'est manifestée au Guilgal[3] :
c'est là que je les ai pris en haine;
à cause de la perversité de leurs actions je les chasserai de ma maison,
je n'aurai plus d'amour pour eux;
tous leurs chefs sont des rebelles.

16 Ephraïm a été frappé,
leur racine est desséchée,
de fruit[4], ils n'en donneront point.
Même s'ils enfantent, je ferai mourir le fruit chéri de leur ventre.

17 Mon Dieu les repoussera, car ils ne l'ont pas écouté,
et ils vont se mettre à errer parmi les nations.

Fin de la royauté et des cultes idolâtriques

10 1 Israël, vigne florissante, produisaït du fruit à l'avenant.

Plus ses fruits se multipliaient,
plus il multipliait les *autels;
plus sa terre était belle, plus ils embellissaient les stèles.

2 Leur *coeur est faux,
maintenant ils vont payer :
lui-même, le SEIGNEUR, va briser leurs autels et détruire leurs stèles.

3 À présent ils disent :
« Nous n'avons pas de roi,
puisque nous ne craignons pas le SEIGNEUR — et le roi, que pourrait-il faire pour nous ? »

4 On prononce des paroles,
on fait de faux serments,
on conclut des alliances,
et le droit pousse comme une plante vénéneuse sur les sillons des champs.

5 Les habitants de Samarie tremblent pour les génisses de Beth-Awèn,
car son peuple est en deuil au sujet du veau,
ainsi que sa prêtraille[1].
Qu'ils se réjouissent de sa magnificence,
maintenant qu'elle est transportée loin de nous !

6 Le veau aussi on l'emportera en Assyrie
en offrande pour le grand roi.
Ephraïm en recueillera de la honte
et Israël rougira de ses intrigues.

7 C'en est fait de Samarie, de son roi :
il est comme un éclat de bois à la surface de l'eau.

---

1. Ville principale de la Phénicie, construite sur une île proche de la côte.
2. au lieu de la fertilité que les Israélites espéraient recevoir de Baal (voir la note sur 1.2).
3. Voir 4.15 et la note.
4. En hébreu le terme traduit par *fruit (peri)* évoque par allitération le nom d'*Ephraïm*.

1. *Beth-Awèn* : voir 4.15 et la note — *le veau* : voir 8.5 et la note — *sa prêtraille* : terme ironique visant les prêtres des cultes contaminés par la religion de Baal (voir 2 R 23.5).

8 Les *hauts lieux de la Fausseté[1] seront supprimés,
ce péché d'Israël;
les ronces et les épines grimperont sur leurs autels
et ils diront aux montagnes :
Couvrez-nous !
et aux collines : Tombez sur
nous !

9 Depuis les jours de Guivéa[2] tu
as péché, Israël
— et ils n'en ont pas bougé !
N'est-ce pas à Guivéa
que les atteindra le combat
contre les criminels ?

10 Je veux les châtier;
parce qu'ils sont attachés[3] à
leurs deux crimes,
les peuples se ligueront contre
eux.

11 Ephraïm était une génisse bien
dressée qui aimait à fouler le
grain.
Lorsque je vins à passer devant la beauté de son cou,
je mis Ephraïm à l'attelage
— Juda est au labour
et Jacob, lui, à la herse.

12 Faites-vous de justes semailles,
vous récolterez de généreuses
moissons;
défrichez-vous un champ nouveau;
c'est maintenant qu'il faut
chercher le Seigneur
jusqu'à ce qu'il vienne répandre sur nous la justice.

13 Vous avez labouré la méchanceté et récolté l'iniquité,
vous avez mangé un fruit de
mensonge.
Tu as mis ta confiance dans ta
puissance,
dans la multitude de tes guerriers.

14 Le tumulte s'élève parmi ton
peuple,
en sorte que toutes tes villes
fortes seront dévastées,
comme Shalmân dévasta
Beth-Arvel[1]
au jour du combat où l'on
écrasait la mère sur ses fils.

15 C'est là ce que vous aura fait
Béthel
à cause de votre extrême méchanceté :
à l'aurore, c'en sera fait du roi
d'Israël.

Dieu est comme un père déçu par son fils

11 1 Quand Israël était jeune,
je l'ai aimé,
et d'Egypte j'ai appelé mon
fils.

2 Ceux qui les appelaient, ils s'en
sont écartés :
c'est aux *Baals qu'ils ont *sacrifié
et c'est à des idoles taillées
qu'ils ont brûlé des offrandes.

3 C'est pourtant moi qui avais
appris à marcher à Ephraïm[2],
les prenant par les bras,
mais ils n'ont pas reconnu que
je prenais soin d'eux.

4 Je les menais avec des attaches
humaines,
avec des liens d'amour,
j'étais pour eux comme ceux
qui soulèvent un nourrisson
contre leur joue

1. *la Fausseté* : en hébreu *Awên* (v. 5); comparer
Jér 5.31 et la note.
2. Voir 9.9 et la note.
3. En hébreu le terme traduit pas *attachés* fait
jeu de mots avec celui qui est rendu par *châtier*.

1. *Shalmân* : probablement un roi de Moab (on
le trouve mentionné dans une inscription assyrienne) — *Beth-Arvel* : une ville de Transjordanie
du nord; l'expression *ses fils* est peut-être une
tournure imagée désignant les villages qui dépendent de Beth-Arvel.
2. Voir 4.17 et la note.

et je lui tendais de quoi se nourrir.

5 Il ne reviendra pas au pays d'Egypte,
c'est Assour qui sera son roi,
car ils ont refusé de revenir à moi.

6 L'épée tournoiera dans ses villes,
elle anéantira ses défenses, elle dévorera
à cause de leurs intrigues.

7 Mon peuple ! ils s'accrochent à leur apostasie[1] :
on les appelle en haut,
mais, tous, tant qu'ils sont, ils ne s'élèvent pas.

L'amour de Dieu l'emportera

8 Comment te traiterai-je, Ephraïm, te livrerai-je, Israël ?
Comment te traiterai-je comme Adma, te rendrai-je comme Cevoïm[2] ?
Mon *coeur est bouleversé en moi,
en même temps ma pitié s'est émue.

9 Je ne donnerai pas cours à l'ardeur de ma colère,
je ne reviendrai pas détruire Ephraïm;
car je suis Dieu et non pas homme,
au milieu de toi je suis *saint :
je ne viendrai pas avec rage.

10 Ils marcheront à la suite du Seigneur.
Comme un lion il rugira;
quand il se prendra à rugir, des fils accourront en tremblant de l'occident.

11 De l'Egypte ils accourront en tremblant comme des moineaux,
et du pays d'Assour comme des colombes,
et je les ferai habiter dans leurs maisons
— oracle du Seigneur.

Une politique mensongère

12 1 Ephraïm[1] m'entoure de mensonge et la maison d'Israël d'imposture.
Mais Juda marche encore avec Dieu et reste fidèle au Très-Saint.

2 Ephraïm se repaît de vent
et court après le vent d'est tout le long du jour;
il multiplie mensonges et violences.
Ils concluent une alliance avec l'Assyrie[2] et livrent de l'huile en Egypte.

L'ancêtre d'Israël est Jacob, le trompeur

3 Le Seigneur a un procès avec Juda,
pour faire rendre compte à Jacob[3] de sa conduite
et le rétribuer selon ses actions.

4 Dans le sein maternel il a supplanté son frère
et, arrivé à l'âge mûr, il lutta avec Dieu.

5 Il lutta avec un ange et l'emporta,

---

1. *leur apostasie* ou *leur trahison*.
2. *Adam* et *Cevoïm* : villes voisines de Sodome et Gomorrhe (Dt 29.22).

1. Voir 4.17 et la note.
2. A l'époque d'Osée *l'Assyrie* (à l'*est*) et l'Egypte étaient ennemies.
3. *Jacob*, nom de l'ancêtre du peuple d'Israël, sert à désigner ici ce peuple lui-même (voir Gn 32.28-29; 35.10). Au v. 4 le verbe traduit par *supplanter (acab)* fait jeu de mots avec le nom *Jacob*. De même l'expression *il lutta avec Dieu* fait jeu de mots avec le nom *Israël* (voir Gn 32.28).

il pleura et le supplia.
À béthel il le trouva
et c'est là que Dieu a parlé
avec nous

6 — « le Seigneur, Dieu des puissances,
le Seigneur »,
c'est ainsi qu'il faut l'invoquer.

7 Toi donc tu reviendras chez
ton Dieu :
garde la fidélité et la droiture
et mets continuellement ton espoir en ton Dieu.

8 Canaan a dans la main une
balance trompeuse, il aime à
frauder.

9 Et Ephraïm dit : « Je n'ai fait
que m'enrichir,
j'ai acquis une fortune;
dans tout mon travail, on ne
me trouvera pas un motif de
péché. »

10 Mais moi je suis le Seigneur
ton Dieu
depuis le pays d'Egypte.
Je te ferai de nouveau habiter
sous des tentes
comme aux jours où je vous
rencontrais.

11 Je parlerai aux *prophètes et
je multiplierai les visions,
et par les prophètes je dirai
des paraboles.

12 Si déjà Galaad est fausseté,
ils sont devenus, eux, du néant;
au Guilgal[1] ils ne cessent de
*sacrifier des taureaux,
et même, leurs *autels sont
comme des tas de pierres sur
les sillons des champs.

13 Jacob[1] s'enfuit aux plaines
d'*Aram et Israël servit pour
une femme,
et pour une femme il se fit
gardien de troupeaux.

14 Mais par un prophète le Seigneur a fait monter Israël hors
d'Egypte,
et par un prophète Israël a été
gardé.

15 Ephraïm a fait à Dieu une
peine amère :
son Seigneur rejettera sur lui le
*sang qu'il a versé
et il lui rendra ses outrages.

La ruine prochaine d'Israël

13 [1] Quand Ephraïm[2] parlait,
il portait, lui, la terreur en
Israël.
Mais par *Baal il s'est rendu
coupable
et il en est mort.

2 À présent ils continuent de pécher :
ils se sont fait un ouvrage en
fonte,
de leur argent — avec leur
technique — des idoles !
Produit d'artisans que tout
cela.
C'est à leurs propos que l'on
dit :
« Des   sacrificateurs,   des
hommes, offrent des baisers à
des veaux[3]. »

3 C'est   pourquoi   ils   seront
comme la nuée du matin
et comme la rosée matinale qui
passe,
comme de la paille qui tourbillonne loin de l'aire

---

1. *Galaad* : voir 6.8 et la note — *Guilgal* : voir
4.15 et la note — *des tas de pierres* (en hébreu *gal*)
fait jeu de mots avec *Galaad* et *Guilgal*.

1. Voir 12.3 et la note.
2. Voir 4.17 et la note.
3. Voir 8.5 et la note.

et comme de la fumée qui sort
d'une ouverture.

4 Et moi le Seigneur ton Dieu
depuis le pays d'Egypte,
— et moi excepté, tu ne
connais pas de Dieu,
et de sauveur il n'y en a point
sauf moi —,
5 moi je t'ai connu au désert,
dans un pays de fièvre.
6 Aussitôt arrivés au pâturage ils
se rassasièrent,
une fois rassasiés, leur *coeur
s'est enflé, c'est pour cela qu'ils
m'ont oublié.
7 Je devins pour eux comme un
lion,
comme une panthère sur le
chemin je guette.
8 Je les attaque comme une
ourse à qui l'on a ravi ses petits,
je déchire l'enveloppe de leur
coeur,
comme une lionne je les dévore
sur place,
les bêtes sauvages les mettront
en pièces.

9 Te voilà détruit, Israël;
moi seul peux te porter secours.
10 Où donc est ton roi, pour qu'il
te sauve
dans toutes tes villes,
— et tes juges, eux dont tu disais :
« Donne-moi un roi et des
chefs ? »
11 Je te donne un roi dans ma
colère,
et dans ma fureur je le reprends.
12 La faute d'Ephraïm est serrée
en lieu sûr, son péché est mis
en réserve.

13 Sur celle qui enfante vont sur-
venir les douleurs;
lui, c'est un fils qui ne sait pas
s'y prendre :
venu à terme, il ne se présente
pas à la sortie du sein maternel.
14 Je devrais les racheter à l'em-
prise du *séjour des morts ?
De la mort je devrais les garantir ?
— Mort, où sont tes calamités ?
Séjour des morts, où est ton
fléau ?
Toute pitié se dérobe à mes
yeux.
15 Ephraïm a beau prospérer au
milieu de ses frères,
un vent d'est viendra,
un vent du Seigneur, montant
du désert :
la source tarira, la fontaine
sera mise à sec
— on dépouillera le trésor de
tous les objets précieux.

14 1 Samarie[1] devra payer,
car elle s'est révoltée contre
son Dieu :
ils tomberont par l'épée,
les nourrissons seront écrasés
et les femmes enceintes éven-
trées.

La guérison du peuple infidèle

2 Reviens donc, Israël, au Seigneur ton Dieu,
car ta faute t'a fait trébucher.
3 Prenez avec vous des paroles
et revenez au Seigneur,
dites-lui :
« Tu enlèves toute faute;
accepte ce qui est bon,
en guise de taureaux

1. Voir 7.1 et la note.

nous t'offrirons en *sacrifice
les paroles de nos lèvres.

4 L'Assyrie ne peut nous sauver,
nous ne monterons pas sur un
cheval[1]
et nous ne dirons plus Notre
Dieu
à l'ouvrage de nos mains
— ô toi par qui l'orphelin est
pris en pitié ! »

5 Je les guérirai de leur apostasie[2],
je les aimerai avec générosité :
ma colère s'est détournée de
lui,
6 je serai pour Israël comme la
rosée,
il fleurira comme le lis
et il enfoncera ses racines
comme la forêt du Liban,
7 ses rejetons s'étendront,
sa splendeur sera comme celle
de l'olivier

et son parfum comme celui du
Liban,
8 ils reviendront, ceux qui habitaient à son ombre,
ils feront revivre le blé,
ils fleuriront comme la vigne
et on en parlera comme du vin
du Liban.
9 Ephraïm ! qu'ai-je encore à
faire avec les idoles ?
C'est moi qui lui réponds et
qui veille sur lui.
Je suis, moi, comme un cyprès
toujours vert,
c'est de moi que procède ton
fruit.

10 Qui est assez sage pour discerner ces choses
et assez intelligent pour les
connaître ?
Oui, les chemins du Seigneur
sont droits
et les justes y marcheront,
mais les rebelles y
trébucheront.

---

1. Le *cheval* était utilisé essentiellement pour la
guerre (voir Os 1.7; Es 31.1).
2. *leur apostasie* ou *leur trahison*.

JOËL

1 ¹ Parole du SEIGNEUR, qui fut adressée à Joël, fils de Petouël.

Invasion de sauterelles et sécheresse

² Ecoutez ceci, vous les *anciens,
prêtez l'oreille, vous tous, habitants du pays.
Ceci est-il survenu de votre temps,
ou du temps de vos pères ?
³ Faites-en le récit à vos fils,
et vos fils à leurs fils,
et leurs fils à la génération qui viendra.
⁴ Ce que le « trancheur » a laissé,
l'« essaimeur » le dévore,
et ce que l'« essaimeur » a laissé, le « lécheur » le dévore,
et ce que le « lécheur » a laissé,
le « décortiqueur¹ » le dévore.
⁵ Réveillez-vous, ivrognes, et pleurez,
hurlez, vous tous, buveurs de vin,
à cause du vin nouveau dont votre bouche est sevrée.
⁶ Un peuple attaque mon pays,
il est puissant et innombrable.
Ses dents, des dents de lion,
il a des mâchoires de lionne.
⁷ Il fait de ma vigne un désert,
mes figuiers, il les réduit en pièces.
Il les pèle, il les jette à terre,
leurs rameaux sont devenus blancs.
⁸ Soupire, telle une vierge
vêtue de deuil, pleurant l'époux de sa jeunesse.
⁹ Offrande et libation sont supprimées
dans la Maison du SEIGNEUR.
Les prêtres sont en deuil,
les ministres du SEIGNEUR.
¹⁰ Les champs sont dévastés,
les terres en deuil.
Le blé est dévasté, le moût fait défaut,
l'huile fraîche est tarie.
¹¹ Soyez confus, laboureurs, hurlez, vignerons,
à cause du froment et de l'orge :
la moisson des champs a péri.
¹² La vigne est étiolée,
le figuier flétri ;
grenadier, palmier, pommier,
tous les arbres des champs sont desséchés.
La gaîté, confuse, se retire d'entre les humains.

Appel à jeûner et à supplier le Seigneur

¹³ Ceignez-vous, lamentez-vous, prêtres,
hurlez, ministres de l'*autel.
Venez, passez la nuit vêtus de *sacs,

---

1. *trancheur, essaimeur, lécheur, décortiqueur :* on rend ainsi quatres termes mal connus, désignant peut-être diverses espèces de sauterelles du type *criquet-pèlerin,* insectes qui se déplacent en groupes innombrables et dévorent toute végétation.

ministres de mon Dieu :
offrande et libation[1] sont refusées
à la Maison de votre Dieu.

14 *Sanctifiez-vous par le *jeûne,
annoncez une réunion sacrée,
rassemblez les *anciens,
tous les habitants du pays,
dans la Maison du Seigneur,
votre Dieu,
et criez au Seigneur.

Jour du Seigneur, jour de dévastation

15 Hélas ! Quel jour ! Il est
proche, le *Jour du Seigneur;
il vient du Dévastateur[2],
comme une dévastation.

16 N'est-ce pas sous nos yeux
que la nourriture est suppri-
mée
et, dans la Maison du Seigneur,
la joie et l'allégresse ?

17 Les graines sont desséchées
sous la glèbe;
les silos sont ruinés, les greniers démolis,
car le blé fait défaut.

18 Comme le bétail soupire !
Les troupeaux de boeufs s'affolent :
plus de pâture pour eux.
Même les troupeaux de petit
bétail dépérissent.

Prière du prophète

19 Vers toi, Seigneur, je crie :
le feu dévore les pâturages de
la steppe;

la flamme consume tous les arbres des champs.

20 Même les bêtes sauvages
se tournent vers toi :
les cours d'eau sont à sec
et le feu dévore les pâturages
de la steppe.

Le jour du Seigneur est proche

2 1 Sonnez du cor[1] à *Sion,
poussez une clameur sur
ma montagne sainte !
Que tous les habitants du pays
frémissent :
le Jour du Seigneur vient, il est
proche.

2 C'est un jour de ténèbres et
d'obscurité,
un jour de nuée et de sombres
nuages.
Comme l'aurore, se déploie sur
les montagnes
un peuple nombreux et puissant,
tel qu'on n'en a jamais vu,
tel qu'après lui il n'y en aura
plus jamais,
jusqu'aux années des générations les plus lointaines.

3 Devant lui, le feu dévore,
derrière, la flamme consume.
Tel le jardin d'Eden, la terre
est devant lui,
derrière, c'est un désert dévasté.
Aussi, rien ne lui échappe.

4 Il est semblable à des chevaux[2];
comme des coursiers, ainsi
courent-ils.

5 C'est comme un bruit de chars
bondissant

---

1. Voir au glossaire SACRIFICES.
2. La traduction essaie de rendre ici un jeu de mots entre les termes hébreux *chod* (dévastation) et *Chaddaï* (un ancien nom de Dieu traduit par *Dévastateur*).

1. La *sonnerie du cor* : un signal destiné à donner l'alarme.
2. La suite du passage décrit une invasion de sauterelles à l'aide d'images de guerre.

sur les sommets des montagnes;
comme le crépitement d'un
foyer brûlant
qui dévore le chaume;
comme un peuple puissant
rangé en bataille.

6 Devant lui, les peuples se tordent de douleur,
tous les visages s'empourprent.

7 Comme des braves[1], ils courent;
tels des guerriers, ils escaladent
la muraille.
Chacun va son chemin,
ils ne s'écartent pas de leur
sentier.

8 Personne ne bouscule son voisin;
chacun avance tout droit.
À travers les projectiles, ils
foncent; ils ne se débandent
pas.

9 Ils traversent la ville, courent
sur les remparts,
escaladent les maisons;
par les fenêtres, ils entrent
comme des voleurs.

10 Devant eux, la terre frémit, le
ciel est ébranlé;
le soleil et la lune s'obscurcissent
et les étoiles retirent leur
clarté,

11 tandis que le Seigneur donne
de la voix
à la tête de son armée.
Ses bataillons sont très nombreux :
puissant est l'exécuteur de sa
parole.
Grand est le Jour du Seigneur,
redoutable à l'extrême : qui
peut le supporter ?

C'est le moment de revenir au Seigneur

12 Dès maintenant, oracle du Seigneur,
revenez à moi de tout votre
coeur
avec des *jeûnes, des pleurs,
des lamentations.

13 *Déchirez vos *coeurs, non vos
vêtements
et revenez au Seigneur, votre
Dieu :
Il est bienveillant et miséricordieux,
lent à la colère et plein de fidélité.
Il regrette le malheur.

14 Qui sait, peut-être aura-t-il encore du regret
et après lui laissera-t-il une bénédiction,
offrande et libation[1]
pour le Seigneur, votre Dieu.

Le moment de jeûner et de supplier Dieu

15 Sonnez du cor[2] à *Sion,
*sanctifiez-vous par le *jeûne,
annoncez une réunion sacrée,

16 rassemblez le peuple,
convoquez une assemblée
sainte.
Groupez les vieillards, réunis-
sez les adolescents
et les enfants à la mamelle.
Que le jeune époux quitte sa
chambre
la jeune épouse son pavillon.

---

1. *offrande et libation* : voir au glossaire
SACRIFICES.
2. La *sonnerie du cor* servait aussi à convoquer
les assemblées religieuses; voir Es 27.13 et la note;
comparer Jl 2.1 et la note.

1. Il s'agit de guerriers auxquels sont comparées
les sauterelles.

17 Qu'entre le porche et l'*autel[1]
   pleurent les prêtres,
   ministres du Seigneur.
   Qu'ils disent : « Seigneur, aie
   pitié de ton peuple;
   ne fais pas de ton héritage un
   opprobre
   pour que les nations se moquent d'eux !
   Pourquoi dirait-on parmi les
   peuples :
   Où est leur Dieu ? »

Le Seigneur répond à son peuple

18 Le Seigneur déborde de zèle
   pour son pays,
   il a pitié de son peuple.
19 Le Seigneur répond à son
   peuple :
   « Eh bien ! je vais vous envoyer
   le blé, le moût et l'huile
   fraîche.
   Vous en serez rassasiés.
   Jamais plus je ne ferai de vous
   un opprobre parmi les nations.
20 Celui qui vient du nord, je l'é-
   loigne de vous;
   je le chasse en une terre aride
   et désolée,
   son avant-garde vers la mer
   orientale,
   son arrière-garde vers la mer
   occidentale[2];
   il en montera une puanteur,
   il en montera une infection :
   oui, il a fait de grandes
   choses. »
21 Terre, ne crains pas, exulte et
   réjouis-toi :

   car le Seigneur fait de grandes
   choses.
22 Ne craignez pas, bêtes des
   champs :
   les pâturages des steppes re-
   verdissent,
   les arbres portent leurs fruits,
   le figuier et la vigne donnent
   leurs richesses.
23 Vous, gens de *Sion, exultez et
   réjouissez-vous
   dans le Seigneur, votre Dieu.
   Il vous donne la pluie d'automne pour vous sauver,
   il fait tomber sur vous l'averse,
   la pluie d'automne, la pluie du
   printemps,
   comme jadis.
24 Les aires se remplissent de froment,
   les cuves débordent de moût et
   d'huile fraîche.
25 Je compense pour vous les années que l'« essaimeur » a man-
   gées,
   le « lécheur », le « décortiqueur », le « trancheur[1] », ma
   grande armée que j'ai envoyée
   contre vous.
26 Vous mangerez à satiété,
   vous louerez le *nom du Seigneur, votre Dieu,
   qui a agi merveilleusement
   pour vous.
   Mon peuple ne connaîtra plus
   la honte, jamais.
27 Vous saurez que je suis au milieu d'Israël, moi,
   et que je suis le Seigneur, votre
   Dieu,
   et qu'il n'y en a point d'autre.
   Mon peuple ne connaîtra plus
   la honte, jamais.

---

1. Le *porche* correspond à l'entrée du bâtiment
principal du temple — l'*autel* : probablement l'autel des *holocaustes, situé devant le porche.
2. *celui qui vient du nord* : sans doute l'ennemi
dont il a été question aux v. 1-11; voir la note sur
Jr 1,14 — *la mer orientale* : la mer Morte — *la
mer occidentale* : la mer Méditerranée.

1. Voir 1.4 et la note.

Le Seigneur répandra son Esprit sur tous

3 [1] Après cela, je répandrai mon Esprit
sur toute chair.
Vos fils et vos filles *prophéti-
seront,
vos vieillards auront des songes,
vos jeunes gens auront des visions.

[2] Même sur les serviteurs et les servantes,
en ce temps-là je répandrai mon Esprit.

[3] Je placerai des prodiges dans le ciel et sur la terre,
du sang, du feu, des colonnes de fumée.

[4] Le soleil se changera en ténèbres et la lune en sang
à l'avènement du Jour du Seigneur,
grandiose et redoutable.

[5] Alors, tous ceux qui invoque-
ront le nom du Seigneur seront sauvés. En effet, il y aura des rescapés sur la montagne de *Sion et à Jérusalem, comme le Seigneur l'a dit : parmi les survivants que le Seigneur appelle.

Le procès de Dieu contre les nations

4 [1] Oui, précisément en ce temps-là,
lorsque je restaurerai Juda et Jérusalem[1],

[2] je rassemblerai toutes les nations
et je les ferai descendre dans la vallée nommée « Le Seigneur juge[1] ».
Et là, je plaiderai contre elles au sujet d'Israël, mon peuple et mon domaine :
parce qu'elles l'ont dispersé parmi les peuples
et qu'elles ont partagé mon pays.

[3] Elles ont joué mon peuple au sort;
elles ont troqué des garçons contre des prostituées;
pour du vin, elles ont vendu des fillettes,
et elles ont bu.

[4] Même vous, Tyr et Sidon, et tous les districts des Philistins :
que me voulez-vous ?
Vous vengeriez-vous sur moi ?
Mais si vous usiez contre moi de représailles,
alors promptement, rapide-
ment, je ferais retomber la vengeance sur vos têtes.

[5] Vous qui avez pris mon argent et mon or,
qui avez déposé dans vos tem-
ples mes trésors précieux,

[6] vous qui avez vendu les habi-
tants de Juda et de Jérusalem aux habitants de Yavân[2], pour les éloigner de leur territoire :

[7] c'est moi qui vais les réveiller du lieu
où vous les avez vendus,
et je ferai retomber votre forfait sur vos têtes.

[8] Je vendrai vos fils et vos filles aux habitants de Juda,

---

1. Comme les versions anciennes, certains tra-
duisent *lorsque je ramènerai les captifs de Juda et de Jérusalem*.

1. Cette vallée ne doit pas être cherchée sur une carte; le nom est purement symbolique.
2. *Yavân* : nom biblique de *la Grèce*.

qui les vendront aux Sabéens[1],
nation lointaine.
C'est le SEIGNEUR qui le dit !

Combat final et jugement

9 Publiez ceci parmi les nations :
*sanctifiez-vous pour la guerre,
stimulez les braves;
qu'ils approchent, qu'ils montent, tous les guerriers.
10 De vos socs, forgez des épées,
de vos serpes, forgez des lances.
Que celui qui est faible dise :
« Je suis un brave ! »
11 Venez à l'aide[2], vous toutes les nations d'alentour;
qu'on se rassemble là !
SEIGNEUR, fais descendre tes braves !
12 Que les nations se mettent en branle;
qu'elles montent vers la vallée
nommée « Le SEIGNEUR juge[3] » :
C'est là que je vais siéger
pour juger toutes les nations d'alentour.
13 Brandissez la faucille,
la moisson est mûre;
venez, foulez,
le pressoir est plein;
les cuves débordent.
Oui, leur malice est grande.
14 Des foules, des foules
dans le Val de la Décision :
le Jour du SEIGNEUR est proche
dans le Val de la Décision[4].
15 Le soleil et la lune s'obscurcissent,
les étoiles retirent leur clarté.
16 Le SEIGNEUR rugit de *Sion,

de Jérusalem, il donne de la voix :
alors, les cieux et la terre sont ébranlés,
mais le SEIGNEUR est un abri
pour son peuple,
un refuge pour les Israélites.
17 Alors vous connaîtrez que je
suis le SEIGNEUR, votre Dieu,
qui demeure à Sion, ma montagne *sainte.
Jérusalem deviendra un lieu saint
et désormais les étrangers n'y passeront plus.

Nouvelle prospérité pour le peuple de Dieu

18 Ce jour-là,
les montagnes dégoutteront de vin nouveau,
les collines ruisselleront de lait;
dans tous les ruisseaux de Juda,
les eaux couleront.
Une source jaillira de la Maison du SEIGNEUR
et elle arrosera la Vallée des Acacias[1].
19 L'Egypte deviendra une terre dévastée,
Edom[2] un désert dévasté
à cause de la violence faite aux fils de Juda :
ils ont répandu du *sang innocent dans leur pays.
20 Mais Juda sera habitée à jamais
et Jérusalem d'âge en âge.
21 Je déclare leur sang innocent,
oui je le déclare.
C'est le SEIGNEUR qui habite à *Sion.

---

1. Les *Sabéens* : peuplade de l'Arabie du sud (voir Es 60.6).
2. Traduction incertaine; l'ancienne version grecque a compris *rassemblez-vous*.
3. Voir 4.2 et la note.
4. Il s'agit sans doute de la même vallée qu'au v. 2.

1. La localisation de cette vallée est discutée.
2. Voir la note sur Am 1.11.

AMOS

L'époque et le message d'Amos

1 1 Paroles d'Amos, qui fut l'un des éleveurs de Teqoa, paroles dont il eut la vision, contre Israël[1], aux jours d'Ozias, roi de Juda, et aux jours de Jéroboam, fils de Joas, roi d'Israël, deux ans avant le tremblement de terre[2].

2 Il disait :
De *Sion, le SEIGNEUR rugit
et de Jérusalem, il donne de la voix
les pâturages des *bergers sont désolés
et la crête du Carmel[3] desséchée.

Dieu juge les Araméens

3 Ainsi parle le SEIGNEUR :
À cause des trois et à cause des quatre rébellions de Damas,
je ne révoquerai pas mon arrêt :

parce qu'ils ont haché Galaad
sous des herses de fer[1],
4 je mettrai le feu à la maison d'Hazaël
et il dévorera les palais de Ben-Hadad[2];
5 je ferai sauter le verrou de Damas;
de Biqéath-Awèn, j'extirperai le monarque;
de Beth-Eden, celui qui tient le sceptre;
et alors le peuple d'*Aram sera déporté à Qir[3]
— dit le SEIGNEUR.

Dieu juge les Philistins

6 Ainsi parle le SEIGNEUR : À cause des trois et à cause des quatre rébellions de Gaza[4],
je ne révoquerai pas mon arrêt :
parce qu'ils ont déporté en masse des déportés,
pour les livrer à Edom[5],
7 je mettrai le feu aux murs de Gaza
et il dévorera ses palais;
8 d'Ashdod, j'extirperai le monarque,

1. *Teqoa* : bourgade située à 17 km au sud de Jérusalem, dans le royaume de Juda — *Israël* : à l'époque d'Amos c'est le nom de royaume des 10 tribus du nord. Amos le nomme aussi *maison de Jacob* (3.13), *maison de Joseph* (5.6), *maison d'Isaac* (7.16) ou plus simplement *Jacob* (6.8), *Joseph* (5.15) ou *Isaac* (7.9).
2. Probablement vers 750 av. J.-C.
3. Le *Carmel* : montagne fertile située dans la partie nord-ouest de la Palestine.

1. *Damas* : capitale d'un royaume *araméen, qui fut longtemps en guerre contre Israël — *herses de fer* : traîneaux munis de pointes servant normalement à détacher les grains des épis après la moisson.
2. *Hazaël, Ben-Hadad* : noms de plusieurs rois de Damas.
3. *Biqéath-Awèn, Beth-Eden, Qir* : localités non identifiées. Sur *Qir*, voir Es 22.6 et la note.
4. *Gaza* (v. 6-7), *Ashdod, Ashqelôn* et *Eqrôn* (v. 8) sont, avec *Gath* (6.2), les cinq principales villes de Philistie.
5. Voir v. 11 et la note.

et d'Ashqelôn, celui qui tient le
  sceptre;
je tournerai la main contre Eqrôn,
et le reste des Philistins périra
  — dit le Seigneur DIEU.

Dieu juge les Phéniciens

9 Ainsi parle le SEIGNEUR :
   À cause des trois et à cause des
     quatre rébellions de Tyr[1],
   je ne révoquerai pas mon ar-
     rêt :
   parce qu'ils ont livré des dé-
     portés en masse à Edom,
   sans avoir gardé la mémoire de
     l'alliance entre frères,
10 je mettrai le feu aux murs de
     Tyr,
   et il dévorera ses palais.

Dieu juge les Edomites

11 Ainsi parle le SEIGNEUR :
   À cause des trois et à cause des
     quatre rébellions d'Edom[2],
   je ne révoquerai pas mon ar-
     rêt :
   parce qu'il a poursuivi de l'é-
     pée son frère,
   et qu'il avait étouffé sa pitié;
   parce que sa colère n'a cessé de
     déchirer
   et que sa rancune, il l'avait
     obstinément gardée,
12 je mettrai le feu à Témân,
   et il dévorera les palais de Bo-
     çra[3].

Dieu juge les Ammonites

13 Ainsi parle le SEIGNEUR :
   À cause des trois et à cause des
     quatre rébellions des fils d'Am-
     mon,
   je ne révoquerai pas mon ar-
     rêt :
   parce qu'ils ont éventré les
     femmes enceintes de Galaad[1],
   afin de pouvoir élargir leur
     territoire,
14 je bouterai le feu aux murs de
     Rabba
   et il dévorera ses palais,
   au cri de guerre d'un jour de
     bataille,
   dans la tempête d'un jour d'ou-
     ragan;
15 leur roi s'en ira en déportation,
   lui avec ses officiers en même
     temps
   — dit le SEIGNEUR.

Dieu juge les Moabites

2 1 Ainsi parle le SEIGNEUR :
   À cause des trois et à cause
     des quatre rébellions de
     Moab[2],
   je ne révoquerai pas mon ar-
     rêt :
   parce qu'il a brûlé à la chaux
     les os du roi d'Edom,
2 je mettrai le feu à Moab
   et il dévorera les palais de Qe-
     riyoth;
   Moab mourra dans le fracas,
   au cri de guerre, au son du cor;
3 de son sein, j'extirperai le juge;

---

1. *Tyr* : ville principale du royaume phénicien
(voir Os 9.13 et la note).
2. *Edom* : peuple fixé au sud-est de la mer
Morte et considéré comme le descendant d'Esaü,
frère de Jacob-Israël (Gn 36).
3. *Témân et Boçra* : deux villes où résidaient les
chefs d'Edom.

1. Les *Ammonites* : population formant un petit
royaume situé à l'est de la Transjordanie, autour
de sa capitale *Rabba* (v. 14), aujourd'hui *Amman*
— *Galaad* : région montagneuse (ou ville : voir Os
6.8 et la note) située au centre de la Transjordanie.
2. Autre royaume voisin d'Israël, situé à l'est de
la mer Morte. *Qeriyoth* (2.2) est la ville principale
de Moab.

et tous les officiers, je les tuerai avec lui
— dit le Seigneur.

Dieu juge le royaume de Juda

4 Ainsi parle le Seigneur :
À cause des trois et à cause des
quatre rébellions de Juda,
je ne révoquerai pas mon arrêt :
parce qu'ils ont rejeté l'enseignement du Seigneur,
et n'ont pas observé ses décrets;
parce que leurs mensonges les
avaient égarés,
ceux que suivaient leurs pères,
5 je mettrai le feu à Juda,
et il dévorera les palais de Jérusalem.

Dieu juge le royaume d'Israël

6 Ainsi parle le Seigneur :
À cause des trois et à cause des
quatre rébellions d'Israël,
je ne révoquerai pas mon arrêt :
parce qu'ils ont vendu le juste
pour de l'argent
et le pauvre pour une paire de
sandales;
7 parce qu'ils sont avides de voir
la poussière du sol sur la tête
des indigents
et qu'ils détournent les ressources des humbles;
après quoi le fils et le père
vont vers la même fille,
profanant ainsi mon saint
*Nom;
8 à cause des vêtements en gage
qu'ils ont extorqués près de
chaque *autel

et du vin confisqué qu'ils boivent dans la maison de leur
dieu.
9 Alors que moi, j'avais détruit
au-devant d'eux l'*Amorite,
dont la majesté égale la majesté du cèdre,
et la puissance, celle du chêne;
j'en avais arraché les fruits
par-dessus
et les racines par-dessous;
10 alors que moi, je vous avais
fait monter du pays d'Egypte,
et vous avais conduits 40 ans
au désert
pour prendre possession du
pays de l'Amorite;
11 alors que j'avais suscité, d'entre
vos fils, des *prophètes
et, parmi les meilleurs d'entre
vous, des nazirs[1];
oui ou non, est-ce vrai, fils
d'Israël ?
— oracle du Seigneur.
12 Mais vous faites boire du vin
aux nazirs
et vous donnez cet ordre aux
prophètes :
Vous ne prophétiserez pas !
13 Me voici donc pour vous écraser sur place,
comme écrase un char qui est
tout plein de paille :
14 le refuge se dérobera devant
l'agile,
le courageux ne rassemblera
pas ses forces,
le héros ne s'échappera pas,
15 l'archer ne tiendra plus debout,
le coureur agile n'en réchap-
pera pas,
le cavalier ne s'échappera pas,
16 le plus vaillant de ces héros
s'enfuira, tout nu,

---

1. *nazirs* : hommes consacrés à Dieu; ils faisaient en particulier le vœu de s'abstenir de vin (v.
12).

ce *jour-là
— oracle du Seigneur.

Israël devra rendre des comptes à Dieu

3 1 Ecoutez cette parole, celle
que le Seigneur prononce
contre vous,
fils d'Israël,
contre toute la famille que j'a-
vais fait monter du pays d'E-
gypte :
2 Vous seuls, je vous ai connus,
entre toutes les familles de la
terre;
c'est pourquoi je vous ferai
rendre compte
de toutes vos iniquités.

Dieu intervient, le prophète doit parler

3 Deux hommes vont-ils ensemble
s'ils ne se sont pas rencontrés ?
4 Un lion rugit-il dans la forêt
sans avoir une proie ?
Un lionceau donne-t-il de la
voix dans sa tanière
s'il n'a pas fait de capture ?
5 Un oiseau tombe-t-il à terre
sur un piège
sans qu'il y ait un appât ?
Un piège se soulève-t-il du sol
sans avoir fait de capture ?
6 Si le cor retentit dans une ville,
le peuple n'a-t-il pas été
alarmé ?
S'il arrive malheur dans une
ville,
n'est-ce pas le Seigneur qui l'a
fait ?
7 Car le Seigneur Dieu ne fait
rien
sans révéler son secret à ses
serviteurs les *prophètes.

8 Un lion a rugi, qui ne craindrait ?
Le Seigneur Dieu a parlé, qui
ne prophétiserait ?

Il ne restera presque rien de Samarie

9 Clamez sur les palais, dans
Ashdod,
sur les palais, dans le pays d'E-
gypte,
et dites:
Assemblez-vous sur les montagnes de Samarie[1],
voyez quel amas de désordres
en son sein,
quelles oppressions au milieu
d'elle !

10 Ils n'ont pas le sens de l'action
droite,
ces entasseurs de violences et
de rapines dans leur palais
— oracle du Seigneur.

11 C'est pourquoi, ainsi parle le
Seigneur Dieu :
l'ennemi encerclera le pays,
on te dépouillera de ta puissance,
et tes palais seront pillés.

12 Ainsi parle le Seigneur :
Tout comme le *berger ar-
rache de la gueule du lion
deux pattes ou un bout d'o-
reille,
ainsi seront arrachés les fils
d'Israël,
ces gens installés à Samarie,
au creux d'un divan, au
confort du lit.

1. *Ashdod :* voir 1.6 et la note — *Samarie :* capitale du royaume d'Israël à l'époque d'Amos.

13 Ecoutez et témoignez contre la
   maison de Jacob[1]
   — oracle du Seigneur Dieu, le
   Dieu des puissances :
14 c'est qu'au jour où j'interviendrai contre Israël à cause de
   ses forfaits,
   j'interviendrai contre les *autels de Béthel,
   on cassera les cornes de l'autel[2]
   et elles tomberont à terre;
15 je frapperai la maison d'été
   puis la maison d'hiver,
   les maisons d'ivoire disparaîtront
   et les grandes maisons crouleront
   — oracle du Seigneur.

Les dames de Samarie

4 1 Ecoutez cette parole, vaches du Bashân[3]
   qui paissez sur la montagne de
   Samarie,
   opprimant les indigents,
   broyant les pauvres,
   disant à vos maîtres : Apporte
   à boire !
2 Le Seigneur le jure par sa
   *sainteté :
   Oui, voici venir sur vous des
   jours
   où l'on vous enlèvera avec des
   crocs
   et vos suivantes avec des harpons,
3 vous sortirez par les brèches,
   chacune pour soi,

et vous serez rejetées vers
l'Harmôn[1]
— oracle du Seigneur.

Des sacrifices dérisoires

4 Venez à Béthel et révoltez-vous,
   au Guilgal[2] multipliez vos révoltes,
   offrez dès le matin vos sacrifices,
   le troisième jour vos dîmes;
5 fais fumer sans *levain un *sacrifice de reconnaissance,
   proclamez en public des dons
   volontaires,
   car c'est ainsi que vous aimez,
   fils d'Israël
   — oracle du Seigneur Dieu.

Israël n'est pas revenu à Dieu

6 C'est moi déjà qui vous ai
   donné le vide à vous mettre
   sous la dent
   en toutes vos villes,
   la disette de pain en toutes vos
   demeures,
   mais vous n'êtes pas revenus
   jusqu'à moi
   — oracle du Seigneur.
7 C'est moi déjà qui vous avais
   refusé l'averse
   à trois mois encore de la moisson,
   j'avais fait tomber la pluie sur
   telle ville,
   et non sur telle autre;
   tel champ était arrosé de pluie
   et le champ sans pluie se desséchait;

---

1. Voir la note sur 1.1.
2. *Béthel* : voir la note sur Os 4.15 — *les cornes de l'autel* : voir Ex 27.2 et la note.
3. Le *Bashân;* plateau fertile, au nord de la Transjordanie, réputé pour ses troupeaux. Les femmes de Samarie sont comparées aux animaux prospères de ces troupeaux.

1. Région non identifiée; certains lisent *vers l'Hermon*, montagne du nord de la Palestine.
2. *Béthel, Guilgal :* voir la note sur Os 4.15.

8 deux, trois villes, titubant,
étaient allées vers une autre
ville
pour boire de l'eau,
sans être désaltérées,
mais vous n'êtes pas revenus
jusqu'à moi
— oracle du Seigneur.

9 Je vous avais frappés par la
rouille et la nielle[1],
les richesses de vos jardins, de
vos vignes,
de vos figuiers et de vos oliviers,
la chenille les avait dévorées,
mais vous n'êtes pas revenus
jusqu'à moi
— oracle du Seigneur.

10 J'avais jeté sur vous la peste
venue d'Égypte,
j'avais tué par l'épée vos jeunes
gens
tout en capturant vos chevaux
et j'avais fait monter à vos narines
la puanteur de votre camp,
mais vous n'êtes pas revenus
jusqu'à moi
— oracle du Seigneur.

11 Je vous avais bouleversés
autant qu'au bouleversement
divin de Sodome et de Go-
morrhe,
et vous étiez comme un tison
arraché de l'incendie,
mais vous n'êtes pas revenus
jusqu'à moi
— oracle du Seigneur.

12 Eh bien, voici comment je vais
te traiter, Israël :
et puisque c'est ainsi que je
vais te traiter,
prépare-toi à rencontrer ton
Dieu, Israël :

13 Car voici :

Celui qui façonne les montagnes,
qui crée le vent,
qui révèle à l'homme quel est
son dessein,
qui, des ténèbres, produit l'aurore,
qui marche sur les hauteurs de
la terre,
il se nomme le Seigneur, Dieu
des puissances.

Lamentation funèbre sur Israël

5   1 Écoutez cette parole,
cette lamentation[1] que je
profère sur vous, maison
d'Israël :
2 Elle est tombée, elle ne se relève plus,
la vierge d'Israël,
elle gît sur sa terre,
sans personne pour la relever.
3 Car ainsi parle le Seigneur
Dieu :
De la ville qui recrute un millier d'hommes,
il ne restera qu'une centaine;
de celle qui en recrute une centaine,
il ne restera qu'une dizaine,
pour la maison d'Israël.

Cherchez le Seigneur et vous vi-
vrez

4 C'est ainsi que parle le Seigneur à la maison d'Israël :
Cherchez-moi et vous vivrez.
5 Mais ne cherchez pas à Béthel,
au Guilgal, n'entrez pas,
à Béer-Shéva[2] ne passez pas;

---

1. la *rouille* et la *nielle* : maladies du blé.

1. Chant funèbre, souvent improvisé, et caractérisé par un rythme inégal.
2. *Béthel, Guilgal* : voir la note sur Os 4.15
— *Béer-Shéva* : lieu de culte traditionnel situé au
sud du royaume de Juda.

car le Guilgal sera entièrement
déporté
et béthel deviendra iniquité.

6 Cherchez le Seigneur et vous
vivrez.
Prenez garde qu'il montre sa
force,
maison de Joseph[1],
tel un feu
qui dévore, sans personne pour
éteindre, à Béthel.

7 Ils changent le droit en poison
et traînent la justice à terre.

8 L'auteur des Pléiades et d'O-
rion,
qui change l'obscurité en clarté
matinale,
qui réduit le jour en sombre
nuit,
qui convoque les eaux de la
mer
pour les répandre sur la face
de la terre :
il se nomme le Seigneur.

9 C'est lui qui livre au pillage
l'homme fort,
et le pillage force l'entrée de la
citadelle ...

10 Ils haïssent celui qui rappelle à
l'ordre le tribunal,
celui qui prend la parole avec
intégrité, ils l'abominent.

11 Eh bien, puisque vous pressu-
rez l'indigent,
lui saisissant sa part de grain,
ces maisons en pierre de taille
que vous avez bâties,
vous n'y résiderez pas;
ces vignes de délices que vous
avez plantées,
vous n'en boirez pas le vin.

12 Car je connais la multitude de
vos révoltes
et l'énormité de vos péchés,
oppresseurs du juste, extor-
queurs de rançons;

ils déboutent les pauvres au
tribunal.

13 Voilà pourquoi, en un tel
temps,
l'homme avisé se tait,
car c'est un temps de malheur.

14 Cherchez le bien et non le mal,
afin que vous viviez,
et ainsi le Seigneur, Dieu des
puissances, sera avec vous,
comme vous le dites.

15 Haïssez le mal, aimez le bien,
rétablissez le droit au tribunal :
peut-être que le Seigneur, Dieu
des puissances, aura pitié
du reste de Joseph.

16 Eh bien ! ainsi parle le Seigneur,
Dieu des puissances, mon Seigneur :
Sur toutes les places, il y aura
des funérailles,
dans toutes les rues, on dira :
Hélas ! hélas !
on invitera le paysan au deuil,
aux funérailles, les initiés en
complaintes;

17 dans toutes les vignes, il y aura
des funérailles,
quand je passerai au milieu de
toi
— dit le Seigneur.

Le jour du Seigneur

18 Malheureux ceux qui misent
sur le jour du Seigneur !
À quoi bon ? que sera-t-il pour
vous,
le jour du Seigneur ?
il sera ténèbres et non lumière.

19 C'est comme un homme qui
fuit devant un lion
et que l'ours surprend;

1. Voir la note sur 1.1.

il rentre chez lui, appuie la
main au mur,
et le serpent le mord.
20 Ne sera-t-il pas ténèbres, le
jour du Seigneur, et non lumière,
obscur, sans aucune clarté ?

Un culte insupportable à Dieu

21 Je déteste, je méprise vos pèlerinages,
je ne puis sentir vos rassemble-
ments,
22 quand vous faites monter vers
moi des holocaustes;
et dans vos offrandes, rien qui
me plaise;
votre *sacrifice de bêtes
grasses, j'en détourne les yeux;
23 éloigne de moi le brouhaha de
tes cantiques,
le jeu de tes harpes, je ne peux
pas l'entendre.
24 Mais que le droit jaillisse
comme les eaux
et la justice comme un torrent
intarissable !
25 M'avez-vous présenté sacrifices
et offrande au désert,
pendant 40 ans, maison d'Israël ?
26 Mais vous avez porté Sikkouth, votre Roi, et Kiyyoun[1],
vos images,
l'étoile de vos dieux, que vous
vous êtes faits.
27 Je vous déporterai au-delà de
Damas
— dit le Seigneur, Dieu des
puissances,
c'est son nom.

Une fausse sécurité

6 1 Malheureux ceux qui ont
fondé leur tranquillité sur
*Sion
et ceux qui ont mis leur sécurité dans la montagne de Samarie,
eux, l'élite de la première des
nations,
vers qui vient la maison d'Israël :
2 « Passez par Kalné, disent-ils,
et regardez,
de là, rendez-vous à Hamath,
la grande,
puis descendez à Gath[1] des
Philistins;
seraient-elles plus prospères
que ces royaumes-ci ?
et leur territoire serait-il plus
grand que votre territoire ? »
3 En voulant repousser le jour
du malheur,
vous rapprochez le règne de la
violence.
4 Allongés sur des lits d'ivoire,
vautrés sur leurs divans,
ils se régalent de jeunes béliers
et de veaux choisis dans les
étables;
5 ils improvisent au son de la
harpe,
chantant comme David leurs
propres cadences,
6 buvant du vin dans des coupes,
et se parfumant à l'huile des
*prémices,
mais ils ne ressentent aucun
tourment pour la ruine de Joseph[2].
7 C'est pourquoi, maintenant, ils
vont être déportés en tête des
déportés,

---

1. *Sikkouth, Kiyyoun* : deux faux dieux d'origine
probablement assyrienne (comparer 2 R 17.30).

1. *Kalné, Hamath* : deux villes *araméennes importantes — *Gath* : une des cinq villes principales
de la Philistie (voir 1.6-8).
2. Voir la note sur 1.1.

et finie la confrérie des ava-
chis !

La destruction de Samarie

8 Le Seigneur le jure par
lui-même
— oracle du Seigneur, Dieu
des puissances,
moi qui veux être l'orgueil de
Jacob,
mais qui déteste ses palais :
Je livrerai la ville tout entière;
9 s'il arrivait que dix hommes
résistent
dans une même maison, ils
mourraient.
10 Le parent qui emportera les
cadavres hors de la maison
pour les brûler
dira à celui qui est au fond de
la maison :
« Y a-t-il encore quelqu'un
avec toi ? »
Il répondra : « C'est fini ! »
on dira : « Silence ! »
Plus personne pour invoquer le
*nom du Seigneur !
11 Oui, voici le Seigneur qui commande;
il frappe : la grande maison
s'écroule,
même la petite se lézarde.
12 Est-ce que des chevaux galo-
pent sur des rochers,
y laboure-t on avec des boeufs,
pour que vous fassiez tourner
le droit en poison
et le fruit de la justice en ciguë[1] ?

Des victoires pour rien

13 Ils se réjouissent pour Lo-Davar — pour rien —

1. Plante vénéneuse.

et disent : « N'est-ce pas notre
force
que nous avons fait, nous, la
conquête de Qarnaïm[1] — les
deux cornes ? »
14 Me voici donc, je vais lever
contre vous, maison d'Israël
— oracle du Seigneur, Dieu
des puissances —
une nation,
pour vous opprimer depuis
Lebo-Hamath
jusqu'au torrent de la Araba[2].

Première vision d'Amos : les sauterelles

7 1 Voici ce que me fit voir le
Seigneur, mon Dieu :
il produisait des sauterelles,
quand le regain commençait à
pousser
— c'était le regain qui vient
après la fenaison du roi[3];
2 comme elles avaient dévoré
toute l'herbe du pays,
je dis :
« Seigneur, mon Dieu, pardonne, je t'en prie,
Jacob[4] pourrait-il tenir ? il est
si petit ! »
3 Le Seigneur s'en repentit :
« Cela n'arrivera pas »,
dit le Seigneur.

1. *Lo-Davar :* une ville de transjordanie (2 S
9.4), peut-être parmi celles que Joas d'Israël avait
reconquises selon 2 R 13.25. Le nom hébreu de
cette ville permet un jeu de mots (*lo davar : rien*)
— *Qarnaïm :* autre ville de Transjordanie (Gn
14.5; *1 M* 5.26), dont le nom permet un autre jeu
de mots (*qarnaïm : deux cornes* — la *corne* est
symbole de puissance).
2. *Lebo-Hamath* indique traditionnellement
l'extrémité nord de la Palestine (voir Jos 13.5)
— *torrent de la Araba :* à l'extrémité sud de la
Transjordanie.
3. *la fenaison du roi :* première récolte de fourrage, réservée au roi.
4. Voir la note sur 1.1.

Deuxième vision : le feu

4 Voici ce que me fit voir le Seigneur, mon Dieu :
   le Seigneur, mon Dieu, inten-
   tait procès par un feu
   qui avait dévoré le grand
   *abîme
   et dévorait le territoire;
5 je dis :
   « Seigneur, mon Dieu, arrête, je
   t'en prie,
   Jacob pourrait-il tenir ? il est si
   petit ! »
6 Le Seigneur s'en repentit :
   « Cela non plus n'arrivera
   pas »,
   dit le Seigneur, mon Dieu.

Troisième vision : l'étain

7 Voici ce qu'il me fit voir :
   mon Seigneur, debout sur une
   muraille d'étain[1],
   tenait de l'étain à la main.
8 Le Seigneur me dit :
   « Que vois-tu Amos ? »
   Je dis : « De l'étain. »
   Mon Seigneur me dit :
   « Voici que je viens mettre l'é-
   tain au milieu d'Israël mon
   peuple;
   pour lui, je ne passerai pas une
   fois de plus.
9 Les *hauts lieux d'Isaac seront
   dévastés,
   les *sanctuaires d'Israël, rasés,
   quand je me lèverai avec l'épée
   contre la maison de Jéroboam. »

Amos est expulsé de Béthel

10 Le prêtre de Béthel, Amacya,
envoya dire à Jéroboam[1], le roi
d'Israël : « Amos conspire contre
toi au sein de la maison d'Israël;
le pays ne peut plus rien tolérer
de ce qu'il dit. Car c'est ainsi que
parle Amos :
11 C'est par l'épée que mourra Jé-
    roboam
    et Israël sera entièrement dé-
    porté
    loin de sa terre. »
12 Amacya dit alors à Amos :
« Va-t-en, voyant; sauve-toi au
pays de Juda : là-bas, tu peux gagner ton pain et *prophétiser,
là-bas ! 13 Mais à Béthel, ne re-
commence pas à prophétiser, car
c'est ici le *sanctuaire du roi, le
temple royal ! »
14 Amos répondit à Amacya :
« Je n'étais pas prophète, je n'é-
tais pas fils de prophète, j'étais
bouvier, je traitais les sycomores[2];
15 mais le Seigneur m'a pris de
derrière le bétail et le Seigneur
m'a dit : Va ! prophétise à Israël
mon peuple. 16 Maintenant donc,
écoute la parole du Seigneur :
    Tu déclares : Tu ne prophétise-
    ras pas contre Israël,
    tu ne baveras pas sur la mai-
    son d'Isaac !
17 C'est pourquoi, ainsi parle le
    Seigneur :
    Ta femme, elle se prostituera
    dans la ville;
    tes fils et tes filles, ils tombe-
    ront sous l'épée;

---

1. *Béthel* : voir la note sur Os 4.15. Pour la
fondation du sanctuaire de Béthel par Jéroboam I,
voir 1 R 12.26-33 — *Jéroboam* : il s'agit ici de
Jéroboam II (2 R 14.23-29).
2. *fils de prophète* : voir au glossaire PRO-
PHÈTE. — *sycomores* : ces arbres ne poussent que
dans le *Bas-Pays et dans la dépression jorda-
nienne; leurs fruits servaient à l'alimentation du
bétail.

---

1. Le terme hébreu rendu ici par *étain* ne se
rencontre nulle part ailleurs dans la Bible. Certains
pensent qu'il désigne plutôt un *niveau muni d'un
fil à plomb*, utilisé en maçonnerie; ils traduisent ...
sur un mur, un niveau à plomb dans la main.

ta terre, elle sera partagée au
cordeau ;
toi, tu mourras sur une terre
impure,
et Israël sera entièrement déporté
loin de sa terre. »

Quatrième vision : la corbeille de fruits

8 ¹ Voici ce que me fit voir le
Seigneur, mon Dᴇᴜ :
c'était une corbeille de fruits
de fin d'été.
² Il dit :
« Que vois-tu, Amos ? »
Je dis : « Une corbeille de fruits
de fin d'été. »
Le Sᴇɪɢɴᴇᴜʀ me dit :
« La fin¹ est arrivée pour Israël
mon peuple ;
pour lui, je ne passerai pas une
fois de plus.
³ Les chants du temple gémiront, ce jour-là
— oracle du Seigneur, mon
Dᴇᴜ ;
nombreux seront les cadavres,
partout s'impose le silence. »

L'avidité des trafiquants

⁴ Ecoutez ceci, vous qui vous
acharnez sur le pauvre
pour anéantir les humbles du
pays,
⁵ vous qui dites :
« Quand donc la nouvelle lune
sera-t-elle finie,
que nous puissions vendre du
grain,
et le *sabbat, que nous puissions ouvrir les sacs de blé,

diminuant l'épha, augmentant
le sicle¹,
faussant des balances menteuses,
⁶ achetant des indigents pour de
l'argent
et un pauvre pour une paire de
sandales ?
Nous vendrons même la cri-
blure du blé ! »
⁷ Le Sᴇɪɢɴᴇᴜʀ le jure par l'orgueil de Jacob² :
Jamais je n'oublierai aucune de
leurs actions ;
⁸ à cause de cela, la terre ne
va-t-elle pas frémir
et tous ses habitants prendre le
deuil ?
Elle gonflera, tout entière,
comme le fleuve³,
elle s'enflera et s'affaissera
comme le fleuve d'Egypte.

Le jour du Seigneur sera un jour de deuil

⁹ Il arrivera, ce jour-là
— oracle du Seigneur, mon
Dᴇᴜ —
où je ferai se coucher le soleil
en plein midi
et enténébrerai la terre en
plein jour ;
¹⁰ j'y ferai tourner en deuil vos
pèlerinages,
en lamentations tous vos
chants ;
je mettrai sur tous les reins un
*sac,

---

1. Le texte hébreu fait ici un jeu de mots entre *qayiç* (fruits d'été) et *qéç* (fin).

1. *nouvelle lune :* fête marquant le début du mois (1 S 20.5, 24) ; elle était chômée. Voir aussi au glossaire NÉOMÉNIE – *épha :* voir au glossaire POIDS ET MESURES. Capacité — *sicle :* voir au glossaire POIDS ET MESURES.
2. *Jacob :* voir la note sur 1.1 — *l'orgueil de Jacob :* c'est une désignation de Dieu lui-même (voir 6.8).
3. Le verset 8b est traduit d'après 9.5.

je raserai toutes les têtes[1];
je vous le ferai porter comme
le deuil d'un fils unique,
et ce qui s'ensuivra ressemblera
à un jour d'amertume.

11 Voici venir des jours
— oracle du Seigneur, mon
Dieu —
où je répandrai la famine dans
le pays,
non pas la faim du pain, ni la
soif de l'eau,
mais celle d'entendre la parole
du Seigneur.

12 On ira, titubant d'une mer à
l'autre,
errant du nord à l'est,
pour chercher la parole du Seigneur,
et on ne la trouvera pas !

13 Ce jour-là,
les vierges en leur beauté
et les jeunes hommes dépériront de soif;

14 ceux qui jurent par le péché de
Samarie,
et qui disent : « Vive ton Dieu,
Dan !
Vive   la   Puissance   de
Béer-Shéva[2] ! »
tomberont et ne se relèveront
plus.

Cinquième vision : le sanctuaire ébranlé

9 1 Je vis mon Seigneur debout sur l'*autel, qui disait :
Frappe le chapiteau,
et les seuils trembleront;

retranche tous ceux qui sont en
tête,
et les suivants, je les tuerai par
l'épée;
ils n'auront pas un fuyard qui
pourra s'enfuir,
ils n'auront pas un rescapé qui
pourra s'échapper;

2 s'ils forcent l'entrée du *séjour
des morts, ma main les en retirera,
s'ils montent au ciel, je les en
ferai descendre;

3 s'ils se cachent sur la crête du
Carmel[1], je les rechercherai et
les en tirerai;
s'ils se dérobent à mes yeux au
fond de la mer,
je donnerai l'ordre au Serpent
de les y mordre;

4 s'ils se rendent en captifs
au-devant de leurs ennemis,
je donnerai l'ordre à l'épée de
les y tuer;
j'aurai l'oeil sur eux,
pour le mal et non pour le
bien.

Le Seigneur, maître de l'univers

5 Le Seigneur Dieu, le tout-puissant,
touche-t-il la terre, qu'elle
tremble,
et que tous ses habitants prennent le deuil;
elle gonfle, tout entière, comme
le fleuve,
elle s'affaisse, comme le fleuve
d'Egypte;

6 celui qui dresse son escalier
dans le ciel
et qui érige son palais au-dessus de la terre;

---

1. Un *sac sur les reins, la *tête rasée* : marques de
deuil ou de grande tristesse; voir Jr 48.37 et au
glossaire DÉCHIRER SES VÊTEMENTS.
2. *le Péché de Samarie* : désignation méprisante
du dieu adoré à Samarie (voir Os 8.5 et la note)
— *ton Dieu, Dan* : voir 1 R 12.29 — *la Puissance
de Béer-Shéva* : le dieu adoré à Béer-Shéva (voir
5.5 et la note).

1. Voir 1.2 et la note.

celui qui convoque les eaux de
la mer
et qui les répand sur la face de-
la terre,
le Seigneur, c'est son nom.

Dieu va châtier les coupables

7 Pour moi, n'êtes-vous pas
comme des fils de Koushites,
fils d'Israël ?
— Oracle du Seigneur —
N'ai-je pas fait monter Israël
du pays d'Egypte,
les Philistins de Kaftor et
*Aram de Qir[1] ?

8 Voici les yeux du Seigneur,
mon Dieu,
sur le royaume coupable :
Je vais le supprimer de la surface du sol,
toutefois, je ne supprimerai
pas entièrement la maison de
Jacob[2]
— oracle du Seigneur.

9 Oui, voici que je vais donner
des ordres :
je vais secouer, parmi toutes
les nations, la maison d'Israël,
comme on secouerait dans un
crible
sans que la plus petite pierre
tombe à terre;

10 c'est par l'épée que vont mourir tous les coupables de mon
peuple,
eux qui disaient :
« Il ne s'approchera pas,

il ne nous arrivera pas, le malheur ! »

Dieu va restaurer le royaume de David

11 Ce jour-là, je relèverai la hutte
croulante de David,
j'en colmaterai les brèches,
j'en relèverai les ruines,
je la dresserai comme aux
jours d'autrefois,

12 de sorte qu'ils posséderont
le reste d'Edom et de toutes les
nations
sur lesquelles mon *nom a été
proclamé
— oracle du Seigneur, qui va
l'accomplir.

13 Voici que viennent des jours
— oracle du Seigneur —
où le laboureur suit de près
celui qui moissonne,
et le vendangeur celui qui
sème;
où les montagnes font couler
le moût
et chaque colline ruisselle;

14 je change la destinée d'Israël
mon peuple :
ils rebâtissent les villes dévastées, pour y demeurer,
ils plantent des vignes, pour en
boire le vin,
ils cultivent des jardins, pour
en manger les fruits;

15 je les plante sur leur terre :
ils ne seront plus arrachés de
leur terre,
celle que je leur ai donnée
— dit le Seigneur, ton Dieu.

---

1. *Koushites* : appellation biblique des *Nubiens*
(voir la note sur Es 11.11) — *Kaftor* : peut-être la
Crète — *Qir* : voir 1.5; Es 22.6 et la note.
2. Voir 1.1 et la note.

ABDIAS

Un message venant du Seigneur

1 Vision d'Abdias.
  Ainsi parle le Seigneur Dieu au
  sujet d'Edom.
  Un message ! Nous l'entendons,
  il vient du Seigneur,
  tandis qu'un héraut est envoyé
  parmi les nations :
  « Debout ! À l'assaut de la
  ville[1] ! Au combat ! »

Le Seigneur annonce la ruine d'Edom

2 Hé bien, je vais te rapetisser au
  milieu des nations !
  Méprisé, tu es très méprisé.

3 C'est ton arrogance qui t'a-
  buse,
  toi qui demeures dans les creux
  du rocher[2]
  et qui habites sur les hauteurs,
  toi qui penses :
  « Qui me précipitera à terre ? »

4 Quand tu t'élancerais comme
  le vautour
  et que tu placerais ton nid
  entre les étoiles,
  de là je te précipiterais !
  — Oracle du Seigneur.

5 Voyons : des voleurs viennent
  chez toi,
  des pillards de nuit,
  et tu resterais tranquille !
  Ne dérobent-ils pas tout ce
  qu'ils peuvent ?
  Des vendangeurs viennent chez
  toi,
  laissent-ils autre chose que des
  restes à grappiller ?

6 Oh, comme Esaü est fouillé !
  ses trésors cachés mis à jour !

7 On te chasse de ton territoire;
  tous tes alliés te trompent.
  Tes amis s'emparent de toi;
  ceux qui partageaient ton pain
  te tirent dans les jambes[1] :
  « Il n'y a plus d'intelligence en
  lui. »

8 N'est-il pas vrai ? Ce jour
  même
  — oracle du Seigneur —,
  d'Edom, je fais disparaître les
  sages[2]
  et de la montagne d'Esaü l'intelligence.

9 Tes héros, Témân[3], s'effondrent

---

1. Sur *Edom* voir Am 1.11 et la note — *la ville* :
il s'agit sans doute de Pétra, la capitale d'Edom;
elle représente ici le pays tout entier.
2. la région habitée par les Edomites est particulièrement rocheuse et difficile d'accès

1. (ils) *te tirent dans les jambes :* tournure imagée que l'hébreu exprime ainsi *ils te mettent des
bâtons sous les pieds.*
2. Les Edomites étaient réputés pour leurs sages
(voir Jr 49.7).
3. Ville située dans la partie nord du territoire
édomite.

de sorte que, dans le carnage,
tout homme est retranché de la
montagne d'Esaü.

Edom a profité du malheur d'Israël

10 C'est à cause des violences
exercées
contre ton frère Jacob[1]
que te couvre la honte,
que tu es exterminé à jamais.

11 Le jour où tu restais planté là
en face,
le jour où des étrangers le vi-
daient de sa force
où des barbares pénétraient
dans ses portes
et jetaient le sort sur Jérusalem,
toi aussi tu étais comme l'un
d'eux.

12 Ne te délecte pas du jour de
ton frère,
du jour de son désastre.
Ne te réjouis pas aux dépens
des fils de Juda,
au jour de leur perdition.
Ne fais pas ta grande bouche
au jour de la détresse.

13 Ne pénètre pas dans la ville de
mon peuple,
au jour de sa ruine.
Ne te délecte pas, surtout pas
toi, de son malheur,
au jour de sa ruine.
Ne porte pas la main sur ce
qui fait sa force,
au jour de sa ruine.

14 Ne reste pas planté dans la
brèche
pour exterminer les survivants.

1. Voir la note sur Am 1.11.

Ne livre pas ses rescapés
au jour de la détresse.
15 Oui, proche est le jour du Seigneur,
jour menaçant toutes les nations.
Comme tu as fait, on te fait;
tes actes te retombent sur la
tête.

Israël prendra sa revanche sur Edom

16 Oui, comme vous avez bu sur
ma montagne sainte,
de même toutes les nations
boivent sans trêve.
Elles boivent, elles se gorgent
elles deviennent comme si elles
n'étaient pas nées.

17 Mais sur la montagne de *Sion
se réfugient des rescapés,
elle redevient *sainte.
Les gens de Jacob spolient
ceux qui les ont spoliés.

18 Les gens de Jacob deviennent
un feu,
et ceux de Joseph une flamme.
Mais les gens d'Esaü deviennent du chaume.
Ceux-là les embrasent et les
consument :
aucun survivant ne reste à
Esaü.
Le Seigneur a parlé !

Les territoires voisins seront reconquis

19 Ils occupent le Néguev — la
montagne d'Esaü — et le
Bas-Pays — les Philistins. Ils occupent le territoire d'Ephraïm
— le territoire de Samarie — et

lui — Benjamin — occupe Galaad[1].

20 Les exilés des fils d'Israël
— cette armée-là — chassent les
Cananéens jusqu'à Sarepta, et les
exilés de Jérusalem qui habitent

Séfarad[1] occupent les villes du
Néguev.

21 Des libérateurs gravissent la
montagne de *Sion pour gouverner la montagne d'Esaü.

Et le Seigneur assume son
Règne !

---

1. Le *Néguev :* région située au sud de la Palestine — *Galaad :* voir Am 1.13 et la note.

---

1. *chassent les Cananéens :* traduction conjecturale. D'autres traduisent *posséderont le pays des
Cananéens* — *Sarepta :* ville de la côte phénicienne (1 R 17.9) — *Séfarad :* ville traditionnellement localisée en Afrique du Nord.

JONAS

Jonas essaie de s'enfuir loin du Seigneur

1 ¹ La parole du SEIGNEUR s'adressa à Jonas fils d'Amittaï : ² Lève-toi ! va à Ninive¹ la grande ville et profère contre elle un oracle parce que la méchanceté de ses habitants est montée jusqu'à moi. ³ Jonas se leva, mais pour fuir à Tarsis hors de la présence du SEIGNEUR. Il descendit à Jaffa², y trouva un navire construit pour aller à Tarsis ; il l'affréta, s'embarqua pour se faire conduire par l'équipage à Tarsis hors de la présence du SEIGNEUR. ⁴ Mais le SEIGNEUR lança sur la mer un vent violent ; aussitôt la mer se déchaîna à tel point que le navire menaçait de se briser. ⁵ Les marins, saisis de peur, appelèrent au secours, chacun s'adressant à son dieu, et, pour s'alléger, ils lancèrent à la mer les objets qui se trouvaient à bord. Quant à Jonas, retiré au fond du vaisseau, il s'était couché et dormait profondément. ⁶ Alors le capitaine s'approcha de lui et lui dit : « Hé ! quoi ! tu dors ! ... Lève-toi, invoque ton dieu. Peut-être ce dieu-là songera-t-il à nous et nous ne périrons pas. » ⁷ Puis ils se dirent entre eux : « Venez, consultons les sorts pour connaître le responsable du malheur qui nous frappe. » Ils consultèrent les sorts qui désignèrent Jonas. ⁸ Ils lui dirent donc : « Fais-nous savoir¹ quelle est ta mission. D'où viens-tu ? De quel pays es-tu ? Quelle est ta nationalité ? » ⁹ Il leur répondit : « Je suis hébreu, et c'est le SEIGNEUR Dieu du *ciel que je vénère, celui qui a fait la mer et les continents. » ¹⁰ Saisis d'une grande crainte, les hommes lui dirent : « Qu'as-tu fait là ! » D'après le récit qu'il leur fit, ils apprirent, en effet, qu'il fuyait hors de la présence du SEIGNEUR. ¹¹ « Qu'allons-nous te faire, pour que la mer cesse d'être contre nous ? » lui dirent-ils, car la mer était de plus en plus démontée. ¹² Il leur dit : « Hissez-moi et lancez-moi à la mer pour qu'elle cesse d'être contre vous ; je sais bien que c'est à cause de moi que cette grande tempête est contre vous. » ¹³ Cependant les hommes ramaient pour rejoindre la terre ferme, mais en vain : la mer de plus en plus démontée se déchaînait contre eux. ¹⁴ Ils invoquèrent donc le SEIGNEUR et s'é-

---

1. *Ninive* : capitale de l'empire assyrien.
2. *Tarsis* : ville du bassin méditerranéen, située fort loin de la Palestine, mais qu'on n'a pu localiser jusqu'à présent. Pour les Hébreux elle symbolisait le bout du monde. Voir aussi Ps 72.10 et la note — *Jaffa* (en grec *Joppé*, Ac 10.5) est aujourd'hui un faubourg de Tel-Aviv.

1. Après *fais-nous savoir* l'hébreu ajoute *à cause de qui ce malheur nous frappe.* La traduction suit ici les deux meilleurs manuscrits de l'ancienne version grecque.

crièrent : « Ah ! SEIGNEUR, nous ne voulons pas périr en partageant le sort de cet homme. Ne nous charge pas d'un meurtre dont nous sommes innocents. Car c'est toi SEIGNEUR qui fais ce qu'il te plaît. » 15 Les hommes hissèrent alors Jonas et le lancèrent à la mer. Aussitôt la mer se tint immobile, calmée de sa fureur. 16 Et les hommes furent saisis d'une grande crainte à l'égard du SEIGNEUR, lui offrirent un *sacrifice et firent des voeux.

La prière de Jonas

2 1 Alors le SEIGNEUR dépêcha un grand poisson pour engloutir Jonas. Et Jonas demeura dans les entrailles du poisson, trois jours et trois nuits. 2 Des entrailles du poisson, il pria le SEIGNEUR, son Dieu. 3 Il dit :

Dans l'angoisse qui m'étreint,
j'implore le SEIGNEUR :
il me répond ;
du ventre de la Mort, j'appelle
au secours :
tu entends ma voix.
4 Tu m'as jeté dans le gouffre au
coeur des océans
où le courant m'encercle ;
toutes tes vagues et tes lames
déferlent sur moi.
5 Si bien que je me dis : Je suis
chassé de devant tes yeux.
Mais pourtant je continue à
regarder vers ton Temple
*saint.
6 Les eaux m'enserrent jusqu'à
m'asphyxier
tandis que les flots de l'*abîme
m'encerclent ;
les joncs sont entrelacés autour
de ma tête.

7 Je suis descendu jusqu'à la matrice des montagnes ;
à jamais les verrous du pays
— de la Mort — sont tirés sur
moi.
Mais de la fosse tu me feras
remonter[1] vivant,
oh ! SEIGNEUR, mon Dieu !
8 Alors que mon souffle défaille
et me trahit,
je me souviens et je dis : « SEIGNEUR ».
Et ma prière parvient jusqu'à
toi,
jusqu'à ton Temple saint.
9 Les fanatiques des vaines
idoles,
qu'ils renoncent à leur dévotion !
10 Pour moi, au chant d'actions
de grâce je veux t'offrir des
*sacrifices,
et accomplir les voeux que je
fais.
Au SEIGNEUR appartient le salut !

11 Alors le SEIGNEUR commanda au poisson et aussitôt le poisson vomit Jonas sur la terre ferme.

Jonas prêche à Ninive

3 1 La parole du SEIGNEUR s'adressa une seconde fois à Jonas : 2 « Lève-toi, va à Ninive la grande ville et profère contre elle l'oracle que je te com-

---

1. *les verrous du pays* : expression poétique désignant probablement le domaine de la mort, que Jonas compare à un pays fermé — *la fosse* : voir au glossaire SÉJOUR DES MORTS — *tu me feras remonter* : autre traduction *tu m'as fait remonter*.

muniquerai[1]. » 3 Jonas se leva et partit, mais — cette fois — pour Ninive, se conformant à la parole du Seigneur. Or Ninive était devenue une ville excessivement grande : on mettait trois jours pour la traverser. 4 Jonas avait à peine marché une journée en proférant cet oracle : « Encore 40 jours et Ninive sera mise sens dessus dessous », 5 que déjà ses habitants croyaient en Dieu. Ils proclamèrent un *jeûne et se revêtirent de *sacs, des grands jusqu'aux petits. 6 La nouvelle parvint au roi de Ninive. Il se leva de son trône, fit glisser sa robe royale, se couvrit d'un sac, s'assit sur de la cendre[2], 7 proclama l'état d'alerte et fit annoncer dans Ninive : « Par décret du roi et de son gouvernement, interdiction est faite aux hommes et aux bêtes, au gros et au petit bétail, de goûter à quoi que ce soit; interdiction est faite de paître et interdiction est faite de boire de l'eau. 8 Hommes et bêtes se couvriront de sacs et ils invoqueront Dieu avec force. Chacun se convertira de son mauvais chemin et de la violence qui reste attachée à ses mains. 9 Qui sait ! peut-être Dieu se ravisera-t-il, reviendra-t-il sur sa décision et retirera-t-il sa menace; ainsi nous ne périrons pas. » 10 Dieu vit leur réaction : ils revenaient de leur mauvais chemin. Aussi revint-il sur sa décision de leur faire le mal qu'il avait annoncé. Il ne le fit pas.

Jonas apprend pourquoi Dieu a pitié de Ninive

4 1 Jonas le prit mal, très mal, et il se fâcha. 2 Il pria le Seigneur et dit : « Ah ! Seigneur ! n'est-ce pas précisément ce que je me disais quand je vivais sur mon terroir ? Voilà pourquoi je m'étais empressé de fuir à Tarsis. Je savais bien que tu es un Dieu bienveillant et miséricordieux, lent à la colère et plein de fidélité, et qui revient sur sa décision. 3 Maintenant, Seigneur, je t'en prie, retire-moi la vie; mieux vaut pour moi mourir que vivre ! » 4 — « As-tu raison de te fâcher ? » lui dit le Seigneur. 5 Jonas sortit et s'installa à l'est de la ville. Là, il se construisit une hutte et s'assit dessous, à l'ombre, en attendant de voir ce qui se passerait dans la ville. 6 Alors le Seigneur Dieu dépêcha une plante[1] qui grandit au-dessus de Jonas de sorte qu'il y avait de l'ombre sur sa tête pour le tirer de sa mauvaise passe. Cette plante causa une grande joie à Jonas. 7 Le lendemain, à l'aurore, Dieu dépêcha un ver qui attaqua la plante; elle creva. 8 Puis, quand le soleil se mit à briller, Dieu dépêcha un vent d'est[2] cinglant et le soleil tapa sur la tête de Jonas ... Prêt à s'évanouir, Jonas demandait à mourir; il disait : « Mieux vaut pour moi mourir que vivre. » 9 Alors Dieu lui dit : « As-tu raison de te fâcher à cause de cette

---

1. *que je te communiquerai :* autre traduction *que je te communique.*

2. *s'asseoir sur de la cendre :* en signe de deuil ou de grande tristesse (comparer Ez 27.30).

1. Le type de plante désigné par le terme employé ici nous reste inconnu.

2. Vent chaud et desséchant qui vient du désert.

plante ? » Jonas lui répondit : « Oui, j'ai raison de me fâcher à mort. » 10 Le Seigneur lui dit : « Toi, tu as pitié de cette plante pour laquelle tu n'as pas peiné et que tu n'as pas fait croître; fille d'une nuit, elle a disparu âgée d'une nuit. 11 Et moi je n'aurais pas pitié de Ninive la grande ville où il y a plus de 120.000 êtres humains qui ne savent distinguer leur droite de leur gauche, et des bêtes sans nombre ! »

MICHÉE

1 1 Parole du SEIGNEUR qui fut adressée à Michée de Morèsheth, aux jours de Yotam, Akhaz et Ezékias, rois de Juda : visions qu'il eut à propos de Samarie et de Jérusalem[1].

Le Seigneur va juger son peuple coupable

2 Ecoutez, tous les peuples !
  Sois attentive, terre et ce qui la remplit.
  Le Seigneur DIEU va témoigner contre vous,
    le Seigneur, depuis son sanctuaire.
3 Voici que le SEIGNEUR sort de sa demeure.
  Il descend, il marche sur les hauts lieux de la terre[2].
4 Les montagnes fondent sous ses pas,
  les fonds de vallée se crevassent,
    comme la cire devant le feu,
    comme l'eau répandue sur une pente.
5 Tout cela, à cause de la révolte de Jacob,
  à cause des péchés de la maison d'Israël[3].

Quelle est la révolte de Jacob ?
  N'est-ce pas Samarie ?
Quels sont les *hauts lieux de Juda ?
  N'est-ce pas Jérusalem ?
6 Je vais faire de Samarie un champ de ruines,
    une terre à vigne.
  Je ferai débouler ses pierres au ravin,
    et ses fondations, je les mettrai à nu.
7 Ses statues seront toutes brisées,
  ses gains seront tous livrés aux flammes.
  Toutes ses idoles, je les mettrai en pièces
  car, amassées avec des gains de prostituées[1],
  gains de prostituées elles redeviendront.

Un chant de deuil sur les villes de Juda

8 Aussi vais-je me lamenter et hurler.
  J'irai déchaussé et nu.
  J'entonnerai une lamentation[2] à la manière des chacals,
    un chant de deuil, comme les autruches.
9 Vraiment irréparable, le coup qui la frappe !

---

1. *Samarie* : capitale du royaume d'Israël; elle fut conquise par les Assyriens en 722-721 av. J. C. — *Jérusalem* : capitale du royaume de Juda. Ces deux villes représentent ici les deux royaumes.
2. *les hauts lieux de la terre* : autre traduction *les hauteurs de la terre* (voir Am 4.13).
3. *Jacob, maison d'Israël* : le royaume du nord (voir Am 1.1 et la note).

1. Les dons alloués aux prostituées sacrées (voir Os 1.2 et la note) devaient servir à embellir les temples de Baal, notamment par de nouvelles idoles.
2. Au v. 8, c'est le prophète lui-même qui parle — *une lamentation* : voir Am 5.1 et la note.

Car il vient jusqu'à Juda, jusqu'à toucher la porte de mon
peuple,
jusqu'à Jérusalem.

10 Dans Gath, ne faites pas de
proclamation[1].
..., pleurez.
Dans Beth-Léafra,
roule-toi dans la poussière.

11 Passe ...
habitante de Shafir,
honteuse et nue.
Elle ne sortira plus,
l'habitante de Çaanân.
Lamentation à Beth-Ecel !
Tout soutien[2] vous est retiré. [2]

12 Elle est malade pour de bon,
l'habitante de Maroth.
Oui, le malheur est descendu
d'auprès du S*eigneur*
à la porte de Jérusalem.

13 Attelle les coursiers au char, [3]
habitante de Lakish
— Là fut l'origine du péché
pour la fille de *Sion
car en toi se sont trouvées les
rébellions d'Israël —.

14 C'est pourquoi tu établiras un
acte de divorce
pour Morèsheth-Gath.
Les maisons d'Akziv seront un [4]
leurre
pour les rois d'Israël.

15 À nouveau, je ferai venir sur
toi le conquérant,
habitante de Marésha.
Jusqu'à Adoullam s'en ira
la gloire d'Israël.

16 Rase-toi, coupe-toi les cheveux,
à cause des fils que tu aimais;

rends-toi aussi chauve que le
vautour[1],
car ils sont exilés loin de toi.

Ceux qui abusent de leur pouvoir

2 1 Malheureux, ceux qui
projettent le méfait
et qui manigancent le mal sur
leurs lits !
Au point du jour, ils l'exécutent,
car ils en ont le pouvoir.
Convoitent-ils des champs, ils
les volent,
des maisons, ils s'en emparent.
Ils saisissent le maître et sa
maison,
l'homme et son héritage.

C'est pourquoi, ainsi parle le
S*eigneur* :
Voici que je projette contre ces
gens-là un malheur;
vous ne pourrez en retirer vos
cous,
ni marcher la tête haute,
car ce sera un temps de malheur.
En ce jour-là, on lancera
contre vous un pamphlet,
on entonnera une complainte
— c'est déjà fait —,
on dira : « Nous sommes complètement dévastés.
On aliène la part de mon
peuple.
Comment se fait-il qu'on me
l'enlève ?
Entre les rebelles, on partage
nos champs. »

---

1. Dans les v. 10-15 le prophète fait une série de
jeux de mots sur le nom des villes qu'il mentionne.
Le mauvais état du texte n'a cependant pas permis
de retrouver certains de ces noms (indiqués dans la
traduction par ... aux v. 10-11). Toutes ces villes
sont situées en Juda, et sont menacées par l'invasion assyrienne.
2. Sans doute le soutien du Seigneur.

---

1. Se raser la tête : un rite de deuil (voir Am 8.10
et la note). Le cou et le crâne déplumés des *vautours* évoque ces têtes rasées pour un deuil.

5 C'est pourquoi tu n'auras personne pour te mesurer une
part dans l'assemblée du Seigneur[1].

Ceux qui contestent le message du prophète

6 « Ne délirez pas[2], délirent-ils;
on ne doit pas délirer de la
sorte :
Non l'outrage ne s'éloignera
pas.

7 Cela aurait-il été dit, maison
de Jacob ?
La patience du Seigneur
est-elle à bout ?
Est-ce là sa manière d'agir ?
Ses paroles[3] ne sont-elles pas
bienveillantes
pour celui qui marche droit ? »

8 Hier, mon peuple se dressait
contre un ennemi;
de dessus la tunique, vous enlevez le manteau
à ceux qui, au retour de la
guerre, passent en toute sécurité.

9 Les femmes de mon peuple,
vous les chassez,
chacune, de la maison qu'elle
aimait.
À leurs enfants vous arrachez
pour toujours
l'honneur qui vient de moi.

10 Levez-vous, allez; ce n'est plus
l'heure du repos.
Par ton *impureté, tu provo-
ques la destruction

et la destruction sera cuisante.

11 Y aurait-il un homme courant
après le vent
et débitant des mensonges :
« Pour vin et boisson forte, je
vais délirer en ta faveur »;
alors, il serait le prêcheur de ce
peuple-là.

Dieu va rassembler le reste d'Israël

12 Je vais te rassembler, Jacob,
tout entier,
je vais réunir le reste d'Israël.
Je les mettrai ensemble,
comme les brebis de Boçra[1],
comme un troupeau au milieu
de son pâturage.
Et d'elles sortira une rumeur
humaine.

13 Il est monté devant eux, celui
qui ouvre la brèche;
ils ont ouvert la brèche;
ils ont passé une porte;
ils sont sortis par elle;
leur roi est passé devant eux,
le Seigneur, à leur tête.

Avertissement aux chefs indignes

3 1 Et je dis :
Ecoutez donc, chefs de Jacob[2],
magistrats de la maison d'Israël :
N'est-ce pas à vous de
connaître le droit ?

2 Vous qui haïssez le bien et aimez le mal,
qui arrachez la peau de dessus
les gens

---

1. Allusion à une répartition périodique des terres entre les familles d'un village (voir Nb 26.55-56; 33.54; 36.2; Es 34.17; Ps 16.5-6).
2. *délirer* (ou *baver*) : terme méprisant par lequel certains désignaient le discours du prophète (v. 11; Am 7.16) — les v. 6-7 rapportent les paroles des adversaires du prophète, qui cherchent à le contredire tout en l'imitant.
3. *Ses paroles* : d'après l'ancienne version grecque; hébreu *mes paroles*.

1. *Boçra* : deux villes portaient ce nom, l'une en Edom (Gn 36.33; Am 1.12), l'autre en Moab (Jr 48.24).
2. *Jacob* : voir 1.5 et la note.

et la chair de dessus leurs os.

3 Ceux qui mangent la chair de mon peuple,
qui leur raclent la peau,
qui leur brisent les os,
qui les découpent comme chair en la marmite[1],
comme viande au fond du chaudron,

4 quand ils crieront vers le Seigneur,
il ne leur répondra pas.
Il leur cachera sa face en ce temps-là,
à cause des crimes qu'ils ont commis.

Contre les prophètes qui égarent Israël

5 Ainsi parle le Seigneur
contre les *prophètes qui égarent mon peuple :
Peuvent-ils mordre à belles dents ?
ils proclament la paix;
mais à qui ne leur met rien dans la bouche,
ils déclarent la guerre sainte.

6 Aussi, pour vous, c'est la nuit : plus de vision.
Pour vous, ce sont les ténèbres : plus de divination.
Le soleil se couchera sur les prophètes,
le jour sur eux s'assombrira.

7 Honte sur les voyants,
confusion sur les devins !
Ils se couvriront tous la barbe[2],
car Dieu ne répond pas.

8 Moi, en revanche — grâce à l'esprit du Seigneur —

je suis rempli de force[1],
d'équité et de courage,
pour révéler à Jacob sa révolte
et à Israël son péché.

Michée prédit la ruine de Jérusalem

9 Ecoutez donc ceci, chefs de la maison de Jacob,
magistrats de la maison d'Israël,
qui avez le droit en horreur
et rendez tortueuse toute droiture,

10 en bâtissant *Sion dans le sang
et Jérusalem dans le crime.

11 Ses chefs jugent pour un pot-de-vin,
ses prêtres enseignent pour un profit,
ses prophètes pratiquent la divination pour de l'argent.
Et c'est sur le Seigneur qu'ils s'appuient en disant :
« Le Seigneur n'est-il pas au milieu de nous ?
Non, le malheur ne viendra pas sur nous. »

12 C'est pourquoi, à cause de vous,
Sion sera labourée comme un champ,
Jérusalem deviendra un monceau de décombres,
et la montagne du Temple, une hauteur broussailleuse.

Jérusalem, capitale de la paix

4 1 Il arrivera dans l'avenir
que la montagne de la Maison du Seigneur
sera établie au sommet des montagnes

---

1. D'après l'ancienne version grecque; hébreu *ils découperont d'après ce qui est dans la marmite.*
2. *se couvrir la barbe* geste exprimant la honte ou la tristesse (comparer Ez 24.17, 22).

1. Au v. 8 c'est le prophète qui s'exprime personnellement.

et elle dominera les collines.
Des peuples y afflueront.
2 Des nations nombreuses se
mettront en marche et diront :
« Venez, montons à la montagne du Seigneur,
à la maison du Dieu de Jacob.
Il nous montrera ses chemins
et nous marcherons sur ses
routes.
Oui, c'est de *Sion que vient
l'instruction,
et de Jérusalem la Parole du
Seigneur. »
3 Il sera juge entre des peuples
nombreux,
l'arbitre de nations puissantes,
même au loin.
Martelant leurs épées, ils en
feront des socs,
et de leurs lances, ils feront des
serpes.
On ne brandira plus l'épée, nation contre nation,
on n'apprendra plus à se
battre.
4 Ils demeureront chacun sous sa
vigne et son figuier,
et personne pour les troubler.
Car la bouche du Seigneur le
tout-puissant a parlé.
5 Si tous les peuples marchent
chacun au nom de son Dieu,
nous, nous marchons au nom
du Seigneur notre Dieu à tout
jamais.

Le Seigneur, roi à Jérusalem

6 En ce jour-là — oracle du Seigneur —
je rassemblerai ce qui boite,
je réunirai ce qui est dispersé,
ce que j'ai maltraité.
7 De ce qui boite, je ferai un
reste ;

de ce qui est éloigné, une nation puissante.
Sur la montagne de *Sion, le
Seigneur sera leur roi
dès maintenant et à jamais.
8 Et toi, tour du troupeau, hauteur de la fille de Sion,
vers toi fera retour la souveraineté d'antan,
la royauté qui revient à la fille
de Jérusalem[1].

Epreuves et délivrance de Jéru-
salem

9 Maintenant pourquoi pousses-
tu des cris ?
N'y a-t-il pas de roi chez toi ?
Ton conseiller est-il perdu,
que la douleur t'ait saisie
comme la femme qui enfante ?
10 Tords-toi de douleur et hurle,
fille de *Sion,
comme la femme qui enfante,
car maintenant tu vas sortir de
la cité,
tu vas demeurer dans les
champs,
tu iras jusqu'à Babylone.
Là tu seras délivrée,
là le Seigneur te rachètera de
la main de tes ennemis.
11 Et maintenant se sont rassemblées contre toi
de nombreuses nations,
celles qui disent : « Qu'elle soit
profanée ;
et que nos yeux se repaissent
de la vue de Sion. »
12 C'est qu'elles ne connaissent
pas les projets du Seigneur,
elles ne saisissent pas ses intentions :

---

1. *fille de Sion, fille de Jérusalem* : deux manières poétiques de désigner la population de
Jérusalem.

Il les a réunies comme gerbes
sur l'aire.
13 Debout, foule le grain, fille de
Sion;
tes cornes, je les rendrai de fer,
tes sabots, je les rendrai de
bronze.
Tu broieras des peuples nombreux,
tu voueras par interdit[1] leur
butin au SEIGNEUR
et leurs richesses au maître de
toute la terre.
14 Maintenant, fais-toi des incisions[2], fille guerrière,
on nous a assiégés.
À coups de bâton, on frappe à
la joue le juge d'Israël.

Bethléem, patrie du roi sauveur

5 1 Et toi, Bethléem Ephrata,
trop petite pour compter
parmi les clans de Juda,
de toi sortira pour moi[3]
celui qui doit gouverner Israël.
Ses origines remontent à l'antiquité,
aux jours d'autrefois.
2 C'est pourquoi, Dieu les abandonnera
jusqu'aux temps où enfantera
celle qui doit enfanter.
Alors ce qui subsistera de ses
frères
rejoindra les fils d'Israël.

3 Il[1] se tiendra debout et fera
paître son troupeau
par la puissance du SEIGNEUR,
par la majesté du *Nom du
SEIGNEUR son Dieu.
Ils s'installeront, car il sera
grand
jusqu'aux confins de la terre.
4 Lui-même, il sera la paix.
Au cas où Assour entrerait sur
notre terre
et foulerait nos palais,
nous dresserons contre lui sept
bergers,
huit princes humains.
5 Ils feront paître la terre d'Assour avec l'épée
et la terre de Nemrod avec le
poignard[2].
Mais lui nous délivrerait d'Assour,
au cas où celui-ci entrerait sur
notre terre
et foulerait notre frontière.

Le reste d'Israël parmi les na-
tions

6 Alors le reste de Jacob[3] sera,
au milieu de peuples nom-
breux,
comme une rosée venant du
SEIGNEUR,
comme des ondées sur l'herbage,
qui n'attend rien de l'homme,
qui n'espère rien des humains.
7 Alors le reste de Jacob sera,
parmi les nations,

---

1. La *corne* est souvent symbole de force dans
l'A. T. Ici la population de Jérusalem est comparée
à un bœuf aux cornes redoutables et aux sabots
puissants pour fouler le grain après la moisson
— *tu voueras par interdit :* d'après les anciennes
versions grecque, syriaque et latine; hébreu *j'ai
voué par interdit — vouer par interdit :* voir Dt
2.34 et la note.
2. On se faisait des *incisions* en signe de deuil
(Jr 48.37) ou pour attirer l'attention d'un dieu (voir
Os 7.14 et la note).
3. C'est probablement le Seigneur qui parle ici.

1. *Il* reprend *celui qui doit gouverner Israël* (v.
1), c'est-à-dire le roi sauveur attendu.
2. Selon Gn 10.8-11, *Nemrod* est l'ancêtre des
peuples habitant la Mésopotamie — *avec le poignard :* d'après un manuscrit de l'ancienne version
grecque et dans la ligne du contexte; hébreu *dans
ses portes.*
3. *Jacob :* voir 1.5 et la note.

au milieu de peuples nombreux,
comme un lion parmi les bêtes
de la forêt,
comme un lionceau parmi les
troupeaux de moutons;
qu'il passe, il écrase et déchire,
et personne ne peut en délivrer.

Le peuple de Dieu privé de ses faux appuis

8 Que ta main se lève sur tes
adversaires
et que tous tes ennemis soient
supprimés !
9 Voici ce qui arrivera en ce
jour-là
— oracle du SEIGNEUR — :
Je retrancherai de chez toi les
chevaux[1]
et je ferai disparaître tes chars.
10 Je retrancherai les villes de ton
pays
et je démolirai toutes tes forteresses.
11 Je retrancherai de ta main les
sorcelleries
et il n'y aura plus pour toi de
magiciens.
12 Je retrancherai de chez toi
les statues et les stèles[2];
tu ne te prosterneras plus devant l'oeuvre de tes mains.
13 J'arracherai de chez toi les poteaux sacrés[3]
et j'anéantirai tes villes.
14 Avec colère, avec fureur, je tirerai vengeance
des nations qui n'ont pas obéi.

Le procès que Dieu fait à son peuple

6 1 Ecoutez donc ce que dit
le SEIGNEUR :
Debout, engage un procès devant les montagnes,
que les collines entendent ta
voix.
2 Ecoutez, montagnes, le procès
du SEIGNEUR
et vous, immuables fondements
de la terre;
voici le procès du SEIGNEUR
avec son peuple,
avec Israël, il entre en débat.

3 Mon peuple, que t'ai-je fait ?
En quoi t'ai-je fatigué ? Réponds-moi.
4 En te faisant monter du pays
d'Egypte ?
En te rachetant de la maison
de servitude ?
En t'envoyant comme guides
Moïse, Aaron et Miryam ?
5 Mon peuple, rappelle-toi donc
ce que tramait Balaq, roi de
Moab,
ce que lui répondit Balaam, fils
de Béor,
le passage de Shittim à Guilgal,
et tu reconnaîtras alors les victoires du SEIGNEUR.

6 Avec quoi me présenter devant
le SEIGNEUR,
m'incliner devant Dieu de là-haut ?
Me présenterai-je devant lui
avec des holocaustes[1] ?
Avec des veaux d'un an ?
7 Le SEIGNEUR voudra-t-il des
milliers de béliers ?

---

1. Voir Os 14.4 et la note.
2. *stèles :* voir Gn 28.18 et la note.
3. *poteaux sacrés,* voir la note sur Jg 3.7.

1. voir au glossaire SACRIFICES.

Des quantités de torrents
d'huile ?
Donnerai-je mon premier-né
pour prix de ma révolte ?
Et l'enfant de ma chair pour
mon propre péché ?

8 On t'a fait connaître, ô
homme, ce qui est bien,
ce que le Seigneur exige de
toi :
Rien d'autre que le respect du
droit,
l'amour de la fidélité,
la vigilance dans ta marche
avec Dieu.

Le Seigneur châtie la fraude et la violence

9 La voix du Seigneur appelle la
ville :
— il sauvera ceux qui craignent son *nom —
Écoutez, tribu et assemblée de
la ville[1].

10 Puis-je supporter, maison d'iniquité,
des trésors iniques, un épha[2]
réduit et maudit ?

11 Puis-je tenir quitte[3] pour des
balances iniques ?
pour un sac de poids truqués ?'

12 Ville dont les riches sont pleins
de violence
et dont les habitants parlent
avec fourberie ;
dans leur bouche, leur langue
n'est que tromperie.

13 Alors, je t'ai rendue malade, à
force de frapper,
de te dévaster, à cause de tes
péchés.

14 Toi, tu mangeras, sans pouvoir
te rassasier.
La famine s'installera chez toi.
Tu mettras de côté mais sans
rien pouvoir conserver.
Ce que tu conserverais, je le
livrerai à l'épée.

15 Toi, tu sèmeras mais tu ne
moissonneras pas.
Toi, tu presseras l'olive mais tu
ne t'enduiras pas d'huile,
tu feras couler le moût mais tu
ne boiras pas de vin.

16 Tu gardes les prescriptions
d'Omri
et toutes les pratiques de la
maison d'Akhab[1].
Vous marchez selon leurs directives,
si bien que je te livrerai à l'é-
pouvante,
et tes habitants à la dérision.
Vous subirez la disgrâce de
mon peuple.

Il n'y a plus de fidèles dans le pays

7 1 Malheur à moi ! Je suis
comme les moissonneurs
en été[2],
comme aux grappillages de la
vendange.
Mais pas une grappe à manger,

---

1. *il sauvera ceux qui craignent son nom* (ou *ceux qui respectent son autorité*) et *assemblée de la ville* : d'après l'ancienne version grecque ; hébreu obscur.

2. *puis-je supporter* : traduction conjecturale. Autre traduction *puis-je supporter un bath inique, des trésors iniques ...* — *épha, bath* : voir au glossaire POIDS ET MESURES.

3. *tenir quitte* : d'après l'ancienne version latine ; hébreu *puis-je être quitte ...*

---

1. *tu gardes* : d'après les anciennes versions grecque, syriaque et latine ; hébreu *il s'applique à garder* — *Omri* : un des rois d'Israël (1 R 16.23-28). Son fils *Akhab* est tristement célèbre pour avoir favorisé la religion de Baal (1 R 18.17-40).

2. En Palestine la moisson est habituellement terminée à la Pentecôte. En été il n'y a donc plus rien à récolter.

pas un de ces fruits précoces
que j'aimerais tant !

2 Le fidèle a disparu du pays,
plus de juste parmi les
hommes.
Tous sont à l'affût pour répandre le sang;
chacun traque son frère au filet.

3 Leurs mains s'emploient au
mal.
Pour faire du bien, le prince
pose ses exigences,
le juge demande une gratifica-
tion,
le notable parle pour satisfaire
sa cupidité[1] ...

4 Le meilleur d'entre eux est
comme une ronce,
le juste pire qu'une haie d'é-
pines.
Au jour annoncé par tes sentinelles, tu es intervenu;
c'est maintenant leur confusion.

5 Ne croyez pas l'un de vos proches, ne vous fiez pas à un ami.
Devant celle qui repose entre
tes bras,
attention à ce qui sort de tes
lèvres.

6 Car le fils traite son père de
fou,
la fille se dresse contre sa
mère,
la belle-fille contre sa
belle-mère.
Chacun a pour ennemi les gens
de sa propre maison.

7 Mais moi, je guette le SEI-
GNEUR,

j'espère en Dieu, mon sauveur;
il m'écoutera, mon Dieu.

L'espérance de Jérusalem

8 Ne ris pas de moi, ô mon ennemie[1].
Si je suis tombée, je me relève,
si je demeure dans les ténèbres,
le SEIGNEUR est ma lumière.

9 L'indignation du SEIGNEUR, je
dois la supporter
— car j'ai péché contre lui —
jusqu'à ce qu'il juge ma cause
et rétablisse mon droit.
Il me fera sortir à la lumière
et je contemplerai son oeuvre
de justice.

10 Elle verra bien, mon ennemie,
elle en sera couverte de honte;
elle qui me disait :
« Où est-il le SEIGNEUR ton
Dieu ? »
Mes yeux la contempleront.
Elle va être piétinée,
comme la boue des rues.

11 Le jour de rebâtir tes remparts,
ce jour-là, on repoussera tes
frontières,

12 ce jour-là, on viendra vers toi,
depuis Assour jusqu'à l'Egypte,
depuis l'Egypte jusqu'au
fleuve[2],
d'une mer à l'autre,
d'une montagne à l'autre.

13 La terre deviendra un désert à
cause de ses habitants;
ce sera le fruit de leur
conduite.

---

1. le texte hébreu de la fin du v. 3 est trop
obscur pour permettre une traduction sûre. Les
versions anciennes ne sont ici d'aucun secours.

1. C'est sans doute la ville de Jérusalem personnifiée qui s'exprime dans les v. 8-10, et à laquelle
sont adressées les promesses des v. 11-13 – *l'ennemie :* peut-être Edom (voir Ab 12), personnifié
aussi par une figure féminine.
2. *jusqu'à l'Egypte :* traduction conjecturale; hébreu *et les villes d'Egypte – le fleuve :* appellation
fréquente de l'Euphrate.

14 Fais paître ton peuple sous ta
houlette,
le troupeau, ton héritage,
qui demeure solitaire dans un
maquis,
au milieu des vergers.
Qu'il pâture en Bashân et Galaad,
comme aux jours d'autrefois[1].
15 Comme aux jours où tu sortis
du pays d'Egypte,
je lui[2] ferai voir des merveilles.
16 Les nations regarderont, elles
seront couvertes de honte,
en dépit de toute leur puissance;
elles mettront la main sur la
bouche;
leurs oreilles seront assourdies;
17 elles lécheront la poussière
comme le serpent,
comme les bêtes qui rampent
sur la terre.

Tremblantes, elles sortiront de
leurs forteresses.

— vers le Seigneur notre Dieu
—
elles seront terrifiées,
elles auront peur de toi.

18 A quel Dieu te comparer,
toi qui ôtes le péché,
toi qui passes sur les révoltes ?
Pour l'amour du reste, son héritage,
loin de s'obstiner dans sa colère,
lui, il se plaît à faire grâce.

19 De nouveau, il nous manifestera sa miséricorde,
il piétinera nos péchés.
Tu jetteras toutes leurs fautes
au fond de la mer.

20 Tu accorderas à Jacob ta fidélité
et ta grâce à Abraham[1].
C'est ce que tu as juré à nos
pères,
depuis les jours d'autrefois.

NAHOUM

1 ¹Proclamation sur Ninive. Livre de la vision de Nahoum l'Elqoshite¹.

Le Seigneur, un Dieu terrible et bon

(Alef)

2 Le Seigneur est un Dieu jaloux et vengeur.
Le Seigneur est vengeur; sa colère est terrible.
Le Seigneur se venge de ses adversaires;
il s'enflamme contre ses ennemis².
3 Certes le Seigneur est *lent à la colère*
et d'une grande puissance,
mais le Seigneur *ne laisse rien passer*.

(Beth)

Il s'avance dans la tourmente et la tempête;
la nuée, c'est la poussière que soulèvent ses pas.

(Guimel)

4 Il fulmine contre la mer et la met à sec;
il tarit toutes les rivières.

(Daleth)

Ils dépérissent, le Bashân et le Carmel;
la flore du Liban¹ dépérit.

(Hé)

5 Les montagnes tremblent devant lui,
et les collines chavirent.

(Waw)

Devant sa face la terre est bouleversée²,
tout l'univers habité.

(Zaïn)

6 Face à son indignation, qui tiendrait?
Qui se dresserait quand s'embrase sa colère?

(Heth)

Sa fureur déferle comme l'incendie;
les roches s'éboulent devant lui.

---

1. *Ninive* : capitale de l'empire assyrien, qu'elle symbolise et personnifie tout entier — *Elqoshite* : le sens de ce qualificatif est discuté; originaire d'*Elqosh* (village non identifié)? ou *celui qui est comme la pluie d'arrière-saison?*
2. *Alef* : Voir Ps 25.1 et la note — *jaloux* : voir Ex 20.5 et la note — *il s'enflamme contre ses ennemis* : autre traduction *il garde rancune à ses ennemis*.

1. Le *Bashân* : voir la note sur Am 4.1 — *le Carmel* : voir Am 1.2 et la note — *le Liban* : voir Es 10.34 et la note. L'A. T. mentionne souvent ces régions pour leur richesse.
2. *est bouleversée* : d'après trois versions anciennes; hébreu *se soulève*.

(Teth)

7 Le Seigneur est bon;
   il est un abri au jour de détresse

(Yod)

   il prend soin de ceux qui cherchent en lui leur refuge,
8 même quand passe le flot impétueux.

(Kaf)

   Il rase les assises de la ville[1]
   et il expulse ses ennemis dans
   les ténèbres.

Messages successifs pour Juda et pour Ninive

(Aux chefs de Juda)

9 Que tramez-vous à l'encontre
   du Seigneur ?
   Lui, il fait table rase;
   la détresse ne reparaîtra plus.
10 Car ils ne sont plus que ronces
   entrelacées[2]
   — et dans leurs beuveries, ils
   sont ivres —;
   ils seront consumés comme du
   chaume bien sec, entièrement.

(A Ninive)

11 De toi est sorti celui qui trame
   le mal contre le Seigneur,
   un homme aux desseins infer-
   naux.

(A Juda)

12 Ainsi parle le Seigneur :
   Même si leurs rangs sont au
   complet,

   ils seront fauchés,
   et ce sera fini.
   Si je t'ai humiliée,
   je ne t'humilierai plus[1].
13 Maintenant, je brise son *joug
   qui t'écrase
   et je détache tes liens.

(Au roi de Ninive)

14 Le Seigneur décrète contre
   toi :
   Nulle descendance ne perpétuera ton nom;
   du temple de tes dieux, je vais
   supprimer
   les idoles sculptées ou fondues;
   je prépare ta tombe
   car tu ne fais pas le poids.

(A Juda)

2 1 Sur les montagnes, ac-
   court un messager;
   il annonce la paix.
   Célèbre tes fêtes, Juda,
   accomplis tes vœux !
   Car l'être infernal[2] ne passera
   plus jamais chez toi,
   il est complètement anéanti.

(A Ninive)

2 Une troupe de choc t'attaque
   de front.
   Monte la garde à la forteresse,
   fais le guet au chemin de
   ronde[3],
   tiens ferme, bande toute ton
   énergie !

---

1. *le flot impétueux :* image du châtiment que Dieu envoie contre Ninive — *la ville :* Ninive (v. 1).
2. *ils :* les ennemis de Juda, c'est-à-dire les Assyriens; de même aux v. 12-13.

1. Autre traduction *Je t'humilierai et n'aurai plus à t'humilier de nouveau;* dans ce cas la déclaration s'adresserait à Ninive.
2. Dans l'ancienne version latine, suivie encore par quelques traductions modernes, Na 2.1 est numéroté 1.15; en conséquence 2.2 est noté 2.1, etc. — *l'être infernal :* sans doute le roi d'Assyrie évoqué en 1.11.
3. Autre traduction *garde la forteresse, surveille la route.*

(De Juda)

3 Car le Seigneur revient avec la
   fierté de Jacob,
   il est lui-même la fierté d'Israël.
   Des pillards les avaient dépouillés,
   saccageant le vignoble[1].

Ninive prise d'assaut et pillée

4 Le bouclier de ses braves est
   teint de rouge;
   les guerriers sont vêtus d'écarlate.
   Les chars flamboient de tous
   leurs aciers[2]
   quand ils montent en ligne.
   Les lances s'agitent.
5 Dans la campagne, les chars
   foncent avec furie;
   ils se ruent sur les places;
   on dirait une flambée;
   ils s'élancent comme la foudre.
6 — Le roi d'Assyrie évoque ses
   vaillants capitaines.
   Leur démarche est chance-
   lante! —
   On se précipite jusqu'aux remparts;
   l'abri[3] est mis en place.
7 Les portes donnant sur les
   fleuves sont forcées;
   au palais, c'est l'effondrement[4]!
8 La Statue est découverte, enlevée;

ses desservantes, colombes
plaintives,
sont emmenées;
elles se frappent la poitrine[1].

9 Depuis toujours, Ninive était
   comme un réservoir
   aux eaux abondantes,
   et les voilà qui s'échappent!
   Tenez bon, tenez ferme!
   Mais aucun ne se retourne!

10 Raflez l'argent, raflez l'or,
   c'est une mine inépuisable,
   un monceau de toutes sortes
   d'objets précieux!
11 Tout est pillé, dépouillé, pilonné[2];
   le courage s'évanouit,
   les genoux flageolent,
   ils tremblent de tout leur
   corps,
   tous les visages sont cramoisis.

Ninive comme un lion vaincu

12 Où est-il l'antre des lions[3]?
   Les lionceaux y recevaient leur
   pâture;
   quand le lion s'en allait la
   chercher,
   personne n'inquiétait le petit
   du lion.
13 Le lion dépeçait pour gaver ses
   petits,
   il étranglait pour ses lionnes;
   il emplissait ses tanières de rapines,
   ses antres de viande dépecée.

---

1. *le vignoble*: image traditionnelle du peuple
de Dieu (Es 5.1-7; Ps 80.9-17).
2. *ses braves*: allusion à l'assaillant évoqué au v.
2 — *flamboient de tous leurs aciers*: hébreu peu
clair et traduction incertaine.
3. Sorte de bouclier collectif, qui protège les
assaillants au pied du rempart.
4. Ninive était construite en bordure de deux
fleuves, le Tigre et son affluent le Khoser. Le
palais royal était protégé par une boucle du
Khoser.

1. *La Statue* (de la déesse assyrienne Ishtar):
d'après l'ancienne version grecque; hébreu peu
clair — *se frappent la poitrine*: un des gestes
exprimant le deuil ou la tristesse.
2. *pillé, dépouillé, pilonné*: la traduction essaie
de rendre ainsi la répétition des mêmes consonnes
dans trois verbes hébreux qu'on pourrait traduire
aussi *pillé, ravagé, dévasté*.
3. Le lion était l'emblème de Ninive.

14 Me voici contre toi
— oracle du SEIGNEUR le
tout-puissant !
Oui, je vais réduire ses chars[1]
en fumée.
Tes lionceaux, l'épée les dévorera.
Sur la terre, je vais mettre fin à
tes rapines
et l'on n'entendra plus la voix
de tes envoyés.

La ville sanguinaire livrée au carnage

3 1 Malheur ! une ville sanguinaire,
toute pleine de fraudes et d'es-
croqueries
dont les rapines sont inces-
santes !

2 Claquement du fouet ! Fracas
des roues !
Chevaux au galop ! Chars bon-
dissants !
3 Charge de cavalerie !
Flamboiement des épées !
Éclairs des lances !
Victimes sans nombre ! Mon-
ceaux de corps !
Cadavres à l'infini !
— On bute sur les cadavres.

Ninive comme une prostituée ridiculisée

4 À cause des multiples débauches de la prostituée,
habile ensorceleuse, d'une
grâce exquise,
qui asservissait les nations par
ses débauches,
les peuplades par ses sortilèges,

5 me voici contre toi
— oracle du SEIGNEUR le
tout-puissant !
Je retrousse ta jupe jusqu'à ta
figure
pour exhiber devant les nations ta nudité,
devant les royaumes, ton infamie.
6 Je te couvre d'ordures
pour te flétrir
et de toi, faire un exemple.
7 Aussi, quiconque te voit
s'enfuit en s'écriant :
« Ninive est dévastée !
Qui aurait pour elle un geste
de pitié ? »
Pour toi, où chercherais-je
des consolateurs ?

Ninive va subir le même sort que Thèbes

8 Aurais-tu quelque avantage sur
Thèbes,
qui était installée au milieu des
bras du Nil
avec de l'eau tout autour,
une mer comme glacis[1],
plus qu'une mer comme rempart ?
9 La Nubie avec l'Egypte étaient
son assurance,
ressources inépuisables !
Pouth et les Libyens étaient tes
alliés[2].
10 À son tour, elle fut déportée;
elle dut partir en captivité.
À leur tour, ses bébés furent
écrasés
à tous les carrefours.

---

1. *ses chars* : les chars de Ninive. Autre traduction (en partie conjecturale) *je viderai ton repaire
en l'enfumant.*

1. *Thèbes* : voir Jr 46.25 et la note. En 663 av. J.
C. la ville avait été reprise et pillée par le roi
assyrien Assourbanipal — *glacis* ou *défense
avancée.*
2. *La Nubie* : région située au sud de l'Egypte et
correspondant à l'actuel Soudan — *Pouth* : voir Es
66.19 et la note — *tes alliés* : l'ancienne version
grecque a lu *ses alliés.*

Ses notables furent tirés au sort[1],
tous ses grands rivés aux chaînes.

11 À ton tour de t'enivrer[2]
et de sombrer !
À ton tour de chercher un abri devant l'ennemi !

Ninive incapable de résister

12 Toutes tes places fortes sont des figuiers,
chargés de figues-fleurs[3];
à la moindre secousse, elles tombent dans une bouche vorace.

13 En fait de troupes tu n'as plus que des femmes.
Les portes de ton pays sont grandes ouvertes à tes ennemis :
le feu a dévoré tes verrous[4].

14 Puise de l'eau pour le siège, renforce ta défense,
va dans la boue, patauge dans l'argile,
attrape le moule à briques !

15 C'est là que le feu te dévorera, que l'épée te supprimera;
— ils te dévoreront, comme dévorent les criquets.

Toute une population disparaît

Pullule comme le criquet,
pullule comme la sauterelle.

16 Tu as multiplié tes commis-voyageurs
plus que les étoiles du ciel,
— des criquets qui prennent leur envol ! —

17 tes inspecteurs, comme des sauterelles,
tes sergents recruteurs, comme des essaims !
Ils se posent dans les haies par temps froid;
le soleil brille et tout s'envole vers on ne sait quel endroit ...
Où sont-ils ?

Un désastre irréparable

18 Tes *bergers sont assoupis, roi d'Assyrie !
Tes vaillants capitaines sont bien installés !
Tes troupes sont disséminées sur les montagnes[1],
et personne pour les rassembler !

19 Irréparable, ton désastre, incurables, tes blessures !
Quiconque apprend de tes nouvelles
applaudit à ton mal.
Eh oui ! sur qui ta cruauté n'a-t-elle pas passé
et repassé ?

---

1. *tirés au sort* : pour être attribués comme esclaves aux vainqueurs.
2. Allusion à la coupe de la colère du Seigneur (voir les notes sur Jr 25.15 et Ha 2.16).
3. *de figues-fleurs* ou *de figues d'été* (qui ne sont pas mûres à l'automne, mais restent sur l'arbre pendant l'hiver et mûrissent seulement l'été suivant).
4. *tes verrous* : le système de fermeture des portes était en bois. Le terme désignant les *verrous* servait aussi, au sens figuré, à désigner l'ensemble des forteresses qui défendaient l'approche de la capitale.

1. *installés* : sans doute dans le silence de la tombe — *disséminés sur les montagnes* : en 609 av. J. C. les dernières troupes assyriennes, poursuivies par les Babyloniens, se dispersèrent jusque dans les montagnes d'Arménie. Mais il peut s'agir aussi d'une expression stéréotypée comme en 1 R 22.17; Ez 34.6.

HABAQUQ

1 ¹ La proclamation dont fut chargé le prophète Haba-quq dans une vision.

Premier appel du prophète à Dieu

² Jusqu'où, SEIGNEUR, mon appel au secours ne s'est-il pas élevé ?
Tu n'écoutes pas.
Je te crie à la violence,
tu ne sauves pas.
³ Pourquoi me fais-tu voir la fatalité,
acceptes-tu le spectacle de l'oppression ?
En face de moi il n'y a que ravage et violence ;
lorsqu'il y a procès, l'invective l'emporte¹.
⁴ Alors, la loi est engourdie,
et le droit ne voit plus jamais le jour.
Quand un méchant peut garrotter² le juste,
alors, le droit qui vient au jour est perverti.

Réponse de Dieu : invasion des Chaldéens

⁵ Voyez le spectacle parmi les nations,
soyez pris de saisissement !

Car, dès maintenant quelqu'un passe aux actes¹,
et vous n'y prêtez pas foi
quand on vous le rapporte !

⁶ Car me voici ! Je fais surgir les Chaldéens²,
ce peuple impitoyable et impétueux
qui parcourt les étendues de pays
pour s'approprier des demeures qui ne sont pas à lui.

⁷ Il est épouvantable et terrible,
c'est lui-même qui fonde
son droit et sa suprématie.

⁸ Ses chevaux sont plus lestes que des léopards,
ils ont plus de mordant que les loups du soir.
Ses cavaliers se déploient,
ses cavaliers viennent de loin,
ils volent
comme l'aigle qui fond sur sa proie.

⁹ Tout à la violence, le voilà qui vient,
le visage tendu vers l'avant ;

---

1. Autre traduction *il y a eu des disputes, on a entendu la querelle*.
2. *garrotter* : autre traduction *circonvenir*.

1. Au lieu de *parmi les nations* l'ancienne version grecque a lu *vous, les arrogants*, et, au lieu de *quelqu'un passe aux actes, je passe aux actes*. Ac 13.41 a repris ce verset sous la forme qu'il a dans l'ancienne version grecque.
2. *Chaldéens* : habitants de la Chaldée, région la plus basse de Mésopotamie. Dans l'A. T. le terme désigne souvent l'empire néo-babylonien, qui dura de 626 à 539 av. J. C. et s'étendit rapidement à tout le Proche Orient, notamment sous le règne du roi Nabuchodonosor.

il a entassé des captifs comme
   du sable[1].
10 C'est lui qui se moque des rois.
   les princes sont un jouet pour
   lui.
   C'est lui qui se joue de toute
   forteresse :
   pour la prendre, il fait une levée de terre.
11 C'est alors que l'esprit a
   changé.
   Il a passé outre[2] et s'est rendu
   coupable;
   celui-là, sa force est son dieu !

Deuxième appel du prophète à Dieu

12 N'est-ce pas toi qui, dès l'origine, es le SEIGNEUR,
   mon Dieu, mon Saint ? Nous
   ne mourrons pas !
   SEIGNEUR, tu l'as établi pour le
   jugement;
   Rocher, tu l'as affermi pour un
   rappel à l'ordre[3].
13 Tu as les yeux trop purs pour
   voir le mal,
   tu ne peux accepter le spectacle de l'oppression;
   pourquoi donc acceptes-tu le
   spectacle des traîtres,

gardes-tu le silence quand un
méchant engloutit plus juste
que lui ?
14 Tu fais désormais les hommes
   à l'image des poissons de la
   mer,
   de ce qui grouille sans maître :
15 celui-là[1] les enlève tous à l'hameçon,
   il les drague au filet,
   les ramasse au chalut.
   Alors, il est joyeux, il exulte,
16 alors, il offre un *sacrifice à
   son filet,
   de l'*encens à son chalut,
   car ils sont gonflés pour lui
   d'une part abondante,
   d'une nourriture copieuse.
17 Alors, videra-t-il son filet
   pour encore assassiner des nations
   sans trêve ni pitié ?

2 1 Je tiendrai bon à mon
       poste de garde,
   je resterai debout sur les re-
   tranchements.
   Je guetterai pour voir ce qu'il[2]
   dira contre moi
   et ce que je répondrai au rappel
   à l'ordre.

Réponse de Dieu : le juste et l'oppresseur

2 Le SEIGNEUR m'a répondu, il
  m'a dit :

  Ecris une vision,
  donnes-en l'explication sur les
  tables[3]
  afin qu'on la lise couramment,

---

1. *le visage tendu vers l'avant* : autre traduction
son visage est ardent comme le vent d'est
— *comme du sable* : expression condensée pour
signifier que les captifs sont *aussi nombreux que
les grains de sable au bord de la mer* (voir Gn
22.17; 1 R 4.20).
2. *l'esprit a changé. Il a passé outre* : on peut
penser que le conquérant, d'abord obéissant à un
ordre de Dieu (comparer Es 44.28-45.6), a outre-
passé ensuite son mandat, comme avant lui le roi
d'Assyrie d'après Es 10.5-15, ou Gog d'après Ez
38.8-12. Autres traductions *alors son ardeur se
renouvelle et il poursuit sa route* : ou *le vent a
changé et s'en est allé* (ce serait alors une image de
l'invasion qui continue ailleurs).
3. *nous ne mourrons pas* : selon une tradition
juive le texte primitif a été modifié ici; il comportait probablement *tu ne mourras pas* : *tu l'as
établi* : le prophète parle sans doute du conquérant
— *Rocher* ... *à l'ordre* : on peut aussi comprendre,
comme plusieurs versions anciennes, *tu l'as affermi
comme le roc pour* ...

1. Il s'agit toujours du conquérant.
2. *il* : Dieu.
3. Il s'agit de tablettes (bois, pierre tendre, argile) sur lesquelles le prophète doit noter ce que
Dieu lui révèle (la *vision*).

3 car c'est encore une vision
concernant l'échéance.
Elle aspire à sa fin[1], elle ne
mentira pas;
si elle paraît tarder, attends-la,
car elle viendra à coup sûr,
sans différer.

4 Le voici plein d'orgueil, il
ignore la droiture[2],
mais un juste vit par sa fidélité.

5 Assurément le vin est traître :
cet homme présomptueux ne
reste pas à sa place,
lui qui élargit sa gorge comme
la Fosse[3],
insatiable comme la mort.
Il a entassé près de lui toutes
les nations,
attiré à lui tous les peuples

6 Mais ceux-ci, tous ensemble,
ne lanceront-ils pas contre lui
des formules
d'une ironie mordante ?
On dira :

Cinq « Malédictions »

MALHEUR ! Il accumule ce qui
n'est pas à lui !
Jusques à quand ?
Il se charge d'une dette de plus
en plus lourde.

7 Ne vont-ils pas se dresser tout
à coup,
tes créanciers,
se réveiller, ceux qui te secoue-
ront ?
Tu deviendras une bonne prise
pour eux !

8 Comme tu as pillé des nations
en nombre,

tout le reste des peuples te pillera,
à cause du *sang humain, à
cause de la violence faite au
pays,
à la cité et à tous ses habitants.

9 MALHEUR ! Il se taille une part
malhonnête pour sa maison,
afin de faire son nid tout en
haut pour esquiver la main du
malheur.

10 C'est la honte de ta maison
que tu as décidée[1] :
causer la fin de peuples en
nombre
est une atteinte à ta propre vie.

11 Oui, la pierre du mur criera
et la poutre de la charpente lui
répondra.

12 MALHEUR ! Il construit une ville
sur le sang,
il fonde une cité sur le crime !

13 Ceci ne vient-il pas du SEI-
GNEUR le tout-puissant :
*Les peuples peinent pour du
feu,
les nations s'éreintent en vain,*

14 *car le pays sera rempli de la
connaissance de la gloire du*
SEIGNEUR,
*comme les eaux comblent la
mer[2] ?*

15 MALHEUR ! Il fait boire son
prochain !
Tu mêles ton poison[3] jusqu'à
l'ivresse pour qu'on jouisse du
spectacle de sa nudité.

---

1. Autre traduction *elle concerne la fin.*
2. Le prophète fait encore allusion au
conquérant.
3. *le vin est traître :* le prophète semble comparer le conquérant à un homme ivre, qui a perdu le
sens de la mesure — *fosse :* voir au glossaire SÉ-
JOUR DES MORTS.

1. Le prophète interpelle directement le
conquérant.
2. Le v. 13 cite approximativement Jr 51.581, et
le v. 14 Es 11.9.
3. *tu mêles ton poison :* autres traductions *tu
vides ton outre* ou *tu accumules ta fureur.* Le
prophète interpelle à nouveau le conquérant.

16 Tu es gorgé d'infamie et non
   de gloire !
   À ton tour de boire et d'exhiber ton prépuce :
   la coupe[1] de la droite du Seigneur se renverse sur toi,
   et après la gloire, c'est la dé-
   convenue !

17 Oui, la violence faite au Liban
   te submergera,
   et les bêtes qui ravageaient seront écrasées[2]
   à cause du sang humain, à
   cause de la violence faite au
   pays,
   à la cité et à tous ses habitants.

18 À quoi bon une statue, sculptée
   par l'artisan,
   ou fondue pour enseigner la
   fausseté[3],
   si l'artisan de cet ouvrage se
   confie en lui
   pour en faire des idoles
   muettes ?

19 Malheur ! Il dit à un morceau
   de bois : « Lève-toi ! »
   ou : « Réveille-toi ! » à une
   pierre silencieuse,
   et annonce : « Elle va enseigner ! »
   La voici plaquée d'or et d'argent,
   mais aucun souffle ne l'anime.

20 En revanche, le Seigneur est
   dans son Temple *saint :
   Silence devant lui, terre entière !

Psaume d'Habaquq : Dieu intervient

3 1 *Prière du prophète Haba-
       quq.*
   Sur le mode des complaintes[1].
2 Seigneur, j'ai entendu ce que
   tu as annoncé[2],
   je suis saisi de crainte.
   Seigneur, vivent tes actes au
   cours des années !
   Au cours des années, fais-les
   reconnaître,
   mais dans le bouleversement
   rappelle-toi d'être miséricordieux !
3 Dieu vient de Témân, le *Saint
   du mont Parân[3].

                              *Pause

   Sa majesté comble le ciel,
   sa louange emplit la terre.
4 La lumière devient éclatante.
   Deux rayons sortent de sa
   propre main :
   c'est là le secret de sa force.
5 Devant lui marche la peste,
   et la fièvre met ses pas dans
   les siens.
6 Il s'est arrêté, il a pris la mesure de la terre.
   Il a regardé et fait sursauter
   les nations.
   Les montagnes éternelles se
   sont disloquées,
   les collines antiques se sont ef-
   fondrées.
   À lui les antiques parcours[4] !
7 J'ai vu les tentes de Koushân
   réduites à néant ;

---

1. *exhiber ton prépuce* : du point de vue d'un ancien Israélite la honte qui frappera le conqué-rant sera double : 1) il apparaîtra tout nu, 2) on reconnaîtra qu'il n'est pas *circoncis — la coupe est un symbole de la condamnation que Dieu inflige.
2. Le conquérant et ses troupes sont comparés à des bêtes sauvages ; leur bestialité se retourne contre eux.
3. ou *pour rendre des oracles mensongers*.

1. Autre traduction *des confessions*.
2. *ce que tu as annoncé* : autres traductions *ta renommée* ou *le récit de ce que tu as fait*.
3. *Témân* : province du royaume d'Edom, au sud-est de Juda — *Parân* : montagne du désert situé au sud de la Palestine (voir Dt 33.2).
4. *les antiques parcours* : le prophète fait proba-blement allusion aux itinéraires parcourus autre-fois par les patriarches, et par le peuple d'Israël après la sortie d'Egypte.

les abris du pays de Madiân
sont bouleversés[1]

8 Le Seigneur s'est-il enflammé
contre des rivières ?
Ta colère s'adresse-t-elle aux
rivières,
ta fureur à la mer,
lorsque tu montes sur tes chevaux,
sur tes chars victorieux ?

9 Ton arc est mis à nu,
les paroles des serments sont
des épieux[2].

Pause

Tu crevasses la terre par des
torrents.

10 Les montagnes t'ont vu : elles
tremblent.
Une trombe d'eau est passée,
l'*Abîme a donné de la voix,
il a tendu ses mains vers le
haut.

11 Le soleil et la lune se sont ar-
rêtés dans leur demeure
à la lumière de tes flèches qui
partent,
à l'éclat foudroyant de ta
lance.

12 Tu parcours la terre dans ton
courroux,
tu foules aux pieds les nations
dans ta colère.

13 Tu es sorti pour le salut de ton
peuple,
pour le salut de ton *messie.
Tu as décapité la maison du
méchant :

place nette au ras des fondations !

Pause

14 Tu as percé de leurs propres épieux la tête de ses
chefs,
alors qu'ils arrivaient en tempête
pour m'écarteler allègrement,
comme si, dans l'embuscade, ils
dévoraient déjà le vaincu.

15 Tu as frayé le chemin de tes
chevaux dans la mer,
dans le bouillonnement des
eaux puissantes.

16 J'ai entendu et je suis profondément bouleversé.
À ce bruit, mes lèvres balbu-
tient,
je suis tout décomposé.
Je reste sur place, bouleversé.
Car je dois attendre sans bouger
le jour de la détresse,
pour monter vers le peuple qui
nous assaille[1].

17 Oui, le figuier ne fleurit pas,
les vignes ne rapportent rien,
la culture de l'olivier trompe
l'attente,
les champs ne donnent rien à
manger,
le petit bétail disparaît des
bergeries,
il n'y a plus de gros bétail dans
les étables.

18 Moi, je serai dans l'allégresse à
cause du Seigneur,

---

1. *Koushân* désigne sans doute une peuplade nomade du désert sinaïtique, comme *Madiân* (voir la note sur Nb 12.1).
2. *les paroles des serments* ou *les serments que Dieu fait* (dans sa colère) sont comparés ici à des armes de jet.

1. *le jour de … assaille* : autre traduction *qu'un jour de détresse monte sur le peuple qui nous assaille !*

j'exulterai à cause du Dieu qui me sauve.

19 Le Seigneur est mon seigneur,
il est ma force,
il rend mes pieds comme ceux des biches

et me fait marcher sur mes hauteurs.
Du chef de chœur. Avec des instruments à cordes[1].

1. ces formules figurent en tête de certains psaumes (Ps 4; 6; 54; 55; 67; 76).

SOPHONIE

1 ¹Parole du Seigneur, qui fut adressée à Sophonie, fils de Koushi, fils de Guedalya, fils d'Amarya, fils d'Ezékias, au temps de Josias¹, fils d'Amôn, roi de Juda.

Dieu va intervenir contre la terre entière

² Je vais tout extirper de la surface de la terre
— oracle du Seigneur.
³ J'extirperai hommes et bêtes,
oiseaux du ciel et poissons de
la mer
et ce qui fait trébucher les mé-
chants²,
je supprimerai les hommes de
la surface de la terre
— oracle du Seigneur.

Dieu va intervenir contre Juda et Jérusalem

⁴ J'étendrai la main contre Juda
et contre tous les habitants de
Jérusalem,

et je supprimerai de ce lieu ce
qui reste du *Baal,
le nom de ses officiants et les
prêtres avec eux;
⁵ ceux qui se prosternent sur les
terrasses
devant l'armée des cieux,
ceux qui se prosternent devant
le Seigneur
et qui jurent par leur dieu Mé-
lek¹;
⁶ ceux qui se détournent du Seigneur,
qui ne le recherchent pas
et ne le consultent pas.

⁷ — Silence devant le Seigneur
Dieu,
car le jour du Seigneur est
proche.
Le Seigneur prépare un *sacrifice,
il consacre ses invités² —.
⁸ Or, au jour du sacrifice du Seigneur, j'interviendrai contre les
ministres,
contre les princes
et contre tous ceux qui s'habil-

---

1. *fils d'Ezékias* : on ignore si cet *Ezékias*, ancêtre de Sophonie, est le roi du même nom contemporain du prophète Esaïe — *au temps de Josias* : c'est-à-dire entre les années 640 et 609 av. J. C. *Sophonie* était donc contemporain du prophète Jérémie (voir Jr 1.2); son nom signifie *(que) le Seigneur conserve*.
2. Sophonie semble annoncer ici que Dieu va éliminer toutes les créatures qui ont été l'objet d'un culte idolâtrique (comparer Rm 1.23).

1. *l'armée des cieux* : formule fréquente dans l'A. T. pour désigner les astres objets d'un culte dans les religions mésopotamiennes. Les rois Manassé et Amôn (v. 1) de Juda avaient favorisé ce genre de culte (voir 2 R 21.3-5, 21-22) — *ceux qui se prosternent* : l'hébreu ajoute *et qui jurent par*, mots empruntés à la fin du verset — *par leur dieu Mélek* (ou *par leur roi*) : les anciennes versions ont lu *par Milkôm* (la principale divinité des Ammonites; voir 1 R 11.33).
2. L'exécution du jugement de Dieu contre Jérusalem est comparée ici à un *sacrifice*. Pour le repas qui suivait normalement un sacrifice l'offrant et *ses invités* devaient se soumettre à certaines règles de purification. Il n'est guère possible de préciser ici quels sont ces *invités* du Seigneur.

lent à la mode étrangère[1].

9 J'interviendrai, en ce jour-là,
contre tous ceux qui sautent
par-dessus le seuil[2],
qui remplissent la maison de
leur seigneur
du produit de la violence et de
la fourberie.

10 Or en ce jour-là — oracle du
Seigneur —
on entendra une clameur à la
Porte des Poissons,
un hurlement dans la Ville
Neuve[3],
un grand fracas sur les collines;

11 hurlez, habitants du Mortier[4],
car le peuple des marchands
est anéanti,
tous les peseurs d'argent sont
supprimés.

12 Or en ce temps-là,
je fouillerai Jérusalem avec des
torches
et j'interviendrai contre les
hommes qui croupissent dans
leur ordure[5]
et qui disent en eux-mêmes :
le Seigneur ne peut faire ni du
bien ni du mal.

13 Alors leurs richesses seront livrées au pillage
et leurs maisons à la dévastation

ils ont bâti des maisons mais
ne les habiteront pas;
ils ont planté des vignes mais
n'en boiront pas le vin.

Le jour du Seigneur

14 Il est proche, le grand jour du
Seigneur,
il est proche, il vient en grande
hâte.
Il y aura des clameurs amères
au jour du Seigneur,
le brave lui-même appellera au
secours.

15 Jour de fureur que ce jour, jour
de détresse et d'angoisse,
jour de désastre et de désolation,
jour de ténèbres et d'obscurité,
jour de nuée et de sombres
nuages,

16 jour de sonneries de cor et de
cris de guerre
contre les villes fortes et contre
les hautes tours d'angle.

17 Je jetterai les hommes dans la
détresse
et ils marcheront comme des
aveugles,
car ils ont péché contre le Seigneur.
Leur sang sera répandu
comme de la poussière
et leurs tripes comme des ordures.

18 Ni leur argent ni leur or ne
pourra les délivrer :
au jour de la fureur du Seigneur,
au feu de sa jalousie,
toute la terre sera dévorée;
car il va faire l'extermination
— et ce sera terrible —
de tous les habitants de la
terre.

---

1. Adopter la mode vestimentaire des peuples étrangers était souvent le signe qu'on adoptait aussi leurs particularités culturelles et leur religion (voir *2 M* 4.13-14).

2. *ceux qui sautent par-dessus le seuil* : coutume religieuse païenne (voir 1 S 5.5). Autre traduction *ceux qui montent sur l'estrade* (où se trouve l'autel de la divinité).

3. *la Porte des Poissons* donnait accès à l'an-cienne Jérusalem par le nord-ouest — *la Ville Neuve* : quartier qui s'était développé au nord-ouest de la ville ancienne.

4. *Le Mortier* (ou *le Creux*) : autre quartier de Jérusalem, non identifié.

5. *avec des torches* : pour inspecter les recoins les plus cachés — *sur leur ordure* : image de la situation dans laquelle se complaisent les idolâtres.

Appel aux humbles

2 1 Entassez-vous, tassez-
vous,
ô nation sans honte,
2 avant que survienne le décret
et que le jour se soit enfui
comme la bale[1];
avant que vienne sur vous l'ardeur de la colère du Seigneur,
avant que vienne sur vous le
jour de la colère du Seigneur.
3 Recherchez le Seigneur, vous
tous les humbles de la terre,
qui mettez en pratique le droit
qu'il a établi;
recherchez la justice, recherchez l'humilité,
peut-être serez-vous à l'abri
au jour de la colère du Seigneur.

Menaces contre les peuples de l'ouest

4 Gaza va être abandonnée,
Ashqelôn dévastée;
Ashdod, en plein midi, on l'ex-
pulsera
et Eqrôn sera déracinée.
5 Malheur à vous, habitants de
la ligue de la mer,
nation des Crétois[2];
La parole du Seigneur est
contre vous,
Canaan, terre des Philistins :
Je vais te faire périr faute
d'habitants.
6 La ligue de la mer sera changée en pâturages,

en pacages pour les bergers, en
enclos pour les troupeaux;
7 et la ligue appartiendra à ce
qui reste de la maison de Juda;
ils[1] mèneront paître en ces
lieux,
le soir, ils se reposeront dans
les maisons d'Ashqelôn,
car le Seigneur leur Dieu interviendra en leur faveur
et il changera leur destinée.

Menaces contre les peuples de l'est

8 J'ai entendu les insultes de
Moab,
les sarcasmes des fils d'Ammon[2],
eux qui insultaient mon peuple
et s'agrandissaient aux dépens
de son territoire.
9 C'est pourquoi, par ma vie !
— oracle du Seigneur le
tout-puissant, Dieu d'Israël —
Moab deviendra comme So-
dome
et les fils d'Ammon comme
Gomorrhe :
un domaine de ronces, une
mine de sel,
une terre dévastée à jamais.
Ce qui reste de mon peuple les
pillera,
ce qui subsiste de ma nation en
héritera.
10 Voilà ce qu'ils recevront pour
leur orgueil
car ils ont insulté le peuple du
Seigneur le tout-puissant

---

1. le décret ou la sentence (de condamnation qui sera exécutée le jour du Seigneur) — comme la bale : voir la note sur Ps 1.4.
2. Gaza, Ashqelôn, Ashdod, Eqrôn (v. 4) : ces villes de Philistie formaient une confédération appelée ici ligue de la mer. Les Philistins étaient originaires de l'île de Crète.

1. la maison de Juda : tournure hébraïque équivalant ici à le royaume de Juda — ils : les survivants de Juda.
2. Moab, Ammon : peuples installés à l'est du Jourdain et de la mer Morte.

et se sont agrandis à ses dépens.

11 Le Seigneur se montrera terrible à leur égard,
il abaissera tous les dieux de la terre,
et toutes les nations les plus lointaines se prosterneront devant lui,
chacune sur son sol.

Menaces contre les peuples du sud et du nord

12 Et vous aussi, les Nubiens[1] !
— Mon épée les a transpercés.
13 Il étendra la main contre le Nord et fera périr Assour.
Il fera de Ninive[2] une terre dévastée,
aride comme le désert;
14 au milieu d'elle se reposeront les troupeaux
et des bêtes de toutes sortes :
le hibou comme le hérisson
passeront la nuit dans ses chapiteaux,
on entendra un hululement à la fenêtre.
Dès le seuil, ce seront des ruines,
les poutres de cèdre sont mises à nu.
15 Telle sera la ville joyeuse qui trônait en sécurité,
celle qui disait en elle-même :
« Moi et nulle autre ! »
Comment est-elle devenue une terre désolée,
un repaire pour les bêtes ?

Quiconque passe près d'elle siffle et agite la main[1].

Jérusalem n'a pas écouté l'appel de Dieu

3 1 Malheur à la rebelle, à l'impure,
à la ville tyrannique !
2 Elle n'a pas écouté l'appel,
elle n'a pas accepté la leçon,
elle n'a pas eu confiance dans le Seigneur,
elle ne s'est pas approchée de son Dieu.
3 Ses ministres, au milieu d'elle,
sont des lions rugissants;
ses juges, des loups au crépuscule,
qui n'ont plus rien à ronger au matin.
4 Ses *prophètes sont des vantards, des tricheurs;
ses prêtres ont profané ce qui est sacré,
ils ont violé la loi.
5 Au milieu de la ville, le Seigneur est juste,
il ne commet pas d'iniquité.
Chaque matin il prononce son jugement,
au point du jour, il ne fait pas défaut.
— Mais l'impie ne connaît pas la honte. —
6 J'ai supprimé[2] des nations,
leurs tours d'angle ont été démantelées;
j'ai dévasté leurs rues : plus de passants;

---

1. *Nubiens* : peuple qui vivait sur le territoire de l'actuel Soudan. Les Nubiens ont dominé l'Égypte à certaines époques.
2. *Assour* : nom hébreu de l'Assyrie — *Ninive* : voir Na 1.1 et la note.

1. *siffler* et *agiter la main* : pour exprimer la moquerie ou l'étonnement, voire l'effroi. Mais certains pensent que ces manifestations avaient une signification magique (pour chasser les mauvais esprits).
2. *j'ai supprimé* : ici et au verset suivant le prophète cite les paroles mêmes de Dieu.

leurs villes sont saccagées :
plus personne, plus d'habitants.

7 Je m'étais dit : « Au moins tu
me respecteras,
tu accepteras la leçon
et sa demeure ne sera pas sup-
primée. »
Chaque fois que je suis intervenu
ils n'ont été que plus empressés
de corrompre toutes leurs actions[1].

8 Eh   bien,   attendez-moi !
— Oracle du SEIGNEUR.
Attendez le jour où je me lèverai comme témoin à charge !
Ma sentence sera d'extirper les
nations,
d'entasser les royaumes,
de déverser sur eux mon indignation,
toute l'ardeur de ma colère,
car la terre tout entière sera
consumée au feu de ma jalousie.

Dieu convertira les peuples

9 Alors je ferai que les peuples
aient les lèvres *pures[2]
pour qu'ils invoquent tous le
*nom du SEIGNEUR,
pour qu'ils le servent dans un
même effort.

10 D'au-delà des fleuves de Nubie[3],
ceux qui m'adorent — ceux
que j'ai dispersés —
m'apporteront une offrande.

Le reste d'Israël

11 En ce jour-là, tu n'auras plus à
rougir de toutes tes mauvaises
actions,
de ta révolte contre moi;
car à ce moment, j'aurai enlevé
du milieu de toi
tes vantards orgueilleux
et tu cesseras de faire l'arro-
gante
sur ma montagne *sainte.

12 Je maintiendrai au milieu de
toi
un reste de gens humbles et
pauvres;
ils chercheront refuge dans le
nom du SEIGNEUR.

13 Le reste d'Israël ne commettra
plus d'iniquité;
ils ne diront plus de mensonges,
on ne surprendra plus dans
leur bouche
de langage trompeur :
mais ils paîtront et se reposeront
sans personne pour les faire
trembler.

La restauration de Jérusalem

14 Crie de joie, fille de *Sion,
pousse des acclamations, Israël,
réjouis-toi, ris de tout ton
coeur,
fille de Jérusalem[1].

15 Le SEIGNEUR a levé les sentences qui pesaient sur toi,
il a détourné ton ennemi.
Le roi d'Israël, le SEIGNEUR
lui-même,
est au milieu de toi,

---

1. Dans le v. 7 le prophète personnifie Jérusalem soit pour l'interpeller (tu me respecteras), soit
pour parler d'elle à la troisième personne (sa demeure); la fin du verset évoque ses habitants (ils ...).
2. Les lèvres des peuples païens sont impures
parce qu'elles ont prononcé le nom des faux dieux.
3. Voir la note sur 2.12.

1. fille de Sion, fille de Jérusalem : tournures
poétiques pour désigner la population de
Jérusalem.

tu n'auras plus à craindre le
mal.

16 En ce jour-là, on dira à Jérusalem :

« N'aie pas peur, Sion,
que tes mains ne faiblissent
pas;

17 le Seigneur ton Dieu est au
milieu de toi
en héros, en vainqueur.
Il est tout joyeux à cause de
toi,
dans son amour, il te renouvelle[1],
il danse et crie de joie à cause
de toi. »

18 Je rassemble ceux qui étaient
privés de fêtes;
ils étaient loin de toi

— honte qui pesait sur Jérusalem.

19 Je vais agir à l'égard de tous
ceux qui te maltraitent
— en ce temps-là —,
je sauverai les brebis boiteuses,
je rassemblerai les égarées.
Je vous mettrai à l'honneur et
votre renom s'étendra
dans tous les pays où vous
avez connu la honte.

20 En ce temps-là je vous ramènerai,
ce sera au temps où je vous
rassemblerai;
votre renom s'étendra et je
vous mettrai à l honneur parmi
tous les peuples de la terre
quand, sous vos yeux, je changerai votre destinée[1], dit le
Seigneur.

---

1. *en vainqueur* ou *en sauveur* — *il te renouvelle* : d'après l'ancienne version grecque; hébreu *il reste silencieux.*

1. *je changerai votre destinée* : autre traduction *je ramènerai vos captifs.*

AGGÉE

Le moment de rebâtir le temple

1 1 L'an deux du règne de Darius, le sixième mois, le premier jour du mois, la parole du Seigneur fut adressée par l'intermédiaire d'Aggée, le *prophète, à Zorobabel, fils de Shaltiel[1], le gouverneur de Juda, et à Josué, fils de Yehosadaq, le grand prêtre : 2 « Ainsi parle le Seigneur, le tout-puissant : Ces gens-là déclarent : Il n'est pas venu le moment de rebâtir la Maison du Seigneur[2]. » 3 Or la parole du Seigneur arriva par l'intermédiaire d'Aggée, le prophète : 4 « Est-ce le moment pour vous d'habiter vos maisons lambrissées, alors que cette Maison-ci est en ruine ? 5 Et maintenant, ainsi parle le Seigneur, le tout-puissant : Réfléchissez bien à quoi vous êtes arrivés. 6 Vous avez semé beaucoup, mais peu récolté; vous mangez, mais sans vous rassasier; vous buvez, mais sans être gais; vous vous habillez, mais sans vous réchauffer et le gain du salarié va dans une bourse trouée. 7 Ainsi parle le Seigneur, le tout-puissant : Réfléchissez bien à quoi vous êtes arrivés. 8 Montez à la montagne, rapportez du bois et rebâtissez ma Maison; j'y trouverai plaisir et je manifesterai ma gloire, dit le Seigneur. 9 Vous attendiez beaucoup et maigre fut la récolte; quand vous l'avez rentrée chez vous, j'ai soufflé dessus[1]. Pourquoi donc ? — oracle du Seigneur, du tout-puissant : À cause de ma Maison qui, elle, est en ruine, alors que chacun de vous s'affaire auprès de sa propre maison. 10 C'est pourquoi, au-dessus de vous, les cieux ont retenu la rosée, et la terre a retenu son fruit. 11 J'ai appelé la sécheresse sur la terre, sur les montagnes, sur le blé, le vin nouveau, l'huile fraîche et sur tout ce que produit le sol; sur les hommes, les bêtes et sur tout le fruit de vos travaux. » 12 Alors Zorobabel, fils de Shaltiel, et Josué, fils de Yehosadaq, le grand prêtre, et tout le reste du peuple[2] écoutèrent la voix du Seigneur, leur Dieu, et les paroles d'Aggée, le prophète, selon la mission que lui avait donnée le Seigneur, leur Dieu. Et le peuple éprouva de la crainte devant le

---

1. *L'an deux du règne de Darius* (roi de Perse), *le sixième mois :* vers la fin d'août 520 av. J. C. — *le premier jour du mois :* voir au glossaire NÉOMÉNIE — *fils de Shaltiel, Zorobabel* était un petit-fils du roi de Juda Yoyakîn (ou Yekonia) d'après 1 Ch 3.17-19; il était donc descendant de David. Le roi de Perse l'avait nommé *gouverneur de Juda.*

2. Le temple de Jérusalem avait été pillé et incendié en 587 av. J. C. par les Babyloniens (Jr 52.12-23). Les premiers déportés revenus d'exil, parmi lesquels *Zorobabel* et *Josué* (Esd 3.1-9), avaient commencé à rebâtir le temple. Mais l'opposition des Samaritains les avaient obligés à interrompre les travaux (Esd 4.4-5).

1. *j'ai soufflé dessus :* c'est-à-dire qu'il n'en est presque rien resté, comme lorsqu'on souffle sur quelques brins de paille.

2. *le reste du peuple :* les fidèles revenus de l'exil (voir Esd 1.4; 9.8, 14; Za 8.6, 11).

Seigneur. 13 Et Aggée, le messager du Seigneur, parla selon le message reçu du Seigneur pour le peuple : « Je suis avec vous — oracle du Seigneur. » 14 Et le Seigneur réveilla l'esprit de Zorobabel, fils de Shaltiel, le gouverneur du Juda, et l'esprit de Josué, fils de Yehosadaq, le grand prêtre, et l'esprit de tout le reste du peuple : ils vinrent et se mirent à l'oeuvre dans la Maison du Seigneur, du tout-puissant, leur Dieu. 15 — Le 24 du sixième mois[1].

La splendeur du nouveau temple

2 L'an deux du règne de Darius, 1 le septième mois, le 21 du mois[2], la parole du Seigneur arriva par l'intermédiaire d'Aggée, le prophète : 2 « Parle donc à Zorobabel, fils de Shaltiel, le gouverneur de Juda, et à Josué, fils de Yehosadaq, le grand-prêtre et à tout le reste du peuple[3], et dis-leur : 3 Quel est parmi vous le survivant qui a vu cette Maison[4] dans son ancienne gloire ? Et comment la voyez-vous à présent ? N'apparaît-elle pas à vos yeux comme rien ? 4 Mais maintenant, courage, Zorobabel, — oracle du Seigneur — et courage, Josué, fils de Yehosadaq, grand prêtre, et courage, vous tout le peuple du pays — oracle du Seigneur —, au tra-

vail ! Car je suis avec vous — oracle du Seigneur, du tout-puissant. 5 Selon l'engagement que j'ai pris envers vous lors de votre sortie d'Egypte, et puisque mon esprit se tient au milieu de vous, ne craignez rien ! 6 Oui, ainsi parle le Seigneur, le tout-puissant : encore un moment — il sera court — et je vais ébranler ciel et terre, mer et continent. 7 J'ébranlerai toutes les nations et les trésors de toutes les nations afflueront, et j'emplirai de splendeur cette Maison, déclare le Seigneur, le tout-puissant. 8 L'argent est à moi, à moi l'or — oracle du Seigneur, du tout-puissant. 9 La gloire dernière de cette Maison dépassera la première, dit le Seigneur, et dans ce lieu j'établirai la paix — oracle du Seigneur, du tout-puissant.

Un peuple en état d'impureté

10 Le 24 du neuvième mois, l'an deux de Darius[1], la parole du Seigneur fut adressée à Aggée, le *prophète : 11 « Ainsi parle le Seigneur, le tout-puissant : Sollicite donc des prêtres une directive[2] en leur demandant : 12 Si quelqu'un porte de la viande *sanctifiée[3] dans le pan de son vêtement et, de ce pan, touche du pain, des légumes, du vin, de l'huile ou n'importe quel aliment, seront-ils sanctifiés ? » Les prêtres répondirent et déclarèrent : « Non ». 13 Aggée reprit : « Si un homme rendu *impur par le contact d'un mort touche à l'une de ces choses,

---

1. Comparer 1.1; cette indication chronologique devait introduire un message d'Aggée qui n'a pas été conservé, ou qui a été déplacé (peut-être 2.15-19).
2. C'est-à-dire vers la mi-octobre 520 av. J. C.
3. Voir 1.12 et la note.
4. *cette Maison* ou *ce Temple.*

1. Vers la mi-décembre 520 av. J. C.
2. C'était aux prêtres qu'il revenait de trancher les questions difficiles soulevées par l'application de la loi de Moïse. Voir Lv 10.10-11; 14.54-57, etc.
3. Cette viande provient d'un *sacrifice.*

sera-t-elle impure ? » Les prêtres répondirent et déclarèrent : « Elle sera impure. » 14 Aggée répliqua : « Tel est ce peuple, telle est cette nation devant moi — oracle du Seigneur. Tel est l'ouvrage de leurs mains, et ce qu'ils offrent là est impur[1]. »

Soyez attentifs dès aujourd'hui

15 Et maintenant, soyez bien attentifs, à partir d'aujourd'hui et pour l'avenir. Avant qu'on eût posé pierre sur pierre dans le Temple du Seigneur, 16 avant qu'elles n'y soient, on venait à un tas de grain estimé à vingt mesures et il ne s'en trouvait que dix; on venait au pressoir vider la cuve de 50 mesures, et il ne s'en trouvait que vingt. 17 Je vous ai frappés dans tout le travail de vos mains par la rouille, la nielle[2], la grêle, sans réussir à vous ramener vers moi — oracle du Seigneur. 18 Soyez bien attentifs, dès aujourd'hui et pour l'avenir, — à partir du 24 du neuvième mois[3] — depuis le jour où fut fondé le Temple du Seigneur, soyez attentifs : 19 Reste-t-il encore du grain dans le grenier ? Même la vigne, le figuier, le grenadier et l'olivier n'ont rien porté. À partir d'aujourd'hui, je vais bénir. »

Promesses à Zorobabel, l'élu du Seigneur

20 La parole du Seigneur fut adressée une seconde fois à Aggée, le 24 du mois : 21 « Parle à Zorobabel, le gouverneur de Juda, et dis-lui : Je vais ébranler ciel et terre. 22 Je vais renverser les trônes des royaumes et anéantir la force des royaumes des nations; je vais renverser chars et conducteurs; chevaux et cavaliers tomberont, chacun sous l'épée de son frère. 23 En ce jour-là — oracle du Seigneur, du tout-puissant — je te prendrai, Zorobabel, fils de Shaltiel, mon serviteur — oracle du Seigneur. Je t'établirai comme l'anneau à cacheter, car c'est toi que j'ai élu[1] — oracle du Seigneur, du tout-puissant. »

---

1. Par cette image empruntée au droit religieux d'Israël, le prophète explique que Dieu refuse d'agréer les sacrifices qui lui sont offerts, tant que le peuple néglige la reconstruction du Temple. Même refus, mais pour d'autres motifs en Es 1.13 et Am 5.21-24.
2. *rouille, nielle* : maladies du blé. Voir Am 4.9.
3. Voir au glossaire CALENDRIER.

1. *l'anneau à cacheter* servait à authentifier les documents officiels et les ordres donnés par le roi. Zorobabel est comparé à l'anneau à cacheter du Seigneur — *c'est toi que j'ai élu* ou *c'est toi que j'ai choisi*.

ZACHARIE

PREMIÈRE PARTIE

Un appel du Seigneur : Revenez à moi

1 1 Au huitième mois, la deuxième année du règne de Darius la parole du Seigneur fut adressée au *prophète Zacharie[1], fils de Bèrèkya, fils de Iddo : 2 — « Le Seigneur s'est violemment irrité contre vos pères[2]. » 3 Dis-leur :

« Ainsi parle le Seigneur, le tout-puissant :
Revenez à moi — oracle du Seigneur, le tout-puissant — et je reviendrai à vous, dit le Seigneur, le tout-puissant.

4 N'imitez pas vos pères, eux que les prophètes de jadis ont interpellés en ces termes : Ainsi parle le Seigneur, le tout-puissant : Revenez donc, renoncez à vos chemins mauvais et à votre conduite mauvaise, mais ils n'ont pas écouté et n'ont pas pris garde à moi — oracle du Seigneur. 5 Vos pères, où sont ils, eux ? Et les prophètes vivent-ils toujours ? 6 Pourtant mes déclarations et mes décisions, celles dont j'avais chargé mes serviteurs les prophètes, n'ont-elles pas atteint vos pères ? Alors ils sont revenus et ils ont avoué : Le Seigneur, le tout-puissant, avait décidé de nous traiter selon nos chemins et notre conduite, et c'est bien ainsi qu'il nous a traités. »

Première vision : les chevaux

7 Le 24 du onzième mois — le mois de Shevat —, la deuxième année du règne de Darius[1], la parole du Seigneur fut adressée au prophète Zacharie, fils de Bèrèkya, fils de Iddo en ces termes :

---

1. *Au huitième mois, la deuxième année ...* : en octobre-novembre 520 av. J. C. — *Zacharie* (dont le nom signifie *le Seigneur se souvient*) était aussi prêtre d'après Ne 12.16.
2. *vos pères* ou *vos ancêtres*.

1. Vers la mi-février 519 av. J. C. — *Shevat* : voir au glossaire CALENDRIER.

8 J'ai eu cette nuit une vision : c'était un homme monté sur un cheval roux; il se tenait parmi les myrtes dans la 'profondeur[1], et derrière lui il y avait des chevaux roux, alezans et blancs. 9 Je lui demandai : « Que représentent-ils, mon Seigneur ? » Alors l'*ange qui me parlait me répondit : « Je vais te montrer ce qu'ils représentent. » 10 Et l'homme qui se tenait parmi les myrtes intervint en disant : « Ce sont ceux que le Seigneur a envoyés parcourir la terre. » 11 Alors ceux-ci s'adressèrent[2] à l'ange du Seigneur qui se tenait parmi les myrtes et lui dirent : « Nous avons parcouru la terre et voici que toute la terre est tranquille et en repos. »

12 L'ange du Seigneur reprit alors : « Seigneur tout-puissant, jusqu'à 'quand tarderas-tu à prendre en pitié Jérusalem et les villes de Juda contre lesquelles tu es irrité depuis déjà 70 ans[3] ? » 13 Alors à l'ange qui me parlait, le Seigneur donna une réponse encourageante, une réponse consolante.

Le Seigneur va de nouveau consoler Sion

14 Et l'*ange qui me parlait me dit :

« Proclame : Ainsi parle le Seigneur le tout-puissant :
  Je ressens une intense jalousie[1] pour Jérusalem et pour *Sion.
15 Mais je suis violemment irrité contre les nations bien établies;
  alors que moi, je n'étais que faiblement irrité,
  elles, elles sont venues ajouter à son malheur.

16 Voilà pourquoi, ainsi parle le Seigneur :
  Je reviens vers Jérusalem avec compassion,
  ma Maison y sera rebâtie
  — oracle du Seigneur, le tout-puissant
  — et le cordeau sera tendu sur Jérusalem[2].

17 Fais encore cette proclamation : Ainsi parle le Seigneur, le tout-puissant : Mes villes sont encore privées de bonheur.
  Mais le Seigneur va de nouveau consoler Sion
  et choisir Jérusalem. »

Deuxième vision : cornes et forgerons

2 1 Je levai les yeux et j'eus une vision : c'étaient quatre cornes[3]. 2 Je demandai alors à l'*ange qui me parlait : « Que représentent-elles ? » Il me répondit : « Ce sont les cornes qui ont

---

1. *les myrtes* : voir Es 41.19 et la note — *la profondeur* : le terme semble souligner ici l'origine surnaturelle du personnage de la vision.
2. On peut penser que les chevaux mentionnés au v. 8 sont montés par des cavaliers, et que ceux-ci, désignés au v. 10 comme les *envoyés* du Seigneur, prennent maintenant la parole.
3. *soixante-dix ans* : le nombre 70 doit sans doute être compris comme symbole d'une période assez longue (voir Jr 25.11; 29.10).

1. Voir la note sur Ex 20.5.
2. *ma Maison* ou *le Temple* — *le cordeau* servait à délimiter le terrain avant de construire. Il est ici un symbole de la future reconstruction de Jérusalem.
3. Dans l'A. T. la *corne* est souvent symbole de puissance. Ces *cornes* désignent ici les ennemis d'Israël (v. 2).

dispersé Juda, Israël et Jérusalem.

3 Puis le Seigneur me fit voir quatre forgerons. 4 Alors je demandai : « Ceux-ci, que viennent-ils faire ? » Il me répondit : « Les cornes sont celles qui ont dispersé Juda au point que personne ne relevait plus la tête. Mais ces forgerons sont venus pour les faire trembler, pour abattre les cornes de ces nations, celles qui ont levé leurs cornes sur le pays de Juda en vue de le disperser. »

Troisième vision : le cordeau à mesurer

5 Je levai les yeux et j'eus une vision : c'était un homme tenant à la main un cordeau à mesurer[1]. 6 Je lui demandai : « Où vas-tu ? » Il me répondit : « Mesurer Jérusalem, voir quelle en sera la largeur et la longueur. »

7 Et voici que l'*ange qui me parlait s'avança tandis qu'un autre ange venait à sa rencontre. 8 Il lui dit : « Cours, parle à ce jeune homme, là-bas[2], et dis lui :
Jérusalem doit rester ville ouverte
à cause de la foule des gens et des bêtes qui s'y trouveront.
9 Et moi Je Serai Là[3] — oracle du seigneur
— je serai pour elle un rempart de feu et au milieu d'elle je serai sa gloire ! »

Le Seigneur rappelle les exilés

10 Allons ! Allons ! Quittez en hâte le pays du nord
— oracle du Seigneur.
C'est aux quatre vents du ciel[1] que je vous avais dispersés
— oracle du Seigneur.
11 Allons ! *Sion, échappe-toi, toi qui es installée à Babylone.

12 Ainsi parle le Seigneur, le tout-puissant — lui qui m'a envoyé avec autorité — à propos des nations qui vous ont pillés :
Oui, quiconque vous touche, touche à la prunelle de mon oeil.
13 Oui, me voici, je vais lever la main contre elles,
afin qu'elles deviennent le butin de leurs esclaves,
et vous reconnaîtrez que c'est le Seigneur le tout-puissant qui m'a envoyé.

14 Crie de joie, réjouis-toi, fille de Sion,
car me voici, je viens demeurer au milieu de toi
— oracle du Seigneur.
15 Des peuples nombreux s'attacheront au Seigneur,
en ce jour-là.
Ils deviendront mon propre peuple
et je demeurerai au milieu de toi,
et tu reconnaîtras que c'est le Seigneur

---

1. Voir 1.16 et la note.
2. Ce *jeune homme* est le personnage mentionné au v. 5.
3. *JE SERAI LÀ* : certains voient, ici une allusion à l'appellation que Dieu s'est donnée lui-même quand il s'est révélé à Moïse (Ex 3.14).

1. *le pays du nord* : cette expression désigne l'empire babylonien (v. 11). Bien que la Babylonie soit située à l'est de la Palestine, l'itinéraire normal pour aller de l'une à l'autre passait par le *nord* de la Palestine (voir Jr 1.13-14; 3.12 et les notes) — *aux quatre vents du ciel*, c'est-à-dire aux quatre points cardinaux, ou encore *dans toutes les directions*.

le tout-puissant qui m'a envoyé
vers toi[1].

16 Le SEIGNEUR s'attribuera Juda,
comme son héritage[2] sur la
Terre *Sainte
et il choisira encore une fois
Jérusalem.

17 Silence, toute créature, devant
le SEIGNEUR,
car il se réveille et sort de sa
demeure sainte.

Quatrième vision : le grand prêtre Josué

3 1 Puis le SEIGNEUR me fit
voir Josué, le grand prêtre,
debout devant l'*ange du SEI-
GNEUR : or le *Satan se tenait à sa
droite pour l'accuser. 2 L'ange du
SEIGNEUR dit au Satan : « Que le
SEIGNEUR te réduise au silence, Satan; oui, que le SEIGNEUR te réduise au silence, lui qui a choisi
Jérusalem. Quant à cet
homme-là, n'est-il pas un tison
arraché au feu[3] ? »

3 Josué, debout devant l'ange,
portait des habits sales. 4 L'ange
reprit et dit à ceux qui se tenaient
devant lui : « Enlevez-lui ses habits sales. » Puis il dit à Josué :
« Vois, je t'ai débarrassé de ton
péché et on te revêtira d'habits de
fête. » 5 Et il reprit : « Qu'on mette
sur sa tête un turban propre. » Ils
lui posèrent sur la tête le turban
propre et lui mirent les habits[4].
Et l'ange du SEIGNEUR se tenait là.

6 Alors l'ange du SEIGNEUR fit à
Josué cette déclaration :

7 « Ainsi parle le SEIGNEUR, le
tout-puissant :
Si tu marches dans mes chemins,
si tu gardes mes commandements,
toi-même tu gouverneras ma
maison,
tu veilleras aussi sur mes *parvis,
et je te ferai accéder au rang
de ceux qui se tiennent ici[1]. »

Dieu va faire venir son serviteur « Germe »

8 Écoute, Josué, grand prêtre, toi
et tes collègues qui siègent devant toi — car ces hommes
constituent un présage :
Voici que je fais venir mon
serviteur « Germe[2] ».

9 En effet, voici la pierre que je
remets à Josué.
Sept yeux surmontent cette
pierre unique.
Moi-même je vais graver son
inscription[3]
— oracle du SEIGNEUR, le
tout-puissant —
et je vais éliminer le péché de
ce pays en un seul jour.

10 En ce jour-là
— oracle du SEIGNEUR, le tout-
puissant —

---

1. Dans la dernière phrase du v. 15 c'est le
prophète, et non plus Dieu, qui parle à la première
personne du singulier. Il s'adresse à Jérusalem
personnifiée (*tu reconnaîtras ...*)
2. Voir la note sur 1 S 10.1.
3. *un tison arraché au feu* : manière imagée de
rappeler que Josué, est revenu d'exil avec les premiers groupes de rapatriés (Esd 2.36).
4. il s'agit du *turban* et des *habits* que les prêtres
portaient en service (voir Ex 28.39-43).

1. *qui se tiennent ici*, c'est-à-dire *auprès de Dieu*.
2. Désignation du *messie attendu*.
3. Selon certains cette *pierre* symboliserait le
temple, et les *sept yeux* la présence protectrice de
Dieu — *son inscription* ou *sa décoration*.

vous vous inviterez mutuellement
sous
sous la vigne et sous le figuier[1].

Cinquième vision : chandelier et oliviers

4 1 L'*ange qui me parlait revint m'éveiller comme un homme qu'on doit tirer de son sommeil. 2 Il me demanda : « Que vois-tu ? » Je répondis : « J'ai une vision : c'est un chandelier tout en or, muni d'un réservoir à la partie supérieure et, tout en haut, de sept lampes[2] et de sept becs pour ces lampes ; 3 à ses côtés, deux oliviers, l'un à droite du réservoir et l'autre à gauche. »

4 Je repris et demandai à l'ange qui me parlait : « Qu'est-ce que cela représente, mon Seigneur ? » 5 L'ange qui me parlait me répondit : « Ne sais-tu pas ce que cela représente ? » Et je dis : « Non, mon Seigneur. » 6 Il reprit et me dit : ...[3]

10b « ces sept lampes représentent les yeux du Seigneur ; ils inspectent toute la terre. » 11 Je repris alors et lui demandai : « Que représentent ces deux oliviers à droite et à gauche du chandelier ? » 12 Je repris une seconde fois et lui demandai : « Que représentent ces deux branches d'oli-

vier qui, par le moyen de deux conduits en or, déversent leur huile dorée ? » 13 Il me dit : « Ne sais-tu pas ce qu'ils représentent ? » Je répondis : « Non, mon Seigneur. » 14 Il me dit alors :

« Ce sont les deux hommes désignés pour l'huile[1],
ceux qui se tiennent devant le Maître de toute la terre. »

Trois messages pour Zorobabel

6b Telle est la parole du Seigneur à l'intention de Zorobabel[2] :
Ni par la bravoure, ni par la violence,
mais bien par mon Esprit,
déclare le Seigneur, le tout-puissant.

7   Qu'étais-tu, toi, grande montagne ?
Devant Zorobabel, tu es devenue plaine[3]
d'où il a dégagé la pierre principale
aux cris de « Bravo, bravo pour elle ! »

8   La parole du Seigneur me fut adressée en ces termes :

---

1. *sous la vigne et le figuier* : expression traditionnelle exprimant la prospérité et la sécurité (voir 1 R 5.5 ; Mi 4.4 ; *1 M* 14.12).
2. Le v. 2 décrit une grande lampe à huile munie de *sept* mèches, équivalant donc à *sept lampes* ordinaires.
3. Les v. 6b-10a, concernant *Zorobabel*, interrompent la réponse annoncée au v. 6a. Ils ont été reportés après le v. 14.

1. *les deux hommes désignés pour l'huile* : cette expression semble se rapporter au grand prêtre *Josué* et au gouverneur *Zorobabel* (v. 6b et la note).
2. *Zorobabel* était un lointain descendant de David (voir la note sur Ag 1.1). A ce titre il était donc susceptible d'être le *messie attendu (voir au glossaire FILS DE DAVID).
3. Le prophète semble évoquer ici la *montagne* de décombres accumulés sur l'emplacement du temple depuis la destruction de celui-ci. Zorobabel a organisé le déblaiement de ces décombres pour dégager les fondations du temple et permettre la reconstruction de celui-ci sur les anciennes bases de l'édifice.

9 Ce sont les mains de Zorobabel qui ont posé les fondements de cette Maison,
  ce sont elles aussi qui l'achève-
  ront,
  et vous reconnaîtrez que c'est
  le SEIGNEUR le tout-puissant
  qui m'a envoyé vers vous[1].
10 Qui donc dédaignait le jour
  des modestes débuts ?
  Qu'on se réjouisse en voyant la
  pierre choisie
  dans la main de Zorobabel !

Sixième vision : le livre qui vole

5 1 Je levai de nouveau les
    yeux et j'eus une vision :
c'était un livre qui volait[2]. 2 Et
l'*ange me dit : « Que vois-tu ? »
Je répondis : « Je vois un livre
qui vole, long de vingt coudées[3]
et large de dix. »

3 Alors il me dit : « C'est la malédiction qui s'élance sur tout le
pays.
  Aussi d'après l'une de ses faces,
tout voleur sera éliminé et, d'a-
près l'autre, tout parjure sera éliminé. »
4 Je l'ai lancée
  — oracle du SEIGNEUR, le
    tout-puissant —
  pour qu'elle atteigne la maison
    du voleur
  et la maison du parjure,
  qu'elle loge au coeur de sa
    maison
  et la consume, poutres et
    pierres.

Septième vision : le boisseau

5 L'*ange qui me parlait s'a-
vança et me dit : « Lève donc
les yeux et regarde ce qui s'a-
vance là. » 6 Je demandai :
« Qu'est-ce que cela représente ? » Il répondit : « C'est là
un boisseau qui s'avance. » Et il
ajouta : « C'est leur péché[1]
dans tout le pays. »

7 Et voici qu'un disque de
plomb se souleva : une femme
était installée à l'intérieur du
boisseau. 8 Alors il dit : « C'est la
méchanceté. » Puis il la repoussa
à l'intérieur du boisseau et jeta la
masse de plomb sur l'ouverture.

9 Puis je levai les yeux et j'eus
une vision : c'étaient deux femmes
qui s'avançaient. Le vent soufflait
dans leurs ailes, des ailes semblables à celles de la cigogne. Elles
soulevèrent le boisseau entre terre
et ciel. 10 Je demandai à l'ange
qui me parlait : « Où empor-
tent-elles le boisseau ? » 11 Il me
dit : « Au pays de Shinéar[2], pour
lui construire un *sanctuaire. On
la fixera et on l'immobilisera là-
bas sur son piédestal. »

Huitième vision : les quatre chars

6 1 Je levai de nouveau les
    yeux et j'eus une vision :
c'étaient quatre chars qui s'avançaient d'entre les deux montagnes
et ces montagnes étaient de
bronze. 2 Le premier char était
attelé de chevaux roux; le second,

---

1. Voir la note sur 2.15.
2. Sur la forme des livres de cette époque voir la
note sur Jr 30.2. D'après Za 5.3 le *livre* est écrit au
recto et au verso, comme celui d'Ez 2.10.
3. Voir au glossaire POIDS ET MESURES.

---

1. *boisseau* ou *épha* : voir au glossaire POIDS
ET MESURES-capacité — *leur péché* : d'après les
anciennes versions grecque et syriaque; hébreu *leur
oeil*.
2. *au pays de Shinéar* : manière ancienne de
désigner la région de Babylone (Gn 11.2).

de chevaux noirs ; 3 le troisième, de chevaux blancs et le quatrième, de chevaux tachetés rouges. 4 Je repris et demandai à l'*ange qui me parlait : « Que représentent-ils, mon Seigneur ? » 5 L'ange me répondit : « Ce sont là les quatre vents du ciel qui s'avancent après s'être tenus devant le Maître de toute la terre. » 6 L'attelage aux chevaux noirs s'avance vers le pays du nord[1]. Les blancs s'avancent à leur suite, tandis que les tachetés s'avancent vers le pays du midi. 7 Les rouges s'avancent, impatients d'aller parcourir la terre. Alors le Seigneur leur ordonna : « Allez, parcourez la terre. » Et les chars parcourent la terre. 8 Il m'appela pour me dire : « Regarde, ceux qui s'avancent vers le nord font reposer mon esprit dans le pays du nord.

Couronnement prophétique de Josué

9 La parole du Seigneur me fut adressée en ces termes : 10 « Reçois les dons des déportés, de Heldaï, Toviya et Yedaya. Entre toi-même aujourd'hui, entre dans la maison de Yoshiya, fils de Cefanya[2], où ils viennent d'arriver de Babylone. 11 Tu prendras de l'argent et de l'or pour en faire une couronne et tu la poseras sur la tête de Josué, fils de Yehosadaq, le grand prêtre. 12 Et tu lui parleras en ces termes : Ainsi parle le Seigneur, le tout-puis-

Voici un homme dont le nom est Germe[1],
sous ses pas tout germera
et il construira le Temple du Seigneur.
13 C'est lui qui construira le Temple du Seigneur.
C'est lui qui sera revêtu de majesté,
il siégera sur son trône pour dominer.
Un prêtre aussi siégera sur un trône
et tous deux témoigneront d'une entente parfaite entre eux ...
14 Quant à la couronne, elle servira de mémorial dans le Temple du Seigneur en l'honneur de Heldaï[2], de Toviya et de Yedaya et en souvenir de la bonté du fils de Cefanya. »
15 Et ceux qui sont au loin viendront travailler au Temple du Seigneur — et vous reconnaîtrez que le Seigneur, le tout-puissant, m'a envoyé vers vous[3]. Cela arrivera si vous obéissez pleinement à la voix du Seigneur votre Dieu.

Le jeûne commémorant la ruine de Jérusalem

7 1 La quatrième année du règne de Darius, la parole du Seigneur fut adressée à Zacharie, le quatrième jour du neuvième mois, du mois de Kislew[4]. 2 Béthel-Sarècèr, grand officier du roi, et ses gens envoyèrent une

---

1. *le pays du nord* : voir la note sur 2.10. Il est probable que cette expression fait allusion aux Israélites exilés en Babylonie : par son Esprit Dieu va les inciter à envoyer des dons ou à revenir pour reconstruire le Temple (v. 10, 15).
2. *les dons des déportés* : voir Esd 1.4, 9-11 ; 2.68-69 — le prêtre *Cefanya*, père de *Yoshiya*, est peut-être l'ami de Jérémie mentionné en Jr 29.29.

1. Voir 3.8 et la note
2. *Heldaï* : d'après le v. 9 ; hébreu *Hélem*.
3. *ceux qui sont au loin* : ceux qui vivent encore en exil — *vous reconnaîtrez ...* : voir 2.15 et la note ; 4.9.
4. *La quatrième année du règne de Darius ...* : en novembre 518 av. J.C. — *mois de Kislew* : voir au glossaire CALENDRIER.

délégation pour apaiser le Seigneur[1], 3 pour poser aux prêtres
attachés au Temple du Seigneur,
le tout-puissant, ainsi qu'aux
*prophètes la question suivante :
« Dois-je pleurer au cinquième
mois[2], en m'imposant des priva-
tions, comme je l'ai fait depuis
tant d'années ? »

4 Alors la parole du Seigneur,
le tout-puissant, me fut adressée
en ces termes : 5 « Dis à tout le
peuple du pays et aux prêtres :
Quand vous avez *jeûné, avec des
lamentations, au cinquième et au
septième mois et cela depuis 70
ans[3], ce jeûne, l'avez-vous pratiqué pour moi ? 6 Et quand vous
mangiez et buviez, n'était-ce pas
pour vous-mêmes que vous mangiez et buviez ? 7 N'est-ce pas là le
sens des paroles que le Seigneur
proclamait par l'intermédiaire des
anciens *prophètes, lorsque Jérusalem était paisible et tranquille,
entourée de ses villes, et que le
Néguev[4] et le *Bas-Pays étaient
peuplés ? »

8 La parole du Seigneur fut
adressée à Zacharie en ces
termes : 9 « Ainsi parlait le Seigneur, le tout-puissant : Prononcez des jugements véridiques et
que chacun use de loyauté et de
miséricorde à l'égard de son frère.
10 La veuve et l'orphelin, l'émigré
et le pauvre, ne les exploitez pas;

que personne de vous ne prémé-
dite de faire du mal à son frère.
11 Mais ils ont refusé de prêter
attention; ils se sont fait une
épaule rétive, ils ont endurci leurs
oreilles pour ne pas entendre.
12 Ils se firent un *cœur aussi dur
que le diamant pour ne pas entendre l'instruction et les paroles
que le Seigneur, le tout-puissant,
leur avait adressées par son Esprit, par l'intermédiaire des anciens prophètes. Le Seigneur, le
tout-puissant, est entré alors dans
une grande colère. 13 En conséquence, le Seigneur, le tout-puissant, a déclaré : Tout comme je
les ai appelés sans qu'ils m'écoutent, de même ils m'ont appelé
sans que je les écoute. 14 Je les ai
balayés vers toutes sortes de peuples qu'ils ne connaissaient pas.
Le pays fut dévasté derrière eux :
plus d'allées et venues. D'une
terre de délices, ils firent une désolation. »

Le Seigneur promet paix et bé-
nédiction

8 1 La parole du Seigneur, le
tout-puissant, me fut
adressée en ces termes :
2 Ainsi parle le Seigneur, le
tout-puissant :
J'éprouve une immense jalousie[1] pour *Sion
et je brûle d'une ardente pas-
sion pour elle.

3 Ainsi parle le Seigneur :
Je vais revenir vers Sion,
habiter au milieu de Jérusalem.
On surnommera Jérusalem « -
Ville-fidèle »

---

1. Le texte hébreu de ce verset est obscur; la
traduction essaie de s'accorder au sens général.
2. La *délégation* (v. 2) qui arrive à Jérusalem
doit consulter les prêtres sur le *jeûne (v. 5) pratiqué chaque année lors du *cinquième mois*, c'est-à-
dire à l'anniversaire de la destruction du temple (2
R 25.8-9). Les travaux de reconstruction du temple
ayant déjà commencé (Ag 2.18; Za 4.7, 9), on se
demandait s'il était nécessaire de maintenir l'usage
de cette commémoration (voir la note sur Ag 2.11).
3. *au septième mois* : c'est-à-dire à l'anniversaire
de l'assassinat de Guedalias (2 R 25.25; Jr 41.1-3)
— *soixante-dix ans* : voir 1.12 et la note.
4. *Le Néguev* : région sud de la Palestine.

1. Voir 1.14 et la note sur Ex 20.5.

et la montagne du S<small>EIGNEUR</small>, le tout-puissant, « Montagne *Sainte. »

4 Ainsi parle le S<small>EIGNEUR</small>, le tout-puissant :
Vieux et vieilles s'assiéront encore sur les places de Jérusalem,
chacun le bâton à la main
si grand sera leur âge.

5 Les places de la ville seront pleines d'enfants,
garçons et filles, qui s'y amuseront.

6 Ainsi parle le S<small>EIGNEUR</small>, le tout-puissant :
Si le reste du peuple trouve cela impossible
— pour ce jour-là-
devrai-je moi aussi l'estimer impossible ?
— oracle du S<small>EIGNEUR</small>, le tout-puissant.

7 Ainsi parle le S<small>EIGNEUR</small>, le tout-puissant :
Oui, je vais délivrer mon peuple
du pays du soleil levant et du soleil couchant.

8 Je les ramènerai
et ils habiteront au milieu de Jérusalem.
Ils seront mon peuple et je serai leur Dieu,
dans la fidélité et la justice.

9 Ainsi parle le S<small>EIGNEUR</small>, le tout-puissant :
Prenez courage,
vous qui entendez ces paroles prononcées par les *prophètes
en ces jours-ci où l'on pose les fondations de la Maison du S<small>EIGNEUR</small>
pour reconstruire le Temple.

10 Car avant ces jours-ci
les hommes n'avaient pas de revenu
et les bêtes n'apportaient rien.
Pour qui allait et venait,
aucune sécurité face à l'agresseur,
car j'avais lâché tous les hommes
les uns contre les autres.

11 Mais à présent, pour le reste de ce peuple, je ne suis plus comme avant
— oracle du S<small>EIGNEUR</small>, le tout-puissant.

12 En effet je sèmerai la paix, la vigne donnera son fruit,
la terre donnera son produit,
les cieux donneront leur rosée
et je donnerai tout cela en partage au reste de ce peuple.

13 Et alors, de même que vous avez manifesté la malédiction parmi les nations
— maison de Juda et maison d'Israël[1] —,
de même je vous sauverai et vous manifesterez la bénédiction.
Ne craignez pas, prenez courage !

14 En effet, ainsi parle le S<small>EIGNEUR</small>, le tout-puissant :
De même que j'avais décidé de vous maltraiter parce que vos pères[2] m'avaient irrité, déclare le S<small>EIGNEUR</small>, le tout-puissant, et que je n'y ai pas renoncé; 15 ainsi, me ravisant, j'ai décidé maintenant de faire du bien à Jérusalem et à la maison de Juda. Ne craignez point. 16 Voici les préceptes que vous observerez : dites-vous la vé-

---

1. *maison de Juda, maison d'Israël* ou *peuple de Juda, peuple d'Israël.*
2. *vos pères* ou *les générations qui vous ont précédés.*

rité l'un à l'autre; dans vos tribu-
naux prononcez des jugements
véridiques qui rétablissent la
paix; 17 ne préméditez pas de
faire du mal l'un à l'autre; n'aimez pas le faux serment, car
toutes ces choses, je les déteste
— oracle du Seigneur.

Les jours de jeûne deviendront jours de fête

18 La parole du Seigneur, le
tout-puissant, me fut adressée en
ces termes :
19 Ainsi parle le Seigneur, le
tout-puissant : Le *jeûne du quatrième mois, le jeûne du cinquième mois, le jeûne du septième
et le jeûne du dixième mois deviendront pour la maison de
Juda[1], des jours d'allégresse, de
réjouissance, de joyeuse fête.

Mais aimez la vérité et la paix.
20 Ainsi parle le Seigneur, le tout-
puissant :
Oui, on verra encore affluer
des peuples
et des habitants de grandes cités.
21 Et les gens de l'une s'en iront
dire à ceux de l'autre :
« Allons, partons apaiser le
Seigneur,
rechercher le Seigneur, le
tout-puissant;
j'y vais moi aussi. »
22 Des peuples nombreux et des
nations puissantes
viendront à Jérusalem rechercher le Seigneur, le tout-puissant,
et apaiser le Seigneur.

23 Ainsi parle le Seigneur, le tout-
puissant : En ces jours-là dix
hommes[1] de toutes les langues
que parlent les nations s'accrocheront à un Juif par le pan de
son vêtement en déclarant :
« Nous voulons aller avec vous,
car nous l'avons appris : Dieu
est avec vous. »

---

1. *Le jeûne du quatrième mois* commémorait la
première brèche faite par les Babyloniens dans les
remparts de Jérusalem (Jr 52.6-7); pour *les jeûnes
du cinquième* et *du septième* mois, voir 7.3, 5 et les
notes; *le jeûne du dixième mois* commémorait le
début du siège de Jérusalem (2 R 25.1) — *maison
de Juda* : voir 8.13 et la note.

1. Comme souvent dans la Bible le nombre *dix*
a sans doute ici une valeur plus symbolique qu'a-
rithmétique, et suggère un assez grand nombre
(comme en Lv 26.26).

DEUXIÈME PARTIE

Purification des peuples voisins d'Israël

9 ¹ Proclamation.
La parole du Seigneur est arrivée au pays de Hadrak et à Damas elle a fait halte, car au Seigneur appartient le joyau d'*Aram¹
tout comme l'ensemble des tribus d'Israël,

² de même Hamath, sa voisine, ainsi que Tyr et Sidon²,
où l'on est très habile.

³ Tyr s'est construit une forteresse,
elle a accumulé de l'argent, épais comme la poussière et de l'or, comme la boue des rues,

⁴ mais voici que le Seigneur s'en emparera,
il abattra son rempart dans la mer,
et elle-même, le feu la dévorera.

⁵ À ce spectacle, Ashqelôn sera épouvantée,
Gaza se tordra de douleur

et Eqrôn se verra privée de son appui¹.
Le roi sera éliminé de Gaza et Ashqelôn ne sera plus habitée.

⁶ Des bâtards² s'installeront à Ashdod,
je rabattrai l'insolence du Philistin.

⁷ J'ôterai de sa bouche le *sang et d'entre ses dents les mets abominables;
alors lui aussi, comme un reste, appartiendra à notre Dieu.
Il aura sa place parmi les clans de Juda
et Eqrôn sera pareil au Jébusite³.

⁸ Je camperai auprès de ma maison, montant la garde contre ceux qui passent et repassent⁴;
plus aucun tyran ne l'accablera au passage

---

1. *Hadrak* : ville située en Syrie du Nord — *le joyau d'Aram* (figure poétique pour désigner *Damas*) : traduction conjecturale; hébreu *l'oeil de l'homme* (la différence graphique entre les deux expressions est infime dans le texte hébreu.
2. *Hamath* : voir la note sur Es 10.9 — *Tyr et Sidon* : voir les notes sur Es 23.1, 2; Os 9.13.

1. *Ashqelôn, Gaza, Eqrôn* : voir la note sur Am 1.6 — *l'appui* qui va manquer à ces trois villes est celui de *Tyr* (v. 3), dont l'activité économique dominait toute la région côtière.
2. Ce terme méprisant désigne sans doute une population métissée, issue de conjoints dont l'un était juif et l'autre païen.
3. *le sang* : le prophète fait allusion à des viandes qui n'ont pas été saignées selon le rite juif (Lv 17.11-12; Dt 12.15-16) — les *mets abominables* proviennent sans doute des sacrifices offerts aux idoles — *Jébusite* : voir au glossaire AMORITES. Après que David eut pris Jébus-Jérusalem (2 S 5.6-9) les Jébusites vécurent en paix parmi les Israélites (voir Jos 15.63).
♦ 4. *ma maison* : l'expression désigne ici l'ensemble du pays d'Israël, comme en Os 8.1; 9.15, etc. — *montant la garde* : d'après l'ancienne version grecque; hébreu obscur — *ceux qui passent et repassent* : les divers envahisseurs de la Palestine.

car, à présent, j'y veille de mes propres yeux.

Le Messie, humble et porteur de paix

9 Tressaille d'allégresse, fille de
  *Sion !
  Pousse des acclamations, fille
  de Jérusalem !
  Voici que ton roi s'avance vers
  toi;
  il est juste et victorieux,
  humble, monté sur un âne
  — sur un ânon tout jeune. —
10 Il supprimera d'Ephraïm le
  char de guerre
  et de Jérusalem le char de
  combat.
  Il brisera l'arc de guerre
  et il proclamera la paix pour
  les nations.
  Sa domination s'étendra d'une
  mer à l'autre
  et du Fleuve jusqu'aux extrémités du pays[1].

La libération des captifs

11 Quant à toi, à cause de l'*alliance conclue avec toi dans le
  *sang,
  je renverrai tes captifs de la
  fosse
  où il n'y a point d'eau.
12 Rentrez dans la place forte[2],
  captifs pleins d'espérance.
  Aujourd'hui même je l'affirme :
  je t'accorderai double compensation.

13 Je bande mon arc, c'est Juda,
  je l'arme d'une flèche, c'est
  Ephraïm.
  Je vais exciter tes fils, *Sion,
  — contre tes fils, Yavân[1] —
  et je te brandirai tel un héros
  son épée.
14 Le Seigneur au-dessus d'eux
  apparaîtra
  et sa flèche jaillira comme l'é-
  clair.
  Le Seigneur Dieu, sonnant du
  cor,
  s'avancera dans les ouragans
  du midi[2].
15 Le Seigneur, le tout-puissant,
  les protégera,
  les pierres de fronde dévoreront, écraseront,
  elles boiront le sang comme du
  vin,
  elles se gorgeront comme la
  coupe d'aspersion,
  comme les cornes de l'*autel[3].
16 Le Seigneur leur Dieu les sauvera
  — en ce jour-là —
  eux, les brebis de son peuple.
  Semblables à des pierres précieuses
  ils étincelleront sur sa terre.
17 Comme ils seront heureux !
  Comme ils seront beaux !
  Le froment épanouira les
  jeunes gens
  et le vin nouveau les jeunes
  filles.

---

1. *Il supprimera* : d'après l'ancienne version grecque; hébreu *je supprimerai* — *Ephraïm* : voir la note sur Os 4.17 — *d'une mer à l'autre* : de la mer Morte à la Méditerranée — *du Fleuve* : c'est-à-dire depuis l'Euphrate (voir la note sur Es 7.20) — *les extrémités du pays* représentent les limites les plus lointaines du royaume de David et de Salomon.
2. *la place forte* : c'est-à-dire Jérusalem restaurée.

1. *Ephraïm* : voir 9.10 et la note sur Os 4.17 — *Yavân* : désignant souvent les régions de culture grecque, ce nom paraît être utilisé ici en un sens élargi qui englobe collectivement tous les ennemis d'Israël.
2. ou *de Témân* (voir Ha 3.3 et la note).
3. *elles boiront le sang comme du vin* : d'après l'ancienne version grecque (texte hébreu traditionnel peu clair); il s'agit du *sang* des ennemis vaincus — *la coupe d'aspersion* (voir 1 R 7.45) : récipient pour recueillir le sang des animaux sacrifiés — *les cornes de l'autel* : voir Ex 27.2 et la note; 29.12.

Demander au Seigneur et non aux idoles

10 1 Demandez au Seigneur la pluie tardive du printemps.
C'est le Seigneur qui provoque les orages;
il accordera la pluie en averse,
à chacun les produits des champs.

2 En effet, les idoles ont donné des réponses vides
et les devins ont eu des visions mensongères,
ils ont débité des songes creux et des consolations illusoires.
Voilà pourquoi le peuple a dû s'en aller comme un troupeau,
malheureux, faute de *berger.

Un nouvel Exode

3 C'est contre les *bergers que ma colère s'enflamme,
contre les boucs que je vais intervenir.
Oui, le Seigneur, le tout-puissant, visitera son troupeau
— la maison de Juda[1].
Il en fera son glorieux cheval de bataille.

4 De Juda sortira la pierre de l'angle,
le piquet de la tente[2],
l'arc de la guerre;
de lui sortiront tous les chefs.

Ensemble, 5 pareils à des héros,
ils combattront, foulant la boue des rues.
Ils lutteront, car le Seigneur sera avec eux
et les cavaliers sur leur monture seront couverts de honte[1].

6 J'affermirai le courage de la maison de Juda,
et je sauverai la maison de Joseph[2].
Je les rétablirai parce que j'aurai pitié d'eux
comme si je ne les avais jamais rejetés,
car je suis le Seigneur leur Dieu,
et je les exaucerai.

7 Ceux d'Ephraïm[3] auront la vaillance des héros,
ils seront pleins d'une joie comme celle du vin.
En les voyant, leurs fils se réjouiront,
et ils seront pleins d'allégresse à cause du Seigneur.

8 Je leur ferai entendre mon signal pour les rassembler
car je les ai rachetés,
et ils multiplieront autant qu'autrefois.

9 Je les ai disséminés parmi les nations
mais même au loin, ils se souviendront de moi,
ils donneront la vie à des fils et ils reviendront.

10 Je les ferai revenir du pays d'Egypte
et d'Assyrie je les rassemblerai.

---

1. *contre les bergers* : le prophète semble viser ici les chefs des nations étrangères — *maison de Juda* : voir la note sur 8.13.
2. *la pierre de l'angle* : en Jg 20.2 et 1 S 14.38 le même terme (au pluriel) est traduit par *chefs.* Cette expression imagée désigne en effet les chefs du peuple réunis en assemblée plénière; voir aussi Es 19.13 — *le piquet de la tente* : autre expression imagée (comparer Es 22.23), de même que *l'arc de guerre.* Le prophète annonce que le peuple d'Israël sera enfin gouverné non plus par des étrangers mais par des chefs israélites, qui le conduiront eux-mêmes au combat.

1. Il s'agit des cavaliers ennemis (les anciens Israélites n'avaient pas de forces de cavalerie).
2. *la maison de Joseph* : l'ancien royaume du Nord (ou d'Israël); voir la note sur Am 1.1.
3. Voir 9.10 et la note sur Os 4.17.

Je les introduirai au pays de
Galaad et au Liban[1]
et même cela n'y suffira pas.

11 Ils traverseront la mer d'E-
gypte[2]
— le Seigneur frappera les
flots en pleine mer. —
Toutes les profondeurs du Nil
seront asséchées.
L'orgueil de l'Assyrie sera
abattu
et le sceptre de l'Egypte sera
écarté.

12 Ils mettront leur force dans le
Seigneur et c'est en son *nom
qu'ils marcheront
— oracle du Seigneur.

Les grandes puissances sont abattues

11 1 Ouvre tes portes, Liban[3],
et que le feu dévore tes
cèdres.

2 Gémis de douleur, cyprès,
parce que le cèdre est tombé,
parce que les puissants ont été
abattus.
Gémissez, chênes de Bashân[4],
car elle est à terre, la forêt
impénétrable.

3 Écoutez le gémissement des
*bergers, car
leur splendeur est anéantie.
Écoutez le rugissement des
lionceaux
car il est abattu, l'orgueil du
Jourdain.

Le bon berger et le berger insensé

4 Ainsi parle le Seigneur, mon
Dieu : « Fais paître ces brebis
vouées à l'abattoir, 5 elles que
leurs acheteurs abattent impuné-
ment; elles que l'on vend en disant : Béni soit le Seigneur, me
voilà riche ! tandis que leurs *bergers n'éprouvent pour elles aucune pitié. 6 Non, je n'aurai plus
pitié des habitants de la terre,
oracle du Seigneur. En effet je
vais livrer les hommes, chacun
aux mains de son voisin et de son
roi. Les rois saccageront la terre,
mais je ne délivrerai pas les gens
de leurs mains. » 7 Je fis donc
paître le troupeau que les trafiquants vouaient à l'abattoir. Je
pris deux houlettes[1]. J'appelai la
première « Faveur » et la seconde
« Entente », et je me mis à paître
le troupeau. 8 Puis je supprimai
les trois bergers en un seul mois.
Je perdis patience avec elles[2] et
elles, de leur côté, se lassèrent de
moi. 9 Alors je déclarai : « Je ne
vous mènerai plus paître ! Celle
qui doit mourir, qu'elle meure !
Celle qui doit disparaître, qu'elle
disparaisse ! celles qui survivront,
qu'elles se dévorent entre elles ! »
10 Je saisis ma houlette « Faveur »
et la brisai pour rompre l'accord
auquel j'avais soumis tous les
peuples[3]. 11 Il fut donc dénoncé,

---

1. Le *pays de Galaad* correspond aux territoires
situés à l'est du Jourdain — *Liban* : voir Es 10.34
et la note.
2. *la mer d'Egypte* (c'est-à-dire la mer Rouge) :
traduction conjecturale; hébreu *la mer étroite.*
3. Voir Es 10.34 et la note.
4. Voir Es 33.9 et la note.

1. *les trafiquants* : d'après l'ancienne version
grecque; hébreu obscur — *deux houlettes* ou *deux
bâtons de berger* (voir Ps 23.4).
2. *les trois bergers* : le prophète fait allusion à
trois responsables connus de ses lecteurs, et qui ont
été éliminés successivement. Peut-être s'agit-il de
trois grands prêtres? — *avec elles* : c'est-à-dire
avec les brebis du troupeau, qui symbolisent ici les
membres du peuple d'Israël.
3. *accord ... tous les peuples* : le prophète sous-
entend «pour que ceux-ci laissent Israël en paix»
(voir Os 2.20; Jr 2.3).

en ce jour-là, et les trafiquants[1] du troupeau qui m'observaient reconnurent que c'était là une parole du Seigneur.

12 Alors je leur déclarai : « Si bon vous semble, payez-moi mon salaire, sinon, laissez-le. » De fait, ils payèrent mon salaire : 30 sicles d'argent[2]. 13 Le Seigneur me dit : « Jette-le au fondeur, ce joli prix auquel je fus estimé par eux. » Je pris les 30 sicles d'argent et les jetai au fondeur[3], dans la Maison du Seigneur. 14 Puis je brisai ma seconde houlette « Entente » pour rompre la fraternité entre Juda et Israël[4].

15 Le Seigneur me dit : « Procure-toi maintenant un équipement de berger, qui sera un insensé. 16 En effet, voici que je vais susciter un berger dans ce pays : la brebis perdue, il ne s'en souciera pas ; celle qui s'est égarée, il ne la recherchera pas ; celle qui est blessée, il ne la soignera pas ; celle qui est bien portante, il ne l'améliorera pas. Il mangera les bêtes grasses et leur fendra le sabot. »

17 Malheur au berger vaurien
qui délaisse le troupeau !
Que l'épée lui déchire le bras
et lui crève l'œil droit !
Que son bras se dessèche, oui
qu'il se dessèche !

Que son œil droit s'éteigne,
oui qu'il s'éteigne !

Siège et délivrance de Jérusalem

12 1 Proclamation.
Parole du Seigneur adressée à Israël.
Oracle du Seigneur qui a déployé les cieux
et fondé la terre,
qui a formé l'esprit humain
dans les hommes :
2 Je vais faire de Jérusalem une coupe enivrante[1] pour tous les peuples d'alentour. Il en sera de même de Juda lors du siège de Jérusalem. 3 Oui, en ce jour-là, je poserai Jérusalem face à tous les peuples comme un bloc de pierre impossible à soulever. Quiconque voudra la soulever s'y écorchera. Aussi toutes les nations de la terre vont-elles se coaliser contre elle. 4 En ce jour-là — oracle du Seigneur — je frapperai tous les chevaux d'affolement et les cavaliers de démence — mais sur la maison de Juda[2] j'aurai les yeux ouverts — et tous les chevaux des nations, je les frapperai de cécité. 5 Les chefs de Juda se diront en eux-mêmes : « Pour les habitants de Jérusalem[3], leur force réside dans le Seigneur, le tout-puissant, leur Dieu. » 6 Ce jour-là je rendrai les chefs de Juda pareils à un brasier allumé sous le bois, à une torche allumée sous les gerbes. Ils dévoreront à droite et à gauche tous les peuples d'alentour. Mais

---

1. Voir la note sur 11.7.
2. *sicles* : voir au glossaire MONNAIES ; *trente sicles d'argent* représentent le prix d'un esclave d'après Ex 21.32.
3. Au temple de Jérusalem un *fondeur* réduisait en lingots les pièces de métal offertes par les fidèles ; autre traduction parfois adoptée *au potier*.
4. Le prophète fait peut-être allusion à la rupture survenue vers 328 av. J. C. entre les Juifs de Jérusalem (Juda) et les *Samaritains (Israël).

1. Voir les notes sur Jr 25.15 ; Ha 2.16.
2. *la maison de Juda* ou *le peuple de Juda* (8.13, 19).
3. *pour les habitants de Jérusalem* : d'après l'ancienne version araméenne ; hébreu obscur.

Jérusalem restera installée à la même place.

7 Le Seigneur sauvera en premier lieu les tentes de Juda, afin que la fierté de la maison de David[1] et la fierté de l'habitant de Jérusalem ne s'exaltent pas au détriment de Juda. 8 Ce jour-là, le Seigneur étendra sa protection autour des habitants de Jérusalem : le plus chancelant d'entre eux — en ce jour — sera là comme David, et la maison de David sera là comme Dieu, comme l'*ange du Seigneur devant eux.

Deuil dans tout le pays

9 Ce jour-là, je m'appliquerai[2] à exterminer tous les peuples venus attaquer Jérusalem. 10 Et je répandrai sur la maison de David et sur l'habitant de Jérusalem un esprit de bonne volonté et de supplication. Alors ils regarderont vers moi, celui qu'ils ont transpercé[3]. Ils célébreront le deuil pour lui, comme pour le fils unique. Ils le pleureront amèrement comme on pleure un premier-né. 11 Ce jour-là, le deuil de Jérusalem sera aussi grand que le deuil de Hadad-Rimmôn, dans la plaine de Meguiddo[1]. 12 Le pays célébrera le deuil, chaque clan séparément :

le clan de la maison de David à part
et les femmes à part;
le clan de la maison de Natân[2] à part
et les femmes à part;

13 le clan de la maison de Lévi à part
et les femmes à part;
le clan de Shiméï à part
et les femmes à part;

14 tous les autres clans, séparément,
et les femmes à part.

13

1 Ce jour-là, une source jaillira pour la maison de David et les habitants de Jérusalem en remède au péché et à la souillure.

Dieu éliminera idoles et faux prophètes

2 Il arrivera en ce jour-là — oracle du Seigneur, le tout-puissant — que j'éliminerai du pays le nom des idoles; on n'en fera plus mention. J'expulserai aussi du pays les *prophètes et leur esprit d'*impureté. 3 Alors, si quelqu'un continue de prophétiser, son propre père et sa propre mère lui signifieront : « Tu ne

---

1. *les tentes de Juda* : tournure imagée pour désigner les habitations des Judéens; le prophète oppose ici la campagne de Juda à la capitale Jérusalem — *la maison de David* : contrairement à son sens habituel (l'ensemble des descendants vivants de David, et particulièrement le roi régnant à Jérusalem) cette expression semble viser ici les dirigeants de Jérusalem en général.

2. *je m'appliquerai* : comme aux v. 2 et suivants, c'est Dieu qui parle ici.

3. Le Seigneur se déclare lui-même atteint par la mort infligée à son envoyé, mais la phrase suivante fait à nouveau la distinction entre Dieu et cet envoyé *(lui)*.

1. *Hadad-Rimmôn* : divinité phénicienne de la végétation, qui était censée mourir à la fin des récoltes pour renaître à la période des pluies (comparer Ez 8.14). Il est probable que le culte d'*Hadad-Rimmôn* était particulièrement développé dans la région agricole d'Izréel ou *plaine de Meguiddo*.

2. Sur l'expression *maison de* ... voir les notes sur 12.7; Es 7.2; Ps 115.10 — *Natân* : un des fils de David d'après 2 S 5.14; voir Lc 3.31.

dois plus rester en vie : ce sont des mensonges que tu profères au nom du Seigneur. » Alors son propre père et sa propre mère le transperceront pendant qu'il prophétisera. 4 En ce jour-là, chaque prophète rougira de sa vision pendant qu'il prophétisera et il ne revêtira plus le manteau de poil[1] pour tromper. 5 Il protestera : « Je ne suis pas un prophète, je suis un paysan, moi. Je possède même de la terre[2] depuis ma jeunesse. »

6 Alors on lui demandera : « Qu'est-ce que ces blessures sur ta poitrine ? » Il répondra : « Je les ai reçues dans la maison de mes amants[3]. »

L'Alliance renouvelée

7 Épée, réveille-toi contre mon *berger,
contre mon compagnon valeureux
— oracle du Seigneur, le tout-puissant.
Frappe le berger, les brebis seront dispersées
et ma main reviendra frapper même les petits.

8 Alors dans tout le pays
— oracle du Seigneur —
les deux tiers périront retranchés,
mais un tiers y survivra.

9 Je ferai passer ce tiers par le feu,
je l'épurerai comme on épure l'argent,
je l'éprouverai comme on éprouve l'or.
Lui, il invoquera mon *nom
et moi, je l'exaucerai.
Je dirai : « C'est mon peuple »,
et lui, il dira : « Mon Dieu, c'est le Seigneur[1]. »

La bataille finale et l'arrivée du Seigneur

14 1 Voici venir pour le Seigneur un jour où l'on partagera le butin au milieu de toi, Jérusalem. 2 Je rassemblerai toutes les nations près de Jérusalem pour engager la bataille. La ville sera prise, les maisons saccagées, les femmes violées. La moitié de la population ira en déportation, mais celle qui restera ne sera pas éliminée de la ville. 3 Alors le Seigneur entrera en campagne contre ces peuples-là, le jour où il se battra, le jour de la mêlée. 4 En ce jour-là, ses pieds se poseront sur le mont des Oliviers, qui est en face de Jérusalem, à l'orient. Le mont des Oliviers se fendra par le milieu, d'est en ouest, changé en une immense vallée. Une moitié de la montagne reculera vers le nord et l'autre vers le sud. 5 Alors vous fuirez par la vallée de

---

1. *le manteau de poil* : vêtement caractéristique du prophète d'après 2 R 1.8 ; Mt 3.4.
2. *je possède même de la terre* : traduction conjecturale d'après le contexte ; hébreu obscur.
3. *blessures sur ta poitrine* : en l'honneur des divinités de la fécondité, comme Hadad-Rimmôn (voir la note sur 12.11), on se tailladait le corps (voir Lv 21.5 ; Dt 14.1 ; 1 R 18.28 et la note) — *mes amants* : désignation des faux dieux (voir Os 2.7 ; Ez 16.33) ; autre traduction *mes amis*.

---

1. Formule traditionnelle pour évoquer la conclusion ou la restauration de l'*alliance ; voir aux *références parallèles*.

mes montagnes, car la vallée des montagnes atteindra Açal[1]. Vous fuirez tout comme vous avez fui le tremblement de terre à l'époque d'Ozias, roi de Juda. Puis le Seigneur mon Dieu arrivera, accompagné de tous ses *saints. 6 En ce jour-là, il n'y aura plus ni luminaire, ni froidure, ni gel[2]. 7 Ce sera un jour unique — le Seigneur le connaît. Il n'y aura plus de jour et de nuit, mais à l'heure du soir brillera la lumière. 8 En ce jour-là, des eaux vives sortiront de Jérusalem, moitié vers la mer orientale, moitié vers la mer occidentale[3]. Il en sera ainsi l'été comme l'hiver.

9 Alors le Seigneur se montrera le roi de toute la terre. En ce jour-là, le Seigneur sera unique et son *nom unique[4].

10 Tout le pays sera transformé en plaine, depuis Guèva jusqu'à Rimmôn, au sud de Jérusalem. Celle-ci sera surélevée, sur place, depuis la porte de Benjamin jusqu'à l'emplacement de l'ancienne porte, jusqu'à la porte de l'Angle, et depuis la tour de Hananéel jus-

qu'aux pressoirs du roi[1]. 11 On s'y installera; il n'y aura plus d'anathème[2]; Jérusalem demeurera en sécurité.

12 Et voici le fléau dont le Seigneur frappera tous les peuples qui auront combattu contre Jérusalem : il les fera pourrir alors que chacun se tiendra encore debout sur ses pieds; leurs yeux pourriront dans l'orbite et leur langue pourrira dans la bouche. 13 En ce jour-là, le Seigneur provoquera une immense panique parmi eux, chacun empoignera son compagnon; ils lutteront corps à corps. 14 Juda se joindra au combat de Jérusalem. Alors toutes les ressources des nations d'alentour seront rassemblées : or, argent, vêtements en quantités énormes. 15 Un fléau semblable[3] atteindra les chevaux, les mulets, les chameaux, les ânes et toutes les bêtes qui seront dans leur camp : ce sera le même fléau.

16 Alors tous les survivants des peuples qui auront marché contre Jérusalem monteront d'année en année pour se prosterner devant le roi, le Seigneur, le tout-puissant, et pour célébrer la fête des Tentes[4]. 17 Mais pour les familles de la terre qui ne monteront pas à Jérusalem se prosterner devant

---

1. *Açal* : localité non identifiée, sans doute à l'est ou au sud-est de Jérusalem.
2. *luminaire* : désignation du soleil, de la lune et des étoiles dans le récit de la création (Gn 1.14-18; cf. Ps 136.7) — *ni froidure ni gel* : d'après plusieurs versions anciennes; hébreu obscur.
3. *la mer orientale* : la mer Morte — *la mer occidentale* : la Méditerranée.
4. C'est-à-dire que le Seigneur sera seul reconnu et adoré comme Dieu.

1. *Guèva* : à une dizaine de km au nord de Jérusalem, à proximité de la frontière entre les tribus de Juda et de Benjamin — *Rimmôn* : à la frontière sud de Juda — *la porte de Benjamin* : dans la partie nord de la muraille — *l'ancienne porte* : voir la note sur Ne 3.6 — *la porte de l'Angle* : dans la muraille ouest de la ville — *la tour de Hananéel* : au nord-est de la ville — *les pressoirs du roi* : probablement dans les « jardins du roi » (2 R 25.4), au sud-est de la ville.
2. *il n'y aura plus d'anathème* : ou *il n'y aura plus de malédiction et de destruction totale*.
3. Le v. 15 constitue la suite directe du v. 12.
4. *la fête des Tentes* : voir au glossaire CALENDRIER.

le roi, le Seigneur, le tout-puissant, il ne tombera pas de pluie. 18 Et si la famille d'Egypte ne se met pas à monter, alors le fléau dont le Seigneur frappera les nations qui ne montent pas célébrer la fête des Tentes, ne fondra-t-il pas sur elle ? 19 Tel sera le châtiment de l'Egypte et tel sera le châtiment de toutes les nations qui ne monteront pas célébrer la fête des Tentes.

20 En ce jour-là, les clochettes des chevaux porteront l'inscription : « Consacré au Seigneur » ; les marmites, dans la Maison du Seigneur, seront comme des coupes d'aspersion devant l'*autel : 21 Toute marmite à Jérusalem et en Juda sera consacrée au Seigneur, le tout-puissant. Tous ceux qui viendront présenter un *sacrifice s'en serviront pour cuire leur offrande. Il n'y aura plus de marchand dans la Maison du Seigneur le tout-puissant, en ce jour-là.

MALACHIE

C'est Israël que le Seigneur a choisi

1 ¹ Proclamation. Parole du SEIGNEUR à Israël par l'intermédiaire de Malachie¹. ²Je vous aime, dit le SEIGNEUR; et vous dites : « En quoi nous aimes-tu ? » Esaü n'était-il pas le frère de Jacob² ? — oracle du SEIGNEUR. Pourtant, j'ai aimé Jacob ³ et j'ai haï Esaü. J'ai livré ses montagnes à la désolation et son héritage aux chacals du désert³. ⁴ Si Edom dit : « Nous avons été détruits, mais nous relèverons nos ruines », ainsi parle le SEIGNEUR, le tout-puissant : Qu'ils construisent, eux ! mais moi, je démolirai. On les nommera : Territoire-de-méchanceté et Le-Peuple-que-le-SEIGNEUR-réprimande-sans-fin. ⁵ Vos yeux le verront et vous, vous direz : « Grand est le SEIGNEUR au-dessus du territoire d'Israël. »

Un culte indigne du Seigneur

⁶ Un fils honore son père, un serviteur, son maître. Or, si je suis père, où est l'honneur qui me revient ? Et si je suis maître, où est le respect qui m'est dû ? vous déclare le SEIGNEUR, le tout-puissant, à vous les prêtres qui méprisez mon *nom. Et vous dites : « En quoi avons-nous méprisé ton nom ? » ⁷ — En apportant sur mon *autel un aliment *impur¹. Et vous dites : « En quoi t'avons-nous rendu impur ? » — En affirmant : « La table du SEIGNEUR est sans importance. » ⁸ Et quand vous présentez au *sacrifice une bête aveugle, n'est-ce pas mal ? Et quand vous en présentez une boiteuse et une malade, n'est-ce pas mal ? Offre-la donc à ton gouverneur. Sera-t-il satisfait de toi ? T'accueillera-t-il avec faveur ? dit le SEIGNEUR, le tout-puissant. ⁹ Après quoi, essayez donc d'apaiser Dieu² pour qu'il nous prenne en pitié ! — C'est de vos mains que cela vient —. Vous.. accueillera-t-il avec faveur, dit le SEIGNEUR, le tout-puissant ? ¹⁰ Se trouvera-t-il enfin parmi vous quelqu'un pour fermer la porte, pour que vous n'embrasiez pas en pure perte mon autel ? Je ne prends aucun plaisir en vous, dit le SEIGNEUR, le

---

1. Le nom du prophète signifie *mon messager* (voir 3.1). On estime que Malachie a dû apporter son message vers les années 488-460 av. J. C., c'est-à-dire vingt ou trente ans avant l'arrivée de Néhémie à Jérusalem (voir la note sur Ne 1.1).
2. *Esaü* est l'ancêtre des Edomites, ennemis traditionnels d'Israël *Jacob* est l'ancêtre des Israélites (voir Os 12.34 et la note).
3. *j'ai aimé Jacob et j'ai haï Esaü* : tournure hébraïque qu'on pourrait aussi traduire *j'ai choisi Jacob plutôt qu'Esaü* — autre traduction pour la fin du v. 3 (soutenue par l'ancienne version grecque) *j'ai fait de ses montagnes une désolation et de son héritage des repaires abandonnés.*

1. Ici les sacrifices sont déclarés *impurs* car ils ne sont pas offerts selon les règles fixées (comparer le v. 8 et Lv 22.17-30; Dt 15.21).
2. *apaiser Dieu* : voir 2 R 13.4 et la note.

tout-puissant. Et l'offrande[1], je ne l'agrée pas de vos mains. 11 Du Levant au Couchant, grand est mon nom parmi les nations. En tout lieu un sacrifice d'*encens est présenté à mon nom, ainsi qu'une offrande pure, car grand est mon nom parmi les nations, dit le SEIGNEUR, le tout-puissant.

12 Vous, cependant, vous le profanez en disant : « La table du SEIGNEUR est impure. Son rapport en nourriture est dérisoire[2]. » 13 Et vous dites : « Voyez, quel ennui », et vous la repoussez avec dédain, dit le SEIGNEUR, le tout-puissant. Vous apportez quelque animal récupéré, soit boiteux, soit malade, et vous le présentez en offrande. Puis-je l'agréer de vos mains ? dit le SEIGNEUR. 14 Maudit soit le fraudeur qui, possédant un mâle dans son troupeau, fait un voeu au Seigneur une bête tarée ! Car je suis un grand roi, dit le SEIGNEUR, le tout-puissant, et mon nom doit être crain* parmi les nations.

Avertissement aux prêtres

2 1 Maintenant, à vous, prêtres, cet avertissement : 2 Si vous n'écoutez pas, si vous ne prenez pas à coeur de donner gloire à mon *nom, dit le SEIGNEUR, le tout-puissant, je lancerai contre vous la malédiction et

maudirai vos bénédictions[1]. — Oui, je les maudis, car aucun de vous ne prend rien à coeur —. 3 Me voici, je vais porter la menace contre votre descendance. Je vous jetterai du fumier à la figure, le fumier de vos fêtes[2]; et on vous enlèvera avec lui. 4 Vous saurez que je vous ai adressé cet avertissement pour que devienne réelle mon alliance avec Lévi[3], dit le SEIGNEUR, le tout-puissant. 5 Mon alliance avec lui était vie et paix, car je les lui accordais ainsi que la crainte pour qu'il me révère. Devant mon nom il était frappé de saisissement. 6 Sa bouche donnait un enseignement véridique et nulle imposture ne se trouvait sur ses lèvres. Dans l'intégrité et la droiture, il marchait avec moi, détournant beaucoup d'hommes de la perversion. 7 — En effet, les lèvres du prêtre gardent la connaissance et de sa bouche on recherche l'instruction[4], car il est messager du SEIGNEUR, le tout-puissant. — 8 Vous, au contraire, vous avez dévié du chemin. Vous en avez fait vaciller beaucoup par votre enseignement. Vous avez détruit l'alliance de Lévi, dit le SEIGNEUR, le tout-puissant. 9 À mon tour, je vous rends méprisables et vils à tout le peuple, dans la mesure où vous ne suivez pas mes voies et

---

1. *quelqu'un pour fermer la porte* : c'est-à-dire pour empêcher que l'on continue à offrir des sacrifices indignes sur l'autel — *l'offrande* : voir au glossaire SACRIFICES.
2. Texte hébreu difficile. Le prophète fait sans doute allusion à la part des sacrifices qui revenait aux prêtres (voir au glossaire SACRIFICES, 3).

1. Tournure condensée pour signifier que Dieu changera en malheurs les bienfaits que les prêtres auront annoncés de sa part.
2. *le fumier de vos fêtes* : c'est-à-dire le fumier des victimes offertes en sacrifice au moment des fêtes. Selon Ex 29.14 il devait être brûlé au-dehors.
3. L'*alliance avec Lévi* n'est mentionnée nulle part ailleurs dans l'A. T. Elle correspond au fait que les descendants de Lévi avaient l'exclusivité du ministère sacerdotal (voir au glossaire LÉVITES).
4. Voir la note sur Ag 2.11.

où vous faites preuve de partialité dans vos décisions.

Deux manières de trahir l'Alliance

10 N'avons-nous pas tous un seul père ? Un seul Dieu ne nous a-t-il pas créés ? Pourquoi sommes-nous traîtres l'un envers l'autre, profanant ainsi l'*alliance avec nos pères ? 11 Juda a trahi. Une abomination a été commise en Israël et à Jérusalem. Oui, Juda a profané le lieu *saint cher au Seigneur, en épousant la fille d'un dieu étranger[1]. 12 L'homme qui agit ainsi, que le Seigneur lui retranche fils et famille des tentes de Jacob, et même celui qui présente l'offrande[2] au Seigneur, le tout-puissant. 13 Voici en deuxième lieu ce que vous faites : Inonder de larmes l'*autel du Seigneur — pleurs et gémissements — parce qu'il ne prête plus attention à l'offrande et ne la reçoit plus favorablement de vos mains. 14 Vous dites : « Pourquoi cela ? » Parce que le Seigneur a été témoin entre toi et la femme de ta jeunesse[3] que, toi, tu as trahie. Elle était pourtant ta compagne, ton élue ! 15 Et le Seigneur n'a-t-il pas fait un être unique, chair animée d'un souffle de vie ? Et que cherche cet unique[4] ? Une descendance accordée par Dieu ?

— Respectez votre vie —. Que personne ne soit traître envers la femme de sa jeunesse. 16 En effet, répudier par haine[1], dit le Seigneur, le Dieu d'Israël, c'est charger son vêtement de violence[1], dit le Seigneur, le tout-puissant. Respectez votre vie. Ne soyez pas traîtres.

Le Seigneur va envoyer son messager

17 Vous fatiguez le Seigneur avec vos discours. Vous dites : « En quoi le fatiguons-nous ? » — En disant : « Quiconque fait le mal est bon aux yeux du Seigneur, en ces gens-là il prend plaisir » ; ou encore : « Où est le Dieu qui fait justice ? »

3 1 Voici, j'envoie mon messager. Il aplanira le chemin devant moi. Subitement, il entrera dans son Temple, le maître que vous cherchez, l'*Ange de l'*alliance que vous désirez; le voici qui vient, dit le Seigneur, le tout-puissant. 2 Qui supportera le jour de sa venue ? Qui se tiendra debout lors de son apparition ? Car il est comme le feu d'un fondeur, comme la lessive des blanchisseurs. 3 Il siégera pour fondre et purifier l'argent. Il purifiera les fils de Lévi. Il les affinera comme on affine l'or et l'argent. Ils seront pour le Seigneur ceux qui présentent l'offrande[2] comme elle doit l'être. 4 L'offrande de Juda et

---

1. *le lieu saint* : autre traduction *les choses saintes — la fille d'un dieu étranger* : une femme païenne.
2. *les tentes de Jacob* : expression imagée désignant les habitations israélites — *offrande* : voir au glossaire SACRIFICES.
3. *la femme de ta jeunesse* : expression hébraïque condensée pour désigner *la femme que tu as aimée et épousée quand tu étais jeune*.
4. Le texte hébreu du début du verset est obscur; traduction en partie conjecturale d'après le contexte.

---

1. *répudier par haine* : traduction conjecturale d'un texte obscur — *charger ses vêtements de violence* : tournure hébraïque équivalant à peu près à *se rendre coupable de violence* (Ps 73.6).
2. Voir au glossaire SACRIFICES.

de Jérusalem sera agréable au Seigneur comme aux jours d'antan, comme dans les années d'autrefois. 5 Je m'approcherai de vous pour le jugement. Je serai un prompt accusateur contre les magiciens et les adultères[1], contre les parjures, contre ceux qui réduisent le salaire de l'ouvrier, de la veuve et de l'orphelin, qui oppriment l'émigré et ne me craignent pas, dit le Seigneur, le tout-puissant.

Revenir au Seigneur

6 Non ! moi, le Seigneur, je n'ai pas changé. Mais vous, vous ne cessez d'être fils de Jacob[2]. 7 Depuis les temps de vos pères, vous vous écartez de mes prescriptions et ne les observez pas. Revenez à moi et je reviendrai à vous, déclare le Seigneur, le tout-puissant. Vous dites : « Comment revenir ? »

8 — Un homme peut-il tromper Dieu ? Et vous me trompez ! Vous dites : « En quoi t'avons-nous trompé ? » — Pour la dîme et les redevances. 9 Vous êtes sous le coup de la malédiction et c'est moi que vous trompez, vous, le peuple tout entier ! 10 Apportez intégralement la dîme à la salle du trésor. Qu'il y ait de la nourriture dans ma Maison. Mettez-moi donc à l'épreuve à ce propos, dit le Seigneur, le tout-puissant, pour voir si je n'ouvre

pas pour vous les écluses du ciel[1] et si je ne répands pas sur vous la bénédiction en abondance. 11 Je tancerai en votre faveur l'insecte vorace[2] pour qu'il ne détruise plus les produits de votre sol et que la vigne de vos campagnes ne soit plus stérile, déclare le Seigneur, le tout-puissant. 12 Heureux vous proclameront toutes les nations, car vous serez une terre de délices, déclare le Seigneur, le tout-puissant.

Le jour où Dieu révélera sa justice

13 Vos propos sont durs à mon égard, déclare le Seigneur, et vous dites : « Quels propos avons-nous échangés contre toi ? » 14 Vous prétendez : « Inutile de servir Dieu ; à quoi bon avoir gardé ses observances et marché dans le deuil[3] devant le Seigneur, le tout-puissant ? 15 À présent, nous devons déclarer heureux les arrogants. Et même ils prospèrent, les méchants ; s'ils mettent Dieu à l'épreuve, ils en réchappent. » 16 Ainsi s'entretenaient ceux qui craignent le Seigneur. Mais le Seigneur prêta attention et il entendit. Un mémoire fut écrit devant lui en faveur de ceux qui craignent le Seigneur et qui vénè-

---

1. L'A. T. qualifie souvent d'*adultère* celui qui abandonne Dieu pour les idoles ; voir Ez 16.32 ; Os 4.13 et la note.
2. Voir 1.22 et la note. *Jacob* est cité ici comme le type du trompeur (v. 8).

1. La dîme était affectée à l'entretien des prêtres ; elle garantissait donc la continuité du culte — *de la nourriture dans ma Maison* : la dîme était toujours offerte en nature (voir Dt 14.24-27) — *ouvrir les écluses du ciel* : expression imagée pour *faire pleuvoir* (voir Gn 7.11 ; 8.2) ; le prophète fait sans doute allusion à une abondance de bénédictions.
2. *l'insecte vorace* : probablement les sauterelles (voir Jl 1.4, 7).
3. À l'occasion de grandes calamités on convoquait le peuple à des cérémonies de deuil comportant *jeûne, lamentations et sacrifices. Certains pensaient que ces cérémonies suffisaient pour amener Dieu à se montrer plus favorable.

rent son *nom. 17 Ils m'appartiendront, dit le Seigneur, le
tout-puissant, au jour que je prépare, comme ma part personnelle.
Je les épargnerai comme un père
épargne son fils qui le sert.
18 Alors vous verrez à nouveau la
différence entre le juste et le méchant, entre celui qui sert Dieu et
celui qui ne le sert pas. 19 Car[1]
voici que vient le jour, brûlant
comme un four. Tous les arrogants et les méchants ne seront
que paille. Le jour qui vient les
embrasera, dit le Seigneur, le
tout-puissant. — Il ne leur laissera ni racines ni rameaux —.
20 Pour vous qui craignez mon
nom, le soleil de justice se lèvera
portant la guérison dans ses
rayons. Vous sortirez et vous
gambaderez comme des veaux à
l'engrais. 21 Vous piétinerez les
méchants, car ils seront comme
cendre sous la plante de vos pieds
en ce jour que je prépare, dit le
Seigneur, le tout-puissant.

Le retour d'Elie

22 Souvenez-vous de la Loi de
Moïse, mon serviteur, à qui j'ai
donné sur l'Horeb[1] des prescriptions et des sentences pour tout
Israël. 23 Voici que je vais vous
envoyer Elie, le *prophète, avant
que ne vienne le jour du Seigneur, jour grand et redoutable.
24 Il ramènera le coeur des pères
vers leurs fils, celui des fils vers
leurs pères pour que je ne vienne
pas frapper la terre d'interdit[2].

---

1. Certaines éditions de la Bible ont une autre
numérotation, à partir de ce verset : au lieu de
3.19-24 elles proposent 4.1-6.

1. Autre nom du mont Sinaï (voir Ex 3.1 et la
note).
2. *frapper d'interdit* : voir Dt 2.34 et la note.

GLOSSAIRE

Abîme Au singulier ce terme désigne, dans l'A. T., une masse colossale d'eau douce que les anciens Israélites imaginaient située sous la terre et alimentant les sources (Ez 31.4; Ps 78.15).
Au pluriel il sert souvent à désigner de grandes quantités d'eau douce ou d'eau de mer (Ex 15.5), ou encore le fond de la mer (Es 63.13; Ps 106.9).

Alliance Terme technique qui désigne le *lien* que Dieu établit :
soit avec l'humanité tout entière en la personne de Noé (Gn 9.9-17),
soit avec un homme, comme Abraham (Gn 15.18), ou David (Ps 89.4-5),
soit avec le peuple d'Israël (Ex 19.5-6).
Cette alliance est toujours accompagnée d'une promesse, et souvent confirmée par un *sacrifice (Gn 15.9-17; Ex 24.3-8).
Les *prophètes annoncent que Dieu conclura une *alliance nouvelle* avec son peuple (Jr 31.31-34). Selon le N. T. la mort de Jésus établit cette alliance nouvelle et l'étend à tous les hommes (Lc 22.20; cf. 2 Co 3.6). En grec

le mot traduit par *alliance* peut avoir parfois aussi le sens de *testament* (He 9.16-17). L'expression *Ancien Testament* (2 Co 3.14) désigne les livres de l'ancienne alliance, de même que *Nouveau testament* désigne les livres bibliques de la nouvelle alliance.

Amen Mot hébreu conservé tel quel et signifiant : *c'est vrai, il en est bien ainsi* ou *qu'il en soit bien ainsi !*

Amorites L'A. T. désigne ainsi une des populations qui occupaient la Palestine et la Transjordanie avant l'arrivée des tribus israélites (Ex 23.23; Dt 2.24; 2 S 21.2; 1 R 21.26). Il n'est pas toujours facile de les distinguer des *Cananéens,* habitants du pays de Canaan (Gn 34.30).
A côté d'eux l'A. T. mentionne parfois d'autres peuplades vivant en Palestine à l'époque pré-israélite : les *Hittites* (installés depuis l'occupation de la Palestine par l'ancien empire Hittite); les *Perizzites* et les *Hivvites* (populations occupant la partie centrale montagneuse) et les *Jébusites* (habitant l'ancienne Jérusalem et sa

région). A cette liste certains passages de l'A. T. ajoutent les *Guirgashites* (Dt 7.1; Jos 3.10; 24.11, etc.), parfois aussi les *Amalécites* (Nb 13.29) et quelques autres encore (Gn 15.19-21).

Anciens Dans l'Israël de l'époque biblique les *anciens* sont les chefs de familles ou de clans. Les *anciens* d'une même ville formaient un conseil responsable, qui dirigeait la cité (1 S 11.3) et rendaient la justice (Dt 21.19). Ils étaient les gardiens de la tradition.

Ange Dans l'A. T. les *anges* sont par excellence les *envoyés* ou les *messagers* de Dieu (Gn 28.12). Certains passages les présentent comme les *exécutants* des décisions prises par Dieu (Ps 103.20; *Dn grec* 13.54, 58). *L'ange du Seigneur* est une expression qui indique d'une manière indirecte une intervention de Dieu lui-même (comparer Jg 13.3 et 20.22).

Annales L'A. T. renvoie plusieurs fois le lecteur à des livres dont on ne connaît plus aujourd'hui que le titre. Parmi ceux-ci les *Annales de Salomon* (1 R 11.41), les *Annales des rois d'Israël* (1 R 14.19) et les *Annales des rois de Juda* (1 R 14.29). On y notait au fur et à mesure les décisions et les entreprises des rois.

Aram — Araméens Peuplade sémite à laquelle les Israélites se rattachent par les patriarches (Dt 26.5). Avant l'époque de David les Araméens formèrent plusieurs petits royaumes sur le territoire de l'actuelle Syrie (2 S 8.3-6; 10.6). A l'époque des royaumes d'Israël et de Juda les Araméens de Damas furent, pendant plus d'un siècle, les ennemis les plus dangereux du royaume d'Israël.

Arche L'hébreu a deux mots différents pour désigner :
a) l'arche de Noé, décrite en Gn 6.14-16;
b) l'*arche de l'alliance* (ou arche *de Dieu, du Seigneur,* ou arche *sainte* ou encore arche *de la* *charte). Celle-ci était un coffre de bois décrit en Ex 25.10-22, que l'on pouvait porter à l'aide de barres glissées dans des anneaux fixés sur les côtés.
Le couvercle, appelé *propitiatoire,* servait pour certaines cérémonies de purification (Lv 16.12-15); il était surmonté de deux figures de *chérubins.
L'arche contenait en particulier la *charte,* c'est-à-dire les deux tables de la Loi (Ex 25.16; 40.20; voir aussi 1 R 8.9; He 9.4). Pour les anciens Israélites elle représentait le *trône* ou le marchepied *de Dieu* sur la terre; elle était donc un symbole de sa présence (Nb 10.33-36; 1 S 4.3-8; Ps 132.8).

Autel L'*autel* est l'emplacement en forme de table où sont offerts les *sacrifices. Les *cornes* (Ex 27.2 et la note; Ap 9.13) situées aux quatre coins supérieurs de l'autel étaient considérées comme la partie la plus sacrée de celui-ci.

Au temple de Jérusalem on utilisait deux autels : *l'autel de l'holocauste* et *l'autel des parfums* (voir **Sacrifices**).

Baal Divinité de la religion cananéenne, qui était censée mourir comme la nature en hiver et renaître au printemps. On lui attribuait le pouvoir de rendre les champs fertiles et les troupeaux féconds. La pratique de la religion du *Baal* s'accompagnait de prostitution sacrée (Nb 25.1-3); celle-ci fut vigoureusement combattue par les *prophètes.
L'A. T. emploie parfois ce nom au pluriel (1 R 18.18; Jr 2.23). *Baal* signifie en effet *propriétaire*. On le considérait comme le maître local de telle montagne, telle source, tel bois, telle ville …
L'A. T. mentionne un grand nombre de noms de localités composés avec le nom de Baal.

Bas-Pays Au sens restreint cette appellation désigne la région de collines situées entre la plaine côtière de la mer Méditerranée et la montagne centrale de Juda (Jos 15.33). L'expression est parfois employée en un sens plus large, qui englobe la plaine côtière tout entière (Dt 1.7).

Berger Homme chargé de conduire un troupeau vers les pâturages et de veiller à la sécurité des moutons et des chèvres qui lui sont confiés.
Dans la bible ce terme sert souvent d'image pour désigner les dirigeants du peuple d'Israël (voir par exemple Es 56.11; Jr 50.6; Ez 37.24; Mt 9.36).

L'A. T. qualifie parfois *Dieu* de *berger,* soit comme guide et protecteur du fidèle (Ps 23.1), soit comme chef de son peuple (Ps 80.2).

Blasphémer — Blasphème — Blasphémateur
Comme les anciens Israélites, les Juifs contemporains de Jésus considéraient comme *blasphème* toute parole jugée insultante pour l'honneur de Dieu. En s'appuyant sur l'A. T. (Lv 24.11-16) ils réclamaient la peine de mort contre le *blasphémateur.*

Calendrier

A. — Les mois.

Dans l'ancien Israël l'année était divisée en 12 mois lunaires de 29 ou 30 jours, avec de temps en temps un mois complémentaire. Jusqu'à la mort du roi Josias on faisait commencer l'année en automne; les mois portaient alors des noms cananéens.
A partir du règne de Yoyaqîm on utilisa le calendrier babylonien, qui faisait commencer l'année au printemps. Les mois furent identifiés par leur numéro d'ordre, puis plus tard par leur nom babylonien.
Enfin sous l'occupation des rois séleucides (troisième siècle et début du deuxième siècle av. J. C.; voir la note sur *1 M* 1.8) les mois de l'année sont désignés par leur nom grec.

Le tableau ci-dessous permet de repérer les correspondances pour les noms de mois cités dans l'A. T.

B. — Les fêtes

1) La *Pâque,* fête qui remonte à l'époque où les Israélites étaient encore nomades ou semi-nomades, était célébrée au printemps (Ex 12.3-11).
La *fête des *pains sans levain* (Ex 12.17-20) avait lieu immédiatement après la Pâque. Elle correspondait au début de la moisson de l'orge.

L'A. T. présente souvent ces fêtes comme jumelées, et les interprète comme l'*anniversaire de la sortie d'Egypte.* En les célébrant le peuple de Dieu revivait la grande délivrance qui avait marqué le début de son histoire.
2) La *fête de la moisson* (Ex 23.16a) avait lieu à la fin de la moisson du blé, c'est-à-dire sept semaines après la fête des pains

sans levain; d'où son autre appellation : la *fête des semaines* (Ex 34.22). Célébrée ainsi le cinquantième jour après la Pâque, elle a reçu plus tard, en grec, le nom de « Pentecostè » (le cinquantième), d'où l'appellation française de *Pentecôte;* c'est sous ce nom qu'elle est mentionnée dans le N. T.

Sur la manière dont elle était célébrée voir Lv 23.15-21. Fête d'offrande des prémices (Nb 28.26) elle était aussi une *commémoration de l'*Alliance.*

3) La *fête de la récolte* (Ex 23.16b) avait lieu à l'automne, après la vendange et la récolte des olives et des fruits. Elle était aussi nommée *fête des Tentes* (Lv 23.34; Dt 16.13) ou mieux *fête des Huttes,* car les Israélites la célébraient en logeant huit jours de suite sous des huttes de branchages. Les textes traditionnels du Judaïsme nous apprennent que cette fête était célébrée en partie la nuit.

Calendrier cananéen	Calendrier babylonien		Calendrier séleucide	Période correspondante de notre calendrier
Etanim (1)	7e mois			septembre-octobre
Boul	8e »			octobre-novembre
	9e »	Kislev		novembre-décembre
	10e »	Téveth		décembre-janvier
	11e »	Shevat	Dystros	janvier-février
	12e »	Adar	Xanthique	février-mars
Abib (2)	1er »	Nisan		mars-avril
Ziv	2e »			avril-mai
	3e »	Siwân		mai-juin
	4e »			juin-juillet
	5e »			juillet-août
	6e »	Eloul		août-septembre

(1) ruisseaux permanents.   (2) épis.

Les anciens Israélites la considéraient comme la plus importante des trois grandes *fêtes-pèlerinages* annuelles prescrites en Ex 23.14-16, au point que l'A. T. la nomme parfois *la fête du Seigneur* (Jg 21.19) ou même tout simplement *la fête* (1 R 8.2, 65). Dt 16.13-15 la décrit comme une fête joyeuse de reconnaissance envers Dieu. Lv 23.43 l'interprète comme la *commémoration du séjour d'Israël au désert*.

4) A côté de ces trois fêtes principales l'A. T. mentionne encore trois autres fêtes d'origine plus récente :

— le *jour du Grand Pardon* (Yôm Kippour) : voir Lv 23.27-32; Nb 29.7-11. La célébration est décrite en détail par Lv 16

— la *fête de la Dédicace* (voir Jn 10.22) commémorait la purification du temple de Jérusalem par Judas Maccabée (voir *1 M* 4.36-59; *2 M* 10.6; voir 1.9)

— la *fête des Pourim*, dont l'origine est expliquée en Est 9.20-32.

Charte C'est un des noms donnés à l'ensemble des deux tablettes de pierre sur lesquelles était gravé le *décalogue* (Ex 31.18). La *charte* représente ainsi le document officiel réglant la vie quotidienne du peuple d'Israël selon les principes de l'*Alliance. Voir **Arche**.

Chef de choeur L'expression traduite par *du chef de choeur* figure dans les notices placées en tête de 55 psaumes. Elle renvoie peut-être à un recueil de psaumes dont disposait le responsable du chant dans le temple de Jérusalem.

Chérubins Etres fabuleux souvent nommés dans l'A. T., personnifiant parfois les nuages d'orage (voir Ps 18.11). On en rencontre comme gardiens du jardin d'Eden (Gn 3.24) ou dans l'entourage de Dieu (Ps 18.11; Ez 10.4-7).

Des figures de *chérubins* surmontaient l'*arche de l'alliance et formaient une sorte de trône pour le Seigneur, d'autres décoraient le temple de Jérusalem (1 R 6.23-29).

Christ, Messie Les rois d'Israël et les grands prêtres recevaient l'onction d'huile comme signe de leur nouvelle fonction (1 S 10.1; Lv 8.12). C'est pourquoi les rois portaient le titre d'*Oint* (en hébreu *Machia*, transcrit *Messie* en français; en grec *Christos*, transcrit *Christ*).

Par extension le titre de *Messie* peut être appliqué à quelqu'un que Dieu a *choisi* pour lui confier une mission (Es 61.1). C'est en ce sens qu'il est utilisé (exceptionnellement) pour le peuple d'Israël (Ps 105.15), et même pour un étranger comme le roi perse Cyrus (Es 45.1).

Après l'exil le titre de *Messie* a été transféré au roi sauveur dont les Juifs attendent la venue à la fin des temps. Le N. T. rapporte les témoignages de ceux qui ont reconnu ce *Messie (Christ)* en la personne de Jésus (Mt 16.16).

Ciel — Cieux — Céleste Dans l'A. T. le *ciel* est parfois considéré comme le lieu où Dieu réside (Ps 2.4; 11.4).

Par extension le *ciel* peut désigner les êtres qui peuplent ce domaine de Dieu (Ps 50.4) et parfois *Dieu lui-même* (Ps 78.24; 105.40).

Circoncire — Circoncision La *circoncision* est pratiquée par les Juifs sur les garçons nouveau-nés une semaine après leur naissance (Gn 17.12; Lc 2.21). C'est une opération rituelle qui consiste à exciser le prépuce.

La circoncision est le signe par excellence qu'un homme est membre d'Israël, le peuple de l'*Alliance (Gn 17.11; Jos 5.2-5). D'où l'appellation de *circoncis* pour désigner les Juifs.

Cité de David La *cité de David* ou *ville de David* est le nom donné à la forteresse de *Sion, conquise par David sur les Jébusites (voir **Amorites**), selon 2 S 5.7-9. Elle est située sur la colline qui sépare les vallées du Cédron et du Tyropéon et constitue la partie la plus ancienne de Jérusalem.

Coeur Les mots de l'hébreu et du grec désignant le *coeur* sont assez rarement employés au sens propre dans la Bible. Les langues bibliques par contre les utilisent fréquemment en des sens figurés assez différents de ceux qui correspondent au mot français *coeur*.

1) Ils désignent ainsi souvent le *centre caché de l'homme*, l'endroit intérieur et secret où la personnalité de l'homme est, pour ainsi dire, concentrée (1 S 16.7; Pr 24.12; Mt 12.34; 15.19; 1 Co 4.5; Ep 1.18). Le *coeur* est alors le résumé de l'homme tout entier, si

bien que que l'expression *dans le coeur* est sensiblement équivalente à *au plus profond d'eux-mêmes* (Rm 2.15).

2) Le *coeur* est parfois regardé comme le siège des *sentiments* (1 S 1.8; Jn 16.6), mais aussi de la *pensée* (1 R 3.9; Es 6.10, etc.; Mc 2.6, 8; 6.52; Lc 3.15, etc.) et de la *volonté* (Ex 9.7; Dt 2.30; Rm 10.1; 2 Co 9.7).

Déchirer ses vêtements En signe de deuil ou de tristesse, lors d'un malheur ou en entendant prononcer une parole jugée scandaleuse, les anciens Israélites et les Juifs du premier siècle *déchiraient* parfois leurs vêtements (Gn 37.34; 2 S 13.19; Jr 36.24; Mt 26.65). Quelquefois on se contentait de déchirer symboliquement le col du vêtement de dessus.

Lv 21.10 interdit cette pratique au grand prêtre.

Autres gestes significatifs du même genre : se revêtir d'un *sac, répandre de la cendre ou de la poussière sur sa tête (Jos 7.6), se raser les cheveux ou la barbe, se faire des incisions sur le corps (Jr 16.6; 41.5), etc.

Demeure Employé au sujet de Dieu, ce terme désigne l'emplacement consacré à son habitation sur terre auprès de son peuple. C'est d'abord le *sanctuaire qu'Israël emmenait avec lui pendant la période du désert (Ex 26.1-37) et que certains passages nomment la *tente de la rencontre.

Après l'installation des tribus israélites en Palestine le terme est utilisé pour désigner chacun des sanctuaires où fut successivement abritée l'*arche de l'alliance, par exemple celui de Silo (Ps 78.60), et le plus souvent le *temple de Jérusalem* (Ps 74.7).

Démon Expressions synonymes : *esprit impur* ou, plus simplement *esprit*.

Diable voir **Satan**

Encens Résine précieuse que les anciens Israélites importaient de la région de Saba, en Arabie méridionale. L'encens entrait dans la composition du parfum spécial qu'on brûlait chaque jour en l'honneur de Dieu (Ex 30.7-8, 34-38; voir **Sacrifices** 9). La fumée de *l'encens* était symbole de prière (Ps 141.2; voir aussi la note sur Ex 13.21).

Eunuque Les termes de l'hébreu et du grec ainsi traduits désignent, au sens propre, un homme qui a subi la castration et auquel les rois orientaux confiaient la garde de leur harem. La Bible les emploie souvent en un sens figuré pour désigner un *homme de confiance du roi* (voir Gn 39.1), un *haut fonctionnaire* ou un *officier* (2 R 24.12).

Fils de David C'est un titre donné au *Messie attendu par les Juifs contemporains de Jésus. Il provient de la promesse faite jadis au roi David par l'intermédiaire du prophète Natan (2 S 7.12, 14-16; voir aussi Jr 23.5; 33.15, 17; Mi 5.1; Ps 89.30, 37; 132.11). Etant donné cette promesse le roi sauveur attendu devait être un *descendant de David*.

Fosse voir **Séjour des morts.**

Hadès C'est le nom grec du lieu que les Israélites nommaient le *séjour des morts. L'Apocalypse (6.8; 20.13-14) personnifie *l'Hadès* comme elle le fait aussi pour la puissance de la mort.

Hauts lieux Le terme hébreu ainsi traduit désigne des lieux de culte en plein air, situés en général sur une hauteur et le plus souvent à proximité d'une ville. A l'époque ancienne les Israélites y offraient des sacrifices à Dieu (1 S 9.12; 1 R 3.4). Mais la plupart des hauts lieux servaient à la religion cananéenne (voir **Baal** et Dt 12.2-7). Leur usage a donc été énergiquement combattu par les *prophètes (Os 4.13; Jr 19.5; Ez 16.25). Dans le royaume de Juda les rois Ezékias et Josias s'efforcèrent de les faire disparaître (2 R 18.4; 23.8-15).

Imposer les mains — Imposition des mains *L'imposition des mains* est un geste qui consiste à poser les mains sur la tête de quelqu'un.
Dans l'A. T. ce geste peut avoir diverses significations selon les cas :
1) Le fidèle qui offre un sacrifice pose *une main* sur la tête de la victime pour exprimer que ce sacrifice est bien présenté à Dieu de sa part (Lv 1.4; 4.4, etc.). Ce geste ne doit pas être confondu avec l'imposition des *deux mains* décrite en Lv 16.21 (voir la note).
2) Pratiquée sur une *personne,* l'imposition des mains peut être :
a) un geste de *consécration* pour le service de Dieu et de son peuple (Nb 8.10; 27.18-23; Dt 34.9),

b) un geste de *bénédiction* (Gn 48.14).

Impur — Impureté voir **Pur.**

Jeûne — Jeûner Le *jeûne* consiste à s'abstenir de manger et de boire pendant un temps déterminé. Comme les Israélites de l'A. T. les Juifs du temps de Jésus pratiquaient le jeûne pour des motifs religieux : on voulait ainsi accompagner la prière ou exprimer une humiliation devant Dieu (Dt 9.18; Jl 2.12, 15; Jon 3.5-9). Le jeûne était aussi pratiqué communautairement, par exemple au jour du Grand Pardon (Nb 29.7-11).

Joug Le *joug* est une pièce de bois assez pesante servant à atteler des boeufs à un chariot ou à une charrue; on l'attache sur la nuque des animaux.
L'A. T. mentionne souvent ce terme au sens figuré pour désigner la *dépendance* du peuple d'Israël à l'égard de Dieu (Jr 5.5), ou l'ensemble des *obligations* qui pèsent sur le peuple du fait soit de l'autorité royale (1 R 12.4), soit d'une puissance étrangère dominante (Es 14.25; Jr 27.8; 28.2, etc.).

Lèpre — Lépreux La Bible utilise le même terme pour désigner, à côté de la lèpre proprement dite, aussi d'autres maladies de peau (Lv 13.1-46), et même les taches de moisissure sur les vêtements (Lv 13.47-59) ou de salpêtre sur les murs (Lv 14.33-53). Tout homme déclaré *lépreux* était considéré comme *impur, c'est-à-dire qu'il était exclu de la vie communautaire; les lépreux devaient vivre hors des villes et des villages, à bonne distance des bien-portants (Lv 13.45-46; Jb 2.8 et la note; Lc 17.12). La loi juive exigeait que la guérison d'un lépreux soit constatée par un prêtre et suivie d'un *sacrifice (Lv 14.1-32; cf. Mt 8.4; Lc 17.14).

Levain C'est un ferment naturel qu'on mélange à la pâte à pain pour la faire lever. Voir **Pains sans levain.**

Lévites Comme leur nom le suggère, les *lévites* étaient considérés comme descendants de Lévi, troisième fils de Jacob (Gn 29.34). C'est à la tribu de Lévi que fut réservée la fonction sacerdotale (Dt 10.8-9). Aaron, frère de Moïse et ancêtre des prêtres proprement dits (Lv 8), appartenait à la tribu de Lévi (Ex 4.14).
Dans certains passages anciens de l'A. T. on ne peut guère reconnaître de différence de sens entre *prêtre* et *lévite* (voir Dt 17.9 et la note, et comparer Dt 31.9 et 25). Cependant dans des passages plus récents on trouve le terme *lévite* employé au sens restreint de *prêtre auxiliaire* ou d'*auxiliaire des prêtres* (voir Nb 3.5-9; 1 Ch 9.28-32).

Mer des Joncs La *mer des Joncs* est l'étendue d'eau (lagune, lac ou bras de mer) que les Israélites traversèrent sous la direction de Moïse aussitôt après leur sortie d'Egypte (Ex 13.18; 15.4). Sa localisation exacte reste discutée.
Dans des passages récents la *mer des Joncs* est identifiée à la *mer Rouge,* et plus particulièrement à

sa partie nord, les golfes de Suez et d'Akaba. Cette interprétation traditionnelle est reprise par le N. T. (Ac 7.36; He 11.29).

Messie voir **Christ, Messie.**

Monnaie Pendant longtemps les Israélites se contentèrent de *peser* l'argent et l'or pour *payer* les sommes importantes. Les prix étaient donc exprimés en *poids* d'or ou d'argent : *sicles, talents* (Gn 23.16); voir **Poids et mesures.**
Les monnaies proprement dites ne sont mentionnées que dans les livres les plus récents :
— la *darique* (monnaie perse) : Esd 8.27;
— la *drachme* (monnaie grecque) : Ne 7.69-71.
On ne sait si le *sicle* d'argent mentionné en Ne 5.15; 10.33 désigne un poids ou une monnaie. La *mine* d'argent mentionnée en Esd 2.69, etc., est en réalité une unité de poids.

Néoménie La *néoménie* était une fête d'importance secondaire, que les Israélites de l'époque biblique célébraient au moment de *la nouvelle lune,* c'est-à-dire au début de chaque mois de leur calendrier; voir Nb 28.11-15.

Nom Dans l'ancien Israël le *nom* d'une personne caractérisait et distinguait celle-ci entre toutes; il était considéré comme une partie intégrante de cette personne (1 S 25.25).
Par extension le *nom* d'une personne peut désigner cette personne elle-même (Nb 1.2). Cette particularité s'applique spéciale-

ment au *nom du Seigneur* (voir la note sur Ex 3.15) : ce nom désigne le Seigneur lui-même et évoque sa présence (Jr 14.9; Ps 20.2, 8). Ainsi le lieu *que le Seigneur a choisi pour y mettre son nom* (Dt 12.5; 2 R 23.27) ou *sur lequel son nom est invoqué* (1 R 8.43) désigne le temple qui a été *consacré au Seigneur.* Le même genre d'expression est appliqué parfois, dans le même sens, à Israël (Dt 28.10; Es 63.19; Jr 14.9), ou à des personnes (Jr 15.16), ou encore à Jérusalem (Jr 25.29).

Oindre — Onction Lors de la cérémonie antique d'*onction* (voir **Christ**) on versait de l'huile sainte sur la tête du nouveau roi — ou du nouveau grand prêtre. Ce personnage était désormais un *oint du Seigneur* ou un *messie* (voir 1 S 24.7; Ac 4.27, etc.).
En un sens dérivé le qualificatif *oint* ou *messie* peut donc être appliqué à l'homme que Dieu a choisi pour une mission de salut (Lc 4.18; cf. Es 61.1).

Pains sans levain Voir **Levain, calendrier B).** Au moment de la *Pâque les Juifs étaient tenus de faire disparaître de leurs maisons toute trace de pain levé et de ne consommer pendant une semaine que des pains non levés (Ex 12.15-20; 13.3-10).

Pâque *La Pâque* est l'une des plus grandes fêtes que les Juifs contemporains de Jésus venaient célébrer à Jérusalem. Elle avait lieu au printemps et commémorait la sortie d'Egypte (Dt 16.1-8).

La célébration de la Pâque était marquée par les *jours des *pains sans levain* (Ex 12.15-20; cf. Ac 12.3; 20.6) et par le repas familial au cours duquel était consommé *l'agneau pascal* (Ex 12.1-14).

Parvis Au sens premier le terme hébreu rendu par *parvis* désignait les diverses *cours* qui entouraient le bâtiment central du temple de Jérusalem (et déjà de la *tente de la rencontre).
Par extension les *parvis du Seigneur* peuvent désigner le *Temple* lui-même.

Pasteur voir **Berger.**

Pause La traduction du terme hébreu ainsi rendu est incertaine. On présume qu'il s'agit d'une indication d'ordre liturgique.

Pays des profondeurs voir **Séjour des morts.**

Pharaon C'était le titre des anciens rois d'Egypte. Le N. T. fait allusion au Pharaon contemporain de Joseph (Ac 7.10, 13; cf. Gn 39; 41-42; 45), soit au Pharaon du temps de Moïse (Ac 7.21; Rm 9.17; cf. Ex 2-14).

Poids et mesures

Unités de longueur :
— le *doigt* (Jr 52.21) : un peu moins de 2 cm ;
— le *palme* (Ex 25.25) : la largeur de la main, soit 4 doigts, c'est-à-dire environ 7,5 cm ;
— l'*empan* (Ex 28.16) : distance de l'extrémité du pouce à celle de l'auriculaire quand les doigts sont

écartés, soit 3 palmes, c'est-à-dire 22 ou 23 cm ;
— .la *coudée* (Gn 6.15; Ex 25.10) : distance du coude à l'extrémité des doigts, soit 2 empans. Les dimensions de la coudée semblent avoir varié selon les époques (voir 2 Ch 3.3; Ez 40.5), passant de 52 cm environ à 45 cm environ ;
— l'unité nommée *gomed* en Jg 3.16 n'est citée nulle part ailleurs dans l'A. T. On ignore à quelle longueur elle correspond ;
— *2 M* 11.5 estime une longue distance en *skènes*, ancienne mesure égyptienne valant 5 ou 6 km.

Unités de capacité :

Les mesures de capacité portent des noms différents selon qu'elles sont utilisées pour des matières sèches (MS) comme le grain, la farine, etc., ou pour les liquides (L). On reste incertain quant au volume exact qu'elles représentent :
— *homer* (MS) : *kor* (L) : environ 450 l.
— *épha* (MS) : *bath* (L) : environ 45 l.
(Le même terme est traduit *boisseau* en Dt 25.14 et Za 5.6-10)
— *sea* (MS) ou *mesure :* environ 15 l.
— *omer* (MS) : *dixième* (de l'épha) : environ 4,5 l.
— *qab* (L) : environ 2,5 l.
A ces mesures on peut ajouter quelques autres, plus rarement mentionnées :
— le *boisseau* ou *tiers* (mais on ignore de quelle unité) en Es 40.12
— le *hîn* (L) : setier : environ 7,5 l.
— le *log* (L) : un peu plus d'un demi-litre.

Unités de poids :

— l'unité de base du système des poids est le *sicle* (un peu plus de 11 g). Ses multiples sont :

— la *mine* (1 R 10.17), équivalant à 50 sicles, soit environ 570 g. La mine mentionnée par Ez 45.12 équivaut à 60 sicles, soit environ 680 g.

— le *talent* (Ex 25.39) équivaut à 3.000 sicles ou 60 mines (env. 34 kg).

Le sicle est divisé en unités plus petites :

— le *béqua* (Ex 38.26) équivaut à un demi-sicle, soit entre 5 et 6 g ;

— le *guéra* (Ex 30.13; Ez 45.12), vingtième partie du sicle, soit environ un demi g.

Prémices Dans l'A. T. les *prémices* représentaient les *premiers produits* d'une récolte (Ex 34.26); on les offrait à Dieu en reconnaissance pour la *totalité* de cette récolte (Lv 2.12; Nb 15.20-21; cf. Rm 11.16).

La Bible emploie souvent ce terme au sens figuré pour exprimer l'idée qu'*une partie* est donnée ou acquise à l'avance comme *garantie de la totalité* (Dt 21.17).

Prophète — Prophétesse — Prophétiser — Prophétie

1) Dans les textes anciens le terme hébreu rendu par *prophète* désigne un homme inspiré, en général associé à d'autres pour former des *bandes de prophètes* (1 S 10.5).

2) Plus tard, par exemple à l'époque d'Elie et d'Elisée, ces hommes inspirés sont désignés par l'expression *fils de prophètes* (1 R 20.35); ils vivent en communauté (2 R 4.38); ils constituent

les milieux fidèles au Dieu d'Israël, par opposition à ceux qui s'étaient laissé séduire par la religion cananéenne.

3) En d'autres passages (1 R 22.5-6) le terme *prophète* est appliqué à des personnages officiels que l'on consulte pour connaître l'avis ou la volonté de Dieu ; ce sont des prophètes professionnels.

4) L'A. T. désigne aussi parfois comme *prophète* des professionnels de la religion cananéenne (1 R 18.19).

5) Utilisé en général au singulier, le titre de *prophète* désigne alors un homme, dans la plupart des cas solitaire, qui se présente comme un *porte-parole de Dieu* (2 S 7.17) et sur qui l'on compte pour *intercéder* auprès de Dieu (Gn 20.7; Es 37.4; Jr 27.18; 37.3). c'est à ce double titre sans doute que Moïse apparaît comme le prophète modèle en Dt 18.15; 34.10. Le message de certains de ces prophètes a été conservé dans les livres bibliques qui portent leur nom (Esaïe, Jérémie, etc.). L'A. T. mentionne aussi quelques *prophétesses* (Ex 15.20; Jg 4.4; 2 R 22.14).

6) Enfin le même titre est parfois appliqué à de faux prophètes, c'est à dire à des hommes qui prétendent indûment apporter un message de la part de Dieu (Jr 28; Ne 6.14). Correspondant à ces divers sens possibles, le verbe hébreu généralement traduit par *prophétiser* (se conduire en prophète) peut prendre lui aussi divers sens selon les cas :

a) être exalté, tomber en extase (Nb 11.25; 1 S 10.5).

b) annoncer de la part du Seigneur (1 R 22.8; Jr 28.9, etc.).

Pur — Purifier Pour le Judaïsme contemporain de Jésus comme pour l'A. T. un homme doit être en état de *pureté* s'il veut · être en communion avec Dieu et pouvoir, par exemple, participer au culte et prier.

Les causes d'*impureté* et de *souillures* étaient nombreuses : consommation d'aliments interdits (Lv 11), contact avec un mort (Nb 19.11-22) ou avec un païen (Ac 10.1-11.18), accouchement (Lv 12.2), maladies comme la lèpre (Lv 13.3), etc. On faisait disparaître l'impureté par des rites de purification (Lv 12.6-8; 14.1-32; Mc 7.1-5; Jn 2.6; etc.).

Sabbat C'est le *septième jour de la semaine juive*, caractérisé par une cessation complète de tout travail (Ex 20.8-11). Des règles minutieuses précisaient ce qu'il était interdit de faire ce jour-là.

Sac Le terme hébreu ainsi traduit désigne une sorte de pagne en tissu grossier que les anciens Israélites portaient autour de la taille, à même la peau (2 R 6.30), en signe de deuil (Gn 37.34) et de grande tristesse (Es 15.3).

Sacrifices — Sacrifier Contrairement au sens actuel du mot français, le *sacrifice*, dans le langage biblique, n'est pas un renoncement coûteux mais un *don* que l'on présente à Dieu. Le verbe signifiant *offrir un sacrifice* est parfois rendu par *sacrifier*.

Les anciens Israélites offraient ainsi des animaux, ou des produits des champs, ou du parfum. L'A. T. distingue plusieurs sortes de sacrifices :

1) Dans l'*holocauste,* l'animal offert était brûlé complètement sur l'*autel (Lv 1).

2) le *sacrifice pour le péché* (Lv 4.1-5.13) et le *sacrifice de réparation* (Lv 5.14-26), souvent difficiles à distinguer l'un de l'autre, étaient offerts en cas de faute involontaire. Par ce genre de sacrifice le coupable exprimait son désir d'être pardonné par Dieu.

3) Le *sacrifice de paix* ou *sacrifice de communion* (Lv 3) était suivi d'un repas. Au cours de celui-ci le fidèle, sa famille et ses amis consommaient une partie de la victime après que le prêtre ait prélevé la part qui revenait à Dieu (laquelle était brûlée sur l'autel) et celle qui lui revenait en propre.

4) Le *sacrifice de louange* (Jr 17.26) ou *de reconnaissance* (Am 4.5) ou encore *action de grâce* (Ps 100.1) était une variété de *sacrifice de paix* offerte pour remercier Dieu.

5) L'*offrande* désignait généralement un produit végétal, naturel ou préparé, dont une partie était brûlée sur l'autel (Lv 2).

6) La partie du sacrifice qui était brûlée sur l'autel était souvent appelée *le mets consumé.* Parfois cette expression désigne l'animal tout entier offert en sacrifice.

7) La *libation* était une offrande de boisson, habituellement de vin (Lv 23.13); elle accompagnait le plus souvent le sacrifice d'un animal (voir Ph 2.17 note, où l'expression est employée en un sens figuré).

8) Dans le lieu saint du temple on disposait sur une table d'or douze *pains d'offrande* (Ex 25.30; Lv 24.5-9) appelés parfois *pains*

consacrés (1 S 21.4-5); ils étaient renouvelés chaque sabbat.
9) Sur l'autel des parfums, situé à l'intérieur du temple proprement dit, on faisait brûler des *parfums* ou de l'*encens* (Ex 30.34-38).

Saint — Sainteté Les mots de l'hébreu et du grec traduits par *saint* n'expriment pas l'idée de perfection mais désignent essentiellement *ce qui appartient en propre à Dieu.* Selon que ces termes sont appliqués à Dieu lui-même ou à ses créatures, ils prennent les nuances suivantes :

1. *Dieu* est qualifié de *saint* pour indiquer qu'il est *à part,* c'est-à-dire qu'il est Dieu (Es 6.3; Jn 17.11; 1 P 1.15, etc.). Parfois ce terme est employé comme titre de Dieu (Es 1.4; Ps 22.4).
L'*Esprit* est aussi qualifié de *saint* pour préciser qu'il est l'esprit *de Dieu.*

2. La Bible applique encore le qualificatif *saint :*
a) à des *hommes,* pour exprimer qu'ils sont *mis à part pour servir Dieu* (Ex 19.6; Lv 19.2; Ac 3.21; 1 Co 7.34; Ep 1.4; 5.26).
b) à des **anges* (Ps 89.6, 8; Ac 10.22), pour exprimer l'idée qu'ils sont *au service de Dieu;*
c) à des *objets,* comme le Temple, pour exprimer l'idée que ces objets sont *réservés au service de Dieu* (Ex 29.37; Ps 65.5; Ac 6.13; 21.28; 1 Co 3.17, etc.).

La *sainteté* est la marque particulière de Dieu, son caractère divin (Ps 30.5; 97.12); elle est aussi la qualité d'une personne ou d'un objet qui appartiennent à Dieu (1 Th 3.13; 1 Tm 2.15, etc.).

Samarie — Samaritains Sur l'origine des Samaritains, voir 2 R 17.24-41.

Sanctifier — Sanctification Ces termes sont dérivés du mot **saint,* et leurs nuances sont étroitement apparentées à celles de ce mot.

L'A. T. applique le verbe *sanctifier* soit à Dieu, soit aux hommes, soit à des objets ou à des moments :
1) Quand *le Seigneur* lui-même est *sanctifié,* c'est qu'il est reconnu et honoré comme celui qui est **saint,* à part, c'est-à-dire comme Dieu (Es 29.23; voir ci-dessous N. T. 1).
2) Les hommes sont parfois appelés à se sanctifier eux-mêmes, c'est-à-dire à se mettre *en état de *pureté* (Ex 19.10, 22). *Etre sanctifié* équivaut alors à peu près à *être rendu pur* (Lv 6.11; 2 Ch 29.5).
3) Enfin des *choses* ou des *moments* peuvent être *sanctifiés,* c'est-à-dire *consacrés* à Dieu (par exemple le **sabbat,* Ne 13.22).

Sanctuaire Les deux mots hébreux traduits par *sanctuaire* désignent un emplacement sacré, réservé à une divinité (Es 16.12). Dans de nombreux cas ce terme désigne le temple de Dieu à Jérusalem (Ps 20.3). Il est parfois aussi utilisé, en un sens dérivé, pour désigner la demeure céleste de Dieu (Ps 102.20).
En un sens plus restreint le *sanctuaire* désigne la grande salle de la **tente* de la rencontre ou du

temple de Jérusalem, appelée parfois le *lieu saint* (Ex 26.33), où seuls les prêtres étaient autorisés à entrer pour officier (Ex 28.29, etc.).

Sang L'A. T. considère que « la vie d'une créature est dans le sang » (Lv 17.11). Ceci explique les divers emplois dérivés du mot qui désigne le *sang.*
1) Le *sang* (répandu) évoque la *mort violente* (Nb 35.33), *le meurtre* (Jg 9.24) ou encore la *guerre* (ez 5.18).
2) En cas d'homicide le *vengeur du sang* (2 S 14.11) est un proche parent de la victime; il doit exécuter lui-même le meurtrier.
— Les juges qui prononçaient une condamnation à mort exprimaient la culpabilité du condamné en déclarant « Que son sang retombe sur lui ! » (Lv 20.9, 11, etc.).
3) L'expression *verser le sang innocent* (2 R 21.16; 24.4; Es 59.7, etc.) évoque le meurtre d'un innocent.
4) Le *sang,* de même que la vie, est considéré comme appartenant à Dieu; c'est pourquoi les Israélites ne le consomment pas (Lv 17.12; cf. Ac 15.20, 29). Il constitue la partie la plus importante d'un *sacrifice (Ex 29.12; 30.10, etc.; He 9.7, 12-13), et peut désigner par extension ce sacrifice lui-même.
5) L'expression figurée le *sang des raisins* (Gn 49.11; Dt 32.14; Si 39.26) désigne le *jus des raisins,* et plus particulièrement le vin.

Satan Nom commun d'origine hébraïque désignant l'accusateur auprès d'un tribunal (Ps 109.6; cf. Za 3.1-2; Jb 1.6). A la suite du Judaïsme le N. T. l'a repris comme nom propre personnifiant les forces du mal. C'est à la fois l'adversaire des hommes et l'adversaire de Dieu lui-même.

Séjour des morts Les anciens Israélites désignaient ainsi le lieu souterrain où tous les défunts de toutes les nations étaient rassemblés après leur mort (voir Ez 32.19-30; Jb 3.13-19; 30.23). Autre traduction parfois adoptée : *les enfers* (Ps 6.6). Autres appellations : *la fosse* (Ps 16.10), *le pays des profondeurs* (Ez 31.14), *le Monde d'en bas* (Pr 1.12; 5.5).

Signe Un *signe* est une indication qui permet de connaître ou de reconnaître quelque chose ou quelqu'un. L'A. T. désigne toujours les miracles comme des *signes,* parce qu'ils signalent une intervention de Dieu (Ex 4.8; 7.3; Dt 13.2; Es 66.19; Ps 65.9, etc.).

Sion A l'origine *Sion* désignait la plus ancienne partie de Jérusalem (voir **Cité de David**). Ce nom est devenu l'appellation poétique de Jérusalem, en particulier quand celle-ci est décrite comme la ville où Dieu a choisi d'installer son temple.
La *fille de Sion* (Za 9.9 cité en Jn 12.15) désigne la population de Jérusalem.

Souiller — Souillure voir **Pur.**

Tente de la rencontre A l'époque où Israël vivait encore au désert, la *tente (de la rencontre)* servait aux rendez-vous de Moïse et de Dieu (Ex 33.7-11). En certains passages cette *tente* est décrite comme la demeure de Dieu au milieu de son peuple (Ex 29.42-46). Elle est parfois nommée la *tente de la* *charte* (Nb 9.15) ou la *demeure de la charte* (Ex 38.21). Par extension le terme de *tente* désigne parfois le *temple de Jérusalem,* dans la mesure où celui-ci était considéré comme la demeure de Dieu (Ps 15.1; 27.5; 76.3).

TABLEAU CHRONOLOGIQUE

Les événements extérieurs à l'histoire d'Israël figurent à gauche de la colonne des dates, ceux de l'histoire d'Israël à droite. Dans les sections I à V, les dates indiquées peuvent n'être qu'approximatives. Les noms des prophètes sont en italique.

I. DES PATRIARCHES A JOSUÉ

	1800	Vers 1800 : première arrivée de clans patriarcaux en Canaan : Abraham, Isaac, Jacob (Gn 12—36).
	1700	Vers 1700 : Joseph, puis ses frères, en Égypte (Gn 37—50). Séjour en Égypte.
Égypte : règne de Ramsès II, 1304-1238.	1300	Moïse ; corvée imposée aux Hébreux pour construire Pi-Ramsès (Ex 1.11).
	1250	Après 1250 : sortie d'Égypte (Ex 12—15). Avant 1200 : pénétration des Israélites en Canaan, sous la conduite de Josué (Jos 1—11).

II. PÉRIODE DES JUGES ET DÉBUT DE LA ROYAUTÉ

| | 1200 | Les Philistins s'installent sur la côte sud de Canaan. |
| Mésopotamie : prépondérance assyrienne. Vers 1075 : naissance des royaumes araméens (Damas, Çova, Hamath). | 1100 | 1200-1030 environ : période des Juges. |

	1050	Vers 1050 : victoire des Philistins à Afeq. Mort de Éli (1 S 4). Vers 1040 : Samuel, prophète et juge (1 S 3−25). 1030-1010 environ : règne de Saül (1 S 9−31).
	1000	1010-970 environ : règne de David, sur Juda, puis sur Israël et Juda (1 S 16−1 R 2).
Damas : règne de Rezôn (1 R 11.23-25).	950	970 env.-933 : règne de Salomon sur Juda et Israël (1 R 1−11). Construction du Temple (1 R 6).

III. DU SCHISME A LA FIN DU ROYAUME DU NORD : 933-722/721 (1 R 12 − 2 R 17)

		ROYAUME D'ISRAËL (ou DU NORD)	ROYAUME DE JUDA (ou DU SUD)
Égypte : Shéshonq Ier (= Shishaq, 1 R 11.40) fait campagne en Palestine (1 R 14.25-26).		933-911 : Jéroboam Ier, fondateur du royaume du Nord.	933-916 : Roboam ; il paie un tribut à Shéshonq.
			915-913 : Abiyam.
		911-910 : Nadab.	
Damas : Ben-Hadad Ier (1 R 15.16-22).	900	910-887 : Baésha.	912-871 : Asa ; il s'allie à Ben-Hadad contre Baésha.
		887-886 : Ela.	
		886 : Zimri (7 jours).	
		886-875 : Omri, constructeur de Samarie.	
Assyrie : Salmanasar III, 858-824.		875-853 : Akhab ; il participe à une coalition anti-assyrienne contre Salmanasar III.	870-846 : Josaphat ; il s'allie à Akhab.
Damas : Ben-Hadad II (1 R 20 ; 22).		*Élie* (1 R 17−2 R 2). 853-852 : Akhazias.	
Moab : Mésha (2 R 3.4).	850	852-841 : Yoram ; campagne contre Mésha de Moab.	848-841 : Yoram.

Damas : Hazaël assassine Ben-Hadad II (2 R 8.15).	*Élisée* jusque vers 800 (2 R 2–13).	841 : Akhazias.
	841-814 : Jéhu.	841-835 : Athalie.
Damas : Ben-Hadad III (2 R 13.1-9).		835-796 : Joas.
	820-803 : Yoakhaz.	
	803-787 : Joas.	811-782 : Amasias.
800		
	787-747 : Jéroboam II.	781-740 : Azarias (= Ozias).
750	*Amos* puis *Osée.*	750 : Yotam associé à la royauté d'Azarias.
	747 : Zacharie.	
Damas : Recîn (Es 8,6).	747-746 : Shalloum	
Assyrie : Tiglath-Piléser III (= Poul), 747-727 (2 R 15.19.29 ; 16.7).	746-737 : Menahem.	740-735 : Yotam.
	736-735 : Péqahya.	*Esaïe* et *Michée.*
	735-732 : Péqah ; il fait alliance avec Recîn de Damas contre Akhaz.	735-716 : Akhaz (Es 7).
Assyrie : Salmanasar V, 726-722 (2 R 17.3 ; 18.9).	732-724 : Osée ; Samarie assiégée par les Assyriens.	Vers 728 : Ezékias associé à la royauté d'Akhaz.
Assyrie : Sargon II, 722-705 (Es 20.1).	722 ou 721 : prise de Samarie et déportation des habitants. Fin du Royaume du Nord.	

IV. DE LA FIN DU ROYAUME DU NORD A LA PRISE DE JÉRUSALEM (2 R 18—25)

	ROYAUME DE JUDA
Babylone : Mérodak-Baladân (2 R 20.12-13).	716-687 : Ezékias (inscription dans le canal de Siloé ; cf. 2 R 20.20).
Égypte : Tirhaqa (2 R 19.9).	

Assyrie : Sennakérib, 704-681, fait campagne en 701 contre les coalisés de l'ouest, dont Ezékïas.	700	701 : siège de Jérusalem par Sennakérib ; Ézékias lui paie un tribut (2 R 18.13—19.37).
		687-642 : Manassé.
Assyrie : Asarhaddon, 680-669 (2 R 19.37).	650	*Nahoum* (vers 660 ?).
		642-640 : Amôn.
Assyrie : en 612, Ninive, la capitale, est détruite par les Mèdes et les Babyloniens.		640-609 : Josias ; réforme religieuse dans la ligne du Deutéronome.
		Sophonie (vers 630).
		Jérémie (dès 626 environ).
Égypte : Néko, 609-594 (2 R 23.29-35).		609 : Yoakhaz (trois mois).
605 : Néko vaincu par Nabuchodonosor à Karkémish, en Syrie (Jr 46.2).		609-598 : Yoyaqîm, frère de Yoakhaz.
Babylone : Nabuchodonosor, 604-562, contrôle dès 605 toute l'ancienne Assyrie.	600	*Habaquq.*
		598-597 : Yoyakîn ; siège de Jérusalem par Nabuchodonosor ; première déportation de population (dont le prêtre Ézéchiel).
		597-587 : Sédécias, fils de Josias.
		Ezéchiel (dès 593 environ, en Babylonie).
		589 : Sédécias se révolte contre Babylone.
		588 : début du second siège de Jérusalem.
		587, juillet-août : prise de Jérusalem ; destruction du Temple ; deuxième déportation.
		587, septembre-octobre : assassinat du gouverneur Guédalias.
		582 ou 581 : troisième déportation.
		561 : Yoyakîn gracié par Éwil-Mérodak, à Babylone.

V. ÉPOQUE PERSE : 538-333

551-529 : Cyrus ; il s'empare en 539 de Babylone (Es 44. 28 ; 45.1-6).	550	538 : édit de Cyrus (Esd 1.1-4), permettant aux Juifs de retourner à Jérusalem. Rétablissement de l'autel des sacrifices.
522-486 : Darius Ier (Esd 4.24—6.18).		520-515 : reconstruction du Temple de Jérusalem. *Aggée* et *Zacharie*.
486-464 : Xerxès Ier (Est 1.1 ; Esd 4.6).	500	
	450	
464-424 : Artaxerxès Ier (Esd 4.7 ; 7.1).		445 : premier séjour de Néhémie à Jérusalem ; restauration des murs de la ville (Ne 2—3).
423-404 : Darius II.		432 : second séjour de Néhémie à Jérusalem ; réformes diverses (Ne 13.6-31).
404-359 : Artaxerxès II.	400	
359-338 : Artaxerxès III.	350	
336-331 : Darius III.		

VI. ÉPOQUE HELLÉNISTIQUE : 333-63

Dès 334, conquêtes d'Alexandre le Grand, roi de Macédoine, à travers le Proche-Orient jusqu'en Inde (*1 M* 1.1-4).		332 : la Palestine conquise par les armées d'Alexandre le Grand.
323 : mort d'Alexandre ; son empire est partagé : la dynastie des Lagides règne en Égypte, celle des Séleucides en Syrie-Babylonie.	300 250	320-200 : la Palestine soumise aux Lagides ; période calme.
175-164 : Antiochus IV Epiphane (*1 M* 1.10).	200	200-142 : la Palestine soumise aux Séleucides ; début des difficultés entre Juifs et dirigeants séleucides.
		167 : interdiction du culte juif ; Antiochus dédie le Temple de Jérusalem à Zeus Olympien. Début de la révolte des Juifs avec le prêtre Mattathias (*1 M* 2).
		166 : Judas Maccabée succède à son père Mattathias, jusqu'en 160 (*1 M* 3).
		164 : le Temple est reconquis par les Juifs et purifié (*1 M* 4.36-61).
	150	160-143 : Jonathan, frère de Judas, chef des Juifs ; nommé grand prêtre en 152 (*1 M* 9.28-31 ; 10.20).

100	143-134 : Simon, autre frère de Judas ; grand prêtre et gouverneur dès 142 (*1 M* 13—16). 134-104 : Jean Hyrcan, fils et successeur de Simon (*1 M* 16). (Dès 142 et jusqu'en 63 : période d'indépendance des Juifs, sous la dynastie des Hasmonéens, descendants de Simon).

VII. ÉPOQUE ROMAINE : A PARTIR DE 63 AV. J.C.

	50	63 : Pompée, général romain, s'empare de Jérusalem.
29 av. - 14 ap. J.C. : Auguste, empereur romain.		37-4 : Hérode le Grand, allié des Romains, règne sur la Palestine (*Mt* 2).
		20-19 : début de la reconstruction du Temple (*Jn* 2.20).
		Vers 7 ou 6 : naissance de Jésus de Nazareth.
		4 av. - 39 ap. J.C. : Hérode Antipas, tétrarque de Galilée et Pérée (*Lc* 3.1 ; 23.6-12).
	1	4 av. - 34 ap. J.C. : Philippe, tétrarque d'Iturée et Trachonitide (*Lc* 3.1).
6 : la Judée devient province romaine, dirigée par un procurateur.		6-15 : Hanne, grand prêtre (*Lc* 3.2).
14-37 : Tibère, empereur.	20	18-36 : Caïphe, grand prêtre (*Jn* 11.49 ; 18.13).
26-36 : Ponce Pilate, procurateur.		Vers 28 : début du ministère de Jésus (*Mt* 3.1-17 par.).
		Vers 30 : crucifixion de Jésus (*Mt* 27 par.).
37-41 : Caligula, empereur.		Vers 37 : conversion de Paul (*Ac* 9).
	40	37 : Hérode Agrippa Ier reçoit de Caligula le titre de roi de Judée et Samarie (*Ac* 12).
41-54 : Claude, empereur.		43 ou 44 : martyre de Jacques, fils de Zébédée (*Ac* 12.2).
49 : Claude expulse les Juifs de Rome (*Ac* 18.2).		45-49 : première mission de Paul (*Ac* 13).
		50-52 : deuxième mission de Paul (*Ac* 15.36—17.34).

52 : Gallion, proconsul romain d'Achaïe (Grèce).

52-60 : Félix, procurateur.

54-68 : Néron, empereur.

60-62 : Porcius Festus, procurateur.

60

64, juillet : incendie de Rome ; persécution des chrétiens.

68-69 : Galba, empereur.

69-79 : Vespasien, empereur.

52, printemps : Paul comparaît devant Gallion (Ac 18.12-17).

53-58 : troisième mission de Paul (Ac 18.23—21.16).

58, Pentecôte : Paul arrêté à Jérusalem (Ac 21.27—23.22) ; il comparaît à Césarée devant Félix (Ac 23.23—24.27).

60 : Paul, à Césarée, comparaît devant Festus (Ac 25—26).

60, automne : voyage de Paul vers Rome (Ac 27.1—28.15).

61-63 : Paul en résidence surveillée à Rome (Ac 28.16-31).

66-70 : révolte des Juifs contre les Romains, en Palestine.

70, automne : prise de Jérusalem par les Romains ; destruction du Temple.

TABLE DES MATIÈRES

IMPRIMÉ EN FRANCE PAR BRODARD ET TAUPIN
Usine de La Flèche (Sarthe).
LIBRAIRIE GÉNÉRALE FRANÇAISE - 43, quai de Grenelle - 75015 Paris.

ISBN : 2 - 253 - 02002 - 8 ◈ 30/5146/3

Mist in the Corries

Alistair Grant

Pentland Books
Durham · Edinburgh · Oxford

© Alistair Grant 2001

First published in 2001 by
Pentland Books
1 Hutton Close
South Church
Bishop Auckland
Durham

British Library Cataloguing in Publication Data.
A catalogue record for this book is available
from the British Library.

ISBN 1 85821 917 5

Typeset by George Wishart & Associates, Whitley Bay.
Printed and bound by Antony Rowe Ltd., Chippenham.

To the memory of my wife, Annie Grant

Foreword

⁓

AFTER LEAVING THE village school Alistair Grant joined his
father working on the small family farm, part of the
Invergarry Estate. Times being hard, he had to take other
local jobs, in forestry, joinery and construction as well. He
was a true country boy with a love of all things in nature,
especially birds, and although a manual worker, an
omnivorous reader. Having a strong mechanical bent, he
produced a series of home-made machines to help on the
farm and he also became quite knowledgeable about cars
and motorcycles.

A fiercely independent man with the Highlander's love of
his native land, it was unthinkable that he would not
somehow take the opportunity to buy his own farm when it
was offered to him some years later.

Raising the money was a struggle and, as one of many
ideas, he thought he might profitably use the long winter
evenings to write articles for motorcycling and other
technical magazines. When he found a ready market for
these it encouraged him to widen his scope and to hope
someday to be able to write something more substantial.

A growing family made increasing financial demands but
fortunately the improving road network in Northern
Scotland helped by making it worthwhile to develop
camping and caravanning facilities and viable for Alistair's
wife to offer holiday accommodation. Later, when one of

his sons who was working with him on the farm came of age, they expanded into saw-milling, fencing and chalet building. All this extra activity gave little time for writing but when advancing years and failing sight caused him to hand over the management of the farm to his son, he had the chance to realise his ambition to produce a book.

Alistair's visual problems made typing and revising *Mist in the Corries* a long and slow process and it is a tribute to his determination that it was ever finished. The book is written as Alistair speaks, often the sentence structure is pure Gaelic, and no attempt has been made to force his language into the strait-jacket of literary convention. The reader can thus gain a mental picture of the man behind the stories, his love of the land, his interest in human emotions, his capacity for lateral thought, his fascination with mechanical things and his personal philosophy.

The final section gives a unique picture of Highland life in the twenties and thirties and the impact of the Second World War, it is a valuable social document as well as a good read.

Roy Hordley
University Lecturer

In the Beginning

~

ALL DAY LONG THE WIND had blown in from the south west,
it moaned in over the offshore islands on the horizon,
carrying great waves racing through the narrows to break in
rearing foam against the sheer cliffs. With the intuition of
those who found life a constant struggle for survival, the
people had sheltered in a cave above the shoreline, here at
least they escaped the constant driven rain that turned their
garments of skins into a clinging cold misery. There were
only twelve in the company, when every hour of daylight
had to be used in finding food for that day a small number
were more successful.

They had long forgotten the days and years during which
under pressure from the growing number of their own kind
they moved slowly north, always following the sea
shore where food could be found. Some things they did
remember; the women would never forget the rapture of a
new born child, or the heart tearing sorrow of losing one,
for not all the children survived. The man recalled the
times they had killed a fierce wild animal, acting as a pack.
They also remembered when for a time they had fire, they
recalled its warmth and the way it had guarded their cave
so that they could sleep without fear at night. A flash of
lightning had set the woods alight and Gaar, ever anxious
to show his courage, had snatched a burning branch and
run with it to the cave mouth where he fed it with dry

twigs watched by a wary circle of the people who half expected it to leap out and devour him. For a time they had enjoyed it then, just when they had lost their fear, organised wood collection and fire care in the night, a sleepy fire watcher and a sudden rain storm left them with only wet black ashes and cracks in the rock where their fire had been.

Not that they called it fire, their language did not have a great number of words, most of them being the repetition of sounds that other things made. A great amount of the communication between them was by gestures, facial expressions and the emotions that showed in their eyes.

Keeack had been restless even before the storm broke, as the great dark clouds raced on in riding the west wind and a dull grey sea muttered on the shore he was filled with a strange unease. Now he lay back on a bed of dry grass and wondered why a storm gave him this feeling. He knew that Wheep had these feelings too. He looked across to where she sat engrossed in cutting and trimming long hollow stems from the tall white flowered plants that filled a hollow near the woods. As if she sensed his gaze she looked up and smiled then bent to her work again. Years before, when a child, she had used the stems as blowpipes to shoot hard red berries at her playmates. When wiping the unpleasant tasting sap from the end she had holed the stem and found to her delight when she blew across it that it made a high clear whistling sound. Now she always had the best and sharpest flint flake from the pile that Knap made as cutting knives for his people, now she was a special person, only she could make you hear the song of birds in the dark days of the cold time, she could make you hear the whisper of wind in the leaves when the trees were bare, and

2

fill your mind with a picture of the great birds flying in line against a golden sky calling to each other on their way. For this she was excused most of the food gathering work, she was constantly improving her instrument and she would sit alone playing, always trying to reach perfection.

Outside the storm had eased, although gusts of wind still lashed rain into the cave mouth, the raw deafening rage of the sea on the rocks had dropped to a low booming sound. Knap had ignored it all day. That morning he had found a treasure, it was only a stone yet for most of his life he had searched for just such a stone, and while he worked away at a block of flint chipping with consummate skill a sharp edged flake at each blow of a round pebble he stopped repeatedly to examine his find. It was longer than his hand, perfectly rounded at each end, reduced in size between the ends. It was not just the shape that delighted him, from the time when as a small boy he had been taught by an old man whose hands had lost their strength, stone in all its colours, textures and qualities had been the main interest in his life. Now he had found a chipping stone that would last his lifetime. Now he had a possession that was his, just as Wheep had her singing stem and they must find young ones who would carry on the hard won skills.

With the passing of the storm the sky had cleared and light flooded the cave. Four children of various ages came out from a sheltered corner where they had crowded together in the comfort of their age group, now they resumed a favourite game, one hid in a dark place and leaped out growling fiercely as the others filed past, they fled with screams of pretended fear. All avoided the place where Gaar sat, he was a huge man, his head and face covered with long black hair, only his nose and close set eyes were visible. He had been given the name of the great dark bear which he resembled not only in strength but in ferocity. He was the only one who broke the unwritten law that whatever was found or killed for food had to be taken to the people and shared so that all would survive.

Towhit was the youngest of the children, he had lost his mother in his first year of life and was now everyone's child and loved by them all, he returned their affection, at the same time playing tricks on them at every opportunity. When on moonlit nights an owl called or a wolf howled in the dark woods and his companions crowded together in fear he would defiantly imitate the sounds. Now he deliberately brushed against Gaar while they played, the big man's snarl of anger followed him as he fled.

Keeack walked slowly along the empty beach, his footprints in the wet sand were the close steps of one deep in thought yet the easy natural grace of his movement gave the impression that he could explode into instant quick action if the need arose. He was not a big man but he had wide shoulders and the waist of a girl, his legs were slightly bowed and heavily muscled, his garment, a single skin, was looped over one shoulder leaving the other bare, it was fastened down the open side by strips of skin held by bone toggles.

He wondered if the feeling would come tonight, the storm had disturbed him, making him too aware of himself, now he wanted to be alone at his very special place. Ahead a sheer cliff dropped into the sea, at its further end a similar extrusion towered above it and curved almost in a semicircle to the sea cliff where it dropped at a frightening angle in a slope of polished rock. The rock formations enclosed a small flat area that shone like a green jewel in its

4

vast setting. Hundreds of sea birds nested on the inaccessible cliffs, the people had looked longingly at the nesting birds, they knew that there would be an unlimited amount of eggs there yet they had to depend on the round birds with the fast wing beats and coloured bills that nested in holes in the earth above the cliffs. Keeack loved the birds, as a boy their ability to fly had fascinated him and he would run along the beach called, 'Keeack, keeack!' in answer to the cries of the white sea birds, flapping his arms up and down in imitation of their flight. So he had been given his name.

He had now reached the sloping rock and as he looked at its smooth shining surface, unmarked except for a faint grey line of different texture that run across it, something inside him tightened and his limbs went rigid. In his imagination he could feel himself slipping then going down faster and faster to shoot into space, the sea was so far below that the waves were silent. His mind went back to the time that he first experienced the 'feeling'. Towhit had wandered up there and had started to follow the grey line, suddenly he was aware of the danger and crouched, calling in a high terrified voice. The women heard him first and when the men gathered the women were running around in confusion, one had her hands covering her face, tears running out between her fingers on to her trembling lips. His mind had been so full of love and concern for the child that he was guiding him up the last step to safety before he realised he had been out on the rock and back again. He had been suddenly aware that the women had formed a circle around him, their eyes were shining in a way he had never seen before and a forgotten memory of the warm security of his mother's arms came back, the feeling grew, the women moved closer, now their eyes were soft and gentle, no one had touched him except Knap whose arm was round his shoulders and Towhit who pressed a wet face against his hand. He remembered having a strange feeling that he was no longer a separate person among others, something had drawn them together and they were one. With that thought a deep and satisfying peace filled his whole being, so intense had been the experience that he had closed his eyes to dwell on it. When he opened them the others had gone, yet the feeling of being one with them remained. The last of the day was gold on the sky over the rim of the sea and the mountains on the islands were black and sharp against it. He lifted his head at the sound of footsteps in the sand, they were uneven and he smiled, only Wheep walked with a limp, soon he caught the scent of her hair.

It was the scent of the tall dark trees high on the hill, she brushed her hair with bunches of the long needles from them. She had stood frozen with terror when he had gone out on to the rock, now she led him away from it. The evening was still and wrapped in silence and the first bright stars were beginning to show. Suddenly quite near the strong old leader of a wolf pack pointed his nose to the stars and gave the high clear signalling howl that made him known to the people as Yahoo. The girl moved closer to the man, her hand in his was shaking and he knew she was swept by an old fear. They listened and far away the pack answered with a chorus of the same howl, even the cubs gave voice in a higher pitch. It was an eerie and disturbing sound.

Wheep did not move for some time, her mind had gone back to a far away time when as a child she had gone with the women to gather the ripe brown nuts to be stored for the cold time. She had wandered away alone, laughing at NekNek as he scolded her from the tree top, jerking his bushy tail in anger as he leaped from tree to tree, his red body shining in the sun light. He too stored nuts in secret places for the cold time. The wolf call had come suddenly and almost at once the sound of a pack that had sighted easy prey, little short eager yelps and excited whining sounds, she had dropped her skin bag and fled. She had run as never before, yet the sounds had come closer and closer, then, just when the people at the cave had come in sight her foot had come down on a loose stone and she fell. She still remembered the blinding pain and a voice shouting, 'Yahoo, yahoo,' then no more. Her next memory was of lying in the cave where Waa had bound a tube of smooth bark round her broken leg.

At the memory of the old woman she came back to the present, her sudden fear had gone. The round of an enormous moon was climbing behind the dark trees making shadow pictures around their feet on the white sand. The beauty of the night was lost on Wheep she was still thinking about Waa who had gone away just four light times ago, it was the end of a woman who had never carried her own child but had been there helping as each new life came. It was natural that she had been named by the first sound a new child made, all her days had been passed as healer and comforter, when she went missing everyone searched for her, they found her at a little green place high on the hill side. She was seated, her thin work worn hands clasped round her knees, her back rested against a boulder, her eyes were closed and at first they thought she slept. Her old lined face was turned upward, it had set in a strange serenity, they had exchanged glances telling each other of their relief that she had gone in peace. They buried her there, the men digging with deer antler picks, throwing out the soil with the flat shoulder bones of the same animals that had been taken for food. The women and children had gathered a great heap of wild flowers and they laid her on a bed of the brightest ones then covered her with a blanket of the biggest blooms before filling her resting place, the men laid heavy flat stones across it. Even the children walked in silence down the hill.

Gaar wakened early in the morning, he was always surly after sleep, he was also very hungry, they had not killed anything big for some time, the little brown ones who had cut down trees and blocked a river to make their homes had gone away, he had disturbed them too often. He missed the sound of their flat tails as they packed mud on their dam, the thought of them made his hunger worse. Last light time they had seen a she bear with two cubs but no one was bold enough to go near them. He dug up some of the slender white flowers that had a tasty bulb at the root then decided to go where masses of dark blue berries grew under the tall trees. Keeack and the other men were already there searching for pig tracks, the wild boar was fearless and dangerous but his female Oinks were noisy and easy to get close to.

It was then he saw the bear cub, it was in an open glade feeding quietly on the berries, now and again it would raise its head and lick its muzzle with a long tongue that was stained blue. Torn between hunger and caution Gaar waited for what seemed an age, there was no sign of the other cub or the she bear and at last he convinced himself that the cub was really alone and he began to stalk for the kill. Suddenly the shout, 'Gaar wuff' made him turn to see the

8

she bear bursting through the bushes and coming straight at him. She looked enormous and was making wuffing noises of anger as she came. He knew he could only keep ahead of her for a very short distance, he ran for the nearest tree but at the second step his hunting stick went between his flying feet and he came down. The flesh on his back cringed at the thought of these terrible claws, one blow would tear his body apart, the smell of bear was in his nostrils and he could feel the vibrations of her coming in the ground. It faded and he raised his head to see Keeack running towards the cub with the angry mother at his heels. Keeack with his knowledge of the wild things knew that the bear was only protecting her young and would attack what ever threatened it. He had realised in a flash that Gaar's only hope of survival was to lead the angry animal away, and now, his heart pounding, he raced for a tree that had a horizontal branch well above his reach. He leaped in his stride and as he frantically pulled himself upward, the rough hair on the bear's back brushed the soles of his swinging feet, he climbed at speed into the tree and when he stopped to look down the bear was disappearing into the woods nudging her cub ahead of her.

Keeack was sitting by the flat rock where their fire had burned, he was watching a white cloud of sea birds that had come from the cliffs, soon they were flying low over the sea, sometimes single ones would go into a vertical dive making the distinctive sound 'Kerlop' that was their name, as they plunged into the water, nearly always holding a fish in their strong bills when they emerged. Towhit was sitting on his heels watching as Keeack tried to make the shape of a bird with a charred piece of wood on the rock. At one place, a round shiny circle, the stick would leave no mark and his interest was aroused, it was not part of the rock as he could feel a slight movement under his fingers, he tried to pull it free and a sharp edge drew blood. He sucked his finger thoughtfully as he pushed it round with the drawing stick, suddenly it was free and came away leaving a smooth polished hollow in the rock where a round pebble had been rolled by the tides over the uncounted years. He examined it carefully, he could see through it, like the hard sheet that formed on still water in the cold time, it was flat on one side and rounded on the other and as he moved it upward he was startled to see the fingers of his lower hand suddenly grow big. He lacked the advantage that his descendants would enjoy in having the knowledge gathered over the ages writing down to be read and understood yet his quick mind realised the value of his find and Towhit shouted with delight as he was shown a tiny insect grow so big that he could see its legs and watch its long feelers wave about.

When the people had fire it had several effects, it had cracked the rock where it had burned, it had left potash from the ashes of wood and lime from the shells of the bivalves. They had eaten these, had mixed the white quartz sand and salt from the sea, an onshore wind and the updraft from the fire had sent a blast of air through the crack in the rock causing the fusible materials to come together and run in a trickle of clear glass down the white hot rock into the hollow where it was found.

A dark cloud slipped away from the sun and the world was suddenly bright, a cluster of sea birds on the water rose and fell with the surge of the sea and shone white in the new light. Keeack turned his find and a circle appeared on his outstretched leg, he moved the glass and the circle became a white spot then pain struck like the stab of a thorn and he knew he had been burned. Full of new hope he moved the spot on to a bunch of fine dry grass, for a moment nothing happened then the grass darkened a wisp of smoke appeared followed by a red glow and the flicker of a flame. Towhit leaned wide eyed over the tiny flame building straws of dead grass around it, sometimes burning his finger tips.

Sadness arose in Keeack as he watched him, what life would the small one have? Each time his people found a place where they had food and shelter the different ones would come and drive them out. They were so many, they had hunting sticks with shining points that did not break when they were thrown, they also had small ones which they could send from a distance so fast that they could not be seen until they struck. Their bodies were different, taller than his own, their arms and legs were longer and their skin was darker, they shouted to each other with words that sounded like the gaggle of the great grey birds that flew high and fast before the cold time. He had gone back once, a long way, to watch these people from a hidden place on a hillside. He had no fear that he would be seen and captured, his senses were so much better than humans would ever have again. He could identify objects at a great distance, and even in darkness he could find his way in a known forest by the whisper of the many different leaves and needles on the trees. To Keeack every tree, plant, animal and human had a different and recognizable scent, he could follow a trail by scent alone as easily as a hunting wolf.

He had been amazed and puzzled by what he saw, the 'other ones' had been cutting down trees and were building big shelters, there were a great number of people, some who were cutting and carrying the wood were in groups, two others, standing apart watching the workers, had long hunting sticks with shining points. As he looked one of the workers stopped, a watcher shouted in his strange language then beat the other with his hunting stick until he cowered down with his hands over his head, it seemed to Keeack that they had no feeling for each other. A number of children were running and shouting, among them were some animals so like Yahoo that his first thought was that the young ones were being attacked, he soon realised that they were playing.

There was something else so strange that he could find no understanding of it, on a wide green plain two big animals were walking side by side, they seemed to be pulling something behind them and it was heavy because they leaned forward as they moved, one man walked behind it and he too leaned forward, another man walked beside the animals, he walked upright and carried a stick. They were beside a broad dark strip that cut across the green of the plain, the dark strip got gradually wider. Were they, he wondered, using the animals to dig up bulbs and roots for food?

The animals were as the wild ones in the woods, but these were darker in colour, the wild ones were as light as the mountains in the cold time, they had darkness round their eyes and their horns were turned up and very sharp. When they had young ones to defend they showed a terrifying fierceness. He remembered having to spend all of a darkness time in a tree while the enraged animal circled it continuously, snorting and bellowing in anger, only the calling of its hungry calf at first light had given him release.

What strange power had these other ones got over the wild animals, he wondered, and why were they so cruel to their own kind? He was never to know the answers, while his own people still hunted, gathered and shared food, the ancestors of the others had learned how to grow food in the fertile basin of a great river. With surplus food their numbers had grown and in time they developed the art of pottery, then with domesticated animals the skills of spinning wool and weaving cloth. This was followed by a discovery that was to transform human living out of all recognition, they moved from the use of stone to the use of metals, bronze at first and then iron.

Sadly the first use that was made of their discovery was to make lasting and more efficient weapons of war which was waged against the more primitive people who resisted being moved away from the places where they lived. Among the constant strife the ugly face of slavery showed itself as captives were used to do the menial work of the stronger group, inevitably leading to the disregard of individuals for the feelings and welfare of others.

Gaar was walking on that morning that was to bring disaster to the people of the cave. He went slowly, examining all the pools as the tide went out, the sea always left food behind. He was not alone, a line of small quick birds ran at the edge of the receding waves continually dipping their heads as they fed. Suddenly Gaar stopped, his head came up like a hunted animal, he threw back his head and drew in long deep breaths as he tested the air. His worst fears were realised, the drift of wind carried the smell of wood smoke, the hint of roasted flesh and what made his heart race, the strange alien smell of the other people. I must tell Keeack, was his first thought, then because he had always been jealous of the way the small one was looked up to as someone who was the natural leader he thought again. No, I will use my strength to stop the ones who come, without help. Already he was building a picture of how he would act out his victory dance before the people. The smell of smoke had gone and now the scent of the other ones was stronger. He could not think where the difference lay yet he knew they were not his own people.

Keeack had been watching the distant solitary figure to see how often he would stoop down to pick up food, if it was plentiful he would take the people there. When the big man's attitude changed he knew instantly that there was danger, his call brought the people together and as if by telepathy the women sensed the danger and herded the children into a hidden gulley that ran out to a high place by the big woods where they could disappear, the men now carrying their hunting sticks formed a half circle and vanished into cover. Only Keeack and Wheep, who were helping two old people to a little hidden cave under a water fall, were left. Now he ran with long easy strides toward Gaar.

He had gone only half of the way when three figures appeared in front of the big man, one who was the tallest came forward, his arm was up and back with his hand holding a hunting stick poised for the throw, the light gleamed on its point as it moved in a small circle as if fixing a mark to aim at. Gaar leaned forward crouched, ready to spring, his eyes were fixed on the muscles of the other's raised arm, he saw the flicker of movement that signalled the release of the weapon and he went sideways like a feather in the wind. The killing stick brushed his shoulder as it passed to bury half its length in the turf. Gaar was on the attacker before he had regained his balance, he lifted him above his head as if he was a child and threw him at the others, the man's arms and legs moved in mid air as if he was flying, he struck one of the men and they both went down, the one who had thrown his weapon did not move, his head lay at an unnatural angle. Gaar found himself facing the remaining upright one of the three. He looked into a calm shaven face that had a fringe of beard along the jawbones, he met the eyes of the stranger and to his surprise they reminded him of Keeack. He felt his anger draining away, there was a strange sadness in the look that met his and the man's arm was raised in an open handed gesture of peace. Suddenly the stranger's face altered, it was full of anger, it went past Gaar and was directed at something behind him, the big man was about to turn when he remembered the oldest trick in hunting, 'Always take the attention of the prey away from the one who is to attack.' As he watched the stranger shouted unknown words with a sound of command in his voice, perhaps this one too would go to a quiet place and sit alone talking to the spirits as his people believed Keeack did. The latter had seen all that happened from a distance, now to his horror he saw a man come out from the cover of a green bush behind Gaar, in his left hand he carried the long curved weapon that threw the small hunting sticks, his right hand went back over his shoulder and he brought one of these round to the front, his right hand came back slowly and for a moment he was completely motionless then the fingers of his right hand spread wide. Keeack did not see anything go yet Gaar gave a great shout of pain and pulled frantically at the shaft that transfixed his body, he swayed as he fought to stay upright then his legs folded below him and he fell to the ground. At once the one who had been knocked down leaped to his feet and started to plunge his spear into the lifeless body of the big man.

Keeack felt sickness rise within him, this was not the second blow to put an animal taken for food out of pain, this was violent cruelty and the one who yielded to it would never know peace. Even before circumstances had placed him in a position of leadership Akbar had disliked violence, he was in charge of that section of his nations fighting force which went out on scouting missions when new land was needed for the constantly increasing number of his people. Years of experience had made it possible to gain land without force, yet the attitude of superiority that his race adopted did nothing to help integration. His men were picked for their wood craft and their skill with the bows that shot metal tipped cedar arrows, they practised all the time and each man boasted that when shooting at a distance he could have three arrows in the air at the same time, when they moved into unknown country two scouts ahead and two following behind the main body guarded against ambush or being cut off. For some time Akbar had been aware that some of his men found satisfaction in violence even to the length of killing. As the years passed he found himself becoming more and more in sympathy with the displaced people.

He looked down at the mutilated body of the big man lying before him and suddenly he thought of his own sons, he remembered the last time he had left them, they were still young enough to give the spontaneous affection of a child yet old enough to give the long steady look of a comrade and behind them the tall quiet figure of their mother who held them together in her sharing and love. He was filled once more with the longing to get away from the life he was forced to lead and the orders he had to give although he knew they would lead to sadness and violence. He released his frustration on the men who stood with him. 'You,' he said, to the one who had shot the fatal arrow, 'will build a rock tomb over the dead.' And looking at the one who had used his spear he said, 'You will gather all the stone he needs.'

He turned away full of frustration, looking to the north he could see two figures small and distant, they were standing beside a great cliff, something about them moved him, they were standing close together, the man had his arm round the woman's shoulders and all the time he could feel them watching him. He was close enough to hear the surge of the sea, the little waves ran in and sighed as they broke on the sand, the hazy blue hills crouched low on the horizon like sleeping beasts, an onshore wind stirred his hair and a single brilliant star came through in the darkening sky. He was suddenly conscious of the stillness and peace of the space around him and the feeling of being one with it all made him complete in a way he had never experienced before. A restless movement from one of his men brought him back to the present and he turned slowly like a man in a dream.

'We go now,' he said and the men looked at each other in surprise for he spoke as a comrade would. Keeack gave the sad whistled call of the bird with the long curved bill and the people appeared as if by magic. He had watched the 'other ones' go but they had left terror behind them, once more they had shown the deadly power of their weapons, now the people must move and find a new place. They did not go to the place where Gaar had been buried, although he would be missed for his speed and strength in the hunt they did not carry him in their hearts.

Dawn found the people high on a mountain side, their progress had been set at the pace of the slowest ones. They also had to be constantly on the lookout for food, it was coming to the end of the cold time and they carried what remained of their store of nuts, seeds and roots. Many animals were hibernating and the first of the birds were returning from warmer places. In their fear they had not lit a fire and now they were cold and hungry.

The hills opened out into two valleys. Keeack had a strange new feeling that they should go into the higher one so they climbed that way. They crossed the last ridge and below them a long sheet of still water filled a hollow in the hills. On one side the familiar dark green woods came down to the water where an offshore island was white with sea birds. As they approached the birds filled the air with the clamour of their wings and cries of alarm. Keeack thought they seemed to be calling his name, he had seen that some of them had already nested and he felt some guilt knowing that they were about to take away the birds' eggs yet the need to survive was urgent.

Many lessons had been learned by the people over the countless years, they always left one egg in each nest so that the birds would continue laying, rear their young and return to a known nesting site. Towhit had been pretending that he was cold, he blew on his hands and clasped his arms round his body, all he really wanted was a fire, he loved to climb for dead wood then throw the sticks on to the flames sending showers of sparks shooting upward. Ooya was the people's sky watcher, he nearly always seemed to be looking upward watching the clouds and where the wind came from, how the animals behaved and how the birds flew. With some humour the people had thought he looked like the antlered stag who stood with his head thrown back, roaring in the mating time of the deer, so the sound of the stag's challenge had become Ooya's name. Now he stretched his arms in front of him and spread his fingers as if he were warming his hands at a fire. He looked at Keeack, who turned into the woods and soon returned with a strip of thin white bark from the tree that slept in the cold time. Even before he had finished shredding it into a soft heap to start a fire his shadow appeared, the sun had come through.

Night came warm and very still, the straight blue column of smoke from the fire went slowly upward. Missing the security of their cave the people slept within the warmth and light from the fire, the young ones in an untidy heap that kept altering its shape, the others, singly or in couples, some of the people mated quite indiscriminately. Some had one companion for life like the graceful white bird that floated on water.

When the children had outgrown their dependence on their mothers they became the concern of all the people. Life was so precarious that they had to be taught all the rules for survival at an early age; they could swim as soon as they could walk, they learned the quickest and safest ways to climb trees and rock faces and their knowledge of the nature and habits of the wild life all around them was complete. They had watched Knap make cutting flints, they had watched the women soak new animal skins in a hollow filled with water and bark from the big tree with bitter nuts, the skins came out blue and never went bad.

The girls among the young ones gave most of their time

to the babies, they would point at an object and repeat its name, with each new generation and experience the people's vocabulary grew. Time did not matter very much to any of them, only the sun, the moon and the changing seasons were given names, they had no word for time, they used the fingers of a hand for small numbers and out spread arms and all fingers for many.

It was mid morning when they reached the highest point of their journey. Since they left the sea they had been following a track made by the mountain animals, now it dropped down to follow a river running from the water where they had passed the night. Keeack wakened while it was still dark, he had the ability to waken at any time he decided beforehand, he never thought about this, it was just something he could do.

The fire had burned down to a glowing heap of bright red embers. He piled on more wood but his mind was full of thoughts about food for the people, he had found a place where the tracks came together and led to a drinking place. It was a wide open bay where the grass eating ones came to drink in safety but the flesh eaters also came, following the scent and looking for prey. It was here that he decided to come before first light to make a kill for food. The hunting sticks of the people had improved greatly in the time they had fire, they could be rolled in the flames until they were hard and made smooth by rubbing with a soft stone. Knap had made notches in the sides of the long sharp pointed flints for hunting sticks and these held the narrow hide binding strips in position.

Keeack moved down to the water side to make ready for his one man hunt, he opened the fastening of his wearing skin and let it fall to the ground, shivering in the cold of

20

the night air, as he walked into the water the shock of the waves made him hold his breath. He washed from head to foot so that there would be no trace of body scent to warn his prey. The first sign of dawn was showing behind hills that looked small and low, they were far away almost at the limit of human eyesight. Keeack crouched motionless in the heart of a dark bush, its yellow flowers foretold the coming of the warm time and he ignored the scratch of its sharp needles on his naked body. Already one animal had come to drink, he scented it before he saw it in the half light, it was a flesh eater and not what he waited for. He watched its lithe barred body flow over a wind blown tree as silently as a shadow, it paused to test the air for prey and he could see the broad flat head with tufts of hair growing from small pointed ears then it was lost in the rising ground mist.

The peaks of the mountains all around stood out in the first golden rays of the sun, a small dark bird flying in circles mounted higher and higher until it too came into the sunlight then spreading its wings it drifted slowly downward, pouring its song into the silence of the morning. The bird song suddenly filled Keeack's mind with thoughts of Wheep, he wondered if she was awake, even in sleep she would sometimes stretch out her arm and touch him as if to reassure herself that he was still there. Now he was filled with longing for her warmth and comfort.

Light was now filling the valley. High above movement on the animal track alerted him, he already knew from the tracks that a group of plant eating animals came to drink, that all were females and that most of them were carrying their young. Their scent came to him as they moved slowly down the hill cropping the new green buds on the lower branches, their thick coats grown for the cold time were faded and ragged and some who were near to giving birth moved slowly and awkwardly. Something about the hunt had worried Keeack all morning, it was a vague feeling that he had forgotten something important yet when he heard the deep short calls of Broc and the great black bird glided down and perched on a dead tree he felt that it was a good omen. The people believed that Broc had a spirit that told him when something was going to die.

The practised eye of the hunter soon picked out the beast that he wanted, already it had cast its old coat and it looked red and smooth in contrast to the others. Once more the feeling that he had forgotten something came to annoy him but he put the thought away as he made plans to strike after the herd had been to drink and after they had passed him on the way out to the hills. They would be moving slowly because here the track was steep, two quick steps, a leap and there would be food for the people. The animals had been thirsty, now replete they made their way towards the safety of the high land. The man could feel the build up of energy in his body ready to explode into movement, he let his prey pass to strike from behind but his first step as he slipped from cover brought a sharp bark, a sound of warning from the hill above. The first leap of the red one put it away beyond his reach as the herd scattered, too late he knew that his eagerness had made him forget one important thing: when hunting animals lived in a group, in dangerous places they always had a wary old female that waited behind on a good high vantage point to give warning of danger.

Keeack's disappointment weighed him down like a heavy load and the thought of the people waiting in hope for food added to his gloom. The uncertainty and danger of the life the people had to live led them to fill their world with spirits that affected living things. Keeack often thought about this, remembering his experience after he had saved Towhit from the rock, and even although it had lasted for only a short time he knew that he would never be quite the same again.

Was there one spirit for violence and another for peace, he wondered, perhaps someone who gave peace was rewarded by that spirit and one who gave violence felt it in himself. Truth was hard to find for the first philosopher who had no written records of the thoughts of others and few words to describe his own.

Down by the water side he fastened the bone toggles through the loops on his skin garment, hair on its inner side was sore against the scratches on his body. Nothing was going right on this day, he thought, as he climbed to a high place where he could look all around to find shelter for the people. He could see the usual direction of the wind in this place from the way moss grew on the trees and in the way a tall spreading tree had cast its seed in one direction to start a forest that caught the sun light on its slim white trunks and spread a purple haze against the grey hills when sap filled the long twigs at the end of the cold time. The water that ran from the lake wandered like a silver thread growing ever smaller until it vanished in the distant hills. Far below him another stream joined the one from the lake, it came from a different valley that cut through the endless mass of mountains.

The sun was well up now, the last circles of mist had gone from the peaks and the multitude of colours on the hills merged and changed as the light grew stronger. Why, he wondered, did he feel so much at rest when he was alone high up on the mountains, perhaps the spirit of peace stayed there and he was closer to it when he climbed. His disappointment at the failed hunt had gone, now the sun was warming his body and the feeling that he was one with the world around him filled him with a new surge of energy.

His eyes once more searched the valleys and hills for cliffs and rock falls that gave promise of a cave, the new angle of sunlight reflected dancing lights on a calm part of the river far below and he was suddenly alert. For generations the people had waited at the end of the cold time for the shoals of great silver fish that filled the rivers as they swam upstream, to the people their coming made the difference between life and starvation. When the fish came they did a celebration dance going round in a circle imitating the movements and laughing at each other, perhaps there was relief behind their laughter. Now the fish were here again in a new river, he did not have to go down to make sure, he had seen this so often.

There was turmoil in the water as some fish made nests in the river bed to hold their eggs and others jostled for position to give them life. Keeack did not ponder over these things, they were all part of the natural world around him, the flesh eating animals and birds came to the feast too, there were so many fish that they were easy prey. Gaar would go into the river and with his great clawed paw he would throw a fish on to the shore where it would beat helplessly until he killed it. Broc and his kind would gather round with a great clamour as the bear fed, they would dart in and out, stealing scraps of flesh, after one or two angry snaps he would ignore them.

Keeack's heart was high as he raced to give the news of

food to the others, he could run all day without tiring. As he went he thought about the things his people did when they killed more than they could eat, they would open the extra fish and put a round stone inside each one tie them together and sink them in the deepest river pool where the very cold water fed from the white mountain tops would keep them good to eat far into the warm time. At that time large herds of Ooya's females would pass through, going on a long journey to a bare cold land where they would escape the heat, the flies and the predators and give birth to their calves in peace. The people could tell at a glance which animals were not carrying young and they would take their toll of these and treat some the same as the fish.

The people had been wakened by longing for food, one man had killed a small animal, it was a flesh eater but that did not deter them from sharing it even though as food it did little to satisfy their hunger. When Keeack appeared and they saw that he was running they were worried, the women ran to get the children together, ready to hide from danger but as he came nearer they could see that he was smiling, he gave them the sign of the big fish with his arm as he ran and they raced to meet him. The children danced round one another, they held an arm out behind waving it from side to side like the tail of a fish, they leaped up and down and shouted with delight. That night no one was hungry, they only killed enough for one day and watched that the children did not overeat after a time of hunger.

Now that they were certain of food for some time their urgent need was to find shelter. Nothing that they could build was as dry and safe as a cave. They agreed to follow the river and search for one as far away from the other strange and cruel people as they could get. Mist filled the valleys when morning came, the night sky had cleared and long flashing beams of coloured lights crossed and recrossed behind the distant mountains, the darkness above had been heavy with stars and the people had drawn ever closer to their fire. Now it was a new day and they were eager to be on their way again, the animal tracks were well marked as they moved down hill following the river.

At one bend the river had washed away its bank leaving a cliff of white sand where a flock of small dark birds darted in and out of the nesting burrows they had made in the sand, they swooped on the insects in the air and dived on flies hatching on the water, making circles that grew and crossed each other, the little dancing waves split the white sunlight into all its many colours. They stopped to let the young ones watch and learn something new. Wheep stood apart from the others, already musical sounds were coming together in her mind in harmony with the beauty of the world around her. A small herd of female Ooyas startled by the people had run out to a high ridge above, they stood in line, watching, their perfect shapes with long slim legs, graceful necks and erect ears standing out against the morning sky. Keeack wondered if the one that escaped his hunt was there, perhaps the animals were looking at humans for the first time, and in their world anything unknown could be dangerous.

The morning sky had cleared and still water turned blue, far above the tiny shape of a bird glided round and round in wide circles. They knew this bird with its great wings, hooked bill and sharp claws, it was of no danger to them, there was a smaller one of the same kind that would fly down and eat flesh left hanging up for use, it was called Meeoo, the sound of its high drawn out call. Now and again one of the people would look towards the mountains and the way they had come, fear of the 'other ones' was still with them. Keeack's thoughts were all about finding a cave in a high place where danger could be seen in the distance. At one point where there was broken water a big bear was feeding on a fish. He lifted his head as they came toward him, watching intently as they passed above before he started to feed again. Gaar and the people knew one and another and both were aware of what the others were capable of doing. The people would only attack the bear if desperate for food while the bear would not show anger unless its young were threatened or its food taken.

For the first part of the day the travellers walked beside a long stretch of water. Already birds that had gone away before the cold time were returning. The people did not know where they had gone but they knew each kind and the sounds they made, many were named by their calls. Now they were greeted like old friends. Broc and his mate had long since done their tumbling dance in the air and there were young ones in their nest.

Knap was unhappy that morning, he had been separated from his supply of flint and without it his people would not survive. His eyes were constantly sweeping the land ahead for any sign of the kind of rock he wanted. He had carried a piece of flint with him, it was in a skin sling and it seemed to get heavier all the time. Suddenly everyone stopped in confusion, in the distance they could see what looked like smoke rising and all their old fears returned. Keeack motioned them to silence and cupped his hands behind his ears in an attitude of listening. Anxiously they watched his face and when he relaxed they started walking again. Quite soon they could hear the sound of the waterfall. The water beside them was still and smooth, it reflected the shapes and shades of the hills and woods. Wheep stored the beauty of it all so that she could bring it back in sound.

Knap suddenly handed his burden to a younger man and moved ahead, the shape of a low hill and the sound of a waterfall had stirred an old memory. The water, over the countless ages had worn a deep gorge through the rock, coming to softer strata it had undercut the hillside. The rockfall that followed had blocked the gorge, turning a valley into a lake. Now the river swept like a long black snake along the top of the dam to fall with a thunderous roar, sending a cloud of misty spray upward. Knap had no interest in the falls, awesome as they were, he knew that when a hillside fell away many kinds of rocks could be found. Half way up the slope of boulders he found a shelf of rock that had broken into pieces, they were the colour of earth and new leaves, the sunlight danced on their smooth surfaces and sharp edges, the piece he picked up in his hand would make a pile of cutting chips for the people. He could not know, yet this rock was of more value to his people than gold would be to his descendants. Knap stood still and erect for a time, he was so full of satisfaction that he wanted to think about it. Perhaps a spirit led me here, he thought, or it may have wakened the old pictures I carry in my head.

His step was light and quick as he rejoined the others. The people had followed an animal track round the gorge and were standing below the waterfall. There the pool in the river was full of the big fish driven by the urge to reach their spawning ground, they were held back at that place, some even tried to leap the main fall but always failed because of the height and force of the water. Part of the river came round the end of the dam in two smaller water-falls with pools between, many of the fish could just manage to go up that way and a steady stream were going up river all the time. Wheep thought there was power and beauty in the way the fish leaped. The children groaned in sympathy for each one that failed and shouted their delight at each successful leap. That night they made their fire in another forest of the dark trees that did not go bare in the cold time. Now, sheltered and full of food in the warmth of a fire, life was good again.

Keeack climbed the ridge through an avenue of tall tree trunks that disappeared in the darkness above him. A big light coloured bird shaped like a person turned its head and studied him with great round eyes, then it slid from its perch and vanished silently in the night. It was a steep climb to the crest of the ridge and he sat to rest with his back against an old wind torn tree. He was tired, for most of the day he had carried a young boy on his shoulders. Now as he looked out over the tops of the trees below, past the valleys and away to the tumble of mountains that were all around him, his tired body relaxed and he felt good again. Nek Nek came down a tree trunk in a flash of colour and raced across the forest floor, he did not like being away from the safety of the trees and he did not trust the strange creature by the tree, the scent was one he had never met before. Even as Keeack watched he shot away in another direction then suddenly disappeared as if the earth had swallowed him. Now Keeack was alert again. He had only taken a few steps when he realised that what he had taken to be a rounded low hill in the fading light was in reality two huge flat rocks. In some primeval turmoil they had been pushed up, fallen in to meet at the top forming an arch wide enough for a person to pass through. The rocks were covered with the small grey, green and red forms of life that lives on stone.

The mystery of where the small one had gone was forgotten when Keeack stepped into the arch. His heart leaped as he scented the Eek, and again the feeling that he wanted to give thanks to someone or something. Now the people had shelter. It was the time when the Eek would come out to feed. He could hear the rustle of their skin wings as they flew round in the darkness of the cave. The little high sounds that gave them their name were right at the top of his perfect hearing range. Survival was part of the man and it made him cautious. He did not know what might be in there, if he was killed the people might never find the cave. He bent down and threw a stone through the arch, he heard it strike and waited for the echo then nodded his satisfaction. Inside there was a clamour of wings and twittering sounds then the family of Eeks exploded through the arch in a narrow fast cloud, soared upward and spread from sight in the evening sky.

Keeack stopped above the circle of firelight, they could not see him now, something in the way they sat caught his attention, they were all facing the direction where they thought he would appear, no one sat on that side of the fire. He suddenly wanted to be among them and feel one with them. He came into the light and he could feel their eyes searching, then their faces changed, they sensed that he had found something good. 'Oom,' he said making the sound of the echo in a cave, as he swept his outstretched arms in a wide circle to show that it was big. He crouched down, his flying hands above his head making a picture with a sound of the Eeks coming out of the cave and into the sky, the others joined in, among them the children who were soon falling about with laughter.

When the last sign of colour had slipped behind the black hills they were asleep around their fire. In the night someone would waken and put wood on the fire, then go to sleep again, they had no rota, no time machine, only an instinct for survival and very soon the first signs of another light time would be creeping into the early sky.

The Romans in Britain

~

IT WAS DARK WHEN Ruadh wakened, there was silence all around him. At first he thought he had been blinded then his sight cleared and his hand searched for the source of the beating pain that he felt. His fingers found the swelling on the back of his head and came away sticky with blood. Suddenly alert, his mind cleared, was he still on the battle field and where was Servitos, the man who held his love and respect before all others, the Roman centurion who had saved his life? For ten years they had been together in all parts of the Roman Empire.

Light was filling the sky away to the east and the battle field stretched in every direction around him, men lay dead everywhere, it was as if the armies had fought to the end of their strength without a decision. Servitos lay almost beside him, the Centurion's face was still and peaceful as if he was asleep, there was no sign of a wound until Ruadh lifted his head and found the deep head wound that had caused his end.

He stood for a long time looking toward the dawn, his mind going back to the place where he had been born and where he had spent the first years of his youth in the mountains where the three great rivers of the continent had their headwaters. As a boy he had been taught by word of mouth and had to memorise all his knowledge in the usual manner of the Celtic people. Suddenly he knew that he had

32

been forcing himself to put the death of Servitos from his mind. With an angry gesture he wiped the back of his hand across his eyes, the anger was at his own weakness, he leaned over his dead friend and gently closed his eyes. Opening the leather belt that held his scabbard he pulled it away, he knew that the sword of Servitos was not the same as the usual Roman weapon. The centurion's sword was lying beside him and after discarding his own belt Ruadh put on his friend's and slid the special sword into its sheath.

In that single act he suddenly felt a free man again, all the resentment over the years as a slave of the Roman Empire was gone. Although quite unaware of it he had drawn himself erect and he stood tall and straight, early sunlight shining on his dark red hair. His hand rested on the hilt of the sword, it was his talisman from the man whose body lay below him. 'Rest well son of Sparta,' he said quietly in the language of his youth, as he stood looking into the sky above the forest below. Ruadh did not look back as he walked away from the battle field, to him Servitos was not there. He knew where he was going, rumours and tales were always being shared among the soldiers who made up the Roman legions; they knew that their commander, Agricola, had been making ready to invade Ireland, as he gathered an army on the nearest part of the west coast to that island.

Long before the three sons of Erc had been recorded, Celtic people from Ireland had raided and then settled in the west Highlands and Islands, now they maintained constant raids from their forest and mountain fastness on the supply roads and outposts of the Roman invasion army. The century of Servitos was a special one, a hundred men picked from the famous XX Legion, each an expert with weapons and trained in all aspects of warfare. They had been sent to capture prisoners for questioning but they could never take the raiders by surprise or bring them to battle. They would shout insults and Ruadh was amazed to find something familiar in the sounds and that he understood a word or two in each sentence, there was great hilarity in the camp when he had time to translate the insults into Latin later. As the raids increased the invasion of Ireland was postponed and a great army gathered to try and conquer the whole of the land known to the Romans as Caledonia.

Ruadh came back to reality, he knew he had not covered his usual distance for a day's march, his head still ached round the wound, he felt empty but it was not hunger, it was an old feeling after battle and death. Now and again he picked mushrooms that were safe, he was aware that he must eat. As he walked his eyes covered all around him, one small flower with a round blue head which had magic on its sap that stopped pain and started healing at a touch was always in his mind. The sun had gone down and left its last golden light on the clouds when he stopped to rest for the night. He had found a wind blown tree and made a bed of the light branches in the shelter of the upturned root. His last movement before he slept was a deep sigh of content that he was a free man again.

He was wakened by the song of a bird. Having grown up in the country all things that had life were part of him, he waited for an odd little bit in the middle of the song that carried him back to his childhood and a smile touched his lips. The little brown bird with an erect tail was perched on a broken root above him, it filled the morning air with sound out of all proportion to its size. The sun had been well up in the sky when he wakened, now he felt the first touch of hunger.

He had made up his mind after the battle that he would try and contact the raiders in the west, after marching across the country under Roman control he was certain that he could go back there in a few days march. He had seen no people, they would have moved away before the Roman advance, leaving fields of grain that were ripe enough to burn black and wasted. As he went on his way his hunger increased. At the limit of his sight he could see low blue hills that lay like resting animals on the skyline. Away to his right lay another field that had been burned, he made his way toward it. Suddenly he stopped, there in front of him was a small group of the flowers he had looked for, the blossoms were fading but the leaves were green he crushed a handful until the sap ran out and spread it on his wound, in an instant the pain was gone. His thoughts went back to boyhood again and, perhaps prompted by hunger, he remembered roasting oats over a fire which made the shells easy to remove and gave the grain a special taste. Would the grain on the burned fields be destroyed, he wondered.

When he came to the field it was covered with black ash but when he bent down and blew on it the grain was still there, the outer chaff had been burned away and the hard shells scorched. He cracked the shells from two seeds between his teeth and the oats tasted even better than he remembered. He untied the helmet from his belt and pulled out the leather lining and in a short time he filled it with dusty grain. Twice dipped in a stream by the field the grain came out clean when he tipped it on to his outspread leather tunic. In an age and from a race whose lives were full of magic and myth Ruadh was certain that the spirit of Servitos had led him this day.

He stood looking at the amount his helmet had held and decided it would be enough food for a day. There was another problem however, he had nothing to carry the grain in, only two pockets in his tunic and they held other things. His hunger was now at a stage he could no longer ignore and he searched the banks of the stream. He soon found an outcrop of sandstone separated into thin slabs by water and ice over the years. He knew all about querns and soon had the shells cracked and separated from the oats by rolling them between two flat stones so that they were ready to eat. Ruadh returned to his harvest, he had eaten just enough to still his hunger and had found a way to carry oats for several days food. When he had been picked for the top Roman legion his military equipment was of the best, the leather tunic had a light leather lining that would give space to carry his grain when he opened it at the top.

The sun was overhead by the time he was ready to walk again. A track led from the field, it showed the marks of cattle and horses, in places the footprints of people and children were on the animal marks. It was the old tragic story of people driven from their homes, that he knew so well. Walking was easier when there was a track and it went in the right direction. He thought about the difference the last two days had made. For ten years in slavery his proud and determined nature had to be controlled or he would lose his life, now he was himself again, even his natural sense of humour was alive as he smiled at the odd shape of his body with the oats bulging out his tunic.

His mind went back to Servitos again and what he had said. The centurion had seen the young Celt disarm two of

36

his best swordsmen before being overcome by numbers. He had next seen Ruadh being put into the arena at the Colosseum along with an African who was also a slave. He was a perfect specimen of manhood, armed with a catching net in one hand and a long spear in the other, Ruadh had only carried a sword. The Romans remembered that the Celts had sacked and burned Rome in the past and the crowd had shouted support for the African. The Celt had stood motionless, his sword pointing down. As the dark man came forward, he drew back the spear at shoulder height, even as he launched it there was a flash of sunlight on the sword and half of the spear shaft with its point fell to the sand, the instant reverse blow slicing through the draw rope and the net. The African had closed his eyes, certain that the next blow would end his life, instead a hand on his shoulder handled him to the door out of the arena. Servitos had told Ruadh that he had left the arena at that time, he knew of the terrible punishment before death that the Emperor inflicted on anyone who ignored him as he sat on his high seat above the arena. Servitos and the officer who was in charge of the prisoners who were to go into the arena were well known to each other. 'Which one this time?' the officer had said. The Centurion had replied, 'The young Celt in the arena, I want him now, the Legion leaves for Gaul at daybreak.'

The mind of Ruadh came back to the present, he had walked all day through a wide valley where a strong river flowed, on the upper slopes dark green pine forests stretched into the distance, leaves on rowan and birches were red and gold against the dark woods, the leaves were changing colour and the nights growing colder. He decided that he would have a fire when he stopped walking and cook something to eat. A smile touched his lips as he wondered what Servitos would say if he saw the shining Roman helmet used as a cooking pot and water carrier. The track had climbed as he walked, following the river below him, now there were people to be seen, crops on the level land on each side of the river and more each day of the black long haired cattle with wide horns that he knew so well.

He came to a place where the track divided, one pointing south, he turned away to the west, and halted for his nightly rest. He leaned against the trunk of a massive fir that had lost its top in a wind storm, as a countryman he was sensitive to the natural world around him and he was always conscious of the feelings of peace and satisfaction that the beauty of his surroundings gave. He held his most treasured possession in his hand. It was a calf skin leather pouch, his mother had made it for him many years earlier, she had stitched a design of interlocked rings in silver thread to remind him of his people's belief that the material world could not be separated from the world of the spirit. The pouch held useful things, a slip stone to sharpen the knife he carried in a sheath on his leg, a piece of flint, a D shaped striker and tinder to start a fire. When he was given the pouch all it contained was a little silver bird with outstretched wings, symbol of a mind that always felt love and sought knowledge.

He gathered a heap of dead wood, shredded a strip of white bark from a birch tree, the first spark from the flint was caught by the tinder, the bark smoked and burst into flame and soon the trees around him were full of dancing shadows from his fire. He was wakened by the moans of a cow trying to arouse her sleeping calf, it answered and came from its bed in the bracken on unsteady legs, it started to feed and his youthful days came to mind again. All the excitement and fun of driving the cattle up to the high meadows in the mountains where they lived with their animals through the summer. They milked many of the cows to make butter and cheese for winter. The cow watched intently as he came near, she gave a defiant toss of her head as a warning not to harm her calf, he spoke quietly to her as he passed and realised that for the first time he felt at home in a strange country, below him a silver blade of water filled a great valley, beyond it a tumble of hills and glens spread in all shades to where earth and sky met in a distant haze.

The sun was overhead when he stopped to rest, he had reached the highest point of a ridge from where he could see in every direction. A stone there made him a seat as he rested. He was not to know that another man of his own race, would, in the years to come, use the same stone as a resting place while he taught a new way of living to the people. Now the track fell away into the big valley, a group of houses nestled under a blanket of blue smoke at the end of the water.

He had decided to make contact with some of the people now as his supply of food was finished and he was well into the mountains. Some distance after crossing the big valley between two long lakes he came to a small village where it was obvious that something important was happening, the sides of the track leading to the next village were lined with people, there was a lot of loud shouting and laughter. Half way between the villages two large mixed groups of young men and women stood some distance apart, each carried a waist high round stick. A man placed a small leather covered ball on the track between them, the crowd were silent. A single high note on a horn sent the leaders of the groups racing for the ball, one a tall girl with shoulder length hair got there first and sent the ball soaring high toward the next village, the other leader, a broad powerful man with a pointed black beard ran after the ball knocking over anyone who was in his path. As he passed where the Celt stood, someone put a stick between his legs and he came down. Ruadh joined in the laughter that followed but when the man looked up at him he knew he had made an enemy.

The game continued fast and furious for some time until the ball was driven through the lower village and victory was proclaimed by a long high note on the horn and a shout of applause. Ruadh decided that he would make contact with the people at the village ahead, he liked what he had seen in the victors of the game. A footpath led into the woods and he wanted time to think about the language problem. The path came to a ford he drank and washed with his left hand leaving his sword hand free. Above him there was the sound of falling water, he moved a birch branch and looked up, there was a long dark pool and a high waterfall. At one side a naked woman stood facing the falling water, she moved into the spray and out, shaking the water from her hair. He released the branch and walked away with a picture of freedom and perfection in his mind. As a boy he had realised that he had been born with an instant reaction to change in thought or movement, it had saved his life many times.

There was a sound behind him and he spun round his sword half out, he looked into steady grey eyes, she spoke and he knew the word, head, he pushed the sword down and pointed to it and a shadow of sadness crossed her face like a cloud on the sun. He knew she was the leader he had seen in the ball game and at the waterfall. She came closer and moved her hand over the wound on his head, it was the touch of a healer, 'It is good,' she said as she moved away. 'The water was cold,' he said, with laughter in his voice. Her eyes opened wide and she walked away yet there was mischief in her smile as she looked back over her shoulder.

When Ruadh reached the village he found a crowd had gathered on a level place beside a river, a fire had been lit and women were cooking things to eat. A group of men tried in turn to lift a great smooth round stone, young men were showing their skill in friendly sword fights. The children were having their own sword fights with sticks between races. The woman he had met was talking earnestly to a tall man who was smiling at her, she laid a hand on his arm in an intimate gesture and Ruadh felt disappointment. The man walked over to him and held out his hand, he was still smiling, 'Muracha,' he said. 'Ruadh,' the Celt replied. The handshake was strong and friendly.

The other leader in the game had taken up his position for a sword fight, he had been the only one to lift the big stone and he wanted another victory. He pointed his drawn sword at Ruadh in a challenge. It was the last thing the Celt wanted, he did not know the rules and only avoided the first savage blow by fast footwork. Lachair, the dark man, saw the flicker of a sword blade pass in front of his face and felt the flat of the blade touch his shoulder, anger blazed in his eyes and he launched a hail of blows and feints that were turned aside as they came.

The dark man changed his stance and the Celt knew that

41

he was going to put all his strength into one crushing downward blow. When the blow came there was no one there, as Lachair tried to regain his balance a slashing side blow hit his sword near the point and jerked it out of his hand and it fell to the ground. Ruadh picked it up with his left hand and held it out, hilt first, to the loser, he turned his back and walked into the crowd.

Muracha was waiting for him. 'Health that is great,' he said, as he held out a shallow bowl with two handles.

As Ruadh drank, new life flowed through his tired body. Above the crowd a man stood alone, there was an air of detachment about him, a silver mounted horn hung from a cord round his neck and his strong peaceful face was that of a dreamer. Ruadh knew he was a Druid. He moved nearer and waited, a Druid always spoke first, even before a king. 'Why,' the man asked, 'is a Celt in the uniform of Rome?' He spoke Latin like a Roman scholar. 'To keep me alive,' Ruadh replied, 'and now I am free to fight against the power of Rome.'

The Druid pointed to a long house high on the hillside. 'It is mine,' he said. 'Come before night, we have much to talk of.'

It had rained in the daytime and the mica in the rocks reflected the light from the low sun bringing the mountains alive with sparkling lights. The Druid's house had a feeling of austerity yet its construction was perfect. Ogma, the Druid, offered the Celt a chair. 'Do you want to ask me anything?' he said.

Ruadh looked round the white lime washed walls of a long room, 'Who built your house?' he asked.

The Druid's face softened, 'Muracha,' he said. 'The man who turns dreams into reality with his hands.' He pointed to the delicate silver work on a horn and put his hands on the polished wood of an oak table. 'I eat from the sacred tree,' he said. There was a short silence and Ogma spoke again, 'Tell me about the Roman army,' he said.

'It is a divided army,' Ruadh replied. 'There are thousands of men in the Legions who have been taken by force and put into the army to fight or die. There is a great hidden resentment against Rome, now we can use that.'

The Druid inclined his head, 'We will start with that,' he said. 'Stay with me,' he continued, as he pointed to an inner doorway, 'eat and sleep there, the doors are never closed.'

The room was white and clean, it held a leather strapped bed, a pine chair and a small table that was laden with toasted oatcakes, a cheese, a block of new butter and a beaker of cream. Ruadh ate enough to satisfy his hunger and went out into the fading light. There was a great stillness everywhere, the rim of a huge moon was climbing over the shoulder of a black mountain. He was not to know that in the far distant past another early man had stood at this same place, thankful that he had found food for his starving people. The moonlight was moving in, at the rapids on the river the dancing water leaped into the light and vanished.

A shadow moved under a tall fir by the river and he came alert. As he moved nearer to it a quiet voice said, 'Did you find somewhere to sleep?'

All day he had carried the sound of that voice in his mind, now it made a good day complete. 'Yes,' he replied, 'I stay in the house that Muracha your husband built for the Druid.'

Her sudden laughter sounded like a young girl, 'Muracha

is my brother,' she said. 'I have ill and hurt people to care for.'

'What name is on you?' he asked.

'Ollam,' she replied. 'And what name do they call you?'

'The Romans called me the Swordsman,' he answered, 'but my family named me Ruadh.' She looked up at his red hair, smiled and repeated the name softly, He stretched out his hand and touched her face with his fingers, for a moment in time she was still, then she turned and ran with quick light steps along the path that led to the village.

Ruadh wakened to the sound of music, someone was playing a harp, then a woman started to sing, it was an ageless song about a man who was going into danger and a woman who feared that he might not return. The sound of the music and voice together was perfection but it was the depth of feeling it carried that held him and stirred his emotions. The sound died away in a whisper and it was still in his mind when a woman came in to place a dish of porridge, a spoon and a bowl of cream on his table. She was a small dark haired person with a friendly expression. 'Tell me,' Ruadh said, 'who was playing and singing, it was very beautiful.'

Her blue eyes lit up and shone with pleasure. 'It was myself alone,' she replied. 'The Druid loves music but if I did not make his food he would forget to eat, his head is in the clouds.'

Ogma stood by the door of his house, the first rays of the rising sun pushed through the mist and laid a carpet of sparkling coloured lights on the frozen forest and brushed the tops of the mountains with gold. 'It is beautiful,' Ruadh said, as he came to where the Druid stood.

'You only see beauty when it moves you,' Ogma replied.

'Now there are thousands of our people raiding the Roman lines of supply, should we gather another army and attack in force?'

'No,' Ruadh answered quickly, 'they have too many trained Legions and ruthless leaders with lines of war machines that can strike from a distance. Just a few days ago my friend was killed by a stray missile from a ballista. The Romans are often sending patrols in to try and capture our people for information. We will confuse the patrols with commands in Latin and capture them, we will tell them about a struggle for power in the Senate, rebellion in Gaul and revolt in the Legions. Before letting them escape we will let them see a great army.'

The Druid had listened intently, now he said, 'Where do you get this great army?'

Ruadh smiled, 'I saw it once,' he said, 'there was a valley that had one side lower than the other, a line of men stood on the lower ridge and more men on the far high one, from one place it looked as if an army stretched into the distance.'

The Druid was silent for a short time, 'We are six days march from the Roman lines,' he said, 'I know many Celtic leaders there and we do not have to take many from here.'

'How did you learn Greek and Latin here?' Ruadh asked.

Ogma smiled for the first time and his years fell away. 'I grew up among my Celtic people in the Po valley,' he said. 'I had to memorise all my learning over twenty years before I became a Druid, then when I went out between two armies to make peace I was taken by the Romans and sold as a slave. I was bought by a famous Greek philosopher because I could write and speak three languages. Master and slave soon became good friends,' Ogma paused.

'What happened then?' Ruadh asked.

'He made me a free man,' the Druid said, 'and he gave me money in Roman coinage. He was growing old, I waited until his end. I got passage on a trading ship to Massilia and made by way north through Gaul, keeping to quiet country routes. From a port on the north coast of Gaul I sailed on a ship going for tin from south west Britain. Again I kept moving north until I found this beautiful place.' Ogma paused and stood looking out to the far mountains as their colours changed in the climbing sun. 'The Romans must never get here,' he said, thinking about Galcagos the Celtic leader telling his men that Rome creates a desolation and calls it peace. 'Now we must do something,' he went on. 'I have a friend who will form a special force for us, he lives two days journey south by horse, there are good tracks but you must have a guide.'

'What about Lachair?' Ruadh asked.

Ogma gave him a quick look, 'Yes,' he said, 'he knows the mountain passes like the back of his hand.'

Lachair was building a stone wall, he liked this work, there was an art in finding the right stone for each place, there was one in the pile that would fit next but he could not lift it alone. He turned at a sound and found Ruadh beside him. 'I cannot lift that one,' he said.

'No but two can,' Ruadh replied. Working together put away the wrong feeling between them. With the stone in position Ruadh stepped back and looked at the work. 'You put up a good wall,' he said. 'Now I need your help. Do you know a place called Dunmore and would you guide me there?'

There was a question in Lachair's eyes but he said at once, 'Yes I will take you there, I have fought in that clan against the Romans.'

'That is what we are going to do again,' Ruadh said. 'I talked with the Druid and I will tell you all the plans we have made, now if I carry stones to you the wall will be finished today.'

Ollam was singing to herself as she made her way home, she had just left a woman with a new baby and every extra life coming into the world was like a miracle. She stopped where a single bracken was a blaze of many colours as it died. There can be beauty in death as well as life, she thought as she cut the stem. Ruadh was at the river by a bridge, he was washing his hands and head after the wall was finished.

'You are always washing in rivers,' a teasing voice said from above him.

His reply was instant, 'Sometimes I have company,' he said.

Ollam stood holding the coloured fern in front of her. With an unconscious movement of her free hand she put her hair in place, they stood facing each other both aware of the power that drew them nearer while fear of rejection kept them apart.

Ruadh was first to speak, 'Where is your home?' he asked.

'It is high up, not far from the Druid's house,' she replied.

'Then we can walk together,' he said, 'and we can talk as we go.'

They walked slowly, sometimes stopping as Ollam pointed out edible wild plants and plants for medicine. Ruadh learned that she had travelled to Ierne where she was trained by a famous Irish healer and returned to serve her own people. Her father had been killed in a fight against the Romans and her mother died soon after.

Ollam listened intently to Ruadh's story, he kept it brief

yet she could sense the depth of feeling behind the words. When he stopped to show her the pouch with the silver bird that his mother had made for him, she had to fight a sudden desire to put her arms round him as she would do to a little boy who had lost everyone he loved. They walked in silence for some time, it was a comfortable silence full of a new understanding.

Muracha was making a chain, he leaned on the long arm of his leather covered bellows and little blue flames danced on the charcoal fire in his forge, he reached into the glowing fire with pincers and slipped the white hot link on to the chain, his bouncing hammer made music on the anvil, in seconds the weld was finished. A shadow darkened the doorway and Ruadh came in. Ollam had told him that Muracha wanted to go and join the ones who harried the Roman lines.

'Do you know how important you are to the people in this part?' Ruadh said.

'I only make things,' Muracha said, 'I never fight battles for freedom.'

Ruadh looked serious, 'Forget the sword, Muracha, it can only destroy, and it will steal your peace, the things you make are creating food and shelter for everyone.'

Gnaeus Julius Agricola was not a happy man, the son of a Roman colonist in Gaul he had first come to Britain as a young military tribune at the time when Boudicea led her revolt against the Romans. After that experience he became Governor of the Aquitani in Gaul and there his dream of fame was growing more real each day. When he had returned to Britain as Governor in AD 77 he could see himself as the man who had conquered the most northern

48

part of the Roman Empire. He would be leading the victory parade through the streets of Rome. Now he was not so sure, he had assembled an army in the north at the nearest part to Ireland ready to invade that island, but raiding by the Celtic people of Caledonia intensified, a large part of the army was spread out guarding supply lines and forts.

His previous military experience made him aware that he had to conquer all of the north first. Roman ships had sailed round the north coasts and made maps. He had marched his army to the east side of the country then turned north following the coast, so that a fleet carrying food and supplies could keep in contact. People and livestock had gone, well in advance of his army and Agricola was sure of success. He had a great well trained army and a line of war machines, catapults and ballistas that would rain a shower of heavy arrows and rocks on an attacking army.

At a place where one day the city of Aberdeen would spread out he unloaded supplies and turned north west where he formed a base camp after a day's march. His plan was to divide and rule by driving on in the same direction until he reached the long sea inlet that stretched well into the country. He sent a message to his son in law, Tacitus, who was writing a biography of Agricola at that time, subsequent history would judge its accuracy.

The Romans did not know that for the first time the different groups of Celtic people had united under one leader. Galcagos was a strategist, he had let the Roman army advance unchecked until they were too far from their line of forts to get help. He had deployed two groups on each side of the Roman army and assembled his main army on the only high land in the area not far from the Roman camp.

Agricola attacked early in the morning, after the Roman army had passed through their war machines they were struck by a hail of arrows and rocks from their own heavy weapons which had been captured and turned against them. The battle raged all day with catastrophic losses on both sides until the Roman leader saw no hope of victory and withdrew. Night fell on a field of death hiding once more the failure of logic to prevent aggression. Now back in Roman held territory with no hope of invading Ireland he wondered how he should frame his report to Rome and explain the loss of a legion.

Ruadh and Lachair mounted their horses in the first grey light of the morning. When they came on to the well used track that followed the big glen the sturdy sure footed mounts settled into a steady smooth gallop. After a time Lachair turned into a glen pointing south and by midday they were in a wilderness of mountains and moors. They let the horses rest before letting them feed and drink and by night time half their journey was completed.

Ruadh stood looking at the massive stone shape of Dunmor. The man coming towards them was of middle age, he was a big man and had an air of authority about him, his red hair and beard were carefully cut, as he came closer there was a change in his expression, he reached out and held Lachair's hand. 'Welcome back again,' he said.

Dohil Mor Rua was the chieftain of the largest clan in Western Caledonia, he was a scholar as well as a noted warrior. He seated his guests at one end of a long oak table that stretched the length of a huge hall, near them the flames of a big fire leaped up to a round copper canopy that had a chimney through the roof.

They had dined well. Dohil Mor laughed as he said, 'I have found the valley you wanted,' then changing to Latin, he asked, 'How well do you speak their tongue?'

'I had ten years to learn it,' Ruadh replied. 'I know the commands too well.'

'We have people the Romans do not suspect,' Dohil continued, 'they are coming through the fortified lines at night with information, no one knows they speak Latin.'

Falvius Flaccus had grown in the luxury of his father's estate in southern Gaul, he was an only child and although his father who had been a commander had managed to get him the rank of Centurion his war hardened men called him the baby. he felt so superior to them that he only addressed them when giving orders, and then in the way he had spoken to the slaves in his boyhood.

Agricola had made a practice of riding out through his camp alone and stopping to talk to individual foot soldiers. He had met Flaccus and was not impressed. When he saw the young Centurion standing alone he pulled up his horse. It was a big, spirited chestnut stallion and it did not like being restrained, it put its ears back and switched its tail in anger. Flaccus was so lost in conversation with the Governor that he hardly noticed the native who came from behind and put his hand on the horse's mane as he spoke quietly to it. The stallion's ears came up he turned his head and stood still.

Innus Bek had been lucky, his skill with horses had been noticed by the Roman leader who liked them for their speed and power. He had a comfortable bed in a loft in the stallion's stable and no one would go in there to look for him at night. He fed at the camp and as they thought he did not understand Latin no conversation was secret. Now he had heard the Roman leader give orders to take Celtic prisoners, he wanted to know if they could still raise a big army. The curve of a thin sickle moon rode above the birches where a tinge of green on the sky told of frost later.

Innus Bek closed the shutter in his loft and went down the ladder. Thor, the big chestnut, gave a soft whinny as he passed. He always crossed the Roman lines near a fort, they ran in a chain that stretched from Clyde to Forth, the foot patrols that walked the spaces between them regularly were very alert, but they were vulnerable. A stream crossed the line near the fort, the movement and sound of the water hid his passing in the dim light. He followed a known footpath and under a high dark pine he whistled the start of an owl's call, he counted to five and an owl hooted nearby. He did not hear a sound until a voice beside him said, 'You are early tonight.' The man was one of Dohil Mor's runners, a group of young men who could travel fast over all the Clan area as messengers.

In a short time he memorised details of the Roman raids for prisoners, repeated it to Innus and disappeared in the night.

Flaccus was not looking forward to mounting the raid into Caledonia, he had been ordered to do it in three days and he had lined up his century, every third man was told to step forward, half of the group were to go in at night time and conceal themselves, the others would go in at daylight and provoke local Celtic resistance which would be surrounded and prisoners taken.

The long table in Dohil Mor's hall was full on each side with his leaders and he was explaining the operation against the Romans. They were to let the enemy group who came first come in unopposed and stay away from them. When the second group came they were to be taunted by the Celts who would lead them into a trap. There was a lot of laughter and lifting of drinking vessels when he gave the final details.

Flaccus had his patrol moving at first light, as the air warmed ground mist rose until the trees were ghostly shapes in the woods. A voice that seemed to be very close said something in the Celtic language and another person laughed, they moved forward, no one was there. The Centurion did not realise he was being led away to one side, far from the hidden part of his patrol.

They had now come to a well used foot path that led straight on, the mist was lifting and light was coming in. There was a whistle in the air, and a spear stuck quivering in a tree trunk beside a Roman. His first thought was, we are finished, they are playing with us. A sudden command to attack rang out in Latin. Thinking it came from the other half of their group who had cut off some of the Caledonians the soldiers were running before the command ended. They came out into a clearing in the forest, it was silent and still, they halted in confusion. The sad rising call of a curlew floated on the air, most of them were not aware of it but suddenly a circle of armed men appeared from the woods and bushes. As they closed in the circle drew in until the men were two swords lengths apart. The same voice as before, speaking in Latin said, 'You are captives, throw down your weapons or die.' For a moment there was no movement, then a small dark man threw his sword on the grass, another followed and soon they were all prisoners.

The captive Romans had been fed and held in one cell all

night, now they were being questioned by Dohil Mor and his leaders. They were taken singly into the dining hall. Flaccus was brought in first, 'I demand to speak with someone who speaks Latin,' he said.

Dohil smiled, 'A prisoner makes no demands,' he said. 'I must use Latin if you only know one language, tomorrow I will show you a very big army.'

'Can we have the first one to surrender?' Ruadh asked.

'Yes,' Dohil replied, 'there is something different about that one.'

The dark man came in with the same quiet confidence he had shown at his capture, his live blue eyes had the same direct gaze for everyone. 'What is your name and how are you in the Roman army?' Dohil Mor asked.

'My name is Allaine and going into the army was my only hope of staying alive,' the other replied.

'Where did you come from?' Ruadh asked.

'I am from Galatia,' Allaine answered. 'I left home when I was young and hid on a ship at Tarsus. They found me at sea and put me ashore at Joppa. The Romans put me in prison as a vagrant, they were having trouble with a new movement they could not control.' He suddenly smiled, 'They put me in a cell with an old man who would not stop his preaching about the new way, he converted the jailer. When I wakened one morning I was alone and the cell was locked. Later I was put into the roman army.'

'You are of our own people,' Dohil Mor said, 'think about it and tell us which of your fellows are easy to deceive. We will have to put you with them now.'

As the others came in most were men who had seen wars and the fact that they were well treated was enough for the present. One was angry at anyone who had an easy life, he resented orders. When he had gone Lachair said, 'That one will see anything that goes against authority.'

The small group taken from the Roman prisoners had been marched all morning, after a halt for food they entered a dark pine forest, it ended when it crossed a wide valley where it disappeared in the distance. A similar forest ran in the same direction some way ahead, forming a clear open stretch that reached to the distant horizon. The prisoners who were allowed a short halt. The host of armed men on the hill side above them seemed to stretch up and out with no break to the limit of their sight. Allaine had moved to the end of the line of prisoners, Ruadh was a guard there. They were able to talk quietly, this was a chance to escape Roman domination for him.

Dohil Mor's plan was explained again, to the delight of the dark man, his own part in it let him know he was accepted and trusted. The prisoners were to be given an opportunity to escape and tell of what they had seen.

There were some arguments among the prisoners that night, one seasoned solider who had not been out said, 'It is not possible for so many to live in the mountains, did you not count them?'

The angry man cut in, 'Did you ever count the stars on a cloudless night?'

Flaccus was furious that he had been shut in with his men, he had seen that Dohil Mor was a man of influence and power and he thought he should have been treated as such. The peaks of the mountains were white with snow in the morning. A red breasted little brown bird had the sadness of winter in its song as the prisoners were marched out again.

They had lost their sense of direction when they were

captured but on this clear morning the sun was coming over a far hill and the snow on the mountain tops shone like silver. The captives realised that they were marching south. Every step was taking them nearer to the Roman lines. Before darkness they were confined again, but as they were not lost any more and as their guards seemed very relaxed some were having thoughts of escape. They did not know of the key Allaine had been given, and that the heavy outside bolts had been shut and opened with one sound.

The guards had lit a fire some way from the prison, they were gathered round it and their talking grew louder. An older soldier was at a barred opening looking out, he called to the others and pointed to where two white peaks still showed. 'Through the valley is south,' he said. The oiled door lock slid open without a sound.

Allaine was walking towards the group with a thin twisted strip of metal in his hand when they turned. 'Give me time to work on the lock alone,' he said. He opened the heavy door and soon the others felt the cold night air come in and crowded round. They could hear the guards singing now and there was noisy laughter at the fire.

Flaccus resumed command when he saw that they were free. 'We go singly,' he said. 'I will come when half are out and we meet in the edge of the forest.'

When the last man had joined the group in the woods Allaine asked him, 'Did you shut the prison door?' the answer was no. 'Then I must go back,' the Celt said. 'The open door will let them know that we have gone.'

This was his perfect chance to get away from the group without suspicion, he had a feeling that they would not wait for him but he went to the meeting place to be certain.

They had not waited for him, and he sat on a blown tree letting the silence and peace of the forest close round him. His mind kept going back to his fellow prisoner of the Romans. At first he had, with the superiority of youth, laughed at what he believed were stories, then when the guard changed his attitude towards the old man and spent time talking to him he became interested.

'I was there,' the old man kept repeating, 'I saw the look of wonder on the face of a man born blind when he looked at the grass and the flowers the hills and the sky.'

The fire was a red glow and the guards were talking quietly when he left the woods. 'Did we act well?' Lachair asked.

'Indeed yes,' Allaine answered. 'You should put the story into a song.'

'Now we will have to wait until we hear from Innus Bek,' Ruadh said. 'Our people between here and the Roman lines were told to let the prisoners through.'

They found Dohil Mor at the house where they were to sleep. He wanted to show them another move against the invaders. It had rained in the night and the needles on the firs were singing in a south west wind. By midday, travelling east, they came to a strong river flowing out of a long loch that was fed by streams from the hills. The river ran straight until it was diverted by a huge boulder to flow east into the Firth of Forth near the end of the Roman forts.

They found that groups of men working in turn had already dug a deep channel above the boulder leaving a wall of earth to contain the river, others had gathered high piles of rocks to block the river at the boulder. The plan was to wait for a heavy snowfall on the hills which was often followed by rain and sudden thaw. Normally most of the flood water would escape to the sea but if all the torrent was released half way along the line of forts, the patrols could not operate and some of the Romans would be prisoners in their own forts until the flood went down. Many forts were made of wood and targets for fire arrows shot from coracles. There was not a great number of bowmen among the Caledonians but those who did shoot were very good. They made their bows from the long mature branches of a thorny wild rose that grew everywhere because animals could not graze it. The bow strings were made from the fibres of a plant with blue flowers.

On their way back to Dunmar Allaine talked to Ruadh about his future. 'I want to get away from all violence,' he said. 'I feel that I should not take away life when I cannot restore it.'

'Did your cell mate not say he had seen a man come back from the dead? That would be a miracle surely,' Ruadh asked.

Allaine was silent for a moment then he said, 'Miracle is a word we use when we do not understand, perhaps if light gives us sight a feeling can give us understanding. I want to find a place where there is peace and people share.'

Ruadh smiled, 'I know a place like that,' he said. 'Come with us when we go north again.'

The escaped Romans had made it to their own lines, they thought that they had been lucky. Flaccus was making up a report that reflected well on his own leadership. He had to wait for two days before he was told to report to Agricola. Despite being the Governor of all the conquered part of Britain, Agricola was unsure of his own destiny. Rome, like other empires before it and in the future, would use the conquered people to supply its army and its work force while they paid taxes. Cruelty and slavery were accepted as normal.

Flaccus waited for the governor to speak as he stood in front of him. He had pictured himself being asked to sit down but Agricola said, 'So you have been two days away from your Century, did you get captives?'

Flaccus said, 'We deployed half the men as you ordered, and made contact with some Caledonians when a voice in Latin shouted, "Attack," and we rushed forward. We thought it was our own patrol, suddenly there was an army round us. We were shut in and I had to sleep on straw with the men.'

Agricola's face hardened, 'That was bad,' he said dryly.

'I met their leader who is an educated man,' Flaccus said. 'He showed me his army, I have never seen so many men, they reached to the far away sky line. We were marched to another prison, the guards were drunkards, we opened the lock with a piece of metal and escaped.'

'Tell the man who opened the lock to report to me,' Agricola said.

'He has not come back yet,' Flaccus answered. 'He went back because the last man out had left the prison door open, he returned to shut it before the guards noticed.'

He got a stern look from his Commander. 'So you did not wait for him,' he said. 'That is all, you may go.'

It was evening of the second day when the three men arrived at the village in the hills. Allaine was surprised at the space and quiet he had passed through. He had been given a horse by Dohil Mor who had told him the mare's name was Dheelas and she was his to keep. She was a dapple-grey and when her hooves thundered in a free gallop her long white tail flowed out behind her. Ruadh made himself known to the people they met yet always was watching for one in particular. He was trying to hide his disappointment as he said to Allaine, 'I want you to meet the Druid, he will tell you about many things. He has been a scholar all his life, always let him speak first to show respect and if he asks you to stay you will hear a woman whose music and singing will swell your heart.'

Ollam had had a long hard day, a baby had been born early in the morning, and later in the day a boy running down a hill had stepped on a loose stone and fallen in the rocks, she had to ride some distance to reach him and set the broken bone in his arm. The injured limb had to be supported and bound so that it could not move.

As she rode home she wondered why this tall red haired stranger kept coming into her mind so often. At first she had seen him as only a fast strong fighting man and she hated violence, then she had found another side to his character and realised how he had felt the loss of the family he loved. She saw Lachair in the village below and thought perhaps Ruadh had moved on again, somehow the day did not seem as bright. Muracha's hammer blows were ringing in the forge and she could hear voices as he worked.

The work stopped and she heard the voice she had been listening for as the men joined in the laughter. Ollam unsaddled her horse which raced to join a group that were grazing near. The couple stood looking at each other without speaking, Muracha knowing that they had forgotten him started gathering his tools.

'So you have come back,' Ollam said.

'Yes,' Ruadh answered. 'Where could I go, I have no home.'

'When did you last eat?' she asked. 'My brother always

cooks too much when I am not here, would you like to eat with us?'

Muracha had roasted pork and fried oatmeal and mushrooms, he poured a pleasant strong drink made from sloes and honey. Ruadh told them about the success of their operation against the Romans, his determination that Rome would never take their country was so strong that Ollam worried.

Muracha broke the silence, 'When do you go back to the Druid?' he asked.

'I saw him today,' Ruadh said, 'I thanked him for his help, but I left Allaine there. I think Ogma will want to talk to him for some time.'

'Well I have a room,' Muracha said. 'I built it against the end of my work place, it is on the end where the forge is and the wall is always warm, I do not use it now and you are welcome to it.'

Ruadh fought to hide his delight and his pride helped. 'I can not do that,' he said. 'I do not work and Ollam might not want a stranger here,' he looked at her and she was smiling.

'You are not quite a stranger,' she said.

Muracha's room was typical of the man, everything was perfectly made.

When Ruadh had introduced Allaine to Ogma the Druid had looked at the young man for some time before he spoke, then to Ruadh's surprise, he said, 'I know you, welcome to my house,' and his attitude changed. On his way to Muracha's work place Ruadh wondered why Druid said so many things that only he could understand. His mind was full of all he had learned but he seemed to have some mysterious extra sense.

The Druid was standing at the door of his house looking out to the hills. He turned to Allaine and said, 'You are still young, tell me about your life.'

Once more Allaine told his life story. Ogma listened intently until he spoke about the old man he had met in prison, then he lifted his hand. 'Tell me all that he said,' he asked and there was a change in his voice.

When Allaine had finished his tale of all his fellow prisoner's convictions, he continued, 'Why did I find a feeling that had never come to me before, when I was in prison?'

The Druid smiled, 'It has been there from the beginning of time, something wakened an ancient memory. When you were born you learned about the world around you by your senses, yet there are parts of your body that moved to keep you alive and you were not aware of them. You carry something of your ancestors in you from away back in the mists of time and like all things that live they drive to keep your kind alive.' Ogma paused, 'You must excuse me, I talk too much,' he said.

'Not for me,' Allaine replied, 'I am full of questions. Why did you say, I know you, when we met?'

The Druid smiled again, 'I could tell from the way you looked at me that we had a bond and that your mind was aware of love and care and peace, brought alive by an old man in a prison.'

It had rained in the night, a curving line of rising mist marked the course of the river, an eagle looking huge in its low flight dropped and came up with wings beating to lift the struggling prey clutched in its talons. When he wakened Ruadh took a few seconds to realise where he was then the world became a better place. There was no one in

Ollam's house nearby, the only sound came from a porridge pot that bubbled by the fire side. He found Muracha beside a stream that was in flood, holding the branch of an oak that had its end under the water, trying to find how much power the river used to bend the branch. When he saw Ruadh he came up to him, there was an air of excitement about him.

'I am going to make a water driven quern,' he said, 'it will grind the grain for all of us.'

'So how do you get it into the stream?' Ruadh asked.

'It does not go in the stream,' Muracha said. 'I will take the stream to it in a channel with a water gate and the water will go back into the stream when it has done its work.'

'Then you need a slave,' Ruadh said. 'Tell me where to start.'

Muracha laughed, 'No one will ever make a slave of you,' he said. 'There is something else that I want to say to you,' he went on. 'There is land that the family have had for generations, when my father was killed the land grew wild, it is covered with sloes, whins and thistles, would you help me make it as it used to be?'

Ruadh was silent for a short time then he said, 'You showed me the first kindness I had known for years, you did not have to ask.'

'Now did you find the porridge pot this morning?' Muracha asked.

'No but I heard it,' Ruadh replied. He carried the pot to the plates beside the cream bowls and the plates were filled.

Ollam came in as they finished, 'I hope you have some left for me,' she said. She had been up at dawn to see the injured boy, her hair was wind blown and her eyes shone.

'My horse was too fresh,' she said. 'Look,' she held up a leather bridle, 'he broke a strap.'

'Give it to me,' Ruadh said, 'I will make a new strap for it.'

'You be careful,' Muracha said, 'she will make a slave of you.'

'She may have done already,' Ruadh said as he went out. Ollam pretended she had not heard him.

Outside someone had left a pile of cut birch firewood and Ruadh set to work putting it inside. 'Where did that come from?' he asked when Ollam came to help.

'We share,' she said. 'I do what I can for the ones who are ill and people supply what I need, that is why I dread the Romans coming here.'

'They will never come here,' Ruadh said. 'Their Empire is already stretched too far, they have taken men from the land and from trades to build huge armies along with slaves. Men home from wars in other countries find it difficult to settle. The Roman Empire will last for years but it will end. Armies from the farthest frontiers will be withdrawn first.'

'Let me show you something more they have given me,' Ollam said, going into the house. She lifted the hinged top of a big wooden chest, it was full of oatmeal. 'That is about a year's supply,' she said. Suddenly her mood changed and she was the healer. 'Now, do you ever feel pain in your wound?' she asked.

'Only when I lie on it,' Ruadh answered. She sat him on a chair facing the back. As she examined the wound scar he was very conscious of the touch of her hand, he tried to joke, 'I am a prisoner on this chair,' he said, 'are you afraid I will run away?'

Ollam was silent, then she said, 'I think the running has finished.' Her hand was gentle as she smoothed down his hair.

'Where has Muracha gone?' Ruadh asked.

Ollam smiled, 'He has always got some new idea in his head, he has a friend called Clacher who has a gift for making things from stone and he has gone to talk to him about his mill stone. I think we should go and see what they are trying to do.'

Muracha and Clacher were at work on two slabs of stone with hammers and chisels, they had marked circles on each one. They stopped when their visitors arrived. 'Can I help you?' Ruadh asked.

'No,' they answered together.

He laughed, 'Alright, you are afraid I would spoil your mill stones.'

Muracha told them that he had made a small one to prove that his idea worked and that the top stone could be moved up or down to shell or grind the grain.

'Now we must work again,' Clacher said. 'Darkness comes soon now.' He was as excited as his companion about this new invention.

Ollam moved away, 'The high path is the best way home,' she said.

The colours had gone from the woods when it rained and there was a strange stillness in the air as if the world was resting before the hardship of winter came. The low sun had disappeared behind a tall black mountain and only a golden fan of light reflected from the clouds brightened the sky. They walked side by side in the comfortable silence of friends, then at a place where they could see the village far below them they both stopped at the same time, it just seemed to happen. They turned and faced each other, Ruadh put his arms round her and clasped his hands at her back. 'Now you are my prisoner,' he said.

Ollam put her hands on his shoulders and leaned back, she gave a long steady look into his eyes, then her arms went up round his neck. Time did not exist for them until they realised it was nearly dark, when she pressed her face against his in a temporary separation it was wet with tears.

Ruadh wakened with a feeling that something wonderful had happened. Perhaps, he thought, my response to affection is stronger because I was separated from it.

Allaine had been surprised that the Druid had showed such interest in his strange experience, Ogma seemed to know his feelings as if he had experienced them himself. His years of study and the company of a great thinker from a country that had given so much learning to the world of their time and made him an exceptional person. He talked to Allaine of two worlds that were one and could not be separated, like the linked rings in Celtic art. The material world and the world of the spirit, were they an idea on the way to perfection or an incredulous accident. 'Everything that lives wants to create. Did you watch a small bird build a perfect nest or a spider weave a web?'

'I can understand that,' Allaine said. 'But how could a man who had died come alive again and come into a room with a locked door?'

'Did you ever dream of some one you know?' Ogma asked. 'And if you did were they not as real as in normal life, the more emotion that was aroused in your dream the more real it became. We do not know our own minds or our own endless possibilities. Miracle is only a word for the limit of our understanding.'

Lachair could not help trying to use his great strength to solve all problems. He got men with help from Dohil Mor to mount an attack on some Roman ships that were packed into a harbour at the mouth of the Clyde near the end of the line of forts. His aim was to find an old boat that could still float and use it as a fire boat. They found a low boat that could be rowed by four men it had a mast and single sail, they filled it fore and aft with dry brushwood and resinous fir branches then muffled the rowlocks so that they were silent.

They waited some time for the right conditions, then one evening Horamatch, the old man who watched the hills and the clouds and read the lights on the water said, 'Look at the flat rocks on the shoulder of Bein Gorm shining because they are wet. There will be wind from the south-west by night.'

There was a crowd of helpers to launch the boat and the small one tied astern. Lachair only wanted three others to pull the oars with him and competition for the places was keen. The night was still and the light was nearly gone by the time they were in position. It had been hard work rowing against the movement of the water. Suddenly it became easy, the sail filled and they could feel the breeze cool on their heads. Lachair moved back to the tiller and lined the boat up with a white sail in the middle of the ships, he lashed the tiller in position and passed the oars back to the others in the second boat. A spark from his flint on the tinder set the white birch bark alight. As he loosened the two rope and stepped into the other boat two small fires glowed in the dim light as their boat without a crew sailed toward the harbour. They held their boat in position and watched the lights from the twin fires until they went out of sight behind the breakwater. When they came in sight again there were leaping flames that ran up the ropes and painted the riggings of the ships in lines of fire against the dark sky. Their light boat seemed to skim across the water driven by four strong men, Lachair sang at the top of his voice about a famous chieftain's war galley as he rowed.

Ruadh could not quite understand the change in his life, he was an emotional person and only the fierce price that was part of his people's character had kept him apart from the usual ways of his off duty fellow soldiers. Only in Servitos, his Spartan Centurion, could he find someone who thought as he did. Now he felt complete again it was a feeling he thought he had lost forever.

He had worked all day on the start of the mill lead for Muracha who had marked it out. He enjoyed the effort of hard work and decided to cut a narrow channel first, then let water run in it to do some of the work in making it wider. Darkness came early at that time of the year and the long evenings were very special to him. There was no barrier of doubt between them now, seated in the comfort of Ollam's house they talked of the times in their lives before they met. The fire threw dancing shadows on the candle lit walls and the world of violence and cruelty was like a bad dream.

It had been a great adventure for Ollam when she had gone to Ierne to learn about the healing, an old man who had cared for people when she was young had come to know her interest. He had been to a place where provision was made for people who were ill, it became even at that time in other countries. Historians do not often write about ordinary people, the traders merchants and fishermen went between countries even in times of wars and conquests. It was said that the most sought after of all garments on the fashionable streets of Rome was a woollen robe woven in Britain. Ollam passed three years in the beautiful country that would come to be called Ireland, learning and working, there was unrest in the country but that place was left in peace.

'Where does Muracha go when the evenings are dark?' Ruadh asked.

Ollam laughed, 'I am not sure,' she said. 'But I think Anya is playing the harp to him, I hope Ogma is a sound sleeper.'

'She has a wonderful gift of music, seriously, I have never heard anyone who can put so much feeling into a song. Perhaps it is because she has known great sadness. What happened to her?' Ruadh asked.

'Her parents were killed,' Ollam answered. 'They were taking cattle down from the high grazing at the end of summer. Her mother climbed in to rescue a stranded calf from a cliff and fell from a great height, her father tried to climb down to help but he fell and was killed also.'

Allaine had grown up in Galatia, the Celtic people who had settled there had expanded and there was constant raiding and battles with the surrounding people. He had to learn how to use weapons but he hated the cruelty and sadness that violence created. He was quite young when he left home but in the few years from that time experience had made him a man. His meeting with the Druid had introduced him to a new level of human effort.

Ogma had spent so many years of his life learning for the benefit of others, leaving him with the humility that real knowledge gives. He talked of 'the other world' as if he knew it intimately, somehow he had seen that Allaine had the ability to learn. He had only his own language and a few words of Latin he had learned during his short time in the Roman army. Ogma was going to teach him to read Latin as a start to learning.

An idea had been forming in Allaine's mind all the time since he met the Druid, he had never met anyone who had given such an impression of quiet strength. Although he was not a young man he was a striking figure, tall and very erect. He did not smile often, yet when he did he was transformed. He had said to the younger man, 'When you can read, the minds of men and women who have searched all their lives for truth are open to you.' He had a collection of Greek and Latin writings.

Allaine's prison experience and the new feelings it had aroused in him filled him with a desire to learn more about himself and the world he lived in. He passed half of each day helping to dig the mill lead, it was now wide and deep enough. Muracha had made a waterwheel from wood, it had a metal axle that turned in oak bearings. It was mounted horizontally, and the open ended buckets were swept round a curved part of the water lead. He had it all worked out in his mind but he knew some things would only come right by trial and error.

Allaine had set himself time in each day to learn something new, already he could feel the magic of finding the thoughts of great minds that had passed away. Every morning Anya would play and sing to let the Druid know that food was ready. A slow soft melody would start like a whisper of sound, it would grow and a voice would come in. The sound was so perfect that whatever you were doing you stopped to listen. After it had swept you through a range of your emotions it died to a whisper again but the memory of the sound stayed in your mind.

Lachair had come north again. A crowd soon gathered round him, he had the sort of nature that liked to be the centre of attention. He told them about the planning and all the details of the attack. It was nothing to a great empire but it was attack and not defence.

There was other much more important news. Ian Bek had found out that Agricola had been recalled to Rome and had been dismissed as Governor of Britain. His own safety was in danger, if Agricola decided to take Thor back to Rome, it was certain that he would be forced to go too. He had all his plans ready for a quick disappearance. To the Romans he was just a simple barbarian who could handle wild horses, but he knew how important he was to his own people.

A man came to the stable to tell him that Agricola was going to ride that day. He walked to a quiet place and picked up a small wedge shaped stone. When he entered the stallion's pen the big horse came to him looking for some thing to eat from his pocket. Ian pulled on the hair at the fetlock and Thor lifted his front leg, he slipped the thin pebble between the hoof and the shoe and let the leg down.

When the Governor mounted the stallion he walked alright but the rider's weight made the hoof hurt, Thor switched his tail in anger and then tried to reach round and bite. Agricola rode back to his residence where an officer came to meet him. He said, 'I am not taking that cursed animal with me when I leave, you can give him to the one who replaces me.' In a few minutes Ian Bek removed the stone and washed Thor's hoof.

Ollam and Ruadh walked up the long winding path that

led to the hill above the village, from the top the houses and people looked so small down there. Suddenly Ollam shivered. 'What is wrong?' Ruadh asked.

'I had a vision of Roman soldiers on the road down there,' she replied, 'and you would be where the fighting was fiercest.'

'I never fought to kill,' Ruadh said. 'Any man who wants to destroy another in anger forgets to defend himself. Ogma also thinks that Rome, like all other empires in the past that were based on selfishness and cruelty, will not survive.'

The wind had gone round to the north east and a few big soft snowflakes drifted slowly down. The mountains were white down to their base now. There was that strange stillness that comes before a heavy snowfall. It was past the shortest day of the year and they stopped to look at the tracks of a bear that had crossed the path and gone down towards the river.

'How did he know that salmon are moving up the river?' Ruadh asked.

'He may have seen them leaping,' Ollam said, 'or he may have some senses we have lost.'

They were not aware that here where they stood, Keeack the cave man had found a cave to shelter his people. The pine tree he had rested against and a countless number of its descendants had grown and gone back to the earth leaving their seed to grow again. They stood side by side close together content in the feeling of being one and watched the setting sun go behind a white mountain. The world darkened, it came out at the other side of the hill and flooded the world with light again before dipping below a white skyline that was lost in the gold and red across the sky.

Muracha was making a level foundation for his lower mill stone, he had cut a long straight hollow stem from a white flowered plant, he split the stem from end to end and used one half sealed at the ends by clay, with water in the hollow it made a good level. They had moved the two millstones to Muracha's work place to be completed. It had snowed in the night and the people wakened to a world of white, there had been no wind, the village was sheltered from the east. The softly falling snow had created a host of strange objects everywhere, the children ran wild throwing snowballs at them. A full day before the storm all the animals had come down from the high hills, they had an instinctive reaction to anything that threatened their survival. Now that the snow storm had come the big herds of black cattle crowded in groups in the lee of the pine woods, the long hair of their winter coats holding their body heat. The sheep knew the danger of snow slides and drifting snow that could cover them, they came racing and bouncing as if they played a game until they were in the fir woods where they could dig down to the evergreen blueberry plants.

The work of digging a channel to divert the flood water through the Roman forts had gone on all the time, a small army of men would come and work for a set time then they would be replaced by a similar number. The work was now complete and they watched the snow deepening on the hills with each new fall. Now all depended on a quick thaw, as people who lived from the land, they knew that a south west wind carrying warm rain would have every stream and river in raging flood for many days. They had left a thick earth wall where they were to break into the original course of the river, a few holes through the wall made sure the flood would demolish it.

The Druid and his young friend had time to talk about many things. Ogma had never in all his years of learning met anyone who changed their life style as quickly as Allaine. From being a young man with no thought of anyone but himself he had become a person with dignity and purpose. 'Why,' he asked the Druid, 'did a feeling lead me to seek knowledge?'

Ogma replied, 'sometimes if you gain much knowledge it gives feelings of wonder and humility. We are each unique so the ways we respond to events are different. We are not always aware of the wonder of our minds and the power we have to make the lives of others better. We try and follow the laws of cause and effect and try to make logical deductions, then when emotion comes in the door logic flies out the window.'

Allaine had listened quietly, 'You know,' he said, 'that old man in the prison cell was never a prisoner, the clang of the cell door was nothing to him, the man who turned the key in the lock was the prisoner of an unjust system, and he felt it.'

'That takes us back to emotions again,' Ogma said. 'One day humans will understand what feelings are, perhaps unselfish love came when people had to share to make sure they would survive.'

Muracha was not happy with the deep snow, it was holding back his latest venture. In the work place Clachar had finished the mill stones and dressed the working faces. Ogma had told Ruadh about the marvellous physicist and inventor Archimedes who through the idea of the inclined plane had made the first screw.

After patient work Muracha could now adjust the gap between the millstones as the top one turned, hanging on its gimbal ring. The upper stone would be turned by a wide leather belt round a pulley on the waterwheel axle and round one above the stone. Both axles had a section shaped square to fit the square holes in the wooden pulleys, the size of the pulleys had to be left until water was running in the lead and he could check the speed of the water wheel.

Like everyone else he knew that this was an extra heavy snowfall and there would be a serious flood when thaw came. Only that morning he had heard an old man say, 'Look at the mist coming off the shoulder of Bein Gorum, the wind is going round.'

Ollam and Ruadh were growing closer as the days passed, they talked about their early lives and shared their experiences of good times and bad ones, all the time revealing their true natures to each other. They stood for a time looking out to the hills, there was nothing dark anywhere except one sheer high cliff face where a cornice of snow had fallen.

'It is going to thaw,' Ollam said.

'And you are not happy,' Ruadh replied. The grip of her hand on his tightened and he was surprised by the strength of it.

'Come, we will go inside,' she said. 'I cannot enjoy the beauty of it all when I know you must go away.'

A fire of birch glowed in the iron fireplace Muracha had made, when a thin coating of soot on the fire back ignited, it moved about in thin red lines like rival armies. Suddenly Ollam said, 'I always hated wars and cruelty, now more than ever, do you think it will do any good to flood the Roman forts?'

'Yes,' Ruadh answered, 'there are many people moving from country to country, in armies, as traders, and looking for learning at all times. They will carry tales and others will learn that Rome was under attack on her far North West frontier. This will encourage others who have resented the loss of freedom, taxation, and the dominance of Roman settlers on land that had belonged to their ancestors.'

Ruadh wakened to a new sound, the depth of snow had made the world a quieter place, there was no doubt this was the sound of falling water, he was up and dressed in minutes. As he went outside he had to step back as a sheet of snow slid from the roof. Snow was falling from the trees and there were pools of water in every small hollow. Lachair already had his horse saddled.

'Put hurry on you,' he said, 'they will be gathering to block the river before the water rises.'

Ollam and Ruadh stood in silence, then, 'I will be with you,' she said and turned away, she did not want him to see the fear in her eyes.

By the time they left the Big Glen their number had grown and at the end of the day more had joined. Every man had a bag of oatmeal behind his saddle, they could keep going in any emergency by eating the meal from their hand and drinking water or a strong drink made from fermented honey and bog myrtle buds. There were men everywhere round Dun Mor, they were being made into separate groups, Lachair was to lead one, Ruadh led a special group who could all speak Latin and the Celtic language. There would be one of them with each group.

The scene at the river was one of frantic activity, the number that could work at one time did two hours, then they were replaced by a new group, a constant stream of earth and rocks was going into the gorge that the water had worn over the unknown years. The women had made a field kitchen in a fir wood, every day the water level rose, yet the dam in the river was keeping ahead of it. They were aware however that when the real flood came it would rise much faster.

Then as the wind moved east a cold north wind cleared the sky and they had two nights of bright moonlight. While they could see, work went on day and night until the dam reached the top of the gorge. The lower holes in the earth wall at the new channel were spouting jets of water brown with the earth it was wearing away. Morning saw the hills hidden in a blanket of mist again, it was soon rolling away in dark clouds and a steady downpour of rain came. All the people and livestock nearest to the Roman line had been moved back to high land. There was an anxious time as they waited to see if the earth wall would collapse and take the pressure away from the new dam as water was already coming over the top of it.

At the earth walls all the holes were running full. Far back into the mountains the flood water was filling the valleys. As they watched from a hill at the wall the holes joined, there was a noise like thunder, the earth wall erupted in a flood of rocks, mud and water, tearing away the sides of the channel to form a new river bed. All along the line of forts groups of men waited concealed. They watched the water fill the ditch where a road had been made on the rampart joining the forts. Except for stone built forts at each end of the line at seaports the others were strong wooden ones housing the men who patrolled the Roman lines. The water rolled in higher, parts of the road were already gone. Patrols that had been out were making desperate attempts to get to the forts but there was no safety there. Some were being moved by the water as their foundations were washed away, some of the patrols escaped to the high places north of the flood but they were soon captured. Occasionally a complete tree would come down in the flood, tumbling end over end like some strange water monster.

The attack was a surprise to the Romans, it was an enemy they could not fight. People from a conquered area further south had been moved up in an attempt to form a buffer state against the Caledonians, they were also affected by the flood water. It had now started to flow east again and it was carving a new course in winding loops through fertile flat land. At the Roman camp there was a great commotion, although always alert they had no defence against the power of water in flood.

When order was restored the army was spread out south of the flood line. Day after day the water held its height as the snow on the mountains melted. Part of the line at the western end had not been flooded, now with the camp nearly empty, Ian Bek slipped out in the grey light before dawn and opened the enclosure full of horses. He had been feeding them and some knew him. As he walked out they followed him, the others came on in a long loose line. As he entered the edge of the forest he whistled a low owl call and dark figures came out of the half light on each side, one had a rope load of hay on his shoulders, a leading horse kept stealing mouthfuls as they walked on. They had all been taken from conquered people. When Ian Bek came back to the stable Thor blew through his nostrils and raised his ears, he could tell that the man had been among other horses.

The new Governor had now arrived at Rome's North West frontier, at the main camp he had found Agricola's maps and plans to finally conquer Caledonia. They showed the line following the east coast north to a good anchorage while his ships sailed offshore keeping in touch. His map showed a line going north west to Spey Bay where ships and supplied would be waiting. After a fierce battle he abandoned the plans and returned to the Forth and Clyde line.

Ruadh had travelled north with the horses taken from the Romans, it had taken several days, some were left where they were wanted along the way until they were left with the ones they rode and a few more. There was also danger, the rivers were raging in full flood.

Ollam had been unhappy all day, one of her sick people was not responding as she should, and the uncertainty about what was happening at the Roman line was always with her. The evening was still, on the northern horizon coloured lights were dancing again, she followed the winding path to the rock above the cave, it was her favourite sanctuary. A tall figure stood waiting. Her hand went up to her face in surprise and her steps quickened. 'How did you know I was coming here?' she asked.

Ruadh was smiling, 'I sent for you,' he replied.

'So what do you want me for?' she asked.

A look she had come to know replaced the smile, he spread out his arms, 'Come closer and I will tell you,' he said.

Muracha had finished making all the parts for his water driven meal mill, now he had to wait until the flood stopped. His life was one of creating things, now he made a V shaped hook at each end of a long metal rod so that it could be used to pull out every thorny bush that had overgrown the land, using a horse. He had a further plan to dig a deep ditch, starting at the highest point of the land and falling slightly on each side to divert surplus water from the hillside above. The soil and turf dug out would be built up into an earth wall on the lower side of the ditch to control grazing.

In the unbelievable far distant time when our spinning world had formed into a sphere and started to cool there was enormous pressure on the gases trapped in the core as its mantle contracted. The gases forced openings to the surface of the earth followed by molten rock holding materials that would provide for the growth of plants. Now when humans had found that land could grow their food, men were fighting and dying for possession of it.

Ogma was talking in the low voice he used when he was deep in thought, 'We cannot go through life without leaving something of ourselves behind,' he said. 'What better could we leave than the memory of unselfish love?' He was constantly surprised at the dedication of his young companion to spread the conviction that he had found a new way of life, knowing that his own years of learning had led him to the same belief.

Ollam and Ruadh stood looking at a strip of land he had cleared, the soft brown earth lay deep where the gorse and blackthorn bushes had been pulled out. Barra the strong active island pony was making the most of his chance to graze. 'I could live here,' Ollam said, 'it has the feeling of a place full of memories.'

She would never know that here the cavemen Keeack and Knap had found fish and flint that ensured the survival of their people. Ruadh was finding a new interest in the land, as they stood at the highest point they were looking up a long valley, the silver of a loch shaped like a sword blade reached out between lines of mountain peaks like marching men growing smaller in the distance until they were a faint blue haze where they met the western ocean. 'I can see a field of oats growing here,' Ruadh said.

'And I can hear the voices of children,' Ollam replied.

High overhead two ravens were tumbling about in a close airborne dance, the first sign that a new season of growth was on its way. The flood water had finally subsided, now the damage it had done was evident. Not only was the Roman defence line destroyed in many places, the Votadini who had been moved up to try and form a buffer state, had their homes and land spoiled.

Muracha had mounted his water wheel and with the drive belt in place it turned the top millstone with the sluice gate less than half open, he was now drying oats for a real test. The top millstone was raised or lowered by a long beam pivoted near one end and could be locked in any position.

Everyone came to watch the first trial, many with memories of hours turning the querns. Clacher poured some oats into the central hole in top stone as Muracha let it down slowly, a sound came from the stone then whole grain and its separated shells came out together. The mill was running again and now the grain only was being fed in. There was silence in the crowd than a shout of delight when the first trickle of oatmeal appeared, in what seemed no time the sack of oats became oatmeal.

'Take some with you,' Muracha said, 'and tomorrow you can tell me if your porridge is good.'

Already his fertile mind was thinking of a water driven way of moving air to blow away the shells as they were separated.

After the disaster of the flood there was a period when the Romans made no serious attempt to penetrate Caledonia.

Dounachie was a bright eyed little boy, he watched intently as Ruadh his father laid out young birch poles in groups of three, two were laid side by side, the third was laid in the opposite direction with its end between the ends of the others, a cord was tied round them, when the ends were lifted and the legs spread the cord tightened making a rigid tripod. A field of grass had been cut for hay, it was dry enough to build into hay ricks on tripods when it would keep its shape and shed rain. To a small boy everything was new and wonderful.

Ruadh's life was so complete that the days and years went past unnoticed. Allaine had gone travelling among the people of the north, driven by the conviction that he had to tell others of the new way of life he had found. Muracha had built a house when he married Anya, she still sang and played when she cooked for the Druid who, like his favourite mountain, Sgurr na Shee, never seemed to change. Lachair was in command of a special group for Dohil Mor, he had been wounded but had recovered.

Ruadh swung his son onto his shoulders, Dounachie liked to ride there, he could see better and felt tall. Ollam could see them coming some way off, sometimes they stopped and Ruadh would point to something, once he lifted the boy down and they knelt together looking perhaps at the nest of a bird. Why should I feel such great content after knowing deep sorrow, she wondered.

'Here is your son,' Ruadh said as he lifted the boy down. 'He asks more questions than the Druid.'

'He is your son too,' Ollam said as they walked hand in hand toward their home at the pace of the small one in the centre.

In the years following 85 AD the Roman policy regarding

the part of Britain they called Caledonia was one of defence, not attack. More than thirty years later in the Emperor Hadrian's time a defensive wall was built from the Solway to the Tyne. It was like an admission of defeat. Less than twenty years after, when Quintus Lollius Urbricus was Governor of Britain, a defence was build between the Forth and Clyde, known as the Antonine Wall. It proved useless against the northern Celtic people, it was abandoned and destroyed. The Romans retreated behind Hadrians Wall where they remained to hold it as their northern frontier. Caledonia was free.

Britain at War

~

S HE WAS A CHUBBY little girl, at an age when her feet did not always go where she wanted them to. She made her way across a big smooth green lawn, along a path by a high wall, and there in the wall was a door. She had never been allowed outside the grounds of the big house that was her home without company and she gave a chuckle of excitement. She had to use both hands to move the heavy handle, the door swung open – she was free.

Something moved by a pool of water along the path and she went that way. A boy about her own age was lifting something from the water in a spoon and putting it into a glass jar beside him. 'What are you doing?' she asked.

'I am getting frogs' eggs to turn into tadpoles,' he said without looking up.

She laughed, 'I thought only birds had eggs, and what are dadpoles?' He did not correct her as he looked up into her dancing blue eyes, the sunlight was making golden lights where it shone through her light brown hair.

Lisa Munro had spent years of her life loving and caring for the children of others. The love came back to her on postcards and with presents from far away places. She had been called to the telephone and when she looked round her young charge had gone. When she found the door in the wall open she was really alarmed.

The girl suddenly looked serious, 'My Nanny may be angry,' she said.

'Never mind,' the boy replied, 'I will tell her you were alright with me.'

The woman watched two small figures coming toward her, they were talking and sometimes laughing together, their knees and hands were muddy. She tried hard to keep her face stern. The boy spoke first, 'She was alright, she was with me, Miss Munro.'

'Thank you for taking her home,' she said.

'I must go now,' the boy replied, 'the glass jam jar is getting too hot in the sun.'

Murdo MacKenzie's grandfather had been forced out of his home in Strath Naver to make way for sheep. With his wife and two children he had sailed to Canada. He was an active and capable man and soon found work cutting cord wood. He built a log house where there was a huge expanse of virgin forest and started to work in a sawmill driven by a steam engine. When the owner grew old he bought the mill and acquired another one when Murdoch's father was a young man. It was the start of a business that was to become known world wide in the timber trade.

Lisa heard the sound of wheels on the gravel and the high round front of the big Bentley passed her window, the open tourer body was finished in British racing green, the low rumble of the exhaust gave no indication of the power the engine produced. Murdoch came in, rubbing his hands together like a boy with a new toy.

'That sure is a great cross country motor car,' he said. He had a low pleasant voice and you could still hear the sound of the Gaelic that had been his first language when he spoke. 'Has Jan gone to sleep yet?' he asked.

Lisa smiled, 'She said she would stay awake until you came,' she answered.

He went up the wide stairway. There was silence, then the sound of a child's laughter.

Murdoch MacKenzie had realised a lifetime dream when he bought an estate in the north west of Scotland. He had worked as a lumberjack, not because he had to but his father thought he should learn the business from the start. He realised the physical effort and monotony of pulling a raker crosscut saw or swinging a heavy felling axe day after day. The wisdom of his father's advice was proved later, many decisions at board room level were influenced by that experience.

His first act when he had bought the land was to make himself known to the crofters and hill farmers who had their homes on it. The first croft house he came to was set back from the road, as he walked toward it a fairly old man came to meet him.

'Is it lost you are?' he said.

Murdoch replied in Gaelic, 'No, how are you today?'

The man's blue eyes opened wide, 'Where did you come from?' he asked in the same language.

'I am the new man from the big house,' Murdoch replied.

A slow smile spread over the man's face, 'And you are one of us,' he said. 'You will take a dram or a cup of tea.'

He avoided the homes of the obviously wealthy people, they knew where he lived. He had married a beautiful and vivacious girl when he was twenty-two, her life was a round of social enjoyment, and when they bought a house in Park Lane she passed most of her time there. Early one year their daughter was born, she was called January. There was to be no more family, his wife said. No one would ever know of the disappointment he felt that he would never hold his own son and see him grow up.

He had told his solicitor to retain the people who had worked for the previous owner if they wanted to continue, he had met them at their homes and liked what he found. There was instant friendship with Bob Robertson who in his youth had worked on the construction of the great railway that crossed America. He thought British Columbia was the best place in the World. He had worked in Africa and other countries, now as manager of the estate where he was born his experience gave the answer to every problem. He was showing his years but his model P Triumph motor cycle carried him everywhere.

Lisa waited for time to speak to Murdoch alone. 'I had a scare today,' she said, 'I was called to the telephone and when I looked round Jan had gone. When I saw the open door in the wall I ran, but she was alright.'

'She told me all about the frogs,' he replied.

'We must lock the door in the wall,' she said.

He smiled, 'No Lisa, we will not always be here to help her, she has to find herself and make her own decisions, we can only give her the love she needs at this time. What is the boy's name?' he asked.

'He is Alan Cameron, his father has a hill farm on your estate, he is John Cameron.'

'Yes, I know him,' he said, 'the boy Alan would be good company for Jan. I want her to have her first school days among my own people, the schoolmaster is a Glasgow man and the primary school has the widest range of subjects that I have seen anywhere in the world. I know my wife will not approve, but I have decided. There is something else I want to ask you,' he went on, 'the previous house-keeper has retired, would you consider taking on the position?'

Lisa was silent as she thought. He spoke again, 'Jan will not always need to be taken care of and you are a good influence here.'

'What would your wife say about it, if you think I am capable of doing it?' she asked.

'She does not handle this one,' he said, and he laughed.

Jan and Alan had one long hot summer of freedom before their school days came, she soon found her way to his house and discovered a new world of wild flowers, birds and animals. Meg and Flash, the working collies, raced to welcome her. They went among the sheep at shearing time, putting the owner's mark in red marking fluid on the newly shorn sheep and getting as much colour on themselves as on the sheep.

At that time neighbours went to help each other when a lot of work had to be done quickly. Gathering, that is taking sheep in big numbers in from the high hills, shearing with hand shears, and at harvest time. 'Dipping' meant that each sheep had to go through a special solution for health reasons, the children were always involved if it was out of school hours so they all knew each other. They met at Sunday school and occasional parties.

Old Sam had been telling Alan about a Water Ouzel's nest in the side of the burn and he wanted Jan to see it, they were given permission to go the next day. Sam MacDonald had survived the horrors of trench warfare, now growing older he worked as a gardener. He knew every wild flower, all the birds and the wildlife around him. He found the children eager to learn, they thought of him as some sort of uncle who knew all the answers to their endless questions.

The morning gave promise of another hot day, a wandering line of low mist marked the course of the river, the high peaks held their heads clear and lower down the mist twisted and turned into strange shapes as it rolled up the corries. Soon the light and heat of the sun claimed the sleeping world again. Jan and Alan were feeling the heat of the day, they had been running about barefoot as most of the children did in summer and their boots felt heavy and clumsy in the rough hill land. The nest was really not too far away, but to two small people on a hot day it was an achievement.

'We must be very quiet, we are nearly there,' Alan said. 'Now look at the split in that rock, that round ball of moss and grass with a hole in the side is the nest. We cannot go near it because the bird may leave her eggs if we frighten her.'

A round black bird flew upstream with fast wing beats, it landed on a dark stone in mid stream. 'Where has it gone?' Jan asked.

'There,' Alan said, 'on that black stone in the white water.'

Jan clasped her hands, 'Yes I see him now, his black and white hides him.' Then suddenly she grasped his arm. 'Alan he has fallen into the river, he will be drowned.'

Alan laughed, 'He is alright,' he said. 'Sam told me the dipper walks on the riverbed finding things to eat.'

Soon the bird was back on his favourite stone where he burst into a loud cheerful song that seemed to blend with the sound of the running water.

Donald Cameron had gone out to spy with his telescope for rough sheep, there were always some wary old ewes who managed to avoid the dogs when the sheep were gathered. Without good dogs, running sheep on open hill land would be impossible.

Being a shepherd is a highly skilled occupation, like sheepdogs, they are born not made. Donald had seen one or two sheep that still had their wool on, they were far out, that was another day's work. He came home by the burn side to see the children and he heard their laughter before he saw them. When he came in sight of them he stopped in astonishment, the water at that point came down over a long smooth sloping rock. They were taking it in turns to sit on the rock and slide down into a shallow pool at the foot. Their shirts and shorts and two pairs of small boots lay beside the water. He was not quite sure of what to say to them as they came to meet him.

'The water is nice and cold,' Jan said.

'It must come from the snow in the corries,' Alan added as he looked up at a mountain above him while he dried his head with his shirt.

In the presence of such complete innocence the man had nothing to say. He drew out his telescope, 'I will spy the south face,' he said, 'when you are dry we will go home.'

All too soon freedom ended and it was school time. Everyone walked to school, some as far as three miles each way. The beginners were put in charge of a younger teacher, you learned the rules, you walked into school in a line, you did not talk in class, if you wanted to answer a question or ask one you raised your hand and you addressed your teacher as Sir or Miss. Jan and Alan found this easy because everyone behaved well.

The school had been built by a previous land owner who also built a church. The 'big room' was very long with a fire at each end. It had a large blackboard on which work was written with white chalk, a piano and a modulator for music and singing lessons. All round the walls there were maps of different countries, the world map at that time had large areas in red. Jan and Alan had some early learning from his mother who had been a teacher, so letters and numbers were no problem. The long room was full of desks, some seating two and some four pupils who sat at the same place each day. Each desk had a wood framed slate lined on one side for writing and marked on the other side in squares for figures. Work was put on the blackboard and the pupils worked out the answers on their slates. There were two periods of mental arithmetic each week when answers to sums were found in a set time with no writing.

Lisa Munro never knew her father, he had been killed before she was born, when she grew up she cared for her mother until she passed away. She had started to form a great respect for her new employer. She was not very impressed by his wife on the few occasions she had seen her. Virginia MacKenzie seemed to have no time to spend with her young daughter, it did not increase her popularity when she addressed the workers by their surnames only in a condescending manner.

Murdoch had decided to build a swimming pool at the school and Bob Robertson was delighted, he loved building things. Two days later he handed over some sheets of plans that would have done credit to an architect, he was eager to start. Murdoch had an important meeting to chair at his London office and his wife was returning to their city house. He was going to spend time in the Midlands on his return journey, there he would visit manufacturers of wood working machinery. Bob had thought it might be possible to make their own electricity using the power of water, he would find the makers of Pelton wheels or Turbines.

School had settled down to work again, the boys had stopped playing shinty in summer, bare feet and legs did not go well with flying shinty sticks. The girls used their playtimes skipping.

Murdoch MacKenzie had left the city behind him, he settled back in the leather covered seat as the big car pushed the ribbon of the London to Edinburgh road sixty miles behind him in each hour. He found himself singing a song of his youth, he knew why he felt so good, it was because he was returning to a place where the noise and stress of the financial world was unknown, where there was time to watch the shadows on the hills and listen to the birds sing and where you were valued for what you were, not as a potential source of profit. He did not regret leaving his wife behind, for some time it had been a marriage in name only and he knew that would finish also.

He pulled in at the George Hotel it was a genuine old building, you could see the adze marks on the oak roof beams, a fire burned in a great wide fireplace at one end of the room, it had the comfortable feeling of a place that had been lived in for a long time. Not long after he had eaten he was into miles of tall chimneys billowing out smoke, that was the heart of industrial Britain. He soon found the people he wanted to talk with and rejoined the A1 with a pile of descriptive literature on the seat beside him. Soon he was turning left at Scotch Corner, up and over the hills then down the sweeping bends to Penrith, his spinning wheels carried him over the border and through the rolling green hills, past the pit head towers and into busy Glasgow where police on point duty directed traffic as sparking clanging tramcars moved people about. Past Loch Lomond it was the open road again and before the light faded he

could see the mountains of home black against the evening
sky.

The years of schooldays were slipping past for all the
young ones, hot summer days when the avenue of lime
trees filled the air with the humming of bees and the scent
of their flowers. There were also the days of cold, rain, and
wind that tested fortitude. Jan and Alan had grown, they
knew every wood hill and corrie around them. Alan had a
sheep dog of his own, the collie was all black so he was
called Sweep. While he was still a round fat pup Alan had
taught him to sit at one whistle and come at another. Now
when the ewe lambs which were to go back into the flock
were taken into the fields for wintering it was his job to
feed them before school. Although the boy, the dog and the
sheep were all young there were no problems. Alan had
discovered the magic of books, at a previous Christmas
party in Murdoch's house where they were given presents
from the tree and received their school prizes. Dancing
followed to music played by a local lady on her melodeon.
When Alan was handed his prize he glanced at the title and
almost forgot to say thank you. The book was *British Birds
and Their Eggs* by J-Maclair Boraston, he disappeared behind
the heavy curtain at a tall window and was lost in his book
until Jan found him and made him a reluctant dancer.

Bob Robertson was delighted with the swimming pool,
with its third pitch roof of larch shingles it was part of the
landscape of fir woods and high hills. There were changing
rooms at each end, both sides were glazed but the windows
could be locked fully open in pairs, the pool was of a size to
suit the community and the opening day was near.

Richard Barton had left Edinburgh University with an
Honours Degree in physics, he hoped to do research,

instead he found himself the member of a gun crew on the Western Front. There he saw some of the terrible destruction that touched homes all over the world. When he was wounded he was nursed by a girl from the Hebrides, they were married soon afterwards, when the wear ended in 1918. His experience of war had convinced him that he should use his life working for peace. Now after further studying he was the Minister of the Parish where Murdoch MacKenzie had his home.

His round-nosed Morris Cowley was a familiar sight, it was a bright yellow, most unusual when most cars were black, but a good colour for country roads, except perhaps in autumn. As each clergyman was in charge of a single parish he had time to make himself known to everyone in the area. War and the hard times after it had brought the people even closer together.

Alan, who was now growing taller, had come to realise something about himself in his last school year. He knew that he was fairly good at mental and physical games, he did not know that he had been born with an instant reaction to events around him.

A new pupil had come to the school, he was two years older than Alan and was wellgrown. From the start he made life unpleasant for those who were younger than himself. One morning when the school was out for the ten minute respite known as 'little play' he started to push Jan towards a high bunch of nettles that grew by the playground. Alan's temper flared, he came between them, 'Stop it!' he said.

'What can you do about it?' the older boy said, as he pushed Alan back. The next thing he knew was the shock of a blow on the nose that took his breath away, he lashed out wildly but the blow was wasted on the air, the second blow

94

landed before his arm came back. He knew then that he had to stop or he would be humiliated.

One of the older boys had run over to stop the fight for Alan's sake, he could see the result, 'Good for you, red fellow,' he said in Gaelic. That was the shout when the school team were playing shinty and Alan's red head was getting near the opponents' goal.

Lisa Munro was sitting looking out the wide window of her room, she felt sure that she had the best view from the house. In mid summer the sun set in the west and the glow of its light was still on the horizon when it rose soon after to start a new day. The whole of the glen running out to the west lay before her, half its length was marked by the silver of the loch, the mixed woods were folds of green tartan and even at an hour before midnight she could make out the faint blue line of mountains that bordered the western sea. A light tap sounded on her door. 'Come in,' she said. To her surprise it was Murdoch who entered.

'I am sorry to disturb you at this hour,' he said, 'but I have had very bad news, there is no one I can talk to except you if you want to. Perhaps you would rather talk in the morning.'

'No,' Lisa replied, 'troubles are better shared and we have more time to talk now.'

'This is the situation,' Murdoch said, 'Virginia has her own bank account which I keep at whatever level she requires. Now my accountant tells me that she has transferred one hundred thousand pounds from my personal account which she is giving to some man to start a business.'

Lisa listened in amazement, 'Will it affect your dream?' she asked, 'I watched you make it a reality.'

'No,' he said, 'it is a lot of money but the company would not be concerned. It is the way it was done that I am not happy about, this could be repeated. I cannot contact my bank until tomorrow.'

Lisa looked thoughtful, then she said, 'Could there be a branch of your bank in Canada where it would be daytime now? You could discuss the best way to hold the money until you had the background checked of the man who was going to borrow.'

Murdoch was smiling at her, there was affection in it like the indulgent smile an older boy gives his sister. 'That does not sound like a quiet caring Sunday school teacher,' he said. She laughed and he was suddenly aware of the way laughter transformed her face then he was serious again. 'You are right,' he said, 'we do have the ability to check anyone we doubt, it is necessary in a big organisation. They have someone on call day and night. Thank you for listening to my problems.' He paused with his hand on the open door, 'Do you have a dream, Lisa?'

'Always,' she answered, 'I dream of a world where hatred and violence have gone, where people care about each other and where real love and peace are part of us instead of headlines in news print.'

'You are nearer it than I am,' he said, as he closed the door quietly behind him.

It was coming up to the shinty season again, the boys could not afford to buy the hickory clubs made for the sport so they roamed the woods looking for straight saplings with a curve at one end. The base of the club was triangular, you could swing and hit the ball from either side, it had to be of a size that would pass through a two inch diameter ring. Bob Robertson had noticed the boys shaping the sticks with their pocket knives, he brought some of them into his workshop and showed them how easy it was to form the clubs using a spokeshave, he also talked to them about steam bending and promised to make something that would bend the sticks, meantime they were to thin out the thickets of young ash taking the size they wanted.

It was very early when Lisa was wakened by the sound of a car engine, her bedroom window looked out on to the mountains and when the sky was clear she loved to watch the first golden light stroke the nearest height then leap from peak to peak into the distance. Today however, her mind was very much on her employer. Her respect for him had grown steadily. She heard his car come in and went to meet him. 'Did you have anything to eat?' she asked.

'I forgot,' he said, 'I went out into the hills and left my troubles there, but I want to tell you what happened. Can I talk to you in the afternoon?'

'Yes,' she said, 'I will see about your food now.'

It was late afternoon when he came to her. 'I have finished in the office,' he said. 'Can we go to your room now?'

'Certainly,' she replied, 'but you will ruin my reputation.' They both laughed.

'No way,' he said, 'you have so many friends they would kill off any rumour.'

In Lisa's room he waited until she had shut the door. He looked very serious as he said, 'I knew a long time ago that our marriage would end, you know the Gaelic saying, "You must burn a peat stack with someone before you know them." We were too young perhaps or maybe unlucky. One of our investigators has taken pictures of Virginia and the borrower, with some official help he has identified him as a man who on two previous occasions had started affairs with wealthy women then disappeared with their money. Virginia had transferred the money to a branch of the bank in Mexico City, she has also bought two tickets for a flight to Florida. By a stroke of luck I have known the manager of the Mexico branch for years. I was able to contact him at his home. He said that as the money had been taken from my account without my permission he would transfer it back into my own account that can only be drawn on by myself in person.'

Lisa drew a deep breath, 'How could all this be done in such a short time?' she said, 'And how will it affect Jan? Will Virginia be stranded in a strange country?'

'I don't think Jan will miss her mother very much,' he said, 'Virginia's family are wealthy but I will see that she is alright. Their obvious plan is to fly to Florida and then go secretly to Mexico where they would withdraw the money and disappear. They do not know that this time the police are ready and waiting to spring the trap.'

Bob Robertson had found a cast iron boiler that had been set into a fireplace of stone but was no longer used. He got all the boys together and showed them a strong wooden rack he had made, it would hold six shinty sticks which after being steamed could be pulled down and held to form the correct curves at the ends. They were full of excitement at the thought of making their own good shinty clubs, they had cut all the young ash they wanted and stripped off the bark, some had cut birch firewood while others put sand and water in the boiler. Bob had shown them how to use a brace and expanding bit to make two inch holes in the wooden lid he had made for the boiler to let the sticks in.

With the fire going well and the water at boiling point it was soon time to try one of the sticks and soon the first six steam bent shinty clubs were curved and held down to cool and dry out.

A number of new pupils had come to the school. In the aftermath of a world war there was unemployment and hardship in the country, many families were separated in the cities and country people were paid to take the children into their homes. They were a streetwise, bright crowd of youngsters, older in experience of life than their country companions and they soon made many new friends. One small boy was watching shinty for the first time.

'Come and have a game,' someone said. He shook his head as he watched the flashing sticks, the struggles and the fast small ball.

'That is no game,' he said, 'that is a battle.'

The boys had curved their second lot of shinty clubs, Bob Robertson asked them to do it while he watched to make sure that they followed all the safety rules.

Virginia and her companion had left Florida, they stopped in the state that had given her her name then moved on to Mexico City. The bank had alerted the American police who had a man following the couple. Virginia and her companion smiled at each other as they were shown into his room. Virginia spoke first, 'I have transferred my money from the London branch to your bank here. Now I want to withdraw it in dollars to finalize a business agreement.'

The banker nodded his head slowly, ' It is a considerable sum,' he said, 'it would take several days to have the cash ready. However, some of the money could be available tomorrow.'

Murdoch was in his office when the phone call came through. It was his banker friend from Mexico who said that the couple had called at his bank, there he had a large number of counterfeit dollar bills that had been taken out of circulation to be destroyed. The police, who had details of the man's two fraudulent affairs in their files, were determined to catch him this time. They wanted the bank to pay out the money in counterfeit dollar bills. He had been under constant supervision and they had also traced calls and found that he had booked a single berth on a ship sailing to Hawaii in three days time.

Murdoch had listened carefully, 'Do what you think right,' he said, 'but I want you to see that my wife has enough money to get her to the safety of her parents' home in America.'

John Bradman never smiled when he was alone, his smile was a mask that never reached his eyes, it was just the means to an end and when he lied it was the same. He had never known unselfish love so he never cared how his behaviour affected others, Today as he paid his taxi and walked towards the ship carrying a large leather case that had his initials in big black letters on it, he passed a police car that was parked there, the two officers in it did not even look at him. Two men were standing together talking, they separated as he approached. He passed between them, suddenly his arms were pulled behind him and his wrists were locked together, he struggled and swore violently. The police car had pulled up the doors shot open and he was bundled into the back, the car was moving as the doors shut.

Virginia had passed the first two days alone at her hotel dreaming about her future life of world travel. John had told her all about his ranch in Texas and how he had found oil there. He said tests had shown that he was sitting on an oil well. He said he was worried about her safety if she went with him when he carried so much money so persuaded her to wait until he put the money in an American bank and signed an agreement with an oil company.

She had never met anyone of his type before and he had taken full advantage of that. When the day of his return had passed she sat up late and fell into a restless sleep when she dreamt she was put out of the hotel and had to sing for money on the street. She wakened early with a feeling that something was wrong, then came the shock of realising that for the first time in her life she did not have money to do what she wanted. There was a tap on her door. 'Come in,' she said.

'Telephone for you, madam,' the smart young Mexican bell-boy said. He inclined his head and left. The line was open and she gave her name, a man's voice answered. 'We have met,' he said, 'I am the manager of your local bank. I have an urgent message for you and would like to see you now if that is possible. Where are you staying?'

'At the Machismo Hotel,' she answered, 'but I have no transport.'

'I will send someone to take you here,' he replied.

When she came down the steps a red MG was parked there, a tall young man with an unruly mop of fair hair came to meet her. 'Are you Mrs Mackenzie?' he asked.

'Yes,' she said.

He said something in a strange language and she gave him a puzzled look.

'Are you Mexican?' she asked.

His head went back and he laughed, his teeth shone

white in his sun tanned face, she found herself smiling at his infectious good humour. 'Sorry,' he said 'I though that with your name you would know Gaelic. I am from the north of Scotland. Now I will take you to the bank, this is not quite a Rolls but it is a good little bus.'

He was a careful driver on the crowded streets but when they came to an open part of the city the car came alive, he did a handbrake turn on the last sharp corner going into the bank.

In the manager's private room he seated her in a comfortable chair, for a few seconds he stood before her then he said, 'I have some unpleasant news for you.'

Instantly she asked, 'Has the money been stolen?' Her question told him that she had no real love for the man who had been with her or he would have been her first concern.

'No,' he replied, 'the money has been returned to your husband's account so that you cannot be charged with fraud. The man who was here with you has just been arrested for taking money by fraudulent means from two different women on separate occasions. He was caught by the police as he was about to board a ship leaving for Hawaii.'

She sat very still for a short time then she said, 'What about the ranch and the oil in Texas?'

'I am sorry,' he said, 'but that is part of his tale of lies. Your husband has directed me to give you money that will get you to the safety of your parents' home.'

She drew a deep breath of relief, for the first time in years the word home meant something special. 'Do you have any money?' the Manager asked.

'Only about two hundred dollars,' she replied, 'and the hotel bill has to be paid.'

'This is what you must do now,' he said, 'arrange your travel and the date of the day you leave, with the cost, then ask for the hotel bill up to that day and bring them to us here when we can give you the money you require.'

She slipped into the passenger seat of the MG again, 'You are used to sports cars,' he said.

'Yes,' she answered, 'I had an Aston Martin in Britain.'

He sat upright, 'If I had known that I would not have tried to show you how good my car was,' he said.

'You scared me,' she replied, 'I thought you were going to pile us on the wall at the bank.' She went on with fun in her voice, 'There is a Mexican out to get you after watching his cows disappear over the horizon with their tails in the air.'

They laughed together as he pulled up at her hotel, she sat quietly enjoying the comradeship. 'Now,' she said, 'I have to get the cost of travel to the States, do you know of a Travel Agency?'

'Yes,' he said, 'I use a good American one, sit tight and I will take you there.'

When she rejoined him she said, 'I leave tomorrow. All I have to collect is my hotel bill and take it to the bank.'

Some time later he brought her to the hotel for the last time. She was very quiet, getting out of the car she said, 'Good luck.' She went quickly up the steps to the open door and went in, she did not look back. She might have said thank you, he mused as he eased the MG through between a horse drawn timber wagon and an approaching herd of cattle. Back to your figures, dreamer, his thoughts said as the surge of power from the red car lifted his spirit.

The Reverend Richard Barton was a worried man, he pulled his Morris Cowley off the road where it crossed a high ridge that reached out into the water of Loch Gorom. His mind was full of the contents of a letter that he had just received, it was from a companion of his university days who had just returned from a holiday in Germany. The German people had gone through very hard times after 1918, faced with a war reparation of one hundred and thirty two billion gold marks. From the normal rate of four marks to the dollar it had gone to seventy-five to one in 1921. In that year a thirty-one year old comparatively unknown man called Adolf Hitler joined a group called The Workers Party. During 1922 the exchange rate had become four hundred marks to one dollar, a disaster for the ordinary people. His friend's letter went on to say that there were rumours everywhere, one that the army had not been defeated but betrayed, and one that the mark had been devalued to make the payment of war debt impossible.

It was another of these perfect days in October that always come when there is high pressure over the northern hills, it was so still that Richard could hear the little sounds the car engine made as it cooled. From the timberline to the loch side the hills were ablaze with a thousand shades of autumn colours. They did not end at the shore, the water was like glass and it was difficult to see where reality ended and reflection started. Dominating the background Sgurr Beerach pointed its sharp peak into the sky. If there was no road, he thought, I might have been the first human to have seen this. He did not know that a group of skin clad cave dwelling people seeking safety and shelter had in the far distant past followed an animal track where he stood. That was long ago in people's time, only seconds in the aeons that had created this beautiful planet. This was a special place to one who was always involved in the life of the community, here alone in the silence he could rebuild his strength and commitment. Somehow his friend's letter had reminded him of war time when homes all over the world were plunged into sadness by a message that a loved one would never walk to meet them again. What, he wondered, was this strange power in thinking creatures that we dismiss with the word emotions. They have shaped world history down the years, brought war and peace, the tearing wild dog in the pack and even the roaring lion, with the rearing wild stallion on the plain responded to care and affection until they became faithful friends.

He suddenly remembered time and he looked at his watch, the place had worked its magic again, he felt good, some words came into his mind, 'The lion shall eat straw like the ox.' He smiled, that would be the text for Sunday's sermon. He drove slowly, the hill sheep were beginning to sleep on the road again, they did not know about solar panels but they did know that the black road was the warmest place to lie when the world grew cold at night. As he drove past a house near his manse a girl turned from the flowers she was admiring and lifted her hand, he waved a reply. This was another thing he liked here, everyone acknowledged you. The scholars were making their way home from school, some had to walk for miles each day. He saw two who lived far out and stopped the car. 'No lift today?' he asked.

'No,' the boy said, 'My father is away with the calves to a sale.'

The children's father had a BSA and sidecar, he usually carried them most of the way to school.

'Well come aboard,' the Minister said, 'I will get you home.'

Donald, the twelve year old, could not hide his excitement, 'I have a calf of my own,' he said.

'Are you going to sell it?' Richard asked.

Disbelief crossed the boy's face, 'Oh no,' he said, 'it is a heifer from Ruby, our pure Red Poll cow that we milk as the house cow, by a pure black poll bull. She will make a good mother.'

Once more the Minister was aware of the mature way in which the children who lived close to nature accepted the facts of life. 'Thank you, Mr Barton,' the boy said as he let the car.

The little girl looked up into his eyes, 'I was never in a motor car before,' she said in a shy voice and she ran her fingers along the length of the Morris as if she did not want to be parted from it.

Gwen Williams had grown up on a Welsh farm and like many young people she was drawn by the lights of the city. Eventually she became manageress with a company that had stores all over the country. When she was offered a position in the north of Scotland she accepted, she had gone there on holiday often. Now with a house and garden in the country she could have time for the music that was the most important thing in her life. Coming from a race that is full of music and song she could play several instruments but only a violin could express all her feelings. Just at that time she found the perfect violin.

Attracted by the musical instruments in a window she went into a shop in the back street of a city, an old looking violin case lay on a shelf among other used instruments. She lifted the fiddle from the case, one peg was missing and it had no E string, only one string was tight enough to hold the bridge in position and when she plucked it the sound was dull and wooden. When she rocked it from side to side she could hear the soundpost rolling about inside, yet there was something about the feel of the violin, a peculiar lightness that aroused her interest. The shopkeeper came to her, 'How much does this cost?' she asked.

'Fifty pounds,' he said with a question in his voice.

She smiled at him, put it in its case and shut the top, 'I would only pay twenty-five for it,' she said.

Another customer had come in. Suddenly he remembered that he had bought the violin at a sale for ten pounds. 'Fair enough,' he said, 'pay at the cash desk.'

Gwen Williams watched the violin maker lift it from the case, he weighed it in his two hands, 'Ten ounces,' he said. It was more like a question.

'Yes,' she replied, 'I felt the lightness and the life.'

He turned the violin over with his hand below the F hole. He held up the soundpost, 'Do you know,' he said, 'that the French call this the soul of the instrument.'

David Sinclair had been making violins for many years. He left his native Sutherland to look for work, he learned wood turning, making furniture in Wycombe then graduated to pattern making where he met a man who made violins. He was offered work in that line and when he heard the sound from the first instrument he had made he knew where his future lay.

After a few years he returned to the Scottish Highlands where the violins he made soon became well known. Many parents brought their children to him so that they would learn to read and play music. It was a rule that when they learned a melody they would look away from the music and memorise it.

Looking at Gwen he said, 'Did you find anything inside?'

'Yes,' she replied, 'there are the capital letters IHS and a cross.'

David was suddenly excited, 'This seems impossible,' he said, 'anyone could copy a label but only Bartolomeo Guiseppe Guarneri could make the violin called 'Cannon' in 1742. Baganini could fill a big hall with perfect sound and lift a huge audience into a world of beauty.'

'What do the capital letters stand for?' she asked.

'I believe it is the Greek abbreviation of Jesus,' he said, 'this man was a committed Christian. He signed his name, Guarneri "dei Gesu" below the Cross in his violins, concentrating his genius on the quality and power of the tone.'

'I am very pleased that I have found you,' Gwen said. 'I never thought that I would be peering into a rare Italian fiddle.'

'Well do not lift your hopes too high,' David replied.

'Would you set it up for me?' she asked, 'With a new peg and the best set of strings you can get and you can put its soul in the right place.'

They laughed together. 'I will make a new peg to match the others,' he said. 'Did you ever think how wonderful it is that one person, taking natural materials formed by chemicals in the soil and the influence of the sun, can turn them into an instrument capable of making sounds so perfect that people would gather to listen and those who play the instrument can transmit their emotions to others by sound alone.'

Murdoch had not tried to divorce Virginia, he thought it might upset his daughter but Jan did not talk about her or seem to miss her. He paid a regular amount into her father's account but she had never got in touch with him. He really felt sorry for her, perhaps she had been given too much as a child, he thought.

Every morning that he wakened here Murdo MacKenzie was glad that he had found this place, here people valued him for what he was, not for what he had. Radio had not yet arrived in the glens and news of the world arrived with mail and groceries from the nearest shop in a Ford. A usual greeting if something special happened was, 'Did you see the paper this morning?'

The months and years slipped past quickly for the children, already Mr Murray was preparing them for the all important Qualifying Exam which they had to pass when they were twelve years old. Jan and Alan were now in that class. When they had passed they did a further two years in an Advanced Division, they were then given a leaving Certificate with marks for ability to study, character and conduct, and Degree of Proficiency in six main Subjects of Study. Although they did not mention it the two young people knew that the time when they would be separated was drawing nearer. Jan's father had talked to her about it. 'Mr Murray can take you no further,' he said, 'now you must decide what you would like to do with your life.'

She was suddenly conscious of a rush of affection for this man who was her father. 'No,' she said, 'you have given me everything, you have every right to advise me.'

'All I want,' he said, 'is that you take time for more education and that you always find happiness.'

A strong friendship had now grown between Jan and Lisa Munro, perhaps the girl had felt the loss of her natural mother and found a better one. They talked about everything and Lisa came to realise how much alike father and daughter were. Jan never spent money on anything that her school mates could not have, she was also among them when they were in trouble.

One night when school came out there was frost in the air, someone suggested that they should let water into the empty curling pond so that they could have a slide. They did not know that the water had to be let in slowly to give smooth ice, they opened the sluice and let the stream rush in. In the morning the pond was covered with ridges and hollows of ice. In the morning all the pupils were lined up outside the school. 'Step forward all those involved in flooding the curling pool,' the head said. Four boys and three girls came forward.

'It is my duty,' he said, 'to see that each pupil who leaves this school does so with a certificate showing good character and behaviour. Now, who suggested this?'

There was as stony silence and they all looked straight ahead. 'Alright,' he said, 'the girls will clear and tidy the four gardens of the old people nearest the school, the boys will dig these gardens. This will be done on Saturdays, weather permitting, report when the work is finished. Now go to your places.' The boys were pleased that they had avoided the strap. It did not hurt their work hard hands too much but it hurt their pride and there would be more to come from their parents when they went home. It was never used in connection with school work, everyone knew the rules: You did not, Bully, Lie, Steal or Cheat or you would hear the ominous words, 'Hold out your hand son' and the leather belt would appear from the Head's jacket pocket. Luckily it was seldom used and never in anger.

Jan and Alan had been among the culprits who flooded the pond, Murdoch was teasing his daughter, 'That will learn you to behave better,' he said.

She laughed and replied, 'Mr Murray did not know that I was already helping old Mrs Grey with her garden and Alan was going to dig it.'

Some days of south west wind and rain had melted the surface ice on the long rectangular curling pond, an attractive wooden building, its third pitch roof covered with larch shingles held all the curling stones and equipment. A curling match was due whenever an easterly wind would bring high pressure and hard frost. A double line of Norway Spruce had been planted to shade the ice from the reflection of the low winter sun. All work was stopped for a curling match except the most essential, and everyone was equal on the ice. Big urns of soup and hampers of sandwiches came from the nearest hotel, competition was keen, they were good days to remember.

Jan had been thinking a lot lately about the next years in her life, she felt that she had grown to be part of this place, the thought of leaving it permanently disturbed her. One of her favourite walks wound uphill through a Scots pine wood where the path was littered with the remains of cones dropped by crossbills. There was a little loch up there, the windblown seeds from an old tree grew a thicket of young birches, their tall slim white trunks each carried a golden crown, their only background was the haze of far away soft blue mountains. When Jan had been clearing the old lady's garden she had found two cast iron seat ends in a tangle of bracken. She was told to take them away. Alan, who loved making things, soon had them cleaned up and painted. The seat was assembled by fitting wooden rails into the suitable sized slots in the light castings. The parts had been carried up to the view point and fitted together where its larch rails and dark green ends merged into the surroundings. Alan had cut their initials in the smooth bark of a rowan and the date, 1925. She did not know that a man who at that time was reading the Anti Christian writing of Nietzsche in prison would once more plunge the world into unbelievable cruelty, destruction and sorrow.

Jan and Alan had come here often, they knew everything that grew and lived on this hillside but today she had come alone, she wanted to be where she could think best. She really wanted to think about Alan, ever since he had defended her at school she realised that he thought of her as more than just a good chum. It was then with a rush of pleasure that she knew the feeling was mutual. There was one big problem however, she came from a home where money was plentiful. Alan's father, however, as the result of a depression and the imports of meat from other countries was forced to sell his weaned calves and lambs at little over the cost of producing them. She was aware that Alan, when he left school in about a year's time, would look for work to help his family, he had only one older sister who was a nurse in a Glasgow hospital. Jan was surprised to see how everyone in a large family worked to put the most promising member through a full University education, this seemed to be a common practice in the Highlands and Islands at that time.

Alan had become friendly with Euan Mcrae, he was some years older and worked on a nearby farm. All his spare time was passed in his sport of shooting. Alan and other boys collected the lids from tin food containers, then from the top of a high bank he would send two lids over the head of the shooter, they went skimming high at all different angles. Euan shouted, 'Go,' when he was ready. He very seldom missed with his double barrelled twelve bore shotgun.

David Sinclair had opened up Gwen's violin, the base bar was separated from the back at one end, it was not particularly well done and he made a replacement, held in the back by two sharp pins in the original position, the belly was held in place without glue by six light clamps. One string held the bridge in place while he set up the sound post. This was only the start of a process of trial and error. He was surprised at the amount of sound it produced with ease when it was tuned to concert pitch, however he was disappointed with the lack of resonance in the back strings. He knew what he could do about that but the clock above his workbench showed it was nearly midnight. He pulled the door of his workshop shut behind him and walked toward his house, there was a flash of white and a roe buck barked a warning from his corn field, it sailed over the stock fence as if it did not exist and vanished in the birches. The world was still, not a leaf moved, he suddenly felt thankful that he lived in this place, doing what he wanted to do. He could see the scattered lime washed homes of his neighbours shining white in the moonlight and his feeling of content grew stronger in the knowledge that every home held friends who would stand by him in all circumstances. A dog barked far away, a waving light moved away from one of the houses, he knew who lived there. Donald must have a cow calving, he thought, or perhaps he is taking a hidden gaff from the peatstack, he had heard that there was a big run of salmon in the river, they had to send a pony and dogcart to collect the fish that the guest rods had landed by twelve noon. The black shadows of trees, bushes and fences across the fields grew light then dark and changed their shapes as the moon sped through wisps of light cloud.

I must be the only one awake to see this, he mused as he turned into his house. The world was wrapped in a parcel of mist when he wakened and he went to his workshop without waiting to eat. Despite his experience most of the morning had gone before he was satisfied that he could assemble the violin again, after that was done it would still be possible to move the bridge and sound post but the base bar was glued down.

Alan was becoming more interested in the skill of accurate shooting, he longed to have a gun so that he could practise, his only hope was to buy an air rifle but he did not have enough money for that. He had read Euan McRae's gun catalogues many times and in one he had found a gun at a price he just might reach. At that time rabbits were a plague in the north, they could not be kept under control, a great number were used for food, a local butcher who delivered meat in a Ford would buy as many rabbits as you could provide for one shilling and sixpence a couple, which was the price of a gallon of petrol.

One of Alan's schoolmates called Dick came from Yorkshire, he had a white ferret with red eyes which was an excellent worker and very quiet except when she came out and caught a rabbit in the purse net when she would revert to the wild and bite furiously, if you did not catch her properly. There were rabbit burrows all round Donald Cameron's farm, Dick and Alan passed each evening before the butcher came, catching rabbits with the ferret and nets, there was a net for each hole with a cord round the edge which pulled it into a bag round any rabbit that ran into it. Both boys knew how to kill the animals without pain.

Jan would have nothing to do with this business, once when they were out together they came across a rabbit in one of Alan's snares. Only the sight of her tears made him loosen the noose and let it run free. He now had to get only five shillings to complete the price of the air rifle. the local Highland Games were in two days time and the first prize for the under fourteen boys one hundred yard race was always five shillings. There were two who might beat him, they had practised together.

The atmosphere at the games field was full of tension, competitors were standing about getting themselves ready for maximum effort, the air smelt of crushed grass and starting pistol smoke, people were tuning bagpipes and a man with a megaphone announcing events was making himself heard. Alan's group were lined up and started with, ready, steady, and a blank pistol shot. He had a good start and was soon up on his toes running hard, it was almost too good to be true when he breasted the tape first. His tortured leg muscles were still hurting and he could not speak, he went out of sight behind the tea tent to recover. When he looked up Jan was beside him, she looked worried. 'Are you all right?' she asked. He nodded his head, she put an arm round his shoulders, they had both grown tall in the last two years, for ten long seconds they stood very still close together.

'I am fine now,' he said.

She turned aside, 'You are still breathing hard,' she said in a teasing voice.

'Now I wonder why that should be,' he said in the same tone. 'Come, we will go and have some tea.'

Gwen Williams had received a message to let her know her violin was ready, David Sinclair would not accept payment, it was more like a challenge, he said, there must have been thousands of people who made really good violins but never found fame, perhaps this was one of them. Gwen wanted to try the violin at once. When she opened the case it did not look like an old fiddle any more, David had cleaned it up. She drew the bow on two strings at a time, the tuning was perfect. After a few short runs testing the individual strings she started to play, the sound was as low as a violin could reach, the tune was familiar to the listener but he had never heard it played on a solo violin. It had echoed in churches through the land, wonderful choirs and solo singers had rendered it and where the dragon flag waved at international sports meetings thousands of voices would join like a sea of sound. She had gone to the other end of the violin's range without any hint of a pause in the sound. Sadness came into it and regret for dreams that failed, high and perfect the sound soared, carrying the certainty that life would never end. It was the spirit of Wales, the land of her fathers.

David Sinclair found himself sitting upright on his chair, his head was held high, he had been carried through the gamut of his emotions and his voice was husky when he spoke. 'Why,' he said, 'are you wasting time in business when you are can play like that? Apart from having a natural ability you must have practised continually all your life.'

'Yes,' she replied, 'I keep time each day for music, I must because it is part of me, and I can express myself better through music than words.'

'Where did you learn to play?' he asked.

'I was lucky,' she said, 'a famous violinist who loved the mountains of Wales built a house when he retired near where I was born. He heard me trying to play at a school concert. It must have shocked him because he offered to help me along as he put it. He was a wonderful man who wanted to pass on his great gift before he became too old and I owe him everything.'

Alan had finally reached the price of his air rifle. After a few days he started watching for the postman, mail was delivered by a pony and trap which passed the school at playtime. Days passed, he was beginning to think that his letter had got lost.

The postman who knew what he waited for gave him a thumbs up sign. The big clock in the school room seemed to move slowly that afternoon. As soon as school closed he set off running.

When he finally removed the packing and held the gun in his hands there was a feeling he would always remember. Along with a box of .177 pellets there was an instruction booklet. He read it through, then putting a couple of pellets in his pocket he went out to look for a target. A stack of fence posts against the gable end of a barn was a safe place to shoot, he had already learned all the rules about guns. He chose the square end of a post as his target, holding his breath, he lined up the sights and closed his trigger hand. The pellet was nearer one side of the post end but it had buried itself in the end wood of a larch post, a tribute to the craftsmanship of the people who made the BSA Company famous.

Jan did not like guns, she refused to take part in anything where killing was involved and she knew Alan would never use cruelty. He had been doing some target practice and found that all the pellets were damaged. He drew some targets on paper, found a suitable cardboard box with a lid, then after cutting a round hole in the lid he packed the box full of wool, laid a target in place and put the lid on. The undamaged pellets were held in the box and could be used many times.

There was great excitement among the young ones in the area when someone had posted bills saying that a circus was coming, and one night when school ended the big tent was up on the shinty field. A steam engine gave power for bursts of organ music and lines of lights, it was a small family circus, a very small one and people came in from a wide district to see it. It was quite usual at that time to cycle many miles to a dance and cycle home when the dance ended at two o'clock in the morning.

The big tent was full for the first show, a girl did amazing tricks on a high wire, an acrobat seemed to defy gravity, then a clown shot in, driving a decrepit Austin Seven, there was a loud explosion, a cloud of smoke and a mudguard fell off, there was a second bang and the bonnet flew off the engine as he disappeared in a cloud of smoke.

A beautiful piebald horse came into the arena followed by a slim athletic girl who ran beside the horse and mounted it with a single leap, another movement and she was standing on the horse's back. After performing a series of difficult exercises as the horse galloped round the ring she turned over in mid air and landed on her feet. It was at this point that the ring master made his challenge.

'I will give a pound to anyone who will do a round of the arena standing on horseback,' he said. It was really done to emphasize the skill of the previous rider and it had never been taken up, even at a time when the weekly wage was two pounds. Now a tall young man with an unruly shock of fair hair and laughing blue eyes had taken off his shoes.

Don Maxwell had passed several years working as a cowboy on a big cattle ranch and had worked with horses from his boyhood in Dumfries, now he shook hands with the girl who had performed and spoke quietly to the horse. He ran a hand down the horse's head and over its nostrils. It put one ear forward and turned its head in a questioning movement, it had scented its mistress from the handshake. He let the horse settle in its stride, then running beside it he used the rise and fall of its body to mount and stand erect as the girl had done. He was still smiling when he completed the circle and landed running, when he stopped the horse stood beside him. The circus owner held out his hand holding a pound note. Don put his hand over it and said in a low voice, 'Give it to the girl who can really ride a horse.'

'Did you ever consider working in a circus?' the man asked.

'I might just do that,' Don Maxwell said. He was still thinking about the girl.

The boys were having fun at a side show where there was shooting, the targets were a line of faces each open mouth holding a cork to be shot out. Alan had seen some pens made from glass tubing as prizes, he did not want pens but he had been trying to get that sort of tube for a special job. He soon had the number he wanted.

The impact of the circus on the scholars took some time to go away, a fir tree at the school had pupils trying to do some acrobatics among its branches and the forester complained that pupils were swinging on the long branches of his lime avenue. One of Mr Murray's daughters became an expert in walking along the top wire of fences with perfect confidence.

It had rained on the mountains in the west all day, now as the sky cleared he could hear the thunder of the river in the distance as it raced eastward. In the years to come a visionary called Tom Johnstone would propose lights in every home in the Highlands from water generated electricity, now the rivers ran unrestricted except where water was led from them to turn mill stones and saw mills.

Richard Barton knew of the total collapse that had devalued the German mark in 1923, now another letter from his travelling friend let him know that millions of dollars were being borrowed by that country, some of it used to build air fields. Suddenly he had a longing to talk to someone, it was at times like this that he had to fight off the terrible memories of war that had finished only six years ago.

The evening was drawing in, some stars were beginning to show, a family of swans clustered round a vivid green island in a lochan by the road side. The cob came swimming in a protective way between his family and this shadowy figure passing by. Richard turned uphill on a familiar path leading to the main road, he stood watching the soft lights of the paraffin burning wick lamps come on in the nearer homes. A little night wind whispered down from the hills and there was the scent of flowers around him, then it was gone but the memory remained.

Gwen Williams always went into her garden when she came home from work, tonight a bank of sweet peas in a wide variety of colours filled the whole garden with their scent. As she cut some to take their fragrance into her house she thought again of her good fortune in finding this place. Her violin case was drawing her as she put the flowers in water, finally she gave in and lost herself in the world of sound.

Richard stopped in mid stride, someone was making

music and it was near. The deep vibrant sound relaxed him, it was the sound of the earth resting to be ready for a new day then it drifted into the chirping of sleepy birds that grew into a chorus of bird song and the memory of the warmth of the rising sun. He knew he was at Gwen's house and felt he had to talk to her about her music.

The door was open. 'Where are you?' he said, raising his voice.

'Here in the kitchen,' the reply came, 'come in.' She stood, hot pan in one hand, it was making a sizzling sound, her face was flushed with the heat from the cooker and there was a streak of flour down her cheek. This was not the smart sharp business woman he expected, she was more like a friendly neighbour.

'I had to come and talk to you after listening to your music,' Richard said. 'How can you change my moods by making sounds on an instrument?'

She was smiling now, 'What do we really know about our emotions?' she said. 'We can measure the effect of our feelings on ourselves and others and without them we would be only half alive,' she looked up at a clock on the wall.

'I must go now,' he said as he stood up, 'it must be your meal time.'

'Have you eaten yet?' she asked.

'No,' he replied, 'but I will soon.'

'Why not eat here,' she said, 'I have cooked more than enough for two.'

Half an hour later with the table cleared they were talking again. 'I was not in the best mood when I went walking tonight,' he said, 'my mind was troubled by a letter from a friend who works in Europe, it brought back the horrors of war, then suddenly you started to play and you brought peace, beauty and stability to me. Do you realise your own ability?' he asked.

'I was lucky,' she replied, 'I had a wonderful teacher, time to practise and someone in the past must have achieved something that was passed on to me.'

'Well, I must go and let you rest for your early start in the morning,' he said. 'Thank you for feeding me and for your company, I would like to return it some time if you would care for that.'

'Yes,' she replied, 'that would be good.' He was still thinking about her when he reached his home.

Murdoch MacKenzie drove relaxed in his big car, it was putting more than a mile of the A1 behind it in each minute and at fifteen hundred revs. the rumble of the exhaust was barely audible. Some things that had come up at his recent meeting came in his mind, a huge order for birch plywood from a factory they had in Finland and a similar one for sawn timber from a mill in Sweden were both going to Germany. This seemed strange as the mark had lost all value and they were borrowing heavily. He put his thoughts away and gave all his attention to the road, he was on his way home once more. A strong and comfortable friendship had developed between himself and Lisa Munro, they had come to that stage where they could discuss private things with the certainty that they would never be repeated.

Bob Robertson pulled his Triumph on to its stand as Lisa came to meet him.

'What new scheme have you got in mind today?' she said.

He laughed, 'I wanted to know when he would be home,'

he replied. 'I went a long way yesterday to see a big house that had electric lighting from water generated power.'

'He is on his way home now,' she said, 'but he may be late.'

When the sound of the motorcycle had faded she went up to a second floor room where a window looked out to the south-east. There about five miles away you could see the lights of cars at night for a time before they were lost in the woods, only the very big cars had twelve volt electrical systems that gave them twice the brightness in their lights. She found Jan standing there, 'I thought you would be here,' she said.

'Yes,' the girl replied, 'I love when he comes home. If I can pick out his lights I will walk to meet him.'

There were quite a few single motor cycle lights coming over the mountain ridge but not many cars, then suddenly the lights she waited for were there, sending a searching beam into the darkening sky.

Calling to Lisa as she passed she said, 'He is coming, I am going to meet him.' She had only walked for a short time when lights came through the tree trunks and the Bentley pulled up beside her. As she climbed into the car he put an arm around her and they sat in silence for a time.

'It is good to be home,' he said. 'Are you alright?'

'Why?' she asked. 'Do people you care for build a wall between you because you have money?'

'It all depends on the person,' Murdoch said. 'Some may be envious, others may see a very unfair distribution of wealth, and pride may be hurt when situations cannot be altered. Now we must go or Lisa will think we have gone off the road.'

Lisa Munro had been wakened that morning by young

owls that had just left the nest and were calling for food. She had a feeling that it was a special day, then as her sleepiness cleared away, she realised it was because Murdoch was coming home today. She opened the door as they came in from the car.

'Any excitement while I was away?' Murdoch asked.

'Not much,' she answered, 'we only did one raid on Strathmore and lifted some cattle.'

When they had stopped laughing she said, 'Bob Robertson wants to see you when you have time, he is full of excitement about some new scheme.'

Early in the morning Murdoch walked to Bob Robertson's house, the doors were open but he was not there. He found him as he expected in his work shop, standing looking at a half completed marquetry picture. By inlaying natural wood veneers he had created a scene of sky and mountains reflected in a lake with two mallard ducks rising from the water. As he watched Murdoch wondered was there no end to the skills that this man had learned on his travels. Bob was conscious that he was not alone and his face showed his pleasure when he turned round.

'It is good to see you,' he said, 'Come into the house, I have a lot to tell you.' He spread a contour map on the table. 'Do you know that burn that goes down past the Church, it comes from a loch in the hills called Loch Easgair Dhu.'

'Who is the black fisher?' Murdoch asked.

'It is the Black Throated Diver,' Bob said. 'There is always one on that water there. I went to look at a place where they are lighting a house with electricity from water power. It was turned off each night at eleven o'clock. I think you should have a look at this loch,' he went on, 'it is made by nature to be used.'

Murdoch laughed, 'I should have had more sense and not given an old Highland dreamer too much power,' he said. The companionship between the two men was complete.

Bob Robertson was indifferent to money and position but Murdoch realised that the other man had been born with the ability to create and improvise in any situation.

They went out the next morning riding Bob's Triumph up a hill road. Murdoch had never ridden pillion before and he enjoyed it. At the highest part of the road they went on to a bridle path that sloped upward across the hill. they left the motor cycle at the end of the path. As they walked Murdoch said, 'That is a useful machine I must get one.'

'Get a Lewis,' Bob advised, 'they are being used by many motorcycle trial riders.' When they crossed the last bare granite ridge where flakes of mica reflected the sun light the loch lay just below, in a circle of hills. At one side wind and waves had eroded a depth of peat and exposed the roots of huge old trees, the roots had been bleached white by the weather, they were like the bones of ancient mammoths. Murdoch cut into one, 'Pine,' he said, 'the climate was different when they grew.'

Before the first homo sapiens had walked here the water wore a fault in the rock into a narrow gorge nearly a hundred feet deep, the water from the loch ran out in the bottom of the gorge before dropping hundreds of feet to the river below. Murdoch saw the potential for power from water that this place offered. Bob was full of excitement, already he could picture a dam at the top of the gorge and a great reserve of water where the loch lay. He explained it to Murdoch who laughed and said, 'Hold on, Bob, I am in timber not construction. How would you get material here for a dam?'

Bob waved his hand round the mountains, 'There are hundreds of tons of loose rock there,' he said. 'With a portable chute we could slide down all we wanted to the shore of the loch, and I know how we could get a suitable boat up here and ferry the rock to the dam site. There are tons of water washed gravel and sand that the streams have taken down to the shore, they could be used to make the concrete face of the rock dam nearest to the loch.'

'What about the wild life if we raise the water level?' Murdoch asked.

'Too high for fox and badger,' Bob said, 'Golden Plover and Greenshank nest here and Raven live in the gorge. They will adapt and nature will soon cover any scars that we make.'

'Now what about the road?' Murdoch said.

Bob gave him a quick look then he smiled, 'It is not even safe to think when you are around,' he said.

'I saw you mapping it out in your mind as we walked up the hill because I was doing the same. I worked a bulldozer in Canada, they are safe on steep land as they make their own road in front of them,' Murdoch replied. 'We could widen the bridlepath,' he continued, 'and carry the road on to the ridge that runs out above the loch, that would give us access to a dam at the present level or if the level was raised. Is that how you saw it?'

'Yes, but we must make the sharp bend in the road that would take it back to the loch on a level place, we would lose traction if we tried to turn against that slope.'

Murdoch was staring at the wall of the gorge with a serious look on his face. 'Do you know what my daughter and young Alan Cameron did?' he said.

Bob smiled, 'Nothing serious I am sure,' he replied.

'It could have been,' Murdoch went on. 'I did not know about it until after it happened, Alan wanted a raven's egg for his collection but the nest was in an inaccessible position on the top of a rock column. You can only see the nest from the top of the cliff. Evidently Alan had made a small mechanical grab with parts from his Meccano set and had tied it on the end of his fishing line. Taking the fishing rod with them they had watched until the raven had left her nest for a short flight. Alan lay over the edge of the cliff and Jan sat on his legs, it was a very dangerous situation. He reached out the rod and let out line until the grab reached the three eggs in the nest below. The grab opened and holding his breath he let it down over an egg. A slight lift and it closed with the egg safe inside. He reeled in the line until the grab reached the fishing rod which was passed back to Jan.' Murdoch stopped talking and drew a deep breath, 'I got all the details from Jan,' he said. 'You know Bob, if they had one slip both could have died.'

'Yes,' the other replied, 'but you cannot have the joy that Jan gives you without some anxious times because youth ignores logic.'

'You are the sort of guy who should have got married,' Murdoch said, then sensing that Bob had gone very still, he went on, 'perhaps I should not have said that.'

'It's alright,' the other said, 'you touched an old wound that sent two young people wandering the world separately when all they wanted was to marry and be together. It is sad that the greatest religion for peace and unity the world has known is split into separate groups by the diverse thoughts of men who even stop marriage between two people from different churches.'

There was a long silence, 'Do you know where she is now?' Murdoch asked.

'Too late now,' Bob said, 'she died five years ago, all her family had gone, in her will she had left instructions that she wanted to be laid to rest in the cemetery on the hillside here. She had known fame and had left all her money to me. I passed it on to a home for seriously wounded soldiers, she would have liked that.'

Murdoch sensed that it was time to change the conversation. 'It is time we got off the hill. What about having something to eat with me tonight and we can talk over the plan for water power, then we can go through all the papers I have.'

Bob Robertson raised his drink and watched golden lights dance in the cut glass tumbler of whisky. 'Health that is great,' he said, in Gaelic.

'To you too,' Murdoch replied holding his glass.

Bob had just been telling about the latest joke in the village. A local carter, known from schooldays as Chang because of his jet black hair and upward slanting eyebrows, had a habit of leaving his horse and cart unattended when he went into the bar for a drink. When he came out he found his cart against a fence with the horse still fastened to it on the opposite side of the fence standing in a garden. A small crowd gathered and there was a lot of laughter and speculation until Ted the Post appeared. He freed the horse and led him out the garden gate, willing hands pulled the cart back until the trams were clear and the horse was put into the cart again. 'I knew Ted would be involved,' Murdoch said, 'that man has a gift for creating laughter.'

Lisa came in to say that dinner was served. After eating

128

they got down to all the information Murdoch had collected on hydro-electric power.

'Take this stuff home with you, Bob, when you go,' Murdoch said, 'you will soon memorise anything new you get from it.' They settled into two big leather chairs and started to talk about earlier days when Bob worked on the railway that crossed America. He spoke of the dangerous work on high wooden bridges, the mixture of humanity in the working gangs that started trouble and the endless supply of buffalo meat, they must have killed thousands of bison.

'So that is where you got your strength from,' Murdoch joked. 'You told me that in some winters work on the railway had to stop, how did you manage then?'

'Ah yes, "nature's glue",' Bob said, 'when everything is frozen together and covered with snow, two of us would go the nearest town and pass the winter cutting fire wood. Everyone burned wood. We sometimes ate at a place run by a tall oriental man with a long white beard, he made cakes that were covered with icing. I liked them but my companion would not touch them, when I asked why, he said go round to the kitchen and watch. The tall man was holding a big jug, he lifted it to his head and taking a mouthful he iced a row of cakes in seconds. I have never eaten icing since that day.'

'Well it did not do you any harm,' Murdoch said. 'Some of the cooks in the lumber camps were gruesome. I knew one who had a glass eye. He would after a night out drinking, put down your pork and beans with one eye looking at you and the glass eye looking up at the roof. There was a lot of indigenous trees still in the woods, they were so tall that they would shatter if cut down as they stood. There was an elite group, usually Swedes who climbed the trees and cut a section off the top.'

'Seems a dangerous game to me,' Bob said.

'It was indeed,' the other replied, 'you would have seen many of the big redwoods and sitkas. A foreman found out that I was the boss's son and challenged me to top one of them. I said I would if he did one. The next day a friend who was one of the toppers, as they were called, gave me his special cutting tools and the long wide belt that went round the man and the tree. When the top section was cut away the tree shook violently, I was never as scared in my life. In the morning the foreman was gone, we never saw him again. Now I must get you home,' he said.

Bob settled into the deep seat of the Bentley it smelt of leather and new varnish, the last of the day was still red behind the hills in the north and the line of dark firs stood out against the glow like sentinels guarding the valley. Bob stood watching until the tail lights vanished. What luck, he thought to meet a man like that.

Ted Riley never knew why his mother in Donegal had called him Edward, perhaps she thought her black haired little boy with a twinkle in his blue eyes was her king, his father a fisherman had been lost in a storm at sea. At last like others all over the world he had to leave a place he loved and go looking for work. He always seemed to find work and his regular letters to his mother always had money in them. She had come to the end of her days while he worked in Scotland and he returned there to settle in the Highlands. When he was out with his friends he would raise his glass and say, 'Here's to this place, sure and it's almost as good as Donegal,' and then join in the laughter. He was one of the country postmen who delivered mail on a red post office bicycle over a wide area. The postman was also a valued member of the social life, he could pass on messages and could tell when help was required. Ted Riley's ability to create laughter was a bonus.

Jan had been taken to see her new school, it was not far from Edinburgh. Her first impression was, where have all the hills gone? A large building stood on a rise in the land among well kept grounds above a playing field.

Her father introduced her, 'This is Mrs Andrews who owns the school,' he said. She was a tall slim woman, her hair going white at the sides. Jan found herself looking into the steady grey eyes that held her own gaze for several seconds then her face softened and she held out her hand saying, 'Welcome, I know you will be happy here, January.'

Alan had found his first source of income, he was offered work at a shooting lodge where parties stayed. He had to split all the firewood for the numerous fires, including one in the drying room where he was responsible for the wet boots and clothes. He also had to take in all the vegetables for the cook who ruled her kitchen with a rod of iron. She was an Irish lady with a quick temper but she treated Alan like a mother and gave him a big breakfast every morning. At the end of the season he had enough money saved to take his mother on a holiday to visit her only brother.

The summer was slipping away, both Jan and Alan were trying to come to terms with the thought that they would soon be parted. It was a quiet evening the green oat fields were turning gold, a scent like almonds came from the banks of meadow sweet by the road side and a chatter of young stonechats and whinchats that had not long learned to fly were making their way south before winter came. Alan felt a bit low. A hard run up to the top seat will sort me out, he thought. When he got there, his heart pounding, he did feel better as he rested his tired body on the seat.

He took a small leather covered case from his pocket, it held a brooch. A narrow gold bar carried a capital letter J set with tiny pearls at the centre. Alan had found it in a jeweller's shop at Inverness. This was to be a goodbye present. He was sure she would make new friends and move into a different lifestyle, he was also aware that the determined pride he had inherited from his own race would prevent him from making contact.

He turned at a sound and Jan was there. 'I had a feeling you would be here,' she said. 'What is wrong, Alan?'

'Nothing,' he replied.

'You forget we come from the same race,' she said. 'When you lift your chin in that way you are determined to do something, come what will.'

'I was only going to give you a going away present,' he said.

'So you were going to finish our friendship and forget me. I don't want anything from you unless you can repeat this promise.' Her voice changed, it was low and husky, 'Alan Cameron, I will never forget you as long as I live.'

'Well you can take this now,' Alan said, as he handed her the brooch. 'I could never forget you even if I wanted to.'

She opened the case slowly and her eyes grew wide, 'Oh Alan, it is perfect,' she said. She put her hands on his shoulders and pressed her face against his, quoting softly 'a thing of beauty and a joy forever'. He could feel her tears warm on his face.

The path was wide enough to walk hand in hand. 'I will

only wear it on special occasions when you are there,' she said.

When they came to the end of the path they stood in a comfortable silence that did not need words. 'I must go now,' she said and he watched her go with the careless lifting stride of one who has walked the hills. She stopped at the first corner, turned and lifted her hand then she was gone.

Jan found her father working through a pile of business papers. 'Come and sit down,' he said. 'I need a break from this.'

'I have something to show you,' Jan said, 'I am not going to show it to anyone else, it was supposed to be a goodbye present when I went away to school but I would not accept it like that.'

Her father looked up from the brooch in surprise, 'It is a beautiful thing,' he said. 'Was it Alan?' She nodded. 'You were lucky to have had a play mate like him to grow up with.'

Gwen Williams went into her garden as soon as she stopped her car, an elusive scent came and went as she sat for a few minutes taking in the peace of the place. She picked up a basket and went into her kitchen garden to dig up one crop of Kerr's Pink potatoes, a 1907 variety that was her favourite. She walked into the scent again then the name came, lilac. She had planted one and it grew well yet it had never flowered, only a week ago she had looked in vain for flower buds, now it was covered with long plumes of beautiful blossoms. She had lived in the Highlands long enough to know that this went on all the time, there was no malice or harm in it and it always ended in laughter. She found that the flowers had been fixed to the lilac with sticky tape, now they were spreading their perfume all through the house. Gwen decided she would visit Sam the gardener. If anyone could tell where the lilacs came from he would know.

As she walked along the sound of a cycle bell startled her, Ted Riley was still astride his machine, one leg keeping him upright. 'It's a great evening for a walk,' he said.

'Yes,' she replied. 'I am interested in looking at flowers, who knows most about them?'

'Oh Bob Robertson the factor,' he said instantly, he looked the picture of innocence but his eyes were smiling.

'Do you like flowers?' she asked.

He was smiling now, 'Did you ever known an Irishman who was not looking for a four leaf clover or singing about a rose in Tralee? Now I must be away, may your road always be downhill and the wind in your back.' The sound of his laughter came back to her.

Sam MacDonald saw the funny side of her tale, 'How big were the bunches?' he asked.

'They were the biggest I have seen,' she replied.

'That means an old tree,' Sam said. He was silent for a short time then he said, 'There is an old garden where a house used to be about six miles up the glen. It is over grown with damsons but there is a big lilac there.'

Gwen parked her new one hundred pound Ford off the road and they walked to the old garden. The lilac had lost its top in a storm but the new long shoots were covered with flowers. 'No luck,' Gwen said.

'Look here,' Sam's voice came from the hidden side of the tree. All the evidence was there, the cut ends where the flowers had been told the story.

'Now that we know it was Ted we must keep it quiet until I catch him out.'

134

'I think you are enjoying all this,' Sam said.

'So are you,' she replied. 'Come and have something to eat before I drive you home.'

Richard Barton and Murdoch MacKenzie had fallen into the habit of meeting regularly. They were seated in the Manse library where a wall was covered with books, Murdoch liked reading and he was looking at titles. 'Why do so many people want to write?' he asked.

'I suppose they are trying to create something, we are all born with that urge,' Richard replied. 'I had a letter from my writer friend, he was in Bavaria when Hitler was released from prison under parole. He went to see the Prime Minister Dr Held and promised good behaviour, however his first inflammatory speech against the state caused him to be banned from speaking in public in Bavaria and other states.'

'What can he do now?' Murdoch asked.

'I think he will have to go back to the pen again,' Richard said. 'Did you ever notice that down through the pages of history the people who were obsessed with a dream of total domination always despised the laws that had been made for mutual understanding. Now it seems Germany is borrowing foreign money heavily and their financial expert, Dr Shacht, had balanced the economy again. My friend Hans has a chalet near the Swiss border. When he was walking the high passes he came on a valley where there were a lot of wooden buildings and lines of gliders. They had made a road to the top of a high hill so that they could take the gliders up there to be catapulted off with a trainee pilot aboard.'

'That gives me some ideas about the big orders for timber and plywood,' Murdoch said. 'Perhaps some of the old army leaders still have their dreams of power.'

'How is your scheme to produce electricity coming along?' Richard asked.

'Well it's really Bob's idea and it is a good one. I have taken a young man who started working tractors when he was twelve years old, he is now an expert in working with tracked vehicles and has already made the bridle path across the hill into a good wide road. When we reach the loch I will get a good civil engineer to look at the project.'

'Why do we always try to turn our dreams into reality?' Richard asked.

'I think that from birth we have a built in urge to survive and keep our kind alive and that this is common to all that has life,' Murdoch replied.

'So what happens when there are too many people or animals in one country?' Richard said. 'It is only seven years since the last terrible war ended and restrictions have been lifted on the country that caused it. Although we have known how to banish war for generations some are talking of war again. What we need is an International force for Peace backed by military strength from all countries that would sign together for peace.'

'In our own business we have some language teachers who go from one country to another teaching a different form of speech,' Murdoch said. 'This means that a typist from Norway can come to Britain while the British one goes to Norway for a short time, or a wood man in Canada could have a time in Poland and change with a Pole. We have found that this creates a feeling of unity in the business as well as giving an improvement in ability to the ones who take part in it.'

Ted Riley loved fly fishing, he had one favourite stretch of water, it was called Lochan Oor because it was small and it had been made by a landslide. It was fed by a stream that came down over a limestone ridge that had been thrust up by some primeval eruption, the pink fleshed trout were plentiful. A full moon was laying a dancing golden road across the water as he left the loch, his Raleigh bicycle carried him down the track to where it was crossed by an iron gate in a stock fence. He pushed his cycle with his left hand then as he was about to put out his right hand to open the gate it swung open in front of him. It was as bright as day, the night was silent and still for two seconds he stood in shock then his Celtic imagination started to work, he could feel the hair rise on the back of his neck, he leaped on his cycle and pedalled away as fast as he could.

There were not many in the tap room that night, two old men sat with their drinks by the fire, some younger ones were all at the bar talking about shinty when Ted burst in. He went straight to the bar and ordered a double whisky. This was so unusual that the banter stopped.

'Are you alright, Ted?' someone asked.

'I'm all right now,' he said, 'but I got the very devil of a scare a short time ago,' and he went on to tell his tale. 'I did not even wait to shut the gate,' he concluded.

'We can go home together and close it as we pass,' another said. When they came opposite the gate they then could see it closed across the track. They cycled on in silence.

Gwen Williams worked in her garden as she waited for the postman to come. When he arrived she walked to meet him. 'Thank you for the flowers,' she said.

He looked up from the letters he was sorting with a startled expression on his face but there was mischief in her eyes. 'It is alright,' she said, 'they filled my house with perfume. Now how many minutes did you take to go from the Lochan gate to the bar last night?'

'Who told you about that?' he asked.

'I was watching you,' she said, 'hidden in a clump of bracken, I was holding one end of a thin fishing line that lay in the grass. The other end was tied to the bottom of the gate. I had to get my timing right, I nearly gave the game away,' she went on, 'because I started to laugh at your speed as you went away.'

'I will never live this one down,' he said.

She put a hand on his arm it was as light as a feather, 'No one knows the truth about this but you and I,' she said, 'if you joke about it they will think you made up the story.'

As he rode on to finish his round the first of the fallen leaves were making a crackling sound under his wheels and the twigs were black on the sky. It is strange he thought, how a few words can change your feelings and so alter your world. He could still remember the touch of her hand.

Bob Robertson stood at the top of the new road, it stretched a safe wide highway sloping across the hill then down to the main road in Strath Gorum, a long line of mountain peaks ran out to the west on each side of the valley, perhaps they helped to break up the cloud cover that came in on the prevailing wind from the south west letting the blue of the sky reflect from the water of Loch Gorum. He walked back towards the loch, a covey of grouse exploded at his feet, a few quick wing beats and they were gliding in fast flight over the nearest ridge. The road was now through to the end and, Bob thought, the wild creatures are quick to know when a noise is dangerous or not.

Jan and Alan were apart for the first time. She had been very homesick at first, she would go walking alone to a place where she could stand and look towards the north-west. The first time she did it she thought, I am like a homing pigeon with no wings. The girls came from all parts of the country, some had already developed expensive tastes. One or two made Jan furious at the way they spoke about the people who worked for their parents. Somehow she felt that she was different from her companions. Only on the hockey field did she find companionship, she had played shinty with the boys and when she learned to keep her swing down she became an asset to the team.

Alan had started his first steady employment, it was with the Forestry Commission which employed a great number of people. He had quite a long cycle run each morning and evening but he was young and fit. The weekly wage for a man coming in to work was thirty-seven shillings and six pence, there were two hundred and forty pennies in a pound. A boy, who was known in forestry parlance as the 'Nipper' was paid thirty shillings. Hours were from seven to five with one hour off from one to two. Wages were paid fortnightly and Alan had a pleasant surprise when he was called in to sign the pay sheet. He noticed that the sheet showed a man's pay. 'I think there is a mistake,' he said.

'No,' the Forester said, 'I watched you doing a man's work, that is yours.'

He felt very proud and grown up when he handed three pounds to his mother later on. His first actual work was lining out seedlings which had been grown for two years in seed beds in a Forestry nursery, they were now being spaced out a few inches apart in separated rows in a cultivated field where they would grow on for a further three years before being lifted and tied in bundles of fifty. Now known as 'two by threes' they were planted on the hill sides.

Alan had become friendly with a young man who had just completed a correspondence school course in Electrical Engineering, when he left he gave Alan an excellent book on electricity that he had used in his studies. It opened a new world to him and he sat reading by lamplight when he should have been asleep.

Most homes now had a radio, the new greeting was, 'Did you hear the wireless?' An odd word when so many were putting up wire aerials for better reception. The wet batteries had to be recharged at regular intervals, they had to be taken ten miles to the nearest garage and collected later. Alan had got a twelve volt dynamo and cutout from a wrecked car at the garage, he had also found an article in an Aero magazine that gave details of angles, aerofoil shapes and measurements for making a propeller, he made one from Douglas fir heartwood. When it was riveted on to the pulley on the dynamo he could hardly wait to try it out. He carried it out into a light wind holding the dynamo against him with both hands, it started to turn slowly and he was filled with disappointment, it increased speed, suddenly it was a blur and he was fighting to hold it. The almost invisible blades of the propeller were passing just inches away from his face, he had to walk backward into the shelter of a building before it stopped. When he laid it down his hands were shaking. Now that he knew it would run at high speed he would have to find out if it would do so under load.

A new girl had come to Jan's school, they were about the same age and height, her name was Nora Malone. She had grown up on a dairy farm in the south of Ireland and she talked with that Irish lilt that is known world wide. She had played hurley at school and her aim on goal was fast and deadly. She had a head of black curls and her grey eyes gave a hint of green when she was lost in laughter. For the first time Jan had a girl friend that she could really talk to, they were both sixteen years old and were surprised to find how many things they had in common as they talked.

'Who is this Alan whose name keeps coming up often?' Nora asked.

'He is a very special person,' Jan answered, 'his only fault is his stubborn pride.'

Nora smiled, 'We are off the same people she said, 'if some of them had not been washed ashore on the Mull of Kintyre in their coracle you might still be living in Ireland.'

Murdoch MacKenzie pulled up his car in front of the school, he had just come back from two weeks in West Africa where the company had bought a forest, he had gone to ensure that the native people who would work for the company would have proper conditions.

A tall dark girl walked past as he got out of the car. He said, 'Good morning,' and she replied with a smile. He was an interesting man, she thought, when he smiled his teeth were white in his sun tanned face and he was obviously wealthy. She turned to walk back just as Jan came out and ran to meet the man who put his arms round her.

Nora pretended to look at something at the roadside until Jan called, 'Come and meet my Dad.'

His handshake was hard and dry, 'Would you both like to come north for a run?' he said. 'I have to be back in London on Monday.' He could see their approval. 'If you do not have to take anything get seated and I will see the Head.'

'You take the front seat,' Jan said. 'You will see the country better from there.'

Edinburgh was quiet as they went through, soon they had left the towns behind as they were on the open road, over the high pass where snow lay by the roadside.

Nora said in a hushed voice, 'It is so beautiful, Scotland feels very big.' Not long after they were dropping down to Inverness, the stone setts on Millburn Road were still wet with dew as they went through the centre of the town and turned right on the road to the North. When the car stopped Murdoch had gone to speak to Lisa Munro. Nora looked round in astonishment, 'Is this really your home?'

Jan smiled, 'It has always been my home,' she replied, 'and I want you to meet some of my friends. Come and we will find your room because it must be time to eat.'

Later the two girls walked into the village, there was a bill posted up about the semi-final of the MacPherson Cup to be played between Strath Gorum and the cupholders Balamore. 'You must see this, Nora,' Jan said, 'all my friends will be there.'

The pitch had been prepared for the game on a big level field at Achmore just outside the village, a great crowd of people had gathered. To one side a group of young men were talking and laughing, some wore green shirts, others wore red, they all had their shinty clubs. One tall young man in green left the group and walked quickly across to where the girls stood, he passed Nora and went straight to Jan, she could see the look of surprised delight on his face. 'When did you come home, Jan?' he said.

'Dad picked us up this morning,' she said. 'This is Nora, my friend from the school.'

'Oh I'm sorry,' Alan said, 'I did not know you were with Jan.'

'You did not even see me now,' Nora teased and he joined in the laughter.

The game started soon after, it was fast and skilful, the hard leather ball was never still, it went from one end of the long pitch then back again, the teams were evenly matched. Then came the goal that players dream of, the Balamore goalkeeper struck a shot that came down in the forward line, a forward hit it in the air as it came down and sent it across the pitch, it struck the ground and bounced, the second man hit it in the air again and it was in the net. A great shout of applause then came from all round the field.

Well into the second half there were no more goals, Balamore were playing a more defensive game, they meant to finish on that winning goal. Alan and Donald, who played on his right, had planned many moves in the game so when he saw Alan move the play to the left so that the defence was looking that way he could see two feet of the goal on the right, suddenly Alan drove the ball backward between his feet and Donald's shot was inside the goal post. The referee's whistle ended a good even game soon after, there would be a replay at a later date.

They all walked to church in the morning, there was still colour on the woods but the high tops were white with snow and the robin was singing his winter song. Lisa Munro had about thirty in her Sunday school class, they were coming out before the service, most would go in again and sit with their parents. Nora was surprised at the number of people who collected at the church. Inside there was a warm comfortable silence, and there was a strong sincerity in the singing. When Richard Barton announced his text 'Blessed are the Peacemakers' there was a rustle of movement from the listeners, among them were many who had experienced the reality of total war.

The two girls went walking later, Nora wanted to see the mountain path. They called at Alan's home and he came with them. When they reached the seat Nora sat down. 'I am not used to your mountains,' she said. 'I will sit and admire the view.'

'All right,' Jan said, 'we will go up as far as the meadow sweet we planted to see if it is growing well.' She slipped an arm through Alan's and they walked on in silence, very conscious of the contact between them. The wild flower they had planted had grown well, its white petals lay in the grass but the scent like walnuts lingered. 'Do you remember we thought it would die because it was in flower,' Jan said.

'Yes,' Alan answered, 'and I put a branch of the flowers in your hair.'

Jan was very still, a longing to be closer was growing stronger she said, 'You will never know how often I longed to be here again.'

'I do know,' he said, 'but perhaps we should go back to your friend,' and the magic of the moment was gone.

Murdoch was looking forward to a longer time at home and to time with the Revd. Richard Barton who was getting reports from his writer friend in Europe on the events there. Soon it was time to go. Jan gave Alan a quick hug and the memory of her face against his returned often to relieve the monotony of his daily work. Murdoch drove them through the Great Glen round Loch Leven and through Glencoe and back to the school by Callander and Stirling.

When the girls had waved Murdoch goodbye Nora said, 'I have a strange feeling that I have been home in Ireland for

144

the week end, the people are so much alike in the way they talk to each other and there is always something to laugh about. I like your friend Alan but I noticed he never kissed you goodbye.'

Jan smiled 'He never does that.'

'Well he is different from the Irish fellows,' Nora laughed.

Bob Robertson's engineer had taken test cores from the granite on the site of the dam, a separate contractor was laying supports for the pipes that would carry water to the generating station, the site for that building had already been cleared and there was great interest in the prospect of having electricity even for lighting alone. Bob had started work at a time when concrete for the first railway bridges was mixed by two long lines of men who moved it by hand with shovels along a wooden platform when it was turned back again to be ready for use. Now engine driven mixers gave a constant supply.

He sat astride his motorcycle at the highest point of the new road where he could see for miles in every direction, the wind that brushed his face had last touched land on a Canadian shore, he felt a surge of satisfaction. Soon when nature healed the man made scars and the wildlife settled again into its ageless pattern even the old people could be driven up to this view point where they could sit and enjoy the beauty of the world spread out below them.

Richard Barton had come a long way since he gave the first order to fire a shell. It was true you did not see the people it could kill but you knew it had only been made to cause destruction. In a desperate counter attack the German command had laid down a creeping barrage of shell fire, they watched the explosions coming closer. It was the year 1917. One minute they were firing, the next a shell exploded beside their gun, two of the men killed instantly, Richard was blown into the air, when he became conscious his whole body was shaking and he could not control it. He thought it must be night time because everything was dark, then there were voices beside him, he was being lifted up by two men and carried away on a swaying stretcher. After hazy periods of treatment for a serious leg wound and movements from place to place he wakened to find he was in a quiet hospital. A man came to his bedside, 'I am the Doctor in charge of this unit dealing with what has become known as "shell shock". As you know it is the result of suffering sustained shell fire or even being blown up in an explosion.' Richard had then explained how after been blown up he was so confused he could have left his post without being aware of what he did.

Dr Morrison was doing research into a new problem in war, massed heavy artillery shelling soldiers in trenches created the terrible experience that became known as 'shell shock'. The affected soldier was for a time at least unable to make a decision. The nurse who attended Richard's wound came from Mull. She had been born almost in sight of Iona, she did not talk about her Christian belief she just lived it. This small dark girl had an air of strength with great care for others.

It was some time before Richard's wounds healed, for a time he was wakened by wild dreams that left his body shaking again. Ann McLean would always come and in minutes he would be relaxed again, he wondered when the nurse rested. A mutual bond of respect and affection that was to last through their lives was being formed.

Now after fifteen years of married life, worrying information was coming from his friend about events in Germany.

At the beginning of 1933 Hitler was made Chancellor, a few weeks later the Reichstag was set on fire, the Nazis at once blamed the Communists and violent fighting took place on the streets of Berlin, many were killed. A new Secret State Police, later shortened to Gestapo started a reign of terror everywhere. As soon as he had been made Chancellor Hitler called a meeting of the key figures in industry, he gave them a guarantee of future profits and in return they backed his party. Dr Schacht, who hosted the meeting, said later a great amount of money was collected for the party.

Alan Cameron had a new interest, this was the time when Britain led the world in the motor cycle industry and it was the first time that young workers could afford to buy a machine with an engine that could carry them anywhere. Alan's take home pay was three pounds fifteen shillings each fortnight, owing to the drop in farm prices there were farms everywhere with ragwort and thistles spreading over fields where food had been grown, it was therefore some time before he bought his first motor cycle. It was a 1924 AJS made by the Stevens brothers and it was advanced in design for its time, having an internal expanding brake all chain drive and a three speed gearbox with clutch and kick start. The engine was a 350cc side valve which did over a hundred miles to a gallon of petrol which was delivered to local shops in two gallon sealed containers. It costs one shilling and six pence per gallon. Every fortnight, if Alan and his friends had two shillings and sixpence each, they could put fuel in the AJS, go to the nearest small town thirty miles away where they would have a mixed grill and watch a film. The motorcycle was their magic carpet. Alan had been taking a motorcycle magazine for some time then he found another he liked called *Practical Mechanics*. It was edited by the man who designed the Hurricane fighter plane. The engine was partly dismantled when he bought the motorbike for eight pounds, he soon had the engine running. Next day he pushed it to a hidden part of the farm road and practised to get the feel of the clutch, travelled in low gear with the engine running, then drawing a deep breath he let the clutch in, lifted his feet and he was carried away. For the rest of his life he would never forget that feeling of power.

Gwen Williams had been given a day off work, she was playing her violin when she saw Ted Riley lean his red bicycle against her gate. As he had not come in with her mail she went to look for him, when she found him he was standing very still looking into space, he turned with a start when she came out.

'That is the most perfect sound I ever heard,' he said. 'Was it a record?'

'No, it was my violin.'

'Have you no idea just how good you are?' he asked.

'I'm still learning,' she replied, 'but you must have an interest in music.'

'I have a tune or two most nights,' he said, 'I was always fond of music and when an old neighbour could no longer blow his flute he gave it to me when I was a boy.'

'I did not know you played,' Gwen said, 'why not come along tonight and we can play together.'

'I'm not in your class at all,' he answered. 'I only read to check that I have a new melody correct in memory.'

'Now that is interesting,' Gwen went on, 'the man who taught me to play always maintained that until your physical movements were stored in memory and you could forget them only then could your emotions be free to improve your music.'

'Now I must get back to work,' Ted said, 'I would like to hear you play again.'

Gwen laughed, 'Only on condition that you bring your flute,' she said.

'Don't blame me if you suffer,' he said over his shoulder as he went.

There was a feeling of spring growing as Ted Riley walked along the road to Gwen's house, the gorse was in bloom sending splashes of gold along the hillside where last year's seed pods had twisted until they exploded with a pop to shoot their seeds away from the parent plant. Two young ravens were following an older one calling for food, soon they would be driven away, the parental bond broken. Gwen was watching for him, 'Come in and make yourself at home,' she said. 'Can I see your flute?'

His respect for the instrument was obvious in the way he handled it and she could see that it had been made to very high standards.

'Play something for me,' Ted said, 'I want to hear that sound again.'

'What will I play then,' she asked. 'It must be something Irish, what about the Londonderry Air?'

'Yes indeed,' he replied, 'the history is in the words and the pain is in the music.' He sat in silence for a few minutes, then he said, 'Sorry I was just putting that sound in my memory, somehow I felt that I had never heard it before.'

'Now it is your turn to play something for me,' Gwen said.

'This tune was composed by a man who lived on the sea and the land.' His playing was very much better than she expected, the sound died like a wind in the grass and he asked, 'What did you get from that?'

'The whisper of the waves on the sand, seabirds calling, the laughter of children, the green land turning brown under the plough and the gold of ripe grain, then fear for a man out on the sea in a small boat while great waves thundered on the rocks,' Gwen paused then she said, 'I felt it ended with the peace of a family home where everything was shared and love made the decisions.'

'You surprise me,' Ted said, 'then I remember that you are another branch of the same tree and we have the same roots.'

'What range do you have on your flute?' she asked.

'Three octaves,' he replied, 'from middle C upward. The lower one is strong, the middle one sweet and the high one is as clear as birdsong.'

'Let us try something with a rhythm that will keep us together on our first attempt,' Gwen said. She picked up her violin and started to play a waltz, at the end of the first bar he came in right on time and pitch, she looked across and smiled, she was going to enjoy this. They followed the melody together and ended as one. Gwen started to replay it very high on the violin, Ted left the melody and started to build a low background to her music.

When she stopped playing Gwen said, 'Where did you learn that second part?'

Ted laughed, 'I never learned it,' he said, 'it comes from memory just as your fingers come down in the right place on the strings. You know how many native African people are born with the ability to come in one by one each singing their own part and create the most beautiful and moving sound with voices alone?'

150

'Yes,' she said, 'the man who taught me said that repetition was the signpost to perfection and put the music in memory.'

It seemed a short time afterward when Gwen looked at the clock, the time surprised her, 'I must give you something to eat,' she said. 'Do you know what time it is!'

'I don't care,' he replied, 'unless it is midnight, I do not want a ghost opening a gate for me again.'

As they were eating she asked, 'What did you think of our playing together?'

'Perfect, I never played with anyone of your standard before, would you like to have a tune some other time.'

'Yes,' she said, 'as often as you want to. I enjoyed it too.' She walked to her gate with him, the lights were all out in the houses, the slice of a silver moon was racing through the broken clouds and the eerie call of a diver came over the loch below.

'It is time you put your head down,' he said. He put his hand on her shoulder, it was weightless yet she was very conscious of it. She watched him stride down the road, there was a hint of recklessness in the way he threw his feet out as he walked but she remembered the depth of feeling he put into his music.

Most of the people in the glens were now able to get radio reception, the set that Alan's father had bought was powered by rechargeable batteries which had to be carried for miles to the nearest garage for charging. Alan found an article that gave all the information he wanted about propellers. He had decided to try and make a wind driven electricity generator, his propeller was made from a four and a half foot length of Douglas heartwood, after being balanced it was riveted on to the driven pulley of a twelve volt dynamo. He was so eager to find out if the propeller would work that he held the dynamo in his hands and moved out into a light wind. The blades turned slowly and his hope fell, then the wind force increased and the propeller disappeared in a vague blur, it was spinning only inches away from his face and it would not turn out of the wind, he had to back into the shelter of a building before he could lay it down and recover from his scare. One side of a motorcycle handlebar was cut away in front of the stem and the dynamo was mounted above it. He was now more hopeful of getting some power, he wired a bulb holder across the dynamo terminals and put a bulb in. He had bolted a strong metal pipe onto the end of his workshed, it was of the right diameter to take the stem of the handlebar with clearance to let it turn. He climbed a ladder and put the charger in place, when he released it the upright fin at the end of the remaining half of the handlebar turned it into the wind, the bulb glowed red, he watched it for a few seconds then came down the ladder full of disappointment. Just as he reached the ground there was a brilliant flash of light and a sound like a shot and the light bulb disappeared, the bulb had exploded and he stood still aware that he had missed losing his sight by seconds. He was learning fast to 'look before you leap'.

He soon had a panel in his work place wired up with all the parts for control, he had also made an extra safety part which laid the tailfin flat and turned the propeller out of the wind at any selected wind force. Everyone made their own butter at that time in Strath Gorm and he turned his attention to the butter churn. He had mounted a car starter motor on end coupled it to the churn, because the wind does not always blow when you want it he left the original handle in place.

One day an old man came in to talk to him, he was a clever man who knew every aspect of stock rearing in the hills, he had grown up in a world full of ghosts and spirits but he had never met anything electrical so when he looked toward a sound and saw a big glass churn on a shelf with no one near it and the handle going round as it made the butter a look of alarm came over his face. He backed away in the direction of the door. Alan let him see the charger so that he would know power came from the wind.

Alan looked forward to Friday each week, that was the day he had a letter from Jan, she received one each Wednesday from him; two young people of the same race both very much aware of the attraction between them yet held back by circumstances and hereditary pride from making any commitment.

Work on the dam was now completed, Murdoch had employed a good contractor and they were laying the supports for the big iron pipes that would carry the water down to the generating station. This was still to be built, later it would house the turbine and generator but it would be some time before electricity came to the homes in Glen Gorm. The long line of the telephone was going out into the quietest glens, one old lady was curious when she saw a linesman put up a pole near her house, she asked what it was for. He said, 'When the poles are up you can talk to anyone in the country.'

She had recently bought a pair of boots from a distant small town and found that they were not watertight. Taking his words literally she went up to the pole and delivered her complaint to the man who had posted her boots, then as she passed the linesman, she said with satisfaction in her voice, 'That is in the Gerasdan already.'

Ann Barton knew that something was making her husband more thoughtful than usual, she was standing holding a rose when he came through the garden. He stopped and put his hand below hers. 'It is perfect,' he said, 'does it have a name?'

'I am not certain,' she replied, 'but I think it is called Peace.'

'That is the most important word in the world,' he said.

She turned to face him, 'What is wrong, Richard?' she asked.

'There goes your Celtic second sight again,' he said, 'but I am concerned. I had a letter from France, in it my friend said there had been trouble between the German army and the SA storm troopers who now numbered over two million. They were being accused of cruelty and oppression.'

'What could Hitler do?' Ann asked.

'He purged the leaders of the SA, even Ernst Roehm who had been with him from the start was shot.'

'I can hardly believe that anyone would do something like that,' she said, 'surely the German people would read about it in their newspapers.'

'No,' he replied, 'because he has taken control of the press, one famous German paper the *Vossische Zeitung*, which had been published for two hundred and thirty years was closed, the remaining publications owned by Jews were taken over. Because of the constant flood of propaganda by Goebbels some readers stopped buying, one thousand different newspapers went out of print in a few years.'

Wisps of mist were rising from the mirror surface of the

loch that reached out to the line of low soft blue mountains on the west coast. Alan stood listening at the end of the farm road, the next day was the August Bank holiday meeting at Brooklands and he had been offered a lift by two friends who were going there. It was over seven hundred miles by road but already his excitement was growing. Soon he could hear the sound of an engine as it rose and fell on the narrow switchback glen road. The Aston Martin was a special, it had an Ulster cylinder head with high lift cams and an efficient exhaust system, it was an open two seater with room for one behind the seats. Being too early for the ferry made them go round Loch Leven but the car came into its own in Glencoe where the rising sun was climbing between the peaks.

With the busy streets of Glasgow left behind them they were soon on their way to the border. The best road going south was the A1 from Edinburgh to London, they were going to cross from Penrith and pick it up at Scotch Corner. Some time later on the A1, hunger made them pull in at an eating place, it was just closing but the pleasant friendly girl who owned it made them a meal, it was one they would remember always.

The London lady who gave them a room for the night thought they were Irish, they accepted that, their ancestors were Irish in any case. They were out early on the new Barnet by-pass, as they joined it a very big car went past at high speed. 'That is a V16 Cadillac,' their driver said. They came up behind it and it went faster. A man by the road side must have thought they were racing because he stood to attention, presented arms with his brush and saluted as they passed, there was a lot of laughter in the Aston Martin.

All roads led to Brooklands that morning. Soon they were

in stop and restart traffic jams until at last they were in. It was a magical place of Castrol R fumes and last minute tuning. A gap in some trees was a sad reminder of the time a car had gone off over the top of the giant concrete bowl that was the race track, there was danger as well as courage and skill in motor racing. A row of flags were fluttering above the finishing line where the road had left the inner circuit. All the fastest machines from every nation that made motor cars were here with the best drivers and mechanics. At last they were inside where there was a good view of the track until racing was over.

At this time Henry Segrave in the Golden Arrow and Malcolm Campbell in Blue Bird were both reaching out to the unbelievable speed of three hundred miles per hour, they had practised their high speed skills at Brooklands.

In one race artificial bends had been created by erecting fences of woven wood panels. A favourite competitor, the dance orchestra leader Billy Cotton was driving a Riley, on a hot day he was driving with bare arms and when leaning back holding the car in on a tight bend his arm touched the rear wheel, the spinning tyre stripped the skin from his arm but he held on and finished in a top position.

It was evening before they left London behind them and they were on the way home, a bank of fog that slowed them soon cleared, an oncoming truck gave one long flash and one short. 'What was that for?' Alan asked.

'There is a police check ahead, they are keeping the heavy vehicles at a safe speed.'

The standard of driving was very high, this was assured by the way people related to each other more than any-thing else. The night air was cold as they climbed over the hills towards the west, light was coming into the sky and the driver was singing to himself as he swept down through the bends coming down off the hills, there was something special in driving fast through a world that was still asleep. Glasgow was busy, a city never rests, but they were soon into the Highlands and when the wheels stopped turning they had one thought in common, it was breakfast time and they were home.

Ted Riley had been thinking a lot about Gwen. They had formed a close friendship through their love of music, they had both found that they played better when they played together. Gwen had found a deeper and more thoughtful side to Ted's character that attracted her.

One night when they met to play she said, 'The firm I work for are giving a party for the staff, would you like to come with me as my partner?'

'I would disgrace you for sure,' he laughed.

'You will make the party,' she said, 'they are having a dance and we can play while the band are eating.'

'When is this on?' Ted asked.

'It is in three weeks time,' Gwen replied.

'All right,' he said, 'I will come but only because you asked me, that will give us time to try out some of our favourite melodies that can be played for different dances.'

The party was in an hotel outside the town where Gwen worked. It had its own dance hall where important meetings were sometimes held, she was ready early and looking through a window she saw a man coming along the road. He turned in at the end of the road to her house, he was wearing a light suit, she thought he was a walker who had lost his way. She made her way through to the front door, when she opened it her eyes opened wide, there was no mistake possible, white teeth in a sun tanned face and that mischievous smile.

'I don't believe that I did not recognize you,' Gwen said, 'I think I may lose my partner with the Savile Row suit at the party.'

'Sure and don't you look at passing foam on the river, it is the deep water that has the power,' he said.

The party was a great success, they passed over an hour as they had drinks and got to know each other, they all had partners. The band had come over forty miles and were ready to start. Gwen did not know that Ted had been dancing all his life and she was a bit uncertain when he asked if she would like to do the first waltz. The music had started and from the first step she felt lifted away as if she was weightless, it was obvious that his whole attention was on the movement of the dance and the rhythm of the music. When it stopped he said quietly, 'Will you keep the waltzes for me.'

'I would like that,' she whispered.

Ted Riley had been born with the gift of making friends easily and he was enjoying himself, everywhere he went there was laughter in the vicinity. It came to the interval, Gwen and Ted played for a riotous Strip the Willow that left the dancers limp and breathless. The drummer in the band came to talk to them, he was no longer young but he had played in a London hotel big band; 'Your music is special,' he said. 'Could I join you?'

'Certainly,' Gwen said, 'we are going to do some westerns for a quickstep, give us a lead in.'

He did the sound of a horse walking at the right tempo on the clog box, they came in and the floor filled. The last dance they had to play was a waltz, the drummer used a wire brush on the side drum and a triangle that made a sound like a silver bell, there was a vigorous encore, strangely some of the dancers turned and stood listening to the music.

When the dance finished the leader of the band came to talk to Gwen and Ted. He was smiling as he held out his hand, 'I do not have to tell you how good you are,' he said, 'but I have been asked to arrange an evening after an international conference. Would you like to play on the night? All your expenses would be paid with your charge.'

'We'll both have to think about it,' Gwen said.

'Meantime here is my card,' he said, 'I will look forward to hearing you again.'

The roads became quiet after they cleared the town, soon they left the sleeping houses and wide fields behind them and started to climb, a pheasant ran the road in front of them, it screeched a warning and exploded into flight. It was a typical June night, warm and still yet pulsing with new life everywhere. A group of six stags scared by the car came from a field, they swept over the stock fence and ran to the hills.

'They have been shot at,' Ted said, 'that farmer will have white faces on his turnips in the morning.' Gwen had to change down often to let sheep go off the road, they liked a warm place to sleep. When her hand on the gear lever touched his arm she was very conscious of it yet when they had danced together it was different. The car crossed the top of a high pass and she stopped, a lochan below them caught the first light of the day and shone like a round mirror in the dark of the moorland. Mist rolled and twisted as it climbed the corries where the peaks were gilded by the first rays of the sun.

Ted Riley sat with his hands on his knees, he spoke

quietly with reverence in his voice. 'It is like beautiful good music,' he said.

'How do you judge good music?' Gwen asked.

'Any kind of music is special to someone,' he said, 'you judge its quality by the depth of feeling it arouses.' The village was asleep as they passed through its smokeless chimneys and dark windows.

She stopped outside her house, 'Come in, I will make a quick cup of tea and then drive you home.'

Gwen put her empty cup on the table and relaxed in her chair, the next thing she knew was when Ted was wakening her, 'Up you come,' he said, 'no more driving today, your car keys are on the table.' She was unsteady coming out of her sleep and she was conscious of his strength as he held her arms. 'You are too attractive a woman to be alone with in the middle of the night,' he said, it was light now. She watched him go, smiling as only a woman can.

Jan and Nora had transformed the school hockey team, they had played shinty and hurley among the boys and when they learned to keep their sticks below shoulder height they used all the tricks they had learned in ball control. Nora could pick up a rolling ball on her hockey stick, throw it up and strike it from below so that it would sail over the heads of the players to come down near Jan's position. Jan could run with the ball as if it was tied to her hockey club, her shots on goal were fast and accurate. Their team had won the silver cup against strong competition from other schools. As the months and years passed the friendship between the two girls grew stronger. Nora had grown up in a small Irish town where her father had a grocery business, he bought a dairy farm and put Nora's brother in to run it, she learned to drive tractors and cars when she was quite young. She had just bought a car, it was not a big car but it had a good performance. 'I had to buy a Riley,' she said, 'to keep up the Irish name.'

They had a free weekend and they were going to Strath Gorm. Summer had gone, the fields of barley and oats tied in sheaves and stacked in groups of eight with the grain at the top stretched across the fields in lines of stooks. Some had started to build cornstacks, they were a work of art, identical in size and shape, they would remain dry all winter. When they stopped at the pass the woods stretched out below them in a riot of autumn colours, the fields in Strath Gorm were a chequered pattern of greens and golds where different crops grew.

Lisa Munro came out to meet them. Jan put her arms round her, 'It is so good to be home again,' she said.

Nora put out her hand, 'I love coming here, Miss Munro.'

'You know how welcome you are here,' was the reply, 'but call me Lisa, Miss Munro sounds like a staid old house keeper.'

Later when they were seated at a table a smart dark haired girl brought in their food. 'This is Mary,' Jan said. 'We went through school together.' Nora got up to shake hands.

Jan laughed, 'Mary was the one who had taken a bit of a candle from home on the day we were to have a period of mental arithmetic. When the Head had to leave the room she rubbed the candle on the ends of the chalks for the blackboard. As soon as he found they did not write he produced new chalk and gave us extra sums.'

Jan had looked at her watch twice in the last five minutes. Nora smiled, 'I think you should go,' she said, 'I am sure he will be at your meeting place first, I am going to the village shop to get postcards of Highland views.'

161

Alan was standing beside the seat on the hill track when Jan came up the path walking with long fast steps, 'You look fit,' he said.

'Well you know our team won a cup for the school,' she answered. They stood facing each other searching for a sign, she put out her hands and he caught them in his own. After a few seconds she said, 'You alright?'

A smile spread over his face, it was two words they had used from childhood, each used it to find out if the other was happy or not. 'Come,' he said, 'we will sit on our old seat again.' When she was seated he sat beside her and put his arm along the back of the seat. She looked up and moved as near as she could, she stretched her feet forward beside his and her hair brushed his face with every movement of the air. Alan was very much aware of how close she was and wondered why he felt complete. For a long time they sat in a silence that did not need words.

Jan was the first to speak, 'I wish I had no money,' she said.

'What is wrong about having money when it is used the way your father does?' he asked.

'It puts a wall between us,' she said, 'it was never there when we were children but now we are grown up and you may have changed.'

Alan put out his hand, 'Come on,' he said, 'you should know me much better than that.' The path was just wide enough for two people if they walked close together. She slipped her hand through his arm as they walked down the track.

Jan said, 'I am going to walk to the dance tonight with Nora and the girls from the house.'

'I will be around at the end of the dance to see that you are alright,' he said.

The village hall had been built by a former owner who had Canadian connections. It was a big hall built with local larch timber, a veranda ran along one side and it had larch shingles on the third pitch roof. Gwen Williams and Ted Riley were talking to the pianist, a young man who lived for dance music. Donald MacLeod had been a piper in the army, at that time he had taken a liking to the clean definite sound of the banjo and had mastered that instrument also.

The hall had been cleared for the dance and seats had been placed all round the walls. As the ladies came in they sat on the right hand side and the men sat on the left. When the M.C. announced a dance a wave of manpower swept across the floor, they came here to dance, sometimes they did not wait to hear what the dance was. They had a wide variety of dances some old, some new, Quadrilles, Lancers, all the Highland dances and the triple time waltz, also Foxtrots and Quicksteps. You could always tell where Nora was. When Donald MacLeod played his pipes for an eightsome reel, when it came to Nora's time to go into the centre she danced, her body motionless her hands by her sides as her feet flashed in a separate step to every note in the fast tune. It always raised a shout of applause in the set. Alan and Jan always danced the waltzes together, they did not talk as they danced, there was real enjoyment in the swirling rhythm the music created to make them move as one. An enterprising old lady supplied tea and cream cakes in a room off the hall. Some came quite a distance to a dance. They were supposed to shut after midnight, this did not happen. When the M.C. called the second last dance a groan went up and when it finished they shouted encore.

Alan stood waiting for Jan, Nora and a young man came out, they were talking and laughing together, the man started his motor cycle, it was very quiet. The Matchless Silver Arrow was a new model with narrow angle V twin engine, special silencing, and rear wheel springing, when Nora got on to the pillion it swept away with scarcely a sound.

Alan turned as Jan spoke beside him, 'Why not go home by the river path,' she said.

'Fine,' he replied, 'I like it down there.' There were some old trees by the river side they were keeping their autumn glow. A line of small waterfalls across the river showed white in the light of an overhead moon that looked cold and remote in a clear sky. They had stopped in the shadow of a big old fir.

'I had a strange experience here,' Jan said, 'Lisa had taken me for a walk down the river path, I was eight years old, when I saw this place I was certain that I had been here before. I knew the river and the water falls. Did that ever happen to you, Alan?'

'Yes,' he said, 'I think that when we are born our heart and lungs work to ensure our survival prompted by a stored memory. When anything is repeated often enough it is stored in memory and saves time. Don't worry about that feeling, Jan, a lot of people get it.'

Jan's home was in darkness when they got there by the longer way, she turned to face him at the door. He fought down the desire to put his arms round her as she stood silent. Suddenly she said, 'I must go in Alan.' She opened the door went in and closed it behind her.

He was still standing there when the door opened again and Jan came out, she reached up and put her arms round his neck, in an instant he was holding her close. They never knew how long the kiss lasted but when she put her face against his her voice was breathless and husky as she whispered, 'I waited a long time for that, love,' then she was gone.

Nora met Jan with a smile in the morning. 'You don't look like someone who has danced all night,' she said, 'and you were the last to come in. I stayed awake until I heard you.'

'Everything is alright, Nora,' Jan said, 'but what about your motor bike escort?'

Nora laughed, 'You won't believe this but he carried me miles up the glen to look at a heifer that was due to calve, the cow was standing quietly in a field and a lovely new born calf was whisking its tail in satisfaction as it fed, then he drove me home.'

Murdoch MacKenzie was not at home on this weekend. Although it was nearly twenty years since war had ended there were millions who remembered the loss of their finest young ones in the air, in the trenches and at sea. There was a great desire for peace. As far back as early nineteen thirty-three President Roosevelt sent a message to over forty states suggesting disarmament. The next day Hitler made a speech praising Peace and saying that war was 'unlimited madness'. It was well received at that time. There were others, however, who had information about the truth behind the propaganda.

Murdoch MacKenzie was asked to take over as head of timber control for Britain, wood was essential in all manufacturing. Germany, a leader in forestry, was buying more in and export of timber was stopped. Murdoch through his own business could get information from a great many countries.

Alan had left early to walk to church by the river path, he stopped below the falls, he wondered how long a river had run here. Once a cave man in his world of bears, wolves and beavers had stood at this place. Ages later, over nineteen centuries ago, a young Celt who had escaped from his Roman captors was here also. Richard Barton's granite church with slated roof and towering spire was built in the shape of a cross, it was over two hundred years old. On weekdays the occasional sound of an engine and the ringing sound of the blacksmith's hammer on his anvil were the main sounds. On Sundays the bells of two churches rang at separate times, they had different presentations of the same belief, at all other times at work and play, in joy and sorrow they were one community.

When he came to the start of his sermon the Minister said, 'My text is three words from a short statement made by Jesus which has changed the lives of millions over nearly two thousand years.'

He went on to talk of the many empires all over the world that had gained power through aggression, cruelty and terror only to collapse when their people were made weak by selfishness, avarice and slavery. When he finally came to the end of his sermon the Minister asked, 'Can anyone tell me the three words of my text.'

A little boy in a front seat was leaning forward eagerly, he put up his hand. 'Yes Angus, what do you think?' Richard asked.

The boy stood and said in schoolroom manner, 'Please sir I think it is Love one another, our teacher told us the whole story.'

'You are right,' was the reply, 'and lucky to have a good teacher.'

As the people came out they gathered in groups to talk. Jan and Alan came together. 'When do you have to leave?' he asked.

'We have to be in before six so we must go after one,' she said, 'but I am going up to talk to your mother and call on Sam. I have a book on world birds that I found to give him.'

Alan left Jan talking to his mother and walked to Sam's house. He found his old friend sitting outside a long telescope mounted on a stand stood there. 'Look at that buzzard,' he said pointing to a bird perched on a pointed rock it was four hundred yards away. Alan was amazed he could see every tiny feather and he saw the bird's eye move. 'I can really see them well now,' Sam said. 'Murdoch the laird gave it to me, now I can watch birds anywhere.'

Morag Cameron had been a teacher when she met her husband Donald. She was a keen reader and news of international unrest worried her. As the difficult years of the thirties slipped past, she had watched Jan and her son grow up together and a bond had grown between the two women formed by the mutual affection they had for Alan. Now as she watched this lovely active girl wave as she walked away she was concerned about the future.

Sam was pleased to see Jan, his delight in getting another bird book was enhanced by the fact that she remembered him.

Richard Barton's letters from his friend were always posted from Switzerland now, perhaps he was being careful. He wrote about a man who, because of his experience in charge of a U boat in the last war had now become a minister in a Christian church. He had written to Hitler to

167

protest against cruelty that was being inflicted on Jews and many other people. The Revd Martin Niemoellor was arrested and put in prison and later put in a concentration camp. There were said to be six million Germans in Austria and half that number in Czechoslovakia, many were in the Nazi party and they were causing trouble. Richard put down the letter he had been reading. Perhaps, he thought, the western world still carrying the terrible memories of war may be giving up too much to keep the peace. He started to read again, Hitler said he was going to join these two countries to the Third Reich. There was opposition from some of his advisers. The two top army officers were taken to court and falsely accused, their names were Blomberg and Fritsch, they were retired. Dr Schacht and Neurath also retired. The dismissal of a large number of high ranking army officers followed. They were replaced by younger officers who were in the Nazi party and keen for promotion. Richard Barton folded the letter and looked out on the peace of the countryside around him but the sights and sounds with all the horrors of war were clear in his memory.

The dam on Loch Easgair Dhu had been finished, the line of metal pipes had been laid on concrete supports just below ground level and connected to the turbine in the generator station, all that remained was to connect the turbine to the dynamo and they could do the final tests. Bob Robertson had worked on some great projects all over the world but this was different because he had suggested it. Now Murdoch's house, the Church, the Hall and some houses were being wired for electricity in readiness to have power turned on, it was going to be a special occasion for everyone. It was only light at first but this made a tremendous difference in the long winter nights. Not many would even dream of a time when the power of the water running down the Highland glens would be shearing the sheep, milking the cows and making the butter, as well as cleaning the houses, washing the clothes, the flick of a switch would give you hot or cold. That was to come.

Murdoch MacKenzie had come home for a few days rest among the people he liked. He also wanted to see the lights coming on at the village, for more effect this would be done after dark. Word had gone round of the day and time and quite a crowd had gathered. When the time came round a church bell chimed, all the lights came on and a cheer went up, they had never seen night become day in an instant. No one knew that in a short time there would be a 'Black out' all over Britain to foil enemy bombers.

Afterwards in the Hall where they had gathered to hear a talk on Electricity in the Home, Murdoch knew that farming was going through a very difficult time. An idea had come into his mind and he wanted to talk it over with someone he could trust.

He found Alan after the meeting and asked, 'Do you have time to come and give me some advice?'

'It is unlikely that I can advise you,' Alan said with a laugh, 'but I will enjoy a run in the Bentley.'

When they were seated Murdoch said, 'I know the people who make their living from the land are having a terrible time and I am going to stop the payment of rents until things improve. I know the determination of my own race and I must find a reason for doing this so that it does not look like a hand out.'

Alan nodded in agreement, after a pause he said, 'What do you think is going to happen in Europe?'

Murdoch looked very serious, 'The western world keeps making many concessions for peace while the factories in Germany keep making weapons of war. The pages of history are full of the names of men who tried to conquer their known world by violence and failed. On the 4th of February 1938 Hitler announced on radio to the world that he had taken full command of the German armed forces. That was underlined in my friend's letter. He was afraid I would miss the importance of it, now it is obvious what will happen next. Now that we are alone this is a time when I can thank you for the years of friendship you gave Jan.'

Alan smiled, 'She makes friends wherever she goes,' he said. Then in a quiet serious tone he added, 'I will always be there for her if she needs me.' There was a short silence then Alan said, 'How did you get on with the others when you went to be a lumberjack?'

'There were some problems at first,' Murdoch said, 'they thought I was there to spy on them, but when they found that I could swing a felling axe or pull a two man raker crosscut saw with the best of them they accepted me.'

'I have just thought,' Alan said, 'if the thoughts about Germany are right this would be the time to get our run down farms into food production again.'

'Yes,' Murdoch said, 'and that would be a good reason to stop taking rents now. We know that they are building U boats in Germany and we know why. Now after you have solved my problem I will run you home.'

'I will run up there in no time,' Alan said, 'and now I know what a real motor car feels like.' Murdoch watched him run with long easy strides until he was out of sight. How pleased I would have been to have a son like that he thought, his daughter had never hidden her affection for the boy she had grown up with but Murdoch knew his own race and he was concerned something might separate them.

Gwen had found new qualities in Ted that surprised her, he was an emotional person and it showed in his love of music. He had been born with an ability she had never known in anyone else. If you played a note he would play in tune or play an octave above or below, you could play a piece he did not know and he would play a second part as you went on. They had been playing away a lot more after they became known. For big events they had teamed up with an excellent lady pianist who played all types of music and a double bass player who had performed with one of the dance orchestras. They avoided requests that would involve long journeys but they loved playing together and they were aware that their friendship was becoming more intimate as time went on.

It was a time of great hardship for hill farmers, fortunes were being made by big companies who bought meat in bulk from countries with large grazing areas and low paid workers, this brought prices of local livestock below the cost of rearing and everyone looked for extra work. The Forestry Commission was the main source of employment, huge forests were planted at low cost in wages, the local men worked from home, single men lived in large wooden huts with a male cook, forestry houses were built for families.

Alan enjoyed the mixed company of the squad he worked with, they had come from all parts of the country, and many occupations to look for work. Among them was a young looking Irishman, yet when he removed his cap he was completely bald, no one referred to it, he was very popular. One day the divisional officer came to visit the area. Brian, who had a complete disregard of authority in any form, was digging a ditch. As they were passing the officer stopped and made a sarcastic remark to the forester who was with him in a loud Oxford accent about the man in the ditch. The Irishman stood up straight, looked the officer in the eyes and said in a clear voice, 'Sure and you will only get six by three like the rest of us,' then started to work again.

Alan had sold his AJS motor cycle, he had run a 175 twinport James in order to save for a big machine. It had the famous Villiers engine that in various makes carried half of the nation to work. He liked the smoothness of the twostroke engine, yet only two that he knew made British two strokes. British machines were leading the world in design, quality and performance. Alan decided to buy a Scott motor cycle, this make had been designed and built at the beginning of the century by a brilliant engineer called Alfred Angus Scott. It had a water cooled vertical twin twostroke engine. There were hundreds of second-hand bikes for sale in the motor cycle magazines. Carrying a tin of petrol Alan was taken to the nearest railway station on a friend's round tank BSA, he collected his Scott motor cycle, put petrol in the tank and rode it home. Somehow he felt it did not sound right even as it sailed up the hills. At the end of the farm road he stopped and removed a sparking plug, it was clean and dry. The second one was different, it was oiled up. When he replaced the dry plug and started the engine he realised that he had driven home on a single cylinder. Now when he revved the engine he heard the sound that gave the Scott the nickname of 'The Yowling Two-stroke'. It was one of the earliest models to have a gearbox and when he opened it up in low gear it almost left him behind. He stopped and sat for a few minutes shaken by the explosive surge of power. The big rounded petrol tank and the 596cc engine were mounted down in the open frame, giving a very low centre of gravity, road holding was perfect. An Oxford firm of motor cycle dealers put some humour in their advertisement to sell Scotts by saying, 'You can play well known hymn tunes in second gear'.

Months and years were slipping past. Jan was in her last year at her school and Alan had settled into a pattern of forestry work by day and work on the land and with livestock in his spare time.

A great feeling of anxiety was growing all over Europe, there were said to be six million Germans in Austria many of whom were Nazis. With their help Hitler had forced the Austrian leaders to resign, at the beginning of February 1938 Austria was joined to Germany. It was only twenty years since the carnage of war had ended in 1918. In March 1939 Czechoslovakia was taken over by Germany and it was clear that all efforts to keep world peace were being ruined by one who wanted to dominate.

Britain and France had signed a treaty with Poland promising support if they were attacked. On the first of September 1939 German armed forces went into Poland while their warplanes bombed the cities. Britain declared war on Germany. There was a great sense of shock among the people of all nations, they were the thousands who still had personal memories of the last war that they wanted to forget.

In the previous years farming had been run down by commerce, causing large importation of food, now there was a frantic rush to produce home grown food but nature could not be hurried. Barriers were going up on the roads leading to the north west Highlands where convoys of ships were now being assembled in a sea loch.

Life went on much as usual in Strath Gorm. The men of the Territorial Volunteer Reserve were called up first. Others were being called up for medical examinations according to age and the type of work in which they were engaged.

For some time Gwen Williams and Ted Riley had been aware of the many forces that were drawing them closer together, when they played music their emotions ran free, letting the sound tell its own story. They had gone out for a run one Sunday afternoon. Ted had found what he called a secret valley, it ran due north from Strath Gorm, sheltered on three sides by mountains. Its southern opening was shielded by the huge shoulder of Carn More on the south west. They had been walking for an hour when they came to Lochan Feealack, a great whirling cloud of white gulls came up from an off shore island as they passed. 'They are only worried about their nests,' Ted said, 'when you are ploughing with horses they suddenly appear and follow at your heels as they find things to eat in the newly turned earth.'

At the end of the loch a bullrush covered marsh was the nesting place of a smaller group of black headed gulls. Glen Tarsheen was a suntrap on that still, early May morning in 1940.

'It is the most peaceful place I have ever been in,' Gwen said.

'Yes,' Ted replied, 'and it does not seem possible that at this minute two enormous armies are lined up ready to destroy each other because of one man's desire to dominate. I must leave here, Gwen,' he said.

Her hand flew up to her face and her eyes opened wide, 'But why?' she said. 'Are you going back to Ireland?'

He turned to face her, 'No, you are the most important one in the world to me, that is why I am going to join the army.' He put his hands gently on her shoulders, she lifted her head and he could see the look of shock on her face. He put his arms round her and she laid her head on his shoulder, they stood in silence aware only of each other. They did not hear the low calls of the raven family that were a shadow of sound in the distance, and they did not hear the mallard rise from the reeds or see the silver bow his wave created, spread until it reached from shore to shore on the still water.

Gwen looked up, there was sudden urgency in the way she kissed him, 'If I lost you I would never play again,' she said.

'No, it is the only promise I want you to give me, that is to keep on playing the way you do as long as you can lift a bow. Life and love are energies you cannot destroy, they change to another form. You will never know the good you do in people's lives with your ability to play the way you do.'

Alan received a letter telling him to attend for a medical test, it was in the nearest town and quite a few young men that he knew were there. A radio was playing loud martial music, there was an air of assumed authority in some of the voices. He was given a good medical examination and a short written test and passed as fit for military service. He was very concerned about the way that would affect his parents. Jan had decided this was no time to think about going to a University, she wanted to be a driver in the RAF.

There was a change in Parliament, Winston Churchill

became prime minister, he replaced Neville Chamberlain who had so exhausted himself trying to hold world peace that he died in November that year. On the 10th of May 1940 the German army attacked in the north, further south, opposite an area thought to be bad country for tanks, long lines of them with lines of motorised troop carriers and artillery where stretching back for miles. It was possibly the biggest man made source of power to destroy in history.

Richard Branson could hardly believe that the world was at war again, he was filled with horror at the way the children in Germany were being taken away from their parents at an early age and trained in the wrong purpose of life. While the allied army in the north was moving to stop the attack there the great mass of mobile war machines further south struck. This was the 'Lightning' war; that had been practised in the other countries that had been over-run.

On the 20th of May the Germans had reached Abbeville and the allied army were trapped against the sea. This was the darkest day in the war, Britain stood alone. The Admiralty collected boats of any kind that could take men across the Channel and the response from the public was instant. An increasing number of men were being taken out of Dunkirk every day, then on the 24 May a strange thing happened, Hitler gave an order to halt the tanks on the eastern side. Goering wanted his airforce to share in the victory but the Spitfire Pilots were shooting down his bombers in large numbers, many British fighters were lost. The one or two vital days let the captured force organise their heavy artillery and slow the attack, day and night thousands were crossing the channel. By the 4th of June when the last of the French who had fought to hold Dunkirk were forced to surrender, all the British and some French, over a third of a million men, were saved to fight again and win.

Murdoch MacKenzie had lost some of his timber business in Europe, he had seen what was about to happen and had come out in time. Alan had continued working in Forestry, he joined the Observer Corps to do night time duty. With a companion he did two eight hour shifts from ten at night to six in the morning, twice in each week, a lot of aircraft identification had to be learned. The solid walls of the post were five feet high, they held the open plotting table, the rear part was covered, it held the telephone, a small oil stove and a teapot that produced a strange beverage that tasted of coffee, cocoa and tea every time.

One ROC officer had become very vigilant in checking the posts in the early hours after midnight. He had a habit of driving without lights when he was near a post, then he would stop his car and try to approach without being seen. They had rifles and bayonets at the post but no ammunition. Alan's companion was Angus Morrison, he was a man from Skye and like Ted Riley laughter seemed to follow him around. Alan was on the telephone when it gave a click and a low voice said 'east'. He pointed to the road and Angus smiled and looked at his watch. He fixed a bayonet on a rifle and stood waiting, at last he saw the glimmer of a light, then it was gone. The slip of a moon raced through light clouds and he could just see the portly figure of the officer coming up the hill. Crouched low in the opening he waited until the man reached the post then he leaped out with a shout of 'who goes there'. The point of the bayonet was almost touching the officer's stretched tunic, his hands shot up and his mouth opened but no sound came out. Angus lowered the rifle and stepped aside, he was struggling to keep his face serious.

The officer regained his breath, 'What the devil are you doing with that bayonet?' he said.

'We have no bullets sir,' Angus replied.

'Just as well or I might have been shot,' was the retort, 'Carry on.'

Jan was driving a man who had flown biplanes in the last war, his staff car was a Humber Snipe and its size alarmed her but it was such a perfect driving machine that she was soon happy with it. The huge straight six engine was quiet and clever steering gear made it easy to control, it could seat six in comfort.

On the 16th of July Hitler started to move ships and men to the Channel ports for invasion of Britain.

Richard Barton thought he would never see war again, now a war of terror and destruction was spreading its sadness and loss into the most obscure places. He found a quiet confidence in the people that Sunday morning, his text was 'they that live by the sword will perish by the sword' and he tried to explain how hatred and anger and violence ruined the life of all who harboured them. As the people walked home after church many looked up to an enclosed area that held a tall granite cross and an upright marble panel holding the names of local men who had died in the last war.

On the 15th August Goering's attempt to destroy the air power of Britain was seen when he used all of Germany's three air fleets in a mass attack; one fleet from occupied Norway of bombers escorted by MEIIOs was met off the north east coast by squadrons of Hurricanes and Spitfires, thirty bombers went down with no British loss. In the south factories were hit and runways on fighter fields damaged, there always seemed to be more losses among the Luftwaffe bombers, perhaps because quite a number were the JU87 dive bomber that had caused terror in occupied Europe. They were helpless against the British fighters and were withdrawn from service in August. In the third week of that month a group of bombers dropped bombs on a civilian area of London causing damage and death. Almost at once a large group of British bombers were over Berlin. Here in a city that had never seen a bomb fall the clamour of the anti aircraft guns, the roar of the planes and the explosion of the bombs shocked people into the reality of total war. The white leaflets telling the truth, that drifted down in the glare of the searchlights seemed to belong to a different world.

Radar had played a big part in the successful operation of the RAF, although under severe stress at this time they were not driven from the sky as Goering had promised. At the end of the first week in September Hitler ordered the destruction of London, hundreds of lives were lost and thousands wounded and the damage to buildings and docks was immense, there were fires everywhere. The will of the people held. On the 15th a very large attack force appeared on the laser screens in a daylight raid, the British fighters came down on them and shot down many before they could drop their bombs. After an interval a second large fleet of Luftwaffe bombers and fighters came in, they met the same opposition again and very few met their target. They lost over one hundred and eighty planes, the RAF lost over twenty, the greatest loss was the pilots who had been fighting on without rest.

In the aircraft factories the workers were turning out 1800 planes a year more than the Germans, despite war damage. The great concentration of barges and other ships that filled the French channel ports along with weapons supplies and men forming the invasion force were under constant attack from naval and long range guns. The RAF night raids were sinking hundreds of barges and other ships packing the harbours and blowing up stores, tanks and guns. An invasion exercise was surprised by bombers who caused heavy loss of men and landing craft. With the defeat of the Luftwaffe in the daylight air battle on the 15th of September and the dominance of the British Navy the tide of war had turned in the West.

Hitler was stopped. In the middle of October he announced that the invasion was off, shipping was moved away and men moved to other places. Churchill's words at this time would move human emotions as long as history is written. Although night bombing continued, causing loss of life and great destruction in Britain's cities, the will to see it through to the end was as strong as ever in the British people. They wondered what the frustrated Fuehrer would do now, perhaps he was forming a new dream of being in total control of the vast lands that lay stretching for countless miles to the east of Germany.

Jan was shocked by her first sight of a bombed home, what pushed her over the edge was the sight of broken children's toys among the rubble. She drove on steadily with tears running down her face. Murdoch MacKenzie had bought a house in the country not far north of London, there was a large Timber Control office there. He was worried about Jan, the man she was driving was constantly attending meetings of high ranking RAF officers and it was at these times when she sat waiting that she let her thoughts go back to the space and silence of Strath Gorm where everyone knew everyone else and accepted them for what they were. Always what turned her thoughts towards home was the fact that Alan Cameron was there.

Gwen Williams' firm had changed their factories to produce some military needs, she had done nursing training in the evenings and now worked in the wards of a hospital that was being built for wounded servicemen near the town. She did three evenings a week, some of the injured men brought the war very close to her. She had never thought that anything would make her stop playing but Ted Riley's last letter had let her know that they were going overseas. She was suddenly aware that she could not play until war stopped and she knew that he was safe.

If she could have seen him at that time she might have been more concerned. In desert kit Ted was standing beside the truck he drove, he was talking to a man from New Zealand who had come through the bombing on Crete. 'If the Gerries bomb you get under the wagon if you can, the blast rises. A lot of fellows said their first prayers under a truck,' the man from South Island said as he turned away. As Ted waited all around was a hive of industry, lines of trucks were being filled with men and were driving out to the west. Tanks and heavy guns were forming lines as far as he could see. This was the start of the reinforcements for the eighth army prior to a battle that would change history.

On the seventh of December 1941 the world was astonished by news that Japan had attacked the ships and planes at the American base known as Pearl Harbour. Even the countries that had a pact with Japan were taken by surprise. Hitler found himself compelled to go to war against the United States of America, he did not seem to realise the potential power of this new enemy. Germany and Russia were putting on a friendly act but a clever cartoon in a British paper showed Hitler and Stalin arm in arm walking away from the viewer, each with an arm behind their back holding a gun. At the end of the third week in June Hitler ordered an attack on a large scale against Russia. It seemed to have taken that country by surprise, many prisoners were taken and planes destroyed before they could get into the air. Bob Robertson and Donald Cameron went to the nearest Police post to sign on as members of the LDV as thousands were doing all over the country after listening to Winston Churchill's broadcast. Here the right man was in the right job at the right time.

The Revd Richard Barton's heart was heavy as he set out on that bright July morning, the sadness of war had come home to Strath Gorm and three more names would go on the marble memorial slab. There was a large family in the first home he visited and all who could had come home to share the sorrow with their parents. His next call was on a couple who had brought up a little boy from a broken city home, he grew up and became like their own son. As his early years were passed beside the Clyde he loved ships so when war came he joined the Navy, sadly he was lost with so many more as they tried to bring food and supplies into Britain. Millions of tons of shipping were lost in 1942. In the following year radar and long range planes destroyed so many German U boats that those remaining were taken out of the Atlantic.

Richard found the two trying to console each other. He spoke to them about unselfish love that never dies as long as you live and about life itself, the energy that cannot be destroyed because all live things can reproduce their own kind.

At the third home he went to the mood was different, Ian McGregor was a keeper, he had seen trench warfare, now when he had lost a son in a bomber crew his sorrow turned to anger. 'Why did they not shoot that man when they saw what he was doing to people? Hitler will cause the death of thousands before he meets his end.'

Richard realised he would have to return later, the continuing flow of angry words gave him no opportunity to talk.

In Russia the German army moving in the rainy season had turned the land into a sea of mud that hindered movement. They made an attack on Moscow at the beginning of December but were driven back by an unexpected new force of Russian troops with T34 tanks that could not be stopped by anti tank guns. Hitler, although he had announced that Russia was defeated, had underestimated the power of the Russian Bear. Stalingrad had been captured with heavy loss of life but now it had been surrounded by the Russian army and cut off. The German officer in charge had earlier asked for permission to retreat to save his quarter of a million men, he was told, 'You must fight to the last man where you are.' Only a small number lived to see their German home again.

Bob Robertson, with his experience of most races, followed the events that happened worldwide. First a name caught his attention then a voice on radio, it troubled him, he had watched the tide of violence spread over Europe, Africa and Russia and was aware it came from the thought and decisions of one individual. He wondered if this man

Hitler had ever really loved anyone else, it was said he liked music but music can only be judged by the emotion it creates in the one who listens. His main emotion on radio seemed to be anger, did he have a vast superiority complex or did he have an exaggerated 'leader of the Pack' belief? No matter what the reason was Bob thought that never again should one individual be allowed to have total control of any power that could cause mass destruction.

Alan Cameron had received his calling up papers. When a young person had to leave home where love and care had been the way of life and face the possibility of death, war did not only destroy life it also destroyed peace in homes all round the world. In Germany the young children had been indoctrinated to believe that they were superior to all others who were to be their slaves. This must have created great sorrow in the hearts of German parents.

When it came to the time for Alan to leave they stood together outside, they did not speak, their feelings were too deep for words. A motor cycle came along the road below, a friend was taking Alan to the nearest railway station, Donald Cameron clasped his son's hand, it was the father and son relationship that had followed humanity down through the ages, when they would do all for each other. Alan put his arms round his mother and held his face against hers then he turned and walked away. They watched until the motor cycle was near the point where the road vanished, then Alan lifted his hand in the air and they were gone.

Donald whistled and a black and white collie ran up and started to dance round him, Flash knew where his master was going. The phrase 'Going to the hill' could mean a day working among livestock, it could also mean going into the

mountains alone to find the peace that passes all understanding. If he found it, even for a short time, anything
that life brought could not erase it.

'I am going to the hill,' Donald Cameron said. Morag
nodded, she understood.

Alan's mother went into his bedroom, the early sunlight
reflected from a silver cup he had won for clay pigeon
shooting. When she lifted the blankets to remake the bed
there was a red rose on the pillow. It was too much, the
tears she had been holding back all morning blinded her,
she moved to the window and stood looking out over the
hills. A prayer formed in her mind, Keep him in Your Peace.
It did not need words, the emotion said it all. Her tears had
stopped and the burden of her dread had lightened. She
was lifting potatoes for dinner when the sheepdog raced
into the garden, he pushed his head under her arm
demanding attention. She looked up and her husband was
there. He looked into her eyes and said, 'You are alright.'
She nodded and they went into their house.

There were many empty seats on the train Alan Cameron
boarded at the small railway station, after a change of trains
further south the new train was crowded. Normally he
would have been interested in the country but there were
other things to worry about, he had not got a letter from
Jan for two weeks. When he reached the industrial
Midlands he saw the first signs of air raid damage, he could
hardly believe the mile after mile of a forest of tall
chimneys pouring out black smoke, the workers were
beating the enemy in the output of weapons.

He was picked up with a number of others and taken to
temporary quarters by RAF transport. Next day after a series
of tests the group were split up and he found himself at an

air field in the east where it was flat as far as the eye could see on every side, a cold wind blew in over the North Sea.

On the last day of August 1942 Ted Riley shivered in the cold of the desert night, he had been wakened by the heavy gunfire, both sides were firing but Rommel's men were attacking, it was an inferno of smoke and explosions. It went on for three days but the 8th Army held fast and Rommel put his army on defence. He had to return to Europe for medical attention, Hitler asked him to return to North Africa where, despite all his efforts, the attack General Montgomery launched on the 23rd of October resulted in a break through by tanks and infantry at the north end of the forty mile front. Rommel then had to retreat with what remained of his tanks and troops who had transport, all the others were prisoners. The men who died in winning that victory, gave their lives for the freedom of humanity. They will never be forgotten.

Jan had a longer than usual drive to do that morning in 1943, her officer had to make a short call at a special place. Just as he said, 'Park at the next house on the right,' a man in RAF uniform was walking to meet them. He heard her draw in her breath and her hands tightened on the steering wheel. He looked at her and said in a fatherly tone, 'Are you alright?'

'Yes, thank you, I am,' she replied.

When he had gone she looked in the mirror and Alan was walking back to the car. It was an impossible dream. She wound down the window, he put his hand in and she clasped it between her own for a few minutes, the dream was real.

'I knew you in the distance and I thought you were going to walk away. Where are you now, Alan?' she asked.

'I am at Millstream Airfield,' he said. 'I had to come here for a shooting test.'

'Why did you not write?' she asked.

'I did,' he said, 'but the mail must have been bombed. I did not get any of yours.'

'There, he is coming out, you had better go, Alan. We will get in touch.'

He waited near the car and as the officer passed he saluted, the man stopped and said in a friendly voice, 'Where are you stationed young man?'

'Millstream, sir,' Alan replied.

'Good luck,' the other said as he turned to enter the car. Alan thought if that is a top ranking officer I must have got into the right service.

He had come out with a very good result in the shooting test with best time in rapid fire, he thought that came form his clay pigeon practice. He was already being moved into more complicated work in aircraft repair work and making use of the knowledge a lifetime of reading had given him.

It was only when the danger of invasion was past that Richard Barton realised how near the total collapse of human relationships had come. Accurate accounts of the treatment that was being given to helpless people was becoming available, and the most chilling thought was that the single individual who made it happen was able to find others to carry out his orders. They operated by terror in their own country and everywhere they could. His text on Sunday was 'Blessed are the meek for they shall inherit the earth'.

An Allied army had landed in North West Africa, the dream of Rommel and the Africa Korps which had fought so many advance and retreat battles in the desert finally ended at El Alamien when they were only an hour's fast drive from Alexandria and they could have closed the Suez Canal. Malta, the key to Rommel's supplies, had suffered sustained bombing, ships were sunk blocking the harbour, a civilian diver with experience of raising sunken ships had been flown from Scotland and the harbour was cleared even as bombs fell. An allied convoy landed supplies and fighter planes were landed from an aircraft carrier, the bombing was ended.

In Russia there had been a massive counter attack on the Don and the Russians had broken through the German lines, making it possible to surround all of the German Sixth Army in Stalingrad. There was more failure to come, the Russians had made another break through further north on the Don, the gap was miles wide, the German army in the Caucusus had to retreat fast to avoid being cut off. In Britain, now that the U boats had been forced to leave, the Atlantic American supplies and planes were coming in building up an Allied force for the invasion of Europe.

Donald Cameron had gone to a ram sale, he only required one extra but it would have to be one that would improve the quality of the wool on his hill sheep. He soon found one and prices were low. It had a low crown for easier birth of male lambs, good size, shape and a long fleece of high quality wool. It had been reared on flat green fields and it had never seen a mountain. It was to almost cost him his life. When the rams were spread out among the ewes on the hills at the end of November the new one went missing, Donald found the tup trapped on a ledge that ran across a vertical rock face. It had followed the ledge until it became too narrow to turn and it was afraid to back out. He had managed to grasp its wool and one of its big horns to ease it backwards when it gave a leap and went over the edge, taking him with it. He only had time to think, I am going to die, what will my wife do? before he hit the scree. He came round feeling something warm and wet on his face, Glen his collie was licking him. When Alan's dog ran into the house and out again Donald's wife knew there was trouble on the hill. A boy ran with a message to Bob Robertson and soon a group with the right equipment were following the dog into the mountains. They found Donald with a broken leg, his head and the top of his shoulders had landed on the sheep, that had saved his life. The sheep, looking dazed was standing near, its massive horns and thick wool had kept it alive.

Bob Robertson could not understand what the German people had been led into. He said, 'When we were in America we could always tell where a German family had settled, everything was clean and tidy and they worked hard.' He had made many friends in that country.

Alan had been posted to a special training unit as now more heavy air raids were being made on German cities. Air crews had been trained in Canada and more planes were available. The unit Alan joined was made up of the RAF ground crew men who had done best in shooting tests. They were to be trained in aircraft identification and use of aircraft guns, his ROC experience would help him now. The idea was to have a reserve of men trained to identify aircraft and use aircraft guns at the highest level and in any emergency while they could continue in the good work they were doing.

The crowd he trained with were an interesting lot, most of them were country men which may have accounted for their shooting skill. Alan had already spent hours memorising details of war planes from all angles. There were two Scots in the group, a McKay from the north coast and a Douglas from the borders. After some flights in the rear gun turrets of planes being delivered to air fields they were returned to their units. Alan had enjoyed the feeling of being in the air, it felt like being on a fast motor cycle only when you were high there was nothing to judge your speed by if the sky was clear. His respect for the men who flew the planes in combat grew daily.

News came that an Allied Army had landed in the south of Italy at the beginning of September and they were advancing against strong opposition. Tremendous damage was being done to German cities by Allied air raids, the people there had never seen total war and they wanted peace. Once more in the history of our small planet one individual's desire to dominate it by violence was failing. Intelligence had found that Germany was doing research into Atomic energy with the intention of creating a weapon. A daring Commando raid on a secret place had set that back for some time to come. There was much talk of wonderful new weapons that would win the war but when the place where they were being developed was found it was heavily bombed. An air of unrest was growing in that country, there were numerous plots to get rid of their leader, others tried to make peace plans but there had been too many broken promises.

Jan and Alan had at last been able to get Saturday and Sunday off at the same time, he borrowed a BSA sloper from a pal and went to Murdoch MacKenzie's house in the country. Jan was there first, she had a staff car. Murdoch was there and he came to meet Alan. 'It is like a breath of Strath Gorm to see you,' he said. 'How I wish we were all back there. Now get off your motor cycle gear and we will have a dram before lunch.'

'I will show you your room,' Jan said. He put down his haversack and shed his coat in the warm homely room. He went a step nearer, she came to meet him and they were standing close with their arms round one another, for two minutes that seemed an age the world was forgotten, her face was soft against his. She whispered, 'To be continued, he is waiting for you.'

Murdoch was pouring out drinks when Alan went into the room, he was handed one and they toasted each other in Gaelic. The whisky gleamed golden in the crystal glasses. When they were seated Murdoch said, 'I have a plan that I would like your opinion on, I think we are turning the corner in this terrible war but at the end of it there will be a number of service men so severely injured that they will have to be cared for always. Now both Jan and I feel that more than half the Strath Gorm House is never used, it could make an ideal home for the disabled men as a separate unit.'

'I think it is a great thought,' Alan said. 'It would be a perfect place for men who had come from country places but it would cost a lot.'

Murdoch smiled, 'They did not count the cost, Alan,' he said, 'and I could fund it.'

Jan and Alan had realised in their few hours together the bond between them was stronger than ever but they had to leave early in the morning to be back on duty that evening. Alain had lain awake for a long time, his eyes were closed and he was thinking about Jan. Something made him open his eyes and she was standing beside his bed, she looked tall wearing thin white pyjamas. She bent down suddenly and kissed him in a way that showed the strength of her feelings, then she was gone and the door shut quietly, not a word had been spoken. They had an early start in the morning and travelled on the same road for some miles, when they came to the place where the road forked they pulled into a side road and said goodbye. Alan stood watching her car until it disappeared before he kick-started the BSA into life and went on his way.

At the beginning of July 1943 Hitler launched his last great attack on the Russian front, he had an army of several hundred thousand men and a vast force of heavy tanks but the Russian line held and by the end of July half of the German tanks were gone. The plan had been to drive them back to their previous positions and then turn north to trap a Russian army and take Moscow. Now the attack had failed, and they were retreating. Further north the Russians had gone on the offensive and broken the German line, their attacks were spreading fast. Another victory some hundreds of miles further north extended the front while a German army in the Crimea were in danger of being cut off.

Meantime, in Germany, war in its terrible reality had come home. Not only the factories that made guns and bombs and all things that can only destroy were bombed, but the homes of the people with everything they held that made them special places to individuals were lost in the ruins of cities. At Kiel great damage was done to Army and Navy control centres, a night raid on Dortmund caused complete destruction of industrial and munition factories, leaving many thousands of people helpless. At the end of July an extra heavy night raid on Hamburg armament production left a city in ruins and even more people had nowhere to go and no food or shelter. In August British planes bombed the source of the new weapons that Goebbels boasted about as the ones that would win the war for Germany. Their name indicated that they were weapons of vengeance, the V1 was a powered flying bomb that dropped when it was on target and its predetermined amount of fuel had run out. The V2 was a rocket driven explosive.

Alan and the group who had been selected as air gunners were moved to another airfield. The planes there were bombers which at that time were making constant raids on launching pads for V1 and V2 weapons, these were being made along the south side of the Channel and the Straits of Dover. The first aircrew he joined had an officer with long experience of flying and men, he sometimes gave lectures at the end of which he asked for questions and any ideas for more efficient operations.

Donald John McKay was an active cheerful young man, he had become Alan's pal in the group. They had grown up in similar circumstances, Donald had been born by the sea on the north coast of Sutherland, he had very light coloured hair and Alan teased him saying his great grandfather had been a Viking who wrecked his longship on a skerrie and swam ashore. He was an intelligent young man and after a lecture suggested a rear gunner's view of the sky could be looked on as a clock face. Every one had a mental picture of that, they could give twelve accurate positions of enemy planes attacking from the rear with an indication of their height in one or two words. It was noted to be followed up later.

At times when he was alone Alan thought about how he would act in an actual combat situation, even in a case of life or death he wondered if he could shoot to kill another person, at the same time the lives of the others in the crew depended on him. He had now flown on several raids on the V1 launch pads without being attacked. The Allied Air Force had started to dominate the sky in the west, one worry was reports of a new jet plane that was said to have been made in large numbers in Germany, the runways and planes on the ground were bombed; still they appeared, they could be a very real threat to piston engined planes.

A man whose family were killed in the bombing of Poland had got in as a worker in an aircraft factory, he pretended that he did not understand German and collected chance remarks until he found out there was a secret refinery and factory for the jet plane hidden in southern Germany, not far from a railway line. A great climate of illwill had grown up among the people whose lives had been destroyed by the Nazi party and he had no problem finding people who passed the information on to British Intelligence.

Alan's first experience of combat came when he did not expect it. They had bombed a V1 site and turned for home when he saw a plane following, it was in broken cloud. He reported, 'Monoplane at twelve high.' Almost at once the plane left the clouds and came down fast, it was a ME109. He reported, 'Enemy plane closing.' Even as he spoke the front of the bomber went up, the diving fighter lost his target for a second, as he tried to regain it a burst of gun fire hit the left wing where it joined the fuselage. The fighter went out of control and turned left, tongues of flame reached back from the damaged wing as it went down. He reported 'Enemy fighter down at three, pilot out.'

When they landed and the crew were out the officer was standing by the plane. He spoke as Alan came past. 'How did it go left?' he asked.

'I hit the left wing close in and I think it lost lift and it went out of control. You set it up for me, sir, the pilot got out.'

'Yes,' the other said, 'the pilot got out.' For a minute youth and experience met and their thoughts were one. There was the beginning of a smile on the senior man's face. 'You will do for me,' he said, and he walked away.

For many years there had been people in Germany who did not like what was happening and there had been plots and plans to displace Hitler but he had always escaped even plots to kill him. Now he was taking it very badly when his own policy of destructive air raids was being employed against his own country. He refused to visit cities that had suffered great destruction. There was also the evident threat of an invasion in the west, with U-boats out of the Atlantic supplies of war materials men and planes were pouring into the British Isles.

Hans Muller was not very happy about being posted to Normandy. It had not been so bad in a French town further east but here the local people were very resentful of the Germans. He was on duty on night 5–6 June, there had been many rumours of an Allied invasion, they had come and gone. The Germans had kept most of the defence nearer to the narrowest part of the Channel. It had been bad flying weather and it gave no indication of what was happening on the south coast of Britain. The Commander in chief had just reported to Hitler that an immediate invasion was unlikely and Rommel had left for a few days in Germany. On the 5th of June the Commander of the

Seventh Army in Normandy relaxed the defence and went over a hundred miles south to a meeting.

It was a still night as Hans walked along the cliff top, he could hear aero engines but they were often there. Suddenly a figure appeared in front of him, it seemed to come from nowhere. The man's face was black, he was in combat uniform and the barrel of his gun was almost touching Hans' body. He pointed to the weapon and pointed down, when the young German had laid his weapon down the man pointed towards the sea and waved him in that direction. Hans was sure he would be shot as he walked away, when he had gone about fifty steps he looked back, the man had gone. He turned and ran as fast as he could toward the Control Centre, he was nearly there when there was a great explosion quite near him, the building where all messages were handled had been blown up. Now he knew why the man had gone so quickly. The first sign of light was just beginning to show at the start of a fateful, important, long midsummer day that would change the lives of millions. The sound of aero engines grew louder and soon planes were stretching across the sky as far as he could see in every direction. The sun had not yet risen but its light caught the planes and the hundreds of airborne men who dropped form each wave on the Seventh Army. At the same time a thunderous barrage of naval guns from the sea pounded the front defence force, it was too dark to see ships but a line of flickering fire away out at sea danced in the darkness.

There was chaos at the command centre, the head officers had not yet returned from their meeting and communication had been lost when the buildings had been blown up. Motorcycle dispatch riders were racing out on their machines to make contact with other units and report the invasion, but some officer thought the airborne troops were a decoy for the real invasion elsewhere.

Hans Muller was one of the hundreds of thousands of German boys who was given a small book to write his day's happenings in. He wondered why his parents worried about all the things he was made to do. For his own part the idea of 'Germany over all' fired his enthusiasm for martial marches, waving flags and loud speeches. He enjoyed the holiday camps and the feeling of belonging to a big gang. Suddenly he realised he had always been on the winning side, now he was in the side being attacked. He thought about his parents in the bombing raids in his home country. For the first time he knew terror. He had recovered his weapon but it seemed like a useless toy in the sound of the planes and the continuous sound of explosions. It was possible to see more now and what he could see made the situation worse.

The ocean was full of thousands of ships and men were pouring in onto the beaches, the naval guns seemed to be firing further in now. Injured German soldiers were being carried back and those that did remain could not halt this attack. He was about to join them when there was a noise like thunder in his head and he felt as if he was flying through the air, then he knew no more. When they had got the invasion warning through at least the senior officers still did not think that it was the real one. Rommel left at once for France, now with the superior power of the Allies in the air Hitler would not let his generals fly so Rommel had to travel by car. Although many lives were lost the Allied army had broken through in three places and were several miles into France by afternoon. Hitler had sent an

197

order, that the attacking force were to be driven back into the sea before night. The reply he got said that it was impossible. The German army officers wanted to retreat from the deadly Naval guns and reform out of their range but Hitler refused to let them withdraw and they had to fight on. He said that the V1 bomb and the new jet fighter would make Britain ask for peace. However his top Generals knew that everything was against them now.

The RAF were ready to make a raid on the hidden jet plane factory in south Germany. Jan had been worried since Alan had told her that he was a gunner in an aircrew, she had seen the horrors of shot down planes and just at this time when the end of the war was becoming more than a dream it was a shock to her. The RAF knew where the jet plane factory was but it was very well camouflaged, part of it was underground with the top merging into the countryside. The pilot of Alan's plane was to go in first and drop fire bombs and the following planes would mount a heavy attack. Four Polish workers who had been forced to work at the complex of factory on special fuel tanks switched on four blue lights that could only be seen from the air when they came off day shift. They risked instant death if the lights were found, they formed a square containing the target. The bombers found clear skies over southern Germany, there was no fighter defence but as the first plane approached the target a ring of intense anti-aircraft fire lit up the darkening sky. The target was clearly visible as the leading plane started its run in. Suddenly there was a flash and a loud explosion and the plane lurched to one side. It came back on target and the pilot's voice came over clear and fast, 'Everybody out,' he said, and then repeated it. He went on in a quieter voice, 'Power gone, I am going down.' The last words were like a whisper. Alan was certain that the pilot had been fatally injured. He held down the fear that tried to make him hurry when he opened the gun turret and went out backwards. It was like going outside on a windy day, one part of his mind was counting carefully while he thought about the three most important people in the world to him and how they would worry. He was now floating in still air, the familiar words, 'Keep them in your peace,' filled his mind and went out as a prayer. There was no peace here, a great ball of fire shot up from the factory area, a cloud of black smoke rolled round it followed by the sound of a big explosion.

He could see no sign of the other crew members who had jumped out before him and he was certain the pilot had died before the plane had crashed on the target. The rest of the bombing planes were now coming and fires were spreading. Far below he could see the wandering silver line of a river, he did not known he was looking at the beginning of the famous Danube. He thought it would be a good place to get rid of his parachute if he could land there. After the heavy Allied air raids there was an order to shoot Allied airmen who escaped from damaged planes. He landed in a field not far from the river, it was growing a root crop, he was sure they were sugar beet. He pulled two out, they should be edible. When he finally reached the river there was just enough light to watch his rolled up parachute go bobbing away down the river.

He knew that his nearest place of safety was Switzerland which was south on his pocket compass, the road he crossed to get to the river pointed in that direction and there was no traffic on it at present. He started the long walk. By the time light was coming into the morning sky he estimated that he had walked over fifteen miles. He counted the steps in a half hour so was able to tell how far he had gone by his watch. He had come to a village where there were lights in a building. He kept away from it, it might be police or army. Two men came out they were carrying a wicker hamper and the smell of newly baked bread filled the air. They carried out a van load of hampers and went inside again perhaps to have breakfast. Before they came out again Alan was in hiding with two new loaves of bread. The very idea that he would steal surprised him but he was determined to survive. He was very conscious of his appearance which would identify him but his clothes kept him warm when he rested in daytime. Two more night walks passed, he marked them with nicks in a piece of willow. Once the previous night he had seen lights and had gone off the road it had been a long convoy of trucks carrying soldiers and travelling very fast as if they were needed somewhere.

That was the day his luck was really in place, he was settling down for his daily rest when he heard the sound of a motor cycle engine, it was a flat twin and it reminded him of a 1930 S6 Douglas he had used, it had a 600cc flat twin motor. When he moved to a place where he could see the road, a young man had leaned his motor cycle against a high stone retaining wall that ran along the road side, he had taken off his coat and head gear and laid them on the motorbike then started to walk up a path through a garden to a house above. A young woman came down the path to meet him, he put his arm round her waist, they walked slowly up to the house and went inside.

Alan sipped into the shelter of the wall which hid him from above, the motor cycle was a BMW, he sat on the coat, found the brakes and eased it away from the wall, there was a slight slope and it started to roll forward. He let it run until it was well away from the house. He stopped and checked the gears, putting it into second he held the clutch out and let it run down the slope until it gained speed when he let the clutch in the still warm engine of the big flat twin burbled into life. He motored away quietly. Some way along he stopped to put the coat on and he felt safer. The machine handled like a dream and the road south was going behind him at a steady just under sixty speed.

Hans Muller came back to the world after days of nightmares when his dreams of being thrown up in the air and falling into a bottomless hole were only banished by an angel figure with a quiet voice and gentle hands. Today he saw her in reality as a nurse who moved among the wounded men in an emergency hospital. The man in the next bed said something in a cheerful English voice. When Hans looked across he saw that the man had lost the lower part of an arm, he realised he must be in a British hospital. Over the following weeks as his wounds healed he found that this was a different country from the one Goebbels had reviled.

Jan had the first news that the plane Alan had been in had not returned from a raid on Germany, it came in a letter from his mother. There had always been a complete understanding between the two women. She thought about the letter and knew that Alan's parents were going through this unbelievable loss too. As she waited for her Officer to appear she remembered that he had lost a fighter pilot son. When she went to her father's house at night she was relieved to see his car there. When she told him about Alan he put his arms round her and she did not have to hold her tears back, it was like the way difficult times in childhood had been. She lay awake as the long nights dragged on, the officer she was driver to knew that something troubled her but he also knew she had to win her own private struggles, and her work was not affected.

Her loss seemed even worse now that Hitler's defeat was certain. His last big gamble to break through on a narrow front in the Ardennes had failed with great loss of life and war material. In the East the Russians had broken through the German lines in several places and could not be halted. Field Marshal Montgomery's Canadian and British armies were over the Rhine at the end of March and driving north east for the Baltic. The encirclement and capture of over twenty German divisions in the ruins of the Rhur by two American armies left a wide gap in the German defence. April was only a few days from its end when American and Russian soldiers met on the Elbe. On the 29th of April the German army surrendered. Early on the morning of April 30th Adolph Hitler and Eva Braun died together, they were said to have committed individual suicides. The final capitulation was signed by five Generals representing the countries concerned on May 7th and at midnight of the 8th there was silence over the battlefields of the West. It was a silence loaded with the immeasurable sadness of losing loved ones, in all countries that lay covered with the ruins of homes.

Alan had ridden hard all day, he had to remember which side of the road to drive on. The days were longer now and he was forced to rest, also when he laid the bike over on a bend the engine missed a beat or two and he knew his fuel was nearly finished. He had just passed a house that had a group of buildings near it, he was sure it was a farm. On the last stretch of road he had been climbing, it was an isolated place, the light was fading and he turned into a path through the trees, there his luck ran out, he failed to see the high root of a big spruce and when the front wheel found it the heavy motor cycle shot sideways and fell over trapping his leg underneath. A fierce pain in his leg made him lie still for a few seconds while he thought out what to do. After a struggle he managed to raise the front of the machine and push himself clear with his free leg although with every movement the pain was acute. He pulled himself up to the branch of the tree and looked round for something to make a crutch, his injured leg was useless. A young ash sapling was soon converted into a support with a fork at the top of a strong stick. Now at least he could move again, although he knew he had pushed himself too far with hours of driving and no food. His only hope seemed to be at the house he had just passed and he made his way there slowly, trying to ignore the pain. Daylight was nearly gone.

Keeping away from the main house Alan went to the other buildings, it was a farm and at one place he heard a familiar sound, it was the chains of stall tied cattle. The building had a divided door and the top half was open, he opened the lower and went in. A cow called softly and he knew she had a young calf, he spoke quietly to her and smoothed down her neck and back, she turned her head round to identify him. Her full udder was dripping and he started milking into his cupped hand, with every mouthful his strength returned. There was a movement and the door opened, a young girl of school age stood watching him. She wondered why she was not afraid of this stranger, perhaps it was because of the way he treated her favourite cow. She said something which he could not understand, he pointed to himself and said, Scotland, her face lit up and she smiled. What, he wondered, did this girl know about his country? She waited until he had his crutch in place and pointed to the door, he knew now that he had no other option. The farm kitchen was warm and comfortable, a bit pot stood at one end of a large wood burning stove, the middle aged couple who looked up in surprise got up and came to meet them.

'Scotland,' the girl said and the woman's face also changed. He looked from the older woman to the girl. 'Why Scotland?' he said. The woman lifted a photograph in a frame from a sideboard, it showed the head and shoulders of a young man, he was wearing the German helmet with the Y straps worn by the paratroopers. The girl had taken an Atlas from her leather school bag, it was opened at a map of his home country and she pointed to a cross marked in Speyside. Understanding came at last. The pleasant young man in the frame was her brother, he must have been captured and put to work on a farm in Scotland, somehow they knew that he was alright.

The woman was very concerned about the injury to Alan's leg, with an expert hand she opened the trouser seam and exposed the injured limb. She started to examine him, all her actions showing professional training, at one point in her careful examination she stopped and spoke. The man went out and returned with two lengths of wood, he set out two chairs, seating Alan on one he carefully lifted the damaged limb and laid it on the other. His wife folded the trouser back, all her actions showed that she was a professional. Her touch was firm yet gentle. At one point in the examination she looked up and spoke again. The man picked up a match and bent it until it showed a crack on one side then he made it straight again and pointed to Alan's injury. In a short time the cracked bone was bandaged and the leg was in splints, then he was seated at the table with a bowl of soup and slices of brown bread in front of him. For the rest of his days he would never forget the taste of that soup.

This was the exact opposite to what Alan had expected when he jumped out over Germany, he knew enough German words to say Thank you, when he had eaten and the woman smiled in reply. He then pointed to himself and said his name and the girl repeated it and said, Gretel, her father said, Karl Bauer, and her mother gave the name Anna.

There had been an increase in the traffic on the road that ran past their house over the last few days and most of it was going south towards Switzerland, in addition their radio battery had run down and they did not know what was happening in the wider world. Suddenly the girl who was looking out the window turned and spoke in an anxious voice. Alan looked and saw lights turning in, he picked up his crutch and was going out when Karl Bauer opened a narrow door into a cupboard below the stairs and helped him in. He could hear furniture being moved to conceal the door. It was not long before he was released from his hiding place. Karl waved his hand and said, 'Away,' his look showing relief. He seemed to know many words in English but did not use them fluently. His people had been farmers for generations, his surname meant farmer. When he went home at the end of the war in 1918 he found a Scottish soldier billeted in his home, a lasting friendship grew between the two men.

Alan's main concern now was that he had no way of

letting them know at home that he was alive. Alan was grateful to a fellow countryman who had gained him a refuge. A young man who worked on the farm had been away for the day, he returned with rumours of armies surrendering and the war ending but nothing was certain. It was almost a week since Alan had started walking and trying to keep going without proper food and it had pushed him to his limit.

He knew what the date was but did not know all that had happened. There was confusion everywhere. It was the first day of May, most people did not know that Hitler was dead, but they would soon know that at midnight on the eighth of May the lights would come on in the silence of Peace.

January MacKenzie longed for the peace of the mountains, her grief would go with her but there were others there whose feelings were as deep as her own. There would be great celebrations when the hostilities ended in the next few days, that she could understand but she wanted away. They were held up by an accident on that morning. 'There is no urgency,' the officer said, 'I will soon be retired.'

'I wish I was,' she said impulsively.

He gave a quick look across the car, she was looking straight ahead. 'You are due a long leave,' he said, 'I will do something about it tomorrow.'

By evening of the next day she was pointing the MG to the hills of the north west and a strange feeling that Alan still lived came to her. Jan went to Alan's home first. His mother was hoeing up earth to the early potatoes in her garden, there were still the ordinary things to be done, her face looked thin. They stood together, two strong women hiding their sorrow to help each other. It was the nature of their race, everywhere she went she was conscious of the wave of sympathy that met her although not a lot was said. When Jan had been still some way from the farmhouse Glen, Alan's collie, had come racing to meet her, he danced round her then sat looking into her face with adoring eyes, he ran on ahead stopping to look back and be sure she followed. She was told he spent hours each day watching the distant road, waiting for his master to return. There were other homes in Strath Gorm that had lost loved ones, they had been her school companions, she visited them all.

Alan's injury improved every day, he could now manage without his makeshift crutch and Anna Bauer said the splints could soon come off. She had given him some of her son's clothes while she washed his, he felt like a new man again in his clean clothes. After the scare of a search at the farm buildings by German police he stayed alert, longing as the days passed that he could find some way of getting a message home, the answer came in a most unexpected way. To help Karl Bauer he was watching a heifer about to have her first calf, it had been born with no problems. After rising and falling twice it was now standing on shaky legs feeding happily. As he turned away there was the sound of fast cars on the main road, a group of small military vehicles bristling with guns appeared, the leading one swept into the farm road and skidded to a stop opposite Alan. A man jumped out and looked over the stone wall, he said something in German. Alan let his mouth fall open and put on a dazed expression, the man muttered, to himself, 'Now what the hell can I do?' A voice from the car shouted, 'Try Chinese, Rocky', and they all laughed.

'You could try English,' Alan said.

The man's eyes opened wide, 'How do you come to be here?' he asked.

'I jumped from a burning bomber then I stole a German army motor cycle. I was trying to get to Switzerland, but tell me what is happening on the war fronts.'

The man looked puzzled, 'Did you not know that the war ended at midnight of May the eighth? There are still some small groups of young Germans who do not want to hand in the weapons that give them a feeling of power. It is our job to check them out.'

'I can hardly believe it was over weeks ago,' Alan said, 'now I must find some way to get home, they will be certain there that I went down with the plane.'

'I guess you are a Scot,' the man said. 'My Grandad left Scotland to work on the CPR and he stayed there. We are passing on our way back to base tomorrow and I will pick you up.'

Alan wished he had some way to show his gratitude to the Bauer family, they had become friends during their time together. He gave Gretel his compass to her delight, and wrote down their address. They all came to see him go when the convoy of cars raced back next day. When they came to the first corner on the main road Alan looked back, the three figures were still there.

The base was a big one beside an airfield, numerous military planes were landing and taking off. Sergeant McLeod found Alan a bunk and after they had eaten he said, 'Come with us we are going for a drink.'

Alan replied, 'I think I should stay here.' The others crowded round urging him to join them.

'I can't go,' he said, 'you never carry money on a raid.'

A dark young man with a wide smile and a southern voice said, 'No problem, Scottie, I'm flush.'

A group of air force men joined them, a lot of the

conversation was about how soon they would be going home. Rocky McLeod saw two pilots talking together, he moved over and spoke to them. 'When do you hope to get home?' he asked.

'Not long now,' one said, 'we fly transports, they were in the air a lot so we have to get them checked in Britain before we fly them home.'

'I picked up a British airman who jumped from a burning bomber over Germany,' McLeod said, 'he is desperate to let his folk know that he is alive. Would you get into trouble if you smuggled him aboard your plane?

The pilot smiled, 'Who cares about anything official after being in a war? If you can get him to the airport in your Jeep before nine one of my crew will meet you at the entrance.'

As Alan prepared to leave one of the Americans he had been with handed him a crumpled bundle of notes saying, 'Take that, we all had a few quid of British money in our change,' and he walked away.

As they reached the airfield an airman came to meet them, the military policeman at the entrance only gave them a casual look, he was due to go off duty and he had plans. Alan was surprised at the size of the plane, it looked even bigger inside. The Jeep driver with a cheery, 'Good luck, buddy,' walked out. The crewman led Alan to a small room and put him in with the caution to stay quiet and not answer anyone until he heard him whistle, 'She is coming round the mountains.'

'All right,' Alan replied. He listened to the familiar sounds before take off, he heard machines drive away from the plane until at last he knew he was in the air. He drew a deep breath, the last two days had been like a dream come true.

It was quite a long time before he heard the sound of someone whistling, he had danced his first quickstep to that tune. The American was smiling, 'I reckon you have made it,' he said.

'Do you know where you are going?' Alan asked.

'Yes, it is in the north of Scotland,' he answered, 'we can fly to the States from there.'

Alan was told he was on his own again, to just walk out with the crew and keep walking on, and good luck.

It was a still warm evening when they walked from the plane as they went past a building Alan let the others go on, he did not need a compass now. No one seemed to notice him, the war was over and he was just a man in uniform. About a mile along the road a cattle truck was stopped at a filling station, it was facing west. As the man was putting on the tank top Alan said, 'Are you going west?' He looked up, 'Yes laddie,' he said, 'do you want a lift, I am going to the mart at Inverness, jump in.'

Back on the familiar streets Alan went to his favourite eating place on Castle Street, there was nearly fifty pounds in the British notes the Americans had given him. As he was so near home he decided to get there instead of sending a message. He went to Baron Taylor Lane where a trials rider ran a motorcycle business, he was known there. He was welcomed in the motorcycle shop. 'It's the Scott fan, and you can't ride a Sprint Special in that outfit,' but he had no trouble in hiring a motorcycle to go home. 'I don't want anything fast,' he said. 'I want to be certain that I get home.'

'How about this 16H Norton,' he was asked.

'Just right,' he said.

The 500cc side valve 16H was the work horse of the

Norton range that had dominated motorcycling road racing for years. They gave him a bike suit and a leather flying helmet, he was soon on his way round the head of the Firth on the A9.

Glen the collie had been behaving in an odd way all day, instead of the long vigils on his lookout knoll he started running into the house and out again, he never settled. Donald Cameron thought he might have eaten something but he had his usual food. Jan had always been in Alan's mind even more when he was out of touch with her, somehow today she did not feel so far away. As he rode north the hours of daylight were increasing each day in the north but the light was fading as he left the main road and turned north west. Soon he had to watch for sheep on the road, there were lambs everywhere. Two stags, their horns still in velvet, were eating in a green field of oats by the roadside, they swept over the stock fence and ran for the woods, their eyes flashed green in the light from his headlamp. Now he would soon be home.

Donald Cameron had finished a long day's work, somehow it did not seem worth doing any more. He had come through difficult times before, he knew he would keep on for his wife's sake but the loss of his son had given him a feeling of failure.

'What on earth has got into that dog?' he said. 'Instead of going to sleep he is barking and scratching at the door of his kennel. I will have a last look at him before we go to bed.' He came in minutes later, 'He is gone,' he said.

'You don't mean he is dead?' she asked.

'The opposite,' he replied, 'he passed me like a rocket when I opened the door and he never came back when I called him.'

He went out for a last look round and to whistle for Glen. The golden rim of a big moon was pushing up behind the spruce wood below him sending long pointed shadows across the still land. A single bright light was coming slowly along the main road, it turned into the farm road and now he could hear the slow beat of a single cylinder engine, then to his amazement Glen was there, running in front of the motorcycle. The rider stopped and put the machine on its stand, he turned and a voice that Donald thought he would never hear again said, 'Are you alright, Dad?'

Donald Cameron's voice deserted him, then Alan said, 'Go in and tell her that you know I am alive, then I will come in after she has time to think about it.'

'Did you find Glen?' his wife asked, when he went into the house.

'Yes,' he said, 'and I have something to tell you that will lift your heart. Our son is alive and you will see him in a few minutes.' Morag Cameron ran to meet her son, with his gentle arms around her she whispered in Gaelic the magic words that had cured the hurts of childhood. 'It is the little love of my own that is here.'

'How did that dog know that you were coming home?' Donald said.

'Well he can see better, hear better and follow a scent, maybe he has kept other ways of knowing that we have lost in our search for easy living. Yourselves and Jan were always in my mind, who can tell what an animal thinks about? First thing in the morning I must find where Jan is.'

'You won't have to go far,' his mother said, 'she is home on leave.' She looked at the clock, 'It is nearly midnight, everybody will be asleep.

Alan stood looking out the window 'It is as bright as day

out there,' he said, 'I just can't believe I am really here. Now it is past your bedtime, I will go for a walk before I turn in.'

A shaft of moonlight fell across the pillows where the couple slept, Donald Cameron was relaxed, Morag was smiling in her dreams.

Jan had not felt like trying to sleep that night, she had felt restless all day, when everyone else retired for the night she went outside. The house looked huge in the moonlight, her father had an idea which she agreed with, it was to turn half of the house into a home for war disabled members of the forces. She moved to a place where she could see Alan's home, their lights were still on. I hope they are alright, she thought, but on a farm animals have to be seen to in the night sometimes.

With all the lights on again Bob Robertson's water driven electricity generator was proving its value. Ted Riley had also come back, he had been wounded but not seriously, he was deeply tanned and his hair had been bleached by the sun.

The moon had cleared the woods and the hills and it was sailing in a clear sky, it was laying a golden path across the river as it had done when Keeack the caveman found the salmon and Ruadh the Celt in Roman times found his girl at this same place. Jan felt she had this world of moonlight to herself, she decided that she would go up the hill track to the seat and tire herself out, then when she had made her way back she might sleep.

She was breathing fast when she reached the seat, she ran her hand along the metal and memories flooded in. There was complete silence, it was like a comforting garment around her.

Alan walked past the Big House, it was in darkness, it was

a great temptation to go in, he knew that no one locked their doors in Strath Gorm but she would be asleep and he was afraid that he would startle her. Alan was puzzled by his own behaviour, common sense told him to go home and sleep yet something else was drawing him away. He found himself at the foot of the hill track, he knew what the view at the top would be like on a night like this, Loch Gorm would be a sliver of silver held between the mountains that grew lighter and smaller as they went into the distance until they were a light blue haze where they met the Atlantic. As he came in sight of the seat he saw a figure sitting there. They must love the view to come here at midnight he thought, unless they are in trouble, then he realised that it was a woman. She was not looking at the view, her head was down, she lifted her head slowly and made a movement to push her hair back. His heart leapt, only Jan moved like that. When her eyes reached his face she looked bewildered. He said quickly, 'I am really here, Jan, it is not a dream this time. Come and find it is true.'

They stood close with their faces together for a long time, then much later Jan said, 'Did you notice it is almost daylight?' Alan's face was wet, he did not know if it was from tears or kisses, they had made their final decision to be together for life. There was a blaze of colours behind the eastern mountains and the peak of Skurr Beerach high in the light as they made their way down the hill track.